典藏版

鉴赏辞典

上

上海辞书出版社文学鉴赏辞典编纂中心 编

上海辞书出版社

《宋词鉴赏辞典》

目　录

出版说明

　　本社 20 世纪 80 年代首版的《唐诗鉴赏辞典》是国内文艺类鉴赏辞典的发轫之作。它首创了融文学赏析读物和工具书于一体的编写体例，已成为中国文学鉴赏辞典的固有模式。我社以此为契机，一直不懈地拓荒和耕耘，已形成规制宏大的中国文学鉴赏辞典系列，涵盖自先秦至现当代的各体裁文学名篇，受到广大读者的普遍欢迎。

　　作为文学样式之一的词，其鼎盛之时在两宋时期，人们多习惯于将宋词与唐诗并举，视为我国文学史上并峙辉映的两座高峰。因此，本社于 2003 年从原《唐宋词鉴赏辞典》中辑出宋、辽、金部分，编成《宋词鉴赏辞典》，请钟振振先生作序专论宋词，又蒙王兆鹏、刘尊明先生吸收了当年词学界学术研究的大量新成果，对"作者小传""宋词书目"等作了修订。十年后，于 2013 年修订出版了新一版。

　　《宋词鉴赏辞典》(典藏版)以该书的新一版为基础，对全书的开本、装帧、版式等进行全新改版，并增加宋人书画作品的彩图插页，进一步提升本书的品位，更好地满足不同文化消费层次的读者需要。不当之处，敬请指正。

上海辞书出版社

2023 年 3 月

凡　例

一、本书共收两宋、辽、金 286 位词人及无名词人的词作共 1 294 首。

二、本书正文中作家、作品的先后次序排列,一般依照唐圭璋编《全宋词》、《全金元词》。

三、本书原则上采用一首词一篇赏析文章,也有少数作品几首合在一起分析。

四、本书使用简体字。在可能产生歧义时,酌用繁体字或异体字。

五、词中疑难词句,一般在赏析文章中略作解释,有的在文末酌加注释。

六、本书涉及古代史部分的历史纪年,一般用旧纪年,括注公元纪年。括注内的公元纪年,一般省略“年”字。

七、每位作家的首篇作品正文前,均附有其小传,无名氏或有姓名但无考者从略。

八、本书有宋词书目、词学名词解释、词牌简介、名句索引以及篇目笔画索引等附录。

序言（一）

钟振振

　　在中国古代文学的阆苑里，宋词是一块芬芳绚丽的园圃。她姹紫嫣红，千姿百态，与唐诗争奇，与元曲斗艳，远从《诗经》《楚辞》及汉魏六朝诗歌里汲取精华，又为后来的明清戏剧小说输送了养分。直到今天，她那些闪烁着爱国主义、人文主义光辉而又达到很高艺术境界的作品，仍在陶冶着人们的情操，给读者带来美的享受。

　　词起源于隋，原是当时兴起的、以汉族民间音乐为基础、糅合少数民族及外来音乐而形成的新声"燕乐"（"燕"同"宴"，此乐因常在宴会上演出，故名）的歌词。由于所配合的音乐比此前的"雅乐"与"清乐"更优美动听，文学结构也比其他诗歌体式更繁复精巧，故为人们所喜闻乐见，并吸引了越来越多的音乐家和诗人参与创作。经过隋唐五代近四百年间众多民间作者和文人作者的共同努力，她从初发源时仅可滥觞的一泓清浅，演为略具波澜、力能浮舟的溶溶流川。到了宋代，因着创作队伍的不断壮大，创作视野的不断开阔，创作技巧的不断新变，其发展形势更有如江出三峡，一泻千里，吞天坼地，溅玉喷珠，挟五湖百渎之水赴海朝宗。今存唐五代词仅八十家，不足二千首；而宋词却多达一千四百三十余家，近二万一千首（含残篇断句）。尽管唐五代词因时代较早，散佚的比例更大一些，不好据此断言其词人、词作一定只有两宋的十八分之一和十分之一；但两宋词坛的繁荣程度大大超过唐五代，却是毋庸置疑的。单从这个数量的对比上，我们也可约略窥见词在入宋后的鼎盛气象。

　　北宋的统治者有惩于晚唐五代藩镇割据、兵连祸结、禁军怙乱、擅主废立的历史教训，早在建国之初，就怂恿和诱导高级将领交出兵权，"多积金、市田宅以遗子孙，歌儿舞女以终天年"（《宋史·石守信传》载宋太祖语）。后来，又扩大科举取士及任官的名额，设置一系列叠床架屋的行政机构，实行"官以寓禄秩、叙位著，职以待文学之选，而别为差遣以治内外之事"（《宋史·职官志》）的繁琐官制，建设起一支庞大的、以文职为主的官僚队伍,作为保障其高度中央集权的基干力量。为了换取这一阶层的忠勤服务,封建君主也必须给他们以优厚的生活待遇。因而,当时达官贵人蓄养家妓的风气,士大夫阶层文酒雅集的风气,十分盛行。此外,大一统政权的巩固,又给饱经晚唐五代干戈俶扰之苦的人民提供了休养生息的机会,使得他们可以用自己的辛勤劳动,将社会生产力恢复并发展到一个崭新的阶段。随着农业、手工业、商业的日趋兴旺,都市经济的日渐繁荣,市民阶层的人数急遽膨胀着,成为一股不可小觑的社会力量。他们口腹之余,自然也要娱乐,于是便有那民间乐工、歌妓"新声巧笑于柳陌花衢,按管调弦于茶坊酒肆"（宋孟元老《东京梦华录》）,风尚所趋,凌轹往世。上流社会与中下层社会对于声歌的共同需求,构成了推动宋词发展的合力。而由于这两种社会阶层有着不同的艺术旨趣,与之相适应的词的创作面貌也就大相径庭。这在北宋前期表现得尤为典型。

官僚士大夫们得利较早,因而宋初词坛是他们的一统天下。但官僚士大夫词艺术高峰的出现,还在第四代君主仁宗统治时期,代表作家是晏殊、欧阳修。他们都官至宰辅,词作侧重反映士大夫阶级闲适自得的生活和流连光景、感伤时序的情怀;所用词调仍以唐五代文人驾轻就熟的小令为主;辞笔清丽,气度闲雅,言情缠绵而不儇薄,达意明白而不发露,词风近似南唐冯延巳。艺术造诣不可谓不高,但因袭成分较重,尚未摆脱南唐词的影响。晏殊的幼子晏几道也擅长小令,与晏殊并称"二晏"。他是由贵公子降为寒士的,经历了较多的人世沧桑,故其词高华之中,深寓悲凉。论时代他已入北宋后期,论流派则仍是晏、欧的变调嗣响。

市民阶层的势力不可能因统治阶级内部权力和财产的再分配而立刻壮大,它需要经历一个社会生产水平提高、社会劳动总量积累的过程。因而市民词起步较晚,今存宋初词中尚不见她的情影。但她发展的势头很猛,也在仁宗时期达到了高潮。其代表作家是柳永。柳永一生漂泊,沉沦下僚,较能接近民众;所作多描绘都市风光,传写坊曲欢爱,抒发羁旅情怀,内容比晏、欧词丰富,语言也俚俗家常,颇合市民阶层的口味。他精通音律,长期混迹秦楼楚馆,与民间乐工、歌妓合作创制了许多新腔,大都是更宜于表现繁复多变的都市生活的慢曲长调。慢词在民间早已有之,但自唐以迄宋初的文人较为矜持,宁愿择用句度类似五七言近体诗（那本是他们的拿手戏）的短调,而不甚措意于所谓哇声淫奏的慢曲子。柳永是扭转此风的第一人。词的篇幅拉长,容量加大了,表现手段自然也要出新。于是,柳永将六朝、隋唐小赋的技法引进词的领域。他那层层铺叙、处处渲染、淋漓酣畅、备足无余的作风,确与崇尚含蓄、讲究韵味、抒情小诗般的传统文人词大异其趣。由于柳词具有较广泛的群众基础,较新鲜的时代风貌,故而风靡四方,赢得了"凡有井水饮处,即能歌柳词"(宋叶梦得《避暑录话》引西夏归朝官语)的盛誉。

北宋前期,主要是仁宗时期,词坛上就呈现着这样一种官僚士大夫词与市民词、雅词与俗词、令词与慢词双峰对峙、二水分流的局面。当然,晏、欧未始没有俗词、慢词的创作尝试,柳永也并非不作雅词、令词,以上不过是各就其主导倾向而言。同期还有一位以善用"影"字而闻名的词人张先,官没有晏、欧做得大,但也不像柳永那样仕途偃蹇。他的词"适得其中,有含蓄处,亦有发越处"(清陈廷焯《白雨斋词话》),大抵出入于两派之间。

宋词至于柳永,完成了第一次转变。但这转变只是翻新了词的音乐外壳,并未能从内容上根本突破"艳科"的藩篱。因此,当文学史家站在更高的层次为宋词划分流派时,仍将柳永与晏、欧一并编入"婉约派"的阵营。而拓宽词的意境,扩大词的表现功能,在新的历史条件下恢复和发扬早已式微了的唐代民间词的现实主义精神,使词能像诗一样自由地、多侧面地表达思想感情,观照社会人生——宋词发展进程中这更为艰巨,也更有积极意义的第二次转变,不能不有待于"豪放派"的异军突起。

北宋建国六十年后,社会繁荣背后隐藏着的阶级矛盾、民族矛盾、统治阶级内部不同政治派别间的矛盾日益尖锐化、表面化。为了缓和这些社会矛盾,维持宋王朝的长治久安,有识之士纷纷提出政治、经济改革的主张并付诸行动。自仁宗庆历年间的"新政"到神宗熙宁、元丰时的"变法",虽因大官僚地主保守势力的阻挠而终至失败,但它们对社会生活各方面的深刻影响却不可低估。宋词"豪放派"的兴起恰在这一时期,恐怕很难用巧合二字来解释。由于政治、经济和文化的发展进程有不平衡性,未必所有的改革者都是"豪放派",所有的"豪放派"都是改革者;然而改革精神必定会曲折地反映到文学包括词的领域中来,则是可以断言的。

"豪放派"的发轫之始,可追溯到与晏、欧、柳同时的范仲淹。他出身贫寒,贵不忘本,具有"先天下之忧而忧,后天下之乐而乐"的博大胸怀,曾亲率宋军抗击西夏党项族政权的武装侵略,后又主持过"庆历新政"。其词虽只传五首,却颇有新意。如《渔家傲》写边塞风光、军旅生活,以悲凉为慷慨;《剔银灯》借咏史发泄政治牢骚,于诙谐见狂狷:在当时以批风抹月为能事的词坛上,不啻是振聋发聩的雷鸣。豪放之作在唐代民间词中已有一定数量,在唐五代以至北宋前期的其他文人词里亦偶一露面，不可谓无，只是湮没在婉约词的茂草底下，呈间歇泉状态，未曾喷涌成溪而已。至范仲淹出，它才正式成为文人词的一种自觉的创作倾向。我们之所以这样说，是连同范氏那些散佚了的豪放篇什一并考虑的。宋人魏泰《东轩笔录》记载：“范文正公守边日，作《渔家傲》乐歌数阕，皆以‘塞下秋来’为首句，颇述边镇之劳苦。”倘若诸词一一俱存，那么豪放词在其可知见的词作中，就该占有数量上的优势了。

进入北宋后期，神宗朝的大改革家王安石一方面在创作上步武范仲淹，以《桂枝香》等刚健亢爽的怀古咏史词骋其政治长才、豪杰英气，一方面又从理论角度向词须合乐的世俗观念发出了挑战。他说：“古之歌者皆先有词，后有声，故曰‘诗言志，歌永言，声依永，律和声’。如今先撰腔子，后填词，却是永依声也。”（见宋赵令畤《侯鲭录》）这话实质上是以破为立，“豪放派”的创作纲领，已然音在弦外。前此词中之所以充满着“妇人语”和“妮子态”，英雄志短而儿女情长，多阴柔之美而少阳刚之气，关键即在以词应歌。而晚唐以来世尚女乐，歌者多是妙龄女郎，为适应她们的莺吭燕舌，词就只好以男欢女爱、离情别绪、伤春悲秋为主题，以婉约为正宗。“豪放派”要解放词体，打破“诗言志”（泛指情志）而“词言情”（特指情爱）的题材分工，冲决“诗庄词媚”的风格划界，就一定要松开束缚着词的音乐枷锁。在这一点上，时代略晚于王安石的苏轼走得更远。

苏轼“非不能歌，但豪放，不喜剪裁以就声律”（陆游《老学庵笔记》），他只把词当成一种句读不葺的新体诗来作。他在词里怀古伤今，论史谈玄，抒爱国之志，叙师友之谊，写田园风物，记邀游情态，“无意不可入，无事不可言”（清刘熙载《艺概》）；其词或表现为平冈突骑、锦帽貂裘、挽弓射虎时的激昂慷慨，或表现为骤雨穿林、芒鞋竹杖、吟啸徐行时的开朗旷达，或表现为大江醇月、故国神游、缅怀英杰时的沉郁悲凉，或表现为长路走马、酒渴思茶、叩问农家时的随和平易，“如行云流水，初无定质，但常行于所当行，常止于所不可不止”（苏轼《答谢民师书》）。他是“豪放派”当之无愧的奠基者。

苏轼的冲击波在北宋晚期词坛上引起了两种不同的反响，赞成者有之，持异议者亦有之。传统是一种巨大的惯性，因而苏轼对词体的革新暂时还不能为大多数人所接受，连他最钟爱的学生秦观也还是学柳永作词的。

在北宋后期的婉约词人中，秦观是艺术造诣很高的一位。秦词的特色是只以中音轻唱，只以浅墨淡抹，而旋律间自有一种沉重的咏叹，画面上自有一种层深的晕染。他的佳作既达到了“虽不识字人亦知是天生好言语”（宋人吴曾《能改斋漫录》记晁补之语）的俗赏，也赢得了文化修养较高的士大夫们的众口交誉。

他政治上屡经挫折,远谪南荒,而性格软弱,不像与他有着相同遭际的苏轼等人那样倔强,故其晚年之作多绝望语,格调也由哀婉而凄厉。古往今来,社会心理一般都同情弱者和不幸者,秦观以及类似的悲剧型婉约作家,如前之李煜、晏几道,后之李清照,其词之所以偏得人怜,这未尝不是一个重要因素。

北宋晚期"婉约派"的另一位代表作家、徽宗朝曾主管国家音乐机关大晟府的周邦彦,在继承柳永的基础上,进一步发展了婉约词的艺术形式。如作纵向比较,他对柳永的新变,着重表现在以下几点:其一,柳永参与制作的大批慢曲,多是民间新声。口耳相传,此出彼入。乐工歌妓既得自由发挥,兴之所至,擅行损益音拍;词人倚声填词,自不免客从主便,就文字作出相应的增减。故柳词中颇有同调作品句度参差、字数不一的现象。而周氏作为大音乐家兼高级乐官,无论其独立创作抑在其领导下整理和创作出的歌曲,都具有严格的规范性,故其词字句较整饬,呈现为格律化的定型。其二,柳永时代的乐曲,一曲仅用一种宫调,对歌词字声的要求还不算太讲究,故柳词多只在乐律吃紧处精心调配。而周氏制乐,或于一曲之中多次转调,音律更为繁复,这就必须处处留意字声,平上去入,阴阳轻重,各用其宜,不容相混。王国维《清真先生遗事》谓,读周词,"觉拗怒之中,自饶和婉,曼声促节,繁会相宣,清浊抑扬,辘轳交往"。诵读尚且如此,当时歌唱之悦耳可想而知。其三,柳词长调多平铺直叙,大开大合,盖筚路蓝缕之际,未暇作营构迷楼之想。而周氏躬逢慢词盛行之时,遂刻意出奇,人为地制造曲折回环,或无垂不缩,或欲吐先吞,或虚实兑形,或时空错序,章法变化之能事至此已极。如作横向比较,则同是一时婉约高手,周与秦的作风也不甚相同。大抵秦之笔轻灵,周之笔凝重;秦词醇正,周词老辣。北宋婉约词人,周邦彦最晚出,薰沐往哲,涵泳时贤,宜其词中千门万户,集婉约派之大成,开格律派之宗风。

与秦、周同辈且并驾齐驱的还有一位词中雄杰贺铸。他是北宋唯一从武官队里脱颖而出的著名词人。所作取材较广,风格也不拘一隅,婉约、豪放,兼收并蓄,如杂花酿蜜,自成滋味,合金铸剑,别有锋芒。

总的说来,北宋后期名家都属于士大夫阶层,部分人偶也写有俚词,但主要创作倾向却是雅俗共赏乃至以雅化俗;并且除晏几道外,一般都令慢兼长。因此,这一时期词坛的格局转而表现为"婉约""豪放"二派的对垒。论暂时的力量对比,前者如老柳吹绵,漫天飞絮,占据着上风;论将来的发展趋势,则后者如新笋解箨,拔地而起,"栖凤枝梢犹软弱,化龙形状已依稀"(南唐李璟《咏新竹》诗,见宋人马令《南唐书·嗣主传》),前程正未可限量。

北宋末年,宋、金联合发动的灭辽战争,充分暴露了宋王朝的腐败和宋军的孱弱,于是,辽亡后不久,女真族政权的铁骑便大举南下,一口吞并了整个中原。徽、钦二帝被掳,高宗仓皇南渡,中国历史上出现了第二次南北朝的分裂局面。

南宋前期是剑与火、血与泪的时代。且不说其间宋金双方曾有过若干年、若干次惨烈的进攻战、保卫战和拉锯战,即便是在宋向金称臣称侄、岁贡银绢、屈膝求和的苟安时期,以爱国的将领、士大夫和人民为一方,以误国甚至卖国的昏君(或庸君)、奸臣为另一方,战与和、战与降的斗争也始终不曾止息。国家的危亡、民族的耻辱、人民的苦难,面对这一切,只要是具有正义感的词人,谁还能镇日价偎翠倚红、浅斟低唱? 谁还能镇日价雕琢章句、锱铢宫商? 他们不期然而然地集合到苏轼的旗帜下来,拨动铜琵琶,叩响铁绰板,放开关西大汉的粗嗓门,高歌抗战,高歌北伐。天平急剧地向"豪放派"一侧倾倒。宋词史上最光辉的一页,就是由这批爱国词人用自己动脉中沸腾的血液写成的。

最早的爱国词作者中包括好些站在抗金斗争最前列的名臣战将,永垂不朽的民族英雄岳飞,就是他们的杰出代表。其词作今虽仅存三首,但首首与抗战相关,几于字字珠玑。尤其是那"壮怀激烈"的《满江红》,光昭日月,气吞山河,不仅唱出了那个时代的最强音,在近世中华民族反抗外来侵略的严峻斗争中,也曾教育和鼓舞过千百万人。

在词史上以"二张"并称的张元幹和张孝祥,是南宋早期爱国词人中成就较高的两位。高宗绍兴年间,朝士胡铨因上书反对和议、请斩秦桧之头而遭迫害,被流放广东蛮荒之地。张元幹不畏株连,毅然作《贺新郎》为他饯行,竟以此得罪,受到削籍除名的处分。孝宗朝"隆兴北伐"失利后,投降派重新得势,遣使向金人乞和,张孝祥悲愤地在建康留守宴上赋《六州歌头》,致使主战派大臣张浚伤心罢席。此类慷慨悲凉、骏发踔厉的优秀爱国词作,二人集中,绝非仅见。有词以来,人但以"小道"目之,认为是"诗馀"。清代著名词论家刘熙载读二张词后,由衷地感叹道:"词之兴、观、群、怨,岂下于诗哉!"(《艺概》)词至爱国,其体自尊。明白这个道理,便觉清人挖空心思以《诗经》中的长短句体为词之源,靠虚报年龄来抬高词的身价,真正是多事了。

怒澜排空的南宋爱国词潮,至辛弃疾出而上升到了巅峰。辛氏出生于北方沦陷区,青年时即参加义军,献身抗金复国的大业。南归后却始终不得朝廷信用,屡官屡罢,壮岁被投闲置散于乡里达二十余年之久,北伐宏愿蹉跎成空。其将才相略既无处发挥,一腔忠愤遂尽托之于词。无论高楼登眺、寒窗夜读抑旅途书壁、归隐题轩,无论移官留别、饯客赠行抑元夕观灯、中秋赏月,无论遣兴写怀、侑觞祝寿抑抚今追昔、论史谈经,他那横戈跃马、以恢复中原为己任的豪情壮志,那因受昏愦无能的统治集团压制、排挤、打击,长期郁积而成的一肚皮不合时宜,随时随处,一触即发:击筑悲歌,不让荆轲《易水》;揭喉高唱,肯输刘季《大风》?浩叹沉吟,无非磊块;嬉笑怒骂,皆成文章。他那股浑厚苍莽之气,那支雄奇奔放之笔,不但曲子里缚不住,就连词最起码的句度也无法范围了。在他的面前,苏轼的"以诗为词"都还显得保守——他干脆进一步解放词体,"以文为词",从此,散文句法也在词中通行了。辛词的特色,还不止于此。由于他是来自北方的"归正人",颇受猜忌,动辄得咎,有些复杂的感情、过激的言论不便直接吐露;又由于他饱读诗书,胸藏万卷,学养博大精深,所以便在词里大量用典,甚至用生典僻典,经史子集,悉听驱遣,信手拈来,往往有出神入化之妙。这种作法扩大了词的意蕴容量和艺术张力,虽然,也给今天的读者造成了许多困难和障碍。

与辛同时的爱国词人,长者有陆游,平辈有陈亮,后进有刘过。陆游是南宋伟大的爱国诗人而不以词特别著称,刘过学辛而未有突出的个性,故此皆从略,只说一说陈亮。陈与辛是志同道合的密友,人才相若,唱和之作甚多,词风亦相近。所不同者,辛弃疾身为朝廷命官,不能直言无忌,因而词多摧刚为柔,更见沉郁顿挫;而陈亮则是一介布衣,没有什么拘束,所以敢大声疾呼。他以策论、檄文为词,横放恣肆,痛快淋漓,颇有自己的夐夐独造。虽粗犷发露了一些,不及辛词的雄深雅健,但自是黄钟大吕之音,足以起顽立懦。

南宋前期,"婉约派"只为我们贡献了一位出类拔萃的词人,那就是中国古代最优秀的女作家李清照。她的一生和创作横跨两宋。早在徽宗时,她那些真正属于女性自己的心声,而非由男士们代庖的爱情词,即已以其特有的那份纯挚和缠绵悱恻而卓然名家;但《漱玉集》中的最高成就,却主要体现在她南渡以后的作品里。她是爱国的——"生当作人杰,死亦为鬼雄。至今思项羽,不肯过江东!"她的《乌江》诗句句燃烧着火焰,其对于抗战之态度的坚决,绝不亚于任何一位豪放词人。可惜,"婉约派"关于词"别是一家"(李清照论词语,见宋人胡仔《苕溪渔隐丛话后集》)的传统观念限制了她的创作,使她偏心地把侠肝义胆都给了诗,而只在词里向读者展示一个弱女子的自我形象。尽管如此,她的晚期词作仍有相当高的现实主义价值。虽然她写的只是个人在流落天涯、孤苦无告时的"寻寻觅觅,冷冷清清,凄凄惨惨戚戚"(《声声慢》),但却典型地涵盖了当时千千万万的北方难民在国破家亡后的共同境遇,从侧面暴露了侵略者和投降派的历史罪行。这一社会功能又非"豪放派"的爱国词所可以替代。至于她的词在艺术上的造诣,则主要是能"用浅俗之语发清新之思"(清彭孙遹《金粟词话》),辞淡于水而味浓如酎。为此,她获得了"男中李后主,女中李易安,极是当行本色"(清人沈谦

《填词杂说》)的高度赞誉。

"事无两样人心别"(辛弃疾《贺新郎·同甫见和再用前韵》)。北中国的丧失,在爱国志士们固然如刳肠剜目,痛心疾首;而对于南宋小朝廷,则只当是切除了半个胃,并不十分妨碍他们啖肥饮甘。更何况,以新都临安为中心的东南地区,山川秀丽,物产富饶,正是理想的安乐窝。因此,一旦妥协和屈辱换得了苟安,北宋末年那种以趁歌逐舞为特征的"宣政风流",就又成为达官贵人们的生活必需品了。这样的土壤,为培养南宋自己的周邦彦提供了温床。经过数十年的一再优化繁殖,南宋后期词坛上终于结出了两颗"格律派"的硕果——姜夔和吴文英。

姜、吴二人都是游徙于豪贵之门的清客词人。他们都精通音乐,长于言情咏物,为词格律谨严,音韵响亮,措辞高雅,造句新奇,颇能传周邦彦的薪火。但姜氏旁参宋"江西诗派"的生硬,得周之峭拔;吴氏侧入晚唐诗人的密丽,得周之深华。分镳歧路,走向了不同的极端。就技法而言,姜词多用虚字提唱,故结体清空,层次的演绎和转换较为显豁,筋骨全在明处;吴词却每每排比藻绘,故为体质实,脉络多藏在暗处,所谓潜气内转,空际翻身。就风格而论,姜词似疏梗白荷,幽香冷艳;吴词似千叶牡丹,复瓣浓薰。他们虽凭藉艺术上的成功与辛弃疾在南宋词坛分鼎三足,但毕竟不如稼轩那样对国家前途、民族命运息息关心。当然这只是相对而言,他们总还没有完全忘怀时势世事,姜词《扬州慢》、吴词《八声甘州》等就是证明。

南宋晚期有不少文人雅士是沿着姜、吴的道路继续向前走的,其中周密和张炎两家颇值得注意。周密号草窗,词风接近吴文英,因吴氏号梦窗,后人遂有"二窗"之目;张炎词集名《山中白云》,论词推重姜夔,而姜氏号白石,后人便以"双白"并称。和那些老死于先生牖下的愚顽学者不同,他们一个往酒里兑水,降低梦窗的醲度,变其秾华为韶茜;一个给铸铁抛光,磨平白石的圭角,变其清峻为圆朗。能入能出,因而仍有独立的存在价值。但他们宋亡前的作品至多不过是"鼓吹春声于繁华世界","令后三十年西湖锦绣山水犹生清响"(宋郑思肖《山中白云序》)而已,格调较高的篇什大都问世于亡国之后。清人赵翼《题遗山诗》有云:"国家不幸诗家幸,赋到沧桑句便工。"信然!

从艺术角度来说,南宋后期的"豪放派"中没有产生能与姜、吴抗衡的大家。可是,围绕着宁宗朝抗击金人,金亡后理宗、度宗两朝抗击蒙古人南侵的斗争,爱国词人们仍一直在呐喊。其中较出色的作家是刘克庄和陈人杰。

刘克庄与刘过号称"二刘",同属辛派的嫡系。其词风酷肖稼轩,但功力未逮，浑厚不足，粗豪有余。惟词中颇有些新的政治内容，能发前人所未发，如谆谆告诫官军不要滥杀被逼造反的少数民族百姓，批判朝廷猜忌甚至敌视北方抗金义军的错误态度，提议在抗蒙斗争中应不拘一格地选拔、重用起自卒伍的军事人才，等等。其《玉楼春》词直言规箴沉湎酒色的友人："男儿西北有神州，莫滴水西桥畔泪！"正气凛然，千载下犹能令人奋起。凡此种种，都为宋词增添了新的思想光彩。

陈人杰词仅传《沁园春》三十一首，但多为忧时愤世之辞。当蒙军重兵压境而南宋君臣文恬武嬉之际，他挟醉濡笔，在临安丰乐楼壁上大书道："扶起仲谋，唤回玄德，笑杀景升豚犬儿！"咄咄逼人，如唐且对秦王挺剑而起，真有彗星袭月、白虹贯日、苍鹰击于殿上的气象。他作虽不尽如此，要皆锋芒毕露，大有陈亮遗风。而事实上陈人杰一生科场失意，未曾步入仕途，也确是陈亮那种类型的狂士。援"二张""二刘"之例，我们正不妨也把陈亮、陈人杰合称为"二陈"的。

由于统治集团自身的腐朽没落，南迁一百五十年后，赵宋王朝终于为元蒙的北方政权所攻灭。元军的长刀利斧可以洗劫城市、屠戮人民，却封不住词人的喉咙。在徐徐降落的大幕下，不同经历、不同气质、不同流派的词人们，同台演完了宋词史上的最后一出悲剧。

此期名家，大略有文天祥、刘辰翁、蒋捷、周密、王沂孙、张炎等。诸人处境有别，性格各异，故词风亦多参差。文天祥孤军抗元，被俘北去，英勇不屈，从容就义。其《酹江月》词曰："镜里朱颜都变尽，只有丹心难灭！"精忠耿耿，声情激壮，如天外风吼。刘辰翁在宋亡前即能以词笔揭露批判朝政之非，宋亡后亦不肯觍颜事仇，所作多痛悼故国，骨坚格遒，辞怆意苦，如林表鹃啼。蒋捷、周密入元后隐居不仕，保持了民族气节，所作哀伤亡国诸词，旨意明显，语调苍凉，如山中鹤唳。王沂孙、张炎虽苟全性命于新朝，但也无时无地不发故国之思、兴亡之戚，或如草际蛩吟，或如叶底蝉嘒。就在这立体声的管弦乐多重奏中，宋词结束了她三百多年的曲折历程。

以上，我们就宋词的发展经过、主要流派及其代表作家，作了一番粗略的勾画。不当之处，敬祈指正。宋词这块芬芳绚丽的园圃令人目迷，令人心醉，每一个徜徉其间的游客都会有自己的种种感受，或与他人所共，或为个人所独。我们热切地期待读者以自己对于真、善、美的追求来认识她、欣赏她。如果本书能给大家一些启发和帮助，那我们将感到十分欣慰。

二〇〇三年五月

序言（二）

周汝昌

近年来，中国出版界出现的诸般特色之一，是很多诗词鉴赏一类书籍相继印行。这是一个新兴的可喜的现象。它并非只是一种"风气"。由于历史的原因，向来极少这类著作问世，几乎形成了一个文化方面的空白；而读者却非常需要这些个人撰写的或集众家合编的赏析讲解的书物，来解决他们在欣赏唐宋名篇时所遇到的困难，提高他们的欣赏能力。本辞典的编纂，正是这一历史要求背景下的一部具有规模的鸿编巨制。

唐诗宋词，并列对举，各极其美，各臻其盛，是中外闻名的；而喜爱词的人，似乎比喜欢诗的人更为多夥，这包括写作和诵读来说，都是如此。原因何在，必非无故。广义的"诗"（今习称"诗歌"者是），包括了词；词之于诗，以体裁言，实为后起，并且被视为诗之旁支别流，因而有"诗馀"的别号。从这一角度来说，欣赏词的要点，应该在诗之鉴赏专著中早就有所总结和抉示了，因为二者有其共同质性。但词作为唐末宋初时代新兴的正式文学新体制，又有它自己的很多很大的特点特色。如今若要谈说如何欣赏词的纲要与关键时，我想理应针对上述的后一方面多加注意讨论才是，换言之，对如何欣赏诗（无论是广义的，还是狭义的）的事情，应当估计作为已有的基础知识（例如比兴、言志、以意逆志、诗无达诂……），而不必在此过多地重复赘说。

基于这一认识，我拟乘此撰序之便，将个人的一些愚见，贡献于本辞典的读者。

我想叙及的，约有以下几点：

第一，永远不要忘记，我国诗词是中华民族的汉字文学的高级形式，它们的一切特点特色，都必须溯源于汉语文的极大的特点特色。忘记了这一要点，诗词的很多的艺术欣赏问题都将无法理解，也无从谈起。

汉语文有很多特点，首先就是它具有四声（姑不论及如再加深求，汉字语音还有更细的分声法,如四声又各有阴阳清浊之分)。四声(平、上、去、入)归纳成为平声(阴平、阳平)和仄声(上、去、入)两大声类,而这就是构成诗文学的最基本的音调声律的重要因子。

汉语本身从来具有的这一"内在特质"四声平仄,经过了长期的文学大师们的运用实践,加上了六朝时代佛经翻译工作的盛行,由梵文的声韵之学的启示,使得汉文的声韵学有了长足的发展,于是诗人们开始自觉地、有意识地将诗的格律安排,逐步达到了一个高度的进展阶段——格律诗(五七言绝句、律句)的真正臻于完美,是齐梁以至隋唐之间的事情。这完全是一种学术和艺术的历史发展的结果,极为重要,把它看成了是人为的"形式主义",是一种反科学的错觉。

至唐末期,诗的音律美的发展既达到最高点,再要发展,若仍在五、七言句法以内去寻索新境地,已不可能,于是借助于音乐曲调艺术的繁荣,便生发开扩而产生出词这一新的诗文学体裁。我们历史上的无数语言音律艺术大师们,从此得到了一个崭新的天地,于中可以驰骋他们的才华智慧。这就可以理解,词乃是汉语文诗文学发展的最高形式。(元曲与宋词,其实都是"曲子词",不过宋以"词"为名,元以"曲"为名,本质原是一个;所不同者,元曲发展了衬字法,将原来宋词调中个别的平仄韵合押法普遍化,采用了联套法和代言体,因而趋向"散文化",铺叙成分加重,将宋之雅词体变为俗曲体,俗语俚谚,大量运用;谐笑调谑,亦所包容;是其特色。但从汉语诗文学格律美的发展上讲,元曲并没有超越宋词的高度精度,或者说,曲对词并未有像词对诗那样的格律发展。)

明了了上述脉络,就会懂得要讲词的欣赏,首先要从格律美的角度去领略赏会。离开这一点而侈谈词的艺术,很容易流为肤辞泛语。

众多词调的格律,千变万化,一字不能随意增减,不能错用四声平仄,因为它是歌唱文学,按谱制词,所以叫做"填词"。填好了立付乐手歌喉,寻声按拍。假使一字错填,音律有乖,那么立见"荒腔倒字",——倒字就是唱出来那字音听来是另外的字了。比如"春红"唱出来却像是"蠢闳","兰音"唱出来却成了"滥饮"……这个问题今天唱京戏、鼓书、弹词……也仍然是一个重要问题。名艺人有学识的,就不让自己发生这种错误,因为那是闹笑话呢。

即此可见,格律的规定十分严格,词人作家第一就要精于审音辨字。这就决定了他每一句每一字的遣词选字的运筹,正是在这种精严的规定下见出了他的驾驭语文音律的真实工夫。

正因此故,"青山""碧峰""翠峦""黛岫"这些变换的词语才被词人们创组和选用。不懂这一道理,见了"落日""夕曛""晚照""斜阳""余晖",也会觉得奇怪,以为这不过是墨客骚人的"习气",天生好"玩弄"文字。王国维曾批评词人喜用"代字",对周美成写元宵节景,不直说月照房宇,却说"桂华流瓦",颇有不取之辞,大约就是忘记了词人铸词选字之际,要考虑许多艺术要求,而所谓"代字"原本是由字音、乐律的精微配合关系所产生的汉字文学艺术中的一大特色。

然后,还要懂得,由音定字,变化组联,又生无穷奇致妙趣。"青霄""碧落",意味不同;"征雁""飞鸿",神情自异。"落英"缤纷,并非等同于"断红"狼藉;"霜娥"幽独,绝不相似乎"桂魄"高寒。如此类推,专编可勒。汉字的涵义渊繁,联想丰富,使得我们的诗词极其变化多姿之能事。我们要讲欣赏,应该细心玩味其间的极为精微的分合同异。"含英咀华"与"咬文嚼字",虽然造语雅俗有分,却是道着了赏会汉字文学的最为关键的精神命脉。

第二,要讲诗词欣赏,并且已然懂得了汉字文学的声律的关系之重要了,还须深明它的"组联法则"的很多独特之点。辛稼轩的词有一句说是:"用之可以尊中国"。末三字怎么讲?相当多的人一定会认为,就是"尊敬中国"嘛,这又何待设问。他们不知道稼轩词人是说:像某某的这样的大材,你让他得到了真正的任用,他能使中国的国威大为提高,使别国对她信增尊重!曹雪芹写警幻仙子时,说是她"深惭西子,实愧王嫱"。那么这是说这位仙姑生得远远不及西施、昭君美丽了?正相反,他说得是警幻之美,使得西施、昭君都要自惭弗及!苏东坡的诗说:"十日春寒不出门,不知江柳已摇村。"是否那"江柳"竟然"动摇"了一座村庄?范石湖的诗说:"药炉汤鼎煮孤灯。"难道是把灯放在药锅里煎煮?秦少游的词说:"碧水惊秋,黄云凝暮。"怎么是"惊秋"?是"惊动"了秋天?是"震惊"于秋季?都不是的。这样的把"惊"字与"秋"字紧接的"组联法",你用一般"语法"(特别是从西方语文的语法概念移植来的办法)来解释这种汉字的"诗的语言",一定会大为吃惊,大感困惑。然而这对诗词欣赏,却是十分重要的事情。我们的诗家词客,讲究"炼字"。字怎么能炼?又如何去炼?炼的结果是什么?这些问题似乎是艺术范畴;殊不知不从汉语文的特点去理解体会,也就无从说个清白,甚至还会误当作是文人之"故习",笔墨之"游戏"的小道而加以轻蔑,"批判"之辞也会随之而来了,——如此,欣赏云云,也岂不全成了空话和妄言了?因此,务宜认真玩索其中的很多的语文艺术的高深的道理。

至于现代语法上讲的词性分类法,诸如名词动词等等,名目甚多,而我们旧日诗家只讲"实字""虚字"之一大分别而已。这听起来自然很不科学,没有精密度。但也要思索,其故安在?为什么又认为连虚实也是可以转化的?比如,石湖诗云:"目青浮珠珮,声尘籁玉箫。"浮是动词,一目了然,但籁应是"名词"吧?何以又与"浮"对？可知它在此实为动词性质。汉字运用的奇妙之趣，表现在诗词文学上，更是登峰造极，因而自然也是留心欣赏者的必应措意之一端。其实这无须多举奇句警字，只消拿李后主的"自是人生长恨水长东"来作例即可得甚清：譬如若问"东"是什么词性词类？答案恐怕是状词或形容词等等。然而你看"水长东"的东，正如"吾欲东""吾道东"，到底该是什么词？深明汉字妙处，读欧阳词——"飞絮濛濛，垂柳栏干尽日风"之句，方不致为"词性分析"所诒，以为"风"自然是名词。假使如此，便是"将活龙打作死蛇弄"了。又如语法家主张必须有个动词，方能成一句话。但是温飞卿的"鸡声茅店月，人迹板桥霜"一联名句，那动词又在何处？它成不成"句"？如果你细玩这十个字的"组联法"，于诗词之道，思过半矣。

第三，要讲欣赏，须看诗词人的"说话"的艺术。唐人诗句："圣主恩深汉文帝，怜君不遣到长沙。"不说皇帝之贬谪正人是该批评的，却说"圣""恩"超过了汉文帝，没有像他贬谪贾谊，远斥于长沙卑湿之地。你看这是何等的"会讲话"的艺术本领！如果你认为，这是涉及政治的议论性的诗了，于抒情关系嫌远了，那么，李义山的《锦瑟》说："此情可待成追忆，只是当时已惘然。"他不说如今追忆，惘然之情，令人不可为怀；却说何待追忆，即在当时已是惘然不胜了。如此，不但惘然之情加一倍托出，而且宛转低回，余味无尽。晏小山作《鹧鸪天》，写道：

　　醉拍青衫惜旧香，天将离恨恼疏狂。年年陌上生秋草，日日楼中到

夕阳。　　云渺渺，水茫茫。征人归路许多长。相思本是无凭语，莫向

花笺费泪行。

此词写怀人念远，离恨无穷，年复一年，日复一日，而归信无凭，空对来书，流泪循诵——此本相思之极致也，而词人偏曰：来书纸上诉说相思，何能为据？莫如丢开，勿效抱柱之痴，枉费伤心之泪。话似豁达，实则加几倍写相思之挚，相忆之苦；其字字皆从千回百转后得来，方能令人回肠荡气，长吟击节！这就是"说话的艺术"。如果一味直言白讲，"我如何如何相思呀！"岂但不能感人，抑且根本不成艺术了。

第四，要讲词的欣赏，不能不提到"境界"的艺术理论问题。境界一词，虽非王国维氏所创，但专用它来讲究词学的，自以他为代表。他认为，词有境界便佳，否则反是。后来他又以"意境"一词与之互用。其说认为，像宋祁的"红杏枝头春意闹"，著一"闹"字而境界全出矣；欧公的"绿杨楼外出秋千"，著一"出"字而境界全出矣。这乍看很像"炼字"之说了。细按时，"闹"写春花怒放的艳阳景色的气氛，"出"写秋千高现于绿柳朱楼、粉墙白壁之间，因春风而倍增骀宕的神情意态。

究其实际,仍然是我们中华文学艺术美学观念中的那个"传神"的事情,并非别有异义。我们讲诗时,最尚者是神韵与高情远韵。神者何?精气不灭者是。韵者何?余味不尽者是。有神,方有容光焕发,故曰"神采"。有韵,方有言外之味,故曰"韵味"。试思,神与绘画密切相关,韵本音乐声律之事。可知无论"写境"(如实写照)"造境"(艺术虚构),都必须先有高度的文化素养造诣,否则安能有神韵之可言?由是而观,不难悟及:只标境界,并非最高之准则理想,盖境界本身自有高下雅俗美丑之分,怎能说只要一有境界,便成好词呢?龚自珍尝笑不学之俗流也要作诗,开口便说是"柳绿桃红三月天",以为俗不可耐,可使诗人笑倒!但是,难道能说那七言一句就没有任何境界吗?不能的,它还是自有它的境界。问题何在?就在于没有高情远韵,没有神采飘逸。可知这种道理,还须探本寻源,莫以"境界"为极则,也不要把诗词二者用鸿沟划断。比如东坡于同时代词人柳永,特赏其《八声甘州》,"渐霜风凄紧,关河冷落,残照当楼",以为"高处不减唐人"。这"高处"何指?不是说他柳耆卿只写出了那个"境界",而是说那词句极有神韵。境界有时是个"死"的境界,神韵却永远是活的。这个分别是不容忽视的分别。

第五,如上所云,已不难领悟,要讲词的欣赏,须稍稍懂得我们自己民族的文学艺术上的事情。如果只会用一些"形象的塑造""性格的刻画""语言的生动"等语词和概念去讲我们的词曲,良恐不免要弄成取粗遗精的后果。因此,我们文学历史上的一些掌故、佳话、用语、风尚,不能都当作"陈言往事"而一概弃之不顾,要深思其中的道理。杜甫称赞李白,只两句话:"清新庾开府,俊逸鲍参军",还有人硬说这是"贬"词(真是以小人之心度君子之腹了)。这实是诗圣老杜拈出的一个最高标准,析言之,即声清,意新,神俊,气逸。这是从魏晋六朝开始,经无数诗人摸索而得的一项总结性的高度概括的理论表述。如果我们对这些一无所知,又怎能谈到欣赏二字呢?

大者如上述。细者如古人因一字一句之精彩,传为盛事佳话,警动朝野,到处歌吟,这种民族文化传统,不是值得引以为自豪和珍重的。"山抹微云秦学士,露花倒影柳屯田",人谓是"微词",我看这正说明了"脍炙人口"的这一诗词艺术问题。

至于古人讲炼字,讲遣辞,讲过脉,讲摇曳,讲跌宕,……种种手法章法,术语概念,也不能毫无所知而空谈欣赏。那样就是犯了一个错觉:以为千百年来无数艺术大师的创造积累的宝贵经验心得,都比不上我们自己目前的这么一点学识之所能达到的"高"度。

词从唐五代起,历北宋至南宋,由小令到中、长调慢词,其风格手法确有差异。大抵早期多呈大方自然、隽朗高秀一路,而后期趋向精严凝练、绮密深沉。论者只可举示差异,何必强人以爱憎。但既然风格手法不同,欣赏之集中注意点,自应随之而转移,岂宜胶柱而鼓瑟? 所应指出的,倒是词至末流,渐乏生气,饾饤堆砌、藻绘涂饰者多,又极易流入尖新纤巧、轻薄侧艳一派,实为恶道。因此清末词家至有标举词要"重、拙、大"的主张(与轻、巧、琐为针对)。这种历史知识,也宜略明,因为它与欣赏的目光不是毫无关系的。

序言不是论文,深细讨论,非所应为;我只能将一些最简单易晓、不致多费言说的例子,提出来以供本书读者参考。这是因为一部辞典成于诸家众手,篇中或不能逐一地都涉及到这些欣赏方面的问题,在此稍加申说,或可备综合与补充之用。

本辞典共收两宋、辽、金词 1 294 篇,词人共 286 家。这诚然是目前所能看到的一部最为丰富多彩的赏词巨著。像我们这样一个伟大而又有着特别悠久的文化历史的民族,对于自己的传统文学财富的价值绝不能是以一知半解为满足的,我们应当不断地研索,并且使得越来越多的人,特别是青年一代,都能对诗词的欣赏有所体会理解,这对于我们的"四化"这一宏伟事业中的精神文明建设,关系实非浅鲜。本书的问世,必然引起海内外爱词者的高度重视。谨以芜言,贡愚献颂。

一九八五年十二月十二日呵冻写讫
乙丑十一月初一,至前十日

篇目表

（词）缘情造端，兴于微言，以相感动，极命风谣，里巷男女哀乐，以道贤人君子幽约怨悱不能自言之情，低徊要眇以喻其致。

清·张惠言《词选·序》

词之妙，莫妙于以不言言之，非不言也，寄言也。如寄深于浅，寄厚于轻，寄劲于婉，寄直于曲，寄实于虚，寄正于馀，皆是。

清·刘熙载《艺概》

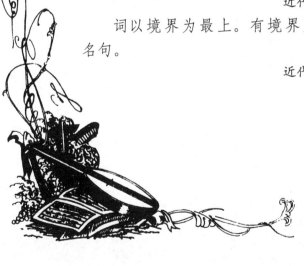

诗外有诗，方是好诗；词外有词，方是好词。古人意有所寓，发之于诗词，非徒吟赏风月以自蔽惑也。

清·陈廷焯《白雨斋词话》

真字是词骨。情真、景真，所作必佳，且易脱稿。

近代·况周颐《蕙风词话》

词以境界为最上。有境界则自成高格，自有名句。

近代·王国维《人间词话》

【作者小传】

王禹偁

(954—1001) 字元之,济州巨野(今属山东)人。太平兴国八年(983)进士。授武成主簿。端拱初,召试,直史馆,迁知制诰,判大理寺。遇事敢言,三遭贬斥,作《三黜赋》以见志。诗学杜甫、白居易,文风平易畅达。著有《小畜集》《五代史阙文》,存词一首。

点 绛 唇　　　　　　王禹偁

雨恨云愁,江南依旧称佳丽。水村渔市,一缕孤烟细。

天际征鸿,遥认行如缀。平生事,此时凝睇,谁会凭栏意!

王禹偁是继柳开之后起来反对宋初华靡文风的文学家,有《小畜集》传世,留下来的词仅此一首。这首词以清丽的笔触,描绘了江南的雨景,含蓄地表达了用世的抱负和不被人理解的孤独愁闷。

借景抒情、缘情写景是诗词惯用的手法。景是外部的客观存在,并不具备人的情感。但在词人眼里,客观景物往往染上强烈的感情色彩。此即王国维《人间词话》中所谓"以我观物",使"物皆著我之色彩"。本词劈头一句"雨恨云愁"即是主观感觉的强烈外射。云、雨哪有什么喜怒哀乐,但词人觉得,那江南的雨,绵绵不尽,分明是恨意难消;那灰色的云块,层层堆积,分明是郁积着愁闷。即使是在这弥漫着恨和愁的云雨之中,江南的景色,依旧是美丽的。南齐诗人谢朓《入朝曲》写道:"江南佳丽地,金陵帝王州。"王禹偁用"依旧"二字,表明自己是仅承旧说,透露出一种无可奈何的情绪。

请看,江南的雨景是何等的清丽动人:在蒙蒙的雨幕中,村落渔市点缀在湖边水畔;一缕淡淡的炊烟,从村落上空袅袅升起;水天相连的远处,一行大雁,首尾相连,款款而飞。但是,如此佳丽的景色,却不能使词人欢快愉悦,他恨什么、愁什么呢? 在古人心目中,由飞鸿引起的感想有许多。"鸿飞冥冥,弋人何篡焉"(扬雄《法言》),这是指隐逸远祸,是一种。齐桓公见二鸿飞过,叹曰:"今彼鸿鹄有时而南,有时而北,有时而往,有时而来,四方无远,所欲至而至焉。非唯有羽翼之故。"(《管子》)这是求得贤臣,成大事,又是一种。真是"举手指飞鸿,此情难具论"(李白《送裴十八图南归嵩山》)。在这里,词人遥见冲天远去的大雁,触发的是"平生事"的联想。不是乡愁,不是恋情,更不是离愁别恨,而是想到了男儿一生的事业。曹植有诗云:"闲居非吾志,甘心赴国忧。"这就是好男儿的功名事业。王禹偁中进士后,只当了长洲(今苏州)知县。这小小的芝麻官,怎能实现他胸中的大志呢?他恨无知音,愁无双翼,不能像"征鸿"一样展翅高飞。

凭栏远望,天际飞鸿,这样的境界后来辛弃疾也写过。《水龙吟·登建康赏心亭》道:"落日楼头,断鸿声里,江南游子。把吴钩看了,栏干拍遍,无人会、登临意。"同样的景、同样的情,看来辛弃疾是受了王禹偁的影响。但是,二人的风格色彩又显然不同。辛词慷慨激烈,直抒胸臆,看刀拍栏,活画出一个铁马金戈的英雄形象。王词却将"平生事"凝聚在对"天际征鸿"的睇视之中,显得含蓄深沉,言而不尽。

《词林纪事》引《词苑》对该词的评语云:"清丽可爱,岂止以诗擅名。"在恋情闺思充斥的宋初词坛,这首清淡雅丽的《点绛唇》,实在是别具一格的佳作。

(陈华昌)

【作者小传】

寇　準

(961—1023)　字平仲,华州下邽(今陕西渭南北)人。太平兴国五年(980)进士。累官至中书侍郎同中书门下平章事。二次罢相,封莱国公。乾兴初,为丁谓所构,贬雷州司户参军,卒于贬所。有《寇莱公集》。存词五首,以《江南春》较著名。

踏 莎 行 春暮　　　　　　　　　　寇 準

春色将阑,莺声渐老,红英落尽青梅小。画堂人静雨蒙蒙,屏
山半掩余香袅。　　　密约沉沉,离情杳杳,菱花尘满慵将照。
倚楼无语欲销魂,长空暗淡连芳草。

这首词开头三句都是写"春暮"之景,词人运用了从一般到具体的写作手法,即首句是对"春暮"一个总的概括性的叙述,接着以莺声渐老,红英落尽,梅树已结成小小的果子,来"状"繁华胜景的春光眼看就要过去了。从这幅"春暮图"来看,景色并不凄婉,"将""渐"两字,用得颇有分寸;而且红英虽尽,青梅却挂满枝头,别是一番清景。从总的感触,到所闻(莺声),再到所见(青梅),动静互见,而尤显其静。

接着由室外景转向室内来。房屋是华美的,此刻静无人声,但觉细雨蒙蒙;

屏风掩住了室内景象,只见那尚未燃尽的沉香,余烟袅袅。如果说上面是以"莺声渐老"衬托室外环境的静,是以动衬静,这里却是以"余香袅袅"来衬托室内环境的静,更悄无声息了。况周颐称:"词有淡远取神,只描取景物,而神致自在言外,此为高手。"(《蕙风词话续编》)沈祥龙也有相类的话:"写景贵淡远有神,勿堕而奇险。"(《论词随笔》)两人所说的"神",指的是写景本身并非目的,它只是手段,其中隐寓着的是人的"神",也就是姜夔说的"景中有意"(《白石道人诗说》)。它可以为下阕作铺垫,继而痛快淋漓地倾吐出人的情来。这就是词的通常写法:上阕写景,下阕抒情。就这首词说,上阕句句写景,仔细吟味,景物中隐寓着人的感情:不过既非满怀凄怆,也非赏心悦目;平静中似又糅杂着更多的不平静。

"密约沉沉"——"密约",指过去互诉衷情,暗约佳期,可是这一切到如今,都如石沉大海,连一点音息也没有了!"离情杳杳"——指别后的相思之情,无边无际,又深又远。这八个字不仅造成一种意味浓醇的气氛,而且把女主人公那种深以往昔恋情为念的内心情愫,深沉地表达出来了。"菱花尘满慵将照",是对上面义重情深的进一步描绘。"女为悦己者容","岂无膏沐,谁适为容"?既然你不回来,我又为谁去梳妆打扮?镜匣很久不打开,那上面都积满尘土了。这三句连贯直下,把她为情所苦,但却决不负情的心愫,通过句句加深,层层加重的复叠手法,表现得沉挚凝练。接着仍是写女主人公情之深:"倚楼无语欲销魂,长空暗淡连芳草。"心情极度难过,似乎魂都为之"销",于是去倚楼望远,可是这时候眼睛所能望见的,只是长空暗淡,芳草连绵。而翘望着的那个人,却始终不见归来!这个"潜台词",我们是"言外见之"的。

这首词题为"春暮",通篇都是写女主人公在红英落尽、芳歇春去的节候中的伤感,似暗寓着一种青春易逝、美人迟暮的情绪。今人或认为寇准"是个决澶渊之盟的大政治家,观其一生,似无缘为思妇抒情"。因此可能是作者"罢知青州"时的依托之作。"依托少妇比自己,所望密约者比朝廷",即"终是恋君"。不妨聊备一说。

词从晚唐五代以来,受温庭筠"香而软"词风的影响,写闺情、相思之词,往往旖旎缠绵;但也有写得较疏淡清丽的,如韦庄、李煜的一部分词以及入宋以后林逋的《长相思》等。寇准此作在词风上显然受韦、李的影响,以清新流畅见长,特别是上阕写景,能抓住春暮景物的特点加以形象描绘,情景交融,充满画意。下阕着重抒情,虽不免也是"儿女情长",但从话语的明白畅晓说,也仍是近韦而不近温的。这首词较前之温庭筠、后之秦观等北宋多数词人那种"香而软"的词风,是颇不相同的。

(艾治平)

江 南 春　　　　　　　　　　寇 准

波渺渺，柳依依。孤村芳草远，斜日杏花飞。江南春尽离肠断，蘋满汀洲人未归。

南朝梁柳恽《江南曲》曰："汀洲采白蘋，日暖江南春。洞庭有归客，潇湘逢故人。故人何不返，春华复应晚。不道新知乐，只言行路远。"寇莱公对此诗似乎特有所爱，在他的诗词中一再化用其意。如所作《夜度娘》诗曰："烟波渺渺一千里，白蘋香散东风起。日暮汀洲一望时，柔情不断如春水。"题下自注云："追思柳恽汀洲之咏，尚有余妍，因书一绝。"上面这首词，也明显地由柳恽汀洲诗化出，写女子怀人之情。

词的前面四句写景：一泓春水，烟波渺渺，岸边杨柳，柔条飘飘。那绵绵不尽的萋萋芳草蔓伸到遥远的天涯。在夕阳映照下，孤零零的村落阒寂无人，只见纷纷凋谢的杏花飘飞满地……好一派江南暮春景色！

我国古典诗词的用语，由于长期历史的积淀，往往形成一种特定内涵，上面四句景语就含有丰富的意蕴和情思。如首句"波渺渺"，从怀人女子的眼中望出去，自会使人联想到温庭筠《望江南》的意境："过尽千帆皆不是，斜晖脉脉水悠悠。""波渺渺""水悠悠"，实含着佳人望穿秋水的深情，也就是《夜度娘》诗中所描写的"烟波渺渺一千里""柔情不断如春水"也。

"柳依依"，自然使人想起《诗经·采薇》名句："昔我往矣，杨柳依依。"古人有折柳赠别的习惯，所谓"长安道上无穷树，只有杨柳管别离"也。眼前这青青柳色，自会使人想起当年长亭惜别之时，怎不使人触目伤怀呢！

"孤村芳草远"之句，更富有浓厚的感情色彩，"孤村"者，非一定是村"孤"，恰是说明抒情主人公心境之孤寂。诗词中的"芳草"更与离思结有不解之缘，《楚辞·招隐士》云："王孙游兮不归，春草生兮萋萋。"芳草蔓延之"远"，则更使人想起李后主《清平乐》词"离恨恰如春草，更行更远还生"了。

"斜阳杏花飞"，是典型的江南暮春残景。江村日暮，有如美人娇面的杏花，在无力东风中纷纷飘落，漫天漫地，这景色极艳极美，艳美之中又带有几分凄凉的意味，它自然包含着一种"无可奈何花落去"的伤感。

当然，上面这许多寄托在景物里的丰富情意，词人是通过写景启发读者想象的结果，如此，读者含咀英华，思而得之，饶有情趣。如果不是以景寄情，而是由作者直说出来，就没有多少味儿了。但是，全用写景来表现情思，毕竟有点像打哑谜,使人难以捉摸,因此,古典诗词一般作法都同时采用写景与抒情两种手法,相互为用。寇準这首词也不例外。下面作者便由隐而显,以直接抒情方式来点破题旨:

"江南春尽离肠断,蘋满汀洲人未归。"前面作者花了很大力气,连续四句都是写景,实际上就是为了说出"江南春尽离肠断"这一层意思。因为有了前面写景的层层渲染铺垫,这句直抒胸臆之语,才显得情意深挚。接着又写"蘋满汀洲"云云,这结末两句之于柳恽"汀洲采白蘋,日暖江南春"诗句,其直接化用的痕迹是极明显的。古代女子有采蘋花赠情人的风俗,如今正是"蘋满汀洲"之时,多情的女主人公有意采掇蘋花,赠予心上之人,可叹"王孙游兮不归"! 言外之意,自己美好的青春年华就如那"斜日杏花飞",在孤寂落寞中虚掷了!

这首词通篇用语大都是用诗词中传统的意象,词的意境也是化用前人的,似乎没有多少新意可言。然而它又是那么清丽婉转,柔情似水,饶有韵味。这样的小词出自一代名臣之手,曾为许多人所不能理解。南宋胡仔在《苕溪渔隐丛话》中就这样说:"观此(指《江南春》)语意,疑若优柔无断者;至其端委庙堂,决澶渊之策,其气锐然,奋仁者之勇,全与此诗意不相类,盖人之难知也如此!"其实,观寇準一生,也非始终一帆风顺,他宦海浮沉,曾几经沧桑。此词作意固不可详考,然堂堂大臣,一再用柳恽诗意,学女子声口,写伤春情愫,恐怕未尝没有弦外之音,或许其中也寄托着自己流年风雨,美人迟暮之慨吧?

(高　原)

【作者小传】

钱惟演

(977—1034)　字希圣,杭州临安(今杭州市临安区)人。吴越王钱俶之子。随父归宋,为右屯卫将军,累迁翰林学士、枢密使。仁宗时,因事落职。终崇信军节度使。与杨亿、刘筠等唱和,编成《西昆酬唱集》,风靡诗坛。所著今存《家王故事》《金坡遗事》,存词二首。

玉　楼　春　　　　　　　　　　　钱惟演

城上风光莺语乱,城下烟波春拍岸。绿杨芳草几时休,泪眼愁肠先已断。　　情怀渐觉成衰晚,鸾镜朱颜惊暗换。昔时多病厌芳尊,今日芳尊惟恐浅。

据胡仔《苕溪渔隐丛话后集》卷三十九引《侍儿小名录》载："钱思公谪汉东（即随州，今湖北随县）日，撰《玉楼春》词云云，每酒阑歌之则泣下。后阁有白发姬，乃邓王（惟演父俶）歌鬟惊鸿也，遽言：'先王将薨，预戒挽铎中歌《木兰花》（即《玉楼春》）引绋为送，今相公亦将亡乎？'果薨于随州。邓王旧曲，亦尝有'帝乡烟雨锁春愁，故国山川空泪眼'之句。"宋仁宗明道二年（1033）三月，垂帘听政的刘太后崩，仁宗开始亲政，即着力在朝廷廓清刘氏党羽。与刘氏结为姻亲的钱惟演自然在劫难逃，同年九月，坐擅议宗庙罪罢平章事职务，贬崇信军节度使，谪居汉东。紧接着，其子钱暧也被罢官。不久，与钱氏有姻亲关系的郭皇后被废。这一切，都预示着他的政治生命行将结束。这首词正是作于此时，离他去世不到一年，因此写得"词极凄惋"，处处流露出一种垂暮之感。

词的上片前两句是写景，意思只是说，城头上莺语唧唧，风光无限；城脚下烟波浩淼，春水拍岸，是一派春景。作者在这里是借景抒情，而不是因景生情，因此用粗线条来勾勒春景，对于后面的遣怀抒情反而有好处，因为它避免了可能造成的喧宾夺主的毛病。另外，作者对景物描写作这样的处理，仍有一番匠心在。首先，这两句是从城上和城下两处着墨描绘春景，这就给人以动的感觉。其次，又斟酌字句，使两句中的听觉与视觉形成对比，看的是风光、烟波之类，显得抽象朦胧；听的是莺语、涛声，显得具体真切。这样的描写，正能体现出作者此时此刻的心情：并非着意赏春，而是一片春声在侵扰着他，使他无计避春，从而更触发了满怀愁绪。况周颐在《蕙风词话》中有一段颇有见地的话："词过经意，其蔽也斧琢；过不经意，其蔽也襟褵。不经意而经意，易；经意而不经意，难。"钱惟演的这两句正是进入了"经意而不经意"的境界。

下面两句开始抒情，绿杨芳草年年生发，而我则已是眼泪流尽，愁肠先断，愁惨之气溢于言表。用芳草来比喻忧愁的词作很多，如"芳草年年与恨长"（冯延巳《南乡子》），"离恨恰如春草，更行更远还生"（李煜《清平乐》），这些句子都比钱惟演的来得深婉，但同时又都没有他来得凄惋。从表现手法上讲，用绿杨芳草来渲染泪眼愁肠，也就达到了情景相生的效果。这两句是由上面两句对春色的描写直接引发的，由景入情，并且突作"变徵之声"，把词推向高潮，中间的过渡是很自然的。

下片的前两句仍是抒情，不过比上片更为细腻，"情怀渐觉成衰晚"，并不是虚写，而是有着充实的内容。钱惟演宦海沉浮几十年，能够"官兼将相，阶、勋、品皆第一"（见欧阳修《归田录》），靠的就是刘太后，因此，刘太后的死，对钱惟演确实是致命一击。一贬汉东，永无出头之日，这对于一生"雅意柄用"的钱惟演来说，是一种无法忍受的痛苦，当时的情怀可想而知。"鸾镜朱颜惊暗换"，亦徐幹

《室思》诗"郁结令人老"之意,承上句而来。人不能自见其面,说是镜里见而始惊,亦颇入情。这两句从精神与形体两方面来感叹老之已至,充满了无可奈何的伤感之情。

最后两句是全词的精粹,收得极有分量,使整首词境界全出。李攀龙说:"妙处俱在末结语传神。"(明吴从先《草堂诗馀隽》引)沈际飞说:"芳尊恐浅,正断肠处,情尤真笃。"(《草堂诗馀正集》)这些评论都是比较恰当的。用酒浇愁是一个用滥了的主题,但这里运用得却颇出新意,原因正在于作者捕捉到对"芳尊"态度的前后变化,形成强烈对照,写得真率。以全篇结构来看,这也是最精彩的一笔,使得整首词由景入情,由粗及细,层层推进,最后"点睛",形成所谓"警策句",使整首词表达了一个完整的意境。有人曾经把这两句同宋祁的"为君持酒劝斜阳,且向花间留晚照"加以比较,认为宋祁的两句更为委婉(见杨慎《词品》)。这固然有些道理,但同时也要看到,这两首词所表现的意境并不相同。宋祁是在着意赏春,尽管也流露出一点"人生易老"的感伤情绪,但整首词的基调是明快的。而钱惟演则是在因春伤情,整首词所抒发的是一个政治失意者的绝望心情。从这点上说,两者各得其妙。其实,词写得委婉也好,直露也好,关键在于一个"真"字,"真字是词骨。情真、景真,所作必佳。"(《蕙风词话》卷一)这是极有见地的议论。

这首遣怀之作,在遣词用语上却未脱尽脂粉气,芳草、泪眼、鸾镜、朱颜等等,颇有几分像"妇人之语",实际上它只是抒写作者的政治失意的感伤而已,反映出宋初纤丽词风的一般特征。

(陈允吉　胡中行)

【作者小传】

陈尧佐

(963—1044)　字希元,号知余子,世称颍川先生,阆州阆中(今属四川)人。端拱二年(989)进士。历官翰林学士、枢密副使、参知政事、同平章事,以太子太师致仕。工诗善书,存词一首。

踏　莎　行　　　　　　　　　陈尧佐

二社良辰,千秋庭院。翩翩又见新来燕。凤凰巢稳许为邻,潇湘烟暝来何晚。　　乱入红楼,低飞绿岸。画梁时拂歌尘散。为谁归去为谁来,主人恩重珠帘卷。

　　陈尧佐,字希元,历官同中书门下平章事。他仅存这首小词,据释文莹《湘山野录》卷中记载,时宰相申国公吕夷简欲致仕,仁宗问何人可代,夷简遂荐尧佐。尧佐拜相后,"极怀荐引之德,无以形其意,因撰燕词一阕,携觞相馆,使人歌之"。可见作此词的目的在于感谢吕夷简"荐引之德"。

　　从表面看,这是一首咏物词。清蒋敦复《芬陀利室词话》云:"词原于诗,即小小咏物,亦贵得风人比兴之旨。"在《诗·国风·邶风》中,以"燕燕于飞"喻人之送别,以"雄雉于飞"喻人之行役,这种比兴手法,无疑给后世以启迪。此词以燕子自喻,有比兴,有寄托,按当时审美标准,自然也是得"风人之旨"。这种通过燕子寄寓感恩思想的写法,直接影响了南宋的曾觌,他在《阮郎归》咏燕词中说"为怜流去落红香,衔将归画梁",《蓼园词选》即以为有"忠爱之心"。此类作品格调虽不高,然在宋代词坛上也不失为特色之一。

　　词的起首三句点节序,写环境,以燕子的翩然来归,喻朝廷的济济多士。二社,指春社与秋社,是祭祀社神(土地神)的节日。春社在立春后第五个戊日,秋社在立秋后第五个戊日。联系下文来看,这里主要指春社,但为什么说是"二社"呢?因为要与下句的"千秋"对举。就作为候鸟的燕子来说,相传春社来,秋社去,故亦可称"二社"。"千秋庭院",一作"千家庭院"。"千秋"义较胜,即秋千。燕子于寒食前后归来,而秋千正是寒食之戏,欧阳修《蝶恋花》词:"欲近禁烟微雨罢,绿杨深处秋千挂",是其证。此亦暗点时令,与"二社"照应。这两句对仗工稳,感情充沛,把词人对明媚春光、美好时代的一腔热爱,很自然地反映出来。接着一句通过燕子飞翔的姿态,表达自己悠然自得的心情。"翩翩",轻快也。《诗·小雅·四牡》:"翩翩者鵻,载飞载下。"燕子一会儿飞向空中,一会儿贴近地面,自由之态可掬。句中着一"又"字,说明燕子的翩然来归,非止一双,"新来"切己之初就任,语虽浅而义深,进一步歌颂了宋王朝的"大得人心"。

　　三、四两句暗喻吕夷简的推位让贤,并自谦依附得太晚。据《宋史》本传,陈尧佐任枢密副使时曾为吕夷简的亲信、祥符县令陈诂开脱罪责。此事当使吕夷简产生好感。后夷简荐以自代,与此不无关系。这一段意思,自然不能明说,即使明说,亦没有词味。因此他通过婉曲的方式加以暗示,令人觉得含蓄蕴藉,且不落言筌。"凤凰巢稳许为邻",以凤凰形容邻座之巢,意在突出其华美与高贵。不说"占得",而说"许为邻",亦谦恭之意。"潇湘"谓燕子从来之处,当系虚指。"来何晚"三字,充满感情色彩。从语气上看,似为自责,其中大有"相从恨晚"之意。这就是以曲笔写深情,笔愈曲而情愈深,使人读之,玩味不尽。

　　过片二句虽宕开,然仍暗承上片"翩翩"及"潇湘"句意脉。"红楼"为富贵之家,"绿岸"为优美之境。"乱入"形容燕子的纷飞,当此良辰美景,燕子倍感心情舒畅,所以一会儿争先恐后地飞进红楼,一会儿又到绿杨岸畔、碧水池旁盘旋低飞,衔泥觅食。仅此二句,已把当时的欢乐以象征手法概括出来。词的第三句"画梁时拂歌尘散",据刘向《别录》云,汉代有虞公者,善歌,发声能震散梁上灰尘。华堂歌管,是富贵人家常事,燕子栖于画梁,则梁尘亦可称作"歌尘"。此亦为居处之华贵作一点缀。

结尾二句先以问句提掣,然后归美于主人,于是词人所要表达的"感恩"之情,跃然纸上。"为谁归去为谁来",纯为口语,一句提问,引起读者充分注意,然后轻轻逗出"主人恩重珠帘卷",悠然沁入人心,完成了作品的主题。欧阳修《采桑子》词谓垂下帘栊,燕子不得其门而入,故在细雨中盘旋。此处则与上片"许为邻"呼应,说主人特地卷起珠帘,让燕子自由入内。主人怜惜之情,宽仁之度,见于言外。晁端礼《清平乐》云:"莫把珠帘垂下,妨它双燕归来。"黄了翁《蓼园词选》评曰:"借燕归巢以寄其招隐之心。"如果说这是从主人角度着笔,那么此词则是代燕子立言,表示对主人的感激。据说吕夷简听唱到结句,颇为领情,说是"自恨卷帘人已老",陈尧佐应曰:"莫愁调鼎事无功。"(《湘山野录》卷中)不用说这里的主人是吕夷简,而燕子则是词人的化身了。

孟子云:论文必须"知人论世",分析此词也当如此。若不知此词的背景,单单从咏燕着眼,必将买椟还珠、仅得皮毛了。

　　　　　　　　　　　　　　　　　　　　　　　　　　　　　　(徐培均)

【作者小传】

潘　阆

(? —1009)　字逍遥,大名(今属河北)人。至道元年(995)赐进士及第,试国子四门助教。未几,以狂妄追还诏命。真宗释其罪,为滁州参军。有《逍遥词》。其《酒泉子》十首,专咏钱塘自然景物,颇具特色。

酒　泉　子　　　　　　　　　　　潘　阆

长忆西湖,尽日凭阑楼上望:三三两两钓鱼舟,岛屿正清秋。　　笛声依约芦花里,白鸟成行忽惊起。别来闲整钓鱼竿,思入水云寒。

这首词是潘阆忆杭州组词十首之一。抒写作者对西湖的回忆。"长忆西湖",“忆”字是全篇的关键:一方面,显示西湖风景十分美好,令作者念念不忘;另一方面,经“忆”字提示,下文便从现实中脱开,转入回忆。“尽日凭阑楼上望”,“尽日”“望”应“长忆”,由今日的不懈思念,引出当年无尽的栖迟,用感情带动写景。“凭阑楼上”是词中熟语,极难出新意,然而用在这里,在表明作者终日留恋的同时,还使以下诸景因之入目无遗。“三三两两钓鱼舟,岛屿正清秋。”前句写风物,后句写背景,相映生辉。“三三两两”句点渔舟位置,有悠然自在、不扰不喧的意思。宋杨湜《古今词话》说:“潘逍遥(阆字逍遥)狂逸不羁,往往有出尘之语。”于此句可见一斑。

下片开头继续写当日楼上见闻。“笛声依约芦花里,白鸟成行忽惊起”,上句写声,“依约”是隐约、听不分明的意思,摹笛声渺茫幽远、似有若无的韵致;后句写形,用“忽惊起”状白鸟(即白鹭)翩然而逝、倏然而惊的形态,色彩明快,颇具情味,在朴实的白描中透出空灵。“别来”二字将思路从回忆拉到现实。“闲整钓鱼竿”不仅应上片之“钓鱼舟”,而且以收拾鱼竿、急欲赴西湖垂钓的神情,衬托忆西湖忆得不能忍耐、亟想归隐湖上的念头,全篇立意到此得到有力的暗示。上片只说自己凭阑看见别人的渔舟,这里却说自己要亲去一钓,意境也更深了一层。“水云寒”应“正清秋”。水云或云水、烟波,是钓翁渔隐出没之处,这种寥廓苍茫的背景,对词中景物是极好的陪衬,也非常符合作者的出尘思想。

这首词首尾写当时情,中间写昔日景:形同包融。前后两片之间又多处互相照应,比如“笛声”当发自“钓鱼舟”上,“芦花”也该是“岛屿”周围之物,至于“别来”与“长忆”,“钓鱼竿”与“钓鱼舟”,“思”与“忆”,“水云寒”与“正清秋”更丝丝入扣,今昔一体,全篇浑然。此外,本篇用白描手法写景,足使忆中之事如在目前。作者对于钓鱼舟、岛屿、笛声、芦花、白鸟等等都只记其名,不作着力描绘。清沈谦《填词杂说》曰:“白描不可近俗,修饰不得太文,生香真色,在离即之间,不特难知,亦难言。”这首词选景高洁,情调闲雅,用笔洗炼,是白描中的佳品。《古今词话》说潘阆《酒泉子》成,“一时盛传。东坡爱之,书于玉堂屏风。石曼卿使画工绘之作图。”宋释文莹《湘山野录》也有钱希白爱此词,自写于玉堂后壁的记载,足见其为人们所重视。

(李济阻)

酒 泉 子   潘 阆

长忆西山,灵隐寺前三竺后,冷泉亭上旧曾游,三伏似清秋。   白猿时见攀高树,长啸一声何处去?别来几向画图看,终是欠峰峦!

这首词写对杭州西山的回忆。西山在杭州西,山麓有灵隐寺,寺前有冷泉,泉南有飞来峰。再南,则三峰并立,曰上天竺、中天竺、下天竺,合称三竺。这一带风景清幽,是西湖周围的胜地。

"长忆西山",起句点明题旨,然后直接进入回忆。"灵隐寺前三竺后"一句用两个地名词和两个方位词,带出了寺前山后的一切风景点。后来苏轼《灵隐前一首赠唐林夫》诗用"灵隐前,天竺后,两涧春淙一灵鹫"来写此间景物,便是脱胎于潘阆的。"冷泉亭上旧曾游",冷泉在灵隐寺前。上句是远景大景,这句是近景小景:在展现了广阔的背景以后,再专门回味游览冷泉这一名胜时的情形,自然也有举一点以见全貌的作用。以上两句是全篇中唯一正面写景的地方,但句中只标明地点方位和说明旧日曾经亲游,至于这里的风景到底怎样美好,作者却不直说。这样写可以让读者驰骋想象,他们有可能填补出比任何笔墨、色彩都多得多、美得多的景象来,这是艺术空白的妙用。"三伏似清秋",意思是说在这里游憩,即使酷热的三伏天也如清爽的秋日。如果说前两句写景只点出景在哪里,是使用了艺术的拙笔的话,那么这一句在无边的美景之上精心捕捉山光物态的神韵,则使用了艺术的巧笔。

下片"白猿时见攀高树,长啸一声何处去",这两句是想象。冷泉亭左侧有呼猿洞,相传晋代僧人慧理曾蓄白猿于此。这两句虚事实写,更添了西山灵气。从内容上看,作者在这两句中似乎还在通过白猿的长啸而去,怀念杳无踪迹的慧理,然后再通过对慧理的追缅,遥寄自己许身湖山、与猿为侣的愿望。"别来几向画图看,终是欠峰峦",意思是说:别后因为甚思西山而不可得,只好找来西山的画图频频观看,但那上面终究找不出真山峰的美质来。这里用图画作为反衬,西山的灵姿秀气因此更为突出了。"欠峰峦",指缺少峰峦,实际上是说没有好的峰峦。"画图",别本作"画阑"("阑"同"栏"),说在诗人所处的地方多次凭阑而望,终是看不到西山那些优美的山峰。这样当然也通,但少了西山比图画更美丽这层意思。

这首词抒写作者对杭州西山的深挚眷恋,表达方法含蓄隐曲,选词炼句也以不露机锋为主,因而词风可入沉稳一路。此外,词中写景,交替使用了白描、绘神、想象、反衬等多种方法,可是偏偏不去用力刻画西山的具体形象。这种写法,虽然不像精雕细刻的风景诗文那样,能够让人以读当游,然而作者却便于利用自己强烈的感受去感染读者,引起读者的共鸣,以至产生急欲亲往一游的迫切愿望,因而别有一种艺术效果。　　　　　　　　　　　　　　　　　　　　(李济阻)

酒 泉 子 　　　　　　潘 阆

长忆观潮，满郭人争江上望，来疑沧海尽成空，万面鼓声
中。　　　弄潮儿向涛头立，手把红旗旗不湿。别来几向梦中
看，梦觉尚心寒。

钱塘观潮，现在在浙江海宁。但在北宋，观潮胜地却在杭州。夏历八月十八
日是钱塘江潮汛的高潮期，那时，这一天是"潮神生日"，要举行观潮庆典，仪式非
常隆重。每到这一天，官民各色人等，倾城出动，车水马龙，彩旗飞舞，盛极一时。
还有数百健儿，披发文身，手举红旗，脚踩浪头，争先鼓勇，跳入江中，迎着潮头前
进。潮水将至，远望一条白线，逐渐推进，声如雷鸣，越近高潮，声势越大，白浪滔
天，山鸣谷应。水天一色，海阔天空。如沧海横流，一片汪洋。当地居民，就直接
称呼钱塘江为"海"；称江堤为海堤。潘阆因言行"狂妄"被斥逐，漂泊江湖，卖药
为生，曾流浪到杭州。涨潮的盛况留给他极其深刻的印象，以致后来经常梦见涨
潮的壮观。这首《酒泉子》小词，就是他回忆观潮盛况之作。他用《酒泉子》这个
词牌写过十首词，但以这一首写得最好，最为后人所传诵。

上片一开始，"长忆观潮"，表明作者对于杭州观潮盛况，永志难忘，经常回
想。他首先回忆观潮的人："满郭人争江上望"。杭州人倾城而出，拥挤钱塘江
边，踮起脚尖，伸长脖子，争看江面潮水上涨。说："满郭"(即"全城"意)，虽是夸
张之词，但有现实生活作依据。吴自牧《梦粱录·观潮》载："临安……西有湖光
可爱，东有江潮堪观，皆绝景也。每岁八月内，潮怒胜于常时。都人自十一日起，
便有观者。至十六、十八日倾城而出，车马纷纷。十八日最为繁盛。"可见，"倾城
而出"是对这种传统的观潮盛况的真实写照。其次，作者回忆潮水汹涌澎湃的来
势。南宋周密的《武林旧事·观潮》描写：潮水来时，"大声如雷霆，……吞天沃
日，势极雄豪"。虽然也写得很形象，却不如潘阆"来疑沧海尽成空，万面鼓声中"
这么惊险生动，有声有色。作者见潮水像一道道的银白色长城，排山倒海而来，
简直怀疑大海的水，都被倒得一干二净，集中到钱塘江，声音轰隆轰隆，像万面战
鼓同时敲打，观潮的人都陶醉在鼓声之中。真是天下壮观，人间奇迹！不能不令
人钦佩作者的想象力，既大胆，又确切。经他这么夸张地描绘，纵使从来没有观
过潮的人，也觉得心动神摇，意气风发。

词的下片继续回忆。作者想起那些弄潮健儿创造了人定胜天的奇迹与奇
观："弄潮儿向涛头立，手把红旗旗不湿。"这是从上片末尾的浪漫主义的想象转

入对亲眼目睹的弄潮奇观的实写。所谓"弄潮儿"就是敢于在风口浪尖上向潮头挑战，戏弄潮头、藐视潮头的健儿。他们向涛头挺立，出没于起伏动荡的惊涛骇浪中，手举红旗，不被潮水溅湿。这是不可思议的奇迹，也是不可多见的奇观！《武林旧事》曾对"弄潮儿"作过生动的描绘："吴儿善泅者数百，皆披发文身，手持十幅大彩旗，争先鼓勇，溯迎而上，出没于鲸波万仞中，腾身百变，而旗尾略不沾湿，以此夸能。"他们不仅"手把红旗旗不湿"，还要互相竞赛，比个高低，真是了不起！但是，那些"弄潮儿"，并不是没有危险的，面向翻江倒海的怒潮，一不小心，立即有灭顶之灾。无怪作者说："别来几向梦中看，梦觉尚心寒。"作者当然是见过不少被淹没的健儿，才感到场面惊险，心寒胆战的。

上片回忆观潮，表现宇宙间的壮观；下片回忆弄潮，表现人定胜天的奇迹。作者写"观潮"，人与潮分开写，先写人山人海，后写潮势潮声。写"弄潮"，人与潮结合着写，写弄潮健儿迎向涛头，手举红旗，英姿飒爽，不可一世。如果只写"观潮"，不写"弄潮"，那就停留在自然风光的描写上，作为万物之灵的人只是消极的旁观者，意义不大；写了"弄潮"，使人与自然融为一体，作品就显示出广度与深度，表现出健儿们敢于和大自然搏斗的大无畏的精神面貌。末尾的"梦觉尚心寒"，作者用自己的感受——连做梦也被惊险的弄潮场面吓得胆战心寒，烘托"弄潮儿"的精彩的表演，实际是对"弄潮儿"的热情歌颂。　　　　　　　（吴奔星）

【作者小传】

林 逋

（967—1029） 字君复，钱塘（今浙江杭州）人。隐居西湖孤山二十年，终生不仕不娶，种梅养鹤，旧称"梅妻鹤子"。卒谥和靖先生。后人称林处士。有《林和靖诗集》。工诗善行书，存词三首。其中《瑞鹧鸪》咏梅词即其七律诗《山园小梅》，宋黄大舆选入《梅苑》。

长　相　思　　　　　　　　林　逋

吴山青，越山青。两岸青山相送迎，谁知离别情？　君泪盈，妾泪盈。罗带同心结未成，江头潮已平。

林逋是北宋初年著名的隐士。他独居杭州西湖边的孤山，二十年不入城市，种梅养鹤，终身未娶，人称"梅妻鹤子"。其咏梅诗中"疏影横斜水清浅，暗香浮动月黄昏"一联,写出他孤高自许的情怀,最为世所称道。因此,在人们心目中,这位清心寡欲、几乎不食人间烟火的"和靖先生",该是与爱情无缘了吧? 不然。一阕《长相思》,便道出了他关怀人间情爱的款款心曲,展示了他内心世界的另一面。

词以一女子的声口,抒写她因婚姻不幸与情人诀别的悲怀。开头用民歌传统的起兴手法,"吴山青,越山青",叠下两个"青"字,色彩鲜明地描画出一片江南特有的青山胜景。吴、越均为春秋时古国名,地在今江浙一带。钱塘江北岸多属吴国,以南则属越国。这里自古山明水秀,风光宜人,却也阅尽了人间的悲欢。"两岸青山相送迎",吴山、越山,年年岁岁但对江上行舟迎亲送往,于人间之聚散离合已是司空见惯。"谁知离别情?"歌拍处用拟人手法,向亘古如斯的青山发出嗔怨,借自然无情反衬人生有恨,使感情色彩由轻盈转向深沉,巧妙地托出了送别的主旨。

"君泪盈,妾泪盈",过片承前,由写景转入抒情。这无人能够理喻的离别的痛苦,却落到了你我身上。临别之际,泪眼相对,哽咽无语。为什么这人间常有的离别,却使他们如此感伤?"罗带同心结未成",含蓄道出了他们悲苦难言的底蕴。古代男女定情时,往往用丝绸带打成一个心形的结,叫做"同心结"。"结未成",喻示他们爱情生活横遭不幸。不知是什么强暴的力量,使他们心心相印而难成眷属,只能各自带着心头的累累创伤,来此洒泪而别。"江头潮已平",船儿就要起航了。"结未成,潮已平",益转益悲,一江恨水,延绵无尽。

这首词艺术上的显著特点是反复咏叹,情深韵美,具有浓郁的民歌风味。词采用了《诗经》以来民歌中常用的复沓形式,在节奏上产生一种回环往复、一唱三叹的艺术效果。词还句句押韵,连声切响,前后相应,显出女主人公柔情似水,略无间阻,一往情深。而这,乃得力于作者对词调的选择。唐代白居易以来,文人便多用《长相思》调写男女情爱,以声助情,得其双美。林逋沿袭传统,充分发挥了此调独特的艺术效应,又用清新流美的语言,唱出了吴越青山绿水间的地方风情,使这首小令成为唐宋爱情词苑中一朵溢香滴露的小花。

(蔡 毅)

点 绛 唇   林 逋

金谷年年,乱生春色谁为主? 余花落处,满地和烟雨。

又是离歌,一阕长亭暮。王孙去。萋萋无数,南北东西路。

北宋"梅妻鹤子"的隐逸诗人林逋,留下的词仅有三首。这首《点绛唇》和另一首《长相思》，写的是离愁别绪，都是脍炙人口之作。据宋人吴曾《能改斋漫录》卷十七记载，当年人称林逋的这首《点绛唇》词"为咏草之美者"，引起梅尧臣、欧阳修的好胜心，他们各自填了一首相同题材的《苏幕遮》和《少年游》。这三阕咏草词被后人称为"咏春草绝调"（王国维《人间词话》）。由此也可见出林逋这首词在当时的影响。

　　古人常借有形有色之物以抒难以名状之情，而离情又往往和惜春相连。这首《点绛唇》就是以草为题，以荒园暮春为背景抒写绵绵离情的。金谷，即金谷园，指西晋富豪石崇在洛阳建造的一座奢华的别墅。石崇在《金谷诗序》里说，征西将军祭酒王诩回长安时，他曾在金谷涧为其饯行。所以后来南朝江淹的《别赋》中就有"送客金谷"之说，成了典故。"金谷年年，乱生春色谁为主？"人既去，园无主，草木无情，依旧年复一年逢春而生。曾经是锦绣繁华的丽园，如今已是杂树横空、蔓草遍地了。写春色用"乱生"二字，可见荒芜之状，其意味，与杜牧《金谷园》诗中的"流水无情草自春"相近。"谁为主"之问，除点明园的荒凉无主外，还蕴含着作者对人世沧桑、繁华富贵如过眼烟云之慨叹。"余花"两句，写无主荒园在细雨中春色凋零景象。绚烂的花朵已纷纷坠落，连枝头稀疏的余花，也随蒙蒙细雨而去。"满地和烟雨"，境界阔大而情调哀伤，虽从雨中落花着笔，却包含着草盛人稀之意。眼看"匆匆春又归去"，词人流露出无可奈何的惆怅情怀。

　　过片直写离情。长亭，亦称十里长亭。古代为亲人送行，常在长亭设宴饯别，吟咏留赠。此时别意绵绵，难舍难分，直到太阳西下，还"恨不得情疏林挂住斜晖"。"又是离歌，一阕长亭暮"，词人正是抓住了黯然销魂的时刻，摄下了这幅长亭送别的画面。最后"王孙"三句，活用《楚辞·招隐士》中"王孙游兮不归，春草生兮萋萋"诗意，是全词之主旨。"王孙"本是古代对贵族公子的尊称，后来在诗词中，往往代指出门远游之人。凝望着亲人渐行渐远，慢慢消失了，唯见茂盛的春草通往四方之路，茫茫无涯。正如李煜《清平乐》词所说："离恨恰如春草，更行更远还生。"

　　以萋萋春草比喻离愁和远思，在我国古代似有传统。除《楚辞·招隐士》外，像"青青河边草，绵绵思远道"（《饮马长城窟行》）、"萋萋春草生，王孙游有情"（谢灵运《悲哉行》）、"春草明年绿，王孙归不归"（王维《山中送别》）、"远芳侵古道，晴翠接荒城。又送王孙去，萋萋满别情"（白居易《赋得古原草送别》）等，都是以无处不生的春草，比喻不可抑制、无时不增的离情。

　　林逋这首"草"，相比之下另有自己的特色。它更显得含蓄、委婉、深沉。上片写荒园、暮春、残花、细雨，无一字写草，却令人自然联想到草：园既无主，草必与花争春；花随雨去，草岂不更盛？在联想之中，不能不生起惆怅伤春之情，自然为下片送别渲染浓郁的气氛。下片以"萋萋"明写草,但这草却出现在黄昏暮霭之下、凄切离歌声中,草虽萋萋,却蒙上一层晦暗之色;草接天涯,蔓连阡陌,更象征着离愁绵绵不尽。这样,全词就收到咏物抒情浑然一体的效果,在咏物词中,确实堪称佳作。

(董扶其)

【作者小传】

杨 亿

(974—1020)　字大年,建州浦城(今属福建)人。淳化三年(992)赐进士第。历任著作佐郎、知制诰、翰林学士。曾与刘筠、钱惟演等诗歌唱和,编成《西昆酬唱集》,号"西昆体"。又善骈文。著作多佚,今存《武夷新集》,存词一首。

少 年 游　　　　　　　　杨 亿

　　江南节物,水昏云淡,飞雪满前村。千寻翠岭,一枝芳艳,迢递寄归人。　　寿阳妆罢,冰姿玉态,的的写天真。等闲风雨又纷纷,更忍向、笛中闻。

　　杨亿是"西昆体"诗的代表作家,往往以堆砌辞藻、玩弄典故为能,这首词也运用了一些书卷和典故,却能"体认着题,融化不涩"(张炎《词源·用事》),"以意贯串,浑化无痕"(周济《宋四家词序论》),因而词章秀丽,意趣典雅,给人以很好的艺术享受。

　　词的上片写梅占春光,梅迎雪放,从梅的这些特点生发出无限的情思。"江南节物"三句,是写江南春早,使人最先感到春的气息的是迎着冰雪而开的早梅。在这里,词人不着痕迹地化用了齐己的"前村风雪里,昨夜一枝开"(《早梅》)的诗意。既没有点破梅,又没有刻画梅,却从"水昏云淡"中,前村飞雪中,烘托出梅的"冰姿玉态"来。在雪里寻梅,从梅花那里得到春的信息,前人在诗词中已经有了充分的表现,但词人以广阔的江南为背景,借神于水,借色于云,把梅的傲雪精神表现得淋漓尽致,而又从前人的诗句中脱化出来,乍看了无痕迹,细玩又有浓厚的书卷气息,非胸罗万卷者,是不容易达到这种"离形得似"的艺术境界的。后面三句,抒发由此而引起的悠悠情思。"千寻翠岭,一枝芳艳"两个对句,整炼工巧,流动脱化,给人以芳润妩媚的艺术感受。"翠岭",指位于粤、赣交界处的梅岭,据传张九龄为相,令人开凿新路,沿途植梅,故有是称。"迢递寄归人",暗用陆凯赠范晔的诗:"折梅逢驿使,寄与陇头人。江南无所有,聊赠一枝春。"亦如着盐水中,视之无形,食之有味。这种用事的艺术手腕,把心物交感之际那种最新鲜、最强烈的感受曲尽其妙地表现出来。

　　下片写梅的美,是上片"一枝芳艳"的进一步描绘。并从风雨摧残中引起词人的惆怅和伤感,使人感到别有寄托蕴于其内。"寿阳妆罢",用寿阳公主梅落额上的故事。据唐韩鄂《岁华纪丽·人日梅花妆》云:南朝宋武帝女寿阳公主曾经睡在含章殿的檐下,梅花落到她的额上,成五出之花,怎么拂拭也留着花的印痕,宫中争相摹仿,于是有所谓梅花妆。词人接着用"冰姿玉态"、自然天真作进一步的刻画,实处间以虚意,死处参以活语,就更加光彩百倍,把梅都写活了。"的的",是明明白白的意思;"天真",是自然本色的意思。《庄子·渔父》中有一个最为恰切的解释说:"真者,所以受于天也,自然不可易也。"词人把它运用到这里,就是说梅花的姿态是那样的自然那样的淡雅,是自然赋予它的特性。可是,像梅花这样的"冰姿玉态",高风亮节,也要遭到风雨的摧残,这就从物态的刻画上开拓出来,别有寄托了。"等闲风雨"两句,正因为寄托了词人的升沉之感,在芳菲缠绵之中,具沉郁顿挫之致,非一般拟声摹形的咏物词可比。词人在这里用一个"又"字表示自己同样在人生旅途上历经风波;又用了"等闲"两字来表达其遭到摧残的"平白无故"。"更忍向、笛中闻",是以情语作结,辞尽意远,真味无穷。化用了李白"黄鹤楼中吹玉笛,江城五月落梅花"(《与史郎中钦听黄鹤楼上吹笛》)的诗意。李白借笛中有《梅花落》的曲调,运用"双关"的修辞手段,写出当时冷落的心境,在苍凉的景色中透露内心的悲凉。而词人则是在风雨纷纷的现实中,感到名花零落的悲哀,在悠扬的笛声中,不忍听到《梅花落》的曲调,从而抒发其别有怀抱的感慨,深婉含蓄,工于运意,借物以言情,即景而发感,造成了若即若离、似而不似的艺术境界。在这里还要进一步指出的是词人在这首词中,句句在写梅,却没有出现一个"梅"字,而又无隐晦之嫌,哑谜之病,自然是咏物词中的佳作。

(羊春秋)

【作者小传】

陈　亚

字亚之,维扬(今江苏扬州)人。咸平五年(1002)进士。曾为於潜令,守越州、润州、湖州,官至太常少卿。年七十卒。喜作药名诗词。有集不传,词存四首,皆题药名。

生查子 药名闺情　　　　　陈亚

相思意已深,白纸书难足。字字苦参商,故要檀郎①读。

分明记得约当归,远至樱桃熟。何事菊花时,犹未回乡曲?

〔注〕 ① 檀郎:一作"槟郎"("槟榔"也是药名),义不及"檀郎"允妥。

这是一首写闺情的词。闺中人柔情万缕,日夕萦念客居在外的丈夫,便写了一封长信给他,向他倾诉无尽的相思之意。这首《生查子》,便是这种感情的高度概括。近人俞陛云对这首词极表称赏,认为它"写闺情有乐府遗意"(《宋词选释》)。宋人吴处厚亦赞道:"虽一时俳谐之词,然所寄兴,亦有深意。"(《青箱杂记》卷一)

陈亚这首《生查子》,以药名入词,故题为"药名闺情"。此词语句浅白,感情深挚,妙用药名而不着痕迹,诚属药名词中的佳制。

首二句是说自从丈夫别后,忆念甚深。她无法排解离愁,便把深深的思念写入信中,但却怎么写也写不尽。接着,"字字"二句是说信中的每一个字,都是诉说这离别之苦的,是要丈夫读了知道此情。句中之"参商",指参、商二星。参星在西,商星(即辰星)在东,此出彼没,永不相见,比喻双方隔绝。"檀郎",是美男子的代称;此指闺中人的丈夫。"苦参商"三字极传神,谓因夫妻离别、隔如参商而苦恨不已。这正好说明闺中人何以"相思意已深"而"白纸书难足"了。

上阕写书信难表相思之深,以见闺中人的浓情蜜意。其中"相思""意已(薏苡)""白纸(芷)""苦参""郎读(狼毒)"均为药名。下阕则以怨詈口吻,进一步抒发怀念远人的感情;结尾以反问出之,尤见思念之切。

过片在"记得约当归"前添上"分明"二字,更显出分手时的相约印象甚深。常见的《生查子》皆为五字句,现这一句衬两字为七字句,属于别体。"分明"二句,写闺中人回忆当日分手时的情景:她一再叮嘱丈夫,最迟不要超过樱桃红熟时(指夏季)回家。但她等了又等,盼了又盼,却始终不见心上人回来。于是,她不禁爱怨交织地问道:"现在连菊花都开了(指秋天),为什么还不回来呢?"这四句一气呵成,思忆情深,盼望意切,可看作是信中内容的延续,也可看作是信外的心底思忖。真是情味深长,含蕴不尽。

下阕中的药名有"当归""远至(志)""樱桃""菊花""回乡(茴香)"等,与上阕合起来,一共用了十个药名。

　　药名词,规定每句至少要有一个药名,药名可借用同音字。这首词中的"相思""苦参""当归""樱桃""菊花"是药名本字;"意已""白纸""郎读""远至""回乡"等,则是同音借用而成药名的。

　　陈亚少孤,由舅父养大,舅父是个医工(陈亚之舅为医工事,见《永乐大典》卷八百二十二引《维扬志》:"陈亚幼孤,育于舅家,舅为医工。");故其从小耳濡目染,药名烂熟于胸。现存词四首,都是药名词。他的药名诗也写得不错,《青箱杂记》谓有"百余首,行于世"。如"风月前湖近,轩窗半夏凉"、"棋怕腊寒呵子下,衣嫌春暖缩纱裁"(均见《青箱杂记》引),都很有诗意;句中的"前湖(胡)""半夏""呵(诃)子""缩纱(砂)",就是药名。

　　南宋大词人辛弃疾,间亦游戏写药名词。其《定风波》(用药名招马荀仲游雨岩,马善医)云:"山路风来草木香,雨馀凉意到胡床。泉石膏肓吾已甚,多病,提防风月费篇章。　　孤负寻常山简醉,独自,故应知子草玄忙。湖海早知身汗漫,谁伴?只甘松竹共凄凉。"词中的"木香""雨馀凉(禹馀粮)""石膏""防风""常山""知(栀)子""海早(藻)""甘松",均是药名。

　　药名词是宋词杂体中的一体,词苑中有此异花一株,生色不少。　　　(梁守中)

【作者小传】夏竦

(985—1051)　字子乔,江州德安(今属江西)人。以父死国,授丹阳主簿。景德四年(1007),举贤良方正科。仁宗朝,历官知制诰、翰林学士兼侍读、枢密使、参知政事、同中书门下平章事。封英国公,改封郑。著有《文庄集》《古文四声韵》,词存二首。

鹧　鸪　天① 　　　　　　　　　　　　　　夏　竦

　　镇日无心扫黛眉,临行愁见理征衣。尊前只恐伤郎意,阁泪汪汪不敢垂。　　停宝马,捧瑶卮,相斟相劝忍分离? 不如饮待奴先醉,图得不知郎去时。

〔注〕　① 此词作者,《词林万选》作夏竦,《花草粹编》作无名氏,《古今别肠词选》作王曾。诸本以《词林万选》最早,当是。又,刘克庄《后村诗话续集》引"近人长短句"有此词二句,同时之吴潜《履斋诗馀》有《鹧鸪天·和古乐府韵送游景仁将漕夔门》全用此词原韵,履斋称之为古乐府,可认为宋初夏竦作。

　　送别是词中最常见的题材之一。这首词以代言的方式抒写一个女子的离情，写得比较深细，比较新鲜。

　　上片写这个女子在爱人将行、行日及别宴上种种情态。"镇日无心扫黛眉。"镇日，整天，不定指一天。自爱人打算出行时她就没精打采，"终日厌厌倦梳裹"（柳永）了。"临行愁见理征衣"，她一见他在打点行装就愁了。这"愁见"似不同于"愁看"，应是情绪的突然触发，虽然行人即将出发，但何时理征衣，她并不是都有思想准备的。这样看来，这个"愁"比前句"无心"就深入一层而且带有一定程度的爆发性了。下面写别宴。"红楼别夜堪惆怅"（韦庄），这个女子心里实在难受，以至"泪汪汪"。但她并未让自己的泪泉涌流出来，而是克制住了。离别对相爱的双方来说都是痛苦的，自己的痛苦可以忍受，但不能叫对方伤心："尊前只恐伤郎意，阁泪汪汪不敢垂"，这有多大的克制力，这有多少对郎的温情。这情形仿佛杜牧《赠别》："多情却似总无情，惟觉尊前笑不成。"小杜写分别时想轻松一下，却轻松不起来，此写直想哭而"不敢"哭，益见其凄婉厚重。

　　上片写离情的郁积和变形，写到别宴。过片继续别宴，加以生发。"停宝马，捧瑶卮，相斟相劝忍分离？"先是用两个短句子点示了一下外在情态，略作顿挫，气氛缓和些了，金玉的字面也显示了情意的美好；下面的反问又转入内心，"相斟相劝"表面的平静下隐伏着多少痛苦的煎熬。情感的潜流愈转愈急，终见波澜："不如饮待奴先醉，图得不知郎去时。"这是绝妙奇语，虽奇却又自然，因它顺应着上面的情绪逻辑。正因为分别这般痛苦，不如自己先醉倒，不知分手情形或许好受些。这是一。再者，自己强忍着眼泪想宽解对方，但感情的禁制力总有个限度，说不定到分手时还会垂泪伤郎，那只有求助于沉醉，庶几可免两伤。这里仍有对所爱者的如许温情。一般说来，词的下片比较难写，因为它一方面要接着上片发展，一方面又要转入新的一层意思，另起波澜，还要吻合上片作个回应、结束。本词下片就是如此抒写的，使人有神完意足之感。

　　一首小令把别情写得如此深厚、曲折，实不多见。一般这类词总要写出"执手相看泪眼""别语愁难听"等情态，被沈际飞誉为"第一个相别情态，一笔描来，不可思议"的毛滂《惜分飞》，看来也少些心灵深处的节奏。这首词没有采用惯常的借景抒情的方式，全拟女子的声口，这大约也是便于传达心曲的一个缘故吧。正如陈廷焯所评论的："语不必深，而情到至处，亦绝调也。"（《白雨斋词话》）

　　　　　　　　　　　　　　　　　　　　　　　　　　　　（汤华泉）

范仲淹

（989—1052）　字希文。其先邠（今陕西邠县）人，后徙苏州吴县（今江苏苏州）。大中祥符八年（1015）进士。官至枢密副使，参知政事，又曾出任陕西四路宣抚使，知邠州。守边多年，西夏称他"胸中自有数万甲兵"。卒谥文正。著有《范文正公集》。词存五首，风格、题材均不拘一格，如《渔家傲》写边塞生活，苍劲明健；《苏幕遮》《御街行》写离别相思，缠绵深致，均脍炙人口。今有辑本《范文正公诗馀》。

【作者小传】

苏　幕　遮　　　　　　　　　范仲淹

碧云天，黄叶地，秋色连波，波上寒烟翠。山映斜阳天接水，芳草无情，更在斜阳外。　　黯乡魂，追旅思，夜夜除非，好梦留人睡。明月楼高休独倚。酒入愁肠，化作相思泪。

这首词抒写羁旅相思之情，题材基本不脱传统的离愁别恨的范围，但意境的阔大却为这类词所少有。

上片写秾丽阔远的秋景，暗透乡思。起手两句，即从大处落笔，浓墨重彩，展现出一派长空湛碧、大地澄黄的高远境界，而无写秋景经常出现的衰飒之气。王实甫《西厢记》"长亭送别"一折化用这两句，改为"碧云天，黄花地"，同样极富画面美与诗意美。

"秋色连波，波上寒烟翠"两句，从碧天广野写到遥接天地的秋水。秋色，承上指碧云天、黄叶地。这湛碧的高天、金黄的大地一直向远方伸展，连接着天地尽头的渺渺秋江。江波之上，笼罩着一层翠色的寒烟。烟霭本呈白色，但由于上连碧天，下接绿波，远望即与碧天同色而莫辨，如所谓"秋水共长天一色"，所以说"寒烟翠"。"寒"字突出了这翠色的烟霭给予人的秋意感受。这两句境界悠远，与前两句高广的境界互相配合，构成一幅极为寥廓而多彩的秋色图。

"山映斜阳天接水，芳草无情，更在斜阳外。"傍晚，夕阳映照着远处的山峦，碧色的遥天连接着秋水绿波，萋萋芳草，一直向远处延伸，隐没在斜阳照映不到的天边。这三句进一步将天、地、山、水通过斜阳、芳草组接在一起，景物自目之所接延伸到想象中的天涯。这里的芳草，虽未必有明确的象喻意义（如黄蓼园谓芳草喻小人，就不免穿凿），但这一意象确可引发有关的联想。自从《楚辞·招隐士》写出了"王孙游兮不归，春草生兮萋萋"以后，在诗词中，芳草就往往与乡思别情相联系。这里的芳草,同样是乡思离情的触媒。它遥接天涯,远连故园,更在斜阳之外,使瞩目望乡的客子难以为情,而它却不管人的情绪,所以说它"无情"。到这里,方由写景隐逗出乡思离情。

整个上片所写的阔远秾丽、毫无衰飒情味的秋景,在文人笔下是少见的,在以悲秋伤春为常调的词中,更属罕见。而悠悠乡思离情,也从芳草天涯的景物描写中暗暗透出,写来毫不着迹。这种由景及情的自然过渡,手法也很高妙。

过片紧承芳草天涯,直接点出"乡魂""旅思"。乡魂,即思乡的情思,与"旅思"义近。两句是说自己思乡的情怀黯然凄怆,羁旅的愁绪重叠相续。上下互文对举,带有强调的意味,而主人公羁泊异乡时间之久与乡思离情之深自见。

"夜夜除非,好梦留人睡",九字作一句读。说"除非",足见只有这个,别无他计,言外之意是说,好梦作得很少,长夜不能入眠。这就逗出下句:"明月楼高休独倚。"月明中正可倚楼凝想,但独倚明月照映下的高楼,不免愁怀更甚,不由得发出"休独倚"的慨叹。从"斜阳"到"明月",显示出时间的推移,而主人公所处的地方依然是那座高楼,足见乡思离愁之深重。"楼高""独倚"点醒上文,暗示前面所写的都是倚楼所见。这样写法,不仅避免了结构与行文的平直,而且使上片的写景与下片的抒情自然地融为一体。

"酒入愁肠,化作相思泪。"因为夜不能寐,故借酒浇愁,但酒一入愁肠,却都化作了相思之泪,这真是欲遣相思反而更增相思之苦了。结拍两句,抒情深刻,造语生新。作者另一首《御街行》则翻进一层,说:"愁肠已断无由醉,酒未到,先成泪。"写得似更奇警深至,但微有做作态,不及这两句自然。写到这里,郁积的乡思旅愁在外物触发下发展到最高潮,词也就在这难以为怀的情绪中黯然收束。

这首词上片写景,下片抒情,这本是词中常见的结构和情景结合方式。它的特殊性在于丽景与柔情的统一,更准确地说,是阔远之境、秾丽之景与深挚之情的统一。写乡思离愁的词,往往借萧瑟的秋景来表达,这首词所描绘的景色却阔远而秾丽。它一方面显示了词人胸襟的广阔和对生活对自然的热爱,反过来衬托了离情的可伤,另一方面又使下片所抒之情显得柔而有骨,深挚而不流于颓靡。整个来说,这首词的用语与手法虽与一般的词类似,意境情调却近于传统的诗。这说明,抒写离愁别恨的小词是可以写得境界阔远,不局限于闺阁庭院的。

(刘学锴)

渔　家　傲　　　　　　范仲淹

塞下秋来风景异,衡阳雁去无留意。四面边声连角起。千嶂

里,长烟落日孤城闭。 　　　浊酒一杯家万里,燕然未勒归无
计。羌管悠悠霜满地。人不寐,将军白发征夫泪!

北宋,仁宗即位之后,国家逐渐形成积弱积贫之势,表面上一片升平,实际上危机四伏,而文风、词风仍在沿袭着晚唐、五代的余习发展。有远见的政治家、文学家都已觉察到问题的严重性,"庆历新政"和古文运动先后发生在这个时期,不是偶然现象,而是当时政治现实、社会现实的客观要求。在词的方面,豪放词开始兴起,一变低沉婉转之调,而为慷慨雄放之声,把有关国家、社会的重大问题反映到词里。范仲淹的《渔家傲》可算是这方面的代表作。

范仲淹在仁宗康定元年(1040)八月,任陕西经略安抚副使兼知延州(治所在今陕西延安),抗击西夏。第二年(1041)四月调知耀州(治所在今陕西耀县)。他的《渔家傲》词即作于这个时期。据宋人魏泰《东轩笔录》说,范仲淹守边时,作《渔家傲》歌数阕,皆以"塞下秋来"为首句,颇述边镇之劳苦,欧阳修尝称为"穷塞主"之词云云。现在只剩下了这一首。

上阕着重写景。起句"塞下秋来风景异","塞下"点明了延州的所在区域。当时延州为西北边地,是防止西夏进攻的军事重镇,故称"塞下"。"秋来",点明了季节。"风景异",概括地写出了延州秋季和内地大不相同的风光。范仲淹是苏州人,他对这个地方的季节变换,远较北人敏感,故用一个"异"字概括,这中间含有惊异之意。怎样不同呢?"衡阳雁去无留意"。雁是候鸟,每逢秋季,北方的雁即飞向南方避寒。古代传说,雁南飞,到衡阳即止,衡山的回雁峰即因此而得名,所以王勃说:"雁阵惊寒,声断衡阳之浦"(《滕王阁序》)。词里的"衡阳雁去"也从这个传说而来。"无留意"是说这里的雁到了秋季即向南展翅奋飞,毫无留恋之意,反映了这个地区到了秋天,寒风萧瑟,满目荒凉。反过来说,这个地区秋天的荒凉景象,尽括在雁"无留意"三字之中,显得笔力遒劲。下边续写延州傍晚时分的战地景象:"四面边声连角起"。所谓"边声",如《文选》载李陵《答苏武书》所云:"凉秋九月,塞外草衰,夜不能寐,侧耳远听,胡笳互动,牧马悲鸣,吟啸成群,边声四起",是总指一切带有边地特色的声响。这种声音随着军中的号角声而起,形成了浓厚的悲凉气氛,为下片的抒情蓄势。"千嶂里,长烟落日孤城闭",上句写延州周围环境,它处在层层山岭的环抱之中;下句牵挽到对西夏的军事斗争。"长烟落日",很容易使人联想起唐代大诗人王维的名句"大漠孤烟直,长河落日圆",写出了塞外的壮阔风光。而在"长烟落日"之后,紧缀以"孤城闭"三字,气象便不相同。千嶂、孤城、长烟、落日,这是所见;边声、号角声,这是所闻。

渔家傲（塞下秋来风景异）　　范仲淹

——明刊本《诗馀画谱》

把所见所闻诸现象连缀起来,展现在人们眼前的是一幅充满肃杀之气的战地风光画面,特别值得玩味的是"孤城闭"三字,它隐隐地透露宋朝不利的军事形势。为什么会造成这种形势呢?

原来宋朝从建立之后,就采取重内轻外政策,对内加紧控制,把禁军分驻全国各地,而在边疆上长期放弃警戒,武备松弛。宝元元年(1038)西夏元昊称帝,宋廷调兵遣将,扬声讨伐,而事起仓卒,将不知兵,兵不知战,以致每战辄败。范仲淹移知延州,可以说是"受任于败军之际,奉命于危难之间"。他到任后,一方面加强军队训练,一方面在延州周围构筑防御工事,始终居于守势,不敢轻易出击,延州局势才暂时稳定下来,就整个形势来说,延州仍处于孤立状态。所以"孤城闭"三字真实地反映了当时的军事态势,反映出宋朝守军力量是很薄弱的,作为指挥部所在地的城门,太阳一落就关闭起来,表现了形势的严重性。这一句就为下片的抒情作了铺垫。

下阕着重抒情。起句"浊酒一杯家万里",这是词人的自抒怀抱。他身负重任,防守危城,天长日久,难免起乡关之思。这"一杯"与"万里"之间形成了悬殊的对比,也就是说,一杯浊酒,销不了浓重的乡愁,造语雄浑有力。乡愁由何而来呢?"燕然未勒归无计",这句是用典。燕然,山名,即杭爱山,在今蒙古国境内。汉和帝永元元年(89),窦宪大破北匈奴,穷追北单于,曾登此山,"刻石勒功而还"(《后汉书·和帝纪》)。词意是说,战争没有取得胜利,还乡之计是无从谈起的,然而要取得胜利,又谈何容易!"羌管悠悠霜满地",写夜景,在时间上是"长烟落日"的延续。羌管,即羌笛,是出自古代西部羌族的一种乐器,它所发的是凄切之声,唐代边塞诗里经常提到它。如王之涣《凉州曲》"羌笛何须怨杨柳,春风不度玉门关";岑参《白雪歌送武判官归京》"中军置酒宴归客,胡琴琵琶与羌笛"等,皆为人所熟知。深夜里传来了抑扬的羌笛声,大地上铺满了秋霜。耳所闻的、目所睹的都给人以凄清、悲凉之感。如果深夜里安然熟睡,是听不到、也看不到的。这就逗出了下句:"人不寐",补叙上句,表明自己彻夜未眠,徘徊于庭。"将军白发征夫泪",由自己而及征夫,总收全词。将军(词人自己)为什么通宵不眠,发为之白?很明显,是"燕然未勒归无计"造成的;征夫为什么会落泪?是出于同样原因。他们和将军的思想感情是一致的:既希望取得伟大胜利,而战局长期没有进展,又难免思念家乡,妻子儿女魂牵梦绕。爱国激情,浓重乡思,兼而有之,构成了他们复杂而又矛盾的情绪。将军与征夫的矛盾情绪通过全词景物的描写,气氛的渲染,婉曲地传达出来,情调苍凉而悲壮,和婉约词的风格完全不同。

这首词,有人说是"表现了作者的英雄气概和战士们生活的艰苦性",这只是表面看法,其实它是对宋王朝重内轻外、消极防御政策所造成的严重后果形象的概括与反映,这是唐代一般的边塞诗所难以比拟的。　　　　　　　　　(李廷先)

御 街 行　　　　　　　　　范仲淹

　　纷纷坠叶飘香砌。夜寂静,寒声碎。真珠帘卷玉楼空,天淡银河垂地。年年今夜,月华如练,长是人千里。　　愁肠已断无由醉,酒未到,先成泪。残灯明灭枕头敧,谙尽孤眠滋味。都来此事,眉间心上,无计相回避。

　　这词一本有副题"秋日怀旧",是一首怀人之作,其间洋溢着一片柔情。即所谓"铁石心肠人亦作此消魂语"(许昂霄《词综偶评》)。上片描绘秋夜寒寂的景象,下片抒写孤眠愁思的情怀,由景入情,情景交融。

　　秋夜景象,作者只抓住秋声和秋色,便很自然地引出秋思。欧阳修《秋声赋》说:"星月皎洁,明河在天,四无人声,声在树间。"这首词上片写的正是这种境界。一叶落知天下秋,到了秋天树叶大都变黄飘落。树叶纷纷飘坠在香砌(香阶)之上,不言秋而知秋。夜,是秋夜。夜寂静,并非说一片阒寂,而是如《秋声赋》所说"四无人声";声还是有的,是寒声,即秋声。这声音不在树间,却来自树间。就是树上飘来的黄叶坠在阶上,沙沙作响。夜里,树叶飘落是看不见的,即便是月色如昼,也是看不清楚的。这里写"纷纷坠叶",不是诉诸视觉,而是诉诸听觉,是凭耳朵所听到的沙沙声响,感知到叶坠香阶的。"寒声碎",这三个字,不仅告诉我们这细碎的声响就是坠叶的声音,而且告诉我们这声响是带着寒意的秋声。由沙沙响而感知落叶声,由落叶而感知秋时之声,由秋声而感知寒意。这个"寒"字下得极妙,既是秋寒节候的感受,又是孤寒处境的感受,兼写物境与心境。由此引出空楼明月的一段描写。由听觉转入视觉。

　　"真珠帘卷玉楼空",在空寂的高楼之上,卷起珠帘,观看夜色。这夜色也如《秋声赋》所说的:"星月皎洁,明河在天。"玉楼观月的一段描写,感情细腻,色泽绮丽,有花间词人的遗风,然而在骨子里,却自有一股清刚之气。唐崔国辅《古意》说"下帘弹箜篌,不忍见秋月",这里却写在玉楼之上,将珠帘高高卷起,环视天宇。都是写相思之情,其气质却自不同。卷帘观看星月,显得奔放。"天淡银河垂地",评点家视为佳句,确实是好句,六个字勾画出秋夜空旷的天宇,实不减杜甫"星垂平野阔"之气势。以月写相思,自谢庄《月赋》"美人迈兮音尘阙,隔千里兮共明月"之后,代不乏人。因为千里共月,最易引起相思之情。"年年今夜,月华如练,长是人千里",写的也是这种意境,其声情顿挫,骨力遒劲,和温庭筠《菩萨蛮》"玉楼明月长相忆,柳丝袅娜春无力",刚柔有别。写珠帘、写银河、写月色,奔放雄壮,深沉激越。写到这里,感情已似激流洪波,以景寓情已不足以表达,很自然地转入下片的直接抒情,倾吐愁思。

下片写酌酒垂泪的愁态,挑灯倚枕的愁态,攒眉揪心的愁容,一个"愁"字,毫不掩饰地端了出来。曹操诗云:"何以解忧,惟有杜康。"古来借酒解忧解愁成了诗词中常咏的题材。有的反其意而用之,说"举杯销愁愁更愁","欲解愁肠还是酒,奈酒至愁还又"。范仲淹写酒化为泪,不仅反用其意,而且翻进一层,别出心裁,自出新意。他在《苏幕遮》中就说:"酒入愁肠,化作相思泪。"在这首词里说:"愁肠已断无由醉,酒未到,先成泪。"肠已愁断,酒无由入,虽未到愁肠,已先化泪。比起入肠化泪,又添一折,又进一层,愁更难堪,情更凄切。真可谓善写愁思者也。

自《诗经·关雎》"悠哉悠哉,辗转反侧"出,诗人便多以卧不安席来表现愁态。如曹丕《杂诗》:"展转不能寐兮,披衣起彷徨。"范仲淹在这里说"残灯明灭枕头敧",室外月明如昼,室内昏灯如灭,两相映照,自有一种凄然的气氛。枕头敧斜,写出了愁人倚枕对灯寂然凝思神态,这神态比起辗转反侧,更加形象,更加生动。然后补一句:"谙尽孤眠滋味。"由于有前句铺垫,这句独白也十分入情,很富于感人力量。比起作者在《渔家傲》中的"人不寐"三个字,自然含蓄得多,生动得多。《苏幕遮》中说"夜夜除非,好梦留人睡",假借梦境来衬托,这种构思显得十分新巧,但仍不及"残灯"二句情味之浓。"都来此事",算来这怀旧之事,是无法回避的,不是在心头萦绕,就是在眉头攒聚。愁,在内为愁肠愁心,在外为愁眉愁脸。古人写愁情,设想愁像人体中的"气",气能行于体内体外,故或写愁由心间转移到眉上,如毛滂《惜分飞》"愁到眉峰碧聚";或写由眉间转移到心上,如李清照《一剪梅》"此情无计可消除,才下眉头,却上心头"。范仲淹这首词则说"眉间心上,无计相回避",说得比较全面,但从词的语言看,生动性、形象性似稍逊易安一筹,虽然,仍不失为入情入理的佳句。

纵观下片,由景入情,写情先写愁意,次写愁态,再写愁容,步步逼近,层层翻出,怀人之情直接吐露,淋漓尽致,沉着痛快。

　　　　　　　　　　　　　　　　　　　　　　　　　　　　　　（林东海）

剔　银　灯　　　　　　　　　　范仲淹
与欧阳公席上分题①

昨夜因看蜀志②,笑曹操孙权刘备。用尽机关,徒劳心力,只得三分天地。屈指细寻思,争③如共、刘伶④一醉?　　　人世

都⑤无百岁。少痴騃⑥、老成尪悴⑦。只有中间,些子⑧少年,
忍把浮名⑨牵系?一品⑩与千金,问白发、如何回避?

〔注〕　①席上分题:古人往往在酒席上拟一些题目,分别赋诗填词,以助酒兴。　②蜀
志:晋陈寿撰《三国志》,全书由《魏志》《蜀志》《吴志》三部分组成。　③争:怎。　④刘伶:西
晋狂士,嗜酒。《世说新语·任诞》载伶妻谏其戒酒,伶诈言不能自禁,须对鬼神发誓。其妻遂
供酒肉于神位前。伶却誓曰:“天生刘伶,以酒为名。一饮一斛,五斗解酲。妇人之言,慎不可
听。”誓罢便饮酒食肉,颓然已醉。按:刘伶的狂饮任诞,实是对政治黑暗的一种消极反抗。
⑤都:总。　⑥騃:呆。　⑦尪悴:衰弱貌。　⑧些子:一点儿。　⑨浮名:古人发牢骚
时,每称功名为浮名。　⑩一品:唐宋时官分九品,一品是最高的级别。

　　范仲淹是北宋豪放词派的先驱,其词虽仅传五首,但在题材方面有新的开
拓,在风格方面也有新的探索。本篇就是一个特例。它写的是对历史的评价,对
人生的看法,可谓“重大主题”。当我们看腻了婉约派笔下那些风云气短、儿女情长
的艳词,一旦读到这首“别调”的作品,颇有新鲜之感。然而,作者尚未完全摆脱词为
“小道”“末技”的世俗之见的影响。因此,他在创作以“先天下之忧而忧,后天下之乐
而乐”的政治抱负为主题的文学作品时,态度是严肃的,采用的也是古文这种文人心
目中比较“高贵”和“正经”的体裁。而在与老朋友一起喝高粱酒、无拘无束地闲聊白
话时,则不免戏作小词了。这就决定了本篇的风格必然是戏谑的。“重大主题”而又
出之于“游戏之笔”,于是我们看到了完全不同于《岳阳楼记》里的另一位范仲淹。
　　此词纯用口语写成,文字并不难懂。上阕大意是说:昨天夜里读《三国志》,
不禁笑话起曹操、孙权、刘备来。他们用尽权谋机巧,不过是枉费心力,只闹了个
天下鼎足三分的局面。与其像这样瞎折腾,还不如什么也别干,索性和刘伶一块
儿喝他个醄醄大醉呢。下阕则化用了白居易《狂歌词》的诗意。白诗云:“五十已
后衰,二十已前痴。昼夜又分半,其间几何时!生前不欢乐,死后有余赀。焉用黄
垆下,珠衾玉匣为?”范词则曰:人生一世,总没有活到一百岁的。小的时候不懂事,
老了又衰弱不堪。只有中间一点点青年时代最可宝贵,怎忍心用她来追求功名利禄
呢?就算做到了一品大官、百万富翁,请问能躲过老冉冉其将至的自然规律么?
　　全篇笔调很诙谐,尽是俏皮话。读来风趣得很,但想想却很失望,像这样赤
裸裸宣扬消极无为的历史观、及时行乐的人生观、一派颓废情绪的作品,还选它、
赏析它干什么?本来大家对范老夫子还颇有几分崇敬,读了这首词,其在人们心
目中的威信整个儿扫地,如选历史名人,谁还肯投他的票!——且慢,以人废言
尚且不可,又怎能以言废人?我们还是全面考察一下他的实际为人和创作这首
词的时代背景吧。

据《宋史》本传,词人年轻时锐意进取,刻苦攻读,昼夜不息,冬日疲惫时则以冷水沃面,饮食不继则啜糜粥。中进士后,无论在地方抑在朝廷供职,他都敢于指斥时弊,为民请命,多有善政。所得俸禄,每用以招待慕名前来问学的四方之士,而自家子弟却只有一套出客的衣服,须易衣出门。即使后来做到执政大臣,家中无客时,他也"不重肉"(不吃两样肉食),节余的薪俸全拿到家乡去购置"义庄",赡养族人。但这样一位仁人志士,却屡遭小人诬陷,两度被排挤出朝。仁宗景祐三年(1036)贬官那次,欧阳修虽不认识他,却站出来为他打抱不平,结果也受到贬为夷陵县令的处分。庆历三年(1043),词人回朝当上了参知政事(副宰相),主持"新政"(即政治革新),这时欧阳修也已回京,成为他的重要帮手和莫逆之交。"新政"因遭守旧派官僚们的阻挠,不久即告失败,词人遂于庆历五年(1045)再次贬官离京。本篇是"与欧阳公席上分题"之作,当即写于这两三年二人在朝共事之时。弄清了这一点,再来读这首词,我们就恍然大悟了:原来,它是词人因政治改革徒劳无功而极度苦闷之心境的一个雪泥鸿爪式的记录。胸中有块垒,故须用酒浇之。愤激之际,酒酣耳热,对着志同道合的老朋友发牢骚、说醉话,岂可当真?套用《红楼梦》开卷诗的句格,我们不妨说此词"满纸荒唐言,一把辛酸泪,若云不健康,便失其中味"!要之,不能把它当作范仲淹这位大政治家的历史观和人生观来读,而只能把它看成一面"哈哈镜",根据其中扭曲了的作者自我形象,去还他的庐山真面目。果真作如是观,则此词里的范仲淹,仍是《岳阳楼记》里的范仲淹。范仲淹的形象,并没有因为发几句牢骚便有所损害,正相反,这几句牢骚倒使得他有血有肉,有强烈的个性,不惟可敬,而且可爱了。

只在词中求词,往往不解其词。要想深得一篇词作的三昧,更须知人论世,于词外求之。这就是此词的启示。

(钟振振)

柳 永

【作者小传】 (约987—约1053) 字耆卿。初名三变,字景庄。崇安(今福建武夷山市)人。景祐元年(1034)进士。官至屯田员外郎。排行第七,世称"柳七"或"柳屯田"。为人放荡不羁,终生潦倒。善为乐章,长于慢词,以描写歌妓生活、城市风光以及失意文人羁旅行役的生活等题材为主,语多俚俗,尤善铺叙形容,曲尽其妙。对北宋慢词的兴盛和发展起过重要作用。代表作有《雨霖铃》《八声甘州》《望海潮》《蝶恋花》《戚氏》等。有《乐章集》传世,词存二百十三首。

甘 草 子　　　　　　　　　　　柳 永

秋暮，乱洒衰荷，颗颗真珠雨。雨过月华生，冷彻鸳鸯浦。
池上凭阑愁无侣，奈此个、单栖情绪！却傍金笼共鹦鹉，念粉
郎言语。

柳永慢词以善于铺写见称，其小词亦有可观者，如这首《甘草子》就是一篇绝
妙的闺情词。

上片写女主人公池上凭阑的孤寂情景。秋天本易触动寂寥之情，何况"秋
暮"。已是黄昏独自愁，更著风和雨，则主人公愁苦可知。"乱洒衰荷，颗颗真珠
雨"，不但比喻贴切，句中"乱"字亦下得极好。它既写出雨洒衰荷历乱惊心的声
响，又画出跳珠乱溅的景象，间接地，还显示了凭阑凝伫、寂寞无聊的女主人公的
形象，其心绪也恰可着一个"乱"字。紧接着，以顶针格写出后两句："雨过月华
生，冷彻鸳鸯浦。"词连而境移，可见女主人公在池上阑边移时未去，从雨打衰荷
直到雨霁月升。雨来时池上已无鸳鸯，"冷彻鸳鸯浦"即有冷漠空寂感，不仅是雨
后天气转冷而已，这对女主人公之所以愁闷是一有力的暗示。

过片"池上凭阑愁无侣"一句收束上意，点明愁因。"奈此个、单栖情绪"则推
进一层，写孤眠之苦，场景也由池上转入屋内。写无侣单栖滋味，词中比比皆是，
并不新鲜。此词妙在结尾二句别开生面，写出新意："却傍金笼共鹦鹉，念粉郎言
语。"荷塘月下，轩窗之内，一个不眠的女子独自在调弄鹦鹉，自是一幅绝妙仕女
图，画中再度流露出她的寂寞无聊的情绪。而画图难足的，是那女子教鹦鹉念的
"言语"，乃属于"私房话"。不直写女主人公念念不忘"粉郎"及其"言语"，而通过
鹦鹉学"念"来表现，尤觉婉曲含蓄。骤闻鸟语，如对故人，可聊以自遣自慰，然而
岂能持久？ 鸟语之后，反而会平添一种凄凉。所以这画面表现的况味又相当复
杂。这个结尾，使全词臻于妙境。

《金粟词话》云："柳耆卿'却傍金笼教鹦鹉，念粉郎言语'，《花间》之丽句也。"
其实全词语言皆华美。如"真珠""月华""鸳鸯""金笼""鹦鹉"等皆具辞彩。写环
境的华美不能掩盖人物心境的空虚，适有反衬的妙用。女主人公亦如金笼之孤
鸟。词中两用鸟名，上片之"鸳鸯"乃虚写，下片之"鹦鹉"是实写，各有妙用。

　　　　　　　　　　　　　　　　　　　　　　　　　　　（周啸天）

昼 夜 乐　　　　　　　　　　　柳 永

洞房记得初相遇。便只合、长相聚。何期小会幽欢，变作离情

别绪。况值阑珊春色暮。对满目、乱花狂絮。直恐好风光,尽随伊归去。　　　一场寂寞凭谁诉。算前言,总轻负。早知恁地难拚,悔不当时留住。其奈风流端正外,更别有、系人心处。一日不思量,也攒眉千度。

我国传统诗词写闺情题材的极多。柳永这首俗词却写的是普通市井妇女的闺情,着重表现她的悔恨,在这类题材中是别开生面之作。

词以抒情女主人公的语气叙述其短暂而难忘的爱情故事。她是从头到尾,絮絮诉说其无尽的懊悔。作者善于使用民间通俗文学的叙述方法,以追忆的方式从故事的开头说起。歌词有自己独特的表现方式,因而省略了许多枝节,直接写她与情人的初次相会。这次欢会就是他们的初次相遇。初遇即便"幽欢",正表现了市民恋爱直捷而大胆的特点,不需要像公子与小姐那样有一个漫长曲折的过程。这样的初遇,自然给女性留下特别难忘的印象。她按照市民的观念认定:他们以情理而论都"便只合,长相聚"的。但事实上此种爱情在封建社会中是难以为社会和家庭承认的,因而事与愿违,初欢即又是永久的分离。显然,他们的分离系为情势所迫,还不是由于男子的负心,这就愈使她思念不置了。暮春时节所见到的是"乱花狂絮",春事阑珊。春归的景象已经令人感伤,而恰恰这时又触动了对往日幽欢幸福与离别痛苦的回忆,愈加令人感伤了。"况值"两字用得极妙,一方面表示了由追忆回到现实的转换,另一方面又带出了见景伤情的原因。由此很自然地在上片两结句达到情景交融的地步:"直恐好风光,尽随伊归去"。"伊"为第三人称代词,既可指男性,也可指女性。柳永的俗词是供女艺人演唱的,其中的"伊"一般都用以指男性,如《定风波》"针线闲拈伴伊坐"和《望远行》"待伊游冶归来"中的"伊"都是指男性的。此词的"伊"亦指男性。女主人公将春归与情人的离去联系起来,美好的春光在她的感受中好像是随他而去了。"直恐"两字使用得很恰当,是主观怀疑性的判断,因为事实上春归与人去是无内在联系的,将二者联系起来纯是情感的附着作用所致,很足以说明思念之情的强烈程度。

下片起句"一场寂寞凭谁诉",在词情的发展中具有承上启下的作用。"一场寂寞"是春归人去后最易感到的,但寂寞和苦恼的真正原因是无法向任何人诉说的,也不宜向人诉说,只有深深地埋藏在自己内心深处。于是整个词的下片转入抒写自身懊悔的情绪。作者将这懊悔情绪分作三层,逐层铺写。第一,"算前言,总轻负",是由于她的言而无信,或是损伤了他的感情,这些都未明白交代,但显然责任是在女方；于是感到自责和内疚,轻易地辜负了他的情意。第二,"早知恁地难拚,悔不当时留住"。看来她对此事缺乏经验,当初未考虑到离别后在情感上竟如此难于割舍。如果早知道了,何不当时就不顾一切将他留住呢?因为没有留住他,这才后悔无穷。第三层又补足"恁地难拚"的原因。他不仅举措风流可爱,而且还品貌端正,远非一般浮滑轻薄之徒可比,实是难得的人物。但除了这些容易体察的优点而外,"更别有、系人心处"。这"系人心处"只有她才能体验到的奥秘是不便于言说的,也是她"难拚"的最重要的原因。可见,她由于内疚、难舍和私自的喜爱,更感到失去他像失去了人生最宝贵的东西一样。结句"一日不思量,也攒眉千度",非常形象地表现了这位妇女悔恨和思念的精神状态。攒眉即愁眉紧锁,是"思量"时忧愁的表情。意思是,每日都在思量,而且总是忧思千次的,可想见其思念之深且切了。这两句的表述方式很别致。本是"每日思量,攒眉千度",偏说成是"一日不思量,也攒眉千度",正言反说,语转曲而情益深。不思量已是攒眉千度了,则每日思量时又是如何,不问可知,造语不但深刻,而且俏皮,得乐府民歌的神采。

(谢桃坊)

曲 玉 管　　　　　　　　　　柳　永

陇首云飞,江边日晚,烟波满目凭阑久。一望关河萧索,千里清秋,忍凝眸?　　杳杳神京,盈盈仙子,别来锦字终难偶。断雁无凭,冉冉飞下汀洲,思悠悠。　　暗想当初,有多少、幽欢佳会,岂知聚散难期,翻成雨恨云愁?阻追游。每登山临水,惹起平生心事,一场消黯,永日无言,却下层楼。

这首词是写离别之恨与羁旅之愁的。作者登高怀远,触景伤情,而将情景打成一片,往复交织,前后照应,针线尤为细密。

全词共分三叠。凡是三叠的词,以音律论,前两叠是双拽头,后一叠才是换头(一称过片)。故文词也每每是前两叠大体一意,后一叠另作一意,使声情相应。此词第一叠"陇首"三句,是当前景物和情况。"云飞""日晚",隐含下"凭阑久"。"亭皋木叶下,陇首秋云飞",是梁柳恽的名句。陇首,犹言山头。云、日、烟波,皆凭阑所见,而有远近之分。由此启下三句。"一望",不是望一下,而是一眼望过去,由近及远,由实而虚,千里关河,可见而不尽可见,逼出"忍凝眸"三字,极写对景怀人,不堪久望之意。然而上言"凭阑久",可见已经久望了,则"忍凝眸"者,乃是事后觉得望之无益,是透过一层的写法。此段五句都是写景,只用"忍凝眸"三字,便将内心活动全部贯注到上写景物之中,而使情景交融。

第一叠是先写景,后写情;第二叠则反过来,先写情,后写景。"杳杳"三句,接上"忍凝眸"来。"杳杳神京",写所思之人在汴京;"盈盈仙子",则写所思之人的身份。唐人诗中习惯上以仙女作为美女之代称,一般用来指娼妓或女道士。如施肩吾有《赠仙子》,仙子指娼妓;赵嘏有《赠女仙》,女仙指女道士。这里大约是指汴京的一位妓女。"锦字"是用窦滔、苏蕙夫妻故事。苻秦时,滔得罪徙流沙,蕙作回文诗,织于锦上以寄,词甚凄惋,见《晋书》。作者和这位"仙子",并非正式夫妻,其所以用此典故,或系因应举时被仁宗放落,因而出京,与窦滔之获罪远徙,有些近似之故。文献不足,无从深考。此句是说,"仙子"虽想寄与"锦字",而终难相会(偶作遇解),这是悬揣之词,并非真正收到她的信了,观下文可知。鸿雁本可传书,而说"断",说"无凭",则是始终不曾负担起它的任务。雁给人传书,无非是个传说或比喻,而雁"冉冉飞下汀洲",则是眼前实事。由虚而实,体现出既得不着信又见不了面的惆怅心情,自然就不能老是想着,放不下了。"思悠悠"三字,总结次段之意,与上"忍凝眸"遥应,而更深入一层。因第一段写景物萧索,使人不忍凝眸,第二段则写即使凝眸,其人终于难偶,不但人难偶,信也难通,所以除了相思之外,更无其他办法。

第三叠是"思悠悠"的铺叙。第一、二叠写景抒情,眼前之事,已经表现得非常丰满。而今日之惆怅,实缘于旧日之欢情,所以"暗想"四句,便概括往事,写其先相爱,后相离,既相离,难再见的愁恨心情。"阻追游"三字,横插在上四句下五句中间,包括了多少难以言说的酸辛在内。然后,笔锋一转,又从回忆而到当前。但是,在回到当前之时,却又荡开一笔,在平叙之中,略作波折,指出这种"忍凝眸""思悠悠"的情状,并不是这一次,而是许多次,每次"登山临水",就"惹起平生心事"。然后再写到这回依然如此,在"黯然消魂"的心情之下,长久无话可说,走下楼来。"却下层楼",遥接"凭阑久",使全词从头到尾,血脉流通。刘熙载《艺概》说柳词"细密而妥溜,明白而家常,善于叙事,有过前人"。这首词,特别是其第三叠,很可以证实这一论点的正确。此词的"暗想当初"以下,似乎平铺直叙,没有什么技巧,但这正是柳永的特色,其他词人所难以企及的地方。　　(沈祖棻)

雨　霖　铃　　　　　　　　　　　　　柳　永

寒蝉凄切。对长亭晚,骤雨初歇。都门帐饮无绪,留恋处、兰舟催发。执手相看泪眼,竟无语凝噎。念去去、千里烟波,暮霭沉沉楚天阔。　　　　多情自古伤离别,更那堪冷落清秋节!

雨霖铃(寒蝉凄切)　　　柳　永

——明刊本《诗馀画谱》

今宵酒醒何处？杨柳岸、晓风残月。此去经年，应是良辰好景虚设。便纵有千种风情，更与何人说？

　　此词当为词人从汴京南下时与一位恋人的惜别之作。柳永因作词忤仁宗，遂"失意无俚，流连坊曲"，为歌伶乐伎撰写曲子词。由于得到艺人们的密切合作，他能变旧声为新声，在唐五代小令的基础上，创制了大量的慢词，使宋词开始了一个新的发展阶段。这首词调名《雨霖铃》，盖取唐时旧曲翻制。据《明皇杂录》云，安史之乱时，唐玄宗避地蜀中，于栈道雨中闻铃音，起悼念杨贵妃之思，"采其声为《雨霖铃》曲，以寄恨焉"。王灼《碧鸡漫志》卷五云："今双调《雨霖铃慢》，颇极哀怨，真本曲遗声。"在词史上，双调慢词《雨霖铃》最早的作品，当推此首。柳永充分利用这一词调声情哀怨、篇幅较长的特点，写委婉凄恻的离情，可谓尽情尽致，读之令人於悒。

　　词的上片写一对恋人饯行时难分难舍的别情。起首三句写别时之景，点明了地点和节序。《礼记·月令》云："孟秋之月，寒蝉鸣。"可见时间大约在农历七月。然而词人并没有纯客观地铺叙自然景物，而是通过景物的描写，氛围的渲染，融情入景，暗寓别意。时当秋季，景已萧瑟；且值天晚，暮色阴沉；而骤雨滂沱之后，继之以寒蝉凄切：词人所见所闻，无处不凄凉。加之当中"对长亭晚"一句，句法结构是一、二、一，极顿挫吞咽之致，更准确地传达了这种凄凉况味。

　　前三句通过景色的铺写，也为后两句的"无绪"和"催发"设下伏笔。"都门帐饮"，语本江淹《别赋》："帐饮东都，送客金谷。"他的恋人在都门外长亭摆下酒筵给他送别，然而面对美酒佳肴，词人毫无兴致。可见他的思绪正专注于恋人，所以词中接下去说："留恋处、兰舟催发"。这七个字完全是写实，然却以精练之笔刻画了典型环境与典型心理：一边是留恋情浓，一边是兰舟催发，这样的矛盾冲突何其尖锐！林逋《相思令》云："君泪盈，妾泪盈，罗带同心结未成，江头潮欲平。"仅是暗示船将启碇，情人难舍。刘克庄《长相思》云："烟迢迢，水迢迢，准拟江边驻画桡，舟人频报潮。"虽较明显，但仍未脱出林词窠臼。可是这里的"兰舟催发"，却以直笔写离别之紧迫，虽没有他们含蕴缠绵，但却直而能纡，更能促使感情的深化。于是后面便迸出"执手相看泪眼，竟无语凝噎"二句。语言通俗而感情深挚，形象逼真，如在目前。寥寥十一字，真是力敌千钧！后来传奇戏曲中常有"流泪眼看流泪眼，断肠人对断肠人"的唱词，然却不如柳词凝练有力。那么词人凝噎在喉的是什么话呢？"念去去"二句便是他的内心独白。词是一种依附于音乐的抒情诗体，必须讲究每一个字的平仄阴阳，而去声字尤居关键地位。这里的去声"念"字用得特别好。清人万树《词律发凡》云:"名词转折跌荡处,多用去声,何也? 三声之中,上、入二者可以作平,去则独异。……当用去者,非去则激不起。"此词以去声"念"字作为领格,上承"凝噎"而自然一转,下启"千里"以下而一气流贯。"念"字后"去去"二字连用,则愈益显示出激越的声情,读时一字一顿,遂觉去路茫茫,道里修远。"千里"以下,声调和谐,景色如绘。既曰"烟波",又曰"暮霭",更曰"沉沉",着色可谓浓矣;既曰"千里",又曰"阔",空间可谓广矣。在如此广阔辽远的空间里,充满了如此浓密深沉的烟霭,其离愁之深,令人可以想见。

　　上片正面话别,到此结束;下片则宕开一笔,先作泛论,从个别说到一般,得出一条人生哲理:"多情自古伤离别"。意谓伤离惜别,并不自我始,自古皆然。接以"更那堪冷落清秋节"一句,则为层层加码,极言时当冷落凄凉的秋季,离情更甚于常时。"清秋节"一辞,映射起首三句,前后照应,针线极为绵密;而冠以"更那堪"三个虚字,则加强了感情色彩,比起首三句的以景寓情更为明显、深刻。"今宵"三句蝉联上句而来,是全篇之警策,后来竟成为苏轼相与争胜的对象。据俞文豹《吹剑录》云:"东坡在玉堂日,有幕士善歌,因问:'我词何如柳七?'对曰;'柳郎中词,只合十七八女郎,执红牙板,歌"杨柳岸晓风残月"。学士词,须关西大汉,(执)铜琵琶,铁绰板,唱"大江东去"。'"这三句本是想象今宵旅途中的况味:一舟临岸,词人酒醒梦回,只见习习晓风吹拂萧萧疏柳,一弯残月高挂杨柳梢头。整个画面充满了凄清的气氛,客情之冷落,风景之清幽,离愁之绵邈,完全凝聚在这画面之中。比之上片结尾二句,虽同样是写景,写离愁,但前者仿佛是泼墨山水,一片苍茫;这里却似工笔小帧,无比清丽。词人描绘这清丽小帧,主要采用了画家所常用的点染笔法。清人刘熙载在《艺概》中说:"词有点,有染。柳耆卿《雨霖铃》云:'多情自古伤离别,更那堪冷落清秋节。今宵酒醒何处? 杨柳岸、晓风残月。'上二句点出离别冷落,'今宵'二句乃就上二句意染之。点染之间,不得有他语相隔,隔则警句亦成死灰矣。"也就是说,这四句密不可分,相互烘托,相互陪衬,中间若插上另外一句,就破坏了意境的完整性、形象的统一性,而后面这两个警句,就将失去光彩。

　　"此去经年"四句,构成另一种情境。因为上面是用景语,此处则改用情语。他们相聚之日,每逢良辰好景,总感到欢娱;可是别后非止一日,年复一年,纵有良辰好景,也引不起欣赏的兴致,只能徒增怅触而已。"此去"二字,遥应上片"念去去";"经年"二字,近应"今宵",在时间与思绪上均是环环相扣,步步推进,可见结构之严密。"便纵有千种风情,更与何人说",益见钟情之殷,离愁之深。而归纳全词,犹如奔马收缰,有住而不住之势;又如众流归海,有尽而未尽之致。其以问句作结,更留有无穷意味,耐人寻绎。

　　耆卿词长于铺叙,有些作品失之于平直浅俗,然而此词却能做到"曲处能直,密处能疏,鼻处能平,状难状之景,达难达之情,而出之以自然"(冯煦《六十一家词选例言》论柳永词)。像"兰舟催发"一语,可谓兀傲排奡,但其前后两句,却于沉郁之中自饶和婉。"今宵"三句,寄情于景,可称曲笔,然其前后诸句,却似直抒胸臆。前片自第四句起,写情至为缜密,换头却用提空之笔,从远处写来,便显得疏朗清远。词人在章法上不拘一格,变化多端,因而全词起伏跌宕,声情双绘,付之歌喉,亦能奕奕动人。

(徐培均)

迷 仙 引　　　　　　　　　　柳　永

　　才过笄年,初绾云鬟,便学歌舞。席上尊前,王孙随分相许。算等闲、酬一笑,便千金慵觑。常只恐、容易蕣华偷换,光阴虚度。　　已受君恩顾,好与花为主。万里丹霄,何妨携手同归去。永弃却、烟花伴侣。免教人见妾,朝云暮雨。

　　柳永青年时代长期流连坊曲,熟悉民间歌妓的生活,也深知她们的痛苦并真正地同情她们。在《迷仙引》里,作者表达了她们的呼声,其中蕴含着她们辛酸痛苦之情。宋代隶属娼籍中的人,情形很复杂,有的纯是出卖色相,有的侍宴侑酒,歌妓则是以小唱为职业的女艺人。民间歌妓大都是贫苦人家女子,因其家遭受灾荒或为缴纳赋税而被卖入娼家的,也有被诱拐而误入风尘的。宋人金盈之说:"诸女自幼丐育,或佣其下里贫家,无赖之徒,潜为渔猎;亦有良家子,为其家聘之后,以转求厚赂,误缠其中,则无以自脱,且教之歌,久而卖之。其日赋甚急,微涉退怠,鞭扑备至。年及十二三者,盛饰衣服,即为娱宾之备矣。"(《新编醉翁谈录》卷七)从柳永所描述的这位歌妓的情形来看,她也是幼年沦落娼籍的,但并非流浪于茶楼酒肆中"不呼自来筵前歌唱,临时以些小钱物赠之而去"(《东京梦华录》卷二)的下等女艺人,而是属于歌楼中较为高级的歌妓。

　　全词通过一位民间歌妓对自己所信任的男子的自述,表现她对自由生活的向往和追求。据她自己说,刚成长为少女时便学习歌舞了。古代女子年满十五岁,开始梳绾发髻,插上簪子,称为"及笄",标志成年了。由于她身隶娼籍,学习伎艺是为了在歌筵舞席之上"娱宾",以成为娼家牟利的工具,当然也可得到宾客一些赏钱而归自己。她们个人生活往往是很悲惨的,尤其是精神生活。在封建社会后期的市民生活中普遍盛行着拜金主义,但这位歌妓并非狂热的拜金主义者。她在华灯盛筵之前为王孙公子们歌舞侑觞,由于她年轻,色艺都好,席上尊前,随处博得王孙公子的称赞,对她的一笑,等闲(随便)地便以千金相酬。可是她意不在此,"慵觑"是懒于一顾。可见,她与一般安于庸俗生活、贪得缠头的歌妓们,意趣颇为相异。作者于此婉曲地表现了歌妓的较为高尚的品格,轻视千金而要求人们的尊重和理解。她在风尘中保持着清醒的头脑:寻觅着知音,渴望着有一个正常的人生归宿,走"从良"的道路。歌舞场中的女子青春易逝,有如"舜华"的命运一样。"华"古通花,舜华即木槿花。《诗·郑风·有女同车》"颜如舜华"朱熹注:"舜,木槿也,树如李,其华朝生暮落。"郭璞《游仙诗》:"舜荣不终朝。"古人多用舜华以喻女子青春,虽美艳而难久驻,有似朝开暮落一般。这位歌妓清楚地知道,她的美妙青春也将像舜华会暗中很快变灭的。"光阴虚度"之后,结局如何呢? 这就是常常使她感到困扰和担忧的问题。词的上片逐层地暗示了落籍从良是歌妓的唯一出路,由此很自然地在词的下片正面表达其从良的决心和愿望。

　　她终于在赏识者中寻觅到一位可以信任和依托的男子,便以弱者的身份和坚决的态度,恳求救其脱离火坑。他的同情、怜爱和赏识,在她看来已是"恩顾"了。歌妓犹命薄如花的女子,求他作主,求他庇护,以期改变自己的命运。"万里丹霄"意即广阔的晴空。为妓如堕溷之花,从良则不啻登天了,对于风尘中的女子来说,这是既渴望而又难以得到的。而今她有了可信任的男子,祈求着"何妨携手同归去",共同缔造正常的家庭生活。从良之后,便表示永远抛弃旧日的生活和那些烟花伴侣,以此来洗刷世俗对她的不良印象。"朝云暮雨",本出自宋玉《高唐赋》:"妾在巫山之阳,高丘之阻,旦为朝云,暮为行雨。"歌妓由于特殊的职业,送往迎来,相识者甚多,给人以感情不专、反复无常的印象。这位歌妓试图以今后的行为来证明自己并非那种轻浮的女人。她恳求、发誓,言辞已尽,愿望热切,似乎含着热泪、怀着对未来的憧憬,向社会发出求救的呼声。然而她所信任和依托的男子是否同意她的要求,是否能帮助她跳出火坑,是否能同她共建美满的家庭生活;这一切,词人都未作肯定的回答。作者只传达出民间歌妓求救的呼声,希望社会能听听这微弱而感人的声音。我们从民间歌妓在宋代社会现实中的一般情形来判断,这位歌妓实现从良的愿望的可能性是很小的,很可能这个男子又欺骗了她,也很可能是买她去作家妓或姬妾的,或者虽然同情她却因无力付清身价银而终于不能救助。按照封建等级制度的规定,歌妓属于"贱民",注定了悲剧的命运。她们要想像正常人一样过着温暖的家庭生活总是难以如愿的,虽然这是妇女最低的和最合情理的愿望。

这首词于平淡中很具功力,紧紧抓住了民间歌妓要求从良的主线,善于剪裁,突出重要情节,语言贴切,深刻地反映了歌妓痛苦的精神生活和迫切的从良愿望。作者对描写的对象是非常熟悉的,以第一人称的语气表达民间歌妓发自内心深处的呼声就尤为真切感人了。词人柳永是真正同情民间歌妓的,敢于正视她们不幸的命运,因而在词里我们可见到作者人道思想的闪光。　　(谢桃坊)

归　朝　欢　　　　　　　　　柳　永

别岸扁舟三两只。葭苇萧萧风浙浙。沙汀宿雁破烟飞,溪桥残月和霜白。渐渐分曙色。路遥山远多行役。往来人,只轮双桨,尽是利名客。　　一望乡关烟水隔。转觉归心生羽翼。愁云恨雨两牵萦,新春残腊相催逼。岁华都瞬息。浪萍风梗诚何益。归去来,玉楼深处,有个人相忆。

柳永中年时期漫游江南,写过一些优秀的羁旅行役之词。这首《归朝欢》是写冬日早行而怀念故乡的作品,反映了作者漂泊生涯的苦闷情绪。它虽平易浅近,却是极为精整的刻意之作,体现了柳永这类词的高度艺术水平。

作者习惯于即景生情,总是首先很工致地以白描手法描绘旅途景色,创造一个特定的抒情环境。词的上阕前四句以密集的意象表现江乡冬日晨景,所写的景物都是主体真切地感受到的。"别岸"是稍远的江岸,"萧萧"为芦苇之声,"浙浙"乃风的声响。远处江岸停着三两只小船,风吹芦苇发出细细的声音,这图画般地写出了江乡的荒寒景象。"沙汀"即水间洲渚,为南来过冬的雁群留宿佳处。宿雁之冲破晓烟飞去,当是被早行人们惊起所致。江岸、葭苇、沙汀、宿雁,这些景物极为协调,互相补衬,组成江南水乡的画面。"溪桥"与"别岸"相对,旅人在江村陆路行走,远望江岸,走过溪桥。"残月"表示旅人很早即已上路,与"明月如霜"之以月色比霜之白者不同,"月和霜白"是月白霜亦白。残月与晨霜并见,点出时节约是初冬下旬,与上文风苇、宿雁同为应时之景。三、四两句十分工稳,确切地把握住了寒冬早行的景物特点。它使人们联想到晚唐诗人温庭筠的名句"鸡声茅店月,人迹板桥霜"(《商山早行》),但柳词却是"无我之境",表现更为深沉。"渐渐分曙色"为写景之总括,暗示拂晓前后的时间推移和旅人已经过一段行程。这样作一勾勒,将时间关系交代清楚,使词意发展脉络贯串。"路遥山远多行役"为转笔,由写景转写旅人。由于曙色已分,东方发白,道路上人们渐渐多起来了。"只轮""双桨",借指车船。水陆往来尽是"利名客",他们逐利求名,匆匆赶路。柳永失意无聊,辗转浪迹江南,也同这一群赶路的人们披星戴月而行。在柳永许多羁旅行役之词中经常出现关河津渡、城郭村落、农女渔人、车马船舶、商旅往来等等乡野社会风情画面,展示了较为广阔的社会生活背景,较为客观地再现了社会现实。这是其他许多文人词里很难见到的。

　　从上阕所写的冬日早行和商贩往来道途等情况,以客观的描述表现了旅途的困苦劳顿,令人感到厌倦。虽然那些晨景有浓郁的诗意,早起赶路的旅人是无心领略其美妙的。过片的"一望乡关烟水隔",承上阕的写景转入主观抒情,因厌倦羁旅行役而思故乡。"一望"实即想望,故乡关河相隔遥远,烟水迷茫,根本无法望见。既无法望见而又不能回去,受到思乡愁绪的煎熬,反转产生一种急迫的渴望心理,恨不能插上羽翼立刻飞回故乡。对于这种迫切念头的产生,词人作了层层铺叙,细致地揭示了内心的活动。"愁云恨雨两牵萦"喻儿女离情,像丝缕一样牵萦两地;"新春残腊相催逼"是说时序代谢,日月相催,新春甫过,残腊又至,如潘岳所云"荏苒冬春谢,寒暑忽流易"(《悼亡诗》)。客旅日久,于岁月飞逝自易惊心,有年光逼人之感。"岁华都瞬息。浪萍风梗诚何益。""岁华"句申上"新春"句意,流光转瞬,与天涯浪迹联系起来,更增深沉的感慨。"萍"和"梗"是柳词中习见的意象,以喻羁旅生活像浮萍和断梗一样随风水飘荡无定。深感这种毫无结果的漫游确是徒劳无益,从现实艰难的境况来看还不如回乡。《文选》载王正长《杂诗》云:"昔往仓庚鸣,今来蟋蟀吟。人情怀旧乡,客鸟思故林",柳词意境似之。于是逼出最后三句:"归去来,玉楼深处,有个人相忆。"这是思乡的主要原因,补足了"愁云恨雨"之意。柳永在一些作品中曾回忆青年时代离家赴京的情形:"追悔当初,绣阁话别太容易"(《梦还京》);"到此因念,绣阁轻抛,浪萍难驻"(《夜半乐》)。他在离家时已有妻室了。在入仕之后思念家乡时,他也说:"算孟光,争得知我,继日添憔悴?"(《定风波》)家乡的"玉楼深处,有个人相忆",自然是设想妻子多年在家苦苦相忆了。柳永一生在思想、生活、情感、仕宦等方面都存在难以克服的矛盾,给他带来很多痛苦并反映在作品中。他在离家后事实上再也没有回到故乡,但思乡之情却往往异常强烈;他在京都的烟花巷陌与许多歌妓恋爱,但怀念妻子的深情却时时自然地流露。这些都是真情实感,在作品中表现出来,很具感人的艺术力量。

　　在这首词里,作者将通用的白话已经提炼到精纯的程度,具有平易、准确、形象、贴切的特点;出现工整的对偶句,精警而富于概括力。于是它脱去粗率之习而达到工致的地步。全词的结构匀称完整,词意的表达不冗不蔓;由景到情的发展极其自然，情景相生，以白描和铺叙见长，表现手法的运用纡徐自如，逐层地由景到情步步揭示词的主旨。它与柳永许多名篇一样，在慢词长调的写作方法上体现出法度规范的意义。

（谢桃坊）

婆罗门令　　　　　　　　　　柳　永

　　昨宵里恁和衣睡，今宵里又恁和衣睡。小饮归来，初更过，醺醺醉。中夜后、何事还惊起？霜天冷，风细细，触疏窗、闪闪灯摇曳。　　　　空床展转重追想，云雨梦、任敧枕难继。寸心万绪，咫尺千里。好景良天，彼此，空有相怜意，未有相怜计。

　　作者在著名的《雨霖铃》中写了他与情人的离别，其中有行者对来日情事的设想："今宵酒醒何处？杨柳岸、晓风残月。此去经年，应是良辰好景虚设。"而这首《婆罗门令》就内容而言，则像是《雨霖铃》的续篇，写别后旅居时事。词中通过羁旅者中宵酒醒的情景，抒写了他的离愁与相思。

　　上片写孤眠惊梦的情事。开头二句从"今宵"联系到"昨宵"，说昨夜是这样和衣而睡，今夜又这样和衣而睡。连写两夜，而景况如一。从羁旅生活中选择"和衣睡"这样一个典型的细节，就写尽了游子苦辛和孤眠滋味。两句纯用口语，几乎逐字重复，于次句着一"又"字，这就表达出一种因生活单调腻味而极不耐烦的情绪。以下三句倒插，写入睡之前，先喝过一阵闷酒。说"小饮"，可见未尽兴，因为客中独酌较之"都门帐饮"是更其"无绪"的。但一饮饮到"初更过"，又可见有许多愁闷待酒消遣，独饮虽无意兴，仍是醉醺醺归来。"醺醺醉"三字，既承上说明了何以和衣而睡的原因，又为过拍处写追寻梦境伏笔。"中夜后"以下数句，忽写到惊梦后的种种感受。"何事还惊起"用设问的语气，便加强了表情作用，使读者感到梦醒人的满腔幽怨。"霜天冷，风细细"是其肤觉感受；"闪闪灯摇曳"则是其视觉感受。由风"触疏窗"过渡，语极浑成，其造境的凄清适足反映出主人公的心境。

　　下片写醒后不能入睡的苦况。过拍处撇开景语，继惊梦写孤眠寂寞的心情。主人公此时辗转反侧不能成眠，想要重温旧梦，而不复可得。"重追想"三字对上片所略过的情事作了补充，原来在醉归后短暂的一觉中，他曾做上一个好梦，与情人同衾共枕、备极欢洽。作者安排"云雨梦"的情节，对于表现主人公孤凄处境有反衬作用，梦越好，越显得梦醒后的可悲。虽则只一晌贪欢，也值得留恋，然而"云雨梦、任敧枕难继"。相思情切与好梦难继成了尖锐的矛盾。紧接两个对句就极写这种复杂的心绪,每一句中又有强烈对比:"寸心——万绪"写出其感情负荷之沉重难堪;"咫尺——千里"则表现出梦见而醒失之的无限惆怅。此下到篇末数句一气蝉联,谓彼此天各一方,空怀相思之情而无计相就,辜负如此良宵。"好景良天",只说了半句,殊觉突兀,然"彼此"以下紧承"咫尺千里"而来,使那省略的一半意思不难寻绎。所谓"好景良天",也就是"良辰美景虚设"之省言。"彼此"二字的读断,更能产生"人成各,今非昨""一种相思,两处闲愁"的意味。全词至此,由写一己的相思而牵连到对方同样难堪的处境,意蕴便更深入一层。"空有相怜意,未有相怜计"两句意思对照,但只更换首尾二字,且于尾字用韵。由于数字相同,则更换的字特别是作韵脚的末一字大为突出,"有意""无计"的内心矛盾由此得到强调。于中生出"便纵有千种风情,更与何人说"的意味,耐人玩索。这个运用重复修辞的结尾,与开头二句可谓异曲而同工。

　　通篇写中宵梦醒情事,却从睡前、睡梦、醒后几方面叙来,有倒插、有伏笔、有补笔,前后照应;从一己相思写起,而以彼此相思作结。故能做到一气到底而不觉板滞,层次丰富而能浑成,语言质朴而又凝练生动。

(周啸天)

蝶 恋 花　　　　　　柳 永

　　伫倚危楼风细细,望极春愁,黯黯生天际。草色烟光残照里,无言谁会凭阑意。　　拟把疏狂图一醉,对酒当歌,强乐还无味。衣带渐宽终不悔,为伊消得人憔悴。

　　这是一首怀人之作。词人把漂泊异乡的落魄感受,同怀恋意中人的缠绵情思结合到一起来写,采用"曲径通幽"的表现方式,抒情写景,感情真挚。

　　他首先说登楼引起了"春愁":"伫倚危楼风细细",全词只此一句叙事,其余全是抒情,但只此一句,便把主人公的外在形象像一幅剪纸那样凸显出来了。他一个人久久地伫立在高楼之上,向远处眺望。"风细细",带写一笔景物,为这幅剪影添加了一点背景,使画面立刻活跃起来了。他"伫倚"楼头做什么?

　　"望极春愁,黯黯生天际",极目天涯,一种黯然魂销的"春愁"油然而生。"春愁",又点明了时令。但这"愁"的具体内容又是什么?词人只说"生天际",可见是天际的什么景物触动了他的愁怀。从下一句"草色烟光"来看,是春草。芳草萋萋,刬尽还生,很容易使人联想到愁恨的连绵无尽。柳永是借用春草来表现自己春愁的无限?春草,容易引起他乡游子思归的感情。《楚辞·招隐士》曰:"王孙游兮不归,春草生兮萋萋。"柳永是借用春草,表示自己已经倦游思归了?春草,也容易使人怀念亲爱的人。南朝江总妻《赋庭草》云:"雨过草芊芊,连云锁南陌。门前君试看,是妾罗裙色。"柳永是"记得旧罗裙,处处怜芳草"(牛希济《生查子》),在思念他的意中人? 这就是那天际的春草,所牵动的词人的"春愁"? 究竟是哪一种呢? 词人却到此为止,不说了。要想知道究竟,还须再往下看。

四、五两句,写主人公的孤单凄凉之感:"草色烟光残照里,无言谁会凭阑意"! 前一句用景物描写点明时间,联系首句"伫倚"二字我们可以知道,他久久地站立在楼头眺望,时已黄昏还不忍离去。"草色烟光"写春天景色极为生动逼真。春草,铺地如茵,登高下望,在夕阳的余晖下,闪烁着一层迷蒙的如烟似雾的光色。这本来是一种极为妻美的景象,但加上"残照"二字,便带上了一层感伤的色彩,为下一句抒情,烘托出和谐的气氛。"无言谁会凭阑意",因为没有人理解他登高远望的心情,所以他默默无言。这一是说明他眼前没有知心人,很孤单寂寞;二是说明,他太痴情,在楼头"伫倚"太久,超出常情,不能被人理解。有"春愁"又无可诉说,这虽然不是"春愁"本身的内容,却加重了"春愁"的愁苦滋味。煞是奇怪,他并没有说出他的"春愁"是什么,却又掉转笔墨,埋怨起别人不理解他的心情来了。词人就是这样故意闪烁其辞,让读者捉摸不定。

词人的生花妙笔真是神出鬼没。读者越是想知道他的"春愁"所为何来,他越是不讲,偏偏把笔宕开,写他如何苦中求乐。"愁",自然是痛苦的,那还是把它忘却,自寻开心吧!"拟把疏狂图一醉",写他的打算。他已经深深体会到了"春愁"的深沉,单靠自身的力量是难以排遣的,所以他要借助于酒:借酒浇愁。词人说得很清楚,目的是"图一醉",并不是对饮酒真的有什么乐趣。为了追求这"一醉",他"疏狂",不拘形迹,只要醉了就行。不仅要痛饮,还要"对酒当歌",借放声高歌来抒发他的愁怀。又是疏狂痛饮,又是吟啸高歌,大有非抑制住"春愁"不可的气势。结果如何呢?"强乐还无味",他失败了。没有真正欢乐的心情,却要强颜欢笑,这"强乐"本身就是痛苦的一种表现,哪里还有兴味可谈呢? 故作欢乐而"无味",正说明"春愁"的缠绵执着,是解脱不了、排遣不去的。

为什么这种"春愁"如此执着呢? 至此,作者才透露这是一种坚贞不渝的感情。他哪是真的想忘却"春愁"另寻欢乐呢? 要是那样,他的"愁"就不会无法排遣了。他的满怀愁绪之所以挥之不去,正是因为他不仅不想摆脱这"春愁"的纠缠,甚至还"衣带渐宽终不悔",心甘情愿为"春愁"所折磨,即使渐渐形容憔悴、瘦骨伶仃,也是值得的,也决不后悔。至此,已经信誓旦旦了,却依然不肯把"春愁"这层窗纸捅破,词人可真沉得住气。究竟是什么使得抒情主人公钟情若此呢? 直到词的最后一句才一语破的:"为伊消得人憔悴"——原来是为她!

　　我们可以看出,词人的所谓"春愁",不外是"相思"二字,但他却迟迟不肯说破,只是从字里行间向读者透露出一些消息,让读者去猜。眼看要写到了,却又煞住,掉转笔墨,远远发来;迤逦写到之时,又煞住,另起笔墨,更端发来,如此影影绰绰,扑朔迷离,千回百折为读者设下一个迷魂阵,让这个悬念引导读者沿着曲曲折折的路走下去,直到最后一句,才把词人精心捆结起来的"包袱"抖开,使真相大白,构思巧妙,具有强烈的吸引力。在词的最后两句相思感情达到高潮的时候,戛然而止,激情回荡,又具有很强的感染力。

　　全词成功地刻画出一个志诚男子的形象,描写心理细腻充分,尤其是词的最后两句,直抒胸臆,画龙点睛般地揭示出主人公的精神境界,被王国维称为"专作情语而绝妙者","求之古今人词中,曾不多见"(《人间词话删稿》一一)。

(张燕瑾)

卜 算 子 慢　　　　柳 永

江枫渐老,汀蕙半凋,满目败红衰翠。楚客登临,正是暮秋天气。引疏砧、断续残阳里。对晚景、伤怀念远,新愁旧恨相继。　　脉脉人千里。念两处风情,万重烟水。雨歇天高,望断翠峰十二。尽无言、谁会凭高意?纵写得、离肠万种,奈归云谁寄?

　　这首词与《曲玉管》主题相同,也是伤高怀远之作。上片景为主,而景中有情;下片情为主,而情中有景。也与《曲玉管》前两叠相近。

　　起首两句,是登临所见。"败红"就是"渐老"的"江枫","衰翠"就是"半凋"的"汀蕙",而曰"满目",则是举枫树、蕙草以概其余,说明其已到了深秋了,所以接以"楚客"两句,引用宋玉《九辩》"悲哉,秋之为气也……憭栗兮若在远行。登山临水兮送将归"之意,用以点出登临,并暗示悲秋之意。以上是登高所见。

　　"引疏砧"句,续写所闻。秋色凋零,已足发生悲感,何况在这"满目败红衰翠"之中,耳中又引进这种断断续续、稀稀朗朗的砧杵之声,在残阳中回荡呢?古代妇女,每逢秋季,就用砧杵捣练,制寒衣以寄在外的征人。杜甫《捣衣》:"亦知戍不返,秋至拭清砧。已近苦寒月,况经长别心。宁辞捣衣倦,一寄塞垣深。用尽闺中力,君听空外音。"又《秋兴》:"寒衣处处催刀尺,白帝城高急暮砧。"所以在他乡作客的人,每闻砧声,就生旅愁。这里也是暗寓长期漂泊,"伤怀念远"之意。"暮秋"是一年将尽,"残阳"则是一日将尽,都是"晚景"。对景难排,所以下面即正面揭出"伤怀念远"的主旨。"新愁"句是对主旨的补充,以见这种"伤"和"念"并非偶然触发,而是本来心头有"恨",才见景生"愁"。"旧恨"难忘,"新愁"又起,所以叫做"相继"。

过片接上直写愁恨之由。"脉脉",用《古诗十九首》:"盈盈一水间,脉脉不得语。"其字当作眽眽,相视之貌。(眽,繁体作眽,形近而误。)相视,则是她望着我,我也望着她,也就是她怀念我,我也怀念她,所以才有二、三两句。"两处风情",从"脉脉"来;"万重烟水",从"千里"来。细针密线,丝丝入扣。

"雨歇"一句,不但是写登临时天气的实况,而且补出红翠衰败乃是风雨所致。"望断"句既是写实,又是寓意。就写实方面说,是讲雨过天开,视界辽阔,极目所见,惟有山岭重叠,连绵不断,坐实了"人千里"。就寓意方面说,则是讲那位"旦为朝云,暮为行雨"的巫山神女,由天气转晴,云收雨散,也看不见了。"望断翠峰十二",也是徒然。巫山有十二峰,诗人用高唐神女的典故,常常涉及。如李商隐《楚宫》:"十二峰前落照微,高唐宫暗坐迷归。朝云暮雨长相接,犹自君王恨见稀。"又《深宫》:"岂知为雨为云处,只有高唐十二峰。"其余不可悉数。这又不但暗抒了相思之情,而且暗示了所思之人,乃是神女、仙子一流人物。

"尽无言"两句,深进一层。"凭高"之意,无人可会,惟有默默无言而已。"凭高",总上情景而言,"无言""谁会",就"脉脉人千里"极言之。凭高念远,已是堪伤,何况又无人可诉此情,无人能会此意呢?结两句,再深进两层。第一层,此意既然此时此地无可诉、无人会,那么这"离肠万种",就只有写寄之一法。第二层,可是,纵然写了,又怎么能寄去,托谁寄去呢?一种无可奈何之情,千回百转而出,有很强的感染力。"归云",汉、晋人习用,如张衡《思玄赋》:"凭归云而遐逝兮,夕余宿乎扶桑。"潘岳《怀旧赋》:"仰睎归云,俯镜流泉。"据张赋,"凭归云"即乘归去之云的意思,可知柳词末句,也就是无人为乘云寄书之意。

《宋四家词选》曾指出此词下片在艺术表现上的特征是"一气转注,连翩而下"。这是一个细致而准确的判断。所要补充的是,其文笔虽如周济所说,但内容却反复曲折,并不平顺。它们是矛盾的统一。

　　　　　　　　　　　　　　　　　　　　　　　　　　　　　　(沈祖棻)

浪淘沙慢　　　　　　　　　　　　　　　　　　柳　永

梦觉、透窗风一线,寒灯吹息。那堪酒醒,又闻空阶,夜雨频滴。嗟因循、久作天涯客。负佳人、几许盟言,更忍把、从前欢会,陡顿翻成忧戚。　　愁极。再三追思,洞房深处,几度饮散歌阕。香暖鸳鸯被,岂暂时疏散,费伊心力。殢雨尤云,有万般千种,相怜相惜。　　　恰到如今、天长漏永,无端自家疏隔。知何时、却拥秦云态,愿低帏昵枕,轻轻细说与,江乡夜夜,数寒更思忆。

这是柳永创制慢词的一个范例。唐五代所传之《浪淘沙》词,或为二十八字体,或为五十四字体,皆为令词小调。柳永这首词,则衍之为一百三十五字之长篇巨制,共三片。第一片写主人公夜半酒醒时的忧戚情思;第二片追思以往相怜相惜之情事;第三片写眼下的相思情景。体制扩大,容量增加,主人公的全部心理状态及情思活动过程,都得到了充分的表现。

词作从“梦觉”时所见、所闻写起,说窗风吹息寒灯,夜雨频滴空阶,可知并非天亮觉醒,而是夜半酒醒。此景此情,滋味就不一般。其间,于“灯”之上着一“寒”字,于“阶”之上着一“空”字,使得当时所见、所闻之客观物景,染上了主人公主观情感色彩,体现了主人公凄凉孤寂之心理状态。而“那堪”“又”,以及“频”,层层递进,又使得主人公当时的心境,倍觉凄凉孤寂。接着,主人公直接发出感叹:“嗟因循、久作天涯客。”这是造成凄凉孤寂心境的根源。因为久作天涯客,辜负了当时和佳人的山盟海誓,从前的欢会情景,今夜里一下子都变成了忧愁与凄戚。至此,主人公心中之情思,似乎已经吐尽。其实不然,这仅是其情思活动三部曲中的第一部。词作第二片,由第一片之“忧戚”导入,说“愁极”,十分自然地转入对于往事的“追思”。所思佳人,未曾道出她的身份,由“饮散歌阕”句来看,可知是一位侍宴歌妓。两人之互相爱恋,已经有了相当长的时期,这从“再三”“几度”句中可以体会出来,才见得主人公夜半酒醒时为什么这样的忧戚。第三片由回忆过去的相欢相爱回到眼下“天长漏永”,通夜不眠的现实当中来。“无端自家疏隔”,悔恨当初不该出游,这疏隔乃自家造成,然而内心却甚感委曲:他的一次又一次出游,完全出于无奈,是客观环境所迫。因此,主人公又设想:不知何时,两人才能相聚,到那时,他就要在低垂的帏幕下,玉枕上,轻轻地向她详细述说:他一个人在此地,是如何夜夜数着寒更,默默地思念着她。至此,主人公的情思活动已进入高潮,但作者的笔立刻煞住,就此结束全词。从谋篇布局上看,第一、二片,花开两枝,分别述说现在与过去的情事,至第三片,既由过去回到现在,又从现在想到将来。设想将来如何回忆现在,使情感活动向前推进一层。全词三片,从不同角度、不同方位,多层次、多姿态地展现主人公的心理状态和情思活动,具有一定的立体感。

所谓“从现在设想将来谈到现在”,是从李商隐的《夜雨寄北》“何当共剪西窗烛,却话巴山夜雨时"句中学来的表现手法。这是柳永慢词中常常采用的一种表现方法;后世词人受他的影响,也往往采用。

(施议对)

破 阵 乐   柳 永

露花倒影,烟芜蘸碧,灵沼①波暖。金柳摇风树树,系彩舫龙舟遥岸。千步虹桥,参差雁齿②,直趋水殿。绕金堤,曼衍鱼龙③戏,簇娇春罗绮,喧天丝管。霁色荣光④,望中似睹,蓬莱清浅。　　时见。凤辇宸游,鸾觞禊饮,临翠水,开镐宴⑤。两两轻舠⑥飞画楫,竞夺锦标霞烂⑦。罄欢娱,歌《鱼藻》⑧,徘徊宛转。别有盈盈游女,各委明珠,争收翠羽,相将归远。渐觉云海沈沈,洞天日晚。

〔注〕　①灵沼:本指周文王在其离京所造的池沼,谓其像神灵所为,故名,后泛指广阔的水池。　②雁齿:指桥上并列如同雁行的柱子。　③曼衍鱼龙:古代百戏节目。　④荣光:五色云气,古代认为这是一种吉祥的征兆。　⑤镐宴:语出《诗·小雅·鱼藻》"王在在镐,岂乐饮酒"。　⑥舠:小船。　⑦霞烂:形容锦标如云霞一般灿烂夺目。　⑧鱼藻:《诗·小雅》篇名,是周代天子宴饮时诸侯所唱歌颂天子的诗歌。

　　在柳永以前,词主要是写男欢女爱、离愁别恨和自然山水,几乎没有反映城市生活的。描写都市的繁华景象,是柳词在题材上的新开拓。此词描绘北宋仁宗时每年三月一日以后君臣士庶游赏汴京金明池的盛况。金明池"在顺天门外街北,周围约九里三十步,……有面北临水殿,车驾临幸,观争标,锡宴于此。……"(孟元老《东京梦华录》)这首词形象地反映出仁宗时昌盛兴旺的景象,是当时都市风貌的艺术实录,是一幅气象开阔的社会风俗画卷,和描写杭州繁华美丽景象的《望海潮》有异曲同工之妙。

　　此词在艺术上,层层铺陈,重重描绘,极尽渲染之能事,造成了强烈的艺术效果。

　　词的开头,以三个四字句"露花倒影,烟芜蘸碧,灵沼波暖",真切地描写了金明池的优美景色:含露的鲜花在池中显出清晰的倒影,烟霭笼罩的草地一直延伸到碧绿的池边,池水暖洋洋的。由"露花""烟芜"和"波暖"可知是春日温煦的早晨,而"倒影""蘸碧"和"灵沼"则点出了池水的清澈明净和广阔,这三句不仅写得景色如画,而且使人感到有一股春晨的清新气息扑面而来,充满着美感和活力,一开始就为全词奠定了明丽热烈的基调。"山抹微云秦学士,露花倒影柳屯田",这是苏轼的赞语(叶梦得《避暑录话》),可见此词的开头何等地脍炙人口。

"金柳摇风树树,系彩舫龙舟遥岸",继续写池上景象。除描绘自然风光外,更多地突出人工胜境:岸边垂柳飘拂的树上系有许多争奇斗丽的彩舟龙船,煞是好看。接着写金明池上的仙桥:"千步虹桥,参差雁齿,直趋水殿。"《东京梦华录》载:"仙桥,南北约数百步,桥面三虹,朱漆阑楯,下排雁柱,中央隆起,谓之骆驼虹,若飞虹之状。桥尽处,五殿正在池之中心。"词句所云,亦几乎写实,而又有文采,把仙桥凌波而起,雄跨池上,直通水殿的气势写活了。"绕金堤"四句,着重描写金明池上游乐场面。"曼衍鱼龙戏",叙写上演的百戏花样繁多,变化莫测;"簇娇春罗绮,喧天丝管",突出乐部歌舞妓人罗绮成群,弹奏起急管繁弦,声腾云霄。这几句如实渲染金明池上花光满路,乐声喧空的繁华热闹景象,也写得绘声绘影,历历在目。上片结语说:"霁色荣光,望中似睹,蓬莱清浅。"葛洪《神仙传》记麻姑语云:"向到蓬莱,水又浅于往者会时略半也。"词语本此。词人运用丰富想象而进入仙境。往金明池上望去,但见景色晴明,云气泛彩,好像看到的是海中的蓬莱仙山。此是前面现实描写的升华,并和开头称金明池为"灵沼",前后呼应。

下片以"时见"二字突兀而起。"凤辇宸游"四句描写皇帝临幸金明池并赐宴群臣的景况。接着铺叙君臣观看龙舟竞渡夺标。《东京梦华录》记载当时争标说:"有小舟一军校执一竿,上挂以锦彩银碗之类,谓之'标竿',插在近殿水中。又见旗招之,则两行舟鸣鼓并进,捷者得标,则山呼拜舞。"词中"两两轻舠飞画楫,竞夺锦标霞烂"两句,生动地再现了龙舟双桨飞举、奋力夺标的情形。这里笔法自然鲜活,词意显露,给人的印象十分深刻。"罄欢娱"三句,极写宴会上群臣咏唱赞美天子的诗歌的盛况,带有一定的颂圣味道。"别有盈盈游女,各委明珠,争收翠羽,相将归远"四句,由写皇帝临幸而转入叙士庶游赏情景。其中"各委"二句,化用曹植《洛神赋》中"或采明珠,或拾翠羽"的句子,言游女各自争着以明珠为信物遗赠所欢,以翠鸟的羽毛作为自己的修饰,形容其游春情态十分传神。"相将归远",相偕兴尽而散。这一层描叙,使词的意味更加浓郁,使词的铺陈更见深厚。下片也以想象中的仙境作结:"渐觉云海沈沈,洞天日晚。"傍晚白云弥漫空际,广阔深邃,池上巍峨精巧的殿台楼阁渐渐笼罩在一片昏暗的暮色之中,仿佛如同神仙所居的洞府。写得惝恍迷离,飘渺神奇,带有理想的色彩,从而把汴京金明池上繁华景色的赞颂推到了顶点。

这首词采用如此多种手法,或白描,或夸饰,或用典,或想象,多层次,多侧面地尽情描写,充分刻画,铺叙层见叠出,转折不穷,给人一种淋漓尽致的感觉。

此词适应铺叙的需要,在句式上也很有特色。其一,通篇几乎都用的是最后一个节奏为双字的句子。如"千步虹桥，参差雁齿，直趋水殿"，节奏为二二、二二、二二，"虹桥""雁齿""水殿"都是双字。又如"簇娇春罗绮，喧天丝管"，节奏为一二二、二二，"罗绮""丝管"也都是双字。这样的句式显得声情顿挫，节奏舒缓，有利于进行从容不迫的铺叙。其二，多用对偶句，如"露花倒影，烟芜蘸碧"，"各委明珠，争收翠羽"等。全篇三十一句中，对偶句达六组十二句之多。从而使词音调和谐，参差中显出整齐，适宜于铺陈排比，张扬声势，收到了很好的艺术效果。

此词为篇幅达一百三十余字的慢词长调，作者十分注意篇章的组织安排，表现出层次分明、结构严密的特点。上片泛写池上景象，前叙金明池的水色风光，后写游乐的热闹景况。下片重点描绘赐宴和争标的场面，先写皇帝临幸情景，后叙士庶游赏情况。全词条理井然，眉目清晰。"金柳摇风树树，系彩舫龙舟遥岸"两句，不只写出了池边垂柳飘拂、彩舟争艳的美景，也为后面写"曼衍鱼龙戏"和"竞夺锦标霞烂"等作了伏笔。下片以仙境作结，和上片结尾写蓬莱神仙世界遥相呼应。全词由晨景始，以晚景终，叙写了池上一天的游况，其间写景、叙事、抒情熔于一炉，前后连贯，首尾照应，描写"细密而妥溜"（刘熙载《艺概》）。作者经过精心结撰，把这样一首篇幅长、词意繁的词组成了严密的艺术整体，充分体现了柳词"层层铺叙，情景兼融，一笔到底，始终不懈"（夏敬观《手评乐章集》）和"音律谐婉，语意妥帖，承平气象，形容曲尽"（《直斋书录解题》）的特点。 （吴小林）

二 郎 神　　　　　柳　永

炎光谢。过暮雨、芳尘轻洒。乍露冷风清庭户爽，天如水、玉钩遥挂。应是星娥嗟久阻，叙旧约、飙轮欲驾。极目处、微云暗度，耿耿银河高泻。　　闲雅。须知此景，古今无价。运巧思穿针楼上女，抬粉面、云鬟相亚。钿合金钗私语处，算谁在、回廊影下。愿天上人间，占得欢娱，年年今夜。

咏节序之作是难写好的，所以在宋词里这类作品不多。柳永咏七夕的《二郎神》虽"类是率俗"，但却直到南宋末年都还在民间广泛传唱，这说明它是具有特殊艺术魅力的。本来在我国民间关于七夕便有古老而优美动人的神话传说。每年七月七日的夜晚，天上织女与牛郎一年一度的佳期总令人间的痴儿女特地关注，并唤起他们对爱情幸福的热烈向往，因而七夕在唐宋时颇为人们所重视。柳永此词善于传达出民众在此佳夕所产生的普遍情绪和美好的愿望。

二郎神(炎光谢)　　　柳　永

——明刊本《诗馀画谱》

词人在作品里首先以细致轻便的笔调描绘出七夕清爽宜人的环境氛围,诱人进入浪漫的遐想境界。首韵"炎光谢",说明炎夏暑热已退,一开头即点出秋令。《艺文类聚》卷三《夏》载晋李颙诗:"炎光灿南溟,溽暑融三夏",知"炎光"谓骄阳,代指夏暑;又同卷《秋》载宋孝武帝《初秋》诗:"夏尽炎气微,火息凉风生",并可为此句作注。先说初秋,次叙七夕,此日又从入暮写起。一阵黄昏过雨,轻洒芳尘,预示晚上将是气候宜人和夜空清朗了。"乍露冷风清庭户爽",由气候带出场景。"庭户"是七夕乞巧的活动场所。古时人们于七夕佳期,往往在庭前观望天上牛女的相会。唐人陈鸿说:"秋七月,牵牛织女相见之夕,秦人风俗,是夜张锦绣,陈饮食,树瓜华,焚香于庭,号为乞巧"(《长恨歌传》)。宋人孟元老也说:"七月七夕……贵家多结彩楼于庭,谓之乞巧楼"(《东京梦华录》卷八)。民间观念认为,如果七夕风雨天阴,星月不明,则牛女将会受到阻碍而失去难得的佳期。但这个晚上却很好:"天如水、玉钩遥挂"。秋高气爽,碧天如水,一弯上弦新月,出现在远远的天空,为牛女的赴约创造了最适宜的条件。我国古籍自汉、晋以来颇有关于织女星座神话传说的记载,而以《荆楚岁时记》所述尤详。据说天河(银河)之东有织女,她本是天帝的女儿,善织云锦天衣。天帝可怜女儿孤独寂寞,允许她嫁给天河西边的牛郎。因其嫁后便废弃织纴,天帝大怒,逼使她与牛郎分离,仍然一在天河之东,一在天河之西,只许他们每年七月七日晚上相聚一次。人们在庭户前乞巧时,仰望星空,关注着牛女一年一度的佳期。"应是星娥嗟久阻,叙旧约、飙轮欲驾",想象织女嗟叹久与丈夫分离,在将赴佳期时的急切心情,于是乘驾快速的风轮飞渡银河。织女本为星名,故称"星娥"。"极目处、微云暗度,耿耿银河高泻",表现了人们盼望天上牛女幸福地相会。他们凝视高远的夜空,缕缕彩云飘过银河,而银河耿耿光亮,牛女终于欢聚,了却一年的相思之债。柳永是一位倾向于写实的词人,所以写牛女之事巧妙地用了肯定性的猜度之辞"应是",而写银河相会也以"极目处、微云暗度"而使它显得如若可见。他所要表达的自是现实生活中人们在七夕的心境。

只有体验过相思之苦的人,才珍惜一年一度的短暂欢聚机会。柳永是风流多情的才子,对七夕节序风习感受最深。词的过变两字句"闲雅",承上启下,是词人对七夕节序特点的概括:它无繁盛宏大的场面,也无热闹浓烈的气氛,各家于庭户乞巧望月,显得闲静幽雅。这种闲雅的情趣之中自有很不寻常的深意。词人强调"须知此景,古今无价",提醒人们珍惜佳期。"无价",即其价值高得难以估量,也可见柳永对七夕的特殊重视,反映了宋人的民俗观念。词的下片着重写民间七夕的活动,首先是乞巧。据古代岁时杂书和宋人笔记,是以特制的扁形七孔针和彩线，望月穿针，向织女乞取巧艺。这是妇女们的事。庾信《七夕赋》说："于是秦娥丽妾，赵艳佳人，窈窕名燕，逶迤姓秦，嫌朝妆之半故，怜晚拭之全新。此时并舍房栊，共往庭中，缕条紧而贯矩，针鼻细而穿空。"足见七夕穿针的风俗由来已久，此赋所写细节，也可以补充词语所未及。穿针也不是很容易的，有时"针欹疑月暗，缕散恨风来"（梁简文帝《七夕穿针》诗），所以要有点技巧。词中"运巧思穿针楼上女，抬粉面、云鬟相亚"的"运巧思"，落笔便体会到这一点。"楼上女"是说此女本居于楼上，穿针乞巧时才来到庭中的，所以接着说"抬粉面"，写"望月穿针"便形神兼备了，加以"云鬟相亚"，不忘记交代一下她的经过晚妆的头面。"亚"通压，低垂的样子。词写穿针乞巧，仅此一句，内涵却颇为丰富，有文化习俗的历史传统，也有现实生活的人物动态，而妇女们对巧艺追求的热切心情与虔诚态度，于"运巧思""抬粉面"中也体现出来了。

　　这个富于浪漫情趣和神秘意味的晚上，在唐宋时似乎又为青年男女选做定情的好时候。"钿合金钗私语处，算谁在、回廊影下"，写七夕的另一项重要活动，既是词人浪漫的想象，也是民间的真实。自唐明皇与杨妃初次相见，"定情之夕，授金钗钿合以固之"（《长恨歌传》），他们"七月七日长生殿，夜半无人私语时"也就传为情史佳话。唐宋时男女选择七夕定情，交换信物，夜半私语，可能也是民俗之一。作者将七夕民俗的望月穿针与定情私语绾合一起，毫无痕迹，充分表现了节序的特定内容。词的上片主要写天上的情景，下片则主要写人间的情景；结尾的"愿天上人间，占得欢娱，年年今夜"是全词的总结。它寄予人们获得幸福的殷切祝愿，展示了词人热诚而广阔的胸怀。

　　这首词所写的七夕的节序风物都是极其平常而浅近为人熟知的，但我们可以设想，当七夕闲雅的氛围里，人们唱起它时一定会感到分外亲切，因为它写尽了天上人间的此情此景，词意浅俗易懂，形象鲜明生动，而作者热诚的祝愿会使人们异常感动的。也许它唤起了一种在日常纷扰的现实生活中容易忽视然而又是十分珍贵的情感。只有这时，词的艺术魅力才可能充分表现出来。自从古诗中写牛女的幽怨（"河汉清且浅，相去复几许，盈盈一水间，脉脉不得语"）之后，文人咏七夕之作总是带着浓重的感伤情调，以寄托个人的相思离恨。这些情调似乎与民间关于七夕的许多想象终隔一层。在民众看来，七夕佳期是值得庆幸的，柳词的"天上人间，占得欢娱，年年今夜"，可能较符合他们单纯朴素、积极乐观的生活信念。因而这首平凡率俗的柳词一直在南宋传唱不衰，以致词学家张炎都为之感到惊讶。柳永是北宋太平盛世的歌手，这首七夕词所表现的闲雅欢娱的情调正反映了在国家安定、经济繁荣的社会背景下的人们世俗生活的一个片断。

由"须知此景,古今无价"便可想见当时人们在升平的社会环境里怀着对幸福的憧憬而欢度七夕的情景了。

(谢桃坊)

锦　堂　春　　　　　　柳　永

坠髻慵梳,愁蛾懒画,心绪是事阑珊。觉新来憔悴,金缕衣宽。认得这疏狂意下,向人诮譬如闲。把芳容整顿,恁地轻孤,争忍心安。　　依前过了旧约,甚当初赚我,偷剪云鬟。几时得归来,香阁深关。待伊要、尤云殢雨,缠绣衾、不与同欢。尽更深、款款问伊,今后敢更无端。

如果我们仔细研读柳永前期的俗词,便会发现其中有很大一部分是以代言体的方式描叙市井小民生活情趣的,尤以表现市井妇女精神生活见长。词人通过对她们心理的细致描叙,表现了她们热烈追求情欲、注重个人实际利益、蔑视封建礼法的市民意识,成功地刻画了她们大胆泼辣、富于计谋、无所顾忌的性格。《锦堂春》便是柳永这类俗词中颇有典型意义的。我们将看到一个与传统文人词中大为异趣的市井普通妇女的形象。

词以"坠髻慵梳,愁蛾懒画"两个四字对句起笔,直接表现这位妇女的精神状态。"坠髻",表示发髻已松欲散了,而她"慵梳";"蛾",即蛾眉,指妇女修长弯曲的眉,已经含愁不展了,而又"懒画",加倍写出她的情绪不佳。"心绪是事阑珊",总束一句。"是事",犹云事事、凡事,"阑珊"是近乎消失的状态。凡事都打不起精神来做,不只梳妆打扮是如此。这是心理状况。至于身体方面,她发觉新近面容憔悴了,身体消瘦了。"金缕衣宽",衣裳变得宽大了,便是身体瘦下去了的证据。古人每以衣带宽松表示身体消瘦,如南朝梁沈约与徐勉书,自言"百日数旬,革带常应移孔",以示腰围瘦减。柳永《凤栖梧》词也有"衣带渐宽终不悔,为伊消得人憔悴"之句。她之所以憔悴消瘦,是因"疏狂"的年青人引起的:"认得这疏狂意下,向人诮譬如闲。"柳词《少年游》云:"王孙走马长楸陌,贪迷恋、少年游。似恁疏狂,费人拘管,争似不风流。""疏狂",即风流浮浪之意。用"这"字领出,则此两字又变成指称这种人物,如《诗·郑风·山有扶苏》的"不见子都,乃见狂且"("且"字助词无义)一样。"意下向人诮譬如闲",直解就是"心里对我直是视若等闲"。"诮",犹浑也,直也,见张相《诗词曲语辞汇释》。值得注意的是这个"人"字。此为女子自呼口吻。黄山谷《昼夜乐》词:"夜深记得临歧语,说花时、归来去。教人每日思量,到处与谁分付"的"人"字,即此义。现代还保留这种用法,为

"人家"。此句女子怨怼的声口如见。至此,作者将抒情主人公思念怨恨的对象点明了,对方对自己的态度也"认得"了,以下便将词笔转到描叙她思谋对策的复杂心理了。

市民妇女对待情感,与其他上层社会妇女有所不同。她们比较注重现实的个人利益,不愿听人摆布自己的命运。比如这位妇女,她并不因这个"疏狂"的年青人,而长久地沉溺在忧伤之中。她有办法对付这一切,甚至可以采取各种报复行动。"把芳容整顿",这是她不甘向命运屈服的第一个行动。"芳容"即美容,对于这点她又感到很自信,于是重新振作精神,克服慵懒情绪,梳妆打扮起来。这与起首两句相照应。"恁地轻孤,争忍心安"!说如果因为这点事情,就弄得形容憔悴,轻易辜负了自己的青春,怎能心安。她将要发泄一腔不平的怨恨。上阕至此,将词意小结,暗示了下阕词意发展的线索。

词的下阕全写她的内心活动。追思往事,使她内心不安和气愤难平的是:"依前过了旧约,甚当初赚我,偷剪云鬟。""依前",像从前一样。"云鬟",如乌云似的头发。古代男女相别之时,有订立盟约,女子剪发以赠的习俗。赠发的意义是为了让男子见发如见人,另外还有以发缠住男子之心的神秘寓意。这在柳词中是常见到的,如《尾犯》:"佳人应怪我,别后寡信轻诺。记得当初,剪香云为约。"另外在《洞仙歌》里表述得更明白:"洞房悄悄,绣被重重,夜永欢余,共有海约山盟,记得翠云偷剪。"我们所说的这位妇女,她现在怨恨"疏狂"的人竟又像从前一样过了相约的归期。这疏忽大意不止一次了。既然他失约而不遵守诺言,为何当初又骗取她剪下一绺秀发为赠呢?说明他确实"疏狂"之甚,竟把盟约忘却或当作儿戏了。恼恨之下,她盘算着他有一天归来,要设法收拾教训他。她决心采取非常强硬的两个步骤,第一是"香阁深关",不让他进绣房。如果他进房了,就"待伊要、尤云殢雨,缠绣衾、不与同欢",不让他进被窝。以此逼使和要挟对方反省和屈服。这是一般妇女惯用的办法,还不足为奇。后一步骤就更充分表现了这位市井女性的泼辣性格:"尽更深、款款问伊,今后敢更无端。"她听任时间在僵持中过去,等待到更鼓已深,即是半夜了,才严肃地从头到尾、有条有理慢慢数落他的疏狂,要他悔过认错,还要保证今后不能再无赖而致失约。当然以上两种办法都属设想性质,但可以相信,由于她的泼辣和深谋远虑,必将是说得到做得到的,不获胜利,决不罢休。全词结尾干净利落,给人留下一点想象,若再写下去就多余了。

我们可以想象,当女艺人绘声绘色、仿效市井妇女语气、模拟其动作来演唱这首词时,一定会产生很好的艺术效果,因为它从内容到形式都是市民能理解和欣赏的。它的语言是使用浅近的白话，其中还有不少的俗语，如"是事""认得""诮""恁地""争""赚""无端"等，组织在全篇中成为表现力很强的通俗文学语言，有如絮语家常。作者善于抓住抒情主人公在梳妆时短暂的意识流程，展现其复杂的思想活动，使词意高度集中并能深化。词的结构绵密而层次分明，词意的发展合情合理。这种一气倾泻、内心独白式的线型结构是柳永这类俗词的基本特点，它以连贯的细节紧紧抓住听众，听来有头有尾，是市民所喜闻乐见的艺术形式。像这样通过深刻具体的人物心理描叙，刻画人物达到声情毕肖的境地，确实表现出作者成熟的艺术才能。

柳永创造的这位市井妇女的艺术形象，她泼辣的性格、不甘示弱的傲气、不拘封建礼法、具有强烈的自我意识，这使她不同于文人诗词中温柔敦厚、逆来顺受、听天由命、自怨自艾的妇女形象，她是较为典型的市民妇女。这个艺术形象的本身是具有反封建意义的，所以它能深深感动着市民群众。　　　　　　（谢桃坊）

定　风　波　　　　　　　　　　柳　永

自春来、惨绿愁红，芳心是事可可。日上花梢，莺穿柳带，犹压香衾卧。暖酥消，腻云亸，终日厌厌倦梳裹。无那！恨薄情一去，音书无个。　　　　早知恁么，悔当初、不把雕鞍锁。向鸡窗，只与蛮笺象管，拘束教吟课。镇相随，莫抛躲，针线闲拈伴伊坐。和我，免使年少光阴虚过。

关于这首词，曾经有过一则词坛故事。据宋人张舜民《画墁录》记载：柳永因作《醉蓬莱》词忤仁宗之后，曾求谒当时的政府长官晏殊改放他官，晏殊问柳："贤俊作曲子（词）么？"柳永答曰："只如相公亦作曲子。"晏殊即道："殊虽作曲子，（却）不曾道'彩线慵拈伴伊坐'。"（"彩线慵拈伴伊坐"和本文所引的"针线闲拈伴伊坐"系版本不同所致。晏殊所举出的，正是这首《定风波》词。）柳永只得告退。从中我们可以感觉到，正统的士大夫文人和柳永之间，其艺术趣味是有所不同的。

这首《定风波》表现的是思妇的闺怨。它用代言体的口吻、放开来说的笔调，把那位思妇的满腔情思，一股脑儿地端到了读者的眼前。你看，自从春天回来之后，他却一直杳无音讯。因此，在思妇的眼中，桃红柳绿，尽变为伤心触目之色（"惨绿愁红"）；一颗芳心，整日价竟无处可以安放。（"是事可可"者，事事都平淡乏味也。）尽管窗外已是红日高照、韶景如画，可她却只管懒压绣被、不思起床。

长久以来的不事打扮、不加保养，相思的苦恼，已弄得她形容憔悴，"暖酥"（皮肤）为之消损，"腻云"（头发）为之蓬松，可她却丝毫不想稍作梳理，只是愤愤然地喃喃自语："无那（无可奈何）！恨薄情（郎）一去，音书无个。"自此以下，这位女主角便干脆把作者撇开在一旁，自己站出来向我们掏出她的心曲了：早知这样，真应该当初就把他留在身旁。在我俩那间书房（"鸡窗"）而兼闺房的一室之中，他自铺纸写字、念他的功课，我则手拈着针线，闲来陪他说话，这种乐趣该有多浓、多美，那就不会像现在这样，一天天地把青春年少的光阴白白地虚度！读完这些，在我们的面前，就仿佛出现了一位"快嘴李翠莲"（宋元话本中的人物）式的妇女形象，她把自己的怨恨和烦恼，痛痛快快地全部"掷"给了读者。同是表现思妇的闺怨，温庭筠《菩萨蛮》（小山重叠金明灭），只是用含蓄而委婉的笔触，作侧面和迂回的烘衬，直到末一句"双双金鹧鸪"，才若隐若现地从反面映照出思妇的孤寂来。温词所体现的文学趣味，是一种士大夫式的文雅的、精美的趣味。它写的虽是闺怨和艳情，可是却写得"好色而不淫""风流而蕴藉"，深深契合正统文人那一种"温柔敦厚"的审美嗜好。而柳词却带有另一种市民色彩的文学趣味。它不讲求含蓄，不讲究文雅，而唯求畅快淋漓、一泻无余地发泄和表露自己的真感情。从这个角度上看，它就相当典型地体现着市民阶层那种"以真为美""以俗为美"的审美嗜好。这就难怪晏殊要不以为然了。

　　从思想色彩看，这首词明显带有这样两个特色：爱情意识的不可抑勒地苏醒和抬头；市民意识的顽强而自豪地要求在文学中得到自我表现。市民阶层是伴随着商业经济的发展而壮大起来的一支新兴力量。它较少封建思想的羁縻，也比较敢于反抗封建礼教的压迫。宋人平话《碾玉观音》中的璩秀秀，就是这样的一个典型人物。是她，首先敢于"勾引"崔宁一起"私奔"，又是她，在死后犹执着于要和丈夫成为"生死冤家"、并向拆散他们婚姻的仇人报了深仇。这样"泼辣""放肆"地追求爱情，在"男女授受不亲"的封建时代是极为大胆的，它表现了一种新的思想面貌，反映在文人词里，就形成了《定风波》中这位女性的声吻："镇相随，莫抛躲，针线闲拈伴伊坐。和我，免使年少光阴虚过"。在她看来，青春年少，男恩女爱，才是人间最可宝贵的，至于什么功名富贵、仕途经济，统统都是可有可无的。这里所显露出来的生活理想和生活愿望，在晏殊他们看来，自然是"俗不可耐"和"离经叛道"的，但是其中却显露了某些新的时代契机。所以，在这首不免有些庸俗意味的词篇里，却自寓藏着某些不俗的思想底蕴在内；而对于当时的市民群众来说，也唯有这种毫不掩饰的热切恋情，才是他们倍感亲切的东西。因而，这种既带有些俗气却又十分真诚的感情内容，就表现出了美的品格。

柳词之虽不入正人雅士之眼而能达到凡有井水饮处皆能诵歌的境地，原因盖出于此。

　　其次，从艺术风格看，这首词是对于传统词风的一种"放大"和"俗化"。在柳永以前，词坛基本是小令的天下，它要求含蓄、文雅。到了柳永，他创制了大量的慢词长调，铺叙展衍，备足无余。试看这首《定风波》，光是描写一个"懒"字，就花了多少笔墨：从春色的撩拨愁绪，到芳心的无处可摆，再到"日上花梢，莺穿柳带"时的犹压香衾高卧，进而又写她的肌肤消瘦、鬓发散乱，最后才揭出她病恹恹的倦懒心境，这种重笔和加倍的写法，是只有在慢词长调中才能大显其身手的。它加强了全词的抒情气氛，对传统的小令风格是一种"放大"。以上是讲的宏观。再从微观来说，柳永这首词中所表现的这位女性，明显是一位身份不高的妇女——尽管它用了诸如"暖酥""腻云"之类的词藻来形容她的容貌，用了"香衾""雕鞍""蛮笺象管"之类的字面来形容他俩的起居物饰，但是却仍然掩盖不了他们的"俗气"——这是因为，"真富贵"的作者如晏殊，恰恰就讨厌用这种类似于"穷人夸富"的笔调来写他们的锦衣玉食的生活；相反，他们反倒喜欢用淡雅的语言来表现他们富贵生活。如晏殊词就是不用那些"金玉锦绣"的字眼而尽得"风流富贵"之态的。因此相比之下，柳词所写的一对青年男女，实际上是属于市民阶层中的"才子佳人"——他们正是功名未就的柳永自己和他在青楼中的恋人的化身。所以，为了要表现这样一种"新女性"（与温、晏某些词中的贵妇人相比）的心态，柳词就采用一种"从俗"的风格和"从俗"的语言。这或许就可以称作为"人物个性化"的需要。试看冯延巳《谒金门》（风乍起）写那位大家闺秀盼夫的心绪，是何等的含蓄、细腻，其举止行动，又是何等的文雅、优美。而因柳永表现的是一位青楼歌女的情感，它就采用了民间词所常用的代言体写法和任情放露的风格，以及那种似雅而实俗的语言。词的上片，用富有刺激性的字面（例如"惨绿愁红"），尽情地渲染了环境气氛；再用浓艳的词笔（如"暖酥消，腻云嚲"之类），描绘了人物的外貌形态；接下来便直接点明她那无聊寂寞的心境（"终日厌厌"）。以下直到下片终结，则转入第一人称的自述。那一连串的快语快谈，那一叠叠的绮语、痴语（其中又夹着许多口语、俚语），就把这个人物的心理写得活灵活现、跃然纸上。她那香艳而放肆的神态，真挚而发露的情思，端的使人读到这首词后如闻其声，如见其形。综观全篇，除了《四库提要》批评柳词"以俗为病"之外，我们又感到了它的"以俗为美"的另一方面，而这种"以俗为美"又是首先基于"以真为美"之上的。所以，从认识柳词的基本思想特征和艺术特征这点出发，它和《雨霖铃》《八声甘州》一样，是有着"标本"和"典型"的意义的。

　　　　　　　　　　　　　　　　　　　　　　　　　　　　（杨海明）

诉 衷 情 近　　　　　　　　　　柳　永

雨晴气爽,伫立江楼望处。澄明远水生光,重叠暮山耸翠。遥认断桥幽径,隐隐渔村,向晚孤烟起。　　残阳里。脉脉朱阑静倚。黯然情绪,未饮先如醉。愁无际。暮云过了,秋光老尽,故人千里。尽日空凝睇。

　　柳永在北宋景祐元年(1034)考中进士之前的数年间,曾经像断梗飘萍一样漫游江南。他的足迹曾到过江、浙、楚、淮等地,依旧羁旅落魄,"奉旨填词"。这首《诉衷情近》是其漫游时期在江南水乡所作,抒写了他对京都故人怀念之情。

　　江南水乡的秋色在词人的感受中是平远开阔、疏淡优美的。雨晴之后,溽暑已消,天高气爽,给人以舒适清新之感。这时登江楼远望,很有诗情画意。江水是"澄明"的,表现了秋水的特点,"生光"是波浪在落照中粼粼闪映所致;更远处是层层苍翠的远山:这都是从高处远眺所见的景象,并通过"暮山"暗示了具体的时间。作者再进一步描绘江上秋晚的景色。"遥认"两字用得相当确切,很适合具体的环境,因为久久地"伫立江楼",眺望中渐渐辨认出较远的景物形象。断桥、幽径、渔村、孤烟,它们在向晚黄昏的江上秋色的背景中构成了秋色平远的画面。这个画面给人以荒寒、凄清、寂寞的感受。柳永曾经在北宋都城汴京生活了很长一段时期,那里"绮陌红楼""名园芳树""九衢三市""香车宝马"的繁胜热闹,与当前荒江日暮的秋色形成强烈对照,怎不触动这游子的悲感呢!词的上阕描叙秋景,已为下阕悲秋的伤别意绪作了铺垫。过片处以"残阳"的意象承上启下,转入抒情。至此,作者关于具体时间已用"暮山""向晚""残阳"间接或直接地加以强调,突出秋江日暮对游子情绪的影响。抒情主人公的视角出发点前后是同一的,而作者在写法上颇不同,前者"伫立江楼望处",是伫立远望;下阕的"脉脉朱阑静倚",是含情静倚楼阑,转入思索,动了"黯然情绪"。虽然两者都是写人在江楼,突出的重点却不同。江淹《别赋》云:"黯然销魂者,唯别而已矣。"可见"黯然情绪"即伤别情绪。无际的离愁已使人如未饮先醉了。"如醉"表现情感的陷溺而不能自拔的状态。自此,词情的发展达到高潮:这黯然情绪是由"暮云过了,秋光老尽,故人千里"引起的。这是在现实中悲秋所生的迟暮之感与客处异乡所生的怀人的伤别意绪的混合。现实的景物增强了伤别意绪,因而无法消除,唯有"尽日空凝睇"以寄托对"故人"的思念。

　　对"故人"的思念是全词的中心,向晚的迟暮之感更强化了对故人的思念之情。但是作者并未将"故人"写得具体一些,而是含糊其辞的。联系柳永其他的羁旅行役之词来看,这"故人"概指他在京都相识的民间歌妓们。柳永漫游江南时对京都歌妓们深切的思念,表明尊重与她们的爱情和友谊。

《诉衷情近》在词体中属于中调。作者创作时依据体制的特点,在写景与抒情时,既未大肆铺叙,也不特别凝练。词旨点明即止,结构完整。作者还很注意上下阕之间和意群之间的照应和映衬。如"伫立"与"静倚","望处"与"凝睇","残阳"与"远水生光","暮山"与"暮云","秋光"与"雨晴气爽",它们之间都存在着一定联系。如此照应和映衬,使词意发展的脉络极为清楚,而词的结构也就具有了谨严布置的特点。这首小词并非柳永名作,但我们从其用语的准确和结构的谨严,都可见出作者的匠心。

(谢桃坊)

集 贤 宾 柳 永

小楼深巷狂游遍,罗绮成丛。就中堪人属意,最是虫虫。有画难描雅态,无花可比芳容。几回饮散良宵永,鸳衾暖、凤枕香浓。算得人间天上,惟有两心同。 近来云雨忽西东。诮恼损情悰。纵然偷期暗会,长是匆匆。争似和鸣偕老,免教敛翠啼红。眼前时、暂疏欢宴,盟言在、更莫忡忡。待作真个宅院,方信有初终。

柳永在青年时代困居都城东京之时,为歌妓乐工写作新词,结识了许多民间歌妓。在《乐章集》中写到的便有秀香、英英、瑶卿、心娘、虫娘、佳娘、酥娘等,而与他情感最深的要算其中的虫娘了。他曾描述她卖艺的动人形象说:"虫娘举措皆温润,每到婆娑偏恃俊。香檀敲缓玉纤迟,画鼓声催莲步紧。贪为顾盼夸风韵,往往曲终情未尽。"(《木兰花》)可见她是一位温柔俊俏、色艺超群的多情女子。虫虫当是虫娘的昵称。柳永最初科举考试下第之后,仍怀着希望,曾安慰她说:"但愿我虫虫心下,把人看待,长似初相识。况渐逢春色,便是有举场消息。待这回好好怜伊,更不轻离拆。"(《征部乐》)显然柳永是在下第后落魄无聊的情形下得到她的爱情的,因而他表示如果有了举场的好消息,即一举成名之后,定不忘记报答她的恩情。这首《集贤宾》词,写来有如以词代书,向虫虫表白自己的真实情感,向她许下庄重的誓言,给她以安慰和希望。

词人坦率地在词的开始就承认对虫虫的真情实意。"小楼深巷"即指平康坊曲之所,歌妓们聚居之地。北宋都城,"出朱雀门东壁,亦人家。东去大街麦秸巷、状元楼,余皆妓馆,至保康门街。其御街东朱雀门外,西通新门瓦子,以南杀猪巷,亦妓馆。以南东西两教坊"(《东京梦华录》卷二)。坊曲之中身着罗绮、浓妆艳抹的歌妓甚众,但柳永却特别属意于虫虫,为了她的"有画难描雅态,无花可比芳容"。自然有比虫虫更为风流美貌的,而具有雅态的却极为稀少。"雅态"是虫虫的特质。唐宋以来的一些歌妓,除了有精妙的伎艺之外,还有很高的文化修养,能吟诗作词。柳词《两同心》的"偏能做文人谈笑"和《少年游》的"心性温柔,品流详雅,不称在风尘"就是表现这种"雅态",它是源于品格和志趣的高雅,全不像是风尘中的女子。柳永之所以爱慕虫虫正由于此。歌妓们虽然受制于娼家,失去了人身自由,但她们的情感是可以由自己支配的。柳永由于真正地同情和尊重她们,因而能获得其爱情,相互知心。以往的日月里就曾有过多少良宵,他与虫虫幸福地相聚,"凤枕香浓","人间天上"似乎只存在他们的真情了。词的上片追叙他与虫虫的恋爱小史。这是过去的事了,现在他们的爱情出现了一些波折。词的下片便叙说现实中发生的情事。

词的过片以"近来"两字将词意的发展由往昔转到现实。下片恰当地表达了词人内心复杂的情感,达到了劝说虫虫的目的。他能理解由于女艺人特殊的职业关系,云雨西东,这几乎使他俩失去了欢乐之趣。从与虫虫"偷期暗会,长是匆匆"的情形来推测,柳永困居京都,已失去经济来源,不可能千金买笑而在歌舞场中挥霍了;因而与虫虫的聚会只能偷偷地进行,而且来去匆匆。由此使他希望与虫虫过一种鸾凤和鸣、白头偕老的正常夫妇生活,以结束相会时愁颜相对的难堪场面。"敛翠",翠指翠眉,敛眉乃忧愁之状;"啼红",红即红泪,指妇女之泪。虫虫在匆匆相会时"敛翠啼红",暗示了他们爱情的不幸。这不幸全是来自社会方面的原因,很可能是因娼家严禁虫虫与这位落魄词人的往来。对此情形,词人提出了暂行办法和长远打算。暂行的办法是"眼前时、暂疏欢宴",疏远一些,以避开社会或娼家的压力。他劝慰虫虫不要忧心忡忡,请相信他的山盟海誓。长远的打算是使虫虫能"作真个宅院"。《能改斋漫录》卷十七载无名氏改冯延巳"三愿"词作《雨中花》,结尾云:"五愿奴哥收因结果,做个大宅院。""奴哥"为对女子的昵称。这两句与柳词语近意同。"宅院"当指姬妾。苏轼《减字木兰花》词赠徐君猷宠妾胜之云:"天然宅院,赛了千千并万万。"《水浒》第四回说赵员外将金老女儿养做"外宅",均可证。旧时风尘女子得为士人姬妾,已符所"愿"。柳永是真正打算娶虫虫作"宅院"的。只有到了那时,才算是他们的爱情有始有终。"有初终",语本于《诗·大雅·荡》"靡不有初,鲜克有终"。他预想黄榜得中之后实现这个愿望。

　　应该相信,柳永当时的许诺是真诚的,也是违反封建婚姻制度的。在宋代社会,像虫虫这样的贱民歌妓,是不可能与宦门子弟的柳永结为正常配偶的,即使免贱为良,纳为姬妾,也得经过一系列麻烦的程序,而且得付昂贵的身价银。现实生活是多变而残酷的。事实上后来柳永考中了进士,踏入了仕途,但客观条件已不容许他去实践为虫虫许下的诺言了。柳永"名宦拘检",成为封建统治阶层中的一员,其社会地位与贱民歌妓无异天壤之隔。在当时的具体历史条件下,柳永敢于在作品中大胆表示与贱民歌妓结为正常婚配对偶,这已是难能可贵的了。在此意义上,《集贤宾》反映了北宋新兴市民思潮对柳永的积极影响,这在唐宋文人词中是甚为罕见的。

(谢桃坊)

少　年　游　　　　　　　　　　柳　永

　　长安古道马迟迟,高柳乱蝉嘶。夕阳鸟外,秋风原上,目断四天垂。　　归云一去无踪迹,何处是前期？狎兴生疏,酒徒萧索,不似少年时。

　　一般人论及柳永词者,往往多着重于他在长调慢词方面的拓展,其实他在小令方面的成就,也是极可注意的。我以前在《论柳永词》一文中,曾经谈到柳词在意境方面的拓展,以为唐五代小令中所叙写的"大多只不过是闺阁园亭伤离怨别的一种'春女善怀'的情意",而柳词中一些"自抒情意的佳作",则写出了"一种'秋士易感'的哀伤"。这种特色,在他的一些长调的佳作,如《八声甘州》《曲玉管》《雪梅香》诸词中,都曾经有很明白的表现。然而柳词之拓展,却实在不仅限于其长调慢词而已,就是他的短小的令词,在内容意境方面也同样有一些可注意的开拓。就如这一首《少年游》小词,就是柳永将其"秋士易感"的失志之悲,写入了令词的一篇代表作。

　　柳永之所以往往怀有一种"失志"的悲哀,盖由于其一方面既因家世之影响,而曾经怀有用世之志意,而一方面则又因天性之禀赋而爱好浪漫的生活。当他早年落第之时,虽然还可以藉着"浅斟低唱"来加以排遣,而当他年华老去之后,则对于冶游之事既已失去了当年的意兴,于是遂在志意的落空之后,又增加了一种感情也失去了寄托之所的悲慨。而最能传达出他的双重悲慨的,便是这首《少年游》小词。

　　这首小词,与柳永的一些慢词一样,所写的也是秋天的景色,然而在情调与声音方面,却有着很大的不同。在这首小词中,柳永既失去了那一份高远飞扬的意兴,也消逝了那一份迷恋眷念的感情,全词所弥漫的只是一片低沉萧瑟的色调和声音。从这种表现来判断,我以为这首词很可能是柳永的晚期之作。开端的"长安"可以有写实与托喻两重含义。先就写实言,则柳永确曾到过陕西的长安,他曾写有另一首《少年游》词,有"参差烟树灞陵桥"之句,足可为证。再就托喻言,则"长安"原为中国历史上著名之古都,前代诗人往往以"长安"借指为首都所在之地,而长安道上来往的车马,便也往往被借指为对于名利禄位的争逐。不过柳永此词在"马"字之下,所承接的却是"迟迟"两字,这便与前面的"长安道"所可能引起的争逐的联想,形成了一种强烈的反衬。至于在"道"字上著以一"古"字,则又可以使人联想及在此长安道上的车马之奔驰,原是自古而然,因而遂又可产生无限沧桑之感。而在此"长安道"上的词人之"马"乃"迟迟"其行者,则既表现了词人对争逐之事之已经灰心淡薄,也表现了一种对今古沧桑的若有深慨的思致。

下面的"高柳乱蝉嘶"一句,有的本子或作"乱蝉栖",但蝉之为体甚小,蝉之栖树决不同于鸦之栖树之明显可见,而蝉之特色则在于善于嘶鸣,故私意以为当作"乱蝉嘶"为是。而且秋蝉之嘶鸣更独具有一种凄凉之致。《古诗十九首》云"秋蝉鸣树间",曹植《赠白马王彪》云"寒蝉鸣我侧",便都表现有一种时节变易、萧瑟惊秋的哀感。柳永则更在"蝉嘶"之上,还加了一个"乱"字,如此便不仅表现了蝉声的缭乱众多,也表现了被蝉嘶而引起哀感的词人之心情的缭乱纷纭。至于"高柳"二字,则一则表示了蝉嘶所在之地,再则又以"高"字表现了"柳"之零落萧疏,是其低垂的浓枝密叶已凋零,所以乃弥见树之"高"也。

下面的"夕阳鸟外,秋风原上,目断四天垂"三句,写词人在秋日郊野所见之萧瑟凄凉的景象,"夕阳鸟外"一句,也有的本子作"岛外",私意以为非是。盖长安道上安得有"岛"乎?至于作"鸟外",则足可以表现郊原之寥廓无垠。昔杜牧有诗云"长空澹澹孤鸟没",飞鸟之隐没在长空之外,而夕阳之隐没则更在飞鸟之外,故曰"夕阳鸟外"也。值此日暮之时,郊原上寒风四起,故又曰"秋风原上",此景此情,读之如在目前。然则在此情景之中,此一失志落拓之词人,又将何所归往乎?故继之乃曰"目断四天垂",则天之苍苍,野之茫茫,词人乃双目望断而终无一可供投止之所矣。以上前半阕是词人自写其今日之飘零落拓,望断念绝,全自外界之景象着笔,而感慨极深。

下半阕,开始写对于过去的追思,则一切希望与欢乐也已经不可复得。首先"归云一去无踪迹"一句,便已经是对一切消逝不可复返之事物的一种象喻。盖天下之事物其变化无常一逝不返者,实以"云"之形象最为明显。故陶渊明《咏贫士》第一首便曾以"云"为象喻,而有"暖暖空中灭,何时见馀晖"之言,白居易《花非花》词,亦有"去似朝云无觅处"之语,而柳永此句"归云一去无踪迹"七字,所表现的长逝不返的形象,也有同样的效果。不过其所托喻的主旨则各有不同。关于陶渊明与白居易的喻托,此处不暇详论。至于柳词此句之喻托,则其口气实与下句之"何处是前期"直接贯注。所谓"前期"者,我以为可以有两种提示:一则可以指旧日之志意心期,一则可以指旧日的欢爱约期。总之"期"字乃是一种愿望和期待,对于柳永而言,他可以说正是一个在两种期待和愿望上,都已经同样落空了的不幸的人物。

于是下面三句乃直写自己今日的寂寥落寞,曰"狎兴生疏,酒徒萧索,不似少年时"。早年失意之时的"幸有意中人,堪寻访"的狎玩之意兴,既已经冷落荒疏,而当日与他在一起歌酒流连的"狂朋怪侣"也都已老大凋零。志意无成,年华一往,于是便只剩下了"不似少年时"的悲哀和叹息。这一句的"少年时"三字,很多本子都作"去年时"。本来"去年时"三字也未尝不好,盖人当老去之时,其意兴与健康之衰损,往往会不免有一年不及一年之感。故此句如作"去年时",其悲慨亦复极深。不过,如果就此词前面之"归云一去无踪迹,何处是前期"诸句来看,则其所追怀眷念的,似乎原当是多年以前的往事,如此则承以"不似少年时",便似乎更为气脉贯注,也更富于伤今感昔的慨叹。

柳永这首《少年游》词,前半阕全从景象写起,而悲慨尽在言外;后半阕则以"归云"为喻象,写一切期望之落空,最后三句以悲叹自己之落拓无成作结。全词情景相生,虚实互应,是一首极能表现柳永一生之悲剧而艺术造诣又极高的好词。总之,柳永以一个禀赋有浪漫之天性及谱写俗曲之才能的青年人,而生活于当日之士族的家庭环境及社会传统中,本来就已经注定了是一个充满矛盾不被接纳的悲剧人物,而他自己由后天所养成的用世之意,与他自己先天所禀赋的浪漫的性格和才能,也彼此互相冲突。他在早年时,虽然还可以将失意之悲,借歌酒风流以自遣,但是歌酒风流却毕竟只是一种麻醉,而并非可以长久依恃之物,于是年龄老大之后,遂终于落得了志意与感情全部落空的下场。昔叶梦得《避暑录话》卷下记柳永以谱写歌词而终生不遇之故事,曾慨然论之曰:"永亦善他文辞,而偶先以是得名,始悔为己累,……而终不能救。择术不可不慎。"柳永的悲剧是值得我们同情,也值得我们反省的。

(叶嘉莹)

少　年　游 柳　永

参差烟树霸陵桥,风物尽前朝。衰杨古柳,几经攀折,憔悴楚宫腰。　　　夕阳闲淡秋光老,离思满蘅皋。一曲《阳关》,断肠声尽,独自凭兰桡。

送客霸桥,折柳赠别,这是始于汉人而沿袭至宋的风俗。霸陵桥即霸桥,在长安东霸水边。程大昌《雍录》载:"汉世凡东出函关,必自霸陵始,故赠行者于此折柳为别。"传为李白所作的《忆秦娥》"年年柳色,霸陵伤别",即指此事。故霸桥与"南浦""长亭"一样,凝聚着前代不少骚人墨客的离愁别恨。柳永作为"西征客"来到汉唐旧都长安,眼下又将在霸桥这一传统的别离之地与友人分袂,他徘徊桥上,自然神思徜徉,离忧顿生。

词以景起,首句总揽霸桥全景:暮色苍茫中,杨柳如烟;柳色明暗处,霸桥横卧。在作者眼里,霸桥已是别离的象征,所以眼前凄迷的霸桥暮景,更易牵动羁泊异乡的情怀。霸桥不仅目睹人世间的离鸾别鹤之苦,而且也是人世沧桑、升沉变替的见证。汉、唐鼎盛时,朱轮华毂,在此川流不息,如今景色依旧,人事全非。"风物尽前朝"一句,紧承首句又拓展词意,使现实的旅思羁愁与历史的兴亡之感交织,把空间的迷茫感与时间的悠远感融为一体,在貌似冷静的描述中,透露出作者沉思的神情与沉郁的情怀。

上片后三句从折柳送别着想,专写离愁。作者想象年去岁来,多少离人在此折柳赠别,杨柳屡经攀折,纤细轻柔的柳条竟至"憔悴"! 古人咏柳赋别,多状春柳婆娑婀娜之姿,"以乐景写哀"。如"垂柳万条丝,春来织别离"(戴叔伦《堤上柳》);"柳阴直,烟里丝丝弄碧。隋堤上,曾见几番,拂水飘绵送行色"(周邦彦《兰陵王·柳》)。此词却写衰杨古柳,憔悴衰败,已不胜攀折。以哀景映衬哀情,借伤柳以伤别,加倍突出人间别离之频繁,别恨之深重。

换头两句,以霸桥为中心,展现更为广阔的画面,使词境愈加凄清又无限延伸。面对霸桥,已令人顿生离思,偏又时当秋日黄昏,日色晚,秋光老,夕阳残照,给本已萧瑟的秋色又抹上一层惨淡的色彩,也给作者本已凄楚的心灵再笼罩一层黯淡的阴影。想到光阴易逝,游子飘零,一种"夕阳西下,断肠人在天涯"的离思触绪而长,绵延不尽,终于溢满蘅皋了。词人写离愁别恨,多将抽象的感情化为具体的形象。如"离愁渐远渐无穷,迢迢不断如春水"(欧阳修《踏莎行》);"路迢迢,恨满千里草"(周邦彦《早梅芳近》)。这里的"离思满蘅皋",同样是用夸张的比喻形容离愁之多,无所不在,以此唤起读者的联想,牵动读者的心弦。

"一曲《阳关》"两句,转而从听觉角度写离愁。作者目瞻神驰,正离思萦怀,身边忽又响起《阳关》曲,把作者思绪带回别前离席。眼前又在进行一场深情的饯别，而行者正是自己。客中再尝别离之苦，旧恨加上新愁，已极可悲，而此次分袂，偏偏又在传统的离别之地，情形加倍难堪，耳闻《阳关》促别，自然使人肝肠寸断了。此即所谓"今古柳桥多送别，见人分袂亦愁生，何况自关情"（张先《江南柳》）。至此，目之所遇，耳之所闻，无不关合离情，纷至沓来，真是"物情人意，向此触目，无处不凄然"（柳永《临江仙引》）。词末以"独自凭兰桡"陡然收煞。"独自"二字，下得沉重，依依难舍的别衷，孤身飘零的苦况，尽含其中。周济《宋四家词选》说："柳词总以平叙见长，或发端，或结尾，或换头，以一二语勾勒提掇，有千钧之力。"此词于收句布景出人，以人物行动见意，引导读者步入词情之最凄苦处，结得有力，有有余不尽之妙。

　　这首词，以哀景写哀，词中借助霸桥暮色、衰杨古柳、夕阳残照、《阳关》之曲等一系列物象与情景，对羁旅与感昔的双重惆怅反复渲染，悲秋与离愁浑然划一，风景与人事有机交融，含情绵邈，吐属自然。冯煦曰柳永词"状难状之景，达难达之情，而出之以自然"（《宋六十一家词选例言》），这一评语恰好道出此词特色。

　　　　　　　　　　　　　　　　　　　　　　　　　　　　（顾伟列）

驻　马　听　　　　　　　　　　　　　柳　永

凤枕鸾帷。二三载，如鱼似水相知。良天好景，深怜多爱，无非尽意依随。奈何伊。恣性灵、忒煞些儿。无事孜煎，万回千度，怎忍分离。　　而今渐行渐远，渐觉虽悔难追。漫寄消寄息，终久奚为。也拟重论缱绻，争奈翻覆思维。纵再会，只恐恩情，难似当时。

　　自宋以来，不少正统词论家指摘柳永的俗词，因为这些"淫冶讴歌之曲"不合封建社会的道德规范和文人的审美趣味，所以历来的词选很少收这类词。宋人黄昇《唐宋诸贤绝妙词选》卷五收入柳永俗词《昼夜乐》（秀香家住桃花径），也还是因苏轼《满庭芳》（香靥雕盘）引用了其中"腻玉圆搓素颈"一语。并且特为注明说："此词丽以淫，不当入选，以东坡尝引用其语，故录之。"其实只要不具艺术偏见，仔细研读柳永俗词便不难发现，它是很有思想意义和艺术水平的。且如此词，便以细致的笔调描述市民妇女复杂的离情别绪。作者总是关注着市民阶层中那些不幸的妇女，深刻地揭示出她们的内心世界，在艺术表现技巧方面是非常成熟的。

　　同柳永许多这类俗词一样，此词也是采用线型的结构，按照情节的顺序从头写起,但内容和形象都别具新意。开始是写抒情女主人公沉溺在对往日甜蜜的爱情生活的回忆里。这段幸福的生活虽只有"二三载",在整个人生旅程中是短暂的,却因两心相照,"如鱼似水"般的和谐而令人难忘。但就在这幸福难忘的日子里,已潜伏了破裂的因素。他们的情感不是对等的,她委曲求全,百般迁就,"无非尽意依随"。作者一开始便展示了这位市民妇女善良温厚的性格,是作者笔下又一个典型形象。委曲求全的结果并未愈合反而加深了他们情感的裂痕,责任不在女方。"奈何伊。恣性灵、忒煞些儿","性灵",俗语的意思是指性子或个性;"忒煞",即太过分了。这说明他们的破裂纯由于男子的任性而不近情理,对他已无可奈何。因而双方由情感的破裂到最后分离便是情势发展的必然了。作者省略了不必要的离别细节的描述,词意的发展出现一次跳跃,进到女主人公诉说分离后的苦闷情绪。她不仅善良温厚,还具有女性在情感方面的弱点,心情十分矛盾:"无事孜煎,万回千度,怎忍分离。""孜煎",俗语,忧虑、思念之极,如柳词《法曲献仙音》:"记取盟言,少孜煎,剩好将息。"每当她闲着无事之时,将往事反复考虑,仍免不了对离人的眷恋,情感上难以割舍,这是她善良温厚性格的表现。

词的下片紧承上片结句之意,着力表现女主人公被遗弃后矛盾复杂的心理。首先,离人已经"渐行渐远",加大了空间与情感的距离,"虽悔难追"。似乎当初若再委曲一些、再容忍一些,还是可以挽留住的,而今距离愈远,纵然后悔也无济于事了。根据这种情形,即使寄去消息,终久也是白费。"消息"两字分用,如李玉《贺新郎》"遍天涯,寻消问息,断鸿难倩",是一种修辞方法。她也打算过同他再继续那一段爱情生活,即"重论缱绻"。无奈她经过"翻覆思维","思"些什么呢? 是:"纵再会,只恐恩情,难似当时。"这就是她从现实状况下得出的预感,经过分离的痛苦和被弃后的冷静思考,她已认识到情感是不能勉强的,纵使有这个可能重续旧欢,恩情也不似当时的"如鱼似水相知"那样融洽了。她的判断是有根据的。

柳永笔下的这个市民妇女形象不同于其俗词中另一些大胆泼辣、富于计谋的妇女,而具有我国封建时代妇女传统的温良忍耐的品格。虽然遭到遗弃,她并不怨天尤人,而是尽可能地原谅对方,将过错归结为他的乖僻个性,总是设法弥补他们情感的裂痕,分离后还念念难忘,后悔未尽到应有的努力。这都说明她是温柔多情的,又有市民对爱情热烈追求的特点。下片写她的思维过程很有层次:首先是因别而悔;想写信去,又怕不会有回音;即使能重拾坠欢,也怕恩情难似当时。感情与理智交战写得如此曲折入微,非能深入人物内心设身处地体会透,是写不出的。作者对弃妇题材的处理有自己新颖而独特的方式,与传统文人诗词中常见的处理方式不同,并不将弃妇写得悲哀可怜,而是更表现得合符市民社会生活的真实。我们读了这首词之后会为其形象的真实所感动,也会叹服其朴素的表现手法所产生的艺术力量。

（谢桃坊）

戚　氏　　　　　　　　　　柳　永

晚秋天,一霎微雨洒庭轩。槛菊萧疏,井梧零乱,惹残烟。凄然,望江关,飞云黯淡夕阳闲。当时宋玉悲感,向此临水与登山。远道迢递,行人凄楚,倦听陇水潺湲。正蝉吟败叶,蛩响衰草,相应喧喧。　　　孤馆,度日如年。风露渐变,悄悄至更阑。长天净,绛河清浅,皓月婵娟。思绵绵。夜永对景那堪,屈指暗想从前。未名未禄,绮陌红楼,往往经岁迁延。　　　帝里风光好,当年少日,暮宴朝欢。况有狂朋怪侣,遇当歌对酒竞留连。别来迅景如梭,旧游似梦,烟水程何限。念利名憔悴长萦绊。追往事、空惨愁颜。漏箭移,稍觉轻寒。渐呜咽画角数声残。对闲窗畔,停灯向晓,抱影无眠。

柳永的《乐章集》以工于抒写行役羁旅见称。本词刻画驿馆的旅思,正是其长技之所在。据词里提到“宋玉悲感,向此临水与登山”诸语,可知作于湖北江陵。柳永外放荆南,已经年过五十。由于他爱同伶工乐妓交往,不为宋仁宗所喜,久不调职,难立于朝,只得外放州郡小官,心情是很郁闷的。这种情绪也深深地反映到词里来了。

这首词是三片的长调。在结构上,作者以时间为线索,从傍晚、深夜直写到翌日破晓,脉络井井,有条不紊。先写凄清的秋绪,次写永夜的幽思,最后归结到厌倦于征逐名利的官场生活这一主旨上来。篇幅虽然庞大,却细针密线,层次清楚。

上片描写的是微雨刚过的薄暮景色。“晚秋”二字点出了时令是在九月。先从近景写起:秋雨梧桐,西风寒菊,点缀着荒寂的驿馆。“惹残烟”,一字一层。“烟”而曰“残”,见出梧菊凋零无复烟笼霭密的生意。“残”而曰“惹”,则见出其勉为弄姿摇曳枝头的眷恋之情,益发令人怜惜。它与晏殊的“槛菊愁烟兰泣露”(《蝶恋花》)相较,虽同一拟人技法,似更能拨动人们的心弦。传神就在一个“惹”字。“凄然”以下写远景。“夕阳闲”以无心的落照反衬上文。“闲”字下得好,对比强烈，是移情的手法。近人陈苍虬《临江仙》词"人间闲夕照，消得一雷峰"，可谓善于学柳。"倦听"以下，转写所闻：一个"应"字更把蝉鸣、蛩响彼此呼应的秋声写活了。词笔细入毫芒，非静察不能到。

中片深入一层，刻画此地此时的心理状态。月明夜静，一身孤旅，清宵独坐，怎能不勾起伊郁的情思来呢？"夜永对景那堪"，六字为句，"屈指"以下转入忆旧，纯乎写情。以虚衬实，放笔直书而不嫌率直者，以其情真意厚可以流转自如的原故。

下片"帝里"六句，写狂放不羁的少年生活，具体地补足了"暗想"的内容。仍用虚笔，与上片密衔细接，有陇断云连之妙。"别来迅景如梭"一句喝断，转写实景。词笔虚实相间，腾挪有致。以向日的欢娱，衬出如今的落寞，烟村水驿，何限凄凉。经过一番铺垫与蓄势，然后引出了"念利名憔悴长萦绊"这一点睛之语来。为什么要抛亲别友，孤旅天涯，去受这份煎熬呢？不正是被区区的名利所羁绊么？难道这是值得的吗？就是这些往事的萦回，使他数遍更筹，听残画角，终夕难眠。结拍二句"停灯向晓，抱影无眠"为一篇词眼，写尽了伶仃孤处的滋味，是摹神之极笔。周济曾云："柳词总以平叙见长。或发端，或结尾，或换头，以一二语勾勒提掇，有千钧之力。"（《宋四家词选》评柳永《斗百花》）移论此词，也是再恰当不过。

《戚氏》一调为柳永所创。全词二百一十二字，是重头巨制。从音律上讲，通篇谐协美听，句法活泼，平仄通叶，韵位尤错落有致。音律如此考究，也超过了一般的词曲。这是因为柳永不仅是一位出色的词人，还是一位优秀的音乐家。因为他兼有二者之长，才能创作出这样声情并茂、体制繁复的新声来。此词一出，流传很广，当时就有"《离骚》寂寞千载后，《戚氏》凄凉一曲终"（转引自《碧鸡漫志》）之赞词。其风靡一时的影响，据此可见一斑了。

（周笃文）

夜　半　乐　　　　　　　　　　　柳　永

冻云黯淡天气，扁舟一叶，乘兴离江渚。渡万壑千岩，越溪深处。怒涛渐息，樵风①乍起，更闻商旅相呼，片帆高举。泛画鹢、翩翩过南浦。　　　望中酒旆闪闪，一簇烟村，数行霜树。残日下，渔人鸣榔归去。败荷零落，衰柳掩映，岸边两两三三、浣纱游女。避行客、含羞笑相语。　　　到此因念，绣阁轻抛，浪萍难驻。叹后约、丁宁竟何据！惨离怀、空恨岁晚归期阻。

凝泪眼、杳杳神京路。断鸿声远长天暮。

〔注〕　① 樵风：指顺风。《嘉泰会稽志》："会稽县：樵风泾，在县东南二十五里。旧经云：'汉郑弘少时采薪，得一遗箭，顷之，有人觅箭，问弘何所欲。弘识其神人也，答曰：尝患若耶溪载薪为难，愿朝南风，暮北风。后果然。世号樵风。'"

　　柳永词"工于羁旅行役"（陈振孙《直斋书录解题》卷二十一《乐章集》解题），"善于叙事"（刘熙载《艺概》卷四《词曲概》）。《夜半乐》之值得重视，正因为它体现了柳词的这一基本特色。

　　全词分为三叠。第一叠叙述舟行的经历，第二叠描写舟中的见闻，都是写景；第三叠发抒感慨，是写情。首叠中的"越溪"，特指会稽县南之若耶溪，非泛指越地的河流。"万壑千岩"出于《世说新语·任诞篇》。晋人顾恺之称赞会稽（今浙江绍兴）的山水："千岩竞秀，万壑争流。"可知此词是柳永浪迹浙江时的作品。

　　第一叠首句点明时令，交待出发时的天气。"冻云"句说明已届初冬，天公似在酿雪，显得天色黯淡。"扁舟"二句拍到自身，以"黯淡"的背景，反衬自己乘一叶扁舟驶离江渚时极高的兴致。"乘兴"二字是首叠的主眼，从"离江渚"开始，直到"过南浦"，词人一直保持着饱满的游兴。"渡万壑"二句，概括交待了很长的一段路程，给人以"轻舟已过万重山"的轻快感觉。如果再联想到"竞秀""争流"的山川美景，词人心情的愉悦是不难想见的。"怒涛"四句，写扁舟继续前行时的所见所闻。此时已从万壑千岩的深处出来，到了比较热闹的开阔江面上，浪头渐小，吹起顺风，听见过往经商办事的船客彼此高兴地打招呼，船只高高地扯起了风帆。"片帆高举"是写实，也可想象出词人在顺风扬帆时独立船头、怡然自乐的情状。"泛画鹢"的"鹢"，是一种水鸟，古代常画鹢于船头，这里以"画鹢"代指舟船。"翩翩"，轻快的样子。"南浦"，南岸的水边。"翩翩"遥应"乘兴"，既写舟行的轻快，也是心情轻快的写照。

　　第二叠写见闻，时间是在"过南浦"以后，"残日下"逗出已届傍晚。地点从溪山深处转到了南浦以下的江村。词人乘兴扬帆翩翩而行，饶有兴味地观赏着展现在眼前的风光，故过片即以"望中"二字领起。"望中"三句写岸上，是远景：高挑的酒帘在风中闪动，烟霭朦胧中隐约可见有一处村落，其间点缀着几排霜树。"残日"句仍是远景，但转写江中：渔人用木棒敲击船舷的声音把词人的注意力吸引了过来，发现在残日映照的江面上，渔人在鸣榔归去。以下转为中近景。浅水滩头，芰荷零落；临水岸边，杨柳只剩下光秃秃的枝条；透过掩映的柳枝，看得见岸边一小群一小群浣纱归来的女子。"浣纱游女"是词人描写的重点，因而将镜头推近，工笔细描她们"避行客、含羞笑相语"的神情举止。本来，词人游目骋怀,漫不经心,只有登山临水的雅兴,而无羁旅行役的感慨。但眼前的三三两两浣纱游女,触动并唤醒了沉埋在心底的感情,使他想起了天各一方的亲人,一种失落感在心头油然升起。由触目而惊心,词人的感情汪洋中,瞬息之间掀起狂澜,从而自然地转入了抒发感慨的第三叠。唐代杜牧之有《南陵道中》绝句:"南陵水面漫悠悠,风紧云轻欲变秋。正是客心孤迥处,谁家红袖凭江楼?"写"物色相召,人谁获安"(《文心雕龙·物色》)的感情变化,与此词同一机杼,可以互相印证。

第三叠由景入情,过片"到此因念",一语拍转。"此"字直承二叠末的写景,"念"字引出本叠的离愁别恨。"绣阁轻抛",后悔当初轻率离家;"浪萍难驻",慨叹今日浪迹他乡。将离家称为"抛",更在"抛"前着一"轻"字,后悔之意溢于言表;自比浮萍,又在"萍"前安一"浪"字,对于眼下行踪不定的生活,不满之情见于字间。最使词人感到凄楚的,还不在于过去的"绣阁轻抛"与当前的"浪萍难驻",而是后会难期。"叹后约"四句,便是从不同的角度抒写难以与亲人团聚的感慨。"叹后约"句从妻子方面想入:当年别离时分,妻子殷勤叮咛,约定归期,如今难以兑现。"惨离怀"二句从自身想入:上句着眼于时间,时至岁暮,但还不能回家,因而只能空自遗憾;下句着眼于空间,自己离妻子寄身的京城汴梁,路途遥远,不易到达,只得"凝泪眼"而长望。结语"断鸿"句,重又由情回到景上,将感慨寄托于客观景物的描写之中:词人望神京而不见,映入眼帘的,唯有空阔长天,苍茫暮色;听到的,只是离群的孤雁渐去渐远的叫声。这一景色,境界浑涵,所显示的氛围,与词人的感情十分合拍,而且还有着明显的象征性:日暮愁中的词人,不正像融入苍茫暮色的孤雁那样孤单而又凄然吗?末一句虽然与前两叠都作景语,但又有着明显的区别:前两叠,景中有情,着重表现的是赏心悦目的自然美色;"断鸿"句所写,则是情中之景,着重表现的是寄寓在景物中的主观感受。因而,前两叠足可供人赏心悦目,而读到末句,却不免会令人感到惨然了。

统观全篇,前两叠写景,感情悠游不迫,笔调舒徐从容,手法也有所变化,由叙述转为描绘;描叙内容也在递变,从自然现象转到社会人事:显得层次分明,铺排有序,足以见出柳词擅长铺叙的艺术特色。末叠抒情,感情汪洋恣肆,一发难收,笔调也变得急促起来:以"绣阁轻抛,浪萍难驻"的短促对句,抒写了悔当初、恨现在的感情;接着的几句,围绕着别易会难这一中心,作多角度的反复抒写;音韵上,从"叹后约"句开始,用韵转密,如促节繁弦,正好适应了哽咽语塞、一吐为快的抒情需要。前两叠的写景,为末叠的抒情铺垫;前两叠的徐缓,为末叠的急骤蓄势。一篇之中,两种色调,两副笔墨,相映成趣,相得益彰,成功地写出了从漫不经心到触目惊心的感情飞跃,自然而深入地表现了羁旅行役生涯的感情痛苦,在"铺叙委宛"(周济《介存斋论词杂著》)之中,又给人以一种"细密而妥溜"(刘熙载《艺概》卷四《词曲概》)的新鲜印象。　　　　　　　　　　(陈志明)

望　海　潮　　　　　　　　　柳　永

东南形胜,三吴都会,钱塘自古繁华。烟柳画桥,风帘翠幕,参差十万人家。云树绕堤沙。怒涛卷霜雪,天堑无涯。市列珠玑,户盈罗绮,竞豪奢。　　　重湖叠巘清嘉。有三秋桂子,十里荷花。羌管弄晴,菱歌泛夜,嬉嬉钓叟莲娃。千骑拥高牙。乘醉听箫鼓,吟赏烟霞。异日图将好景,归去凤池夸。

在词史上,一般把柳永推为婉约派的正宗,有时与秦观合称"秦柳",有时与周邦彦合称"周柳",因为他"长于纤艳之词,然近俚俗"(《花庵词选》),"所作旖旎近情,使人易入"(《四库提要》)。就其大部分作品而言,固属如此,然亦有不同风格。在这首《望海潮》中,词人以大开大阖、直起直落的笔法,描写杭州的繁荣景象,仿佛在读者面前展开一幅宏伟壮丽的历史画卷。因此李之仪在论及词体发展时说他"铺叙展衍,备足无余,形容盛明,千载如同当日"(《跋吴师道小词》)。陈振孙也称其词"承平气象,形容曲尽"(《直斋书录解题》)。

词的上阕,一开头即以鸟瞰式镜头摄下杭州的全貌。它点出了杭州位置的重要,历史的悠久,揭示出所咏主题。三吴,旧指吴兴、吴郡、会稽。钱塘,即杭州。清顾祖禹《读史方舆纪要》云:"陈置钱塘郡,隋平陈,废郡置杭州。"此处称"三吴都会",极言其为东南一带、三吴地区的重要都市,字字铿锵,力能镇纸。其中"形胜""繁华"四字,乃一篇之主脑。自"烟柳"以下,便从各个方面描写杭州之形胜与繁华。"烟柳画桥",写街巷河桥的美丽;"风帘翠幕",写居民住宅的雅致。风光旖旎,用笔妍蒨。"参差十万人家"一句,以力挽千钧之势,转弱调为强音,表现出整个都市户口的蕃庶。"参差"为大约之义。"云树"三句,又推开一层,由市内说到郊外。在钱塘江堤上,行行树木,远远望去,郁郁苍苍,犹如云雾一般。一个"绕"字,写出长堤逶迤曲折的态势。"怒涛"二句,写钱塘江水的澎湃与浩荡。"天堑",原意为天然的深沟。《南史·孔范传》云:"长江天堑,古来限隔……"极言长江形势之险要,这里移来形容钱塘江,亦十分妥帖。钱塘江八月观潮,历来称为盛举。早在唐代,李白就在《横江词》中写过:"浙江八月何如此,涛似连山喷雪来。"宋初潘阆在《酒泉子》中也说:"长忆观潮,满郭人争江上望。来疑沧海尽成空，万面鼓声中。"写杭州，钱塘江潮是必不可少的一笔。"市列"三句，只抓住"珠玑"和"罗绮"两个细节，便把市场的繁荣、市民的殷富反映出来。珠玑、罗绮，又皆妇女服用之物，并暗示杭城声色之盛。缀以"竞豪奢"一个短语，反映了市民（这里主要指富室）穷奢极侈的生活。

下阕前半段专咏西湖。西湖经唐代白居易的治理、五代吴越王的营建，至于宋初已十分秀丽。词从湖山胜概、四时风物、昼夜笙歌、湖中人物四个方面，描绘了它的美好风貌。重湖，是指西湖中的白堤将湖面分割成的里湖和外湖。叠巘，是指灵隐山、南屏山、慧日峰等重重叠叠的山岭。湖山之美，词人先用"清嘉"二字概括，接下去写山上的桂子，湖中的荷花。这两种花也是代表杭州的典型景物。白居易《忆江南》云："江南忆，最忆是杭州。山寺月中寻桂子，郡亭枕上看潮头。"杨万里《晚出净慈寺送林子方》诗云："毕竟西湖六月中，风光不与四时同。接天莲叶无穷碧，映日荷花别样红。"柳永这里则以工整的一联，描写了不同季节的两种花。据罗大经《鹤林玉露》卷十三云："此词流播，金主亮闻歌，欣然有慕于'三秋桂子，十里荷花'，遂起投鞭渡江之志。"说得虽有些夸张，但这两句确实写得高度凝练，它把西湖以至整个杭州最美的特征概括出来，具有歆动人心的艺术力量。"羌管弄晴，菱歌泛夜"，对仗也很工稳，情韵亦自悠扬。"泛夜""弄晴"，互文见义，说明不论白天或是夜晚，湖面上都荡漾着优美的笛曲和采菱歌声。着一"泛"字，表示那是在湖中的船上。"嬉嬉钓叟莲娃"，可以看作对上文的补充，也就是说吹羌笛者是钓叟——渔翁，唱菱歌者为莲娃——采莲姑娘。"嬉嬉"二字，则将他们的欢乐神情，作了栩栩如生的描绘。

下阕后半段总结前文，归美郡守。相传"孙何帅钱塘，柳耆卿作《望海潮》词赠之"（见《鹤林玉露》卷十三）。《宋史·孙何传》谓真宗咸平中（约1000），孙何徙两浙转运使，至景德初（1004）代还。"何乐名教，勤接士类，后进之有词艺者，必为称扬"。孙何礼贤下士，爱好词艺，故柳永作《望海潮》以赠。为了博得孙何的称扬和延誉，他不得不在最后唱一点颂歌。然而笔致洒落，音调雄浑，仿佛令人看到一位威武而又风流的地方长官，饮酒赏乐，啸傲于山水之间。结尾二句："异日图将好景，归去凤池夸。"凤池，即凤凰池，本是皇帝禁苑中的池沼。魏晋时中书省地近宫禁，因以为名。"好景"二字，将如上所写和不及写的，尽数包拢。意谓当孙何召还之日，合将好景画成图本，献与朝廷。然"归去凤池"，实含入朝执政之意，则"好景"除湖山胜概、廛市繁华外，并当寓指其守杭良好政绩。以此语祝孙何他日任满报政于朝，擢登相位，可谓善颂善祷。

这首词不但画面美，音律也很美，在柳永词中别具神韵。《望海潮》词调始见于《乐章集》，当是柳永所创的新声。观其内容与声情，确似将钱塘观潮的感受谱入律吕。如果说他的"杨柳岸、晓风残月"，合于十七八女郎手执红牙檀板浅斟低唱的话；那么这首词中的"怒涛卷霜雪，天堑无涯"，则非关西大汉弹起铜琵琶、敲起铁绰板引吭高歌不可。世人论宋词，说起豪放派作品，多推东坡的《念奴娇》(大江东去)，即使上溯，也只及于范仲淹的《渔家傲》(塞下秋来风景异)，殊不知柳永此词早于范作十多年，其写景之壮伟、声调之激越，与东坡亦相去不远。

　　柳永填词，很注意结构。这首词尽管以铺叙见长，但为了避免平铺直叙，他在发端及换头之处，都能用一两句话勾勒提掇。如发端"东南形胜"，给人以警醒的印象；换头"重湖叠巘清嘉"，给人以别开生面的感觉。另外，他在写景时也能注意交叉用笔，如"烟柳画桥"三句与"市列珠玑"三句，本是表现市内繁华，完全可以连续写下去，但词人却在当中穿插"云树"三句写钱塘江景。这样便显得不沾滞，场景多变，密中有疏。即以写自然景色而言，也能注意穿插人物的活动。如下阕前半咏西湖，从桂子、荷花写到钓叟莲娃，这就避免了纯静止地摹写物态，使美丽的西湖，洋溢着生气，荡漾着欢乐，充满着和谐，形成美好的境界。这首词中还用了许多由数字组成的词组，如"三吴都会""十万人家""三秋桂子""十里荷花""千骑拥高牙"等等，或为实写，或为虚指，然均带有夸张的语气，这对于豪迈词风的形成，也是极有帮助的。

　　　　　　　　　　　　　　　　　　　　　　　　　　　　　　　(徐培均)

玉　蝴　蝶　　　　　　　　　　柳　永

望处雨收云断，凭阑悄悄，目送秋光。晚景萧疏，堪动宋玉悲凉。水风轻、蘋花渐老，月露冷、梧叶飘黄。遣情伤。故人何在，烟水茫茫。　　难忘。文期酒会，几孤风月，屡变星霜。海阔山遥，未知何处是潇湘！念双燕、难凭远信，指暮天、空识归航。黯相望。断鸿声里，立尽斜阳。

　　柳永《玉蝴蝶》一词，风格与其《八声甘州》相近，它通过描绘萧疏、清幽的秋景，来抒写对朋友的思念之情。

　　起句以写景入题。"望处雨收云断"，是写即目所见之景，可以看出远处天边风云变幻的痕迹，使清秋之景，显得更加疏朗。"凭阑悄悄"四字，写出了独自倚阑远望时的忧思。这种情怀，又落脚到"目送秋光"上。"悄悄"，忧愁的样子。《诗·邶风·柏舟》："忧心悄悄。"后来辛弃疾《踏莎行》词云："吾道悠悠，忧心悄悄,最无聊处秋光到",写的也是同样的意思。面对向晚黄昏的萧疏秋景,很自然地会引起悲秋的感慨,想起千古悲秋之祖的诗人宋玉来。"晚景萧疏,堪动宋玉悲凉",紧接上文,概括了这种感受。宋玉《九辩》中的"悲哉!秋之为气也,萧瑟兮,草木摇落而变衰","坎廪兮,贫士失职而志不平;廓落兮,羁旅而无友生"的悲秋情怀和身世感慨,这时都涌向柳永的心头,引起他的共鸣。他将万千的思绪按捺住,将视线由远及近,选取了最能表现秋天景物特征的东西,作精细的描写。"水风轻、蘋花渐老,月露冷、梧叶飘黄"两句,用特写镜头,摄取了一幅很有诗意的画面:秋风轻轻地吹拂着水面,白蘋花渐渐老了,秋天月寒露冷的时节,梧桐叶变黄了,正在一叶叶地轻轻飘下。萧疏衰飒的秋夜,自然使人产生凄情沉寂之感。"轻""冷"二字,正写出了清秋季节的这种感受。"蘋花渐老",既是写眼前所见景物,也寄寓着词人寄迹江湖、华发渐增的感慨。"梧叶飘黄"的"黄"字用得好,突出了梧叶飘落的形象。"飘"者有声,"黄"者有色,"飘黄"二字,写得有声有色,有动有静。"黄"字渲染了气氛,点缀了秋景。作者对千品万汇的秋景,只捕捉了最典型的水风、蘋花、月露、梧叶,用"轻""老""冷""黄"四字烘托,交织成一幅冷清孤寂的秋光景物图,为抒写怀远之情作了充分的铺垫。"遣情伤"一句,由上文的景物描写中来,由景及情,在词中是一转折。大凡人在寂寞伤心的时候,最容易勾起对良朋挚友的怀念,似乎可以从朋友那里得到慰藉。故在景物描写之后,不期然而然地引出"故人何在,烟水茫茫"两句,既承上启下,又统摄全篇,为全首的主旨。"烟水茫茫"是迷蒙而不可尽见的景色,阔大而浑厚,同时也是因思念故人而产生的茫茫然的感情,在这里情与景是交织在一起的。

　　下片换头,插入回忆,写怀念故人之情,波澜起伏,错落有致。词人回忆起与朋友在一起时的"文期酒会",那赏心乐事,至今难忘。以"文期酒会"之乐,来映衬长期分离之苦,使分离之苦倍增。分离之后,已经物换星移、秋光几度,不知有多少良辰美景因无心观赏而白白地过去了。言"几孤",言"屡变",旨在加强别后的怅惘。"海阔山遥"句,又从回忆转到眼前的思念。"潇湘"在这里指友人所在之地,因不知故人何在,故云"未知何处是潇湘",暗用梁柳恽《江南曲》"洞庭有归客,潇湘逢故人"诗意。"念双燕、难凭远信,指暮天、空识归航",写不能与思念中人相见而产生的无可奈何的心情。眼前双双飞去的燕子是不能向故人传递消息的,以寓与友人欲通音讯,无人可托。盼友人归来,却又一次次的落空,故云"指暮天、空识归航"。这句词,远师谢朓诗"天际识归舟,云中辨江树"(《之宣城郡出新林浦向板桥》),近师温庭筠《梦江南》词:"梳洗罢,独倚望江楼。过尽千帆皆不是,斜晖脉脉水悠悠,肠断白蘋洲。"柳词借用谢朓的诗句,化用温词的意境,构造出新的形象，把思念友人的深沉、诚挚的感情表现得娓娓入情。看到天际的归舟，疑是故人归来，但到头来却是一场误会，归舟只是空惹相思，好像在嘲弄自己的痴情。一个"空"字，把急盼友人归来的心情写活了。它把思念友人之情推向了高潮和顶点。

收尾三句，以景结情。词人用断鸿的哀鸣，来衬托自己的孤独怅惘，可谓妙合无垠，声情凄婉。"立尽斜阳"四字，画出了抒情主人公的形象。他久久地伫立在夕阳残照之中，如呆如痴，感情完全沉浸在回忆与思念之中。一个"尽"字，道出了伫立凝望之久，言有尽而意无穷。

柳永这首词，很善于化用前人诗词，用人若己，不露痕迹。他不用僻典，不用冷字，虽明白如说家常，但并不浅俗。他在修辞上既不雕琢，又不轻率，而是俗中有雅，平中见奇，隽永有味，故能雅俗共赏。《蕙风词话》说："盖写景与言情，非二事也。善言情者，但写景而情在其中，此等境界，惟北宋词人往往有之。"《玉蝴蝶》就是"但写景而情在其中"的艺术标本，它在情景交融方面，的确达到了很高的境界。

（刘文忠）

满　江　红　　　　　　　　　　柳永

暮雨初收，长川静，征帆夜落。临岛屿，蓼烟疏淡，苇风萧索。几许渔人飞短艇，尽载灯火归村落。遣行客、当此念回程，伤漂泊。　　桐江好，烟漠漠。波似染，山如削。绕严陵滩畔，鹭飞鱼跃。游宦区区成底事？平生况有云泉约。归去来，一曲仲宣吟，从军乐。

此词为因游宦泊船桐江作，抒写了作者厌倦仕途、渴望归隐的思想感情。

孤身行役，本来使人感到寂寞，天将暮时，又下起雨来了。暮雨初收，夜幕降临，泊船江边，江水是那样澄静，对面岛屿上，水蓼疏淡如烟，阵阵苇风，带来凉意。从下片换头，知"长川"即桐江，在今浙江中部，是钱塘江自建德县梅城至桐庐一段的别称。水蓼和芦苇都于秋天繁盛开花，可见时间是在萧瑟的秋天；雨后的秋夜，更使人感到清冷。"萧索"是风吹芦苇之声。开头六句写傍晚泊船情景，突出一个"静"字，时间、地点、景物，都显得无比凄清，烘托着作者无限凄凉的心情。

天更加黑下来，渔人们驾着小舟，匆匆回到村落中去；那舟上的点点灯火，闪耀在夜空里，映照在江水中，在黑暗中向前飞行。"几许"犹云多少。黑暗中，一切都看不见,惟见灯火闪烁,才知道这是渔舟,"尽载灯火"四字,极得渔舟夜归之神理。这两句在景、情两个方面,都同上面形成对比。上面写静景,这里却是动景;但这里的动,却更加反衬出整个环境的静寂,因为在静寂黑暗中,飞动的灯火才显得特别鲜明。渔人带着一天的劳动果实回到家中,心情是喜悦的,"飞短艇"的"飞"字,就表现出他们的喜悦心情,这又更加反衬出在外漂泊的作者的孤独和凄苦,从而自然引出过拍三句。"回程"指由原路回去。渔人的家庭生活的欢乐,使作者更加感到自己的漂泊之苦,渴望结束这种羁旅行役生活,回去享受家庭生活的乐趣。

下片是回叙白天旅途所见和由此而生的感慨。桐江风景绝佳,南朝梁吴均《与宋元思书》,就对它做过生动的描绘:"风烟俱净,天山共色,从流飘荡,任意东西。自富阳至桐庐,一百许里,奇山异水,天下独绝。水皆缥碧,千丈见底……夹岸高山,皆生寒树,负势竞上,互相轩邈,争高直指,千百成峰。"换头四句,从烟、波、山着笔,语简意丰,最是传神,清人周济称柳词"或发端,或结尾,或换头,以一二语钩勒提掇,有千钧之力"(《宋四家词选》),此可当之。"严陵滩"即严陵濑,在桐庐县南,是东汉严光隐居时钓鱼的地方。"鹭飞鱼跃",亦在写江上环境之清幽和生物的自适情趣,从而引发作者对于游宦生活的厌倦情绪。"区区"有跋涉辛苦之义,"成底事"就是一事无成。游宦生涯既是如此,自然便兴起归隐于云山泉石之间的意念,况是早有此愿。看到这桐江的美丽景色,缅怀古代的严光,这种想法变得更加强烈,所以末尾即以渴望归隐的感叹作结。晋代诗人陶渊明辞官回家后写的《归去来兮辞》,开头三句是:"归去来兮,田园将芜,胡不归!"柳词"归去来"即用此语,"来"是语助词,加强感叹的语气,无义。东汉末诗人王粲,字仲宣。建安二十年(215)三月曹操西征张鲁,王粲随军出征,写了《从军行五首》纪其事,其第一首首句为"从军有苦乐",诗中写到军士行役的辛苦和对故乡的怀念,有"征夫怀亲戚,谁能无恋情? 拊襟倚舟樯,眷眷思邺城"(第二首),"征夫心多怀,恻怆令吾悲"(第三首)等句。柳词"从军乐",即指此诗,因为平仄要求,故改"行"为"乐",用以代指作者对漂泊生活的怨恨和怀乡思归心情。柳永一生,政治上极不得意,只做过余杭县令、盐场大使、屯田员外郎一类小官,死后由别人出钱埋葬,景况极为凄凉。在这"归去来"的悲叹声中,实在饱含着无限辛酸。

柳永是最善于写羁旅行役的词人。近人夏敬观称柳永雅词"层层铺叙,情景兼融,一笔到底,始终不懈"(龙榆生《唐宋名家词选》引《手评乐章集》)。此词从泊舟写到当时的心情,然后从回叙日间江行情状写到今后的打算,脉络清楚而又富有变化,通篇充满强烈的抒情气氛。此外,对比的运用也是此词的一个突出特点。除了上面提到的上片前后的对比之外,下片所写桐江的迷人景色同上片的清冷萧瑟之景,也是强烈的对比。这些对比都直书所见,非常真实自然,并且都起到了烘托作者思想感情的作用,使全词在凄凉的基调上,爆出了几点喜悦的火花,在声调上也有了缓急低昂的变化,读来更加委婉曲折,荡气回肠,撼人心扉。宋释文莹《湘山野录》云:"范文正公(范仲淹)谪睦州(治所在今浙江建德),过严陵祠下。会吴俗岁祀,里巫迎神,但歌《满江红》(下面所引歌词即此词)。"可见人们对此词的喜爱。

(王思宇)

引 驾 行 柳 永

红尘紫陌,斜阳暮草长安道,是离人。断魂处,迢迢匹马西征。新晴。韶光明媚,轻烟淡薄和气暖,望花村。路隐映,摇鞭时过长亭。愁生。伤凤城仙子,别来千里重行行。又记得、临歧泪眼,湿莲脸盈盈。 消凝。花朝月夕,最苦冷落银屏。想媚容、耿耿无眠,屈指已算回程。相萦。空万般思忆,争如归去睹倾城。向绣帏、深处并枕,说如此牵情。

这首词历来断句多误。近代学者,有的以为开头二十五字为他词残文(朱祖谋《乐章集》校记引夏敬观语),有的避而不录,勿论其调(林大椿《词式》)。吴世昌曾纠其谬,谓万树《词律》断句,其误者八。并指出:词作首二十五字与次二十五字是句式相同之排句,好像是一副对联(见《词学导论》〔未刊稿〕第一章),说甚是。这里依其说重新进行断句。

这首词也是柳永创制长词慢调的一个范例。作者以铺叙手法言情,于平叙之中,注重层折变化,从不同角度、不同方位,充分展现抒情主人公的内心世界。上片说主人公在旅途中想念"凤城仙子",事情本来很简单,作者却极尽铺叙之能事,先以一组排句对旅途中的客观物景,大肆进行铺写涂抹。这组排句,一边说场所,一边说气候,均以一个三字句托上两个四字对句,着意加以渲染。"红尘紫陌,斜阳暮草",描绘当时的长安道;"韶光明媚,轻烟淡薄",描绘当时的天气。然后,人物登场,"迢迢匹马西征""摇鞭时过长亭",谓主人公正在旅行,一句话分成两句说,尽量将场景拉开。其间,"离人""匹马""断魂""迢迢",都带感情色彩,让人觉得主人公的这次旅行,并不那么愉快,而与韶光明媚、轻烟淡薄的大好时光相对照,则更加烘托出这次不愉快的旅行,是多么使人难堪,令人生愁。于是,经过这番铺陈,很自然地转入对于"凤城仙子"的思忆。"别来千里重行行",在漫长的旅行途中,有万千情事可以思忆,但令人难忘的还是即将踏上征途的那一时刻:执手相看,泪湿莲脸,水盈盈的双眼,永远印在脑际。这是上片的内容。开头一组排句与以下的思忆,其布局,犹如长调中的双拽头,写的是现在的景况,铺叙中穿插回忆,已将主人公旅途中的愁思表现得淋漓尽致。上片所写,是眼前的实景实情,下片则转换角度,述说对方的相思苦情,并且进一步设想将来相见的情景。主人公设想,离别之后,每逢花朝月夕,她必定分外感到冷落,她夜夜无眠,说不定已经算好了我回归的日程。对方的相思苦情,这是想象中的事,但写得十分逼真。"想媚容、耿耿无眠,屈指已算回程"。这时候,仿佛她就在自己的眼前。接着,主人公转而想到,这千万般的思忆,不管是我想念她,还是她想念我,全都是空的,怎比得上及早返回,与她相见,那才是实在的。"争",同"怎"。那时候,"向绣帏、深处并枕,说如此牵情"。我将向她并头细细述说,离别之后,我是如何如何地思念着她。这是下片的内容。换头用"消凝"一短句过渡,由使人生愁的现实转入令人消魂的幻想。在幻想中,作者既描绘了她的相思苦情,又写出彼此述说相思的情景。对照上片在旅途中叙说相思,显得更加深切而生动。上下两片合在一起看,作者所描绘的这幅羁旅行役图,有时间推移的层次,又有场景变换的层次,因而也就增强了立体感。

　　全词说相思,由匹马西征,想到耿耿无眠,想到并枕细说,这种表现手法,就是"从现在设想将来谈到现在"的手法,是从李商隐《夜雨寄北》诗学来的(吴世昌先生语,见《词学导论》)。柳永《乐章集》中,有不少长调都是采用这一手法铺叙言情,似有点千篇一律,但是,也正因为有了柳永的反复实践,才逐渐形成一定的程式,为当时及后世词作者创制长词慢调,打开无数法门。这是柳永对于词的发展所作的一种贡献。

(施议对)

八声甘州　　　　　　　　　柳　永

对潇潇暮雨洒江天,一番洗清秋。渐霜风凄紧,关河冷落,残照当楼。是处红衰翠减,苒苒物华休。惟有长江水,无语东流。　　不忍登高临远,望故乡渺邈,归思难收。叹年来踪迹,何事苦淹留?想佳人妆楼颙望,误几回、天际识归舟。争知我,倚阑干处,正恁凝愁!

　　柳耆卿在世时,不为人重,但因擅长填词,却深受歌妓们的欢迎和赏识,一生潦倒,死后也是只有歌儿笛工们怀念不忘,逢时设祭。这种文士,旧时讥为"无

八声甘州（对潇潇暮雨洒江天）　　　　　柳　永

行"，但是他并不像那些正统士大夫们所估计的那般微不足道，他写下的几篇名阕，境界高绝，成为词史上的丰碑，是第一流作品，千古传颂。这篇《八声甘州》，早被苏东坡巨眼识，说其间佳句"不减唐人高处"。须知这样的赞语，是极高的评价，东坡不曾轻易以此许人的。

吟赏此词，全要着眼于开端，看他是何等气韵，笼罩一切。一个"对"字，已写出登临纵目、望极天涯的境界。尔时，天色已晚，暮雨潇潇，洒遍江天，千里无际。时节既入素秋，本已气肃天清，明净如水，却又加此一番秋雨，更是纤埃微雾，尽皆浣尽，一澄如洗。上来二句一韵，已有"雨"字，有"洒"字，有"洗"字，三个上声，但一循声高诵，已觉振爽异常！素秋清矣，再加净洗，清至极处——而此中多少凄冷之感亦暗暗生焉。仅此开头二句，便令人吟味无尽。

其下紧接一个"渐"字，领起四言三句十二字，——便是东坡叹为不减唐人高处的名句，而一篇之警策，端在于此。

"渐"者何也？并非是说词人此刻登高而望，为时甚久，故为"渐"也，云云。如此领会，未得词意。须知他是承上句而言，当此清秋复经雨涤，于是时光景物，遂又生一番变化——如此方是"渐"之神态。秋已更深，雨洗暮空，乃觉凉风忽至，其气凄然而遒劲，直令衣单之游子，有不可禁当之势。一"紧"字，又用上声，气氛声韵，加倍峻肃。宋玉曾云：悲哉秋之为气也！至耆卿此词，乃尽得其意。

当此之际，举目关河，寥廓迤逦，气势磅礴，然而春夏滋荣盛茂之气已尽，秋来肃杀凋零之气已浓，草木不芳，一片冷落之景象。于此，再下一"冷"字上声，层层逼紧。而"凄紧""冷落"，又皆双声叠响，一经词人运用，其艺术效果，感染力量，已达极高的境地。

然而，还有一句在后，曰："残照当楼。"

上来"一番"二字，早已伏下秋雨晚晴的意思见于言外了。至此便出"残照"，并不突然。但此句之精彩，不在残照，端在"当楼"。夫著雨也，霜风也，江天也，关河也，落照也，无往而非至广至大之景域。若此寥廓乾坤，苍茫世界，何以包容？能否集聚？曰：能。词人只将"残照"（原来也是遍满江天的宏观）轻轻一笔转到了他所登临送目的高楼上来。如此一笔，不但"残照"集中于一个"焦点"，而仿佛整个江天、关河、冷雨、金风，统统集中于"当楼"一点，换言之，此际词人乃觉遍宇宙间悲哉之秋气，似乎一齐袭来，要他一人禁当！他以此种高极超绝的俊笔，一口气，几句话，便将难以形容、不可为怀的羁愁暮景，写到至矣尽矣的地步！试思东坡对此高度评价，岂无故哉？

再下则笔致思绪，便由苍莽悲壮，而转入细致沉思：盖以上所观所写，总是高处远处之物色,自此而后,由仰观而转至俯察,乃又见处处皆是一片凋落之景象。"红衰翠减",乃用玉谿诗人之语,倍觉风流蕴藉,——其下自加"苒苒"五字,真是好极!"苒苒",正与"渐"字相为呼应,益信前文拙解不误。一"休"字,岂是趁韵漫书?要体会此字实具千钧之力!其中寓有无穷的感慨愁恨。

再下,又补唯有江水东流,虽未必即与东坡《赤壁赋》所写短暂与永恒、变改与不变之间的这种直令千古词人思索的宇宙人生哲理全同,但也可见柳耆卿亦非只知留恋光景的浅薄之辈。在词而论,又不可忽略了"无语"二字。着此二字,方觉十倍深沉,百端交集。

过片开端,回笔点明全笔的"背景"是登高临远;虽已登临,偏云"不忍",多一番曲折、多一番情致。然下阕妙处,全在摹拟"对想":本是词人自家登楼,极目天际,却偏想故园之闺中人,应也是登楼望远,伫盼游子之归来!然而我能想见你在凭高而等候归舟,你却无由想象我真在何处——登舟无计,只自淹留!又是几层曲折!其情至而感深,学人须向此等处寻味,方知词笔之妙,——不止是笔巧,要紧是味厚。

以"倚阑干处,正恁凝愁"一收,也是于最末幅点出全篇题目。倚阑干,与"对",与"当楼",与"登高临远",与"望",与"叹",与"想",皆息息相关,笔笔辉映。故柳郎词笔貌似疏朗,实则绵密。一腔心事,唱叹无端,笔若连环,岂粗俗之流所及而至哉。

"归思",思去声,名词。"争",其义为"怎生",因律当平声,只能用"争"。今之人往往不明,宜为拈出。"天际识归舟,云中辨烟树",乃是谢朓名句,词人加"误几回"而用之,尤见匠心独运。

　　　　　　　　　　　　　　　　　　　　　　　　　　(周汝昌)

竹　马　子　　　　　　　　　　　　柳　永

登孤垒荒凉,危亭旷望,静临烟渚。对雌霓挂雨,雄风拂槛,微收烦暑。渐觉一叶惊秋,残蝉噪晚,素商时序。览景想前欢,指神京,非雾非烟深处。　　向此成追感,新愁易积,故人难聚。凭高尽日凝伫。赢得消魂无语。极目霁霭霏微,暝鸦零乱,萧索江城暮。南楼画角,又送残阳去。

柳永除写大量俗词之外,也写有一部分较雅致的词。苏轼说:"世言柳耆卿曲俗,非也。如《八声甘州》云'霜风凄紧,关河冷落,残照当楼',此语于诗句不减唐人高处。"(宋赵令畤《侯鲭录》引)这是就其雅词而言的。《竹马子》也属柳永的雅词,而且也达到了"唐人高处"的境界。

　　这首词虽然是词人漫游江南时抒写离情别绪之作,而所表现的景象却是雄浑苍凉的,其情绪是极其沉郁的。词人所登临旷望之地是古时战争留下的残壁废垒,而且仅是一点孤垒遗迹,给人以荒凉之感。作者并未由此引出怀古的幽情,却是将它与酷暑新凉交替之际的特异景象联系起来,抒写了壮士悲秋的感慨。"雌霓"是虹的一种,邢昺《尔雅疏》引郭璞《音义》云:"虹双出,色鲜盛者为雄,雄曰虹;暗者为雌,雌曰蜺"。"雄风"是清凉劲健之风,宋玉《风赋》云:"故其清凉雄风,则飘举升降,乘凌高城,入于深宫。"这两个词语都是雅致和考究的,表现了夏秋之交雨后的特有现象。在孤垒危亭之上,江边烟渚之侧,对这时序变换更加能够感到。孤垒、烟渚、雌霓、雄风,这一组意象构成了雄浑苍凉的艺术意境,可以说真有几分"唐人高处"了。词意的发展以"渐觉"两字略作一顿,以"一叶惊秋,残蝉噪晚"进一步点明时序。《礼记·月令》:"孟秋之月,其音商。"故"素商"即秋令。柳永很多词里的悲秋情绪都侧重于伤离意绪发展,这与其特殊的生活经历有密切的关系,因此他又是"览景想前欢"了。可是往事已如过眼烟云,帝都汴京杳远难以重到。上阕的结句已开始从写景向抒情过渡,下阕便紧接而写"想前欢"的心情。柳永不像在其他词里将"想前欢"写得具体形象,甚至近于狎亵,而是仅写出目前思念时的痛苦情绪。"新愁易积,故人难聚",是新警之语,很具情感表达的深度。离别之后,旧情难忘,因离别更添加新愁;又因难聚难忘,新愁愈加容易堆积,以致使人无法排遣。"尽日凝伫""消魂无语"形象地表现了无法排遣离愁的精神状态,也充分流露出对故人的诚挚而深刻的思念。这种情绪发挥到极致之时,作者巧妙地以黄昏的霁霭、归鸦、角声、残阳的萧索景象来衬托和强化悲苦的离情别绪。

　　作者在词中对景与情的处理表现出高超的艺术才能。上阕写景善于抓住物候时序的变化,描绘了特定时节和环境中的景色,为全词造成抒情的氛围,与抒情主人公的心境十分协调。下阕写景突出日暮景色,与前者的"一叶惊秋,残蝉噪晚"遥相呼应,直接渲染了伤离意绪,起到了以景结情的作用。霏微的暮霭、零乱的暝鸦、悲咽的画角是客观的景物,它们所具的萧索悲苦情调正与抒情主人公消魂痛苦的精神状态相适应,因而在写景中达到了情景交融的地步。词的抒情成分是安排在上下阕之间,使上下衔接紧密。从景到情,是由景生情的;从情到景,是融情入景;因而转换之处自然妥帖。词的整体结构方面,以景起而又以景结,完满严密;其中景与情的穿插又使结构富于变化。此词雅致含蓄,结构精谨,是柳永慢词长调的佳作之一。

(谢桃坊)

迷神引　　　　　　　　柳永

一叶扁舟轻帆卷。暂泊楚江南岸。孤城暮角，引胡笳怨。水
茫茫，平沙雁，旋惊散。烟敛寒林簇，画屏展。天际遥山小，黛
眉浅。　　旧赏轻抛，到此成游宦。觉客程劳，年光晚。异乡
风物，忍萧索、当愁眼。帝城赊，秦楼阻，旅魂乱。芳草连空
阔，残照满。佳人无消息，断云远。

柳永屡次下第，经过艰难曲折，终于在仁宗景祐元年(1034)考中进士，旋即
踏入仕途。这时词人约近五十岁了。他入仕之后长期担任地方州郡的掾吏、判
官等职，久困选调，辗转宦游各地，很不得志。这首《迷神引》便是他入仕后所写
的羁旅行役之词。

楚江是泛指楚地某处之江，柳永宦游经此。舟人将风帆收卷，靠近江岸，作
好停泊准备。"暂泊"表示天色将晚，暂且止宿，明朝又将继续舟行。前人说柳永
"尤工羁旅行役之词"，从此词起两句来看，果然词人起笔便抓住了"帆卷""暂泊"
的舟行特点，而且约略透露了旅途的劳顿。显然，他对这种羁旅生活是很有体验
的。继而作者以铺叙的方法对楚江暮景作了富于特征的描写，产生画面似的效
果，给人以如临其境之感。傍晚的角声和笳声本已悲咽，又是从孤城响起，这只
能勾惹羁旅之人凄黯的情绪，使之愈感旅途的寂寞了。画角与胡笳声音的愁怨
情调起着笼罩全词气氛的作用，因而茫茫江水，平沙惊雁，漠漠寒林，淡淡远山，
它们虽然构成天然优美的屏画；却增强了游子愁怨和寂寞之感。作者对景色只
作层层白描，用形象来表达自己的感受，不再加以说明，给读者留下更多想象的
余地。

词的上阕写景，下阕抒情，在艺术结构上属通常写法。下阕起两句直接抒发
宦游生涯的感慨，以下便将这种感慨作层层铺叙。旅途劳顿，岁月易逝，年事衰
迟，这一层是写行役之苦；异乡风物，显得特别萧索，这一层是写旅途的愁闷心
情；帝都遥远，秦楼阻隔，前欢难继，意乱神迷，这一层是写伤怀念远的情绪。这
些与都城的赏心乐事，真不可同日而语。词人深感顾此失彼，"旧赏"与"游宦"难
于两全，为了"游宦"而不得不"旧赏轻抛"。"帝城"指北宋都城汴京，"秦楼"借指
歌楼。它们与词人青年时代困居京华、流连坊曲的浪漫生活有关。按宋代官制，
初等地方职官要想转为京官是相当困难的。柳永这时要想回到京都颇感不易，
因而在他看来，帝城是遥远难至的。宋代的士子和未入朝籍的幕职官可以到民

间歌楼舞榭等地游乐玩赏,但不许朝廷命官到此种地方与歌妓往来,否则会受到同僚的弹劾。所以柳永自入仕以来,便与歌妓及旧日生活断绝了关系。词的结尾数句是对"帝城赊,秦楼阻"意思的补充和发挥。"芳草连空阔,残照满"是实景,又形象地暗示了赊远阻隔之意;在抒情中这样突然插入景语,使下阕的叙写富于变化而生动多姿。结句"佳人无消息,断云远",词情达到高潮,戛然而止。这句补足了"秦楼阻"之意。"佳人"即"秦楼"中的人,因阻隔或因社会地位的悬殊而与她断绝了消息,旧情像一片断云飘忽而去了。

　　柳永一生的思想经常处于矛盾状态。他青年时代为获取功名而到京都,在京都深受都市生活的习染和新兴市民思潮的影响,多次下第之后便说了些鄙视功名利禄的偏激的话,但后来还是经科举考试而入仕途;入仕之后又难以舍弃旧日的浪漫生活,虽然为环境所逼而不得不改变原有生活方式,但对旧情仍是念念难忘的。我们在他后期词作中常常见到对仕途的厌倦情绪和对早年生活的向往,内心十分矛盾痛苦。这首《迷神引》较深刻地表现了作者游宦生活的矛盾心理,间接反映了封建社会里知识分子的苦闷和不满现实的情绪。此词在艺术表现方面是很有特色的。上下两阕将写景与抒情截然分开,似不相联,而又有由景生情的内在关系。上阕的"暂泊",下阕的"游宦",都点出每阕的主意,继之展开铺叙描写。两结因前有提示而不再作收束,富于形象,有似结非结之感。这样使全词在大肆铺叙之后又具有意境含蓄的韵味。我们从作者明晰简捷的艺术布局中,可见到其娴熟的艺术技巧。

　　　　　　　　　　　　　　　　　　　　　　　　　　　　　(谢桃坊)

木 兰 花 慢　　　　　　　　　柳　永

拆桐花烂熳,乍疏雨、洗清明。正艳杏烧林,缃桃绣野,芳景如屏。倾城,尽寻胜去,骤雕鞍绀幰出郊坰。风暖繁弦脆管,万家竞奏新声。　　盈盈,斗草踏青。人艳冶,递逢迎。向路旁往往,遗簪堕珥,珠翠纵横。欢情,对佳丽地,信金罍罄竭玉山倾。拚却明朝永日,画堂一枕春醒。

　　北宋建立以来经过五十多年的休养生息、发展生产,到了十二世纪之初即真宗与仁宗年间,经济与文化已呈现繁荣兴盛的局面,是两宋社会的"盛明"之世。词人柳永正是这个时代的歌手。他以写实的方法较客观而真实地在作品里反映了这个时代都市的繁华富庶的生活。可贵的是,作者并未站在统治阶级的立场去歌颂皇恩或以个人虚荣的生活来炫耀富贵气象,而是从平民的真实感受出发,为我们描绘了一幅幅北宋都市的社会风情画卷。这首《木兰花慢》便是这类作品中很有代表意义的。它以描绘清明的节日风光,侧面地再现了社会升平时期的繁胜场面。我国传统的民俗很重视清明节。这时正风和日暖,百花盛开,芳草芊绵,人们习惯到郊野去扫墓、踏青,作一次愉快的春游。宋人对春季的这个节日也非常重视,不仅柳永选取为词作的题材,以后的张择端又以之绘制了宏伟的风俗画图,孟元老的《东京梦华录》里也有较为详尽的记述。它们都是以北宋都城东京郊外为写作背景,重现了"汴京盛时伟观",以致在南宋时曾常常激起汉族人民的爱国主义情感。

　　柳词在东京郊野的背景上,描写了都市人士清明游乐的真实情景。词首先描述清明时城郊艳丽优美的春日景色。起笔便异常简洁地点明了时令。南宋词学家沈义父以为此词的起笔很值得效法,"第一句不用空头字在上,故用'拆'字,言开了桐花烂熳也。"(《乐府指迷》)紫桐即油桐树,很有经济价值,农民大量植于陌头空地,三月初应信风而开紫白色花朵,因先花后叶,故繁茂满枝,最能标志郊野清明的到来。谚语谓"清明要明",经过夜来或将晓的一阵疏雨,郊野显得特地晴明清新,确实应了节候。作者选择了"艳杏"和"缃桃"等富于艳丽色彩的景物,使用了"烧"和"绣"具有雕饰工巧的动词,以突出春意最浓时景色的鲜妍有似画屏之美。词以下进入游春活动的描述。作者善于从宏观来把握整体的游春场面,又能捕捉到一些典型的具象。"倾城,尽寻胜去"是对春游盛况作总的勾勒,使词意的发展脉络十分清楚。人们带着早已准备好的熟食品,男骑宝马,女坐香车,到郊外去领略大自然的景象,充分享受春天的欢乐。雕鞍代指马,"绀幰"即天青色的车幔,代指车。上阕结两句,以万家之管弦新声大大地渲染了节日的气氛,预示着词情向欢乐的高潮发展。我们从《清明上河图》可见到汴京城郊也有酒肆歌楼,更有许多高宅深院,据宋人所记,这些地方确有竞奏新声的情形,当然柳永笔下略有夸张。

　　词的下阕着重表现郊游的欢乐。柳永这位风流才子往往将注意力集中于艳冶妖娆、珠翠满头的市井时髦妇女和歌妓们。在这富于浪漫情调的春天郊野,她们的欢快与放浪,在作者看来是为节日增添了浓郁的趣味和色彩,而事实上也如此。"盈盈"以女性的轻盈体态指代妇女,这里兼指众多的妇女。她们占芳寻胜,玩着传统的斗草游戏。关于这种游戏的具体记述,可参见后来的古典小说《红楼梦》第二十六回:少女们"大家采了些花草来笕着,坐在花草堆中斗草",盖以新奇者取胜。踏青中最活跃的还是那些歌妓舞女们。她们艳冶出众,频频与人们招呼交往。如《东京梦华录》所说:"四野如市,往往就芳树下,或园圃之间,罗列杯盘,互相劝酬。都城之歌儿舞女遍满园亭,抵暮而归。"柳词正是表现类似这样纵情欢乐场面。作者以"向路旁往往,遗簪堕珥,珠翠纵横",衬出当日游人之众,排场之盛。《新唐书·杨贵妃传》记载,杨氏昆仲姊妹五家合队从玄宗游华清宫,"遗钿堕舄,瑟瑟玑琲,狼藉于道"。柳词用笔仿此,同时也暗示这些游乐人群的主体是豪贵之家。这是全词欢乐情景的高潮。继而词笔变化,作者继以肯定的语气,设想欢乐的人们,在佳丽之地饮尽罍里的美酒,陶然大醉,有如玉山之倾倒。"罍"为古代酒器,即大酒樽;"玉山倾"出自《世说新语·容止》,谓嵇康"其醉也,傀俄若玉山之将倾"。这两个词语较为典雅一些。词的结尾,进一步想象:"这些欢乐的人们定是拚着明日醉卧画堂,今朝则非尽醉不休。"下阕后半的虚写使全词在结构上产生一些变化,不致因过多的实写而显得板滞;同时又巧妙地表示了一天欢游的结束,有头有尾。

　　柳永所描绘的清明节欢乐场面是热闹的,只有在升平富庶的时代才可能出现。作者虽有不如意之时,但却在这首词里由衷地通过对人们欢乐的描述表现出社会的升平气象,从而赞美了他的时代。词里虽用了少数典雅的词字,但从整篇的语言和表现形式来看仍是较为通俗的,因此能在两宋社会上广泛地为人们传唱。这种节序题材是很难处理的,尤其是从宏观角度表现整个节日的欢乐场面而不渗入个人的感伤情绪就更难了。宋末词家张炎谈到节序词的写作时说:"昔人咏节序,不惟不多,付之歌喉者类是率俗,不过为应时纳祜之声耳。所谓清明'拆桐花烂熳'……若律以词家调度,则皆未然。"(《词源》卷下)显然他对这首南宋时民间还传唱的柳永清明词,以为它率俗而有鄙薄之意。他最后也不得不承认像周邦彦赋元夕的《解语花》、史达祖赋立春的《东风第一枝》等,虽然措辞典雅精粹,可惜"绝无歌者",民间喜爱唱的仍是柳永这类俗词。由此足见柳永的清明词是有社会基础和艺术生命的。

(谢桃坊)

忆 帝 京　　　　　　　　　　　柳 永

薄衾小枕凉天气,乍觉别离滋味。展转数寒更,起了还重睡。毕竟不成眠,一夜长如岁。　　也拟待、却回征辔;又争奈、已成行计。万种思量,多方开解,只恁寂寞厌厌地。系我一生心,负你千行泪。

　　刘熙载《艺概》论柳词有云:"细密而妥溜,明白而家常。"《忆帝京》就是具有这种特色的一首词。

　　柳永写有不少与歌伎舞女别后相思的词,大多是表现女方的恋情,而这首词却是从男方立意的。

　　时间由夏季转入了初秋,天气逐渐凉了。"薄衾",是由于天气虽凉却还没有冷;从"小枕"看,词中人此时还拥衾独卧,于是引起相思之情来:"乍觉别离滋味"。"乍觉",是初觉、刚觉,由于被某种事物触动,一下引起了感情的波澜。开头两句,叙述平平,为下面留出抒情的余地。这"别离滋味",旁人是触摸不到的。所以接下来作者作了具体的描述:"展转数寒更,起了还重睡"。空床展转,夜不能寐;希望睡去,是由于梦中还可弥补现实的不足;也许还可以解愁。默默地计算着更次——一更,二更……可是仍不能入睡,起床后,又躺下来。十个字把一个人床头辗转腾挪、忽睡忽起、不知如何是好的情状,毫不掩饰地表达出来了。"毕竟不成眠",是对前两句含义的补充。"毕竟"两字有终于、到底、无论如何等意思。接着写出了他对长夜的感受:"一夜长如岁"。一连四句通过人的形态动作,把"别离滋味"如话家常一样摊现开来。一般说,诗词语忌直,意忌浅,脉忌露,可是柳永的词仍使人感到情浓味永。"文无定法",表现手法也是应该不拘一格的。

　　不过如果说柳词"语直""意浅",这只是表面的看法。因为词的感情抒发却仍是"走处仍留,急语须缓"的。这从下阕看得最清楚:"也拟待、却回征辔"。至此可以知道,这位薄衾小枕不成眠的人,离开他所爱的人没有多久,可能是早晨才分手,便为"别离滋味"所苦了。此刻当他无论如何都难遣离情的时候,心里不由得涌起另一个念头:唉,不如掉转马头回去吧。"也拟待",这是万般无奈后的心理活动。可是,"又争奈、已成行计"。已经踏上征程,又怎么能再返回原地呢?这种离别,往往是为了求官,也是为了生计。在词中作者虽不时对"蝇头利禄,蜗角功名"发出鄙薄的声音,但到头来仍得是"驱驱行役"(《凤归云》)。归又归不得,行又不愿行,结果仍只好"万种思量,多方开解",想寻找出一条出路来。出路自然找不到,便只能"寂寞厌厌地"——百无聊赖地过下去了。词中人为别离所苦的九曲回肠,表现得淋漓尽致。

　　最后两句"系我一生心,负你千行泪"。这誓言一般的十个字,包含着多么沉挚的感情!我对你一生一世也不会忘记,把你永远系在我心上。看来事情只能如此,也只应如此,这样"别离滋味"会好受些。虽如此,却仍不能相见,那么必然是"负你千行泪"了。他对她情深似海,义重如山,把一切都看成是自己有负于人,大有"此恨绵绵无绝期"的意味。

　　这首词表现了词人的落拓风尘之感,写得婉曲动人。

　　　　　　　　　　　　　　　　　　　　　　　　　　　　　　　(艾治平)

安　公　子　　　　　　　　　柳　永

远岸收残雨,雨残稍觉江天暮。拾翠^①汀洲人寂静,立双双鸥
鹭。望几点、渔灯隐映蒹葭浦。停画桡、两两舟人语。道去程
今夜,遥指前村烟树。　　游宦成羁旅,短樯吟倚闲凝伫。万
水千山迷远近,想乡关何处?自别后、风亭月榭孤欢聚。刚断
肠、惹得离情苦。听杜宇声声,劝人不如归去。

〔注〕　① 拾翠:曹植《洛神赋》:"尔乃众灵杂遝,命俦啸侣。或戏清流,或翔神渚,或采明
珠,或拾翠羽。"翠羽,翠鸟的羽毛。后即以"拾翠"指妇女春日嬉游,如杜诗所云。

　　这首词是游宦他乡,春暮怀归之作。词人对于萧疏淡远的自然景物,似有偏
爱,所以最工于描写秋景,而他笔下的春景,有的时候,也不以绚烂秾丽见长,如
此篇即是。这,当然和他长年过着落魄江湖的生活、怀着名场失意的心情是有
关的。

　　上片头两句写江天过雨之景,雨快下完了,才觉得江天渐晚,则雨下得时间
很久可知。风雨孤舟,因雨不能行驶,旅人蛰居舟中,抑郁无聊更可知。这就把
时间、地点、人物的动作和心情都或明或暗地展示出来了。

　　"拾翠"二句,不过是写即目所见。汀洲之上,有水禽栖息,而以拾翠之人已
经归去,虚拟作陪,更以"双双"形容"鸥鹭",便觉景中有情。"拾翠"字用杜甫《秋
兴》:"佳人拾翠春相问。"拾翠佳人,即在水边采摘香草的少女。张先《木兰花》也
说:"芳洲拾翠暮忘归,秀野踏青来不定。"意中有人,有人的语笑;今惟余景,景又
呈现人去后特有的寂静。鸥鹭成双,自己则块然独处孤舟之中。这一对衬,就更
进一步向读者展开了作者的内心活动。

　　"望几点"句,写由傍晚而转入夜间。渔灯已明,但由于是远望,又隔有蒹葭,
所以说是"隐映"。这是远处所见。"停画桡"句,则是己身所在,近处所闻。"道
去程"二句,乃是舟人的语言和动作。"前村烟树",本属实景,而冠以"遥指"二
字,则是虚写。这两句把船家对行程的安排,他们的神情、口吻以及依约隐现的
前村,都勾画了出来,用笔极其简炼,而又生动、真切。

　　过片由今夜的去程而念及长年行役之苦。"短樯"七字,正面写出舟中百无
聊赖的生活。"万水"两句,从"凝伫"来,因眺望已久,所见则"万水千山",所思则
"乡关何处"。"迷远近"虽指目"迷",也是心"迷"。崔颢《黄鹤楼》云:"日暮乡关
何处是,烟波江上使人愁。"正与此意相同。

"自别后"以下,直接"乡关何处",而加以发挥。"风亭"七字,追忆过去,慨叹现在。昔日则良辰美景,胜地欢游,今日则短櫺独处,离怀渺渺,而用一"孤"字将今昔分开,意谓亭榭风月依然,但人不能欢聚,就把它们孤负了。"刚断肠"以下,紧接上文。离情正苦,归期无定,而杜宇声声,劝人归去,愈觉不堪。杜宇无知之物,而能劝归,则无情而似有情;人不能归,而杜宇不谅,依旧催劝,徒乱人意,则有情终似无情。用意层层深入,一句紧接一句,情意深婉而笔力健拔,柳永所长,其后只有周邦彦用笔近似。

(沈祖棻)

倾　杯　　　　　　　　　　柳　永

　　鹜落霜洲,雁横烟渚,分明画出秋色。暮雨乍歇,小楫夜泊,宿苇村山驿。何人月下临风处,起一声羌笛。离愁万绪,闲岸草、切切蛩吟似织。　　为忆芳容别后,水遥山远,何计凭鳞翼。想绣阁深沉,争知憔悴损,天涯行客。楚峡云归,高阳人散,寂寞狂踪迹。望京国。空目断、远峰凝碧。

　　柳永羁旅行役之作对自然景色的描绘很为出色,尤其擅长写秋景。他常以宋玉自比,在词中倾吐哀曲,清寂的山光水影,凝聚着他个人落拓江湖的身世之感,构成一幅幅秋日行吟图。在表现手法上,因调而异,变化多端,有的用直笔,有的多曲折,有的两者兼备,在本词,乃是一首纡回曲折的游子悲秋吟。

　　起首两句描绘洲渚宿鸟,对偶工整。清沈祥龙《论词随笔》云:"有对起之调,贵从容整练。""落"字、"横"字形容鹜鸟飞下和雁字排列的状态,这是秋江暮色。"分明画出"和"正潇潇暮雨洒江天,一番洗清秋"之"洗"字,均为形容黄昏江上雨后清冷景象,着重绘出"秋色"。此处纯为写景,但江上行客的愁思,已隐然言外。"暮雨"三句,以小舟晚泊江边作为背景引出行客;小舟是行客所乘,夜泊指停舟的时间,苇村山驿点出投宿之处乃荒村驿店。满面风霜、踽踽而行的行客形象,透过秋江暮色呈现在读者眼前。

　　"何人"两句,展开山村夜景,月明风紧,传来羌管悠悠,吹出无限幽怨,李益诗有云:"不知何处吹芦管,一夜征人尽望乡。"真乃闻曲生怨。词人在《戚氏》中说:"孤馆度日如年,风露渐变,悄悄至更阑。长天净,绛河清浅,皓月婵娟。思绵绵,夜永对景那堪,屈指暗想从前。"直接铺叙客地月夜忆旧,而这里却是以设问提起,借笛声以抒旅怀。"离愁万绪"四字说到正题,揭出行客内心活动,接着以"蛩吟似织"烘托离愁,姜白石词云:"哀音似诉,正思妇无眠,起寻机杼。"亦是借蟋蟀声以托出怨情；唧唧虫声、悠悠笛音，触发起行客无限愁绪，由此引出下文。

换头"为忆"之句，触景而生情，抒写别后思念，亦即《迷神引》中所说："芳草连空阔，残照满，佳人无消息，断云远。"惟此处口气比较婉转。"忆"字写思恋之情。以下再诉关山阻隔，鱼雁难通，从而反映出内心的焦虑。"想绣阁"三句，就对方设想，伊人深居闺房，怎能体会出行客漂流天涯，"为伊消得人憔悴"的苦处。这是从杜甫诗"遥怜小儿女，未解忆长安"化出，语意委婉。"楚峡"三句，转笔归到目前境遇，前句暗指歌舞消歇，后两句即"酒徒萧索，不似去年时"之意，说明往昔"暮宴朝欢"都已烟消人散，如今孤村独坐。惟有对月自伤。写得柳暗花明，不冗不复，自是慢词作法。

末尾两句，以景结情，与《玉蝴蝶》歇拍"黯相望，断鸿声里，立尽斜阳"笔法近似。遥望京华，杳不可见，但见远峰清苦，像是聚结着万千愁恨，"目断"与"立尽"都是加强语气，在这幅秋景中注入行客自身的感情色彩，藉以透露相思之意，怅惘之情。

（潘君昭）

鹤　冲　天　　　　　　　　　　　　　柳　永

黄金榜上，偶失龙头望。明代暂遗贤，如何向？未遂风云便，争不恣狂荡？何须论得丧。才子词人，自是白衣卿相。　　烟花巷陌，依约丹青屏障。幸有意中人，堪寻访。且恁偎红倚翠，风流事，平生畅。青春都一饷。忍把浮名，换了浅斟低唱！

这首词是柳永参与进士科考落第之后，抒发牢骚感慨之作，它表现了作者的思想性格，关系到作者的生活道路，是一篇重要的作品。南宋人吴曾的《能改斋漫录》卷十六里有一则记载，与这首词的关系最为直接，略云：仁宗留意儒雅，而柳永好为淫冶讴歌之曲，传播四方，尝有《鹤冲天》词云云，及临轩放榜，特落之，曰："且去浅斟低唱，何要浮名！"其写作背景大致是：初考进士落第，填《鹤冲天》词以抒不平，为仁宗闻知；后再次应试，本已中式，于临发榜时，仁宗故意将其黜落，并说了那番话，于是作者便自称"奉旨填词柳三变"。可见这首词曾经给他的仕途经历带来很大的波折。

全词相当充分地展示了柳永的狂傲性格。"黄金榜上，偶失龙头望"，考科举求功名，开口辄言"龙头"，他并不满足于登进士第，而是把夺取殿试头名状元作为目标。落榜只认作"偶然"，"见遗"只说是"暂"，其自负可知。他把自己称作

"明代遗贤"，这是颇有讽刺意味的。仁宗朝号称清明盛世，却不能做到"野无遗贤"，这个自相矛盾的现象就是他所要嘲讽的。但既然已被黜落，又"如何向"呢？即走什么样的生活道路呢？"风云际会"，施展抱负，是封建时代士子的奋斗目标，既然"未遂风云便"，理想落空了，于是他就转向了另一个极端，"争不恣狂荡"，表示要无拘无束地继续过自己那种为一般封建士人所不齿的流连坊曲的狂荡生活。"偎红倚翠""浅斟低唱"，就是对"狂荡"的具体说明。柳永这样写，是恃才负气的表现，也是表示抗争的一种方式。科举落第，使他产生了一种逆反心理，只有以极端对极端才能求得平衡。他毫不顾忌地把一般封建士人感到刺目的字眼写进词里，恐怕就是故意要造成惊世骇俗的效果以保持自己心理上的优势。还应看到，"烟花巷陌"在封建社会是普遍存在的，这是当时的客观事实，而涉足其间的人们却有着各自不同的情况。柳永与一般"狎客"的不同，主要有两点：一是他保持着清醒的自我意识，只是寄情于声妓，并非沉湎于酒色，这一点，他后来登第为官的事实可以证明；二是他尊重"意中人"的人格，同情她们的命运，不是把她们当作玩弄对象而是与她们结成风尘知己，这一点，《古今小说》里的《众名姬春风吊柳七》一篇，至少可以作为旁证。可见，柳永的"狂荡"之中仍然有着严肃的一面，狂荡以傲世，严肃以自律，方能不失为"才子词人"。

　　这首词，真切细致地表述了柳永落第以后的思想活动和心理状态。"何须论得丧。才子词人，自是白衣卿相！"言得失何干，虽是白衣未得功名，而实具卿相之质，这是牢骚感慨的顶点，也是自我宽慰的极限。这些话里已经出现了自相矛盾的情况，倘再跨越一步，就会走向反面去了。"何须论得丧"，正是对登第与落第的得与丧进行掂量计较；自称"白衣卿相"，也正是不忘朱紫显达的思想流露。柳永把他内心深处的矛盾想法抒写出来，说明落第这件事情给他带来了多么深重的苦恼和多么烦杂的困扰，也说明他为了摆脱这种苦恼和困扰曾经进行了多么痛苦的挣扎。写到最后，柳永好像得出了结论："青春都一饷。忍把浮名，换了浅斟低唱！"谓青春短暂，怎忍虚掷，为"浮名"（即登第为官）而牺牲赏心乐事。其实，这仍然是他一时的负气之言。但这两句词竟使仁宗耿耿于怀，哂斥柳永"何要浮名"，正是以浮名相要挟，柳永顺势自称"奉旨填词"，其实是对皇帝的大不顺从、大不恭敬，但作为封建社会的知识分子最终还是脱离不开科举功名这条生活道路，后来他改了名字再去应考，才中了进士。

（王双启）

【作者小传】

张　先

（990—1078）　字子野，乌程（今浙江湖州）人。天圣八年（1030）进士。晏殊知永兴军，辟为通判。历官都官郎中。晚岁退居乡里。他的词多写士大夫的诗酒生活和男女之情，对都会生活也有反映。语言工巧，曾以三处善用"影"字，人称"张三影"。喜作慢词，对词的形式发展起过一定的作用。有《张子野词》，词存一百六十五首。

醉　垂　鞭　　　　　　　　　　张　先

双蝶绣罗裙，东池宴，初相见。朱粉不深匀，闲花淡淡春。

细看诸处好，人人道，柳腰身。昨日乱山昏，来时衣上云。

这首词是酒筵中赠妓之作，以写其人的妆束开头，但只写了一半，即她所穿的裙子。罗裙上绣着双飞的蝴蝶，已经很漂亮了，但等到读了结句，才知道，更漂亮的、能够使人产生丰富的联想的，还不是她的裙，而是她的衣。

"东池"两句，记相见之地——东池、相见之因——宴，并且点明她"侑酒"的身份。"朱粉"两句，接着写其人之面貌，而着重于化妆的特征——淡妆。词人在这里，摆脱一切正面描绘，而代之以一个确切的、具体的比喻，这样，就将她的神情、风度，都勾画出来了。试想，浓丽的春光中，万紫千红之外，别有闲花一朵，带着淡淡的春色，在花丛中开放，幽闲淡雅，风韵天然，在许多"冶叶倡条"之中，显得多么出色！

这里涉及欣赏中一与多的变化的问题。在一般情况下，多数女子并不浓妆，所以一个浓妆的，便显得出众。但在上层社会的行乐场所，或是贵族宫廷里，多数女子都作浓妆，一个淡妆的，就反而引人注目了。唐朝的虢国夫人便很懂得这个道理，所以常常"素面朝天"。张祜为之作诗道："虢国夫人承主恩，平明骑马入宫门。却嫌脂粉污颜色，淡扫蛾眉朝至尊。"而唐无名氏咏白牡丹则写道："长安豪贵惜春残，争赏街西紫牡丹。别有玉盘承露冷，无人起就月中看。"便是讽刺那些豪贵们不懂这个道理。（唐人重深色牡丹，白居易《买花》云："一丛深色花，十户中人赋。"）我们平常赞美一件东西、一个作品等，说它新奇别致，其中往往就包含了这个一与多的问题。张先显然受了张祜等的启发，但"闲花淡淡春"一句，仍然很有创造性。唐人称美女为春色，如元稹称越州妓刘采春为"鉴湖春色"。此词"春"字，也是双关。

　　换头三句,是倒装句法。人人都说她身材好,但据词人看来,则不但身材,实在许多地方都好,而这"诸处好",又是"细看"后所下的评语,与上"初相见"相应。柳与美女之腰,同其婀娜多姿,连类相比,词中多有。如温庭筠《杨柳枝》云:"宜春苑外最长条,闲袅东风伴舞腰。"又《南歌子》云:"转盼如波眼,娉婷似柳腰。"不独白居易"樱桃樊素口,杨柳小蛮腰"之诗,为世人所熟知而已。

　　结两句写其人的衣。古人较为贵重的衣料如绫罗之类上面的花纹,或出于织,或出于绣,或出于画。出于织者,如白居易《缭绫》:"织为云外秋雁行。"出于绣者,如温庭筠《南歌子》:"胸前绣凤凰。"出于画者,如温庭筠《菩萨蛮》:"画罗金翡翠。"此词写"衣上云",而连及"乱山昏",可见不是部分图案,而是满幅云烟,以画罗的可能性较大。词人由她衣上的云,联想到山上的云,而未写云,先写山,不但写山,而且写乱山,不但写乱山,而且写带些昏暗的乱山,这就使人感到一朵朵的白云,从昏暗的乱山中徐徐而出,布满空间。经过这种渲染,就仿佛衣上的云变成了真正的云,而这位身着云衣的美女的出现,就像一位神女从云端飘然下降了。这两句的作用,决不限于写她穿的衣服的别致,更主要的是制造了一种气氛,衬托出并没有正面大加描写的女主人形象的优美,风神的潇洒。本来只是描写衣上花纹,却用大笔濡染,画出了一片混茫气象,并且写到这里,就戛然而止,更无多话,收得极其有力。所以周济在《宋四家词选》中,评为"横绝"。作者另一首《师师令》中,有"蜀彩衣长胜未起,纵乱云垂地"之句,用意略同,但不及此词之生动和浑成。

　　这里还涉及欣赏中真与幻的联系的问题。将美女与云联系起来,始于宋玉《高唐赋》。赋中神女自白说:"妾在巫山之阳,高丘之阻,旦为朝云,暮为行雨。朝朝暮暮,阳台之下。"又宋玉对楚王问朝云之状,有云:"湫兮如风,凄兮如雨。风止雨霁,云无处所。"赋中神女,是宋玉以人间美女为模型而塑造的,就这一点来说,是真的,而她同时又是"无处所"的云,或随身环绕着云的神,则是幻的。因此,她是一个既有人的情欲,又有神的变化,又真又幻的形象,当然比一般人间的美女更吸引人。李商隐《重过圣女祠》"萼绿华来无定所",即以另外一个仙女萼绿华来暗比巫山神女,以表现其真而又幻,仙而又凡的特点,可谓深明赋意。本词"昨日"两句,很清楚地也是脱胎于《高唐赋》,而从其人所着云衣生发,就使人看了产生真中有幻之感,觉得她更加飘然若仙了。曹植《洛神赋》写洛神渡水云:"体迅飞凫,飘忽若神,凌波微步,罗袜生尘。"在水波上走路,是幻;走路而起灰尘,则是真。而说凌波可以微步,微步可使罗袜生尘,又使真与幻统一了起来,同样显示出她同时具有人和神的特点,可为旁证。文学中这种真与幻,或人间的与非人间的情景的联系,往往能够使人物形象和景色描写更为丰满而美妙。

筵前赠妓,题材纯属无聊。但词人笔下这幅素描还是动人的。"闲花"一句所给予读者的有关一与多的启示,"昨日"两句所给予读者的有关真与幻的启示,也可供今天写诗的参考。

(沈祖棻)

菩 萨 蛮　　　　　　　　张 先

　　忆郎还上层楼曲。楼前芳草年年绿。绿似去时袍。回头风袖飘。　　郎袍应已旧。颜色非长久。惜恐镜中春。不如花草新。

一对情侣间的离别,如李清照在一首《一剪梅》词中所说,带来的总是"一种相思,两处闲愁";而把这分隔在天各一方的愁心遥遥连在一起的,是游子望乡、闺人望远的深情的视线。高山,是游子的惯常望乡之地;层楼,则是闺人的唯一望远之所。上面张先的这首《菩萨蛮》词之以"忆郎还上层楼曲"一句起调,正是要通过这位闺中少妇登楼望远的视线,把她的一颗愁心送到远方游子的身边。梁元帝萧绎《荡妇秋思赋》"登楼一望,惟见远树含烟。平原如此,不知道路几千",欧阳修《踏莎行》词"寸寸柔肠,盈盈粉泪,楼高莫近危阑倚,平芜尽处是春山,行人更在春山外",都是从空间落想,怅望行人此去之远。这首词的第二句"楼前芳草年年绿",则从时间落想,因见芳草之"年年绿"而怅念行人此去之久。从词中人的感受来说,正如近人王国维在一首《蝶恋花》词中所写:"换尽天涯芳草色。陌上深深,依旧年时辙。自是浮生无可说。人间第一耽离别。"从这句词的出处来说,它取意于淮南小山《招隐士》赋"王孙游兮不归,春草生兮萋萋",及王维《山中送别》诗"春草明年绿,王孙归不归",暗含既怨游子不归又盼游子早归两层意思。

三、四两句"绿似去时袍,回头风袖飘",巧妙地以第二句句末的一个"绿"字为桥梁,由望景自然过渡到怀人,由感今自然过渡到思昔。这位登楼望远的少妇是从芳草之绿生发联想,勾起回忆,想起郎君去时所着衣袍的颜色,并进而追忆其人临去依依、回首相望时,衣袖随风飘动的情景。离别之际的这一细节深深印在她的记忆之中,是时时都会重现在眼前的一幅令人黯然魂销的画面;现在,因望见芳草绿、想到"去时袍",这幅画面又分明似在眼前了。此时此事,此情此景,真是"中心藏之,何日忘之"(《诗·小雅·隰桑》)。从这两句词,既可以想见词中人当年别郎时的留恋之状,也可以想见其今日"忆郎"时的惆怅之情。可与这两

风平浪静时,时有花影倒映。"日长风静"与"闲"字表现的仍是索寞的气氛。这几句又暗示出词中人已徘徊于小园芳径之上,百无聊赖,这就为下片的郊游准备了一个特定的心境。

郊游本为寻芳,而花絮多已零落,"尘香"二字,承上过变自然。"尘香拂马",目标是城南的玉仙观。一路上愁红惨绿,该有多少感触。这当口,不期然而然地,"逢谢女,城南道"。据本事,他们原是互相慕名的,而百闻不如一见,于是"一见慕悦"。"我"眼中的她,是如此明艳绝伦:其秀丽出于天然,胜似化过妆来("秀艳过施粉");微微一笑,便有无限妩媚;其衣色鲜艳夺目("斗色鲜衣"),日暖衣薄,更熨帖出其身段之窈窕;其随身佩带之玉饰,雕琢成双蝉样,玲珑可爱。这里以工笔重彩,画出一个天生丽人,从中流露出一见倾心的愉悦。然而紧接六字"欢难偶,春过了",则有无穷后时之悔。她眼中的"我"怎样,词中却不明写,从"琵琶流怨,都入相思调"二句看,可说是"心有灵犀一点通"了。写"我"的感受以显言,笔墨较详而露骨;写她的表现则隐言,笔墨极省而含蓄,正见用笔变化,有相得益彰之妙。作者并没有花太多笔墨来写二人相遇如何的交谈或品乐,却通过相顾无言的描写将彼此的倾倒爱悦和相见恨晚的惆怅情绪表露得淋漓尽致。略其事而详其情,长事短说,正是令词才有的作法。同时下片"春过了"三字兼挽上片,惜春之情与后时(即相见恨晚)之悔打成一片,可谓景情交融了。

词写遇艳,结局怎样却没有写,读者却可从最末两句里神会。这种不了了之,一结悠然的作法,也是本属令词的。所以夏敬观论此词说:"长调中纯用小令作法,别具一种风味。"(据龙榆生《唐宋名家词选》引)堪称的评。　　　　（周啸天）

惜　双　双 溪桥寄意　　　　　　　　　　　　张　先

城上层楼天边路,残照里、平芜绿树。伤远更惜春暮,有人还在高高处。　　断梦归云经日去,无计使、哀弦寄语。相望恨不相遇,倚桥临水谁家住。

起笔写登高望远。"城上层楼",极写登临之高;"天边路",极写眺望之远。将纵目所及的高天阔地全部纳入词境。"残照"二句,承"天边"而来。地平线上,夕阳西下,芳草绿树的平原业已沉入落照的余晖里。残照,给词境染上了一层哀感的色调。"春暮",更是宝贵时光逝去而一切美好愿望落空的象征。所以这平芜残照的境象,已强烈地暗示了词人的哀伤。写景蓄势既足,抒情便深厚有力。"伤远更惜春暮",点出作意。"远",既可指空间距离之遥,也可指时间隔别之久。

久别不得团聚,而大好春光更已迟暮。伤心人悲苦萦怀,不可解脱,直至斜日西沉,还伫立在高高的城楼之上。"暝色入高楼,有人楼上愁"。此情将随夜色渐浓而愈深重,自在不言之中。

过片紧紧衔接,进一层点明所伤之事。梦与云,常用以象征男女爱情,这是我国古典文学中的传统。往日的欢爱,如幻、如电,如前尘、昨梦,早已日复一日地远逝了;旧日的情人,如天空的彩云,随风飘荡,也日复一日地飞散了。这一句,透露出有个爱情断绝的不幸故事,也暗示了它当初的美好。回顾上片所言"伤远",就可以知道所悲伤的并非寻常的离别,而是爱情的断绝。"无计"一句,写自己尽管一往情深,无法忘怀,却不可能向旧日情人传诉相思了。词境至此,似乎山穷水尽;然而结笔二句却平地卷起一场波澜。"相望恨不相遇",原来归云未去天边,情人就在不远。再返观上片所言"伤远",也就可以明白:远,并不是指分手后空间距离上的遥远,而是指时间距离上的久远。而且"咫尺天涯"之感也可加深"一日三秋"之恨。那么,情人究在何处?有结句作答:"倚桥临水谁家住"。原来她家就近在那溪桥边的岸上。可以相望,却不可以相会。无法重寻旧好的隐痛深哀与始终不能忘情的悠悠希冀,皆见于言外。词题"溪桥寄意",意即在此。

这首词的结构艺术可以说是别开生面。全词的意脉相通,一般多着意安排歇拍和过变;此词却施于两片的结句,让"有人"和"谁家"遥遥联系起来。意境创造也不同凡响。开头写登高望远,给读者造成一种人已远离的错觉,结尾才点出其人尚近在眼前。这样写并不只是由于艺术上的追求,更重要的还是为了表现的需要。登高望远的境界,最能表现人物执着追求的心灵和绵绵无尽的愁恨。意境的高远,又往往产生韵致高远的效果。宋晁补之说"子野韵高"(《能改斋漫录》卷十六引),自是会心之言。

(宛敏灏　邓小军)

江　南　柳　　　　　　　　　　张　先

隋堤远,波急路尘轻。今古柳桥多送别,见人分袂亦愁生。何况自关情。　　斜照后,新月上西城。城上楼高重倚望,愿身能似月亭亭,千里伴君行。

此调即双调的《忆江南》。词中写的是别情,调名《江南柳》兼关题意。通首作女子口吻。

全词要点在"自关情"三字,开篇却从别路写起。隋炀帝开通济渠,河渠旁筑御道,栽种柳树,后人称为"隋堤"。这是一个水陆交通要道,成日里不知有多少车马在大路上来往,扬起"路尘";不知有多少船只扬帆东下,随波逐流;也不知有多少人在长堤上折柳送别,以寄深情。总之,前二句就通过"隋堤"展示了一个典型的送别环境,"波急"与"路尘轻"分写水陆行程,暗示离别图景,寄有依依别情。一个"远"字,对别者是长路漫漫,含有旅愁;对于送者则刻画出依依目送的情态。八个字的含义可谓丰富了。这二句着重从眼前、从水陆两路,横向地展开送别图景;第三句则着重从古往今来,纵向地展示送别情事。一个"多"字,概括性极强,几乎将古今天下此中人事全都囊括。正因为别情是如此普遍,也就容易唤起"见人分袂亦愁生"的同情感了。

　　上片前四句没有具体写到个人送别情事,只客观地叙写普遍的离情,"亦愁生"三字微露主观情感。末一句则用"何况"二字造成递进,突出"自关情"——即个人眼前的离别情事。由于递进,便觉深刻。

　　过片词意有一大跳跃,已经是别后。别时种种情事都被省略了。这里着重写送者在城楼望月的情景。"斜照后"三字非虚设,它表明送者在城楼延伫的时辰之久,从日落到月出。"重望"又表明先已望过,"隋堤远"数句正是日落前望中之景,重望时应当是不甚分明了。于是送者抬头望新月,并由此而产生了一个幻想:"愿身能似月亭亭,千里伴君行。"这里的着想与李白"我寄愁心与明月,随风直到夜郎西"(《闻王昌龄左迁龙标遥有此寄》)相类,可能受到它的启发。但"亭亭"二字却把月的意象女性化了,而送者的女子身份亦由此见出,"千里伴行"的说法更是充满挚意柔情。

　　总的说来,通首词没有具体刻画送别情事,更没有刻意作苦语,但通过古今别情来衬托一己的别情,有烘云托月之妙,将一己别情写得非常充分。全词也没有点明双方身份、关系,被称作"君"的甚至未直接露面,但通过新月亭亭的意象和伴行的着想,给读者以明确的暗示。词的语言明快素朴,情调清新健康,在送别之作中颇有特色。

　　　　　　　　　　　　　　　　　　　　　　　　　　　　　(周啸天)

一　丛　花　令　　　　　　　　　张　先

伤高怀远几时穷?无物似情浓。离愁正引千丝乱,更东陌、飞絮濛濛。嘶骑渐遥,征尘不断,何处认郎踪!　　双鸳池沼水溶溶,南北小桡通。梯横画阁黄昏后,又还是、斜月帘栊。沉恨细思,不如桃杏,犹解嫁东风。

张先的词,工于刻画景物,锻炼字句,但往往伤于纤巧,但他这首抒写"伤高怀远"之情的《一丛花令》,却既有警句俊语,又极富抒情气氛,在他的词作中是意境浑融,富于情韵的。

劈头一句,便使用重笔直接抒慨:"伤高怀远几时穷?"这是在经历了长久的离别、体验过多次伤高怀远之苦以后,盘郁萦绕在胸中的感情的倾泻。它略去了前此的许多情事,也概括了前此的许多情事。起得突兀有力,感慨深沉。

紧接着一句"无物似情浓",是对"几时穷"的一种回答:伤高怀远之情之所以无穷无尽,是因为世上没有任何情事比真挚的爱情更为浓至的缘故。这是对"情"的一种带哲理性的思索与概括。它是议论,但由于挟带着强烈深切的感情,故显得深刻动人。以上两句,点明了全词的基本内容——伤高怀远,又显示了这种感情的深度与强度,是全篇的一个总冒。

"离愁正引千丝乱,更东陌、飞絮濛濛。""离愁",承上"伤高怀远"。两句写伤离的女主人公对随风飘拂的柳丝飞絮的特殊感受。本来是乱拂的千万条柳丝引动了胸中的离思,使自己的心绪纷乱不宁,这里却反过来说自己的离愁引动得柳丝纷乱。仿佛无理,却更深切地表现了愁之"浓",浓到使外物随着它的节奏活动,成为主观感情的象征。而那濛濛飞絮,也仿佛成了女主人公烦乱、郁闷心情的一种外化。"千丝"谐"千思","更"字应上"正"字,这是加一倍写法。

"嘶骑渐遥,征尘不断,何处认郎踪?"这三句写别后登高,回忆往日情人离去时的情景:当时"郎"骑着嘶鸣着的马儿逐渐远去,消逝在尘土飞扬之中,今日登高远望,茫茫天涯,究竟到哪里去辨认你的踪影呢?"何处认"与上"伤高怀远"相呼应。

过片仍承伤高怀远,续写登楼所见。"双鸳池沼水溶溶,南北小桡通。"不远处有座宽广的池塘,池水溶溶,鸳鸯成双成对地在池中戏水,小船来往于池塘南北两岸。这两句看似闲笔,但说"双鸳",则所引起的对往昔欢聚时爱情生活的联想以及今日触景伤怀、自怜孤寂之情隐然可见;说"南北小桡通",则往日莲塘相约、彼此往来的情事也约略可想。

"梯横画阁黄昏后,又还是、斜月帘栊。"时间已经逐渐推移到黄昏,女主人公的目光也由远而近,收归到自己所住的楼阁。梯子横斜着,整个楼阁被黄昏的暮色所笼罩,一弯斜月低照着帘子和窗棂。这景象,隐隐传出一种孤寂感。"又还是"三字,似乎暗示,这斜月照映画阁帘栊的景象犹是往日与情人相约黄昏后时的美好景象,如今,景象依旧,而人已远飏,只剩下斜月空照楼阁帘栊了;又似乎暗示,自从与对方离别后,孑然孤处,已经无数次领略过斜月空照楼阁的凄清况味了。"又还是"三字，有追怀，有伤感。这就使女主人公由伤高怀远转入对自身命运的沉思默想，引出结拍三句来。

"沉恨细思，不如桃杏，犹解嫁东风。"李贺《南园》诗有"可怜日暮嫣香落，嫁与东风不用媒"之句，这几句翻用李贺诗意，说怀着深深的怨恨，细细地想想自己的身世，甚至还不如嫣香飘零的桃花杏花，她们在自己青春快要凋谢的时候还懂得嫁给东风，有所归宿，自己却只能在形影相吊中消尽青春。说"桃杏犹解"，言外隐隐有怨嗟自己未能抓住"嫁东风"的时机，以致无所归宿的意思。而深一层看，还是由于无法掌握自己的命运。这就越发显出"沉恨细思"四个字的分量。由于这几句重笔收束，才与一开头的重笔抒慨铢两相称。而词人也因为这几句意深语新的警句俊语，被称为"桃杏嫁东风郎中"了。

整首词紧扣"伤高怀远"，从登楼远望回忆，收归近处的池沼、眼前的楼阁，最后拍到自身，由远而近，次第井然。将对往事的追忆暗暗织入现境，并与现境构成对比，不仅强化了伤高怀远之情，而且增加了词的蕴含和耐人寻味的情韵。这是本篇构思的一个显著特点。

（刘学锴）

相　思　令　　　　　　　张　先

蘋满溪。柳绕堤。相送行人溪水西。回时陇月低。
烟霏霏。风凄凄。重倚朱门听马嘶。寒鸥相对飞。

这是一首送别词。送别虽是宋词中习见的题材，但这首词却能显出它的别致。

上片描写送别情境。起笔两韵，是景语，写送行途中所见景象。"蘋满溪。柳绕堤。"青蘋满溪，其含意无异于芳草萋萋满别情。垂柳绕堤，则暗示沿曲曲溪柳送之远。溪柳弯又弯，则相送一程又一程可知。相送一程又一程，则行人送者恋恋不舍之情又可知。此二韵融情入景，寓事于景，意蕴包孕很丰富，语言却极简练，只六个字。次韵"相送行人溪水西"，点明送行之事，也点明全词为送者口吻。千里送行，终有一别。溪水西，即送者不得不止、行人终于别去之处。送者无限凄惘，见于言外。水西一别，行人已经渐行渐远，则送者不得不返。歇拍即写送者归来所见景象："回时陇月低。"陇月即山月。当山月低垂，则天将拂晓。原来，送行之时是在拂晓之前。古人远行，多启程于黎明之前甚至夜半时分。此句也是字字须加细玩。回时二字，写送者沿送行原路折回。方才顺此路送行，即使将别，犹是未别。此时逆此路返回，却是孤身一人矣。唯有低垂之陇月，照见形单影只而已。"陇月低"三字，更不可放过。古人融情入景，往往妙在景物之特征与情感之特征相似。这，用《文镜秘府论》的话来讲，就是"人心至感，必有应说，物色万象，爽然如有盛会"。用西方审美心理学的话来讲，就是异质同构。此句陇月之低垂，与送者心情之低沉，特征完全相同。所以，低垂的陇月，正象征着低沉的心情。

下片描写别后情境。"烟霏霏。风凄凄。"过片两韵，又是纯然景语。拂晓之后，山水原野，烟霭霏霏笼罩，寒风凄凄交加。送者的心灵，同样笼罩在凄迷怅惘之中。所以，这景语又正象喻着心情。这两句不但有景象吻合心情之妙，而且有声情吻合词情之妙。两句共六字，六字皆阴平声，构成凄调，读上来愈增其凄楚。次韵"重倚朱门听马嘶"，送者已回到家门，可是仍不能平静。相反，家门反而触动了伤心怀抱。送者转过身来，背靠朱门，面向远方，重新举目眺望行人所去的方向。可是，哪能还望得见呢？只听得路上过往的马嘶声罢了。马嘶声声，声声都紧揪着送者的心。这是不言而喻的。结句"寒鸥相对飞"，别有理趣，将凄迷的词情推到极致。此时，天地间，唯有那霏霏晓烟中飞来飞去的寒鸥，与孤独的送者相对而已。寒鸥何能解人意？又何能通人语？人与鸥之相对，只是一片静默而已。这静默之中，包含着无限的悲哀。

词中行人是谁？送者又是谁？二人之关系又如何？朋友乎？情人乎？词中皆隐而未示。这种一反常规的作法，可能使读者困惑不解，但是，仔细体会"重倚朱门听马嘶"一句，不难发现，送者为女性，行人为男性。温庭筠《河传》词云："若耶溪，溪水西，柳堤，不闻郎马嘶"，正可与此词参看。词中主人公送行归家，闻路上马嘶声，犹倚门倾耳而听。一"听"字，其心动神驰之状已如见；再着一"重"字，一听再听，其念兹在兹之情亦可想。若非别时行人驰马而去，则何以此时门前路上马嘶声能令其如此入耳动心？骑马去者必为男子，则"倚朱门"者自是女性。作者对此偏不于明处交代，而从"听马嘶"一幕曲折透出，又正是这首词运笔的别致处。

此词的艺术特色有两点。首先是意境的凄迷朦胧。词以景语结体，融情入景。其所取之景，无不具凄迷之色调，如萋萋满溪之蒴，曲曲绕溪之柳，低垂欲沉之陇月，霏霏烟霭，凄凄晓风，还有寂寂的寒鸥。这些景象交织成为凄迷的境界，有机地表现了送者凄迷的心情。而行人送者身份性别的隐约其辞，得暗示而后知，更增添了意境的朦胧感。其次，此词的另一特色是词调声情与词情妙合无间。从韵脚说，用平声微、齐韵部，其音低抑，如诉如泣。从韵位说，此词共八句，句句押韵，韵脚既极密，声情便紧促。从字声说，则词中关键所在的过片二句，全用阴平声,尤见低抑。低抑的韵脚、字声与急密的韵位构为一部声情悱恻的凄调,遂与词情表里一致,相得益彰。刘勰《文心雕龙·声律》云:"声有飞沉。"此词声情,已得沉抑之极致。从此词的用调、择韵、取象、造境之配合细致来看,词人确实用了苦心。此词之别致优雅异于一般送别之作,并非偶然。　　　　(邓小军)

更　漏　子　　　　　　　　　　　　　张　先

　　锦筵红,罗幕翠。侍宴美人姝丽。十五六,解怜才。劝人深酒杯。　　黛眉长,檀口小。耳畔向人轻道。柳阴曲,是儿家。门前红杏花。

　　这首小令描写的是才子佳人之爱,但还是能给人以清新感。邂逅发生在歌筵酒席之间,颇有点戏剧味。

　　"锦筵红,罗幕翠",起笔出场面。描绘锦筵铺红,罗幕垂碧,同时已为下边所出之美人暗设衬托。下句便出美人。"侍宴美人姝丽。"这一位侍宴的歌女生得很美,出现在红筵翠幕之间,在词人心目中,自是格外光彩照人。"十五六,解怜才",点其年龄之轻,则歌女之楚楚动人,词人之恻恻动心,皆在不言之中。不过,真正打动词人之心的,还是歌女的心灵。"解怜才"三字,极有分量。她虽很年轻,却懂得什么是爱,懂得爱才华超众的词人(而不是什么达官贵人之类)。这位歌女或者是在此歌席上为词人所作歌词而动心,或者是"初未相识,但两相闻名",而"一见慕悦"(如《绿窗新话》引《古今词话》所记张先《谢池春慢》词事),这倒无关紧要。正是因为她倾倒于词人的才华,所以才"劝人深酒杯"。人,即词人自指。劝人深酒杯,即她劝自己饮尽、斟满。宋时,歌女往往要向客人劝酒。《道山清话》所载晏殊雅重张先,"每张来,即令侍儿出侑觞,往往歌子野之词",可证。这句描写很妙,妙在很有分寸,入情入理。试想,酒席上,众目睽睽,这位歌女要向词人初次表示自己的爱慕,必然是也只能是通过劝酒之际来暗表衷情。她把爱,都倾注在殷勤的斟酒、劝酒上。这一动作描写,十分贴切歌女的身份,不仅刻画出她的爱慕而已。

　　下片接着写歌女劝酒之际进一步的大胆表示。"黛眉长,檀口小。"檀色为浅绛,檀口即红艳的嘴唇。这两句是逼近的面部特写。当歌女手执酒壶,在词人面前俯身斟酒时,面对着面,词人便格外清楚地看见了她的美貌。画眉长,红唇小。不难想见,此时此刻,两人目光相注,目成心许,所以机灵而大胆的歌女乘此俯身斟酒之际,当下便"耳畔向人轻道"。轻道了什么?"柳阴曲,是儿家。门前红杏花。"此三句是歌女声口：柳阴隐秘之处，便是妾家，可别忘了，门前有红杏花！原来是邀词人去她家幽会呢。声音虽轻柔，胆子却很大。话虽很简短，叮咛得却很明白，情感很挚烈。此三句，歌女性情全出。虽极大胆，却合情合理，口吻完全符合歌女的身份。结句极美，将词境融入一片红杏花之中，不禁令人联想起唐诗"人面桃花相映红"，韵外之致无穷。

论艺术，这首词颇具特色。词是小令，却富于叙事性。词人用紧凑的笔墨，写出场面、人物、动作、对话，描绘了这一见钟情的邂逅，使读者在感受其抒情美的同时，又领略了一番故事美。语言很明快，可以说是口语化了。尤其结三句纯然为歌女声口，读上来更是逼真传神。同时，词情大胆而用笔含蓄，轻倩而不失之轻薄，风格是清新明秀的。

这首词以才子佳人之爱为主题。才子佳人之爱情，我们在元明清戏曲小说中司空见惯。追溯起来，早在唐宋两代传奇、诗词中就已源源成流。此词即是一证。中国古典文学中的才子佳人爱情，实有其深远的历史文化背景，深厚的文化意蕴。正如陈寅恪所指出："吾民族所承受文化之内容，为一种人文主义之教育，虽有贤者，势不能不以创造文学为旨归。"（《吾国学术之现状及清华之职责》）特别至唐宋以进士词科取士，士子诗文之优劣遂成为其才品高低之标准。影响所及，才子遂成为女子所爱慕的理想对象。正是在这一历史文化条件下，才子佳人爱情逐渐演变而为中国古典文学一大传统主题。才子佳人爱情之特征为郎才女貌。才，即文学才具。因此，这种爱情本身，便具有崇尚人文之精神。此词中"十五六，解怜才"，一语破的，揭示出才子佳人爱情的特质。不妨拿同时欧洲中世纪骑士文学相比较，其主题为骑士与贵妇人之爱情，更具有一种崇尚冒险之精神。中西历史文化背景不同，爱情文学的旨趣也就明显相异。理解才子佳人爱情的历史文化意蕴，对于欣赏这一类古典文学作品，应当是有益的。　　　　（邓小军）

蝶 恋 花　　　　　　　　　　　张 先

移得绿杨栽后院，学舞宫腰，二月青犹短。不比灞陵多送远，残丝乱絮东西岸。　　几叶小眉寒不展，莫唱《阳关》，真个肠先断。分付与春休细看，条条尽是离人怨。

这是一首运用拟人化手法写的咏物词，也可能是为写人而托为咏柳。它别无标题，创作本事亦不得而知。然而细玩词意，可以得其仿佛。

词的上片说：从外间移来了一株小小杨柳，将它栽种在后院。从此它就脱离了横遭攀折飘零之苦。言下自以为做了件好事。杨柳垂条轻盈袅娜,所以常与美人纤腰在诗词中互为比喻。(如白居易"杨柳小蛮腰"即将人拟柳,"枝袅轻风似舞腰"则将柳拟人。)这儿说"学舞宫腰"就将杨柳拟人化,开篇便宛然有一个歌女兼舞女的形象在。"学舞"云者,可见其年尚小,不待"二月青犹短"的形容而然。由于这样的拟人,移柳之事似乎暗示着这等情事:一个小小歌女脱离风尘,进了人家宅院,境遇大变:"不比灞陵多送远,残丝乱絮东西岸。"灞陵亦作霸陵,乃汉文帝陵寝所在,在长安东,附近有灞桥,自汉唐以来均为折柳送别之地,无怪"残丝乱絮"抛置之多。二句暗示歌女脱离为人随意作践的境地,有了一个好心的主人扶持,"不比"云云,分明是夸口。

下片,词意忽生转折。"几叶小眉寒不展","寒不展"的叶儿,是颦眉的情态,表明心绪之恶。以杨柳嫩叶比美人之眉,仍是继续前面的拟人,连下句依然显现着那小小歌女的形象。"莫唱《阳关》",四字暗示出离别情事,因为《阳关》(曲辞即王维名作《送元二使安西》)乃送别曲也。与谁离别呢? 看来便是前述那位好心的主人了。主人将外出,故伊人依依难舍。"人言柳叶似愁眉,更有愁肠似柳丝。"(白居易《杨柳枝词》)可见"真个肠先断"的"肠"与"眉"一样是柳的借喻。末二句则是进一步点明断肠原因,兼寄词人的感慨。其中代用了唐人雍陶《题情尽桥》"自此改名为折柳,任他离恨一条条"的名句。似乎那柳丝也不是柳丝,条条尽是离人怨苦之具象了。这使我们想到元人杂剧中的一些名句如:"晓来谁染霜林醉,总是离人泪"《西厢记》"这也不是江水,二十年流不尽的英雄血"《单刀会》,其修辞手段恰与张先此词妙合。

"诗难于咏物,词为尤难。体认稍真,则拘而不畅;模写差远,则晦而不明。要须收纵联密,用事合题,一段意思,全在结句,斯为绝妙。"(张炎《词源》)此词将咏柳写人打成一片,若粘若脱,畅而不拘,收纵自如,结句点醒题意,尤贵于深有寄托。将柳叶、柳枝比作纤腰、美目或愁肠,都不是作者的发明。然而妙于运用,以此造成一个浑成完整的动人形象,展示出一段曲折哀惋的特殊情事,则是他的独创。词先写伊人在风尘中横被攀折之苦,移入人家后有所改变,但仍有不美满者。词人将此种旷怨之情融入柳寄离情的比兴境界中来表现,就特别含蓄耐味。

(周啸天)

诉 衷 情　　　　　　张 先

花前月下暂相逢。苦恨阻从容。何况酒醒梦断,花谢月朦胧。　　花不尽,月无穷。两心同。此时愿作,杨柳千丝,绊惹春风。

此词写的是横遭挫折的爱情。其难能可贵之处,不仅在于对爱情抱有择善固执忠贞不渝的坚定态度,而且在于表现出一种美好期愿不断升华的向上精神。

"花前月下暂相逢",开笔缅怀昔日两人相恋的幸福情境。花前月下相逢,原是良辰美景中的赏心乐事。但句中插入一"暂"字,便已暗透悲意。次韵"苦恨阻从容",就进一步点出恋人隔绝、欢会难再的现实。叠下"苦恨"二字,足见词人痛苦之深重。下边,"何况酒醒梦断,花谢月朦胧",更用比兴的手法,喻说了爱情受阻的现实。"酒醒",有"抽刀断水水更流,举杯销愁愁更愁"之意。"梦断",喻往事已成空,而见证昔日美好爱情的春花已经衰谢,明月已经黯淡,竟成为情缘中断的象征。天荒地老之悲,已在不言之中。此二句领以"何况"二字,是强调好事难成,不仅如前句所写恋人隔绝而已,词情因而倍加悲怆沉痛。

人间多少爱情,一旦遭到破坏,主人公便陷于痛苦失望而难以自拔。但是,词人却决非如此。过片以千钧之力,将词情从悲怆沉痛中陡然振起,升华到一个美好的境界。"花不尽,月无穷。两心同。"前两句是对偶句,用比兴。词情振起,端赖此二句。花不尽,是期愿青春长在。月无穷,是期愿永远团圆。两心同,则是坚信情人与自己一样对爱情忠贞不渝、坚执不舍。由此便透露出一个重大消息,恋人之间的离绝,决非出于心甘情愿,实有难以明言的隐痛,则爱情实为横遭外来势力之摧残可知。张先另有一首《千秋岁》词,以"雨轻风色暴",喻说摧残美好爱情的恶势力,正可以诠释此词。衰谢了的春花再度开烂漫,而且永远盛开;黯淡了的月亮再度显光明,而且永远团圆。试想,这一美丽的幻境,这一美好的期愿,要升现在词人破碎的痛苦的心中,该需要多么大的精神力量!"两心同",正是这种极大力量的无穷源泉。如果没有对情人无比的爱和最大的信任,是决不可能产生这种精神力量的。《千秋岁》词云"天不老,情难绝。心似双丝网,中有千千结",也正可以发明"两心同"的深刻意蕴。此刻,词人的心灵,向着美好的期愿继续上升,升华到新的高度。"此时愿作,杨柳千丝,绊惹春风。"词人把甘为挽回春天即挽回爱情而献身(化身柳丝)的意愿,寄托在结笔这优美的比兴之中。其高情不可谓不感人,其境界不可谓不重大。

从抒情质量的角度来评衡此词,则这首令词堪称抒情文学之珍品。它表现出了不甘屈服于恶势力的美好人性,表现出人与人之间最大的信任和无比的爱,表现出了处在不幸命运中心灵的高度升华。宋代晁补之早就指出过:"子野韵高。"(《能改斋漫录》卷十六引)此词即是一证。

从艺术造诣的角度来评衡此词,则这首令词有两点特色。第一是潜气内转,抒情结构的变化极大。词情从上片的悲怆沉痛,转至下片的美好期愿,高度升

"春"指季节,指大好春光;而下面的"春去",不仅指年华的易逝,还蕴含着对青春时期风流韵事的追忆和惋惜。这就与下文"往事后期空记省"一句紧密联系起来。作者所"记省"的"往事"并非一般的嗟叹流光的易逝,或伤人事之无凭,而是有其具体内容的。只是作者说得十分含蓄,在意境上留下很多余地让读者凭想象去补充。这大概就是所谓词尚"婉约"的特点吧。

"临晚镜,伤流景"。杜牧《代吴兴妓春初寄薛军事》诗有句云:"自悲临晓镜,谁与惜流年?"张反用小杜诗句,以"晚"易"晓",主要在于写实。小杜是写女子晨起梳妆,感叹年华易逝,用"晓"字;而此词作者则于午醉之后,又倦卧半晌,此时已近黄昏,总躺在那儿仍不能消愁解忧,便起来"临晚镜"了。这个"晚"既是天晚之晚,当然也隐指晚年之晚,这同上文两个"春"字各具不同含义是一样的,只是此处仅用了一个"晚"字,而把"晚年"的一层意思通过"伤流景"三字给补充出来罢了。

"往事后期空记省"句中的"后期"一本作"悠悠"。从词意含蓄看,"悠悠"空灵而"后期"质实,前者自有其传神入妙之处。但"后期"二字虽嫌朴拙,却与上文"愁""伤"等词绾合得更紧密些。"后期"有两层意思。一层是说往事过了时,这就不得不感慨系之,故用了个"空"字;另一层意思则是指失去了机会或错过了机缘。所谓"往事",可以是甜蜜幸福的,也可以是辛酸哀怨的。前者在多年以后会引起人无限怅惘之情,后者则使人一想起来就加重思想负担。这件"往事",明明是可以成为好事的,却由于自己错过机缘,把一个预先定妥的期约给耽误了(即所谓"后期"),这就使自己追悔莫及,正如李商隐说的"此情可待成追忆,只是当时已惘然"。随着时光的流逝,往事的印象并未因之淡忘,只能向自己的"记省"中去寻求。但寻求到了,也并不能得到安慰,反而更增添了烦恼。这就是自己为什么连把酒听歌也不能消愁,从而嗟老伤春,即使府中有盛大的宴会也不想去参加的原因了。可是作者偏把这个原因放在上片的末尾用反缴的手法写出,乍看起来竟像是事情的结果,这就把一腔自怨自艾、自甘孤寂的心情写得格外惆怅动人,表面上却又似含而不露,真是极尽婉约之能事了。

上片写作者的思想活动,是静态;下片写词人即景生情,是动态。静态得平淡之趣,而动态有空灵之美。作者未去参加府会,便在暮色将临时到小园中闲步,借以排遣从午前一直滞留在心头的愁闷。天很快就暗下来了,水禽已并眠在池边沙岸上,夜幕逐渐笼罩了大地。这个晚上原应有月的,作者的初衷未尝不想趁月色以赏夜景,才步入园中的。不料云满晴空,并无月色,既然天已昏黑那就回去吧。恰在这时,意外的景色变化在眼前出现了。风起了,刹那间吹开了云层,月光透露出来了,而花被风所吹动,也竟自在月光临照下婆娑弄影。这就给作者孤寂的情怀注入了暂时的欣慰。此句之所以传诵千古,不仅在于修词炼句的功夫,主要还在于词人把经过整天的忧伤苦闷之后,居然在一天将尽时品尝到即将流逝的盎然春意这一曲折复杂的心情,通过生动妩媚的形象给曲曲传绘出来,让读者从而也分享到一点欣悦和无限美感。这才是在张先的许多名句之中唯独这一句始终为读者所爱好、欣赏的主要原因。前人对此句评价极高,如沈际飞《草堂诗余正集》评云:“心与景会,落笔即是,着意即非,故当脍炙。”杨慎《词品》云:“景物如画,画亦不能至此,绝倒绝倒!”

王国维《人间词话》则就遣词造句评论说:“‘红杏枝头春意闹’,着一‘闹’字而境界全出;‘云破月来花弄影’,着一‘弄’字而境界全出矣。”这已是带权威性的评语。沈祖棻说:“其好处在于‘破’‘弄’两字,下得极其生动细致。天上,云在流;地下,花影在动:都暗示有风,为以下‘遮灯’‘满径’埋下伏线。”拈出“破”“弄”两字而不只谈一“弄”字,确有过人之处,然还要注意到一句诗或词中的某一个字与整个意境的联系。即如王国维所举宋祁的“红杏枝头春意闹”,如果没有“红”“春”二词规定了当时当地情景,单凭一个“闹”字是不足以见其“境界全出”的。张先的这句词,没有上面的“云破月来”(特别是“破”与“来”这两个动词),这个“弄”字就肯定不这么突出了。“弄”之主语为“花”,宾语为“影”,特别是那个“影”字,也是不容任意更改的。其关键所在,除沈祖棻谈到的起了风这一层意思外,还有好几方面需要补充说明的。第一,当时所以无月,乃云层厚暗所致。而风之初起,自不可能顿扫沉霾而骤然出现晴空万里,只能把厚暗的云层吹破了一部分,在这罅漏处露出了碧天。但云破处却未必正巧是月光所在,而是在过了一会儿之后月光才移到了云开之处。这样,“破”与“来”这两个字就不宜用别的字来代替了。在有月而多云的暮春之夜的特定情景下,由于白天作者并未出而赏花,后来虽到园中,又由于阴云笼罩,暮色迷茫,花的丰姿神采也未必能尽情表现出来。及至天色已暝,群动渐息,作者也意兴阑珊,准备回到室内去了,忽然出人意表,云开天际,大地上顿时呈现皎洁的月光,再加上风的助力,使花在月下一扫不久前的暗淡而使其娇妍丽质一下子摇曳生姿,这自然给作者带来了意外的欣慰。

接下去词人写他进入室中,外面的风也更加紧了,大了。作者先写“重重帘幕密遮灯”而后写“风不定”,倒不是迁就词谱的规定,而是说明作者体验事物十分细致,外面有风而帘幕不施,灯自然会被吹灭,所以作者进了屋子就赶快拉上帘幕,严密地遮住灯焰。但下文紧接着说“风不定”,是表示风更大了,纵使帘幕密遮而灯焰仍在摇摆,这个"不定"是包括灯焰"不定"的情景在内的。"人初静"一句,也有三层意思。一是说由于夜深人静,愈显得春夜的风势迅猛;二则联系到题目的"不赴府会",作者这里的"人静"很可能是指府中的歌舞场面这时也该散了罢;三则结合末句,见出作者惜花(亦即惜春;忆往,甚且包括了怀人)的一片深情。好景无常,刚才还在月下弄影的姹紫嫣红,经过这场无情的春风,恐怕要片片飞落在园中的小路上了。作者这末一句所蕴含的心情是复杂的:首先是"林花谢了春红,太匆匆",春天毕竟过去了;复次,自嗟迟暮的愁绪也更为浓烈了;然而,幸好今天没有去赴府会,居然在园中还欣赏了片刻春光,否则错过时机,再想见到"云破月来花弄影"的动人景象就不可能了。也正是用这末一句衬出了作者在流连光景不胜情的淡淡哀愁中所闪烁出的一星晶莹妍丽的火花——"云破月来花弄影"。

(吴小如)

千　秋　岁　　　　　　　　　张　先

数声鶗鴂,又报芳菲歇。惜春更把残红折。雨轻风色暴,梅子青时节。永丰柳,无人尽日花飞雪。　　莫把幺弦拨,怨极弦能说。天不老,情难绝。心似双丝网,中有千千结。夜过也,东窗未白凝残月。

这首词是写爱情横遭阻抑的幽怨情怀和坚决不移的信念。

作者张先以"不如桃杏,犹解嫁东风"及"云破月来花弄影"诸名句蜚声北宋词坛。在现存一百八十首词中,内容涉及爱情、友谊、风土等多方面。尤其擅长写悲欢离合之情,能曲尽其妙。此词就是其中之一。词调《千秋岁》声情激越,宜于抒发抑郁的情怀,秦观写的一首(水边沙外)也是如此。

本词上片沉痛地回顾爱情遭到破坏,但无一语明说。完全运用描写景物来烘托、暗示,让读者自己去寻绎、领会。一起就把鸣声悲切的鶗鴂提出来,说它向人们报道美好的春光又过去了。语源于《离骚》"恐鶗鴂之先鸣兮,使夫百草为之不芳。"此与辛弃疾的"绿树听鹈鴂,……啼到春归无寻处,苦恨芳菲都歇"(《贺新郎·别茂嘉十二弟》)词句很相似,而子野写得更为简练。从"又"字看,他们间融融泄泄的爱情已经不止一年了。可是由于遭到阻力,正和春天一样,来也匆匆,去也匆匆。春去,谁不惋惜呢?惜的想法做法却各有不同。有人"惜春长怕花开早"(辛弃疾《摸鱼儿》),子野笔下这位多情者则是"惜春更把残红折"。所谓"残红",可以说是象征着被破坏而犹坚持的爱情。一个"折"字更能表达出对于经过风雨摧残的爱情多么珍惜。紧接着写出"雨轻风色暴,梅子青时节"。这是上片最为重要而又精彩的两句。表面上是写时令,写景物,但细心的读者会理解语意双关,说的是爱情遭受破坏。"梅子黄时雨"(贺铸《青玉案》),这是正常的。谁料梅子青时,便被无情的风暴突袭。青春初恋遭此打击,其何以堪! 经过这场灾难,美好的春光便又在鹈鴂声中归去。白居易有咏杨柳句说:"永丰西角荒园里,尽日无人属阿谁?"被冷落的受害者这时也就和永丰坊的柳树一样;爱情却如柳絮,"似花还似非花,也无人惜从教坠"(苏轼《水龙吟》)。

　　一首词的上下片间,意脉是相通的。此词如仅从上片看,未尝不可理解为"刻意伤春复伤别"(李商隐《杜司勋》)。读到下片则全词写的什么就很清楚了。换头说:"莫把幺弦拨,怨极弦能说。"这两句来得很突然。在换头处发起新意,向来认为只高手能之。幺弦,琵琶第四弦。弦幺怨极,就必然发出倾诉不平的最强音。在这"铁骑突出刀枪鸣"(白居易《琵琶行》)的气势下,受害者接着表示其反抗的决心,"天不老,情难绝"。化用李贺"天若有情天亦老"诗句而含义却不完全一样。这里肯定地说天是不会老的,那么,爱情也就永无断绝的时候。这比作者常说的"无物似情浓"(《一丛花》),"人生无物比多情,江水不深山不重"(《木兰花》)等等,更为深刻有力。这爱情是怎样把双方紧紧联系在一起的呢?"心似双丝网,中有千千结。""丝"谐"思"。在这个情网里,他们是通过千万个结,把彼此牢牢实实地系住,谁想破坏它都是徒劳的。这是全词表达思想感情的高峰,也就是《文赋》所谓"立片言而居要,乃一篇之警策"。情思未了,不觉春宵已经过去,这时东窗未白,残月犹明。如此作结,可谓恰到好处。

　　前人评子野词的,最早有晁无咎。他说:"子野韵高,是著卿所乏处。近世以来,作者皆不及。"(《能改斋漫录》十六引)清陈廷焯说子野词"有含蓄处,亦有发越处;但含蓄不似温韦,发越亦不似豪苏腻柳"(《白雨斋词话》)。这些评论都很中肯。"含蓄"和"发越",此词可以说兼而有之。至于韵高之说,亦可通过此词体味,略见一斑。

　　　　　　　　　　　　　　　　　　　　　　　　　　(宛敏灏)

渔 家 傲　　　　　　　　　　张　先
和程公辟赠别

巴子城头青草暮,巴山重叠相逢处。燕子占巢花脱树,杯且举,瞿塘水阔舟难渡。　　天外吴门清霅路。君家正在吴门住。赠我柳枝情几许。春满缕,为君将入江南去。

这是一首富含民歌风味的词,也是作者为友人程公辟赠别之作而写的和词。两人都是江南人来四川做官。张先六十三岁时以屯田员外郎知渝州(今重庆市),而程师孟(公辟)则曾提点夔州路刑狱。渝州正属夔州路。他们在异乡相逢而又将天各一方,临别前以词赠答抒发依依之情。

发端三句指出分别的地点、时间和景色。巴子即今之巴县,在渝州附近,周代为巴子国,与巴东(今奉节县)、巴西(今阆中县)合称三巴,三巴都可以称巴山。先说眼前巴子城头碧草萋萋,正是"斜阳暮草长安道,是离人断魂处"(柳永《引驾行》)。再写远望重峦叠翠,那是我们相逢之处。"燕子占巢"形容如今双燕归来,"差池欲住,试入旧巢相并"(史达祖《双双燕》)。接着写花开又复花落,"正是销魂时节,东风满树花飞"(毛熙震《清平乐》)。春去夏来,时光如流;人事迁变,亦复如此,曾几何时,我们已相逢而又将别。

三巴的风物是惹人恋念的,李白旅居宣城时,曾在这暮春三月想起了千里之外的三巴:"蜀国曾闻子规鸟,宣城还见杜鹃花;一叫一回肠一断,三春三月忆三巴。"离别而在这三春三月的三巴,使人倍增依依惜别之情。

"杯且举"两句,写饯别宴上,送行者劝君更尽一杯酒,祝君能得平安旅。瞿塘峡,即"古西陵峡也,连崖千丈,奔流电激,舟人为之恐惧"(《太平寰宇记》)。此峡在夔州(今奉节县)之东,滩石险阻,猿鸟哀鸣,是民歌《竹枝》的流行地。唐代诗人刘禹锡任夔州刺史时有《竹枝》九篇,其中写道:"瞿塘嘈嘈十二滩,此中道路古来难。"又云:"白帝城头春草生,白盐山下蜀江清,南人上来歌一曲,北人莫上动乡情。"本词亦是叙行路之难,乡关之思,写得明白如话,复叠回环,颇有《竹枝》的味道。

下片将视线从长江头移向长江尾,从巴子城头移到"天外吴门、清雪",正是两人家乡所在。所谓"天外",是形容其远。吴门(今苏州市,程师孟故乡)与雪溪(在作者故乡湖州乌程东南)相隔不远,如今我归而君留,自启彼思乡之情。这里字面有意重复,是使词意进一步发展。

结尾三句宛转其意。作者自注曰:"来词云'折柳赠君君且住'。"折柳赠别,意在挽留。作者为了感激其深情厚谊,所以要把所赠的柳枝和无限乡思带回那草长莺飞的江南。这里的"江南",承上"君家正在吴门住"句,意指"吴门"。君虽滞留而寄情的柳枝与我俱归,亦足慰怀矣。语言明白流利而词句却委婉,又多低徊不尽之意。

《渔家傲》曲调本来出自民间,欧阳修就用此调写过一组十二月鼓子词。本词还受三巴民歌《竹枝》的影响,其不同之处是没有哀感幽怨的味道,而却是充满

着绵绵的情谊。　　　　　　　　　　　　　　　　　　　　　　（潘君昭）

<h1 style="text-align:center">木 兰 花</h1>

张 先

乙卯吴兴寒食

龙头舴艋吴儿竞,笋柱秋千游女并。芳洲拾翠暮忘归,秀野踏青来不定。　　　行云去后遥山暝,已放笙歌池院静。中庭月色正清明,无数杨花过无影。

这首词是作者晚年乡居吴兴时作。乙卯是宋神宗熙宁八年(1075),时作者已八十六岁。寒食节在清明前两天,古人有禁烟、插柳、上头、踏青、扫墓等等风俗,宋时还有赛龙船的活动。周密《武林旧事》卷三记载寒食西湖赛船的情景说:"龙舟十余,彩旗叠鼓,交舞曼衍,㳫如织锦……京尹为立赏格,竞渡争标。都人士女,两堤骈集,几于无置足之地。"本词就选择这个节日最为繁盛热闹的场面开头。

"龙头舴艋吴儿竞",一句便写出吴中健儿驾舞龙舟,在水面飞驶竞渡的壮观场面。舴艋是江南水乡常见的一种形体扁窄的轻便小舟,饰以龙头,就是乡民为节日临时装置的简易龙舟,虽无锦缆雕纹,却富乡土特色。一"竞"字涵盖了划桨人的矫健和船行的轻疾,而夹岸助兴的喧天锣鼓和争相观看的男女老少,则由读者用想象来填补、充实,语言形象而有概括力。

寒食这天姑娘们也特别高兴,她们可以放下女红,走出闺房,双双对对,打着秋千,尽兴游乐。所以次句便说游女荡秋千作。"笋柱"指竹制的秋千架。

三、四句用一联工整的对句描写妇女拾翠、游人踏青,乐而忘返的情景。"芳洲"、"秀野"使人想见郊野草木竞秀、春光明媚的诱人景色。"拾翠"原指采拾翠鸟的羽毛,语出曹植《洛神赋》"或采明珠,或拾翠羽",后亦泛指妇女水边野外游春之事。"踏青"即春天出城到郊外游览。古代诗词中常以踏青和拾翠并提,如吴融《闲居有作》:"踏青堤上烟多绿,拾翠江边月更明"。这一联泛写寒食游春的活动,与前面赛龙舟、打秋千的特写镜头相配合,有点有面,显得主次分明。

词的上阕着重写人事,通过热闹的场景,描写春光的美好,游人的欢乐;下阕则侧重写景物,通过静谧优美的夜景,反衬白昼游乐的繁盛。一动一静,互相映发,收到很好的艺术效果。由动景换静景,画面跳跃很大,但过片却很自然:"行云去后遥山暝,已放笙歌池院静",前句说云去山昏,游人散后,郊外一片空寂,为上阕作结。后句说。笙歌已歇,喧嚣一天的池院,此刻显得分外清静,一"静"字又为下文写景作了铺垫。

最后两句以写景工绝著称。朱彝尊《静志居诗话》说:"张子野吴兴寒食词'中庭月色正清明,无数杨花过无影',余尝叹其工绝,在世所传'三影'之上。"月色清明,甚至可以看见点点杨花飞舞,而花过无影,又显得清辉迷蒙,明而不亮,庭中一切景物都蒙上一层轻雾,别具一种朦胧之美。不仅如此,两句还寓情于景,反映出作者游乐一天之后,心情的恬适和舒畅。词人虽已年过八旬,但生活情趣还很高,既爱游春的热闹场面,又爱月夜的幽静景色。白昼,与乡民同乐,是一种情趣;夜晚,独坐中庭,欣赏春宵月色,又是一种情趣。而后者更能体现词人的个性和审美趣味,为文人雅士所叹赏。

文人词自晚唐五代以来,多以男欢女爱、离别相思为题材,风格绮靡艳丽,至宋初仍沿袭不改。潘阆的《酒泉子》(长忆观潮),晏殊的《破阵子》(燕子来时新社)和张先这首《木兰花》都以时序节令和风俗人情入词,给缕金错彩的词坛吹进一丝较为清新的空气,增添一点乡土的气息,可说是一个小小的变化。

(蒋哲伦)

剪　牡　丹　　　　　　　　　　　　　张　先
舟中闻双琵琶

野绿连空,天青垂水,素色溶漾都净。柳径无人,堕絮飞无影。汀洲日落人归,修巾薄袂,撷香拾翠相竞。如解凌波,泊烟渚春暝。　　彩绦朱索新整。宿绣屏、画船风定。金凤响双槽,弹出今古幽思谁省。玉盘大小乱珠迸。酒上妆面,花艳眉相并。重听。尽汉妃一曲,江空月静。

这首词是张先的得意作品之一。据《古今诗话》说:"有客谓子野曰:'人皆谓公张三中,即心中事、眼中泪、意中人也。'公曰:'何不目之为张三影?'客不晓,公曰:'云破月来花弄影;娇柔懒起,帘压卷花影;柳径无人,堕絮飞无影:此余平生所得意也。'"(《苕溪渔隐丛话》前集卷三十七引)《高斋诗话》又说:"子野尝有诗云:'浮萍断处见山影';又长短句云:'云破月来花弄影';又云:'隔墙送过秋千影',并脍炙人口,世谓张三影。"二说不同,但都肯定张先善于用"影"字创造优美的词境。"柳径无人,堕絮飞无影",(《彊村丛书·子野词》作"柔柳摇摇,坠轻絮无影。")显然比不上"云破月来花弄影",但放在这首词所描绘的特定环境中,也别有一番情味。

词的开头三句，便是环境描写。"野绿连空"，这是词人站在船上，目光顺地平线伸延，只见辽远无际的绿色原野，上接苍穹。作者又顺势举头眺望远天，晴空蔚蓝，好像与江水相连。一个"垂"字用得生动，把远望中天水相接的感觉，表现得极其形象。词人仰观俯视，眼前江水是"素色溶漾都净"。"素色"即白色，指白茫茫的江水。"净"字是形容水的明澈清净。谢朓诗"澄江净如练"（《晚登三山还望京邑》），为此句所本。以上虽只三句，词人便以其拿手的炼字功夫，多方面多层次地画出了一幅江上美景，晴空与绿野相连，波光粼粼，天光云影，映于澄江之中，景象浑茫寥阔，而又十分寂静。在这幅图画中，不难看出，作者还是围绕着一个"影"字在作文章。在这幅画面上，从构图的角度说，似乎还缺乏特写镜头，"柳径无人，堕絮飞无影"，正是绿野中的特写。周济在《宋四家词选》的序论中说："子野清出处、生脆处，味极隽永，只是偏才，无大起落。"所谓"无大起落"，是对张先词中一些平凡句子的不满。像"柳径无人"二句，确实显得平凡。作者只是把眼前景物，率直写出。淡墨一痕，不求奇峭，但妙处正在这里。能以平淡的句子，把读者逗入意境，才见功力。试想，岸边柳林没有人影，唯有柳絮随风飘坠，这样描写实在很一般化，加了"无影"二字，立即灵动起来，那柳絮飞舞的轻盈飘忽，形神具出，而且微风吹拂，轻絮飘舞，在微暗的树阴中，依稀看见它们在游荡回转，而一点影子也不留在地面，词人观察得如此细微，他好像在仔细地品味着飘忽无影的妙趣。

"汀洲日落人归"，词境至此推进一层。词人在完成天光云影、柳絮轻舞的环境描写后，让人物出场了。好像电影一样，人物在风光明媚、落日斜照的汀洲上由远而近地走来。作者在船上望去，首先在远处看到人归之影，人影与晚霞相映，十分妍丽。人渐走渐近，看得也越清楚，连"修巾薄袂"也看得出来。修长的巾带，薄薄的衫袖，雅丽非凡，且巾长袂薄，随风飘举，为美人勾出了一幅飘飘欲仙的姿态。由下句"撷香拾翠相竞"来看，可知这美人不是独自一人，她是结伴春游，在芳洲上采香草，拾翠羽。古代女子常在春季到郊外拾野鸟的各色羽毛，采各种香草。曹植《洛神赋》有"或采明珠，或拾翠羽"之句，写出洛水众女神之美，词人也正是借用此意，为汀洲之女增色。

"如解凌波，泊烟渚春暝"，是写两个美人登上自己的船，并停泊洲边，在水边过夜。"凌波"即踩水而行。曹植《洛神赋》用"凌波微步，罗袜生尘"描绘洛神水上微步的轻盈体态。在晚霞辉映下，寂静的洲渚上，忽的出现了这一双美人，词人在凝望的同时，也不禁产生了美丽的幻觉，俨然是"翩若惊鸿，宛若游龙"的凌波女神。这不仅细致地写了洲上女子的美，而且把词人的欣喜、惊愕，以至倾慕的心理也表现出来。上片结句一方面把一整天情节的铺叙加以收束,日落春暝,美人回到船上,词人也该歇息了。另一方面,又用"烟"字,为江滨洲边刷上一层烟水凄迷的朦胧色彩,为下片抒发幽思忧愁之情,做好铺垫。

过变"彩绦朱索新整",写美女回到船上,在一天的"撷香拾翠"之后,换妆梳洗,以更娇丽的容颜出现。"彩绦朱索",指五颜六色的彩带,是女子的装饰物,这里是以偏概全,泛指美人身上的衣饰。

随着时间的流逝,夜亦稍深,人们已经入睡,画船风定,万籁俱寂,好像只有词人还在静思。此时琵琶声忽起,划破寂静的夜空。"金凤响双槽",以"金凤"代指琵琶。乐史《杨太真外传》:"妃子琵琶逻逤檀,寺人白季贞使蜀还献。其木温润如玉,光耀可鉴。有金缕红文,蹙成双凤。"故苏轼《宋叔达家听琵琶》诗云:"半面犹遮凤尾槽。""槽"是琵琶上架弦的格子,"响双槽",表明是两把琵琶同时弹奏。切题《舟中闻双琵琶》。在这优美的乐声里饱含着今古幽思,人物的精神境界显得高雅深沉。又用"谁省"一词,反跌出只有自己是知音的深意,把自己与琵琶女的关系推进一层,有"相逢何必曾相识"的意味。

"玉盘大小乱珠迸",由白居易《琵琶行》"大珠小珠落玉盘"句化来,视觉形象与听觉形象并举,形象地表现了音乐旋律的跌宕起伏,高昂处如急风暴雨,低回处如儿女私语,令人耳不暇接。人物的感情时而慷慨激昂,时而低回婉转,皆随乐声起伏,曲曲传出。乐声已至高潮,然又戛然而止,词人对音乐形象的描绘也暂收束。船上一片岑寂,在无声的境界里,给读者留下了涵咏玩味的余地。

"酒上妆面,花艳眉相并。"先要说明的是在这二句前,诸如相逢知己、隔船相邀等细节都已省略,径直从借酒相慰写起。"酒上妆面",是说琵琶女已带醉意,面颊被酒晕得绯红,故下句用"花艳"形容其醉美之态。借酒浇愁愁更愁,于是双眉"相并"。"相并"意即紧锁,表明愁怀不释。对醉态愁容的描写,形神兼备,极其工巧。

既然愁怀未释,欣逢知己,欲一吐为快,于是重奏一曲,词人亦得"重听"。

"汉妃一曲",用王昭君远嫁匈奴,马上弹琵琶故事。晋石崇《王明君辞序》已言之:"昔公主嫁乌孙,令琵琶马上作乐,以慰其道路之思;其送明君,亦必尔也。"唐人诗中亦屡及此,如刘长卿《王昭君歌》:"琵琶弦中苦调多,萧萧羌笛声相和";李商隐《王昭君》:"马上琵琶行万里"。"一曲"也兼指以昭君出塞故事谱写的琴曲《昭君怨》。这也可以说是"今古幽思"的具体内容。其中也寄托着琵琶女的离乡背井、流落江湖的身世之感。

结句"江空月静",以空廓沉静的月夜,烘托出音乐的魅力。如泣如诉的昭君怨曲,把听众带进了哀愁的境界,相对无言,月夜格外的沉寂,留下了无穷的余味,让读者细心体会。这词境显然是从钱起"曲终人不见,江上数峰青"化出。

这首词在写法上受白居易《琵琶行》的影响甚大,但作者并没有一味摹仿,而是另出新意。在艺术上除了善于炼字炼句之外,在体裁上采用慢词形式,以铺叙的写法,把春郊月夜、柳花烟渚,以及在此背景上活动的人物,描画得有神有形,栩栩如生。可以说,对慢词这一艺术形式的发展,对铺叙手法在词中的运用,作出了贡献,开了风气之先。

(周满江)

画　堂　春　　　　　　　　　　　张　先

外湖莲子长参差,霁山青处鸥飞。水天溶漾画桡迟,人影鉴中移。　　桃叶浅声双唱,杏红深色轻衣。小荷障面避斜晖,分得翠阴归。

此词写乘船游湖之美。时间是暑天,地点在江南,江南多湖。词人张先是江南湖州人,又在江南作过官,晚年归宿也在江南。

上片主写湖山之美。"外湖莲子长参差",起句开门见山,直入湖景。江南湖泊往往是重重相连。外湖指近湖。当外湖长满莲蓬的时候,远远望去,高低参差,错落有致,比起荷花盛开,那光景又别有一番风味,正是游湖的好时光呢。下句展开远景。"霁山青处鸥飞。"天放晴了,雨洗过后的青山,格外的青。正是在那青山映衬之间,几点翩飞的白鸥,显得格外的白。多么令人悦目爽心的风光啊! 空气澄鲜,心旷神怡,那不消说了。大自然感召着人深入她的怀抱。"水天溶漾画桡迟。"画桡,指画船。迟,谓缓行。词人俯仰上下,上下天光,水涵着天,天连着水,水天溶溶漾漾,融而为一。游湖之人,陶醉了。于是,任画船在水中缓缓地行。在这样美好的大自然里,人有时忘却自己,有时却又以自己为中心,是江山风月的主人。清莹的湖面正好是一面镜子,照出自己的存在。"人影鉴中移。"人在船上,船在水上,水面如镜,人影在镜里移动。好一派光明澄澈的境界!

下片主写歌女之美。不过,不是描写其容貌之美,而是描写其性灵之美。如果此时不是这样,便俗。"桃叶浅声双唱"与"杏红深色轻衣"两句为对仗,一写其歌声,一写其衫色。桃叶,本是晋代王献之妾之名。献之笃爱桃叶,曾作《桃叶歌》歌之,传其辞云:"桃叶复桃叶,渡江不用楫。但渡无所苦,我自迎接汝。"南朝陈时,江南盛歌之。见《乐府诗集》卷四十五《桃叶歌》题解。词上句以"桃叶浅声"写所唱,此"桃叶"即《桃叶歌》,非指人而言。歌声轻婉,故曰"浅声",女伴同唱,故曰"双唱"。唐王建《宫词》云:"半夜美人双唱起,一声声出凤凰楼",可证。

此句写船上的一对歌女双双唱起了轻柔宛转的歌声。试想,歌声悠扬在天光水色之间,多么美。很自然地,这位歌女便给词人留下了深刻的印象:"杏红深色轻衣"。青山绿水,上下天光之间,歌女杏红的衣色,自然显得格外的深。深,足见词人印象之深。词人写歌女之印象,不写其容貌而写其衣著,正是"韵高"而脱俗的体现。(《能改斋漫录》卷十六引晁补之语:"子野韵高。")晏几道《临江仙》词云"记得小蘋初见,两重心字罗衣",正可与此句相互发明。这时正当暑天,故著轻衣。然而,词人印象更深的还是:"小荷障面避斜晖。分得翠阴归。"暑天,斜晖犹热,所以歌女采得一枝荷叶遮面。荷叶虽小,可是当乘船一路归去时,词人却感觉到,好像自己也分得了她手持的荷叶的一份绿阴凉意。这是错觉,但是极美。小荷障面之姿态,很美。分得翠阴之感受,也很美。因为这都是天真的体现。

　　这是一首纯美的词作。自然美与女性美交相辉映,而融为一境,是这首词突出的艺术特色。同时,词中也体现了词人对美的深刻感知和纯真性情。人为万物之灵。女性秉天地之灵气,有其特美。中国文化虽不像西方文化那样张扬崇拜女性美,但实际上真正尊重、理解女性之美。中国文学自《诗经》起,便重视描写女性形象。至宋词,女性形象遂演进成为词体文学之优势意象。不过,中国文化之重视女性美,尤能重视其内美,如性灵之美。此词写出歌女在天光水色之间的清歌妙发,一姿一态,实际上都表现出其天真自然的性灵。盈天地之间,有众美焉。有大自然之美,也有女性之美。灵心锐感的词人,在游湖这一赏心乐事中,既感受到了大自然的美,也感受到了女性的美,于是将其感受化为词中一境。词虽小,却很美。

　　　　　　　　　　　　　　　　　　　　　　　　　　　　　　(邓小军)

浣 溪 沙 　　　　　　　　　　　　　　　张　先

楼倚春江百尺高,烟中还未见归桡,几时期信似江潮?
花片片飞风弄蝶,柳阴阴下水平桥,日长才过又今宵。

　　张先有诗人的敏感,善于捕捉形象,创造意境,表现"心中事,眼中泪,意中人"。这首写闺思的词就有这一特点。

　　词的首句写闺妇登高之所就提到"春江",词的下片又写到繁花飘飘,柳树成阴,点明故事发生在暮春。李白《忆秦娥》写的是陆路望归;温庭筠《梦江南》(梳洗罢)写的已是水路望归,但与此词境界不同。张先着眼于登高远望,故突出楼高百尺。一座高楼临江而立,所以用了一个"倚"字,指示位置。这位思妇正在凭栏眺望,尽管她思念心切,但江上还不见丈夫乘船而归。"烟中还未见归桡（ráo）"之"烟"，指江上的水气。桡即划船的桨，文学作品中常代指船。江上水气弥漫，白帆片片，由远而近驶来，她努力辨认，但都不是她所盼的那只归舟。失望之余，她埋怨起他来，觉得他还不如江潮有信。潮涨潮落是有定期的，所以李益乐府诗《江南曲》说："嫁得瞿塘贾，朝朝误妾期。早知潮有信，嫁与弄潮儿。"丈夫没有如约归家，她哪能不失望呢？她的性格和李益诗中所写民间女子的泼辣不同，她说不出悔不"嫁与弄潮儿"的话。从"几时期信似江潮"来看，她并不绝望。上片结句虽只七个字，但却表现了她幽怨与期待的复杂心理。

下片共三句，有两句写景，似乎离题，而艺术效果却不然，这两句以景传情，仍然是表现那个妇女的思念之情的。那景是她倚楼而望之景，季节的变化，更强化了她的殷切思念。她和丈夫分手时可能是一个春天，也可能曾约定春日重聚，谁知春天又一次来了，却不见人影。还可能离别之日更长，经过了一个又一个春天，眼前春天又将过尽，教她如何不苦恼呢？"花片片飞风弄蝶，柳阴阴下水平桥"，是写暮春的对偶句，有鲜明的衬托效果。上句写春归，不用平直之笔，而极写花落之状，形容它们在风中飞舞，像蝴蝶相戏似的。"弄"，戏弄，指相戏。读至此不能不产生"流水落花春去也"的感叹。下一句的"阴阴"，形容柳阴幽暗的样子，和初春柳芽初吐远望如烟的景色不同。整句说绿柳阴浓，长条拂水，雨后新波与桥面相平。这感受使凭高凝望的妇女十分悲伤。"日长才过又今宵"，是从白天写到夜晚，是一声压抑已久的喟然长叹，它是说漫长的白昼好容易才挨过去，却又迎来了寂寞难耐的夜晚，行文至此，已把度日如年的离别之苦写得含蓄而又深沉了。

（吴庚舜）

惜　琼　花　　　　　　　　　　　张　先

汀蘋白，苕水碧。每逢花驻乐，随处欢席。别时携手看春色。萤火而今，飞破秋夕。　　　汴河流，如带窄。任身轻似叶，何计归得？断云孤鹜青山极。楼上徘徊，无尽相忆。

这是一首怀人思归之词。一起五句，倒叙昔日游春、欢宴和别离的情景。首二句以当日春景起兴，兼点时令、地点。"苕水"即苕溪，在作者家乡浙江吴兴。苕溪一带，向以风光秀美著称。词写故乡春色，独取白蘋、碧水等色调鲜明的景物，组成一幅明丽的画面：汀上蘋花盛开，洁白似雪；苕溪青波涟涟，水色如碧。"白""碧"二字，设色浓淡相宜，点染出江南的无限春意，令人想见"汀洲采白蘋，日暖江南春"（柳恽《江南曲》）的诗意。三、四句因景及人，着意描绘昔日当此良辰美景,徜徉于花前,寄情于山水,陶醉于筵席的种种赏心乐事。两句中"每逢"从时间上说,"随处"从空间上说,强调时时处处,逢花则乐,遇席则欢,以此提挈笔势,推进感情,其纵情游赏的怡然之乐,溢于纸外。接着用"别时携手看春色",挽住对旧游的追忆。由欢会而别离,词情因之一转。在结构上,此句承上启下,暗中转折,直跌出上片煞拍处的"萤火"二句。昔日的故乡欢会,忽成今日的异乡独处;记忆中的旖旎春光,忽成眼前秋夕流萤的惨淡景象。转瞬之间,情景陡变。统观上片,前五句复呈潜藏于心灵深处的情绪记忆,虚景实写,层层开宕;后二句由昔而今,落到现况。通过景物色调、环境气氛的激射对比,实现今昔生活的巨大变异。

　　换头"汴河流,如带窄"两句是凭高目击之景,但情缘景生,融情入景。汴河如带,蜿蜒远去;滔滔河水,载着绵绵乡思,长流不尽。将流水与乡思关合,是词人常用的表现方式。如"思随流水去茫茫,兰红波碧忆潇湘。"(孙光宪《浣溪沙》)"惟有长江水,无语东流。"(柳永《八声甘州》)这里"汴河"两句,同样寄情于流水。流水滔滔,情思悠悠,构成流水不息,思乡不已的意境。底下"任身轻似叶,何计归得?"正是即景而生的无限盼想。波上之叶,本与水俱往,叶随水去,可漂流到日思夜想的家乡。但作者说即使河如带窄,身轻似叶,仍难归去,则更深一层地写出欲归不得,徒生幻想的凄苦情怀。接着转换笔锋,由俯视写到仰观。作者望乡心切,凝神远眺,然而望尽寥廓的天宇,唯见断云悠悠飘浮,孤鹜渐渐远去;天之尽头,更有一抹青山,遮住望眼。从全词看,此句造境尤高远阔大。前人论词,有"词于清丽圆转中,间以壮阔之句,力量始大"(沈祥龙《论词随笔》)之说。这是由于词中所展拓的境界愈阔大,所引逗的情思往往愈绵邈深长。在这句中,云是飘浮无依的"断云",鹜是离群失所的"孤鹜",以此映衬自己的飘零身世和孤寂处境,可谓妙合无垠。而天之尽头的青山远影,则给人以归路迢迢、归期渺茫之感。词末由凭高临眺之景,自然过渡到凭高临眺之人。煞拍"无尽相忆"一句,极有感情分量。"相忆"二字,遥顾上片一起五句的内容,颇有柳宗元《酬曹侍御过象县见寄》中"春风无限潇湘意,欲采蘋花不自由"的那种相思而不能相见的惆怅。回首昔日,欢宴难再,往事成空;思想眼前,楼上徘徊,归思难收。全词以徘徊楼上,"望尽天涯路"的自我形象作收,结得凄惋,含有不尽的余味。

　　前人认为,张先词在结构上多"无大起落"(周济《宋四家词选目录序论》)。这首《惜琼花》,却能以收拢纵开之笔来转换时间、空间,层层展示流转在节序交替和情事变故中的怀人思归之情。词中,昔日故乡春光,何等艳丽,今日异乡秋色,何等萧索;昔日纵情宴游,何等意气,今日独倚危楼,何等消沉。全词放笔写昔,收笔写今,通过今昔对比的结构布局,由昔而今的纵向剖示,加强心理的纵深感,引导读者步入那交织着悲与欢、哀与乐的精神领域。　　　　（顾伟列）

青　门　引　　　　　　　　　张　先

　　乍暖还轻冷,风雨晚来方定。庭轩寂寞近清明,残花中酒,又是去年病。　　楼头画角风吹醒,入夜重门静。那堪更被明月,隔墙送过秋千影。

　　南宋吴文英作词,论者谓其善于表现锐敏尖新的感觉。其实早在北宋,张先已在这一艺术造诣上导其先路。这首小词可以为证。

　　起笔二句,写自己对春天气候的感触。短短一天里,天气发生了频繁的变化。“乍暖”,见得是由春寒忽然变暖。“还”字一转,引出又一次变化:风雨忽来,轻冷袭人。虽说春天之冷,较冬日为“轻”,但这“冷”是紧接“暖”而来,所以格外容易感觉。轻寒的风雨,一直到晚才止住了。词人感触之敏锐,不但体现在对天气变化的频繁上,更体现在天气每次变化的精确上。天暖之感为“乍”;天冷之感为“轻”;风雨之定为“方”。遣词精细确切,都暗示着如鱼饮水冷暖自知的意蕴。大自然与人生常有相通之处。人们对自然现象变换的感触,最容易暗暗引起对人事沧桑的悲伤。李清照《声声慢》说:“乍暖还寒时候,最难将息”,也正是此意。“庭轩”一句,由天气转写现境,并点出清明这一气候变化多端的特定时节。如果说前两句所写种种感触,还是属于身体的感觉;那么,这“寂寞”之感就进而属于内心的感受了。怀旧伤今,已见于言外。歇拍二句,层层逼出主题。春已迟暮,花已凋零,自然界的变迁,象喻着人事的沧桑,美好事物的破灭,种下了心灵的病根,此病无药可治,唯有借酒浇愁而已。“举杯销愁愁更愁”,醉了酒,失去理性的自制,只会加重心头的愁恨。更使人感触的是这样的经验已不是头一遭。去年如此,今年又是如此。愁与年增,情何以堪?

　　换头承醉酒之后而来。“楼头画角风吹醒”,兼写两种感觉。凄厉的角声,轻冷的晚风,使酣醉的人清醒过来。黄蓼园云:“角声而曰风吹醒,醒字极尖刻。”(《蓼园词选》)实际上“吹”字也尖刻。角声催醒不曰惊而以风吹之吹兼写,这一吹字便沟通了角声之惊耳与晚风之刺肤的不同感觉。“醒”,表现出角声晚风并至而醉人不得不苏醒的一刹那间反应,同时也暗示酒醉之深和愁恨之重。伤心人在醒了的时候自是痛苦,“入夜”一句,即以现境象征痛苦的心境。夜的降临,象征心情的更加黯然,更加沉重。而重重深闭的院门更象喻着不得开启的心扉。

结笔二句更指出重门也阻隔不了触景伤怀。溶溶月光居然把隔墙的秋千影子送过来。黄蓼园又云："末句那堪送影，真是描神之笔，极希微窅渺之致。"月光下的秋千影子是幽微的，描写这一感触，也深刻地表现词人抑郁的心灵。"那堪"二字，揭示了结笔着重在为秋千影所触动之怀。是不是所怀者竟与秋千有不解之缘呢？并未道破，这就愈增尾声幽渺的意味。

　　总之：贯串这首词的是双管齐下描写触物与感怀。通过视觉、听觉以至肤感等作种种敏锐尖新的描写，暗示了人物多愁善感的心情。由于以层层感触及暗示造境，故词境层层翻进，终至"极希微窅渺之致"。沈际飞云："怀则自触，触则愈怀，未有触之至此极者"。（《草堂诗馀正集》）对这首词的表现特征，作了相当准确的概括。

　　　　　　　　　　　　　　　　　　　　　　　　　　　　（宛敏灏　邓小军）

满　江　红　　　　　　　　　张　先

飘尽寒梅，笑粉蝶游蜂未觉。渐迤逦、水明山秀，暖生帘幕。过雨小桃红未透，舞烟新柳青犹弱。记画桥深处水边亭，曾偷约。　　多少恨，今犹昨；愁和闷，都忘却。拚从前烂醉，被花迷著。晴鸽试铃风力软，雏莺弄舌春寒薄。但只愁、锦绣闹妆时，东风恶。

　　此词是追念旧日爱情之作。

　　起二句写春的萌动讯息。寒梅飘尽，即早春来临之时。她是悄悄来的，似乎是不期然而至，所以连最殷勤、最爱热闹的粉蝶游蜂也未曾察觉。早春之来谁先知呢？下一"笑"字，就分明道出自己先知，是初恋的人先万物而感觉得春意。以下五句，词笔随时序的渐次推移，描绘春光的渐次明媚。渐渐地水蓝了，山绿了；大地回春，人家里也开始感到融和的淑气。浴雨的小桃初放，色泽尚未殷红；紫烟的新柳才青，长条还很纤细。这里，表面写景，实际是以小桃、弱柳喻人。初春最具有魅力，也是最富于希望的时光。就在这样美好的初春里，自己与所爱之人初恋，并且有过难忘的私下相会。画桥深处，水边小亭，寻春的人们可以去与小桃新柳相见，也可以在这里期待着初恋的情人。这样美好的背景，便已暗示出当时约会的美满情况。又两句分别领以"记"字、"曾"字，至此才使读者明白上片所写全是回忆。

　　换头四句，把词笔收回到现在。往日欢爱已经逝去，只留下永无穷尽的怀念，使自己沉湎于犹新的记忆中。常常因为醉心于旧日的美好情境，而忘却了眼前的愁恨凄凉。词写至此，势所必然地又返回到往日。"拚从前"二句，感叹自己那时常心甘情愿地痛饮以至于烂醉，为的是既被容貌所迷，更为出色的歌才倾倒。她的歌声，像晴空的鸽铃，在柔和的春风中荡漾；像娇小的莺雏，在薄寒的春林里弄舌。如此美妙，令人怎得不爱慕钟情？前面借桃柳隐喻其人，这里又喻以娇小的禽鸟，就更为生动。词情至此，已达高潮。作者却在收束处突然转出爱情的悲剧结局，词情从高潮跌入低潮，形成凄怆的尾声。可是作者似乎不忍把话说死，有意写下"但只愁"一语给同情的读者以一线希望。这就与周邦彦同调（昼日移阴）词结句，以"最苦是"领起的效果大有不同。不作肯定语便戛然而止，把东风恶否等问题留给读者去深思，这样不更有余味吗？

　　在北宋词史上，张先是一位承先启后的重要词人。他既善写传统的小令，又努力去创作长调。长调须讲究结构的错综变化，张先在这方面作出了创新、开拓，而为周邦彦等开了先河，此词即其一例。清陈廷焯指出："张子野词，古今一大转移也。……有含蓄处，亦有发越处。"（《白雨斋词话》卷一）试以此词证之：他娴熟地、大量地运用了传统的比兴手法，上片前半多用兴，下片后半多用比。最后还以"东风恶"来比邪恶势力摧残美好爱情。所以，此词自有传统的含蓄之美。又于抒情回忆中展现一个悲剧性的爱情故事，在结构上作了错综变化的安排。如：上片全写回忆；换头转写现在；"拚从前"四句又是回忆恋爱情景；结尾二句则故作不定之词，却暗示这段爱情的悲剧性结局。如依时间顺序，则换头所写之现在，应置于最后来写。词人这样打破时间顺序，错综安排结构，不仅收到了富于情节性、曲折性而引人入胜的效果，更重要的是充分表现了激情的波澜往复。所以，此词又有创新的发越之美。尤其全词将含蓄与发越融为一体，更是天然而无雕饰。陈氏称张词为"适得其中"，是很有见地的。　　　（宛敏灏　邓小军）

【作者小传】

晏　殊

（991—1055）　字同叔，抚州临川（今江西抚州）人。景德二年（1005）以神童召试，赐同进士出身。仁宗时，官至同中书门下平章事兼枢密使。当时名臣范仲淹、富弼、欧阳修和词人张先等，均出其门。卒谥元献，世称"晏元献"。诗属"西昆体"，词风承袭五代冯延巳，闲雅而有情思，语言婉丽，音韵谐和。其《浣溪沙》"无可奈何花落去，似曾相识燕归来"一联，以属对工巧流利著称。有《珠玉词》，词存一百三十六首。

浣　溪　沙　　　　　　　　　　　　晏　殊

一曲新词酒一杯，去年天气旧亭台。夕阳西下几时回？

无可奈何花落去，似曾相识燕归来。小园香径独徘徊。

　　这是晏殊一首脍炙人口的小令。它语言圆转流利，明白如话，意蕴却虚涵深广，能给人以一种哲理性的启迪。

　　"一曲新词酒一杯，去年天气旧亭台。"起句写对酒听歌的现境。从复叠错综的句式、轻快流利的语调中可以体味出，词人在面对现境时，开始是怀着轻松喜悦的感情，带着潇洒安闲的意态的。但边听边饮，这现境却又不期然而然地触发了他对"去年"所历类似境界的追忆：也是和今年一样的暮春天气，面对的也是和眼前一样的楼台亭阁，一样的清歌美酒。然而，在似乎一切依旧的表象下又分明感觉到有的东西已经起了难以逆转的变化，这便是悠悠流逝的岁月和与此相关的一系列人事。于是词人不由得从心底涌出这样的喟叹："夕阳西下几时回？"夕阳西下，是眼前景。但词人由此触发的，却是对美好景物情事的流连，对时光流逝的怅惘，以及对美好事物重现的微茫的希望。这是即景兴感，但所感者实际上已不限于眼前的情事，而是扩展到整个人生，其中不仅有理念活动，而且包含着某种哲理性的沉思。夕阳西下，是无法阻止的，只能寄希望于它的东升再现，而时光的流逝、人事的变更，却再也无法重复。整个上片，实际上和刘希夷《代悲白头翁》"年年岁岁花相似，岁岁年年人不同"的意蕴大体相似，不过表现方式要委婉含蓄得多。

　　"无可奈何花落去，似曾相识燕归来。"这首词的出名，和这一联工巧而浑成、流利而含蓄的对句很有关系，在用虚字构成工整的对仗、唱叹传神方面表现出词人的巧思深情。但更值得玩索的倒是这一联所含的意蕴。花的凋落，春的消逝，时光的流逝，都是不可抗拒的自然规律，虽然惋惜流连也无济于事，所以说："无可奈何"，这一句承上"夕阳西下"；然而在这暮春天气中，所感受到的并不只是无可奈何的凋衰消逝，而是还有令人欣慰的重现，那翩翩归来的燕子不就像是去年曾在此处安巢的旧时相识吗？这一句应上"几时回"。花落、燕归虽也是眼前景，但一经与"无可奈何""似曾相识"相联系，它们的内涵便变得非常广泛，带有美好事物的象征的意味。在惋惜与欣慰的交织中，蕴含着某种生活哲理：一切必然要消逝的美好事物都无法阻止其消逝，但在消逝的同时仍然有美好事物的再现，生活不会因消逝而变得一片虚无。只不过这种重现毕竟不等于美好事物的

浣溪沙（一曲新词酒一杯）　　　　晏　殊

——明刊本《诗馀画谱》

原封不动地重现,它只是"似曾相识"罢了。因此,在有所慰藉的同时又不觉感到一丝惆怅。如果说,上片着重抒写了对不变表象下所包含的变化的感喟,那么下片这一联则进一步抒写了消逝中的重现、重现中的变化,以及词人对这种现象的感受与思索。

"小园香径独徘徊。"末句是在惋惜、欣慰、怅惘之余独自的沉思:在小园落英缤纷的小路上,词人独自徘徊着、沉思着,像是要对所见所感所思来一番深沉的反省与思索,对上述现象的底蕴求得一个答案。或以为这个结尾艺术上不及另一首《浣溪沙》的结尾"不如怜取眼前人",但那一句是即转即收,这一句却是上文的余波,作用不同,写法也就有别。

　　　　　　　　　　　　　　　　　　　　　　　　　　　　　　　　　(刘学锴)

浣　溪　沙　　　　　　　　　晏　殊

小阁重帘有燕过,晚花红片落庭莎。曲栏干影入凉波。

一霎好风生翠幕,几回疏雨滴圆荷。酒醒人散得愁多。

这首词表现的是晏殊这位太平宰相在"酒醒人散"之后,一种索寞怅惘的心情。

上片从写景入手。劈头"小阁重帘有燕过"点出环境与时令。此句看似平淡,实乃传神一笔,有破空而来之势。这匆匆一过的穿帘燕子,莫非是远方使者,给帘内人传递了春将归去的消息。像在平静的水面投下一枚小石,立刻泛起层层波澜。一下子打破了小阁周围宁静的空气,起着沟通重帘内外的作用。阁中人目随燕影,看到"晚花红片落庭莎"。原来时已暮春,庭院满地落红。"晚",一指傍晚,朝花夕谢,形容落花的时间,一指晚春,花事凋零,形容落花的节令。春末多雨,更兼庭中少行迹,满庭莎草已是一派浓绿。"红片"与"庭莎",绿肥红瘦,相映成趣。"曲栏干影入凉波",庭院中池边的曲曲栏干,倒影于池塘碧波之中。"凉波"的"凉"既是时已入暮,池水生凉的真实写照,又何尝不是个中人此时此地的心境凄凉的折光反射?

以上三句写的是帘外景物,从视觉所及落笔。"重帘""过燕""晚花""庭莎""曲栏""凉波"诸意象所组成的画面,其色泽或明或暗,或浓或淡,或动或静,使整个庭院呈现出一片凄清冷落。虽然主人公尚未露面,但他的处境、心曲,已跃然纸上了。

换头两句由帘外转入帘内,从听觉着墨,写阁中人的感受。"一霎""几回"乃互文。虽说是"好风""疏雨",小阁里的人却听得分明,感得真切,可见环境是何等的静，人是多么孤独。上句"翠""生"二字，一为冷色，一为动态，这种化虚为实的描写，把周围的景物写活了，给人以质感。好风入槛，翠幕生寒，孤身独处，岂不难堪？下句"圆荷"即荷钱。疏雨滴在嫩绿的荷叶上，声音本是极细极微，但偏偏阁中人却听得清清楚楚。帘外之凄清冷落如彼，帘内之空虚寂静如此，这一切本是足以生愁了，何况又值"酒醒人散"之后。末句一反前文纯用景语的格局，以情语作结，总束全词。兴起感情波澜，似神龙掉尾，极有跌宕之致。词中主人公的感情发展很有层次，由表及里，由浅入深，曲尽人物的心理变化。

　　吴处厚《青箱杂记》卷五记载："晏元献公虽起田里，而文章富贵，出于天然。尝览李庆孙《富贵曲》云：'轴装曲谱金书字，树记花名玉篆牌。'公曰：'此乃乞儿相，未尝谙富贵者。'故公每吟咏富贵，不言金玉锦绣，而唯说其气象。若'楼台侧畔杨花过，帘幕中间燕子飞'，'梨花院落溶溶月，杨柳池塘淡淡风'之类是也。故公自以此句语人曰：'穷儿家有这景致也无？'"这段话颇能道出晏殊富贵词的独特风格。这首词前五句描写景物重在神情，不求形迹，细节刻画，取其精神深合密契，不在于金玉锦绣字面的堆砌，而在于色泽与气氛上的渲染，故能把环境写得博大高华，充满富贵气象。所以词中所表达的思想既不是伤春女子的幽愁，又不是羁旅思乡游子的离愁，更不是感时闵乱的深愁，而是富贵者的叹息时光易逝，盛筵不再，美景难留的淡淡闲愁。

（黄拔荆）

浣　溪　沙　　　　　　　　　　晏　殊

　　一向年光有限身，等闲离别易销魂。酒筵歌席莫辞频。

　　满目山河空念远，落花风雨更伤春。不如怜取眼前人。

　　这是《珠玉词》中的别调。大晏的词作，用语明净，下字修洁，表现出闲雅蕴藉的风格；而在本词中，作者却一变故常，取景甚大，笔力极重，格调遒上。抒写伤春念远的情怀，深刻沉着，高健明快，而又能保持一种温婉的气象，使词意不显得凄厉哀伤，这是本词的一大特色。

　　"一向年光有限身"，劈空而来，语甚警炼。"一向"，即一晌，一会儿。片刻的时光啊，有限的生命！词人的哀怨是永恒的，那是无法抗拒的自然规律，谁不希望美好的年华能延续下去呢？惜春光之易逝，感盛年之不再，这虽是《珠玉词》中常有的慨叹，而本词中强烈地直接呼喊出来，便有撼人心魄的效果。紧接"等闲"句，加厚一笔。"黯然销魂者，唯别而已矣！"（江淹《别赋》）可是，词中所写的，不是绝国千里的生离，更不是沥泣抆血的死别，而只不过是寻常的离别而已！"等闲"二字,殊不等闲,具见词人之深于情。在短暂的人生中,别离是不只一次会遇到的,而每一回离别,都占去有限年光的一部分,这怎不令人"易销魂"呢? 词人唯有强自宽解:"酒筵歌席莫辞频"。痛苦是无益的,不如对酒当歌,自遣情怀吧。"频",谓宴会的频繁。叶梦得《避暑录话》载,晏殊"惟喜宾客,未尝一日不宴饮,每有嘉客必留,留亦必以歌乐相佐","日以饮酒赋诗为乐,佳时胜日,未尝辄废"。"酒筵歌席",即指这些日常的宴饮。近人或谓是"别宴离歌",非是。这句写及时行乐,聊慰此有限之身。

　　换头二语,忽作变徵之声。气象宏阔,意境莽苍,以健笔写闲情,兼有刚柔之美,是《珠玉词》中不可多得的佳句。两句是设想之辞。若是登临之际,放眼辽阔的河山,徒然地怀思远别的亲友;就算是独处家中,看到风雨摧落了繁花,更令人感伤春光易逝。李峤《汾阴行》:"山川满目泪沾衣,富贵荣华能几时?"词语本此,所感亦大矣! 李商隐《杜司勋》诗又云:"刻意伤春复伤别,人间只有杜司勋。"大晏正不欲刻意去伤春伤别,故要想办法从痛苦中解脱出来。如果我们只把它解释为"就眼前景物,说明怀念之深",或是"风雨惜别",则嫌过于质实了。吴梅《词学通论》特标举此二语,认为较大晏的名句"无可奈何花落去,似曾相识燕归来"胜过十倍而人未之知。吴氏之语虽稍偏颇,而确是能独具只眼。当然,"无可奈何"二语固不失为好句,惜其于貌似自然之中而实不自然,人工雕饰之迹颇露,似伤于尖巧,而"满目山河"二语,"重、拙、大"兼而有之,《珠玉词》中仅此而已。

　　"不如怜取眼前人!"元稹《会真记》载崔莺莺诗:"还将旧来意,怜取眼前人。"本词意谓去参加酒筵歌席,好好爱怜眼前的歌女。作为富贵宰相的晏殊,他不会让痛苦的怀思去折磨自己,也不会沉湎于歌酒之中而不能自拔,他要"怜取眼前人",也只是为了眼前的欢娱而已,这是作者对待生活的一贯态度。

　　本词是《珠玉词》的代表作。词中所写的并非一时,所感的也非一事,而是反映了作者人生观的一个侧面:悲年光之有限,感世事之无常;慨叹空间和时间的距离难以逾越,慨叹对已消逝的美好事物的追寻总是徒劳,在山河风雨中寄寓着对人生哲理的探索。词人幡然感悟,认识到要立足现实,牢牢地抓住眼前的一切。他再三地吟唱:"春光一去如流电。当歌对酒莫沉吟,人生有限情无限。"(《踏莎行》)"不如怜取眼前人,免更劳魂兼役梦。"(《木兰花》)这里所表现的思想,颇类似近世风靡了法国以至欧美的存在主义。本来词意是颇为颓靡的,但词人却把这种感情表现得很旷达、爽朗,具见其胸襟与识度。

　　在章法结构上,这首小令也别具特色。上片三句,一气呵成而又笔意曲折,

"半首中无一平笔"（俞陛云《宋词选释》），把人生短暂、及时行乐的主题突出。过片后，"满目"句紧承"等闲离别"，"落花"句紧承"一向年光"，举出两个事例，补足"有限身"和"易销魂"之意，上下两片便融合无间。末句补足"酒筵歌席"句意，故作排解之语，轻轻宕开，回复主题。全词结构严密，虚实呼应，刚柔相济，以长调章法入于小令中，全词内涵更显丰满。可以说，本词无论在思想内容和艺术手法上，已基本脱出"花间"、南唐的范围了。

（陈永正）

浣 溪 沙　　　　　　　　　　晏 殊

玉碗冰寒滴露华，粉融香雪透轻纱。晚来妆面胜荷花。

鬓亸欲迎眉际月，酒红初上脸边霞。一场春梦日西斜。

此词绝艳，当从"花间"一派衍出。然其丽而不密，婉妙有致，自有出蓝之处。

长夏斜阳欲暮，丽人昼梦方醒。晚妆初罢，酒脸微醺。词人迅速摄下这一摇人心魄的镜头。

首句写室内特定的景物：玉碗中盛着莹洁的寒冰，碗边凝聚的水珠若露华欲滴。古时富贵人家，严冬时把冰块收藏在地窖中，夏天取用，以消暑气。一"寒"字正反衬出室中的热。接着，镜头摇到室中人的身上：她粉汗微融，透过轻薄的纱衣，呈露出芬芳洁白的肌体；晚来浓妆的娇面，更胜似丰艳的荷花。二、三句设喻。用意用语均似"花间"。"粉融"，谓脂粉与汗水融和。不点出"汗"字，正是作者高明之处。若五代牛峤《女冠子》词"粉融香汗流山枕"，便不能给人以美的感受了。"香雪"借喻女子肌肤的芳洁，虽亦古诗词中常用之语，但在本词中却有特殊的意义，它跟"冰寒"句配合，在盛夏中得清凉之意。以"玉""冰""粉""雪"之白，衬托"妆面"之红，上半阕之意始出，写夏日黄昏女子妆罢的情景，真如一幅优美的彩照。

过片后，是两个特写镜头：她那下垂的鬓发，已靠近眉间额上的月形妆饰；微红的酒晕，又如红霞飞上脸边。两句写女子微醉的情态，艳而不俗，细而不纤。古时女子的面饰，有以黄粉涂额成圆形为月，因位置在两眉之间，故词称"眉际月"。李商隐《蝶》诗之三"八字宫眉捧额黄"，似即指此。"欲迎""初上"，形容绝妙。不独刻画之工，且见词人欣赏之情。"月"与"霞"，语意双关。既是隐喻女子的眉和脸，也是黄昏时的实景。我们也可以想象这位美艳的姑娘，晚妆初过，穿着件单薄的纱衣，盈盈伫立，独倚暮霞，悄迎新月。小晏《蝶恋花》词"斜贴绿云新月上，弯环正是愁模样"，似从此化出，而转觉辞费意尽了。

"一场春梦日西斜",读者才恍然大悟,原来上边五句所写的,都是昼眠梦醒后的情景。女子睡起,粉融香汗,重理明妆。"春梦",谓刚才好梦的短暂。慵困无聊,闲愁闲恨,全词之意,至此全出。末句倒装,"日西斜"三字,与上片"晚来"接应。作者别首《踏莎行》词"一场愁梦酒醒时,斜阳却照深深院",用意相近,而本词不落言诠,便自神来气来,同为佳作,未可轩轾也。　　　　　　　　（陈永正）

蝶　恋　花　　　　　　　　　　　　　　　　　　　　晏　殊

槛菊愁烟兰泣露,罗幕轻寒,燕子双飞去。明月不谙离恨苦,斜光到晓穿朱户。　　　　昨夜西风凋碧树,独上高楼,望尽天涯路。欲寄彩笺兼尺素,山长水阔知何处!

在婉约派词人许多伤离怀远之作中,这是一首颇负盛名的词。它不仅具有情致深婉的共同点,而且具有一般婉约词少见的境界寥廓高远的特色。它不离婉约词,却又在某些方面超越了婉约词。

起句写秋晓庭圃中的景物:菊花笼罩着一层轻烟薄雾,看上去似乎在脉脉含愁;兰花上沾有露珠,看起来又像在默默饮泣。兰和菊本就含有某种象喻色彩(象喻品格的幽洁),这里用"愁烟""泣露"将它们人格化,将主观感情移于客观景物,透露女主人公自己的哀愁。"愁""泣"二字,刻画痕迹较显,与大晏词珠圆玉润的语言风格有所不同,但在借外物抒写心情、渲染气氛、塑造主人公形象方面自有其作用。

"罗幕轻寒,燕子双飞去。"新秋清晨,罗幕之间荡漾着一缕轻寒,燕子双双穿过帘幕飞走了。这两种现象之间本不一定存在联系,但在充满哀愁、对节候特别敏感的主人公眼中,那燕子似乎是因为不耐罗幕轻寒而飞去。这里,与其说是写燕子的感觉,不如说是写帘幕中人的感觉——不只是在生理上感到初秋的轻寒,而且在心理上也荡漾着因孤子凄清而引起的寒意。燕的双飞,更反托出人的孤独。这两句只写客观物象,不着有明显感情色彩的词语,表情非常微婉含蓄。

接下来两句"明月不谙离恨苦,斜光到晓穿朱户",从今晨回溯昨夜,明点"离恨",情感也从隐微转为强烈。明月本是无知的自然物,它不了解离恨之苦,而只顾光照朱户,原很自然;既如此,似乎不应怨恨它。但却偏要怨。这种仿佛是无理的埋怨,却正有力地表现了女主人公在离恨的煎熬中对月彻夜无眠的情景和外界事物所引起的怅触的。后来苏轼的《水调歌头》:"转朱阁,低绮户,照无眠,不应有恨,何事长向别时圆?"机杼相类。但苏词清疏豪宕,晏词深婉含蕴,风调自不相同。

　　"昨夜西风凋碧树,独上高楼,望尽天涯路。"过片承上"到晓",折回写今晨登高望远。"独上"应上"离恨",反照"双飞",而"望尽天涯"正从一夜无眠生出,脉理细密。"西风凋碧树",不仅是登楼即目所见,而且包含有昨夜通宵不寐卧听西风飘落树叶情景的回忆。碧树因一夜西风而尽凋,足见西风之劲厉肃杀,"凋"字正传出这一自然界的显著变化给予主人公的强烈感受。景既萧索,人又孤独,似乎接着抒写的只能是忧伤低回之音,但却出人意料地展现出一片无限广远寥廓的境界——"独上高楼,望尽天涯路"。这里固然有凭高望远的苍茫百感,也有不见所思的空虚怅惘,但这所向空阔、毫无窒碍的境界却又给主人公一种精神上的满足,使其从狭小的帘幕庭院的忧伤愁闷转向对广远境界的骋望,这是从"望尽"一词中可以体味出来的。所以这三句尽管包含望而不见的伤离意绪,但感情是悲壮的,没有纤柔颓靡的气息;语言也洗净铅华,纯用白描。气象阔大,境界高远,成为全词的警句。

　　高楼骋望,不见所思,因而想到音书寄远:"欲寄彩笺兼尺素,山长水阔知何处!"彩笺,这里指题诗的诗笺;尺素,指书信。两句一纵一收,将主人公音书寄远的强烈愿望与音书无寄的可悲现实对照起来写,更加突出了"满目山河空念远"的悲慨,词也就在这渺茫无着落的怅惘中结束。"山长水阔"和"望尽天涯"相应,再一次展示了令人神远的境界,而"知何处"的慨叹则更增加摇曳不尽的情致。

　　这首词的上下片之间,在境界、风格上是有区别的。上片取境较狭,风格偏于柔婉;下片境界开阔,风格近于悲壮。但上片于深婉中见含蓄,下片于广远中有蕴涵,前者由于表现手法的婉曲,后者由于艺术的概括,全篇仍贯串着意象虚涵这一总的特点。王国维借用词中"昨夜"三句来描述古今成大事业、大学问的第一种境界,虽与词作的原意了不相涉,却和这三句意象特别虚涵,便于借题发挥分不开。

(刘学锴)

清 平 乐

晏 殊

金风细细,叶叶梧桐坠。绿酒初尝人易醉。一枕小窗浓睡。
紫薇朱槿花残。斜阳却照阑干。双燕欲归时节,银屏昨夜微寒。

　　这首词的特点是风调闲雅,气象华贵,二者本有些矛盾,但词人却把它统一起来,形成表现自己个性的特殊风格。晏殊以相位之尊,间为小歌词,得花间遗韵。刘攽《中山诗话》说:"元献尤喜冯延巳歌词,其所自作,亦不减延巳乐府。"也就是说他的词风酷似冯延巳。但从这首词来看,它的闲雅风调虽似冯词,而其华贵气象倒有点像温庭筠的作品。不过温词的华贵,大都表现在词藻上的镂金错彩,故王国维以"画屏金鹧鸪"状其词风。晏词的华贵却不专主形貌,而在于精神。"每吟咏富贵,不言金玉锦绣,而惟说其气象,若'楼台侧畔杨花过,帘幕中间燕子飞','梨花院落溶溶月,柳絮池塘淡淡风'之类是也。"(见吴处厚《青箱杂记》)这首词中所写的风情,正与上举两例相似。它所塑造的形象,借用晁补之评论其子晏几道词的话说,一看就知道"不是三家村中人",而是一个雍容闲雅的士大夫。

词的上片是写酒醉以后的浓睡。起首二句在写景中点明时间,渲染环境。金风,即秋风。《文选》张协《杂诗》"金风扇素节"李善注曰:"西方为秋而主金,故秋风曰金风也。"此时庭院内是西风落叶,画堂中的词人因饮了绿酒,一会儿便醉眠了。用笔轻灵,色调淡雅,语气仿佛在与一位友人娓娓而谈。其中两组叠字,首尾相接,音律谐婉。以"细细"状金风,就没有秋风惯有的那种萧飒之感,而显得平静、悠闲。以"叶叶"这两个名词连用,就在读者面前展开一片片叶子飘落的景象,并使你感到很有次序,很有节奏。向来写梧桐经秋都是较为凄厉的,如温庭筠《更漏子》:"梧桐树,三更雨,不道离情正苦。一叶叶,一声声,空阶滴到明。"李煜《乌夜啼》:"寂寞梧桐深院锁清秋。"经过一代又一代词人的染笔,以至于使人一听到秋风吹拂梧桐,就产生凄凉况味。而像晏殊写得如此平淡幽细的,却极为少见。下面"绿酒"一句,因为用了"初"字和"易"字,就觉得他的酒量不大,浅尝辄醉,也是淡淡的一笔。然后词人才用了较重的笔墨:"一枕小窗浓睡。""绿酒"句点出"浓睡"的原因,是陪笔,"一枕"句才是此片的主意。小饮何以"易醉"?浅醉何得"浓睡"? 原来词人有一点淡淡闲愁,有愁故醉易,愁浅故睡浓。此意于下片见之。

如果说上片是从昨晚的醉眠写起,那么下片则是写次日薄暮酒醒时的感觉。词人一醉就睡了整整一个昼夜,睡极浓矣。浓睡中无愁无忧,酒醒后是什么样的情绪,他没有言明,只是通过他眼中所见的景象,折射出心情之悠闲,神态之慵怠,而在结句中却仍反映出一点淡淡的哀愁。紫薇,夏季开花;朱槿,夏秋间吐艳。上片说金风吹得梧桐叶坠,显然是秋天了,所以词人从小窗望出去,这两种花都已凋残。值得注意的是:前片的梧桐叶坠,为耳中所闻;后片的两种花残,乃眼中所见。词人正是通过对周围事物的细微感觉,来表现他此际的情怀。"斜阳却照阑干", 紧承前句, 描写静景。晏殊在另一首《踏莎行》中云:"一场愁梦酒醒时, 斜阳却照深深院。"词境相似。却者, 正也, 说举目望去, 斜阳正照在阑干上, 颇有陶渊明"悠然见南山"的意味, 然而所见者乃是残花, 是斜阳, 表现了词人此时无可奈何的心境。

日暮了, 斜阳正照着阑干, 正是"双燕欲归时节"。此意平平说来, 似不相干语、没要紧语。可是词不比诗, 它往往用这样的语言来调和气氛, 缓冲节奏, 烘托情感。吴衡照《莲子居词话》云:"言情之词, 必借景色映托, 乃具深婉流美之感。""燕子欲归", 乃系景语, 它对下句"银屏昨夜微寒", 正好起了一个铺垫和烘托的作用。双双紫燕即将归巢了, 这个景象便兴起词人独居无憀之感, 于是他想到昨夜酒醉后原是一个人在独宿。一种凄凉情绪、淡漠愁情, 不禁流于言外。但他不用"枕寒""衾寒"那些用熟了的字面, 偏偏说屏风有些微寒。寓情于景, 含蓄蕴藉, 令人低徊不尽。

这首词除了"绿酒""银屏"是富贵语外, 大都写得比较清新。它的华贵气象完全融合在闲雅的风调之中, 正如上面所举的"楼台侧畔杨花过, 帘幕中间燕子飞"那样。通篇出之以平淡之笔, 和婉之音, 声调自然, 意境清幽, 虽承花间余绪, 却能自成一格。这是跟词人的地位与涵养密切相关的。　　　　　　　　　（徐培均）

清 平 乐　　　　　　　　　　　　　　　　　　　　晏　殊

红笺小字, 说尽平生意。鸿雁在云鱼在水, 惆怅此情难寄。

斜阳独倚西楼, 遥山恰对帘钩。人面不知何处, 绿波依旧东流。

这是一首怀人之作。上片抒情。起句"红笺小字, 说尽平生意"语似平淡, 实包蕴无数情事, 无限情思。红笺是一种精美的小幅红纸, 可用来题诗、写信。词里的主人公便用这种纸, 写上密密麻麻的小字, 说尽了平生相慕相爱之意。显然, 对方不是普通的友人, 而是倾心相爱的知音。

信写成了, 接着三、四句便抒发无从传递的苦闷。古人有"雁足传书"和"鱼传尺素"的说法, 前者见于《汉书·苏武传》, 后者见于古诗《饮马长城窟行》(客从远方来), 是诗文中常用的典故。作者以"鸿雁在云鱼在水"的构思, 表明无法驱遣它们去传书递简, 因此"惆怅此情难寄"。运典出新, 比起"断鸿难倩"等语又增加了许多风致。

托书不成, 唯有借景纾忧。因而过片便由抒情过渡到写景。"斜阳"句点明时间、地点和人物活动, 红日偏西, 斜晖照着正在楼头眺望的孤独的人影, 景象已十分凄清,而远处的山峰又遮蔽着愁人的视线,隔断了离人的音信,更加令人惆怅难遣。"远山恰对帘钩"句,从象征意义上看,又有两情相对而遥相阻隔的意味。倚楼远眺本是为了纾忧,如今反倒平添一段愁思,从抒情手法来看,又多了一层转折。

结尾:"人面不知何处,绿波依旧东流。"用崔护《题都城南庄》诗句:"人面不知何处去,桃花依旧笑东风"之意,略加变化,给人以有余不尽之感。绿水,或曾映照过如花的人面,如今,流水依然在眼,而人面不知何处,唯有相思之情,跟随流水,悠悠东去而已。

这首词写的是一般的离愁别恨,内容并不新奇,但由于抒情婉曲细腻,用语也相当雅致,体现了作者"闲雅而有情致"的艺术风格,故历来为人传诵。例如"斜阳独倚西楼,遥山恰对帘钩"二句,单从景象来看,词中主人公似乎处于一种极度宁静的状态,外界不存在任何刺激,内心也没有一丝波澜。然而,联系上下文一读,便不难体会到这种表面上的相对静止,正蕴藏着深沉难言的感情浪涛。斜阳、遥山、人面、绿水、红笺、帘钩,出语平淡,而蕴意深挚,写艳情而不艳,写哀愁而不哀,闲雅从容,挚而不刻,故晏小山云:"先公平日小词虽多,未尝作妇人语也"(《宾退录》卷一引赵与峕语)。所谓不作"妇人语",乃言皆自抒己情,不摹拟女子口吻,此词亦然。

(蒋哲伦)

采 桑 子　　　　　　　　　　　　　　　　　晏 殊

时光只解催人老,不信多情,长恨离亭,泪滴春衫酒易醒。
梧桐昨夜西风急,淡月胧明,好梦频惊,何处高楼雁一声?

这是晏殊一首脍炙人口之作。短短四十四个字,写出人生一种深沉的感慨。音节如此嘹亮,情感如此郁勃,真像听到天际的雁唳。虽然是那样短促的数声,却悲凉凄紧,盘旋回荡,使你的心情无法立刻平息下来。不过它虽然使你沉思,惹起你一缕闲愁,却不会使你觉得透不过气。它那强力震撼的幅度,恰好维持在你情感能容纳的宽度之内,因而你的感动是在情感的振幅之内回荡。它引起你深深的赞叹,使你浮起对人生的许多联想,正如一杯真正醇美的酒给你产生的魅力。

"时光只解催人老"——这是每一个珍惜时光的人同样都有的感受。看似平常,细想起来,所谓"时光",到底是怎么回事?它除了每时每刻催人老去,还有别的什么意义呢?词人一入手就端出"时光"这个问题逼到人们眼前,逼着人们不能不点头承认：这是无可奈何的事实。这样就先把读者的感情有力地调动起来了。

"不信多情，长恨离亭"——人，是宇宙间富有感情的生物，照理，在亲人之间，不应该永远彼此分开，永远在离别之中过日子吧。可是，尽管你不相信事情会如此不妙，事实却又正是如此。再想想吧，人一天天的老下去，又一天天的隔别着。如今，你不相信的不由你不相信了。这又怎能不使人为之慨叹不已？

"泪滴春衫酒易醒"——因为感时光之易逝，怅亲爱的分离，无可开解，只有拿酒来暂时麻木一下自己；然而不久便又"泪滴春衫"，可见连酒也不能使自己暂时忘却烦恼。

以上几句，三层抒发，一层比一层迫紧。惊心于时光易逝，这是一。想不到有情人长期隔别，这是二。企图忘却而又不能忘却，这是三。三层意思，层层相扣，层层拉紧，把读者投入强烈的心情震荡之中。

于是，在下片，词人进一步给你以更具体更浓密的形象，使你的心灵震荡达到最高的频率。

"梧桐昨夜西风急，淡月胧明"——已经是"泪滴春衫酒易醒"，忽然西风飒飒，桐叶萧萧，一股凉意直透人的心底。抬头一看，窗外淡淡月色，朦胧而又惨淡，仿佛它也受到西风的威胁。

"好梦频惊"——这好梦，是离人的重逢？是生活的欢乐？是美好事物的幻现？……然而每当希望它多留一霎的时候，它就突然破灭了。而且每当一回破灭，现实的不幸之感就又一齐奔集而来。此时，室外的各种音响，各样色彩，以及室中人时光流逝之感，情人离别之痛，春酒易醒之恨，把刚才的好梦全都打成碎片了。这里，"好梦频惊"四字恰似点睛之笔，它一手拉着上面，一手牵起下面，把室中人此际的感受放大成为一个特写的镜头，让人们充分感受其中的沉重的分量。

"何处高楼雁一声"——杂乱的音响、色彩，室中人沉抑的情绪正在凌乱交织之中，突然飞出一声高亢的哀音。这一声哀厉的长鸣，是如此突如其来，使众响为之沉寂，万类为之失色。这是孤雁的哀唤，响彻天际，透入人心，它把室中人的思绪提升到一个顶峰了。这一声代表什么呢？是感觉深秋已经更深吗？是预告离人终于不返吗？还是加剧室中人此时此地的孤独之感呢？不管怎样，它让人们想得很远，很沉，一种惘惘之情使人不能自己。

但总的说来，此词感情悲凉而不凄厉，词人不会让自己沉溺在痛苦之中无法自拔。他在沉思默想,觉悟到要把握住自己的感情,进而更透彻地去理解人生和世界。像此词结句,用意是何等超脱高远,它把感情升华到一个更加明净的境界。

(刘逸生)

喜迁莺　　　　　　　　　　　　　　　晏　殊

花不尽,柳无穷,应与我情同。觚船一棹百分空,何处不相逢。朱弦悄,知音少,天若有情应老。劝君看取利名场,今古梦茫茫。

这是一首赠别词。作者在抒写离情别意之中,寄寓了自己的人生感慨。

起笔从"花不尽,柳无穷"写起,借花柳以衬离情。花、柳是常见之物,它们用绚丽的色彩和美妙的姿容装点大地河山,遍布海角天涯,其数无尽,其广无边。花、柳又与人一样同是生命之物,它们的生长、繁茂、衰谢同人们的生死、盛衰极其相似;"桃之夭夭"(《诗经·桃夭》),"杨柳依依"(《诗经·采薇》),在离合聚散之际,也同样显露出明显的苦乐悲欢。说"应与我情同",是以花柳作比,衬写自己离情的"不尽"和"无穷",宛转地表露了离别的痛苦之深。下面紧接以"觚船一棹百分空,何处不相逢"二句,"觚船"一句出自杜牧的《题禅院》诗,作者这里是强作旷达,故为洒脱,以一醉可以消百愁作为劝解,这是就眼前而言;"何处不相逢",则是以未来可能重聚相慰。在对友人的温言抚慰之中,也反映了作者尽量挣脱离别痛苦的无可奈何之情,但表面上却表现得十分豁达。

下片的"朱弦悄,知音少,天若有情应老",词情一转,正面叙写离别之情。"欲取鸣琴弹,恨无知音赏"(孟浩然《夏日南亭怀辛大》),高山流水,贵有知音,朱弦声悄,是因挚友远去。"调高弦绝无知音"(卢仝《有所思》),一种空虚寥落之感油然而生。"天若有情应老",用李贺句意吐诉了难以抑止的离别哀伤。结拍"劝君看取利名场,今古梦茫茫"二句,是作者对友人的又一次劝解,与"觚船一棹百分空,何处不相逢"相比,两者同是相劝,但内涵上却自不同。前者只就当前离别着眼,以醉饮消愁、今后可能重逢为解,是以情相劝;后者却透过一层,以利名如梦为解,则是以理相劝。这里,隐然表明友人之去是由于利名的牵引,仕途的奔竞,在劝解之中包含着作者自身的感受和体验。晏殊一生富贵显达,长期跻身上层,但朝廷内部的派别倾轧,政治上的风雨阴晴,亲身经历的挫折,不能不使他感到利名场中的尔虞我诈,宦海风波的险恶,人世的盛衰浮沉,抚念今昔,恍然若梦。千古茫茫,沉溺于此梦者不知凡几,而能参悟此梦并能醒醒者又不知能有几人！

　　词旨主在赠别，作者抒写离情的深挚，却不凄楚哀伤，感情温厚平和，从反复的劝解中显示了晏殊词的圆融和理智的特色，由情入理，词情曲折，感慨深沉。

（钟　陵）

撼 庭 秋　　　　　　　　　晏 殊

　　别来音信千里，恨此情难寄。碧纱秋月，梧桐夜雨，几回无寐！　　楼高目断，天遥云黯，只堪憔悴。念兰堂红烛，心长焰短，向人垂泪。

　　大晏词，论者多称其以从容淡雅之笔，写升平富贵之态，音调婉和，神清气远。而此词则似于淡雅闲适之外，渐趋深厚苍凉，反映了作者思想性情沉郁的一面，在《珠玉词》中是较少见的。

　　首两句，即点出主题：自与情人离别以来，音信远隔千里，惆怅的是，这一片深情无从寄去。作者《清平乐》亦云："鸿雁在云鱼在水，惆怅此情难寄。"紧接以景写情：在碧纱窗下，对着皎洁的秋月，或是卧听着淅淅沥沥的夜雨，滴在梧桐叶上——有多少回啊彻夜无眠！"碧纱"句和"梧桐"句，分别代表不同时间、地点、景物，目的是突出"几回无寐"四字。对月、听雨，虽是古诗词中常见之意，用于此处，思与境谐，表现出难以排遣的怀人之情。读者可以联想起李白的《秋风清》："秋风清，秋月明。落叶聚还散，寒鸦栖复惊。相思相见知何日？此时此夜难为情！"也可以联想起温庭筠的《更漏子》："梧桐树，三更雨，不道离情正苦。一叶叶，一声声，空阶滴到明。"词人要表达的思想感情，跟词的字面和意境都浑成一体，调名"撼庭秋"三字所包含的内容也表现出来了。

　　"楼高"三句，从"无寐"意再跌深一层。上片是泛写别后相思之情，下片则实写此时此地的感受：登上高楼极望，只见天空辽阔，层云黯淡，更令人痛苦憔悴。"楼高目断"，另笔提起，与上片"几回无寐"似接非接，文章便有波澜起伏之势。意境是阔大的，感慨是深沉的。悲凉，但不显得凄厉，依然保持着大晏词那种"怨而不怒"的特色——"念兰堂红烛，心长焰短，向人垂泪。"一结三句，是全词最精美之笔。以红烛拟人，古人多有，如杜牧《赠别》诗："蜡烛有心还惜别，替人垂泪到天明。"词人之子晏几道也说："绛蜡等闲陪泪"（《破阵子》）、"红烛自怜无好计，夜寒空替人垂泪"（《蝶恋花》）。同样是使用"移情"手法，以蜡烛向人垂泪表示自己心里难过，但诗人们并没有彼此因袭摹拟，这些诗各自独立起来都是名句。杜牧诗的着眼点在"替人垂泪"而且"有心",大晏词则益以"心长焰短"一语。那细长的烛心和短小的火焰,不正是词人自身的写照么? 心长,也就是情长意长,悠长的思念和悠长的恨! 焰短,暗示着力不从心,暗示着希望的渺茫。词人在深深叹息,他无法扭转人生,无法改变别离的命运。末三句与上片"几回无寐"呼应,景真情足,便觉悱恻缠绵,令人低徊不已。

(陈永正)

少　年　游　　　　晏　殊

> 重阳过后,西风渐紧,庭树叶纷纷。朱阑向晓,芙蓉妖艳,特地斗芳新。　　霜前月下,斜红淡蕊,明媚欲回春。莫将琼萼等闲分,留赠意中人。

在一年的百花之中,晏殊总是偏爱木芙蓉、蜀葵、黄菊等秋花,这些淡雅的花儿,在词人的眼里,却是那样地"妖艳""明媚"(一如唐太宗评论魏征"妩媚"那样),个中当有夫子自道之意。史载,晏殊禀性"刚峻简率",《四库全书总目》评其《珠玉词》又云:"殊赋性刚峻,而词语特婉丽。"大概是这些花的"花品"与词人的"人品"相类吧。

这是首咏木芙蓉之作,在咏物中自有词人的感情在。在那百卉凋残的秋节,而庭中芙蓉花却开得分外妖艳。这凌霜耐冷的花儿,不正象征着人们品节的坚贞高洁吗? 词人特地要把它留赠给自己的意中人,也许别有深意吧。

开头三句,写重阳过后自然景物的变化。西风凄紧,庭叶飘零,渲染出清秋萧索的气氛。紧接"朱阑"三句,作者把笔触陡然一转:在这秋日的清晨,朱红阑干外的木芙蓉却开得非常美艳,像在特地竞吐新芳。词中的芙蓉,指木芙蓉。秋天开白、黄或淡红色花,花在枝梢簇集一处,淡雅美丽。词中以"妖艳芳新"与上文"西风落叶"作比,益见在清秋开放的芙蓉之可贵可爱。

过片后,着意刻画:在清霜中,在明月下,那夭斜的红花、淡黄的小蕊,是多么鲜明美丽,真的要叫春天回转了。三句情景极美。"霜前月下",是泛写芙蓉开放的环境,从另一角度补充"朱阑向晓"句意;"斜红淡蕊",具体而微地写"芙蓉妖艳";"明媚欲回春",是"特地斗芳新"的芙蓉所引起的强烈的感受,它能把萧瑟的秋节化作美好的春天,它温暖了词人的心,并挑动了他的情怀:啊,不要把这美玉般的花儿随便地摘下来,还是留着它赠送给意中人吧! 因花而及人,因人而惜花,花耶? 人耶? 惜花亦惜人也! 结句为点睛之笔。谁能了解词人赠花的深意呢?"意中人"是何许人,甚至是男是女,词中都没有迹象可寻,读者自可各以己

意会之。　　　　　　　　　　　　　　　　　　　　　　　　　（陈永正）

木 兰 花　　　　　　　晏 殊

　　燕鸿过后莺归去，细算浮生千万绪。长于春梦几多时？散似
秋云无觅处。　　　　闻琴解佩神仙侣，挽断罗衣留不住。劝君
莫作独醒人，烂醉花间应有数。

　　晏殊词较少运用"比兴"手法，这首词表面直写感事、抒情，实际似有寄托，比
较特殊。

　　上片，写的是对于青春、对于爱情的细腻的思考。"燕鸿过后莺归去，细算浮
生千万绪。"上句写春光消逝。燕子春天自南方来，鸿雁春天往北方飞，黄莺逢春
而鸣，这些禽鸟按季节该来的来了，该去的也去了，那春光也来过又走了。杜牧
《代人题赠》诗："绿树莺莺语，平江燕燕飞。枕前闻去雁，楼上送春归。"写的是莺
语燕飞的春归时候，这里却是莺燕都稀，更觉怅惘。句中的"莺燕"，兼以喻人。
春光易逝，美人相继散去，美好的年华与美好的爱情都不能长保，这是一种可叹
的客观现象。下句从客观转到主观，说对着上述现象，千头万绪，细细盘算，使人
不能不正视的，正是人生若水面浮沤之暂起，不能持久。这一句承接前一句，又
作为下两句的总冒。下两句："长于春梦几多时？散似秋云无觅处。"用两种形象
来表达它。白居易有《花非花》词云："来如春梦几多时？去似朝云无觅处。"此词
改易数字，旨意不同。这里是写对于整个人生问题的思考，是把美好的年华、爱
情与春梦的短长联系比较，是把亲爱的人的聚难散易与秋云的留、逝联系对照，
内涵广阔，感慨深沉。这种感慨，实质上是对青春和爱情的珍惜的曲折反映，不
是近于虚无。

　　下片起两句："闻琴解佩神仙侣，挽断罗衣留不住。"写一件失去美好爱情的
事，看来是对上片的感慨的具体申述，实际上这件事是产生上片感慨的主要因
素，把它安排在这里，使上下片的关系交互勾连，不是单纯的前后承接，不是单纯
的从一般到个别。闻琴，指汉代的卓文君，她闻司马相如弹琴而爱慕他；解佩，指
传说中的汉皋神女，曾解佩玉赠给郑交甫。句中说像卓文君、汉皋神女这样的神
仙伴侣要离开，挽断她们的罗衣也无法留住。写到这里，作者的感情好像已无法
保持平静，他激动地呼出："劝君莫作独醒人，烂醉花间应有数。"劝人要趁好花尚
开的时候，在花间痛饮消愁。这更有点近于虚无，但仔细想来，这是受到重大刺
激的反应，是对失去美与爱的更大的痛心。这种痛心的程度，恰恰又表现了热爱

生活的程度,也不能简单地归为虚无。这是把词的内容当成直接铺叙的"赋"体来看的。如果联系晏殊的生平来看,又会觉得他不可能有这种苦留不住佳人的遭遇,他写这件事,应该是别有寄托,非真写男女诀别。他寄托的是什么事? 虽然不能肯定得太具体,但又可以找到相当分明的迹象。宋仁宗庆历三年(1043),晏殊任同中书门下平章事(宰相),兼枢密使,握军政大权,是宋朝文武方面最高级的官职。这时候,范仲淹为参知政事(副宰相),韩琦、富弼为枢密副使,欧阳修、蔡襄为谏官,人才济济,盛极一时。范仲淹条陈十事,提出改革朝政的主张,被称为"庆历新政",政治上颇有振作的气象。可惜宋仁宗不能果断明察,又听信反对派的攻击之言,中止改革,韩琦先被放出为外官;第二年,范仲淹、富弼、欧阳修相继外放,晏殊自己也罢相。对于这些贤才的离开朝廷,晏殊不能不痛心,他把他们的被贬,比为"挽断罗衣"而留不住"神仙侣"的事,是很自然的。涉及这样尖锐的政治斗争,晏殊的感情当然要一反常态地激动,他喊出不宜"独醒"、只宜"烂醉",当然是一种愤慨之声,而不是一种虚无的自我麻醉之言了。这可能就是词中的寓意。

这首词,从青春和爱情的消失,感叹美好生活的不常,写情细腻含蓄;又进而寄托着对于贤才受到排挤的现实政治的愤慨,感情比较激动,但表达仍然婉转;情调看似有些消极,实际并不消极,在晏殊词中,是一首优美动人而又有深意的作品。

(陈祥耀)

木　兰　花　　　　　　　　　晏　殊

池塘水绿风微暖,记得玉真初见面。重头歌韵响琤琮,入破舞腰红乱旋。　　玉钩阑下香阶畔,醉后不知斜日晚。当时共我赏花人,点检如今无一半。

在一个初春的黄昏,词人漫步在小园芳径,熟悉的景物——池塘、阑干、香阶……及园中景色——引起他对以往岁月的回忆,鲜明而朦胧,如在眉睫忽而又变得十分遥远,最终只留下一片惆怅。这种伤春伤逝的抒情题材,为词中常见。而大晏此词写法却很有特色,它不是顺序抒写,而是采用前后互见的手法。有明写,有暗示;有详笔,有略笔。上下片词意相互补足而韵味深长。

首句"水绿""风暖"两个细节都暗示出"正是一年春好处"。春天,好风轻吹,池水碧绿,也是花开的季节。花未明写,于下片"赏花"二字补出,读者自知。"池塘水绿风微暖",通过眼观身受,暗示词人正漫步园中;这眼前景又仿佛过去的情景,所以引起"记得"以下的叙写。这一句将"风"与"水"联在一起,又隐隐形成"风乍起,吹皱一池春水"的动人画面,由池水的波动暗示着情绪的波动。

以下词人写了一个回忆中的片断。这分明是春日赏花宴会上歌舞作乐的片断。但他并没有一一写出,与下片"当时""赏花"等语互见,情景宛在。这里只以详笔突出了当时宴乐中最生动最关情的那个场面:"记得玉真初见面。""玉真"即玉人("真"即仙,多用作绝色女子之代称),而"真"比"人"在音韵上更清脆响亮,也更有词采。紧接二句就写这位女子歌舞之迷人:"重头歌韵响琤琮,入破舞腰红乱旋。"这是此词中脍炙人口的工丽俊语。词中前后阕句式音韵完全相同名"重头","重头"就有回环与复叠,故"歌韵"尤为动人心弦。唐宋大曲末一大段称"破","入破"即"破"的第一遍;演奏至此时,歌舞并作,以舞为主,节拍急促,故有"舞腰红乱旋"的描写。以"响琤琮"写听觉感受,以"红乱旋"写视觉感受,均甚生动。"琤琮"双声,"乱旋"叠韵。双声对叠韵,构成语言上的回环之美。这一联虽只写歌舞情态,而未著一字评语,却全是赞美之意。

上片写到"初见面",应更有别的情事,下片却不复写到"玉真"。未尽其言,留给读者去想象。"玉钩阑下香阶畔",点明一个处所,这大约就是当时歌舞宴乐之地罢。故此句与上片若断若联。"醉后不知斜日晚",作乐竟日,毕竟到了宴散的时候。仍似写当筵情事。不过,诗词的黄昏斜日又常常是象征人生晚景的。此句实兼关昔与今。这就为最后抒发感慨作了铺垫。

张宗橚云:"东坡诗'尊前点检几人非',与此词结句同意。往事关心,人生如梦,每读一过,不禁惘然。"(《词林纪事》)此词结句只说"当时共我赏花人,点检而今无一半",丝毫未提"玉真",其实她应包含在"当时共我赏花人"之内。至于她究竟属于哪"一半"? 也没有说,却更耐人寻味。

词的上片说"玉真"而不及"赏花人",下片说"赏花人"不及"玉真",其实是明写与暗示交替而互见,这种写法不惟笔墨省净,而且曲折有味。故末二语比"尊前点检几人非"之句意更深厚一重。

　　　　　　　　　　　　　　　　　　　　　　　　　　　　　(周啸天)

木 兰 花　　　　　　　　　　　　　　　　　晏 殊

　　玉楼朱阁横金锁,寒食清明春欲破。窗间斜月两眉愁,帘外落
花双泪堕。　　朝云聚散真无那,百岁相看能几个? 别来将
为不牵情,万转千回思想过。

　　这一首小令词,写的是一个古老的主题——离愁别恨。对于这个主题,有些

词人写的是强烈的感情：例如柳永《雨霖铃》的"此去经年，应是良辰好景虚设"，使人回肠荡气；秦观《千秋岁》的"飞红万点愁如海"，使人惊心动魄。这首词写的却是另一种情调。

词的抒情主人公，不等于作者晏殊的自我形象，却也深深地打上他的思想性格的烙印。上片"玉楼朱阁横金锁，寒食清明春欲破。窗间斜月两眉愁，帘外落花双泪堕"，写的是一个豪华、优美的环境：玉楼朱阁，有明窗可以赏月，帘外的庭院里种着好花。这不是一个"宜愁宜恨"的环境，相反的却是安适得可以不愁不恨的环境。但情与境的关系也复杂：一般是情随境迁，有时也会是境随情迁。处在这个环境的主人公，由于与心爱的人分别，对着"横金锁"的楼阁，便有人去楼空之痛；寒食、清明时节，春色最浓，却是将残之候。好花有开有落，夜里月光斜照窗间，这些景象也会引起他的愁恨。主人公显然是多情的，但他的感情比较平静，没有像上面的柳词、秦词写得那样激动。上两句从"横金锁"三字已露出可愁之迹。下两句写景与写愁结合，似乎都含有两义：一是斜月照着人的凝愁的双眉，人看帘外的落花，因触动身世之感而双眼落泪；一是天上的一钩缺月和窗里人的愁眉相似，帘外花落也有如帘里人在垂泪。整片词写离愁别恨，却用轻淡之笔，表现情与景的一种幽细、含蓄之美。

上片以写景为主，兼带抒情；下片以抒情为主，兼带议论。起两句："朝云聚散真无那，百岁相看能几个？"朝云，用的是宋玉《高唐赋》中巫山神女"旦为朝云，暮为行雨"的典故，以喻美人；无那，无可奈何。上句说与心爱的美人的聚合离散，都是不由自主、无可奈何之事，这是对于人力有限、无法左右自己的命运和情绪的感叹，是人之常情。下句说的是：面对这种情况，看透了也就不用过分伤感，自寻烦恼。因为自古以来，有几个人能和他的爱人厮守相看到百年呢？这是看透世事，能够超脱常情的议论。这议论是对上面所写的情的否定；词如果结束于此，那就是归结于哲理，表示理智可以轻易地战胜情感。然而下面两句词接着说："别来将为不牵情，万转千回思想过。""将为"与"将谓"通用。主人公以为可以排除离愁别恨的牵缠，结果还是"万转千回"地思念过了。这表明情的力量的顽强，不容易被战胜，而且主人公也不甘心放弃它，又回到对情的肯定。情的顽强，来自对爱的固执；但理智的思考，对主人公似乎也起了作用，使他的感情仍然比较冷静，"哀而不伤"。这里，理与情、肯定与否定，互相渗透着。词的卓越之处，是能把这种复杂的矛盾和渗透，处理得那样单纯，那样明净。

这首词表现的是想否定离愁别恨而终于否定不了的感情，展示了主人公富于理智而又多情的性格。这种性格正是作者晏殊性格的体现。晏殊七岁能文，有"神童"之誉，十五岁以同进士出身进入官场，聪明过人，又久经宦海风波，饱阅人情世故，使他富于理性，能够调节自己的感情；又能比较明智、比较超脱地看待生活。但是这一切，最终没有改变他作为一个出色词人的多情性格。他的生活比较安定，不像那些半生漂泊的词人，有过严重的离别之苦，但以他的敏感和多情，对此还能有较深的体会。他的生活和性格反映到这一首词中的是：明澈的理智与深厚的感情的结合。它不是任情的，也不是纯理智的，但表现出情胜于理，执着过于超脱，从末两句可见，明显地表现晏殊词的特有的婉约的风格美。

（陈祥耀）

诉 衷 情　　　　　　　　　　　　晏 殊

　　青梅煮酒斗时新，天气欲残春。东城南陌花下，逢着意中人。　　回绣袂，展香茵，叙情亲。此时拚作，千尺游丝，惹住朝云。

　　读到这首美妙的小词，我们不由得想起《诗·郑风·溱洧》里描写的情景。暮春三月，城中的男女都到郊外踏青春游。邂逅和爱慕，心灵上的交流，共同的欢乐以及长相厮守的愿望……大晏词中，也颇写丽情，但既不华靡，也不纤佻，虽作艳语，终有品格，在绍继"花间"、南唐的基础上又有自己的创新，真不愧为"北宋倚声家初祖"。

　　又是残春天气，青梅煮酒，好趁时新。首二语闲笔入题。古人在春末夏初时，好用青梅、青杏煮酒，取其新酸醒胃。"斗时新"，犹言"趁时新"。时新，指应时的新异物品。两句泛写，点出天时。"东城南陌"，古诗文中常指游赏之地。如耿湋《寄司空曙李端联句》："南陌东城路，春风几度过。"其后陆游亦有"看花南陌复东阡"之句（《花时遍游诸家园》）。北宋汴京城东，更有禹王台、兴慈塔等胜迹，春秋佳日，游人甚盛。三、四句写自己在春游时，与意中人不期而遇，欣喜之情，溢于言表。上片真率自然，颇有花间词人韦庄的情调。

　　过片三句，描述两人相遇后的情景。"回绣袂"是使动用法。他招呼她转过身来，铺开了芳美的茵席，一起坐下畅叙情怀。是那么亲密无间，是那么殷勤款洽，说明词人跟他的意中人缠绵深长的情爱。女子毫不拘忌，落落大方，她也为这回的邂逅感到高兴。由于歌妓在社会上所处的特殊地位，她们与男子的交往要比所谓大家闺秀们来得随意些，也可以较自由地选择自己真诚爱恋的对象。正由于词人能够跟这位意中人"叙情亲"，所以才勾动了他的非非之想："此时拚作，千尺游丝,惹住朝云。"游丝,是春日时蜘蛛、青虫等吐的丝,飘扬在空中,故称。
游丝是那样地悠扬不定,若有还无,仿佛自己心中缥缈的春思,欲来还去。朝云,
喻意中人。亦暗示她那"旦为朝云,暮为行雨"的"巫山神女"的身份。词人这时
甘愿化身为千尺游丝,好把那朝云牵住。怕的是聚散匆匆,佳会难期! 这三句是
"我愿"式的情语。中外诗人,每有此格。如陶渊明《闲情赋》"愿在衣而为领,承
华首之余芳"至"愿在木而为桐,作膝上之鸣琴"的十愿;钱钟书《管锥编》评论陶
赋时复举例证至十余家,且谓"西方诗歌亦每咏此,并见之小说,如希腊书中一角
色愿为意中人口边之笛,……"可是,这柔弱袅娜的游丝,真能把那易散的朝云留
住么? 词人是知道的,把她留在身边,长相厮守,只不过是无法实现的愿望罢了。
就在这十二字中,有着"象外之象",蕴含了丰富的潜在信息,给读者留下想象的
余地。偶然的相会,短暂的欢娱,最终还是不可避免的离散。多少怅惘,多少怀
思,尽在不言之中了。以纯净之笔,写挚爱之情,比起那"愿得化为红绶带,许教
双凤一时衔"(李商隐《饮席代官妓赠两从事》)等句来,自有雅俗之别。

(陈永正)

诉 衷 情　　　　　　　　　　晏　殊

东风杨柳欲青青,烟淡雨初晴。恼他香阁浓睡,撩乱有啼
莺。　　　　眉叶细,舞腰轻,宿妆成。一春芳意,三月和风,牵系
人情。

作者在着意描写浓春烟景中,巧妙地将杨柳的丝缕和人物的纷乱心绪牵连
绾合,衬写出香闺女子的春怨,景情交融,别具风情。

上片开笔先绘出一幅如画春景:"东风杨柳欲青青,烟淡雨初晴"。东风吹温
送暖,催引生机。杨柳因春风吹拂而萌发春意,虽未青春成阴,却染得满眼春色。
柳丝纤细,柳烟疏淡,似有若无,自有一种迷蒙意态。特别是在一番春雨初霁之
后,柳色显得倍加清新,翠意撩人,秀色可餐。春风、春柳,春雨、春晴,色彩明媚,
春意盎然,令人心醉神怡。下面却突接以"恼他香阁浓睡,撩乱有啼莺"二句,词
意陡生顿挫。面对烂漫春光,不是览景生欢,而是意趣索寞,"香阁浓睡",情态异
常。二句首着一"恼"字,既是贯下,也暗暗承上。《诗·小雅·采薇》:"昔我往
矣,杨柳依依",以杨柳春光映照离别之苦;这里的描绘春景,也是为了衬示香阁
女子的怨思,都是以乐景而反衬哀情,从而形成鲜明的对比,使离情怨思烘托得
更为强烈。从人物的心理活动来看,由于内心状态的异常,所见所闻也自然产生

异常的反应,春色娱人,莺声悦耳,是常情;而春色恼人,闻莺心烦,则是变态。词中香阁女子所以对春色视而不见,恹恹无绪,黯黯思睡,听到莺声却生恼恨,实际是因春感怀,睹景伤情。莺声惊睡,也许还惊破了好梦。“打起黄莺儿,莫教枝上啼;啼时惊妾梦,不得到辽西”,金昌绪的《春怨》诗意在这里得到巧妙地化用,却又别具面貌。

上片以景衬情,人物显现其中;下片则在绘描人物时蕴情会意。“眉叶细,舞腰轻,宿妆成”,眉叶、舞腰,既是咏柳,也是写人,杨柳枝叶的纤细袅娜,女子眉腰的秀美窈窕,在词人生花妙笔的晕染下,相互叠印复合,“眉细从他敛,腰轻莫自斜”(李商隐《谑柳》),柳如美人,美人似柳,形象隽丽,喻比贴切,既写出柳的风神,也显出人的韵致。“宿妆”,隔夜未整的残妆。王建《宫词》:“宿妆残粉未明天。”词里的“宿妆成”,是指香阁浓睡的女子醒来,无心梳洗,懒于修饰,这里不仅有睡意惺忪的娇慵,而且有细味梦中情境而引起的神思恍惚,也许还有美梦破灭后的怅恨。“自伯之东,首如飞蓬。岂无膏沐,谁适为容”(《诗·卫风·伯兮》)。虽不明白言情,而从“宿妆”不整的容态中自然溢露出一种难以言传的幽怨。结拍以“一春芳意、三月和风,牵系人情”三句正面点示题旨。“一春芳意”与“三月和风”两句对偶,同是“牵系人情”的景物,柳芽苗长的春意,萦拂柳条的春风,以及柳枝上的莺啼,柳树间的烟锁,无不牵系着闺中人的情思。“牵系”二字,更直切柳丝。全篇明以柳起,暗以柳结,中间所及,都直接间接关涉到柳,终以“人情”二字总收,不必明言是何等“人情”,自可以意会之。王昌龄《闺怨》“忽见陌头杨柳色,悔教夫婿觅封侯”诗意自然隐含其中。

全词借春风杨柳绘写秾春美景,衬比香阁女子的绰约风姿,曲传离思别意,景与情谐,物与人合,宛转含蓄,情致缠绵。词中化用金昌绪的《春怨》和王昌龄的《闺怨》诗,但有神无迹,如轻霜溶水,泯融无痕。诗词都写到莺声惊梦生恼,春柳触发怨情,但诗中闺妇听莺声而小庭追打,见柳色而直说悔意,明朗爽利,感情真切;词里的香阁女子却只是浓睡不起,宿妆不整,娴静温婉,含而不露。二者相比,感情表现上有隐显曲直之别,声情口吻上有袒露含蓄之殊,语言上有直朴明快和清丽优雅之异,意趣、韵味也自判然不同。　　　　　　　　(钟　陵)

诉　衷　情　　　　　　　　　　晏　殊

芙蓉金菊斗馨香,天气欲重阳。远村秋色如画,红树间疏黄。　　流水淡,碧天长,路茫茫。凭高目断,鸿雁来时,无限思量。

　　在晏殊之前，从中晚唐以来的小令词，大多是抒情的，写景的作品屈指可数。写景最为脍炙人口的，是张志和的《渔父》、白居易的《忆江南》；韦庄《菩萨蛮》的"春水碧于天，画船听雨眠"的佳句，夹在抒情的主体之中。长晏殊两岁的范仲淹的《苏幕遮》，写景出色，但那已是中调，不是小令了。生年后于晏殊的欧阳修，也只有咏颍州西湖的《采桑子》小令组词中有一些写景的佳句。

　　从宋庠《元宪集》、宋祁《景文集》与晏殊唱和的诗题稽考，晏殊这首《诉衷情》词，写于仁宗宝元元年(1038)他四十八岁时。这时，他从参知政事贬为外官已有六年，在知陈州(今河南淮阳)任内。他在陈州，政治上是不得意的，宋祁给他的信说他在陈："视政余景，必置酒极欢。图书在前，箫鼓参左。"以文酒景物的流连自遣。词是在这种背景中写的。

　　词属流连景物之作，写的是秋景。起两句："芙蓉金菊斗馨香，天气欲重阳。"选出木芙蓉、黄菊两种花依然盛开、能够在秋风中争香斗艳来表现"重阳"到临前的季节特征；写花又写了时令，显得简洁。接着两句："远村秋色如画，红树间疏黄。"从近景写到远景，从周围写到望中的乡村，从花写到树。秋景最美的，本来就是"霜叶红于二月花"，这里拈出树上红叶来写，充分显出秋景特征。为了渲染画意，增加色调，又细腻地写了红树中间还带着一些"疏黄"之色。显然，树叶之红是浓密的，而黄则是稀疏的，浓淡相间，倍添优美。

　　下片起三句："流水淡，碧天长，路茫茫。"从陆上写到水，从地面写到天。中原地区，秋雨少，秋水无波，清光澄净，故用一"淡"字状水；天高气爽，万里无云，平原仰视，上天宽阔无际，故用一"长"字状天。这两字看似平常，对于写陈州地区的秋景来说，却是很贴切的。二句写景之美，和范仲淹《苏幕遮》的"碧云天，黄叶地"等句相近。上面所写，用笔疏淡，表现作者的心境是闲适的。到"路茫茫"三字，就不同了，带着感慨情绪。前路茫茫，把握不住，达如晏殊，说出这话，此中必有所指。接下去："凭高目断，鸿雁来时，无限思量。"写久久地登高遥望，看到鸿雁飞来，引起头脑中的无限思念。这里的思念，是他词中所常写的，对于离别的心爱之人的思念吗？联系前文，显然不是。就当时处境看，这里所写的，应该是对朝廷的思念，盼望有早些把自己内调的消息传来，不愿明写，故含混言之。

　　晏殊词有不少是以男女爱情为题材的，这首词不写爱情，主要是写景。景中的芙蓉、金菊、红树是否有对自己的品格的寓托，可以不作深论，以免流于附会；而下片结尾，根据写作时代，说是他的仕宦生涯不如意和期待的心情的反映，则是可以断定的。词的特点，是反映这种心情很含蓄，写景又淡而有味，富于画意；着笔无多，冲和闲雅，自成宋初一首以写景为主的出色的小令。　　　　　　(陈祥耀)

踏 莎 行　　　　　　　　　　晏 殊

　　细草愁烟，幽花怯露，凭栏总是销魂处。日高深院静无人，时
　　时海燕双飞去。　　　　带缓罗衣，香残蕙炷，天长不禁迢迢路。
　　垂杨只解惹春风，何曾系得行人住！

　　晏殊的词一般都写得凄婉而且温润，不为激言烈响的劲切之辞，而却极其富
于深微幽隐的感发之作用，这首《踏莎行》词，便是颇能表现出此种特色的一首
好词。

　　开端"细草愁烟，幽花怯露"，表面上看来只是景物的叙写：小草上的烟霭迷
蒙，花蕊上的露珠泫照，所写都是外在的景象，而内含的却是极锐敏的感受。他
所用的"愁"字和"怯"字，表现了晏殊极细腻的情思，且与细密的对偶形式完美地
结合为一体。你看，春天里，那细草在烟霭之中仿佛是一种忧愁的神态，那幽花
在露水之中仿佛有一种战惊的感觉。用"愁"来表达草在烟霭中的感受，用"怯"
来描写花在晨露中的感受，表面上说的是花和草的心情，实际上是通过草与花的
人格化，来表明人的心情，亦物亦人，物即是人。晏殊另一首《蝶恋花》之"槛菊愁
烟兰泣露"句，可以与此相参看，境界相同，只是一个是秋景，一个是春景，但同样
是在细小的形象中，表现了晏殊观察之纤细、幽微。敏锐和善感的诗人特质，投
注了他细腻幽深的情思。

　　下面一个七字长句"凭栏总是销魂处"，是前两个四字短句的总结，是感情上
的一个总的叙述。这个结句告诉你，"细草愁烟，幽花怯露"，是词人靠在栏干上
所见到的景物。凭栏远眺是常人的习惯，但人人都凭栏，人人都看风雨，人人都
看江山，人人都看草，人人都看花，却唯有晏殊看到了细草在那春天的烟霭中有
忧愁的意味，小花在晨露中有寒怯的感觉，并且竟能使他感到"销魂"。你说"销
魂"，不是悲哀愁苦才销魂吗？可是晏殊却只因草上的丝丝烟霭的迷蒙，花上的
点点露珠的泫照，就能使他"销魂"，这才更见出词人之情意的幽微深婉。后面紧
连两个七字句把上片总结起来："日高深院静无人，时时海燕双飞去"。前面由写
景转而写人，这两句则是以环境的衬托，进一步写人。"静无人"是别无他人，唯
有一个凭栏销魂的我在。"日高深院静无人"的环境，衬托着人的寂寥。"时时海
燕双飞去"，则是以"海燕双飞"反衬人的孤独，海燕是双双飞去了，给孤独的人却
留下了一缕绵绵无尽的情思，在"日高深院"里萦回盘旋，渲染出一种孤寂之中的
深沉的怅惘。

　　下片"带缓罗衣，香残蕙炷"，由上片的室外转向室内，仍在写人。《古诗十九首》曾云"相去日已远，衣带日已缓"，写因怀念远去的人而消瘦、憔悴，这里的"带缓罗衣"，以衣服宽大写人的消瘦，也暗示着离别。"香残蕙炷"，"蕙"是蕙香，一种以蕙草为香料制成的熏香，古代女子室内常用。"残"是一段段烧残。"炷"是香炷，即我们常说的"一炷香"的"炷"。"香残蕙炷"是写室内点的蕙香，一段段烧成残灰。这又暗示着室内之人心绪的黯淡。秦观《减字木兰花》上片云："天涯旧恨，独自凄凉人不问。欲见回肠，断尽金炉小篆香。"以香炉里烧成一段一段的篆字形的熏香的残灰，比拟自己内心千回百转的愁肠已然断尽，比拟自己的情绪的冷落哀伤，可以为这里作注。但晏殊并没有像秦观以"篆香"比"回肠"这样清楚地表明自己内心之情，他只是客观地写出"带缓罗衣，香残蕙炷"，不明显、不激动，很含蓄。一般人念起来，因为很容易读懂，所以会一带而过，不再去作深一步体会。但晏殊的词是非细心体会不能得其妙处的。一读而过，他有多少离别相思怀念的情意，因为没有直说，便会被你所忽略了，岂不是入宝山而空手归的憾事？《古诗十九首》所说的离别相思，秦观《减字木兰花》所写的愁肠断尽，都说出了各自的原因，《古诗十九首》里是因为离别的人"相去日已远"，结果才"衣带日已缓"；秦观是因为"天涯旧恨，独自凄凉人不问"，结果才断尽了回肠。晏殊却没有说。那么，他那一份怅惘怀思的情意，就果真是指现实的人与人的离别、怀念、相思吗？晏殊唯其不直说出来，所以才不受个别情事的拘限，才会使你想到整个人生该有多少值得你相思怀念的美好的情事，该有多少美好的人、事、物值得你交托，投注你的感情！这二句给人无限深远的想象与联想。

　　我们再接着看下一句的"天长不禁迢迢路"，这仍是一个长句，为上二句作结，与上片的前三句句式相同，两个对偶的双式紧接一个单句，严密而完整。"不禁"是不能阻拦。"天长"与"迢迢路"，是上面天长，下边路远，二者结合得很好，天长路远，这是没有什么办法阻拦的。"不禁"二字，所表现的是对已消逝的远去的一切无法挽回的哀伤。紧接在"带缓罗衣"的思念与"香残蕙炷"的销磨之后，更增加了对于已经失落的无可奈何之感。然后在结尾的两句写出"垂杨只能惹春风，何曾系得行人住！"以感叹的口吻出之，留下了无尽的情意。杨柳柔条随风摆动，婀娜多姿，在晏殊看来，这多情、缠绵的垂柳，不过是在那里牵惹春风罢了，千条万缕的杨柳柔条，虽然从早到晚不住地摆动，但它哪一根柔条能把那要走的人留住？哪一根柔条能把那消逝的美好的往事挽回？这里象征着对整个人生的无可奈何的深刻感受，其中寄托有极深远的一片怀思怅惘之情，是要仔细吟味，才能体会得出的。

可能会有人认为,晏殊这里无非是表现了一种伤春的情绪,欣赏起来,于现实并无怎样重大深远的意义。当然,我们这里欣赏晏殊的词,并非是要大家同去伤春落泪,而是在晏殊的伤春情绪中,实在是有一种对时光年华流逝的深切的慨叹和惋惜存在,而且更在极幽微的情思的叙写中,流露出了很深挚又很高远的一份追寻向往的心意。这种情意,虽然表面看来也许只不过是伤春怀人之情而已,但是隐然间却可以使读者的心灵感情感受到一种提升的作用,这种言外的引人感发联想的作用,正是词这种韵文所最值得注意的一种特质和成就。而五代时南唐的冯正中,和北宋初年的大晏、欧阳,则是在这方面表现得最富于高远深厚之含蕴的几位作者。

（叶嘉莹）

踏 莎 行　　　　　　　　晏　殊

祖席离歌,长亭别宴。香尘已隔犹回面。居人匹马映林嘶,行
人去棹依波转。　　　画阁魂消,高楼目断。斜阳只送平波远。
无穷无尽是离愁,天涯地角寻思遍。

送行之作,自要景真情足,方能感人。此词写饯别,写依依相送,写别后的怀思,均情景逼真,含蕴无尽。如一幅丹青妙手绘的春江送别图,令读者置身其间,真切地感受到作者的缱绻深情。唐圭璋《唐宋词简释》谓这首小词“足抵一篇《别赋》”,当非过誉。

起二语,写在饯行的酒席上依依惜别。古人出行时祭祀路神,因称饯别宴会为“祖席”。“长亭”为送别之地。“离歌”与“别宴”同属一事,而“别宴”又与“祖席”意同。所以不惮反复言之,是为了强调送别的场面。“香尘”句,写刚分手时的情景。落花满地,尘土也带有芬芳的气息,已隔着漠漠的香尘,彼此还一再含情回顾。“回面”,词中没有点明是居人还是行人,读者自可想象到两方都缱绻缠绵,不忍别去。此句承上启下,四、五句方从送者与行者分别写来,两相对照,令人尤难为怀。尽管在频频回望对方,总有不能再看到的时候。一个小小的树林子,隔断了人的视线,那马儿也像了解送者的心意,仰首长嘶;出行的人已乘船渐行渐远,终于随着江流的曲折而隐没不见了。马嘶、棹转,侧面衬托出别情之深。“依波转”三字,便开发出下片更为深远的思路。

换头两句,写居人登上画阁,不禁黯然魂消,凭倚高楼,独含愁极望。似是平平接来,无甚深意,其目的是为了突出“斜阳只送平波远”一句。惟见江波映照着落日余晖,伸展向遥远的天边,徒令人增添别恨而已。此意虽从“行人”句生

出,若解作去棹已依波转,故必登楼以望,则未免粘滞了。居人登楼,只是惘惘离怀,有所不甘,聊以慰情罢了,并不是为了继续目送行舟,词意与作者《撼庭秋》词"楼高目断,天遥云黯,只堪憔悴"相近。王世贞《艺苑卮言》称"斜阳"句为"淡语之有致者",其"致",当谓词语不粘不脱,有悠然远意。在时间上,下片与上片亦不一定紧密衔接,登楼极目,只是别后的情事,遥念行人,无时能已,可与温庭筠《望江南》词"斜晖脉脉水悠悠"参看。句中"只送"二字,怨极恨极而又无可奈何,语言平易而意旨深曲,不愧斫轮妙手。收二句"无穷无尽是离愁,天涯地角寻思遍",写别后的思量,自上句"平波远"三字化出。作者让词中抒情主人公放纵自己的想象,让此情随波而去,绕遍天涯。由眼前的渺渺平波,引出无穷无尽的离愁,意境本已深远,再以"天涯地角"补足之,则相思相望之情,更是无时无处不在了。

(陈永正)

踏　莎　行　　　　　　　　　　　晏　殊

　　碧海无波,瑶台有路。思量便合双飞去。当时轻别意中人,山长水远知何处?　　绮席凝尘,香闺掩雾。红笺小字凭谁附?高楼目尽欲黄昏,梧桐叶上萧萧雨。

　　晏殊整整做了五十年的高官。他赋性"刚峻"(《五朝名臣言行录》),处事谨慎,没有流传什么风流艳事。他自奉俭约,但家中仍然蓄养歌妓,留客宴饮,常"以歌乐相佐"(《避暑录话》)。他喜欢纳什么歌妓、姬妾,是容易做到的。照理,他生平不会在男女爱情上产生多少离愁别恨,但他词中写离愁别恨的却颇多。这可能和当时写词的风气有关:酒筵歌席上信手挥写,以付歌妓、艺人歌唱,内容不脱晚唐、五代以来的"艳科"传统;也可能和文学创作的特点有关:它可以描写人们的普遍感情,不限于作者的自我写照。但晏殊写的这类词,也不像完全脱离自身生活的客观描写,到底是怎么回事,始终是一个谜。

　　这首《踏莎行》的小令,照样不免是谜。但宋无名氏《道山清话》的一则记载,对于解开这个谜,好像有帮助。它说:"晏元献公为京兆尹,辟张先为通判。新纳侍儿,公甚属意。先字子野,能为诗词,公雅重之。每张来,即令侍儿出侑觞,往往歌子野之词。其后王夫人浸不能容,公即出之。一日,子野至,公与之饮。子野作《碧牡丹》词,令营妓歌之,有云'望极蓝桥,但暮云千里,几重山,几重水'之句。公闻之怃然,曰:'人生行乐耳,何自苦如此!'亟命于宅库中支钱若干,复取前所出侍儿。既来,夫人不复谁何也。"或许由于夫人的"不容",或其他原因,晏殊有时也放出心爱的侍儿,而旋又悔之,所以会产生一些离愁别恨。这首词,或许就是在这种情况中写成的。当然,事情也不宜看得太死,因为不能忽视当时的写词情况。

词的上片起首三句:"碧海无波,瑶台有路,思量便合双飞去。"碧海,指海上神山;瑶台,《离骚》有这个词,但可能从《穆天子传》写西王母所居的瑶池移借过来,指陆上仙境。说要往海上神山,没有波涛的险阻,要往瑶台仙境,也有路可通,原来可以双飞同去,但当时却没有这样做;现在"思量"起来,感到"不合",感到后悔。接着两句:"当时轻别意中人,山长水远知何处?"放弃双飞机会,让"意中人"轻易离开,造成后悔,又已无法挽回,现在想念她,可就是"山长水远",不知她投身何处了。不但不能重聚,而且连消息也都杳然。"轻别"一事,是这首与其他写离愁别恨的词的不同之处,它是产生词中愁恨的特殊原因,是词的感情的症结所在,值得特别重视。张先《碧牡丹》词有"思量去时容易"句,作者《浣溪沙》词有"等闲离别易消魂"句,说的也是轻别的事。一时的轻别,造成长期的思念,"山长"句就写这种思念。它和作者的《鹊踏枝》词的"山长水阔知何处",属同一意境。

下片,"绮席凝尘,香闺掩雾",写"意中人"去后的情况。尘凝雾掩,遗迹凄清,且非一日之故。"红笺小字凭谁附",音讯难通,和《鹊踏枝》的"欲寄彩笺兼尺素"而未能的意思也相同。"高楼目尽欲黄昏",更同于《鹊踏枝》的"独上高楼,望尽天涯路"。既然是远别,不知人在何处,又是音讯难通,那么登高遥望,也就是一种"痴望"。作品故意写"痴",是表现情深难制。它不说什么情深、念深,只通过这种行动来表现,显得婉转含蓄。最后接以"梧桐叶上萧萧雨"一句,直写景物,好像不表现它和人物心情的关系,实际上景中有情,情景浑涵,合成一片而不露痕迹,意味更为深长。比较起来,温庭筠《更漏子》的"梧桐树,三更雨,不道离情正苦。一叶叶,一声声,空阶滴到明",李清照《声声慢》的"梧桐更兼细雨,到黄昏,点点滴滴"还写得显露些;而作者《采桑子》词的"好梦频惊,何处高楼雁一声",另一首《踏莎行》的"一场愁梦酒醒时,斜阳却照深深院",结笔的妙处都正相同,都是以景结情。

这首词写离愁别恨,侧重"轻别",有其"个性";它从内心的懊悔和近痴的行动来表现深情,婉转含蓄,不脱晏殊词的特点;而结笔蕴藉,神韵卓绝,尤堪玩赏。

(陈祥耀)

踏　莎　行　　　　　　　　　　　晏　殊

小径红稀,芳郊绿遍。高台树色阴阴见。春风不解禁杨花,濛濛乱扑行人面。　　　翠叶藏莺，珠帘隔燕。炉香静逐游丝转。
一场愁梦酒醒时，斜阳却照深深院。

这是一首描绘暮春初夏景象，抒写时序流逝轻愁的小词。

上片写郊行所见。起手三句画出一幅具有典型特征的芳郊春暮图：小路两旁，花儿已经稀疏，只间或看到星星点点的几瓣残红；放眼广阔的郊野，却见绿色已经遍布大地；高台附近，树木已经繁茂成荫，呈现出一片幽深的颜色。"红稀""绿遍""树色阴阴见"，标志着春天已经消逝，初夏的气息已经很浓。三句所写虽系眼前静景，但"稀""遍""见"（同"现"）这几个词语却显示了事物发展的进程和动态。从词人观察景物的角度看，"小径""芳郊""高台"，也显见移步换形之迹。

"春风不解禁杨花，濛濛乱扑行人面。"杨花扑面，也是暮春典型景色。但词人描绘这一景象时，却特意注入自己的主观感情，写成春风不懂得约束杨花，以致让它漫天飞舞，乱扑行人之面。这一方面是暗示已经再也无计留春，只好听任杨花飘舞送春归去了；另一方面则又突出了杨花的无拘无束和活跃的生命力。虽写暮春景色，却无衰颓情调，而是显得很富生趣。"濛濛""乱扑"，都极富动态感。"行人"二字，点醒上片所写，都是词人郊行所见。

"翠叶藏莺，珠帘隔燕。"过片两句，分写室外与室内，一承上，一起下，转接自然，不着痕迹。上句说翠绿的树叶已经长得很茂密，藏得住黄莺的身影，与上片"树色阴阴"相应；下句说燕子为朱帘所隔，不得进入室内，引出下面对室内景象的描写。两句所写景物，仍带明显季节特征。着"藏""隔"二字，初夏嘉树繁阴之景与永昼闲静之状如见。

"炉香静逐游丝转。"在闲静的室内，香炉里的香烟，袅袅上升，和飘荡的游丝纠结、缭绕，逐渐融合在一起，分不清孰为香烟，孰为游丝了。这里写了炉香之"逐"，游丝之"转"，表面上是写动态，实际上却反托出整个室内的寂静。"逐"上着一"静"字，境界顿出。那袅袅炉烟与游丝，都很容易让人联想起主人公永日无聊的情思和闲愁。

"一场愁梦酒醒时，斜阳却照深深院。"结拍跳开，接到日暮酒醒梦觉之时：午间小饮，酒困入睡，等到一觉醒来，已是日暮时分，西斜的夕阳正照着这深深的朱门院落。这里点明"愁梦"，说明梦境与春愁有关。梦醒后斜阳仍照深院，便有初夏日长难以消遣之意，贺铸《薄幸》词"人间昼永无聊赖。厌厌睡起，犹有花梢日在"，也正是此意。

　　初读起来,结尾两句似乎和前面的景物描写有些脱节,主人公的愁绪来得有些突然。实际上前面的描写中一方面固然流露出对春暮夏初富于活力的自然景象的欣赏,另一方面又隐含有对已逝春光的惋惜。由于这两种矛盾的情绪都不那么强烈,就有条件地共处着。当芳郊纵目之际,欣赏之情处于显要地位;当深院闲居之时,惋惜之情转而滋长。结尾二句就是后一种情绪增长的结果。由于这种春愁只是一种时序流逝的惆怅,本身并没有多少实质性的内容,所以它归根到底不过是淡淡的轻愁,并没有否定前者。

(刘学锴)

山 亭 柳 赠歌者　　　　　　　　　　　晏 殊

　　家住西秦,赌博艺随身。花柳上,斗尖新。偶学念奴声调,有时高遏行云。蜀锦缠头无数,不负辛勤。　　数年来往咸京道,残杯冷炙漫销魂。衷肠事,托何人? 若有知音见采,不辞遍唱阳春。一曲当筵落泪,重掩罗巾。

　　这首词在晏殊词中是一种变调,与他平时不为激言烈响的温润的风格颇有不同,因为这首词表现了一种颇为激切的感情,这在晏殊词中是一种例外。而同时这首词前面还加了一个“赠歌者”的题目,这在晏殊一贯并无标题的小词中,也是一种例外。

　　有些诗人词人,喜欢把激动的感情明显、直接、强烈地表现出来,喜欢把自己血淋淋的伤口展露给别人看。晏殊作为一个理性词人,有了痛苦也不肯把血淋淋的伤口毫无遮掩地呈现给别人看,而是深藏起来,只借某一件情事曲折地表达。所以我们以为这首词表现出的激情和加一个“赠歌者”的题目这样两个例外,结合起来又表现了晏殊词里一个值得注意的特色,即是“借他人酒杯,浇自己块垒”(引郑骞《词选》语),迂回地表达了自己激动的不平的心情。那么,晏殊为什么有如这首词里所表现的激动和不平的心情呢? 我们知道,晏殊曾因为在仁宗朝给李宸妃撰写墓志,未言及宸妃生仁宗之事,而被贬出,辗转在颍州、陈州、徐州各地任职,后来又曾“知永兴军”。这件宫闱秘事即是戏曲中《狸猫换太子》所依据的史实:原来宋真宗时曾有一位李宸妃,后来李妃怀孕了,而刘后未孕也假说有孕在身,当李妃产下一子之后,刘后即勾通宦官,抱走了李妃之子,并谣传李妃生的是个怪胎,使李妃失宠于真宗。而刘后抱养的李妃之子,就是被立为太子、以后承继了帝位的仁宗。显然这是封建宫廷中的皇后、妃子争宠,以保存自己的牢固地位。晏殊被真宗朝这种宫闱秘事牵涉,是在仁宗继位之后的事。当时李妃死了,仁宗命宰相晏殊为李妃撰墓志,由于刘皇后尚健在,晏殊没敢把仁宗是李妃所出这件史实记在李妃的墓志中。其实当时尽管许多人都在传说、议论着宫闱秘事,但却没有人敢直接说出来。不只是晏殊,换了别人撰写李妃墓志也不敢直接揭露此事。可是当刘皇后死了,大家都敢说这件事了。也不复再是宫闱秘事了,于是就有人对仁宗指说晏殊在当初撰写李妃墓志时不敢直言,于是晏殊就被贬了。另外,晏殊还曾驱使官兵为自己大兴土木,建置官舍。这在宋代官吏中本是极普遍的,但也成了晏殊被贬的一个罪名。从《宋史》中晏殊的传记上看,晏殊被罢相贬出,很多人同情他,以为"非其罪",所以晏殊本人当然有更为激动不平的心情。

晏殊的词集名《珠玉词》,这与他的词的圆柔、温润的风格特色是很相称的。出现《山亭柳》这样一首特殊风格的词,是晏殊词风格的一个变调,自有它独特的、多种的形成的因素。台湾出版的郑骞所编的《词选》,以为"此词云'西秦'、'咸京',当是知永兴军时作,时同叔年逾六十,去国已久,难免抑郁"。这种写作的背景和心情,自然是使这首词形成如此激越之风格的重要因素;而另外则就其标题之"赠歌者"来看,则当时也应该确实有一个歌者,曾经以她的身世经历引起了晏殊的感动和共鸣,因而才有此感慨激情。但晏殊毕竟是理性的,他依然对如此冲动的感情作了反省、节制和操持,采取了适当的安排和处理,即以"赠歌者"的题目,艺术地把自身与感情拉开一段距离,像演双簧一样,自己站在幕后,让歌女站在台前表演,自己浓烈的感情,变成歌女的台词抒发出去,传达感染于人。白居易《琵琶行》描写的琵琶女和诗中"同是天涯沦落人,相逢何必曾相识","坐中泣下谁最多,江州司马青衫湿"的感情境界,可以与晏殊这首《山亭柳》中的情事相参看,大有异曲同工之妙。

晏殊《山亭柳》词的变调,要结合两点特色来看。一个是激动的感情,为一变;再一个是以"赠歌者"的题目把感情的慷慨激昂推远一步,又为一变。这两个"变"的结合,有如代数中的"负负为正"一样,使这首《山亭柳》词与晏殊《珠玉词》中的风格特色成为相反相成,并未破坏晏词风格的统一。

下面我们具体欣赏讲析词的内容:

首句"家住西秦,赌博艺随身",是歌女自述的口气,是自信、自负的。"家住西秦"是写实,因为下面有"数年来往咸京道"的句子,歌女当是住在陕西附近。"赌"是比赛竞争之意,读时要将此一字单独顿开,读成"赌——博艺随身"。这两句是歌女述说自己的出身,自言具有多种浪漫的艺术技能,敢和人比赛竞争。有些版本写"博"为"薄",以为既可以免除字面上"赌博"(掷骰子耍钱的游戏)的误会,又能讲为歌女的自谦之词,说她自己有一点微薄的技艺随身。自谦说自己有一点薄技不敢随便献丑,这是一般的常情,合于一般人的情理,但在这里却不恰当。因为下面"花柳上,斗尖新。偶学念奴声调,有时高遏行云",都是歌女十分自负的口气。而且说成自谦在字面上虽然讲得通,但却与整个词的内容意义相悖。"花柳上,斗尖新"。"花柳"代指一切歌舞艺术才能技巧。"斗",仍是竞赛之意。"尖",是高处,是过人之处。"新",不是陈陈相因的旧套。合起来,这是歌女说自己在多种艺术才能上敢和大家竞赛,并且比别人高超,新颖独创,绝不流俗。"偶学念奴声调,有时高遏行云",是具体形象地夸述自己的才能如何。"偶",有随便之意。"念奴"是唐天宝年间有名的歌女。这里说我偶尔随便一唱当年念奴曾经唱过的歌,能让天上的行云停住,听我歌唱,足见我唱得有多么美,多么动听。"高遏行云",语出《列子·汤问》,说古有歌者秦青"抚节悲歌,声振林木,响遏行云"。前面这几句,是失意时回忆当年得意情事,所以,每一句自负的、向上扬的情绪背后,都有一种反衬中的失意的悲慨。自负的口气,实在是自负的不平。"蜀锦缠头无数,不负辛勤",写当年得意之时,歌声一发,令众人倾倒,博得赏赐无数,不辜负自己多年的辛劳。"蜀锦",是四川的丝织品,在当时很名贵,古时歌女多以锦缠头,因借"缠头"之名指称赠与她们的财帛。白居易《琵琶行》:"五陵年少争缠头,一曲红绡不知数",可以参看。

下片首句"数年来往咸京道,残杯冷炙漫销魂",是失意后的凄凉冷落的境遇写照。我们前面曾论述过晏殊这首词是"借他人酒杯浇自己块垒"。从词里的"西秦""咸京道"地点上看,当是晏殊被贬知永兴军时,慨叹自己的不平境遇而作的。所以,这首词的整个口吻都寄托着感慨。杜甫《赠韦左丞》诗:"骑驴十三载,旅食京华春。残杯与冷炙,到处潜悲辛",是写杜甫当年身困长安时遭受的冷落。晏殊这里的"残杯冷炙",语正出自杜甫这首诗,境界是同样的可悲,令人"销魂"。"衷肠事,托何人!"古代的歌者,多数是女子,因为封建社会女子没有独立的地位,都盼望能找一个可以终生相托的人。特别是一个歌女,一旦"暮去朝来颜色故",便没有人再欣赏她了,做歌女总不是下场。其实还不仅是女子,即使男子也是盼望找到一个足以托身的所在,可以安身立命,终生为之奉献而不改变。古人说"良禽择木而栖,良臣择主而事",也是相同的意思。下句"衷肠事",是指内心的事,这里是指终生相托的大事。接着下句说:"若有知音见采,不辞遍唱阳春",仍是以歌女的口气自述:我终身的事托给谁? 谁又是我可以终生相托的人? 假如有一个知我心的人"见采","采"是选择、接纳,如果我被这个知音者选择、接纳,那么,我将唱尽高雅美好的《阳春白雪》的曲子,把自己一切最美好的都奉献给他。这虽然是一个歌女的口吻，但这又实在是中国旧知识分子、封建士大夫的传统品德，即如果有一个人以国士待我，我一定以国士报之。因为中国人有这样的传统，都希望找到一个能够了解和欣赏自己的人，找到一个知音。《古诗十九首》"西北有高楼"诗云："不惜歌者苦，但伤知音稀"，便写的是这种情意。晏殊这里的"若有知音见采"，"若有"是实无，也就是悲叹找不到知音。那么，你纵然有奉献的感情，纵然愿意"不辞"，愿意"遍唱"，又有谁接受你的殷勤，接受你的美意？所以就"一曲当筵落泪，重掩罗巾"了。可以想象得出，这个歌女在酒筵前唱歌，想起当年得意之时的满堂彩声，眼下却这样凄清冷落，不禁当即流下了眼泪。晏殊当时在这个筵席前，可能看到了这个老大伤悲、不得其所的歌女之悲哀，引起了自身遭贬受逐、客居外乡的境遇的悲伤。而晏殊所托喻的是歌女，就歌女而言，则还有更深一层的悲哀，那就是歌女是"卖笑"的，是要以笑语欢歌博取人家的欢喜、人家的报酬，所以，内心即使有悲哀，眼中有泪水，也要"重掩罗巾"，不能让人看到。"重掩"，是屡次流泪，屡次擦干。屡次感到悲哀，而又屡次不能让人看到悲哀，而强作笑颜，这正是一种极为深重的悲哀。

　　晏殊这首《山亭柳》，感慨很深。我们在欣赏当中，像我们欣赏其他作品一样，征引了许多旁人的诗作、词作为参照，作映发，不是徒然的，因为一定要这样，你才能把晏殊词里十分深刻的、沉重的感发的生命力传达出来，把中国古典诗词中几千年的感发生命的传统表达出来，像这种感发的生命，及其中所传达的中国古典诗歌中的悠久的传统方面的情意的引发和联想，是我们在欣赏阅读古典诗词时，所最应当加以细心体会和留意的。

　　　　　　　　　　　　　　　　　　　　　　　　　　　　　（叶嘉莹）

破　阵　子　　　　　　　　　　　　　　　晏　殊

　　燕子来时新社，梨花落后清明。池上碧苔三四点，叶底黄鹂一两声，日长飞絮轻。　　巧笑东邻女伴，采桑径里逢迎。疑怪昨宵春梦好，原是今朝斗草赢，笑从双脸生。

　　二十四节气，春分连接清明——这正是一年春光最堪留恋的时节。春已中分，新燕将至，此时恰值社日也将到来，古人称燕子为社燕，以为它常是春社来，秋社去。词人所说的新社，指的即是春社了。那时每年有春秋两个社日，而尤重春社，邻里大聚会，来行祀社（大地之神也）之礼，酒食分餐，赛会腾欢，极一时一地之盛。闺中少女，也"放"了"假"，正所谓"问知社日停针线"，连女红也是可以放下的，呼姊唤妹，许可门外游观。词篇开头一句，其精神全在于此。

　　我们的民族"花历",又有二十四番花信风,自小寒至谷雨,每五日为一花信,每节应三信有三芳开放;按春分节的三信,正是海棠花、梨花、木兰花。梨花落后,清明在望。词人写时序风物,一丝不走。当此季节,气息芳润,池畔苔生鲜翠,林丛鹏啭清音。——春光已是荏荏而近晚了,神情更在言外。清明的花信三番又应在何处? 那就是桐花、麦花与柳花。——所以词人接着写的就是"日长——飞絮"。古有句云:"落尽海棠飞尽絮,困人天气日初长",可以合看。文学评论家于此必曰:写景,写景;状物,状物! 而不知时序推迁,光风流转,触人思绪之闲情婉致也。

　　当此良辰佳节之际,则有二少女,出现于词人笔下,言动于吾人目前:在采桑的路上,她们正好遇着;一见面,西邻女就问东邻女:"你怎么今天这么高兴? ——夜里做了什么好梦了吧? 快告诉人听听! ⋯⋯"东邻女笑道:"莫胡说! 人们刚才和她们斗草来着,得了彩头呢!"

　　"笑从双脸生"五字,再难另找一句更好的写少女笑吟吟的句子来替换。何谓双脸? 盖脸本从眼际得义,而非后人混指"嘴巴"也。故此词之美,美在情景,其用笔,明丽清婉,秀润无伦,而别无奇特可寻之迹;追至末句,收足全篇,神理尽出,此虽非奇,岂为常笔? 天时人事,物态心情,全归于一切。若无神力,能到此境乎?

　　古代词曲,写妇女者多;写少女者少。写少女而似此明快活泼、天真纯洁者更少。然而,不知缘何,我读大晏的"池上碧苔三四点,叶底黄鹂一两声",不自禁地联想到老杜的"映阶碧草自春色,隔叶黄鹂空好音";它们之间,分明存在着共鸣之点。此岂为写景而设乎? 我则以为正用景光以传心绪。其间隐隐约约,有一种寂寞难言之感,而此寂寞感,古来诗人无不有之,盖亦时代之问题,人生之大事,本非语言文字间可了,而又不得不一抒写,其为无可如何之意,灼然可见,但老杜为托之于丞相祠堂,大晏则移之于女郎芳径耳。倘若依此而言,上文才说的明快活泼云云,竟是只见它一个方面,究其真际,也是深深隐藏着复杂的情感的吧。

（周汝昌）

玉　楼　春　　　　　　　　　晏　殊

绿杨芳草长亭路,年少抛人容易去。楼头残梦五更钟,花底离愁三月雨。　　无情不似多情苦,一寸还成千万缕。天涯地角有穷时,只有相思无尽处。

本词写闺怨,颇具婉转流利之致,词中不事藻饰,没有典故,除首两句为叙述,其余几句不论是用比喻,还是用反语,用夸张,都是通过白描手段反映思妇的心理活动,亦即难以言宣的相思之情。

上片一开始是写景。时间是绿柳依依的春天,地点在古道长亭,这是旅客小休之所,也是两人分别之处。"年少"句叙述临行之际,她是泪眼相看,无语凝咽,感到他轻易地撇下我就走了。年少,是指思妇的"所欢",也即"恋人",据赵与时《宾退录》记载,晏几道曾为其父辩解,说本词中的"年少"是"年轻"之意:"晏叔原见蒲传正曰:'先君平日小词虽多,未尝作妇人语也。'传正曰:'绿杨芳草长亭路,年少抛人容易去,岂非妇人语乎?'叔原曰:'公谓年少为所欢乎,因公言,遂解得乐天诗两句:欲留所欢待富贵,富贵不来所欢去。'传正笑而悟。余按全篇云云,盖真谓所欢者,与乐天'欲留年少待富贵,富贵不来年少去'之句不同,叔原之言失之。"本词写思妇闺怨,也的确是"妇人语",晏几道为父辩解之言缺乏说服力量。

"楼头"两句,即自上面"年少抛人"引出,把她的思念之意生动地描绘出来,从相反方面说明"抛人去"者的薄情。白昼逝去,黑夜降临,她辗转反侧,很久之后才悠悠进入睡乡,但很快就被五更钟声惊破了残梦,使她重又陷入无边的失望。窗外,飘洒着雾也似的春雨,那些花瓣像是承受不住恨别的泪水,带着离愁纷纷落下。李白《大堤曲》有句云:"春风复无情,吹我梦魂散。不见眼中人,天长音信断",是说无情春风吹散梦魂,使她在白天和梦中都见不到音书已绝的恋人。王安国《清平乐》曰:"满地残红宫锦(指落花)污,昨夜南园风雨。小怜初上琵琶,晓来思绕天涯。"形容思妇见雨后落花而引起遐思。可见"残梦"和"落花"在这里都是用来曲折地抒发怀人之情,语言工致匀称。陈廷焯《白雨斋词话》称其"婉转缠绵,深情一往,丽而有则,耐人寻味"。

下片两用反语,先以无情与多情作对比,继而以具体比喻从反面来说明。"无情"两句,从"楼头"两句生发而来,用反语以加强语意。先说无情则无烦恼,因此多情还不如无情,从而反托出"多情自古伤离别"的深衷;"一寸"指心,柳丝缕缕,拂水飘绵,最识离怀别苦。两句意思是说,无情,怎似得多情之苦,那一寸芳心,化成了千丝万缕,蕴含着千愁万恨。词意来自李煜"一片芳心千万绪,人间没个安排处"(《蝶恋花》),与冯延巳"心若垂杨千万缕,水阔花飞,梦断巫山路"(《蝶恋花》),意思亦相接近。

末两句含意深婉。天涯地角,昔人以为是天地之尽头,所以说是"有穷时"。然而,别离之后的相思之情,却是无穷无尽,即所谓"无穷无尽是离愁"。这是通过比较来体现出因"多情"而受到的精神折磨,感情真切而含蓄,对于那个"抛人"

而去的薄幸年少,却毫无埋怨之语,所以《蓼园词选》说:"末二句总见多情之苦耳。妙在意思忠厚,无怨怼口角。"

(潘君昭)

【作者小传】

张　昇

(992—1077)　字杲卿,韩城(今属陕西)人。大中祥符八年(1015)进士。累官至参知政事、枢密使、同中书门下平章事。英宗朝以年老辞位,出判许州。以太子太师致仕。存词二首。

离亭燕

张　昇

　　一带江山如画,风物向秋潇洒。水浸碧天何处断?霁色冷光相射。蓼屿荻花洲,掩映竹篱茅舍。　　云际客帆高挂,烟外酒旗低亚。多少六朝兴废事,尽入渔樵闲话。怅望倚层楼,寒日无言西下。

　　这是一首怀古词。最早见于范公偁《过庭录》,又见于黄昇《唐宋诸贤绝妙词选》、楼钥《攻媿集》卷七十。关于作者,说法不一。范公偁以为张昇作,黄昇和楼钥都以为孙浩然作。黄、楼都是南宋后期人,范公偁是北宋末、南宋初人,他是范仲淹的曾孙,祖父范纯仁,神宗时期任过宰相,父亲正平,徽宗时做过光禄大夫。他的书多记北宋诸老遗文遗事,乃得自他父亲的传述,所以名叫《过庭录》,从他的时代和家世来看,他的说法较为可信。

　　张昇,或作张昇,而《宋史·仁宗纪》及《宰辅表》均作张昇,现从之。这首词据《过庭录》说是他退居江南后所作。

　　金陵被诸葛亮称为"龙盘虎踞"之地,是东吴、东晋、宋、齐、梁、陈等六个朝代的都城所在,它的山川形胜是久已驰名的。这首词写作者在高楼上所看到的景物,并借以抒发自己的六代兴亡之感。开头一句"一带江山如画",先对金陵一带的全景作一番鸟瞰,概括地写出了它的山水之美。秋天是草木摇落的时候,一般地说,自然界的风光会因为季节的变换而减色,但这里却是"风物向秋潇洒",一切景物显得萧疏明丽而有脱尘绝俗的风致,这就突出了金陵一带秋日风光的特色。接着具体地描绘了这种特色:"水浸碧天何处断",这个"水"正承首句的"江"而来,词人的视线随着浩瀚的长江向远处看去,天幕低垂,水势浮空,天水相连,浑然一色,怎么也看不到它的尽头。这种宏阔的景致,通过一个"浸"字形象而准确地描绘出来。再向近处看,"霁色冷光相射","霁色"紧承上句"碧天"而来,"冷光"承"水"字而来,万里晴空所展现的澄澈之色,江波潋滟所闪现的凄冷的光,霁色是静止的,冷光是翻动的,动景与静景的互相映照,构成了一幅绮丽的画面。这个画面是用一个"射"字来表现的。看到这里,词人又把视线从江水里移到了江洲上,所看到的是:"蓼屿荻花洲,掩映竹篱茅舍。"洲、屿是蓼荻滋生之地,秋天是它发花的季节,在密集的蓼荻丛中,隐约地现出了竹篱茅舍。从自然界写到了人家,为下阕的抒发感慨作了铺垫。

　　在下阕里,先荡开两笔,再抬头向远处望去,"云际客帆高挂,烟外酒旗低亚",极目处,客船的帆高挂着,烟外酒家的旗子在低垂着,标志着人在活动,情从景生,金陵的陈迹涌上心头:"多少六朝兴废事",这里在历史上短短的三百多年里经历了六个朝代的兴盛和衰亡,它们是怎样兴盛起来的,又是怎样衰亡的,这许许多多的往事,什么人理会呢?"尽入渔樵闲话"。"渔樵"承上阕"竹篱茅舍"而来,到这里猛然一收,透露出词人心里的隐忧。这种隐忧在歇拍两句里,又作了进一步的抒写:"怅望倚层楼","怅望"表明了词人在瞭望景色时的心情,倚在高楼的栏杆上,怀着怅惘的心情,看到眼前的景物,想到历史上的往事,此时的心情又有什么人理会呢?"寒日无言西下","寒"字承上阕"冷"字而来,凄冷的太阳默默地向西沉下,苍茫的夜幕即将降临,更增加了他的孤寂之感。歇拍的调子是低沉的,他的隐忧没有说明白,只从低沉的调子里现出点端倪,这是耐人寻思的。从作者过去的身份和字里行间所流露的情绪来看,他不是一般的感叹兴亡,而是有为而发的。他在退居以前,经历了真宗、仁宗两代,退居江南时期,又经历了英宗、神宗两朝,宋帝国由盛到衰、积贫积弱的形势越来越严重。熙宁年间,王安石变法,取得了一些成绩,也造成不少混乱,他作为一向忠心耿耿的在野大臣,面对着这样的形势,不能不感到关切,他担心六朝故事的重演,这大概就是他的隐忧。在野之身是不好把心事和盘托出的,他的心弦只得用低沉的调子来弹奏。

　　这首词从艺术上说,层层抒写,勾勒甚密,词朴而情厚,有别于婉约派的词风。作者和范仲淹同中真宗大中祥符八年进士,是同辈人,王安石是他的后辈,苏东坡更在其后,他的词作虽不多,但却透露出词风逐渐向豪放转变的消息,这是时代使然。况周颐评此词说:"张康节(张昇谥号)《离亭燕》云:'怅望倚层楼,寒日无言西下。'秦少游《满庭芳》云:'凭阑久,疏烟淡日,寂寞下芜城。'两歇拍意境相若,而张词尤极苍凉萧远之致。"(《历代词人考略》)这话是不错的。

(李廷先)

作者小传

石延年

（994—1041）　字曼卿，一字安仁。先世幽州人，家宋城（今河南商丘）。累举进士不第。仁宗明道元年（1032）以大理评事召试，授馆阁校勘，官至太子中允。著有《石曼卿诗集》，今传宋末人辑本；词集《扪虱庵长短句》，已佚，存词二首。

燕 归 梁 春愁　　　　　　　　　　石延年

芳草年年惹恨幽。想前事悠悠。伤春伤别几时休。算从古、为风流。　　春山总把，深匀翠黛，千叠在眉头。不知供得几多愁。更斜日、凭危楼。

这首词托为女子口吻叙写春愁，下笔即包蕴深意。"芳草年年惹恨幽。想前事悠悠。"看见春草萌生，引起对前事的追忆。"年年""悠悠"两叠词用得好，有形象，有感情。"年年"，层次颇多：过去一对恋人厮守在一起，别后年年盼归，又年年不见归，今后定又将年年盼望下去，失望下去。……"悠悠"，形容"前事"是遥远，形容"想"是深长，都表现出女主人公执着纯真的情感。春天的芳草年年萌发，而对往事怀想之情年年不断，与日俱增，不知何时是了。"伤春伤别几时休"，把女主人公的感情潮水倾泻出来了。"算从古、为风流。"是说这种离别愁绪的产生，都是为了男女的风流韵事。"春愁"之意，到此有了着落。

换头三句："春山总把，深匀翠黛，千叠在眉头。"特写女子双眉。"春山"是眉之色，这里又作为春山把自己的青翠的颜色深匀叠压在女子眉头，造语别饶韵致。"不知供得几多愁"一句，承上文，既关合山，又关合眉。王安石《午枕》诗："隔水山供宛转愁"。辛稼轩《水龙吟》词："遥岑远目，献愁供恨，玉簪螺髻。"这是说山触发了自己的无限愁思，而又堆集在眉头上。"更斜日、凭危楼"，写夕阳西下、江楼倚望的情景，有"多少愁"自在不言之中。联系全篇来读，这里用下片写这一日的特定愁绪，写出年年的长久愁绪。一日之愁已是"不知供得几多愁"，那"芳草年年惹恨"更是"只恐双溪舴艋舟，载不动许多愁"了。何况这种"伤春伤别"又是无时无休呢！

石曼卿这首词结尾，颇采用了乐府《西洲曲》"鸿飞满西洲，望郎上青楼。楼高望不见，尽日栏干头"的意境。自此诗以后，效者日多，各有出新，如温庭筠《望江南》"梳洗罢，独倚望江楼"全首，最为脍炙人口；柳永《八声甘州》"想佳人妆楼顾望,误几回天际识归舟。争知我,倚阑干处,正恁凝愁",从男子方面说出,思致亦佳。以后贺铸有一首《唤春愁》(即《太平时》):"天与多情不自由,占风流。云闲草远絮悠悠,唤春愁。试作小妆窥晚镜,淡蛾羞。夕阳独倚水边楼,认归舟。"与石曼卿此词,无论意境用语,若合符节。读者可以自行比对。贺铸也是大家,如果说贺词袭用石词,我想不可以这样说。

　　　　　　　　　　　　　　　　　　　　　　　　　　　　(张清华)

【作者小传】

李　冠

字世英,历城(今山东济南历城区)人。以文学著称,与王樵、贾同齐名。举进士不第,得同三礼出身。调乾宁主簿。有《东皋集》,不传。存词五首。

蝶 恋 花 春暮　　　　　　　　　　李 冠

遥夜亭皋闲信步,才过清明,渐觉伤春暮。数点雨声风约住,朦胧淡月云来去。　　桃杏依稀香暗度。谁在秋千,笑里轻轻语?一寸相思千万绪,人间没个安排处。

　　一起"遥夜亭皋闲信步"句如一把钥匙,启开了全词的关脉。下面使我们窥见这位"信步"之人的所感所触。清代李渔说"作词之料,不过'情''景'二字。非对眼前写景,即据心上说情。说得情出,写得景明,即是好词"(《窥词管见》)。这首词的艺术特色,就在于抒情历历在目,景色清幽,与那还带点儿幽默感的内心积愫,两者交炼成篇,增加了词的韵味。

　　"遥夜",把时间说得很具体,夜色未深,但也决不是"初夜"了。所行之地是"亭皋",城郊有宅舍亭台的地方。他在"信步"上用了一个"闲"字,有"施施而行,漫漫而游",随意举步,漫不经心的样子。

　　"才过清明,渐觉伤春暮。"按说"清明才过",也还是"一年好景君须记"的时候。而诗人已经"伤春暮"了,看来并非完全由于春光的逐渐老去;由此也可见首句的"闲信步"含有排遣内心某种积郁的用意。

　　四、五两句由前三句抑郁"伤春"的感情变得气氛清新多了。"数点雨声",比前人写过的"有时两点三点雨"和后来辛弃疾夜行黄沙道中的"两三点雨山前",都稍大一点,但情韵极相近,尤为可喜的是这里用"风约住"三字接住:"数点雨"而有"声",这雨似乎还不小,只是乍然一阵微带寒意的春风吹过,倏忽间便停止了。这时，淡月朦胧，天空上浮云流来荡去。这两句写景，清新淡雅，而且流转自然，虽巧而不见刻削之痕。且"意深词浅"，探到了写景的妙处，因为它表达"信步"之人由方才因"春暮"的伤情，而到感情的舒畅，写来极其自然。沈谦说"'红杏枝头春意闹'、'云破月来花弄影'俱不及'数点雨声风约住，朦胧淡月云来去'"（《填词杂说》）。就是因为这两句因景见情，既表示出了人的心绪盎然而又委婉有致，不露痕迹。

下阕首句仍承上阕后两句。"桃杏依依香暗度"，这时虽说已过了桃杏盛开的花期，但余香依稀可闻。人为淡月、微云、阵阵清风、数点微雨和依稀可闻到的桃杏花香的美景所感染，那"伤春暮"的情怀暂时退却了。词虽受音乐曲调的限制，分为上下阕，却也可看出词的开头三句和接下来的三句（从"数点"句至"桃杏"句），构成的境界韵味，特别是人的感情，都迥不相侔。

"谁在秋千，笑里轻轻语？"这是一个大的转折。如果说方才因春宵美景而"伤春暮"的心情大有好转的话，这下子可来了个轩然大波：走着走着他感触到不远处有女孩子们在打秋千，她们笑语欢声——轻轻的，人家谈着什么悄悄话儿，他听不到；人家为什么笑，他也不知道；可是他受不住"笑里轻轻语"，又是为什么呢？

从紧接的两句我们知道，原来由此及彼，这事儿引起了他的万缕相思：那大概也是在这样一个"朦胧淡月云来去"的春夜里，"飘扬血色裙拖地，断送玉容人上天"（僧惠洪《秋千》）。红裙拖地，玉容上天，上飘下荡，动作神速，既见技艺高超，更见玉人神采飞扬。这一幕动人心弦的"秋千"往事，虽已烟消云散，然而如今触景感怀，相思之情不仅万缕千丝理不出个头绪来，而且在人世间也几乎都安排不下它。词的最后这四句，前两句轻轻一点，但耐人咀嚼，它用暗笔透视出词人一大段过往的欢愉生活；后两句，浓墨重笔，如水银泻地，把相思之情，全兜在了读者的面前！

虽说是暮春夜晚漫步的一首小词，但还是写出了词人抑扬起伏的感情。从前三句的"抑"转为后三句的"扬"，用疏雨、轻风、浮云、淡月、芳菲依稀来烘托，在清景无限中，暗示人的感情的变化。后来闻秋千声的轻声笑语再一转，拓开一幅画面之外的新场景（用的是"暗场"），从而引出翻江倒海的相思来。至此，我们才恍然大悟，他为什么"才过清明"就"渐觉伤春暮"了。"石以皱为贵，词亦然，能皱，必无滑易之病"（孙麟趾《词径》）。能写出人的抑扬起伏的感情来，并不容易；而且表面看，它好像是平铺直叙，但由于景色映衬得当，"乃具深婉流美之致"（吴衡照语），这正是此词的一大特色。

（艾治平）

六 州 歌 头 项羽庙   李 冠

秦亡草昧①，刘、项起吞并。鞭寰宇，驱龙虎，扫欃枪②，斩长
鲸。血染中原战。视余、耳③，皆鹰犬，平祸乱，归炎汉，势奔
倾。兵散月明。风急旌旗乱，刁斗三更④。共虞姬相对，泣听
楚歌声，玉帐魂惊。泪盈盈。　　念花无主，凝愁苦，挥雪刃，
掩泉扃⑤。时不利，骓不逝，困阴陵⑥，叱追兵。呜咽摧天地，
望归路，忍偷生！功盖世，何处见遗灵？江静水寒烟冷，波纹
细、古木凋零。遣行人到此，追念益伤情，胜负难凭！

〔注〕　①草昧：本是蒙昧不开化之意，这里作荒芜解，形容秦的灭亡。　②欃枪(chán
chēng)：彗星，这里用来比喻秦朝。　③余、耳：指张耳、陈余，都是参加反秦斗争的人物。秦
亡后，项羽封张耳为常山王，封陈余三县地。　④刁斗：古代军中一种用具，铜质，有柄，容一
斗，日间用以烧饭，夜间用来打更。　⑤泉扃(jiōng)：九泉，地下。　⑥阴陵：秦县名，故治在
今安徽定远县西北。

　　这是北宋早期的一首长调怀古词。关于词的作者，说法不一。黄昇以为刘
潜所作，《朝野遗记》以为京东张、李二生作。陈师道《后山诗话》说："(李)冠，齐
人，为《六州歌头》，道刘、项事，慷慨雄伟。刘潜，大侠也，喜诵之。"陈师道生于宋
仁宗皇祐五年(1053)，死于徽宗崇宁元年(1102)。上距李冠、刘潜不远，他的说
法自较可信。从词风上看，这首词和李冠另一首《六州歌头·骊山》也很相近，当
出一人之手。

　　上阕开头两句"秦亡草昧，刘、项起吞并"，写出了秦朝灭亡后，刘邦和项羽的
纷争。起势突兀，领起全词。下边笔锋倒转，追叙项羽起兵反秦时的强大声势：
"鞭寰宇"，说他欲以力征经营天下，以成霸王之业。"驱龙虎"，说他有龙虎一般
的战将供他驱使，"扫欃枪，斩长鲸"，在河北巨鹿救赵之战中，他俘虏了秦朝大将
王离，招降了主帅章邯，彻底消灭了秦军主力，注定了它的灭亡。"鞭""驱""扫"
"斩"四句形象地概括了项羽军发展壮大以及消灭秦军主力的赫赫战功。"血
染中原战"一句，陡转到楚、汉斗争方面来。秦朝灭亡之后，刘、项在中原地区
激战了五年之久。"视余、耳，皆鹰犬，平祸乱，归炎汉，势奔倾。"形势急转直
下，项羽所扶植起来的张耳、陈余等人，在刘邦看来，只不过是鹰犬而已，结果
张耳投降、陈余被杀，不附汉的众诸侯，一个一个被消灭，刘邦取得了胜利，项
羽转强为弱，陷入困境，率众南走。"兵散月明"到"泪盈盈"七句，描写了垓下
之围中项羽与虞姬诀别的情景：在一个月明之夜里，被围的楚军人困马乏，横

七竖八的旌旗在急风里抖动，三更时分，项羽忽听楚歌四起，大惊，起而和虞姬泣别。"兵散""旌旗乱""泣听""魂惊"创造了浓厚的悲剧气氛，突出了项羽的英雄末路的形象。

换头"念花无主"，承上阕虞姬而来。接着写她对项羽的真挚感情。"念花无主，凝愁苦，挥雪刃，掩泉扃。"项王若死，己无所归，愁肠百转，苦恨难言，只有先死，以报项王。前两句表现了她对项羽的忠贞不二之情，后两句表现出她的节烈行为，又构成了一个鲜明的悲剧形象。"时不利"到"忍偷生"，写项羽突围后的壮烈结局。他带领八百多残兵冲出重围，后又困于阴陵，陷于大泽，几度冲杀，最后只剩他单枪匹马，被汉兵追至乌江。他不忍偷生苟活，南渡乌江，再见江东父老。一个叱咤风云、不可一世的人物，终于在这里自刎身亡。"功盖世，何处见遗灵。"表现了词人对项羽的高度评价。一个功勋盖世的人物，他的遗灵却无处可见，所看到的只是"江静水寒烟冷，波纹细、古木凋零。""静""寒""冷""细""凋零"，构成了一片荒寂景象。和项氏当年反秦时的威武雄壮的场面形成了鲜明的对比。最后集中地表现词人的哀伤情绪："遣行人到此，追念益伤情，胜负难凭！"一时的胜负是难以凭信的，而盖世的功勋，却是永久存于人间，点明了这首怀古词的主题。

楚汉相争，项羽是失败者，他的身后冷落得很。只有司马迁满怀着激情，写出了《史记》中的《项羽本纪》，对他的历史作用做了充分的肯定，称他将兵灭秦的功业"近古以来未尝有也"。李冠这首《六州歌头》，通篇隐括《项羽本纪》史文，把项羽从起兵到失败的错综复杂的历程，熔铸在这首词里，着重描写他的英雄气概，写得"慷慨雄伟"，在当时的词坛上放出异彩。写怀古或咏史诗和词，最难的不是抒发感慨，而是剪裁史实，大篇、长调，尤其如此。太实则呆滞，太虚则空疏，必须在虚实之间，而又能情从事出，方臻高境，这非有大才力者不能办。李冠是由于项羽庙的荒凉景象所触发，产生了感慨才写这首词的，重点是摆在项羽失败以后，但又不能不顾及事迹的全局，写法上也要有所不同。"刘、项起吞并"以下追叙起兵灭秦几句，只用几个形象比喻带过，这是虚写。刘、项五年的激烈战争，刘邦削平诸侯，取得决定性胜利，也只用"视余、耳，皆鹰犬，平祸乱，归炎汉"几句带过，虚中有实。"势奔倾"以下才着力写了项、虞对泣、虞姬殉情、项羽自刎等三个场面，这是实写。最后写项羽庙的荒凉景象，是目前所见，归结到题目上来。在实写中，也不是据史实写，而是把史实加以高度提炼，再加上想象和夸张，构成了色彩鲜明、形象宛然的历史画面。例如垓下之围中"兵散月明"以下几句就是虚拟，这种写法不仅不违背历史真实,反而增强了历史的形象性和艺术感染力,随处洋溢着词人的才情。统观全词,构思巧妙,布局得体,大气包举,形完神足,在艺术上自是上乘之作。

自来论宋朝豪放词者,大多推范仲淹《渔家傲》为起点,其实李冠此词早于范作,已开风气之先。程大昌《演繁露》说:"《六州歌头》本鼓吹曲也。近世好事者倚其声为吊古词,如'秦亡草昧,刘项起吞并'者是也。音调悲壮,又以古兴亡事实之,闻其歌,使人慷慨,良不与艳词同科。"李冠此词能于婉约绮靡的词风之外,别开生面,表现一种慷慨的气概,具有一定的创新意义。

(李廷先)

【作者小传】

宋 祁

(998—1061)　字子京,安州安陆(今属湖北)人。后迁开封雍丘(今河南杞县)。天圣二年(1024)进士。历官国子监直讲、太常博士、尚书工部员外郎、知制诰、史馆修撰、翰林学士承旨等。卒谥景文。诗词多写优游闲适生活,语言工丽,描写生动,有"红杏枝头春意闹"(《玉楼春》)之句,世称"红杏尚书"。有集,已佚,今有清辑本《宋景文集》;词有《宋景文公长短句》,存六首。

木 兰 花　　　　　　　　　宋 祁

东城渐觉风光好,縠皱波纹迎客棹。绿杨烟外晓寒轻,红杏枝头春意闹。　　　　浮生长恨欢娱少,肯爱千金轻一笑。为君持酒劝斜阳,且向花间留晚照。

宋子京因此词而得名,正如秦少游之为"山抹微云学士",他则人称"红杏尚书"。古人极善于把事物"诗化",连一个仕宦职衔也可以化为非常风雅的称号,传为佳话,思之良可粲然,——这佳话指的就是此词的上阕歇拍之句了。但吾人学文,不可贵耳贱目,切须自具心眼,即如本篇传颂千载,究竟好在哪里? 难道只一个"闹"字便作成了一段故事? 倘如此,"红杏尚书"者,为何不径呼他"闹尚书",岂不更为一矢中的,直截了当? 大约古往今来,落于"字障"的学子,半为此等浅见俗说引错了路头。

要赏此词,须看他开头两句,是何等地光景气象。不从这里说起,直是舍本

木兰花（东城渐觉风光好）　　　宋　祁

——明刊本《诗馀画谱》

而逐末。

　　且道词人何以一上来便说东城？普天下时当艳阳气候，莫非西城便不可入咏？有好事者答辩说：当时当地，确实以东城为美。又有的说，只因宋尚书住在东城，所以他不写西城。……这自然都言之成理。然而，寒神退位，春自东来，故东城得气为先，——正如写梅花，必曰"南枝"，亦正因它南枝向阳，得气早开；此皆词人诗客，细心敏感，体察物情、含味心境，而后有此诗心诗笔，岂真为"地理考证"而设置字样哉。古代春游，踏青寻胜，必出东郊，民族的传统认识，从来如此也。

　　真正领起全篇精神的，又端在"风光"二字。

　　何谓风光？词书词典上说就是"风景"。科学家若来解释，定然说，就是"空气和阳光"。这原本不错，只是忘记了我们的语文特色，它比"物理化学名词定义"包含的要丰富得多。风光，其实概括了天时、地利、人和三方面的关系；它不但是自然景色，也包含着世事人情。正古人所谓"天气澄和，风物闲美"，还须加上人意欣悦。没有了后者，也就什么都没有了。

　　一个"渐"字，最为得神。说是"渐觉"，其实那芳春美景，说到就到，越看越是好上来了。

　　这美好的风光，分明又有层次。它从何处而"开始"呢？词人答曰："我的感受首先就眼见那春波绿水，与昨不同；它发生了变化，它活起来；风自东来，波面生纹，如同纱縠细皱，粼粼拂拂，漾漾溶溶——招唤着游人的画船。春，是从这儿开始的。"

　　然后，看见了柳烟；然后，看见了杏火。

　　这毕竟是"渐"的神理，一丝不走。晓寒犹轻，是一步；春意方闹，是又一步。风光在逐步开展。

　　把柳比作"烟"，实在很奇。"桃似火，柳如烟"，这译成外文，无论如何引不起西方读者的"美学享受"。然而在我们感受上，这种文学语言，这种想象和创造，很美，美在哪里？美在传神，美在造境。盖柳之为烟，写其初自冬眠而醒，嫩黄浅碧，遥望难分枝叶，只见一片轻烟薄雾，笼罩枝梢——而非呛人的黑烟也。桃杏之为火，写其怒放盛开，生气勃发，如火如荼，"如喷火蒸雾"，全是形容一个"盛"的境界气氛——而非炙热灼烫的为灾之火也。

　　领会了这，或者不难进而领会"闹"字矣。

　　闹，安静、萧寂之反词。词人用它，写尽那一派盎然的春意，蓬勃的生机。王静安论词主"境界"之说，曾言"看一闹字而境界全出"。但也有学者强烈反对这个闹字，说：闹并非好字，亦非佳事（如吵闹、闹事……），写良辰而用此等字眼，无理甚矣。这就是忘记了"闹元宵"，连那头上戴的也叫"闹蛾儿"呢！风光大好，但看不得"闹"字，其理自当有在。

上阕写尽风光，下阕转出感慨。

人生一世，艰难困苦，不一而足；欢娱恨少，则忧患苦多，岂待问而后知。难得开口一笑，故愿为此一掷千金亦所不惜。正见欢娱之难得也。欢娱恨少，至于此极。书生无力挥鲁阳之戈，使日驭倒退三舍，只能说劝斜阳，且莫急急下山，留晚照于花间，延欢娱于一饷！读词至此，哀耶乐耶？喜乎悲乎？论者或以为此宋祁者肠肥脑满，庸俗浅薄，只一味作乐寻欢，可谓无聊之尤，允须"严肃批判"。嗟嗟，使举世而皆如是读文论艺，岂复有真文艺可存乎？

红杏尚书——莫当他是一个浅人不知深味者流。大晏曾云："一曲新词酒一杯，……夕阳西下几时回？"面目不同，神情何其相似：岂恋物之作，实伤心之词也。

（周汝昌）

蝶　恋　花　情景　　　　　　　　　　宋　祁

绣幕茫茫罗帐卷。春睡腾腾，困入娇波慢。隐隐枕痕留玉脸，腻云斜溜钗头燕。　　远梦无端欢又散。泪落胭脂，界破蜂黄浅。整了翠鬟匀了面，芳心一寸情何限。

宋祁这首词中"泪落胭脂，界破蜂黄浅"二句，曾被李调元誉为词中名句（见《雨村词话》）。说明它在体贴人情、摹写物态方面有着很高的造诣。这首词是写一个少妇春睡初醒的神态和醒后忆梦的情思。上片写好梦初回的神情。妙在迷离恍惚中托出一个娇慵、困倦、淡漠、惆怅的少妇，像浮雕似的出现在画面上。绣幕是空荡荡的，罗帐是高高挂起的，使这个少妇感到灵魂的寂寞，内心的空虚。一句话，把她的生活环境和内心矛盾含蓄而细腻地揭示了出来，为生发出下面的词意作了铺垫。古人谓"词重发端"，而发端之辞，贵在开门见山，隐摄全篇。这句词的"墨光所射"，正在统摄下面的词意。"春睡腾腾，困入娇波慢"二句，勾画出这个少妇的倦态。"腾腾"，这里与"懵腾"同义，是睡眼朦胧，神志不清的样子。"娇波慢"，是说妩媚的眼睛迟缓地转动着。如顾夐《醉公子》："睡起横波慢，独望情何限。"词人用两句话，活脱出一个睡起娇无力、媚眼转还迟的少妇来。"隐隐"二句，进一步刻画少妇春睡乍醒的神情。那润泽如玉的脸上，隐隐约约地留下了枕痕；那柔密如云的发上，一枝饰有双燕的玉钗倾斜着滑了下来，一种无力、无奈、无聊、无心的慵态，栩栩如生地浮现在我们的面前。"腻云"，形容润泽的头发。如柳永《定风波》的"暖酥消，腻云亸，终日厌厌倦梳裹"，萧东父《齐天乐》的"软玉分褥，腻云侵枕，犹忆喷兰低语"。吴衡照说："言情之词，必借景色映衬，乃具深婉流美之致。"（《莲子居词话》卷二）这首词的上片以"绣幕茫茫罗帐卷"发端，又以"腻云斜溜钗头燕"作结，一种伤离念远之情，便在景色中映衬出来，不但逼真地描写了这个少妇的外貌，而且深刻地揭示了这个少妇的内心世界，是深于言情、工于言情的有效手法。

　　"远梦无端欢又散"，是过片，紧承上片"春睡腾腾"生发出来的词意。她在回味着刚才所做的"远梦"。就在这片时的春睡中，她行尽了塞北江南，经历了旧欢新别，真是"梦随风万里，寻郎去处，又还被莺呼起"（苏轼《水龙吟》）。这无端的欢聚，无端的离散，怎能不令人懊恼呢？梦回酒醒，依旧是人远楼空，衾寒枕冷，面对眼前的寂寞，回味适才的欢乐，情不自禁地流下了盈盈的热泪。"泪落胭脂"二句，正是惊梦、忆梦、念远、伤远的结果。"蜂黄"，是唐代风行的女子化妆品，宋代也沿用了下来，周邦彦《满江红》"临宝鉴、绿云缭乱，未忺妆束。蝶粉蜂黄都褪了，枕痕一线红生肉"，可证。宋祁在这里用一"界"字，把珠泪洗却涂黄的脸蛋活画出来。李调元说它是从韦庄《天仙子》的"泪界莲腮两线红"脱胎出来的（见《雨村词话》），但它所构成的形象更加鲜艳，色彩更加丰富，也更富于立体感和动态美。《尊前集》署名李白所作《菩萨蛮》的"泣归香阁恨，和泪淹红粉"，用"泪"和"粉"构成一个充满离愁别恨的少妇形象，但还停留在平面的描写上。牛峤《望江怨》的"寄语薄情郎，粉香和泪泣"，也没有把"泪"和"粉"有机地结合起来，构成一个有声有色的动人形象。苏轼《贺新郎》的"共粉泪，两簌簌"，绘了形，也绘了声，但色彩过于单调，缺少变化。陆游《钗头凤》的"春如泪，人空瘦，泪痕红浥鲛绡透"，写出了脸余泪痕、泪湿罗帕的伤心怀抱，而没有刻画出少妇面部的色彩转换、线条变化。只有宋祁这两句词构成了色彩线条的转换变化，反映出少妇内心的复杂矛盾，因而给人以更加深婉的美感享受。"整了翠鬟匀了面"二句，紧承上片的鬟乱钗溜和上文的泪界蜂黄而来。惟其鬟乱，所以要再整翠鬟；惟其泪流，所以要重匀粉面。"翠鬟"，是妇女发式的美称。如毛熙震《女冠子》："翠鬟冠玉叶，霓袖捧瑶琴"，毛文锡《中兴乐》"翠鬟女，相与、共淘金"。"芳心"，指妇女美好的心灵。如柳永《定风波》："自春来惨绿愁红，芳心是事可可。"苏轼《贺新郎》："秾艳一枝细看取，芳心千重似束，又恐被秋风惊绿。"宋祁这两句采取以情语收结的形式，既与前意拍合，又是一笔宕开，自有余韵，有辞尽意不尽之致，使通首所写的离愁别恨，至此而精神百倍，辞意俱绝。刘永济先生认为宋祁这一结，较之张先的"沉恨细思，不如桃杏，犹解嫁东风"，"工力悉敌，而风度超妙，则尚胜一筹"（《词论·结构第五》），是很有美学见解的。　　　　　　　　　（羊春秋）

锦　缠　道　　　　　　　　宋　祁

燕子呢喃，景色乍长春昼。睹园林、万花如绣。海棠经雨胭脂透。柳展宫眉，翠拂行人首。　　　向郊原踏青，恣歌携手。醉醺醺、尚寻芳酒。问牧童、遥指孤村道："杏花深处，那里人家有。"

这首词有谓是宋无名氏所作，然见于近人赵万里所辑《宋景文公长短句》，刊于《校辑宋金元人词》中，故一般都认为是宋祁所作。

宋祁生活在仁宗朝，与兄同举进士，人称"大小宋"以别之，历官翰林学士，史馆修撰，进工部尚书，拜翰林学士承旨，可谓一生得意，享尽荣华。尽管其词集宋版已失，但从赵万里辑本看，他的词表现出一种风流闲雅的格调，这大概与他一生的经历和生活有关。

以这首《锦缠道》来说，就充满了欢愉，洋溢着及时行乐的况味。与年辈、地位相近的晏殊、欧阳修比较，宋祁没有前者"无可奈何花落去""落花风雨更伤春"之类的闲愁，也没有后者"可惜明年花更好""春愁酒病成惆怅"之类的感叹。由于作者从未经历过宦海风波，一生富贵，因而词中表现出明媚鲜妍的艺术风貌和欢快酣畅的韵律节奏。

这首词以报春燕子的呢喃声开局，接着由"声"而"色"，从笼统的空间感受的春色中表现出春昼变长的时间感。继而将目光投向最足以展现蓬勃春色的园林，"万花如绣"一语以人工织绣之美表现大自然旺盛的生机，很见特色。作者接着在"万花"之中选取了一个特写镜头：经雨的海棠，红似胭脂。由红花而至绿叶，写到了柳树，柳叶儿不是才舒娇眼，而是尽展宫眉，翠拂人首了。这里，作者将海棠拟作胭脂，将柳叶喻为宫眉，但读来并不觉得甜俗，因为这样的拟人之笔使人更感受到春天的生气。

春色如斯，人岂能安于亭中、槛内的赏玩？作者在换头处以"向郊原踏青"一语点明了郊游之乐，而"恣歌携手"四字则是一个大写意的自画像。"醉醺醺、尚寻芳酒"，前三字是一个近景特写，后四字醉而更寻醉，以"尚"字的递进渲染出恣纵之态。最后三句，分明从杜牧《清明》一诗中"借问酒家何处有，牧童遥指杏花村"化来。在诗中，虽可看出能在杏花村酒家之中买得一醉，但却难以排遣清明时节孤身旅人的悲凉情怀,不能消尽凄迷意境的底色。而在词中,却是承上阳春郊游的无比欢畅,是寻乐意绪的延续和归宿,故呈现出明丽柔媚的色彩。因而这一化用更凭借句式的长短,将诗中的悱恻低沉变作词中的酣畅活泼,从形式以至意境上都翻出了新意。

宋祁生活的时代,正值北宋最升平的盛世,缙绅阶级衍五代之余绪,词风典雅而温婉,但馨香秀洁之中不乏伤春伤别的淡淡哀愁,无论是大小晏、欧阳修,还是更早的范仲淹均如此。因而宋祁的词就以其善写春色的明媚,春天的酣乐而自具面貌。《锦缠道》较之晏、欧等人之作,其最大特点就在于以鲜明的色彩,生动的形象,拟人化的手法状春天的主动撩人,来传递春色之美丽,春意之热烈。即使较之喜好艳辞、与宋祁同以佳句互相称美的张先来,也无张氏以“影”字见称的朦胧。其次,宋初士大夫写词虽多不出闲情与艳情范围,但不失其雍容、矜持的风度,宋祁此词却以“恣歌携手”,“醉醺醺、尚寻芳酒”描绘了狂放的自我形象,虽无晏、欧由含蕴而归于深隽的抒情况味,但从形象到感情都直接可感,从而也使之在当时词风中自具一格。

王国维《人间词话》曾称道宋祁《木兰花》:“‘红杏枝头春意闹’,着一‘闹’字而境界全出。”正是这一“闹”字,显现了红杏并非无语争春,而“万花如绣”,柳拂行人,又岂非撩人之意？大概正是都抓着了春意撩人这一灵魂,宋祁的词才显得那样鲜明热烈,形象呼之欲出。这虽是享乐之作,但向自然春光中去享受,总比向脂粉裙钗中追求要多一点健康气息吧！

(邓乔彬)

【作者小传】

叶清臣

(1000—1049) 字道卿。苏州长洲(今江苏苏州)人。天圣二年(1024)进士。累官至翰林学士,权三司使。存词二首。

贺圣朝 留别 叶清臣

满斟绿醑留君住,莫匆匆归去。三分春色二分愁,更一分风雨。 花开花谢,都来几许？且高歌休诉。不知来岁牡丹时,再相逢何处？

叶清臣是北宋中期人,曾任翰林学士、权三司使等官职。他留下的词作很少,除这首《贺圣朝》外,另一首《江南好》已经残缺。本篇被宋黄昇选入《花庵绝妙词选》(见卷六),是写得较好的一首词。

这首词大约是作者在北宋首都汴京留别友人之作。在筵宴上,作者怀着依依不舍的深情,满斟翠绿色的美酒,殷勤地劝友人多喝几杯,不要匆匆归去,因为别易会难啊!时值暮春多风多雨之时,总共三分春色,其中二分是忧愁,一分是风雨,此情此景,多么使人难堪!暮春是牡丹花开放的季节,但它容光短暂,从开放到凋谢,没有多少时间。既然好花不长开,机会难得,还是放声高歌,畅饮美酒,休去诉说离愁别绪吧。只是不知道明年今日牡丹花开放时节,能在何处重逢。

本篇题名《留别》,着重写与友人分手时的离愁别绪,其中既有黯然失色的伤心语,又有豁达排遣的宽慰语,混和着互相矛盾的感情。"三分春色二分愁,更一分风雨",虽然还是以词家习惯运用的情景交融的手法来描写离愁,但设想奇特,不落俗套,给人以新颖巧妙的感觉。词人对"春色"巧妙地使用了等份分析法,设想"春色"总体为"三分",而其中的"二分"是"愁","一分"是"风雨"。显然,此时此刻的"春色"是"愁"与"风雨"的集合体。其实,这里的"风雨",只是表象,实质上是明写风雨暗写愁。在文学作品中,离别之际的风雨,往往是造景,它象征着纷乱的、充塞着整个空间的离愁别绪和不忍分袂的临歧之泪。这里写"风雨",用的正是这种以景写情的笔法。这样看来,三分春色都是愁。词人用全部的春色来写与挚友分手时的离愁别绪,其友情之深,离别之难,就不言而喻了。这里的用笔,貌似轻倩活脱,实质上它饱和了作者的全部感情,字字沉重,确实是情景交融、情深意长的佳句。苏轼著名的《水龙吟》(次韵章质夫杨花词)有句云:"春色三分,二分尘土,一分流水。"大约即是从此处脱胎,可见它如何受到人们的重视。上片,由举杯挽留到离别情怀,由外部行动而至内心感情,用的是顺叙(正叙)笔法。下片则转折颇多。过片"花开"两句,紧承上片的离愁别绪,并进一步预写别后的相思。"花开"句,用韩偓《谪仙怨》"花开花谢相思"句意,但作者只写"花开花谢",而不说"相思",实际上"相思"已包容在上片的离愁别绪之中。有离愁,必有相思,这也是感情上的自然发展。"都来几许",是说(这种相思)总的算来会有多少,由挚友不得长聚而引起的时序更迭、流年暗换的慨叹与迷惘,亦暗寓其中。这两句深化了上片的离愁。但作者马上又冲破了感伤缠绵的氛围,用"且高歌休诉"句一变而为高亢旷达。这是对友人的劝慰,也是作者的自我排遣,表现出作者开朗豁达的胸怀。可是一想到别易会难,明年此际不知能否重逢,心里不免又泛起怅惘之情,使全词再见波折。这首词先写离愁,继而排解宽慰,终写怅惘之情,篇幅不长,但写情比较曲折细致,语短情长,表现出作者留别友人时复杂矛盾的心情。

本篇虽写离愁别恨,但它不像许多婉约派词作那样,写愁恨掩抑低沉、凄伤欲绝。篇中不但有豁达乐观的话,而且全篇语言刚健,笔调雄浑,在惆怅的别情背后,透露出一股豪迈开朗的气息。《宋史》本传载叶清臣为人豪爽刚直,敢于在宋仁宗前直言时政阙失,不畏权贵。本词的豪放风格,也显示出作者的性格特征。

(王运熙　施绍文)

【作者小传】

梅尧臣

(1002—1060)　字圣俞,宣州宣城(今属安徽)人。宣城古称宛陵,世称"宛陵先生"。初试不第,以荫补河南主簿。皇祐三年(1051),召试,赐进士出身,为太常博士。以欧阳修荐,为国子监直讲,累迁尚书都官员外郎,世称"梅都官"。诗主平淡,多反映现实生活和民生疾苦,以矫宋初空洞靡丽之诗风。著有《宛陵先生集》,词存二首。

苏　幕　遮　草　　　　　　　　　　梅尧臣

露堤平,烟墅杳。乱碧萋萋,雨后江天晓。独有庾郎年最少。窣地春袍,嫩色宜相照。　　接长亭,迷远道。堪怨王孙,不记归期早。落尽梨花春又了。满地残阳,翠色和烟老。

宋吴曾《能改斋漫录》卷十七《乐府·咏草词》云:"梅圣俞在欧阳公座,有以林逋《草词》'金谷年年,乱生春色谁为主'为美者,圣俞因别为《苏幕遮》一阕云云。欧公击节赏之。"我国古代作家的一些名篇,往往是在立志胜过别人的同题之作的情况下产生的。张衡不满班固的《两都赋》,另作《二京赋》,"精思傅会,十年乃成",终于使之成为京都赋中的大观。唐宋诗词中这类例子就更是不胜枚举了。梅尧臣是北宋名作家。他在创作上自期甚高,少所许可。林逋的《草词》,词牌为《点绛唇》,全词如下:"金谷年年,乱生春色谁为主?余花落处,满地和烟雨。　　又是离歌,一阕长亭暮。王孙去,萋萋无数,南北东西路。"梅尧臣不肯随人说妍,已显示其不偶流俗的艺术鉴赏力,又能即席赋一同题之作,与之较量短长,这更是在艺术上有独特见解和高超修养的表现。

开头四句写春草的芊绵可爱。"露堤平,烟墅杳",从具体的风景点上着笔:笔直的大堤上绿草如茵,望去平崭崭一片,白色的露水在晨光中闪烁,像缀在绿茵上的真珠。远处的一座别墅,在如烟的嫩草的掩映之下,若隐若现。"乱碧萋萋"是总写一笔。环顾四周,到处是萋萋的绿草,仿佛整个世界都被染绿了。"雨后江天晓",是用特定的最佳环境来点染春草的精神。雨后万物澄鲜,春草当然更为嫩绿葱倩;江天是何等开阔蔚蓝,无边的春草与它配置在一起,千里一色,正好相得益彰。晓风轻拂,空气清新。一派蓬勃的生机,伴随着浓郁的春意,簇拥出一个风度翩翩的少年。"独有庾郎年最少"三句,由物及人,由景入意。"庾郎"本指庾信。庾信是南朝梁代文士,使魏被留,被迫仕于北朝。庾信留魏时已经四十二岁,当然不能算"年最少",但他得名甚早,"年十五,侍梁东宫讲读"(宇文逌《庾开府集序》)。这里借指一般离乡宦游的才子。梅尧臣的诗名与才华,很早就露尖,又于二十多岁时由门荫入仕。如果把"庾郎"看作是作者自喻,也未尝不可。"窣地春袍",指踏上仕途,穿起拂地的青色的章服。宋代六、七品服绿,八、九品服青。刚释褐入仕的年轻官员,一般都是穿青袍。由绿草而联想到春袍,与庾信的《哀江南赋》有些关系。《能改斋漫录》卷七《事实·春草随青袍》云:"杜子美诗'江草乱青袍''春草随青袍',盖用古诗'青袍似春草,长条随风舒'。北周庾信《哀江南赋》云:'青袍如草,白马如练。'"春袍、青袍,实为一物,用在这里主要是形容宦游少年的英俊风貌。"嫩色宜相照",指嫩绿的草色与袍色互相辉映,显得十分相宜。

如果说,上阕用遍地的春草衬托出一个宦游少年的春风得意之态的话,那末下阕主要抒写宦游少年春尽思归的情怀。"接长亭,迷远道",即李白《菩萨蛮》词末二句"何处是归程?长亭连短亭"之意。在茫茫的宦海中,到处潜伏着政治风险,无法预卜凶吉,也看不到自己的归宿。这时,《楚辞·招隐士》中"王孙游兮不归,春草生兮萋萋"的传统思想悄悄地爬上心头。"堪怨王孙,不记归期早。"词人用自怨自艾的语调表达了强烈的归思。"落尽梨花春又了",化用李贺《河南府试十二月乐词·三月》诗句:"曲水飘香去不归,梨花落尽成秋苑。"以自然界春色的匆匆归去,暗示自己仕途上的春天正在消逝。梅尧臣由门荫入仕以后,曾应试进士,没有及第。他担任的官职也只不过是主簿、知县、幕僚之类,仕途极不得意。词的结尾两句"满地残阳,翠色和烟老",渲染了残春的迟暮景象。"老"字与上阕"嫩"字遥相呼应。于春草的由"嫩"变"老"之中,暗寓伤春之意,而这也正好是词人嗟老、倦游心情的深刻写照。

　　梅尧臣在艺术上主张"状难写之景如在目前,含不尽之意见于言外"(欧阳修《六一诗话》引)。这首词用"平""烟""萋萋",状草之形;用"碧""嫩""翠",状草之色;又用映衬手法传写出草之神与情,或实或虚,都鲜明如画,历历在目。词中抒写了作者初仕的得意情态和后来倦于宦游、春末思归的苦闷心绪,但都非常含蓄,只是在精心描绘的意境中微微透出,让读者于言外得之,因此这是一首较好地体现了作者自己的艺术主张的佳作。

　　　　　　　　　　　　　　　　　　　　　　　　　　　　　　　　　(吴汝煜)

【作者小传】

欧阳修

(1007—1072)　字永叔,号醉翁,晚号六一居士。庐陵(今江西吉安)人。天圣八年(1030)进士。累擢知制诰、翰林学士,历枢密副使、参知政事。神宗朝,迁兵部尚书,以太子少师致仕。卒谥文忠。政治上曾支持过范仲淹的革新主张,文学上力主"明道""致用",反对论卑气弱、艰涩险怪的时文和风靡诗坛的"西昆体",是北宋诗文革新运动的领袖,"唐宋八大家"之一。散文、诗、词均有成就。著有《新五代史》《集古录》《欧阳文忠集》《六一词》。词存二百四十二首。他的词基本上沿袭晚唐五代馀风,抒情委婉深致,写景清新明丽,亦有少数篇章风格豪放疏宕。

采　桑　子　　　　　　　　　　　　　　　欧阳修

　　轻舟短棹西湖好,绿水逶迤,芳草长堤,隐隐笙歌处处随。

　　无风水面琉璃滑,不觉船移,微动涟漪,惊起沙禽掠岸飞。

　　欧阳修《采桑子》共十三首,其中联章歌咏颍州西湖景物者十首。颍州治所汝阴,在今安徽阜阳。北宋仁宗皇祐元年(1049),欧公四十三岁时曾移知颍州,"爱其民淳讼简而物产美,土厚水甘而风气和,于时慨然已有终焉之意也"(《思颍诗后序》)。二十二年之后,神宗熙宁四年(1071),欧公六十五岁,以观文殿学士、太子少师致仕,归颍州私第居住,果如所愿。颍州西湖在北宋时曾是清澈幽美的。据明代《正德颍州志》卷一:"西湖在州西北二里外。湖长十里,广三里。相传古时水深莫测,广袤相齐。……湖南有欧阳文忠公书院基。"熙宁五年,"正值柳绵飞似雪"的暮春季节,老同事赵概由南京应天府(今河南商丘)远道相访,高谊雅兴,传为文坛佳话。《蔡宽夫诗话》云:"文忠与赵康靖公概同在政府,相得欢甚。康靖先告老，归睢阳（商丘）；文忠相继谢事，归汝阴（颍州）。康靖一日单车特往过之，时年几八十矣。留剧饮逾月，日于汝阴纵游而后返。前辈挂冠后，能从容自适，未有若此者。"（《苕溪渔隐丛话后集》卷二十三引）欧公这一组十首《采桑子》，从内容看非写一时之景；词前《西湖念语》云"并游或结于良朋，乘兴有时而独往"，盖是通其前后诸胜游的感受以入词，又不止与赵概同乐之事了。词成，并在盛大的宴会上令官妓歌唱以佐清欢。此词就是这组歌词的第一阕。

　　作者用轻松淡荡的笔调，描绘了在春色怀抱中的西湖。轻舟短棹，一开头就给人以悠然自在的愉快感觉。不仅是"春草碧色，春水渌波"，跟绵长的堤影掩映着，看到的是一幅淡远的画面；而且在短棹轻纵的过程里，随船所向，都会听到柔和的笙箫，隐隐地在春风中吹送。这些乐曲处处随着词人的船，仿佛是为着词人而歌唱。这么短短的几笔，就把读者带进了一个可爱的冶春季节的气氛中。下片着重描写湖上行舟、波平如镜的景色。西湖是上下空明，水天一色的，用琉璃来比拟它的滑溜和澄澈，再也贴切不过。"不觉船移"四字，更是语妙天下。正因为春波之滑，所以不待风吹，而船儿已自在地漾去。联系上片的"笙歌处处随"来看，船是不断地在前移，歌声也就不住地在后随，词人是觉到的，偏说是不觉，就有力地显示了水面琉璃之滑。但船移毕竟不可能绝不触动水波，于是，下文就递到"微动涟漪"，词人的观察力和艺术构思，可算是细入毫芒。最后，"惊起沙禽掠岸飞"这一动态，划破了境界的宁静，使全幅画面都跳动起来，更显得词心的活泼泼地。

　　北宋前半时期的小令，语言比较清新自然。这词清空一气，正如素面佳人，不施粉黛，便能动人。南宋后期那些用浓艳的藻彩去涂抹湖山的作品，倒不免是唐突西施了。

　　　　　　　　　　　　　　　　　　　　　　　　　　　　　　（钱仲联）

采　桑　子　　　　　　　　　　　　欧阳修

画船载酒西湖好，急管繁弦，玉盏催传，稳泛平波任醉眠。

行云却在行舟下，空水澄鲜，俯仰留连，疑是湖中别有天。

　　"西湖好"，是欧阳修十首《采桑子》所要表现的共同主题，所以第一句都以这三个字结尾。但每一首词表现的角度不同，本词描写的是"画船载酒"游西湖的情景。

　　乘坐彩绘的游船，饮着美酒，荡漾于湖光山色之间，是多么惬意啊！再加上音乐助兴,使这种欢乐更达到了高潮。管乐的声音高亢嘹亮,节奏急促;弦乐纷然齐鸣,紧和着管乐的节奏。"急管繁弦",这一"急"一"繁",将音乐欢快、热烈的气氛和节奏渲染出来了。在这样的乐声中,人的情绪更加高涨,朋友间频频举杯,行令助饮,你斟我劝。"玉盏催传"的"催"字,形象地传达出了主人、客人亲密无间、开怀畅饮的情态。这样的豪饮,自然是"一醉方休"。湖上风平浪静,尽可以放心地躺在船上,任船儿在水上自由漂行。

　　上片写饮酒游湖之乐,下片写醉后观湖之乐。俯视湖水,只见白云朵朵,飘于船下。船在移动,云也在移动,似乎人和船在天上飘飞。这自然是一时产生的错觉。"空水澄鲜"一句,本于谢灵运《登江中孤屿》诗"云日相晖映,空水共澄鲜",言天空与湖水同是澄清明净。这一句是下片的关键。兼写"空""水",绾合上句的"云"与"舟",下两句的"俯"与"仰"、"湖"与"天",四照玲珑,笔意俱妙。虽借用成句,而恰切现景,妥帖自然,如自己出。"俯仰流连"四字,又是承上启下过渡之笔。从水中看到蓝天白云的倒影,他一会儿举头望天,一会儿俯首看水,被这空阔奇妙的景象所陶醉,于是怀疑湖中别有一个天宇在,而自己行舟在两层天空之间。"疑是湖中别有天",与这组词的上一首"兰桡画舸悠悠去,疑神仙",同用"疑是"语,上一首取其意态为喻,这一首则就其形貌为说,——与李白《望庐山瀑布》诗"飞流直下三千尺,疑是银河落九天"的手法相近。说"疑"者非真,说"是"者诚是,"湖中别有天"的体会,自出心裁,给人以活泼清新之感。一首好的诗词,贵在真切地传达出特殊环境中的特殊感受。欧词和李诗,可说是春兰秋菊,各极一时之秀。

　　　　　　　　　　　　　　　　　　　　　　　　　　　　　　　　（陈华昌）

采　桑　子　　　　　　　　　　　　　　欧阳修

　　群芳过后西湖好,狼籍残红,飞絮濛濛,垂柳阑干尽日风。
　　笙歌散尽游人去,始觉春空,垂下帘栊,双燕归来细雨中。

　　这首词写出作者晚年居住的颍州西湖的暮春景象,从而表现了作者异常的、幽微的心理状态。

　　西湖花时过后,残红狼籍,常人对此,当是无限惋惜,而作者却赞赏说"好",确是异乎常情的。首句是全词的纲领,由此引出"群芳过后"的西湖景象,及词人从中领悟到的"好"的意味。词的上半阕所写,为"群芳过后"的湖上一片实景,笼罩在这片实景上的是寂寞空虚的气氛。试看,落红零乱满地,杨花漫空飞舞,使人感觉春事已了。"垂柳"句与上二句相联系,写出了栏畔翠柳柔条斜拂于春风中的姿态;单是这风中垂柳的姿态,本来是够生动优美的,然而著以"尽日"二字,联系白居易《杨柳枝》"永丰西角荒园里,尽日无人属阿谁"来体会,整幅画面上一切悄然,只有柳条竟日在风中飘动,其境地之寂静可以想见。在词的上阕里所接触到的,只是物象,没有出现任何人的活动。眼前的自然界,显得多么令人意兴索然!

下阕"笙歌散尽",虚写出过去湖上游乐的盛况;游人去后,"始觉春空",点明从上面三句景象所产生的感觉。谭献说:"'笙歌散尽游人去'句,悟语是恋语"(谭评《词辨》),道出了作者的复杂微妙的心境。"始觉"是顿悟之辞,这两句是从繁华喧闹消失后清醒过来的感觉,繁华喧闹消失,既觉有所失的空虚,又觉获得宁静的畅适。首句说的"好"即是从这后一种感觉产生,只有基于这种心理感觉,才可解释认为"狼籍残红"三句所写景象的"好"之所在。

最后二句,写室内景,从而使人揣想,前面所写一切,都是词人在室外凭栏时的观感。末两句是倒装。本是开帘待燕,"双燕归来"才"垂下帘栊"。着意写燕子的活动,反衬出室内一片清寂气氛。"细雨"字还反顾到上阕的室外景。落花飞絮,着雨更见得春事阑珊。本词从室外景色的空虚写到室内气氛的清寂,通首体现出词人生活中的一种静观自适的情调。

这首词是欧阳修颍州西湖组词《采桑子》十首的第四首。诸词抒写作者以闲退之身恣意游赏的怡悦之情,呈现的景物都具有积极的美的性质,如"芳草长堤""百卉争妍""空水澄鲜"等等,独此首所赏会的是"狼籍残红"。整组词描写的时节景物为从深春到荷花开时,"狼籍残红"自然是这段时节过程中应有的一环。如果说诸词表现了词人作为"闲人"对各种景物的"欢然会意"(见组词前"致语"),本词却不自觉地透露出他此时的别样情绪。作者这时是以太子少师致仕而卜居颍州的。他生平经历过不少政治风浪,晚年又值王安石厉行新法,而不可与争,于是以退闲之身放怀世外,这组词确是总的体现了他这种无所牵系的闲适心情。但人情往往也有这样矛盾,解除世纷固觉轻快,而脱去世务又感空虚,本词"笙歌散尽游人去,始觉春空",确实极微妙地反映出这种矛盾心情。结末"垂下帘栊"二句,乃极静的境界中着以动象,觉余情袅袅,亦如辛弃疾《摸鱼儿》中所云:"算只有殷勤,画檐蛛网,尽日惹飞絮。"表现出对春的流连眷恋意识,不免微露怅惘的情绪。

小令在北宋前期有代表性的作家如晏殊、欧阳修笔下所写出的,虽多为当筵命笔以付歌儿的抒写男女之情的作品,仍袭花间余风,然亦时有流连光景之作,于时节风物的怅触中融入人生感慨,这种感慨,莫可指实,细加体味,总觉其中有物。这乃是因为某种情绪蕴蓄胸中，往往触发于不自知，读来似觉有所寄托。在冯延巳的《阳春集》中，这类作品颇多，而晏、欧亦复不少。晏、欧俱为旧属南唐的江西人，自易承受冯延巳的词风影响，尤其是他们皆身处显位，学养深厚，故词风极为相近，有如清人刘熙载所说："冯延巳词，晏同叔得其俊，欧阳永叔得其深。"（《艺概》卷四）在北宋词人中，他们的这类作品，属辞精雅，意象空灵，成为小令的典范。欧阳修的这组《采桑子》，即是足以显示这类词风的名作。　　　　（胡国瑞）

采 桑 子　　　　　　　　欧阳修

天容水色西湖好，云物俱鲜。鸥鹭闲眠，应惯寻常听管弦。

风清月白偏宜夜，一片琼田。谁羡骖鸾，人在舟中便是仙。

　　这首《采桑子》是写泛舟夜游西湖的感受。浩渺澄澈的湖上，"天容水色"浑然一体，云彩风物都令人感到清新鲜美。词一开始，作者便充满喜悦之情衷心赞美西湖。湖上的"鸥鹭闲眠"，表明已经是夜晚。宋代士大夫们游湖，习惯带上歌妓，丝竹管弦，极尽游乐之兴。鸥鹭对于这些管弦歌吹之声，早已听惯不惊。这一方面表明欧公与好友——当时颍州地方长官吕公著等经常这样玩乐，陶醉于湖光山色间；另一方面也间接表现了欧公退隐之后，已无机心，故能与鸥鹭相处。相传古时海边有个喜爱鸥鸟的人，每天早上到海边，鸥鸟群集，与之嬉戏。欧公引退之后，欢度晚年，胸怀坦荡，与物有情，故能使鸥鹭忘机。词的上片粗略地勾画了西湖的景物，草草两笔已把握住西湖的特点。词的下片写夜泛西湖的欢悦之情。虽然西湖之美多姿多态，无论"春深雨过""群芳过后""清明上巳""荷花开后"都异样美丽，但比较而言要数"风清月白偏宜夜"，最有诗意了。这时泛舟湖心，天容水色相映，月光皎洁，广袤无际，好似"一片琼田"。"琼田"即神话传说中的玉田，此处指月光照映下莹碧如玉的湖水。作者另有句云"渺渺平湖碧玉田"（《祈雨晓过湖上》），亦指此。这种境界会使人感到远离尘器，心旷神怡。人在此时此境中，很易联想到韩愈的诗句"远胜登仙去，飞鸾不暇骖"（《送桂州严大夫》），谁也不希望作骖鸾腾天的仙人了，"人在舟中便是仙"。后来张孝祥过洞庭湖作《念奴娇》云"玉界琼田三万顷，着我扁舟一叶。素月分辉，明河共影，表里俱澄澈"，且曰"妙处难与君说"，同此境界，同此会心。

　　欧阳修从中年以后开始有意地转变词风，尤其在晚年作词多用作诗的表现方法，明显出现以诗为词的倾向。这首《采桑子》意群之间缺乏紧密联系，有一定程度的跳跃，句式也像诗句似的爽健，很能代表欧词后期风格。作者对西湖夜色的描写,疏疏着笔,将夜色表现得优美可爱,每个句子都流露出从内心发出的赞叹之声,体现了对景物和现实人生的无限热爱和眷恋。这是一首思想情调健康积极的好词,反映了欧公晚年乐观旷达的人生态度。作《采桑子》几个月之后,欧公便下世了。

(谢桃坊)

采 桑 子　　　　　　　　　　欧阳修

残霞夕照西湖好,花坞苹汀。十顷波平,野岸无人舟自横。

西南月上浮云散,轩槛凉生。莲芰香清,水面风来酒面醒。

欧阳修在颍州西湖写下了十首充满清兴雅趣的《采桑子》。这是其中的第九首。

"残霞夕照"是天将晚而未晚、日已落而尚未落尽的时候。"夕阳无限好",古往今来不知有多少诗人歌咏过这一转瞬即逝的黄金时刻。"落日熔金,暮云合璧"(《永遇乐》),李清照用的是浓重色彩;欧阳修没有直写景物的美,而是说"霞"已"残",可见已没有"熔金""合璧"那样绚丽的色彩了。但这时的西湖,作者却觉得"好"。好在何处,下边叙写出来:"花坞苹汀"。在残霞夕照下所看到的是种在花池里的花,长在水边或小洲上的苹草,从字面上看,无一字道及情,但情却寓于景中了。"十顷波平",这层意思,正是欧阳修在另一首《采桑子》里写的"无风水面琉璃滑"。波平如镜,而且这"镜面"浩渺无边。"野岸无人舟自横",这句出自韦应物《滁州西涧》诗"野渡无人舟自横"。作者改"渡"为"岸",从字面上看是说此处无渡口,自然也就不会有渡人。但作者的意思并不在此,而是说明"舟自横"是由于当日的游湖活动结束了。因此这"无人"而"自横"的"舟",就更衬托出了此刻"野岸"的幽静沉寂。

上阕的一切景物好像都不带有感情,其实,词人在这里借这些淡素之景,来发遣他那幽寂的情怀。"情寓景中,神游象外"(《诗法萃编》),只是写来不见痕迹罢了。

时间的脚步在静悄悄地前进着……

"西南月上",残霞夕照已经消失。月自西南方现出,显然不是满月,那么虽在"浮云散"之后,这月色也不会十分皎洁。这种色调与前面的淡素画图和谐融洽,见出作者用笔之细。"轩槛凉生",这是人的感觉。直到这时才隐隐映现出人物来。至此可知,上阕种种景物,都是在这"轩槛"中人的目之所见,显然他在这里已经有好长一段时间了。诗词中表示幽静的情趣总是用动态来映衬,这里,作者却以静写静,一切都是静悄悄的,一点声音也没有,但同样地也收到了词以静胜的艺术效果,使人们仿佛置身红尘之外,人间的一切喧嚣声都消敛了。

"莲芰香清,水面风来酒面醒。""水面风来",既送来莲香,也吹醒了人的醉意。直到最后才明确表示"此中有人"。他吃醉了酒,西湖的轩槛内只剩下他一个人,就这么长时间地悄无声息地沉浸在"西湖好"的美景中。"归来恰似辽东鹤,城郭人民,触目皆新,谁识当年旧主人"(《采桑子》)。曾任颍州知州、退休后又在此卜居的欧阳修,他并没有像王维那样"晚年唯好静,万事不关心"(《酬张少府》),这位颍州西湖的"旧主人"怀着无限深情,奏出了一曲又一曲动人肺腑的清歌。

（艾治平）

采　桑　子　　　　　　　　　　欧阳修

平生为爱西湖好,来拥朱轮。富贵浮云,俯仰流年二十春。
归来恰似辽东鹤,城郭人民,触目皆新,谁识当年旧主人?

这是《采桑子》第十首。与前九首主要写景物、叙游赏不同,这一首主要是抒情,而且抒发的感情已不限于"西湖好"。它既像是颍州西湖组词的抒情总结,又蕴含着更大范围的人生感慨。

欧阳修一生,和颍州的关系很深。宋仁宗皇祐元年(1049)二月,他从扬州移知颍州,翌年秋离任。到神宗熙宁四年(1071),又再次因退休而归颍。词的开头两句,就是追述往年知颍州的这段经历。古代太守乘朱轮车,"拥朱轮"即指担任知州的职务。这里特意将知颍州和"爱西湖"联系起来,是为了突出自己对西湖的爱,很早就有渊源,故老而弥笃;也是为了表现自己淡泊名利、寄情山水的夙志,为下面的抒情蓄势。

"富贵浮云,俯仰流年二十春。"接下来两句,突然从过去"来拥朱轮"一下子拉回到眼前。从作者初知颍州之日到写这首词的时候,已经流逝了二十多年岁月。这二十来年中,他从被贬谪外郡到重新起用、历任要职(担任过枢密副使、参知政事等高级军政、行政职务),到再度受黜,最后退居颍州,不但个人在政治上屡经升沉,而且整个政局也有很大变化,因此他不免深感功名富贵正如浮云变幻,既难长久,也不必看重了。"富贵浮云"用孔子"富贵于我如浮云"之语,这里兼含变幻无常与视同身外之物两层意思。一个像他这样思想、经历都比较丰富复杂的高级官员,当他回顾二十多年的生活时,是很容易产生世事沧桑之感的。

从"来拥朱轮"到"俯仰流年二十春",时间跨度很大,中间种种,都只用"富贵浮云"一语带过,其中蕴含了词人在长期政治生活、人生道路上许多难以明言、也难以尽言之意。

"归来恰似辽东鹤。"过片点明视富贵如浮云以后的"归来",与上片起首"来拥朱轮"恰成对照。"辽东鹤"用丁令威化鹤归来的传说,事见《搜神后记》。"城郭人民,触目皆新,谁识当年旧主人?"这三句紧承上句,一气直下,尽情抒发世事沧桑之感。在原来的故事中,"城郭如故"是为了反衬"人民非",以引出"何不学仙"的主旨;这里活用故典,改成"城郭人民,触目皆新",与刘禹锡贬外郡二十余年后再至长安时诗句"不改南山色,其余事事新",用意相同,以突出世情变化,从而逼出末句"谁识当年旧主人"。欧阳修自己,是把颍州当作第二故乡的。他在《再至汝阴三绝》中曾说:"朱轮昔愧无遗爱,白首重来似故乡。"可见他对颍州和颍州人民确实怀有亲切感。但人事多变,包括退居颍州后"谁识当年旧主人"的情景,又不免使他产生一种陌生感,产生某种怅惘与悲凉。

这首词的内容,不过是抒写词人二十年前知颍及归颍而引起的感慨,这在五七言诗中,是极常见的。但在晚唐五代以来的文人词中,却几乎是绝响。在欧阳修之前,范仲淹的边塞词《渔家傲》,已经有诗化的趋势,欧阳修的这首词,可以说是完全诗化了。特别是下片,运用故典,化用成语,一气蝉联,略无停顿,完全是清新朴素自然流畅的诗歌语言。这种清疏隽朗的风格,对后来的苏词有明显影响。

(刘学锴)

采 桑 子   欧阳修

十年前是尊前客,月白风清。忧患凋零,老去光阴速可惊。
鬓华虽改心无改,试把金觥。旧曲重听,犹似当年醉里声。

欧阳修有《采桑子》十三首,是他在宋神宗熙宁四年退居颍州以后所作。前十首专咏西湖风光,像一组清新流丽的小诗。后三首均述身世之慨,是一组凄壮激越的慷慨悲歌。这一首是后三首中的代表之作。

词中以在颍州的时间为断限,将十年前后作一鲜明的对比,写来自然真切,浑融一体。清人冯煦评欧阳修词云:"其词与元献(晏殊)同出南唐,而深致则过之。"(《蒿庵论词》)就此词而言,风格已逐渐摆脱南唐影响,沉郁豪放,自成一体。此词开头回忆。十年以前,是一个概数,泛指他五十三岁以前的一段生活。那一时期,他曾出守滁州,徜徉山水之间,写过著名的《醉翁亭记》,说是:"太守与客来

饮于此,饮少辄醉,而年又最高,故自号曰醉翁也。"后来移守扬州,又常常到竹
西、昆冈、大明寺、无双亭等处嘲风咏月、品泉赏花。特别是仁宗嘉祐中,很顺利
地由礼部侍郎拜枢密副使,迁参知政事,最后又加了上柱国的荣誉称号。这一
切,他只以"月白风清"四字概括。"月白风清"四字,色调明朗,既象征处境的顺
利,也反映心情的愉悦。决不止是说在饮酒时碰上了月白风清的良夜。它给人
的想象是美好、广阔的。至"忧患凋零"四字,猛一跌宕。展现十年以后的生活。
这一时期,他的好友梅尧臣、苏舜钦相继辞世。"自从苏梅二子死,天地寂默收雷
声。"(《感二子》诗)友朋凋零,引起他的哀痛。英宗治平二年,他又患了消渴疾
(糖尿病)。老病羸弱,更增添他的悲慨。后来英宗去世,神宗即位,他被蒋之奇
诬陷为"帷薄不修","私从子妇";又因对新法持有异议,受到王安石的弹劾。这
对他个人来说,可谓种种不幸,接踵而来。种种不幸,他仅以"忧患凋零"四字概
之,以虚代实,颇有感情色彩。接着以"老去光阴速可惊",作本片之结,语言朴质
无华,斩截有力。此时此刻,词人回首前尘,如同昨梦,怎能不感到人生易老,光
阴易逝?"速可惊"三字,完全是从肺腑间流出!

　　清人周济说:"吞吐之妙,全在换头煞尾。古人名换头为过变,或藕断丝连,
或异军突起,皆须令读者耳目振动,方成佳制。"(《宋四家词选目录序论》)此实道
出词家结撰之甘苦,以之分析此词,亦颇中肯綮。此词下片承前片意脉,有如藕
断丝连;但感情上骤然转折,又似异军突起。时光的流逝,不幸的降临,使得词人
容颜渐老,但他那颗充满活力的心,却还似从前一样,于是他豪迈地唱道"鬓华虽
改心无改"!我们看到前片末二句,觉得凄然欲绝,情绪低沉;但一读后片首二
句,便觉精力弥满、笔势劲挺。玩其辞气,似在自我安慰,自我排解。他是把一腔
忧愤深深地埋藏在心底,语言虽豪迈而感情却很沉郁,在这里,词人久经人世沧
桑、历尽宦海浮沉的老辣性格,似乎隐然可见。在他的《六一词》中,像这种慨叹
年华的句子颇多,如另两首《采桑子》云:"去年绿鬓今年白,不觉衰容。""白首相
逢,莫话衰翁,但斗尊前笑语同。"《浣溪沙》云:"白发戴花君莫笑,六幺催拍盏频
传,人生何处似尊前?"但它们都有一个共同的结论,即以纵酒寻欢来慰藉余年,
其中渗透着人生无常、及时行乐的思想感情。这首词也不例外,接下去就说"试
把金觥"。金觥,大酒杯。《诗·周南·卷耳》:"我姑酌彼兕觥,维以不永伤。"本
来就有销愁的意思在。但此词着一"把"字,便显出豪迈的气概。词人有《浪淘
沙》词云:"把酒祝东风,且共从容。"可谓各极其妙。

　　结尾二句紧承前句。词人手把酒杯,耳听旧曲,似乎自己仍陶醉在往日的
豪情盛慨里。这个结尾正与起首相互呼应,相互补充。起首只讲自己是"尊前

客",字面上只能看出当时他在饮酒,至于赏音听曲,则未正面描写。在这里词人说"旧曲重听,犹似当年醉里声",便补足了前面的意思。其法如常山之蛇,首尾相应,运转自如,于是便构成了统一的艺术整体。曲既旧矣,又复重听,一个"旧"字,一个"重"字,便把词人的感情和读者的想象带到十年以前的环境里。然而这毕竟是矛盾的:人已衰老,曲似当年,持酒重听,情何以堪!词人正是在矛盾冲突中刻画自己的心境,所以词中充满了郁勃之气、慷慨之音。

这首词中绝少景语,基本上以情语取胜。即使谈到十年前后的景况,也是在抒发感情时自然而然地带出来的。因而情感充沛,有一气呵成之势;又沉郁顿挫,极一唱三叹之致。其风格与《朝中措·送刘仲原甫出守维扬》相似,在《六一词》中属于豪放一路。冯煦说欧阳修词,"疏隽开子瞻,深婉开少游"(《蒿庵论词》)。如果说欧词对东坡产生影响的话,此篇乃是其中之一。　　　　(徐培均)

朝　中　措　　　　欧阳修
送刘仲原甫出守维扬

平山阑槛倚晴空,山色有无中。手种堂前垂柳,别来几度春风。　　文章太守,挥毫万字,一饮千钟。行乐直须年少,尊前看取衰翁。

叶梦得《避暑录话》卷一说:"欧阳文忠公在扬州作平山堂,壮丽为淮南第一,上据蜀冈,下临江南数百里,真、润、金陵三州,隐隐若可见。"仁宗嘉祐元年(1056)刘原甫(名敞)出守维扬,词人写这首词饯行,便联系自己守扬时有关景物,致其拳拳之意。古人送友赴任,通常是写诗,欧阳修以词送人赴任,无异是将历来被视为"艳科"的小词提高到与诗同等的地位,在词史上是一个创举。就此词风格而言,在欧阳修《六一词》中也是特殊的。《六一词》多承南唐余绪,深情婉曲,酷似冯延巳。像《蝶恋花》《阮郎归》的某些篇章,置之《阳春集》中,几不可辨。然而此词却没有像冯延巳那样写风花雪月,没有写儿女柔情,没有用绮靡的情调去表现内心的细微活动。它写景物,抒感慨,不加藻饰,直诉怀抱,大起大落,大开大阖。这种写法在艺术风格上属于疏宕一路。它在北宋豪放词的发展中是不可缺少的一个环节。

这首词一发端即带来一股突兀的气势,笼罩全篇。读了"平山阑槛倚晴空"一句,顿然使人感到平山堂凌空矗立,其高无比。其实到过扬州的人都知道此堂并不太高,只因位于一个高冈(蜀冈)上,四望空阔,故而显得较为突出。但是经词人这一吟咏,便在读者的头脑中留下雄伟的印象,在美学上不妨称做崇高美。由于这一句写得气势磅礴,便为以下的抒情定下了疏宕豪迈的基调。接下去一句是写凭阑远眺的情景。据宋王象之《舆地纪胜》记载,登上平山堂,"负堂而望,江南诸山,拱列檐下"。则山之体貌,应该是清晰的,但词人却偏偏说是"山色有无中"。这是因为受到王维原来诗句的限制,还是当年词人的实感果真如此?曾有人说欧阳修患"短视",故云"山色有无中"。"苏东坡笑之,因赋《快哉亭》道其事云:'长记平山堂上,欹枕江南烟雨,杳杳没孤鸿。认取醉翁语,山色有无中。'盖'山色有无中',非烟雨不能然也。"(见《苕溪渔隐丛话后集》卷二十三引《艺苑雌黄》)平山堂上是"晴空",不妨江南诸山之有烟雨,东坡为欧公解嘲,不知能得其本意否?但从扬州而望江南,青山隐隐,自亦可作"山色有无中"之咏。近者大者可见,而远者小者若无,借用王维诗句,也能融化无迹,自然贴切,固不必以"烟雨"或"短视"为说也。

以下二句,描写更为具体。庆历八年(1048),欧阳修出守扬州,凡事谨慎,一仍韩琦之旧,没有什么突出的政绩,但他修建了平山堂,并在堂前手植杨柳,却传为千古佳话。此刻当送刘原甫出守扬州之际,词人情不自禁地想起平山堂,想起堂前的杨柳。"手种堂前垂柳,别来几度春风",多么深情,又多么豪放!其中"手种"二字,看似寻常,却是感情深化的基础。因为按照常情,凡是自己劳动的成果,都是分外关切的。词人在平山堂前种下杨柳,不到一年,便离开扬州,移任颍州。在这几年中,杨柳长高了多少?憔悴了还是茂盛了?枝枝叶叶都牵动着词人的感情。杨柳本是无情物,但在中国传统诗词里,却与人们的思绪紧密相连。《诗经·采薇》不是说"昔我往矣,杨柳依依"吗?刘禹锡《竹枝词》不是也说"长安陌上无穷树,只有垂杨管别离"吗?何况这垂柳又是词人手种的呢。可贵的是,词人虽然通过垂柳写深婉之情,但婉而不柔,深而能畅。特别是"几度春风"四字,更能给人以欣欣向荣、格调轩昂的感觉,读后久久萦怀而不可或释。

过片三句写所送之人刘原甫,与词题相应。据《宋史》卷三百十九《刘敞传》记载,刘敞"为文尤赡敏,掌外制时,将下直(犹今语下班),会追封王、主九人,立马却坐,顷之,九制成。欧阳修每于书有疑,折简(写信)来问,对其使挥笔,答之不停手,修服其博。"九制,是指九道敕封郡王和公主的诏书,刘原甫立马却坐,一挥而就,可见其才思的敏捷。此词云"文章太守,挥毫万字",不仅表达了词人"心服其博"的感情,而且把刘敞的倚马之才,作了精确的概括。缀以"一饮千钟"一句,则添上一股豪气,于是乎一个气度豪迈、才华横溢的文章太守的形象,便栩栩如生地站在我们面前。词人秦少游对此三句非常激赏,他在《望海潮·广陵怀古》中曾经写道:"最好挥毫万字,一饮拚千钟!"

　　词的结尾二句,先以劝人,又回过笔来写自己。清人黄了翁评曰:"感慨之意,见于言外。"又解释说:"君子进德修业,欲及时也,无事不须在少年努力者。现身说法,神采奕奕动人。"(《蓼园词选》)其目的在于鼓励人们及早图谋上进,无可非议,但所云并不符合词人原意。欧阳修几经贬谪,历尽宦海浮沉,此时虽在京师供职,然已两鬓萧萧,心情不畅。因此饯别筵前,面对知己,一段人生感慨,不禁冲口而出。无可否认,这两句是抒发了人生易老,必须及时行乐的消极思想。但是由于豪迈之气,通篇流贯,词写到这里,并不令人感到低沉,无形之中却有一股苍凉郁勃的情绪,在搏动人们的心弦。这是跟他在一开头时定下的基调分不开的。

　　总之这首词从平山堂写到堂前垂柳,从被送者写到送者,层层转折,一气呵成,不落一般酬赠之作的窠臼,确是一首成功之作。　　　　　　　　　（徐培均）

诉　衷　情　　　　　　　　　欧阳修

清晨帘幕卷轻霜,呵手试梅妆①。都缘自有离恨,故画作远山
长。　　　　思往事,惜流芳,易成伤。拟歌先敛,欲笑还颦,最断
人肠。

〔注〕 ① 梅妆:《太平御览》卷三十《时序部》引《杂五行书》:"宋武帝女寿阳公主人日(正月初七)卧含章殿檐下,梅花落公主额上,成五出花,拂之不去。皇后留之,看得几时,经三日,洗之乃落。宫女奇其异,竞效之,今梅花妆是也。"

　　这首小词,写一位歌女的生活片段。

　　上片叙事,从一天的清晨写起:帘幕卷,暗示她已起床;轻霜,气候只微寒;因微寒而呵手,想见她的娇怯;梅妆,是一种美妆,始于南朝宋寿阳公主;试梅妆,谓试着描画梅花妆,如是,更突出她的秀慧俏丽。在梳妆中,她把眉儿画得又细又长,作者领会出,她这样做是有意的,因为她本有离愁别恨,所以把眉画得很长,眉黛之长,象征水阔山长。用远山比美人之眉,由来已久。托名汉伶玄《飞燕外传》:"女弟合德入宫,为薄眉,号远山黛。"又托名刘歆《西京杂记》卷二:"卓文君姣好,眉色如望远山。"在诗词中,常被引用。

　　下片抒情,从举止、容色中,作者窥测她有感伤的情绪,大概她正在思量着难追的往事,惋惜着易逝的芳年。由于她有感伤,触处皆愁,所以欲歌之际,却先敛

容不欢;将笑之时,也还带恨含颦。她诚于中而形于外,人则见其外而知其中,故此情此态,最得知心者怜爱而为之魂销,因魂销乃至肠断。

在这首词中,作者笔下出现一位娇柔羞涩的少女,她多愁善感,敏慧多情,这些,都没有作正面交待,却从侧面点拨,使读者从她的梳妆、歌唇、颦笑中想象而得,而她的形象栩栩如生、呼之欲出。"拟歌"两句,曲折而含蓄,不但现出人物的姿态,而且传出人物的神情,周邦彦的"欲说又休,虑乖芳信,未歌先咽,愁转《清商》"(《风流子》),即脱胎于此。虽然,她所透露的伤离感旧之情,只是淡薄的、微婉的,可是留给我们的印象,却深刻而难忘。

　　　　　　　　　　　　　　　　　　　　　　　　　　　　（黄清士）

踏　莎　行　　　　　　　　　　　　欧阳修

候馆梅残,溪桥柳细,草薰风暖摇征辔。离愁渐远渐无穷,迢迢不断如春水。　　寸寸柔肠,盈盈粉泪,楼高莫近危阑倚。平芜尽处是春山,行人更在春山外。

在婉约派词人抒写离情的小令中,这是一首情深意远、柔婉优美的代表性作品。

上片写离家远行的人旅途中所见所感。开头三句是一幅洋溢着春天气息的溪山行旅图:旅舍旁的梅花已经开过了,只剩下几朵残英,溪桥边的柳树刚抽出细嫩的枝叶。暖风吹送着春草的芳香,远行的人就在这美好的环境中摇动马缰,赶马行路。梅残、柳细、草薰、风暖,暗示时令正当仲春。这正是最易使人动情的季节。在这种环境下行路,不但看到春的颜色,闻到春的气味,感到春的暖意,而且在心里也荡漾着一种融怡的醉人的春。从"摇征辔"的"摇"字中可以想象行人骑着马儿顾盼徐行的情景。

融怡明媚的仲春风光,既令征人欣赏流连,却又很容易触动离愁。因为面对芳春丽景,不免会想到闺中人的青春芳华,想到自己孤身跋涉,不能与对方共赏春光。而梅残、柳细、草薰、风暖等物象又或隐或显地联系着别离,因此三、四两句便由丽景转入对离情的描写:"离愁渐远渐无穷,迢迢不断如春水。"因为所别者是自己深爱的人,所以这离愁便随着分别时间之久、相隔路程之长越积越多,就像眼前这伴着自己的一溪春水一样,来路无穷,去程不尽。上文写到"溪桥",可见路旁就有清流。这"迢迢不断如春水"的比喻,妙在即景设喻,触物生情,亦赋亦比亦兴,是眼中所见与心中所感的悠然神会。从这一点说,它比李煜的"问君能有几多愁?恰似一江春水向东流"显得更加自然。

宋人词意

——明刊本《诗馀画谱》

"寸寸柔肠，盈盈粉泪。"过片两对句，似乎由陌上行人转笔写楼头思妇。其实，整个下片，都是行人对居者的想象。上下片的关系不是并列，而是递进。上片结尾已经讲到自己的离愁迢迢不断，无穷无尽，于是这位深情的主人公便不由得进而想象对方此刻也正在凭高远望，思念旅途中的自己。这正是所谓透过一层，从对面写来的手法。"柔肠"而说"寸寸"，"粉泪"而说"盈盈"，显示出女子思绪的缠绵深切。从"迢迢春水"到"寸寸肠""盈盈泪"，其间又有一种自然的联系。

接下来一句"楼高莫近危阑倚"，是行人在心里对泪眼盈盈的闺中人深情的体贴和嘱咐。你那样凭高倚阑远望，又能望得见什么呢？这就很自然地引出了结拍两句。

"平芜尽处是春山，行人更在春山外。"补足"莫近危阑倚"之故，也是行人想象闺中人凭高望远而不见所思的情景：展现在楼前的，是一片杂草繁茂的原野，原野的尽头是隐隐春山，所思念的行人，更远在春山之外，渺不可寻。这两句不但写出了楼头思妇凝目远望、神驰天外的情景，而且透出了她的一往深情，正越过春山的阻隔，一直伴随着渐行渐远的征人飞向天涯。行者不仅想象到居者登高怀远，而且深入到对方的心灵对自己的追踪。这正是一个深刻理解所爱女子心灵美的男子，用体贴入微的关切怀想描绘出来的心画。

这首词所写的是一个常见的题材，但却展现出一片情深意远的境界，让人感到整首词本身就具有一种"迢迢不断如春水"式的含蓄蕴藉，令人神远。这固然首先取决于感情本身的深挚，但和构思的新颖、比喻的自然、想象的优美也分不开。上片写行者的离愁，下片写行者的遥想，这遥想实际上是离愁的深化，它使整个词境更加深远。而上下片结尾的比喻和想象所展示的情意和境界，更使人感到词中所展示的画面虽然有限，情境却是无限的。俞平伯说下片结尾两句"似乎可画，却又画不到"（《唐宋词选释》），这画不到处不只是春山外的行人，更是那悠远的情境。

　　　　　　　　　　　　　　　　　　　　　　　　　　　　　　（刘学锴）

望 江 南　　　　　　　　　　　欧阳修

江南蝶，斜日一双双。身似何郎全傅粉，心如韩寿爱偷香，天赋与轻狂。　　微雨后，薄翅腻烟光。才伴游蜂来小院，又随飞絮过东墙，长是为花忙。

欧阳修这首咏蝴蝶的小令是咏物词中上乘之作。

　　开头两句写双双对对的江南蝴蝶在傍晚的阳光下翩翩飞舞。"身似何郎全傅粉",何郎,何晏。《世说新语·容止》:"何平叔(晏)美姿仪,面至白,魏明帝疑其傅粉,正夏月与热汤饼,既啖,大汗出,以朱衣自拭,色转皎然。"此句以人拟蝶,以何郎傅粉喻蝶的外形美。蝶翅和体表生有各色鳞片和丛毛,形成各种花斑,表面长着一层蝶粉,仿佛是经过精心涂粉装扮的美男子。"心如韩寿爱偷香",据《世说新语·惑溺》与《晋书·贾充传》载,韩寿美姿容。贾充辟为司空掾。充少女贾午见而悦之,使侍婢潜通音问,厚相赠结,寿逾垣与之通。午窃充御赐西域奇香赠寿。充僚属闻其香气,告于充。充乃考问女之左右,具以状对。充秘之,遂以女妻寿。此处也是以人拟蝶,以韩寿偷香喻指蝴蝶依恋花丛、吸吮花蜜的特性。典故随意拈来,妙笔天成,运用得极其生动、贴切。"傅粉""偷香",从"身"(外形)与"心"(内质)两方面概写了蝴蝶的美貌与特性,这两句可以说是整首词的词眼。接着一句"天赋与轻狂",挽住上片,又启迪下片。"轻狂"者,情爱不专一、恣情放浪也。欧阳修《洞天春》词云:"燕蝶轻狂,柳丝撩乱,春心多少。"可相印证。

　　下阕就"轻狂"二字生发。傍晚下了一场小雨,雨一停,浪蝶便度翠穿红地忙乎起来。"薄翅腻烟光"一句体物入微,状写精妙,选词用字准确、熨帖。蝴蝶的粉翅是薄而有些透明的,当它沾上雨水之后,翅上的"粉"仿佛粘乎乎地变"腻"了。这是在雨过天晴,透过斜日余晖的照射,才呈现出来并使人感触到的。"烟光"指的是雨后的晚晴夕照。斜阳透过沾水发腻的粉翅,自然就显得朦朦胧胧,宛似笼罩在一片缥缈的烟雾之中了。

　　轻狂的蝴蝶自有轻狂的朋侣"游蜂""飞絮"相伴。蜂与蝶向来并称为狂蜂浪蝶。飞絮杨花,向被人目为自然界中的水性之物。蝴蝶伴随狂蜂、飞絮到处宿粉栖香,游荡不定——"长是为花忙"。结句回应了上片的"天赋与轻狂",以"为花忙"的具体意象点出"轻狂"。"花"的意蕴双关,亦物亦人。全词一纵一收,上下绾合,联密而自然。

　　欧阳修这首咏蝴蝶词,既切合蝶的外形与内质,又不单单滞留在蝶的本身,而是以拟人化手法,将蝶加以人格化,亦蝶亦人,借蝶咏人,通过两个切题的典故——何郎傅粉与韩寿偷香,惟妙惟肖地把蝶与人的"天赋与轻狂""长是为花忙"的特点巧妙地绾合起来,将何郎、韩寿的禀赋一股脑儿倾注在专以粉翅搧情、以恋花吮蜜为营生的浪蝶身上,把自然的动物性与社会的人性融合为一体,在蝴蝶的形象上集中了风流浪子眠花卧柳、寻欢作乐的种种属性,蝶就成为活脱脱的轻狂男子的化身。反过来,作者又含蓄地讽刺了那些轻狂男子身上过多的动物属性。试想，如果这首词抽去了何郎与韩寿两个典故，它仅止于表面的咏蝶而已，失去任何内涵寓意，自是淡乎寡味了。

五代毛文锡有《纱窗恨》云："双双蝶翅涂铅粉，咂花心。绮窗绣户飞来稳，画堂阴。　　二三月爱随飘絮，伴落花、来拂衣襟。更剪轻罗片，傅黄金。"可以看到毛词咏蝶仅止于蝶而已，虽然在艺术技巧上也有某些可取处，但比之欧词，在思想艺术境界、审美情趣与价值上自然要逊色得多了。汤显祖评《纱窗恨》词云："'咂'字尖，'稳'字妥，他无可喜句。"（汤显祖评本《花间集》卷二）显然，其所以"无可喜句"，主要不如欧词之有寄托。蒋敦复说："词原于诗，即小小咏物，亦贵得风人比兴之旨。"（《芬陀利室词话》）欧词咏物而又咏怀，这是取得成功的重要原因吧。

（吴翠芬）

生　查　子　　　　　　　　　欧阳修

去年元夜时，花市灯如昼。月上柳梢头，人约黄昏后。

今年元夜时，月与灯依旧。不见去年人，泪满春衫袖。

此词作者，或作朱淑真，或作秦观。但南宋初曾慥所编《乐府雅词》作欧阳修，当较为可信。词作通过主人公对去年今日的往事回忆，写物是人非之感，其语言通俗可谓到口即消，其内容情事几乎一目了然，但构思巧妙，饶有新意，这集中表现在词的分片上。

词的上片写"去年元夜"情事。"元夜"今称元宵节，自唐时起即有观灯闹夜的风俗："谁家见月能闲坐？何处闻灯不看来？"（崔液《上元夜》），"火树银花合，星桥铁锁开"，"金吾不禁夜，玉漏莫相催。"（苏味道《正月十五夜》）这些诗句正是写"花市灯如昼"的情景，此"花"乃"火树银花"之"花"。这金吾不禁之夜，不但是观灯赏月的好时节，也给予恋爱的青年男女以良好时机。或于人众稠密处眉目传情，或在灯光阑珊处秘密相会。此处所写的大抵属于后一种情况。"月上柳梢头"分明不像闹市区，"人约黄昏后"是观花灯去么？这一结恰如水穷云起，言有尽而意无穷。虽未像下片那样明确表情，一种"月出皎兮，佼人僚兮"（《诗·陈风·月出》）的甜情蜜意却溢于言表。在禁锢很严的封建时代，这实在是难得的一个机会，它在情人们心中会留下永不磨灭的记忆。下片写"今年元夜"情景。"月与灯依旧"虽只举月与灯，实应包括上片二、三句花、柳、灯、月而言，是说闹市佳节良宵与去年完全一样。言景物"依旧"，暗逗下句"不见去年人"，"泪满春衫袖"，表情极明显，与上片对比更觉有味。一个"满"字，将物是人非、旧情难续的感伤表现得很充分。

上片说去年，下片说今年，元夜、灯、月、人等字面互相关照。两片文义并列，基本重叠，但颇寓变化。诗歌重叠方式运用于全章的，《诗经》国风比比皆是，每章字句大同小异，或易词申意（如《郑风·褰裳》），或循序递进（如《周南·芣苢》），回旋往复的音节对于简朴的歌词颇有增强表情的功用。双调的词有重头（不换头）与换头之分，重头的词上下片字句调式全同，《生查子》即属此类。作者根据词调特点采取文义并列的分片结构，就形成章的重叠，颇类歌曲反复一遍，有回旋咏叹之致。

作者大约受到唐人崔护《题都城南庄》诗的启发。此后词人亦多效此法。如王迈《南歌子》上片写"家里逢重九"，下片写"官里逢重九"；吕本中《采桑子》上片说"恨君不似江楼月"，下片说"恨君却似江楼月"；辛弃疾《采桑子》上片写"少年不识愁滋味"，下片写"而今识尽愁滋味"：均是此法的运用或翻新。而此词具有风诗那种明快、浅切、自然的民歌风味，则为诸词所未备的。

（周啸天）

生 查 子 欧阳修

含羞整翠鬟，得意频相顾。雁柱十三弦，一一春莺语。
娇云容易飞，梦断知何处？深院锁黄昏，阵阵芭蕉雨。

此词《类编草堂诗馀》卷一、《草堂诗馀隽》《蓼园词选》均误作张先词，《全宋词》列为欧阳修作，今从之。词中以男子口吻，写一女子弹筝，并结合爱情与离愁，写得声情并茂，是一首意味隽永的词中小品。

上片描写从前女子在与情郎相聚时弹筝的情景。起首一句好似一个特写镜头，先画出这位女子的娇容美态。此时她仿佛坐在筝前，旁边站着一位英俊少年。在弹筝之前，她娇羞怯怯，理了理头发。"含羞"二字，令人想象到她的两颊此刻正泛起朵朵红云。"整翠鬟"三字则把她内心深处一股难以名状的激动感情恰当地反映出来。唐宋词中往往以这类细节的描写揭示人物的内心活动，如冯延巳《谒金门》云："闲引鸳鸯香径里，手挼红杏蕊"，秦观《浣溪沙》云："照水有情聊整鬓，倚阑无语更兜鞋"，既形象，又具体。人物内心尽管难堪、难奈、百无聊赖，但若不通过"手挼杏蕊""照水整鬓""倚阑兜鞋"这些细微的充满生活气息的动作，就不足以显示出来。因此前人对这种写法评价极高，说是"即令闺人自模，恐未到"（沈际飞《读草堂诗馀》）。下面"得意频相顾"一句，是写这女子弹筝弹到高潮，她的感情已和筝声溶为一片，忘记了方才的羞怯，不时地回眸一顾，看看身旁的少年。读至此处,那女子弹筝的动作以及得意的神情,似乎跃入我们的眼帘。她那频频回顾的眼波,似在观察那位少年是否知音,是否知己。用现在的话说,这是用白描的手法表现了演奏者与欣赏者的感情交流,写得非常准确而生动。

词至"雁柱"二句,始具体地描写筝声。唐宋时筝有十三弦,每弦用一柱支撑,斜列如雁行,故称"雁柱"。"一一春莺语",系以莺语拟筝声。白居易《琵琶行》云:"间关莺语花底滑。"韦庄《菩萨蛮》云:"琵琶金翠羽,弦上黄莺语。"似为此句所本。前一句以"雁行"比筝柱,这一句以"莺语"状筝声,无论在视觉和听觉上都给人以美感。而"十三""一一"两组数字,又使人觉得女子的十指在一一按动筝弦,轻拢慢撚,很有节奏。随着十指的滑动,弦上发出悦耳的曲调,有如"呖呖莺声溜的圆"(《牡丹亭》)。在这里,词人着一"语"字,又进一步拟人化,好像这弦上发出的声音在倾诉女子的心曲。而这心曲又是愉悦的,象征着他们的爱情十分美满。

下片写而今两情隔绝,凄苦难禁。"娇云"二句,语本宋玉《高唐赋》:"旦为朝云,暮为行雨;朝朝暮暮,阳台之下。"暗示他们在弹筝之后曾有一段幽会。然而好景不长,他们很快分离了。着以"容易"二字,说明他们的分离是那样的轻易、那样的迅速,其中充满了懊恼与怅恨,也充满了怜惜与怀念之情。"梦断知何处",表明他们的欢会像阳台一梦。从语气上可以看出,此刻的男子似乎在寻寻觅觅,企图重温旧梦,然而鸳魂缥缈,旧梦依稀,一觉醒来,仍被冷冷清清的氛围所笼罩。这就逗出了意境悠远的结句。

结尾二句,写男子深院独处,黄昏时刻,谛听着窗外的雨声。这是从字面上理解,若从全词意脉来看,实际上是虚拟筝声。清人黄了翁云:"次一阕写别后情怀,无限凄苦,胥以筝寓之。"(《蓼园词选》)说得非常正确。阵阵急雨,敲打芭蕉,这是男子在回忆中产生的错觉,也是他迫促烦躁心情的写照,同时又表现了孤栖时刻幽寂凄清的况味。这样的筝声,最易触动愁绪,所以黄了翁又说:"凡遇合无常,思妇中年,英雄末路,读之皆堪泪下。"(同上)

这首词在艺术上具有很多特点。一是巧妙地运用了哀乐对比。上片充满了欢乐的气氛、明快的节奏;下片则情深调苦,表现了孤单寂寞的悲哀。以乐景反衬哀情,故哀情更为动人。二是虚实相应。词中正面描写弹筝的女子,而以英俊少年作侧面的陪衬,上片中写这男子隐约在场,下片中则写女子在回忆中出现,虚实相间,错综叙写,词中的感情就不会变得单调。三是善于运用比喻,如以"雁行"比筝柱,以"莺语"拟筝声,以"娇云"状远去的弹筝女子,以雨打芭蕉喻筝中的哀音,或明比,或暗喻,都增加了词的形象性和感染力。最后一点是采取了跳跃的过渡形式。按照生活逻辑,上下片之间,应该有欢会,有饯别,可是词人却一笔带过,没有正面描写。他所着力刻画的只是初会和别后两个阶段,因而显得笔酣墨畅,婉曲动人。这些技巧,都是值得借鉴的。　　　　　　　　　　　　（徐培均）

<h2 style="text-align:center">蝶 恋 花　　　　　　　　欧阳修</h2>

越女采莲秋水畔。窄袖轻罗,暗露双金钏。照影摘花花似面。芳心只共丝争乱。　　　鸂鶒滩头风浪晚。露重烟轻,不见来时伴。隐隐歌声归棹远。离愁引著江南岸。

欧阳修的《六一词》,有的是自我抒情的,如同小诗;有的是用以应歌的,如他在《采桑子·西湖念语》中所说:"因翻旧阕之辞,写以新声之调,敢陈薄伎,聊佐清欢。"这首词写越女采莲,当系依古乐府《采莲曲》的旧题写成,以供演唱。以词的形式写采莲的,在《花间集》中有皇甫松的《采莲子》、李珣的《南乡子》,但前者是七言绝句体,中间伴以"举棹""年少"作为和声;后者才是长短句,但只单片。南唐冯延巳有《菩萨蛮》"欹鬟堕髻摇双桨,采莲晚出清江上"一首,分上下片,情节已稍丰富。欧阳修此首,其曲折深婉,又过于冯词,可以看出唐、五代至宋词的发展。

由于题材的规定,此词的特点是形象鲜明,语言通俗,节奏明快,动作性强,极适于歌女们载歌载舞。起首三句即点明人物身份和活动环境,仿佛令人看到一群少女在美丽的荷塘里,用灵巧的双手采撷莲花。她们的衣着颇与文献记载相符,据马端临《文献通考》卷一四六《乐考》云:宋时教坊有采莲舞队,舞女们均"衣红罗生色绰子(套衫),系晕裙,戴云鬟髻,乘彩船,执莲花"。这里词人只是抓住舞女服饰的一部分,便把她们的绰约丰姿、婀娜舞态勾勒出来,笔法至为简练。"暗露双金钏"一句写得更好,意境如同牛峤《女冠子》的"臂钏透红纱"。它们都富有一种含蓄的美、朦胧的美。玉腕上的金钏时隐时露,闪闪烁烁,便有一种妙不可言的美感。若是完全显露出来,即毫无意味了。以下两句分别写采莲姑娘的动作和表情,在明白晓畅的语言中蕴藏着美好的形象和美好的感情,做到语浅意深,以俗为雅。我们仿佛看到采莲女们像荷花一样娇艳,简直就如李白所说的"荷花娇欲语",或另一位诗人所说的"乱入花丛看不见",美丽的姑娘和美丽的荷花交叉在一起,使你分不清何者为花,何者为人。以荷花比女子,在唐宋词中屡见不鲜。李珣《临江仙》云:"强整娇姿临宝镜,小池一朵芙蓉。"陈师道《菩萨蛮》

云:"玉腕枕香腮,荷花藕上开。"但它们都离开了荷塘的特定环境,没有具体的形象作为陪衬,而且格调不高。这里的"照影摘花花似面",俗中见雅,形象逼真。王国维《人间词话》评欧阳修、秦观词云:"词之雅郑,在神不在貌。"以之衡量本句,极为恰切。它的精神实质是较高雅的,可以娱悦和陶冶人们的性情。就意义来讲,这句话还含有多种层次:采莲女子先是临水照影,这是第一层;接着伸手采莲,这是第二层;然后感到花如人面,不忍去摘,这是第三层。由于层次多,动作性也就很强,非常适合于组织舞蹈的手势、身段,也很容易揭示人物的内在感情。"芳心只共丝争乱"一句,便是表现人物的内心矛盾。芳心,是形容姑娘们美好的心灵。"丝"字前面虽未有说明,但从上句的"摘花"连想,人们可以理解这是采摘莲花拗断莲梗时从断口中拉出来的丝,即温庭筠《达摩支曲》所云"拗莲作寸丝难绝"的丝。随事生发,信手拈来,以此丝之乱拟彼心之乱,构想绝妙。这一句和上一句一样,都带有民歌色彩。由于感情挖得深,写得真,所以很容易化为舞蹈语言(动作)。

　　然而此词并不停留在舞姿的描绘和感情的刻画上,它还有简单的情节,情节还有所发展,这在一般的唐宋词中是见不到的。如果说上片是群舞,场面比较欢快;那么下片就是独舞居多,场面渐渐变得紧张。天晚了,起风了,荷塘上涌起阵阵波涛。采莲船在风浪中颠簸、挣扎,有的竟被风浪冲散,场面上似乎只剩下一个采莲姑娘。这样紧张的情节,我们都可以从"鸂鶒滩头风浪晚"七个字中体会到。鸂鶒是一种类似鸳鸯的水鸟,而色多紫,性喜水上偶游,故又称紫鸳鸯。李珣《南乡子》云:"乘彩舫,过莲塘,棹歌惊起睡鸳鸯。"情境差为近之。池塘上既有荷花,又有紫鸳鸯,再加上荷花也似的采莲姑娘,画面上真是美不胜收。如此优美的情境,忽然笼上暮色,被风浪破坏,情节自然紧张起来。于是词笔转而写采莲姑娘寻找失散的伙伴。"露重烟轻",是具体地描绘暮色。此时天幕渐渐暗下来,暮色苍茫,能见度极低,也许失散的伙伴相去不远,但采莲姑娘却找不到她们。其焦急之情,仓皇之状,令人可以想见。这里面可以产生许多寻人的动作,化成许多优美的舞蹈身段。从全词的结构来看,这一段也是情节发展的高潮。

　　在结尾之前,词情有一个跳跃,在章法上叫做空际转身。上面说姑娘在寻找伙伴,但到底找到了没有,词人未作具体交代。然而根据"隐隐歌声归棹远"一句来看,她们已快乐地回家,当然是找到了;而"离愁引著江南岸",则似若有所失,又像是没有找到。境界迷离惝恍,启人遐想。这在词来说,正是一个理想的结尾。谢章铤《赌棋山庄词话》云:"长调要曲折矫变,短调要辞意惝恍。"沈祥龙《论词随笔》云："小令须突然而来,悠然而去,数语曲折含蓄,有言外不尽之致。"此词从广义上讲可算是短调、小令。采莲姑娘唱着采莲曲归去了,歌声伴着桨声,由近而远,悠然而去。人虽离去,莲塘上却洒下一片愁情,留下一曲优美的画外音,久久地吸引着读者。真是余音袅袅,不绝如缕;情意绵绵,牵系人心。

(徐培均)

渔 家 傲　　　　　　　　　　欧阳修

花底忽闻敲两桨,逡巡女伴来寻访。酒盏旋将荷叶当①。莲舟荡,时时盏里生红浪。　　花气酒香清厮②酿,花腮酒面红相向。醉倚绿阴眠一饷,惊起望,船头搁在沙滩上。

〔注〕 ① 当:去声,作为、代替之意,如杜甫《寒夜》:"寒夜客来茶当酒。"② 厮:相。与下句"相"字互文同义。

这首词是作者用《渔家傲》词调谱写的六首采莲词之一,特别清新可爱,富有生活气息。它描写一群采莲姑娘,在荡舟采莲时喝酒逗乐的情景。过去文人笔下对女子的描述,总以端庄、娴淑、娇慵、多愁为主。而此作却以活泼、大胆的形象出之,所以能令人耳目一新。

首句"花底忽闻敲两桨","闻"字、"敲"字,不写人而人自见,"桨"字不写舟而舟自在,用"花底"二字映衬出了敲桨之人,是一种烘托的手法,着墨不多而蕴藉有味。第二句"逡巡女伴来寻访",方才点明了人和人的性别。"逡巡",顷刻,显示水乡女子荡舟技巧的熟练与急欲并船相见的心情,人物出场写得颇有声势。"酒盏"句,是对姑娘们喝酒逗乐的描写,是一个倒装句,即"旋将荷叶当酒盏"的意思,倒文是为了协调平仄和押韵。这个"旋"字,与上面的"忽"字、"逡巡"字,汇成一连串快速的行动节奏,表现了姑娘们青春活泼、动作麻利的情态,惹人喜爱。

荷叶作杯,据说是把荷叶连茎摘下,在叶心凹处,用针刺破,一手捧荷叶注酒凹处以当酒杯,于茎端吸饮之,隋殷英童《采莲曲》云"荷叶捧成杯",唐戴叔伦《南野》云"酒吸荷杯绿",白居易《酒熟忆皇甫十》云"寂寥荷叶杯"等,都是指此。试想在荷香万柄,轻舟荡漾中间,几个天真烂漫的姑娘,用荷叶作杯,大家争着吮吸荷杯中的醇酒,没有一点点忸怩作态的样子,这是一幅多么生动而富有乡土气息的女儿行乐图! 接着轻荡莲舟,碧水微波,而荷杯中的酒,也微微摇动起来,映入了荷花的红脸,也映入了姑娘们腮边的酒红,一似红浪时生,把"芙蓉向脸两边开"(王昌龄《采莲曲》)的意境,用另一种方式细腻地表达出来,结束了上片。

　　下片第一、二两句"花气酒香清厮酿，花腮酒面红相向"是从花、酒与人三方面作交错描述。花的清香和酒的清香相互混和，花的红晕和脸的红晕相互辉映。花也好，人也好，酒也好，都沉浸在一片"香"与"红"之中了。把热闹的气氛，推向了高潮。然而第三句"醉倚绿阴眠一饷"笔锋一转，热闹转为静止，把读者刚刚起步的想象，突然提携到另一种意境中去。又拈出一个"绿阴"的"绿"字来，使人在视觉和听觉上产生一种强烈的色彩和音响的对比。从而构成了非凡的美感。下面两句笔锋又作一层转折，从"眠"到"醒"；由"静"再到"动"，用"惊起"二字作为转折的纽带。特别是这个"惊"字，则又是过渡到下文的纽带。为什么呢？因为姑娘们既喝醉了酒，在荷叶的绿阴中睡得正甜，然而船却因无人打桨而随风飘流起来，结果在沙滩上搁浅了。之所以"惊起"，正因为是醒来看到了这个令人尴尬的场面，既坐实一个"醉"字，又暗藏一个"醒"字，并以愉快而诙谐的构思作结。起、承、转、合，脉络清晰。在诗词作法上，可以说是一篇极好的范例。而风格之清新，言语之含蓄，设色之秾艳，犹其余事。在作者的《采莲词》中多半是描写爱情的题材，惟独此词生动活泼，健康明朗，确是一篇难得的佳作。　　　　　（江辛眉）

玉　楼　春　　　　　　　　　　　　　　　欧阳修

　　尊前拟把归期说，欲语春容先惨咽。人生自是有情痴，此恨不关风与月。　　　　　离歌且莫翻新阕，一曲能教肠寸结。直须看尽洛城花，始共春风容易别。

　　北宋初年的一些名臣，如范仲淹及晏殊、欧阳修等人，除德业文章以外，他们也都喜欢填写一些温柔旖旎的小词，而且在小词的锐感深情之中，更往往可以见到他们的某些心性品格甚至学养襟抱的流露。就欧阳修而言，则他在小词中所经常表现出来的意境，可以说乃是一方面既对人世间美好的事物常有着赏爱的深情，而另一方面则对人世间之苦难无常也常有着沉痛的悲慨。这一首《玉楼春》词，可以说就正是表现了其词中此种意境的一首代表作。

　　这首词开端的"尊前拟把归期说，欲语春容先惨咽"两句，表面看来固仅是对眼前情事的直接叙写，但在其遣辞造句的选择与结构之间，欧阳修却已于无意间显示出了他自己的一种独具的意境。首先就其所用之语汇而言，第一句的"尊前"，原该是何等欢乐的场合，第二句的"春容"又该是何等美丽的人物，而在"尊前"所要述说的却是指向离别的"归期"，于是"尊前"的欢乐与"春容"的美丽，乃一变而为伤心的"惨咽"了。在这种转变与对比之中，虽然仅只两句，我们却隐然已经能够体会出欧阳修词中所表现的对美好事物之爱赏与对人世无常之悲慨两种情绪相对比之中所形成的一种张力了。

其次再就此二句叙写之口吻而言,欧阳修在"归期说"之前,所用的乃是"拟把"两个字;而在"春容""惨咽"之前,所用的则是"欲语"两个字。曰"拟"、曰"欲",本来都是将然未然之辞;曰"说"、曰"语",本来都是言语叙说之意。表面虽似乎是重复,然而其间却实在含有两个不同的层次,"拟把"仍只是心中之想,而"欲语"则已是张口欲言之际。二句连言,不仅不是重复,反而更可见出对于指向离别的"归期",有多少不忍念及和不忍道出的宛转的深情。其间固有无穷曲折吞吐的姿态和层次,而欧阳修笔下写来,却又表现得如此真挚,如此自然,如此富于直接感发之力,所以即此二句,实在便已表现了欧词的一种特美。

至于下面二句"人生自是有情痴,此恨不关风与月",则似乎是由前二句所写的眼前的情事,转入了一种理念上的反省和思考,而如此也就把对于眼前一件情事的感受,推广到了对于整个人世的认知。所谓"人生自是有情痴"者,古人有云"太上忘情,其下不及情,情之所钟,正在我辈"。所以况周颐在其《蕙风词话》中就曾说过"吾观风雨,吾览江山,常觉风雨江山之外,别有动吾心者在"。这正是人生之自有情痴,原不关于风月。李后主之《虞美人》词曾有"春花秋月何时了,往事知多少? 小楼昨夜又东风,故国不堪回首月明中"之句,夫彼天边之明月与楼外之东风,固原属无情,何干人事? 只不过就有情之人观之,则明月东风遂皆成为引人伤心断肠之媒介了。所以说"人生自是有情痴,此恨不关风与月",此二句虽是理念上的思索和反省,但事实上却是透过了理念才更见出深情之难解。而此种情痴则又正与首二句所写的"尊前""欲语"的使人悲惨鸣咽之离情暗相呼应。所以下半阕开端乃曰"离歌且莫翻新阕,一曲能教肠寸结",再由理念中的情痴重新返回到上半阕的尊前话别的情事。"离歌"自当指尊前所演唱的离别的歌曲,所谓"翻新阕"者,殆如白居易《杨柳枝》所云"古歌旧曲君休听,听取新翻杨柳枝",与刘禹锡同题和白氏诗所云"请君莫奏前朝曲,听唱新翻杨柳枝"。欧阳修《采桑子》组词前之《西湖念语》,亦云"因翻旧阕之词,写以新声之调"。盖如《阳关》旧曲,已不堪听,离歌新阕,亦"一曲能教肠寸结"也。前句"且莫"二字的劝阻之辞写得如此叮咛恳切,正以反衬后句"肠寸结"的哀痛伤心。

写情至此,本已对离别无常之悲慨陷入极深,而欧阳修却于末二句突然扬起,写出了"直须看尽洛城花,始共春风容易别"的遣玩的豪兴,这正是欧阳修词风格中的一个最大的特色,也是欧阳修性格中的一个最大的特色。我以前在《灵溪词说》中论述冯延巳与晏殊及欧阳修三家词风之异同时,就曾指出过他们三家词虽有继承影响之关系,然而其词风则又在相似之中各有不同之特色,而形成其不同之风格特色的缘故,则主要在于三人性格方面的差异。冯词有热情的执着,晏词有明澈的观照,而欧词则表现为一种豪宕的意兴。欧阳修这一首《玉楼春》词,明明蕴含有很深重的离别的哀伤与春归的惆怅,然而他却偏偏在结尾写出了"直须看尽洛城花,始共春风容易别"的豪宕的句子。在这二句中,不仅其要把"洛城花"完全"看尽",表现了一种遣玩的意兴,而且他所用的"直须"和"始共"等口吻也极为豪宕有力。然而"洛城花"却毕竟有"尽","春风"也毕竟要"别",因此在豪宕之中又实在隐含了沉重的悲慨。所以王国维在《人间词话》中论及欧词此数句时,乃谓其"于豪放之中有沉着之致,所以尤高"。其实"豪放之中有沉着之致",不仅道中了《玉楼春》这一首词这几句的好处,而且也恰好说明了欧词风格中的一点主要的特色,那就是欧阳修在其赏爱之深情与沉重之悲慨两种情绪相摩荡之中,所产生出来的要想以遣玩之意兴挣脱沉痛之悲慨的一种既豪宕又沉着的力量。在他的几首《采桑子》小词中,都体现出此一特色。不过比较而言,则这一首《玉楼春》词,可以说是对此一特色最具代表性的作品而已。　　　（叶嘉莹）

玉　楼　春　　　　　　　　　　欧阳修

洛阳正值芳菲节,秾艳清香相间发。游丝有意苦相萦,垂柳无端争赠别。　　　杏花红处青山缺,山畔行人山下歇。今宵谁肯远相随,唯有寂寥孤馆月。

前人论欧词,有的说它"深婉",有的说它"层深",虽然赞赏的角度不同,但都意识到了"深"是欧词艺术上的基本特色。一个深字,看似简单,要达到却颇不容易。因为它既要求作品写得含蓄,又要求作品能抒发作者深藏的强烈感情。没有二者和谐的统一,就谈不上欧词的深。这首《玉楼春》正是具备了这样两个方面,所以才显得深,才有余味。

这是一首写离别的词,开头两句点明离别的时间和地点,如果直说,简直平淡无奇。作者采用另一种表现方法,从离人对环境的感受来写,效果便大不一样。

洛阳在北宋称为西京,是仅次于汴京的大城市,这儿有许多花园,到处花木繁茂,所以"洛阳花"在当时闻名全国。欧阳修抓住这一点,也就抓住了洛阳的一个特点。刘禹锡《春日书怀》写春色曾说:"野草芳菲红锦地",色彩很鲜明。欧阳修用"芳菲节"代替"春季"一词,用"洛阳正值芳菲节"开头,一下子就把读者带进了离人所在的满城春色的地方。但作者并不满足于此,他又用"秾艳清香相间发"来进一步渲染"芳菲节",使洛阳的春色变得更为具体可感。"秾艳"一句不仅使人想见花木繁盛、姹紫嫣红的景象,而且还使人仿佛感受到了阵阵春风吹送过来的阵阵花香。接下去两句"游丝有意苦相萦,垂柳无端争赠别",粗心大意地看过去,好像是写景,但联系下阕,细心体味,便可察觉它们已暗含眷恋送别者的感情。"游丝"是蜘蛛所吐的丝,春天飘荡在空中,随处可见。庾信的《春赋》就曾用"一丛香草足碍人,数尺游丝即横路"来点染春景。至于折柳相赠的习俗,又是大家所熟知的。游丝和垂柳原是无情之物,它们是不会留人送人的,但在惜别者眼中,它们却仿佛变得有情了。作者用拟人化的手法,说游丝在这里那里苦苦地缠绕着人不让离去,又埋怨杨柳怎么没来由地争着把人送走,即景抒情,把笔锋转入抒写别离。

　　社会生活中的离别环境本来是千差万别的,有凄风苦雨中的离别,也有良辰美景中的离别。写凄风苦雨,固然可以烘托别离之苦;写良辰美景又何尝不能反衬离人的懊恼。这首词就是后者的例证,作者不但在上阕写了出发地的春光和离愁,而且又在下阕继续写旅途的春光和离愁,使人感到春色无边无际,愁思也无边无际,始终苦恼着离人。一篇小令当然不能把离人在长途跋涉中的事写得很多,作者选择了重点突出的写法,只写旅途一瞥,使富有特征的形象描绘产生以少胜多的艺术效果。

　　"杏花红处青山缺,山畔行人山下歇"是全词传神之笔。上句描写旅途中的春山。人们可以想象作者是写山口处有红杏傍路而开;也可以想象作者是写红艳艳的杏花林遮住了一大片青山,给人以那是山的缺处的感觉。总之,无论哪一种构思,都很新颖,不落陈套。就在这样的背景上,人们看到了那位离人的活动:他绕山而行,群山连绵,路途遥远,他还没有到达目的地,中途停宿在有杏花开放的驿舍里。这儿人烟稀少,和繁华的洛阳形成鲜明的对照。他感到寂寞,他夜不成眠,望月思人,终于迸发出了"今宵谁肯远相随,惟有寂寥孤馆月"的叹息,使作品所要抒发的感情得到强烈的表现,虽然不是火山爆发式的,但也有涌泉突发之势。

（吴庚舜）

玉　楼　春　　　　欧阳修

西湖南北烟波阔,风里丝簧声韵咽。舞余裙带绿双垂,酒入香腮红一抹。　　杯深不觉琉璃滑,贪看六幺花十八。明朝车马各西东,惆怅画桥风与月。

　　颍州西湖在北宋时是"花坞苹汀,十顷波平"的烟水之地。本篇起二句以简练的笔触,概括地写出了西湖的广阔与繁华。首句虽是平平着笔,但西湖的阔大却被写出来了,如果用纤细的着意描画之笔,反而不能收到这样的效果。"烟波阔",一笔渲染过去,背景是有气派的,下句如果太切近,太具体,就与首句不称。"风里丝簧声韵咽",则是浑括不流于纤弱的句子。使人想象到那广阔的烟波中,回荡着丝簧之声,当日西湖风光和一派繁华景象,便如在目前。三、四句承次句点到的丝簧之声,具体写歌舞。"舞余裙带绿双垂,酒入香腮红一抹",写的不是丝簧高奏,舞蹈处在高潮的情景,而是舞后。但从终于静下来的"裙带绿双垂"之状,可以想象此前"舞腰红乱旋"的翩翩之态;从"香腮红一抹"的娇艳,可以想象酒红比那粉黛胭脂之红更为好看,同时歌舞女子面容之白和几乎不胜酒力,也得到了传神的表现。

　　换头由上片点出的"酒"过渡而下,但描写的角度转移到了正在观赏歌舞的人们的一边。酒杯在手,之所以不觉酒漫杯滑的原因,是由于贪看歌舞入了迷。六幺是一种琵琶舞曲,花十八属于六幺中的一叠。因其包括花拍,与正拍相比,在表演上有更多的花样与自由,也就格外迷人。酒杯在手,连"琉璃滑"都感觉不到,又怎能去想象明朝离别的情景呢? 这样,转入明朝,就跌宕得更有力了。"明朝车马各西东,惆怅画桥风与月。""明朝"不一定机械地指第二天,而是泛指日后或长或短的时间。随着人事的变化,今天沉醉不觉者会有一天被车马带向远方。那时,在异乡,甚至在无可奈何的孤独寂寞中,回首画桥风月,该是何等惆怅。

　　欧阳修知颍州时已经四十三岁。宦海浮沉,鬓须皆白,像早年那种"直须看尽洛城花,始共春风容易别"的情怀已大为消减。(至于他第二次居颍,更在六十五岁退休之后。)词中一系列似乎很客观的描写和叙述,可能寓有多方面的情思和感触。关于西湖烟波,风里丝簧和歌舞场面的描写,似带有欣赏的意味,而车马东西,回首画桥风月的惆怅,则表现出在无可奈何之中若有所失、又若有所思的一种很复杂的情绪。

　　欧词在比较注意感情深度的同时,艺术表现上多数显得很蕴藉,有一种雍容和婉的风度。本篇开头两句,大笔取景,于舒缓开阔中见出气象,已经给全词定下了从容不迫的基调。结尾二句,从内容和情调上看,是大转折,大变化,但出语用"明朝"二字轻轻宕开去,没有用力扳转的痕迹,最后又收转到"画桥风月"。行文上从容承接,首尾相应,显得和婉圆融,情绪上也表现了优柔不迫的容与之态。周济说:"永叔词,只如无意,而沉着在和平中见"(《介存斋论词杂著》),确是很中肯的评语。

(余恕诚)

玉　楼　春　　　　　　　　　　　欧阳修

别后不知君远近，触目凄凉多少闷。渐行渐远渐无书，水阔鱼
沉何处问。　　夜深风竹敲秋韵，万叶千声皆是恨。故敧单
枕梦中寻，梦又不成灯又烬。

　　词是写闺中思妇深沉凄绝的别恨。发端句"别后不知君远近"是恨的缘由。因不知亲人行踪，故触景皆生出凄凉、郁闷，亦即无时无处不如此。"多少"，"不知多少"之意，以模糊语言极状其多。三、四两句再进一层，抒写了远别的情状与愁绪。"渐行渐远渐无书"，一句之内重复叠用了三个"渐"字，将思妇的想象意念从近处逐渐推向远处，仿佛去追寻爱人的足迹，然而雁绝鱼沉，天涯何处寻觅踪影！"无书"应首句的"不知"，且欲知无由，她只有沉浸在"水阔鱼沉何处问"的无穷哀怨之中了。"水阔"是"远"的象征，"鱼沉"是"无书"的象征。"何处问"三字，将思妇欲求无路、欲诉无门的那种不可名状的愁苦，抒写得极为痛切。在她与亲人相阻绝的浩浩水域与茫茫空间，似乎都充塞了触目凄凉的离别苦况。词的笔触既深沉又婉曲。

　　词篇从过片以下，深入细腻地刻画了思妇的内心世界，着力渲染了她秋夜不寐的愁苦之情。"自古伤心惟远别，登山临水迟留。暮尘衰草一番秋。寻常景物，到此尽成愁。"（张先《临江仙》）风竹秋韵，原是"寻常景物"，但在与亲人远别，空床独宿的思妇听来，万叶千声都是离恨悲鸣，一叶叶一声声都牵动着她无限愁苦之情。"故敧单枕梦中寻，梦又不成灯又烬"。思妇为了摆脱苦况的现实，急于入睡成梦，故特意斜靠着孤枕，幻想在梦中能寻觅到在现实中寻觅不到的亲人，可是"千山万水不曾行，魂梦欲教何处觅？"（韦庄《木兰花》）连仅有的一点小小希望也成了泡影，不单是"愁极梦难成"（薛昭蕴《小重山》），最后连那一盏作伴的残灯也熄灭了。"灯又烬"一语双关，闺房里的灯花燃成了灰烬，自己与亲人的相会也不可能实现，思妇的命运变得像灯花一样凄迷、黯淡。词到结句，哀婉幽怨之情韵袅袅不断，给人以深沉的艺术感染。

　　前于欧阳修的花间派词人，往往喜欢对女性的外在体态服饰进行精心刻画，而对人物内心的思想感情则很少揭示。欧阳修显然比他们进了一大步，在这首词中，他没有使用一个字去描绘思妇的外貌形象，而是着力揭示思妇内心的思想感情，字字沉着，句句推进，如剥笋抽茧，逐层深入，由分别——远别——无音信——夜闻风竹——寻梦不成——灯又烬，将一层、一层、又一层的愁恨写得愈

来愈深刻、凄绝。全词写愁恨由远到近，自外及内，从现实到幻想，又从幻想回归到现实。且抒情写景情景两得，写景句寓含着婉曲之情，言情句挟带着凄凉之景，表现出特有的深曲婉丽的艺术风格。

（吴翠芬）

南　歌　子　　　　　　　　　　　　欧阳修

凤髻金泥带，龙纹玉掌梳。走来窗下笑相扶，爱道画眉深浅入时无？　　弄笔偎人久，描花试手初。等闲妨了绣功夫，笑问"鸳鸯两字怎生书？"

此词描写了一对青年夫妇的新婚生活。在这对新婚夫妇中，又是以女方为主。词人以细腻的笔触勾勒了她的声容笑貌和心理活动。读着这首词，仿佛在观赏一出昆曲折子戏，剧中主人翁富有生活气息的表演，给我们带来浓厚的情趣。

明人沈际飞评此词云："前段态，后段情，各尽，不得以荡目之。"（《草堂诗余别集》卷二）此意颇能道着，词中的新妇活泼自如，甚至有些娇纵，但不能视作放荡。在封建礼教的重重桎梏下，词人能塑造出这样一个女子，确非易事。起首二句，词人写其装束，真可谓极妍尽态，宋初作品中似不多见。作者曾在《盘车图》诗中说："古画画意不画形，梅诗咏物无隐情。忘形得意知者寡，不若见诗如见画。"由于感到忘形得意的作品知之者甚少，因而他竭力追求形似，使读者见诗如同见画。正是在这种文艺思想的指导下，他在这首词中才不厌其烦地描绘这位新嫁娘的头饰。凤髻者，状如凤凰的发型，已够华丽了；在这种发型上再束以金色的彩带，则更加华丽。这还不算，她还在头发上插着一把玉掌梳，玉是华贵的饰物，在这饰物上再刻上龙纹，则又更加华贵了。这种写法就是人们常说的层层加码。词人采用这种层层加码法，把这位新嫁娘打扮得雍容华贵，收到了"见词如见画"的艺术效果。

但是词人并不停留在形似上，倘若如此，就只能徒有其表，没有灵魂。于是接下去两句便以轻松的笔调描绘这位新嫁娘的神态。她梳妆才罢，便轻盈地走到窗前，满面笑容地挨着她的丈夫，甜蜜地问道："画眉深浅入时无？"这句话来自唐人朱庆余《近试上张水部》诗，原意在于试探主考官是否赏识自己的文章。这里直截用来表现爱情，显得更加自然贴切。

词的下阕写这位新嫁娘在写字绣花，虽系写实，然却富于情味。过片首句中的"久"字用得极工，非常准确地表现了她与丈夫形影不离的亲密关系，那种小鸟依人的姿态，令人感到温柔可爱。结尾二句，一承绣花，一承写字，过渡得极为自然,运笔如行云流水,恰到好处地反映了人物轻快愉悦的情绪。由于她刚刚嫁过来,第一次描花,总想试一试好身手;然而近在咫尺的新郎又像磁铁一样吸引着她,"等闲妨了绣工夫"。她只好停下绣针,拿起彩笔,问丈夫"鸳鸯"二字怎么写。鸳鸯在中国传统诗词中总是比喻夫妇和双双对对的情侣。此时新娘问此二字如何写法,心中自然充满着幸福感;对她丈夫来说,甚至带有一股挑逗的味儿。然而却较为含蓄,所谓"发乎情,止乎礼义","不得以荡目之"者是也。

　　前人认为欧词风格迫近花间,此词尤甚。《花间集》中写女子的装饰,错金组绣,备极华丽,然"每截取可以调和的诸印象而杂置一处,听其自然融合"(俞平伯《读词偶得》评温飞卿《菩萨蛮》),而人物的思想感情则影影绰绰,难以捉摸。欧阳修此词虽也写人物的华丽装束,但于人物的精神风貌则刻画得较为具体生动,可见在继承花间传统时有所发展。特别是此词的上下两结均出以问句,在人物内心感情的自然流露中,表现出活泼轻灵的风格,这在花间词中也是少见的。

(徐培均)

临　江　仙　　　　　　　　　欧阳修

　　柳外轻雷池上雨,雨声滴碎荷声。小楼西角断虹明。阑干倚处,待得月华生。　　　　燕子飞来窥画栋,玉钩垂下帘旌。凉波不动簟纹平。水精双枕,傍有堕钗横。

　　此词甚奇,奇在所取时节、景色、人物、生活,都不是一般作品中常见重复或类似的内容,千古独此一篇,此即是奇,而不待挟山超海、揽月驱星,方是奇也。所写是夏景,傍晚阵雨旋晴,一时之情状,画所难到,得未曾有。柳在远处近处?词人不曾"交待",然而无论远近,雷则来自柳的那一边,雷为柳隔,声似为柳"滤"过,分明已经音量减小,故是轻雷,隐隐隆隆之致,有异于当头霹雳。雷在柳外,而雨到池中,是一是二? 亦觉不易分疏。雨来池上,雷已先止,唯闻沙沙飒飒,乃是雨声独响。最奇者,是"雨声滴碎荷声"。奇不在两个"声"字叠用。奇在雨声之外,又有荷声。荷声者,其叶盖之声也。奇又在"碎"。雨本一阵,了不可分,而因荷承,声声清晰。此为轻雷疏雨,于一"碎"字尽得风流,如于耳际闻之。

　　雨本不猛,旋即放晴。"人间重晚晴",晚晴之美,无可着笔。"夕阳无限好",而断虹一弯,忽现云际,则晚晴之美,无以复加处又加一重至美,无可着笔处乃偏偏有此断虹,来为生色,来为照影。晚晴之美,至矣极矣!

　　断虹之美,又无可写处,难于落笔,词人又只下一"明"字,而断虹之美,斜阳

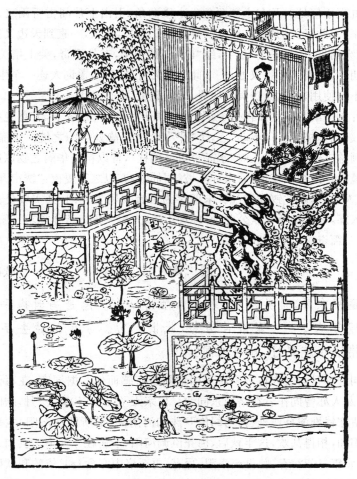

临江仙（柳外轻雷池上雨） 欧阳修

——明刊本《诗馀画谱》

之美,雨后晚晴的碧空如洗之美,被此一"明"字写尽,再无可写矣!"明"乃寻常之字,本无奇处,但细思之,此处此字,实又甚奇,因为它表现了那么丰富的光线、色彩、时间、境界!

断虹现于何处?乃在小楼西角。小楼西角,引出上片闻雷听雨之人。其人独倚画阑,领此极美的境界,久久不曾离去。久久,久久,一直到天边又见了一钩新月,宛宛而现。"月华生"三字,继"断虹明"三字,奇外添奇,美上增美,其笔致之温丽明妙,直到不可思议处,——此方是无奇处真奇,盖词人连一个生僻字、粉饰字也不曾使用,而达此极美的境界,方是高手,也是圣手。

下片词境继月华生而再进一层,写到阑干罢倚,人归帘下,天真晚矣。凉波以比簟纹,已妙极,又下"不动"字,下"平"字,力写静处生凉之境。水晶枕,加一倍渲染画栋玉钩,大似温飞卿"水晶帘里玻璃枕",皆以精美华丽之物以造一理想的人间境界。而结以钗横,后来苏东坡《洞仙歌》亦以之写夏夜:"绣帘开,一点明月窥人,人未寝,欹枕钗横鬓乱。"末四字为俗流妄用为亵词,其实坡公止是写热甚不能入寐,毫无他意。欧公此处,神理不殊,先后一揆。若作深求别解,即堕恶趣,而将一篇奇绝之名作践踏矣。

(周汝昌)

浪　淘　沙　　　　　　　　　　　欧阳修

把酒祝东风,且共从容,垂杨紫陌洛城东。总是当时携手处,游遍芳丛。　　　聚散苦匆匆,此恨无穷。今年花胜去年红。可惜明年花更好,知与谁同?

此词为春日与友人在洛阳城东旧地同游有感而作。据词意,在写作此词的去年春,友人亦曾同作者在洛城东同游。仁宗天圣九年(1031)三月,欧阳修至洛阳西京留守钱惟演幕作推官,与同僚尹洙和河南县(治所即在洛阳)主簿梅尧臣等诗文唱和,相得甚欢,这年秋后,梅尧臣调河阳(治所在今河南孟县南)主簿,次年(明道元年,1032)春,曾再至洛阳,写有《再至洛中寒食》和《依韵和欧阳永叔同游近郊》等诗。欧阳修在西京留守幕前后共三年,其间仅明道元年春在洛阳,此词当即本年所作。词中同游之人或即梅尧臣。

上片叙事,从游赏中的宴饮起笔。这里的新颖之处,是作者既未去写酒筵之盛,也未去写人们的宴饮之乐,而是写作者举酒向东风祝祷:希望东风不要匆匆而去,能够停留下来,参加他们的宴饮,一道游赏这大好春光。首二句词语本于司空图《酒泉子》"黄昏把酒祝东风,且从容",而添一"共"字,便有了新意。"共从容"是兼风与人而言。对东风言,不仅是爱惜好风,且有留住光景,以便游赏之意;对人而言,希望人们慢慢游赏,尽兴方归。"洛城东"揭出地点。洛阳公私园囿甚多,宋人李格非著有《洛阳名园记》专记之。京城郊外的道路叫"紫陌"。"垂杨"同"东风"合看,可想见其暖风吹拂,翠柳飞舞,天气宜人,景色迷人,正是游赏的好时候、好处所。所以末两句说,都是过去携手同游过的地方,今天仍要全都重游一遍。"当时"就是下片的"去年"。"芳丛"说明此游主要是赏花。

下片是抒情。头两句就是重重的感叹。"聚散苦匆匆",是说本来就很难聚会,而刚刚会面,又要匆匆作别,这怎能不给人带来无穷的怅恨呢!"此恨无穷"并不仅仅指作者本人而言,也就是说,在亲人朋友之间聚散匆匆这种怅恨,从古到今,以至今后,永远都没有穷尽,都给人带来莫大的痛苦。"黯然销魂者唯别而已矣!"(南朝梁江淹《别赋》)好友相逢,不能久聚,心情自然是非常难受的。这感叹,就是对友人深情厚谊的表现。下面三句是从眼前所见之景来抒写别情,也可以说是对上面的感叹的具体说明。"今年花胜去年红"有两层意思。一是说今年的花比去年开得更加繁盛,看去更加鲜艳,当然希望同友人尽情观赏。说"花胜去年红",足见去年作者曾同友人来观赏过此花,此与上片"当时"呼应,这里包含着对过去的美好回忆;也说明此别已经一年,这次是久别重逢。聚会这么不易,花又开得这么美好,本来应该多多观赏,然而友人就要离去,怎能不使人痛惜?这句写的是鲜艳繁盛的景色,表现的却是感伤的心情,正是清代王夫之所说的"以乐景写哀"。末两句意思更进一层:明年这花还将比今年开得更加繁盛,可惜的是,自己和友人分居两地,天各一方,明年此时,不知同谁再来共赏此花啊!再进一步说,明年自己也可能已离开此地,更不知是谁来赏此花了。杜甫《九日蓝田崔氏庄》"明年此会知谁健,醉把茱萸仔细看",立意与此词相近,可以合看,不过,杜诗意在伤老,此词则意在惜别。把别情熔铸于赏花中,将三年的花加以比较,层层推进,以惜花写惜别,构思新颖,富有诗意,是篇中的绝妙之笔。而别情之重,亦即说明同友人的情谊之深。

清人冯煦谓欧阳修词"疏隽开子瞻(苏轼),深婉开少游(秦观)"(《宋六十家词选例言》)。此词笔致疏放,婉丽隽永,近人俞陛云称它"因惜花而怀友,前欢寂寂,后会悠悠,至情语以一气挥写,可谓深情如水,行气如虹矣"(《宋词选释》),正说明它兼具这两方面的特色。

　　　　　　　　　　　　　　　　　　　　　　　　　　　　　　(王思宇)

浪　淘　沙　　　　　　　　　　　　　　欧阳修

五岭麦秋残,荔子初丹。绛纱囊里水晶丸。可惜天教生处远,

不近长安。　　　往事忆开元，妃子偏怜。一从魂散马嵬关，只
有红尘无驿使，满眼骊山。

　　咏史词在唐代即已产生，如窦弘余、康骈的《广谪仙怨》都是写唐明皇杨贵妃
事迹的。《花间集》里，有韦庄、孙光宪的《河传》、毛熙震的《临江仙》。宋初有李
冠的两首《六州歌头》，一写唐明皇杨贵妃的爱情悲剧，一写刘邦、项羽的斗争，都
是慷慨雄伟之作。欧阳修这首《浪淘沙》，承前人余绪，歌咏唐代天宝年间玄宗荒
淫、杨妃专宠的史事，深寓鉴戒之意。

　　唐明皇晚年的乱政，可入题咏的事很多。一首篇幅很短的小令，不可能也不
必要写许多事件。本篇集中笔墨，单就杨妃喜食鲜荔枝，玄宗命人从岭南、西蜀
驰驿进献一事发抒感慨。开头三句从五岭荔枝成熟写起。首句点明产地产时，
次句点明荔枝成熟，第三句描绘荔枝的外形内质，次第井然。荔枝成熟时，果皮
呈紫绛色，多皱，果肉呈半透明凝脂状，这里用"绛纱囊里水晶丸"来比况，不但形
象逼真，而且能引发人们对它的色、形、味的联想而有满口生津之感。

　　但词人的笔却就此打住，不再粘滞在荔枝上。接下来两句，承首句"五岭"，
专从产地之遥远托讽致慨。"可惜天教生处远，不近长安。"像是故意模拟玄宗惋
惜遗憾的心理与口吻，又像是作者意味深长的讽刺，笔意非常灵动巧妙。从玄宗
方面说，是惋惜荔枝生长在远离长安的岭南，不能顷刻间得到，以供杨妃之需；从
作者方面说，则又隐然含有天不从人愿，偏与玄宗、杨妃作对的揶揄嘲讽。而言
外又自含对玄宗专宠杨妃、为她罗致一切珍奇的行为的批判。

　　过片"往事忆开元"句一笔兜转，点醒上片。说"开元"而不说"天宝"，纯粹出
于音律上的考虑。《新唐书·杨贵妃传》："妃嗜荔枝，必欲生致之。乃置骑传送，
走数千里，味未变，已至京师。""妃子偏怜"及下"驿使"本此。这里的"偏"与上片
的"天教"正形成意味深长的对照。

　　结尾三句"一从魂散马嵬关，只有红尘无驿使，满眼骊山"。"魂散马嵬关"，
指玄宗奔蜀途中，随行护卫将士要求杀死杨妃，玄宗不得已命高力士将其缢死于
马嵬驿事。"红尘"用杜牧《过华清宫绝句》"一骑红尘妃子笑，无人知是荔枝来"
意。驿使，指驰送荔枝的驿站官差。这三句既巧妙地补叙了当年驰驿传送荔枝
的劳民之举，交待了杨妃缢死马嵬的悲剧结局，而且收归现境，抒发了当前所见
所感：热闹的新丰道上，被过往行人车马扬起的红尘依然如故，但驰送荔枝的驿
使却再也见不到了。当年沉醉于享乐的唐玄宗早已成为尘土，一代绝色也早已
魂散马嵬，满眼中只有佳木葱茏的骊山依然长在，供后人游赏凭吊。词人对淫侈

享乐、乱政误国的历史教训并不直接说出,只用"有"、"无"的开合相应与"满眼骊山"的景象隐隐逗露,显得特别隽永耐味。

词作为一种纯粹抒情的诗体,长于言情写景,拙于叙事。而咏史词却不可能避开对史事的叙述与议论。这首咏史词,在处理事与情、叙与议的关系上,提供了比较成功的经验。

(刘学锴)

浣　溪　沙　　　　　　　　　　　欧阳修

堤上游人逐画船,拍堤春水四垂天。绿杨楼外出秋千。

白发戴花君莫笑,六幺催拍盏频传。人生何处似尊前!

欧阳修善于写一些即景抒情的小词。他往往能在很短的篇幅中,运用清丽自然的语言,描绘生动优美的景象,抒发婉曲深厚的感情,具有一种独特的风神之美,这首《浣溪沙》就是这方面的代表作之一。

此词大约作于知颍州(治所在今安徽阜阳)时,叙写作者春日载酒湖上的所见所感。上片描摹明媚秀丽的春景和众多游人的欢娱。"堤上游人逐画船",写所见之人:堤上踏青赏春的人随着画船在行走。一个"逐"字,生动地道出了游人如织,熙熙攘攘,喧嚣热闹的情形。"拍堤春水四垂天",写所见之景:溶溶春水,碧波浩瀚,不断地拍打着堤岸;上空天幕四垂,远远望去,水天相接,广阔无垠。第三句"绿杨楼外出秋千",写出了美景中人的活动。这句中的"出"字用得极精。晁无咎说:"只一'出'字,自是后人道不到处。"(吴曾《能改斋漫录》卷十六引)王国维则说:"余谓此本于正中(冯延巳字)《上行杯》词'柳外秋千出画墙',但欧语尤工耳。"(《人间词话》卷上)"出"字突出了秋千和打秋千的人,具有画龙点睛的作用,使人们好像隐约听到了绿杨成阴的临水人家传出的笑语喧闹之声,仿佛看到了秋千上娇美的身影,这样就在幽美的景色中,平添出一种盎然的生意。上片真切地描写出了一幅春光旖旎的图画,给人以清新迷人的美感;同时又着力渲染了春景中世人的得意欢娱,为下片写词人自己作铺垫。

下片叙写作者在画船中宴饮的情况,着重抒情。"白发戴花君莫笑","白发",词人自指。这样的老人头插鲜花,自己不感到可笑,也不怕别人见怪,俨然画出了他旷放不羁、乐而忘形的狂态。《浣溪沙》词调过片二句多用对偶句。下句"六幺催拍盏频传"和上句对仗,但对得灵活,使人不觉。"六幺"即"绿腰",曲调名。"拍",歌的节拍。此句形象地写出画船上急管繁弦,乐声四起,频频举杯,觥筹交错的场面。和上句一起描绘了一幅湖上宴乐图,作者沉醉于其间的神态,跃然纸上。歇拍"人生何处似尊前",虽是议论,但它是作者感情的升华,写得凄怆沉郁,耐人品味。至此,作品完成了对词人自我形象的塑造,这个形象正是《醉翁亭记》中那个"苍颜白发,颓然乎其间"的"太守"。欧阳修刚正不阿,忧国忧民,可是宦海浮沉,政治上多次遭受挫折,他在知颍州时,已到了晚年。他的嗜酒耽乐正是他借以排遣苦闷的特殊方式,绝不是一般的生活放纵。

　　这首词上片和下片对比鲜明,上片写众人在春光中的得意欢娱,喧嚣热闹,正衬托出下片词人在画船中的酣酒耽乐,别有意趣。而在刻摹词人的自我形象,抒发作者的感慨时,既疏放清旷,又婉曲含蓄,意在言外。　　　　　　　（吴小林）

浣　溪　沙　　　　　　　　欧阳修

　　湖上朱桥响画轮,溶溶春水浸春云,碧琉璃滑净无尘。
　　当路游丝萦醉客,隔花啼鸟唤行人,日斜归去奈何春。

　　欧阳修做过颍州知州,晚年又退居颍州,写过十首描写颍州西湖的《采桑子》,是一组著名的词作。这首《浣溪沙》,也是描写颍州西湖的,写湖上春景,写人们到湖上游春的景象。首句的"朱桥"和"画轮",是经过特意装饰的字面,给读者造成了一种富丽华贵的感觉。游客们乘坐着豪华的车子,驶过那装修着朱红栏杆的桥梁,蹄声得得,轮声隆隆,来到西湖游赏春光。这一句的紧要字眼是那个"响"字,用声音表示动态,而且能够传达出一种喧阗热闹的气氛,很像庾信《春赋》里所写的"开上林而竞入,拥河桥而争渡"那种景况。第二句"溶溶春水浸春云"写湖面风光,水里映出了云的影子,云、水、天空都融在一起了。溶溶,水盛貌。春水,言水之柔和;春云,言云之舒缓。一句之中,并列两个"春"字,这倒是名副其实的"加一倍写法",目的就是把这个字凸显出来。这句里的"浸"字也用得好,把映照说成浸泡,就等于把云的影子说成是真的云,通过这种"真实感"暗中透露出湖水的清澈程度来。《浣溪沙》这个词调,上下片都是七言三句,一般的写法是,前两句要有足够的分量,到第三句,或是伸延下来作成补充的描写,或是生发开去写出转换的笔墨。欧阳修这首词的前两句就勾连得很紧密,这还不只是在于湖、桥、水三者原本就是一体,而更在于两个句子里的动词"响"和"浸"都是醒目的字眼,又都被安排在第五字的位置上,显得铢两悉称,旗鼓相当。于是,第三句就成了前两句拖下来的一条尾巴,担当着对湖水作一点补充描写的任务。作者接下来写道:"碧琉璃滑净无尘。"用尾巴作比喻,并不是说这个句子不必要,恰恰相反,写《浣溪沙》,就得这样安排章法,正像画马必须画出一条漂亮的尾巴那样。用琉璃的光洁平滑来比喻西湖的水面，可能是作者的得意之笔，因为在《采桑子》里也有同样的描写——"无风水面琉璃滑"。

　　下片前两句，按照此调格律的要求，是对偶句："当路游丝萦醉客，隔花啼鸟唤行人"。这两句描写春物留人，人亦恋春，是全词的重点所在。游丝，是春季里昆虫吐出来的细丝，随风飘舞在花草树木之间，庾信《春赋》里，有"一丛香草足碍人，数尺游丝即横路"的句子，李白又加以发展，说成"见游丝之横路，网春辉以留人"（《惜馀春赋》）。游丝本无情而有情，网住春光，留住游人。欧阳修接过这层意思，又把"留人"发展成"萦醉客"。游人来到西湖，或画船载酒，或茵席举觞，不觉都成了"醉客"——既是赏春纵饮，也有被美景所陶醉的意思。既来游赏了，又已"醉"了，"游丝"因何还牵住他们不放，这一点道理下面自有交待。"隔花啼鸟唤行人"，"唤"，也是"唤住"之意，与游丝萦客同。总的是说春色无多了，何不再流连些时，这正是"惜馀春"之意。明明是游人舍不得归去，却说成是游丝、啼鸟出主意挽留，这便是词体以婉曲写情的特别处。下片前两句，写得繁富饱满，字面也相当华丽，颇有点"士女游春图"的气象。这样一来，就给末句提出了较高的要求，必须作出很好的收束。可是，末句里的"日斜归去"四字，不过是平板的叙事，至多说明西湖景色美好，让人流连，此外就没有别的意思了，所以，结句的妙处就在"奈何春"三个字了，这三字使得全词更显得精彩。第一，它生发开来，写得远。随着时间的不断推移，人既已归，春亦将归，作者想到美好的春光即将逝去，这是无可奈何的事。第二，它挖掘下去，写得深。西湖游春，度过了一天欢快，但"天下没有不散的筵席"，归去之际，不免若有所失，由欢乐而转入惆怅，这也是无可奈何的事。这首词的结尾，是用陡转直下的笔法揭示了游人内心深处的思维活动，表现了由欢快而悲凉这种两极转换的心理状态，故而能够取得含蓄蕴藉、余味不绝的艺术效果。

　　　　　　　　　　　　　　　　　　　　　　　　　　　　　（王双启）

渔　家　傲　　　　　　　　　　　　　　欧阳修

近日门前溪水涨，郎船几度偷相访。船小难开红斗帐，无计
向，合欢影里空惆怅。　　　愿妾身为红菡萏，年年生在秋江
上；重愿郎为花底浪，无隔障，随风逐雨长来往。

　　欧阳修现存的词作中，《渔家傲》达数十阕，可见他对北宋民间流行的这一新腔有着特殊爱好。其中用这一词调填的采莲词共六首。晚唐五代以来，词中写爱情多以闺阁庭院为背景，采莲词却将背景移到了莲塘秋江，男女主角相应地换

成了水乡青年男女,词的风格也由深婉含蓄变为清新活泼。

上片叙事,写莲塘相访而不得好合的惆怅。起二句写近日溪水涨绿,情郎趁水涨驾船相访。男女主人公隔溪而居,平常大约很少有见面的机会,所以要趁水涨相访。说"几度",正见双方相爱之深;说"偷相访",则其为秘密爱情可知。这涨满的溪水,既是双方会面的便利条件,也似乎象征着双方涨满的情愫。或者说,由于双方常趁水涨会面,这涨满的溪水就自然引起他们心潮的上涨。

"船小难开红斗帐,无计向,合欢影里空惆怅。"红斗帐,是一种红色的圆顶小帐。古诗《孔雀东南飞》:"红罗覆斗帐,四角垂香囊。"在诗歌中经常联系着男女的好合。采莲船很小,一般仅容一人,说"难开红斗帐"自是实情。无计向,即没奈何、没办法。合欢,指并蒂而开的莲花。三句写不得好合的惆怅,说"难",说"无计",说"空",重叠反复,见惆怅之深重。特别是最后一句,物我对照,触景增慨,将男女主人公对影伤神的情态生动地表现出来了。

下片抒情,写女主人公因不能合欢而产生的幻想,紧扣秋江红莲的现境设喻写情。红菡萏,即红莲花。面对秋江中因浪随风摇曳生姿的红莲,女主人公不禁产生这样的痴想:希望自己化身为眼前那艳丽的芙蓉,年年岁岁托身于秋江之上;更希望情郎化身为花底的轻浪,与红莲紧密相依,没有障隔,在雨丝风片中长相厮伴。如果说把红妆少女想象成秋江红莲并不算新鲜,那么用"红菡萏"和"花底浪"来比喻情人间亲密相依的关系,则是一种创造。妙在即景取譬,托物寓情,融写景、抒情、比兴、想象为一体,显得新颖活泼,深带民歌风味。　　　　　　　(刘学锴)

少　年　游　　　　　　　　　　　　　　欧阳修

栏干十二独凭春,晴碧远连云。千里万里,二月三月,行色苦愁人。　　谢家池上,江淹浦畔,吟魄与离魂。那堪疏雨滴黄昏,更特地、忆王孙。

在中国古典诗歌中,离愁常用芳草来比兴,芳草萋萋往往象征着离恨悠悠。因为一则春草的滋生,标志着季节的更迭,而美好的春色,又总能逗引起闺妇思远、游子怀乡等盼望团聚的思想感情。二则芳草荣茂,伸展天外,最能表达出离愁无穷无尽的情思。欧阳修的这首词正是咏春草而兼涉离愁的。

词的起首从凭栏写入。"春"字点出季节,"独"字说明孤身一人。当春独立,人之了无意绪可知。"栏干十二",着一"凭"字,表示凭遍了十二栏干。李清照词:"倚遍栏干,只是无情绪。"(《点绛唇》)辛弃疾词:"栏干拍遍,无人会,登临意。"(《水龙吟》)"倚遍""拍遍",都是一种动作性的描绘。欧词说栏干十二,一一凭遍,说明词中人物凭眺之久长,心情之焦切。这开头一句容量不小,不只点出了时、地、人,还写了人物的处境、动作和情态。

"晴碧远连云"句是承上句凭栏所见,以"晴碧"着色,正面咏草。江淹《别赋》云:"春草碧色"。晴则色明。"远连云",是说芳草延伸,至目尽处与天相接。一以见所望之远,二以见草野之深,三则言外尚有神驰遐方之意。杜牧《江上偶见绝句》:"草色连云人去住。"可见此景确实关乎别情。

作词如作画,亦有点染之法,即先点出中心物象,然后就其上下左右着意渲染之。"晴碧"句是"点","千里"两句为"染"。"千里万里"承"远连云",从广阔的空间上加以渲染,极言春草的绵延无垠。"二月三月"应首句一个"春"字,从"草长"的时间上加以渲染,极言春草滋生之盛,由此而出现"千里万里"无处不芳草的特定景象。

"行色苦愁人",上片的煞拍极好。"行色"总括"晴碧"三句,即指芳草连天之景,远行的象征。这种景象在伤离的愁人眼中看出,倍增苦痛,因为引起了对远人的思念。此句将人、景绾合,结出不胜离别之苦的词旨,并开启了下片的抒情。

下片伊始,作者连用两个有关春草的故实来咏物抒情。"谢家池上",指谢灵运《登池上楼》中的名句"池塘生春草"。这首诗是诗人有感于时序更迭、阳春初临而发,故曰"吟魄"。"江淹浦畔",指江淹作《别赋》描摹各种类型的离别情态,其中直接写到春草的有"春草碧色,春水渌波,送君南浦,伤如之何"。因为赋中又有"知离梦之踟蹰,意别魂之飞扬",所以欧词中出现"江淹浦"与"离魂"字面。以上三句写词中人由眼前的无边草色所勾引起的离恨别绪,说明愁人不堪其"苦"。

接着"那堪"一句用景色的变换,将此种不堪离愁之苦的感情再翻进一层。上片写白天的晴中之景,"疏雨滴黄昏",则是黄昏时分的雨中之景。这一句虽未有意用典,但由于情景的酷似,极容易使人联想到冯延巳的名句"细雨湿流光,芳草年年与恨长"(《南乡子》)。王国维在《人间词话》中说:"人知和靖《点绛唇》、圣俞《苏幕遮》、永叔《少年游》三阕为咏春草绝调,不知先有正中'细雨湿流光'五字,皆能摄春草之魂者也。"结拍"更特地、忆王孙","更"与"那堪"呼应,由景入情,文意连贯而下。"忆王孙"本自"王孙游兮不归,春草生兮萋萋"(《楚辞·招隐士》)。至此,词中人物身份豁然明朗,确是思妇无疑。她于当春之际,独上翠楼,无论艳阳晴空,还是疏雨黄昏,总使她别情依依,离梦缠绕,魂魄不能自已。

欧阳修的这首咏物词在表现手法上有一个显著特色,即不重写实,不对所咏物象展开多层次、多角度的细致入微的刻画,而是以写意为主,全凭涵浑的意境取胜。其所以如此,一则和小令短小的体制有关,二则与南、北宋人不同的词学观念有关。南宋人咏物,重在炼字锻句的工巧和对物象的精细勾勒,并尤重寄托。北宋人则重在自然明快的笔调和浑涵有致的意境,不太讲究寄托。如被王国维誉为咏草三绝唱的其他两首——林逋的"萋萋无数,南北东西路",梅尧臣的"满地残阳,翠色和烟老",乃至稍后韩缜《凤箫吟》咏草之"长行长在眼,更重重远水孤云"句,都在不同程度上表现了这一艺术特色。

（朱德才）

阮 郎 归　　　　　欧阳修

南园春半踏青时,风和闻马嘶。青梅如豆柳如眉,日长蝴蝶飞。　　花露重,草烟低;人家帘幕垂。秋千慵困解罗衣,画堂双燕"栖"。

词中伤感悲凉之音多,愉悦荣和之境少。欧阳公独有自家擅场处,即如本篇正可为例。首句点明时序。芳春过半,踏青游赏,戏罢秋千,由动境而归静境,写其季节天色之气氛,闺阁深居之感受,读之如置身风和日丽之中,而"困人天气日初长"之意味,溢于毫端,中人如醉。

以吾所感而言,次句"风和闻马嘶"五字最为一篇关键,其用笔闲闲,不扬不厉,而造境传神,良不可及。然于青年学子,"风和"自不难解,"闻马嘶"即未必尽得其理,——盖不知古时游春,车马并重,车则香车,马则宝马,雕鞍绣辔,骏足随花,读唐贤诗:"大道直如发,春来佳气多;五陵贵公子,双双鸣玉珂。"想象尔时骄马贵介,为一特色;此时此境,宝马之振鬣长嘶,乃是良辰美景之一种不可或少的"声响标志"。当风日晴和中,传来声声嘶马之音,顿觉春和游兴,加倍恋人矣。

时节已近暮春,青梅结子,小虽如豆,已过花时,柳尽舒青,如眉剪黛;而日长气暖,蝴蝶自来,不知从何而至,翩翩于花间草际,是又为此一季节之"动态标志"。虽曰动态,而愈令人觉其动中静极,所谓"蝴蝶上阶飞,烘帘自在垂",可以合看。

果然,过片即言"人家帘幕垂",极写静境。然而"花露重,草烟低",何也?岂亦与写静有关乎?正是,正是。花而觉其露重欲滴,草而见其烟伏不浮,非在极静之物境心境下,不能察也。学词之人,能知蝶飞帘垂,尚易;能写露重烟低,则难。难易之间,浅深之际,最要用心寻味。

写静已至精微处,再以动态一为衬染,然亦虚笔,而非实义:出秋千,似动态矣,然已是戏罢秋千,只觉慵困,解衣小憩,已是归来之后。既归画堂,忽有双燕,亦似春游方罢,相继归来。不说人归,只说燕归,以燕衬人。然而燕亦归来,可知天色近晚,一切动态,悉归静境。结以燕归,又遥遥与开篇马嘶构成辉映。于是春景融融,芳情脉脉,毕现于毫端纸上。"状难写之景,如在目前;含不尽之意,见于言外。"古人佳作,皆到此境界,洵不虚也。

（周汝昌）

蝶　恋　花　　　　　　　　　　　欧阳修

　　庭院深深深几许?杨柳堆烟,帘幕无重数。玉勒雕鞍游冶处,楼高不见章台路。　　雨横风狂三月暮。门掩黄昏,无计留春住。泪眼问花花不语,乱红飞过秋千去。

　　这首词亦见于冯延巳的《阳春集》。清人刘熙载说:"冯延巳词,晏同叔得其俊,欧阳永叔得其深。"(《艺概·词曲概》)在词的发展史上,宋初词风径承南唐,没有太大的变化,而欧与冯俱仕至宰执,政治地位与文化素养基本相似。因此他们两人的词风大同小异,有些作品,往往混淆在一起。此词据李清照《临江仙》词序云:"欧阳公作《蝶恋花》,有'深深深几许'之句,予酷爱之,用其语作'庭院深深'数阕。"李清照去欧阳修未远,所云当不误。

　　此词写闺怨。词风深稳妙雅。所谓深者,就是含蓄蕴藉,婉曲幽深,耐人寻味。此词首句"深深深"三字,前人尝叹其用叠字之工;兹特拈出,用以说明全词特色之所在。不妨说这首词的景写得深,情写得深,意境也写得深。

　　先说景深。词人像一位舞台美术设计大师一样,首先对女主人公的居处作了精心的安排。我们读着"杨柳堆烟,帘幕无重数"这两句,似乎在眼前出现了一组电影摇镜头,由远而近,逐步推移,逐步深入。随着镜头所指,我们先是看到一丛丛杨柳从眼前移过。"杨柳堆烟",说的是早晨杨柳笼上层层雾气的景象。着一"堆"字,则杨柳之密,雾气之浓,宛如一幅水墨画。随着这一丛丛杨柳过去,词人又把镜头摇向庭院,摇向帘幕。这帘幕不是一重,而是过了一重又是一重。究竟多少重,他不作琐屑的交代,一言以蔽之曰"无重数"。"无重数",即无数重。秦观《踏莎行》"驿寄梅花,鱼传尺素,砌成此恨无重数",与此同义。一句"无重数",令人感到这座庭院简直是无比幽深。可是词人还没有让你立刻看到人物所在的地点。他先说一句"玉勒雕鞍游冶处",宕开一笔,把你的视线引向她丈夫那里;然后折过笔来写道:"楼高不见章台路"。原来这词中女子正独处高楼,她的目光正透过重重帘幕,堆堆柳烟,向丈夫经常游冶的地方凝神远望。这种写法叫

蝶恋花（庭院深深深几许）　　　欧阳修

——明刊本《诗馀画谱》

做欲扬先抑,做尽铺排,造足悬念,然后让人物出场,如此便能予人以深刻的印象。

再说情深。词中写情,通常是和景结合,即景中有情,情中有景,但也有所侧重。此词将女主人公的感情层次挖得很深,并用工笔将抽象的感情作了细致入微的刻画。词的上片着重写景,但"一切景语,皆情语也"(王国维《人间词话》),在深深庭院中,人们仿佛看到一颗被禁锢的与世隔绝的心灵。词的下片着重写情,雨横风狂,催送着残春,也催送着女主人公的芳年。她想挽留住春天,但风雨无情,留春不住。于是她感到无奈,只好把感情寄托到命运同她一样的花上:"泪眼问花花不语,乱红飞过秋千去。"这两句包含着无限的伤春之感。清人毛先舒评曰:"词家意欲层深,语欲浑成。作词者大抵意层深者,语便刻画;语浑成者,意便肤浅,两难兼也。或欲举其似,偶拈永叔词云:'泪眼问花花不语。乱红飞过秋千去',此可谓层深而浑成。"(王又华《古今词论》引)他的意思是说语言浑成与情意层深往往是难以兼具的,但欧词这两句却把它统一起来。所谓"意欲层深",就是人物的思想感情要层层深入,步步开掘。且看这两句是怎样进行层层开掘的。第一层写女主人公因花而有泪。见花落泪,对月伤情,是古代女子常有的感触。此刻女子正在忆念走马章台(汉长安章台街,后世借以指游冶之处)的丈夫,可是望而不可见,眼中唯有在狂风暴雨中横遭摧残的花儿,由此联想到自己的命运,不禁伤心泪下。第二层是写因泪而问花。泪因愁苦而致,势必要找个发泄的对象。这个对象此刻已幻化为花,或者说花已幻化为人。于是女主人公向着花儿痴情地发问。第三层是花儿竟一旁缄默,无言以对。是不理解她的意思呢,还是不肯给予同情,殊令人纳闷。紧接着词人写第四层,花儿不但不语,反而像故意抛舍她似地纷纷飞过秋千而去。人儿走马章台,花儿飞过秋千,有情之人,无情之物对她都报以冷漠,她怎能不伤心呢? 这种借客观景物的反应来烘托、反衬人物主观感情的写法,正是为了深化感情。毛先舒评曰:"人愈伤心,花愈恼人,语愈浅而意愈入,又绝无刻画费力之迹,谓非层深而浑成耶? 然作者初非措意,直如化工生物,笋未出而苞节已具,非寸寸为之也。"(引同上)词人一层一层深挖感情,并非刻意雕琢,而是像竹笋有苞有节一样,自然生成,逐次展开。在自然浑成、浅显易晓的语言中,蕴藏着深挚真切的感情,这是本篇一大特色。

最后是意境深。词中写了景,写了情,而景与情又是那样的融合无间,浑然天成,构成了一个完整的意境。我们读此词,总的印象便是意境幽深,不徒名言警句而已。词人刻画意境也是有层次的。从环境来说,它是由外景到内景,以深邃的居室烘托深邃的感情,以灰暗凄惨的色彩渲染孤独伤感的心情。从时间来说,上片是写浓雾弥漫的早晨,下片是写风狂雨暴的黄昏,由早及晚,逐次打开人物的心扉。过片三句,近人俞平伯评曰:"'三月暮'点季节,'风雨'点气候,'黄昏'点时刻,三层渲染,才逼出'无计'句来。"(《唐宋词选释》)暮春时节,风雨黄昏,闭门深坐,情尤怛恻。个中意境,仿佛是诗,但诗不能写其貌;是画,但画不能传其神;唯有通过这种婉曲的词笔才能恰到好处地勾画出来。尤其是结句,更臻于妙境:"一若关情,一若不关情,而情思举荡漾无边。"(沈际飞《草堂诗馀正集》)近人王国维认为这是一种"有我之境"。所谓"有我之境",便是"以我观物,故物皆著我之色彩"(《人间词话》)。也就是说,花儿含悲不语,反映了词中女子难言的苦痛;乱红飞过秋千,烘托了女子终鲜同情之侣、怅然若失的神态。而情思之绵邈,意境之深远,尤令人神往。

(徐培均)

【作者小传】

王琪

字君玉,华阳(今四川成都双流区)人,徙舒(今安徽庐江)。举进士,调江都主簿。天圣三年(1025),召试,授大理评事、馆阁校勘。历集贤校理,知制诰、加枢密直学士。以礼部侍郎致仕。今有周泳先辑《谪仙长短句》一卷,存词十一首。

望 江 南　　　　　　　　　王 琪

江南月,清夜满西楼。云落开时冰吐鉴,浪花深处玉沉钩。圆缺几时休。　　星汉迥,风露入新秋。丹桂不知摇落恨,素娥应信别离愁。天上共悠悠。

《全宋词》汇收王琪词十一首,其中《望江南》十首,都是双调五十四字体。每首都以"江南"二字领起,其第三字"柳""酒"等,即为所咏之题。此首第一句"江南月",即是咏月。

起句"江南月,清夜满西楼",写一个天朗气清的秋夜,明亮的月光洒满了西楼。月升月落,月圆月缺,不知重复了多少次:"云落开时冰吐鉴,浪花深处玉沉钩。"上句写天上月,云堆散开之时,圆月如冰鉴(镜)高悬天宇;下句写江中月,浪花绽放深处,缺月似玉钩沉落江心。前句"鉴"写月圆,后句"钩"写月缺;"冰吐鉴""玉沉钩",句式新颖别致。本应是"冰鉴""玉钩"为词,如元稹《月》诗云:"绛河冰鉴朗,黄道玉轮巍。"陆游《月下作》诗云:"玉钩定谁挂,冰轮了无辙。"作者以动词"吐""沉"隔开名词词组"冰鉴""玉钩",这样冰、玉状月色的皎洁;鉴、钩描明月的形态。不仅句式上易板为活,有顿挫峭折之妙;而且词意上也用常得奇,颇具匠心。上片结句"圆缺几时休",既承接收拢了前两句,又以月圆月缺何时了的感慨,十分自然地开启了下片,转入一个新的意境。

下片"星汉迥,风露入新秋",写斗转星移,银河迢迢,不觉又是金风玉露的新秋。"丹桂不知摇落恨,素娥应信别离愁。"素娥,嫦娥之别称。丹桂,神话传说月中有桂树,高五百丈,斫之,树创随合(见段成式《酉阳杂俎·天咫》)。月中丹桂四时不谢,虽然它不会因秋而凋零;但月中嫦娥离群索居,在无休止的孤寂的生活中,肯定体验到了离别的痛苦。"嫦娥应悔偷灵药,碧海青天夜夜心"(李商隐《嫦娥》)。最后结句"天上共悠悠"。悠悠,忧思绵远的样子。一个"共"字,道出了人间离人和天上嫦娥,都为月缺人分离、月圆人未圆而黯然神伤,收到了"一石击两鸟"的艺术效果。

这首词以咏物为主,写景生动,体物精微;在咏物中抒怀,借夜月的圆缺不休,表人事的聚散不定;以嫦娥知离愁,写出了人间的悲欢离合。结句含蓄蕴藉,情韵悠然。

(程郁缀)

【作者小传】

解　昉

生卒年里不详。字方叔。曾任苏州司理。存词二首。

永　遇　乐　春情　　　　　　　　　　解　昉

风暖莺娇,露浓花重,天气和煦。院落烟收,垂杨舞困,无奈堆金缕。谁家巧纵,青楼弦管,惹起梦云情绪。忆当时、纹衾粲枕,未尝暂孤鸳侣。　　芳菲易老,故人难聚,到此翻成轻误。阆苑仙遥,蛮笺纵写,何计传深诉。青山绿水,古今长在,惟有旧欢何处。空赢得、斜阳暮草,淡烟细雨。

作者官不过州司理,存词也只两三首,自是一个不被注意的人物,就由于此词的令人瞩目,人们至今还没有把他遗忘。

本词写的是一个男性的相思,不像一般写女性相思的词那么深婉,词意较为率直显露。上片说春日忆旧。前六句总写一派大好春光。"风暖莺娇,露浓花重,天气和煦",写纵目所见景色:春风吹暖,莺啼宛转,百花带露,滴红流翠,一派生机。"院落烟收,垂杨舞困,无奈堆金缕",写眼下庭院中的又一番春意:院墙下、树丛中的晨雾被和煦的阳光驱散,垂柳随风起舞已觉困乏,无可奈何地暂时停歇,一树树柳条,就像一堆堆金色的丝缕。这里所写的也不过是风和日丽、鸟语花香之意,但经作者这样重彩铺陈,大有使人身临其境之感,仿佛可以从纸上闻到春天的气息。尤其是将垂柳人格化,既显现了它的动态美,又描写了它的静态美,真可谓动静得宜,婀娜多姿,把柳写活了,可见其描绘之功。"谁家巧纵,青楼弦管,惹起梦云情绪",说的是正赏春色的时候,不知哪家歌楼妓馆发出了弦管之声。传入耳鼓,惹起了自己的相思之情。"梦云"用《高唐赋》楚王梦朝云事。这是从赏春到感旧的一个过渡,也暗示出他往日的情人是一个青楼歌女。"忆当时、纹衾粲枕,未尝暂孤鸳侣",即转入对往日爱情生活的回忆:我与她曾是那么形影不离,从未单枕独倚,孤衾独眠。对往日的回忆,仅及于此,但也就够了。

下片在回忆的基础上抒发自己的追悔、思念和悲苦之情。"芳菲易老,故人难聚,到此翻成轻误",意思是说当年为了仕途前程什么的而暂时分了手。哪知道世事无常,青春易逝,两人难以见面,此刻才意识到当时不该轻率地分离,以致铸成终身的遗恨。"阆苑仙遥,蛮笺纵写,何计传深诉",接着写两人天各一方,音信难通。阆苑,即阆风之苑;阆风是传说中位于昆仑之巅的一座仙山,一般概指仙人所居之境。蛮笺,是唐时四川地区所产的一种彩色纸,相当珍贵。这里是使用典故。词中以洞府仙山喻坊曲,仙女喻美人,其例颇多。如孙光宪《应天长》"翠凝仙艳非凡有,窈窕年华方十九。……醉瑶台,携玉手",柳永《玉女摇仙佩·佳人》"飞琼伴侣,偶别珠宫,未返神仙行缀"皆是。这里说其地其人已离我十万八千里,我纵使用珍贵的彩色信笺倾诉我的深情,可又有什么办法传递呢?"青山绿水,古今长在,惟有旧欢何处",是发自心灵深处的感慨:山水长存,而欢乐不再,"空赢得、斜阳暮草,淡烟细雨",眼前所得到的只是一片黯淡与迷惘、寂寞与痛苦。斜阳暮草,淡烟细雨,是缘情造景,化不可描摹之情为可见可感之景,以此收结,余韵不尽。

此词结构单纯,不见错落;意旨外露,不见隐情;一气贯串,不见断续,似是词坛新手的作品。然而它有一个最大的优点,那就是尽情地表现了胸中燃烧着爱情的烈焰,可以使你听到作者的心跳,摸到作者的体温,这又是一般词坛老手不容易做到的。它的强烈的表情效果,来自如下三方面的努力:一是不开门见山地写感旧,而先安排一个春日融融的背景。这种当春感旧的布局,不仅自然,而且与后面有着某种比衬作用:大自然的春天去了又回,我心中的春天却一去不返;大自然是如此的喧闹,我心中却是如此冷寂。有此种对比,自然会增加感情的强度与力度。二是回忆直插爱情生活的最深层——同衾共枕。只有回忆得如此之切,才能想念得如此之深;只有回忆得如此之甜蜜,才能显出分离之痛苦。三是充分利用景物的表情作用,如以青山绿水的长在,反衬自身的旧欢不再;以斜阳烟雨的黯淡迷蒙,隐喻愁恨的无边无际。这样以有形的景物来体现无形的思绪,作者的感情自然鲜明可感,而且富有余味。难怪俞陛云对此词下了这样的评语:"其胜处在下阕'青山'以下五句,举目河山,旧欢如梦,斜阳烟雨,触处生悲,山灵有知,阅尽悲欢百态,但身受者难堪耳。"(《宋词选释》) (谢楚发)

【作者小传】

韩 琦

(1008—1075) 字稚圭,安阳(今属河南)人。天圣五年(1027)进士。官至同中书门下平章事、昭文馆大学士,累封魏国公。著有《安阳集》。《全宋词》录其词五首。

点 绛 唇 韩 琦

病起恹恹,画堂花谢添憔悴。乱红飘砌,滴尽胭脂泪。

惆怅前春,谁向花前醉?愁无际。武陵回睇,人远波空翠。

宋吴处厚《青箱杂记》卷八载:"韩魏公晚年镇北州,一日病起,作《点绛唇》小词。"词即此首,是作为正人端士的艳丽之词一例录存的。"韩魏公"即韩琦。他从神宗熙宁元年(1068)六十一岁以后,长期任河北路安抚使,判大名府。熙宁五年判大名再任期满,以身体多病上表乞归老故乡。次年才移官相州,而于熙宁八年卒于相州。所谓"晚年镇北州",指大名之任。"北州",一本作"北都",盖北宋以大名府为北京也。如是,则这首词当作于六十一岁以后。"病起恹恹",即《青箱杂记》所说的"一日病起","恹恹",精神疲惫不振的样子,这句是实写作者当时的情况。由于生病,心绪愁闷,故见画堂前正在凋谢的花枝,也好像更增添了几分憔悴。"画堂"句,不仅点出了暮春的节候特征,而且亦花亦人,花人兼写:"憔悴",既是写凋谢的花,也是写老病的人;人因"病起恹恹",而觉得花也憔悴;而花的凋谢也更增加了病人心理上的"恹恹"。"乱红"两句,紧承"画堂"句,进一步描绘物象,渲染气氛。有"画堂花谢",即有"乱红飘砌"。"砌"应"画堂","乱红"应"花谢",连环相扣,正是作者用笔缜密之处。"滴尽胭脂泪",则情浓意切,极尽渲染之能事。"胭脂泪",形象地描绘"乱红"的飘坠,赋予落花以伤感的人情,同时也包含了作者自己的伤感。词的上片,情景交融,辞意凄婉。下片转入怀人念远。"惆怅"两句,写前春人去,无人在花前共醉,只有"惆怅"而已。"惆怅"之至,转而为"愁",愁且"无际",足见其怀人之深。最后两句,更以特出之笔,抒发此情。"武陵回睇",即"回睇武陵",回睇,转眼而望。"武陵",由结句的"波空翠"看,应是指《桃花源记》中的武陵溪。作者可能是由眼前的"乱红飘砌"而联想到"落英缤纷"的武陵溪,而那里正是驻春藏人的好地方。但这里并非是实指,而是借以代指所怀念的人流连之地。不过,人在远方,虽凝睇翘首,终是怀而不见,望中徒有翠波而已。"空"字传神,极能表现作者那种怅惘、空虚的心情。

这首词很可能有其特定的寓意。当时,王安石正大刀阔斧推行新法,反对新法的大臣纷纷遭贬。韩琦对新法是不满的,熙宁三年二月,他曾上书请罢青苗法,与王安石发生了尖锐矛盾,王安石曾为此称疾不朝,韩琦也因此被解除了河北安抚使的职权。此后,他心情苦闷,憔悴而多病,同时也非常怀念那些贬出朝廷的志同道合的同僚。凡此,皆与词中所表现的气氛与感情极相符合。只是他的这种思想感情,由于当时形势所迫,动辄得咎,不得不借助于伤春怀人的传统手法表达罢了。

由落花而伤春,由伤春而怀人,暗寄时事身世之慨,全词用笔婉妙,深情幽韵,袅袅若不能自胜。这种情调与政治舞台上刚毅英伟、喜怒不见于色的韩琦绝不相类。对此,吴处厚在其《青箱杂记》中作了这样的解释:"文章纯古,不害其为邪;文章艳丽,亦不害其为正。然世或见人文章铺陈仁义道德,便谓之正人君子;若言及花草月露,便谓之邪人。兹亦不尽也。皮日休曰:余尝慕宋璟之为相,疑其铁肠与石心,不解吐婉媚辞,及睹其文,而有《梅花赋》,清便富艳,得南朝徐庾体。然余观近世所谓正人端士者,亦有艳丽之词,如前世宋璟之比。"接着他选录了这些"正人端士"的诗词,其中便有韩琦的《点绛唇》。同样的情况,还有范仲淹、司马光等,皆一时名德重望,他们都写过艳丽的小词。其实,这倒是一种正常现象,如杨升庵《词品》所说:"人非太上,未免有情。"唐韩偓《流年》诗有云:"雄豪亦有流年恨,况是离魂易黯然。"再者,这与词的发展特点有关。词之初起,便以抒情为上,《花间》之后,便形成了婉约的传统,在韩琦的时候,词还没有突破这个传统。鉴于这些情况,有着个人遭际的韩琦,写出这种情调的词,是完全可以理解的。

(邱鸣皋　秋如春)

【作者小传】

杜安世

字寿域,京兆(今陕西西安)人。《全芳备祖》称为"杜郎中"。有《杜寿域词》一卷,存八十四首。

鹤 冲 天　　　　　　　　**杜安世**

清明天气,永日愁如醉。台榭绿阴浓,薰风细。燕子巢方就,盆池小,新荷蔽。恰是逍遥际。单夹衣裳,半笼软玉肌体。　　石榴美艳,一撮红绡比。窗外数修篁,寒相倚。有个关心处,难相见,空凝睇。行坐深闺里,懒更妆梳,自知新来憔悴。

在宋词作家中,杜安世是个不大显眼的人物。他的生平缺乏详细记载,甚至连名和字都搞不清楚。陈振孙《直斋书录解题》称他名安世,字寿域;黄昇《花庵词选》却说他字安世,名寿域;把编选《宋六十名家词》的毛晋和编《四库全书总目》的纪昀都弄糊涂了。《直斋书录解题》把他的词集列在张先、欧阳修词之间,可知他是北宋前期的作家。他的《寿域词》现存作品八十多首,数量不算太少。这首《鹤冲天》词,是值得一读的。

词的内容是写闺思。把春末夏初的景物和深闺思妇的情态,写得相当鲜明生动。

上片重点铺叙春末夏初景物,即闺人所居住的环境,也写出了环境中的人物。"清明天气,永日愁如醉",点出人物在清明天气中的感受。清明是春分之后的一个节令,此时已入暮春,梅、杏、桃等花相次凋谢,最容易引起思妇离人的愁怀。"愁如醉",兼状愁人的内心感受和外在表现。愁绪袭来,内心模模糊糊,外表则显现为表情呆滞。愁人是容易感到日长的,何况清明之后,白昼又确实是逐渐地长了起来,故曰"永日愁如醉"。这样,一开头,这首词就把它要吟咏的主人公的特定心理状态介绍出来了。

接着,作者笔锋一转,描写闺人所居住的环境。"台榭绿阴浓"至"新荷蔽"数句,活画出一幅春末夏初的园林美景。暖风轻拂;台榭的周围,绿树成阴;归来的燕子,新巢已经筑成;小小的池塘,长满了青青的荷叶:这一切是多么的美,多么的诱人啊!我们的词人不禁喊出了一句:"恰是逍遥际"——正是优游自在地赏玩景物的好时光!但是生活在这里的女主人公怎么样呢?"单夹衣裳,半笼软玉肌体。"他向读者展示出:一位肌肤柔软洁白的佳人,披着件薄薄的夹衣,呆呆地站立在那里。何以见得这两句词有刻画女主人公神情呆滞的意义呢?一是从"半笼"两字,见出她披衣时的漫不经心;二是开头"永日愁如醉"句已作了提示,这里不过是一种呼应。这样,女主人公的形象,就得到了进一步的丰富。从描写的角度来观察,作者把写景和写人的关系处理得很好。优美的环境,衬托着美丽的闺人,恍如绿叶丛中簇拥着牡丹,相得益彰;这是一个方面。但是另一方面,环境和人物又构成了反衬:景物自佳而人物自愁,节奏并不协调,于是更显出了人物的愁绪之重。这样,在审美关系上,就给了读者双重的享受。

下片着重写闺人的幽怨情怀和憔悴情态,但却从景物写起:"石榴美艳,一撮红绡比。"这是以"红绡"比石榴花之红以状其美。石榴夏季开花,花常呈橙红色,故白居易《题孤山寺山石榴花示诸僧众》诗云:"石榴花似结红巾,容艳新妍占断春。"以红色的织物比石榴花,大概就从这里开始。作者看来是受到过白诗的启发的。其后苏东坡也有"石榴半吐红巾蹙"(《贺新郎》)之句,文学上的继承借镜而又有所变化,就是如此。这两句是继续写园林美景。长词须有错综,有摇曳,不可平板单调;下片以写人为主,却以写景开头,就是为此。

"窗外数修篁"两句,是实写,也是虚写。实写就是女主人公的窗外大概真的有几竿修竹;因为在中国的园林中,竹子是必不可少的。虚写就是她并不一定真的去相倚;这里用了杜甫《佳人》诗中的意境:"天寒翠袖薄,日暮倚修竹",说明她也具有自怜幽独的怀抱而已。这两句,既是写景,也是写人,其作用是从写景过渡到写人,而且本身已具有丰富的幽怨内涵。

既然从写景到写人的过渡已经出现,于是,紧接着上面两句,作者揭示了女主人公心灵的秘密:为什么她那样幽怨满怀、行动呆滞?是因为"有个关心处,难相见,空凝睇。"——有一个她关心的人,却难以相见,只能白白地盼望。这在行文上是水到渠成的一笔,对女主人公的情怀、表现写了那么多,其原因也该有一个交代了。词作至此,就内容来说,已够完整。但若在此处遽然结束,那么在人物形象的饱满方面,却还有所欠缺。于是就有了最后的三句:"行坐深闺里,懒更妆梳,自知新来憔悴。"这是对女主人公情态的进一步刻画,也是对这个人物形象的补足性刻画。我们仿佛见到她在深闺里行坐不安的状态,仿佛见到她形容憔悴的样子。是的,心爱的人儿不在身边,还有什么心思去梳妆打扮呢?"自伯之东,首如飞蓬,岂无膏沐,谁适为容?"(《诗经·伯兮》)"自从别欢来,奁器了不开。头乱不敢理,粉拂生黄衣。"(《子夜歌》)自古以来,这种事就是人同此心、心同此理的。经过了最后这几句的进一步刻画,一位因怀念远人而憔悴幽怨的闺中少妇的形象,就鲜明地站立在读者的眼前。

这首词,前片着重写景,后片着重写人,局势有所变换;但又紧紧围绕着一个中心,就是把人写好,写景是为了反衬人。这样,词的气脉就一气贯串,而使结构臻于完整。在艺术风格方面,它较少粉饰,善于铺叙,与柳永词有相似之处。

(洪柏昭)

菩　萨　蛮　　　　　　　　　　杜安世

游丝欲堕还重上,春残日永人相望。花共燕争飞,青梅细雨枝。　　离愁终未解,忘了依前在。拟待不寻思,刚眠梦见伊。

春天即将结束。在燕飞花谢、梅子青青的季节里,独处深闺的少女的内心深处,产生了一种难以填补的空虚和惆怅。她止不住向遥远的高空望去,这时,她才意识到自己在为深深的离愁所苦,直至魂牵梦萦,无法解脱。这虽是古代诗词最为常见的题材,但这首词构思比较别致,善于通过具有特征性的事物含蓄曲折地表现女主人公那种幽微深隐的情感,颇具特色。

起笔就与众不同:"游丝欲堕还重上"。词人抓住在空中飘摇不定的"游丝"来大做文章,是颇具匠心的。"游丝",也就是"晴丝""飞丝""烟丝",是一种虫类吐出的极细的丝缕,飘浮在空气之中,如果天气晴朗,阳光璀璨,有时还可发现这种"游丝"在空中闪着水晶般透明的耀眼的光泽。作者通过这一细微的事物反映出痴情少女内心的微妙的波动,反映出这位少女对春天的热爱,对青春和对生活的热爱。汤显祖《牡丹亭·惊梦》有句云:"袅晴丝飞来闲庭院,摇漾春如线。"它形象地描绘出杜丽娘青春的觉醒。此词"游丝"一句,含蓄曲折,一语双关。它表面上似在写景,实际却在写少女的心境。词人在这里用的是民歌中"谐音隐语"手法。词里"游丝",正是有意与"相思"的"思"字双关。这一句形象地说明,少女的相思之情跟天上飘飞不定的"游丝"一样,一忽儿,像是要坠落下来;一忽儿,又扶摇直上。刚刚平静下来的内心,也因此卷起了感情的涟漪。谐语双关,不仅增强了词的韵味,同时它还把词中的景、事、情串接在一起,使全词成为无懈可击的有机整体。

当这少女的目光伴随"游丝""重上"之后,她的心也飞向了远方,于是引出了第二句:"春残日永人相望"。"春残",点明季节,春归而人未归。"日永",白昼延长。在此情况下,"相望"的时间也随之增长了。

"花共燕争飞,青梅细雨枝"二句是对"春残"的补充,同时,它又是"人相望"的必然结果。虽然这位少女"相望"的是"人",但因"人"在千里之外,可望而不可及,她所能见到的便只能是落红伴着双飞的紫燕纷纷飘坠,是被雨滋润过的梅枝上的青青梅子。这两句还兼有映衬与象征作用。花,落了;春,归了;燕子,回来了;人呢? 却杳无归期。离愁别恨又怎能不油然而生? 这也许就是"游丝欲堕还重上"的深层原因吧。

过片"离愁"二字,很自然地成为上下片转折过渡的关键,并具有画龙点睛的妙用。"离愁"与"游丝"上下呼应。"离愁"因有"游丝"的映衬而显得鲜明具体,"游丝"以"离愁"为内涵愈加显得充实。因之,即使相望很久,都未能冲淡她的"离愁",故曰"终未解"。不仅如此,词人还补足一句:"忘了依前在。""忘了"二字之下省略了一个宾语,即末句的"伊"。即使你想方设法去忘却他,可他还是跟从前一样,清清楚楚地再现于你的眼前,再现于你的心头。词人这样写,觉得意已尽而情犹未尽,又写了两句:"拟待不寻思,刚眠梦见伊。""不寻思"即"忘了","梦见伊"即"依前在"。这样说,岂不是屋下架屋,床上施床了么? 并非如此。无论诗歌艺术有以重复表示强调的传统手法,就以这一结两句来说,较之前一句也还是有点新东西。第一,它承接前文的"日有所思",进一步写出了"夜有所梦";第二,说待要不想他,刚睡下就梦见他了,"拟待"与"刚",虚词转折力度强,实际上是以"梦见伊"否定了那个"不寻思",比以"依前在"来否定"忘了"还要干净彻底。第三,作者不是正面表达她渴望与所思之人梦中相会,而是以"拟待不寻思"先跌一笔,再以"刚眠梦见伊"点出正意,来一个否定之否定,运笔新奇,因而就更引人入胜。比较古乐府《饮马长城窟行》的"青青河畔草,绵绵思远道。远道不可思,宿昔梦见之",事非两歧,意亦只此一端,但以词体写出来,便见婉曲之美。无疑,这是一首情真意切、缠绵执着的恋歌,似乎还表现出作者对美好事物、美好理想那种朝思暮想的执着追求。这首词清新、流畅、自然,浅语含深意,淡语有醇味,颇有民歌风味。

(陶尔夫)

卜　算　子　　　　　　　杜安世

尊前一曲歌,歌里千重意。才欲歌时泪已流,恨应更、多于

泪。　　　试问缘何事？不语如痴醉。我亦情多不忍闻，怕和

我、成憔悴。

　　这首词写闻歌有感。一位歌女的动情演唱引起词人强烈共鸣，不禁一掬同情之泪。其情事大类白居易《琵琶行》，然而小词对于长歌，在形式上有尺幅与千里之差别。对照读之，最足见此词在写作上的特色。

　　词分三层。上片都为一层，写歌女的演唱，相当于白诗对琵琶女演奏的叙写。"尊前一曲歌，歌里千重意"，一曲歌而能具千重意，想必亦能说尽胸中无限事；而这"无限事"又必非乐事，当是平生种种不得意之恨事。这是从后二句中"恨""泪"等字可得而知的。首二句巧妙地运用了对仗加顶真的修辞，比较一般的"流水对"更见跌宕多姿，对于歌唱本身亦有模拟效用。"才欲歌时泪已流"一句乃倒折一笔，意即"未成曲调先有情"也。"恨应更、多于泪"，又翻进一笔，突出歌中苦恨之多。白居易诗对音乐本身的高低、疾徐、滑涩、断连等等，有极为详尽的描摹形容；而此词没有也不可能对歌曲本身作直接描绘，但它通过：一曲歌——千重意——泪已多——恨更多的层层翻进，已能启发读者去想象那歌声的悲苦、婉转与动听了。

　　"试问缘何事？不语如痴醉"，是第二层。对歌女的悲凄身世作了暗示，相当于琵琶女放拨沉吟，自道辛酸的大段文字。但白诗中的详尽的直白，在此完全作了暗场的处理，或者说设置为悬念了。当听众为动听的演唱感染至深，希望进一步了解歌者身世时，她却"不语如痴（如）醉"。这样写固然是受小令体裁的限制，然而却又取得了"此时无声胜有声"的效果。

　　末三句为第三层，写词人由此产生同情并勾起自我感伤，相当于白居易对琵琶女的自我表白。但白诗明写了"同是天涯沦落人，相逢何必曾相识"的认同感和缘由，此词却没有。他只说"我亦情多不忍闻"，好像是说歌女不语也罢，只怕我还受不了呢。由此可知，这里决不是一般的"情多"导致感伤，而是词人已从歌词本身猜测到歌女身世隐痛，又联系到个人某些经历，产生了一种同病相怜、物伤其类的感情。非如此决不至于"怕和我、成憔悴"的。

　　可见歌行所长在叙事，妙在形容的委曲详尽，得其情实；小令所善在抒情，妙在悬念的设置，化实为虚，得其空灵。此外，这首词在运笔上颇饶顿挫，上片用递进写法，下片则一波三折：试问——不答——即答亦不忍闻……，读来便觉引人入胜。《卜算子》词调的两结，本为五言句，此词则各加了一个衬字变成六言句（三三结构）。大凡词中加衬字者，语言都较通俗，此词亦然。　　　　　　　　　（周啸天）

【作者小传】

李师中

(1013—1078)　字诚之,楚丘(今山东曹县东南)人。庆历二年(1042)进士。仁宗朝,提点广西刑狱。历天章阁待制、河东都转运使、秦凤路经略使、知秦州。后为吕惠卿所劾,贬和州团练副使,稍迁至右司郎中。著有《珠溪诗集》,词存一首。

菩 萨 蛮　　　　　　　李师中

子规啼破城楼月,画船晓载笙歌发。两岸荔枝红,万家烟雨中。　　佳人相对泣,泪下罗衣湿。从此信音稀,岭南无雁飞。

李师中在宋仁宗朝曾为广南西路提点刑狱,宋范公偁《过庭录》说他"帅桂罢归,一词题别",可见此词作于卸任之时。唐宋词中写岭南生活的作品不多,除《花间集》中欧阳炯、李珣的几首《南乡子》外,当推此阕写得较好。全词景色清丽,感情深挚,在意境上似比欧、李词更为深远。

词为"题别"而作,通篇围绕一个"别"字做文章。上阕起句写临别前情景。词人将要离开广西了,黎明之前子规鸟就不住地啼鸣,把他从梦中唤醒。他举头看看窗外,一弯残月高挂西天,好像是被子规啼破了似的。这一句至少有四层意思:第一写早起之景;第二点临别之时(子规鸣于农历三月);第三写归去之思(相传子规鸣声似"不如归去");第四抒离别之情(古代以月圆状团聚,以月破状分离)。乍看上去,出语自然;细细吟味,含义无穷,洵为人工天籁。第二句写词人乘着华丽的官船将要出发,虽为写实,但实中带虚,所谓"晓载笙歌"者,乃是以"笙歌"兼指吹奏笙歌的乐妓也,用语甚美,耐人寻味。三、四两句尤为入妙。画船在清澈的江中容与而行,只见两岸荔枝,娇红欲滴;蒙蒙烟雨,笼罩万家。这完全是画境,同时也是诗境,读之令人陶醉。李珣的《南乡子》也写过乘船,也写过荔枝,云:"避暑信船轻浪里,游戏,夹岸荔枝红蘸水。"但比起此词,尚嫌浅狭而轻俏。像这样色彩艳丽、意境阔大而又迷蒙的名句,在唐宋词中似不可多得。

过片二句写别情。佳人,谓画船中乐妓。这里不仅补足"笙歌"一词之意,而且进一步发抒离思。一位清正的地方官将要离任了,佳人们无法挽留,与词人相对而泣,滚滚热泪,湿透罗衣。这种告别场面,柳永的《雨霖铃》中也写过:"方留恋处,兰舟催发。执手相看泪眼,竟无语凝噎。"柳词写得含蓄,让人物尽量控制自己的情感,把泪水吞进腹中。这里则让佳人们把惜别的泪水倾泻出来。写法不同,而离情则一。

结尾二句,系预想别后情景,对不可能继续通信表示担心。"岭南无雁飞",据陆佃《埤雅》云,雁飞不过衡阳,因南地极燠。广西在岭南,故鸿雁更难飞到。此处运用鸿雁传书的典故,符合当地特点,显得十分妥帖。在古代诗歌中,一般是未曾言别,先盼书来;这里恰恰相反,未曾言别,先说无书,在写法上可算是个创新。但就意境而言,这个结尾则不如上阕那样优美,其失在于质直,于曲则可,词似不宜。

此词精于炼字,工于炼意。首句"子规啼破城楼月"中的"破"字当从锻炼中得来。子规、城楼、月,本是三个互不相干的概念,然着一"破"字,遂连成一体,形成浑一的境界。被人称为"谢蝴蝶"的宋代词人谢逸曾在《玉楼春》中写过一联:"杜鹃飞破草间烟,蛱蝶惹残花底雾。"深受明人沈际飞推崇,说是"'飞破''惹残',极推敲之致"。其实那个"破"字,主要表现了清晰感和动态美,在艺术的提炼和概括方面,则不如这个"破"字。

（徐培均）

【作者小传】

蔡　挺

(1014—1079)　字子政,一作子正。宋城(今河南商丘)人。景祐元年(1034)进士。历知滁州、庆州、渭州。以屡败夏人,讨平庆州兵变,累迁龙图阁直学士。熙宁五年(1072),拜枢密副使,以疾罢。词存一首。

喜　迁　莺　　　　　　　　　蔡　挺

霜天秋晓,正紫塞故垒,黄云衰草。汉马嘶风,边鸿叫月,陇上铁衣寒早。剑歌骑曲悲壮,尽道君恩须报。塞垣乐,尽橐鞬锦领,山西年少。　　谈笑。刁斗静,烽火一把,时送平安耗。圣主忧边,威怀退远,骄虏尚宽天讨。岁华向晚愁思,谁念玉关人老? 太平也,且欢娱,莫惜金樽频倒。

蔡挺曾于仁宗朝知庆州(今甘肃庆阳),在那里,他多次打败了来犯的西夏;神宗即位,加天章阁待制,知渭州(今甘肃平凉),他又训练士卒,使其"甲兵整习,常若寇至"。正是这种自豪感激励着他,从而写下了《喜迁莺》这样慷慨雄豪的词篇。

《宋史》本传说蔡挺"在渭久,郁郁不自聊,寓意词曲,有'玉关人老'之叹"。据此,可以确定此词作于他知渭州期间。全词以边塞生活为主体,在昂扬向上的主调中,也流露出了一缕淡淡的忧愁。

词的上片不用突兀之笔,而是从平淡处入手,以边塞秋景自然引起。此处的景物都是虚写,旨在渲染塞上所特有的荒寒寂寥。"霜天秋晓,正紫塞故垒,黄云衰草"三句,从静态的方面来摹写。边塞秋晓,霜空无际,冷气袭人。步出帐外,只见晓色中隐约可见的故垒和低压的黄云下那随风摇曳的枯草衰蓬……继之而下的"汉马嘶风,边鸿叫月"两句是从动态的方面着笔。通过"叫"字与"嘶"字对举,把边塞的风貌活生生地展示在眼前。以上均是从景物方面所作的描绘。

"陇上铁衣寒早"一句,以"陇上"和"寒早"与前面的秋景相应和,并在同时自然地以"铁衣"二字引出活动于词中的主体——戍边士卒。因此,这之后便以"剑歌骑曲悲壮"直接叙写守边少年慷慨报国的豪情。"尽道君恩须报"一句顺势而下,豪侠之气冲纸而出。唐诗人李白在《塞下曲》中所写的"横戈从百战,直为衔恩甚",正与此处的词意相通,都表现出为国捐躯的决心。何况当时仁宗皇帝对戍边士卒又能体恤。据《宋史·仁宗本纪》载,庆历二年冬,诏恤将校阵亡,其妻女无依者养之宫中;四年六月,诏诸军因战伤废停不能自存及死事之家孤老,月给米人三斗;五年三月,诏边兵第赐缗钱。朝廷如此,将士们自然会舍生忘死加以报效。而这就与被迫从军、厌战畏敌根本不同,将士们的情绪是积极向上的。作者正是深刻地体认到这一点,因此才可能唱出"塞垣乐,尽櫜鞬锦领,山西年少"这样有激情、有气势的词句。櫜鞬是装甲胄、弓箭的袋子,锦领指战袍。这里是说衣甲鲜明的少年将士深觉从军守边之乐。因何特指山西?这是暗用《汉书·赵充国传赞》"秦汉以来,山东出相,山西出将"的成语。山西,指华山或太行山以西地区。上片由写景到写人,情绪则由低抑到高昂。王粲《从军行》云:"从军有苦乐,但问所从谁。"作者有生活实践,词的上片深得此意。

下片与上片紧相承接。"谈笑"二字须与"刁斗静"相连理解,才能得其真意,它与李白《永王东巡歌》"为君谈笑静胡沙"含义相同,不是一般生活中的谈笑,而是说在从容镇定之间就把边事平定了。当然,就宋与西夏之间的当时局势说,还只是做到了紧守边关,保得边境无事。"刁斗静"是说夜间不必击刁斗以警戒;"烽火一把,时送平安耗",也是这个意思。唐代边塞烽火台每夜放烟一炬,称为"平安火"。元稹《遣行》诗说:"平安火莫惊。"这几句一方面写出了当时的大好形势,另一方面对前面表现出来的昂扬士气做了一个不露痕迹,却又是必要的补充收结。

　　"圣主忧边,威怀遐远,骄虏尚宽天讨",这几句是说朝廷采取守边的策略,对化外之民,想用仁义去感化他们,不用武力去镇压,等待他们自己来归顺。于是一年又一年的等待过去了——这三句又为后面的两句作好铺垫:"岁华向晚愁思,谁念玉关人老"二句,一反前情,忽作悲愁之语。其实,这正是词人"在渭久,郁郁不自聊"的结果。由于作者后半生多在穷荒边塞,且多属太平时期,因此,他自然会生出岁晚难归、年华空逝的叹息。不过,以此忧郁的分量与前面的高亢豪迈相比,其比重又是极小的。因此,它就不至于伤及全词慷慨豪迈的基调。

　　全词以"太平也,且欢娱,莫惜金樽频倒"作结,极为巧妙。它们对前面表露出的两种不同情绪都起到了回应的作用:就积极的方面来看,则是因为边境平静,使得少年壮士有此"金樽频倒"的豪情;就消极的方面来看,则又可以理解为作者因归去无望,暂且把酒自宽的情绪。

　　北宋写边塞题材的词,留传下来的极少,以范仲淹《渔家傲》"塞下秋来风景异"一首为有名。而蔡挺此词,魏泰《东轩笔录》卷六亦称其"盛传都下"。两词皆作者亲历边郡所咏,写出了真情实感。蔡词艺术上精粹不及范词,而气势昂扬,也是值得一读的。

　　　　　　　　　　　　　　　　　　　　　　　　　　(林昭德　陈　忻)

【作者小传】

司马光

(1019—1086)　字君实,陕州夏县(今属山西)涑水乡人,世称涑水先生。宝元元年(1038)进士。仁宗末年任天章阁待制兼侍讲,知谏院。神宗时反对王安石变法,出知永兴军。哲宗元祐初,拜尚书左仆射兼门下侍郎。为相八月,病卒。著有《司马文正公集》《稽古录》,并主修《资治通鉴》。存词三首。

阮　郎　归　　　　　　　　　　司马光

　　渔舟容易入春山,仙家日月闲。绮窗纱幌映朱颜,相逢醉梦间。　　松露冷,海霞殷。匆匆整棹还。落花寂寂水潺潺,重寻此路难。

　　《阮郎归》又名《宴桃源》《醉桃源》《碧桃春》等,此词咏其本意。传说汉明帝永平年间,浙江剡县刘晨、阮肇同入天台山采药,迷路不得返,采桃实充饥。至一溪边,见二女子,姿容绝美,邀刘、阮同居。半年后出山还家,亲旧凋零,不复相识,距入山之时,已历七世。见南朝宋刘义庆《幽明录》。唐宋诗词中,常将刘、阮故事与陶渊明《桃花源记》武陵渔人入桃源事牵合在一起,用作冶游、艳遇的典故。这首词也是如此。

“渔舟容易入春山,仙家日月闲。”写一叶渔舟,于无意间进入春山仙境,领略到与人世间不同的悠闲岁月。“容易”,轻易。其所以能轻易地进入仙境,正表示有某种因缘使然。“春山”,则暗示山中花事繁闹,春景宜人,刘、阮故事中也有“气候草木常是春时”的描述。这两句流露出初入仙境时一种意外的欣喜和新奇的感受。“绮窗纱幌映朱颜”,绮窗,雕花的窗户。纱幌,薄纱窗帘。朱颜,指年轻美貌的女子。作者不正面写女子的姿容,而透过玲珑的雕花窗和掩映的薄窗纱剪出她的倩影,用笔空灵,缥缈若仙。紧接一句“相逢醉梦间”,则承上句朦胧恍惚之境,写艳遇的心理:面对天仙般的女子,只觉得醺醺如醉,忽忽如梦,不知是真还是幻,这正是一种全身心陶醉的幸福之感。

过片“松露冷,海霞殷”二句,以松间夜露和海上朝霞,写山中晨昏景色的变化,暗示时序推移,离别之时将至。写景静中有动,且为下句“匆匆整棹还”暗中过渡。整理舟船,匆匆欲归,是写尘心未泯,仙缘已尽。但也可以另作一解,即所谓“欢愉之日苦短”,感到欢会未久,却匆匆就要归去,流露出一种深深的惋惜和追恋之情。“落花寂寂水潺潺,重寻此路难”,慨叹别后桃源路渺,无从相见了。寂寂落花,潺潺流水,回应开头春山渔舟,表示时移境换,且暗喻前情已如水流花落,一去不返。陶渊明《桃花源记》写后人重寻桃源而不得,有云:“寻向所志,遂迷不复得路。”秦观《点绛唇·桃源》词结句云:“乱红如雨,不记来时路。”与此词机杼相似。

司马光是一代名臣和史学大家,亦偶作小词,《全宋词》录存三首,均写艳情,风格婉丽。宋吴处厚《青箱杂记》卷八比之为铁石心肠而赋梅花的唐代名相宋璟,此词可见一斑。

(吴战垒)

西 江 月 　　　　　　　司马光

宝髻松松挽就,铅华淡淡妆成。青烟翠雾罩轻盈,飞絮游丝无定。　　相见争如不见,有情何似无情。笙歌散后酒初醒,深院月斜人静。

　　这首词最早见于赵令畤《侯鲭录》，赵令畤并加评语云："文正公言行俱高，然有《西江月》词云云，风味极不浅。"自来多怀疑像司马光那样古板的人，不会写出这种艳词，而是别人伪造，来诬陷他的。例如《词苑丛谈》卷四引王渔洋说："'有情争似无情'，忌者以诬司马。"《词林纪事》引姜叔明说："此词决非温公作。宣和间，耻温公独为君子，作此词诬之耳。"这些说法并没有什么根据，只是用卫道的眼光加以推断，不少人对于欧阳修的艳词，也是这样看待的，而对于范仲淹的艳词《御街行》（纷纷堕叶飘香砌）、《苏幕遮》（碧云天），他们却无话可说，只好承认确出范文正公之手，难道只有这个"文正公"能写艳词吗？其实不然。只要考察一下当时文人的生活环境和社会风尚，问题是不难解决的。

　　宋王朝对于文臣，在物质上是特加优遇的，"恩逮及百官者，惟恐其不足。"（赵翼《二十二史札记》）他们俸禄之优厚，生活之丰裕，为前代所未有。做官的大都家有"家妓"，官有"官妓"（地方官妓聚居于乐营，或称"营妓"），他们经常征逐于丝竹管弦之间。这种生活环境就成了艳词滋蔓的温床。当时的文人，包括政治家，并不把写词当作正统的文学创作，而是作为"小道""薄技"看待的。在觥筹交错、酒酣耳热的时候，他们逢场作戏，写些香软的东西，付之歌喉，以佐"清欢"，在他们看来，并不违背"圣教"。宋代的艳词有很多就是在灯红酒绿中产生的。只有十足的伪道学家才矢口不谈男女之事，把自己的真实感情严严实实封闭起来，不肯露出半点。司马光还不是这种人，他有时喜欢开个小玩笑，完全有可能写出《西江月》这种词。赵令畤出自苏东坡之门，和司马光年辈相衔，很有识别能力，他的话该是可信的。

　　这首词写的是宴会上所看到的一位舞妓。上阕写她的美姿，下阕写对她的恋情。开头两句，写出这个姑娘不同寻常，她并不浓妆艳抹，刻意修饰，只是松松地挽成了一个云髻，薄薄地搽了点铅粉。次两句写出她的舞姿：青烟翠雾般的罗衣，笼罩着她的轻盈的体态，像柳絮游丝那样和柔纤丽而飘忽无定。下阕的头两句陡然转到对这个姑娘的情上来："相见争如不见，有情何似无情"，上句谓见后反惹相思，不如当时不见；下句谓人还是无情的好，无情即不会为情而痛苦。以理语反衬出这位姑娘色艺之可爱，惹人情思。最后两句写席散酒醒之后的追思与怅惘。

　　《西江月》全篇只有五十个字，在词中属于小令。司马光这首词以很短的篇幅把惊艳、钟情到追念的全过程反映出来，而又能含蓄不尽，给人们留下想象的余地，写法是很别致的。它不从正面描写那个姑娘长得多么美，只是从发髻上、脸粉上，略加点染就勾勒出一个淡雅绝俗的美人形象；然后又在体态上、舞姿上加以渲染："飞絮游丝无定"，连用两个比喻把她的轻歌曼舞的神态表现出来。曹子建《洛神赋》中对于洛神出场的描写是："翩若惊鸿，婉若游龙；荣曜秋菊，华茂春松。仿佛兮若轻云之蔽月，飘摇兮若流风之回雪。"后面还写道："芳泽无加，铅华弗御。"司马光的写法很可能是从这里化出。然而，这首词写得最精彩的还是歇拍两句。当他即席动情之后，从醉中醒了过来，又在月斜人静的时候，他会想些什么呢？是眷恋不已？是怅惘？是感伤？所有这些尽括在"深院月斜人静"这一景语中，要读者从这一句景语中去体会作者的思想感情。这种写法达到了"不着一字，尽得风流"的境界。

（李廷先）

韩　缜

（1019—1097）字玉汝。其先真定灵寿（今属河北）人，徙雍丘（今河南杞县）。庆历二年（1042）进士。累官知枢密院事、尚书右仆射兼中书侍郎，出知颍昌府。以太子太保致仕。卒谥庄敏。存词一首。

凤　箫　吟　　　　　韩　缜

锁离愁、连绵无际，来时陌上初熏。绣帏人念远，暗垂珠露，泣送征轮。长行长在眼，更重重、远水孤云。但望极楼高，尽日目断王孙。　　销魂。池塘别后，曾行处、绿妒轻裙。恁时携素手，乱花飞絮里，缓步香茵。朱颜空自改，向年年、芳意长新。遍绿野，嬉游醉眼，莫负青春。

韩缜词，《全宋词》录《凤箫吟·咏草》一首。宋初词人亦有咏草之作，但本词却独具新意，引人注目，成为咏草名篇。咏草，主要是借春草以抒别情；这种写法在《楚辞》里就已出现："王孙游兮不归，春草生兮萋萋。"此后，这一内容就经常出现在文人笔下，而且是经久常新，各具特色。本词的特点是句句有草，句句有人。其中融合着古人咏草之作的含义和名句，写来自然而不着痕迹，从而构成别具一格的咏草名篇。

上片开始两句先从游子远归即赋别离说起。春风如醉，香气似熏；陌上相会，情意绵绵，此处系用江淹《别赋》句意："闺中风暖，陌上草熏。"遗憾的是游子来去匆匆，才相会又将赋别离，在惜别者的眼中，那连绵不断的碧草，似乎深锁着无限离愁,使人触景伤情。接着"绣帏"三句,形容游子归来以后旋即匆匆离去。这里主要点出深闺思妇垂泪泣送的形象,同时还体现出露滴如珠泪的碧草之神,所谓"春草碧色,春水渌波,送君南浦,伤如之何。"(《别赋》)真是深闺念远,南浦伤别,可以说是相见时难别亦难了。此处用拟人手法将碧草化作多情之人,亦似在为离别而垂泣;这种化静为动的场面,增添了伤离的黯然气氛。

　　"长行"两句,将镜头从深闺转到旅途中的游子经历。他行行重行行,不见伊人倩影,但见遍地芳草,远接重重云水,这里以云水衬出春野绿意。一"孤"字暗示了睹草思人的情怀。下面随即折回描写思妇形象,"但望极"两句,是写她独上危楼、极目天际,但见一片碧色,却望不到游子的身影。此处即用"王孙游兮不归,春草生兮萋萋"句意,道出了思妇空自怅望的别恨。

　　下片"销魂"三句,是回忆当年。"池塘生春草,园柳变鸣禽",本为谢灵运的名句,词人忆及昔日同游池畔,旋赋别离,句中不仅深有沧桑之感,而且也没有离题。记得那时她姗姗而行,罗裙轻拂,使绿草也不禁生妒;这是反用牛希济"记得绿罗裙,处处怜芳草"词意,以绿草妒忌罗裙之碧色,来衬托出伊人之明媚可爱,从而由草及人,更增添了对她的怀念之情。

　　"恁时"三句,仍是回忆。"恁时"即"那时",连上"曾行处、绿妒轻裙"时事。他轻携素手,在絮飞花乱的暮春季节里,漫步于如茵绿草之间。而眼前的如茵绿草,又使他兴起无限感喟。"朱颜"两句,从刘希夷诗"年年岁岁花相似,岁岁年年人不同"化出,时光流逝,人事已非,相逢不知何日。自己年华已经渐老,只有芳草却是春风吹过而新绿又生。结末呼应上文,愿人们毋须触景伤情,当春回大地、绿满田野之时,可以放怀宴游,到那时可不要辜负了青春好时光。本词在写作手法上的成功之处,主要是巧妙地将草拟人化,那清晨芳草之上的晶莹露珠像是她惜别之泪,这样,遍野的绿草便成为离愁的化身,而与"送君南浦,伤如之何"的伊人别恨密切相联。

　　　　　　　　　　　　　　　　　　　　　　　　　　　　(潘君昭)

【作者小传】

阮逸女

阮逸,字天隐,建州建阳(今属福建)人。天圣五年(1027)进士。景祐二年(1035),典乐事。庆历中,以诗得罪,除名贬窜远州。皇祐中,特迁户部员外郎。与胡瑗合著有《皇祐新乐图记》。其女事迹不详,词存一首。

花 心 动 春词 阮逸女

仙苑春浓,小桃开,枝枝已堪攀折。乍雨乍晴,轻暖轻寒,渐近赏花时节。柳摇台榭东风软,帘栊静,幽禽调舌。断魂远,闲寻翠径,顿成愁结。　　此恨无人共说。还立尽黄昏,寸心空切。强整绣衾,独掩朱扉,枕簟为谁铺设。夜长更漏传声远,纱窗映、银缸明灭。梦回处,梅梢半笼残月。

此词写一个思妇在明媚春时的春愁春恨。全词用铺叙的手法,从寻梦到梦回,层层敷衍,节节转换,情景交融,刻画入微,把写景、叙事、抒情打成一片,而又前后呼应,段落分明,成功地反映了一个少妇独处深闺的寂寞心情,是长调中富有韵味的佳作。

词的上片,写少妇在花香鸟语的初春景色中所发生的无限春愁。它分为四个层次来写,组织得非常自然,步步换形,而又没有连接的痕迹。“仙苑春浓”三句,是第一个层次。镜头一拉开,一幅春花初绽的画面,便展现在人们的眼前。小桃是桃花的一个品种,上元前后即开花,妆点着浓郁的春意,一枝枝花光照人,含露欲滴,正是已堪攀折的小桃,震颤了抒情女主人公的情弦,使她产生了缠绵悱恻的情思。“乍雨乍晴”三句,就是由此引发的第二个层次。它既是眼前景,又回映当年事。在这样的“赏花时节”,她们曾经徘徊在花径柳下,互诉衷曲,互相祝愿,而现在却是桃花依旧,故人千里,自然是难以为怀的。偏偏那无力的东风,摇曳着花台月榭的垂柳;柳浪深处,传来了“幽禽”的软语,使她感到更加难以为情。这就是“柳摇台榭”的第三个层次。“断魂远”以下的结语,自然而有神韵,是上文蓄势的结果。“翠径”,是芳草杂花丛生的小径。她在那里寻觅什么吗?是小桃,是幽禽?还是往日的芳踪,当年的旧梦?小桃依旧,幽禽如故,而往日的芳踪,当年的旧梦,已不可复寻,怎么不使她愁肠百结呢?这是第四个层次。这四个层次,构成了美丽的画面,组织了丰富的内容。真是一步一态,一态一变,丽情密藻,尽态极妍,给人以很好的审美享受。

下片写少妇独处深闺,幽梦难寻,灯尽梦回,更觉寂寞难堪。换头的“此恨无人共说”,紧承过拍的“顿成愁结”。什么是“此恨”?自然是春色恼人,幽禽调舌,引起她的千种幽情,百端离恨。人们知道,黄昏是离人最难为怀的。它是“倦鸟归巢”的时候,也是“月上柳梢头”的时候。所以历来的词人往往以黄昏为背景,来描写少妇的哀怨。韦庄的“凝情立,宫殿欲黄昏”(《小重山》),这是写宫女的

"立尽黄昏"。张曙的"旧欢新梦觉来时,黄昏微雨画帘垂"(《浣溪沙》),这是写少妇的听雨黄昏。了解了这一点,就知道她"寸心空切"的真正含蕴。立尽了黄昏,而游子犹在天涯,使得她不得不怀着绝望的心情去"强整绣衾,独掩朱扉",一想到眼前的形单影只,枕冷簟寒,便又心灰意冷起来,发出到底"为谁铺设"的怨语。一句话,把这个少妇刹那间的矛盾心情充分揭示了出来。那漫漫的"长夜",那声声的"更鼓",从远处传到了她的耳中,惊醒了她片时的春梦。她打开惺忪的睡眼,只见碧纱窗下,乍明乍灭的残灯在那里眨眼。这是一个多么凄凉的夜,多么孤寂的夜,使人感到"春色迷人恨更赊"。"梦回处,梅梢半笼残月",结得情景交融,余味无穷,使人不禁想起柳永的千古名句"今宵酒醒何处,杨柳岸,晓风残月"。它们所创造的富有诗意的意境,如出一辙。它们都是让抒情主人公的丝丝哀愁,缕缕离恨,在这隐约凄迷的景色中流露出来,比起一般的直抒胸臆,更有一种动人心魄的艺术魅力。词的下片,就是这么一环套一环,一层深一层地把这个少妇的缠绵悱恻之情传达了出来。彭孙遹说:"作大词,第一要起得好,中间只铺叙,最紧是末句,须是有一好出场方妙"(《金粟词话》)。贺裳也说:"作长词,最忌演凑",必须"缘情布景,节节转换"(《皱水轩词筌》)。从这首词中,我们可以悟出它是如何层层铺叙,而又互相呼应;如何缘情布景,而又移步换形;如何以景结情,而又饶有韵致。这也就是这首词的艺术特点。

　　　　　　　　　　　　　　　　　　　　　　　　　　　　　　(羊春秋)

【作者小传】王安石
(1021—1086)　字介甫,晚号半山。抚州临川(今江西抚州)人。庆历二年(1042)进士。神宗朝两度任相,实行变法。封舒国公,改封荆国公。晚居金陵。卒,谥曰文。诗、文皆有成就,为"唐宋八大家"之一。词作不多,风格高峻,一洗五代绮靡旧习。以《桂枝香·金陵怀古》为代表作。著有《王临川集》《临川先生歌曲》。存词二十九首。

桂枝香　　　　　　　　　　　王安石

登临送目,正故国晚秋,天气初肃。千里澄江似练,翠峰如簇。征帆去棹残阳里,背西风酒旗斜矗。彩舟云淡,星河鹭起,画图难足。　　　念往昔,繁华竞逐,叹门外楼头,悲恨相续。千

桂枝香（登临送目）　　　　王安石

——明刊本《诗馀画谱》

古凭高对此，谩嗟荣辱。六朝旧事随流水，但寒烟衰草凝绿。
至今商女，时时犹唱，《后庭》遗曲。

古来有学识、有抱负的文士，一旦登高望远，便兴起了满怀愁绪，那愁又不是区区个人私情，而常常是日月之迁流，世途之坎壈，家国之忧患，人生之苦辛，……一齐涌上心头，奔赴笔下，遂而写成了名篇佳作，历久长新，此等例真是举之不尽，而王半山的这一阕《桂枝香》，实为个中翘楚。

作者这次是在南朝古都，金陵胜地，而时值深秋，天色傍晚，他在此意境之间，临江揽胜，凭高吊古。他开门见山，表明时地。试看他虽以登高望远为主题，却是以故国晚秋为眼目。一个"正"字领起，一个"初"字吟味，一个"肃"字点醒。笔力遒举，精神振敛，无限涵咏，皆从此始。

以下两句，已尽胜概，然而如此江山，如何"刻画"？不过一借六朝谢家名句——"解道'澄江净如练'，令人长忆谢玄晖"；一出自家随手拈举。即一个"似练"，一个"如簇"，形胜已赫然，全是大方家数，盖在此间容不得半点描眉画鬓。然后即遗山光而专江色，——纵目一望，只见斜阳映照之下，数不清的帆风樯影，交错于闪闪江波之上。更一凝睛细审，却又见西风紧处，那酒肆青旗高高挑起，因风飘拂。帆樯为广景，为"宏观"；酒旗为细景，为"微象"；而皆江上水边之人事也。故词人之领受，自以风物为导引，而以人事为着落。然而，学文之士，却莫忘他一个"背"字，一个"矗"字，又是何等神采，何等警策！

写景至此，全是白描高手。为文采计，似宜稍稍刷色。于是乃有"彩舟""星河"两句一联，顿增明丽。然而词拍已到上片歇处，故而笔亦就此敛住，以"画图难足"一句，抒赞美嗟赏之怀，仍归于大方家数，不肯入于镂镢饾饤一路；虽曰"刷色"，亦非外铄之比。即如"彩舟云淡"，写日落之江天；"星河鹭起"，状夕夜之洲渚：仍是来自实景，而非但凭虚想也。

词至下片，便另换一幅笔墨，感叹六朝皆以荒乐而相继亡覆。其间说到了悲恨荣辱，空贻后人凭吊之资；往事无痕，唯见秋草凄碧，触目惊心而已。"门外韩擒虎（敌已逼门），楼头张丽华（犹恋美色）"，用杜牧《台城曲》句以为点染，亦简净之法则所在。

词人走笔至此，辞意实已两尽。我们且看他王介甫又以何等话语收束全篇。不意他却写道：时至今日，六朝已远，但其遗曲，往往犹似可闻——"商女不知亡国恨，隔江犹唱《后庭花》！"此唐贤小杜于"烟笼寒水月笼沙，夜泊秦淮近酒家"时所吟之名句也，词人复加运用，便觉尺幅千里，饶有有余不尽之情致，而嗟叹之意,于以弥永。

王介甫只此一词,已足千古,其笔力之清遒,其境界之朗肃,两宋名家竟无二手,真不可及也!　　　　　　　　　　　　　　　　　　　　　　　(周汝昌)

菩　萨　蛮　　　　　　　　　　　王安石

数间茅屋闲临水,窄衫短帽垂杨里。花是去年红,吹开一夜风①。　　　梢梢新月偃,午醉醒来晚。何物最关情,黄鹂三两声。

〔注〕 ①"花是去年红,吹开一夜风"两句,王安石《临川集》作"今日是何朝,看予度石桥",当是后来改定。

黄庭坚《菩萨蛮》"半烟半雨溪桥畔"一首序云:"王荆公新筑草堂于半山,引八功德水作小港,其上垒石作桥,为集句云云(词如上)。戏效荆公作。"所谓集句词,即全用前人诗句杂缀成词。王安石一生写了不少集句诗,当时人们竞相仿效,成为一种风气。他不仅集句为诗,也集句为词,这也可以说是他的首创,同时的苏轼、黄庭坚,后来的辛弃疾等,皆相效法。集句为词,除了要谙熟前人作品外,还要考虑句式长短,对偶声韵,但最主要的是在词意上须安排妥帖,情思连续,使之如出己口,真正为自己表情达意服务。只有如此,集句词才算是一种艺术创作,否则只是一领破衲衣而已。

王安石卜居半山是他晚年罢相后回到金陵时,此时王安石所推行的新法遭到废除,自己也落职出京,政治局面以至自己的身份地位都发生了极大的变化。"数间茅屋闲临水,窄衫短帽垂杨里"开首二句明白地表示自己目前的生活环境与身份。往昔重楼飞檐、雕栏画栋的官宦居处换成了筑篱为墙、结草作舍的水边茅屋;如今窄衫短帽的闲人装束取代了过去的冠带蟒服。作者从九重宸阙的丹墀前来到了水边桥畔的垂杨里。对于这种遭际的变化,王安石似乎采取一种安然自适的态度。一个"闲"字渲染出淡泊宁静的生活环境,也点出了作者摆脱宦海远离风尘的村野情趣。两句闲雅从容,虽然是从前人诗句中摘录而成,但指事类情,贴切自然,不啻如出己口。

接着两句是写景:"花是去年红,吹开一夜风。"一夕春风来,吹开万紫千红,风光正似去年。但是"年年岁岁花相似,岁岁年年人不同",参照唐人的原句"发从今日白,花是去年红"(殷益《看牡丹》),不难觉得作者也包含着与前人相同的感慨。但是,作为一个曾经励志改革的政治家,他对花事依旧、人事已非的感慨,就不仅仅是时光流逝、老之将至的叹息,更包含着他壮志未酬的忧愁。

　　这种忧愁和叹息并不仅仅是关乎自己个人宠辱得失,更包含着对政局国事的关切忧患。因此在看似闲适的生活里,自然界的月色风声,都会引起这位政治家的敏感与关注,而被赋予某种象征的意义:"梢梢新月偃,午醉醒来晚。"作者醉酒昼寝,再不必随班上朝参预政事,生活是如此闲逸,但是,酒醒梦回,陪伴他的并不是清风明月,而是风吹云走、月翳半规的昏沉夜色。如果将"新月偃"这一富于象征的景象联系当时新法废除,新派落职,宋哲宗年幼不能理事,太皇太后高氏听政起用旧党的政治局面,认为作者用比兴的手法寓示对国家政局的关怀,恐怕也不是郢书燕说。

　　但是,自己下野的身份,茅舍卜居的环境毕竟是远离了政治中心,他此时的所志所适,也惟有闲逸而已,因此最后二句自然地归结到闲情上:"何物最关情,黄鹂三两声。"作者自问自答,写得含蓄而余韵悠长。据冯贽《云仙杂记》引《高隐外书》云:"戴颙携黄柑斗酒,人问何之,曰:'往听黄鹂声。此俗耳针砭,诗肠鼓吹,汝知之乎?'"可见王安石的寄情黄鹂,不仅要表现在鸟语花香中的闲情逸趣,更是显示自己孤介傲岸、超尘拔俗的耿直人格。

　　在安逸澹淡的生活情景中寄寓着政治家的襟怀心志,在闲雅流丽的风调里显示着改革家的才性骨力。素洁平易而又含蓄深沉是这首词的基本特色,虽是集句,也体现了王安石词"一洗五代旧习"(刘熙载《艺概·词曲概》)的创作个性。

　　但是,这首词最值得称道的是集诗句为词这一艺术形式。这是王安石的发明。唐人丰富的诗歌遗产,成了王安石现成的词句,除了第三句取自唐人殷益的《看牡丹》外,其余亦多出自唐诗,第一句用的是刘禹锡《送曹璩归越中旧隐诗》:"数间茅屋闲临水,一盏秋灯夜读书。"第五句的出处是韩愈的《南溪始泛》:"点点暮雨飘,梢梢新月偃。"第六句来自方械的诗(失题):"午醉醒来晚,无人梦自惊。"如此信手拈来,随意驱策,使之协律入乐,变诗为词,确实体现了作者学富才高的创作工力。这首集句词的成功更重要的还是作者用前人的诗句创造出自己心中的意境,为自己表情达意服务,并通过自己的精心组合安排,使之浑然无迹,如同己作。由于这首词这样的成就,我们也不妨原谅作者驰才逞学、矜富夸博的文人积习,允许他的新发明在宋词的艺术长廊中有展览的地位。　　　　　(祝振玉)

渔　家　傲　　　　　　　　　王安石

灯火已收正月半,山南山北花撩乱。闻说洧亭新水漫,骑款段,穿云入坞寻游伴。　　却拂僧床寐素幔,千岩万壑春风暖。一弄松声悲急管,吹梦断,西看窗日犹嫌短。

　　王安石罢相退隐江宁(今南京)之后,在府城东与钟山间的一所住宅(名"半山园")里度过了他生命中的最后十年。距半山园不远的钟山定林寺昭文斋是他日常下榻的别馆,他时时在那儿读书、著述、接待客人,也经常到附近的山林溪壑间登览野游。这首词就是他在定林院生活的一个剪影。

　　上片写一次骑驴春游。起拍二句点明节令,描绘钟山春意盎然的景象。灯火,指元宵节彩灯。宋时元夜灯节,热闹异常。蔡絛《铁围山丛谈》:"上元张灯,天下止三日。"京师不止三天,陈元靓《岁时广记》引《岁时杂记》:"正月十八夜谓之收灯。……晏相正月十九日诗云:楼台寂寞收灯夜,里巷萧条扫雪天。"当时收灯后,又有出城探春的习俗,而江南孟春,不同于北方,往往收灯后便已芳草如茵、春意满野。而钟山一带,竹木葱茏,万花竞秀,景色更为诱人。"撩乱",写出山花争奇斗艳,撩惹行人。"灯火已收"而山花满眼,用笔正所谓扫处还生。这二句,既写了江宁附近的季候特征,又点出作者居住的山中环境。美景良辰,引逗起词人览赏春色的兴致,于是笔锋一转,由"闻说"领起以下三句,写洊(jiàn)亭之游。洊亭在钟山西麓,溪水青青,花木如绣,是作者喜爱游赏的风景胜地。王安石《马死》诗李壁注引《建康续志》云:"金华俞紫琳清老,尝冠秃巾,扫塔服,抱《字说》,逐公之驴,往来法云、定林,过八功德水,逍遥洊亭之上。"作者在《洊亭》诗中说:"朝寻东郭来,西路历洊亭。众山若怨思,惨淡长眉青。进水泣幽咽,复如语丁宁。岂予久忘之,而欲我小停。歇鞍松柏间,坐起俯轩楯。"可见他对洊亭有很深的感情。"新水漫",说明是在雨后,经春雨洗礼,郊原格外清新。款段,马行迟缓貌。语出于《后汉书·马援传》"乘下泽车,御款段马",李贤注:"款犹缓也,言形段迟缓也。"后借指驽马。这里作者实用以指他所骑的毛驴,亦取其"形段迟缓"之意。作者退居江宁时,神宗赐他一匹马,后来马死了,他外出旅游就骑毛驴。其《马死》诗云:"天厩赐驹龙化去,谩容小蹇载闲身",即咏此事。"蹇"谓蹇驴。魏泰《东轩笔录》卷十二载,王安石在江宁,"筑第于白门外七里,去蒋山亦七里,平日乘一驴,从数僮游诸山寺。欲入城则乘小舫,泛潮沟以行,盖未尝乘马与肩舆也。"这次正是骑毛驴野游,心闲意静,恬然自若,什么升沉得失、尧桀是非,仿佛早抛至九霄云外,其精神风貌之翛然尘外,一望可知。定林寺左右,峰峦复沓,后环屏风,前障桂岭,其间云雾缭绕,跨驴绕行山径,时要通过云层,故曰"穿云"。山间谷壑毗连,四周峦嶂如屏,形成不少花木丛生的天然坞堡,如定林寺附近有道士坞,渏亭附近有桃花坞等。词人行经此种地带,不免停辔徜徉,访胜探幽,故曰"入坞"。才行高冈,又入低谷,故曰"穿云入坞"。不畏云雾迷茫,不避谷堙低湿窈深,不计山路崎岖回环,而去寻访游伴,探奇览胜,一句中连用"穿""入""寻"三个动作词,充分表现了词人一心寻春的浓厚游兴,描绘出他那"山野之人"的生动形象。

下片写僧斋昼寝。词人游兴已尽,还是回归山寺,就床而卧。过片另意另起,意脉不断。却,还也,仍也。上写游山,此写憩寝,事有转折,故用"却"字。因为孤身栖居山寺,故要拂拭僧床,撩起白色的帷帐。"僧床""素幔",写明作者生活清寂雅素,也突出了寄身山寺的生活特点。"千岩万壑"承上"山南山北","春风暖"回应"正月半"。值此东风骀荡,春光融融,词人怡然自适的心境也仿佛与大地春色融契而为一,加之游山的困乏,于是他渐渐沉入静谧而深稳的梦中。不知何时,山间的一派松涛之声,把他从酣梦中惊醒,抬眼望去,红日照临西窗,而词人的睡意犹未足呢!煞拍三句写梦醒。一弄,一派。悲急管,谓松涛犹如急切的笛声,在深山中呜咽地悲鸣,仍切山林环境下笔,松声带有作者的感情色彩。

政治家兼文学家的王安石,这时身在山林,但他的内心世界并未完全平静。"高论颇随衰俗废,壮怀难值故人倾"(《偶成》),政局的变化,常使他有无力回天之叹。虽然他极力放情世外,"临溪放杖依山坐,溪鸟山花共我闲"(《定林所居》),希望在与溪山作伴、花鸟为友的生活中"坐旷息烦襟"(《定林院》),然而却总是有"出山愁路难"(《两山间》)的感慨,因此,也就只好于"风竹声中作醉醒"(《杂咏六首》之五)了。本篇写他在野游寻春与大自然的默契中,得到了心境的恬静,沉入了暂时的酣眠,然而,一时的心理平衡,却被四周突然闯入的急切悲凉的松涛声所打破,无怪乎作者起看日光,不能不嫌梦境之短了,这正隐隐透露了作者身虽幽闲而内心并不平静的精神状态。全篇纪游,借入山寻春的生活片段,体现隐居钟山的情怀,即事写景,全以白描手法勾勒,物象清幽,气韵萧散,在充满脂腻粉香的北宋前期词坛上,这首词的题材及其"瘦削雅素"(刘熙载《艺概》评王安石词语)的艺术风格,都使人有耳目一新之感。

　　　　　　　　　　　　　　　　　　　　　　　　　(刘乃昌　崔海正)

渔　家　傲　　　　　　王安石

平岸小桥千嶂抱,柔蓝一水萦花草。茅屋数间窗窈窕。尘不到,时时自有春风扫。　　午枕觉来闻语鸟,欹眠似听朝鸡早。忽忆故人今总老。贪梦好,茫然忘了邯郸道。

渔家傲（平岸小桥千嶂抱） 王安石

——明刊本《诗馀画谱》

　　这是王安石晚年的一首作品。王安石二次罢相隐居金陵以后,心境渐渐平淡下来。叶梦得《避暑录话》记载:"王荆公不耐静坐,非卧即行。晚卜居钟山谢公墩,畜一驴,每食罢,必日一至钟山,纵步山间,倦则即定林而睡,往往至日昃乃归。"这种旷日的游历体察,引发词人创作了不少描写水光山色的景物词。这首词,在艺术的锤炼上比早年更为成熟。历来的评论家,极推崇王安石晚年写景抒情的小诗;而往往忽略他这类风格的词。其实,这首词写得比其同类的诗还要出色。此词的主要特色,是善于融诗入词。先看开首两句,写得极为娟秀,为人所称誉,即是融化他人诗句而来。吴聿《观林诗话》记王安石"尝于江上人家壁间见一绝,深味其首句'一江春水碧揉蓝',为踌躇久之而去,已而作小词,有'平岸小桥千嶂抱,柔蓝一水萦花草'之句。盖追用其语。"此见词人善于融炼诗句,浑然天成。他用"一水"来概括"一江春水",添"萦花草"三字烘托春光烂漫,丰富了原句的内容。提取原诗菁华,调合得巧妙自然。"柔蓝一水",形容水色清碧,"柔"字下得轻盈贴切,形象生动,使词的画面呈现出一种美丽、清新、宁静的色彩美。"茅屋数间窗窈窕"三句,以"窈窕"形容窗的幽深,反映出茅屋在"千嶂抱"着的竹林里的深窈秀美。他同期写的《竹里》诗可与此参读:"竹里编茅倚石根,竹茎疏处见前村。闲眠尽日无人到,自有春风为扫门。"此即词中"茅屋数间"的一般情景。"茅屋"三句,包含了《竹里》诗的全部情景,但情韵连续,融成一片,更见精严。"午枕觉来闻语鸟"一句,见出词人那种与花鸟共忧乐,与山水通性情,悠闲的情致与恬淡的心境。他同期写的《午睡》诗说:"檐日阴阴转,床风细细吹。翛然残午梦,何许一黄鹂?"诗中黄鹂惊梦,即词中意境。"午枕"一句,也同样蕴含了《午睡》诗的全部情景。词中小令,音韵比诗繁密,四句诗意凝为一句词,辞意相属,但"声情"更觉优美。"欹眠"句,从睡醒闻鸟声,联想到当年从政早朝时"骑马听朝鸡",恍如隔世。这并非久静思动,却是绚烂归于平淡后常有的心理反应。其比较的结果,马上的鸡声还是如今枕上的鸟声好听。此意由下文再补足。"忽忆故人今总老",反衬自己之已老。而今贪爱闲适的午梦,已丢却卢生邯郸道上所作的"建功树名,出将入相"的黄粱幻梦(见唐沈既济《枕中记》)。全词以景起,以情结,而情与景之间,由茅屋午梦加以沟通,使上下片写景与抒情之间不觉截然有分界。

　　王安石晚年这首山水词所表现的是一种恬静的美,就中反映出他在退出政治舞台后的生活情趣和心情,对世途感到厌倦,而对大自然则无限向往,辄借自然景物以抒发自己的幽怀。

　　　　　　　　　　　　　　　　　　　　　　　　　　　　　　　　(盖国梁)

浪 淘 沙 令　　　　　　　王安石

伊吕两衰翁,历遍穷通。一为钓叟一耕佣。若使当时身不遇,
老了英雄。　　　汤武偶相逢,风虎云龙。兴王只在笑谈中。
直至如今千载后,谁与争功!

　　这是一首咏史词,歌咏伊尹和吕尚"历遍穷通"的遭际和名垂千载的功业。
伊、吕是我国上古时代的两位著名的政治家。伊尹辅佐汤王,灭了夏桀,建立了
商朝;吕尚辅佐武王,灭了殷纣,建立了周朝。他们之所以能够建功立业,除了自
身具有才干之外,能够遇到英明的君主给他们提供施展才干的机会,倒是更为重
要的条件,这就是所谓"君臣遇合""风云际会"。古代有抱负的士大夫,常常把这
样的历史故事传为美谈,因为这里面是寄托着他们自己的感慨和希冀的。王安
石作为北宋的改革派政治家,他要推行自己的变法主张,首先必须取得神宗皇帝
的支持。这也是所谓"君臣遇合"。所以,这首词不同于一般古代诗人词客那种
笼统空泛的咏史作品,而是一个政治家鉴古论今的真实思想感情的流露。

　　"伊吕两衰翁,历遍穷通",这首词从穷、通两个方面落笔,写伊尹、吕尚前后
遭际的变化。伊尹,原名挚;尹,是他后来所担任的官职。传说他是伊水旁的一
个弃婴,以"伊"为氏,曾佣耕于莘(《孟子·万章》:"伊尹耕于有莘之野。"莘,古国
名,其地在今河南开封附近),商汤娶有莘氏之女,他作为陪嫁而随着归属于商,
后来得到汤王的重用,才有了作为。吕尚,姜姓,吕氏;名尚,字子牙,号"太公
望"。传说他直到晚年还是困顿不堪,只得垂钓于渭水之滨,一次,恰值周文王出
猎,君臣才得遇合,他先辅文王,继佐武王,终于成就了灭商兴周之大业。伊、吕
二人的经历并不是一帆风顺的,他们都是先穷而后通,度过了困窘之后才遇到施
展抱负的机会的,所以说他们"历遍穷通";吕尚显达的时候,年岁已老了,所以称
作"衰翁"。此并言"伊吕两衰翁",伊尹佐汤时年老与否,书无明文,此是连类而
及。值得思考的问题是,封建时代的士人由穷到通,总有一定的偶然因素、侥幸
成分,也就是说,能够由穷到通的毕竟是少数。"若使当时身不遇"中的"若使"即
假如。当伊、吕为耕佣、钓叟之时,假如不遇商汤、周文,则英雄终将老死岩壑。
伊、吕是值得庆幸的,但更多的士人的命运却是大可惋惜的,因为那些人没有被
发现、被赏识、被任用的机会,他们是"老了"的英雄,亦即被埋没了的英雄。下
片,"汤武偶相逢"中的"偶"字,已经点明了"君臣遇合"的偶然性,可是,一旦能够
遇合,那就会出现"风虎云龙"的局面。《易·乾·文言》:"云从龙,风从虎,圣人

作而万物睹。"意思是说,云跟随着龙出现,风跟随着虎出现,人世间如果出现了圣明的君主,那么,国家和社会就会昌盛繁荣起来。"兴王只在笑谈中",是说伊、吕才能出众,在谈笑之间就轻而易举地完成了兴王道、建国家的大事业。伊、吕有真实的本领,果然能够做出一番事业来,这样,才真正称得起是人才。因为这是问题的实质之所在,所以"兴王"一句在全词中是很有分量的,结尾,也是对这一句的引申,说伊、吕不仅功盖当世,至今超越千载,也没有人能够与之匹敌。在歌颂伊、吕的不朽功业的这几句的背后,隐藏着作者的一句"潜台词":大丈夫当如是也!咏史诗词,虽然取材于历史人物、历史事件,但最终还是要表达作者自己的思想感情。伊、吕的遭逢明主和建立功业对于王安石来说,无疑是一股巨大的精神力量,他从中受到了鼓舞,增强了推行变法的决心和勇气。古往今来,善于读史、善于用史者,往往如此。

(王双启)

千 秋 岁 引 　　　　　　　　王安石

　　别馆寒砧,孤城画角,一派秋声入寥廓。东归燕从海上去,南来雁向沙头落。楚台风,庾楼月,宛如昨。　　无奈被些名利缚,无奈被他情担阁。可惜风流总闲却。当初谩留华表语,而今误我秦楼约。梦阑时,酒醒后,思量着。

　　作为一代风云人物的政治家,王安石也并未摆脱旧时知识分子的矛盾心理:在兼济天下与独善其身两者中间徘徊。他一面以雄才大略、执拗果断著称于史册;另一面,在激烈的政治漩涡中也时时泛起激流勇退、功名误身的感慨。这首小词便是他后一方面思想的表露。无怪明代的杨慎说:"荆公此词,大有感慨,大有见道语。既勘破乃尔,何执拗新法,铲除正人哉?"(《词品》)杨慎对王安石政治上的评价未必得当,但以此词为表现了作者思想中与热衷政治相反的另一个侧面,则还是颇有见地的。

　　词的上片以写景为主,是一篇凄清哀婉的秋声赋,一幅岑寂冷隽的秋光图。旅舍客馆本已令羁身异乡的客子心中抑郁,而砧上的捣衣之声表明天时渐寒,已是"寒衣处处催刀尺"的时分了。古人有秋夜捣衣、远寄边人的习俗,因而寒砧上的捣衣之声便成了离愁别恨的象征。"孤城画角"则是以城头角声来状秋声萧条。画角是古代军中的乐器,其音哀厉清越,高亢动人,在诗人笔下常作为悲凉之声来描写。"孤城画角"四字便唤起了人们对空旷寥阔的异乡秋色的联想。下面接着说:"一派秋声入寥廓","一派"本应修饰秋色、秋景,而借以形容秋声,正

千秋岁引（别馆寒砧）　　　　王安石

——明刊本《诗馀画谱》

道出了秋声的悠远哀长,给人以空间的广度感,"入寥廓"的"入"字更将无形的声音写活了。开头三句以极凝练的笔墨绘写秋声,它不同于欧阳修《秋声赋》里描绘的自然肃杀之气,而完全是人为的声响。寒砧、画角的背后自有捣衣人与吹角人在,所以这里的秋声,也纯然是愁人客子耳际心头的秋声。

上三句是耳之所闻,下两句便是目之所见。燕子东归,大雁南飞,都是秋日寻常景物,而燕子飞往那苍茫的海上,大雁落向平坦的沙洲,都寓有久别返家的寓意,自然激起了词人久客异乡、身不由己的思绪,于是很自然地过渡到下面两句的忆旧。

宋玉《风赋》中说:楚王游于兰台,有风然而飒至,王乃披襟而当之曰:"快哉此风!""楚台风"即用此典。《世说新语·容止》中说:庾亮在武昌,与诸佐吏殷浩之徒上南楼赏月,据胡床咏谑。"庾楼月"即用此典。这里以清风明月指昔日游赏之快,而于"宛如昨"三字中表明对于往日的欢情与佳景未尝一刻忘怀。

下片即景抒怀,也道出了感秋的原因:无奈名缰利锁,缚人手脚;世情俗态,耽搁了自在的生活。风流之事可惜总被抛在一边。"当初"以下便从"风流"二字铺展开去,说当初与心上之人海誓山盟,密约私诺,然终于辜负红颜,未能兑现当时的期约。"华表语"用了《搜神后记》中的故事:辽东人丁令威学仙得道,化鹤归来,落在城门华表柱上,唱道:"有鸟有鸟丁令威,去家千年今来归。城廓如故人民非,何不学仙冢累累"。这里的"华表语"就指"去家来归"云云。"秦楼"本指妇女的居处,汉乐府《陌上桑》中说:"日出东南隅,照我秦氏楼。"秦氏楼即为美貌坚贞的女子罗敷的居处。李白的《忆秦娥》中说:"箫声咽,秦娥梦断秦楼月。"也以秦楼为思妇伤别之处。因而此处的"秦楼约"显系男女私约。这里王安石表面上写的是思念昔日欢会,空负情人期约。其实是借以抒发自己对政治的厌倦之情,对无羁无绊生活的留恋与向往。因而这几句可视为美人香草式的比兴,其意义远在一般的怀恋旧情之外,故《蓼园词选》中说此词"意致清迥,翛然有出尘之想"。词意至此也已发挥殆尽。然末尾三句又宕开一笔作结,说梦回酒醒的时候,每每思量此情此景。

梦和酒,令人浑浑噩噩,暂时忘却了心头的烦乱,然而梦终究要做完,酒也有醒时。一旦梦回酒醒,那忧思离恨岂不是更深地噬人心胸吗? 这里的梦和酒也不单纯是指实在的梦和酒。人生本是一场大梦,《庄子·齐物论》上说只有从梦中醒来的人才知道原先是梦。而世情浑沌,众人皆醉,只有备受艰苦如屈原才自知独醒。因而,此处的"梦阑酒醒"正可视为作者历尽沧桑后的憬然反悟。

统观全词,作者用了虚实相间的手法,如"别馆寒砧,孤城画角"只是泛写秋声，未必是他一时一地的见闻。"楚台风""庾楼月"借前人典故道出昔日风情，但也只是虚写，不必究其何事何人。"华表语""秦楼约"写得若即若离，未知何语何约。总之，此词意在表达作者的一种情感，写来空灵回荡，真如空中之色，镜中之像，然情意真挚，恻恻动人。这正是词这一艺术所特有的表现手段与意象境界。王安石的诗中不乏功名误身、及时隐退的感叹，如："少狂喜文章，颇复好功名；稍知古人心，始欲老蚕耕。"(《少狂喜文章》)又如："归欤今可矣，何以长人为？"(《中书偶成》)其实都与此词的主旨相同，但写得质直畅达，与词中空灵婉曲的表现方法迥然有别，这也正是宋诗与宋词在表现方法上的区别之一吧。　　　　(王镇远)

章　楶

【作者小传】

(1027—1102)　字质夫。浦城(今属福建)人。治平二年(1065)进士。哲宗朝，历集贤殿修撰，知渭州，进端明殿学士。徽宗时除同知枢密院事。苏轼赞其《水龙吟·柳花》词妙绝，并次韵和之。词存二首。

水 龙 吟　　　　　　　章　楶

燕忙莺懒芳残，正堤上、柳花飘坠。轻飞乱舞，点画青林，全无才思。闲趁游丝，静临深院，日长门闭。傍珠帘散漫，垂垂欲下，依前被、风扶起。　　兰帐玉人睡觉，怪春衣、雪霑琼缀。绣床旋满，香球无数，才圆却碎。时见蜂儿，仰粘轻粉，鱼吞池水。望章台路杳，金鞍游荡，有盈盈泪。

此词似作于神宗元丰四年(1081)。据苏轼谪居黄州时寄章楶信中说："承喻慎静以处忧患，非心爱我之深，何以及此，谨置之座右也。柳花词妙绝，使来者何以措词！本不敢继作，又思公正柳花飞时出巡按，坐想四子，闭门愁断，故写其意，次韵一首寄去，亦告不以示人也。……"苏轼元丰三年二月到黄州，七年四月离黄。信中引章楶来信有"慎静以处忧患"之语，是对他初遭贬谪时加以劝慰的应有之义，"不以示人"的叮嘱也符合他刚以文字贾祸后怕再出事的心理。又据李焘《续资治通鉴长编》卷三一二记载，元丰四年夏四月章楶已任荆湖北路提点刑狱，苏轼信中说章楶"正柳花飞时出巡按"，也是指初莅任时口气，其出任湖北提刑或即在此年春末夏初，柳花词的唱和亦当在此时。章词见于宋人诗话及选本,颇有异文。

一开篇,词人就把时间、空间和主题点明。"燕忙莺懒芳残",燕忙于营巢,莺懒于啼唱,繁花纷纷凋残,表明季节已是暮春;"堤上",指明地点;"柳花飘坠",点明主题。沈义父《乐府指迷》说:"咏物词最忌说出题字……如《月上海棠·咏月出》两个'月'字,便觉浅露";这首词一开头就把题字("柳花")说出,却并不使人觉得浅露,足见沈说也不尽然。它开门见山,入手擒题,不失为一种平地架梯以安步登云的方法。但使用这种方法破题之后,必须生发开去,引读者渐入佳境,才称得上是真正的作手。

这首词于破题之后,用"轻飞乱舞,点画青林,全无才思"紧接上句,把柳花飘坠的形状作了一番渲染。韩愈《晚春》诗云:"草树知春不久归,百般红紫斗芳菲。杨花榆荚无才思,惟解漫天作雪飞。"意思是说:杨花(即柳花)和榆荚一无才华,二不工心计;不肯争芳斗艳,开不出千红万紫的花。韩愈表面上是在贬杨花,实际上却暗寓自己的形象,称许它洁白、洒脱和不事奔竞。章楶用这个典故,自然也包含这层意思。它为下文铺叙,起了蓄势的作用。

"闲趁游丝,静临深院,日长门闭。"写到此,词人神思飞越,笔势遂腾空而起。柳花竟被虚拟成一群天真无邪、爱嬉闹的孩子,悠闲地趁着春天的游丝,像荡秋千似地悄悄进入了深邃的庭院。春日渐长,而庭院门却整天闭着。这是为什么呢? 柳花活似好奇的孩子们一样,当然想探个究竟。这样,就把柳花的形象写活了。

"傍珠帘散漫,垂垂欲下,依前被、风扶起。"柳花紧挨着珠箔做的窗帘散开,缓缓地想下到闺房里去,却一次又一次地被旋风吹起来。南宋黄昇和魏庆之等都特别欣赏这几句。黄昇说它"形容尽矣"(《唐宋诸贤绝妙词选》卷五评);魏庆之说它"曲尽杨花妙处",甚至认为苏轼的和词也"恐未能及"(《诗人玉屑》卷二十一)。当然,把这首词评在苏轼和词之上是未免偏爱太过;但说它刻画之工不同寻常,那是确实不假。试想:柳花散漫欲下又因风飏起的形状不就是这样么? 章楶这几句除了刻画出柳花的轻盈体态外,还把它拟人化了,赋予它以"栩栩如生"的神情,真正做到了形神俱似;并且为过片引出"兰帐玉人"作了垫笔。

下片改从"玉人"方面写:"兰帐玉人睡觉,怪春衣、雪霑琼缀。绣床旋满,香球无数,才圆却碎。"唐圭璋等《唐宋词选注》称此词为"闺怨词",估计就是从这里着眼的。到这里,"玉人"已成为词中的女主人公,柳花反退居到陪衬的地位上了。但通篇自始至终不曾离开柳花的形象着笔,下片无非是再通过闺中少妇的心眼,进一步摹写柳花的形神罢了。柳花终于钻入了闺房,粘在少妇的春衣上。

少妇的绣花床很快被落絮堆满,柳花像无数香球似地飞滚着,一会儿圆,一会儿又破碎了。这段描写,真可谓刻画入情;它不仅把柳花写得神情酷肖,同时也把少妇惝恍迷离的内心世界显现出来。柳花在少妇的心目中竟变成了轻薄子弟,千方沾惹,万般追逐,乍合乍离,反复无常。词人咏物能造成这等境界,确非易事!

"时见蜂儿,仰粘轻粉,鱼吞池水。"词人更进一层拓开说去,引出蜂儿和鱼的形象;既着意形容柳花飘空坠水时为蜂儿和鱼所贪爱,又反衬幽闺少妇的孤寂无欢。

"望章台路杳,金鞍游荡,有盈盈泪。"章台为汉代长安街名。《汉书·张敞传》:"时罢朝会,过走马章台街,使御吏驱,自以便面拊马。"颜师古注谓其不欲见人,以扇自障面。后世以"章台走马"指冶游之事。唐崔颢《渭城少年行》:"斗鸡下杜尘初合,走马章台日半斜。章台帝城称贵里,青楼日晚歌钟起",即其一例。至于柳与章台的关系,较早见于南朝梁诗人费昶《和萧记室春旦有所思》:"杨柳何时归,袅袅复依依,已映章台陌,复扫长门扉。"唐代传奇《柳氏传》又有"章台柳"故事。词人把这两个典故结合起来用作双关:既状写柳花飘坠似泪花;又刻画少妇望不见正在"章台走马"的游冶郎时的痛苦心情。张炎《词源·咏物》说得好:"诗难于咏物,词为尤难。体认稍真,则拘而不畅;模写差远,则晦而不明。要须收纵联密,用事合题,一段意思,全在结句,斯为绝妙。"此词之成功处,亦正在此。

由于有了苏轼的和词,后人对此难免有所轩轾。多数认为苏轼和词高于章楶原词。但对原作也应该作公正的评价。有人说章楶原词仅停留在咏物和未充分展开想象上,这种说法是不对的。章楶原词的不足处主要在上、下片主题的不统一,因而造成形象的不集中。这当然还是跟苏轼和词相比较而言。若独咏此篇,我们于沉浸审美享受之余,就未必能觉察出这个缺点。艺术上层峦迭出、一峰更比一峰高的现象是经常出现的;但不能因为后者而否定前者,若没有章楶的巧丽之作,也不会有苏轼的奇思壮采之篇。

（蔡厚示）

【作者小传】

王安国

(1028—1074)　字平甫,安石之弟。熙宁元年(1068)赐进士出身。历官大理寺丞,集贤校理。坐郑侠事,放归田里。有《王校理集》,不传。词存三首。

清 平 乐 春晚   王安国

留春不住，费尽莺儿语。满地残红宫锦污，昨夜南园风雨。

小怜初上琵琶，晓来思绕天涯。不肯画堂朱户，春风自在杨花。

古来伤春悲秋的诗词多得不可胜数。这类被人嚼烂了的题材，却是历代不乏佳篇，非但不使人感到老一套，相反，永远有新鲜之感。王安国这首《清平乐》就是这样的好词。

词题为《春晚》，顾名思义是写残春景象。且看词人如何着笔："留春不住，费尽莺儿语。满地残红宫锦污，昨夜南园风雨。"显然，由于"昨夜雨疏风骤"，南园今朝满地残红了。词人面对这万花凋谢的景象，自然不胜伤感。此时耳边传来了黄莺儿不停的啼唱，于是，他仿佛感觉到多情的莺儿也正在为落花发愁，苦劝春天不要归去呢。"留春不住，费尽莺儿语"，好像词人在叹息：莺儿呵，春去矣，你费尽口舌也劝不转来了！写莺语的"费尽"，实是衬托出词人"无可奈何花落去"的失落感，因为花开花谢，春去秋来，干莺儿何事？妙在词人赋予禽鸟以人的感情，不直说自己无计留春之苦，而是借莺儿之口吐露此情，手法新巧而又饶有韵味。作者将这个奇特的构想用于词的发端，给人以别开生面的新鲜感，并造成了强烈的抒情效果。

这首词整篇的结构是交叉地写听觉与视觉的感受，从音响和色彩两个方面勾勒一幅暮春图画。开头从听莺声写起，转而便诉诸视觉。一夜风雨过后，园花凋谢，残红败蕊，满地飘零，狼藉不堪。百花盛开时，灿烂本如宫锦，可惜如今给糟蹋得不成样子了！"满地残红"自是残春时节的典型景色，比之美好宫锦之被污损，词人痛惜之情可见。

下面又从视觉转到听觉上来：正当词人目睹这如花似锦的春天匆匆消逝，心中无限惆怅之时，仿佛从远处传来歌女小怜之辈弹奏琵琶的声音，"弦弦掩抑声声思"，那弦弦声声都是惜春惜花之情啊！小怜，即北齐后主高纬宠幸的冯淑妃，因她"慧黠能弹琵琶"，后代诗人常用以借指歌女。本词中"小怜初上琵琶"，是从李贺《冯小怜》诗"湾头见小怜，请上琵琶弦"句化出。这琵琶之声——一曲伤春的哀歌，打动着多少人的心弦！当此即将逝去的春宵，有多少闺中佳人长夜不眠，那剪不断理还乱的情思飞越千里关山，追寻天涯游子。《楚辞·招隐士》云："王孙游兮不归，春草生兮萋萋。"顾敻《虞美人》云："玉郎还是不还家，教人魂梦逐杨花，绕天涯。"如今春天已去，王孙尚未归来，看锦瑟华年悄悄流逝，怎不使人"思绕天涯"呢！在这里,作者抒写的是由春天的匆匆归去而引起的年华虚度之感。隐隐寄托着一种美人迟暮、英雄末路的悲慨,是有着丰富的社会人生的内容的。

最后,词人又从伤春的琵琶声写到眼前触目皆是的杨花。这是暮春特有的风光。这漫天飞舞的杨花,词人看得出神了:只见那如雪的飞花飘扬,是那样的自由自在,飞向山坡,飞向河畔,飞向茅屋,可始终不肯飞入那权贵人家的画堂朱户……这景象多么发人深思!

王安国是王安石之弟,为人耿直,不肯凭借兄长势位猎取高官。后吕惠卿上台,借故将他罢归田里,一生很不得意,他惜春伤春,慨叹美好年华逝去,其中何尝没有个人身世之慨。结笔"不肯画堂朱户,春风自在杨花",写的是杨花,又何尝不可视为一种人格的象征呢。《谭评词辨》卷二称此词"结笔品格自高",是说得不错的。古人论诗讲究风骨,《魏书·祖莹传》引祖莹语曰:"文章须自出机杼,成一家风骨,何能共人同生活也!"王安国这首《清平乐》,在众多的伤春词中能出乎其类而拔乎其萃,不正是因为它融进了自己的生活,写出了自己的性情吗?

(高　原)

减字木兰花　　　　　　　王安国

画桥流水,雨湿落红飞不起。月破黄昏,帘里余香马上闻。
徘徊不语,今夜梦魂何处去。不似垂杨,犹解飞花入洞房。

这首词写相思之情。一起却不透露作意,而是以清丽之笔绘出一幅风光旖旎的图画:"画桥流水,雨湿落红飞不起。"画桥如虹,流水如带,春雨潇潇,落红成阵,好一派暮春景象! 这一切,又统统笼罩在穿破黄昏雾霭的月光下,好似披上一层轻柔的薄纱,更显得清幽淡雅。就在这样一个月白风清、如诗如画的夜晚,在画桥流水旁边,在落红缤纷的小路上,词中的主人公与他倾心爱慕的女子邂逅了。这一相遇,也许是一次极其偶然的天赐良机,也许是苦心孤诣好不容易等到的一个机会,总之,在他的马儿接近香车的那一霎间,他心情的兴奋和激动是不言而喻的。尽管一在车中,一在马上,两人既无法交谈,更难通款曲,但能与心爱的人如此接近,能闻到帘里飘出的芳香,已使他心旌摇摇,不胜陶醉了。这里虽未对女子作正面刻画,但透过传出帘外的"余香",读者完全可以想象出女子娟好的容貌和绰约的风姿。赏心乐事使良辰美景显得格外迷人,原本十分美好的月夜也变得更加令人销魂了。

然而好景不常,当他沉浸在甜蜜的心境之中,当空气中女子那温馨的气息还未消散,却已是香车远逝,芳尘杳然,刚才发生的事情仿佛只是一场幻梦,从梦中醒来,一切都消失得无影无踪,只剩下孤零零的自己。下片写的便是主人公在车去人走之后的心境。他先是"徘徊无语",继而怅然若失,"今夜梦魂何处去",语气极为凄惋。他因不知所之而"徘徊",因无可告语而"不语",因今宵难遣而梦魂不安。此时此刻,周围的一切,诸如小桥流水,春花明月,仿佛都一下子黯然失色,再也唤不起他的半点兴致,只有眼前飞过的片片杨花引起了他的注意。目送着无拘无束、飞来飞去的杨花,他不禁触景生情,联想到自己的命运,发出深沉的叹息:"不似垂杨,犹解飞花入洞房。"说杨花能够穿帘入户,追随自己的意中人飞进洞房,而自己却连梦魂都不得去。这两句既是写景,又是抒情,通过奇特的联想、看似无理的比喻,含蓄委婉地传达出主人公的一往情深,可谓设想极痴,蕴意极厚。这,也正是此词有别于其他同类作品的鲜明特色。　　　　　　　(张明非)

【作者小传】

孙　洙

(1031—1079)　字巨源,广陵(今江苏扬州)人。年十九举进士,补秀州法曹。复举制科,迁集贤校理、太常礼官。治平中,兼史馆检讨、同知谏院、出知海州。元丰中,官翰林学士。有《孙贤良集》,不传。存词二首。

菩萨蛮 　　　　　　　　　　　　　　　　　　　　　　孙　洙

楼头尚有三通鼓,何须抵死催人去!上马苦匆匆,琵琶曲未终。　　　回头凝望处,那更帘纤雨。漫道玉为堂,玉堂今夜长。

关于这首词,有一段本事:元丰中,孙洙官翰林学士。某晚,朝廷传命要他进院起草诏令,他却正在太尉李端愿家欢宴。当时李端愿的一位美貌侍妾正在弹奏琵琶为宾客助兴,孙洙也正在兴头上,很不愿意离宴,但迫于朝廷宣命,不敢流连。他入翰林院草制后,就写了这首词,天一亮就派人送给李端愿,深表遗憾之情。事见宋洪迈《夷坚甲志》卷四,是据孙洙的曾外孙所述。宋鲁紓《南游记旧》亦载其事,而谓孙洙当晚在翰林院发病,六天后去世。所说与《夷坚甲志》有异,所录词亦有出入。

　　"楼头尚有三通鼓,何须抵死催人去!"开头这两句是对于宣召的牢骚话:刚刚二更时分,城楼上还要敲三通鼓才天亮,何必这么死命地催人走呢!不说已过了二更,而说"尚有三通鼓",表示离天亮还早,希望多玩一会儿;这流连不舍之意遭到阻抑,自然转化为对"抵死催人去"的憾恨之情。抵死,犹言死命、拚命,形容竭力。对于皇帝宣召,竟是如此不情愿,可见这夜宴是何等令人乐而忘返了。"上马苦匆匆,琵琶曲未终",一边匆匆上马,一边却还恋顾那美妙的琵琶声,深以未听到曲终为憾。琵琶的诱人魅力来自那位弹奏的女子,言外蕴含着对其人的深情眷恋。然而迷人的女乐,终究抵不住皇命的催逼,他只得无可奈何地上马离去了,但那声声琵琶似乎一直萦绕在耳际。上片四句,一气流注,节奏快速,造成一种皇命催人、刻不容缓的气氛,以反衬不愿从命而又不敢违命的矛盾和怨憾之情。

　　过片余情未断:"回头凝望处,那更廉纤雨。"人虽已上马,心尚留筵间,一路上还在出神地回头凝望。但马跑得快,老天更不凑趣,又下起蒙蒙细雨,眼前只觉一片模糊,宛如织就一张漫天的愁网,连人带马给罩住了。"廉纤雨",蒙蒙细雨。"无边丝雨细如愁",这廉纤细雨,既阻断了视线,又搅乱了心绪;借景语抒情,情景凑泊而有酝藉之致。"漫道玉为堂,玉堂今夜长!"玉堂,翰林院的别称。在玉堂供职的翰林学士,是人们所歆羡的清贵之官,作者平时也许自以为荣宠,今夜却感到一种前所未有的无聊和索寞。他从一个充满美酒清歌的欢乐世界,硬生生地被抛到宫禁森严的清冷官署,这种心情变化,也许就像一个正在纵情游戏的儿童突然被父亲拉到书房去背书一样,其懊丧和恼恨可想而知。"玉堂今夜长",大有长夜难捱之感。对照开头"城头尚有三通鼓",同是对于时间的感受,竟有如此不同的心理变化。这一起一结也自然形成两种情境的鲜明对比,使这首小词首尾相顾,有回环不尽之意。作者的深沉慨叹,还告诉我们:自由而欢乐的情感价值,是玉堂富贵之类所无法代换的。

　　　　　　　　　　　　　　　　　　　　　　　　　　　　　　　　　　(吴战垒)

晏几道

　　(1038—1110)　字叔原,号小山,抚州临川(今江西抚州)人。晏殊第七子。曾监颍昌府许田镇。一生仕途不利,家道中落,然个性耿介,不肯依傍权贵,文章亦自立规模。工令词,多追怀往昔欢娱之作,情调感伤,风格婉丽。有《小山词》传世,存二百六十首。

作者小传

临 江 仙 晏几道

斗草阶前初见,穿针楼上曾逢。罗裙香露玉钗风。靓妆眉沁绿,羞脸粉生红。　　流水便随春远,行云终与谁同?酒醒长恨锦屏空。相寻梦里路,飞雨落花中。

这是一首深情款款的怀人之作。怀念一个已经离开自己的女子。这个女子大概是过去晏家相府中的一个婢女。

先请看上阕。不过是寥寥五句,可是一句一景,一景一情,景中不仅有人,也有人物的感情透出;而且,通过这情景交融的描写,又暗暗交代了双方的感情由浅而深,逐步递变。更妙的是,这个女子的音容笑貌,也仿佛可以呼之欲出。

"斗草阶前初见",有一天,她同别的姑娘在阶前斗草的时候,他第一次看见了她。斗草,据《荆楚岁时记》:"五月五日,四民并踏百草。又有斗百草之戏"。而柳永《木兰花慢》清明词云"盈盈,斗草踏青",则春日亦有此游戏。"穿针楼上曾逢",转眼又到了七夕。七夕,女子在楼上对着牛郎织女双星穿针,以为乞巧。《西京杂记》说:"汉彩女尝以七月七日穿七孔针于开襟楼。"这种风俗就从汉代一直流传下来。这天晚上,在穿针楼上,他又同她相逢了。"罗裙香露玉钗风"以下三句,是补叙两次见面时她的情态。她的裙子沾满了花丛中的露水,玉钗在头上迎风微颤。她"靓妆眉沁绿,羞脸粉生红",靓妆才罢,新画的眉间沁出了翠黛,她突然看到了他,粉脸上不禁泛起了娇红。以上既有泛写,又有细腻的刻画,一位天真美丽的女子形象如在目前。末句一"羞"字,已露情意。

进入下阕,已是女子离开晏府之后了。中间留下了一大段空白,到底他同她有过一段什么样的关系,发生过什么样的感情,小晏没有正面加以描写,但是,从小晏那深情一片的忆念中,仍可探出一二。

"流水便随春远",义兼比兴,说那人就像流水一样,随着春天的逝去而去远了。"春"也是象征他们的欢聚,可惜不能长久。"行云终与谁同",用巫山神女"旦为朝云,暮为行雨"(见《高唐赋》)的典故,说她像传说中的神女那样,不知又飘向何处,依附谁人了。"酒醒长恨锦屏空",人是早已走了,再也不回来了。可是,那情感却一直留了下来。每当夜阑酒醒的时候,总觉得围屏是空荡荡的,他永远也找不回能够填满这空虚的那一段温暖了。正因为她像行云流水,不知去向,所以只好在梦里相寻了。"相寻梦里路,飞雨落花中",在春雨飞花中,他独个儿跋山涉水,到处寻找那女子。尽管这是在梦里吧,他仍然希望能够找到她。小

临江仙（梦后楼台高锁）　晏几道

晏是一位没落的贵公子,他的有些词还是能以同情而严肃的态度塑造底层女子的形象。这二句便有一种不能自已的真情实感,有意无意之间还向我们揭示他心中有一种对美好事物执着追求的崇高情操。

这首词写情婉转而含蓄。词人正面写了与女子的初见、重逢,至于锦屏前的相叙,他俩更接近了,但词人却没有正面写,只是通过"锦屏空"来透露,这样写就更耐人寻味,更给人以深刻的印象。梦中相寻路上的"飞雨落花",这一句写得也很含蓄,不仅给梦境以迷蒙的色彩,而且含蓄地暗示出女子的遭遇和梦中的难寻,同时还透露出小晏无可奈何的情怀,抒发了自己生活中的真正哀愁。

(刘逸生)

临　江　仙   晏几道

梦后楼台高锁,酒醒帘幕低垂。去年春恨却来时。落花人独立,微雨燕双飞。　　记得小蘋初见,两重心字罗衣。琵琶弦上说相思。当时明月在,曾照彩云归。

这是晏几道词的代表作。在内容上,它写的是《小山词》中最习见的题材,对过去欢乐生活的追忆,并寓有"微痛纤悲"的身世之感;在艺术上,它表现了《小山词》特有的深婉沉着的风格。可以说,这首词代表了作者在词的艺术上的最高成就,堪称婉约词中的绝唱。

本词当是别后怀思歌女小蘋之作。上片用两个六言句对起。午夜梦回,只见四周的楼台已闭门深锁;宿酒方醒,那重重的帘幕正低垂到地。"梦后""酒醒"二句互文,写眼前的实景。对偶极工,意境浑融。"楼台",当是昔时朋游欢宴之所,而今已人去楼空。词人独处一室,在阒寂的阑夜,更感到格外的孤独与空虚。企图借醉梦以逃避现实痛苦的人,最怕的是梦残酒醒,那时更是忧从中来,不可断绝了。《小山词》中常见"梦""酒"等语,多有深意,这里的"梦"字,语意相关,既可能是真有所梦,重梦到当年听歌笑乐的情境,也可指"悲欢合离之事,如幻如电,如昨梦前尘"(《小山词·自序》)。如作者《踏莎行》词云:"从来往事都如梦,伤心最是醉归时。"也许,此时已是"君龙疾废卧家,廉叔下世"之后了。起二句情景,非一时骤见而得之,而是词人经历过许多寥寂凄凉之夜,或残灯独对,或酽酒初醒,遇诸目中久矣,忽于此时炼成此十二字,始如弥勒弹指,得现"华严境界"(《艺蘅馆词选》引康有为评)。所谓"华严境界",是说它已进入佛家的空寂之境,这种空寂,正是词人内心世界的反映,是真正的"伤心人"的感受。"去年春恨却来时"，一句承上启下，转入追忆。"春恨"，因春天的逝去而产生的一种莫名的怅惘。点出"去年"二字，说明这春恨的由来已非一朝一夕的了。同样是这春残时节，同样恼人的情思又涌上心头——"落花人独立，微雨燕双飞"！孤独的词人，久久地站立庭中，对着飘零的片片落英；又见双双燕子，在霏微的春雨里轻快地飞去飞来。"落花""微雨"，本是极清美的景色，在本词中，却象征着芳春过尽，美好的事物即将消逝，有着至情至性的词人，怎能不黯然神伤？燕子双飞，反衬愁人独立，因而引起了绵长的春恨，以致在梦后酒醒时回忆起来，仍令人惆怅不已。这种韵外之致，荡气回肠，真教后世的读者也不能自持，溺而难返了。

谭献谓"落花"二语"名句千古，不能有二"（《谭评词辨》卷一），颇引起近人议论。论者谓此二语出自五代翁宏《宫词》（一作《春残》）："又是春残也，如何出翠帷？落花人独立，微雨燕双飞。寓目魂将断，经年梦亦非。那堪愁向夕，萧飒暮蝉辉。"其实，宋词袭用前人成句，已成惯例，毋须指摘。好句，往往是要与全篇融浑在一起的。翁诗全首平庸，"落花"二语在其中殊不特出。小晏一把它化入词中，妙手天然，构成一凄艳绝伦的意境。以故为新，点铁成金，具见词家手段。

换头一句，是全词关键。"记得"，那是比"去年"更为遥远的回忆，是词人"梦"中所历，也是"春恨"的原由。小蘋，歌女名，是《小山词·自跋》中提到的"莲、鸿、蘋、云"中的一位。小晏好以属意者的名字入词，以纪其坠欢零绪之迹，而小蘋更是他所深深眷恋的："小蘋若解愁春暮，一笑留春春也住"（《木兰花》）、"小蘋微笑尽妖娆"（《玉楼春》），可想见她是个天真烂漫、娇美可人的少女。本词中特标出"初见"二字，用意尤深。也许，尔后的许多情事，都会随着岁月的流逝而逐渐淡忘，而相识时的第一印象却是永志于心的。梦后酒醒，首先浮现在脑海中的依然是小蘋初见时的形象——"两重心字罗衣，琵琶弦上说相思。"她穿着薄罗衫子，上面绣有双重的"心"字。宋代妇女衣裙上每有"𢚩"形图案，类似小篆的"心"字（见宋画《女孝经图》），欧阳修《好女儿令》词也有"一身绣出，两同心字"之语。小晏词中的"两重心字"，还暗示着两人一见钟情，日后心心相印。小蘋也由于初见羞涩，爱慕之意欲诉无从，唯有借助琵琶美妙的乐声，传递胸中的情愫。弹者脉脉含情，听者知音沉醉，与白居易《琵琶行》"低眉信手续续弹，说尽心中无限事"同意。"琵琶"句，既写出小蘋乐技之高，也写出两人感情上的交流已大大深化，不仅是目挑眉语了。也许小晏的文名，使小蘋在见面之前已暗暗倾心了吧。

"当时明月在，曾照彩云归。"一切见诸形相的描述都是多余的了。不再写两人的相会、幽欢,不再写别后的思忆。词人只选择了这一特定镜头:在当时皎洁的明月映照下,小蘋,像一朵冉冉的彩云飘然归去。李白《宫中行乐词》:"只愁歌舞散,化作彩云飞。"又,白居易《简简吟》:"大都好物不坚牢,彩云易散琉璃脆。"彩云,因以指美丽而薄命的女子,其取义仍从《高唐赋》"旦为朝云"来,亦暗示小蘋歌妓的身份。结两句因明月兴感,与首句"梦后"相应。如今之明月,犹当时之明月,可是,如今的人事情怀,已大异于当时了。梦后酒醒,明月依然,彩云安在?在空寂之中仍旧是苦恋,执着到了一种"痴"的境地,这正是小晏词艺术的深度和广度上远胜于"花间"之处。

　　在结构上,本词也颇具特色。上半阕写"春恨",梦后酒醒,落花微雨,皆春恨来时的情境;下半阕写"相思",追忆"初见"及"当时"的情况,表现词人苦恋之情、孤寂之感。过片二句是全词枢纽,最为吃紧,虽与首二句对称,字数、平仄俱同,而作法各别:起处用对偶,辞语致密;过片却用散行,辞旨疏宕,另起新意。全词以虚笔作结,自有无穷感喟蕴蓄其中,情深意厚,耐人寻味。《白雨斋词话》评此词曰:"既闲雅,又沉着,当时更无敌手。"其实何止当时,恐百世之后亦难乎为继了。

(陈永正)

蝶　恋　花　　　　　　　　　　　　　　　晏几道

初撚霜纨生怅望。隔叶莺声,似学秦娥唱。午睡醒来慵一饷,双纹翠簟铺寒浪。　　雨罢蘋风吹碧涨。脉脉荷花,泪脸红相向。斜贴绿云新月上,弯环正是愁眉样。

　　这首小词写一位女郎午睡醒后的闲愁。取材固然未离于传统闺阁生活,但情景相生而又契合无间,设喻新巧而又隽永传神,具有独特的境界。

　　词之开首,一位幽怨缠绵的闺中女子便跃然纸上。她手执洁白的纨扇,无语凝思,怅然怀想。她在想什么呢?也许是在思念远方的情人,也许是在伤惋青春的易逝。李白的《折荷有赠》有"相思无因见,怅望凉风前"句,这里似暗用李诗意境。"撚"意为用手指轻轻搓转,表现执扇时怅然无绪的情态,极为传神。"初""生"二字,前后关联,暗示因节序变换,令闺中人顿生新的怅望之情。空闺独守,本已寂寞难耐,偏又有"隔叶莺声",撩人意绪。把莺声比似学秦娥之唱。扬雄《方言》:"娥,好也。秦晋之间,凡好而轻者谓之娥。"此言年轻貌美的女子,其歌声之美可知。以莺声之欢快,反衬人心之怅恨,命意与着笔确有含蓄蕴藉之妙。莺啼婉啭,是实处着笔;闺中索寞,则是虚处命意,运实于虚,终无一字点破。"午睡醒来"二句,深一层写闺中女郎百无聊赖的孤寂情状。她午睡醒后,好一会儿还娇困无力,那铺在床上的双纹翠席,犹如平展着清凉的细浪。这两句点出睡醒,而由翠簟联想起寒浪,又引出了下片的出户看花。

过片以后,词境展拓,由上片闺房绣阁的狭小天地,转为户外优美的自然场景:夏雨初霁,徐徐的和风吹拂着新涨的碧水,那水中荷花,带着晶莹的雨珠,亭亭玉立,摇曳生姿。"碧涨",是由上片的"寒浪"引出,"寒浪"是虚喻,"碧涨"是实写,前虚而后实,意脉不断,运意十分灵活。"脉脉"二句,更是传神入化之笔。作者赋予雨后荷花以人的风韵和感情,它含情脉脉,泪珠在脸,有情有思。白居易以"玉容寂寞泪阑干,梨花一枝春带雨"状杨玉环容貌,与此有着异曲同工之妙,但白诗以花喻人,何者为喻体,何者为被喻体,不难看出。这里的荷花已跳出物象,"红相向"三字,似写朵朵红荷,摇曳相映,实写荷花带雨,向人脉脉欲语;人带泪珠,对之黯然神伤。是花是人,迷离莫辨,已达到物与人交融,浑然合一的境地。结拍二句,时间由午后过渡到夜晚,写新月初上的景象。作者于依托明月遥寄相思的传统作法上,能自出新意,别开境界。"绿云"明指夜空浮云,暗喻女郎乌发。"新月"傍云而上,犹如女郎愁眉,蹙于乌发之下。新月弯弯的,不正是愁眉的模样吗?作者运用双关的委婉手法,既借月夜之景,抒写怀人之情;又避开对形象作直露的绘形钩貌,而是以新月状人之愁眉,通过景物的暗示性和象征性,使读者获得联想生发的广阔天地,使情与境谐,造成浓重的情绪气氛。

前人对小山词向有"词情婉丽""曲折深婉"的评价。这首《蝶恋花》的最大特色,在于情景交融,以景衬情。词的上片,全藉细节和衬景构成一幅和谐的闺中闲眠图,而闺中人独处空闺的闲愁,都被织入此画之中。词的下片,纯以花、月状人,句句辞兼比兴,处处意存双关。全词室内景物与户外景色相生,女郎容态与自然景致相映,读后倍觉生意跃于纸上,情思溢于纸外,不失为"曲折深婉"的佳作。

(顾伟列)

蝶　恋　花　　　　　　　　　　晏几道

醉别西楼醒不记,春梦秋云,聚散真容易。斜月半窗还少睡,画屏闲展吴山翠。　　衣上酒痕诗里字,点点行行,总是凄凉意。红烛自怜无好计,夜寒空替人垂泪。

这是一首怀旧词。

首句忆昔,凌空而起。往日醉别西楼(泛指欢宴之所),醒后却浑然不记。这似乎是追忆往日某一幕具体的醉别，又像是泛指所有的前欢旧梦。似实似虚，笔意殊妙。晏几道自作《小山词序》中说他自己的词，"所记悲欢合离之事，如幻如电，如昨梦前尘"。沈祖棻《宋词赏析》借此说这句词，"极言当日情事'如幻如电，如昨梦前尘'，不可复得"，"抚今追昔，浑如一梦，所以一概付之'不记'"，是善体言外之意的。不过，这并不妨碍词人在构思时头脑中有过具体的"醉别西楼"一幕的回忆。联系下两句来吟味，这种由具体情事引出一般人生感慨的痕迹便看得更加清楚。

"春梦秋云，聚散真容易"，袭用其父晏殊《木兰花》"长于春梦几多时，散似秋云无觅处"词意。两句用春梦、秋云作比喻，抒发聚散离合不常之感。春梦旖旎温馨而虚幻短暂，秋云高洁明净而缥缈易逝，用它们来象喻美好而不久长的情事，最为真切形象而动人遐想。"聚散"偏义于"散"，与上句"醉别"相应，再缀以"真容易"三字，好景轻易便散的感慨便显得非常强烈。这里的聚散之感，视"春梦秋云"之喻，似主要指爱情方面，但与此相关的生活情事，以致整个往昔繁华生活，也自然可以包举在内。

接下来两句，从离合之感拍到眼前的实境。斜月已低至半窗，夜已经深了。由于追忆前尘，感叹聚散，却仍然不能入睡。而床前的画屏却在烛光照映下悠闲平静地展示着吴山的青翠之色。这一句看似闲笔，其实正是传达心境的妙笔。在心情不静、辗转难寐的人看来，那画屏上的景色似乎显得特别平静悠闲，这"闲"字正从反面透露了他的郁闷伤感。这里有怨物无情的意思，却含而不露。

"衣上酒痕诗里字，点点行行，总是凄凉意。"过片承上"醉别"。"衣上酒痕"，是西楼欢宴时留下的印迹；"诗里字"，是筵席上题写的词章。它们原是欢游生活的表记，只是如今旧侣已风流云散，回视旧欢痕迹，翻引起无限凄凉意绪。前面讲到"醒不记"，这"衣上酒痕诗里字"却触发他对旧日欢乐生活的记忆。读到这里，可知词人的聚散离合之感和中宵辗转不寐之情即由此而生。作者把它放在过片这个关键位置上，既自然地解释了上片所抒感慨之因，又为下面的描写张本，而且使全篇的结构不显得平直，充分表现出构思的精妙。

结拍两句，化用杜牧《赠别》"蜡烛有心还惜别，替人垂泪到天明"诗意，直承"凄凉意"而加以渲染。人的凄凉，似乎感染了红烛。它虽然同情词人，却又自伤无计消除其凄凉，只好在寒寂的永夜里空自替人长洒同情之泪了。小杜诗里的"蜡烛"，是人与物一体的，实际上就是多情女子的化身；小晏词中的"蜡烛"，却只是拟人化的物，有感情、有灵性的物。从自然深挚方面看，小杜诗似更胜一筹；但从构思的曲折方面看，小晏词却自有其胜处。

（刘学锴）

蝶　恋　花　　　　　　　　　　　晏几道

梦入江南烟水路，行尽江南，不与离人遇。睡里消魂无说处，
觉来惆怅消魂误。　　　欲尽此情书尺素，浮雁沉鱼，终了无凭
据。却倚缓弦歌别绪，断肠移破①秦筝柱。

〔注〕　① 移破：犹云移尽或移遍也。张相《诗词曲语辞汇释》：破，犹尽也，遍也，煞也。

　　岑参《春梦》诗：“洞房昨夜春风起，遥忆美人湘江水。枕上片时春梦中，行尽
江南几千里。”晏几道是否到过江南，是否有“心上人”在江南，难以稽考；这首词
上片起三句：“梦入江南烟水路，行尽江南，不与离人遇”，似用岑诗语意，未必是
写实。它说梦游江南，梦中始终找不到离别的“心上人”。“行尽”二字，状梦境倏
忽和求索之苦；求索之苦又反映思念之深，出于梦中的潜意识活动，深更可知。
“烟水路”三字写出江南景物特征，使梦境显得优美。上下句“江南”叠用，加深感
情力量。接着两句：“睡里消魂无说处，觉来惆怅消魂误”，这两句写得最精彩，它
表示梦中找不到“心上人”的“消魂”情绪无处可说，已经够难受；醒来寻思，加倍
“惆怅”，更觉得这“消魂”的误人。“消魂”二字，也是前后重叠；但在重叠中又用
反跌机势，递进一层，比“江南”一词的重叠，更为曲折，自然也就倍增绵邈。这种
以反跌为递进的句法，词中也不多见。宋徽宗《燕山亭》：“怎不思量？除梦里有
时曾去。无据，和梦也新来不做”，辛弃疾《贺新郎》：“不恨古人吾不见，恨古人不
见吾狂耳”，比较典型。晏几道词喜用这种句法，如《鹧鸪天》：“从别后，忆相逢，
几回魂梦与君同？今宵剩把银釭照，犹恐相逢是梦中”，《阮郎归》：“梦魂纵有也
成虚，那堪和梦无”，都是。

　　上片写梦中无法找到离人，下片改变念头，想到写信。起三句：“欲尽此情书
尺素，浮雁沉鱼，终了无凭据”，说的是写了信要寄无从寄出，寄了也得不到回音。
相思之情，真到了无可弥补、无可表达的地步了，那只好借音乐来排遣。结尾两
句：“欲倚缓弦歌别绪，断肠移破秦筝柱”，用的乐器是秦筝。古筝弦、柱十三，每
根弦有柱支撑，“柱”左右移动以调节音高，弦急则高，弦缓则低。他借低音缓弦
抒发伤别的情怀，移遍筝柱不免是“断肠”之声。只用“缓弦”“移柱”来表达其“幽
怀难写”，行动的描写比言辞的表白更为鲜明有力。

　　这首词语言清疏明畅，但写情从做梦到寄信，到弹筝，节节递进，节节顿挫，
又显得沉挚有力。冯煦《宋六十一家词选·例言》说作者和秦观，都是“古之伤心
人”，所以写出来的词，是“淡语皆有味，浅语皆有致”。这首词真可说是“浅语有

致"的。晏殊、晏几道父子的词风,有相同处,也有不同处,周济《介存斋论词杂著》说"小晏精力尤胜"。所谓"精力"之胜,不是才力、笔力超过其父,而是他写词时更敢于纵情抒写,政治上、生活上又比其父有更多的"伤心"之事,所以写出来更有一股郁积、盘旋的力量。

(陈祥耀)

鹧　鸪　天　　　　　　　　　　　晏几道

彩袖殷勤捧玉钟,当年拚却醉颜红。舞低杨柳楼心月,歌尽桃花扇影风。　　从别后,忆相逢,几回魂梦与君同?今宵剩把银釭照,犹恐相逢是梦中。

这首词是晏几道与一个相熟的女子久别重逢之作。这个女子可能是晏几道自撰《小山词序》中所提到的他的朋友沈廉叔、陈君龙家歌女莲、鸿、𬞟、云诸人中的一个。晏几道经常在这两位朋友家中饮酒听歌,与这个女子是很熟的而且有相当爱惜之情的,离别之后,时常思念,哪知道现在忽然不期而重遇,又惊又喜,所以作了这首词。上半阕写当年相聚时欢乐之况,下半阕写今日重逢时惊喜之情。

上半阕叙写当年欢聚之时,歌女殷勤劝酒,自己拼命痛饮,歌女在杨柳围绕的高楼中翩翩起舞,在摇动绘有桃花的团扇时缓缓而歌,直到月落风定,真是豪情欢畅,逸兴遄飞。词中用了许多漂亮的颜色字面,如"彩袖""玉钟""醉颜红""杨柳楼""桃花扇"等,写得非常绚烂。但是,所有这一切并不是作词时当前的情况,乃是追忆往事,似实而却虚,所以它不像一幅固定的图画,而像一幕电影,在眼前一现,又化为乌有。

下半阕叙写久别重逢的惊喜之情。"银釭"即是银灯;"剩",只管。末二句虽是从杜甫《羌村》诗"夜阑更秉烛,相对如梦寐"两句脱化而出,但是表达得更为轻灵婉折,不像杜甫诗那样悲怆沉重。这是因为杜甫作此诗时是在战乱期间,而久别重逢的对象则是妻子儿女,晏几道作此词是在承平之世,而久别重逢的对象则是相爱的歌女,情况不同,则情致各异,而词体与诗体也是有所区别的。词中说,在别离之后,回想欢聚时(即是上半阕所写情况),常是梦中相见,而今番真的相遇了,反倒疑是梦中。情思委婉缠绵,辞句清空如话,而其妙处更在于能用声音配合之美,造成一种迷离惝恍的梦境,有情文相生之妙。下半阕共计二十七个字,其中有十六个字是阳声(凡字尾带m、n、ng等鼻音者为阳声),即是"从""相""逢""魂""梦""君""同""今""剩""银""釭""恐""相""逢""梦""中"等,而在这十六个阳声字中,收尾是 ong 韵母者有八个字,即是"从""逢""梦""同""恐""逢""梦""中"。这八个 ong 韵母的字,分散在这几句中,反复出现,使我们读起来,仿佛是听一个谐美的乐曲,其中经常有嗡嗡的声音,引入一种似梦非梦的境界,恰好与词中所要表达的情思相配合,而增强其感染力。

总之,晏几道这首词的艺术手法,上半阕是利用彩色字面,描摹当年欢聚情况,似实而却虚,宛如银幕上的电影,当前一现,倏归乌有;下半阕抒写久别相思不期而遇的惊喜之情,似梦而却真,利用声韵的配合,宛如一首乐曲,使听者也仿佛进入梦境。全词不过五十几个字,而能造成两种境界,互相补充配合,或实或虚,既有彩色的绚烂,又有声音的谐美,这就是晏几道词艺高妙之处。

文学与艺术意境是可以相通的。苏轼说王维"诗中有画,画中有诗",这是说,诗与画的意境可以相通,读诗时仿佛是欣赏一幅画,而观画时又好像是吟诵一首诗。由此意推而广之,我们在读古人诗词时,不但常是如同观画,而且有时仿佛是看到一幕电影,或是聆听一曲乐歌,晏几道这首《鹧鸪天》词即是如此。

晏几道是晏殊之幼子。晏殊久居相位,其门生故吏,多据要津,晏几道如果想仕宦腾达,是很有机会的。但是晏几道为人耿介恬淡,厌恶仕途混浊,"仕宦连蹇,而不能一傍贵人之门"(黄庭坚《小山词序》)。他只作过监颍昌许田镇的小官,旋即退居京都私第。晏几道既不肯与达官贵人往还,而出身于贵公子,又不能到社会下层中去,于是他觉得,在相知友好家中所遇到的几个歌女,如"莲、鸿、蘋、云"等,倒还天真淳朴,不似官场中人之混浊鄙俗,所以愿意和她们相处,而寄予爱赏与同情。其《小山词》中所抒写的多是这一类的情事,这首《鹧鸪天》词也是一个例证。近来论词者有人认为,晏几道的为人很像《红楼梦》小说中的人物贾宝玉,这个意见是相当有道理的。

(缪　钺)

鹧　鸪　天　　　　　　　　晏几道

一醉醒来春又残,野棠梨雨泪阑干。玉笙声里鸾空怨,罗幕香中燕未还。　　终易散,且长闲。莫教离恨损朱颜。谁堪共展鸳鸯锦,同过西楼此夜寒!

好春易逝,离恨常萦,词人心中有着无穷的幽怨。要知道,料峭的春寒之夜,是最难熬过的,他多害怕孤独,害怕这无法摆脱的孤独!

一起二句,已是摄神之笔:昨夜里一番沉醉,今朝酒醒,又是春残时候。啊,野棠梨上的宿雨,跟我的悲泪一样纵横。"一醉",写昨夜借酒以遣寂寞之怀;"春又残",本与醉醒之事全无干涉,词中把它们捏在一起,则有两重意思:酒醒之后,雨飘花落的情景,触眼生悲,词人蓦地感到,春天真的过去了;另一重意思是:往日的欢娱,如昨梦前尘,一切美好的情事全都消失了。如小晏词集自序云:"感光阴之易迁,叹境缘之无实"。真不胜世事沧桑之感,令读者也为之掩卷怃然。春残,以"野棠梨雨"表之,而带雨的棠梨又暗喻流泪的人。次句虽从白居易《长恨歌》"玉容寂寞泪阑干,梨花一枝春带雨"化出,然情景交融,自能摇人心魄。三、四句写与情人别后的情景:在悠扬的玉笙声里,孤鸾空自哀怨;罗幕中余香馥郁,去燕犹未归来。"鸾",谓孤鸾,失偶的鸾鸟,这里当为词人自喻。又古乐曲有《孤鸾》之曲,其声哀怨,故"鸾空怨"三字,语意相关。"罗幕",指房中的帷幕。燕子穿过高楼的重重帘幕,回到旧日巢中,本是古诗词中常见的情景,而此词谓"燕未还",则指离别了的情人还未回来。两句写尽独处时的凄凉况味:在帘下百无聊赖地吹笙,想念着远别的情人,心中充满了哀怨。

　　过片三句,强作自我解慰之语:我也知道,欢聚总是易散的,不如暂且在悠闲中度日吧。不要让离愁别恨损害了青春美好的容颜。在行文中故作退让,用表面豁达的语言来表现怨极而无可奈何的心境。可是,尽管一再说"终易散,且长闲",小晏,这古之伤心人,是不可能真正这样觉悟的,他还是要让那千万缕割不断的情丝去牵系着自己——"谁堪共展鸳鸯锦,同过西楼此夜寒!"这真是一部《小山词》中的彻骨情语。"鸳鸯锦",指绣有鸳鸯图案的锦被,象征着男女的和合。"西楼",是词人青年时欢会之地,小晏词中屡见。如《满庭芳》"西楼题叶,故园欢事重重",《蝶恋花》"醉别西楼醒不记",《少年游》"西楼别后,风高露冷",其址当在汴京城中。末两句写无望的相思。春寒料峭,长夜漫漫,西楼怅卧,谁共晨夕?当时"共展鸳鸯锦"的美好时光,已不再会有了,所余下的只是永久的孤独和哀伤。唯有痛饮至醉,以度过这难明的寒夜吧。

　　本词在结构上亦颇具特色。以长调章法入于小词。扣首则尾应,扣尾则首应,扣其中则首尾俱应。"一醉醒来",已伏下"西楼此夜寒"一笔;"鸾空怨""燕未还",已伏下"谁堪共展鸳鸯锦"一笔。这一切,都使词人悲不自胜,两泪纵横,唯有强自宽解,以免损毁朱颜——也许在词人的内心深处,还盼望着有重聚的一天吧。

(陈永正)

鹧　鸪　天　　　　　　　　　　晏几道

守得莲开结伴游,约开萍叶上兰舟。来时浦口云随棹,采罢江

边月满楼。　　花不语，水空流，年年拚得为花愁。明朝万一
西风动，争奈朱颜不耐秋。

　　写青年妇女采莲的诗歌，自南朝乐府以来，就有许多动人的篇章。《子夜夏
歌》："乘月采芙蓉，夜夜得莲子。"用"莲"字谐"怜"字音，暗指对心中人的爱怜，借
采莲事表达爱情；李白《渌水曲》："荷花娇欲语，愁杀荡舟人。"写采莲人见了荷花
的美丽而自伤；王昌龄《采莲曲》："乱入池中看不见，闻歌始觉有人来。"写采莲人
和莲花一样美，在池塘中两者相混，分辨不出，形象都很优美。在词中，李珣的
《南乡子》，也能写出采莲人"棹歌惊起睡鸳鸯"，"带香偎伴笑"，"竞折圆荷遮晚
照"的天真情态。

　　这首词也是写采莲的，别具风貌。它不着重写莲花或采莲人的外表美，而着
重写采莲的环境美和采莲人的心灵美。上片："守得莲开结伴游，约开萍叶上兰
舟。"一群女子为了采莲，她们长时期地等候莲花盛开，莲花开了，她们便结伴去
采。湖塘里长满浮萍，她们要上船，得先轻轻地把它拨开。写出了莲开前的耐心
等待，采莲前的细致动作。"来时浦口云随棹，采罢江边月满楼。"写采莲过程，采
莲环境。夏天白昼云雾少，采莲又不会等到傍晚才开始；句中的"云"，应该不是
指午云、晚云而是指晓云。它写的是采莲人到了浦口，晓日初升，尚未消散的云
气笼罩在她们船棹周围；她们采莲休工回到江边，夜月已上，人家的楼台上已照
满月光。这本来是写从早到晚地采莲，写劳动的辛苦的，但作者却把景色写得很
幽美。对于环境的这样渲染，是为了把采莲的劳动和采莲人烘托得更为动人
一些。

　　下片，写采莲人的心理活动，这是她们最美的方面。她们的心灵是那样的
单纯、多情，她们爱惜莲花，为莲花的遭遇担忧。当然，她们在采莲中，也从莲
花身上看到自己的影子。好花本来就是少女美丽容颜的象征；好花易谢当然
也象征着少女的青春易逝、好景不常。她们爱惜莲花、关切莲花，和爱惜自己
的青春、关切自己的命运有密切的联系，自然而然地就会对于前者注入更大的
深情。"花不语，水空流"，好花无语，流水无情，深情无法倾诉，好景不断流逝，
人无可如何，花也无可如何，那就只有"年年拚得为花愁"了。美好的事物无法
保护，只能给心灵蒙上了阴影，带来了悲伤。那么，最急迫的"愁"是什么呢？
"明朝万一西风动，争奈朱颜不耐秋。"怕万一西风骤然吹来，艳丽的莲花抵挡
不住，马上就陷于飘零、憔悴。"朱颜"，指花，在拟人写法中进一步表现人心和
花贴紧的感情了。这一片，着笔无多，却能细腻地写出采莲人的心灵美好而承

受的却是悲伤。词在艺术上兼有民歌的清新明净和文人词的隽雅含蓄,都有
其动人之处。

(陈祥耀)

鹧 鸪 天

晏几道

斗鸭池南夜不归,酒阑纨扇有新诗。云随碧玉歌声转,雪绕红
琼舞袖回。　　今感旧,欲沾衣。可怜人似水东西。回头满
眼凄凉事,秋月春风岂得知!

这是一首感旧之词。上片写当年在斗鸭池边征歌逐舞、饮酒赋诗的盛况,下
片写分离后的凄凉冷落。对比鲜明,感慨系之,已是中年以后的情怀了。

斗鸭,古人好作此戏。在池畔筑栏,使鸭相斗,以为笑乐。首两句写卜昼
卜夜的游赏欢宴。酒阑之后,兴犹未尽,还在歌女的纨扇上题遍绮丽的新诗,
可以想见词人的才情意气。两句用淡墨浅染,略点时地和宴乐的兴致,然后用
浓墨重彩钩勒:看哪! 天上的云,也像随着碧玉的歌声而飘转;红琼的舞袖回
旋,仿佛裹着一身飞雪。"碧玉"、"红琼",是歌儿舞女的代称。在本词中当指
同一人,也许就是小晏最眷恋的小莲。《小山词》中尚有一首《鹧鸪天》,特为小
莲而作,亦有"云随绿水歌声转,雪绕红绡舞袖垂"之句,语意与本词相仿。小
晏咏歌舞之词,人多赏其"舞低杨柳楼心月,歌尽桃花扇底风"二语,而较少注
意到"云随"、"雪绕"的妙处。古人形容歌声高亢,每谓"响遏行云",几成滥调,
小晏易"遏"为"随"为"转",赋予歌声更大的感染力,真有点铁成金手段。写舞
态婆娑,如流风回雪,亦极生动形象。活色生香,酣歌畅舞,可知小晏此时之
乐,这也是纨扇题诗的内容吧。近世论者,尝举此联与大晏的"重头歌韵响铮
琮,入破舞腰红乱旋"相比,认为两联意同而小晏造语尤胜,宜王国维谓其"矜
贵有余"也。

过片三句,点明"感旧"的主题。追怀往事,不禁泪下沾衣。最令人痛苦的
是,两人像各向东西分流的水那样,再也不能会合在一起了。古乐府《白头吟》:
"蹀躞御沟上,沟水东西流。"这已不是一般的离愁别恨,可能此时已"君龙疾废卧
家,廉叔下世,昔之狂篇醉句遂与两家歌儿酒使俱流转于人间"(《小山词自序》),
小莲也不知去向了。词人发出了深沉的叹息:"回头满眼凄凉事,秋月春风岂得
知!"一切都已经过去了,追忆也是徒然的。依旧是那么皎洁的秋月,依旧是那么
温煦的春风,但,她早已不在眼前了,连同她清越的歌声,连同她妙曼的舞态,所
留给自己的只是满眼凄凉的迟暮之感!"秋月春风"四字,包含了无限的哀思,可

与李后主《虞美人》词"春花秋月何时了？往事知多少"同读。"岂得知"三字，反诘作收，是孤寂的词人绝望之语。 　　　　　　　　　　　　　　（陈永正）

鹧 鸪 天 　　　　　　　　晏几道

醉拍春衫惜旧香。天将离恨恼疏狂。年年陌上生秋草，日日楼中到夕阳。　　　云渺渺，水茫茫。征人归路许多长。相思本是无凭语，莫向花笺费泪行！

此词抒写男女离情，但所咏非与妻室的离别，而是与歌酒场中相悦女性的离别之情。作者在其自作的《小山词》的序中说："始时，沈十二廉叔、陈十君龙家有莲、鸿、蘋、云，品清讴娱客，每得一解，即以草授诸儿，吾三人持酒听之，为一笑乐。"由于他和沈、陈是好朋友，常和他们及其家的歌女莲、鸿、蘋、云聚会宴乐，于是他和沈、陈及莲、鸿等的离合悲欢，常成为他词中歌咏的内容，如其"自序"所说的：他的"狂篇醉句"，"遂与两家歌儿酒使俱流转于人间"。男女歌酒宴乐，在宋代词人生活中是习以为常之事，而在晏几道则别有一番作用，即是如后来姜白石所说的："仗酒祓清愁，花消英气。"（《翠楼吟》）他的父亲晏殊为一代显宦，富弼、范仲淹、欧阳修、王安石等皆出门下，而他晚途仕宦连蹇时，却"不能一傍贵人之门"，"遂陆沉于下位"（俱见黄庭坚《小山词序》）。因此，他常纵情歌酒，以排遣其生平抑郁不平之怀，而形之于词，使其词具有顿挫磊落之致，而读者亦可以略见其身世之感及鲜明个性。

　本词的起二句以激情的活动形容离恨之被勾起，及其无法排遣之状。"旧香"是往日与伊人欢乐的遗泽，乃勾起"离恨"之根源，其中凝聚着无限往昔的欢乐情事，自觉堪惜，"惜"字饱含着对旧情的深切留念。而"醉拍春衫"则是产生"惜旧香"情思的活动，因为"旧香"是存留在"春衫"上的。句首用一"醉"字，可使人想见其纵恣情态，"醉"，更容易触动心怀郁积的情思。次句乃因"惜旧香"而激起的无可奈何之情。"疏狂"二字是作者个性及生活情态的自我品题。"疏"为阔略世事之意，即黄庭坚《小山词序》所说的"磊落权奇，疏于顾忌"，"不能一傍贵人之门"等个性的表现。"狂"为作者生活情态的概括。他的《阮郎归》曾说"殷勤理旧狂"，可见"狂"在他并非偶然，而是生活中常有的表现。"莫问逢春能几回，能歌能笑是多才"（《浣溪沙》），"彩袖殷勤捧玉锺，当年拚却醉颜红。舞低杨柳楼心月，歌尽桃花扇底风"（《鹧鸪天》），俱是其生活狂态的具体写照。这句意谓以自己这个性情疏狂的人却被离恨所烦恼而无法排遣，而在句首着一"天"字，使人觉得他的无可奈何之情是无由开解的。人情总是在处于绝境时把根源归之于天，早在《诗经》中就有"天实为之，谓之何哉！"（《邶风·北门》）同是一种极端矛盾心情的表露。

三、四两句紧接着从时空两方面形容其长久遭受离恨折磨的情状。"秋草"为一年衰晚之象，"夕阳"为一日垂暮之景。陌上秋草，年年自生，楼上夕阳，日日照到，二句纯属客观景象，而与上句紧相承接，则为表现离恨之无限深重而设，综合二句，即觉其中俨然有个倚楼怅望陌上之人，其人年年日日都在迷惘中度过，使读者感到人物景象，一片浑茫。这种运用赋的手法，因情敷景，布景织情，是小晏的一种常用抒情手法，如其《临江仙》，于"去年春恨却来时"之后，紧承以"落花人独立，微雨燕双飞"，即是脍炙人口的名句。

下阕从可以解除离恨的方面着想。欲解离恨莫如命驾归去，或书问慰藉，然归途遥远，书讯难凭，则离恨终将无可消释。"云渺渺，水茫茫"二句，看来纯属景语，承以"征人"句，道出主人公于楼上怅望时的感觉，即景生情，以景喻情，使自然界辽阔的云水，俱织入主人公的情思之中。小晏曾在其"自序"中谓"感物之情，古今不易"，然写来固自多方。我们读这首词，可与李白的《菩萨蛮》对照玩索，二词所写同为羁旅思归之情，其情俱生于楼上怅望，只是时间长短及系情的景物彼此殊异，而写来异曲同工，不过李词表情细微深婉，而晏词则豪迈俊爽耳。

末二句的表情乃由上写各种情节逼出，意谓离恨之深重，直是无从表达。在云水渺茫远隔的异乡，年年日日的相思之情何可胜道，而这一切只有自己独自体味感受到，故云"无凭语"，即是拿什么说呢？怎么说呢？由此乃发出最后一句。"莫向花笺费泪行"虽是决绝之辞，却是情至之语，从中带出已往情事，当是曾向花笺多费泪行，如《西厢记》所说，把书信"修时和泪修，多管阁着笔尖儿未写早泪先流"。"泪行"，双关文字与泪水之成行。既然离恨这般深重，非言辞所能申写，如果再"向花笺费泪行"，那便是虚枉了。小晏也曾在一首《采桑子》中写道："长情短恨难凭寄，枉费红笺。"情意正同。总之，此二句意谓此际相思之情，绝非言语所能表达得出来的。

小晏把他自己的词编集，名曰"补亡"，"以谓篇中之意，昔人所不遗，第于今无传耳。"基于这种创作思想，所以他在词中往往能道出眼前之事，为人人心中之所欲言，使读者感到非常惬意，说来非常新鲜，却不纤巧，倒觉得很老实，而情意又极深重。况蕙风《蕙风词话》所主张的"重、拙、大"的标准，在《小山词》里颇多合者，从这首词里也可看到这一艺术特点。

　　　　　　　　　　　　　　　　　　　　　　　　　（胡国瑞）

鹧　鸪　天　　　　　　　　　　　　晏几道

小令尊前见玉箫，银灯一曲太妖娆。歌中醉倒谁能恨？唱罢
归来酒未消。　春悄悄，夜迢迢。碧云天共楚宫遥。梦魂惯
得无拘检，又踏杨花过谢桥。

　　疏狂落拓的词人，参加一次春夜的宴会，遇到一位美艳的女郎。在璀璨的银
灯下，歌酒共欢，不知不觉沉醉了。可是，好事难成，聚散匆匆，夜阑归后，梦魂又
悄悄地回到她的身旁。……

　　小晏此词，近世论者，多以为是怀人之作，谓上片写昔时相见，下片写今日相
思。但细细体味词意，全首写的都是初见当夜的情事，上下两片在时间上紧紧衔
接，并没有所谓久别怀人之意。

　　“小令”二句，写两人初逢的情境。“尊前”，点酒筵；“银灯”，点夜晚；“玉箫”，
指在筵席上侑酒的歌女。唐范摅《云溪友议》载，韦皋与姜辅家侍婢玉箫有情，韦
归，一别七年，玉箫遂绝食死，后再世，为韦侍妾。词中以玉箫指称，当意味着两
人在筵前目成心许。在华灯下清歌一曲，醉颊微酡，她实在是太美了！“妖娆”前
着一“太”字，表露了词人倾慕之情，由此而生发出下边几层意思来。

　　“歌中”二句，从“一曲”生出。在她优美的歌声中痛饮至醉，谁又能感到遗恨
啊！在她唱完之后，余音在耳，筵散归来，酒意依然未消。“歌中醉倒”四字甚妙，
起到统摄全篇的作用。表面看来，是说一边听歌，一边举杯酣饮，不觉便酩酊大
醉了，实际上是暗示自己被美妙的歌声陶醉，被美艳的歌者迷醉。美酒，清歌，丽
人，舌尝而知味，耳得而闻声，目遇而成色，三者皆集于此地此时，怎不令人为之
醉倒！一“醉”字，点明命意，情韵悠长，对下片写的春夜梦寻也起到提引的作用。
醉倒，是心甘情愿的。“谁能恨”即无人能恨，三字与柳永《凤栖梧》词“衣带渐宽
终不悔”的“终不悔”，有异曲同工之妙。词人醉得实在是太深太沉了，以致宴会
归来，仍酒意未消。其实，“未消”的不仅是酒意，而是见玉箫而产生的绵绵情意。
两句实中有虚，落笔沉着而用意深婉。

　　过片后，紧接写“归来”的情事。小晏尚有《鹧鸪天》词云：“归来独卧逍遥夜，
梦里相逢酩酊天”，可作本词下片的概括。春意，悄悄地潜进了心中；春夜，又是
那么漫长。唉，我热切想望的女郎，跟那碧云无尽的夜空同样地遥远。“悄悄”二
字，写春夜的寂静，也暗示词人独处时的心境。久不成寐，更觉春夜迢迢。与上
片短暂的欢娱恰成强烈对照。“碧云”句，以天设喻，慨叹由于人为的间阻，使两

人不能互通心愫，侯门如海，要想重见就更是困难了。一“遥”字，与《诗·郑风·东门之墠》“其室则迩，其人甚远”的“远”字用意略同，并不是说两人在道里上相隔很远。若把这理解为远别之辞，则未能领会作者的深意了。“楚宫”，楚王之宫。指代玉箫的居处，亦暗示她“巫山神女”的身份。三句写宴罢归来的刻骨相思，音节特婉妙，能摇我情。

“梦魂”二语，是全词中最精彩之笔。人生经常处在桎梏之中，人们总不能按自己的意愿去行动，思想却是自由的，词人尽可以去恋慕相思，而比思想更自由的是人的“梦魂”，它无拘无束，任意游行，去“实现”现实生活中不可能实现的一切，去追寻现实生活中不可能得到的欢乐。今夜里，词人的梦魂，在迷蒙的夜色中，又踏着满地杨花，悄悄地走过谢桥，去重会意中人了。“惯”，即惯常之意。“谢桥”，谢娘家的桥。唐代有名妓谢秋娘。词中以谢桥指女子所居之地。张泌《寄人》诗：“别梦依依到谢家，小廊回合曲阑斜。多情只有春庭月，犹为离人照落花。”晏词暗用诗意。两句宕开一笔，跌深一层。相思无望，唯是有寤寐求之。以缥缈迷离的梦境反衬歌酒相欢的现实，以梦魂的无拘无束反衬生活中的迢遥间阻，对照之下，更觉深婉有味。末句“又”字，用意尤深，赴宴时踏杨花过谢桥的是现实生活中的人，再来却是虚幻飘忽的梦魂了。一结能生能新，情韵佳绝。据邵博《邵氏闻见后录》载，与小晏同时的学者程颐，听到人诵“梦魂”两句时，笑着说：“鬼语也！”意甚赏之。连这位方正的道学家都受到小晏词的诱惑，可见真正的文艺作品是有其不可抗拒的魅力的。所谓“鬼语”，是因句中幽缈的意境而言，说只有鬼才能写得出来。（陈永正）

鹧鸪天　　晏几道

十里楼台倚翠微，百花深处杜鹃啼。殷勤自与行人语，不似流莺取次飞。　　惊梦觉，弄晴时。声声只道不如归。天涯岂是无归意，争奈归期未可期。

这首词写的是客中闻杜鹃有感。杜鹃，又名子规、杜宇，叫声像“不如归去”，历代诗词作家，由其叫声引起的吟咏颇多。

词的上片“十里楼台倚翠微，百花深处杜鹃啼”，写鹃啼的环境和季节。翠微，青翠的山色，如何逊《仰赠从兄兴宁寘南》：“高山郁翠微”；也用以指代青山，如杜牧《九日齐山登高》：“与客携壶上翠微”。此处指青山，说在靠着青山的十里楼台的旁边，在春天百花盛开的深处，听见了杜鹃啼叫。“殷勤自与行人语，不似流莺取次飞。"说杜鹃在花间不断地叫着,好像对"行人"很有情感,不惜"殷勤"相告,比诸黄莺的随意飞动,对人漠不关心,大不相同。取次,犹随意,黄庭坚《次韵裴仲谋同年》:"烟沙篁竹江南岸,输与鸬鹚取次眠。"也是用这个词来写鸟。"行人"走在春色绚烂的优美环境中,心情本来是会愉悦的,但因为离家作客,所以听了杜鹃叫声,不免会引起思家之念,作客之愁。那么,词中所写的美丽景色,又正好为杜鹃叫声的感人作了反衬。

下片,写"行人"闻鹃啼的心理变化。"惊梦觉,弄晴时,声声只道不如归。"在晴明的春日,杜鹃偏又卖弄它的叫声,"行人"从梦中惊醒,听到的还是声声的"不如归去"。前面路上初闻鹃啼,感到"殷勤";听得太多,睡在床上也被叫得不安,叫的又是一句人所做不到的话,那"行人"心中自然也就变得有点烦躁了。"天涯岂是无归意,争奈归期未可期。"不是自己不想回家,只是自己不能决定回去的日期,生活不能由自己主宰,有什么办法呢?这是在烦躁中的思念,说是自言自语行,说是对杜鹃的回答也行。这里表面上有埋怨鹃鸟无知、强聒难耐的意思,但归根到底,是对真正"作弄"人的生活遭遇的愤慨。这片词,话说得比较直致,但内容还有曲折。

同样听到一种鹃声,不同的诗人、词家,可以从各自的处境、各样的角度写出不同的感受。杜荀鹤的"啼得血流无用处,不如缄口过残春",是愤慨文章无用之言;韦应物的"邻家孀妇抱儿泣,我独辗转为何情",是同情丈夫死在外地的寡妇之言;朱敦儒的"月解重圆星解聚,如何不见人归?今春还听杜鹃啼",是痛心国土沦陷,南北亲人不能团聚之言;范仲淹的"春光无限好,犹道不如归",是豁达之言;杨万里的"自出锦江归未得,至今犹劝别人归",是诙谐之言。晏几道这首词,则是对浪迹在外、有家难归的生活的叹息之言,写得真切,有一定的感染力;结尾两句,用反跌之笔表曲折之情,意境尤深。

（陈祥耀）

生 查 子 　　　　　　　　　　　　　　　　　　**晏几道**

金鞭美少年,去跃青骢马。牵系玉楼人,绣被春寒夜。
消息未归来,寒食梨花谢。无处说相思,背面秋千下。

这是一首思妇词。词中女主人公所思念的对象,是她的丈夫。开头即写出男子形象:"金鞭美少年,去跃青骢马。"至于去作何事,并未言明。这类人物形象,盖本于乐府诗。《乐府诗集》同类主题作品中有两种写法。一种如何逊《长安少年行》:"长安美少年,羽骑暮连翩。玉羁玛瑙勒,金络珊瑚鞭。阵云横塞起,赤日下城圆。追兵待都护,烽火望祁连。……"这是去从军。另一种如李白《少年行》:"五陵年少金市东,银鞍白马度春风。落花踏尽游何处,笑入胡姬酒肆中。"这是去冶游。这两种行为都可以统一在豪俊少年的身上。小晏词中意指何者,无迹象可寻,未便指实。反正他是骑着骏马出门去了,家里留下了一位年少多情的妻子,时刻把他的消息牵挂心头。

全词一共写了四幅画面。一、二两句是第一幅画面,先写"金鞭美少年"的形象,这是女主人公思念的对象。他那扬鞭跃马、威武俊美的英姿,大概就是他临走时所留给女主人公的最后印象。可是,人走了之后呢?紧接着,三、四两句便展示了第二幅画面,镜头开始转到女主人公身上来了。像是有着无形的纽带,她的感情,她的思绪,始终牵系在远出的丈夫身上;到了夜晚,绣被春寒,孤灯独眠,那是多么难耐的寂寞啊!"绣被春寒夜",是通过环境的渲染,来突出人物的孤寂。五、六两句又换了一个镜头,展示了第三幅画面。天天盼,月月盼,寒食节过去了,梨花开了又谢了,一次次地等待,始终没有等到丈夫的音信,随之而来的,只是一次次失望!"寒食梨花谢",是通过节令和景物来暗示出时间的流逝,表现她无限的怅惘。七、八两句,是最后一幅画面,也是最精彩的一个镜头:秋千架下,女主人公背面痴痴地站着,她在默默地承受着相思之苦,无处诉说,也不想对人诉说。——也许,那秋千架是丈夫在家时和她常来的地方吧?也许,她是想来排遣忧闷,但是睹物思人、触物生情,倍感忧伤和凄凉吧?总之,她就那样地站在秋千架下,给人留下了不尽的联想。南宋曾季狸《艇斋诗话》指出:"晏叔原(几道字)小词:'无处说相思,背面秋千下。'吕东莱(本中)极喜诵此词,以为有思致。此语本李义山(商隐)诗,云:'十五泣春风,背面秋千下。'"李商隐的诗写的是少女伤春,晏几道此词则是写思妇怀人,同样的画面,但内涵是不同的。吕本中称它有思致,是很有见地的批评。

这首词写的是女主人公的相思之情,但通篇没有一句直接写她的音容外貌或心理活动,完全通过环境、景物等画面来烘托人物的感情,而让读者自己去联想、去体会。这是它在艺术表现上的主要特色。女主人公的性格是含蓄内向的,整首词的风格也是含蓄蕴藉的,读来极耐人寻味。

（刘德重）

生　查　子　　　　　　　　　　　晏几道

长恨涉江遥,移近溪头住。闲荡木兰舟,误入双鸳浦。

无端轻薄云,暗作帘纤雨。翠袖不胜寒,欲向荷花语。

　　这是一首含蓄婉转的小词。在写作手法上独特新颖,意味深蕴。表面上是写一位姑娘在泛舟遇雨时的情景,其实是暗喻抒情主人公爱情生活的不幸和痛苦。在五代、北宋的词中,我们常会听到采莲姑娘热切浪漫的歌声,而很少能听到被遗弃的女子这样掩抑含情的低诉。即使在《小山词》中,也找不到别的相似的例子了。

　　"长恨涉江遥,移近溪头住",两句落想已妙。"涉江",当本《古诗十九首》"涉江采芙蓉,兰泽多芳草。采之欲遗谁?所思在远道"之意。这位女郎感到离江边路太远了,遂移家近溪头,以便涉江采芙蓉(荷花),而且溪水流入江中,也将会流到所思之处吧!慰情聊胜于无,两句已是"痴绝"之语。三、四句又作曲折:她摇荡着木兰船去采芙蓉,啊,不知不觉误入了双鸳浦。"木兰舟",以香木制成的船只,泛指佳美的小船。她在荡舟,缘溪而去,可是却来到触动她孤独的情怀之地"双鸳浦",鸳鸯成双作对的水边。这里妙在一"误"字。古来因地名不吉利而触忌讳者多矣,但如"双鸳"这样美好的字眼也引起她的不快,却是少见,所谓"伤心人别有怀抱"者是。句意虽与《临江仙》"落花人独立,微雨燕双飞"相似,然着一"误"字,则怨恨之意,溢于言表了。

　　过片二句,再作转折:最没道理的是,那些轻薄的浮云,居然暗暗地化作霏微细雨飘洒下来。两句写泛舟时遇雨,语意双关,表达了女子被弃时复杂的感情。"无端",有料想不到之意。那像浮云般轻薄的男子,竟然毫无理由地玩弄女子的感情,被侮辱被损害的女子却只能暗暗地忍受着无穷的痛苦。那几乎是绝望的哀伤、绵绵的遗恨,在紧揪着人们的心。"云""雨"之喻,屡见前人诗词中,多写男女间的欢合,而在本词中,却显得如此凄冷悲凉。这里,有谴责,有痛悔,有自伤,十字中有着几层含意,深刻地写出被弃女子的心理。末两句承"帘纤雨"写来:她那单薄的衣裳怎抵挡寒风冷雨?只好向荷花诉说自己的幽恨。"翠袖"句本杜甫《佳人》诗:"天寒翠袖薄,日暮倚修竹。"杜诗写一位绝代佳人,幽居深谷,与草木相依。而"轻薄"的夫婿却另有新欢,把她遗弃,佳人贞洁自持,甘过清贫的生活。本词写女子"不胜"风雨之寒,既点出她的软弱无依的可悲处境,也暗示她的清操独守。然而心灵上的创伤是无法消除的,无人倾诉,只能悄悄地共荷花相语。"荷花",与首句"涉江"遥相呼应。二语宛曲回环,使这爱情悲剧更是摇人心魄了。

(陈永正)

<h1 style="text-align:center">南 乡 子</h1>

晏几道

　　新月又如眉。长笛谁教月下吹?楼倚暮云初见雁,南飞。漫

道行人雁后归。　　　意欲梦佳期。梦里关山路不知。却待短

书来破恨,应迟。还是凉生玉枕时。

怀人小词,写得曲折往复,宛如一篇长调的缩写。意极精,味极永,风流蕴藉,既丽且庄,艳词中自有气格者。王涯《秋思赠远二首》之一云:“不见乡书传雁足,惟看新月吐蛾眉”,可作本词提纲看。

首两句,写倚楼时所见所感:黄昏后,又见如眉般的一弯新月。为谁人更持长笛,在月下吹彻哀音?首句写景,云新月如眉,也就是说眉如新月,隐有抒情女主人公的形象在。黄昏新月,常会勾动人的离思。词中更着一“又”字,可知倚楼怀人已非一朝一夕了。“谁教”,犹言谁令、谁使,故作设问。无人欣赏,自己在月下吹笛也是徒然的。紧接“楼倚”三句,点出主题:独倚高楼,在暮云中第一回看到归雁——它不住地向南飞去——可不要说远行的人要比雁还迟归啊!三句暗用隋薛道衡《人日思归》诗:“人归落雁后,思发在花前。”着一“初”字,语意比上文“又”字跌深一层。时节转换,秋雁南飞,更增对行人的思念。唐赵嘏《长安秋望》诗:“残星几点雁横塞,长笛一声人倚楼。”此词上片,意境与之仿佛。

换头二语,写相思无望,唯有梦里相寻。小晏词中,常有这样的描述:“梦魂惯得无拘检,又踏杨花过谢桥”(《鹧鸪天》)、“梦入江南烟水路,行尽江南,不与离人遇”(《蝶恋花》),同是写梦寻,但又用意各别。本词云“路不知”,即是说连寻找也不可能了,语更深切。《文选》沈约《别范安成诗》:“梦中不识路,何以慰相思?”李善注:“《韩非子》曰:‘六国时,张敏与高惠二人为友,每相思不能得见,敏便于梦中往寻,但行至半道,即迷不知路,遂回,如此者三。’”小晏此词,运用前人故事,而又不觉其蹈袭摹拟。入梦的描写与上下文融合无间,成为全词中有机的组成部分,以逼出末三句:再想等他的短信寄来,稍解离恨——恐怕已太迟了——又到了枕畔凉生的清秋时节!梦里难寻,唯有等音书寄来,可是书信又迟迟不至,闺中人的离恨就更无法排遣了。词中不言“长信”而曰“短书”,真所谓慰情聊胜于无,个中已有难言之处。连这草草两三行的短信也没有,则游子的薄情可知。古人惯用雁足传书故事,“待短书”与上片“初见雁”呼应。末句表面上是说秋天到来,因而感到玉枕太凉了,其实是“衾凤冷,枕鸳孤”(《阮郎归》)、“只消鸳枕夜来闲”(《西江月》)的另一种说法。

本词在结构上回环曲折,层层深入。由月下吹笛而见南飞雁,由雁而思及行人。思极而成梦,梦不识路而待来书,书终不至,孤枕凉生,怅惘之情便溢于言

表了。　　　　　　　　　　　　　　　　　　　　　　（陈永正）

清 平 乐　　　　　　　　　　　晏几道

留人不住，醉解兰舟去。一棹碧涛春水路，过尽晓莺啼
处。　　渡头杨柳青青，枝枝叶叶离情。此后锦书休寄，画楼
云雨无凭。

通观全词，当是托为妓女送别情人之作。离别在一个渡口，时间是春天的一
个早晨。

前六句主写景，但无往非情。"留人不住"四字，扼要地写出送者、行者双方
不同的情态：一个曾诚意挽留，一个却去意已定。妓、客身份，见于言外。"留"
而"不住"，已启末二句之怨思。从次句看，分手前有一个饯行酒宴。席间那个不
忍别的送行女子，想必是"将来的酒共食，尝着似土和泥"，哪里吃得下去；而即将
登舟上路的男子，却喝了个"醉"。这又是一个对照。"一棹碧涛春水路，过尽晓
莺啼处"二句紧承"醉解兰舟去"，写的是春晨江景，也是女子揣想情人一路上所
经的风光。江中是碧绿的春水，江上有婉转的莺歌，是那样的宜人。这景象似乎
正是轻别的行者轻松愉快的心境的象征。他就这样地走了。想起来多么令人难
堪！"渡头杨柳青青，枝枝叶叶离情"则遥应"留人不住"句，是兰舟既发后渡头空
余的景物，也是女子主观感觉中的景，所以那垂柳"枝枝叶叶"俱含"离情"。以上
四句写景，浑成完整，却包含两种不同情感的象征。初读似以常语写常景，久而
觉字字句句皆含怨意。

后两句写情。上文讲到挽留、讲到离别，充满依依不舍的缠绵的情绪。这里
却突然转折，说出决绝的话，寄语对方"此后锦书休寄"，因为"画楼云雨无
凭"。——我们青楼女子是靠不住的，你今后不必来信了。从此割断感情的联
系。似乎不可理解，其实这是负气之言，其中暗含难言之隐。妓女社会地位低
下，没有爱的权利。即使有了倾心的男子，也没有长聚不散之理。彼此结欢之
夕，纵使"枕前发尽千般愿"，时过境迁，便"留人不住"。有感于此，所以干脆叫对
方"此后锦书休寄"了。话虽如此，倘不想得到"锦书"，何以特别提到？二句表现
的心情还是矛盾的。故周济《宋四家词选》评："结语殊怨，然不忍割弃。""怨"是
怨对方的薄幸，更是怨命运的不幸。

全词先是脉脉含情之语，后转为决绝语，二者相反相成。因多情而生绝望，
绝望恰表明不忍割舍之情。末二语锻炼精纯，足称警策。　　　　（周啸天）

木 兰 花   晏几道

秋千院落重帘暮,彩笔闲来题绣户。墙头丹杏雨余花,门外绿
杨风后絮。　　朝云信断知何处?应作襄王春梦去。紫骝认
得旧游踪,嘶过画桥东畔路。

　　晏几道友人沈廉叔、陈君龙家,有莲、鸿、蘋、云四歌妓,宴会则清歌娱客,几
道"每得一解,即以草授诸儿"(见《小山词》自序)。及沈、陈或死或病,诸姬亦离
散。几道将词稿缀辑成篇,"考其篇中所记悲欢合离之事,如幻如电,如昨梦前
尘"(同上)。这首词所写的怀旧之思,正是以这样的生活情事为背景的。

　　起首二句写旧地重游,似曾相识的情景。在这秋千院落、垂帘绣户之内,仿
佛有一位佳人在把笔题诗。佳人是谁,词中未作交代。然从过片"朝云"二字来
看,可能是指莲、鸿、蘋、云中的一位。他在《临江仙》词中说:"记得小蘋初见,两
重心字罗衣。琵琶弦上说相思。当时明月在,曾照彩云归。"说者多以为指云、蘋
二歌女。此词所写者,不妨也是这样的人物。"秋千院落",本是佳人游戏之处,
如今不见佳人,唯见秋千,已有空寂之感;益之以"重帘暮"一词,暮色苍茫,帘幕
重重,其幽邃昏暗可知。在这种环境中居住的佳人,孤寂无聊,何以解忧?"彩笔
闲来题绣户"一句,作出了回答。彩笔,又称五色笔,相传南朝梁代江淹,才思横
溢,名章隽语,层出不穷。后梦中为郭璞索还彩笔,从此作品绝无佳者。这位佳
人闲来能以彩笔题诗,可见是位才女,亦莲、鸿、蘋、云之流亚。"题绣户"者,谅非
题诗于门户或窗户,而是当窗题诗耳。一位佳人当窗题诗,镜头极美,当系词人
旧地重游,从外面所摄得。然而这一镜头多半出于幻觉,因为从下文来看,这位
佳人已经不在了。此即所谓"如幻如电"也。

　　"墙头"两句,主要写词人从外面所看到的景色,以及由此景色所触发的情
思。此时词人恍如从幻梦中醒来,眼前只见一枝红杏出墙头,几树绿杨飘白絮。
美丽的景色勾起美好的回忆,那红杏就像昔日佳人娇艳的容颜,经过风吹雨打已
变得憔悴;那绿杨飘出的残絮又好似词人漂泊的行踪,幸喜又回到故枝。这工整
的一联,韵致缠绵,寄情深远,令人想起周邦彦《玉楼春》中的名句:"人如风后入
江云,情似雨余沾地絮。"它们都是以眼前景,写胸中情,寓言外意。因此明人沈
际飞评曰:"'雨余花,风后絮','入江云,沾地絮',如出一手。"(《草堂诗余正集》)

　　过片用楚襄王梦遇巫山神女的故事,表达对这位佳人的怀念。据《小山词》
自序云,莲、鸿、蘋、云四位歌妓,后来"俱流转于人间",不知去向。这里说佳人像

朝云一样飞去,从此音信杳然,也许又去赴另一个人的约会。事虽出于猜想,但却充满关切之情,从中也透露了这位女子沦落风尘的消息。古事今用,惝恍迷离,昨梦前尘,尽呈眼底,不能不令人为之一唱三叹。

结尾二句宕开一笔,从佳人写到自己。然而似离仍合,虚中带实,形象更加优美,感情更加深挚。词人不说这位佳人的住处他很熟悉,而偏偏以拟人化的手法,托诸骏马。马而有情,何况人乎?这一比喻是独创的,也很符合词人作为贵家子弟的身份。证明在此之前,词人确曾身骑骏马,来到这秋千深院,与玉楼绣户中人相会。由于常来常往,连马儿也认得游踪了。紫骝骄嘶,柳映画桥,意境极美,这是虚中写实,实中有虚。清人沈谦说:"填词结句,或以动荡见奇,或以迷离称胜,著一实语,败矣。康伯可'正是销魂时候也,撩乱花飞';晏叔原'紫骝认得旧游踪,嘶过画桥东畔路';秦少游'放花无语对斜晖,此恨谁知',深得此法。"(《填词杂说》)所说颇中肯綮。用这种虚写的笔法,勾勒出动荡的画面,确实引人入胜,饶有余味。

总的来说,"如幻如电,如昨梦前尘",正是此词的风格所在。词人旧地重游,闲窥绣户,仿佛重睹芳华,这是幻境;佳人有如朝云,飘然远逝,另赴襄王之约,也是幻境;最后骏马骄嘶过画桥,词人更觅游踪去,则将幻境与真境糅合在一起,尤富于浪漫色彩。这样的小令,在唐宋词中,是很优秀的作品。

(徐培均)

木 兰 花　　　　　　晏几道

小莲未解论心素,狂似钿筝弦底柱。脸边霞散酒初醒,眉上月残人欲去。　　　旧时家近章台住,尽日东风吹柳絮。生憎繁杏绿阴时,正碍粉墙偷眼觑。

小莲,是沈廉叔、陈君龙二家歌女中小晏最为眷恋的。《小山词》中如《鹧鸪天》("手捻香笺忆小莲")、《愁倚阑令》("浑似阿莲双枕畔、画屏中")、《破阵子》("写向红窗夜月前,凭谁寄小莲")等词,皆为她而作。小莲能歌善舞,色艺双绝。而本词更突出她的"狂"态,把一位天真烂漫而又妩媚风流的姑娘的形象生动地展现出来。她的性格如此鲜明,给人留下非常深刻的印象,也许是小晏对她特别了解,熟悉她的精神世界的缘故吧。

起头二句,已是摄神之笔。小莲啊,她多么天真幼稚,还未懂得怎样跟人细诉衷情,而她的狂放,却像钿筝中发出的热烈的乐音。"狂",是小山最为欣赏的,他在词中多次写道:"天将离恨恼疏狂"(《鹧鸪天》)、"尽有狂情斗春早"(《泛清波摘遍》)、"殷勤理旧狂"(《阮郎归》),企图借这个"狂"字来发抒自己满腔的热情和积怨。而小莲也是"狂"的,她不直接地说出自己内心的情愫,而借热烈而狂乱的筝声去表达出来。"柱",用以架弦。我们可以想象到小莲在急弦促柱时着迷似的"狂"态。"未解论心素",只是欲进先退的手法,次句才写出小莲的真实形象。她的真纯,她的柔情蜜意,她心中激烈的风暴,都凭着这"雁柱十三弦",一一向所恋慕的人传送。

三、四句,补足"狂"字。她脸上的晕霞渐散,宿酒初醒;眉上的翠黛消残,人将归去。"霞",指红晕、酒晕。小莲借着一点醉意,在弹筝时才狂态十足吧。"月",语意双关。既谓眉上额间"麝月"的涂饰在卸妆睡眠时残褪,也表示良宵将尽,明月坠西。两句实在是写欢会的情景,艳冶之至,可是在小晏笔下,却写得那么优雅,没有一点儿庸俗低级的情调。小晏是以同情的态度去塑造那些身份卑微而又善良纯洁的女性形象的,他对小莲,更是倾注了深深的情感,女孩子天真烂漫,一片柔情,音容笑貌,仿佛可以呼之欲出。本词上片所刻画的小莲形象是美好的,使读者感到十分亲切。

过片后,补写小莲的身世。章台,街名,在汉代长安章台之下。《汉书·张敞传》有"过走马章台街"之语,后世以为歌楼妓院的代称。小莲旧时的家靠近"章台"居住,这里暗示她的歌妓身份。孟棨《本事诗》载,唐诗人韩翃有宠姬柳氏在京中,韩寄诗曰:"章台柳,章台柳,昔日青青今在否?"后世诗人,常以"章台"与"柳"连用。词中写春风吹絮,也许象征着小莲的飘零身世吧。小晏《浣溪沙》词"行云飞絮共轻狂",当同此意。末两句说,最可恨的是杏子成丛,绿阴满树,正妨碍她在粉墙后边偷眼相窥呢!收处回忆当日相见留情时情景,这也是小晏所念念不忘的。他在词中多次写道:"丹杏墙东当日见,幽会绿窗题遍"(《清平乐》),"莺来燕去,宋玉墙东路"(《清平乐》)。宋玉,是战国末年楚国的辞赋家,他作《登徒子好色赋》,记一位住在东邻的美女,曾在墙头窥看他,希望能与他相好。《本事诗》也载有柳氏"每以暇日隙壁窥韩(翃)所居"之事。小莲当日或许有过这么一段情事,她主动地去偷眼相觑,正表现了她不受拘束的"狂"态。

本词上片写今宵幽会的欢娱,下片追忆当时初见的情景,而以一"狂"字贯串始终,小莲的风韵与小晏的钟情都真切地表现出来,词旨风流艳丽,仍无亵嫘之失,这也是小晏词的特色吧。

(陈永正)

菩 萨 蛮 晏几道

哀筝一弄湘江曲,声声写尽湘波绿。纤指十三弦,细将幽恨传。

当筵秋水慢，玉柱斜飞雁。弹到断肠时，春山眉黛低。

　　晏几道早年风流浪漫，与沈廉叔、陈君龙友善，每作词，授两家歌女莲、鸿、蘋、云等演唱，以为娱乐。他的词大部分为这些歌女而作，本篇也是如此。词中虽有音乐描写，但意旨不在音乐，而是借写弹筝来表现那位当筵演奏的歌妓。《小山词》中有多处提到筝，如《鹧鸪天》"手撚香笺忆小莲，欲将遗恨倩谁传。……秦筝算有心情在，试写离声入旧弦"，《木兰花》"小莲未解论心素，狂似钿筝弦底柱"。筝和小莲往往并提，这首词里所写的弹筝者很可能就是小莲。这首词不仅写她的弹筝技巧，同时还表现她的整个风情。

　　开头一句先写弹奏。筝称之为"哀筝"，感情色彩极为明显。"一弄"，奏一曲。曲为"湘江曲"，内容亦当与舜及二妃一类悲剧故事有关。由此可见酒筵气氛和弹筝者的心情。"写尽湘波绿"，湘水以清澈著称，"绿"为湘水及其周围原野的色调。但绿在色彩分类上属冷色，则又暗示乐曲给予人心理上的感受。"写"，指弹奏，而又不同于一般的"弹"或"奏"；似乎弹筝者的演奏，像文人的用笔，虽然没有文词，但却用筝声"写"出了动人的音乐形象。

　　"纤指十三弦，细将幽恨传。"让人想到弹筝者幽恨甚深，非细弹不足以尽情传达，而能将幽恨"细传"，又足见其人有很高的技艺。从"纤指"二句的语气看，词人对弹筝者所倾诉的幽恨是抱有同情的，或所传之幽恨即是双方所共有的。

　　词的上片侧重从演奏的内容情调方面写弹者，下片则侧重写弹者的情态。"当筵秋水慢"，"秋水"代指清澈的眼波。"慢"，形容凝神，指筝女全神贯注。"玉柱斜飞雁"，筝上一根根弦柱排列，犹如一排飞雁。飞雁在古代文学作品中，常与离愁别恨相连，同时湘江以南有著名的回雁峰。因此，这里虽是说弦柱似斜飞之雁，但可以想见所奏的湘江曲亦当与飞雁有联系，写筝柱之形，其实未离开弹筝者所传的幽恨。"弹到断肠时，春山眉黛低。"春山，指像山一样弯弯隆起的双眉，是承上文"秋水"而来的，用的是卓文君"眉色如望远山"（《西京杂记》）的典故。女子凝神细弹，表情一般应是从容沉静的，但随着乐曲进入断肠境界，筝女敛眉垂目，凄凉和悲哀的情绪还是明显地流露了出来，可见幽恨深重。

　　上下片各分两个层次。上片"写""传"两个动词最为吃紧，从"写"到"传"都是写弹奏，但"写尽"云云主要指对湘江曲的内容创造性地予以再现；"传"则指演奏时藉以传自己身世之恨，两个动词不可互相移易。下片以写弹筝女子的眉眼为线索，准确地用了"慢"与"低"两个形容词，而从"秋水慢"到"眉黛低"，也明显地表现了感情的发展。从这些动词、形容词的运用,可以清楚看出作者更多地是在写人,词并没有提供完整的音乐形象,但弹筝女子却神情毕现,读者可以由"纤指""秋水"和"春山眉黛"想象她的纤秀,可以由以筝传恨和断肠时的眉黛低垂,想象她弹奏时的心境、情绪,而整个人物给人的印象则是哀艳动人。这可能是沈、陈两家衰落后,小莲经过流落,又与晏几道偶然相逢时的演奏。作者不作呆滞的刻画与叙述,笔势回荡飘忽,似不着纸。而情感真挚凄恻,于闲婉之中又显得深沉。词的开头"哀筝一弄湘江曲",蓦然而来,结尾"弹到断肠时,春山眉黛低",悠然而止,极能引发人的回味和想象。　　　　　　　　　　　　　　　　(余恕诚)

玉 楼 春　　　　　　　　　　　　　　　晏几道

　　东风又作无情计,艳粉娇红吹满地。碧楼帘影不遮愁,还似去年今日意。　　　谁知错管春残事,到处登临曾费泪。此时金盏①直须深,看尽落花能几醉!

〔注〕　① 金盏:金制的饮酒器,泛指精美的酒杯。

　　全词抒写花落春残的感伤。首句"东风又作无情计",破空而来,笔力沉重。起始就直怨东风,东风无情,而且这种无情并非偶尔,完全出于有意算计,着一"又"字,则不仅是今年如此,远射下面"去年",着力写出东风的"无情",同时也就烘衬出内心的愁怨之深,此意直贯全篇。第二句的"艳粉娇红吹满地",正面描写落花,"粉"是"艳","红"是"娇",不仅描绘了花的色彩,而且写出了花的艳丽娇冶如人。着力写花的美,也就更反衬出"吹满地"的景象之惨,满目繁华,转瞬即逝,使人触目惊心。"吹"字暗接"东风",进一步写东风的无情。"碧楼帘影不遮愁,还似去年今日意",上句词意深厚,楼台高远,帘影层深,是怕见春残花落触动愁肠,虽然较之近观增加了几分隐约朦胧,但花飞花谢仍然依稀可见,"不遮愁"三字绝妙!景既不能遮断,愁自然油然而生。下句语甚浅而情甚深,红稀绿暗的春残景象"还似"去年一样,"还似"二字,回应首句"又"字,申说花飞花谢的景象,春残春去的愁情,不是今年才有,而是年年如此,情意倍加深厚,语气愈益沉痛。

　　下片"谁知错管春残事,到处登临曾费泪"二句,紧接上片,以转作承,不正面叙说惜春之意,却出以反笔,自怨自悔,说惜春不仅是多管,而且是"错管"。花落春去,人力无法挽回,惜春怜花,岂非徒然多事!当初不能通晓此理,每逢登临游春都为花落泪,现在看来,都属多余的感情浪费。表面上看似怨悔,实是感伤。结拍"此时金盏直须深,看尽落花能几醉"二句,从崔敏童的"能向花前几回醉,十千沽酒莫辞频"(《宴城东庄》)化来,转写今日此时,表面上自解自慰,说伤春惜花费泪无益,不如痛饮美酒,恣赏落花,语极旷达,实际上却极为沉痛,较之惋惜更深一层。群花飞谢,在还没有委埋泥土、坠随流水之前,"吹满地"的"艳粉娇红"还可供人怜惜,然而这种景象转瞬间即将消逝无踪,又能够看到几次? 更又能看得几时!"临轩一盏悲春酒,明日池塘是绿阴"(韩偓《惜花》),在"直须深"的连连呼唤中,蕴藏着无计留春、悲情难抑的痛苦,但这种感情却故以问语相诘,就显得十分宛转。与乃父晏殊的"门外落花随水逝,相看莫惜尊前醉"(《蝶恋花》)相比,自然有明朗显豁与摇曳顿挫之别。

(钟　陵)

阮　郎　归　　　　　　晏几道

旧香残粉似当初,人情恨不如。一春犹有数行书,秋来书更疏。　　衾凤冷,枕鸳孤。愁肠待酒舒。梦魂纵有也成虚,那堪和梦无?

　　这是一首居者忆行者的词,也是一首表达男女相思的词。但在欣赏这首词时,先要解答一个问题:词中的居者到底是男方,还是女方? 有人认定行者是女方,而居者就是晏几道本人。这当然不失为一种解释。可是,写男女间别后相思,本是诗词中常见的题材,多半是虚拟。对这首词,如无本事可考,似不必坐实为作者本人忆念其离去的情侣。而这类题材的作品,往往写居者是女方、行者是男方的,生活中多半也是如此。

　　词的上片写怨情,怨行者之薄情。起句"旧香残粉似当初",写物;次句"人情恨不如",写人。两句合起来,是以物与人相比。往昔所用香粉虽给人以残旧之感,但物仍故物,香犹故香,而离去之人的感情,却经不起空间与时间考验,逐渐淡薄,今不如昔了。上片的后两句"一春犹有数行书,秋来书更疏",是上两句的补充和延伸,举出人不如物、今不如昔的事实,那就是行人初去时还有几行书信寄来,从春到秋,书信越来越稀少了。

　　这上片所写,应是词中女主人晨起梳洗时,触及旧时的化妆用品,不禁因物思人,感昔伤今,而勾起了一腔怨情。下片则是倒叙夜间的愁思,述说其处境的凄凉、相思的痛苦。

　　换头"衾凤冷,枕鸳孤"两句,写词中人的主观感受。照说,衾、枕本是无知之物。被上绣的凤凰、枕上绣的鸳鸯也应仍"似当初",当初是那样,现在也是那样,人去前是那样,人去后也是那样,无所谓冷,也无所谓孤,只在独眠之人的眼中、心上产生了清冷、孤寂之感。这正是王国维所说的"以我观物,故物皆着我之色彩"(《人间词话》)。这里写衾与枕而着眼于凤与鸯,还有其象喻意义,是词中人因见衾、枕上绣的凤凰、鸳鸯而想到情侣的分离,以凤凰失侣、鸳鸯成单,来暗示自己的处境已经"人成各,今非昨"(唐琬《钗头凤》)了。下面"愁肠待酒舒"一句,是其人在愁肠百结之际希冀在酒醉中求得暂时的解脱。这是她可能找到的唯一消愁的办法。但这里只说"待酒舒",未必真个入醉乡,而酒也未必真能舒愁。联系下两句看,其愁肠不仅未舒,更可能如范仲淹所说,"酒入愁肠,化作相思泪"(《苏幕遮》),其结果是加深了愁恨。

　　这三句写衾冷枕孤,遣愁无计,应是入夜后、就寝前的感触。下面"梦魂纵有也成虚,那堪和梦无"两句,则写到一觉醒来时的空虚和惆怅。既然人已成各,今已非昨,而又往事难忘,后会难期,那就只有在入睡之际,寄希望于梦中与相思之人重温旧情了。尽管梦境幻而非真,虚而非实,梦回后反而会令人惘然若失。但梦里倘能相见,总也聊胜于无。可是,最可悲的是,夜来空有相思,竟难成梦,连这一点片刻的虚幻的慰藉也得不到,就更令人难以为怀了。这结拍两句是翻进一层的写法。上句说已看穿了梦境的虚幻,似乎有梦无梦都无所谓,把话已经讲到了头,而下句一转,把词意又推进一层。从下句再回过来看上句,才知上句是衬垫和加重下一句的,也可以说是未发先敛,欲擒故纵,从而形成跌宕,显示波澜。这一手法是诗词中常用的,如柳永《雨霖铃》词中的"多情自古伤离别,更那堪、冷落清秋节",辛弃疾《摸鱼儿》词中的"惜春长恨花开早,何况落红无数"等等。而从写法到语意与这两句更相似的,有宋徽宗《燕山亭》下片的后几句:"天遥地远,万水千山,知他故宫何处。怎不思量,除梦里有时曾去。无据。和梦也新来不做。"

　　就整首词的意境而言,可以与晏几道这首词参读的,还有欧阳修的一首《玉楼春》:"别后不知君远近。触目凄凉多少闷。渐行渐远渐无书,水阔鱼沉何处问?　夜深风竹敲秋韵。万叶千声皆是恨。故欹单枕梦中寻,梦又不成灯又烬。"所写情事,两词大致相同。

　　　　　　　　　　　　　　　　　　　　　　　　　　　　(陈邦炎)

阮　郎　归　　　　　　　　　　晏几道

天边金掌露成霜,云随雁字长。绿杯红袖趁重阳,人情似故乡。　兰佩紫,菊簪黄,殷勤理旧狂。欲将沉醉换悲凉,清歌莫断肠!

晏几道为晏殊幼子,是个赋性天真而又风流的贵公子,年轻时候,酒筵歌席、良辰佳节,有过不少欢娱的朝暮。父亲死后,家道衰落,生活陷于贫困,对于人情世故、悲欢离合,有更多的体验,天真的心肠不免时时蒙受悲哀,因此,他的词作也由写得真率而逐渐走向深沉。

这首《阮郎归》是晏几道词情思深沉的代表作之一,题材还是属于酒筵歌席、佳节良辰的,但感情和早年的单纯看待欢乐不同了。词是写重阳节的。“天边金掌露成霜,云随雁字长。”《礼记·月令》:季秋之月,霜始降,鸿雁来宾。词以写景起,为后文九月“重阳”先作渲染,并从中透露作词地点。汉武帝在长安建章宫建高二十丈的铜柱,上有铜人,掌托承露盘,以承武帝想饮以求长生的“玉露”。承露金掌是帝王宫中的建筑物,词以“天边金掌”指代宋代汴京景物,选材突出,起笔峻峭。但作者词风不求以峻峭胜,故第二句即接以闲淡的笔调。白露为霜,天上的长条云彩中飞出排成一字的雁队,云似乎也随之延长了。仅仅用这两句写秋空之景,已能表现重阳前后汴京的气候、景物特色了。“绿杯红袖趁重阳,人情似故乡。”前句起着承上贯下的作用,连接紧密而自然。承上,点出上面所写的景是“重阳”的;贯下,引出“人情”。在过节时,对着“红袖”佳人,举“绿杯”而饮,习俗有如故乡,算是当前乐事;但更可贵的还是“人情”温暖如故乡。经过不少辛酸之后,还能得到这种温暖,后句不言珍重而包含多少珍重之意!句中只表欣悦,但联系下文,联系作者身世,可知这是充满辛酸的欣悦。这两句先叙事后抒情,抒情是用笔轻细而涵蕴深厚。

换头“兰佩紫,菊簪黄,殷勤理旧狂”,补充上片第三句,再写重阳节的活动内容。菊花多黄,人所尽知;紫兰较生,但《楚辞·九歌·少司命》已有“秋兰兮青青,绿叶兮紫茎”之句。感人情的温暖,又兼佩兰簪菊,增添节日的兴致,那就应该不惜再一次重复着旧时的清狂豪饮了。此狂此饮,必曾因受刺激而有一度的冷淡和衰退,所以需要再去调理它。这三句是整个过节活动的一个归结点,含着多重的层次。况周颐《蕙风词话》卷二说:“‘绿杯’二句,意已厚矣。‘殷勤理旧狂’,五字三层意:狂者,所谓一肚皮不合时宜,发见于外者也。狂已旧矣,而理之,而殷勤理之,其狂若有甚不得已者。”试想,本是清狂耽饮的人,如今要唤起旧情酒兴,还得“殷勤”去“理”才行,此中的层层挫折,重重矛盾,必有不堪回首、不易诉说之慨,感情的曲折,自然把意境推向比前更为深厚的高度。结尾两句:“欲将沉醉换悲凉,清歌莫断肠。”由上面的归结,再来一个大的转折,又引出很多层次。《蕙风词话》又说:“‘欲将沉醉换悲凉’,是上句注脚;‘清歌莫断肠’,仍含不尽之意。”所谓“注脚”,表“理旧狂”只是求新的“沉醉”。有人情的温暖,有过节的兴致，"悲凉"还是排除不了，只能希望借助"沉醉"来暂时抑制它，忘掉它，也即是暂时的以之对"换"；那"悲凉"的来历之久、潜藏之深、力量之大也自然可想而知了。问题还有更为复杂的地方，是这个主观想"换"的事，客观上真正"换"得了吗？作者虽未明言，但内心是完全没有自信的。正因为没有自信，所以感觉连"沉醉"也不容易做到，只好用吩咐的口气，盼望席上歌者，不要唱出"断肠"的歌声；否则，不但"悲凉"忘却不了，而且怕连"沉醉"也做不到了。只有吩咐，不说原由，这就是所谓"仍含不尽之意"。"兰佩紫"二句，承上片"人情"句的含蓄转为宽松；"殷勤"句随着内容的迅速浓缩，音节也迅速转向悠扬；"欲将"二句，感情越来越深沉、曲折，音节也越来越悠扬、激荡。谭献评周邦彦《兰陵王》词的"斜阳冉冉春无极"句，说"微吟千百遍，当入三昧，出三昧。"读晏几道这首词的最后三句，使人也有同样的感觉，因为它的意境、音节配合得极有韵味和感染力，妙处须细细体会。

　　这首词，写景洗炼；写情转折起伏，步步深化；音节从和婉到悠扬，适应感情的变化。《蕙风词话》说"此词沉着厚重"，得到最后两句结句，"便觉竟体空灵"。实际上，这词以欲吐还吞之笔，写无可奈何之情，是由"空灵"进入"厚重"的；结尾三句，创深痛巨，力求和婉，转益悲凉，最为"厚重"，只是厚重而不沉滞，故仍有"空灵"之感罢了。陈匪石《宋词举》说："小晏多聪俊语，一览即知其胜，此则非好学深思不能知其妙处者。"这首词感情悲凉，音节悲凉，"悲凉"二字正是它的基调，从悲凉处体会其意境，追溯其生活根源，对它的妙处，就容易理解。

（陈祥耀）

归　田　乐   晏几道

　　试把花期数。便早有、感春情绪。看即梅花吐。愿花更不谢，春且长住。只恐花飞又春去。　　　花开还不语。问此意、年年春还会否？绛唇青鬓，渐少花前侣。对花又记得，旧曾游处。门外垂杨未飘絮。

　　浅语深情，小晏所擅。把感春怀人的心事絮絮道来，流美自然而又缠绵往复，如小儿女背人的痴语，语语皆真，字字皆切，非有至性至情者不能道。

　　"试把花期数。便早有、感春情绪。"数花期，是盼望春天的到来。春残花谢，勾起人们惋惜之情，是很自然的。可是，当春天还未到来，花还未开，词人就预为感春了。春感一类题材，在旧体诗词中不知凡几，每易落套。而本词以盼春写伤春,前后矛盾,语便脱俗。而着一"试"字、"早"字,尤见深情。"看即梅花吐"句,承上启下。"看即",犹今言"眼看着就……"为随即义。梅花是最早开的花,报春的花,如今已是含苞欲放了。紧扣上句"便早有"三字。"愿花"三句,补足上文。梅未开时,已希望它更不凋谢,好让芳春长驻人间。怕的是百花飘残,匆匆春又归去!上两句写惜花人的心愿,自是痴儿女的口吻,痴儿女的情怀。末句顿住,收束有力。

过片后,紧承上半阕。"花开还不语",本欧阳修《蝶恋花》"泪眼问花花不语"意。等到花开时,它却默然无语,试问其中的深意,年年的春天都能够理解吗?三句的潜台词是:如果春天能理解人们的心意的话,它就不会叫花儿凋谢了,因为花开花落,春来春去,正是人们悲感的缘由啊。年年如是伤春,年年的春天依然逝去,还能有什么话可说呢?"不语"的是花,发出痴问的是词人,"此意",即上片愿花不谢、春长住之意。句句深入,环环紧扣,两片融为一气。"绛唇青鬓"二句,忽作转折,进入怀人的主题。当日在花前一起快乐地游春的侣伴——那些红唇绿鬓的少年人——如今安在?《小山词自序》说:"追惟往昔过从饮酒之人,或垄木已长,或病不偶,考其篇中所记悲欢合离之事,如幻如电,如昨梦前尘,但能掩卷怃然,感光阴之易逝,叹境缘之无实也。""绛唇青鬓",形容年少。当指昔日同游的女子,即莲、鸿、蘋、云等人,也可以指沈廉叔、陈君龙辈。"渐少",意谓一年比一年少,与上文"年年"呼应。两句跌深一层,全词旨意,至此方出。"对花"三句,为全词大结裹。可是看到花开,便记起旧日曾游之地——那时,她门外袅娜的垂杨,还未曾扬花飘絮呢!"旧曾游处",即当时歌酒征逐之地;"门外垂杨",即作者《浣溪沙》词"户外绿杨春系马"处。末三句追忆旧游,以当日赏春的欢乐与今朝孤独的悲感对照,说明花飞春去只是勾起伤感的表面原因,而感旧怀人才是"感春情绪"的来由。

这首小词,语言浅近,感情深挚。作者不乞灵于华丽的词藻,深曲的典实;词中也没有奇特的结构、怪诞的想象。词人只是把个人的一些感受,向读者反反复复诉说,就使人为之低徊不已。把感春怀人之情,表现得那么深切,那么娓娓动人,这种独特的艺术魅力,不是所有的诗人(包括某些天才诗人)都能具有的,它只属于为数不多的、还怀有赤子之心的诗人,有着至情至性的诗人。陈振孙《直斋书录解题》中说:"叔原(晏几道的字)词在诸名胜中,独可追逼'花间',高处或过之。"所谓"高处",正指这种纯情之作,平易深刻,秀韵天然,绝非"花间"中镂金雕玉者所能及的。

本词在语言上还有两个特色:一是颇多拗句。"愿花更不谢""对花又记得"，为"仄平仄仄仄"；"春且长住"，为"平仄平仄"，"只恐花飞又春去""门外垂杨未飘絮"，后五字为"平平仄平仄"；"年年春还会否"，为"平平平平仄平"。诵读时有一种特殊的音乐美，可想见莲、鸿、蘋、云执红牙板歌一过时的情境。二是大量使用重字。词中"花"字凡七见，"春"字凡三见。以"花"为线索，串起全词，以突出伤"春"之意。

（陈永正）

浣　溪　沙　　　　　　　　　　　　晏几道

二月和风到碧城，万条千缕绿相迎，舞烟眠雨过清明。

妆镜巧眉偷叶样，歌楼妍曲借枝名。晚秋霜霰莫无情。

唐宋诗词中，柳枝常常用作歌伎舞女的代称。这首小令所歌咏的柳枝，大约就是这类"冶叶倡条"中的一位。词人对她是极赏爱的，充满着关切之情。

首句明点时令。"碧城"是丛丛柳树的形象化比喻，南宋李莱老《小重山》词"画檐簪柳碧如城"之句可证。起句从容自在而又明快轻灵，给人以和煦的春风飘然而至的感觉，而"碧城"的字面又造成重翠叠碧的视觉印象，故虽平直叙起，却有鲜明的形象感。次句"绿相迎"应上"到碧城"，不仅画出了柳枝迎风飘拂、如有情相迎的动人意态，突出了和风的化煦作用，也传出词人面对春风杨柳万千条的景象时欣喜的心情。第三句"舞烟眠雨过清明"以概括之笔收结上片。柳枝在暮春的晴烟轻霭中飘舞，在暮春的霏霏丝雨中安眠，在梦一般温馨的环境中度过了清明三月天。"舞"字"眠"字，一写动态，一写静态，都能得柳枝之神理，前者见其春风得意，后者见其恬静安闲。

上片从和风拂柳写到暮春烟柳，按照时序写出了柳枝在春风细雨的环境中生长繁茂的过程，展示了她的青春美和意态美，特别是"舞烟眠雨过清明"，更是何等风流蕴藉、温馨旖旎，让人自然联想起青春少女所度过的一生中最美好的时光。

下片仍承上对柳的美盛作进一步渲染。美人对镜梳妆，爱把双眉画成柳叶的形状，歌楼宴席上演唱的清歌也用柳枝作为曲名。词人巧妙地借柳叶眉、《柳枝》曲的流行来渲染柳枝的声名，"偷""借"二字，把被"偷"、被"借"的柳放到备受歆羡的位置上，可谓尊崇之至。

"晚秋霜霰莫无情！"结拍陡然捩转，作变徵之声，这是词人对柳枝将来命运的忧虑。在春风得意之时预想到"晚秋霜霰"的无情摧残，这仿佛有些突然，但却正透露出词人对自然、对人生已经有了类似的体验。由于有前面对柳枝青春美盛情景的层层渲染描绘,这陡转作收便格外显得情深语重,引人注目,令人感慨。

词中所咏的是"物"——和风细雨中盛极一时的柳枝,也是"人"——青春年少、红极一时的歌伎舞女。人与物,借助形象上的比拟和联想,借助环境与命运的相似相关,很自然地浑化为一体。但柳枝的形象似乎还概括了更广泛的人生体验,包括词人自身的命运。作为一位贵公子,词人年轻时也经历过富贵风流的生活,后来却落拓潦倒、沉沦下位。这种先荣后悴的身世,使他对人间"霜霰"的无情有一种切肤之痛,因而对"柳枝"的命运也就有一种特殊的关切。

跟后来周邦彦和南宋某些词人刻画精工、巧为形似之言的咏物词不同,小晏的这首柳枝词对柳枝的形象并没有多少描绘刻画,只以概括虚涵之笔稍作点染,更多的却是深情的咏叹。读来只觉通体空灵,而无咏物词常见的滞累拘执之病。

(刘学锴)

浣 溪 沙 晏几道

日日双眉斗画长,行云飞絮共轻狂。不将心嫁冶游郎。

溅酒滴残歌扇字,弄花熏得舞衣香。一春弹泪说凄凉。

小词写一位歌女痛苦寂寞的内心世界。她被迫过着"行云飞絮"般"轻狂"的生活,但还是希望能获得真正的爱情。小晏是怀着深厚的同情来写这些被侮辱与被损害的女性形象的,故更能真切感人。

起句描述歌女的日常生活:她每天都精心地描画着自己一双长长的黛眉。唐秦韬玉《贫女》诗"不把双眉斗画长",本词却反用其意。歌女虽不愿意,却不得不跟别人争妍比美。一"斗"字,已饱含辛酸。次句更进一步描写:她啊,像天上的行云那样轻浮,像纷飞的柳絮那样狂荡。"行云",用《高唐赋》巫山神女"旦为朝云,暮为行雨"意,暗喻歌妓的生涯。"飞絮",旧诗词中常用杨花柳絮的飘流无定喻女子的命运和行踪。"行云飞絮"四字,不独写歌女的举止情态,也暗示了她的身份。"轻狂",也是表象而已。杜甫《绝句漫兴》诗:"颠狂柳絮随风舞,轻薄桃花逐水流。"随风逐水,不也象征着女子身不由己、随人摆布的可悲境遇吗?前两句极力写这位歌女的装饰和态度,强调她的"轻狂",是为了表现其现实生活与理想的矛盾——"不将心嫁冶游郎"!这才是歌女内心世界的真实写照。她发誓不把自己的真心许给浪荡的男子。语虽从李商隐《无题》诗"不知身属冶游郎"化出,而其思想境界则比李诗要高得多。"身属",那是无可奈何的,也许是无法避免的,处在社会底层的歌妓,被迫委身于那些玩弄女性的公子哥儿,可是,她的内心深处，还是有其不可侵犯的领地的，身可属而心不可嫁，冶游郎决不能获得自己真正的爱情。"不将心嫁"，千古奇语。它向人们揭示了一位女子纯洁的心灵和独立的人格，也表现了封建社会中人的自我意识的觉醒。沈祖棻云："这一句语气坚决，而笔力沉重足以达之。"可谓的评。

过片二句，细致地描写歌舞筵前之"乐"：酣饮时溅出的美酒滴到歌扇上，使扇上的字迹都漫渍了；拈花弄草，把舞衣熏染得幽香袅袅。"溅酒"，谓其纵饮狂荡；"弄花"，写其娇美情态。歌扇舞衣，乃表明女子身份之物。两句字面艳冶，描绘精工，次句从于良史《春山夜月》诗"掬水月在手，弄花香满衣"化出，而色彩更为秾丽。这就是歌女的日常生活，也是"轻狂"二字的注脚，她在酒筵上不得不歌舞助欢，而其心里却充满了浓重的悲凉——"一春弹泪说凄凉"！篇终见意。无人可诉，唯有暗中流泪，独自凄凉，又辜负了美好的芳春，虚度了大好的年华！

本词在艺术手法上也颇具特色，上、下两片的前两句，用浓墨重彩，力写女子装饰之美，歌舞之乐，而在末句却突作转折，写女子内心的坚贞与凄凉。两相对比，从这似乎是难以调和的矛盾中表现了女子的完整的形象，显示出她的鲜明的个性。我们知道，每一个词人都能或多或少地在其作品中展示自己的内心世界，亦即在塑造词中抒情主人公的形象的同时，也为自己塑造了形象。在本词中，透过作者深情的描述，分明看到一个诚挚的灵魂在跃动，那就是小晏自己的形象。我们完全能从字里行间体会出词人的心灵美，他那"痴"的个性，他那"伤心人"的怀抱，都真实地反映出来了。刘永济先生对此词有一段颇为精到的论述："作者将此一舞女之生活和内心写得如此酣畅，其自身几已化为此女。盖由作者自身亦具有此种矛盾之痛苦，亦同有此舞女之个性，故能体认真切。此舞女，直可认为作者己身之写照。此种写法，又较托闺情以抒己情者更加亲切，因之更加动人。论者称其词顿挫，即从此等处看出也。"（《唐五代两宋词简析》）可供参看。

（陈永正）

浣　溪　沙　　　　　　　　　　　　　　　　　　晏几道

唱得红梅字字香，柳枝桃叶尽深藏。遏云声里送离觞。
才听便拚衣袖湿，欲歌先倚黛眉长。曲终敲损燕钗梁。

抒写别情离恨，是古典诗词中熟见的题材。要写好一首送别词，除了要有真挚的感情外，往往还须借助于新巧的艺术构思和特异的艺术手法。像小晏这首《浣溪沙》词，着力去描写歌女唱曲的优美动人，从侧面托出悲离伤别的命意，虚实相生,情文并茂,吐弃陈词套语,便成妙构佳篇。

　　首句"唱得红梅字字香",语甚绮丽。"红梅",当指歌女所唱的曲词。汉横吹曲有《梅花落》,多述离情。至唐白居易《送滕庶子致仕》诗云:"犹听侍女唱《梅花》。"宋人歌筵中多唱曲子词,宋词有《落梅花》《梅花引》《小梅花》等调。本词着一"红"字,便添色彩。"字字香",极言歌者声情之美。由乐曲之名联想到真正的梅花,又以红梅之香比喻乐声,听觉与视觉、嗅觉交织起来,这就是诗论家所说的"通感"。字字皆香,声声俱美,可想见歌女此时情愫。隽言秀句,无怪元人郭豫亨竟袭取"梅花字字香"名其诗集了。次句"柳枝桃叶尽深藏",反衬补足首句。"柳枝",指《杨柳枝》曲。古横吹曲有《折杨柳》。北朝乐府鼓角横吹曲《折杨柳枝》词云:"上马不捉鞭,反拗杨柳枝。下马吹横笛,愁杀行客人。"后世翻此曲者,亦多写离别行旅之情。"柳枝",亦歌女名,见李商隐《柳枝》诗序。"桃叶",《古今乐录》载,晋王献之爱妾名桃叶,缘于笃爱,献之临江相别时作歌曰:"桃叶复桃叶,渡江不用楫。但渡无所苦,我自迎接汝。"后收入乐府,名《桃叶歌》。词中柳枝、桃叶,语意双关。亦人名,亦歌名,又与首句"红梅"字面相应。句意谓其他歌女及所唱的曲子都远不及这位姑娘和她的"红梅"曲。"遏云声里送离觞",于上片歇拍处小结。"遏云",谓歌者声调高亢激越,使天上的行云为之而停止。《列子·汤问》载,歌者秦青相送薛谭,"饯于郊衢,抚节悲歌,声振林木,响遏行云"。送别之词用此典,亦甚工切。"送离觞"三字,始点出歌筵送别的本意。

　　过片二句,分别从行人与歌者两方面来写:被送的人才听到她的歌声,便感情激荡,不禁泪湿衣袖;而女子欲歌之时,早从她那修长的眉黛中,流露了脉脉深情。"便拚""先倚"二语极炼。"拚",有甘愿、不顾惜之意。行人知道无法控制自己的感情,那就索性让泪水流下来吧。"倚",有依靠、凭仗之意。女子巧画长眉,宜颦宜笑,若是画作"远山眉"时,就更勾起人的离愁别恨了。"才听"二句,写出行人与歌者早已心意相通,故就更容易被歌声感染。"曲终敲损燕钗梁",这是全词精绝之笔。"燕钗",饰以玉燕的钗。行人听歌时以玉钗按拍击节,当人的感情正被激发到最高潮时,歌曲戛然而止,不觉敲损了钗梁,可见其激赏之至。《世说新语·豪爽》载有王处仲(敦)咏歌时以铁如意打唾壶,壶口尽缺之事。韩偓《闺情》诗也有"敲折玉钗歌转咽"之句。本词暗用前人故实,而又自然贴切。钗梁折断,亦暗示有"分钗"之意。古人离别时有分钗的习俗,把钗分拆两股,各持其半,以为纪念。白居易《长恨歌》"钗留一股合一扇",即记此事。本词写曲终人别,敲损钗梁,以表达离人的凄绝之情,其味更是有余不尽了。

　　　　　　　　　　　　　　　　　　　　　　　　　　　　　(陈永正)

六 么 令 晏几道

绿阴春尽,飞絮绕香阁。晚来翠眉宫样,巧把远山学。一寸狂
心未说,已向横波觉。画帘遮币。新翻曲妙,暗许闲人带偷
掐。 前度书多隐语,意浅愁难答;昨夜诗有回文,韵险还
慵押。都待笙歌散了,记取留时霎。不消红蜡。闲云归后,月
在庭花旧栏角。

晏几道的词,多以歌妓舞女为描写对象,题材范围是比较狭窄的,但是,他又
能够在这个狭窄的范围之内进行相对广阔的开掘,写出歌妓舞女们的众多生活
侧面来,故而并不单调。同时,由于作者熟悉他所描写的对象,对她们关切、同
情,所以作品中流露的感情是真挚的,再加上新颖的构思、精美的语言和生动的
描绘,于是形成了小晏词的独特的艺术风格。

这首《六么令》写一位歌女和情人的约会,题材的角度比较新颖;通过这样一
个角度,展现女主人公的内心活动,描摹相当生动。

开头的"绿阴春尽,飞絮绕香阁"两句,不仅是点出季节时令,柳絮的飞舞环
绕也是一层比喻,它把歌女因有约会而产生的兴奋、紧张的心情作了一番引人联
想的比拟。盼到晚来,演出的时间快到了,这位歌女开始梳妆。于是对她作了几
句正面的描写。只须写她的眉和目就够了,因为眉目是足可传情的。学着宫中
的远山眉样,精心描画。《赵飞燕外传》载,赵飞燕妹合德,为薄眉,号远山黛。这
是"女为悦己者容",翠眉是画给她的情人看的。写眼睛的两句更为生动。此时
她化妆已毕,步出宴会厅前,"一寸狂心未说,已向横波觉"。"狂心",是难以抑制
的热切之心。眼睛是心灵的窗户,她的心事不须开口,就已经从她那如水波流动
的眼神中传出来,而已被人察觉了。"已向横波觉","向"字、"觉"字,其中隐隐有
一个人在,这是什么人呢? 就是今晚她所要密约的人。这人已在席间,她一瞥
见,就向他眼波传情,而被这个人察觉了,彼此心照不宣。这一点很重要,是理解
词情的关键,下面将再说明。

上片的后几句写的是笙歌演出的情况。在四周有画帘遮护的宴席场所,她
演奏的新翻曲子,妙处纷呈。因为有所爱者在座,她尽情施展本事,不但奏"新翻
曲",而且奏得"妙"。"暗许闲人带偷掐",意谓:情人在座,定要尽心演奏的,曲
谱尽管让旁人偷记了去,也在所不惜。"偷掐",暗用元稹《连昌宫词》"李謩捻笛
傍宫墙,偷得新翻数般曲"所述事。元诗自注云:明皇尝于上阳宫夜后按新翻一

曲。李暮其夕于天津桥玩月,闻宫中度曲,遂于桥柱上插谱记之。"掐",与"插"同属《广韵》入声三十一洽,声母不同,此处可通。这个字属于险韵,不容易押得好。这里结合用事,却下得非常自然。

下片的开头,补叙了情人连续写给她的书信、诗歌,因为其中"多隐语""有回文",本来是应该作答书、和原韵的,但是由于自己领会得还不够深,诗的韵字也嫌太窄,答书、和诗都没有写成,自己心里的话,只好待今夜会面时与对方倾谈了。这几句补叙,说明了两人交往的亲密程度,也说明了今晚约会的必要性和重要性。最后叮嘱约会的时间、地点,是全词里写得最生动的部分。"都待笙歌散了,记取留时霎",这是告知笙歌散后,彼此都暂留片刻,做什么呢? 就是去私会。这两句表明,她的情人原来就是参与了这个笙歌之会的,所以有散席暂留这些话。依此再回顾上片所写,所有巧画宫眉,横波送心,新翻曲妙,女主人公都是有所为的。秘密至此才揭破,不能不使人惊叹小山词笔之巧妙。一对情人相约会,当然不必惊动别人,不必点燃灯烛,"不消红蜡"这一句叮咛的话,粗看似乎多余,细味起来,却有一种轻俏亲昵的感觉,写上这四个字,就给作品增添了一点特殊的情趣。"闲云归后,月在庭花旧栏角",这是确认约会的地点。这地点本来是又简单又熟悉的,还是庭中栏角那个老地方,但在作者的笔下却被妆点得繁复而花俏了。作者把这栏杆一角,写成了"云破月来花弄影"的所在,用云、月、花作装饰,使得这个地方变得更加幽美。当然,对地点环境的描绘是为了给人物的活动作衬托,把情人的约会安排在花前月下,果然给作品增添了诗情画意。

角度新、笔触细、人物生动、语言精美,晏几道驰骋才华,描绘他周围的莲、鸿、蘋、云等歌姬舞女的日常生活和内心世界,在这个狭小的题材范围之内,也写出了不少像《六么令》这样富有艺术魅力的好词。

(王双启)

更 漏 子

晏几道

柳丝长,桃叶小。深院断无人到。红日淡,绿烟晴。流莺三两声。　　雪香浓,檀晕少。枕上卧枝花好。春思重,晓妆迟。寻思残梦时。

小词写春日闺思,风调闲雅,词情深婉,为闲情之作中的工于言情者。《花间》诸作中,亦有此情,亦有此景,但却没有小晏这种纯美的境界。陈廷焯《白雨斋词话》中称之"婉转缠绵,深情一往",俞陛云《宋词选释》亦称其"景丽而情深,《金荃集》中绝妙词也",皆非虚誉。

"柳丝长"三句,写深院中的景色,烘托春日寂静的气氛。柳树,垂下了长长的柳丝;桃树,也长出了小小的嫩叶。这阒寂的深院啊,终日没有人到来。"无人到"上加一"断"字,便有怨意,为结处写情作了铺垫。接着补写院中的景物:淡淡的红日照进院子里,浓绿的树丛笼罩着漠漠轻烟,传来了流莺三两声鸣啭。一"淡"字,写出春天初阳的特色。空中水气弥漫,故太阳淡而无光。绿烟,指草木间的烟霭。末句以莺声反衬深院的寂静。犹王维《过感化寺昙兴上人山院》诗"谷鸟一声幽"之意。上片写室外美好的春景。笔触轻倩,词语妍秀,在景物描写中自有人在,自有情在。

过片三句,转写室内的情景:她雪白的肌肤透出了浓香,脸上浅红色的娇晕也消退了——哎,那绣在枕头上的低压着枝梢的花儿多么美好!雪,喻女子莹白的肌肤;檀晕,浅红色的妆晕。上两句暗示闺人一夜独眠,辗转不寐,故妆残晕少。"枕上"句,隐喻闺人之美,故见枕上花枝而益增怅触。三句透露出许多字面之外的信息。语愈美,意愈深,情愈切,逼出篇末三句:"春思重,晓妆迟,寻思残梦时。"春思,犹言春情、春愁,指闺人在春日的情思。"晓妆"句,意与温庭筠《菩萨蛮》"懒起画蛾眉,弄妆梳洗迟"相近,而情韵似更胜,真能写得出"寻思"的神理。春日里,闲愁深重,起床后也迟迟不愿去梳妆——独个儿在寻思清晓的残梦。她梦到了什么?词中没有明说,也不必去明说,让读者一起去细细"寻思",便有无穷的余味。也许是梦到所爱的人?也许是梦到旧日欢娱的情景?这些都在不言之中,而醒来只见到悄无人迹的深院,只听到撩人情思的莺声,那惆怅的情怀就更令人难堪了。本词结处,怨而不露,自觉动人。

(陈永正)

河　满　子　　　　　　　　　　　　　　晏几道

绿绮琴中心事,齐纨扇上时光。五陵年少浑薄倖,轻如曲水飘香。夜夜魂消梦峡,年年泪尽啼湘。　　归雁行边远字,惊鸾舞处离肠。蕙楼多少铅华在,从来错倚红妆。可羡邻姬十五,金钗早嫁王昌。

本词反映歌伎的不幸身世。首两句通过绿绮琴、齐纨扇传达出女子的幽怨,她的心情是借琴声曲曲传出的,一如小晏《菩萨蛮》所写的"哀筝一弄湘江曲,声声写尽江波绿。纤指十三弦,细将幽恨传。"齐纨扇,指歌舞时所持的团扇,"舞低杨柳楼心月,歌尽桃花扇底风。"公子王孙,征歌选色,纵情狂欢,真是所谓"肯爱千金轻一笑!"惜乎时光易逝,红颜难驻,一旦憔悴,就被遗弃,犹如秋扇见捐。古诗《怨歌行》云:"新裂齐纨素,鲜洁如霜雪,裁为合欢扇,团团似明月。……常恐秋节至,凉飙夺炎热,弃捐箧笥中,恩情中道绝。"这大概就是琴中所诉述的心事吧。

接下去指斥了那些薄倖年少。五陵,本指汉代长安的长陵、安陵、阳陵、茂陵、平陵一带豪富聚居之地,这儿是借指。"浑薄倖",形容那些贵游子弟,简直都是负心的无赖,他们轻薄浮浪,犹如水面浮花,倏尔远逝。"正忆玉郎游荡去,无寻处。"(顾夐《杨柳枝》)这里也透露出知音难求、终身无靠的苦闷。以下两句,使用典故,作出了概括。"夜夜"句用宋玉《高唐赋》巫山神女事。李商隐《无题》诗中有"神女生涯原是梦"之句,即由此而来,后来"神女"成为"青楼倡女"的同义语。"年年"句,则用张华《博物志》"舜死,二妃泪下,染竹即斑。妃死为湘水神,故曰湘妃竹"(《初学记》卷二八引)之事,借以写出歌伎内心的痛苦。

下片承接上文,叙述歌伎在强颜欢笑中度过了青春时光,一旦容颜衰老,就此"门前冷落车马稀",那种"五陵年少争缠头,一曲红绡不知数"的景况再也不会出现。"归雁"句,写她怅望长空,怀念远人,但见雁群排列成字,飞回南方,却收不到薄情郎的片纸只字。"惊鸾"为自喻。古时称妆镜为"鸾镜"。刘敬叔《异苑》载:"罽宾王有鸾,三年不鸣。夫人曰:'闻鸾见影则鸣',乃悬镜照之,中宵一奋而绝。故后世称为鸾镜。"这里说她揽镜自照,看到自己为相思所苦的憔悴容貌,十分惊忧。继而又联想起还有多少青楼女子,自恃丽质天成,引人爱慕,待到"暮去朝来颜色故",只能独处神伤。铅华,本指搽脸之粉,曹植《洛神赋》云:"芳泽无加,铅华不御。"此处借喻浓妆歌伎。

末尾两句笔锋忽转,化用崔颢《古意》诗意:"十五嫁王昌,盈盈入画堂。自矜年最少,复倚婿为郎。舞爱前溪绿,歌怜子夜长。闲来斗百草,度日不成妆。"着意渲染了邻姬早嫁贵人、享尽荣华之可羡,以此作为衬托,使本词女主角沦落风尘的憔悴形象显得更为突出。

作者之父晏殊写过一首《山亭柳》赠歌者,内容与本词相似:"家住西秦,赌博艺随身。花柳上,斗尖新。偶学念奴声调,有时高遏行云。蜀锦缠头无数,不负辛勤。 数年来往咸京道,残杯冷炙谩消魂。衷肠事,托何人。若有知音见采,不辞遍唱阳春。一曲当筵落泪,重掩罗巾。"全词以叙事为主,从歌者色艺超群、获得缠头无数的盛时写到她沦落江湖、残杯冷炙的暮年,并以知音难求、泪湿罗巾作结。在手法上与俗词接近。而这首《河满子》则与之完全不同,不直接叙事、不使用口语,而是运用典故,注意对称,如"魂消梦峡"与"泪尽啼湘";并且雕琢刻镂,辞采华丽,如"绿绮琴中"与"齐纨扇上";还求含蓄曲折,化用前人诗意,如"邻姬十五""早嫁王昌"。相比之下,二者在手法上可说是完全不同的,但是对于歌伎的悲惨遭遇,则都抱着同情的态度。

(潘君昭)

御 街 行   晏几道

街南绿树春饶絮,雪满游春路。树头花艳杂娇云,树底人家朱户。北楼闲上,疏帘高卷,直见街南树。 阑干倚尽犹慵去,几度黄昏雨。晚春盘马踏青苔,曾傍绿阴深驻。落花犹在,香屏空掩,人面知何处?

此词写故地重游中恋旧的情怀,容易令人想起唐诗人崔护《题都城南庄》:"去年今日此门中,人面桃花相映红。人面不知何处去,桃花依旧笑春风。"二者的心情颇类,但小晏词并不落崔诗的窠臼。

崔诗是从昔到今顺叙,此词却从眼前景象咏起,渐渐勾起回忆,是倒说。上片的开头与结句数字重复("街南绿树"与"街南树"),颇为别致。细玩词意,原来前四句与后三句乃是倒装,重复处恰是衔接的标志。"街南绿树春饶絮"四句,是北楼南望中的景色和意想。正因鸟瞰,才能看得那样远,看得见成行的柳树和别的花树,看得见花絮红白相间织成的灿烂"娇云",看得见漫天飞絮。这里,"雪满游春路"是由柳树"饶絮"而生的奇想,同时又点出"晚春"二字。至于"树底人家朱户",当是从"树头"的空隙间隐约见之,它是掩映在一片艳花娇云之中的。把一种急切的寻寻觅觅的情态表现得非常传神。先写出鸟瞰画面,引起读者沉思,再推出人物楼头颙望的画面,使人感受渐趋明确。

过片由景及情。词中人"阑干倚尽",甚至在"几度黄昏雨""游春"的人们尽皆归去的时候,还不忍离开。"犹慵去",是写情态,也是写心理。何以如此?紧接二句便是回答。"盘马"显然不是今日之事,"晚春"也不是眼前这个晚春,而"绿阴""青苔"的所在,必定是"街南绿树"底下的那某个"人家"。要之,这里是词中人昔游之地。对景枨触如此,必有值得永久纪念的特殊情事。于是,词最后三句点睛:"落花犹在,香屏空掩,人面知何处!"较之"桃花依旧笑春风"之句,尤觉有花落人去之苦。此词把读者带到忆昔的刹那便止,留下了回味的余地。词中人只于北楼闲(空)望,原来他已经访过词中不曾出现的伊人了:断无消息,惟"香屏空掩"而已。那么"几度黄昏雨"或不限于一日,"北楼闲上"抚景怀旧或不止一度罢。

就字数而言,此词比崔诗超过一倍,而叙事成分仅及其半(它点出"人家朱户"，却未明言"去年今日此门中，人面桃花相映红"那样的情事），其致力处乃在于通过写景来表现一种心境，这正是词体一般的特长，不同于崔诗；然而作者又通过"人面知何处"的字样巧妙借用了崔护诗意，对情事作了明确暗示，达到了含蓄有致，事简言丰的效果。

　　　　　　　　　　　　　　　　　　　　　　　　　　　　　　（周啸天）

少 年 游　　　　　　　　　　　晏几道

　　离多最是，东西流水，终解两相逢。浅情终似，行云无定，犹到梦魂中。　　可怜人意，薄于云水，佳会更难重。细想从来，断肠多处，不与者番同。

　　此词抒离别怨情，章法最活。全词共三层。上片作两层比起。先以双水分流设喻："离多最是，东西流水。"以流水喻诀别，其语本于传为卓文君被弃所作的《白头吟》："躞蹀御沟上，沟水东西流。"第三句却略反其意，说水分东西，终会再流到一处，等于说流水不足喻两情的诀别，第一层比喻便自行取消。于是再设一喻："浅情终似，行云无定。"用行云无凭喻对方一去杳无信息，似更妥帖。不意下句又暗用楚王梦神女"朝为行云"之典，谓行云虽无凭准，还能入梦。将第二个比喻也予取消。短短六句，语意翻覆，不及写到"可怜人意"，已有柔肠百折之感了。

　　这里，有两点值得特别一提。其一，两层比喻均有转折而造句上均有所省略，"东西流水"与"行云无定"，于前句为宾语，于后句则为主语。即后句省略了主语。用散文眼光看来是难通的，即使在诗中这样的省略也不多见，而词中却常常有之。这种省略法不但使行文精练，同时形成一种有别于诗文的词味。其二，行云流水通常只作一种比喻，此处分用，"终解"与"犹到"在语气上有强弱之别，仿佛行云不及流水。故两层比喻似平列而实有层递关系，颇具新意。

　　过遍处将前二意合并，说："可怜人意，薄于云水"，同时就更进一层。流水行云本为无情之物，可是它们或终解相逢，或犹到梦中，似乎又并非一味无情。在苦于"佳会更难重"的人儿心目中，人情之薄岂不甚于云水！翻无情为有情，原是为了加倍突出人情之难堪。最后的沉痛情语也就顺势迸发而出：仔细回想，过去最为伤心的时候，也不能与今番相比呢！"细想"二字，是抒情主人公直接露面。而经过三重的加倍渲染，这样明快直截的内心独白中，自觉有充实深厚的内蕴。

　　《少年游》是重头词，它不仅上下片格式全同，有一体（例如此词）每片也由相同的两小节（以韵为单位）构成。作者利用调式的这一特点，上片作两层比起，云、水意相对，四四五的句法相重，递进之中，有回环往复之致。而下片又更作一气贯注，急转直下，故绝不板滞。恰如近人夏敬观所评："上分述而又总之，作法变幻。"

（周啸天）

虞　美　人

晏几道

曲阑干外天如水，昨夜还曾倚。初将明月比佳期，长向月圆时候望人归。　　罗衣著破前香在，旧意谁教改？一春离恨懒调弦，犹有两行闲泪宝筝前。

这首词写的是怀人怨别的传统题材，在刻画女主人公的行动和心态时，却很有艺术特色。上片四句，描述她倚阑望月，盼人归来之情。"曲阑干外天如水，昨夜还曾倚。"这两句主写倚阑，而写今夕倚阑，却从"昨夜曾倚"见出，同样一句词，内涵容量便增加一倍不止。——既然连夜皆倚阑而望，当还有多少个如"昨夜"者的哩！"天如水"，比喻夜空如水般明澈与清凉，可是其意不在于写天，而在于以明净的天空引出皓洁的明月。这与柳永《二郎神》咏七夕的"天如水、玉钩遥挂"，把"天如水"设置为月的背景，用意相同；但"明月"到隔句才出现，这关系却一时不易觉察。倚阑望月，若止于直说怀人，也还是平平无奇。曹植《七哀》诗早已说道："明月照高楼，流光正徘徊。上有愁思妇，悲叹有余哀。"岂不正是写思妇对月怀人吗？古已有之了。"太阳底下无新事物"，可是会有新的表现方式或者特别手法，令它说得与众不同。词中就这样来写女主人公的对月怀人："初将明月比佳期，长向月圆时候望人归。"男子去后一直不回来，也没说准什么时候回来，她结想成痴，就相信了传统的或当时流行的说法——月圆人团圆，每遇月圆，就倚阑苦望。唐吴兢《乐府古题要解》说古绝句《藁砧今何在》云："……'何当大刀头'，刀头有环，问夫何时当还也；'破镜飞上天'，言月半当还也。"一月之半即是月圆之夕，言夫"当还"，可见这种说法也是由来已久。但如此预言毕竟是虚妄难凭。词中写女主人公倚阑看月，从希望到绝望，有其独到之处。"初将"是说"本将"，这一语汇，便已含有"后却不然"的意味。下面却跳过这层意思，径写"长望"，其中自有一而再、再而三以至多次的希望和失望的交替，在不言之中。"初"字起，"长"字承转，两个是要紧的字眼，括尽一时期以来望月情事，从中烘托出女主人公的痴情和怨意。

下片四句，抒写不幸被弃之恨，与上片的真诚信托、痴情等待形成强烈的对照。"罗衣著破前香在，旧意谁教改"？从等待无望而终于悟知痴想成虚。"罗衣著破",是时长日久;"前香在",则以罗衣前香之犹存比喻往日欢情的温馨难忘,委婉表达对旧情的缱绻眷恋。然而旧日的情意,是谁使它这么容易就改变呢?"旧意谁教改"? 问语怨意颇深。人情易变,不如前香之尚在;易散之香比人情还要持久,词中女主人公感到深深的痛苦。最后结以"一春离恨懒调弦,犹有两行闲泪宝筝前"二句,点出全词的"离恨"主旨,以"一春"写离恨的时间久长,以"懒调弦""两行闲泪"形容离恨的悲苦之深。用笔有回环往复之妙。

　　这首词没有华丽的词藻,深曲的典故,也没有奇特的结构和想象,只是通过抒情主人公把个人的身世遭遇,短暂的欢乐与无法摆脱的悲哀,用浅近而真挚的语言,反反复复向读者诉说,使人心醉神迷,为之低徊不已。深一层体味全词,似觉不只是抒写离恨闺情,因为"善言词者,假闺房儿女子之言,通之于《离骚》、变雅之意"(朱彝尊《陈纬云红盐词序》),在作者着意刻画的这一女子形象中,隐然蕴含自伤幽独之感。筝弦懒调,闲泪自坠,也自寓有"不惜歌者苦,但伤知音稀"(《古诗十九首》)的哀伤。小晏落拓一生,华屋山邱,身亲经历,人情冷暖,世态炎凉,在他的心灵上留下了难以磨灭的创痕。这首词里的"罗衣著破前香在,旧意谁教改",都在抒写儿女之情中拌和着身世浮沉、世情翻覆的感慨。

(钟　陵　陈长明)

采桑子　　　　　　　晏几道

西楼月下当时见,泪粉偷匀。歌罢还颦。恨隔炉烟看未真。　　别来楼外垂杨缕,几换青春。倦客红尘,长记楼中粉泪人。

　　西楼,是小晏难以忘怀之地;楼中人,更是小晏难以忘怀的人。他一再幽婉地唱道:"别来长记西楼事"(《采桑子》)、"谁堪共展鸳鸯锦,同过西楼此夜寒"(《鹧鸪天》)、"西楼别后,风高露冷,无奈月分明"(《少年游》)、"西楼题叶,故园欢事重重"(《满庭芳》),可知西楼在小晏的"故园"汴京,也是当时欢会之地。那是一次夜间的宴集,词人在月下与她相见——她正偷偷地抹干珠泪,重整铅华。"泪粉偷匀",初次见面的印象是最深刻的,也许是终身不忘的,何况那是一位正在流泪的姑娘!"匀",谓匀粉,把脸上的粉搽匀。"偷匀"二字,中含几许辛酸。"歌罢还颦",她匀脸后还要继续唱歌,唱完了歌却又皱着眉头,郁郁不乐——可惜我隔着袅袅的炉烟,未能看得真切。"看未真"三字,意味深长。其实,淡薄的香烟,哪能阻隔人的视线呢! 词人所"恨"的只是坐处与她隔开,未得亲近,尤其

是无法知道她为什么流泪悲伤。上半阕着力在"泪"字与"颦"字。歌女的凄凉身
世，痛苦心情，词人对她的同情和爱慕，都在这里表达出来了。如俞陛云所说的：
"不过回忆从前，而能手写之，便觉当时凄怨之神，宛呈纸上。"（《宋词选释》）作者
尚有一首《采桑子》词云："非花非雾前时见，满眼娇春。浅笑微颦。恨隔垂帘看
未真。"词语虽与本词相近，而用意却别。"娇春""浅笑"，词虽美而意浅，纯为冶
游之作，格调则远逊了。

　　下半阕写别后相思。自从一别之后，想那楼外的缕缕垂杨，又几度在春天更
枝换叶。"垂杨"，在旧体诗词中，往往有着各种特殊的象征意义。古来有折杨柳
赠别的习俗，因而见到杨柳便使人联想到别离；杨花柳絮，飘飏无定，又使人联想
到身世的漂泊无依。"几换青春"，犹言过了几个春天。欧阳修《朝中措》词："手
种堂前垂柳，别来几度青春。"青春，指春季，春季草木由枯而绿，故云青春。在词
中说青春几回更换，语意双关，亦暗示人的年华渐老。"倦客红尘"，犹言红尘中
之倦客，词人自谓。上与"别来""几度青春"相应，飘零岁久，故云"倦客"；下连
"长记楼中粉泪人"。"红尘"对照"楼中"，"倦客"对照"粉泪人"；处境不同，命运
岂异？都是"伤心人也"（冯煦《六十一家词选例言》评晏几道语），宜乎每思身世，
辄念彼人，是所谓"长记"！"楼中粉泪人"，篇首所写初见时歌女形象，至此特再
大书一笔，不但在词的作法上做到首尾相应，思想感情上也是以初见时她的"泪
粉偷匀"的情景为最撼动人心，因而别来长记不忘。词人下此一句，是哀人，还是
自哀，亦浑不可辨，真足令人"掩卷怃然"（《小山词自序》中语）。　　　　（陈永正）

<h2 style="text-align:center">留　春　令　　　　　　　　　　晏几道</h2>

　　画屏天畔，梦回依约，十洲云水。手撚红笺寄人书，写无限伤
春事。　　　　别浦高楼曾漫倚。对江南千里。楼下分流水声
中，有当日凭高泪。

　　写与意中人别后的怀思，落笔便出奇想——画屏中的风景，仿佛远在天边；
残梦初回，依稀犹见那十洲的行云流水。小晏词多写梦境，而此词却写梦回之
后，梦里的情景只从侧面写来，便留给读者思考的余地：词中抒情主人公无望的
追求，痛苦的思念，都在不言之中了。近在咫尺的屏风，在迷离中居然看成像天
般遥远。一实一虚，一近一远，通过这强烈的对比，表达了对情人远别的怀思，意
境比《蝶恋花》词"斜月半窗还少睡，画屏闲展吴山翠"更深一层。"十洲"，是仙人
所居、人迹罕至之地。托名为汉东方朔撰的《十洲记》载，在八方大海中，有祖洲、

瀛洲、玄洲、炎洲、长洲、元洲、流洲、生洲、凤麟洲、聚窟洲。词中例以美人为仙，美人所居为仙境，此暗指所思念的人的居处。十洲是仙灵境界，凡人无法到达的地方，只有在梦中才能前往。作者《清平乐》词也有句云：“正在十洲残梦，水心宫殿斜阳。”与此同意。梦醒后，看到屏风上画着的山山水水，犹疑是梦中所历，更写出梦境的虚幻和醒后的怅惘，真是妙有远神，令人掩抑低徊不已。仅起头三句，意已甚妙。紧接两句：我手执着红笺——那是准备寄给她的书信——上边写有无限的伤春心事。作者《鹧鸪天》词：“手撚香笺忆小莲，欲将遗恨倩谁传？”《清平乐》词：“红笺小字，说尽平生意。鸿雁在云鱼在水，惆怅此情难寄。”写的是两人隔绝，水遥山远，此时相望，何止天涯！好梦无凭，红笺难寄，这相思之情，又怎么能够排遣！把寄人的红笺与十洲的残梦联系起来，创造出情景交融的境界，表现了词人苦恋的情怀，具有很强的艺术感染力。

下片写对往事的回忆：我也曾无聊地独倚高楼——正在两人分别的水边——面对着辽阔的千里江南之地。这里所写的不是昔时相聚的欢娱，而是别后的思念，脱出词家惯常用的上下片对比的手法，感情便越觉沉厚。结两句“楼下分流水声中，有当日凭高泪”，进一步写倚楼时的怀思。杨慎《词品》引晁元忠诗：“安得龙湖潮，驾回安河水。水从楼前来，中有美人泪。人生高唐观，有情何能已！”并认为小晏此词“全用其语”；郑文焯又谓此二语“亦袭冯延巳《三台令》‘流水，流水，中有伤心双泪’”，并贬斥小晏词“乏质茂气”。杨、郑之论，苛责古人，未免不公。小晏此词，浑金璞玉，秀韵天然，非徒以片言只语见工者。且晁元忠的辈分晚于小晏，小晏怎能预用其语？晏词此句，着意在“分流”二字。古乐府《白头吟》：“蹀躞御沟上，沟水东西流。”以水东西分流，喻人们一别之后不再相见。人倚高楼，念远之泪却滴向楼下分流的水中，如果要说是承袭冯词，那也是青出于蓝了。

（陈永正）

思　远　人　　　　　　　　　　　　晏几道

红叶黄花秋意晚，千里念行客。飞云过尽，归鸿无信，何处寄书得？　　泪弹不尽当窗滴。就砚旋研墨。渐写到别来，此情深处，红笺为无色。

此首调名与词题合。小晏词多用直笔朴语，不加掩饰，不事雕琢，真情自然流露，故陈廷焯谓其“情溢词外，未能意蕴其中”（《白雨斋词话》）。此词则用笔甚曲，下字甚丽，宛转入微，味深意厚，于小晏为另一机杼。其实，无论是淡语浅语，还是丽句秾辞，只要有一片真情充溢其中，便可具回肠荡气的情致，何况小晏在含蓄深婉之中仍保持其纯朴真挚的特色呢！

起两句，写林叶转红，菊花开遍，又到了晚秋时候，闺中人不禁想念起远隔千里的行客来了。因感秋而怀远，点出主题。——"晚"字，暗示别离之久，"千里"，点明相隔之远。两句交代了时间和空间，给下文留了铺展的余地。"飞云过尽，归鸿无信"，两句是客；"何处寄书得"，此句是主。鸿雁，随着天际的浮云，自北向南飞去。闺中人遥望渺渺长空，盼望归鸿带来游子的音信。"过尽"，已极写其失望之意了，由于"无信"，便不知游子而今所在，自己纵欲寄书也无从寄与。愈是失望，怀念愈是深切。

过片二句，语虽承上而意忽转折。弹洒不尽的那两行珠泪，还当窗滴下来——滴进了砚台中，就用它来研磨香墨。本来上片说到无处寄书，似乎已把话讲死了，下片一转，出人意表，另开思路。而这转折，却又是顺理成章的：正因无处寄书，更增悲感而弹泪，泪弹不尽，而临窗滴下，有砚承泪，遂以研墨作书。明知书不得寄，仍是要写，一片痴情，悃悃不甘，用意尤其深厚。孟郊《归信吟》有"泪墨洒为书"之语，炼意极精，每为后人所袭用，小晏词亦本此，而情真意足，写出小儿女的情态，巧而不纤，较诸"和泪濡墨"的套语自有深浅真伪之别。"渐写到别来，此情深处，红笺为无色。"收语尤令人叫绝。闺人此时作书，纯是自我遣怀，她把自己全部的内心本质力量投进其中，感情也升华到物我两忘的境界。陈匪石《宋词举》有一段极为透辟的分析："'渐'字极宛转，却激切。'写到别来、此情深处'，墨中纸上，情与泪粘合为一，不辨何者为泪，何者为情。故不谓笺色之红因泪而淡，却谓红笺之色因情深而无。"无论是泪、墨、红笺，都融进闺人的深情之中，物与情已浑然一体。全词就"寄书"二字发挥，写以泪研墨，泪滴红笺，情愈悲而泪益多，竟至笺上的红色褪尽。语似极无理，然将闺人心事，扑入毫端，于无理中有至理存焉。用夸张的修辞方法，逐步托出感情的深化过程，这种手法在小晏词中并不多见。唐圭璋《唐宋词简释》称其"痴人痴事""慧心妙语"，可作总评。

（陈永正）

长　相　思

晏几道

长相思，长相思。若问相思甚了期，除非相见时。

长相思，长相思。欲把相思说似谁，浅情人不知。

梁、陈乐府，多取古诗"长相思"三字作起句，调名本此。此词纯用民歌体裁，语语质直，全是小儿女口吻。语极浅近，情极深挚，在朴直中自饶婉曲之致，非至情者不能道。全词八句，而"相思"一语竟重复六遍，不嫌其复，且觉越转越深，荡气回肠，音节尤美，此等句法，是不易学步的。

长久的相思啊，长久的相思。如果要问，这相思什么时候才能了结——除非是相见的时候。上片四句，一气流出，情溢乎辞，不加修饰。"若问"两句，自问自答，痴人痴语。要说"相见"是解决"相思"的唯一办法，这纯是傻里傻气的废话，可是，我们的小晏却认认真真地把它说了出来，正是如黄庭坚《小山词序》所云"其痴亦自绝人"。

相见，真的能了结相思之苦吗？可是，"欲把相思说似谁，浅情人不知。"这是比相思不相见更大的悲哀！"说似谁"，犹言说与谁、向谁说。纵使把相思之情说了出来，那浅情的人儿终是不能体会。浅情是深情的对面，懂得"深情"的含义就懂得"浅情人"是什么了。多情的小晏却总是碰到那样的人，他不由得深深叹息了："相逢欲话相思苦，浅情肯信相思否？还恐漫相思，浅情人不知"（《菩萨蛮》）、"懊恼寒花暂时香，与情浅人相似"（《留春令》）、"别来久，浅情未有、锦字系征鸿"（《满庭芳》）。小晏平生，"人百负之而不恨，己信人，终不疑其欺己"（黄庭坚《小山词序》），可是，当那人交暂情浅，别后又杳无音信，辜负了自己的刻骨相思时，词人依然是一往情深，不疑不恨，只是独自伤心而已。下片四句，以"浅情人"反衬，小晏相思苦恋之情，至此全出。

陈廷焯《词则·闲情集》评此词云："此为小山集中别调，而缠绵往复，姿态有余。"可为确论。

　　　　　　　　　　　　　　　　　　　　　　　　　　　　（陈永正）

王　观

字通叟。高邮（今属江苏）人，嘉祐二年（1057）进士，累官大理寺丞，知江都县，著《扬州赋》《芍药谱》，有《冠柳词》，今赵万里、刘毓盘各有辑本。又，《历代诗馀》作如皋人，元祐二年（1087）进士，以赋应制词被斥，因自号逐客。词存二十八首。

卜　算　子　　　　　　　　　　王　观

送鲍浩然之浙东

水是眼波横，山是眉峰聚。欲问行人去那边？眉眼盈盈处。

才始送春归，又送君归去。若到江南赶上春，千万和春住。

王观的作品，风趣而近于俚俗，时有奇想。王灼说他"新丽处与轻狂处皆足惊人"（《碧鸡漫志》）。这首《卜算子》，俏皮话说得新鲜，毫不落俗，颇受选家的注意。它是一首送别词。

友人鲍浩然大抵是浙东（宋代"两浙东路"的简称，今浙江省衢江、富春江、钱塘江以东地区）人，同王观的交情似乎不很深。这次分别，是鲍浩然从客途返家（但也可能他有个爱姬在浙东，这回是去探望她）。这类事情极为寻常，而王观却运用风趣的笔墨，把寻常的生活来个"化腐朽为神奇"，设想了一套不落俗的构思：先从游子归家这件事想开去，想到朋友的妻妾一定是日夜盼着丈夫归家，由此设想她们在想念远人时的眉眼，再联系着"眉如远山"（《西京杂记》："文君姣好，眉色如望远山。时人效画远山眉。"）"眼如秋水"（李贺《唐儿歌》："一双瞳人剪秋水。"）这些习用的常语，又把它们同游子归家所历经的山山水水来个拟人化，于是便得出了"水是眼波横，山是眉峰聚"。它是说，当这位朋友归去的时候，路上的一山一水，对他都显出了特别的感情。那些清澈明亮的江水，仿佛变成了他所想念的人的流动的眼波；而一路上团簇纠结的山峦，也似乎是她们蹙损的眉峰了。山水都变成了有感情之物，正因为鲍浩然在归途中怀着深厚的怀人感情。

从这一构思向前展开，于是就点出行人此行的目的：他要到哪儿去呢？是"眉眼盈盈处"。"眉眼盈盈"四字有两层意思。一层意思是：江南的山水，清丽明秀，有如女子的秀眉和媚眼。又一层意思是：有着盈盈眉眼的那个人。（古诗："盈盈楼上女"。盈盈，美好貌。）因此"眉眼盈盈处"，既写了江南山水，也同时写了他要见到的人物。语带双关，扣得又是天衣无缝，实在是高明的手法。

上片既着重写了人，下片便转而着重写季节。而这季节又是同归家者的心情配合得恰好的。那还是暮春天气，春才归去，鲍浩然却又要归去了。作者用了两个"送"字和两个"归"字，把季节同人轻轻搭上，一是"送春归"，一是"送君归"；言下之意，鲍浩然此行是愉快的，因为不是"燕归人未归"，而是春归人也归。然后又想到鲍浩然归去的浙东地区，一定是春光明媚，更有明秀的山容水色，越显得阳春不老。因而便写出了"若到江南赶上春，千万和春住"。也许是从唐诗人韦庄的《古别离》"更把玉鞭云外指，断肠春色在江南"得到启发吧，春色既然还在江南，所以是能够赶上的。赶上了春，那就不要辜负这大好春光，一定要同它住在一起了。但这只是表面一层意思，它还有另外一层。这个"春"，不仅是季节方面的,而且又是人事方面的。所谓人事方面的"春",便是与家人团聚,是家庭生活中的"春"。这样的语带双关,当然也聪明,也俏皮。

通看整首词,轻松活泼,比喻巧妙,耐人体味;几句俏皮话,新而不俗,雅而不谑。比起那些敷衍应酬之作,显然是有死活之别的。　　　　　　　（刘逸生）

清　平　乐　　　　　　　　　　　　　　　王　观

黄金殿里,烛影双龙戏。劝得官家真个醉,进酒犹呼万岁。

折旋舞彻《伊州》。君恩与整搔头。一夜御前宣住,六宫多少人愁。

这首词题为"应制",即是应皇帝之命而作的。应制词须写得典雅庄重,即使皇帝与后妃们玩赏之际,一时高兴而命词臣作词,对这种题材也要写得华贵雍容无伤大雅。唐代李白在沉香亭应制作《清平调》,宋初柳永因老人星现作《醉蓬莱》以进,都因偶尔不慎致使前程断送。据宋人吴曾说:"王观学士尝应制撰《清平乐》词云云,高太后以为亵渎神宗,翌日罢职,世遂有'逐客'之号"(《能改斋漫录》卷十七)。可见词人王观在宋神宗时曾为翰林学士,因作了这首应制词而罢职被逐。王观是学习柳永词风格的。王灼说:"王逐客才豪,其新丽处与轻狂处,皆足惊人。"(《碧鸡漫志》卷二)这首词也可足见其轻狂惊人,它竟以轻佻滑薄的语气对至尊无上的皇帝进行揶揄嘲弄,使人读后隐隐发笑。也许作者的主观愿望还是在歌颂天子的恩泽降及嫔妃呢!

词是写皇帝与某嫔妃宴乐的情形。"金殿"是皇帝住的地方,从宴乐的情形推测,它应属宫中的便殿。作者不去正面描写皇帝与嫔妃的狎昵状态,而是侧面写殿里烛光辉煌,有人在"双龙"烛影下为"戏"。这时皇帝在嫔妃之前无所顾忌,去掉了其钦文睿武宪元继道的假面,宛然一副昏君模样。皇帝贵为天子,俗称官家,据宋释文莹《湘山野录》卷下记载:宋真宗问:"何故谓天子为官家?"李侍读仲容对曰:"臣尝记蒋济《万机论》言三皇官天下,五帝家天下。兼三、五之德,故曰官家。"这位嫔妃,能够讨得"官家"的欢喜,便施展出特有的本领将这圣明的官家真个灌醉了。因她进献尊酒时还娇媚地祝颂"吾皇万岁万万岁",便不由得官家不一杯杯饮下去了。所谓"真个醉",意即真的有了醉意,其中自然包含着对这位风流娇美的嫔妃之入迷。在这种精神状态下,皇上甚是开心,难免酒力更觉春心荡,愈加放肆起来,也就容易露出滑稽可笑的丑态了。

作者在词的下片,进一步将宴饮的欢乐之情推向高潮。古代帝王宫中宫人们为了争得皇帝的宠爱,竞新斗奇,百花齐放,采取各种有效的手段以表现女性的魅力。而且她们懂得怎样逐步施展手段取得自己的猎获物,其经验是十分丰富的。所以在"劝得官家真个醉"之后,又采用歌舞手段以夺取最后胜利。《伊州》乃唐代边地伊州(故城在今新疆哈密)传入的西域舞曲,唐吴融《李周弹筝歌》:"只知《伊州》与《梁州》,尽是太平时歌舞。"词中的"折旋舞彻《伊州》",说明宋时宫中犹传唐人伊州乐舞。这种精美的舞蹈热烈活泼,真使皇帝着迷了。他竟躬亲为舞者整理"搔头"。"搔头"即玉簪,为妇女头上饰物。"与整搔头"表示爱怜和亲近之意。皇上对宫人略示亲近爱怜便算是一种"君恩"了,宫内人是难以得到的。这位嫔妃色艺超群,很有手段,终于侥幸得到一点君恩,初步达到了目的。至此,皇上余兴未尽,或可说兴致已经被逗引得浓厚极了。为她整理搔头,已暗示了隐秘的圣意。"御"乃古时对天子的敬称,御前即皇上之前;"宣"为传达皇上之命。"一夜御前宣住",意即当晚在皇上面前就传命这位妃嫔留宿侍寝,得以陪伴君王了。这一方面是妃嫔多年的宿愿得以实现,是她步步进取得到的最后胜利;另一方面作者也层层地刻画了皇上沉醉入迷、贪恋女色、淫乐佚豫的形象。词的结尾"六宫多少人愁",忽然跳出题外,变得严肃起来,作者为数千深锁宫中的女子之不幸命运而哀叹。她们将羡慕这位嫔妃"宣住"而被"幸",又暗暗为自己虚掷青春而愁叹嗟怨。这不是意味着扼杀人性的后宫制度的不合理吗!

无论作者当时的主观愿望如何,作品的客观形象确是明显地对帝王的淫乐生活作了嘲讽的描述,将至尊无上的封建帝王的丑态暴露出来。无怪乎当日神宗皇帝的生母高太后一眼就看出此词有"媟渎"之意,给作者予以重重的惩罚。此词使人们看清了帝王庸俗本性的一面,其头上圣明威严的光晕似乎也因之大为减色,原来他们也同凡夫俗子一般。应该说,这首《清平乐》真是宋词中不可多得的好作品。

(谢桃坊)

庆 清 朝 慢 踏青　　　　　　　　　王　观

调雨为酥,催冰做水,东君①分付春还。何人便将轻暖,点破残寒?结伴踏青去好,平头鞋子小双鸾②。烟郊外,望中秀色,如有无间。　　晴则个,阴则个,饐饤③得天气有许多般。须教镂花拨柳,争要先看。不道吴绫绣袜,香泥斜沁几行斑。东风巧,尽收翠绿,吹在眉山。

〔注〕　①东君:《楚辞·九歌》里有"东君",是指日神,这里是借用来称春神。　②小双

鸯：指古代妇女鞋上绣成的鸯凤。也有绣鸳鸯的，吴文英《八声甘州》词："时鞋双鸳响，廊叶秋声"，即用"双鸳"代称鞋子。　③恒钉：本形容堆砌罗列貌，此处形容天气变化多端。

　　这是一首写春景的词，写得很巧丽，在同类题材的作品中是很有特色的。

　　写春景，大多离不开和风煦日，宠柳娇花，这首词却另辟新境。开头三句"调雨为酥，催冰做水，东君分付春还"，写出了初春时节人们不大注意的自然景物的变化：雨变成酥，冰化为水。恰恰是这些变化，显示出严寒的渐敛，春天的到来。韩愈《早春呈水部张十八员外》诗有"天街小雨润如酥"之句，"如酥"正是早春之雨的特色，这里深入一步说"调雨为酥"，与"催冰做水"一起，突出春神主持造化的本领，把大自然的运行，用"东君分付"四字加以形象化。没有春雨，没有春水，何来的春天？有了它的滋润，大地将勃发出无限生机，百花争妍的日子定会来到。浓郁的春意，尽括在三句之中，可以说是对"东君"的赞歌。前两句，人们只赏其对仗的工丽，用字的尖新，如陆辅之《词旨》把它作为名家对句三十八则之一。实际上，这三句是一个整体，前两句乃由后一句生发而出，在意思的顺序上，当是第三句在前，前两句在后，词人把它们倒置过来，先画龙而后点睛，显得潇洒多姿。三句之后，接下去是"何人便将轻暖，点破残寒？"这个疑问句式表明已到残寒尽退、感到轻暖的时候。这是何人主使的呢？当然仍是"东君"。词人之所以用疑问句式，不止是为了铺叙的跌宕生姿，也是为了使人们对春天的到来，应向造福于人的"东君"表示深深的敬意。人们都是向往春天的，而姑娘们对于春天更是怀着特殊的深厚的感情。"结伴踏青去好，平头鞋子小双鸳。"趁着轻暖的天气，姑娘们结伴而行，野外踏青。为什么不写姑娘们的服饰打扮，而只写她们着的是"平头鞋子小双鸳"呢？这正是词人别具匠心的地方，文章是要在她们的鞋子上来做的，不过不在这里，而在下阕，这里只是先把它提出来作为伏笔。"烟郊外，望中秀色，如有无间。""江流天地外，山色有无中"，这本是王维《汉江临眺》诗中的名句。欧阳修曾把它化用在《朝中措》词里，来写扬州平山堂上所看到的春景："平山栏槛倚晴空，山色有无中。"这里又被化用来写踏青的姑娘们在野外所看到的迷迷蒙蒙的秀色。在词里化用六朝、唐人的诗句是常常有的，问题在于要化用得自然贴切，如出己手。在这里，不仅写出了阳春烟景，且可从"望中"二字体会到姑娘们愉悦的心情，王通叟（王观字通叟）熔铸前人诗句的本领，似乎不亚于欧阳永叔。

　　换头"晴则个，阴则个，恒钉得天气有许多般"，承上阕结句"如有无间"而来，运用口语，生动地描绘出天气的变化。以口语入词，在宋代以柳永为最多，欧阳修、黄庭坚、秦观的词里也不少，但像这首词里用得如此活泼有意趣的并不多见，只有后来的李清照可以媲美。贺裳在他所作的《皱水轩词筌》里说:"险丽,贵矣,须泯其镂划之痕乃佳。如蒋捷'灯摇缥缈晕茸窗冷',可谓工矣,觉斧痕犹在。如王通叟春游曰:'晴则个,阴则个'云云,则痕迹都无,真犹石尉(石崇)香尘,汉皇(汉成帝)掌上也。两'个'字尤弄姿无限。"贺氏提出了两个"个"字用得妙,是有见地的,但他没有注意到,这三句是连贯而下的,"恁忔"一词在这里用得更具神采,真是点铁成金手,没有这个词,前两个"个"字的"弄姿"也显不出来。天气的阴晴无常,使得踏青的姑娘们的情绪起了变化,她们要赶快一揽春景之胜:"须教镂花拨柳,争要先看。"写出了她们看花觅柳的急切心情与行动,"镂"、"拨"两字用得很工,仿佛可以听到她们清脆的笑声,看到她们轻盈的体态,她们的活动为春景增色,而妍丽的春景也为姑娘们的娇姿艳容增添了光辉。她们只顾忘情地欢笑,"不道吴绫绣袜,香泥斜沁几行斑。"不提防,一脚踏进泥淖里,浊浆溅涴了她们的罗袜,不用说,"小双鸳"更是沾满污泥。无限珍惜的心情使她们笑容顿敛,双眉紧锁:"东风巧,尽收翠绿,吹在眉山。"《西京杂记》上说卓文君"眉色如望远山,脸际常若芙蓉"。这是"眉山"典故的由来。踏青姑娘们的蛾眉,本来是淡淡的,但眉头一皱,黛色集聚,好像大地上所有的翠绿全被灵巧的东风吹在上边。不是"东风巧",而是词笔巧,词人捕捉住踏青的姑娘们一瞬间的感情变化,用幽默、风趣的夸张手法,写出了她们有点尴尬的神情。这不是词人,而是主持春事的"东君"在同姑娘们开玩笑,是它把天气弄得变化多端,才产生这一幕小小的喜剧,这幕喜剧在开头两句写雨水的词里已暗暗地作了安排。

这首词主要是从春天里天气的变化方面来写春景,踏青姑娘的活动,只是铺叙的线索,沿着这个线索,把天气的变化逐步描绘出来。尽管没有多从正面来写踏青的姑娘,但通过她们本身的活动,使她们的声音笑貌以至泥涴罗袜后的神态跃然纸上。天气的变化和踏青的姑娘们的活动,和谐地融合为一个整体,构成了一幅充满诗情画意的春景图。至于造语的工丽,用字的尖新,则是这首词很明显的艺术特色。从铺叙手法、描写技巧方面来看,此词显然是从柳永学来而又加以发展,超出了柳永的水平,在婉约词里是一朵炫目的花朵。黄昇在《唐宋诸贤绝妙词选》卷五里评论这首词,说:"风流楚楚,词林中之佳公子也。世谓柳耆卿工为浮艳之词,方之此作,蔑矣。词名《冠柳》(王观词集名《冠柳集》,今已佚,赵万里有辑本)岂偶然哉?"这个评论是褒中有贬。在黄氏看来,这首词比起柳永的浮艳之词来,只是更加浮艳而已。这里牵涉到对柳永词的评价问题。在柳永之后,凡是讲究典雅的词人和评论家,对柳永的词大多不满,认为他的词"俗""浮艳"。至于柳永的作品,是不是可以概目为"俗""浮艳",是另外一个问题,而把这首充

满生活气息、写法新颖的作品，称为"浮艳"之作，则失之偏颇。　　（李廷先）

木兰花令　　　　　　　　　　王　观

铜驼陌上新正后，第一风流除是柳。勾牵春事不如梅，断送离
人强似酒。　　　　东君有意偏捆就，惯得腰肢真个瘦。阿谁道
你不思量，因甚眉头长恁皱。

　　王观是一位很有风趣的词人。他的词学习柳永，自以为可以"冠柳"。以其整个词作的成就而论，远不能与柳永相比，但个别的作品却写得工细轻柔，善用俗语而不粗鄙，王灼评"其新丽处与轻狂处皆足惊人"（《碧鸡漫志》卷二）。这首咏柳的词艺术表现十分新丽，颇能代表其艺术风格。

　　宋人咏物之作很多，写得成功的却较少。王观咏柳是较成功的，他善于抓住所咏之物的特性，使之人格化，构成一个完整而生动的艺术形象。全词共八句，每两句组成一个意群；四个意群之间联系紧密，语言轻快自然，是作者兴会而成的妙作。第一个意群点明所咏之物为柳，突出柳的风流本性，全词遂以拟人的方法从各方面来表现它的风流。洛阳古都铜驼街的柳自汉代以来便很著名。据古文献《洛阳记》云："洛阳有铜驼街。汉铸铜驼二枚，在宫南四会道相对。俗语曰：'金马门外集众贤，铜驼陌上集少年。'"（《太平御览》卷一五八引）铜驼街在洛阳城南，与城西之金谷园都是人们游乐的胜地。唐骆宾王诗说"铜驼路上柳千条，金谷园中花几色"（《艳情代郭氏答卢照邻》）。词首先提到铜驼陌上，令人联想到柳的风姿，十分切题。"新正"即新春正月。词人以赞美的语气强调新春到来之时，最显得俊俏风流的应是叶芽青嫩、柔条迎风而舞的柳了。"第一"含有两层意义，即除柳之身姿俊俏袅娜可称第一而外，它还是最先向人们报告春的消息的。欧阳修《渔家傲》咏正月景物便说"看柳意，偏从东面春风至"。词的第二个意群便由新春的柳而联想到梅柳争春。柳虽得春意之先，而人们又以梅为东风第一枝，词人试图给它们以公允的评判。他以为柳在勾引或引惹人们春日赏玩方面不如梅花之娇艳，但在送别的场合，柳的作用远过于离筋了，当然也就更胜于梅了。这样非常巧妙地暗与我国民俗联系起来。汉代都城长安东门外的灞桥柳色如烟，都城人们送别亲友至灞桥而止，折柳枝为赠。此后折柳赠别成为我国民俗，故南朝范云诗有"春风柳线长，送郎上河桥"之句。唐代诗人李商隐咏柳诗也说"如线如丝正牵恨，王孙归路一何遥"。这些表现古代女子送别情人折柳为赠的情景是十分动人的。似乎人们以为柳条的丝缕可以系住离人的情感，使勿相

忘。可见与梅比,柳是更为多情的。第三个意群是赞赏柳的袅娜轻盈的美姿,以为春天之神东君好似对柳特地宠爱和迁就,以致娇纵得它的身材苗条、腰肢柔细了。以柳条之柔细比喻妇女之腰肢是我国很具民族特色的意象。唐代白居易《杨柳枝》的"柳袅轻风似舞腰"和温庭筠《南歌子》的"娉婷似柳腰",便都是以柳喻美人腰肢的。宋人以纤瘦为美,"惯得腰肢真个瘦",在人们看来便是女性美的重要特征了。以柳喻女性腰肢在传统诗词中早已滥用,这里作者却能以故为新,脱去用比痕迹,写出柳如美人之天生丽质。最后一个意群也是旧比翻新而表现得更为曲折。唐宋词人已惯用柳叶比喻妇女之秀眉,如"人似玉,柳如眉"(温庭筠《定西番》)或"玉如肌,柳如眉"(欧阳修《长相思》),都属常见。这里作者却以表现柳性之风流多情,它好似女子一样因对离人的思量,愁眉难展,长是皱着。这种设疑自释的句式,曲折地暗用旧比而全不落俗套。全篇的表述方式都很新颖,显示了作者艺术手腕熟练高超。词中的"勾牵"(勾引)、"断送"(送走)、"捆就"(迁就)、"惯得"(娇纵)等都是宋时民间通俗语辞,用得贴切而富于情味,使词语流美生动,很能体现作者的艺术个性。

　　这首词通过对柳的特性的描述,有意借物喻人,勾画出一个风流、多情、柔美的女性形象。显然作者是有寓意的,而且可能有较为具体的寓意对象。唐宋时文人们常将柳与风尘中女子相联系,将她们说是"冶叶倡条",以为她们有如柳叶柳条那样浮媚轻狂,可以由人们任意折取。这首词所喻的女子,她所处的环境为四会之道的街陌,她具有风流多情的心性,袅娜俊俏的身姿,她常常送别和相思。从这些情形推测,她当为某一民间歌妓之类的人物。作者处理这种题材时并未贱视为"冶叶倡条",而是流露出赞美的语气,以轻快活泼的笔调,描绘了风尘女子优美的形象,有似青泥白莲。王观的词在社会上很受市民欢迎,除当行入律、通俗自然、格调新丽之外,还在于其艺术形象蕴含有一定的社会意义,较符合中下层社会民众的审美趣味。

　　　　　　　　　　　　　　　　　　　　　　　　　　　　　(谢桃坊)

【作者小传】

张舜民

字芸叟,号浮休居士,又号矴斋。邠州(治今陕西彬州市)人。诗人陈师道之姊夫。治平二年(1065)进士。元祐初,召试,二年,除监察御史。徽宗朝,为吏部侍郎,以龙图阁待制知同州。坐元祐党,贬商州安置。有《画墁集》。词存四首,以《卖花声》为最杰出。

卖　花　声 题岳阳楼　　　　　　　　张舜民

木叶下君山。空水漫漫。十分斟酒敛芳颜。不是渭城西去
客，休唱《阳关》。　　醉袖抚危阑。天淡云闲。何人此路得
生还？回首夕阳红尽处，应是长安。

　　这首词近人俞陛云在《宋词选释》中说："观其'此路生还'及'回首长安'句，殊有迁谪之感。但芸叟（张舜民字）由谏官洊擢侍郎，初未放逐，此殆登楼送友之作，代为致慨也。"这段话只说对了一半，词中写了迁谪之恨，但不是登楼送友之作。据李焘《续资治通鉴长编》卷三三○云：元丰中张舜民用边帅高遵裕辟，管勾机宜，从军守灵州，因赞画无功，作诗讥讪，于元丰五年（1082）冬十月，谪监郴州茶盐酒税。他的《画墁集》中收有《郴行录》，曾记载游岳阳楼事，故知词当作于此时。由于词是在迁谪途中写成的，因而词中反映了迁谪之恨。表现在风格上则与一般的抒情小词不同，显得沉郁悲壮，扣人心弦。周紫芝《太仓稊米集·书张芸叟画墁集后》曾说有人当它是苏轼的作品，显系误题。

　　本篇调下题作"题岳阳楼"，词中所写景色、所抒发的感情，都以岳阳楼为基点。岳阳楼在今湖南省岳阳市西门，与耸峙洞庭湖中的君山遥遥相对。"木叶下君山"，语本屈原《九歌·湘夫人》："袅袅兮秋风，洞庭波兮木叶下。"因为君山以舜之二妃湘君、湘夫人的故事而得名，故词人用此典，非常贴切，且不露痕迹。时值初冬，树叶凋谢，视野开阔，所以词人登楼一望，只觉洞庭湖上霜天寥廓，烟波浩渺。词境略似黄庭坚的《登快阁》诗："落木千山天远大，澄江一道月分明。"惟黄诗疏朗，张词沉郁。第三句词笔转向楼内。此时词人正在楼内饮宴，因为他的身份是谪降官，又将离此南行，所以席上的气氛显得沉闷。"十分斟酒敛芳颜"，说明歌妓给他斟上了满满的一杯酒，表示了深深的情意，但她脸上没有笑容。"十分"二字，形容酒斟得很满，也说明满杯敬意，用得上《花间集》中薛昭蕴的一句词："情深还似酒杯深。""敛芳颜"，即敛眉、敛容。白居易《琵琶行》"整顿衣裳起敛容"，与此同义。苏轼《江神子·孤山竹阁送述古》云："翠蛾羞黛怯人看，掩霜纨，泪偷弹。且尽一尊，收泪唱《阳关》。"与此词相比，送别的对象虽有调任（陈述古）与贬谪（张舜民）之别，而歌妓的敛颜，词人的伤别，则有近似之处。特别是从歌妓的"敛芳颜"与"泪偷弹"来看，写女子之动情，可谓极宛极真，各极其妙。

　　四、五两句，似直而纡，似质而婉，用在张舜民这个特殊人物身上，尤富深义。《阳关曲》本是唐代王维所作的《送元二使安西》诗，谱入乐府时名《渭城曲》，又名

《阳关曲》，在送别时歌唱。其辞曰："渭城朝雨浥轻尘，客舍青青柳色新。劝君更尽一杯酒，西出阳关无故人。"所写情景，与此刻岳阳楼上的饯别有某些相似之处。词中这两句，必须联系作者的身世来看，他是因了赞画军机无功，又因写了"灵州城下千枝柳，尽被官军斫作薪""白骨似沙沙似雪，将军休上望乡台"这些反战的"谤诗"，才从与西夏作战的前线撤下来的；如今他不但不能西出阳关，反而南迁郴州，可是仍未接受教训，缄口不言，却又不畏讥讪，写下这样的词句，心中该有多深的愤慨！玩其词意，冶自我解嘲与讥讽当局于一炉，正话反说，语直意婉。读了之后，不正是感到有一股郁勃之气咄咄逼人么？

过片写词人从宴席上走出，凭阑远眺。此时的远眺与起首时不同。起首时只是清醒地一望，留下一个淡远辽阔的印象。此时他已带有几分醉意，仰望天空，只见天淡云闲；回首长安，又觉情牵意萦。从词情的发展来看，已渐次推向高潮，人物的内心也揭示得更为深刻。"醉袖"二字，用得极工。不言醉脸、醉眼、醉手，而言醉袖，以衣饰代人，是一个非常形象的修辞方法。看到衣着的局部，比看到人物的面部表情，更易引起人们的想象，更易产生美感。从结构来讲，"醉袖"也与前面的"十分斟酒"紧相呼应，针线亦甚绵密。"天淡云闲"似乎与整个词情不协调。其实古人填词，很讲究疏密和离合。用今天的话来讲，就是要注意节奏的快慢、旋律的起伏和舒缓。如果词情一味紧张、激烈，便像一根紧绷着的弦子，叫人的感情上受不了。若间以淡语、闲语，就能做到有张有弛，疾徐有致。"天淡云闲"四字，正起着这样的作用。由于感情上如此一松，下面一句突然扬起，便能激动人心。"何人此路得生还"，完全是口语，但却比人工锻炼的语言更富有表现力。它概括了古往今来多少迁客的命运，也倾吐了词人压在胸底的心声，具有悠久的历史感和深刻的现实性。岳阳楼这个地方，古称"北通巫峡，南极潇湘，迁客骚人，多会于此"（范仲淹《岳阳楼记》）。不知有多少人经过此地，流徙南方，死于贬所。如今词人又要踏着他们的足迹走过去，心情的惶惧、战栗，是不难想见的。因此他不得不仰天长叹，发出这一由衷的问句。

按照上面的意脉发展下去，情绪势必更加激烈。然而并不，词人笔锋一转，又揭示内心深处的矛盾。这里的结句用的是宋人独创的脱胎换骨法。费衮《梁溪漫志》卷七曾评论说："白乐天《题岳阳楼》诗云：'春岸绿时连梦泽，夕波红处近长安。'芸叟用此换骨也。"所谓换骨，就是"以妙意取其骨而换之"（释惠洪《天厨禁脔》）。这里的妙意在于表达对朝廷的一片眷恋之情。长安本是汉唐故都，后人多借指京师。词人即将南下郴州了，前途可畏；但仍频频回首，瞻望故都。这是历史加之于他的局限，固难苛求。但从艺术手法来讲，他写得如此曲折，在矛盾冲突中刻画自己的感情,将感情隐藏在景色的描绘之中,并将前人诗句取其骨而换其意,做到浑然一体,无迹可求,确也不失为一种特色。

陈振孙《直斋书录解题》于《画墁集》条下云:"崇宁(徽宗年号)初,坐谢表言绍圣逐臣,有曰'脱禁锢者何止一千人,计水陆者不啻一万里',又曰'古先未之或闻,毕竟不知其罪',以为讥谤,坐贬。"这是后来的事。表中对于元祐党人的纷纷被贬逐抱有极大的不平,可以与词中"何人此路得生还"句合看,见出他这一认识又有了提高。痛愤之情,又何止表现于小词中而已!

　　　　　　　　　　　　　　　　　　　　　　　　　　　　　　　　(徐培均)

【作者小传】

魏夫人

名玩,字玉汝,襄阳(今属湖北)人。魏泰之姊,宋丞相曾布之妻,封鲁国夫人。词存十四首,婉柔蕴藉,近秦少游。有周泳先辑《鲁国夫人词》。

好　事　近　　　　　　　　　魏夫人

雨后晓寒轻,花外早莺啼歇。愁听隔溪残漏,正一声凄咽。

不堪西望去程赊,离肠万回结。不似海棠阴下,按《凉州》时节。

这是一首怀人词。在初春的一个拂晓,女主人公从幽闺中醒来,想起远在外地的亲人,不免愁思千般,离肠万转。

起拍二句写景。在"几处早莺争暖树"的初春时节,夜雨过后,清晨的空气中仍然略带寒意,早起的黄莺儿在花间唱了几首迎接黎明的歌曲,大概有点儿疲倦了吧,现在也停止了歌唱。这两句,既点明时间节令,又描绘出一派清寂的气氛,为主人公布置了一个与情怀恰相契合的环境。以下写人。"愁听"反接"早莺啼歇",说明思妇醒来很早,因为她已经听过了早莺的歌唱,也许她的愁肠曾和着淅沥的夜雨声一起颤抖。天刚破晓,她就起身独坐,隔溪传来夜尽的更鼓声,更添无限孤寂凄恻之感。辛弃疾《蝶恋花·送郑文英》:"莫向楼头听漏点,说与行人,默默情千万。"天已拂晓,该是行人登程的时候。"正一声凄咽"与"愁听"相应,更鼓声染上了主人公的感情色彩,使她回想起和情人离别的情景,这就暗中为下片写怀远人作了铺垫。

上片由写景到写人,下片进一步写内心活动。她和亲人的离别,也许正是在"坎坎城头鼓漏残"的时刻。亲人西去,迢迢千里,分别时的缱绻、留恋、泪眼相看的情景无不历历在目,直到如今,仍不堪回首,简直不敢注目西去路。然而,她毕竟又不由自主地瞭望亲人奔向他方的路衢。正因为"西望",她才"不堪",才惹起了"离肠万回结","不堪"二句,写出了左右为难的极端矛盾的心绪。"去程赊"说明与行人间隔之远,"万回结"极言离情愁苦之状。重笔渲染,已把别离苦写到极致。结拍二句宕开,追忆往日与亲人相处时令人难忘的一个生活场景,以反衬今日独处的悲凉。她想起与亲人团聚之日,两人曾坐在海棠花下,演奏《凉州曲》时,彼时的心情较之今朝,相去何啻天壤!《凉州曲》,为唐代边塞之乐,当时属于新声。白居易《秋夜听高调凉州》诗云:"楼上金风声渐紧,月中银字韵初调。促张弦柱吹高管,一曲《凉州》入沉寥。"可见《凉州曲》的声情是比较悲凉的。不过,那时两人都幸福地沉浸在艺术境界之中,如今却是自己孤独地承受着现实的孤独的折磨,那么,个人心灵负担的沉重,真是难以估量了!

　　全词围绕"愁听残漏"展示思妇的内心世界,以"不堪""不似"分别领起抒情、叙事的语句,用笔直中有曲。"海棠阴下"遥应"花外早莺",外境之美相似,而心境迥乎不同;"按《凉州》"巧接"西望去程赊",曲调声情与辽远的西路相关,而"望"与"按"时的背景却划然而异。巧为绾合,耐人寻绎。　　　　　　(刘乃昌　崔海正)

菩　萨　蛮　　　　　　　　　　魏夫人

溪山掩映斜阳里。楼台影动鸳鸯起。隔岸两三家,出墙红杏花。　　绿杨堤下路,早晚溪边走。三见柳绵飞,离人犹未归。

　　魏夫人是北宋丞相曾布(字子宣)之妻,诗论家魏泰(字道辅)之姊,在词史上颇负盛名。朱熹曾把她与李清照并提,说是"本朝妇人能文者,唯魏夫人及李易安二人而已"(《词林纪事》卷十九引)。清人陈廷焯也说:"魏夫人词笔颇有超迈处,虽非易安之敌,亦未易才也。"(《白雨斋词话》卷二)从这些评价上,可以知道她是一个杰出的女词人。

　　这首词的题材,大率不脱唐人寄远诗的范围,但它写得清新自然,不落俗套,而且饶有情韵,耐人吟味。整个词的艺术结构,都是以一个"溪"字作为契机,无论从画面的构图、设色来看,还是从感情的寄托来看,都紧紧围绕着"溪"字。首句"溪山掩映斜阳里",写斜阳映照下的溪山,侧重点在于"溪"字。次句"楼台影动鸳鸯起",补足上文,进一步写溪中景色。在夕阳斜照之下,溪中不仅有青山的倒影,而且还有楼台的倒影,还有对对鸳鸯在溪中嬉水。如果说上句专写静景,那么下句则是动中有静。"楼台影动",表明溪水在微风吹拂之下,荡起层层绿波。因此在人们看来,楼台的影子也仿佛在晃动一般。如果溪中只有山光楼影,画面仍嫌单调,词人再添上"鸳鸯起"一笔,整个画面就充满了盎然生趣。宋人范晞文《对床夜语》引王安石诗"风定花犹落,鸟鸣山更幽",评曰:"前辈谓上句置静意于动中,下句置动意于静中,是犹作意为之也。"相比起来,此词上句写静,下句写动,以动衬静,自然浑成,却无"作意为之"的痕迹。这是非常可贵之处。

三、四两句写两岸景色,当然也离不开"溪"字。这条溪水的两岸,只住着两三户人家,人烟并不稠密,环境自然是幽静的。读了此句,也就知道上面所说的楼台原是这几户临水人家的住宅,可见意脉的连贯,针线的绵密。这句是写实,下一句便虚了,在章法上叫做虚实相生,与前两句动静相宜,恰相对称。深院高墙,关不住满园春色,一枝红杏花,带着娇艳的姿态,硬是从高高的围墙上探出头来,这境界多么生动优美。在文学史上,人们都欣赏南宋叶绍翁《游园不值》诗中的名句"春色满园关不住,一枝红杏出墙来",上句固然是他的首创,而下句,魏夫人大约比他早一个世纪就已写出了。此句的妙处在于一个"出"字。词史上"出"字用得好的不乏佳作,王国维《人间词话》说:"欧九(欧阳修)《浣溪沙》词'绿杨楼外出秋千',晁补之谓'只一出字,便后人所不能道'。余谓此本正中(冯延巳)《上行杯》词'柳外秋千出画墙',但欧语尤工耳。"这两个"出"字都是形容秋千外露的情景,自然带有诗情画意。但此词以出字形容红杏花,似乎富有勃勃生机,意味似更隽永。

词的下阕,转入抒情,但仍未脱"溪"字。在溪水旁边,有一道长堤,堤上长着一行杨柳。暮春时节,嫩绿的柳丝笼罩着长堤,轻拂着溪水,境亦优美。魏夫人作为临水人家的妇女,是经常从这里走过的。"早晚"一词,并非指时间的早和晚。张相《诗词曲语辞汇释》卷六云:"早晚,犹云随时也;日日也。"其义犹如舒亶《鹊桥仙》词"两堤芳草一江云,早晚是西楼望处"。词人没有言明是到溪边做什么,从全篇着眼,她来到这里,多半是为了盼望外出的丈夫。在古代,水边柳外,往往是送别的场所。秦观《八六子》"念柳外青骢别后,水边红袂分时",便是例证。按之《宋史·曾布传》,曾布于神宗元丰中,连知秦州、陈州、蔡州和庆州。陆游《老学庵笔记》卷七也说:"曾子宣丞相,元丰间帅庆州,未至,召还,主陕府,复还庆州,往来潼关。夫人魏氏作诗戏丞相云:'使君自为君恩厚,不是区区爱华山。'"在这期间,曾布告别家人,游宦在外,可能连续三年。词人既能以诗相戏,当亦会填词述怀。结尾二句说明她在溪边已徜徉了三年,年年都见过一次柳絮纷飞,从柳絮纷飞想到当年折柳赠别,这是很自然的。"三见柳绵飞"是实语,与上面所举的史实大致相符；然下句着一"犹"字，便化实为虚，化景物为情思，自然如行云流水；而哀怨之情，离别之恨，亦隐然流于言外。

《菩萨蛮》这个词牌，只有四十四字，篇幅极短，在押韵方面上下阕都是先仄后平，情调由紧迫转入低沉，宜于抒发伤高念远的感情。此词充分利用这一调式的特点，感情写得婉曲缠绵。同李白的《菩萨蛮》相比，内容虽相近，而感情的强烈程度则不同。这除了未用过于伤心的字眼以外，还因为所押的仄韵有细微的差别。李白的仄韵全是入声，因而给人以激越痛楚的感觉。魏词押的是上声和去声仄韵，因而使紧迫的音调变得略为舒徐，恰好表现了词人作为贵族妇女的温柔敦厚的感情。因而被前人推为"雅正"之音，"深得《国风·卷耳》之遗"（《词林纪事》卷十九引《雅编》）。这个评价，是十分恰当的。　　　　　　　　　（徐培均）

点　绛　唇　　　　　　　　　　　　　　　　　　魏夫人

波上清风，画船明月人归后。渐消残酒，独自凭栏久。

聚散匆匆，此恨年年有。重回首，淡烟疏柳，隐隐芜城漏。

杨慎《词品》赞誉魏夫人的词笔"当与秦七、黄九争雄"，全面权衡创作成就，此说未必恰当，但魏夫人的某些小词，也以柔婉蕴藉见长，其含蓄雅淡处不亚于淮海词。如秦观有一首《点绛唇》，其上片云："月转乌啼，画堂宫徵生离恨。美人愁闷，不管罗衣褪。"秦词与魏夫人这首《点绛唇》，同是写少妇深夜伤别，前者点题语"美人愁闷"云云，作第三人称口吻叙写，后者则为词中女主人公自抒胸臆。相较之下，魏夫人词似更为亲切真纯。

词的上片由景物引出人物。清风拂过水面，明月泻下银辉，鳞鳞微浪闪动着光波，月夜恬静、皎洁、优美。此刻，一只装饰华美的小船荡离江岸，驶向迷茫的远方，一个女郎凭依着楼头的栏杆，借着朦胧的月色，凝神目送那渐渐消失在夜空中的一叶轻舟。江波、清风、明月、画船，开端并列几个富有特征的意象，就构成了一个清丽纯净、沁人心脾的意境。值此良宵美景，与意中人联袂共赏，该是何等快意惬怀；然而，其人竟登舟飘然远去，"良辰好景虚设"，这是多么令人黯然神伤。"波上清风""画船明月"之下，突然接上"人归后"，这三字，使意脉陡转，气氛骤变，顿时给主人公带来了无限的寥落和空虚。"人归后"三字含蕴丰厚，既点明行人，又暗示送者独留，从而逗出下文对居者的描写。"渐消残酒"是翻进一层的写法，临行前，置酒饯别，双方筵席间缱绻叮咛，依依难舍之情，一并涵盖在内，笔法极为经济。残酒渐消，说明分手已为时不短，仍要独自久久凭栏，足见依恋之深。"凭栏久"紧承"渐消残酒","独自"应上"人归后"。这位女郎兀自一人,夜幕中凭栏伫立,不忍离去,她对行人的无限钟情,她的满怀思绪,读者是不难想象的。

下片换头写"独自凭栏"的思绪。人之聚散,虽属常事,但别离总给人带来忧伤。苏轼《南歌子》词云:"寸恨谁云短,绵绵岂易裁。"对于恋人,短暂的分离已足可消魂,何况年年分别,岁岁离恨,而这回又归期难凭呢!这二句,像是女主人公的内心独白,她从当前的离别进而回想起昔日多少次的"聚散匆匆",其中包含着无数的辛酸与忧虑,期待与不安,容纳了多少实际的生活内容!她凝神冥想,思绪翻腾,却没有觉察到时间如奔逝的流水从身边悄悄掠过。猛然,远处的芜城传来隐隐的更鼓声,原来夜已很深,回首遥望,向时的津渡一片沉寂,只有残月映射下的两行疏柳、几缕淡烟,依稀可辨。芜城,扬州别称。南朝宋竟陵王刘诞作乱,城邑荒芜,遂称芜城。鲍照写过著名的《芜城赋》,其后,诗人常借芜城以寄慨。芜城,亦可泛指荒城。煞拍三句,以景结情,言止而意无尽。"重回首"遥接"人归后","芜城漏"暗合"凭栏久",全篇缩合无间,浑然一体。

本篇词写月夜送别,侧重点在居者的忧思,别后月夜的伫望和凝想,词中对女主人公自我形象的描写着墨不多,摄取清风、明月、淡烟、疏柳、隐隐鼓漏等清丽秀逸的景物来衬映烘托,创造出一个优美的意境,从而使词人深情诚笃的心灵也宛然在目。吴蘅照说:"言情之词,必藉景色映托,乃具深婉流美之致。"(《莲子居词话》)此词正具有这种特色。

(刘乃昌　崔海正)

卷　珠　帘　　　　　　　　　　魏夫人

记得来时春未暮,执手攀花,袖染花梢露。暗卜春心共花语,争寻双朵争先去。　　多情因甚相辜负,轻拆轻离,欲向谁分诉。泪湿海棠花枝处,东君空把奴分付。

这首词写恋情。暮春时节,在一株海棠花下,一位多情的少女回想起自己恋爱生活中的不幸遭遇,感到无限凄楚。

上片描写热烈的恋情。首句以"记得"引入回忆,"春未暮"点明时间。以下二句,摄取典型的动作细节,描绘了一个富于情趣的生活场景。当海棠花开放的时候,少女进入了幸福的热恋,她和恋人"执手攀花",歌笑逗闹,多么情投意合。这两句,将人与花结合来写,沾带晨露的娇艳海棠,深情脉脉的纯洁女郎,美的花,美的人,美的恋情理想,交相辉映,浑化为一。天真无邪的少女,对纯真的爱情和幸福,怀着赤诚的祈望和热烈的追求,"暗卜"两句就是她内心奥秘的宣露。她暗自想象自己怀春初恋前景,乃至痴情地希望海棠能给以启示,寻到并蒂花,赢得爱神的庇护满意而归。"暗卜春心"句表现少女初恋时的微妙的心理;"争寻双朵争先去",写少女与情人心心相印,争先去寻并蒂双花以证他们的爱情美满久长。两个"争"字,活写出花下热闹的气氛与热烈的情绪。

下片回到眼前,情绪降到冰点,女主人公在倾诉爱情生活的不幸和委屈。过片三句,直吐胸臆。"多情"是对情人的俗称,宋元俗语,词曲中屡见。说情人不知为何负心,轻易毁约,辜负了自己一片痴情,令人一腔幽恨,欲诉无门。两个"轻"字,与上片的两个"争"字成为强烈的对比。这里既是对对方的诘责,又是对命运的控诉,怨愤、委屈、悔恨、痛苦……种种复杂的感情错综交织,凝铸成这几句率直、发露、一泻无余的"分诉",真是声声幽怨,字字委曲。煞拍二句,归结到少女对花伤心,自悲感情虚掷,与开端几句拍合。东君,司春之神。分付,发落之意。时至暮春,少女只得到当初与负心人嬉游徘徊的花下暗暗地落泪,因为海棠是她爱情悲剧的见证,海棠最了解她的痴情,也看清了薄幸人的负心。当时,她曾"共花语",如今无人"分诉",只可向海棠倾洒悲泪,表明心迹了。她埋怨春之神把她打发到这海棠花下的爱情圈子里,却是一场无结果,故曰"空"也。这两句由悲伤懊恨,转而对春神埋怨,也是无理而妙。

整篇词像是一位钟情少女悲切地陈述自己曲折的爱情悲剧,通过她的倾诉,展示出前后两个不同的爱情生活图画。主人公的感情随着爱情生活的历程,由甜蜜、祈望、追求,转变为怨恨、懊悔、悲伤,进而发展为对东君的不满和诘责。这是一个不幸少女的爱情心理递变史,是一支婉秀凄艳的爱情追求幻灭的怨歌,它体现的实际上是旧时代佳人薄命的主题,它所反映的女性爱情生活的不幸,在社会生活中是有一定典型意义的。

　　　　　　　　　　　　　　　　　　　　　　　　　　　　(刘乃昌　崔海正)

王　诜

【作者小传】

(1048—1100后)　字晋卿,并州太原(今属山西)人,徙开封(今属河南)。英宗女蜀国长公主婿,拜左卫将军、驸马都尉,为利州防御使。元丰二年(1079)坐罪落驸马都尉,责授昭化军节度行军司马,均州安置,移颍州。元祐元年(1086),复登州刺史、驸马都尉。卒谥荣安。能诗善画,亦工词,词风清丽,然欠丰容宛转。今有赵万里辑《王晋卿词》,存十五首。

忆 故 人

王 诜

烛影摇红，向夜阑，乍酒醒、心情懒。尊前谁为唱《阳关》，离恨
天涯远。　　　　无奈云沉雨散。凭阑干、东风泪眼。海棠开后，
燕子来时，黄昏庭院。

《忆故人》这首词牌，后来改作《烛影摇红》。据吴曾《能改斋漫录》卷十七记
载："王都尉有《忆故人》词云云。徽宗喜其词意，犹以不丰容宛转为恨，遂令大晟
府别撰腔。周美成增损其词，而以首句为名，谓之《烛影摇红》。"周美成，即周邦
彦，时提举大晟乐府。他的《烛影摇红》，下半阕基本保持王诜词原样，只是增添
了前半阕，丰容是够丰容的了，但却显得繁冗拖沓，减少了原来浓醇的词味。因
此朱彝尊批评说："原词甚佳，美成增益，真所谓续凫为鹤也。"（《词综》卷七）

调名《忆故人》，词意相仿佛。按照常例，抒情诗的主人公往往是词人自己，
可是在唐宋词中也有很多是代言体。欧阳炯《花间集序》云："递叶叶之花笺，文
抽丽锦；举纤纤之玉指，拍按香檀。"说明词为应歌而作，而歌者多为女性。为了
使演唱逼真，所以词中的主人公也多为女性。这首词中便是写一女子对故人的
忆念，词风浓至沉博，深情缱绻，宛如出自一个失恋者之口。

开头四个短语，写女主人公深夜酒醒时的情景。"烛影摇红"，表现夜间洞房
深处的静态，极婉极真。夜阑人静，万籁俱寂，女主人公刚刚酒醒，睁开惺忪的醉
眼看看室内，只觉得空荡荡的，静悄悄的，唯有一枝孤零零的蜡烛在摇着红色的
光焰。这句中的"摇"字，与温庭筠《菩萨蛮》（夜来皓月才当午）词中"深处麝烟
长"的"长"字相比，可谓各极其妙。"长"字状静定空气中之麝烟，似在目前；"摇"
字形容微风中之烛光，亦分明可睹。后来汤显祖《牡丹亭》剧中杜丽娘所唱的《步
步娇》有句云："袅晴丝吹来闲庭院，摇漾春如线。"晴丝摇漾与烛影摇红，境虽不
同，而意趣则一，都能引起人们的遐想。"向夜阑"，是说临近天晓。张相《诗词曲
语辞汇释》卷三说："向，犹临也。"赵长卿《南歌子》词："向晓春醒重，偎人起较
迟"，曾觌《满庭芳》词："醺醺醉，壶天向晚，春思正悠扬"，皆为临近义。"夜阑"，
是说夜将残尽。蔡琰《胡笳十八拍》之十四："山高地阔兮见汝无期，更深夜阑兮
梦汝来斯"，即为此意。在更深夜阑之际，女主人公宿酒初醒，神思慵怠，着一
"懒"字，便写出心情之失意。虽未言"忆"，而"忆"字已隐隐逗出。"尊前"二句，
开始落到忆字上，用现在的话说，是倒叙法。这里的倒叙不是平铺直叙地回忆往
事，而是在人物抒情时将往事自然而然地带出来，比客观地描述要生动得多，感

忆故人（烛影摇红）　　　　王　诜

——明刊本《诗馀画谱》

人得多。"尊前谁为唱《阳关》",说的是在饯别故人之时,她无可奈何地唱了一曲送别之歌。看到这里,我们才知道她的"酒醒"乃是在饯别时喝醉了的,前后照应,词笔至细。"谁为"二字,饱含着幽怨。《阳关曲》她虽是唱了,但为什么当时要唱呢? 又是懊悔,又是怨恨,充满了自怨自艾的情绪。周邦彦将"谁为"改为"谁会",便感到浅露,没有回味的余地。他还在前面增益了一段:"早是萦心可惯,向尊前频频顾盼。几回相见,见了还休,争如不见。烛影摇红,夜阑饮散春宵短。"更使人感到把话说尽,反没有这一句含蓄蕴藉,耐人寻味。"离恨天涯远",蝉联上句,意境又进一步拓开。大凡词中写离情的,常常说"魂梦绕天涯",此处女主人公本在睡中,完全可用"魂梦",却未用,这就避免了落套。李煜《清平乐》词"离恨却如春草,更行更远还生",是从行者方面写离情;欧阳修《踏莎行》"平芜尽处是春山,行人更在春山外",是从居者方面写离情;但他们都凭借客观景物加以烘托。此词则不主故常,划尽华藻,直抒胸臆,纯以情语见长。离恨远至天涯,表明她的思绪也跟踪故人而去,其情之深挚,殆与李、欧之作异曲而同工。

如果说前半阕是写酒醒后片刻的回忆,后半阕则着意写日间的相思。过片起句用了一个典实,表明幽会之后,故人音讯杳然。宋玉《高唐赋序》云:"妾在巫山之阳,高丘之阻,且为朝云,暮为行雨,朝朝暮暮,阳台之下。"于是楚怀王遇巫山神女,便成为后世文人骚客寄迹青楼的代称。这里说:"云沉雨散",也透出了女主人公的身份乃是一名青楼女子。在"云沉雨散"之前冠以"无奈"二字,则加强了感情色彩,仿佛令人听到她的叹息声。其法也是在感情的抒发中交代往事,语言自然而略带顿挫。以下几句有一个大幅度的时间跨度,即从上阕的夜阑酒醒,到这时的倚阑远眺,再到黄昏时的庭院。在这长长的过程中,她几乎无时无刻不在思量。明代王世贞曾说秦观《鹧鸪天》(枝上流莺和泪闻)一词所写的相思,"十二时无间矣"(《弇州山人词评》)。此词意境似之,但却更为空灵幽丽。黄庭坚曾说:"晋卿(王诜字)乐府,清丽幽远,工在江南诸贤季孟之间。"(《词林纪事》卷五引)以之衡量此词,殊为恰切。读了这几句,似乎看到女主人公斜倚阑干,凝神远望,那双盈盈泪眼饱含着离情别绪,饱含着怨恨和忧思。着以"东风"二字,主人公的形象便在特定的氛围中表现出苦苦盼望的神情,丰神独具,感人至深。

结尾三句纯为景语。沈义父《乐府指迷》说:"结句须要放开,含有余不尽之意,以景结情最好。"这里正是以浑融悠远之景结凄婉深邃之情。"海棠开后",是说花落春残,象征女子的芳华易逝,境已惨矣;"燕子来时",是以归燕反衬故人之未归,激发和增添女子之离思,情更凄然。晏殊《破阵子》云:"燕子来时新社,梨花落后清明。"把人物放在清明佳节,写出对明媚春光的满怀喜悦。这里易"梨花"为"海棠",并压缩为一联四言偶句,以更为凝练的词笔表现人物的伤春之感和念远之情。然而它们在字面上都未明写这样的感情,只是在景色的描绘中,给人以暗示,以感染,显得非常含蓄。以上两个并列的句子一写花,一写鸟,原为两景,接着"黄昏庭院"一句,便把两景融合在一个统一的意境中,自然浑成,思致渺远,做到语尽而意不尽,意尽而情不尽。唐人刘方平《春怨》诗云:"纱窗日落近黄昏,金屋无人见泪痕。寂寞空庭春欲晚,梨花满地不开门。"不是此词结句最好的注脚吗?

最后,附带要说一说此词起首一韵的句读问题。况周颐《蕙风词话》卷二云:"两宋人词,间亦有用衬字者。王晋卿云:'烛影摇红,向夜阑乍酒醒,心情懒','向'字、'乍'字是衬字。据《词谱》:《烛影摇红》第二句七字,应仄平仄仄平平仄。周美成云'黛眉巧画宫妆浅',不用衬字,与换头第二句同。"依此说,则此词应作"烛影摇红"一句,"向夜阑乍酒醒心情懒"一句,"向"字、"乍"字是衬字。毛滂《烛影摇红》三首依王诜词体制,第二句均作七字句,则况氏衬字之说,似是可以成立的。

(徐培均)

蝶　恋　花　　　　　　　　　王　诜

小雨初晴回晚照。金翠楼台,倒影芙蓉沼。杨柳垂垂风袅袅。嫩荷无数青钿小。　　似此园林无限好。流落归来,到了心情少。坐到黄昏人悄悄。更应添得朱颜老。

北宋文化宛如灿烂星汉。若把东坡及其友人比作一星群,则王诜为其中之一曜。诜字晋卿,开国功臣之后裔,神宗熙宁二年(1069)娶英宗女蜀国公主,为驸马都尉。诜是著名画家,学李成水墨法,风格清润,"落笔思致,到古人超逸处"(《宣和画谱》),又学李师训金碧法,作着色山水,"不古不今,自成一家"(《画鉴》),沟通水墨与金碧,在中国画史上遂开创一新局面。诜兼擅诗词书画,与东坡情好交密。"风流文采磨不尽,水墨自与诗争妍",是东坡对其诗画的赞美。"清丽幽远,工在江南诸贤季孟之间",是山谷对其词作的评价。这首《蝶恋花》,即其词作之一。

此词手卷真迹流传至今,《式古堂书画汇考》著录为"王晋卿颍昌湖上诗蝶恋花词卷。"此词之背景,实关涉一大公案。神宗元丰二年(1079),东坡以讥讽新法之罪名被逮下狱,王诜受牵连致遭重谴。罪名是"留轼讥讽文字及上书奏

蝶恋花（小雨初晴回晚照）　王诜手迹

事不实"，"(轼)作诗赋及诸般文字送王诜等，致有镂刻印行"(《乌台诗案》)。元丰三年，诜贬均州(湖北均县)。元丰七年(1084)，转置颍州(安徽阜阳)。哲宗元祐元年(1086)，始得召还。此词即作于元祐元年。手卷首云："余前年恩移清颍，道出许昌，前途小阻，留西湖之别馆者几一月。"可证。颍昌即许昌，颍昌湖上诗作于元丰七年，手卷则写于元祐元年，《蝶恋花》词亦作于本年。经历了七年贬谪，词人回到汴京，妻子早已病故，自己也垂垂老矣。此词正是其当时心境之写照。

"小雨初晴回晚照。"起笔实在富于象征意味。雨后初晴，夕阳返照的景象，与久遭迁谪始得召还的人生，多么相似呵。终见天晴固然可喜，可是夕阳黄昏，亦复可悲。这亦喜亦悲之情，全融于这初晴晚照之中。但就词面以观之，起句之基调还是明快的。"金翠楼台，倒影芙蓉沼。"接上来二句更可玩味。楼台本已巍峨壮观，叠下金翠二字状之，气象更加富丽堂皇。《宣和画谱》称王诜"风流蕴藉，真有王谢家风气"，此词亦有以见之。此金碧辉煌之楼台，沐浴于晚照霞辉之中，其倒影又映现于荷池之水面，楼台本身与其倒影，遂构为一亦实亦幻之庄严景观。由此二句，足见这位金碧山水画家所作之词，亦复深具其画理，可谓词中有画。"杨柳垂垂风袅袅。"词人更以如画之笔，渲染出池塘上一片春色。杨柳垂垂，原是静态；风袅袅，则化静态为动态，姿态具动静相生之妙。袅袅二字极美。读者试看其手迹，此二字真是姿媚无限，笔意之美，与词情相得益彰。"嫩荷无数青钿小。"歇拍承上文芙蓉沼而来。时值春天，初出水面之嫩荷，宛如无数青钿。触目春意盎然，词人之心，宜乎为之得到一分抚慰，获致一分生机了。

"似此园林无限好。"过片将上片所写作一绾结。园林如此富丽，春色复如此迷人，确乎可说无限之好。应知此园林非指别处，就在这位驸马之府邸。王诜词中曾一再对之加以描绘。中国艺术史上"伟大的西园会"(林语堂《苏东坡传》)，即举行于此。(这一盛会凡十六人，包括王诜、东坡兄弟、苏门四学士、米芾、李公麟等，见公麟《西园雅集图》。)句首"似此"二字，颇可玩味。下此二字，实已暗将此美好之园林与自己之间推开一段距离。"流落归来，到了心情少。"流落二字，写尽七年的迁谪生涯，所包蕴的无穷辛酸，又岂是归来二字所可去之以尽。重到了旧时园林，已物是人非，经此重谴，词人临老，妻子下世，园林纵好，可是，哪还有当年朝夕乐于斯的心情呢？韵脚之"少"字，极含婉，极厚重，试看手迹，何其用力！词情至此，由极写富丽之景一变而为极写悲哀之情，真有一落千丈之势。"坐到黄昏人悄悄。"黄昏遥承起句晚照而来，使全幅词有绾合圆满之美。更重要的，还在于以时间之绵延，增加意境之深度。坐到黄昏，极言其凄寂况味。人悄悄,倍增孤身一人之哀。"更应添得朱颜老。"如果说上句尚是返观自己处身于此园林之情境,则结句已纯为反观自己一身之省察,词情更为内向,悲感尤为深沉。园林依旧,朱颜已改,人生到此,复何可言。全词结穴于苍茫暮色与人之垂垂老矣,一结悲徊无已。

　　以乐景写哀感,倍增其哀,是此词特色之一。初晴晚照,金翠楼台,杨柳袅袅,嫩荷无数,皆可喜之景,亦皆可慰人心。然而词人对之只是"心情少"而已,决不能乐,则其悲哀之牢不可破可知。而写景设色愈富丽,则愈反衬出其伤心怀抱之黯淡。全幅词情一气呵成,中间仍具一大跌宕、大顿挫,笔势变化有力,是此词又一特色。上片至过片,皆写乐景,读来初不觉其为哀感,至流落句以下到篇终,乃一变而陡转为写哀感,转折极大,极为有力。抒情结构的巨大转折,与情景之间的强烈反衬,都是表现主题的重要艺术手段,足可玩味。苏轼《与子由论书》诗云:"端庄杂流丽,刚健含婀娜。"此词以"华严境界"(借用康有为评小山词语)衬伤心怀抱,以婉约之笔寓硬转之势,正是具有东坡所论之一种特美。尤妙者,此词手卷之墨迹亦具同一特美。真迹既在,自可兼赏其书法美。纵观其墨迹,挺秀清润,风韵动人。元赵肃称"其书遒劲,一点一画,自有晋人风度","虽放纵不羁,而轨度不失,信哉神品也"。明王洪称其"波澜洄婉,气象潇潇",清曹溶称其"豪落之气,跃跃于行墨间"。其书法亦有端庄杂流丽,刚健含婀娜之美。作为一位兼擅诗词书画的艺术家,王诜此词文学书法之特征,竟是如此和谐一致,合为完璧。此词此帖,堪称宋代艺术之瑰宝。

(邓小军)

苏　轼

【作者小传】

(1037—1101)　字子瞻,号东坡居士。眉州眉山(今属四川)人。苏洵长子。嘉祐二年(1057)进士。累除中书舍人、翰林学士、端明殿学士、礼部尚书。曾通判杭州,知密州、徐州、湖州、颍州等。元丰三年(1080)以谤新法贬谪黄州。绍圣初,又贬惠州、儋州。徽宗立,赦还。卒于常州。追谥文忠。博学多才,善文,工诗词,书画俱佳。于词"豪放,不喜剪裁以就声律",题材丰富,意境开阔,突破晚唐五代和宋初以来"词为艳科"的传统樊篱,以诗为词,开创豪放清旷一派,对后世产生巨大影响。代表作有《念奴娇·赤壁怀古》、《江城子·密州出猎》、《水调歌头》(明月几时有)等,亦有婉丽之作。著有《东坡七集》《东坡词》。存词三百七十八首。

苏轼画像 传宋李公麟原画 清朱野云临摹 翁方纲题款

水 龙 吟　　　　　　　　　　苏 轼

次韵章质夫杨花词

似花还似非花，也无人惜从教坠。抛家傍路，思量却是，无情
有思。萦损柔肠，困酣娇眼，欲开还闭。梦随风万里，寻郎去
处，又还被、莺呼起。　　　不恨此花飞尽，恨西园、落红难缀。
晓来雨过，遗踪何在，一池萍碎。春色三分，二分尘土，一分流
水。细看来，不是杨花，点点是离人泪。

　　"眼前有景道不得，崔颢题诗在上头。"此李白有感于崔颢《黄鹤楼》诗也。而
今，面对"曲尽杨花妙处"（魏庆之《诗人玉屑》）的章质夫杨花词，苏轼又待如何争
而胜之呢？唯有另辟新境，自出新意。综观全词，其新有二：一、避开章词的实
写杨花，而从虚处着笔，即化"无情"之花为"有思"之人。二、"直是言情，非复赋
物"（沈谦《填词杂说》）。有此二端，遂使通篇不胜幽怨缠绵，又空灵飞动。从而，
诚如王国维《人间词话》所言，苏词"和韵而似原唱"，章词则"原唱而似和韵"了。

　　"似花还似非花"，看其出手便自不凡，已定一篇咏物宗旨：既咏物象，又写
人言情。刘熙载称起句"可作全词评语，盖不离不即也"（《艺概·词曲概》）。即
谓人与花、物与情当在"不离不即"之间。唯其"不离"，方能使种种比兴想象切合
本体，有迹可求，此词家所谓"不外于物"；唯其"不即"，方能不囿本体，神思飞越，
展开想象，此词家所谓"不滞于物"。如果纯以咏杨花而论，则这一句又准确地把
握住了杨花那"似花非花"的独特"风流标格"。说它"非花"，它却名为"杨花"，与
百花同开同落，共同装饰春光，又一起送走春色。说它"似花"，它色淡无香，形态
碎小，隐身枝头，向不为人注目爱怜。

　　次句承以"也无人惜从教坠"。一个"坠"字，赋杨花之飘落；一个"惜"字，有
浓郁的感情色彩。"无人惜"，是说天下惜花者虽多，惜杨花者却少。然细加品
味，亦反衬法，词人用笔之妙，正是于"无人惜"处，暗暗逗出缕缕怜惜杨花的情
意，并为下片雨后觅踪伏笔。

　　"抛家傍路，思量却是，无情有思"三句承上"坠"字，写杨花离枝坠地、飘落无
归情状。不说"离枝"，而言"抛家"，貌似"无情"，犹如韩愈所谓"杨花榆荚无才
思，惟解漫天作雪飞"（《晚春》），实则"有思"，一似杜甫所称"落絮游丝亦有情"
（《白丝行》）。咏物至此，已见拟人端倪，亦为下文花人合一张本。

　　"萦损柔肠，困酣娇眼，欲开还闭"，这三句紧承"有思"而来，咏物而"不滞于

水龙吟(似花还似非花)　　苏　轼

——明刊本《诗馀画谱》

物”,大胆驰骋想象,将抽象的“有思”的杨花,化作了具体的有生命的人———一位春日思妇的形象。她那寸寸柔肠受尽了离愁的痛苦折磨,她的一双娇眼因春梦缠绕而困极难开。此处明写思妇而暗赋杨花,花人合一,无疑是苏词有别于章词的一种新的艺术创造。

　　以下“梦随”数句妙笔天成,既摄思妇之神,又摄杨花之魂,二者正在“不即不离”之间。从思妇来说,那是由怀人不至而牵引起的一场恼人春梦。她神魂飘扬,万里寻郎;但这里未至郎边,那边却早已啼莺惊梦。此化用唐人金昌绪《春怨》诗意:“打起黄莺儿,莫教枝上啼。啼时惊妾梦,不得到辽西。”但苏轼写来备觉缠绵哀怨而又轻灵飞动。就咏物象而言,描绘杨花那种随风飘舞、欲起旋落、似去又还之状,亦堪称生动真切,绝不亚于章词的“傍珠帘散漫,垂垂欲下,依前被、风扶起”。篇首所言“似花还似非花”,正可于此境界中心领神会。

　　张炎《词源》评此词“后段愈出愈奇”。奇在何处? 奇在承上片“惜”字意脉,借追踪杨花,抒发了一片惜春深情。缘物生情,以情映物,使情物交融而至浑化无迹之境。

　　“不恨此花飞尽,恨西园、落红难缀。”词人在这里是以落红陪衬杨花,盖无论万红凋零,抑或杨花飞尽,都意味着花事已尽,春色将逝。“不恨”者,乃是承上片“非花”“无人惜”而言。其实,正如“无人惜”实即“有人惜”一样,说“不恨”者,实即“有恨”,是所谓曲笔传情。

　　以下由“晓来雨过”而问询杨花遗踪,真是痴人痴语。春水觅踪,可谓一往情深;但杨花不见,唯有一池浮萍在目,这就进一步加深了人的春恨。苏轼自注云:“杨花落水为浮萍,验之信然。”此说自然不合科学,但作为文学特别是作为抒情诗词,本来无须拘泥。无理有情,这里主要藉以表达一种浓郁的惜花之情和春去之恨。

　　情不足,恨未尽,于是继之以“春色三分,二分尘土,一分流水”。“春色”居然可以“分”,这是一种想象奇妙而兼以极度夸张的手法。这种手法其来有自,如唐诗人徐凝的《忆扬州》云:“天下三分明月夜,二分无赖是扬州。”宋初词人叶清臣的《贺圣朝》更说:“三分春色二分愁,更一分风雨。”苏词的“春色三分”,显然以叶词为蓝本。而从全篇词脉来考察,则“二分尘土”与上片“抛家傍路”相呼应,“一分流水”与上文“一池萍碎”一意相承。总之,花尽难觅,春归无迹。至此,杨花的最终归宿,和词人的满腔惜春之情水乳交融,将咏物抒情的题旨推向顶峰。

　　正因为咏物抒情已臻顶峰,所以词的煞拍尤为吃紧。写好了,画龙点睛,全篇生辉;写不好,画蛇添足,功亏一篑。此词的煞拍不愧为“点睛”之笔:“细看来,不是杨花,点点是离人泪。"情中景,景中情,总收上文,既干净利索,又余味无穷。词由眼前的流水,联想到思妇的泪水;又由思妇的点点泪珠,映带出空中的纷纷杨花。是离人泪似的杨花,还是杨花般的离人之泪?看其虚中有实,实中见虚,总在虚实相间、似与不似之间,"盖不离不即也"。再回顾篇首,令人欣然有悟,情趣倍生。不是吗?词人开宗明义,原本说得清楚:"似花还似非花"。　　（朱德才）

满　庭　芳　　　　　　　　　　　　　苏　轼

　　元丰七年四月一日,余将去黄移汝,留别雪堂①邻里二三君子,会李仲览自江东来别,遂书以遗之。

　　归去来兮,吾归何处?万里家在岷峨②。百年强半,来日苦无多。坐见黄州再闰③,儿童尽、楚语吴歌。山中友,鸡豚社酒,相劝老东坡。　　云何,当此去,人生底事,来往如梭。待闲看秋风,洛水清波④。好在堂前细柳,应念我,莫剪柔柯。仍传语,江南父老,时与晒渔蓑。

〔注〕　①雪堂:苏轼在黄州的居所名,位于长江边,是他到黄州一年多之后友人帮助营建的。　②岷峨:四川有岷山、峨眉山,苏轼家乡在四川眉山县,故以岷峨代指家乡。　③黄州再闰:苏轼谪居黄州五年,阴历三年一闰,故称"再闰"。　④洛水清波:洛水流经洛阳,与汝州近,故云。

　　苏轼作词,有意与"花间"以来只言闺情琐事的传统相异,而尽情地把自己作为高人雅士、作为天才诗人的整个面貌、胸怀与学问从作品中呈现出来。一部东坡词集,抒情方式与技巧变化多端,因内容的需要而异。其中有一类作品,纯任性情,不假雕饰,脱口而出,无穷清新,它们在技巧和章法上看不出有多少创造发明,却专以真实感人的情绪和浑然天成的结构取胜。这首留别黄州父老的词即其一例。

　　宋神宗元丰七年(1084),因"乌台诗案"而谪居黄州达五年之久的苏轼,接到了量移汝州(今河南临汝)安置的命令。所谓量移,指的是被贬谪远方的臣子,遇赦酌情移近安置,并非平反复官。对于苏轼来说,这次虽是从遥远的黄州调到离京城较近的汝州,但五年前加给他的罪名并未撤销,官职也仍是一个"不得签书公事"的州团练副使,政治处境和实际地位都没有任何实质上的改善。因此,接到这个量移之令的苏轼,心中没有任何欣喜之感。这一年他已四十八岁,在二十多年的宦海生涯中,由于政治上的风云变幻,他不断地西去东来,南迁北徙,尝够了人生的苦味。当此再一次迁徙之际,政治牢骚与思乡之情交织在他胸中,使他思绪万千,心潮难平。不过苏轼毕竟是豪放旷达之士,他不愿、也决不会在牢骚与哀愁中沉沦下去。他很快地恢复了自我感觉的平衡,转而用亲切平和的笔调,向黄州父老娓娓动听地倾诉起依依难舍的别情来。以亲密的友情来驱散迁客的苦情,以久惯世路的旷达之怀来取代人生失意的哀愁,这,就是本篇的感情波澜的酝酿过程,也是词章思想内容的核心。南宋周煇《清波杂志》论曰:"居士词岂无去国怀乡之感,殊觉哀而不伤。"此评正适合于阐释这首词的情感特征。

上片开头三句,起势十分陡健,作者翘首西望,哀声长吟,乡情浓郁感人。首句"归去来兮",一字不易地搬用陶渊明《归去来辞》首句,非常贴切地表达了自己思归西蜀故里的强烈愿望。这三句中,还包含了一段潜台词,让读者自去想象补充,这就是:当年陶渊明高唱"归去来兮",是归隐之志已经得以实现之时的欢畅得意之辞,而东坡虽然一心想效法渊明,无奈量移汝州是不可抗拒的"君命",此时仍在"待罪"之中,不能自由归去,因此自己吟唱"归去来兮",仅仅是表示欲归不得的怅恨而已。接下来"百年强半,来日苦无多"二句,以时光易逝、人空老大的感叹,加浓了失意思乡的感情氛围。上片的后半,笔锋一转,撇开满腔愁思,抒发因在黄州居住五年所产生的对这里的山川人物的深厚情谊。楚语吴歌,铿然在耳;鸡豚社酒,宛然在目。黄州的语音风俗,黄州的父老乡亲对东坡先生敬之爱之的热烈场面,以及东坡临别依依的情怀,都在这一段真切细致的描写中展露出来了。

词的下片,进一步将宦途失意之怀与留恋黄州之意对写,突出了作者达观豪爽的可爱性格。过片三句,向父老申说自己不得不去汝州,并叹息人生无定,来往如梭,表明自己失意坎坷,无法掌握命运的痛苦之情。"待闲看秋风,洛水清波"二句,却一笔荡开,瞻望自己即将到达之地,随缘自适的思想顿然取代了愁苦之情。一个"闲"字,将上项哀思愁怀化开,抒情气氛从此变得开朗明澈。从"好在堂前细柳"至篇末,是此词的最后一个抒情层次,以对黄州雪堂的留恋再次表达了对邻里父老的深厚感情。渔蓑,是东坡在雪堂钓鱼时所服。嘱咐邻里莫折堂前细柳,恳请父老时时为晒渔蓑,言外之意显然是:自己有朝一日还要重返故地,再温习一下这段难忘的生活。措辞非常含蓄,不明说留恋黄州,而留恋之情早已充溢字里行间。东坡到黄州,原是以待罪之身来过被羁管的囚徒日子的,但颇得长官的眷顾,居民的亲近,加以由于他性情达观,思想通脱,善于自解自慰,变苦为乐,却在流放之地寻到了无穷的乐趣。他寒食开海棠之宴,秋江泛赤壁之舟,风流高雅地徜徉了五年之久。一旦言别,岂能不牵心挂肠于此地的山山水水和男女老幼? 由此可知,本篇抒发的离情,是发自东坡内心的高度真实之情。本篇的优长，就在情真意切这四个字上。尤其是上下两片的后半，不但情致温厚，属辞雅逸，而且意象鲜明，婉转含蓄，是构成这个抒情佳篇的两个高潮。

（刘扬忠）

满　庭　芳　　　　　　　　苏　轼

蜗角①虚名，蝇头微利，算来着甚干忙。事皆前定，谁弱又谁强。且趁闲身未老，须放我、些子疏狂。百年里，浑教是醉，三万六千场。　　思量、能几许？忧愁风雨，一半相妨。又何须抵死，说短论长。幸对清风皓月，苔茵展、云幕高张。江南好，千钟美酒，一曲《满庭芳》。

〔注〕　① 蜗角：蜗牛角。比喻极微小的境地。《庄子·则阳》："有国于蜗之左角者，曰触氏；有国于蜗之右角者，曰蛮氏。时相与争地而战。"

　　这首《满庭芳》作于何时，已不可考，但从词中表现的内容和抒发的感情看，须是苏轼受到重大挫折后，大致可断为写于贬往黄州之后。此作以议论为主，夹以抒情。上片由讽世到愤世，下片从自叹到自适。它真实地展现了一个失败者复杂的内心世界，也生动地刻画了词人愤世嫉俗和飘逸旷达的两个性格层次，在封建社会中很有典型意义。

　　词人以议论发端，用形象的艺术概括对世俗热衷的名利作了无情的嘲讽。功名利禄曾占据过多少士人的心灵，主宰了多少士人喜怒哀乐的情感世界，它构成了世俗观念的核心。而经历了人世浮沉的苏轼却以蔑视的眼光，称之为"蜗角虚名、蝇头微利"，进而以"算来着甚干忙"揭示了追名逐利的虚幻。这不仅是对世俗观念的奚落，也是对营营苟苟尘俗人生的否定。词人由世俗对名利的追求，联想到党争中由此而带来的倾轧以及被伤害后的自身处境，叹道："事皆前定，谁弱又谁强。""事"，指名利得失之事，谓此事自有因缘，不可与争；但得者岂必强，而失者岂必弱，因此也无须过分介意。这个思想来自老子。《老子》说："柔弱胜刚强。"（第三十六章）又说："天下莫柔弱于水，而攻坚强者莫之能胜。"（第七十八章）这就是"谁弱又谁强"一句的本意。一方面，"木强则折"（第七十六章）；一方面，"水善利万物而不争。……夫唯不争，故无尤"（第八章），苏轼领会此意，故"得罪以来，深自闭塞，……不敢作文字"（黄州所作《答李端叔书》）。"饮中真味老更浓，醉里狂言醒可怕"（《定惠院寓居月夜偶出》），是他这个时期自处的信条。所以，"且趁闲身未老，须放我、些子疏狂。百年里，浑教是醉，三万六千场。"意图

满庭芳（蜗角虚名）　　苏　轼

——明刊本《诗馀画谱》

在醉中不问世事,以全身远祸。一"浑"字抒发了以沉醉替换痛苦的悲愤。一个愤世嫉俗而以无言抗争的词人形象呼之欲出。

过片于自叙中夹以议论。"思量、能几许",承上"百年里"说来,谓人生能几;而"忧愁风雨,一半相妨",即李白"为欢几何"之意。"风雨"自指政治上的风风雨雨,所"妨"者是人生乐事。陆游《假日书事》诗所云"但嫌忧畏(忧谗畏讥)妨人乐",即是此意。苏轼一踏上仕途便卷入朝廷政治斗争的漩涡,此后命途多舛,先被排挤出朝,继又陷身大狱,幸免一死,带罪贬逐,昔时朋友相聚,文酒之欢,此时则唯有"清诗独吟还自和,白酒已尽谁能借。不惜青春忽忽过,但恐欢意年年谢"(《定惠院寓居月夜偶出》)。当此时,词人几于万念皆灰。"又何须抵死,说短论长",是因"忧愁风雨"而彻悟之语。他的《答李端叔书》中有一段话可作为这两句词的极好注解:"轼少年时,读书作文,专为应举而已。既及进士第,贪得不已,又举制策,其实何所有。而其科号为'直言极谏',故每纷然诵说古今,考论是非,以应其名耳。人苦不自知,既以此得,因以为实能之,故晓晓至今,坐此得罪几死,所谓'齐虏以口舌得官',真可笑也。然世人遂以轼为欲立异同,则过矣。妄论利害,搀说得失,此正制科人习气。譬之候虫时鸟,自鸣自已,何足为损益。"可见,"抵死(老是)说短论长"之要不得。词人自嘲自解,其中实又包含满肚子不平之气。下面笔锋一转,以"幸"字领起,以解脱的心情即景抒怀。造物者无尽藏的清风皓月、无际的苔茵、高张的云幕,这个浩大无穷的现象世界使词人的心量变得无限之大。那令人鄙夷的"蜗角虚名""蝇头微利"的狭小世界在眼前消失了,词人忘怀了世俗一切烦恼,再也无意向外驰求满足,而愿与造化同乐。最后在"江南好,千钟美酒,一曲《满庭芳》"的高唱中,情绪变得豁达开朗,超脱功利世界的闲静之情终于成为其人生的至乐之情,在新的精神平衡中洋溢着超乎俗世的圣洁理想,词人那飘逸旷达的风采跃然纸上。

苏轼在词中擅长抒写人生。他高于一般词人之处,在于他能从人生的矛盾、感情的漩涡中解脱出来,追求一种精神上的解放,正因如此,苏轼描写的人类心灵就比别人多一个层次。这也是他的词能使人"登高望远"的一个重要原因。

词人重在解脱,在感情生活中表达了一种理性追求,故不免要以议论入词。此首《满庭芳》便表现出这一特色。词人"满心而发,肆口而成",意显词浅,带有口语化的痕迹,似毫不经意,然又颇具匠心。对偶工整的起句成了后世用来议论名利最贴切最形象的概括。词的结构也颇为特殊,它打破了一般上片写景、下片抒情,或是层层递进的直线式结构法,而采用了平行式的结构法。词人在上片着重勾画的是世俗社会的名利世界,下片是人生命运的忧患世界,它们彼此呼应,

满庭芳(三十三年) 苏轼手迹

构成了苏轼面临的人生矛盾。词人在这样的人生矛盾中寻求精神上的解脱,平行的结构也就在这种内在的思想脉络中和谐地统一起来。作为词人愤世嫉俗与飘逸旷达的两个性格侧面也就因此种结构法合理地、有层次地给揭示出来。

（吴惠娟）

满　庭　芳　　　　　　　苏　轼

有王长官者,弃官黄州三十三年,黄人谓之王先生。因送陈慥来过余,因为赋此。

三十三年,今谁存者,算只君与长江。凛然苍桧,霜干苦难双。闻道司州古县,云溪上、竹坞松窗。江南岸、不因送子,宁肯过吾邦？　　拟拟,疏雨过,风林舞破,烟盖云幢。愿持此邀君,一饮空缸。居士先生老矣,真梦里相对残釭。歌声断,行人未起,船鼓已逢逢。

元丰六年(1083)五月,苏轼在黄州其友人陈慥报荆南庄田。时"有王长官者,弃官黄州三十三年",因送陈慥去江南,过黄州访东坡,东坡故有此作。

陈慥字季常,"少时慕朱家、郭解为人,稍壮,折节读书,晚乃遁于光、黄间。东坡至黄,季常数从之游"(《施注苏诗》)。而作者对王长官,则是素闻其名,可谓神交已久,以前却无缘得见。因而此词虽涉三人交游,较多的篇幅却是写作者与这位王先生倾盖如故之情怀的。

全词大致可分三层。

上片全就王长官其人而发,描绘了一个饱经沧桑令人神往的高士的形象。首三句即发语惊人,盖"三十三年"于人生固然是一个不小的数目,但对于长江大河却不算什么。而词人竟说:"三十三年,今谁存者,算只君与长江。"这里隐含有作者对仕途风波的感喟:大浪淘沙,销磨了多少人物,唯有不恋宦情如王先生者得以长存,岂不可慨！措语之妙,都在将长江拟人化的同时,则将人神化了。与作者《木兰花令·次欧公西湖韵》"与余同是识翁人,唯有西湖波底月"二句同味。王长官弃官不做达三十余年之久,其事虽不可得而详,但可见是不慕荣利之辈。从黄人尊称之为"王先生"看,他在为官期间也是为人爱戴的。"凛然苍桧,霜干苦难双"二句即喻其人品格之高,通过"苍桧"的形象比喻,其人傲干奇节,风骨凛然如见。王长官当时居住黄陂,唐代武德初以黄陂置南司州,故词云"闻道司州古县,云溪上、竹坞松窗"。强调"古县"历史悠久,则意味地灵人杰。"云溪""竹坞""松窗",描绘其居处极幽,颇具隐逸情趣。"闻道"二字则见慕名之久,与相见恨晚之意。"江南岸"三句是说倘非王先生送陈慥来黄州,恐终不得见面也。语中既含幸会之意,又因王先生而归美陈季常。

过片到"相对残缸"句为第二层,写三人会饮。"拟拟"二字拟(雨)声,其韵铿然,有风雨骤至之感。"疏雨过,风林舞破,烟盖云幢"几句,承上片歇拍王、陈来访,却转入景语。既见当日气候景色,又照应前文"云溪上、竹坞松窗"的写照,暗示出这次遇合不同于俗人聚首。自然意象与人的气质搭成一种象征关系。造访者固属奇杰,而主人也非俗士,酒逢知己千杯少,故云"愿持此邀君,一饮空缸"。"一饮空缸"也就是干杯,但含有多少豪情!兴酣之际,也不免回顾人生遭际,抚事生哀,"居士先生老矣",这是作者自叹。虽叹老,却无嗟卑之意。"真梦里"二句翻用杜诗《羌村三首》"夜阑更秉烛,相对如梦寐",言外见三人相饮谈笑至夜深,彼此相契之深。

末三句为最后一层,写天明分手,船鼓催发,主客双方相见得迟,归去何疾。既幸有此遇,又不免杂着爽然若失之感。

全词将叙事、写人、写景、抒情打成一片,景为人设。所叙乃会友之快事,所写乃一方之奇人,所抒乃旷达之情感。与一般的描写离合情怀不同。在用笔上较恣肆,往往几句叙一意,而语具多义,故又耐人咀含。所用韵部,亦属洪亮,与词情悉称。故郑文焯谓其"健句入词,更奇峰特出","不事雕凿,字字苍寒,如空岩霜干,天风吹堕颇黎地上,铿然作碎玉声"(《手批东坡乐府》)。　　　　(周啸天)

水 调 歌 头　　　　　　　　　　苏　轼
黄州快哉亭赠张偓佺

落日绣帘卷,亭下水连空。知君为我新作,窗户湿青红。长记平山堂上,欹枕江南烟雨,杳杳没孤鸿。认得醉翁语:"山色有无中。"　　一千顷,都镜净,倒碧峰。忽然浪起,掀舞一叶白头翁。堪笑兰台公子,未解庄生天籁①,刚道有雌雄。一点浩然气,千里快哉风。

〔注〕　① 天籁:《庄子·齐物论》说:"女(汝)闻人籁,而未闻地籁;女闻地籁,而未闻天籁夫!""人籁",谓箫管之音;"地籁",谓穴窍之声;"天籁",谓自然界的声响。

张怀民字偓佺,又字梦得,谪居黄州,坦然自适,在其宅西南长江边筑亭,作为陶冶性情之所。苏轼贬黄州后,与张心境相同。他不仅欣赏江边的优美景致,

水调歌头（落日绣帘卷）　　　苏　轼

——明刊本《诗馀画谱》

而更钦佩张的气度。所以,苏轼为张的亭台取名为"快哉亭",并赋此词相赠。时为宋神宗元丰六年(1083)。其后,苏辙又写《黄州快哉亭记》,极其生动地描绘了"快哉亭"周围的山光水影,并把张怀民的处世精神,予以表述。因而,苏辙这篇散文,便成为苏轼这首词的姊妹篇。

这首词有其独到的特色,它把写景、抒情和议论熔为一炉,表现作者身处逆境,泰然处之,大气凛然的精神世界,及其词作雄奇奔放的风格。

作者描写的对象,主要不在"快哉亭"本身,他的着眼点是"快哉亭"周围的广阔景象。开头四句,先用实笔,描绘亭下江水与碧空相接,远处夕阳与亭台相映的优美图景。词人坐在快哉亭上,卷起锦绣的窗帘,看到亭台和江面亭连水,水连空,水天一色的胜景。"知君为我新作"两句,就亭着一染笔,点明亭主人和自己的亲切关系,说自己知道你为接待我而特意建筑了这座亭台。亭台窗户涂抹上青的和红的油漆,色彩犹新。"湿"字形容油漆未干,颇为传神。

"长记平山堂上"五句,是回忆镜头,又是现实描写。作者用"长记"二字,唤起他曾在扬州平山堂所领略的"江南烟雨""杳杳没孤鸿"那种若隐若现、若有若无,高远空濛的江南山色的美好回忆。作者又以此比拟他在"快哉亭"上所目睹到的景致,这样就把"快哉亭"与"平山堂"融为一体,构成一种优美独特的意境。这种以忆景写景的笔法,确实比较新颖别致,使人耳目为之一新。

词人把快哉亭与平山堂融为一体,自然有其相互关联的因素。平山堂(在今江苏扬州市瘦西湖蜀冈法静寺内),是苏轼老师欧阳修于宋仁宗庆历年间修建,"负堂而望,江南诸山,拱列檐下"(王象之《舆地纪胜》),因此得名。其"壮丽为淮南第一"(叶梦得《避暑录话》)。快哉亭位于长江之滨,其佳境胜景,可以与平山堂比肩。正如苏辙所描绘的那样:"盖亭之所见,南北百里,东西一舍。涛澜汹涌,风云开阖。昼则舟楫出没于其前,夜则鱼龙悲啸于其下。变化倏忽,动心骇目,不可久视。今乃得玩之几席之上,举目而足。西望武昌诸山,冈陵起伏,草木行列,烟消日出,渔夫、樵父之舍,皆可指数。"(《黄州快哉亭记》)这正是苏轼把快哉亭与平山堂融为一体的原因。"欹枕江南烟雨",传神写照,极为生动形象,意谓词人在平山堂上,欹枕斜躺着,观赏江南空濛的山色、迷茫的雨景。值得注意的是,词人为何对那消逝在烟雨迷茫中的"孤鸿",如此记忆犹新、久久难以忘怀呢? 联系词人身受贬斥,"杳杳没孤鸿"句中所寄寓的感慨,也就不言而喻了。尽管词人被贬谪黄州,但他能旷达超脱、怡然自得,陶醉在"山色有无中"的佳境之中。的确,这也是排除忧愁,解脱困境的绝妙办法。"认得醉翁语"云云,是指欧阳修《朝中措》中"平山栏槛倚晴空,山色有无中"两句词而言,意谓在晴日,站在平山堂前，就能领略江南山色空濛，时隐时现、若有若无的绝妙佳境。

上片是用虚实结合的笔法，描写快哉亭下及其远处的胜景。下片换头以下五句，又用特写镜头摄制亭前广阔江面倏忽变化、涛澜汹涌、风云开阖、动心骇目的壮观。词人并由此生发开来，抒发其江湖豪兴和对待人生的见解。"一千顷，都镜净，倒碧峰"三句，写眼前广阔明净的江面，清澈见底，碧绿的山峰，倒映在江水中，形成了一幅优美动人的平静的山水画卷。真是别具情趣，令人赏心悦目。然而，"忽然"两句，写一阵巨风，江面倏忽变化，涛澜汹涌，风云开阖，一个渔翁驾着一叶小舟，在狂风巨浪中掀舞。又出现一种"动心骇目"的惊险镜头。但是，渔翁并不惧怕，他驾一叶扁舟在风头浪尖上掀舞，却习以为常。词人看到，老渔翁与风浪搏斗的情景，顺势用大自然的风来做话题，引出一段关于风的议论。战国时代楚国兰台令宋玉写了一篇《风赋》，写宋玉等人陪同楚襄王游兰台之宫，忽然刮起风来，楚襄王披襟当风说："快哉此风！寡人所与庶人共者邪？"宋玉说："此独大王之风耳，庶人安得而共之！"楚王不理解是什么意思，宋玉就向楚王解释说："大王之风"经过优美的园林宫室，带着花草等香气，才吹到身上，所以清清凉凉，治病解酒，"发明耳目，宁体便人"，就称为"雄风"。"庶人之风"，起于穷巷之间，一路挟带污浊腐秽之气，吹到贫穷人家，使人精神凄惨，生病造热，故称之为"雌风"。显然，宋玉分风为"雌""雄"，讽谏楚王之意是很明显的。妙在苏轼故意挑剔宋玉的毛病，一本正经地引经据典，批评"兰台公子""未解庄生天籁"。《庄子·齐物论》中有关于天籁、地籁、人籁的议论。风者，"天籁"也，乃是大自然演奏的乐曲，把它分什么雌雄不是很可笑吗？"一点浩然气，千里快哉风"，东坡说，正因为有一种浩然之气充塞于天地之间，因而才有"千里快哉风"，因而也才有今天这座黄州快哉亭啊，显然，东坡之嘲笑宋玉，读者不能当真，不过是词人醅笔豪情、借题发挥而已。"浩然气"典出于《孟子·公孙丑上》，孟子曰："我善养吾浩然之气。……其为气也，至大至刚，以直养而无害，则塞于天地之间。"东坡所谓"浩然气"即由此而来，他从老渔翁与风浪的搏斗中，悟出了做人应当遵循的哲理：只要胸中有"一点浩然气"（指正气和节操），刚直不阿，坦然自适，在任何境遇中，就能处之泰然，如同领略"千里快哉风"那样舒适快意。苏轼这种豪迈的气概，探索人生的精神，显然具有积极的社会意义。词人与张怀民皆被贬黄州，他们能"不以谪为患"，"不以物伤性"，"自放山水之间"（《黄州快哉亭记》），相互勉励，藐视邪恶，这的确是难能可贵的。

下片在艺术构思和结构上，具有大起大落、大开大合的特点。换头以下五句，写江面的倏忽变化。先写江平如镜，紧接着，瞬息间突然涛澜汹涌，可谓巨大变化也。但词人并没有继续描写江面上的风云开阖,渔翁与风浪搏斗的"动心骇目"的场面,他却把笔锋一转,引用典故,就风的雌雄大发议论,去探索人生的哲理。最后陡然又用"一点浩然气,千里快哉风"顿住,与"忽然浪起"两句接应。这就使词作在结构和情节上,随着词人的滚滚思潮,瞬息变化,大开大合,波澜起伏。真犹如黄河九曲,惊涛万里,令人目不暇给。

这首词的特点,与一般写景抒情词迥然不同,它表现了以散文入词,以议论入词的特色。它的议论,又非同凡响,其中寄寓着对人生的探索,蕴含着深邃的哲理,因而"其精微超旷,真足以开拓心胸,推倒豪杰"(刘熙载《艺概·诗概》)。

(陆永品)

水 调 歌 头   苏 轼

丙辰中秋,欢饮达旦,大醉,作此篇。兼怀子由。

明月几时有? 把酒问青天。不知天上宫阙,今夕是何年。我欲乘风归去,又恐琼楼玉宇,高处不胜寒。起舞弄清影,何似在人间!   转朱阁,低绮户,照无眠。不应有恨,何事长向别时圆? 人有悲欢离合,月有阴晴圆缺,此事古难全。但愿人长久,千里共婵娟。

本篇长调词,作于宋神宗熙宁九年(1076),即丙辰年的中秋节日。时作者正任密州(今山东诸城)知州。从题序来看,这首词盖为醉后抒情,怀念兄弟(子由)之作。古人评论说:"此词前半自是天仙化人之笔"(清程洪、先著《词洁》)。今天看来,本词通篇风调,又何尝不是这样。至于明卓人月把本词比为"画家大斧皴,书家擘窠体",则是囿于"苏词粗豪"的传统之见。揆诸实际,本篇除具苏词一般共有的豪迈清雄特色之外,它还有其飘逸空灵以及韶秀方面的特点。与"粗"则是毫无关涉的。

这首中秋词作,主旨在于抒发作者外放无俚的茕独情怀。词中杂用道家思想,观照世界,并且自为排遣。作者俯仰古今变迁,感慨宇宙流转,厌薄险恶的宦海风涛,揭示睿智的人生理念。运用直接描绘的形象范畴,勾勒出一种皓月当空、美人千里、孤高旷远的境界氛围,把自己遗世独立意绪和往昔神话传说融合一起,在月的阴晴圆缺当中,渗进浓厚的哲学意味,是一首自然与社会高度契合的感喟作品。此种思想蕴涵,是至为明显的。

苏轼一生,是以崇尚儒学,讲究实务为主。但他也"龆龀好道",中年以后,又

水调歌头（明月几时有）　　　　苏　轼

——明刊本《诗馀画谱》

曾表示"皈依佛僧",是经常处在儒释道纠葛当中的。尤其是每当挫折失意,则老庄思想上升,以帮助自己解释穷通进退的困惑。这在苏轼一生中是数见不鲜的事。熙宁四年(1071),他以开封府推官通判杭州,是为了权且避开汴京政争旋涡。熙宁七年调知密州,虽曰出于自愿,实质上仍是处于外放冷遇地位。尽管他当时是"面貌加丰",颇有一些旷达表现,也难以掩饰深藏内心的幽愤。这首中秋词,正是此种宦途险恶体验的升华与总结。"大醉"遣怀是主;"兼怀子由"是辅。对于一贯秉持"尊主泽民"节操的作者来说,手足分离的私情,比起内忧边患的国势来,毕竟是属于次要的伦理负荷。此点在题序中并有明确揭举。

本词通篇咏月,月是词的中心形象,却处处关合人事,表现出自然社会契合的特点。它上片借明月自喻清高,下片用圆月衬托离别。开篇"明月几时有"一问,排空直入,笔力奇崛。诸家指出此处词意和屈原《天问》、李白《把酒问月》的传承关系,正可说明作者"奋励有当世志",而又不谐尘俗的佛郁心理。"不知天上宫阙,今夕是何年"以下数句,笔势天矫回折,跌宕多彩。它说明作者在"出世"与"入世",亦即"退"与"进"、"仕"与"隐"之间抉择上的深自徘徊困惑心态。李泽厚在阐述苏轼诗文的美学观时说:"苏轼把中晚唐开其端的进取与退隐的矛盾双重心理发展到一个新的质变点","苏轼一生并未退隐","但他通过诗文所表达出来的那种人生空漠之感,却比前人任何口头上或事实上的'退隐''归田''遁世'要更深刻更沈重"(《美的历程》)。李氏这些论断,对理解《水调歌头》中秋词,是颇有启示意义的。

"我欲乘风归去,又恐琼楼玉宇,高处不胜寒"几句,把见于《酉阳杂俎》诸书的月的神话传说中"广寒清虚之府"具象化。说入世不易,出世则尤难。言外之意仍是说得在现实社会中好自为之。这里寄寓着作者出世入世的双重矛盾心理,也潜藏着作者对封建秩序的些微怀疑情绪,尽管词的上下衔转处曾经表达自己顾影自怜、径欲遐举之意。苏轼诗文中,很多貌似"出世"的内容思想,实质都是"入世"思想的反拨形式,本篇正复如此。

下片融写实为写意,化景物为情思,一韵一意,一意一转,淋漓挥洒,无往不适。唐圭璋《唐宋词简释》评云:"转朱阁,低绮户,照无眠"三句,"实写月光照人无眠。以下愈转愈深,自成妙谛"。"照无眠"者,当兼月照不睡之人与月照愁人使不能入睡这两层意思。作者《永遇乐》(长忆别时)云:"别来三度,孤光又满,冷落共谁同醉? 卷珠帘,凄然顾影,共伊到明无寐",即兼具这两层意思,可以参读。"不应有恨,何事长向别时圆"两句,承"照无眠"而下,笔致浏漓顿挫,表面上是恼月照人,增人"月圆人不圆"的怅恨,骨子里是本抱怀人心事,借见月而表达。石曼卿诗"月如无恨月长圆",说的是月缺示有恨,无恨应长圆;词人糅入人事,谓月圆时,月固无恨矣,而人不圆,见圆月转有恨。又进一步说:月"长向别时圆",亦"应有恨"。"不应"与"何事"两者抵消,即见此正面之命意。这里把人此时的思想感情移之于月,对石曼卿诗语是发展,对上文月照无眠又是转深一层。"人有悲欢离合,月有阴晴圆缺,此事古难全"三句,又转出一意,从"别时圆"生发而来。知人之离合("悲欢"包含其中),与月之圆缺("阴晴",谓月至中秋虽圆,亦有可见与不可见之时,与"圆缺"同等),实自古而然。(此处偏义于"合"与"圆",故云"难全"。)既知此理,便不应对圆月而感暌离,生无谓的怅恨。由感情转入理智,化悲怨而为旷达,这三句词意转折较大,而意脉仍承自上文。亲人间的欢聚既不能强求,当此中秋月圆,则唯有"但愿人长久,千里共婵娟",亦足以慰情。两句据南朝宋人谢庄《月赋》"美人迈兮音尘阙,隔千里兮共明月",转出更高的思想境界,向世间所有离别的亲人(包括自己的兄弟),发出深挚的慰问和祝愿,给全词增加了积极奋发的意蕴。作者此后两年有《中秋月寄子由三首》诗云:"悠哉四子心,共此千里明"("四子"指友人舒焕、郑仅、顿起、赵杲卿),所向之祝长久、共婵娟者,更由亲人扩大到朋友了。下片词意三转,愈转愈深。不特意深,情更深,"但愿"二字,感人肺腑。南宋赵彦卫《云麓漫钞》谓曾见苏轼真迹,"但愿"作"但得",并云"以此知前辈文章为后人妄改亦多矣"。但味词意,用"愿"字,情思实较"得"字为深厚,真迹作"得"者安知非属初稿而后自改为"愿"?说"后人妄改",是只知其一而不知其二。

《水调歌头》中秋词,是苏词代表性篇章之一。它落想奇拔,蹊径独辟,极富浪漫色彩。格调上,它"一洗绮罗香泽之态,摆脱绸缪宛转之度;使人登高望远,举首高歌"(胡寅《酒边词序》),是历来公认的中秋词中的绝唱。在表现上,本词前半纵写,后半横叙。前半高屋建瓴,后半峰回路转。前半是对古老神话传说、故事笔记的推陈出新,也是对魏晋六朝游仙诗的递嬗发展。后半白描素写,人月双济。它名为演绎物理,实则阐释人生。笔势错综回环,摇曳有力。布局上,本词上片凌空而起,入虚处似;下片波澜层叠,返虚转实。最后虚实相萦,纡徐作结。豪宕中自有谨饬之致。

词中,作者既揭举了"复绝尘寰的宇宙意识",又摒弃那种"在神奇的永恒面前的错愕"心态(借用闻一多评《春江花月夜》语)。作者的世界观并非是完全超然地对待自然界的变化发展,而是努力从自然规律中寻求"随缘自娱"的生活意义。所以,尽管本词基本上是一种情怀寥落的秋的吟咏,读来却并不缺乏"触处生春"(赵翼)的韵味。

(徐翰逢　陈长明)

水 调 歌 头　　　　　　　　　　苏 轼

　　　　欧阳文忠公尝问余：琴诗何者最善？答以退之听颖师琴诗最善。
公曰：此诗最奇丽，然非听琴，乃听琵琶也。余深然之。建安章质夫家
善琵琶者，乞为歌词。余久不作，特取退之词，稍加隐括，使就声律，以
遗之云。

　　昵昵儿女语，灯火夜微明。恩怨尔汝来去，弹指泪和声。忽变
轩昂勇士，一鼓填然作气，千里不留行。回首暮云远，飞絮搅
青冥。　　　　众禽里，真彩凤，独不鸣。跻攀寸步千险，一落百
寻轻。烦子指间风雨，置我肠中冰炭，起坐不能平。推手从归
去，无泪与君倾。

　　唐代诗歌繁盛，音乐发达。唐人描写音乐美的诗歌，不乏名篇佳构。然而在
宋词中，能成功地描写音乐的篇什，则寥寥无几。因为"诗难于咏物，词为尤难。"
（张炎《词源》）而以词刻画无形的音乐，比之描绘花柳虫鱼等有形之物，更是难上
加难。可是，苏轼这首咏音乐的《水调歌头》，却写得相当成功。不过，此词是根
据韩愈写音乐的名篇《听颖师弹琴》改写的。韩诗原文如下：

　　　　昵昵儿女语，恩怨相尔汝。
　　　　划然变轩昂，勇士赴敌场。
　　　　浮云柳絮无根蒂，天地阔远随飞扬。
　　　　喧啾百鸟群，忽见孤凤凰。
　　　　跻攀分寸不可上，失势一落千丈强。
　　　　嗟余有两耳，未省听丝篁。
　　　　自闻颖师弹，起坐在一旁。
　　　　推手遽止之，湿衣泪滂滂。
　　　　颖乎尔诚能，无以冰炭置我肠。

韩诗历来受人称赏，以为"写琴声之妙入髓"，"可谓古今绝唱"，惟独欧阳修认为
此作"非听琴，乃听琵琶诗"（见词序）。苏轼对老师的意见不便驳回，后来不同意
欧阳公见解的人颇为不少，这且不去管它。反正东坡这首词是应章质夫家琵琶
手之请，特取韩愈诗"稍加隐括"而成的。韩诗的妙处，在于运用一系列生动的比
喻，来描摹妙手弹出的音声节奏，而极尽掩抑顿挫之趣。东坡改写成词，依然保
存了韩诗的妙趣和神韵。

　　开端四句写乐声初发,仿佛静夜微弱的灯光下,一对青年男女在亲昵地切切私语,谈爱说恨,卿卿我我,往复不已。"弹指泪和声"——妙指弹出的声音拌和着眼泪——倒点一句,见出弹奏开始,音调既轻柔、细碎而又哀怨、低抑。"忽变"三句,写曲调由低抑到高昂,犹如气宇轩昂的勇士,在填然骤响的鼓声中,跃马驰骋,不可阻挡。其音色的雄壮磅礴可以想见。"回首"两句,以景物形容声情,指下的音响,一变而为远天的暮云,高空的飞絮,极尽缥缈幽远之致。接着是百鸟争喧,明媚的春色中振颤着宛转错杂的啁哳之声,此时彩凤不鸣。瞬息间高音突起,曲折而上,曲调转向艰涩,好像走进悬崖峭壁之中,脚登手攀,前行一寸,也要花费很大气力。正在步履维艰之际,音声陡然下降,恍如一落千丈,飘然坠入深渊,弦音戛然而止。

　　音乐由低抑幽怨,变而为雄壮高昂,缥缈幽远,和谐宛转,再变为冷涩艰险……,读着这首词,宛然置身于响遏行云的妙曲缭绕之中,感情的潮水,不禁随着弦音的颤动而起伏激荡。这表明词人确乎借助于语言,把这位乐师的高妙弹技逼真地再现出来了。

　　如果说以上是对乐师高妙弹技和音乐美的正面描绘,那么,末后的五句,则是从听者心情的激动,反映出成功的弹奏所产生的感人的艺术效果。"指间风雨",写弹者技艺之高,能兴风作雨;"肠中冰炭",写听者感受之深,肠中忽而高寒、忽而酷热;并以"烦子"、"置我"等语,把弹者听者紧密关联起来。取譬也极简当而生动。音响之撼人,不仅使人坐立不宁,而且简直难以禁受,由于连连泣下,再没有泪水可以倾洒了。"无泪与君倾",较之原诗中"湿衣泪滂滂",更加翻进一层。

　　诉诸听觉的音乐美,缺乏空间形象的鲜明性和确定性,是很难捕捉和形容的。但词人巧于取譬,他运用男女谈情说爱、勇士大呼猛进、飘荡的晚云飞絮、百鸟和鸣、攀高步险等等自然和生活现象,极力摹写音声节奏的抑扬起伏和变化,借以传达乐曲的感情色调和内容。这一系列含义丰富的比喻,变抽象为具体,把诉诸听觉的音节组合,转化为诉诸视觉的生动形象,这就不难唤起一种类比的联想,从而产生动人心弦的感染力。末后再从音乐效果,进一步刻画弹技之高。笔墨精微神妙,可说与韩诗同一机杼,同入化境。

　　词中隐括体,倡自东坡。隐括前人诗篇有方便处,也有难处。原作虽可在创意、用语上提供凭借,却也为作者骋才运思带来桎梏,因而不易把作品写得自然无迹。然而,东坡的再创作却非常成功。他对原诗句意有删减,又有补充,既保留了原作的精神,又发挥了词体的长处,写来宛转错落,曲折尽意,浑成融贯,全章妥溜,宛如抒写自身的实感,句句从心扉中自在流出。王国维曾赞扬东坡《水龙吟》咏杨花"和韵而似元唱"(《人间词话》)。也不妨说这首《水调歌头》写音乐,虽属隐括前人诗篇,却宛如新创。这确可表明苏轼驾驭词体,具有过人的功力。

(刘乃昌)

满　江　红　　　　　　　　　　　　　　　苏　轼
寄鄂州朱使君寿昌

江汉西来,高楼下、蒲萄深碧。犹自带、岷峨雪浪,锦江春色。君是南山遗爱守,我为剑外思归客。对此间、风物岂无情,殷勤说。　　《江表传》,君休读;狂处士,真堪惜。空洲对鹦鹉,苇花萧瑟。不独笑书生争底事,曹公黄祖俱飘忽。愿使君、还赋谪仙诗,追黄鹤。

本篇是宋神宗元丰年间苏轼贬居黄州时期写给友人朱寿昌的。朱寿昌,字康叔,当时任鄂州(治所今武汉市武昌)知州。鄂州同江北的黄州隔江相望,朱寿昌对身处逆境的苏轼时有馈问,两人交谊颇厚。苏轼由于诗文涉及新法,为某些官僚忌恨罗织,被逮入狱,结案后,以罪人身份安置黄州,内心是悲愤不平的。此词以慷慨愤激之调,振笔直书,开怀倾诉,通篇贯注了郁勃不平之气。

开篇由写景引入。长江、汉水自西方奔流直下,汇合于武汉,著名的黄鹤楼在武昌黄鹄山岿然屹立,俯瞰浩瀚的大江。发端两句,大笔勾勒,起势突兀,抓住了当地最有特色的胜景伟观。"蒲萄深碧",重笔施彩,以酒色形容水色,用李白《襄阳歌》"遥看汉水鸭头绿,恰似葡萄初酦醅"。以下"犹自带"三字振起,继续以彩笔为江水染色。李白又有"江带峨眉雪"之句(《经乱离后天恩流夜郎忆旧游书怀》),杜甫《登楼》诗云:"锦江春色来天地"。苏轼在此不仅化用前人诗句,不着痕迹,自然入妙,而且用"蒲萄""雪浪""锦江""春色"等富有色彩感的词语,来形容"深碧"的江流,笔饱墨浓,引人入胜。值得注意的汹涌深碧的大江,既是友人驻地的胜景,又从四川流来,无形中沾带着词人故乡的某些风情。这就为下文感怀作了有力的铺垫。以下由景到人,一句写对方,一句写自己。朱寿昌曾知阆州,阆州在四川,唐属山南道。《宋史》本传载朱在阆断一疑狱,除暴安良,"郡称为神,蜀人至今传之",即"南山遗爱守"所指。词中"南山"当是"山南"之误。以对"剑外","山南"字面亦胜于"南山"。苏轼蜀人,称朱寿昌亦以其宦蜀之事;自称"剑外思归客",映带有情。至此又回到眼前,面对此间风物,自会触景兴感,无限惆怅。"对此间"以下，将君、我归拢为一，逼出"殷勤说"三字，双流汇注，水到渠成。

　　"殷勤说"三字带出整个下片。换头两句，劝友人休读三国江左史乘（《江表传》多记三国吴事迹，原书今已不传，散见于裴松之《三国志》注中），以愤激语调唤起，恰说明感触很深，话题正要转向三国人物。"狂处士"四句，紧承上文，对恃才傲物、招致杀身之祸的祢衡，表示悼惜。祢衡因忠于汉室，曾不受折辱，大骂曹操，曹操不愿承担杀人之名，故意把他遣送给荆州刺史刘表，刘表又把他转送到江夏太守黄祖手下，后被黄祖所杀，葬于汉阳西南沙洲上。因为祢衡曾撰《鹦鹉赋》，有声名，故后人称此洲为鹦鹉洲。"空洲对鹦鹉，苇花萧瑟"，以萧索之景，寓惋惜之情，意在言外。接着笔锋一转，把讥刺的锋芒朝向了迫害文士的曹操、黄祖。"不独笑书生争底事，曹公黄祖俱飘忽"。"争底事"，即争何事，意谓书生何苦与此辈纠缠，以惹祸招灾。残害人才的曹操、黄祖，虽能称雄一时，不也归于泯灭了吗！这话是有弦外之音的，矛头隐隐指向对他罗织构陷的李定、舒亶一类人物。收尾三句，就眼前指点，转出正意，希望友人超然于风高浪急的政治漩涡之外，寄意于历久不朽的文章事业，撰写出色的作品来追踵前贤。李白当年游览黄鹤楼，读到崔颢著名的《黄鹤楼》诗，曾有搁笔之叹，后来他写了《登金陵凤凰台》《鹦鹉洲》等诗，据说都是有意同崔颢竞胜比美的。苏轼借用李白的故事，激励友人写出赶上黄鹤楼诗的名作。这既是勉人，又是作者个人襟怀志趣的流露。结句"黄鹤"与开端"高楼"呼应，拍合上文，以明本旨。

　　此词上片即地写景，由景到情，下笔关照到友、我两方，至"对此间、风物岂无情"，一笔道破。有情就要倾吐、抒发，故由"情"字，导出"说"字。此处"说"含有倾诉、评说之意。下片正是面向友人开怀倾诉，慷慨评说。这种直泻胸臆、谈古论今的写法，容易导致浅露平直、缺乏情韵。但本篇却无此弊。一则，它即景怀古，《江表传》、鹦鹉洲、黄鹤楼云云，处处都联系"此间风物"，即当地的历史遗迹来评人述事，能使眼中景、意中事、胸中情相互契合；再则，它选用内涵丰富、饶有意趣的历史掌故来写怀，藏情于事，耐人咀咏；三则，笔端饱和感情，人们不难从中感到有一种苍凉悲慨、郁愤不平的激情，在字里行间涌流。从格调上说，本篇大异于缠绵惋恻之调，也不同于缥缈轶尘之曲，而以辞气慷慨见长。仿佛西来的江汉碧涛，注入奇峭的山崖峡谷，形成顿挫跌宕、起伏不平之势。这种词格，同苏轼贬斥黄州时那种复杂矛盾无法平静的内心世界是一致的。

　　　　　　　　　　　　　　　　　　　　　　　　　　　　　（刘乃昌）

归 朝 欢 和苏坚伯固   苏 轼

我梦扁舟浮震泽,雪浪摇空千顷白。觉来满眼是庐山,倚天无
数开青壁。此生长接淅,与君同是江南客。梦中游、觉来清
赏,同作飞梭掷。 明日西风还挂席,唱我新词泪沾臆。灵
均去后楚山空,澧阳兰芷无颜色。君才如梦得,武陵更在西南
极。《竹枝词》①、莫徭②新唱,谁谓古今隔。

〔注〕 ① 竹枝词:《新唐书·刘禹锡传》说刘的《竹枝词》为任朗州司马时所作,"于是武陵
夷俚悉歌之"。宋葛立方《韵语阳秋》卷十五以其中皆说夔州事,断为任夔州刺史时作,谓史为
误。苏轼此词从《新唐书》之说。 ② 莫徭:部分瑶族的古称,隋时分布于今湖南大部、广东北
部和广西东北一带,包括词中写到的武陵、澧阳在内。

    绍圣元年(1094)七月,苏轼以"讥斥先朝"的罪名,责授宁远军节度副使,惠
州(在今广东)安置。途经九江时,遇到了阔别多年的老友苏坚(伯固)。当时苏
坚被命赴澧阳(今湖南澧县)任所。客中相遇,行脚匆匆,在临歧泣别之际,子瞻
为作《归朝欢》以赠。

    离别,对于人生来说是一种很动感情的事,特别是暮年远别,在那山川阻隔、
音讯难通的古代就更令人黯然销魂了。千古骚坛,此类作品占了很大的比例。
它们大多借杨花柳枝、凄迷芳草、断肠月色和雁阵西风之类的景物,以抒写凄惋
悒恻的情怀。直到东坡把一股雄健之风带进叙别词中,这种局面才得以改观。
苏词中,像"一时分散水云乡,惟有落花芳草断人肠"(《南歌子·别润守许仲涂》)
一类低回掩抑之音也是有的,但更多的词章表现了令人耳目一新的特征:纯真
爽朗,境界阔大,气度高亢,披露了作者的浩逸襟怀。其中,《归朝欢》一词尤气象
宏阔,情致高健,堪称东坡离别词的代表。

    词的上片写作者与伯固同游庐山的所见所感。出人意表的是,他并没有一
上来就去写庐山,却远远宕开一笔,从梦游太湖(震泽)落墨。"我梦"二句突兀而
起,想落天外,神气极旺。千顷白浪翻空摇舞,而我们的诗人呢?却棹一叶之扁
舟,徜徉于这云水之间,显得那么从容自若。这动与静,大与小的对比是如此强
烈、鲜明,真是神来之笔。接下去,笔势一顿,借"觉来"二字实现了画面的转换,
把人们带入了庐山胜景:望中青山蔚然深秀,千峰峭崎,拔地参天……好一派动
人心魄的壮景。前面写震泽梦游是虚,后面写庐山清赏是实。虚实交映,相反相
成,给人一种瑰丽多变、目不暇给的感觉。"雪浪摇空","青壁倚天",这壮浪幽奇
的湖山胜概,是多么令人神往。然而正当作者陶醉于这种似梦非梦的自然天趣

之中时,一缕悲凉之感却袭上心头,使他又回到了坎坷的现实中来。"此生长接淅",这是他宦海浮沉的生动概括。"接淅",本于《孟子·万章下》"孔子之去齐,接淅而行":途中淘米烧饭,不等把米淘完,沥干带起就走,言其匆遽狼狈之状。东坡一生屡遭贬黜,充满了艰难挫折。这暂时的游赏,是难以愈合他心灵的伤痛的。此处文意为之一折,是大开大合之笔。"与君同是江南客",九江在长江南,于此点出客中送客之意。尤其不可放过"同""客"二字,它上应"接淅",写彼此之飘蓬,下逗"飞梭",言清欢之短暂。用以作柱,半篇皆活。"梦中"三句收束前片,迷离幻象,湖山清景,俱如飞梭过眼,转瞬即逝了。一结奇健,令人怅惘不尽。

　　过片换笔另起一意,写对伯固的勉励。东坡与伯固交谊笃厚,曾叙宗盟,每遇离别,必有所作。观其集中《生查子·送苏伯固》情文并茂,传诵众口。然此词作于衰暮,前程艰险,后会难期,故语气较前沉痛。苏伯固赴任澧阳,大概也不是愉快的差使,所以东坡要用迁客骚人的典实来慰勉伯固。一味伤感不是东坡的性格,他在泣别之余,更多的是对故人的期许与鼓励。此老倔强,平生不解作一软语,此词亦复如是。"明日"两句,点出送别。"挂席"即"挂帆"。扬帆西去,指苏坚的去处。唱新词而泣下,见出友情之深笃。随着西去的征帆,作者心随帆驶,由地及人,联想到在那里行吟漂泊过的屈原。"灵均"二句就是沿着这一思想脉络而出现的。"灵均"即屈原的别名。沅芷澧兰,这些散发着他人格光辉的香草,也因为伟人的逝去而憔悴无华了。"灵均"二句从反面落笔,映衬出屈子光并日月的品格,这是一层意思。另一层意思,则是隐约地流露出希望苏坚追踵前贤,能写出使山川增色的作品来。这一点,在下文中就表现得更明显了。"君才"以下各句,援引刘禹锡的故实,从正面着笔,写出了对苏坚的期望。刘禹锡因参加王叔文革新集团,贬为朗州(今湖南常德)司马,在武陵一带生活了十年,后来又到夔州(今四川奉节)任刺史。在夔州,他效屈原居沅湘间依当地迎神舞曲作《九歌》的精神,用巴渝民歌《竹枝》曲调创作了九首《竹枝词》(见其《竹枝词引》),对词体的发展起了积极的作用。东坡即以此鼓励老友,期望他在逆境中奋起,像屈原、刘禹锡那样写出光耀古今的作品来。"君才"二句,充满了信任。你的才华不减梦得,他谪居的武陵(即常德)在这里的西南远方,又和你所要去的澧阳同是莫徭聚居之地,到了那边便可接续刘梦得的余风,创作出可与《竹枝词》媲美的"莫徭新唱"来,让这个寂寞已久的澧浦夷山,能重新鸣奏出诗的合唱,与千古名贤后先辉映。"谁谓古今隔",语出谢灵运《七里濑》诗:"谁谓古今殊,异代可同调。"东坡略加剪裁,用以煞尾,便有精彩倍增之妙。这首词横放而不失空灵,直抒胸臆而又不流于平直,是一篇独具匠心的佳作。

(周笃文　王玉麟)

念 奴 娇 赤壁怀古　　　　　　　苏 轼

大江东去,浪淘尽、千古风流人物。故垒西边,人道是、三国周
郎赤壁。乱石崩云,惊涛裂岸,卷起千堆雪。江山如画,一时
多少豪杰!　　　遥想公瑾当年,小乔初嫁了,雄姿英发。羽扇
纶巾,谈笑间、樯橹灰飞烟灭。故国神游,多情应笑我、早生华
发。人间如梦,一樽还酹江月。

　　清代词论家徐釚谓东坡词"自有横槊气概,固是英雄本色"(《词苑丛谈》
卷三)。在《东坡乐府》中,最具有这种英雄气格的代表作,恐怕要首推这篇
被誉为"千古绝唱"的《赤壁怀古》了。这篇词是北宋词坛上最为引人注目的
作品之一。它写于宋神宗元丰五年(1082)七月。当时,由于苏轼诗文讽喻
新法,为新派官僚罗织论罪贬谪到黄州,这首词是他游赏黄冈城外的赤壁矶
时写下的。

　　此词上阕,先即地写景,为英雄人物出场铺垫。开篇从滚滚东流的长江着
笔,随即用"浪淘尽",把倾注不尽的大江与名高累世的历史人物联系起来,布置
了一个极为广阔而悠久的空间时间背景。它既使人看到大江的汹涌奔腾,又使
人想见风流人物的卓荦气概,更可体味到作者兀立江岸凭吊胜地才人所诱发的
起伏激荡的心潮,气魄极大,笔力非凡。接着"故垒"两句,点出这里是传说中的
古代赤壁战场。在苏轼写此词的八百七十多年前,东吴名将周瑜曾在长江南岸,
指挥了以弱胜强的赤壁之战。当年的战场究竟在哪儿? 向来众说纷纭,东坡在
此不过是聊借怀古以抒感,读者不必刻舟求剑。"人道是",下字极有分寸。"周
郎赤壁",既是拍合词题,又是为下阕缅怀公瑾预伏一笔。以下"乱石"三句,集中
描写赤壁雄奇壮阔的景物:陡峭的山崖散乱地高插云霄,汹涌的骇浪猛烈地搏
击着江岸,滔滔的江流卷起千万堆澎湃的雪浪。这种从不同角度而又诉诸于不
同感觉的浓墨健笔的生动描写,一扫平庸萎靡的气氛,把读者顿时带进一个奔马
轰雷、惊心动魄的奇险境界,使人心胸为之开扩,精神为之振奋! 煞拍二句,总束
上文,带起下片。"江山如画",这明白精切、脱口而出的赞美,应是作者和读者从
以上艺术地提供的大自然的雄伟画卷中自然而然地得出的结论。"地灵人杰",
锦绣山河,必然产生、哺育和吸引无数出色的英雄,三国正是人才辈出的时代:
横槊赋诗的曹操,驰马射虎的孙权,隆中定策的诸葛亮,足智多谋的周公瑾……
真可说是"一时多少豪杰"!

念奴娇（大江东去）　　　苏　轼

——明刊本《诗馀画谱》

　　上片重在写景,将时间与空间的距离紧缩集中到三国时代的风云人物身上。但苏轼在众多的三国人物中,尤其向往那智破强敌的周瑜,故下片由"遥想"领起五句,集中腕力塑造青年将领周瑜的形象。作者在历史事实的基础上,挑选足以表现人物个性的素材,经过艺术集中、提炼和加工,从几个方面把人物刻画得栩栩如生。据史载,建安三年东吴孙策亲自迎请二十四岁的周瑜,授予他"建威中郎将"的职衔,并同他一齐攻取皖城。周瑜娶小乔,正在皖城战役胜利之时,而后十年他才指挥了有名的赤壁之战。此处把十年间的事集中到一起,在写赤壁之战前,忽插入"小乔初嫁了"这一生活细节,以美人烘托英雄,更见出周瑜的丰姿潇洒、韶华似锦、年轻有为,足以令人艳羡。同时也使人联想到:赢得这次抗曹战争的胜利,乃是使东吴据有江东、发展胜利形势的保证,否则难免出现如杜牧《赤壁》诗中所写的"铜雀春深锁二乔"的严重后果。这可使人意识到这次战争的重要意义。"雄姿英发,羽扇纶巾",是从肖像仪态上描写周瑜束装儒雅,风度翩翩。纶巾,青丝带头巾,"葛巾毛扇",是三国以来儒将常有的打扮,着力刻画其仪容装束,正反映出作为指挥官的周瑜临战潇洒从容,说明他对这次战争早已成竹在胸、稳操胜券。"谈笑间、樯橹灰飞烟灭",抓住了火攻水战的特点,精切地概括了整个战争的胜利场景。据《三国志》引《江表传》,当时周瑜指挥吴军用轻便战舰,装满燥荻枯柴,浸以鱼油,诈称请降,驶向曹军,一时间"火烈风猛,往船如箭,飞埃绝烂,烧尽北船"。词中只用"灰飞烟灭"四字,就将曹军的惨败情景形容殆尽。试看,在滚滚奔流的大江之上,一位卓异不凡的青年将军周瑜,谈笑自若地指挥水军,抗御横江而来不可一世的强敌,使对方的万艘舳舻,顿时化为灰烬,这是何等的气势! 苏轼为什么如此向慕周瑜? 这是因为他觉察到北宋国力的软弱和辽夏军事政权的严重威胁,他时刻关心边庭战事,有着一腔报国疆场的热忱。面对边疆危机的加深,目睹宋廷的萎靡懦懦,他是多么渴望有如三国那样称雄一时的豪杰人物,来扭转这很不景气的现状呵! 这正是作者所以要缅怀赤壁之战,并精心塑造导演这一战争活剧的中心人物周瑜的思想契机。

　　然而,眼前的政治现实和词人被贬黄州的坎坷处境,却同他振兴王朝的祈望和有志报国的壮怀大相抵牾,所以当词人一旦从"神游故国"跌入现实,就不免思绪深沉、顿生感慨,而情不自禁地发出自笑多情、光阴虚掷的叹惋了。仕路蹭蹬,壮怀莫酬,使词人过早地自感苍老,这同年华方盛即卓有建树的周瑜适成对照。然而人生几何,何苦让种种"闲愁"萦回我心,还是放眼大江、举酒赏月吧!"一樽还酹江月",玩味着这言近意远的诗句,一位襟怀超旷、识度明达、善于自解自慰的诗人,仿佛就浮现在我们眼前。词的收尾,感情激流忽作一跌宕,犹如在高原

阔野中奔涌的江水,偶遇坎谷,略作回旋,随即继续流向旷远的前方。这是历史
与现状,理想与实际经过尖锐的冲突之后在作者心理上的一种反映,这种感情跌
宕,更使读者感到真实,从某种意义上说,更能引起读者的思考。

　　这首词从总的方面来看,气象磅礴,格调雄浑,高唱入云,其境界之宏大,是
前所未有的。通篇大笔挥洒,却也衬以谐婉之句,英俊将军与妙龄美人相映生
辉,昂奋豪情与感慨超旷的思绪迭相递转,做到了庄中含谐、直中有曲。特别是
它第一次以空前的气魄和艺术力量塑造了一个英气勃发的人物形象,透露了作
者有志报国、壮怀难酬的感慨,为用词体表达重大的社会题材,开拓了新的道路,
产生了重大影响。据俞文豹《吹剑录》记载,当时有人认为此词须关西大汉手持
铜琵琶、铁绰板进行演唱,虽然他们囿于传统观念,对东坡词新风不免微带讥诮,
但也从另一方面说明,这首词的出现,对于仍然盛行缠绵悱恻之调的北宋词坛,
确有振聋发聩的作用。

　　　　　　　　　　　　　　　　　　　　　　　　　　　　　　　　　(刘乃昌)

沁　园　春　　　　　　　　　　苏　轼

　　孤馆灯青,野店鸡号,旅枕梦残。渐月华收练,晨霜耿耿;云山
摛锦,朝露漙漙。世路无穷,劳生有限,似此区区长鲜欢。微
吟罢,凭征鞍无语,往事千端。　　当时共客长安,似二陆初
来俱少年。有笔头千字,胸中万卷;致君尧舜,此事何难。用
舍由时,行藏在我,袖手何妨闲处看。身长健,但优游卒岁,且
斗尊前。

　　这首词一本有副题《赴密州早行马上寄子由》,作于神宗熙宁七年(1074)十
月由海州出发赴密州(今山东诸城)途中,时苏轼三十九岁,由杭州通判调知密
州,其弟苏辙时在齐州(今山东济南)。

　　这首词的突出特点是以议论入词,直抒胸臆,表现政治怀抱。词作一开头,
作者便以"孤馆灯青,野店鸡号,旅枕梦残"以及"月华收练,晨霜耿耿;云山摛锦,
朝露漙漙"数句,绘声绘色地画出了一幅旅途早行图。早行中,眼前月光、山色、
晨霜、朝露,别具一番景象,但行人为了早日与弟弟联床夜话,畅叙别情,他对于
眼前一切,已无心观赏。此时,作者"凭征鞍无语",进入沉思,感叹"世路无穷,劳
生有限"。为此,便引出了一大通议论来。作者想:他们兄弟俩,"当时共客长
安,似二陆初来俱少年"。长安,代指宋都汴京。二陆,指西晋诗人陆机、陆云兄
弟,吴亡后,二陆入洛阳,以文章为当时士大夫所推重,时年只二十余岁,词里用

来比自己和弟弟苏辙。说他们兄弟俩具有远大抱负，要像伊尹那样，"使是君为尧舜之君"(《孟子》中语)；要像杜甫那样，"致君尧舜上，再使风俗淳"，以实现其"结人心、厚风俗、存纪纲"(《上神宗皇帝书》)的政治理想，而且，他们兄弟俩，"笔头千字，胸中万卷"，对于"致君尧舜"这一伟大功业，充满着信心和希望。眼下，他们兄弟俩在现实社会中都碰了壁。为了相互宽慰，作者将《论语》"用之则行，舍之则藏，惟我与尔有是夫"，《孔子家语》"优哉游哉，可以卒岁"，以及牛僧孺"休论世上升沉事，且斗尊前见在身"诗句，化入词中，并加以改造、发挥，以自开解。整首词，除了开头几句形象描述之外，其余大多是议论，成为一篇发牢骚的政治文字。

但是，这首词发议论，也并非疏放粗豪，统观全词，写景、抒情、议论合为一体，诗、文、经、史融会贯通，其"自在处"，表现了东坡词的特有风格。

上片写景："孤""青""野""残"，点明早行时静寂、凄清的环境与心境。"世路无穷，劳生有限"，把思绪由自然界带向现实人生。接着，词作由景物描写转入叙事。"用舍由时，行藏在我"，又把思绪由理想世界带回现实的社会当中来。结处，"身长健，但优游卒岁，且斗尊前"，这是作者当时的实在心境；至此，矛盾暂归统一，作者的心情得到了暂时的宽慰。全词脉络清楚，上片的早行图与下片的议论贯穿一气，构成一个统一的整体。

苏轼是一位具有远大政治抱负的天才诗人，他写文章，如万斛泉源，不择地而出，他作词，"横放杰出"，同样是"行于所当行，止于所不可不止"。但是，如果把苏词看作是"曲子中缚不住"的"长短不葺之诗"，却也未必尽然，比如这首《沁园春》词，不仅写景、抒情、议论三者合为一体，而且在表现手法上，铺张排比，勾勒提掇，充分地体现了作者善于驾驭词调，善于将诗、文、经、史谱入歌词的本领。

这一词调，上片十一个四言句，下片八个四言句，多处用对仗，句法比较工整，而且，在许多整齐的句子之间，还穿插了几个长短句，如三言句、六言句、七言句和八言句，长短相间，参差错落。这个词调适合于以赋体入词，但又最忌板滞，它不同于短篇令词，也不同于一般长调，是个较难驾驭的词调。两宋词人当中，辛弃疾填了九首，刘克庄填了二十五首，陈人杰填了三十一首，这算是较为罕见的。许多名家，比如柳永、李清照、周邦彦、姜夔、史达祖、张炎等，都不见填制。但是，此调格局开张，掌握得好，却可造成排山倒海之势，收到良好的艺术效果。

苏轼这首《沁园春》词，上片写景，一下子罗列了七个四言句。前三个四言句，"孤馆灯青，野店鸡号，旅枕梦残"，句式相同，三脚并立。后四个四言句，"月华收练，晨霜耿耿；云山摛锦，朝露漙漙"，组成"扇面对"，由"渐"字构成领头格，贯穿到底。七个四言句组织绵密,构成了一幅整体的画面。紧接着,"世路无穷,劳生有限",仍用四言对句,"征鞍无语,往事千端",也是四言句。这十一个整齐的四言句,除了靠"渐""凭"两个领格字提携,还由两个长短句"似此区区长鲜欢"及"微吟罢",在当中辗转运气。于是,十一个四言句,就不至于像是拆开来的七宝楼台,不成片段。下片八个四言句略有变化。前四个四言句,不再用"扇面对",其中,"笔头千字、胸中万卷",自成对仗,"致君尧舜,此事何难"二句不对。其余与上片大致相同。这段议论,先由换头"当时共客长安,似二陆初来俱少年"两个长短句叙事,承接上结所提"往事",然后铺排议论。领格字"有",从字面上看,仅管领"笔头""胸中"二句,但"有"字下面的六个四言句,词意还是相贯通的,六个四言句之下,直接"袖手何妨闲处看",还是具有一定气势的。最后,由一个三言短句"身长健"停顿蓄势,"但"字提携、转折,带上两个四言句"优游卒岁,且斗尊前",为全词作结。

　　总之,《沁园春》词是苏轼以诗人句法入词的尝试,已稍露东坡本色。但这首词在艺术上仍有某些不足之处,如与《水调歌头》(明月几时有)等词作比较,就觉得《沁园春》以抽象的说理议论代替具体的形象描述,不如以情动人之作,具有那么大的感人力量。比如"身长健,但优游卒岁,且斗尊前"与"但愿人长久,千里共婵娟",意思相近,但前者总不及后者那样有意境,那样耐人寻味。

(夏承焘　施议对)

<h2 style="text-align:center">一　丛　花 <small>初春病起</small>　　　　　　　　苏　轼</h2>

　　今年春浅腊侵年,冰雪破春妍。东风有信无人见,露微意、柳际花边。寒夜纵长,孤衾易暖,钟鼓渐清圆。　　　　朝来初日半衔山,楼阁淡疏烟。游人便作寻芳计,小桃杏、应已争先。衰病少悰,疏慵自放,惟爱日高眠。

　　这是一首遣兴之作,描写词人初春病起,又喜悦又疏慵的心情。表现这种心情的作品本是古已有之,如谢灵运的《登池上楼》,写他"卧疴退空林",当"新阳改故阴"之时登楼所见所感,并有"池塘生春草,园柳变鸣禽"的名句,一向为人称道,但它徒有佳句却无通体之美。而这首《一丛花》,词人抓住今年初春和病愈初起这一特殊情景和特有的心情感受,并由此结构全篇,于极普通、极寻常的生活感受中,写出了个性,可称佳品。

　　词的上片侧重初春病起之喜悦,下片侧重初春病起之疏慵。"今年春浅腊侵年,冰雪破春妍",写春寒犹重耳,而用腊侵、雪破表述,一起句便呈新奇。"东风"二句进一步刻画"今年春浅"的特色;不光春来得迟,而且即"有信"也"无人见",她只在"柳际花边"露了些"微意"。而敏感的词人已察觉了。这既表现了今年初春的异常,同时也暗中透露了词人特有的乍觉乍喜的心情。这里虽无具体的形象描绘,但"微意"和"柳际花边"却启人联想,含蕴深细,极见个性。接下去"寒夜"三句,直抒感受和喜悦心情。初春时节,纵然夜寒且长,但已是大地春回,所以"孤衾易暖",就连那报时钟鼓,也觉其音韵"清圆",入耳堪听了。至此,初春乍觉而兴奋之情,极有层次,极细腻地刻画出来,而这种情景正是病起的词人才会有的独特的心理感受。

　　下片结构与上片相似,但在意象的刻画上,感情的抒发上有了变化。前二句写初春晨景,仍贴合着"病起"的特殊景况,所以只能写楼阁中所见所感,"初日半衔山,楼阁淡疏烟",景象虽不阔大,但色调明丽,充满生机,清新可喜。这既是初春晨景的真实描绘,又符合作者独特的环境和心理感受。接下二句又由眼前景而说到游人郊苑寻芳,进而联想到"小桃杏应已争先"。"争先"者,先于其他花卉而开放,下语甚隽。只说推想,未有实见,还是紧扣"初春病起"的独特情景落笔,写得生动活泼,意趣盎然。以上四句写景叙事,有实有虚,既描绘了"初春"之景,又表现了"病起"之情,清新韶秀,细密妥溜。这四句与上片前四句在写法上有所不同,上片前四句叙事兼写景,景是出以虚笔;下片四句写景兼叙事,景则有实有虚。这样的变化,不但避免了重复呆板,同时也符合词人病起遣兴的逻辑。因为这首词所写的是日出前后的情景,上片写日出之前,初醒时的感受和心情,故多意想之辞,病起逢春,自然兴奋愉悦;下片写日出之后,见到明丽的晨景,故以实笔描画,这既合乎情理,又为下文蓄势。词人由眼前景,自然会联想到寻芳之趣,联想到楼阁之外明媚春光之喜人,因而理应也"作寻芳计"。这写法上的变化正合题旨,结构上同中有异,自然活泼。最后三句"衰病少悰,疏慵自放,惟爱日高眠",陡然逆转,与前景前情大异其趣。从结构上说,这里出现曲折,顿起波澜;从抒情上说,仍是紧扣"病起"二字。因为尽管春回大地,而病体方起,毕竟少欢乐之趣。"疏慵"应"少悰","爱眠"应"衰病";而"日高眠",又与"寻芳计"相对。由上文逢春情绪一起,到此处少欢又一跌,这种心理上的变化,正是"病起"者特有的,表达得深刻细腻,真切动人。

　　清人黄子云说:"诗不外乎情事景物,情事景物要不离乎真实无伪。一日有一日之情,有一日之景,作诗者若能随境兴怀,因题著句,则固景无不真,情无不诚矣。"(《野鸿诗的》)苏轼这首词恰是"能随境兴怀,因题著句",笔下之"景",无论为虚为实,"无不真";笔下之"情",无论是喜是忧,"无不诚",这原因就在于他抓住了"初春"这一日和"病起"这一事的特殊情景,写出了"这一个"。(张秉戍)

木兰花令　　　　　　　　　　苏　轼
次欧公西湖韵①

霜余已失长淮阔,空听潺潺清颍咽。佳人犹唱醉翁词,四十三年如电抹。　　草头秋露流珠滑,三五盈盈还二八。与余同是识翁人,惟有西湖波底月!

〔注〕① 欧阳修在颍州写有《木兰花令》(一名《玉楼春》)多首,其中一首是:"西湖南北烟波阔,风里丝簧声韵咽。舞余裙带绿双垂,酒入香腮红一抹。　　杯深不觉瑠璃滑,贪看六幺花十八。明朝车马各西东,惆怅画桥风与月。"

这首词是苏轼在宋哲宗元祐六年(1091)写的。当时他五十六岁,任颍州(治所在今安徽省阜阳)知州。

上片写自己泛舟颍河时触景生情。他于当年八月下旬到达颍州,时已深秋,故称"霜余"。深秋是枯水季节,加上那年江淮久旱,淮河也就失去盛水季节那种宽阔的气势。这是写实。同样,第二句"空听潺潺清颍咽"的"清颍"写的也是实情,可以他的《泛颍》诗"上流直而清,下流曲而漪"为证,"咽"字也写出了水浅声低的情景。水涨水落,水流有声,这本是自然现象,但词人却说水声潺潺是颍河在幽咽悲切。这是由于他当时沉浸在怀念恩师欧阳修的思绪中。因为欧公曾任颍州知州,最后并终老于此,他泛舟的颍河又是当年欧公经常游乐的地方。如今凭吊遗踪,一时之间自然感慨万分,思绪也就波涛起伏,不禁移情于景,就使颍河人格化了。正如他当时在《祭欧阳文忠公文》中所写的那样:"清颍洋洋,东注于淮,我怀先生,岂有涯哉!"思念欧公之情,胜于洋洋颍水,无边无际,可见怀念之深。

正当作者极怀念之深情时,河上传来了歌声:"佳人犹唱醉翁词。""醉翁词"是指欧公在宋仁宗皇祐元年(1049)知颍州至晚年退休居颍时所作词如组词《采桑子》等,当时以其疏隽雅丽的独特风格盛传于世。而数十年之后,歌女们仍在传唱,足见"颍人思公"。这不光是思其文采风流,更重要的是思其为政"宽简而不扰民"。欧公因支持范仲淹的政治革新,而被贬到滁州、扬州、颍州等地,但他能兴利除弊,务农节用,曾奏免黄河夫役万人,用以疏浚颍州境内河道和西湖,使"焦陂下与长淮通",西湖遂"擅东颍之佳名"。因此人民至今仍在怀念他,传唱他的词和立祠祭祀,就是最好的说明。苏轼推算,他这次来颍州,上距欧公知颍州已四十三年了，岁月流驶，真如电光一闪而过，因此下一句说"四十三年如电抹"。

　　词的下片是发抒感慨和思念之情。过片由"四十三年如电抹"而来，感到人生如"草头秋露"，明澈圆润，流转似珠，但转眼即消失。下面的"三五盈盈还二八"是借用谢灵运《怨晓月赋》"昨三五兮既满，今二八兮将缺"，仍申此意。意思是十五日的月亮晶莹圆满，而到了二八即十六日，月轮就要缺一分了。总言时光流逝，人事迁变。此时距欧公去世亦已二十年，数十年后追思已逝的故人，常会发出如此的感慨。最后两句"与余同是识翁人，惟有西湖波底月"，结合自己与欧公的交情，以及欧公与颍州西湖的渊源，抒发怀人伤逝的感情，写得情思浓挚，沉哀入骨。句意承露消月缺而下，言自欧公守颍以后四十三年，不特欧公早逝，即使当年识翁之人，今存者亦已无多，眼前在者，只有自己，以及西湖波底之月而已。写自己"识翁"，融合了早年知遇之恩，师生之谊，政见之相投，诗酒之欢会，尤其是对欧公政事道德文章之钦服种种情事。而西湖月之"识翁"，则是由于欧公居颍时常夜游西湖，波底明月对他特别熟悉，也不妨说代表了颍州人民心底对欧公难忘的记忆。在写法上，开端触景生情，以浓郁的怀念气氛涵盖全篇，气势耸动；结尾写波底月，是以景结情，首尾呼应，含蓄深沉，词味隽永。

　　这首词的题目是"次欧公西湖韵"，他按次韵的要求，用了欧词的原韵，所写的地点也相同。以前欧阳修为亡友尹师鲁作墓志，说自己作志"用意特深而语简，盖为师鲁文简而意深"，"死者有知，必受此文"（欧阳修《论尹师鲁墓志》）。苏轼为告慰恩师，也按欧词的风格来和韵，并获得很大成功。宋人傅榦《注坡词》，曾引《本事曲集》云："二词皆奇峭雅丽，如出一人，此所以中间歌咏，寂寥无闻也。"事实也正是如此，他们前唱后和，二词就成为绝唱。

　　苏轼的这首和韵与欧词也有不同之处。欧词作于盛夏，是饯别之作，重在赞美佳人的歌舞。苏词作于深秋，是怀念之作，重在颂德。词的上片着重写"思翁"，下片着重写"识翁"；"思"是"识"的前提，"识"是"思"的主旨。苏轼写作常禁体物语，如此词处处写思念，却不提思念一类的词；主旨在评议，却不露议的痕迹。

　　王若虚曾批评苏轼的和韵诗"虽穷极技巧，倾动一时，而害于天全者多矣"。这一批评确有道理，因为和韵是作茧自缚的诗法，难能而不一定可贵。但这首和韵却写得自由活泼，浑然天成，这是因为他对欧公心向往之，感情真挚，识见卓荦，故落笔生辉。同时，这也与他有丰富的学识、横绝一世的文才分不开。

（周义敢）

<h1 style="text-align:center">西　江　月　　　　　　　　苏　轼</h1>

　　世事一场大梦，人生几度新凉？夜来风叶已鸣廊，看取眉头鬓
上。　　　　酒贱常愁客少，月明多被云妨。中秋谁与共孤光，把
盏凄然北望。

　　宋神宗元丰二年(1079)八月十八日，苏轼因"乌台诗案"入狱，九死一生。事
后责授检校水部员外郎黄州团练副使，本州安置，不得签书公事。三年二月至黄
州，过着近似流放的生活。此年中秋，距苏轼入狱日已近一整年，也是其受贬后
的第一个中秋，皓月之下，回首往事、瞻念前程，词人不免百感交集。胡仔《苕溪
渔隐丛话》后集卷三十九引《古今词话》云："东坡在黄州，中秋夜对月独酌，作《西
江月》词。"词的上片写感伤，寓情于景，咏人生之短促，叹事业之无成。下片写悲
愤，借景抒怀，感世道之险恶，悲人生之寥落。这些构成了苏轼贬逐生涯中人生
乐章的主旋律，吟唱出一个政治上失意者郁积于心的牢骚与怨愤。

　　上片的起句便是一个沉重低缓的悲凉之音。"世事一场大梦，人生几度新
凉"，感叹人生的虚幻与短促，发端便以悲剧气氛笼罩全词。以梦喻世事，不仅包
含了因"乌台诗案"被系御史狱以及在狱中备受凌辱等不堪回首的辛酸史，还概
括了过去种种努力奋斗终随流光归于破灭的恨事。其中既有对人生旅程充满牢
骚的评判，又有词人从怅念前尘到摆脱人生烦恼的感情挣扎。"人生几度新凉"
有对于年华逝水的无限惋惜和悲叹。"新凉"二字照应中秋，苏轼曾云："凉天佳
月即中秋"(《江月·序》)。而句中数量词兼疑问词"几度"的运用，则低回唱叹，
更显示出人生的瞬间性。这与他在《东栏梨花》诗"惆怅东栏一株雪，人生看得几
清明"所流露的惘惘之情是相似的。三、四句"夜来风叶已鸣廊，看取眉头鬓上"，
紧承起句，进一步唱出了因时令风物而引起的人生惆怅。词人以少总多，对千品
万汇的秋色秋景，只撷取了最典型的西风、落叶。中秋之际，西风飒飒、落叶萧
萧，风声、叶声充斥廊庑。西风萧瑟近岁暮，草木摇落而变衰。这悲戚的秋声震
动了词人易感的心弦，情融景而出，愁缘境而生。感岁时，念自身，眉头鬓发已
斑，迟暮之悲不禁油然而生。词人届年四十五岁，正为用世之年华，但带罪贬谪，
进身之路被堵塞，前程茫茫，那"道理贯心肝，忠义填骨髓"的浩瀚之气不得不化
为壮志未酬的长叹息。

　　下片"酒贱常愁客少，月明多被云妨"写的是眼前景，而词人心中无数翻腾压
抑之情极欲借此一吐，真可谓调感怆于融会中。负罪放逐，势利小人避之如同水

火,词人曾在黄州写的《东坡》诗中叹道:"我穷交旧绝。"有酒少客,门庭冷落。在酒贱与客少的矛盾中,流露了词人对世态炎凉的感愤。明月,既是写当前中秋之夜的实景,也是用以象征词人美好的理想和高洁的人格。他是一个关心和献身于政治的人,也是一个有抱负而不愿随俗浮沉的人。但月明云遮,才高人妒,忠而见谤,因谗入狱。在明月与浮云的矛盾中,抒发了词人对群小当道的愤懑。此二句与上片似断实连,由感己而愤世,又由愤世继而思及自身。于是在结拍中发出了"中秋谁与共孤光,把盏凄然北望"的悲慨。词人抚今思昔,心头怎能平静?他挚爱亲友,却长向别离!他忠于其君,却屡遭排斥!在人家宴乐、欢度佳节的时刻,他却成了一个天涯沦落人。于是词人念远怀人的无限情思、希望朝廷理解的深意借此结拍打胸底涌出,从口中唱出,充满了难耐的孤寂落寞及不被理解的苦痛凄凉。细品此结拍,我们仍能发现词人在寻求理解中有着一种人生的呼唤,这悲剧色彩的呼唤体现了他跌落进峡谷深渊后对人生和生活的热爱与追求,也激起了千百年来读者的强烈感应和共鸣。

　　此属吟咏节序之作,然极富诗情哲理。张炎曾在《词源》中谈到:"昔人咏节序,不惟不多,付之歌喉者,类是率俗,不过为应时纳祜之声耳。"而此调却非一般,词人当时含冤贬谪,有无数压抑亟待诉说,但身为罪人,忧谗畏讥,岂敢直抒胸臆? 于是通过吟咏节序,含蓄地抒发心底之情。故词中笔笔应时,不离中秋,无论是新凉、风叶,还是贱酒、明月,均与节序有关。然词人由中秋思及人生,人生与中秋俱化。触类以感,慷慨悲歌,情深意长。词中运用比兴手法,将常见之景"酒贱常愁客少,月明多被云妨"来概括人生矛盾,言近旨远,辞浅意深,富于哲理,令人咀嚼回味。此调不用典故,不尚藻绘,只用一、二、五、六四句排偶稍事点缀,词语显得平妥精粹,情感充盈于声调,读之使人击节可叹,极易受到感染。

　　　　　　　　　　　　　　　　　　　　　　　　　　　(吴惠娟)

西　江　月　　　　　　　　　　　苏　轼

玉骨那愁瘴雾,冰肌自有仙风。海仙时遣探芳丛,倒挂绿毛幺凤。　　素面常嫌粉涴,洗妆不褪唇红。高情已逐晓云空,不与梨花①同梦。

〔注〕 ① 梨花:王昌龄梅诗:"落落寞寞路不分,梦中唤作梨花云。"东坡引用此诗。见《苕溪渔隐丛话》前集卷四十一引《高斋诗话》。近人认为《高斋诗话》所引两句不是王昌龄梅诗,而是王建的梨花诗,但《全唐诗》未收此诗,疑不能明,姑从旧说。

　　这首词是苏轼贬到惠州(今属广东)以后,绍圣三年(1096)十月间的作品。

西江月（玉骨那愁瘴雾） 苏轼

——明刊本《诗馀画谱》

有的本子题作梅,也有的本子题作梅花(见龙榆生《东坡乐府笺》)。宋人释惠洪《冷斋夜话》和王楙《野客丛书》都说这首词是苏轼为悼念侍妾朝云而作。细玩词意,他们的说法是可信的。

朝云,字子霞,姓王氏,钱塘(今浙江杭州)人,能歌善舞,少归苏轼为妾,曾生一子名遁,小名幹儿,未周岁而夭。苏轼自元丰八年(1085)继室王夫人去世后,没有再娶,其他几个侍妾也都先后辞去,绍圣元年南贬时,只有朝云相从,绍圣三年七月五日死于惠州,年三十四。苏轼作有《朝云墓志铭》《悼朝云》诗及这首《西江月》词。

词的上阕写惠州梅花的风神。“玉骨那愁瘴雾”,凭空而起,说惠州的梅花不怕瘴雾的侵袭。古代广东沿海是瘴气很重的地区,唐代韩愈贬为潮州(治所在今广东潮安)刺史时写的一首诗中说“好收吾骨瘴江边”(《左迁至蓝关示侄孙湘》),也可以说明这一点。惠州的梅花生长在瘴疠之乡,却不怕瘴气的侵袭,是因为它“冰肌自有仙风”。冰雪般的肌体,神仙般的风致,瘴雾对它是无能为害的,它的仙姿艳态,引起了海仙的羡爱,“海仙时遣探芳丛”,经常地派遣使者来到花丛中探望,这个使者是谁呢?原来是“倒挂绿毛么凤”。这个么凤在岭南名叫“倒挂子”。东坡有诗云:“蓬莱宫中花鸟使,绿衣倒挂扶桑暾。”自注云:“岭南珍禽,有倒挂子,绿毛红喙,如鹦鹉而小,自东海来,非尘埃中物也。”

下阕追写梅花的形貌。“素面常嫌粉涴”,它的天然洁白的容貌,是不屑于用铅粉来妆饰的;施了铅粉,反而掩盖了它的自然美容。张祜说虢国夫人“却嫌脂粉污颜色,淡扫蛾眉朝至尊”,正是为了炫耀自己的天生国色,才摒弃粉黛而不用。“洗妆不褪唇红”,说唇上的红色不因卸妆而消减,这红也是天然的红。白色的梅花中,何来红色呢?据说广南的梅花,花叶四周皆红。《鸡肋编》云:“而梅,花叶四周皆红,故有‘洗妆’之句。”即使梅花谢了(洗妆),而梅叶仍有红色(不褪唇红),称得上是绚丽多姿,大可游目骋怀,然而面对着这种美景的东坡,却另有怀抱:“高情已逐晓云空,不与梨花同梦。”东坡慨叹爱梅的高尚情操已随着晓云而成空无,已不再梦见梅花,不像王昌龄梦见梨花云那样做同一类的梦了。句中“梨花”即“梨花云”,“云”字承前“晓云”而省。晓与朝叠韵同义,这句里的“晓云”,可以认为是朝云的代称,透露出这首词的主旨所在。

这一首悼亡词是借咏梅来抒发自己的哀伤之情,写的是梅花,而且是惠州特产的梅花,却能很自然地绾合到朝云身上来。东坡在《殢人娇·赠朝云》一词里说:“朱唇箸点,更髻鬟生彩。这些个千生万生只在。”从中可以得知朝云长得很美。当东坡南贬时,只有她不畏瘴疠,跟随着万里投荒,她不仅有美的容貌,兼有美的心灵。上阕的前两句,赞赏惠州梅花的不畏瘴雾,实质上则是怀念朝云对自己的深情。下阕的前两句,结合《殢人娇·赠朝云》一词来看,很明显,也是在写朝云。再结合末两句来看,哀悼朝云的用意,更加明朗了。

咏物词贵在空灵蕴藉,言近旨远,给人以无限深思的余地,而忌拘于形似,索寞乏神,正如刘熙载所说的"词以不犯本位为高"(《艺概·词曲概》),在这首《西江月》里,他紧紧地把握住广南梅花的特色,用夸张的描写手段,多方面烘托出它的亭亭玉立、妖娆多姿的形象,单就写花来说,已经到了绝妙的境地,更妙的是这亭亭玉立、妖娆多姿的形象,同时也就是朝云的形象,如庄周化蝶,两相契合,浑然无迹,把比兴的表现手法发展到了一个新的高度。最后两句,回荡一笔,点明了主题,凄然伤怀之情,溢于言外。广南的梅花在这首词里获得了永久的生命,朝云也随之而获得了永久的生命,两种生命同时存在于仅仅五十个字的一首小令之中,这种回天的笔力,巧妙的构思,在咏物的诗词里极为罕见。就是他本人的《悼朝云》诗,感情虽真,艺术上却显得平实少采,也不及此词的拗折多姿,具有很强的感染力量。

(李廷先)

西 江 月　　　　苏 轼

项在黄州,春夜行蕲水①中,过酒家饮,酒醉,乘月至一溪桥上,解鞍,曲肱醉卧少休。及觉已晓,乱山攒拥,流水锵然,疑非尘世也。书此语桥柱上。

照野弥弥浅浪,横空隐隐层霄。障泥未解玉骢骄,我欲醉眠芳草。　　可惜一溪风月,莫教踏碎琼瑶。解鞍欹枕绿杨桥,杜宇一声春晓。

〔注〕① 蕲水:水名,流经湖北浠水县境,在黄州附近。

苏轼贬为黄州团练副使以后,在黄州写了不少寄情于山水的诗文。这首小词便是其中一首很有特色的佳作。

小序叙事简洁,描写生动,短短五十四字,即写出地点、时间、景物以及词人的感受。它充满了诗情画意,是一篇写得很优美的散文,可与其《记承天寺夜游》媲美。

上片头两句先写归途所见:"照野弥弥浅浪,横空隐隐层霄。"弥弥,是水盛的样子;层霄,即层云。春夜,词人在蕲水边骑马而行,经过酒家饮酒,醉后乘着月色归去,经过一座溪桥。由于明月当空,所以才能看见清溪在辽阔的旷野流过。

先说"照野"，突出地点明了月色之佳。用"弥弥"来形容"浅浪"，就把春水涨满，溪流汩汩的景象表现出来了。广阔的天空还有些淡淡的云层。"横空"，写出了天宇之广。说云层隐隐约约地在若有若无之间，更映衬了月色的皎洁。野外是广袤的，天宇是寥廓的，溪水是清澈的，在明月朗照之下，这无限的空间，美好的自然，便和诗人旷达的襟怀融合在一起了。

"障泥未解玉骢骄"是说那白色的骏马忽然活跃起来，提醒他的主人：要渡水了！障泥，是用锦或布制作的马鞯。它垫在马鞍之下，一直垂到马腹两边，用来遮挡尘土。《晋书·王济传》："济善解马性，尝乘一马，著连乾障泥，前有水，终不肯渡。济曰：'此必是惜障泥。'使人解去，便渡。"词人在这里只是写了坐骑的神态，便衬托出濒临溪流的情景。把典故融化于景物描写之中，这是很成功的一个例子。此时，词人不胜酒力，从马上下来，等不及卸下马鞍鞯，即欲眠于芳草。"我欲醉眠芳草"，既写出了浓郁的醉态，又写了月下芳草之美以及词人因热爱这幽美的景色而产生的渴望，可以说收到了一石三鸟的效果。

过片二句，更进一步抒发十分迷恋、珍惜月色之佳的心情："可惜一溪风月，莫教踏碎琼瑶"，这就为"解鞍少休"补充了看来非常奇特，实际上更为充足的理由。琼瑶，是美玉，这里比做皎洁的水上月色。可惜，是可爱的意思。这一溪风月确实太迷人了！你看，月光洒满了静静的原野，洒满了清澈的溪流，水月交辉，真像缀满了无数晶莹无瑕的珠玉。如果策马前进，马蹄岂不踏碎那些珍奇的琼瑶？这怎么能行呢？可千万不能让马儿踏碎它呵！词人在这里用的修辞手法是"借喻"，径以月色为"琼瑶"。由于感情的挚浓，使譬喻的客体升到了突出的地位，因而它的形象显得更鲜明，更生动。这种表现手法是从生活中来的，不背理，更不违情。叶燮在《原诗》中云："夫情必依于理，情得然后理真，情理交至，事尚不得耶？"月色皎洁，加之以醉人痴语，怪不得异想天开，这是"理"；十分珍惜美好的月色，这是"情"。"情理交至"，这就更巧妙地揭开了词人所追求的精神世界的帷幕。这个境界是极为幽美、静谧、纯洁的，如果有一丁点儿外物羼入，就会被损害，被践踏。此一境界，当是东坡的独特感受，前人似未曾有过。

"解鞍欹枕绿杨桥"，词人终于用马鞍作枕，倚靠着它斜卧在绿杨桥上"少休"了。这一觉当然睡得很香，及至醒来，"杜宇一声春晓"，春天的黎明又是一番景色了。这个结尾如空谷传声，余音不绝。妙在又将展现一幅清新明丽的画卷，却留下空白，让读者自己用丰满的联想去感受它。作者在词中不去写"乱山攒拥，流水锵然"的景致，而是抓住了杜鹃在黎明的一声啼叫，便把野外春晨的景色作了"画龙点睛"的提示。这是因为他是从杜鹃啼叫声中醒过来的，由杜鹃之啼才首先感到春晨之美。词人真实地记录了他第一次难忘的感受,因而也就给读者留下了第一次动人的印象。

苏轼在这首小词里,反映他在黄州的旷放生活,表达了他乐观而豁达的胸襟。写景之中,处处有"我","我"之情怀,即在景中。天上的明月、云层,地上的溪流、芳草,乃至玉骢的骄姿,杜鹃的啼声,无不成为塑造"我"的典型性格的凭借。不论是醉还是醒,是月夜还是春晨,都能"无入不自得",随遇而成趣,逐步展示诗的意境。词人善于把意和境浑然凝结成为不可分割的整体。例如杜鹃之啼,春天之晓,与词人醉后的清醒是十分融洽的;犹如弥弥的浅浪,隐隐的层霄,一溪的风月和词人朦胧的醉意非常相称一样。元好问云:"自东坡一出,情性之外,不知有文字。"这话说得很有见地。否则,弥弥浅浪,"干卿何事"? 一溪风月,也不过是大自然的图像而已。诗词佳作,每以情胜,良有以也。　　　　　　（宋　廓）

西　江　月 平山堂①　　　　　　　　　　苏　轼

　　三过平山堂下,半生弹指②声中。十年不见老仙翁,壁上龙蛇
飞动。　　　　欲吊文章太守,仍歌杨柳春风。休言万事转头空,
未转头时皆梦。

　　〔注〕　① 平山堂:扬州名胜。宋王象之《舆地纪胜》卷三十七云:"平山堂,在州城西北五里,大明寺侧。庆历八年二月,欧公来牧是邦,为堂于大明寺庭之坤隅。江南诸山,拱列檐下,若可攀取,因目之曰平山堂。"　② 弹指:佛教名词,喻时间短暂。《翻译名义集》卷五《时分》:"二十念为一瞬,二十瞬名一弹指。"

　　宋神宗元丰二年(1079)四月,作者自徐州移知湖州,途经扬州时,知州鲜于侁设宴于平山堂。作者酒酣思贤,即席赋此词。释德洪《跋东坡平山堂词》云:"东坡登平山堂,怀醉翁,作此词。张嘉父谓予曰:时红妆成轮,名士堵立,看其落笔置笔,目送万里,殆欲仙去尔。"(《石门题跋》卷二)张嘉父与德洪均是作者的友人,张所云又是亲见,当为可信。

　　词的上片写瞻仰欧词手迹而生感慨。作者对他的恩师欧阳修怀有深挚的情谊,此刻置身于欧公所建的平山堂,自然思绪万千。他想这是第三次登临此堂了,在此之前,熙宁四年(1071)他离京任杭州通判,熙宁七年由杭州移知密州,都途经扬州,都曾来平山堂凭吊欧公。自己受教于欧公门下十有六年,恩师当年曾寄予厚望,云"我老将休,付子斯文"。但多年来游宦南北,"狂谋谬算百不遂,惟有霜鬓来如期",真是事事不如意。如今已四十四岁了,半生转瞬即逝。他又回想,不见恩师也将近十年了。记得熙宁四年通判杭州,曾绕道颍州去谒见业已致

仕的欧公。那是一次欢快的相聚,师生宴饮于颍州西湖,自己有《陪欧阳公燕西湖》一诗纪其盛:"谓公方壮须似雪,谓公已老光浮颊。褐来湖上饮美酒,醉后剧谈犹激烈。"欧公虽银须似雪,但仙风道骨,神采奕奕,批评新法,谈锋激烈。谁知此次竟成永诀,次年欧公就仙逝了。当闻此噩耗时,自己曾洒泪写祭文:上为天下恸,恸赤子无所仰庇;下以哭其私,虽不肖而承师教。

欧公虽早已仙去,但平山堂壁上仍刻有他亲书手迹,其中有他的词《朝中措·送刘仲原甫出守维扬》:"平山阑槛倚晴空,山色有无中。手种堂前垂柳,别来几度春风。　　文章太守,挥毫万字,一饮千钟。行乐直须年少,尊前看取衰翁。"刘原甫名敞,嘉祐元年(1056)出守扬州,欧公赋此送行。刘原甫到任后登平山堂,怀念它的创建人,写有《登平山堂寄永叔内翰》一诗,云登堂远眺江南水光山色,感到美不胜收,自己真想学淮南王刘安,服药羽化而登仙。随后欧公写了和韵。如今欧、刘二公虽然不在了,可他们唱和诗词的手迹,都完整地保存下来了。瞻仰壁间欧公遗草,只觉龙蛇飞动,令人发扬蹈厉。

词的下片写听唱欧词而生感慨。此次置酒高会,不仅使自己能重新瞻仰欧词手迹,而且能再次听到红妆歌伎演唱欧词。欧词中的"文章太守""垂柳""春风",其真正的含义和价值,也许只有他才能懂得。欧公曾谆谆告诫:"我所谓文,必与道俱。见利而迁,则非我徒。"(《颍州祭欧阳文忠公大人文》)作为文章太守、文坛领袖,欧公挥毫万字,是为了以文载道,辅君济民。其一生"以救时行道为贤,以犯颜纳说为忠",绝不"见利而迁"。这种风范高节,德业文望,使"国有蓍龟,斯文有传,学者有师",就像平山堂前的杨柳春风,化育士林,能给后人带来温暖和力量。

正由于直言敢谏,欧公屡遭贬谪,直至最后释位而去,退居颍州。人们还希望他能进而复用,谁知竟一去不回。作者决心谨承师命,坚守儒道,但等待自己的,将会是什么样的命运呢? 自从因反对王安石变法而离京后,辗转南北,备尝艰辛磨难。白居易《自咏》诗云:"百年随手过,万事转头空。"白诗言人生百年,随手即过;世间万事,转头已空。作者进一步说,未转头时亦已空。"梦"也就是"空"的意思。

作者以梦幻作结,无疑是受到佛教的影响,《维摩经》云世间万物一律性空。他这样写,也许还因预感到灾祸即将临头。多年来他写了许多诗文,激烈批评新法,预计变法派也不会罢休。他的担心并非过虑,数月之后,御史府的李定、舒亶等人就弹劾他"包藏祸心,怨望皇上","讪谤谩骂,无人臣之节"。随即他锒铛入狱,"梦绕云山心似鹿,魂飞汤火命如鸡"(《狱中寄子由》),比"未转头时皆梦"更惨怛了。

　　此词采取抒情、叙事和议论相结合的写作方法。抒情时倾谈肺腑，语真情挚，虽不以含蓄取胜，但读来耐人寻味，有强烈的感染力量。叙事铺陈，慨叹自己半生窘蹙困踬，缅怀与欧公十多年的交谊，展现了广阔的社会生活。他以议论入词，议论融入身世之感，成为词的有机组成部分。宋词常用情景交融的创作手法，创造环境气氛，以求点染之妙。而此词中的景物，并不是独立的描写对象，只是抒情时触及的形象材料。

　　在构思上，此首以欧词《朝中措》为中心线索。上片写因见欧词手迹而有感于怀，下片写因听唱欧词而慨叹不已，上下片意脉不断，浑然一体。作者写友情词，惯用浓墨粗笔，纵挑横抹，以超迈的韵格，显露其胸中浩怀逸气。此词亦是其中一例。

（汤易水　周义敢）

临　江　仙 送王缄　　　　　　　苏　轼

　　忘却成都来十载，因君未免思量。凭将清泪洒江阳。故山知好在，孤客自悲凉。　　坐上别愁君未见，归来欲断无肠。殷勤且更尽离觞。此身如传舍，何处是吾乡！

　　龙榆生《东坡乐府笺》将本词收于未作编年的第三卷中。顾随《东坡词说》以为此词与苏轼《江城子》(十年生死两茫茫)所抒写的感情极接近。按之本词首句"忘却成都来十载"，十年之数亦相同，两词属稿日不会相差很远。《江城子》作于熙宁八年(1075)正月任密州知州时，本词当作于熙宁七年秋冬间。其时苏轼尚在杭州通判任所。题目是《送王缄》。缄，字元直，苏轼亡妻王氏之弟(龙榆生《东坡乐府笺》引施注："王箴字元直，东坡夫人同安君之弟也。"顾随《东坡词说》谓王箴即王缄。其说可从。)。当时王元直自眉山到钱塘看望苏轼(王缄到杭州看望苏轼共有两次。本词所写为第一次。苏轼另有《仲天贶、王元直自眉山来见余钱塘，留半岁，既行，作绝句五首送之》诗，王文诰《苏诗总案》隶于元祐五年[1090]苏轼知杭州时，那是第二次。)，回去时，苏轼写了这首词相送。词中抒发的感情极为复杂。概而言之，共有四条脉络可寻。一是送别的惆怅，二是悼亡的悲痛，三是政治上受排斥的失意，四是对故乡的思念。这四条感情脉络交织在一起，而以生离死别之痛为其主脉，遂使此词成为苏轼极度伤感的代表作之一。

　　上片写悲痛的勾起、扩展以至不能自已的情状。开头两句"忘却成都来十载,因君未免思量",一下子触到了苏轼爱情生活中的一个剧痛点。苏轼爱妻王弗自至和元年(1054)嫁到苏家以后,一直很细心地照顾着丈夫的生活。苏轼于婚后五年开始宦游生涯。王弗便在苏轼身边充当贤内助。苏轼性格豪爽,毫无防人之心,王弗有时还要提醒丈夫提防那些惯于逢迎的所谓"朋友",夫妻感情极为深笃。不料到治平二年(1065),王弗突然染病身亡,年仅二十六岁。这对苏轼来说,打击非常之大。为了摆脱悲痛的缠绕,他只好努力设法"忘却"过去的一切。哪知大凡人之至情,越是要"忘却",越是不易忘却。从王弗归葬眉山(眉山县所在的眉州属成都府路,故以"成都"称之)至王缄到钱塘看望苏轼,其间相隔正好"十载"(1065—1074)。这"十载"两字恰恰说明苏轼没有一年不在想念王弗。每逢一年,便作一次纪念,添一重伤感。十年便是十次纪念,十重伤感。"忘却"所起的作用不过是把纷繁堆积的难以忍受的悲痛,化为长久的有节制的悲痛而已。但是王缄的到来,一下子勾起了往日的回忆;日渐平复的感情创伤重又陷入了极度的痛楚之中。"凭将清泪洒江阳",凭,凭仗也,烦请也。语本是"凭君","君"字蒙上"因君"而省去。今日送别,请你将我伤心之泪带回家乡,洒向江头一吊。王缄此来,与苏轼盘桓甚久,日常话说故乡眉山种种情事,使苏轼知道"故山好在"("好在",无恙、依旧也),自感宽慰,但一方面觉得自己宦迹飘零,赋归无日,成为天涯孤客,又不禁悲从中来。所谓"悲凉",原因有种种。苏轼当时因为与变法派政见不合而被迫到杭州任通判。内心本来就有一种压抑、孤独之感。眼下与乡愁、旅思及丧妻之痛搅混在一起,其情怀之恶,更是莫可名状了。由此可见,"孤客自悲凉"一句的意蕴是多么的丰富!

　　下片写送别的情怀及内心的自我排遣。过片"坐上别愁君未见,归来欲断无肠",始入送别之意。题目是"送王缄",而上片只写王缄到来后的悲凄情怀,看似与题目无关,其实不然。盖王缄为苏轼之内弟,即至爱亲属。由王缄来到而勾起对乃姊的思念,实为人之常情。人生世间,凡百痛苦,苟无可亲之人,只好忍住不说,一任其盘旋郁结于胸腹之中。一旦与亲人相对,方能尽情倾吐。这对排解苦闷,颇为有效。王缄千里来访,使苏轼十年积闷能对内弟一恸,亦可使其愁怀稍得舒展;且王缄此行带来故乡消息,苏轼的乡愁虽缘是而增,但促膝之际,孤寂也略略得解;更何况苏轼在政治上的种种不如意及一肚皮的不合时宜,早先无处可说,眼下方可畅所欲言,一吐为快。毋庸置疑,王缄的到来,在苏轼悲凉的感情中多少增添了几分暖意。而现在王缄又要匆匆离去,当然更使苏轼感到难以为怀了。于是国忧、乡思、家恨,统统融进了"别愁"之中,从而使这别愁的分量,与古往今来一切单纯的别愁顿有钧铢之别。但苏轼毕竟是善于自持的,而且在饯别的宴会上也不宜痛形于色,只是送别归来以后,内心的痛苦将有不可胜言者。"归来欲断无肠",是说这次相见之前及相见之后,愁肠皆已断尽,以后虽再遇伤心之事,亦已无肠可断了。出语之痛心彻骨,实无以复加。"殷勤且更尽离觞"一句,意在借酒浇愁,排遣离怀,而无可奈何之意,亦见于言表。结尾两句,苏轼将整个人生一切看破,以求彻底之解决。这在今天看来,无疑过于虚无消极,而在苏轼当年,舍此似亦别无妙法。《汉书·盖宽饶传》云:"富贵无常,忽则易人。此如传舍,阅人多矣。"本词"此身如传舍"一句借用上述典故而略加变通,以寓"人生如寄"之意。又《列子·天瑞篇》云:"古者谓死人为归人。夫言死人为归人,则生人为行人矣。行而不知归,失家者也。"歇拍"何处是吾乡"暗用其意。苏轼另有《临江仙·送钱穆父》词云:"人生如逆旅,我亦是行人。"意思与本词略同,而用典反不如本词深切。其时苏轼将调任密州知州,其倦宦之情,于此可见。关于末二句的妙处,顾随分析较为精辟,兹录于下:"人有丧其爱子者,既哭之痛,不能自堪,遂引石孝友《西江月》词句,指其子之棺而詈之曰:'譬似当初没你。'常人闻之,或谓其彻悟,识者闻之,以为悲痛之极致也。此词结尾二句与此正同。"(《顾随文集·东坡词说》)

(吴汝煜)

临　江　仙　_{送钱穆父}　　　　　苏　轼

　　一别都门三改火①,天涯踏尽红尘。依然一笑作春温。无波真古井,有节是秋筠。　　惆怅孤帆连夜发,送行淡月微云。尊前不用翠眉颦。人生如逆旅,我亦是行人。

〔注〕　① 改火:古时钻木取火,四时各异其木,故有改火之称。唐宋时于寒食日赐百官新火,系沿此古制。后以改火为一年,"三改火"即过了三年。

　　苏轼此词作于宋哲宗元祐六年(1091)春,时任杭州知州。钱穆父,名勰,又称钱四,吴越让王之诸孙。元祐三年九月,因坐奏开封府狱空不实,出知越州(今浙江绍兴市),见《东都事略·钱勰传》。元祐五年十月,徙知瀛州(治所在今河北河间)。见《续资治通鉴长编》卷四四九,于次年春启行,途经杭州时,作者以此词赠行。

　　词的上片写与友人久别重逢。元祐初年,苏轼在朝为起居舍人,钱穆父为中书舍人,气类相善,友谊甚笃。元祐三年穆父出知越州,都门帐饮时,苏轼曾赋诗赠别。岁月如流,此次在杭州重聚,已是别后的第三个年头了。三年来,穆父奔走于京城、吴越之间,此次又远赴瀛州,真可谓"天涯踏尽红尘"。分别虽久,可情谊弥坚，相见欢笑，一似春风入怀。更为可喜的是穆父能以道自守，保持耿介风节，借用白居易《赠元稹》诗句来说，即"无波古井水，有节秋竹竿"。作者认为，穆父出守越州，同自己一样，是由于在朝好议论政事，为言官所攻。"欲息波澜须引去，吾侪岂独坐多言"（《次韵钱越州见寄》）。自动引去，好事者就无法兴风作浪了。穆父到越州，"卧治何妨昼掩门"，"闭眼丹田夜自存"（同上），作者说他像汉代的汲黯那样，任气节，修内行，卧闺阁而治东海郡和淮阳郡，政绩为天下先。

　　一般的送别词，大多写行者难留而寡欢，居者惜别而悲切。而苏轼此首以辅君治国、操守风节勉励友人，为友人开释胸怀，不仅动人以情，而且还使友人从理性上受到启迪，纯一道心，保持名节。苏轼赞颂汲黯行黄老之术，无为而治，有其思想局限性，但与元祐年间罢新法、轻赋税也有关系。

　　作者这样称誉穆父，也寓有身世之感。元祐中期，新旧党争仍在继续，蜀党、洛党的矛盾也日益加剧。他请求出知杭州，就是为了息波澜，存名节。其《乞郡札子》云："欲依违苟且，雷同众人，则内愧本心，上负明主。若不改其操，知无不言，则怨仇交攻，不死即废。"（《东坡奏议集》卷五）他以道自守，一似古井不起波澜。他当时的《和钱四寄其弟龢》诗云："年来总作维摩病，堪笑东西二老人。"他认为，与穆父分别治钱塘江西之杭和江东之越，信念和操守是完全一致的。

　　词的下片写月夜送别友人。穆父所去的瀛州为僻郡，繁华不如越州，更不如开封府。特别是在熙宁年间，瀛州先是遭受旱灾，赤地千里，五谷不收。接着又连发地震，倾墙摧栋，遍地洪流。百姓南来逃荒，到元祐年间仍未恢复元气。穆父由知开封府徙越州，复徙瀛州，每下愈况，内心郁郁寡欢。早春时节，春风已绿江南岸，而河北仍然朔风凛冽。但规定的到任期间已逼近，不得不启行。夜中分别，送行的也只能是淡月微云。

　　宋代州郡长官宴席，例有官妓侑酒，而送别筵上，歌妓容易动情。苏轼词中，每劝以"不用敛双蛾"（《菩萨蛮·西湖送述古》）、"红粉莫悲啼"（《好事近·黄州送君猷》），与此词的"尊前不用翠眉颦"同一机杼。其用意，一是不要增加行者与送者临歧的悲感，二是世间离别本也是常事，则亦不用哀愁。这二者似乎有矛盾，实则可以统一在强抑悲怀、勉为达观这一点上，这符合苏轼在宦途多故之后锻炼出来的思想性格。就在前几天，当得知穆父正与宗族钱道士饮酒时，作者曾遣人送去酒二壶，诗一首，今晚饮别的酒与前几天送去的相同。送去的诗有云："金丹自足留衰鬓，苦泪何须点别肠。"词末二句言何必为暂时离别伤情。其实人生如寄，李白《春夜宴从弟桃花园序》云："夫天地者，万物之逆旅也，光阴者，百代之过客也。"既然人人都是天地间的过客，又何必计较眼前聚散和江南江北呢？

苏轼送别词的结尾,一般均为友人解忧释虑,此首从道家借用思想武器,流露出一定的消极成分。但在当时,他为友人提供一种精神力量,使友人忘情升沉得失,虽远行而能安之若素。对穆父的眷眷惜别之情,写得深至精微,宛转回互。

苏轼一生交游广阔,朋辈众多。他对友人诚挚相待,输与府藏,表现在词作中,至情由性灵肺腑中流出,贯注着真情实感。如此首以思想活动为线索,先是回顾过去的交往,情谊深厚,怀恋足珍。话别时对友人关怀备至,双方意绪契合。而展望今后,则以旷达相期。感情一波三折,委曲跌宕,写得真可谓动人心弦。此首不以情景交融取胜,景物并不是独立描写对象。着重抒情,情似说尽,而读后愈觉情之无尽。又上下片结句,均融入议论。此议论借助于形象的文学语言,不直接说理,而理在其中。这种写法引人深思,也使词作波澜层生。

(汤易水　周义敢)

临　江　仙　　　　　　　　　　　苏　轼

夜饮东坡醒复醉,归来仿佛三更。家童鼻息已雷鸣。敲门都不应,倚杖听江声。　　长恨此身非我有,何时忘却营营?夜阑风静縠纹平。小舟从此逝,江海寄馀生。

宋神宗元丰三年(1080),苏轼因乌台诗案,谪贬黄州(今湖北黄冈),住在城南长江边上的临皋亭。后来,又在不远处开垦了一片荒地,种上庄稼树木,名之曰东坡,自号东坡居士。还在这里筑屋名雪堂。对于经受了一场严重政治迫害的苏轼来说,此时是劫后余生,内心是愤懑而痛苦的。但他没有被痛苦压倒,而是表现出一种超人的旷达,一种不以世事萦怀的恬淡精神。有时布衣芒屩,出入于阡陌之上,有时月夜泛舟,放浪于山水之间,他要从大自然中寻求美的享受,领略人生的哲理。

据叶梦得《避暑录话》记载,东坡在黄州时,"与数客饮江上,夜归,江面际天,风露浩然,有当其意,乃作歌辞,所谓'夜阑风静縠纹平,小舟从此逝,江海寄馀生'者,与客大歌数过而散。翌日,喧传子瞻夜作此辞,挂冠服江边,挐舟长啸去矣。郡守徐君猷闻之,惊且惧,以为州失罪人,急命驾往谒,则子瞻鼻鼾如雷,犹未兴也。然此语卒传至京师,虽裕陵(神宗)亦闻而疑之。"可见上面这首《临江仙》在当时就很有名。

这首词写于元丰五年九月,记叙深秋之夜词人在东坡雪堂开怀畅饮,醉后返归临皋的情景。"夜饮东坡醒复醉",一开始就点明了夜饮的地点和醉酒的程度。

醉而复醒,醒而复醉,当他回临皋寓所时,自然很晚了。"归来仿佛三更","仿佛"二字,传神地画出了词人醉眼蒙眬的情态。这开头两句,先一个"醒复醉",再一个"仿佛",就把他纵饮的豪兴淋漓尽致地表现出来了。

接着,下面三句,写词人已到寓所、在家门口停留下来的情景:"家童鼻息已雷鸣。敲门都不应,倚杖听江声。"人们读到这里,眼前就好像浮现出一位风神萧散的人物形象,一位襟怀旷达、遗世独立的"幽人"。你看,他醉复醒,醒复醉,恣意所适;时间对于他来说,三更,四更,无所不可;深夜归来,敲门不应,坦然处之。总的展示出一种达观的人生态度,一种超旷的精神世界,一种独特的个性和真情。

词的上片还创造了一个极其安恬的静美境界。因为夜阑更深,万籁俱寂,所以伫立门外,能听到门里家僮的鼾声;也正因为四周的极其静谧,所以词人在敲门不应的时候,能够悠悠然"倚杖听江声"。以动衬静,以有声衬无声,是常用的诗家手法,从写家僮"鼻息如雷"到进而写谛听江声,就把夜之深、夜之静完全衬托出来了,使人有身临其境之感。

清代王夫之《薑斋诗话》说:"情景名为二,而实不可离。神于诗者,妙合无垠。"而这首词更做到了情、景、理三者的妙合无垠。上片这段文字,看起来只是记叙词人夜饮归来的情形,没有一句直接抒情,然而,它却使你感到词人在"倚杖听江声"时,心中会有无限感慨。词中抒情主人公风神萧散的形象,还使人感受到有一种超然物外的理趣。这里面有许多没有说出来的话,留给读者去想象,去补充。对于历尽宦海风波、九死一生的苏东坡来说,现在置身于这宁静、旷阔的大自然中,会感到一种精神上的解脱,白天的忧愁和烦恼,人世的得失荣辱,刹那间被一笔勾销,进而想追求一种新的人生。

"倚杖听江声",这个富有启发性的句子很自然地引出下片的内容。下片一开始,词人便慨然长叹道:"长恨此身非我有,何时忘却营营?"这突兀而起的喟叹,是词人长期孤愤心情的喷发,正反映了他在"听江声"时心境之不平静。妙在这两句直抒胸臆的议论中充满着哲理意味。

"长恨此身非我有",是化用《庄子·知北游》"汝身非汝有也"句。"何时忘却营营",也是化用《庄子·庚桑楚》"全汝形,抱汝生,无使汝思虑营营"。本是说,一个人的形体精神是天地自然所付与,此身非人所自有。为人当守本分,保其生机,不要因世事而思虑百端,随其周旋忙碌。苏轼政治上受大挫折,忧惧苦恼,向道家思想寻求超脱之方。这两句颇富哲理的议论,饱含着词人切身的感受,带有深沉的感情,一任情性,发自衷心,因而自有一种感人的力量。以议论为词,化用哲学语言入词,冲破了传统词的清规戒律,扩大了词的表现力。这种语言上的特色正表现出词人的独特个性。正如前人所说,东坡"横放杰出,自是曲子中缚不住者"。

词人静夜沉思,豁然有悟,既然自己无法掌握命运,就当全身远祸。顾盼眼前江上景致,是"夜阑风静縠纹平",心与景会,神与物游,为如此静谧美好的大自然深深陶醉了。于是,他情不自禁地产生脱离现实社会的浪漫主义的遐想,唱道:"小舟从此逝,江海寄馀生。"他要趁此良辰美景,驾一叶扁舟,随波流逝,任意东西,他要将自己的有限生命融化在无限的大自然之中。

"夜阑风静縠纹平",表面上看来只是一般写景的句子,其实不是纯粹写景,而是词人主观世界和客观世界相契合的产物。它意蕴丰富,富有启迪、暗示作用,象征着词人追求的宁静安谧的理想境界,接以"小舟"两句,自是顺理成章。苏东坡政治上受到沉重打击之后,思想几度变化,由积极用世转向消极低沉,又转而追求一种精神自由的、合乎自然的人生理想。在他复杂的人生观中,由于杂有某些老庄思想,因而在痛苦的逆境中形成了旷达不羁的性格。"小舟从此逝,江海寄馀生",写得多么飘逸,又多么富有浪漫情调,这样的诗句,也只有从东坡磊落豁达的襟怀才能流出。

这首词写出了谪居中的苏东坡的真性情,反映了他的生活理想和精神追求,表现出他的独特性格。历史上的成功之作,无不体现作者的鲜明个性,因此,作为文学作品写出真情性是最难能可贵的。元好问评论东坡词说:"唐歌词多宫体,又皆极力为之。自东坡一出,情性之外,不知有文字,真有'一洗万古凡马空'气象。"元好问道出了东坡词的总的特点:文如其人,个性鲜明。也是恰好指出了这首《临江仙》词的最成功之处。

                                                              (高 原)

鹧 鸪 天   苏 轼

林断山明竹隐墙,乱蝉衰草小池塘。翻空白鸟时时见,照水红蕖细细香。　　村舍外,古城旁,杖藜徐步转斜阳。殷勤昨夜三更雨,又得浮生一日凉。

宋神宗元丰五年(1082),苏轼在黄州(治所在今湖北黄冈)贬所,因政治上遭受重大打击,产生了随遇而安思想。此作即是他当时幽居生活的自我写照,在表现其失意心境及其形象刻画方面,有独到的艺术特色。

上片写景,写的是夏末秋初之景。开头两句,作者用推移镜头,由远而近,描绘自己身处的具体环境：远处郁郁葱葱的树林尽头，有高山耸入云端，清晰可见。近处，丛生的翠竹，像绿色的屏障，围护在一所墙院周围。这所墙院，正是词人的居所。靠近院落，有一个池塘，池边长满枯萎的衰草。蝉声四起，叫声乱成一团。在这两句词中，竟然写出了林、山、竹、墙、蝉、草、池塘七种景物，容量如此之大，堪为妙笔。这里呈现的景象，与词人熙宁十年（1077）任徐州知州时，描写"软草平莎过雨新，轻沙走马路无尘""麻叶层层檾叶光，谁家煮茧一村香"（《浣溪沙》）的乡村景色迥然不同。那几句词呈现出一种奔腾奋发、蒸蒸日上的景象；而"林断山明竹隐墙"两句则是一派幽狭的气氛。词人在徐州时政绩卓著，深得民心，所以他当时写的词，充满着积极奋发的精神。后来被贬黄州，身为"罪官"，才能无从施展，只有过着"幽人"的生活。这首《鹧鸪天》即若隐若现地表现出他的此种境遇。

　　三、四两句，含义更深邃。在宏廓的天空，不时地能看到白鸟在飞上飞下，自由翱翔。满池荷花，映照绿水，散发出柔和的芳香。意境如此清新淡雅，似乎颇有些诗情画意。并且词句对仗，工整严密。芙蕖是荷花的别名。"细细香"，描写得颇为细腻，是说荷花散出的香味，不是扑鼻的浓烈香气，而是宜人的淡淡芳香。如若不是别的原因，生活在这样的境界中，的确是修身养性的乐土。然而，对于词人来说，他并非安于现状，着意流连这里的景致。他虽然描绘出白鸟翻空、红荷照水的画面，但与他倾心欣赏西湖那种"淡妆浓抹总相宜"的美丽景色，是不能相提并论的。在这里，透过此等画面，便能隐隐约约地看到词人那种百无聊赖、自寻安慰、无可奈何的心境。词的下片，作者又用自己的形象，生动地作了说明。

　　"村舍外，古城旁，杖藜徐步转斜阳。"这三句，字面上所描写的是词人的形象。"杖藜徐步"是写他的老态龙钟，还是病后的神态？是表现他自得其乐的隐逸生活，还是百无聊赖的失意情绪？这里似乎不是刻画词人老态龙钟的形象，因为写这首词时，他不过四十六岁；其余情况，大概是兼而有之。这三句似人物素描画，通过外部形象显示其内心世界，也是高明的手法。

　　最后两句，是画龙点睛之笔。词句的表面是说：天公饶有情意似的，昨夜三更时分下了一场好雨，使得他又度过了凉爽的一天。"殷勤"二字，是拟人化手法。但细细品味，说天公殷勤送来凉雨，却含有自嘲的酸辛，隐藏着词人的感慨。"又得浮生一日凉"，是词中最显露的一句。"浮生"，是说人生飘忽不定。《庄子·刻意》说："其生若浮，其死若休。"苏轼的这种消极思想，即受庄子的影响。此句句首着一"又"字，分量很重，对揭示主题，起着重要的作用，它表现词人得过且过、日复一日地消磨岁月的无可奈何的情绪。

总观全词,从词作对特定环境的描写和作者形象的刻画,可以看到一个抑郁不得志的闲人的形象,所谓其身则闲,其心则苦了。　　　　　　　　　　（陆永品）

<h2>少　年　游　　　　　　　　　苏轼</h2>

润州作,代人寄远

去年相送,余杭门外,飞雪似杨花。今年春尽,杨花似雪,犹不见还家。　　　对酒卷帘邀明月,风露透窗纱。恰似姮娥怜双燕,分明照、画梁斜。

　　宋神宗熙宁四年(1071)苏轼因与王安石议论不合,乞补外郡,被朝廷派往杭州作通判。这对被党争的政治漩涡搅得晕头转向的苏轼来说,无异于是一种精神上的解脱。杭州的湖光山色,市民与同僚对他的尊敬,僧人与歌妓对他的崇拜,都使他感到从未有过的愉快。续娶的年轻的妻子和牙牙学语的儿女也使他感到惬意和温暖。杭州真的成了他的人间天堂,每一次因公而暂时离开杭州都使他依依不舍。熙宁六年冬天,他又被两浙转运使派往常、润、苏、秀等州赈济灾民,直到第二年入夏才回杭州。这是他离开杭州最长的一次,眷恋之情自然更为深切,沿途曾写有不少诗词表此衷曲,此词就是其中之一,作于润州(今江苏镇江)。

　　这首词有点特别。王文诰《苏诗总案》卷十一对此词作了说明:“甲寅(熙宁七年)四月,有感雪中行役作。公(苏轼)以去年十一月发临平(镇名,在杭州东北),及是春尽,犹行役未归,故托为此词。”这就是说,此词是作者有感于行役之苦而怀恋杭州及其家小而作,可是它托以“代人寄远”的形式,即借思妇想念行役在外的丈夫的口吻来表达他的思归之情。

　　上片以思妇的口吻,诉说亲人不当别而别,当归而未归。前三句分别点明离别的时间——“去年相送”;离别的地点——“余杭门外”;分别时的气候——“飞雪似杨花”。把分别的时间与地点说得如此之分明,说明她无时无刻不在惦念。大雪纷飞本不是出门的日子,可是公务在身不得不送丈夫冒雪出发,这种凄凉气氛自然又加深了平日的思念。后三句与前三句对举,同样点明时间——“今年春尽”,气候——“杨花似雪”,可是去年送别的丈夫“犹不见还家”。原以为此次行役的时间不长,当春即可还家,可如今春天已尽,杨花飘絮,却不见人归来,怎能不叫人牵肠挂肚呢?这一段引入了《诗·小雅·采薇》“昔我往矣,杨柳依依;今我来思,雨雪霏霏”的手法,而“雪似杨花、杨花似雪”两句,比拟既工,语亦精巧,可谓推陈出新,绝妙好辞。

　　下片着意刻画本想对酒邀月以慰寂寥,不意反惹惆怅。"对酒卷帘邀明月,风露透窗纱",说的是在寂寞中,本想仿效李白的"举杯邀明月,对影成三人",卷起帘子引明月作伴,可是风露又乘隙而入,透过窗纱,扑入襟怀。更恼人的是邀来的月亮偏只怜爱双栖燕子,把它的光辉与柔情斜斜地洒向那画梁上的燕巢,而置自己于不顾。这就不能不使她由羡慕双燕、嫉妒双燕,而更思念远方的亲人。

　　这个思妇的所思所念,是身为征人的作者所设想的,作者的恋家思归之情难道还不昭然吗?

　　此词艺术上的成功集中在两处:一是利用雪与杨花形状相似,却代表着两种不同节候的特点,互为比喻,一可以形象地表示气候由极冷到极暖,历时长久;二可以构成洁白迷蒙的景象,象征着纯真而纷乱的情思。也就是说,雪与杨花互喻,既有表情上的深度,又有形象上的美感。二是构思新巧别致。从双栖燕映衬出单栖人已是一种纤巧的联想,而把月照梁上燕,看作是月中嫦娥只垂爱于成双成对的燕,而不顾怜空闺独守之人,就更是一种绮思妙想了,其表现力远胜于一大段思妇的内心独白。

　　　　　　　　　　　　　　　　　　　　　　　　　　　　　(谢楚发)

定 风 波　　　　　　　　苏 轼

　　　　三月七日沙湖道中遇雨。雨具先去,同行皆狼狈,余独不觉。已而遂晴,故作此。

莫听穿林打叶声,何妨吟啸且徐行。竹杖芒鞋轻胜马,谁怕?一蓑烟雨任平生。　　料峭春风吹酒醒,微冷,山头斜照却相迎。回首向来萧瑟处,归去,也无风雨也无晴。

　　此词作于宋神宗元丰五年(1082),贬谪黄州后的第三年。写眼前景,寓心中事;因自然现象,谈人生哲理。属于即景生情,而非因情造景。作者自有这种情怀,遇事便触发了。《东坡志林》说:"黄州东南三十里为沙湖,亦曰螺师店,予买田其间,因往相田。"途中遇雨,便写出这样一首于简朴中见深意、寻常处生波澜的词来。

　　首句"莫听穿林打叶声",只"莫听"二字便见性情。雨点穿林打叶,发出声响,是客观存在,说"莫听",就有外物不足萦怀之意。那么便怎样?"何妨吟啸且徐行",是前一句的延伸。在雨中照常舒徐行步,呼应小序"同行皆狼狈,余独不觉",又引出下文"谁怕"即不怕来。徐行而又吟啸,是加倍写;"何妨"二字逗出一点俏皮，更增加挑战色彩。首两句是全篇主脑，以下词情都是从此生发。

"竹杖芒鞋轻胜马"。先说竹杖芒鞋与马。前者是步行所用，属于闲人的。作者在两年后离开黄州量移汝州，途经庐山，有《初入庐山》诗云："芒鞋青竹杖，自挂百钱游；可怪深山里，人人识故侯。"用到竹杖芒鞋，即他所谓"我是世间闲客此闲行"(《南歌子》)者。而马，则是官员或忙人的坐骑，即俗所谓"行人路上马蹄忙"者。两者都从"行"字引出，因而具有可比性。前者胜过后者在何处？其中道理，用一个"轻"字点明，耐人咀嚼。竹杖芒鞋诚然是轻的，轻巧，轻便，然而在雨中行路用它，拖泥带水的，比起骑马的便捷来又差远了。那么，这"轻"字必然另有含义，分明是有"无官一身轻"的意思。

何以见得？封建士大夫总有这么一项信条，是达则兼济天下，穷则独善其身。苏轼因反对新法，于元丰二年被人从他的诗中寻章摘句，硬说成是"谤讪朝政及中外臣僚"，于知湖州任上逮捕送御史台狱；羁押四月余，得免一死，谪任黄州团练副使，本州安置。元丰三年到黄州后，答李之仪书云："得罪以来，深自闭塞，扁舟草屦，放浪山水间，与樵渔杂处，往往为醉人所推骂，辄自喜渐不为人识。"被人推搡谩骂，不识得他是个官，却以为这是可喜事；《初入庐山》诗的"可怪深山里，人人识故侯"，则是从另一面表达同样的意思。这种心理是奇特的，也可见他对于做官表示厌烦与畏惧。"官"的对面是"隐"，由此引出一句"一蓑烟雨任平生"来，是这条思路的自然发展。

关于"一蓑烟雨任平生"，流行有这样一种解释："披着蓑衣在风雨里过一辈子，也处之泰然。(这表示能够顶得住辛苦的生活。)"(胡云翼《宋词选》)从积极处体会词意，但似乎没有真正触及苏轼思想的实际。这里的"一蓑烟雨"，我以为不是写眼前景，而是说的心中事。试想此时"雨具先去，同行皆狼狈"了，哪还有蓑衣可披？"烟雨"也不是写的沙湖道中雨，乃是江湖上烟波浩渺、风片雨丝的景象。苏轼是想着退隐于江湖！他写这首《定风波》在三月，到九月作《临江仙》词，又有"小舟从此逝，江海寄馀生"之句，使得负责管束他的黄州知州徐君猷听到后大吃一惊，以为这个罪官逃走了(叶梦得《避暑录话》卷二)；结合答李之仪书中所述的"扁舟草屦，放浪山水间，与樵渔杂处"而自觉可喜，他的这一种心事，在黄州的头两三年里一而再、再而三地表白出来，用语虽或不同，却可以彼此互证。再看看别人对"一蓑"的用法，如陆游《题绣川驿》的"会买一蓑来钓雨"和《舟过小孤有感》的"商略人生为何事，一蓑从此入空蒙"，不俨然是苏轼"一蓑烟雨任平生"、"小舟从此逝，江海寄馀生"那几句的翻版吗？陆游也是个宦途不得志的诗人，以放翁诗证东坡词，则"一蓑烟雨任平生"之为归隐的含义，也是可以了然的。苏轼对于张志和的《渔父》词"青箬笠，绿蓑衣，斜风细雨不须归"极为称赏，恨其曲调不传，曾改写为《浣溪沙》入歌（吴曾《能改斋漫录》卷十六）。江湖上的"斜风细雨"既令他如此向往，路上遭遇的几点雨自然就不觉得什么了。

下片到"山头斜照却相迎"三句，是写实，不须作过深的诠解；不过说"斜照相迎"，也透露着喜悦的情绪。词序说："已而遂晴，故作此。"七个字闲闲写下，却是点睛之笔。没有这个"已而遂晴"，这首词他是不一定要写的。写晴，仍牵带着原先的风雨。他对于这一路上的雨而复晴，引出了怎样的感触来呢？

这就是接下去的几句："回首向来萧瑟处，归去，也无风雨也无晴。"萧瑟，风雨声。"夜雨何时听萧瑟"，是苏轼的名句。天已晴了，回顾来程中所经风雨，自有一番感触。自然界阴晴圆缺的循环，早已惯见，毋用怀疑；宦途中风雨的袭来，却很难料定何时能有转圜，必定有雨过天青的遭际吗？既然如此，则如黄庭坚所说的，"病人多梦医，囚人多梦赦"（《谪居黔南十首》），遭受风吹雨打的人那是要望晴的吧，苏轼于此想得更深，他说无风雨最好。无风雨，则盼晴、喜晴的心事也不需有了，这便是"也无风雨也无晴"的真谛。如何到得政治上"也无风雨也无晴"的境界？是"归去"！这个词汇从陶渊明的"归去来兮"取来，照应上文"一蓑烟雨任平生"。在江湖上，即使是烟雨迷蒙，也比宦途的风雨好多了。

（陈长明）

定　风　波　红梅　　　　　　苏　轼

好睡慵开莫厌迟。自怜冰脸不时宜。偶作小红桃杏色，闲雅，尚馀孤瘦雪霜姿。　　休把闲心随物态，何事，酒生微晕沁瑶肌。诗老不知梅格在，吟咏，更看绿叶与青枝。

欣赏这首词，有两点值得注意：一、此词针对"诗老"石曼卿的《红梅》诗而发，因而略见争奇斗胜之趣；二、苏轼有《红梅》诗三首，此词绝类其中第一首，当是从诗点化而来。而梅品即人品，就中不无自我写照意味。

石曼卿是宋初诗人，其《红梅》诗云："认桃无绿叶，辨杏有青枝。"苏轼以为仅有红梅之"形"，而无红梅之"神"。在苏轼看来，"论画以形似，见与儿童邻"（《书鄢陵王主簿所画折枝二首》）。他咏荷花曾赞它"天然地别是风流标格"（《荷华媚》）。真正的"梅格"，应当是"形"与"神"的有机结合和高度统一。所以，他下笔立意，既注意红梅与桃杏色泽之同，更突出红梅与桃杏气质之异，从而赋予她独特的"风流标格"——既艳如桃杏，又冷若冰霜。

　　词一起便出以拟人手法，花似美人，美人似花，饶有情致。"好睡慵开莫厌迟"，"慵开"指花，"好睡"拟人，"莫厌迟"，绾合花与人而情意宛转。就花时而言，梅花理应开在百花之先："前村深雪里，昨夜一枝开"（齐己《早梅》）；理应是报春使者："雪里已知春信至，寒梅点缀琼枝腻"（李清照《渔家傲·梅》）。不想由于"好睡"竟延误花期而与桃杏同时，故云"迟"，故请求谅解：莫嫌疏懒晚放，莫厌姗姗来迟。

　　然则与桃杏同放，是否切合时宜？"自怜冰脸不时宜"，梅花生就冰清玉洁之姿，怎合姹紫嫣红之群？无可奈何，唯有"乔妆改扮"以合春之"时宜"了。这就自然带出以下三句正面咏红梅文字。

　　"偶作小红桃杏色，闲雅，尚馀孤瘦雪霜姿。"这三句是"词眼"，绘形绘神，正面画出红梅的美姿丰神。"小红桃杏色"，说她色如桃杏，鲜艳娇丽，切红梅的一个"红"字。"孤瘦雪霜姿"，说她斗雪凌霜，归结到梅花孤傲瘦劲的本性。"偶作"一词上下关联，天生妙语。不说红梅天生红色，却说美人因"自怜冰脸不时宜"，才"偶作"红色以趋时风。但以下之意立转，虽偶露红妆，光彩照人，却仍保留雪霜之姿质，依然还她"冰脸"本色。形神兼备，尤贵于神，这才是真正的"梅格"！

　　过片三句续对红梅作渲染，笔转而意仍承。"休把闲心随物态"，承"尚馀孤瘦雪霜姿"；"酒生微晕沁瑶肌"，承"偶作小红桃杏色"。"闲心""瑶肌"，仍以美人喻花。言心性本是闲淡雅致，不应随世态而转移；肌肤本是洁白如玉，何以酒晕生红？"休把"二字一责，"何事"二字一诘，其辞若有憾焉，其意仍为红梅作回护。"物态"，指桃杏娇柔媚人的春态。红梅本具雪霜之质，不随俗作态媚人，虽呈红色，形类桃杏，乃是如美人不胜酒力所致，未曾堕其孤洁之本性。看他《红梅》诗此处云"寒心未肯随春态，酒晕无端上玉肌"，其意昭然。这里是词体，故笔意婉转，不像做诗那样明白说出罢了。下面"诗老不知梅格在"，补笔点明，一纵一收，回到本意。红梅之所以不同于桃杏者，岂在于青枝绿叶之有无哉！这正是东坡咏红梅之慧眼独具、匠心独运处，也是他超越石曼卿《红梅》诗的真谛所在。

　　据王文诰《苏文忠公诗编注集成》，东坡三首《红梅》诗作于元丰五年贬黄州时，此词作年当稍后于诗。考东坡宦踪，他先是与当政者政见不合而自请外任，继之元丰二年因诗文罹罪下狱。元丰三年至七年，则以劫后馀生来到黄州贬所，幽冷孤愤之感充郁心头。其咏定惠院海棠诗说："只有名花苦幽独。"其《月夜偶出》云："清诗独吟还自和。"身处逆境，然"一肚皮不合时宜"的苏轼，宁肯自怜幽独，"拣尽寒枝不肯栖，寂寞沙洲冷"（《卜算子·雁》），终不愿随波上下，俯仰由人。"尚馀孤瘦雪霜姿"——他那高洁的本性绝不改变！

总之,此词不仅自出新意,以传神之笔写出了红梅的独特"风流标格",更兼是词人自我品格的生动写照。清人刘熙载说:"东坡《定风波》云:'尚馀孤瘦雪霜姿。'《荷华媚》云:'天然地别是风流标格。'"雪霜姿"'风流标格',学坡词者便可从此领取。"(《艺概·词曲概》)其《诗概》又云:"诗品出于人品。"这就是说,要学苏词的高远境界,必须具有苏轼那种超尘拔俗的胸襟和艺术上的开拓创新精神。

(朱德才)

定 风 波　　　　　　　苏 轼

常羡人间琢玉郎,天教分付点酥娘。自作清歌传皓齿,风起,雪飞炎海变清凉。　　万里归来年愈少,微笑,笑时犹带岭梅香。试问岭南应不好? 却道,此心安处是吾乡。

这首词的原序说:"王定国歌儿曰柔奴,姓宇文氏,眉目娟丽,善应对,家世住京师。定国南迁归,余问柔:'广南风土,应是不好?'柔对曰:'此心安处,便是吾乡。'因为缀词云。"宋神宗元丰二年(1079)六月,苏轼因"乌台诗案"被捕入狱,后贬为黄州团练副使。王巩字定国,从苏轼学为文,因收受苏诗而遭牵连,被贬宾州(治所在今广西宾阳县南)监盐酒税。宾州当时属广南西路,为岭南地区,僻远荒凉,生活艰苦。王巩赴岭南时,歌女柔奴同行。三年后王巩北归,出柔奴劝苏轼饮酒。苏轼作此词赞歌女,其中可见歌女性格,亦可看到苏轼的胸襟气度。

上片总写歌女,先从其主人写起:"常羡人间琢玉郎,天教分付点酥娘。""琢玉郎"一词,苏轼不是第一次用以形容王巩。早在元丰元年苏轼知徐州时,王巩去看望他,未带家眷,苏轼有《次韵王巩独眠》一诗戏之云:"居士身心如槁木,旅馆孤眠体生粟。谁能相思琢白玉,服药千朝偿一宿。"诗里用了卢仝《与马异结交诗》的典:"白玉璞里琢出相思心,黄金矿里铸出相思泪。"因此"琢玉郎"就是指善于相思的多情种子。词中对王巩再一次称为"琢玉郎",是使用有关他们两人故事的"今典"。连下句"天教分付点酥娘",说是羡慕你这位多情男子,老天交付给你一位心灵手巧的"点酥娘"来了。"分付"即交付,一本作"乞与"。"乞"有"与"义,《广雅·释诂》:"乞,予也。"与"分付"意同。"点酥娘",本于梅尧臣诗。梅诗题甚长,为便于说明"点酥娘",并诗全录如下。题云:"余之亲家有女子能点酥为诗,并花果麟凤等物,一皆妙绝,其家持以为岁日辛盘之助。余丧偶,儿女服未除,不作岁,因转赠通判。通判有诗见答,故走笔酬之。"诗云:"剪竹缠金大于掌,红缕龟纹挑作网。琼酥点出探春诗,玉刻小书题在榜。名花杂果能眩真,祥兽珍禽得非广。磊落男儿不足为,女工馀思聊可赏。"这里的"点酥",大约相当于现在的裱花工艺吧。词用"点酥娘"一语,取梅诗的精神,夸赞柔奴的聪明才艺。"琢玉郎""点酥娘",属对甚工。

第三句的"自"字紧承上句,专写柔奴:"自作清歌传皓齿,风起,雪飞炎海变清凉。"她能自作歌曲,清亮悦耳的歌声从她芳洁的口中传出,令人感到如同风起雪飞,使炎暑之地一变而为清凉之乡,使政治上失意的主人变忧郁苦闷、浮躁不宁而为超然旷放,恬静安详。苏词横放杰出,往往驰骋想象,构成奇美的境界,这里对"清歌"的夸张描写,表现了柔奴歌声独特的艺术效果。"诗言志,歌咏言","哀乐之心感,而歌咏之声发"(班固《汉书·艺文志》),美好超旷的歌声发自于美好超旷的心灵。这是赞其高超的歌技,更是颂其广博的胸襟。笔调空灵蕴藉,给人一种旷远清丽的美感。

下片写柔奴的北归,重点叙其答话。换头承上启下,先勾勒她的神态容貌:"万里归来年愈少。"岭南艰苦的生活她甘之如饴,心情舒畅,归来后容光焕发,更显年轻。"年愈少"多少带有夸张的成分,洋溢着词人赞美历险若夷的女性的热情。"微笑"二字,写出了柔奴在归来后的欢欣中透露出的度过艰难岁月的自豪感。"岭梅",指大庾岭上的梅花,"笑时犹带岭梅香",表现出浓郁的诗情。既写出了她北归时经过大庾岭这一沟通岭南岭北咽喉要道的情况,又以斗霜傲雪的岭梅喻人,赞美柔奴克服困难的坚强意志,为下边她的答话作了铺垫。最后写到词人和她的问答。先以否定语气提问:"试问岭南应不好?""却道",陡转,使答语"此心安处是吾乡"更显铿锵有力,警策隽永。白居易《初出城留别》中有"我生本无乡,心安是归处",《种桃杏》中有"无论海角与天涯,大抵心安即是家"等语,苏轼的这句词,受白诗的启发,但又明显地带有王巩和柔奴遭遇的烙印,有着词人的个性特征,完全是苏东坡式的警语。它歌颂柔奴身处穷境而安之若素,和政治上失意的主人患难与共的可贵精神,同时也寄寓着作者自己随遇而安、无往不快的旷达情怀。

这首词写政治逆境出以风趣轻快的笔墨,情趣和理趣融而为一,写得空灵清旷,在苏轼黄州时期创作的词中具有代表性。　　　　　　　　　(吴小林)

南　乡　子　　　　　　　　　　苏　轼

晚景落琼杯,照眼云山翠作堆。认得岷峨春雪浪,初来,万顷蒲萄涨渌醅①。　　春雨暗阳台,乱洒歌楼湿粉腮。一阵东风来卷地,吹回,落照江天一半开。

〔注〕 ①渌酷：渌，清澈。酷，未滤的酒。李白《襄阳歌》"遥看汉水鸭头绿，恰似蒲萄初酸酷"，为此词所本。

　　苏东坡似乎对自然界阴晴不定、倏忽变化的现象非常敏感。在三百数十首苏词中，写乍雨乍晴的奇丽景色的竟有二十多首。并且，首首风貌不同，使人不得不赞叹词人观察入微，感受细腻，表现技巧高超。

　　这首词作于元丰四年（1081），傅榦注本的题目为"黄州临皋亭作"。苏轼因为写诗揭露新法的弊端，被贬为黄州团练副使本州安置不得签书公事，成为失去自由的罪人。到黄州后，他开始住在定惠院，以后又迁到长江边上的临皋亭。本词即描写一个春日的傍晚所见到的景色。

　　端起玉杯，只见落日斜照，青翠的云山倒映在酒杯中，把一杯玉液都染绿了。词人忽然觉得，这杯琼浆是那样熟悉，是那样有情，仿佛是老朋友似的。那碧绿的色彩，和满江的春水不是一样的吗？而满江的春水，正是故乡的岷山、峨眉山上的积雪融化而来的啊。你看那碧绿晶莹的江水，不正是清醇浓香的葡萄美酒吗？杯中的美酒是从江中舀起来的，难怪是老相识了。

　　多么奇特的审美感受啊！这感受由一杯酒而起：由倒影看到了天空，由酒的颜色而写到江水，由江水而想到岷峨，最后居然认为江水就是酒。仿佛这个小小的酒杯可以盛下整个世界。苏东坡的神通真是广大，将一个广大的空间装进小酒杯中，是他的拿手好戏。"水天浮白屋，河汉落酒樽。""船稳江吹座，楼空月入樽。""山城薄酒不堪饮，劝君且吸杯中月。"类似的诗句不少。独特的空间意识，正是苏轼旷达、宽广的胸怀的表现。

　　下半阕写骤雨复晴的景色。"春雨暗阳台，乱洒歌楼湿粉腮。"用"暗"和"乱"写春雨，抓住了春雨飘忽不定、倏来倏往的特征。来得突然，使人们不及回避，才能打湿美人的粉腮。既有琼杯美酒，又有美人粉腮，这场雨似乎扰乱了欢宴，真不是时候。但是，且慢！忽然有一阵东风卷地而来，吹散了云雨，落日的余晖从云缝中斜射出来，把半边天染红，碧绿的江水也"半江瑟瑟半江红"，景色奇丽，更胜于前，词人的酒兴怕更要高涨，"粉腮"怕更加娇艳，歌喉怕更要宛转悠扬吧。

　　乍一看来，词的上半阕写小酒杯中映出的世界，下半阕写乍雨还晴的景象，似乎两不相干，似乎纯是写景，无甚深意，率尔而作。但细细玩味，再联系词人当时的处境，便不难把握到其中的脉络。词的上半阕，由酒杯而云山，而江水，而岷峨，这是词人形象思维的过程，也是词外在的逻辑。艺术联想和想象的动力是情感。罪系黄州的苏东坡，端起酒杯，思乡之情便油然而生。正是这种情感作为动力，他的联想才最终指向故乡岷峨即蜀中，才产生了杯中之酒是岷峨的雪水这种奇特的心理。思乡之情是词的上半阕的内在逻辑。词的下半阕描绘倏忽变化的自然景观,给人动荡不定、神奇瑰丽的感觉。发展变化是宇宙的根本规律。自然界如此,人类社会亦如此。在政治斗争中遭到挫折的苏东坡,对自然界倏忽变化的敏感,不也包含着丰富的社会内容吗?我们可以说,词的下半阕在纯粹写景之中蕴含着身世之感。这样,整个一首词便神气贯通、融为一体了。上半阕思乡与下半阕人生的感慨原是二而一的东西。这样讲是否牵强附会?只要我们将苏词中描写乍雨乍晴的词多读几首,便会承认此说是有根据的。只不过在如像《定风波·沙湖道中遇雨》等一些词中,表现得较为明显,而在这首词中,却不露痕迹。唐末司空图主张"不着一字,尽得风流"。这正是本词的艺术特色。　　(陈华昌)

南　乡　子 苏　轼
梅花词和杨元素

寒雀满疏篱,争抱寒柯看玉蕤。忽见客来花下坐,惊飞。踏散芳英落酒卮。　　痛饮又能诗。坐客无毡醉不知。花谢酒阑春到也,离离,一点微酸已着枝。

本词写于苏轼任杭州通判的第四年即熙宁七年(1074)初春。时杨元素为杭州知州。元素名绘,所著《时贤本事曲子集》为我国最早的词话。全书已佚,尚有数条散见于其他载籍,近人赵万里《校辑宋金元人词》中有辑佚本。苏轼与杨元素唱和甚多。本词即是杨词的和作之一。可惜杨的原唱已经不存,否则,两词对读,一定会使读者更有兴味的。

词中没有正面描写梅花的姿态、神韵与品格,而是采用了侧面烘托的办法来加以表现。上片写寒雀喧枝,以热闹的气氛来渲染早梅所显示的姿态、风韵。岁暮风寒,百花尚无消息,只有梅花缀树,葳蕤如玉。在冰雪中熬了一冬的寒雀,值此梅花盛开之际,得知大地即将回春,自有无限喜悦之意。开头两句"寒雀满疏篱,争抱寒柯看玉蕤",生动地描绘了寒雀对于物候变化的敏感。它们翔集在梅花周围,瞅准空档,便争相飞上枝头,好像要细细观赏花朵似的。寒梅着花,原是冷寂的,故前人咏梅,总喜欢赋予梅花一种孤独冷艳的性格。本词则不然。作者先从向往春天气息的寒雀写起,由欢蹦乱飞的寒雀引出梅花,便有了鸟语花香的意味,而梅花的性格也随之显得热乎起来。顾随先生自云早年极喜杨诚斋的绝句:"百千寒雀下空庭,小集梅梢话晚晴。特地作团喧杀我,忽然惊散寂无声。"但读了苏轼此词以后,看法有了变化。他说:"持以与此《南乡子》开端二语相比,苦水（按顾随自号苦水）不嫌他杨诗无神，却只嫌他杨诗无品。""'满'字、'看'字，颊上三毫，一何其清幽高寒，一何其湛妙圆寂耶？""一首《南乡子》，高处、妙处，只此开端二语。"（《顾随文集·东坡词说》）顾随深赏极爱开端二语，自是不差，而从"满""看"两字悟出"清幽高寒"及"圆寂"之说，似有未谛，且苏轼此词的妙处，亦不止这两句。"忽见客来花下坐，惊飞。踏散芳英落酒卮"，进一步从寒雀、早梅逗引出赏梅之人，而逗引的妙趣也不可轻轻放过。客来花下，寒雀自当惊飞，此原无足怪，妙在雀亦多情，迷花恋枝，不忍离去，竟至客来花下，尚未觉察，直至客人坐定酌酒，方始觉之，而惊飞之际，才不慎踏散芳英，则雀之爱花、迷花、惜花已尽此三句之中，故花之美艳绝伦及客之为花所陶醉俱不待繁言而明。再说，散落之芳英，不偏不倚，恰恰落在酒杯之中，此于赏梅之人，平添无穷雅兴，是则雀亦颇可人意。可见雀之于梅，在此词中实有相得益彰之妙。整个上片，由梅花盛开而飞扬出一片热烈的情致，因此梅花的惹人喜爱的美姿、丰神，也就不言而喻了。

　　下片写高人雅士在梅园举行的文酒之宴，借以衬托出梅花的风流高格调。"痛饮又能诗"的主语是风流太守杨元素及其宾客僚佐。杨元素才调不凡，门下自无俗客。诗、酒二事，此中人原是人人来得，不过这次有梅花助爽，饮兴、诗情便不同于往常。"痛饮"即开怀畅饮。俗语所谓"酒逢知己千杯少"，高人雅士喜以梅花为知己，"痛饮"固当，"能诗"极易误会是能够写诗。其实，"能"字与"痛"字对举成文，乃逞能之意。"能诗"又不限于其字面意义为善于写诗，这里暗用刘禹锡寄白居易诗句"苏州刺史例能诗"（时白任苏州刺史），以称美杨元素的文采风流。作者又有《诉衷情·送述古迓元素》词云："钱塘风景古今奇，太守例能诗"，也是此意。"坐客无毡醉不知"，又用杜甫赠郑虔诗"才名四十年，坐客寒无毡"语。"醉不知"的主语是宴会的主人杨元素。坐客无毡则寒，如今饮兴正酣，故不复知。此句意不在写坐客之寒，而是写主人之醉。主人既醉，则宾客之醉亦可见。观主客的高情逸致，梅花的高格也不难想知了。"花谢酒阑春到也"，非指一次宴集时间如许之长，而是指自梅花开后，此等聚会，殆无虚日。歇拍二韵，"离离，一点微酸已着枝"，重新归结到梅，但寒柯玉蕤，已为满枝青梅所取代。咏梅花而兼及梅子，似属出格，但细察作者本意，原是要说明梅花的深可爱赏，虽日日对之痛饮狂歌，终无餍时，直至时序暗换，微酸着枝，尚有爱赏之意。古人早有所谓爱屋及乌之说，焉有爱梅花而不及梅子之理？何况不直说梅子而说"一点微酸"，诉之味觉形象，读来令人感到多么新颖可喜！整个下片，仍没有直接描写梅花的姿态、神韵与品格，但高人雅士为之流连忘返，逸兴遄飞，已经足以说明问题。

如前所说,本词是杨元素《梅花词》的和作。就题目要求来说,应该着重描写梅花,而就作者的创作意图来说,主要是要通过咏梅、赏梅来记录他与杨元素共事期间的一段美好生活和两人之间的深切友谊。这段生活,非梅花不足以喻其优雅;这种友谊,非梅花不足以拟其高洁。故全词既不句句粘住在梅花上,亦未尝有一笔怠慢了梅花。此即所谓不即不离,妙合无垠。

（吴汝煜）

南 乡 子　　　　　　　　　　苏 轼
重九涵辉楼呈徐君猷

霜降水痕收,浅碧鳞鳞露远洲。酒力渐消风力软,飕飕。破帽
多情却恋头。　　佳节若为酬,但把清樽断送秋。万事到头
都是梦,休休。明日黄花蝶也愁。

宋神宗元丰三年,苏轼得罪谪贬黄州,时知州为徐君猷,通判为孟亨之。苏轼与君猷弟徐得之书云:“始谪黄州,举目无亲。君猷一见,相待如骨肉,此意岂可忘哉!”又《跋君子泉铭》说:“予谪居黄州,通判承议郎孟震,字亨之,颇与予相善。”元丰四年有诗题云:“太守徐君猷、通守孟亨之皆不饮酒,以诗戏之。”可见苏轼虽为“罪官”,颇得长官厚待,迁谪之意稍减。这是理解此词的思想感情时所当注意的。

词是元丰五年重阳日在郡中涵辉楼宴席上写的。“霜降水痕收,浅碧鳞鳞露远洲”,从写景起。江上水浅,是深秋霜降季节现象,以“水痕收”表之。“浅碧”承上句江水,“鳞鳞”是水泛微波,似鱼鳞状;“露远洲”,水位下降,露出江心沙洲,“远”字体现是登楼遥望所见。两句是此时此地即目之景,暗中点题,境界清远。东坡虽处逆境,写秋色却无“悲秋”意绪,他还不是这样的人。

“酒力渐消风力软,飕飕,破帽多情却恋头”,此三句写酒后感受,不只是生理的,还有心理的,写法上又有几重转折。东坡好饮而量窄,自言“吾饮酒至少,常以把盏为乐,往往颓然坐睡”(《和陶饮酒二十首》叙)。这次宴饮,自有“不胜酒力”的一幕。及至“酒力渐消”,皮肤敏感,故觉有“风力”,一也。而风本甚微,故觉其“力软”,二也。风力虽“软”,仍觉有“飕飕”凉意,三也。然风力终是软,仍不至于落帽,四也。风力之微,已先于上句“浅碧鳞鳞”透出,至力不能落帽处再补一笔。此三句以“风力”为轴心,环绕它来发挥。晋时孟嘉落帽于龙山,是唐宋诗词常用的典故。楼中不比山上,又“风力软”,故帽不落,只是写实耳。寻常小事,甚至于不成其为一件事,原本不值一提,而郑重提出,至于翻用故典以表述之,则

南乡子（霜降水痕收）　　苏　轼

——明刊本《诗馀画谱》

只为要说出"破帽恋头"四个字罢了。破帽恋头,寓意此身还不至于被故人所弃,又加上"多情"二字以礼赞"破帽",更是感人至深。至于"风"象征什么,看他元丰三年到黄州后《次韵答子由》诗"平生弱羽寄冲风,此去归飞识所从"之句,可以体会得到。这种深曲的寓意,也只是即兴借题发挥一下,点到即止,不宜太着痕迹。这是词体的要求,也是东坡此时的处境所规定,他只能这样写。

下片就涵辉楼上宴席,抒发感慨。"佳节若为酬,但把清樽断送秋"两句,本于杜牧《重九齐山登高》诗"但将酩酊酬佳节,不用登临怨落晖",承其语而变其意。杜言"但将酩酊",苏言"但把清樽",都是只、且、一味饮酒之意,而所不同者,杜是乐饮酬谢佳节,此则把酒聊度清秋("秋"字亦指此重阳秋节而言),其境遇不同,心事不同,情怀亦异。"断送",此即打发走之意。政治上所受重大打击使他对待世事的态度有所变化,由忧惧转为达观,这乃是他在黄州时期所领悟到的安心之法。"万事到头都是梦,休休!"词至此处,开口见喉咙,而语言却是借用宋初潘阆"万事到头都是梦,休嗟百计不如人"的成句,虽借用而仍如出于自己之口,以其自然契合之故。既然是"人间如梦",则"一樽还酹江月"(《念奴娇·赤壁怀古》)可也,"但把清樽断送秋"亦无不可。"休休"就是口语中的"罢了呀罢了"。陶渊明无酒尚过重阳(《九日闲居》诗序:"秋菊盈园,而持醪靡由。"),有酒时更是"何以称我情,浊酒且自陶。千载非所知,聊以永今朝"(《己酉岁九月九日》诗)。东坡是慕陶、学陶的,何况此时一座皆颇为相得之人,岂可不且醉今朝!"明日黄花蝶也愁"一句,参合他在知徐州时所作《九日次韵王巩》诗结尾"相逢不用忙归去,明日黄花蝶也愁"来理解,可知正是"且尽今日之欢"的意思。此词用的是他自己的"今典",而彼诗则变化了唐郑谷《十日菊》"节去蜂愁蝶不知,晓庭还绕折残枝"诗意。郑谷诗的意思是:重阳过后,黄花被赏菊人折剩残枝了(郑诗后两句"自缘今日人心别,未必秋香一夜衰"可见),蜂因无花可采而发愁,而蝴蝶不知已没有花了,因花枝已折而花香犹在,故仍来绕故丛;或亦可解为:花不在,香已渺,而蝶恋故处,仍来绕枝而飞。"蝶不知"者,非直接承上"愁"字作"不知愁"解,而是承句首二字为"不知节去",即不知花残。节去花残,正是郑诗主意。东坡转深一步说"明日黄花蝶也愁":十日已无菊,蜂愁"蝶也愁",则不如趁赏现在之花,醉今朝之酒也。词末句径接"但把清樽断送秋",与诗之"相逢不用忙归去"正一脉相通。后世论东坡此词者,于此句多未结合其《九日次韵王巩》诗为说,或只孤立赏其造句能"换骨",或说本郑谷诗"却更进一层,言愁之甚",或如《蓼园词选》所云:"'明日黄花'句,自属达观,凡过去未来皆几非,在我安可学蜂蝶之恋香乎?"就嫌无法连结全词,讲得顺溜了。说"明日黄花蝶也愁"句应结合其徐州所作《九日次韵王巩》诗理解,有东坡自己的第一手资料可证。其黄州所作《与王巩定国》书云:"重九登栖霞楼①,望君凄然。歌《千秋岁》(按即"浅霜侵绿"一首,题"重阳徐州作"),满坐识与不识,皆怀君。遂作一词云:'霜降水痕收,……'其卒章则徐州逍遥堂中夜与君和诗也。"可见词是有意沿用前诗句,两者的关系是很显然的。

全词以景起,以情结,句句不离题目(重九楼头饮宴),处处关系怀抱(失意而达观)。行文或用典,或不用,随意所宜。使用前人故事、成句处,或反用,或正引,或作小变化,都是为抒写自己胸襟怀抱服务,正是"使事不为事所使"。东坡是词坛大家,"以诗为词"是他词作的重要特色。以诗的题材内容入词,以诗的意境和语言入词,而仍然是词的味道,就是多了一层婉转的风致,如这篇《南乡子》即是一例。

　　　　　　　　　　　　　　　　　　　　　　　　　　　　　　(陈长明)

〔注〕　① 栖霞楼:按苏轼《水龙吟》(小舟横截春江)调名下注云:"闾丘大夫孝终公显尝守黄州,作栖霞楼,为郡中胜绝。"栖霞楼当即涵辉楼。

南 乡 子 送述古　　　　　　　　苏 轼

回首乱山横,不见居人只见城。谁似临平山上塔,亭亭,迎客西来送客行。　　　归路晚风清,一枕初寒梦不成。今夜残灯斜照处,荧荧,秋雨晴时泪不晴。

苏轼这首词善于从社会人生常见的聚散之中展现出特定环境中的真情挚意。送别之作,牵涉到送行与被送行双方,联系双方的感情纽带是作品好坏的决定性因素。只有在二者深厚情谊的基础上,才说得上如何运用艺术的手段把它表现出来,而不致仅流于应酬而已。苏轼与陈述古交谊较深。述古名襄,比苏轼年长。当他还在朝时,便曾向宋神宗推荐苏轼是难得的人才。以后二人都因反对新法离朝外任,述古于熙宁五年(1072)五月由陈州移知杭州时,苏轼已任杭州通判半年。二人在这个风景名城一起宴集唱酬,十分相得。熙宁七年(1074)七月,陈调赴南都(宋之南京,今河南商丘)新任,于有美堂宴会僚佐,苏轼赋《虞美人》(湖山信是东南美)赠别。不久,陈离杭,苏轼追送至临平(在杭州东北面,即今余杭),写下了这首情深意挚的送别词。

词以回顾二人两年来在一起共事的杭州城开始,虽是即景之笔,却在这拟写送述古的一回首之中表现了无限美好的回忆与惜别之情,而点出"居人",含蓄地反映了陈述古在杭任上的爱民措施,以及离去时对"居人"的关注、眷顾之情。这种从眼前实景落笔而展衍开去与由景入情的写法,不仅使人感到亲切,而且增加了作品的深度。紧接着写临平山上的塔，仍就眼前景物落笔，实则是以客观的无知之物，衬托词人主观之情。"谁似"二字，既含有词人不像亭亭耸立的塔，能目送友人远去而深感遗憾，又反映了词人不像塔那样无动于衷地迎客西来复送客西去，而为友人的离去陷入深深的哀伤之中。同时，也反映了作者迎友人来杭又送友人离去的实际。

　　下阕承上阕以塔之无情送客衬己之惜别深情，再从正面和实处抒发。词意似断似续，实是妙笔。"归路晚风清"，友人既已离去，自己亦只得返程，然惜别的情思绵绵不绝。"梦不成"与"泪不晴"，都是实写词人对陈述古的思念，而又有一个递进、深化的过程。同时，在词的环境氛围与形象的描绘上，这两句也非常成功。"梦不成"，衬以初秋的寒意，愈显出环境气氛之凄清，"泪不晴"，置于微弱的残灯斜照之下，说雨晴而泪不晴，极有思致，愈展现出人物形象的孤寂及其内心思念友人的深情。

　　整首词就这样从一反一正、一虚一实之中，以通俗明白的语言，表现出词人对陈述古的深情厚谊与惜别之意。不用典故，不加藻饰，但写真景物真感情，在送别的题材中，令人有耳目一新之感。

　　　　　　　　　　　　　　　　　　　　　　　　　　　　（邱俊鹏）

南　乡　子 集句　　　　　　　　**苏　轼**

怅望送春杯杜牧。渐老逢春能几回杜甫。花满楚城愁远别许浑，伤怀。何况清丝急管催刘禹锡。　　吟断望乡台李商隐。万里归心独上来许浑。景物登临闲始见杜牧，徘徊。一寸相思一寸灰李商隐。

　　选取前人成句合为一篇叫集句。这本是诗中之一体，始见于西晋傅咸《七经诗》。宋代自石延年、王安石到文天祥，都喜为集句诗。天祥《集杜诗》二百篇最为著名。王安石又以集句为词，开词中集句一体。苏轼作有《南乡子·集句》三首，这是其第二首，词中所集皆唐人诗句。详审词意，当作于贬谪黄州时期。

　　"怅望送春杯。"起笔取杜牧《惜春》诗句，点对酒伤春现境。怅望着这杯送春之酒，撩起了比酒更浓的伤春之情。次句直抒伤春所以伤老。"渐老逢春能几回。"取杜甫《绝句漫兴九首》之句。杜甫此诗是漂泊成都时作。渐老，语意含悲。逢春，则一喜。能几回？又一悲。非但一悲，且将逢春之喜也一并化而为悲。一句之中一波三折，笔致淡宕而苍老。前人谓杜诗笔老，说得极是。东坡拿来此句，妙在正好写照了自己在"乌台诗案"后贬谪黄州的相似心情。东坡黄州诗《安国寺寻春》云"看花叹老忆年少,对酒思家愁老翁",可尽此句意蕴。此时正是看花叹老,对酒思家,所以下句便道:"花满楚城愁远别。"此句取自许浑《竹林寺别友人》诗。时当春天,故曰花满。谪居黄州,正是楚城。远离故国,岂不深愁! 花满楚城,触目伤心,真是春红万点愁如海呵! 取此句实在切己之至。楚城一语,已贯入词人受迫害遭贬谪的政治背景这一深层意蕴,并隐然翻出之,词句便不等同于伤春伤别之原作。这极能体现集句古为今用之妙。"伤怀",短韵二字,分量极重,囊括尽临老逢春远别之种种痛苦。上片有此二字自铸语,遂进一步将所集唐人诗句融为已有。"何况清丝急管催",此句取自刘禹锡《洛中送韩七中丞之吴兴》诗。伤心人别有怀抱,更何况酒筵上清丝急管之音乐,只能加重难以为怀之悲哀呵! 周邦彦《满庭芳》云:"憔悴江南倦客,不堪听、急管繁弦。"语意相似,若知人论世,则东坡此句实沉痛过之。据载,"东坡来黄州,二君(指太守、通判)厚礼之,无迁谪意。君猷秀惠列屋,杯觞流行,多为赋词"(《苏轼诗集》卷二一《太守徐君猷通守孟亨之皆不饮酒以诗戏之》施元之注)。词中所写酒筵丝管,当是黄州太守为东坡所设。

　　过片着力写思乡之情。"吟断望乡台。"取自李商隐《晋昌晚归马上赠》诗。义山原诗云:"征南予更远,吟断望乡台。"这里虽是取其下句,其实亦有取上句。东坡宦游本不忘蜀,其《醉落魄·席上呈杨元素》云:"故山犹负平生约,西望峨嵋,长羡归飞鹤。"退隐还乡,几乎是东坡平生始终缠绕心头的一个情结。人穷则思返本,何况南迁愈远故国。当饮酒登高之际,又怎能不倍加望乡情切! 下边纵笔写出:"万里归心独上来。"此句取自许浑《冬日登越王台怀归》诗。词人归心万里,同筵的诸君,又何人会此登临之意?"独"之一字,突出了词人的一份孤独感。东坡黄州诗《侄安节远来夜坐二首》云:"永夜思家在何处?"语意同一深沉。万里归心,本由宦游而生,更因迁谪愈切。无可摆脱的迁谪意识,在下句进一步流露出来。"景物登临闲始见",取自杜牧《八月十二日得替后移居雪溪馆因题长句四韵》,盖有深意。原诗云:"景物登临闲始见,愿为闲客此闲行。"两句之中,闲字三见。东坡取其诗意,是整个地融摄,又暗注己意。春日之景物,只因此身已闲,始得从容登临见之真切如此。此句虽是言登临览景,其实已转而省察自身。闲之一字,饱含了自己遭贬谪无可作为的莫大痛苦。东坡黄州词《念奴娇》(大江东去),即发舒理想落空、"人生如梦"(一作"人间如梦",此组《南乡子·集句》之三"须著人间比梦间"可参)之感。此句,正是感喟这份无可作为的痛苦与愤懑。然而,此时词人又能如何?"徘徊。"此二字,也是下片唯一自铸之语,但它所关消息甚大,暗示着词人此时心态由外向转而内向之一过渡。辗转徘徊,反思内心,正是"一寸相思一寸灰"。结笔取李义山《无题》（飒飒东风细雨来）诗句，沉痛至极，包孕至广。东坡黄州诗《寒食雨二首》云："君门深九重，坟墓在万里。也拟哭途穷，死灰吹不起。"正是结笔乃至全词的极好注脚。君门不可通，故国不可还，两般相思，一样寒灰。一结哀感无穷。东坡在黄州，自有人所熟知的旷达一面（《念奴娇》、《赤壁赋》），可也有心若死灰的另一面。此词深刻反映了东坡当时心态的一个侧面。

　　此词落墨于酒筵，中间写望乡，结穴于一寸相思一寸灰的反思，呈现出一个从向外观照而返听收视、反观内心的心灵活动过程。由外向转而内向，是此词特色之一。这一点极可注意。北宋晁补之称东坡词"横放杰出，自是曲子中缚不住者"（《能改斋漫录》卷十六引）。而此词则证明，东坡词在横放杰出风格之外，更有内敛绵邈之一体。若进一步知人论世，则当时东坡之思想蕲向，实已从前期更多的向外用力，转变为更多的向内用力。南宋施宿《东坡先生年谱》元丰三年（1080）谱云："到黄（州）无所用心，辄复覃思于《易》、《论语》，端居深念，若有所得。"可见此词呈现反观内心之特色并非偶然。同时，词中取唐人诗句无一而不切合词人当下之现境、命运、心态，既经其灵气融通，遂焕然而为一新篇章，具一新生命。集句为词，信手拈来，浑然天成，如自己出，是此词又一特色。东坡黄州诗《次韵孔毅父集古人句见赠五首》云："世间好语世人共，明月自满千家墀"，"用之如何在我耳，入手当令君丧魄"，正是夫子自道。东坡这首集句词之成功，足见其博学强识，更足见其思想之自由灵活。陈寅恪先生《论再生缘》说："六朝及天水一代之思想最为自由，故文章亦臻上乘。"又说："苟无灵活自由之思想，以运用贯通于其间，即千言万语，尽成堆砌之死句。"可以移评东坡此词。好的集句实无异创作。宋代诗词盛行用典、隐括、集句和古人韵等法式，自其低下者而观之，不过为卑不足道的技巧。但自其高明者以观之，则体现了一种以故为新、善继传统和尚友古人、认同古人的文化精神，可说是技进乎道了。

　　　　　　　　　　　　　　　　　　　　　　　　　　　　　　（邓小军）

南 歌 子 游赏　　　　　　　　　　　　　　苏 轼

山与歌眉敛，波同醉眼流。游人都上十三楼。不羡竹西歌吹古扬州。　　菰黍连昌歜①，琼彝倒玉舟。谁家水调唱歌头。声绕碧山飞去晚云留。

〔注〕　①菰黍连昌歜：歜，音垂上声。昌歜即菖蒲根切细腌成的咸菜。《左传·僖公三十年》载周天子派遣周公阅聘问鲁国，宴请他的食物有"昌歜、白黑"。周公阅称为"荐五味，羞嘉谷"。（荐、羞，皆献进之意。）据历代注家解释：昌歜有五味之和；嘉谷指原料稻、黍，白黑指制成品白米糕、黑黍糕，还浇上油脂。词语用典，非谓必食此数物，取其意而已。

南歌子（山与歌眉敛）　　　苏　轼

——明刊本《诗馀画谱》

　　苏轼一到杭州就对杭州的山水发出惊叹："余杭自是山水窟","故乡无此好湖山",并表示死后愿能葬在这里。他先为通判,后做知州,在杭期间无日不在山水之间,甚至连辨讼决案等公务也在西湖办理。随着政治上的日益不得志,他对杭州的这种深情也与日俱增。他不仅把杭州当作游赏地、栖身所,更把它当作摆脱烦恼的精神遁逃数。他写于杭州的诗词有不少就是这一段心灵历程的忠实记录。此词就是其中之一。

　　这首词写的是杭州的游赏之乐,但并非写全杭州或全西湖,而是写宋时杭州名胜十三楼。这十三楼是临近西湖的一个风景点。周淙的《乾道临安志》有这样的记载:"十三间楼去钱塘门二里许。苏轼治杭日,多治事于此。"

　　词一开头就写出了一个最为热烈的场面:"山与歌眉敛,波同醉眼流。"就是说,作者及其同伴面对湖光山色,尽情听歌,开怀痛饮。歌女眉头黛色浓聚,就像远处苍翠的山峦;醉后眼波流动,就像湖中的滟滟水波。接着补叙一笔:"游人都上十三楼。"意即凡是来游西湖的人,没有不上十三楼的,此一动人场面就出现在十三楼上。为了写出十三楼的观览之胜,作者将古扬州的竹西亭拿来比衬:"不羡竹西歌吹古扬州。"据《舆地纪胜》记载:"扬州竹西亭在北门外五里。"得名于杜牧《题扬州禅智寺》的"谁知竹西路,歌吹是扬州"。竹西亭为唐时名胜,向为游人羡慕。这里说只要一上十三楼,就不会再羡慕古代扬州的竹西亭了,意即十三楼并不比竹西亭逊色。

　　过片以后极写自己和同伴于此间的游赏之乐。"菰黍连昌歜",写他们宴会上用的糕点,材料普通而精致味美。(一本题作"杭州端午",则此指粽子。)"琼彝倒玉舟","彝"为贮酒器,"玉舟"即酒杯,句意为漂亮的酒壶,不断地往杯中倒酒。综上二句,意在表明他们游赏的目的不是为了口腹之欲,作烹龙炮凤的盛宴,而是贪恋湖山之美,追求精神上的愉快和满足。最后以写清歌曼唱满湖山作结:"谁家水调唱歌头。声绕碧山飞去晚云留。"水调,相传为隋炀帝于汴渠开掘成功后所自制,唐时为大曲,凡大曲有歌头,水调歌头即裁截其歌头,另倚新声。此二句是化用杜牧《扬州》"谁家唱水调,明月满扬州"诗意,但更富声情。意思是不知谁家唱起了水调一曲,歌喉宛转,音调悠扬,情满湖山,最后飘绕着近处的碧山而去,而傍晚的云彩却不肯流动,仿佛是被歌声所吸引而留步。这最后一笔极富表现力,一表明游人不知疲倦,至晚不归;二形容歌声之美妙动人,云彩也为之倾倒。

　　此词以写十三楼为中心,但并没有将这一名胜的风物作细致的刻画,而是用写意的笔法,着意描绘听歌、饮酒等雅兴豪举,烘托出一种与大自然同化的精神境界,给人一种飘然欲仙的愉悦之感。同时,对比手法的运用也为此词增色不少。十三楼的美色就是通过与竹西亭的对比而突现出来的,省了很多笔墨,却增添了强烈的艺术效果。此外移情的作用也不可小看。作者利用歌眉与远山、目光与水波的相似,付与远山和水波以人的感情,创造出"山与歌眉敛,波同醉眼流"的迷人的艺术佳境。晚云为歌声而留步,自然也是一种移情,耐人品味。

(谢楚发)

南 歌 子　　　　　　苏 轼

　　雨暗初疑夜,风回便报晴,淡云斜照著山明。细草软沙溪路马蹄轻。　　卯酒醒还困,仙村梦不成,蓝桥何处觅云英? 只有多情流水伴人行。

　　包括这首词在内,《东坡乐府》里有三首韵字相同、内容相近而且互相连属的《南歌子》,显然是同题之作。王氏四印斋本,三首编排在一起,且于第一首(日出西山雨)之下,标以"送行甫赴余姚"的题目,考其内容,与题不合,而排在这三首前面的另一首题作"湖州作"的《南歌子》,写的却是送别的内容。前人疑为词题互误,是有道理的。所以,"雨暗初疑夜"这一首,亦当是属于"湖州作"那个题目之下的篇章。苏轼由徐州转守湖州(今属浙江),是神宗元丰二年(1079)三月的事,到任不久,同年七月底,就发生了"乌台诗案",苏轼随即被捕入狱。很可能,由于苏轼在湖州经历了这场巨大的政治风波,而同时所作的三首《南歌子》又都以描写晴雨变化的句子开头,所以毛氏汲古阁本就给它们加上了"寓意"二字的标题。苏轼到湖州,是那年三月奉命,四月到任,词中恰有"乱山深处过清明"之句,故而,三首《南歌子》当是赴任途中所作。那时,苏轼自己并不知道即将发生诗案,直到七月七日,他还在湖州从容地曝晒图书字画,怀念那年新故的表兄文同,写了那篇著名的《筼筜谷偃竹记》,可见毛氏之所谓"寓意",乃出附会。

　　"雨暗初疑夜"这首小词,写的是作者行路途中的所见所感,反映了他那宦海漂泊的生活经历中的一个片断。苏轼那次调职赴任,自徐州往南京(商丘),再向东南方进发,过淮、泗,经金山、惠山、垂虹桥等胜迹,沿途旧地重游,多逢故人,不免相与感慨。在金山寺赠宝觉长老诗,有"稽首愿师怜久客,直将归路指茫茫"之句,可见作者当时心境。这首小词,则从轻松处着笔,聊发联想,叹人生之不得成仙而归去。开头所写晴雨变化,当是江南三月之实情。由于夜来阴雨连绵,时辰到了,不见天明,仍疑是夜;待到一阵春风把阴云吹散,迎来的已是晴朗天气。"淡云斜照著山明",写的是晨景,并非暮景。初升朝日,其光亦斜,亦是先把山头照得明亮。既是晴天,便可继续上路了。接下来,便是"细草软沙溪路马蹄轻"长句。这一句写得清新轻快,的是春朝雨后乘马行于溪边路上之情味。苏轼喜作此等语句,"软草平莎过雨新,轻沙走马路无尘"(《浣溪沙·徐门石潭谢雨》),"山下兰芽短浸溪,松间沙路净无泥"(《浣溪沙·游蕲水清泉寺》),都与此二句非常近似,可以合看。下片着重写裴航遇云英,双双成仙的传奇故事,却从"卯酒醒还困"一句引发出来。卯酒,早晨卯时饮下之酒,亦即苏轼曾戏称为"浇书"之"晨饮"(见魏庆之《诗人玉屑》)。所谓"醒还困",既说酒未全醒,也说夜来睡眠未足,于是很自然地,单调而有节奏的踢踢踏踏的马蹄声,就引起神仙故事的联想来了。唐人裴铏所作《传奇》中,有一篇题作《裴航》的小说,故事离奇曲折,略谓:裴航下第归,与一女仙同舟,得其所示诗,有云:"蓝桥便是神仙窟,何必崎岖上玉清。"及至蓝桥驿,下道求浆,得遇云英,云英,女仙之妹也,经历访求玉杵臼、捣药服食诸曲折,终得结褵而升仙。苏轼此词中所谓"仙村",即指蓝桥而言;所谓"梦不成"者,谓神仙飘渺不可求,故有"何处觅云英"之感叹。最后,从幻想回到现实,为了找寻一点慰藉,作者觉得路边的溪水也还是有情的,它正鸣奏着潺潺的乐曲,伴随着自己,向前流淌着,这就是"只有多情流水伴人行"。

　　一首小词,总要写出一点情趣才能引人喜爱。苏轼这首《南歌子》的特点,在于写了他自己的联想,并且能够引起读者的联想,神仙故事如何如何,现实生活又如何如何,尽管人们从中获得的感受并不相同,但都会觉得它是有点味道的。这恐怕就是这首词的情趣所在了。

(王双启)

鹊 桥 仙　　　　　　　苏 轼
七夕送陈令举

　　缑山仙子,高情云渺,不学痴牛骏女。凤箫声断月明中,举手谢时人欲去。　　客槎曾犯,银河波浪,尚带天风海雨。相逢一醉是前缘,风雨散、飘然何处?

　　此词调寄《鹊桥仙》,以七夕为题,是咏调名本意,为送别友人陈令举而作,非必写于七月七日。陈舜俞,字令举,乌程(今浙江湖州市)人。熙宁中做过山阴知县,因抵制青苗法,遭贬居家。熙宁七年(1074)秋九月,苏轼同杨元素、陈令举、张子野等曾到湖州拜访知州李公择,作有《菩萨蛮·席上和陈令举》词,本篇之作大约亦在此时,为分别时所写。农历七月七日夜,称为七夕,古代民间神话,每年七夕,牛郎织女渡天河相会。向来写七夕题目的小词,都不外描写民间乞巧,或借以表达男女离恨。如张先《菩萨蛮·七夕》"双针竞引双丝缕,家家尽道迎牛女",即是写前者;欧阳修《渔家傲·七夕》"新欢往恨知何限,天上佳期贪眷恋",即是写后者。苏轼这首七夕词不同,他用来赠别,在立意上一反旧调,别开新境。

词写七夕,用事须得合题,故一般离不开鹊桥欢会、儿女私情。此词上片,也紧切七夕下笔,但用的却是王子乔飘然仙去的故事。据刘向《列仙传》载,周灵王太子王子乔,好吹笙作凤凰鸣,游伊洛之间,被道士浮丘公接上嵩高山,三十余年。后于山上见柏良,对他说:"告我家,七月七日待我于缑氏山颠。"至时,果乘白鹤驻山头。望之不得到。举手谢时人,数日而去。李白《感遇诗》和《凤笙篇》,都写此事。苏轼此词上片,借这则神话故事,称颂一种超尘拔俗、不为柔情羁縻的飘逸旷放襟怀,以开解友人的离思别苦。发端三句,赞王子乔仙心超远,缥缈云天,不学牛郎织女身陷情网,作茧自缚。一扬一抑,独出机杼,顿成翻案之笔。缑山,在河南偃师县。缑山仙子,指王子乔,因为他在缑山仙去,故云。"凤箫"两句,承"不学"句而来,牛女渡河,两情缱绻,势难割舍;仙子吹箫月下,举手告别家人,飘然而去。前者由仙入凡,后者超凡归仙,趋向相反,故赞以"不学痴牛呆女"。李白《感遇》云"吾爱王子晋,得道伊洛滨,……举手白日间,分明谢时人。"上片词意,正与李白诗相近。

上片剪裁缑山仙子王子乔故事,泛咏七夕,隐隐为开解离愁作铺垫。下片写自己与友人的聚合与分离,仿佛前缘已定,事有必然。据东坡《记游松江》(《东坡志林》卷一)说:"吾昔自杭移高密,与杨元素同舟,而陈令举、张子野皆从余过李公择于湖,遂与刘孝叔俱至松江。夜半月出,置酒垂虹亭上。"苏轼于熙宁七年九月从杭州通判移任密州知州,与同时奉召还汴京的杭州知州杨元素同舟至湖州访李公择,陈令举、张子野同行,并与刘孝叔会于湖州府园之碧澜堂,称为"六客之会",席上张子野作《定风波令》,即"六客词",会后同泛舟游吴松江,至吴江垂虹亭畅饮高歌,"坐客欢甚,有醉倒者"。他们几位友人曾如此欢聚,如今又将星散了。下片就是记述这段经历。但作者不是径直叙写,仍借与天河牛女有关的故事来进行比况。张华《博物志》载一则故事说:天河与海相通,年年有浮槎定期往来,海滨一人怀探险奇志,便多带干粮,乘槎浮去。经十余日,至一城郭,遇织布女和牵牛人,便问牵牛人,此是何处。牵牛人告诉他回去后问蜀人严君平便知。后来乘槎人还,问严君平。君平告以某年月日有客星犯牵牛宿,计算年月,正是乘槎人到天河之时。词人借用这则优美的神话故事,比况他们曾冲破澄澈的银浪泛舟而行。也许在明净的月夜,满天星斗映入波光,他们的航船,果真冲犯过牵牛宿呢!"槎",即竹筏,"客槎",一语双关:明指天河的"浮槎",暗喻他们所乘的客船。"尚带天风海雨",切合"浮槎"通海之说。与会者之一的杨元素,后来作诗寄东坡回忆此事,也说"仙舟游漾雪溪风",见吴聿《观林诗话》。煞拍两句笔墨落到赠别。"相逢一醉是前缘",写六客之会,"风雨散、飘然何处","风雨"承上"天风海雨",写朋友分袂,各自西东。两句,一写聚,一写散。"一醉是前缘",含慰藉之意;"飘然何处",有无限感慨。他们对于王安石新政,见解相同,临别之时,自是其情难已。

　　苏轼写七夕,摆脱了儿女艳情的旧套,借以抒写送别的友情,且用事上虽紧扣七夕,格调上却能以飘逸超旷,取代缠绵悱恻之风。使人读来,深感词人逸怀浩气,超乎尘垢之外,"不特兴会高骞,直觉有仙气缥缈于笔端"(《左庵词话》)。陆游在《跋东坡七夕词后》说:"昔人作七夕诗,率不免有珠栊绮疏惜别之意。惟东坡此篇,居然是星汉上语,歌之曲终,觉天风海雨逼人。"陆游的话,是此词的千古定评。

(刘乃昌)

望　江　南　超然台作　　　　　　　苏　轼

　　春未老,风细柳斜斜。试上超然台上看,半壕春水一城花。烟雨暗千家。　　寒食后,酒醒却咨嗟。休对故人思故国,且将新火试新茶。诗酒趁年华。

　　这首词作于熙宁九年(1076)暮春,在密州(今山东诸城县)任上。作者于熙宁七年十一月至密州,"处之期年",即八年底,动工修葺园北旧台,并由其弟苏辙命其名曰"超然",这就是超然台(据苏轼《超然台记》)。作者登超然台,眺望满城烟雨,触动乡思,写下了这首词。

　　这首词为双调,比原来的单调《望江南》增加了一叠。上片写登台时所见城中景象,包括三个层次。首先以春柳在春风中的姿态——"风细柳斜斜",点明当时的季节特征:春已暮而未老。其次,以"试上"二句,直说登临远眺,而"半壕春水一城花",在句中设对,以春水、春花,将眼前图景铺排开来。然后,以"烟雨暗千家"作结。三个层次先是由一个特写镜头导入,再是大场面的铺叙,最后,居高临下,说烟雨笼罩着千家万户。于是,满城风光,尽收眼底。这是上片,写春景。下片写情,乃触景生情,与上片所写之景,关系紧密。"寒食后,酒醒却咨嗟",进一步将登临的时间点明。寒食,在清明前二日,相传为纪念介子推,从这一天起,禁火三天;寒食过后,重新点火,称为"新火"。此处点明"寒食后",揣其用意:一是说,寒食过后,可以另起"新火",二是说,寒食过后,正是清明节,应当返乡扫墓。但是,此时却欲归而归不得:一是因为公务在身,二是因为想继续进取,希望实现其"致君尧舜"的宏大志愿。此时,作者的思想处于极端矛盾的状态之中。既由眼前之景触动思归之欲望,而这种欲望又不可能得到满足,因此,他只好自我开解,进行一番自我安慰。"休对故人思故国,且将新火试新茶。""休对""且将",这是最好的解脱办法,也是最切实的解脱办法。这一办法,虽十分勉强,无可奈何,但毕竟使思想上的矛盾,暂时得到了解决。于是,"诗酒趁年华",便进一步申明:必须超然物外,忘却尘世间一切,而抓紧时机,借诗酒以自娱。"年华",指好时光,与开头所说"春未老"相应合。全词所写,紧紧围绕着"超然"二字,至此,即进入了"超然"的最高境界。这一境界,便是苏轼在密州时期心境与词境的具体体现。当然,细心玩味,似也不尽如此。这首词从"春未老"说起,既是针对时令,谓春风、春柳、春水、春花尚未老去,仍然充满春意,生机蓬勃,同时也是针对自己老大无成而发的,所谓春未老而人空老,可见心里是不自在的。从这个意义上看,苏东坡实际上并不真能"超然"。这种似是非是的境界,正是东坡精神世界的真实体现。

　　在作法上,作者按谱填词,也颇为讲究。《望江南》词,以单调为多,宋人喜作双调,《全宋词》中存词一百五十多首(不包括残篇)。宋人所作,成功例子并不多,而苏轼此词,却堪称典范。《望江南》词,上下两片居中两个七字句,通常是对仗句。苏轼这首词,上片两个七字句,上一句是散文句式,与下一句并不对,但下一句,"半壕春水一城花","半壕"对"一城","春水"对"(春)花",却很工整,同样收到铺排场景的艺术效果。下片两个七字句,天设地造,不仅字面对得工,而且辞义也对得工。这组对句,道出了全词的中心意思。两组对句,一组写景,一组抒情,两相照应,两相关联。上一组对句,写的是异乡之景,下一组对句,抒的是故乡之情;上下合在一起看,可知上片所写之景乃由异乡人眼中看出,而下片所抒之情则由眼前之景所触发,景与情已经融为一体。令词小调,作得如此天衣无缝,实在难得。可见,苏轼并非豪放而不拘格律的词作者。 　　　　　(施议对)

卜　算　子　　　　　　　　　　　　苏 轼

黄州定慧院寓居作

　　缺月挂疏桐,漏断人初静。谁见幽人独往来,缥缈孤鸿影。

卜算子（缺月挂疏桐）　　苏　轼

——明刊本《诗馀画谱》

惊起却回头,有恨无人省。拣尽寒枝不肯栖,寂寞沙洲冷。

这首词是元丰五年(1082)十二月苏轼在黄州所作(王文诰《苏诗总案》)。先是熙宁中,苏轼与王安石政见不合,出补外官,他看到当时地方官吏执行新法多扰民者,心中不满,发抒于诗中,因此激怒新党,说苏轼诽谤朝政,遂逮捕下狱,百端罗织,必欲置之死地,即所谓"乌台诗案"。幸而神宗还算明白,终于释放苏轼出狱,贬为黄州团练副使。苏轼自元丰三年(1080)二月至黄州,至元丰七年六月乃量移汝州,在黄州贬所居住四年多。

定慧院在黄州东南。此词是苏轼在贬所抒怀之作。上半阕叙写寓居定慧院时的寂静情况。"漏"指漏壶,是古人计时的器具,从壶中滴水计算时间,夜深时,壶中滴水减少,仿佛断了,故"漏断"即指夜深。这段词意是说,在院中夜深人静,月挂疏桐之时,仿佛有个幽人独自往来,如同孤鸿之影。这个"幽人",可能是想象的,也可能是苏轼自指。下半阕承接上文而专写孤鸿,说这个孤鸿惊恐不安,心怀幽恨,拣尽寒枝,都不肯栖息,只得归宿于荒冷的沙洲。这正是苏轼贬居黄州时心情与处境的写照,用比兴之法,借孤鸿衬托,正足以表达其"幽约怨悱不能自言之情"(张惠言《词选序》语)。"拣尽寒枝不肯栖"句,南宋时曾有人认为:"鸿雁未尝栖宿树枝,惟在田野苇丛间,此亦语病也。"(《苕溪渔隐丛话前集》卷三十九)这种看法未免拘泥。金王若虚《滹南诗话》说:"东坡雁词云'拣尽寒枝不肯栖',以其不栖木,故云尔。盖激诡之致,词人正贵其如此。而或者以为语病,是尚可与言哉!"这是通达之见。

这首词虽是苏轼经历乌台诗案之后,贬居黄州,发抒其个人幽愤寂苦之情的作品,但是也曲折地反映了封建社会文字冤狱对人才的摧残,还是有一定的社会意义的。至于后人或谓此词为王氏女子而作(《能改斋漫录》卷十六),或谓为温都监女而作(《野客丛书》卷二十四),都是好事者附会之辞,不足凭信。

这首词的艺术是很高妙的。黄庭坚评此词说:"语意高妙,似非吃烟火食人语,非胸中有万卷书,笔下无一点尘俗气,孰能至此!"(《豫章黄先生文集》卷二十六《跋东坡乐府》)评价可谓甚高。尤其"胸中有万卷书,笔下无一点尘俗气"二语,能说出苏词的真实本领,苏轼其他好词亦常有此种境界。陈廷焯评此词说:"寓意高远,运笔空灵,措语忠厚,是坡仙独至处,美成、白石亦不能到也。"(《词则·大雅集》)也推崇备至。至于这首词的章法也很奇特,前人已有道出者。胡仔说:"此词本咏夜景,至换头但只说鸿。正如《贺新郎》词'乳燕飞华屋',本咏夏景,至换头但只说榴花。盖其文章之妙,语意到处即为之,不可限以绳墨也。"(《苕溪渔隐丛话前集》卷三十九)这也可以看出苏轼在作词上的创新之处。

晚近人论词多以"豪放"为贵,而推苏轼为豪放之宗。这实在是一种偏见。宋词仍是以"婉约"为主流,而苏轼词的特长是"超旷","豪放"二字不足以尽之。这首《卜算子》词以及《水调歌头》(明月几时有)、《八声甘州》(有情风万里卷潮来)、《永遇乐》(明月如霜)、《定风波》(莫听穿林打叶声)等佳什,都是超旷之作,同时也不失词的传统的深美闳约的特点。这是评赏苏词时所极应注意的。

　　　　　　　　　　　　　　　　　　　　　　　　　　　　(缪　钺)

昭　君　怨　　　　　　　　　苏　轼
金山送柳子玉

谁作桓伊三弄①,惊破绿窗幽梦? 新月与愁烟,满江天。

欲去又还不去,明日落花飞絮。飞絮送行舟,水东流。

〔注〕 ① 桓伊三弄:桓伊,字叔夏,小字子野。东晋时音乐家,善筝笛。《世说新语·任诞》载:"王子猷(徽之)出都,尚在渚下。旧闻桓子野善吹笛,而不相识。遇桓于岸上过,王在船中,客有识之者云:'是桓子野。'王便令人与相闻云:'闻君善吹笛,试为我一奏。'桓时已贵显,素闻王名,即便回,下车,踞胡床,为作三调。弄毕,便上车去,客主不交一言。"

熙宁六年(1073)十一月,在杭州任通判的苏轼往常州、润州一带赈饥,恰好柳子玉要到舒州(今安徽安庆)灵仙观,二人便结伴同行。第二年二月,苏轼在金山送别柳子玉,遂作此词以赠。子玉名瑾,润州丹徒(今江苏镇江)人,其子仲远为苏轼亲堂妹婿,两人是谊兼戚友的。

词的上半阕写离别前的晚上。在夜深人静的时候,不知是谁吹起了优美的笛曲,将人从梦中惊醒。是什么样的梦呢? 从"惊破"一词来看,似有怨恨之意。夜听名曲,本是赏心乐事,却引起了怨恨;而一旦梦醒,离愁就随之袭来,可见是个好梦。大概是梦见和朋友一起饮酒赋诗吧。欢聚的日子马上就要结束,怎不使人懊恼、愁闷? 推开窗户,不知是要追寻那悠扬的笛声,还是要寻回梦中的欢愉,只见江天茫茫,空荡荡的天上,挂着一弯孤单的新月,凄冷地望着人间。江天之际,迷迷蒙蒙、混混沌沌一片,那是被愁闷化作的烟雾塞满了。

上半阕写夜愁。融情入景,笛声,绿窗,新月,烟云,天空,江面,织成了一幅有声有色、浩淼幽清的图画。

下半阕遥想"明日"分别的情景。"欲去又还不去",道了千万声珍重,但迟迟没有成行。二月春深,将是"落花飞絮"的时节,景象凄迷,那时别情更使人黯然。"飞絮送行舟,水东流。"设想离别的人终于走了,船儿离开江岸渐渐西去。送别的人站立江边,引颈远望,不愿离开,只有那多情的柳絮,像是明白人的心愿,追逐着行舟,代替人送行。而滔滔江水,全不理解人的心情,依旧东流入海。以"流水无情"反衬人之有情,又借"飞絮送行舟"表达人的深厚情意,结束全词,分外含蓄隽永。词所谓明日送行舟,未必即谓作此词的第二日开船,须作稍为宽泛的理解。诗集送柳子玉诗称"先生官罢乘风去"之后,复数有游宴之事,子玉始成行,可参。

通观全词,没有写一句惜别的话,没有强烈激切的抒情。将情感融入景物,通过景物描写渲染出一种情感氛围,使读者身不由己地被引进其所创造的意境之中,受到强烈的感染,这是本词的艺术魅力之所在。在众多的景物之中,又挑出一两件,直接赋予它们生命,起到画龙点睛的作用,使所有的自然物都生气勃勃,整个艺术画面都活了起来,这是本词的艺术特色。上半阕用"愁"写烟,使新月也带上了强烈的感情色彩;下半阕用"送"状柳絮,使之与东去的流水对比而生情。而"愁烟"和"飞絮"在形态上又有共同之处,它们都是飘忽不定、迷迷蒙蒙的自然物;它们轻虚空灵,似乎毫无重量,不可捕捉,但又能无限扩散,弥漫整个宇宙。用它们象征人世的漂泊不定,传达出迷蒙怅惘、拂之不去的眷恋之情,那是再妙不过的了。但作者似乎是随手拈来,毫不费力,只道眼前所见,显得极其自然。这正是词人的高超之处。 (陈华昌)

贺 新 郎　　　　　苏 轼

乳燕飞华屋,悄无人、桐阴转午,晚凉新浴。手弄生绡白团扇,扇手一时似玉。渐困倚、孤眠清熟。帘外谁来推绣户?枉教人梦断瑶台曲。又却是、风敲竹。　　石榴半吐红巾蹙,待浮花浪蕊都尽,伴君幽独。秾艳一枝细看取,芳心千重似束。又恐被、西风惊绿。若待得君来向此,花前对酒不忍触。共粉泪、两簌簌。

自从屈原用美人香草寄托君国之思,这种手法遂一直为后世诗人袭用。杜甫以"天寒翠袖薄,日暮倚修竹"之佳人自喻,东坡在自己的作品中也多次以美人寄身世之慨。然而东坡笔下的美人往往是雍容华美的贵妇人,与杜诗中清贫憔悴的形象大异其趣,这也许是由于二人经历和个性的不同吧。他的《贺新郎》就

贺新郎(乳燕飞华屋)　　　　苏轼
　　　　　　　　　——明刊本《诗馀画谱》

是这类作品。

　　词的开头安排人物出场别具匠心，用一只小燕子引路，把读者的视线引向一座梧桐深院的华屋。而"乳燕飞华屋"，描画出环境气氛之幽静。华屋，暗示这里非寻常人家。傍晚清凉，在"悄无人"的桐阴下，推出一位出浴美人来。东坡喜爱写那"冰肌玉骨、自清凉无汗"的佳人，这出浴美人更能唤起一种表里澄清、一尘不染的美感吧。

　　"手弄生绡白团扇，扇手一时似玉"，进而工笔描绘美人"晚凉新浴"之后的闲雅风姿。东坡着意给人物设置了一个道具——"生绡白团扇"，这种轻罗小扇自是适合她的华贵身份，它的洁白精美更像它的主人一样纯洁玲珑。"扇手一时似玉"，表面上写美人的手和手中的扇都如白玉浮雕似的美好，同时也暗示了美人和她的扇子同样的命运。自从汉代班婕妤（汉成帝妃，为赵飞燕谮，失宠）作团扇歌后，在古代诗人笔下，白团扇常常是红颜薄命、佳人失时的象征。上文已一再渲染"悄无人"的寂静氛围，这里又写"手弄生绡白团扇"，着一"弄"字，便透露出美人内心一种无可奈何的寂寥，接以"扇手一时似玉"，实是暗示"妾身似秋扇"的命运。

　　以上写美人心态，主要还是用环境烘托，用象征、暗示方式，隐约迷离。她究竟在想什么呢？下面东坡便通过一个梦来表现。古今中外的文学家都喜欢写梦，它最适宜表现文学主人公心灵最深层的要眇幽微的情思。东坡运用得极其巧妙而自然。夏天，又是"新浴"，容易使人昏昏欲睡，自是一种生理反应。然而"渐困倚、孤眠清熟"一句，写睡眠而曰"孤"，曰"清"，却又使人感受到佳人处境之幽清和她内心的寂寞。瑶台，是帝王阆苑，也是天上仙宫，美人究竟做的什么梦呢？李白《清平调》写明皇与杨妃"若非群玉山头见，会向瑶台月下逢"，当是欢会的好梦吧？或者她像那"肌肤若冰雪，淖约若处子"的姑射女神，与嫦娥结伴，去过着那超然物外的仙家生活了。朦胧中仿佛有人掀开珠帘，敲打门窗，又不由引起她的一阵兴奋，引起她的一种期待。可是从梦中惊醒，却是那风吹翠竹的萧萧声，等待她的仍旧是一片寂寞。唐李益诗云："开门复动竹，疑是玉人来。"（《竹窗闻风寄苗发司空曙》）东坡化用了这种幽清的意境，着重写由梦而醒、由希望而失望的怅惘；"枉教人""却又是"，将美人这种感情上的波折突现出来了。从上片整个构思来看，主要写美人孤眠。写"华屋"，写"晚凉"，写"弄扇"，都是映衬和暗示美人的空虚寂寞，而种种情愫尽在不言之中。无可告诉的怅惘之情最后翻成瑶台一梦。

　　杜甫笔下的佳人是"日暮倚修竹"，用萧萧修竹来映衬佳人。东坡则用秾艳独芳的榴花为美人写照。上片写到美人梦断瑶台,为了且散愁心,她穿过桐阴,来到了石榴花畔。"石榴半吐红巾蹙",看那半开的榴花真似摺绉的红巾!白居易有诗云"山榴花似结红巾"(《题孤山寺山石榴花示诸僧众》),东坡句由此脱化而来,但把花写得更活了,"蹙"字形象地写出了榴花的外貌特征,又带有西子含颦的风韵,耐人寻味。"待浮花浪蕊都尽,伴君幽独",这是美人观花引起的感触和情思。石榴在夏季开花,好像她是有意不与百花争春,待那些赶时髦的春花都凋谢尽了,她才蓓蕾初绽,晚花独芳。这幽独的榴花和幽独的美人是多么相似啊!因此,美人浮想联翩,想到心中所期待的远人。她似乎自言自语、无限深情地对心上人说:待那些浮花浪蕊谢尽的时候,你感到寂寞了,这里有石榴花陪伴您呀!"伴君幽独"一句中的"君",隐隐指那瑶台梦中之人,与上片意脉暗连。这两句把榴花和"浮花浪蕊"对照,写榴花的坚贞忠诚,寓意深远。

"秾艳一枝细看取",词中女主人公似乎又从遐想中把思绪收回来,仔细看取眼前的花儿了,这红艳秾丽的榴花多瓣重叠紧束。"芳心千重似束",不仅捕捉住了榴花外形的特征,并再次托喻美人那颗坚贞不渝的芳心。美人对着花儿"细看取",芳意重重之中,一颗多愁善感的心又飞到远处去。她由眼前之景想到将来之事。"又恐被秋风惊绿",韶华易逝,好景难驻,绿枝翠叶尚不堪秋风,何况这娇柔的红花?一个"惊"字,缩合花与人;花是如此,人何以堪!由花及人,油然而生美人迟暮之感,美好年华就要在这幽寂的期待中过去了,不禁又想到了那瑶台梦中之人:"若待得君来向此,花前对酒不忍触,共粉泪,两簌簌。"美人又沉入遐想的境界中去:今日待君君不归,他日君归芳已歇。那时再到花前对酒共赏,恐不复看到这"秾艳一枝""芳心千重"的美景了。到那时难免对酒伤怀,泪珠儿、花瓣儿将一同簌簌落下了!《蓼园词选》评这结尾四句说:"是花是人,婉曲缠绵,耐人寻味不尽。"

整个下片看似只说榴花,实是句句写人。词中之榴花是美人眼中之花,着有浓郁的感情色彩。美人看花时而触景感怀,浮想联翩;时而以花自比,托花言志。有时她是站在花外观花,有时怜花惜花,亦自艾自叹,花与人合而为一了。这是别开生面的借物抒情之法。

关于这首词,前人传说纷纭。杨湜《古今词话》说:东坡知杭州时,府僚西湖宴集,官妓秀兰浴后倦卧,姗姗来迟,折一枝榴花请罪,东坡乃作此词,令秀兰歌之以侑觞。曾季狸《艇斋诗话》说:此词系东坡在杭州万顷寺作,寺有榴花树,是日有歌者昼寝云云。又陈鹄《耆旧续闻》说:有人在晁以道家见东坡此词真迹,问知为侍妾榴花作。然从词的内容看,词人为生活中某事而作,只不过借题发挥而已,这首词实是写东坡自己的情怀的。胡仔说得好:"东坡此词,冠绝今古,托意高远,宁为一娼而发耶!"(《苕溪渔隐丛话》后集卷三十九)词中美人的"瑶台梦"颇可注意,它隐隐寓含着"君臣遇合"和超然物外两种理想境界,而这正是东坡性格中的两种主要特质。可叹"浮花浪蕊"偏能惑主,他仕途多舛,壮志难酬,而年华如水,期待无期,乃借佳人失时之态,寄政治失意之感,此其真正托意所在乎?

(高　原)

洞　仙　歌　　　　　　　　　苏　轼

江南腊尽,早梅花开后。分付新春与垂柳。细腰肢、自有入格风流。仍更是、骨体清英雅秀。　　永丰坊那畔,尽日无人,谁见金丝弄晴昼?断肠是飞絮时,绿叶成阴,无箇事、一成消瘦。又莫是东风逐君来,便吹散眉间,一点春皱。

这篇词写作年代不可确考,朱祖谋认为词意与《殢人娇》略同,把它编入熙宁十年(1077)。因为据《纪年录》,这年三月一日,苏轼在汴京与王诜(晋卿)会于四照亭,王诜侍女倩奴求曲,遂作《洞仙歌》、《殢人娇》与之。《殢人娇》题"小王都尉席上赠侍人",与《纪年录》所记相合。其词结句,"须信道、司空从来见惯",对王诜似有规讽。据史载王诜为人"不修细行",生活糜烂,则他对歌女侍妾,必然轻薄寡情,那么,王诜家中侍女受玩弄、遭冷落的悲苦遭遇,也就可想而知了。《洞仙歌》倘真是写给倩奴的,其内容当会与倩奴有关。按南宋傅榦注本,《洞仙歌》题作"咏柳"。那么本篇则是借柳以喻人,人即在柳中。

　　上片写柳的体态标格和风度。起拍说腊尽梅凋,既点明节令,且借宾唤主,由冬梅引出春柳。以下"新春"紧承"腊尽",腊月已尽,新春来临,早梅开过,杨柳萌发。柳丝弄碧,是春意繁闹的表征,故说"分付新春与垂柳"。"分付",交付之意,着"分付"一词,仿佛春的活力、光彩、妖娆,均凝集于垂柳一身,从而突出了柳的形象。以下赞美柳的体态标格。柳枝婀娜,别有一种风流,使人想到少女的细腰。杜甫《绝句漫兴》早有"隔户杨柳弱袅袅,恰如十五女儿腰"之句。东坡正是抓住了这一特点,称颂她有合格入流的独特风韵,并进而用"清英秀雅"四字来品评其骨相。这就写出了垂柳的清高、英隽、雅洁、秀丽,见出她与浓艳富丽的浮花浪蕊迥然不同。作者把握住垂柳的姿质特色,从她的体态美,进而刻画了她的品格美。

　　下片转入对垂柳不幸遭遇的感叹。换头三句,写垂柳境况清寂、丽姿无主。

长安永丰坊多柳,生在永丰园一角的垂柳,尽管在明媚春光中修饰姿容,分外妖娆,怎奈无人一顾。诗人白居易写过一首著名的《杨柳词》,据唐人孟棨《本事诗》载:白居易有妾名小蛮,善舞,白氏比为杨柳,有"杨柳小蛮腰"之句。及年事高迈,小蛮还很年轻,"因为杨柳之词以托意,曰:'一树春风万万枝,嫩于金色软于丝。永丰坊里东南角,尽日无人属阿谁?'"后宣宗听到此词,极表赞赏,遂命人取永丰柳两枝,移植禁中。东坡在这里化用乐天诗意,略无痕迹,但平易晓畅的语句中,却藏有深沉的含义。"断肠"四句,紧承上文,写垂柳的凄苦身世,说:一到晚春,绿叶虽繁,柳絮飘零,她更将百无聊赖,必然日益瘦削、玉肌消减了。煞拍三句,展望前景,愈感茫然。只有东风的吹拂,足可消愁释怨,使蛾眉般的弯弯柳叶,得以应时舒展。正如宋初诗人辛寅逊《柳》诗所说:"既待和风始展眉。"然而,这微茫的希望的霞光,在哪里呢?"又莫是",就是严峻而无情的回答。

全章用拟人法写柳,垂柳是词中的"主人公"。她身段苗条,体态轻盈,仪容秀雅。然而却寂寞无主,被禁锢在园林的一角,感受不到春光的温暖,也看不到改变命运的希望。这婀娜多姿、落寞失意的垂柳,宛然是骨相清雅、姿丽命蹇的佳人。词中句句写垂柳,却句句是写佳人。这佳人或许是向苏轼索词的倩奴,或许是与倩奴命运相似的女性。至少可以说,作者是以婉曲的手法,饱和感情的笔墨,描写了一位品格清淑而命运多舛的少女形象,对之倾注了无限的同情。

前人说:"咏物词极不易工,要须字字刻画,字字天然,方为上乘。"(《金粟词话》)咏物含蕴深湛,在于寄托,"贵有不粘不脱之妙"(《莲子居词话》)。东坡此词正具有这些优点。它句句刻画垂柳,清圆流畅,形神兼到,熨帖自然。并借柳喻人,把人的品格与身世融入对柳的形神描摹之中,物中有人,亦物亦人,既不粘滞于物,也不脱离所咏课题。就风格而论,此词缠绵幽怨,娴雅婉丽,曲尽垂柳风神,天然秀美处有似次韵章质夫的《杨花词》,而又别具一段倾城之姿。可以说,这是东坡婉约词的又一佳篇。

(刘乃昌)

洞　仙　歌　　　　　　　　　苏　轼

冰肌玉骨,自清凉无汗。水殿风来暗香满。绣帘开,一点明月窥人,人未寝,欹枕钗横鬓乱。　　起来携素手,庭户无声,时见疏星渡河汉。试问夜如何?夜已三更,金波淡,玉绳低转。但屈指西风几时来,又不道流年暗中偷换。

坡公的词,手笔的高超,情思的深婉,使人陶然心醉,使人渊然以思,爽然而

洞仙歌（冰肌玉骨）　　　苏　轼

——明刊本《诗馀画谱》

又怅然，一时莫明其故安在。继而再思，始觉他于不知不觉中将一个人生的哲理问题，已然提到了你的面前，使你如梦之冉冉惊觉，如茗之永永回甘，真词家之圣手，文事之神工，他人总无此境。

即如此篇，其写作来由，老坡自家交代得清楚："仆七岁时见眉山老尼姓朱，忘其名，年九十余，自言：尝随其师入蜀主孟昶宫中。一日大热，蜀主与花蕊夫人夜起避暑摩诃池上，作一词。朱具能记之。今四十年，朱已死，人无知此词者。但记其首两句，暇日寻味，岂《洞仙歌令》乎，乃为足之。"这说明一个七岁的孩子，听了这样一段故事，竟是何等深刻地印在了他的心灵上，引起了何等的想象和神往，而四十年后（其时东坡当在谪居黄州），这位文学奇人不但想起了它，而且运用了天才的艺术本领，将只余头两句的一首曲词，补成了完篇——而且补得是那样的超妙，所以要相信古人是有奇才和奇迹出现过的。显然，东坡并不可能"体验"蜀主与花蕊夫人那样的"生活"而后才来创作，但他却"进入了角色"，这种创造的动机和方法，似乎已然隐约地透露出"代言体"剧曲的胚胎酝酿。

冰肌玉骨，可与"花容月貌"为对，但实有高下之分、雅俗之别了，盛夏之时，其人肌骨自凉，全无汗染之气，可想而得。以此之故，东坡乃即接曰：水殿风来暗香满。暗香者，何香？殿里焚焙之香？殿外莲荷之香？冰玉肌骨之人，既自清凉，应亦体自生香？一时俱难"分析"。即此一句，便见东坡文心笔力，何等不凡。学文之士，宜向此等处体会，方不致只看"热闹"耳。

以下写帘开，写月照，写欹枕，写钗鬓，须知总是为写大热二字，又不可为俗见所牵，去寻什么别的，自家将精神境界降低（或根本未曾能高），却说什么昶、蕊甚至坡公只一心在"男女"上摹写，岂不可悲哉。

上片全是交代"背景"。过片方写行止，写感受，写思索，写意境，写哲理。因大热人不能寐，及风来水殿，月到天中，再也不能闭置绣帘之内，于是起身而到中庭。以其无人，乃携手同行——所携者特曰素手，此本旧词，早见古诗，不足为奇，但东坡用来，正为蜀主原语呼应：其为冰玉生凉之手，又不待"刻画"，只一"素"字尽之，所以学文者若只以东坡"用传统词语"视之，便只得到"笺注家"能事，而失却艺术家心眼也。（所以好的笺注家须同时是艺术家，方可。）

既起之后，来至中庭，时已深宵，寂无人迹，闻无虫语，唯有微风时传暗香之夜气。仰而见月——于是由看月而又看银河天汉，盖时至六七月，河汉已愈显清晰。银河亦如此寂静无哗——时见流星一点，掠过其间。此笔写得又何等超妙入神！不禁令人想起孟襄阳写出："微云渡河汉，疏雨滴梧桐。"当时一座叹为清绝！我则以为，东坡此一句，足抵孟公十字，不是秋夜之清绝，而是夏夜之静绝，大热中之静绝。写清绝之境不难,此境却实难落笔得神也。

"试问"一句,又从容传出二人携手大热中静玩夜空之景已久,已久。及闻已是三更,再观霄汉,果见月色澄辉,便觉减明,北斗玉绳,柄更低垂——真个宵深夜静,已到应该归寝之时了。但是大热不随夜色而稍减。于是又不禁共语:什么时候才得夏尽秋来,暑氛退净呢!

以上一切,皆非老尼朱氏所能传述,全出坡公自家为他二人而设身,而处地,而如觉大热,而如见星河,而如闻共语⋯⋯学词者,又必须领会:汉、淡、转三韵,连写天象,时光暗转,是何等谐婉悦人,而又何等如闻微叹!

东坡既叙二人之事毕,乃于收煞全篇处,似代言,似自语,而感慨系之:当大热之际,人为思凉,谁不渴盼秋风早到,送爽驱炎? 然而于此之间,谁又遑计夏逐年消,人随秋老乎? 嗟嗟,人生不易,常是在现实缺陷中追求想象中的将来的美境;美境纵来,事亦随变:如此循环,永无止息——而流光不待,即在人的想望追求中而偷偷逝尽矣! 当朱氏老尼追忆幼年之事,昶、蕊早已无存,而当东坡怀思制曲之时,老尼又复安在? 当后人读坡词时,坡又何处? ⋯⋯是以东坡之意若曰:人宜把握现在。所以他写中秋词,也说"起舞弄清影,何似在人间?""⋯⋯此事古难全,但愿人长久,千里共婵娟!"(此种例句,举之不尽)故东坡一生经历,人事种种,使之深悲;而其学识性质,又使之达观乐道。读东坡词,常使人觉其悲欢交织,喜而又叹者,殆因上述缘故而然欤?

此义既明,强分"婉约""豪放",而欲使东坡归于一隅,岂不徒劳而自缚哉。

(周汝昌)

八声甘州 _{寄参寥子}　　　　　　　苏 轼

　　有情风万里卷潮来,无情送潮归。问钱塘江上,西兴浦口,几度斜晖? 不用思量今古,俯仰昔人非。谁似东坡老,白首忘机。　　记取西湖西畔,正春山好处,空翠烟霏。算诗人相得,如我与君稀。约它年、东还海道,愿谢公雅志莫相违。西州路,不应回首,为我沾衣。

这首词写作的时间、地点,多有异说:一、作于宋哲宗绍圣四年(1097),时苏轼谪居儋州(今海南岛儋县),见清人王文诰《苏诗编注集成总案》卷四十一;二、作于哲宗元祐六年(1091),时苏轼由杭州知州召为翰林学士承旨,将离杭州赴汴京,见朱祖谋《东坡乐府编年本》,后龙榆生《东坡乐府笺》、曹树铭《苏东坡词》从

八声甘州(有情风万里卷潮来)　　　苏　轼

——明刊本《诗馀画谱》

之;三、清人黄蓼园《蓼园词选》谓作于杭州任内:"此词不过叹其久于杭州,未蒙内召耳";四、新中国成立后又有两说:元祐六年自杭州到汴京后作和元祐四年(1089)初到杭州时作。

以上五说以第二说为胜。南宋胡仔《苕溪渔隐丛话·后集》卷三十九说:"其词(即本篇)石刻后东坡自题云:'元祐六年三月六日'。余以《东坡先生年谱》考之,元祐四年知杭州,六年召为翰林学士承旨,则长短句盖此时作也。"苏轼离杭时间为元祐六年三月九日(据王宗稷《东坡先生年谱》),则此词当是苏轼离杭前三天写赠给参寥的。这是一。又南宋傅斡《注坡词》卷五此词题下尚有"时在巽亭"四字。巽亭,在杭州东南。《乾道临安志》卷二:"南园巽亭,庆历三年郡守蒋堂于旧治之东南建巽亭,以对江山之胜。"苏舜钦《杭州巽亭》诗:"公自登临辟草莱,赫然危构压崔嵬。凉翻帘幌潮声过,清入琴尊雨气来。"苏轼当时所作《次韵詹适宣德小饮巽亭》:"涛雷殷白昼。"这都说明巽亭能观潮,与本篇起句相合,而且说明苏轼可能曾游过此亭,就在巽亭小宴上与詹适诗歌唱和。这是二。词中所写景物皆为杭地,内容又系离别,这是三。故知其他四说都似未确。

参寥即僧道潜,於潜人(旧县名,今并入浙江临安县),是当时一位著名的诗僧,与苏轼交往密切。此词乃苏轼临离杭州时的寄赠之作,为其豪迈超旷风格的代表作之一。词的上下片都以景语发端,议论继后,但融情入景,并非单纯写景;议论又伴随着激越深厚的感情一并流出,大气包举,格调高远。写景,说理,其核心却是一个情字,抒写他历经坎坷后了悟人生的深沉感慨。

上片"有情风"两句,劈头突兀而起,开笔不凡。表面上是写钱塘江潮一涨一落,但一说"有情",一说"无情",此"无情",不是指自然之风本乃无情之物,而是指已被人格化的有情之风,却绝情地送潮归去,毫不依恋。所以,"有情卷潮来"和"无情送潮归",并列之中却以后者为主,这就突出了此词抒写离情的特定场景,而不是一般的咏潮之作,如他的《南歌子·八月十八日观潮》词、《八月十五日看潮五绝》诗,着重渲染潮声和潮势,并不含有别种寓意。下面三句实为一个领字句,以"问"字领起。西兴,在钱塘江南,今杭州市对岸,萧山县治之西。"几度斜晖",即多少次看到残阳落照中的钱塘潮呵!苏轼在宋神宗熙宁年间任杭州通判时曾作《南歌子》说"笑看潮来潮去,了生涯",他在杭时是经常观潮的。这里指与参寥多次同观潮景,颇堪纪念。"斜晖",一则承上"潮归",因落潮一般在傍晚时分,二则此景在我国古代诗词中往往是与离情结合在一起的特殊意象。如温庭筠《梦江南》:"梳洗罢,独倚望江楼。过尽千帆皆不是,斜晖脉脉水悠悠,肠断白蘋洲。"柳永的《八声甘州》写思乡:"渐霜风凄紧,关河冷落,残照当楼。"李清照

《永遇乐》:"落日熔金,暮云合璧,人在何处。"尤其是郎士元《送李遂之越》诗结句
云:"西兴待潮信,落日满孤舟",更可与苏轼本篇合读。这夕阳的余光增添多少
离人的愁苦!

　　"不用"以下皆为议论。议论紧承写景而出:长风万里卷潮来送潮去,似有
情实无情,古今兴废,亦复如此。"不用"两句应作一句读,"思量今古"用不着,
"俯仰昔人非",即顷刻之间古人已成过眼云烟的感叹也用不着。王羲之《兰亭集
序》云"向之所欣,俯仰之间,已为陈迹",并发出"岂不痛哉"的呼喊。苏轼对于古
今变迁,人事代谢,一概置之度外,泰然处之。"谁似"两句,又进一步申述己意。
苏轼时年五十六岁,垂垂老矣,故云"白首"。《庄子·天地篇》云:"有机械者必有
机事,有机事者必有机心。""机心",指机诈权变的心计,忘机,则泯灭机心,无意
功名利禄,达到超尘绝世、淡泊宁静的心境。苏轼在《和子由送春》诗中也说:"芍
药樱桃俱扫地,鬓丝禅榻两忘机。"他是以此自豪和自夸的。

　　过片开头"记取"三句又写景:从上片写钱塘江景,到下片写西湖湖景,南江
北湖,都是记述他与参寥在杭的游赏活动。"春山",一些较早的版本作"暮山",
或许别有所据,但从词境来看,不如"春山"为佳。前面写钱塘江时已用"斜晖",
此处再用"暮山",不免有犯重之嫌;"空翠烟霏"正是春山风光,"暮山",则要用
"暝色暗淡""暮霭沉沉"之类的描写;此词作于元祐六年三月,恰为春季,特别叮
咛"记取"当时春景,留作别后的追思,于情理亦较吻合。这样,从江山美景中直
接引入归隐的主旨了。

　　"算诗人"两句,先写与参寥的相知之深。参寥诗名甚著,苏轼称赞他诗句清
绝,可与林逋比肩。他的《子瞻席上令歌舞者求诗,戏以此赠》云"底事东山窈窕
娘,不将幽梦嘱襄王。禅心已作沾泥絮,肯逐春风上下狂",妙趣横生,传诵一时。
他与苏轼肝胆相照,友谊甚笃。早在苏轼任徐州知州时,他专程从余杭前去拜
访;苏轼被贬黄州时,他不远二千里,至黄与苏轼游从;此次苏轼守杭,他又到杭
州卜居智果精舍;甚至在以后苏轼南迁岭海时,他还打算往访,苏轼去信力加劝
阻才罢。这就难怪苏轼算来算去,像自己和参寥那样亲密无间、荣辱不渝的至
友,在世上是不多见的了。如此志趣相投,正是归隐佳侣,转接下文。

　　结尾几句是用谢安、羊昙的典故。《晋书·谢安传》:谢安虽为大臣,"然东
山之志(即退隐会稽东山的'雅志'),始末不渝,每形于言色"。他出镇广陵时,
"造泛海之装,欲须经略粗定,自江道还东,雅志未就,遂遇疾笃"。病危还京,过
西州门时,"自以本志不遂,深自慨失"。他死后,其外甥羊昙一次醉中过西州门,
回忆往事,"悲感不已,以马策扣扇,诵曹子建诗曰:'生存华屋处,零落归山丘。'

恸哭而去"。这里以谢安自喻,以羊昙喻参寥,意思说,日后像谢安那样归隐的
"雅志"盼能实现,免得老友像羊昙那样为我抱憾。顺便说明,苏轼词中常用此
典,如《水调歌头》:"安石在东海,从事鬓惊秋。……一旦功成名遂,准拟东还海
道,扶病入西州。雅志困轩冕,遗恨寄沧州。"《南歌子·杭州端午》:"记取他年扶
病入西州。"超然物外,寄情山水确实是苏轼重要的人生理想,也是这首词着重加
以发挥的主题。

　　清末词学家郑文焯十分激赏此词。他在《手批东坡乐府》中评云:"突兀雪
山,卷地而来,真似钱塘江上看潮时,添得此老胸中数万甲兵,是何气象雄且杰!
妙在无一字豪宕,无一语险怪,又出以闲逸感喟之情,所谓骨重神寒,不食人间烟
火气者。词境至此,观止矣!"可谓推崇备至。本篇语言明净骏快,音调铿锵响
亮,但反映的心境仍是复杂的:有人生迍遭的悒郁,有兴会高昂的豪宕,更有了
悟后的闲逸旷远——"骨重神寒,不食人间烟火气"。这种超旷的心态,又真实地
交织着人生矛盾的苦恼和发扬蹈厉的豪情,使这首看似明快的词作蕴含着玩味
不尽的情趣和思索不尽的哲理。

　　　　　　　　　　　　　　　　　　　　　　　　　　　　　　　　(王水照)

阮　郎　归 初夏　　　　　　　　　　苏　轼

绿槐高柳咽新蝉,薰风初入弦。碧纱窗下水沉烟,棋声惊昼
眠。　　　微雨过,小荷翻。榴花开欲燃。玉盆纤手弄清泉,琼
珠碎却圆。

　　这首词写的是初夏时节的闺阁生活,闲雅而有生气。上片写初夏已悄悄来
到一个少女的身边。"绿槐高柳咽新蝉",都是具有初夏特征的景物:枝叶繁茂
的槐树,高大的柳树,还有浓绿深处的新蝉鸣声乍歇,一片阴凉幽静的庭园环境。
"薰风初入弦",又是初夏的气候特征。薰风,即暖和的南风。古人对这种助长万
物的风曾写有《南风》歌大加赞颂:"南风之薰兮,可以解吾民之愠兮。南风之时
兮,可以阜吾民之财兮。"据《礼记·乐记》载:"昔者,舜作五弦之琴以歌《南风》。"
意即虞舜特制五弦琴为《南风》伴奏。这里的"薰风初入弦",是说《南风》之歌又
要开始入管弦被人歌唱,以喻南风初起。由于以上所写景物分别诉诸视觉(绿
槐、高柳)、听觉(咽新蝉)和触觉(薰风),使初夏的到来具有一种立体感,鲜明而
真切。"碧纱窗下水沉烟,棋声惊昼眠",进入室内描写。碧纱窗下的香炉中升腾
着沉香(即水沈)的袅袅轻烟。碧纱白烟相衬,不仅具有形象之美,且有异香可
闻,显得幽静闲雅。这时传来棋子着枰的响声,把正在午睡的女主人公惊醒。苏

阮郎归（绿槐高柳咽新蝉）　　　苏 轼

——明刊本《诗馀画谱》

轼有《观棋》四言诗,其序云:"独游庐山白鹤观,观中人皆阖户昼寝,独闻棋声于古松流水之间,意欣然喜之。"诗句有云:"不闻人声,时闻落子。"这首词和这首诗一样,都是以棋声烘托环境的幽静。而棋声能"惊"她的昼眠,我们可以想象,在这么静的环境中,她大概已经睡足,所以丁丁的落子声便会把她惊醒。醒来不觉得余倦未消,心中没有不快,可见首夏清和天气之宜人。

下片写这个少女午梦醒来以后,尽情地领略和享受初夏时节的自然风光。"微雨过,小荷翻。榴花开欲燃",又是另一番园池夏景。小荷初长成,小而娇嫩,一阵细雨过去,轻风把荷叶翻转;石榴花色本鲜红,经雨一洗,更是红得像火焰。这生机,这秀色,大概使这位少女陶醉了,于是出现了又一个生动的场面:"玉盆纤手弄清泉,琼珠碎却圆。"这位女主人公索性端着漂亮的瓷盆到清池边玩水。水花散溅到荷叶上,像珍珠那样圆润晶亮。可以想见,此时此刻这位少女的心情也恰如这飞珠溅玉的水花一样,喜悦,兴奋,不能自持。

苏轼在以前,写女性的闺情词,总离不开相思、孤闷、疏慵、倦怠,种种弱质愁情,可是苏轼在这里写的闺情却不是这样。女主人公单纯、天真,无忧无虑,不害单相思,困了就睡,醒了就去贪赏风景,拨弄清泉。她热爱生活,热爱自然,愿把自己融化在大自然的美色之中。这是一种健康的女性美,与初夏的勃勃生机构成一种和谐的情调。苏轼的此种词作,无疑给词坛,尤其是给闺情词,注入了一股甜美的清泉。

描写是这首词的主要表现方法。它注意景物描写、环境描写与人物描写的交叉运用,从而获得了很好的艺术效果。上片由绿槐、高柳、鸣蝉、南风等景物描写与碧纱窗、香烟、棋声等环境描写,以及午梦初醒的人物描写共同构成一幅有声有色的初夏闺情图。下片又以微雨、小荷、榴花等景物描写与洗弄清泉的人物描写结合,构成一幅活泼自然的庭园野趣图,女主人公的形象卓立其间。同时它还注意了动态描写,且不说"棋声惊昼眠""玉盆纤手弄清泉"的人物活动,就是景物也呈现出某种动感。小荷为微雨而翻动,可以想见它的迎风摇曳之姿。榴花本是静物,但用了一个"燃"字,又使它仿佛动了起来。这些动态描写对活跃气氛,丰富画面无疑起了有益的作用。

(谢楚发)

江 城 子　　　　　　苏 轼

陶渊明以正月五日游斜川,临流班坐,顾瞻南阜,爱曾城之独秀,乃作斜川诗,至今使人想见其处。元丰壬戌之春,余躬耕于东坡,筑雪堂居之,南挹四望亭之后丘,西控北山之微泉,慨然而叹,此亦斜川之游也。乃作长短句,以《江城子》歌之。

梦中了了醉中醒。只渊明,是前生。走遍人间,依旧却躬耕。昨夜东坡春雨足,乌鹊喜,报新晴。　　雪堂西畔暗泉鸣。北山倾,小溪横。南望亭丘,孤秀耸曾城。都是斜川当日景,吾老矣,寄馀龄。

　　宋神宗元丰三年(1080),苏轼四十五岁,因"乌台诗案"得罪谪黄州(今湖北黄冈)。次年春夏之际,苏轼生计困难,在老友马正卿帮助下向州郡求得黄州东门外东坡故营地数十亩,开垦耕种,以补食用之不足。苏轼因此自号东坡居士。这年冬天,黄州大雪盈尺,十二月二日微雪,至二十五日大雪始晴。下雪期间,苏轼在东坡营造了房屋,"作堂焉,号其正曰雪堂。堂以大雪中为,因绘雪于四壁之间,无容隙也。起居偃仰,环顾睥睨,无非雪者"(《东坡志林》卷四)。元丰五年初春,苏轼躬耕于东坡,居住于雪堂,感到满意自适,有似晋代诗人陶渊明田园生活一般。陶渊明《游斜川》诗序云:"辛酉正月五日,天气澄和,风物闲美。与二三邻曲,同游斜川。临长流,望曾城("曾"同"层"。层城,神话传说中昆仑山最高级,此指江西鄣山,在庐山北),鲂鲤跃鳞于将夕,水鸥乘和以翻飞。……曾城傍无依接,独秀中皋,遥想灵山,有爱嘉名。"苏轼以为东坡雪堂初春的情景宛如渊明斜川之游,因有此作。
　　震动朝野的"乌台诗案"是北宋中期党争的恶果,它是苏轼仕宦以来所遭受到的空前严重的政治打击,几被置之死地。谪居黄州期间,他冷静思索和探讨了许多问题,政治态度与人生态度都发生了一些变化,在艺术上也开始追求平淡的趣味。晋代诗人陶渊明的归隐生活,恬静闲适的田园趣味,平淡朴质的诗风,对于躬耕东坡的苏轼变得亲切起来。他这时认真地研读陶渊明诗,并在诗词中多次表现出对渊明的仰慕之意。在这首《江城子》词中,苏轼仿佛与渊明神交异代,产生了共鸣。词充满了强烈的主观情绪,起笔甚为突兀,直以渊明就是自己的前生。他后来作的《和陶饮酒二十首》序云:"吾饮酒至少,常以把盏为乐,往往颓然坐睡。人见其醉,而吾中了然,盖莫能名其为醉为醒也。"陶渊明好饮酒,自言:"余闲居寡欢,兼比夜已长,偶有名酒,无夕不饮,顾影独尽,忽焉复醉。"(《饮酒二十首序》)苏轼能理解渊明饮酒的心情,深知他在梦中或醉中实际上都是清醒的,这是他们的共同之处。"走遍人间,依旧却躬耕",充满了辛酸的情感,这种情况又与渊明偶合,两人的命运何其相似。渊明因不满现实政治而归田,苏轼却是以罪人的身份在贬所躬耕,这又是两人的不同之处。苏轼带着沉痛酸辛的心情,暗示躬耕东坡是受政治迫害所致。但他是以旷达的态度对待险恶环境的，以逆为顺，因而"春雨足，乌鹊喜，报新晴"这些春天富于生气的景物使他欢欣，感到适意。

　　词的下片略叙东坡雪堂周围的景观。鸣泉、小溪、山亭、远峰，日与耳目相接，正如其《雪堂问潘邠老》所说："余之此堂，追其远者近之，收其近者内之，求之眉睫之间，是有八荒之趣。"仅以粗略的几笔勾画，表现出田园生活恬静清幽的境界，"意适于游，情寓于望"（同上文），给人以超世遗物之感。作者接着以"都是斜川当日景"作一小结，是因心慕渊明，向往其斜川当日之游，遂觉所见亦斜川当日之景，同时又引申出更深沉的感慨。陶渊明四十一岁弃官归田，后来未再出仕，五十岁时作斜川之游。苏轼这时已经四十七岁，躬耕东坡，一切都好像渊明当日的境况，是否也会像渊明一样就此以了馀生呢？那时王安石已罢政数年，章惇、蔡确等后期变法派执政，政治生活黑暗，苏轼东山再起的希望很小，因而产生迟暮之感，有于此终焉之意。结句"吾老矣，寄馀龄"的沉重悲叹，说明苏轼不是自我麻木，盲目乐观，而是对政局存在深深的忧虑，是"梦中了了"者。

　　这首词似随手写出，未曾着意经营，而词人胸中自有成熟的构想，故下笔从容不迫，不求工而自工。从纵的方面看：醉醒连渊明，渊明连躬耕，躬耕连东坡，东坡连及雪堂与周围景物，景物连斜川，最后回应到陶渊明《游斜川》诗之"开岁倏五十，吾生行归休"，迤逦写来，环环相扣，总不离于本题。从横的方面看：写周围景物，于所居之东坡则加细，说及一夜至晓的春雨、新晴；对西南诸景则只大略点出泉、溪、亭、丘，似零珠之散，合之则俨然是一幅东坡坐眺图，总归到"都是斜川当日景"之内，诚亦"至今使人想见其处"。以似斜川当日之景，引出对斜川当日之游的向往，对陶《游斜川》诗结尾所云"中觞纵遥怀，忘彼千载忧；且极今朝乐，明日非所求"，当亦冥契于心。苏轼对付逆境有自己的特殊态度。他对生活有信心，善于从个人痛苦情绪中解脱出来，很快适应环境，将生活安排得很好，随遇而安。从这首词里也侧面反映了他与险恶环境作斗争的方式：躬耕东坡，自食其力，窃比渊明澹焉忘忧的风节，而且对谪居生活感到适意，怡然自乐，令政敌们对他无可奈何。苏轼有时难免有一点衰迟之感，却也留心着局势的变化，注意保存自己，不久神宗皇帝死后，哲宗即位，他又起复，积极从政了。　　　　（谢桃坊）

江　城　子　　　　　　　　　　　　　　　　　　苏　轼
孤山竹阁送述古

翠蛾羞黛怯人看。掩霜纨，泪偷弹。且尽一尊，收泪唱《阳

关》。漫道帝城天样远，天易见，见君难。　　　画堂新构近孤
山。曲栏干，为谁安？飞絮落花，春色属明年。欲棹小舟寻旧
事，无处问，水连天。

　　词为宋神宗熙宁七年（1074）在杭州送别友人陈述古而作。陈襄字述古，为
杭州知州时，苏轼为通判，二人政治倾向基本相同，又是诗酒朋友，守杭期间甚为
相得。这年七月，陈襄由杭州调知应天府（今河南商丘），于是僚友们为陈襄举行
了几次饯别宴会。苏轼在这段时间先后共作了七首送别陈襄的词。其中有《菩
萨蛮》，或题为"西湖席上代诸妓送陈述古"。这首《江城子》实际上也是代某妓送
陈襄的。

　　竹阁在杭州西湖孤山寺内，为白居易在杭州时所建，故又称白公竹阁。据
《乾道临安志》卷二云："白公竹阁，在孤山，与柏堂相连，有唐刺史白居易祠堂。"
继杭州僚佐在有美堂举行盛大饯送宴会之后，苏轼又与陈襄泛舟西湖，宴于孤山
竹阁。在这些宴会上都是有官妓歌舞侑觞的。这首《江城子》便是作者模拟某官
妓语气，代她向陈襄表示惜别之意。

　　上阕描述此妓在饯别时的情景。首先表现她送别长官时的悲伤情态。"翠
蛾"即蛾眉，借指妇女。"黛"本是一种黑色颜料，古代女子用来画眉，这里借指
眉。"羞黛"为眉目含羞之态。"霜纨"指洁白如霜的纨扇。她因这次离别而伤心
流泪，却又似感羞愧，怕被人知道而取笑，于是用纨扇掩面而偷偷弹泪。她强忍
住眼泪，压抑着情感，唱起《阳关曲》，殷勤劝陈襄且尽离尊。《阳关曲》即唐代诗
人王维《送元二使安西》诗谱入乐府后所称，亦名《渭城曲》，用于送别场合。上阕
的结三句是官妓为陈襄劝酒时的赠别之语："漫道帝城天样远，天易见，见君难"。
这次陈襄赴应天府任，其地为北宋之"南京"，亦可称"帝城"。她曲折地表达自己
留恋之情，认为帝城虽然有如天远，但此后见天容易，再见贤太守却不易了。这
将是永远的离别。她清楚地知道：士大夫宦迹无定，他们与官妓在花间尊前的
一点情意，离任后便会很快忘掉的。词情发展至此达到高潮，下阕全是摹写官妓
的相思之情。

　　"画堂"当指孤山寺内与竹阁相连接的柏堂。苏诗《孤山二咏并引》云："孤山
有陈时柏二株，其一为人所薪，山下老人自为儿时已见其枯矣，然坚悍如金石，愈
于未枯者。僧志诠作堂于其侧，名之曰柏堂。堂与白公居易竹阁相连属。"苏轼
咏柏堂诗有"忽惊华构依岩出"句，诗作于熙宁六年六月以后，可见柏堂确为"新
构"，建成始一年，而且可能由陈襄支持建造的（陈襄于五年五月到任）。在此宴

别陈襄,自然有"楼观甫成人已去"之感。官妓想象,如果这位风流太守不离任,或许还可同她于画堂之曲栏徘徊观眺呢! 由此免不了勾起一些往事的回忆。去年春天,苏轼与陈襄等僚友曾数次游湖,吟诗作词。苏轼《有以官法酒见饷者因用前韵求述古为移厨饮湖上》诗有"游舫已妆吴榜稳,舞衫初试越罗新";后作《常润道中有怀钱塘寄述古》诗亦有"三月莺花付与公"之句,清人纪昀以为"此应为官妓而发"。可见当时游湖都有官妓歌舞相伴。她回忆起去年暮春时节与太守游湖的一些难忘情景,叹息"春色属明年",明年已不会欢聚一起了。结尾处含蕴空灵而情意无穷。想象明年春日,当她再驾着小船在西湖寻觅旧迹欢踪,"无处问,水连天",情事已经渺茫,唯有倍加想念与伤心而已。

　　这首词属于传统婉约词的写法,表现较为细致,语调柔婉。作者善于描摹歌妓的情态,揣测到她内心隐秘的情绪,很有分寸地表现出来,艳而不俗,哀而不伤,切合现实情景。游湖等事,大都有苏轼在场。他了解官妓们的思想与生活,尊重她们的人格,因而能将其情态表现得真实而生动。可以设想:当这位官妓在尊前请求苏轼代为作词以赠陈襄,词人对客挥毫,顷刻而就,她当即手执拍板情真意切地演唱起来,声泪俱下,在座诸公无不被感动,尤其是太守陈襄。

　　从这首词,可以看到宋代士大夫私人生活的一个方面。宋代统治阶级维持着歌妓制度,在官府服役的官妓,歌舞侍宴,送往迎来虚度青春,没有自由,精神生活十分痛苦。如仪真的一位官妓所说:"身隶乐籍,仪真过客如云,无时不开宴,望顷刻之适不可得。"(《夷坚丁志》卷十二)尽管她们身着绮罗,出入官府,实际上属于"贱民",处于社会中卑贱的地位。由于职业关系,她们不得不歌舞侑觞,也不可能不与长官们尊前调情。这实际上是封建统治者公开玩弄妇女的一种方式。可见词中的官妓敬劝别酒、缅怀旧事、瞻念未来之时是有许多凄凉的情感,隐藏着对不幸命运的叹息悲伤。她们与长官的情谊,真真假假,很难说清。二者社会地位的悬殊又使他们之间不可能存在真正的情谊。苏轼为应酬官场习俗,实有相戏之意,将这种关系表现得扑朔迷离,真假难辨,非常巧妙。词的真实含义是比较复杂的。它是苏轼早期送别词中的佳作,反映了作者早期创作所受传统婉约词风的影响。

(谢桃坊)

江 城 子　　　　　　　　　苏 轼

湖上与张先同赋,时闻弹筝。

凤凰山下雨初晴,水风清,晚霞明。一朵芙蕖,开过尚盈盈。何处飞来双白鹭,如有意,慕娉婷。　　忽闻江上弄哀筝,苦

含情，遣谁听！烟敛云收，依约是湘灵。欲待曲终寻问取，人
不见，数峰青。

　　据词题，当是苏轼于熙宁五年（1072）至七年在杭州通判任上与当时已八十
余岁的有名词人张先（990—1078）同游西湖时所作。词题云"与张先同赋"，但张
先所赋词，今已佚。

　　关于这首词有两则传说。《墨庄漫录》卷一记载：东坡与客人同游西湖，其
中二人有服。湖中有一彩舟，载淡妆妇女数人，其中一位三十余岁的正在弹筝，
特别美丽。二客竟目送之。曲未终，彩舟已远去。东坡戏作此词。《瓮牖闲评》卷
五则云：东坡与刘贡文等同游西湖，一美妇乘舟至，见东坡，自言："少年景慕高名，
以在室无由得见，今已嫁为民妻，闻公游湖，不避罪而来。善弹筝，愿献一曲，辄求
一小词，以为终身之荣，可乎？"东坡不能却，援笔赋此词与之。《瓮牖闲评》所记，
似属无稽，但《墨庄漫录》所载，联系到苏轼通判杭州时，常与友人同游西湖的不少
轶闻趣事，以及词题与词的内容来看，似不能说纯属子虚乌有。至于这种传说有
多少分真实性，已很难判断，也没有多大的必要去进行详细的考辨。知道这首词
是作者在游西湖时闻有人弹筝而作，也就足够我们去理解、分析这首词了。

　　这首词在写作上的最大特点，是富于情趣。作者紧扣"闻弹筝"这一词题，从
多方面描写弹筝人的美好与动人的音乐。词把弹筝人置于雨后初晴、晚霞明丽
的湖光山色之中，使人物与自然景色相映成趣，乐音与山水相得益彰。

　　在对人物的描写上，作者采用了比喻和衬托的手法。词的开头三句写山色
湖光，只是作为人物的背景画面。"一朵芙蕖"两句紧接其后，既实写水面荷花，
又是以出水芙蓉比喻弹筝的美人，收到了双关的艺术效果。从结构上看，这一表
面写景，而实则转入对弹筝人的描写，真可说是天衣无缝。如果我们相信《墨庄
漫录》关于弹筝人三十余岁，"风韵娴雅，绰有态度"的记载，则觉得"一朵芙蕖开
过尚盈盈"的比喻，不仅准确，而且极有情趣。接着便从白鹭似也有意倾慕来烘
托弹筝人的美丽。假如《墨庄漫录》所记有服著白衣的两人见弹筝人之美而竟目
送之的记载可信，那么词中之双白鹭也是喻指二客呆视不动的情状。

　　词的下阕重点写音乐。分几层来写：第一层是从乐曲总的旋律来写，故曰
"哀筝"，第二层则从乐曲传达的感情来写，故言"苦（甚、极的意思）含情"；第三层
"遣谁听"，是说乐曲哀伤，谁能忍听，是从听者的角度来写；第四层，再进一步渲
染乐曲的哀伤，使无知的大自然也为之感动：烟霭为之敛容，云彩为之收色；最
后再总括一句，这哀伤的乐曲就好像是湘水女神奏瑟在倾诉自己的哀伤（传说帝

舜二妃娥皇、女英死后成为湘水之神。又屈原《远游》有"使湘灵鼓瑟兮"之句）。词写到这里，把乐曲的哀伤动人一步一步地推向最高峰，似乎这样哀怨动人的乐曲非人间所有，只能是出自像湘水女神那样的神灵之手。与此同时，"依约是湘灵"这总缩乐曲的一句，又隐喻弹筝人有如湘灵之美好。词的最后，承"依约"一句正待写人，却又采取欲擒故纵的手法，不仅没有正面去描写人物，反而写弹筝人已飘然远逝，只见青翠的山峰仍然静静地立在湖边，仿佛那哀怨的乐曲仍然荡漾在山间水际。从欣赏的心理角度来看，这种写法，既能紧扣读者的心弦，又留给人们以丰富的联想，真可谓"此时无声胜有声"，虽未见人胜见人了。"人不见，数峰青"两句，用唐代诗人钱起《省试湘灵鼓瑟》诗"曲终人不见，江上数峰青"，是那样的自然、贴切而又不露痕迹。即使不知其出处，也不妨碍我们理解其妙处，但我们知其出处，就更能体味其美妙。它不仅意象动人，而且在结构上还暗承"依约是湘灵"一句，把上下用典结合起来，而以"数峰青"收束，又回应词的开头"凤凰山下雨初晴"描写的雨过山青的景象，而富有回味，引人遐想。　　　　　(邱俊鹏)

江　城　子 密州出猎　　　　　　　　苏　轼

老夫聊发少年狂，左牵黄，右擎苍，锦帽貂裘，千骑卷平冈。为报倾城随太守，亲射虎，看孙郎①。　　酒酣胸胆尚开张，鬓微霜，又何妨。持节云中，何日遣冯唐？会挽雕弓如满月，西北望，射天狼②。

〔注〕 ① 孙郎：即孙权。《三国志·吴志》载："权将如吴，亲乘马射虎于庱亭，马为虎所伤，权投以双戟，虎却废。" ② 天狼：星名，一名犬星，主侵掠，这里代指辽和西夏。

苏东坡是北宋词坛的大革新家，他作词时，正当柳永词风靡一世之际。他有志于改变花间以来柔媚的词风，就以柳永为对手。宋神宗熙宁八年，东坡任密州知州，曾因旱去常山祈雨，归途中与同官梅户曹会猎于铁沟，写了一首出猎词。他致书鲜于子骏说："近却颇作小词，虽无柳七郎风味，亦自是一家，呵呵。数日前猎于郊外，所获颇多。作得一阕，令东州壮士抵掌顿足而歌之，吹笛击鼓以为节，颇壮观也。"他树起了"自是一家"的旗帜，并对于自己的词有别于"柳七郎风味"，颇为得意。

出猎，对于东坡这样的文人来说，或许是偶然的一时豪兴，所以开篇便曰："老夫聊发少年狂。"狂者，豪情也。这首词通篇纵情放笔，气概豪迈，一个"狂"字贯穿全篇。看，今日词人左手牵黄犬，右臂驾苍鹰，好一副出猎的雄姿！随从武士个个也是"锦帽貂裘",打猎装束。"千骑卷平冈",千骑奔驰,腾空越野,好一幅壮观的出猎场面!"为报倾城随太守,亲射虎,看孙郎",更是显出东坡"狂"劲儿来了。"太守",东坡也。他说:快告诉全城的人,跟随我去打猎,看我像当年孙郎那样,亲自弯弓射虎吧!如此声情口吻,可见他何等豪兴!射虎,壮举也,孙郎,三国时代的孙权,曹操就曾称赞说:"生子当如孙仲谋!"孙权射虎,在风华正茂之年,词人如今也要"亲射虎",可见其英雄豪气,不减当年孙郎,亦是"聊发少年狂"也。写到这里,我们已经看到一个意气风发的狂飙式的人物形象:太守出猎而须"报"知人民跟随去看,其狂一也;出看而须"倾城",其狂二也;猎必射虎,其狂三也;自比孙郎,其狂四也。

以上主要写在"出猎"这一特殊场合下表现出来的词人举止神态之"狂",下片更由实而虚,进一步写词人"少年狂"的胸怀,抒发由打猎激发起来的壮志豪情。"酒酣胸胆尚开张",东坡为人本来就豪放不羁,再加上"酒酣",就更加豪情洋溢了。"鬓微霜,又何妨",鬓边添了几根头发,又有什么要紧?廉颇能饭,就大有可用?此时东坡才四十岁,因反对王安石新法,自请外任。此时西北边事紧张,熙宁三年,西夏大举进攻环、庆二州,四年占抚宁诸城。东坡因这次打猎,小试身手,进而便想带兵征讨西夏了。"持节云中,何日遣冯唐?"就是表达这层意思。汉文帝时云中太守魏尚抗击匈奴有功,但因报功不实,获罪削职。后来文帝听了冯唐的话,派冯唐持节去赦免魏尚,仍叫他当云中太守。这是东坡借以表示希望朝廷委以边任,到边疆抗敌。一个文人要求带兵打仗,并不奇怪,唐代诗人多有此志。东坡同时有《祭常山回小猎》诗说:"圣明若用西凉簿,白羽犹能效一挥"。《乌台诗案》记东坡自云:"意取(晋)西凉州主簿谢艾事。艾本书生也,善能用兵,故以此自比。若用轼为将,亦不减谢艾也。"可见当时东坡这种思想感情是真实的。"会挽雕弓如满月,西北望,射天狼。"词人最后为自己勾勒了一个挽弓劲射的英雄形象,英武豪迈,气概非凡。

这首词上片出猎,下片请战,场面热烈,情豪志壮,大有"横槊赋诗"的气概,把词中历来香艳软媚的儿女情,换成了报国立功,刚强壮武的英雄气了。这是东坡对温(庭筠)柳(永)为代表的传统词风的挑战,他以"揽辔澄清"之志,写慷慨豪雄之词,提高了词品,扩大了词境,打破了"词为艳科"的范围,把词从花间柳下、浅斟低唱的靡靡之音中解放出来,走向广阔的生活天地。凡是可以写诗的内容,无一不可以入词。词至东坡,其体始尊,从此词与诗并驾齐驱的地位逐渐得了确认。从这个角度看,东坡这首《江城子》在词的发展史上有着里程碑的意义。

（高　原）

江 城 子 别徐州　　　　　　　苏 轼

天涯流落思无穷！既相逢，却匆匆。携手佳人，和泪折残红。
为问东风余几许？春纵在，与谁同！　　隋堤三月水溶溶。
背归鸿，去吴中。回首彭城，清泗与淮通。欲寄相思千点泪，
流不到，楚江东。

苏轼于熙宁十年（1077）四月调知徐州，五月到任，历时近两年，元丰二年
（1079）三月由徐州调往湖州。这首词就是他在离徐后赴湖州途中写的，故曰"别
徐州"，又题作"恨别"。

况蕙风曾说："'真'字是词骨。情真，景真，所作必佳。"（《蕙风词话》卷一）苏
轼这首词的突出特点便是"真"，情真，景真，语语真切，抒发了他对徐州风物人情
无限留恋之情。

词以感慨起调，言天涯流落，愁思茫茫，无穷无尽。"天涯流落"，深寓词人的
身世之感。苏轼外任多年，类同飘萍，自视亦天涯流落之人。在这之前的《醉落
魄》词中，已有"人生到处萍漂泊""天涯同是伤沦落"的感慨；他在徐州写的《永遇
乐》（明月如霜）中，又再兴"天涯倦客"之叹。他在徐州仅两年，又调往湖州，南北
折腾，这就更增加了他的天涯流落之感。显然，这一句同时也饱含着词人对猝然
调离徐州的感慨。词以感慨起调，是比较少见的。它是在矛盾痛苦之中，在辗转
反侧、欲言不能、而又不吐不快的情况下，用千言万语凝成的一句话，竭肺腑之
力，冲口而出，所以笔势凌厉、沉重。吐出这句感情激越的话之后，心情似乎平静
了些，才又慢慢叙起。"既相逢，却匆匆"两句，转写自己与徐州人士的交往，相逢
既晚（当时苏轼来徐州时已四十多岁），相处尤短，却匆匆离去！对邂逅相逢的喜
悦，对骤然分别的痛惜，得而复失的哀怨，溢于言表。"携手"两句，写他永远不能
忘记自己最后离开这个城市时依依惜别的动人一幕。他不正面写徐州官员与友
人盛大宴别场面，而是攫取一个动人的细节：别筵上的歌妓——红粉佳人。"和
泪折残红"，迹象与神情兼备，是抒发感情的极细微处：睹物伤怀，情思绵绵，辗
转不忍离去，诸般情绪，皆在"和泪折残红"这一细节描写之中。且眼泪与残红相
照，泪犹残红，残红溅泪，绸缪之至，极是渲染感情之笔。苏轼另有词《减字木兰
花·彭门留别》（此词亦调离徐州时所写。彭门，即徐州。），有"玉觞无味，中有佳
人千点泪"句，可与此句互参。"残红"同时也是写离徐的时间，启过拍"为问"三
句。由残红而想到残春，因问东风尚余几许，其实，纵使春光仍在，而身离徐州，

江城子（天涯流落思无穷）　　　苏　轼

　　　　　　　　　　　　——明刊本《诗馀画谱》

与谁同春！通过写离徐后的孤单，写对徐州的依恋，且笔触一步三折，婉转抑郁，是抒发感情极深沉处。

如果说词的上片侧重"情真"，那么，下片则是侧重"景真"，但又并非纯写景物，而是即景抒情，继续抒发上片未了之情。过片"隋堤三月水溶溶"，是写词人离徐途中的真景。苏轼是由汴河水路离开徐州的。诗集《罢徐州往南京马上走笔寄子由五首》中说："古汴从西来，迎我向南京。东流入淮泗，送我东南行。"汴河，隋时所开，它西入黄河，南达江淮，在北宋仍是沟通京师与江淮的重要水道。沿河筑堤，世称隋堤。暮春三月，绿水溶溶，亦景亦情，柔情似水，一片纯真。"背归鸿，去吴中"，亦写途中之景，而意极沉痛。春光明媚，鸿雁北归故居，而词人自己却与雁行相反，离开徐州热土，南去吴中湖州。苏轼显然是把徐州当成了他的故乡，而自叹不如归鸿。"彭城"即徐州城。"清泗与淮通"又是一真景。苏轼不忍离徐，而现实偏偏无情，不得不背归鸿而去，故于途中频频回顾，直至去程已远，回顾之中，唯见清澈的泗水由西北而东南，向着淮水脉脉流去。看到泗水，触景生情，自然会想到徐州（泗水流经徐州），词人还不禁想起他在徐州所建筑的黄楼呢！"荡荡清河壖，黄楼我所开"（《送郑户曹》）、"唯有黄楼临泗水"（《答范淳甫》），这些，不正是表现他对黄楼的感情吗？上引《罢徐州往南京……》诗下续云："暂别还复见，依然有馀情。春雨涨微波，一夜到彭城。过我黄楼下，朱栏照飞甍。"可以作为此语的补充。故歇拍三句，即景抒情，于沉痛之中交织着怅惘的情绪。徐州既相逢难再，因而词人欲托清泗流水把千滴相思之泪寄往徐州，怎奈楚江（指泗水）东流，相思难寄，怎不令词人怅然若失！托淮泗以寄泪，情真意厚，且想象丰富，造语精警；而楚江东流，又大有"自是人生长恨水长东"之意，感情沉痛、怅惘，不禁百无聊赖，黯然销魂！

此词之美，在于纯真，如上所说，情真，景真，而写景也是为了写情。真而不矜，处处赤诚，不矫揉造作，不忸怩作态。这是由于苏轼对徐州确实有深厚的感情基础。苏轼调任徐州之后，曾对徐州的山川地理、风俗民情，作过详细考察，从内心里爱上了这个南北要冲、古多豪杰的地方，因而满怀激情，赞颂备至。他自己也有一套治理徐州的方略。他曾襄衣草鞋、舍家忘身，和徐州人民一起奋战特大洪水，从而与徐州人民结下了生死与共的情谊。他曾组织人民开发徐州煤矿，揭开了徐州煤矿史的第一页。他对徐州人民相当熟悉，白叟、黄童、采桑姑、络丝娘以及人民的生活方式甚至各种农作物，都成了他诗词取材的对象，他甚至学会了徐州的一些方言土语，并且写进了他的作品，他甚至想终老徐州①，尽管他当时只有四十多岁。徐州人民也爱戴这位长官，对他的人品、政绩、文学都很敬佩，男女老幼都喜欢和他接近。"旋抹红妆看使君,三三五五棘篱门,相排踏破蒨罗裙"(《浣溪沙》),写的就是徐州的村姑少女争看这位"使君"的生动场面。他的诗词,在当时就在人民中传诵。当苏轼调离徐州时,满城人民攀辕挽留,哭声填巷。正因为如此,苏轼对徐州才会那样恋恋不舍,才会写出这样一片纯情的告别词来。由于感情至真至切,所以下笔便纯是情语,而于文字则落其华芬,不假雕镂,雕镂反失其真。苏轼在这首词中所要告别的,是整个徐州,包括了徐州的广大人民,因而词中所流露的思想感情是极为可贵的。苏轼的这首词和他的其他诗词、事迹一样,至今还在徐州人民口头上流传,可谓君子之泽,历经沧桑而不竭!

(邱鸣皋)

〔注〕　①《东坡集》卷三十二《灵壁张氏园亭记》:"余为彭城二年,乐其风土,将去不忍,而彭城之父老亦莫余厌也。将买田于泗水之上而老焉。"

江 城 子　　　　　　　苏　轼
乙卯正月二十日夜记梦

十年生死两茫茫。不思量,自难忘。千里孤坟,无处话凄凉。纵使相逢应不识,尘满面,鬓如霜。　　夜来幽梦忽还乡,小轩窗,正梳妆。相顾无言,惟有泪千行。料得年年肠断处:明月夜,短松冈。

苏东坡十九岁时,与年方十六的王弗结婚。王弗年轻美貌,侍翁姑恭谨,对词人温柔贤惠,恩爱情深。可惜恩爱夫妻不到头,王弗活到二十七岁就年轻殂谢了。东坡丧失了这样一位爱侣,心中的沉痛,精神上所受到的打击,是难以言说的。父亲对他说:"妇从汝于艰难,不可忘也。"(《亡妻王氏墓志铭》)熙宁八年(1075),东坡来到密州,这一年正月二十日,他梦见爱妻王氏,便写下了这首传诵千古的悼亡词。

文学史上,悼亡诗写得最好的有潘安仁与元微之,他们的作品悲切感人。前者状写爱侣去后,处孤室而凄怆,睹遗物而伤神;后者呢,已富且贵,追忆往昔,真是贫贱夫妻百事哀呵,读之令人心痛。同是一个题目,东坡这首词的表现艺术却另具特色。这首词是"记梦",而且明确写了做梦的日子。我们确认作者的"梦"是真实的,不是假托的。说是"记梦",其实只有下片五句是记梦境,其他都是抒胸臆、诉悲怀的。写得真挚朴素,沉痛感人。

开头三句,单刀直入,概括性强,感人至深。如果是活着分手,即使山遥水阔,世事茫茫,总有重新晤面的希望;而今是隔着生死的界线,死者对人间世是茫然无知了,而活着的对逝者呢,不也是同样的吗? 恩爱夫妻,撒手永诀,时间倏忽,转瞬十年。人虽云亡,而过去美好的情景"自难忘"呵! 可是为什么在"自难忘"之上加了"不思量"? 这不显得有点矛盾吗? 然而并不,相反是觉得加得好,因为它真实。王弗逝世这十年间,东坡因反对王安石的新法,在政治上受压制,心境是悲愤的;到密州后,又逢凶年,忙于处理政务,生活上困苦到食杞菊以维持的地步,而且继室王润之(王弗堂妹)及儿子均在身边,哪能年年月月,朝朝暮暮都把逝世已久的妻子老记挂心间呢? 不是经常悬念,但决不是已经忘却! 十年忌辰,正是触动人心的日子,往事蓦然来到心间,久蓄心怀的情感潜流,忽如闸门大开,奔腾澎湃而不可遏止。如是乎有梦,是真实而又自然的。想到爱侣的死,感慨万千,远隔千里,无处可以话凄凉,话说得沉痛。如果坟墓近在身边,隔着生死,就能话凄凉了吗? 这是抹杀了生死界线的痴语、情语,所以觉得格外感动人。"纵使相逢应不识,尘满面,鬓如霜。"这三个长短句,又把现实与梦幻混同了起来,把死别后的个人种种忧愤,包括在容颜的苍老,形体的衰败之中,这时他才四十岁,已经"鬓如霜"了。明明她辞别人世已经十年之久了,却要"纵使相逢",要爱侣起死回生,这是不可能的假设,感情是深沉的也是悲痛的,表现了对爱侣的深切怀念,也把个人的变化做了形象的描绘,使这首词的意义更加深了一层。

　　对"记梦"来说,下片的头五句,才入了题。漂泊在外,雪泥鸿爪,凭借梦幻的翅膀忽然回到了时在念中的故乡。故乡,与爱侣共度甜蜜岁月的地方,那小室的窗前,亲切而又熟习,她呢,情态容貌,依稀当年,正在梳妆打扮。夫妻相见了,没有出现久别重逢、卿卿我我的亲昵之态,而是"相顾无言,唯有泪千行"!"无言",包括了万语千言,表现了"此时无声胜有声"的沉痛之感,如果彼此申诉各自的别后种种,相忆相怜,那将从何说起? 一个梦,把过去拉了回来,但当年的美好情景,并不存在。这是把现实的感受融入了梦中,使这个梦境也令人感到无限凄凉。

　　结尾三句,又从梦境落到现实上来。"明月夜,短松冈",多么凄清幽独的环境呵。作者料想长眠地下的爱侣,在年年伤逝的这个日子,为了眷恋人世、难舍亲人,该是柔肠寸断了吧? 这种表现手法,有点像杜工部的名作《月夜》。不说自己如何,反说对方如何,使得诗词意味,更加蕴蓄有味。　　　　　　(臧克家)

蝶 恋 花　　　　　　　　　　苏 轼

花褪残红青杏小。燕子飞时,绿水人家绕。枝上柳绵吹又少,

天涯何处无芳草！　　　墙里秋千墙外道。墙外行人，墙里佳
人笑。笑渐不闻声渐悄，多情却被无情恼。

　　在词史上，苏轼是豪放派的代表作家。他的词横放杰出，清旷雄奇，"歌之曲
终，觉天风海雨逼人"（陆游《跋东坡七夕词后》）。然而这样的作品不多，就数量
而言，大都比较婉约。所以南宋王灼在《碧鸡漫志》中说："东坡先生以文章余事
作诗，溢而作词曲，高处出神入天，平处尚临镜笑春。"这两种风格似乎都融合在
这首词中，它清婉雅丽，深笃超迈，具有一种扣人心弦的艺术魅力。
　　此词上阕写暮春景色与伤春情绪，然却作旷达之语。这在一般的婉约词或
豪放词中是看不到的。夫伤春与旷达，本是互不相关，甚至是相互对立的两种感
情，然而词人却通过一系列艺术形象和流利的音律把它们统一起来。起句"花褪
残红青杏小"，既写了衰亡，也写了新生，是对立的统一。残红褪尽，青杏初生，反
映了自然界的新陈代谢，但它给予人的艺术感染却有几分悲凉。二、三两句则把
视线离开枝头，移向广阔的空间，心情也自然随之轩敞。晏殊《破阵子》云："燕子
来时新社，梨花落后清明。"此处"燕子飞时"一语，正点明了节序是在春社（立春
后第五个戊日），与起句所写的景色恰相符合。燕子在村头盘旋飞舞，给画面带
来了盎然春意，增添了动态美。于是起句投下的悲凉阴影，似乎被冲淡了一些。
"绿水人家"，于幽静之中带有富贵气象。这句中的"绕"一作"晓"，明人俞仲茅
《爱园词话》说："余谓'绕'字虽平，然是实境；'晓'字无皈着。试通咏全章便见。"
沈际飞也说："合用'绕'字，若'晓'字，少着落。"但《诗人玉屑》卷二十一引《词话》
却以为"晓"字好，与"绕"字相比，有"霄壤"之别。其实就词意而言，"晓"字虽虚，
仅能点明时间；"绕"字虽实，却描绘了具体的形象，令人产生优美的联想；而村上
人家，绿水环抱，也于中可见。所以这个字万万改它不得。
　　"枝上"二句先一跌，后一扬，在跌宕腾挪之中，表现了深挚的感情，旷达的襟
抱。"枝上柳绵吹又少"，与起句"花褪残红青杏小"，本应同属一组，但如果接连
描写，不用"燕子"二句穿插，则词中的音调和感情将一直在低旋律上进行。现在
把它分开来，便可以在伤感的调子中注入疏朗的气氛。絮飞花落，最易撩人愁
绪。这里不是说枝上柳絮被吹得满天飞扬，也不是说柳絮已被吹尽，而是说越吹
越少。着一"又"字，则又表明词人之看絮飞花落，非止一次。伤春之感，惜春之
情，自然见于言外。因此清人王士禛评曰："'枝上柳绵'，恐屯田（柳永）缘情绮
靡，未必能过。"（《花草蒙拾》）可见这是道地的婉约风格。相传苏轼谪居惠州（今
属广东省），一年深秋，命侍儿朝云歌此词。朝云歌喉将啭，泪满衣襟。东坡问其

蝶恋花（花褪残红青杏小） 苏 轼

——明刊本《诗馀画谱》

故,回答说:"奴所不能歌者,是'枝上柳绵吹又少,天涯何处无芳草'也。"东坡翻然大笑曰:"是吾政悲秋,而汝又伤春矣。"(《词林纪事》引《林下偶谈》)这则故事,再一次证明了这两句写得多么深婉感人。

下阕写人,"尤为奇情四溢"(《蓼园词选》评)。如果说上阕是在写景中寄托伤春之感,那么下阕则是通过人的关系、人的行动,表现对爱情以至整个人生的看法。"墙里秋千",自然是指上面所说的那个"绿水人家"。由于绿水之内,环以高墙,所以墙外行人只能看到露出的秋千。不难想象,此刻发出笑声的佳人是在荡着秋千。在艺术描写上有一个藏和露的关系。如果把墙里女子荡秋千的欢乐场面写得袒露无遗,势必索然寡味。现在词人只露出墙头的秋千架,露出佳人的笑声,而佳人的容貌与动作,则全部隐藏起来,让"行人"与读者一起去想象,在想象中产生无穷意味。可以说,一堵围墙,挡住了视线,却挡不住姑娘们的笑声,挡不住行人的感情。词人(还有读者)想象的翅膀,更可以飞越围墙,创造出一个瑰丽的诗的境界。这种写法,可谓绝顶高明。自"花间"以来,写女性的小词,或写其体态妖娆、服饰华丽,或写其相悦相思、离愁别恨;然而"类不出乎绮怨"。东坡此词同样是写女性,情景生动而不流于艳,感情真率而不落于轻,在词史上是难能可贵的。从结构来看,下阕从第一句到第四句,词意流走,一气呵成,直到结尾,才作一停顿。诚如作者平时所说的"大略如行云流水,初无定质,但常行于所当行,常止于不可不止,文理自然,姿态横生"(《答谢民师书》)。其具体方法则是用的"顶真格",即过片第二句的句首"墙外",紧接第一句句末的"墙外道",第四句句首"笑",紧接前一句句末的"笑",这样就像火车之有挂钩一般,车头一动,后面的各节车厢便滚滚向前,不可遏止。其实按照词律,《蝶恋花》本为双叠,上下阕各四仄韵,字数相同,节奏相等。东坡此词,前后感情色彩不同而节奏有异,不能算是当行本色,一定是受到移诗律以填词的影响。因此清人先著批评说:"坡公于有韵之言,多笔走不守之憾。后半手滑,遂不能自由。少一停思,必无此失。"(《词洁》卷二)可见词人才华横溢,文思畅达,信笔直书,无法控制。晁补之所谓"自是曲子中缚不住者",盖即指此类而言。

这首词中充满了矛盾:一是思想与现实的矛盾,二是情与情的矛盾,三是情与理的矛盾。而上下句之间、上下阕之间,往往体现出这种错综复杂的矛盾。例如上片结尾二句,"枝上柳绵吹又少",感情极为低沉;"天涯何处无芳草",则又表现得颇为乐观。这就反映出情与情的矛盾。"天涯"一句,语本屈原《离骚》"何所独无芳草兮,尔何怀乎故宇",是卜者灵氛劝屈原的话,其思想与词人在《定风波》中所说的"此心安处是吾乡"是一致的,可是在现实中,词人却屡遭迁谪,此语仅足自慰而已。这里则反映出思想与现实的矛盾。这种矛盾在胸怀旷达的词人来说能够泰然处之，而侍儿朝云则不能忍受，所以她唱到这里就情不自禁地掉下泪来。上阕侧重哀情，下阕侧重欢乐，这也是情与情的矛盾。下结"多情却被无情恼"，不仅写出了情与情的矛盾，也写出了情与理的矛盾。佳人欢笑，行人多情，结果是佳人洒下一片笑声，杳然而去；行人凝望秋千，烦恼顿生。俞陛云《宋词选释》评此段曰："多情而实无情，是色是空，公其有悟耶？"所云切中肯綮。词人虽然写的是感情，但其中也渗透着人生哲理，这些都是值得我们仔细吟味的。

（徐培均）

蝶 恋 花　　　　　　　　　　　苏 轼
暮春别李公择

簌簌无风花自堕。寂寞园林，柳老樱桃过。落日有情还照坐，山青一点横云破。　　路尽河回人转舵。系缆渔村，月暗孤灯火。凭仗飞魂招楚些，我思君处君思我。

　　李公择名常，是东坡的老朋友了。东坡通判杭州时，公择知湖州，为"六客"之会的东道主。嗣后东坡由密州调知河中府（后改知徐州），神宗熙宁十年（1077）正月经过济南，李公择时知齐州（治所在济南），又相见，留月余始去，东坡和公择诗有"到处逢君是主人"之语。次年（元丰元年，1078）公择调任淮南西路提点刑狱公事，治所在寿春（今安徽寿县），遂南行，寒食日至徐州见东坡，相与宴饮唱酬，复"论事到深夜"。东坡诗集有徐州《送李公择》诗，中云"比年两见之，宾主更献酬"，又云"颇尝见使君（东坡自指），有客如此不？欲别不忍言，惨惨集百忧"。施元之注："公择与东坡，皆以论新法摈黜远外，意好最厚。"词当与诗同时作。以东坡此时间诗，亦可参知词情。

　　词首句"簌簌无风花自堕"，写暮春花谢，是送公择时光景。《顾随文集·东坡词说》评为"发端高妙"，又精细地剖析道："夫写春而写暮春，写花而写落花，诗人弄笔，成千累万，老苏于此，有甚奇特？就参他第一句'簌簌无风花自堕'，'簌簌'字、'自'字，真将落花情理写出，再不为后人留些儿地步。尤妙在无风，便觉落花之落，乃是舒徐悠扬，不同于风雨中之飘零狼藉。及至'堕'字，落花乃遂安闲自在地脚跟点地了也。"此句妙处诚如所言。接以"寂寞园林，柳老樱桃过"，至此点出园林寂寞，人亦寂寞，感慨渐出。何为"柳老"？白居易戏答刘禹锡和其《别柳枝》绝句诗，有句云"柳老春深日又斜"，略如"枝上柳绵吹又少"时节，不特柳老,春亦老矣。"樱桃过"者,是樱桃花期已过之谓。东坡在密州和子由《送春》诗云:"芍药樱桃俱扫地。"自注:"病过此二物。"可为"樱桃过"的例证,正巧今送李公择亦逢此时。东坡这期间另有《送笋芍药与公择》诗说道:"今日忽不乐,折尽园中花。园中亦何有,芍药裛残葩。"诗言芍药,词言樱桃,同时皆尽,而挚友将行。花木的荣瘁与朋侪的聚散,都是无可奈何的事,但一时俱至,为人情所不能堪罢了。能多留恋些时也好吧。"落日有情还照坐,山青一点横云破",可以想见,两人在"寂寞园林"之中对坐话别,有"相对无言"的时刻,这才分心领略到落日照坐之有情,青山横云之变态来。"欲别不忍言,惨惨集百忧",此时彼此都是满怀心事,可不是像陶渊明那样去"悠然见南山"了。上片主写暮春,却并非不露惜别之情,"照坐"之"坐",明明点出是在话别,未曾冷落题中的"别"字也。

　　下片写送别。"路尽河回人转舵":"路尽",属送者,在岸上;"转舵",属行者,在舟中;"河回"二字居中,相关前后。河道弯曲,船一转舵,不复望见;岸上人亦送到河曲处为止,故云"路尽"。不是岸上之路至此尽头了,是送行之路可尽于此。"系缆渔村,月暗孤灯火",想象行舟今夜泊处情景:渔村冷落,又是想象行人必是中宵不寐,独对孤灯,为下文之"君思我"先点一笔。夜宿舟中,唯有暗月孤灯相伴。著此两句,便见作者对行人神驰心系之情。"月暗孤灯火"一句,顾随先生谓"火"字须是"明"字,修辞格律始合,今以为韵所牵,易"明"为"火",不妥;如谓"灯火"二字合成一名,原无不可,但只着一"孤"字形容,未免凑合。东坡词语自有此类粗率处,不容讳言。"凭仗飞魂招楚些,我思君处君思我",上句突如其来,似不可解,然实具深意。可以用东坡自己的诗语来说明。他晚年远贬海南,至元符三年(1100)徽宗即位,诏移廉州(今广西合浦)安置,遂北行渡海至澄迈驿通潮阁,有诗云:"馀生欲老海南村,帝遣巫阳招我魂。"《楚辞·招魂》假托天帝遣巫阳招屈原离散之魂,有"魂兮归来,反故居些"等语,东坡用此故典,意指朝廷召他回去。他与李公择都是因反对新法离开京城出守外郡的,情怀郁闷,已历数年,每思还朝,有所作为,而局面转变,未见朕兆,四方流荡,似无了期,此所以有"飞魂"之叹。按句意应作"凭仗楚些招飞魂",今"飞魂"与"楚些"倒装,是否如"香稻啄馀鹦鹉粒"之类求其语反而意奇,不得而知,但末句"我思君处君思我",采用回文,倒是一奇。这一句有恳切浓至的情思为之撑腰,故不虚浮,无文字游戏的弱点。

　　　　　　　　　　　　　　　　　　　　　　　　　　　　　　　　(陈长明)

蝶　恋　花　密州上元　　　　　　　　　　　　　苏　轼

灯火钱塘三五夜,明月如霜,照见人如画。帐底吹笙香吐麝,更无一点尘随马。　　　寂寞山城人老也！击鼓吹箫，却入农桑社。火冷灯稀霜露下，昏昏雪意云垂野。

苏轼于宋神宗熙宁七年(1074)九月，由杭州通判调知密州(今山东诸城)，十一月三日到任。次年正月十五，写下这首词。

题目是"密州上元"，词却从钱塘即杭州的上元夜写起。苏轼在熙宁四年十一月到杭州任，在杭州整整三年，过了三个元宵节，印象是深刻而新鲜的。元宵的特点，第一是灯，唐苏味道《正月十五夜》诗称为"火树银花"，宋欧阳修《生查子·元夕》词又有"花市灯如昼"之句。苏轼对此虽未细写，而因为那是"东南形胜，三吴都会，钱塘自古繁华"(柳永《望海潮》词)的地方，仅点了一句"灯火钱塘三五夜"，其灯夕的盛况便可想见。其次是月。"明月如霜"，用"如霜"形容月，是取其色白。但元宵的月又不同于平常。十五夜月正圆，灯月交辉，引来满城士女，争相游赏。南北宋都很重视这一个节日。《东京梦华录》"元宵"说："五陵年少，满路行歌；万户千门，笙簧未彻。"《武林旧事》说："元夕节物，妇人皆戴珠翠、闹蛾、玉梅、雪柳，……而衣多尚白，盖月下所宜也。"就是词中所谓的"人如画"了。这还是街市的游人。至于富贵人家庆赏元宵，又另有一种排场。《梦粱录》"元宵"："府第中有家乐儿童，亦各动笙簧琴瑟，清音嘹亮，最可人听。……内侍蒋苑使家，珠帘低下，笙歌并作。"这"帐底吹笙香吐麝"所写的情景，到南宋时杭州升为临安府，做了都城，可就越见繁奢了。"更无一点尘随马"，化用上述苏味道《正月十五夜》诗"暗尘随马去，明月逐人来"句，进一步从动态写游人。说"无一点尘"，更显得江南气候之清润。

上片整个描写杭州元宵景致，写灯，写月，写人，词句虽不多，却是"有声有色"。乍看似与题中"密州"无涉。到过片一句"寂寞山城人老也"，只用"寂寞"二字一点，便将前面"钱塘三五夜"那一片热闹景象全部移来，为密州上元当前光景作反衬，再不须多着一字，使人领会到密州上元的寂寞冷落究是如何了。如此点入本题，真是"笔端回万牛"，绝大的工力。作者以于两地为前后任的经历作关合，得此奇文，在他以前的诗词中，曾未见有如此章法。

本来么，苏轼刚到密州两个多月，即逢上元，密州上元之夜，也该是有灯有月，也有游人，如果正面叙写，也不是无可点染，也可以题作"密州上元"。但是，他当时的处境却令他不能如此下笔。密州上元比之"钱塘三五夜"之不须多写，在作者来说，不只是"曾经沧海难为水"，更因为他这一次由杭州调知密州，环境和条件出现了很大的变化，遂使心情完全不同。他在下一年所写的《超然台记》

中,有一段话追述他的这场变化:"余自钱塘移守胶西,释舟楫之安而服车马之劳,去雕墙之美而蔽采椽之居,背湖山之观而适桑麻之野。"一句话,从大城市转到山沟沟来了。这还不是他感到"寂寞"的原因。况且他此来是由通判改任知州,升了官,也无郁郁不乐之理。他心境沉重的真正原因是如《超然台记》接着所说的:"始至之日,岁比不登,盗贼满野,狱讼充斥,而斋厨索然,日食杞菊,人固疑余之不乐也。"苏轼是个亲民的官,作为一州之长,地方连年蝗旱,"天上无雨,地下无麦"(《论河北京东盗贼状》),连知州和通判也只能每天吃枸杞和菊花(《后杞菊赋序》:"日与通守刘君廷式循古城废圃求杞菊食之。"),百姓的生活困苦更可想而知,使这位刚到新任年仅四十的"使君"忧愁满腹,不禁有"人老也"之叹。他在这上元之夜,随意闲行,听到箫鼓之声,走去看看,原来是村民正在举行社祭,祈求丰年。这个古老的风俗在《周礼》中已有记载:"凡国祈年于田祖,吹《豳雅》,击土鼓,以乐田畯(农神)。"王维《凉州郊外游望》诗也说:"婆娑依里社,箫鼓赛田神。"这里农民祈年的场面和箫鼓之声,在作者此时的心目中,实比元宵夜的灯火笙歌更为亲切。直到夜深"火冷灯稀霜露下",他才离去。这时候,郊外彤云四垂,阴霾欲雪。"昏昏雪意云垂野"一句,表面上意象凄惨,却是写出了他心中的希望,有一种"雪兆丰年"的喜悦之情。他在上一年十二月写的《雪后书北台壁》诗中说:"遗蝗入地应千尺,宿麦连云有几家。"分类本有注云:"雪宜麦而辟蝗,故为丰年之祥兆。蝗遗子于地,若雪深一尺,则入地一丈;麦得雪则滋茂而成稔岁,此老农之语也。"又在此词后有《出城送客不及步至溪上》诗说:"父老借问我,使君安在哉? 今年好雨雪,会见麦千堆。"可以参证他此处写到"雪意"时的那一份感情。

王国维论词,谓"能写真景物、真感情者,谓之有境界"。苏轼这首《蝶恋花》,确是"有境界"之作。他在《南行前集叙》中说他们父子出川赴京途中所作诗文,是"山川之秀美,风俗之朴陋,贤人君子之遗迹,与凡耳目之所接者,杂然有触于中而发于咏叹",以此言衡量此词,亦无不合。他作词,于内容、笔墨不囿于成规,自抒胸臆,意之所到,笔亦随之,不求工而自工。此词章法之奇,转折之大,含蕴之深,体现出了他当时的境遇和心情。诚如元好问所言:"唐歌词多宫体,又皆极力为之。自东坡一出,情性之外,不知有文字,真有'一洗万古凡马空'气象。"(《新轩乐府引》)

(陈长明)

采 桑 子　　　　　苏 轼

多情多感仍多病,多景楼中。尊酒相逢,乐事回头一笑空。

停杯且听琵琶语,细捻轻拢。醉脸春融,斜照江天一抹红。

东坡喜吟咏,词集中颇多歌席酬赠、即事命笔的"急就章"。这些临时随意而发、肆口而成的作品,不容深思,无暇推敲,未必完美,但却更足以显示东坡丰富的生活积累、深厚的文化素养和敏捷的创作才华,别有系人心处。这阕《采桑子》,正属于此类。

据东坡的友人杨绘(元素)记载:宋神宗熙宁七年甲寅(1074)仲冬,东坡由杭州通判调知密州,途经润州(治所在今江苏镇江市),与孙洙巨源、王存正仲集会于该地风景奇胜的甘露寺多景楼。席间,京师官妓甚多,而一个名叫胡琴的,姿色技艺尤其美好。酒阑,孙巨源请求东坡说:"残霞晚照,非奇词不尽。"东坡于是填了这阕《采桑子》。东坡另有《润州甘露寺弹筝》一诗,亦为同时所作,可参读。

"万事开头难",吟诗填词也不例外。但东坡填这阕《采桑子》却能毫不费力地从"多景楼"的"多"字获取灵感,从杜甫《水宿遣兴奉呈群公》的首句"鲁钝仍多病"借来句型和后三字,写出了连用三个"多"字的言情语句作为发端。它像"劈地抽森秀"的太华,以其奇兀给人以强烈的印象,并顿时产生出磁铁般吸引读者的力量。多景楼在今镇江市北固山后峰、甘露寺后部,下临长江,三面滨水,登楼四望,整个城市可尽收眼底,曾被米芾赞为天下江山第一楼。东坡是个博古通今,关心时政,喜欢寻幽探胜的人,在这样的多景楼上眺望壮丽的江山,他能不触景生情吗?想到三国时的孙权曾建都于此地,六朝的宋武帝刘裕曾居住于此地、起兵讨伐桓玄于此地,东晋谢安、梁武帝萧衍曾流连于此山等等历史事实,他能不感慨系之吗?想到他先因与执政的王安石政见不合,自请外任离京而今奔走于道路,他能不满怀愁绪,病己病时吗?东坡不把自己的"情""感"和"病"之"多"的内容一一写出,只用此七字概括。近人陈洵说:"词笔莫妙于留。盖能留则不尽而有余味,离合顺逆,皆可随意指挥,而深沉浑厚,皆由此得。"(《海绡说词》)东坡可以说是深得"留"的三昧了。关于这起句有善"留"之妙,还必须补充说明一下,就是他所以那样戛然而止,迅疾道出"多景楼中",为的是顾及全篇,不使这忧愁情绪的抒发过多而成为赘疣。紧接着的"尊酒相逢",点明与孙巨源、王正仲等集会于多景楼之事,极其平实。像山脉之有起伏,浪潮之有高低,如此平实,为的是给下面抒情的"乐事回头一笑空"铺垫。"乐事回头一笑空",与起句"多情多感仍多病"的语意相连,意谓这次集会多景楼而饮酒听歌,诚为"乐事",可惜不能长久,"一笑"之后,"回头"来眼前的"乐事"便会消失而"空"无所有,只有"多情""多感""多病"依然留在心头。哀怨无穷,尽在言外。以上四句构成上片。它是虚与实的结合,言事与言情的结合,而以虚为主,以言情为主。唯其如此,所以既不浮泛,又颇空灵。四句之中,前二句先言情后言事,后二句先言事后言情,亦错落有致。

"停杯且听琵琶语",领起下片。"停杯"承上,与"尊酒相逢"相呼应。"且听琵琶语"启下,是"乐事"的补充。"琵琶语",由白居易《琵琶行》的"今夜闻君琵琶语"句而来,指琵琶所弹奏的乐曲。"且"是姑且的意思。因为既"多情多感仍多病",又认为"乐事回头一笑空",就不能以认真的态度来对待音乐,以振奋的精神来欣赏音乐,东坡所以特地挑选了这个虚字"且"来着于"听"字之前,用以表现他当时无聊赖、不经意的心态。"细撚轻拢"句,亦自白居易《琵琶行》中的诗句化出,赞美弹奏琵琶的技艺。他本无心欣赏,然而却被吸引,说明演奏得确实美妙。"撚",指左手手指按弦在柱上左右搓转的手法。"拢",指左手手指按弦向里推的手法。赞美之情除了通过"细"和"轻"两字来表达外,还借助于这四个从《琵琶行》诗句中化出的字来引起读者对《琵琶行》中那段脍炙人口的"轻拢慢撚抹复挑,初为霓裳后六么。大弦嘈嘈如急雨,小弦切切如私语。嘈嘈切切错杂弹,大珠小珠落玉盘……"的描写之联想来实现。赞罢弹奏琵琶的美妙,顺势描写弹奏者,也就是前面所说的那位叫做胡琴的姑娘。东坡惜墨如金,不去写其容貌、形体和服饰等,只用"醉脸春融"四字表现其神态。这四字,丽而不艳,媚中含庄,稍加想象,就不难看见一个喝了少许酒后,两颊泛红,嘴角含笑,充满了青春气息,怀抱琵琶的少女坐在你的面前。

"结句须要放开,含有余不尽之意,以景结情最好。"(沈义父《乐府指迷》)此词的结句"斜照江天一抹红",正是景语。这句景语,可视为当时"残霞晚照"的写实,也可视为是借以形容胡琴姑娘之"醉脸"的,而它的妙处则在于"以迷离称隽",令人难以捉摸,耐人反复寻味。我们以为这句"斜照江天一抹红",其意同于李商隐《乐游原》的"夕阳无限好,只是近黄昏",只不过尽在言外而已。它的色彩尽管明快,但其基调仍是感伤的,与上片完全一致。

沈祥龙在《论词随笔》中说:"小令须突然而来,悠然而去,数语曲折含蓄,有言外不尽之致。"东坡这阕《采桑子》,虽然不是完美无缺的精品,但却非常符合沈祥龙所总结的对小令的要求,当可为则。

(何均地)

永 遇 乐   苏 轼

孙巨源以八月十五日离海州,坐别于景疏楼上。既而与余会于润州,至楚州乃别。余以十一月①十五日至海州,与太守会于景疏楼上,作此词以寄巨源。

　　长忆别时，景疏楼上，明月如水。美酒清歌，留连不住，月随人千里。别来三度，孤光又满，冷落共谁同醉？卷珠帘、凄然顾影，共伊到明无寐。　　　今朝有客，来从淮上，能道使君深意。凭仗清淮，分明到海，中有相思泪。而今何在？西垣清禁，夜永露华侵被。此时看、回廊晓月，也应暗记。

〔注〕　①十一月：按傅藻《东坡纪年录》记苏轼熙宁七年十一月三日到密州任，不应此月十五日仍在海州。"一"字疑误衍。

　　孙洙字巨源，神宗熙宁七年（1074）八月，自知海州调汴京任修起居注、知制诰。时苏轼自杭州赴密州知州任，与巨源相遇于润州，同行至楚州分道。苏轼至海州，作此词以表怀念之情。一般表达念友思亲的怀人之作，无论是直吐胸臆，还是借景映托，多是从作者一方落笔，而苏轼此词却一反常格，从对方写，通篇皆为设想之辞，有人有己，扑朔迷离，并"不以虚为虚，而以实为虚，化景物为情思，从首至尾自然如行云流水"（范晞文《对床夜语》卷二引《四虚序》），写法上很别致。

　　上片由设想巨源当初离别海州时写起，以月为抒情线索。首三句写景疏楼上饯别时"明月如水"；"美酒"三句写巨源起行后明月有情，"随人千里"；下六句写别来三度月圆，而旅途孤单，无人同醉，唯有明月相共，照影无眠。几种不同情景，层深递进。但这都是出自词人的想象，都是从对方在月下的心理感受上落笔，写得极有层次，形象逼真，情景宛然。词人这样着力刻画，是"化景物为情思"，"藉景物映托"，给读者以若有其事之感，但表面上是映托巨源，实际上是写词人自己怀人之思。写对方越深细，越真切，越见情致，则映己之思念越强烈，越深沉，比正面直书更生动感人。

　　换头另起一境，写此时此刻己方的情景。过片三句点破引发词人遥思之因，有客从淮上来，捎带了巨源"深意"，遂使词人更加痴情怀念。"凭仗"三句，又发奇想。淮河发源于河南，东经安徽、江苏入洪泽湖，其下游流经淮阴、涟山入海。此时孙巨源在汴京，苏轼在海州，友人泪洒清淮，东流到海，见出其念我之情深；自己看出淮水中有友人相思之泪，又说明怀友之意切。举目所见，无不联想到友情，而且也知道友人也必念到自己。淮水之泪，将对方之深意，己方之情思，外化为具体形象，设想精奇，抒情深透。"而今"以下六句，又翻进一境，再写意想中景象，回应上片几次点月，使全篇浑然圆妥，勾连一气，意脉层深。"夜永"句设想巨源在西垣(中书省)任起居舍人宫中值宿时情景,长夜无眠,孤清寂寞,"此时看、回廊晓月",当起怀我之情,刻画更为感人,有形象,有情思。词人不说自己彻夜无眠,对月怀人,而说对方如此,仍是借人映己。最后"也应暗记"四字,可谓神来之笔,这里有人有我,深细婉曲,既写到了巨源的心理,又写出了自己的深意,是提醒,也是确信巨源会"暗记"往日的情景,二人绵长情思,具见言外。实在是"一篇之妙在乎落句",看似平平,其实回振全篇,含蓄空灵,宕出远神。

这首词主意是怀人的,但词中无一语道及,又无语不申此意;写对方又以景物映托,运实于虚,借人映己,使词情更为深透、委婉,其突出特色正可用"心已神驰到彼,诗从对面飞来"(浦起龙《读杜心解》)二语概括。 (张秉戍)

永 遇 乐 苏 轼

彭城夜宿燕子楼,梦盼盼,因作此词。

明月如霜,好风如水,清景无限。曲港跳鱼,圆荷泻露,寂寞无人见。纨如三鼓,铿然一叶,黯黯梦云惊断。夜茫茫、重寻无处,觉来小园行遍。 天涯倦客,山中归路,望断故园心眼。燕子楼空,佳人何在,空锁楼中燕。古今如梦,何曾梦觉,但有旧欢新怨。异时对、黄楼夜景,为余浩叹。

燕子楼在彭城(今江苏徐州)。据说此楼乃唐张尚书为爱妓关盼盼所筑。盼盼善歌舞,雅多风态。张氏死后,盼盼念旧爱而不嫁,居是楼十余年。白居易有《燕子楼》诗三首并序述其事。历代诗人有感于此,也为燕子楼留下了不少诗篇。

苏轼这首词作于元丰元年(1078)十月。自熙宁四年(1071)以来,苏轼已相继接任杭州通判,密州知州,其时正改知徐州。由于仕途上的波折和远离政治中心,加以频繁迁调,孤寂落寞之感不时袭上心头,以致使他十分向往探寻心灵上的超脱和自由。这首词以"夜宿燕子楼,梦盼盼"为题,可能是托为此言,但他不从红粉艳情着笔,只用"梦云惊断"稍作点染,便一笔宕开,由燕子楼生发出对人生宇宙的思考和感慨。

词的开端以景生发,融情入景,铺写燕子楼小园之夜。月色明亮,皎洁如霜;秋风和畅,清凉如水。词人提笔就把人引入了一个无限清幽的境地。"清景无限"既是对暮秋夜景的描绘,也是词人的心灵得到清景抚慰后的情感抒发。接着景由大入小,由静变动:曲港跳鱼,泼刺有声;圆荷泻露,晶莹可爱。港之曲,荷之圆,足见画面的线条美与图案美。鱼之上跳,露之下泻,呈现了一上一下的动态美。词人以动衬静,使本来就十分寂静的深夜,显得越发安谧了。鱼跳暗点人静,露泻可见夜深;"寂寞无人"之意,先已逗出,"见"字也于句外知之,盖得见然后才能写也。但"跳"之倏忽,"泻"之细微,又非胸次无尘,心中有会,何能见而写之?"寂寞无人见"一句,含意颇深。园池中跳鱼泻露之景,夜夜可有,终是无人见的时候多;自己偶来,若是无心,虽在眼前,亦不得见,所以就此景而论,径说"寂寞无人见",亦无不可。《记承天夜游》云:"何夜无月,何处无竹柏,但少闲人如吾两人耳。"东坡往往有此妙悟,二例可互参。

以下转从听觉写出:三更鼓响,秋夜深沉;一片叶落,铿然作声。梦被鼓声叶声惊醒,更觉黯然心伤。"纨如"和"铿然"写出了声之清晰,以声点静,更加重加浓了夜之清绝和幽忽。好梦难圆,怅然若失,自有寻梦之举。词人于半睡半醒中寻绎断梦,然夜色茫茫,寻梦无处,惆怅满怀,低徊欲绝,便踏遍小园以自遣。"茫茫"既描绘了无边的夜色,也写出了梦醒后的茫然之情。词先写夜景,后述惊梦游园,故梦与夜景,相互辉映,似真似幻,惝恍迷离。又因这一布局之巧,前六句小园之景既是寻梦时所知所见,也成了词人着意要表现的一种悟境:世人被名利所扰,营营终日,犹如自己睡里梦里,眼前身畔有多少良辰美景交臂失之。这真是"清景无限"可叹"寂寞无人见"!词人心与境会,借景抒怀,于上片已透出消息。

下片直抒感慨,议论纷陈,触处生辉。词人登高望远,油然而起身世之感。"倦"字道出了他内心的无限怅惘和烦恼。七载外任,久别京城,怎不牵动去国怀乡的愁思!山隐隐,路茫茫,望不到迢迢故乡,欲归无期,徒存此愿,何处可诉心曲?面对燕子小楼,幽情难已,不免发出"燕子楼空,佳人何在,空锁楼中燕"的喟叹。发生在楼中悲欢交织的爱情故事,有道不完的要眇情,写不完的凄迷境,但苏轼只十三个字便说尽了,由人亡楼空悟得万物本体的瞬息生灭,然后以空灵超宕出之,直抒感慨:人生之梦未醒,只因欢怨之情未断。其感慨包容了多少古与今、倦客与佳人、梦幻与现实的绵绵情事,其感慨超越了自我,推及了人生和宇宙。词人的词思还在驰骋,他从燕子楼想到黄楼,从今日又思及未来。黄楼为苏轼所改建,是黄河决堤洪水退去后的纪念,也是苏轼守徐州政绩的象征。但词人设想后人见黄楼凭吊自己,亦同今日自己见燕子楼思盼盼一样,抒发出"后之视今亦犹今之视昔"(王羲之《兰亭集序》)的无穷感慨。这是词人思考人生的结晶。词人把对历史的咏叹,对现实以至未来的思考,巧妙地结合在一起,终于挣脱了由政治波折而带来的感情镣铐,精神获得了解放。尺幅中竟蕴含了如此深广的喟叹,沉挚之思,浩瀚之气,令人玩索不尽。

　　此词在《东坡乐府》中极有艺术特色。首先是章法的独到之处。上片前六句正写燕子楼小园夜景,后六句则追述梦醒之由和寻梦之行,用的是倒装逆挽手法,因其倒装逆挽,突出了小园清幽的夜景,使其成为上片的主体。其次词人将景、情、理熔于一炉,围绕燕子楼情事而发。景是燕子楼小园的清幽之景,情为词人于燕子楼惊梦后萦绕于怀的黯黯之情,理即由燕子楼关盼盼事而悟得的"人生如梦似幻"之理。然景中有情,情景交融;情中有理,以理化情。燕子楼小园之无限清景和深夜寻幽的词人之澄澈心境可谓合而为一,心不为名利所绊,所见之景则淡远清空,而寂寞无人见之美景与"寂寞而莫我知"之词人又何其相似。物我一境,情与境谐。梦断盼盼之情黯黯,望断故园之情惘惘,词人悟得古今同梦,便情为理化,从情之缠碍中获得解脱,变得超旷放达,喜怒哀乐乃至荣辱毁誉,全然无意留存于心间,见出格高韵胜。故此词虽和婉淡丽而不失其高旷清雄,议论洒脱而不流于枯燥寡味。

　　词中论及的人生哲理,无疑是受了佛老思想的影响。词人在对外部世界的追求中接连失败,于是便转向对内心世界的探寻。在这样的情况下,借景抒怀难免有些超尘绝俗之念,这是完全可以理解的。　　　　　　　　　　　　　　　　（吴惠娟）

行　香　子　　　　　　　　苏　轼

清夜无尘,月色如银。酒斟时、须满十分。浮名浮利,虚苦劳
神。叹隙中驹,石中火,梦中身。　　　虽抱文章,开口谁亲。
且陶陶、乐尽天真。几时归去,作个闲人。对一张琴,一壶酒,
一溪云。

　　这首词的写作时间不可确考,从其所表现的强烈退隐愿望来看,应是苏轼在元祐时期(1086—1093)的作品。当时宋哲宗年幼,高太后主持朝政,罢行新法,起用旧派,苏轼受到特殊恩遇。但是政敌朱光庭、黄庆基等人曾多次以类似"乌台诗案"之事欲再度诬陷苏轼,因高太后的保护,他虽未受害,但却使他对官场生活无比厌倦,感到"心形俱悴",产生退隐思想。苏轼曾在诗中表示:"老病思归真暂寓,功名如幻终何得。从来自笑画蛇足,此事何殊食鸡肋"(《与叶淳老侯敦夫张秉道同相视新河》);"那知老病浑无用,欲向君王乞镜湖"(《次韵子由使契丹至涿州见寄》)。两诗为元祐五、六年间知杭州时作,此词思想与之相近,就是他把酒对月之时抒写其退隐之意的。

　　作者首先描述了抒情环境:夜气清新,尘滓皆无,月光皎洁如银。此种夜的

恬美,只有月明人静之后才能感到,与日间尘世的喧嚣判若两个世界。把酒对月常是诗人的一种雅兴:美酒盈尊,独自一人,仰望夜空,遐想无穷。唐代诗人李白月下独酌时浮想翩翩,抒写了狂放的浪漫主义激情。苏轼正为政治纷争所困扰,心情苦闷,因而他这时没有"把酒问青天",也没有"起舞弄清影",而是严肃地思索人生的意义。月夜的空阔神秘,阒寂无人,正好冷静地来思索人生,以求解脱。苏轼以博学雄辩著称,在诗词里经常发表议论。此词在描述了抒情环境之后便进入玄学思辨了。作者曾在作品中多次表达过"人生如梦"的主题思想,但在这首词里却表达得更明白、更集中。他想说明:人们追求名利是徒然劳神费力的,万物在宇宙中都是短暂的,人的一生只不过如"隙中驹,石中火,梦中身"一样地须臾即逝。作者为说明人生的虚无,从古代典籍里找出了三个习用的比喻。《庄子·知北游》云:"人生天地之间,若白驹之过郤(隙),忽然而已。"古人将日影喻为白驹,意为人生短暂得像日影移过墙壁缝隙一样。《文选》潘岳《河阳县作》李善注引古乐府诗"凿石见火能几时"和白居易《对酒》的"石火光中寄此身",亦谓人生如燧石之火。《庄子·齐物论》言人"方其梦也,不知其梦也,梦之中又占其梦焉,觉而后知其梦也;且有大觉而后知此其大梦也,而愚者自以为觉"。唐人李群玉《自遣》之"浮生暂寄梦中身"即表述庄子之意。苏轼才华横溢,在这首词上片结句里令人惊佩地集中使用三个表示人生虚无的词语,构成博喻,而且都有出处。将古人关于人生虚无之语密集一处,说明作者对这一问题是经过长期认真思索过的。上片的议论虽然不可能具体展开,却概括集中,已达到很深的程度。

下片开头,以感叹的语气补足关于人生虚无的认识。"虽抱文章,开口谁亲"是古代士人"宏材乏近用",不被知遇的感慨。苏轼在元祐时虽受朝廷恩遇,而实际上却无所作为,"团团如磨牛,步步踏陈迹",加以群小攻击,故有是感。他在心情苦闷之时,寻求着自我解脱的方法。善于从困扰、纷争、痛苦中自我解脱,豪放达观,这正是苏轼人生态度的特点。他解脱的办法是追求现实享乐,待有机会则乞身退隐。"且陶陶、乐尽天真"是其现实享乐的方式。"陶陶",欢乐的样子。《诗·王风·君子阳阳》:"君子陶陶,……其乐只且!"只有经常在"陶陶"之中才似乎恢复与获得了人的本性,忘掉了人生的种种烦恼。但最好的解脱方法莫过于远离官场,归隐田园。看来苏轼还不打算立即退隐,"几时归去"很难逆料,而田园生活却令人十分向往。弹琴,饮酒,赏玩山水,吟风弄月,闲情逸致,这是我国文人理想的一种消极的生活方式。他们恬淡寡欲,并无奢望,只需要大自然赏赐一点便能满足,"一张琴,一壶酒,一溪云"就足够了。这多清高而又富有诗意!

苏轼是一位思想复杂和个性鲜明的作家。他在作品中既表现建功立业的积极思想,也经常流露人生虚无的消极思想。如果仅就某一作品来评价这位作家,都可能会是片面的。这首《行香子》的确表现了苏轼思想消极的方面,但也深刻地反映了他在政治生活中的苦闷情绪,因其建功立业的宏伟抱负在封建社会是难以实现的。苏轼从青年时代进入仕途之日起就有退隐的愿望。其实他并不厌弃人生,他的退隐是有条件的,须得像古代范蠡、张良、谢安等杰出人物那样,实现了政治抱负之后功成身退。因而"几时归去,作个闲人",这就要根据政治条件而定了。事实上,他在一生的政治生涯中并未功成名遂,也就没有实现退隐的愿望,临到晚年竟被远谪海南。

全词在抒情中插入议论,它是作者从生活感受中悟出的人生认识,很有哲理意义,我们读后不致感到其说得枯燥。此词在题材内容和表现方式等方面都与传统婉约词相异,是东坡词中风格旷达的作品。据宋人洪迈《容斋四笔》所记,南宋绍兴初年就有人略改动苏轼此词,以讽刺朝廷削减给官员的额外赏赐名目,致使当局停止讨论施行。可见它在宋代文人中甚为流传,能引起一些不满现实的士大夫的情感共鸣。

(谢桃坊)

行 香 子 苏 轼

携手江村,梅雪飘裙。情何限、处处消魂。故人不见,旧曲重闻。向望湖楼,孤山寺,涌金门。 寻常行处,题诗千首,绣罗衫、与拂红尘。别来相忆,知是何人。有湖中月,江边柳,陇头云。

宋神宗熙宁六年(1073),苏轼在杭州通判任上。宋制,知州知府总掌郡政,又设通判监政,共商和裁决管内大事。当时杭州知州陈襄,字述古,是苏轼的至交诗友。他们都是因反对王安石新法而被排斥出朝,外任地方官职的。这年十一月,苏轼因公到常州、润州视灾赈饥,姻亲柳瑾(子玉)附载同行。次年元旦过丹阳(今属江苏),至京口(今江苏镇江市)与柳瑾相别。此词题为"丹阳寄述古",据宋人傅藻《东坡纪年录》,它是苏轼"自京口还,寄述古作",则当作于二月由京口至宜兴(今属江苏)途中,返丹阳之时。词中表现了苏轼对杭州诗友的怀念之情。

作者以追念与友人"携手江村"的难忘情景开始,引起对友人的怀念。风景依稀,又是一年之春了。去年初春,苏轼与陈襄曾到杭州郊外寻春。苏轼作有

《正月二十一日病后述古邀往城外寻春》诗,陈襄的和诗有"暗惊梅萼万枝新"之句。词中的"梅雪飘裙"即指两人寻春时正值梅花似雪,飘沾衣裙。友情与诗情,使他们游赏时无比欢乐,消魂陶醉。"故人不见"一句,使词意转折,表明江村寻春已成往事,去年同游的故人不在眼前。每当吟诵寻春旧曲之时,就更加怀念了。作者笔端带着情感,形象地表达了与陈襄的深情厚谊。顺着思念的情绪,词人更想念他们在杭州西湖诗酒游乐的地方——望湖楼、孤山寺、涌金门。这三处都是风景胜地。词的下片紧接着回味游赏时两人吟咏酬唱的情形:平常经过的地方,动辄题诗千首。"寻常行处"用杜甫《曲江二首》"酒债寻常行处有"字面,"千首"言其多。他们游览所至,每有题诗,于是生发出下文"绣罗衫、与拂红尘"的句子。"与"字下省去宾语,承上句谓所题的诗。这里用了个本朝故事。宋吴处厚《青箱杂记》卷六载:"世传魏野尝从莱公(寇准)游陕府僧舍,各有留题。后复同游,见莱公之诗已用碧纱笼护,而野诗独否,尘昏满壁。时有从行官妓颇慧黠,即以袂就拂之。野徐曰:'若得常将红袖拂,也应胜似碧纱笼。'莱公大笑。"宋时州郡长官游乐,常有官妓相从。"绣罗衫",如温庭筠《菩萨蛮》"新贴绣罗襦",为女子所服。上面提到过的陈襄和苏轼《正月二十一日……》韵诗,有"寻僧每拂题诗壁"句,也用此典。而苏轼在这里又不是一般的用典。这一句呼应陈襄前诗,也就是唤起对前游的回忆;同时自比狂放的处士魏野,而以陈襄比寇准,以表尊祟。苏轼比陈襄年少,所以他对这位同僚兼友人怀着几分敬意。词意发展到此,本应直接抒写目前对友人的思念之情了,但作者却从另一角度来写。他猜想,自离开杭州之后是谁在思念他。当然不言而喻应是他作此词以寄的友人陈襄了。然而作者又再巧妙地绕了个弯子,将人对他的思念转化为自然物对他的思念。"湖中月,江边柳,陇头云"不是泛指,而是说的西湖、钱塘江和城西南诸名山的景物,本是他们在杭州时常游赏的,它们对他的相忆,意为召唤他回去了。同时,陈襄作为杭州一郡的长官,可以说就是湖山的主人,湖山的召唤就是主人的召唤,"何人"二字在这里得到了落实。一点意思表达得如此曲折有致,遣词造句又是这样的清新蕴藉,借用辛稼轩的话来说:"看使君,于此事,定不凡。"(《水调歌头·送郑厚卿赴衡州》)

　　苏轼在杭州时期,政治处境十分矛盾,因反对新法而外任,而又得推行新法。他写过许多反对新法的诗歌,"托事以讽,庶几有补于国";又勤于职守,捕蝗赈饥,关心民瘼,在力所能及的范围内,"因法以便民"。政事之余,他也同许多宋代文人一样,能很好安排个人生活。这首《行香子》正是从一个侧面反映了宋代士大夫的生活,不仅表现了与友人的深厚情谊,也流露出对西湖自然景物的热爱。

《行香子》是他早期的作品之一,它已突破了传统艳科的范围,无论在题材和句法等方面都有显见的以诗为词的特点。这首词虽属酬赠之作,却是情真意真,写法上能从侧面入手,词情反复开阖,抓住了词调结构的特点,将上下两结处理得含蓄而有诗意,在苏轼早期词中是一首较好的作品。

(谢桃坊)

行 香 子 _{过七里濑①}   苏 轼

一叶舟轻,双桨鸿惊。水天清、影湛波平。鱼翻藻鉴,鹭点烟汀。过沙溪急,霜溪冷,月溪明。   重重似画,曲曲如屏。算当年、虚老严陵。君臣一梦,今古空名。但远山长,云山乱,晓山青。

〔注〕 ① 七里濑:又名七里滩、七里泷,在今浙江桐庐城南三十里处。两岸青山相对,江中水流湍急。1962年泷口建成富春江水电站后,急流险滩已变成一碧青湖。

德国艺术理论家莱辛谈诗和画的差别时认为,诗是时间的艺术,适宜于表现在时间中持续的事物;画是空间的艺术,适宜于表现在空间中并列的事物。东坡这首小词,既描绘了静止的画面,又表现了画面的流动,将动和静、虚与实结合得如此巧妙,给人以诗情画意的美感享受。

神宗熙宁六年(1073)二月,在杭州任通判的苏轼,放棹富春江,由新城至桐庐。这一带景色很美,一叶小舟,荡着双桨,像惊飞的鸿雁一样,飞快地掠过水面。天空碧蓝,水色清明,山色天光,尽入江水,波平如镜。水中游鱼,清晰可数,不时跃出明镜般的水面;水边沙洲,白鹭点点,悠闲自得如超脱尘世的仙翁。词人用简练的笔墨,满怀深情地描绘了在同一空间并列的事物:水、天、小船、游鱼、白鹭,为我们展开了一幅形象生动、色彩鲜明的图画。紧接着,用一"过"字领下边的三句——"沙溪急,霜溪冷,月溪明",使画面飞速地移动起来,高度简练概括地记录了沿途的景色和主观的感受。这儿,既是空间的转换,又是时间的推移,更是情绪的波动。船经沙滩,水流湍急,舟飞如箭,使人既高兴又紧张;早晨行船,两岸树木罩上了一层白霜,水面清冷,使人感到寒意料峭;夜晚降临,月亮升起,银白色的光辉洒满了山、树,江水泛着银波,波光莹莹,置身在这清凉透明的世界里,词人仿佛觉得自己的整个身心也晶莹透明起来。

以上是词的上半阕,写水。下半阕开头两句转换写山:"重重似画,曲曲如屏":两岸连山,则纵深看则重重叠叠,如画景;从横列看则曲曲折折,如屏风。屏、山互为形容,如姜白石《齐天乐》咏蟋蟀之"曲曲屏山"是也。词写水则特详,写山则至简,章法变化,体现了在江上舟中观察景物近则精细远则粗略的特点。富春山水,夙享嘉誉,如南朝梁代吴均《与宋元思书》所说:"自富阳至桐庐,一百许里,奇山异水,天下独绝。水皆缥碧,千丈见底,游鱼细石,直视无碍。急湍甚箭,猛浪若奔。夹岸高山,皆生寒树,负势竞上,互相轩邈,争高直指,千百成峰。"与此词对看,更能体会东坡抒写之妙。富春江是东汉严光隐居的地方。严光是东汉光武帝刘秀的同学。刘秀当皇帝后,严光隐姓埋名,避而不见。刘秀打听到他后,三次征召,才把他请到京城,授谏议大夫。严光坚辞不受,仍回到富春江钓鱼。对于严光的隐居,不少人称赞,但亦有人认为是沽名钓誉。唐代的韩偓《招隐》诗即写道:"时人未会严陵志,不钓鲈鱼只钓名。"东坡在此,也笑严光当年白白在此终老,不曾真正领略到山水佳处,皇帝和隐士,而今也已如梦一般消失,只留下空名而已。唯有青山依旧,朝夕百态,在人心目。下半阕以山起,以山结,中间插入议论感慨,而以"虚老"粘上文,"但"字转下意,衔接自然。结尾用一"但"字领"远山长,云山乱,晓山青"三个跳跃的短句,又与上半阕"沙溪急,霜溪冷,月溪明"遥相呼应。前面写水,后面写山,异曲同工,以景结情。人生的感慨,历史的沉思,都融化在一片流动闪烁、如诗如画的水光山色之中,隽永含蓄,韵味无穷。

　　苏东坡经常发出"人生如梦"的感慨,但他的感慨总是融化在对自然的永恒和美丽的礼赞之中,因而总是给人一种生动活泼的、生意盎然的美感。这就是为什么虽然某些评论家批评苏东坡消极、悲观,而人们仍然喜爱苏词的主要原因。人们从苏词中得到的,不是灰色的颓唐,而是绿色的欢欣。谓予不信,不妨将这首小词吟诵几遍,待走进富春江那"重重似画,曲曲如屏"的光洁灵秀的天地之中,难道不觉得肉体和灵魂都得到净化而升华到一种更高的境界之中吗?

(陈华昌)

菩 萨 蛮 <small>回文。夏闺怨</small>　　　　　苏 轼

柳庭风静人眠昼,昼眠人静风庭柳。香汗薄衫凉,凉衫薄汗香。　　手红冰碗藕,藕碗冰红手。郎笑藕丝长,长丝藕笑郎。

　　回文,是中国诗歌特有的体制,诗词字句回旋往返,都能成文可诵。通常说的回文诗,主要是指可以倒读的诗篇。如南朝齐王融《后园作回文诗》"斜峰绕径曲,耸石带山连。花余拂戏鸟,树密隐鸣蝉",倒读亦能成文。六朝以还,作者渐

多,咏歌日盛,工巧益增。宋人桑世昌编有《回文类聚》四卷,收录了大量的回文作品。尽管回文作者用足心机,毕竟近于文字游戏,有价值的作品不多,可以说是难能而不可贵。宋词中回文体较少,《东坡乐府》中有七调,姑录其"四时闺怨"中的"夏闺怨"一首,聊备一格。

　　东坡这首回文词,两句一组,下句为上句的倒读,这比起一般回文诗整首倒读的作法要容易些,因而对作者思想束缚也少些。一首好的回文诗词,除了在格律、内容、感情、意境等方面的要求外,还有一种特殊的讲究,就是倒读后的文意应与原来的有所不同,这是比较难办到的。东坡的七首回文词中,如"邮便问人羞,羞人问便邮"、"颦浅念谁人,人谁念浅颦"、"楼上不宜秋,秋宜不上楼"、"归不恨开迟,迟开恨不归"等,下句补充发展了上句,故为妙构。

　　再看这首"夏闺怨"。上片写闺人昼寝的情景,下片写醒后的怨思。用意虽不甚深,词语自清美可诵。"柳庭"二句,关键在一"静"字。上句云"风静",下句云"人静"。风静时庭柳低垂,闺人困倦而眠;当昼眠正熟,清风又吹拂起庭柳了。同是写"静",却从不同角度着笔。静中见动,动中有静,颇见巧思。三、四句,细写昼眠的人。风吹香汗,薄衫生凉;而在凉衫中又透出依微的汗香。变化在"薄衫"与"薄汗"二语,写衫之薄,点出"夏"意,写汗之薄,便有风韵,而以一"凉"字串起,夏闺昼眠的形象自可想见。过片二句,是睡醒后的活动。她那红润的手儿持着盛了冰块和莲藕的玉碗,而这盛了冰块和莲藕的玉碗又冰了她那红润的手儿。上句的"冰"是名词,下句的"冰"作动词用。古人常在冬天凿冰藏于地窖,留待夏天解暑之用。杜甫《陪诸贵公子丈八沟携妓纳凉》诗"公子调冰水,佳人雪藕丝",写以冰水拌藕,犹本词"手红"二句意。"郎笑藕丝长,长丝藕笑郎",收两句为全词之旨。"藕丝长",象征着人的情意绵长,古乐府中,常以"藕"谐"偶",以"丝"谐"思",藕节同心,故亦象征情人的永好。《读曲歌》:"思欢久,不爱独枝莲(怜),只惜同心藕(偶)。"自然,郎的笑是有调笑的意味的,故闺人报以"长丝藕笑郎"之语。笑郎,大概是笑他的太不领情或是不识情趣吧。郎的情意不如藕丝之长,末句始露出"闺怨"本意。

(陈永正)

虞 美 人   苏 轼

有美堂①赠述古

　　湖山信是东南美,一望弥千里。使君能得几回来?便使樽前醉倒更徘徊。 　　沙河塘②里灯初上,水调③谁家唱?夜阑风静欲归时,惟有一江明月碧琉璃。

〔注〕 ① 有美堂：在杭州城内吴山上，宋仁宗时梅挚所建。欧阳修《有美堂记》云：“嘉祐二年，龙图阁直学士尚书吏部郎中梅公出守于杭。于其行也，天子宠之以诗。于是始作有美之堂，盖取赐诗之首章而名之。”（《居士集》卷四十）赐诗首章曰：“地有吴山美，东南第一州。” ② 沙河塘：在杭州城南，通钱塘江，宋时为杭州繁华地区。 ③ 水调：曲名。王灼《碧鸡漫志》卷四引《脞说》云：“《水调》《河传》，炀帝将幸江都时所制，声韵悲切，帝喜之。”《本事诗·事感第二》记唐玄宗听唱《水调》而凄然泣下。此曲北宋仍传唱，刘敞《公是集》有《扬州闻歌》云：“淮南旧有《于遮》舞，隋俗今传《水调》声。”

关于此词的写作，宋人傅榦的《注坡词》所叙甚详。傅云：“《本事集》云：陈述古守杭，已及瓜代，未交前数日，宴僚佐于有美堂。侵夜月色如练，前望浙江，后顾西湖，沙河塘正出其下，陈公慨然，请贰车苏子瞻赋之，即席而就。”（转引自龙榆生《东坡乐府笺》）陈述古名襄，其离杭州知州任，徙知应天府（今河南商丘）在宋神宗熙宁七年（1074）七月，可知词作于此时，苏轼时为杭州通判。

上片写揽景兴怀。起句用宋仁宗赐诗首章“地有吴山美，东南第一州”之意，而变化出之。钱塘环以湖山，左右映带，秀丽奇绝。加上闽商海贾，风帆浪舶，自古繁盛。而有美堂在城南吴山最高处，尤为登览之胜。正如欧阳修在《有美堂记》中所云：“独所谓有美堂者，山水登临之美，人物邑居之繁，一寓目而尽得之。盖钱塘兼有天下之美，而斯堂者又尽得钱塘之美焉。”如许内容，苏轼仅用二句简括述之，从远处着想，大处落墨，境界阔大，气派不凡。面对江山胜景，僚佐们在物我交融中感到无比欢乐，词人更感到陈公重游的机会无多，应该直饮到醉倒樽前，再多流连些时候。

然而，“樽前醉倒更徘徊”，也反映了词人此时此刻的心情：使君此去，何时方能重来？何时方能置酒高会？他的惜别深情是由于他们志同道合。据《宋史·陈襄传》，他因批评王安石和“论青苗法不便”，被贬出知陈州、杭州。然而他不以迁谪为意，“平居存心以讲求民间利病为急”。而苏轼亦因同样的原因离开朝廷到杭州，他自言“政虽无术，心则在民”。在这里，我们无须论列变法派与反变法派的是非功过，但我们应看到在他们共事的二年多过程中，能协调一致，组织治蝗，赈济饥民，浚治钱塘六井，奖掖文学后进。在他们力所能及的范围内，确实做了不少有益于人民的事。如今即将天隔南北，心情岂能平静？我们不妨看苏轼写于同时的送述古的词句：“今夜残灯斜照处，荧荧，秋雨晴时泪不晴。”（《南乡子》）“欲棹小舟寻旧事，无处问，水连天。”（《江城子》）这些都表现了他恋恋不舍的心情。

下片写有美堂上所观夜景。过片承上流连徘徊而来，以至明月当空、市区灯火初上尚未离去。灯火黄昏，会使人感到凄清寂寥，更何况此时又传来《水调》悲歌。想当年,隋炀帝于开汴河时令制此曲,制者取材于河工之劳歌,因而声韵悲切。传至唐代,唐玄宗听后伤时悼往,凄然泣下。而杜牧在他的著名的《扬州》诗中写道:"谁家唱水调,明月满扬州。"直到宋代,此曲仍风行民间。这种悲歌,此时更增添离怀别思。离思是一种抽象的思绪,能感觉到,却看不见,摸不着,对它本身作具体描摹很困难。词人借助灯火和悲歌,既写出环境,又写出心境,极见功力之深。

　　离别词往往被人写得惨戚悒凄,不忍卒读。而苏轼写此类词则凄清而不凄怆,忧愁而不愁苦。他惯于为离别的亲友解除忧虑,开释情怀,此首以"一江明月碧琉璃"作结,水月交映,意境阔远,令人豁然开朗。这江面月色由夜阑风静而来,明澈如镜,清辉万里,温婉静谧。它留给人们充分的想象天地,想象词人以此来象征述古为人高洁耿介,象征他们友情的冰清玉洁,象征他们前程的光明,等等,总之是言有尽而意无穷。苏轼是写月夜的能手,在他三百数十首词作中,写有月夜的有五十多首。他写月变化多端,神妙独到,多不雷同,此首结句仅是其中一例。

　　官场饯行,即席赋诗词,或赞行人之显贵,或想象道途的风光,常常因陈袭旧,仅是应酬而已。而苏轼此首以真情出之,写得深沉委婉,真实诚挚。在写作时他抓住有美堂居高临下的特点。上片以乐景写忧思,寓情于景。下片因景寓情,由忧而乐。词人把景物和情思交织起来写,有层次地表现出感情的波澜。通篇八句,有六句直接写景,景物有动有静,有雄放有清丽,做到了动静相生,刚柔相济;有二句直接写情,但"樽前醉倒更徘徊"却是全篇关键所在。宴饮由白天而灯火黄昏而夜阑风静,均由"徘徊"生出,充分表现了述古留恋钱塘之意和僚佐们的友情。

　　　　　　　　　　　　　　　　　　　　　　　　　　　　　　(周义敢)

虞　美　人　　　　　　　　　　　　　　苏　轼

波声拍枕长淮晓,隙月窥人小。无情汴水自东流,只载一船离恨向西州。　　竹溪花浦曾同醉,酒味多于泪。谁教风鉴在尘埃?酝造一场烦恼送人来!

　　元丰七年(1084)十一月,东坡至高邮与秦观相会,秦观追送渡淮,于淮上饮别,东坡遂作此词。惠洪《冷斋夜话》谓曾"见其亲笔,醉墨超放,气压王子敬(献之)"。此词情真意切,可想见苏、秦两人的深挚交谊。

　　起二句,写在淮上饮别后的情景。秦观厚意拳拳,自高邮相送,溯运河而上,经宝应至山阳,止于淮上,途程二百余里。临流帐饮,惜别依依。词人归卧船中,只听到淮水波声,如拍枕畔,不知不觉又天亮了。着一"晓"字,已暗示一夜睡得不宁帖。"隙月",指在船篷罅隙中所见之月。据王文诰《苏文忠公诗编注集成·总案》载,苏轼于冬至日抵山阳,十二月一日抵泗州。与秦观别时当在十一月底,所见之月是天亮前从东方升起不久的残月,故"窥人小"三字便形容真切。"无情汴水自东流,只载一船离恨向西州",二语为集中名句。汴水一支自开封向东南流,经应天府(北宋之南京,今河南商丘)、宿州,于泗州入淮。苏轼此行,先由淮上抵泗州,然后溯汴水西行入应天府。流水无情,随着故人东去,而自己却载满一船离愁别恨,独向西行。"无情流水多情客"(《泛金船》),类似的意思,在苏词中也有,而本词之佳,全在"载一船离恨"一语。以水喻愁,前人多有,苏轼是词,则把愁恨物质化了,可以载在船中,逆流而去。这个妙喻被后人竞相摹拟。东坡的门人张耒《绝句》:"亭亭画舸系春潭,只待行人酒半酣。不管烟波与风雨,载将离恨过江南。"李清照《武陵春》词:"只恐双溪舴艋舟,载不动、许多愁",声名竟出苏词之上。张元幹《谒金门》"艇子相呼相语,载取暮愁归去",亦有情致。董解元《西厢记诸宫调》卷六云:"休问离愁轻重,向个马儿上驼也驼不动。"则置愁于马背;王实甫《西厢记》云:"遍人间烦恼填胸臆,量这些大小车儿如何载得起?"又载愁于车上。以上数例,虽不免有蹈袭之嫌,仍能各出新意。至如朱淑真"可怜禁载许多愁"及明人"双桨别离船,驾起一天烦恼"之类,情辞俱竭,了无余味了。"西州",龙榆生《东坡乐府笺》引傅注以为扬州。误。词中只是泛指西边的州郡,即东坡此行的目的地。

　　过片二句,追忆当年两人同游的情景。元丰二年,东坡自徐州徙知湖州,与秦观偕行,过无锡,游惠山,唱和甚乐。复会于松江,至吴兴,泊西观音院,遍游诸寺。词云"竹溪花浦曾同醉",当指此时情事。"酒味",指当日的欢聚;"泪",谓别后的悲辛。元丰二年端午后,秦观别东坡,赴会稽。七月,东坡因乌台诗案下诏狱,秦观闻讯,急渡江至吴兴寻问消息。以后几年间,苏轼居黄州贬所,与秦观不复相见。"酒味多于泪",当有感而发。末两句故作反语,足见真情。词人在深深叹息:谁叫我在芸芸众生中发现了您,认识您的价值,并获得您的友谊啊!如今反而使我增添了无穷无尽的烦恼!"风鉴",指以风貌品评人物。吴处厚《青箱杂记》卷四:"风鉴一事,乃昔贤甄识人物拔擢贤才之所急。"东坡对秦观的赏拔,可谓不遗余力。熙宁七年(1074),东坡得读秦观诗词,大为惊叹,遂结神交。三年后两人相见,过从甚欢。后屡次向王安石推荐秦观。元丰七年,致书安石,称美秦"行义修饬,才敏过人,此外博综史传,通晓佛书,讲习医药,明练法律",希望王安石"少借齿牙，使增重于世"。作为苏门四学士之一的秦观，对苏轼知遇之情也是永志不忘的。

（陈永正）

河　满　子　　　　　　　　　　苏　轼
湖州作，寄益守冯当世

　　见说岷峨凄怆，旋闻江汉澄清。但觉秋来归梦好，西南自有长城。东府三人最少①，西山八国初平。　　　莫负花溪纵赏，何妨药市微行。试问当垆人在否，空教是处闻名。唱著子渊新曲，应须分外含情。

〔注〕　①"东府"句：北宋时，中书门下掌政务，称东府；枢密院掌军政，称西府，合称二府，都是最高国务机关。东府长官为同中书门下平章事（即宰相），和参知政事（即副宰相）。宰相、参政员数，据洪迈《容斋三笔》，或三员，或四员。宋太祖初时三宰相，后一相二参、二相一参不等，自后颇以二相二参为率。词中言"三人"，似指熙宁三年王安石为相，冯京、王珪为参政时。但人员登黜频繁，不必坐实定指此三人。

　　冯当世，名京，鄂州江夏（今湖北武汉市武昌）人。神宗熙宁四年（1071）为参知政事时，曾荐苏轼、刘攽直舍人院掌外制，为皇帝起草诏令，未获准，苏轼即出为杭州通判，刘攽为泰州通判。两人都是反对新法的。冯京本与王安石政见不合，著论抨击新法失当，参政后又数与安石辩论于神宗之前，终被排挤，出守外郡。成都府路所属茂州（治所在今四川茂汶羌族自治县）旧领羁縻九州，皆蕃部（少数民族）聚居，茂州旧无城墙，居民每被抢掠。熙宁九年三月，知州奏准筑城，因城基侵占蕃人住地，发生纠纷，蕃部结连数千人，攻城占隘。朝廷调冯京由知渭州改知成都府兼成都府路利州路安抚使，前往处理（见司马光《涑水纪闻》卷十四、《续资治通鉴长编》卷二七四）。《宋史·冯京传》载："蕃部何丹方寇鸡宗关，闻京兵至，请降。议者遂欲荡其巢窟。京请于朝，为禁侵掠，给稼器，饷粮食，使之归。夷人喜，争出犬豕，割血受盟，愿世世为汉藩。"十月，事渐平，召京入朝知枢密院事，次年春离成都。这就是本词上片所写的时事背景。词题"益守"，通行诸本作"南守"，今从南宋傅榦《注坡词》。成都府路在宋初曾称益州路。此词全篇也是用成都事最多，作"益"应无可疑。

　　因冯京曾知成都府，东坡自己又是成都府路所属的眉州眉山县人，全词便以成都事为核心，称美冯京在当地的治绩和表达自己的欣悦之情。起首"见说岷峨凄怆，旋闻江汉澄清"，指冯京迅速安定茂州局势事。"见说""旋闻"，表明问题解决得很快，又宛然是远道听到家乡新闻的口气，这里面便透出一种亲切感。岷峨为四川的岷山和峨眉山,是东坡故乡的名山。他在《满庭芳》词中自言"万里家在岷峨",广义又借指蜀中。"江汉澄清",一方面是以江、汉二水之复归澄清,比喻兵乱的平定,同时还暗取《诗·大雅·江汉》赞美周宣王时召虎平淮夷的诗意。《江汉》诗说:"江汉汤汤,武夫洸洸(勇武貌)。经营四方,告成于王。四方既平,王国庶定。时靡有争,王心载宁。"以冯京比拟召虎,歌颂得体,事迹又颇为切近。"但觉秋来归梦好",承上"江汉澄清"而来,又映带"岷峨凄怆"之时。久客思乡,故有"归梦";乱止忧除,故觉"梦好"。黄山谷《谪居黔南十首》(摘白乐天句)有云:"如何春来梦,合眼在乡社。"任渊注:"一本作'秋来何所梦,合眼见乡社'。"此两句与东坡之"秋来归梦",若合符契。大抵境遇心事相同者,出语亦易相近。古人又岂无此类言语,总之各自写其胸臆,也不能说是谁剿袭谁了。东坡之"归梦好",是因为蜀中有能人镇守,即所谓"西南自有长城"。长城本义是古代北方为防备匈奴所筑的城墙,东西连绵长至万里,引申指国家所倚赖的能臣良将。南朝宋檀道济被文帝收捕,怒曰:"乃坏汝万里长城!"唐李勣守并州,突厥不敢南侵,唐太宗甚至夸他是"贤长城远矣"。词至此,以"长城"为喻,转入写冯京。"东府三人最少",提到他任参知政事的时候,在宰执中年纪最轻,意味着最有锐气。冯京于熙宁三年六月为枢密副使,旋改参知政事,踏进政府最高层以此开端,东坡也不忘他在参政任上推荐自己的一段因缘,所以提出这一点。"西山八国初平",借用韦皋事以指冯京之安抚茂州诸蕃部。写其事功亦以称美其人。韦皋于唐德宗贞元九年任剑南西川节度使,出兵西山破吐蕃军,招抚原附吐蕃的西山羌族八个部落,"处其众于维、霸、保等州,给以种粮、耕牛,咸乐生业"(《旧唐书·东女传》)。韦、冯都是镇守西川,事实又相类,此句用典十分贴切,比之直写冯京茂州事,显得典雅有风致。

　　上片主要写冯京守成都时的事功,下片转从成都地理历史、风土人情生发,结合冯京的知府兼安抚使身份,拟写他在那里的公余游赏生活,和人民的关系,起到调剂词情的作用。"莫负花溪纵赏,何妨药市微行"。"花溪"即浣花溪,在成都城西郊。陆游《老学庵笔记》卷八载:"四月十九日,成都谓之浣花。遨头宴于杜子美草堂沧浪亭。倾城皆出,锦绣夹道。自开岁宴游,至是而止,故最盛于他时。予客蜀数年,屡赴此集,未尝不晴。蜀人云:'虽戴白之老,未尝见浣花日雨也。'"这确是一个游赏的好去处。以"遨头"称州郡长官,意为嬉游队伍的首领。东坡有"遨头要及浣花前"的诗句。"药市"在成都城南玉局观。《老学庵笔记》卷六谓"成都药市以玉局化为最盛,用九月九日";其《汉宫春》词以"重阳药市"与"元夕灯山"为对,其盛况也可以想见。庄绰《鸡肋编》卷上记成都重九药市较详:

“于谯门外至玉局化五门,设肆以货百药,犀麝之类皆堆积。府尹、监司,皆武行(步行)以阅。又于五门之下设大尊,容数十斛,置杯勺,凡名道人者,皆恣饮。如是者五日。”这两处游乐,都是群众性的盛集,且都有州郡长官参与。词以“莫负”“何妨”的敦劝口吻出之,期盼冯京与民同乐,委婉入情。接着“试问当垆人在否,空教是处闻名”,提起有名的“文君当垆”故事。《史记·司马相如列传》载成都人司马相如字长卿,在临邛“买一酒舍酤酒,而令文君当垆。相如身自著犊鼻裈,与保庸(奴婢)杂作,涤器于市中”。词中只写到文君,当兼有相如在内。这是一则文人才女的风流故事,历代被人津津乐道。如李商隐《杜工部蜀中离席》诗云:“美酒成都堪送老,当垆仍是卓文君。”而他的另一首《寄蜀客》诗则云:“君到临邛问酒垆,近来还有长卿无?”东坡的“试问当垆人在否”,立意与之相同,也是说这样的风流人物不在了,只有佳话留传。这意味着人文鼎盛的成都,应该还有特出的人才出现,这就期望着地方长官的教导和识拔了。结尾“唱着子渊新曲,应须分外含情”,便体现了这样的意思。汉宣帝时,蜀人王褒字子渊,有俊才,为益州刺史王襄作《中和》《乐职》《宣布》等颂诗,言当地在王襄的治理下,政治和平,百官各得其职,风化普洽,无所不被。诗成,选好事者依《鹿鸣》之声,习而歌之。歌曲传入朝廷,命征王褒入都。这两句重点在“新曲”二字,借王褒作诗教歌称美王襄事,转到歌颂冯京的意思上面。这是指文治,与上片的颂其武功相呼应。“应须分外含情”,表示了东坡拳拳的情意,这内中应该有政治上志同道合的一份。

　　这首词似为应酬之作,而能输入个人情思,穿插历史感慨,如“但觉秋来归梦好”“试问当垆人在否”等句,便见意境不俗。又全首述事、用典较多,比较质实,又多排偶句,但读来颇觉流利,以有诸多虚词斡旋其间,如上片之“见说”“旋闻”“但觉”“自有”,下片之“莫负”“何妨”“试问”“空教”“唱著”“应须”,又多用于句首,两两呼应,使全词气机不滞。它的格局近诗,气息还是词的,是东坡以诗为词的又一例证。还有一点,在东坡词三百多首中,写时事、大事的仅此一首,也是值得注意的。

　　关于这首词的写作时间,尚有疑点。据题云“湖州作”,各本于“湖州”无异文。按东坡行迹,涉及湖州者有两个时期:一是熙宁四年至七年(1071—1074)任杭州通判期间及离杭赴密州时,曾数次经过湖州;又一是元丰二年(1079)四月至七月间知湖州。词写寄冯京,紧扣成都事。冯京至熙宁九年始知成都府,则词非作于熙宁七年及以前甚明。龙沐勋《东坡乐府笺》据朱祖谋《东坡乐府》编年本列于熙宁七年甲寅,误。至于东坡知湖州时,距冯京安抚茂州蕃部已二年半,别成都入朝任知枢密院事亦逾年。东坡消息不至于太隔膜,以至词的上片还把茂州事当作新闻,下片仍按冯京在成都任上的情况来写。若依词的内容来斟酌作年,似在熙宁九年冬至十年春之间为近是。(词中的"秋来归梦好",可以是指茂州事解决的时间,不必是作词时间。)此时东坡知密州已近尾声,九年十一月离密州,辗转道上,十年二月至汴京,将赴徐州新任。题中"湖州"字或有误。

(陈长明)

更 漏 子 送孙巨源　　　　　　　　　苏 轼

水涵空,山照市,西汉二疏乡里。新白发,旧黄金,故人恩义深。　　海东头,山尽处,自古客槎来去。槎有信,赴秋期,使君行不归。

宋神宗熙宁七年(1074)十月,苏轼在楚州(今江苏淮安)别孙巨源,作此词。孙洙字巨源,扬州人。在谏院时,与王安石政见不合,乞补外郡,知海州(今江苏连云港)。此年八月十五日离海州赴京任修起居注、知制诰。九月,苏轼被命罢杭州通判,权知密州。苏、孙二人曾会于润州(今江苏镇江),并同至楚州相别。

上片用西汉二疏(疏广、疏受)故事赞颂孙洙。二疏叔侄皆东海(海州)人。广为太子太傅,受为少傅,官居要职而同时请退归乡里,得到世人景仰。孙洙曾知海州,故云"二疏乡里"。作者别有《次韵孙巨源寄涟水李盛二著作并以见寄五绝》,其二曰:"高才晚岁终难进,勇退常年正急流。不独二疏为可慕,他时当有景孙楼。"自注:"巨源近离海州,郡有景疏楼。"作者认为:海州人景仰二疏,曾为建造景疏楼,将来必定还会有景孙楼。对海州来说,孙洙和二疏一样都是值得纪念的。"水涵空,山照市,西汉二疏乡里",三句说海州碧水连天,青山映帘,江山神秀所钟,古往今来出现了不少可景仰的人物。前有二疏,后有孙洙,都为此水色山光增添异彩。"新白发,旧黄金,故人恩义深"。三句以二疏事说孙洙。二疏请归,宣帝赐黄金二十斤,太子赠五十斤,公卿大夫、故人邑子设祖道,供帐东都门外,举行盛大欢送会(《汉书·疏广传》)。"新"与"旧"二字,将二疏与孙洙联系在一起。点明,这虽是发生在很久很久以前的故事,但说的却是眼前人。孙洙海州一任,白发新添,博得州人殷勤相送,这是老友在此邦留下的深恩厚义所致。此意与诗中所设想的"景孙楼"暗相关合。

下片以乘槎故事叙说别情。《博物志》载:近世人居海上,每年八月,见海槎来,不违时,赍一年粮,乘之到天河。见妇人织,丈夫饮牛,问之不答。遣归,问严君平,某年某月某日,客星犯牛斗,即此人也。这是传说中的故事,作者借以说孙洙,谓其即将浮海通天河,晋京任职。"海东头,山尽处,自古客槎来去。""海"与"山"照应上片之"水"与"山",将乘槎浮海故事与海州及孙洙联系在一起。在作者的想象中,当时有人乘槎到天河,大概就是从这里出发的。但是,自古以来,客槎有来有往,每年秋八月一定准时来到海上,人(孙洙)则未有归期。"槎有信,赴秋期,使君行不归"。其中"有信""不归",就把着眼点集中在眼前人(孙洙)身上,突出送别。这里,一方面用浮海通天河说应召晋京,一方面以归期无定抒写不忍相别之情。

词作所写两个故事似毫不相干,但用到海州,用在孙洙身上,两件事就联系在一起了。作者以这两个故事为孙洙送别,既是对孙洙的赞颂,也体现了自己的不安情绪。在仕途上,作者与孙洙有着共同的遭遇,为了从政治斗争的旋涡中逃脱出来,二人皆乞外任。而今,孙洙接到调令,即将返回朝廷,这不能不引起作者的思想波动。因为致君尧舜的理想尚未实现,有机会奉调晋京,这自然是值得庆贺的。但是归期无定,前景难测,又不能不令人担心。总的看,作者之不忍别,其中包含着仕途中的无穷忧患情思,不仅仅是"故人恩义"。读这首词,必须将作者的身世联系在一起,才能较为切实地把握其用意。

（施议对）

醉　落　魄　　　　　　　　　　　　　苏　轼
苏州阊门留别

苍颜华发,故山归计何时决! 旧交新贵音书绝,惟有佳人,犹作殷勤别。　　离亭欲去歌声咽,潇潇细雨凉吹颊。泪珠不用罗巾浥,弹在罗衫,图得见时说。

神宗熙宁七年(1074)十月,苏轼由杭州通判移知密州,途经苏州,饯别时书此赠某歌妓。阊门是苏州的西北门,地近运河边,市廛繁盛。别筵当在此举行。词的上片写自己在备尝坎坷中遇知音。熙宁七年,作者才三十九岁,正处盛年,为何开篇即云"苍颜华发"? 这自然是有见于佳人的豆蔻年华而自感老大,但也是实写由于政治上的失意而未老先衰。熙宁三年,他在汴京《送安淳秀才失解西归》诗中即云:"狂谋谬算百不遂,惟有霜鬓来如期。"四年过去了,事事不如意,自然更增华发。他自幼即有救时济世之志,在思想上儒家的进取精神占主导地位,但也受佛老思想的影响,从政之初就想及早退归林下。纵观其一生,一直处于"欲仕不能,欲隐不忍"的矛盾之中。自因反对新法而离京后,他郁郁不得志,思念故乡之情就更迫切。只是因为"我亦恋薄禄,因循失归休",故山归计才久而未决。

　　作者反对王安石变法,特别反对王安石重用"巧进之士","新进勇锐之人"。在他看来,这些人飞扬跋扈,残政扰民,道不同不相为谋,自然不会通书。有些旧交也因他遭贬而疏远了,有些则是南北东西,通问不易。"惟有佳人,犹作殷勤别。"在眼前,只有这位歌妓情意恳切,输肝沥胆,是可贵的知己。作者并未留下这位佳人的姓名和其他有关材料,但我们可以从他同时写于苏州的词《阮郎归》所提供的情况,作些推想。词中有云:"一年三度过苏台,清樽长是开。佳人相问苦相猜,这回来不来?"一年之中,作者三次来苏州,可能宴席间与这位佳人几度相逢,相互间会有较深的了解,故此词词序亦云,这次赴密州,佳人问能否再重聚时"其色凄然",可见是一往情深。我们在这首闾门留别词中,看到作者不仅以平等的态度相待侍宴的歌妓,对她以及她们寄予深刻的同情,而且进一步把佳人当作可以推心置腹的知音,把自己的宦游漂泊与歌妓不幸的命运联系起来。同是天涯沦落人,同样有不幸的命运,在临别之际,作者自然会触动真情。用语虽是平常,含蕴则极深至。

　　下片写与佳人依依惜别的深情。由"殷勤别"到"离亭欲去",意脉相连,过片自然。不同的是上片由己及人,下片由人到己,充分体现出双方意绪契合,情感交流。歌妓擅唱,以歌赠别属情理之中。但"多情自古伤离别",与自己最爱重的知音作别,就必然是未歌先凄咽,以至于泣不成声。然而此时无声胜有声,一个"咽"字说尽了佳人的海样情深。十月初冬,寒风袭人,但双方只觉得离愁如满天细雨,纷纷扬扬,无穷无尽,一时竟忘了冷风吹泪脸。

　　结句用武则天《如意娘》诗之诗意:"看朱成碧思纷纷,憔悴支离为忆君。不信比来长下泪,开箱验取石榴裙。"作者用意则更进一层,劝佳人不用罗巾揾泪,任它洒满罗衫,等待再次相会时,以此作为相知贵心的见证。这既是劝慰佳人,也是自我宽解,今日洒泪相别,但愿后会有期。作者的赠别词一般均以宽慰对方作结,此首用"图得见时说"来鼓励佳人,对再次相聚抱有信心。真情流于肺腑,对佳人体贴入微。

　　按现在通行的编年本,苏轼任杭州通判之后词作渐多,到了离杭州赴密州前后,更大量创作词篇的,自此一发而不可收。他注意学习前人的经验。沿用晚唐五代以来婉约词的某些写作技巧来写歌妓,但不写浅斟低唱,不涉艳冶风情,而是以幽怨缠绵的手法,表达身世之感和政治怀抱。这是他的歌妓词的创造性,赋予歌妓词新的灵魂和新的生命。

(汤易水　周义敢)

醉　落　魄 离京口作　　　　　　　　　苏　轼

轻云微月，二更酒醒船初发。孤城回望苍烟合。记得歌时，不记归时节。　　巾偏扇坠藤床滑，觉来幽梦无人说。此生飘荡何时歇？家在西南，常作东南别。

羁旅行役，本是词人墨客经常吟咏的主题。苏东坡的这首小词，读起来却很别致。它表现的是酒醒后突然涌上心头的瞬间感受。

月色微微，云彩轻轻。是二更了吧？词人从沉醉中醒来，听着咿咿呀呀的摇橹声，船家告诉他，刚开船哩。从船舱中往回望，只见孤城笼罩在一片烟雾迷蒙之中。这一切仿佛在做梦一样。只记得饮酒高歌时的情景，怎么又回到船上来了呢？真是月朦胧，云朦胧，孤城朦胧，人的意识也朦胧。一切都融化在轻柔朦胧的月色之中了。景和情的和谐，巧妙地烘出了醉醒后的心理状态。

下半阕紧接上半阕，描写醉后的形态：头巾儿歪在一边，扇子坠落在舱板上，藤床分外滑腻，仿佛连身子也挂不住似的。中国画讲究传神，中国诗也讲究传神。"巾偏扇坠藤床滑"，短短七个字，就将醉态刻画得惟妙惟肖。词人终于记起来了，他刚才还真做了个梦。但天地之间，一叶小舟托着他的躯体在迷蒙的江面上飘荡，朋友们留在岸上了，亲人们远在一方，向何人诉说自己的梦境呢？词人不禁有些愤慨了，这样飘荡不定的生活几时才能结束呢？他的家远在西南的四川，而人却长年累月地在东南奔波。真是不幸啊！最后两句，像从朦胧中浮现出来的航灯，照亮了词人心灵深处埋藏的思乡之情。但他究竟做了个什么样的梦，依然没有说，而却留给读者去猜想。

这首词作于熙宁六年（1073）冬，苏轼正在杭州通判任上。他经常来往于镇江（即京口）、丹阳、常州一带，公务冗忙，四处奔波，对故乡的思念之情不时袭上心头。这首词以朴素的语言、自然的笔调，含蓄蕴藉地表现了酒醉醒后思乡的心境，显得很有特色。酒醒后的情景，柳永的《雨霖铃》也描写过。那是一种什么样的情景呢？"今宵酒醒何处？杨柳岸，晓风残月。此去经年，应是良辰好景虚设。便纵有千种风情，更与何人说？"景不朦胧，情感也不朦胧。一切都鲜明热烈。风流浪子要诉说的是"千种风情"而不是"梦"，要诉说的对象是热恋中的情人，而不是不确定的朋友亲人。两相比较，更能使人领略到两种不同形态的美。

（陈华昌）

如 梦 令　　　　　　　　苏 轼

　　为向东坡传语,人在玉堂深处。别后有谁来? 雪压小桥无路。
归去,归去,江上一犁春雨。

　　这阕《如梦令》,毛氏汲古阁本题作《有寄》,傅榦本调下注云:"寄黄州杨使君
二首,公时在翰苑。"当是元祐元年(1086)九月以后,元祐四年三月以前,苏轼在
京城官翰林学士期间所作。

　　苏轼在"乌台诗案"后,被贬为检校尚书水部员外郎黄州团练副使本州安置。
自元丰三年(1080)二月到黄州,至元丰七年四月离去,在黄州住了四年零两个
月。在此期间,他一方面在州城东门外垦辟了故营地数十亩,命名为东坡,躬耕
其中;一方面狎渔樵之侣,穷山水之胜,乐其土风,生活颇为惬意。因此,他对黄
州,特别对东坡,感情深厚。在量移汝州时的《别黄州》诗中说:"桑下岂无三宿
恋";在《过江夜行武昌山上闻黄州鼓角》诗中说:"黄州鼓角亦多情,送我南来不
辞远";在《满庭芳》词中说:"好在堂前细柳,应念我、莫剪柔柯。仍传语,江南父
老,时与晒渔蓑"。在京城官翰林学士期间,虽受重视,但既与司马光等在一些政
治措施上议论不合,又遭程颐等竭力排挤,心情并不舒畅,因此一再表示厌倦京
官生涯,不时浮起归耕念头。如在诗里说:"我恨今犹在泥滓,劝君莫棹酒船回"
(《送钱穆父出守越州绝句二首》其二),"我亦江海人,市朝非所安"(《送曹辅赴闽
漕》),"如君尚出麾,顾我宜耕垄。告归谢先手,求去悔不勇"(《送周正孺知东
川》);还在词里说:"须信人生如寄"(《西江月》),"居士,居士,莫忘小桥流水"
(《如梦令》)。这阕《如梦令》,抒写怀念黄州之情,表现归耕东坡之意,正是苏轼
上述两个时期的特定生活及由此产生的特定心理状态的反映和流露。

　　全词分为三层。首二句"为向东坡传语,人在玉堂深处",是第一层。它以明
快的语言,交待他在"玉堂(翰林院)深处",向黄州东坡表达思念之情,引起下文。
这两句的语气,十分亲切,甚类杜甫《赠别何邕》的"五陵花满眼,传语故乡春"。
在苏轼心目中,黄州东坡,俨然是他的第二故乡,所以思念之意才如此殷切。

　　次二句"别后有谁来? 雪压小桥无路",是第二层。它是"传语"的内容,是苏
轼对别后黄州东坡的冷清荒凉景象的揣想。为了避免平直,故先设一问。有此
一问,便摇曳生姿,并起到了让读者注意下句的作用。"雪压小桥无路",仍承上
句带有问意,似乎是说:别后有没有人来? 是雪压住了小桥,路不通吗? 以景语
曲折表达之,既富于形象性,又深得"婉"字之妙。雪压住了小桥,无路可通,就没

有谁来;如果不是,就会有谁来。是与否之间,都表现了对别后黄州东坡的无限关心,也体现了"人在玉堂深处"遥想的情景。

末三句"归去,归去,江上一犁春雨",是第三层。它紧承上意,亦是"传语"的内容,表达归耕东坡的意愿。陶渊明在《归去来兮辞》里说:"田园将芜胡不归!"苏轼在这里的思绪是:东坡可耕胡不归!"归去,归去",直抒胸臆,是愿望,是决定,是决心。"江上一犁春雨",是说春雨喜降,恰宜犁地春耕,补充要急于"归去"的理由,说明"归去"的打算。"一犁春雨"四字,使人自然地想起他所作《江城子》词"昨夜东坡春雨足,乌鹊喜,报新晴"的意境。宋人俞成在《萤雪丛说》卷上《诗随景物下语》条,将此写农耕的"一犁春雨",与写渔父的"一蓑烟雨"、写舟子的"一篙春水"等,并称为"皆曲尽形容之妙"。妙在哪里呢? 妙在捕捉住了雨后春耕的特殊景象,妙在饱和着轻快的情感。

清人周济在《介存斋论词杂著》中说:"人赏东坡粗豪,吾赏东坡韶秀。韶秀是东坡佳处,粗豪则病也。"这阕《如梦令》,便是苏轼的韶秀之作,像山间的一湾清溪,像西天的一抹晚霞,淡雅自然,无一字雕刻,无一语奇险,无毫厘粗豪气息。

(何均地)

阳 关 曲 中秋月　　　　苏 轼

暮云收尽溢清寒,银汉无声转玉盘。此生此夜不长好,明月明年何处看。

就在产生那首卓绝千古的中秋兼怀胞弟的词章(《水调歌头》)之后不久,苏轼兄弟便得到了团聚的机会。熙宁九年(1076)冬苏轼得到移知河中府的命令,离密州南下。次年春,苏辙自京师往迎,兄弟同赴京师。抵陈桥驿,苏轼奉命改知徐州。四月,苏辙又随兄来徐州任所,住到中秋以后方离去。七年来,兄弟第一次同赏月华,而不再是"千里共婵娟"。苏辙有《水调歌头》(徐州中秋)记其事,苏轼则写下这首小词,题为"中秋月",自然也写"人月圆"的喜悦;调寄《阳关曲》,则又涉及别情。

月到中秋分外明,是"中秋月"的特点。首句便及此意。但并不直接从月光下笔,而从"暮云"说起,用笔富于波折。盖明月先被云遮,一旦"暮云收尽",转觉清光更多。没有这层"面纱"先衬托一下,便显不出如此效果。句中并无"月光""如水"等字面,而"溢"字,"清寒"二字,都深得月光如水的神趣,全是积水空明的感觉。月明星稀,银河也显得非常淡远。"银汉无声"并不只是简单的写实,它似乎说银河本来应该有声（李贺就有"银浦流云学水声"的诗句）的，但由于遥远，也就"无声"了，天宇空阔的感觉便由此传出。"江天一色无纤尘"，最引人注目、惹人喜爱的，是"皎皎空中孤月轮"。今宵它显得格外团圆，恰如一面"白玉盘"似的。李白《古朗月行》："小时不识月，呼作白玉盘。"这比喻写出月儿冰清玉洁的美感，而"转"字不但赋予它神奇的动感，而且暗示它的圆。两句并没有写赏月的人，但全是赏心悦目之意，而人自在其中。没有游赏情事的具体描写，词境转觉清新空灵。

　　明月团圆，诚然可爱，更值兄弟团聚，共度良宵，这不能不令词人赞叹"此生此夜"之"好"了。从这层意思说，"此生此夜不长好"大有佳会难得，当尽情游乐，不负今宵之意。不过，恰如明月是暂满还亏一样，人生也是会难别易的。兄弟分离在即，又不能不令词人慨叹"此生此夜"之短。从这层意思说，"此生此夜不长好"又直接引出末句的别情。但这里并未像"今夜清尊对客，明夜孤帆水驿，依旧照离忧"（苏辙《水调歌头》）那样挑明此意，结果其意味反而更加深远。说"明月明年何处看"，当然含有"未必明年此会同"的意思，即有"离忧"在焉。同时，"何处看"不仅就对方发问，也是对自己发问。作者长期外放，屡经迁徙。"明年何处"，实寓行踪萍寄之感。这比子由词的涵义也更多一重。末二句意思衔接，对仗天成。"此生此夜"与"明月明年"作对，字面工整，假借巧妙。"明月"之"明"与"明年"之"明"义异而字同，借来与二"此"字对仗，实是妙手偶得。叠字唱答，再加上"不长好"、"何处看"一否定一疑问作唱答，便产生出悠悠不尽的情韵。

　　全词避开情事的实写，只在"中秋月"上着笔。从月色的美好写到"人月圆"的愉快，又从今年此夜推想明年中秋，归结到别情。形象集中，境界高远，语言清丽，意味深长。

　　此作诗词集皆收入。除文辞外，声律上也有特色。他后来有《书彭城观月诗》一文，引录原诗后说："余十八年前中秋夜与子由观月彭城作此诗，以《阳关》歌之。"《阳关曲》原以王维《送元二使安西》诗为歌词，苏轼此词与王维诗平仄四声，大体相合，等于词家之依谱填词，故此词也反映了苏轼"通词乐，知音律"的一面。

（周啸天）

减字木兰花

苏　轼

维熊佳梦，释氏老君亲抱送。壮气横秋，未满三朝已食牛。　　犀钱玉果①，利市平分沾四座。多谢无功，此事如何着得侬！

〔注〕 ①犀钱玉果：犀角色黄，钱色似之，故曰犀钱。果白如玉，故曰玉果。这个"果"大概是花生之类。似是用线把钱果串在一起以分赠宾客。

　　诗词中的应酬作品，绝大多数是内容空泛的陈词滥调，有些比较高明的作品，也不过是用上一些典故敷衍成篇而已，即大手笔也不免。这首词是作者经过吴兴（今浙江湖州市），在他的老朋友李公择生子三朝宴客席上写下的。题前有一段作者的自注，把原委说得很清楚。由于他们的交谊，已达到"忘形到尔汝"的程度，所以主人"求歌辞，乃为作此戏之"，也就是说，这是一首开开玩笑的作品。

　　起首两句，一是化用杜甫《徐卿二子歌》中"徐卿二子生绝奇，感应吉梦相追随。孔子释氏亲抱送，并是天上麒麟儿"的诗句；一是把杜诗"吉梦"字面的来历——《诗·小雅·斯干》中"吉梦维何？维熊维罴，男子之祥"诸句，化成"维熊佳梦"四字，以"梦"字叶"送"字。虽然是烂熟的典故，但锤炼得却很自然。三、四两句，以夸诞大言，善颂善祷。"气横秋"字面本于孔稚圭《北山移文》"霜气横秋"，结合杜甫《送韦十六评事充同谷郡防御判官》诗的"子虽躯干小，老气横九州"，而改用一"壮"字，切合小儿特点。第四句本出于《尸子》："虎豹之驹，虽未成文，已有食牛之气"。但这里主要仍然是翻用杜甫《徐卿二子歌》中"小儿五岁气食牛，满堂宾客皆回头"的句子。上片仅此四句，大多是从杜诗中借来。可是一经熔铸，语言更觉矫健挺拔。并且这首词是即席赋成的，具见作者腹笥丰富，从容不迫。

　　古时习俗，三朝洗儿，富有人家，一般都要大会宾客，作汤饼之宴。席上散发喜钱喜果，叫作"利市"。喜钱用之于汤饼宴上者俗称"洗儿钱"。据说唐明皇曾赐给杨贵妃洗儿钱，又见于唐王建的《宫词》，可见这个习俗，由来已久了。下片第一、二两句"犀钱玉果，利市平分沾四座"就是描写这种场面。三、四两句才转入调笑戏谑。题下作者自注引秘阁《古笑林》说："晋元帝生子，宴百官，赐束帛，殷羡谢曰：'臣等无功受赏。'帝曰：'此事岂容卿有功乎！'同舍每以为笑。"作者把这个笑话，隐括成为"多谢无功，此事如何着得侬"，把晋元帝、殷羡两人的对话变成自己的独白，把第二人称的"卿"字换成第一人称的"侬"（我）字，意思是多谢，多谢，我是无功受赏了，这件事情，怎么可以该着我有功呢？语言幽默风趣，谑而不虐，所以弄得"举坐皆绝倒"，确实不是作者在自我吹擂。在这篇作品中，虽然没有什么思想内容可言，但如果把眼光放在另外一个角度，看作者语言吐属的典雅得体，看他隐括前人诗句的技巧，是那么娴熟、老练，再看文字中所洋溢的欢乐气氛和作者自身开朗而诙谐的性格，岂不也是一种精神享受吗？　　　　（江辛眉）

减字木兰花　　　　　　　　　　　苏　轼

　　钱塘西湖有诗僧清顺,所居藏春坞,门前有二古松,各有凌霄花络其上,顺常昼卧其下。余为郡①,一日屏骑从过之,松风骚然,顺指落花求韵,余为赋此。

双龙对起,白甲苍髯烟雨里。疏影微香,下有幽人昼梦长。　　湖风清软,双鹊飞来争噪晚。翠飐②红轻,时下凌霄百尺英。

〔注〕　①为郡:作地方的行政长官。秦时分天下为三十六郡,长官称太守。宋时地方行政单位叫州,长官称知州。此处言知杭州。　②飐(zhǎn):风吹物动。

　　本词的作意,小序里交待得很清楚。东坡爱和僧人交往,喜欢谈禅说法,词既是应和尚的请求而作,自然透露出禅机。

　　"双龙对起",起笔便有拔地千寻、突兀凌云之势。两株古松冲天而起,铜枝铁干,屈伸偃仰,如白甲苍髯的两条巨龙,张牙舞爪,在烟雨中飞腾。前两句写古松,写的是想象中的幻景。有人说,后面明明写的是晴天,和烟雨矛盾。这是不明白幻景和实景的区别。词人乍一见古松,即产生龙的联想,而龙是兴风作雨的神物,恍惚中似见双龙在风雨中翻腾。当时已是傍晚,浓荫遮掩的枝干,若隐若现,也容易产生烟雨的错觉。

　　接着,词人从幻景中清醒过来。眼见凌霄花的金红色花朵,掩映在一片墨绿苍翠之间,他仿佛闻到了一股淡淡的清香。一个和尚,躺在浓荫下的竹床上,正在沉沉大睡哩。多么悠闲自在啊。

　　从湖上吹来的风,又清又软,多么温柔,不知是怕吹醒了幽人呢还是怜惜娇嫩的凌霄花儿。一对喜鹊,飞来树上,叽叽喳喳争吵些什么呢? 但树自在,花自香,幽人自梦。有人说,一对喜鹊争噪,将"疏影微香""幽人昼梦长"的意境搅得稀糟。这是不明白闹与静的辩证关系。人世的纷争更能显出佛门的超脱,鸟儿的鸣叫更能显示境界的幽静。隋王籍不是有"蝉噪林逾静,鸟鸣山更幽"(《入若耶溪》)的名句吗?

　　在微风的摩挲之下,青翠的松枝伸展摇动,金红色的凌霄花儿微微颤动。在浓绿的枝叶之中,忽然一点金红,轻飘飘、慢悠悠地离开枝蔓,缓缓而下,渐落渐近,安然无声。过了好一会儿,又是一点金红,缓缓而下。如此境界,令人神清气爽,思虑顿消,整个身心都融化在一片无我、无物、无思、无虑,纯任自然,天机自运的恬淡之中。

　　综观全词,在对立中求得和谐,是其创造意境的艺术特色。整首词写的物象只有两种:古松和凌霄花。前者是阳刚之美,后者是阴柔之美。而凌霄花是描写的重点,"双龙对起"的劲健气势被"疏影微香""湖风清软"所软化,作为一种陪衬,统一在阴柔之美中。从词的上片看,是动与静的对立,"对起"的飞腾激烈的动势和"疏影微香""幽人昼梦长"静态形成对比。词的下片是闹与静的对立,鹊的"噪"和凌霄花无言的"下"形成对比。就是在这种对立的和谐之中,词人创造出了一种超然物外、虚静清空的艺术境界。一切都是那么自然,没有主观的评价,没有自我情感的直接表露,他只是作为一个旁观者,为我们描绘出了一幅风景画。而在这天然的图画中,没有任何人力的作用,没有人的丝毫活动,树风花鸟自由自在,了无交涉,昼梦的幽人似乎也融化在自然之中了。这是禅意的诗的艺术表现。

(陈华昌)

减字木兰花　　　　　　　　　　　苏　轼
己卯儋耳春词

　　春牛春杖,无限春风来海上。便丐春工,染得桃红似肉红。
　　春幡春胜,一阵春风吹酒醒。不似天涯,卷起杨花似雪花。

　　这首词作于苏轼贬谪海南岛儋耳(今儋县)之时。己卯,宋哲宗元符二年(1099)。春词,为立春所作之词,别本题注即作《立春》。

　　海南岛在宋时被目为蛮瘴僻远的"天涯海角"之地,前人偶有所咏,大都是面对异乡荒凉景色,兴起飘零流落的悲感。苏轼此词却以欢快跳跃的笔触,突出了边陲绚丽的春光和充满生机的大自然,在我国词史中,这是对海南之春的第一首热情赞歌。苏轼与其他逐客不同,他对异地风物不是排斥、敌视,而是由衷地认同。他当时所作的《被酒独行,遍至子云、威、徽、先觉四黎之舍》诗中也说"莫作天涯万里意,溪边自有舞雩风",写溪风习习,顿忘身处天涯,与此词同旨。苏轼一生足迹走遍大半个中国,或是游宦,或是贬逐,但他对所到之地总是怀着第二故乡的感情,又这反映出他随遇而安的旷达人生观。

　　《减字木兰花》上、下片句式全同。此词上、下片首句,都从立春的习俗发端。古时立春日,"立青幡,施土牛耕人于门外,以示兆民(兆民,即百姓)"(《后汉书·礼仪志上》)。春牛即泥牛。春杖指耕夫持犁杖侍立;后亦有"打春"之俗,由人扮"勾芒神",鞭打土牛。春幡,即"青幡",指旗帜。春胜,一种剪纸,剪成图案或文字，又称剪胜、彩胜，也是表示迎春之意。上、下片首句交代立春日习俗后，第二句都是写"春风"：一则曰："无限春风来海上"。作者《儋耳》诗也说："垂天雌霓云端下，快意雄风海上来。"风从海上来，不仅写出地处海岛的特点，而且境界壮阔，令人胸襟为之一舒。二则曰："一阵春风吹酒醒"，点明迎春仪式的宴席上春酒醉人，兴致勃发，情趣浓郁。两处写"春风"都有力地强化全词欢快的基调。以后都出以景语：上片写桃花，下片写杨花，红白相衬，分外妖娆。写桃花句，大意是乞得春神之力，把桃花染得如同血肉之色一般。丐，乞求。这里把春神人格化，见出造物主挛乳人间万物的亲切之情。写杨花句，却是全词点睛之笔。海南地暖，其时已见杨花。作者次年人日有诗云"新巢语燕还窥砚"，方回《瀛奎律髓》评云："海南人日，燕已来巢，亦异事。"盖在中原，燕到春分前后始至，与杨柳飞花约略同时。以此知海南物候之异，杨花、新燕并早春可见。作者用海南所无的雪花来比拟海南早见的杨花，那么，海南不是跟中原一般景色么！于是发出"不似天涯"的感叹了。——这实在是全词的主旨所在。

如前所述，此词内容一是礼赞海南之春，在我国古代诗词题材中有开拓意义；二是表达作者旷达之怀，对我国旧时代知识分子影响深远。这是苏轼此词高出常人的地方。我们不妨以南北宋之交的朱敦儒的两首词来对读。朱敦儒的《诉衷情》也写立春："青旗彩胜又迎春，暖律应祥云。金盘内家生菜，宫院遍承恩。　　时节好，管弦新，度升平。惠风迟日，柳眼梅心，任醉芳尊。"这里也有"青旗""彩胜""惠风""柳眼""醉尊"，但一派宫廷的富贵"升平"气象，了解南北宋之交政局的读者自然会对此词产生遗憾和失望。比之苏词真切的自然风光，逊色得多了。朱敦儒另一首《沙塞子》说："万里飘零南越，山引泪，酒添愁。不见凤楼龙阙又惊秋。　　九日江亭闲望，蛮树绕，瘴云浮。肠断红蕉花晚水西流。"这是写南越（今岭南两广等地）的重阳节。但所见者为"蛮树""瘴云"，由景引情者为"山引泪，酒添愁"，突出的是"不见凤楼龙阙"的流落异乡之悲。朱敦儒此词作于南渡以后，思乡之愁含有家国之痛，其思想和艺术都有可取之处，吴曾《能改斋漫录》卷十七"颜持约词不减唐人语"条也称赞此词"不减唐人语"。但此类内容的词作在当时词人中不难发现，与苏词相比，又迥异其趣。二词相较，对异地风物有排斥和认同的差别，从而更可见出苏词的独特个性。

这首词在写作手法上的特点是大量使用同字。把同一个字重复地间隔使用，有的修辞学书上称为"类字"。（如果接连使用称"叠字"，如李清照《声声慢》"寻寻觅觅，冷冷清清，凄凄惨惨戚戚"。）清人许昂霄《词综偶评》云："《玉台新咏》载梁元帝《春日》诗用二十三'春'字，鲍泉奉和用三十'新'字，……余谓此体实起于渊明《止酒》诗,当名之曰'止酒诗体'。"本来,遣词造句一般要避免重复。《文心雕龙·练字第三十九》提出的四项练字要求,其中之一就是"权重出",以"同字相犯"为戒。但是,有的作者偏偏利用"同字"来获得别一种艺术效果:音调增加美听,主旨得到强调和渲染。而其间用法颇多变化,仍有高下之别。陶渊明的《止酒》诗,每句用"止"字,共二十个,可能受了民间歌谣的影响,毕竟是游戏之作。梁元帝《春日》诗(一作简文帝诗)说:"春还春节美,春日春风过。春心日日异,春情处处多。处处春芳动,日日春禽变。春意春已繁,春人春不见。不见怀春人,徒望春光新。春愁春自结,春结谁能申。欲道春园趣,复忆春时人。春人竟何在,空爽上春期。独念春花落,还似昔春时。"共十八句竟用二十三个"春"字,再加上"日日""处处""不见"等重用两次,字法稠叠,颇嫌堆垛。再如五代时欧阳炯《清平乐》:"春来阶砌,春雨如丝细。春地满飘红杏蒂,春燕舞随风势。

春幡细缕春缯,春闺一点春灯,自是春心缭乱,非干春梦无凭。"这首词也写立春,为突出伤春之情,一连用了十个"春"字,句句用"春",有两句用了两个"春"字,也稍有平板堆砌之感。

　　苏轼此词却不然。全词八句,共用七个"春"字(其中两个是"春风"),但不平均配置,有的一句两个,有的一句一个,有三句不用,显得错落有致;而不用"春"字之句,如"染得桃红似肉红","卷起杨花似雪花",却分别用了两个"红"字,两个"花"字。其实,苏轼在写作此词时,并非有意要作如此复杂的变化,他只是为海南春色所感发,一气贯注地写下这首词,因而自然真切,朴实感人,而无丝毫玩弄技巧之弊。后世词人中也不乏擅长此法的,南宋周紫芝的《蝶恋花》下片:"春去可堪人也去,枝上残红,不忍抬头觑。假使留春春肯住,唤谁相伴春同处。"前后用四个"春"字,强调"春去人也去"的孤寂。蔡伸的《踏莎行》下片:"百计留君,留君不住,留君不住君须去。望君频向梦中来,免教肠断巫山雨",共用五个"君"字,突出留君之难。这都是佳例。

　　　　　　　　　　　　　　　　　　　　　　　　　(王水照)

浣　溪　沙　　　　　　　　　　苏　轼
游蕲水清泉寺,寺临兰溪,溪水西流。

山下兰芽短浸溪,松间沙路净无泥,萧萧暮雨子规啼。

谁道人生无再少?门前流水尚能西,休将白发唱黄鸡。

这首小词是苏轼贬居黄州时期,于元丰五年(1082)三月游蕲水清泉寺时所作。蕲水,县名,即今湖北浠水县,距黄州不远。《东坡志林》卷一云:"黄州东南三十里为沙湖,亦曰螺师店,予买田其间,因往相田得疾。闻麻桥人庞安常善医而聋,遂往求疗。……疾愈,与之同游清泉寺。寺在蕲水郭门外二里许,有王逸少洗笔泉,水极甘,下临兰溪,溪水西流。余作歌云。"这里所指的歌,即这首《浣溪沙》,除第五句"门前"作"君看"外,其余文字完全相同。

东坡为人胸襟坦荡旷达,善于因缘自适。他因诗中有所谓"讥讽朝廷"语,被罗织罪名入狱,"乌台诗案"过后,于元丰三年二月贬到黄州。初时虽也吟过"饮中真味老更浓,醉里狂言醒可怕"(《定惠院寓居月夜偶出》)那样惴惴不安的诗句,但当生活安顿下来之后,樵夫野老的帮助,亲朋故旧的关心,州郡长官的礼遇,山川风物的吸引,促使他拨开眼前的阴霾,敞开了超旷爽朗的心扉。这首乐观的呼唤青春的人生之歌,当是在这种心情下吟出的。

上阕三句,写清泉寺幽雅的风光和环境。山下小溪潺潺,岸边的兰草刚刚萌生娇嫩的幼芽。松林间的沙路,仿佛经过清泉冲刷,一尘不染,异常洁净。傍晚细雨潇潇,寺外传来了杜鹃的啼声。这一派画意的光景,涤去官场的恶浊,没有市朝的尘嚣。它优美、洁净、潇洒……充满诗的情趣,春的生机。它爽人耳目,沁人心脾,诱发诗人爱悦自然、执着人生的情怀。

环境启迪,灵感生发,风水相遭,兴会飙举。于是词人在下阕迸发出使人感奋的议论。这种议论不是抽象的,概念化的,而是即景取喻,以富有情韵的语言,摅写有关人生的哲理。"谁道"两句,以反诘唤起,以借喻回答。"人生长恨水长东",光阴犹如昼夜不停的流水,匆匆向东奔驶,一去不可复返,青春对于人只有一次,正如古人所说:"花有重开日,人无再少时。"这是不可抗拒的自然规律。然而,在某种意义上讲,人未始不可以老当益壮,自强不息的精神,往往能焕发出青春的光彩。谁说青春不能回复呢? 你看门前的流水不是也能向西奔流吗! 东坡在作此词稍后就吟过"我老多遗忘,得君如再少"(《吊李台卿》)的诗句。可见在特定的条件下,人是未尝不可以"再少"的。

人们惯用"白发""黄鸡"比喻世事匆促,光景催年,发出衰飒的悲吟。白居易当年在《醉歌》中唱道:"谁道使君不解歌,听唱黄鸡与白日。黄鸡催晓丑时鸣,白日催年酉前没。腰间红绶系未稳,镜里朱颜看已失。"苏轼也曾化用乐天诗,吟过"试呼白发感秋人,令唱黄鸡催晓曲"(《与临安令宗人同年剧饮》)之句。此处作者反其意而用之,希望人们不要徒发自伤衰老之叹。"谁道人生无再少?""休将白发唱黄鸡!"这与另一首《浣溪沙》中所云"莫唱黄鸡并白发",用意相同。这并非仅为自我宽慰。应该说,这是不伏衰老的宣言,这是对生活、对未来的向往和追求,这是对青春活力的召唤。在贬谪生活中,能一反感伤迟暮的低沉之调,唱出如此催人自强的爽健歌曲，这体现出苏轼执着生活、旷达乐观的性格。

（刘乃昌）

浣　溪　沙　　　　　　　　　苏　轼

万顷风涛不记苏，雪晴江上麦千车。但令人饱我愁无。

翠袖倚风萦柳絮，绛唇得酒烂樱珠。樽前呵手镊霜须。

词前作者有小序云："十二月二日，雨后微雪，太守徐君猷携酒见过，坐上作《浣溪沙》三首。明日酒醒，雪大作，又作二首。时元丰五年也。"据此可知作者于元丰五年（1082）十二月二日和三日先后作了五首《浣溪沙》。此篇为三日"又作二首"中的第二首。

这是一篇在词史上值得十分重视的作品。在此之前的文人词作中，还未发现过用词这种艺术形式来表达关心人民疾苦的。苏轼本来一贯比较关心和同情人民的疾苦，对北宋王朝"取之无术，用之无度"的政策所造成的民穷役重的状况极为不满。他主张轻徭薄赋，认为民裕才能国富，食足而后兵强，反对以"国用不足"为由，而"求广利之门"。基于这种思想，他反对新法言其于民不便，并因此屡遭排挤，终受陷害贬谪。他谪居黄州一年多后，因生活困难，躬耕东坡。垦辟之劳，使他进一步体会到"湿薪如桂米如珠"的民生疾苦，而写下这首小词。

词的首句，南宋傅榦撰《注坡词》引旧注云："公有薄田在苏，今岁为风涛荡尽。"若据傅引旧注，则"万顷风涛不记苏"的"苏"，当指苏州，旧注中的"公"，当指苏轼。全句意思应为：苏轼未把在苏州为风灾荡尽的田产记挂心上。但据现有资料，苏轼被贬黄州时无田产在苏州，只在熙宁七年（1074）曾于常州宜兴置田产。旧注者于其时是否别有所据，不得而知。因此，不拟采傅引旧注作解。从词前小序得知，苏轼此词乃徐君猷过访的第二天酒醒之后见大雪纷飞时所作。联系前一首写的"半夜银山上积苏"与"涛江烟渚一时无"的景象来看，又知徐君猷离去的当天夜晚，即由白天的"微雪"转为大雪。似此，"万顷风涛不记苏"，系实写十二月二日夜酒醉后依稀听见风雪大作及苏醒时的情景，"苏"，似宜作苏醒解。这样，不仅切合序中所说的"明日酒醒"，词意亦连贯通达，同时，也与前一首所写夜半时的大雪景象与"湿薪如桂米如珠"的慨叹衔接起来。这样，词的上阕，写词人在酒醉之后依稀听见风声大作，已记不清何时苏醒过来，待到天明，已是一片银装世界。词人立刻从雪兆丰年的联想中，想象到麦千车的丰收景象，而为人民能够饱食感到庆幸。（当然，若按傅引旧注作解，则表现词人不计较个人的损失，只要人民能够饱食也就心安了，似亦无不可。)下片回叙前一天徐君猷过访时酒筵间的情景：歌伎的翠袖在柳絮般洁白、轻盈的雪花萦绕中摇曳，她那红润的嘴唇酒后更加鲜艳，就像熟透了的樱桃；而词人却在酒筵歌席间，呵着发冻的手，镊着已经变白了的胡须，思绪万端。

在艺术上，这首词的最大特点，是以乐景表忧思，以艳丽衬愁情。这种相反相成的艺术手法运用得非常巧妙、成功，完全符合生活的逻辑。词的上片描写雪景和由之而联想到的来年丰收的景象，以及因人民有希望获得饱食而喜悦的心情，境界辽阔，节奏亦较轻快。不过，"但令"一词所表达的仅仅是词人一种美好的愿望，因而其间又不无一丝淡淡的哀愁。下片的"翠袖""白雪"相映成趣，"绛唇""樱珠"艳上加艳。但是，这些艳丽的场景，却和"樽前呵手镊霜须"的愁苦形象形成了鲜明的对比。鲜艳的青春形象，愈衬出词人容颜的衰老。词人摄取"呵手镊霜须"这一富有典型特征的动作，极大地增强了艺术的形象性和含蓄性，深刻地揭示了抒情主人公在谪贬的特定环境中的内心世界。这一忧思的形象，很像以白雪萦绕翠袖和鲜艳的绛唇为背景的特写镜头，对比强烈，含蕴丰富、深刻。

从艺术感受来看，上片比较明快，下片更显得深婉，而上片的情思抒发，似乎在为下片的无声形象作提示。这样，上下两片的重点，就很自然地都落在最末的无声形象上，从而展示出词人因济民无术，处于身不由己的境地，容颜日衰，而又不甘心的复杂感情。它们彼此呼应，互为表里，而全词也就靠这种内在的思绪脉络和谐地统一起来，表现了词人一个昼夜的活动和心境。

遣词、用字的准确、鲜明、形象、自然，也是这首词在艺术上的成功之处。如"不记"二字，看来无足轻重，但它却切词序"酒醒"而表现了醉中的朦胧。"但令"一词，确切地表达了由实景引起的联想中产生的美好愿望。"倚""萦"两字的运用，境界全出。"烂樱珠"，着一"烂"字，活画出酒后朱唇的红润欲滴。而"镊"字一出，多少情思，都表现在这一无声的动作中了。

正是上述的艺术特点，使这首词的境界鲜明，形象突出，情思深婉，收到了言已尽而意不尽的艺术效果，成为词中的妙品。

　　　　　　　　　　　　　　　　　　　　　　　　　　　　　(邱俊鹏)

浣溪沙 咏橘　　　　　　　　　　　苏 轼

菊暗荷枯一夜霜。新苞绿叶照林光。竹篱茅舍出青黄。

香雾噀人惊半破，清泉流齿怯初尝。吴姬三日手犹香。

咏物诗词，义兼比兴，讲求气象，自然容易受到好评。唐宋诗人，遵循《诗经》

以来的"美""刺"原则,每借物寓意,有所寄讽,并以此为咏物"正宗",而直写物象的纯粹的咏物之作,似乎已落入第二义了。其实,"纯用赋体,描写确肖"的咏物诗词,只要在选材炼意、琢句谋篇方面技巧娴熟,精美工致,也不失为佳构。

东坡是咏物能手,他的诗词中既有托讽深远的名篇,也有刻画精工的妙制,像这首咏橘词,可谓"写气图貌,既随物以宛转;属采附声,亦与心而徘徊"(《文心雕龙·物色》),巧言切状,体物细微,虽无深刻的思想内容,亦足以令人低徊寻味不已。

"菊暗荷枯一夜霜",先布置环境。咏物词,特别是咏小物的词,往往由于题材狭窄,难以展开,低手为之,易成枯窘。东坡才大,先在题前落笔,下文便有余地抒发。唐人皮日休《石榴歌》首句"蝉噪秋枝槐叶黄",同此手段。"菊暗荷枯"四字,是东坡《赠刘景文》诗"荷尽已无擎雨盖,菊残犹有傲霜枝"的概括。"一夜霜",经霜之后,橘始变黄而味愈美。晋王羲之帖:"奉橘三百枚,霜未降,未易多得。"又白居易《拣贡橘书情》诗:"琼浆气味得霜成。"皆可参证。"新苞"句,轻轻点出题目。新苞,指新橘。橘有皮包裹,故称。又,橘树常绿,凌寒不凋。《楚辞·橘颂》:"绿叶素荣,纷其可嘉兮。"沈约《橘》诗:"绿叶迎露滋,朱苞待霜润。"东坡用"新苞绿叶"四字,何等自然,再以"照林光"描绘之,可谓得橘之神了。"竹篱茅舍出青黄",好在一"出"字。竹篱茅舍,掩映于青黄相间的橘林之中,可见橘树生长之盛,人家环境之美,一年好景,正当此时。上片三句,纯是赋体,不杂一点抒情成分,然词人对橘的喜爱之情自见于字里行间。

过片二句,写尝橘的情状。擘开橘皮,芳香的油腺如雾般喷溅;初尝新橘,汁水在齿舌间如泉般流淌。"香雾""清泉"之喻,大概是东坡颇为得意的,他的《食柑》诗也有"清泉簌簌先流齿,香雾霏霏欲噀人"之句,后来南宋诗人曾几更把它压缩为"流泉喷雾真宜酒"(《曾宏甫分饷洞庭柑》)一语了。此词中"惊""怯"二字,活画出女子尝橘时的娇态。惊,是惊于橘皮迸裂时香雾溅人,怯,是怯于橘汁的凉冷和酸味。末句点出"吴姬",实际也点明新橘的产地。吴中产橘,尤以太湖中东西两洞庭山所产者为最著,洞庭橘在唐宋时为贡物。词中谓"三日手犹香",着意夸张。以此作结,余音不绝,亦自有"三日绕梁"之妙。

　　　　　　　　　　　　　　　　　　　　　　　　　　(陈永正)

浣　溪　沙　　　　　　　苏　轼

　　徐州石潭谢雨,道上作五首。潭在城东二十里,常与泗水增减清浊相应。

照日深红暖见鱼,连村绿暗晚藏乌,黄童白叟聚睢盱。

麋鹿逢人虽未惯,猿猱闻鼓不须呼,归来说与采桑姑。

旋抹红妆看使君,三三五五棘篱门,相排踏破蒨罗裙。
老幼扶携收麦社,乌鸢翔舞赛神村,道逢醉叟卧黄昏。

麻叶层层檾叶光,谁家煮茧一村香? 隔篱娇语络丝娘。
垂白杖藜抬醉眼,捋青捣䴬软饥肠,问言豆叶几时黄?

元丰元年(1078)徐州发生严重春旱,作者有诗云:"东方久旱千里赤,三月行
人口生土。"(《起伏龙行》)作为一州的长官,他曾往石潭求雨,得雨后,又往石潭
谢雨,沿途经过农村。这组《浣溪沙》词即记途中观感,共五首,这里是前三首。

第一首写以石潭为中心的村野风光,及聚观谢雨仪式的民众的欢乐。《起伏
龙行》序云:"父老云,(石潭)与泗水通,增损清浊,相应不差。时有河鱼出焉。"故
首句写到潭鱼。西沉的太阳,格外红而大,也染红了潭水。由于刚下过雨,潭水
增多,大约也涌进了不少河鱼,它们似乎贪恋着夕照的温暖,纷纷游到水面。鱼
而可见,也写出了潭水的清澈。与大旱时水浊无鱼应成一番对照。从石潭四望,
村复一村,佳木苁葱,只听得栖鸦的啼噪,而不见其影。两句一写见,一写闻。不
易见的(潭鱼)见了,易见的(昏鸦)反不见了,写出了农村得雨后风光为之一新,
也流露出作者喜悦的心情。三句撇景而写人。儿童黄发,老人白首,故称"黄童
白叟",这是聚观谢雨的人群中的一部分。"睢盱"二字俱从"目",张目仰视貌,兼
有喜悦之义。《易经·豫卦》"盱豫",《疏》:"盱谓睢盱。睢盱者,喜悦之貌。"这里
还暗用韩愈《元和圣德诗》"黄童白叟,踊跃欢呀"句意。只及童叟之乐,则一般村
人之乐,及作者乐人之乐可知。是举一反三的手法。

谢雨的盛会,打破了林潭的寂静。常到潭边饮水的"麋鹿"突然逢人,惊恐地
逃避了。而喜庆的鼓声却招来了顽皮的"猿猱"。"虽未惯"与"不须呼"相映成
趣,两种情态,各各逼真。颇有助于表现和平熙乐的气氛。细细品味,似觉其中
含有借以比拟人物的意趣。山村的老人纯朴木讷,初见知州不免有几分"未惯",
孩童则活泼好动,听到祭神仪式开始的鼓声,已争相前来,恐落人后了。他们回
家必得要兴奋地追说一天的见闻,说给谁呢? 当然是未能目睹盛况的"采桑姑"
们了。"归来说与采桑姑",这节外生枝一笔,妙趣横生,丰富了词的内涵。

词中始终没有正面写谢雨之事,只从鼓声间接透露了一点消息。却写到日、
村、潭、树等自然景物,鱼、鸟、猿、鹿等各类动物,黄童、白叟、采桑姑等各色人物

及其活动,织成一幅有声有色的画图。上片竟连用"深红""绿暗""黄""白"等色彩字,细辨则前二属实色(真色),后二属虚色(假色),交错使用,画面生动悦目。下片则赋而兼比。全词无往而非喜雨、谢雨的情事。这正表现出作手取舍经营的匠心。前五句是实写,末一句是虚写,实写易板滞,以虚相救,始觉词意玩味不尽。

　　第二首写谢雨途中见闻。情形与前者又不一样。上片作者着重写村姑形象,似乎就是顺着前一首写下去的。村姑不像朱门少女深锁闺中,但仍不能和男子们一样随便远足去瞧热闹,所以只能在门首聚观,这是很富于特征的情态。久旱得雨是喜事,"使君"(州郡长官的敬称,这里是作者自谓)路过是大事,不免打扮一下才出来看。劳动人民的女子打扮方式,决不会是"弄妆梳洗迟"的,"旋抹红妆"四字足以为之传神。匆匆打扮一下,是长期生活养成的习惯,同时也表现出心情的急切。选择一件茜草红汁染就的罗裙("蒨罗裙")穿上,又自含爱美的心理。"看使君"当然有一睹使君风采之意,同时也有观看热闹的意味在内。"三三五五"总起来说人不少,分散着便不能说太多,但"棘篱门"毕竟小了一些,都争着向外探望,你推我挤("相排"),便有人尖叫裙子被踏破了。短短数语就刻画出一幅极风趣生动的农村风俗画。作者下笔十分自然,似是实写生活中事,以至使人觉得它同杜牧《村行》诗的"篱窥蒨裙女"一句只是暗中相合而已。

　　下片写到田野、祠堂,又是一番光景:村民们老幼相扶相携,来到打麦子的土地祠;为感谢上天降雨,备酒食以酬神,剩余的祭品引来馋嘴的乌鸢,在村头盘旋不去。两个细节都表现出喜雨带来的欢欣。结句则是一个特写,黄昏时分,有个老头儿醉倒在道边。这与前两句形成忙与闲、众与寡,远景与特写的对比。但它同样富于典型性。"桑柘影斜春社散,家家扶得醉人归"(王驾《社日》),酩酊大醉是欢饮的结果,它反映出一种普遍的喜悦心情。

　　如果说全词就像几个电影镜头组成,那么,上片则是个连续的长镜头;下片却像两个切割镜头,老幼收麦、乌鸢翔舞是远景,老叟醉卧道旁是特写。通过一系列画面表现出农村得雨后的气象。"使君"虽只是个陪衬角色,但其与民同乐的心情也洋溢纸上。

　　第三首写村中见闻。上片写农事活动。首句写地头的作物。"葈"(音顷)即苘麻,是麻的一种。"麻叶层层"是写作物茂盛,"葈叶光"是说叶片滋润有光泽,二语互文见义,是雨后庄稼实况。从具体经济作物又见出时值初夏,正是春蚕已老,茧子丰收的时节。于是村中有煮茧事。煮茧的气味很大,只有怀着丰收喜悦的人嗅来才全然是一股清香。未到农舍,在村头先嗅茧香,"谁家煮茧"云云,传达出一种新鲜好奇的感觉,实际上煮茧络丝何止一家。"一村香"之语倍有情味。走进村来,隔着篱墙,就可以听到缲丝女郎娇媚悦耳的谈笑声了。"络丝娘"本俗语中的虫名,即络纬,又名纺织娘,其声如织布,颇动听。这里转用来指蚕妇,便觉诗意盎然,味甚隽永。另有一种别具会心的解释说:"从前江南养蚕的人家禁忌迷信很多,如蚕时不得到别家串门。这里言女郎隔着篱笆说话,殆此风宋时已然。"(俞平伯《唐宋词选释》)则此句还反映了当时的民俗。

下片写作者对农民生活的采访,须发将白的老翁拄着藜杖,老眼迷离似醉,捋下新麦("捋青")炒干后捣成粉末以果腹,故云"软饥肠"。这里的"软",本字为"餪",有"送食"之义,见《广韵》。两句可见村中生活仍有困难,流露出作者的关切之情。于是更询问:豆类作物几时成熟? 粮食能否接上? 简单的一问,含蕴不尽。

要之,作者并没有把雨后农村理想化,他不停留在隔篱的观察上,而是较深入地接触到农民生活的实际情况,所以具有相当浓郁的生活气息。作者把词的题材扩大到农村,写农民的劳动生活,对于词境开拓有积极的影响。　　(周啸天)

浣　溪　沙　　　　　　　　　　　　苏　轼

簌簌衣巾落枣花,村南村北响缲车,牛衣古柳卖黄瓜。

酒困路长惟欲睡,日高人渴漫思茶,敲门试问野人家。

词者,具名曲子词,即今日所说的"唱词儿"是也。初起民间,后落于文士之手,遂为雅制。然而花间酒畔,艳丽为多。创新境者,李后主、柳耆卿、苏东坡,皆另辟鸿蒙,沾溉百世。然能创新境犹易,创奇境更难。所谓奇,非荒诞怪谲之义,但出人意表,全在常流想外,使人击赏赞叹,此即奇境。在词境中夐乎未有,乍开耳目,不禁称奇叫绝者,如坡公此作,可谓奇甚。

常说天风海雨,一洗绮罗香泽之习,足令诵者胸次振爽,为之轩朗寥廓——此犹是不寻常之为奇者也。若坡公此等词,则唯以最寻常最普通最不"值得"入咏的景物风光写之为词,此真奇外之奇!

可知千古未有之奇境,正在无奇之中。

试看他首句即奇:花落衣上,簌簌有声,何花也而具此斤两? 曰:枣花。枣花者,无丽色,无浓馨,形状屑细,最不惹人注目,而经东坡一写,其体琐而质重,纷纷而飘落于过路人,使之衣巾皆满,飒飒如闻声响。此境已极可喜矣。此簌簌之枣花声,旋即为另一聒聒之妙音所夺——又何音也? 曰缲车。昔者农家,耕织两重，盖衣食双营，皆由己手，而采桑育蚕，缫丝纺织，则妇女之重要功课。当枣花洒落之时，正缫丝忙迫之际，家家户户，响彻村周，范石湖所谓"缫车嘈嘈似风雨"，足资想象。行人至此，不禁驻足。为欲追凉，先寻老柳，——却见绿荫复地，早有著牛衣之卖瓜人占尽清凉福地矣。

以上，写尽农村风物。

过片以下，便笔端一换，专属行人。农家缫丝，时在初夏，时大麦已然登场，天已甚热。酒困，途长，日高人倦，触暑烦劳之状跃然纸上。看来，古柳下之黄瓜，早已试过，了不济事，唯念茶浆，方能解渴。然而又何处可得甘露？当此之时，乃知农野之人家，远胜于大士之洞府，于是叩其门而求焉——古所谓"乞浆"，正此义此情也。

在《全宋词》中，月露风花，比比皆是，寻此奇境，唯有坡公，所以为千古独绝。

然而，东坡又何为而写此词耶？盖他自家那时正做"使君"——元丰元年，东坡在知徐州任上，地方春旱，因至城东二十里石潭乞雨；既得喜雨，故复至石潭谢焉，于路中作此等小词五章，此其第四也。一片为民忧喜之心情，于此写之。其境之奇，其笔之奇，方知并非无故。

然而又有一义，亦复不可不知：东坡口不明言，却笔笔是赞美野人，句句是感叹自己。东坡之意若曰：野人家尚能赐我一杯粗茗，缓我渴苦；而我可以赐农家者又何物耶！？岂不愧煞，岂不痛煞。

有如此胸襟，方写得如此词曲。至于文辞音节之美，尚待细究乎？

（周汝昌）

浣　溪　沙　　　　　　　　　苏　轼

软草平莎过雨新，轻沙走马路无尘。何时收拾耦耕身？

日暖桑麻光似泼，风来蒿艾气如薰。使君元是此中人。

这首词系作者于徐州石潭谢雨道上所作《浣溪沙五首》中的第五首。词中写徐州农村久旱逢雨之后所呈现的一派欣欣向荣、丰收在望景象，流露出作者对农村田园生活的热爱和他希冀归耕田园的愿望。

上片首二句"软草平莎过雨新，轻沙走马路无尘"，不仅写出"草"之"软"、"沙"之"轻"，而且写出作者在这种清新宜人的环境之中舒适轻松的感受。久旱逢雨，如沐甘霖，经雨之后的道上，"软草平莎"，油绿水灵，格外清新；路面上，一层薄沙，经雨之后，净而无尘，作者纵马驰骋，自是十分惬意。触此美景，不禁使他情动于衷,遂脱口而出:"何时收拾耦耕身?""耦耕",指二人并耜而耕,典出《论语·微子》:"长沮、桀溺耦而耕。"长沮、桀溺是春秋末年的两个隐者。二人因见世道衰微,遂隐居不仕。苏轼则与之不同。苏轼自幼胸怀奇志,期在为国建树奇勋。但在王安石变法时,他因与王政见不合,便自请外放,历任地方官。"收拾耦耕身",不仅表现出他对农村田园生活的热爱,同时也是他在政治上不得意的情况下,仕途坎坷、思想矛盾的一种反映。

下片"日暖桑麻光似泼,风来蒿艾气如薰"二句,承上接转,将意境宕开,从道上写到田野里的蓬勃景象。在春日的照耀之下,桑麻欣欣向荣,闪烁着诱人的绿光;一阵暖风,挟带着蒿艾的薰香扑鼻而来,沁人心肺。这两句对仗工稳,且妙用点染之法。上写日照桑麻之景,先用画笔一"点";"光似泼"则用大笔涂抹,尽力渲染,将春日雨过天晴后田野中的蓬勃景象渲染得淋漓尽致;下句亦用点染之法,先点明"风来蒿艾"之景,再渲染其香气"如薰"。"光似泼"用实笔,"气如薰"用虚写。一"光"一"气",虚实相间,有色有香,并生妙趣。"使君元是此中人"一句,总上作结,画龙点睛,为升华之笔。它既道出了作者"收拾耦耕身"的思想本源,又将作者对农村田园生活的热爱之情更进一步深化。作者身为"使君",却能不忘他"元是此中人",且乐于如此,应该说这是难能可贵的。苏轼《题渊明诗》云:"非余之世农,亦不能识此语之妙也。"而这也正是苏轼农村词之所以臻于妙境的真谛所在。

这首词的结构十分奇特,与前四首均不同,也与一般词的结构不同。前四首《浣溪沙》词全是写景叙事,并不直接抒情、议论,而是于字行之间蕴蓄着作者的喜悦之情。这一首既不像前四首《浣溪沙》词那样,也不是把景物和感受分开来写,而是用写景和抒情互相错综层递的形式来写。上片首二句写作者于道中所见之景,接着触景生情,自然逗出他希冀归耕田园的愿望;下片首二句写作者所见田园之景,又自然触景生情,照应"何时收拾耦耕身"而想到自己"元是此中人"。这样写,不仅使全词情景交融,浑然一体,而且用层递的手法,使词情深化升华,臻于妙境。特别"软草平莎过雨新"二句、"日暖桑麻光似泼"二句,似平却奇,出诗入画,显示出苏轼农村词清新开阔、含蓄隽永的艺术特色。　　　　(王元明)

浣 溪 沙 春情　　　　　　　　　　　　　　苏 轼

道字娇讹语未成。未应春阁梦多情。朝来何事绿鬟倾。

彩索身轻长趁燕,红窗睡重不闻莺。困人天气近清明。

"良辰美景奈何天,赏心乐事谁家院。"这是汤显祖《牡丹亭》中的两句曲词。明媚的春色,给年轻姑娘带来了无限欢乐,也带来了绵绵春恨。这首词中的女主人公刚踏进青春的门坎,带有更多孩提时的天真,但青春的烦恼已悄悄地闯进她的心房。

请看,她说起话来字音儿从嘴里一连串地滚出来,使人听不分明。她并非咬字不清,分明带着撒娇、讨人爱怜的成分,说明她年齿尚稚。但是,为什么她早晨醒来却鬓发不整,无心梳理呢? 不会是春闺夜梦,想什么情人吧!"多情",宋元俗语,指情人。魏夫人《卷珠帘》词:"多情因甚相辜负。""何事"是因状态不正常而有所疑,"未应"是猜测而不肯定,二句倒装,将"梦多情"提前来说,故作惊人之笔。其实作者也知道,"花面丫头十三四"还未解风情,他不过是意存调侃而已。这两句将少女的春情写得若有若无,巧妙地表现了情窦初开的少女的心理特点。

词的上片写少女朝慵初起的娇态,下片写她贪玩好睡的憨态。她不像那些早已成熟、受着现实爱情熬煎的女子那样,情感毕竟还没有达到缠绵执着的地步。你看,她在春光的感召下,早已把梦中的烦恼抛到了九霄云外,腾身在秋千架上,像一只轻捷的燕子,上下飞舞。玩累了,就睡在红窗下,黄莺儿动听的歌声怎么也唤不醒她。她玩得那样痛快,那样尽兴,睡得那样香甜,那样酣沉,哪像个有心事的人呢? 是的,她并不是由于晚上没睡好,白天这样贪睡,纯粹是因为快要到清明了,正是困人的季节啊! 这样的解释分明带有打趣的味道,在肯定中包含着否定,更有幽默感。我们当然不会把她的酣睡仅仅归因于"困人天气近清明"的。

贺裳《皱水轩词筌》说:"苏子瞻有铜琶铁板之讥,然其《浣溪沙·春闺》曰'彩索身轻长趁燕,红窗睡重不闻莺',如此风调,令十七八女郎歌之,岂在'晓风残月'之下。"确实,苏轼并非仅以豪放词独步词坛,他的婉约词也写得非常出色。这首词刻画了一个少女的可爱形象,丝毫没有一般闺情词的轻薄成分。语言活泼而有风趣,或正或反,不言春情而春情自见,言春情而又无迹可寻,含蓄蕴藉,轻松幽默,刷新了婉约词的意境。将此词和当时风行天下的柳永的最出色的作品比,也是毫不逊色的。

(陈华昌)

浣　溪　沙　　　　　　　　苏　轼

风压轻云贴水飞,乍晴池馆燕争泥。沈郎多病不胜衣。
沙上不闻鸿雁信,竹间时听鹧鸪啼。此情惟有落花知!

浣溪沙（风压轻云贴水飞）　　苏　轼

——明刊本《诗馀画谱》

　　这首词一说是李璟的作品,见《李璟李煜词补遗》。因明代所刊《类编草堂诗馀》署为李璟所作,故《补遗》误收。应据元刻本定为东坡词。它写的是春景,但作于何年春天已无法确知。

　　"风压轻云贴水飞,乍晴池馆燕争泥。"作者用轻快的笔触三涂两抹,就把一幅生机勃勃的春天画图呈现在读者眼底了。他既没有用浓重的色彩,也没有用艳丽的词藻,而只是轻描淡写地勾勒出几样景物,便使读者更强烈地感到一股清新的春之气息。这是何等笔力!

　　在一个多云转晴的春日里,作者徜徉于池馆(周围有水池的屋子)内外,但见和风吹拂大地,薄云贴水迅飞,轻阴搁雨,天气初晴,那衔泥的新燕,正软语呢喃。按理说,面对着这春意盎然的良辰佳景,作者也应该心情振奋、逸兴遄飞了吧?哪知紧接着一句却是"沈郎多病不胜衣"!作者竟自比多病的沈约,腰围带减,瘦损不堪,值兹阳和气清之际,更加弱不禁风了。

　　首句连用三个动词压、贴、飞,构成连动句式,振动起整个画面。次句把时、空交互在一起写:季节是春天(由燕争泥可推知),天气是初晴,地点在池馆内外。这两句色彩明快。第三句点出作者自己,由于情感外射,整幅画面顿时从明快变为阴郁;这一喜、一忧、一扬、一抑,产生了跌宕的审美效果,更增加了词的动态美。诗意到此出现了巨大转折,为过渡到下片做好了准备。

　　"沙上不闻鸿雁信,竹间时听鹧鸪啼。"鸿雁传书,出于《汉书·苏武传》,诗、词里常用这个典故。如今连鸿雁也不捎个信来。鹧鸪啼声,俗谓似"行不得也,哥哥!""行不得也,哥哥!"……更时时勾起词人对故旧的思念。"沙上""竹间",既分别为鸿雁和鹧鸪栖息之地,也极可能即作者举目所见之景。作者谪居黄州期间所写"拣尽寒枝不肯栖,寂寞沙洲冷"(《卜算子·黄州定慧院寓居作》)的情境,与此词类似。

　　"此情惟有落花知!"落花本无知;但由于作者的移情作用,竟使无知的落花变成了深知作者心情的知己。这样融情入景,使得情景交融,其中含蕴的"韵外之致"(司空图《与李生论诗书》)就格外耐人寻味了。唐代皎然《诗式》说:"两重意以上,皆文外之旨。"这句则至少包含了三重意思。一、"惟有"二字,说明除落花之外,人们对作者的心情都不理解。二、落花为什么能够理解作者的心情呢?岂不是由于作者与落花的命运相似么?三、落花无言,即使它理解作者的心情,也无可劝慰。这样寻味下去,不就越思越深了么?

　　全词仅上片开头两句写景,第三句抒情,用的是先实后虚的手法。下片则虚实结合,情中见景。在苏轼笔下,不仅"一切景语皆情语也"(王国维《人间词

话》),而且于情语中也往往见景物。这是一种很高妙的手法。　　　　（蔡厚示）

浣溪沙　　　　　　　　苏　轼

元丰七年十二月二十四日,从泗州刘倩叔游南山。

　　细雨斜风作晓寒,淡烟疏柳媚晴滩。入淮清洛渐漫漫。

　　雪沫乳花浮午盏,蓼茸蒿笋试春盘。人间有味是清欢。

　　这首南山纪游之作,掇拾眼前景物,却涉笔成趣,寓意深刻,有自然浑成之妙。

　　元丰七年(1085)三月,苏轼在黄州贬所过了四年多谪居生活之后,被命迁汝州(治所在今河南临汝)团练副使。这种量移虽然不是升迁,但却标志着政治气候的转机。据《宋史》本传,神宗手札移轼汝州,有“人材实难,不忍终弃”之语。这年四月东坡离黄赴汝,心境比较轻松,一路上颇事游访。畅游庐山,在江西筠州探视了胞弟子由,到金陵又与致仕家居的王安石酬唱累日,且有买田江干、相偕归隐之约。这年岁暮,苏轼来到泗州,即上书朝廷,请罢汝州职,回宜兴休养。本词就是在这种背景下创作的。

　　小序中提到的刘倩叔,不详其人。查傅藻《东坡纪年录》,元丰七年内,东坡与之同游泗州南山并都有词记述的,有十一月晦日之刘仲达,为眉山旧相识,作《满庭芳》;十二月之泗州太守(王明清《挥麈后录》卷七谓名刘士彦),作《行香子》;同月二十四日之刘倩叔,作《浣溪沙》。词序称“泗州刘倩叔”,又不带写官职,当不是前二刘。按东坡诗集元丰八年正月泗州作有《书刘君射堂》诗,施元之注谓《续帖》刻石有东坡自注云:“刘曾随其父典眉州。”(分类本此诗题为《刘乙新作射堂》,题下注“乙父尝知眉州”。)故诗首句称“兰玉当年刺史家”。王文诰《苏诗总案》因谓此诗中“刘君”与二刘(士彦、仲达)不合,乃家于泗州者,即刘倩叔。可备参考。盖词题称“泗州”是指其本籍或寄籍;其父曾知眉州,与东坡沾一层关系,故同游南山,并得他为射堂题诗。

　　这首小令是以时间为序来铺叙景物的。从早上写到中午,从细雨写到天晴,层次非常清楚。上片写沿途景观。第一句写清晨,风斜雨细,瑟瑟寒侵,这在残冬腊月是很难耐的,可是东坡却只以“作晓寒”三字出之,表现了一种不大在乎的态度。第二句写向午的景物:雨脚渐收,烟云淡荡,河滩疏柳,尽沐晴晖。俨然成了一幅淡远的风景图画了。一个“媚”字尤能传出作者喜悦的心声。“媚”者,动态之美也。作者从摇曳于淡云晴日中的疏柳,觉察到萌发中的春潮。于残冬岁暮之中把握住物象的新机,这正是东坡逸怀浩气的表现,是他精神境界上度越恒流之处。"入淮"句寄兴遥深,一结甚远。句中的"清洛",即"洛涧",发源于合肥,北流至怀远合于淮水,地距泗州(宋治在临淮)不近,非目力能及。那么词中为什么又要提到清洛呢? 这是一种虚摹的笔法。作者从眼前的淮水联想到上游的清碧的洛涧,当它汇入浊淮以后,就变得浑浑沌沌一片浩茫了。这是单纯的景物描写吗? 是否含有"在山泉水清,出山泉水浊"的归隐林泉的寓意在内呢?

　　下片写春盘初试的杯盏清欢。一起两句,作者抓住了两件有特征性的事物来描写:乳白色的香茶一盏和翡翠般的春蔬一盘。两相映托,便有浓郁的节物气氛和诱人的力量。"雪沫"句写点茶,用笔入微,蔡襄《茶录》:"凡欲点茶,先须熁盏令热,冷则茶不浮。"又云:"钞茶先注汤,调令极匀,又添注入,环回击拂,汤上盏可四分则止。视面色鲜白,著盏无水痕,为绝佳。"这可视为对"雪沫乳花"的详尽的注解。午盏,指午茶。此句可说是对宋人茶道的形象描绘。"蓼茸蒿笋",即蓼芽与蒿茎,这是立春的应时节物。《风土记》:"元旦以葱、蒜、韭、蓼、蒿芥杂和而食之,名五辛盘,取迎新之意。"东坡此次出游为腊月廿四日,距春节很近,故得预赏春盘以应节候。两句中一言饮,一言食。以樽俎间的微物入词,本是很难讨好的。因为这些供人口腹之欲的物品,严格说来不是精神范畴的审美对象。可是东坡却用以入词,而且是用一种属对工整的形式来写的,这就难上加难。试看"雪沫""蓼茸"二句,词性字声,纤悉皆合,既工整熨帖,又流转自然,可见笔力之健举。《浣溪沙》为六句七言之体制,上下片皆以单句作结,故末句之经营,十分重要。即如下片以"人间有味是清欢"作结,则前面所铺陈的景物,如午盏之茶香,春盘之蔬美等等,一并升华为清欢之意趣了。其饾饤细物,并成妙谛,而不以琐屑为病者,就在于煞尾收得好,有画龙点睛,叫破全篇之功效。近人刘永济《词论》云:"小令尤以结语取重,必通首蓄意、蓄势,于结句得之,自然有神韵。"持论此词,真有笙磬之合。一经结句点破,前此之细雨晓寒,晴滩烟柳,无不与词心契合,并化清欢了。虽然这里没有什么华堂宴席与金碧楼台,但是,对于一个心地坦荡与情致高洁的诗人来说,有什么比摆脱羁绊和归向自然更令人欣快的呢? 在《前赤壁赋》中,作者曾热情讴歌过江上之清风与山间之明月,认为这是造物者赐予人们的无尽宝藏。而今天拨响他的琴弦的,仍然是这同一个共振的频率。我们的词人是多么向往宁静无忧的田园生活呵。"人间有味是清欢",这是一个具有哲理性的命题,用在词的结尾,却自然浑成,有照彻全篇之妙趣。此诚所谓"意到语工,不期高远而自高远"之作也。

　　　　　　　　　　　　　　　　　　　　　　　　　　　　(周笃文)

浣　溪　沙　　　　　　　　　　苏　轼

送梅庭老赴上党学官

门外东风雪洒裾。山头回首望三吴。不应弹铗为无鱼。

上党从来天下脊，先生元是古之儒。时平不用鲁连书。

　　这是一首送友赴任之作。梅庭老生平未详，从词里可知他是三吴地区（"三吴"，诸说不一，大抵指今浙东、苏南一带）人。"上党"，一本作"潞州"，治所在今山西长治，北宋时与辽邦接近，地属边鄙。"学官"掌地方文教，职位不显，可谓"食之无味，弃之可惜"。梅庭老赴任，想必不太情愿，而又不得已而为之，苏轼便针对他这种心情写了这首词送他。

　　"门外东风雪洒裾"，是写送别的时间与景象。尽管春已来临，但因春雪，而气候尚很寒冷。而"飞雪似杨花"的情景，隐含无限惜别之意。彼此握别，意见言外。这时有"雪洒裾（衣襟）"，而不言"泪沾衣"，颇具豪爽气概。次句即有一较大跳跃，由眼前写到别后，想象梅庭老别去途中，于"山头回首望三吴"，对故园依依不舍。这里作者不是强调三吴可恋，而是写一种人之常情。第三句便针对这种心情进一言："不应弹铗为无鱼。"这句用战国齐人冯谖事，冯谖为孟尝君食客，曾嫌不受重视，弹铗（宝剑）作歌道："长铗归来乎，食无鱼。"（《战国策·齐策》）此句意谓梅庭老做了学官，总算是"食有鱼"，不必唱归来。同时又似乎是说，尽管上党地方艰苦，亦不必计较个人待遇，弹铗使气。正因意在两可之间，语尤忠厚。

　　过片音调转高亢："上党从来天下脊。"意谓勿嫌上党边远，其地势实险要。盖秦曾置上党郡，因其地势高，故有"与天为党"之说。杜牧《贺中书门下平泽潞启》："上党之地，肘京洛而履蒲津，倚太原而跨河朔，战国时，张仪以为天下之脊。"作者《雪浪石》诗亦云："太行西来万马屯，势与岱岳争雄尊。飞狐上党天下脊，半掩落日先黄昏。"可以参读。"先生元是古之儒"，此称许梅庭老有如古之大儒，以天下为己任，意谓勿以学官而自卑。此联笔力豪迈，高唱警挺，可以壮友人行色。然而不免还有一个问题，上党诚为要地，学官毕竟冷闲，既有大志大才，何以不当大任呢？这就补出末句："时平不用鲁连书。"鲁连，即鲁仲连，战国齐人，曾游赵，值秦兵围赵，魏遣人说赵奉秦为帝，鲁仲连力排此议，使赵保持了独立。后十余年，燕、齐交战，燕将攻下齐之聊城，聊城人谗之于燕，燕将惧诛，因保守聊城，不敢归。齐田单攻聊城，岁余，士卒多死而聊城不下，鲁仲连乃为箭书射入城中，以利害劝说燕将或全师归燕，或降齐受封，择一而行之，勿行一朝之忿，杀身亡聊城,至功败名灭。燕将见书,泣三日,犹豫不能自决,乃自杀。田单遂复聊城,归而欲以爵封鲁仲连,鲁仲连逃隐于海上。《史记》给他很高评价。因上党是赵地,当时宋辽早已议和,故云时代承平,梅庭老即有鲁连奇策,亦无所用之。既有劝勉其安心本职工作之意;又含有对其生未逢辰不得重用之遭际的同情。

　　全首仅六句,却委曲周详,既同情于友人不得志的遭遇,又复风义相期,开导他努力于公事。作者是用自己乐观旷达的人生态度去影响朋友,出语洒脱却发自肺腑,故能动人。《浣溪沙》词调,在作者以前如晏、欧等名家手里,大抵只用于写景抒怀,而此词却以之写临别赠言,致力于用意,有如文章之"序"体,开拓了小词的题材内容。下片的联语对仗自然工稳,音情高古;两片结语均用战国故事,为全词增添了色泽和韵味。

(周啸天)

点　绛　唇　　　　　　　　苏　轼

红杏飘香,柳含烟翠拖轻缕。水边朱户。尽卷黄昏雨。

烛影摇风,一枕伤春绪。归不去。凤楼何处。芳草迷归路。

　　东坡才大如海,其词堂庑亦大。如"有情风万里卷潮来,无情送潮归",固然极富创新之局面。而如"枝上柳绵吹又少,天涯何处无芳草",则又深具传统之神理。此首《点绛唇》亦然。此词所写,乃是词人对于所爱女子无法如愿以偿之一片深情怀想。

　　上片悬想伊人之情境。"红杏飘香,柳含烟翠拖轻缕",起笔点染春色如画。万紫千红之春光,数红杏、柳烟最具有特征性,故词中素有"红杏枝头春意闹"、"江上柳如烟"之名句。此写红杏意犹未足,更写其香,杏花之香,别具一种清芬,写出飘香,足见词人感受之馨逸。此写翠柳,状之以含烟,又状之以拖轻缕,既能写出其轻如烟之态,又写出其垂丝拂拂之姿,亦足见词人感受之美好。这番美好的春色,本是大自然赐予人类之造化,词人则以之赋予对伊人之钟情。这是以春色暗示伊人之美好。下边二句,遂由境及人。"水边朱户",点出伊人所居。朱户、临水,皆暗示伊人之美、之秀气。笔意与起二句同一旨趣。"尽卷黄昏雨",词笔至此终于写出伊人,同时又已轻轻宕开。伊人卷帘,其所见唯一片黄昏雨而已。黄昏雨,隐然喻说着一个愁字。句首之尽字,犹言总是,实已道出伊人相思之久,无可奈何之情。此情融于一片黄昏雨景,隐秀之至。

　　下片写自己相思情境。"烛影摇风,一枕伤春绪。"烛影暗承上文黄昏而来,摇风,可见窗户洞开,亦暗合前之朱户卷帘。伤春绪即相思情,一枕,言总是愁卧,愁绪满怀,相思成疾矣。此句又正与尽卷黄昏雨相映照。上写伊人卷帘愁望黄昏之雨,此写自己相思成疾卧对风烛,遂以虚挚与写实,造成共时之奇境。挽合之精妙,有如两镜交辉,启示着双方心灵相向灵犀相通但是无法如愿以偿之人生命运。"归不去",遂一语道尽此情无法圆满之恨事。"凤楼何处。芳草迷归路。"凤楼朱户归不去。唯有长存于词人心灵中之瞩望而已。"何处"二字,问得凄然,其情毕见。瞩望终非现实,现实是两人之间,横互着一段不可逾越之距离。词人以芳草萋萋之归路象喻之。此路虽是归路,直指凤楼朱户,但实在无法越过。句中"迷"之一字,感情沉重而深刻,迷惘失落之感,天长地远之恨,意馀言外。

　　东坡此词艺术造诣之妙,在于结构之回环婉转。歇拍、过片,两人情境,一样相思,无计团圆,前后映照。起句对杏香柳烟之一往情深,与结句芳草迷路之归去无计,则相反相成,愈神往,愈凄迷。其结构回环婉转如此。此词造诣之妙,又在于意境之凄美空灵。红杏柳烟,属相思中之境界,而春色宛然如画。芳草归路,象喻人间阻绝,亦具凄美之感。此词结构、意境,皆深得唐五代宋初令词传统之神理。若论其造语,则和婉莹秀,如"水边朱户,尽卷黄昏雨","凤楼何处,芳草迷归路",置于晏欧集中,真可乱其楮叶。东坡才大,其词作之佳胜,又岂止横放杰出之一途而已。

　　此词意蕴之本体,实为词人之深情。若无有一份真情实感,恐难有如此艺术造诣。东坡一生,如天马行空,似无所挂碍。然而,东坡亦是性情中人,此词有以见之。此词之本事或缘起,今难考知了。

(邓小军)

蝶　恋　花　　　　　　　　　　　　苏　轼

记得画屏初会遇。好梦惊回,望断高唐路。燕子双飞来又去。纱窗几度春光暮。　　那日绣帘相见处。低眼佯行,笑整香云缕。敛尽春山羞不语。人前深意难轻诉。

　　苏轼的词具有多种风格是人所共知的。有的像天风海雨那样雄奇奔放,由此而创豪放一派;有的像花间流莺那样婉转多情,并不亚于柳、秦诸家。这首《蝶恋花》就是一首柔情似水的纯爱情词。它毫无掩饰地写出了一个男子的单相思。

　　上片回忆了恋爱的全过程:初遇——破灭——思念。"记得画屏初会遇",写出这爱情的开端是美妙的,令人难忘的,与心爱的人在画屏之间的初次会遇,至今记得清清楚楚。可是不知出于什么原因,情缘突然被割断了,这无异于一场美梦的破灭,一切幸福的向往都化为泡影,所以紧接着就说"好梦惊回,望断高唐路"。"高唐",即高唐观,又称高唐台,在古云梦泽中,宋玉《高唐赋》和《神女赋》中写楚怀王和楚襄王都曾于此观中梦与巫山神女相遇。这里借以比喻再也不能与情人相会了。"燕子双飞来又去。纱窗几度春光暮",进一步写出男主人公的一片痴情。虽然是"高唐梦断",情丝却还紧紧相连:梁间的双飞燕春来又秋去,美丽的春光几度从窗前悄悄走过,而对她的思念却并不因时间的流逝而减弱半分。其特别标举燕子是双飞,春光是从纱窗前走过,是因为这些物象最惹人相思,意在表明自己这几年是在极度的思念中度过的,是在没有希望的等待中度过的。

下片回过头来集中描述他们之间最甜蜜的一次会遇。"那日绣帘相见处",点明相会的时间与地点。"低眼佯行,笑整香云缕",活画出女方的娇羞之态:低眉垂眼,假意要走开,却微笑着用手整理自己的鬓发(即香云缕)。一个"佯"字,见出她的忸怩之态,一个"笑"字,传出钟情于他的心底秘密。当人理鬓自也是一种保持最佳容姿以取悦于人的亲昵表示。"敛尽春山羞不语,人前深意难轻诉",进一步写出女方的内心活动:敛起眉头不说话,不是对他无情,实在出于害羞。一个姑娘家怎好在人前轻率地倾吐自己的爱情呢?可愈是如此,愈见其纯真,愈是招人疼爱。全词就以此甜蜜的回忆的结束而结束,活泼而有分寸,细腻而有余味。

作者在这里描写的相思之情是赤裸裸的,热乎乎的,可也是健康的,朴素的,就像爱情本身那么健康,就像生活本身那么朴素。女主人公自然是青楼中人物,男主人公是封建社会中的青年士子无疑。他们可以向意中人表示自己的爱情,但无权决定自己的婚姻。他们之间的爱情的中断,决不是女方的变心,更不是男方的负情,而是受着外力的压迫与阻挠。正因为如此,才值得男主人公相思不已;正因为如此,才能使人去思索这个千古难解之谜:为什么自古红颜多薄命?为什么自古多情空余恨?

此词在艺术上有两个显著的特点。一是顺叙、倒叙的交叉运用,使结构错落有致。上片先写爱情的"好梦惊回",下片再写甜蜜的欢会,自然是倒叙。单就上片说,从初会写到破裂,再写到无穷尽的思念,自然又是顺叙。如此交叉安排,使其具有简单的情节,颇有点像现代的抒情性短篇小说的梗概,收到了曲折生情,摇曳生姿的艺术效果。

二是运用了反衬手法,即以相见之欢反衬相离之苦。此词下片特意集中笔墨将勾魂摄魄的欢会详加描述,就正是为了反衬男主人公失恋的痛苦。因为只有爱得如此之深,才能思得如此之切;只有享受过如此的欢愉,才能产生如此的痛苦。这不比说任何伤心的话更伤心十分吗?

(谢楚发)

蝶 恋 花　　　　　　　苏 轼

蝶懒莺慵春过半。花落狂风,小院残红满。午醉未醒红日晚,黄昏帘幕无人卷。　　云鬟髻松眉黛浅。总是愁媒,欲诉谁消遣。未信此情难系绊,杨花犹有东风管。

这是苏轼写的一首闺情词。主人公是一位多情善感的少女,她在暮春时节,独处幽闺,不免苦闷无聊,对花伤春。李冠也有一首写少女伤春的《蝶恋花》,词中说:"桃李依依春暗度,……一片芳心千万绪,人间没个安排处。"苏轼这首《蝶恋花》写的也正是这样的内容。比较起来,李词显得较为明畅疏朗,苏词则颇为含蓄细腻。

此词上片由写景过渡到写人。春光已消逝大半,蝴蝶懒得飞舞,黄莺也有些倦息,风卷花落,残红满院。面对这"风雨送春归""无计留春住"的情景,心事重重的少女,不免触目伤情,倍添寂寥之感。自然,蝶、莺本来不见得慵懒,但从这位少女的眼光看来,不免有些无精打采了。发端写景,下了"懒""慵""狂""残"等字,就使周围景物蒙上了主人公的感情色彩,隐约地透露了主人公的心境。以下写人:红日偏西,午醉未醒,光线渐暗,帘幕低垂。此情此景,分明使人感到主人公情懒意慵,神倦魂销。无一语言及伤春,而伤春意绪却宛然在目。

下片由写人的外在形象,过渡到写人的内心世界。头上发髻散乱,眉间黛墨淡浅,可见无心梳妆。古代闺阁少女是很讲究打扮妆束的。如今她懒画蛾眉,慵于梳头,说明心事沉重,精神不振。首句以形写神,以下承上刻画愁思之重。"总是愁媒,欲诉谁消遣",是说触处皆能生愁,无人可为排解。唐代诗人李咸用《途中逢友人》诗说:"烟花随处作愁媒"。烟花泛指春景,佳景本可娱人,但对情绪不佳的人,偏会撩拨起无限愁情。"总"字统括一切,一切景物都成为愁的触媒,而又无人可以倾诉,则心绪之烦乱,襟怀之孤寂,可以想见。到此已把愁情推向高潮。煞拍宕开,谓此情将不会一无依托,杨花尚有东风来吹拂照管,难道自身连杨花也不如吗!《古乐府·杨白花》歌有:"春风一夜入闺闼,杨花飘荡落南家"之句;庾信《春赋》也说:"二月杨花满路飞。"杨花似花非花,在花中身价不高,且随风飘荡,有似薄命红颜,一无依托。这里即景取喻,自比杨花,悲凉之情以旷语出之,愈觉凄恻动人。

全词用"蝶""莺""残红""帘幕""云鬟""杨花"等柔美的意象,来烘托少女的形象;用春意阑珊的环境,来映现少女伤春的心境。句句写伤春情怀,但通篇不露伤春字面,所谓"言其用而不言其名"(《诗人玉屑》卷十),有含蓄不露、词绮情婉之妙。近人吴梅云:"余谓公词豪放缜密,两擅其长。世人第就豪放处论,遂有铁板铜琶之诮,不知公婉约处,何让温、韦。"(《词学通论》)本篇正显示出东坡词缜密婉约有似温、韦的一面。

(刘乃昌)

醉　翁　操　　　　　　苏　轼

　　琅琊幽谷,山水奇丽,泉鸣空涧,若中音会,醉翁喜之,把酒临听,辄欣然忘归。既去十余年,而好奇之士沈遵闻之往游,以琴写其声,曰《醉翁操》,节奏疏宕而音指华畅,知琴者以为绝伦。然有其声而无其辞。翁虽为作歌,而与琴声不合。又依《楚词》作《醉翁引》,好事者亦倚其辞以制曲。虽粗合韵度而琴声为词所绳约,非天成也。后三十余年,翁既捐馆舍,遵亦没久矣。有庐山玉涧道人崔闲,特妙于琴,恨此曲之无词,乃谱其声,而请于东坡居士以补之云。

　　琅然,清圆,谁弹,响空山。无言,惟翁醉中知①其天。月明风露娟娟,人未眠。荷蒉过山前,曰有心也哉此贤。　　醉翁啸咏,声和流泉。醉翁去后,空有朝吟夜怨②。山有时而童颠,水有时而回川。思翁无岁年,翁今为飞仙。此意在人间,试听徽外三两弦。

〔注〕　① 知:《词律》《词谱》"知"作"和"。　　② 空有朝吟夜怨:《词律》《词谱》"怨"作平声。

　　这是琴曲,属正宫。苏轼词集原不载。同时郭祥正效作一首,序云:"予甥以子瞻所作《醉翁操》见寄,以为未工也。倚其声作之。"此后,辛弃疾作一首,始编入集中,即正式沿用为词调。又,楼钥二首,其一和苏氏韵。宋人所作,合五首。双调,九十一字。上片十句十平韵,下片十句八平韵。

　　据苏轼自序可知,这是为琴曲《醉翁操》所谱写的一首词。醉翁,即欧阳修。庆历中,欧阳修谪守滁州,其间有琅琊幽谷,山川奇丽,鸣泉飞瀑,声若环佩。欧阳修曾把酒临听,乐而忘归。这是大自然之声,乃天籁也。十余年后,太常博士沈遵,依据这自然之声,以琴写之,谱制为琴曲《醉翁操》。此曲宫声三叠,节奏疏宕,音指华畅,乃琴曲中之绝妙者。但此天生绝妙之曲,有其声而无其辞,实一恨事。现传《欧阳文忠公集》中有《醉翁吟》(即《醉翁引》),据说是为此曲而谱写的歌词。但苏轼认为,欧阳修的歌词与琴声不合。另有依《楚歌》所作之《醉翁引》,苏轼亦以为仅是"粗合韵度"而已,因琴声为词所绳约,已失去琴曲之自然美,非天成也。因此,苏轼此词就是专门为这一天生绝妙之曲而谱写的。

由于时代变迁,琴曲《醉翁操》原来是有其声而无其辞,此后乐谱失传,却变成有其辞而无其声。现传苏轼所作词,是否得其天籁,这就只能从语言文字中加以揣摩。

这首词上片写流泉之自然声响及其感人效果。

"琅然,清圆,谁弹,响空山"。四句为鸣泉飞瀑之所谓声若环佩,创造出一个美好意境。琅然,乃玉声。《楚辞·九歌》曰:"抚长剑兮玉珥,璆锵鸣兮琳琅。"此用以状流泉之声响。清圆两字,有用以形容月的,如杜甫《舟中》诗"昨夜月清圆";有用以形容荷叶的,如周邦彦《苏幕遮》词"水面清圆,一一风荷举";有用以形容声音的,如苏轼《一丛花》词"钟鼓渐清圆"。这里也是用来说声音——泉声的清越圆转。在这十分幽静的山谷中,是谁弹奏起这一绝妙的乐曲?

"无言,惟翁醉中知其天。"这是对上面设问的回答。谓:这是天地间自然生成的绝妙乐曲。这一绝妙的乐曲,很少有人能得其妙趣,只有醉翁欧阳修能于醉中得之,亦即理解其天然妙趣。于是,这就进一步表明了流泉声响之无限美妙。

"月明风露娟娟,人未眠。"二句不是正面写声响,但却说出了声响所产生的巨大感人效果。谓:在此明月之夜,"风含翠篠娟娟静,雨裛红蕖冉冉香"(杜甫《狂夫》诗句),人们因为受此美妙乐曲所陶醉,迟迟未能入眠。

"荷蒉过山前,曰有心也哉此贤。"上二句说一般人听此乐曲听得入了迷,此二句说这一乐曲如何打动了荷蒉者。《论语·宪问》:"子击磬于卫,有荷蒉而过孔氏之门者,曰:'有心哉,击磬乎!'既而曰:'鄙哉,硁硁乎! 莫己知也,斯己而已矣。深则厉,浅则揭。'子曰:'果哉,末之难矣。'"词作将此流泉之声响比作孔子之击磬声,用荷蒉者对击磬声的评价,颂扬流泉之自然声响。

下片写醉翁的啸咏声及琴曲声。

"醉翁啸咏,声和流泉。"二句照应上片所说,只有醉翁欧阳修才能得其天然妙趣。欧阳修曾作醉翁亭于滁州,在琅琊幽谷听鸣泉,且啸且咏,乐而忘还,天籁人籁,完全融为一体。

"醉翁去后,空有朝吟夜怨。"二句说醉翁离开滁州,流泉失去知音,只留下自然声响,但此自然声响,朝夕吟咏,似带有怨恨情绪。"怨"为平声,作名词解。

"山有时而童颠,水有时而回川。"二句说时光流转,山川变换。琅琊诸峰,林嫠尤美,并非永远保持原状。童颠,指山无草木。谓:蔚然而深秀之琅琊,有时候也将失去其奇丽景象。至于水,同样也不是永远朝着一个方向往前流动的。因此,琅琊幽谷之鸣泉也就不可能完美地保留下来。

"思翁无岁年,翁今为飞仙。"二句说,山川变换,人事变换,人们因鸣泉而念及醉翁,而醉翁却已化仙而去。《十洲记》载:蓬莱山周回五千里,有圆海绕山,无风而洪波百丈,不可往来,唯飞仙能到其处耳。词谓醉翁化为飞仙,一去不复返,鸣泉之美妙,也就再也无人聆赏了。

但是,"此意在人间,试听徽外三两弦"。二句说,鸣泉虽不复存在,醉翁也已化为飞仙,但鸣泉之美妙乐曲,醉翁所追求之绝妙意境,却仍然留在人间,这就是琴曲《醉翁操》。因为琴曲《醉翁操》乃鸣泉之另一知音沈遵,以琴声描摹下来的乐曲,同是鸣泉之天然和声。词作最后将着眼点落在琴声上,突出了全词的主题。

从词意上看,词作写鸣泉及其和声,能将无形之声响写得如此真实可感,如果不是对于大自然的造化之工有着真切的体验,无论如何不能臻于此境。而且,从格式上看,词作句式及字声配搭非常奇特。开头四句,"琅然,清圆,谁弹,响空山。"只有一个仄声字("响"),其余都是平声。接着二句亦然。这样的安排,恐怕与此曲所属宫调有关。同时,上下两结句作七言拗句,当也是特意安排的(据盛配《词调订律》卷十九,未刊)。这都是琴曲韵度所留下的音乐印记。盛配先生指出:统观全调,音节和平。有如流水清泠。(同上)苏词甚工,郭祥正之言未可信也。所以,郑文焯曰:"读此词,觇苏之深于律可知。"(《郑文焯手批〈东坡乐府〉》)

(施议对)

沁 园 春   苏 轼

情若连环,恨如流水,甚时是休。也不须惊怪,沈郎易瘦;也不须惊怪,潘鬓先愁。总是难禁,许多魔难,奈好事教人不自由。空追想,念前欢杳杳,后会悠悠。   凝眸。悔上层楼。谩惹起新愁压旧愁。向彩笺写遍,相思字了,重重封卷,密寄书邮。料到伊行,时时开看,一看一回和泪收。须知道,□这般病染,两处心头。

这首词见明万历刊《重编东坡先生外集》卷八十三,《全宋词》未录,《全宋词补辑》录为苏轼作。此词与《东坡乐府》中绝大部分作品家数不一样,而与柳永词风颇为相近,疑为苏轼早期所作。

　　从作法上看,这首词的一个突出特点是,以铺叙手法说相思。"情若连环,恨如流水",起调是一组并列对句,以连环、流水为比,说此"情"、此"恨"不断无休。接着以一组扇面对句,说相思的具体情状。依律,这组扇面对句,当以一领格字提起,此处连用两个"也"字,用以铺排叙说:一边说瘦,有如沈约一般,腰围减损;一边说鬓发斑白,有如潘岳一般,因见二毛而发愁。至此,皆为并列式的铺叙。"总是"二句,依律亦当用对句,此处以散句入词,接下句,均为直说,点明上文所说"瘦"与"愁"的原因,是"好事教人不自由"。"好事",当指男女间欢会等情事。因为时时刻刻惦记着这许多情事,无法自主,所以才有这无穷无尽的"情"与"恨"。末了,词作进一步点明,主人公所"追想"的"好事"就是"前欢"与"后会",以一组并列对句,说出相思的全部内容:前欢已是杳无踪迹,不可追寻,而后会又遥遥无期,难以预卜。"杳杳""悠悠",与"连环""流水"相呼应,将所谓"情"与"恨"更加具体化。这是上片,说的全是主人公一方面的相思情况。下片变换了角度与方位,既写主人公一方,又写对方,并将双方合在一起写。"凝眸。悔上层楼。谩惹起新愁压旧愁。"这是过片。一方面承接上片所说相思情景,谓怕上层楼,即害怕追想往事,惹起"旧愁";一方面启下,转说当前的相思情景,新愁与旧愁交织在一起。词作说当前的相思情景,先说主人公一方,说主人公如何写情书,写好情书如何密封,封好以后如何秘密投寄。"写遍""字了",谓其如何倾诉衷情,将天下所有用来诉说"相思"的字眼都用光了。"重重",谓其密封程度,"密",既有秘密之意,又表明数量之多,一封接一封,相距甚密。主人公的行动,那么谨慎神秘,生怕走漏消息,这已显示出相思的程度。同时,词作说相思,还兼顾对方,料想对方接到情书,当如何时时开看,"一看一回和泪收"。"料"字说明是假设。主人公从自身的相思,设想对方的相思,写了对方的相思,反过来,更加增添了自身的相思。最后说,这种相思要不得,两处挂心,将更加难以开解,道出了双方的共同心病。"这般病染,两处心头"。依律当用对,并以一领格字提起,如上结,领格字"念"提携"前欢杳杳,后会悠悠"一对句。此处不用对,可能夺一领格字,姑以"□"补之。全词说相思,至此戛然而止,留下了无穷余味。

　　这首词以铺叙手法说相思,反反复复地说,虽只是"相思"二字,却并不单调乏味。能有这样的艺术效果,除了真切体验之外,还在于善铺叙。作者善铺叙,就是在有条理、有层次的铺陈之后,突然插入一笔,由一方设想另一方,构成"照花前后镜,花面交相映"的妙境。这种作法是从柳永词中学得来的。因此,这首词,婉转言情,另有一副面目,非关西大汉所宜歌也。这是苏轼学柳七作词的一个明证。

　　　　　　　　　　　　　　　　　　　　　　　　　　　　　　(施议对)

李之仪

（约1035—1117）　字端叔，晚号姑溪居士、姑溪老农。沧州无棣（今属山东）人。治平进士。苏轼知定州时他做过幕僚。后官枢密院编修。徽宗朝，提举河东常平，坐罪编管太平州，遂居姑熟。终朝议大夫。有《姑溪居士文集》《姑溪词》。存词六十九首。

【作者小传】

谢　池　春　　　　　　　李之仪

残寒销尽，疏雨过，清明后。花径敛余红，风沼萦新皱。乳燕穿庭户，飞絮沾襟袖。正佳时，仍晚昼。著人滋味，真个浓如酒。　　频移带眼，空只恁、厌厌瘦。不见又相思，见了还依旧。为问频相见，何似长相守？天不老，人未偶。且将此恨，分付庭前柳。

　　苏东坡有一首诗，题作《夜值玉堂，携李之仪端叔诗百余首，读至夜半，书其后》，其中有句云："暂借好诗消永夜，每逢佳处辄参禅。"可见他对李之仪的诗是很欣赏的。李之仪虽然未被列入苏门"四学士""六君子"，但也以门生之礼师事东坡。东坡不喜柳永词，尤其反对他的弟子学柳永，对秦观，他就不止一次地提出过这类批评，至有"山抹微云秦学士，露花倒影柳屯田"的讥诮。其实，秦观的词，固然受到柳词的影响，而更接近柳永的，莫过李之仪了，不知东坡对他这个学生教训过没有？李之仪这首《谢池春》，完全是柳永那种"市民词"的格调，用通俗浅近的语言，写离别相思的内容。上片写景，下片抒情，也合乎一般长调的习惯写法。开头三句，点出节令，但并不算完结，中间隔过四句之后，又说"正佳时，仍晚昼"，继续点出黄昏时分。这样，唯其有了中间四句的具体描写，所谓"正佳时"的"佳"字，才算得有着落，有根据。看来，在章法的安排上还是相当细密的。上片写景，当然是以"花径敛余红"等四个五言句子为主体的。这四句，笔锋触及了构成春天景物的众多方面，又各用一个非常恰当的动词把它们联得紧密，点得活生，有声有色，有动有静，使读者顿觉满园生辉，油然而生"原来春色如许"的赞叹。这正是类似"车轮战法"的排比句子所取得的艺术效果。在"飞絮沾襟袖"一句里，已经暗示了"人"的存在，故而过片处的"著人滋味，真个浓如酒"才不显得突兀。著人，是"让人感觉到"的意思；"滋味"究竟是什么，却不能说得具体，只好用酒来比喻,而且又用"浓"来形容,用"真个"来强调,这样一来,又是在迫使读者尽量用自己的感受和经验去理解那"滋味",力求把这个比较抽象的概念填补得充实起来。词的所谓韵味,往往就是包含在类似这样的句子之中的。

下片开头两句,直是柳词"衣带渐宽终不悔,为伊消得人憔悴"的另一说法,只是缺少点柳词那种甘心情愿的劲头而已。接下来的四个五言句,当然是这首词抒情部分的核心内容了。这四句写得深,写得细,它把"不见"和"相见"、"相见"和"相守"逐对儿比较。按常情,相见总比不见好吧,他说未必。不见时要相思,见了面,还要分离,依旧要相思,则相见仍如不见。另一对,那就不必比了,"频相见"当然"何似长相守",毋须多说。那为什么要从"不见"开始兜个圈子说过来? 须知,问题是从"不见"这个现状出发的,感到只相见,哪怕是频相见,还不足以疗得相思,遂有"长相守"的要求。冠以"为问"二字,表明这还只是一种认识,一种追求,只能祈之于天、谋之于人,可是"天不老,人未偶",仍然不得解决。"天不老",本于李贺的名句"天若有情天亦老",反过来说,天不老也就是天无情,不肯帮忙,于是"人未偶",目前还处于离别相思的境地,实在没有办法,只好"且将此恨,分付庭前柳"。分付,有交托之义。将相思别恨交付庭前垂柳,是转托它承担吗? 是请求它作证吗? 或者还有别的寓意,作者给读者留下悬念,留下了各式各样的思索的余地,这就是含蓄的韵味。总起来说,写景繁华缭乱,抒情委婉细致,构思新奇巧妙,语言俚俗活泼,这几点,可以看作是李之仪这首词的主要特点。

　　　　　　　　　　　　　　　　　　　　　　　　（王双启）

卜 算 子　　　　李之仪

我住长江头,君住长江尾。日日思君不见君,共饮长江水。　　此水几时休,此恨何时已。只愿君心似我心,定不负相思意。

李之仪这首《卜算子》,明白如话,复叠回环,深得民歌的神情风味,同时又具有文人词构思新巧、深婉含蕴的特点,可以说是一种提高和净化了的通俗词。

词以长江起兴。开头两句,"我""君"对起,而一住江头,一住江尾,见双方空间距离之悬隔,也暗寓相思之情的悠长。重叠复沓的句式,加强了咏叹的情味,仿佛可以感触到女主人公深情的思念与叹息,而江山万里的悠远广阔背景,和在遥隔中翘首思念的女子形象也宛然在目。

三、四两句,从前两句直接引出。江头江尾的万里遥隔,引出了"日日思君不见君"这一全词的主干;而同住长江之滨,则引出了"共饮长江水"。如果各自孤立起来看,每一句都不见出色,但联起来吟味,便觉笔墨之外别具一段深情妙理。这就是两句之间含而未宣、任人体味的那层转折。可以理解为这样一种转折关系:日日思君而不得见,却又共饮一江之水。这"共饮"不免更反托出离隔之恨,相思之苦。也可以理解为另一种转折关系:尽管思而不见,毕竟还能共饮长江之水。这"共饮"又似乎多少能稍慰相思离隔之恨。两种看来矛盾的理解,实际上恰恰是怀着远隔之恨的双方在"共饮长江水"时可以次第浮现的想法。词人只淡淡道出"不见"与"共饮"的事实,隐去它们之间的转折关系的内涵,任人揣度吟味,反使词情分外深婉含蕴。毛晋盛赞这几句为"古乐府俊语"(《姑溪词跋》),当是有感于其清俊中见深婉含蕴的特点。诗词意蕴的不确定性和多向性,往往是使它耐人寻味的一个原因,而这种不确定性和多向性,又往往是生活本身的丰富性的反映。

"此水几时休,此恨何时已。"换头仍紧扣长江水,承上"思君不见"进一步抒写别恨。长江之水,悠悠东流,不知道什么时候才能休止,自己的相思离别之恨也不知道什么时候才能停歇。用"几时休""何时已"这样的口吻,一方面表明主观上祈望恨之能已,另一方面又暗透客观上恨之无已。江水永无不流之日,自己的相思隔离之恨也永无销歇之时。古乐府《上邪》说:"山无陵,江水为竭,冬雷震震夏雨雪,天地合,乃敢与君绝。"敦煌曲子词《菩萨蛮》说:"要休且待青山烂,水面上秤锤浮,直待黄河彻底枯,白日参辰现,北斗回南面。"都是用一系列绝不可能发生的事来强调分离之绝不可能,其中包括"江水为竭""黄河彻底枯"这样的"条件"。李词这两句正师其遗意,却以祈望恨之能已反透恨之不能已,变民歌、民间词之直率热烈为深挚婉曲,变重言错举为简约含蓄,这和作者论词"自有一种风格,稍不如格,便觉龃龉"的主张是一致的。

写到这里,似乎只能慨叹"人生长恨水长东"了。但词人却从"此恨何时已"中翻出一层新的意蕴:"只愿君心似我心,定不负相思意。"恨之无已,正缘爱之深挚。"我心"既是江水不竭,相思无已,自然也就希望"君心似我心",我定不负我相思之意。江头江尾的阻隔纵然不能飞越,而两相挚爱的心灵却一脉遥通;单方面的相思便变为双方的期许,无已的别恨便化为永恒的相爱与期待。这样,阻隔的双方在心灵上便得到了永久的滋润与慰藉。从"此恨何时已"翻出"定不负相思意",是感情的深化与升华。江头江尾的遥隔在这里反而成为感情升华的条件了。词人主张写词要"妙见于卒章,语尽而意不尽,意尽而情不尽",这首词的结拍正是写出了隔绝中的永恒之爱,给人以江水长流情长在的感受。

　　全词以长江水为贯串始终的抒情线索,以"日日思君不见君"为主干。分住江头江尾,是"不见君"之因;"此恨何时已",是"不见君"之果;"君心似我心""不负相思意"是虽有恨而无恨,有恨者"不见君",无恨者不相负。悠悠长江水,既是双方万里阻隔的天然障碍,又是一脉相通、遥寄情思的天然载体;既是悠悠相思、无穷别恨的触发物与象征,又是双方永恒相爱与期待的见证。随着词情的发展,它的作用也不断变化,可谓妙用无穷。这样新巧的构思,和深婉的情思、明净的语言、复沓的句法的结合,构成了这首词特有的灵秀隽永、玲珑晶莹的风神。

(刘学锴)

忆 秦 娥 用太白韵　　　　　　　　李之仪

　　清溪咽。霜风洗出山头月。山头月。迎得云归,还送云别。　　　不知今是何时节。凌歊望断音尘绝。音尘绝。帆来帆去,天际双阙。

　　这是一首写景抒怀的小词。上片写景,有清溪,有霜风,有山月,有在山月下随风飘动的流云。这里的几个动词用得很好。一个"咽"字,传出了"清溪"哽哽咽咽的声音;用个"洗"字,好像山头月是被"霜风"有意识地"洗"出来的,这个"洗"字,也使山月更加皎洁。山高月小,霜风料峭,再配上哽咽的流水,给人以如置空谷,如饮冰泉之感。"霜风"句中,暗藏一个"云"字:无云则山月自明,无须霜风之"洗"。换句话说,山月既须霜风"洗"而后出,则月下必有云遮。直到上片结句,始有"云归""云别"出现。迎、送的主语是"山月",一迎一送,写出了月下白云舒卷飘动的生动形象。"云归""云别"两句,不仅揭出了"霜风"句中暗藏的"云"字,而且又将"霜风"的"风"字暗暗包容句中。云归云别,烘云托月,使皎洁的山月,更见皎洁。上片写景如画,美且静,稍有声者,仅一"咽"字。但是,这如同"蝉噪林逾静"一样,着一"咽"字,以动衬静,更觉其静。词人赋予诸景以人的感情,所以,景物之中显示了一种内在的生命力,表现了作者孤高恬静的性格与心情。下片,词人触景生情,怀念帝乡之感油然而生。从"凌歊"一词看,李之仪写这首词的时候,盖在太平州编管之中。崇宁二年(1103)夏,李之仪坐为范纯仁作遗表与行状,下御史狱。出狱后,编管太平州(今安徽当涂)。"凌歊",即凌歊台,因山而筑,南朝宋孝武帝曾登此台,并筑离宫于此,遗址在今当涂县西,为当地名胜。李之仪在当涂,住在城南的姑孰(或称姑溪),曾偕贺铸登台,见其《跋凌歊引后》;贺铸有《凌歊》(《铜人捧露盘引》)词记其事。李之仪在姑溪,思想上是苦闷而消极的(见其《姑溪自赞》《姑溪濯足图赞》《董曼老画姑溪赞》,词《临江仙·登凌歊台感怀》等),且僻居荒隅,远离朝廷,故云"不知今是何时节"。但从结句的"双阙"看,词人仍未忘朝廷。"双阙",古代宫门前两边供瞭望用的楼,代指帝王的住所。当时,蔡京专权,政治黑暗。元祐诸臣,虽被排斥于边远军州,但总是把国事系于心头,而盼望朝廷下诏起用。李之仪"望断"云云,即是这种心情的形象反映。但他盼望的结果,却是"音尘绝",望中唯见"帆来帆去","双阙"渺在天际而已。"天际"一词,暗示了词人盼望帝京之切;而"音尘绝"则可见词人的失望与怅惘。至此,我们才知道起句的"咽"字,正是为表现词人的这种心情而设。

　　这首词,前片写景,后片抒怀,为宋词的常用笔法,唯写景之中,时见用笔的精巧,抒情之中,虽有奔腾的感情,却总以淡雅出之。这里值得提出的是,这首词在词史上有其特定意义:词题明确揭出"用太白韵",是为和李白《忆秦娥》而作。李白《忆秦娥》,初见于宋邵博《邵氏闻见后录》卷十九,黄昇编《唐宋诸贤绝妙词选》,首选李白《菩萨蛮》、《忆秦娥》,并称其为"百代词曲之祖"。对此,明代人始作怀疑与否定。胡应麟以为《菩萨蛮》当出于晚唐温庭筠辈,胡震亨又谓《忆秦娥》出于唐文宗宫人忆秦郎。之后,论者意见纷纭,莫衷一是。李之仪是北宋人,与苏轼同时代,写这首词的时候,也不过是崇宁三年(1104)前后,比《邵氏闻见后录》早数十年。李之仪的这首和词,全依太白《忆秦娥》韵,可见当时这首词已流传比较普遍,而其作者是李太白,也是无疑义的。

(邱鸣皋　秋如春)

临　江　仙　登凌歊台①感怀　　　　　　李之仪

　　偶向凌歊台上望,春光已过三分。江山重叠倍销魂。风花飞有态,烟絮坠无痕。　　　已是年来伤感甚,那堪旧恨仍存!清愁满眼共谁论?却应台下草,不解忆王孙?

〔注〕　① 凌歊(xiāo)台:遗址在今当涂县西。

　　宋徽宗初年,李之仪因替范纯仁草遗表获罪,被编管太平州(州治在今安徽当涂)。这首词,当作于居太平期间的某年春天。

　　凌歊台,南朝宋孝武帝曾建避暑离宫于此。李白有《凌歊台》诗云:"旷望登古台,台高极人目。叠嶂列远空,杂花间平陆……"实际上,凌歊台并不很高(据《太平寰宇记》载仅高四十丈),只是因周围空旷,才望得很远。陆游《入蜀记》说:凌歊台"南望青山、龙山、九井诸峰,如在几席。北户临和州新城,楼橹历历可辨"。

此词是咏怀词。上片写景,下片抒情;但写景也是为了抒情。换句话说:诗人目的在借景发挥,借登凌歊台以抒发内心的感慨。

"偶向凌歊台上望,春光已过三分。江山重叠倍销魂。"李之仪被编管太平州时已六十多岁,由于政治上受压抑,已无兴致经常登高揽胜;故起首用"偶向"二字,便透露出他平时幽居抑郁的心情。李之仪虽身在江南,心犹念汴京和故土(李之仪的家乡在今山东无棣)。登高以眺远,自难免引起万千感触。但词人仅用"春光已过三分"一句概括他种种思绪,把无穷的空间感化作有限的时间感,从而收到含蓄蕴藉的审美效果。"销魂"一词,兼有极度高兴和极度伤心两方面的含义。眼见江山多娇,自油然而生喜爱之情;但山重水复,汴京不见,又难免兴去国之愁。诗人能把这种种复杂的感受熔铸于景物的描写之中,不能不推为高手。

"风花飞有态,烟絮坠无痕。"飞花、坠絮,本都是自然形态的东西;但经过诗人的渲染,便都变成了含情物。若细心领会,便不难觉察出飞花、坠絮都有所指。飞花,指他人之乘风直上,舞态翩跹,得意非常;坠絮,喻己身之遭谤被逐,堕地沾泥,了无痕迹。如此比兴手法,真可谓用"刚健婀娜之笔",抒"婉转慷慨之情"(谢章铤《赌棋山庄集·词话》)了。

下片点明题意:"已是年来伤感甚,那堪旧恨仍存!清愁满眼共谁论?"三句最少包括四层意思。一、"伤感甚",指以往岁月里所遭受的政治打击。二、"那堪旧恨仍存",意味着此刻、此后仍然"旧恨"绵绵。这样,意思便深了一层。三、"清愁",当指目前所触起的新愁。词人在"愁"字下加用"满眼"一词,便使人觉得愁如春天的游丝弥漫空际。至于愁些什么,词人未敢明言,因此给读者留下了想象空间。这样,意思又深一层。四、"共谁论",进一步表明诗人块然独处,竟无人可为解愁。这样,意思就更深一层了。

"却应台下草,不解忆王孙?"却,这里作"岂"解,"却应"即"岂应",相当现代汉语"难道是……么"的意思。词人目睹凌歊台下春草丛生,很自然会联想起淮南小山《招隐士》中"王孙游兮不归,春草生兮萋萋"的著名诗句。但李之仪这里的"王孙"指的不是别人,而是自己。按理说,春草绿了,该是赋归之时;而己身编管江南,限制居住地,受地方官管束,欲归且不可得。词人把这股怨恨归咎于春草的不解相忆,表面看是很无道理的。但深一层着想,词人究竟该怨谁呢?看来又不便明言。只好托之芳草,采用自屈原以来中国古典诗歌的传统比兴手法隐约言之。因此读者只能求之于字面之意,去寻绎词人的"味外之旨"和"韵外之致"(司空图《与李生论诗书》)了。

毛晋《姑溪词跋》指出:李之仪"长于淡语、景语、情语";纪昀《四库全书总目·姑溪词提要》指出：李之仪"小令尤清婉、峭蒨（峭蒨，鲜明貌），殆不减秦观。"证之于此词，都可谓深中其的。　　　　　　　　　　（蔡厚示）

舒　亶

（1042—1104）　字信道，号懒堂，明州慈溪（今属浙江）人。治平二年（1065）进士，试礼部第一。累官知制诰、试御史中丞，权直学士院。以罪斥。崇宁初，知南康军。由直龙图阁进待制。工小词，思致妍密。今有赵万里辑《舒学士词》一卷，存五十首。

虞　美　人　寄公度　　　　　　　　　　舒　亶

芙蓉落尽天涵水，日暮沧波起。背飞双燕贴云寒，独向小楼东畔倚阑看。　　浮生只合尊前老，雪满长安道。故人早晚上高台，赠我江南春色一枝梅。

这是一首寄赠友人的词。一本无"寄公度"的词题。公度，或谓即黄公度，字师宪，莆田（今属福建）人，非是。黄公度生于徽宗大观三年（1109），时舒亶卒已六年。此"公度"似友人之字，其人俟考。

上片写日暮登楼所见。"芙蓉落尽天涵水，日暮沧波起。"芙蓉，即荷花。荷花落尽，时当夏末秋初。秋风江上，日暮远望，水天相接，烟波无际；客愁离思，亦随烟波荡漾而起。这两句视野开阔，而所见秋风残荷、落日沧波等外景，则透示出一派苍茫萧索的情调。江上芙蓉，还使人想起"涉江采芙蓉，兰泽多芳草。采之欲遗谁？所思在远道"那首怀人的古诗。秋风四起，菡萏香销，即欲有所遗赠，亦已无可采摘，其惆怅为何如！"背飞双燕贴云寒"，视角由平远而移向高远；正当独立苍茫、黯然凝望之际，却又见一对燕子，相背向云边飞去。这是楼中凝望的焦点，也是上片的眼目所在。《玉台新咏》卷九《东飞伯劳歌》云："东飞伯劳西飞燕，黄姑（牵牛）织女时相见。"后即称朋友离别为"劳燕分飞"。这里的"背飞双燕"，即寓此意。"贴云寒"，状飞行之高；高处生寒，由联想而得。但这一"寒"字，又从视感而转化为一种心理感受，暗示着离别的悲凉况味。上片连下三句景语，与其说是即目感兴，毋宁说是借物抒情。"独向小楼东畔倚阑看"。这是补叙之笔，交代前面所写，都是小楼东畔倚阑所见。把宏阔高远的视线收聚到一点，犹如一组摇镜头,由远景、中景而摇至近景,终于把镜头对准楼中倚栏怅望之人。"独"字轻轻点出,既写倚栏眺景者为独自一人,又透露出触景而生的孤独惆怅之感。

下片直抒念远怀人之情。"浮生只合尊前老,雪满长安道。"是说光阴荏苒,转眼又是岁暮,雪满京城,寂寥寡欢,唯有借酒遣日而已。长安,借指京城。"雪满长安",既点时地,又渲染出一派冷寂的气氛,雪夜把盏,却少对酌之人,岁暮怀人的孤凄心境可想而知。于是顺势转出下两句:"故人早晚上高台,赠我江南春色一枝梅。"故人,老朋友,指公度。早晚,多义词,这里为随时、每日之意。这两句从对方着笔,心有同感,友情的思念彼此相似,我之思彼,亦如彼之思我,想象老朋友也天天登高望远,思念着我;即使道远雪阻,他也一定会给我寄赠一枝江南报春的早梅。这是用南朝宋陆凯折梅题诗以寄范晔的故事。《荆州记》:"陆凯与范晔交善,自江南寄梅花一枝,诣长安与晔。赠诗曰:'折梅逢驿使,寄与陇头人。江南无所有,聊赠一枝春。'"这一枝明艳的"江南春色",定会给"雪满长安"的友人带来亲切的问候和友情的温暖。这是用典,却又切合作者当年与友人置酒相别的一段情事。作者有一首《蝶恋花》,题曰:"置酒别公度,座间探题得梅",有句云:"折向尊前君细看,便是江南,寄我人还远。"可见折梅相赠这一典故,在这里具有普遍与特殊的双层涵义,用典如此,可谓表里俱化了。　　　　　　　(吴战垒)

一　落　索　　　　　　　　　　舒　亶
蒋园和李朝奉

正是看花天气,为春一醉。醉来却不带花归,诮不解看花意。　　　试问此花明媚,将花谁比? 只应花好似年年,花不似人憔悴。

这首词写春日赏花。一起开门见山,点出题意:"正是看花天气。"与此类题材的通常写法不同,这句略无修饰,纯用白描,看似朴拙,其实巧妙。这是因为看花经验,人皆有之,读者完全可以根据它所规定的情景,辅以自己的生活体验,在眼前描绘出一幅繁花似锦、春光宜人的美丽图画。次句由景及人:"为春一醉。"对此良辰美景,陶然一醉,诚为赏心乐事。这一句既是写看花人的感受,也从侧面进一步烘托出春景的迷人。至此,不须多费笔墨,已将赏花情景交代明白。接下去便宕开笔锋,将语意一转:"醉来却不带花归。"一个"却"字,顿起波澜。"为春一醉",即为花一醉,足见对花爱之深,迷之切。既然如此,在流连花丛兴犹未尽之时,便该带花而归才是,为什么偏偏度越常情"不带花归"? 自不免令人费

解。对此,作者也不禁自己笑自己:"诮不解看花意。""诮",浑也,直也。前人有
云:"好花堪折直须折,莫待无花空折枝。"而今赏花却不折花而归,岂非全然不解
看花之意? 这是就常人的心理而言,正话反说。作者自己的"看花意"究竟是什
么? 没有明说。细细体味,便知是惜花而不折。这样,作者高于俗人的爱花、惜
花的一片深情,便委婉曲折地表达出来了。

　　下片转为对自己"看花意"的申述,却又不明白说出来,先设一问:"此花明
媚,将花谁比?"言外之意是无人可比。再进一层说:"只应花好似年年,花不似,
人憔悴。"就是说花之好,是年年如此,便该让它留在枝头,保持年年如此的明媚
之姿,因为花不似人之随着年光过往会渐趋憔悴呵! 至此,因惜年华而惜春、因
惜春而惜花的主意便曲折透出。"不带花归"之意既明,上下片浑成一体,词的意
味也就隽永。

　　此词写惜花,却又不止于惜花,从下片将花比人,可以看出作者有所寄托。
以花喻人,本是诗词中常用的手法,因为二者确有许多相似之处,不仅盛开的鲜
花与人的青春有着同样的美丽,而且又都容易随着时光的流逝而凋零、衰老。此
词借鉴了这一传统手法而能翻出新意,先是反问:"将花谁比?"后又指出:"花不
似,人憔悴。"这就是说,自然界的花朵固然有时凋谢,但年年重开;人的盛年一
去,却再也不会回来。这几句极易使人想起唐代诗人刘希夷《代悲白头翁》中的
名句:"年年岁岁花相似,岁岁年年人不同。"两者都包含着对花开盛衰有时而人
生青春难驻的感慨和愁怨。不过,这一情绪在词中表达得更含蓄不露罢了。只
有弄懂了这一点,才算真正懂得了作者的"看花意"。

　　这首词紧扣赏花来写,句句有花,实则句句写人,惜花亦即惜人。作者既不
雕章琢句,也不刻画景物,只以自然质朴的语言抒写自己从赏花中悟出的生活哲
理,立意既新,理趣尤富。全词以议论为主,但由于手法的曲折委婉,语气的跌宕
起伏,读来丝毫不觉板滞。结处尤弦外有音、味外有味。总之,这是一首别具一
格、饶有情致的小词。

　　　　　　　　　　　　　　　　　　　　　　　　　　　　　　　　(张明非)

菩　萨　蛮　　　　　　　　　　　　　舒　亶

　　画船捶鼓催君去,高楼把酒留君住。去住若为情,西江潮欲
平。　　江潮容易得,只是人南北。今日此樽空,知君何日同!

　　这首词从送别的场面写起。捶鼓,犹言敲鼓,是开船的信号。船家已击鼓催
行,而这一边却在楼上把盏劝酒。"催",见时间之难以再延。"留",见送行人之

殷勤留恋。这一开头用一"去"一"住",一"催"一"留",就把去和住的矛盾突出出来了,并且带动全篇。"去住若为情",即由首二句直接逼出,欲去不忍,欲住不能,何以为情? 这一问见别离之极度苦人,但这种问题本来谁也回答不了,下文如果接应不好,不仅这一句成为累赘,就连头两句也难免呆相。"西江潮欲平"的好处在于没有直接回答问题,而是由前面击鼓催客、高楼把酒的场面推出一个江潮涨平的空镜头。句中的"欲"字包含了一个时间推进过程,说明话别时间颇长,而江潮已渐渐涨满,到了船家趁潮水开航的时候了。可以想象,正在把酒之际,突然看到江潮已涨,两个朋友在感情上会产生多么复杂的反应,心潮也必然如江潮一样愈加激荡不已。

换头仍就江潮生发,潮水有信,定时起落,所以说"容易得",然而它能送人去却未必会送人来。一旦南北分离,相见即无定期。"今日此樽空,知君何日同!"这最后一结悠然宕开,与上片以景结情,都值得玩味。"此樽空",遥承上片次句"把酒留君","樽空"见情不忍别,共拚一醉。但即使饮至樽空,故人终不可留,所以结尾则由叹见面之难,转思它日再会,发出"知君何日同"的感慨。

词借江潮抒别情,不仅情景交融,同时还显出情景与意念活动相结合的特点。词在"去住若为情"这样的思忖后,接以"江头潮欲平",看上去是写景,实际上却把思索和情感活动带进了景物描写,在读者的感受中,那茫茫的江潮似乎融汇着词人难以用语言表达的浩渺的情思。下片"江潮容易得,只是人南北"仍不离眼前景象,而更侧重写意念,以传达人物的心境。结尾二句虽然表现为感慨,却又是循上文意念活动继续发展的结果。所循的思路应该是:今日樽空而潮载君去,但未知潮水何日复能送君归来。依然是情景和思忖结合。不过,景由现场转入到想象中而已。宋代曾季狸《艇斋诗话》评这首词"甚有思致",指的大约就是上述这种特点。词中"君"字三见,"去""住""江""潮"均两见,特别是换头与一般不同,"江""潮"二字连续出现,造成回环往复的语言节奏,也有助于表现依依不舍、绵长深厚的情思。

　　　　　　　　　　　　　　　　　　　　　　　　　　　　　（余恕诚）

【作者小传】

黄　裳

(1044—1130)　字勉仲,号演山,延平(今福建南平)人。元丰五年(1082)进士第一。累官端明殿学士。有《演山先生文集》《演山词》。存词五十三首。

减字木兰花 竞渡　　　　　　　　　黄　裳

红旗高举，飞出深深杨柳渚。鼓击春雷，直破烟波远远
回。　　欢声震地，惊退万人争战气。金碧楼西，衔得锦标第
一归。

相传伟大诗人屈原在农历五月初五这一天投汨罗江自杀，人民为了纪念他，每逢端午节，常举行竞渡，象征抢救屈原生命，以表达对爱国诗人的尊敬和怀念。这一活动，后来实际上已成为民间的一种风俗。南朝宗懔的《荆楚岁时记》，已有关于竞渡的记载。宋耐得翁《都城纪胜》一书，专门记载南宋京城杭州的各种情况，其"舟船"条有云："西湖春中，浙江秋中，皆有龙舟争标，轻捷可观。"可见当时龙舟竞渡夺标，春秋季均有，已不限于端午节。本篇提到"杨柳渚"，写的还是春夏之际的活动。

龙舟竞渡时，船上有人高举红旗，还有人擂鼓，鼓舞划船人的士气，以增加竞渡的热烈气氛，本篇就是描写龙舟竞渡夺标的实况。上片写竞渡。比赛开始，"红旗高举，飞出深深杨柳渚。"一群红旗高举的龙舟，从柳阴深处的小洲边飞驶而出。"飞出"二字用得生动形象，令人仿佛可以看到群舟竞发的实况，这时各条船上的鼓手都奋力击鼓，鼓声犹如春雷轰鸣。龙舟冲破浩渺烟波，向前飞驶，再从远处转回。"直破烟波远远回"句中的"直破"二字写出了船的凌厉前进的气势。下片写夺标。一条龙舟首先到达终点，"欢声震地"，岸上发出了一片震地的欢呼声，健儿们争战夺标的英雄气概，简直使千万人为之惊骇退避。"金碧楼西，衔得锦标第一归"，锦标，是高竿上悬挂的给予竞渡优胜者的赏物。白居易《和春深二十首》之十五："齐桡争渡处，一匹锦标斜"，是锦缎；《东京梦华录》卷七《驾幸临水殿观争标锡宴》条："军校执一竿，上挂以锦彩、银碗之类，谓之'标竿'。……两行舟鸣鼓并进，捷者得标"，则还有其他物品。"衔"是从龙舟的龙形生发出来的字眼，饶有情趣。唐卢肇《及第后江宁观竞渡》诗云："向道是龙刚（偏也）不信，果然衔得锦标归"，是此句所本。

本篇采取白描手法，注意通过色彩、声音来刻画竞渡夺标的热烈紧张气氛。红色的旗帜，浓绿的杨柳，白茫茫的烟波，金碧楼台，多么丰富多彩的色调！鼓击如春雷，欢声震动地面，又是多么喧闹热烈的声响！除写气氛的热烈紧张外，词中还反映了人们热烈紧张的精神状态。龙舟飞驶，鼓击春雷，这是写参与竞渡者的紧张行动和英雄气概。欢声震地，是写群众的热烈情绪。衔标而归，是写胜利

健儿充满喜悦的形象与心情。绚丽的色彩,喧闹的声音,人们紧张的行动,热烈的情绪,所有这些,在读者面前展示出一个动人的场面,真实地再现了当日龙舟竞渡、观者如云的情景。全词风格雄壮,虎虎有生气,生动地表现了人们参加节日盛会的热烈情绪和争取胜利的英雄气概。

龙舟竞渡在我国古代虽很流行,但诗词中反映不多,因此,黄裳这首《减字木兰花》词,就显得弥足珍贵了。

(王运熙　施绍文)

【作者小传】

王　雱

(1044—1076)　字元泽。王安石子。治平四年(1067)进士。历太子中允、崇政殿说书、龙图阁直学士。《全宋词》录其词一首。

倦寻芳慢　　　　　　　　　王雱

露晞向晚,帘幕风轻,小院闲昼。翠径莺来,惊下乱红铺绣。倚危墙,登高榭,海棠经雨胭脂透。算韶华,又因循过了,清明时候。　　倦游燕,风光满目,好景良辰,谁共携手?恨被榆钱,买断两眉长斗。忆高阳,人散后,落花流水仍依旧。这情怀,对东风,尽成消瘦。

王雱,字元泽,王安石之子。陈善《扪虱新话》下集载,世传王雱一生不作小词,或者笑之,他"遂作《倦寻芳慢》一首,时服其工。……此词甚佳,今人多能诵之,然元泽自此亦不复作"。这则故事未知是否可靠,不过王雱这首词写得妩媚动人,不亚于当行之作,倒也是事实。

本篇词咏春愁。上片描写暮春景象。起拍三句为抒情主人公勾勒了一个具体环境,时间是春季的一个白昼,地点是闲静的小院。"向晚",说明天还未到傍晚,由"露晞"可知,还下过一阵微雨。晞,干燥之意。《诗·秦风·蒹葭》"白露未晞",是说苇丛中还有露珠的闪光。这里则说快到傍晚的时候,花木的水露已经干了,和风轻轻地吹拂着帘幕,庭院里显得非常幽静。"闲昼"说明环境沉寂,又因为下过雨,氛围就更加清幽。以下就庭院景物着笔,一写翠径落红,一写著雨海棠。通幽小径,青草匀铺,经雨冲洗,碧绿如翠,故曰"翠径"。雨停云雾,黄莺飞来,枝上经雨的花瓣缤纷下落,绿径点缀上落红,色彩斑斓,犹如织锦盖地,故曰"铺绣"。这里观察细密，联想巧妙，用笔工致，着一"惊"字，把花与鸟关联起来，使景物变活，极具匠心。海棠经雨，花色变得绯红，犹如美女搽上胭脂，更为艳冶动人。唐诗人郑谷《海棠》诗说："艳丽最宜新著雨，妖娆全在半开时。"不过，郑谷描写的是半开的海棠，这里是写海棠盛开，红色浸透了每个花瓣。"胭脂透"三字，说明经雨的海棠已经开放到最鲜妍最鼎盛的时刻，也暗寓盛极而衰，即将转向凋落的消息。作者写"乱红铺绣"，写"海棠经雨胭脂透"，都是寓感春叹春的情愫于景物刻绘之中，这就为下文收束到叹春伏了暗线。"算韶华"三句，以"算"字领起，略略点明题意。韶华，美好的年华，此指春光。因循，等闲、随意、轻易之意，白居易曾有"因循掷白日，积渐凋朱颜"（《和元稹栉沐寄道友》）之叹。过了清明，春光将尽，所谓"愁见清明后，纷纷盖地红"（李建勋《金谷园落花》）。这里，"算""又"急促相承，表现出"无计留春住"的一种无可奈何的叹惋，揭示了作者"今春不减前春恨"的内心底蕴。

下片紧承春意阑珊之景，抒发伤春意绪。换头几句，以"倦游燕"起。"燕"通"宴"，说春来懒事游宴。虽然时是"好景良辰"，景是"风光满目"，只因无人携手同乐，于游燕之事就意懒情倦了。"谁共"二字反诘，意即无人与共。以下再用"恨"字承接，进一步形容春愁之深。"恨被榆钱，买断两眉长斗"，本意只是说一春常在愁中。"两眉长斗"，形容因愁苦而双眉紧锁的样子。词却巧用"榆钱买断"为说。榆树早春未生叶时先开花，果实不久成熟，名榆荚，形状似钱而小，色白成串，俗呼榆钱。因"钱"之称而得"买"字意，是一层；榆钱早春即见，而《春秋元命苞》曰："三月榆荚落"，是榆钱几与春光同起讫，是第二层。"买断"即买尽，自有榆钱以来，所"买"得者是"两眉长斗"，则其一春之不欢，至此已曲折写出。以下"忆高阳，人散后"，似转仍承，申上"游燕谁共携手"意。《史记·郦生列传》："郦生食其者，陈留高阳人也。……县中皆谓之狂生。"他见刘邦时，自称"高阳酒徒"。"高阳"之"人"，即指游燕时的狂朋怪侣。酒侣星散，又值"落花流水"的春暮，其愁闷之情可知。先说的是去年的事，故曰"忆"；再指今年亦复如是，故曰"仍依旧"。春光如彼，情怀如此，总因春色虽好，无共游赏之人，以至因循过去。不特于春为孤负，于人亦增愁。故煞拍三句："这情怀，对东风、尽成消瘦"，以说一春之愁，比"买断两眉长斗"又进一步，总收全文。昔魏文帝与吴质书言："每念昔日南皮之游，诚不可忘……方今蕤宾纪时，景风扇物，天气和暖，众果具繁，时驾而游"，尚言"节同时异，物是人非，我劳如何"。何况作者并无可与游之人，其情怀之恶，远较昔人为甚了。

王雱才高志远，著论深刻，赞助其父推行新法，却因多病早卒。从本篇词流露的情绪看,其中也不免融入了作者家国身世之感。在写法上,它由景及情,上片景中有情,下片以情带景,笔锋细腻,用语婉媚,韵致翩翩,询是青年诗人的孤篇力作,无怪乎前人叹称"时服其工"了。

　　　　　　　　　　　　　　　　　　　　　　　　　　　（刘乃昌　崔海正）

【作者小传】

黄庭坚

(1045—1105) 字鲁直,号山谷道人、涪翁。分宁(今江西修水)人。治平四年(1067)举进士。历著作佐郎、秘书丞。绍圣初,以校书郎坐修《神宗实录》失实贬涪州别驾,黔州安置。徽宗立,召知太平州,九日而罢,复除名,编管宜州。三年而徙永州,未闻命而卒。"苏门四学士"之一。诗与苏轼齐名,世称"苏黄"。江西诗派之宗主,影响极大。词与秦观齐名,号"秦七、黄九"。词风疏宕,俚俗处甚于柳永。晁无咎谓其小词固高妙,然非当行家语,自是著腔子唱好诗。著有《豫章集》《山谷词》。词存一百九十首。

念 奴 娇　　　　　　　　黄庭坚

　　八月十七日,同诸生①步自永安城楼,过张宽夫园待月。偶有名酒,因以金荷酌众客。客有孙彦立,善吹笛。援笔作乐府长短句,文不加点。

　　断虹霁雨,净秋空,山染修眉新绿。桂影扶疏,谁便道,今夕清辉不足? 万里青天,姮娥何处,驾此一轮玉。寒光零乱,为谁偏照醽醁?　　年少从我追游,晚凉幽径,绕张园森木。共倒金荷,家万里,难得尊前相属。老子平生,江南江北,最爱临风笛。孙郎微笑,坐来声喷霜竹。

〔注〕① 原作"诸甥",据《苕溪渔隐丛话后集》卷三十一改。山谷诸甥洪朋、洪刍、洪炎、徐俯,皆能诗,而山谷戎州诗未及诸人。

　　黄山谷的个性、学养一似东坡,豪放不羁,豁达大度,即使处在最恶劣的环境中,依然谈笑风生,不改其乐。山谷一生最崇拜东坡,处处模仿东坡。他和东坡一样,一直被卷在党争的漩涡里。哲宗绍圣年间,他被贬涪州别驾黔州安置,后改移戎州(今四川宜宾)安置。有一年(据任渊《山谷诗集注》附《年谱》,当是哲宗元符二年[1099])八月十七日,与一群青年人一起赏月、饮酒,有个朋友名叫

黄文節（庭堅）像

古圣贤像传略

孙彦立的,善吹笛,月光如水,笛声悠扬。此情此境,山谷意兴方浓,援笔写下上面这首《念奴娇》词,文不加点。《苕溪渔隐丛话后集》卷三十一说他写成之后很得意,"或以为可继东坡赤壁之歌"呢。

　　词的开头三句描写开阔的远景:雨后新晴,秋空如洗,彩虹挂天,青山如黛,何等美好的境界!词人不说"秋空净",而曰"净秋空",笔势飞动,写出了烟消云散、玉宇为之澄清的动态感。"山染修眉新绿",写远山如美女的长眉,反用《西京杂记》卓文君"眉色如望远山"的故典,已是极妩媚之情态,而一个"染"字,更写出了经雨水洗刷的青山鲜活的生命力。词人由天际画秋,展示出一幅高旷的极富色彩感的仲秋景象,衬托出作者快意的情怀。

　　接着写赏月。此时的月亮是刚过中秋的八月十七的月亮,为了表现它清辉依然,词人用主观上的赏爱弥补自然的缺憾,突出欣赏自然美景的娱悦心情,他接连以三个带有感情色彩的问句发问道:月中桂影依旧很浓,又怎能说今夜的月色不够美满?晴空万里,嫦娥呵,你在哪里驾驶这圆圆的一轮玉盘?月亮呵,你又为谁偏照这尊中美酒、而散发皎洁的光辉?三个问语如层波叠浪,极写月色之美和自得其乐的骚人雅兴。嫦娥驾驶玉轮是别开生面的奇想。历来诗人笔下的嫦娥都是"姮娥孤栖","嫦娥倚泣"的形象,山谷却把她从寂寞清冷的月宫中解放出来了,让她兴高采烈地驾驶一轮玉盘,驰骋长空,多么富有浪漫主义的色彩,多么富有豪迈的诗情!

　　下面,转而写月下游园、欢饮和听曲之乐。"年少从我追游,晚凉幽径,绕张园森木",用散文句法入词,信笔挥洒,恍惚使人看到洒脱不羁的词人,后面跟着一帮子愉快的年轻人,正在张园密茂的树林中蹓跶。"共倒金荷,家万里,难得尊前相属",让我们把金色的荷叶杯斟满,大家来干一杯吧!离家万里,难得有今宵开怀畅饮呀!举起酒杯时,忽然,在词人心灵上掠过一抹阴影,流露出一种身世之感,但这只是一刹那,个性倔强的词人感到今天能和青年朋友们共饮,难得一欢。他不肯沉吟,马上把笔调一转,振作精神,以豪迈刚健之气高唱道:

　　"老子平生,江南江北,最爱临风笛!"文似看山喜不平,"家万里"是一抑,"老子平生……"又一扬,没有深谷焉见山之高也,行文至此,起伏跌宕,把词人豪迈激越之情推向顶峰。这三句是词中最精彩之笔,《世说新语》记载东晋庾亮在武昌时,于气佳景清之秋夜,登南楼游赏,庾亮曰:"老子于此处兴复不浅。"老子,犹老夫,语气间隐然有一股豪气在。山谷说自己这一生走南闯北,偏是最爱听那临风吹奏的曲子。这句话意味深长,似在隐指自己漂泊颠踬的一生,然而这又算得了什么呢,我生平最爱的就是那种高亢激越的旋律啊!"最爱临风笛"句,雄浑潇洒,豪情满怀,表现出词人处逆境而不颓唐的乐观心情。这里的"笛"字,陆游《老学庵笔记》卷二谓"泸、戎间谓笛为独,故鲁直得借用"。山谷是依戎州方音押韵。有些本子改作"曲"字,以求完全合于本韵,但是在文意上就嫌稍隔一层了。

最后一笔带到那位善吹笛的孙彦立:"孙郎微笑,坐来声喷霜竹。"孙郎感遇知音,喷发奇响,那悠扬的笛声回响不绝。以声结情,使人神远。

这首词通篇洋溢着豪迈乐观的情绪,词中出现的形象如断虹、秋空、万里青天、明月、森木等等,大都是巨大的,色彩鲜明的,其本身就具有一种高远的意境。在这首词中没有落木萧萧的衰飒景象,而是表现出一种豪迈的气派。词中写游园、饮酒、听曲,也都自有一种豪气充斥其间。笔墨淋漓酣畅,颇见作者洒脱旷放的为人,《宋史》本传说:"庭坚泊然不以迁谪介意,蜀士慕从之游,讲学不倦。"这首词不正是他这种豪放性格的生动写照吗? 正如东坡之有赤壁词,山谷也在这首词中真实地写出了他自己,所以颇为得意吧。

(高　原)

水 调 歌 头   黄庭坚

瑶草一何碧,春入武陵溪。溪上桃花无数,枝上有黄鹂。我欲穿花寻路,直入白云深处,浩气展虹霓。祇恐花深里,红露湿人衣。　　坐玉石,倚玉枕,拂金徽。谪仙何处,无人伴我白螺杯。我为灵芝仙草,不为朱唇丹脸,长啸亦何为? 醉舞下山去,明月逐人归。

黄庭坚曾参加编写《神宗实录》,在《实录》中,写有"用铁龙爪治河,有同儿戏"的文字,讥笑神宗的治河措施。后来又因作《江陵府承天禅院塔记》,被诬告为"幸灾谤国"。因此,他晚年两次被贬官西南,最后死于西南贬所。这首词采用幻想的镜头,描写神游"桃花源"的情景,反映他对污浊的现实社会的不满以及不愿媚世求荣、与世俗同流合污的品德。据此看来,词作大约写于作者被贬官时期。

开头一句,词人采用比兴手法,热情赞美瑶草(仙草)像碧玉一般可爱,使词作一开始就能给人一种美好的印象,激起人们的兴味,把读者不知不觉地引进作品的艺术境界中去。然后,再从第二句开始,用倒叙的手法,逐层描写神仙世界的美丽景象。

"春入武陵溪",具有承上启下的作用,以下描写进入幻想的神仙世界的第一境界。在这里,词人巧妙地使用了陶渊明《桃花源记》的典故。《桃花源记》说:

水调歌头（瑶草一何碧）　　　黄庭坚

——明刊本《诗馀画谱》

"晋太元中,武陵人捕鱼为业,缘溪行,忘路之远近,忽逢桃花林。夹岸数百步,中无杂树,芳草鲜美,落英缤纷,渔人甚异之。复前行,欲穷其林。林尽水源,便得一山……"云云。陶渊明描写这种子虚乌有的理想国度,表现他对现实社会的不满。黄庭坚用这个典故,联系他的经历来看,其用意何在,不是一目了然了吗?这三句写词人春天来到"桃花源",那里溪水淙淙,到处盛开着桃花,树枝上的黄鹂(黄莺)在不停地唱着婉转悦耳的歌。这是多么美丽的境界啊!显而易见,作者似乎已为这种理想境界而陶醉。

"我欲穿花寻路"三句,是写词人进入幻想国度的第二个境界。这是幻想镜头,词人想穿过桃花源的花丛,一直走向飘浮白云的山顶,一吐胸中浩然之气,化作虹霓。在这里,词人又进一步曲折含蓄地表现对现实的不满,幻想能找到一个可以自由施展才能的理想世界。

然而尽管如此,作者并不就为这仙境的桃花所迷醉。"祗恐花深里,红露湿人衣"两句,即是词人采用比喻和象征手法,曲折地表现他对纷乱人世的厌倦但又不甘心离去的矛盾。这种含蓄的写法,很富有令人咀嚼不尽的诗味。"红露湿人衣"一句,是从王维诗句"山路元无雨,空翠湿人衣"(《山中》)脱化而来,黄庭坚把"空翠"换成"红露",使词句天衣无缝,浑然一体,真有脱胎换骨之妙。

下片继续采用浪漫主义笔调,抒写作者孤芳自赏、不同凡俗的思想。词人以丰富的想象,用"坐玉石,倚玉枕、拂金徽(弹瑶琴)"表现他的志行高洁、与众不同。"谪仙何处,无人伴我白螺杯"两句,表面上是说李白不在了,无人陪他饮酒,言外之意,是说他缺乏知音,感到异常寂寞。他不以今人为知音,反而以古人为知音,这正表现他对现实的不满,及其苦闷的情怀。这种手法尽管在古典诗词中屡见不鲜,但由于作者的写法比较自然,所以并不使人有落入俗套之感。

"我为灵芝仙草"两句,表白他到此探索的真意。"仙草"即开头的"瑶草","朱唇丹脸"指第三句"溪上桃花"。苏轼咏黄州定惠院海棠诗云:"朱唇得酒晕生脸,翠袖卷纱红映肉。"花容美艳,大抵略同,故这里也可用以说桃花。这两句是比喻和象征的语言,用意如李白《拟古十二首》之四所谓"耻掇世上艳,所贵心之珍"。既然如此,则"长啸亦何为"?意谓自不必去为得不到功名利禄而忧愁叹息的了。

此作好像是写词人幻想升入仙境的一出戏剧,表现他到了仙境的喜悦。然而最后他还是从仙境回到人间来。最后两句是词作中的警句,生动、形象、含蓄,具有深刻的意境和浓郁的诗味。它不仅描写词人酒醉后摇摇晃晃、东倒西歪,及其下山翩翩起舞的形象,尤其是表现他想逃避现实而又不甘心如此的矛盾心理。最终还是回到现实中,却说是明月追随他回来的。"明月逐人归"的境界,正如王国维所说:"常人皆能感之,而惟诗人能写之。"(《清真先生遗事》)李白《下终南山过斛斯山人宿置酒》诗的"暮从碧山下,山月随人归",用之于开头,悠闲舒畅,带起下文良朋共饮的欢乐;此词用作结尾,为醉后的感觉,体现了独处无友、唯月相随的孤寂的心境,以应接前文。两者面目相同,而情味自异。整首词写景抒情,浑然一体,是富有强烈抒情性的佳作。

(陆永品)

满 庭 芳 茶　　　　　　　　　　　　　黄庭坚

北苑春风,方圭圆璧,万里名动京关。碎身粉骨、功合上凌烟。尊俎风流战胜,降春睡、开拓愁边。纤纤捧,研膏溅乳,金缕鹧鸪斑。　　相如虽病渴,一觞一咏,宾有群贤。为扶起灯前,醉玉颓山。搜搅胸中万卷,还倾动、三峡词源。归来晚,文君未寝,相对小窗前。

此词也收入秦观《淮海居士长短句》中,字句少异。据南宋吴曾《能改斋漫录》卷十七《茶词》一条说,山谷曾作《满庭芳》茶词"北苑龙团,江南鹰爪"云云,其后修改前作,止咏建茶,"北苑研膏,方圭圆璧"云云,词意益工。证为山谷所作。此词刻画铺叙,极妍尽态,极似一篇茶赋。

词先从茶的名贵说起:"北苑春风,方圭圆璧,万里名动京关。"北苑在建州,即今福建建瓯。是贡茶的主要产地。王象之《舆地纪胜》引周绛《茶苑总录》云:"天下之茶建为最,建之北苑又为最。"从宋太宗太平兴国二年开始,建州专造龙凤团茶入贡,北苑茶贵,至此得名。由于是贡品,故采择十分讲究,据蔡襄《北苑焙新茶诗》序云:"北苑(茶)发早而味尤佳,社(立春后第五个戊日为社社日)前十五日,即采其芽,日数千工,聚而造之,逼社(临近社日)即入贡。"因此"春风"二字,即指社前之茶。山谷另一首茶词《看花回》云:"香引春风在手,似粤岭闽溪,初采盈掬",并可证。如此讲究产地节令,且"日费数千工",制成的方圆茶饼,蔡絛《铁围山丛谈》卷六且云"岁但可十百饼",故无怪要声传万里名动汴京了。圭方璧圆,以喻茶饼形状。

这些细小的茶,有如此身价,且进奉御用,简直是有功社稷,可与凌烟阁(唐代所建,表彰开国功臣的地方)中那些流芳百世,为国粉身碎骨的将相功臣并列了。"碎身粉骨"二句写得刻至,以研磨制茶之法攀合将相报国之事,以贡茶之贵比之开业之功,着意联想生发,避实就虚。接着写茶之用,"尊俎风流战胜"是"战胜风流尊俎"的倒装,意指茶能解酒驱睡、清神醒脑,排忧解愁。"战胜""开边",

字面切合凌烟功臣。以下说更有红巾翠袖,纤纤玉指,研茶沏水,捧精美茶盏,侍奉身前,堪称一时雅事。"鹧鸪斑",以其纹色代指茶盏。杨万里《陈蹇叔郎中出闽漕别送新茶》诗:"鹧斑碗面云萦字,兔褐瓯心雪作泓。"据蔡襄《茶录》:"茶色白,宜黑盏,建安所造者绀黑,纹如兔毫。"范成大《桂海虞衡志》记有鹧鸪斑香,谓其"色褐黑而有白斑点点,如鹧鸪肐上毛",则仿兔毫瓯例,茶盏色泽花点似鹧鸪斑者,亦可命名。以上言有好茶叶之外,还要有好水,好茶具,好的捧盏人,这才珠联璧合,相得益彰。

下片写邀朋呼侣集茶盛会。当时有行茶令的风俗:"每会茶,指一物为题,各举故事,不通者罚"(王十朋《梅溪文集》)。这里写自己雅集品茶,却翻出司马相如的风流情事。茶可解渴,故以"相如病渴"引起。司马相如"常有消渴疾",见《史记》列传。紧接着带出他的宴宾豪兴,又暗暗折入茶会行令的本题。"为扶起灯前"下四句,是承接字面,明写司马相如的酒兴文才,实暗指茶客们酬饮集诗、比才斗学的雅兴。"一觞一咏"两句,用王羲之《兰亭集序》"群贤毕至,少长咸集。……一觞一咏,亦足以畅叙幽情"。"醉玉颓山",用《世说新语·容止》"嵇叔夜(康)……其醉也,傀俄若玉山之将崩"。"搜揽胸中万卷",用卢仝《走笔谢孟谏议寄新茶》诗"三碗搜枯肠,唯有文字五千卷"。"还倾动三峡词源",用杜甫《醉歌行》"词源倒流三峡水"。以上连用四个典故,真如他自己所主张的"无一字无来处"(《答洪驹父书》)了。最后带出卓文君,呼应相如,为他们的风流茶会作结,使下片成为一个整体。

这首词围绕一杯茶,竭尽腾挪铺叙之能事。为了避免泥定题目导致拘而不畅,作者通篇不着一个茶字,翻转于名物之中,出入于典故之间,不即不离,愈出愈奇。特别是下片用司马相如集宴事绾合品茶盛会,专写古今风流,可谓得咏物词的要领了。

当时人论词家有"秦七、黄九"之说,但清代的冯煦在《宋六十一家词选》例言中却不以为然,认为"若以比柳(永),差为得之",这话颇中肯綮。山谷词以疏隽旷放为主调,但他也受到了柳永词的影响。这首词的传移铺写,风流冶荡颇近柳词格调,但刻意出奇,穷力追新,却是自家面目。以这首词论之,黄庭坚的长调虽学柳永,但无柳词的平直晓畅,雕琢有余而自然不足,虽冶艳而乏情致,不免有堆砌饾饤,词意枯涩之弊。

　　　　　　　　　　　　　　　　　　　　　　　(邓乔彬　祝振玉)

醉　蓬　莱　　　　　　　　　　黄庭坚

对朝云叆叇,暮雨霏微,乱峰相倚。巫峡高唐,锁楚宫朱翠。

画戟移春,靓妆迎马,向一川都会。万里投荒,一身吊影,成何欢意！　　尽道黔南,去天尺五,望极神州,万重烟水。樽酒公堂,有中朝佳士。荔颊红深,麝脐香满,醉舞裀歌袂。杜宇声声,催人到晓,不如归是。

　　绍圣二年,山谷被指控为撰修《神宗实录》失实多诬,贬为涪州别驾黔州安置,此词当是他赴黔途中经过夔州巫山县时所作。作为一个知名的诗人,山谷受到了地方官的热情接待,还游览了峡中的山水奇胜;但作为一个逐臣,他的内心又有着难以排解的抑郁忧闷。山谷把这两方面编织在同一首词中,通过乐与悲的多层次对比烘托,突现出他在贬谪途中去国怀乡的忧闷之情。

　　提起巫山,人们自然会联想到那浪漫旖旎的神话传说:巫山神女与楚王幽会,"旦为朝云,暮为行雨"。词的开头以"对"字直领以下三句,描绘出一幅烟雨凄迷的峡江图:有时云蒸霞蔚,有时微雨蒙蒙,云雨迷离之中,只见错落攒立的群峰互相依傍。这里既是肖妙的写景,又是贴切的用典,"朝云""暮雨"镶嵌于句中,化而不露,"乱峰"则指巫山群峰,其中神女峰尤为峭丽,相传即为神女的化身。这样我们不仅领略到云雨奇峰的峡江风光,而且产生对历史、神话的丰富联想,进入一个惝恍迷离、凄清悠远的境界。这种意境与他去国怀乡的怅惘心情是十分协调的。如以"瞹靆"状云,表现云气浓重,据汉代服虔《通俗文》的解释,更有日色昏暗之意。又如以"乱"字表现群峰的攒拥交叠。这些不正暗示他遭贬后神乱意迷的心境吗?"巫峡高唐,锁楚宫朱翠",是由神话生发出来的联想。"朱翠"指女子的朱颜翠发,代指美人。一个"锁"字不也隐约透露出自叹身世的感慨:此行西去,羁管于荒远之地,身非由己,不正像锁于深山峡谷的楚宫佳丽吗?这里感情的流露是含蓄深婉的,词人只是创造一种情绪和氛围,给人以感染。他的写同一主题的《减字木兰花·登巫山县楼》就表现得较为直露,其词云:"襄王梦里,草绿烟深何处是? 宋玉台头,暮雨朝云几许愁。　　飞花漫漫,不管羁人肠欲断。春水茫茫,欲渡南陵更断肠。"

　　顺着这样的情绪写下去,应该继续抒发其乡愁离恨,但山谷并未如此,而是笔锋一转,描绘出一幅热闹的仪仗图:春光明媚之中,官府的仪仗队在行进,盛妆艳服之人迎接着马队,迤逦向城中行去。"画戟"是加上彩饰的戟,用于仪仗队。"靓妆",粉黛妆饰,这里大约指歌姬舞女之类。面对如此盛况,山谷的内心却是一片悲凉:"万里投荒,一身吊影,成何欢意！"它与开头呼应,但与其以景言情的含蓄隐晦相比,这里一腔忧闷简直是喷涌而出。词的上片巧妙地运用了反衬,使词意极尽跌宕起伏、曲折回环之致。

　　下片与上片则同一机杼。开头四句承上片最后一层意思而加以生发。上面"一身吊影,成何欢意",倾诉悲情,已一泻无余,如何再深入一层呢? 山谷巧妙地越过眼前的情景,而设想在贬谪之地的望乡之苦,这也是一种衬托,即用未来的乡愁反过来烘托现实的离情。"去天尺五"极言黔南地势之高,旧有"城南韦、杜,去天尺五"的谚语,此处借来形容山高摩天。尽管在这样的高处,但是眺望神州,还是隔着千山万水。那乡愁就像那万重烟水,一直延伸到天地的尽头,绵绵不绝。"神州"指中原,这里意同"神京"。古代的逐臣每每通过回望京城来表达其哀怨之情。

　　"樽酒"五句又是一个大的转折,展现了地方官为山谷摆酒接风,欢宴公堂的热烈景象。宴会上不仅有来自朝廷的"佳士",还有歌舞的美女。为了渲染欢快的气氛,这里用了一些色彩富丽的词,如用"荔颊红深"形容美人容颜的娇艳之色,用"麝脐香满"描写香气的氤氲馥郁。轻歌曼舞,醉意朦胧,场面越是写得热烈,越能反衬出山谷心头的悲凉孤寂。置身于高堂华宴,面对着主宾的觥筹交错,会更使人强烈地感受到"斯人独憔悴"的况味。所以词的最后又跌入深沉的乡愁之中,唯有那杜鹃"不如归去"的声声啼鸣陪伴着他通宵达旦。

　　王夫之说过:"以乐景写哀,以哀景写乐,一倍增其哀乐。"(《薑斋诗话》)此词正是这一艺术辩证法的具体应用。表现在词的结构上就是:上下两片都分三个层次,先写悲情,然后折入欢快场景的描写,最后又转入悲情的抒发,而上下两片又写法各异,不使雷同。诚所谓"常山蛇势":"击其首则尾至,击其尾则首至,击其中则首尾俱至。"(《孙子·九地篇》)为了构成鲜明的对比,写悲与乐所用词语的色彩反差也很大:前者朴素自然,近乎口语,直抒胸臆;后者富丽浓郁,风华典雅,着力铺陈。

　　　　　　　　　　　　　　　　　　　　　　　　　　　　　　(黄宝华)

蓦　山　溪　　　　　　　　　黄庭坚
赠衡阳妓陈湘

　　鸳鸯翡翠,小小思珍偶。眉黛敛秋波,尽湖南、山明水秀。娉娉嫋嫋,恰似十三馀,春未透,花枝瘦,正是愁时候。　　寻花载酒,肯落谁人后。只恐远归来,绿成阴,青梅如豆。心期得处,每自不由人,长亭柳,君知否,千里犹回首?

　　《蓦山溪》又名《上阳春》,"赠衡阳妓陈湘"又作"别意"。这是一首赠别的词。

蓦山溪（鸳鸯翡翠）　　　　黄庭坚

——明刊本《诗馀画谱》

上片写陈湘的天生丽质,豆蔻年华,而又柔情脉脉,春愁恹恹,使人魂飞心醉,我见犹怜。下片写词人载酒寻芳,临别伤怀,后约无期的怅惘心情。前者重在绘形,故多绮语;后者重在抒情,故饶风韵。全词运用铺叙的手法,层次分明。上片分三个层次来写。第一个层次是前两句。鸳鸯、翡翠,皆偶禽。雄者为鸳,雌者为鸯。《说文》:"翡,赤羽雀也。翠,青羽雀也。"雄赤曰翡,雌青曰翠。作者《鼓笛令》也有"翡翠金笼思珍偶"之句。这两句把陈湘妙年怀春的内心活动揭示了出来。第二个层次也是两句,以远山秋波,比喻陈湘的眉清目秀。作者另有《阮郎归》一词,也是赞美陈湘的歌舞的,中有"歌调态,舞工夫,湖南都不如"云云,可作这两句词的注脚。"山明水秀"与"眉黛""秋波"相应,言其眉如山之明,眼如水之秀。把美人的眼比作秋波,眉比作远山,是我国古代诗文中所习见的。王观《卜算子》的"水是眼波横,山是眉峰聚",欧阳澈《玉楼春》的"个人风韵天然俏,入鬓秋波常似笑",是用得特别生动而形象的两例。第三个层次是末五句,以春花的娇嫩鲜艳,比喻陈湘的年轻貌美。妙在词人不着痕迹地点染了杜牧《赠别》的"娉娉袅袅十三馀,豆蔻梢头二月初"的诗句,含蓄而婉转地把陈湘的婀娜身段、锦绣年华勾勒了出来。在点染中有创造,在绮语中有蕴藉,呈现出细腻而工巧的审美情趣。又以"透""瘦""愁"三字分别写出陈湘的情窦初开、腰肢苗条和多愁善感。艳而不冶,媚而不妖,清丽纤巧,情韵兼胜,其构思之委婉曲折,低回往复,出人意表,不可窥测,让许多层次的内容,组成一个完整的机体,给人以多侧面的鲜明而真实的美的享受。

　　下片也有三个层次。第一个层次也是前两句。写结识陈湘,唯恐不早。一种急于谋面、一倾积愫的感情,溢于言表,不言倾慕,而爱恋之情自见。第二个层次是中两句,写词人对后约无期、犹恐美人已有所属的怅惘。妙在他把杜牧《叹花》诗"自是寻春去太迟,不须惆怅怨芳时。狂风吹尽深红色,绿叶成阴子满枝"融化在里面。词人在这里不是写别筵上翠袖如何殷勤劝酒,长亭边两人如何执手呜咽,而是想到别易会难,聚少离多,待到他们重逢的那天,恐怕是花已成泥、叶已成阴、子已满枝了。这在意脉上是与"娉娉袅袅,恰似十三馀"相呼应;在感情上是低回婉转,一往情深,显得更加深沉、真挚。第三个层次是最后五句,表现自己的眷恋之深,依慕之切。"心期",指内心深处的期望。这里是申说人生实难,事与愿违,造物是那样的捉弄人,不让人把握自己的命运,实现自己的愿望。接着又以柳的飘拂依人,比喻自己的别情无极,依恋不已。虽在千里之外,犹然频频回首,寻觅那折柳赠行者的情影。读到这里,不禁使人联想起那"羁客春来心欲碎,东风莫遣柳条青"(戎昱《湖南春日》)的情思油然而生,那"含烟惹雾每依依,万缕千条拂落晖"(李商隐《离亭赋得折杨柳》)的情景宛然在目。语淡而情深,意浓而韵远,非有这种实际生活的体验,是不能道出此中的委婉曲折的。写这样的题材,是很不容易着笔的。过于浓艳,则流于儇薄;过于厚重,则易失风韵;痴语多则失之纤弱,谐谑多则流于亵近。刘熙载说得好:"词要恰好,粗不得,纤不得,硬不得,软不得。不然,非伧父即儿女矣"(《艺概·词曲概》)。山谷这首词,既妥溜,又恰切;既合身份,又饶情趣,使人挹之不尽,味之无穷。 (羊春秋)

定 风 波　　　　黄庭坚
次高左藏使君韵

万里黔中一漏天,屋居终日似乘船。及至重阳天也霁,催醉,鬼门关外蜀江前。　　　莫笑老翁犹气岸,君看,几人黄菊上华颠? 戏马台南追两谢,驰射,风流犹拍古人肩。

此词为作者在黔州贬所的作品。唐置黔中郡,后改黔州,治所在今四川彭水,在宋时是边远险阻的处所。绍圣二年(1095)黄庭坚以修《神宗实录》不实的罪名,贬为涪州(今四川涪陵)别驾,黔州安置,开始他生平最艰难困苦的一段生活。当时他的弟弟知命有诗云:"人鲊瓮中危万死,鬼门关外更千岑。问君底事向前去,要试平生铁石心"(《戏答刘文学》),写出他在穷困险恶的处境中,不向命运屈服的博大胸怀。这种心境见于词体创作,则一变早年多写艳情的故态,转而深于感慨了。此阕通过重阳即事,抒发了一种老当益壮、穷且益坚的乐观奋发精神。

全词分四层写。上片首二句写黔中气候,以明贬谪环境之恶劣。黔中秋来阴雨连绵,遍地是水,人终日只能困居室内,不好外出活动。不说苦雨,而通过"一漏天""似乘船"的比喻,形象生动地表明秋霖不止叫人不堪其苦的状况。"乘船"而风雨喧江,就有覆舟之虞。所以"似乘船"的比喻不仅是足不出户的意思,还影射着环境的险恶。联系"万里"二字,又有去国怀乡之感。这比使用"人鲊瓮中危万死"的夸张说法来得蕴藉耐味。下三句是一转,写重阳放晴,登高痛饮。说重阳天霁,用"及至""也"二虚词呼应斡旋,有不期然而然、喜出望外之意。久雨得晴,是一可喜;适逢佳节,是二可喜。逼出"催醉"二字。"鬼门关外蜀江前"回应"万里黔中",点明欢度重阳的地点。"鬼门关"即石门关,在今四川奉节县东,两山相夹如蜀门户,"天下之至险也"(陆游《入蜀记》)。但这里却是用其险峻来反衬一种忘怀得失的胸襟,大有"鬼门关外莫言远,五十三驿是皇州"(作者《竹枝词》)的意味。如果说前二句起调低沉,此三句则稍稍振起,已具几分傲兀之气了。

过片三句承上意写重阳赏菊。古人在重阳节有簪菊的风俗(杜牧《九日齐山登高》:"尘世难逢开口笑,菊花须插满头归"),但老翁头上插花却不合时宜,即所谓"几人黄菊上华颠"。作者却借这种不入俗眼的举止,写出一种"气岸遥凌豪士前,风流肯落他人后"(李白《流夜郎赠辛判官》)的不服老的气概。"君看""莫笑"云云,全是自负口吻。这比前写纵饮就更进一层,词情大扬。但高潮还在最后三句。这里用了一个典故:晋时刘裕北征至彭城,九月九日会将佐群僚于戏马台(台为项羽所筑,在今江苏铜山县南),赋诗为乐,当时名诗人谢瞻、谢灵运各赋诗一首(诗见《文选》卷二十)。"两谢"即指此二人。此三句说自己重阳节不但照例饮酒赏菊,还要骑马射箭,吟诗填词,其气概直追古时的风流人物(如在戏马台赋诗之两谢)。末句中的"拍肩"一词出于郭璞《游仙诗》"右拍洪崖肩",即追踪的意思。下片分两层推进,从"莫笑老翁犹气岸"到"风流犹拍古人肩"彼此呼应,一气呵成,将豪迈气概表现到极致。

全词结构是一抑三扬(催醉——簪菊——驰射),衬跌有力;铸词造句新警生动,用典亦自然贴切。作者虽身经忧患,却气度开张,绝不作衰飒乞怜语,至今读来犹凛然有生气。

　　　　　　　　　　　　　　　　　　　　　　　　　　　　　(周啸天)

阮　郎　归　　　　　　　　　　　　　黄庭坚
效福唐独木桥体作茶词

烹茶留客驻金鞍。月斜窗外山。别郎容易见郎难。有人思远山。　　归去后,忆前欢。画屏金博山。一杯春露莫留残。与郎扶玉山。

茶,与宋人生活、宋代文化有不解之缘。宋代三大诗人苏东坡、黄山谷、陆放翁,有许多诗咏茶。王士祯《花草蒙拾》云:"黄集咏茶诗最多,最工。"山谷咏茶词亦多,多达十首。此词即其中之一。与他首专咏茶有所不同,此首以一女子口吻,咏其与茶颇有因缘之一段爱情。题中所谓福唐独木桥体,是词中一种体式,又有全部或部分韵脚押用同一个字两式。这里是用后一式。

"烹茶留客驻金鞍。"烹茶二字破题,留客五字转出本事。过客驻马止息,女子烹茶相留。起句写情事,次句点时间。"月斜窗外山。"客人投宿,正当黄昏月出。月儿爬上山头,照进窗户。那情境,很朴素,也很优美。两人相遇,在女子印象极深。可见客人给女子之好感。"别郎容易见郎难。"接下来这一声喟叹,便将上二句所写,全化为回忆。别易会难,古今所叹,唯情之所钟有以致之。喟叹之中,称郎而不再称客,很微妙,也很含蕴,包蕴了那位驻马过客成为女子情郎的一段钟情过程。郎来郎又去,"有人思远山。"有人,正是女子自指。李白《菩萨蛮》"暝色入高楼,有人楼上愁",同此句法。思远山,遂将意境拓远。当日,郎从窗外山边来,后又向远山去。远山遮住了女子的愁目,也牵动了她的悠悠情思。歇拍之远山,与次句之窗外山,同字押韵,其妙用在于含义各不相同。

"归去后,忆前欢。"换头所写,补足上片前二句相遇与下二句别后之间的那一分离。情郎归去后,女子剩有空忆而已。女子何所忆?最忆是前欢。"画屏金博山。"画屏掩映,博山销香,那正是前欢的象征。博山,指雕有重叠山形的香炉,金博山即铜制博山炉。此句暗用乐府诗《杨叛儿》"欢作沉水香,侬作博山炉"。博山销香,一片氤氲,正似前欢之融洽。韵脚仍用山字,可是已非窗外之远山,而是室内之博山,可加注意。"一杯春露莫留残。"一杯春露,遥接起句之烹茶,写出女子捧茶劝郎。山谷另首《阮郎归·茶词》云:"雪浪浅,露花圆。捧瓯春笋寒",作此四字之注脚极好。莫留残,是女子殷勤语,谓一饮须尽。宋袁文《瓮牖闲评》评云:"残字下得虽险,而意思极佳。"佳就佳在如闻女子之声口,如见女子之深情。劝郎饮茶,又包蕴了前此醉饮之一节情事。所以结云:"与郎扶玉山。"玉山,形容男子醉后仪容之美。语出《世说新语·容止》:"其醉也,傀俄若玉山之将崩。"此句不光是写出女子为扶醉酒之情郎,承上句,也有以此清茶为郎解酒之意。解酒,正是茶之一份神奇功能。而酒,又往往是不可无。山谷《品令·茶词》云:"味浓香永,醉乡路,成佳境。"可为情郎此时之感受作注。其《满庭芳·茶词》云:"纤纤捧,冰瓷莹玉,""为扶起,尊前醉玉颓山。"则可使两人此时之情景如画。不难体会,在女子心中,这醉后劝茶之情景虽非现境,可在心头细细回忆起来,那滋味之美不正和香茶一样回味无穷吗?

此首题名茶词,以烹茶捧茶之意象,贯串女子爱情之本事,题材与题名是若即若离,又不可分离。茶,正是前欢之见证,一妙也。女子回味前欢之美(此是词中所写),实暗与茶味回甘之美(此是词题所启示)相合。茶,又是回味之象征,又一妙也。此词共九句,起二句结三句为回忆(准确地说应为追思实写),中间四句大抵为现境,时间错综,情境往复,表现女子之神情惝恍心境迷离最佳,又是一妙。此词隔句用同字押韵,属独木桥体式之一种。其中,起句以鞍字押韵,三句押难字,换头押欢字,第八句押残字,韵字并不全同。即使隔句押韵的同一个山字,出现四次,但窗外山是郎来处,远山是郎去处,博山是物,玉山指人。字虽同而含义用法皆不雷同,这在独木桥体词中也不可谓不高明。王士祯云:"仆尝取黄诗:'金沙滩头锁子骨,不妨随俗暂婵娟。'以为涪翁殆自道其文品耳。"对山谷作此体词,也可作如是观,即随俗而能不流于俗。

(邓小军)

清 平 乐　　　　黄庭坚

春归何处?寂寞无行路。若有人知春去处,唤取归来同住。　　春无踪迹谁知?除非问取黄鹂。百啭无人能解,因风飞过蔷薇。

对黄庭坚的词,历代毁誉不一。宋代陈师道说:"今代词手,惟秦七、黄九耳,唐诸人不逮也。"(《苕溪渔隐丛话后集》卷三十二引)晁补之说:"黄鲁直间作小词,固高妙,然不是当家语,自是着腔子唱好诗。"(同上)清代陈廷焯更指斥说:"黄九于词,直是门外汉。"(《白雨斋词话》卷一)这些话虽各执一端,但都有一定的道理。因为黄庭坚现存近两百首词中,品类很杂,高下悬殊,不可一概而论。只是这首《清平乐》,传诵至今,向来获得好评。

在古代诗词中,以"惜春"为主题的作品何止千百篇。因此词人写这类作品,必须取新的角度和用新的手法方能取胜。

此词好就好在写得新颖、曲折,风格清奇,语言轻巧,词味隽永。它赋予抽象的春以具体的人的特征。词人因春天的消逝而感到寂寞,感到无处觅得安慰,像失去了亲人似的。这样通过词人的主观感受,反映出春天的可爱和春去的可惜,给读者以强烈的感染。

若词人仅限于这样点明惜春的主题,那也算不了什么高手。此词高妙处,在于它用曲笔渲染,跌宕起伏,饶有变化。好像荡秋千,既跌得深、猛,又荡得高、远。此词先是一转,希望有人知道春天的去处,唤她回来,与她同住。这种奇想,表现出词人对美好事物的执着和追求。

下片再转。词人从幻想中回到现实世界里来,察觉到无人懂得春天的去向,春天不可能被唤回来。但词人仍存一线希望,希望黄鹂能知道春天的踪迹。为什么呢?因为黄鹂常和春天一同出现,它也许能得知春的讯息。这样,词人又跌入幻觉的艺术境界里去了。

末两句写黄鹂不住地啼叫着。它宛转的啼声,打破了周围的寂静。但词人从中仍得不到解答,心头的寂寞感更加重了。只见黄鹂趁着风势飞过蔷薇花丛。蔷薇花开,说明夏已来临。词人才终于清醒地意识到:春天确乎是回不来了。

像这样一首短词,几经曲折,含蕴着一层深似一层的感情。词人从惜春到寻春,从希望到失望,从不断追寻到濒于绝望;终于怀着无可告慰的心情,为美好事物的消逝陷入沉思中去了。

黄庭坚在诗词创作中,常喜欢掉书袋,发议论,甚至堆砌典故,化用前人辞句,并自诩为"夺胎换骨""点铁成金"。这首词却无此类弊病。仅结尾与欧阳修《蝶恋花》(庭院深深深几许)词末句"泪眼问花花不语,乱红飞过秋千去",意境稍嫌重复。但这充其量只是"偷意",仍不失为一种高格。

有人认为这首词"结语暗寓身世,大有佳人空谷,自伤幽独之感",不妨聊备一说。但从全词看,这种说法显然跟通篇的主题不合。一首词不能是上半写"惜春",下半又变成写"自惜"。如果这样写,势必造成主题的不统一。

读这首词,感情的波澜常会随着词人笔底的波澜一同跳动,一同变化。使人觉得:春天是可爱的,要珍惜春天,别让她轻易流逝!　　　　　　　(蔡厚示)

鹧 鸪 天　　　　　　　　　黄庭坚
座中有眉山隐客史应之和前韵,即席答之

黄菊枝头生晓寒。人生莫放酒杯干。风前横笛斜吹雨,醉里簪花倒著冠。　　身健在,且加餐。舞裙歌板尽清欢。黄花白发相牵挽,付与时人冷眼看。

史应之,为黄庭坚在戎州贬所新交的朋友。《山谷诗内集》有《戏答史应之》七绝三首,又《谢应之》一首,任渊注云:应之名铸,眉山人,授馆于人,为童子师;落魄无检,喜作鄙语,人以屠脍目之;客泸、戎间,因识山谷。元符三年(1100),山谷既得赦复官,七月自戎州省其姑于青神,应之亦自眉山来青神,二人在客馆时接从容,宾主相乐。山谷十一月始自青神复还戎州,这首《鹧鸪天》,当是重阳节后在戎州或青神所作。同调同韵三首,此为第二首,自和前首韵。

山谷因被诬修《神宗实录》不实,于绍圣二年(1095)谪涪州别驾黔州安置,后移戎州安置,在贬五年余。初至戎州时,寓居南寺,作槁木寮、死灰庵,喻其心已如槁木死灰,可以见其抑郁愤嫉之情。此词写的正是胸中不平之气,却以达观放浪之态出之。上片是劝酒之辞,劝别人,也劝自己到酒中去求安慰,到醉中去求欢乐。首句"黄菊枝头生晓寒"是纪实,其第一首(题"明日独酌自嘲呈史应之")末云"茱萸菊蕊年年事,十日还将九日看",点明为重阳后一日所作。因史应之有和词,故自己再和一首,当亦是此数日间事。赏菊饮酒二事久已有不解之缘,借

鹧鸪天（黄菊枝头生晓寒）　　　黄庭坚

——明刊本《诗馀画谱》

"黄菊"自然过渡到"酒杯",引出下一句"人生莫放酒杯干"。意即酒中自有欢乐,自有天地,应让杯中常有酒,应该长入酒中天。"风前横笛斜吹雨,醉里簪花倒著冠",着意写出酒后的浪漫举动和醉中狂态,表明酒中自有另一番境界:横起笛子对着风雨吹,头上插花倒戴帽,都是不入时的狂放行为,只有在酒后醉中才能这样放肆。能达此境,即可眼中无人;能做到眼中无人,心中还有什么忧虑烦恼不能消除呢?不言而喻,这仍然只是借酒浇愁而已。高明之处是不说一个愁字,而处处愁怨可见。

下片则是对世俗的侮慢与挑战。"身健在,且加餐。舞裙歌板尽清欢。"仍是一种反常心理,其含义不在正面,而在反面:世事纷扰,是非颠倒,世风益衰,无可挽回,只愿身体长健,眼前快乐,别的一无所求。其实这些轻松俏皮的话语后面隐藏着无可名状的悲哀。"黄花白发相牵挽,付与时人冷眼看",则是正面立言。菊花傲霜而开,常用以比喻人老而弥坚,故有黄花晚节之称。这里说的白发人牵挽着黄花,明显地表示自己要有御霜之志,决不同流合污,而且特意要表现给世俗之人看。这自然是对世俗的侮慢,不可能为时人所理解和容忍,那就让他们冷眼对我吧。

此词表现的是黄山谷从坎坷的仕途上得来的人生经验。他与苏东坡同在新旧党争的夹缝中过日子,四处碰壁,几经贬徙,投荒万死,受尽了种种屈辱与迫害。东坡还懂得用老庄思想来遣愁解忧,而山谷却忘不了自己的伤痛,常常用侮世慢俗的方式来发泄心中的愤懑。本词所写的雨中吹笛也好,簪花倒戴帽也好,都是对俗人俗眼的一种戏弄侮慢;加餐也好,听歌观舞也好,都是以自乐自娱对现实迫害作调侃与反击;而"黄花白发相牵挽"则是对时人的抗争。此词三首一意贯串,总写其不平傲世之心。史应之看来也是个不谐于俗的人,故山谷与他能彼此投合。山谷《戏答史应之》诗有云:"不嫌藜藿来同饭,更展芭蕉看学书",可见二人穷困相得之情。在这样的朋友面前,所言自不必忌惮,所以数词写来自见真情。刘熙载《艺概·词曲概》云:"黄山谷词用意深至,自非小才所能办。"这正是其为人的可贵之处,也是此词的积极意义所在。

(谢楚发)

南 歌 子   黄庭坚

槐绿低窗暗,榴红照眼明。玉人邀我少留行。无奈一帆烟雨画船轻。　　柳叶随歌皱,梨花与泪倾。别时不似见时情。今夜月明江上酒初醒。

本词写离别。上片写行客即将乘舟出发，正与伊人依依话别。作者先从写景入手，这时正当初夏，窗前槐树绿叶繁茂，所以室内显得昏暗，而室外榴花竞放，红艳似火，耀人双眼，这与室内气氛恰好形成强烈对比，两人此刻的心情没有明说，却以室内黯淡的气氛来曲折地反映。

离别在即，难舍难分，"玉人邀我少留行"，不仅是伊人在挽留，行客自己也是迟迟不愿离开。"无奈"两字一转，写出事与愿违，出发时间已到，不能迟留。接着绘出江上烟雨凄迷，轻舟挂帆待发，两人无限凄楚的别情就在这诗情画意的描述中宛转流露。

本词系双调，下片格式与上片相同。"柳叶"两句，承上片"无奈"而来，由于舟行在即，不能少留，而两人情意缠绵，难舍难分，真是"悲莫悲兮生别离"。"柳叶"两句，写临行饯别时伊人蹙眉而歌，泪如雨倾。这里运用比喻，以柳叶喻双眉，梨花喻脸庞。"别时"句又一转，由眼前凄凄惨惨的离别场面回想到当初相见时的欢乐情景，但往事不堪回首，只能使临行时的心情更加沉重。

末句宕开，以景作结。略去登舟以后借酒遣怀的描写，只说半夜酒醒，唯见月色皓洁，江水悠悠，无限离恨，尽在不言之中，颇具蕴藉含蓄之致。

李清照《词论》认为"黄（庭坚）即尚故实，而多疵病。"但本词却并未使用典故，倒是在写作手法上显得很有特色。如"槐绿"两句，例用对句，做到了对偶工整、色泽鲜艳；槐叶浓绿，榴花火红，"窗暗""眼明"用来渲染叶之绿与花之红，"绿"与"红"、"暗"与"明"在色彩与光度上形成两组强烈的对比，对人物形象和环境气氛起着烘托渲染的作用。"柳叶"两句，以柳叶和梨花来比喻伊人的双眉和脸庞，以"皱"眉和"倾"泪刻画伊人伤离的形象，通俗而又贴切。　　　　　（潘君昭）

谒金门　示知命弟　　　　　　　　　黄庭坚

山又水，行尽吴头楚尾。兄弟灯前家万里，相看如梦寐。

君似成蹊桃李，入我草堂松桂。莫厌岁寒无气味，馀生今已矣。

这首词是黄庭坚于哲宗绍圣三年（1096）在黔州（四川彭水）所作。知命是黄庭坚之弟，名叔达。据任渊《山谷诗集注·目录》附《年谱》，黄庭坚于绍圣元年十二月谪涪州别驾，黔州安置。绍圣二年四月到达黔州，寓开元寺。庭坚赴贬所，未能携家来，其家时寓芜湖。同年秋，其弟知命自芜湖登舟，携一妾、一子及庭坚之子相及其生母溯江而上，于绍圣三年五月六日到黔州。此后数年中，知命一直在贬所陪伴庭坚,兄弟间友爱甚笃。这首词是知命初到黔州时庭坚所作,充分抒写了兄弟间患难相依的天伦笃厚之情。

开头两句是说知命万里远来,行路艰难。《方舆胜览》:"豫章之地为吴头楚尾。"豫章,今江西,春秋时为吴国之西界,楚国之东界,故称为吴头楚尾。知命自芜湖登舟,溯江西行,正是经历了吴头楚尾之地。下边两句写兄弟患难中相聚的惊喜之情。"相看如梦寐",用杜甫《羌村》诗:"夜阑更秉烛,相对如梦寐。"下半阕起二句用了两个典故。上句用《史记·李将军传》。这篇传赞中引谚曰:"桃李不言,下自成蹊",称赞李广诚信著于中而自然形于外。黄庭坚借用此语称赞其弟知命。下句用孔稚珪《北山移文》。文中有"钟山之英,草堂之灵"及"诱我松桂,欺我云壑"之语。此文原意是讥讽周颙的。"周颙昔经在蜀,以蜀草堂寺林壑可怀,乃于钟岭雷次宗学馆立寺,因名草堂"(《文选·北山移文》李善注引梁简文帝《草堂传》),周颙曾隐居于此,后来他又出来做官,所以孔稚珪作文以讥之。黄庭坚此处只是借用其中辞句,以"草堂"拟所居之开元寺,以"松桂"喻环境荒寂,与《北山移文》原意无关。古人诗词中对典故常是灵活运用,不可拘泥求之。以"草堂松桂"对"成蹊桃李",对偶工整,很有文采,这也是作词的一种艺术手法。最后二句是对远谪的慨叹,是年黄庭坚五十二岁,故曰"馀生今已矣"。此词以放笔为直干之法抒写天伦情谊,质朴浑厚,在宋人词中还是少见的。

黄庭坚是北宋诗的大家,造诣很高,与苏轼齐名,并称苏黄。他也能填词,但论者毁誉不同。黄庭坚在文学艺术上是具有很高天才的,而又是卓然自立,不肯随人后的。他作诗时,态度郑重,精心结撰,而填词则不然,仅视为余事,因此不免有"亵诨""鄙俚"之语,且有"倔强""太生硬"处,但其佳者则是"妙脱蹊径,迥出慧心"(详拙著《灵谿词说·论黄庭坚词》,载《四川大学学报》1984 年第三期)。从这首《谒金门》词,也可以看出黄庭坚词的特点,他能将其作诗遒劲的笔法运化于词中。

(缪　钺)

渔 家 傲　　　　　　　　　　黄庭坚

三十年来无孔窍,几回得眼还迷照。一见桃花参学了。呈法要,无弦琴上单于调。　　摘叶寻枝虚半老,看花特地重年少。今后水云人欲晓。非玄妙,灵云合被桃花笑。

宋代有不少叫作"灯录"的禅宗典籍,记载着许多叫人转迷成悟的机关,颇得当时文人的喜爱,一些人干脆援禅家语入诗词,以增加其理趣,这首《渔家傲》便是其中突出的一例。

这首词所演绎的是南岳临济宗福州灵云志勤和尚的故事。此事最早见于五代静、筠二僧所撰之《祖堂集》："（灵云）偶睹春时花蕊繁花，忽然发悟，喜不自胜。"在南宋普济的《五灯会元》中也有记载，说灵云在沩山见桃花而悟道，作偈云："三十年来寻剑客，几回落叶又抽枝。自从一见桃花后，直至如今更不疑。"这里所谓的"剑"，即指佛家的般若慧剑，般若，意谓智慧，是成佛的途径之一。"落叶抽枝"，喻年复一年地苦心修习参学。考禅家源流，临济宗属南宗，南宗修禅的根本方法是"顿悟"，主张无须经过长期修习而突然发悟。因此，灵云和尚睹桃花而悟，实在是个很好的例子。按黄庭坚的禅学根源，亦出自临济宗派，《五灯会元》将他的座次排在南岳下十三世，称为"居士"，可见他作此词并非出自偶然。

首三句，讲灵云三十年茫昧混沌，几番出入于迷悟之间。最后一见桃花，终于参悟。"无孔窍"，典出《庄子》，亦即"倏忽凿窍"之寓言。据《淮南子》："夫孔窍者，精神之户牖也。"此用来比喻灵云三十年来的不彻不悟。"得眼迷照"，是说灵云几次将悟还迷。佛家有"五眼"之说，即肉眼、天眼、慧眼、法眼和佛眼。其中肉眼和天眼只能看见世间虚妄的幻象，慧眼和法眼才能看清事物的实相。因此，此处的"眼"，当指慧眼或法眼。"参学了"的"了"，作"完成"讲。

下面两句是讲灵云参悟的境界。"呈法要"即是得佛法的意思。"无弦琴"，用陶渊明故事。"（渊明）不解音律，而蓄无弦琴一张，每酒适，辄抚弄以寄其意"（萧统《陶靖节传》）。黄庭坚以此作比，意在阐释至法无法的禅理：琴有弦，所奏音调总有一定限制，即是有碍。唯其无弦，方能奏出单于（广大无限）之调。所谓至法无法，也就是一种纵横自在、纯任本然的境界。而这，正是禅宗南宗创始人慧能所倡导，为他的后学大力阐扬的法则。

词的下阕，由灵云之事生出感想，大意是说灵云为求"悟"的境界，历经曲折，虚度了半辈子。我们应以此为鉴，趁着年少及早悟道。岂但见花能悟道，天地万物，流水行云无不蕴藏着道机禅理，因此，参禅学佛实非高不可攀之事，灵云三十年方悟道，真该见笑于桃花了。这里所着重阐扬的，仍是"顿悟"之说。在黄庭坚看来，灵云三十年的蹉跎，是大可不必的。因为在他身上，顿悟之中尚有"渐"的痕迹。而事实上，世间的万事万物皆可作为顿悟的凭借，真所谓"青青翠竹总是法身，郁郁黄花无非般若"（大珠语）。黄庭坚阐扬顿悟之说，还有着自己的参学体验。据说他早年投靠晦堂禅师，"乞指径捷处。堂曰：'只如仲尼道"二三子以我为隐乎？吾无隐乎尔"（《论语·述而》）者，太史居常，如何理论？'公拟对。堂曰：'不是，不是。'公迷闷不已。一日侍堂山行次，时岩桂盛放，堂曰：'闻木犀花香么?'公曰:'闻。'堂曰:'吾无隐乎尔。'公释然,即拜之"(《五灯会元》卷十七)。这真是不折不扣的顿悟了。

黄庭坚另有一首诗,所咏也是灵云(诗作"凌云")故事,可与这首词参照。诗曰:"凌云一笑见桃花,三十年来始到家。从此春风春雨后,乱随流水到天涯。"(《题王居士所藏王友画桃杏花二首》)诗的末句所揭示的同样是纵横自在,纯任本然的意境。

应该说,用诗词来阐扬禅理,并不是什么创举。平心而论,黄庭坚的这首词在艺术上也并无惊人之处。不过,在词坛的弦歌声中加入一些钟磬梵呗之音,倒能给人一点新鲜之感,聊备一格可也。

(祝振玉　胡中行)

诉 衷 情 　　　　　　　　黄庭坚

在戎州登临胜景,未尝不歌渔父家风,以谢江山。门生请问:先生家风如何? 为拟金华道人作此章。

一波才动万波随,蓑笠一钩丝。金鳞正在深处,千尺也须垂。　　吞又吐,信还疑,上钩迟。水寒江静,满目青山,载月明归。

这首词在构思用意上十分着力深刻,说是学金华道人渔父家风,实际上是搬用了唐代船子和尚的偈语,借此表白自己当时遭贬后的胸次襟抱。

词前小序所说金华道人,即唐代词人张志和,东阳金华人。据《新唐书》记载,他原名龟龄,十六擢明经,肃宗特见赏重,因赐名,后坐事贬南浦尉,不复仕,居江湖,自称烟波钓徒,著《玄真子》,亦以自号。曾写过五首《渔父》词,以"西塞山前白鹭飞,桃花流水鳜鱼肥。青箬笠,绿蓑衣,斜风细雨不须归"一阕最有名。其词表达"得道身不系,无机舟亦闲,从水远逝兮任风还,朝五湖兮夕三山"(释皎然《奉和鲁公真卿落玄真子祚艋舟歌》)的情趣,对后人影响很大。宋哲宗元符元年(1098),山谷自黔州贬所移戎州(治所在今四川宜宾),赋闲之日,登高揽胜,目尽青天,感怀今古,不禁向往独钓江天、泛迹五湖的自由生活而与张志和神交意合。

"一波才动万波随,蓑笠一钩丝",这是幅寒江独钓图,一碧万顷,波光粼粼,有孤舟蓑笠翁,浮游其上,置身天地之间,垂钓于重渊深处,钩入水动,波纹四起,环环相随。这样空灵洒脱的境界与尊前花下的绿意红情,不啻有仙凡之别,令人逸怀浩气,举首高歌。"金鳞"二句写垂钓之兴:鱼翔深底,沉沦不起,为取水下金鳞,渔翁不惜垂丝千尺。此时此刻,渔父专注于一念之上,神智空明,似乎正感受到水下之鱼盘旋于钓钩左右的情态:"吞又吐,信还疑,上钩迟",这一虚设之笔描绘了渔翁闭目凝神、心与鱼游的垂钓之乐,在这种快乐中,渔父举目江天山水,忽然得道忘鱼。末三句皴染出一幅空灵澄澈的江渔归晚图:"水寒江静,满目青山,载月明归。"从鱼的乍信乍疑情态忽然转入江渔归晚的图景,用笔虽然突兀,但意思并不离奇,因为词中的"渔父",本来就是志不在鱼。据说张志和垂钓时不设饵,乘兴而往,兴尽而返,不计所得如何。黄庭坚继承的就是这种渔父家风,他向往的是那种置身江天、脱落尘滓的逍遥生活,那么,突出渔父在这样一种澄静澹远的境界里,任漂泊而不问其所至,不正显示渔父的最终目的与风人之旨么?

黄庭坚称扬的是张志和的渔父家风,但这首词的语句却本自秀州华亭船子和尚德诚的《拨棹歌》,该题下有诗词三十九首,其一云:"千尺丝纶直下垂,一波才动万波随。夜静水寒鱼不食,满船空载月明归。"显然,黄庭坚这首词是由船子和尚《拨棹歌》增益而成。船子和尚为唐元和、会昌间人,其《拨棹歌》本是超度众人的偈语。禅宗讲究不涉理路,不落言筌,故说法传道都用比喻暗示,因此禅宗说偈往往有类诗词。据《五灯会元》记载,一次有一官人问船子和尚:"如何是和尚日用事?"他答曰:"棹拨清波,金鳞罕遇。"这个比喻是说,皈依佛法之人,处世优游而不涉虚名荣利,当如行船于水而桨不碰鱼身。那么这首《拨棹歌》的意思,也可分作二层理解,前二句暗喻沽名钓誉,纷纷攘攘的世相,后二句是象征功利心绝,顿然透脱的悟境。于是,黄庭坚的借用船子和尚的《拨棹歌》,不也是他当时参破世相、舍弃荣利的心灵表白么?这样,他就将张志和那种志不在鱼、逍遥自由的渔父家风,更升华为一种摆脱世网、顿悟入圣的精神境界。

黄庭坚在这首词中写得如此逍遥超脱,但当时的实际生活却没有那样自由。哲宗绍圣二年(1095),作者因修《神宗实录》不实的罪名,被贬黔州(今四川彭水),三年后又迁至戎州,经过朝政的反复与自己三年的贬谪生活,他对世相人生有了更深的认识,有感于人世因缘的束缚,而又无法得到真正的自由,他在心中幻想出一个逍遥超脱的境界,通过对不受羁勒、随缘任运的理想王国的描写,来为自己苦痛的心灵注射一针麻醉剂。题序"歌渔父家风,以谢江山",表明了写作的真正动机,乃在于表白自己面对江山胜景而幡然悔悟的解脱心理,但是这种自欺欺人的自由幻想,只是更说明现实对他的真实束缚。因此在这首词貌似空灵超脱的渔父家风与禅机佛理中,又打着作者当时生活创伤的印记。

这首词在取景设境上具有象征色彩,虽然在描写上不失形象的鲜明与完整,但他的用意并不在具体景物本身而在于形象后面的暗示。作者展开的是一连串跳跃行进的特写镜头:波纹四起的水面,独钓江天的渔翁,沉沦不起的鱼儿,吞吐犹疑的鱼情,青山明月下的归舟。这些镜头组织成一幅空明澄澈、含义深远的山水画轴,特别是最后"水寒江静,满目青山,载月明归"三句,直以诗家之化境写禅宗之悟境,用自然超妙之景象征自己觉悟解脱,由凡入圣的心志襟怀。相传这首词在当时颇有名,南宋张元幹特将所填《诉衷情》调名改为《渔父家风》,可见其称赏了。

　　　　　　　　　　　　　　　　　　　　　　　　　　　　　　　（祝振玉）

菩 萨 蛮　　　　　　　　　　黄庭坚

　　半烟半雨溪桥畔,渔翁醉着无人唤。疏懒意何长,春风花草香。　　江山如有待,此意陶潜解。问我去何之,君行到自知。

　　此词原有序云:"王荆公新筑草堂于半山,引八功德水作小港,其上垒石作桥,为集句云:'数间茅屋闲临水,窄衫短帽垂杨里。花是去年红,吹开一夜风。　　稍稍新月偃,午醉醒来晚。何物最关情,黄鹂三两声。'戏效荆公作。"作者曾批评王安石作集句诗是"百家衣",以为"正堪一笑"(见《苕溪渔隐丛话前集》卷三十五),后来不知怎么,自己技痒难禁,也效法王安石写了这首集句词。

　　开首二句以极自然轻盈的笔法描绘了一幅闲适悠雅的溪桥野渔图,一点也没有剥落前人的痕迹。在一片氤氲迷蒙的山岚水雾中,是烟是雨,叫人难以分辨,真是空翠湿人衣。在溪边桥畔,有渔翁正在醉酒酣睡,四周阒无声息,没有人来惊破他的好梦。"疏懒意何长,春风花草香",这不是杜甫的两句诗吗?"无人觉来往,疏懒意何长"(《西郊》),"迟日江山丽,春风花草香"(《绝句二首》)。两句诗不仅从字面看放在这里十分熨帖,而且从原作的意境看,也与这首词情相合,更重要的是通过这诗句的媒介,将读者导向了杜甫的诗境,这些诗境又反过来丰富了这首词本身的意蕴。从"春风花草香"会使人联想到"迟日江山丽"以至整首杜甫绝句。由联想再回到词意,那么我们会感到在"春风花草香"后面,不单是春风花草的幽香,而且是"迟日江山丽,……泥融飞燕子,沙暖睡鸳鸯",整个风光明媚生机勃勃的春世界。

　　江山形胜,四时美景吸引着一切身为形役的江湖游子投入她温馨的怀抱,"江山如有待"是杜甫《后游》中的诗句,作者向往大自然的美好,却推开自己不说,而从对面着笔,将自己热烈的感情移植到无生命的江山自然上,通过拟人化的描写,表现"我见青山多妩媚,料青山见我应如是"那种人与自然交流相亲、物我不分的情感意绪,黄庭坚巧妙地移植了这一诗意,将前面"疏懒意何长,春风花草香"词意发展为对自然生活的向往与追求。这时候,作者自然地想到了开隐逸风气的陶靖节先生,又随手拈来了杜甫的另一句诗"此意陶潜解"(《可惜》),令人联想到陶潜返朴归真退居田园的隐逸事迹,将自己对山川自然的企慕之意,又落实到对这位抛弃荣利的田园先哲的景仰上,从而挑出了全词隐逸的主题。

"此意陶潜解,吾生后汝期"(杜甫《可惜》),杜甫感叹生不逢时,恨不能与陶渊明同归田园。这首词的最后二句"问我去何之,君行到自知",是接住杜甫诗意,表明自己的态度,他不学杜甫的感慨而是步先哲的后尘。作者决心归隐,但到底去何方,是山野,是林莽,是田园,却无可奉告,不过如随之而去,一定会明白他的踪迹。这二句在别人诗里,是非常平常的句子,而在这首词里,却将上面贯串下来的情志意趣,结束得非常工稳,飘逸而含蓄。这虽然本来不是他自己的语言,但词人凭着自己的诗才学力,通过精心的构思安排,却创造出比原句更高的美学价值。

文学创作的源泉应该来自生活,像这样全靠剥落前人诗句以为词,当然不是创作的正道。但如果真的是才高学富,能够移花接木,发明妙慧,真正为自己表情达意服务,也不妨在词苑诗国中予它一席之地。　　　　　　　　　　　　　(祝振玉)

西　江　月　　　　　　　　　　黄庭坚

老夫既戒酒不饮,遇宴集,独醒其旁。坐客欲得小词,援笔为赋。

断送一生惟有,破除万事无过。远山横黛蘸秋波,不饮旁人笑我。　　花病等闲瘦弱,春愁无处遮拦。杯行到手莫留残,不道月斜人散。

山谷作诗主张"以俗为雅",这一点也表现在他的词作中,他的一部分词相当口语化,但却能表现出脱俗的雅趣,在遣词造句上,力求在平常语句中翻新出奇,使之不同凡响,真所谓"看似寻常却奇崛"。此词就是一例。

开头两句:"断送一生惟有,破除万事无过",真有点破空而来的味道。以议论破题,一扫传统词的绸缪宛转之度。这一联对仗浓缩了山谷的人生体验,是他阅历过人世沧桑以后产生的深沉感慨,但它又以"歇后"的形式出之,颇有出奇制胜之妙与诙谐玩世之趣。它们分别化用了韩愈的两句诗,见出他的点化之功。韩愈《遣兴》云:"断送一生惟有酒,寻思百计不如闲。莫忧世事兼身事,须著人间比梦间。"又《赠郑兵曹》云:"当今贤俊皆周行,君何为乎亦遑遑?杯行到君莫停手,破除万事无过酒。"《后山诗话》评此二句云:"才去一字,遂为切对,而语益

西江月（断送一生惟有） 黄庭坚

——明刊本《诗馀画谱》

峻。"韩愈的两句诗经过他的组织,竟成为一联工整的对偶,表现出山谷的才力富赡。

"远山横黛蘸秋波",此句接得突兀,细绎词意,当是指酒席宴上,侑酒歌女的情态。"远山横黛"指眉毛。《西京杂记》称:"(卓)文君姣好,眉色如望远山。"又,汉赵飞燕妹合德为薄眉,号"远山黛",见伶玄《赵飞燕外传》。"秋波"则指眼波。此句"蘸"字下得奇巧,真有出人意表之概,它描绘出一幅黛色远山傍水而卧的美景,引起人们对女子眉眼盈盈的联想。"远山"与"秋波"在文人的笔下已被用得烂熟,而着一"蘸"字则光彩顿生,境界全出,这也是所谓的"化臭腐为神奇"。尽管有宾客、歌女劝酒,但山谷因戒酒而不饮,因而见笑于人,上片即以"不饮旁人笑我"作结。

下片却是一个转折,由"不饮"转为"劝饮"。其转变之由则是对花伤春。"花病等闲瘦弱,春愁无处遮拦。"前句写群花凋零,好似一个病躯瘦弱之人,"等闲",意谓"无端",显然这写的是暮春花残之时。后句写春愁撩人,无处排遣,"遮拦"即"排遣"之意。所谓"春愁"不光是指伤春意绪,而有着更深的意蕴,它是山谷在宦海浮沉、人生坎坷的经历中所积淀下的牢骚抑郁、愁闷不平的总和。所以接下来说:"杯行到手莫留残。"还是开怀畅饮,一醉方休吧!这一句也是化用韩愈《赠郑兵曹》中的诗句,而"留残"则又本于庾信六言诗《舞媚娘》:"少年唯有欢乐,饮酒那得留残。"山谷在诗中常常咏及"劝酒",如《喜太守毕朝散致政》云:"功名富贵两蜗角,险阻艰难一酒杯。百体观来身是幻,万夫争处首先回。"《题太和南塔寺壁》云:"万事尽还杯酒里,百年俱在大槐中。"《和师厚郊居示里中诸君》云:"身后功名空自重,眼前樽酒未宜轻。"这一些都表现出山谷游戏人生的倾向。末句"不道月斜人散","不道"意为"不思""不想",多用为反辞,犹云"何不思""何不想",此句是说:何不思月斜人散后,无复会饮之乐乎(参见张相《诗词曲语辞汇释》卷四)。

山谷这首词感慨世事人生,带有诙谐玩世的情趣,但又使人触摸到他内心的愁闷抑郁,颇堪玩味。字面上明白如话,但词意却多转折,且处处显示出化用成语典故的功力。这一类作品以寻常语句感叹世事,寄寓人生哲理,我们显然可以发现它们和唐代诗僧寒山、拾得、王梵志的渊源关系,这也就是他所说的"以俗为雅"。

(黄宝华)

虞　美　人　宜州见梅作　　　　　　　　黄庭坚

天涯也有江南信,梅破知春近。夜阑风细得香迟,不道晓来开

遍向南枝。　　　玉台弄粉花应妒，飘到眉心住。平生个里愿
杯深，去国十年老尽少年心。

　　徽宗崇宁二年(1103)，黄庭坚因写过一篇《承天院塔记》，被人挑剔、锻炼出
"幸灾谤国"的罪名，被除名，羁管宜州(今广西宜山)。他冬天从鄂州起程，次年
五、六月始达宜州贬所。此词即作于三年的冬天。当时作者已是六十岁的老
人了。

　　宜州地近海南，去京国数千里，说是"天涯"不算夸张。到贬所居然能看到江
南常见的梅花，作者很诧异："天涯也有江南信，梅破知春近"。"梅破知春"，这不
仅是以江南梅花多在冬末春初开放，意谓春天来临；而且是侧重于地域的联想，
意味着"天涯"也无法隔断"江南"与我的联系(作者为江西修水人，地即属江南)。
"也有"——居然也有，是始料未及、喜出望外的口吻，显见环境比预料的好。
"也"字用法，与作者初贬黔州时作《定风波》"及至重阳天也霁"的"也"字同妙。
表现出一种豁达乐观的情怀。

　　紧接二句则由"梅破"——含苞欲放，写到梅开。梅花开得那样早，那样突
然，夜深时嗅到一阵暗香，没能想到什么缘故，及至"晓来"才发现向阳的枝头已
开繁了。虽则"开遍"，却仅限于"向南枝"，不失为早梅，令人感到新鲜，喜悦。
"得香"在"夜阑(其时声息俱绝，暗香易闻)风细(恰好传递清香)"时候，不及想
到，是由于"得香迟"的缘故。此处用笔细致。如果说"也有"表现出第一次意外
(居然有梅)，"不道"则表现出又一次意外(梅开何早)，作者惊喜不迭之情，溢于
言表。

　　于是这个天涯待罪的垂老之人，已满怀江南之春心。一个久已忘却的关于
梅花的浪漫故事，不期然而然地回到记忆中来了。《太平御览·时序部》引《杂五
行书》："宋武帝女寿阳公主人日卧于含章殿檐下。梅花落公主额上，成五出花，
拂之不去。"这就是"玉台弄粉花应妒，飘到眉心住"的典故由来。多少诗人词客
用它，但此词用来却有独特意味。由此表现出一个被贬的老人观梅以致忘怀得
失的心情，暗伏下文"少年心"三字。想起故事的人，自己进入了角色，体味到那
以梅试妆的少女娇羞喜悦的心情。这是何等浪漫的情味！所以，此处用事之妙
不仅是切题而已。

　　从绍圣元年(1094)初次贬谪算起，到此已经整整十年，是多么不平静的十
年。作者并不能一味浪漫，纯然超脱，他必须正视这个现实，虽则是无情的现实。
想到往日赏梅，对着如此美景("个里"，此中，这样的情景中)，总想把酒喝个够；

但现在不同了,经过十年的贬谪,宦海沉沦之后,不复有少年的兴致了。结尾在词情上是一大兜转,"老"加上"尽"的程度副词,更使拗折而出的郁愤之情得到充分表现。用"愿杯深"来代言兴致好,亦形象有味。

全词通过梅花,把天涯与江南、垂老与少年、去国十年与平生作了一个令人不知不觉的对比,有力表现出作者对当局横加的政治迫害的不满,有不胜今昔之慨。另一方面,作品又表现出天涯见梅的喜悦,朝花夕拾的欣慰,使得这首抒愤之作饶有兴味,而无消沉之感。

(周啸天)

西 江 月　　　　黄庭坚

月仄金盆堕水,雁回醉墨书空。君诗秀绝雨园葱,想见袯衣寒拥。　　蚁穴梦魂人世,杨花踪迹风中。莫将社燕笑秋鸿,处处春山翠重。

胡仔《苕溪渔隐丛话前集》卷四十八引释惠洪《冷斋夜话》云:"山谷南迁,与余会于长沙,留碧湘门一月,李子光以官舟借之,为憎疾者腹诽,因携十六口买小舟。余以舟迫窄为言,山谷笑曰:'烟波万顷,水宿小舟,与大厦千楹醉眠一榻何所异,道人缪矣。'即解纤去。闻留衡阳作诗写字,因作长短句寄之,曰:'大厦吞风吐月,小舟坐水眠空。雾窗春晓翠如葱,睡起云涛正涌。　　往事回头笑处,此生弹指声中。玉笺佳句敏惊鸿,闻道衡阳价重。'时余方还江南。山谷和其词云云。"词如上所录。山谷词集此首前有序,云:"崇宁甲申(三年,1104),遇惠洪上人于湘中,洪作长短句见赠云云,次韵酬之。时余方谪宜阳,而洪归分宁龙安。"两者合看,有关情事大致可知。山谷因在荆州作《承天院塔记》,被执政者指摘其中数语为"幸灾谤国",除名编管宜州(治所在今广西宜山),由鄂州(湖北武昌)出发,此年二月过洞庭湖,经湖南长沙、衡阳、零陵等地赴宜州贬所。在长沙遇惠洪,至衡阳而有唱和之词。长沙别惠洪时,曾赠以诗,大意说:虽只相识数面,而已情如旧交;读诗喜其丰腴,谈论至于忘食;末云"月清放舟舫,万里渺云涛",所以惠洪寄词有"小舟坐水眠空"和"睡起云涛正涌"之句,切合山谷情事,亦用其诗语。

山谷在衡阳,当亦宿于舟中,故词首句云"月仄金盆堕水"。语本于杜甫《赠蜀僧闾丘师兄》诗:"夜阑接软语,落月如金盆";又苏轼《铁沟行赠乔太博》诗:"山头落日侧金盆。"仄同侧,金盆在山谷词中形容圆月,加以"堕水"二字,切合湘江夜宿舟中所见。次句"雁回醉墨书空"。衡山有回雁峰,其峰势如雁之回转。相传雁南下至衡阳而止,遇春而回飞向北。又雁飞时排成"一"字或"人"字,称雁字。山谷元祐三年在京师史局与苏轼、秦观以《虚飘飘》为题相唱和,有"雁字一行书绛霄"之句(此诗不见山谷诗集中,周紫芝《太仓稊米集》和此题诗序中录存。或编入苏轼诗集),词句也同此意,说出了春到衡阳这点意思。首两句成工整对偶,以律诗锻炼之笔,写水天空阔之景,点出眼前时地,以为发端;而逐客迁流,扁舟迫窄,种种感慨,已暗藏其中,却并不在字面上表露。

三、四句转入酬答惠洪之意:"君诗秀绝雨园葱,想见衲衣寒拥。"因其词而及其人,因其人而称其诗,说诗兼代说人。山谷称道他人之诗之美,常巧设比喻,如对苏轼云:"我诗如曹郐,浅陋不成邦;公如大国楚,吞五湖三江。"(《子瞻诗句妙一世,乃云效庭坚体……》)又对刘孝孙云:"公诗如美色,未嫁已倾城。"(《次韵刘景文登邺王台见思》)这里说惠洪诗秀绝(词集作"秀色"),如园里青葱,得雨更为鲜绿。这种以形象化比喻来评论诗风的手法,南朝梁钟嵘《诗品》已有之,如所评范云诗"清便宛转,如流风回雪",评丘迟诗"点缀映媚,似落花依草"之类。惠洪是诗僧,有《石门文字禅》三十卷,大半为诗,其中颇多清隽之篇,山谷所称,亦非虚誉。至于园葱之喻,王梵志诗亦云"喻若园中韭,犹如得雨浇",想同本于俗谚。"想见衲衣寒拥"是说惠洪苦吟时的情状。意似调侃,实见亲切。"拥"字韵不用惠洪原唱的"涌",以同部的另一字为叶,使词意不为韵字所拘,这原是和韵诗词中允许的。

下片"蚁穴梦魂人世,杨花踪迹风中",至此感慨生平,也是应答惠洪来词"往事回头笑处,此生弹指声中"句意。上句用唐李公佐《南柯太守传》事。淳于梦与客饮酒间,梦入宅南古槐中蚁穴,所谓"槐安国"者,国王招为驸马,赐爵拜相,又领兵守郡,数十年荣耀显赫,一旦公主死后,备受冷落,遣送还家,其梦方醒,斜日未坠,余酒尚陈,"梦中倏忽,若度一世矣"。山谷曾供职秘书省,又为史官,在京师十年,友朋文酒之乐,亦甚称意,而后一贬黔州,再谪宜州,后者且为黜降官最重的除名编管处分,所去又是南荒之地,前后比照,宜有"梦魂人世"之感。"杨花"句说自己转徙流离,有似柳絮随风飘荡,不由自主。即如这次由鄂州远赴宜州贬所,中途暂寓衡阳,不久又将南行。与惠洪才得相会一月,彼又将东归分宁(今江西修水),分宁是山谷家乡,对此岂不益增凄怆?但是山谷处逆境已久,能够看得开。他对这次与惠洪的分别,各奔前程,说是"莫将社燕笑秋鸿,处处春山翠重"。燕、鸿皆候鸟,因时迁徙。燕,春社来,秋社去(春社为春分前后,秋社为秋分前后);《礼记·月令》:"季秋之月,鸿雁来宾。"苏轼《送陈睦知潭州》诗云:"有如社燕与秋鸿,相逢未稳还相送。"山谷也以此二物作喻,或许还融入了他老师的诗意。指事述情，在这里也是非常之贴切的。彼此皆如社燕、秋鸿，各去所要去的地方，一例奔忙，莫以彼而笑此。心头诚然沉重，却以轻倩之语出之。"处处春山翠重"句，祝惠洪此行能履佳境，也有自为开解之意。南方草木，当也是美好的，只要心地宽阔，亦何妨处处皆春。这同视长沙城外水宿小舟为一榻之在大厦，都可以见出山谷旷达的胸襟。

　　《西江月》词八句，两句一组，分为四组意思。上下片前两句写自己，后两句及惠洪。写自己处前虚后实，写惠洪处前实后虚。每片两意过接处，纯以神行，不著痕迹。山谷为江西诗派始祖，此篇亦是以诗法为词。《苕溪渔隐丛话前集》卷四十七引录其语云："诗文不可凿空强作，待境而生，便自工耳。每作一篇，先立大意；长篇须曲折三致意，乃可成章。"所谓"不凿空强作，待境而生"，就是有情事，有感受要写，才写。此首虽是和韵词，而有实事，有真情，绝非泛泛应酬之什。写法上虽短篇亦有层次，有曲折。上片由衡阳舟中的自己，转到长沙旅次的惠洪，用以联结的枢纽就是不久前的接席论诗，与此时的便道寄词。下片由南行途中的湘水流域匝月勾留，回溯导致此行的生平政治遭遇，瞻望还待走下去的千里程途。"蚁穴"、"杨花"，分设两喻，总于一身；"社燕"、"秋鸿"，扣合二人，归于各散。以此结束，事尽、语尽而情未尽。曲折吞吐之处，一转一深，值得再三体味。

（陈长明）

木兰花令　　　　　　　　　　　　　　　　黄庭坚

当涂解印后一日，郡中置酒，呈郭功甫。

凌歊台上青青麦，姑孰堂前余翰墨。暂分一印管江山，稍为诸
公分皂白。　　　江山依旧云空碧，昨日主人今日客。谁分宾
主强惺惺，问取矶头新妇石。

　　山谷此词作于宋徽宗崇宁元年。对徽宗，他是寄有希望的。徽宗继位之后，倒也摆出一副刷新朝政的姿态，改年号为"建中靖国"，意谓消弭党争，安邦定国，一些贬官也被纷纷召回，山谷也从戎州回到荆南待命。但是曾几何时，党祸复起，朝政更趋腐败。山谷先是受命知舒州，后又召为吏部员外郎，但他将这些"恩命"一概辞去，只请求在太平州做个地方官，以了余生。这个请求终于获准，他在崇宁元年六月赴太平州（治所在今安徽当涂），初九到任，不料十七日即罢官，连头带尾只做了九天官。这一令人啼笑皆非的戏剧性事件，使他感慨万千，在一次宴会上写成了这首词。据《能改斋漫录》卷十七："豫章守当涂，即解印后一日，郡

中置酒,郭功甫在坐,豫章为《木兰花令》示之。"郭功甫是当涂的名士,为诗豪放俊迈,人称"太白后身",山谷守当涂日,他已弃官归隐,两人诗词唱和,引为同调。

　　词从当涂的名胜古迹写起。凌歊台,"在城北黄山之巅,宋孝武大明七年,南游登台,建离宫。"姑孰堂,"在州之清和门外,下临姑溪。"(王象之《舆地纪胜》)开头两句概括了当涂的山川风物。但首句写凌歊台,既不写登临远眺之胜,也不写花竹草树之美,而是缀以"青青麦"三字,不由逗起人"黍离麦秀"的联想。《史记·宋微子世家》写到殷商旧臣"箕子朝周,过故殷虚,感宫室毁坏,生禾黍,箕子伤之",遂作《麦秀》之诗,诗云:"麦秀渐渐兮,禾黍油油。""青青麦"在字面上又是用《庄子·外物》所引的逸《诗》:"青青之麦,生于陵陂。生不布施,死何含珠为?"高台离宫,而今麦苗青青,透露出世事沧桑的无限感慨,就像后来姜夔在《扬州慢》中所写的"过春风十里,尽荠麦青青",二者有着同样的艺术效果。姑孰本是当涂县的古名,姑孰溪流贯其中,姑孰堂凌驾溪上,颇得山水之胜。所谓"馀翰墨",实即感叹昔人已逝,只留下了佳篇名章。前人咏当涂之作甚夥,如李白就有《姑熟十咏》,它们为江山增色,供后人吟咏。这两句寄寓了山谷宦海浮沉的无尽感慨,无论是称雄一世的帝王,还是风流倜傥的词客,都已成历史的陈迹,只有文章翰墨尚能和江山共存,垂之久远。这种感慨令人联想起孟浩然的诗:"人事有代谢,往来成古今。江山留胜迹,我辈复登临。"(《与诸子登岘首》)

　　三、四两句写出知太平州。经过迁谪的动荡磨难,忧患余生的山谷已把做官一事看得十分淡漠,所以他把此事只称为"管江山""分皂白"。"管江山"实际是"吏隐"的代称,亦即把做官作为隐居的一种手段,不以公务为念,优游江湖,怡情山林,亦官亦隐。苏、黄诗文中常用此说。《东坡志林》卷四《临皋闲题》云:"江山风月,本无常主,闲者便是主人。"而所谓"分皂白"亦即"分是非"之意。州郡官历来为皇帝所倚重,是统治稳固的基础,《汉书·循吏传》说:"与我共此者,其唯良二千石乎?"而山谷却轻描淡写地说:他只是来为诸位断一断是非曲直的。再加上一个"暂"字,一个"稍"字,更突出了这种淡然超脱的态度。

　　下片开头两句概括了九日罢官的戏剧性变化,与上两句适成对照,大有"江山依旧,人事已非"之慨。"江山"承上而来,山川形胜,碧天浮云,着一"空"字,真所谓"应是良辰美景虚设",因为"昨日主人今日客",本来要"管江山""分皂白"的主人,一下子成了"诸公"的客人了!这一句集中揭示了政治生活的反常和荒谬,它运用当句对,一句之中即构成今昨主客的鲜明对比,语气斩截,强调了变化之突兀,其中有感叹、不平、讥讽、自嘲,内涵颇为丰富。最后两句则展现了山谷自我解脱的感情变化。谁要勉强把主客分个一清二白,那就去问江边的"新妇石"吧!

"惺惺",此处意谓清醒、明白,"新妇石"即望夫山,刘禹锡有诗云:"终日望夫夫不归,化为孤石苦相思。望来已是几千载,只似当时初望时。"显然它是千百年来历史的见证,阅尽了人世沧桑,但见人间的升沉荣辱都只如过眼烟云,本无须有是非彼此之分。"谁分宾主"句,从字面上看是山谷在宴会上劝大家无分宾主,尽欢一醉,而从深一层看,则是用"万物之化,终归齐一"的老庄哲学来作自我解脱。

　　这首词在旷达超然之中发泄了牢骚不平,最后仍归结为物我齐一,表现出山谷力图在老庄哲学中寻求解脱的思想倾向。全词展示了这样一条变化脉络:暂作主人——反主为客——主客不分。一个"暂"字表现出山谷不以进退出处萦怀的超脱。变化的万物本来只是"道"在运行中表现出的一种暂时形式,正如庄子借孔子之口答鲁哀公所说:"死生、存亡、穷达、贫富、贤与不肖、毁誉、饥渴、寒暑,是事之变、命之行也。日夜相代乎前,而知不能规乎其始者也。"(《德充符》)故宜随形任化,淡然自若,不入于心。尽管认识到这一点,但一夜突变,毕竟难堪,所以还是不免有牢骚,最后又用齐物论否定牢骚,达于解脱。《庄子·缮性》说:"轩冕(官位)在身,非性命也,物之傥来(意外忽来),寄者也。寄之,其来不可圉(同"御",抵挡),其去不可止。故不为轩冕肆志,不为穷约趋俗,其乐彼与此同,故无忧而已矣。"全词所展现的正是这样一个否定之否定的过程,"谁分宾主"的无差别境界正是超脱放达的进一步升华,"矶头新妇石"遥应开头,归结为"人事代谢,江山永存"之意。山谷这一类抒发人生感慨的词,风格奇崛奥峭,与他的诗颇为相近。此词押入声韵,也有助于这种硬体风格的形成。词中多用俗语,看似明白,而意在言外,曲折深刻,耐人寻味,富有理趣。刘熙载《艺概·词曲概》中指出:"黄山谷词用意深至,自非小才所能办。"这正是他提倡的"以俗为雅"的特色。

(黄宝华)

品　　令 茶词　　　　　　黄庭坚

凤舞团团饼。恨分破,教孤令。金渠体净,只轮慢碾,玉尘光莹。汤响松风,早减了二分酒病。　　味浓香永。醉乡路,成佳境。恰如灯下,故人万里,归来对影。口不能言,心下快活自省。

　　黄庭坚嗜茶是出名的,有"分宁一茶客"(《朱子语类》)之称。他不仅善品茶,而且爱写茶。有关茶的诗词,他做了不下五十首。"我家江南摘云腴,落硙霏霏雪不如;为君唤起黄州梦,独载扁舟向五湖"(《双井茶送子瞻》),是他咏茶诗的名句,而这首《品令》,特别是最后"恰如灯下,故人万里,归来对影。口不能言,心下快活自省",却是咏茶词的奇作了。

上阕写碾茶煮茶。开首写茶之名贵。宋初进贡茶,先制成茶饼,然后以蜡封之,盖上龙凤图案。这种龙凤团茶,皇帝也往往以少许分赐从臣,足见其珍。下二句"分破"即指此。接着描述碾茶,唐宋人品茶,十分讲究,须先将茶饼碾碎成末,方能入水。白居易亦有"茶新碾玉尘"(《游宝称寺》)之句。"金渠"三句无非形容加工之精细,成色之纯净。如此碾成琼粉玉屑,加好水煎之,一时水沸如松涛之声,苏轼《汲江煎茶》诗所谓"松风忽作泻时声"者即此。煎成的茶,清香袭人。不须品饮,先已清神醒酒了。

下片写品茶,换头处以"味浓香永"承接前后。正待写茶味之美,作者忽然翻空出奇:"醉乡路,成佳境。恰如灯下,故人万里,归来对影",以如饮醇醪、如对故人来比拟,可见其惬心之极。山谷茶诗中每有这种奇想,如《戏答荆州王充道烹茶四首》云:"龙焙东风鱼眼汤,个中即是白云乡",甚至还有登仙之趣哩。也提到"醉乡":"三径虽鉏客自稀,醉乡安稳更何之。老翁更把春风碗,灵府清寒要作诗。"杯中之趣,碗中之味,确有可以匹敌的地方。至于故人灯下重逢,在他也是梦寐以求的事,如《寄黄几复》诗:"我居北海君南海,寄雁传书谢不能。桃李春风一杯酒,江湖夜雨十年灯。"念远怀旧之情,溢于言表,一旦得以实现,快何如之!但词中用"恰如"二字,明明白白是用以比喻品茶。其妙处都是"只可意会,不能言传"的。这几句话,原本于苏轼《和钱安道寄惠建茶》诗:"我官于南(时苏轼任杭州通判)今几时,尝尽溪茶与山茗。胸中似记故人面,口不能言心自省。"但山谷稍加点染,添上"灯下""万里归来对影"等字,意境又深一层,形象也更鲜明。这样,作者就将风马牛不相及的两桩事,巧妙地与品茶糅合起来,将口不能言之味,变成人们常有之情,令读者都领略分享到他品茶的快活。

苏轼说:"求物之妙,如系风捕影,能使是物了然于心者,盖千万人而不一遇也,而况能使了然于口与手者乎?"(《答谢民师书》)要心中透彻了解事物的奥妙,而且用语言文字表达出来,其难尚且如此,何况是对"情味"之类玄虚的东西。黄庭坚这首词的佳处,就在于把人们当时日常生活中心里虽有而言下所无的感受情趣,表达得十分新鲜具体,巧妙贴切,耐人品味,以出奇制胜之笔,显示他迁想妙得之才。

(祝振玉)

归 田 乐 引　　　　　　　　　　黄庭坚

对景还消瘦。被箇人、把人调戏,我也心儿有。忆我又唤我,

见我嗔我，天甚教人怎生受。　　　看承幸厮勾，又是尊前眉峰
皱。是人惊怪，冤我忒捆就。拚了又舍了，定是这回休了，及
至相逢又依旧。

此词写一对情侣在相恋过程中内心充满着的矛盾和苦闷，但读后使人爆发
出欢快的笑声。那种"怨你又恋你，恨你惜你，毕竟教人怎生是"（《归田乐引》之
一）的矛盾，贯串在词的始终，使人深深地感到词中女主人公是那样的逗人喜爱，
又是那样的惹人气恼；是那样的玲珑剔透，天真无邪，又是那样的情性乖张，不可
捉摸。词中的男主人公是那样的温存憨厚，如痴如醉，"为伊消得人憔悴"；又是
那样的负气绝情，拚休拚舍，然而乍寒乍暖，"及至相逢又依旧"。在他们的生活
中充满了苦闷，也充满了欢笑；充满了矛盾，也充满了幸福。往往在天朗气清中，
出现迅雷疾风；在甜情蜜意中，渗进辣味醋劲。然而只要相视一笑，他们之间的
龃龉怨恨，就会化为乌有，化为两意缠绵、两情缱绻。

词的上片，写男主人公被那个善于调风弄月的"诈妮子"捉弄得魂牵梦萦的
情状。"对景还消瘦"三句，是写他形容憔悴、腰围瘦损的原因。"对景"就是"对
影"。这句话起得很突兀，好像忽然发现自己的清影还是那么消瘦，原来是被那
人儿捉弄的结果。"箇人"意即"那人"，是宋、元之间的俗语。"调戏"也不同于现
代汉语中的意义，而是"捉弄""调侃"的意思。作者的《鼓笛令》"苦杀人，遭谁调
戏"，正是遭人嘲弄之意。"我也心儿有"，上应"箇人"，言越遭调戏，心里越有她。
"忆我又唤我"三句，是进一步描写那个"诈妮子"对他的"调戏"。她的言行常常
是出人意料之外，却又在情理之中。"忆"是平日的思念。"唤"是叫喊着名字，这
是极言其眷恋之切，思慕之诚；可在见着的时候，却又是那样的嗔怪我。这种举
动的反常性，似乎是不可理解的；但仔细一想，却又是那样合乎逻辑。这里的"天
甚教人怎生受"的"甚"，是"真正"的意思，也是宋、元时的俗语。"生受"在这里同
"消受"，"怎生受"意即怎么受得了。

下片分三个层次，深入写"诈妮子"和男主人公的爱情纠葛。"看承幸厮勾"
二句，写他们本来是那样的亲昵，忽然又是那样的厌憎。"厮勾"和皱眉，几乎是
同一时间出现在他们之间，这是表现他们之间的矛盾的第一个层次。"看承"有
"特别看待"的意思，"幸"作"本"或"正"讲，"厮勾"意为"亲昵"。吴昌龄《西游记》
剧九："他想我，须臾害，我因他，厮勾死"，就是"亲昵"的意思。"是人惊怪"二句，
从旁人眼中的"诈妮子"和男主人公，看他们之间的微妙关系，是写他们之间的矛
盾的发展，是第二个层次。"是人"是"人人""个个"的意思，犹"是处""是事""是

物"释作"处处""事事""物物"一样。"捆就"有"迁就""温存"之意,也是词曲中常用的方言。刘克庄《满江红·中秋》的"说与行云,且捆就嫦娥今夕",就是作"迁就"讲的。在一般人的眼里,个个都怪他太温存了,太迁就了,而在"诈妮子"看来,却依旧责怪他太薄幸了,太无情了,这就把矛盾推向一个新的高潮,也进一步说明哪里有爱情、哪里就有妒忌的道理。"拚了又舍了"三句,写男主人公在内外交迫下,不得不横下心来和她决绝,以为这一回关系一定完了,但相逢一笑,又和好如初。这是状写他们之间的矛盾的第三个层次。通过这么三个层次的描写,一个活泼泼的"诈妮子"的形象就宛然在目了。他们的行动上越是荒诞,他们的内心越是纯朴;他们表面上越是矛盾,爱情越是真诚。人们从以俚言俗语尽情刻画的这一对儿的爱情喜剧中,心有所会,止不住要爆发出欢快的笑声;又从欢快的笑声中,看到有情人将终成眷属。不仅得到感情上的满足,而且得到艺术上的享受。彭孙遹说:"山谷'女边着子,门里安心',鄙俚不堪入诵"(《金粟词话》)。刘熙载也说:"黄山谷词……故以生字俗语侮弄世俗,若为金、元曲家滥觞"(《艺概·词曲概》)。所谓"鄙俚",所谓"以生字俗语侮弄世俗",实际上就是以通俗的语言,诙谐的笔致,刻画世俗的人和事,如果用"设色贵雅""言情贵含蓄"的正统观点去衡量黄山谷的词,自然是"鄙俚不堪入诵"了,其实这正是词人的富有个性的艺术特色,是词人继承民间词传统的成果,说它是"为金、元曲家滥觞",是颇具慧眼的。朱光潜先生有一句名言:"丝毫没有谐趣的人大概不易做诗,也不能欣赏诗"(《朱光潜美学论文集·诗论》),这话值得我们咀嚼。　　　　　(羊春秋)

南 乡 子　　　　　　　　　　　黄庭坚
重阳日,宜州城楼宴集,即席作。

诸将说封侯,短笛长歌独倚楼。万事尽随风雨去,休休,戏马台南金络头。　　催酒莫迟留,酒味今秋似去秋。花向老人头上笑,羞羞,白发簪花不解愁。

据王昉《道山清话》载:"山谷之在宜州,其年乙酉,即崇宁四年也。重九日,登郡城之楼,听边人相语:'今岁当鏖战取封侯。'因作小词云云,倚阑高歌,若不能堪者。是月三十日果不起。"由此看来,这首词是山谷的一首绝笔词。词中对自己一生经历的风雨坎坷,表达了无限深沉的感慨,对功名富贵予以鄙弃,抒发了纵酒颓放、笑傲人世的旷达之情。

词的开头两句就描绘了一组对立的形象:诸将在侃侃而谈,议论立功封侯,而自己却悄然独立,和着笛声,倚楼长歌。对比何等鲜明,大有"举世皆浊我独清,众人皆醉我独醒"(《楚辞·渔父》)的意味。在封建社会中,封侯显贵历来是人生追求的目标,东汉的班超就曾"投笔叹曰:'大丈夫无他志略,犹当效傅介子、张骞立功异域,以取封侯,安能久事笔砚间乎!'"但在山谷眼中,这一切都只是梦幻一场,所以他此时只在一边冷眼旁观,沉醉在音乐之中。这一组对比用反差强烈的色调进行描绘,一热一冷,一动一静,互为反衬,突出了词人耿介孤高的形象。《老子》第二十章中说:"众人熙熙,如享太牢,如登春台。我独泊兮,其未兆,如婴儿之未孩。儽儽兮,若无所归。"山谷此词也是用类似的对比,借助笛声与歌声把我们带入了一个悠长深远的意境中,超然之情蕴含于这不言之中,自有一种韵外之致,味外之旨。"吹笛倚楼"用唐赵嘏《长安秋望》诗中的名句"残星几点雁横塞,长笛一声人倚楼",正切本词写重九登高远望之意。

　　"万事尽随风雨去,休休,戏马台南金络头。"一切的是非得失、升沉荣辱,都淹没在时光流逝的波涛中,被时代的风雨冲洗得一干二净了。"休休",算了吧,还有什么可说呢!即使是像宋武帝刘裕在彭城(今徐州)戏马台欢宴重阳的盛会,不也成为历史的陈迹而一去不复返了么!刘裕在晋安帝义熙十二年被封为宋公,遂于重阳节大会群僚于戏马台,置酒高会,后即相承以为惯例。刘裕"固一世之雄也,而今安在哉"!用"戏马台"之典正切重阳宴集之题,而"金络头",用鲍照《结客少年场行》"骢马金络头,锦带佩吴钩",既切戏马台之马,又照应开头说封侯的"诸将"。山谷受佛老思想的浸润,人生观中有着消极虚无的一面,随着政治上的连遭打击,这种思想时有流露,如《喜太守毕朝散致政》诗云:"功名富贵两蜗角,险阻艰难一酒杯。百体观来身是幻,万夫争处首先回。"《题太和南塔寺壁》云:"万事尽还杯酒里,百年俱在大槐中。"这里表现的就是这种思想感情,但更为含蓄深婉,在感叹"万事"之后,再垫上一句"戏马台南金络头",颇有言不尽意之慨。

　　如果说上片的感情较为低沉,那末下片则转而为开朗达观。词人举杯劝酒:"催酒莫迟留,酒味今秋似去秋"(一作"酒似今秋胜去秋")。过去的就让它过去吧,还是开怀痛饮,莫辜负这大好秋光和杯中佳酿。以功名之虚无,对美酒之可爱,本于晋人张翰"使我有身后名,不如即时一杯酒"之语(见《世说新语·任诞》),也是山谷诗中常有的写法,如"身后功名空自重,眼前樽酒未宜轻"(《和师厚郊居示里中诸君》),这里也是同一机杼。古人咏重九,常由美酒而兼及黄花,山谷沿用此法,却又翻出新意。他运用拟人手法,借花自嘲。词人老兴勃发,插花于头,而花却笑他偌大年纪还要簪花自娱。《道山清话》中最后一句作"人不羞花花自羞",这样写就是词人与花在相互调侃,更洋溢出幽默感与生活的情趣。其造语则是脱胎于苏轼的两句诗:"人老簪花不自羞,花应羞上老人头。"(《吉祥寺赏牡丹》)词人热爱生活的不服老精神跃然纸上,他并不因处境的拂逆和年事的增高而消沉,相反觉得秋光和美酒都与去年不殊,表现出开朗豁达的胸襟,这方面颇有点像东坡。

作为苏门弟子,山谷也继承了东坡"以诗为词"的创作方法,从遣词造句到意境格调都体现出诗的特点。这首词也像山谷的不少诗一样,不借助景物渲染,而直抒胸臆,风格豪放中有峭健。语言质朴,有的句子完全口语化,体现了他所谓的"以俗为雅"的特点。

(黄宝华)

千 秋 岁　　　　　　　黄庭坚

少游得谪,尝梦中作词云:"醉卧古藤阴下,了不知南北。"竟以元符庚辰①,死于藤州②光华亭上。崇宁甲申③,庭坚窜宜州④,道过衡阳⑤。览其遗墨,始追和其《千秋岁》词。

苑边花外,记得同朝退。飞骑轧⑥,鸣珂碎⑦。齐歌云绕扇⑧,赵舞⑨风回带。严鼓断⑩,杯盘狼藉犹相对。　　洒泪谁能会?醉卧藤阴盖。人已去,词空在。兔园⑪高宴悄,虎观⑫英游改。重感慨,波涛万顷珠沉海。

〔注〕 ①元符庚辰:元符三年(1100)。 ②藤州:州治在今广西藤县。 ③崇宁甲申:崇宁三年(1104)。 ④宜州:州治在今广西宜山。 ⑤衡阳:当时为衡州治所。 ⑥轧:摩轧。 ⑦鸣珂:马身上的玉制装饰品。 ⑧齐歌:古有齐人善讴之说,此处是泛指。云绕扇:暗用《列子》韩娥善歌,响遍行云典故,形容歌声美妙。 ⑨赵舞:古代赵国女子善歌舞,天下闻名。此处也是泛称。 ⑩严鼓断:宋代都城汴京有宵禁,以击鼓为号。 ⑪兔园:《西京杂记》说,梁孝王刘武在汴梁筑兔园。 ⑫虎观:指白虎观,东汉章帝时曾在这里会集学者讨论五经,词里用以代称宋国史馆和秘书省一类的学术机构。

这是一首悼念故人的词。这首词的作者,据胡仔《苕溪渔隐丛话后集》卷三十三说是晁补之。张宗橚《词林纪事》卷六说:"汲古阁《山谷词》、《琴趣外篇》(晁补之词集名)并收,当以山谷词序为正。"张宗橚的说法是正确的。据词的序文,可知这首词作于宋徽宗崇宁三年(1104)。当时黄庭坚被贬宜州,经过衡阳,在秦观的好友、衡州知州孔毅甫处,见到了秦观的遗作《千秋岁》词。秦观是哲宗元符三年(1100)在贬谪中死于藤州的,黄庭坚追和《千秋岁》词时,距离秦观之死已经五年。

词的上阕写在朝为官时的欢乐。黄庭坚和秦观都出自苏东坡门下。哲宗元祐年间，又同在朝为官。黄庭坚任《神宗实录》检讨官，又迁著作佐郎，加集贤校理；秦观为秘书省正字兼国史院编修官，意气相投，关系亲密，是他们生平最得意的时期。词的开头两句从退朝以后说起："飞骑轧，鸣珂碎"，写出了他们退朝以后联骑奔驰的快意情状。"齐歌"两句写他们公余之暇的征歌逐舞，有动听的歌声，有婀娜的舞姿。他写这些，主要是表现他们在得意时期的深契豪情，并不是表明他留恋过去的就是这种生活。在"严鼓断"两句里，可以想象得到，他们在酒酣耳热之际，会纵谈国家大事，会谈诗论文，如果有他们的老师苏东坡在座的话，气氛会更加活跃，一定是庄谐杂出，议论风起。这是历史上很高级的文学集会。可惜他们集会的具体内容不得而知，只能留待后人想象了。政治风云的突然变化，改变了他们的生活。绍圣元年（1094），章惇等人执政，元祐党人都被贬官，他和秦观连遭贬谪，不复相见。词的下阕写他对秦观的沉痛悼念。"洒泪谁能会"表明自己的哀苦心情没有人能够领会，其实他的哀苦心情是不难领会的，他是在悼念秦观，实际上也是自悲自悼，也就是曹丕《与吴质书》中所说的："既痛逝者，行自念也。"他和秦观遭遇相同，秦观已死，坟有宿草，而他仍在奔赴贬所途中，岂能久生！这大概就是"洒泪"一语的深刻含意。他在追和秦词的次年亦即崇宁四年（1105）九月三十日，果然死在宜州。"醉卧藤阴盖"，用的是秦观《好事近》词中的句子。由秦观的词，想到了秦观的死，他感叹"人已去"而"词空在"，言外之意是对秦观之死，表示痛惜。在"兔园"两句里，更强烈地表露出他的痛惜心情。"高宴"之所以"悄"，"英游"之所以"改"，是因为秦观已不在人间。他赞赏秦观的学识与才华。秦观之死，对他来说，是失去了一位交谊深厚的朋友，而对国家来说则是失去了一位可以做出更大贡献的英才。秦观死的时候才五十一岁，是无情的政治风波吞没了他的生命。"重感慨，波涛万顷珠沉海。"秦观的横遭折磨，以至于死，使他感慨百端。这是全词的警句，集中地表现出他的沉痛情绪。

黄庭坚的词作，在当时他的朋友中间，评价不一，陈师道说："今代词手惟有秦七、黄九耳，唐诸人不逮也。"（《苕溪渔隐丛话后集》卷三十三引《后山诗话》）把他和秦观并论，这在当时是很高的评价。但晁无咎却说："黄鲁直间作小词，固高妙，然不是当行家语，自是著腔子唱好诗。"（吴曾《能改斋漫录》卷十六引）在后代也有异同之论，称之者如夏敬观，说："'超轶绝尘，独立万物之表；驭风骑气，以与造物者游。'东坡誉山谷之语也，吾于其词亦云。"（手批山谷词，转引自龙榆生《唐宋名家词选》）毁之者如彭孙遹，说："词家每以秦七、黄九并称，其实黄不及秦甚远，犹高（观国）之视史（达祖），刘（过）之视辛（弃疾），虽齐名一时，而优劣自不可掩。"(《金粟词话》)大概是喜婉约者贬之,喜豪放者尊之。平心而论,黄庭坚的词的基本风格是豪放的,受苏东坡的影响比较大。他是个大才,偶尔写些婉丽词,如《清平乐》(春归何处)、《蓦山溪》(鸳鸯翡翠)等,风味决不减秦七。他的毛病是下笔轻率,好写些庸俗卑下的东西,为人所诟病。这类作品大多产生在他的青年时期。到后来,饱经忧患,他的创作态度也转趋严肃,他晚年的一些作品,足可与东坡争辉。这首追和秦观的《千秋岁》词,就是非常老成的作品。感情深沉郁勃,在用语上不事藻饰。通过上阕所写的欢乐,与下阕的悲愤,形成强烈的对比,反映出政治局面的重大变化,从中抒发出悼念故人的深情,同时也表露出自己的身世之感、切身之痛。和韵词比和韵诗更难写,压"海"字韵尤其难。但他写来,毫无着力之痕。"波涛万顷珠沉海"和秦词末句"落红万点愁如海"相比,功力悉敌,比起孔毅甫和词末句"仙山杳杳空云海"(全词见《能改斋漫录》)来,要劲健、形象得多。黄庭坚这首《千秋岁》词,在词史上是值得重视的。

(李廷先)

望 江 东　　　　　　　　　黄庭坚

江水西头隔烟树,望不见江东路。思量只有梦来去,更不怕、江拦住。　　灯前写了书无数,算没个、人传与。直饶寻得雁分付,又还是秋将暮。

这首词所写的,是梦幻与现实的矛盾,是人物性格的冲动的激情与冷静的沉思的结合,是心灵的自剖;这些,又寄托在深刻的离愁之中。这首词对离情的描写,通过多种意境来体现,白天与黑夜,思念与期待,沉思与呼喊,都错综地融合在一起。

词的开篇"江水西头隔烟树,望不见江东路"句,在展现一片迷蒙浩渺的艺术境界中,反映出主人公对远方亲人的怀念。她极目瞭望,茫无所见;"江水""烟树""江东路"等客观自然意象,揭示了人物的思想感情。"隔"字把在遥望一片浩渺江水、迷蒙远树时的失望惆怅的心境呈现出来,既反映了客体的真实和美,又表现了主体的情思意绪。"望不见江东路"是这种情思的继续。接着,作者把特定的强烈的感情深化,把满腔的幽怨化为深沉的情思:"思量只有梦来去,更不怕江拦住。"梦,是遂愿的手段。在现实生活中无从获得的东西,就企望在梦中得到。"思量",是主人公在遥望中沉思获得了顿悟:"只有梦来去",这是一种复杂的情绪。她在瞭望大江被江树拦阻所引起的感受是什么呢?就像"隔烟树""望不见江东路"一样,在雾霭迷蒙的客观美的衬托下,显示出一种仿佛、模糊的潜意识,渴望离别重逢,只有在梦中才能自由地来去;"更不怕江拦住",从"江水西头隔烟树"到"不怕江拦住"是一个回合,似乎可以冲破时空,跨越浩浩的大江,实现自己的愿望,飞到思念中的亲人身边。但这是依靠梦来实现的。况且这个"梦"还没有做,只是在"思量",即打算着做。作者没有写她是否做成了这样的梦。既然是"日有所思",可以设想这样的梦是做成了吧。梦是自由的,然而又是虚幻的。在梦里会见了亲人,梦醒后回到现实,一切美好的情景又将归于乌有了。

画饼还是不能充饥,她又把思绪带回现实生活的无穷思念和孤独之中。词的下阕,通过灯前写信的细节,进一步细腻精微地表达主人公感情的发展。梦中相会终是空虚的,她要谋求实在的交流与联系。"灯前写了书无数",以倾诉对远方亲人的怀念深情,但在"算没个、人传与"的一念中,又使她陷入失望的深渊。"直饶寻得雁分付","直饶",在宋代语言中,有"纵使"的意思。词中的主人公想到所写的信无人传递,一转念间,鸿雁传书又燃烧起她的希望,"分付"即交付,要把灯下深情的书信交与飞雁;然而又一想,纵然"寻得"传书的飞雁,"又还是秋将暮",雁要南飞了,因此连托雁传书的愿望也难达到。由此可知,她写的信要传送到北方去。灯下写信这一感情细腻的刻画,把女主人公的直觉、情绪、思想、梦境、幻境等全部精神活动,在"写了书"又"没人传","寻得雁"又"秋将暮"那回环曲折的描摹过程中用"算""直饶、还是"等表现心里嘀咕的词语,向读者作了深度的心灵的开掘。黑格尔在《美学》第一卷中曾说过:"在艺术里,感性的东西是经过心灵化了,而心灵的东西也借感性化而显现出来。"山谷在这首《望江东》中,把离情别绪中的"心理流"写得回肠荡气,他采用遐想中的意识的流动,表现人物的热烈的思念和失落感,写得何等精细,何等生动。在艺术形象的创造中,体现了深刻鲜明的主题,因此,这首词获得了历代读者的欣赏。《望江东》调,宋词只此一首,即以其中"望不见江东路"句而得名,有可能是山谷所创制。　　　　（唐玲玲）

诉　衷　情　　　　　　　　黄庭坚

小桃灼灼柳鬖鬖①,春色满江南。雨晴风暖烟淡,天气正醺酣。　　山泼黛,水挼②蓝,翠相挽。歌楼酒旆③,故故招人,权典④青衫。

〔注〕　①鬖鬖(sān):本意是形容毛发下垂,此处形容柳条纷披下垂。　②挼(nuó):揉和的意思。　③旆(pèi):旗。　④权典:姑且当掉。

这是一首写春景的小令。唐宋人写春景的诗或词,大多是借以抒发春愁春恨,或感时伤离,例如"晴烟漠漠柳鬖鬖,无那离情酒半酣。更把玉鞭云外指,断肠春色在江南"(韦庄《古离别》),"恨芳菲世界,游人未赏,都付与、莺和燕"(陈亮《水龙吟》),例子举不胜举。这首词的情调却完全不同,它以轻快的笔调写出了江南春天的秀丽风光,清新俊美,富有生活情趣。

春天是百花争妍、万物繁茂的季节,但最足以作为春天表征的是桃花盛开,柳条垂拂。词的开头一句就把这两种典型景物描写出来。第二句"春色满江南",用个"满"字似乎表明不必再写其他景物了,其实这一句是承上启下,是个过渡句。一切景物都是相互关联着的,美景还要有良辰衬托。如果碰到风雨如晦的天气,即使是盛开的桃花,扶疏的柳条,看起来也会令人黯然魂销。所以接下去转向对天气的描写:"雨晴风暖烟淡,天气正醺酣。"这里边包括四种意思:宿雨初晴,惠风和畅,烟霭澹淡,着人如酒的天气。这样的天气,使人心旷神逸,正可以游目骋怀,饱览自然风光。江南是名山胜水之乡,在春天里它们会呈现出更加诱人的姿态。写江南春景,如果不写山水,不管怎么说,都是美中不足。下阕前三句"山泼黛,水挼蓝,翠相挽"连贯而下,以浓重的色彩,绘出了江南山水的春容。"泼"字,"挼"字用得很有魄力,非崇尚纤巧者所能办。色彩浓丽的山和水,正承上阕"雨晴风暖烟淡"句而来,只有新雨之后,和风之中,天宇澄澈,万木争荣,才能为山水增辉。"泼黛""挼蓝"二句不仅画出了山色、水色,也反映了万物在春天里的勃勃生机。写到这里为止,已经构成了一幅完整的色彩明丽的江南春景画面。"良辰美景"都有了,但似乎还缺少点什么,抬头望处,看到了"歌楼酒旆"。楼外的酒旗在迎风飘动,足以惹人神飞。"故故招人",生动地写出了词人的心理状态,"故故"在这里是故意、特意之义,酒旗当然谈不上故意招人,只是因为词人想喝酒,所以产生这种感觉。这一句是在"天气醺酣"时的心理反映。酒兴发作了,而阮囊已空,怎么办呢? 回去吧,岂不败兴! 办法有了,这就是"权典青衫"。这一句是化用杜甫"朝回日日典春衣,每日江头尽醉归"(《曲江》二首之二)诗意,至于口袋里是否真正空空的,可不必深究。词人的性格、情趣集中体现在结语里,使人回味不尽。

在词里,小令是很难写的。宋代著名词人张炎在《词源》里说:"词之难于令曲,如诗之难于绝句,不过十数句,一句一字闲不得。末句最当留意,有有余不尽之意乃佳。"这是他本人的创作经验之谈,讲得很精辟。拿黄庭坚这首小令来说,初看似信笔写成,实际上却很费经营。短短的四十四个字,分四层来写,江南春景随着层层叙写而逐步展现。写桃柳是第一层,写天气是第二层,写山水是第三层,"歌楼酒旆"到结语是第四层,层层勾勒,上下呼应,脉理分明,在语言运用上

沉着有力，结语风神摇曳，情景兼备，是一首很精彩的写景小令。　　　　（李廷先）

瑞　鹤　仙　　　　　　　黄庭坚

　　环滁皆山也。望蔚然深秀，琅琊山也。山行六七里，有翼然泉
上，醉翁亭也。翁之乐也。得之心、寓之酒也。更野芳佳木，
风高日出，景无穷也。　　　游也。山肴野蔌，酒洌泉香，沸筹
觥也。太守醉也。喧哗众宾欢也。况宴酣之乐、非丝非竹，太
守乐其乐也。问当时、太守为谁，醉翁是也。

　　山谷此词之体裁，其别致处有二。论笔法为隐括体，隐括欧阳修《醉翁亭记》
而成。论体式则为福唐独木桥体，全词用同字协韵。可称之为全独木桥体。山
谷《阮郎归·茶词》隔句用同字押韵，可称之为半独木桥体。《醉翁亭记》为宋文
名篇，隐括非易，成功尤难。
　　"环滁皆山也。"起句全用《醉翁亭记》（下简称《记》）首句原文。滁即滁州（今
安徽滁县），欧阳修曾任滁州知州。起笔写出环滁皆山之空间境界，颇有一份在
大自然怀抱之中的慰藉感，从而覆盖全篇，定下基调。下第一个也字，已觉唱叹
有情。"望蔚然深秀，琅琊山也。"《记》云："其西南诸峰，林壑尤美，望之蔚然而深
秀者，琅琊也。"词句则更省净，直指环山中之琅琊。蔚然，草木茂盛的样子。更
言深秀，倍加令人神往。"山行六七里，有翼然泉上，醉翁亭也。"此三句，以倒装
句法，移植《记》中"山行六七里，渐闻水声潺潺，而泻出于两峰之间者，酿泉也。
峰回路转，有亭翼然临于泉上者，醉翁亭也"，直点出意境之核心所在，而语句更
加省净。"翁之乐也。"此一句拖笔，变上文之描写而为抒情，词情遂愈发摇曳生
姿。《记》中原无此句，乃词人统摄原意而自铸新辞，笔力之巨，显然可见。翁之
乐，何所从来？"得之心、寓之酒也。"此二句概括《记》中"醉翁之意不在酒，在乎
山水之间也。山水之乐，得之心而寓之酒也"。历来读《醉翁亭记》的人，往往最
欣赏"醉翁之意不在酒"之句，而山谷却宁舍此句而取"得之心而寓之酒"一句，可
谓具眼。境由心生，故谓之得。酒为外缘，故谓之寓。此句较"醉翁之意不在
酒"，更为内向，更为深刻，可谓有识。"更野芳佳木，风高日出，景无穷也。"此三
句，囊括《记》中"若夫日出而林霏开，云归而岩穴暝，晦明变化者，山间之朝暮也。
野芳发而幽香，佳木秀而繁阴，风霜高洁，水落而石出者，山间之四时也。朝而
往，暮而归，四时之景不同，而乐亦无穷也"。此一节《记》文，极写琅琊山朝暮四
季之自然神理，其于自然知赏也深，故其乐也无穷。词句仅三句，于朝暮一节仅

瑞鹤仙（环滁皆山也）　　　　黄庭坚

——明刊本《诗馀画谱》

以日出二字点出，其余略去，而着力写四季。这是因为写四季尤可开拓意境之时间深度，从而与上文环滁皆山的空间广度相副，境界遂愈感阔大遥深，此类笔法，深得造境之理。只言景无穷，而乐无穷实已寓于其中，这又深得融情之法。凡此在在皆显示词人运思之自由灵活。这是作隐括词乃至一切词的法宝。

"游也。"上片造境既足，下片便极写境中人之游乐。换头，将《记》文"至于负者歌于途，行者休于树，前者呼，后者应，伛偻（躬腰的样子，指老人）、提携（须提携而行者，指小儿），往来而不绝者，滁人游也"一节，尽行打并在"游也"这两字短韵的一声唱叹之中。笔墨精练无伦。下边着力写太守与众宾客之游乐。"山肴野蔌（蔬菜），酒洌泉香，沸筹觥（酒器）也。"筹，是用来行酒令、饮酒计数的签子。此三句，移植《记》中"酿泉为酒，泉香而酒洌。山肴野蔌，杂然而前陈者，太守宴也。宴酣之乐，非丝非竹。射（投壶）者中，弈者胜，觥筹交错"。泉香酒洌，系泉洌酒香之倒装，为的是增强语感之美。山肴泉酒之饮食，及此处略写的非丝非竹之音乐，正是野趣、自然之趣的体现。极写此趣，实透露出作者愤世之情。众人之乐以至于沸，又正是众人与太守同一情趣之证明。"沸"字添得有力，《记》中所无。人心既与自然相合，人际情趣亦复相投，所以，下边接着写出："太守醉也。喧哗众宾欢也。"太守遭贬谪别有伤心怀抱，故返归自然容易沉醉。众人无此怀抱，故欢然而已。一醉一欢，下字自有轻重。此二句移植《记》中"起坐而喧哗者，众宾欢也。苍颜白发，颓然乎其间者，太守醉也"。下边，"况宴酣之乐、非丝非竹，太守乐其乐也"三句，移植《记》中"宴酣之乐，非丝非竹"及"人知从太守游而乐，而不知太守之乐其乐也"。太守游宴，不用乐工歌妓弹唱侑酒，有"响不乱人语，其清非管弦"（《题滁州醉翁亭》诗）的酿泉潺潺水声助兴。其所乐者何？众人不知，但太守实以与民共乐为乐。妙。"问当时、太守为谁，醉翁是也。"结笔隐括《记》末："太守谓谁？庐陵欧阳修也。"读其词（进而《记》），想见其人，结笔是意味深长的。

《醉翁亭记》是北宋文化领袖人物欧阳修被贬滁州时所作，《记》中以雍容而平易之文情，表现了超越而深沉的哲思，即天人合一、与民同乐的乐观精神。山谷此词隐括《记》文，全篇处处能表现乐于自然、乐于同乐之情景。尤其上片云"翁之乐也。得之心、寓之酒也"，下片云"太守醉也"，又云"太守乐其乐也"，反复暗示寄意所在，可谓一篇之中三致意焉。能于隐括之中不失其精神，实为难得。若加苛求的话，则此词忠实原作有余，创寓新意稍嫌不足。宋词发展到后来，已弥补此种不足，如朱熹词隐括杜牧诗，便能另寓哲思。

此词艺术技巧上之特色，在极巧妙地运用独木桥体，成功地再现了《醉翁亭记》的神韵。原作共用了二十一个也字煞句尾,最是唱叹有情,而在散文中别具一格。此词用也字为全词同一韵脚,共十二次,较原作已过其半,遂使原作唱叹有情之神韵,获致生生不已之重现。可见,用独木桥体隐括《醉翁亭记》,真有恰到好处之妙。这是山谷聪明过人处。独木桥体之本身,纯属文字技巧之显示,仅可称之小道,山谷此词,却可说是小道中之无上高明者。善继传统以创新之宋代文化精神,在宋诗中之体现,推山谷为第一人。从山谷此词,也可见其以故为新之本领。

(邓小军)

晁端礼

（1046—1113）　字次膺。其先澶州清丰（今属河南）人,家彭门（今江苏徐州）。熙宁六年（1073）进士。两为县令,忤上官,坐废。政和三年（1113）以承事郎为大晟府协律。有《闲适集》,不传。今传《闲斋琴趣外篇》（端礼作元礼）六卷,存词一百四十首。

【作者小传】

绿 头 鸭 咏月　　　　　　　　　　　　　　　　　晁端礼

晚云收,淡天一片琉璃。烂银盘、来从海底,皓色千里澄辉。莹无尘、素娥澹伫;静可数、丹桂参差。玉露初零,金风未凛,一年无似此佳时。露坐久,疏萤时度,乌鹊正南飞。瑶台冷,栏干凭暖,欲下迟迟。　　念佳人音尘别后,对此应解相思。最关情、漏声正永,暗断肠、花影偷移。料得来宵,清光未减,阴晴天气又争知?共凝恋,如今别后,还是隔年期。人强健,清樽素影,长愿相随。

这是一首写中秋月景兼怀人的慢词,全词长一百三十九字,在慢词里也是较长的一体。晁端礼,其词集《闲斋琴趣外篇》署名作晁元礼,而据他的《庆寿光》词序自称端礼,吴曾《能改斋漫录》也称他为晁端礼,则以作端礼为是。他是晁无咎的长辈,是北宋末年一位精于音律的词人。在这首词里,他对于中秋月景和怀人情思作了细致的描写,声调谐婉,词语和雅,确很出色。

在词里,写长调和小令各有不同的要求,各有不同的写法。长调难于小令之处,就在于要操纵自如,气脉贯串,不蔓不枝,徘徊宛转。在双叠词中,起、结、过拍都是要注意的,而在长调里这几处显得特别重要,因为全词的神理、脉络都要通过这几处显示出来。沈义父在《乐府指迷》中说大词"第一要起得好,中间只铺叙,过处要清新,最紧是末句,须是有一好出场方妙"。晁端礼这首词为沈义父的说法提供了一个范例。

词的上阕重在写景,分六层叙写。开头两句"晚云收,淡天一片琉璃",一笔放开,为下边的铺叙,开拓了广阔的领域。晚云收尽,淡淡的天空里出现了一片琉璃般的色彩,这就预示着皎洁无伦的月亮将要升起,下边的一切景和情都从这里生发出来。接着写海底涌出了冰轮,放出了无边无际的光辉,使人们胸襟开朗,不觉得注视着天空里的玉盘转动。"莹无尘、素娥澹伫;静可数、丹桂参差。"嫦娥素装伫立,丹桂参差可见,把神话变成了具体的美丽形象。而这两种形象只有在"莹无尘""静可数"中才得显现出来,和上边所说的"晚云收""千里澄辉"的脉理暗通。到这里,月光和月中景已经写得很丰满。下边再从气候方面来写:中秋是露水初降,已凉天气未寒时,是四季中最宜人的节候,美景良辰,使人流连。"疏萤时度,乌鹊正南飞。"化用了曹操"月明星稀,乌鹊南飞"和韦应物"流萤度高阁"的名句,写出了在久坐之中、月光之下所看到的两种景物,这是一片幽寂之中的动景,两种动景显得深夜更加静谧。"瑶台冷,栏干凭暖,欲下迟迟。"上边说"露坐久",这里又说"栏干凭暖",这是怎么回事呢?原来是表明,先是坐着的,而且坐得很久;后来是凭栏而立的,立的时间也很长。用了很长的时间在凄冷的楼台上望月,以致把栏杆凭暖,委婉地表现出词人不是单单地留恋月光,而是在对月怀人。词人的怀人情意,在结语"欲下迟迟"里透露出来,直贯下阕。

下阕着重写情,分五层叙写。换头"念佳人音尘别后,对此应解相思"这两句,上承上阕结语"欲下迟迟",下启下阕对情思的描写。张炎说:"最是过片,不要断了曲意,须要承上接下。如姜白石词云'曲曲屏山,夜凉独自甚情绪',于过片则云'西窗又吹暗雨',此则曲之意脉不断矣。"(《词源》)这里过片也接得自然妥帖,浑然无迹,深得宛转情致。下边从对方写起。遥想对方在此夜里"最关情"的是"漏声正永";"暗断肠"的是"花影偷移"。为什么听到漏声相接,看到花影移动,倍觉"关情"而至于"断肠"呢?因为随着漏声相接、花影移动,时间在悄悄地消逝,而两人的相会仍遥遥无期。下边再写对方的此夜情:料想明天夜月,清光也未必会减弱多少,只是明天夜里是阴是晴,谁能预料得到呢?两人之所以共同留恋今宵清景,是因为今年一别之后,只能待明年再见了。自己怀念对方的情思,不从自己方面写出,而偏从对方那里写出,对方的此夜情,也正是自己的此夜情;写对方也是写自己,心心相印,虽悬隔两地而情思若一,越写越深婉,越写越显出两人音尘别后的深情。这种艺术表现手法,即使在柳耆卿词里也不多见。上阕里所说的"露坐久","栏干凭暖"的深刻含义,通过对对方此夜情的两层描写揭示出来。所谓"气脉贯串",应当从这方面去领会。歇拍三句"人强健,清樽素影,长愿相随。"结得雍容和婉,有不尽之情,而无衰飒之感。也正是沈义父所说的"有一好出场"。东坡的《水调歌头》结句"但愿人长久,千里共婵娟"和这首词的结句,都是从谢庄《月赋》"隔千里兮共明月"句化来。苏词劲健,本词和婉,表现出两种不同的艺术风格。胡仔《苕溪渔隐丛话》说:"中秋词,自东坡《水调歌头》一出,余词尽废,然其后亦岂无佳词? 如晁次膺(端礼字)《绿头鸭》一词殊清婉,但樽俎间歌喉,以其篇长惮唱,故湮没无闻焉。"

(李廷先)

水 龙 吟　　　　　　　　　晁端礼

倦游京洛风尘,夜来病酒无人问。九衢雪少,千门月淡,元宵灯近。香散梅梢,冻消池面,一番春信。记南楼醉里,西城宴阕,都不管、人春困。　　　屈指流年未几,早惊、潘郎双鬓。当时体态,如今情绪,多应瘦损。马上墙头,纵教瞥见,也难相认。凭阑干,但有盈盈泪眼,把罗襟揾。

　　晁端礼,徽宗时曾为大晟乐府协律郎,精于词作。从这首《水龙吟》中可以看出,无论在词的结构、声韵、用字设色等方面,他都具有很高的素养,评之曰当行本色,恐不为太过。

　　此词主旨在于抒发人生不得意的感慨。这种不得意表现在两方面:一是仕途上的蹭蹬,一是爱情上的挫折。晁端礼于神宗熙宁六年考中进士,在北宋词人中,他的发轫比秦观、周邦彦都早;但仕途并不顺利,曾两度为县令,因为触犯上官而被废黜。此词起首二句便把词人可悲的身世揭示出来。"京洛风尘",语本晋人陆机《为顾彦先赠妇诗》之一:"京洛多风尘,素衣化为缁。"此处盖喻词人在汴京官场上的落拓不遇。"病酒",谓饮酒过量而身体不适。词人由于政治上不得意,常以酒浇愁。可是酒饮多了,反而沉醉如病。官场失意,酒病缠身,境况可谓惨矣,复着以"无人问"三字,其羁旅漂零之苦,尤为难堪。这些都是开门见山,句句写实,与一般以比兴开头的长调相比,便显出完全不同的特色。按照这个路子发展下去,便应层层铺叙,句句落实,可是这样又有什么词味呢? 词人没有这样做。他的目光似乎从住处的窗口向外探视,无边夜色,尽入毫端,一下子化实为虚,词境变得空灵了。词人向下看,九衢(御街)上的残雪斑斑驳驳,向上看,朦胧淡月照进千门万户。词人本来为酒所困,心情异常烦闷,如今在这清净、洁白的世界里,胸襟自然为之一畅。接着夜风送来梅花的清香,池塘表面上的薄冰已经融解。这些与其说写景,毋宁说是抒情,因为这些景物上都抹上了一层感情色彩,仿佛是词人心灵附着在这些景物上,——袒露出来,告诉读者他那因酒而病的身躯与心灵在自然景色的陶冶中,渐渐轻松了,开朗了。此刻,他不仅想到一年一度的元宵佳节即将来临,不仅感受到春天的信息已经来到,而且他的思绪也回复到往年醉酒听歌的快乐生涯。句中的“南楼”,指冶游之地;“西城”指汴京西郑门外金明池和琼林苑,都是北宋时游览胜地。这里以对仗的句式强调当年的豪情胜概,特别是“都不管、人春困”一句,出之以口语,使人如闻其声,如见其人。

　　长调过片最为吃重,一是要求宕开一笔,但不能脱离原来的脉络;一是要求紧承前意,但又不能过于粘着。它就像画家作画,能开能阖,旋断仍连,方为佳致。此词上片歇拍本写昔日豪情,是放开去——即“开”;及至过片又写目前衰颜,是收回来,与起首二句遥相映射——即“合”。“潘郎双鬓”,谓两鬓已生白发,语本潘岳《秋兴赋》:“余春秋三十有二,始见二毛。”如果说上片多从景物描写中展示人物心灵,那么整个下片则是纯粹描写词人的内心感情。“屈指”二字是起点,点明词人是在算计,以下都是写算计中的思维活动。词人不仅惊觉自己早生华发,而且联想到对方——从她当时妖娆的体态,联想到如今愁苦的情绪,于是深感她的形容已经消瘦。“多应”二字,表明这是想象和猜测,而一往深情,皆寓其中。以下三句,是这种感情的延伸。“马上墙头”,语本白居易《井底引银瓶》诗:“妾弄青梅凭短墙,君骑白马傍垂杨。墙头马上遥相顾,一见知君即断肠。”词笔至此,正面点出词人昔日曾与一位女子邂逅,无情的岁月凋谢了彼此的容颜,即使相逢恐亦不敢相认,言之不胜伤感。以上几层意思,款款道来,情韵悠然,环环相扣,宛转相生,收纵自如,不离主线。这些都是此词在结构上的妙处。

　　结尾三句,仍从伊人方面着笔。设想她凭阑凝望,罗襟揾泪。——此情自己岂不也是一样,写对方亦写自己。一般论词,都以为“以景结情最好”。可是此处全用情语作结,却收到余味无穷的艺术效果,堪与苏、辛同调作品媲美。苏轼次韵章质夫杨花词结句云:“细看来,不是杨花,点点是离人泪。”辛弃疾登建康赏心亭词结句云:“倩何人唤取,红巾翠袖,揾英雄泪。”读了这三首结句,不禁令人感到其间有惊人的相似之处。首先他们都写到泪:苏词是以杨花喻泪,在美学上谓之“移情作用”;辛词写的是壮志难酬的英雄之泪;晁词则是把仕途的失意、人生的感慨化作盈盈泪水,风格较为纤弱。其次,除苏词外,他与辛弃疾都写到揾泪。揾者,拭也。辛词欲唤美人以翠袖拭泪,在豪放中微露妍倩之致;晁词单用罗襟,字面上虽不如辛词浓丽,而感情婉约则过之。在这个比较之下,可以看出,以同一词调、同一句式写相似的感情,也可以变化多端,表现出各自的个性特征。问题在于作者的才性和技巧是否高超,而晁端礼在这方面是很出色的。

写作长调,要讲究变化,讲究辩证法。清人沈祥龙说:"句不可过于雕琢,雕琢则失自然;采不可过于涂泽,涂泽则无本色;浓句中间以淡语,疏句后接以密语。不冗不碎,神韵天然:斯尽长调之能事。"(《论词随笔》)此乃经验之谈,颇得个中三昧,以之衡量此词,可谓恰中肯綮。此词看来有雕琢,像上片"九衢"以下六句,对仗工整,情景交炼,非经雕琢不能到。但这些词句也很自然,它虽涂了色泽,却能浓淡相宜,不像花间派那样镂玉雕琼,使人目迷五色。从全篇布局来看,凡用对偶之处,结构都较密,读时须一气呵成;而用领格字处(如"记南楼"中的"记"字)及换头处,都较疏,读时须作一顿挫。总的来看,它密处能疏,疏处能密,如同织锦一般,浑然天成,构成一首绝妙的好词。

(徐培均)

【作者小传】

李元膺
东平人。南京(今河南商丘)教官。绍圣间,李孝美作《墨谱法式》,元膺为序,盖与蔡京同时人。词存九首。

茶 瓶 儿 李元膺

去年相逢深院宇,海棠下、曾歌《金缕》。歌罢花如雨。翠罗衫上,点点红无数。　　今岁重寻携手处,空物是人非春暮。回首青门①路。乱红飞絮,相逐东风去。

〔注〕 ① 青门:古长安城门名。《三辅黄图》:"长安城东出南头第一日霸城门,民见门色青,名曰青城门,或曰青门。"

自从唐代诗人崔护写了一首《题都城南庄》的诗,加上孟棨《本事诗》里颇有传奇色彩的记载,"人面桃花"便成了尽人皆知的故事。李元膺的这首词也写了类似的一个经历,但感情更缠绵,形象更生动。

上片写去年此时,在深幽清寂的庭院中,词人遇到了她。正值春深似海,海棠花开,姿影绰约。那位女子在花下,浅吟低唱,其风韵体态,与海棠花融为一体,艳丽非凡。《金缕衣》是女子所唱的柔媚的曲调,杜牧就有"秋持玉斝醉,与唱金缕衣"(《杜秋娘》诗)的句子。她一曲歌罢,如雨一般的花瓣点点落在她碧绿的罗衣上。那色泽,那神情,多么令人难忘!

上片寥寥数语,已勾勒出一个娴静妩媚而善歌的女性形象。作者的描绘是静态的:海棠花下轻歌慢吟的女子,点缀在翠衣上的落红点点,然而给人的印象是动态的,那娉婷婀娜的女子像是在与海棠同舞,那如雨的花瓣在春风中簌簌飞坠,这种静中见动的艺术境界,给读者以无限的美感。

下片写今日此时重寻去年踪迹,同是那庭院深处,海棠花下,飞花片片,然而那位脉脉含情,风姿飘逸的佳人如今安在?"携手处"即是去年相会的地方,却已"物是人非",美妙的春光只能使词人感到无限怅惘。

下片的后半,词人并不接着写自己如何感伤和失望,却将笔轻轻宕开,去写眼前景物。回看通向都城的大道,红英乱落,飞絮满天,像是要追逐着骀荡的东风远去。这些景物,都大可寻味,那飘零的落红,令人想起李商隐的名句"芳心向春尽,所得是沾衣"(《落花》);那飞舞的杨花,则令人忆及苏东坡的词"不是杨花点点,是离人泪"(《水龙吟·次韵章质夫杨花词》)。而且,那"乱红飞絮",也令人联想一去不返的青春岁月,连同那梦一般温馨的回忆,都随着春光远去了。"以写景之心理言情",才能曲尽情态。(王夫之《夕堂永日绪论内编》)这里词人以写景代替了抒情,而情在景中,词意更加含蓄深蕴。

这词中所表现的一往深情是为了怀念昔日的情人,还是盼望下一次的欢会?是隐喻命定的离别,还是描摹刻骨的相思?这些都会引起人们的揣想。或以为这是首悼亡之作。《冷斋夜话》说:李元膺丧妻,作《茶瓶儿》词,寻亦卒。盖谓词人虚构了一个传奇般的"人面桃花"式的故事,寄寓了对亡妻的悼念与人去楼空的哀怨。同是悼亡,元稹的《遣悲怀》平易朴实,情感真挚,恻恻动人;李商隐的悼亡诗蒙着浓艳迷离的色彩,读后令人怅惘叹息;而李元膺的这首词却写得如此含蓄不露,不加点破,很难知是悼亡。笔记类多小说家言,未必可信也。

(王镇远)

洞　仙　歌　　　　　　　　李元膺

一年春物,惟梅柳间意味最深。至莺花烂熳时,则春已衰迟,使人无复新意。予作《洞仙歌》,使探春者歌之,无后时之悔。

雪云散尽,放晓晴池院。杨柳于人便青眼。更风流多处,一点梅心,相映远,约略颦轻笑浅。　　一年春好处,不在浓芳,小艳疏香最娇软。到清明时候,百紫千红,花正乱,已失春风一半。早占取韶光共追游，但莫管春寒，醉红自暖。

本篇旨趣，小序已表白清楚，意在提醒人们及早探春，无遗后时之悔。然而，若许以"独识春光之微"（沈际飞《草堂诗馀正集》评），却又不然。因为词有所本，唐杨巨源《城东早春》云："诗家清景在新春，绿柳才黄半未匀。若待上林花似锦，出门俱是看花人。"韩愈《早春呈水部张十八员外》亦云："最是一年春好处，绝胜烟柳满皇都。"均先得此意。不过，同样意思发而为词，以比兴手法出之，仍饶有新意。

序云："一年春物，惟梅柳间意味最深。"上片即分写梅与柳，均早春物候。隆冬过尽，梅发柳继，词人巧妙地把这季节的消息具体化在一个有池塘的宅院里。当雪云刚刚散尽，才放晓晴，杨柳便绽了新芽。柳叶初生，形如媚眼，故云："杨柳于人便青眼"。人们在喜悦时正目而视，眼多青处，故曰"青眼"。二字的运用不惟象形，又赋予柳以多情的人格。与柳色遥遥相映（"相映远"）的，是梅花。"一点梅心"，与前面柳眼的拟人对应，写出梅柳间的关系。盖柳系新生，梅将告退，所以它不像柳色那样一味地喜悦，而约略有些哀愁，"约略颦轻笑浅"。而这一丝化在微笑中的几乎看不见的哀愁，又给梅添了无限风韵，故云"更风流多处"在梅不在柳。如此妩媚的拟人，如此细腻的笔墨，写得"意味最深"。

过片即用韩诗"最是一年春好处"意，挽合上片，又开下意，即"至莺花烂熳时，则春已衰迟，使人无复新意"。"小艳疏（淡）香"上承柳眼梅心而来，"浓芳"二字则下启"百紫千红"。清明时候，繁花似锦，百紫千红，游众如云。"花正乱"的"乱"字，表其热闹过火，反使人感到"无复新意"，它较之"烂熳"一词更为别致，而稍有贬意。因为这种极盛局面，实是一种衰微的征兆，"已失春风一半"呢。在这春意阑珊之际，特别使人感到韶光之宝贵。所以，词人在篇终向"探春者"殷勤致意："早占取韶光共追游，但莫管春寒，醉红自暖。"这里不仅是劝人探春及早，还有更深一层的意思。盖早春容易让人错过，也有气候上的原因，春寒料峭，自然不如春暖花开的为人喜悦。作者却以为，"春寒"也自有意趣。这时更宜杯酒，一旦饮得上了脸，通身也就暖和了。这种不无幽默的风趣，是前举唐诗所没有的。

（周啸天）

朱　服

（1048—?）　字行中，湖州乌程（今浙江湖州市）人。熙宁六年（1073）进士。累官国子司业、起居舍人，历中书舍人、礼部侍郎。徽宗朝，加集贤殿修撰，知广州，黜，知袁州，再贬蕲州安置，改兴国军安置，卒。词存一首。

【作者小传】

渔　家　傲　　　　　　　　　　　　　朱　服

小雨纤纤风细细,万家杨柳青烟里。恋树湿花飞不起。愁无
比,和春付与东流水。　　　九十光阴能有几? 金龟解尽留无
计。寄语东城沽酒市。拚一醉,而今乐事他年泪。

这首词原题为"春词",是作者知婺州(亦称东阳郡,治所在今浙江金华)期间
的作品。作者早年以"风采才藻皆秀整"著称一时。现存词仅此一首,风格俊丽,
是他的得意之作。据其门下士方勺《泊宅篇》记载:"公往往乘醉大言:'你曾见我
而今乐事他年泪否?'"可见其自负之极。

词的上片,主旨是惜春,景中寓情。开头两句"小雨纤纤风细细,万家杨柳青
烟里",写暮春时节,好风吹,细雨润,满城杨柳,郁郁葱葱,万家屋舍,掩映在杨柳
的青烟绿雾之中。正是"绿暗红稀",春天快要悄然归去了。次三句:"恋树湿花
飞不起,愁无比,和春付与东流水",借湿花恋树寄寓人的恋春之情。"恋树湿花
飞不起"是个俊美的佳句。"湿花"应上"小雨",启下"飞不起"。"恋"字用拟人
法,赋落花以深情。花尚不忍辞树而留恋芳时,人的心情更可想而知了。在春天
将去的时候,落花有离树之愁,人也有惜春之愁,这"愁无比"三字,浑含二者,不
可分辨。如此深愁,既难排遣,那就将它连同春天一道付与东流的逝水吧。

下片感叹韶光易逝,因而产生不如及时行乐的思绪,着意抒情。前两句:"九
十光阴能有几? 金龟解尽留无计。"作者感叹春来春去,虽然是自然界的常态,然
而美人有迟暮之思,志士有未遇之感,这九十日的春光,也极短暂,说去也就要去
的,即使解尽金龟换酒相留,也是留她不住的。词句中的金龟指所佩的玩饰,唐
代诗人贺知章,曾经解过金龟换酒以酬李白,成为往昔文坛上的佳话。作者借用
这个典故,表明极意把酒留春。"寄语东城沽酒市。拚一醉,而今乐事他年泪。"
虽然留她不住,也要借酒浇愁,拚上一醉,以换取暂时的欢乐。"寄语"一句,谓向
酒肆索酒。"而今乐事他年泪",结句一语两意,乐中兴感。有些人"今朝有酒今
朝醉,明日愁来明日愁",有些人则当快意之时,想得较深,就有愁思相伴;想到他
年将追思今日之乐而不可再得,反成为兴悲下泪之由。何况今日东城买醉,仅为
驱遣春愁,又非真正的赏心乐事呢!

这首词在章法上是上景下情。上片以"恋树湿花"三句写愁来之景,下片以
"寄语"三句写遣愁之情。结句"而今乐事他年泪",一意化两,示遣愁不尽,无限
感伤。况周颐《蕙风词话》卷二说:"白石词'少年情事老来悲',宋朱服句'而今乐

事他年泪',二语合参,可悟一意化两之法。宋周端臣《木兰花慢》云:'料今朝别后,他时有梦,应梦今朝。'与'而今'句同意。"作者自以"而今"句为得意之句,正因为寄意颇深,既表明而今的暂时欢乐,又预示他年回忆此时情景,将成为兴感的来源罢了。从这句中,可以看出作者的思路是:由而今而念及他年,又由他年回思而今,在意念的推移往复中,显示不同的时间,不同的环境,常常使人有哀乐不同之感。所以这样的词句是耐人寻味的。

(马祖熙)

【作者小传】

刘 弇

(1048—1102) 字伟明,吉州安福(今属江西)人。元丰二年(1079)进士,继中博学鸿词科。元符中,进《南郊大礼赋》,称旨,除秘书省正字,改著作佐郎、实录检讨官。著有《龙云集》,词有《彊村丛书》本《龙云先生乐府》,凡八首。

清平乐

刘 弇

东风依旧,著意隋堤柳。搓得鹅儿黄欲就,天气清明时候。 去年紫陌青门,今宵雨魄云魂。断送一生憔悴,能消几个黄昏!

这首词《花庵词选》以为赵德麟(令畤)作,疑误。《苕溪渔隐丛话后集》卷四十引《复斋漫录》云:"刘伟明(弇)既丧爱妾而不能忘,为《清平乐》词云云,与唐阿灰之词有间矣。"今人唐圭璋《词学论丛·考证》云:"据此本事,可证确为刘作。"应从之。唐阿灰,指唐代张曙。他的叔父张祎丧爱妾,张曙曾代作悼亡词《浣溪沙》一首,与此词题材相似而风格稍异,故《复斋》以为"有间矣"。

此词与张曙词的差别主要有两点:张词着重写室内情景,而此词着重写室外,此其一;张词感情较暧昧凄婉,此词则沉痛感伤,此其二。按刘弇于宋神宗二年举进士,历知峨眉县;元符中进《南郊大礼赋》,深得哲宗赏识,被任命为秘书省正字;徽宗立,授实录院检讨官。一生未隶元祐党籍。有人认为此词与政治有关,似无实据。从词的内容来看,当系在京任职期间为伤爱妾之逝而作。

词的上片写景。从景象所反映出来的意致看,只是一股淡淡的哀愁,随着词情的发展,才逐渐把悼亡之情揭示出来,最后达到高潮。词中所写的地点比较明

仿文伯仁

清平乐(东风依旧)　　刘 弇

——明刊本《诗馀画谱》

确：即汴京城外的隋堤上,所谓"隋堤柳""紫陌青门"是也。但时间较难言,起句"东风依旧",实际上包括今时与旧时。今时是指这回的清明时候,旧时是指与爱妾在紫陌青门同游的去年。全词以感情为纽带,把旧时与今时的情景缩合在一起,对爱妾寄予了深挚的悼念。

起首二句写春风轻拂垂柳,语言很通俗,意思也很简单,但却层折多变,富于婉约特色。句中的隋堤,指汴河一带的河堤。相传隋炀帝时开运河,自洛阳至扬州,沿堤广植杨柳。初春时节,和煦的东风轻拂隋堤上的杨柳,给人以亲切温柔之感。而"著意"二字,更把东风拟人化。言外之意仿佛是说,自然界的东风对杨柳尚如此多情,而现实生活中的词人却如此孤单,再也得不到亲人的怜爱。词中写的是物态,蕴含的乃是人情。这里特别引人注意的是"依旧"二字,也就是说去年今日,正是东风骀荡、杨柳婀娜的时节,他和爱妾曾在一起欣赏这美好的春光。可是今日重来,东风依旧,人事全非,他怎能不伤感? 第三句蝉联首二句。东风对杨柳的"著意",主要体现在一个"搓"字上。此字甚俗,但也很新,可算是以俗为雅。说东风轻拂杨柳,若用"吹"或"拂",皆为习见之语;但用了一个"搓"字,则给人以轻轻搓揉、抚摩之感。在东风搓揉之下,柳枝上遂呈现出"鹅儿黄"的颜色。鹅儿黄,指柳色的嫩黄。杨柳初绽的嫩叶,宛如雏鹅的羽绒,而这惹人喜爱的颜色,竟是东风搓出来的,设想多么奇警,真是巧夺天工。歇拍"天气清明时候",则总括前文,一切景色,一切人情,都包括其中,由人想象了。

过片一联,从语言上看是工整的对仗,从词意上看是鲜明的对比。"去年紫陌青门",与上片"东风依旧"相映射,是回忆从前在郊外与爱姬共同游赏之乐。紫陌,指京城的道路,如唐人贾至《早朝大明宫》诗云:"银烛朝天紫陌长,禁城春色晓苍苍。"青门,汉时长安灞城门之别名,此处借指汴京城门。"雨魄云魂",语本宋玉《高唐赋》:"妾在巫山之阳,高丘之阻,旦为朝云,暮为行雨,朝朝暮暮,阳台之下。"以之形容爱妾死亡之后,魂魄飘荡,有如朝云暮雨,非常恰切。词笔至此,悼念爱妾的主题便趋于明朗化。结尾二句,悲哀的抒发,至于极点。"断送一生憔悴",张相《诗词曲语辞汇释》卷五释云:"言逗引人一生憔悴也。"是什么逗引得词人一生憔悴? 是春风在多情地抚弄杨柳,是清明时候的恼人天气,是爱妾业已消逝的雨魄云魂。多少撩人愁绪的往事,多少触目惊心的现实,怎不逗引得他黯然神伤而导致一生憔悴! 尤其在黄昏时刻,烟霭迷茫,景色惨淡,在失去爱妾的词人看来,仿佛来到一个催人泪下的境界。"能消几个黄昏",同张曙词"黄昏微雨画帘垂"极其相似,它们都是通过环境的渲染,反映内心深处的感情。明人沈际飞评曰:"'能消几个黄昏',恒语之有情者。'能'字更吃紧。"(《草堂诗馀正集》卷一)近人俞陛云也评曰："抚今追昔,人之常情。此词结末二句,何沉痛乃尔!"(《宋词选释》)恒语即是常语。把他们两人的意思综合起来,就是说以常语写常情。其中没有什么藻饰,也不作一丝矫情,句句都是从肺腑间流出。而著一"能"字,则加强了感情的深度,更富于感染力量。所谓"更吃紧",所谓"何沉痛乃尔",当从此悟出。

宋词中的悼亡之作,以东坡的《江城子》(十年生死两茫茫)、贺铸的《半死桐》(重过阊门万事非)最为感人,但都是悼念正室。至于悼念爱妾,则应推东坡的《西江月》(玉骨那愁瘴雾)和这一首了,然亦有不同:坡词较典雅,此词较通俗。两者对读,便可发现其中不同的意味。　　　　　　　　　　　　　　(徐培均)

【作者小传】

时　彦

(? —1107)　字邦美。开封(今属河南)人。元丰二年(1079)进士第一。历官兵部员外郎、集贤校理、秘阁校理、河东转运使、吏部尚书。词存一首。

青 门 饮 寄宠人　　　　　　　　时　彦

胡马嘶风,汉旗翻雪,彤云又吐,一竿残照。古木连空,乱山无数,行尽暮沙衰草。星斗横幽馆,夜无眠、灯花空老。雾浓香鸭,冰凝泪烛,霜天难晓。　　长记小妆才了。一杯未尽,离怀多少。醉里秋波,梦中朝雨,都是醒时烦恼。料有牵情处,忍思量、耳边曾道。甚时跃马归来,认得迎门轻笑。

本词是远役怀人之作,在艺术构思方面有其独特之处,即采用对比、回忆等手法,如上片雄浑的北国风光,与下片的伤离情景,形成鲜明的对比;下片别时依依难舍的回忆和想象中重逢时欣喜欢悦的对比,写来豪放和柔婉兼而有之;在题材的处理方面亦是境界阔大而又有别出心裁的细腻描写,语言的运用极其生动活泼,流利自然,由此给人以十分新颖独特的感觉。

宋初范仲淹写边陲风光的《渔家傲》,历来受人称道,视为豪放词的前驱,其中如"四面边声连角起,千嶂里,长烟落日孤城闭",本词上片开始几句,手法亦与之相似,在读者面前展开边地的特有风光。作者将亲身经历的旅途情景,用概括而简炼的字句再现出来。"胡马"两句,写风雪交加,在呼啸的北风声中,夹杂着胡马的长嘶,真是"胡马依北风",使人意识到这里已离边境不远。抬头而望,"汉旗",也即宋朝的大旗,却正随着纷飞的雪花翻舞,车马就在风雪之中行进。"彤云"两句,写气候变化多端。正行进间,风雪逐渐停息,西天晚霞似火,夕阳即将西沉。"一竿残照",是形容残日离地平线很近。借着夕阳余晖,只见一片广阔荒寒的景象,老树枯枝纵横,山峦错杂堆叠;行行重行行,暮色沉沉,唯有远处的平沙衰草,尚可辨认。这里写边地气候多变,时而风雪交加,时而晚霞夕照;描写是由远而近,由明亮而朦胧,意味着这天旅程的结束。

"星斗"以下,写投宿以后夜间情景。采用衬托手法,从凝望室外星斗横斜的夜空,到听任室内灯芯延烧聚结似花,还有鸭形熏炉不断散放香雾,烛泪滴凝成冰,都是用来衬托出长夜漫漫,作者沉浸在思念之中,整宵难以入睡的相思之情,由此引出下片内容。

下片以回忆和想象为主,用生活的语言和委婉曲折的笔触勾勒出那位"宠人"的形象。离情别意,本来是词中经常出现的内容,而且以直接描写为多,如"残月出门时,美人和泪辞"(韦庄《菩萨蛮》),"暗垂珠泪,泣送征轮"(韩缜《凤箫吟》)。作者却另辟蹊径,以"宠人"的各种表情和动态来反映或曲折地表达不忍分离的心情。

"长记"三句,写别离前夕,她浅施粉黛、装束淡雅,在饯别宴上想借酒浇愁,却是稍饮即醉。"醉里"三句,写醉后神情,由秋波频盼而终于入梦,然而这却只能增添醒后惜别的烦恼,真可说是"借酒浇愁愁更愁"了。这里刻画因伤离而出现的姿态神情,都是运用白描和口语,显得宛转生动,而人物内心活动却就在这看似平淡的几笔中曲曲道出。

结尾四句,是作者继续回想别时难舍难分的情况,其中最牵惹他的情思而难以忘怀的一幕,就是临行之际,她上前附耳小语的神态。这里不用一般篇末别后思念的写法,如"春欲暮,思无穷,旧欢如梦中"(温庭筠《更漏子》),"落花犹在,香屏空掩,人面知何处"(晏几道《御街行》),而是曲折地以对方望归的迫切心理和重逢之时的喜悦心情作为结束,这也即是耳语的内容;低声问他何时能跃马归来,是关心和期待,让他想象对方迎接时愉悦的笑容,则是进一层展开一幅重逢之时的欢乐场面。这样,就使这首伤离的怀人之作不以"黯然销魂者,唯别而已矣"的低调结束,而是以充满着期待和喜悦的心情总收全篇。

本词作者时彦是河南开封人,宋神宗元丰二年(1079)进士第一,历官开封尹、兵部员外郎、吏部尚书、河东转运使。这首词不见宋人传本,惟见明人《花草粹编》卷十一,殊属可贵。

　　　　　　　　　　　　　　　　　　　　　　　　　　　　　(唐圭璋)

【作者小传】

秦　观

(1049—1100)　字少游,一字太虚,号淮海居士。高邮(今属江苏)人。少豪隽,慷慨溢于文辞,喜读兵家书。见苏轼于徐州,作《黄楼赋》,轼以为有屈、宋才,勉以应举。元丰八年(1085)登进士第。元祐初,除秘书省正字、兼国史院编修官。绍圣初,坐党籍,削秩,监处州酒税。徙郴州、又徙雷州。徽宗朝,赦还,至藤州卒。其词清丽和婉,深有情致,多写男女情爱,亦有感伤身世之作。代表作有《满庭芳》(山抹微云)、《踏莎行》(雾失楼台)、《八六子》(倚危亭)、《鹊桥仙》(纤云弄巧)等。著有《淮海集》《淮海居士长短句》。词存九十首。

望　海　潮　　　　　　　　　　　　　　　　秦　观

梅英疏淡,冰澌溶泄,东风暗换年华。金谷俊游,铜驼巷陌,新晴细履平沙。长记误随车。正絮翻蝶舞,芳思交加。柳下桃蹊,乱分春色到人家。　　　西园夜饮鸣笳。有华灯碍月,飞盖妨花。兰苑未空,行人渐老,重来是事堪嗟! 烟暝酒旗斜。但倚楼极目,时见栖鸦。无奈归心,暗随流水到天涯。

这首词,宋本《淮海居士长短句》无题,汲古阁本《淮海词》题为《洛阳怀古》。细玩词意,乃是感旧而非怀古;且作词之地也为汴京而非洛阳。至其作期,则在绍圣元年(1094)春,即朝局大变,旧党下台,新党再起,他因此贬官即将离京之时。

秦观曾于元丰五年(1082)及八年两度入京应试,但只是在元祐五年(1090)制举及第之后,才留京供职达五年之久,得以参与当时名公的文酒之会,而元祐七年的赐宴,则是他印象最深的一次。《淮海集》载《西城宴集》诗序云:"元祐七年三月上巳,诏赐馆阁官花酒,以中浣日游金明池、琼林苑,又会于国夫人园。会者三十有六人。"这是当时罕有的盛举,所以作者后来贬谪处州(州治在今浙江丽水),作《千秋岁》词,还提及"忆昔西池会,鹓鹭同飞盖",而致慨于"日边清梦断,镜里朱颜改"。此刻更是记忆犹新,怎生舍得不在贬官去国之时,重游其地,让两年前的这件事再现心头,形诸笔墨呢?

这首词的结构有些特别。一般的词,都从换头处改变作意,如上片写景,下

望海潮（梅英疏淡）　　　秦　观

——明刊本《诗馀画谱》

片写情,或上片写今,下片写昔等。此词也是以今昔对比,但它是先写今,再写昔,然后又归到今。忆昔是全篇的重点,这一部分通贯上下两片,而不从换头处换意。

上片起头三句,写初春景物。梅花渐渐地稀疏,结冰的水流已经溶解,在东风的煦拂之中,冬天悄悄地走了,春天不声不响地来了。“暗换年华”,指的当然是眼前自然界的变化,但对于自己荣辱穷通所关至巨的政局变化即寓其中。此种双关的今昔之感,直贯结句思归之意。

从“金谷俊游”以下,一直到下片“飞盖妨花”为止,共十一句,都是写的旧游,而以“长记”两字领起,“误随车”固在“长记”之中,即前三句所写在金谷园中、铜驼路上的游赏,也同样在内。但由于格律关系(此词四、五句要实对,如柳永的“东南形胜”一首亦作“烟柳画桥,风帘翠幕”),就把“长记”这样作为领起的字移后了。所以读时不可误会,以为“金谷”三句是写今而非忆昔。只要仔细一点,就不难看出,此三句所写都是欢娱之情,与下片后半所写今日的感伤心绪很不和谐,显然不是一时之事。

在汴京居住达五年之久,“长记”之事,当然可说者甚多,而这首词写的只是两年前春天的那一次游宴。金谷园是西晋石崇的花园,在洛阳西北。铜驼路是西晋都城洛阳皇宫前一条繁华的街道,以宫前立有铜驼而得名。故人们每以金谷、铜驼代表洛阳的名胜古迹。但在本篇里,西晋都城洛阳的金谷园和铜驼路,却是用以借指北宋都城汴京的金明池和琼林苑,而非实指。与下面的西园也非实指曹魏邺都(在今河北临漳西)曹氏兄弟的游乐之地,而是指金明池(因为它位于汴京之西)同。古人诗词中出现的名胜古迹名称,或为实指,或以借喻,要根据诗中情事,具体分析,不可一概而论。如骆宾王《艳情代郭氏答卢照邻》“铜驼路上柳千条,金谷园中花几色”,或系实指;刘禹锡《杨柳枝》“金谷园中莺乱飞,铜驼陌上好风吹”,亦为实指。而元人雅琥《汴梁怀古》云:“荆榛无月泣铜驼”,则显然是以洛阳之典来咏汴梁,与秦词全然相同了。总之,这“金谷”三句,乃是说前年上巳,适值新晴,游赏幽美的名园,漫步繁华的街道,缓踏平沙,非常轻快。

由于记起当年在大道之上,名园之中,“细履平沙”,因而连带想起最令人难忘的“误随车”那件事来。“误随车”出韩愈《游城南十六首》中的《嘲少年》:“直把春偿酒,都将命乞花。只知闲信马,不觉误随车。”而李白的《陌上赠美人》:“白马骄行踏落花,垂鞭直拂五云车。美人一笑褰珠箔,遥指红楼是妾家。”以及张泌的《浣溪沙》:“晚逐香车入凤城,东风斜揭绣帘轻,慢回娇眼笑盈盈。 消息未通何计是?便须佯醉且随行,依稀闻道太狂生。”则都可作随车的注释。不过有有意之随与无心之误的区别而已。士女倾城,春游极盛,在那种"车如流水马如龙"的盛况之下,"误随车"是完全可能的。尽管那次只是"误随",但却引起了词人温馨的遐思,使他对之长远地保持着美好的记忆,在心里萦回不已,难以忘怀。

"正絮翻蝶舞"四句,写春景。时间已由初春到了艳阳天,所以春色也就更其浓丽了。"絮翻蝶舞""柳下桃蹊",正面形容浓春。春天的气息到处洋溢着,人在这种环境之中,自然也就"芳思交加",即心情充满着青春的欢乐了。而且,这浓丽的春光并非作者所能独占,而是被纷纷地送到了沿着"柳下桃蹊"住着的许多人家。这个"乱"字下得极好,它将春色无所不在,乱哄哄地呈现着万紫千红的图景出色地反映了出来。

换头"西园"三句,从美妙的景物写到愉快的饮宴,时间则由白天到了夜晚,以见当时的尽情欢乐。西园借指西池。曹植的《公宴》写道:"清夜游西园,飞盖相追随。明月澄清景,列宿正参差。"曹丕《与吴质书》云:"白日既匿,继以朗月。同乘并载,以游后园。舆轮徐动,参从无声;清风夜起,悲笳微吟。"又云:"从者鸣笳以启路,文学托乘于后车。"词用二曹诗文中意象,写日间在外面游玩之后,晚间又到国夫人园中饮酒、听乐。各种花灯都点亮了,使得明月也失去了她的光辉;许多车子在园中飞驰,也不管车盖擦损了路旁的花枝。写来使人觉得灯烛辉煌,车水马龙,如在目前。"碍"字和"妨"字,不但显出月朗花繁,而且还显出灯多而交映,车众而并驰的盛况。

以上十一句写旧游。把过去写得愈热闹就愈衬出现在的凄凉、寂寞。"兰苑"二句,暗中转折,逼出"重来是事堪嗟",点明怀旧之意,与上"东风暗换年华"相呼应。(兰苑即指金谷、西园之类。是事,犹言每事。)追忆前游,是事可念,而"重来"旧地,则"是事堪嗟",感慨深至。

当年西园夜饮,何等意气!今天酒楼独倚,何等消沉!烟暝旗斜,暮色苍茫,既无飞盖而来的俊侣,也无鸣笳夜饮的豪情,极目所至,已经看不到絮、蝶、桃、柳这样一些春色,只是"时见栖鸦"而已。这时候,当然早已没有了交加的芳思,而宦海风波,仕途蹉跌,也使得词人不得不离开汴京,于是归心也就自然而然地同时也是无可奈何地涌上心头来了。

这首词的主旨是感旧,感时之意即寓其中;由感旧而思归,则盛衰之意自见,故以今昔对照为其基本表现手段。它用大量的篇幅写旧游之乐以反衬今日之牢落衰老,所以感染力特强。这也就是周济《宋四家词选》所说的"两两相形"。如酒楼和金谷、铜驼、西园、兰苑,"烟暝旗斜"和"华灯碍月,飞盖妨花","倚楼"和"随车","栖鸦"和"蝶舞","归心"和"芳思","暗随"与"乱分","天涯"和"人家",

无往而非两两相形,以见今昔之殊,而抒盛衰之感。　　　　（程千帆　沈祖棻）

水 龙 吟　　　　　　　　秦 观

小楼连苑横空,下窥绣毂雕鞍骤①。朱帘半卷,单衣初试,清明
时候。破暖轻风,弄晴微雨,欲无还有。卖花声过尽,斜阳院
落;红成阵,飞鸳鸯。　　　　玉珮丁东别后。怅佳期、参差难又。
名缰利锁,天还知道,和天也瘦。花下重门,柳边深巷,不堪回
首。念多情、但有当时皓月,向人依旧。

〔注〕 ① 前人有批评首二句者。宋俞文豹《吹剑三录》云:"东坡问少游别后有何作? 少游
举'小楼连苑横空,下窥绣毂雕鞍骤'。坡曰:'十三个字只说得一个人骑马楼前过。'"清沈祥龙
说:"词当意余于辞,不可辞余于意。东坡谓少游'小楼连苑横空,下窥绣毂雕鞍骤'二句,只说
得车马楼下过耳,以其辞余于意也。"(《论词随笔》)今人也有不以为然者,如吴世昌以为此说不
确,因为句中非但有马,而且有车,东坡不可能连"绣毂"二字也不识。

　　这是一首赠妓词。《苕溪渔隐丛话前集》卷五十引《高斋诗话》云:"少游在蔡
州,与营妓娄琬字东玉者甚密,赠之词云'小楼连苑横空',又云'玉佩丁东别后'
者是也"。此词颇具特色,深情绵眇,婉转凄侧,从男女两方抒写了别情。其好处
并不在起调,而在上下片两结具有有余不尽的情致。上片从女方着笔,写她在楼
上看到恋人身骑骏马奔驰而去。这个开头是用顿入的手法,一下子闪出两个人
物形象。然后便写别时天气,别时景物。明李攀龙说:"轻风微雨,写出暮春景
色。"又说:"按景缀情,最有余趣。谓笔能生花,信然!"(《草堂诗馀隽》卷二引)所
谓"按景缀情",就是在景物描写中缀入人物的别情。"朱帘"三句,承首句"小楼"
而言,谓此时楼上佳人正身穿春衣,卷起朱帘,出神地凝望着远去的情郎。"破
暖"三句,表面上是写微雨欲无还有,似在逗弄晴天,实际上则缀入女子的思想感
情——它也像当前的天气一样阴晴不定。如果说相别的时间在早晨或午后,那
么这位女子就是一个人在楼上一直等待到红日西斜。以下四句便写这种等待的
过程以及"候人兮猗"(涂山氏《候人歌》)的情绪。轻风送来的卖花声清脆悦耳,
充满着生活的诱惑力,也容易引起人们对美好事物的追求。女主人公想去买上
一枝插在鬓边;可是纵有鲜花,谁适为容? 她没有心思买花,只好让卖花声过去,
过去,直到它过尽。"过尽"二字用得极妙,从中可以想象得到女主人公谛听的神
态、想买又不愿买的惋惜之情。特别巧妙的是,词人将声音的过去同时光的流逝
结合在一起写,若是一字一顿地吟诵"卖花声过尽斜阳院落",便会体会到女主人
公绵绵不尽的感情。歇拍二句,则是以景结情。落红成阵,飞遍鸳鸯(此指井台),

水龙吟（小楼连苑横空）　　　秦　观

——明刊本《诗馀画谱》

景象是美丽的,感情却是悲伤的。花辞故枝,象征着行人离去,也象征着红颜憔悴,最易使人伤怀。它同"飞红万点愁如海"(《千秋岁》)相比,意境有些相似,但却没有点明愁字。不言愁而愁自在其中,因而蕴藉含蓄,带有悠悠不尽的情味。

下片从男方着笔,写别后情怀。"玉珮丁东别后",虽嵌入"东玉"二字,然无人工痕迹,且比起首二句凝练准确,读后颇有"环珮人归"之感。"怅佳期、参差难又",是说再见不易。参差犹差池,即蹉跎、失误。刚刚言别,马上又担心重逢难再,可见人虽远去,而留恋之情犹萦回脑际。至"名缰利锁"三句,始点出不得不与情人分别的原因。古代士人,既向往爱情的幸福,也要追求功名富贵,这是当时社会造成的一种思想矛盾。为了功名富贵,不得不抛下情人,词人思想上是矛盾的、痛苦的,因此发出了诅咒。"和天也瘦"句从李贺《金铜仙人辞汉歌》中"天若有情天亦老"化来。但以瘦易老,却别有情味,明王世贞对此极为赞赏,他说:"词内'人瘦也,比梅花瘦几分',又'天还知道,和天也瘦',又'莫道不销魂,帘卷西风,人比黄花瘦',三瘦字俱妙。"(《弇州山人词评》)它概括了人物的思想矛盾,突出了相思之苦。多少个不眠之夜,多少次辗转反侧……都包含在一"瘦"字中。明沈际飞说:"天也瘦起来,安得生致? 少游自抉其心。"(《草堂诗馀正集》卷五)可谓揭示了"瘦"字的奥妙。"花下"三句,照应首句,回忆别前欢聚之地。此时他虽策马远去,途中犹频频回首,瞻望女子所住的"花下重门,柳边深巷"。着以"不堪"二字,更加刻画出难耐的心情,难言的痛苦。煞尾三句,颇饶余韵,写对月怀人情景,颇有"见月而不见人之憾"(《草堂诗馀隽》卷二)。古代许多诗人也写对月怀人,往往以美好的祝愿,带给读者怡悦欣慰之情。少游则不然,他赋予皓月以人的感情,说他当初曾多情地照着男女双方,如今虽仍像从前一样当空高照,但只照着男子的孑然一身。凄然之感,溢于言外。清人冯煦称他为"古之伤心人也",确有见地。

(徐培均)

八 六 子　　　　　　　　　　　　　　　　　　　秦　观

倚危亭,恨如芳草,萋萋刬尽还生。念柳外青骢别后,水边红
袂分时,怆然暗惊。　　　　无端天与娉婷,夜月一帘幽梦,春风
十里柔情。怎奈向、欢娱渐随流水,素弦声断,翠绡香减,那堪
片片飞花弄晚,蒙蒙残雨笼晴。正销凝,黄鹂又啼数声。

这是一首怀人之词,怀念他曾经相爱过的一个歌女。怀念情侣本是唐、五

代、两宋词中常见的题材,但是由于作者的才情、际遇不同,虽是同样题材的怀人之词,还是出现了许多殊光异彩耐人吟诵之作。秦观这首词就是很有特色的。此词发端三句即很精彩。作者与所怀念之人相别已久矣,独倚危亭,忽睹芳草,因芳草之刈尽还生而联想到离情之缠绵郁结,难以屏除,只用一"恨"字作联系,设想与用笔均极为含蕴空灵,故周济誉为"神来之笔"(《宋四家词选》)。下边两句用"念"字领起追忆。"柳外青骢""水边红袂",分写自己与对方离别时的情况。柳外、水边是幽雅的环境,青骢、红袂是鲜明的形象,当日情景,宛然再现,这是虚景实写。"怆然暗惊"一句,突然落到今日的现实,追忆的梦幻霎时惊醒,遂有无限凄楚之感,也含有离别已久之恨。

下片"无端"三句,再进一步追忆当时欢聚之乐。"无端"是不知何故之意,言老天好没来由,赐予她一份娉婷之姿,致使我为之神魂颠倒。"夜月"二句叙写欢聚情况,借用杜牧诗句以含蓄出之。(杜牧《赠别》诗:"娉娉袅袅十三馀,豆蔻梢头二月初。春风十里扬州路,卷上珠帘总不如。")如果直说,就浅露寡味了。(秦观《满庭芳》词:"销魂。当此际,香囊暗解,罗带轻分",就显得浅露。)"怎奈向"三句("怎奈向"义同"奈何")叹惋好景不常,倏又离散。"素弦声断,翠绡香减",仍是用形象写别离,有幽美凄清之致。"那堪"二句,忽又写当前景物,以景融情。"片片飞花弄晚,蒙蒙残雨笼晴",是凄迷之景,在怀人的深切愁闷中,观此景更增惆怅,故用"那堪"二字领起。结尾"正销凝,黄鹂又啼数声",又是融情入景,有悠然不尽之意。洪迈《容斋四笔》卷十三云:"秦少游《八六子》词云:'片片飞花弄晚,蒙蒙残雨笼晴。正销凝,黄鹂又啼数声。'语句清峭,为名流推激。予家旧有建本《兰畹曲集》,载杜牧之一词,但记其末句云:'正销魂,梧桐又移翠阴。'秦公盖效之,似差不及也。"洪迈指出秦观词此二句是从杜牧词中脱化出来是对的,但是他认为秦词不及杜词,论断并不公允。

秦观这首《八六子》词,若论艺术是很精美的。他写离情并不直说,而是融情于景,以景衬情,也就是说,把景物融化入感情之中,使景物更鲜明而具有生命力,把感情附托在景物之上,使感情更为含蓄深邃。张炎评秦观《八六子》词云:"离情当如此作,全在情景交炼,得言外意。"(《词源》卷下)"情景交炼"四字,很能说出此词的艺术特点。词中无论是叙写当前或追忆过去,都是用鲜明幽美的意象,如"危亭""芳草""柳外青骢""水边红袂""夜月一帘""春风十里""素弦声断""翠绡香减""飞花弄晚""残雨笼晴""黄鹂又啼数声"等,而"青骢""红袂""素弦""翠绡""黄鹂"等,都是用颜色的字面,更增加彩色之美,使人仿佛看到一幅一幅的画图,在幽美的景象中饱含凄楚之情。从章法来说,忽尔写当前,忽尔写过去,交插错综,颇似近来电影中所用的艺术手法。从用笔来说,极为轻灵,空际盘旋,不着重笔。从声律来说,《八六子》这个词调,音节舒缓,回旋宕折,适宜于表达凄楚幽咽之情,读起来觉得如听溪水从山岩中曲折流出的琤琮之音。秦观这首词还有一个特点,就是洗炼得非常精纯,这也是秦观所擅长的。张炎早就指出这一点,他说:"秦少游词,体制淡雅,气骨不衰,清丽中不断意脉,咀嚼无滓,久而知味。"(《词源》卷下)《八六子》这首词,如果反复吟讽,确实使人感到是通体精纯,"咀嚼无滓,久而知味"。

(缪 钺)

满 庭 芳 秦 观

山抹微云,天连衰草,画角声断谯门。暂停征棹,聊共引离尊。多少蓬莱旧事,空回首,烟霭纷纷。斜阳外,寒鸦万点,流水绕孤村。 销魂。当此际,香囊暗解,罗带轻分。谩赢得青楼,薄幸名存。此去何时见也,襟袖上,空惹啼痕。伤情处,高城望断,灯火已黄昏。

有不少词调,开头两句八个字,便是一副工致美妙的对联。宋代名家,大抵皆向此等处见工夫,逞文采。诸如"做冷欺花,将烟困柳","叠鼓夜寒,垂灯春浅"……一时也举他不尽。这好比名角出台,绣帘揭处,一个亮相,丰采精神,能把全场"笼罩"住。试看那"欺"字"困"字,"叠"字"垂"字……词人的慧性灵心、情肠意匠,早已颖秀葩呈,动人心目。

然而,要论个中高手,我意终推秦郎。比如他的"碧水惊秋,黄云凝暮",何等神笔! 至于这首《满庭芳》的起拍开端"山抹微云,天连衰草",更是雅俗共赏,只此一个出场,便博得满堂碰头彩,掌声雷动——真好看煞人!

这两句端的好在何处?

大家先就看上了那"抹"字。好一个"山抹微云"! "抹"得奇,新鲜,别有意趣!

"抹"又为何便如此新奇别致,博得喝彩呢?

须看他字用得妙,有人说是文也而通画理。

抹者何也? 就是用别一个颜色,掩去了原来的底色之谓。所以,唐德宗在贞元时阅考卷,遇有理不通的,他便"浓笔抹之至尾"(煞是痛快)! 至于古代女流,则时时要"涂脂抹粉",罗虬写的"一抹浓红傍脸斜",老杜说的"晓妆随手抹",都是佳例,其实亦即用脂红别色以掩素面本容之义。

如此说来,秦郎所指,原即山掩微云,应无误会。

但是如果他写下的真是"山掩微云"四个大字,那就风流顿减,而意致无多了。学词者宜向此处细心体味。同是这位词人,他在一首诗中却说:"林梢一抹青如画,知是淮流转处山。"同样成为名句。看来,他确实是有意地运用绘画的笔法而将它写入了诗词,人说他"通画理",可增一层印证。他善用"抹"字,一写林外之山痕,一写山间之云迹,手法俱是诗中之画,画中之诗,其致一也。只单看此词开头四个字,宛然一幅"横云断岭"图。

出句如彼,且看他对句用何字相敌?他道是:"天连衰草。"

于此,便有人嫌这"连"字太平易了,觉得还要"特殊"一点才好。想来想去,想出一个"黏"字来。想起"黏"字来的人,起码是南宋人了,他自以为这样才"炼字"警策。大家见他如此写天际四垂,远与地平相"接",好像"黏合"了一样,用心选辞,都不同常俗,果然也是值得击节赞赏!

我却不敢苟同这个对字法。

何以不取"黏"字呢?盖少游时当北宋,那期间,词的风格还是大方家数一派路子,尚无十分刁钻古怪的炼字法。再者,上文已然着重说明:秦郎所以选用"抹"并且用得好,全在用画入词,看似精巧,实亦信手拈来,自然成趣。他断不肯为了"敌"那个"抹"字,苦思焦虑,最后认上一个"黏",以为"独得之秘"——那就是自从南宋才有的词风,时代特征是不能错乱的。"黏"字之病在于:太雕琢,——也就显得太穿凿;太用力,——也就显得太吃力。艺术是不以此等为最高境界的。况且,"黏"也与我们的民族画理不相贴切,我们的诗人赋手,可以写出"野旷天低","水天相接"。这自然也符合西洋透视学;但他们还不致也不肯用一个天和地像是黏合在一起这样的"修辞格",因为画里没有这样的概念。这其间的分际,是需要仔细审辨体会的:大抵在选字工夫上,北宋词人宁肯失之"出",而南宋词人则有意失之"入"。后者的末流,就陷入尖新、小巧一路,专门在一二字眼上做扭捏的工夫;如果以这种眼光去认看秦郎,那就南其辕而北其辙了。

以上是从艺术角度上讲根本道理。注释家似乎也无人指出:少游此处是暗用寇準的"倚楼无语欲销魂,长空黯淡连芳草"的那个"连"字。岂能乱改他字乎?

说了半日,难道这个精彩的出场,好就好在一个"抹"字上吗?少游在这个字上享了盛名,那自是当然而且已然,看他的令婿在宴席前遭了冷眼时,便"遽起,叉手而对曰:'某乃山抹微云女婿也!'"可见其脍炙之一斑。然而,这一联八字的好处,却不会"死"在这一两个字眼上。要体会这一首词通体的情景和气氛,上来

满庭芳（山抹微云）   秦 观

的这八个字已然起了一个笼罩全局的作用。

山抹微云，非写其高，写其远也。它与"天连衰草"，同是极目天涯的意思——这其实才是为了惜别伤怀的主旨，而摄其神理。懂了此理，也不妨直截地说极目天涯就是主旨。

然而，又须看他一个山被云遮，便勾勒出一片暮霭苍茫的境界；一个衰草连天，便点明了暮冬景色惨淡的气象：整个情怀，皆由此八个字里而透发，而"弥漫"。学词者于此不知着眼，翻向一二小字上去玩弄，或把少游说成是一个只解"写景"和"炼字"的浅人，岂不是见小而失大乎。

八字既明，下面全可迎刃而解了："画角"一句，加倍点明时间。盖古代傍晚，城楼吹角，所以报时，正如姜白石所谓"正黄昏，清角吹寒，都在空城"，正写那个时间。"暂停"两句，才点出赋别、饯送之本事。——词笔至此，能事略尽，——于是无往不收，为文必转，便有回首前尘、低回往事的三句，稍稍控提，微微唱叹。妙在"烟霭纷纷"四字，虚实双关，前后相顾。——何以言虚实？言前后？试看纷纷之烟霭，直承"微云"，脉络晓然，乃实有之物色也，而昨日前欢，此时却忆，则也正如烟云暮霭，分明如在，而又迷茫怅惘，全费追寻了。此则虚也。双关之趣，笔墨之灵，允称一绝。

词笔至此，已臻妙境，而加一推宕，含情欲见，而无用多申，只将极目天涯的情怀，放在眼前景色之间，——就又引出了那三句使千古读者叹为绝唱的"斜阳外，寒鸦万点，流水绕孤村"。又全似画境，又觉画境亦所难到。叹为高手名笔，岂虚誉哉。

词人为何要在上片歇拍之处着此"画"笔？有人以为与正文全"不相干"。真的吗？其实"相干"得很。莫把它看作败笔泛墨，凑句闲文。读过元人马致远的名曲《天净沙》："枯藤老树昏鸦；小桥流水人家；古道西风瘦马，——夕阳西下：断肠人在天涯"，人人称赏击节，果然名不虚传。但是，不一定都悟到马君暗从秦郎脱化而来。少游写此，全在神理，泯其语言：盖谓，天色既暮，归禽思宿，人岂不然？流水孤村，人家是处，歌哭于斯，亦乐生也。而自家一身微官漂落，去国离群，又成游子，临歧城郊帐饮，哪不执手哽咽乎？

我很小时候，初知读词，便被它迷上了！着迷的重要一处，就是这归鸦万点，流水孤村，真是说不出的美！调美，音美，境美，笔美。神驰情往，如入画中。后来才明白，词人此际心情十分痛苦，他不是死死刻画这一痛苦的心情，却将它写成了一种极美的境界，令人称奇叫绝。这大约就是我国大诗人大词人的灵心慧性、绝艳惊才的道理了吧？

我常说：少游这首《满庭芳》，只须着重讲解赏析它的上半阕，后半无须婆婆妈妈，逐句饶舌，那样转为乏味。万事不必"平均对待"，艺术更是如此，倘昧此理，又岂止笨伯之讥而已。如今只有两点该当一说：

一是青楼薄幸。尽人皆知，此是用"杜郎俊赏"的典故：杜牧之，官满十年，弃而自便，一身轻净，亦万分感慨，不屑正笔稍涉宦场一字，只借"闲情"写下了那篇有名的"十年一觉扬州梦，赢得青楼薄幸名"，其词意怨甚，愤甚，亦谑甚矣！而后人不解，竟以小杜为"冶游子"。人之识度，不亦远乎。少游之感慨，又过乎牧之之感慨。少游有一首《梦扬州》，其中正也说是"离情正乱，频梦扬州"，是追忆"殢酒为花，十载因谁淹留？"忘却此义，讲讲"写景""炼字"以为即是懂了少游词，所失不亦多乎哉。

二是结尾。好一个"高城望断"。"望断"二字是我从一开头就讲了的那个道理，词的上片整个没有离开这两个字。到煞拍处，总收一笔，轻轻点破，颊上三毫，倍添神采。而灯火黄昏，正由山有微云——到"纷纷烟霭"（渐重渐晚）——到满城灯火，一步一步，层次递进，井然不紊，而惜别停杯，流连难舍，维舟不发……也就尽在"不写而写"之中了。

作词不离情景二字，境超而情至，笔高而韵美，涵咏不尽，令人往复低回，方是佳篇。雕绘满眼，意纤笔薄，乍见动目，再寻索然。少游所以为高，盖如此才真是词人之词，而非文人之词、学人之词……所谓当行本色，即此是矣。

有人也曾指出，秦淮海，古之伤心人也。其语良是。他的词，读去乍觉和婉，细按方知情伤，令人有凄然不欢之感。此词结处，点明"伤情处"，又不啻是他一部词集的总括。我在初中时，音乐课教唱一首词，使我十几岁的少小心灵为之动魂摇魄，——

> 西城杨柳弄春柔，动离忧，泪难收。犹记多情，曾为系归舟。碧野朱桥当日事，——人不见，水空流！……

每一吟诵，追忆歌声，辄不胜情，"声音之道，感人深矣"，古人的话，是有体会的。然而今日想来，令秦郎如此长怀不忘、字字伤情的，其即《满庭芳》所咏之人之事乎？

（周汝昌）

满 庭 芳　　　　　　　　　　秦　观

红蓼花繁，黄芦叶乱，夜深玉露初零。霁天空阔，云淡楚江清。独棹孤篷小艇，悠悠过、烟渚沙汀。金钩细，丝纶慢卷，牵动一潭星。　　时时横短笛，清风皓月，相与忘形。任人笑生涯，泛梗飘萍。饮罢不妨醉卧，尘劳事、有耳谁听？江风静，日高未起，枕上酒微醒。

词的上阕可以说是一幅清江月夜独钓图。

蓼花红艳繁簇，芦叶衰黄零乱，夜深了，白露刚刚降下来。作者选取了三种最能表现秋江夜色的典型景物，透过设色的明与暗，造境的野而幽，烘托出江边的凄清气氛。这是写地上所见。

接着再对秋夜江天作大笔的渲染——

"雾天空阔，云淡楚江清"。秋高云淡，水天一色，境界阔大，虽有败芦残苇杂处其间（这正所以成其为秋景），却并不怎样令人感慨兴悲。开头五句全是写景，似乎完全不夹杂人的感情，但"一切景语皆情语"，秦观所作的这种景语，与他所要抒发的感情水乳交融，从而收到借景抒情的艺术效果。

下面转入情事的抒写。首先是："独棹孤篷小艇，悠悠过、烟渚沙汀。"小艇、孤篷，又是独棹——船上只有自己一个人。这样景况应该说够寂寞了吧。可是这位独棹孤舟的人，却是优哉悠哉地驶过烟雾迷离的沙岸小洲。这里词人透过表达特定情境的"独""孤""小"和"悠悠"等字，把一件本是江中荡舟的极平常事，不仅写得摇曳生姿，而且充分表达出此刻"这一个"人的生活情趣。

不知什么时候，他的"孤篷小艇"停了下来，接着是"金钩细，丝纶慢卷，牵动一潭星"。他垂钓江中，悬着细钩的丝线，慢慢的从水中拉起，倒映水中的星星，似乎也被牵动起来了。"慢卷"，表明垂钓时的闲裕，与"悠悠过"绾合。而收卷钓丝后泛起水面涟漪，向外扩展，使一派水面上倒映的星光动荡不已，如果不是细致观察、体验，便不会写得这样美妙。秦观在《临江仙》词里也有"微波澄不动，冷浸一天星"之句，写的是夜泊潇湘浦口，月高风定，秋水澄蓝，水不动，星亦不动，如浸水中，一片静景，与此词的丝纶垂钓，"牵动一潭星"的以动写静，各擅其妙，可谓善写水中星影者。上阕有景物有情事，景物和情事的搭配，表现出泛江垂钓者的悠然自得情趣。苏轼称赞王维的诗，说他"诗中有画"。就这首作品来看，也可以说"词中有画"了。

换头三句是上阕结尾三句情事的继续，只不过不再是垂钓，而是吹笛了。"时时横短笛"，看来今天夜晚，当小船悠悠地在水面漂动时，当"丝纶慢卷"后，他曾不止一次地吹过短笛。在寂寞秋江之上，当他吹笛发出悠扬之声的时候，他觉得陪伴着自己的有"清风皓月"，"相与忘形"——彼此都脱略形迹，忘却你我的区别，物我一体。这几句，写出了词人此刻的怡然自得，更写出了他的恬淡情怀，或者还微微夹杂一些儿感慨吧,所以逼出来下面似达观似郁结的一句:"任人笑生涯,泛梗飘萍。"秦观早年一度漫游,过的是"泛梗飘萍"的生涯。不过词人说"任人笑",而自己并不在乎;不仅不在乎,还要"饮罢"而"醉卧",因为"尘劳事有耳谁听"——对于世间烦恼扰心的种种不如意事,有耳朵也不会去听了。

最后三句,在"饮罢""醉卧"之后,一枕沉酣,直到天明。秋江风静,水波不兴,忘掉尘世间一切烦恼的人,尽管太阳高高升起,他还躺在枕上,而酒不过刚刚醒来罢了。

整首词景色如画,虽有"红蓼花繁",但全幅画面淡素雅洁,清丽恬静。作者写来情景融和,直抒胸臆,表现出他对"泛梗飘萍"生涯很自得,看似淡然、坦然,实际上郁积着不平和愤懑的心情。透过表象,结合秦观的为人,看他的"任人笑"的话语,显然是"弦外有音"——而这,与他的写景、抒情又融合为一,含蓄不露,从而造就成一件"咀嚼无滓,久而知味"(张炎《词源》)的精美艺术品。（艾治平）

<h2 style="text-align:center">满　庭　芳　　　　　　　秦　观</h2>

碧水惊秋,黄云凝暮,败叶零乱空阶。洞房人静,斜月照徘徊。又是重阳近也,几处处、砧杵声催。西窗下,风摇翠竹,疑是故人来。　　伤怀!增怅望,新欢易失,往事难猜。问篱边黄菊,知为谁开?谩道愁须殢酒,酒未醒、愁已先回。凭栏久,金波渐转,白露点苍苔。

这是一首写伤离怀旧的词,从词中的"新欢易失,往事难猜"两句来看,应当是遭贬谪以后的作品。

秦少游的词,以"情韵兼胜"而被人们广泛传诵,历久不衰。他的"情韵兼胜"的艺术风格是在景物的描写中来展现的。人,都是在特定的自然环境中活动的,四季景物的变化,不能不对人们的感情有所触动,正如《文心雕龙·物色》所说:"物色之动,心亦摇焉。"而由于每个人的社会地位、遭遇、情绪以及审美趣味的不同,他们心目中的自然景物,也无不具有自己的感情色彩。借景写情,是诗词里,特别是词里最常用的艺术手法。前人对这个问题有很多论述。况周颐说:"盖写景与言情,非二事也。善言情者,但写景而情在其中。"(《蕙风词话》卷二)王国维甚至说:"世人论诗词,有景语、情语之别,不知一切景语皆情语也。"(《人间词话删稿》)在词里被人们广泛传诵的警句、秀句,大多是景语,可以证实他们的论断的正确性。善于融情入景,既显豁,又含蓄,可以说是秦少游在词的艺术上的一项重要成就,在这首词里,可以很清楚地看出他的抒情的艺术手段。

这首词的意境乃从宋玉的《九辩》化出。开头三句:"碧水惊秋,黄云凝暮,败叶零乱空阶。"地上,一片碧水放出了冷光,感到"薄寒中人",不觉惊叹时序变迁之速;天上,几片黄云在逐渐凝聚,掩没了微弱的阳光,大地呈现出苍茫的暮色,台阶上堆积着零乱的黄叶。浓重的衰飒气氛,烘托出词人此时此地的心境。这三句和他另一首《满庭芳》的起首三句"山抹微云,天连衰草,画角声断谯门",同样是写秋天的黄昏景色,但两者相比,前者显得更加衰飒。"惊""凝"二字集中地表现出词人对一片萧瑟景象的主观感受,加重了所写景物的感情色彩,反映出他的凄苦心情。"黄云"一句,语本于李义山诗"秋风动地黄云暮",而着一"凝"字,就比原句显得沉着有力。"洞房人静,斜月照徘徊。""人静",而词人不静,他心思潮涌,在斜月照耀之下,徘徊不定,陷入了沉思之中。"又是重阳近也,几处处、砧杵声催"。这几句不是泛泛地点明时序,而蕴蓄着很深的感慨。九月,正是"授衣"的时候。老杜诗说:"寒衣处处催刀尺,白帝城高急暮砧。"(《秋兴》八首之一)这是老杜在夔州秋天日暮听的砧杵声时的感受。漂泊异乡,到此时,很自然地会起故园之思,而对于接连遭受政治排斥的词人来说,当这种声音清晰地传入他的耳鼓时,他的感受如何呢?细玩"又是"二字和"催"字,反复吟味,不难体会出这几句话里渗透着无限的悲凉情绪:时光在一年一年地消失,而苦恨何时能休!"又是重阳近也"和另一首《满庭芳》中的"此去何时见也"是同一句法,而前边一句尤极委婉之致。"西窗下,风摇翠竹,疑是故人来。"在写景中透露出怀人的情思,是全词的主旨所在。这几句是从唐人李益诗句"开门风动竹,疑是故人来"化出,易"动"为"摇",写出了竹影扶疏的风神,同时也反映出对故人的情意。

换头"伤怀!增怅望,新欢易失,往事难猜"几句紧承上片结句,婉转地表达出在遭贬谪以后的生活历程和伤离怀旧的情绪。宋哲宗绍圣初年,章惇等人执政,把所有和司马光、苏轼有点关系的人,甚至毫无牵连而为他们所忌恨的人物,一概目为"元祐党人",加以贬斥。险恶的政治风浪,冲散了词人的友好亲朋,这中间是没有什么是非曲直可言的。人情反复,世态炎凉,在贬谪中不会有什么新欢,即使有,也会很快失去;生平故旧,或存或亡,即使存者,也天各一方,对于往事还能想些什么呢?只有怅惘而已。"新欢易失,往事难猜"两语浓缩了词人的千愁万恨,低回欲绝,但也只说到这里为止,再发泄,就不成为他的婉约词风。宋玉《九辩》中说:"憯凄增欷兮,薄寒之中人;怆怳忼悢兮,去故而就新。坎壈兮,贫士失职而志不平;廓落兮,羁旅而无友生;惆怅兮,而私自怜!"可以作为词人此时心境的写照。菊花,是秋天的花,它的盛开,表明了时序已到了深秋。"问篱边黄菊,知为谁开?"忽然向花发问,而且问得很奇,花还有专为某人开的吗? 原来这是有来历的,唐人《惜花》诗说:"春光冉冉归何处? 更向尊前把一杯。尽日问花花不语,为谁零落为谁开?"大概是最早的开了问花之风。秦少游的师尊苏东坡,在《吉祥寺花将落而述古不至》一诗里说:"今岁东风巧剪裁,含情只待使君来。对花无信花应恨,直恐明年便不开。"足见花是有感情的,它可以专为某人而开。他又在《述古闻之明日即至坐上复用前韵同赋》诗里说:"太守问花花有语,为君零落为君开。"不仅问了花,而且花还作了回答,这都是多情的诗人所赋予的花的感情,所虚构的花的形象,已成了往事。秦少游这几句有可能是从东坡那里学来的,也有可能是直接从唐人的诗句化出。把问春花改为问秋菊,不止是为了表明时令,和下边几句联系起来看,它还有更深刻的意义。"谩道愁须殢酒,酒未醒、愁已先回"。这几句和上边两句初看似乎没有什么联系,实际上是紧密相连。唐人原诗里有"更向尊前把一杯"的话,春花前可以把酒,陶渊明喜欢吃酒,喜欢菊花,是尽人皆知的,"东篱把酒"似乎来头更大一些,也更自然一些。但在这里,从词人的发问语气里可以判断出他已无心赏花;为什么呢? 因为无心把盏;为什么呢? 因为即使吃醉了酒,也解不了愁;为什么呢? 因为"酒未醒,愁已先回"。就这样,把黄花与酒以及解愁与否联系起来,感情跌宕,喷涌而出,步步进逼,最后说出一句最深挚、最动情的话:酒敌不过愁。这是一句久经苦难的词人的肺腑之言,中间蕴蓄着词人的无限辛酸。比起他的"便做春江都是泪,流不尽,许多愁"(《江城子》)来,更为凄婉动人。这样的回肠荡气的词境,在婉约词人中很少能够达到。歇拍三句"凭栏久,金波渐转,白露点苍苔",以景语作结。词情摇曳,回旋不尽,产生出很强的艺术感染力。

这首词从景语开始,以景语结束,在层层铺叙、描写中渗透着强烈的感情,但又委婉深至,不显得发露,构成了"情韵兼胜"的风格。他的最著名的作品,如《满庭芳》(山抹微云、晓色云开)、《江城子》(西城杨柳弄轻柔)、《踏莎行》(雾失楼台)、《千秋岁》(水边沙外)等,都是这种写法,都是景中透情,气脉贯串,显示出他的婉约词风。宋末著名词人张炎说:"秦少游词,体制淡雅,气骨不衰,清丽中不断意脉,咀嚼无滓,久而知味。"(《词源》卷下)所指的就是这一类作品。

(李廷先)

<h2 align="center">江 城 子   秦观</h2>

西城杨柳弄春柔,动离忧,泪难收。犹记多情曾为系归舟。碧

野朱桥当日事,人不见,水空流。　　韶华不为少年留。恨悠悠,几时休? 飞絮落花时候一登楼。便做春江都是泪,流不尽,许多愁。

这是一首暮春怀人之作。上片是由杨柳勾起的回忆,下片是抒情中所作的比兴修辞,均自然而具特色。

杨柳在词中扮演了一个重要角色,首句便是"西城杨柳弄春柔"。这柳色,通常能使人联想到青春及青春易逝,又可以使人感春伤别。"弄春柔"的"柔"字,便有百种柔情,"弄"字则有故故撩拨之意。赋予无情景物以有情,寓拟人之法于无意中。(试比较张先"云破月来花弄影"的名句。)"杨柳弄春柔"的结果,便是惹得人"动离忧,泪难收"。这"泪"字,是词中又一个关键字,说详后。以下写因柳而有所感忆:"犹记多情曾为系归舟。碧野朱桥当日事,人不见,水空流。"这里已给读者足够的暗示,这杨柳不是任何别的地方的杨柳,而是靠近水驿的长亭之柳,所以当年曾系归舟,曾有离别情事在这地方发生。那时候,一对情侣或至友,就踏过红色的板桥,眺望春草萋萋的原野,在这儿话别。一切都记忆犹新,可是眼前呢,风景不殊,人儿已天各一方了。"水空流"三字表达的惆怅是深长的。在写"泪"之后写到"水",似不经意,其实已为下片煞拍的设喻作了伏笔,这正是词中机杼所在。

好景不常,凡人都有这类感慨。过片却特别强调"韶华不为少年留",那是因为少年既是风华正茂,又特别善感的缘故,所谓既得之,患失之。"恨悠悠,几时休?"两句无形中又与前文的"泪难收""水空留"唱和了一次,这样,一个巧妙的比喻已水到渠成。只需要一个适当的诱因,于是便有"飞絮落花时节一登楼"的描写。"一登楼",可见不常登楼。而不登则已,"一登"就在这杨花似雪的暮春时候,真正是感如之何? 感如之何? 这就逼出最后的妙喻:"便做春江都是泪,流不尽,许多愁。"它妙就妙在一下子将从篇首开始逐渐写出的泪流、水流、恨流挽合做一江春水,滔滔不尽地向东奔去,使读者沉浸在感情的洪流中。这比喻不是突如其来的,而是逐渐汇合的,说它水到渠成,也就是说它自然而具特色。

至此,读者便会感到这比喻又显然受到李后主"问君能有几多愁,恰似一江春水向东流"名句的影响,甚至可以说是从此翻新的。那末它新在何处呢?细味后主之句作问答语,感情是哀痛而澎湃汹涌的;少游之句改作假设语("便做……"),语气就微婉得多,表达的感情则较缠绵伤感。前者之美是"阳刚"的,后者却稍近"阴柔";都是为具体的情感内容所制约,故各得其宜。　　　　(周啸天)

鹊　桥　仙　　　　　　　秦　观

纤云弄巧，飞星传恨，银汉迢迢暗渡。金风玉露一相逢，便胜却人间无数。　　　柔情似水，佳期如梦，忍顾鹊桥归路。两情若是久长时，又岂在朝朝暮暮。

"七夕"是一个美好而又充满神话色彩的节日。杜牧《七夕》诗云："天阶夜色凉如水，卧看牵牛织女星。"相传这天夜晚（阴历七月初七）是分居银河两侧的牛郎织女，一年一度相会的日子。织女是织造云锦的巧手，所以，这天夜晚，天空的云彩特别好看。旧时风俗，少女们要于此夜陈设瓜果，朝天礼拜，向织女"乞巧"。这个汉魏以来就流传着的美丽神话，引起了古往今来多少诗人的咏叹。其中能长久地脍炙人口，传诵不衰的绝唱，则要推秦少游这首《鹊桥仙》了。

词一开始即写"卧看牵牛织女星"时初秋夜空美景："纤云弄巧"，轻柔多姿的云彩，变化出许多优美巧妙的图案，显示出织女的手艺真是精巧无伦啊！可是，这样美好的人儿，却不能与自己心爱的人共同过美好的生活。"飞星传恨"，那些闪亮的星星仿佛都在传递着他们的离愁别恨，正在飞驰长空。这两句写云，写星星，都具有人的情意，那"纤云"着意"弄巧"，似乎为这对爱侣的团聚而高兴；而"飞星"也在为他们传情递意而奔忙，这种写法可谓"化景物为情思"了。

接着写织女渡银河。《古诗十九首》云："河汉清且浅，相去复几许？盈盈一水间，脉脉不得语。""盈盈一水间"，近在咫尺，似乎连对方的神情语态都宛然在目。这里，秦观却写道："银汉迢迢暗渡"，以"迢迢"二字形容银河的辽阔，牛女相距之遥远。这样一改，感情深沉了，突出了相思之苦。迢迢银河水，把两个相爱的人隔开，相见多么不容易！"暗渡"二字既点"七夕"题意，同时紧扣一个"恨"字，他们踽踽宵行，千里迢迢来相会，那深情挚意真像长河秋水源远流长啊！

按说接下来就是写牛女相会的场面了。可是高明的词人不作实写，却宕开笔墨，以富有感情色彩的议论赞叹道："金风玉露一相逢，便胜却人间无数！"一对久别的情侣在金风玉露之夜，在碧落银河之畔相会了，这是多么美好幸福的时刻，天上一次相逢，就抵得上人间千遍万遍呀！词人热情歌颂了一种理想的圣洁而永恒的爱情。"金风玉露"用李商隐《辛未七夕》诗："恐是仙家好别离，故教迢递作佳期。由来碧落银河畔，可要金风玉露时。"用以描写七夕相会的时节风光，同时还另有深意，词人把这次珍贵的相会，映衬于金风玉露、冰清玉洁的背景之下，显示出这对爱侣心灵的高尚纯洁。

"相见时难别亦难",以上写"佳期相会",下面便是"依依惜别"。"柔情似水",那两情相会的情意啊,就像悠悠无声的流水,是那样的温柔缠绵。而一夕佳期竟然像梦幻一般倏然而逝,才相见又分离,怎不令人心碎!"柔情似水","似水"照应"银汉迢迢",即景设喻,十分自然。"佳期如梦",除言相会时间之短,还写出爱侣相会时的复杂心情。平日他俩只有梦中相见,此时真的相会,却又"乍见翻疑梦"了!"忍顾鹊桥归路",转写分离,刚刚借以相会的鹊桥,转瞬间又成了和爱人分别的归路。不说不忍离去,却说怎忍看鹊桥归路,婉转语意中,含有无限惜别之情,含有无限辛酸眼泪。

作者写这几句词,似乎他的感情已和词中主人公融成一片,进入"不知何者为我,何者为物"的化境了。回顾佳期幽会,疑真疑假,似梦似幻,及至鹊桥言别,恋恋之情,已至于极。词笔至此忽又空际转身,爆发出高亢的音响:"两情若是久长时,又岂在朝朝暮暮!"这掷地作金石声的警句,使全篇为之一振。

"多情自古伤离别",固然是人之常情,而秦观这两句词却揭示了爱情的真谛:爱情要经得起长久分离的考验,只要能彼此真诚相爱,即使终年天各一方,也比朝夕相伴的庸俗情趣可贵得多。这两句又是感情色彩很浓的议论,它与上片的议论遥相呼应,也与上片同样结构,叙事和议论相间,从而形成全篇联绵起伏的情致。而更可贵的是:词的命意超绝。正如明人沈际飞评曰:"(世人咏)七夕,往往以双星会少离多为恨,而此词独谓情长不在朝暮,化朽腐为神奇!"诚然,这种正确的恋爱观,这种高尚的精神境界,远远超过了古代同类作品,是十分难能可贵的。

就全篇而言,这首写神话故事的词,句句是天上,句句写双星,而又句句写人间,句句写人情,天人合一,成为千古抒情绝唱。其抒情,悲哀中有欢乐,欢乐中有悲哀,悲欢离合,起伏跌宕。词中有写景,有抒情,有议论,虚实兼顾,熔情、景、理于一炉。有趣的是,婉约词家在写作上常以议论为病,而今作为婉约派大师的秦少游,直接在这篇名作中抒发了议论:"金风玉露一相逢,便胜却人间无数","两情若是久长时,又岂在朝朝暮暮"。这些自由流畅的句子,近于散文,却更显得婉约蕴藉,余味盎然。这说明议论运用得好,也能赢得极好的艺术效果的。

(高　原)

减字木兰花　　　　　　　　　　秦　观

天涯旧恨,独自凄凉人不问。欲见回肠,断尽金炉小篆香。　　黛蛾长敛,任是春风吹不展。困倚危楼,过尽飞鸿字字愁。

这首词写一位独处高楼的女子深长的离愁。

起句陡峭，由情直入。"天涯"点明所思远隔，"旧恨"说明分离已久，四字写出空间、时间的悬隔，为"独自凄凉"张本。独居高楼，已是凄凉，而这种孤凄的处境与心情，竟连存问同情的人都没有，就更觉得难堪了。"人"可以理解为泛指，但也不妨包括所思念的远人在内，这与下片结句"过尽飞鸿字字愁"联系起来体味，就可以看得比较清楚。两句于伤离嗟独中含有怨意。

"欲见回肠，断尽金炉小篆香。"篆香，盘香，因其形状回环如篆，故称。两句是说要想了解她内心的痛苦吗？请看金炉中寸寸断尽的篆香！盘香的形状恰如人的回肠百转，这里就近取譬，触物兴感，显得自然浑成，不露痕迹。"断尽"二字着意，突出了女主人公柔肠寸断、一寸相思一寸灰的强烈感情状态。这两句在哀怨伤感中寓有沉痛激愤之情。上片四句，前两句直抒怨情，后两句借物喻情，笔法变化，而感情则怨愤沉痛。

过片从内心转到表情的描写："黛蛾长敛，任是春风吹不展。"在人们的意念中，和煦的春风给万物带来生机，它能吹开含苞的花朵，展开细眉般的柳叶，似乎也应该吹展人的愁眉，但是这长敛的黛蛾，却是任凭春风吹拂，也不能使它舒展，足见愁恨的深重。这和辛弃疾《鹧鸪天》词"春风不染白髭须"同一机杼，都可谓无理而妙。"任是"二字，着意强调，加强了愁恨的分量。读到这两句，眼前便会浮现在拂面春风中双眉紧锁、脉脉含愁的女主人公形象。

"困倚危楼，过尽飞鸿字字愁。"结拍两句，点醒女主人公独处高楼的处境和引起愁恨的原因。高楼骋望，见怀远情殷，而"困倚""过尽"，则骋望之久，失望之深自见言外。旧有鸿雁传书之说，仰观飞鸿，自然会想到远人的书信，但"过尽"飞鸿，却盼不到来自天涯的音书。因此，这排列成行的"雁字"，在困倚危楼的闺人眼中，便触目成愁了。两句意蕴与温庭筠《望江南》词"过尽千帆皆不是，斜晖脉脉水悠悠，肠断白蘋洲"相似，而秦观的这两句，主观感情色彩更为浓烈。

张炎说："秦少游词，体制淡雅，气骨不衰，清丽中不断意脉。"（《词源》卷下）这首词正是清而有骨，意脉贯通的显例。全篇四韵，每韵均为一个四字句、一个七字句，这种形式，相对来说比较呆板，很容易造成各韵之间不相联属的断片结构。这首词却以一个"愁"字贯穿全篇。首韵总提虚领，点明"天涯旧恨"，是"愁"的总根；次韵借物喻愁，写内心的痛苦；三韵借外形的描写进一步写愁绪之深重；四韵又从主人公对外物的主观感受写愁，并点明愁的直接原因，以"过尽飞鸿"不见音书,回应篇首的"独自凄凉人不问",首尾相应,一意贯串。全词基调虽偏于感伤,但并不显得柔靡纤弱,字里行间,流露出一种深沉的怨愤激楚之情,特别是每韵七字句的头两个字(独自、断尽、任是、过尽),都用重笔着意强调,显出感情的强度力度,加上词采的清丽,读来便明显感到它的清而有骨了。 (刘学锴)

画 堂 春 秦观

落红铺径水平池,弄晴小雨霏霏。杏园憔悴杜鹃啼,无奈春归。 柳外画楼独上,凭栏手撚花枝。放花无语对斜晖,此恨谁知。

秦观是北宋词坛上一位重要的作者,这一则自然是因为他的词具有一种婉约纤柔的特美;再则也因为这种特美,与词之性质有特别相近之处;因此当词之发展,已经在苏轼手中达到了诗化之高峰以后,秦观词的成就,就更有了一种对词之本质重新加以认定的意义。而其后较秦观时代稍晚的一些作者,如贺铸、周邦彦诸人,其作风乃多近于秦,而并不近于苏,所以陈廷焯《白雨斋词话》(卷一)乃谓"秦少游自是作手,近开美成,导其先路"。而更可注意的则是秦观词中所表现的婉约纤柔之特美,乃全出于其心灵中一份敏锐善感之天性的资质,所以虽然是对词之本质的回归,然而与以前五代的《花间集》和北宋初年的晏殊、欧阳修诸人的词风,则又各有不同。《花间集》中的作品大多为歌筵酒席之艳歌,其纤柔婉丽之品质,乃是与现实之女性结合有密切之关系者,而并不必为作者个人心性品质之流露,这是秦观词之所以与《花间集》中一些纤柔婉丽之作,表面上作风虽然看似相近,而实际上却有所不同的缘故。至于晏、欧的一些小词,则又因为他们在学问事功方面各有过人的成就,因此在他们的小词中,也就隐然结合了个人的怀抱修养,而如此也就并不仅是其心性本质单纯自然之流露了,这是秦观词之所以与晏、欧的某些纤柔婉丽的小词虽看似相近,而实际上却也有所不同的缘故。所以刘熙载在其《艺概·词曲概》中,乃云"秦少游词得《花间》《尊前》遗韵,却能自出清新"。冯煦在其《宋六十一家词选例言》中,亦云"他人之词,词才也;少游,词心也,得之于内,不可以传"。这些评语都不失为对秦观词的体会有得之言。现在我们就将以这一首《画堂春》词为例证,来对秦观词的此种出于心性之本质的婉约纤柔之特点,一加赏析。

这是一首伤春之词。伤春原是自唐五代以来,词人所经常叙写的一个主题。即以《花间集》而言,如温庭筠《菩萨蛮》词的"杨柳又如丝,驿桥春雨时",韦庄《谒

画堂春（落红铺径水平池）　　　　　秦　观

——明刊本《诗馀画谱》

金门》词的"满院落花春寂寂,断肠芳草碧"。还有晏殊《浣溪沙》词的"满目山河空念远,落花风雨更伤春",及欧阳修《玉楼春》词的"直须看尽洛城花,始共春风容易别",便也都是写伤春之情的小词。但温、韦所写的乃是以男女之相思离别为主的伤春之情,而晏、欧所写的则一则表现了圆融的观照,一则表现了豪宕的意兴,都隐然有个人的襟抱修养流露于其间。可是秦观这一首小词所写的,却只是由于春归之景色所引起的一片单纯锐感的柔情。

开端的"落红铺径水平池,弄晴小雨霏霏,杏园憔悴杜鹃啼"三句,全从眼中耳中所见所闻之春归的景物写起,而且全不用重笔,写"落花"只是"铺径",写"水"只是"平池",写"小雨"只是"霏霏",第三句写"杏园"虽用了"憔悴"二字,明写出春光之迟暮,然而却也并不是落花狼藉风雨摧残的重笔,而是在"憔悴"中也仍然有着含敛的意致。所以下一句虽明写出"春归"二字,但也只是一种"无奈"之情,而并没有断肠长恨的呼号。这种纤柔婉丽的风格,正是秦观词的一种特美。

至于此词之下半阕,则由写景而转为写人,换头之处"柳外画楼独上,凭栏手捻花枝"两句,情致更是柔婉动人。试想"柳外画楼"是何等精致美丽的所在;"独上""凭栏"而更"手捻花枝",又是何等幽微深婉的情意。如果就一般《花间》词风的作者而言,则"柳外画楼独上"的精微美丽的句子,他们也容或还写得出来,但"凭栏手捻花枝"的幽微深婉的情意,就不是一般作者所可以写得出来的了。

而秦观词的佳处还不仅如此而已,他的更为难能之处,是紧接着又写了下一句的"放花无语对斜晖",这才真是一句神来之笔。因为一般人写到对花的爱赏多只不过是"看花""插花""折花""簪花",甚至即使写到"葬花",也都是把对花的爱赏之情,变成了带有某种目的性的一种理性之处理了。可是秦观这首词所写的从"手捻花枝"到"放花无语",却是如此自然,如此无意,如此不自觉,更如此不自禁,而全出于内心中一种敏锐深微的感动。当其"捻"着花枝时,是何等爱花的深情,当其"放"却花枝时,又是何等惜花的无奈。在这种对花之多情深惜的情意之比较下,我们就可以见到一般人所常常吟咏的"花开堪折直须折"的情意,是何等庸俗而且鲁莽灭裂了。所以"放花"之下,乃继之以"无语",便正因为此种深微细致的由爱花惜花而引起的内心中的一种幽微的感动,原不是粗糙的语言所能够表达的。而又继之以"对斜晖"三个字,便更增加了一种伤春无奈之情。何则?盖此词前半阕既已经写了"落红铺径"与"无奈春归"的句子,是花既将残,春亦将尽,而今面对"斜晖",则一日又复将终。以前欧阳修曾经写过一组调寄《定风波》

的送春之词,其中有一首的开端两句,写的就是"过尽韶华不可添,小楼红日下层檐"。其所表现的一种春去难留的悲感,是极为深切的。秦观此句之"放花无语对斜晖",也有极深切的伤春之悲感,但却并未使用如欧阳修所用之"过尽""不可添""下层檐"等沉重的口吻,而只是极为含蓄地写了一个"放花无语"的轻微的动作,和"对斜晖"的凝立的姿态,但却隐然有一缕极深幽的哀感袭人而来。所以继之以"此恨谁知",才会使读者感到其中心之果然有一种难以言说的幽微之深恨。周济在其《宋四家词选·序论》中,即曾云:"少游最和婉醇正",又云:"少游意在含蓄,如花初胎,故少重笔。"《画堂春》这首词,便可以作为这些评语的印证。也许有人会以为像这类锐感多情的小词,并没有什么深远的意境可言,然而这种晶莹敏锐的善于感发的资质,却实在是一切美术与善德的根源。 　　　　(叶嘉莹)

　　　千 秋 岁 　　　　　　　　　　　　秦 观

　　水边沙外,城郭春寒退。花影乱,莺声碎。飘零疏酒盏,离别宽衣带。人不见,碧云暮合空相对。　　忆昔西池会,鹓鹭同飞盖。携手处,今谁在?日边清梦断,镜里朱颜改。春去也,飞红万点愁如海。

　　据秦瀛《淮海先生年谱》,哲宗绍圣二年乙亥(1095),少游"尝游(处州)府治南园,作《千秋岁》词"。然吴曾《能改斋漫录》及曾敏行《独醒杂志》俱谓作于衡阳,面呈孔毅甫。按少游于绍圣三年由处州(今浙江丽水)削秩徙郴州,岁暮抵贬所,其经衡阳已届秋冬,与词中所写春景不合。故此词应作于处州,至衡阳始录呈孔毅甫。因为词中感情极其悲伤,所以孔毅甫读后说:"秦少游气貌,大不类平时,殆不久于世矣。"(见《独醒杂志》)

　　这首词的特点是把今与昔、政治上的蹭蹬与爱情上的失意交织在一起,因而短短一首小词,具有极大的思想容量与强烈的艺术魅力,在《淮海词》中是少有的佳篇。

　　上片着重写"今"。词人于绍圣元年贬监处州酒税。据府志云,处州城外有大溪,岸边多杨柳。起首二句即写眼前之景,将时令、地点轻轻点出。春去春回,往往引起古代词人的咏叹。王观《卜算子》云:"若到江南赶上春,千万和春住。"黄庭坚《清平乐》云:"春无踪迹谁知,除非问取黄鹂。"然而少游这里却把春天的踪迹看得明明白白:"水边沙外,城郭春寒退。"浅浅春寒,从溪水边、城郭旁,悄悄地退却了。二月春尚带寒,"春寒退"即三月矣,于是词人写道:"花影乱,莺声

千秋岁（水边沙外）　　　秦　观

——明刊本《诗馀画谱》

碎。""暮春三月,江南草长,杂花生树,群莺乱飞"(丘迟《与陈伯之书》),正是这个时候。这两句词从字面上看,好似出自唐人杜荀鹤《春宫怨》诗"风暖鸟声碎,日高花影重",然而词人把它浓缩为两个三字句,便觉高度凝练。其中"碎"字与"乱"字,用得尤工。莺声呖呖,以一"碎"字概括,已可盈耳;花影摇曳,以一"乱"字形容,几堪迷目。昔人有诗云:"乱花渐欲迷人眼,浅草才能没马蹄。"俱以乱字状花之纷繁,可谓各极其妙。因为这两句特别好,所以南宋范成大守处州时建莺花亭以纪之,并题了五首诗。后世题咏者,亦代不乏人。

　　以上几句写春深景色,似乎洋溢着对大自然的热爱,可是词人的着眼点却是在转瞬的春归。到了"飘零"句以下,词情更加伤感了。所谓"飘零疏酒盏"者,谓远谪处州,孑然一身,不复有"渰酒为花"之情兴也;"离别宽衣带"者,谓离群索居,腰围瘦损,衣带宽松也。《古诗十九首》云:"相去日已远,衣带日以缓。"当为后一句所本,因此明人沈际飞评曰:"两句是汉魏人诗。"(《草堂诗馀正集》卷二)少游此词基调本极哀怨,此处忽然注入汉魏诗风,故能做到柔而不靡。歇拍二句进一步抒发离别后的惆怅情怀。所谓"碧云暮合",说明词人所待之人,迟迟不来。这一句是从江淹《拟休上人怨别》诗"日暮碧云合,佳人殊未来"化出,表面上似写怨情,而所怨之人又宛似女性,然细按全篇,却又不似。朦胧暧昧,费人揣摩,这正是少游词的微妙之处,即清人周济所云"将身世之感,打并入艳情,又是一法"(见《宋四家词选》评其《满庭芳》"山抹微云"阕)说得通俗一点,便是将政治上的蹭蹬与爱情上的失意交织起来。因此读来不觉枯燥乏味,而是深感蕴藉含蓄,耐人涵咏。

　　上片写今,过片则转而写昔。时间不同了,场景变化了,而词人的潜在意识却一直是贯串的。因为看到处州城外如许春光,词人便情不自禁地勾起对昔日西池宴集的回忆。西池,即金明池,《东京梦华录》卷七谓在汴京城西顺天门外街北,自三月一日至四月八日闭池,虽风雨亦有游人,略无虚日。《淮海集》卷九《西城宴集》诗注云:"元祐七年三月上巳,诏赐馆阁花酒,以中浣日游金明池、琼林苑,又会于国夫人园。会者二十有六人。"这是一次盛大而又愉快的集会,在词人一生中留下了难忘的印象。"鹓鹭同飞盖"一句,把二十六人同游西池的盛况作了高度的概括。鹓鹭者,谓朝官之行列整齐有序,犹如天空中排列飞行的鹓鸟与白鹭。飞盖者,状车辆之疾行,语本曹植《公宴诗》:"清夜游西园,飞盖相追随。"阳春三月,馆阁同人乘着车辆,排成长队,驰骋在汴京西城门外通向西池的大道上,多么欢乐;然而曾几何时,景物依稀——这儿也有水边,也有繁花,也在城外,而从游者则贬官的贬官,远谪的远谪,俱皆风流云散,无一幸免,令人多么痛心!

"携手处，今谁在"，这是发自词人肺腑的情语，我们仿佛听到他在哭泣着呼唤，哭泣着诉说。这对元祐党祸无异是痛心疾首的控诉。然而词人表达这种感情时也不是浅述直露，这从"日边"一联可以看出。"日边清梦"，语本李白《行路难》其一："闲来垂钓碧溪上，忽复乘舟梦日边。"王琦注云："《宋书》：伊挚将应汤命，梦乘船过日月之旁。"少游将之化而为词，说明自从迁谪以来，他对哲宗皇帝一直抱有幻想。他时时刻刻梦想回到京城，恢复昔日供职史馆的生活。可是日复一日，年复一年，他的梦想如同泡影。于是他失望了，感到回到帝京的梦已不可能实现。梦断难寻，这是多么惨痛的遭际；然而表达得又是如此委婉曲折。接着"镜里朱颜改"一句，更联系自身。无情的岁月，使词人脸上失去红润的颜色。词人一会儿谈政治理想的破灭，一会儿又说个人容颜的衰老，反复缠绵，宛转凄恻，简直催人泪下。

　　词的结尾是全词感情的高潮，也是全篇的警策。开头说"春寒退"，暗示夏之将至；到此又说"春去也"，明点春之即归。两者从时间上或许尚有些距离，而从词人心理上则是无甚差别的。盖四序代谢，功成者退，春至极盛时，敏感的词人便知其将被取代了。词人从眼前想到往昔，又从往昔想到今后，深感前路茫茫，人生叵测，一种巨大的痛苦在噬啮他的心灵，因此不禁发出"春去也，飞红万点愁如海"的呼喊。这不仅是说自然界的春天正在逝去，同时也在暗示生命的春天也将一去不复返了。"飞红"句颇似从杜甫《曲江对酒》诗中"一片花飞减却春，风飘万点正愁人"化来，然其以海喻愁，却是一个了不起的创造。从全篇来讲，这一结句也极有力。近人夏闰庵(孙桐)云："此词以'愁如海'一语生色，全体皆振，乃所谓警句也。"(俞陛云《宋词选释》引)忧愁有如浩瀚的大海，少游谪恨之深之广，可以想见了。

　　总之，此词写昔是为了衬今，春深是为了衬春去，点染艳情是为了突出政治理想的破灭，最终落在一个无边无际的愁字上。全篇自然浑成，哀感顽艳，有一唱三叹之妙。

(徐培均)

踏 莎 行

秦 观

　　雾失楼台，月迷津渡，桃源望断无寻处。可堪孤馆闭春寒，杜鹃声里斜阳暮。　　驿寄梅花①，鱼传尺素②，砌成此恨无重数。郴江幸自③绕郴山，为谁流下潇湘去？

〔注〕 ① 驿寄梅花：《荆州记》："吴陆凯与范晔善，自江南寄梅花诣长安与晔，并赠诗曰：'折梅逢驿使，寄与陇头人。江南无所有，聊赠一枝春。'" ② 鱼传尺素：古诗《饮马长城窟行》："客从远方来，遗我双鲤鱼，呼儿烹鲤鱼，中有尺素书。" ③ 幸自：本自，本来是。

踏莎行（雾失楼台）　　　　　秦　观

——明刊本《诗馀画谱》

此词毛晋汲古阁本《淮海词》调下附注谓作于郴州旅舍,时间略晚于《阮郎归》(湘天风雨破寒初),大约作于绍圣四年(1097)春三月,其时,由于新旧党争,秦观先贬杭州通判,再贬监处州酒税,最后又被人罗织罪名,贬徙郴州,并削去了所有的官爵和俸禄。接二连三的贬官,少游内心的悲苦绝望可想而知。他来到郴州后,写下了这首词,以委婉曲折的笔法,抒写了谪居之恨,成为蜚声词坛的千古绝唱。

开篇三句"雾失楼台,月迷津渡,桃源望断无寻处",写一个意想中的夜雾笼罩一切的凄凄迷迷的世界:楼台在茫茫大雾中消失;渡口被朦胧的月色所隐没;那当年陶渊明笔下的桃源(在郴州以北的武陵),更是云遮雾障,无处可寻了。为什么说这是意想中的景象呢?因为紧接着的两句是"可堪孤馆闭春寒,杜鹃声里斜阳暮"。词人闭居孤馆,哪里还能看得到"津渡"呢?而从时间上来看,上句写的是雾濛濛的月夜,怎么到了下句,时间又倒退到"斜阳暮"——残阳如血的黄昏时刻了呢?显然,这两句是实写诗人不堪客馆寂寞,而头三句则是虚构之景了。这里词人运用因情造景的手法,景为情而设。细细体味这开头三句是意味深长的。"楼台",令人联想到的是一种巍峨美好的形象,而如今被漫天的雾吞噬了;"津渡",可以使人产生指引道路、走出困境的联想,而如今在朦胧夜色中迷失不见了;"桃源",令人联想到《桃花源记》中"黄发垂髫,并怡然自乐"的一片乐土,而如今在人间再也找不到了。这开头三句,分别下了"失""迷""无"三个否定词,接连写出三种曾经存在过或在人们的想象中存在过的事物的消失,表现了一个屡遭贬谪的失意者的怅惘之情和对前途的渺茫之感。清人黄了翁在《蓼园词话》中说:"雾失月迷,总是被谗写照。"这是深得词人之心的。

正因为词人此时此刻的处境是苦难不可脱,仙境不可期,极端的失望和伤心,因而写下了声情凄厉、感人肺腑的诗句:"可堪孤馆闭春寒,杜鹃声里斜阳暮。"这两句开始正面实写词人羁旅郴州客馆不胜其悲的现实生活。一个"馆"字,已暗示羁旅之愁。说"孤馆"则进一步点明客舍的寂寞和客子的孤单。而这座"孤馆"又紧紧封闭于春寒之中,置身其间的词人其心情之凄苦就可想而知了。此时此刻,又传来杜鹃的阵阵悲鸣;那惨淡的夕阳正徐徐西下,这景象益发逗引起词人无穷的愁绪。杜鹃一声声"不如归去"的鸣声,曾经勾引起多少游子的归思。李白《宣城见杜鹃花》写道:"一叫一回肠一断,三春三月忆三巴。""斜阳",在诗词中也是引起乡愁的。崔颢《黄鹤楼》诗云:"日暮乡关何处是?烟波江上使人愁。"以少游一个羁旅之身,所居住的是寂寞孤馆,所感受的是料峭春寒,所听到的是杜鹃啼血,所见到的是日暮斜阳,此情此境,他怎能忍受得了呢?所以,这两句以"可堪"二字领起。"可堪"者,岂堪也,词人被深"闭"在这重重凄厉的氛围中,他实在不堪忍受呀!

王国维评价这两句词说:"少游词境最凄婉,至'可堪孤馆闭春寒,杜鹃声里斜阳暮',则变为凄厉矣。"他还认为这两句是一种"有我之境",就是说,这两句在景物描写上充满了诗人自我的感情色彩,刻画了诗人的自我形象,使人感到其中有诗人自我在,在情与景的结合上是极其自然的。

"驿寄梅花,鱼传尺素,砌成此恨无重数。"过片连用两则友人投寄书信的典故,极写思乡怀旧之情。"驿寄梅花",见于《荆州记》记载;"鱼传尺素",是用古乐府《饮马长城窟》诗意,意指书信往来。少游是贬谪之人,北归无望,亲友们的来书和馈赠,实际上并不能给他带来丝毫慰藉,而只能徒然增加他别恨离愁而已。因此,书信和馈赠越多,离恨也积得越多,无数"梅花"和"尺素",仿佛堆砌成了"无重数"的恨。词人这种感受是很深切的,而表现这种感情的手法又是新颖绝妙的。"砌成此恨无重数",说恨可以堆砌。有这一"砌"字,那一封封书信,一束束梅花,便仿佛成了一块块砖石,层层垒起,以至于达到"无重数"的极限。这种写法,不仅把抽象的微妙的感情形象化,而且也可使人想象词人心中的积恨也如砖石垒成的城墙那般沉重坚实而无法消解了。

词人正是在如此深重、结郁难排的苦恨中,迸发出结尾二句:"郴江幸自绕郴山,为谁流下潇湘去?"从表面上看,这两句似乎是即景抒情,写词人纵目郴江,抒发远望怀乡之思。郴江,发源于湖南省郴县黄岭山,即词中所写的"郴山"。郴江出山后,向北流入耒水,又北经耒阳县,至衡阳而东流入潇水湘江。本来是自然山川的地理形势,一经词人点化,那山山水水都仿佛活了,具有了人的思想感情。这两句由于分别加入了"幸自"和"为谁"两个字,无情的山水也好像变得有情了,仿佛词人在对郴江说:郴江啊,您本来生活在自己的故土,和郴山欢聚在一起,究竟为了谁而竟自离乡背井,"流下潇湘去"呢?又好像词人面对着郴江自怨自艾,慨叹自己的身世:自己好端端一个读书人,本想出来为朝廷做一番事业,正如郴江原本是绕着郴山转的呀,谁会想到如今竟被卷入一场政治斗争的漩涡中去呢?这结尾两句,意蕴丰富,因为在词人笔下的郴江之水,已经注入了作者对自己离乡远谪的深长怨恨,富有象征性了。词人诘问离开郴山一去不返的郴江江水"为谁流下潇湘去",可以说正是他对自己的不幸命运的一种反躬自问。

就全篇而论,秦少游这首《踏莎行》词,它的开头三句"雾失楼台,月迷津渡,桃源望断无寻处"和结尾两句"郴江幸自绕郴山,为谁流向潇湘去"都是采用象征性的表现手法,"驿寄梅花,鱼传尺素,砌成此恨无重数"三句,是用典抒情。而从现实的景物正面抒写其贬谪之情的,只有"可堪孤馆闭春寒,杜鹃声里斜阳暮"这两句,王国维在《人间词话》中特别赞赏,因为这两句完全符合他主张的"以自然之眼观物,以自然之舌言情"的鉴赏标准。"郴江幸自绕郴山,为谁流向潇湘去"两句,写得比较隐晦曲折,往往不容易为一般人理解。苏东坡在苏门四学士中,"最善少游",二人"同升而并黜",因此,这"郴江幸自绕郴山"两句,最能引起东坡强烈的共鸣,曾叹曰:"少游已矣,虽万人何赎!"以至书于扇面,永志不忘。

　　王国维和苏东坡对这首词的鉴赏,由于二人看问题的角度不同,各有所爱,却都不失为各有一得。应当看到,正是写实和象征的多种手法的综合运用,才构成这首词凄迷幽怨、含蕴深厚的艺术特色,才使这首词成为一件完美的艺术精品。应该说,词中各句都是写得精彩的,而"可堪孤馆闭春寒,杜鹃声里斜阳暮"两句和"郴江幸自绕郴山,为谁流向潇湘去"两句,更好,各有艺术特点。诗词作法本无定式,少游为表现其内心不能直言的深曲幽微的逐客之恨,使用写实、象征多种手法开拓词的意境,获得了成功。这对词的艺术发展是有意义的,应该肯定的。它正表现了作为北宋一代词手、婉约派大家秦少游高超的艺术才能。

(高　原)

<h2 align="center">南 乡 子　　　　　　　　　秦 观</h2>

　　妙手写徽真,水剪双眸点绛唇。疑是昔年窥宋玉,东邻;只露墙头一半身。　　往事已酸辛,谁记当年翠黛颦?尽道有些堪恨处,无情;任是无情也动人!

　　这是一首题画词。首句为"妙手写徽真",点出所题者即是高明肖像画师手画的崔徽像。为什么定说"徽真"不是虚指,而予以坐实呢?因为苏东坡写过一首题为《章质夫寄惠崔徽真》的诗,称"卷赠老夫",知道当时确有这幅画像流传,并辗转归于东坡;少游为东坡门下士,当能获见并题词。崔徽真的来历,据元稹《崔徽歌》题下注云:"崔徽,河中府娼也。裴敬中以兴元幕使蒲州,与徽相从累月。敬中使还,崔以不得从为恨,因而成疾。有丘夏善写人形,徽托写真寄敬中曰:'崔徽一旦不及画中人,且为郎死。'发狂卒。"《歌》中云:"有客有客名丘夏,善写仪容得恣把。"即词首句"妙手写徽真"所指。总提一笔,接下去描写画中人的仪容,同时也映带出画师的神技。

　　东坡诗中,写画中崔徽形象是"玉钗半脱云(发)垂耳,亭亭芙蓉在秋水",十四个字只作大略形容。少游用了七个字——"水剪双眸点绛唇",写她的眼睛和嘴唇,给人的印象便自不同,如工笔画之于剪影,精细得多了。并不是少游比东坡来得高明,这是诗、词性质的不同。东坡写的是七言古诗,宜用大笔勾勒,故粗;少游写的是小词,容许加意点染,故细。李贺《唐儿歌》"一双瞳人剪秋水",江淹《咏美人春游》诗"明珠点绛唇",是其用语所本。眼睛和嘴唇是最能显示美人神采和情韵的部位,况且又加上了水波之光,绛脂之艳,确能动人心目。

"疑是昔年窥宋玉,东邻;只露墙头一半身",继续说这幅写真的画面,透露出所画的是半身像,借宋玉《登徒子好色赋》的一段文字来增加情趣。《赋》中说,宋玉东邻的女子私慕他,登墙偷望他有三年之久(古人以"三"表多,非必是实数)。这个情节自然与崔徽本事无关,不过是由于画像是半身的而想到邻女窥宋,墙头半遮玉体的形象。这样说,似乎是词人在那里要笔头,硬拉扯,游离于词情之外,写出败笔来了。细想也并不。"疑是"者,非是而似是也。"似是"者何?《赋》中如"著粉则太白,施朱则太赤;眉如翠羽,肌如白雪"云云,宋玉所借以盛称邻女美色之处,也不妨加之于崔徽,以补充上句刻画的不足,这就是词用宋玉赋的言外之意。

不过,崔徽画像上的神态可不是如宋玉东邻女那样的"嫣然一笑,惑阳城,迷下蔡",而是眉黛含颦。这是由于崔徽请画师丘夏写真时正怀着悲苦的心事,画师又作了精确的反映;词语不仅如实地表述了画面的这一部分——"翠黛颦",而且深入追求她颦眉的原因——有"酸辛"之事。"往事已酸辛"一句,与东坡《章质夫寄惠崔徽真》诗中的"当时薄命一酸辛",辞意皆合,当本之于他的老师,这也是少游所题崔徽真即是东坡藏品的一个佳证。"谁记当年翠黛颦",颦眉承上"酸辛",绝非写美人的套语,而是反映了画面上的真实。这两句词把崔徽的身世遭逢作一提絜。她的一段辛酸史既成往事,谁复省记,唯有这一幅写真留下,作为艺术精品供人鉴赏而已。言下有无穷的感慨。

最后笔锋一转,写词人赏鉴了画像后的感受:"尽道有些堪恨处,无情"。面对如此美艳绝俗的人物,如此高妙传神的画笔,观赏之后还有什么"堪恨处"呢?——说是因为画中人"无情"。"无情"云者,盖即是如东坡前题诗中所谓"丹青不解语",或者如《牡丹亭·玩真》一折中,柳梦梅看着杜丽娘自画的真容时说的:"韵情多,如愁欲语,只少口气儿呵!"谓画上美人,虽是极妍尽态,可惜不是真人,不通情愫吧。看来词人有点想入非非了。但看了好画,赞叹之余,发此异想,人情中往往有之。这样想,这样写,也是出格而不出格。紧接着,词人以拗折之笔挽转一句,说"任是无情也动人"! 全用晚唐罗隐《牡丹花》诗句"若教解语应倾国,任是无情也动人"。"不解语"的牡丹花,"少口气儿"的美人图,"无情也动人"。化工之妙,艺术之精,一语说尽。

全词以"妙手写徽真"破题,以下都是从画上真容著笔。为崔徽写真的画师丘夏的姓名赖元微之之歌而传,画像的概貌因少游此词而见,可以收入画史。

(陈长明)

浣　溪　沙　　　　　　　秦　观

漠漠轻寒上小楼,晓阴无赖似穷秋。淡烟流水画屏幽。
自在飞花轻似梦,无边丝雨细如愁。宝帘闲挂小银钩。

在秦观《淮海词》中,长调应推《满庭芳》(山抹微云)为冠,小令则似应以这首《浣溪沙》为压卷了。论诗要讲境界,论词也应当讲境界。王国维在《人间词话》中说:"境界有大小,然不以是而分高下。'细雨鱼儿出,微风燕子斜',何遽不若'落日照大旗,马鸣风萧萧';'宝帘闲挂小银钩',何遽不若'雾失楼台,月迷津渡'也。"他认为此词结句境界虽小,然艺术性却高。其实就通篇来说,何尝不能作如此评价?

这首词的特点就在于描绘了一个精美无比的艺术境界。作者以高超的手法,将自然与艺术巧妙地媾合,仿佛在现实社会中另建一个世界,让人们神游其中,流连忘返,得到充分的艺术享受。在这境界之中,仿佛有人。然而词人并未正面刻画这个人物的形象,而是着力于刻画人物的心灵,人物的情绪。在刻画人物心灵和情绪的时候,他也没有具体地描绘人物的思想活动过程,而是借助于气氛的渲染和环境的烘托,让人们通过环境与心灵的结合、情与景的交融,感到其人宛在,感到一种轻轻的寂寞和淡淡的哀愁。

词的起调很轻,恍如风送清歌,悠然而来,把人们不知不觉地引入词中所规定的境界。"漠漠轻寒上小楼",韵律何其婉妙幽雅!漠漠者,弥漫、轻淡也。李白《菩萨蛮》云:"平林漠漠烟如织,寒山一带伤心碧。"韩愈《同水部张员外曲江春游寄白二十二舍人》诗云:"漠漠轻阴晚自开,青天白日映楼台。"皆其意,然此词更似韩诗首句。轻寒者,薄寒也,有别于严寒和料峭春寒。无边的薄薄春寒无声无息地侵入了小楼,这是通过居住在楼中的人物感受写出来的,故我们可以感到其人宛在。时届暮春,天气为什么这样冷呢?下一句补充说:"晓阴无赖似穷秋。"原来是一大早起来就阴霾不开,所以天气冷得像秋天一般。穷秋者,九月也。南朝鲍照《白纻歌》云:"穷秋九月荷叶黄,北风驱雁天雨霜。"唐人韩偓《惜春》诗亦云："节过清明却似秋。"词境似之。春阴寒薄,不能不使人感到抑郁,因诅咒之曰"无赖"。无赖者,令人讨厌、无可奈何之憎语也。南朝徐陵《乌栖曲》云："唯憎无赖汝南鸡,天河未落犹争啼。"以无赖喻节序,亦见于杜甫诗,如《绝句漫兴九首》之一云："无赖春色到江亭。"此词云景色"无赖",正是人物心情无聊之反映。以上二句,一云"小楼",一云"晓阴",时间地点在写景和抒情中自然而然地交代得清清楚楚。至"淡烟流水画屏幽"一句,则专写室内之景。词人枯坐小楼,畏寒不出,举目四顾,唯见画屏上一幅《淡烟流水图》,迷蒙淡远,此又一境界也。楼外天色阴沉,室内光景清幽,在在令人不欢,于是一股淡淡的春愁油然而生。

　　在轻悠的音乐节奏中,词过渡到下片。明人沈际飞说："后叠精研,夺南唐席。"(《草堂诗馀续集》评)也就是说下片写得特别精彩研炼,竟超过了南唐二主。这个评价毫不为过。尤其过片一联,轻灵杳眇,意境不凡。从前片意脉来看,主人公在小楼中坐久,不堪寂寞,于是出而眺望外景。"自在飞花轻似梦,无边丝雨细如愁",写望中所见所感,境界略近唐人崔橹《过华清宫》诗所写的"湿云如梦雨如尘"。词人在《八六子》中也写过相似的句子:"那堪片片飞花弄晚,蒙蒙残雨笼晴。正销凝,黄鹂又听数声。"所不同的是此处以纤细的笔触把不可捉摸的情绪描绘为清幽可感的艺术境界。据梁令娴《艺蘅馆词选》记载,梁启超曾赞之为"奇语"。今人沈祖棻《宋词赏析》分析说:"它的奇,可以分两层说。第一,'飞花'和'梦','丝雨'和'愁',本来不相类似,无从类比。但词人却发现了它们之间有'轻'和'细'这两个共同点,就将四样原来毫不相干的东西联成两组,构成了既恰当又新奇的比喻。第二,一般的比喻,都是以具体的事物去形容抽象的事物,或者说,以容易捉摸的事物去比譬难以捉摸的事物。……但词人在这里却反其道而行之。他不说梦似飞花,愁如丝雨,而说飞花似梦,丝雨如愁,也同样很新奇。"分析得非常精辟,确是道出了这一奇语的特点。但从境界着眼,这两句还特别具有一种音乐美、诗意美和画境美。细细吟味,它的音律多么谐婉,诗意多么浓郁,而那画境又是多么清幽。词人正是运用这样谐婉的音律,浓郁的诗意和清幽的画境,构成一个凄清婉美、轻灵杳眇的艺术境界。清人陈廷焯称之曰"宛转幽怨,温韦嫡派"(见《词则·大雅集》卷二眉批),确为有识之见。

　　《浣溪沙》一调,下片由两对偶句接一单句结偶句给人以工整稳定之感,而单句则显示出摇曳不定的情韵,因此要写好这个结句是颇费工力的。陈廷焯对此深有体会,他曾说:"《浣溪沙》结句,贵情余言外,含蓄不尽。如吴梦窗之'东风临夜冷于秋',贺方回之'行云可是渡江难',皆耐人玩味。"(《白雨斋词话》卷一)少游此词的结句亦深得个中妙谛,比吴文英、贺铸的结句似更为轻婉蕴藉,并能变摇曳为稳定,化动态为静态,饶有余味。有人以为"银钩闲挂,表示帘已垂下",然此句系主动宾结构,"挂"字系被动词,就是说宝帘已被银钩高高挂起,然着一"闲"字、"小"字,便融情入景,韵味悠然。其意境仿佛李璟《摊破浣溪沙》中的"手卷真珠上玉钩",而闲雅则过之。李词点明人物之动作,秦词则写帘栊自挂,而将人物感情隐于这一静景之中,形成一种恬静悠闲的境界。全词以此境作结,倍觉含蓄有味。

　　　　　　　　　　　　　　　　　　　　　　　　　　　　　　　　（徐培均）

如　梦　令

秦　观

　　遥夜沉沉如水,风紧驿亭深闭。梦破鼠窥灯,霜送晓寒侵被。无寐,无寐,门外马嘶人起。

　　秦观半生仕途坎坷,屡遭贬谪迁徙。此词通过驿亭一夜的所闻、所见、所感,抒写谪宦羁旅的情怀。人物的心境全是通过环境的描写来表现的,是很富于情致的作品。

　　"遥夜"即长夜,但它构成双声,比较"长夜",不仅从意义、而且也从声音上状出了夜漫漫而难尽的感觉。紧接"沉沉"的叠字,更增强上述感觉。这第一句尤妙在"如水"的譬喻。是夜长如水,是夜凉如水,还是黑夜深沉如水呢?只说"如水",而不限制在何种性质上相"如",让读者去体味。联系"遥夜"这似乎是形容夜长,联系"沉沉"又似形容夜深,联系下文"风紧"则又似形容夜凉,寓意倍加丰富。较之通常用水比夜偏于一义的写法,有所创新。这句点明时间是夜晚,次句则点出地点,"驿亭"是古时供传递公文的使者和来往官员憩宿之所,一般都远离城市。驿站到夜里自是门户关闭,但词句把"风紧"与"驿亭深闭"联在一起,则有更多的意味。一方面更显得荒野"风紧";另一方面也暗示出即使重门深闭也隔不断呼啸的风声。"驿亭"本易使人联想到荒野景况以及游宦情怀,而"风紧"更添荒野寒寂之感。作者的心情就从这纯粹的景语中暗示出几分。

　　在这样的夜晚,他也许会做上一个还乡之梦吧,尽管第三句只写"梦"而没有说明梦的具体内容。而"梦破"二字,又流露出多少烦恼情绪。沉沉寒夜做一好梦,更反衬出氛围的凄清。"梦破"大约与"鼠"有关,客房点的是油灯,老鼠半夜出来偷油吃,不免弄出些声响。人一惊梦,鼠也吓跑了,但它还舍不得已到口边的美味,远远地盯着灯盏。它那目光闪闪,既惶恐,又贪婪。"鼠窥灯"的"窥"字,用得十分传神。昏暗灯光之下这一景象,直叫人毛骨悚然,则整个驿舍设备之简

如梦令（遥夜沉沉如水）　　　秦　观

——明刊本《诗馀画谱》

陋、寒伧,也就使人可以窥斑见豹。能否捕捉富于特征性的细节,往往是创造独特的词境的成败关键。同属写惊梦,"梦破鼠窥灯"就与"花落子规啼,绿窗残梦迷"(温庭筠《菩萨蛮》)的意境不同,而各擅妙境。孤立地看,花鸟与老鼠之为物,美丑判然;但作为诗歌意象的"鼠窥灯"可谓善状特殊的情景。此句与下句间,有一个从夜深至黎明的时间过程,天犹未明,"晓"的将临是由飞"霜"知道的,而"霜"的降临又是由"寒"之"侵被"感到的。"送"字、"侵"字都锤炼极佳。

由四句可知,饥鼠惊梦的结果是主人公不能继续安睡。"无寐,无寐"的重复,造成感叹语调,其中包含着许多内容,只要联系"风紧""鼠窥灯""霜送晓寒"等等情景,不难体味出来。好不容易熬到天明,而"门外马嘶人起"。盖古时驿站常备官马,以供来往使者、官员们使用。门外驿马长嘶,人声嘈杂,正是驿站之晨的光景。这不仅是写景,从中可以体味到被失眠折腾的人听到马嘶人声时的困惫情绪。同时,"马嘶人起",又暗示出旅途跋涉,长路关山,白昼艰辛的生活又将开始。则行役的愁怀又见于言外。

总之,全词自始至终没有直接写人物的心情,而集中抒写"无寐"者听觉、视觉和肤觉种种感受,令读者如历其境,不但成功传达了一段旅程况味,而且表达出一种倦于宦游的情绪。

(周啸天)

阮　郎　归　　　　　　秦　观

湘天风雨破寒初,深沉庭院虚。丽谯吹罢《小单于》,迢迢清夜徂。　　乡梦断,旅魂孤。峥嵘岁又除。衡阳犹有雁传书,郴阳和雁无。

宋哲宗绍圣三年(1096),秦观贬监处州酒税,平时不敢过问政治,常常到法海寺修忏。然而使者犹承风望旨,以谒告写佛书为罪,于是再次削秩徙郴州。词人丢官削秩,愈贬愈远,那颗一再遭受打击的心似乎破碎了一般。在经过潇湘南徙的时刻,他几乎哭泣着说:"人人尽道断肠初,那堪肠已无!"(《阮郎归》其三)在郴州贬所挨过了整整一年,眼看又到了除夕,词人心情无比哀伤,便提笔写下这首词。

词的上阕写除夕夜间长夜难眠的苦闷。起首二句,词人以简练的笔触勾勒了一个寂静幽深的环境。满天风雨冲破了南方的严寒,似乎呼唤着春天的到来。然而词人枯寂的心房,却毫无复苏的希望。环顾所居的庭院,深沉而又空虚,人世间除旧岁、迎新年的节日气象一点也看不到。寥寥十二个字,不仅点明了时间——破寒之初,点明了地点——湘南、庭院;而且描写了一个巨大的空间:既写了寥廓的湖南南部的天空,也写了蜗居一室的狭小的贬所。更堪注意的是,在凄凉孤寂的氛围中,隐然寓有他人的欢娱。因为除夕是中国的传统节日,这一天家家户户,围炉守岁,个中意味,读者会从传统习惯上联想得到。由此可见词人此处用了隐寓的手法,让读者以经验和想象来补充他所描写的情境。这就是评论家所常说的"含蓄得妙"。

"丽谯"二句是写词人数尽更筹,等待着天明。丽谯,指城门楼,语出《庄子·徐无鬼》"君亦必无盛鹤列于丽谯之间"。《小单于》是唐代大角曲名,诗人李益有《听晓角》诗云:"无数塞鸿飞不度,秋风卷入《小单于》。"从字面上看,秦观的构思似乎受到这两句诗的影响,但所写的感情,完全是词人自己的。上面说了,除夕之夜,人们是阖家守岁,而此时此地的词人却独居在与世隔绝的"深沉庭院"之中,耳中听到的只是风声、雨声,以及凄楚的从城门楼上传过来的画角声。这种种声音,仿佛是利箭,是乱石,不断地刺激着、敲打着词人的心灵。在这种情况下,词人好容易度过"一夜长如岁"的除夕。"迢迢"二字,极言夜之长;加一"清"字,则突出了夜之静谧,心之凄凉。而一个"徂"字,则把时间的流逝写得很慢,很慢。可以看出,词人用字是极为精审而又准确的。

整个上阕,情调是低沉的,节奏是缓慢的。然而到了换头的地方,词人却以快速的节奏发出"乡梦断,旅魂孤"的咏叹。自从贬谪以来,离开家乡已经四年了,这个"乡"字当是广义,包括京都和家乡。词人日日夜夜盼望着回乡,可是如今却像游魂一样,孑然一身,远谪南州。当此风雨之夕,即使他想在梦中回到家乡,也因角声盈耳,进不了梦境。"乡梦断,旅魂孤",这六个字凝聚着多么深沉的感情呵! 至"峥嵘岁又除"一句,词人始正面点除夕。峥嵘,喻不寻常,此言岁月之艰难。杜甫诗云:"旅食岁峥嵘。"词意同此。然而着一"又"字,却表明了其中蕴有多少次点燃了复又熄灭的希望之火:一个又一个除夕到来了,接着又消逝了,词人依旧流徙在外。痛楚之情,溢于言外。

词的结尾,写离乡日远,音讯久疏,连用二事,贴切而又自然。鸿雁传书的典故出于《汉书·苏武传》,本来是汉朝使臣诈骗匈奴单于的话,后人却把它当事实引用。据说"南地极燠,雁望衡山而止"(见陆佃《埤雅》)。末两句的意思是说,在衡阳还可以有鸿雁传书,而自己贬在衡阳以南几百里的郴阳,连雁也看不到了,何能带来书信呢? 这两个故实用得着不露痕迹,表现了词人此时的哀苦心情。

明人沈际飞评此词曰:"伤心!"(见《草堂诗馀正集》卷一)这两个字确是道出了本篇的感情特点。从词的内容到词的音调,无不充满了凄婉悲伤的色彩。清人冯煦说："淮海（秦观）、小山（晏几道），古之伤心人也。其淡语皆有味，浅语皆有致，求之两宋词人，实罕其匹。"（见《宋六十一家词选》例言）在宋代词坛上，以抒写凄婉感情见长的词人，独推淮海、小山。在淮海词中，情调最为凄婉的，此阕也可算得上一首。细细品玩，颇觉浅语、淡语之中，蕴有深远意味，使人自然而然地对词人的身世产生同情。

（徐培均）

满 庭 芳　　　　　　　　　　秦 观

晓色云开，春随人意，骤雨才过还晴。古台芳榭，飞燕蹴红英。舞困榆钱自落，秋千外、绿水桥平。东风里，朱门映柳，低按小秦筝。　　多情，行乐处，珠钿翠盖，玉辔红缨。渐酒空金榼，花困蓬瀛。豆蔻梢头旧恨，十年梦、屈指堪惊。凭阑久，疏烟淡日，寂寞下芜城。

　　这首词，从"寂寞下芜城"看，是在扬州作的。南朝宋时，扬州于十年间两遭兵祸，域邑荒芜。鲍照登广陵故城而伤之，作《芜城赋》。后亦称扬州为"芜城"。作者在《梦扬州》《望海潮》里曾描绘在扬州游冶的欢乐。这首词也是写扬州行乐，但又流露出旧事不堪回首的感慨。上片从写景开端，写的是春末的风光。天破晓了，骤雨刚过，云开天晴，天从人愿，又是一番春景，可以外出春游了。作者从广阔的空间，大笔挥洒，春景的美好，人意的舒畅，融成一体。作者在园林里游赏，开旷的古台旁，建筑着临水的楼阁，周围繁花似锦，一片灿烂。飞燕穿花，把粉红色的花瓣纷纷踢落；榆荚随风飞舞，慢悠悠地一片片飞落下来。河中的绿水也已高涨到与桥相平了。燕舞花飞，绿水盈岸，处处洋溢着迷人的春光。作者的笔已由辽阔的远景转到了近景。"秋千外"，最后凝聚到一点，另外开拓出一个境界来。秋千设置在人家花园内，这里用了一个"外"字，表示在园外所见。这里点出秋千，由园林景色转入朱门歌舞。从那柳丝掩映的朱门里，随着温煦的东风，传出低按小秦筝的音乐声。至此，一个辨音识曲、盈盈雅丽的少女形象，出现在眼前了。在上片，作者的心情是开朗的，所以看到落花，写成飞燕在蹴动，看到榆钱，写它在舞蹈中显得困倦，没有一点伤春的情绪。

　　下片以"多情"承上片的"朱门映柳，低按小秦筝"，也紧接下片的行乐生活。作者以"珠钿"两句极写扬州春游之盛。古代女子乘车，男子骑马。她乘的车，有珠子的嵌金装饰，车盖上还缀有翠羽；他骑的马，用玉装饰马缰绳，还垂着红色的穗子。"珠钿翠盖"指车，以代女子；"玉辔红缨"指马，以代男子。男女共同出游，尽情欢乐,逐渐至酒空人倦,方才罢休。"渐酒空金榼,花困蓬瀛","蓬瀛"本仙境,借指行乐之地,"花"是指同游的女子。自开首至此,尽写春色及游乐之事,下面"豆蔻梢头旧恨,十年梦、屈指堪惊"两句,才点出以上所写,皆属前尘旧梦。两句用杜牧"娉娉袅袅十三余,豆蔻梢头二月初""十年一觉扬州梦,赢得青楼薄幸名"诗意。十年如梦,屈指一算,使人感到心惊。"堪惊"两字,是词中点睛之笔。

　　一结"凭阑久,疏烟淡日,寂寞下芜城。"由追忆往日旧游转入抒写今日感情。作者凭栏久立,惟见傍晚时分薄薄的雾气和淡淡的斜阳向城墙落下。对比前文的明媚春光,欢娱游事,使人感到一种人事全非的怅惘。这里以景结情,不言情而情在其中。

　　这首词分今昔两层写,在写作手法上运用了倒叙法。从起笔直到"花困蓬瀛",都是写往日光景,景物明艳,晴光迎人,表现得酣畅淋漓,并用此反衬今日的落寞情怀。"豆蔻梢头"以下数句,以一落千丈之势转折而下,扣人心弦。其中物态人情,俱写得精微细致。全词形象鲜明新颖,感情丰富真实,语言清丽,是一首"情辞相称"的作品。

　　　　　　　　　　　　　　　　　　　　　　　　　　　　　　　　（周振甫）

桃源忆故人　　　　　　　　　秦　观

　　玉楼深锁薄情种,清夜悠悠谁共? 羞见枕衾鸳凤,闷则和衣拥。　　　　无端画角严城动,惊破一番新梦。窗外月华霜重,听彻《梅花弄》。

　　秦观词的基本风格为雅丽,然亦有少量俚俗之作。此词既俚又雅,堪称雅俗共赏。调名《桃源忆故人》,词旨与调名相应,亦在于"忆故人",因此明人李攀龙评曰:"形容冬夜景色恼人,梦寐不成。其忆故人之情,亦辗转反侧矣。"(《草堂诗馀隽》卷四引)当然这里所说的是桃源仙洞中的故人,并非一般意义上的朋友,而是指自己的夫婿。词的内容是写闺中少妇的寂寞情怀。"玉楼深锁薄情种",意谓词中女子被"薄情郎"深锁于玉楼之中。在中国传统文学中,一般称男子为薄情郎或薄幸,这里"薄情种"概指女子夫婿。古代女子藏于深闺之中,与外界极少接触,遇到夫婿外出,自有被深锁玉楼之感了。

　　在介绍环境、引出人物之后,便以情语抒写长夜难眠的心境。"清夜",写夜间的清冷岑寂;"悠悠",状夜晚的漫长。悠悠清夜,闺人独处,倍觉凄凉。而着以"谁共"二字,则更加突出了人物孤栖之苦。又以问句出之,便渐渐逗出相思之意。此时她唯见一床绣有鸳鸯的锦被、一双绣有凤凰的枕头。凤凰鸳鸯,皆为偶

桃源忆故人（玉楼深锁薄情种）　　　秦　观

——明刊本《诗馀画谱》

禽。这对主人翁来说，无异是强烈的对比，辛辣的讽刺。鸟儿尚且成双作对，人儿反而单栖孤眠，岂非人而不如鸟乎？因此词中说是"羞见"。羞，犹怕也。这"羞见"二字用得特别好，既通俗，又准确；以"羞见枕衾鸳凤"烘托人物的内心活动，也极为贴切。歇拍"闷则和衣拥"，清人彭孙遹《金粟词话》评曰："词人用语助入词者甚多，入艳词者绝少。惟秦少游'闷则和衣拥'，新奇之甚。用'则'字亦仅见此词。"他说的是用"则"字这个语助词写艳，以少游最为新奇。可见这是俚语，也就是说活在人民口头的语言，一般雅词中是不用的。少游这里用了，就显得真挚、贴切、富有生活气息。在这一句中，"闷"字似更为要紧，主人翁因为被玉楼深锁，因为无人共度长夜，更怕见到成双作对的"枕衾鸳凤"而更感孤单，所以心头感到很闷。闷而无可排解，只得和衣拥衾而卧。因此这一句是上片的结穴所在。

下片写主人翁梦醒。她拥衾而卧，似乎睡着了，入梦了。她梦见了什么，词中未写。然依词意，她似乎梦得很甜美。但刚刚入梦，就被城门楼上传来的画角声惊醒了。"无端画角严城动，惊破一番新梦"，从语言上看，与上片风格有异，因为它并不俚俗，而略带雅丽。"惊破一番新梦"，意境好似李清照《念奴娇》词中的"被冷香消新梦觉，不许愁人不起"。不过这里的新梦是被画角声惊醒罢了。梦被惊醒，睁眼看看室内，照理应该仍是"羞见枕衾鸳凤"，仍是"闷则和衣拥"。然而这样写，词情便没有发展，境界便显得重复。于是词人宕开一笔，从室内写到室外。

室外的景象，同样写得很清冷，但语言却变得更为雅丽一些。此刻已到深夜，月亮洒下一片清光，地上铺着浓重的白霜。月冷霜寒，境界何其凄清！这也是主人翁心境的写照，即王国维《人间词话》所云"有我之境"是也。在此境界中，主人翁似乎在谛听着外面的一切，刚听罢严城中传来的凄厉的画角声，又传来一阵哀怨的乐曲。"梅花弄"，即《梅花三弄》，汉横吹曲名，本属笛中曲，后为琴曲，凡三叠，故称《梅花三弄》。听"梅花弄"而曰彻，说明从头至尾听到最后一遍，其耿耿不寐，可以想见。这结尾二句，紧承"梦破"句意，从视觉和听觉两方面刻画主人翁长夜不眠的情景，语言清丽，情致雅逸。

（徐培均）

调　笑　令　莺莺　　　　　　　　　　　　　　秦　观

春梦，神仙洞。冉冉拂墙花影动。西厢待月知谁共？更觉玉人情重。红娘深夜行云送，困亸钗横金凤。

秦观有《调笑令》十首,分咏古代十个美女,每首之前冠以一首七言短诗,一般称之为"致语"。这种《调笑令》,是北宋元祐年间在教坊艺人影响下所产生的一种新的艺术形式,当时也叫《调笑转踏》。"转踏"当是一种舞蹈的名称。王国维《宋元戏曲考》第四章据吴自牧《梦粱录》云:"北宋之转踏,恒以一曲连续歌之。每一首咏一事,共若干首,则咏若干事。"可见它是载歌载舞,有念有唱的。词自产生以来,乃是由歌妓手执红牙檀板在花间筵前进行演唱的,至此则在演唱方式上发生较大的变化。王国维在《戏曲考源》中还进一步分析道:"秦少游、晁补之、郑彦能《调笑转踏》,首有致语,末有放队。每调之前有口号诗,甚似曲本体制。"就是说这种《调笑转踏》,是宋词向戏曲过渡过程中产生的一种艺术形式。

这里选录的是十首中的第七首,词前有诗曰:"崔家有女名莺莺,未识春光先有情。河桥兵乱依萧寺,红愁绿惨见张生。张生一见春情重,明月拂墙花影动。夜半红娘拥抱来,脉脉惊魂若春梦。"诗词配合,便将唐人元稹《会真记》中莺莺张生月下私期的一段故事描述出来,成为当时教坊艺人演唱的一个段子。

词原是一种依附于宴乐的抒情诗体,所以前人说"凡词无非言情"(徐釚《词苑丛谈》),要由词本身来叙写故事,一般是比较困难的。它必须以其他文学样式相辅助。即以此词而言,它仍未丧失抒情的本色。至于叙写故事,交代情节,它不得不依靠前面的诗句。诗中简明地引出了莺莺这个人物,介绍了河桥兵乱的事件,然后写莺莺与张生相遇,红娘带着莺莺到西厢与张生幽会。把故事交代清了,气氛渲染足了,于是感情被推向高潮,便产生了一首以抒情为主的小词,《淮海居士长短句》中标作"曲子"。词以诗末句二字开端,衔接得非常紧密。使人想象得出,诗一念完,词即开唱,诗和词构成一个完整的艺术整体。其他各首也莫不如此。这是《调笑转踏》的一个特点。

从这首词的内容来说,主要是取了《会真记》当中最精彩的待月西厢一节,约略相当于元杂剧《西厢记》的第三本第二折。开头两个短语,一句一韵,表现了张生来到花园外边的急迫心情。这种突如其来的好事,使他感到如入桃源仙洞一般美好,也像春梦似的迷茫。其意境恰似后唐李存勖的《忆仙姿》,带有某种朦胧的诗意。"拂墙花影动",本是《会真记》《明月三五夜》一诗中的成句,前面著以"冉冉"二字,便加强了花影在微风中微微摆动的动态感。这三句总起来说,是既写景,也写情,是主人公在特定情境中特定心态的微妙象征。对于一个古代书生来说,初次去赴一个女子的约会,心情该是多么欣喜,又是多么紧张。而用"春梦""花影动"这样的语言,不是恰到好处地把这种心态表现出来了吗?

词中的"西厢"二句,从情绪上看是由激动趋于稳定。他冷静下来,于是想到他所日夜思念的玉人：她在西厢等待月儿上升，一天清露，花园寂寂，有谁在陪伴着呢？词中不写张生对莺莺情深，而偏说玉人对他情重，从对面写来，尤觉爱之深，恋之切。当然这样的句子不是少游首创，《会真记》中原本写着："待月西厢下，迎风户半开。拂墙花影动，疑是玉人来。"好处在于词人把这句从起首移置中间，化平直叙写为曲折顿挫，使感情更加深化。结尾二句，虽也抒情，但叙事成分较多。在张生热切期待的时刻，好心的红娘"敛衾拥枕而至"了。"行云送"一辞，用宋玉《高唐赋》中"且为朝云，暮为行雨"的典实，暗喻莺莺前来幽会。下面"困弹钗横金凤"一句，则是以象征手法表现幽会后女子的慵怠情态。从实质上讲，这当然是艳语；然而"少游虽作艳语，终有品格"（王国维《人间词话》），并不像有些词家那样赤裸裸地描写色情。他的分寸还是较为得当的。"钗横金凤"一辞亦有所本，李商隐《偶题二首》之一云："水文簟上琥珀枕，傍有堕钗双翠翘"，也富于象征性、暗示性。少游化用其意，遂使艳情蒙上一层纱幕，不甚露骨。

　　正是因为处于词体向戏曲过渡阶段，所以这首词跟传统词的特征有异。它既抒情，又叙事，以致人称不太清楚，在抒情的时候用第一人称，而结尾二句又似客观的描述，颇似第三人称。另外，由于仅仅凭借一首短诗和一首小词，篇幅狭小，纵然词人善于概括浓缩，能够传达出故事梗概和人物概貌，但要给读者留下完整的印象，却难以做到。这一任务只有留给以后赵令畤的《商调·蝶恋花》、董解元的《西厢记诸宫调》和王实甫的《西厢记》杂剧了。　　　　　　　　　　（徐培均）

虞 美 人　　　　　　　　　　　秦 观

　　碧桃天上栽和露，不是凡花数。乱山深处水潆回，可惜一枝如画为谁开？　　轻寒细雨情何限，不道春难管。为君沉醉又何妨，只怕酒醒时候断人肠。

　　这是一首托物寓怀、自伤身世的小词。词中所咏的幽独不凡的花，实即词人高洁品格与不幸遭际的一种象征。

　　首句用晚唐诗人高蟾《下第后上永崇高侍郎》"天上碧桃和露种"句，只是把"种"改为"栽"，并稍易语序，以就声律而已。首句连下句赞美花的仙品，说它像天上和露栽种的碧桃，不是凡花俗卉一般。上句正面见意，下句反面强调，正反相济，先极力一扬。

　　接下来两句"乱山深处水潆回，可惜一枝如画为谁开？"却突作转折，极力一抑，显示这仙品奇葩托身非所。乱山深处，见处地之荒僻，因此，它尽管具有仙品高格,在潆回盘绕的溪边显得盈盈如画,却没有人来欣赏。陆游《卜算子·咏梅》有"驿外断桥边,寂寞开无主"之句,意蕴与此略似,而此篇咏叹的意味更浓,音情也摇曳多姿。

"轻寒细雨情何限,不道春难管。"过片两句,写花在暮春的轻寒细雨中动人的情态和词人的惜春的情绪。细雨如烟,轻寒恻恻,这盈盈如画的花显得更加脉脉含情,无奈春天很快就要消逝,想约束也约束不住。花的含情无限之美和青春难驻的命运在这里构成无法解决的矛盾。这就逗出了结末两句。

"为君沉醉又何妨,只怕酒醒时候断人肠。"君,这里指花。因为怜惜花的寂寞无人赏,更同情花的青春难驻,便不免生出为花沉醉痛饮,以排遣愁绪的想法。"只怕"二字一转,又折出新意:想到酒醒以后,面对的将是春残花落的情景,岂不更令人肠断? 这一转折,将惜花伤春之意更深一层地表达了出来。

托物自寓之作,大多含蓄不露,但也有直接点到自己的,如骆宾王《在狱咏蝉》尾联:"无人信高洁,谁为表予心?"李商隐《蝉》尾联:"烦君最相警,我亦举家清。"物、我之间或合或分。这首词的结拍二句也是如此。前六句咏花,即以自寓;后二句"君"我分举,但从我对花的同情中自可看出同命相怜。因此无论分、合,花都不妨看作词人身世遭际的象征。

这首词在表现上的显著特点,是基本上不用赋法,避免作正面的描绘刻画,纯以唱叹之笔,于虚处传神,所以特富于风致情韵。

　　　　　　　　　　　　　　　　　　　　　　　　　　　　　　(刘学锴)

点　绛　唇　　　　　　　　　秦　观

醉漾轻舟,信流引到花深处。尘缘相误,无计花间住。

烟水茫茫,千里斜阳暮。山无数,乱红如雨,不记来时路。

刘熙载论词,谓词要"空诸所有"(这叫做"清")而"包诸所有"(这叫做"厚")。这一点对于小令似乎特别重要。秦观这首《点绛唇》是较好的一例,它不但绝少情语,就是写景也没有具体细微的描画,似乎一味清空;细味之,却又觉得它言外有余意,义蕴深厚。

这首词汲古本题作"桃源"。词的首二句确乎有似于《桃花源记》的开篇:"缘溪行,忘路之远近。忽逢桃花林,……""醉漾轻舟,信流引到花深处",把读者带到一个优美的境界,这儿似乎是桃源的入口。人在醉乡,且是信流而行,这眼前一片春花烂漫的世界当是个偶然发现。又似乎是一个好梦:"春路雨添花,花动一山春色,行到小溪深处,有黄鹂千百。"(《好事近·梦中作》)一种愉悦的心情也就见于如此平淡的语言之外。同时而起的,却又有一阵深切的遗憾:"尘缘相误,无计花间住。""尘缘"自是相对灵境(王维就称桃源为"仙源")而言的,然而,联系到作者"屡困京洛"(《碧鸡漫志》卷二)的坎坷身世,又使人感到它有所寄托。"名缰利锁,天还知道,和天也瘦"(《水龙吟》),那"名缰利锁",正是尘缘的具体内容之一,长调固不妨具体些,而此处只说"尘缘相误",隐去正意,便觉空灵蕴藉,正所谓"以不犯本位为高"(《艺概》卷四)。三、四句与前二句,一喜一慨,词情便摇曳生姿,使人为之情移。

　　下片一连四句写景,没有用力痕迹,俱属常语淡语之类。然而"烟水茫茫,千里斜阳暮"却勾勒出一幅"斜阳外,寒鸦万点,流水绕孤村"(《满庭芳》)一样的"销魂"的黄昏景象。"千里""茫茫"尤给人天涯漂泊之感。紧接一句"山无数",与"烟水茫茫"呼应,构成"山重水复疑无路"的境界,这就与上片"尘缘相误"二句有了内在的联络,过片而不断曲意。值此迷惘之际,忽然风起(这从无字处见出),出现"乱红如雨"(李贺《将进酒》:"桃花乱落如红雨")的萧飒景象,原来是残春时节了。一句一景,蝉联而下,音节急促,恰状出人情之危苦。合起来,这几句又造成一个山重水复、风起花落、春归酒醒、日暮途远的浑成完整的意境。如此常语淡语,使人"咀嚼无滓,久而知味"(《词源》卷下评秦词)。虽然没有明写欲归之字,而欲归之意在在皆是。结句却又出人意外转折出欲归不得之意:"不记来时路。"只说"不记",更为耐味。虽是轻描淡写,却使人感到其情蕴深沉,曲折地反映出备受压抑而不能自解的作者,在梦破后无路可走的深深的悲愁。

　　虽是写"桃源",由于处境与胸次各异,秦词与陶诗风貌就完全不同。"久在樊笼里,复得返自然"的陶潜笔下,处处流溢出一个精神上有所归宿的人的自得情怀;而"醉卧古藤阴下,了不知南北"的秦观笔下,却时时纠结着一个缺少精神支柱的失意者的迷惘与悲哀。这首小令以轻柔优美的调子开端,"尘缘"句以后却急转直下,一转一深,不无危苦之辞,就很典型地反映了这种心境。它自然能在千百年里引起那为数不少的失意彷徨之士的感情共鸣。此词空灵而又"包诸所有",除了手法含蓄外,还应从它的典型性方面予以理解。　　　　　　(周啸天)

南　歌　子　　　　　　　　　　　　　秦　观

玉漏迢迢尽,银潢淡淡横。梦回宿酒未全醒,已被邻鸡催起怕天明。　　臂上妆犹在,襟间泪尚盈。水边灯火渐人行,天外一钩残月带三星。

　　唐宋词中,写情人晨起离别情景的佳篇,如牛希济的《生查子》(春山烟欲收),以"记得绿罗裙,处处怜芳草"的诗意联想传出缠绵的痴情;周邦彦的《蝶恋花》(月皎惊乌栖不定),则以清冷的情境表现内心的凄楚。而秦观的这首《南歌子》,却以格调情致的清新取胜。

　　起两句写别离的时间。黎明时分,夜漏将尽,着"迢迢"二字,透出此夜时间之长。银潢,即银河。天亮前银河逐渐暗淡西斜,故说"淡淡横"。两句写别前之景,都暗暗传出离人对长夜已尽、别离在即的特定时间的心理感受,用笔清淡,而情致自远。

　　接下来两句补叙:"梦回宿酒未全醒,已被邻鸡催起怕天明。"说明前两句所写的情景是梦回时所见所闻。因为伤离惜别,夜来借酒遣愁。清晨为邻鸡催醒时,宿酒尚未全醒,朦胧中听到漏声迢递、看到银河西斜,不免有"怕天明"之感。"怕"字贯串整个上片,点醒伤离者的特殊心态。离别的人最怕别时的到来,而邻鸡并不解离别者的心理,照旧天未明即啼鸣,这在离人听来,便不免觉得它叫得特别早,而带有催人起程之意了。"未""已"二字,开合相应,传出离人的心理。

　　"臂上妆犹在,襟间泪尚盈。"过片两句接上"梦回",从残妆在臂、宿泪盈襟写出夜来伤离的情景。而晨起看到昨夜伤离的泪痕,触绪伤怀之情可想。这是从今晨所见写出昨宵,又从昨宵暗示出今晨的惜别。周邦彦《蝶恋花》有"泪花落枕红绵冷"之句,亦借枕绵泪冷写昨夜伤别,与这两句词意相近,而周词密丽凝重,秦词清疏明快,情调风格有别。

　　"水边灯火渐人行,天外一钩残月带三星。"结拍两句,写临行时所见,镜头由室内转向室外:水边沙上,早起的行人已经三三两两地打着灯笼火把在匆匆赶路,天宇之上,繁星已经隐没,只有一钩残月带着三星寂寥地点缀着这黎明时分的苍穹,照映着早行的人们。这两句写景清疏明丽,宛如图画,而且带有晨起征行所特具的情调气氛。前一句写离别的人眼中所见的早起征行情景,其中既隐隐透出自己即将启程的迫促感,又带有对征行的某种新鲜感,感情并不沉重。后一句所描绘的景物虽带有清寥意味,但景物本身又带有一种清疏明洁的美,语调也显得比较轻快。这似乎透露出,词中所写的这场离别,虽不无伤感的成分,但并不显得过于沉重,和周词《蝶恋花》并读,对本篇的情致清新、格调明快可以看得更加清楚。

(刘学锴)

南 歌 子

秦 观

香墨弯弯画,燕脂淡淡匀。揉蓝衫子杏黄裙,独倚玉阑无语点

檀唇。　　　人去空流水,花飞半掩门。乱山何处觅行云? 又
是一钩新月照黄昏。

上片是一幅工笔重彩的梳妆图。遥对篇末"黄昏",这里写的当是晓妆或午
妆。"香墨弯弯画,燕脂淡淡匀",虽未直说是画眉、搽脸,但可以从"画"且"弯
弯",和"匀"与"燕脂"中体会得出。"画"与"匀"都运用得精当,而"弯弯"与"淡
淡"叠字从音情、形色又配合恰好。由于口红只是圆圆地涂在唇上,只消着一
"点"字便妙。只有"揉蓝衫子杏黄裙"一句不用一个动词,不仅省炼,而且还能传
达一种仔细上下打量的神情。这里运用了一连串的颜色:"香墨"(墨)、"燕脂"
(红)、"揉蓝"、"杏黄"、"檀"(赭红)等,将画面渲染得秾丽鲜妍。值得注意的是没
有一种颜色是运用简单的元色字来替代的(比如"燕脂"与"檀"色都近红,而有偏
朱偏紫的不同),辨色就更具体鲜明。善于运用动词和设色,不但显出文采,而且
写出梳妆者的精心着意,一个盛妆佳人如在目前。

仅此还不足言妙。使这幅美人图获得画图难足的意态的,还是"独倚玉阑无
语"的穿插,由此便有情事可以玩味。既然是"独",却用心打扮,便不能不产生
"谁适为容"的问题,画外分明还有一个人在。"独倚玉阑"的女子看来是在等待,
"无语"二字是意味深长的,使人想起杜诗那个"日暮倚修竹"(《佳人》)的形象。
不同的是杜诗中"摘花不插发"的佳人早不存任何幻想;而这一位盛妆的佳人仍
存一线希望,虽然盛妆掩饰不住她内心的空虚。

过片完全换了一幅画面,好像一幅写意的暮春黄昏图景。它并不纯是写景,
上片已露端倪的情事,在这里处处有发展,有关合。"人去"二字紧连上文,可见
那人的确是远走了。阑外空有"流水",流水悠悠长逝,似乎象征那人的薄幸。风
扬"花飞",是残春光景,又给人以美人迟暮的暗示。门儿"半掩"而不深闭,似乎
为谁半开着,又恰是女子不能断念的心情的一个写照。古诗词中多以浮云比喻
薄情郎的游踪:"几日行云何处去? 忘却归来,不道春将暮"(冯延巳《鹊踏枝》),
"君若无定云,妾若不动山。云行出山易,山逐云去难"(雍陶《明月照高楼》),这
正是"乱山何处觅行云"的注脚。由于心烦意乱,移情于物,群山便成"乱山"。水
流,花飞,云行,真见得风流云散。几句俱有比兴意味,而末句则直赋眼前景:"又
是一钩新月照黄昏。"看来用笔直写,很客观,仔细体味,字字是失望的叹息。"又
是一钩新月照黄昏",可那人是不会再来了!"又是"二字可见这样的等待、这样
的失望远不止是一次,怨情溢于言表。

这首词没有直接的抒情叙事,两片都是"画",且有工笔与写意、写人与写景、

着色与不着色的不同,但俱能由图景暗示情事,而且意脉连贯,上片秾丽设色正为下片一洗而空作准备,加之上片音节柔缓而下片则一气贯注略无停顿,十分成功地表现了女主人公失欢之后,从一线希望到完全失望的情感发展过程。

（周啸天）

临 江 仙　　　　　　　　　　　　　　　秦 观

千里潇湘挼蓝①浦,兰桡昔日曾经。月高风定露华清。微波澄不动,冷浸一天星。　　独倚危樯情悄悄,遥闻妃瑟泠泠。新声含尽古今情。曲终人不见,江上数峰青。

〔注〕　① 挼:音 nuó,又音 ruó,揉搓之意。蓝为植物名,揉搓其叶取得青色为染料,《礼记·月令》已有"刈蓝以染"的话。诗词中以"挼蓝"状水色之青,如黄庭坚《诉衷情》:"山泼黛,水挼蓝。"

这是秦观于宋哲宗绍圣三年(1096)被贬郴州途中写的一首词,抒写夜泊湘江的感受。

起两句总叙。千里潇湘江上,浦口水色似揉蓝,这里写词人泊舟之处。桡,船桨。兰桡代指木兰舟,这是对舟船的美称。《楚辞·九歌·湘君》:"桂棹兮兰枻。"柳宗元《酬曹侍御过象县有寄》有"骚人遥驻木兰舟"之句。这首词中的"兰桡"即指骚人屈原所乘的舟船。这一带正是当年骚人的兰舟曾经经过的地方。首句写眼前景,却从"千里潇湘"的广阔范围带起。次句由眼前景引出"昔日"楚国旧事,显现出朦胧的历史图景,暗示自己如今正步当年骚人的足迹,在千里潇湘之上走着迁谪的行程。词人和骚人,通过"千里潇湘"这一今古长流的中介,自然联系起来。从一开始,词中就引入了楚骚的意境与色调。

接下来三句续写泊舟潇湘浦所见:"月高风定露华清,微波澄不动,冷浸一天星。"夜深了,月轮高挂中天,风已经停息下来,清莹的露水开始凝结。眼前的潇湘浦口,微波不兴,澄碧的水面荡漾着一股寒气,满天星斗正静静地浸在水中。这境界,于高洁清莹中透出寂寥幽冷,显示出词人贬谪南州途中的心境。风定露清,波平水静,一切都似乎处于凝固不动之中,但词人的思绪并不平静。这就自然暗渡到下片。

"独倚危樯情悄悄,遥闻妃瑟泠泠。"在这清寂的深夜,词人泊舟浦口,独倚高樯,内心正流动着无穷的忧思(悄悄,忧愁貌),隐隐约约地,似乎听到远处传来清泠的瑟声。潇湘一带,是舜的二妃娥皇、女英哭舜南巡不返,泪洒湘竹之处,传说她们善于鼓瑟。这里说"遥闻妃瑟泠泠",很可能是特定的地点和清冷的现境触发了词人的历史联想,并由此产生一种若有所闻、似幻似真的错觉;也可能是确实听到鼓瑟之声,但词人通过自己的想象把它虚幻化、神话化了。不论是哪一种情形,这潇湘深夜的泠泠瑟声都曲折地透露了词人自己凄凉寂寞的心声。这两句写泊舟浦口所闻,它使整个词境带有悲剧色彩。

"新声含尽古今情",这是对江上瑟声的感受。瑟中所奏的"新声",包含了古人和今人的共同感情。古,指湘灵;今,指词人自己。这一感受,正透露词人与湘灵一样,有着无穷的幽怨。

"曲终人不见,江上数峰青。"结尾全用钱起《省试湘灵鼓瑟》成句,但却用得自然妥帖,仿佛是词人自己的创作。它写出了曲终之后更深一层的寂寥和怅惘,也透露了词人高洁的性格。

这首词和作者以感伤为基调的其他词篇有所不同,尽管偏于幽冷,却没有他的词常犯的气格卑弱的毛病。全篇渗透楚骚的情韵,这在秦词中也是特例。

(刘学锴)

好　事　近 梦中作　　　秦　观

春路雨添花,花动一山春色。行到小溪深处,有黄鹂千百。

飞云当面舞龙蛇,夭矫转空碧。醉卧古藤阴下,了不知南北。

此词正如题中所示,系写梦境。据释惠洪《冷斋夜话》:"秦少游在处州,梦中作长短句……后南迁,久之,北归,逗留于藤州,遂终于瘴江之上光华亭。时方醉起,以玉盂汲泉欲饮,笑视之而化。"少游于哲宗绍圣元年(1094)贬监处州酒税,三年徙郴州,词盖作于二年之春。因结语有"醉卧藤阴"之句,后人遂以为死于藤州之谶;及至迁葬无锡惠山,还说有巨藤盖覆其墓。那当然是带有迷信色彩的传说。

这首词的特点,当得上一个"奇"字。它以娴熟的技巧,表现了奇丽的色彩,奇峭的声情,奇特的境界,带有浓郁的浪漫主义情调。词的上阕写词人梦魂缥缈,漫游在一条景色瑰丽的山路上。词人的笔好似一根神异的魔棒,它指向哪里,哪里就会出现绝妙的景色。起首二句,寥寥十一字,写了春路、春雨、春花、春山、春色,环环相扣,宛转相生:春路上下了一场春雨,给人以浥尽轻尘的快感;春雨过后,春花盛开,给人以无比绚烂的印象;而春花一动,整个山间又出现一片明媚的春光,遂使人目迷五色,如入仙境。三、四两句,紧承前意。"行到"一句,与首句"春路"相应,点明方才的一切乃词人的梦魂在春路上行走所见,而这条春路,傍临小溪,曲径通幽,越走越深,境界越是奇丽。"有黄鹂千百",则把这种奇丽的景象充分地渲染出来。"小溪深处",犹之王维《鸟鸣涧》诗所写的"夜静春山空",应是一个静谧的所在,黄鹂或许正在树上栖息。词人的突然来到,也像"月出惊山鸟"一般,打破了一片岑寂,无数黄鹂立刻喧腾起来。上有黄鹂飞鸣,下有溪水潺湲,再加上满山鲜花烘托,境极美矣! 词人徜徉在这一优美的境界中,该多么自由舒畅;然而这是一个梦幻,现实中并不存在。观词至此,可知"从有寄托入,从无寄托出"(清周济语),确是词之极诣了。

过片二句,词人的视线移向天空,只见飞云变幻着各种形态,竟像龙蛇一样,在碧空中飞舞。"夭矫"二字,写出龙蛇盘曲而又伸展的动态,极富于形象性。"空碧"即碧空,因押韵而句法倒装。碧空万里,龙蛇飞舞,这个景象煞是壮观。它象征着词人在梦境中获得了一刹那的精神解放。在用语和造境方面都十分奇特,词情至此,已发展到一个高潮。因此清人陆云龙评曰"奇峭"(《词菁》卷二),陈廷焯评曰"笔势飞舞"(《词则·别调集》)。所谓"奇峭"者,当是指景象奇伟,格调峻峭,非一般绮靡之作可比,也与少游其他作品不同。所谓"笔势飞舞",是形容词笔纵横捭阖,笔端带有感情,落纸如龙蛇飞动,奔逸超迈,运转自如。这就不是婉约派所能范围的了。

结尾二句,由动至静,在静的状态中,创造了一种无我之境,反映出词人消极出世的思想。在词人的后半生,为了逃避在现实中遭受贬谪的痛苦,不是在精神上遁入梦境,就是躲进醉乡。他在横州所写的《海棠春》一词曾说过"醉乡广大人间小",这里则说"醉卧古藤阴下,了不知南北"。在古藤浓阴的覆盖下,词人酣然入睡,置一切于不顾,似乎很超脱,达到了无我之境,实际上这是对黑暗现实一种消极的反抗,因此明人沈际飞认为这是"白眼看世之态"(《草堂诗馀续集》卷上)。就意境而言,他写得静谧幽绝,绝非食人间烟火人语。因此清人周济评曰:"造语奇警,不似少游寻常手笔。"(《宋四家词选》)如果说"奇峭"二字是过片二句的特色,则"奇警"二字,便是这结尾二句的特色了。

近人王国维在谈到诗词境界时说:"境界有二:有诗人之境界,有常人之境界。诗人之境界,惟诗人能感之而能写之,故读其诗者,亦高举远慕,有遗世之意。……若夫悲欢离合,羁旅行役之感,常人皆能感之,而惟诗人能写之。"(《清真先生遗事·尚论》)在这首《好事近》中,少游以特有的诗人的敏锐,把复杂的生活经验和内心感受,升华为一种奇特的景象,反映了他对社会人生的看法。在优美的艺术形象中含有深刻的哲理,读之确实令人"高举远慕,有遗世之意"。明代卓人月曾以之与曹唐《偶咏》诗的"水底有天春漠漠,人间无路月茫茫"相比,说少游"此词如鬼如仙"(《古今词统》卷五)。可见它富有浓厚的浪漫主义色彩,只不过较为消极罢了。

少游此词有名于时,为许多人赞赏。东坡有题跋云:"供奉官莫君沔官湖南,喜从迁客游……诵少游事甚详,为予道此词至流涕。"黄庭坚也有诗云:"少游醉卧古藤下,谁与愁眉唱一杯? 解作江南断肠句,只今唯有贺方回。"直至明清两代,还有不少诗人、学者通过不同方式,向少游深致悼念之情。如郎瑛《七修类稿》卷三十曾记载道:"余尝亲见其墨迹,后有近代刘菊庄题云:'名并苏黄学更优,一词遗墨至今留。无人唤醒藤州梦,淮水淮山总是愁。'"可见,此词千载而下,仍能催人落泪,其中蕴有多么深厚的艺术魅力啊!

(徐培均)

画 堂 春　　　　　　　秦　观

东风吹柳日初长,雨余芳草斜阳。杏花零落燕泥香,睡损红妆。　　宝篆烟销龙凤,画屏云锁潇湘。夜寒微透薄罗裳,无限思量。

这首词李调元《雨村词话》卷一以为"气薄语纤,此山谷十六岁作"。按称黄庭坚作者始自明刻本《豫章黄先生词》,但宋人杨湜《古今词话》及黄昇《唐宋诸贤绝妙词选》已定为少游作。细玩词之风格,婉丽柔媚,悱恻深沉,非少游莫属。

全词写一位美人的春睡,妙处在于白昼里红窗睡稳,夜晚间枕畔难安。以白昼与黑夜对照,说明女主人公正常的生活规律被打乱、被颠倒,心中必有所思。词中虽写美人春睡中的姿态和感情,然重点却在于环境的渲染。宋杨湜《古今词话》云:"少游《画堂春》'雨余芳草斜阳,杏花零落燕泥香'之句,善于状景物。至于'香篆暗消鸾凤,画屏萦绕潇湘'二句,便含蓄无限思量意思,此其有感而作也。"至于因何有感,当指春情难耐,毋庸赘述,仅就词的意境而言,也是写得相当优美和深远的。

上片起首二句铺叙春睡前景色。春雨初霁,春日渐长,东风吹拂柳条,斜阳映照芳草,正是困人天气。这就为春睡渲染足了气氛。以下二句是全词的精彩之处。王国维说:"温飞卿《菩萨蛮》'雨后却斜阳,杏花零落香',少游之'雨余芳草斜阳,杏花零落燕泥香',虽自此脱胎,而实有出蓝之妙。"(《人间词话》附录)为什么少游竟能超过词坛上一向所艳称的名句? 因为他将好几层意思浓缩为一个完整的意境。杏花本当令之景,此为第一义;雨后零落,此为第二义;堕地沾泥,

画堂春(东风吹柳日初长)　　　　　秦　观

——明刊本《诗馀画谱》

北宋　范宽　溪山行旅图

南宋 苏汉臣 秋庭婴戏图

宿雨清畿甸
朝陽麗帝城
豐年人樂業
隴上踏歌行

南宋 马远 踏歌图

北宋　王诜　渔村小雪图卷

北宋　赵令穰　湖庄清夏图

宋 赵佶 听琴图

南宋 李迪 风雨归牧图

北宋　张择端　清明上河图（局部）

南宋 李唐 万壑松风图

地行不
識名和
塗太以
高陽一
壺酒遮
一
去路壹
仙宴罷
沐滴樑
袖尚穰
糊

南宋　梁楷　泼墨仙人图

南宋　夏圭　溪山清远图

府杭里擔那箇擔
齋攜兒童豈謹招
蝶蛾供那穌上喜
人誰不以下一庭
凳巴仲表下游
湯題

南宋 李嵩 货郎图（局部）

北宋 徐道宁 渔父图

南宋　米友仁　云山图（局部）

北宋 郭熙 窠石平远图

此为第三义；泥沾落花，带有香气，此为第四义；燕衔此泥筑巢，巢亦有香，此为第五义。词人将如许含义凝为一句，只举首尾而中间不言而喻，语言优美而意味隽永，审美价值极高。除了王国维所举的例子外，我觉得李清照《武陵春》中的"风住尘香花已尽"、《浣溪沙》中的"落花都上燕巢泥"（亦作周邦彦词），陆游《卜算子》中的"零落成泥碾作尘"，也无不与少游词相似，但却没有他写得凝练、洒脱、隽永。李攀龙评之曰："写景入画，言少而意甚多。"（《草堂诗馀隽》卷四引）可谓恰中肯綮。由于词人把环境写得如此婉美昵人，故佳人不得不陷于春困矣。"睡损红妆"一语，正补足前面意思，推出人物形象，仿佛令人看到一幅美人春睡图。

　　过片写美人夜间不眠时所见之景象。"宝篆"盖今之盘香。宋洪刍《香谱》云："近世尚奇者作香，篆其文，准十二辰，分一百刻，凡燃一昼夜而已。"少游在《减字木兰花》中也写过："断尽金炉小篆香。"此处则是表明美人已经很长时间失眠，直到篆香销尽。不是简单的叙述，而是用景语作为烘托。"画屏云锁潇湘"，是指屏风上所画的云雾潇湘图。此以潇湘喻指思念之人所在，从柳浑诗"潇湘逢故人"化出，"云锁"则迷不可见。点出苦想不眠的原因。这种手法不妨说它是融情入景。结尾二句承上意脉，具体描写夜寒袭人，美人无法再入梦乡，于是思前想后，辗转反侧。《古今词话》所谓"香篆"二句，"便含蓄'无限思量'意思"，正是从艺术结构的浑成统一着眼的。说明前面是景中有情，此处则以情语作结罢了。

　　这首词乃是双叠，上下两片句式相同，写法也相同，都是前面两句着重写景，后面两句着重写情与人。但意味、情境都有差别。上片时间在白天，从室外写到室内，再写到人；下片时间在夜晚，从室内陈设写到佳人衣着，再写到思想感情。两结都是写实，但却起了画龙点睛作用。若无此两结，则通篇虚写，无所着落，读者将不知所云了。词的色彩、音韵也是写得极美的。其中有芳草、杏花、绿柳、香巢，有宝篆香烟、潇湘云雾，因而组成了色彩绚烂的画面。就音韵而言，起首二句畅达流美，节奏明快；过片一联对仗工稳，韵律谐婉。如果说，存在"气薄语纤"的毛病，主要是指两个结句，但其所抒发的感情却是深挚的，也会引起读者的无限思量。

　　　　　　　　　　　　　　　　　　　　　　　　　　　　　（徐培均）

行　香　子①　　　　　　　　　　秦　观

　　树绕村庄，水满陂塘。倚东风、豪兴徜徉。小园几许，收尽春光。有桃花红，李花白，菜花黄。　　　远远围墙，隐隐茅堂。飏青旗、流水桥旁。偶然乘兴，步过东冈。正莺儿啼，燕儿舞，蝶儿忙。

〔注〕 ① 此词《全宋词》疑为张缏作。

　　这是一幅田园风光的活动画图。在唐、五代、北宋的词苑中,除苏轼的五首描绘农村风物的《浣溪沙》外,这样的作品并不多。

　　画图随着词人游春的足迹次第展开。上片以"小园"为中心,写词人所见的烂漫春光。开头两句,先从整个村庄着笔:层层绿树,环绕着村庄;一泓绿水,涨满了陂塘。这正是春天来到农家的标志,也是词人行近村庄的第一印象。它使人联想起孟浩然笔下那个"绿树村边合"的农庄,平凡而优美。

　　"倚东风、豪兴徜徉。"接下来两句,出现游春的主人公——词人自己。"东风"点时令,"豪兴"说明游兴正浓,"徜徉"则显示词人只是信步闲游,并没有固定的目标与路线。这一切,都在下面的具体描写中得到体现。这两句写出词人怡然自得的神态。

　　"小园几许,收尽春光。有桃花红,李花白,菜花黄。"在信步徜徉的过程中,词人的目光忽然被眼前一所色彩缤纷、春意盎然的小园所吸引,不知不觉停住了脚步。园子虽小,却像是收入了全部春光:这里有红艳的桃花,雪白的李花,金黄的菜花。这鲜明的色彩,浓郁的香味,组成一幅春满小园的图画,显出绚丽多彩而又充满生机。

　　下片移步换形,从眼前的小园转向远处的茅堂小桥。远处是一带透迤缭绕的围墙,墙内隐现出茅草覆顶的小堂。墙外,在小桥流水近旁,飘扬着乡村小酒店的青旗。这几句不但动静相间,风光如画,而且那隐现的茅堂和掩映的青旗又因其本身的富于含蕴而引起游人的遐想,自具一种吸引人的魅力,令人联想起"借问酒家何处有,牧童遥指杏花村"(杜牧《清明》),"山远近,路横斜,青旗沽酒有人家"(辛弃疾《鹧鸪天》)一类的意境。

　　"偶然乘兴,步过东冈。"这两句叙事,插在前后的写景句子中间,使文情稍作顿挫,读来别具一种萧散自得的意趣。这两句回应上片的"豪兴徜徉"。

　　"正莺儿啼,燕儿舞,蝶儿忙。"这是步过东边的小山冈以后展现在眼前的另一派春光。和上片结尾写不同色彩的花儿不同,这三句写的是春天最活跃的三种虫鸟,以集中表现春的生命活力。词人用"啼""舞""忙"三个字准确地概括了三种虫鸟的特性,与上片结尾对映,又进一步强化了春色满眼、生机勃勃的气氛。

　　《行香子》这个词调上下片完全对称,每片多为三、四字短句,节奏比较明快。特别是上下片结尾各有由一个字带领的三个三字排偶句,运用得当,可以造成蝉联一气的轻快格调。这首词的内容(乘兴闲游,欣赏春光)、情绪(比较欢快轻松),正适合用这样一个词调来表现。词人根据乘兴徜徉所见的不同景物,组成上下两片各具相对独立性的两幅活动图画,使它们相互对称、映照,成为一个整体。同时,又运用通俗、生动、朴素、清新的语言写景状物,使朴质自然的村野春光随着词人轻松的脚步、欢快的情绪次第展现,达到词的节奏与词人的感情之间和谐的统一。

（刘学锴）

【作者小传】

米　芾

（1052—1108）　初名黻,字元章,号鹿门居士、襄阳漫士、海岳外史。太原（今属山西）人,徙居襄阳（今属湖北）,后定居润州（今江苏镇江）。以母侍宣仁后藩邸恩,补校书郎,太常博士,出知无为军。逾年,召为书画博士,擢礼部员外郎,知淮阳军。世称"米南宫"。又因举止颠狂,称"米颠"。能诗文、擅书画,书法与蔡襄、苏轼、黄庭坚合称"宋四家"。有《宝晋英光集》《宝晋长短句》一卷。词存十七首。

水 调 歌 头　中秋　　　　　　　米　芾

砧声送风急,蟋蟀思高秋。我来对景,不学宋玉解悲愁。收拾凄凉兴况,分付尊中醽醁,倍觉不胜幽。自有多情处,明月挂南楼。　　怅襟怀,横玉笛,韵悠悠。清时良夜,借我此地倒金瓯。可爱一天风物,遍倚栏干十二,宇宙若萍浮。醉困不知醒,欹枕卧江流。

米芾,字元章,是宋代大书画家。据《挥麈后录》记其为人:滑稽玩世,不能俯仰顺时,晚益豪放,不拘绳检,风神萧散,一流人也。文如其人,他的词写得清新韶秀,飘逸绝尘。他与苏东坡是同时代人,多所交往。东坡《水调歌头》中秋词名噪一时。他继之而作,别出机杼,亦不失为佳篇。

东坡中秋词开门见山发出奇问:"明月几时有,把酒问青天。"米芾反其道而行之,上片一大段故意撇开月亮,先写自己晚来的秋意感受。"砧声送风急,蟋蟀思高秋",古人有秋夜捣衣,远寄征人的习俗,砧上捣衣之声表明气候转寒了。墙边蟋蟀鸣叫,亦是触发人们秋思的。李贺《秋来》诗云:"桐风惊心壮士苦,衰灯络纬啼寒素。"米芾这两句着重写自己的直觉,他是先听到急促的砧声而后感到飒飒秋风之来临,因此,才觉得仿佛是砧声送来了秋风。同样,他是先听到蟋蟀悲

米员外（芾）像

吴郡名贤图传赞

鸣，而后才意识到时令已届高秋了。这种写法与一般人的思维逻辑正相反，着重写个人感觉，强调作者为外物所引起的内心的感受，强调秋声所引发的自己心灵上的颤动。

"悲哉秋之为气也，萧瑟兮草木摇落而变衰。"这是宋玉《九辩》中的名句，从此，"见落叶而悲秋"，成为才人志士一种传统心态。可是米芾却说："我来对景，不学宋玉解悲秋"，颇表现出他的旷逸豪宕的襟怀。他这句拗折刚健之笔使文气为之一振。因为砧声和蟋蟀等秋声，毕竟要给人带来一种凄凉的秋意，而倔强的词人不愿受其困扰。所以，接着他要"收拾凄凉兴况，分付尊中醽醁"了。可是把"凄凉兴况"交付给杯中美酒消去，并不是那么容易的，酒后反而心里加倍感到不胜其幽僻孤独。从用笔上来说，"不学宋玉解悲愁"，强作精神，是一扬，这里"倍觉不胜幽"，却是一跌，词人通过闻秋声而引起的内心感情上的波澜起伏，把"无计相回避"的"悲愁"充分表现出来了。

就在这个时候，一轮明月出来了。月到中秋分外明，此时，明月以它皎洁的光辉，把宇宙幻化为一个银色的世界，也把他从低沉压抑的情绪中解救出来，于是词笔又一振，他情不自禁地歌唱道："自有多情处，明月挂南楼。"直到上片结拍，词人才托出一轮中秋月点明题意。"多情"二字是在词人的感情几经折腾之后说出的，就极其真切自然，使人感到明月的确是情多。米芾先是反复渲染中秋节令的秋意，从反面为出月铺垫，以"自有"二字转折，使一轮明月千呼万唤始出来，这种写法与东坡中秋词大异其趣。

下片便是写赏月了。词人分四个层次写自己在月光下"横玉笛""倒金瓯""倚栏干"乃至"醉困不知醒"的情景。"怅襟怀"的"怅"字承接上下片，巧妙过渡，既照应上片"不胜幽"的"凄凉兴况"，又启下片的赏月遣怀。"横玉笛，韵悠悠"，玉笛声固然是富有优美情韵的，不要忘记米芾此时是在大放光明的中秋月下吹笛，那更是何等富有诗情画意的境界！所以词人马上想到要借此清时良夜，像李太白那样"举杯邀明月"，痛痛快快大饮其酒了。"遍倚栏干十二"，说明他赏月时间之长，从多种角度赏览兴致之高，他为这"可爱一天风物"陶醉了。不由神与物游，引起他对宇宙对人生的遐想。

词的写法很妙，自上片结拍点出"明月挂南楼"之后，字面上再没有出现"月"字，再没有直接去描写月亮，然而却又使人恍如置身在一个月光如水的优美境界中，这个境界空灵、圣洁、宁静、浩瀚，人与宇宙化为一体了。宇宙之大，词人视若浮萍，多么博大的心胸，飘逸的神思，大有羽化登仙、乘风归去之势呢！

由于境界美，兴致高，词人不觉豪饮大醉。"醉困不知醒，欹枕卧江流"两句，使人想起东坡《前赤壁赋》结尾的"肴核既尽,杯盘狼籍,相与枕藉乎舟中,不知东方之既白"。要说的前面都说了,此处以不结结之,最妙,何必再要去写赏月饮酒之后,我心中新的感觉如何,问题解决了没有呢?

　　米芾这首中秋词通篇都是抒写自己心灵的感受,因此,写得清空而不质实,开头泛写秋声,蟋蟀之声当然随时可闻,而砧声就未必响于中秋夜了。他如此写,只不过是为了表达自己内心的一种秋意感受罢了。接着词人写"我来对景"时感情上的折腾,也是虚写。词人在赏月,也只是着重写"横玉笛"的雅兴,"倒金瓯"的豪情,"倚栏干"的遐思,也都是个人内心的感受。写景也非实写,"清时良夜""可爱一天风物"都是采用一种很概括的写法,结句"欹枕卧江流"更是意想中的境界,整个词境如空中之色,镜中之像,用笔空灵回荡,而自有清景无限,清趣无穷,表现出米芾特有的风格。《宋史·米芾传》说:"芾为文奇险,不蹈袭前人轨辙。"这首比东坡后出的中秋词,所以获得成功,不也体现着这种创新的精神吗!

(高　原)

蝶 恋 花　　　　　　　　　米 芾
海岱楼玩月作

　　千古涟漪清绝地。海岱楼高,下瞰秦淮尾。水浸碧天天似水。广寒宫阙人间世。　　霭霭春和生海市。鳌戴三山,顷刻随轮至。宝月圆时多异气。夜光一颗千金贵。

　　这是米芾在宋哲宗绍圣四年(1097)知涟水军(今江苏涟水)后,登涟水名楼海岱楼玩月之作。米芾在涟水军二年,在其现存十七首词中,标明在海岱楼所作者,至少有三首,这是其中之一。这首词的上片,首先从海岱楼所处的地理位置入手。"千古"一句,总写涟水全境形胜之处。涟水为水乡,当时境内有中涟、西涟、东涟诸水,黄河夺淮入海亦经此地,且东濒大海,北临运河,水乡清绝,故以"涟漪"称之。然后特出一笔,写海岱楼高,拔地而起,"下瞰秦淮尾",以夸张之笔,极写此楼之高。"水浸"二句承"下瞰"而来,转写水中浸沉着的碧天;然后又由如水的碧天联想到"广寒宫阙",接触到"月",从而为下片写月出作好铺垫。但这里写"广寒宫",并非实写,而是由水中碧天联想而来,作者的笔墨仍然是倾注于"人间世",上片用笔,皆在"人间世"三字上凝结,"广寒宫"也是为修饰"人间世"而出现的。词的下片才写"玩月"。但首句却不去写月,而是写"海市"。"海市"即我们常说的"海市蜃楼",晋伏琛《三齐略记》和宋沈括《梦溪笔谈》等文献都曾叙述过"海市"的繁华热闹。但这首词中的"海市",乃是虚写,实际上只是写海,从而再次为月出作铺垫。经过再三铺垫,曲曲折折,千呼万唤之后,才是月亮出海:"鳌戴三山,顷刻随轮至。"鳌戴三山,系我国古代神话。"三山",指海中的仙山方壶(一曰方丈)、瀛洲、蓬莱,山下皆有巨鳌(大龟)"举首而戴(顶)之","三山"因此不再漂浮移动(详见《列子·汤问》)。"轮",指月亮。梁刘孝绰《望月诗》"轮光缺不半,扇影出将圆"、唐杜甫《新月》诗"光细弦欲上,影斜轮未安",其中的"轮"皆指月亮,故月有"月轮"之称。古人以为月亮是从海中出来的,故唐张九龄《望月怀远》诗有"海上生明月"、李白《把酒问月》有"但见宵从海上来"句,卢仝《月蚀》诗说得更清楚:"烂银盘从海底出"。这自然是误解。米芾这两句写月出,倒不像前人那样直截了当,表面看来是写"三山"随月轮而至,似以写"三山"为主。月未出时"三山"暗,月出则"三山"明,好像顷刻之间来到眼底。这实际上还是写月,"三山"只是作为月的被动物出现的,貌似"三山"至,实即月轮出。这是一种借此写彼的笔法。这两句不仅充满了神话色彩,而且写得神采飞动,"顷刻"一词,写月轮出海,凌厉之至,神气倍生。词中真正写"玩月",只是最后两句:"宝月圆时多异气,夜光一颗千金贵。""夜光",指月亮。屈原《天问》:"夜光何德,死则又育?"王逸注:"夜光,月也。"夜光又为珠名,故以"一颗千金贵"称述之,这是巧借同名之珠以赞美圆月之可贵。这两句,前句重在其"异",后句重在其"贵"。因其"异",始见其"贵"。一轮明月,不知产生过多少神话,神奇之至,亦美妙之至,月也因此而提高了身价。古人又把月视为群阴之宗,崇拜备至。这两句包含着作者对于月的种种幻想与评价。这里写的是圆月,尤为古人所重视,其价值也更高。米芾是爱月的,在他现存的十七首词中,写到月的就有六首。

　　米芾的这首词,气魄很大,充满了一种奔逸绝尘之气。全词几乎无一句不具有这样的特点。如"海岱"两句,作者站在海岱楼头下瞰,是不可能"瞰"到"秦淮尾"的。这是他的博大想象,千里之远,近在咫尺。作者神思飞驰,大有凌空飞天之势。在他的其他作品中,也有类似的想象,多有博大之境。"水浸碧天"、"广寒宫阙"等句,妙于浸染,景象宁静而浩瀚,使天上人间浑为一体,这又很像他的气象迷离的山水画。"鳌戴"两句则转为沉着飞翥,超逸绝尘,倏忽千里。持平而论,米芾的这首词应该是一首"豪放词"了。而这种词,在北宋当时的词坛上,除了苏轼等少数词人之外,其他并不多见。苏轼、王安石等对米芾都格外垂青,他们都发现了米芾在文学上的真价。此外,米芾的好洁成癖的个性,在这首词中也有明显的表现。这首词的选材造语,无一尘杂,皆给人以玲珑圣洁之感;且又异象迭生,或静或动,无不超妙绝俗,使人如置身于绝无烟火气的广寒宫阙。米芾的其他词作,也往往具有这种圣洁绝俗的精灵之气,这在当时的词坛上,显然也是可贵的。

(邱鸣皋)

满 庭 芳 咏茶　　　　　　米 芾

雅燕飞觞,清谈挥麈,使君高会群贤。密云双凤,初破缕金团。窗外炉烟自动,开瓶试、一品香泉。轻涛起,香生玉乳,雪溅紫瓯圆。　　娇鬟,宜美盼,双擎翠袖,稳步红莲。座中客翻愁,酒醒歌阑。点上纱笼画烛,花骢弄、月影当轩。频相顾,馀欢未尽,欲去且留连。

此词亦入秦观《淮海居士长短句》中,然《襄阳书画考》载:"米元章与周熟仁试赐茶于甘露寺,作《满庭芳》词,墨迹为世所重。"并引录其警句,"推为独绝"。云有墨迹传世,当有所据。虽然书家写他人作品者多有之,但既云"作《满庭芳》词",则自书所作亦有可能,姑定为米芾之作。

北宋人咏物之词,多无寄托。描情状物,工巧妥帖,即为佳制。米芾此词,上阕咏宴集烹茶,细致优雅;下阕引入情事,兼写捧茶之人,虽无深意,自饶风韵。

起三句,写"高会"的情况。"雅燕",即雅宴,高雅的宴会。"飞觞",举杯饮酒。觞,古代盛酒器,呈雀形,称羽觞,故谓举觞为飞觞。挥麈清谈,为魏晋名士风习。当时名士常执麈尾(拂尘),挥动以助谈兴。如《晋书·王衍传》谓衍"终日清谈,……每捉玉柄麈尾"。"使君",对州郡长官的尊称。这里当指周熟仁。三句尚未点出"茶"字,而茶意已出。既有风姿高雅的主人,又有群贤毕集的盛会,酒后清谈,怎可以没有名茶解醒助兴呢?"密云"二句入题。"密云",茶名,又名密云龙、密云团。"双凤",茶名,即双凤团。《能改斋漫录》卷十五引《画墁录》:"丁晋公(谓)为转运使,始制为凤团,后又为龙团。岁贡不过四十饼。天圣中又为小团,其饼迥加于大团。熙宁末,神宗有旨下建州制密云龙,其饼又加于小团。"可知"密云"、"双凤"皆珍贵的茶饼。"破",谓擘开茶饼。"缕金团",欧阳修《归田录》:"茶之品,莫贵于龙凤,谓之团茶……宫人往往缕金花于其上,盖其贵重如此。"苏轼《行香子·咏茶》:"看分月饼,黄金缕,密云龙",与此同意。这些名茶皆为贡品,皇帝又每以分赐大臣,即所谓"赐茶"。"窗外"二句,写生炉子煮水。古人煮茶,非常讲究选水。扬子江南濡水,有"天下第一泉"之号,词中的"一品香泉",也许就是指这最佳的泉水。"轻涛"三句,细写烹茶的情状。宋人很讲究煮茶的方法:把泉水倒进茶瓶,用风炉加热,小沸即可(即术语的"蟹眼"),再把研碎了的茶叶投入,便有白色泡沫浮在茶汤上面,称为"玉乳"、"雪花乳",然后轻轻搅拌,便可斟饮。曹邺《茶》诗:"香泛乳花轻"、蔡襄《试茶》诗:"兔毫紫瓯新,蟹眼清泉煮",即写此状。上片把煮茶的过程顺序写来,细腻熨帖,亦可想见米颠的茶癖。

过片四句,写侍女捧茶款客的情景:那娇艳的女郎,美目斜盼,双手高擎着茶具,稳步前来。"红莲",指女子的脚步。《南史·齐东昏侯纪》:"凿金为莲花以帖地,令潘妃行其上,曰:'此步步生莲花也。'""座中"二句,紧承上文。对着名茶美女,怎能不感到良宵太短呢?反愁歌阑酒醒时,人将归去。"点上"二句,说月已当轩,夜深矣,而马弄月影,已不耐烦,暗示已到该离去之时。"频相顾"三句,偏写座客尚未尽欢,流连不忍离去。"相顾",与上文"娇鬟"呼应。下阕撇开对茶事的正面描述,转写人事。娇鬟的动人,坐客的流连,都表现了高会难逢,主人情重。正由于能同试珍贵的"赐茶",就更为这次雅宴清谈增添兴致了。

(陈永正)

【作者小传】

李　甲

字景元,华亭(今上海松江)人。元符中,为武康令。工画,尝得米芾称许。词存《乐府雅词》中。今有周泳先辑《李景元词》一卷,凡九首。

帝　台　春　　　　　　　　　　李　甲

芳草碧色,萋萋遍南陌。暖絮乱红,也知人春愁无力。忆得盈盈拾翠侣,共携赏、凤城寒食。到今来,海角逢春,天涯为客。　　愁旋释,还似织;泪暗拭,又偷滴。谩伫立、遍倚危阑,尽黄昏,也只是暮云凝碧。拚则而今已拚了,忘则怎生便忘得。又还问鳞鸿,试重寻消息。

万树《词律》于《帝台春》云"宋人作此调者绝少",可以说是"僻调"。上下片不像一般长调那样有对应句法,韵位密处极密,疏处亦疏,颇见摇曳不定的风致。李甲此篇,写春晚怀旧之情,亦极吞吐之妙。

起句"芳草碧色",径从江淹《别赋》取来,便有情人远别,"伤如之何"之意,"春愁"于此,已隐隐发端。"萋萋"句极写芳草之盛,"絮"而曰"暖","红"而称

"乱"：草长花飞，触眼一片暮春景象。"物色相召，人谁获安！"（《文心雕龙·物色篇》）至此"春愁"二字便自然而然地要出来了。絮飞花落而使人愁，本是寻常蹊径，而这里说花絮知人春愁，从对面落笔。"无力"二字双关，既状人之恹恹愁悴情态，也写花絮飘坠时轻柔形象，似亦知人之懒乏无力而有意相陪者，情思深婉。

下文便写春愁原因，采用忆昔比今见出。"忆得盈盈拾翠侣，共携赏、凤城寒食"，写往日的欢娱。凤城即京城。北宋汴京寒食清明节日，"四野如市，往往就芳树之下，或园囿之间，罗列杯盘，互相劝酬。都城之歌儿舞女，遍满园亭，抵暮而归。"（《东京梦华录》卷七）"拾翠侣"本于曹植《洛神赋》："尔乃众灵（神）杂逻，命俦啸侣，或戏清流，或翔神渚，或采明珠，或拾翠羽。"这里是指一同游春的一位歌儿舞女，"盈盈"是说她的风姿仪态美好。这两句只说得一件事，而诸般风流缱绻，已在言外。接着以"到今来"三字一转，"海角逢春，天涯为客"，词情如坠岩泻瀑，由美好可念的回忆境界跌落到孤独惆怅的现实生活中来，仍接应"春愁"。一样逢春，不同滋味，对比强烈。"海角天涯"，一句分配两句；"逢春为客"，一事拆为两意，重新组合，成为工整的对偶句，读来却有参差错落之致，语言上极见功夫。

上片点出春愁，写了春愁触发的原因。换头一气刻画愁状："愁旋释，还似织；泪暗拭，又偷滴。"四个三字句，句句用韵，如冰霰降地，淅沥有声。五代欧阳炯《三字令》，虽连用三字句至十六句，而韵律纡缓，声情无此紧凑。此十二字四句，散则为四韵，合则为两组，总之为一意，以言愁，泪亦是愁的表现也。两组之中，"愁"的一组，"旋释"是虚，"还织"是实；用"织"字，是言愁似网困人，无可遁逃。"泪"的一组，"暗拭"于前，已藏"滴"字；"偷滴"随之，"滴"且不已；"暗"字"偷"字，又写出独自伤心无人与诉情景。总言愁不可解，悲不可遏，下字既精练，又绵密。人知赏李清照"寻寻觅觅"十四叠字之如"大珠小珠落玉盘"，此亦何遽多让！且此四句全是满心而发，肆口而成，不施辞采，不用典实，正如钟嵘《诗品序》所云："吟咏情性，亦何贵乎用事？……观古今胜语，多非补假，皆由直寻。"俞陛云《五代词选释》（按：俞书此首作南唐中主李璟词）评云："转头四句皆三字一句，且多仄韵，节短而意长。论情致则婉若游丝，论笔力则劲如屈铁。"游丝、屈铁之喻，亦至精当。

因忆旧侣，苦幽独，至愁且泪，于是寻思其人，便成为题中应有之义。"谩伫立、遍倚危阑，尽黄昏，也只是暮云凝碧"。谩，徒也，空也。倚楼远望，不见伊人，直至黄昏。暮云凝碧，用江淹《拟休上人怨别》诗"日暮碧云合"，而隐含其下句

"佳人殊未来"。然而这不是有约而不来,也不是知其所在盼其或来而竟无有。两人的关系是已经离绝了的,所谓"拚则而今已拚了"(拚,割舍之意),自己何尝不知道;之所以仍痴痴远望者,是又所谓"忘则怎生便忘得"也。两句中有多少追思、深悔、失落感、牵惹意,在"暮云凝碧"这样典雅的句子之后,出此又白又浅的语言表述之,而又觉其甚为和谐,才人笔下,竟无所不可。明人潘游龙云:"'拚则'二句,词意极浅,正未许浅人解得。"(《古今诗余醉》)看它内中包含许多情思,以及上承倚阑之望,下启鳞鸿之寻,直溯上片春愁之起,皆因割舍后难忘之故,这两句确实是极为关键,不深究不易知。结拍"又还问鳞鸿,试重寻消息",全词思如流水,至此水到渠成,符合人物感情发展的逻辑。较之柳永《曲玉管》写同样题材,而以"永日无言,却下层楼"结束者,情节上又进了一步。   (陈长明)

【作者小传】

赵令畤

(1051—1134) 初字景贶,苏轼改为德麟,自号聊复翁。涿郡(今河北蓟县)人。燕王德昭玄孙。元祐中,签书颍州公事,坐与苏轼交通,罚金,入党籍。后官右朝请大夫,改右监门卫大将军,莒州防御使,迁洪州观察使。绍兴初,袭封安定郡王,同知行在大宗正事。著有《侯鲭录》《聊复集》。词以婉柔胜,有赵万里辑本,录存三十七首。

蝶 恋 花   赵令畤

庭院黄昏春雨霁。一缕深心,百种成牵系。青翼蓦然来报喜,鱼笺微谕相容意。   待月西厢人不寐。帘影摇光,朱户犹慵闭。花动拂墙红萼坠,分明疑是情人至。

词体由于言情特性的限制,很少用来叙写故事。至苏轼门下,始有秦观、晁补之、毛滂用《调笑转踏》描写莺莺、西施、宋玉等人的故事,但都是一首咏一人物,情节未得展开,形象难能丰满。到了赵令畤手中,则以十二首《商调蝶恋花》组成一套鼓子词,把莺莺张生相悦相恋的故事,曲曲传出,收到了前所未有的艺术效果。这种形式是词中联章体的发展,为金元诸宫调套曲的先声。

这套《蝶恋花》鼓子词是根据唐人元稹《会真记》改编的,各首之间夹以一段散文,散文采自《会真记》而略加改变,犹似今天曲艺中的说白;词则出自赵令畤的创作,类似曲艺中的唱词。首段散文之后有"奉劳歌伴,先定格调,后听芜词"的关照,以后各段(末段除外)皆有"奉劳歌伴,再和前声"两句惯语,可见是由一人以散文形式讲故事,而由另外的歌伴演唱曲子。全篇开端有一段类似序言的散文(一般称做致语,实际上是开场白),可以帮助我们了解作者的意图:"夫传奇者,唐元微之所述也。以不载于本集而出于小说,或疑其非是。今观其词,自非大手笔孰能与于此。至今士大夫极谈幽玄,访奇述异,无不举此以为美话。至于倡优女子,皆能调说大略。惜乎不被之以音律,故不能播之声乐,形之管弦。好事君子极饮肆欢之际,愿欲一听其说,或举其末而忘其本,或纪其略而不及终其篇,此吾曹之所共恨者也。今于暇日,详观其文,略其烦亵,分之为十章。每章之下,属之以词。或全摭其文,或止取其意。又别为一曲,载之传前,先叙前篇之义。调曰《商调》,曲名《蝶恋花》,句句言情,篇篇见意。……"揆其大意,乃是为了把《会真记》"被之声乐,形之管弦",以便教坊或瓦子的艺人演唱。这种形式显然是在《调笑转踏》的基础上发展起来的。因词体难以具体地描述故事情节,故分割原来《会真记》中的文字以穿插其间。这样,分述故事的十篇加上首篇总括与末篇尾声,总共十二篇连在一起,便能有情有节,有本有末,表达一个完整的故事。

　　这里选录的是其中的第四首。它的规定情境是:"是夕,红娘复至,持彩笺以授张,曰:崔所命也。题其篇曰《明月三五夜》,其词曰:'待月西厢下,迎风户半开。拂墙花影动,疑是玉人来。'"张生接到莺莺约他幽会的这幅彩笺,喜不自胜。作者以这首《蝶恋花》抒写张生的心曲。但是起调比较低缓,上片三句仍写独处孤馆的相思。这时天已黄昏,春雨初霁,庭院里一派迷茫,十分清冷。"庭院黄昏春雨霁"七字,把当时的环境非常集中地勾画出来。它好似舞台上的布景,一下子把读者的情绪引入词境。"一缕深心,百种成牵系",是写主人公接到彩笺以前的相思之情。在这里,词人极善于炼字炼意。"一缕"化为"百种",不但对仗工整,而且表明思绪之繁。"心"而曰"深",用来形容主人公对所爱者的一往深情,非常准确。"百种成牵系",说明无往而不思念所爱之人。以上三句从景写到情,都是"抑",为后面的"扬"作了铺垫。至"青翼"一句,感情便突然扬起,于是抑扬起伏,构成了美妙的节奏。"青翼"即青鸾,传说中西王母的使者,这里借喻红娘。红娘递来彩笺,彩笺上题着约他幽会的诗句。他接到这一喜讯,一天愁绪蓦然消失。这时的情绪,可以用王实甫《西厢记》杂剧第三本第二折相印证:"〔红云〕你解与我听咱。〔末云〕'待月西厢下',着我月上来。'迎风户半开',他开门待我。'隔墙花影动,疑是玉人来',着我跳过墙来。〔红笑云〕他着你跳过墙来!你做下来,端的有此说么?〔末云〕俺是个猜诗谜的社家,风流隋何,浪子陆贾!"相比起来,剧情显豁,词意则含蓄,它只是说"鱼笺微谕相容意"。《会真记》原文也是"张亦微喻其旨"。既是"微谕",就要仔细揣摩,把会意之处藏在背后,不能如戏曲说白那样敞开地写,体制不同之故也。

词的下片,似转而刻画莺莺,从"待月西厢下"四句化出,也可能是张生看了诗句后想象的情境。那时候,莺莺在西厢中悄悄地等待月儿上升。须臾,月到中天,水一般的清辉洒在门口的帘子上,摇摇漾漾。她敞着门儿,心里也像这帘上的月光,摇曳不定。"帘影"二句,可称绝妙好词。前人写帘幕,多着重于静态。如张泌《南歌子》:"高卷水精帘额衬斜阳。"欧阳修《蝶恋花》:"杨柳堆烟,帘幕无重数。"写静态,往往借以反映人事的间阻,表现孤栖的寂寞。这里写动态,则象征主人公心境的不安,表现期待的热切。一会儿竹帘间浮现几缕月光,似乎透露出一线希望;一会儿月影被云层遮住,好像希望又随之幻灭。这种以景色变化烘托情绪变化的手法,有如心画心声,极富于感染力量。"朱户"一句紧承前意,妙在"犹慵闭"三字。莺莺久等张生不来,想把半开的门儿关上,但又懒得去关。着一"犹"字,把那种既想关门又不遽然关门的神态,刻画得栩栩如生,简直呼之欲出。

如果说,前面三句也是"抑"的话,那么结尾二句,自然便是"扬"。正值女主人公犹疑之际,忽然看到花枝摇动,花瓣儿纷纷飘落。她所期待的张生来了,词情突然扬起。此句也是从《会真记》的《明月三五夜》诗中来,然而缀以"红蕚坠"三字,便加强了动态感,因而更富于审美价值。红蕚是被风吹下,还是被人碰落,这里并未点明,直到下句,才把它足成:"分明疑是情人至。"原来是张生来到了。"分明"与"疑是"似乎相矛盾,其实这是转折,一会儿觉得真真切切,一会儿又疑疑惑惑,词情一波三折,摇漾生姿,言有尽而意无穷,颇为耐人寻味。

同秦观《调笑令·莺莺》一曲相比,此词摆脱了叙事成分,洋溢着抒情色彩,保持了词的本色,语言也较凝练,意境也较完整。我们还可以当它是人物的抒情独唱,已向董解元《西厢记诸宫调》、王实甫《西厢记》杂剧前进了一步。

(徐培均)

菩 萨 蛮　　　　　　　　　赵令畤

　春风试手先梅蕊,頩姿冷艳明沙水。不受众芳知,端须月与期。　　清香闲自远,先向钗头见。雪后燕瑶池,人间第一枝。

　　宋代是我国历史上植梅的繁盛时期,咏梅的作品也很多。赵令畤的这首咏梅词,不如姜夔的《暗香》《疏影》等那样流传,但无论在艺术构思和手法上,都自有其佳处,不失为一首好作品。

　　词论家说:"词起结最难。"(刘体仁)这首词的起句不过是说春风拂拂,首先吹开了梅花。可是他用了"试手"二字,春风似乎可以用她那灵巧的"手",启开冰封雪盖的万物,而且最"先"使梅花吐出了嫩蕊!"试手"而先,仿佛是春风对梅花特别钟情。句法峭劲,旋折有力。次句即绘出梅花的丰采:姿色美丽(颒),冷韵幽香,相伴着它的是明沙净水。这句七个字,"颒姿冷艳"写梅花本身;"明沙水"显示出一片冰清素洁、纤尘不染的环境。彼此映衬,更给人以丰姿俊逸、神采奕奕的感觉。诗人们平时常用"清如玉壶冰"(鲍照)、"一片冰心在玉壶"(王昌龄)来表示自己的高洁。这里词人赋予梅花明沙净水的环境,不也是如冰在玉壶吗?显然这被春风首先吹开的梅花,寓有着人的影子。

　　到三、四句这底蕴便由隐而显了。"不受众芳知",态度不卑不亢,从容而自矜。乍看比起陆游咏梅《卜算子》中"无意苦争春,一任群芳妒"的境况好得多,语气也柔婉得多,可是与下句联看,情景便大不一样了。"端须月与期"——只有月亮才配与梅花作伴!前句抑,后句扬,抑扬之间,把梅花格调的高绝,推上顶峰。

　　下阕四句意分两层。前两句与后两句看似梅花与人分而言之,其实写人仍是刻绘梅花。"人怜红艳多应俗,天与清香似有私"(林逋《梅花》),梅花的香是"清香",清幽而淡远,"先向钗头见",女人们把梅花连同钗饰插在头上。这里又用了一个"先"字,再现出她与众芳的不同。"雪后燕瑶池",这是词人的奇思异想。瑶池,相传为西王母居住的仙境。就在这仙境灵域的宴席之上,也有列居众芳之首的梅花!当然,也可以说这是以瑶池仙子、蕊珠宫女来形容这最早的报春之花。

　　整首词除三、四句用欲扬先抑的手法,由起句至煞尾均从正面赞美梅花:她先得春风之助,展现出冷艳幽姿,非凡花可比。换头写其清香惹人,最后与三、四句呼应,正因其堪称"人间第一枝",故被邀去赴瑶池之宴。写梅花的事事占先,正是词人从它的先春而开的特点出发所作的构想,以寄其赞美之情。其次,从起至结,句句写梅,也句句赞梅;情融景中,最后竟托于奇思异想。较之那些正面直接赞美梅花的诗来,显然词又别具深沉流美之致了。

　　赵令畤与苏轼极友善,苏轼为爱其才,尝荐于朝。苏轼因政争受打击时,赵亦受牵累。这首词显然是借梅花以寓性情,寄托遥深,非徒然咏物之作。

　　　　　　　　　　　　　　　　　　　　　　　　　　　　(艾治平)

蝶 恋 花   赵令時

欲减罗衣寒未去,不卷珠帘,人在深深处。红杏枝头花几许?
啼痕止恨清明雨。   尽日沉烟香一缕,宿酒醒迟,恼破春情
绪。飞燕又将归信误,小屏风上西江路。

这首词写闺中怀人,是常见的题材,但在赵令時笔下,却写得清超绝俗,别有
韵味。

"欲减罗衣寒未去",春天来了,应是天气转暖了。闺阁佳人"欲减罗衣",却
又踌躇起来,因为她感到此时寒意犹未消去。起句就暗示了女主人公因气候变
化无常而最难将息的心情。"不卷珠帘,人在深深处。"为什么珠帘不卷?是无此
种意绪?还是怕极目生愁?她又为什么爱一个人躲藏在宅院的"深深处"不愿出
来?这开头三句,作者虽未直接说出闺中人的心绪,却画出一位佳人惆怅自怜之
态,使人隐隐感到她是一个愁人儿。

她为什么发愁呢?其直接原因看来是清明时节的连绵春雨了。这场雨,不
仅使气候"寒未去","欲减罗衣"不能,更重要的,它造成了无可挽回的损失——
雨打花枝,落红无数!所以,帘虽未卷,而女主人公十分关切庭院中的花儿,迫不
及待地问询:"红杏枝头花几许?"当然,不消问,她也料到娇艳的杏花定然会遭到
的命运了!她仿佛看到那枝头稀稀拉拉几朵残存的红杏,依稀还带着雨痕,像啼
哭一样,憎恨那残酷无情的清明雨呢!当然花儿哪有悲与恨,只不过是人的感情
折光而已。但按其情绪之剧烈程度看,闺中人因此而啼哭而憎恨,看来不像是一
般伤春、惜花的意绪了。我们读过《红楼梦》黛玉葬花一节,黛玉为什么比一般人
对落花更为伤感呢?这似乎不能仅用她的爱哭和多愁善感来解释,她悲花,实是
悲自己和花儿相似的飘零命运。词中女主人公之"止恨清明雨",亦当别有感恨
吧!人世间有许多人和事有如花儿般的美好,结果却被一场无情"风雨"破坏了。
"红杏枝头花几许?啼痕止恨清明雨",这两句词实是颇富有象征意味的。

换头三句承上片惜花、伤春情绪,转写闺中人内心极度凄寂和苦闷。"尽日
沉烟香一缕",她终日对着一缕袅袅香烟出神,深闺之寂寞冷清和人的百无聊赖
可想而知。"尽日",即李清照所说"愁永昼"也。尽日苦坐愁城,无法排遣,唯有
借酒浇愁。"宿酒醒迟",可见恨深酒多,以致一时难醒了,而醒来仍然是空对"沉
烟香一缕"而已,此种境遇何等难挨!"恼破春情绪",关合上片惜花恨雨,极力渲
染出一个"愁"字。

　　然而,"清明雨""红杏花"毕竟无关人事,闺中人到底因何愁思重重呢? 结尾两句才点出佳人怀人心事。"飞燕又将归信误",她多么希望春燕给她带来远人的信息,而它们却如史达祖笔下那"便忘了,天涯芳信"的双燕,多么令人失望! 于是她只好空对屏风怅望:"小屏风上西江路",淡烟流水的画屏上画的正是通往西江之路,回想当初心爱之人不正是从这水路远去的么! 欧阳修《蝶恋花》云:"枕畔屏山围碧浪,翠被华灯,夜夜空相向。"显然,赵词歇拍与欧词意境相似而别出新意,写出了女主人公的一往情深,神味悠远。

　　这首词笔致含蓄,语婉意深,代表了赵令畤的风格。尤以结处风华掩映,余韵不尽,颇得词家称赏。沈际飞评曰:"末路情景,若近若远,低徊不能去。"(《草堂诗馀正集》)今世研究者或以为其中寄托着作者政治上的苦闷。赵令畤因与苏轼有牵连,迭遭打击。盖词中托意闺帏,以自诉哀衷也。

　　　　　　　　　　　　　　　　　　　　　　　　　　　　　　　　(高　原)

蝶 恋 花　　　　　　　　　　　赵令畤

　　卷絮风头寒欲尽。坠粉飘香,日日红成阵。新酒又添残酒困。今春不减前春恨。　　蝶去莺飞无处问。隔水高楼,望断双鱼信。恼乱横波秋一寸。斜阳只与黄昏近。

　　王灼《碧鸡漫志》云:"赵德麟、李方叔皆东坡客,其气味殊不近,赵婉而李俊,各有所长。"赵令畤词以清丽圆转见长;如本词,就又编入晏几道《小山词》。

　　本词为伤春怀人之作。上片以惜花托出别恨,下片因音问断绝而更增暮愁。起首三句描绘春深花落景象。所谓"卷絮风头",可参看章质夫咏絮词的形容:"傍珠帘散漫,垂垂欲下,依前被、风扶起。"昔人又多以飞絮落花作为寒意将尽的晚春季节的特色,如"绿阴春尽、飞絮绕香阁","落红铺径水平池,弄晴小雨霏霏。杏园憔悴杜鹃啼、无奈春归"。下面"坠粉飘香"等等,进一步形象地刻绘了花儿的飘谢,斜风过处,但见落英纷纷,清芬沁人,真如小晏词所云:"东风又作无情计,艳粉娇红吹满地。"这些虽说是写晚春景色,而惜春之意也蕴含其中。

　　"新酒"两句,触景生情,因惜春而引出怀人,故尔以酒遣愁。"又添"两字,加强语气,径直道出因怀人而中酒频仍。"残酒困",是从"残花中酒,又是去年病"生发而来。全句与"借酒浇愁愁更愁"的意思接近。"不减"两字,作一回旋。虽说所思在远道,只能以酒消愁,而离恨却并不因为分别时间久长而稍有减退。这样,语气更显得委婉,而语意也深入了一层。

　　沈雄《古今词话》云:"山谷谓,'好词惟取陡健圆转。'……如赵德麟云,'新酒又添残酒困，今春不减前春恨。'陆放翁云，'只有梦魂能再遇，堪嗟梦不由人做。'"此是说词要写得回环婉转而不馁弱，也不宜滔滔不休，一泻无余。王灼所说的赵词"婉"，也即圆转之意。小山词亦以"深婉曲折"著称，颇有"陡健圆转"之作，如"天涯岂是无归意，争奈归期未可期"（《鹧鸪天》），是说春深季节，天涯游子听到杜鹃"不如归去"的啼声，岂能不生还乡之念，这是直说思乡情切，"争奈"两字一转，指出并非自己"无归意"，而是由于归期难卜，又曲折地流露出身不由主的无可奈何之情。

换头"蝶去"三句，极写孤独之感，不惟无人可问，连蝴蝶儿、黄莺儿也都飞往别处，只剩下自己独倚高楼，凝望碧水。双鱼，指书信。古诗云："客从远方来，遗我双鲤鱼；呼儿烹鲤鱼，中有尺素书。"小晏《留春令》曰："别浦高楼曾漫倚，对江南千里。楼下分流水声中，有当日凭高泪。"赵词以碧水兴起双鱼，引出倚楼盼望来书而终归失望之情；晏词从流水声中联想当年倚楼怀人泪滴入水的景象。一是盼而不得，一为忆而弥悲，都能表达出真挚的情意。

"恼乱"两句，因怀人而生春恨。横波，指美目。李白诗云："昔为横波目，今作流泪泉。""秋一寸"，也指目，李贺诗有"一双瞳人剪秋水"之句。"恼乱"犹言缭乱，黄昏景色缭乱她的眼目，更触动了她的愁绪。沈际飞云："斜阳在目，各有其境，不必相同。一云'却照深深院'，一云'只送平波远'，一云'只与黄昏近'，句句沁人毛孔皆透。""斜阳却照深深院"，是说午梦酒醒，但见小院深深，春色已尽，只有斜阳一片，徘徊不去。"斜阳只送平波远"写行人乘舟去远，唯见一抹残阳，映照平波，悠悠而逝。两者都是以夕照下的景色衬托离愁。而"只与黄昏近"是接上面"恼乱"句而来，"夕阳无限好，只是近黄昏"，眼见白昼将尽，长夜即至，送春滋味，念远情怀，此处不说愁恨而愁恨自见。

（潘君昭）

浣　溪　沙　　　　　　　　　　　　　赵令畤

水满池塘花满枝。乱香深里语黄鹂。东风轻软弄帘帏。

日正长时春梦短，燕交飞处柳烟低。玉窗红子斗棋时。

此词初看似乎是写一般文人雅士或闺阁名媛盼望春天到来，春天真正到了又不知如何打发的一种空虚和慵怠心理，即所谓无端的春情、春愁。但细一琢磨，可以发现它写的仍是一个古老的主题——闺怨，只是着笔轻淡不易觉察罢了。

上片写女主人公置身于春光的环抱中，春光的柔姿媚态使她陶醉，使她心动。"水满池塘花满枝",是从视觉上观察到春天的到来的。春水初涨,百花怒放,自然是春天特有的身姿和光彩。"乱香深里语黄鹂",是从听觉和嗅觉上体味到春天的存在的。花香而乱,说明是百花飘香;"乱香深里",即百花丛中。黄鹂在飘香的百花丛中歌唱,这自然又是春天特有的气息和声音。"东风轻软弄帘帏",是从触觉上体察到春天的温柔的。轻软的、多情的东风不时拂弄着帘帏,抚掠着女主人公的鬈发,这自然又是春天的温暖和柔情。如此种种,无不撞击着女主人公的心扉,必然会使她产生细微而曲折的心理反应。春天是青年男女播种和耕耘爱情的季节,如今她却是孤身一人,面对这撩人的春光,能不引起对爱情的向往与回忆吗?能不感到若有所失吗?

　　如果说,上片只是写女主人公被春光"勾引",而心魂摇曳,露出相思的端倪的话,那么下片就是写这个女子沉浸于相思之中。"日正长时春梦短,燕交飞处柳烟低",意思是说既然春心已经萌动,那么只有到午梦中去会心上人,以疗爱情的饥渴,可是春梦又偏偏是那么短促,心上人杳无踪影,唯见双燕交飞,烟柳低垂。燕双飞,使人想到自身的独守空闺,徒添相思;烟柳低垂,又使人更生离愁,"垂杨只解惹春风,如何系得行人住"。说明这短短的春梦不仅没有给人以精神的补偿,反而惹得愁恨倍增。最后女主人公不能不采取现实的可行的办法来排除这相思的困扰:"玉窗红子斗棋时。"明亮的窗前正好摆着一盘棋,红色的棋子耀人眼目,那不是斗棋的最好时刻吗?一下棋,无端的相思就不驱自散了。全词就在这种念头的萌发之际戛然而止,韵味无穷。

　　全词仅六句,一句就是一个画面。每个画面都是色彩鲜明,含义清楚的。有四个画面是描摹春景的,另外两个画面是一般闺阁生活的掠影:一为做梦,一为下棋。这六个画面之间的内部联系,作者未作任何说明,只是安排了一个前后顺序。全词的意境与主旨全由读者凭着这六个画面,用类似于今日电影的蒙太奇手法去拼接,得出最满意的效果。这难免见仁见智,也正因如此,才使它具有词浅意深、语短情长的艺术魅力。

　　　　　　　　　　　　　　　　　　　　　　　　　　　　　　　(谢楚发)

乌　夜　啼 春思　　　　　　　　　　　　赵令畤

　　楼上萦帘弱絮,墙头碍月低花。年年春事关心事,肠断欲栖
　　鸦。　　舞镜鸾衾翠减,啼珠凤蜡红斜。重门不锁相思梦,随
　　意绕天涯。

　　看词调使人联想到李白有名的同题乐府诗:"黄云城边乌欲栖,归飞哑哑枝

上啼。机中织锦秦川女,碧纱笼烟隔窗语。停梭怅然忆远人,独宿孤房泪如雨。"赵令畤当时构思是否受李白诗句的影响虽难确知,但从两篇的内容吟味比较,倒也不无近似之处。因为这首词的标题作"春思",所写正是乐府诗中常见的闺中思妇怀人的主题。

　　词的上片,先从写外景入手。"楼上萦帘弱絮,墙头碍月低花"两句对起,通过景物描写首先点明地点和时间。地点是在一处有院墙围护着的楼房里,而时间又是在飞絮落花暮春季节的晚上。同时还可以从"萦帘""碍月"的细致心理反应和"弱絮""低花"的视觉观察所见,衬映出芳春夜月怀远的闺人形象。寥寥十二个字,把背景和人物全然活现出来,堪称妙笔。下面紧接以"年年春事关心事"一句,便正式表明她感情的趋向和分量,重点在"春事"二字。她所关心的"春事",可不就是历来诗词中经常咏叹的像"忽见陌头杨柳色,悔教夫婿觅封侯"(王昌龄《闺怨》),或"年年柳色,灞陵伤别"(李白《忆秦娥》)一类的离情别绪么?这里说"年年关心",可见离人远去之久。春归而人不归,教她怎不思量!正如前人词句写的:"莫道闲情抛掷久,每到春来,惆怅还依旧。"(冯延巳《鹊踏枝》)所以当她听到楼外哑哑啼叫的欲栖而未定的乌鸦时,怎能不为之柔肠寸断!"肠断"二字,下得何等沉重,而思妇的哀痛情绪也就可想而知。

　　上片是写外景步步侵入内心,引起春思的绵绵不断。下片改变写法,再由内景导致情丝的向外延伸,表现相思感情的进一步深化。这内景就是由"舞镜鸾衾翠减,啼珠凤蜡红斜"两句所展现的春夜闺房画面。"鸾衾翠减"是指绣有鸾鸟图案的翠色被面已经褪色,而"舞镜"只是对图案上鸾鸟形象的修饰,它是根据古代传说独鸾不鸣而见镜中影即鸣不止的典故,活用来增加鸾鸟形象的生动性,并作为下句"啼珠"的字面对仗。"鸾衾翠减"也是回应上片的"年年"二字,从翠被褪色暗示离人别去时间的长远。而"凤蜡红斜"则是指思妇的深宵不寐,痴对着缀有凤凰形象的蜡烛,看它不断消熔的红泪直到烧残斜坠了。"啼珠"是指蜡烛点燃后流的蜡珠,如唐人元稹诗"柳误啼珠密,梅惊粉汗融",又"夜久清露多,啼珠坠还结"即是,这里把凤蜡消熔的蜡珠称为"啼珠",带有浓厚的主观感情色彩,即所谓"蜡烛有心还惜别,替人垂泪到天明"(杜牧《赠别》)是也。总之,两句词中的物象无不和思妇当前的处境心事相关,这是景中见人的巧妙写法。

　　面对这空房寂静百无聊赖的境地,又不胜久别忧思的沉重负荷,她感到这儿的天地是那么狭窄,对自己是多么难于忍受的压抑,这就迫使她不能不向梦中去寻求解脱了,因而酿成最后两句所表现的奇想:"重门不锁相思梦,随意绕天涯。"这两句是从五代词人顾敻《虞美人》"玉郎还是不还家,教人魂梦逐杨花,绕天涯"

化出。这是无可奈何的自慰，也是幻想，反衬现实的矛盾，突出闺人离思的沉重。词人把孤栖难耐之情，以凄婉慰藉语写出，更足使人感喟。

赵令畤本是赵宋皇家的王孙公子，却因和苏轼结交受累，被新党排斥，列名元祐党籍，故在词中每托闺情幽思以寄怨慕之意，如《蝶恋花》句云："红杏枝头花几许？啼痕只恨清明雨。"又《清平乐》句云："断送一生憔悴，能消几个黄昏？"都是托意闺帏，自诉衷情之作，表现了他笔致含蓄，语婉意深的独特风格。那么这首词写的"春思"，也该是有寄托的作品。前人曾拿它和岑参诗"枕上片时春梦中，行尽江南数千里"的诗句相比，以为赵词胜过岑诗。细加玩味，觉得岑诗只是对梦境作了客观的直接叙述，但以巧思见长；而赵词则是伤心人别有怀抱，借闺人春思寄托自己政治上的苦闷，以婉言达深意，所以感人特甚。　　　　　　　　　　（郑临川）

【作者小传】

贺　铸

（1052—1125）　字方回，号庆湖遗老。卫州共城（今河南辉县）人。宋太祖孝惠皇后族孙。授右班殿直。元祐中，通判泗州，又倅太平州。晚居吴下。博学强记，长于度曲，掇拾前人诗句，少加隐括，皆为新奇。尝言："吾笔端驱使李商隐、温庭筠，常奔命不暇。"又好以旧谱填新词而改易调名，谓之"寓声"。词多刻画闺情离思，也有嗟叹功名不就而纵酒狂放之作。风格多样，盛丽、妖冶、幽洁、悲壮，皆深于情，工于语。尝作《青玉案》，有"一川烟草，满城风絮，梅子黄时雨"句，世称"贺梅子"。有《庆湖遗老集》、《东山词》（又称《东山寓声乐府》）。词存二百八十三首。

半 死 桐　　　　　　　　　　贺　铸
（思越人，又名鹧鸪天）

重过阊门万事非，同来何事不同归？梧桐半死①清霜后，头白鸳鸯失伴飞。　　原上草，露初晞。旧栖新垅两依依。空床卧听南窗雨，谁复挑灯夜补衣！

〔注〕　① 梧桐半死：晋崔豹《古今注·草木》："合欢树，似梧桐。枝叶繁，互相交结。"则所谓"合欢树"似即连理梧桐。古诗文中例以"梧桐半死"比喻丧偶。唐刘肃《大唐新语》载安定公主初嫁王同皎，同皎死，复嫁崔铣。后夏侯铦论此事，有"公主初昔降婚，梧桐半死"语。又，白居易《为薛台悼亡》诗："半死梧桐老病身。"

　　有宋一代,诗坛是个"被爱情遗忘的角落",爱情的花朵,几乎都开放在词的园林里。而宋词中所吟咏的爱情,又几乎是清一色的婚外之恋——文士和妓女们的卿卿我我,言及夫妻伉俪之情的作品微乎其微。究其原因,殆为封建社会讲究门当户对,并不以性爱为婚姻的第一要义之故。但是,先结婚后谈恋爱,在长期同甘共苦的生活中培养出浓郁情感的例子总还是有的。谓予不信,请看贺铸为其妻赵氏夫人所作的这首悼亡词。

　　词人一生屈居下僚,经济上不很宽裕,其诗集中叹贫之辞斑斑可见,宋程俱《贺公墓志铭》和叶梦得《贺铸传》里也都有相应的记载。而赵夫人虽是皇族公爵家的千金小姐,但嫁给词人后却能够不惮劳苦,勤俭持家,且对丈夫十分体贴,因此夫妻感情甚笃。哲宗元符元年(1098)六月后至徽宗建中靖国元年(1101)九月前,词人为母亲服丧,停官闲居苏州,中间曾于元符三年(1100)冬北上过一次。赵夫人很可能就去世于词人北行之前,而本篇则作于北行返后。汉枚乘《七发》载龙门有桐,其根半死半生,斫以制琴,声音为天下之至悲。故唐李峤《天官崔侍郎夫人吴氏挽歌》曰:"琴哀半死桐。"贺铸以"半死桐"题篇,正取其悼亡之意以寄托深沉的哀思。

　　本篇起二句用赋,直抒胸臆。"阊门"是苏州城西门。词人回到苏州,一想起和自己相濡以沫的妻子已长眠地下,不禁悲从中来,只觉得一切都不顺心,遂脱口而出道:"重过阊门万事非"。接以"同来何事不同归"一问,问得十分奇怪——赵夫人又何尝愿意先词人而去呢? 实则文学往往是讲"情"而不讲"理"的,极"无理"之辞,正是极"有情"之语。作者撕肝裂肺的哀毁,已然全部包含在这泪尽继之以血的一声呼天抢地之中了。

　　三、四两句转而用比。唐孟郊《列女操》云:"梧桐相待老,鸳鸯会双死。"贺词即以这连理树的半死、双栖鸟的失伴来象征自己的丧偶。"清霜"二字,以秋天霜降后梧桐枝叶凋零,生意索然,比喻妻子死后自己也垂垂老矣。"头白"二字一语双关,鸳鸯头上有白毛(李商隐《石城》诗:"鸳鸯两白头。"),而词人此时已届五十,也到了满头青丝渐成雪的年龄。这两句很形象、很艺术地刻画出了作者本人的孤独和凄凉。

　　宋孙光宪《北梦琐言》记江淮间名娼徐月英送别情人诗云:"惆怅人间万事违,两人同去一人归。生憎平望亭前水,忍照鸳鸯相背飞。"又宋赵令畤《侯鲭录》载:蔡确丞相谪新州,有一侍妾相从,善弹琵琶。又豢养一只鹦鹉,能言语。蔡确每唤此妾,即叩响板,鹦鹉便为之传呼。妾死后,一日误触响板,鹦鹉犹传言。蔡大恸,得病不起。曾有诗云:"鹦鹉言犹在,琵琶事已非。伤心瘴江水,同渡不同归。"贺词上阕,明显是从徐月英、蔡确二诗中夺胎而出。然而徐、蔡二诗今已湮没无闻,贺词却成为千古绝唱。原因何在?发人深思。笔者以为,这一方面固然是由于贺铸有着更高的艺术才华,因而能够点石成金,"掇拾人所遗弃,少加隐括,皆为新奇"(叶梦得《贺铸传》评贺词语);而另一方面同时也是最重要的一方面,我们不能不承认,贺词中所倾注着的感情较之上述二诗更为悲痛与深沉。七言四句已无法承受如此沉重的负荷了,于是乃益以下阕五句,进一步加以申诉。

过片"原上草,露初晞"六字,承上启下,亦比亦兴。汉乐府丧歌《薤露》曰:"薤上露,何易晞!露晞明朝更复落,人死一去何时归?"贺词本此。用原草之露初晞暗指夫人的新殁,是为比,紧接上片,与"梧桐"二句共同构成"博喻";同时,原草晞露又是荒郊坟场应有的景象,是为兴,有它导夫先路,下文"新垅"二字的出现就不显得突兀。

以后三句重又回复到赋体。因言"新垅",顺势化用陶渊明《归田园居》五首其四"徘徊丘垅间,依依昔人居"诗意,牵出"旧栖"。下文即很自然地转入到自己在"旧栖"中的长夜不眠之思——"空床卧听南窗雨,谁复挑灯夜补衣!"这是全词的最高潮,也是全词中最感人的两句。词人二十九岁时在磁州(今河北磁县一带)都作院(管理军器制造的机构)供职时曾写过一首《问内》诗:"庚伏厌蒸暑,细君弄针缕。乌绨百结裘,茹茧加弥补。劳问'汝何为,经营特先期?''妇功乃我职,一日安敢隳?尝闻古俚语,君子毋见嗤。瘿女将有行,始求燃艾医。须衣待僵冻,何异斯人痴?蕉葛此时好,冰霜非所宜。'"说的是妻子早在大伏天就忙着给自己补褛冬天穿的破衣服了。问她为何如此性急,她却振振有词地说出一番道理:俗传古时候有个人临到女儿快出嫁了,才去请大夫医治姑娘颈上的肿瘤。冰天雪地等衣服穿时再来缝缝补补,岂不是也一样的傻么?全诗通过一件生活小事引出夫妻间的一段对话,活脱脱地写出了妻子的贤慧与勤劳,写出了伉俪之爱的温馨。糟糠夫妻,情逾金石,无怪乎词人当此雨叩窗棂,一灯如豆,空床辗转之际,最最不能忘怀的就是妻子"挑灯夜补衣"的纯朴形象!全词到此戛然而止,就把这哀惋凄绝的一幕深深地楔入了千万读者的心扉,铁石人也不容不潸然泪下了。

在文学史上,贺铸的这首悼亡词是和晋潘岳《悼亡》三首、唐元稹《遣悲怀》三首、宋苏轼《江城子·乙卯正月二十日夜记梦》等同题材作品并传不朽的。它们同以真挚、沉痛见称,俱有永恒的魅力。但是,如果细细地从思想性和艺术性两方面来分析,似乎还可以论短长。就艺术而言,潘诗为五古,浑厚拙朴是其所善,稍不足者略嫌铺张,一题洋洋洒洒数百言,长歌之号咷,反不及唏声之抽咽更能哀感顽艳;元诗为七律,形式易得板滞,其作情气深婉,读来不觉雕琢,已属难能可贵,但总不能尽去痕迹,臻于化境;苏、贺二篇得力于词体长在言情,样式上先沾了光,故尔更见回肠荡气;而苏词三、四、五、七言交错,一唱三叹,又较基本为七言句式的贺词更胜一筹。从思想内容来看,元诗、贺词反映出了他们夫妇之间患难与共、甘苦同尝的感情基础,这一要素,恰恰是潘、苏的作品中所缺少的;元诗其一云:"顾我无衣搜荩箧,泥他沽酒拔金钗。野蔬充膳甘长藿,落叶添薪仰古槐。"回忆贫贱夫妻当时情事,真切动人,可惜末尾"今日俸钱过十万,与君营奠复营斋"二句庸俗,损伤了全诗的格调;而贺词结句不惟有声彻天,有泪彻泉,情趣也远比元诗来得纯洁,宜其为冠。要之,苏、贺二词长于潘、元之诗,堪称古代悼亡篇章中的双璧。论艺术性苏词差胜,评思想性贺作稍优,"梅须逊雪三分白,雪却输梅一段香"(宋卢梅坡《雪梅》诗)!

（钟振振）

夜捣衣 (古捣练子)　　　　　　　　贺　铸

收锦字,下鸳机,净拂床砧夜捣衣。马上少年①今健否? 过瓜时见雁南归。

〔注〕 ① 马上少年:指从军的年轻夫婿。《史记·陆贾列传》载汉高祖刘邦自称其天下"居马上而得之"。马上,即谓戎马之上。

北宋是中国历史上封建大一统的诸王朝中最孱弱的一个,开国伊始,就不断受到边疆少数民族地方政权的进犯(先是北方的辽,后来是西北方的夏),因此,经朝廷征发,远离家乡、亲人而驻守在北陲苦寒地带的戍卒为数众多。封建统治者对他们的生死哀乐漠不关心,"谁知营中血战人,无钱得合金疮药!"(刘克庄《军中乐》诗)这诗句虽然写在南宋,但据北宋多次发生士兵暴动的事实,可知当时军人的待遇也一样地恶劣。他们既时刻面临着战争和死亡的威胁,又得不到朝廷的爱恤,于是亲人们对他们的牵肠挂肚的担忧和思念,遂成为极正常、极普遍的社会现象。词人曾于神宗元丰七年(1084)冬在徐州亲自目击了"役夫前驱行,少妇痛不随。分携仰天哭,声尽有余悲"(见其《部兵之狄丘道中怀寄彭城社友》诗)的惨状,作为一名对人民疾苦抱有同情心的文学家,他不能不站出来,用自己的笔代思妇征夫诉说他们的痛楚。《古捣练子》组词,就是在这样的时代背景下创作出来的。

《捣练子》这个词牌,名称起源于晋、宋以来的习见诗题《捣衣》。古代一般纺织品的质地较粗硬,须用木杵在石砧上反复捶捣,使之柔软,才能够制作和穿着。

贺铸这一组词写思妇捣衣寄远,用的正是词牌的本义。原作共六首,第一首已经残缺,以上所录为第二首,我们只好从它开始讲起。

"收锦字,下鸳机,净拂床砧夜捣衣。"三句写了思妇的两组动作。"锦字",《晋书·列女传》载前秦时,窦滔被流放到边疆地区,其妻苏蕙思念不已,遂织锦为回文旋图诗相寄赠。诗图共八百四十字,文辞凄惋,宛转循环皆可以读。"鸳机"是织机的美称。李商隐《即日》诗云:"几家缘锦字,含泪坐鸳机",白天光线充足,故思妇忙着在织锦,及至黄昏,不能作此细活了,乃收拾下机。然而夜晚自有月光可以利用,思妇还舍不得休息,于是又将大石板擦拭干净,连夜捣衣,准备捎给戍边的良人。只此"收锦""下机""拂砧""捣衣"一连串动作,便概括了思妇一天一夜的辛勤劳作,而这辛勤劳作,又无不是为了征夫,这样,一个勤劳、贤慧的思妇的形象就在读者眼前活起来了。可是,词人的目的并不在于为《女儿经》作插图,宣扬封建的妇功、妇德,而是要写出封建兵役制度的残忍,写出思妇心灵上的痛苦和创伤,因此,他没有把笔触停留在刻画思妇如何不惮辛苦、日夜劳作这一浅层,接下去两句即进而向着思妇的精神世界作深入的开掘,写她一边捣衣一边忐忑不安地思忖着:不知丈夫现在身体可好?为什么役期已过,却只见大雁南归,不见征人北返呢?歇拍处的"过瓜时见雁南归"七字,是本篇的点睛之笔。此句中用了《左传·庄公八年》里的一个典故:是年齐襄公派将军连称、管至父去戍守葵丘,当时正值瓜熟,襄公便许诺明年瓜熟之时派人去替换他们。谁知一年期满,襄公却自食其言,不准他们回来。之所以旧事重提,正因为在当今世界上,这一类言而无信、随意延长戍卒役期的卑劣行径尚在继续呵!故尔思妇还得日织锦字,夜捣寒衣,征夫仍须防秋于塞上,捱冬于边头……。有此一句,全篇就闪出了批判性的现实主义的火花。这还只是从思想内容方面而言,若论其艺术手法上的高明之处,则前四句皆是直笔,至此收尾处使一折笔,便有含毫不尽之妙。温庭筠《定西番》(汉使昔年离别)词:"雁来人不来。"而贺词却只说"雁南归",将那"人不归"的正题留给读者去想,即显得委婉、含蓄多了。　　　(钟振振)

杵 声 齐 (古捣练子)　　　　　　贺 铸

砧面莹,杵声齐。捣就征衣泪墨题。寄到玉关应万里,戍人犹在玉关西。

贺铸的《东山词》中有一组词,共六首,除第一首缺字很多、题也脱落外,按作者喜另立调名的习惯,分别以《夜捣衣》《杵声齐》《夜如年》《剪征袍》《望书归》为名,其实都是依《捣练子》调和它的本意写的。捣练是古人制衣的一道工序,即在裁剪衣服前,先铺用作衣料的绢帛于砧石上,由两人相对,各执一杵,将其捣洗平净,然后剪缝成衣。

　　上面这首词是第三首,是一首闺怨词。外有征夫,内有怨女,这是封建兵役制下产生的社会问题。征夫之歌和怨女之词便由此而产生。这首词从怨女的角度,展示了一幕人间的悲剧。

　　词的发端两句"砧面莹,杵声齐",平起入题。作者只是从捣练的工具运思下笔,而字里行间自有捣练之人在。从上句,可以想见,作为一位征人的妻室,捣练帛,作征衣,早已是她的繁重的家务劳动的一部分,日复一日,年复一年,以至那面砧石已经被磨得如此光莹平滑。从下句,可以想见她的捣练操作之熟练,以及与同伴合作之协调,而在那一记记有节奏的杵声中,正倾注了她辛劳持家的全部心力,传出了她忆念远人的万缕深情。下面"捣就征衣泪墨题"一句,道破题旨,点明其捣练制衣的目的是寄与远戍边关的丈夫,而在题写姓名、附寄家书之际,一想到丈夫远在万里外,归期渺茫,生死难卜,今世今生,相见无日,不禁愁肠千转,泪随墨下。"泪墨题"三字,包含了一位失去家庭幸福的妇女的无限辛酸苦痛。

　　词的后两句"寄到玉关应万里,戍人犹在玉关西",与"捣就征衣"句紧相承接,是上句的延伸和深化,从而进一步加重了这幕悲剧的分量。句中的"玉关",即玉门关(故址在今甘肃敦煌西北小方盘城),但这里不一定是实指此关,只是极言戍地之远,也暗含班超上疏所说"但愿生入玉门关"(《后汉书·班超传》)及李白诗"玉关殊未入"(《塞下曲六首》之五)之意。这位身在玉门关之西、未必能生入玉门关的戍人,是这幕家庭悲剧中没有出场的另一方。

　　俞陛云认为这首词与刘皂《旅次朔方》诗"客舍并州已十霜,归心日夜忆咸阳,无端更渡桑乾水,却望并州是故乡",及欧阳修《踏莎行》词"平芜尽处是春山,行人更在春山外","皆有'更行更远'之意"(《唐五代两宋词选释》)。这是就词意而言,主要指后二句;如果就词艺而言,这是翻进一层的写法。在古典诗词中与此同一机杼的例子有李觏《乡思》"人言落日是天涯,望极天涯不见家,已恨碧山相阻隔,碧山还被暮云遮",晏几道《阮郎归》词"梦魂纵有也成虚,那堪和梦无"……都是先把诗意或词意推到顶端,然后在此百尺竿头再进一步,翻出更深一层的意思。这"寄到玉关"两句就是先写玉关之远,再翻进一层,写戍人所在地之远,从而使上、下句间有起伏转折之致,而且,每转愈深,把这一家庭悲剧显示得更其可悲,把悲剧中女主角的伤离怀远之情表现得更深更曲。在当时的交通条件下,这负载着她的柔情蜜意的征衣包裹,寄到玉关已要经历千山万水,不知何时才能到达,寄到远在玉关之西的戍人手中,就更遥遥无期了,更不知这包寒衣寄到时戍人是否尚在人间。如许浑《塞下曲》所写"夜战桑乾北,秦兵半不归,朝来有乡信,犹自寄寒衣"这样一个最凄惨、最残酷而又可能出现的悲剧结局,正是长期笼罩在她心头的一片阴影、不敢去触动而又时时颤抖的一根心弦,也正是她题寄这包征衣时泪墨难分的一个最痛楚的原因。

　　这首词的立意,似来自李白《子夜吴歌四首》之三的前四句:"长安一片月,万户捣衣声。秋风吹不尽,总是玉关情。"而李白诗的后两句"何日平胡虏?良人罢远征",则是这首词中女主角没有说出的心愿。 　　　　　　　　　　　（陈邦炎）

夜 如 年（古捣练子）　　　　　　　贺　铸

斜月下,北风前。万杵千砧捣欲穿。不为捣衣勤不睡,破除今夜夜如年。

　　贺铸《古捣练子》词共六首,以联章体的形式,表现了思妇收锦、题墨、捣衣、绣袍、邮寄等活动。语浅情深,诚挚感人,很明显是继承乐府诗、民间词的优秀传统而来,是北宋词中一束弥足珍贵的奇花。

　　这首词为其中第四首。首句"斜月下",点时间;"北风前",点气候、节令。深秋的夜晚,银白色的月光笼罩着大地,北风送来了阵阵凛冽的寒气。那如水的月光,勾起了思妇对远戍边地亲人的思念,那刺骨的北风,催促着她们尽快赶制寒衣。自然洗练的六个字,勾画出一幅渺远、凄清的画面。在这样的背景之中,远远近近传来了此起彼伏的砧杵声,急促沉重,捣之欲穿。应该说,这个场面我们并不陌生,前人有诗云"捣衣明月下,静夜秋风飘"(庾信《题画屏风》),"长安一片月,万户捣衣声"(李白《子夜吴歌》),都是描写这种情景。贺词虽从前人语中化出,然而认真比较,就会发觉其重点是落在"捣欲穿"三字上,词人突出的是砧杵声的急促沉重。从这撼人心魄的杵声中,我们可以体会到思妇对亲人的体贴、关怀和刻骨铭心的思念。以声传情,不言情而情自见,确实较之前人多了一点新的东西。

　　接下来第三句是"不为捣衣勤不睡"。一般说来,"捣衣"而"勤不睡",是顺承前两句而来的事实,也是常理。然而作者并不满足于这种表面现象的描述,他进一步向深处开掘,勒笔作势,陡起波澜,挥笔在句首冠以"不为"二字。明明白白地告诉读者,思妇们不是为了捣衣而彻夜不眠,从而造成"到底是为什么"的疑问,引起读者浓厚的兴趣和高度的注意。

第四句,正面作答,"破除今夜夜如年"。"破除",唐宋人口语,消除、除去意。这一句的关键在"夜如年"上。一夜就是一夜,怎么会如一年呢? 对于不同境遇,不同心理,不同情绪的人,这种夸张的说法是合乎情理的,所谓"拘囹圄者,以日为修;当死市者,以日为短"(《淮南子》)。作者有意通过这种近乎无理的夸张描写,去达到深刻表现主题的效果。短短的一夜在思妇看来有如漫漫长年那样难以消磨,细细品味,言外有多少缠绵执着的思恋和肝肠欲断的痛苦啊! 正像绝望的人常常用酒精来麻醉自己那样,"愁多梦不成"的思妇,也试图以不停地捣衣来减轻自己心灵上无法承受的负担,来熬过这令人难以忍受的孤寂的漫漫长夜。虽然作者写的是"破除今夜夜如年",但她们心中的痛苦,又何尝能"破除"呢? 现在再回头重读第二句,那"捣欲穿"的砧杵声,不正倾吐着这种难以诉说、难以"破除"的痛苦吗!

这首简短的小词,只有五句,语言浅近自然,通俗流畅,然而在章法上,却一波三折,寓意深长。前人谓:"词之难于令曲,如诗之难于绝句。"(张炎《词源》)清人沈德潜曰:"七言绝句,以语近情遥,含吐不露为主,只眼前景,口头语,而有弦外音,味外味,使人神远。"(《说诗晬语》)这首词可以说深得此中三昧,所以近人夏敬观论此词为"唐人绝句作法"(手批《东山词》),真可谓独具只眼的确评。

（李维新）

望书归（古捣练子）　　　　贺　铸

边堠①远,置邮②稀,附与征衣衬铁衣。连夜不妨频梦见,过年③惟望得书归。

〔注〕 ①边堠:边防侦伺敌情用的土堡。 ②置邮:即驿车、驿马、驿站。古代的邮递工具和设施。《孟子》:"德之流行,速于置邮而传命。" ③过年:逾年。汉桓宽《盐铁论·徭役》:"古者无过年之徭,无逾时之役。"有的选本释为今之所谓过春节,说思妇"一心盼望得到征人回家过年的书信",是误解。

本篇是这组词的最后一篇,恐怕也是写得最沉痛的一篇。大意是说:边关千里迢遥,官家的驿车却配备甚少。难得今天见到了驿使,寄信之外,还附上自己赶制的战袍。有它衬里,良人披上铁甲便不会再感觉到寒冷。唉! 一夜之间尽可以三番五次地和夫婿在梦里厮见,而事实上呢? 明年能够收到他的回信,也就算如愿以偿了。

词中写思妇对于生活的要求,已经低到了不能再低的限度:不敢想真的与征夫重逢,只希望能够在梦中多见几面;不敢想人归,只希望书归;不敢想回信之速,只寄希望于来年。其哀惋何以复加?在它的背后,正不知有多少个幻想变成过泡影,多少次热望化作了灰烬! 显而易见,这样写,比直接去写思妇盼望征人早早归来,何止深沉千倍万倍!

　　然而本篇的好处还不尽于此。其哀惋的笔调之下,更潜藏着对于封建统治者的一定程度的谴责。按古代诗歌中写思妇、征夫互通音讯之困难的篇章本不在少数,如南朝梁刘孝先《春宵》诗曰:“敦煌定若远,一信动经年。”唐刘希夷《捣衣篇》曰:“缄书远寄交河曲,须及明年春草绿。”贾岛《寄远》诗曰:“身征辽海上,家住锦水边。十书九不到,一到忽经年。”皆是其例。但它们所强调的,往往还是空间距离的遥远,属于客观因素,只好“怨天”。而本篇于“边堠远”三字之下又添了“置邮稀”一句,这就道出了执政者们对于征人及其家属苦痛的熟视无睹,在主观上有着不可推卸的责任,分明是在“尤人”了。苏轼写那专供帝王、后妃们享用的新鲜荔枝、龙眼如何不远万里、及时贡进,不是有“十里一置飞尘灰,五里一堠兵火催。……飞车跨山鹘横海,风枝露叶如新采”(《荔枝叹》)之句么? 虽咏前朝之事,实刺当代的类似情形。用它来反衬贺词,愈见“置邮稀”三字于轻描淡写中有微辞在焉,不可等闲看过。

　　写到这里,本篇的赏析可以结束了。但回过头来综观整个这一组词,似乎还有些话好说。

　　近代著名学者夏敬观指出:“观以上凡七言二句,皆唐人绝句作法。”(手批《东山词》,未刊稿)是的,它们确实不类宋调,其丰神直追唐音。试观唐人同题材的七绝,陈玉兰《古意》曰:“夫戍萧关妾在吴,西风吹妾妾忧夫。一行书信千行泪,寒到君边衣到无?”陈陶《水调词》曰:“长夜孤眠倦锦衾,秦楼霜月苦边心。征衣一倍装绵厚,犹虑交河雪冻深!”张泌《怨诗》曰:“去年离别雁初归,今夜裁缝萤已飞。征客近来音讯断,不知何处寄寒衣。”贺词与之相较,正不多让。宋杨万里《颐庵诗稿序》云:“至于荼也,人病其苦也,然苦未既而不胜甘。诗亦如是而已矣。……《三百篇》之后,此味绝矣,惟晚唐诸子差近之。《寄边衣》曰:‘寄到玉关应万里,戍人犹在玉关西。’……《三百篇》之遗味,黯然犹存也。”笔者检《全唐诗》及《全唐诗外编》,未见这两句,若非原诗今佚,则应是杨氏误记了。如果真是误记的话,那就证明贺铸这组词之酷肖唐诗,已经到了可乱楮叶的地步。

　　最后,我们再把这一组词纳入唐宋词发展史的范围内来作一考察。像这样以思妇口吻、借捣衣寄远以表达怀念戍人之情,并讽谴封建统治者的题材,在早期民间词里是屡见不鲜的。“孟姜女,杞梁妻,一去燕山更不归。造得寒衣无人送，不免自家送征衣。"（见敦煌残卷。）……词牌正是《捣练子》！艺术上是粗糙些，反苛政的思想内容却很强烈。后来到了某些文人手里，此长彼消，向着否定的方向发展。文人词中最早的一首《捣练子》系李煜（一说冯延巳）所作："深院静，小庭空，断续寒砧断续风。无奈夜长人不寐，数声和月到帘栊。"写作技巧提高了许多，内容却换成了写封建知识分子夜听寒砧的悲秋情绪，真是"维鹊有巢，维鸠居之"（《诗·召南·鹊巢》）了。至于贺铸这组词，又来了个否定之否定。它们标明是"古捣练子"，五首中且有三首用韵与上引《捣练子》相同，显然，词人是有意汲取了早期民间词中的营养并向其复归。不过，他在学习和继承民间词的同时，扬弃了它那质木无文的弱点，益之以文人词的成熟技法，做到了思想性和艺术性的统一，写出了新的水平。唐宋文人词中，这种题材的作品非常少见，达到和贺铸同样水准的那就更难寻觅。吉光片羽，弥足珍贵，对于这组词的价值，当作如是观。

　　　　　　　　　　　　　　　　　　　　　　　　　　　　　　（钟振振）

南　歌　子　　　　　　　　　　贺　铸

　　疏雨池塘见，微风襟袖知。阴阴夏木啭黄鹂。何处飞来白鹭立移时。　　易醉扶头酒，难逢敌手棋。日长偏与睡相宜。睡起芭蕉叶上自题诗。

　　这是一首抒怀词。词人通过对夏日景物和身边琐事的描写，抒发了自己孤寂无聊、知己难逢的感慨。全词用笔轻灵，含而不露，貌似闲适而实执着，很值得玩味。

　　上片写景。词人独立庭院，点点疏雨在池塘中留下了微微的涟漪，轻风拂面而来，"襟袖知"是很巧妙的写法。周围树木成阴，枝头上黄鹂婉转啼鸣，一只不知从何处飞来的白鹭，落在池畔，迟迟不愿离去。这个景，表面上看起来，极其闲适恬淡，俨然一幅充分表现士大夫闲情逸致的行乐图。词人观疏雨、沐轻风、听黄鹂、友白鹭，似乎已经全然陶醉在这充满生机的夏日景物之中。

　　词的下片入人事。词人一连写了饮酒、下棋、睡觉、题诗四件生活琐事。本来，这都是士大夫消夏乐闲的韵事，正好在上片的背景里展开。然而，在作者笔下，这些事似乎都有一种和韵事格格不入的苦涩味在内，和上片大异其趣。你看：饮酒而"易醉"，下棋而敌手"难逢"；寂寂长昼，作者以昏然一睡为"相宜"来自我解嘲；睡起题诗，则只能"自题"自赏！

　　据《宋史》本传所载，贺铸少有大志，"喜谈当世事，可否不少假借。虽贵要权倾一时,小不中意,极口诋之无遗词"。但仕宦四十年,一直沉沦下僚,供人驱使,这当然会使他有着满腹的牢骚和不平。了解了这一点,我们就不会为上下片表面上的异趣而诧异,就不会为那种似乎格格不入的苦涩味所困扰。实际上,在上片表面上的闲适恬淡背后,正透露着作者孤寂落寞的情怀和无所事事的痛苦。特别是结尾处那只"立移时"的白鹭,含情脉脉,不愿离去,似乎有意要和形只影单的词人作伴,已经暗含着词人知音难求的感慨。下片身边琐事的动辄生愁,特别是第三句"日长"与"睡相宜"之间那个刺目的"偏"字,结拍那无可奈何的"自"字,都强烈地表现出作者内心的愤懑和不平。所志未遂,华年虚度,寂寂夏日,百无聊赖,身边连一个相濡以沫的朋友都没有,他怎么能平静下来呢?

　　读这首词,细心的读者会发觉有许多句子似曾相识,实际上,全词每一句都是从前人诗句变化而来。从头至尾其出处依次为:"微雨池塘见,好风襟袖知"(杜牧《秋思》);"漠漠水田飞白鹭,阴阴夏木啭黄鹂"(王维《积雨辋川作》);"赌棋招敌手,沽酒自扶头"(姚合《答友人招游》);"自然唯与睡相宜"(欧阳修《蕲簟》);"曾书蕉叶寄新题"(方干《送郑台处士归绛岩》)。贺铸或是略改数字,或是化骈为散,或是颠倒次序,或是一反其意,合数家诗于一炉,写成了这首《南歌子》。

　　古典诗词中经常出现化用前人成句而博得后人激赏的现象。诚如《红楼梦》第十七回"大观园试才题对额,荣国府归省庆元宵"中宝玉所说的"编新不如述旧"。不过,像这首《南歌子》,通篇皆从前人诗句中化来,而且分别来自不同的出处,类似于诗中的集句体,却极为少见。很明显,这些句子在它们的"母体"里,都有自己的特定含义。把它们用在同一首词里,为一个共同的抒情主题服务,就很难避免生硬扞格,支离破碎的毛病。所以贺裳论"集句"曾说:"集之佳者,亦仅一斑斓衣也,否则百补破衲矣。"(沈雄《古今词话·词品》)但这首《南歌子》完全不需要我们担心。经过作者的妙手点化,整首词语意连属,情景交融,浑成脱化,如出诸己,表现出贺铸善于融化前人成句的能力。他好像一个高明的织手,虽然用的是颜色各不相同的丝线,但经过他精心编织,终于织成了一幅浑然一体、绚丽多姿的彩缎。东坡曾经说过:"世间好句世人共,明月自满千家墀"(《次韵孔毅父集古句五首》其一),清人邹祗谟亦云:"诗语入词,词语入曲,善用之即是出处,袭而愈工。"(《远志斋词衷》)贺铸的这首《南歌子》,可以说为我们提供了这样一个典范。

(李维新)

梦 江 南 (太平时)　　　　　　　　　　　　贺　铸

九曲池头三月三,柳毵毵。香尘扑马喷金衔,澣春衫。

苦笋鲥鱼乡味美,梦江南。阊门烟水晚风恬,落归帆。

这首词下片提到江南和阊门,指的无疑是作者曾经长期居留过的苏州。但开头所谓"九曲池",苏州并无其地。细味词意,九曲池当是指汴京供皇帝游乐与士庶纵赏的金明池等一类河塘。五代后蜀花蕊夫人宫词:"龙池九曲远相通,杨柳丝牵两岸风。"写的虽是蜀中,而境界与本篇开头两句略似。

"九曲池头三月三",仅仅是这样点一下,读者大概就会很快想到杜甫的名句:"三月三日天气新,长安水边多丽人。"尽管词中接下去写柳色。但由于有杜甫诗作为潜台词,读者从"柳毵毵"的那种枝叶细长柔嫩之貌,自然可以联想到柳色掩映中的丽人,也有如柳之婀娜娇美。"香尘扑马喷金衔,浣春衫。"仍未直接写人,但士女如云,帝城春游的场面,却被从一个侧面渲染出来了。宋孟元老《东京梦华录》曾描写三月一日以后汴京金明池、琼林苑游乐之盛:"莫非锦绣盈都,花光满目,御香拂路,广乐喧空,宝骑交驰,彩棚夹路,绮罗珠翠,户户神仙,画阁红楼,家家洞府,游人士庶,车马万数。……自三月一日至四月八日闭池,虽风雨亦有游人,略无虚日矣。"词中"香尘扑马喷金衔,浣春衫",所暗示的正是这种情景。照说,通过香尘来写游人之多,也是较常见的写法。但"香尘扑马喷金衔"一句,却颇能造成气氛。《东京梦华录》又云:"妓女旧日多乘驴,宣、政间惟乘马,披凉衫,将盖头背系冠子上。少年狎客,往往随后,亦跨马轻衫小帽。有三五文身恶少年控马,谓之'花褪马',用短缰促马头,刺地而行,谓之'鞅缰',呵喝驰骤,竞逞骏逸。"贺铸曾居汴京,于都人行乐场景自寓于目而记于心,故能绘声绘色,生动地写出了境界。经过这样渲染后,再接上"浣春衫"三字,就让人感到这春有十二分的浓腻。

下片仍然写春,却是另一种风物和景象。"苦笋鲥鱼乡味美",即使不看下文"梦江南"三字,单是"苦笋鲥鱼",也立即能令人想到江南之春。祖籍吴越、宦游北方的词人,春时想到这种美味,无疑要为之神往而梦思。但此尚不足以尽江南之美。下文进一步拓开:"阊门烟水晚风恬,落归帆。"阊门,苏州西门。其地更是江南之萃。"君到姑苏去,人家尽枕河。"门巷对着烟水,春日将暮,晚风恬静,点点归舟,缓缓地驶来,悠悠地落下白帆。"晚风恬"的"恬"字,极其准确地把握江南日暮晚风的特点。风恬,烟水更美,归帆落得更悠闲。"恬",不仅是风给人的印象,也是词人此刻想到江南烟水时的情绪表现。

词中没有铺叙,没有过多地着意描摹,只是轻轻地几笔点染,就画出汴京和苏州水乡两幅春景。它们出现在同一时间,却展开于不同的空间。前者秾丽,后者清新。前者出于目睹,后者出于想象,各具鲜明的地域特征。作为多层次、多镜头的春的赞美诗来读,未尝不可。但细细体会,词人对其笔下的两幅春景,所倾注的感情并不是一样的。下片中"乡味美,梦江南"的直接抒情,虽然只有六个字,透露出来的情思,却是极其绵长而深切的。再回转去看看汴京春游,作者究竟是身预其中,还是旁观,虽很难指实,但在感受上有点发腻,有点倦怠而另有所思,却是隐隐可见的。词人没有明白抒写像晋朝张翰那种思归之叹,也许思想情绪还没有发展到那一步,但这种念头的萌生,却从唱叹中已经透露出来了。最后一句"落归帆"固然是极美的写景之笔,而结合抒情去体会,又似乎不排斥带有象征倦游思归的意味。

《王直方诗话》载贺铸所得前辈关于写诗的见解,有所谓"格见于全篇浑然不可镌,气出于言外浩然不可屈"。夏敬观指出"此亦方回写词之诀"。况周颐又认为贺铸的词"极厚"。这首词并非一般地记述冶游、描摹春景,而是有很深挚的乡思渗透其中,抒写了词人的性情,可谓有格有气。但情思在作品中又表现得非常蕴藉,如写汴京春景,笔墨极其秾丽,初读之只见其繁盛而浑不觉有其他用意。作者的感情,虽更倾向于"苦笋鲥鱼"的江南,但前面写汴京春游,却又不是简单地用来对比或反衬,让人感到后者由前者引发,感情是自一种更深的体验中折腾而出的。这些,都是"厚"的表现。

(余恕诚)

愁　风　月 (生查子)　　　　　　　　贺　铸

风清月正圆,信是佳时节。不会长年来,处处愁风月。

心将熏麝焦,吟伴寒虫切。欲遽就床眠,解带翻成结。

此词写独处孤栖的愁怀。"解带翻成结"可以作全词评语,词中人不断地力求解脱,却陷入无可排遣的烦恼之中。

开头两句"风清月正圆,信是佳时节",点出眼前是个风清月圆的好天良夜。但"信是"这种语气,含有客观上是如此,而吾心中却未必然的意味,如"江山信美非吾土"就是。果然下二句即突然翻转:"不会长年来,处处愁风月。"带着主观感情,"以我观物,故物皆着我之色彩"(王国维《人间词话》)。无边风月,在离人眼中是可以唤起景是人非之感的。所以,词中人因与对方长年隔别,每见风月即生愁,"处处"二字,不仅指地,亦指时时,事事,凡关乎风月者,即是愁端。由"佳时节"而"愁风月",这一转折,也就是欲解带而翻成结了。说"长年来""处处",这就从时间和空间的广泛范围内把眼前的"愁"展开,对情事作了更具体的暗示。

风月不能解忧,反平添一段烦恼。闺中光景又如何? 点香吟诗,借以排遣愁情,然而"熏麝"反而使心同香一样焦,吟声则与虫鸣一般凄切。这里仍是写心情之焦愁与凄苦,用熏麝之"焦"与虫声之"切"双关,便觉倍添意趣,属于缘情造景,亦与生活合拍,故觉十分谐和。生活中寻求排遣之方总是宣布失败。于是乎词中人便决心睡觉,来与愁苦告别。"欲遽就床眠"的"欲遽"二字,活画出无可奈何而成决断的情态。不料在这节骨眼上,衣带又解不开。越想快点解开,越是糟糕,反而打成了一个死结。全词这个结尾极富于戏剧性。"欲遽就床眠,解带翻成结",俨然六朝乐府之俊语,它写出了烦恼人处处不顺心的恼乱意态。

全词就通过这样三解三结,步步深入,把"剪不断,理还乱"的离愁写得很深透。末二句不仅具有民歌情趣,而且是片言据要,乃一篇之警策。这首词在艺术上的成功与作者善于构思和炼句是分不开的。

(周啸天)

陌　上　郎 (生查子)　　　　　　　　贺　铸

西津海鹘舟,径度沧江雨。双桨本无情,鸦轧如人语。

"挥金陌上郎,化石山头妇。何物系君心? 三岁扶床女!"

在长期的中国封建社会里,由于妇女一直作为男子的附庸,因而就产生了许多"痴心女子负心汉"的爱情和家庭生活悲剧。古代进步作家在涉及这一主题时,往往毫不犹豫地把同情给予那些不幸的女子,而把谴责批判的矛头直指负心之徒。方回哲宗元祐四年(1089)八月在历阳曾赋《望夫石》一诗,借当涂"望夫山"的传说歌咏了这一主题,"交游间无不爱者"(《王直方诗话》)。很可能在同时,他又写了这首词,再一次表达了自己鲜明的爱憎。

上片开端两句亦叙事亦写景。"西津",西方之渡口,此泛指送别之地;"海鹘舟",轻捷如海鹘的船。词人一开篇就以泼墨式的手法,大笔挥洒,为我们绘出一幅沧江烟雨送别图。在一派烟雨之中,那艘轻捷的船儿离开渡口,径直地渡过沧江,消失在迷茫的远方。这里,词人没有直接去写送者和行者,更没有直接去写送者的悲恸和行者的决绝,而只以津、舟、江、雨所组成的浑茫开阔的图画把二者都包容在其中。词人在"度"之前加一"径"字,大有深意。"径",直也。即使是妻悲女啼,情意绵婉;即使是气候恶劣,雨急浪险,船还是一点也不犹豫,一点也不留恋地径直而去。一字着力,用心良苦,景中含情,令人回味。

三、四两句,词人采用"移情于物"的手法,出人意料地把双桨(即橹)摇动时连续而又低沉的鸦轧声当作触媒,产生"荒诞"而又入情的设想。连这本无生命,本无感情的"双艎"也为上述的送别场景所感动,从而像一个阅尽人间悲欢的老人那样发出深情的喟叹,词人内心感情的这段郁积也就不言而自明了。

换头应全为"双艎""人语"之内容。(也有人认为这首词"前边写送别丈夫时的情景,后边说自己坚贞不移",但如果这样理解,"人语"就无法落实,故不取。)当然,这实际上也就是词人的内心独白。前两句化用故事,对偶天成。上句出自刘向《列女传》:鲁人秋胡外出做官,五年乃归。未至家,见路旁妇人采桑,悦之,以金引诱,遭妇坚拒,回家后始知为其妻。这里借秋胡以指那些用情不专、二三其德的男子。下句出自民间传说。望夫石各地多有,传说大同小异,如《太平寰宇记》卷一〇五《太平州·当涂县》载:"望夫山,在县西四十七里。昔人往楚,累岁不还,其妻登此山望夫,乃化为石。"这里指纯朴坚贞、忠于爱情的妻子。本来,这是两个各自独立并完整的故事,现在,词人借双橹之"口"把二者并列在一起,顿时就产生极为强烈的效果。一方无行,一方痴情;一方薄幸,一方坚贞。相比之下,人们很自然就会得出一方使人齿冷,一方使人钦敬的结论。

最后两句,以反诘呼起,感情变得更加强烈。词人在"有什么东西能系住你的心"这一问之中,已经包含了对负心丈夫的谴责。接着,又以家中还有刚刚能够扶着床沿走路的三岁女儿来进行再一次的劝喻,诚挚委婉,给人以感情上的强烈震撼。

读完这首词,给我们印象最深刻的当然是词人将物拟人,以"物语"传己情手法的运用。虽然在民间诗词中这种用法早已有之,如汉乐府中的《乌生》、《雉子斑》,都是假禽言来更深刻地表现主题。不过禽言毕竟是以"禽有生命,禽可以鸣"这一生活现实作为它的基础。方回在接受这一影响的同时,以"艎语"来表达自己要说的话,可谓推陈出新。

(李维新)

惜 余 春 (踏莎行)　　　　　　　　　　贺　铸

急雨收春,斜风约水,浮红涨绿鱼文起。年年游子惜余春,春归不解招游子。　　留恨城隅,关情纸尾,阑干长对西曛倚。鸳鸯俱是白头时,江南渭北三千里。

游子天涯,惜春恨别,原本是诗词中写得熟滥的题材,但贺铸此作语意精警,字句凝练,读来仍不乏新鲜之感。

题曰"惜余春",语出李白《惜余春赋》:"惜余春之将阑,每为恨兮不浅。""余春"者,残存无多、转瞬将尽之春光也。惟其无多,惟其将尽,故格外值得珍惜。

起三句,缴足题面中"余春"二字,爱惜之情,亦于言外发之。枝头繁花,乃春天之象征,而"急雨"摧花,扫尽春艳,故言"收春"。"收"字极炼,一如天公与人作对,不肯让春色长驻人间,稍加炫示,便遣"急雨"追还。"急雨"之来,"斜风"与俱。"约"为约束、拦阻义。雨添池波,风遏逝水,故池水溶溶,新波"涨绿"。加以落英缤纷,漂流水上,泛泛"浮红",点缀碧澜。而群鱼嬉戏于涨池之中,你争我夺,唼喋花瓣,掀动一圈圈波纹。意境何其幽美!"浮红涨绿鱼文起"七字是极经意之笔,非深情留恋"余春"之人不能如此细腻地观察"余春"景物并传神地将它写出,盖一旦浮红尽沉池底,那可真正是"枝中水上春并归"(梁简文帝《江南曲》),欲"惜"无从了。透过词人眼中笔下的"鱼文",我们不难发现他感情深处的涟漪。以下二句,潜藏于景语之中的惜春情绪急转为游宦天涯、不得归家的苦恨。唐陈子良《春晚看群公朝还人为八韵》诗:"游子惜暮春。"词人曰"年年游子惜余春",加"年年"二字,给出惜春情怀的时间持续度,语气即显得更为沉郁。然而其好处还不在此,须与下"春归不解招游子"一气连读,方有滋味。游子年年惜春,可谓专情于春矣,而春天归去时却想不到招呼老朋友一块儿走,真不够交情!此意当从杜甫《闻官军收河南河北》诗"青春作伴好还乡"句翻出,一以可与春天偕归为喜,一因春天弃己独归而恨,皆匪夷所思,妙不可言。若究其实,则不过是词人"贫迫于养"(宋程俱《贺公墓志铭》),离家外宦,任期未满,不得便还而已。但这话直说出来,就不成其为诗。宋严羽《沧浪诗话》云:"诗有别趣,非关理也。""年年"二句的"别趣",正当从其不可理喻处求之。

　　不得归家倍思家。下阕便自然过渡到写自己和妻子的离别与相思。"留恨"句记别。"城隅"即城外角,是分袂处,唐王宏《从军行》"羌歌燕筑送城隅"、王维《崔九弟欲往南山马上口号与别》"城隅一分手"等句可证。"关情"句叙别后妻子来信,信末多深情关切之语。(如《莺莺传》莺莺与张生书末云"千万珍重!春风多厉,强饭为嘉"之类。)"阑干"句则述自己常于夕阳西下之时,面对昏黄的落晖,独立高楼,凭阑远眺,怀想亲人。以上三句,一句一意,不断更换角度,先写离别,为二人所共;再写相思,一寄书,一倚栏,为各人所独:可谓面面俱到,错落有致。十五个字竟写出这许多内容,语言之高度浓缩,颇见锻炼之功。结二句,就直接语意而言是承上写自己倚栏时的喟叹,但两地相思,一种情愫,从章法上来看,不妨说词人的笔触又转回去兼写双方。李商隐《代赠》诗:"鸳鸯可羡头俱白。"杜甫《春日怀李白》诗:"渭北春天树,江东日暮云。"词人熔铸唐诗,以己意出之:"鸳鸯俱是白头时,江南渭北三千里。"谓夫妻二人,已垂垂老矣,却一在江南(当指江夏,即今武汉一带,贺铸四十六七岁时在那里任钱官),一在渭北(长安在渭水北,这里以汉唐故都借指北宋东京),关山千里,天各一方。二句只说离人年龄之大、分别距离之远,此外不置一辞,词意戛然而止,这就给读者留下了回味的余地。试想,少年夫妻,来日方长,一旦分携,犹自不堪;而人濒老境,去日苦多,百年光阴,所剩无几,亦如"余春",弥足珍惜,此时阔别,心情之沉痛,又当如何? 再想,江南渭北三千里,一去谁知几时还,城隅留恨,那恨该有多重? 千山万水,音问难通,一封家信,纸尾关情,那情该有多深?"岭树重遮千里目,江流曲似九回肠",夕阳楼上,游子的乡思又该是怎样的难以排遣? 细细咀嚼,便知下阕前三句的厚度,全靠末两句在衬托,至于这结尾本身的重拙,下语镇纸,那就更不待言了。

(钟振振)

<h2 style="text-align:center">阳 羡 歌 (踏莎行)   贺 铸</h2>

山秀芙蓉,溪明罨画。真游洞穴沧波下。临风慨想斩蛟灵,长桥千载犹横跨。　　　　解组投簪,求田问舍。黄鸡白酒渔樵社。元龙非复少时豪,耳根清净功名话。

贺铸五十八岁致仕客居苏州之后,经常来往于常州、宜兴一带。宜兴古称阳羡,所以贺铸改《踏莎行》为《阳羡歌》,作词抒发他致仕后落寞失志的情怀。这首词很可能是他初到宜兴时所作。

上片写景为主,词人先以从容整炼的四字对句铺写阳羡山水的秀丽。据地志所载,阳羡境内有芙蓉山,罨画溪。顾名思义,应是因山如芙蓉,溪似彩画而得名。词人在这里把本为"芙蓉山秀,罨画溪明"的句式改成"山秀芙蓉,溪明罨画",除了平仄的原因之外,其用意当然不仅指一山一水,而是着意突出阳羡境内千岩竞秀、万壑争流之美境,给人以江山如画、美不胜收的感觉。

第三句写阳羡之溶洞。"真游"之真,即仙。阳羡有张公洞,相传汉代天师张道陵曾驻迹修行于此,故以"真游"目之。洞内石钟乳凝结,或垂或矗,洞穴嵌空邃深,曲折通幽,据说可以"步步势穿江底去"(方干《游张公洞寄陶校书》)。词人在"洞穴"之后缀以"沧波下"三字,写出了天工造化之奇,引人产生无限的遐想。

四、五两句入人事。西晋周处,阳羡人。少年时凶强使气,与南山虎、长桥蛟合称"三横",曾为乡里所患。后来他翻然自新,杀虎斩蛟,终成一段佳话。词人漫步在长桥之上,思接千载,不禁临风喟叹:当年斩蛟处的长桥,经历了近千年的风风雨雨,如今依然横跨在河上;而轰轰烈烈、名震一时的英雄豪杰却如明日黄花,杳无踪迹,这怎能不使"铁面刚棱古侠俦"(夏承焘《瞿髯论词绝句·贺铸》)

的词人顿生物是人非之感呢!"慨想"二句,虽有对周处的倾心赞誉,然而更多的却是"浪淘尽千古风流人物"的无限感慨。这两句,既是对上片的总结,也为下片词人的抒怀埋下了伏线。

　　词的上片,首写美景,次言奇洞,终结以韵事,处处扣紧题目中的"阳羡",可以说已经写得题无剩义。

　　过片抒怀。词人在上片歌咏阳羡溪山绝胜,夙称清美之后,承"慨想"之暗转,直接抒发他此时此地的心声。"组",丝织成的阔带子,古代用以佩印;"簪",古人所用的一种针形头饰,可以用来固冠。所以"解组投簪",皆谓弃官。词人徽宗大观三年(1109)曾写《铸年五十八因病废得旨休致一绝寄呈姑苏毗陵诸友》一诗,其中有"求田问舍向吴津,欲著衰残老病身"的句子。这里,词人又一次宣称,他要挂冠归隐,求田问舍,去过那种黄鸡白酒,渔樵溪山,"侣鱼虾而友麋鹿"的优游生活。应该说,这样的生活是与词人的夙志格格不入的。他年轻时曾有着治国平天下的远大抱负,而四十年的从宦,却使他一步步认清了污浊、冷酷的政治现实。所以在这首词的最后,词人反用古典,写出了"元龙非复少时豪,耳根清净功名话"这貌似达观而实则悲愤的句子。"元龙",是三国名士陈登的字。据《三国志·陈登传》所载,他当汉末天下大乱之时,忧国忘家,为天下所重。他曾对来拜访他的许汜求田问舍、言无可采的行为表示鄙弃,会面之时,"久不相与语,自上大床卧,使客(许汜)卧下床",这件事得到了刘备的激赏。词人在这里以陈元龙自比,却说"非复少时豪",不但不反对别人的"求田问舍",自己也"求田问舍"起来了,则不过是说反话。他慨叹自己再也没有少年时"刚肠愤激际,赤手缚豺虎"(《庆湖遗老诗集·留别龟山白禅老》)的豪气,再也不愿听到"金印锦衣耀闾里"(《诗集·子规行》)的功名话头。

　　当然,读完这首词,处于今天的我们,满可以指责词人的消极和软弱。但是,我们不能忘记,这时正是徽宗一朝,"鼠目獐头登要地,鸡鸣狗盗策奇功"(《诗集拾遗·题任氏传德集》),是整个北宋政治最黑暗、最腐败的时期。词人此时的退隐,是痛感以自己短促的人生无法和强大的社会对抗而作出的违心的决定。正如古人所云:"非伏其身而勿见也,非闭其言而不出也,非藏其知而不发也,时命大谬也。"因此,我们不能给予他过多的指责。

　　这首词在用典上很有自己的特点,严有翼《艺苑雌黄》谓:"文人用故事,有直用其事者,有反用其事者,……直用其事,人皆能之;反其意而用之者,非学业高人,超越寻常拘挛之见,不规规然蹈袭前人陈迹者,何以臻此。"词人在篇末反用古典,除了具备上述的优点外,更重要的是又多了一层转折。显示了自己经历了一个从"少时豪"到今天求"耳根清净"的痛苦变化,英雄末路,沉郁悲愤,能给人以更深的感受。

另外,从内容上来说,这首词已经完全突破了词为"艳科"的传统藩篱,而把本来应在诗中表现的内容写进了词里。这说明词人对于东坡在词坛的革新是倾心拥护的,他力排众议,步武东坡,扩大了豪放词派在北宋后期词坛上的影响,这个贡献我们是不应忽视的。

(李维新)

踏　莎　行　　　　　　　　　　贺　铸

　　杨柳回塘,鸳鸯别浦,绿萍涨断莲舟路。断无蜂蝶慕幽香,红衣脱尽芳心苦。　　　返照迎潮,行云带雨,依依似与骚人语。当年不肯嫁春风,无端却被秋风误。

这是一首咏物词。词中隐然将荷花比作一位幽洁贞静、身世飘零的女子,借以寄寓才士沦落不遇的感慨。

起二句写荷花生长的处所。回塘,是曲折回环的池塘;别浦,江河支流的水口。两句互文同指,先画出一个绿柳环绕、鸳鸯游憩的池塘,见荷花所处环境的优美。水上鸳鸯,双栖双宿,常作为男女爱情的象征,则又与水中荷花的幽独适成对照,对于表现它的命运是一种反衬。回塘,别浦,又以见水面之小,处境之僻,为下两句作伏线。

接下来一句"绿萍涨断莲舟路"。因为水面不甚宽广,池塘中很容易长满绿色的浮萍,连采莲小舟来往的路也被遮断了。莲舟路断,则荷花只能在回塘中自开自落,无人欣赏与采摘。句中"涨"字"断"字,都用得真切形象,显现出池塘中绿萍四合、不见水面的情景。

"断无蜂蝶慕幽香,红衣脱尽芳心苦。"这两句写荷花寂寞地开落、无人欣赏。断无,即绝无。不但莲舟路断,无人采摘,甚至连蜂蝶也不接近,"无蜂蝶"也包含了并无过往游人,荷花只能在寂寞中逐渐褪尽红色的花瓣,最后剩下莲子中心的苦味。这里俨然将荷花比作亭亭玉立的美人,"红衣""芳心",都明显带有拟人化的性质。"幽香"形容它的高洁,而"红衣脱尽芳心苦"则显示了她的寂寞处境和芳华零落的悲苦心情。这两句是全词的着力之笔,也是将咏物、拟人、托寓结合得天衣无缝的化工之笔。既切合荷花的形态和开花结实过程,又非常自然地绾合了人的处境命运。唐代诗人陆龟蒙《白莲》诗云:"无情有恨何人觉? 月晓风清欲堕时。"寄寓的感情与贺铸这两句词类似,但陆诗纯从虚处传神,贺词则形神兼备,虚实结合,二者各具机杼。

　　"返照迎潮,行云带雨",过片两句,宕开写景。夕阳的余晖,照映在浦口的水波上,闪耀着粼粼波光,像是在迎接晚潮;流动的云彩,似乎还带着雨意,偶尔有几滴溅落在荷塘上。这是描绘夏秋之间傍晚雨后初晴的荷塘景象,在暮色苍茫中带点郁闷的色彩,形象地烘托了"红衣脱尽"的荷花黯淡苦闷的心境。

　　"依依似与骚人语。"荷花在晚风中轻轻摇曳,看上去似乎在满怀感情地向骚人雅士诉说自己的遭遇与心境。这仍然是将荷花暗比作美人。着一"似"字,不但说明这是词人的主观感觉,且将咏物与拟人打成一片,显得非常自然。这一句是从屈原《离骚》"制芰荷以为衣兮,集芙蓉以为裳"引申、生发而成,"骚人"指屈原,推而广之,可指一切怜爱荷花的诗人墨客。说荷花"似与骚人语",曲尽它的情态风神,显示了它的幽洁高雅。蜂蝶虽不慕其幽香,骚人却可听它诉说情怀,可见它毕竟还是不乏知音。

　　"当年不肯嫁春风,无端却被秋风误。"嫁春风,语本李贺《南园》:"嫁与东风不用媒。"而韩偓《寄恨》"莲花不肯嫁春风"句则为贺词直接所本。桃杏一类的花,竞相在春天开放,而荷花却独在夏日盛开,"不肯嫁春风",正显示出它那不愿趋时附俗的幽洁贞静个性。然而秋风一起,红衣落尽,芳华消逝,故说"被秋风误"。"无端"与"却",含有始料所未及的意蕴。这里,有对"秋风"的埋怨,也有自怨自怜的感情,而言外又隐含为命运所播弄的嗟叹,可谓恨、悔、怨、嗟,一时交并,感情内涵非常丰富。这两句同样是荷花、美人与词人三位而一体,咏物、拟人与自寓的完美结合。作者巧妙地将荷花开放与凋谢的时节与它的生性品质、遭际命运联系在一起,一方面表现出美人、君子不愿趋时媚俗的品质和在出处问题上的严肃不苟态度,另一方面又显示出他们年华虚度、失时零落的悲哀。这种感情,在封建社会知识分子中具有普遍性。

　　咏物词一般多托物喻人,情意结构大都为物与人两层,这首词却多了以荷花喻美人这一中间环节。读来非但不感到叠床架屋,而且分外感到其情采意境的优美。荷花与才士之间,如直接设喻,往往只能取品质操守之贞直这一点,"红衣""芳心"的形容,"不肯嫁春风"的叙写便很难用上,词的情采意境就不免受到影响了。这一篇运用多层情意结构,也显示了词体柔婉曲折的特点。

(刘学锴)

将 进 酒 (小梅花) 　　　　　　　　贺 铸

　　城下路,凄风露,今人犁田古人墓。岸头沙,带蒹葭,漫漫昔时

流水今人家①。黄埃赤日长安道,倦客无浆马无草②。开函关,
掩函关,千古如何不见一人闲?　　　六国扰,三秦③扫,初谓
商山遗四老。驰单车,致缄书,裂荷焚芰④接武曳长裾。高流
端得酒中趣,深入醉乡安稳处。生忘形,死忘名,谁论二豪初
不数刘伶⑤?

〔注〕　①　今人家:顾况《悲歌》:“边城路,今人犁田昔人墓。岸上沙,昔日江水今人家。”
②　马无草:顾况《长安道》:“长安道,人无衣,马无草。”　③　三秦:项羽破秦入函谷关,三分秦
关中之地,以封章邯、司马欣、董翳,合称三秦。　④　裂荷焚芰:屈原《离骚》“制芰荷以为衣兮”。
南齐周彦伦隐居钟山,后应诏出来做官。孔稚珪作《北山移文》加以讽刺,中有“焚芰制而裂荷
衣,抗尘容而走俗状”之语。　⑤　刘伶:晋刘伶作《酒德颂》,曾假设有贵介公子和搢绅处士各一
人,起先反对饮酒,后来反被酒徒所感化。

这首词内容可分四层。开头“城下路”六句是第一层,词人由城下道路上风
露凄迷和岸头沙边蒹葭(芦苇)苍苍的景象,想到古今变化:古人坟墓今已成
田,有人耕犁;昔时流水,今已成陆,有人居住。这可能带有一种世事无常的心
理,但就其列举这些情景来概括人世变化而言,却多少近似于对人世现象的一
种宏观把握。由此再去看世人的各种行为,便显得比世俗清醒。第二层“黄埃
赤日长安道”五句,写长安道上人渴马饥的奔波之苦,可是这种奔波,放在“今
人犁田古人墓”的背景下看,到头来不也是一场空吗? 这一层意思,词中没有
明点,但有了上面提供的背景,读者自会朝这方面想。在你争我夺的战争中,
今天开函谷关,明天闭函谷关,扰扰攘攘,走马灯一般地改朝换代,富贵不能长
保,人们总是看得多了吧,千古以来,为什么不见有人肯闲下来不参与争竞呢?
歇拍一句,问得很冷峻,见出无论怎样世事无常,一般人总是看它不破。过片
以下六句是第三层,所写的对象与第二层揭露一般利禄之徒有别。这一层专
写某些隐者。秦末农民大起义时,复有燕、赵、齐、楚、韩、魏六国自立为王,据
关东,争天下,你攻我夺;楚汉相争,项羽所封的那些诸侯王,也一一被扫灭,人
们对于名位利禄,照说更应看轻些了吧? 词人最初觉得商山四皓是能看破红
尘,置身局外的,可是想不到经过统治者驰车致函招请,他们竟也撕下隐者的
服饰,一个接着一个在帝王门下走动起来了。词人倒不一定认为他们当初隐
居就是虚伪的,但至少为他们惋惜,觉得他们不该在皇家的收买面前,改变初
衷,到临老还接受网罗。“高流”五句是词的最后一层,作者在对连四皓一流所
谓隐者也失望之后,认为值得肯定的只有酒徒。阮籍、陶潜、刘伶等人,他们在
酒中得到无穷的乐趣,摆脱人世的种种干扰,处于安稳的醉乡,可算真正的高

流。虽然从世俗的观念出发,人们对他们也许是不以为然的,正像刘伶《酒德颂》中写贵介公子、搢绅处士这"二豪"最初不赞成刘伶一样。但酒徒"生忘形,死忘名",不把形骸和名利当一回事,他们对于别人的议论又哪里在乎呢? 就这样,词最后落到对酒徒"忘形""忘名"的肯定。前此第二、三两层则是对庸人们的否定。一正一反,中心目标是指向世俗的名利观念,对那些追名逐利,为统治者帮忙、帮闲之徒,投以蔑视。

　　这首词是带说理性的,但处处与生动、鲜明的形象结合在一起。它在自然与社会不断呈现着沧桑巨变的大背景上,展开几种类型人物的活动,场景和人物情态都显得很逼真。而由于世事无常,种种奔忙究竟有何价值,也就不待多言了。所以就全篇看,作者直接发议论处很少。

　　贺铸是一位在词作方面进行过多种尝试的作家,如果说他的那些秾丽之作,融铸了李商隐等晚唐诗人的某些语言和意境,那么以这首词为代表的他的一部分慢词,则与盛唐、中唐一些诗家的作品有较多的联系。夏敬观说:"(贺铸)小令喜用前人成句,其造句亦恒类晚唐人诗。慢词命词遣意,多自唐贤诗篇得来,不施破碎藻采,可谓无假脂粉,自然秾丽。……取材于长吉、飞卿者不多,所以整而不碎也。"(手批《东山词》)所评极中肯綮。这首《将进酒》词,除化用顾况《悲歌》、《长安道》等诗的词语外,它的"雄姿壮采"(夏敬观评语),以及渲染饮酒、否定功名富贵、强调人世变化迅速等,都与李白等人的乐府诗《将进酒》有一定的渊源关系。可以看出词人在以《将进酒》这个词调写作时,同时考虑到了乐府诗的传统,"所得在善取唐人遗意也"(王铚《默记》卷下)。过去,在词学研究方面比较注意中、晚唐律、绝与词的关系,而乐府诗与慢词之间的联系,注意者尚少,贺铸这首《将进酒》,以及宋人某些慢词,特别是一部分词调与乐府诗题相同的作品,似乎提醒我们在研究中也不应忽视宋词与前代乐府之间的联系。　　　　(余恕诚)

行　路　难 (小梅花)　　　　贺　铸

　　缚虎手,悬河口,车如鸡栖马如狗。白纶巾,扑黄尘,不知我辈可是蓬蒿人? 衰兰送客咸阳道,天若有情天亦老。作雷颠,不论钱,①谁问旗亭美酒斗十千?　　　　酌大斗,更为寿,青鬓长青古无有。笑嫣然,舞翩然,当垆秦女十五语如弦。遗音能记秋风曲,事去千年犹恨促。揽流光,系扶桑,争奈愁来一日却为长。

　　〔**注**〕 ① 作雷颠,不论钱:《后汉书·独行·雷义传》载,雷义尝脱免人死罪,其人以金二斤相酬谢,雷不受。又与陈重相善,地方官推荐雷出仕,雷让与陈重。刺史不允,雷遂佯狂被发而走。故词以“雷颠”称其人。

　　贺铸“既是一位豪爽的侠士,也是一位多情的诗人;既是一位严肃苦学的书生,也是一位处理政事的能手。他生活在北宋晚期的社会,史称他‘喜剧谈天下事’,但经历的都是些难展抱负的文武小职”(宛敏灏《北宋两位承先启后的词人——张先和贺铸》),这些个人特点反映在词体创作中,就有“行路难”一类作品。此词调寄《小梅花》,“行路难”实即词题,它原系乐府诗题,多写志士失路的悲愤(概括内容或节取词语制题放在调名前,乃贺词惯例)。词本属乐府一支,然自《花间集》以来,文人所作,以歌筵酒席浅斟低唱者为多;而用以书愤,得乐府诗遗意的,还是词坛较新的消息。

　　“缚虎手,悬河口”均借代人才。手能暴虎者为勇士,可引申为有军事才能的人;口如悬河者为谋士,可引申为有政治才干的人。倘若逢辰,这样的文武奇才当高车驷马,上黄金台,封万户侯。可眼前却穷愁潦倒,车不大,像鸡窝,马不壮,像饿狗。“车如鸡栖马如狗”语出《后汉书·陈蕃传》,极形车敝马瘦,与“缚虎手,悬河口”的夸张描写适成强烈对照,不平之气溢于言表。以下正面申抱负,写感慨:“白纶巾,扑黄尘,不知我辈可是蓬蒿人?”白纶巾亦犹白衣之类,为未出仕之人所著。黄尘指京城的尘土,黄庭坚《呈外舅孙莘老》诗:“九陌黄尘乌帽底,五湖春水白鸥前。”任渊注引《三辅黄图》:“长安城中,八街九陌。”这六字两句参用陆机《代顾彦先赠妇》“京洛多风尘,素衣化为缁”之意,谓白衣进京。结合下句“不知我辈可是蓬蒿人”,谓此行不知可否取得富贵。李白《南陵别儿童入京》:“游说万乘苦不早,著鞭跨马涉远道。会稽愚妇轻买臣,余亦辞家西入秦。仰天大笑出门去,我辈岂是蓬蒿人!”李诗题说“入京”,诗句说“游说万乘(皇帝)”、“辞家西入秦”,皆贺词“扑黄尘”注脚。词径取李诗末句,而易一字增二字作“不知我辈可是蓬蒿人”,自负成了疑问,则一种徬徨苦闷情态如见,与李白的仰天大笑、欣喜若狂恰好相反,读来别有意味。以下“衰兰送客咸阳道,天若有情天亦老”,则袭用李贺《金铜仙人辞汉歌》原句。但原辞是通过汉魏易代之际铜人的迁移,写盛衰兴亡之悲感,言天若有感情天也会衰老,何况乎人。此处则紧接上文为抒写不遇者奔走风尘,“天荒地老无人识”的悲愤。以上从志士之困厄写到志士之牢骚,继而便写狂放饮酒。做了侠义之事不受酬金,像“雷颠”一样;唯遇美酒则不问价。李白《行路难》云:“金樽清酒斗十千,玉盘珍羞值万钱。”“作雷颠,不论钱,谁问旗亭美酒斗十千”,写出不趋名利,纵酒放歌,乘醉起舞,一种狂放情态。其中含有无可奈何的悲愤，但写得极有气派。使词情稍稍上扬。

　　简言之，此词上片由愁写到酒，而下片则由酒写到愁。过片极自然。不过上片所写的愁，主要是志士失路的忧愁；而下片则转出另一重愁情，即人生短促的忧愁："酌大斗，更为寿，青鬓长青古无有。"词情为之再抑。以下说到及时行乐，自非新意，但写得极为别致。把歌舞与美人打成一片写来，写笑以"嫣然"，写舞以"翩然"，形容简妙；"当垆秦女十五"云云是从乐府《羽林郎》"胡姬年十五，春日正当垆"化出，而"语如弦"三字，把秦女的声音比作音乐一样动人，新鲜生动，而且不必写歌已得歌意。这里极写生之欢愉，是再扬，同时为以下反跌出死之可悲作势。汉武帝《秋风辞》云："欢乐极兮哀情多，少壮几时兮奈老何。"秋风曲虽成"遗音"，但至今使人记忆犹新，觉"事去千年犹恨促"。由于反跌的作用，此句比"青鬓长青古无有"句更使人心惊。于是作者遂生出"揽流光，系扶桑"的奇想。似欲挽住太阳，系之于扶桑之树，"使之朝不得回，夜不得伏。自然老者不死，少者不哭"（李贺《苦昼短》）。这种超现实的奇想，都恰好反映出作者无法摆脱的现实苦闷。"志士惜日短"，只有怀才不遇的人最易感到生命短促、光阴虚掷的痛苦。所以下片写生命短暂的悲愁，与上片写志士失路的哀苦也就紧密联系在一起。"行路难"的题意也已写得淋漓尽致了。不料最末一句却来了个大转折："争奈愁来一日却为长！"前面说想留驻日光，使人长生不死，这里却说愁人情愿短命；前面说"事去千年犹恨促"，这里却说一天的光阴也长得难过。一句几乎翻转全篇，却更深刻地反映出志士苦闷而且矛盾的心情，将"行路难"的"难"字写到入木三分。

　　"词别是一家"，在当时是很流行的看法，而这首词却写得像诗中的歌行体。"行路难"本就是乐府歌行的题目，此其一；《小梅花》的调式也很特殊，以三字句、七字句为主，间用九字句，"三三七""三三九""七七"的句式交替使用，句句入韵，平仄韵互换，都与歌行相近，此其二；大量化用前人歌行诗句，其中以采自李白、李贺者为多，此其三。贺铸曾说："吾笔端驱使李商隐、温庭筠常奔命不暇"（周密《浩然斋雅读》引贺语），可见善于隐括前人诗意或化用前人诗句，是贺词的一个艺术特点，此词表现很突出。

　　全词表现作者于失意无聊纵酒放歌之际，既感乐往悲来、流光易逝，又觉愁里光阴无法排遣的矛盾苦闷心情，但却用刚健的笔调、高亢的声调写成，章法上极抑扬顿挫之能事，读来觉跌宕生姿，属于贺词中的幽洁悲壮之作，在北宋词坛上也是很突出的作品。

（周啸天）

凌　歊　　　　　　　　　　贺　铸
（铜人捧露盘引）

控沧江，排青嶂，燕台凉。驻彩仗、乐未渠央。岩花磴蔓，妒千
门珠翠倚新妆。舞闲歌悄，恨风流不管余香。　　　繁华梦，惊
俄顷；佳丽地，指苍茫。寄一笑、何与兴亡！量船载酒，赖使君
相对两胡床。缓调清管，更为侬三弄斜阳。

　　这也是一首登临怀古之作。据王象之《舆地纪胜》卷十八《太平州·景物上》
所载，"黄山，在当涂县北五里。相传浮丘翁牧鸡于此山，山巅有凌歊台、怀古
台……"方回约于徽宗崇宁四年（1105）至大观二年（1108）通判太平州。这首词
当作于这段时间内。

　　词的上片由写景引入怀古，前三句写登凌歊台而看到的山川形势。与贺铸
同时的当涂人郭祥正有诗云："凌歊古台压城北，天门牛渚遥相连。"长江流至当
涂以后，因两岸山势陡峭，夹峙大江，江面变得比较狭窄，形成天门、牛渚两处极
为险要的处所，为自古以来的江防重地。所以《姑熟志序》在写到太平州的风俗
形胜时说："左天门，右牛渚，当涂、采石之险，实甲于东南。"方回用一"控"字，写
出峭壁临江，形同锁钥；用一"排"字，写出江水排开青山，冲突而下。可谓惜墨如
金，言简意赅，山川形胜，尽收眼底。"燕台凉"句转入史实，说凌歊台。

　　公元463年，南朝宋孝武帝刘骏南游，曾登凌歊台，建避暑离宫。以下写当
时之盛，及转瞬之衰。燕台消夏，彩仗驻山，随行的妃嫔宫娥（千门珠翠指宫中妇
女），个个盛妆靓饰，千娇百媚，以至使得山花失色，自愧不如。这里，方回用了一
个"妒"字，把本没有感情的"岩花磴蔓"写得像人那样产生了"妒"意，真是写足了
宋孝武帝的穷奢极侈，写足了凌歊台当年的盛况。然而，曾几何时，那个"乐未渠
央"（渠，同"遽"；未央，未尽、未止意。）的喧闹场面，已经风流云散，只给这里留下
了"行殿有基荒荟合，寝园无主野棠开"（许浑《凌歊台》）这样破败荒凉的萧条景
象。词人以"舞闲歌悄"一句把昔日极盛一笔揭过，又写出"恨风流不管余香"这
无限感慨的结句来。当然，这里的"余香"，决不是六百多年以后的词人所真能感
觉到的，这是词人由眼前的岩花磴蔓而产生丰富联想的结果。这些"妒"过"千门
珠翠倚新妆"的"岩花磴蔓"，是历史的见证。它们在凌歊极盛的当年，也曾被脂
水香风所浸润，几百年来，花开花落，今天似乎还残存着余香。然而一代风流，杳
如黄鹤，眼前却依然是花红欲燃，蔓翠欲滴，这怎是那些醉生梦死之徒所能料到

的呢？词人用一个"恨"字，表示了对统治者奢侈淫逸的谴责，也表示了自己痛感世事沧桑、人生易逝的遗恨，为下片抒怀作引导。

下片抒怀，前四句承上作出总结。花团锦簇般的繁华岁月，转眼之间就如梦云消散；千古如斯的秀丽江山，依然笼罩在一派烟水迷茫的暮霭之间。这四句，情中置景，情景交融，怀古伤今，打成一片。词人在一"惊"、一"指"之中，表达了自己的无限感慨。

第五句"寄一笑、何与兴亡"是全词之眼。方回此时，官不过佐贰，人已入暮年。昔日请长缨、系天骄的雄心壮志，已经销磨殆尽，所以只好把千古兴亡，寄之一笑。这里的"笑"，如同东坡《念奴娇》"多情应笑我，早生华发"中之"笑"，都是痛感壮志未酬，烈士暮年的自嘲、自笑。方回虽然口称"何与"，但他毕竟在这一句之前之后，都清清楚楚地告诉读者，他不仅已经"与"，而且"与"得相当执着。因此，我们决不能把这"一笑"，当作方回忘怀世事，摆脱尘纷的轻松一笑，而应从中体会他英雄末路的凄凉和苦涩。

"量船"以下，故作旷达之语，但字里行间仍然充满着浓郁的感伤情调，与前句一脉相承。既然千古兴亡都可付之一笑，此外还有什么值得关心的呢？词人量船载酒，随波泛舟，徜徉在苍茫的山水之间，所幸还有知心好友与自己相对胡床（即交椅），差可相慰。在一派凄迷的夕阳残照里，词人请他"缓调清管"，为自己吹奏笛曲三弄，借以宣泄胸中的郁郁不平之气。这里，词人化用了一个古典。据《晋书·桓伊传》载："王徽之赴召京师，泊舟青溪侧。（伊）素不与徽之相识。伊于岸上过。船中客称伊小字曰：'此桓野王也。'徽之便令人谓伊曰：'闻君善吹笛，试为我一奏。'伊是时已贵显，素闻徽之名，便下车，踞胡床，为作三调。"桓伊曾与谢玄等在淝水大破苻坚，稳定了东晋的政局。很明显，方回在词中是以桓伊称许友人的。方回此处的用心，后来李之仪在《跋〈凌歊引〉后》一文中说得很清楚："凌歊台表见江左，异时词人墨客形容藻绘多发于诗句，而乐府之传则未闻焉。一日，会稽贺方回登而赋之，借《金人捧露盘》以寄其声。于是昔之形容藻绘者奄奄如九泉下人矣。……方回又以一时所寓固已超然绝诣，独无桓野王辈相与周旋，遂于卒章以申其不得而已者，则方回之人物，兹可量矣。"由此知道词人在结拍化用古典，依然是抒发自己不得志于时、不能见赏于执政者的郁郁之情。英雄失态，不得而已，怎能不令人为之扼腕呢！

总之，这首词与《台城游》（《水调歌头》）一样，都能把登临怀古与写景、抒怀糅合在一起，反映了比较深刻的思想内容。这与东坡的同类词极为相似，是应该引起我们足够重视的。

　　　　　　　　　　　　　　　　　　　　　　　　　　　　　（李维新）

台　城　游（水调歌头）　　　　　　贺　铸

南国本潇洒,六代浸豪奢。台城①游冶,襞笺能赋属宫娃。云观登临清夏,璧月流连长夜,吟醉送年华。回首飞鸳瓦,却羡井中蛙。　　访乌衣,成白社,不容车。旧时王谢,堂前双燕过谁家?楼外河横斗挂,淮上潮平霜下,樯影落寒沙。商女蓬窗罅,犹唱《后庭花》。

〔注〕　① 台城:在今南京市北极阁南大行宫一带。原为三国时吴国的后苑城,东晋成帝时改建,后历宋、齐、梁、陈,皆为朝廷台省(中央政府)和皇宫所在地。

　　在北宋词坛上,向来受人注目的金陵怀古词有王安石的《桂枝香》和周邦彦的《西河》。前者因其笔力峭劲而被誉为“绝唱”;后者因其“隐括唐句,浑然天成”而享盛名。方回这首《台城游》(《水调歌头》),也为金陵怀古。从创作时间上来说,正好位于前两者之间;从艺术风格上来说,有着自己的独擅之美,足可以与前两首鼎立词坛。然而,因为方回素以“贺梅子”著称于世,时人多激赏其如《青玉案》那样的盛丽深婉之作,而忽视了他抑塞磊落、激越亢爽的抒怀、登临诸作,致使这一颗词中“明珠”,长期以来不甚被人重视。

　　近代词学家龙榆生先生三十年代曾著文,盛推此词“声情激越而又美听”,“显示其(贺铸)抑塞磊落、纵恣不可一世之气概”(《论贺方回词质胡适之先生》)。今天我们重读这首词,深感龙先生的评价确实不为过誉。

　　在这首词的上片,方回一反怀古诗词大都采取侧面烘托、借景寄慨的蕴藉笔法,首先拈出一段最令人感慨的史实来正面描写,表现了自己指点江山的鲜明态度和强烈的爱憎。

　　开端两句,一写江山,一写史实,都从大处落笔,高屋建瓴,气度非凡。“江南佳丽地,金陵帝王州”,长期以来就被骚人墨客所称道。词人登临送目之时,正逢天高气爽的秋季,因此用“潇洒”来形容“南国”,就显得非常贴切传神。在这澄江如练,龙蟠虎踞的江山之中,数百年来,六朝的末代君主,一个个粉墨登场,恣意声色,竞事豪奢,最终国亡身辱,成为江山的千古罪人。词人于“潇洒”之前下一“本”字,于“豪奢”之前下一“浸”字,在貌似客观的评述之中已经蕴含了自己主观上的无限感慨,这是我们读后不应轻轻放过的。

　　接下来一连五句,词人用冷静的态度铺叙六朝最后一个君主陈叔宝骄奢淫逸的腐朽生活。这里的每一句,都有着确凿的史实依据。据《南史·陈后主本纪》所载,这位昏庸风流的短命皇帝,在隋兵压境,危在旦夕之际,荒于酒色,不问政事。后宫"美貌丽服巧态以从者千余人,常使张贵妃、孔贵人等八人夹坐,江总、孔范等十人预宴,号曰'狎客'。先令八妇人襞采笺,制五言诗,十客一时继和,迟则罚酒"。这就是词人所写的"台城游冶,襞笺能赋属宫娃"。他搜刮民脂,营结绮、临春、望仙三座高达数十丈的楼阁,偎红倚翠,酣饮消暑。"使诸贵人及女学士与狎客共赋新诗,互相赠答,采其尤艳丽者,以为曲调,被以新声。……其曲有《玉树后庭花》《临春乐》等。其略云'璧月夜夜满,琼树朝朝新',大抵所归,皆美张贵妃、孔贵嫔之容色"(《南史·张贵妃传》)。这也就是词人所写的"云观登临清夏,璧月流连长夜,吟醉送年华"。在最后一句里,词人以皮里阳秋的笔法写出了这批浑浑噩噩的末世君臣优游佚乐的生活和醉生梦死的心理状况,已暗含结拍的转折。

　　果然,"大都好物不坚牢,彩云易散琉璃脆"。公元589年,隋兵攻破金陵,烧起了一把梁摧瓦飞的熊熊大火。急迫之中,陈后主与张贵妃、孔贵人避身井中。"既而(隋)军人窥井而呼之,后主不应。欲下石,乃闻叫声。以绳引之,惊其太重。及出,乃与张贵妃、孔贵人同乘而上"(《陈后主本纪》),成为历史笑柄。结拍"回首飞鸳瓦,却羡井中蛙"两句,与前五句形成强烈的对比。词人以"回首"二字,由繁华陡折至败亡,以"却羡"二字,漫画似地勾勒出这个惶惶如丧家之犬的亡国之君欲作井中蛙而不可得的悲惨结局,表现了词人对这些污染江山的群丑的愤怒与鄙弃。

　　下片化用唐人诗意,由咏史转入抚今。前五句很明显出自刘禹锡《乌衣巷》一诗。昔日的朱门重院,今天已成为荆扉白屋;昔日的长街通衢,今天已变得狭不容车;当年在雕梁画栋作巢的双燕,如今参差其羽,又将飞向谁家呢? 强烈的感慨使词人把刘诗中冷静客观的描述改为执着的反诘,在这深情的一问之中,我们可以体会到词人因面目全非的沧桑之变而引起的心绪的动荡起伏。

　　"楼外"以下五句,可能是词人登楼所见到的实景,不过显然也受了杜牧《泊秦淮》一诗的启发和影响。词人为了抒情的需要,对眼前的景色进行了精心的剪裁,绘出一幅高远空灵、迷蒙冷寂的秦淮秋月图:秋夜,银河横天,北斗斜挂。一轮明月的柔辉,梦幻般地笼罩着水波潋滟的秦淮河,把几桅樯影清晰地映在铺满银霜的寒沙之上。轻荡的《后庭花》歌声断断续续地随风传来,如泣如诉,令人神伤。词人在结尾有意突出商女"犹唱《后庭花》"这一情节,与上片呼应,是有着自己良苦用心的。亡陈的靡靡之音至今犹回荡在秦淮河上,这与杜牧《阿房宫赋》里"秦人不暇自哀,而后人哀之,后人哀之而不鉴之,亦使后人而复哀后人也"的慨叹是同一目的的。方回写这首词的时候,正在历阳石碛戍任管界巡检(元祐三年至五年〔1088—1090〕),只不过是一个供人驱遣的武弁而已。他空怀壮志,报国无门,只能把自己抑塞磊落的吊古伤今之情融入这凄清冷寂的画面之中,心事浩茫,摧刚为柔,使人无限叹惋。

这首词在音律上,一反《水调歌头》仅叶平韵,不叶仄韵的旧例。不仅平仄通叶,皆用同部之韵,而且以发扬豪壮之音的“麻韵”与“马”“祃”之上去声韵互叶。轻重相权,嘹亮亢爽,较他人同调所作,更饶声情。所以龙先生于这首词的声调组织之美,至有“观止”之叹。这是我们诵读此词时,应该反复体会的。

(李维新)

<h2 style="text-align:center">青 玉 案　　　　　　　　贺 铸</h2>

凌波不过横塘路,但目送、芳尘去。锦瑟华年谁与度?月桥花院,琐窗朱户,只有春知处。　　飞云冉冉蘅皋暮,彩笔新题断肠句。若问闲情都几许? 一川烟草,满城风絮,梅子黄时雨!

这首词说来好笑,原是贺方回退居苏州时,因看见了一位女郎,便生了倾慕之情,写出了这篇名作。这事本身并不新奇,好像也没有“重大意义”,值不得表彰。无奈它确实写来美妙动人,当世就已膺盛名,历代传为佳句,——这就不容以“侧艳之词”而轻加蔑视了。

方回在苏州筑“企鸿居”,大约就也是因此而作。何以言之? 试看此词开头就以子建忽睹洛神为比,而《洛神赋》中“翩若惊鸿”之句,脍炙千古,企鸿者,岂不是企望此一惊鸿般的宓妃之来临也? 可知他为此人,倾心眷慕,真诚以之,而非轻薄文人一时戏语可以并论。闲话且置,如今只说子建当日写那洛神,道是“凌波微步,罗袜生尘”,其设想异常,出人意表,盖女子细步,轻盈而风致之态如见,所以贺方回上来便用此为比。姑苏本是水乡,横塘恰逢水境——方回在苏州盘门之南十余里处筑企鸿居,其地即是横塘。过,非“经过”“越过”义,在古用“过”,皆是“来到”“莅临”之谓。方回原是渴望女郎芳步,直到横塘近处,而不料翩然径去,怅然以失! ——此《青玉案》之所为作也。美人既远,木立如痴,芳尘目送,何以为怀。此芳尘之尘字,仍是遥遥承自“凌波”而来,波者,原谓水面也,而乃美人过处,有若陆行,亦有微尘细馥随之! 人不可留,尘亦难驻,目送之劳,惆怅极矣! ——全篇主旨,尽于开端三句。

以下全是想象——古来则或谓之"遐思"者是。

义山诗云"锦瑟无端五十弦，一弦一柱思华年"。以锦瑟之音繁，喻青春之岁美（生活之丰盛也）。词人用此，而加以拟想，不知如许华年，与谁同度？以下月桥也，花院也，琐窗也，朱户也，皆外人不可得至之深闺密居，凡此种种，毕竟何似？并想象也无从耳！于是无计奈何，而结以唯有春能知之！可知，不独目送，亦且心随。

下片说来更是好笑：词人一片痴情，只成痴立——他一直呆站在那里，直立到天色已晚，暮霭渐生。这似乎又是暗与"日暮碧云合，佳人殊未来"的江淹名句有脱化关系。本是极可笑的呆事，却写得异样风雅。然后，则自誉"彩笔"，毫不客气，说他自家为此痴情而写出了这断肠难遣的词句。纵笔至此，方才引出全曲煞拍一问三叠答。闲愁，是古人创造的一个可笑也可爱的异名，其意义大约相当或接近于今日的所谓"爱情"。剧曲家写鲁智深，他是"烦恼天来大"，而词人贺方回的烦恼却也曲异而工则同——他巧扣当前的季节风物，一连串举出了三喻，作为叠答：草、絮、雨，皆多极之物，多到不可胜数。方回自问自答说："我这闲愁闲恨，共有几多？满地的青草，满城的柳絮，满天的梅雨——你去数数看倒是有多少吧！"这已巧妙地答毕，然而尚有一层巧妙，同时呈现，即词人也是在说：我这愁恨，已经够多了，偏又赶上这春末夏初草长絮飞、愁霖不止的时节，越增我无限的愁怀恨绪！你看，词人之巧，一至于此。若识此义，也就不怪词人自诩为"彩笔""新题"了。

贺方回因此一词而得名"贺梅子"。看来古人原本风趣开明。若在后世，一定有人又出而"批判"之，说他种种难听的话，笑骂前人，显示自己的"正派"与"崇高"。晚近时代，似乎再也没有听说哪位诗人词人因哪个名篇名句而得享别名，而传为佳话，——这难道不也是令人深思的一个文坛现象吗？　　　　（周汝昌）

人　南　渡（感皇恩）　　　　　　　　贺　铸

兰芷满汀洲，游丝横路。罗袜尘生步，迎顾。整鬟颦黛，脉脉
两情难语。细风吹柳絮，人南渡。　　　回首旧游，山无重数。
花底深朱户，何处？半黄梅子，向晚一帘疏雨。断魂分付与，
春将去。

方回最负盛名的词作，就是那首被万树称为"词情词律，高压千秋"（《词律》）的《青玉案》。细读这首《人南渡》，会发觉它在很多方面与前者有着惊人的相似。

请看：节令气候，前者"梅子黄时雨"，后者"半黄梅子，向晚一帘疏雨"；环境，前者"一川烟草，满城风絮"，后者"游丝横路""细风吹柳絮"；地点，前者"蘅皋"，后者"兰芷汀洲"；词人倾心之人，前者"凌波""芳尘"，后者"罗袜尘生"；伊人所居之地，前者"月桥花院，琐窗朱户，只有春知处"，后者"花底深朱户，何处"；词人的情绪，前者"断肠"，后者"断魂"。唯一稍有不同但又相近的是，前者"凌波不过横塘路，但目送、芳尘去"，是瞻望而弗及；后者"罗袜尘生步，迎顾"，"脉脉两情难语"，是相会而难语，同属两情难以款洽。一个作者，如果在不足百字的两篇小词中有如此多的相似与相近之处，只能说明它们的立意是基本相同的。这两首词正可作如是观。

关于《青玉案》一词的主题，今人多认为是以香草美人的象征手法抒写自己政治理想无法实现的苦闷情怀，这首词当然也就是这一主题的再现。然而方回毕竟是宋代词人中一流的作手，他肯定不会在自己的作品中只去进行简单的重复。认真比较，能够看出这首词在篇章结构与修辞诸方面，都有着自己鲜明的特点。

首先，在结构方面，这首词以整个上片，铺写与所恋之人心心相印却又衷情不能相通的具体场景，和《青玉案》只以一句"凌波不过横塘路，但目送、芳尘去"进行简单的交待，就有着明显的不同。

那是一个和风拂煦、柔丝飘荡的春日，词人伫立在长满香兰芳芷的汀洲之畔，等待着自己所倾慕的人儿。终于，伊人如凌波仙子，步履轻盈地姗姗而来。她迎顾之间，矫然脱俗，略整秀鬟，眉目传情。虽然词人和她都明显地感觉到对方的脉脉深情，然而无端间阻，情愫难通，在漫天飞舞的杨花柳絮中，她又飘然南渡，离词人而去。这里所出现的美人，翩然而来，倏然而逝，给人以似人亦仙，似真亦幻的扑朔迷离的印象。以此体现他所求之而不得的理想境界，是比较成功的。

词的下片，抒写追求幻灭后郁勃岑寂的落寞情怀。"旧游"，当是指昔日的苦苦追求。重重叠叠的青山遮断了"回首旧游"的视线，无疑是在诉说执着追求时所遇到的重重阻力。以下转而写伊人的不知何处，实际上是指理想不易、也不可能实现。"半黄梅子"两句再转而写眼前之景，借景抒情，以江南黄梅季节的无边雨丝来喻自己的满腹牢愁。"断魂"以下收束全词，直抒愁肠，痛感壮志未遂，青春已逝。这一片，腾挪变化，一步一折，与《青玉案》由徘徊日暮而抒断肠闲愁的顺承也有着显而易见的区别。

其次，在语言方面，这首词和《青玉案》虽然有某些词语相同或相近，但从总体来看,已经由《青玉案》的浓墨重彩、盛丽婉腻变而为清疏淡雅,明隽幽洁,很显然是属于另一种风格。

(李维新)

薄　幸　　　　　　　　贺　铸

　　淡妆多态,更的的频回眄睐。便认得琴心先许,欲绾合欢双带。记画堂风月逢迎,轻颦浅笑娇无奈。向睡鸭炉边,翔鸾屏里,羞把香罗暗解。　　　自过了烧灯后,都不见踏青挑菜。几回凭双燕,丁宁深意,往来却恨重帘碍。约何时再。正春浓酒困,人闲昼永无聊赖。厌厌睡起,犹有花梢日在。

　　这首词以男主人公的口气,写他与情人的恋爱、欢会和不得见面时的刻骨相思。

　　对方是一位淡妆多姿的美人,在彼此初接触时,她明亮的双眼频频回首相看。她猜透男主人公有司马相如追求卓文君那种情意,便目成心许。一次,他们在画堂边偷偷会面了。风月之下,她轻颦浅笑,娇媚之极。男主人公被由画堂带进内室,在睡鸭形的熏炉边,在绘有翔鸾花纹的屏风内,双双好合了。这次欢会,发生在灯节之时。正月十九收灯;此后女子能够走出闺阁,到郊外游赏的,还有踏青节和挑菜节。男主人公巴望着借此机缘再和对方相会,但两次都未见到伊人的踪影。虽几回设法与对方联系,又都障碍重重,音信难通。暮春时节,男主人公在绵绵相思中更觉春浓酒困,他无情无绪地昏睡,但一觉睡起时,日影仍然在花梢之上,人闲日长,实在难以打发。

　　从以上介绍,可以看出,这篇作品描叙了一个恋爱过程,包含着由好几个情节构成的爱情故事。词是一种抒情性很强的诗体。这首词最本质的方面当然也是抒情,表现男主人公对伊人、对烧灯前欢会的美好而甜蜜的印象和事后强烈的相思。但这种抒情在本篇中主要不是通过与描写景物相结合来体现的,而是靠与叙事结合传达出来的。从上片的两人眉目传情到幽会,以及下片的寻觅、寄意、相思,都包含着一系列情事和曲折。使人感到主人公的思想情感随着事情的发生而显露出来,同时又随着事件的发展而发展。

　　词中虽然叙述了恋爱过程,包含着一个动人的故事,但并没有改变词体的特性。从本篇的抒情与叙事关系看,它是以抒情带动叙事,全篇自始至终都出自主人公的主观感受,见出主人公感情的流动,表现出浓厚的抒情气氛。而有关事件,只是挑选那些最关键的细节或人物情态,用极其精练而富于暗示性的语言点出。读者根据那含蓄的提示,便可复原出内容更丰富的情节和场面。如从"更的的频回眄睐"中,可以联想到如《九歌·少司命》中所说的"满堂兮美人,忽独与余兮目成"那种情节和场面;从"都不见踏青挑菜"中可以想象男主人公到原头陌上,士女群中,眼巴巴地"众里寻他千百度"的情景。

由于叙事因素加强了,词中便可以通过不同的场面和情节,从更多的侧面对人物展开描写,使人物的形象更为丰满。如双方初接触时女子那种淡雅中显风流的"淡妆多态",那一双"频回眄睐"的会说话的眼睛,表现了这位女子美丽而富于风情。她钟情于男子后,便"欲绾合欢双带",幽会时"把香罗暗解",表现了对于爱情生活追求的热烈大胆。男主人公在对女子的追求过程中,则表现了他的一往情深。而从烧灯到挑菜节,在很短时间内因不见伊人,就形成沉重的思想负担,在郊外寻觅,托梁燕寄意。至如春浓、酒困、人闲、昼永的感受,则更深入地体现了他的痴情。

将叙事成分和抒情成分相融合,有一定的故事性,有较细致的人物描写,是这首词在艺术上具有创造性的地方。拿它和柳永的长调相比,虽然两者在铺叙方面都显得很有功力,但柳词主要是抒情和铺写景物结合,叙事成分还是比较少的。在慢词中织入精妙的故事情节,且手法多样,善于变化,以周邦彦较为突出。而贺铸这首《薄幸》,似乎是柳词和周词之间具有过渡性的作品。　　　　（余恕诚）

伴 云 来 (天香)　　　　　　　　　　　　　　　贺 铸

烟络横林,山沉远照①,逦迤黄昏钟鼓。烛映帘栊,蛩催机杼②,共苦清秋风露。不眠思妇,齐应和、几声砧杵。惊动天涯倦宦,骎骎岁华行暮③。　　当年酒狂自负④,谓东君、以春相付。流浪征骖北道、客樯南浦。幽恨无人晤语。赖明月、曾知旧游处⑤,好伴云来,还将梦去⑥。

〔注〕①山沉远照:贺词别首《平阳兴》:"寥寥夜色沉钟鼓。""沉"字用法同此,可参看。②蛩催机杼:蟋蟀鸣声若曰"织、织",故言"催机杼"。"机"即织机,"杼"即织梭。唐郑愔《秋闺》:"机杼夜蛩催。"温庭筠《秋日旅舍寄义山李侍御》:"寒蛩乍响催机杼。"③骎骎岁华行暮:"骎骎",马驰貌。《庄子·知北游》曰:"人生天地之间,若白驹之过郤(隙),忽然而已。"故以"骎骎"言岁月流逝之速。④当年酒狂自负:汉宣帝时直臣盖宽饶为人刚正公廉,任司隶校尉,弹劾不法官吏无所回避,公卿贵戚皆恐惧,莫敢犯禁。他曾说过"我乃酒狂"(喝多了酒就会发酒疯,实即性格耿介、使酒任气之意)的话。见《汉书·盖宽饶传》。贺铸也疾恶如仇,刚直不阿,喜面刺人过,虽对炙手可炎的权贵也"极口诋无遗辞"。见叶梦得《贺铸传》。因此,词中似有以盖宽饶自况之意。⑤旧游处:谓己旧日曾冶游之处,指妓家。其所思者为青楼中人,于

此可见。　⑥好伴云来,还将梦去:"云""梦"互文,实即"梦云"一辞。盖用《高唐赋》中神女入
怀王梦之事。

　　本篇写游宦羁旅、悲秋怀人的落寞情怀。这种题材,是柳永最擅胜场的。贺
铸此词笔力遒劲,挥洒自如,不让柳屯田专美。就章法而言,平铺直叙,犹见出柳
永的影响。但柳词熔情入景,寓情于景,在描画自然景物上落墨较多;贺铸则熔
景入情,景略情繁,笔锋主要围绕着情思盘旋,又有着自己的面目,不尽蹈袭
前人。

　　"烟络横林,山沉远照,迤逦黄昏钟鼓。"起三句写旅途中黄昏时目之所接、耳
之所闻:暮霭氤氲,萦绕着远处呈横向展延的林带;天边,落日的余晖渐渐消逝
在蜿蜒起伏的群山中;隐隐约约传来一声声报时的钟鼓,告诉旅人夜幕就要降
临。词人笔下的旷野薄暮,境界开阔,气象苍茫,于壮美之中透出一缕悲凉,发端
即精彩不凡,镇住了台角。

　　三句中,"络""沉""迤逦"等字锻炼甚工,是词眼所在。"烟络横林",如作"烟
锁横林"或"烟笼横林",未始不佳,但"锁"字、"笼"字诗词中用得滥熟,不及"络"
字生新。且"锁""笼"均为上声,音低而哑,"络"为入声,短促有力,"烟""横""林"
三字皆平,得一入声字介乎其间,便生脆响,若换用上声字,全句就软弱了。"山
沉远照","沉"字本是寻常字面,但用在这里,却奇妙不可胜言。它,使连亘的山
脉在读者的感觉中幻作了湖海波涛,固态呈现为流质;又赋虚形以实体,居然令
那漫漶的夕曛也甸甸焉有了重量。其作用宛如灵丹一粒,点铁成金。至于"迤
逦",前人多用以形容山川的绵延不断,如三国魏吴质《答东阿王书》:"夫登东岳
者,然后知众山之迤逦也。"唐韦应物《沣上西斋寄诸友》诗:"清川下迤逦。"词人
巧借来描写钟鼓声由远及近的迢递而至,这就写出了时间推移的空间排列,使听
觉感受外化为视觉形象。凡斯种种,都是值得我们悉心体味的。

　　"烛映帘栊,蛩催机杼,共苦清秋风露。"次三句仍叙眼前景、耳边声,不过又
益以心中情,且场面有所转换——由旷野之外进入客舍之内,时间也顺序后
移——此时已是夜静更深。蜡烛有芯,燃时滴泪;蛩即蟋蟀,秋寒则鸣。这两种
意象,经过一代代诗人的反复吟咏,积淀了深重的"伤别"和"悲秋"的情绪。"蜡
烛有心还惜别,替人垂泪到天明",这是杜牧《赠别》诗中的名句。"蟋蟀不离床,
伴人愁夜长",这是贺铸自己的新辞(《菩萨蛮》)。两句正好用来为此处一段文字
作注。"共苦"者,非"烛"与"蛩"相与为苦,而是"烛""蛩"与我一道愁苦。词人心
中自苦,故眼前烛影、耳边蛩鸣无一不苦也。

　　"不眠思妇,齐应和、几声砧杵。惊动天涯倦宦,骎骎岁华行暮。"烛影摇曳,

蛩声颤抖,愁人已不能堪了,偏又"断续寒砧断续风""数声和月到帘栊"(李煜《捣练子》),因思念征人而夜不成寐的闺妇们正在挥杵捣衣,准备捎给远方的夫婿——这直接包含着人类情感的声音,当然比黄昏钟鼓、暮夜虫鸣更加强烈地震撼了作者那一颗厌倦游宦生活的天涯浪子之心,使他格外思念或许此刻也在思念着他的那个"她"。可是,词人还不肯即时便将此意旨和盘托出,他忽地一笔跳开,转从砧杵之为秋声这一侧面来写它对自己的震动:啊,岁月如骏马奔驰,又是一年行将结束了!

"当年酒狂自负,谓东君、以春相付。流浪征骖北道、客樯南浦。"岁月的流逝也就是生命的流逝,季节的秋天使词人痛楚地意识到了人生的秋天。过片后四句,即二句一挽,二句一跌,叙写青春幻想在生命历程中的破灭:年轻时尚气使酒,自视甚高,满以为司春之神"东君"会加意垂青,在自己的生活道路上洒下一片明媚的春光;谁知道多年来仕途坎坷,沉沦下僚,竟被驱来遣去,南北奔波,无有宁日呢? 须加注意的是,"流浪"二句中省去了"长年来"、"不意"(不料)等字面,阅读时应对照前二句中"当年"、"谓"(以为)之类提示,自行补出。散文句法有"承前省略""探后省略",此处则是诗词句法中的又一种特殊省略,不妨以"对照省略"名之。这一省略,造成了"流浪"二句的突如其来之势,如此不用虚字斡旋而径对上文作陡接急转之法,即词家所谓"空际转身",非具大神力不能也。(说见清周济《介存斋论词杂著》)

"幽恨无人晤语。"青春消歇,事业蹉跎,词人自不免有英雄失路的深恨,欲向知己者诉说。然而冷驿长夜,形只影独,实无伴侣可慰寂寥。此句暗里反用《诗·陈风·东门之池》:"彼美淑姬,可与晤语。"几经腾挪之后,终于以极为含蓄的表达方式将自己因听思妇砧杵而触发的怀人情绪向读者作了坦白。其所深切思念着的这位"淑姬",可真是"千呼万唤始出来,犹抱琵琶半遮面"呵!

"赖明月、曾知旧游处,好伴云来,还将梦去。""彼美"既已供出,就不须再忸怩作态了,于是词人乃放笔直抒那千山万水所阻隔不了的相思:幸有天边明月曾经窥见过我们欢会的秘密,它当然认识伊人的家了,那么,就请它陪伴着化作彩云的伊人飞到我的梦里来,尔后,再负责把她送回去吧!"美人迈兮音尘阙,隔千里兮共明月。"谢庄《月赋》中传诵千古的名句,还不过是把"明月"作为一个被动、静止、纯客观的中介物,使两地相思之人从共仰其清光中得到千里如晤的精神慰藉;词人却视"明月"为具备感情和主观行为能力的良媒,一如唐传奇中的"红娘""昆仑奴"和"黄衫客"——天外奇想,诗中杰构,其艺术魅力似又在谢《赋》之上了。

　　张炎《词源》曰:"一曲之中,安能句句高妙? 只要拍搭衬副得去,于好发挥笔力处,极要用工,不可轻易放过,读之使人击节可也。"本篇以景语起,以情语结,经意之笔即在这一头一尾。起三句以炼字胜,已自登高;末三句以炼意胜,更造其极。

　　晚清词学大师朱彊村,论词极矜严,不轻易评点作品,但却很推崇此词,特为写了一条眉批:"横空盘硬语"。的确,它以健笔写柔情,属辞峭拔,风格与一般婉约词的软语旖旎大异其趣。贺铸出身为一弓刀武侠,因此即便是写情词也不免时而露出几分英气,清陈廷焯评曰:"方回词,儿女、英雄兼而有之。"(《云韶集》)其谓此乎?

　　　　　　　　　　　　　　　　　　　　　　　　　　　　　　(钟振振)

国 门 东 (好女儿)　　　　　　　　　贺　铸

　　车马匆匆,会国门东。信人间自古消魂处,指红尘北道,碧波南浦,黄叶西风。　　候馆娟娟新月,从今夜、与谁同? 想深闺独守空床思,但频占镜鹊①,悔分钗燕,长望书鸿。

　　〔注〕　① 占镜:又名"听镜""镜听"。关于这一风俗,引三条材料供参考。唐王建《镜听词》:"重重摩挲嫁时镜,夫婿远行凭镜听。回身不遣别人知,人意丁宁镜神圣。怀中收拾双锦带,恐畏街头见惊怪。嗟嗟嚓嚓下堂阶,独自灶前来跪拜:'出门愿不闻悲哀,身在任郎回不回。'月明地上人过尽,好语多同皆道'来'。卷帷上床喜不定,与郎裁衣失翻正。'可中三日得相见,重绣镜囊磨镜面。"李廓《镜听词》:"匣中取镜辞灶王,罗衣掩尽明月光。昔时长着照容色,今夜潜将听消息。门前地黑人来稀,无人错道朝夕归。更深弱体冷如铁,绣带菱花怀里热。铜片铜片如有灵,愿照得见行人千里形。"元伊世珍《琅嬛记》卷三引《贾子说林》:"听镜呪曰:'并光类俪,终逢协吉。'先觅一古镜,锦囊盛之,独向灶神,勿令人见,双手捧镜,诵呪七遍,出听人言,以定吉凶;又闭目信足走七步,开眼照镜,随其所照,以合人言,无不验也。昔有一女子卜一行人,闻人言曰:'树边两人。'照见簪珥,数之得五,因悟曰:"'树边两人',非"来"字乎? 五数,五日必来也。'至期果至。此法惟宜于妇女。"

　　离别相思,是素以"婉约"为"正统"的词里最常见的题材。它好比体操比赛中的"规定动作",每个运动员都得来这么一套。正因为如此,要想在这个题目上出人头地,真是难乎其难。贺铸此词,却偏偏因难见巧,艺术表现手法有所翻新,别具一格,不失为佳作。

　　上阕写离别。起处四言二句,一为二二句法,一为一三句法,谓行者与送行者的车马匆匆会集在都城之东门外。"国门"即都门。"信人间"句,用梁江淹《别赋》"黯然消魂者,惟别而已矣"句意,"消魂处"亦即离别处。"处",本指地;有时也用若"时",说见王锳《诗词曲语辞例释》;这里则兼"时""地"二者而言。"多情自古伤离别"(柳永《雨霖铃》),前人早已言之,着一"信"字,表示赞同并重申。接下去三句,即具体描绘离别之地与时,遵循惯例作鼎足对。"红""碧""黄"为颜色对,"北""南""西"为方位对,都是所谓"的对",十分精秀工稳。而"北道""南浦""西风"除相互为对外,又与上文"门东"遥相呼应。半阕之内,四方毕见,是词人的精心安排,非偶然凑泊。然其妙处还不完全在这里。清陈廷焯《词则·别调集》曰本篇上下阕末三句"俱有三层意义,不似后人叠床架屋,其病百出也",所评是很有见地的。具体而言,"红尘北道"谓陆路,谓北方。——北地的交通多依赖陆上车马。"碧波南浦"谓水程,谓南国。——南方的交通多倚仗江湖舟楫。就这层意思说,"碧波"句承上,是上联的对句。但它又是对《别赋》中"春草碧色,春水渌波,送君南浦,伤如之何"等语的括用,因而还隐含有春日离别的意思,这就兼启下文,成为下联的出句,顺理成章地逗出了"黄叶西风"——秋天的离别。这三句十二字错落有致,概括力是很强的。

　　无论行者所去为南为北,取道由水由陆,首途在春在秋,其为离别则一。故下阕即进而放笔去表现行者的道里之思。"候馆"是官办的客站。"娟娟新月"语出南朝宋鲍照咏月的名句"娟娟似蛾眉"(《玩月城西门廨中》)。行人在客馆里望见那初弦月一钩弯弯,酷似美人纤细的黛眉,自然会联想到闺阁中人。杜甫《月夜》诗云:"今夜鄜州月,闺中只独看。"贺词曰"从今夜、与谁同",不啻是说"今后候馆月,客中只独看",化用杜甫诗意而稍有翻换。"想深闺"以下,不言我思闺人,而言闺人思我,透过一层去写,实则行者的万千思量,已然尽寓其中。《古诗十九首·青青河畔草》云:"荡子行不归,空床难独守。"末三句正是以"荡子"身份对闺人"独守空床"时之心绪所作的悬揣。古代铜镜,背面多铸飞鹊之形,故称"鹊镜"。当时风俗,思妇常用它来占卜行人的回归与否以及具体的回归日期。"频占镜鹊"即谓此类,而着一"频"字,思妇盼望荡子早早归来的心情就更见迫切。又,古代妇女首饰有玉钗而雕作飞燕之形者,称"燕钗"。情侣分袂,女方往往将钗掰拆成两股,一股留给自己,一股赠给男方作为信物。故"悔分钗燕"即追悔轻别之意。至于鸿雁用若"信使",在古诗词中更属习见。"长望书鸿"无非是深盼行人来信。这三句,仍然守谱作严整的鼎足对,幽闺心情,幽闺动作,一句一意,摹写殆尽。措辞之新奇,尤令人拍案叫绝。按照文义,"鹊""燕""鸿"三字本不必有;但如果径作"频占镜、悔分钗、长望书",那就一点生气都没有了;如果采用正常语序作"频占鹊镜,悔分燕钗,长望鸿书",也味同嚼蜡。而一经匠心独运,倒作"频占镜鹊,悔分钗燕,长望书鸿",则原先物化为"钗""镜"的"燕""鹊"又重新获得了生命,本来附属于书信的鸿雁也重新恢复了自由,呆板板的对仗句就变得活泼泼了。这种精彩的修辞手法真可谓腐草化萤！后来南宋吴文英的代表作《莺啼序》(残寒正欺病酒)中"暗点检、离痕欢唾，尚染鲛绡；㪝凤迷归，破鸾慵舞"一段妙文，即以"㪝凤"代指已分之钗，"破鸾"代指半面之镜，显然是在借鉴贺词的基础上又有所演进(索性将"钗""镜"等字面都泯去了)。清周之琦《十六家词录》论贺词一绝句云："他日四明(吴文英为浙江四明人)工琢句，瓣香应自庆湖(贺铸自号庆湖遗老)来。"信然！

（钟振振）

梦 相 亲 <small>(木兰花)</small> 　　　　贺 铸

清琴再鼓求凰弄，紫陌屡盘骄马鞚①。远山眉样认心期，流水车音②牵目送③。　　归来翠被和衣拥，醉解寒生钟鼓动。此欢只许梦相亲，每向梦中还说梦。

〔注〕 ① 盘马：《世说新语·雅量》："(庾)翼便于是道开卤簿盘马，始两转，坠马堕地。" ② 流水车音：汉刘珍等《东观汉记·明德马皇后传》："车如流水，马如游龙。"南朝梁沈约《相逢狭路间》："系声流水车。" ③ 目送：《左传·桓公元年》："宋华父督见孔父之妻于路，目逆而送之，曰：'美而艳。'"

　　此词通篇以第一人称叙述口吻写一男子的痴情。抒情主人公是否就是贺铸本人，我们不能起词人于九泉之下，问他个明白。但看那一份执着和缠绵悱恻，笔者以为，即使词中的情节纯属艺术虚构，至少它也应该掺有着作者自己的一部分感情体验。为了行文的方便，这里且把它当作词人实曾有过的一段生活插曲来解说。
　　上阕，写词人对他所钟爱的一位女子的狂热追求。
　　"清琴"两句以对仗起，一句一个特写镜头，场景互不相同。第一个镜头，重现了司马相如在卓王孙家宴会上，一再拨动琴弦，以《凤求凰》曲向卓文君表达爱情那戏剧性的一幕，只是男女主角都换了人。据此推测，作者的意中人当是一位大家闺秀，而事件发生之地似乎就在伊人家中。至于词人如何偶然地有幸一睹了那姑娘的芳容，因而神魂颠倒，平地生出许多风波，词中虽没有交代，读者却不难以想象得之。接下去，镜头跳到了繁华的大街上。"紫陌红尘拂面来，无人不道看花回"——这是刘禹锡笔下《元和十年自朗州至京赠看花诸君子》都市春游的热闹景象。"白马骄行踏落花，垂鞭直拂五云车。美人一笑褰珠箔，遥指红楼是妾家。"(李白《陌上赠美人》)紫陌寻春之际，发生过多少与此相类似的风流韵事啊！贺词之所谓"紫陌屡盘骄马鞚"，显然也是写自己认准了伊人的香车，跟前撵后地转圆圈，欲得姑娘秋波飞眼、掀帘一顾吧。如果说上一幕之鼓曲求凰尚不失其为慧为黠，那么此处之随车盘马却未免近乎于"傻"了。然而"傻"自有"傻"

的可爱。不"傻"即无以见其情之"痴",夫情而至于"痴",则其情之专一与深厚不问可知矣。惟"痴"的境界,不是仓促造次间所能达到的,因此,"鼓琴""盘马"两句虽同是写追求,貌似平列,其实并非语意的简单重复,在那镜头的跳跃中,有时间的跨度,有事态的发展,有情感的升级。这种种好处,不可以等闲看过。

　　上文以排句发端,以下即仍以俪句相接。这种作法叫"双起双承",尤其应该注意。初读词者不知就里,往往误以为一二三四句是顺流直下,殊不知其章法如之江三折,应作一三二四看。具体来说,第三句"远山眉样认心期"并非紧承第二句写"盘马"时之所见,而是遥接首句,回溯"鼓琴"之日事。"远山眉"见旧题汉刘向《西京杂记》:"卓文君姣好,眉色如望远山。"首句既以司马相如自况矣,此处乃就势牵出文君以比拟伊人,密针细缕,有缝合之迹可寻。"心期"犹言"心意",词人似乎从那姑娘的眉丛眼尾看出了她对自己的好感。虽则在伊也许只不过是有意无意之间的一颦一笑,但对词人来说却不啻如大旱之得云霓。如果没有这惊鸿一瞥,恐怕也就不会有这首绝妙好词了。补此一笔,就给出了前两句之间略去了的一个情节进展的关捩,既以见当时之"鼓琴"诚为有验,又以见后日之"盘马"良非无因。如此,则悬而未决的问题便只剩下一个"盘马"的结局毕竟如何了。这就逼出了与第二句错位对接的第四句:"流水车音牵目送。"——香轮轧轧,轻雷滚动,一声声牵扯着词人的心。姑娘的辎车渐行渐远了,而他,却仍然驻马而立,呆呆地以目相送……

　　下阕写失恋的痛苦以及自己对那姑娘的一往情深。全用散句,与上阕恰恰相反。

　　也许,"紫陌盘马"并没有达到词人所预期的目的。——那姑娘压根儿就没看他一眼!毕竟,姑娘的"心期"是他"认"出来的,一厢情愿的主观成分居多。也许,"鼓琴"之后,他们真的心心相印了,但由于我们今天不得而知的种种客观原因,这桩好事并没有成功的可能性,而词人之"盘马",本不过是一种明知其不可而强为之的爱情冲动——不过是想远远地和姑娘再见上一面,那么,即使姑娘报之以青睐,又于事何补?也许,我们的"也许"一个也没有猜中,但无论如何,说这一天词人十分伤心总是事实。"归来翠被和衣拥,醉解寒生钟鼓动",眼见得他喝了一场闷酒,回到家里,衣裳也没脱便抱被而眠。及至酒醒,已是夜阑,但觉寒气袭人,但听钟鼓催更。此时此刻,他又当是何况味、有何动作呢?我们静等着作者在最后两句中予以交代。不料,他却冷不丁掷出"此欢只许梦相亲,每向梦中还说梦"十四个字来。叙事乎?抒情乎?扑朔迷离,虚实莫辨。待说它是叙事,而曰"只许",曰"每向",分明为泛言口气,并无特定的时间段;待说它是抒情,而曰"欢"，曰"梦"，曰"梦中说梦"，显然又有着诸多的细节。吟味良久，我们才看出，结二句妙在笔锋两到，实不可执一求之。具体来说，一方面，它以逆挽之势插入前二句间，追补出自己在"拥被"之后、"醉解"之前做过一场美梦，是为叙事之用；另一方面，它又以顺承之势紧继前两句之后，抒发"觉来知是梦、不胜悲"（韦庄《女冠子》）的深沉感慨，自是入骨情语。心爱的人儿，偏只能和她在梦里耳鬓厮磨，情已堪怜；却又"梦里不知身是客"（李煜《浪淘沙》），还要向伊人诉说这种种温馨之梦，即更见凄惋；乃似此"梦中说梦"之"梦"，且每每发生，不止今夕一枕而已，其哀感顽艳之程度何可复加？两句中正不知有多少重刻骨的相思、铭心的记忆、含泪的微笑与带血的呻吟！一篇之警策，全在这里了。"梦里相亲"，但凡被爱神丘比特之箭射中了心灵的热恋中人，几乎无不有此情幻，是属对于实际生活现象的直观，诗家、词家、小说家、戏剧家人人能道，还不足为奇；而"梦中说梦"，则恐怕不是人们——包括作者本人之实所曾经，不能不说是建筑在现实生活基础上的艺术虚构或对于生活现象所进行的艺术加工和再创造了，正是在这一点上表现出词人的匠心独运。成如容易却艰辛。它决非浅于情者对客挥毫之际可以立就的，而是由爱情间阻的极端痛苦这一巨大而沉重的精神负荷从词人的灵魂中压榨出来。因此，其醇如酗，读者亦不自知何以心醉，何以泪堕。

　　人但知贺铸《青玉案》"若问闲情都几许？一川烟草，满城风絮，梅子黄时雨"为佳，以为善于喻"愁"，殊不知其还善于写"梦"。如《清平乐》："惟有夜来归梦，不知身在天涯。"《城里钟》："高城遮短梦。"《菩萨蛮》："良宵谁与共？赖有窗间梦。可奈梦回时，一番新别离。"《更漏子》："去年欢，今夕梦，惆怅晓钟初动。休道梦，觉来空，当时亦梦中。"凡此都是隽句。而尤以本篇末二句代表着他在运用这种缘情布置缥缈恍惚之境的艺术手段方面所达到的最高水准。诚然，《庄子·齐物论》曰："方其梦者，不知其梦也，梦之中又占其梦焉，觉而后知其梦也。"《大般若波罗蜜多经》亦云："如人梦中说梦所见种种自性。……梦尚非有，况有梦境自性可说？"白居易《读禅经》诗也有"梦中说梦两重虚"之句。贺词似从中得到启发。但前人以"梦梦"为理喻，体现着冷静的思辨色彩；词人则用作情语，表达出炽热的感性光华。由道家玄谈、释氏禅宗的语言机锋发展为诗人情词中的艺术杰构，可谓"冰，水为之而寒于水"了。

（钟振振）

<h2 align="center">菩　萨　蛮　　　　　　　　　贺　铸</h2>

　　彩舟载得离愁动，无端更借樵风送。波渺夕阳迟，销魂不自持。

良宵谁与共,赖有窗间梦。可奈梦回时,一番新别离!

　　贺方回是以善于写愁而著称的。他的那首《青玉案》,就是因为用了"一川烟草,满城风絮,梅子黄时雨"几句来比喻自己的"闲愁",而博得了时人的激赏,以至黄庭坚读了之后,有"解道江南断肠句,只今惟有贺方回"之叹。

　　这首词的开端也是写愁,然而手法却和《青玉案》完全不同。这里,他突破了向来以山、水、烟、柳等外界景物来喻愁的手法,把难于捉摸、无踪无影的抽象愁情写得好像有了体积、有了重量。第一句"彩舟载得离愁动","彩舟",是行人乘坐之舟。长亭离宴,南浦分携,行前执手,一片哀愁。现在,兰舟已缓缓地离开了码头,随着兰舟的渐渐远去,按理说,哀愁应该有所减轻。然而这位行人的心头却还是那样悲哀,他甚至觉得这载人载货的舟上,已经装满了使人不堪负担的离愁同行,无法摆脱。真是联想奇特,语新意深。

　　第二句"无端更借樵风送","无端",无缘无故,没来由;"樵风",典出《会稽记》。郑宏年轻时上山砍柴,碰到了一位神人。他向神人请求若耶溪上"旦,南风;暮,北风",以利于运柴,后果如所愿。所以"樵风"有顺风的意思。这一句紧承上句。船借着顺风飞快地远航而去,那伫立在岸边送行的心上人的情影,很快就不可得见。词人五内俱伤,哀感无端,不由地对天公产生了奇特的怨责:为什么偏偏在这个时候,没来由送来一阵无情的顺风,把有情人最后相望的一丝安慰也吹得干干净净呢!周清真送别词中有"愁一箭风快,半篙波暖,回头迢递便数驿"(《兰陵王·柳》),与此同意。然一直一曲,一显一隐,可谓异曲同工,各擅胜场。

　　第三句"波渺夕阳迟",变上面的郁结蟠曲为凌空飞舞,由密转疏,情中布景。词人展望前程,天低水阔,烟波迷离。一抹夕阳的余晖,在沉沉的暮霭之中,看上去是那样的凄凉。独立苍茫,一叶孤舟上茕茕孑立的行人怎能不有第四句"销魂不自持"的无限感慨!魂销魄散,惝恍迷离,凄恻缠绵,无复生意。清人陈廷焯在《白雨斋词话》卷一里谓"方回词极沈郁,而笔势却又飞舞,变化无端,不可方物,吾乌乎测其所至",这种功夫,我们在这首词的上片可以略见一斑。

　　过片重笔另开,由白日的魂销而设想别夜的落寞惆怅。"良宵谁与共",是明知无人共度良宵而故作设问,突出了舍心上人而再也没有其他人可以和自己共度时光的执着痴情。"赖有窗间梦",只有独卧窗下,在神思魂萦的梦境中才能和心上人再一次相见。这里用了一个"赖"字,说明词人要把梦中的欢聚作为自己孤独心灵的唯一感情依托。这两句,一问沉痛,一答哀婉,有力地表现了自己别后的孤独和凄凉。

　　然而，谁都知道，梦是虚幻的，短暂的，梦中的欢聚，也只不过是词人苦思冥想而形成的一种超现实的精神现象而已。因此，词人的这种"赖"，当然是靠不住的。词人煞费苦心地为自己构筑了一个痴情而又感伤的希望，在冷酷的现实面前，又不得不亲手把它击得粉碎。

　　结拍"可奈梦回时，一番新别离！""可奈"，岂奈、怎奈意。梦中的欢会诚然是缠绵热烈的，无奈梦总是要醒的。梦醒之后，一番梦会之欢欣恰又导致了"一番新别离"的痛苦！全词就在这样令人哀婉欲绝的感慨中结束，余音不绝，回味无穷。

　　这首词，从上片的联想奇特，怨责无端，到下片的文心起伏，一波三折，写有情人分别后思想感情的一系列变化，极其细腻真实。特别是"因思成梦、梦回新别"的设想，更是抓住了"情"的关键。无独有偶，晚于方回二百余年的元代戏剧大师王实甫，在创作《西厢记》时，也在"长亭送别"之后，精心设计了"草桥惊梦"一折。张生离开莺莺之后，夜宿草桥店，梦中和连夜赶来的莺莺欢会，最后被巡夜的士卒冲散。张生梦醒之后，王实甫用了一支《得胜令》来表现张生"梦回新别离"的怅惘和凄凉，曲文是这样的："惊觉我的是颤巍巍竹影走龙蛇，虚飘飘庄周梦蝴蝶，絮叨叨促织儿无休歇，韵悠悠砧声儿不断绝。痛煞煞伤别，急煎煎好梦儿应难舍。冷清清的咨嗟，娇滴滴玉人儿何处也。"读完这支曲子，我们对于方回词最后感慨的余味，当可领略一二。当然，我们现在并没有确凿的证据证明王实甫的创作就是受了方回词的影响，然而，这种"英雄所见略同"的艺术构思，至少说明了高明的作家在处理相同主题时，由于严格遵循生活的真实，是可以做到"殊途同归"的。

（李维新）

琴调相思引　　　　　　　　　　　　　　贺　铸
送范殿监赴黄岗

　　终日怀归翻送客，春风祖席南城陌。便莫惜离觞频卷白。动管色，催行色；动管色，催行色。　　　何处投鞍风雨夕？临水驿，空山驿；临水驿，空山驿。纵明月相思千里隔。梦咫尺，勤书尺；梦咫尺，勤书尺。

　　这是一首送别词。范殿监，名字经历均不详。从词中可以看出，他是词人的好友，大概要到黄岗去做官，所以临行前方回作此词以赠之。

　　上片叙事。首句"怀归"二字,点出方回此时正羁宦天涯,他乡为客。"怀归"之前冠以"终日",则无时无刻不在思念家乡,盼望着能够早日归去的满腹牢愁,已经溢于言表。在这种心情之下,又要为朝夕相伴、志同道合的挚友送别,所以词人在这两者之间连以"翻"字,顿时把客中送客,宦愁加离愁的怅触和伤感全盘托出。这一句虽然从王勃"与君离别意,同是宦游人"(《送杜少府之任蜀川》)化出,但已经变旷达为执着,层深浑成,笼罩全篇,感情显得更为沈郁。

　　第二句点时、地。"祖",古代出行时祭祀路神的一种活动;"祖席",引申为饯行酒宴。按照正常的顺序,这一句本应放在第一句之前。然而"文似看山不喜平",方回有意把次序颠倒,以写情逆入,一方面固然增加了文势的起伏,不过更重要的却是以情来统摄全篇,出手就给人以强烈的印象。春风骀荡,风和日丽,本来正宜于与知友郊外踏青,水边饮宴,现在却要在南城陌上的长亭为他饯行,这是一种什么样的情怀呢?平常的叙事被涂上了一层浓郁的感伤色彩,使人不能不佩服词人的匠心独运。

　　第三句写离宴。"卷白",即"卷白波"。宋黄朝英《缃素杂记》卷三:"盖白者,罚爵之名。饮有不尽者,则以此爵罚之。……所谓卷白波者,盖卷白上之酒波耳,言其饮酒之快也。"按常理讲,离宴之上应该有道不完的挚友情,说不尽的知心话。然而词人只以一句席间的劝酒辞即代替了以上之一切,使主客二人,悒悒寡欢,愁颜相向,以酒浇愁之场景历历如在目前。词人在"卷白"之上加以"频","频"之前再加以"莫惜","莫惜"之上再以"便"字承上句转折,语气沉痛,字字重拙。酒不醉人人自醉,举杯浇愁愁更愁。友情之笃,分携之苦,俱于言外可见。

　　第四句是一叠句,以声传情,点醒临行在即。这个时候,席间奏起了凄婉的骊歌,那可能就是催人泪下的《阳关三叠》吧!悲凉的乐曲在席间回荡,也在离人的心头回荡,似乎在提醒、在催促着行人立即上路。三字短句的回环反复,"动"和"催"字的两次出现,都更加深化了此时此刻离人心头茫然若失,忉怛惆怅的情感。

　　下片宕开,设想别后的情景。前两句一问一答,描画出一幅山程水驿、风雨凄迷的古道行旅图,把词人对范殿监体贴入微的关切之情具体化,形象化。特别是"临水驿,空山驿"的一再咏叹,更是把野水空山,荒驿孤灯的寂寞和凄凉渲染得淋漓尽致。意驰神随,情意殷殷,虚而间实,妙到毫颠。

　　结拍两句,笔锋陡转,振起全篇。一别而后,千里相隔,临清夜而不寐,睹明月而相思,这当然是去留双方将面临的凄婉现实。然而方回在"明月相思千里隔"之前加一"纵"字,立刻使地域上的千里相隔失去了应有的分量。真挚的友情将会超越时空,使我们在梦中近在咫尺地相会,愿我们经常地互通书信吧! 全词就在这语重情长的再三嘱托中结束,余音袅袅,忠厚绵婉,蔼然动人。

读完这首词,给我们印象最突出的,就是方回创造性地在此调中三次运用叠句,充分发挥了词的声情美。《词谱》卷六谓此调有两体,四十六字者押平韵,四十九字者押仄韵,然所引词中均无用到叠句的。方回不仅根据内容的需要增加了字数,而且巧妙地利用叠句的回环反复,使人在恬吟密咏之中,更强烈地体会到词人低回眷眇的别绪离情。把这首词与前人诗歌中的送别名篇相比,只就形式上的错落有致、一唱三叹而言,方回词很明显地占有声情方面的优势。沈际飞谓:"情生文,文生情,何文非情。而以参差不齐之句,写郁勃难状之情,则尤至也"(《草堂诗馀四集序》)。以方回此词观之,信然。

清人沈雄在《古今词话·词品》中谓:"两句一样为叠句,一促拍,一曼声。……一气流注者,促拍也;……不为申明上意,而两意全该者,曼声也。"用这个标准来看,词中凡是用到叠句的地方,都应该是曼声。但是,由于词乐的失传,使我们再也无法领略此调优美的声情,这不能不说是一大缺憾。　　　　(李维新)

芳　草　渡　　　　　　　　　贺　铸

留征辔,送离杯。羞泪下,撚青梅。低声问道几时回。秦筝雁促,此夜为谁排?　　君去也,远蓬莱。千里地,信音乖。相思成病底情怀? 和烦恼,寻个便,送将来。

这首词,极有可能是写一对新婚不久的年轻夫妇伤别之作。词人净洗铅华,全拟女子声口,委婉曲折地写出年轻妻子与丈夫离别时难舍难分的情景。

一起点离别。"征",远行也。那位丈夫可能是出外做官,也可能是经商。总之,恩爱夫妻,一旦离别,肯定会有许多眷恋,许多缠绵。从行前之彻夜话别、收拾行装;到今朝之长亭离宴、郁郁寡欢,这正是许多文人不惜全力加以描写的情节。然而方回却毅然略去这一切,抓住"征辔"将行那转眼即逝的一刹那,挥洒自己的笔墨:年轻的妻子对丈夫苦苦挽留,频频劝饮。——用留马和送杯来表现。词人突出了一"留"、一"送"两个动作,简明扼要,语浅意深,不能不使人叹赏词人的匠心独运。

接下来,词人又接连以三个动作,极细腻、极委婉地刻画年轻妻子悲痛欲绝的心理活动。先是"泪下",未语而先泪,泪并且如断线珍珠簌簌而落,当可知她内心的痛苦。"泪下"之前冠以"羞",说明此情此景,这位少妇未曾惯经,正示其为新婚,新别。下面接以"撚青梅","撚",用手指搓转,这是下意识的动作。欲言则羞,欲不言则心中有无数话儿要倾吐,所以左右为难,低首撚梅。李白《长干行》有句云"郎骑竹马来,绕床弄青梅",故成语"青梅竹马"多用来指青年男女幼时天真无邪的交往。这里词人用"青梅"二字,当不是闲笔,它可以给我们以这对年轻夫妇由两小无猜而结为良缘的丰富暗示。离别的痛苦终于战胜了新婚的羞涩,故最后再接以"问","问"之前又限以"低声","问"之后又续以"几时回",真是绘声绘色,毫发毕现。未发而盼早归,明知一去千里,归期难准,而问以"几时回",可以说已经写尽了痴情女子的情怀。

从开头到此写离别,词人突出了妻子一"留"、一"送"、一"泪下"、一"撚"、一"问"五个动作,从容写来,有条不紊,细腻熨帖,婀娜风流,真可谓"状难写之境如在目前,含不尽之意见于言外"。

从此以下,全为妻子最后的送行之语。"秦筝",弦乐器的一种,传为秦人蒙恬所造。"雁"即雁柱,为筝上支弦之物;古筝的弦柱斜列有如飞雁斜行,故称。柱可以左右移动以调节音高。"促",迫也,近也,柱移近则弦急。后汉侯瑾《筝赋》有"急弦促柱"之句。因此"雁促"也就是柱促,即弦急,弦急则音高。古人曾云"岂无膏沐,谁适为容",又云"自君之出矣,明镜暗不治",都是说和亲人离别后,全无心思梳妆打扮。这两句意思相近,谓和你分别以后,今夜还有什么心思弹筝呢?

过片承上,仍是女子对丈夫的嘱咐。"君去也,远蓬莱。千里地,信音乖。"本来,离别千里之遥远,两地音信之隔绝,这感觉是去留双方彼此同之的。这里用一个"君"字领起,就有设身处地代他说了出来的意味。"蓬莱",传说中仙人海上所居之处,此借指丈夫去处之遥远;不止于远,而且音信难通,这样就会因想念妻子而相思成病。"相思成病底情怀? 和烦恼,寻个便,送将来。"设想奇特。她不要求丈夫寄信寄物,而要求他把相思成病时是怎么样的一种情怀,以及种种烦恼,寻个方便寄送给她。这里面实包含几重深意。第一是让他把满腔愁苦,百般烦恼,尽情向她倾吐出来,以减轻心里的郁闷。第二是把那些精神负担送给她,让她来代替承受。第三,这种相思成病的情怀和烦恼,她自己本来也有着同样的一份;让丈夫这一份也送给她,她情愿自己承受双重的精神重压,而不让丈夫再有负担,这种自我牺牲的胸怀,是非常感动人的。这种痴情的要求,是不合常理的,然而词人却以此把妻子对丈夫的爱惜表现得淋漓尽致,这也就是我们常说的"无理而妙"。

　　方回的这首词,通篇都是叙事,完全采用赋的手法,读后让人有"不是作词,恍如对话"的感觉。这和宋人词中多比兴、多写景,迥然不同,很明显是受了民间词的影响。从语言上来说,全词不设色,不雕琢,清丽自然,朴实无华,使人耳目一新。总之,这首词在艺术风格上有着自己鲜明的特点。前人评词有"浓妆""淡妆""粗服乱头"之说,方回此作,真可称得上是"粗服乱头,不掩国色",由此也可以看出他艺术风格多样化的特点。

（李维新）

点　绛　唇　　　　　　　　　贺　铸

　　一幅霜绡,麝煤熏赋纹丝缕。掩妆无语,的是消凝处。

　　薄暮兰桡,漾下苹花渚。风留住。绿杨归路,燕子西飞去。

　　这是一首爱情词,写一对情侣乍别的悲伤和思恋。

　　上阕,写居者——也就是女方,写别时。"霜绡"即素绢,此处指手帕。词中写手帕,常用"罗帕""鲛绡"一类字面,这里用"霜绡",突出它的洁白如霜,似乎还有象征纯洁的意思,未必是无心而用之。又手帕的量词往往称"一方",这里却改用"一幅",突出它的大,也颇值得玩味。"麝煤"是熏炉中所燃烧的香料,苏轼《翻香令》词"金炉犹暖麝煤残"句可证。以上两句系用曲笔,很婉约地暗示读者:那女子因与情人离别而伤心哭泣,流了许多眼泪,一大块手绢都浸透了,故须放在熏炉上烘烤。言"熏赋纹丝缕",则分明是泪雨不曾晴,手绢刚烘干又沾湿,不知反复熏焙了多少次,以至于丝帕的香味达到饱和,浓得刺鼻了。"掩妆无语",改从正面点明女主人公用手绢捂住脸,"竟无语凝咽"。此时无声胜有声。王实甫《西厢记》"长亭送别"一折,崔莺莺对着张生左叮咛右嘱咐,说尽了千言万语,那是舞台表演的需要,如果光哭不唱,戏就演不下去,观众势必哄场。惟词则不然,篇幅有限,贵在简洁凝练,故尔万语千言,只以"无语"语之。末句更直截了当地揭出"悲莫悲兮生别离"的旨意。"的是",犹言"确是"。"消凝",为"消魂凝魂"的缩语,谓感怀伤神。"处",此表时间,用如"时"。这句语虽发露,却是重拙之笔,和"掩妆"句相配合,以浅显去融解一二句的浓隐,起到了一定的调剂作用。倘若没有后两句的映衬和关照,则前两句即不免于晦涩,无从显现其凝练、新奇与生动了。

　　下阕,词人更换了角度,转写行者亦即男方,写既别之后。"薄暮"二句,叙行者于傍晚时解缆启程。一"漾"字炼得甚好,见出此行乃迫不得已,故决不肯急帆快桨,而只是随波逐流。无意中,船儿却漂向了开满白苹花的水中小洲。古代风俗,姑娘们每于上巳(三月初三)、寒食、清明等春日佳节出游郊野水滨,采集白苹花赠送给自己的情人。词中男主人公当也享受过这样的幸福。如今,蓦地见到那凝结着爱情的一丛丛小花,怎不勾起记忆中温馨甜蜜的往事?怎不触发心底里不可遏止的相思?这就逗出了下文。"风留住",三字单独成句。明明是人不忍行,故稍遇逆风即小泊苹渚,徜徉于伊人昔曾采花之地,无限依依,妙在不说破,却借助拟人化的手法,把风儿写得极有情意。"绿杨归路,燕子西飞去",两句见意,且用唐人顾况《短歌行》"紫燕西飞欲寄书"句歇后。贺词中用此句处甚多,如《九回肠》:"赖有雕梁新燕,试寻访、五陵狂。小华笺,付与西飞去,印一双愁黛,再三归字,□九回肠。"《凤栖梧》:"小研绫笺,偷寄西飞燕。"《菱花怨》:"会凭紫燕西飞,更约黄□相待。"《木兰花》:"西飞燕子会来时,好付小笺封泪帖。"皆可与本篇对参。刚刚踏上旅途,就迫不及待地捎信给心上人,而所托之信使,又非文学作品中同样习用而水路舟行时更为近便易求的"鲤鱼",大约是嫌鱼儿游得太慢吧?不寄"航空快件",何以表达行者此时此刻"霹雳火"一般的炽烈相思!

写到这里,我们忽又想起《西厢记》中崔莺莺送别张生时的两句唱辞:"从今后衫儿袖儿,都揾做重重叠叠的泪!……久已后书儿信儿,索与我恓恓惶惶的寄!"贺词上下两阕,岂不就是写了这两件事?稍不同者,"揾泪""寄书"都等不及那"从今后"和"久已后"。可见但凡是杰出的文学家,都善于攫取生活中那些最能够集中表现人们某一特定情感的典型素材,所以未必有意效颦但却往往不谋而合。

词中向来有"疏""密"两派。张炎《词源》谓"词要清空,不要质实";又曰:"词……若堆叠实字,读且不通,况付之雪儿(歌妓)乎?合用虚字呼唤。……若能尽用虚字,句语自活,必不质实。"他是主"疏"的,从自己的审美观点立论,未免偏颇。像贺铸此词,几乎全用实字,不靠虚字呼应贯串,使的是潜气内转之法,层次的演进从画面的转换中表现出来,筋脉都藏在暗处,灭尽了针缕之迹。初读之,不知所云,但嫌其晦涩;吟味至再至三,密码破译,文义自通,当别有一番快意。譬如饮茶,淡者一品即得其清香,固然爽口;而酽者初尝止觉其苦,但苦尽而甘,味美于回,不也很过瘾么?

这种秾密深隐的艺术风格,上继温庭筠,下开吴文英。 (钟振振)

西 江 月 贺 铸

携手看花深径,扶肩待月斜廊。临分少伫已依依,此段不堪回想。 欲寄书如天远,难销夜似年长。小窗风雨碎人肠,更在孤舟枕上。

　　本篇写与情人的别后相思。上阕以六言对句起，追忆昔日的美好欢会。在姹紫嫣红、争芳斗艳的小园深径里携手赏花，在夜静人寂、凉风习习的幽雅斜廊上扶肩待月，卿卿我我，情意绵绵。这两句不仅极其工整，而且极其生动而概括地写出了男女欢会那样一种典型环境中的典型情态，一开始就给人以温馨旖旎的印象。

　　接下来两句健笔陡折，点出以上良辰、美景、赏心、乐事这"四美"，都不过是分别后之"回想"。"怅怅"，迷惘不知所措貌。上句以一"已"字，突出了惜别之际，稍作延伫，已经若有所失、怅然迷茫的悲哀；下句又以"不堪"二字相呼应，加倍写出今日回想时的痛心疾首，凄婉欲绝。这两句与李商隐《锦瑟》诗中所谓"此情可待成追忆，只是当时已惘然"可谓相反相成，各尽其妙。

　　上阕四句，两句一层，情调大起大落。正像筑坝蓄水，一旦打开闸门，水势汹涌澎湃而下，就会产生使人目眩耳鸣、荡魂动魄的效果那样，词人一开始就把欢会写得热烈缠绵、逼真细腻，然后回头给以棒喝，由热烈反跌至悲凉，形成感情上的巨大"落差"，从而给人以强烈的震撼。

　　下阕四句，笔法又有所不同。词人如层层剥蕉，具体说明"回想"为什么会"不堪"。第一句"欲"字，是说自己主观上的愿望。和心上人分别之后，羁宦天涯，见面固然已属痴想；然而谁料就连互通音问、互慰愁肠这一点愿望也由于人如天远，书无由达而落空呢？"欲寄彩笺兼尺素，山长水阔知何处。"主观的愿望被客观的现实无情地击碎，在这种情况下去回想旧日的欢会，这是一"不堪"。第二句"难"字，是客观环境对自己所造成的影响。"迟迟钟鼓初长夜，耿耿星河欲曙天"，一个人对着孤灯，凄清寂寞，百无聊赖，在漫漫长夜中咀嚼着分离的痛苦，当然会产生长夜如年那样难以销磨的无限感慨。这是二"不堪"。第三句"小窗风雨"是耳边所闻。听着风雨敲打窗扉之声，词人不禁肝肠俱碎。"碎"字极炼而似不炼，情景两兼，可称得上是著一字而境界全出。这是三不堪。第四句收束全词，以"更在"透进一层，指出以上之种种，全发生在"孤舟枕上"，把羁旅愁思、宦途怅触与恋情打成一片。此为四"不堪"。对于离人来说，这四"不堪"有一加之于身，就已经难以承担，更何况纷至沓来，一时齐集呢？用笔句句紧逼，用意层层深入，沉郁顿挫，情厚意婉，不愧为爱情词中的佳作。

　　　　　　　　　　　　　　　　　　　　　　　　　　　　　　　　　　（李维新）

小　重　山　　　　　　贺　铸

花院深疑无路通。碧纱窗影下，玉芙蓉。当时偏恨五更钟。分携处，斜月小帘栊。　　楚梦冷沉踪。一双金缕枕，半床空。画桥临水凤城东。楼前柳,憔悴几秋风。

写与恋人离别相思之词,方回还有《菩萨蛮》"彩舟载得离愁动"一首。男主人公在抒发了初别的痛苦之后,曾经无限哀怨地发出"良宵谁与共?赖有窗间梦。可奈梦回时,一番新别离"的感慨。这首词则是写别后经年,相思成梦,梦回凄凉的真实情景。一为设想,一为现实,分别从不同的侧面表现了主人公对所恋之人的诚挚深情。

第一句"疑"字用得极妙。这个"疑",当然是男子之"疑",然而细细推敲,却又不似现实中之"疑"。因为心上人所居之"花院",即使是"深",也决不会无路可通,所以,它应该是梦中之"疑"。"梦魂惯得无拘检,又踏杨花过谢桥"(晏几道《鹧鸪天》)。相别日久,朝思暮想,以致因情生幻,"灵魂出窍",在梦中跋涉千里,来到了过去曾经和心上人欢会的旧地。夜阑人静,月明星稀,看着那花木繁茂,曲折幽深的花园,不禁产生出"近乡情更怯"的疑虑:这一次相会是否能够如愿呢?是不是会有人从中作梗呢?……这种种忐忑不安的测度借"疑无路通"表现出来,真是写得迷离惝恍,像煞梦境。

第二句重点在"芙蓉"上。《西京杂记》卷二说卓文君姣好,眉色如望远山,脸际常若芙蓉,以后有"芙蓉如面柳如眉"(白居易《长恨歌》)、"强整娇姿临宝镜,小池一朵芙蓉"(李珣《临江仙》)等句,都是以"芙蓉"来喻美人,这里也是这种用法。方回在"芙蓉"之上加以"玉"字,前面又限以"碧纱窗影下"之绝美环境,真是形神俱现,呼之欲出。主人公拂柳穿花,孑孑前行,刚刚绕过那幽雅的回廊,已经看到心上人伫立在如梦如幻的朦胧碧纱窗影下,似玉琢芙蓉,娲娲婷婷,顾盼生辉,笑颜以待。玉人之俊秀,一见之乍喜,俱在不言之中。

第三句,"五更钟",晓钟也。良夜何其,欢娱恨短。正当两人意惬情浓、热烈缠绵之际,东方已白,晓钟发动,这怎能不使人产生"偏恨"的感慨呢!句首的"当时",应是既指今梦,亦指昔时,是梦亦真,是虚亦实,动荡变幻之中,语语沉著,令人神伤。

第四句"分携",即分手,分别。"明月不谙离别苦,斜光到晓穿朱户"(晏殊《蝶恋花》)。在晓钟的声声催促之下,两人在户外执手依依,洒泪相别,那清冷的月光斜照在帘栊之上,更增添了别离的痛苦和感伤。景中含情,情景交融,使上片的欢会在一派凄凉的氛围中结束。

过变健笔陡转,将上片一笔喷醒。沈祥龙谓:"词换头处谓过变,须辞意断而仍续,合而仍分。前虚则后实,前实则后虚,过变乃虚实转捩处。"(《论词随笔》)

这一句即承上启下,由虚入实。宋玉《高唐赋》谓楚怀王与神女在梦中相会,故词句以"楚梦"借指上片的情事。蓦然惊觉,梦冷踪沉,残月残烛,空虚寂寞。眼前精心绣制(也许即为心上人亲手所绣)的金缕双枕,反衬出他此时的孤独;身边空荡荡的半床鸳被,更使他黯然销魂。这两句与上片形成鲜明对比,是全词的词眼所在。

结拍两句,又化实为虚,从对面写起。"凤城",即京城,男主人公这时正远在天涯,而他所恋的女子却远在京城东边一角。由上句的"双枕""半床",很自然地联想起对方对自己的思念。不过词人并没有像"今夜鄜州月,闺中只独看"(杜甫《月夜》)那样直接去写对方,而是以楼前杨柳几度秋风、几度凋零来暗示女方"妆楼颙望,误几回天际识归舟"(柳永《八声甘州》)的失望和憔悴,赋情于物,亦物亦人,"木犹如此,人何以堪"!

这首词上片写梦中相会,是虚;下片写梦回凄凉,是实。然而词人于虚中处处用实笔,使上片虚而若实;于实中却化实为虚,使下片实中有虚。特别是词的结拍,由己推人,代人念己,"不以虚为虚,而以实为虚,化景物为情思"(范晞文《对床夜语》),语弥淡而情弥深。所以无怪乎陈廷焯对《东山词》至有"笔墨之妙,真乃一片化工"之赞叹。

(李维新)

减字浣溪沙　　　　　　　　　　　　　　贺　铸

秋水斜阳演漾金,远山隐隐隔平林。几家村落几声砧。

记得西楼凝醉眼,昔年风物似如今。只无人与共登临。

贺铸有些词,往往要在读完全篇之后,再回转来加以吟咏体会,方觉真味涌出,含蕴无穷。如本篇上片写登临所见:清澈的秋水,映着斜阳,漾起金波。一片平展的树林延伸着,平林那边,隐隐地横着远山。疏疏的村落,散见在川原上,传出断断续续的砧杵声。单看这幅图景,似乎只是客观写生,诗人视听之际究竟有哪些感情活动,并不容易看清楚。接下去,下片前两句也只是说昔年曾登此楼,风景与今相似。而词人今日面对此景,究竟唤起何种感慨,却需要读到最后一句,才能领会——"只无人与共登临",原来昔日同登此楼的人,今已不在,只剩下作者孑然一身,伫立于楼上了。联系贺铸的生平看,那位不能同来的人,可能是他的眷属。所谓"重过阊门万事非,同来何事不同归"(《鹧鸪天》),可移作末句注脚。因此,如果说读者的感情承受力像一架天平,把词的上下片分置两头,本来未见反应的话,此时则犹如陡然增加一个沉重的砝码,使杠杆失去了平衡。于是我们只好回转过来,在杠杆的另一端,重新检查称量它的轻重,用他的"重过阊门万事非"的心情,再体会前几句感情的分量。这样,便可能感到上片所写的那秋水斜阳,那远山平林,那村落砧声,都不再是被作者纯客观地写在词中的景物了,而是心中眼中,都有一种伤心说不出处,这种伤心说不出的情绪,诸如"物是人非""良辰好景虚设",等等,借助于末句的点醒,令人于言外得之,倍觉其百感苍茫,含蕴深厚。陈廷焯说:"贺老小词,工于结句,往往有通首渲染,至结处一笔叫醒,遂使全篇实处皆虚,最属胜境。"(《白雨斋词话》卷八)这一首是很有代表性的。

词上片所写之景,本来只有一幅,但读到"记得西楼凝醉眼,昔年风物似如今"之后,原来似乎只是平铺直叙地再现眼前景物的写法却起了变化,虚实相生,出现两幅景象:一幅是今天词人独自面对的眼前之景;一幅则是有伊人作伴、作者当初凝着醉眼所观赏的往昔之景。昔日之景是由眼前之景所唤起,呈现在词人的心幕上。两幅图景,风物似无变化,但"凝醉眼"三字却分明透露昔日登览时是何等惬意,遂与今日构成令人怅惋的对照。词论家们很欣赏这首词的下片,说:"只用数虚字盘旋唱叹,而情事毕现,神乎技矣。"(见陈廷焯《白雨斋词话》卷一)细细分析起来,所谓"数虚字盘旋唱叹",是指用"记得……只无……"兜起了下片三句,把时间跨度很大的今昔两幅情景,绾结到了一起,词人的心神浮游其间,表现出一种恍如隔世之感,内容沉郁无限,而在遣词造语上,收纵变化,却又极其自然。

(余恕诚)

减字浣溪沙　　　　　　贺　铸

闲把琵琶旧谱寻,四弦声怨却沉吟。燕飞人静画堂深。

敧枕有时成雨梦,隔帘无处说春心。一从灯夜到如今。

本篇是一首"闺怨"词。

首句"闲把琵琶旧谱寻",用韦庄《谒金门》(春漏促)词"闲抱琵琶寻旧曲"句。"把""抱"同义,白居易《琵琶行》"犹把琵琶半遮面",或作"犹抱",即是其例。"谱",这里也指曲。"曲"而书之于纸为"谱","谱"而付诸管弦为"曲",不妨通融。"寻"为"重温"义。全句写一位少女百无聊赖,随意抱持琵琶重弹旧曲。次句"四弦声怨却沉吟"承上,言琵琶的四根弦上发出凄怨的音响,一似人在深思时的微吟咏叹。这里"却"字与上句"旧"字是词眼所在,很值得玩味。"却"字见出琵琶声之"怨"、之"沉吟",恰与弹曲者的主观意愿相反:本欲解闷,适增其愁。那么，上句所谓"旧谱"，就不能简单理解成过时的曲子，它当指往日与恋人聚会时曾经弹奏过的乐调。那时候两情欢悦，因此琴声欢快，如今两情隔绝，虽抚弦更弹旧曲，企望用美好的回忆来自我安慰，但无论如何也奏不出旧日的愉悦之音了。第三句"燕飞人静画堂深"，语意层递而进。少女幽居闺中，孤寂无偶，只有梁燕作伴。燕子似乎不忍心听到这哀怨的琴声，飞走了；少女本人也不能终曲，放下了拨子。于是，闺中恢复了先前那种死一般的静止，更显得深邃。

"欹枕有时成雨梦，隔帘无处说春心。"《浣溪沙》下阕一二句通常要用对仗，本篇即循通例。这两句，上联写少女炽热的情感：斜靠着枕头，有时像宋玉《高唐赋》里那位"旦为朝云，暮为行雨，朝朝暮暮，阳台之下"的巫山神女一样，在梦中飞到情人身边；下联写人间冷酷的现实：一道门帘，就像沉重的棺盖，使闺中人与世隔绝，无处诉说她的怀春相思之心。两句形成了强烈的对比。

"一从灯夜到如今。""灯夜"即正月十五元宵节夜，这前后几天城市处处张灯结彩，通宵达旦供人玩赏，平日藏在深闺人未识的姑娘们，难得这样的好机会，可获准外出嬉游。"月上柳梢头，人约黄昏后"，就在如此良宵，不知发生过多少起青年男女冲决封建礼教网罗而自由恋爱的故事！本篇所写的少女，最后一次见到恋人，也就是在元夜。从那之后，魂牵梦绕，深闺寂寞，郁郁寡欢，以迄于今。

《浣溪沙》末句如同《忆江南》，最为难写。单句叶韵，收束全篇，短短五字、七字，须独立见意，精彩出场，稍逊功力，即难免凑拍趁韵之讥。大家如温庭筠，其名作"梳洗罢"一阕，末句"肠断白蘋洲"尚且被视为蛇足，他可知已。然而贺词此篇，却偏偏以末句著称。清代著名词学评论家陈廷焯《白雨斋词话》曰："贺老小词工于结句，往往有通首渲染，至结处一笔叫醒，遂使全篇实处皆虚，最属胜境。"并举本篇为例，评道："妙处全在结句，开后人无数章法。"我们试看前五句，当然句句不苟，一句一意，一句一境，塑造出很鲜明的艺术形象，表达了极悱恻缠绵的情怀，但总还是个平面。末句给出前文所述种种状况的时间持续度，点明"雨梦""春心"不自今日始，由来久矣。以数学拟之，前五句好比底数 M，末句则有如底数右上角的 n 次方符号，读来寻常七字，殊非警策，而它的功效之大，陡使前五句所抒情怀的厚度成倍翻番。《白雨斋词话》可说是深得此词三昧！

最后附带说一说本篇的调名。《浣溪沙》有两种，一种即如此词，上下阕各三句，每句七言，共四十二字；另一种则上下阕末句都是十言，上七下三句式，其他各句不变，凡四十八字。宋人有的以四十二字体为《浣溪沙》正格，而称四十八字体为《摊破浣溪沙》（又称《南唐浣溪沙》《山花子》）；有的则以四十八字体为正格，而称四十二字体为《减字浣溪沙》，没有定准。本篇是属于后一种情况。　　　（钟振振）

减字浣溪沙   贺 铸

　　楼角初销一缕霞,淡黄杨柳暗栖鸦,玉人和月摘梅花。

　　笑撚粉香归洞户,更垂帘幕护窗纱,东风寒似夜来些。

　　在古典诗词里,有些篇幅短小的作品,如水彩画中的淡墨小品,如音乐中的悠扬牧歌,它那清幽淡远的意境,令人心旷神怡,仿佛春晚小河的潺湲水声,久久响在耳畔。在这类作品中,如果去寻找什么"微言大义",肯定会失望的,但却不能不承认,它能给人一种美的享受。贺铸这首《浣溪沙》就是此类作品。

　　出现在画面上的不是一座高楼的全貌,而是它的一角。这一角红楼,正具有"动人春色不须多"的艺术魅力。在它上面,一缕晚霞正在消逝。"初",是刚刚的意思。就是说那一缕霞光,眼看着正在消失,从时间说,有个变化的进程,但它是那样快,不过人却是看得见,感觉得出来的。总之,这一句不是一幅静止的画,它给人以动感。"淡黄杨柳暗栖鸦"。杨柳淡黄,知是初春。"绿柳才黄半未匀"(杨巨源),"看尽鹅黄嫩绿"(姜夔),指的都是初春。在淡黄杨柳之中,有乌鸦栖息其中。这里用了一"暗"字,就更给人以景物清幽之感。但下句境地更美:玉人,本来是美的;月下玉人,更美;月下的梅花,那该是"疏影横斜""暗香浮动"吧。正是"以境衬人",则月美,花美,人更美了。上阕展现的是一幅清幽澹雅的图画,直使人有超尘绝俗之感。

　　下阕紧承人在月下摘花,轻轻启开她的心扉。"笑撚粉香归洞户",她要回到房间里去了,手里撚着梅花,脸上笑盈盈的。这个"笑"是因梅花的清新气息令人高兴而笑,还是想起了旁的什么事情来? 作品像密封的罐头,未透出一点味儿。

　　她回到闺房以后,只做了一件事:"更垂帘幕护窗纱"。放下帘幕,使它挡住纱窗,因为东风吹来,比入夜时又冷了一些,为的是使屋子里暖和点。这"寒"的程度的加深,她在室外时就已感觉到,所以才归户,垂帘。这缘故移到末句点明,是《浣溪沙》作法上的需要。此调下片首两句大都用对偶句,末句单承作结,极不易写好。张炎《词源》说到词的"末句最当留意,有有余不尽之意始佳",所举擅于此道的词人中就有贺铸。贺词小令的结尾确是不凡,其手法是多样的。这里"东风寒似夜来些"一句,既绾住上两句的归户与垂帘的人物活动,又回带上片从霞消到月上一段时间历程,可称妙笔。至于此一句还有什么"有余不尽之意",则在读者体会了。清人谭献论词有"作者之用心未必然,而读者之用心何必不然"(《复堂词话》)的话。如果不根据作品展示的情趣意境体会,完全凭主观臆测,就未必符合实际。但是诗词毕竟是最精练的文学作品,它受字数、格律、声韵的严格限制;也由于意内言外,以含蓄为上的传统观念;因而应允许欣赏者驰骋其想象,补充丰富作者没有写出的意念。就以此词而论,"淡黄杨柳暗栖鸦"句,胡仔的评语颇有分寸,他只说到:"写景咏物,可谓造微入妙"(《苕溪渔隐丛话前集》卷五十九)。"微"者,深细也。就是说这句词深细而妙。但这句就字论义,不过是乌鸦暗藏在淡黄色的杨柳中,它写出了初春傍晚时的景色,"妙"或有之,"微"又何在呢?

不过从另一方面看可以知道:古乐府里有一首《杨叛曲》:"暂出白门前,杨柳可藏乌。欢作沉水香,侬作博山炉。"后来李白写了一首《杨叛儿》:"君歌《杨叛儿》,妾劝新丰酒。何许最关人?乌啼白门柳。乌啼隐杨花,君醉留妾家。博山炉中沉香火,双烟一气凌紫霞。"杨慎说:"古《杨叛曲》仅二十字,太白衍之为四十四字,而乐府之妙思益显,隐语益彰。""妙思""隐语"的彰显,是说这首写男女欢情的诗比古乐府的含义,更清楚明白。贺铸的这句词,还用了一个耐人寻味的"暗"字,所以也许这里隐藏着类似"杨柳藏鸦"那样一段心事。她心有所思,情有所感,因而当她摘完梅花后,脸上出现了"笑",似不是无缘无故的。

有人说,这首词全篇写景,无句不美。但景与情,从来是一对孪生的姊妹。说是写景,不作情语,准确地说它是寄情于言外。但这里所寄之情的具体内容是什么,作为词,并不一定必须都写出来,给读者留下更多的想象的余地,也是一种"无言"的美。何况并非"不着一字",只是字在隐处,需要去揣想。至于杨慎《词品》说"此词句句绮丽,字字清新,当时赏之,以为《花间》《兰畹》不及,信然"。从风格说,近于《花间》中较疏淡那一类作品,而把景物写得如此潇洒出尘,的确远在"花间"之上了。

(艾治平)

天　门　谣　　　　　　　　贺　铸

牛渚天门险,限南北、七雄豪占。清雾敛,与闲人登览。　　待月上潮平波滟滟,塞管轻吹新阿滥。风满槛,历历数、西州更点。

据宋王灼《碧鸡漫志》记载,本篇词牌应是《朝天子》。《天门谣》是作者依照自己词中所写的内容为此调改题的新名。

此词系从宋李之仪《姑溪词》中辑出,李有和作,题曰"次韵贺方回登采石蛾眉亭"。采石今属安徽马鞍山市,在长江南岸,濒江有牛渚矶,绝壁嵌空,突出江中。它的西南方有两山夹江耸立,谓之天门,其上岚浮翠拂,状如美人的两道蛾眉。神宗熙宁年间,太平州(州治在今安徽当涂县)知州张瓌在牛渚矶上筑亭,以便观览天门奇景,遂命名曰"蛾眉亭"。此亭年久失修,渐次倾圮。哲宗绍圣二年(1095),吕希哲知太平州,捐官俸重新修葺。绍圣三年四月,贺铸赴官江夏(今武汉市一带,长江以南部分地区),途经当涂,适逢该亭竣工,参加了落成典礼,并写有《蛾眉亭记》。后来,徽宗崇宁四年至大观元年(1105—1107),词人又曾任太平州通判。本篇究竟作于绍圣还是崇宁、大观年间,尚待考证。但这并不妨碍我们对作品的理解和赏析。

这是一首小令。用小令来写登临怀古的题材,就不能像长调那样过细地铺陈具体史实,囿于篇幅,它必须高度概括,遗貌取神。如将本篇与作者的另一篇长调怀古词《台城游》(《水调歌头》)细细对读,即可以发现两者的写法有着显著的不同。

"牛渚天门险,限南北、七雄豪占。"开门见"山",采石地理形势之险要、历史作用之重要,只用两句十二字道尽。滔滔大江,天限南北。偏安江左的小朝廷,每每建都金陵,凭恃长江天险,遏止北方强敌的南下。而当涂地处金陵上游,牛渚、天门,正是金陵的西方门户。宋沈立《金陵记》云:"六代英雄叠居于此,……广屯兵甲,代筑墙垒,基址犹存。"词言"七雄",当是连南唐也计算在内。"豪占",犹言"雄踞"。"清雾敛,与闲人登览。"谓雾气消散,似乎有意让人们登矶游览。"与",这里是"予"、"放"的意思。这个字下得很妙。如果实说登山时恰巧碰上了晴空丽日,未免淡乎寡味,而倒过来说天气有成人之美,就将那本无生命的"雾"写活了。两句之中,这"与"字是词眼。可见炼字之法,不必定要追求奇丽,寻常字面调度得当,一样能使全句神采飞扬。

上阕两个语意层次,前二句追昔,剑拔弩张,气势苍莽;后二句述今,轻裘缓带,情趣萧闲。小令体制本即短小,而半首之内,如此大起大落,是何等笔力!

下阕,若一般作者为之,当承上"登览"二字,展开描写眼底景物。词人却不落窠臼,江声山色,无一语道及,偏说要等到月上潮平、笛吹风起之时,细数古都金陵传来的报时钟鼓。章法出奇,极夭矫腾挪。"月上潮平波滟滟",乃化用梁何逊《望新月示同羁》诗:"滟滟逐波轻。""塞管轻吹新阿滥","塞管"即羌笛,笛为管乐,塞上多用之,故称。"阿滥",笛曲名。南唐尉迟偓《中朝故事》载骊山多飞禽,名"阿滥堆",唐明皇采其鸣声,翻为笛曲,远近传播。唐颜师古《急就篇注》曰"阿滥堆"即鹢雀的俗名。"阿滥"似即"鹢"字的缓读。"风满槛,历历数、西州更点","西州",东晋、刘宋间扬州刺史治所,因在金陵台城之西,故名。"更点",古代一夜分五更,每更又分五点,皆以钟鼓报时。词人登蛾眉亭,时在上午雾散后,"待"字以下,纯属愿望、想象之辞。而虚境实写,江月笛风,垂手能掬,遐钟远鼓,倾耳可闻,我们不得不惊叹词人的才思。再者,游人流连忘返,竟日览胜而兴犹未尽,还要继之以夜,那好山好水的魅力,岂非不着一字,尽得风流? 李之仪和词上片末句云"称霜晴披览",下片即直陈"披览"所见:"正风静云闲平潋滟,……频扣槛,杳杳落、沙鸥数点。"固然也风流蕴藉,不愧佳作,但与贺词相较,就显得平直。况且,李词是实写当时所见之景,贺词则虚构晚来或有之境,以画为喻,写生和创作,难度也还有小大之分。

　　更其重要的是,贺词不是一篇普通的模山范水之作,它的主旨在于凭吊前朝的兴亡。天险挽救不了六朝(加上南唐,即为七代)覆亡的命运,昔日"七雄豪占"的军事要地,今却成为"闲人登览"的旅游胜地,读者不难从中得到江山守成在德不在险的深刻历史教训。又,金陵距采石毕竟有一百数十里之遥,"西州更点"岂可以"历历数"? 词人卒章牵入六朝古都,是否觉得人们必须牢记这历史的晨钟暮鼓,以六朝前车之覆为鉴呢? 好在此意并不曾说出,耐人作三日想。

　　还有一件趣事,百年之后,岳飞之孙岳珂在镇江北固山上也写了一首怀古词《祝英台近》,结尾即原封不动地挪用贺词"历历数、西州更点"七字。同一处金陵钟鼓,二人一在北宋,一在南宋,分别从上游和下游两个相反的方向去谛听,贺词原唱即佳,而岳珂信手拈来,竟如天造地设,更令人击节。同时,贺词对于南宋豪放派的影响,也由此略见一斑。

（钟振振）

六 州 歌 头　　　　　　　　　　　贺　铸

　　少年侠气,交结五都①雄。肝胆洞,毛发耸。立谈②中,死生同。一诺千金重③。推翘勇,矜豪纵。轻盖拥,联飞鞚,斗城④东。轰饮酒垆,春色⑤浮寒瓮,吸海垂虹⑥。间呼鹰嗾犬,白羽⑦摘雕弓,狡穴⑧俄空。乐匆匆。　　　似黄粱梦。辞丹凤⑨,明月共,漾孤篷。官冗从⑩,怀倥偬,落尘笼。簿书丛,鹖弁如云众⑪,供粗用,忽奇功。笳鼓动,渔阳弄⑫,思悲翁⑬。不请长缨,系取天骄种⑭,剑吼⑮西风。恨登山临水,手寄七弦桐⑯,目送归鸿。

〔注〕　①五都:汉、魏、唐各有五都,此泛指北宋的各大都市。　②立谈:谓站立而谈,喻时间短暂。汉扬雄《解嘲》:"或七十说而不遇,或立谈间而封侯。"　③一诺千金重:《史记·季

布峹布列传》:"楚人谚曰:'得黄金百斤,不如季布一诺。'"李白《叙旧赠江阳宰陆调》:"一诺许他人,千金双错刀。" ④ 斗城:汉长安城的俗呼,因其城按南斗、北斗形状设计建筑,故名。见《三辅黄图》。此借指北宋东京。 ⑤ 春色:唐吕岩《七言》诗:"杖头春色一壶酒。" ⑥ 垂虹:南朝宋刘敬叔《异苑》:"晋义熙初,晋陵薛愿,有虹饮其釜澳,须臾嗡响便溢。愿辇酒灌之,随投随涸。" ⑦ 白羽:白羽箭。 ⑧ 狡穴:《战国策·齐策》:"狡兔有三窟。" ⑨ 辞丹凤:唐东方虬《昭君怨》:"掩泪辞丹凤。"丹凤,即丹凤城。宋赵次公注杜甫《夜》诗曰:"秦穆公女吹箫,凤降其城,因号丹凤城。"诗词中用以喻指京都。 ⑩ 冗从:《汉书·枚乘传》颜师古注:"散职之从王者也。"按贺铸出任监临城酒税、滏阳都作院、徐州宝丰监等差遣时,官阶为右班殿直至西头供奉之间的低级侍卫武官,其性质略相当于汉代之"冗从"。 ⑪ 鹖弁如云众:汉李陵《答苏武书》:"猛将如云。"鹖弁,本义为武将的官帽,此代指武官。 ⑫ 渔阳弄:军乐曲。隋薛道衡《奉和月夜听军乐应诏》诗:"鼓曲噪《渔阳》。" ⑬ 思悲翁:《晋书·乐志》:"汉时有《短箫铙歌》之乐,其曲有《朱鹭》《思悲翁》……,多序战阵之事。"此处一语双关,"悲翁"又是自呼。贺词《答致仕吴朝请潜登黄鹤楼见招》:"城隅黄鹤莫登临,端使悲翁动楚吟。"可证。古人每中年称"老"称"翁"。贺铸元祐三年诗中屡自称"老生""老夫"。 ⑭ 天骄种:《汉书·匈奴传》:"胡者,天之骄子也。"后人因以称北方少数民族。 ⑮ 剑吼:晋王嘉《拾遗记》:"帝颛顼有曳影之剑,…… 未用之时,常于匣里如龙虎之吟。" ⑯ 七弦桐:七弦琴。桐木为制琴的最佳材料,故以"桐"代"琴"。

《东山词》中的压卷之作,恐怕非这首闪耀着爱国主义光辉的《六州歌头》莫属了。关于它的创作背景,向有二说。二说都把它系在徽宗宣和七年(1125),亦即词人七十四岁,临死的那一年。不过一说为抗金而作,一说为抗辽而作,又略有分歧。据笔者考证,此词实作于哲宗元祐三年(1088)秋,时词人年三十七岁,在和州(今安徽和县一带)管界巡检(负责地方上训治甲兵、巡逻州邑、擒捕盗贼等事宜的武官)任;而词的要旨,则与抗夏有关(详见拙撰《贺铸〈六州歌头〉系年考辨》,载《中华文史论丛》1982年第四辑)。

西夏党项族是中华民族大家庭中的成员之一。北宋开国初,其首领李彝兴接受了宋太祖授予的太尉官衔,李氏在其所统辖的地区,建立了少数民族地方政权。仁宗景祐五年(1038)十月,李元昊建国称帝,号为"大夏",随后即不断来扰,掳掠汉民族的人口、财物。这给汉族和党项族人民都带来了深重的灾难。缺乏战斗力的宋军屡战屡北,朝廷只好向西夏岁纳大批银、绢,换取屈辱的和平。熙宁、元丰间,神宗在位,王安石等新党人物执政,变法革新,整军抗战,苟安局面,一度改观。不料神宗死后,旧党上台,尽反王安石变法时之所为,又恢复了对西夏的投降姿态。哲宗元祐元年春,司马光提出把米脂等西北要塞拱手让与西夏。刘挚、苏辙、范纯仁等随声附和。文彦博更主张连同熙河路全部地区以及兰州等战略要地一齐奉送。一时间,投降空气甚嚣尘上。身为下级军官的贺铸,人微言轻,又在远离京城的地方上供职,自然不可能有机会登陛廷对,慷慨陈词,留下彪炳史册的忠言说论;但他将自己"报国欲死无战场"的一腔抑塞不平之气,吐而为词,表达了人们迫切要求抗战、反对投降的强烈呼声,在以轻音乐为主的北宋乐章磁带上,录下了振聋发聩的一声雷鸣。

下面,就让我们去追寻这一道闪电运行的轨迹吧。

和北宋绝大多数著名词家不同,贺铸出生在一个七代担任武职的军人世家,其本人的仕宦生涯,也从武弁开始。熙宁初,词人十七八岁时离开家乡卫州共城(今河南辉县),来到东京,靠着门荫,当上了一名低级侍卫武官。至熙宁八年(1075)出监临城(今河北临城)酒税日止,他在京都度过了六七年倜傥逸群的侠少生活。上阕,就是对这段生活经历的追忆。

"少年侠气,交结五都雄。"此二句即李白《赠从兄襄阳少府皓》诗之所谓"结发未识事,所交尽豪雄"也,为整个上阕的总摄之笔。以下,便扣紧"侠"、"雄"二字来作文章。"肝胆洞"至"矜豪纵"凡七句,概括地传写自己与伙伴们的"侠"、"雄"品性:他们肝胆相照,极富有血性和正义感,听到或遇到不平之事,即刻怒发冲冠;他们性格豪爽,侪类相逢,不待坐下来细谈,便订为生死之交;他们一言既出,驷马难追,答允别人的事,决不反悔;他们推崇的是出众的勇敢,并且以豪放不羁而自矜。"轻盖拥"至"狡穴俄空"凡九句,则具体地铺叙自己和侪侣们的"侠""雄"行藏:他们轻车簇拥,联镳驰逐,出游京郊;他们闹嚷嚷地在酒店里豪饮,似乎能把大海喝干;他们间或带着鹰犬到野外去射猎,一霎间便荡平了狡兔的巢穴。上两个层次,既有点,又有染;既有虚,又有实;既有抽象,又有形象:这就立体地向我们展现了一轴弓刀武侠的生动画卷。夏敬观《手批东山词》未刊稿赞曰:"雄姿壮彩,不可一世。"无限神往,可谓情见乎辞了。

上阕末句"乐匆匆"三字、下阕首句"似黄粱梦"四字,是全词文义转折、情绪变换的关捩。青年时代的侠雄生活朝气蓬勃、龙腾虎掷,虽然欢快,可惜太短促了,好像唐传奇《枕中记》里的卢生,做了一场黄粱梦。寥寥七字,将上阕的赏心乐事连同那兴高采烈的气氛收束殆尽,骤然转入对自己二十四岁至三十七岁这十三年来南北羁宦、沉沦屈厄的生活经历的陈述,急泪迸流,一发而不可收。

"辞丹凤"至"忽奇功"凡十句,大意谓自己离开京城到外地供职,乘坐一叶孤舟漂泊在旅途的河流上,唯有明月相伴。官品卑微,情怀愁苦,落入污浊的官场,如鸟在笼,不得自由。像自己这样的武官成千上万,但朝廷重文轻武,武士们往往被支到地方上去打杂,劳碌于案牍间,不能够杀敌疆场,建功立业。十来年的郁积,一肚皮的牢骚,不吐不快。因此这十句恰似黄河决堤,一浪赶过一浪。起先还只是嗟叹个人的怀才不遇,继而扩大到替包括自己在内的众多武士呐喊不平,终于把锋芒指向了埋没人材的封建统治阶级上层。随着词人激愤情绪的一步步高昂,词的主题也在不断地深化。

至"笳鼓动"六句,全词达到了最高潮。元祐三年三月,夏人攻德靖砦,同年六月,又犯塞门砦。这消息传到僻远的和州,大约已经是秋天了。如果说,在太平时节,军人不能得到重用,还情有可原的话,那么,现在正是国家和民族的多事之秋,英雄总该有用武之地了吧? 然而,朝中投降派当道,爱国将士们依然壮志难酬。词人痛心地写道:军乐吹奏起来了,边疆上发生了战事。想我这悲愤的老兵啊,却无路请缨,不能生擒对方的酋帅,献俘阙下,就连随身的宝剑也在秋风中发出愤怒的吼声! 一"吼"字,吼出了军人们报效无门的满腔义愤,真是掷地能作金石声! 千载之下,生气犹凛凛然。至此,一个飞鹰走狗的五陵侠少,已经完成了他向"位卑未敢忘忧国"的仁人志士的转变,形象更高大、更丰满了;词中表达的思想感情,也升华到了爱国主义的境界。

最后三句,紧承上文,由浪峰沿自然之势作降落滑行,变激烈为悲凉,在火山喷薄后的平静中结束了全篇。"登山"句截用宋玉《九辩》"登山临水兮送将归"。"手寄"句似从嵇康《酒会》诗"但当体七弦,寄心在知己"句化出。而与下"目送"句联属,又是翻用嵇康《赠兄秀才入军》诗"目送征鸿,手挥五弦"。句句都与送别有关。因此,本篇很可能是写来为一位友人赠行,谓自己既不得遂凌云之志,只好满怀恨恨然之情,游山逛水,拊琴送客,以此来作为宣泄了。

读完这首词,我们很容易联想到乐府古题《结客少年场行》。宋郭茂倩《乐府诗集》引《乐府解题》曰:"结客少年场,言轻生重义,慷慨以立功名也。"又按曰:"言少年时结任侠之客,为游乐之场,终而无成,故作此曲也。"贺词显然是用此古题而赋自己的真情实事,其内容与情调亦近似于《乐府诗集》所录自汉迄唐屡见不鲜的《结客少年场行》《少年行》《白马篇》《游侠篇》《壮士篇》诸作。不同的是,上举各篇一般都是因古题而制文,且均为第三人称口吻。当然,个中也有些优秀作品寄托着作者本人靖边报国的赤诚,但假托他人,又何如以自己的喉管直吁胸中浩气呢? 贺词的真切感人之处,恰在于此。

自唐五代以迄北宋,文人词中多倚红偎翠之作,极少直接反映国家和民族的大事件。北宋开国伊始,就不断遭受到北方少数民族政权的军事威胁。可是在北宋词人笔下,涉及爱国、抗战内容的词作,今仅见十余首,只占现存北宋词总数的千分之二三。而像贺铸这样以戎马报国为主题,并用第一人称唱出的壮歌,又只苏轼一首《江城子·密州出猎》可为伯仲。"会挽雕弓如满月,西北望,射天狼!"苏词壮则壮矣,却没有贺词中那一股抑塞郁愤之气以及对投降派的强烈控诉。当然,苏词作于抗战派执政的熙宁年间,我们不应撇开具体的历史背景去吹毛求疵。但元祐时期投降派猖獗一时,《东坡乐府》中却不见指斥之作,无论是未作抑或曾作而佚,都不能不说是一件憾事。因此,贺铸此词在北宋词坛上就显得格外珍贵了。说它是"铁树之花",似乎并不过分。事实上,靖康以前,忧时愤事而能与后来岳飞、张元幹、张孝祥、陆游、辛弃疾、陈亮、刘过、刘克庄等抗衡的爱国词作,特此一篇而已。它自是由苏轼向南宋辛派遭变的重要枢纽,在词史上有着不可忽略的特殊地位。

　　就艺术造诣而言,本篇不但以笔力雄健警拔、神采飞扬腾骞见长,"不为声律所缚,反能利用声律之精密组织,以显示其抑塞磊落,纵恣不可一世之气概"(龙榆生《论贺方回词质胡适之先生》),也是一大特色。本调长达三十九句、一百四十三字,宋人所作,用韵较疏,或间入数部别韵;而贺词却平上去三声通叶,连珠炮也似一气用韵三十四句,句短韵密,急管繁弦,读来恰如天风海雨飘然而至,惊涛骇浪此伏彼起,激越的声情在跳荡的旋律中得到了体现,两者臻于完美的统一。龙榆生赞美贺铸"在东坡、美成间,特能自开户牖,有两派之长而无其短"(同上)。如果这是指苏轼词豪放而往往不屑守律,周邦彦词调谐音协而多儿女情、少英雄气,贺铸词却能熔东坡之豪杰与美成之律吕于一炉,虽作壮词也不隳音乐声韵之道,甚且要求更加严格的话,他的意见是有一定道理的。　　　　　　　（钟振振）

石　州　引　　　　　　　　　　　　　贺　铸

　　薄雨收寒,斜照弄晴,春意空阔。长亭柳色才黄,远客一枝先折。烟横水际,映带几点归鸿,东风销尽龙沙雪。还记出关来,恰而今时节。　　　将发。画楼芳酒,红泪清歌,顿成轻别。回首经年,杳杳音尘都绝。欲知方寸,共有几许新愁?芭蕉不展丁香结。枉望断天涯,两厌厌风月。

　　据说贺铸曾与一女子相爱,久别之后,那女子因思念而寄以诗,诗云:"独倚危阑泪满襟,小园春色懒追寻。深恩纵似丁香结,难展芭蕉一寸心。"贺铸见诗,感而作此词。见吴曾《能改斋漫录》卷十六。

　　词的上片主要是写景。一、二句写由雨而晴。初春天气阴冷,细雨绵绵,午后云开雾散,雨止天晴,"弄晴"二字写出了雨后斜阳照射下万物焕然一新的景象。"春意空阔"一句,便是这种景象的概括。接着就由近而远地渲染,近处写得具体、细致——"长亭柳色才黄,远客一枝先折";远景则阔大、苍茫——"烟横水际,映带几点归鸿,东风销尽龙沙雪"。(龙沙,沙漠地带的通称。)层次井然,笔势酣畅多姿。贺铸是善于炼字的,王灼曾说:"贺方回《石州慢》,予见其稿,'风色收寒,云影弄晴',改作'薄雨收寒,斜照弄晴'。又'冰垂玉箸,向午滴沥檐楹,泥融消尽墙阴雪',改作'烟横水际,映带几点归鸿,东风销尽龙沙雪'。"(《碧鸡漫志》)改后之词,"薄雨"与"斜照"对比鲜明,于变化之中烘托出雨后斜阳的光彩和温暖,显出春意的盎然,空气的清新,景色的明静,以至"才黄"的柳色也引人注目。原词"冰垂"三句,显得言词雕琢,境界狭小,"烟横"几句,就写得境界开阔,画面丰富,景中含情。这样"春意空阔"也就有了更形象的依托。"还记出关来,恰而今时节"。前面一路写景,到此一笔挽住,上片的煞尾,实属全词脉络的关键。它使上面所写景物与词人的生活经历相联系,使之具有特定的内涵,例如:"空阔",是雨止天晴、四字寥廓之景,然而在此时此刻愈是空阔,则愈觉孤寂,愈能触发思亲怀人的感情;"长亭柳色"是景,然亦含有别情;"烟横"三句,也暗写了雁归人不归、春归人未归的感慨,可见景语虽多,却都是为情为事而设,为情为事而写。此外,上结两句并有带动下片的作用。

　　下片由写景转入叙事。开头便是沿着"还记"追思当年的分别。"将发"二字,写自己即将辞别登程,极其干净利落。"画楼"二句写酒楼宴别,"红泪",指佳人胭脂沾满了离别的泪水。"顿成轻别",追忆以往,透露出无限悔恨之情。"回首经年,杳杳音尘都绝。"音尘,即信息。这两句语浅情深。年年盼相见,盼音信,然而却是"音尘都绝",表现出别后之思和思而不见之苦。由"轻别"而思,而悔,而愁。思与悔已融合在上面的写景叙事之中,愁呢? 作者先以一问句引出"愁"字,"共有"二字又逗出了两地同愁,你愁,我愁,正不知有多少"新愁"!"芭蕉不展丁香结",芭蕉叶卷而不舒,丁香花蕾丛生,芭蕉、丁香两个形象都是用来形容愁心不解。这一句是巧借唐人李商隐《代赠》"芭蕉不展丁香结,同向春风各自愁"诗句。同时,也是化用了那女子诗中的两句,这样既回答了愁之深,又表达了对对方的了解和怜惜之意,可谓问得巧妙,答得也真切感人。

　　词至此,似乎一切皆已道尽,但词人又再补一笔——"枉望断天涯,两厌厌风月"。"两"字与"共有"相呼应,厌厌,愁苦的样子。这两句写得空灵蕴藉,既是总括了过去——回首经年,天各一方,两心相念,音信杳然,只有"玉楼明月长相忆";也是对日后痛苦的写照——关山渺邈,天涯之思,对景难排,心底总隐藏着不灭的思念和期望,然而光景常在,年华易逝,"待得团圆是几时"? 茫然之境,足以使人为之伤怀。可谓收得尽,放得开,能给人回味,促人想象。

　　这首词从眼前追忆过去,从过去回到现在,想到日后,并且极其巧妙地把时间的迁移,内心的活动,交织在写景、叙事、抒情之中,景不虚设,事不冗杂,缓缓

而起,曲曲道来,虽是寻常细事,却令人觉得山重水复,余味无穷。无怪人称贺铸
工于言情。

(赵其钧)

望　湘　人　　　　　　　贺　铸

厌莺声到枕,花气动帘,醉魂愁梦相半。被惜余薰,带惊剩
眼①。几许伤春春晚。泪竹②痕鲜,佩兰③香老,湘天浓暖。记
小江风月佳时,屡约非烟④游伴。　　须信鸾弦⑤易断。奈云
和⑥再鼓,曲终人远。认罗袜无踪,旧处弄波清浅。青翰棹
舟,白苹洲畔。尽目临皋飞观。不解寄、一字相思,幸有归来
双燕。

〔注〕　①带惊剩眼:《南史·沈约传》:载沈约言己老病,有"百日数旬,革带常应移孔"之
语。　②泪竹:尧有二女,为舜妃,舜死后,二女洒泪于竹,成为斑竹。　③佩兰:屈原《离
骚》:"纫秋兰以为佩。"　④非烟:唐武公业妾,事见皇甫枚《飞烟传》。此指自己的情人。
⑤鸾弦:《汉武外传》:"西海献鸾胶,武帝弦断,以胶续之,弦两头遂相著。"后称男子续娶为续
弦。这里以鸾弦指情事。　⑥云和:古时琴瑟等乐器的代称,一说为乐曲之名,此处皆通。

　　这首词是方回自度曲,《全宋词》从《唐宋诸贤绝妙词选》辑出。原有题曰"春
思",是选本率意所加,细玩词意,当为伤离怀人之作。

　　上片开端首先以一"厌"字领起,可谓破空而来,不知所由起。"厌"字下接以
四字对句,写室外充满生机之盎然春意,极细腻,极柔媚。莺声恰恰而到枕,花香
温馨而动帘,春光明媚,欣欣生意,本应使人赏心悦目,心旷神怡。现在冠以不
合常理之"厌"字,立刻化欢乐之景为为悲哀之情,变柔媚之辞而为沉痛之语。
哀愁无端,一字传神,为全篇定调。故明代沈际飞《草堂诗馀正集》评曰:"'厌'
字嶙峋。"第三句具体描写"厌"字之神理。"魂"而曰"醉",则借酒浇愁,已非一
时;"梦"而曰"愁",则梦魂萦绕,无非离绪。醉、愁交织,充斥胸臆,作者此时,
欲不厌春景,又将何如!起三句由外而内,由景入情,迷离惝恍,开篇即已哀感
顽艳。

　　"被惜"三句,写室内景物,透露"醉魂愁梦"之由。"余薰"谓昔日欢会之余
香,"剩眼"指腰中革带空出的孔眼。词人以一"惜"字写出睹物思人、物是人非之
悲哀,以一"惊"字写出朝思暮愁、形销骨立之憔悴。读到这里,我们才恍然大悟,
原来前边之"厌"、之"醉",之"愁",全由此一段与恋人分离的情事而发。然而词
人却欲言又止,接下来归结为"几许伤春春晚"。这一句是上片脉注所在。"伤
春"总上,"春晚"启下,刻意伤春而春色已晚,其中既有韶华易逝、春意阑珊之悲

哀,亦暗含与恋人往日共度春光而今不可复得之痛苦,故词人把"几许"(犹云多少)这一无法准确测定的量词置于"伤春春晚"之前,无限伤感,溢于言表。

"泪竹"三句,再由内而外,写即目所望。在一派浓暖的暮春天气里,湘妃斑竹,旧痕犹鲜,屈子佩兰,其香已老,所见徒为愁人供资料耳。这里,词人把旧典活用,突出了"鲜"、"老"二字,亦景亦情,情景交融。歇拍以"记"字领起,再由景到情,拍合旧事,振起上片。眼前的景物是那样熟悉,词人的脑海里,很自然浮现出昔日欢会的场面。还是这同样的地点——小江之畔,还是这同样的时间——风月佳时,自己曾经不止一次地与恋人聚首。这两句平平叙来,若不经意,然而由于有了前面的层层铺垫和渲染,故读后字字都能给人以痛心疾首之感。曾几何时,意惬情浓,一别而后,景是人非。至此,上片回环反复之愁情句句都落到实处。

过片抒情,前两句承上启下,直抒胸臆。鸾弦易断,好事难终;云和再鼓,曲终人远。词人在上句借弦断喻自己与情人的分离,然而心中未始不残存着鸾胶再续的一线希望;在下句化用钱起"曲终人不见,江山数峰青"(《省试湘灵鼓瑟》)句意,使这一线希望顿时破灭。"须信"和"奈"(怎奈)两个虚词的一承一转,把郁积在心头的落寞和绝望淋漓尽致地表现出来。"认"字以下,直至"尽目临皋飞观",都是望中所见。以眼前之景达"曲终人远"之情,情中置景,细腻熨帖。词人登"临皋飞观"而望远,则洲畔白苹萋萋,江边画舫停泊,即目皆为旧日景物,然而昔时双双携手水边弄波之旧处,却再也见不到心上人轻盈的体态。这几句皆为倒卷之笔,文势腾挪夭矫,文心委婉曲折,较平铺直叙,更饶姿态。

结拍"不解寄、一字相思,幸有归来双燕",别出机杼,透过一层。"不解"句,上应"鸾弦易断""曲终人远",以加倍笔法,深化此时凄婉欲绝的心情。伊人一去,不仅相见无期,而且连一点消息也得不到,这怎能不使人黯然神伤、五内俱焚呢?"幸有"一句,篇末逆转,余味无穷。正在这时,"似曾相识"的旧时双燕,翩翩归来,给人带来了一些温暖。人有情,然而不解寄相思;燕无知,却似来伴寂寞,故词人以"幸有"二字来自宽。不过,细细品味,在这"幸"字的背后,却仍然有着无限的凄凉和感伤。燕归人远,燕双人孤,强颜自慰,愈见辛酸。与起句的"厌",字面虽异而感情暗通,前后呼应,针线甚密。

这首词写寻常离索之思,既吸取了花间语言典雅华丽、蕴藉凝练的特点,又吸取了柳词长调结构严密、动荡开合的特点。上片由景到情,下片由情到景,"曲意不断,折中有折"(沈际飞《草堂诗馀正集》评),往复交织,情致委屈,于精丽中见浑成,于顿挫中见深厚。所以李攀龙评此词云:"词虽婉丽,意实展转不尽,诵

之隐隐如奏清庙朱弦,一唱三叹。"(《草堂诗馀隽》引)黄蓼园亦谓:"意致浓腴,得
《骚》《辨》之遗。张文潜称其乐府妙绝一世,幽索如屈、宋,悲壮如苏、李,断推此
种。"(《蓼园词选》)　　　　　　　　　　　　　　　　　　　　　　　　(李维新)

画 眉 郎 (好女儿)　　　　　　　　　　贺　铸

　　雪絮雕章,梅粉华妆。小芸台①、榧机罗缃素②,古铜蟾砚滴,
　　金雕琴荐,玉燕钗梁。　　五马徘徊长路,漫非意,凤求凰。
　　认兰情、自有怜才处,似题桥贵客,栽花潘令,真画眉郎③。

〔注〕 ① 小芸台:"芸",当是"芸"字的传写讹误。芸香草气味能驱书蠹虫,故古代皇家藏
书处或称"芸台"。　 ② 缃素:是浅黄色细绢,古代多用以抄书,后遂成为典籍的代名词。
③ 画眉郎:用张敞为妻画眉故事,代指夫婿。

　　在我国古典诗词中,大量是写爱情的篇什,它们反反复复表现的无非都是缠
绵悱恻之情。贺铸这首《画眉郎》,写少女心中的追求,但不是具体写她对某个少
年郎的钟情,而是写她心中一种理性的思考,即什么样的人才值得自己爱恋,才
是自己最理想的夫婿。当然,封建时代的女子,实际上没有这种选择的自由,然
而社会又怎能禁锢她们的思想,不叫她们在心中盘算自己的终身大事呢? 有趣
的是,这首词的作者贺铸,是身材魁伟、状貌奇丑的男子汉,且看他如何来写小女
儿的心事。

　　作者在上片中先将词中女主人公向读者作一番介绍:她是一位待字闺中的
少女,一位才貌双绝的佳人。"雪絮雕章",用晋代才女谢道韫咏雪的故事,她曾
用"未若柳絮因风起"形容大雪纷飞景象,赢得谢安赞赏。作者似在介绍说:我
们这位女主人公的雕章琢句的本领,亦不减谢道韫呢!"梅粉华妆",用南朝宋寿
阳公主故事。相传寿阳公主于人日卧含章殿下,有梅花一朵飘着其额,拂之不
去。后世女子遂纷纷仿效,争为"梅花妆"。在这里,作者告诉人们:词中女子也
是天生丽质的美人,她靓妆入时,大有寿阳公主的风采呢。

　　作者写这女子,请出两位古代佳人来作比之后,便不再对她的面容、形态作
具体描摹,却转而不厌其详地展览女主人公闺房里的陈设。"小芸台,榧机罗缃
素",说女子香闺俨然是一小小藏书阁,榧木几案上罗列着重重书卷。"古铜蟾砚
滴",闺房里还陈设着古雅精巧的文具,一种铜制的蟾蜍,注水于其腹中,放在砚
台旁,能自动吐出水泡,供人研墨(见宋何薳《春渚纪闻》)。"金雕琴荐",闺房里
还有名贵的鸣琴,看那琴垫绣着金鹰图饰。琴垫华美如此,那琴更加宝贵了。
"玉燕钗梁",说女儿家的闺房自然少不了各种精致首饰,那雕着飞燕形状的玉

钗，真是精美。

　　作者写这些，想说明什么呢？原来他精心布置了一台道具，用象征的手段引发读者的想象。呵，原来这是不同凡响的闺房，它的雅致的陈设，它的文化气氛，不正见出它的主人的气质、素养和情操么！

　　汉乐府民歌中有一篇著名的《陌上桑》，说秦氏有好女，自名为罗敷。一天，有位达官贵人为罗敷美丽的姿色倾倒了："使君自南来，五马立踟蹰。"这位使君用荣华富贵来引诱她，结果遭到了罗敷的断然拒绝。现在我们再来看词人笔下这位窈窕淑女吧，求婚者何尝不是趋之若鹜呢。换头二句："五马徘徊长路，漫非意，凤求凰。"显然，《陌上桑》中的故事也在我们的女主人公身上重演了。她对这些高贵的求婚者不屑一顾，再高的官儿也徒有非分之想而已！

　　然则这位待字闺中的佳人究竟要选择什么样的如意郎君呢？至此，词人用一连串的散句郑重表述这位少女的心意："认兰情、自有怜才处，似题桥贵客，栽花潘令，真画眉郎。"她爱的是风流才子，是像司马相如和潘岳那样的人。

　　据《华阳国志》记载，司马相如早年离故乡赴京城时，曾在成都升仙桥上题字云："不乘高车驷马，不过此桥也。"后果为汉武帝赏识。潘岳，晋代著名美男子，也是一位才子。作河阳县令，境内遍植桃李，时称河阳一县花。这两人都是文采风流，为古代女子倾慕的人物。他们这种追求比之那种单纯追求荣华富贵的庸俗生活，格调要高尚得多。因此，如词中女子之有才有貌，又有"怜才"之心，在当时社会，也自是男子心目中理想的女性呢，像贺铸这样沉沦下僚的才子，更是珍惜这样的知音了，故将她写入词篇。

　　这首词写作上的显著特点是，从头到尾通篇用典，用得虽多，而语意并不晦涩。特别这首词写理性的思考，其中写了女子的花容月貌、多才多艺、情志趣味及对婚姻的考虑等等，在几十字的小令中，表现如此复杂的内容，不能不借助用典。用典使词的意蕴丰富了，人物形象饱满了，大大扩大了词的含量。如起二句说女子才貌，如用直接描述，不知要费多少笔墨；而现在只用八个字，拈出两个古人，就轻而易举地解决了。结尾写女子理想中的夫婿，也是用同样手法。于此可见贺铸善于用典的艺术技巧。

　　《好女儿》调起二句例用散句，而此词却改用了对仗；《好女儿》调结尾通常是三句平列的鼎足对，而此词却改用了散句。贺铸所以这样做，当然是从内容与艺术两方面来考虑的，他注重格律而又不死守格律，在创作中常表现出一种锐意探索的精神。

（高　原）

【作者小传】

仲　殊

即僧挥,姓张,又字师利,安州(今湖北安陆)人。曾举进士,后出家为僧,居苏州承天寺、杭州吴山宝月寺,与苏轼交游唱酬。崇宁中,自缢而死。词风奇丽清婉,有《宝月集》,不传。今有赵万里辑本,录存四十六首。

南柯子 忆旧 　　　　　　　　　　仲　殊

十里青山远,潮平路带沙。数声啼鸟怨年华,又是凄凉时候在天涯。　　白露收残月,清风散晓霞。绿杨堤畔问荷花:记得年时沽酒那人家?

词人本姓张,名挥,"仲殊"是他出家后的法名,因好食蜜,被东坡称为"蜜殊",一般又称僧挥。东坡曾说他:"此僧胸中无一毫发事。"可见他是一位性情坦荡不拘礼法的和尚,写的词颇能反映他的个性。

题目是"忆旧",写词人在夏日旅途中的一段感受,反映他眷恋尘世往事的复杂心境。

开篇两句如电影镜头,映出一个云游四方的僧人,这时正走在江边潮湿带沙的路上,许是向那远在十里外的青山丛林去找寻挂单的寺庙吧。两句写出了一幅山水映带的风景画面,这画面隐衬出画中人在孤身行旅中的寂寞感。因为根据他的生活经历推断,他之到处游方,并非完全为了虔心礼佛,而是或者寻道访友,或者想借旅游来纵情山水,消除俗虑。否则他不会骤然发出下面"数声啼鸟怨年华"的慨叹。其实这何尝是啼鸟在怨年华,而是行客自己在途中听到鸟声油然而起年华虚度的怅恨。鸟啼花放,原是快意畅游的大好场景,可对一个弃家流浪的行脚僧人来说,感到的却是"凄凉时候",前面还加上"又是"二字,说明这种漂泊生涯为时已经不短了。从两句叹息声中,我们可看出这位出家人毕竟还是六根未净,对浮生的坎坷命运仍然未能释然于怀。但他能把旅途中的见闻感受用词笔如实写来,情景并茂,又显出他的浓郁诗情和坦率性格。

下片还是以写景的偶句对起,进一步以"残月""晓霞"点明这是一个夏天的早晨,白露泠泠,清风拂拂,残月方收,朝霞徐敛,词人继续行走在没有归宿的路上,他一面欣赏着这清爽夏朝的旅途光景,一面也咀嚼自己长期以来萍踪无定的生涯况味。行行重行行,不觉来到一处绿杨堤岸的荷池旁边,池中正开满荷花。

南柯子（十里青山远）　　　仲　殊

——明刊本《诗馀画谱》

呵,荷花! 他眼前一亮,独个儿浪迹天涯,缺少的恰是个谈心旅伴,当此孤寂无聊境地,美丽的荷花一时竟成了难得的晤谈对象。"绿杨堤畔问荷花",这一问多有情趣!"问荷花",显出了词人清操越俗的品格,暗示出只有出淤泥而不染的荷花才配作自己的知己。真的,亭亭玉立的荷花以它天然的风韵唤起了他的美好记忆,使他怳然意识到这里是旧地重游,因此,此堤,此树,此花,无一不是似曾相识。他清楚记得那次来时,为了解除行旅劳倦,曾向这儿一家酒店买过酒喝,乘醉观赏过堤畔的荷花。这一切都因眼下荷花的启发而记忆犹新。于是最后他欣然向荷花发出问话:"记得年时沽酒那人家?""那人家"是自指,"家"在此用作语尾词,是对"那人"的加强语气。意思是"你还记得年前到此买酒喝的那个人么?"即景生情,寓情于景,于情景相生中见出僧挥的性格、风趣,和他那任真自得的飘洒词笔。从这句结束的问话里,可知僧挥对往事一直未能忘情,也就是说他对浮世生活依然有着深情的迷恋,说明他还不是"应无所住而生其心"的虔诚佛门弟子,而只能是一个多情而富有才华的诗僧。

(郑临川)

诉 衷 情　宝月山作　　　　　　　　　仲　殊

清波门外拥轻衣,杨花相送飞。西湖又还春晚,水树乱莺啼。　　闲院宇,小帘帏。晚初归。钟声已过,篆香才点,月到门时。

仲殊是北宋著名诗僧,东坡守杭州,雅重其人,尝称"此僧胸中无一毫发事,故与之游"。仲殊此词作于杭州宝月寺。寺在城南吴山西偏宝月山麓,与西湖清波门相近。这是一首暮春即兴之作,掇拾眼前景物,却从容自在,深得诗家三昧。

上片四句写湖畔春景,嫣然独绝。清波门在杭城西南,地濒西湖,为游赏佳处。"清波门外拥轻衣",受风的衣裾,膨松松地拥簇着自己往前走,衣服也像减去了许多分量似的。一个"拥"字下得多么工炼,它与"轻衣"的搭配又是多么熨帖入微。一种清风动袂、衣带飘然的风致,就这样被活灵活现地描绘出来了。写罢湖上的和风,接着写柳絮——古代杨柳无别,这是暮春的使者。随风飘荡的杨花陪伴着自己走上寺门的归路。"相送飞"三字将一种殷勤护持的情意传达出来了。一切无情并化有情,于此可见出作者的心境,它与融和的景物是多么和谐地统一在一起。"西湖"句由景物描写折到时令,笔意一转,带出下文。"水树乱莺啼"五字重涂浓抹,俨然一幅江南春色图画。丘迟《与陈伯之书》所述"暮春三月,江南草长,杂花生树,群莺乱飞"之佳丽景色,并于此五字中见之。特别是这个

"乱"字下得很有力量。试想一下：一个缁衣白足的诗僧，倘佯在湖边山脚的花径上，周围是缤纷的花雨，耳边是如沸的莺声，这是多么惬意的游春图景呵！"乱"也者，言其纷至沓来，不暇应接之状也。自在娇莺恰恰啼，本已令人颠倒情思，何况是群莺乱啼，更何况是在这湖边花径之上，真足以摄召魂魄了。

如果说上片写春色之秾丽，是以表现动态之美见胜的话，那么，转入下片，则以表现深静之意境见工了。上下两片，一动一静，相映成趣，俱见匠心，便有珠联璧合之妙。

过片一起三句，点出寺宇阒寂、僧寮清幽的场景，而用一"归"字与前片关合，以实现这一场景的转换。曰"闲"，曰"小"，曰"初"，皆涉笔轻灵，雅称其题，仿佛把人带进了一个红尘不到的世界。结拍三句，进一步烘托寺中的环境，补足前意。作者抓住了三个有时间特征的景物——钟声、篆香和月色，来加以刻画。一结悠然，有竟体空灵之妙。撞钟击鼓，为佛门旦暮必行的功课。卢纶"孤村树色昏残雨，远寺钟声带夕阳"（《出关言别》），杜牧"夜深月色当禅处，斋后钟声到讲时"（《赠惟真上人》），都是描写晚钟的名句。仲殊即景写来，亦实亦虚，尤有远韵。接着又拈出"篆香才点"与之作偶，更觉笔有余妍。用"篆"字形容回旋上升的烟缕，真是工致入微了。以晚钟之远韵匹篆香之烟痕，是声与色、大与小之对比，又都取景目前，真如天设地造一般。"月到门时"，本是归时实景，惟用在钟声、篆香之后，便觉充满禅机和妙不可言了。诗是人格的披露，诗中的物象，则是诗人心灵的闪光。从这轮伴随着诗僧回到山门的朗月里，我们不是可以感受到作者襟期的洒落和行止的自在从容么？黄昇称其"字字清婉，高处不减唐人风致"，洵为知言。这是一杯醇醪，让我们细细呷品它吧！

（周笃文）

诉 衷 情 寒食 　　　　仲 殊

涌金门外小瀛洲，寒食更风流。红船满湖歌吹，花外有高楼。　　晴日暖，淡烟浮，恣嬉游。三千粉黛，十二阑干，一片云头。

杭州西湖山明水秀，擅东南之胜，唐人已有"江南忆，最忆是杭州"（白居易《忆江南》）之说。唐末五代经济重心南移，到北宋时这里已成了东南的大都会和游览胜地。在歌咏杭州西湖的诗词佳作中，这首写寒食风光的小令是别饶风姿的妙品。

全词铸辞奇丽清婉而造境空灵，表现出较高的独创性。涌金门为杭州城西门，"涌金门外"是西湖，词中却代称以"小瀛洲"。"瀛洲"为海上神山之一。有山有水的胜地，用海上神山比之也正相合。而西湖之秀美又不似海山之壮浪，着一

"小"字最贴切不过。下句的"风流"一词本常用于写人,用写湖山,则是暗将西湖比西子了。"人间佳节唯寒食"(邵雍《春游》),作为游览胜地更是别有景象,不同常日,故"寒食更风流"。"更风流"进一层,仍是笼统言之,三句以下才具体描写,用语皆疏淡而有味。把游湖大船称做"红船",与"风流""小瀛洲"配色相宜。厉鹗《湖船录》引释道原诗:"水口红船是妾家",则红船或是妓船,故有"歌吹"。"花外有高楼"则用空间错位的笔触画出坐落在湖畔山麓的画楼。这是一个"水光潋滟晴方好"的日子,湖上飘着一层柔曼的轻纱,过片"晴日暖,淡烟浮"就清妙地画出这番景致。于是春花、红船、画楼、湖光、山色具焉,织成一幅美妙的图画,画外还伴奏着箫管歌吹之音乐。没有着意写游人,却深得"恣嬉游"的意趣。于此处下这三字,才觉真力弥满,游春士女之众可想而知。词人却并不铺写这种盛况,而采用了举一反三、画龙点睛的手法写道:"三千粉黛,十二阑干"。以"粉黛"代美人,言外香风满湖,与"风流"二字照应。美人竟然如此之多,则满湖游众之多更不待言了。"阑干"与"高楼"照映,又包括湖上的亭阁,使人窥斑见豹。

　　结尾三句用了鼎足对形式,省去许多话,精整而凝练。特别是析数法的运用很有趣味,"三千——十二——一片",随数目的递减,景象渐由湖面移向天外,形象由繁多而渐次浑一,意境也逐渐高远。而最后的"一片云头"之句,颇含不尽之意。《维摩经》云:"是身如浮云,须臾变灭。"李白《宫中行乐词》云:"只愁歌舞散,化作彩云飞。"作者为释氏门徒,又擅文词,"浮云"之喻当烂熟于胸中。用于篇末作结,于写足繁华热闹之后,著一冷语,遂使全篇顿添深意。《蓼园词选》对这结尾有一解会:"按宋之南渡,西湖号为销金锅,一时繁华游冶之盛,有心者能不忧之? 不谓物外缁流,已于冷眼中觑之。"说此词有所讽谕,固然,但以为指南渡后事,则是误解。僧挥乃北宋人,俗姓张,名挥,安州士人,因事出家,名仲殊。与苏轼有交游,见《东坡志林》。陆游《老学庵笔记》谓其雅工于乐府词,犹有不羁余习,卒于徽宗崇宁年间,距南渡为时尚远。黄蓼园失考。

　　　　　　　　　　　　　　　　　　　　　　　　　　　　　(周啸天)

晁补之

(1053—1110)　字无咎,号归来子,济州巨野(今属山东)人。元丰二年(1079)进士。元祐初,除秘书省正字,迁校书郎,以秘书阁校理通判扬州。绍圣末,坐修《神宗实录》失实,贬监信州酒税。徽宗朝,召拜礼部郎中兼国史编修、实录检讨官。大观末,出党籍。起知达州,改泗州,卒。"苏门四学士"之一。文章温润典缛,亦工诗词。词学东坡,豪爽中有沉郁之致。著有《鸡肋集》《晁氏琴趣外篇》。词存一百六十七首。

【作者小传】

八声甘州 晁补之

扬州次韵和东坡钱塘作

谓东坡、未老赋归来,天未遣公归。向西湖两处,秋波一种,飞霭澄辉。又拥竹西歌吹,僧老木兰非。一笑千秋事,浮世危机。 应倚平山栏槛,是醉翁饮处,江雨霏霏。送孤鸿相接,今古眼中稀。念平生、相从江海,任飘蓬、不遣此心违。登临事,更何须惜,吹帽淋衣。

哲宗元祐七年(1092)三月,苏轼到扬州知州任,时晁补之已由秘阁校理出为扬州通判,以诗相迎,其中云:"为霖功业在傅岩,如何白首拥彤幨;世上谗夫乱红紫,天教仁政满东南。青袍门人老州佐,于世无成志消堕;封章去国人恨公,醉笑从公神许我。"他太息苏轼有宰相之才,而不见容于朝廷,临老出为地方官,而又幸自己因此得以朝夕相从。先是他在十余岁时为苏轼所赏识,称其文博辩隽伟,绝人远甚,将必显于世,由此知名,为"苏门四学士"之一。到此时得以同守一州,诚然是极快慰的事。苏轼和他的诗里也有"避人聊复去瀛洲,伴我真能老淮海"之句,亦可见师生相得之情。但是相聚未久,同年八月,苏轼即被诏回朝为兵部尚书充南郊卤簿使,兼侍读。行前于平山堂宴别僚属,补之为赋此词。

词是和苏轼在杭州所作寄参寥子一首韵的。开头从东坡早欲归隐而不得,展开词情。东坡早在熙宁四年(1071)初赴杭州通判任时,游金山寺诗中即有"有田不归如江水"之誓,其《八声甘州·寄参寥子》词也说:"约他年、东还海道,愿谢公雅志莫相违。"以后辗转服官,未能如愿,此盖是天意未许其遽作"归去来兮"之赋。近年出知杭州,继知颍州,两地皆有西湖;湖虽两处,其为秋波媚妩则同,湖上有飞霭澄辉,并增光色。写湖山胜境,只以水光云影月色表之,语极凝练。似此,天之待公亦不薄。离颍州又知扬州,也是东南名郡。杜牧《题扬州禅智寺》诗:"谁知竹西路,歌吹是扬州。""又拥竹西歌吹"句本此,"拥"字体现东坡的知州身份。"僧老木兰非"句又脱胎于王播《题木兰院》诗:"三十年前此院游,木兰花发院新修;而今再到经行处,树老无花僧白头。"王播少时孤贫,尝寄居扬州惠照寺木兰院,随僧粥食,久之僧颇厌,乃饭后始鸣钟以拒之。后播得志,出为淮南节度使,镇扬州,因访旧游处,作此诗。词中此句,表古城人世沧桑之感。由此接入"一笑千秋事,浮世危机"寄慨。苏轼《宿州次韵刘泾》诗已有"晚觉文章真小技,早知富贵有危机"之语。古来士大夫从宦者,莫不恐惧得罪,有不测之祸。自《晋

八声甘州（谓东坡）　　　晁补之

——明刊本《诗馀画谱》

书·诸葛长民传》有"富贵必履危机"之语,后代诗词中颇多引用,如辛弃疾《最高楼》词也说:"吾衰矣,须富贵何时。富贵是危机。"补之此处,以"一笑"二字领出,似为达观,实亦无可奈何。上面引述的唱和诗中,一个说"世上谀夫乱红紫",一个说"避人聊复去瀛洲",他们出仕都不是图富贵,而想有所作为,但又都为朝廷小人所不容;出任州郡,虽然所到之处是湖山伟丽之邦,但潜伏的"危机"依然存在,心之所感,不觉笔下便流露出来。

　　下片回到平山堂的离筵上。叶梦得《避暑录话》载:"欧阳文忠公在扬州,作平山堂,壮丽为淮南第一。堂据蜀冈,下临江南数百里,真、润、金陵三州隐隐若可见。公每暑时,辄凌晨携客往游。"有《朝中措》词云:"平山栏槛倚晴空,山色有无中。……文章太守,挥毫万字,一饮千钟。"苏轼《水调歌头·黄州快哉亭赠张偓佺》词:"长记平山堂上,欹枕江南烟雨,杳杳没孤鸿。认得醉翁语,山色有无中。"补之词下片起首五句合参欧、苏两词语,写当时宴席情景,特地点出"是醉翁饮处"。苏之于欧,己之于苏,情分略同;欧、苏先后知扬州,饮于平山堂,倚栏槛,望江南,怀古人,想当世。自己身历其境,兴怀宜亦同之。"送孤鸿"两句用李白《金陵城西楼月下吟》诗"古来相接眼中稀",又杜牧《登乐游原》诗"长空澹澹孤鸟没,万古销沉向此中"。昔贤已矣,随飞鸟而俱逝;今人谁继,即入眼亦无多。这一感慨,不但是自己的,连苏轼的心事也说在里面了。苏公文章道德,是自己以为仪范的,此会一别,不知日后尚能追随否。"念平生、相从江海,任飘蓬、不遣此心违",上句是说此前,下句是说今后,申临别之意,表膺服之心。倘再有幸相随左右,则"登临事,更何须惜,吹帽淋衣",登山临水,风雨必从。这是指形迹上的事,其实"江海""飘蓬"二语,已包含有政治风波之意在其中;"登临"而计及"吹帽淋衣",岂不也有同样的预感? 词宜婉转,写政治怀抱、师友情分而如此蕴藉深厚,正得其要旨。刘熙载《艺概》论晁补之词,谓其坦易之怀,磊落之气,与东坡差可追随。其《八声甘州》原唱与和词,气息正复相似。此词化用前人语,也恰到好处,有语短意长的效果。

(陈长明)

摸 鱼 儿 <small>东皋寓居</small> 　　　　晁补之

买陂塘、旋栽杨柳,依稀淮岸湘浦。东皋嘉雨新痕涨,沙嘴鹭来鸥聚。堪爱处,最好是、一川夜月光流渚。无人独舞。任翠幄张天,柔茵藉地,酒尽未能去。　　　青绫被[①],莫忆金闺[②]故步。儒冠曾把身误。弓刀千骑成何事? 荒了邵平瓜圃[③]。君

试觑，满青镜、星星鬓影今如许！功名浪语。便似得班超④，

封侯万里，归计恐迟暮。

〔注〕 ①青绫被：汉代尚书郎入直（值夜），官供新青缣白绫被。 ②金闺：即金马门，汉武帝时学士草拟文稿的地方。 ③邵平瓜圃：秦时的东陵侯邵平在秦亡后隐居长安城东种瓜。后泛指退隐。 ④班超：汉扶风安陵（今陕西咸阳东北）人。他曾投笔从戎，平定西域三十六国，封定远侯，回京时已七十一岁，不久即死。

晁补之政治上接近苏轼，是"苏门四学士"之一，随着元祐党人地位的变化而沉浮宦海。崇宁二年（1103），被免官回到故乡（山东巨野），自号归来子，于东山上修葺归来园，过着陶渊明式的隐士生活。这首词就是此时所作。

词的上片写景，表现了归隐的乐趣。陂塘杨柳，野趣天成，仿佛淮水两岸，湘江之滨的青山绿水。东皋新雨，草木葱茏，山间溪水的涨痕清晰可辨，沙洲上聚集着白鹭、鸥鸟，一片静穆明净的景色。然而最令人神往的，莫过于满山明月映照着溪流，将那一川溪水与点点沙洲裹上了一层银装。以"一川"（满地、一片）形容夜月，可见月色朗洁，清辉遍照。"光流渚"三字则将宁谧的月色写得流动活跃，水与月浑然一体，那滔滔汩汩流动着的，真不知是溪水还是月光。纯是一幅动静谐和的山中月夜图。面对着此景，词人翩然起舞，头上是浓绿的树幕，脚底有如茵的柔草，偌大的世界好像只剩下他一个人，他尽情地领略这池塘月色，酒尽了还不忍离开。

晁补之擅长丹青，他曾说："画写物外形，要物形不改；诗传画外意，贵有画中态。"可见他的诗词也追求"诗中有画"的境界。从这里绘色绘影的描写中，也可见到他的画师手段。词中用了由大及细、由抽象到具体的写法，先说园内景色如淮岸湘浦，是大处落墨，总述全貌。接着写雨至水涨，鸥鹭悠闲，是水边常见景物，但已见其明丽清幽。最后以"堪爱处""最好是"引出野居幽栖的最佳景象。这正如画中高手，尺幅之中，既有淋漓的泼墨，也有精细的工笔，两相映带，显出超群轶伦的技艺。

下片即景抒情，以议论出之，表现了厌弃官场、激流勇退的情怀。词人直陈胸臆，以为作官拘束，不值得留恋，儒冠误身，功名亦难久恃，这一句是从杜甫《奉赠韦左丞丈》"儒冠多误身"句化出。他深感今是昨非，对自己曾跻身官场、虚掷时日表示后悔。词人开函对镜，已是白发种种，益见功名如过眼云烟，终为泡影。末句说显赫如班超，也只能长期身居西域，到了暮年才得还乡。言外之意，仕途的不足恋便显然可见了。

这里借议论抒怀，情真意挚，气势豪迈，连用典故而能流转自如，一气贯注。

他这种驾驭文字、典故的能力，及整首词畅达的气势，很像他的老师苏轼，所以王灼《碧鸡漫志》中说："晁无咎、黄鲁直皆学东坡，韵制得七八。"刘熙载《艺概》中说："无咎词堂庑颇大。人知辛稼轩《摸鱼儿》'更能消几番风雨'一阕，为后来名家所竞效。其实辛词所本，即无咎《摸鱼儿》'买陂塘、旋栽杨柳'之波澜也。"说明了这首词对辛弃疾的影响。

　　　　　　　　　　　　　　　　　　　　　　　　　　　　　（王镇远）

水　龙　吟　　　　　　　晁补之

次韵林圣予惜春

　　问春何苦匆匆，带风伴雨如驰骤。幽葩细萼，小园低槛，壅培未就。吹尽繁红，占春长久，不如垂柳。算春常不老，人愁春老，愁只是、人间有。　　春恨十常八九，忍轻辜、芳醪经口。那知自是，桃花结子，不因春瘦。世上功名，老来风味，春归时候。纵樽前痛饮，狂歌似旧，情难依旧。

　　此词写"惜春"题目，而落笔颇与他人不同，抒情融以说理，理性多于感情。所谓"次韵林圣予惜春"者，似林有来词言惜春之情，晁氏就此命题发抒己见，以为春来春去，本属自然之理，去无须惜，亦不必愁。与苏东坡《无愁可解》词序所谓国工花日新作越调《解愁》，龙丘子（陈季常）笑之，谓此虽免乎愁，犹有所解也，乃反其词作《无愁可解》云云，同一理趣。林圣予惜春词今不见，无可参证，但从晁词及题语体味，说他这样写是有某种针对性的，可能大致不差。

　　词的开头先表达一般"惜春"之意："问春何苦匆匆，带风伴雨如驰骤。幽葩细萼，小园低槛，壅培未就。"惜春诗词，多有嗟叹春去之速的，如苏轼《寒食雨》云："年年欲惜春，春去不容惜。"周邦彦《六丑》云："愿春暂留，春归如过翼，一去无迹。"又从花被风雨摧残，加足惜春笔墨，如苏诗之写海棠泥污，周词之赋蔷薇谢后。大抵心之所同，不是有意相袭。此词也写风雨春归，但写到花的地方，又别有寓意，说被吹落的花，是些在"小园低槛"之中，"壅培未就"的嫩花小朵，一经风雨，便已吹扫净尽；而垂柳经春，由鹅黄而翠绿，而密可藏鸦，春二三月正是柳芽萌发以至茁壮成长的时期。"吹尽繁红，占春最久，不如垂柳。""占春最久"是相对"繁红"易尽而言的，这里不仅有物情的体会，有哲理的蕴藏，也反映了作者兴趣的所注。辛弃疾《鹧鸪天》"城中桃李愁风雨，春在溪头荠菜花"，思想情趣与晁词有契合之处。

　　从垂柳经春益茂，作者引申出一番道理："算春常不老，人愁春老，愁只是、人间有。"四序代谢,春去复来,从长远看,是"春常不老",这是第一点。春花易谢,春柳不凋,从近时看,春总是"发生"的季节。《尔雅》云:"春为发生。"这是春"不老"的第二点。人因春去而愁"春老",自然界不任其咎,只是人们自己在那里多愁善感罢了。作者写到这里,在"惜春"这个题目上已把自己的见解阐述清楚,使用的不是如陈季常《无愁可解》那样纯是理性的语言,它有景语,有情语,也有一点苏东坡的旷逸之气。试看东坡的《南乡子·梅花词和杨元素》言"花尽酒阑春到也,离离,一点微酸已著枝",不是对春之归去也有无可无不可的味道么?

但作者不是一开始就对"匆匆春又归去"的问题有如是通脱的见解的。他也曾如常人一样,愁春、惜春过。下片开头,接过上文"春常不老""愁只是、人间有"的命题,结合人们包括自己的所谓春恨表现,自嘲自解。"春恨十常八九,忍轻辜、芳醪经口",用"世间不如意事十常八九"的成语,说明每当春去匆匆,风雨摧花时,必生怅恨,唯有借酒遣之。这是自嘲。"那知自是,桃花结子,不因春瘦",桃花之落,是因为它要结实了,而不是春之无情,有意造成"红瘦"的局面。中唐诗人王建的《宫词》早就这样说过:"树头树底觅残红,一片西飞一片东。自是桃花贪结子,错教人恨五更风。"晁词语即本王诗意。明白了这是自然规律,那么春恨便无须发生了。这是自解。以上就"惜春"题目反复推究,把花开花落的常见现象从物理和哲理上加以剖析,心理上的疙瘩似乎可以消除,文章也可以做完了。但是且慢,作者的本意,原不在于要说"春去"应当惜或者不应当惜。这些道理,前人已经说清楚了,例如上引王建的《宫词》;作者也已经弄明白了,否则他不会写出如上的一大片文字。他之所以费如许笔墨写出他已经明白了的自然界的道理,就是为了衬托出他还不曾明白、不能解决、正在苦恼的政治、人生方面的"春归"问题。这才是这首词的"主意"。"惜春"的题目以及有关此问题的一大片文字,归根到底都只好算是"宾"!

"世上功名,老来风味,春归时候!"词到此才大步进入主题。"世上功名"是为国家立功扬名,在封建社会的知识分子心目中有一个从读书、应试、为官到建功立业的打算。"老来风味":人生一世,由少而壮而老的最后阶段。而这两方面,在作者此时来说,都已到了"春归时候",即事业无成,人已老大。作者十余岁时以文章受知于苏轼,为"苏门四学士"之一。元丰年间举进士,试开封及礼部别院皆第一。曾任秘书省正字、校书郎,主张以军事力量收复幽蓟十六州,论政、论史诸文也有切实的见解。及绍圣末年,受党争牵连被谪,退隐家乡。词的这几句便反映了他的思想感慨。"纵樽前痛饮,狂歌似旧,情难依旧",纵能借歌酒自我排遣,奈何已失的政治上的和人生的青春不能恢复,豪情难似旧时,这才是作者所无法譬解的那种"惜春"之情。"君试觑,满青镜、星星鬓影今如许! 功名浪语。便似得班超,封侯万里,归计恐迟暮。"这是他《摸鱼儿·东皋寓居》词的结尾。此词末两韵持与参看,可以明白其用意所在。

(陈长明)

迷　神　引　　　　　　　　　晁补之

贬玉溪,对江山作

黯黯青山红日暮,浩浩大江东注。余霞散绮,向烟波路。使人愁,长安远,在何处。几点渔灯小,迷近坞。一片客帆低,傍前浦。　　暗想平生,自悔儒冠误。觉阮途穷,归心阻。断魂素月,一千里、伤平楚。怪竹枝歌,声声怨,为谁苦。猿鸟一时啼,惊岛屿。烛暗不成眠,听津鼓。

晁补之为"苏门四学士"之一。哲宗亲政后,因坐元祐党籍,被贬监处州、信州(治所在今江西上饶市)酒税。此词即作于贬信州时。江即信江,源出玉山县怀玉山。

一起写词人伫立信江畔所见的景色。青山,本碧绿青翠,说它"黯黯",是由于"红日暮",但斜照下,山色反而显得雄浑沉厚。这是远望所见。俯视脚下,但见"浩浩大江东注",不由人不发出人生如逝水东流的感叹。

"余霞散绮"承首句"红日暮";"向烟波路",承次句"大江东注"。这两句源于谢朓诗"余霞散成绮,澄江静如练"(《晚登三山还望京邑》),是对"红日""大江"的深一层渲染。词用一"向"字,别具意味。如绮(锦缎)的"余霞"映在淡烟轻雾笼罩的江面上,一直跟随着流水往前,这样,把"东注"的"浩浩大江"写得既真实又清空,使人感觉那江水一直在绵绵无尽地流着、流着。

接着,径直抒情。"长安",代指北宋京城汴梁。晁补之是一个颇想在政治上有一番作为的人。他二十七岁考中进士,在开封府和礼部考试时均名列第一。"晁张班马手,崔蔡不足云"。黄庭坚称赞他和张耒如司马迁、班固,而远超过汉代的崔瑗和蔡邕。但正是这样一个才气纵横,政绩斐然(如知齐州时救济灾荒)的人,却半生潦倒,功名蹭蹬。所以,这"使人愁",不只是因为大江东去,而有着被贬他乡、政治失意的深沉内容。李白《登金陵凤凰台》诗"总为浮云能蔽日,长安不见使人愁",是此三句所本。

伫立江畔,目睹青山、大江、红日、晚霞,真是思绪万千,不能自已。随着时间的流逝,映入眼帘来的景象又不同了:"几点渔灯小,迷近坞。一片客帆低,傍前

浦。"渔灯不仅只有几点闪闪烁烁,而且细小微弱;这时近岸的船坞里,也一片迷
濛了。再往稍远的地方看,航行江面的客船,也降下船帆,靠在前面临水近岸的
地方了。由于近观,渔灯"几点"而"小",看得清清楚楚;由于远望,故所见客帆
"一片",给人以多的感觉。从用字说,"几点"对"一片","近坞"对"前浦",一写少
和多,一写近和远,概括出词人当时目力所见的空间范围。这是从正面用笔,而
时间的推移,却从侧面暗示:渔灯闪烁,红日、余霞早已隐没,此时已由暮而
夜了。

上阕以景起,气象雄浑,景物壮阔。接着,前结四个短句是起处写景的继续
和演化。从人的感情说,开始伫立江滨,见青山、红日、大江,心胸为之开阔,故有
此壮美之景。后来,随着江水望去,"长安远,在何处",不见长安,只见渔灯、客
帆,于是感到"愁"来。上阕处理景、情、意的关系,理路清楚,而运笔有起伏,有衬
托,以"长安远"为中间枢纽,前后时间、场景,顿生变化,由高远绮丽转为低小幽
寒,反映作者迷茫的心境。而通体不离"对江山"所见,词笔极为浑成。

下阕一连四短句十六个字,倾吐出满怀衷肠,语凄情苦。"古人名换头为过
变,或藕断丝连,或异军突起,皆须令读者耳目振动,方为佳制"(周济《宋四家词
选目录序论》)。这样汪洋恣肆地抒怀,是上阕酝蓄、堆积的结果,当感情的阀门
一下打开,便一发不可收拾。"自悔儒冠误",是一句十分悲愤感慨的话。"纨袴
不饿死,儒冠多误身"(杜甫《奉赠韦左丞丈二十二韵》)。富家子弟养尊处优,而
一般读书人往往潦倒一生。杜诗言辞激愤,溢于纸面。政治生涯不顺利的晁补
之,前句用"暗想",后句用"自悔",自怨自艾的情绪更多一些。晋人阮籍,佯狂不
羁,纵酒颓放,表现出他对当时政治的不满,实际上也是一种远祸全身的手段。
他常驾车独游,等到路走不通了,便痛哭而返。这里词人觉得他和阮籍一样,施
展自己的宏图抱负是不可能了,而羁于谪宦,欲归又不得归。换头后这四句是词
人抑郁壅塞的感情的爆发,令人"耳目振动",调子却凄苦了一些。

接下来借素月、《竹枝》歌声、猿鸟啼鸣,对凄苦的情怀,再作更富形象性的渲
染。晁补之是济州巨野(今属山东)人,此刻贬官信州,一北一南,千里迢迢,烟树
苍茫,面对素月,怎能不为之销魂呢?"平楚",谢朓诗:"寒城一以眺,平楚正苍
然。"杨慎称:"楚,丛木也。登高望远,见木杪如平地,故云'平楚',犹《诗》所谓
'平林'也"(《升庵诗话》)。"一千里伤平楚",与李白"平林漠漠烟如织,寒山一带
伤心碧",意境很相近,只不过李词自远而近,从暮霭笼罩的平林、寒山,写到暮色
苍茫中独倚高楼的游子;此则由近而远,思故乡千里迢迢,故望"平楚"而伤情无
限。借景抒情,流畅自然。

　　接着再从听觉方面写这种凄苦情怀。《竹枝歌》，原是巴渝（今四川东部）一带的民歌。"聆其音，中黄钟之羽。其卒章激讦如吴声，虽伧儜不可分，而含思宛转，有淇濮之艳"（刘禹锡《竹枝词引》）。周邦彦《点绛唇》"楚歌声苦，村落黄昏鼓"，是说歌声作用于人，只感到怨苦。"为谁苦"？用似问非问的提示，而且前用"声声怨"加重形容，便更觉其苦深。周词则用歌声鼓声相应和的映衬手法，写出人的苦，所以两者是同中有异的。

　　"猿鸟一时啼，惊岛屿。"写岛屿上的猿啼鸟鸣，呼应开头的"大江东注"，表明作者的住处在江边水湄。"一时啼"，有时断时续之意。正当夜深人静，他心情刚刚平静下来时，那突然一声猿啼，一声鸟鸣，就更会产生凄凉之感。但人的感觉，词人没有直说，而是说"惊岛屿"。岛屿是突出于江心的，这本是无情物，都为之而惊，那么人之"惊"更可想而知了。

　　"烛暗不成眠，听津鼓。"烛暗，表明夜深。夜深仍未成眠，猿啼鸟鸣也因困倦而睡去了吧。渡口停泊的船只，发出了开航的鼓声信号，表明天色将明，而人之彻夜未眠又可知。

　　这首词写作者贬玉溪（信州）后，面对江山兴起的悲怆情怀。上阕以写景为主。有青山、红日、大江、余霞的绮丽壮景，也有几点渔火、一片客帆的凄迷景色，略寓感情。词的艺术上的成功，着重在下阕，于一泻无余倾吐衷曲后，用多种带有浓厚感情色彩的事物，层层渲染，步步加深来抒发因贬谪而产生的怆然之情。从红日暮到红烛暗，到津鼓响，时间的跨度长，调动的景物多，但写来如春蚕吐丝，条条缕缕，清晰明白，使词人的悲怆之情如见。既曲折，又明快，用古人的话说大抵是："触景生情，复缘情布景，节节转换，秾丽周密。譬之织锦家，真窦氏回文梭也。"（贺裳《皱水轩词筌》）

　　　　　　　　　　　　　　　　　　　　　　　　　　　　　　　（艾治平）

临 江 仙　信州作　　　　　　　　　　　　　　　晁补之

谪宦江城无屋买，残僧野寺相依。松间药白竹间衣。水穷行
到处，云起坐看时。　　一个幽禽缘底事，苦来醉耳边啼？月
斜西院愈声悲。青山无限好，犹道不如归。

　　补之幼而能文，颇有经世济民的抱负与才干。三十几岁便任职秘书省，并出知齐州，有政绩。但是，因涉于新旧党争，于哲宗晚年，以"修神宗实录失实"罪名"降通判应天府亳州，又贬监处信二州酒税"。这首《临江仙》就是在此时写就的，表现出一种谪居异乡的苦闷，一种出世与入世的思想斗争。

　　补之正当壮年而身为逐客,孤处赣东山区,猛志尚存而前途微茫,心情自然是愤懑孤凄的。他胸怀痛楚又不能直述,于是采取了侧面抒写的手法。

　　词的上片先写自己清苦的生活,以一种表面上淡泊的意境,表露着自己徬徨苦闷的心情。他说自己谪宦江城,困窘无依,只能与残僧野寺相依存。这当然是一种夸张的说法,唯其夸张,才愈发流露出一种委屈孤愤的情绪。明乎此,下面三句所描绘的似乎十分恬淡超脱的隐士生活:在松林捣药,向竹丛漫步,水源已到而足犹未驻,云涛四起仍茫然眺远,便分明突现出了一个胸积沉郁者的形象。下片更跌进一层,借着怨责一只夜鸟的悲啼,倾诉出自己萦怀难解的谪居之怨、思乡之苦,构思之巧,令人抚案。古人作词十分重视过片,说“须要承上接下”(张炎),“才高者方能发起新意”(沈义父)。补之此词,用一个颇带激情的强问句于过片处,“一个幽禽缘底事,苦来醉耳边啼?”既用啼声打破了上片结句创造的看来宁静的氛围,揭示出词人内心的并不宁静,又使词意宕开一步,引出下文披露的怀归之情,确是“承上接下”,才高一筹。“醉耳”二字用得尤好。古来怀才不遇的知识分子都喜欢声称“但愿长醉不愿醒”,可实际上他们正是十分清醒地承受着痛愤的折磨。果真是“醉耳”,又焉能为幽禽的悲啼所震动!接下去的三句明里写鸟鸣,暗里写心声,层层深入,“月斜西院愈声悲”,一个“愈”字,说明幽禽的悲鸣一直萦绕耳边,随着时光的推移,愈来愈使心灵强烈震颤。走出世归隐与世无争的道路吗?青山虽然无限美好,放浪山林的生活虽能使自己暂离仕途的烦恼,但终非自己的宿愿,词人岂甘这样默默地度过余生?“不如归去”,这布谷的哀呼,不正是词人的心声吗?鸟犹思归,何况逐臣!

　　补之此词除了极好地运用了侧面烘托的手法,另一特点是善于运用前人成句,且做到玉润珠圆,天衣无缝,艺术上是很成熟的。“残僧野寺相依”,化自杜甫《山寺》“野寺残僧少”。杜甫此诗写荒山古寺之景,接下去还写了山路、鸟兽、悬崖、流泉,补之仅化用其首句,既能引人联想到杜诗描绘的荒山僻径之景,扩大了意境,又回避了原诗较为轻松的情趣,切合词旨,手法颇高。“水穷”两句用得最妙。王维《终南别业》有两句名句道:“行到水穷处,坐看云起时。”补之略变词序,改为“水穷行到处,云起坐看时”。这不仅是格律的需要,而且也是内容的需要。王维是真心退隐,因而寓居终南山陲,每当兴至,便信步于山林深处,直走到山溪源头,便席地而坐,仰观飘然的云涛自山坳腾起,这是何等的恬静淡泊!穷水源、看云起都出于有意无意之间,摩诘是心景合一的。补之则不然,他是愤郁难抑、百无聊赖才向林间漫步散心,山溪已尽而足犹未止;他是心事重重、怀归思远才闷坐崖头,晚云四起而仍在茫然远视。水自穷,云自起,词人之心全不在此。词序一改而意境全非。——补之是身在景中而心存景外的呵！除此之外，"青山无限好，犹道不如归"，全用范仲淹《越上闻子规》诗成句，则以其契合于心，写入作品亦自然合拍。宋词中此例亦不少见。　　　　　　　　　　　　　　（陈振寰）

洞　仙　歌　泗州中秋作　　　　　　　　晁补之

　　青烟幂处，碧海飞金镜。永夜闲阶卧桂影。露凉时，零乱多少寒螀，神京远，惟有蓝桥路近。　　　水晶帘不下，云母屏开，冷浸佳人淡脂粉。待都将许多明，付与金尊，投晓共流霞倾尽。更携取胡床上南楼，看玉做人间，素秋千顷。

此词徽宗大观四年（1110）中秋作于泗州（宋时属淮南东路），时词人任泗州知州，此为其绝笔之作。

此词通篇都写赏月。开头即写作者仰望浩月东升情景。"青烟幂处，碧海飞金镜"，这两句同李白《把酒问月》"皎如飞镜临丹阙，绿烟灭尽清辉发"意境相近，"青烟"指遮蔽月光的云影。"幂"是覆盖之意。夜空像茫茫碧海，无边无际；一轮明月穿过云层，像一面金镜飞上碧空，金色的光辉照亮了天上人间。"飞"字写乍见月之突然升起，使人感到似是何处飞来，充满惊异欣喜之情。月色这样美，怎能把它辜负？作者不由得在庭中徘徊流连，尽情赏玩，不管凉露沾衣。中秋正是桂子飘香时刻，月光把桂树的影子映照在台阶上，空气中飘散着阵阵清香；夜露已降，凉意侵人，寒蝉发出零乱的叫声。"桂影"语意双关，既实指庭中桂树之影，也暗指月光，因为神话传说月中有桂树。"寒螀"即寒蝉，为蝉之一种，入秋始鸣，《风土记》云："七月……寒螀鸣于夕。"只有在寂静中才能感觉到螀声的零乱，而夜越寂静月色就越发显得皎洁。永夜、闲阶、桂影、凉露、寒螀，都是在极写月夜的静寂清冷。这三句既是写所见所闻的景物，也在暗写月色的美好和作者对它的珍惜眷恋；而环境的静寂清冷，又烘托出作者的孤寂心情。

　　在自然景物中，月是最能触动人的情怀的。望月思乡，望月怀人，望月感怀，几乎成了诗词中的永恒主题。此词下面两句，就是写因望月而生的身世感慨。"神京"，指北宋京城汴梁。蓝桥，在今陕西蓝田县东南。唐裴铏《传奇·裴航》云：书生裴航在鄂渚遇仙人樊夫人，夫人赠诗云："一饮琼浆百感生，玄霜捣尽见云英。蓝桥便是神仙窟，何必崎岖上玉清（道家称天帝所居的最高仙府）。"后裴航经过蓝桥驿，口渴求浆，得遇仙人云英，寻得玉杵臼捣药百日，与之结为夫妇，一同仙去。裴航捣药时昼作夜息，夜里见有玉兔持玉杵臼相助夜捣，"雪光辉室，可鉴毫芒",此与古代流传的月中有玉兔捣药的传说相合,故词中引用,以蓝桥神仙窟代指蟾宫月窟。两句意思是说,京城邈远难至,倒是这一轮明月,与人为伴,对人更加亲近,怎能不尽情地赏玩呢! 作者为苏门四学士之一,曾三次任京官,后面两次都是因牵连党争而去职,被贬外郡;作此词前不久虽得脱出党籍,起任泗州知州,但朝中已无知音者。"神京远"的"远",主要是从政治的含意说的。这就是上面几句在赞美眷恋中透着几分凄清的原因。这时作者已五十八岁,前次去官回家,就已修葺归来园隐居,自号"归来子",忘情仕进,此词对仕途坎坷,也仅微露怅恨而已,全词的主调,仍然是旷达豪放的。两句明白点出孤寂心情,意脉紧接上文,而场景则由环境景物转到望月抒怀,宕开一笔以结上片,笔致富有变化。

　　上片写室外赏月,下片转写室内宴饮赏月,场面又变,文意却紧密相连(都是赏月),正符合过片讲究似断实连的要求。"水晶帘不下"反用李白《玉阶怨》"却下水晶帘,玲珑望秋月","云母屏开"化用李商隐《嫦娥》"云母屏风烛影深"。卷帘、开屏,都是为使月光遍满,为下文"付与金尊"预作地步,表现了对明月的极端爱悦。"佳人"指席间的女性。"淡脂粉"的"淡"字也与月光极协调。水晶做成的帘子高高卷起,云母屏风已经打开,明月的冷光照入室内,宛如浸润着佳人的淡淡脂粉。筵上的人频频举杯,饮酒赏月,似乎要把明月的清辉全部纳入金尊之中,待天晓时同着流霞,一道饮尽。这里把月下筵面的高雅素美,赏月兴致的无比浓厚,都写到极致。月光本来无形,作者却赋予它形体,要把它"付与金尊",思致奇美。"流霞"本为神话中的仙酒名,汉王充《论衡·道虚》载,项曼都离家求仙,被仙人带至月边,饥渴时则饮以流霞一杯,每饮一杯,数月不饥。词中语意双关,既指酒,也指朝霞。天晓时分,月尚未落,朝霞已生;将二者同时倾尽,其实就是说赏月饮酒,打算直到月落霞消方罢。这个比喻极新颖别致,富有诗意。

　　末尾又把笔宕开,由室内转到室外。夜更深,月更明。虽然夜深露冷,作者赏月的兴致不但没有衰减,反而更加豪壮。这时他想起《世说新语·容止》记载的一个故事:晋庾亮在武昌,尝秋夜与诸佐吏殷浩之徒在南楼赏月,据胡床咏谑。("胡床"又称"交椅""绳床"。)作者觉得在庭中赏月不能尽兴,所以要像庾亮那样登上南楼,去观赏那月光下如白玉做成的人间世界,去领略那无边无际素白澄澈的清秋气象。古代五行说以秋配金,其色白,故称秋天为素秋。用"玉做人间"比喻月光普照大地,可谓奇想自天外飞来。它既写月色,也暗含希望人间消除黑暗和污浊,像如玉的明月一般美好之意。两句包举八荒,丽而且壮,使通篇为之增色。

清刘熙载称"无咎（补之之字）词，堂庑颇大"（《艺概》卷四）；近人张尔田谓"学东坡者，必自无咎始"（《忍寒词序》）。此词从天上到人间，又从人间到天上，最后"玉做人间"，更是天上人间浑然为一，境界阔大，想象丰富，词气雄放，同苏轼词确有不少相同之点。词从月起，以月结，宋代胡仔称它"如常山之蛇，善救首尾"（《苕溪渔隐丛话后集》卷三十九）。篇中或明写，或暗写，将月之色、光、形、神，人对月之怜爱迷恋，写得极为生动入微。清人黄蓼园评论此词说："前段从无月看到有月，后段从有月看到月满，层次井井，而词致奇杰。各段俱有新警语，自觉冰魂玉魄，气象万千，兴乃不浅。"（《蓼园词选》）分析颇为精当。　　（王思宇）

临　江　仙　　　　　　　　　　　　　晁补之

绿暗汀州三月暮，落花风静帆收。垂杨低映木兰舟。半篙春水滑，一段夕阳愁。　　灞水桥东回首处，美人新上帘钩。青鸾无计入红楼。行云归楚峡，飞梦到扬州。

这首词，《草堂诗馀前集》作无名氏词，《类编草堂诗馀》《花草粹编》作晁补之词。《草堂诗馀》为南宋人编，今存元刊本。《类编草堂诗馀》后出，为明嘉靖时刻。《花草粹编》亦明人所编。故本篇作者为谁，应暂存疑。《全宋词》列入晁补之存目词中，态度是审慎的。从内容看，本篇抒发了一个萍踪游子的旅愁和乡情，思绪绵绵不尽，风韵清幽潇洒。

上片侧重写景，景中寓情。首句大笔勾勒，"三月暮"交待节令，"汀州"即"汀洲"，点明地点，"绿暗"二字，浓墨重彩，为这个特定的时空背景涂上一层阴沉的底色，在人们眼前展开了一幅岸渚沉寂、芳草萋迷的画面。接着点染岸边近景：风已收煞，落英缤纷，布帆暂卷，垂杨下兰舟斜横，气氛一派清幽。景中仿佛杳无人迹，然而从刚收风帆、暂傍垂柳的兰舟，人们不难想象舟中所载着的萍踪无定的游子，他或是正静坐在船窗旁支颐凝想，也许是刚踱入柳阴深处面水踌躇，"半篙春水滑，一段夕阳愁"，不正是这位游子面对眼前实景而产生的真切感受吗？江中春水方生，行船流利，故曰"滑"；夕阳将下，游子未归，触景生情，故使人感到"愁"。半篙春水，一段愁情，亦有将愁比作春水之意。这里明写舟外景物，暗写舟中游子。整个上片，由背景引出人物，由远景写到近景，由写景过渡到写情。在写景中，作者着重摄取"绿暗""垂杨""夕阳"等物象，写风而曰"静"，写花而曰"落"，写春而曰"暮"，这就用幽暗的光感和寂静迟暮的气氛，烘染了旅愁的凝重。

临江仙（绿暗汀州三月暮） 晁补之

——明刊本《诗馀画谱》

上片由春暮带出落花,由风静帆收引出木兰舟,由木兰舟而写到半篙春水,一段夕阳,环环扣合,而结出一个"愁"字。下片则是"愁"字的生发和具体化,词意似断实续。灞水桥,在陕西长安县东。唐人离开京都,多于此处折柳赠别,如郑谷《阙下春日》诗:"秦楚年年有离别,挥鞭扬袖灞陵桥。"罗邺《莺》诗:"何处离人不堪听,灞桥斜日袅垂杨。"因此,灞桥就成了与亲友话别地点的代称。词中游子凝想当日方别之后,回望红楼,仍见艳妆美人正卷帘伫望;如今泊舟江渚,怀想往日那佳人住处,已甚遥远,真望有青鸟使者传递消息——"青鸟殷勤为探看"。然而,蓬莱路远,无计可通,"青鸾无计入红楼",这是多么令人心绪烦乱,惆怅不已!"青鸾"一句,对游子愁的内涵和来由,略略一点。游子不仅有江湖漂泊之感慨,且有怀念情人、音信难通之愁苦,则心情的怅惘寥落,可想而知。于是,这深沉的旅愁在游子心头激荡起绵绵无尽的遐思:缅怀消逝的既往,憧憬美好的未来。煞尾两句,正是游子思绪的体现。

"行云"句是暗用巫山神女的故事。宋玉《高唐赋序》载,楚怀王梦见巫山神女与他欢会,临别前告诉他说:妾"旦为朝云,暮为行雨,朝朝暮暮,阳台之下"。此后,文人多用巫山云雨暗示男女恋情和幽欢。这里以行云归楚峡喻往日恋情生活的消逝。往日情事,如今虽只留下美好的回忆,然而游子岂能忘怀,他要追寻、找回那失去的一切。往日的情遇大约同繁华的扬州有关,或者联系上文"美人新上帘钩"来看,这里是用杜牧所咏唱的"春风十里扬州路,卷上珠帘总不如"的典故,如同"楚峡"一样,都是虚指冶游之地。既不能忘情,故寤寐以求之,不禁"飞梦到扬州"了。梦本来是可以超越时空的局限的,而游子不满足于一般的梦游,而要"飞梦",可见其向往追求的心情是多么急切!

下片承上"愁"字展开,因愁而忆,因忆而思之,求之,写出低徊往昔、憧憬来日的复杂情怀。全篇由景到情,由环境烘染到人物心绪的刻绘,物象婉丽,笔墨潇洒,余韵悠然不尽。

(刘乃昌 崔海正)

张耒

【作者小传】(1054—1114) 字文潜,号柯山,楚州淮阴(今江苏淮安市淮阴区)人。"苏门四学士"之一。熙宁六年(1073)进士。曾任秘书省正字、起居舍人。绍圣中,因元祐党籍,谪监黄州酒税。徽宗初,召为太常少卿。崇宁初复贬房州别驾,黄州安置。寻得自便,晚居陈州。著有《张右史文集》。词有赵万里辑《柯山诗馀》,录存六首。

风 流 子   张 耒

木叶亭皋下,重阳近,又是捣衣秋。奈愁入庾肠,老侵潘鬓,谩
簪黄菊,花也应羞。楚天晚,白蘋烟尽处,红蓼水边头。芳草
有情,夕阳无语,雁横南浦,人倚西楼。   玉容知安否?香
笺共锦字,两处悠悠。空恨碧云离合,青鸟沉浮。向风前懊
恼,芳心一点,寸眉两叶,禁甚闲愁。情到不堪言处,分付
东流。

　　开头五字点时序明地望,爽然已揽情景于一句之中。此何时何地也?落木
萧萧,川原极望,千里惊心。本是"亭皋木叶下",用南朝梁柳恽诗句,为是音律须
协,故曰木叶亭皋下。读词,知其为音乐文学,此例极多,必宜在意。亭皋者何?
水旁平地也。语又出司马相如《上林赋》,所谓"亭皋千里,靡不被筑"。木叶下,
则用屈子《九歌》:"洞庭波兮木叶下"。老杜云"无边落木萧萧下",一叶落而天下
知秋,况怅望川原,萧萧者无际乎?全篇神情已摄于此语,不待下云节近重阳,捣
衣天气矣。

　　然则点重阳,点捣衣,莫非词费语剩乎?非也。重阳乃聚会之令节,捣衣乃
闺中之情事。捣衣二字最重要,最吃紧。秋闺念远,捣衣为谁,所以寄离人于千
里之外者也。天涯游子,一闻砧杵,离别之苦,日月之迈,满腹缠绵,一齐触发矣。
此情难任,已经几番?须看他一个"又"字,便又将年年此际之情肠,提挈一尽。

　　庾肠,以北周庾信(《哀江南赋》千古不朽)自喻羁迟异地。潘鬓,用又一赋家
潘岳"春秋三十有二,始见二毛"(头发有了黑白两色了)的故事感叹年华之易逝。
黄菊乃重阳典俗,"菊花须插满头归"是矣,然而"谩簪",莫戴莫戴。何也?深恐
"年老簪花不自羞,花应羞上老人头",岁月不居,转头老大,风情才调,渐非当年
意绪。至此,句句找足,无复馀墨矣,——而笔端一转,便又归到此际平芜极目、
对景怀人的地望上。白蘋洲,红蓼渚,照映开首"亭皋",一丝不乱。温飞卿写念
远盼归之词云:"梳洗罢,独倚望江楼。过尽千帆皆不是,斜晖脉脉水悠悠。肠断
白蘋洲。"倘知合看,会心不远矣。然而这一切,全由"楚天晚"三字过脉,最是文
心词笔细密超尘之处。只此三字,便引出了下文那四句十六字的千古风流、名世
不朽的警句。

　　且道"芳草有情,夕阳无语,雁横南浦,人倚西楼"十六字毕竟有甚佳处?切
莫只想"画境""化境"那些陈言,也切忌只会讲什么"形象性""性格化"这一派

风流子（木叶亭皋下）　　　张　耒

——明刊本《诗馀画谱》

时兴的但无助于任何艺术领悟力的那种俗套。须看他"有情""无语"是何等深致，"雁横""人倚"又是何等神态。

芳草何以有情？难道是"拟人性格化"的事吗？讲中国的文学，要懂很多事情。"萋萋芳草忆王孙"，"春草年年绿，王孙归不归？"（本源更早出于《楚辞》）方知芳草与怀人，为伴生情事。再问芳草何以引起念远怀思之情？则可细玩白香山"远芳侵古道，晴翠接荒城"之句，盖芳草绵延，"连天"无际，只有她是"通连"天涯的"可见"之痕迹，最是触动离人积恨的一种物色。明乎此，方晓"有情"二字的真谛。

夕阳何以无语？难道又是"拟人性格化"？也不相干的。词人所云，是指时至暮天（楚天晚），人对斜曛，当此之际，万感中来，而又无由表述，相望无言，默默以对，——乃是两方面的事情。相对夕阳者，即下句独倚西楼之人是也。"无语"者何？即下片"情到不堪言处"是也。

雁则横，人则立，又一动一静，相为衬映。一有情，一无语，实亦互义对文，盖愈无语，愈含情；愈有情，愈默默也。斜阳芳草，一红一绿，又复相为衬映。至于一个雁横南浦，上应楚天晚照，而早又遥引下片"香笺共锦字，两处悠悠"，尤为针线密细。吾华学文之士，不于此等处降心参会，只讲什么形象性格之类，岂不毫厘千里哉。

由"芳草有情"以至"人倚西楼"，十六字画所难到，何其美极！

"两处悠悠"，证明此词从单面起（庾肠潘鬓），而以两面结，怀人者，被怀者，彼此交互写照想象，而非始终一方望远怀人之情景也。"日暮碧云合，佳人殊未来"；"青鸟不传云外信，丁香空结雨中愁"。如是如是。

"向风前"以次，笔致自精整渐归疏纵，慨然萧然，高情远致，于此俱备。"芳心""寸眉"，补足上文"玉容"之义。一结谓此情无计可能表于言说，只有无限深衷，寄东流而共远。"自是人生长恨水长东"，后主名句，可合看，而又不尽同。细玩自得，岂待一一道破耶！

　　　　　　　　　　　　　　　　　　　　　　　　　　　（周汝昌）

秋　蕊　香　　　　　　　　张　耒

帘幕疏疏风透，一线香飘金兽。朱栏倚遍黄昏后，廊上月华如昼。　　别离滋味浓于酒，著人瘦。此情不及墙东柳，春色年年如旧。

张耒是"苏门四学士"之一，在政治上因受苏轼的牵连，累遭贬谪。但在词的风格上却无东坡词的豪放气势，现在流传极少的几首词中，倒和柳永、秦观的词风相近，这首《秋蕊香》就可作为代表。

据说张耒在许州做官时，曾爱上一个名叫刘淑奴的歌伎，他卸任离开许州以后，为思念刘淑奴写过两首歌词，《秋蕊香》便是其中的一首，用代言体手法，写对方相思的浓挚深情。

上片写景，由室内写到帘外，是寓情于景。头两句先写从疏帘缝隙间穿透进来的风，使金兽炉中的一线香烟袅袅飘动，以动衬静，表现出室内居人的孤寂心情。这因风飘动的香烟，难道不正是多情姑娘的心灵游丝在特定环境中冉冉飘浮的象征吗？是什么牵动了她心灵的游丝呢？只看她搴帘外出的行动和感受便知道了。"朱栏倚遍黄昏后，廊上月华如昼"两句，透露出了姑娘内心的隐秘。原来她从寂寞空房的炉烟袅袅记起当时两情缱绻的往事，如今离分两地，教人怎不思量！所以她不禁由室内走出帘外，在朱栏绕护的回廊上，一遍又一遍地倚栏望着，从白天盼到黄昏，从黄昏盼到浩月流辉的深夜。"月华如昼"，说明这是一个月白风清的良夜，往日相聚，两人浓情密意，喁喁低语，何等欢爱；可是而今天各一方，形单影只，欲语谁诉？怎不教人深深惆怅！这一切，人物本身并未自我表白，而是借"金兽飘香""朱栏倚遍""月华如昼"几幅景物画面暗示出来，让人看到这位多情少女的重重心事，是那么历历如绘，纤毫毕现。王国维说："一切景语皆情语也。"上片写法正是如此。

下片写情，借外景反衬内心的苦闷，是以景衬情。下片的内容构思是由上片"月华如昼"一句生发开来的。因为在皎洁的月光下，她才发现自己独立的孤影显得分外消瘦，从而追索这令人消瘦的原因，原来是"别离滋味浓于酒"。"浓于酒"三字取譬甚妙。一是说酒味浓，能使人醺然迷醉，而"别离滋味"给人的刺激之深又过于酒；还有一层意思，是这种"别离滋味"连酒也消除不了的。既然如此，长期的精神负担，教人哪得不消瘦！"著人瘦"一个"著"字，用得很俏，把抽象的感情形象化了。它既揭示了现象，又隐含着致瘦的原因。这两句承古诗"相去日以远，衣带日以缓"之意，又确是词的语言。由此逼出煞尾两句。银色的月光照见了她的伶俜瘦影，同时又现出东家墙头的重重烟柳，两者映衬对比，不觉感从中来，发出如怨如慕的叹息："此情不及墙东柳，春色年年如旧。"墙东的柳树，到春天翠色依然，而自己的情怀则不似旧时了。拿有情的人和无情的柳相比，看似无理，却表现出她的痴情，传达出她的心曲，这要比直接表述深情感人得多。

这首词风调清丽，情致缠绵，在婉约词中也属上乘之作。　　　　　　　　　（郑临川）

周邦彦

【作者小传】

（1056—1121） 字美成，号清真居士，钱塘（今浙江杭州）人。元丰中，献《汴都赋》，自太学生一命为太学正。居五年，出为庐州教授，知溧水县，还京为国子主簿。哲宗召对，除秘书省正字，历校书郎。徽宗时，仕至徽猷阁待制，提举大晟府，出知顺昌府，徙处州，提举南京鸿庆宫，卒。邦彦精通音律，其词多写闺情、旅思，亦有感慨身世及咏物之作。词风典丽精工，形象丰满，格律严谨，善于融化前人诗句入词而浑然天成。著有《清真居士文集》，已佚。词有《清真集》，陈元龙为注，题作《片玉集》。代表作有《瑞龙吟》《兰陵王》《六丑》《西河》等。存词一百八十六首。

瑞 龙 吟 周邦彦

章台路，还见褪粉梅梢，试花桃树。愔愔坊陌人家，定巢燕子，归来旧处。　黯凝伫。因念个人痴小，乍窥门户。侵晨浅约宫黄，障风映袖，盈盈笑语。　前度刘郎重到，访邻寻里，同时歌舞，唯有旧家秋娘，声价如故。吟笺赋笔，犹记燕台句。知谁伴、名园露饮，东城闲步？事与孤鸿去。探春尽是，伤离意绪。官柳低金缕。归骑晚，纤纤池塘飞雨。断肠院落，一帘风絮。

周邦彦的词集本名《清真集》，又名《片玉集》，开卷第一篇，就是这首《瑞龙吟》，它是周词中最有代表性的作品，一向被视为压卷之作。它写的是作者重游旧地、追怀往事，面对美好春光，思念当年眷恋过的一位歌妓，并由此而触发的难以排遣的"伤离意绪"。词里所写的这些内容，很可能是作者自己的一段生活经历。旧地怀人的"本事"，并不新奇，唐人崔护那首流传很广的《题都城南庄》诗"去年今日此门中"云云，已经给类似事件勾勒了一个共同的轮廓，所以周济评论这首词说："不过桃花人面，旧曲翻新耳！"新在什么地方，那就是"由无情入，结归无情，层层脱换，笔笔往复"（《宋四家词选》评）。这话说得有道理。周邦彦作长调，夙以善于铺排结构见称，在这首《瑞龙吟》里，他把抒情、写景、怀人、叙事融为一体，用分明的层次安排繁富的内容，用回环的笔法抒写缠绵的情思，往昔的欢乐与今日的凄楚交错成文，从而成为一首绝妙好词。

填词,要精巧华美,婉约词人更于此刻意追求。且看本篇开头的景物描写。梅花谢了,桃花开了,本是平常习见的事物,而词里却说"褪粉""试花",造语相当别致;褪粉、试花紧相连,使人仿佛感觉到了季节时令的跳动变换,这就巧妙而生动了。还有,使用倒装句法,把"梅梢"和"桃树"放在后面,亦足见作者的用心着力。所以,"褪粉梅梢,试花桃树"就成了名句。类似这样的句子,人工雕琢的痕迹固然比较明显,但它也包含着天然巧成的因素,人工不离天巧,二者紧相结合,才称得起精巧华美。本篇开头还错落地交代了有关的一些情况。"章台""坊陌",是京城繁华的街道和舞榭歌台聚集的里巷;"坊陌人家",则同时点明了作者所怀念的人物的歌妓身份。值得注意的是用"愔愔"二字来作形容,不写热闹写冷清,这就含有今昔对照的意思了。用燕子的"归来旧处"兼喻作者的重游故地,这是明显易见的,而用燕子的"定巢"暗中反喻自己的漂泊无定,则是较为曲折细腻的笔法。《瑞龙吟》这个长调共有三叠,首叠以"还见"二字为引领,写所见之景,但却不是单纯写景,景物已经和人事、感情巧妙而自然地熔铸在一起了。

次叠以"黯凝竚"三字为引领,写所怀之人。黯然凝神竚立,是用滞重之笔点出思念之深,但引出的下文却是一串轻脱活跃的词句,正好相映成趣。"个人痴小,乍窥门户"八个字相当传神,既写出了那位坊陌中人当时还没有失却少女的天真活泼,又浸透着作者对她的亲昵爱怜之情。"窥门",须得略加解释。元稹作《李娃行》,有句云:"髻鬟峨峨高一尺,门前立地看春风。"可知娼家女子有站立门前以招徕客人的习惯。"浅约宫黄",言施妆并不浓艳,盖妙龄女子自有颜色,毋须借重脂粉。再加上"障风映袖,盈盈笑语"两句,就把"个人"写活,简直呼之欲出了。描绘人物的这几句,是全篇中最为生动的笔墨。

《瑞龙吟》调的前两叠,谓之"双拽头",相当于一般词调的上片,第三叠相当于下片。这首词下片的重点是追忆往事,对照今昔,抒发"伤离意绪"。相传东汉时刘晨与阮肇入天台山采药,迷路饿极,食山上桃实得饱,遇二仙女,邀去成婚,留半年,怀乡思归,女遂相送,指示还路。一说刘、阮后来重入天台访女,踪迹渺然。词中用了这个故事,兼用刘禹锡《再游玄都观》"种桃道士归何处,前度刘郎今又来"的诗句。以刘郎自喻,恰与前文"桃树""人家"暗相关合,亦是笔法巧妙处。寻访邻里,方知自己怀念中的人物亦如仙女之踪迹渺然,"同时歌舞"而"声价如故"者,唯有"旧家秋娘"耳。"秋娘",是唐代妓女喜欢使用的名字。这里以秋娘作陪衬,就说明了作者所怀念的那位歌妓当年色艺声价之高。"吟笺赋笔"以下几句,是追怀往事的具体内容。"燕台",是唐代诗人李商隐的典故。当时有位洛阳女子名柳枝者,喜诗歌,解音律,能为天海风涛之曲,幽忆怨断之音,闻人吟李商隐《燕台》诗,惊为绝世才华,亟追询作者,知为商隐,翌日遇于巷,柳枝梳丫头双髻,抱立扇下,风障一袖,与语,约期欢会,并引出了一段神魂离合的传奇故事(见李商隐《柳枝五首》序)。周邦彦用这个典故比喻自己和歌妓的交往。上片"个人痴小"所写人物的仪态活动,似乎就是从这篇诗序化来,很有意味,这就揭示了彼此之间的关系是才子词客幸遇知音,风尘女子慧眼识人,这比起一般的征酒逐歌、寻欢买笑来,自然是格调高雅、感情深厚的了。如今不可再遇理想伴侣,当年名园露顶畅饮、东城闲步寻花那样的赏心乐事也就无从重现,只能深深地铭刻在自己的记忆之中了。"露饮",是说饮宴时脱帽露顶,不拘形迹。"事与孤鸿去",虽是借用唐人杜牧诗句,却天衣无缝,浑若己出。这是因为,从声韵方面看,此句后三字是"平平去",恰与格律吻合;从文章方面看,此句与上文的"犹记""知谁"等词语也能紧相绾合。"事与孤鸿去"一笔收束往事,回到当前,而且顺势推演,很自然地点出了全篇的主旨:"探春尽是伤离意绪"。这样总括性的句子,如果位置摆得不恰当,就可能流于空洞,本篇是在景、情、人、事都已写充分的前提下,才把这两句推导出来的,所以显得沉着深厚。结尾再次写景,先以"官柳"与开头的"章台"、"归骑"与开头的"归来"遥相照应,再写池塘、院落、帘栊,而"飞雨"与"风絮"之足以令人"断肠",则是意料之中的事了。

　　周邦彦这首《瑞龙吟》,章法非常考究,以景起,以景结,中间则以今日与往昔两条线索互相交织。首叠着重写今日,次叠着重写往昔,三叠则今昔紧相联结不复可分。层次错落而分明,脉络繁复而清晰,足见其笔法;能大开大合,铺开时写得具体细致,收拢时写得凝练厚重,又足见其笔力。不把话一气说尽,而是如抽茧丝,如剥笋皮,能于层层递进之中显出回环往复来。篇中多有转换跳荡之处,给人以疏朗之感,而勾连接榫之严谨,又使人觉得它极为缜密。长调最重章法,此篇堪称楷模。

　　　　　　　　　　　　　　　　　　　　　　　　　　　　　(王双启)

琐 窗 寒　　　　　　　周邦彦

暗柳啼鸦,单衣伫立,小帘朱户。桐花半亩,静锁一庭愁雨。洒空阶、夜阑未休,故人剪烛西窗语。似楚江暝宿,风灯零乱①,少年羁旅。　　迟暮,嬉游处,正店舍无烟,禁城百五②。旗亭③唤酒,付与高阳俦侣④。想东园、桃李自春,小唇秀靥⑤今在否? 到归时、定有残英,待客携尊俎。

〔注〕 ① 风灯零乱:杜甫《船下夔州郭宿雨湿不得上岸别王十二判官》诗:"风起春灯乱,

江鸣夜雨悬。" ② 百五：即寒食节。宗懔《荆楚岁时记》："去冬节一百五日，即有疾风甚雨，谓之寒食，禁火三日，造饧、大麦粥。"元稹《连昌宫词》："初过寒食一百六，店舍无烟宫树绿。" ③ 旗亭：酒楼。张衡《西京赋》："旗亭五重。"薛综注："旗亭，市楼也。" ④ 高阳俦侣：谓酒友。郦食其，陈留高阳人，求见沛公刘邦，刘邦以为他是儒生，不接见，"郦生瞋目案剑叱使者曰：'走复入言沛公，吾高阳酒徒也，非儒人也。'"（见《史记·郦生陆贾列传》） ⑤ 小唇秀靥：谓美貌女子。靥(yì)，面颊上的微涡。李贺《兰香神女庙》诗："团鬓分蛛巢，浓眉笼小唇。"又《恼公》诗："晓区妆秀靥，夜帐减香筒。"

　　此词抒写客中寒食对雨思乡之感。词中提到禁城，可证作者当时正旅食京华。按周邦彦一生在京之日甚久：入太学，元丰（1078—1085）初献《汴都赋》，这是三十岁以前；为国子主簿，被宋哲宗召见，这是四十岁以后，一直到去世前三数年，除一度出知隆德府（府治今山西长治），徙知明州（州治今浙江宁波市）外，都在当京官。从下片换头用"迟暮"两字，以及就全词意境看，当系晚年所作，而这时宦况颇为落寞。

　　一起五句，从对雨起兴：庭院小帘朱户之地，柳暗桐阴鸦啼之时，单衣伫立独对春雨之事，此时、此地、此情、此景，教人如何排遣！"洒空阶"两句，从听雨感到孤独。潇潇暮雨，已够销魂；客馆孤灯，更添愁思。于是想起李义山的名句："何当共剪西窗烛，却话巴山夜雨时。"（《夜雨寄北》）这个时刻，如果有一位老友来剪烛谈心，多么好！与上面结构相比，这是：夜雨洒空阶之时，帘内之地，想与故人剪烛西窗之事。歇拍三句，从当前客窗孤独，想到昔年楚江羁旅。少年羁旅与垂老形役，心情一般萧瑟；楚江瞑宿、风灯零乱和暗柳啼鸦、空阶愁雨，境界同样凄清；所以会引起联想。与上面结构相比，这是：楚江瞑宿之地，风灯零乱之时，少年羁旅之事。歇拍三句，把思路拓开出去。

　　过片六句，将思路又勒转回来。这时作者已届迟暮之年，尚在京华作客，孤馆春寒，宦况寂寞，值此百五禁烟时节，亦无心饮酒，旗亭唤酒之事，只付与高阳酒徒为之，而自己不参与了。与上面结构相比，这是：禁城店舍嬉游之地，百五无烟之时，不共高阳俦侣旗亭唤酒之事。"想东园"三句，从客舍迟暮，想到故园桃李，梓里美人。久客恋乡，暮年感旧，节日思亲，都是人生极自然的心理活动。想象故里东园，桃李争妍，春色不殊，可是玉人安在？与上面结构相比，这是：故乡东园之地，桃李花开之时，小唇秀靥何在之事。最后三句，从故园桃李自春，小唇秀靥安在，设想自己回去后的情况。人已迟暮，春已阑珊，花自零落，在这样情况下，纵然回到故里，情怀仍似客中，只能花下酪酊，聊以排解郁结。与上面结构相比，这是：东园之地，残英之景，归客携尊俎之事。

　　上析六个层次，层层递转，宛若六幅画面，幅幅不同。这些层次，就是思想感情的发展过程,虽然曲折回环,却总不离寒食、春雨与迟暮之感。布局有峰回路转、柳暗花明之妙。所以清代词论家周济称此词"奇横"(《宋四家词选》),奇横即不平直,在此通首不及百字的词中,有虚景、有实写,有愿望、有设想,有少年、有暮齿,有客舍、有故里,有高阳酒徒、有秀靥美人,鱼龙曼衍,光怪陆离,难以臆测,不可捉摸,此所以为奇横;奇横而脉络可寻,治丝不棼,此所以为贵。　　(黄清士)

风　流　子　　　　　　　　　　　　　　　　　　周邦彦

新绿小池塘,风帘动、碎影舞斜阳。羡金屋去来,旧时巢燕;土花缭绕,前度莓墙。绣阁里,凤帏深几许,听得理丝簧。欲说又休,虑乖芳信;未歌先咽,愁近清觞。　　　遥知新妆了,开朱户,应自待月西厢。最苦梦魂,今宵不到伊行。问甚时说与,佳音密耗,寄将秦镜,偷换韩香? 天便教人,霎时厮见何妨!

南宋王明清《挥麈余话》说,周邦彦为溧水令,主簿之室(或引作姬)有色而慧,每出侑酒,因作《风流子》以寄意。王国维《清真先生遗事》说:"案明清记美成事,前后牴牾者甚多,此条疑亦好事者为之也。"以一县之令长,对属官妻妾如此"寄意",亦太越出情理之外,故事自不可信。此乃寻常风情之什,且未必即是"夫子自道"。上片主景,写黄昏之春愁;下片主情,写月夜的怀思,层次过渡,十分清楚。

从上片描写的景物看,词中的"我"徘徊于池上,离意中人居处不远,但彼此间却有不可逾越的障隔。"新绿小池塘",谓池水新涨,"绿"为水色。此宅院中的小池。入手一句写环境,便得静雅之趣。转到下两句,仍写池水,而静中见动。帘影映入水中,风摇影动,加以水面折光,便成碎影;再着斜阳返照,浮光跃金,景色奇丽。不仅体物尽态极妍,且隐含人情。在有情人眼中,"风帘动"可能产生"疑是玉人来"之想。但人不果来,唯"碎影舞斜阳"而已,这就暗启下文之幽恨。

"羡"字所领四句,蕴含在景中的情感就略有显露了。燕子在旧年筑过巢的屋梁上又来筑巢;土花(苔藓)在前番生过的墙上又生了出来。主人公触景生情,所以"羡"此二物,是因它们能隔年重临故处,而对比自己此时不能重续旧欢,有人不如物之慨。这四句形式属"带逗对",词序略有挪移,即以"土花"对"金屋"(本应对主体"巢燕"),尤觉工稳。是作者善于锤炼字句的表现。

旧欢既不能重续,于是揣想对方在深闺的景象。"绣阁里,凤帏深几许",出以问句,便觉一往情深。"听得理丝簧"即是池上所闻。以下四句写"丝簧"似是以琴音传情。那声音像怕误了佳期芳信,满怀幽怨无处倾诉,故"欲说又休";本应对酒当歌,但怕近酒,故又"未歌先咽"。于是词情暗由己思人转为写人思己,倍增怀思之深。

换头三句,悬想伊人晚妆停当,待月西厢,她也在思念、盼望自己。"待月"二字表明与上片所写"斜阳"已有一段时间间隔,但仍从对方落笔,词意与上片相续。不作"遥想"而径写"遥知",则似乎实有其事,何以知之?"心有灵犀一点通"也。丝簧可闻的地方著一"遥"字,又表现出咫尺天涯之感。明知她待月西厢,却无法赴会,是一苦;连梦魂也不得去她身边,便更苦了。这仍承上"羡金屋"四句,叹旧欢难续。

紧接便是长长一问:"问何时说与,佳音密耗,寄将秦镜,偷换韩香?"东汉秦嘉出为吏,其妻徐淑因病不能随行,嘉乃寄赠明镜、宝钗等物以慰之,此即"秦镜"出典;晋贾充之女私慕韩寿,窃御赐异香赠寿,充知其事,即以女妻之,此即"韩香"的出典。这四句意思是:什么时候才有机会相订密约,互通情愫呢?乃是在封建礼教禁锢下的情侣发自心灵的呼声,它将词情又推进一层。至此通篇皆是旧情难续的怅恨,无由再见的怅恨,末句就喊出内心呼声:"天便教人,霎时厮见何妨!"似乎从中作梗,使有情人不得相会的,乃是苍天,不尤人而怨天,可见怨极;要求"霎时厮见",又见渴望之急;便"霎时厮见",于事何补,又见情痴。如此"卞急迂妄"的一问,把词情引向高潮。

全词由景及情,抒情由隐而显,下片"最苦"二句、"天便"二句,坦直表露,语无禁忌,自张炎以来多有非难,以为有失"雅正"。其实,真率与鄙俗并不是一回事,应知"此等语愈朴愈厚,愈厚愈雅,至真之情由性灵肺腑中流出,不妨说尽而愈无尽"(《蕙风词话》卷二)。虽然语多真率,却并不粗鄙;有天然风姿而无矫揉造作之感,读来既明快又饶有情致。

(周啸天)

渡 江 云

周邦彦

晴岚低楚甸,暖回雁翼,阵势起平沙。骤惊春在眼,借问何时,委曲到山家。涂香晕色,盛粉饰、争作妍华。千万丝、陌头杨柳,渐渐可藏鸦。　　堪嗟。清江东注,画舸西流,指长安日下。愁宴阑、风翻旗尾,潮溅乌纱。今宵正对初弦月,傍水驿、深舣蒹葭。沈恨处,时时自剔灯花。

关于周邦彦词之内容意境方面的评价,历来乃颇有异辞。张炎之《词源》曾讥其"意趣却不高远";王世贞之《弇州山人词评》亦曾谓其"能作景语,不能作情语";刘熙载之《艺概·词曲概》亦曾谓"美成词信富艳精工,只是当不得个贞字"。但也有极致赞美者,如陈廷焯之《白雨斋词话》即曾云"美成词极其感慨,而无处不郁"。"沈郁顿挫中别饶蕴藉","哀怨之深,亦忠爱之至"。但同时又以为周词往往有"令人不能遽窥其旨"的遗憾。其实周邦彦生当北宋新旧党争之际,对于政海沧桑确实颇多深慨,只不过他写得含蓄深蕴,使人不易觉察罢了。盖周氏之入汴都为太学生,乃正当神宗元丰初年变行新法之际。其后不久周氏就献上了赞美新法的《汴都赋》,为神宗所欣赏,遂自太学生一命为太学正。及至哲宗元祐初年高太后用事,起用旧党之人,周氏遂于不久后被出官在外,流转多年。及至绍圣年间,哲宗正式亲政,于是旧党之人又相继被贬出,而新党之人乃陆续被召回。于是周邦彦也便于此时又被召回汴都,且曾重献《汴都赋》。只不过这时的周邦彦,在阅历沧桑以后,已经不复是早期炫学急进的少年,而是一位委顺知命的恬退的长者了。从他的晚期的一些词作来看,如其《兰陵王》(柳阴直)、《瑞龙吟》(章台路)诸作,便该都是在其表面所写的对柔情之追念中,隐藏有政海沧桑之慨的。这些词都写得极为含蕴,可以吟味,但都不宜于指说。唯有这一首《渡江云》词,则对其喻托之意稍微露有端倪。

首先此词第一句就点明了"楚甸",据王国维《清真先生遗事》,以为周氏客荆州"当在教授庐州之后,知溧水之前"。但此词却并非此时所作,而当为其第二次被召入京时重过荆州之作。这首词从表面看来,其前半阕不过泛写春日之景物而已。俞陛云《宋词选释》即曾谓此词"上阕言楚江作客,春光取次而来,皆平叙景物"。其所说虽是,然而这实在却只是这首词表面所写的第一层意思而已。至于此词之下半阕,俞氏虽也曾提出"其写怀全在下阕"之说,然而俞氏对其所写之怀的理解,则只是"宴阑人散,送行者皆自崖而返,而扁舟孤客,泊苇荻荒滩,与冷月残灯相对。此词与柳屯田之晓风残月,皆善写客愁者"。其所说亦未能得其真义。周邦彦自元祐初年出为庐州教授,至绍圣年间之再被召还京师,其间盖已有十年之久。在此十年中,时代既曾有新旧党人之废兴的两次剧变,周邦彦在阅历世变之余,其早年写赋求进之锐气,也已经销磨殆尽。因之此次再度蒙召入京,一方面虽然也有惊喜之情,而另一方面却同时也不免怀着很深的悲慨和恐惧。此词开端"晴岚低楚甸,暖回雁翼,阵势起平沙"数句,表面所写虽是在荆州水途中所见到的春至阳回的景色,但实在却已经隐喻了时代的政治气氛之转变,尤其值得注意的是"暖回雁翼,阵势起平沙"二句,表面上所写虽是雁阵之起飞,但实际上却已经隐喻着一些因政治情势改变,而又纷纷得意回朝的新党的人士。下面的"骤惊春在眼,借问何时,委曲到山家"数句,表面是写春天到来时,春光也来到了山中的人家,但此处实隐含有自指之意,暗喻自己在此次政局转变中,也再度被召还朝的这件事。以下自"涂香晕色"一直到上半阕的结尾数句,表面上所写的自然仍是春光之美盛,而实际上所隐喻的则正是政局转变后,新党之人竞相趋进的形势。对于这首词中前半阕所可能具有的隐喻之意有了理解后,我们就会明白何以作者在下半阕的开端,竟忽然用了"堪嗟"两个字,来承接前面所叙写的美丽的春光了。据强焕《片玉词序》谓周氏知溧水县时,曾为后园之亭台命名为"姑射""萧闲",则其对竞进之心之逐渐泯除,已可概见;何况他在溧水还写有极著名的《满庭芳》(风老莺雏)一首词,其中的"且莫思身外,长近尊前"诸词句,也同样表现了一种淡泊世事的心情。而他在此次蒙召赴京,将要离开溧水前,所写的《花犯》(粉墙低)一首词,也曾藉着对梅花的感情,表现了对溧水的闲静恬适远离世纷的生活的依恋。

当我们有了这种认识以后,我们就可以了解他在此首《渡江云》下半阕开端,所写的"堪嗟。清江东注,画舸西流,指长安日下",所蕴含的对于蒙召赴京一事之矛盾恐惧之心理了。其"清江东注"一句,所写的实不仅指眼前的江水而已,同时也暗喻了他对于江南的依恋,这种依恋,既包括了他曾任过县令的溧水,也包括了他自己的故乡的钱塘,而下句的"画舸西流",则正指今日奉召入京的旅程,其中的矛盾对比,自是显然可见的。本来,对旧日的士大夫而言,其一生所追求者,既以仕进为人生之主要目标,则被召还京师,便原该是一件可喜的事。而周邦彦在这一首词中,却表现了如此深沉的嗟叹和矛盾,则其原因究竟何在? 于是周氏在下面的"愁宴阑、风翻旗尾,潮溅乌纱",马上就写出了他的矛盾恐惧的症结之所在,原来他所愁惧的仍是政争翻覆之无常。所谓"愁宴阑"者,正是预先愁想之意,"宴阑"之所指,则是预愁今日如雁阵飞起的、"涂香晕色"的骤然贵显的一批新党之士,一旦"宴阑"下台,则或者便不免将要受到如今日下台的旧党人士所受到的同样的排挤和迫害。所以才在此一句之下,马上承接了"风翻旗尾,潮溅乌纱"两句,暗喻了政治上的风云变色。"旗"字既可使人联想到一种权势党派的标帜,"乌纱"更可使人体味到政治上的官职和地位。而曰"风翻"、曰"潮溅",则暗喻此种权势和地位之一旦倾覆的危险。俞陛云评说此词,竟以为果然有离别之宴,谓此词为"宴阑人散"以后之作,而忽略了"愁宴阑"之"愁"字,原为预先愁想之意,那便因为他对此词所隐喻的真正意旨未能完全体会的缘故。至于此词结尾之处的"今宵正对初弦月,傍水驿、深舣蒹葭。沈恨处,时时自剔灯花"数句,才是此词中真正全用写实之笔之处。表现出水程夜泊孤独寂寞中满怀心事的情景。

　　透过对于这一首词写作之时地,及其内容之深一层含意的分析,我们对周邦彦词之意境,当然有了更多的了解。但对于周词之有否托喻,我们不可一概而论。判断作品中是否确有托喻,我以为有三项衡量的标准,第一当就作者生平之为人来作判断,第二当就作品叙写之口吻及表现之神情来作判断,第三当就作品产生之环境背景来作判断。周邦彦此词,其一,盖写于其出官外州县已有十年之久以后,其为人性格已由少年时之不羁与急进,转为阅尽世变沧桑以后的淡泊恬退。而且据楼钥《清真先生文集序》之所记述,周邦彦此次蒙召还京以后,也是"虽归班于朝,坐视捷径,不一超焉",这种性格之形成,自然与他对当日党争中仕途之升沉祸福之忧惧,有很大的关系。此其合于第一项衡量标准者也。其二,此词中所叙写之口吻神情,不仅在下半阕中的"指长安日下"和"风翻旗尾,潮溅乌纱"数句中之"长安""旗尾""乌纱"等字样,显然可见其含有喻托之意;就是在前半阕中的"暖回雁翼,阵势起平沙",及"涂香晕色,盛粉饰、争作妍华"数句,其托喻之含义也是隐然可想的。此其合于第二项衡量标准者也。其三,则此词写于绍圣年间,哲宗已经亲政,旧党多被贬谪,而新党重新得势之际。是其写作之时代环境,也证明了此词有托喻之可能。此其合于第三项衡量标准者也。正因为有如此种种相合之处,所以我才敢大胆指明此词之果有托喻之意。　　(叶嘉莹)

应 天 长 　　　　　　　　周邦彦

条风布暖,霏雾弄晴,池塘遍满春色。正是夜堂无月,沉沉暗寒食。梁间燕,前社客。似笑我、闭门愁寂。乱花过,隔院芸香,满地狼藉。　　　　长记那回时,邂逅相逢,郊外驻油壁。又见汉宫传烛,飞烟五侯宅。青青草,迷路陌。强载酒、细寻前迹。市桥远,柳下人家,犹自相识。

　　清真词情深入骨。回忆与追思实写,是这位词人的绝大本领。清真词具备这两大特征,可谓有体有用。一位俄国作家说得好:"心的记忆啊,你比理性的悲哀的记忆还要强烈。"(见《金蔷薇·心上的刻痕》)心灵的记忆,与情感的生命同其长久。清真此词是怀人之作,调名《应天长》,盖有深意。南宋陈元龙注于调名下引《老子》"天长地久"及《长恨歌》"天长地久无终毕"二语,不愧清真知音。

　　"条风布暖,霏雾弄晴,池塘遍满春色。"条风即调风(俗语谓风调雨顺),指春

应天长（条风布暖）　　　周邦彦

风。春风骀荡,布温暖满人间。迷雾飘动,逗出一轮晴日。池塘水绿草青,一片春色。起笔三句,便觉满幅春意盎然。可是,这并非此词基调。"正是夜堂无月,沉沉暗寒食。"正是二字,点明当下作词之现境。寒食之夜黯然无月,沉沉夜色笼罩天地,也笼定独坐堂上的词人心头。原来起笔三句乃追思实写(不用忆、念一类领字的回忆),追叙寒食白天情景。"梁间燕,前社客。似笑我、闭门愁寂。"陈元龙注引欧阳獬《燕》诗:"长到春秋社前后,为谁去了为谁来。"寒食为清明前二日,春社为立春后第五个戊日,在寒食前,其时燕子已经归来,故称梁间燕为前社客。上二句以沉沉夜色喻示自己心灵之沉重,这四句则从燕子之眼反观自己一人之孤寂。闭门之意象,更象征着封闭与苦闷。"乱花过,隔院芸香,满地狼藉。"芸是一种香草,此处芸香借指乱花之香气。乱花飞过,院里院外,一片香气,其境极美,而残花满地,一片狼藉,则又极悲。此三句哀感顽艳,可称奇笔。回顾起三句所写之布暖、弄晴、春色,则以下所写之"无月"、愁寂、狼藉,昼夜之间,情景悬若霄壤,这究竟为何?

　　"长记那回时,邂逅相逢,郊外驻油壁。"换头以长记二字领起遥远的回忆,为全词核心。词人心灵中的这一记忆,正是与天长、共地久的。那回,指人我双方不期而遇的那一年寒食节。"时",是宋人语气辞,相当于"呵"。词人满腔衷思之遥深,尽见于这一声感喟之中。永远记得那回寒食节呵,我俩相逢在郊外,您是乘着油壁轻车来的。宋代寒食节有踏青的风俗,女性多乘油壁轻车来到郊外。其车壁用油漆彩饰,故名油壁。记忆中这美好的一幕,在词中仅倏忽而过,正如它在人生中倏忽而过那样。然而,它是不可磨灭的。以下,全写今日重游旧地情景。"又见汉宫传烛,飞烟五侯宅",此二句化用韩翃《寒食》诗:"日暮汉宫传蜡烛,轻烟散入五侯家。"既点染寒食节气氛,也暗示出本事发生的地点在汴京。下"又见"二字,词境遂拉回今日白天的情境,从而引发出下文所写对当年寒食邂逅不可遏止的追寻。"青青草,迷路陌。"沿着当年踏青之路,词人故地重游。芳草萋萋,迷失了旧路,可是词人却固执不舍,"强载酒、细寻前迹。"强(勉强)之一字,道尽词人哀哀欲绝而又强自振作的精神状态。明知重逢无望而仍然携酒往游,而细寻前迹,终于寻到。"市桥远,柳下人家,犹自相识。"市桥远处,那柳下人家,还与自己相识。可是如今自己只身一人,绝非当年双双而来可比。往事,已如幻,如电,如昨梦前尘,如水逝云飞。言外无限酸楚。原来,上片起笔所写之盎然春意,只是今天重寻旧迹之前的一霎感受,其下所写之夜色沉沉、闭门愁寂,才是下片所写白天重寻旧迹之后的现在归宿。

　　时空错综交织与意脉变化莫测,是此词重大特色。若非反复潜心体察,确实难得其精微独诣。全词可分四层。起笔三句写今日寒食白天之景,是追思实写,为第一层。以下写今日夜色,是现境,为第二层。换头三句写当年寒食之邂逅,是回忆,为第三层。以下写今日重寻前迹情景,又是追思实写,为第四层。第一层大开,第四层大合,中间两层则动荡幻忽。全篇真是神明变化几不可测。词人只有这样行潜气内转于千回百折间,才能极尽其刻骨铭心之情,极尽其郁积深厚之意。随结构意脉千变万化,意境自然也迷离惝恍,要眇深邃。同时,此词声情与语言之特色也不可忽视。上片自"梁间燕"之下,下片自"青青草"之下,皆是三、四字短句,此词韵脚为入声,句调既紧促,韵调复激厉,全词声情便是一部激越凄楚的乐章。词中几乎字字句句皆千锤百炼,可谓掷地有金石之声,尤其上下片那两段一气贯注的短句,无不峭拔有力,可谓字字皆向纸上立,确实体现着清真以健笔写柔情的特色。就是今天读来,犹觉其声情文情惊心动魄,回肠荡气。词体抒情艺术,此作已臻极致。

(邓小军)

还　京　乐　　　　　　　　周邦彦

禁烟近,触处浮香秀色相料理。正泥花时候,奈何客里,光阴虚费。望箭波无际。迎风漾日黄云委。任去远,中有万点相思清泪。　　到长淮底。过当时楼下,殷勤为说,春来羁旅况味。堪嗟误约乖期,向天涯、自看桃李。想而今、应恨墨盈笺,愁妆照水。怎得青鸾翼,飞归教见憔悴。

此词是春天羁旅怀人之作。其别致之处,在以情语结体。词人遥对恋人而作此一番情语。

"禁烟近,触处浮香秀色相料理。"起笔三句好比曲中之楔子。词人喃喃而语:寒食将近,到处花气浮动,到处花光闪烁,真撩逗人呵。"正泥花时候,奈何客里,光阴虚费。"此三句,由触处秀色引出赏花无心,遂一转而为对恋人之告语,以至于曲终。此时,正该与你缠住百花不放,尽情赏玩,无奈我却独在异乡为异客,与你山川间阻,只得任大好春光虚掷。伤春正所以怀人。"望箭波无际。迎风漾日黄云委。"望着眼前一派河水,水急如箭,浩渺无际,竟至对顶长风,荡漾白日,吞吐黄云。河水象征相思。其言外之意是,水流之急,如我归心似箭,水势之大,则如我相思无限。下边,更由此箭波翻腾起一段奇特想象激情高潮。"任去远,中有万点相思清泪。到长淮底。过当时楼下,殷勤为说,春来羁旅况味。"此六句实为一长句,一气直贯上片歇拍与下片开头。它紧接箭波之意象涌来,恰是激情之高潮。论章法之奇,实为词林之伟观;论想象之奇,更是出人之意表。词人倾诉:我流不尽的万点相思清泪注入滔滔箭波,让泪水远去,奔流直到淮河里,直到当时与你相会的河楼下,向你呜咽诉说,这一春来我滞留异乡苦苦相思的滋味!词人卓异之想象,与李白《闻王昌龄左迁龙标遥有此寄》"我寄愁心与明月,随风直到夜郎西",可谓神思仿佛,但不尽相同。在李诗,愁心与明月本不同物,明月仅是愁心之所托。而在周词,泪水河水原为同质,故天然融汇莫可分辨。与清真同时的诗人韩驹,有《九绝为亚卿作》:"君住江滨起画楼,妾居海角送潮头。潮中有妾相思泪,流到楼前更不流。"构思同一机杼,唯主人公在周词为男子,在韩诗为女性则异。此一长句如涌狂澜,为激情奔放之高潮。下三句一变而为微波轻漾,低徊无已。"堪嗟误约乖期,向天涯、自看桃李。"词人悲叹,尽管泪水能流到你身畔,我自身毕竟淹留未归,这于你而言乃违期失约,在我来说又何尝不是失望痛心。远在天涯一角,我唯有独对桃李之花而已。言外之意是,桃李烂漫,我自孤独,相形岂不愈苦。此亦上边欲凭泪水诉说之一份春来羁旅况味。以上言自己相思已极,下边更转而替女子设想。"想而今、应恨墨盈笺,愁妆照水。"想而今你满怀怨恨,和了笔墨,该写满多少彩笺? 你每日临水沉思,定照出愁容惨淡。设想之切,正见得相知之深。恨墨盈笺指女子所作诗词。这里透露出一个重大信息,未出场之女子原来深具文学才华,正是词人之知音。于是词中所表现之爱情,遂呈示出更其美好丰厚之文化内蕴。"怎得青鸾翼,飞归教见憔悴!"结笔二句,论词情是高潮再起,论想象更是奇外出奇。安得身有青凤双飞翼,直飞回你身边,教你也瞧见人家已憔悴成何状! 言外之意是,彼此相思同样入骨。伤心之余,也不无一份相互慰藉之意味。倾诉相思,至此完满已极。结笔想象虽奇,仍出自率朴之情语,正是"愈朴愈厚,愈厚愈雅,至真之情由性灵肺腑中流出,不妨说尽而愈无尽也"(况周颐《蕙风词话》卷二)。

　　此词之显著艺术特色有三点。第一是全幅情语结体。词人通过内心独白,俨然如以词代书,通篇对恋人作情语,情感如万斛泉源涌出肺腑奔赴笔端,汩汩滔滔,忽而激情如涌潮,忽而悲徊如微波,而行于所当行,止于所不可不止,控纵自如,遂极浑成之致。全幅词情,如大化流行,能摄人魂魄。第二是以情语为体又以想象为用,奇思妙想澜翻无穷。如清泪直到长淮里,再如想而今恨墨盈笺,又如化青鸾飞归相见。真可谓奇外无奇更出奇,一波才动万波随。想象语既皆属致恋人之情语,故仍得归宗于情语之本体。而情语本体亦得力于想象不小。想象乃情感之载体,想象越富,情致越厚。第三是笔力劲健无比。从结句看,此词字字句句,皆精力弥满,无稍懈之笔。读之令人神旺。从构篇看,既刻画自己,又勾勒对方,且一再绾合双方,全篇之精严,如熔铸而成。尤其从歇拍至换头一气贯穿,成为一长句,词中罕见。真可谓凌云健笔意纵横。以健笔写柔情,正是清真词擅场。

作词,向以融情于景为易工,情语结体实难。此词却能以此道见长,不愧词苑奇葩。"建章千门,非一匠所营。"清真之被誉为词中集大成者,确非偶然。

(邓小军)

解　连　环　　　　　　　　　　　周邦彦

怨怀无托。嗟情人断绝,信音辽邈。纵妙手、能解连环,似风散雨收,雾轻云薄。燕子楼空,暗尘锁、一床弦索。想移根换叶,尽是旧时,手种红药。　　　汀洲渐生杜若。料舟移岸曲,人在天角。谩记得、当日音书,把闲语闲言,待总烧却。水驿春回,望寄我、江南梅萼。拚今生,对花对酒,为伊泪落。

连环,是古代的一种玉饰,镂为双环相连的形状,取其永相连结不可分解的意思。《战国策·齐策六》记载着这样一个故事:"秦昭王尝使使者遗君王后玉连环,曰:'齐多智,而解此环否?'君王后以示群臣,群臣不知解。君王后引锥椎破之,谢秦使曰:'谨以解矣。'"齐后果然聪明,但欲解连环,只能砸碎,所以连环毕竟还是不可解的。周邦彦这首《解连环》词,是描写一个男子失恋的愁苦的,用连环比喻相思之情,连环不可解,相思亦不可断,然而,解与不解之间,断与不断之间,又有许多情感之起伏与思想之矛盾,这首词的特点,就在于它婉转反复地抒写了这种曲折细微的心理活动。

开头三句,"怨怀无托。嗟情人断绝,信音辽邈",写怨恨产生的根由;结尾三句,"拚今生,对花对酒,为伊泪落",是最后的结论;中间的文字则交错变换地描写失恋者的思绪:全篇的结构层次非常清楚。上片写了三层意思,反复表示相思之情不能断绝。"怨怀"之所以产生,是因为"情人断绝"而且"信音辽邈",致使满腹的哀怨无所寄托,无法排遣。相思恰如连环,本不可解,退一步说,纵然"妙手能解"——其实是把它砸碎,算不得"解",那也还不免藕断丝连,就像"风散雨收"之后,仍然会残留下轻雾薄云一样。这是第一层。接着又用关盼盼"燕子楼"的典故述说同样的意思:纵然是人去楼空,也还剩得"一床弦索"在。"床",是古代的一种较矮的坐具;"弦索",总指乐器。弦索仍然摆满床上,蒙着一层灰尘,那是关盼盼的遗物,睹物思人,以喻相思之情不能断绝。这是第二层。下面写到芍药花，又开始了第三层。芍药，是有特殊含义的。《诗经·溱洧》："伊其相谑，赠之以芍药。"又，芍药一名"将离"，行将别离之意。可知写到芍药花，就寓含着往日的欢乐与离别后的凄楚了。"移根换叶"与"旧时红药"相关合，"手种"则是以亲自栽种芍药来象征精心培植爱情。上片这三层意思，都表示割不断相思之情。

过片用《九歌·湘君》"采芳洲兮杜若，将以遗兮下女"句意，表示离别与怀念。汀洲，是水边送别之地。人已乘舟而去，且远在天角，如今伊人不见，离去久远，汀洲之杜若渐次成丛，而欲寄无由，亦似愁绪之与日俱增，而欲诉无地。"谩记得"以下几句，笔锋陡转，忽作狠心决绝之辞，谓昔日往还音书，不过是些"闲语闲言"，人已断绝，留它何用，点个火儿烧掉算了。这是暗用汉乐府《有所思》"拉杂摧烧之，当风扬其灰"句意，以示"从今以往，无复相思"之决绝态度。可是，紧接着又拉转回来，再暗用南朝乐府《西洲曲》"折梅寄江北"句意，请求对方把象征爱情的江南梅花寄来，这就是说，丢不掉，斩不断，虽已失恋，仍然怀着万一的希望，相思毕竟是不能断绝的。最后总收一笔，表明至死不变的痴心，写得极其凄苦。"拚今生"，已站好退身步，作了终生不能遂愿的准备；"对花对酒"，是说今后虽然有花可赏，有酒可饮，却唯独意中人不得相见，那末，也就只好"为伊泪落"了。如果把这种痴心流泪的结语再引申一下，就会很自然地联想起《红楼梦》曲子中那句有名的话："想眼中能有多少泪珠儿，怎禁得秋流到冬，春流到夏！"

（王双启）

满 江 红   周邦彦

　　昼日移阴，揽衣起，春帷睡足。临宝鉴，绿云撩乱，未忺妆束。蝶粉蜂黄都褪了，枕痕一线红生玉。背画栏、脉脉悄无言，寻棋局。　　重会面，犹未卜。无限事，萦心曲。想秦筝依旧，尚鸣金屋。芳草连天迷远望，宝香薰被成孤宿。最苦是、蝴蝶满园飞，无心扑。

　　《满江红》一调，句脚几乎全是仄声，音节拗怒，声情激壮，一般适合于抒发豪壮慷慨的感情。此调在现存的唐五代及北宋初词中不见。宋人最早用此调的，当推柳永。《乐章集》中有《满江红》四首，内容为描写山水风光、抒发羁旅哀愁与表达作者对情人的思念三类。其中写山水、写羁愁的，境界阔大，感情沉郁，洵称佳构；而写恋情的那一两首却显得直露而粗糙，并非成功之作。此后，苏东坡、辛弃疾等改革派的词人利用这个词牌来恣意抒写政治情怀或人生感慨,创作了不少以阳刚之美见长的优秀篇章。流风所及,遂使几百年来作《满江红》词者,大多走激烈豪放一路。不过也有一些例外。作为苏东坡的后辈的柔丽派词人周邦彦,就偏用此调来抒写儿女私情。邦彦的集子里这首唯一的《满江红》词,以柔婉细腻的笔触,写千回百转的相思,特别是对女性的动态与心态的描摹,达到了惟妙惟肖的程度。它的风格情调,既与苏、辛一派的豪壮激越迥然异趣,也与柳永同词调、同题材作品中那种直露和俚俗的写法大相径庭。南宋以后用《满江红》来写柔情者,大都不同程度地受了周邦彦这首词的影响。因此我们可以说,这首词是众多的《满江红》中的一种创格。

　　此词的中心,是写一个闺中女子春日萌发的思念情人的愁绪。全篇用代言体写成,辞藻富艳,色彩秾丽,刻画精细,并多处化用前人诗、词、文成句,却又毫无板滞堆垛之感,而是脉络井井,摇曳生姿,叙事言情极有层次。这些,都是典型的清真家数。词的上片,先写这个女子春日睡起的无聊情态。一上来"昼日移阴,揽衣起,春帷睡足"三句,以景衬人,写女子日高懒起。阳光已在闺房中移动阴影,则日上三竿,时间已晚可知。"揽衣"二句,暗用白居易《长恨歌》:"揽衣推枕起徘徊",和《自问行何迟》:"酒醒夜深后,睡足日高时"。需要注意的是,所谓"睡足",与白居易原诗中的"睡足"意思有些不同,它并非"睡饱了""睡得又香又甜"之意,而是指这位女子昨宵因相思而失眠,故早上精神倦怠,在床上磨蹭够了才慢慢地起来。接下来,"临宝鉴"三句,以女子起床后无心打扮的慵懒之状来透露她情丝繁乱的心理。"绿云"句,化用杜牧《阿房宫赋》:"绿云扰扰,梳晓鬟也"。"未忺",不喜欢,不想之意。接下来"蝶粉蜂黄都褪了,枕痕一线红生玉"二句,继续铺写女主人公睡起之态。蝶粉蜂黄,指宫妆。李商隐《酬崔八早梅有赠兼示之作》:"何处拂胸资蝶粉,几时涂额藉蜂黄"。可证清真此处是写女子面部所施的脂粉。"蝶粉蜂黄都褪了",指女子通宵转侧于枕上,宿妆因而尽褪,这与清真另一首词《风来朝》中"残妆宿粉云鬟乱"之意略同。南宋罗大经《鹤林玉露》卷四引杨东山之语,以为这一句是用《道藏经》中"蝶交则粉退,蜂交则黄退"之意,并议"说者以为宫妆,且以'退'为'褪',误矣"。自矜得其本源,实是好奇炫博之过。多义词应随文释义,不宜任取一训以当之。如此解说,失之穿凿,歪曲了周词原意。因为这里只是写独居女子睡起之态,丝毫没有任何其他意思。这里描写睡起的模样十分细致逼真,所以明人王世贞《弇州山人词评》称赞说"枕痕一线红生玉"等句,"其形容睡起之妙,真能动人"。以上一大段"欲妆临镜慵"的渲染描绘,都是为了突出女子独居的苦恼,所以上片末又接以如下一个动态描写:"背画栏、脉脉悄无言,寻棋局。"通过这个富有特征的细节,开始正面揭示女子的心理状态,为下片宣泄其相思之情埋下了伏线。这里融化杜牧《题桃花夫人庙》"脉脉无言几度春"和《子夜歌》"明灯照空局,悠然未有期(棋)"等句,微变其意而用之,自然贴切如自己所出,于此可见周邦彦利用前代文学语言材料创造新意境的高超技巧。

通过上片的一系列精致深刻的描写,女主人公的生活环境与特殊情态已给人以鲜明的印象,于是下片放笔言情,代这个女子倾诉出了满肚子不可遏抑的相思之苦。"以健笔写柔情"本是周邦彦的特技,这里既是采用声情激壮的《满江红》调,在抒情气势上就更显出了紧健充畅的优点。试看下片的一连串情语,其势真如水逝云飞,风驰电掣,令人读之回肠荡气,深深地为作者的抒情技巧所折服。换头的四个三字句:"重会面,犹未卜。无限事,萦心曲。"句短而韵促,意悲而情切,以质直而重拙之笔突出全篇的情感内容。一切哀愁都是因为"重会面,犹未卜"而引发的,一切百无聊赖的行动都是由于"无限事,萦心曲"而产生的,因而这十二个字可以说是全阕的"词眼"。"重会面,犹未卜",即承上片末句"寻棋局"的意脉而展开。接下来"想秦筝依旧,尚鸣金屋"二句,是作者的设想之辞,意思是说:在情人远离之后,想必你还照常在闺房中弹奏筝曲,向他表达内心的情愫;可是他远在天涯,你的一片心意他又何从理解呢?这一变换角度的虚拟之笔,使得对女子相思心理的刻画更深入了。下面的句子即承此意而来:"芳草连天迷远望,宝香薰被成孤宿。"二句意思是说:女子想尽办法,仍不能排遣忧思;她登高远望,企图看见意中人,不料春草连天,视线为之遮断;只好重薰锦被,再受孤宿之苦。这里是一组工整流丽的对仗,它恰切而生动地写出了女子思远人而不见的痛苦。词写到这里,该用适当的语言结束全篇了。如果承"孤宿"之绪而再写女子茕独无依的室中处境,则这个结尾必定单调平直,没有韵味。作者笔头一转,由室内而至庭院,由环境渲染而转入心理描述,出人意表地以下列三句束住全篇:"最苦是、蝴蝶满园飞,无心扑。"这个心理表白含蕴十分丰富,大致说来,可以这么解说:眼下正是春光满园、百花竞放的时候,蝴蝶受春色引诱,纷纷而来,可女子见春色而增愁,不但无心扑捉蝴蝶,反而比锦帐孤眠之时更伤感了。这是因为,春色象征着美好的爱情,扑蝶更是消受春光的赏心乐事,当此情人天各一方之时,真是"良辰美景奈何天,赏心乐事谁家院",她睹物而思人,哪还有心玩乐,感到的只是韶光易逝、欢会无期的巨大痛苦!这个结尾,将全篇的抒情推向了高潮,热情饱满而余味悠长,相思女子的形象至此而更加完美生动了。周邦彦的恋情词喜以炽烈朴厚的情语作结,这首词也是其中的一例。　　　　　　(刘扬忠)

瑞　鹤　仙　　　　　　　　　　周邦彦

悄郊原带郭,行路永,客去车尘漠漠。斜阳映山落,敛馀红犹
恋,孤城阑角。凌波步弱,过短亭、何用素约。有流莺劝我,重
解绣鞍,缓引春酌。　　　　不记归时早暮,上马谁扶,醒眠朱阁。
惊飙动幕,扶残醉,绕红药。叹西园已是花深无地,东风何事
又恶?任流光过却,犹喜洞天自乐。

南宋王明清《玉照新志》卷二里,有一则关于这首词的记载,大意说:周邦彦
"自杭徙居睦州,梦中作《瑞鹤仙》一阕,既觉犹能全记",但词中所写内容,连他自
己也不能了解,后来遭逢兵乱,逃回杭州,所逢人物、事件,一一与该词切合,事后
应验,人皆称奇。王明清的父亲王铚,是周邦彦晚年相交的一位朋友,周邦彦曾
把这首词抄寄给他,所以前人曾根据《玉照新志》考证周邦彦的"遗事"。王明清
所记梦中作词的事,不能说全属子虚,进行诗歌创作的时候,由于作者的思维活
动非常集中,大脑神经一直处于兴奋状态,故而在睡梦之中,有时也能继续构思
觅句,而且醒来犹能记得,这种事情是常有的。不过,说周邦彦梦中作百余字的
长调,醒来所记一字不差,这就是夸张之词了。至于事后应验云云,则纯系迷信
傅会,不值一驳。

周邦彦作长调,多写繁富的内容,叙事、写景、抒情又复错综交织,每每使读
者感到头绪纷杂,索解为难,这一阕《瑞鹤仙》就属此类情况。为了便于了解这首
词的内容,不妨先把它梳理如下:前一日,有郊原送客之事,黄昏时分回城,所识
之歌妓劝以解鞍少憩,于是又成酗醉,醒来已是次日,扶残醉以赏花,又以东风无
情,引出流光易逝之感慨。事件经过、时间顺序、人物关系就是这样。有的选本,
给这首词加上"春游"的题目,显然并不确切。

首句"悄郊原带郭"作一四句法,于"悄"字处略顿,作为"领字"。前三句描
写郊原送客的情景:郊外的原野映带着城郭,漫长的道路通向远方,客人已经
乘车离去,留下了一片迷茫的烟尘,这一切,都显得静悄悄的。"悄"字既描摹
景象,也传达心情。行人离去,若有所失,作者感到"悄然",觉得心里空荡荡
的。下面接着写孤城落日,借以抒发惜别之情。"斜阳映山落,敛馀红犹恋,孤
城阑角。"作者把落日斜晖称作"馀红",造语颇为新颖,又用移情手法,说斜阳
对城楼上的一角栏杆恋恋难舍,迟迟不忍敛去它那微弱的光影。这样描写,就
把作者的主观感情扩展开来,使得那种由送别而产生的依恋之情,一并笼罩于

周围的客观景物,于是主客融为一体,全都沉浸在离别的愁绪之中。下面,笔锋转向人物,描写陪同送行的歌妓。"凌波步弱"是说她感到劳顿,用曹植《洛神赋》"凌波微步,罗袜生尘"作词藻。"过短亭、何用素约",是因她"步弱"而须小憩,因小憩而"过短亭",因"过短亭"而遇"流莺"。故下有"流莺劝我,重解绣鞍,缓引春酌"之事。"流莺"者何? 即作者相识的另一歌妓。短亭巧遇,即所谓"何用素约"——不用预先约好而"意外遭逢"(陈匪石《宋词举》说)。既相逢,因之应"流莺"之劝,又再下马饮酒。然而,词句的含义还不止于此。为什么要"重解绣鞍,缓引春酌"? 这里面还包含一段心理活动的过程:由于劳顿,更由于离愁相侵,作者的情绪很不好,此时心想,与其满怀郁闷地径自归去,何如再饮几杯,以消愁烦? 这正是作者能够接受歌妓劝说的心理基础,而且,歌妓的劝说之词又正是迎合着作者的心理提出来的,这又足见她的聪颖与"知情"。周邦彦的词,质实绵密,在凝练的词句中包含着多层次的丰富内容,而且各层次之间又是相互关联的,这几句就有这样的特点,所以它能够引人深入思索,咀嚼回味。

下片写次日酒醒以后的情况,笔致更加摇曳多姿。"不记归时早暮,上马谁扶,醒眠朱阁",活画出乍醒时的惺忪迷茫心态。昨日之事,隐约记得,但并不十分清晰。什么时候来到这里? 谁扶着自己上的马? 想来都觉恍恍惚惚。待到"惊飙动幕",一阵狂风吹动窗帏,也吹走了几分醉意,似乎清醒多了,但"残醉"仍未消尽。"扶残醉,绕红药",流露着对春光的深切依恋之情,与欧阳修的"泪眼问花"(《蝶恋花》)异曲同工。有这样的深情,才能与下文的"叹"字连接得上,而"东风何事又恶"则紧承上文的"惊飙"二字,这种谨严缜密的结构,也是周邦彦词的一个特点。结句用"荡开去"的手法,把烦恼抛到一旁,求得自我宽解。南宋沈义父《乐府指迷》云"结句须要放开,含有馀不尽之意",此正与之合。"任流光过却",也包含着一个心理活动的过程:先是惊叹春将归去,继而又对年华虚度感到惋惜,最后觉察到感慨悲伤之无济于事,才算想开了,终于得出"任凭它去吧"的结论。词里只把结论写出,而将推导的过程隐去,读来便觉"有馀不尽"。"犹喜洞天自乐",则含有"不得已而求其次"的意思,作者的内心深处,原来并不以饮酒赏花为乐事,似乎还有更高的理想追求,但在求之不得的情况下,也只好以此聊自宽慰了。词句之中含有难以明言的心事,读来自然也会感到"有馀不尽"。"洞天",是借用仙家字眼,把自己暂时休憩的北里青楼("朱阁")称作仙人的福地洞天。"犹"和"自",用来表达复杂的心情和委婉的语气,也是颇能传神的。

(王双启)

西平乐

周邦彦

元丰初,予以布衣西上,过天长道中。后四十馀年,辛丑正月二十六日,避贼复游故地。感叹岁月,偶成此词。

稚柳苏晴,故溪歇雨,川迥未觉春赊。驼褐寒侵,正怜初日,轻阴抵死须遮。叹事与孤鸿尽去,身与塘蒲共晚,争知向此,征途迢递,伫立尘沙。念朱颜翠发,曾到处,故地使人嗟。　　道连三楚,天低四野,乔木依前,临路敧斜。重慕想、东陵晦迹,彭泽归来,左右琴书自乐,松菊相依,何况风流鬓未华。多谢故人,亲驰郑驿,时倒融尊,劝此淹留,共过芳时,翻令倦客思家。

周邦彦的词,多属"缘情"而非"言志"之作,此词是例外。宋徽宗政和八年,他得罪罢提举大晟府,出知顺昌府(今安徽阜阳),调知处州(今浙江丽水),未到任罢,奉祠提举南京(今河南商丘)鸿庆宫,居于睦州(今浙江建德)。遇方腊起义,还杭州故里,又避兵渡江,暂居扬州。闻义兵已据两浙,将攻淮、泗,遂经天长(今属安徽),转赴南京。于宣和三年辛丑(1121)正月二十六日途经天长。当四十一年前,二十四岁的词人以布衣初入汴京,曾路过此地。旧地重游,词人感慨万分,因而写下此词及序。这时,北宋王朝已在暮年——亡于四年之后,词人的生命也已在暮年——就在本年卒于南京鸿庆宫斋室。此词作于时代与个人双重暮年的交叉点上。词人在向几十年的政治生涯告别。

起笔三句写天气的由雨而晴。细雨中,星星柳芽,含着雨珠,忽然映照出放晴的阳光。旧时游过的溪流,水面上,霎时雨花消失了。可是,正月里,辽阔的江北平原上,还感到春意未多。于是逗出下面三句,写气候的冷暖不定。料峭春寒,直透驼褐,语本于欧阳修诗"轻寒漠漠侵驼褐"。正好,初春的太阳出来了,来替人努力驱扫寒气吧,但是,轻云却拼命地把初日遮住,真是无可奈何。这三句把通常情景委婉写出,描绘老境不堪,令人不忍卒读。"叹事与"一句直至歇拍,从天气的阴晴冷暖,变幻不定,转写人生的今昔盛衰,变化无常,情景相衬,转换自然。"事与"句化用杜牧诗"恨如春草多,事逐孤鸿去"(《题安州浮云寺楼》),一笔带过四十余年情事,用"事逐"句而"恨如"句之意亦见。接入下句"身与塘蒲共晚"。李贺《还自会稽歌》序略云:"庾肩吾于梁时尝作《宫体谣引》,以应和皇子。及国势沦败,肩吾先潜难会稽,后始还家。"歌中云:"吴霜点归鬓,身与塘蒲晚。脉脉辞金鱼,羁臣守迍贱。"王琦注谓指庾肩吾"发白身老,不堪再仕,当永辞荣禄,守贫贱以终身"。词人夙擅文词,与庾肩吾同;此时年老失官,避兵乱间道奔走还南京又同,故用"身与塘蒲晚"一句,概尽李贺为庾肩吾"作《还自会稽歌》以补其悲"之意,借以自况。运前人成句只添一"尽"字、"共"字,语省而意丰,可见用典之妙,造语之工。"争知"即"怎知",下言此番长途远征,又经此地,凝神独立在风沙中,实出意料。不由人追念起初来时,是以布衣西入都门,求取功名,正当红颜黑发的英年,而今地犹此地,人则已憔悴非复当年,令人无限嗟伤! 这八句,领以"叹"字,结以"嗟"字,足见感喟之深沉。

换头四句,写眼前景物依旧。天长,位于古代东楚(三楚之一)的南北之交,平野寥廓,四望接天。"乔木依前","依前"应上"曾到处",旧时所见乔木尚在;"临路敧斜",则已非复昔日之挺然直立,比喻自己朱颜翠发时曾到此地,今以颓唐暮齿,犹困于道途。合时地景物,上下片衔接过渡紧密。"重慕想"领起的五句,"重",深、甚之意。借说深慕召平、陶潜以表已身出仕的自悔。召平原是秦东陵侯,秦破后,隐迹长安城东,种瓜为生。陶潜曾为彭泽令。他初次出仕为州祭酒,不堪吏职,不久辞职归里,州官召为主簿,亦不就,躬耕自活。其《饮酒》诗自述"畴昔苦长饥,投耒去学仕。是时向立年,志意多所耻。遂尽介然分,拂衣归田里"。"向立年",未及"三十而立"之年,即词所云"风流鬓未华"的年纪。后来四十一岁时为彭泽令,又辞官还家,赋《归去来兮辞》。"左右琴书自乐,松菊相依",即用《归去来兮辞》"乐琴书以消忧"和"松菊犹存"语。这几句主要用陶潜事,写及召平只是陪衬。陶《饮酒》诗也称美"邵生瓜田"的事,言通达知命的人了解荣枯寒暑代谢的至理,就将毫不犹豫地退隐。陶潜引召平为同调,故词中一并写入。美成仕途不达,宦移南北,晚年又避兵流离,故转生何不早隐之念,从慕想召、陶背面托出。下片两韵九句,从"道连三楚"至"鬓未华",续写天长道中所见所感,含义深入一层。感前后两度经过的物我变迁,发"木犹如此,人何以堪"(桓温语)的嗟叹,兴"年一过往,何可攀援"(曹丕语)的悔恨。词序中的"感叹岁月",至此收结。

词人饱经了宦海漂泊,神宗、哲宗、徽宗三朝的剧烈党争,尤其是目击了徽宗朝的黑暗政局,他产生对政治的厌倦,特别是对时局的隐忧,实无足为怪。"多谢故人"六句一韵,一气贯注到收尾,写天长故人殷勤好客,比得上西汉郑当时,郑曾安排车马至郊外迎送宾客;又比得上东汉孔融,融宾客盈门,曾叹道:"坐上客恒满,尊中酒不空,吾无忧矣。"故人更热情挽留自己长住,共度春天。故人的盛意,使老年遭遇乱离的词人感激不已,可是最后,词人反而倍加伤感:"翻令倦客思家!"前五句衬垫愈厚,这结句反跌就愈有力。事实上,江南故园既不可返,旧地重游更加难堪。词已尽,而言外苍凉之意无穷。

词中言志极可注意。词人在自己生命的暮年,同时也是北宋王朝的暮年,深情地尚友着两位古人,一位是亡国后晦迹民间的召平,一位是弃官归隐的陶渊明,这就透露出对当时政治局势的不祥预感,和对几十年政治生涯的厌倦。自徽宗亲政,重用蔡京,三十年来,北宋王朝日趋腐败,一步步走向倾危。即以词人此行所避的方腊起义来说,其导火线便是朝廷大兴花石纲之役,荼毒江南人民。正如王夫之所指出:"宋至徽宗之季年,必亡之势,不可止矣!""无一而非必亡之势","国之靡定,不待智者而知也。"(《宋论》卷八)作为统治阶级的一员,词人不可能站在起义者一边,但是,作为一位正直敏锐的知识分子,他对当时的执政者却有清楚的认识。南宋周密《浩然斋雅谈》卷下记载:"(徽宗)以近者祥瑞沓至,将使播之乐府,命蔡京微叩之,邦彦云:'某老矣,颇悔少作!'"证以词人"集中又无一首颂圣贡谀之作"(王国维《清真先生遗事》),周密所记词人不肯附和蔡京之事应当属实。所以,词中慕想召、陶之志并非虚语。词中所流露出对北宋王朝的不祥预感,则可以从词人的两首《西河》得到印证。两词中都充满了一种强烈的盛衰兴亡之感,一种山雨欲来的隐忧。这类词,在此前的北宋词史上尚未经见,它们是北宋王朝季世的哀歌,也只能产生于北宋季世。

此词在艺术上颇有特色。以描写、抒情而言,词人锐敏地捕捉住特定的景象,借以巧妙地映衬与之特征相似的情感,使情景有机地融为一体。如上片由天气的阴晴冷暖变幻不定,逗起人生的今昔盛衰变化无常,下片从故地乔木非复故态引出自己的老大徒悲之感,兴象自然,措意深微。化用前人诗语素为清真长技,此篇更其出色,上文已备述。同时,纵笔遣用了一系列感叹辞语,以加强喟叹的深沉感。如"未觉""正怜""抵死""叹""争知""念""嗟""何况""多谢""翻令"等等。读上来,便觉感喟无穷。词人所感喟的,不光是身世,也包含时世。以结构而言,则机杼井然,针线极密。上下片皆以景衬情,但上片言身世之感,下片言伤时之怀,意蕴层层深入,用笔并不重复。此词以言志的内容和苍凉的风格,在《清真集》中独标一格,不失为词人的暮年老成之作。

(邓小军　陈长明)

浪 淘 沙 慢

周邦彦

晓阴重,霜凋岸草,雾隐城堞。南陌脂车待发,东门帐饮乍阕。正拂面垂杨堪揽结。掩红泪、玉手亲折。念汉浦离鸿去何许,经时信音绝。　　情切。望中地远天阔。向露冷风清无人处,耿耿寒漏咽。嗟万事难忘,唯是轻别。翠樽未竭,凭断云、留取西楼残月。　　　罗带光销纹衾叠,连环解,旧香顿歇。怨歌永、琼壶敲尽缺。恨春去、不与人期,弄夜色,空馀满地梨花雪。

这首慢词共一百三十三字,朱彝尊《词综》选录之,且分作三叠。全词抒写离愁别恨,上片、中片都是回忆,下片才写到当前,由于时间的跨度较大,所以有的地方写的是秋景,有的地方写的是春景,但只要理出它的脉络,是不会感到牴牾的。

上片回忆当初离别时的情景,其时在秋季,故有"霜凋岸草""汉浦离鸿"等句。开头三句写景。"晓阴重"三字,分量显得很沉重,离别在清晨,其时漠漠穷阴,笼罩天地,造成了抑郁的气氛。岸草经霜枯萎,城堞被雾遮障。通过这些描写,把行者和送者那低沉怅惘的心情烘托了出来。以下几句叙离别之事。南陌、东门,只是泛说。脂车,车轴涂上了油脂,以示准备远行。帐饮,是临别的饮宴;乍阕,是刚刚结束的意思。"帐饮乍阕"指行人即将上路,马上就要分手的时刻。下面写到折柳送行人:"正拂面垂杨堪揽结。掩红泪、玉手亲折。"折柳送别,是我国的古老风习,也是诗词里常用的典故,"柳"与"留"谐音,送行者希望行人能够留下来,于是就攀折路旁的柳枝以表示这种心愿。《三辅黄图》:"霸桥在长安东,跨水作桥,汉人送客至此桥,折柳赠别。"值得注意的是,周邦彦这首词写折柳送别,并非单纯地搬用词藻典故,而是采用旧有的材料重新加以铺排描述。杨柳凋落较晚,秋季,其枝条仍堪揽结攀折。"红泪""玉手",并不完全是装饰性的词藻。红泪,犹言血泪,这是用王嘉《拾遗记》所载薛灵芸的典故,言其悲伤之深切;玉手,除言其白皙柔美之外,亦喻纯洁的心灵。这几句生动的描写,使人物的心情、神态活现于纸上。上片写回忆,到此结束,以下两句,是叙述离别以后的情况。"汉浦离鸿",喻指以前离去的行人,"去何许",犹言去何方,言其远;"经时信音绝",言其出行日久,且杳无信息,于是除了思念之外,更增添了一层悬挂担心的意思。

中片进一步把别后思念之情集中在一个夜晚,作充分的描述,其时亦在秋季,故有"露冷风清""西楼残月"等句。"情切"二字,直呼心声,它的分量也是很重的。登高眺望,唯见"地远天阔",所念之人杳远难寻。通过这种意念高度集中的情况,说明了对行人思念之情的深切与专注。下面写到夜深人静时分独自悲伤涕泣,很是凄婉动人:"向露冷风清无人处,耿耿寒漏咽。"铜壶滴漏很像人的流泪,用作比喻很贴切。写到这种地方,感情只能通过意象来表述,故而只须点出

"露冷风清""耿耿寒漏"的客观环境,万语千言也诉说不清的离愁别恨,反而无须一字,就能表现。这可以说明,作者如果把客观意象描绘得成功,就能够把细致复杂的主观感情抒写出来。以下几句,都可看作是由此顺流而下的补充文字。"嗟万事难忘,唯是轻别。"这两句表述了一种特定的心理感受,由于深谙离别以后的痛苦,从而导引出了一种悔恨的念头,觉得当初的离别太轻易了,悔不该轻轻地分手。"翠樽未竭,凭断云、留取西楼残月"几句,则全用比喻联想,表示能够等待到行人归来的一种信念。杯中酒未空,待归来重酌;断云仍在空中飘荡,让它缠带住西天的残月不要落下,我好举目相对,寄托相思:这些事物,似乎都变成可以令人聊以慰情的了。

　　直至下片,才写到当前,其时在春季,词中已直接点明。经过了离别,经过了思念,到如今,仍然没能等得行人归来,自然产生了"怨"和"恨"的心情,这两个字,也是词中直接点明了的。下片一开始就连续列举了五种遭到破坏的美好事物:"罗带光销",丝织的衣带失去了光泽;"纹衾叠",花色美丽的被子弄得折皱了;"连环解",本来连为一体的玉连环被分解开了;"旧香顿歇",用韩寿的典故,晋人韩寿为司空贾充掾史,充女贾午悦之,密窃西越所贡奇香,遗以定情,见《晋书·贾充传》,意谓情人所赠的香已经失去了芬芳。"怨歌永、琼壶敲尽缺",哀怨的歌子唱得时间太长,随着拍子敲打唾壶,把壶都敲得残缺了。这是用王敦的典故。王敦常于酒后,咏曹操"老骥伏枥,志在千里。烈士暮年,壮心不已"诗句,即以所持如意打唾壶,壶口尽缺,见《世说新语·豪爽》。五个比喻,诉说了离别之苦对人的无情折磨,表示了怨恨的深重。这种一口气连续打几个比喻的写法,很像我国旧小说里所说的"连珠炮""车轮战",能够发挥很大的"攻击力量",这种写法,在诗里已有人采用(如韩愈的《听颖师弹琴》、苏轼的《百步洪》),在词里却较罕见。接着,作者把思绪归结起来,发出了"恨春去、不与人期"的怨言。不与人期,意即不与人预先知会,于是转而恨春,表达了一种痴顽的、无可奈何的心情。结句"弄夜色,空馀满地梨花雪",用具体的梨花落满地以象写"春去"。梨花色白,故可与雪互喻。岑参《白雪歌》"忽如一夜春风来,千树万树梨花开",是以梨花喻雪;南朝梁萧子显《燕歌行》"洛阳梨花落如雪"、温庭筠《太子西池》"梨花雪压枝",是以雪比梨花。"弄夜色"者,如王安石《寄蔡氏女子》诗之"积李兮缟夜"(李花亦白色。缟夜,使黑夜生白)。杨万里《读退之李花诗》有句云"远白霄明雪色奇",可为周词注脚。此两句恨春去匆匆,只留下满地梨花如雪,怨之极矣。耐人寻味的是,此时此际,对于春夜落花这一眼前的客观景象,怎么竟然产生了这么多的怅恨呢?原来,这正是主观感情处于空虚状态时的一种特定的心理反映。

怨恨行人不归,最终也无济于事,故而心绪也就转觉空荡荡的了。但是,空虚并不等于轻松,所以这首词写到结尾,仍然给读者以沉甸甸的感觉。

　　"恨别"之类,本是宋词里最常见的题目,写来容易流于一般化,而周邦彦这篇长调,却有它的特点。作者把有关题材搜罗到一起,铺排开来,作多层次、多角度的描写,显得饱满充实,细致而全面。随着时间的伸延,人物的思绪也显示了发展变化的轨迹,离别、思念、追悔、期望、怨恨、空茫,几个阶段展现了一个完整的过程。这两个主要特点,又正是作者善于运用长调这种形式的结果。

(王双启)

忆　旧　游　　　　　　　周邦彦

　　记愁横浅黛,泪洗红铅,门掩秋宵。坠叶惊离思,听寒螀夜泣,乱雨潇潇。凤钗半脱云鬓,窗影烛光摇。渐暗竹敲凉,疏萤照晚,两地魂消。　　迢迢。问音信,道径底花阴,时认鸣镳。也拟临朱户,叹因郎憔悴,羞见郎招。旧巢更有新燕,杨柳拂河桥。但满目京尘,东风竟日吹露桃。

　　清真这首《忆旧游》是怀人词。据现有资料,词调即清真创制。词情与调名是一致的。怀人之作在清真词中虽然习见,却总是给人光景常新之感。究其原因,实在于"清真深致能入骨"(况周颐《蕙风词话》卷三)。

　　"记愁横浅黛,泪洗红铅,门掩秋宵。"劈头一个"记"字,起笔便突出了词人记忆常新之深情,从而领出临行前与情人话别的那番情景。情人愁锁眉黛,泪洗脂粉。门掩着,两人相对,千言万语归于无言,默默出神。那秋夜,格外静。"坠叶惊离思,听寒螀夜泣,乱雨潇潇。"只听得秋叶坠地之声,寒蝉凄厉之泣,遂把愁人从默默出神之中惊醒。满天乱雨潇潇,更撩起无穷的离愁别绪。"离思"之"思",名词,念去声。寒螀,即寒蝉。"凤钗半脱云鬓,窗影烛光摇。"鬓边凤钗已半脱,则情人临歧抱泣之状可以想见。烛光摇动窗影,也刺激着词人锐感的心灵。本来,剪烛西窗乃团圆之传统象征。可是眼前这窗影烛光,却成为远别长离的见证,岂不令词人暗自伤心!此情此景,叫人如何忘得了。每一细节的犹新回忆,在在都体现着词人的一往情深。"渐暗竹敲凉,疏萤照晚,两地魂消。"歇拍这三句,将词境从深沉的回忆之中轻轻收回到现在。渐,宋时口语,犹言正、正是,"渐"字领此四言三句。暗竹敲凉,南宋陈元龙注引杜甫诗"风竹冷相敲",可见有出处,不过今本杜诗无此句。两地魂消,化用江淹《别赋》："黯然消魂者,唯别而已矣。"此时,正夜色沉沉,凉风敲竹铿然有声,一点流萤划破夜色。夜,静极,暗极,见得词人之心,正是凄寂之极,沉重之极。多情锐感的词人,遥想远方之情人,此时此刻必正是相思入骨,两人异地,一样魂消。末句虽借用《别赋》语,却化为自己之一番奇特想象,以虚摹而挽合两地人我双方,词境顿时远意无限。自《诗经·陟岵》之后,历代诗词用此手法者,真纷如璎珞,词中如孙光宪《生查子》："想得玉人情,也合思量我。"韦庄《浣溪沙》："想君思我锦衾寒。"然而清真此句却惟觉其新,不觉其旧,原因只在情真。人类之真性情是长青的。

"迢迢。"换头短韵二字,而意境遥深。它紧承"两地魂消"而来,又引起下边的音信相问,遂将歇拍之想象化为具体,把两地相思情景融为一境。运思下笔极有灵气。"问音信,道径底花阴,时认鸣镳。"两地相思既深,自会音书相问。情人音书如何? 说的是:时时来到小径里、花阴下,辨认门外过路的马嘶声。底,宋人口语,犹言里。镳,马勒,指马,鸣镳即马嘶。马嘶不言听而言认,即辨认声音。以视觉之字代听觉,妙。此一细节见得女子对情郎行踪声息之熟悉,富于生活气息,又妙。下边继续诉说。"也拟临朱户,叹因郎憔悴,羞见郎招。"上边径里花阴时认鸣镳,尚是足不出户(院门),这里则说,也想到朱门边去候望,可是又自伤憔悴,怕被郎招。因郎憔悴,何又怕见郎? 这分明是怨其不归的气话。怨之至极,正见得相思之入骨。此二句借用元稹《会真记》里莺莺诗"不为旁人羞不起,为郎憔悴却羞郎",宛然女子口吻。"旧巢更有新燕,杨柳拂河桥。"又从女子一面写回自己一面。此二句暗用韩偓《香奁集·春昼》诗:"藤垂戟户,柳拂河桥。帘幕燕子,池塘伯劳。"旧巢更来新燕,杨柳又拂河桥,则从彼秋宵至此春天,别离久矣。韩偓此诗系写相思,又云:"肤清臂瘦,衫薄香消。"正是"因郎憔悴"。又云:"河阳县远,清波地遥。丝缠露泣,各自无憀。"正是"两地魂消"。显然此词之借用韩诗,是融摄其整个诗意,非一般挦扯古人辞句者可比。"但满目京尘,东风竟日吹露桃",上句显用陆机《为顾彦先赠妇》诗:"京洛多风尘,素衣化为缁。"下句,暗用李义山《嘲桃》诗:"无赖夭桃面,平明露井东。春风为开了,却拟笑春风。"冯浩注:"原与《高花》接编。"二诗实为寓意相同之一组诗。《高花》明白易懂:"花将人共笑,篱外露繁枝。宋玉临江宅,墙低不拟窥。"原来,结笔二句是向女子报以衷情:京华风尘满目,夭桃秾李成天招展,但我心有专属,终不为京尘所染,且不为夭桃所动也。真是雅人深致,一结厚重有馀。

此词艺术造诣有三点特色。第一是意脉结构盘旋错综,虚实相生,出神入化。上片前八句回忆故地秋宵临别情景,回忆是虚,情景则实,虚中有实。歇拍三句为京华相思现境,是实,但遥想至两地魂消,则实中有虚。换头七句由己及彼,从音书相问道出女子相思情景,其非眼前是虚,其情其境则实。结笔四句翻回京华现境,又由虚返实。全幅词境将过去与现在,此地与彼地,实写与虚写,浑然打成一片。意脉结构极盘旋错综之致,意境也极遥深全整之妙。读罢足有千变万化归宗于圆满之一份美感。第二是声情与词情妙合一体。清真精通音乐与声律,此词是其创调,声律精妙,不可不察。此调韵脚凡九字:宵、潇、摇、消、迢、镳、招、桥、桃,属平声萧豪两韵部(词可通押),其声高亮。此调共六个领格字:记、听、渐、道、叹、但,全用去声,审音精严。去声"由低而高",为高音(吴梅《词学通论》),尤其"名词转折跌荡处多用去声,非去则激不起"(万树《词律》)。同时,此调句脚颇多连用平声字,如铅与宵连,阴与镳连,尘与桃连,声调又有趋于低沉之一负面。全调韵脚、领字与句脚之声律,整合构成为一部以高亮之音调为主、以低沉之音调为辅的乐章。这与此首怀人词中所发舒的高情与离悲,真是妙合一体,相得益彰。试回环雒诵,足有荡气回肠之美。第三是用典达到沦肌浃髓不著痕迹,如从自己肺腑中流出的境界。特别是旧巢二句暗用韩偓诗意,深化年光流逝两地魂消之情,结笔暗用义山诗意,隐喻自己用情之专一执着,皆极精切,又极自然,几乎无迹可求。郑文焯《与朱彊村论词书》云"美成隶事属文,有羚羊挂角之妙,盖托诸隐秀也",洵为知言。古典今用臻于沦肌浃髓之境界,可见宋人文化造诣之深湛。

(邓小军)

少 年 游　　　　　　　　　周邦彦

　　朝云漠漠散轻丝,楼阁淡春姿。柳泣花啼,九街泥重,门外燕
飞迟。　　　而今丽日明金屋,春色在桃枝。不似当时,小楼冲
雨,幽恨两人知。

　　北宋初期的词是《花间》与《尊前》的继续。《花间》《尊前》式的小令,至晏几道已臻绝诣。柳永、张先在传统的小令以外,又创造了许多长词慢调。柳永新歌,风靡海内,连名满天下的苏轼也甚是羡慕"柳七郎风味"(《与鲜于子骏书》)。但其美中不足之处,乃未能输景于情,情景交融,使得万象皆活,致使其所造情景均并列如单页画幅。推其原故,盖因情景二者之间无"事"可以联系。这是柳词创作的一大缺陷。周邦彦"集大成",其关键处就在于,能在抒情写景之际,渗入一个第三因素,即述事。因此,周词创作便补救了柳词之不足。读这首小令,必须首先明确这一点。

　　这首令词写两个故事,中间只用"而今丽日明金屋"一句话中"而今"二字联系起来,使前后两个故事——亦即两种境界形成鲜明对照,进而重温第一个故事,产生无穷韵味。

　　上片所写乍看好像是记眼前之事,实则完全是追忆过去,追忆以前的恋爱故事。"朝云漠漠散轻丝,楼阁淡春姿。"这是当时的活动环境:在一个逼仄的小楼上,漠漠朝云,轻轻细雨,虽然是在春天,但春天的景色并不秾艳。他们就在这样的环境中相会。"柳泣花啼,九街泥重,门外燕飞迟。"三句说云低雨密,雨越下越大,大雨把花柳打得一片憔悴,连燕子都因为拖着一身湿毛,飞得十分吃力。这是门外所见景象。"泣"与"啼",使客观物景染上主观情感色彩,"迟",也是一种主观设想。门外所见这般景象,对门内主人公之会晤,起了一定的烘托作用。但此时,故事尚未说完。故事的要点还要等到下片的末三句才说出来。那就是:两人在如此难堪的情况下会晤,又因为某种缘故,不得不分离。"小楼冲雨,幽恨两人知"。"小楼"应接"楼阁",那是两人会晤的处所,"雨"照应上片的"泣""啼""重""迟",点明当时两人就是冲着春雨,踏着满街泥泞相别离的,而且点明,因为抱恨而别,在他们眼中,门外的花柳才如泣如啼,双飞的燕子也才那么艰难地飞行。这是第一个故事。

　　下片由"而今"二字转说当前,这是第二个故事,说他们现在已正式同居:金屋藏娇。但这个故事只用十个字来记述:"丽日明金屋,春色在桃枝。"这十个字,即正面说现在的故事,谓风和日丽,桃花明艳,他们在这样一个美好的环境中生活在一起;同时,这十个字,又兼作比较之用,由眼前的景象联想以前,并进行一番比较。"不似当时",这是比较的结果,指出眼前无忧无虑在一起反倒不如当时那种紧张、凄苦、抱恨而别、彼此相思的情景来得意味深长。

　　弄清楚前后两个故事的关系,了解其曲折的过程,对于词作所创造的意境,也就能有具体感受。这首词用笔很经济,但所造景象却耐人深思。仿佛山水画中的人物:一顶箬笠底下两撇胡子,就算一个渔翁;在艺术想象方面未受过训练的人,是看不出所以然的。这是周邦彦艺术创造的成功之处。　　　　(吴世昌)

渔　家　傲　　　　　　　　周邦彦

灰暖香融销永昼。蒲萄架上春藤秀。曲角栏干群雀斗。清明后。风梳万缕亭前柳。　　　日照钗梁光欲溜。循阶竹粉沾衣袖。拂拂面红如著酒。沉吟久。昨宵正是来时候。

　　爱情本是清真词乐章的主旋律之一。然而爱情的艺术表现在清真集的许多篇章中,则给人以日新又新之感。清真词的艺术魅力正在于此。这首描写初恋的词作,就颇有独到之处。

　　上片写的是现境。"灰暖香融销永昼",词境展开于室内。词中男主人公面对香炉,炉中,香料一点一点地销为暖灰,袅为香气,暖香盈室。漫长的白昼,一点一点地流逝着。他显然在其味深长地体味着什么。"销永昼"三字,春日之深永,与情思之深永,交融而出。词境是安谧温馨溶溶泄泄的。后来李清照《醉花阴》词"薄雾浓云愁永昼,瑞脑销金兽"与此相似,但那是写愁闷,这是写欢愉,读下句便更其明显。"蒲萄架上春藤秀。"人物的视境转至窗外。下一"秀"字,窗前初生新叶的葡萄架上,顿时便春意盎然。这番明秀景致的观照,把欢愉的心情充分映衬出来。上句写春日之深永,此句写春色之明秀,皆是静景,下句则写动景,视境展向院子里。"曲角栏干群雀斗",下一"斗"字,写尽鸟雀之欢闹,既反映出其心情之欢愉,又反衬出所居之静谧,从而进一步暗示着那人此时情思之深永。下边两韵,将词境推向更加高远。"清明后。风梳万缕亭前柳。"清明后,点时令,时当三月中,同时也是记下一个难忘的时间。歇拍描绘春风骀荡,柳条万缕婆婆起舞于碧空之中,笔致极为明秀欢快。他究竟为何如此愉悦呢?揭示内蕴,是在下片。

　　过片以下三句是追思实写,即不用忆、念一类领字,直接呈示回忆中情景。"日照钗梁光欲溜。"一道明亮的阳光照耀在这位女子的钗梁上,流转闪烁。这一特写是真实的,它逼真地反映了初次见面的深刻印象。但又是别出心裁的,它比描写美目转盼更富有暗示性象征性,它启示着女子的美丽和自己感受的强烈而不可磨灭。全篇有此一句,精神百倍。"循阶竹粉沾衣袖。"沿阶新竹横斜,当她迎面走来时,竟不觉让竹粉沾上了衣袖。这一描写,暗示出女主人公内心的激动。正是因为如此,她甚至于"拂拂面红如著酒"。其实,她是因初次相会的喜悦、幸福还有羞涩而陶醉了。那么,这次相会究竟是在何时呢?"沉吟久。昨宵正是来时候。"原来,相见就在昨日里。沉吟久,不仅将上边逼真如在眼前的情景化为回忆,而且交代了上片永昼情思的全部内容。今日整整一天,他都沉浸在欢乐的回忆中,足见他与女主人公一样因爱情而陶醉。词情至此,已将双方的幸福之感写出,意境臻于圆融美满。

　　论艺术造诣,这首词有三点特色。第一,是结构的大开大阖。上片是现境,过片以下三句是追思实写,结二句又收回现境,同时又挽合着昨日相见的回忆。情节既错综往复,词情便动荡变化。这样的结构,有力地表现着男主人公心情的激动。结构的大开大阖，情节的错综安排，原是清真词的一大本领，但多运用于长调，像这首小令也具有这一特色，更是可喜。第二，是意境兼有开朗而又含蓄之妙。词境由室内而窗外，而院落，再推向春风杨柳的空间，一步步开放。开放的词境，体现了人物开朗的心态，欢愉的心情。欢愉之情既然融化于境象之中，蕴而不露，便有含蓄之妙。上片所写一事一物一片风景，无不表现着人的深深喜悦。初恋之人，心眼所向，万物生辉，这也是人之常情。有了上片今日回忆时情境的衬托，则下片所回忆的昨日相会，其印象之深刻、感受之强烈，就更为突出。第三，是炼字的神韵而自然。尤其是次句之"秀"字、三句之"斗"字、六句之"溜"字，炼于韵字上，既传出意境、人物之神韵，又增添了声情的美听。这些炼字都不见用力的痕迹，炼而不显得炼，归于自然。比起后来一些南宋词人矜奇斗巧的炼字，便有天工与人巧之分。

（邓小军）

望　江　南　　　　　　　　　　周邦彦

　　游妓散，独自绕回堤。芳草怀烟迷水曲，密云衔雨暗城西。九陌未沾泥。　　桃李下，春晚未成蹊。墙外见花寻路转，柳阴行马过莺啼。无处不凄凄。

　　谭评《词辨》于欧阳修《采桑子》首句"群芳过后西湖好"旁批曰："扫处即生"，正可移用。猛下"游妓散"三字，便觉繁华过眼而空，笔力竟直注结尾矣。以下步步逼紧，直逼出"无处不凄凄"之神理来，一首只是一句，一句只是一感觉。有以简为贵者，盖唯简则明，积明斯厚，故贵简也。

　　"芳草"句以下全系写景，烘染之笔。"怀""迷""衔""暗"，下得极精稳，可悟炼字之法。设圈去之，"芳草□烟□水曲，密云□雨□城西"，在四字之外另想四字，得乎不得乎？固知一字千金，为不虚也。如"芳草怀烟迷水曲"，原难释以口语，而径观本文，固最分明；若以"怀""迷"二字为不甚可解而易之，虽更近于白话，而其境界反令读者想象不出。故知原句似晦而实明，臆改之句，似明而终晦也。凡遇此等处，均宜细心体玩其唤起之心象如何，不可梗一流俗之见，以为衡量之准。

　　"芳草"三句写尽天阴欲雨，春寒中人。下"衔"字、"暗"字，雨意垂垂已在眉睫之间，复以"九陌未沾泥"略略一挑，所谓"万木无声待雨来"，虽境界不复尽同，而亦正堪融会。须知真下了雨，下雨何奇之有，便失却了紧张味。结尾挑起，似宽放出一句，而实紧追了一句，文心细甚。

　　过片典出《史记·李将军列传》赞。汲古阁本"未"作"自",误。词中不忌重字,上云"未沾泥",下云"未成蹊",固不相妨耳。夫桃李甜美,人孰不爱吃,虽标语未贴,口号不呼,其下明明无路,而自然慢慢会有,故曰:"其实存也。"春晚矣,犹未成蹊,"似这等荒凉地面",信步行来,真成孤迥。见花而寻路,是无路也,行马而莺啼,是无人也。句句摹景,句句含情,未轻点一"凄凄",以"无处不"三字重压之,便全神俱活,而款款欲飞。
(俞平伯)

浣　溪　沙　　　　　　　　　　周邦彦

　　雨过残红湿未飞,疏篱一带透斜晖。游蜂酿蜜窃香归。
　　金屋无人风竹乱,衣篝尽日水沉微。一春须有忆人时。

　　这是一首抒写闺中怀人的小词。

　　上片写屋外景物。这是一个暮春的傍晚,一场春雨刚过,枝头的几朵残红被雨水沾湿了,还没有随风飞散凋落;一带疏篱,透过了星星点点的斜晖。"残红"点明春暮,"斜晖"点明日暮。春残、日暮,再加上暂留枝头的残红、转瞬即逝的斜晖,这一切物象,对于一个在怀人的寂寞期待中消逝着青春岁月的闺中人,自会引起很深的怅触。

　　上两句写静物,接下来一句转写活动中的事物:"游蜂酿蜜窃香归。"游蜂采花酿蜜,本身就标志着春天的活泼生机和散发着欢乐的青春气息;它在傍晚时分窃香满载而归,更标志着春天的收获和美好的归宿。这对于向往着青春欢乐的女主人公来说,又是一种撩拨和刺激。"窃香"二字,还包蕴着某种爱情上的暗示。如果说,前两句是用春残日暮的景象正面烘托,那么这一句便是用富于活力的物象反面衬托。手法不同,目的却是一致的。

　　"金屋无人风竹乱,衣篝尽日水沉微。"过片两句,从屋外过渡到屋内。"金屋"暗用金屋藏娇的典故,暗示女主人公的身份可能是贵家姬妾一流。衣篝,指熏衣的罩笼;水沉,指沉水香,一种名贵的香料。傍晚时分,整个屋宇庭院,空寂无人,唯见微风起处,竹影参差摇曳。这静中之动,越发衬托出了金屋的静悄与寂寞。屋子里面,燃着沉水香的熏笼,因为已经熏燃了一整天,只剩下了一丝丝似有若无的香烟。这景象,透出了金屋永日的寂静和女主人公意绪的索寞无聊。"乱"字、"微"字,还让人联想到女主人公心情的不宁和思绪的涩滞。

　　前面五句,从屋外到屋内,通过层层铺叙渲染,已经创造出一个充满寂寞无聊、空虚怅惘气氛的环境,困居金屋的女主人公的伤春意绪也隐然可触,结句势必要归结到女主人公身上,而且似乎必用重笔方能有力地收住。但出乎意料的是,作者在这里并没有直接让女主人公出现,只用作者的口吻侧面虚点,还采用了"一春须有忆人时"这种带有猜度意味的轻软笔意,仿佛说:处在这样空寂的环境里,金屋中人在整个春天总该会有怀人的时候吧。明明是必然会有,却故意用或然的口吻;重意轻点,内容与形式似乎不协调,却反而更加让人感觉到这轻点所蕴含的感情容量。微婉含蓄的表达方式在这里得到了重笔直抒所不能得到的效果。这一收束,与前面的含蓄笔法也构成了和谐的统一。

(刘学锴)

浣　溪　沙　　　　　　　　　　　周邦彦

楼上晴天碧四垂,楼前芳草接天涯。劝君莫上最高梯。

新笋已成堂下竹,落花都上燕巢泥。忍听林表杜鹃啼。

这是一首抒写乡情的令词。关于它的作者,有两种说法。明人毛晋在《诗词杂俎》中属之李清照。《古今词统》《历代诗余》并主此说。然而刊于宋末的陈元龙注《片玉词》即已登录。比这更早一些,在方千里、杨泽民所作两种《和清真词》以及陈允平的《西麓继周集》中,并依韵步和。看来断为周邦彦作,应无问题。

风致深婉,是这首词的基本特色。深,指感情的沉挚,婉,指措语的蕴藉。这在词里体现得非常显著。发端两句,就已吐属不凡。"楼上"句,一笔勾出一幅高远清旷的画面:晴朗的天空在远处与四面地平线重合而融进无尽的碧色里。一个"垂"字能在人们心头唤起一种自高而下的辐射状的空间之感来。韩偓《有忆》诗"泪眼倚楼天四垂",为其所本。而易"天"为"碧",更觉韶秀蒨丽,雅称词体了。"楼前"句中之"芳草",指道路。以草色喻离情,始于《楚辞·招隐士》之"王孙游兮不归,春草生兮萋萋"。白居易的"远芳侵古道,晴翠接荒城。又送王孙去,萋萋满别情"(《赋得古原草送别》),则把它同驮载征轮马足的道路联系起来。此处化用香山诗意,以接天的芳草借指通向故乡的道路,这比直用"归路"字样要更蕴藉,也更富于形象美。读者又不难从"芳草"上联想到"青青河畔草,绵绵思远道"的悠悠离情,以及"春草碧色,春水渌波。送君南浦,伤如之何"的黯然别绪。李煜的"离恨恰如春草,更行更远还生"(《清平乐》),范仲淹的"山映斜阳天接水,芳草无情,更在斜阳外"(《苏幕遮》),种种乡愁旅思,似乎都融进这芳草天涯的低吟密咏中来了。典故用得好,确实能增大诗词的密度和加深蕴藉的思致。"劝君"句是自言自语的独白。用在上片结句,尤觉微婉。劝你莫要攀登高楼的顶点吧。为什么呢?不是"远望可以当归"吗?正是由于怕触动这无法排遣的乡心,才不敢凭高眺远啊。这是翻进一层的手法,却吞去后半不予点破,欲落不落之笔,片玉清才,往往委婉如此。柳永"不忍登高临远,怕故乡渺邈,归思难收"(《八声甘州》),意旨亦相类似,但措辞与周氏相较,便有俊爽与深婉之别。

　　下片三句写阑珊春事引起的怅触情绪。一、二句对起,此调正格。新笋已长成绿竹,春花却落为燕泥。花木消长,时序推移,这对比鲜明的景物已触发词人的羁怀旅思、暮感悲心。又怎忍闻听那催归杜鹃的声声啼唤呢?"忍听"句语出李中"忍听黄昏杜宇啼"(《钟陵禁烟寄从弟》),而运典自然,一如己出。"林表",即林梢。杜鹃啼声哀苦,如唤"不如归去",故亦称催归鸟。词人的一片归心,于结句点出。则前面的种种凄情苦绪,于此照彻融贯为一了。然亦点到即止,不作过分渲染,而寄兴深微,自成妙诣。俞平伯《清真词释》云:"结句轻轻即收,不堕入议论恶道。与上片之结,并其微婉。正类二王妙楷,中锋直下如痴冻蝇也。"可谓善于形容。

　　从构思角度看,这首词的时空处置,很有特色。在空间上,它以楼台为中心,将上下内外的景物,如碧天、芳草、嫩竹、燕泥之类,捕捉出来,并把它交织到一个特定的时间——登楼的瞬间上。显得十分紧凑和集中。在声情的锤炼上,作者拈取了绵密低徊的齐齿声字回环相押,这对于表现凄迷宛转的乡情,真有笙磬之合了。

(周笃文)

一　落　索　　　　　　　周邦彦

眉共春山争秀,可怜长皱。莫将清泪滴花枝,恐花也、如人瘦。　　清润玉箫闲久,知音稀有。欲知日日倚栏愁,但问取、亭前柳。

　　清人沈雄《古今词话》引宋人陈鹄《耆旧续闻》记载,这首词是周邦彦写给汴京名妓李师师的,但此说未必可信。《清真集》编此词入"春景"类,无题,考其内容,显然是描写"闺情"之作。

　　闺情这个题目,在宋词里最为常见。要想使这类作品占得一席地位,就必须写得新颖别致,必须有一定的独创性。这首小词,和周邦彦的其他作品不大一样,是以清淡自然取胜的,没有刻意的雕饰与秾艳的辞藻,写来好像也很轻松,只是把习见的题材信手拈来,一挥而就,但也并非率意之作,还是有它的特点的。闺情词总要以描写闺中妇女为核心,本篇亦不例外。它刻画了思妇的外貌、内心,传达了人物的神情意态,篇幅虽然短小,内容却不单调,笔致委婉含蓄,语言却清新流畅,读起来还是很有韵味的。

　　用春山比喻女子的眉毛，用花朵比喻女子的面容，早就应该算作陈词滥调了，但在这首词里，由于作者善于点化变换，却能使陈旧的比喻呈现出新鲜的面目，从而显示出了作者的创造性。"眉共春山争秀"，意思是说，这位闺中思妇的眉毛比春天的青山还要秀丽，有了"争秀"二字，比起"淡淡春山""眉如春山""眉蹙春山"之类的常用词语来，已经增添了新意，下句紧接"可怜长蹙"，又翻出了另一层新意，由人物外貌的美说到了内心的愁。这样一来，就使读者消除了陈旧的感觉。可见，采用旧语，必须翻新。下文的以花喻面，也是同样情况，作者把这一陈旧的比喻作了更大的加工改制——"莫将清泪滴花枝，恐花也、如人瘦"，使它的含义变得丰富多了，曲折多了，也新鲜多了，可以说它与李清照的名句"人比黄花瘦"有异曲同工之妙。上片着重写思妇的外貌，但已涉及内心，不只有层次、有深度，而且笔致又复委婉多姿。"可怜""莫将"等词语的运用，取得了很好的效果。所描摹的惋惜、劝慰的口吻，既像是思妇自己的心理活动，又像是第三者流露出来的同情与关照。这首小词的委婉情致和深厚韵味也正是从这些地方传达出来的。

　　下片着重写思妇的内心。先写"玉箫"，既用作陪衬，也用作象征，人物的闲雅风姿与孤寂心情由此得以想见。下文点明"愁"字，而用"欲知""但问"连属成句，正是与上片的"可怜""莫将"相互照应，既像是思妇内心的自问自答，又像是对第三者的关切所作的回复，而这样前后照应的结果，就使全篇显得和谐匀称了。结尾处，很容易使读者联想起唐人王昌龄《闺怨》诗中那"忽见陌头杨柳色，悔教夫婿觅封侯"的句子来。词里的人是"日日倚栏"远望，不见夫婿归来，所见者，唯有长亭前边的杨柳，于是，日积月累的离愁就都堆垛在了杨柳上面，在这里，杨柳是愁绪的见证；词中的人是"忽见"杨柳，顿时勾惹起满腹离愁，往日似乎"不知愁"，今朝忽然一并迸发而出，在这里，杨柳是愁绪的触媒。二者同是托物以抒情，并且所托之物、所抒之情全同，而其构想却有如此差异，我国古典诗词表现手法的丰富多样，千变万化，于此亦可窥见一斑。

　　　　　　　　　　　　　　　　　　　　　　　　　　　　　　（王双启）

满　庭　芳　　　　　　　　　　　　周邦彦
夏日溧水无想山作

　　风老莺雏，雨肥梅子，午阴嘉树清圆。地卑山近，衣润费炉烟。人静乌鸢自乐，小桥外、新绿溅溅。凭栏久，黄芦苦竹，疑泛九江船。　　年年，如社燕，飘流瀚海，来寄修椽。且莫思身外，长近尊前。憔悴江南倦客，不堪听急管繁弦。歌筵畔，先安簟枕,容我醉时眠。

哲宗元祐八年(1093),周邦彦三十八岁,为溧水(今属江苏)令。溧水县背靠无想山。这首词是他在溧水任上写的,通过不同的景物来写出哀乐无端的感情,有中年伤于哀乐的感慨。

一开头写春光已去,但他没有伤春,反而在欣赏初夏的风光。雏莺在风中长成了,梅子在雨中肥大了。这里化用杜牧"风蒲燕雏老"(《赴京初入汴口》)及杜甫"红绽雨肥梅"(《陪郑广文游何将军山林》)诗意。"午阴嘉树清圆",则是用刘禹锡《昼居池上亭独吟》"日午树阴正"句意,"清圆"二字绘出绿树亭亭如盖的景象。以上三句写初夏景物,体物极为细微,并反映出作者随遇而安的心情,极力写景物的美好,显得这里也可留恋。但接着就来一个转折:"地卑山近,衣润费炉烟。"正像白居易贬官江州,在《琵琶行》里说的"住近湓江地低湿",溧水也是地低湿,衣服潮润,炉香熏衣,需时良多,"费"字道出衣服之潮,则地卑久雨的景象不言自明。那末在这里还是感到不很自在的吧。接下去又转了:这里比较安静,没有嘈杂的市声,连乌鸢也自得其乐。小桥外,溪水清澄,发出溅溅水声。但紧接着又是一转:"凭栏久,黄芦苦竹,疑泛九江船。"白居易既叹"住近湓江地低湿,黄芦苦竹绕宅生",词人在久久凭栏眺望之余,也感到自己处在这"地卑山近"的溧水,与当年白居易被贬江州时环境相似,油然生出沦落生涯的感慨。由"凭栏久"一句,知道从开篇起所写景物都是词人登楼眺望所见。感慨之兴,歇拍微露端倪,至下片才尽情抒发。

下片开头,以社燕自比。社燕在春社时飞来,到秋社时飞去,从海上飘流至此,在人家长椽上作巢寄身。瀚海,大海。《艺文类聚》卷九二引梁吴筠《咏燕》诗:"一燕海上来,一燕高堂息。……答言海路长,风驶飞无力。"唐沈佺期《独不见》诗"海燕双栖玳瑁梁",即此来自海上之燕。词人借海燕自喻,频年飘流宦海,暂在此溧水寄身。既然如此,"且莫思身外,长近尊前",姑且不去考虑身外的事,包括个人的荣辱得失,还是长期亲近酒樽,借酒来浇愁吧。词人似乎要从苦闷中挣脱出去。这里,点化了杜甫"莫思身外无穷事,且尽生前有限杯"(《绝句漫兴》)和杜牧的"身外任尘土,尊前极欢娱"(《张好好诗》)。"憔悴江南倦客,不堪听急管繁弦",又作一转。在宦海中飘流已感疲倦而至憔悴的江南客(作者为钱塘人),虽想撇开身外种种烦恼事,向酒宴中暂寻欢乐,如谢安所谓中年伤于哀乐,正赖丝竹陶写,但宴席上的"急管繁弦",怕更会引起感伤。杜甫《陪王使君》有"不须吹急管,衰老易悲伤"诗句,这里"不堪听"含有"易悲伤"的含义。

结处"歌筵畔",承上"急管繁弦"。"先安簟枕,容我醉时眠",则未听丝竹,先拟醉眠。他的醉,不是欢醉而是愁醉。丝竹不入愁人之耳,唯酒可以忘忧。萧统《陶渊明传》:"渊明若先醉,便语客:'我醉欲眠,卿可去。'"词语用此而情味自是不同。"容我"二字,措辞宛转,心事悲凉。一结写出了无可奈何、以醉遣愁的苦闷。

　　宋陈振孙《直斋书录解题》云:"清真词多用唐人诗语,隐括入律,浑然天成,长调尤善铺叙,富艳精工。"这首词用了杜甫、白居易、刘禹锡、杜牧诸人的诗,结合真景真情,运典入化,大大丰富了词的含义。此外,还有很突出的一点,是风华清丽的景物,与孤寂凄凉的心情相交错,乐与哀相交融,苦闷与宽慰相结合,构成一种转折顿挫的风格。"风老莺雏,雨肥梅子",景物可喜。在可喜背后的苦闷心情,以"地卑""衣润"略点一下。再像"鸟鸢自乐""新绿溅溅",写得恬静清新,"自"字极写鸟儿无拘无束,令人生羡之逍遥情态,正衬托出自己陷于宦海,不能自由飞翔的苦闷,而"黄芦苦竹"更清楚地点明自己的处境。在一详一略、一乐一苦的映衬中,含蓄地透露出苦闷的心情。总之,写乐景生动细致,反映苦闷的心情隐约含蓄。陈廷焯《白雨斋词话》评曰:"此中有多少说不出处,或是依人之苦,或有患失之心,但说得虽哀怨,却不激烈,沉郁顿挫中别饶蕴藉。"作者的感情,正是通过这些隐约不露的映衬对照曲曲传出。

　　　　　　　　　　　　　　　　　　　　　　　　　　　　　　　　　　(周振甫)

隔浦莲近拍 　　　　　　　周邦彦
中山县圃姑射亭避暑作

　　新篁摇动翠葆。曲径通深窈。夏果收新脆,金丸落,惊飞鸟。浓翠迷岸草。蛙声闹,骤雨鸣池沼。　　水亭小。浮萍破处,帘花檐影颠倒。纶巾羽扇,困卧北窗清晓。屏里吴山梦自到。惊觉,依然身在江表。

　　宋哲宗元祐八年(1093)春至绍圣三年(1096),周邦彦知溧水县(今属江苏)。中山距溧水县城很近,从这首词题下的小注来看,当作于此时。

　　词的上阕写盛夏的景色。通过对景物的描绘,作者勾勒出中山县圃姑射亭的轮廓以及周围的环境。这是一个令人流连忘返的避暑胜地。碧色的翠竹和幽静蜿蜒的小径,给人清凉舒适的感觉。成熟的水果,郁郁葱葱的岸草,喧闹的蛙声,这些夏日里才有的典型事物被集中在一起来表现田园生活,别有一番情趣。尤其是对池蛙的生动描绘,仿佛令人闻到了骤雨前那种湿润的、带着泥土芳香的气味。作者下笔十分巧妙,他用"新篁""翠葆"这类精美的词藻替代了"新竹""绿色的树冠"那些普通的字眼,给读者留下了新奇的印象。写景的方法也不同于一般,充分施展了他对色调运用的才华。作者采用绿色作为主要的基调,然后再用暖色加以点缀,又让读者交错地使用视觉和听觉,大大增强了对景色的主体感受。词的开头,一片翠绿映入读者的眼帘,接着,又交替出现了"金丸""浓翠"等色彩斑斓的词,令人目不暇接。"夏果收新脆"中一个"脆"字,概括了对丰硕果实的赞叹,"金丸落,惊飞鸟"则套用了李白《少年子》中的诗句"金丸落飞鸟"。随后,又描摹了池蛙的喧闹声,用字选词,锤炼精工,难怪清人周济对周邦彦这一特色称颂不已:"清真浑厚正于勾勒处见,他人一勾勒便刻削,清真勾勒愈浑厚。"(《宋四家词选目录序论》)

下阕的前三句写词人居住的地方——一座临水的小院。作者用"浮萍破处,帘花檐影颠倒"来点出小亭的所在,既写了水,又写了亭,水、亭相映,美不胜收。"帘花檐影",有的本子作"檐花帘影",有人认为"檐花"是指雨点从屋檐滴下,语出杜甫的诗句"灯前细雨檐花落"。实际上周邦彦词中并非实指,"帘花檐影"只不过用来代指他居住的小屋,作者将"浮萍""帘花""檐影"搅混在一起,本意决非要将它们一一解释清楚,而是要用它们构成一幅具有朦胧美的水中图画,因为倒影常常能增加美感。

"纶巾羽扇,困卧北窗清晓",是词人当时生活的写实。从写景到写人,笔锋一转,显得十分自然,"困卧"二字正与"水亭小"相呼应,字面上似乎是从客观环境着眼,然而从全词看,此处恰好是作者情绪的转折点。下三句,则着重刻画了词人的思乡之情。周邦彦是钱塘人,此处的吴山当借指他的家乡。作者从"卧"字起笔,因屏风上的画图而梦游故乡,一直写到梦醒后的惆怅,有起有落,曲折宛转,一气呵成。

张炎在《词源》中写道:"美成词只当看他浑成处,于软媚中有气魄。"此说很有道理。《隔浦莲》一词与周邦彦的其他作品有所不同,没有男女之爱的描写,仅是抒发个人的情感而已,谈不上"软媚",但仍不离婉约之宗,而作者的写景状物直至抒情,都显得丰富饱满,极有气魄。他用笔往往从远及近,从大向小,渐渐收缩,笔到之处,包揽无遗。他对景物的体验,也是由表及里,层层剥出,颇能引人入胜。上下两阕,似不相蒙,一阕之中,也有几处转折,"令人不能遽窥其旨"(陈廷焯《白雨斋词话》卷一)。但是,当你读至一曲终了,便深深地领略了清真词里的感慨,却又不会因为词人情绪的低落而影响你的欣赏。正如这首《隔浦莲》,作者思乡之意愈是深切,他对异乡的景则描绘得愈是可爱,这种反衬的手法使上下阕看起来不谐调,或许给人一种头重足轻的感觉,但这正是前人所谓的"顿挫之妙"。

(朱金城 朱易安)

过 秦 楼　　　　周邦彦

水浴清蟾,叶喧凉吹,巷陌马声初断。闲依露井,笑扑流萤,惹破画罗轻扇。人静夜久凭阑,愁不归眠,立残更箭。叹年华一瞬,人今千里,梦沉书远。　　空见说、鬓怯琼梳,容销金镜,渐懒趁时匀染。梅风地溽,虹雨苔滋,一架舞红都变。谁信无聊为伊,才减江淹,情伤荀倩。但明河影下,还看稀星数点。

这是一首怀人的词。

上片"人静夜久凭阑,愁不归眠,立残更箭"是全词的关键。周济说:"美成思力,独绝千古。"又说:"勾勒之妙,无如清真;他人一勾勒便薄,清真愈勾勒愈浑厚。"(《介存斋论词杂著》)这三句勾勒极妙,上面好像是写现在的六句词,经这几句的勾勒,变成了忆旧。在一个夏天的晚上,词人独倚阑干,凭高念远,离绪万端,难以归睡。由黄昏而至深夜,由深夜而至天将晓,耳听更鼓将歇,但他依旧倚栏望着,想着离别已久的情侣。他慨叹着韶华易逝,人各一天,不要说音信稀少,就是梦也难做啊!他眼前浮现了去年夏天情侣在屋前场地上"轻罗小扇扑流萤"的情景。黄昏之后,墙外的车马来往喧闹之声开始平息下来。天上的月儿投入墙内小溪中,仿佛在水底沐浴荡漾。而树叶被风吹动,发出了带着凉意的声响。这是一个多么美丽、幽静而富有诗情的夜晚。她和自己欢聚一起。在井栏边,她"笑扑流萤",把手中的"画罗轻扇"都触破了。这虽然是一个简单的动作,但这是他们欢爱生活中深印在词人脑海中的记忆犹新的一幕。

下片写两地相思。"空见说、鬓怯琼梳,容销金镜,渐懒趁时匀染。"这是词人所闻有关她对自己的思念之情。由于苦思苦念的折磨,鬓发渐少,容颜消瘦,持玉梳而怯发稀,对菱花而伤憔悴,"欲妆临镜慵",活画出她在别后生理上、心理上的变化。"渐"字、"趁时"二字写出了时间推移的过程。接着"梅风地溽,虹雨苔滋,一架舞红都变"三句则由人事转向景物,叙眼前所见。梅雨季节,阴多晴少,地上潮湿,庭院中青苔滋生,这不仅由于风风雨雨,也由于人迹罕至。一架蔷薇,已由盛开时的鲜红夺目变得飘零憔悴了。这样,既写了季节的变迁,也兼写了他心理的消黯,景中寓情,刻画深至。"谁信无聊为伊,才减江淹,情伤荀倩。"这是词人对她的思念。先用"无聊"二字概括,而着重处尤在"为伊"二字,"衣带渐宽终不悔,为伊消得人憔悴"。因相思的痛苦,自己像江淹那样才华减退,因相思的折磨,自己像荀粲那样不言神伤。双方的相思,如此深挚,她为我憔悴,一至于斯,我恨不能身生双翅,飞到她身旁,去安慰她,怜惜她。可是不能,所以说"空见说"。而我也为她憔悴,以至"才减""情伤",不管她是否知道我也矢志不移,宁瘦损而不悔呢,所以说"谁信"。这反映词人灵魂深处曲折细微的地方,它把两人相思之苦进一步深化了。陈廷焯说周词妙处,"不外沉郁顿挫",这些地方就是表现了周词的沉郁顿挫,笔力劲健。歇拍"但明河影下,还看稀星数点",以见明河侵晓星稀,表出词人凭栏至晓,通宵未睡作结。通观全篇,是写词人"夜久凭阑"的思想感情的活动过程。前片"人静"三句,至此再得到照应。银河星点,加强了念旧伤今的感情色彩;而且也把上、下片情事全纳入其中,岂非思力双绝!

此词在艺术上,一是以实写代替虚写。开首是对过去美好生活的回忆,但词人却用实写,好像是在写今天。这样以实写代替虚写,不只是一个艺术技巧问题,也是感情、形象的复叠性问题,即给予感情、形象以双重性的色彩。当词人完全沉浸在过去的美好生活的回忆时,这段生活的感情与形象是明朗的,欢快的,让读者也先有这样的感觉。但至词人从幻想回到现实时,上述那种形象便变成凄暗的色彩了,而读者也同样地有此不同的感受。这就是所谓勾勒的力量,没有深厚的感情,矫健的笔力,是不能做到这点的。二是沉郁顿挫。所谓沉郁,就是感情容量的深厚;所谓顿挫,就是词笔的曲而能达。前面谈到换头的"空见说"三句和"谁信"三句,正表现了这一特点。有了深厚的感情,而能用曲折顿挫的手法把它表达出来,也表现出周词艺术的美与力量。

(万云骏)

苏 幕 遮　　　　　　　　周邦彦

燎沈香,消溽暑。鸟雀呼晴,侵晓窥檐语。叶上初阳干宿雨,水面清圆,一一风荷举。　　故乡遥,何日去?家住吴门,久作长安旅。五月渔郎相忆否?小楫轻舟,梦入芙蓉浦。

宋代文人写词,就语言艺术方面说,有雕刻与自然两种不同的路径。曾经被词论家捧为"词中老杜""两宋之间,一人而已"的周邦彦,就是以雕刻取胜的。他的词集一名《片玉集》,可是集中大部分作品,并不能做到"咳唾落九天,随风生珠玉"那样地天然美好,而是用镂金刻玉的手段以掩盖它真美的不足。但像这首《苏幕遮》,倒是"清水出芙蓉,天然去雕饰"的,在周词中,可算是少数的例外。

这词以写雨后风荷为中心,由此而引入故乡归梦。以一个家住吴门、久客京师的作者,面对着象征江南陂塘风色的荷花,很自然地会勾起乡心,词的结尾用"小楫轻舟,梦入芙蓉浦"(古人也称荷花为芙蓉)绾合,上下片联成一气,融景入情,不着痕迹。而全首突出动人之处,全在"叶上初阳干宿雨,水面清圆,一一风荷举"三句所写荷花的神态。试想,当宿雨初收,晓风吹过水面,在红艳的初日照耀下,圆润的荷叶,绿净如拭,亭亭玉立的荷花,随风一一颤动起来。这样一个活泼清远的词境,要把它作十分生动的素描,再现于读者面前,却颇非容易。作者只用寥寥几笔,就达到了这种境地,只一个"举"字,便刻画出荷花的动态。王国维《人间词话》赞扬它为"真能得荷之神理者",是一点也不错的。

提起写荷花,风裳、水佩、冷香、绿云、红衣等字面,往往摇笔即来,而荷花的形象,却在这些词儿的掩蔽下模糊了。这样的词,读者必然会发生雾里看花隔着一层的感觉。这首《苏幕遮》之所以为写荷绝唱,正是在于它能洗尽脂粉,为凌波微步的仙子,作了出色的传神。记得清代大诗人郑珍的《春尽日》诗句:"绿荷扶夏出,嫩立如婴儿。春风欲舍去,尽日抱之吹。"可算是文章天成,妙手偶得,跟周词有异曲同工之妙。

(钱仲联)

诉 衷 情 周邦彦

出林杏子落金盘。齿软怕尝酸。可惜半残青紫,犹印小唇丹。　　南陌上,落花闲。雨斑斑。不言不语,一段伤春,都在眉间。

由于词体产生于歌筵,故唐宋词中女性形象占有优势。周邦彦便是一个善为女主人公传神写照的能手。此词写少女伤春,大抵用两种笔墨,相映成趣。

上片用工致之笔,刻画一个具体情节。"出林杏子"一句,先就暗示了这是杏子刚刚成熟的时节,即暮春时候。金盘里的杏子是摘来的,词人却写做"落金盘",不但新颖,而且妥帖("落"则熟也)。不过第一批出林的杏子,乃属尝鲜之列,并未熟透甜透。这从它"青紫"相间的颜色可知,这恰是"试摘犹酸亦未黄"(韦应物)呢。所以少女刚品尝一口,便"齿软怕酸"了。南宋杨万里著名诗句"梅子留酸软齿牙"(《闲居初夏午睡起》),说出同样的道理。所谓"齿软",是一种形象化的说法,俗语称之"倒牙"。其结果便留下半枚残杏,"可惜半残青紫,犹印小唇丹。"这个特写镜头很俊,一个青紫相间的残杏上,留下小小口红痕印,被撂在一边。则那咬杏的人儿,酸在口中,蹙到眉尖的情景,悠然可会。这样联想,可以直通词尾的"眉间"字。

下片则用较空灵的笔触,烘出少女伤春情事。"南陌上,落花闲。雨斑斑"三句用速写简妙笔墨,勾勒出一个背景。"斑斑"二字本形容落花狼藉情态,此承"雨"字作形容,又兼有"桃花乱落如红雨"(李贺)的意趣,不独见春雨之骤急。最后三句则着力写人物的表情及心理,上片写少女尝杏,酸到眉尖,这里一著暮春之景,则那眉间的酸意,又不全为青杏而然了:"不言不语,一段伤春,都在眉间。"虽然表现只在眉间,那"酸"却是透彻心底的。

　　这首词的妙处,就在于作者将少女尝鲜得酸的偶然情事,与其怀春藏酸的本质内容勾连,以前者触发后者,似不经意,实具意匠经营。"花褪残红青杏小"(苏轼)乃是暮春的景色,但作者不仅写了景色,还就此发展成一段生活情事,便觉活泼可爱。善于言情叙事,闲中着色,是周邦彦拿手的本领。参阅"并刀如水,吴盐胜雪,纤手破新橙"(《少年游》),便与此词上片有异曲同工之妙。而此词的尝杏怕酸的情节,似乎对妙龄怀春的心境还有一重象喻作用,即暗示着少女心中萌发的爱情追求,就像吃杏子一样,想要尝试,又怕齿酸,而"眉尖心上,无计相回避"(范仲淹)也。这种微妙心理,词中写得是很真切的。

(周啸天)

风　流　子　　　　　　周邦彦

　　枫林凋晚叶,关河迥,楚客惨将归。望一川暝霭,雁声哀怨;半规凉月,人影参差。酒醒后,泪花销凤蜡,风幕卷金泥。砧杵韵高,唤回残梦;绮罗香减,牵起馀悲。　　亭皋分襟地,难拚处,偏是掩面牵衣。何况怨怀长结,重见无期。想寄恨书中,银钩空满;断肠声里,玉筯还垂。多少暗愁密意,唯有天知。

　　这首词抒写离愁别恨,与柳永《雨霖铃》(寒蝉凄切)情事相类而结构上大异其趣,可以参读。柳词从长亭话别写到对别后况味的推想,布局平稳;此词却从别后的不堪写到对话别情景的追忆,布局上有逆折之致。

　　开篇即从首途前夕饯宴之后写起。词中未明写"都门帐饮"之事,但从下文"酒醒"字见出。在一个枫叶飘零的秋晚,"我"就要离开这客居之地而归去,面对山川迢遥,不免情怀凄然。前三句的情景、意念及"楚客""将归"等字面,都有意无意从楚辞《九辩》一段虚拟送别的文字化出:"悲哉秋之为气也!萧瑟兮草木摇落而变衰;憭慄兮若在远行,登山临水兮送将归。"如此能增强联想,烘托气氛。看来这位"楚客"当夜将在客舍下榻,以候明发。紧接着就写其在苍茫暮色中之闻见:"望一川暝霭,雁声哀怨;半规凉月,人影参差。"这里,依稀可辨的一行人影,并非别的什么人,而是尚未去远的前来送别的人们,联下片可知其中有一个

"她"在,于是"人影参差"四字写景中就寓有无限依依不舍之情。这哀怨的、未安栖或失群的雁的鸣声,与残缺成半规的凉月,又各各成为羁情和离思的象征。这四句写景逼真而抒情含蓄。

"酒醒后"到上片煞拍,与前数句时间上有一个跳跃而情景暗换,写独处一室清夜梦回所闻见,大致相当于柳词"今宵酒醒何处"一节内容。词中"我"醒来,眼前残烛摇曳,帘幕随风舒卷;清晰的捣衣声驱散残梦,梦想中的"她"忽从"我"身边消逝,不禁悲从中来,不可断绝。"凤蜡"字面出于《南史》,史载王僧绰少时与兄弟聚会,采蜡烛泪为凤凰;"泪花"指蜡泪,诗词多以象征离愁(杜牧《赠别》:"蜡烛有心还惜别,替人垂泪到天明");"金泥"指帘幕上的烫金;"绮罗香"指女子衣裙上的香气。一系列金玉锦绣的字面,不仅为了典雅华赡好看,而且通过环境的富艳反衬人物心境,引出更强烈的孤寂感。"酒醒后"三句先写出刚醒来一刹那的怔忡神态,"砧杵韵高"四句继写清醒后的感觉与心情,用笔细微入妙。"绮罗香减"继"残梦"二字吐出,便不只实写与女方的诀别,而兼暗示中宵梦想,笔致空灵。"牵起馀悲"四字回应篇首"惨将归",又唤起下片追忆,贯彻篇终,是最关键最得力的。

过片即承此倒叙昨晚饯别分襟时彼此种种不堪,就诗情言是追忆,手法则属逆挽。这一大段文字如剥笋抽丝,层层深入。"亭皋(水边平地)分襟地,难拚处"为一层,言临别已觉难以割舍;"偏是掩面牵衣"进一层,写对方呜咽掩泣更使人难堪;"何况怨怀长结,重见无期",再进一层,说明这是诀别,后会难期;"想寄恨书中"四句,以一"想"字领起,写别后相思愁恨之深,分从双方著笔。"寄恨书中,银钩空满",说自己:纵然是"恨墨"写至"盈笺",也写之不尽。"断肠声里,玉箸还垂",说对方:别时她为我"断肠声里唱《阳关》",流泪想至今未止。而想象对方情状,也是反映自己对彼相思之深。"空""还"二字勾勒着意。此又进一层。可谓层层加深写尽"暗愁密意"。这种暗密的相思之情,本是天知地知彼知己知的,而此结云"多少暗愁密意,唯有天知",一发痴迷沉痛,所谓愈朴愈厚。

此词上下片作逆挽不作顺叙,正面写离别的一段用虚笔(追忆)不用实笔,较之柳词"方留恋处,兰舟催发。执手相看泪眼,竟无语凝咽"一段,转觉密致。盖柳词直写离别之状,以"相看无语"疏淡写来自佳;而此词写回想,属痛定思痛,回味转浓,自宜逐层剖析。所以此词的用笔密致与逆挽的手法分不开,同是符合于生活情理的。此词语言上典丽与朴拙并用,而能浑融。一般说,上片较藻绘凝重;下片较自然流利,然"银钩""玉箸"之语对仗工稳,字面华丽,其平衡联系上下片之功用不可忽略。

(周啸天)

齐　天　乐　　　　　　　　　　　周邦彦

绿芜凋尽台城路,殊乡又逢秋晚。暮雨生寒,鸣蛩劝织,深阁
时闻裁剪。云窗静掩。叹重拂罗裀,顿疏花簟。尚有练囊,露
萤清夜照书卷。　　　　荆江留滞最久,故人相望处,离思何限。
渭水西风,长安乱叶,空忆诗情宛转。凭高眺远。正玉液新
篘,蟹螯初荐。醉倒山翁,但愁斜照敛。

此词是清真晚年寄迹江宁(今江苏南京)时所作。词中,将迟暮之悲、羁旅之
愁与故人之情融成一片。其可贵处,在于启示着珍惜寸阴之意味。乃清真词中
高格调之作。

"绿芜凋尽台城路,殊乡又逢秋晚。"清陈廷焯《云韶集》评此词说得好:"只起
二句便觉黯然销魂。""沉郁苍凉,太白'西风残照'后有嗣音矣。"台城原是东晋、
南朝台省与宫殿所在地,故址在江宁,此指江宁。"绿芜凋尽",亦犹其《浪淘沙》
词之"霜凋岸草",一片深秋景象。"殊乡又逢秋晚",点出双重悲意,殊乡可悲,秋
晚更可悲。起笔二句,论造境富于远神,论意蕴则大有众芳芜秽、美人迟暮之悲
慨。温庭筠《鸡鸣埭歌》云:"芊绵平绿台城基,暖色春容荒古陂。"台城绿芜,本来
就具有盛衰沧桑之意味,更何况今日已化为一片凋零之秋色矣。以下直至歇拍
八句四韵,皆从"秋晚"二字生发,层层托出时序变迁之感。"暮雨生寒,鸣蛩劝
织,深阁时闻裁剪。"蛩即蟋蟀,其鸣声似劝人机织,故又名促织。"暮雨生寒",从
肤觉感受写。"鸣蛩劝织",从听觉感受写,二句对偶,倍增其感。此是从自然一
面写秋感。"深阁时闻裁剪",则从人事一面写秋感,语意略同于杜甫《秋兴》"寒
衣处处催刀尺"。人家裁剪新衣,正暗喻客子无衣之感也。裁剪之声与上句鸣蛩
促织之音紧紧衔接,足见词人锐感灵心,心细若发。"云窗静掩。""静掩"二字,极
写幽居独处之寂寞感。此句单句叶韵,又正是承上启下之句。以上所写绿芜凋
尽、暮雨鸣蛩、深阁裁剪,皆云窗之外境。以下所写,则是云窗之内境。词境由外
而内,遂层层转深。"叹重拂罗裀,顿疏花簟。"裀者夹褥,簟者竹席。暑去凉来,
撤去花簟,铺上罗裀。下一重字、顿字,点出对节候更替之锐感。二句对偶,亦倍
增其感。用"叹"字领之,直写出不胜惆怅之情。前代诗人常用夏秋之交小小生
活用具之收藏,如团扇花簟之类,寓写人情疏远乃至世态炎凉之深深悲感。此二
句实亦暗带出此种悲感。"顿疏"二字,下得沉重,但又一笔带过。清真早年献
《汴都赋》,见知于神宗,自太学生命为太学正,但因种种缘故,其平生仕途颇为坎

坷，心中自不免常有某种悲慨。不过，清真"学道退然，委顺知命"（南宋楼钥《清真先生文集序》），故其内心悲慨之流露，又往往是若隐若现，若有若无。"尚有练囊，露萤清夜照书卷。"纵然夏日所用已收藏、疏远，但还留得当时清夜聚萤照我读书之练囊。练音疏，一种极稀薄之布。二句典出《晋书·车胤传》："家贫不常得油，夏月则练囊盛数十萤火以读书。"以练代练，是因此句第三字须用平声。词人当然不必囊萤照读，此是托寓自己不忘旧情，语甚含婉，意则坚执，隐然有修吾初服之意。南宋王灼《碧鸡漫志》卷二云"世间有《离骚》，唯贺方回、周美成时时得之"，道得甚是。练囊露萤、清夜书卷，意象清美幽雅，正是志洁行芳之表征。

　　"荆江留滞最久，故人相望处，离思何限。"换头三句，追怀荆州之故人。荆江指荆州（今湖北江陵），词人三十七岁前曾客居于此数年（王国维《清真先生遗事》），与当地友人交谊自深。离别久矣，想故人遥遥望我，离情别绪无限。怀想荆州故人，不言自己怀想，却言故人相望，用翻进一层笔法，情致尤深。从歇拍练囊露萤之细小物象，忽转出荆州故人相望之迢远境界，又足见笔力之巨，转换自如。两片起头，境界远大，一等相称。此皆值得体味。"渭水西风，长安乱叶，空忆诗情宛转。"此三句再转，怀念汴京之故人，笔法同于上三句。词人二三十岁时居汴京多年，与汴京友人交谊亦深。前二句化用贾岛《忆江上吴处士》诗："秋风吹渭水，落叶满长安。"王国维《人间词话》评云："此借古人之境界为我之境界者也。然非自有境界，古人亦不为我用。"真是知甘苦之言。以长安代汴京，宋词习见。词人遥想汴京正当清秋，故人追怀往事，不免念及昔年汴京之秋结伴同游，或行吟水畔，或登高能赋，我诗情之宛转，深得故人知赏，然而今日故人追忆，终是一场空幻。悬想虚摹之笔，几于出神入化。（南宋陈郁《藏一话腴外编》卷上，著录清真《薛侯马》《天赐白》二诗，皆元丰年间在汴京太学时所作。前诗序云"同舍赋诗者十一人，仆与其一焉"，后诗序云"蔡天启得其事于西人，邀余同赋"，犹可想见清真少年居汴与友人赋诗的情形。）接下来，"凭高眺远"一句，笔法同于上片"云窗静掩"，以上两层悬想，是登高望远之所思。以下种种情景，为登高望远之现境。词人登高眺远，一如故人相望，皆杳不可见也。无可奈何，唯有逃愁于醉乡而已。"正玉液新篘，蟹螯初荐。"篘，漉酒竹器，此用作动词，训漉。杜荀鹤断句诗"新酒竹篘篘"，后一"篘"字用法相同。蟹螯即指螃蟹。下句语出《世说新语·任诞》："毕茂世（卓）云：'一手持蟹螯，一手持酒杯，拍浮酒池中，便足了一生。'"此二句意谓正当美酒新漉、螃蟹登市的时节，我借酒浇愁，一醉方休。"醉倒山翁，但愁斜照敛。"上句自比山翁，典亦出《世说新语·任诞》："山季伦（简）为荆州，时出酣畅，人为之歌曰：'山公时一醉，径造高阳池。日暮倒载归，酩酊无所知。'"下句用"但愁"二字陡转，"愁"字尤为重笔。纵然酩酊大醉，但仍无计逃愁，忽见夕阳西沉，词人此心，顿时沉入无穷迟暮之悲。"但愁斜照敛"，是词情发展的必然结穴，包孕最为深刻。与起笔"绿芜凋尽台城路"遥相映照，极富于启示性。陈廷焯《白雨斋词话》卷一评语，有真知灼见，评云："'绿芜凋尽台城路，殊乡又逢秋晚'，伤岁暮也。结云'醉倒山翁，但愁斜照敛'，几于爱惜寸阴，日暮之悲，更觉馀于言外。"真善读词者也。唯有谛知生命价值之人，才是爱惜寸阴之人。光阴虚掷之痛苦，又岂是尽人皆知。结句沉痛，但启示着珍惜寸阴之意味，又有高致。

　　清真此词发舒迟暮之悲，亦缅怀荆、汴故人。汴京、荆州两地，乃是词人度过一生中最美好时光的地方。缅怀少年旧游，似具有一种暮年回顾平生的意味。也许正因为如此，其迟暮之悲便包含着悲慨整幅人生的深沉意蕴。全词的艺术造诣正是与此高度结合。全幅词境，时空囊括了暮年与少年，江宁与荆、汴。词境展开于绿芜凋尽台城路，用大笔濡染，接入云窗静掩一节，续写悲秋之感、念旧之意，换为工笔勾勒。由此引发遥想荆、汴，又将词境拓向深远，笔力则巨。最后写出眼前之斜照西敛，突出核心意蕴迟暮之悲，收以重笔。运笔造境，大含细入，致密浑成。由此可见词人暮年笔力不衰，亦可见其平生真积力久。清真词，确如楼钥之所言："一何用功之深而致力之精耶！"此词风格则沉郁苍凉，在清真集中别具一格，实为词人暮年老成不可多得之作。

　　　　　　　　　　　　　　　　　　　　　　　　　　　　　　（邓小军）

四　园　竹　　　　　　　周邦彦

　　浮云护月，未放满朱扉。鼠摇暗壁，萤度破窗，偷入书帏。秋意浓，闲伫立，庭柯影里。好风襟袖先知。　　夜何其。江南路绕重山，心知谩与前期。奈向灯前堕泪。肠断萧娘，旧日书辞。犹在纸。雁信绝，清宵梦又稀。

　　调名《四园竹》，又作《西园竹》，为美成创调。词乃秋夜怀人之作。起韵"浮云护月，未放满朱扉"，夜景。杜甫诗："明月生长好，浮云薄渐遮。"（《季秋苏五弟缨江楼夜宴》）美成翻出新意，说"浮云"为了"护月"，轻轻将月亮遮住，没有让她照彻朱扉，起首已透出黯然景象。次韵"鼠摇暗壁，萤度破窗"，这两句对仗，上句是耳闻之声，下句是目睹之景，"偷入书帏"紧接。齐己《萤》诗"夜深飞过读书帏"，是其所本。万籁寂静之夜，词人在陋室之中所闻所见，极萧索凄清。第三韵，用内转之笔，点出时令，并入情。"秋意浓，闲伫立，庭柯影里"，此时词人已不耐凄寂步出庭院,站立树阴。"里"字同部上声叶韵。"好风襟袖先知",为来到院中第一个感觉。这一句是上片结拍,情景交融。杜牧《秋思》诗"好风襟袖知",美成润一"先"字,增加了情趣,情绪稍稍振起。然秋宵夜永,独立庭心,已逗出怀人契机。

过片"夜何其"首韵,用《诗经·小雅·庭燎》"夜如何其"的诗句,犹问夜已到何时,委婉曲折道出他夜深无眠。次韵"江南路绕重山,心知谩与前期",第一句写景,接着入情。美成所怀念之伊人,乃在江南重叠山峦之间,旧游之地,历历在目;次句直抒胸臆:我心里明白,当时预约重逢的前期("前期",即先订下未来见面的期约),是徒然的,随着情况的变化,是不能实现了。第三韵"奈向灯前堕泪","奈",无可奈何之意。"堕泪"非只今夜事,前时已然,亦包括今夜。"泪"字韵押同部去声。先写"堕泪",第四韵再补写为何"堕泪"。"肠断萧娘,旧日书辞。犹在纸",使词人肝肠寸断的是伊人的书信明明还在眼前,"言犹在纸","纸"字韵押同部上声。煞拍"雁信绝,清宵梦又稀",结句低回欲绝。而今不但是音书杳茫,就连梦里见到她的次数也少了。李义山《离思》诗"朔雁传书绝",毛熙震《菩萨蛮》词"斜月照帘帏,忆君和梦稀",美成将李诗、毛词之意组合起来,构成一种完全绝望的沉哀,极具境界。

《四园竹》系四声慢词,以平韵为主,兼押上去。上片景中寓情,和缓纾徐,无激切语,过片时间、空间错综,合成忆旧怀人境界,平、上、去三声互押,文极跌宕,情亦激切,与其《风流子》(枫林凋晚叶)、《蕙兰芳引》等可以同读。 （黄墨谷）

氐 州 第 一　　　　　　　　　　周邦彦

波落寒汀,村渡向晚,遥看数点帆小。乱叶翻鸦,惊风破雁,天角孤云缥缈。官柳萧疏,甚尚挂、微微残照?景物关情,川途换目,顿来催老。　　渐解狂朋欢意少,奈犹被、思牵情绕。座上琴心,机中锦字,觉最萦怀抱。也知人、悬望久,蔷薇谢,归来一笑。欲梦高唐,未成眠、霜空已晓。

这是一首旅途怀人的词。上片写川途景物,下片写怀念情人。全词姿态飞动,风韵绝佳。

"波落寒汀,村渡向晚,遥看数点帆小。"词人在一个秋天的晚上,水行辛苦,舍舟而陆,暂作歇息。向晚波落,江中汀渚露出潮水下退的痕迹,这是近景;而目光移向远处,看到江帆数点,这是远景。"乱叶翻鸦,惊风破雁,天角孤云缥缈。"起首三句是向江上看去,自近而远。这三句,是抬头向天上看去,也自近而远。

"翻字、破字炼得妙"(清陈廷焯《云韶集》评,下同),八字不但写出了动态,而且传出一片秋声。一阵风起,落叶乱舞,惊起暮鸦翻飞;排成字儿的鸿雁,也被风冲破了行列。周词《庆春宫》"惊风驱雁"的"驱"是写雁阵顺风而飞,好像风在后面追赶似的;"破"是写雁阵逆风而飞,惊风迎面吹来,冲散了行列。周词炼字之精确,于此可见。这三句也是自近而远,"乱叶"句尚在地上,"惊风"句已在天空,"天角孤云缥缈",目力所注那就更远了。身处客地,心向远方,情思缥缈,黯然神伤。"官柳萧疏,甚尚挂、微微残照?"不说斜阳映柳,而说柳挂残照,出语自奇。这两句再落实到"向晚",经秋杨柳枯悴,已非柔条袅娜,为什么残阳还以它微弱黯淡的光映照在上面,使人更增羁旅迟暮之感呢? 词人的羁愁绮思,纷至沓来,已无法抑制了。于是前结"景物"三句用勾勒之笔,小结上片,使上面以工笔画出的三组形象,束在一起,凝固有力,起着结上生下的作用。周济说的"他人一勾勒便薄,清真愈勾勒愈浑厚"(《介存斋论词杂著》),恐怕就是这个意思。

接着下片:"渐解狂朋欢意少,奈犹被、思牵情绕。座上琴心,机中锦字,觉最萦怀抱。"原来催促词人老去的,主要还不是节序的更易,景物的变换,而是由于苦苦思念着远方的情人。换头先从侧面衬出自己的"欢意少",并不是正面写狂朋。"狂朋",指和自己一样狂放不羁的人。当年京华,珠歌翠舞,而今漂泊他乡,终日为思情牵绕,再没有寻欢作乐的意绪了。"座上琴心"用司马相如琴挑卓文君的故事。这里指词人心中一直牵挂着的情人,当初是在宴会上心招目成的。"机中锦字"用前秦窦滔因罪徙流沙,其妻苏氏织锦为回文诗以赠的故事。这里指情人寄来的音书,是词人最珍惜的。

"也知人、悬望久",设想所思之人对我亦当如是,从上三句转出,即苏轼《蝶恋花》词"我思君处君思我"之意。"蔷薇谢,归来一笑",是对"悬望"人的应答,说:蔷薇凋谢、春天将尽时,应是我们一笑相见的日子。这里化用杜牧《留赠》诗:"舞靴应任闲人看,笑脸还须待我开。不用镜前空有泪,蔷薇花谢即归来。"词人困于行役,漂泊江乡,暗许明年春尽当归,也是聊以慰情罢了。归期尚远,而思念正殷,故盼有"高唐"之梦;但因"思牵情绕",夜不成眠,梦未成而天已晓。"欲梦"是愿望,"未成"是结果,写尽此夜难堪。"欲"字下得极准确。"霜空"二字归到眼前,从蔷薇花谢时相逢一笑的暮春幻景,回到乱叶翻鸦、惊风破雁、孤云缥缈、官柳萧疏的深秋现实。戛然止住,词有尽而意无穷。上片秋景用大段文章铺叙,结句只以"霜空"二字微微回应,颇得四两敌千斤之妙。

此词在艺术上有两点很突出:

一、善于摹写秋景。陈廷焯评为"写秋景凄凉,如闻商音羽奏"。上片写秋景,不用突起、总冒的手法,而是迤逦写来,逐层逼紧。"波落"二句,点出了秋与晚,"遥看"六字,不是单纯写景,实是赋而兴也。孤舟一叶,从远处来,还要向远处去,这里不过是临时暂泊而已。"乱叶"三句,已把悲秋之意,逐渐逼紧:昏鸦投宿,风翻不定,旅雁群飞,为风惊散,长途漂泊、像天角孤云的我,能不对此兴感? 当此凛秋当此晚,疏柳无情还挂着淡淡斜晖,还为客子添愁增恨,写到这里,羁愁秋恨,已难于抑制了。前结"景物"三句,乃是水到渠成,顺理成章,用"顿来催老"四字作点睛之笔,遂自然地从写景转入了抒情。

　　二、意态飞动,极顿挫之妙。陈廷焯又评曰:"语极悲惋,一波三折,曲尽其妙。"下片用明转与暗转的手法,"一波三折",表现了对久别情人的深切思念之情。第一个波折是明转,用了一个"奈"字,意谓自己虽已懂得羁栖幽独,无多欢意,怎奈往事萦心,无法排遣。下面两个波折是用暗转(即不用虚字作转),先是写两地相思,言归无日,但仍存在着春尽归来、握手言欢的想望。接着又否定了这个希望,说不但归去无期,连梦中相见也不成啊! 希望是虚无缥缈的,刻骨相思的痛苦却是现实的。

(万云骏)

少 年 游　　　　　　周邦彦

　　并刀如水,吴盐胜雪,纤手破新橙。锦幄初温,兽烟不断,相对坐调笙。　　　　低声问:向谁行宿? 城上已三更。马滑霜浓,不如休去,直是少人行。

　　关于这首词有一则本事:"道君(宋徽宗)幸李师师家,偶周邦彦先在焉,知道君至,遂匿于床下。道君自携新橙一颗,云江南初进来,遂与师师谑语。邦彦悉闻之,隐括成《少年游》云。"(张端义《贵耳集》卷下)其事确有与否一向有人怀疑(如清吴衡照《莲子居词话》卷一),王国维辨其必无。无论创作缘起如何,文学作品毕竟不同于生活情事的照搬。就这首词而论,词中人物便只是一对秋夜相会的情人罢了。词属双调,意分三层,主要从女方着笔。

　　"并刀如水,吴盐胜雪,纤手破新橙"一层。写情人双双共进时新果品,单刀直入,引读者进入情境。"刀"为削果用具,"盐"为进食调料,本是极寻常的生活日用品。而并州产的刀剪特别锋利(杜甫:"焉得并州快剪刀"),吴地产的盐质量特别好(李白:"吴盐如花皎白雪"),"并刀""吴盐"借用诗语,点出其物之精,便不寻常。而"如水""胜雪"的比喻,使人如见刀的闪亮、盐的晶莹。二句造形俱美,而对偶天成,表现出铸辞的精警。紧接一句"纤手破新橙",则前二句便有着落,决不虚设。这一句只有一个纤手破橙的特写画面,没有直接写人或别的情事,但"潜台词"十分丰富:谁是主人,谁是客人,谁招待谁等等,读者已能会心,作者也就不多说了。这对于下片一番慰留情事,已具情节的开端。手是纤纤的玉手,初得之新橙,与如水并刀、胜雪吴盐,组成一幅色泽美妙的图画。"破"字清脆,运用尤佳,与清绝之环境极和谐。三句纯是物象,却能传达一种爱恋与温情,味在品果之外。

"锦幄初温,兽烟不断,相对坐调笙"又一层。先交待闺房环境,用了"锦幄"、"兽烟"(兽形香炉中透出的烟)等华艳字面,夹在上下比较淡永清新的词句中,显得分外温馨动人。"初温"则室不过暖,"不断"则香时可闻,既不过又无不及,恰写出环境之宜人。接着写对坐听她吹笙。写吹"笙"却并无对乐曲的描述,甚至连吹也没有写到,只写到"调笙"而已。此情此境,却令人大有"未成曲调先有情"之感。"相对"二字又包含多少不可言传的情意。此笙是女方特为愉悦男方而奏,不说自明。此中乐,亦乐在音乐之外。

上片两层创造了一个温暖馨香的环境,酝足了依恋无限之情,为下片写分别难舍作好铺垫。上片写到"锦幄初温"是入夜情事,下片却写到"三更"半夜,过片处有一跳跃,中间省略了许多情事。"低声问"一句直贯篇末。谁问?未明点,读者从问者声口不难会意是那位女子。为何问?也未明说,读者从"向谁行宿"的问话自知是男子的告辞引起。写来空灵含蓄。挽留的意思全用"问"话出之,更有味。只说夜深("城上已三更")、路难("马滑霜浓")、"直是少人行",只说"不如休去",却不直道"休去",表情措语,分寸掌握极好。"言马言他人,而缠绵偎依之情自见,若稍涉牵裾,鄙矣。"(沈谦《填词杂说》)这几句不仅妙在毕肖声口,使读者如见其人;还同时刻画出外边寒风凛冽、夜深霜浓的情境,与室内的环境形成对照。则挽留者的柔情与欲行者的犹豫,都在不言之中。词结束在"问"上,结束在期待的神情上,意味尤长。恰如毛稚黄所说:"后阕绝不作了语,只以'低声问'三字贯彻到底,蕴藉袅娜。无限情景,都自纤手破橙人口中说出,更不别作一语。意思幽微,篇章奇妙,真神品也。"

词中所写的男女之情,意态缠绵,恰到好处,可谓"傅粉则太白,施朱则太赤",不沾半点恶俗气味;又能语工意新,"香奁泛话吐弃殆尽"(陈廷焯《白雨斋词话》卷六),的确堪称"本色佳制"。

(周啸天)

庆　春　宫   周邦彦

云接平岗,山围寒野,路回渐转孤城。衰柳啼鸦,惊风驱雁,动人一片秋声。倦途休驾，淡烟里、微茫见星。尘埃憔悴，生怕黄昏，离思牵萦。　　华堂旧日逢迎。花艳参差，香雾飘零。弦管当头，偏怜娇凤，夜深簧暖笙清。眼波传意，恨密约、匆匆未成。许多烦恼，只为当时，一饷留情。

这是一首旅途怀人的词。上片着重描写旅途所见秋景，下片着重回忆与意中人的遇合，孤寂萧索与繁华热闹两极相互对应，也颇有它的特点。

"云接平岗，山围寒野"，是一对偶句，从云和山着眼，极力描摹开阔广漠景象，"接"和"围"两个动词，也显得有气势。"路回渐转孤城"，道路经过几番回转以后，才逐渐地看到了远处的城郭。"渐"字有韵味，即表示原野广阔、路途遥远曲折，又能透露行人旅客那焦灼期待的心情。"衰柳啼鸦，惊风驱雁"，又是一对偶句，这一偶句是把重点描写的鸦和雁放在第四字的位置上，与前一偶句把云、山放在第一字，位置安排不同，形成错落之势。两句通过乌鸦和鸿雁的啼声，极力描摹秋季原野上的肃杀气氛。"惊风驱雁"四字，最见精彩。用"惊"字形容秋风，除了说它猛烈之外，还能使人觉得节序变换之迅速，从而产生一种仓皇无措之感；说鸿雁是被秋风驱赶而南飞，还有比喻人生道路上的为世事所驱遣而不由自主的意思。"动人一片秋声"，"动人"二字并不突兀，因为它只不过是把上文写景之中所包含的抒情成分点明罢了。"秋声"，当然是指鸦啼、雁唳和风吹的声音，但与"一片"相连接，则是为了与开头所描写的广漠原野相照应。由于环境寂静，声音便传得远；又由于有一些单调的声音，而周围的环境却会显得更加寂静。周邦彦词，周严细密，善于使用暗榫以作前后之关合照应，这一点，从解说过的几句当中就可以看得出来。以下转入叙事。经过一天旅途劳累，投宿之时，暮霭中依稀见到星光。当此时入黄昏，人也暂得休闲。身体休息而脑子却忙了起来，长途行旅人往往有这种体验。"倦途休驾，淡烟里、微茫见星"是当日事；"尘埃憔悴"则是多日积累。因分别日久，故引出"离思牵萦"，趁黄昏休歇时遂乘隙而来。王实甫散曲《十二月带尧民歌》"自别后遥山隐隐"一首说："怕黄昏忽地又黄昏，不销魂怎地不销魂。"虽所写有离人与思妇之不同，而体会黄昏时刻最易使人感到孤独、引起离愁，则是一致的。

下片写回忆中的往事，一派花团锦簇，内容陡然而变。"华堂"，指歌舞欢宴之地；"逢迎"，指交接过从之事。"花艳参差，香雾飘零"八字，极写众多美女之足以令人眼花心醉。"花艳"，喻指女郎的美貌。作者《玉楼春》有"大堤花艳惊郎目"之句，与此同本于南朝乐府诗《襄阳乐》。"香雾"是美人香气，"雾"言其浓若可见,又飘荡弥漫无所不至。写美人,先写其色,复写其香,总写其多("参差"喻多)。如此加倍地去写美人,不会没有缘故。那众多美人是什么人?不是主人的宅眷,也不是女宾,下句点明,是"弦管当头",那是一班吹弹歌舞、为华筵助兴添欢的女乐。唐崔令钦《教坊记》说:"伎女入宜春院,谓之内人,亦曰前头人,常在上(皇帝)前头也。"这就是"弦管当头"了。前面写华堂之集、美女之美,是为了这班乐伎的出场作先声夺人之势,但目的还在下文说出——"偏怜娇凤,夜深簧暖笙清",是众多乐伎中他所独爱的一位吹笙的美人。"娇凤"言其小,又言其美,同时又兼指她演奏出来的那悠扬动人的、如同凤鸣一般的笙乐。"簧暖笙清",周密对此有个很好的解释。《齐东野语》卷十七"笙炭"条说到焙笙:"用锦熏笼藉笙于(炭)上,复以四和香熏之。盖笙簧必用高丽铜为之,艳以绿蜡,簧暖则字正而声清越,故必用焙而后可。……乐府亦有'簧暖笙清'之语。"所谓"乐府之语",即指美成此句而言。特写"夜深簧暖笙清"一句,当是宴席到深夜时她在作笙独奏,所以惹人注目,也得到他的特别怜爱。既然如此,他在神情举动上就一定有所表现,而为伊人所注意,于是她便"眼波传意",那就是"美目流盼"、"独与予今目成",写得活灵活现了。"眼波传意",也就是下文的"一饷留情"。原来特写吹笙的"娇凤",又是因为有她的这一个"眼波传意"!下片赋笔铺叙至此,总算交出了底。接着却又急转直下,"恨密约、匆匆未成",终于没有能够达到圆满的结局,留下了深深的遗恨。结尾几句,也很值得玩味,"许多烦恼,只为当时,一饷留情。""一饷留情"前,应藏有一个"她"字。又应藏有一个"我"字。既称"烦恼",就有悔悟之意,然此处所谓的"烦恼"属狡狯之笔,读者倘若真的认作悔悟,就流于皮相之见了,把它理解为作者另一词中的"拚今生,对花对酒,为伊泪落"(《解连环》),恐怕倒还接近些。

　　周邦彦有不少词,跟这一首相似,好像都包含着一段他自己经历过的"本事"在内,写的都是他的恋爱史似的,然而,是否确有其事或是确如其事呢?那是无从查考的。对于这个问题,应取少信多疑的态度,多从虚拟的角度去设想,不宜处处坐实。因为词人填词,也完全可以凭借想象进行虚构,在他熟悉的生活范围之内,鸟飞鱼跃,驰骋才华。倘若把词的创作题材仅仅局限于词人自己的实际生活经历,那么,他的创作道路就未免太狭窄了。

(王双启)

醉　桃　源　　　　　　　　　　　　周邦彦

　　冬衣初染远山青,双丝云雁绫。夜寒袖湿欲成冰,都缘珠泪
零。　　情黯黯,闷腾腾,身如秋后蝇。若教随马逐郎行,不

辞多少程。

这是一首小令,把一个妇女相思情深的衷怀,曲曲如绘地写了出来。

"冬衣初染",表明这衣服是新的。"远山青"是说衣服的颜色如远山的青色。旧说"赵合德为薄眉,号远山黛,乃晴明远山之色也"。又可见这"远山青"色是很美的。首句正是写衣服的新和美。

次句着重写衣上的花纹。"双丝",言此衣质地精致;"云雁"指衣上花纹。这种精心描绘妇女衣饰的手法,在温庭筠词里很常见,如"凤凰相对盘金缕"(《菩萨蛮》),说衣上的花纹是一对用金线绣成的凤凰;"金雁一双飞,泪痕沾绣衣"(《菩萨蛮》),这金雁虽可解释成筝柱或首饰,但也可解释成衣服上绣着一双金碧辉煌的雁;至于"新贴绣罗襦,双双金鹧鸪"(《菩萨蛮》),更把这"襦"(短袄)的美写得无以复加了。从温词的"凤凰相对""金雁一双""双双金鹧鸪"来看,无不寓有物则成双、人则孤凄的内涵。这里周邦彦用的是"云雁"字样,但雁从来不单飞。所不同的是,温词寓意容易看出,周词寓意更深一层,曲曲地透出了这位妇女的心事。

接着"夜寒袖湿欲成冰,都缘珠泪零"两句,写伊人在寒冷的深夜里,袖子湿了一大片,都要结成冰了,原来是因为泪水不停地流下来。从这两句的语气看,她是直到最后才感觉到"袖湿欲成冰"的。也就是眼泪不停地流,而自己似乎还没有觉得。

"情黯黯,闷腾腾",过片紧承上阕写人的哀伤、凄苦。下面,奇句突现,说这位心情愁苦闷闷不乐的人此时是"身如秋后蝇"!这个比喻,十分奇特,而由来颇久。唐张鷟《朝野佥载》卷四记:或问张元一曰:"苏(味道)、王(方庆)孰贤?"答曰:"苏九月得霜鹰,王十月被冻蝇。……得霜鹰俊捷,被冻蝇顽怯。"入诗有韩愈《送侯参谋赴河中幕》之"默坐念语笑,痴如遇寒蝇"、欧阳修《病告中怀子华原父》之"而今痴钝若寒蝇",及以后陆游《杭湖夜归》之"今似窗间十月蝇"等,但运用入词,宋人似仅见于此。"秋后",天气冷了,最怕冷的蝇,此时软绵绵、懒洋洋,动都不想动,勉强扑到窗前有阳光的地方,也茫然痴呆,似乎再也没有安身立命之所了。可是这个比喻的特具精彩,还得和下两句联起来看:"若教随马逐郎行,不辞多少程。"两句活用"蝇附骥尾以致千里"①的典故。你看,这个"蝇"又多么地可爱!方才的"情黯黯,闷腾腾",一扫而去,条件只有一个:"随马逐郎行!"在古典诗词里写妇女相思念远的,多不可计,那一箩箩的缠绵话和这个精妙比喻比起来,反而觉得絮絮叨叨了。"身如秋后蝇",妙在语似平铺,而含义深婉。这句五个字,绾上启下：是"情黯黯,闷腾腾"的形象描绘,给人以"静"感；又像一把钥匙启开了下面的艺术之门,这时的"蝇"如附奔马,完全给人以"动"感了。

　　这首四十七个字的小词,上阕写得平淡无奇,但如无下阕这句奇特的用比,则词意便不会如此"纡徐曲折",人的感情也不会如此"入微尽致"(陈廷焯评周词语)。明代谭元春论诗有云："必一句之灵能回一篇之运,一篇之朴能养一句之神"(《题简远堂诗》)。证之于周邦彦这首《醉桃源》词,这"一句之灵",使全篇为之生色；而这全篇之"朴",也更衬托出这一句的"神"。朴与灵的巧妙结合,就是这首题材平常的小词给人以不平常之感的艺术奥妙之所在。　　　　　(艾治平)

　　〔注〕　①《史记·伯夷列传》："颜渊虽笃学,附骥尾而行益显。"索隐："苍蝇附骥尾而致千里,以譬颜回因孔子而名彰也。"又《后汉书·隗嚣传》刘秀报嚣书："数蒙伯乐一顾之价,而苍蝇之飞不过数步,即托骥尾得以绝群。"

夜　游　宫　　　　　周邦彦

　　叶下斜阳照水,卷轻浪、沈沈千里。桥上酸风射眸子。立多时,看黄昏,灯火市。　　古屋寒窗底,听几片、井桐飞坠。不恋单衾再三起。有谁知,为萧娘,书一纸。

　　这首词在《清真集》中归入秋景之什,是编集者所为。题或作"秋晚"、或作"秋暮晚景",则是选本谬加,把主题缩小了。其佳处并不在写景,而在于通过一些平常之极的秋景细致地传达一种思家怀人的情思。按照周济在《宋四家词选》评语中的说法,词意"本只'不恋单衾'一句耳"。然而在这一句前,作者却用了大半的篇幅,按日落、上灯、深夜的时间顺序,分三层来写。

　　前两句写斜阳照水、水流千里的江景。这是秋天傍晚最常见的景象之一,"斜阳照水"四字给人以水天空阔的印象,大类唐人"独立衡门秋水阔,寒鸦飞去日衔山"(窦巩)的诗境。而从"叶下"二字写起,说斜阳从叶下照向江水,便使人如见岸上"官柳萧疏"一类秋天景象。再者,由于看得到"叶下斜阳照水",则其所在位置是近水处也可知。这一点由下句"桥上"予以补出。这两句虽未写到人,写景物是从人的所在处看出去,则无可疑。且叙写亦极有层次：由树下日照的局部水面,到卷浪前行的一派江水,到奔驰所向的沉沉远方,词人目之所注,心之所思,亦有"千里随波去"之势。景中寓情,有味外味。

　　紧接"桥上酸风射眸子"(李贺："东关酸风射眸子")一句,则把上面隐于句下的人映出,他站在小桥上。风寒刺目,"酸"与"射"这两个奇特的炼字,给人以刺激的感觉,用来写难耐的寒风,比"寒"字"刺"字表现力强得多。这人居然能"立多时"而不去,他在"看",看什么？难道真的是"看黄昏,灯火市"么？词句虽然这么写来,但那种街市天天有的入夜景象又有什么可看呢。这几句大有"独立小桥风满袖,平林新月人归后"(冯延巳《鹊踏枝》)的意味。它写出了沉浸在思绪中的人,对外部世界的异常的态度。

换头三句,"镜头"换了。是深夜,在陋室。"古屋寒窗",破旧而简陋的居处,是隔不断屋外风声的,连水井旁的桐叶飞坠的声音也听得极清楚(虽则是"几片")。这是纯景语,但已大有"悠哉悠哉,辗转反侧"(《诗经·关雎》)之意,其中该夹有"梧桐树,三更雨,不道离情正苦"(温庭筠《更漏子》)那样轻微的叹息。到此为止,词的前面部分俱是写景。而看看流水、街灯,听听坠叶声,这是多么平凡琐屑之景,又是多么没要紧的话呵,组织似乎也并不经意,如零乱道来。然而正是这样一连串的写景,恰如其分地摹状出一个愁绪满怀、无可排遣、寻寻觅觅、冷冷清清的客子的心境。"故没要紧语正是极要紧语,乱道语正是极不乱道语"(刘熙载《艺概》),为后几句的"点睛",作好了"画龙"的准备。

寒窗风紧,长夜难捱,即使是单薄的衾被,也该裹紧身子,"恋"它一"恋"。却"不恋单衾再三起"！"再三",则是起而又卧,卧而又起。"单衾"之"单",兼有单薄与孤单之意。这个惶惶不可终日、而又惶惶不可终"夜"的人,到底有什么心事呢？结尾三个短句方予点醒:"有谁知,为萧娘,书一纸。"原来一切都是由一封书信引起的。全词到此一点即止,余味甚长。有此结尾,前面的写景俱有着落,它们被一条活动的意脉贯通起来,成为一个有机的整体,否则便真成"没要紧语";而此结又有赖于前面"层叠加倍写法"、"方觉精力弥满"(周济《宋四家词选》评),堪称"点睛"之笔。三句本唐人杨巨源"风流才子多春思,肠断萧娘一纸书",不过变"春思"作秋思罢了。(萧娘,唐人惯用以指所爱恋之女子。)这里化用,却不明说相思"肠断"意,益觉淡语有味。

"词境"与"诗境"不同,它须"更为具体,更为细致,更为集中地刻画抒写出某种心情意绪","常一首或一阕才一意,含意微妙,形象细腻"(李泽厚《美的历程》)。这首词就成功地创造了一种完美的词境。词中两用唐人诗句,略易字面或句法,隐括入律,即妥帖入妙,如自己出,也起到丰富词意的作用。 (周啸天)

解 语 花 上元 周邦彦

风销绛蜡,露浥红莲,花市光相射。桂华流瓦。纤云散,耿耿素娥欲下。衣裳淡雅。看楚女、纤腰一把。箫鼓喧,人影参差,满路飘香麝。 因念都城放夜。望千门如昼,嬉笑游冶。钿车罗帕。相逢处,自有暗尘随马。年光是也。唯只见、旧情衰谢。清漏移,飞盖归来,从舞休歌罢。

要赏此词,须知词人用笔,全在一个"复"字。看他处处用复笔,笔笔"相射",——这词的精神命脉,在全篇的第一韵"花市光相射"句,已经点出,已经写透。

上元者何?正月十五,俗名灯节,为是开年的第一个月圆的良宵佳节,所以叫做元夕、元夜。在这个元夜,我们中华民族的祖先,用奇思妙想、巧手灵心,创造出一个奇境:在这一夜,普天之下,遍地之上,开满了人手制出的"花"——亿万的彩灯;这些花把人间装点成为一个无可比拟的美妙神奇的境界。

此一境界,明明是现实的人间,却又是理想的仙境。上是月,下是灯,灯月交辉,是一层"相射"。亿万花灯,攒辉列彩,此映彼照,交互生光,是第二层"相射"。但是还有一层更要紧的"相射",来为这异样的仙境作主持者,作个中人——这就是那万人空巷、倾城出游、举国腾欢的看灯人!

游人赏灯,却怎么说是一层"相射"呢?难道人也有"光"不成?

这正是赏析美成此词的一个关键之点。

要知道,在古代的这一夕,是"金吾放夜",即警卫之士解除宵禁,特许游人彻夜欢游。不但官家"放夜",而且"私家"也"放门"。那时候,妇女是不得随意外出的,当然更不能想象在深宵永夜竟能到红衢紫陌上去尽兴游观了。然而唯独这一夜,家家户户,特许她们走出闺门,到街巷中去看灯赏景!

说"看灯",自然不差,但是不要忘了,正因上述之故,不但为来看灯,更是为来"看人"。这一点无比重要。没有了这,也就没有了上元佳节,——也就没有了《解语花》佳作。

你道那于此夜间倾城出赏的妇女是怎样一种打扮?妙得很:我们这个艺术的民族最懂得什么是美,而且最懂得美的辩证法。在这一夜,女流们不再是"纷红骇绿"、"艳抹浓妆"了,而一色是缟衣淡服,如《武林旧事·元夕》所谓"妇人……衣多尚白,盖月下所宜也"!

把这些"历史背景"了解清楚了,你才能够谈得上欣赏这首上元词的妙处。

上来八个字领起,一副佳联,道是风销绛蜡,露浥红莲。绛蜡即朱烛,不烦多讲。红莲又是何也?原来宋时灯彩,以莲式最为时兴,诗词中又呼为"红莲""芙蓉",皆莲灯是也。此亦无待多说。最要体味"风销""露浥"四字,早将彻夜腾欢之意味烘染满纸了。当此之际,人面灯辉,容光焕发;人看灯,灯亦看人;男看女,女亦看男。——如此一片交辉互映,无限风光,词人用了一句"花市光相射",五个字包含了这一切!

以下紧跟一句"桂华流瓦",正写初圆之月,下照人间楼屋。一个"流"字,暗从《汉书》"月穆穆以金波"与谢庄赋"素月流天"脱化而来,平添一层美妙。"桂华"二字,引出天上仙娥居处,伏下人间倩女妆梳,总为今宵此境设色勾染。

纤云不碍良宵,但今夜纤云亦不肯略为妨碍,夜空如洗,皓魄倍明。——嫦娥碧海青天,终年孤寂,逢此良辰,也不免欲下人寰,同分欢乐。此一笔,要看他"欲下"二字,写尽神情,真有"踽踽欲动"(东坡语)之态,呼之欲出之神。此一笔,不独加一倍烘染人间之美境,而且也为引出人间无数游女的一种极为超妙的手法。盖以上写灯写月,至此,方出游观灯月之"人"。迤迤逦逦,不期然已如饮醇醪醉人矣。

"衣裳淡雅"一句,正写游女,其淡而雅,早已在上句"素"字伏妥。至此,正出"女"字。亦至此,方出"看"字。皆可为我上所析作证。"纤腰"句加重"看"字神情,切而不俗,允称高手。

以下,用"箫鼓喧"三字略一宕开,而又紧跟"人影"四字,要紧之极,精彩之至!"参差"一词,亦常语也,然而词人迤逦写至此处,拈出"参差"二字,实为妙绝,——万千游赏之人,为灯光月彩所映射,一身具众影,万人聚亿影,而此亿影,交互浮动,浓淡相融,令人眼花缭乱,——能体此境,而后方识"参差"二字之妙绝!

写人至此似已写尽矣,不料又出"满路飘香麝"一句,似疏而实密。盖光也,影也,音也,色也,一一写尽,至此方知尚有味也一义,交会于仙境之间。且此味也,遥遥与上文"桂华"呼应。其用笔钩互回连之妙,至罕见其伦比。我谓此词之妙,妙在处处"相射"。正因此故。

下片以"因念"领起,是全篇过脉。由此二字,一笔挽还,使时光倒流,将读者又带回到当年东京汴梁城的灯宵盛境中去。却忆尔时,千门万户,尽情游乐,欢声鼎沸。"如昼"二字,写灯写月,极力渲染。"去年元夜时,花市灯如昼",同一拟喻。然汴州元夜,又有甚独特风光?——始出钿车宝马,始出香巾罗帕。"暗尘随马去,明月逐人来",又用唐贤苏味道上元诗句,暗写少年情事。马逐香车,人拾罗帕,即是当时男女略无结识机会下而表示倾慕之唯一方式、唯一时机,此义又须十分晓解,方能领略其中意味。

回忆京城全盛,不许更与上阕重复,寥寥数笔,补其"不备"——实则方是点题。至此,方写出节序无殊,心情已别,满怀幽绪。"旧情"二字,是一篇主眼,须知词人费许多心血笔墨,只为此二字而发耳。

无限感慨,无限怀思,只以"因念"一挽一提,"唯只见"一唱一叹,不觉已是歌音收煞处。"清漏"以下,有余不尽之音,怅惘低徊之致而已。然亦要看他"清漏移"三字,遥与"风销"、"露浥"相为呼应,针线之密依然,首尾如一。又须看他至一结说出一番心事:旧情难觅,驱车归来,一任他人仍复歌舞狂欢。——盖吾心所索者,只在旧情,若歌若舞,皆与我何干哉!

读古人词,既须赏其笔墨之妙,更须领其心性之美。如此等词,全是情深意笃,一片痴心——亦即诗心之所在。或者不论笔法之钩互,只就"桂华"而斥其"代字",或谓全篇所写不过衰飒消极,没落低沉……种种皮相,失之岂不远乎。

(周汝昌)

大 酺 春雨   周邦彦

对宿烟收,春禽静,飞雨时鸣高屋。墙头青玉旆,洗铅霜都尽,嫩梢相触。润逼琴丝,寒侵枕障,虫网吹粘帘竹。邮亭无人处,听檐声不断,困眠初熟。奈愁极频惊,梦轻难记,自怜幽独。　　行人归意速。最先念、流潦妨车毂。怎奈向、兰成憔悴,卫玠清羸,等闲时、易伤心目。未怪平阳客,双泪落、笛中哀曲。况萧索、青芜国。红糁铺地,门外荆桃如菽。夜游共谁秉烛?

凡词中咏物,无论吟咏某一事物,还是描绘某种自然现象,都不能只停留在外形的刻画和模写上,而应力求从形似到神似,进而托物言志,寓情于景,达到抒情、写物、喻志、述怀的多种目的。周邦彦这首词题为春雨,不但写了雨,写了雨景,而且能从景物的描写中翻出春雨阻客、流潦妨车的主题,抒发行旅为雨所困的愁闷情绪,富有浓郁的抒情意味,所以受人称道。

开头三句点明题意,为全词布置了一个春雨连绵、雨势滂沱的环境气氛。其中第一、二句为第三句作铺垫,是说雨意隔宿就已酿成,所以一大清早,浓雾散尽,四野静寂,不闻春鸟啼鸣,只听得阵阵急雨飞洒而下,敲打得屋顶铮铮作响。这三句用一个"对"字领起,使人感到真切。

"墙头"三句写室外的雨景:屋边的嫩竹,正冒着淋漓下注的春雨伸出墙头,青青的竹叶,好比青玉雕成的垂旒,枝竿外皮的粉霜,已被雨水洗刷一清,尖而嫩的竹梢,在风雨的吹打中,东摇西摆,不时地互相碰触。这段写景紧扣主题,颇具新意,词人舍弃了雨打落花的陈腐题材,去吟咏与风雨搏斗的墙头新竹,表明主人公正身处村野孤馆,而不是在庭院之中。

"润逼"三句表面上是写雨天室内的景象,实际上是写主人公被风雨所困的寂寞与无聊:琴丝受潮后,音色不准;枕障被寒气侵袭,一片冰凉;沾满了雨珠的虫网,被风吹得软绵绵地粘附在竹帘上。这些现象,是在百无聊赖之中所感所见,织成一种凄冷孤寂的氛围,所以只有昏昏睡去。紧接着"邮亭"六句便是抒写孤馆困眠的情态。愁中孤眠,最易惊醒,"奈愁极频惊,梦轻难记,自怜幽独"三句将因愁入梦,梦境恍惚以及醒后倍感孤独凄凉的心理状态刻画得细致入微。

上片从暮春的雨景写到客中阻雨的愁闷,以"自怜幽独"作为小结;下片再从雨阻行程写到落红铺地,春事消歇,从而寄寓惜春的感慨。

换头"行人归意速",重在一个"速"字,归心似箭,但欲速而不达,偏偏遇上淫雨不止的天气,泥泞的道上积满雨水,车毂难行,归期难卜,所以说"最先念、行潦妨车毂"。

从"怎奈向"开始,作者用了一连串的典故,把行旅为雨所阻、欲归不得的愁绪,铺写得淋漓尽致。兰成是庾信的小字,他初仕梁,出使西魏时,恰值梁灭,被留长安,后仕周,长期羁留北方,不得南归,作《哀江南赋》以叙志,又曾作《愁赋》。卫玠,晋人,是当时名士,长得清秀,有羸疾。平阳客,指东汉经学大师马融,他性好音乐,能鼓琴吹笛,一次在平阳客舍,听得洛阳客人吹笛,笛声哀怨,触动了他思念京都的伤感情怀,于是写下了著名的《长笛赋》。以上三个典故是说:自己就像卫玠、庾信那样,瘦减容颜,愁损心目,难怪当年马融在平阳客店听得笛声,会伤心得潸然泪下了。

最后"况萧索"几句,由情及景,并由羁旅愁叹转入惜花伤春的感慨,以结束全词。"青芜国"语出温庭筠《春江花月夜》诗"花庭忽作青芜国",是说繁花盛开的庭园,经过春雨的摧残,转眼间变成一片萧瑟的杂草丛生的世界。一个"况"字起了承上启下、转折递进的作用。"红糁铺地,门外荆桃如菽"两句是对"青芜国"的补充,意为:春光的余波只剩下几点红糁(糁,米粒,这里喻指落花)洒在青绿的地面上,而门外的樱桃(即荆桃)已褪尽红衣,露出豆粒般大小的幼桃。这一切都表明,春天已在雨声中消逝。此时,主人公不但为归计难成而懊丧,而且因春光消歇而叹息。"夜游共谁秉烛"句即由这两重忧伤而发,一语双结,复与上片歇拍"自怜幽独"遥相呼应,只觉无限的幽恨,无边的寂寞。明李攀龙赞云:"'自怜幽独',又'共谁秉烛',如常山蛇势,首尾自相击应。"(《草堂诗馀隽》引)

本词在句法和音韵方面,亦颇具特色。领字"对""奈""况"都用去声字,有助于发调振音。三字逗"最先念""怎奈向""等闲时""况萧索"等使语气和节奏显得顿挫有致。"嫩梢相触""易伤心目"和"笛中哀曲"都用"仄平平仄"的句式；"洗铅霜都尽"和"听檐声不断"都用"上一下四"的句式。凡此种种,构成了复杂多变的旋律,优美动听的乐章。相传宋徽宗时,朝廷赐酺,演奏了《大酺》和《六丑》两阕,都是周邦彦精心创制的新曲,说明作者具有高度的音乐造诣。　　　　　　　（蒋哲伦）

花　犯 梅花　　　　　　　　　　　周邦彦

粉墙低,梅花照眼,依然旧风味。露痕轻缀。疑净洗铅华,无限佳丽。去年胜赏曾孤倚。冰盘同燕喜。更可惜、雪中高树,香篝熏素被。　　　今年对花最匆匆,相逢似有恨,依依愁悴。吟望久,青苔上、旋看飞坠。相将见、脆丸荐酒,人正在、空江烟浪里。但梦想、一枝潇洒,黄昏斜照水。

　　周邦彦的这首词,跨越和打通了三重时间,在今日、昔日、来日间往复盘旋。词思跳动变换,时此时彼；词笔则圆美流转,浑化无迹。

　　词的上片,由呈现在眼前的梅花回溯去年赏梅的情景。起调"粉墙低,梅花照眼"两句,总领全篇,以下对昔日的回忆、对来日的想象,都由此景生发,正如陈洵所说,这七个字"已将三年情事一齐摄起"（冯平《宋词绪》引陈洵《海绡说词》未刊稿）。次句中的"照眼"二字,出自梁武帝《子夜四时歌·春歌四首》之一中的"庭中花照眼"句。这里,作者没有具体点明梅花的颜色,略过了花色,只写与粉墙相映照的花光,以光之夺目来显示色之明丽。在写法上与此同一机杼的有苏舜钦诗"时有幽花一树明"（《淮中晚泊犊头》）及郑獬诗"一树高花明远村"（《田家》）,都是真实地表达了视觉上最初一瞥的感受。至于其花色之为红为白,抑或为翠绿,这在作者是随之而来的认知,在读者则可以去自由想象。下面"露痕轻缀,疑净洗铅华,无限佳丽"三句,也如陈洵所说,是"复为'照眼'作周旋"（《海绡说词》未刊稿）,进一步写出了梅花之所独具的高出于凡花俗艳的格调。它之照眼,并不靠傅粉施朱,以嫣红姹紫来炫人眼目,而是丽质天成,自然光艳,别有其吸引人视线的风神韵味。这三句本是起二句的延伸和补充,但在其间穿插了"依然旧风味"一句,就使前、后五句所写的既是现时景物又带有旧时色彩,在抚今中渗入了思昔的成分,从而以此为伏笔在上片的后四句中把词思推离现在,引入过去。后四句以"去年"二字领起,在时间上与前六句明白划界。"胜赏曾孤倚,冰盘同燕喜"两句是对去年之我的追述,自思去年孤倚寒梅、与花共醉的情事；"更可惜、雪中高树,香篸熏素被"两句是对去年之花的追念,更爱去年梅花在雪中开放的景象。可以与这"雪中"两句参读的,有王安石《梅花》诗:"遥知不是雪,为有暗香来。"王诗写梅花开时遥望似雪,因有暗香传来而知其不是雪,景中实无雪,只是以雪暗喻花。周词所写,则是梅花真为积雪覆盖,一望皓白,形色难辨,而暗香仍阵阵从雪中传出,有如香篸之熏素被。

　　词的下片,使词境又由过去回到现在,再跳到未来。换头领以"今年"二字,与上片后四句开头的"去年"二字相对应。这样,全词既在时间上极尽错综变换之能事,而又界限清楚,转折分明。这首词,上、下片的前半都是写眼前所见的梅花。如果说上片"粉墙低"以下六句是写梅花的形态与风韵,这下片"今年对花"以下五句则是写梅花的情态和愁恨;前者写梅花之盛开,后者写到梅花之凋落。"对花最匆匆"句有两重含意:既是自叹,又是叹花;既叹自身去留匆匆,即将远行,又叹梅花开落匆匆,芳景难驻。"相逢似有恨,依依愁悴"两句,则是以我观物,移情于景,化作者的愁恨为梅花的愁恨,把本是无知无情的寒梅写得似若有知、有情。这两句末尾的一个"悴"字已预示花之将落,紧接着承以"吟望久,青苔上、旋看飞坠"二句,则进一步写花的深愁苦恨及其飘零身世,而从吟望之久也可见作者对花时的流连怅恨之情。

　　写到这里,既从景与情两个方面写了今年的对花,也写了去年的胜赏,既描画了梅花的容色,也表述了梅花的情意,照说题目已经做足,似乎再没有可下笔之处了。但是,词情充溢、词思泉涌的作者,意犹未尽,以出人意表之笔,由现时的感受、昔年的回忆,又跳到来日的想象,从而使词境在"山重水复疑无路"之际又进入了另一天地。"相将见、脆丸荐酒,人正在、空江烟浪里"两句,纯从空际落想。上句写梅,但所写的是眼前还不存在的事物,是由眼前飞坠的花瓣驰思于青绿脆圆的梅子;下句写人,但所写的是将出现于另一时空之内的人,是预计梅子荐新之时,人已远离去年孤倚、今年相逢之地,而正在江上的扁舟之中。结拍"但梦想、一枝潇洒,黄昏斜照水"两句,从林逋《山园小梅》诗中的名句"疏影横斜水清浅,暗香浮动月黄昏"化出,而从词思的跳跃来说,与李商隐《夜雨寄北》诗"何当共剪西窗烛,却话巴山夜雨时"有异曲同工之妙。李诗是身在巴山,把诗思跳到故园的西窗之下,再从西窗下又跳回巴山;周词则在花开之时、对花之地,把词思在时间上跳到梅子已熟时,在空间上跳到空江烟浪里,再从彼时、彼地又跳回花开时、花开地。这一词思的跳跃与回环,正是其运思的特点所在,也是这首词的深曲之处。

　　这首词以《梅花》为题,从纵向看,写了梅花的一生——从"梅花照眼"写到

"旋看飞坠",最后写到"脆丸荐酒";从横向看,写了梅花的各个方面——写了花光,写了花香,写了花容之佳丽,也写了花的愁恨之情、潇洒之态,还借助粉墙、露痕、冰雪、青苔、黄昏、池水的衬托、烘染,充分显示其姿色、风韵。作为一首题作《梅花》的词,确对梅花作了多角度的写照;但它又不是一首单纯咏物的词。作者并不是为写梅花而写梅花,而是在写梅花的同时也自我表述了现在、过去、未来的处境和踪迹,把自我的身世之感融入对外界景物的描写之中,正似《蓼园词选》所评析:"总是见宦迹无常、情怀落寞耳。忽借梅花以写,意超而思永。"可以说,这首词句句都在写梅花,而句句背后都有作者的身影在。

(陈邦炎)

水　龙　吟　梨花　　　　　　　　　周邦彦

素肌应怯馀寒,艳阳占立青芜地。樊川照日,灵关遮路,残红敛避。传火楼台,妒花风雨,长门深闭。亚帘栊半湿,一枝在手,偏勾引、黄昏泪。　　别有风前月底。布繁英,满园歌吹。朱铅退尽,潘妃却酒,昭君乍起。雪浪翻空,粉裳缟夜,不成春意。恨玉容不见,琼英谩好,与何人比?

美成咏物词以咏花为最多,大都以主体立干,通过花来抒写自己的怀抱。这首咏梨花则纯是体物之作,以秾艳著称。他罗致许多梨花故事,来塑造花的精神风格。笔力矫健,袭古弥新,词境恢宏阔大,是美成杰作之一。

上片首韵"素肌应怯馀寒,艳阳占立青芜地","素肌"喻梨花之色白。李白诗:"柳色黄金嫩,梨花白雪香。"梨花开在晚春时节,故说"应怯馀寒","应"字,下得轻;"艳阳",《花间集》毛熙震《小重山》:"群花谢,愁对艳阳天";杜牧诗:"带叶梨花独送春"。梨花开时春草已长,所以说"占立青芜地"。首韵用工笔描绘梨树亭亭玉立在艳阳明媚的青草地上,合时和地,创一种静穆的自然境界。"素肌""怯馀寒""占立",都是用拟人化手法。第二韵,把境界再扩大,"樊川照日,灵关遮路,残红敛避"。时间回溯到汉武帝时代,在长安有一所名为"樊川"的梨园。"照日",乃"日照"的倒装,以与"遮路"作对。"灵关",《汉书·地理志》云:灵关在越巂郡。谢朓有《谢随王赐紫梨启》云:"味出灵关之阴",注云:灵关,山名,种梨,树多遮路。"敛"字,解作"收",意谓在"樊川""灵关",都是一片雪白梨花,残春落红,均敛迹避去。这一韵,用豪放之笔,勾画出一极壮阔的空间。第三韵转笔写梨花开落的时间:"传火楼台,妒花风雨,长门深闭",韩翃《寒食》诗:"日暮汉宫传蜡烛,轻烟散入五侯家。"美成将这两句诗概括成"传火楼台"四个字,极形象而有境界。清明节前二日为寒食,不举火,唐俗清明日皇帝取榆柳之火以赐近臣。"传火"指清明日,"楼台",代指近臣家,即韩翃所称五侯家,这四字合时间、空间而成境界。"妒花",出杜甫诗:"春寒细雨出疏篱,风妒红花却倒吹"。"长门深闭",用汉武帝陈皇后事,兼取刘方平《春怨》诗意:"寂寞黄昏春欲晚,梨花满院不开门"。此韵每句都切时令暮春,点化前人诗句,而能袭古弥新,使梨花的形象更为鲜明。上片以情结:"亚帘栊半湿,一枝在手,偏勾引、黄昏泪。""亚"字作"压"解,动词,省略主语梨花,"帘栊",指居室的户帘及窗牖。"亚帘栊半湿",应解为半湿的梨花树枝压在窗牖上,美成常用这种"拗句"作提笔入情,成为一篇之"警策"。白乐天诗:"闲折两枝时在手"。《花间集》薛昭蕴《离别难》:"偏能勾引泪阑干"。美成化用一诗一词之意,提炼成为"一枝在手,偏勾引、黄昏泪","泪"前加"黄昏",点明时间,此泪,是伤春之泪,甚而是怀人之泪,此中有人,呼之欲出。此韵句法参差,作一、四、四、三、三,急拍哀弦,得"咽"字诀,难以为继。但过片出人意表,用"别有"二字急转,变换境界,以雄健之笔,宕开写去,用唐明皇以汉武帝梨园旧址,选子弟教法曲故事,创造境界。"风前月底",只四个字,把当年明皇梨园的风流韵事作高度概括,"布繁英,满园歌吹",想见当年梨园里梨花香雪,丝竹管弦,何等兴会!紧接用三个四字句:"朱铅退尽,潘妃却酒,昭君乍起",再渲染梨花的洁白和梨花的性格。第一句喻其纯净。第二句将南齐东昏侯潘妃引入。史称妃颜色"絜(洁)美"。却酒不饮,红色不上脸,保持其洁白本色,以衬梨花之白。第三句,借琴操昭君歌有"梨叶萋萋"之句,便以昭君这位历史人物的美丽形象来作比兴。这一韵和上片第一韵同是运用拟人化手法。至此,就梨花本身传神写照,笔墨已多,再写则赘,收煞又难。下一韵起忽然转从对面落墨,于比较中见尊崇之意。首先拿来对比的是李花。李花也是白色的。韩愈诗:"风揉雨练雪羞比,波涛翻空杳无涘。"(《李花赠张十一署》)王安石诗:"积李兮缟夜,崇桃兮炫昼。"(《寄蔡氏女子》)美成由此化出"雪浪翻空,粉裳缟夜"(缟夜,使黑夜生白)二句,谓此李花"不成春意",自不足以比梨花。花不足比,人又如何?煞拍以一"恨"字领三个四字句:"玉容不见,琼英谩好,与何人比!"可比的人亦不可得。

白乐天《长恨歌》用"玉容寂寞泪阑干,梨花一枝春带雨"来形容太真妃的容貌,又以"马嵬坡下泥土中,不见玉颜空死处"说她的死,"玉容"同"玉颜",美成在这里暗指太真妃已再也见不到了。"琼英谩好","谩"作"徒"或"空"解,琼英,谓雪。雪又称作"玉妃",此双关雪与人①,意谓:说琼英那么好,也不见得。结句发出梨花的标格如今无人可比的叹息。此两韵从对面推尊梨花,结束全篇,意韵有余不尽。

　　此词虽以写景胜，然上片以情语结，下片以比兴煞拍，极沉郁顿挫。词中四字句，多作对偶，用六朝骈俪句法，故近代著名词学家乔大壮评此词云："四字句法，足资师守；转接处，动荡处，尤开无数法门。"　　　　　　　　　　（黄墨谷）

　〔注〕　① 韩愈《辛卯年雪》："白霓先启涂，从以万玉妃。"姜夔《清波引》："冷云迷浦，倩谁唤玉妃起舞。"均指雪。

六　　丑① 蔷薇谢后作　　　　　周邦彦

　　正单衣试酒，怅客里光阴虚掷。愿春暂留，春归如过翼②，一去无迹。为问花何在？夜来风雨，葬楚宫倾国③。钗钿堕处遗香泽。乱点桃蹊④，轻翻柳陌，多情为谁追惜？但蜂媒蝶使，时叩窗槅⑤。　　　　东园岑寂，渐蒙笼暗碧。静绕珍丛⑥底，成叹息。长条故惹行客。似牵衣待话，别情无极。残英小，强簪巾帻；终不似、一朵钗头颤袅⑦，向人欹侧⑧。漂流处，莫趁潮汐。恐断红⑨尚有相思字，何由见得。

　〔注〕　① 六丑：此词一题"落花"。　② 过翼：飞过的鸟。杜甫《夜二首》诗："村墟过翼稀"。　③ 楚宫倾国：楚宫美人，喻蔷薇花。　④ 乱点桃蹊：乱点，落花飞散貌；桃蹊，桃树下的路径。　⑤ 窗槅：即窗棂。　⑥ 珍丛：指蔷薇花丛。珍，贵重。　⑦ 颤袅：摇曳。　⑧ 欹侧：偏向一旁。　⑨ 断红：落花。

　　此词据调后题目"蔷薇谢后作"，可知是咏物之词。但词中咏物，往往和咏怀密切相关。沈祥龙《论词随笔》："咏物之作，在借物以寓性情，凡身世之感，君国之忧，隐然蕴于其内，斯寄托遥深，非沾沾焉咏一物矣。"周邦彦此词，决不是单咏蔷薇，而是寄寓着深刻的身世之感。词中的比兴最普遍、最常用的手法是伤春与伤别。春，是美好事物的象征，而花又是春的象征。"惟草木之零落兮，恐美人之迟暮"（屈原《离骚》），"盛年处房室，中夜起长叹"（曹植《美女篇》），花草的凋零，春光的消逝和华年的不再，怀才的不遇，形象的内涵上自有其本质意义的联系。这已是在我国古典诗歌的艺术传统上成为人所熟知的东西了。只有用这样的比兴手法来观察周邦彦《六丑》这首所谓"咏物"之作，才能深入理解词中人惜花，花恋人，人花相恋，难解难分的思想感情。

　　这词上片写花谢，还是题前文字，下片写谢后，才是正面文章。但上下片又是互相烘托，互相映衬的。

　　《六丑》词的基调就是伤春与伤别。"正单衣试酒,怅客里光阴虚掷",是伤别;"愿春暂留,春归如过翼,一去无迹",是伤春。这五句起得好。元陆辅之《词旨》说:"对句好可得,起句好难得,收拾全借出场。"长调的篇章结构,自柳永、苏轼、秦观而至周邦彦,可谓已集其大成。周词谋篇之妙,前人屡有称述。但就其长调而论,开头以平起者多,突起者少。所谓"其妙在笔未到而气已吞"(刘熙载《艺概》)的,也不过数词。如这首开头起得突兀,又笼罩全篇,读后使人产生一种十分凄切、紧迫的感觉。"愿春暂留"三句紧承慨叹春光将尽,客里光阴虚费而来,从感情上再加强一层。周济评这三句:"十三字千回百折,千锤百炼",的确如此。这三句一波三过折,一句一转:不是愿春久留,而只是愿春暂留,一转;春不但不能暂留,而去如飞鸟之疾,二转;不但去得疾,而且荡焉泯焉,影迹全无,三转。这在感情上一层进一层、一层紧一层地反映出词人对将去之春的痛惜留恋之情,所以说是"千回百折"。为什么又说"千锤百炼"? 词人要写的内容很丰富,原要用许多话才能表达,但经过锤炼,删成少量的字句,却"字少而意多",同样能把丰富的诗意表达出来。我们试寻绎一下这三句极意锤炼之处。愿花长好,月长圆,春长在,这是词人过去的少不更事的天真的想法,而实际上是事与愿违,花开必谢,春来必去,要她长在是空想,要她久留也不可能。现在经过长期的、惨痛的经验,自动把愿望降低了,那么即使是"暂留"一下也好吧! 但是,不但愿春暂留片刻而不可得,而且她转瞬即逝,杳如黄鹤。"流水落花春去也,天上人间"(李煜《虞美人》)。这在多愁善感的词人是多么伤心惨目的事啊! 如此曲折委婉的意思用十三个字就表达清楚了,所以说是"千锤百炼"。接着就用"为问花何在"提问,淋漓尽致地描绘蔷薇花凋尽时的惊心动魄的场面。

　　"春眠不觉晓,处处闻啼鸟。夜来风雨声,花落知多少?"(孟浩然《春晓》)诗人虽然夜闻风雨声而担心花落,但侵晓未醒,醒后始问,毕竟关心不多。"昨夜三更雨,临明一阵寒。海棠花在否? 侧卧卷帘看。"(韩偓《懒起》)虽也关心海棠花的存在与否,但慵卧不起,卷帘而看,情绪并不十分紧张。只有温庭筠"夜闻猛雨拚花尽"(《春日偶作》)诗句中所写的情绪,与此处有些类似。试想一夜风狂雨骤,岂还有不把蔷薇吹完打尽之理? 词人听风听雨,彻夜无眠,也已经横下了一条心,硬着头皮"拚花尽"了。他虽没有出外行走,但神经却十分敏感,在想象中,无数蔷薇花片,已在桃蹊柳陌上乱点轻翻,可怜玉碎香消,有谁怜惜,只有蜂媒蝶使,一起忙乱了一番,屡叩窗槅,算是在给倾国佳人哭泣送葬罢了。这是何等"意夺神骇,心折骨惊"的场景啊!

　　但这只写花落,还不过是题前文字。

下片写谢后，才是题目的正面。

　　前人写落花的虽多，但以写落时为主。"一片花飞减却春，风飘万点正愁人"（杜甫《曲江》），"将飞更作回风舞，已落犹成半面妆"（宋祁《落花》），稍稍涉及落后。词中写花落更多。"兰露重，柳风斜，满庭堆落花"（温庭筠《更漏子》）。"帘外落花飞不得，东风无气力"（陈克《谒金门》）。这些都提供了鲜明生动的艺术形象。但是，《六丑》词不着重写花落之时，而写花落之后，而且塑造了一系列鲜明生动的形象，这在诗词中却是并不多见的。

　　你看！词人经过了情绪十分紧张的不眠之夜，清早起来，步入东园，他绕着无花的蔷薇，踽踽独行，凭吊谢后的蔷薇，发出轻轻的叹息声。周围是死一般的沉寂，一个"岑寂"，一个"静"字，用复笔写出了自然环境的凄冷和词人心头凄冷的交织。现在眼前既是一片空寂，一般人写到这里，可能已成强弩之末。但词人凭他一管生花妙笔，"扫处即生"，凭空结撰，竟生出下面如许妙文来。

　　第一个是长条牵衣待话的形象。当词人静绕蔷薇丛下时，已经脱尽残红的柔条却牵住他的衣服（因蔷薇茎有刺，故云），似有无限离别之情要向他倾诉。这是写花恋人。其次写人惜花。当词人正在心灰意冷时，偶然瞥见枝头上一朵残花，就顺手把它摘下来，插在自己的头巾上，她瘦小憔悴得可怜，但有花终胜无花，这就是"强簪"的一层意思；不过这样一插，却勾起了旧事，当此花盛开时，那时还有玉人同在，鲜艳的花朵插上美人的钗头，是多么逞娇弄色，绰约多姿啊！这就是"强簪"的另一层意思。最后一个形象更是奇情异彩，匪夷所思。"春色三分，二分尘土，一分流水"（苏轼《水龙吟》杨花词）。落花的命运，无非是堕溷飘茵，遭人践踏，还有一部分则是随流水飘去，漂泊无踪，此处断红即残红，"尚有相思字"，似有"红叶题诗"典故的影子。花落水流红，在残红本身也无能为力，但词人却满怀痴情地嘱咐说：你能否挣扎一下不随潮水远去呢？否则你如有相思字儿，我怎能见到呢！人与花已经分离，但还恋恋不舍，余情无限，难解难分如此。此结不但回应了上片的"愿春暂留"和下片的"别情无极"，而且花去人留，两美相别，仿佛死别生离，"此恨绵绵无绝期"，给读者留下十分丰富的想象的空间，真有余音袅袅不绝，绕梁三日之感。王又华《古今词论》引毛先舒云："长调如娇女步春，旁去扶持，独行芳径，一步一态，一态一变。"刘熙载《艺概》亦云："一转一深，一深一妙，此骚人三昧（三昧者，秘诀之谓），倚声家得之，便自超出常境。"这些论述，用来评价此词下片，不是非常适当的吗！

　　这首词是周邦彦的自度曲。据吴衡照《莲子居词话》："《六丑》词周邦彦所作。上问'六丑'之义，对曰：此犯六调，皆声之美者，然极难歌。高阳氏有子六人,才而丑,故以比之。"(此似据周密《浩然斋雅谈》)不知此词犯哪六调? 声音之美如何? 词谱失传,无从探索。但犯调等于南曲中的集曲,而从此词的平仄韵律来看,似乎也可得些线索。如词是顺句与拗句的互用,但拗句少于顺句。凡周邦彦的自度曲,如《兰陵王》《花犯》等都有这种情况。此词中的拗句有:愿春暂留(仄平仄平),一去无迹(仄仄平仄),时叩窗槅(平仄平仄),长条故惹行客(平平仄仄平仄),莫趁潮汐(仄仄平仄)等。这些平仄拗掞之处,是否像元曲中的所谓"务头",是曲中美听之处呢? 这却无从确定了。

(万云骏)

虞 美 人

周邦彦

　　廉纤小雨池塘遍。细点看萍面。一双燕子守朱门,比似寻常时候易黄昏。　　宜城酒泛浮香絮,细作更阑语。相将羁思乱如云,又是一窗灯影两愁人。

　　悲欢离合与羁旅行役是清真词的两大基本主题。而行役又往往是悲离的原因。所以,这两种主题在清真词中有时便交织在一起,这首词就是如此。

　　上片之境界,时间是从白天绵延到黄昏,空间是户外。"廉纤小雨池塘遍",落笔便是一番凄凄雨景。廉纤,是叠韵联绵字,形容小雨连绵不断的样子。此句暗用韩愈《晚雨》"廉纤小雨不能晴"诗意。小雨洒遍池塘,"细点看萍面"。本来,池塘的水面生满了浮萍,故称萍面。现在,词人看那雨中池塘,则是万千雨点,点破了萍面。汪东先生批《郑(文焯)校〈清真集〉》于此句云:"看,戈选(指清代戈载《宋七家词选》)本作'开',用李义山诗,于义为长,惜未详所据。李《细雨》诗:'气凉先动竹,点细未开萍。'"这是个有趣的意见。如果作"细点开萍面",有开这个动词,自然生动。不过,细味原句,看细雨点打在萍面上,分明暗示出点开萍面,又自有一番含蕴。尤其下一"看"字,若不经意,其实正体现了词人此时此境一种无可奈何的情状。那雨点打破萍面,也点点打在愁人的心头上。"一双燕子守朱门,比似寻常时候易黄昏。"雨,连绵不断,故一双燕子守住朱门不飞。燕子不飞,其苦闷情状可想而知。这意象,极富于象征意味。它与下片的"一窗灯影两愁人"遥相叠印。歇拍又与起句遥相呼应,小雨连绵已久,天昏地暗,所以比起寻常时候(天晴时)就更容易黄昏。不过,这只是此句意蕴的一个层次。其深层意蕴是:在今天这样一个时候(将别时),只觉得光阴比起寻常时候(相处时)过得特别快,很快就进入了黄昏。上片,已为下片点出词情的内蕴作了充分的铺垫。

　　下片,时间绵延到夜尽,空间则转为室内。"宜城酒泛浮香絮。"宜城酒,是汉代的一种美酒,以产于宜城(今属湖北)而得名。词句化用《周礼·天官·酒正》"泛齐"语及郑玄注文。郑注:"泛者,成(指酿酒成熟)而滓浮,泛泛然,如今宜成(城)醪矣。"黄庭坚《次韵刘景文登邺王台见思》诗有"酒泛酌宜城"之句,任渊注亦引《周礼》及郑注。用此语入诗词,山谷当较美成为早①。但"递相祖述复先谁",周词此句是否即受黄诗启发而成,或有更早的蓝本,则不必深究了。《周礼》"泛齐"为酒的"五齐"(泛齐、醴齐、盎齐、缇齐、沈齐)之一,郑玄注又谓醴以上尤浊,盎以下差清,则"泛齐"是浊酒了。"泛"即酒面的浮沫,诗词中常说的浮蚁。曹植《酒赋》提到"宜成醪醴"之后又说"素蚁如萍",晋张载《酃酒赋》更形容它"缥蚁萍布,芬香酷烈",则此酒又是极香的,即词所谓"浮香絮"。故美成《六幺令》又说:"闻道宜城酒美,昨日新醅熟。"诗词用实语宜虚读,意会它借指美酒就可以了。此时酌此美酒竟为何故?是"细作更阑语"。更阑,即夜尽时分。词境至此,已从黄昏绵延将至天明。词情也大抵揭开了内蕴。词中的一对主人公,相对美酒,情语绵绵,直至夜尽,这番极隆重极沉挚的情景,不就是情人分离前夕依依话别的场面吗?那美酒,正是情人为饯行而设。打从黄昏之前,直到夜尽时分,情话絮絮犹未能已,时间不可谓不久矣,两情不可谓不深矣。天快亮了,我们的主人公们,谈得如何了呢?"相将羁思乱如云,又是一窗灯影两愁人。"相将,是宋时口语,这里意为相共。羁思,即离愁别绪(羁指作客异乡。思这里念去声,作名词用)。原来,男主人公又要远行异乡,临行前夕,乃与情人有此一场难分难舍的话别。天将拂晓,他就要启程了。此刻,他们共同感到的离愁别恨,已撩乱如云,将不可顿脱。油灯下,窗户上,映着两个愁人的影子。这意象,正与上片那一双苦闷的燕子的意象,遥相挽合。虽是情人相对,可是,即将到来的寂寞渐已爬上心头,不仅离愁别绪撩乱如云而已。这一结句,尤可玩味。曰"又是",则两人已不止一度尝过离别的苦味可知。此度又尝,则别有一番滋味在心头亦可知。曰"一窗灯影两愁人",挽合从黄昏前到更阑后的帘纤小雨,则可以使人联想到以前一些意境有相似之处的诗歌,如《诗·郑风·风雨》:"风雨如晦,鸡鸣不已。既见君子,云胡不喜?"李商隐《夜雨寄北》:"何当共剪西窗烛,却话巴山夜雨时。"《诗·风雨》描写情人雨夜相逢之喜,义山诗想象夫妻重逢后西窗剪烛之乐(切入夜雨),相比之下,"帘纤小雨池塘遍","又是一窗灯影两愁人",格外凄恻哀感。

这首以爱情和离愁为主题的词,感人处在于情感的朴实沉挚。与之相应,词人并未使用他所娴熟的一些技巧,如结构的错综安排之类,也没有描写送别、别后一类常是最富于戏剧性或最能打动人心的场面,他只是如实写出临别前夕的绵绵话别,就充分表现出爱与愁两大主题。论笔法几乎是一往平铺,论情感正是一往深情。既朴实，又深沉，别具一种极厚重的感人力量。需要略加指出的只有三点，一是词中情境的顺时绵延，以时间加深感情的深度。二是一双燕子与一双愁人意象的叠合，以象征丰富了意蕴的容量。三是用典（用《周礼》经、注）用语（用韩愈《晚雨》、义山《细雨》）的贴切，自然，增添了字面的美感。但是在词人，这似乎都不是刻意为之的。

　　　　　　　　　　　　　　　　　　　　　　　　　　　　　　（邓小军）

　　〔注〕　① 黄庭坚诗作于神宗元丰七年(1084)。元丰年间周邦彦在汴京为太学生，后为太学正，至哲宗元祐二年(1087)方出京为庐州教授。此《虞美人》词似在黄诗之后。

兰　陵　王 柳　　　　　　　　　　　周邦彦

　　柳阴直，烟里丝丝弄碧。隋堤上、曾见几番，拂水飘绵送行色。登临望故国，谁识京华倦客？长亭路，年去岁来，应折柔条过千尺。　　闲寻旧踪迹，又酒趁哀弦，灯照离席。梨花榆火催寒食。愁一箭风快，半篙波暖，回头迢递便数驿，望人在天北。　　凄恻，恨堆积！渐别浦萦回，津堠岑寂，斜阳冉冉春无极。念月榭携手，露桥闻笛。沉思前事，似梦里，泪暗滴。

　　自从清代周济《宋四家词选》说这首词是"客中送客"以来，注家多采其说，认为是一首送别词。胡云翼先生《宋词选》更进而认为是"借送别来表达自己'京华倦客'的抑郁心情"。把它解释为送别词固然不是讲不通，但毕竟不算十分贴切。在我看来，这首词是周邦彦写自己离开京华时的心情。此时他已倦游京华，却还留恋着那里的情人，回想和她来往的旧事，恋恋不舍地乘船离去。宋张端义《贵耳集》说周邦彦和名妓李师师相好，得罪了宋徽宗，被押出都门。李师师陈酒送别时，周邦彦写了这首词。王国维在《清真先生遗事》中已辨明其妄。但是这个传说至少可以说明，在宋代，人们是把它理解为周邦彦离开京华时所作。那段风流故事当然不可信，但这样的理解恐怕是不差的。

　　这首词的题目是"柳"，内容却不是咏柳，而是伤别。古代有折柳送别的习俗，所以诗词里常用柳来渲染别情。隋无名氏的《送别》："杨柳青青著地垂，杨花漫漫搅天飞。柳条折尽花飞尽，借问行人归不归"，便是人们熟悉的一个例子。周邦彦这首词也是这样，它一上来就写柳阴、写柳丝、写柳絮、写柳条，先将离愁别绪借着柳树渲染了一番。

　　"柳阴直，烟里丝丝弄碧"。这个"直"字不妨从两方面体会。时当正午，日悬中天，柳树的阴影不偏不倚直铺在地上，此其一。长堤之上，柳树成行，柳阴沿长堤伸展开来,划出一道直线,此其二。"柳阴直"三字有一种类似绘画中透视的效果。"烟里丝丝弄碧"转而写柳丝。新生的柳枝细长柔嫩,像丝一样。它们仿佛也知道自己碧色可人,就故意飘拂着以显示它们的美。柳丝的碧色透过春天的烟霭看去,更有一种朦胧的美。

以上写的是自己这次离开京华时在隋堤上所见的柳色。但这样的柳色已不止见了一次,那是为别人送行时看到的:"隋堤上、曾见几番,拂水飘绵送行色。"隋堤指汴京附近汴河的堤,因为汴河是隋朝开的,所以称隋堤。"行色",行人出发前的景象。谁送行色呢?柳。怎样送行色呢?"拂水飘绵"。这四个字锤炼得十分精工,生动地摹画出柳树依依惜别的情态。那时词人登上高堤眺望故乡,别人的回归触动了自己的乡情。这个厌倦了京城生活的客子的凄惘与忧愁有谁能理解呢:"登临望故国,谁识京华倦客?"隋堤柳只管向行人拂水飘绵表示惜别之情,并没有顾到送行的京华倦客。其实,那欲归不得的倦客,他的心情才更悲凄呢!

接着,词人撇开自己,将思绪又引回到柳树上面:"长亭路,年去岁来,应折柔条过千尺。"古时驿路上十里一长亭,五里一短亭。亭是供人休息的地方,也是送别的地方。词人设想,在长亭路上,年复一年,送别时折断的柳条恐怕要超过千尺了。这几句表面看来是爱惜柳树,而深层的涵义却是感叹人间离别的频繁。情深意婉,耐人寻味。

第一叠借隋堤柳烘托了离别的气氛,第二叠便抒写自己的别情。"闲寻旧踪迹"这一句读时容易被忽略。那"寻"字,我看并不是在隋堤上走来走去地寻找。"踪迹",也不是自己到过的地方。"寻"是寻思、追忆、回想的意思。"踪迹"指往事而言。"闲寻旧踪迹",就是追忆往事的意思。为什么说"闲"呢?当船将开未开之际,词人忙着和人告别,不得闲静。这时船已启程,周围静了下来,自己的心也闲下来了,就很自然地要回忆京华的往事。这就是"闲寻"二字的意味。我们也会有类似的经验,亲友到月台上送别,火车开动之前免不了有一番激动和热闹。等车开动以后,坐在车上静下心来,便去回想亲友的音容乃至别前的一些生活细节。这就是"闲寻旧踪迹"。那么,此时周邦彦想起了什么呢?"又酒趁哀弦,灯照离席。梨花榆火催寒食。"有的注释说这是写眼前的送别,恐不妥。眼前如是"灯照离席",已到夜晚,后面又说"斜阳冉冉",时间如何接得上?所以我认为这是船开以后寻思旧事。在寒食节前的一个晚上,情人为他送别。在送别的宴席上灯烛闪烁,伴着哀伤的乐曲饮酒。此情此景真是难以忘怀啊!这里的"又"字告诉我们,从那次的离别宴会以后词人已不止一次地回忆,如今坐在船上又一次回想起那番情景。"梨花榆火催寒食"写明那次饯别的时间。寒食节在清明前一天,旧时风俗,寒食这天禁火,节后另取新火。唐制,清明取榆、柳之火以赐近臣。"催寒食"的"催"字有岁月匆匆之感。岁月匆匆,别期已至了。

"愁一箭风快,半篙波暖,回头迢递便数驿,望人在天北。"周济《宋四家词选》曰:"一愁字代行者设想。"他认定作者是送行的人,所以只好作这样曲折的解释。但细细体会,这四句很有实感,不像设想之辞,应当是作者自己从船上回望岸边的所见所感。"愁一箭风快,半篙波暖,回头迢递便数驿",风顺船疾,行人本应高兴,词里却用一"愁"字,这是因为有人让他留恋着。回头望去,那人已若远在天边,只见一个难辨的身影。"望人在天北"五字,包含着无限的怅惘与凄惋。

第二叠写乍别之际,第三叠写渐远以后。这两叠的时间是接续的,感情却又有波澜。"凄恻,恨堆积!""恨"在这里是遗憾的意思。船行愈远,遗憾愈重,一层一层堆积在心上难以排遣,也不想排遣。"渐别浦萦回,津堠岑寂,斜阳冉冉春无极。"从词开头的"柳阴直"看来,启程在中午,而这时已到傍晚。"渐"字也表明已经过了一段时间,不是刚刚分别时的情形了。这时望中之人早已不见,所见只有沿途风光。大水有小口旁通叫浦,别浦也就是水流分支的地方,那里水波回旋。"津堠"是渡口附近的守望所。因为已是傍晚,所以渡口冷冷清清的,只有守望所孤零零地立在那里。景物与词人的心情正相吻合。再加上斜阳冉冉西下,春色一望无边,空阔的背景越发衬出自身的孤单。他不禁又想起往事:"念月榭携手,露桥闻笛。沉思前事,似梦里,泪暗滴。"月榭之中,露桥之上,度过的那些夜晚,都留下了难忘的印象,宛如梦境似的,——浮现在眼前。想到这里,不知不觉滴下了泪水。"暗滴"是背着人独自滴泪,自己的心事和感情无法使旁人理解,也不愿让旁人知道,只好暗自悲伤。

统观全词,萦回曲折,似浅实深,有吐不尽的心事流荡其中。无论景语、情语,都很耐人寻味。

(袁行霈)

西　河　金陵　　　　　　　　　　　　周邦彦

　　佳丽地,南朝盛事谁记? 山围故国绕清江,髻鬟对起;怒涛寂寞打孤城,风樯遥度天际。　　断崖树,犹倒倚;莫愁艇子曾系。空余旧迹郁苍苍,雾沉半垒。夜深月过女墙来,伤心东望淮水。　　酒旗戏鼓甚处市? 想依稀、王谢邻里。燕子不知何世;入寻常巷陌人家,相对如说兴亡,斜阳里。

　　怀古诗词在中国诗歌史上是一朵奇葩。历来有不少词人宗匠曾经写过这一
类杰出的诗篇。他们面对着"人事有代谢,往来成古今"的胜地,不仅慨叹自然界
的沧桑,更由此而引起人事兴衰的感触,抒发了他们所能认识到的政治见解和哲
理观念。在这种穿插着追念古昔和寄慨当前的诗篇中,往往浮想联翩,表现了诗
人深邃的思想,给读者以强烈的感染和深刻的启发。

　　周邦彦这首词虽然是隐括刘禹锡《石头城》和《乌衣巷》二诗而成的,但因为
他"善融化诗句,如自己出"(张炎《词源》),所以能够做到从通篇景语中见情语,
并且能够通过景物描绘的"顿挫"体现怀古之情的"波澜",使人们触景生情,见微
知著。上片一开始就突兀横空而出,点明六代故都金陵是一个"佳丽地",这一句
是从谢朓《入朝曲》"江南佳丽地,金陵帝王州"中来,既切金陵,又令人浑然不觉。
结尾却又言简意赅地描写燕子的呢喃话旧,时间、地点是在"斜阳里"的故都。以
繁华始,以萧瑟终,全词情景的基调就这样显示了。至于"佳丽地"如何从繁华转
为萧瑟? 那就更妙。经过词人运用了峰回路转、若断若续的手法,金陵的一幅沧
桑图景刻画得多么深切,词人感时吊古的怅触又是多么萦回起伏! 陈廷焯评周
邦彦有云:"美成词有前后若不相蒙者,正是顿挫之妙。"(《白雨斋词话》卷一)顿
挫的特色,在这篇怀古词中,应该说是更为显著的。作者在怀古,着眼点是六朝
旧事,因历史兴亡之感总括于"南朝盛事谁记"一句中,真是慨乎言之。下面分别
作点染。"山围"四句化用刘禹锡《石头城》"山围故国周遭在,潮打空城寂寞回"
诗意。"莫愁艇子曾系"句从古乐府《莫愁乐》"艇子打两桨,催送莫愁来"句中化
出,也切合金陵之地。曾经系过莫愁佳丽的游艇,断崖倒树,触目荒凉,这不分明
是"空余旧迹"了吗? 这不分明是断而复续了吗? 接着,词人化用刘禹锡"淮水东
边旧时月,夜深还过女墙来"的诗境,伤心东望,淮水苍茫(淮水即秦淮河),不禁
回想起昔时盛事,如酒帘飘飘,乐鼓咚咚,当时长街的一片喧阗景象,究竟何处寻
找呢? 于是词人不得不发出"酒旗戏鼓甚处市"的惊问。这正是续而又断。最
后,在一片迷茫中,忽然出现了"燕子"飞来的神到之笔。词人化用了刘禹锡"旧
时王谢堂前燕,飞入寻常百姓家"(《乌衣巷》)的诗境,借燕子的诉说兴亡,表现了
"盛事"也许仍然可记,"旧迹"也许仍然可凭。这便是断而再续。亦断亦续,断续
相间,体现了周词的"顿挫"特长,也更深入细致地揭示了词人正视现实和沉潜幻
想的交织。

　　周邦彦这首怀古词的特点,从时间范畴说是如上的断续交织,从空间范畴来
说,却又是疏密相间。苏轼的《念奴娇·赤壁怀古》上片,就只是泼墨画似地写了
"江山如画",下片就只是集中地写了周瑜,一气贯注,如同骏马注坡,纯属粗线条

的勾勒。正如朱孝臧所评："两宋词人正可分为疏、密两派,清真介在疏密之间。"譬如,词的第一部分以疏为主,词人放眼江山,对作为"佳丽地"的"故国"金陵做了一个全面的鸟瞰。第二部分以密为主,在前面基础上做了进一步的勾勒:从前面围绕"故国"的山峰,引出了后面的"断崖树",以至想象中的"莫愁艇子";从前面的"清江",引出后面的"淮水";再从前面的"孤城",引出后面的雾中"半垒"和月下"女墙"。这就好比电影镜头,冉冉扑来的不再是远景、全景,而是中景和近景了。到了第三部分,画面突出的就只是特写镜头:一帧飞入寻常百姓家的燕子呢喃图。小小飞禽的对话,可以说刻画入微,密而又密。"相对",是指燕子与燕子相对,尽管它们的呢喃本无深意,然而在词人听来看来,却为它们的"不知何世"而倍增兴亡之感。"疏"利于"写大景"(王夫之:《薑斋诗话》卷二),写出高情远意;"密"利于画龙点睛,写出"小景",写出事物的不同一般的特征。

　　总的来说,此词艺术技巧是极其精湛的,它不正面触及巨大的历史事变,不着丝毫议论,而只是通过有韵味的情景铺写,形象地抒发作者的沧桑之感,寓悲壮情怀于空旷境界之中,并使壮美和优美相结合,确是怀古词中一篇别具匠心的佳作。但是,这种写法也带来一个显著的缺陷,就是作者究竟为什么要怀古,而与怀古同时的感今,其内容又如何,不免含糊带过,显得词意为词采所掩。根据词人着眼于六朝兴亡看来,本词写作时期,应该是和北宋末年王朝危机四伏,特别是和他晚年的一次流亡有关。宣和二年(1120),适值方腊在浙江起义,周邦彦仓猝间从杭州历经扬州、天长,间关颠沛,始达南京(今河南商丘),切身体会到当时农民起义对宋王朝的巨大冲击,这就不由在词中迸发出"故国"和"孤城"的"兴亡"之情,特别是晚年饱经忧患之感。含蓄深沉,确是这首词作的优长,但思想脉络却不够醒豁。这可能正是钟嵘所说的"专用比兴,患在意深,意深则词踬"(《诗品·总论》)的缘故吧。

　　　　　　　　　　　　　　　　　　　　　　　　　　　　　　　(吴调公)

拜　星　月　慢　　　　　　　　　周邦彦

　　夜色催更,清尘收露,小曲幽坊月暗。竹槛灯窗,识秋娘庭院。笑相遇,似觉琼枝玉树相倚,暖日明霞光烂。水盼兰情,总平生稀见。　　画图中、旧识春风面。谁知道、自到瑶台畔。眷恋雨润云温,苦惊风吹散。念荒寒、寄宿无人馆。重门闭、败壁秋虫叹。怎奈向、一缕相思,隔溪山不断。

　　这首词,词人怀念的是一个妓女。就题材论,宋词中常见,周邦彦词中亦常

见，但在表现手法上，这首词却别出机杼。上片不写现在，而写过去；开头不用
"记""犹忆""追念"等字眼，而故作狡狯，用"赋"的手法来写，使人读下去，好像是
在写现在。周济评此词曰："全是追思，却纯用实写，但读前阕，几疑是赋也。"
（《宋四家词选》评）

　　"夜色催更，清尘收露，小曲幽坊月暗。"先写那一次艳遇的时间和地点。四
围的夜色催动了更鼓，路上的轻尘吸收了露水，已不会飞扬起来。天上是缺月，
微光淡采，使得小曲幽坊笼罩着一层幽暗的颜色。"竹槛灯窗，识秋娘庭院。"就
是在这样一个静悄悄的晚上，静悄悄的地方，他望见了平日所爱慕的秋娘的庭
院：以竹为槛，灯隐窗内，十分幽美。一路迤逦行来，月光、夜色、更声陪伴着词
人到达了目的地，五句话非常简洁，而此中人物已呼之欲出。接着就写一见倾
心，两情欢洽："笑相遇，似觉琼枝玉树相倚，暖日明霞光烂。"这是极为出色的警
句。这次来访，仿佛遇仙，从环境到人，都不同寻常。我是多么幸运，能遇到这样
美丽的仙子，一刹那间，真觉眼前一亮。"琼枝玉树"是形容她的高贵洁白，"暖日
明霞"是形容她的光彩夺目。"琼枝玉树"，语本沈约《古别离》"愿一见颜色，不异
琼树枝"和《世说新语·言语》称佳子弟为"芝兰玉树"。"暖日明霞"，见宋玉《神
女赋》"其始来也，耀乎若白日初出照屋梁"和曹植《洛神赋》"皎若太阳升朝霞"。
一般写丽人，常是写她的外貌，如花容月貌等，而这里则是写她的光彩照人；光彩
是内在的精神美通过外貌美而反映出来的，故觉得不同于寻常。此其一。还有
"琼枝玉树"的"相倚"，"暖日明霞"的"光烂"，已写到了一见倾心，互相偎傍亲昵
的状况；而且枝之于树，霞之于日，有依存关系，寓意两情融洽，如一体之不可分。
此其二。更有进者，这两句用"似觉"二字领起，亦有深意。对于她，虽然平时倾
慕，但这次受到她如此的爱宠，却有些感到突然。"今夕何夕，见此粲者！"我何幸
而遇仙，不要是做梦吧？着"似觉"两字，疑梦疑真的惊喜之情，便跃然字里行间。
此其三。寥寥十四字，包含了多么丰富的内容！"水盼兰情，总平生稀见。"她水
汪汪的眼睛能说话，像幽兰般的芳情熏人欲醉，两句写足了两情的欢洽，写足了
"目成"（目交心许）幸遇之情。上阕的实写手法，使过去的事，恍如就在眼前，加
强了真实感。

　　下阕"画图中、旧识春风面。谁知道、自到瑶台畔。眷恋雨润云温，苦惊风吹
散。""画图"句化用杜甫《咏怀古迹》咏王昭君的"画图省识春风面"。"旧识"点明
上阕是回忆。过去已看到她的画像，倾慕她的美丽。但意料不到的是，她竟会爱
上我这个不为流俗所喜的人；更意料不到两情如此融洽，意谓从此可以长久欢
聚，不会为外力所拆散；但现在却被外力拆散了。换头四句，层层递进，几经转

折,这就是周济所说的"加倍跌宕"。"谁知道"和"苦",就是用来加强表达这种感情上的突起突落,从惊喜幸遇到担心被拆散到竟然被拆散,反映词人的心理变化过程。无此跌宕,词人感情上的剧烈变化就很难表达得这么充分、有力。

"念荒寒、寄宿无人馆。重门闭、败壁秋虫叹。"一对鸳侣突然被拆散,现在自己置身在荒寒寂寞概无他人的客馆中,重门闭着,只听到败壁秋虫的悲鸣,似在助人叹息。此情此境,其何以堪! 这是一种鲜明的前乐后苦的对比。"怎奈向、一缕相思,隔溪山不断。"说在此人不能堪的凄凉境况之下,奈何尚添两地相思之苦! 歇拍两句,表现了词人对爱情的执着,也表现了相思的痛苦。写离情至此,可说是毫发无遗憾了。

张炎《词源》认为周词"软媚",其实不然。这首词,抒情述事,细腻生动,表现力强,人家能写到十分的,他却能写到十二分,表现出一种深厚质重的风格。此词之所以能有如此表现力,一是周济所说的"加倍跌宕"的手法,二是依靠虚字的力量,如上片的"似觉""总"等,下片的"谁知道""怎奈向"等,起到了曲折顿挫、更深刻地表达思想感情的作用。

(万云骏)

尉　迟　杯　离恨　　　　　　　　　　周邦彦

隋堤路。渐日晚、密霭生深树。阴阴淡月笼沙,还宿河桥深
处。无情画舸,都不管、烟波隔前浦。等行人、醉拥重衾,载将
离恨归去。　　　因思旧客京华,长偎傍疏林,小槛欢聚。冶叶
倡条俱相识,仍惯见、珠歌翠舞。如今向、渔村水驿,夜如岁、
焚香独自语。有何人、念我无聊,梦魂凝想鸳侣。

这首词写主人公在隋堤之畔、运河之上、淡月之下、客舟之中的一段离愁别恨。隋堤路,是指宋之汴京至淮河一段的水路,因为是隋炀帝所开的大运河的一段,故称隋堤路。天色已晚,暮霭笼罩着岸边的密林,淡淡的月光洒在河边的沙滩上,一条客船停泊在河桥深处的水路驿站。附近是渔村。客船上的主人公焚香独坐,不时喃喃自语。他低头沉思,想着和恋人分手时的情景:钱别时借酒浇愁,竟然醉倒,上船拥被而卧,不知不觉地,自身连同离恨被这条船一起载走,过了前浦烟波;他进一步追想,旧时客居京都,他和恋人,曾在疏林之傍,小槛之前欢聚。一起欢聚的歌妓们也都是相互认识的。当时美人歌舞,好不热闹。如今独自一人,多么无聊,只能在梦中想象鸳鸯伴侣。全词由景及情,因今及昔,写法颇似柳永,而更委婉多变。写眼前景致采用白描手法,描绘出一幅河桥泊舟图,

像笔墨淋漓的水墨画。叙写追思往事时,用了借物达意、反衬对比两种手法,值得着重分析。

　　"无情画舸,都不管、烟波隔前浦。等行人、醉拥重衾,载将离恨归去。"这几句写分手时的情景,用的就是借物达意手法。王应奎《柳南随笔》说:"诗意大抵出侧面。郑仲贤《送别》云:'亭亭画舸系春潭,只待行人酒半酣。不管烟波与风雨,载将离恨过江南!'人自别离,却怨画舸。义山忆往事而怨锦瑟,亦然。文出正面,诗出侧面,其道果然。"这词写饯别情景是从郑仲贤《送别》诗脱化出来的。王氏所谓"诗意出侧面",是指诗情借物宣泄,迁怨于物。怨画舸、怨锦瑟皆然。有情人偏遇着这无情的画舸,它全然不管恋人们难分难舍,将行人连同离恨都载走了。这里迁怨画舸,就是侧写。物本无情,视为有情,复责其无情,以责怪于物来表达自己的离情别恨,是借物达意的一种方式;离恨、离愁是一种感情,都是虚的,是不可见、不可闻、不可触、不可载的,然而诗人们却常常化虚为实,将愁恨说成可以抛掷、剪割、车载、斗量,好像愁恨是有形体有重量的东西。这里船载离恨,就是化虚为实。沈际飞《草堂诗馀正集》评曰:"苏词'只载一船离恨向西州';秦词'载取暮愁归去',又是一触发。"苏轼、秦观也将愁恨写成可以船载的东西。后来又有李清照"只恐双溪舴艋舟,载不动许多愁",辛弃疾"明夜扁舟去,和月载离愁",例子不胜枚举,都出自同一机杼。这种化虚为实也是一种借物达意的方式。

　　"因思旧客京华,长偎傍疏林,小槛欢聚。冶叶倡条俱相识,仍惯见、珠歌翠舞。"这是写昔日京华相聚的欢乐场面。"冶叶"句化用李商隐《燕台诗》"冶叶倡条遍相识"。所谓"冶叶倡条",乃指歌妓。词中主人公的恋人,也是歌妓一流人物。所以他同歌妓们厮混得很熟,常在一起,观赏她们歌舞。这欢乐的回忆,与"渔村水驿,夜如岁、焚香独自语",恰成鲜明对比。人在由聚而散之际,回想欢乐聚会,必添愁情离怀。回忆对比,是很能触发情感的。李清照《永遇乐》写元宵"风鬟雾鬓,怕见夜间出去",同往昔中州盛日元宵佳节"铺翠冠儿,撚金雪柳,簇带争济楚",也形成强烈对比。这种回忆对比,更加突出她的孤独感和凄凉感。周邦彦这首词,除用回忆对比外,还有一种对比,就是梦境和现实对比。"有何人、念我无聊,梦魂凝想鸳侣",这个结尾,词评家多以为写得拙直、率意。周济《宋四家词选》说"一结拙甚"。谭献《谭评词辨》说"收处率甚"。诚然,这个收尾是不够含蓄的,余味也不长;但是感情还是十分朴实浓烈的。为什么有这效果呢? 就因为这里还用了眼前实境和梦中虚境对照的手法。现实是舟中独处,梦中却是鸳侣和谐。"鸳侣"一词已近于抽象化,形象不够丰满。但还是足以衬出离情别恨的。李后主《浪淘沙》"罗衾不耐五更寒。梦里不知身是客,一晌贪欢",

梦中的"贪欢"同样不够形象化,但也已足以反衬出李后主亡国哀痛的激烈感情了。所以梦"鸳侣"的结尾未可以为拙、率而轻易抹杀。不论是回忆对比,还是梦想对比,都收到了较好的艺术效果。

(林东海)

蝶 恋 花 周邦彦

月皎惊乌栖不定,更漏将残,辘轳牵金井。唤起两眸清炯炯。泪花落枕红绵冷。　　执手霜风吹鬓影。去意徊徨,别语愁难听。楼上阑干横斗柄,露寒人远鸡相应。

　　上叠起首三句是由离人枕上所闻,写曙色欲破之景,妙在全从听得(月皎为乌栖不定之原因,着重仍在乌啼,不在月色也),为下文"唤起两眸"张本。乌啼、残漏、辘轳,皆惊梦之声也。下两句实写枕上别情,"唤起"一句能将凄婉之情怀,惊怯之意态曲曲绘出。美成写离别之细腻熨帖,每于此等处见之。此句实是写乍闻声而惊醒。乍醒之眼应曰矇眬,而彼反曰"清炯炯"者,正见其细腻熨帖之至也。若夜来甜睡早被惊觉,则惺松乃是意态之当然;今既写离人,而仍用此描写,则似小失之矣。美成《早梅芳》曰:"正魂惊梦怯,门外已知晓",可与此句互相发明。此处妙在言近旨远,明写的是黎明枕上,而实已包孕一夜之凄迷情况。只一句,个中人之别恨已呼之欲出。"泪花"一句另是一层,与"唤起"非一事。读者勿疑,试着眼于一"冷"字,便知吾言不诬。红绵为装枕之物,若疏疏热泪亦只能微沾枕函而已,决不至湿及枕内之红绵,且不至于冷也。今既曰"红绵冷",则泪痕之交午,及别语之缠绵,可想知矣。故"唤起"一句为乍醒之况,"泪花"一句为将起之况,程叙分明。两句中又包孕无数之别情在内,作一句读下,殆非善读者。离人至此,虽欲恋此枕衾,已至万无可再恋之时分,于是不得不起而就道矣,在此逗入下片。"执手"三句已起矣,由房闼而庭院矣;"楼上"两句已去矣,由庭除而途路矣。上极其委婉纡徐,下极其飘忽骏快,写"将别"时之留恋,"别"时之匆促,调与意会,情与词兼矣。末二句上写空闺,下写野景,一笔而两面俱彻,闺中人天涯之思有非言说所能尽者,"一声村落鸡",飞卿《更漏子》结句,此易一为多耳。清真善用前人绝构,略加点染,便有味外味,今人辄曰创造如何,因袭如何,半耳食之论也。

(俞平伯)

点 绛 唇 伤感 周邦彦

辽鹤归来,故乡多少伤心地。寸书不寄,鱼浪空千里。

凭仗桃根，说与凄凉意。愁无际。旧时衣袂，犹有东门泪。

　　宋王灼《碧鸡漫志》卷二记载："周美成初在姑苏，与营妓岳七楚云者游甚久。后归自京师，首访之，则已从人矣。明日饮于太守蔡峦子高坐中，见其妹，作《点绛唇》曲寄之。"洪迈《夷坚三志壬集》卷七所记略同，末云："楚云览之，为之累日感泣。"二书所附词，文字与集本颇有异同。王灼与周邦彦年代相距不远，若所记属实，词当作于徽宗大观二年、三年（1108—1109）间（据近人陈思《清真居士年谱》引《苏州府志》，蔡峦知苏州在大观二年十一月至三年七月。）。但邦彦钱塘（今浙江杭州）人，苏州不是他的故乡，也未曾在苏州做官或寄居，不可能与楚云"游甚久"，以至于生出这样深的相思情愫。笔记小说对词人词事每多附会，不能尽信，这一首词，也只能作为一般写恋情的作品来看，而且也不一定是"夫子自道"。

　　"辽鹤归来，故乡多少伤心地"，两句以比兴发端。将自己比作离家千年的辽东鹤，一旦飞回故乡，事事处处都引起对往昔生活的深情回忆，触发起无限伤感的情怀。"辽鹤"用《搜神后记》中丁令威的故事。丁令威，辽东人，外出学道多年，化为仙鹤，飞归故乡，停止在城东门的华表柱上，歌曰："有鸟有鸟丁令威，去家千年今始归。城郭如故人民非，何不学仙冢累累？""故乡多少伤心地"，《夷坚三志》作"故人多少伤心事"。两句总的只是说了一种物是人非的感慨，其他则尽在不言中。亦虚亦实，颇得词体。

　　"寸书不寄，鱼浪空千里"两句也暗用典故。刘向《列仙传》载：陵阳子明钓得白鱼，腹中有书。又，古乐府《饮马长城窟行》有句云："客从远方来，遗我双鲤鱼。呼儿烹鲤鱼，中有尺素书。"这里化用旧典，补叙别后多年了无音信。上句似先写对方不寄书，实是从己方感觉而后得知。下句直说自己久盼情状。盼而"空"是结果；久盼的全过程，便从这个"空"字透露出来；从这个"空"，才回过头来察觉了本是由于对方的"寸书不寄"。看他只就书信一事，写来词意平实，却蕴有这许多精细的思致，回环缭绕，无一字言情而情自深。

　　过片又回到眼前。人事变迁，信音辽邈，重来旧处，不见伊人，欲诉无由，何以为怀！"凭仗桃根，说与凄凉意。"东晋王献之有《桃叶歌》三首，其二云："桃叶复桃叶，桃叶连桃根。……"桃叶，献之爱妾名，其妹名桃根。——幸而见到了她的"桃根"妹妹，姊妹连枝，凭她说与，虽隔一层，却是最好的"传言玉女"了。"凄凉意"，《夷坚三志》作"相思意"。"凄凉"也好，"相思"也好，都是指多年积蓄未了之情。"凄凉"二字似乎表达得更深一些。这里有两个字写到"情"了，却也不多说,是不胜说也。有这两个字便够,晏几道《浣溪沙》不是也只写道"一春弹泪说凄凉"么?

　　结尾"愁无际"三字,包含了别来至今,荡漾在自己心中的无尽的悲感,《西厢记》所谓"口不言,心自省"者。"东门泪",谓饯别之泪,汉宣帝时,太子太傅疏广辞官还乡,公卿大夫等设宴饯送于东都门外。此处借用,带叙当日临分之地,泣别之事。衣襟泪痕,别时所留,自抚之而自记之,具见蕴藉,具见性情。固不必问它果真有个"桃根"妹者传言于彼人与否,又"览之感泣"与否。小说家言,似不必太认真看待也。

　　全词采用直抒胸臆的手法,共只九句,"淡淡写来,深情无限"(许昂霄《词综偶评》),但章法多变,腾挪跌宕,摇曳生姿。首二句直叙眼前,开门见山;第三句本该倒叙昔日相聚时怎么怎么欢快,却是单叙别后独自相思多么苦恼。五、六句于绝望之余生出希望。过去鱼浪空浮千里,不能传递书信,如今"桃根"就在眼前,定能将自己的心意原原本本传至对方。这样一个曲折,倍觉情真意切。结尾三句,触物生情,从东门送别时衣袂上的泪痕,再度引起回忆,与开头"故乡多少伤心地"遥遥绾合,语虽淡而情愈深。短短一首小词,能生出许多波折,忽而眼前,忽而过去,回环往复,吞吐凝咽,真乃美成长技。

　　　　　　　　　　　　　　　　　　　　　　　　　　　　(陈长明)

玉　楼　春　　　　　　　　　周邦彦

桃溪不作从容住,秋藕绝来无续处。当时相候赤阑桥,今日独寻黄叶路。　　烟中列岫青无数,雁背夕阳红欲暮。人如风后入江云,情似雨馀粘地絮。

　　周邦彦的词,语言典丽精工,章法严密多变。但较之同时的秦观,有时不免显得多故实而少情致。这首《玉楼春》,却能于典丽精工中蕴含深挚浓密的情致,是具有周词特色而无其常见缺点的优秀篇章。

　　词的内容并不新鲜,不过是写离情——与所爱女子隔绝后重寻旧地的寂寞惆怅。首句"桃溪"用典。传东汉时刘晨、阮肇入天台山采药,于桃溪边遇二女子,姿容甚美,遂相慕悦,留居半年,怀乡思归,女遂相送,指示还路。及归家,子孙已历七世。后重访天台,不复见二女。唐人诗文中常用遇仙、会真暗寓艳遇。"桃溪不作从容住",暗示词人曾有过一段刘阮入天台式的爱情遇合,但却没有从容地长久居留,很快就分别了。这是对当时轻别意中人的情事的追忆,口吻中含有追悔意味,不过用笔较轻。用"桃溪"典,还隐含"前度刘郎今又来"之意,切合

玉楼春（桃溪不作从容住）　　　周邦彦

——明刊本《诗馀画谱》

旧地重寻的情事。可见词人选择典故的精切。

　　第二句用了一个譬喻,暗示"桃溪"一别,彼此的关系就此断绝,正像秋藕(谐"偶")断后,再也不能重新连接在一起了,语调中充满沉重的惋惜悔恨情绪和欲重续旧情而不得的遗憾。"别时容易见时难",珍贵的东西一旦在无意的轻率中失去,留下的便只有永久的悔恨。人们常用藕断丝连譬喻旧情之难忘,这里反其语而用其意,便显得意新语奇,不落俗套。以上两句,侧重概括叙事,揭出离合之迹,为下面抒写"今日独寻"情景张本。

　　"当时相候赤阑桥,今日独寻黄叶路。"三、四两句,分承"桃溪"相遇与"绝来无续",以"当时相候"与"今日独寻"情景作鲜明对比。赤阑桥与黄叶路,是同地而异称。俞平伯《唐宋词选释》引顾况、温庭筠、韩偓等人诗词,说明赤阑桥常与杨柳、春水相连,指出此词"黄叶路明点秋景,赤阑桥未言杨柳,是春景却不说破"。同样,前两句"桃溪""秋藕"也是一暗一明,分点春、秋。三、四句正与一、二句密合相应,以不同的时令物色,渲染欢会的喜悦与隔绝的悲伤。朱漆栏杆的小桥,以它明丽温暖的色调,烘托了往日情人相候时的温馨旖旎和浓情蜜意;而铺满黄叶的小路,则以其萧瑟凄清的色调渲染了今日独寻时的寂寞悲凉。由于是在"独寻黄叶路"的情况下回忆过去,"当时相候赤阑桥"的情景便分外值得珍重流连,而"今日独寻黄叶路"的情景也因美好过去的对照而愈觉孤孑难堪。今昔之间,不仅因相互对照而更见悲喜,而且因相互交融渗透而使感情内涵更加丰富复杂。既然"人如风后入江云",则所谓"独寻",实不过旧地重游,在记忆中追寻往日的缱绻温柔,在孤寂中重温久已失落的欢爱而已,但毕竟在寂寞惆怅中还有温馨明丽的记忆,还能有心灵的一时慰藉。这种丰富复杂的感情,正透出情的执着痴顽,为下片结句伏脉。今昔对比,多言物(景)是人非,这一联却特用物非人杳之意,也显得新颖耐味。"赤阑桥"与"黄叶路"这一对诗歌意象,内涵已经远远越出时令、物色的范围,而成为不同的心态和人生阶段的一种象征了。

　　过片两句,转笔宕开写景:"烟中列岫青无数,雁背夕阳红欲暮。"这是一个晴朗的深秋的傍晚。在烟霭缭绕中,远处排立着无数青翠的山峦;夕阳的余晖,照映在空中飞雁的背上,反射出一抹就要黯淡下去的红色。两句分别化用谢朓诗句"窗中列远岫"与温庭筠诗句"鸦背夕阳多",但比原句更富远神。它的妙处,主要不在景物描写刻画的工丽,也不在景物本身有什么象征涵义;而在于情与景之间,存在着一种若有若无、若即若离的联系,使人读来别具难以言传的感受。那无数并列不语的青嶂,与"独寻"者默默相对,更显出了环境的空旷与自身的孤孑;而雁背的一抹残红,固然显示了晚景的绚丽,可它很快就要黯淡下去,消逝在一片暮霭之中了。这阔远中的孤独，绚丽中的黯淡，与"独寻"者的处境、心境之间似乎存在着有神无迹的联系。

"人如风后入江云，情似雨馀粘地絮。"结拍两句，收转抒情。随风飘散没入江中的云彩，不但形象地显示了当日的情人倏然而逝、飘然而没、杳然无踪的情景，而且令人想见其轻灵缥缈的身姿风貌。雨过后粘着地面的柳絮，则形象地表现了主人公感情的牢固胶着，还将那欲摆脱而不能的苦恼与纷乱心情也和盘托出。这两个比喻，都不属那种即景取譬、自然天成的类型。而是刻意搜求、力求创新的结果。但由于它们生动贴切地表达了词人的感情，读来便只觉其沉厚有力，而不感到它的雕琢刻画之迹。陈廷焯《白雨斋词话》说此词结句"呆作两譬，别饶姿态，却不病其板，不病其纤"，可谓具眼。"情似雨馀粘地絮"，正是全词的点眼。词中所抒写的，正是这种执着胶固、无法解脱的痴顽之情。

《玉楼春》这个词调，七言八句，句式整齐，本篇又两两相对，通首排偶，贯串对比手法，这本来很容易流于平板，但却不给人这种感觉。这首先是因为，词人在运用对比手法时，每一联都有不同的角度。一、二句与三、四句虽同样从今昔上对比，但前者着重从因果上，后者着重从景物、心情上对比。五、六句则突出色彩上（"青"与"红"）的对比；七八句又转从对方与自己的角度对比。同时，五、六句宕开写景，与前后各句间若断若续，在结构章法上也显出了顿挫变化。再加上贯注全词的那种深挚浓至的感情，更使人读来有一气鼓荡之感。

周词多铺叙，以赋法入词。这首词虽包含一个爱情故事，却不着重铺叙，而是以虚涵概括、极富情致的笔调抒写内心的感受。无论用典、比喻、写景，都突出表现那种深挚缠绵、胶固执着的感情，那种悔恨、追恋、伤感交并的痴顽之情，因此它便以情致的深厚蕴藉深深打动读者。如果说他的有些词类似外表华艳、内心淡漠的冷美人，缺乏使读者感发的强烈艺术力量，那么这首词则以感情的沉厚纯挚成为"不隔"的佳作。

（刘学锴）

夜　飞　鹊　　　　周邦彦

河桥送人处，良夜何其？斜月远堕余辉。铜盘烛泪已流尽，霏霏凉露沾衣。相将散离会，探风前津鼓，树杪参旗。花骢会意，纵扬鞭、亦自行迟。　　迢递路回清野，人语渐无闻，空带愁归。何意重经前地，遗钿不见，斜径都迷。兔葵燕麦，向斜阳、影与人齐。但徘徊班草，欷歔酹酒，极望天西。

　　周邦彦词,古今人所赏识的主要特点:一是写情沉着;二是语句起伏转折,有顿挫感;三是结构上时空变化,转接灵活,其痕迹常常需要细心寻觅。这首词也表现这些特点,表现第三个特点尤其突出。

　　这词是作者重经旧地,回忆送别其情人的情况的。"河桥送人处,良夜何其?"起两句写送别的地点、时间。时间是在夜里,夜是美丽的,又是温馨可念的,故曰"良";联系后文,地点是靠近河桥的一个旅店或驿站;用《诗·小雅·庭燎》的"夜如何其"问夜到什么时分了,带出后文。"斜月远堕余辉。铜盘烛泪已流尽,霏霏凉露沾衣"。夜的确是"良"的,是露凉有月的秋夜。但送别情人,依依不舍,故要问"夜何其",希望这个临别温存的夜晚还未央、未艾。可是这时候,室内铜盘上已是蜡尽烛残,室外斜月余光已渐收坠,霏霏的凉露浓到会沾人衣,居然是"夜向晨"了,即是良夜苦短、天将向晓的时候。这三句以写景回答上文;又从景物描写上衬托临别时人心的凄恻和留恋。"斜、堕、余、凉",都是带有感情色彩的字;"烛泪"更是不堪。周邦彦词喜运化唐诗,"烛泪"句即运化杜牧《赠别》诗"蜡烛有心还惜别,替人垂泪到天明",李商隐《无题》诗"蜡炬成灰泪始干"。"相将散离会,探风前津鼓,树杪参旗。"收束前面描写,再伸展一层:说临别前的聚会,也到了要"散离"的时候,那就得探看树梢上星旗的光影,谛听渡口风中传来的鼓声,才不致误了行人出发的时刻。参旗,星名,它初秋黎明前出现于天东,更透露了夜的季节性。鼓,可能指渡头的更鼓,也可能指开船鼓声,古代开船有击鼓为号的。观察外面动静,是为了多留些时,延迟"散离",到了非走不可的时候才走,从行动中更细腻地写出临别时的又留恋、又提心吊胆的心情。"花骢会意,纵扬鞭、亦自行迟"。写到出发。大约从旅舍到开船的渡口,还有一段路,故送行者(即作者本人)又骑马送了一段。从骑马,见出送行者是男性;从下文"遗钿",见出行者是女性。这段短途送行,作者还是不忍即时与情人分别,希望马走得慢点,时间挨得久点。词不直说自己心情,却说马儿也理解人意,纵使人要挥鞭赶它,它也不忍快走。以马拟人,又从马的方面写人,曲一层、深一层地写,也很细腻。

　　上片写送别前经过,下片换头三句:"迢递路回清野,人语渐无闻,空带愁归。"接写送别后归途。情人一去,作者孤独地带着离愁而归,故顿觉野外寂寞清旷,归途遥远,对同一空间的前后不同感觉,也是细腻地反映送别的复杂心情。"何意重经前地,遗钿不见,斜径都迷。"这三句是一个大的转折,转得无痕,使人几乎难以辨认。读了这几句,才了解上面所写的,全是对过去的回忆,从这里起才是当前之事,这样,才使人感到周词在结构上的细微用心,在时空转换上的大

胆处理,感到这里真能使上片"尽化云烟"。《海绡说词》说"河桥"句是"逆入",
"前地"句是"平出","逆"即逆叙以往,"平"即平叙当前。这里的第一句领起后
文,直贯到全词结尾;第二句写情人去后,不见遗物,比作者《六丑》词所写的"钗
钿堕处遗香泽",更无余香余泽可求;第三句写旧时路径,已迷离难认。有人认为
"重经前地"以下,写的还是第二天的事,也说得通。但看来还是写隔了一段期间
重游为近。因送别归来,似不会即近黄昏之际,况道路迷离,如果是芳草茂生之
故,那就是春夏季节,与上文又不合。"兔葵燕麦,向斜阳、影与人齐。"送别是在
晚上和天晓时候;重游则在傍晚,黄昏中的斜阳,照着高与人齐的兔葵、燕麦的影
子。这两句描绘"斜径都迷"之景,有意点出不同期间;又用刘禹锡《再游玄都观》
诗序"惟兔葵燕麦,动摇于春风耳"的典故,表示事物变迁之大。感慨人去物非的
细腻心情,完全寄寓于景,不直接流露,故《艺蘅馆词选》载梁启超评这两句词说:
"与柳屯田之'晓风残月',可称送别词中双绝,皆熔情入景也。"下面三句:"但徘
徊班草,欷歔酹酒,极望天西。"说在过去列坐的草地上,徘徊酹酒,向着情人远去
的西边方向,望极天边,而欷歔叹息,不能自已。只"欷歔"二字,直接抒情,余亦
寓情于事。

　　全词写的是惜别、怀旧之情,情不直接流露,只于写景、写事、托物(如借马写
人)上见之,写得细腻、沉着;结构上层层伸展,层层顿挫,而又转接细微无迹;诚
如陈廷焯《词则》所评的,写得"哀怨而浑雅"。它不愧是周词中一首出色的、有代
表性的作品。

　　　　　　　　　　　　　　　　　　　　　　　　　　　　　　　(陈祥耀)

芳　草　渡　　　　　　　　　　　周邦彦

昨夜里,又再宿桃源,醉邀仙侣。听碧窗风快,珠帘半卷疏雨。
多少离恨苦。方留连啼诉。凤帐晓,又是匆匆,独自归
去。　　　愁顾。满怀泪粉,瘦马冲泥寻去路。谩回首、烟迷望
眼,依稀见朱户。似痴似醉,暗恼损、凭阑情绪。淡暮色,看尽
栖鸦乱舞。

　　周邦彦青年时代在汴京曾有过一段浪漫生活。在其早期作品里也抒写了一
些哀艳的情事。这首《芳草渡》,或是其中的一个动人片断,含蓄而饶有诗意。

　　词是以追忆的方式叙述的,以逆入起笔。"昨夜里"是情事发生的时间,难以
忘怀,词意顺着对昨夜情事的回忆而展开。"桃源",用东汉时刘晨、阮肇入天台
山遇仙女事,其地亦得称"桃源",如唐人曹唐《刘晨阮肇游天台》诗已言"不知此

地归何处,须就桃源问主人"。五代王松年《仙苑编珠》卷上云刘、阮"采药于天姥岑,迷入桃源洞,遇诸仙"。周词即以桃源借喻昨夜所宿之处的华丽神秘似非人间。"又再宿桃源",显然是第二次或第三次来此了。"仙侣"即神仙样的伴侣,古人常将美艳出众的女子比为仙女。柳永《玉女摇仙佩》的"飞琼伴侣,偶别珠宫,未返神仙行缀"便是以仙女来称赞所恋的歌妓。此处"再邀"的"仙侣",用法与柳永相同。这次留下最深的印象是离别的痛苦场面,因而作者省略了当晚其他的艳情细节,以"听碧窗风快,珠帘半卷疏雨",一笔轻轻带过。风快雨疏是在华丽的室内感到的,约在拂晓时使人惊醒,增添了离人的凄凉情调。"多少离恨苦"为全篇词旨所在。春风一度,情意绸缪,分别最为痛苦,故离恨之多少实难以估量。"方"字为词中的转笔,自此进入正面描述离别场面。"啼诉",为那位仙子向抒情主人公诉说许多的离恨,流连缠绵,不忍分别。"凤帐"为绣有鸾凤的罗帐。正值倾诉离恨之时,忽从罗帐里见到曙色,只得忍心独自归去。离去的匆匆,说明他们之间存在某种社会性的原因而不能自由地相聚一起;"又"字再度强调了匆匆独归同留宿仙境一样已非第一次了。这首词上下阕之间衔接紧密,意脉不断,换头处继续叙述离别出门后的留恋之情。他伤心地见到襟怀里留下那位多情仙子的"泪粉"。当互诉离恨时,她哭了,流的泪很多,与妆粉和在一起了。他的"愁顾"是属于"空有相怜意,未有相怜计"的情形,对于现实的状况一筹莫展,惟有徒自发愁。他独自归去时骑的是瘦马,急急忙忙地在泥泞的道路上辨寻归途。"冲泥"与拂晓的疏雨有关,上下照应。"瘦马冲泥"很形象地表现了这位书生的寒酸狼狈,能"再宿桃源"是非常不易的。他的寒酸很可能是造成他们分离的主要原因,其别恨之中应包含有几分自责的情感,以此深深地感动了仙子,赢得"满怀泪粉",而离别也就特为苦涩了。"谩回首"表示已经离去较远,而依恋之情却难尽。"烟迷望眼",离情倍加凄楚,晓烟中桃源迷茫,只仿佛和隐约地见到伊人的"朱户"。词中的"碧窗""珠帘""凤帐""朱户"都极力表现夜来宿处的绮丽,真有误入仙境之感。这与"瘦马冲泥"的寒酸形象颇不协调,应是其情事不幸的根源。关于朱户,周邦彦《忆旧游》有"也拟临朱户,叹因郎憔悴,羞见郎招;旧巢更有新燕,杨柳拂河桥",写歌楼女子。可见《芳草渡》中的"朱户"也是借指歌楼的。词至此叙述完了昨夜难忘的离别情景,词意的发展遂由追忆转到现实。"凭阑"是理解全篇结构的关键。抒情主人公是在凭栏的时候对昨夜情景的回忆。"似痴似醉"是在追忆时的精神状态,欢乐与痛苦犹令之神驰,桃源仙境留下的印象太深刻动人了。很可能他凭栏是为了观赏景物,而对昨夜的回忆扰乱了观赏情绪,痛苦的别恨在心中无法排遣和消除。结句"淡暮色,看尽栖鸦乱舞",是周词中习见的以景结情的写法。"淡暮色"是薄暮时,暮色不深,补明凭栏的时间。这时乌鸦归巢了,"看尽"表明凭栏伫立之久。"栖鸦乱舞"或许是实景,景与意会,情景交融,以此表达了昨夜别恨所引起的悲伤和烦乱的心情。这样,使全词的结尾富于诗意的联想,也使结构显得摇曳多姿了。

　　周邦彦词大量使用事典、代字和融化前人诗句,具有晦涩的艺术倾向。南宋人刘肃为陈元龙《片玉集注》作序时就指出:"知其故实者,几何人斯。"当时读其词就感到许多障阻和困难了。这首词却无艰涩难读的缺陷,所写的情事也不像邦彦其他一些词里那样轻薄狎亵,情感是较为真挚深厚的。加上辞语的华美,词情的含蓄,因而仍具周词典雅的特色。全词立足于片时的思绪,重点非常突出,而倒叙、钩转、以景结情等手法的娴熟运用使章法富于变化;领字、领句将转折和时地关系交代较为清楚,于章法变化之中留下可寻的脉络,体现了结构很有法度。这些都说明周词在艺术形式上达到精美的地步。自宋以来评论周词者甚众,这首《芳草渡》并不为词论家们所留意。如果我们与其他周词比较,这首词无论就情感的真切与表现的精美而言,都应是周邦彦很有特色的佳作。

(谢桃坊)

虞　美　人

周邦彦

　　灯前欲去仍留恋。肠断朱扉远。未须红雨洗香腮。待得蔷薇花谢便归来。　　舞腰歌板闲时按。一任旁人看。金炉应见旧残煤。莫使恩情容易似寒灰。

　　在宋词中,有不少是描写词人与歌儿舞女之间的爱情的,但真正能把笔触深入到歌儿舞女的命运、心灵深处去的词作,却不很多。周邦彦的这首词,就反映了这方面的内容。

　　这首词,描写的是自己远行前夜,与情人喁喁话别的情境。起句前四字"灯前欲去",谓话别将尽,词人就要离开女主人公。这样一开头,似乎已没有什么可写的了。然而"仍留恋"三字,转而写出欲去未能、依依不舍的情景,从而引起下面语重心长的千言万语来。原来,起句用的是顿挫笔法。这是词人的擅场。它是一种有意味的形式,体现着沉郁的情感。好比水势,经过一道停蓄,再奔流下去,就更加汹涌有力。情感沉郁深沉,倾吐出来便有顿挫转折之致。起句正是翻进一层地表现出词人性情的缠绵、执着。次句出以虚摹的笔法。词人预想自己明朝上了漫漫旅途,离开情人愈来愈远,而相思之苦,也会愈来愈重。此种苦痛,难以堪受,真要到断肠而后已。朱扉,即朱门,是情人居所。这一预想,把词境推向未来,词境扩大、伸远了,便有远意。同时,也更进一层地表现出爱情的诚挚、深厚。歇拍二句,收回现境,安慰女子说,你不要再伤心流泪,等到那蔷薇花谢的暮春时节,我就回来了。从这两句话语,又可见出女主人公当下的样子:泪水和着胭脂,挂满了两腮。词情至此,一对心地真诚纯厚的恋人,已形象地呈现在我们面前,他们情深意合的爱情,已全整圆满地揭示出来。

下片四句紧紧衔接上片歇拍二句,连为一气,都是词人对女子的叮咛。过片二句是说,不妨歌舞依然,以消闲寂,任随别人去看吧!言外之意十分明白、坚定:我是相信你的。不过,担心有个万一,也是心之常理。所以接着有结尾二句。"金炉应见旧残煤",其意本是:应见金炉旧煤残。现在这样成句,为的是协调平仄和押韵。煤即麝煤,为熏炉所用的香料。这两句,化用南朝梁吴均《行路难》:"金炉香炭变成灰"句意。熏炉为室中常备之物,故词人就近取譬说,你看金炉里原来的香炭,烧残了,就变成了寒灰。词人衷心祝愿,我们像火一样热烈的爱情,莫使它轻易熄灭。这番至诚的祝愿,不应当只看作是词人对女子的叮咛,其实也何妨看作是女子对词人的叮咛,毋宁说,这是他们俩共同的心声。

这首词的中间四句,隐括杜牧《留赠》诗:"舞靽应任闲人看,笑脸还须待我开。不用镜前空有泪,蔷薇花谢即归来。"但写出的仍是自己的一片真情实感。因为词情与诗情相合,故读来也觉得贴切自然,如自己出。从艺术手法说,可谓善用故典;从情事刻画说,则又含有新的社会内容。"舞腰歌板闲时按,一任旁人看"两句,具有深意。虽说是"闲时按",但也有不得不如此之意在内。女主人公,是一位歌儿舞女,由于职业、身份的关系,她不得不以自己的伎艺供他人取乐,这种命运对她来说,绝非心甘情愿。词人对她的爱情,建立在对她"不将心嫁冶游郎"的信任之上,所以才有"一任旁人看"之语。这两句话语,包含着词人对女子全部的了解、同情与信任。这恳切的话语,不光是说明了词人对这位女子的爱情可贵,而且也反映了这位女子对自身命运的抗争,对纯洁爱情的忠实。她虽身为下贱,可是她的心灵却是美好的。词人用饱含同情的笔触,揭示出歌儿舞女心灵的极深层面,这是值得珍视的。

(邓小军)

长 相 思 慢　　　　　　　　　　周邦彦

夜色澄明,天街如水,风力微冷帘旌。幽期再偶,坐久相看,才
喜欲叹还惊。醉眼重醒。映雕阑修竹,共数流萤。细语轻轻。
尽银台、挂蜡潜听。　　　　自初识伊①来,便惜妖娆,艳质美盼

　　柔情。桃溪换世，鸾驭凌空，有愿须成。游丝荡絮，任轻狂、相
　　逐牵萦。但连环不解，流水长东，难负深盟。

〔注〕　① 伊：第二人称之辞，犹云君或你，与普通用如"他"字者异。见张相《诗词曲语辞
汇释》。

　　周邦彦的这首《长相思慢》，娓娓诉说了一个看似寻常但并不寻常的爱情
故事。

　　上片描写恋人重逢的情境。入夜，一天月色空明。京城，满街月光如水。庭
院里，窗户前，习习晚风，微送凉意。写夜渐渐已深，点相会渐渐已久。两人相思
酷深，一旦重逢，此刻纵有万语千言，也欲说未能，唯有对坐脉脉相看而已。相看
已久，知无他故，这时"才喜欲叹还惊"。才喜，是写自己见到情人后攫住心灵的
那番喜悦。欲叹，写出几乎同时不禁要叹息出声的反应，叹的是重逢居然如愿以
偿。欲叹实未及叹，紧接着还惊，又写出攫住心灵的一番惊异。惊的是此情此
境，梦耶，真耶？杜甫"妻孥怪我在，惊定还拭泪"（《羌村三首》）。刻画患难余生
之人相逢时乍喜还悲的心理，极为真切。这里词人似用杜意，以简练的笔触，勾
勒出情人重逢之际似梦还真、惊喜交加的精微心理感受，包孕极富。相思之深，
相逢之难，皆在言外得之。词人在无比的惊喜中陶醉了。许久，才从沉醉中醒过
来。扶疏的翠竹，掩映着精美的栏杆，两人相坐其间，一道数着夏夜里的点点流
萤。两人悄声细语，情话绵绵，一任那银盘上的蜡烛悄悄来听。蜡烛有心，竟至
为之热泪涔涔。为何情话如此感人？词笔至此，为细心的读者设下一个小小的
悬念。

　　下片全为词人的话白，把上片幽美馨逸的情境引向高远的意境。词人倾诉
说，自从初次认识你以来，我就热爱着你的美好。如何美好？"艳质、美盼、柔
情"。艳质，是称道心上人整个人之美，她的神采风韵。词人的《拜星月慢》"笑相
遇，似觉琼枝玉树相倚，暖日明霞光烂"，可做最佳注脚。美盼，称道她双目之美，
所谓"美目盼兮"（《诗·卫风·硕人》）。眼睛是心灵的窗户，这是向描写她的内
美过渡。柔情，便称其性情之温柔善良。《拜星月慢》"水盼兰情，总平生稀见"，
可做美盼、柔情的诠释。"桃溪"三句说，使你脱离风尘，我俩结为夫妇，这一愿望
终将成功。"桃溪换世"，借用刘晨、阮肇入天台山与两位仙女相爱成婚，还家子
孙已历七世的传说。宋词中，以桃溪指代妓女居所，用刘阮仙凡恋爱喻说与妓女
相爱，原是习见的手法。"鸾驭凌空"，借用萧史、弄玉结为夫妇、乘凤凰飞去的传
说，表示了结成夫妇、争取自由美好生活的共同理想。"游丝"三句，接着勉励情

人说,任那些轻狂的公子哥儿来追逐纠缠吧!潜台词是:你今虽身处风尘,无法拒绝应酬他们,可是你心有专属,我相信你。结尾三句祝愿道,我们之间的恩爱,将如玉环相扣不解("玉取其坚润不渝,环取其始终不绝",相扣取其结合不分,喻意极绵密),将如江河东流之水永无穷时,桃溪换世、鸾驭凌空的心愿终将实现。前说"有愿须成",此说"难负深盟",正是"一篇之中,三致意焉",一结厚重有余。虽然词中略而未写女主人公的对话,但其欣喜鼓舞之情,自在言外。原来上片所写的"细语轻轻",至下片始知非同寻常情话,乃是一位志诚种子的男主人公与一位命运不幸的女主人公的美好心声,无怪乎蜡烛有心,也为之热泪涔涔!

在周邦彦之前,只有少数的词作,如柳永的《迷仙引》、小晏的《浣溪沙》等,能够反映封建社会中这些被侮辱被损害者的命运和愿望。跳出火坑,洗尽风尘,"除籍不做娼,弃贱得为良",乃是她们铭心刻骨的心愿。可是,即使上述词作,也只有女主人公形象,没有真诚相爱的男主人公出现,看不出她们的一厢情愿有可能实现。词的情调都是沉痛低婉的。而这首《长相思慢》,则深刻地表现了救风尘的理想。境界之高远,显出前人之上。词情也欢快健举。

周词的基本艺术特色之一,是抒情与叙事的有机融合,寓精妙的故事情节性于抒情性之中,别具引人入胜之致。此词有所不同,它并不铺叙爱情经历,而是选取其中高潮的一幕,淋漓尽致地加以表现。此词系长调,篇幅较大,词人安排上片铺叙重逢情境,描写细节,腾出下片,展开大段话白,刻画志诚种子的形象。既给人以高度的抒情性美感,又予人以浓郁的故事味享受,周词的这一特色,标志着继柳永之后宋词长调铺叙艺术所取得的新发展。 (邓小军)

关 河 令 周邦彦

秋阴时晴渐向暝。变一庭凄冷。伫听寒声,云深无雁影。 更深人去寂静。但照壁孤灯相映。酒已都醒,如何消夜永!

这首词是写羁旅孤栖的情景的,读来颇有一股清峭之气。

羁旅行役是五代宋词的常见题材,也是周邦彦写得较多的内容之一。王国维在《清真先生遗事·尚论》中说:"若夫悲欢离合、羁旅行役之感,常人皆能感之,而惟诗人能写之。故其入于人者至深而行于世也尤广。"清真的羁旅词之所以写得特别深切淡永,除了得力于他深厚的文学、音乐修养和他敏锐的观察力和感伤的气质,恐怕跟他从三十二岁便被遣出京,直到四十二岁始得重入都门,一生中最好的时光都在漂泊中度过不无关系。

这首词的写法是以暗移的时间作为经线,贯穿着孤旅感情的波澜,看似平淡无奇而真情荡漾,在同类词中很有些特色。词的上片写日间情景,于明处写景,暗里抒情,寓情于景;下片写夜间的情景,于明处抒情,衬以典型环境,情景交融。

上片一开篇就推出了一个阴雨连绵,偶尔放晴,却已薄暮昏暝的凄清的秋景,这实在很像是物化了的旅人的心境,难得有片刻的晴朗。在这样的环境中,孤独的旅客,默立在客舍庭中,承受着一庭凄冷的浸润,思念着亲朋。忽然,一声长鸣隐约地从云际传来——是鸿雁?它或许带来了故人的讯息?然而,四望苍穹,暮云璧合,哪里有雁儿的踪影?雁声远逝,留下的是更加深重的寂寞之感。

在极端的沉寂之中,推出了过片:"更深人去寂静"。这个极普通的句子,把上下片很自然地衔接起来,而且将词境更推进了一步。"人去"一语用得突兀,上片未说有客,何言人去?要知道,旅居的人是最孤独又最耐不得孤独的,陌生人偶然相遇,便能够聚会倾谈,互相慰藉。然而终非亲人,刚才还在畅饮,顷刻便会离去的。"人去"二字突兀而出,正写出旅伴们聚散无常,也就愈能衬托出远离亲人的凄苦。同时"人去"二字也呼应了下文孤灯、酒醒。临时的聚会酒阑人散了,只有一盏孤灯摇曳的微光把自己的影子投射在粉壁上。此时此刻,人多么希望自己尚在酣醉之中呵。可悲的是,偏偏酒已都醒,清醒的人是最难熬过漫漫长夜的,旅思乡愁一股脑儿袭来,此情此景,诚何以堪!前人评周邦彦词,多曰富艳典丽,这首词则全无艳丽之彩,给人的只是一抹孤凄的冷色。

美成词特别讲究声律,精于铸词炼句,这首小词也不例外。首先,词调的命名就很用了一番心思。这首词本名《清商怨》,源于古乐府,曲调哀婉。欧阳修曾以此曲填写思乡之作,首句是"关河愁思望处满"。周邦彦遂取"关河"二字,命名为《关河令》,隐寓着羁旅思家之意。这就使调名、乐曲跟曲词切合一致了。再看他炼字炼句的功夫。"秋阴时晴",一个"时"字表明了天阴得很久,暂晴难得而可贵。"渐向暝","渐向"两字,意味着尽管晴空的偶现是那么不容易,可刚一放晴却朝着昏夜走去,恰如旅人的心情一样。如果说"天已暝"或"又向暝",就失去了这种渐变的动感。第二句用"变"字领起,不但是格律上的需要——因为这里要用去声一字领四字句,而且跟上句"时""渐"二字紧扣,突出了变化的过程,而不只是道出变化的结果。"伫听寒声"两句写得特别含蓄生动。寒声者,秋声也。深秋之时,万物在萧瑟寒风中发出的呻吟都可以叫做寒声。"夜寂静,寒声碎"

（范仲淹《御街行》）说的是风扫落叶的沙沙声；"寒声隐地初听"（叶梦得《水调歌头》），说的是风划林梢的沙沙声。周邦彦笔下的孤旅伫立空庭，凝神静听的是什么寒声呢？下一句才作了交待，原来是云外旅雁的悲鸣。鸣声由隐约到明晰，待到飞临头顶，分辨出是长空雁叫，勾引起无限归思时，雁影却被浓密的阴云遮去了。连南飞的雁都因浓云的阻隔而无由相见，那是何等凄苦的情景呵！作者的确是在刻意地琢磨着词句，然而通首读去，又无一不是平常的字眼。正像陈子龙说过的："以沉挚之思，而出之必浅近，使读者骤遇之如在耳目之前，久诵之而得隽永之趣。"美成此词可当之无愧。

　　　　　　　　　　　　　　　　　　　　　　　　　　　　　　　　　（陈振寰）

【作者小传】

李 廌

（1059—1109）　字方叔，华州（今陕西华县）人。少以文章谒苏轼，为"苏门六君子"之一。然屡试不第，中年绝意仕进，寓居长社（今河南长葛东）。著有《济南集》，已佚。清有辑本。词存四首。

虞 美 人　　　　　　　　　　李 廌

玉阑干外清江浦，渺渺天涯雨。好风如扇雨如帘，时见岸花汀草涨痕添。　　青林枕上关山路，卧想乘鸾处。碧芜千里思悠悠，惟有霎时凉梦到南州。

　　李廌，字方叔，北宋词人留存作品很少的一个。这首《虞美人》，写春夏之交的雨景以及由此而勾起的怀人情绪。

　　上片从近水楼台的玉阑干写起。清江烟雨，是阑干内人物所接触到的眼前景物；渺渺天涯，是一个空远无边的境界，隐藏着下片的抒情内容。"好风如扇"句比喻新颖，近代词人况周颐《蕙风词话》以为"似乎未经人道"。春夏之交，往往有这样的景色。陶渊明诗"春风扇微和"的扇字是动词，作虚用；这里的扇是名词，作实用：同样给人以风片柔和的感觉。"雨如帘"的绘景更妙，它不仅曲状了疏疏细细的雨丝，像后来杨万里《小雨》诗"千峰故隔一帘珠"那样地落想；而且因为人在玉阑干内，从内看外，雨丝就真像挂着的珠帘。"岸花汀草涨痕添"，也正是从隔帘看到。"微雨止还作"（苏轼《端午遍游诸寺得禅字》），是夏雨季节的特征。一番雨到，一番添上新的涨痕，所以说是"时见"。"涨痕添"从"岸花汀草"方面着眼,便显示了一种幽美的词境。这是精细的描绘,跟一般写壮阔的江涨气势采用粗线条勾勒的作法全不相同。

下片由景入情。见到天涯的雨,很自然地会联想到离别的人,一种怀人的孤寂感,不免要涌上心头,于是窈想就进入了枕上关山之路。("青林"句是化用杜甫《梦李白》诗:"魂来枫林青,魂返关塞黑。")乘鸾处,即游仙处,亦即喻冶游处。乘鸾的旧踪何在?只有模糊的梦影可以回忆。碧芜千里的天涯,怎能不引起"王孙游兮不归"的悠悠之思呢!可是温馨的会面,在梦里也不可能经常遇到。"惟有霎时凉梦到南州",这么一结,进一层透示这仅有的一霎欢娱应该珍视,给人的回味是悠然不尽的。

怀人念远的词,容易写得凄抑,读者往往会感到心情上的不舒畅。这词却能扫除一切流泪断肠的字面,达到况周颐所说歇拍"尤极淡远清疏之致"的神境。

(钱仲联)

【作者小传】

阮　阅

生卒年不详。字闳休,号散翁,舒城(今属安徽)人。元丰八年(1085)进士(榜名美成)。自户部郎官责知巢县,宣和中,知郴州。建炎初,知袁州。致仕,寓居宜春。有《松菊集》(不传)、《诗话总龟》。词有今辑本《阮户部词》,存六首。

洞　仙　歌　　　　　　阮　阅
赠宜春官妓赵佛奴

赵家姊妹,合在昭阳殿。因甚人间有飞燕?见伊底,尽道独步江南,便江北、也何曾惯见。　　惜伊情性好,不解嗔人,长带桃花笑时脸。向尊前酒底,得见些时,似恁地、能得几回细看?待不眨眼儿觑着伊,将眨眼底工夫,剩看几遍。

词本起源于民间,多俚俗浅近;后经文人染指,日渐雅化,然唐宋两代,雅词虽占主导地位,俚词亦时有出现。近人刘永济著有《唐五代两宋词简析》,其八为"两宋通俗词及滑稽词",中收作品十一篇,仅为举例而已,实际上不止此数。雅词与俚词的分别:一是语言方面有雅丽与俚俗之异;二是表现手法有坦率和含蓄的不同；三是雅词多书卷气，俚词则有生活气息。这首词虽出自文人之手，然仍保持民间词通俗、坦率及富有生活气息的特点。

　　阮阅是《诗话总龟》的编者，对诗词研究资料颇为熟悉，亦能词。吴曾《能改斋漫录》卷十七说他"能为长短句，见称于世。政和间，官于宜春，官妓有赵佛奴，籍中之铮铮也，尝为《洞仙歌》赠之。"填词赠妓，是古代文人常有的事，如黄庭坚有《忆帝京》词赠弹琵琶妓，秦观有《南歌子》词赠陶心儿，大都带有雅谑或滑稽的趣味。此词谑则有之，雅则不足，然亦能做到谑而不虐。起首三句，先赞美赵佛奴像"赵家姊妹"一样美貌，不应生活在民间，而应居住在后妃的宫殿里。按：赵家姊妹系汉成帝时宫人，成阳侯赵临之女，其姊初学歌舞，以体轻如燕，掌上可舞，故号曰赵飞燕，成帝立为后，居昭阳殿，专宠十余年，色衰，其妹合德代之，封昭仪。这里用典非常确切。因为赵家姊妹姓赵，佛奴也姓赵；赵家姊妹善歌舞，佛奴为官妓，亦善歌舞：技艺、姓氏都相同，这一点颇符合古典诗词中"用事合题"的要求。在此基础上，词人又把昭阳殿与人间（即民间）作了对比，意思是赵佛奴当官妓是委屈了她，凭她的美貌，应当享受后妃的待遇。这种抑扬结合的方法，目的仍在于扬，颇类杜甫《赠花卿》诗："此曲只应天上有，人间能得几回闻。"下面是以江北与江南对比，"见伊底"，犹今语"见她的"，底即的，这和下片的"恁地"，都是宋时方言。这几句是说，凡是见到她的人，都说她色艺双绝，独步江南。但词人认为即使把江北也算上，也很少见到这样的美人。以上共用了两个层次，赞扬赵佛奴的美丽，但究竟怎样美并未说出，这就引出了下片。

　　下片具体描写赵佛奴的美貌及词人对她的爱恋。作法犹如汉乐府《陌上桑》，先从女子本人写她的美，再从别人对她的反映，烘托她的美。词人说赵佛奴不仅容颜长得娇，而且性情生得好。她不懂得嗔人——发脾气，总是堆着一脸笑，笑起来像绽开一朵桃花。语言通俗简练，犹如画家作画，仅用粗略的几笔，便把人物的形象勾勒出来。"向尊前"几句写他们在酒席筵前相见，从而点出了各自的身份。因为作者是词客，故佛奴为之歌舞以侑觞。可是赵佛奴长得太美了，以致词人顾不上饮酒，只是不停地向她注目。赵佛奴好比一块磁铁，把词人深深地吸引住了。"似恁地"，意犹似这般。"恁地"，如此、这样。"能得几回细看"一语，把词人抓紧时机、细心审美的心情和盘托出，于是逗出结尾三个警句："待不眨眼儿觑着伊，将眨眼底工夫，剩看几遍。"词人看这美女，连眼睛也不眨一眨，为的是把眨眼的工夫省下来，好多看上几眼。在现实生活中，人不眨眼是不可能的。但词人却要把不可能之事强作可能，可见爱美之切之深，亦反衬出赵佛奴之美艳绝伦。唐宋词中常用痴语、无理语刻画人物性格,语言越是痴,越是无理,越能突出钟情之深,爱恋之切。这样的语言看起来很俗,实际上是最能揭示人物心灵的文学语言,可谓拭尽铅华,尽露本色,富有浓郁的生活气息。

这首词有些像元曲,因此《宜春遗事》云:"此词为元曲开山。"现在不妨作一比较。元人赵彦晖席上咏妓《油葫芦》曲云:"喜遇得、樽席上猛见了。更那堪情性好,言谈语话那清标。你看那聪明伶俐诸般妙,更那堪续麻道字无差错。生的来花样娇、柳样柔,知今博古通三教。铁石人一见了也魂销。"两者都写席上的歌妓,情境相似,语言都同样的俚俗泼刺,感情都同样的坦率径露,甚至达到淋漓尽致、毫不含蓄的地步。

(徐培均)

眼 儿 媚　　　　　　　阮 阅

楼上黄昏杏花寒,斜月小栏干。一双燕子,两行征雁,画角声残。　　绮窗人在东风里,无语对春闲。也应似旧,盈盈秋水,淡淡春山。

本篇《类编草堂诗馀》卷一以为秦观作。南宋胡仔《苕溪渔隐丛话前集》卷十一录此词,谓阮阅"尝为钱唐幕官,眷一营妓,罢官去,后作此词寄之"。胡与阮时代相及而稍后,其《丛话》即因阮阅《诗总》(后改称《诗话总龟》)而继作,于《前集》序中明言之。所云阮作此词情事,当可信。

宋代地方官妓隶属于"乐营",也称"营妓"。长官每有宴会,辄召官妓歌舞侑酒,座客与她们接触多了,往往会产生感情。宋词中有大量反映这种情事的作品。阮阅此词,写别后的相思,语淡情深,别是一种风格。

词的开头写登楼望月。黄昏,指登楼时刻;杏花寒,谓登楼季节。据《花候考》,在雨水这个节气中,一候菜花,二候杏花,三候李花,其时当在二月。但这里兼有描写环境的作用,故而于清冷中显出幽美。词人独上层楼,极目天涯,无边思绪,自会油然而生。何况登楼之际,春寒料峭,暮色苍茫,一钩斜月,映照栏杆,这种环境,多么使人感到孤单凄凉。下面三句,写登楼所见所闻。"一双燕子,两行征雁",含义深长。燕本双飞,雁惯合群,特写"一双""两行",反衬词人此际的孤独。耳边还传来城上的画角声,心情之凄楚,可以想见。整个上阕俱为写景,不曾出现人物,然而景中有情,情中见人。

下阕由写景到抒情。此情是怀人之情,已从上阕登楼远望和双燕雁行的描写中透露出来。怀人又从悬想对方着笔。"绮窗",谓雕饰华美的窗棂。唐王维

眼儿媚（楼上黄昏杏花寒）　　阮　阅

——明刊本《诗馀画谱》

《扶南曲歌辞》云"朝日照绮窗,佳人坐临镜",把佳人与绮窗分作两句,意境优美;阮阅此词则将绮窗与人合并一起,径称"绮窗人",语言更加浓缩,形象更加鲜明。仿佛词人从这熟悉的华美的窗口透视进去,只见其人亭亭玉立于春风之中,悄然无语。这里的"无语",实际上就是深思;"春闲",实际上是春愁。就中可以看出,窗内人是一个深于情的女子。结尾两句"盈盈秋水,淡淡春山",谓佳人眼如秋水之清,眉似春山之秀。前面着以"也应似旧"一句,词情顿然跳出实境,转作冥想之笔。而冥想又非无根而来,乃是以旧时惯见的形象做底子,贯入词人此时的缠绵之思,摹想而出。是镜中花,水中月,恰与杜甫"今夜鄜州月"一诗之写玉臂云鬟,同其意致。

　　此词语言上自有特色:上阕三个四字句,前两句对起,后一句单收,似《浣溪沙》的后片,形成不稳定感,易于过渡;下阕末三句,前面用一个单句,对上作为转折,对下作为领首,末两句为对结,恰与前阕相反。这种"对结"方式处理得不好,易流于板滞。而作者功力老到,对结处不仅煞得自然,而且余味不尽,似乎这女子眉目之间,尚有许多话要向词人诉说。所谓"想当然"者,就是这种境界了。

　　　　　　　　　　　　　　　　　　　　　　　　　　　　　　(徐培均)

【作者小传】

赵　企

字循道,南陵(今属安徽)人。神宗朝进士。大观间任绩溪令,重和时,通判台州。存词二首。

感　皇　恩　别情　　　　　　　　　　赵　企

　　骑马踏红尘,长安重到。人面依然似花好。旧欢才展,又被新愁分了。未成云雨梦,巫山晓。　　千里断肠,关山古道。回首高城似天杳。满怀离恨,付与落花啼鸟。故人何处也?青春老。

　　这首词是写"乍相逢,又相别"的离情别绪的。作者赵企,北宋末年词人,大观年间,为绩溪(今属安徽)知县,宣和初年任台州(治所在今浙江临海)通判。

　　词的上片写乍逢又别的惆怅。"骑马踏红尘"三句,写旧地重游、故人无恙的喜悦心情。"红尘",指繁华的巷陌。"长安",借指宋都汴京,即今天的开封。在这里词人巧妙地把唐代诗人崔护《题都城南庄》的"去年今日此门中,人面桃花相映红。人面不知何处去,桃花依旧笑春风"的诗,加以翻用与浓缩,不但恰切地表达了主人公重逢故人的欣愉之情,而且使词更富于翰藻,更富于韵味。这三句话有两层意思,一是写主人公重游京都,骑马访旧,故人如何? 老是像一块沉重的石头,压在自己的心头。"昔日青青今在否"的疑团,一直是一个没有解开的疙瘩。二是写久别重逢,故人依旧,喜出望外的欢快情绪。词中主人公满怀希望、又担心失望而终如所望的内心活动,全在"依然"两个字中表现出来。不言欢悦,而欢悦之情自见。"旧欢才展"二句,是感情的一个大的转折,是"柳暗花明"之后,忽然出现的"惨绿愁红"的景象。一个"才"字,一个"又"字,不但写出了他们乍相逢、又相别的怅惘情绪,而且写出了难相逢、易相别的凄凉心境,为下片的"满怀离恨"作了很好的铺垫。"未成云雨梦"两句,运用楚怀王梦遇巫山神女的故事,来形容其乍见轻别的"新愁",显得既典雅,又含蓄;既庄重,又风韵,使读者从中获得更加丰富、更加强烈、更加深刻的美感。

　　下片写已别还思的眷恋。这里分三个层次来表达他的离恨。"千里断肠"三句,是写初别时的留恋之恨,是第一层。在这里写了三重恨:一别"千里",是一恨;独行"古道",是二恨;"回首"不见,是三恨。总此三恨,说明此别是长期的,后会是无期的,从而把主人公的羁旅凄苦之情,临歧留恋之意,淋漓尽致地表达了出来。"回首高城",用唐欧阳詹诗"高城已不见,况复城中人"(《初发太原途中寄太原所思》),落实到所思城中之人。"满怀离恨"二句,写别后的种种离愁,是第二层。这是主人公想到从此以后,即使碰上了鸟语花香的良辰美景,也会看到落花而感到年华易老,听到啼鸟而想到无枝可依。感时恨别,花鸟移情,这是羁旅异乡的人所最容易产生的"移情"作用。正是这种"移情"作用,使这两句词化静为动,化单一为丰富,从而大大地提高了画面的美学价值,增加了读者的审美情趣。末二句,进一步深化"满怀离恨"的感情,是第三层。这"故人何处"的呼问,"青春易老"的感叹,使主人公那种强烈的离愁别恨,在读者头脑中产生巨大的感染作用。通过以上三层的细腻的描写,词中主人公"满怀离恨"的心理活动,就十分真实而完美地表现了出来。词人对人生的悲欢离合有着深刻的感受,才能写出如此拨动读者心弦、引起读者共鸣的作品来。

　　有人认为这首词另有寄托,是借男女之情,写故国之思。细味词意,也未尝不可作如是观。王夫之说:"作者用一致之思,读者各以其情而自得。"(《薑斋诗话》)对于这首词所包含的思想内容,究竟作何种认识,确实可以再研究。我想还是根据词句本身,把它作为男女之间的悲欢离合来欣赏吧。

　　　　　　　　　　　　　　　　　　　　　　　　　　　　(羊春秋)

【作者小传】

谢　逸
(1068—1112)　字无逸,号溪堂,抚州临川(今江西抚州)人。屡试不第,然以诗文名于一时。曾作蝴蝶诗三百首,世称"谢蝴蝶"。吕本中将他列入江西诗派。词本《花间》温、韦,有《溪堂词》,存六十二首。

蝶　恋　花　　　　　　　　　　　　谢　逸

豆蔻梢头春色浅。新试纱衣,拂袖东风软。红日三竿帘幕卷,画楼影里双飞燕。　　拢鬓步摇青玉碾。缺样花枝,叶叶蜂儿颤。独倚阑干凝望远,一川烟草平如剪。

这首闺怨词写得比较含蓄委婉。发端"豆蔻梢头春色浅",巧妙地隐括了杜牧《赠别》诗中句:"娉娉袅袅十三余,豆蔻梢头二月初。"既明写春色尚浅的初春时节,又暗指正值豆蔻年华的少女。这句是笔意双关,合写初春和少女。下两句则分写。"新试纱衣",写春天到来,天气和暖,闺中少女起床后换上新做好的薄薄的纱衣。"拂袖东风软",主要是写春风。软,和缓也。戴叔伦《泛舟》诗云:"风软扁舟稳,行依绿水堤。"和缓的春风徐徐拂动着薄薄纱衣的长袖。从服饰的描写中,使人想见少女楚楚动人的身姿。"红日"句开始微微透出春闺中孤寂无聊的气息。已是红日高照的时刻了,少女才春睡醒来,穿好衣服,慵懒地卷起帘幕。不卷则已,一卷起帘幕,一下子映入眼中的是"画楼影里双飞燕"。生机勃勃的春燕在楼阴中比翼双飞,轻盈自在,这情景不由得触动了少女的情怀。春风中燕双飞,而春闺中人独居,人不如燕,情何以堪! 五代词人欧阳炯的闺怨词《献衷心》中有句云:"恨不如双燕,飞舞帘栊。"上片结句正是此意,虽然不明说"恨"字,而意中怨恨之情格外深沉。闺中人不及空中燕,这一反衬,十分有力!

由于双飞燕的触动,少女不由得怀念起远方的人儿,盼他早日归来的愿望,此时格外强烈,于是梳妆倚阑等待。"拢鬓"三句写少女梳妆之精心和首饰之精美。步摇,古代妇女的一种首饰;《释名·释首饰》云:"步摇,上有垂珠,步则摇动也。""青玉碾",指步摇上的饰物是用青玉细细磨成的。极言首饰之华贵精致。所插花枝的式样新颖别致,是通常的式样中所没有的。缀以巧妙制作的蜜蜂,栩栩如生,在花叶上起伏颤动。梳妆整齐以后,"独倚阑干凝望远"。这里的"独"字与上片的"双"字相呼应。凝望,全神贯注地长时间地眺望。然而其所盼望的人儿并没有出现,视野远处,只有"一川烟草平如剪"。以景结情,余韵袅袅,十分飘逸。必欲盛妆以后才倚阑眺远,可见她是满怀希望今天能盼到心上人儿归来的,但见到的还是只有那一平如剪的带着烟雾的芳草地。开始时越是满怀希望,而今越是大失所望。可以想象得出少女极度失望的情状。下片意境跟温庭筠《望江南》词所写的颇为近似。温词云:"梳洗罢,独倚望江楼。过尽千帆皆不是,斜晖脉脉水悠悠。肠断白蘋洲。"温词结句点明"肠断",而此词以景收结,含蓄不露,显得格外蕴藉。

这首词不长,十句八韵,一韵一转意,写出了女主人公心灵深处感情的波澜。春天来了,换上新衣;见春燕双飞,而自悲独居,油然怀远。精心打扮,满怀热望,结果极度失望。词意数转,而愈转愈深;曲折多变,而深婉不露。薛砺若《宋词通论》说谢逸的词,远规花间,逼近温韦,浑化无痕,与陈克并为花间派的传人。"他既具花间之浓艳,复得晏欧之婉柔;他的最高作品,即列在当时第一流的作家中亦毫无逊色。"这个评价虽有点过誉,但大体上是切合实际的,这首《蝶恋花》词便是一证。

(程郁缀)

菩 萨 蛮　　　　　　　　　　谢 逸

暗风迟日春光闹,葡萄水绿摇轻棹。两岸草烟低,青山啼子规。　　归来愁未寝,黛浅眉痕沁。花影转廊腰,红添酒面潮。

这是一首春闺怨词。女主人公的情绪有一个由不怨到怨的发展过程。

"暗风迟日春光闹,葡萄水绿摇轻棹。"一开始词人用浓墨重彩,描绘出一幅春日冶游图景,虽无一字及人,而人在其中。"暗风",即春风。(萧纲《纂要》:"春曰青阳……风曰阳风、春风、暗风、柔风、惠风。")"迟日",即春日。(《诗经·豳风·七月》:"春日迟迟。")而暗、迟二字,能给读者以春暖日长的感受。"春光闹"显然是"红杏枝头春意闹"(宋祁)的名句的化用,虽是概括的描写,却能引起姹紫嫣红开遍的联想。"葡萄水绿"乃以水喻酒,本李白《襄阳歌》:"遥看汉水鸭头绿,恰似葡萄初酦醅。"将春水比作葡萄美酒,则暗示着游春者为大好春光陶醉,不徒形容水色可爱。画桡轻扬,春风吹衣,阳光和煦,其乐如何。

不同境遇的人对韶光的感受也应不同。对于此词的女主人公,春天的良辰美景同时便是触发隐衷的媒介。"两岸草烟低,青山啼子规"二句,就是由乐转悲的一个过渡。虽然看起来只是写景,似乎船儿划到一个开阔去处,水平岸低,时闻杜鹃。然而古典诗词中的语汇与意象有其特殊的内容积淀。那芳草萋萋的景色,就暗示着情亲者的远游未归。(《楚辞·招隐士》:"王孙游兮不归,春草生兮萋萋。")那"不如归去"的鸟语,更坐实和加重了这一重暗示。(范仲淹《子规》:"春山无限好,犹道不如归。")景语能含情事,由此可悟作词之法。

"归来愁未寝,黛浅眉痕沁。"写春游归来,兴尽怨生。只"未寝"二字,便写出女主人公愁极失眠,同时完成了时间由昼入夜的转换,一石二鸟。眉间浅浅的黛色,既意味着残妆未整;又暗示着无人扫眉,己亦懒画。

这个不眠的春夜,是个月夜,于是女主人公独个儿喝起闷酒来了。"花影转廊腰,红添酒面潮。"两句之妙,妙在由花影而见月,由醉颜而示闷。空灵蕴藉,句有余裕。"花影"由廊外移入"廊腰",可见女主人公花下对月独酌已久。而喝闷酒最易醉人,看她已不胜酒力,面泛红潮了。(可"醉貌如霜叶,虽红不是春"呵。)如此复杂的心绪,如此难状之情景,在词人笔下表达得多么轻灵。虽"语不涉己",已"若不堪忧"。

从温、韦到西蜀词人(即所谓"花间派")逐渐形成了词的传统表现手法,即注重比兴与暗示,化直接的叙写为情景的感性显现,富于文采,句子间跳跃感强,句法也较灵活,风格以婉约见称。南渡以后,古意渐失。此词则较多地保留了传统的手法,这对于闺怨的题材,似乎特别相宜。

(周啸天)

江 神 子 谢 逸

杏花村馆酒旗风。水溶溶,飏残红。野渡舟横,杨柳绿阴浓。望断江南山色远,人不见,草连空。 夕阳楼外晚烟笼。粉香融,淡眉峰。记得年时,相见画屏中。只有关山今夜月,千里外,素光同。

谢逸的词,以清丽疏隽著称,《江神子》正是具有这种风格的一首作品。

时节在春暮夏初的时候,地点在野外村郊临水的路边。这时,映入眼帘的,首先是轻风中微微飘扬的酒旗。目光下视,才看到杏花村酒馆。起首一句源于杜牧诗句:"借问酒家何处有,牧童遥指杏花村"(《清明》)。因杜牧诗句极有名,故酒店取名"杏花村"者亦所在多有。词的首句可看成个独立的句子,以下的写景抒情,都从此时自身所处之境,生发开去。

接着两个三字短句写眼前景象:"水溶溶,飏残红。"一句写水,一句写风。溶溶,流动貌。碧波粼粼,是令人心清气爽的美景。可是后句便迥然不同了:"飏残红。"红"本已"残",何况又"飐"！逢此时刻,古人总是心绪苍凉的。联系全词看,此时见"飐残红",谢逸兴起的思绪是"今春看又过,何日是归年"(杜甫),怎么会不心忧神伤？

"野渡舟横"用韦应物《滁州西涧》诗"野渡无人舟自横"。原诗虽写景如画,野趣盎然,但诗人的寥落之感,悠然可见。宋初的寇准把韦诗衍为两句:"野水无人渡,孤舟尽日横",意境仍出一辙。总之,"野渡舟横"四字,暗示"杏花村馆"前的凄清冷落,给予词人的感受,应与"飐残红"同。但接下去一句,情趣又迥异了:"杨柳绿阴浓"。一湾江水,两岸杨柳,绿叶成阴,遮蔽天日,别有一番幽美情趣。"水溶溶"以下四句,在这幅用淡墨扫出的画图中,前两句是近景,后两句是远景;一、四句使人鼓舞,二、三句使人神伤;以景衬情,巧妙地透视出词人感情上泛起的微波。

"望断江南山色远,人不见,草连空。"这时,词中才正面显现出人物来。江南山色,连绵无际,如何能望尽("望断")呢？这个"远"字,如王维写终南山峰接连不断:"连山接海隅"(《终南山》),也如杜甫写泰山的绵亘旷远:"齐鲁青未了"(《望岳》)。山远,路遥,所思之人,望而不见,所能望见的,只是"草连空"！这三个字,正如秦观的"天连衰草"。不过谢词的三句是连成一气的。即:所见者是山色烟云,芳草树木,一片大自然景色,所不见者是人！这三句和范仲淹的"山映斜阳天接水,芳草无情,更在斜阳外"(《苏幕遮》)的意境很相近,只不过范词委曲宛转,诗情画意,融成一片;谢则铺叙直陈,把满腔心事和盘托出了。

换头三句是"人不见"之后,在词人脑海中展现出的往日里一幅温馨旖旎的画面:楼外夕阳西下,不久,暮霭渐深,晚烟朦胧。在这充满神奇色彩的环境里,一位"晚妆初了"的美人出现了。词人用借代手法,不正面写人的丰姿神采,花容月貌,只闻到她暖融融的脂粉香,只看到她那淡扫的蛾眉。这三句写环境用实笔,写人则虚中寓实,用侧笔。接着,又回到眼前的现实中来,直述其事,加以补叙:"记得年时,相见画屏中。"粉香眉淡,那是在去年,是相见在画屏中的时候。这五句都是记叙往事。"夕阳"三句如"过电影"般地重现脑际,空灵超脱,而"记得"两句,则完全是板实之笔。既见清空,又复质实,可说也是此词的长处。

最后以感叹作结:"只有关山今夜月,千里外,素光同。"万水千山,芳草连天,"人不见",是肯定的了。人在陷入难以解脱的苦闷中时,常常会作自我慰藉,强求解脱。这个结尾便是。南朝宋谢庄《月赋》云:"美人迈兮音尘阙,隔千里兮共明月。临风叹兮将焉歇,川路长兮不可越。"此词末韵虽只化用其中一句,实亦包孕全部四句之意。以此收尾，称得上是"如泉流归海，回环通首源流，有尽而不尽之意"(江顺诒《词学集成·法》)的一个较好的结尾。

　　异地思乡怀人，是词中最常见的主题。但此词一是风格清丽疏隽，写景抒怀，自然天成；二是艺术手法，时有变化，叙述似平直，情意实摇漾，因此凄恻感人，似肺腑中流出。《苕溪渔隐丛话后集》卷三十三引《复斋漫录》称，谢逸曾过黄州关山杏花村馆驿，题此词于驿壁。过者爱赏，纷纷抄录，每索笔于馆卒，卒苦之，以泥涂去。则可见此词见重于当世了。

　　　　　　　　　　　　　　　　　　　　　　　　　　　　　　(艾治平)

卜　算　子　　　　　　　　　　　谢　逸

　　烟雨幂横塘，绀色涵清浅。谁把并州快剪刀，剪取吴江半。
　　隐几岸乌巾，细葛含风软。不见柴桑避俗翁，心共孤云远。

　　谢逸，博学工文辞，但屡试不第，终老布衣，遂以诗文自娱。这位隐逸之士，又被列入江西诗派。江西派论诗，主张"无一字无来处"，提倡"夺胎换骨，点铁成金"。所作诗词，往往袭用前人诗意而略改其词，甚或全用前人成句。这首小词，就充分体现了这一特点。可以说，谢逸是化用杜甫诗句而成就这首词的。首句"烟雨幂横塘"，句法全袭杜甫的"烟雨封巫峡"(《秋日荆南送石首薛明府辞满告别三十韵》)；三、四两句完全化用杜甫的"焉得并州快剪刀，剪取吴松半江水"(《戏题王宰画山水图歌》)。下阕首句"隐几岸乌巾"，可以从杜诗中找到痕迹。杜诗《小寒食舟中作》云："隐几萧条戴鹖冠"，《北邻》诗云："白帻岸江皋"，《南邻》诗云："锦里先生乌角巾"。乌巾、白帻，都是头巾，岸，露额也。至于"细葛含风软"，则全用杜诗《端午日赐衣》成句。下阕一、二句，描写的是隐者的服饰和神态。不论是用词，还是意境，都是从杜诗演化来的。下阕三、四句，"避俗翁"，指陶渊明，陶为柴桑人，故云。杜甫就明明说过"陶潜避俗翁"(《遣兴五首》其三)。"孤云"，出自陶诗"万族各有托，孤云独无依；暖暖空中灭，何时见馀晖"(《咏贫士七首》其一)。杜诗亦云："百鸟各相命，孤云无自心"(《西阁二首》其一)。杜诗《幽人》又云："孤云亦群游，神物有所归。"孤云，隐士之喻也。幽人，亦隐士也。陶诗"孤云"喻贫士，贫士亦隐者也。常建《宿王昌龄隐居》诗说得最清楚："清溪深不测，隐处惟孤云。""心共孤云远"，"共"字好，"远"字用得更好，物我一体，把隐者高洁的情操和高远的志向生动而形象地表现出来了。谢逸自己的《寄隐士》诗，就是这首词的最好注脚。诗云："先生骨相不封侯，卜居但得林塘幽。家藏玉唾几千卷，手校韦编三十秋。相知四海执青眼，高卧一庵今白头。襄阳耆旧节独

宋人词意

——明刊本《诗馀画谱》

苦,只有庞公不入州。""隐士"实谢逸自谓也。

这首词,虽袭用前人诗句,但写得轻倩飘逸,不失为佳作。上阕写景,描画出了隐者所处的环境:烟雨空濛,水色天青,横塘潋滟,吴江潺湲,风景如画,使人心静神远,几欲忘却浊世尘寰。横塘、吴江,不必实指,词尚寄托,更富诗意。下阕写人,乌巾葛衣,俨若神仙,心逐孤云,何等胸襟,隐几自恬淡,山水寄幽情,此之谓真隐士也,岂凡夫俗子所能比。境是仙境,人是高士,显得多么完美和谐,简直达到了无差别境界! 前人评此词曰:"标致隽永,全无香泽,可称逸调。"(《词统》卷四)评价是比较中肯的。

(张忠纲)

【作者小传】

晁冲之

字叔用,初字用道,济州巨野(今属山东)人。晁补之之从弟,南宋藏书家晁公武之父。终生无功名,授承务郎。绍圣间,隐居河南禹县具茨山下,世称具茨先生。著有《具茨集》十卷。词作清朗明媚,有《晁叔用词》一卷,不传。今有赵万里辑本,存十六首。

临 江 仙
晁冲之

忆昔西池池上饮,年年多少欢娱。别来不寄一行书。寻常相见了,犹道不如初。　　安稳锦屏今夜梦,月明好渡江湖。相思休问定何如。情知春去后,管得落花无?

晁冲之是"苏门四学士"之一晁补之的弟弟,他因和苏轼交往,和晁补之一道遭受新党的政治迫害,后来隐逸以终。

这首词显然是怀旧之作,但写得比较冲淡隐约,表现性情的豁达通脱,善于控制自己的感情。

词的发端直接叙述当年和朋友们在汴京西池(金明池)畅饮的欢娱情景,从"年年多少欢娱"的语气中隐隐透露了"情随事迁,感慨系之"的极为沉重的怅惘情绪。看光景当然是在因列名元祐党籍受祸以后所产生的对往事的回忆。同时他在想,过去常常聚会的朋友如今天各一方,为什么连一行字的书信也没有呢?但他又何尝不知道这不是人情冷暖的变化,而是同在难中各有顾忌,不敢贸然声气相通。因此,从"别来不寄一行书"一句里,可以听出迁客逐臣忧谗畏讥心情的弦外之音。接着下面更进一层设想,别说分手后断绝音信,即使而今仍像以往一样天天见面,谁又敢和当初那般亲密谈论呢? 所以说"寻常相见了,犹道不如初",这是由追忆往事联系现实所悟出的道理。语言平淡通俗,却勾画出在严酷政治压迫下反常的社会现象。只有经过政治风雨的人,才能体会得到。

　　下片从往事的回忆写到个人目前的处境和想法。政治环境既然如此险恶,把人逼到息交绝游的境地,他现在只能在被锦屏围障着的七尺卧榻上得到一点安全感,在那上面做着自己的梦了。"安稳锦屏今夜梦,月明好渡江湖",两句说得很富于诗意,内中却藏着一段沉郁的情思。当此之际,在罗网而无羽翼的处境,既与古人相同,杜甫《梦李白》的诗句似乎是词人心有所通、借以寄情的媒介。杜诗说"故人入我梦,明我长相忆",又说"落月满屋梁,犹疑照颜色",是写故人月夜赴梦;"告归常局促,苦道来不易;江湖多风波,舟楫恐失坠",是写梦中故人来也艰难。词人既然为自己安排了一个好梦,自然也祝愿故人梦魂趁今夜月明,"好渡江湖",飞来相会。词语对杜诗的运用似反实正,都是对故人命运的关注。患难知交的相濡以沫,却以欢畅的语气出之,何异含着眼泪的微笑! 下文"相思休问定何如",仍是悬想与梦中故人相见后的情景,深知彼此眼前处境,也不须互相问讯起居何了。这一句仍然从杜甫怀念李白的诗句生发。杜甫《送孔巢父谢病归游江东兼呈李白》诗末云:"南寻禹穴见李白,道甫问信今何如。"问"何如"即问安,六朝时已有此语。南朝梁王筠《与长沙王别书》:"高秋凄爽,体中何如?"也见于六朝人伪托汉班固撰的《汉武帝内传》:"不审比来起居何如?"自唐至宋沿用,吴曾《能改斋漫录·事始》便说:"今世问往还,必曰'不审比来起居何如'。"举《汉武帝内传》为证。那么词人为什么说"相思休问定何如"呢? 下面接着发抒他的感叹:"情知春去后,管得落花无!"春天都已过去了,落花的命运还堪闻问吗? 这个"春天"是政治上的春天,"落花"是指他们那一班受风雨摧残的同道。向他们发出"季子平安否"之类的问讯,岂不徒增辛酸吗? 这两句比喻,含意甚为显豁,但因为情深语痛,故不觉其浅露。

　　全篇以淡雅笔触写肃杀的政治气候,从"忆昔"写到"夜梦",从"夜梦"又转到"春去",括尽人世沧桑与复杂心事,一气贯注,曲折尽情,发人深思,饶有余味。

(郑临川)

汉宫春 梅　　　　　　　　　　　　　　　　晁冲之

潇洒江梅,向竹梢稀处,横两三枝。东君也不爱惜,雪压风欺。
无情燕子,怕春寒、轻失花期。惟是有、南来归雁,年年长见开

汉宫春（潇洒江梅）　　　晁冲之

——明刊本《诗馀画谱》

时。　　　清浅小溪如练,问玉堂何似,茅舍疏篱? 伤心故人去后,冷落新诗。微云淡月,对孤芳、分付他谁。空自倚、清香未减,风流不在人知。

此咏梅之作。据胡仔《苕溪渔隐丛话前集》卷五九:"政和间,(晁冲之)作此词献蔡攸。是时朝廷方兴大晟府,蔡攸携此词呈其父云:'今日于乐府中得一人。'京览其词喜之,即除大晟府丞。"(曾敏行《独醒杂志》卷四载同。陈鹄《耆旧续闻》卷九引陆游云乃晁赠王逐客仲甫作,兹不取。)可见是咏梅而有所寄意的。词虽长调,其寄意却单纯,只就梅之品性孤高与环境冷落两方面反复写来,其情自深。

首句"潇洒"二字状梅品的清高,概尽全篇。"江梅"可见是野梅。又以修竹陪衬写出。盖竹之为物有虚心、有劲节,与梅一向被称为岁寒之友。"向竹梢稀处,横两三枝",极写梅的孤洁瘦淡。芳洁固然堪赏,孤瘦则似须扶持,以下二句就势写梅之不得于春神,更为有力:"东君也不爱惜,雪压风欺。"梅花是凌寒而开,其蕊寒香冷,不仅与蜂蝶无缘,连候燕也似乎"怕春寒、轻失花期"。因燕子在仲春社日归来,其时梅的花时已过,故云。一言"东君不爱惜"、再言燕子"无情",是双倍的遗憾。"惟是有"一转,说毕竟还有"南来归雁,年年长见开时",其词若自慰,其实无非憾意,从"惟是有"的限制语中不难会出。同一意念,妙在说来富于变化。同时,这几句词笔挥洒而思路活泼,盖"燕雁与梅不相关,而挽入,故见笔力"(《独醒杂志》卷四)。

林逋咏梅名句云:"疏影横斜水清浅,暗香浮动月黄昏。"(《山园小梅》)下片则化用以写在野的"江梅"的风流与冷落。唐人咏梅诗云:"白玉堂前一树梅,今朝忽见数花开。几家门户重重闭,春色因何入得来。"(薛维翰《春女怨》)这是此词"玉堂"所本。过变三句言"清浅小溪如练",梅枝疏影横斜,自成风景,虽在村野("茅舍疏篱"),似胜于白玉堂前。以问句提唱,紧接又一叹:"伤心故人去后,冷落新诗。""故人"即指林逋,此谓"梅妻鹤子"的诗人逝后,梅就失去了知音,"疏影横斜"之诗竟成绝响。即有"微云淡月"、暗香浮动,又有谁赏?("分付他谁?")不过"孤芳"自赏而已。仍以问意提唱,启发末二句,言孤芳自赏就孤芳自赏罢:"清香未减,风流不在人知。"这里"空自倚"三字回应篇首,暗用杜甫"天寒翠袖薄,日暮倚修竹"(《佳人》)句意,将梅拟人化,意味自深。

按《苕溪渔隐丛话》的说法,这首咏梅寄意的词似是干谒之作,但政和末宣和初时蔡攸提举大晟府,晁冲之为其僚属。属官作一佳词而长官称美之,事亦寻常,似不必牵涉过深。此词风格疏淡隽永。原因是多方面的,首先是词中梅的形象给人以清高拔俗的感觉。为了塑造这样一个形象,作者选择了"潇洒""稀""清浅""冷落""微""淡"等一系列色淡神寒的字词,刻画梅与周围环境,俨如一幅水墨画,其勾勒梅花骨格精神尤高。与此相应,全词句格也疏缓纡徐,往往几句(通常是一韵)才一意,结构上也没有大的起落,这就造成一种清疏淡永之致,毫无急促寒窘之态了。

(周啸天)

【作者小传】

苏庠

(1065—1147) 字养直,泉州(今属福建)人。苏坚之子,初以病目,自号眚翁。后徙居丹阳之后湖,号后湖病民。绍兴间,与徐俯同召,不赴。著有《后湖集》,不传。今有易大厂校印《后湖词》一卷,存二十三首。

鹧 鸪 天　　　　　　　苏 庠

枫落河梁野水秋,澹烟衰草接郊丘。醉眠小坞黄茅店,梦倚高城赤叶楼。　　天杳杳,路悠悠。钿筝歌扇等闲休。灞桥杨柳年年恨,鸳浦芙蓉叶叶愁。

这首《鹧鸪天》词,写的是客途别恨。一个苍凉寥廓的秋天,作者来到了一座荒村野店,醉梦中回到了心上人的身边,醒来百感交并,幽恨盈怀。

"枫落河梁野水秋,澹烟衰草接郊丘。"写旅途上所见的秋郊景色。红彤彤的枫叶已经凋落了,剩下了光秃苍老的树干。站在河桥上一望,野水退落,呈现出秋的寂寥。(宋玉《九辩》:"寂寥兮收潦而水清",王勃《滕王阁序》:"潦水尽而寒潭清",都是说秋水退落,显得清寒而寂寥的意思;此处"野水秋"中的"秋"字,也即指此而言。)远处,薄雾迷蒙,恍似淡烟笼罩——这是黄昏时郊原的景观特色。枯黄的野草,连接着郊原、山丘,一直伸向天边……好一幅萧瑟苍凉的图画,一幅旅人眼中所见的图画!就取景和构图的角度而言,作者选取落了叶的枫树、退了水的小河、澹烟、衰草来写,是抓住了秋郊特征性的东西的;再加上河桥和郊丘,巧妙地组合在一起,有近有远,有高有低,画面遂富于立体感和寥阔感。一个"秋"字,既点时令,又点景物特色,一拍两响,具有很大的艺术张力。这两句的写景,在艺术上是成功的。这是作者黄昏时分走在旅途上的所见。

过程递进，时间推移，作者来到了山村中的一座客店。"醉眠小坞黄茅店，梦倚高城赤叶楼。""坞"是四面高而中央低的山间村落，"黄茅店"是茅草盖的客店；地既荒僻，店亦简陋。在这样的环境中，是最容易引起羁旅愁怀的。大概是为了借酒消愁吧，他喝了酒，而且醉了，于是就上床而眠。不知不觉，他做了一个梦，梦见自己身在城里的一座高楼上。"高城"指大城市，秦观《满庭芳》词有"高城望断，灯火已黄昏"之句，也即此意。"赤叶楼"是周围种了枫、槭类树木的楼，不是名叫"赤叶"的楼；犹如"赤栏桥"不是一座桥名一样。我国中部多这类赤叶树（或春夏叶绿而秋来变赤），小楼掩映其中，红叶绿窗，交相辉映，故"赤叶楼"是常见的住宅布局。这座楼上住的是什么人？为什么值得作者这样地梦魂牵绕？这是问题的关键。根据我国词的传统表达习惯，可判断其与绮情有关。"红楼""青楼"之为歌妓所居，有五代、北宋的大量词作为证；梦中去寻找楼中的情人，晏几道就有很多类似的描写："梦魂惯得无拘检，又踏杨花过谢桥"（《鹧鸪天》）是最著名的一例。清人龚定庵的《临江仙》词，写他梦中来到一座红楼，"中有话绸缪，灯火帘钩，是仙是幻是温柔"，情景更为具体。作者"梦倚高城赤叶楼"的所见，大概也就是类似的情景吧。

这两句，无论意境、对仗、声律，都很富于美感。因愁而醉，因醉而梦，因梦得欢，悲境与欢境变换；从"小坞黄茅店"到"高城赤叶楼"，实境与虚境变换；一悲一欢，一实一虚，形成了强烈的对比。而无论实境还是虚境，都能给读者提供出充分的想象余地：黄茅店的简陋、破败，生活于此境中的人物的愁苦颓丧；赤叶楼的明丽、雅致，生活于此境中的人物的旖旎风光；包含的形象画面，是相当丰富的。就对仗而言，"醉眠"对"梦倚"，"小坞"对"高城"，"黄茅店"对"赤叶楼"，无论意态、颜色，还是词性、词组，都两两相对，工力悉敌，表现出高超的技巧。故明代的杨慎评此二句曰："佳句也。"（《词品》）

好梦诚然是温馨的，然而好梦也最难留；一旦醒来之后，其愁肠恨绪的百转千回，自不待言。词的下片，即抒发这一内容。"天杳杳，路悠悠"，这是作者醒来之后，想象明天踏上征途的情况：天是这样的遥远，路是这样的悠长，走啊走啊，离开心爱的人，也就越来越远了。于是他想到"钿筝歌扇等闲休"，在那位佳人身边享受"钿筝歌扇"的生活，已经结束了。"钿筝"指奏乐，"歌扇"指唱曲，显然都是那位歌女的当行技艺。这里包括多少两情缱绻的往事啊，晏几道曾经吟道："钿筝曾醉西楼，朱弦玉指凉州，曲罢翠帘高卷，几回新月如钩。"（《清平乐》）"舞低杨柳楼心月，歌尽桃花扇底风。"（《鹧鸪天》）秦观也曾经吟道："东风里，朱门映柳，低按小秦筝。"（《满庭芳》）都是很好的注脚。然而如今都已经轻易地结束了，就像柳永吟唱过的那样："暗想当初，有多少幽欢佳会，岂知聚散难期，翻成雨恨云愁。"（《曲玉管》）这怎能不叫他幽恨萦怀！

最后两句："灞桥杨柳年年恨，鸳浦芙蓉叶叶愁。"上句言别恨，下句伤迟暮。汉人送别，在灞桥折柳，故"灞桥杨柳"即代指离别。"年年恨"，是说离别的频繁。大概作者奔走各地，到处惹下相思，故有此话头吧？宋代的士子，很多都有此经历的。"鸳浦芙蓉"句，其源盖出于贺铸。贺铸《踏莎行》云："杨柳回塘，鸳鸯别浦。绿萍涨断莲舟路。断无蜂蝶慕幽香，红衣脱尽芳心苦。"是说浦中的绿荷于"红衣脱尽"（即繁花凋落）后，再没有"蜂蝶"来依慕（即无人垂顾）了。此词即承此意，写剩下的荷叶在发愁，也就是表示年华老去，自伤迟暮。这两句，就对仗来说，也是十分工整的。

这首词，言短意长，含蓄有味，写景言情，皆臻佳境；而格律工细，语言醇雅；深得小令创作三昧。是宋词中的上乘之作。

（洪柏昭）

菩　萨　蛮　宜兴作　　　　　　　　　　　　　苏　庠

北风振野云平屋，寒溪淅淅流冰谷。落日送归鸿，夕岚千万重。　　荒陂垂斗柄，直北乡山近。何必苦言归，石亭春满枝。

苏庠，苏坚伯固之子，湖南澧州人，徙居丹阳之后湖，自号"后湖病民"，绍兴中诏征不赴。张元幹跋其所作赠王道士诗墨迹云："吾友养直（苏庠字），平生得禅家自在三昧，片言只字，无一点尘埃。宇宙山川，云烟草木，千变万态，尽在笔端，何曾气索？"此词作于客游宜兴时，写冬寒景象，而无愁惨之色，体现了词人随遇而安的情怀，与元幹对他的评价是颇为接近的。

上片写风卷平野、寒凝大地的景象。起笔即推出风吼云涌、寒溪冰谷的镜头。作者从原野写到谷底。"北风振野"，一个"振"字表现了北风呼啸的威力；"云平屋"，一个"平"字摹状出冬云低压的态势。乌云笼罩，朔风怒号，形成一幅肃杀凛冽的图像。山谷之中，寒溪淅淅。以"寒"写溪，以"冰"言谷，字面上已是冷气逼人。因为到了枯水季节，"林寒涧肃"，水势已不大；但涓涓细流，已无潺潺之势，只余淅淅之声。北风呼呼，寒溪淅淅，在巨声中间以细响，在大动之下配以微流，相辅相成，相得益彰。乌云如盖，冰谷似槽，地上已是阴晦，谷底更是幽暗。开头这两句以风、云、溪、谷的景物，从声、色、势、温等方面烘染出凄冷的气氛，然而这里也有宜人的景致。下面"落日送归鸿，夕岚千万重"两句，所写的景物和给人的感觉即与上两句迥然不同。极目远天,落日徐徐而下,鸿雁缓缓飞过;遥看山峦,云气氤氲,岚翠重叠。雁浮于夕岚之上,浴于晚照之中,赶着归程。此景给人以舒徐宁静的感受。上片四句写出两种境界,不必是一时所见,总是作者在山间生活中所摄取的、有会于心的镜头。他"隐丹徒,五召不起",实是因时政混乱,不愿与奸佞同朝。词中以寒流暗示了政坛的险恶,又从鸿雁寄寓了归心。由此转入下片抒怀。

"荒陂垂斗柄,直北乡山近。"北斗星低垂于荒陂,点明了方位。丹阳在宜兴之北,因而说"乡山近"。家乡既然很近,回去是比较容易的了,加上前面看到"落日送归鸿",接着写出回乡之思完全是顺理成章的。可是作者却陡转一笔:"何必苦言归,石亭春满枝。"不必苦苦地想回乡,宜兴不久将是满树春光。参照他所作《题张公洞》(洞在宜兴)诗:"铜官之南山复山,扪萝绝壁苔藓斑。只今何处可容足,乞我石房云一间",明真隐者何必择地,凡远离尘嚣处皆可居。诗中的"何处可容足",不是指他的无安身之地,仍是有政治上的寓意。政坛既不可涉足,则只有借山而隐;宜兴之山亦是大好,又何以必归丹阳?诗和词的意思在这一点上相合了,诗词的意思又同他的性情、思想相合了。词中所谓"石亭春满枝"句好像是写实景,其实却是虚拟,从"北风""寒溪"推演而出:一是山中未必尽是冬日苦寒,自有春暖花开之日;二是如心无所苦,则冬日亦视若春时。一结其味隽永。

这首词没有慷慨之音,豪迈之情,只表现了作者不乐仕进,安于闲适的情怀。因此他没有像辛弃疾、陆游那样豪气干云,但也不是甘心沉沦,与当政者同流合污。张元幹另有《苏养直诗帖跋尾》又云:"亡友养直,英妙时(少壮时)已甘心山泽之臞,故词翰似其为人。……晚乃力辞召聘,高卧不起,老于丘园。盖此事素定于胸中,非一时矫激沽誉者。"知此可以读其词,正是"词如其人"。至于艺术上写得曲折斡旋,又脉络贯通,亦有一定的审美价值。

(徐应佩　周溶泉)

【作者小传】

毛 滂

(1061—?) 字泽民,衢州江山(今属浙江)人。元祐初,为杭州法曹,受知于东坡,后出蔡卞之门。元符二年(1099)知武康县,就县舍改筑东堂,故以名集。政和中,知秀州,与贺铸唱和。词风潇洒明润,以清疏见长。有《东堂词》传世,存二百零一首。

摊声浣溪沙　　　　　　　　　毛　滂

天雨新晴，孙使君宴客双石堂，遣官奴试小龙茶

　　日照门前千万峰，晴飙先扫冻云空。谁作素涛翻玉手，小团龙。　　定国精明过少壮，次公烦碎本雍容。听讼阴中苔自绿，舞衣红。

　　冬末春初的一天，衢州知州孙蓂（字公素）在双石堂大宴宾客。毛滂即席命笔，作了这首《摊声浣溪沙》（即《摊破浣溪沙》，又名《山花子》）。词旨无非颂赞主人，以为应酬，但写得风调飘逸，清新喜人。

　　"日照门前千万峰，晴飙先扫冻云空"，二句倒装，颇见匠心。开篇迎面而来的是灿烂阳光照耀下连绵耸立的山峰。"千万峰"见其数量之众多，更见其气势之磅礴。"照"字点出一种动态，辉映出群山的奔腾之姿。全句写景，作为起句，突出了群峰的形象，可以映照全篇。境界壮阔而雄浑，令人心胸顿开。次句中"扫"字带出席卷、荡涤之气势。写晴空，却从冻云初散落笔，这是"以扫为生"之法，眼前的景色益发显得清朗可爱了。

　　接下来，由"谁作"二字推开，笔锋陡转，写到试小龙茶的情景："谁作素涛翻玉手，小团龙。"小团龙，又作"小团"，茶之品莫贵于此。据欧阳修《归田录》载，"庆历中蔡君谟（蔡襄）为福建路转运使，始造小片龙茶以进，其品绝精，谓之小团。凡二十饼重一斤，其价直金二两。然金可有而茶不可得，每因南郊致斋，中书、枢密院各赐一饼，四人分之。宫人往往覆金花于其上，盖其贵重如此。"素涛谓注沸汤于茶瓯时泛起的白沫。宋人有"分茶"之法，置茶叶于众瓯中，回环注以沸水。杨万里《澹庵坐上观显上人分茶》诗形容为"纷如劈絮行太空，影落寒江能万变。银瓶首下仍尻高，注汤作字势嫖姚"。前二句写注水后的奇观，后二句写注水时的妙手，可以从中体会词里"作素涛""翻玉手"的情状。"翻"字写出纤纤玉手灵巧的动作，给观者以美的享受。上片由门前而堂内，由景及人，流露了欢愉的情绪，并且在夸赞主人的情盛茶香。

　　过片一连用定国、次公两事来颂扬孙使君。定国姓于，字曼倩，西汉人，官至丞相。为人清廉，决狱公允。善饮，史称"定国食酒至数石不乱，冬月请治谳，饮酒益精明"。享年七十余岁。次公名盖宽饶，亦西汉人。历官司隶，勤于职事，"行清能高"、自称"酒狂"（并见《汉书》本传）。词里借这两位古人比况孙使君，身份正相切合。作者称赞使君清廉尽职，老当益壮，尤其是以暇整应剧烦的闲雅风

度。同是此旨,设若不假故事,听来便过于直浅,不如现在的委曲尽妙。"过""本"诸字夸赞色彩明显。下面两句皆就"雍容"二字生发。"听讼阴中苔自绿",事与景融合。相传西周时召公巡行乡邑,听讼于甘棠树下,后人概括为"棠阴"一词,即此"阴"字所本。"苔自绿"者,谓孙使君治郡清平,民无讼事,故庭中绿苔自生。"舞衣红",则谓其公余以歌舞自娱,兼乐宾客。这两句也如同苏东坡赠黄州知州徐君猷《少年游》词所谓"狱草烟深,讼庭人悄,无吝宴游过"。虽是谀辞,却写得巧妙。句中"红"与"绿"相映照,把实景与虚景联系起来,收住上文。情调明朗,五色交辉,给人的印象极深刻。

　　这首词起得高阔,结得清朗,笔致飘逸圆润,虽为应酬之作,却无尘俗气息,词人的个性鲜明地表露出来,实在是一首有意境、有韵味的小词。

　　　　　　　　　　　　　　　　　　　　　　　　　　　　（周笃文　王玉麟）

惜 分 飞　　　　　　　　　　　　毛 滂
富阳僧舍作别语赠妓琼芳

　　泪湿阑干花著露,愁到眉峰碧聚。此恨平分取,更无言语空相觑。　　断雨残云无意绪,寂寞朝朝暮暮。今夜山深处,断魂分付潮回去。

　　在《东堂词》中,这是最为脍炙人口的一首。周辉《清波杂志》云:"元祐间,罢杭州法曹,至富阳,所作赠别也。因是受知东坡。语尽而意不尽,意尽而情不尽,何酷似少游也。"说它含情宛转神似秦郎,是对的。说毛滂因此受知于东坡,则是传闻失实。东坡兄弟与滂父毛维瞻交谊笃好,识毛滂于少年。东坡在出知杭州以前,就曾以"文章典丽可备著述"举荐毛滂,怎么会至有此词才获知呢?不过此词由于周辉的渲染,更为人们所乐道,可说是一个幸运的误会。

　　这首词是毛滂青春恋情的真实记录。情人诀别,后会无期,送一程,再送一程吧。从杭州直送到百里之遥的富阳。然而这黯然销魂的别离还是不可避免地到来了。令人心碎的帷幕就从此拉开。"泪湿阑干花著露,愁到眉峰碧聚。"挂满泪珠的脸颊犹如带露的花朵,颦蹙的黛眉像远山一抹。一幅娇怜痛惜的模样,经过妙笔的模写,就这样呈现在我们的面前了。它同周围的景色化成一片,构成一种凄丽哀惋的色调,一上来就紧紧抓住读者的心弦。白居易的"梨花一枝春带雨"(《长恨歌》),张泌的"黛眉愁聚春碧"(《思越人》),为此二句所本。然却用得脱化无痕,形神兼胜,真是色绘高手。"此恨"句,说明离愁对于双方是同样的沉重。要知道两人的地位是不同的。一个是宦游四海的贵胄公子,一个则是沦落风尘的烟花女郎。但是地位的悬殊并没有阻止他们倾心相爱。他们热恋着,共同承受着离恨的折磨。当然,他们也知道这种恋情是难以维持的。今番解手,就要相见无期了。所以这次分离,多半成了长别。这怎能不令人柔肠寸断呢?"更无言语空相觑"一句,纯乎写情,有直指奔心的力量。语已尽,泪已枯,无声的饮泣往往比呼天抢地的号啕更加沉痛。"空相觑"三字反映出一种木然相对的绝望的悲哀。语朴而情挚,传神之极笔也。

下片"断雨"二句,写景色之荒残。零零落落的雨点,渐灭着的残云,与离人的心境正相印合。这是一层意思。另外,还有一层双关之意。宋玉《高唐赋》有"旦为朝云,暮为行雨,朝朝暮暮,阳台之下"之语,即后人所谓神女生涯也。毛滂兼取此意来形容他与琼芳的恋情。而这种残云断雨的凄凉景象,不也象征着这段露水姻缘已经行将结束了吗。从此以后,只剩下岑寂的相思来折磨着这一对再见无期的离人了。结拍两句,设想别后的思念,付断魂于潮水。情景交融,绵绵无尽,可说是极悱恻缠绵之能事了。

从艺术风格来讲,这首词与一般镂刻藻绘的别情之作不同,它是以浅近之语传秾挚之情而独擅胜场的。愁眉泪颊,断雨残云,本是寻常物态,可是一经作者感情之酝酿融注,便含情吐媚,摇荡人心。沈际飞云:"第一个相别情态,一笔描来,不可思议",就在于其以真情出至语,自然而然,遂成妙诣,非小慧词人饾饤埭砌者所可比也。

浮生扰扰,岁月如流,多少年过去了。当重经富阳时,少年情事仍深深地激动着这位衰暮的词人。在一首《菩萨蛮》里他这样写道:"春潮曾送离魂去,春山曾见伤离处。老去不堪愁,凭阑看水流。"青春的恋情,没齿不忘。正是这种真诚,才赋予这首词以异样的光彩吧。

　　　　　　　　　　　　　　　　　　　　　　　　　　　　　　(周笃文)

烛影摇红 　　　　　　　　毛　滂

松窗午梦初觉

一亩清阴,半天潇洒松窗午。床头秋色小屏山,碧帐垂烟缕。　　枕畔风摇绿户,唤人醒,不教梦去。可怜恰到,瘦石寒泉,冷云幽处。

毛滂《东堂词》,《四库提要》称其"情韵特胜"。此首写松窗午梦初觉时感受,溶情入景,清泚闲雅,迷离惝悦,颇饶情韵。

　　"松窗午梦"，从题意与全词的意境来看，是写夏日。烈日炎炎，词人高卧松阴之下，凉意满窗，词情盈怀，因而写下这首小词。首句"一亩清阴"，极言松阴覆盖面积之广大；次句"半天潇洒"，极言松树之高爽。"潇洒"一词，原为清丽、明爽意。如孟浩然《宴鲍二宅》诗："是时方正夏，风物自萧洒。"然此词所云"潇洒"，似乎让人感到在微风吹动之下，耸立半空的松树发出萧骚的韵律。此句下缀"松窗午"三字，总括上文，兼点题面。说明以上情景，均为午梦初觉时透过窗口所看到的。"床头"二句写近景。屏山，即屏风。"碧帐"，即绿色帐子，古代常称"碧纱厨"。因为窗外为松阴所笼罩，所以室内光线变得非常暗淡，床头的屏风像是蒙上一层层秋色，床上的碧纱帐子像是一缕缕绿烟。这种景象都是从枕上看出去的，都恰到好处地描写了松窗下的凉意，切合"午梦初觉"的特定情境。可见词笔之工炼与准确。白居易在忠州所作《东楼竹》诗云："萧洒城东楼，远楼多修竹；森然一万竿，白粉封青玉。卷帘睡初觉，欹枕看未足。影转色入楼，床席生浮绿。"词的情事、意境皆似之，而造语宛转含蓄，又胜于诗。

　　过片由窗外景、窗内景逐步写到词人本身。词人午梦方醒，可是在松阴笼罩之下，又觉得凉意可人，仍然流连在梦境之中。"枕畔风摇绿户"，不是写眼见，也不是写耳闻，而是写词人的感受。他本来在枕上瞑目而睡，可是窗外风摇绿阴，把他唤醒了；但唤醒以后，又"不教梦去"，梦境仍留，写足了似梦似醒的迷蒙之感。结尾三句，写词人留恋梦境的景况。同上阕相比，前者是实写，故语语如在目前；此处为虚写，故句句轻悠缥缈。词人在醒前所梦见的，是来到一个所在，那里有瘦石，有寒泉，有冷云。一句话，清幽极了！词人极善于炼字炼意，"瘦""寒""冷"诸字，都是精心提炼出来的，把现实中的松窗凉意带入梦境，又升华为幽静恬美，富于诗意的境界，从而产生一种引人入胜的情韵。令人觉此松窗之下，真境是梦，梦境似真，其所以"不教梦去"，并非无故。

　　宋人周煇评毛滂《惜分飞》一词云："语尽而意不尽，意尽而情不尽，何酷似少游也！"毛滂受秦少游影响，不仅在情词方面，这类描写日常生活情趣的小词，也似受到少游的启迪。《草堂诗余正集》卷一载少游《如梦令》（门外绿阴千顷）一首，在章法、意境、格调上，颇为相似。然少游写得较凝练，着重在一"静"字，此词写得较清泚，着重在一"凉"字。二者可谓异曲而同工。　　　　　　　（徐培均）

临江仙　都城元夕　　　　毛滂

闻道长安灯夜好，雕轮宝马如云。蓬莱清浅对觚棱。玉皇开碧落，银界失黄昏。　　谁见江南憔悴客，端忧懒步芳尘。小屏风畔冷香凝。酒浓春入梦，窗破月寻人。

这首小词历来深得人们喜爱，甚或推为《东堂词》中品格最高的一篇，堪与见赏于苏东坡的《惜分飞》(泪湿阑干花著露)一词相颉颃。

毛滂平生沉沦下僚，不得展其骥足。此时客居京城，困顿潦倒，憔悴不堪。汴京元夕本是一年中最热闹的一个夜晚，但在羁滞异乡的词人，却别有一番滋味。然而毛滂毕竟是毛滂，似乎生活的蹉跌不足以泯灭他那开朗的个性，他的词篇充满潇洒的风致。满怀苦情，尽以飘逸秀雅之笔抒写，正表现了东堂词的艺术风格。

"闻道长安灯夜好，雕轮宝马如云"，开篇以"闻道"二字引出元夕盛况。言"闻道"，知作者未曾涉足其间，下文只是虚写。宋人诗词中常以长安代指都城汴京。"长安灯夜好"，以泛笔起，下面皆由此句拓展开去。"雕轮""宝马"，是豪宦人家所乘。这句带有浓郁的华贵气息，车马如云，更见士女之众，兴致之高。这里虽然是夸张之笔，一旦比之于下面三句，还算是"虚中之实"哩。"蓬莱清浅对瓠棱"，蓬莱，传说中的海上仙山；瓠棱，宫殿的屋脊。"蓬莱清浅"一语盖出自《神仙传》。麻姑云："向到蓬莱，水又浅于往日会时略半耳。"此是借用以形容汴京宣德楼前灯山泻瀑的景观，见《东京梦华录》卷六"元宵"。接下来，"玉皇开碧落，银界失黄昏"，极力渲染花灯之盛。看吧，黄昏时分的街市上，那五彩缤纷的花灯一簇簇、一串串，如山如海。夜晚的皇城，恍若玉皇大帝大敞的天宫，宛如银河飘落，辉煌无似。于是星河与花灯交映，仙界与人间同欢，元夕盛况遂写到了极至。这工致的对句，造语奇绝，想落天外，以瑰丽、辉煌、飘逸的境界收住上片，结得奇妙。因为是设想之辞，不便作过细的正面描绘，故而只用侧笔烘托点染，归结到一个盛字上。

不夜的元夕盛况诚然可观，而作者却仅仅是"闻道"而已。佳景不赏，则其心绪可知。"谁见"二字遥承"闻道"，度入下片，极写景况之落拓。"端忧"犹言闲居忧闷。江南倦客，百般忧愁，有谁曾见，有谁相怜呢？自伤孤苦，恨无相知，悲命途乖蹇，叹人情浇薄，种种滋味尽在行间字里了。这两句正面描述，直道忧思。"懒步芳尘"也多少流露出词人清高孤傲的一面。至下句"小屏风畔冷香凝"，看似自得其乐，实际是自嘲之语。冷香，盖指当令的梅花之类，借以自喻不慕荣华、自甘孤寂之心怀。

"酒浓春入梦，窗破月寻人"，何等潇洒的笔触，可骨子里又隐含多少道不尽的忧愁！"酒浓"而后方能在梦境中求得片刻的欢娱，烦愁的无计排遣已不待言；

只有破窗透进的月光特意来寻,与之默默相伴,情景之凄清更如在目前。以丽语道苦怀,倍增凄恻。这两句极尽清雅秀逸之致,吴梅以为"何减'云破月来'风调"(《词学通论》),并不过分。此词上片为宾、下片为主,以宾衬主,愈见情景之可悲可叹。"冠盖满京华,斯人独憔悴"之句,可以为词人咏。　　　　　（周笃文　王玉麟）

【作者小传】

司马槱

字才仲,陕州夏台(今山西夏县)人。司马光之孙。元祐六年(1091),任河中府司理参军,应贤良方正科,入五等,赐同进士出身,授初等职官。存词二首。

黄　金　缕　　　　　　　　　　司马槱

妾本钱塘江上住。花落花开,不管流年度。燕子衔将春色去,纱窗几阵黄梅雨。　　斜插犀梳云半吐,檀板轻敲,唱彻黄金缕。望断行云无觅处,梦回明月生南浦。

宋代的五七言诗中,很少写到爱情。而司马槱当时却以艳体诗闻名。可是,从他流传下来的诗来看,说到措词婉约、缠绵悱恻,又远不及他这传奇式的小词了。

据张耒《柯山集》载,司马制举中第,调关中第一幕官,行次里中,一日昼寝,恍惚间见一美妇人,衣裳甚古,入帘执板歌唱此词的上半阕,歌罢而去。司马因续成此曲。而何薳《春渚纪闻》则谓下半阕为秦观所续,并记有一段神怪故事,说司马后为杭州幕官,其官舍后乃唐(应为南朝齐)名妓苏小小之墓,所梦的美妇人即苏小小。元人杨朝英《阳春白雪》竟据此以全首为苏小小作。其实,无论是司马故弄狡狯,假托本事,还是真有所梦,此词的著作权还是要归于他本人的。

上片是梦中女子所歌,故以女子口吻出之。首句"妾本钱塘江上住",写女子自道所居,看似平平,实在颇堪玩味。北宋时杭州已是繁华都会,多酒楼妓馆,朝歌暮弦,摇荡心目。句中已暗示这位女子的身份。紧接"花落"二语,已含深怨。岁岁芳春,花开花落,更惋伤那美好的华年如水般流逝。这本是旧诗词中的常语,可是这里加上"不管"二字,所感尤大。等闲开落,何其无情,全不管人们的伤春心事,那就更加深了身世的悲感了。这位家在钱塘江上住的女郎,也许是马司旧日的情侣,作者托诸梦寐,以寄相思相别之情。前三句写一位风尘女子,感年光易逝,世事无常,想必也厌倦了歌妓生涯,而又苦于无法从中摆脱出来吧。"燕子衔将春色去,纱窗几阵黄梅雨。"写残春风物,补足"流年度"之意。燕子衔着沾满落花的香泥筑巢,仿佛也把美好的春光都衔去了。"衔"字语意双关,有很强的表现力。燕子归来,行人未返,又正是恼人的黄梅时节,不时听到几阵敲窗的雨声,楼中人孤独的情怀可想而知了。黄梅雨,是江南暮春的景物,蒙蒙一片,日夜飘洒,恰与在纱窗下凝思的歌女凄苦的内心世界相称。

下片写词人追忆"梦中"情景,实际上是写对远别的情人刻骨的相思。俞陛云《宋词选释》评为"琢句工妍,传情凄婉",但又认为是"代女子着想",则似误解作者本意。"斜插"句,描写歌女的发式:半圆形的犀角梳子,斜插在鬓云边,仿佛像明月从乌云中半吐出来。句意与毛熙震《浣溪沙》词"象梳欹鬓月生云"同。女子的装饰,给词人留下很深的印象。她轻轻地敲着檀板按拍,唱一曲幽怨的《黄金缕》。《春渚纪闻》载,梦中女子歌"姜本"五句,司马爱其词,因询曲名,女子答是《黄金缕》。《黄金缕》,即《蝶恋花》调的别名,以冯延巳《蝶恋花》词中有"杨柳风轻,展尽黄金缕"而得名。又,唐代有流行歌曲《金缕衣》,当时名妓杜秋娘曾经唱过它:"劝君莫惜金缕衣,劝君须惜少年时。有花堪折直须折,莫待无花空折枝。"花,象征着青春,象征着欢爱。歌曲的主题是劝人及时行乐,不要辜负了大好时光。梦中女子唱《黄金缕》,大概也是这个用意吧。联系起上片"花落"二语,益见其怨恨之深。情人远别,负却华年,花谢春归,怎能不满怀幽怨!

"望断行云无觅处,梦回明月生南浦。"全词至此,作一大顿挫。写词人梦醒后的感怀。"行云",用神女"旦为朝云,暮为行雨"的典故,暗示女子的歌妓身份,也写她的行踪飘流不定,难以寻觅。"南浦",语见江淹《别赋》"送君南浦,伤如之何",因用为离别之典。两句写梦回之后,女子的芳踪已杳,只见到明月在南浦上悄悄升起。这里的"梦回",也意味着前尘如梦,那一段恋爱生活再也不可复得了。《云斋广录》载,司马槱后来经过钱塘,因忆梦中之事,写了一首《河传》词,中有句云:"芳草梦惊,人忆高唐惆怅。感离愁,甚情况。……人去雁回,千里风云相望。倚江楼,倍凄怆",也可以作本词的补充说明吧。

(陈永正)

【作者小传】

谢逸

(1074—1116) 字幼槃,号竹友,抚州临川(今江西抚州)人。逸之从弟。有《竹友词》。

鹊 桥 仙 谢 薖

月胧星淡,南飞乌鹊,暗数秋期天上。锦楼不到野人家,但门
外清流叠嶂。　　　一杯相属,佳人何在?不见绕梁清唱。人
间平地亦崎岖,叹银汉何曾风浪!

北宋后期江西临川的"二谢"——谢逸和谢薖,一向以乐志不仕、高风亮节为
人所称;诗歌亦有名当时,被人列入江西诗派。谢薖是谢逸的从弟,其诗文集《竹
友集》中存词十多首,数量虽少,但被人称为"尤天然工妙"(张泰来《江西诗社宗
派图录》),可见具有相当的功力。

这首《鹊桥仙》,咏的是七夕的事,但不是像一般同类诗词那样感叹牛郎织女
的别多会少,也不是像秦观那首同调的词作那样,礼赞两位仙人的"金风玉露一
相逢,便胜却人间无数";而是触景生情,抒发自己失去伴侣的悲哀。

词从即景写起。"月胧星淡"三句,写七夕所见天空景象,并及七夕传说。七
夕是我国古老的民间节日,《艺文类聚》卷四引后汉崔寔《四民月令》云:"七月七
日,设酒脯时果,散香粉于筵上,祈请于河鼓(星名,即牵牛星)织女,言此二星神
当会。守夜者咸怀私愿,或云见天汉中有奕奕正白气,如地河之波,辉辉有光曜
五色,以此为征应,见者便拜乞愿,三年乃得。"这就是七夕天上牛女相会和民间
乞巧习俗的早期记载。至于牵牛、织女星分隔在天河东西,只准每年七夕相会一
次,传说就更早,《古诗十九首》"迢迢牵牛星"一首即咏其事。后来又发展为乌鹊
填桥之说。七夕这一晚,当阴历七月的上句,月相为上弦,其状如弓,光线本来就
不太亮,当云彩遮蔽时,从地上望去,就更显得朦朦胧胧,而星光也就显得暗淡
了,故曰"月胧星淡"。这时候,作者想起了今夕是双星渡河之夕,于是便写出了
"南飞乌鹊,暗数秋期天上"两句,以咏其事。古代观念,男女相会,总免不了有一
点羞涩;不管是恋人还是夫妻,神仙还是凡人。故"月胧星淡",也就是最好的相
会环境。这几句,在叙事、写景之外,还蕴含着对牛女相会的歆羡、赞美之意。

"锦楼不到野人家"二句,写自己在此佳节中的情况。"锦楼"句是说没有庆
节摆设。《东京梦华录·七夕》载:"至初六日、七日晚,贵家多结彩楼于庭,谓之
乞巧楼。铺陈磨喝乐(梵语译音,或写作魔合罗,一种泥塑偶人)、花瓜、酒炙、笔
砚、针线,或儿童裁诗,女郎呈巧,焚香列拜,谓之乞巧。"可见到了宋代,七夕已成
为一个相当热闹的节日,庆节摆设是繁多的。"锦楼"即"彩楼",总指节日铺陈。
作者是个山野隐士,他不作此种铺陈,故曰"彩楼不到野人家"。眼前所对的,仅

宋人词意

——明刊本《诗馀画谱》

"门外清流叠嶂"(即青山绿水)而已。为什么这样呢?是因为"彩楼"为"贵家"所结,他这个山野人家办不起吗?事情没有那么简单。我们知道,七夕意义主要有二。其一,年轻妇女结彩楼穿针,向织女乞求心灵手巧。其二,恩爱夫妻向此对象征永恒爱情的神仙盟誓,祈求爱情的进一步净化与持久。如果无此两种需要,庆祝这节日来做什么呢?明乎此,我们对作者的独对"清流叠嶂"而不结"锦楼"乞巧,就思过半了。这两句,充分透露出作者心情的枯槁孤寂,给人一种沉重的压抑感。用这样的句子来结束上半阕是高明的,因为它能够引起读者进一步探究作者心灵秘密的意愿,为下片带来抒情叙事的广阔余地。

过片紧承前文,进一步敞示心灵的创痛。"一杯相属"三句,以沉痛的询问,抒发出丧失伴侣的悲哀。"一杯相属",常有的表现。"佳人何在?不见绕梁清唱",这是痛苦的呼喊:劝我以美酒、娱我以清歌的佳人不在了。——其中包括多少对前尘往事的追忆,对今日形单影只的伤心!从"绕梁清唱"句可看出,作者失去的那位"佳人",本是一位歌妓;后来大概成为他的姬妾吧,可惜事迹无传,我们已无法指实此姬为何人,与作者是何关系,曾有过多少绸缪缱绻了。词写至此,作者为什么不结彩楼以庆七夕,已得到了充分的解答,很好地呼应了前文。过片如此写法,是深得若即若离、不粘不脱之妙的。

结尾二句,以天上爱情的美满反衬人间爱情的不幸,返回牛女事作结。"人间平地亦崎岖",同天上的牛郎、织女相比,有着多么大的差距!于是,作者最后唱出一句:"叹银汉何曾风浪!"银河里是不起风浪的,牛女的爱情,亘千万亿年以至永恒,不衰不灭。这是有力的反衬,弥觉人间的不美满,骨子里是突出作者自己的不幸。这一结束,议论而兼抒情,属于"情结"一类。它接触到一个普遍性、永恒性的感慨,耐人寻味。从结构上来说,它回应了开头,紧扣七夕话题,用作词的术语来说,叫做"拍合",使全词显得圆融、完整。

这首词,触景生情,从双星转入说自己,又从自己转回说双星,都自然流畅,妙合无间,如大匠运斤,得心应手,而总的为抒发凄凉哀惋的丧偶之情服务,其艺术成就是相当高的。

(洪柏昭)

惠　洪

(1071—1128)　字觉范,后易名德洪,俗姓彭,筠州新昌(今江西宜丰)人。大观中,以医结识丞相张商英。后张商英得罪,惠洪决配朱崖,旋北还。著有《石门文字禅》《冷斋夜话》《天厨禁脔》等,词多艳语,有周泳先辑《石门长短句》,存二十一首。

【作者小传】

青 玉 案 惠 洪

绿槐烟柳长亭路，恨取次、分离去。日永如年愁难度。高城回首，暮云遮尽，目断人何处。　　解鞍旅舍天将暮，暗忆叮咛千万句。一寸柔肠情几许？薄衾孤枕，梦回人静，彻晓潇潇雨。

据吴曾《能改斋漫录》卷十六载，惠洪这首词是和贺铸名作《青玉案》韵的。细揣词意，此词当为行旅怀人之作。

上片主要写行者与居者离别时的情景。在槐、柳夹道的长亭路上，可恨就这样地草草分别了。绿槐烟柳，是夏初光景。长亭，古代官道上所置之亭，为行人休憩及饯别之处。取次，这里是草草之义，意味着走得匆促。欢情未足，就分别了。离别已堪恨，"此别匆匆"就更添人恨。这个"恨"字乃一篇主旨。别后定是"日永如年愁难度"。而当此乍别之际，"高城回首，暮云遮尽，目断人何处"，尤人情所不能堪。这三句化用唐人欧阳詹"高城已不见，况复城中人"（《初发太原途中寄太原所思》）诗意，"目断人何处"一句，明点心事，更觉感情深挚。

下片转入行者对居者的思念，又主要是从行者的角度来写居者。首句写行者在日色将暮时歇马解鞍，寓居旅舍。客馆寒窗，孤寂中又追忆起情人临别时千万句叮咛嘱咐的话语。"千万句"，极言离别时对方叮咛话之多，真可谓"语已多，情未了"，句句包含着无限深情。"一寸柔肠情几许？"柔肠多指女性的缠绵情意，如李清照《点绛唇·闺思》云："柔肠一寸愁千缕"。"情几许？"语气是反诘，语意却十分肯定。情多少？情无限！结尾"薄衾"三句，如果理解为是行者在旅舍中独宿孤枕，彻夜难眠，也不是讲不通；但这样一来，词意就直露平淡。惠洪是很会写言情词的，宋人许顗《彦周诗话》曾称其"善作小词，情思婉约，似（秦）少游，至如仲殊、参寥，虽名世，皆不能及"。所以把末三句理解为行者在旅舍中思念远方女子，想象她此时也一样在相思的煎熬中思念着我。这样讲，意趣就大不相同了。自从自己走了以后，她一个人独守空闺，薄衾半温，孤枕难眠。春宵峭寒，又是薄衾，难以抵御自然界的寒气；又是独宿绣帏，内心更充满了寒意。无人相伴，"夜夜除非，好梦留人睡"。（范仲淹《苏幕遮》）好梦醒来，再也睡不着了。夜深人静，听着窗外潇潇雨声，"一声声，空阶滴到明。"（温庭筠《更漏子》）"彻晓潇潇雨"，表明女子在撩乱人心的风雨声中，一直到天亮也没有再睡着。这样，词从对面写来，不但文势曲折深婉，而且表达的感情也倍深一层。当然，如果将结尾理解为"一石击两鸟",既指旅舍中行者实况,又指行者想象远方闺阁中女子此时也是如此。这种讲法好像也还是可以的。

(程郁缀)

【作者小传】

谢克家

(？—1134) 字任伯,上蔡(今属河南)人。绍圣四年(1097)进士。建炎四年(1130),参知政事。存词一首。

忆　君　王　　　　　　　　　　　谢克家

依依宫柳拂宫墙,楼殿无人春昼长。燕子归来依旧忙。忆君王,月破黄昏人断肠。

这首词是怀念宋徽宗的,最早见于宋石茂良所著的《避戎夜话》。宋徽宗于靖康二年(1127)被金人俘虏,过了九年的耻辱生活,死在五国城(今吉林省境)。据杨慎《词品》卷五云:"徽宗此行,谢克家作《忆君王》词","忠愤郁勃,使人出涕"。清徐釚在《词苑丛谈·纪事一》中转录了它。谢克家是哲宗绍圣四年(1097)的进士,亲眼看到金人南侵,徽宗被掳,在国家和民族的危机中,写下了这首忠愤填膺的词,其凄凉怨慕之音,缠绵悱恻之感,溢于字里行间,是思想性和艺术性高度统一的作品。

全词富于抒情色彩,不言国破君虏,巢复卵毁,而言宫柳依依,楼殿寂寂,一种物是人非的今昔之感,跃然纸上。拿它与宋徽宗的《燕山亭》对读,倍觉山河破碎,身世飘零,往事堪哀,真切动人。"春昼长"一语,把客观的景物描写,转向主观的心理感受,是景为情使,情因景生,抒情和写景在这里得到了和谐的统一。富丽堂皇的景物后面,蕴藏着深深的隐痛。这就是宋徽宗的"问院落凄凉,几番春暮"(《燕山亭》)、"帝城春色谁为主,遥指乡关涕泪涟"(《北去遇清明》)那种思想感情隐约而曲折的反映。接着词人把笔锋一转,从"国破山河在,城春草木深"(杜甫《春望》)的描写,转为"登楼遥望秦宫殿,翩翩只见双飞燕"(唐昭宗李晔《菩萨蛮》)的感叹:"燕子归来依旧忙"。燕子是无情之物,它哪里知道楼殿依旧,而主人已换,仍然忙着衔泥,在旧梁上筑起新巢,正是"这双燕何曾,念人言语"(《燕山亭》),俨然有"旧时王谢堂前燕,飞入寻常百姓家"的沧桑之感。然后点明题旨,怀念故君。这首小令,从头到尾都是写对君主的怀念,由柳拂宫墙,而想到宫殿的主人;由宫殿无人,而想到燕归何处;由燕语呢喃,而想到"燕子不知何世"(周邦彦《西河》),蓄意到此,便有精神百倍之势,集中全力于这"月破黄昏人断肠"的结句,自然真味无穷,辞意高绝,一个芳馨悱恻的艺术形象,生动地呈现在读者的面前。因为它是从题前着笔,题外摄神,只用了一个"破"字,便把从清晨忆到黄昏,又从黄昏忆到月上柳梢,都沉浸在如痴如呆的回忆中。昔日的宫柳凝绿,今朝的淡月黄昏;昔日的笙歌彻旦,今朝的楼殿无人,在在是强烈的对比,在在是伤心的回忆,不言相忆之久,而时间之长自见;不言相忆之深,而惓顾之意甚明。"月破黄昏"是写景;"人断魂"是抒情,把写景和抒情统一在一个完整的句子里,而景物在感情的丝缕中织得更加光彩夺目,感情在景物的烘托中更加表现得淋漓尽致。不着一实语,而能以动荡见奇,迷离称隽,辞有尽而意无穷,这正是许多词人所努力追求的艺术境界。

(羊春秋)

【作者小传】

秦　湛
生卒年不详。字处度,高邮(今属江苏)人。秦观子。官宣教郎。绍兴二年(1132),添差通判常州。存词一首,断句一。

卜　算　子 春情　　　　　秦　湛

春透水波明,寒峭花枝瘦。极目天涯百尺楼,人在楼中否?　　四和袅金凫,双陆思纤手。拟倩东风浣此情,情更浓于酒。

秦湛,字处度,秦观之子。南宋胡仔称其词句"藕叶清香胜花气"曰:"写景咏物,可谓造微入妙。"(《苕溪渔隐丛话前集》卷五十九)惜其全篇不存,现在所能看到的只有这首《卜算子》,在写景抒情方面,也很有特色。

起首二句,以工整的一联点季节、写环境。"春透水波明",以水写春,是说春光已透,水波澄澈如镜。透者,足也。"寒峭花枝瘦",是说春寒犹在,所见之花有未开者,正是乍暖还寒时候。以"瘦"字形容含苞待放的花枝,真是恰到好处。《雪浪斋日记》云:"山谷小词'春未透,花枝瘦,正是愁时候',极为学者所称赏。秦湛尝有小词云'春透水波明,寒峭花枝瘦',盖法山谷也。"山谷词这三句曾被认为"峭健亦非秦(观)所能作"(《词林纪事》卷五引陈师道语)。秦湛此处学山谷,是也可称得上"峭健"二字的。春光骀荡,水波澄澈,给人以心胸畅快的感觉;而春寒料峭,花枝傲然挺立,亦给人以瘦骨凌霜的印象。所有这些,都流露出峭健的气韵。小词自花间以至宋初,都偏于柔媚香艳;即使到了秦观,也未脱尽绮靡凄婉的格调。秦湛不学花间,反而从风格峭健的黄山谷那里继承气脉。这说明宋词发展到他那个时代,已经产生较大的变化。此词虽属于婉约一路,然已注入刚健峭拔的因素了。

如果说起首用的是比兴手法,那么"花枝瘦"三字非但是客观地摹写自然景物,而且也是触景生情,兴起词人对所眷恋者的思念。因此到了三、四两句,词人便直接抒写相思之情了。就是说,在这春光明媚的时刻,他看到那瘦小的花枝,不禁忽有所思,这种感情渺渺茫茫,甚至有些捉摸不定。也许这瘦小的花枝幻化为他那恋人的倩影,于是他不自觉地极目天涯,想看到恋人曾经居住过的那座高楼。"天涯",极言其远;"百尺",极言其高:四字虽很通俗,却展示了一种虚无缥缈的境界。"人在楼中否"一句,点明所想者是他心目中的那个人。从语气上看,他们相别已很久,别后也未通音信,因此彼此的情况都不了解。只一句自言自语的问话,便表达了他对所恋者无限深厚的情意。

上片歇拍仅仅提到他所思念的那个人,她的形象,她的行动,都来不及描写。过片二句便紧承前意,描写昔日楼中相聚的情景。"四和",香名,亦称四合香。"金凫",即金鸭,指鸭子形的铜香炉。"双陆",古代一种博戏的名称,相传是三国时曹植所制。本置骰子两只,到了唐末,加到六只,谓之叶子戏。其法中国已失传,流传至日本,称飞双陆,现尚存。词人回忆当年楼中,四和香的烟缕从鸭子形的铜香炉中缓缓升起,袅袅不绝。他和那个女子正在作双陆这种博戏,女子玩弄双陆的纤纤玉手,使他历久难忘。往日的甜蜜生活,女子的形象特征,词人只是在感情的抒发中顺带说出,自然而又妥帖,这比作专门交代要高明得多。

此词当中四句具体写怀人,末二句则在怀人的基础上集中笔力抒发愈欲排遣、愈益浓重的愁情,并与起首二句相映射。"东风"者,春风也。首二句云春透波明,云寒峭花瘦,都是春风中景象。由此可见,词人本有满腹怀人之愁情,故欲出来借赏春加以排遣,始见大好春光,胸襟为之一快;继而见花思人,复又陷入更为痛苦的离情之中。"拟倩东风浣此情,情更浓于酒",化景语为情语,设想奇警,把词人当时矛盾心情极其深刻地揭示出来。浣者,洗也、涤也。衣裳沾有污垢,可以洗涤,心灵染有愁情,也说可浣,此喻绝妙;而借以浣愁者,不是水而是风,此喻亦绝妙;浣而愁未去,反而更浓,其浓又恰浓于醇酒,此喻更加绝妙了。李白《宣城谢朓楼饯别校书叔云》诗云：“抽刀断水水更流,举杯销愁愁更愁。”词意与之相似,但李诗所用的是两个平列的比喻,并以前者烘托后者。这里则是用一个比喻,以后一句加强前一句,使情绪更推进一层;而两句之间,又用两个“情”字构成顶真格,衔接紧密,语气联贯,词人的感情似不可遏止,倾泻而出。因此显得不柔媚、不凄婉,与起首所定下的峭健的基调相一致。这样就把它从传统的花间风格区别出来,在小词发展的长河中,不能不说它是一朵可爱的浪花。

　　　　　　　　　　　　　　　　　　　　　　　　　　　　（徐培均）

【作者小传】

徐　俯

（1075—1141）　字师川,自号东湖居士,洪州分宁（今江西修水）人。黄庭坚之甥。以父禧死事授通直郎。崇宁初,入元符上书邪等。绍兴二年（1132）,赐进士出身。累官端明殿学士、签书枢密院事、参知政事。有《东湖集》,不传。存词十七首。

卜　算　子　　　　　　　　　　　　徐　俯

天生百种愁,挂在斜阳树。绿叶阴阴自得春,草满莺啼处。　　　　不见凌波步,空忆如簧语。柳外重重叠叠山,遮不断、愁来路。

　　徐俯,字师川,黄庭坚的外甥。有人说他的词“源于山谷”,他很不快乐,回答说：山谷词固然妙天下,君可问诸水滨;然而词的领域极其广大,我独知之濠上。（见《尧山堂外纪》）就是说他作词不因袭他人,哪怕是他的舅舅;而愿独辟蹊径,创造出一种像庄子濠上观鱼的境界,写出心中的体会就是了。读了此词,可知其言为不虚。

　　词中写的是离愁,但却刚健质朴,毫不柔媚。词一开头,即将胸中万斛愁情,喷薄而出,全不像花间派词人写愁,先扭捏作态一番,才回到本题。夫愁本在胸中,何以一下子挂在斜阳树呢？语似无理,然亦有所本。李白《金乡送韦八之西京》诗云：“狂风吹我心,西挂咸阳树。”此语豪而且工,把李白对韦八的系念之情表现得淋漓尽致。徐俯这首词的语言结构、夸张方式与李白诗非常相似,但李白诗中写他的心“西挂咸阳树”,全赖“狂风吹”三字作为动力。而徐俯胸中之愁挂在斜阳树上,则缺少一种吹送的力量。原来李白诗中的境界是动荡的,而徐俯词中的境界则相对静止,所以它没有强烈的动词。细玩词意,盖所思之人远在山外,故而词人举目远望,唯见斜阳照处,烟雾迷茫,一带青山,好似披挂着满树愁绪。词人触景生情,以情融景,遂产生这种形似无理、实却情深的语言。一本起句作“胸有千种愁”,语虽通俗真挚,然不如“天生百种愁”雅致。所谓“天生”者,此愁与生俱来,欲排之而不可得矣。

　　“绿叶”二句承上语意,描写词人所见景物。“绿叶”因“树”而生,“草”“莺”应时而发,皆一时之景也,结构至为紧密。由于词之发端,情绪激越,至此则略一顿挫,节奏上趋于舒缓和平稳。就词意而言,盖先以愁人之眼观树,觉满树愁情,骤生怅触;尔后冷静观察,则树自为树,人自为人。“自得春”三字,下得极妙。《庄子·秋水篇》云:“庄子与惠子游于濠梁之上。庄子曰:‘鯈鱼出游从容,是鱼之乐也。’惠子曰:‘子非鱼,安知鱼之乐?’庄子曰:‘子非我,安知我不知鱼之乐?……我知之濠上也。’”这里所写的境界和庄子所写的知鱼之乐何其相似!绿树芳草,欣欣向荣;黄莺当春,自鸣得意,亦犹鯈鱼出游从容,与人邈不相涉,唯达其理者体其情。从词情发展来看,这里虽宕开一笔,而思想上确是深化了。有的本子“自”字作“占”字,便觉逊色不少,明眼人一望便知。

　　上片只说愁,究竟因何而愁,却未说出。到了下片便具体化了:“不见凌波步,空忆如簧语。”从这两句看,原来主人翁所怀念的是一位绝色佳人。“凌波步”,形容女子走路时步履轻盈的姿态,语出曹植《洛神赋》“凌波微步,罗袜生尘”。“如簧语”,形容女子的声音美妙动听,有如音乐,语出《诗经·小雅·巧言》“巧言如簧”。但把原来的贬义改为褒义。古典诗词中刻画人物形象,由于笔墨有限,不能作细致的描绘,往往只是拣最传神的地方点染几笔。此词正是如此。这位佳人轻盈的步履、美妙的声音,一直萦回在主人翁的胸臆。因被重重叠叠的山峦所遮断,所以忆而不见,便产生难以排解的愁怨。这两句既与起首二句相映射,也逗引起结尾二句,虽为实写,却为词中关键之笔。否则全篇皆虚,读者将莫知所云了。

　　结尾二句借喻新奇,常被前人称道。《词林纪事》卷八引沈东江云:“徐师川‘柳外重重叠叠山,遮不住、愁来路’,欧阳永叔‘强将离恨倚江楼,江水不能流恨去’:古人语不相袭,又能各见所长。”《苕溪渔隐丛话前集》卷五十九云:“赵德麟‘重门不锁相思梦,随意绕天涯’,徐师川‘柳外重重叠叠山,遮不断、愁来路’:二词造语虽不同,其意绝相类。”就是说欧阳修、赵令畤与徐俯三人的词,虽同样写离愁,但各人的表现手法却不相同。欧词说滔滔江水流不去心中的愁恨,表明愁如丝缕一般,硬是缠着人不放。赵词说任凭重门深锁,相思的魂梦仍会飞渡重门,绕遍天涯。他们两位,一是借水流恨,一是以门锁心,认为愁恨与相思系从人物这一主体产生,不能借客体的力量强遣之去(愁恨),也不能阻之不去(相思梦)。徐俯则反其意说,愁自外面向主体袭来,要借客体的力量把它挡住。可谓各尽其妙。又昔人喻愁,多采取直截对比,如赵嘏诗云:“夕阳楼上山重叠,未抵春愁一半多。”(引自《鹤林玉露》乙卷一)这是以山之大之高,对比出愁之多之重。徐俯这里却不用山来直截喻愁,而用山来构成重重叠叠的屏障,企图阻挡忧愁的侵袭;然而仍然阻挡不住,则愁之深重,更加可想而知了。愁之来路为何与山有关,因所思之人在斜阳外、山那边也。古人填词讲究救首救尾。此词起首以树比愁,结尾以山遮愁,前后照应,浑然一体。歇拍又加一“遮”字为衬字,读起来利于唇吻,颇有力度,显示了一种特殊的声情之美。

(徐培均)

【作者小传】

王安中

(1076—1134)　字履道,阳曲(今属山西)人。元符三年(1100)进士。历官中书舍人、御史中丞、翰林学士承旨、检校太保、大名府尹。靖康初,贬象州。绍兴初,复左中大夫。曾师事苏轼及晁以道,晁教以为学当谨初,故牓其室曰初寮。作词刻意锤炼,有《初寮词》,存五十五首。

点　绛　唇　　　　　　　　　　　　　王安中

岘首亭空,劝君休堕羊碑泪。宦游如寄,且伴山翁醉。
说与鲛人,莫解江皋珮。将归思,晕红萦翠,细织回文字。

这首词见于胡仔《苕溪渔隐丛话后集》卷四十。胡氏曰:“王初寮(王安中号)有《点绛唇》一词,送韩济之归襄阳”云云。

北宋后期,江西诗派盛极一时,流风所及,文人作词亦喜用典。王安中生当北宋末年,自然受其影响。这首小词的最大特色,就是因送人归襄阳,遂全用有关襄阳的典故。襄阳为古代军事重镇,是历史文化名城,文人雅士,多所吟咏。这首词,上阕前两句,系用晋代名将羊祜镇守襄阳的故事。岘山,一名岘首山,在襄阳城南,为游赏胜地。据《晋书·羊祜传》载,祜性爱山水,每遇佳日,必登临岘山,置酒言咏,终日不倦。后“襄阳百姓于岘山祜平生游憩之所建碑立庙,岁时飨祭焉。望其碑者莫不流涕,杜预因名为堕泪碑"。所以李白诗云:"岘山临汉江,水绿沙如雪。上有堕泪碑,青苔久磨灭。"(《襄阳曲四首》其三)山上建有岘山亭,一名岘首亭。宋神宗熙宁元年,史中辉守襄阳,第二年"因亭之旧广而新之",熙宁三年十月,欧阳修为作《岘山亭记》云:"山故有亭,世传以为叔子(羊祜字)之所游止也。故其屡废而复兴者,由后世慕其名而思其人者多也。"上阕后二句,盖用山简故事。晋永嘉三年,山简镇襄阳,"于时四方寇乱,天下分崩,王威不振,朝野危惧。简优游卒岁,唯酒是耽。"(《晋书·山简传》)《世说新语·任诞》亦云:"山季伦(简字)为荆州,时出酣畅,人为之歌曰:'山公时一醉,径造高阳池。日暮倒载归,酩酊无所知。复能乘骏马,倒著白接篱。……'"高阳池即在岘山南。所以李白《襄阳歌》云:"落日欲没岘山西,……笑杀山公醉似泥。"末句"且伴山翁醉",亦有韦庄《春暮》诗"不学山公醉,将何自解颐"之意。北宋末年,外患频仍,亡国之祸迫在眉睫,安中晚年仕宦亦不如意,屡遭贬谪。"宦游如寄"云云,名为赠友,实亦自况,末世情怀,于斯可见。

上阕所用二典,是就宦游者而言。下阕宕开,反就思念者说。韩济之归襄阳,安中即拟思妇口吻而戏赠之。《文选》郭璞《江赋》云:"感交甫之丧佩"。李善注引《韩诗内传》:"郑交甫遵彼汉皋台下,遇二女,与言曰:'愿请子之佩。'二女与交甫。交甫受而怀之,超然而去,十步循探之,即亡矣。回顾二女,亦即亡矣。"汉皋台,即汉皋山,一名万山,在襄阳城西,北临汉江。神女解佩处,后名解佩渚,是汉江中的一个沙洲。孟浩然《万山潭作》所云"游女昔解佩,传闻于此山",即指此。鲛人,是神话传说中居于海底的怪人。《博物志》卷二云:"南海水有鲛人,水居如鱼,不废织绩,其眼能泣珠。"在此借韩妻口吻寄语水居之人,勿解佩诱我丈夫。以下再申思夫之意,将对丈夫的深切思念织入锦字回文诗以寄。"将归思"三句,是用窦滔妻苏蕙的故事。据《侍儿小名录》载《璇玑图叙》云:"前秦安南将军窦滔,有宠姬赵阳台,歌舞之妙,无出其右。……苏氏(即苏蕙)年二十一,滔镇襄阳,与阳台之任,绝苏氏之音问;苏悔恨自伤,因织锦回文,题诗二百余首,计八百余字,纵横反覆,皆为文章,名曰《璇玑图》。遣苍头赍至襄阳,滔览锦字,感其妙绝,因送阳台之关中,而具车从迎苏氏,恩好愈重。"(转引自《苕溪渔隐丛话后集》卷四十)"晕红萦翠",写得生色,此为安中惯用句式,如"嗅蕊撚枝"、"落粉筛云"之类;此四字与其《蝶恋花·长春花》词的"晕粉揉绵",同臻工妙。"细织回文字",一个"细"字,活画出思妇心情。

这首词连用四个典故,句句不离襄阳,可称工巧。上阕典雅深重,下阕诙谐生动,可得典故之助而使词句含义更丰富。

(张忠纲)

【作者小传】

叶梦得

(1077—1148)　字少蕴,号石林居士,长洲(今江苏苏州)人。绍圣四年(1097)进士,累官中书舍人、翰林学士、吏部尚书、龙图阁直学士,帅杭州。高宗朝,除尚书右丞、江东安抚使兼知建康府、行宫留守。移知福建。晚居吴兴卞山。曾兼总四路漕计,以给馈饷,军用不乏。能诗工词,长于议论,词风早年婉丽,中年学东坡,晚岁简淡而时出雄杰。著有《建康集》《石林词》《避暑录话》《石林燕语》等。存词一百零三首。

贺 新 郎　　　　　　　　　叶梦得

睡起流莺语。掩苍苔、房栊向晚,乱红无数。吹尽残花无人见,惟有垂杨自舞。渐暖霭、初回轻暑。宝扇重寻明月影,暗尘侵、上有乘鸾女。惊旧恨,遽如许。　　江南梦断横江渚。浪粘天、葡萄涨绿,半空烟雨。无限楼前沧波意,谁采蘋花寄与。但怅望、兰舟容与。万里云帆何时到,送孤鸿、目断千山阻。谁为我,唱金缕。

关注在《题石林词》一文中,对叶梦得的词下了这样的评语:"味其词婉丽,绰有温、李之风。晚岁落其华而实之,能于简淡时出雄杰。"本词风格婉丽,该是他早期之作。

上片是静景,并在静景中体现出作者的内心幽情。起首三句描绘自己午睡乍醒,已是傍晚时分,忽闻莺声婉转,"流莺语",以细聆莺啭来突出环境的幽寂,也即"鸟鸣山更幽"之意。环顾四周,但见地上点点青苔,片片落花,说明春光已尽,令人不胜惋惜。"吹尽"两句,进一层描写庭院景象。春暮只剩残花,残花又已吹尽,吹尽且无人见,一句中有无限感慨。花落是悄悄地没人注意,只有柳条还在随风轻摆,这是静中见动;一"自"字写出四周无人的寂寥况味,用来衬托作者徘徊四顾的孤独心情。

"渐暖霭"三句,先从时节转移写起。春去夏来,暖风带来初夏的暑热,由于想到消暑而引出了宝扇:这是一把布满尘灰的扇子,但它上面那隐约可见的那位月宫"乘鸾女"却使他陷入了沉思。关于"乘鸾女",原本有着一个月中仙女的传说。据说唐明皇在九月十五游月宫,"见素娥千余人,皆皓衣乘白鸾"(《龙城录》)。那扇面上模糊的素衣仙女画像,引起他的联想,勾起了他隐藏于内心深处的"旧恨",使他自己也感到惊讶的是那"旧恨",竟会如此猛烈地涌上心头。

下片为想象,承上"旧恨"展示心头感情波涛。"江南"三句,是说昔年乐事已成而今"旧恨",伊人远去,犹如乘鸾仙女,无由再见。"江南",是昔日相会之地;"梦断"则是说旧时情事如昨梦前尘,已成过去,故言"断"。梦已断而复思之,意承上"惊旧恨"而来,以下即写所思江南其地其人。洲渚横江,江水绿涨,江浪拍天,化为半空烟雨。先写江景,为下文铺垫。李白《襄阳歌》:"遥看江水鸭头绿,恰似葡萄初酦醅。"这里"葡萄涨绿"即本李白诗。"无限"三句,遥想伊人倚楼凝望,但见烟波苍茫,情思无限,能采蘋花寄我否?"采蘋"由上"江渚"生发,所谓"汀洲采白蘋,日暖江南春"(柳恽《江南曲》)。而采蘋以寄所思之故人,古诗中不少见。除上举柳恽诗外,又有唐刘希夷同题之作:"……蘋花日日新。以此江南物,持赠陇西人。空盈万里怀,欲赠竟无因。"这首词则从男子方面悬想:"谁采蘋花寄与。""谁"即指伊人。作问意者,一是果采蘋花寄与我否?二是采得后能寄到否?我也只能怅然想望着她泛兰舟容与于江上吧。这里意思当从《楚辞·九歌》化出。《湘夫人》云:"搴汀洲兮杜若,将以遗兮远者。时不可兮骤得,聊逍遥兮容与。""容与"多义词,此为闲暇自得貌,言欲寄无由,只能从容等待。"万里"两句,更深一层,写两人之间隔着千山万水,舟船难通,只能目送征鸿,黯然魂消。柳永《玉蝴蝶》词末几句境界与此相似:"海阔山遥,未知何处是潇湘。念双燕、难凭远信,指暮天、空识归航。黯相望:断鸿声里,立尽斜阳。"结末两句深恨无人为自己唱起《金缕曲》。《金缕》即杜秋娘所唱《金缕衣》。其辞曰:"劝君莫惜金缕衣,劝君须惜少年时。有花堪折直须折,莫待无花空折枝。"有深悔年少光阴虚过之意。

关于这首词,南宋刘昌诗《芦浦笔记》卷十有一条说:"叶石林《贺新郎》词有'谁采蘋花寄与''但怅望、兰舟容与'。下'与'字去声。《汉·礼乐志》'练时日,澹容与',颜(师古)注:'闲舒也。'今歌者不辨音义,乃以其叠两'与'字,妄改'寄与'作'寄取'而不以为非,良可笑也。庆元庚申,石林之孙筠守临江,尝从容语及,谓赋此词时年方十八,而传者乃云为仪真妓女作。详味句意皆不相干,或是书此以遗之尔。"录供参考。

(潘君昭)

水 调 歌 头　　　　　　　　　叶梦得

九月望日,与客习射西园,余病不能射

霜降碧天静,秋事促西风。寒声隐地初听,中夜入梧桐。起瞰

高城回望，寥落关河千里，一醉与君同。叠鼓闹清晓，飞骑引雕弓。 岁将晚，客争笑，问衰翁：平生豪气安在？走马为谁雄？何似当筵虎士，挥手弦声响处，双雁落遥空。老矣真堪愧，回首望云中。

曾慥《乐府雅词》所录这首词的题序是："九月望日，与客习射西园，余偶病不能射。客较胜相先。将领岳德，弓强二石五斗，连发三中的，观者尽惊。因作此词示坐客。前一夕大风，是日始寒。"悼惜流年，感叹衰病，是古代诗词中常见的主题。叶梦得此篇与众不同的地方，首先在于作者的衰病之叹是放在"与客习射"的雄健背景上，通过和"当筵虎士"的对比来抒发的，因而衰飒中透着高远与豪迈，迥异同类主题词作中往往存在的柔靡习尚，读来给人以振奋和鼓舞。其次，细味全文，我们还会发现这首词的字里行间处处隐藏着作者赤诚的爱国精神。上半阕写夜饮，在一片萧瑟凄凉的气氛中，出现了一个"起瞰高城回望，寥落关河千里，一醉与君同"的词人形象。关河，指异族占据的北方领土。作者登城回望，最关心的只是千里关河，而且正因为关河寥落，才引出"一醉与君同"的夜饮。由此可见，词中写夜饮，实际上表达的却是作者那无法压抑的爱国情绪。下半阕写习射，在接连提出"平生豪气安在"、"走马为谁雄"的问题并对将领岳德的射技进行描写之后，作者沉重地发出"老矣真堪愧"的慨叹。为什么"老"就堪愧？"回首望云中"一句告诉了我们答案。云中，指云中郡，以魏尚、李广在此抗击匈奴而著名。词人望云中而愧恧，便道出了他衰病之叹的真谛：这不是花前月下的自怨自艾，不是故作多情的无病呻吟，而是对祖国统一的追求，是由于不能报效疆场而发出的感喟。——这种衰老却不忘国家民族的精神无疑是可贵的，尤其是在当时。

这首词内容含量较大。在有限的篇幅里把时令、气候、物象，热闹的人事、凄然的感情有机地糅合在一起，乃是它最主要的艺术特色之一。这在前半阕中表现得尤为突出。比如：前四句是在"霜降碧天静"的基础上，用"秋事""西风""寒声""梧桐"表现"前一夕大风"。可是透过这些描写，我们不但能够发现对"是日始寒"的暗示，而且词中一年将近的意思也同"吾生已老"的情绪完全合拍，所以这凄冷的天气也应是作者悲凉心理的反映。"起瞰"以下三句通过动作、行为传达作者的思想感情，但这种感情也与环境、气氛、场面融合成一个统一的整体："高城"写地点，不过作者当时正在衰老、病痛、秋寒的包围之中，因而他坚持登高回望祖国山河的形象就分外感人；"寥落关河千里"再现残破的北方领土，而这又恰与词人得不到慰藉的寂寞心理相统一；"一醉与君同"描写夜饮场面，然而谁又能说这里的作者不是在借酒浇愁呢？"叠鼓闹清晓，飞骑引雕弓"两句最热闹，是主题所需要的。"叠鼓"，《文选》李善注说："小击鼓谓之叠。"这是校射场面的前奏曲，鼓声马蹄声，便烘托出一种宛如"勇士赴敌场"的气势和作者跃跃欲试的心情。

这是一阕抒情小词，其中却体现了作者塑造人物形象的本领。这除了上文已经说过的"起瞰高城回望"以外，还如："何似当筵虎士，挥手弦声响处，双雁落遥空"塑造了一个武士形象，其超群的武艺、敏捷的身手、威风的气概，都是透过词语活跃到纸上来的。特别是"回首望云中"所刻画的引颈长望的词人形象，承上数句体现了愧羡之意。用这样的形象结尾，就可以把语言传达不了的无穷无尽的感触留在作者深邃的眼神里，使作品真正收到"言有尽而意无穷"的艺术效果。

（李济阻）

水 调 歌 头　　　　　　叶梦得

秋色渐将晚，霜信报黄花。小窗低户深映，微路绕敧斜。为问山翁何事，坐看流年轻度，拚却鬓双华。徒倚望沧海，天净水明霞。　　念平昔，空飘荡，遍天涯。归来三径重扫，松竹本吾家。却恨悲风时起，冉冉云间新雁，边马怨胡笳。谁似东山老，谈笑静胡沙！

北宋末、南宋初，金人来犯。叶梦得为江东安抚大使兼知建康府（府治今江苏南京），因筹措粮饷得力，军用不乏，沿江诸将得以全力挡住金兵向江南的进攻。绍兴十四年（1144），在福建安抚使兼福州知州任上，上疏告老。退居湖州后，在许多诗、词里抒发了对时局的感慨以及忧国忧民的情怀，这是其中的一首。

开头两句"秋色渐将晚，霜信报黄花"，点明时令。黄花盛开报来了霜降的消息，正是秋高气爽的时候。写秋景，一般多写得萧瑟，衰飒，这里却把秋景写得很美，反映出词人的开朗胸怀，其实，他的内心并不是怎么平静的，它是在为下边的抒发感慨作势。"小窗低户深映，微路绕敧斜"，点明住地。简朴的房子，掩映在黄花丛中，外边环绕着蜿蜒的小道。这是个幽静偏僻的所在，很适合于过隐居生活，但心情是否闲适呢？并非如此。下边抒发出内心的感慨："为问山翁何事，坐看流年轻度，拚却鬓双华。"秋晚山居，无所作为，词人这个隐居山林的老翁，因起不甘心而又不得不空耗流光，徒增白发之叹。"拚"为"割舍之辞，亦甘愿之辞"（张相《诗词曲语辞汇释》），"拚"而加问意，即为"岂甘""不甘"。这里所说的"流年轻度,拚却鬓双华",不是一般的牢骚话,而是委曲婉转地表达出对时局的不满情绪。宋钦宗靖康二年(1127),金兵攻下汴京,徽、钦二帝被掳,他随高宗南下,任户部尚书,陈述战守大计,甚被亲重。后来在两次建康知府任上,建树更大。后高宗向金屈膝求和,岳飞、张宪等被冤杀,赵鼎被贬官。他本人亦为当时政治形势所迫而离任。词人之叹,实乃壮志不酬、英雄空老之喟慨。"徙倚望沧海,天净水明霞。"他走出了"小窗低户",沿着崎岖的小路来到了太湖边上,凝视着浩茫无际的沧海一般的湖波,天宇澄净,绮丽的彩霞在波光里闪动。这样优美的景色有没有使他忘怀世事呢? 显然没有,他的感慨又油然而生了。

　　换头二句"念平昔,空飘荡,遍天涯"。上片"流年轻度",是从时间上说的,这里的"遍天涯",是从空间上说的,再一次感叹自己的一事无成。"归来三径重扫,松竹本吾家。"化用陶渊明《归去来兮辞》"三径就荒,松竹犹存"。"本"字表现自己归隐的决心。下边陡转:"却恨悲风时起,冉冉云间新雁,边马怨胡笳。"他郁结于心的就是这个"恨",恨什么呢? 恨的是在萧萧的寒风里,从北向南的新雁带来了边疆的讯息:强敌压境,边马哀怨。这里化用蔡琰《悲愤诗》"胡笳动兮边马鸣,孤雁归兮声嘤嘤!"但换用"恨""悲""怨"几个字,就显得比原诗更加苍凉激楚,构成了这几句词语的基调,唱出了自己的心声,流露出对于当朝割让大片土地换取偏安局面的不满情绪。就是这个大恨梗塞于胸,使得他"小窗低户",不能安居;黄花、松竹无心观赏;万顷碧波也无意领略。他身虽隐退而心有不安,于是他想起了东山再起的谢安:"谁似东山老,谈笑静胡沙。"东晋著名宰相谢安,从隐居的东山进入仕途。淝水一战,击溃了苻坚的百万大军。这里词人隐然以谢安自况。这两句是从李白的《永王东巡歌》"但用东山谢安石,为君谈笑静胡沙"化来,表现了作者念念不忘收复失地的抗金意志。但着以"谁似"二字,又透露出自己愿为谢安而不可得的感慨,且当前复有何人? 其沉郁之处,又与李白原句之意态昂扬者异趣了。

　　写景与抒情交互进行,而以抒发情怀为主,景物只起反衬作用,借以表现内心的矛盾,可以说是这首词表现手法的一个特点。它语言明快,很少藻饰,而感情却很深沉,风骨棱棱,透露出逸气豪情,明显地受到了苏东坡词风的影响。关注评叶梦得词"能于简淡处时出雄杰,合处不减靖节(陶渊明)、东坡之妙,岂近世乐府之流哉!"(《题石林词》)正道出叶词微旨。

　　　　　　　　　　　　　　　　　　　　　　　　　　　(李廷先)

八 声 甘 州　　　　　　　　　叶梦得

寿阳楼八公山作

故都迷岸草,望长淮、依然绕孤城。想乌衣年少,芝兰秀发,戈

戟云横。坐看骄兵南渡,沸浪骇奔鲸。转盼东流水,一顾功
成。　　千载八公山下,尚断崖草木,遥拥峥嵘。漫云涛吞
吐,无处问豪英。信劳生、空成今古,笑我来、何事怆遗情①。
东山老②,可堪岁晚,独听桓筝③。

〔注〕　① 遗情:指思念往事。曹植《洛神赋》:"遗情想象",李善注:"思旧故而想象。"
② 东山老:指谢安,他曾隐居东山。　③ 桓筝:《晋书·桓伊传》记载,谢安晚年为晋孝武帝疏
远。一次,谢安陪孝武帝饮酒,桓伊弹筝助兴,并歌曹植《怨歌行》:"为君既不易,为臣良独难。
忠信事不显,乃有见疑患。"孝武帝听后"甚有愧色"。

　　这首词大约写于绍兴三年(1133)前后,当时作者被排挤出朝,任江东安抚大
使,兼知建康府并寿春等六州宣抚使。寿春,今安徽寿县,东晋改名寿阳。八公
山在寿县城北,淝水流经其下。公元383年,东晋谢安命谢石、谢玄在这里以八
万兵力巧胜号称百万的前秦苻坚大军,使"淝水之战"成为中国历史上以少胜多
的著名战例,赢得了文人墨客的不断吟咏。叶梦得在宋室南渡之后积极从事防
务和军饷供应,是主战派人物之一。因此在遭受打击之后登临八公山,他便自然
想起谢安的故事来了。

　　词的上半阕是对淝水之战的回想。"故都",有人认为系指建康,但寿春在公
元前241年也作过楚国的首都,如今作者又是在此怀古,所以说是寿春更恰当。
"长淮"即淮河,这里指淮河的支流淝水。开头三句从眼前的城和水写起,似乎是
吊古诗文的老调。然而作者下一"迷"字,则给全篇罩上了一层不可解脱的阴
影:透过迷岸的野草,约略感受得到乱糟糟的社会和词人如麻的心绪。再者第
三句说"依然"绕孤城,也就预示了"物是人非"的主题。这种开头,庶几可免
"泛写景"之弊。以下七句,集中写淝水之役。"乌衣",巷名,故址在今南京市
东南,在晋代曾是王、谢等名门贵族居住的地方。淝水之战中,谢安的弟弟谢
石,侄儿谢玄,儿子谢琰等年轻将领显示了出色的军事才能,所以词中说"乌衣
年少"。"芝兰秀发"用《世说新语》中谢玄的话"譬如芝兰玉树,欲使其生于阶
庭耳",比喻年轻有为的子弟。"戈戟云横",字面的意思是:戈戟等武器像阵云
一样横列开去,在这里有双关作用,一是借指东晋部队的军容、军威,一是暗用
《世说新语》中"见钟士季(会)如观武库,但睹戈戟"的典故,赞誉谢安等人满腹
韬略、足智多谋。"骄兵"指苻坚的军队。"奔鲸",谢朓《和王著作融八公山
诗》:"长蛇固能剪,奔鲸自此曝。"《文选》李善注说:"奔鲸,喻坚也。"从写法上
看,上半阕先用渲染法,在"想乌衣年少"等三句中树立起谢家子弟的英武形
象;然后改用对比和反衬之法:因为对手是"骄兵",是"奔鲸",所以胜利者的功

业便更见辉煌,"坐看""转盼""一顾功成"的从容风采也就更为鲜明。这种写法突出了淝水之战以少胜多、驱逐异族(苻坚为氐族)的主题,为下文"抚今"打下了坚实的基础。

下半阕写作者的感触。面对陈迹,回首往事,联系当权者的不抵抗政策,再考虑到词这种文体的特殊性,词人既有满腹心事,但又不好直说,因之这半阕故意使用了曲笔、逆笔。"千载"三句仍从眼前落墨,在上下两阕之间起着过渡作用:把这三句同"望长淮、依然绕孤城"对看,那么词人分明是在喟叹"山河依旧,古人不再";把这几句同"漫云涛吞吐,无处问豪英"对看,则一说草木皆兵,一说朝中无人,作者怀古的用意差不多全在其中了。"漫云涛吞吐,无处问豪英"正面写对英雄的仰慕;"信劳生、空成今古"却从反面说谢氏子侄劳碌为国,也不过空成过去。"笑我来何事怆遗情"从反面说"我"不必为往事悲伤,好像是作者的自我否定;"东山老,可堪岁晚,独听桓筝",却又明明在诉说豪情受到冷落后的强烈不满(句中那个"独"字,反映了比与孝武帝"共"听桓筝的谢安更加寂寞的处境)。——这四层意思中,正说、反说、直笔、曲笔交替使用,每变一次笔法,词意便被推进一步。刘熙载说:"一转一深,一深一妙,此骚人之三昧。倚声家得之,便自超出常境。"(《艺概·词曲概》)这种写法,不仅易于表达作者复杂的情绪,而且词篇也因之更加摇曳多姿了。

(李济阻)

念　奴　娇　　　　　　　　　　　　　　　叶梦得

云峰横起,障吴关三面,真成尤物。倒卷回潮,目尽处、秋水粘天无壁。绿鬓人归,如今虽在,空有千茎雪。追寻如梦,漫馀诗句犹杰。　　闻道尊酒登临,孙郎终古恨,长歌时发。万里云屯,瓜步晚、落日旌旗明灭。鼓吹风高,画船遥想,一笑吞穷发。当时曾照,更谁重问山月。

这首词是作者在宋高宗绍兴八年(1138)受任江东安抚制置大使兼知建康府(治所在今江苏南京)时期作的。绍兴初年,作者也任过同样的职务。过了几年,又重任此职,所以建康是他的旧游之地。从下片起句"闻道尊酒登临",以及"孙郎""画船"这些字句来看,此词应是作者乘船登镇江北固山有感而作。镇江也是作者管辖之地,当年是孙吴早期的政治中心。

在作者写这首词的四十多年前,苏轼于元丰五年(1082)谪迁黄州时写了《念奴娇·赤壁怀古》词,流传很广。叶梦得这首词就是步东坡词原韵写的,其构思和谋篇与赤壁词也有相似之处。

　　词的上片是借景抒怀。起句"云峰横起",真如奇峰突起,气势就已不凡。下句"障吴关三面",是写云峰分布情景:云雾缭绕的山峰像屏障一样把古吴国所属地区遮去了三面。三面,是指东、西、南三面。吴关,泛指吴国辖境,此处指今江苏沿江一带。接下去"真成尤物",是作者对云峰的赞叹。尤物,原意指尤异的人物,一般是指女性,这里借指云峰的奇特可爱。

　　以上三句是作者仰观后的感受。紧接以下两句是作者平视所见:从江干极目望去,回潮倒卷之处,水天浑然一体,无边际可寻。这句是用韩愈《祭河南张员外文》"洞庭汗漫,粘天无壁"的下一句,很切合词意,押"壁"字韵,可谓天衣无缝。一个"秋"字点出时令。下面五句由写景转入抒情。前面说过,作者曾两次出知建康府,第一次到建康时不过五十岁多一点,还不算老,"绿鬓人归",回去时头发还是青的;可是这次重返故地,已是过了花甲的人了,人虽还活着,但已是满头白发,回想当年情景,有如大梦一场,只有诗情未减,下笔仍像往日那样雄浑奔放。作者在这里虽然感到年岁日增,精力已不如前,但并无伤感情绪,还以"诗句犹杰"自豪,胸襟是很开朗的。

　　词的下片,则是作者看了眼前景物,思潮起伏,兴起了一系列的感慨。

　　首先他想到东汉末年崛起江东的孙策,也常携酒登临此山游宴,时而引吭高歌。当时孙策正值英年,手握雄兵,有澄清天下之志。可惜他壮志未酬就短命死了,饮恨千秋。"万里"以下五句,应是作者兴尽下山,回到自己座船以后的思想活动。他向西望去,万里浓云绵亘,此时北岸临江的瓜步一带,夕阳正照着军营中的旌旗或明或暗,鼓角声随着秋风飘来,词人不禁想到:淮水以北地区已被金兵占领,南宋政权岌岌可危,收复失地渺不可期。安得有一天王师北定中原,大军直入金人腹地,以实现举国父老的愿望。"穷发"一词出自《庄子·逍遥游》,指最遥远的北方,词里是指金人的后方,"吞穷发"也就是岳飞所说的"直捣黄龙府"之意。这几句表达了作者的爱国思想。结尾两句,也写得非常高妙:月亮从东山升起了,就是这个月亮,曾照遍古往今来的人,其中既有孙策,也有率军南下进驻瓜步的北魏太武帝,当年的情景,月亮通通可以作证。可是这些历史事件,有谁去问过它呢!"更谁重问山月"这一结句,既有景又有情,给读者留下无尽的联想余地。

　　填词步他人原韵,要受韵的限制,较自行创作为难。纵观此词,言情状物虚实交融,行文错落有致,有今有古,亦古亦今,始终把自己置身其间。而且情调健康,气韵自然,没有雕琢气。宋人王灼认为叶梦得词"学东坡……得六七"(《碧鸡漫志》）；清人冯煦也认为他的词"挹苏氏之余波"（《宋六十一家词选例言》）。从作者这首词来看，王、冯之说颇有见地。而此词与东坡的赤壁词相比，也差可继武。

（吴丈蜀）

临 江 仙
叶梦得
与客湖上饮归

　　不见跳鱼翻曲港，湖边特地经过。萧萧疏雨乱风荷。微云吹散，凉月堕平波。　　白酒一杯还径醉，归来散发婆娑。无人能唱采莲歌。小轩倚枕，檐影挂星河。

　　本词题云："与客湖上饮归。"词意便是从此句生发拓开。上片先接"饮归"两字，写宴集既散，余兴未尽，特地绕道来到湖边，原想看看湖边港湾水草茂密之处那些翻跳出水、闪着白光的鱼儿，但夜色朦胧，湖水平静，只听得雨声稀朗，打落在随风翻乱的荷叶上。这首两句是倒装句，表现出作者的体物入微。"却傍水边行，叶底跳鱼浪自惊。"（《南乡子》）观看鱼儿从水中跳起又落下本是他的乐趣，但眼前天暗波平，只有晚风疏雨翻乱荷叶的萧萧之声。忽然，风过处，云散去，一片凉月，影入湖中。这里不说是月影，而要说月堕平波，乃是由于作者正注目沉沉湖水，忽然湖清见月，几疑月儿从天上落下。

　　下片写湖上归来以后的心情。想不到酒宴之上仅仅饮下一点白酒，就竟然颇有醉意。"散发婆娑"，极写自己披散头发，徘徊纳凉，以解除酒后燥热烦闷之感。"无人"句是说想听支采莲小曲，聊以解闷，但夜深人静，无人放歌，而愁闷也只好郁积心底，无从排遣。这里的"无人"，其实是藉以说明作者的沉忧和孤独感，也是深一层的写法。

　　夜深了，小轩中的作者倚枕而卧，难以入睡，但见月光之下，屋宇飞檐，投影于地，十分清晰，天上银河垂悬，好似挂在檐角之上。通过这一静景描写，突出了作者月夜沉思的形象，他所沉思的内容是什么呢？该不仅仅是个人的闲愁罢！作者含蓄地以景作结，让读者自己去领略体会。

　　这首词洗却绮艳，格调疏放。与作者同时的关注说其早期词"婉丽绰有温李之风"，但他也受到苏轼及其门人的影响，时有疏放之作，在目前可以证实为他晚期所写的词作之中，已看不到婉丽的风调，也就是关注所说的"晚岁落其华而实之"，亦即词风由婉丽转为简淡疏放，不作柔语殢人；由个人闲愁转为家国之感。此词即是显例，而疏放中又有含蓄的一面。

（潘君昭）

虞　美　人　　　　　　　　　　　叶梦得

雨后同干誉、才卿置酒来禽花下作

落花已作风前舞，又送黄昏雨。晓来庭院半残红，惟有游丝千
丈罥晴空。　　　殷勤花下同携手，更尽杯中酒。美人不用敛
蛾眉，我亦多情无奈酒阑时。

　　叶梦得，生平以经术文章著称，所作歌词，初极婉丽，有温、李之风；晚岁洗尽
铅华，能于简淡中表现出雄杰的气韵。宋人王灼以为他学东坡得其六七，“其才
力比晁、黄差劣”（《碧鸡漫志》卷二）。这首小词与东坡的婉约之作有些相似，是
《石林词》中之佳作。

　　上片写景。昨夜一场风雨，落花无数。晓来天气放晴，庭院中半是残花。内
容极为简单，写来却有层次，且有气势。从时间来看，重点在清晨，也即“晓来”之
际；昨夜景象是从回忆中反映出来的。意境颇类李清照《武陵春》“风住尘香花已
尽”，但李词较凝练，叶词较舒展。一般写落花，都很哀婉低沉，如欧阳修《蝶恋花》
“泪眼问花花不语，乱红飞过秋千去”，秦观《千秋岁》“春去也，飞红万点愁如海”，
均极凄婉之致。可是这里却用另一种手法，不说风雨无情，摧残落花，而以落花为
主语，说它在风前飞舞，把“黄昏雨”给送走了。创意甚新，格调亦雅。晓来残红满
院，本易枨触愁情，然词人添上一句“唯有游丝千丈罥晴空”，情绪遂随物象扬起，给
人以高骞明朗之感，音调也就高亢起来。我们说它像东坡的婉约之作，这是第一点。

　　下片抒情。前二句正面点题，写词人雨后同干誉、才卿两位友人在来禽花下
饮酒。来禽，即林檎，南方叫花红，北方名沙果。此时词人盖已致仕居湖州卞山
下，故能过此闲适生活。“殷勤花下同携手”，写主人情意之厚，友朋感情之深，语
言简练通俗而富于形象性，令人仿佛看到这位贤主人在殷勤地拉着干誉、才卿入
坐。“花下”当指林檎树下。奇怪的是上片已云花落，为何此处不说树下而说“花
下”，这除了平仄关系（“树”字仄声，此处宜平）以外，还因为前面已经言明“庭院
半残红”，可见树上尚有残花，词中针线还是密的。“更尽杯中酒”，一方面见出主
人殷勤劝饮，犹如王维《送元二使安西》中所说的“劝君更尽一杯酒”；一方面也显
出词情的豪放，如欧阳修《朝中措》中所写的“挥毫万字，一饮千钟”。然而从前面
所铺叙的落花这一背景来看，此句可能带有人生无常、及时行乐思想，不过只是
暗寓，仅可意会罢了。以豪放之笔写悲感，这是像东坡的第二点。

　　结尾二句写得最为婉转深刻，曲折有味。所以明人沈际飞评曰：“下场头话，

偏自生情生姿,颠播妙耳。"(《草堂诗馀正集》卷二)古代达官、名士饮酒,通常有侍女或歌妓侑觞。此云"美人不用敛蛾眉,我亦多情无奈酒阑时","美人"即指侍女或歌妓而言,意为美人愁眉不展,即引起我不欢。其中"酒阑时"乃此二句之规定情境。酒阑意味着人散,人散必将引起留恋、惜别的情怀,因而美人为此而敛起蛾眉,词人也因之受到感染,故而设身处地,巧语宽慰,几有同其悲欢之慨。多么婉曲,又多么深沉! 沈际飞称其颠播得妙,确为有识之见。

　　总的来讲,这首词以健笔写柔情,以豪放衬婉约,读起来令人深受感动而不低沉欲绝。明人毛晋称其词"不作柔语殢人,真词家逸品"(《石林词跋》),于此可见一斑。

(徐培均)

点　绛　唇

叶梦得

绍兴乙卯登绝顶小亭

　　缥缈危亭,笑谈独在千峰上。与谁同赏,万里横烟浪。

　　老去情怀,犹作天涯想。空惆怅。少年豪放,莫学衰翁样。

　　宋高宗绍兴五年乙卯(1135),叶梦得登上他所居住的吴兴西北卞山(一称弁山)绝顶亭。绝顶亭位于卞山南山之巅,为叶梦得所筑。亭基将建成,他即离吴兴出任江东安抚大使兼知建康府,兼寿春等六州宣抚使,时在绍兴元年。此时则已去任归居卞山,登此亭,心有所感,写了这首词。

　　"缥缈危亭",一起径直点题。危亭,《说文》:"危,在高而惧也。"此言亭之高,应题目的"绝顶",绝顶亭就是因所在位置之高而命名。缥缈,隐隐约约,亦因其高而望之似可见似不可见,应题目中的"小亭"。杜甫《白帝城最高楼》诗"独立缥缈之飞楼"的"缥缈",也是这个意思。

　　"笑谈独在千峰上。"由亭而写到人,应题目的"登"字。由于小亭位于"绝顶",故登亭之人有在"千峰上"之感。作者又说此时亭上只有他一个人"独在",那么这"笑谈"却又对谁而发呢? 这年作者已经五十九岁,看来登上绝顶亭不会是一个人来。从下文"少年豪放,莫学衰翁样"看,同登的应该还有他的儿辈,很可能是他的少子叶模。《建康集》有诗二首,题为《送模归卞山并示僧宗义为余守西岩者》,首云"自我离山间,忽已两改月",自注"江东领八州",是作于初离卞山出任江东安抚大使兼知建康府时;诗中又嘱咐儿子"为吾课童仆,开辟尽二面(西山、南山)",则叶模是替他管理卞山的别墅的,此时登上绝顶亭当也随行。而作者登亭用了个"独"字。不是与朋友同游是可以用"独"字的。这个字还有它特殊的意义,表示出虽老而仍登此绝顶小亭的欢畅心情。上述《送模归卞山……》诗第二首末云"莫言羊肠险,径小烦屡转;杖藜不用扶,吾脚犹尔健",是接在诗自注"筑南山绝顶亭,亭基垂成而来"之下的诗句。亭未成而去建康赴任(诗自注中"来"字是从建康的角度说的),而今去职归山,独登此亭,自庆腰脚犹健,有杜甫《望岳》的"会当凌绝顶,一览众山小"的豪情,但同时又不免有孤独寂寞之感,这就是下面的"与谁同赏,万里横烟浪"。

这两句应该作为倒装句式看,即"万里横烟浪"的写景句在前,"与谁同赏"的抒怀句在后。"万里",喻其广远,指吴兴以北直至沦陷了的中原地区,此时宋室南渡已八个年头了。"烟浪"形容烟云如浪,与"万里"相应。北望中原,烟雾迷茫,不知恢复在何日。"赏"字不只为了协韵,还含有预想失土恢复后登临赏览的意思在内。"与谁同赏"即没有谁与之同赏,回应"独"字。"独在"而推及"同赏","同赏"又感叹"与谁";欢快味的"赏"字与压抑感的"独"字连翩而来,表现作者心中此时的复杂情绪,抒发在下片之中。

"老去情怀,犹作天涯想。""天涯想",指有志恢复中原万里河山。年龄虽老,壮志未衰,"犹作"二字流露出"天涯想"的强烈感情。又想起此身闲居卞山,复出不知何日,独自登临送目,纵有豪情,徒兴惆怅。"空惆怅",是自觉"心有余而力不足"所产生的无可奈何的情绪,收住了"天涯想"。而这"老骥伏枥,志在千里"的热情,又不甘心默焉以息,便借吩咐随侍的儿辈说:"少年豪放,莫学衰翁样。"这里的"衰翁样"指的是"空惆怅",得"少年豪放"而解脱之,回复到"天涯想"的豪情壮志上去。"少年豪放"一句也不是突然而来,随意而生,它在第二句的"笑谈"二字中便埋下根子,盖亦是所谓"此中有人,呼之欲出"了。

叶梦得在江东安抚使兼知建康府任上,九月望日,与客习射西园,时病不能射,作《水调歌头》,下片云:"岁将晚,客争笑,问衰翁:平生豪气安在?走马为谁雄?何似当筵虎士,挥手弦声响处,双雁落遥空。老矣真堪愧,回首望云中。"俞陛云评曰:"下阕清气往来,十句如一句写出,自谓豪气安在,其实字里行间,仍是百尺楼头气概也。"(《唐五代两宋词选释》)移评此词,也颇恰当。

(陈长明 艾治平)

【作者小传】

刘一止

(1078—1161) 字行简,湖州归安(今浙江湖州)人。宣和三年(1121)进士。绍兴初,累官中书舍人、给事中。以直言敢谏忤秦桧。桧死,召还。因疾以敷文阁直学士致仕。著有《苕溪集》《苕溪词》。词存四十二首。

喜 迁 莺 晓行　　　　　　　　　刘一止

晓光催角。听宿鸟未惊,邻鸡先觉。迤逦烟村,马嘶人起,残
月尚穿林薄。泪痕带霜微凝,酒力冲寒犹弱。叹倦客、悄①不
禁重染,风尘京洛。　　　　追念人别后,心事万重,难觅孤鸿托。
翠幌娇深,曲屏香暖,争念岁寒飘泊。怨月恨花烦恼,不是不
曾经著。这情味,望一成②消减,新来还恶。

〔注〕① 悄:犹浑也,直也。见张相《诗词曲语辞汇释》卷二。　② 一成:意犹"渐渐",宋
词屡见,最早者如苏轼《洞仙歌·咏柳》:"断肠是飞絮时,绿叶成阴,无个事,一成消瘦。"

　　这首题名"晓行"的词,是作者在拂晓上路时怀念他的妻子而写的。"带霜"
"冲寒",可见时令已到冬季。"残月尚穿林薄",说明作者"晓行"之日是阴历的下
旬了。

　　词的起句说角声催来天晓。一开头就将时间点明,也由于角声将旅人唤醒
踏上征程,引起以下画面的展开。"宿鸟"二句更把时间界限进一步点明:树上
巢中的鸟不到天明是不会聒噪的,虽有响亮的号角声飘来,却未惊醒它们,可见
天色还未大亮。但雄鸡在黎明前是定要啼鸣的,"鸡先觉",又说明天快亮了。起
句和以上两句是写在驿舍室内听觉所起的反应。接着三句:一眼望去是连绵而
曲折的村落,一个"烟"字,说明晨雾未消;行人已起,马在嘶叫。一弯残月,透过
长林,隐约可见。这都是离开住地出门后的所见所闻。以下"泪痕"两句,说明作
者在驿舍中因伤感而流过泪,并且曾饮酒御寒。这两句以自己身躯上的感受反
映出天气寒冷。一个"霜"字点明是清晨的行动,紧扣词题。以上七句,用白描手
法,写出晓行所见所闻和身体的感受,真实动人。清人许昂霄曰:"'宿鸟'以下七
句,字字真切,觉晓行情景宛在目前"(《词综偶评》),是恰当的。前结三句,"倦
客"表明他曾久客外地,他的《洞仙歌》词也有"客里经春又三年"之叹,对行旅生
活已感到厌倦;"悄不禁重染,风尘京洛",化用陆机《为顾彦先赠妇》诗句"京洛多
风尘,素衣化为缁"。张相《诗词曲语辞汇释》解云:"禁,愿乐之辞。刘一止《喜迁
莺》词'叹倦客,悄不禁重染,风尘京洛',言倦客不愿意再奔走风尘京洛也。"刘一
止是浙江湖州人,徽宗宣和三年(1121)进士,但未得一官,直到高宗绍兴初年召
试,才得授秘书省校书郎。此次夜宿晓行,再去京都,当是为了应诏赴官,但又深
觉京尘可厌,实不愿重履浊地。不愿去而仍不得不离乡背井,奔波不已,其情绪
之恶劣可知。这一点从上面"泪痕"二字也可以看出。

  词的下片转入怀人,也给作者为什么在驿舍流泪作了答案。换头三句,道出他和妻子分别后的复杂心情,可是孤鸿是难觅的,找谁人去传达自己的相思之情呢?作者写到这里,思潮起伏,眼前又出现家中的情景:"翠幌娇深,曲屏香暖",与"岁寒漂泊"成反比。"争念"即"怎念",此三句即柳永《倾杯》:"想绣阁深沉,争知憔悴损、天涯行客。"怨意显然,于是接入下句"怨月恨花烦恼"。花好月圆则无恨,抛家傍路自生怨。因久别而怨及月与花,似乎无理,亦自有因。但是,词意却不止于此。作者说:这种烦恼,"不是不曾经着"。是的,作为"倦客","绣阁轻抛,锦字难逢,等闲度岁。奈泛泛旅途,厌厌病绪,迩来谙尽,宦游滋味。"(柳永《定风波》)事同则理同,理同即心同。如此之类的羁旅情怀,一从习惯后,经过时间的推移,也可望渐渐消减,作者正是这样估计的。岂知结句突然翻转,道"新来还恶"!"恶"字连上"情味"言,也就是姜夔《凄凉犯》的"情怀正恶",即情绪不好。末四字是尽包上文许多事与情而生的一种感应,作的一个总结,岂只是为了离家别妻一点而已。

  整个下片从怀人而带出的思潮起伏,的确是作者"心事万重"的具体刻画。写心理活动细致入微,层次分明,感情真挚。

  此词上片写晓行景色,下片写怀人,乍看起来似乎联系不紧。但细读全篇,就可知道下片的怀人是由上片晓行引起的,没有晓行的感触,就不致产生下片怀人的思绪。所以上片是因,下片是果,两者结合得非常紧密。这是一首写景抒情兼胜的佳作。陈振孙说他"尝为晓行词盛传于京师,号'刘晓行'"(《直斋书录解题》卷廿一)。可见当时人对这首词的赞赏。

(吴丈蜀)

作者小传

汪 藻

(1079—1154)　字彦章,号浮溪,饶州德兴(今属江西)人。崇宁二年(1103)进士。高宗朝,累官中书舍人,兼直学士院,擢给事中,迁兵部侍郎,拜翰林学士。以显谟阁学士知徽州,徙宣州。以尝为蔡京、王黼客,夺职,居永州。博极群书,工骈文。有《浮溪集》。词存四首。

点 绛 唇   汪 藻

新月娟娟,夜寒江静山衔斗。起来搔首,梅影横窗瘦。

好个霜天,闲却传杯手。君知否?乱鸦啼后,归兴浓于酒。

这首小令,是抒情之作。汪藻是江西饶州德兴人,徽宗崇宁五年(1106)进士。高宗时历任京官并出知外郡。后来被人弹劾免官,死于湖南永州。关于这首词的写作时间和背景,历来有不同的说法。南宋吴曾说:"汪彦章(汪藻字)在翰苑,屡致言者。尝作《点绛唇》云云。或问曰:'归梦浓如酒,何以在晓鸦啼后?'公曰:'无奈这一队畜生聒噪何!'"(《能改斋漫录》卷十六)照吴曾的说法,此词是汪藻在临安为翰林学士时所作,且认为是有所指而发。又宋人王明清说:"汪彦章在京师,尝作《点绛唇》词云云。绍兴中,彦章知徽州,仍令席间歌之。坐客有挟怨者疏纳桧相(秦桧),指为新制以讥会之(秦桧字)。会之怒,讽言者迁于永(贬居永州)。"(《玉照新志》)照王明清的说法,此词作于临安,因在徽州重唱被人陷害以致遭祸。黄公度《知稼翁词·点绛唇》的注又有不同的说法:"汪藻彦章出守泉南,移知宣城,内不自得,乃赋词云云。公(黄公度)时在泉南签幕,依韵作此送之。又有《送汪内翰移镇宣城》长篇,见集中。比有《能改斋漫录》载,……不惟事失其实,而改窜二字,殊乖本义。"《知稼翁词》调名下的注,盖编集者所加,其时当在《能改斋漫录》问世后不久。注者熟知黄公度生平,所言最可信。此词实是汪藻作于泉州,时将离任移知宣州,心中不快,故有"乱鸦"两句。

全词上下片共九句,词虽短,却包含了广阔的内容,艺术上也很有特色。从时令看,既有梅花开放,当然是冬天或春初,这时早晚有霜,气候寒冷。从时间看,既有新月,定是阴历月初一个晴天的晚上。既然是睡后又起来,当是深夜之际。从地点看,根据第二句,是有山有水的地方。

词以月亮起兴,连下句就勾出一幅新月江山图,给人一股清新的感觉。试看:一弯秀媚的新月,被群星簇拥,山顶与星斗相连;在月光照耀下,江流澄静,听不到波声。这两句是作者中夜起来遥望所见,倒置在前,写的是静的环境。他本来就心事重重,在床上不能成眠,于是披衣而起,想有所排遣。"搔首"本是思考问题时习惯的动作,此二字形象地写出他情绪不平静。结句"梅影横窗瘦",静中见动,要月影西斜才看得出梅影横窗。"瘦"字刻画出梅花的丰姿。这两句是作者"起来"后的动作和感受,写的是动的形态。

下片完全在写思维活动。严冬的打霜天气,本来正是饮酒驱寒的好时光,可是却没有饮酒的兴致。值得注意的是"传杯"二字。传杯是传递酒杯而饮以助酒兴,多是在宴会中进行,不是独饮或对饮。既已"闲却传杯手",可知作者此时已不再举行宴会或参加宴会了。联系前面对此词写作背景的考证,可知作者正在被迫迁调，官场失意时。末二句，作者"归兴"之萌生是由于"乱鸦啼后"，并且这番思归的意念比霜天思酒之兴还浓，可见他已非常厌倦宦海生涯。鸦声聒噪，素为人们厌恶。句中在鸦前加一修饰词"乱"，足见鸦之多，聒噪之甚。作者先用设问句"君知否"向他人提问，然后自作回答说明"归兴浓于酒"的原因所在，所谓"乱鸦"，是指政坛上的一群小人。《知稼翁词》注批评《能改斋漫录》"改窜二字，殊乖本义"，一是将"乱鸦"改成"晚鸦"（《漫录》作"晓鸦"），一是将"归兴"改作"归梦"，确实使作者原意受到了损害。

全词构思别致，语言晓畅，情景相生。结构也很严密：由上片的"夜寒""梅影"引出下片的"霜天"；由上片的"搔首"引出下片的"乱鸦""归兴"；由"传杯"引出"酒"。细针密缕，酝酿无迹。

这首词是有所寄托之作，并不是一般的写景抒情。作者通过对景物的刻画，委婉地写出他心情的苦闷，表现手法极其含蓄，做到了怨而不怒。前代词论家只从景色描写上肯定这首词，殊欠全面。

（吴丈蜀）

【作者小传】

曹　组

字元宠，阳翟（今河南禹县）人。六举不第，宣和三年（1121），殿试中甲，赐同进士出身。官止阁门宣赞舍人，睿思殿应制。有《箕颖集》，不传。今辑本《箕颖词》，存三十七首。

如　梦　令　　　　　　　　曹　组

门外绿阴千顷，两两黄鹂相应。睡起不胜情，行到碧梧金井。
人静，人静。风动一庭花影。

此首宋人选本《乐府雅词》《花庵词选》皆以为曹组作，《类编草堂诗余》等明刊本则属之秦观，末句作"风弄一枝花影"。

全词关目在"睡起"二字。睡起之前，写词人所闻所见；睡起之后，写词人所感所行。先是词人在睡梦中听到两两相应的黄鹂鸣声，睁开迷蒙的双眼向门外望去，只见绿阴千顷，分外宜人。秦元庆本《淮海居士长短句》眉批云："见绿阴而闻鸟声，正是景物相应处。"这是颠倒了先闻后见的次序，不符合生活的逻辑。其所以如此，主要是未能抓住"睡起"这一关目。

如梦令（门外绿阴千顷）　　曹　组

——明刊本《诗馀画谱》

　　以动衬静是本词的主要特色。宋曾季狸《艇斋诗话》说:"南朝人诗云:'蝉噪林逾静,鸟鸣山更幽。'荆公(王安石)尝集句云:'风定花犹落,鸟鸣山更幽。'说者谓上句静中有动意,下句动中有静意。此说亦巧矣。至荆公绝句云:'茅檐相对坐终日,一鸟不鸣山更幽。'却觉无味。"此词也是汲取了前人的艺术经验,"两两黄鹂相应",是写动态;"门外绿阴千顷",是写静态。一动一静,相映成趣,便造成了清幽的境界。

　　然而词人还是被这清脆的黄鹂声唤醒了。"睡起"句中"不胜情"三字,有"承上启下"的作用。盖鸟成双而人独处,已"不胜情";起行又静不见人,只见"风动一庭花影",更难以为情。何谓"不胜情",即今语感情上受不了。为什么受不了,词人此时还没有明言,因而显得含蓄有味。唐人孟浩然《春晓》诗云:"春眠不觉晓,处处闻啼鸟。夜来风雨声,花落知多少。"是写伤春情怀。金昌绪《春怨》诗云:"打起黄莺儿,莫教枝上啼;啼时惊妾梦,不得到辽西。"是写思妇念远之情。它们都是通过视觉形象和听觉形象的描绘,表现和寄托自己的感情。这首词中的主人闻鸟鸣而起,起而独行踽踽,盖亦怀有无聊意绪;而韵流弦外,意蕴句中,欲言不言,留给读者以想象的余地。

　　词末三句,言简而意深,从所见所感写出了词人的所思来。"人静,人静。风动一庭花影",也是采用以动衬静的手法,却是明写"动""静"二字,与开首又有不同。"庭"字应上句"碧梧金井"。此时此地,更无他人,所谓"人静"也;复叠"人静"二字,一再言之,其寂寞难禁之状如见,所谓"不胜情"者已渐可知。其间见"风动一庭花影",疑有人来,但细察仍只是"风动花影"而已。因此一"动",更显其"静"。此句是本于元稹《莺莺传》崔氏《月明三五夜》诗:"待月西厢下,迎风户半开。拂墙花影动,疑是玉人来。"赵令畤《商调蝶恋花》咏崔、张事,于此处亦云:"花动拂墙红萼坠,分明疑是情人至。""风动一庭花影",盖非为写花影而写花影,除有以动衬静的作用外,又暗含以动破静的意图,但是"佳人殊未来",终于还是无可如何。而所谓"不胜情"者遂以不尽尽之矣。

　　从《类编草堂诗余》作秦观词之各本,于"风弄一枝花影"句,或评云:"正是静景。"或云:"'一枝'字幽隽。"但词人此时正是"身闲心苦",未必是刻意抒写幽静之趣。"风弄一枝花影",若论与"睡起不胜情"的关系,自不如"风动一庭花影"扣得紧密。或者又以为"风弄"句是从张先《天仙子》的名句"云破月来花弄影"化出。但是"花弄影"自然,"风弄花影"却说得有些别扭;况只是"一枝","幽隽"确实是"幽隽"了,但这"风"所及处却又有些怪。此词若是出于秦观之手,"山抹微云学士"未必有此败笔。或者是此词流传过程中受了张先"花弄影"的影响,文字就有了变化,只求句意"幽隽"而不协于全篇,这就非始料所及了。

(徐培均　陈长明)

忆　少　年　　　　　　　　曹　组

年时酒伴,年时去处,年时春色。清明又近也,却天涯为
客。　　　念过眼光阴难再得。想前欢,尽成陈迹。登临恨无
语,把阑干暗拍。

　　这是一首怀人词,是作者在清明节之前登临旧游之地时所作。至于所怀的
是什么人,从起句中可以判断是一位酒友。在诗词中,怀人之作很多,但各人的
技巧高低不同,此词就是这类作品中写得比较出色的一首。

　　词的上片起头三个四字句是追忆往日的一次游宴,约了酒伴到一个地方聚
饮。"年时"即当年。时间从下文得知,也是清明节日。三句同用"年时"二字开
头,不但不显得重复,反而感到雄浑刚劲,新颖别致。这是作者有意这么安排的,
以加重语气而产生特殊的艺术效果。以后两句却笔头一转,写的是眼前情景:
此时快到清明时节,又是春光明媚的时候,地点也是从前登临的地方,旧地重游,
景色如昔,可是往日的酒伴此时却在远地作客,不能同在一起游宴了。抚今追
昔,于是引起了对同游者的怀思。同一时令,同一地点,因而怀念往日同游的人,
这是任何人也会产生的感情,所以读起来异常真切。

　　换头句则是通过这件事生发出来的感慨。作者首先慨叹岁月如过眼云烟,
大好时光,转眼就过去了。当年和酒伴一起在此处登临饮宴的情景如在眼前,但
物是人非,逝去的光阴无法重新得到了。"想前欢,尽成陈迹"紧承上句而来:任
何人都曾有过欢乐赏心的事,但事过境迁,良辰不再,往日的欢快事,回头来看就
已是陈旧的痕迹。晋代大书法家王羲之《兰亭集序》有这么几句:"向之所欣,俯
仰之间,已为陈迹,犹不能不以之兴怀。"词语显然是从王文化出。下一句"登临
恨无语","登临"处所本是旧游之地,就是上片第二句所说的"年时去处";"无语"
是由于"年时酒伴"已"天涯为客",已没有互吐衷肠的人。一个"恨"字包括很多
内容:不仅是恨找不到投契的朋友交谈,同时也恨"过眼光阴难再得"。结句"把
阑干暗拍",是"恨"的表现形式:当作者凭倚阑干,万千思绪涌上心头,在满腔幽
恨无可发泄之际,只能暗拍阑干聊自排遣。这一结很形象,把一个心情苦闷者的
性格刻画了出来。

　　此词的特点是感情真实,抓住人所共有的思想感情,用简练的语言表达出

来，能引起读者的共鸣。全用白描手法，明白如话。读来似浅，但字里行间却寄托了无限深情，所以能传诵不衰。　　　　　　　　　　　　　　　（吴丈蜀）

青 玉 案　　　　　　　　曹　组

碧山锦树明秋霁。路转陡，疑无地。忽有人家临曲水。竹篱茅舍，酒旗沙岸，一簇成村市。　　　凄凉只恐乡心起。凤楼远、回头谩凝睇。何处今宵孤馆里，一声征雁，半窗残月，总是离人泪。

这是一首抒写旅愁乡思的词。秋山行旅，忽见临水人家，不觉触动乡心。进而感叹路远人遥，空自凝望，最后以推想今宵旅宿的凄凉况味作结。写来峰回路转，曲折尽致。

"碧山锦树明秋霁"，首句点出行旅的节令和境地。秋雨初晴，秋空如洗，显得青山红树分外明丽。锦树，指秋霜染红的树木。一肩行李，秋色如画，雨后的晴光更给这幅秋山行旅图增添了欢快的亮色。此词意在抒写旅愁，却于开头弹出一串欢快的音符，遥映后文，以形成节奏的变化和情绪的跌宕。

"路转陡，疑无地。"行行之际，山路转陡，几疑路穷。这种"山穷水复疑无路"的感觉，正是"柳暗花明又一村"的前奏，而旅行者的乐趣亦莫过于此。果然，"忽有人家临曲水。竹篱茅舍，酒旗沙岸，一簇成村市。"这四句写忽然之间惊喜的发现。行文开合顿挫，饶有风致。它看似景语，却包孕着丰富的情感内涵和微妙的心理变化过程。请看，竹篱茅舍的临水人家，岸边迎风轻扬的酒旗，远处错错落落的烟村，多么宁静安详而富有人情味，它使旅人感到一种有所依托的温暖和慰藉。然而眼前这如画的烟村，又不期然地成为思乡的蛊惑，于是正当惊喜凝望之际，一缕乡思已从心底悄悄地萌发了。

"凄凉只恐乡心起"，一语领起下片。"凄凉"二字，形容一掬"乡心"的况味；"只恐"二字妙。拓开一步，欲防范而不能，似未然而实不期然而然。处此境地，"心"不由己，透过一层来写乡思之撩人，笔意更觉深挚。"凤楼远、回头谩凝睇。"凤楼，妇女居处。这里指家中的妻子。凝睇，凝神而望。谩，徒然、空自。这两句感叹路远人遥，视线难及，纵然回头凝望，又有什么用！这就点明了"乡心"的具体内涵，并对"凄凉只恐乡心起"作了第一层回应和铺染。接着运笔入虚，从望乡的怅惘转入今宵旅宿的孤寂情景。"何处今宵孤馆里，一声征雁，半窗残月，总是离人泪"，全从揣想着笔，身未一一经而心先历历想，念念及此，不禁黯然伤神。

这是对"凄凉只恐乡心起"的第二层回应和铺染。其写法颇类似于柳永《雨霖铃》词的名句"今宵酒醒何处？杨柳岸晓风残月"，但意脉并不相同，且境地更见凄清，情怀亦更觉悲苦。"一声征雁"，使人想到一字抵千金的家书，又自然会发出"雁归人未归"的感喟；"半窗残月"，则使人想见"落月满屋梁，犹疑照颜色"的梦后惆怅之情。总之，独宿孤馆，乡思盈怀，所闻所见，无不献愁供恨，催人泪下。这四句与上片"忽有人家临曲水。竹篱茅舍，酒旗沙岸，一簇成村市"四句遥相映照，前后有一种因果相生的关联，却又和谐地组成同一主题的变奏。

　　这首词上片似乎纯然写景，而一一从行旅者眼中见出，便觉景中寓情，貌似明丽而实已伏下突变的契机。过片承转十分自然，而神光一注到底；写来吞吐曲折，虚实错综，极尽铺染之能事。一结盘空作势，又复回盼前文，更觉精神飞动，情韵无尽。

　　　　　　　　　　　　　　　　　　　　　　　　　　　　（吴战垒）

卜　算　子　　　　　　　曹　组

　　松竹翠萝寒，迟日江山暮。幽径无人独自芳，此恨凭谁诉？
　　似共梅花语，尚有寻芳侣。着意闻时不肯香，香在无心处。

　　这是一首咏空谷幽兰的词。又见辛弃疾《稼轩词》丁集，文字略有异同，题为《寻春作》。

　　"松竹翠萝寒"，写兰花幽处深谷，与松竹翠萝为伴，先从境地之清幽着笔。句意化用杜甫《佳人》诗："绝代有佳人，幽居在空谷""侍婢卖珠回，牵萝补茅屋""天寒翠袖薄，日暮倚修竹"等语，借人喻花，不即不离。"迟日江山暮"，紧承上句，从时间着笔，在和煦的春日黄昏，幽兰的情影更见得淡雅清绝。迟日，指和煦的春日。《诗·豳风·七月》："春日迟迟。"幽兰于春天吐芳，故以"迟日"暗点节候。此句用杜甫《绝句二首》之一"迟日江山丽"，但易"丽"为"暮"，即化艳阳明丽之景为苍茫淡远之意，令人想见空山暮霭中的幽兰情韵。一、二两句均点化老杜诗意，而浑然天成，语如己出，分别从时地两方面为空谷幽兰烘染出一种特定的氛围，而妙在无一语涉及形相，可谓空中着色，不犯本位。

　　"幽径无人独自芳，此恨凭谁诉？"着一"芳"字，始为兰花淡描一笔，然而"幽径无人"，兰花的芳馨无人领略，其芳心幽恨之欲诉无由亦可想而知。这两句颇有孤芳自赏、顾影自怜的意味，也透露出知音难觅的惆怅。这是为兰花传神，也是借花寓意，抒写志节坚芳而寂寞无闻的才人怀抱。清王渔洋很欣赏苏东坡"空山无人，水流花开"（《十八大阿罗汉颂》）之语，以为有"拈花微笑之妙"（见《居易录》)。这两句咏幽兰之词,风味略似,但在淡远的神韵中复透出一缕楚骚的幽怨。

　　过片承"此恨凭谁诉"而作两层递转:"似共梅花语,尚有寻芳侣。"既然无人欣赏芳馨,这脉脉的幽兰似乎只有梅花才堪共语了,这是一转;但在寂寞的深山中,也许还有探寻幽芳的素心人吧?这是二转。与梅花共语,是抒其高洁之怀;闲花野草,均不足与幽兰为伍。古人称松、竹、梅为"岁寒三友",以喻坚贞高洁的节操。此词开头写"松竹翠萝寒",已拈出松、竹,这里又写与梅花共语,正以"岁寒三友"来映衬幽兰坚芳之操。然而作者又复寄意于人间的"寻芳侣",即希望出现能够赏识"空谷幽兰"的"空谷足音"式的人物。这是封建社会坎坷不遇的知识分子渴望得到甄拔而见用于时的心声。宋王灼《碧鸡漫志》说曹组"夤缘遭遇,官至防御使",语带讥贬,看来曹组确是不甘寂寞的人物。但他虽欲出仕,又要自占身份,"着意闻时不肯香,香在无心处",就是这种心情的写照。这是全词的警句,写出幽兰之所以为幽兰的特色,其幽香可以为人无心领略,却不可有意强求。两句一开一合,相反相成,既写出幽兰淡远的风韵,又暗喻才士出处的节概。据记载,曹组著有《箕颍集》,现已亡佚。从其命名看,分明取崇仰许由耕隐于颍水之阳、箕山之下的意思。看来谋隐与谋官既矛盾又统一于作者的身上,这首词正含蓄地透露出这种信息。

　　全词写幽兰,多以淡墨渲染,结句稍加勾勒,即有点睛之妙,托花明志,其人宛在。

　　　　　　　　　　　　　　　　　　　　　　　　　　　　　(吴战垒)

【作者小传】

万俟咏
字雅言,自号词隐、大梁词隐。终生不第。能自度新声,崇宁中,充大晟府制撰,与田为等人按月律进词。词学柳永,有《大声集》,不传。有今人辑本,录存二十九首。

昭　君　怨　　　　　　　　　　万俟咏

春到南楼雪尽,惊动灯期花信。小雨一番寒,倚栏干。
莫把栏干频倚,一望几重烟水。何处是京华,暮云遮。

　　此词为客中思归之作。造语平淡而饶有转折,其情一转一深。

　　"春到南楼雪尽,惊动灯期花信。"先写客中值上元灯节。大地春回,"雪尽"则见日暖风和。《吕氏春秋·贵信》云:"春之德风,风不信(不如期而至),则其花不盛。"故谓花开时风名花信风。而农历正月十五日上元节又称灯节,为赏灯之期。此"灯期"之花信为何? 据陆游《老学庵笔记》卷四载,有一种"小桃",上元前后即著花,状如垂丝海棠。欧阳修咏小桃诗所云"初见今年第一枝"者是。所谓"惊动",即言春到南楼,时值元宵,小桃开放,如从睡梦中惊醒。这里虽只着笔于春花佳节,实暗启归心。客逢入春,又一年矣,"人归落雁后,思发在花前",情何以堪!

　　"小雨一番寒,倚栏干。"写倚"南楼"之栏干,似承上"灯期花信"而来,细味则已转折。盖独倚栏干之人,必不在游众之中,又岂为元宵灯火来。这一番寒意,是因为刚下过的一场小雨,还是因为客心悲凉的缘故? 那是断难分辨的。这就折进一层,以下就径写归思。

　　上片结句说"倚栏干",过片则翻转说"莫把栏干频倚"。说莫"频倚"栏干,正说明已是"频倚"栏干,可见归思之切。又进一层。其所以强言"莫倚",乃是因为于事无补——"一望几重烟水"。重重叠叠的烟水云山遮断了故国的望眼。于此直道相思了无益处,偏偏又欲罢不能。"何处是京华",又全是望寻之神了。"京华"指京都,即汴京。又作翻进。最后更作否决:"暮云遮"! 还是望而不见。此句似暗用李太白"总为浮云能蔽日,长安不见使人愁"诗意,既写景兼以寄慨,实有比义。经过这样的翻复跌宕,便真觉墨气四射,无字处皆是归心了。

　　宋黄昇评道:"雅言(万俟咏字)之词,词之圣者也。发妙音于律吕之中,运巧思于斧凿之外,平而工,和而雅,比诸刻琢句意而求精丽者远矣。"(《花庵词选》)此词清新骚雅,语淡情深,即其代表作之一。　　　　　　　　　　　　(周啸天)

诉　衷　情　　　　　　　　　　万俟咏

　　一鞭清晓喜还家,宿醉困流霞。夜来小雨新霁,双燕舞风斜。　　　山不尽,水无涯,望中赊。送春滋味,念远情怀,分付杨花。

　　这首词不为历来伤春之作惯写鸟去花残的传统手法所囿,别具心眼,另立机杼,开拓出一番新境界。

　　"一鞭清晓喜还家"。词一开头,便以爽利的笔调,点出"喜还家"这一全篇主旨。那清脆的一声鞭响,打破了拂晓时的沉寂,启奏了一支轻快的还乡曲。词接着宕开笔墨,描述客子归程上的情态和周围的景致,烘托欢乐的气氛。"宿醉困流霞。"流霞,泛指美酒。昨晚因还家在即,把盏痛饮,一夜沉醉,今朝登程,马上犹带余醒。他抬起惺忪醉眼,觉得周围的一切都浸润在喜庆的气氛之中:"夜来小雨新霁,双燕舞风斜。"醉眠不知窗外事,一夜小雨,清晓方停,策马而行,天朗气清,更有那一双春燕,在晨风中上下翻飞,似乎也在为他起舞助兴。这里的"双燕",兼有暗示意味:昔日别妻出游,如同劳燕分飞,而今重新比翼之期已在不远。同时也将春天的时令借以点出,一石三鸟,笔墨十分经济。

　　过片将欢快的旋律略作顿宕,稍趋深沉。"山不尽,水无涯,望中赊。"快要到家了,客子不禁回望归程。在这以前,他也许走了不少时日了。山程水驿,迢迢不尽,那一路风尘,望去竟是那样浩阔无涯(赊,空阔意),其间又曾有过多少跋涉的艰难!所幸这一切已成过去。客子在感慨之余,但见漫天杨花,扑面而来,便信手拈来一句妙语:"送春滋味,念远情怀,分付杨花。"让我把自己年年客中送春、备受煎熬的悲凉滋味,还有家人为我牵肠挂肚、思亲念远的凄苦情怀,统统分付给杨花吧!蒙蒙杨花,总是报告暮春的消息,撩起人们伤春的意绪,而今却成为这位客子往昔愁苦的负载物。"去你的吧!"他将迈着松快的脚步,去和家人团聚。词最后以幽默、俏皮将欢情再度扬起,结束了全篇。全词围绕"喜"字落笔,轻盈流走,词意婉丽,在众多的咏春词中,堪称别调。

　　　　　　　　　　　　　　　　　　　　　　　　　　　　　　　　　(蔡　毅)

长 相 思(二首)　　　　　　万俟咏

雨

　　一声声,一更更。窗外芭蕉窗里灯,此时无限情。梦难成,恨难平。不道愁人不喜听,空阶滴到明。

山 驿

　　短长亭,古今情。楼外凉蟾一晕生,雨余秋更清。暮云平,暮山横。几叶秋声和雁声,行人不要听。

　　这两首小词写法与用韵相类。前一首写听雨失眠之愁情,后一首写雨余山驿的黄昏景色兼寄羁旅之情,词意亦近。可能是同时所作。

　　前一首通篇不出"雨"字,而全是夜雨之声。"一声声"见雨之稠密,"一更更"见雨不断绝,而失眠者侧耳倾听、长夜难熬的意态就暗示出来了。"窗外芭蕉"因雨击声而显其存在,又写出雨声之响亮呼应"声声"字;"窗里灯"点"夜",体现"更更"意。写"灯"写"芭蕉",俱是写雨之影响。"此时无限情"亦因雨而兴发了。"梦难成",本来就愁苦,哪堪风雨助人凄凉,平生心事一时百端交集,故觉"恨难平"。然而"愁人"喜听也罢,"不喜听"也罢,雨是不管的,只是下个不停。"空阶滴到明",则愁人一夜没有合眼可知。阶无人曰"空",强调空,也是突出离人寂寞孤苦之感。末句回应篇首,"一更更"的延续,终至天明。一气呵成。

此词使人联想到晚唐温庭筠的《更漏子》。那首著名词章前半幅写画堂不眠的女子,后半幅写夜雨:"梧桐树,三更雨,不道离情正苦。一叶叶,一声声,空阶滴到明。"万俟咏此篇则敷衍其末三句,专力写雨,而"愁人"之情见于言外;温词之雨明写("三更雨"),此词之雨则不点明。它可谓得温词神韵而形象更集中,境界益窄而更见深刻含蓄。

后一首写羁旅之思,亦全于景物描写见之。"短长亭",是古人送别的处所("十里五里,长亭短亭"),这句写山驿望中所见,兼含旅思。"古今情"则是由此而产生的深远联想。两个短句,一偏于行程——空间,一偏于时间,想象纵横驰骋,使其感情色彩增强而意境加厚。三句扫开"情"字而客观写景:"楼外凉蟾一晕生。"造句甚妙:楼带新月一痕,其景如画;用"蟾"而不用"月""兔"字,不仅平仄妥帖,而且因蟾蜍之为物喜湿而体冷,更能表现"凉"意,"凉"字又暗示了行人触景所生的感情,黄蓼园说此句"仍带古今情之意",可谓善于体会;月"晕"是"雨余"景象,又是风起的征兆("月晕而风"),故此句近启"雨余秋更清"一句,远兴"几叶秋声"一句。过片"暮云平,暮山横",从构图说,"平"与"横"方向一致,则秋景空阔而单调可知,全是萧瑟之感。加之叶声与雁声,而更添凄清。如此苦情,末句却轻淡地道一句:"行人不要听。"此即"愁人不喜听"意,是主观愿望,然而造物无情,它是"不道愁人不喜听"的,所以叶声仍然历乱而雁声仍旧凄唳。"不要听"而不得不听,不发听后之感而只道"不要听",真令人觉其"含无限怅恻"(《蓼园词选》评)。

这两首词有一个共同特点,即"语弥淡,情弥苦"。这与作者善于造境、写景有关,更与他善于运用音韵之因素有关。《长相思》以三字骈句起唱,句句入韵,双调不换头,本具铿锵而回环往复之韵调。作者在选调上即有推敲,更有意运用叠字(依次是"声""更""窗""难""不""暮""声"字叠用,在句中部位则各各不同),增加唱叹的效果。特别是写雨的一首运用更密,"声声""更更"叠字对起,兼有象雨声之妙。善叠调更善于用调,其艺术上的成功殊非偶然。　　　　　　　　　　(周啸天)

木 兰 花 慢　　　　　　　　　　　　　万俟咏

　　恨莺花渐老，但芳草、绿汀洲。纵岫壁千寻，榆钱万叠，难买春
留。梅花向来始别，又匆匆结子满枝头。门外垂杨岸侧，画桥
谁系兰舟？　　　　悠悠。岁月如流。叹水覆、杳难收。凭画栏，
往往抬头举眼，都是春愁。东风晚来更恶，怕飞红拍絮入书
楼。双燕归来问我，怎生不上帘钩？

　　这是一首比兴之作。词的主眼就是下片点出的"春愁"。但作者伤春意在伤
别，借春愁写他与恋人诀别情事，惜乎其本事已不可考。

　　"恨莺花渐老，但芳草、绿汀洲。"词首句以"恨"字领起，字重韵响，定下了全
篇感恨的基调。莺啼花开的大好春光渐已消逝，唯有那萋萋芳草，绿满汀洲。面
对这绿暗红稀的暮春景象，词人留春无计，不禁叹道："纵岫壁千寻，榆钱万叠，难
买春留。"这三句以"纵"字领起，直贯而下，夸张言之：山崖再高，也难以阻挡春
光匆匆离去的脚步；榆钱再多，也无法唤得春神的回眸眷顾。其间借"榆钱"而拈
出"难买"，自然熨帖，堪称妙笔。"梅花向来始别，又匆匆结子满枝头。"向来，近
来。词继以梅花寄恨，将惜春之情推向纵深。梅花本是报春使者，凌寒独放于百
花之前，春华烂漫时与梅花作别，似乎还是左近的事，但曾几何时，它已果实盈枝
了。"结子满枝头"暗用了一个故事：相传杜牧游湖州时看中一少女，与其母约
定十年之内来娶。过十四年，杜牧出为湖州刺史，访该女，则已出嫁并生有两子。
杜牧怅然为诗曰："自是寻春去校迟，不须惆怅怨芳时。狂风落尽深红色，绿叶成
阴子满枝！"作者化用这个典故，借以透出他伤春的个中消息，大概他也有着与杜
牧相类似的一段恋情吧。歇拍二句，便进一步揭出了这层底蕴："门外垂杨岸侧，
画桥谁系兰舟？"那垂杨画桥，柳湾兰舟，曾是他与情人幽会之所，如今风景依旧，
但唯余一泓绿水，柳下无人系舟，当然再也看不到她的倩影芳姿了。整个上片，
全用比喻暗示、点化故实等手法，借景寓情，直到最后才逗出题旨，但仍含蓄隐
约，备极吞吐，将伤别意绪，融化在一片如画的景色中。下片则另换笔法，变深婉
之恨为长歌之哀，而只把写景作为抒情的衬托。

　　过片由惜春发而为感时，出语便是一番喟叹："悠悠。岁月如流。叹水覆、杳
难收。"如烟往事，像水覆于地，无可挽回了。"覆水难收"，这句成语出于《后汉
书》，原本是就军国大事说的。后来用以比喻夫妻关系断绝无法恢复的，有李白
《妾薄命》诗"雨落不上天，水覆难再收。君情与妾意，各自东西流"。词中取义当

本于李诗。作者借以喻指自己与恋人相诀、欢情不再的悲哀,将上片离恨再加强化。下面就进一步展开抒写这种复杂痛苦的心情。"凭画栏,往往抬头举眼,都是春愁。"由于心境不佳,他想凭栏眺望,以舒愁怀,但触目都是足以惹起春愁的景物,也就是上片所描写的绿暗红稀景象。因此他不再凭栏而走入楼内。但是"东风晚来更恶,怕飞红拍絮入书楼"。——转头不看触目伤心的残春景色,但它还是追踪而至。那吹花搅絮的东风,到傍晚更来得厉害,把落花柳絮直卷入书楼,有心再来撩惹了。他又只好放下帘子阻挡一阵。不料又有归来双燕,冷不丁地发问:为什么不把帘子钩起(好让我们进楼栖息)。燕子成双,对孤单悲苦的男主人公又是一个大刺激。——衰败的景象固然会引起他的不欢,美好的情事也会令他难过。这几句结构得很巧妙:凭栏之后未写入楼,在下面"东风"两句中补出;入楼之后未写下帘,又从"双燕"两句中补出。运笔有如层层卷浪,须细辨方知情事刻画之妙。"飞""拍"二字是动词谓语,其主语为东风。"入书楼"的,在句中指东风吹送的落花飞絮,在句后则先有男主人公,通过一个"怕"字体现出来。这个"怕"字是明点,而凭栏时怕看花絮飘零,下帘后怕听双燕呢喃之"怕",又从句外见出。但越怕外物惹起春愁,越是"无计相回避"。词在一片深沉的愁思中冷然收住。

　　这首词艺术上颇值得称道。作者采用了传统的比兴手法,将与恋人永诀的无穷憾恨打并入伤春之感,使他那难言的隐秘深衷,在惜春、留春的声声哀诉和暮春景色的层层展示中,凸显得分外鲜明,而又不失含蓄蕴藉之旨。词作围绕"春愁"落笔,细针密线,镂物叙情,把千折百回、愁肠寸断的情感,铺写得委婉真切,细腻动人。当时人称万俟之词"平而工,和而雅",甚至誉他为"词之圣者"(黄昇《花庵词选》)。从这首词看,不是没有道理的。

　　　　　　　　　　　　　　　　　　　　　　　　　　　　　　(蔡 毅)

【作者小传】田 为

生卒年里不详。字不伐。善琵琶,通音乐。政和末,充大晟府典乐。宣和元年(1119),罢典乐,为乐令。有赵万里辑本《芊呕集》,存词六首。

南 柯 子 春景　　　　　　　　田 为

梦怕愁时断,春从醉里回。凄凉怀抱向谁开? 些子清明时候被莺催。　　　柳外都成絮，栏边半是苔。多情帘燕独徘徊，依旧满身花雨又归来。

《南柯子》即《南歌子》。题名《春景》，为后来选本妄加，不能体现词作原意。全词实是借写景以抒春愁。

“梦怕愁时断，春从醉里回。”以对句起，点出“愁”字，开门见山，直抒愁怀。“梦”和“醉”二字，则说明这位愁人借以消愁解闷、自我麻醉的方法唯此二者。他害怕梦醒愁也醒（断，指梦破），于是“终日昏昏醉梦间”，企图以此逃避愁闷的袭来；然而春天却从沉醉中悄悄地回来了。春天能否给愁人带来欢乐呢？面对阳春烟景，他却发出酸楚的自问：“凄凉怀抱向谁开?”他感到满怀的凄凉况味，一时既诉说不尽，更找不到可以诉说的人。杜甫《奉侍严大夫》诗：“身老时危思会面，一生襟抱向谁开?”虽然所指不同，但可以对之倾诉怀抱的人，一定是了解自己、关心自己的人。凄凉怀抱，无可告语，可见知心人不在身边，因而感到格外孤寂难堪。这一句暗示愁闷难解的原因在于怀人，则梦断酒醒的惆怅也自然可以理解了。这三句已定下全词的抒情基调，于是在词人眼中所见的“春景”，无不染上这种“凄凉”的色调。“些子清明时候被莺催?”清明前后，正是春光大好，踏青游春之时，词人却意兴萧索，无心赏玩春光。“些子清明时候”，些子，唐宋俗语，少许，一点点的意思。这里形容时间的短暂。在词人的感觉上，清明前后这春光的黄金季节，竟是如此短暂，匆匆即过。少许春光，并不曾给愁人带来丝毫欢乐；相反，在他听来，枝头的百啭黄莺，不是在为春天欢唱，却是唱着催春速去的挽歌。这两句把莺花三月，化作短暂的心理时间，染上凄凉的感情色彩；春天从醉梦里悄悄而来，又在莺声中匆匆而去，外在的春景如梦幻泡影。春去春来，愁情依旧。

如果说上片是词人直抒胸臆的痛苦告语，下片则推出了一组令人黯然销魂的景物镜头。词人隐身在景物之后，让这些无言的镜头说出他的心声。“柳外都成絮，栏边半是苔。”柳絮纷飞，意味着春将归去，很自然地令人想到上片结处“被莺催”的那个“催”字，意脉的过渡毫不着力。栏干边的苔痕，则说明长久无人凭栏眺景了。春天对于愁人来说，似乎是可有可无的。然而有一件东西却深深地触动了词人：“多情帘燕独徘徊，依旧满身花雨又归来。”啊，只有你，多情的燕子，依然记得旧时的主人，带着一身花雨，又来到我的身边！“多情”二字，含着热泪脱口呼出，有如见故人之感。燕子还记得当年帘幕中的欢乐情景，当它再度飞来时，却感到境地凄凉，气氛顿异，不禁迟疑起来。“独徘徊”三字，就传神地写出燕子归来的神态。“依旧”二字，则唤起对于当年燕子来时的回忆，同时也会很自然地触发这样的感慨：当年栖巢的燕子又归来了，当年欢聚的人儿呢？作者虽未曾点破，但整首词的着眼点却正在于此。作者巧妙地把要说的这句话，诱使读者替他说出来。这首词之所以耐人寻味，也正在于此。　　　　　　　　（吴战垒）

南　柯　子　春思　　　　　　　　田　为

　　团玉梅梢重，香罗芰扇低。帘风不动蝶交飞。一样绿阴庭院锁斜晖。　　　对月怀歌扇，因风念舞衣。何须惆怅惜芳菲，拚却一生憔悴待春归！

　　这首《南柯子》可以看作另一首同调词"梦怕愁时断"的姐妹篇，在内容上有一定的关联。题为《春思》，也是选本所加，在写法上从触景兴感着笔。"团玉梅梢重，香罗芰扇低。"开头两句写暮春景色。"团玉"指初生的青梅，圆如碧玉，故称。一个"重"字，写梅花谢落，梅子初生，枝头沉甸甸地增加了重量感。"芰扇"，喻初生的荷叶。芰，原指菱，因诗词中常以"芰荷"连称，故以指荷。"香罗芰扇"，犹轻罗小扇；春末夏初，荷叶初生，田田轻圆，有如罗扇。用一"低"字，状荷叶刚刚出水。这两句分别从枝头和水面两个高低不同的角度，写出暮春的特征性景物。梅树结子、荷叶如扇，似乎亦含有触景伤情的意味：由团团的荷扇，想到当年持扇轻歌的人；从枝头的青梅，则可以触发"绿叶成阴子满枝"的怅惘。如果说这两句还是含而不露的静景，那么下一句"帘风不动蝶交飞"，就是一个静中见动而带有明显隐喻意味的抒情镜头。从蝴蝶双飞而引起的联想轨迹不难追踪：蝴蝶在帘外飞舞，似有依恋之意，可能帘幕中还留着伊人的余香剩馥吧？这情景使人想起吴文英《风入松》词中的名句："黄蜂频扑秋千索，有当时纤手香凝。"帘风不动，双蝶交飞，这以静托动的镜头，反映出对景者心情的不平静，他的思绪也随着蝶翅而飞扬起来。当年与那人欢聚的时候，不也像一对翩跹于花间的彩蝶吗？生活中充满着多少柔情蜜意啊！然而现在呢？"一样绿阴庭院锁斜晖。"同一绿阴庭院，当年歌舞欢聚时并不觉得春光的消逝；而今却感到满院阴沉，春光荡尽，唯有落日的余晖为这深锁的庭院投下一抹凄清的暗影。院门深锁，却未曾锁住美好的春光和爱情的欢乐，而偏偏锁住凄清的晚照，梦醒的惆怅，以及不尽的追恋。细细咀嚼这个"锁"字，意味甚为深长。

　　下片正面写思念之情。"对月怀歌扇，因风念舞衣。"明确点出其人身份。"歌扇""舞衣"，与上片的"芰扇""蝶交飞"，有一种隐喻性的意象关联。风前月下，触景兴感，怀念之情更觉不能自已。"何须惆怅惜芳菲，拚却一生憔悴待春归!"这两句一推一挽,激发出感情的更大力度,为全词弹出一个怀人的最强音。"何须"句是说不必因为悼惜春光而深自惆怅,作者似乎想从痛苦中解脱出来;然而欲擒故纵,这看似达观自解的话,却正表示着已经做好承受巨大痛苦的心理准备;于是转出"拚却"一句,语气果决,任凭时光流逝,耿耿此情始终不泯,即使一生为之憔悴痛苦,也仍然期待着春天的归来!他明白,这逝去的"春天"已永不复返,期待的结果也只能是不断的失望和层累的痛苦;但是,他愿意。

这情怀是动人的。史称作者"无行",似乎指他好狎邪之游,生活不太严肃。如果从反对封建正统的眼光来看,这位擅长琵琶的词人,对于歌女舞妓倒怀有真挚的感情,这两首《南柯子》可以作为例证。

(吴战垒)

徐 伸

字幹臣,三衢(今浙江衢州)人。政和初,以知音律为太常典乐,出知常州。有《青山乐府》,不传。存词一首。

转调二郎神　　　　徐 伸

闷来弹鹊,又搅碎、一帘花影。漫试著春衫,还思纤手,熏彻金猊烬冷。动是愁端如何向,但怪得、新来多病。嗟旧日沈腰,如今潘鬓,怎堪临镜?　　重省。别时泪湿,罗衣犹凝。料为我厌厌,日高慵起,长托春醒未醒。雁足不来,马蹄难驻,门掩一庭芳景。空伫立,尽日阑干倚遍,昼长人静。

徐伸以知音律为太常典乐,当是倚声里手。但所作《青山乐府》传而至今者,只有《转调二郎神》一首。黄昇《花庵词选》云:"青山词多杂调,惟《二郎神》一曲,天下称之。"可见此词在徐伸诸作中的地位。

关于这首词的本事,王明清《挥麈余话》说是为怀念一个"为亡室不容逐去"的侍妾而作的。况周颐《蕙风词话》说:"真字是词骨。"徐伸在词中如实地倾吐了他对侍妾真挚的情爱,这是本篇取得"天下称之"的艺术效果的主要原因。

词以"闷来弹鹊"开头,一上来就强烈地突出了作者怀人既深又切的情状。喜鹊是报喜的。可是侍妾既已被逐,哪里还有可能与词人重会呢?作者"闷来",

情绪原本不佳,这时出现的鹊声,对他无疑是一个讽刺。所以"弹鹊"这一行为,应当是作者绝望心理的反映。已经绝望,却又在不断地思念,这才是最深最苦的爱。"漫试著春衫,还思纤手",试春衫是极平常的事,然而正因为它平常,才既恰当地表现了作者同侍妾日常相处时的绵绵情意,又反映了作者由于失掉她而动辄生愁、如之奈何的苦楚。"新来多病",一方面承以上各句,说无休无止的苦苦思念使词人积忧成疾,另一方面又启以下三句,说昔日的消瘦(沈腰)依然,如今的发白(潘鬓)新添,以至于"怎堪临镜"——因怀念别人而生病,致使形态容颜都变了样子,自然都是感情真挚的表现。

　　下半阕设想对方怀念自己。以"重省"领起分手时的记忆。"别时泪湿,罗衣犹凝",是当时诀别,她的痛泪洒在罗衫,想是至今还没有干吧。"料为我厌厌,日高慵起,长托春醒未醒",又再悬想而今,她为了恋念我的缘故,"每日价情思睡昏昏"。这五句用细节和情态的描写,勾画了一个相思女子的形象。其中"长托春醒未醒"一句最妙:分明是"为我厌厌",可是不能吐露,只能"长托春醒未醒",用春来病酒的理由来掩饰。这种吞咽到肚里的爱情,同样是最炽烈最痛苦的。再说,既然托辞"春醒",则侍妾借酒消愁的情状亦可知。"雁足"以下三句写女主人公对会面的希望而又失望的心情:"雁足不来"说信也没有,"马蹄难驻"说人也不来。门庭寂寂,芳景如斯,空生怅望而已。——读到这里,可以看出作者的笔法发生了变化:前半阕写作者怀人,情绪是绝望的,所以他连报喜的灵鹊也弹驱;下半阕写侍妾怀己,却仍有无穷的痴想,因而尽管"雁足不来,马蹄难驻",女主人公却依旧"空伫立,尽日阑干倚遍"。但是,不管是绝望还是痴想,表达的却都是相爱双方的真情实感,所以极富感染力。

　　此外,说一说这首词的章法。这首词前半阕实写作者怀人,后半阕设想侍妾怀己,这样安排,不但使思念者同被思念者更加接近,在相互映衬下感情更加集中,而且虚实相间,文笔也更加生动。两半阕之间用"重省"(是重记的意思)过渡,由于"重省"的主体是作者本人,所以直承上半阕对侍妾的怀念;又由于"重省"的对象是侍妾,因而又自然地引出下半阕许多拟想的内容来。这种换头法,"如常山之蛇,救首救尾",在结构谋篇、深化主题方面都起了很好的作用。

　　在传情达意方面,这首词较成功地使用了层层翻入法。起句的"闷来弹鹊"本来就是由"喜鹊报喜"的传说翻出的,但弹鹊的结果不仅没有使愁端稍解,反而"又搅碎一帘花影",平添了许多怅惘,——这是由驱愁翻成了添愁。同样,"漫试著春衫"的目的是想寻春解愁,可是一见春衫便又想起了缝衣、熏衣的那双"纤手"，以及眼下烬冷的"金猊"（即熏炉），以致引出"动是愁端如何向"的感叹来。到"新来多病"几句，更是愁翻成病，病转添愁，把怀人的情绪写到了极致。下半阕中，先写她"别时泪湿，罗衣犹凝"，本来已十分感人。到了"料为我厌厌，日高慵起，长托春醒未醒"写别后情状，不再说泪，也没有用"愁"字，然而感情却更深沉了。"雁足不来，马蹄难驻"写有所待而待；"空伫立，尽日阑干倚遍"写无所待而待，由希望到绝望，绝望中又包含着希望，也是一步一步地翻深。《皱水轩词筌》说这种层层翻入法"正如剥蕉者，转入转深耳"。这首词抒写缠绵而复杂的感情，采用此法既能照顾到情绪的微妙变化，又能把感情渐次推向高峰，效果是很好的。

（李济阻）

陈　克

（1081—?）　字子高，自号赤城居士，临海（今属浙江）人。吕祉帅建康时，辟为参议。绍兴中为敕令所删定官。词格艳丽，接近温、韦、晏、周。有《天台集》，不传。今有辑本《赤城词》，存五十一首。

临　江　仙　　　　　　陈　克

四海十年兵不解，胡尘直到江城。岁华销尽客心惊。疏髯浑如雪，衰涕欲生冰。　　送老齑盐何处是？我缘应在吴兴。故人相望若为情。别愁深夜雨，孤影小窗灯。

徽宗宣和七年（1125）金人大举南攻，两年后北宋灭亡，高宗偏安南方。陈克此词作于绍兴四年（1134）。这年九月，金兵纠合刘豫伪政权南下，一度进逼建康（今南京市）。这就是"四海十年兵不解，胡尘直到江城"包含的历史事实。其时吕祉帅建康，辟陈克为右承事郎都督府准备差遣。在职期间，陈克曾撰《东南防守利便》上奏朝廷，力主抗金之议。无奈朝廷昏弱，奸佞当道，忠言不为所用。写此词时陈克已年五十有三。国运不振，年事渐高，于是产生了这样的情绪："岁华销尽客心惊。疏髯浑如雪，衰涕欲生冰。"中国旧文人有个惯例，如果进不能有益于国民，则只好退居林下。"送老齑盐何处是？我缘应在吴兴"就是这种思想的反映。齑盐，原指切碎了的腌菜，这里指最低限度的生活资料。吴兴,今浙江湖州市。宋之湖州亦称吴兴郡,陈克意将隐居于此。但是,事情并非只有一个方面,也就是说,不是说走就走得干脆的。比如,陈克长期侨居金陵,这里有不少朋友是他所不忍心离别的,"故人"以下三句,主要就是这个意思。

不言而喻,这首词的内容有一定消极成分。统治者妥协投降,以求片刻苟安。言路蔽塞,贤能不用,国运日见不济,使大批社会人士产生悲观情绪。从这一点说,这首词中的消极情绪仍有一定的认识作用。何况,如果就此便认为本篇没有一点积极的地方,那也不能说是真正读懂了它。首先,"四海十年兵不解,胡尘直到江城"两句正面点提形势,其中分明诉说着对进犯者的谴责,和对造成"胡尘直到江城"局面的赵宋王室的不满。因此,"客心惊"的原因就不只是时光消逝,"疏髯如雪"一句似乎还在为不能报效疆场而惋惜,欲生冰的"衰涕",实际上也反映了为国事而涕泪交加的情态。"别愁深夜雨,孤影小窗灯"两句,承上"故人相望若为情",是悬想别后故人孤愁情状。苏轼寄弟苏辙诗云:"寒灯相对记畴昔,夜雨何时听萧瑟。"回想兄弟二人对床听雨之乐,寻思何时复得此欢。陈克借用苏诗意象,而以"别愁""孤影"表之,便见故人于今独处无侣之苦,从而也反衬出自己也莫不如是。一结词意沉郁,感情深厚。刘永济《词论》分析元遗山、詹天游说:"文艺与时会相关至切也……二人皆身丁亡国之余,无可告愬之时,虽有满腔忠愤,而终莫可为,故其泄之于词,极掩抑零乱、低徊往复之致,而不能轩昂激烈。此文家所谓优美也。"陈克的情况虽不与元、詹二人尽同,但究其道理,当是可通的。

这首词起句、过变、结句用力极深,似应特别注意。起首两句指出:十年来兵祸不止,以至于"胡尘直到江城"。这一形势,是作者哀愁的原因,也是他欲别故人的原因。《蕙风词话》说:"作慢词,起处必须笼罩全阕。近人辄作景语徐引,乃至意浅笔弱,非法甚矣。"陈克此词在发端处揭出感慨的原因,为全篇定基调,立纲领。此后虽然不再有一个字提到兴亡,但由此种下的兴亡种子,却随处都透出了萌芽。这样开头,可以看作"笼罩"法之一径。至过变处,词云"送老",这和"十年""岁华销尽""疏髯""衰涕"是完全一致的。因而这两个字上贯前半阕的全部词句,可谓承接严密。但是前半阕言老,乃是要说国事不宁,个人衰弱;后半阕言老,则连系着"蒲盐何处是",是寻求自己的归宿。所以"送老"一语又下贯"应在吴兴""别愁""孤影",实开下片之端倪。古人云:"吞吐之妙,全在换头煞尾。"(周济《宋四家词选目录序论》)"最是过片不要断了曲意,须要承上接下。"(张炎《词源》)如陈克此篇,可谓承接有方。至于结尾,《乐府指迷》说:"最紧是末句,须是有一个好出场方妙。""结句须要放开,含有余不尽之意,以景结情最好……"
这首《临江仙》讲兵祸,讲胡尘,讲岁华,讲送老,讲别愁,但到终了,却用雨天深夜
之中,小窗前残灯映照下的"故人"形象收束,这种环境,这种形象,最容易寄托难
言的苦衷,最容易创造出迷离恍惚的气氛,也最容易收到"含有余不尽之意"的艺
术效果,因而也最受后人的推崇。

（李济阻）

谒　金　门　　　　　　　　　　陈　克

　　愁脉脉,目断江南江北。烟树重重芳信隔,小楼山几尺。

　　细草孤云斜日,一向①弄晴天色。帘外落花飞不得,东风无
气力。

〔注〕　① 一向:在这里作霎时、片刻讲。向,通饷、晌。

　　这首词的主人公愁中登楼,本想凭高眺望,找到远方的意中人。不料楼前并
非很高的山峰已经遮断了视线,何况远处又是烟树重重呢!无法望尽江南江北,
这使积郁胸中的愁绪不仅没有稍解,反而越来越浓了。上片写望远,既然一无所
见,那么就只有近处的风物入目了。但是,近处看到的又是些什么呢?有"细
草",它们绵绵无际,只能增加辽远凄迷的感觉;有"孤云",它好像离人的影子,看
到它,就叫你为离人的处境心酸;有"斜日",太阳尚且将归西山,当是连无知的鸟
兽都开始返巢的时候,然而多情的离人却不能团聚;此时又遇上"一向弄晴天
色",虽是无休止的阴雨后的片刻转晴,然而仍不能使人脱离忧郁。不仅如此,还
有那帘外的落花,它报告着春光将尽的消息,这自然增添了帘中人流年虚度的感
触。再说,阴雨淫淫,东风无力,落花飞也不能。——即使偶有好风,落花还能重
上枝头吗?于是主人公又感到了青春不再的悲哀。这首词,除了起头的"愁脉
脉"三字直抒胸臆之外,作者的情绪便全是凭景物传达出来的。这些景物虽然面
目各异,但汇聚在一起,却共同创造了迷茫孤寂的环境和无可奈何的气氛,因此
在烘托人物精神状态上,它们比千言万语的说明更有效。再说,作者借景抒情,
除了选取那些最能反映主人公心理的景物之外,在加工、描写上也下了一番推敲
功夫。比如,常见的诗词都故意把眼前的山峰写得高大,以突出"目断"的原因。
但陈克却用"山几尺"极言其小,因而衬托得"烟树重重"隔断"芳信"的效果就更
加强烈。再如"细草孤云斜日",全句六字,两字一意,一句三折,是写景、抒情最
经济的句子。还有,为了衬托愁绪,诗人们常常着意渲染乍晴的春雨或随风飘荡
的落花,而本篇则说"一向弄晴天色""帘外落花飞不得",这在传情达意上也无异

创造了另外一番天地。

　　关于陈克的词风，周济在《介存斋论词杂著》中说："子高（陈克字）不甚有重名，然格韵绝高，昔人谓晏、周之流亚。晏氏父子俱非其敌；以方美成，则又拟于不伦。其温、韦高弟乎？比温则薄，比韦则悍，故当出入二氏之门。"比如这首词轻淡绵密，含蓄幽邃，正是陈克学温、韦并得其神韵的一首代表作。

　　不过，陈克生活在南北宋之交，自己又尝属意于恢复事业，这就决定了他的词不能全如温、韦。谢章铤《赌棋山庄词话》引用王述菴的话说："南宋词多黍离麦秀之悲，北宋词多北风雨雪之感。世以填词为小道者，此扪槃扪籥之说。"正道着了词的时代特征。这首《谒金门》中"目断江南江北""东风无气力"等句似在寓托山河破碎、恢复无力等意义；"小楼山几尺"而能隔断芳信，当有所讽喻，尤可玩味。因而在闺情的背后实际上寄托着家国之慨。

　　最后，提一下这首词的用韵。依律，《谒金门》前后片各用四仄韵。陈克此词的韵脚全用入声字。古代入声的特点是所谓"短促急收藏"，读来即有语塞的感觉。再加上《谒金门》又是句句有韵，所以容易产生一句一哽咽的效果，这在强化作品的主题方面，无疑起着积极的作用。

　　　　　　　　　　　　　　　　　　　　　　　　　　　　　　　（李济阻）

<h2 style="text-align:center">菩　萨　蛮　　　　　　　　　陈　克</h2>

　　赤栏桥尽香街直，笼街细柳娇无力。金碧上青空，花晴帘影红。　　黄衫飞白马，日日青楼下。醉眼不逢人，午香吹暗尘。

　　陈克的词，评论家们或认为"格韵绝高"（周济）；或认为"婉雅闲丽"（陈廷焯）。这种风格特征，从这首《菩萨蛮》中是可以看出来的。

　　词的开头展开一幅繁华绮丽的画景：朱红栏干的桥梁横跨水面，桥的尽头是一条笔直的长街。街的两旁，嫩柳繁茂，柔条披拂，在微风中轻轻地摇摆着。从取景的角度说，这像是一个人俯瞰或是由桥的这一端放眼过去之所见。桥曰"赤栏"，暗示桥的华美；街曰"香"，更耐人寻味；而且它是笔直的，暗示街道繁华。柳可"笼街"，足见柳多；那棵棵柳树，大概都"万条垂下绿丝绦"的吧。这柳又既"细"且"娇"，显示出她那婀娜多姿、柔条动人的神态。李庚说陈克"诗多情致，词尤工"（《词跋》）。单从开头这两句看，就情致绵绵。不仅把柳的姿态"形容曲尽"；而这既"香"且"直"又紧挨着河桥的"街"，更婉转多姿；用笔似淡，但含蕴颇深。

　　"金碧上青空"，应首句的"香街直"。这长街果然与众不同，它的楼房建筑，金碧辉煌,高大伟岸,直上青空。"金碧"色浓,"青空"色淡,用一"上"字把它们联系起来,在一片青淡高远的背景衬托下,"金碧"更光辉耀眼。"花晴帘影红",由上句楼房的巍峨矗立,而到那一户户的具体人家。这些人家也与众不同。金碧辉煌的房间内外,不仅有花,而且花色鲜艳,花光明媚,花气袭人。一个"晴"字把花的艳丽芬芳,和她那给人以爽心悦目的感觉,充分表露出来。但这样作者似觉得还没有写出环境的雅丽,他又用"帘影红"来作渲染。自然,这五个字是一个完整的意境,帘影的红,是由于"花晴",不过如果没有后三个字来映衬,也就减少了"晴"的分量,所以在这里它们是互为表里的。这一来,花红,帘红,帘影红,连晴朗的天气,不也是红彤彤的么!这里写的,看似只是一种气氛,但这种气氛暗示金碧楼中的旖旎温柔。周济认为,陈克是温庭筠、韦庄的"高弟","当出入二氏之门"(《介存斋论词杂著》)。其实,陈无温的艳丽绵密,镂金错彩;也不像韦那样"运密入疏,寓浓于淡",他似乎很善于烘托气氛,渲染环境,这样使他的词格调高远,情思闲雅,而终归于淳厚。所谓"一语之艳,令人魂绝"(王世贞语),但这"艳",绝不如温词的"香而软";如果说"比温则薄"(周济语),但看来正是陈词的"青出于蓝"之处。

　　词的上阕,由"赤栏桥尽"而引出"街",由"街"而引出街道两旁的垂柳和街上金碧辉煌的建筑,再到"花晴帘影红"的人家。但写至此,戛然而止。乍看是"数语曲折含蓄,有言外不尽之致"(《论词随笔》)。但仔细推敲,那"不尽之致",还是可窥见一二的。比如说街"香",联系后面看,是"花晴"的缘故,但把"香"写得这样沁人心脾,把柳写得这样婀娜柔媚,装点得这"金碧上青空"的居室,如此旖旎而富有风情,那么这只是一般"环境描写"吗?"词有淡远取神,只描取景物,而神致自在言外"(《蕙风词话》)。这"神"到下阕才清楚地表现出来。

　　"黄衫飞白马,日日青楼下。"黄衫,隋唐时贵族少年所穿的黄色华贵服装。《新唐书·礼乐志》十二:唐明皇"以乐工少年姿秀者十数人,衣黄衫,文玉带"。后用黄衫指衣饰华丽姿容秀美的少年公子。杜甫《少年行二首》其二:"黄衫年少来宜数,不见堂前东逝波。"仇兆鳌注说:"有及时行乐意,乃鼓舞少年之词。春光已去,时不可返,故宜频数来游。"这里身着黄衫的贵公子,骑着白马,不是去游春,却是"及时行乐"去寻花问柳——"日日青楼下"。这两句词上句用"飞"联系"黄衫、白马",缴足了人的奔驰之状;下句用"日日"见人的奔驰之频;这一来,"黄衫"者的形象,便跃然纸上了。

　　"醉眼不逢人",是对上两句的补充。这些贵公子花天酒地一番之后,醉眼惺忪,骑在高高的白马上,横冲直撞,旁若无人。十里长街,花香柳媚,时当午刻,正是繁华热闹的时候。说"不逢人",须从反面见义,正是说他目中无人,一切都不在乎。这种骄横不可一世的人物,在杜甫《少年行》里,是写得颇为形象的:"马上谁家薄媚郎,临阶下马坐人床。不通姓氏粗豪甚,指点银瓶索酒尝。"表现的行为虽不同,但其"霸气"却完全相同,只不过词言简意赅,看似"浅语",实则浓醇,较之杜诗,给读者留下了想象的余地。

"午香吹暗尘。"一阵马蹄声沙沙踏过去后,"黄衫飞白马"的影子远去了,马蹄掀起的尘土仍腾起空中。这时,正是中午,花开正红,随着尘土,也传来阵阵花香。"香"与"尘"是给人以相反感触的事物,但在此刻,它们却夹杂在一起。"午香"与"暗尘"之间,用了一个"吹"字。显然,"暗尘"不会送来"午香",只有风可送来花香,说"吹"这里有"暗尘"扬起的意思。美与丑并列,只是美者愈美,丑者愈丑,使人对丑者的印象更鲜明吧。

通常说"诗中有画",往往指诗中的景色描绘生动、真实、细腻。读着这首词,我们也仿佛置身画图中。上阕前三句是十里长街的外景,清晰可见,最后一句(通称"前结"),却于写景中寓有情意,是景是情,迷离惝恍。前三句直露,后一句含蓄,"似住而不住"地过渡到下阕。下阕前三句写"黄衫飞白马"者历历如绘,形象鲜明,最后一句(通称"后结"),仍于写景中寓有情意。李白《古风》之二十四"大车扬飞尘,亭午暗阡陌",写豪贵人物招摇过市的情状,只以"扬尘"一事点出,此词结句似之,而作者寓意,则藏而不露。正是"收得尽,又似尽而不尽者"(沈雄《古今词话》)。由此不难看出,在本词的结构上,作者是颇花费了一些功夫的。

(艾治平)

菩　萨　蛮　　　　　　　　　　　　陈　克

绿芜墙绕青苔院,中庭日淡芭蕉卷。蝴蝶上阶飞,烘帘自在垂。　　玉钩双语燕,宝甃杨花转。几处簸钱声,绿窗春睡轻。

这首为历来推赏的小词,写春晓春眠,题材原属平常。但它造境深细,故能推陈出新。词意的分段不必与分片吻合,如此词前六句为烘托渐进之笔,后二句方擒题意。

首句系白居易《陵园妾》成句,"墙绕院",给人以封闭深幽之感。而墙上爬满"绿芜",院里不少"青苔",大有"花径不曾缘客扫"的意味。这样开篇就有了关上门儿稳睡的架势,直通篇末。"青苔院"对"绿芜墙",造语亦工。"中庭"已有日光,可见时辰已不早了,至少是近午了,暗示后文"春睡"之恬熟。春日毕竟可爱,光线不像夏日那么强,"淡"字用得很精细。春寒尚未全然退尽,犹卷的芭蕉,其芳心尚未被东风吹展,也含有一种朦胧的睡态,不无比喻之意。"红蔷薇架碧芭蕉",古人庭院往往种花与芭蕉映衬成景。只写芭蕉不写花,非无花可写,只是作者用笔具虚实相间之妙,花开由下句之"蝴蝶"带出,全凭读者妙悟。蝴蝶居然能上阶飞,也可见庭中、廊上的无人了。果然——"烘帘自在垂",帘儿未卷暗示主人犹眠。"烘帘"指晴日烘照的帘幕,一说为熏香时垂下的防止透风的特制帘幕。写其"自在垂","以见其不闻不见之无穷也"(《谭评词辨》)。"自在"二字写出作者的主观感受。这时,并非全无动静:玉钩之上,语燕双双,它们是尚未穿帘飞去,还是已试飞归来? 宝甃(井壁,代指井)之上,杨花点点,"转"字深得庭中飞花之趣。杨花落地无声,燕语呢喃,更添小院幽静。

　　这样,前六句就一层深一层地写足庭院之静穆,使人心清。于此环境再写"绿窗春睡",不须著意,幽趣自佳。然而,作者并不满足于此,偏在这里独出新语,以倍增其境的佳妙。"几处簸钱声,绿窗春睡轻。"关于"簸钱声"有两说,一曰风吹榆钱的沙沙声,一曰古代游戏的簸钱之声。(王建《宫词》就有这类描写:"暂向玉华阶上坐,簸钱赢得两三筹。")二说之中,以后说为近似。几处少女在作簸钱之戏,发出轻微声响,不断传入耳鼓,与绿窗春睡互相映照,最见情趣。末句从晏几道《更漏子》"绿窗春睡浓"翻出,然"睡"下着一"轻"字,尤为妙思入神。故前人读此二句,每每称赏,谓之"殊觉其香茜"(《词林纪事》卷十引卢申之语)。没有前六句的衬托,词境固难深细;然倘无此二句造古人未到之境,则此词亦未见精彩。

　　张惠言《词选》谓"此自寓",却看不出。盖全词充溢一种闲适自得情趣,妙在艺术手法的运用,固不必以深意求之。　　　　　　　　　　　　　　　　　(周啸天)

【作者小传】

朱敦儒
(1081—1159)　字希真,号岩壑,洛阳(今属河南)人。早年隐居不仕。绍兴三年(1133),补右迪功郎。五年(1135),赐同进士出身,为秘书省正字、擢兵部郎中,迁两浙东路提点刑狱。秦桧当国时,除鸿胪少卿。桧死,亦废。晚居嘉禾。有《岩壑老人诗文》一卷,不传。又有词集《樵歌》三卷。词风豪放旷达,语言清畅,多写隐逸生活。南渡后,间有感喟国事之作。存词二百四十六首。

雨 中 花 岭南作　　　　　　　　　　朱敦儒

故国当年得意，射麋上苑，走马长楸。对葱葱佳气，赤县神州。好景何曾虚过，胜友是处相留。向伊川雪夜，洛浦花朝，占断狂游。　　胡尘卷地，南走炎荒，曳裾强学应刘。空漫说、螭蟠龙卧，谁取封侯。塞雁年年北去，蛮江日日西流。此生老矣，除非春梦，重到东周。

　　宋钦宗靖康元年（1126），金兵攻占汴京，宋室南渡。在这场政治的剧变中，朱敦儒不得不离开生养之地的洛阳，随着逃难的人流萍飘梗泛，辗转来到岭南，在粤西泷州暂住下来。去国离乡的悲痛，疮痍满目的现实，极大地震撼了词人的心灵。他的词风为之一变，再也不能心安理得地吟唱"且插梅花醉洛阳"那样逍遥的诗句了。涌现在他笔下的是一种沉郁苍凉的格调，是一种充满忧患意识的悲歌。这首词就是一个代表，变豪爽为悲凉，堪称稼轩词的先驱。

　　上片以"故国当年得意"起句，追述了承平岁月中的胜景清游。"故国"指洛阳。"上苑"即上林苑，东汉时置，在洛阳城西。"长楸"，指官道旁所植之楸树。曹植《名都篇》所咏之"斗鸡东郊道，走马长楸间"，为此处所本。词人用射猎西苑，走马东郊，来概括往日与狂朋怪侣俊游的盛况，既是用典，又是纪实，笔力遒劲，具足声容。一个英气勃勃的洛阳少年的形象，便跃然纸上了。下面用一个去声的"对"字领"葱葱"两句，为我们展示出一幅生机活泼、热气腾腾的广阔背景，这是由点到面辐射性描写技法的成功运用。从章法上看，它还是故意设计的顿挫之笔，不肯教"射麋""走马"的俊迈之气一下发露太过，因而设计了这样一个插入语来加以跌宕，正是书家所说的无垂不缩的技法。接下去再用"好景"两句挺接发端之意，然而却只点到为止，不作过多的渲染。经过一番蓄势，然后用一个"向"字领出了"伊川雪夜，洛浦花朝，占断狂游"三句嚼雪盥花、辞情兼胜的妙语来。无论是对雪，还是观花，在这些清游雅集场合里，占尽风流出足风头的总是他。这一气呵出的三句，真把这位骏马貂裘的青年公子的狂游盛况写到了极致。词的上片也就戛然而止。而把读者留在这令人沉醉的俊游里去细细品味。

　　转入下片以后，词意陡然一变，大起大落，与前片适成截然相反的对比。"胡尘"三句，写金兵南下之时，词人被迫避难南荒，不得不过着寄人篱下的生活。"曳裾"，提着衣襟，形容谦卑之态。曳裾侯门，指寄食权贵的宾客。应刘，即汉末依附曹氏的应场、应璩兄弟与刘桢。流离道路已极不堪，寄食豪门，仰人鼻息，痛苦又更甚一层。一个"强"字包含了多少辛酸,这是一个倔强者无可奈何的喟叹。沦亡的痛苦,把词人从风月流连的醉梦中惊醒。他和同时代的许多爱国诗人一样,也要为民族的振兴呐喊搏斗。他的"中原乱,簪缨散,几时收。试倩悲风吹泪过扬州"(《相见欢》)的慷慨悲歌;他的"奉天威,扫平狂虏,整顿乾坤都了"(《苏武慢》)的豪情壮志,都说明他和抗金的志士有着同样的感情和抱负。然而在那个君孱臣佞的小朝廷里,他的满腔热情,根本不被置理。"空漫说、螭蟠龙卧,谁取封侯"就是这种内心痛苦的披露,"螭",龙类。"蟠",伏也,即卧龙之意。二句意谓:莫说有卧龙的才具,也无法建树封侯的功业。这是报国有心,请缨无路的英雄的悲叹,语气沉重,充满失望的痛苦。作者在《水龙吟》中所述:"奇谋报国,可怜无用,……但愁敲桂棹,悲吟梁父,泪流如雨",与此怅触正同。

　　接下来"塞雁"、"蛮江"二句,以精整的对句形式,抒写了郁勃于胸的故国家山的苦思。塞雁是幸福的,它不受人间兵戈的阻隔,年年春天可以结阵北去;蛮荒的江水是自由的,它日夜不止地依旧自西向东流入大海。唯有自己这个天涯的羁客,却不能重返故园了。寄乡愁于去雁,感岁月于江流,无情景物,并惹哀愁,融景入情之佳句也。歇拍三句,更进一层,把悲哀推到了极点。此身已老,北归无望,这已是人生的悲剧。然而作者并不满足于这种描写,而是运笔虚际,翻腾出一个心魂入梦重返家山的结局来。以梦境的欢愉来衬托实境的悲惋,益觉加倍的悲哀了。洛阳,为东周的王城,故以之指代故乡,并与篇首相绾合,结构谨严,语极沉痛,真所谓返虚入浑的高境。习词者于此等处,宜细细体会,不可粗粗放过。

　　　　　　　　　　　　　　　　　　　　　　　　　　(周笃文　王玉麟)

水 调 歌 头 淮阴作　　　　　　　　朱敦儒

　　当年五陵下,结客占春游。红缨翠带,谈笑跋马水西头。落日经过桃叶,不管插花归去,小袖挽人留。换酒春壶碧,脱帽醉青楼。　　楚云惊,陇水散,两漂流。如今憔悴,天涯何处可销忧。长揖飞鸿旧月,不知今夕烟水,都照几人愁。有泪看芳草,无路认西州。

　　靖康事变以后,朱敦儒避地淮阴(今江苏清江)。飘零异乡,心灵备受熬煎,西望故土,遥想当年,未尝不黯然落泪。蘸着泪水,他写下了许多追昔怀旧的悲怆词篇。这首《水调歌头》追念往事,对一位青楼女郎寄予真挚的眷恋之情,曲折地表现了家国之痛,笔致凄切深婉,感人至极。

词从追忆往昔落笔。"当年五陵下,结客占春游",一起甚健。五陵本是西汉前期五位皇帝的陵墓,地处渭水北岸,距都城长安不远。当初四周居住着许多豪门大户,子弟习尚奢纵。后代诗文遂引为典实。如杜甫《秋兴》"同学少年多不贱,五陵衣马自轻肥",白居易《琵琶行》"五陵年少争缠头,一曲红绡不知数"等等。本词借"五陵"以指作者故乡名城洛阳,意在点染奢华豪纵的气氛,以映衬风流少年的俊爽形象。《乐府诗集》有《结客少年场行》,题解引《乐府广题》云:"按结客少年场,言少年时结任侠之客,为游乐之场,终而无成,故作此曲也。"词中"结客"二字即从此出。因之,乐府此题诸诗所写如走马、游春、访艳、饮酒等情事,以及"今我独何为,埳壈怀百忧"(鲍照)的卒章慨叹,在此词中无不具备。虽借鉴古人,而自抒怀抱,自具面目。首两句定下基调,下文分三层写开。第一层:"红缨翠带,谈笑跋马水西头。"红缨翠带,本是少年游侠的装束,这里是代指其人了。两句承前"结客"句来,写朋侪相与之欢,并骑驰纵之远,笔墨极简省,而郊次春游时那欢畅自恣的场面连同游人的神情却表现出十二分了。接下来一层叙述了归来途中的一个小情节:薄暮时分,词人和他的友伴们头戴鲜花,打马朝城里走来,"经过桃叶",酒肆的美人上前相邀。句中"桃叶"是"桃叶渡"的省称,地在今江苏南京市秦淮河畔,这里是借指游冶的场所。"不管插花归去,小袖挽人留",便如李白笔下的"胡姬招素手,醉客延金樽"(《送裴十八图南归嵩山》)。"不管"的主语是"小袖",倒装在后,以突出人物。"不管"二字写出女子真诚挽留的殷殷情谊,是着力之笔,为下片抒写自己的恋情设下伏线。第一层极写其豪俊气概,第二层则表现其儿女柔情,亦豪旷,亦缠绵,一位风流少年的形象活脱脱如在目前。两层之间是以"落日"应"水西"过渡,可见朱词巧于关合的特点。"换酒春壶碧,脱帽醉青楼"二句又起一层,笔墨酣畅淋漓。上句之"春壶碧",暗写红粉情意,有"吴姬压酒劝客尝"的意境。结句有力突现了词人自家醉卧青楼的形象:开怀豪饮,至酒酣耳热之际,竟至脱帽露顶,可见畅快之至,亦不羁之至了。到了此处,一天的游春之乐达到高潮,作者的豪兴也尽情写出。李白《少年行》云"五陵年少金市东,银鞍白马度春风。落花踏尽游何处,笑入胡姬酒肆中",不啻为此人此事写照。整个上片选取最能表现早年生活风貌的骤马游春一幕来叙说,笔调欢快开朗,消化前人乐府诗意境于不知不觉间,自是妙手。

谁料风云突变,烽烟四起,去国辞乡,天涯流寓,朝暮之间,那狂游、那欢情竟成为仿佛十分遥远的过去!这一突如其来的变故,用三个三字句准确地概括出来:"楚云惊,陇水散,两漂流",字字奇警,句句含情。"楚云"在诗词里常与女子相关,如张谓诗句:"红粉青娥映楚云"(《赠赵使君美人》)。"陇水散"用梁鼓角横吹曲《陇头流水歌》"陇头流水,流离四下"句意。《古今乐录》引《辛氏三秦记》曰:"陇渭西关,其陂九回,上有清水,四注流下。"此中含隐着对那位青楼女的依依别情。语调沉重,悲思喷涌,"惊""散"二字带出作者受到震动、无限哀愁的神态,是很醒目的。

过片从至乐一下翻入至悲,起笔就哀极痛极,思极忧极,勃郁之气十分充盛。所以下面便不假外物,直抒心怀:"如今憔悴,天涯何处可销忧。"这近乎绝望的哀号,情感特强,因为是紧接前面力度很高的三句而来,故没有直白浅露之感,是感情凝聚、充积以至于倾泻的自然过程。"何处"二字已见出愁怀难遣,欲告无人的苦楚。于是词人瞩目于"飞鸿旧月"。飞鸿可捎来故人的音讯? 明月曾是往日生活的见证人,如今可愿传去心中的思念? 它们把人的心绪带向遥远的故国,又触发物是人非之慨。此刻,作者想到的不仅仅是个人私情,他由个人的不幸遭遇联想到同怀国破家亡之恨的大众。所以说,"不知今夕烟水,都照几人愁"两句表明他多少意识到自己的命运始终联结着民族的兴亡,面前经历的是一场悲剧。这样,词的意境有了拓展。

下片直泻而下的悲愁思绪到结尾处又重新凝缩、收住,显出"无垂不缩"的功夫。"有泪看芳草,无路认西州。"西州,当是用羊昙事。《晋书·谢安传》载,羊昙为谢安所重,谢安扶病还都时曾过西州门,"安薨后,(羊昙)辍乐弥年,行不由西州路。尝大醉,不觉至州门,痛哭而去"。词用此事,当有怀想谢安之类贤相、慨叹当世无人之意。南渡以来,朱敦儒无日不在思念金人统治下的故土,牵挂天各一方的亲朋(这当然包括对词人情意绵绵的"小袖")。可是,泪眼所见,只有远接天际的芳草在牵惹人的情思,而西州路又在哪里呢? 这亦景亦情的沉痛之笔,极富于感染力,是工于结句的典范。

　　　　　　　　　　　　　　　　　　　　　　　　　　（周笃文　王玉麟）

水　龙　吟　　　　　　　　　　　朱敦儒

　放船千里凌波去,略为吴山留顾。云屯水府,涛随神女,九江东注。北客翩然,壮心偏感,年华将暮。念伊、嵩旧隐①,巢、由故友②,南柯梦,遽如许!　　回首妖氛未扫,问人间、英雄何处? 奇谋报国,可怜无用,尘昏白羽③。铁锁横江,锦帆冲浪,孙郎良苦④。但愁敲桂棹,悲吟《梁父》,泪流如雨。

〔注〕 ① 伊、嵩旧隐:指词人已往在家乡洛阳的隐居生活。伊、嵩,伊阙与嵩山,洛阳附近的名山。 ② 巢、由故友:指词人的隐居朋友。巢、由,巢父和许由,唐尧时著名的隐士。 ③ 奇谋报国,可怜无用,尘昏白羽:这三句说诸葛亮。白羽,指白羽扇。"尘昏白羽"是说出师

不利。　④孙郎：指三国时孙吴的末帝孙皓。

　　这首词，由"念伊、嵩旧隐"等句推测，似作于金兵南下、朱敦儒初离洛阳由水路南行之时。全词境界开阔，感慨深长，字里行间回荡着词人的一腔忠愤之气，在以闲适为主调的三卷《樵歌》中别具一格。

　　上片写船上所见，进而抒发身世感慨。放船千里，凌波踏浪，并不是为了登山临水，放浪形骸。"放船"本身，意味着词人心向往之的闲适生活的被迫结束，心情之沉重不难想见，因而即便是妩媚的江南青山也难以使他心驰神往，而只是稍稍流眄顾盼而已。"云屯"三句进一步写天上与江中的情景。"水府"，古代星名，主水之官。所谓"云屯水府"，是说云层聚集在水府星附近，是天将下雨的征兆。再看滔滔江水，如随水神奔走，与众水一起东注入海。天空高远，却云垂垂而欲雨；江面空阔，而波翻浪涌，逝者如斯。词人的心旌不禁为之摇曳，不觉生出了一种郁闷之情与茫然之感，上片抒写的重点也就随着转到了对自己身世的感念上。现实的动乱打破了词人"自乐闲旷"（《宋史·文苑传》）的好梦，回首往事，自不免有南柯梦短的伤感。但他主要的感受却在于叹惋时光的流逝，有烈士暮年之悲。在"壮心偏感，年华将暮"的感情深处，暗藏着"胡未灭，鬓先秋"（陆游《诉衷情》）的深沉悲怆。正是这一感情的暗线使感念个人身世的上片与念时伤乱的下片一气流转，浑融无间。

　　换头以"回首"领起，这已不再是站在个人立场上回望逝去的岁月，而是站在民族立场的高处北望硝烟弥漫的中原，正面发出了对于救国英雄的呼唤。在"问人间、英雄何处"的疑问中，既有着对于英雄的渴求，也有着对于造成英雄失志时代的诘问，意味十分深远。以下引用三国故事，说诸葛亮奇谋报国，仍不免赍志以没，隐喻自己虽有长才也难有机会施展。他曾在另一首词中明白说出过这一层意思："有奇才，无用处。壮节飘零，受尽人间苦。"（《苏幕遮》）又说到东吴败亡的历史教训。吴主孙皓凭借长江天险，且有"铁锁横江"，但还是未能挡住西晋王濬冲浪而来的战舰，落了个"千寻铁锁沉江底，一片降幡出石头"（刘禹锡《西塞山怀古》）的可悲下场。这里可以隐约看出词人对南宋小朝廷的担忧。写诸葛亮，写孙皓，是以历史为镜子，从对面映照现实，这就使词人的忧愤更具有历史的纵深感。结尾写自己"愁敲桂棹，悲吟《梁父》，泪流如雨"，正是融合了家国不幸之后悲痛难已的表现。"愁敲桂棹"三句，是说敲击船桨打拍子，唱着悲凄的《梁父吟》，泪水滂沱。这几句以"但"字拍转，以"愁""悲"等字点染，以"泪流如雨"的画面作结，极见词人悲愤之深广与无力回天的无奈。这是朱敦儒的悲哀，由此更可想见这是一个令人悲哀的无所作为的时代。

这首词以纪行为线索,从江上风光写到远行的感怀,由个人悲欢写到国家命运,篇末以"愁敲桂棹"回应篇首的"放船千里"。中间部分,抒情、议论并用,抒情率直,议论纵横,视野又极开阔,"千里""九江"尽收笔底,往古来今俱在望中,感情极痛快却极沉着,不避用典而仍明白如话。朱敦儒词的艺术成就于此可见,其风格豪放的一面也可于此中窥见一斑。

　　　　　　　　　　　　　　　　　　　　　　　　　　　　（陈志明　林从龙）

念　奴　娇　　　　　　　　　　　　朱敦儒

插天翠柳,被何人、推上一轮明月? 照我藤床凉似水,飞入瑶台琼阙。雾冷笙箫,风轻环佩,玉锁无人掣。闲云收尽,海光天影相接。　　谁信有药长生,素娥新炼就,飞霜凝雪。打碎珊瑚,争似看、仙桂扶疏横绝。洗尽凡心,满身清露,冷浸萧萧发。明朝尘世,记取休向人说。

这首词写月下感想。

出语便奇:"插天翠柳,被何人、推上一轮明月?"柳树纵高,何能直插云天?而月上柳梢头,也有个时间推移过程,何来如此奇想? 而这恰恰是躺在柳下"藤床"纳凉仰看天宇者才能产生的幻觉:"翠柳"伸向天空,而"明月"不知不觉便出现了,如同被推上去一样。加之月夜如水一般的凉意,更会引起美妙的幻想,于是纳凉赏月的词人飘飘然"飞入瑶台琼阙"。

"雾冷笙箫"以下写飞入月宫后所闻、所见及所感。这里雾冷风轻,隐隐可闻仙乐("笙箫"),和仙子的"环佩"之声,大约她们正随音乐伴奏而飘飘起舞吧。言下已有寻声暗问的意态。然而"玉锁"当门而"无人掣",说明月宫清静,不受外界干扰,又不觉感到怅然。回顾天空,是"闲云收尽",海光与月光交映生辉,炼成一片令人眩惑的景象。

关于月宫,民间传说很多,"入河蟾不没,捣药兔长生。"(杜甫《月》)据说有玉兔捣药,这药可以使人延寿的。然而"长生"的念头,只不过是世俗的妄想。作者过片即予棒喝:"谁信有药长生?"在月中,不过是"素娥(嫦娥)新炼就"的"飞霜凝雪"而已,并没有什么长生不老药,这或许含有警告世人之意。在词人看来,人间那些"打碎珊瑚"之类的夸豪斗富之举,怎比得上我的赏玩月中枝叶扶疏的仙桂之为脱俗呢?"打碎珊瑚"出于《世说新语·汰侈》石崇和王恺斗富的故事,这里信手拈来,反衬月中桂树之可爱,自然惬意。作者通过如此清空的笔墨,勾画出一个美丽的、纯洁的、没有贪欲的境界。在这里,他两袖清风,"满身清露,冷浸萧萧萧发",感到凡心洗尽,有脱胎换骨之感。

　　然而,这一切不过是月下的梦,尽管美丽动人,却又无从对证,只能自得于胸怀,不可为俗人说。一夜过去,又将回到人间现实。故结云:"明朝尘世,记取休向人说。"这里有深沉的感喟和对尘世的深切厌倦。

　　这首词所创造的那种光明澄彻的境界和词人由月光激发的浪漫想象,容易使人联想到苏轼《水调歌头》(明月几时有)和张孝祥《念奴娇》(洞庭青草)。但张词写在湖光天影中荡舟之乐,苏词只说"我欲乘风归去",二者都没有离开人间。而此词却写在藤床上神游月宫之趣,其间融入了月的传说,并对传说作了修正,其境优美清寂,由风、露、雾、霜、雪和琼、瑶种种意象造成一个冰清玉洁的世界,似乎有意与充满烽烟势焰的人间对立。虽然缺乏张孝祥词那种积极的现实内容和苏轼词的乐观入世的人生态度,却也表现出作者鄙弃庸俗、不满现实的思想。故前人或谓其为"不食烟火人语"。与苏、张二词比,写神游月宫的想象,也颇有情趣。

(周啸天)

念 奴 娇　　　　　　　　朱敦儒

　　晚凉可爱,是黄昏人静,风生蘋叶。谁做秋声穿细柳?初听寒蝉凄切。旋采芙蓉,重熏沉水,暗里香交彻。拂开冰簟,小床独卧明月。　　老来应免多情,还因风景好,愁肠重结。可惜良宵人不见,角枕烂衾虚设。宛转无眠,起来闲步,露草时明灭。银河西去,画楼残角呜咽。

　　这是一首悼亡词,写得深曲婉转,最见真情。

　　这首词的意境有可能是从杜甫的《月夜》诗化出,至少曾受它的影响。开头"晚凉可爱"一句领起了上片词意。经过了炎热的夏天,到了初秋夜晚,感到有些凉意,这凉意从何而来呢?"是黄昏人静,风生蘋叶。"在夜深人静之际,习习的凉风吹来,使人郁闷之感全消,就是这个可爱的晚凉之夜,勾引起词人对往事的回忆。"风生蘋叶"本于宋玉《风赋》"夫风生于地,起于青蘋之末"的文句。"谁做秋声穿细柳?"这个反诘句式,显出了词情的波澜,表现出倾听的神情,穿过细柳传入耳鼓的是寒蝉鸣叫的凄切之声。"寒蝉凄切"本是柳永著名词篇《雨霖铃》的首句,这里是偶然的相合,或者是有意采用,可以置而不论。断断续续的蝉声,引起了词人的"凄切"之感,似乎更深切地反映出他蕴蓄在内心深处的悲凉情绪。"旋采芙蓉,重熏沉水,暗里香交彻。"词人是不是真的采来了芙蓉花,又点燃了沉水香,使两香交融散发出袭人的芳气呢? 有可能是真的这么做了,但更大的可能是虚写,是在化用古代诗句来抒发情怀。《古诗十九首》中有一首《涉江采芙蓉》:"涉江采芙蓉,兰泽多芳草。采之欲遗谁? 所思在远道。还顾望旧乡,长路漫浩浩。同心而离居,忧伤以终老。"末两句尤切合词人的境遇,不同的是彼为生离,此为死别。南朝刘宋时期的乐府民歌中有一首是:"暂出白门前,杨柳可藏乌。欢作沉水香,侬作博山炉。"这首诗是用香和炉的密切关系来比喻男女情爱的。而词人则是沉香犹存,山炉已杳。"拂开冰簟,小床独卧明月。""独卧"一词里隐含着酸楚,透露出悼亡的词旨。

　　换头"老来应免多情,还因风景好,愁肠重结。"首句先荡开一笔,说自己已经老了,本该不再多情了吧。但他的"多情"是很难"免"的。他原籍洛阳,青年时期,志行高洁,不乐仕进。宋钦宗靖康年间,曾被召至汴京,将任为学官,他推辞说:"麋鹿之性,自乐闲旷,爵禄非所愿也。"固辞还乡里(《宋史・文苑传》)。及金兵攻陷京都,他携眷属避乱南下。可以设想,他的夫人和他是患难与共,伉俪情深。他在《昭君怨》一词里,写他丧妻以后,"泪断愁肠难断,往事总成幽怨。幽怨几时休? 泪还流!"又在一首《蓦山溪》词里说:"鸳鸯散后,供了十年愁;怀旧事,想前欢,忍记丁宁语!"反映出他们夫妇之间的笃厚感情;而在丧偶以后的幽怨愁思,又是百计难遣。在这月白风清之夜,又怎能免除"多情"呢? 当他一个人孤孤单单卧在冰簟上的时候,他的幽情苦绪油然而生:"可惜良宵人不见,角枕烂衾虚设。"他把无限的哀思凝缩在这两句里,成为全词的警句,看来似乎无典,实际上是化用《诗经・唐风・葛生》:"角枕粲兮,锦衾烂兮! 予美亡此,谁与独旦"的诗句,浑然无迹,可以看出他的善于融化古代诗句的才情。"宛转无眠,起来闲步,露草时明灭。"从这几句里,可以看出他心绪不安,想尽力排遣,然而"此情无计可消除",他徘徊往复,不觉得玉绳西转,已近黎明,徘徊愈久,情思愈苦。"画楼残角呜咽",残角的呜咽声,是他所赋予残角的心声,与上片的"寒蝉凄切"遥遥相应。由"凄切"到"呜咽",反映出他从黄昏到黎明间哀思的发展,构成了婉转伤感的情调。

　　这首词以景语始,以景语终,通过对秋夜景物的点染,表达出词人的情意。这一点是比较容易看得出来的。另外就是化用古代诗文,自然贴切,到了化境,有些地方颇不易分辨。张炎说:"词用事最难,要体认著题,融化不涩,用事不为事所使。"(《词源》)这首词做到了,在宋人词中能达到此境的并不多见。

　　从潘岳以"悼亡"为诗题,悼念他亡故的妻子以后,悼亡成为诗词里常见的题材,只适用于夫妇之间。唐代的元稹、李商隐等都有些很出色的作品。悼亡的诗或词,和艳情诗词不同,贵在能表达出双方在日常生活中积累起来的深厚感情,越真切,越能感人,而摘锦布绣,为文造情的作品是收不到这种效果的,至于那种专重色貌的描写的作品,更属庸下。宋人的悼亡词中,最感人的是苏轼的《江城子》(十年生死两茫茫),其次是贺铸的《鹧鸪天》(重过阊门万事非),苏、贺两词皆词朴而情茂,此外就是朱敦儒这首《念奴娇》。全词无一绮语,而字里行间却渗透着感情,语淡而情浓,可以看出他的词品是很高的。

(李廷先)

临　江　仙　　　　　　　　　　朱敦儒

　　堪笑一场颠倒梦,元来恰似浮云。尘劳何事最相亲。今朝忙到夜,过腊又逢春。　　　流水滔滔无住处,飞光忽忽西沉。世间谁是百年人。个中须著眼,认取自家身。

　　这首《临江仙》,是朱敦儒后期作品,他在历尽沧桑之后,已是看破红尘。词中写人生如梦,似浮云飘忽,如流水滔滔而逝,像夕阳西沉;用意落笔,清旷飘逸。正如薛励若在《宋词通论》中所说的"勉作达观狂放之语,用以自解"。实际上,是表现了南渡之后他对国势衰弱、统治集团软弱无能的无可奈何的失望心情,从侧面反映了处于乱离时代士大夫阶层中一种深沉的沦落感,以及由此而导引出的当时共同的社会心理状态。

　　词的上片,语气一贯而下,如从肺腑流出。"堪笑一场颠倒梦,元来恰似浮云。"他一生寄情山水;从隐居、出仕、罢官、归隐,这一人生曲折的历程,使他看透了人间的忧患。本来自己无意于官场,以布衣啸傲山水间,但最后却因做官而被误解、讥讽,这岂不是"一场颠倒梦"吗!他在一首《念奴娇》词中写道:"老来可喜,是历遍人间,谙知物外。看透虚空,将恨海愁山一时接碎。"这完全是看透红尘、超然物外的思想,因而才产生人生"恰似浮云"的省悟。他在《沙塞子》中也说过:"世事短如春梦,人情薄如秋云。"在南宋国势衰败、政治混乱的社会环境中,在他被官场的流言所挫伤之后,产生这种心理状态是不奇怪的。接着,他以"婉丽清畅"的笔调,抒写一涌而出的思绪,"尘劳何事最相亲。今朝忙到夜,过腊又逢春。"词人借对时间流动的描写来呈现感情的变化,"朝"与"夜"、"过腊"与"逢春"的转化,体现了时间由短暂到悠长。前者表现了世俗的劳累忙碌,从"朝"到"夜",着一"忙"字,连接朝、夜的往还相续,日日如是,生活毫无实际价值;后者则表现了韶光的流逝,腊月之后,春天又来临了。但在世俗的奔忙中,又"何事最相亲"呢? 这是作者自己也无法作答的。这样的感情抒写,深刻地表现出作者一种伤时感事的失意心境与一种对纷繁复杂的人间世事的超越感。

　　词的下片是前面思潮起伏的继续和深化，"流水滔滔无住处，飞光忽忽西沉"。"流水"与"飞光"，是借以影射时间的流逝，人事变迁的迅速；"滔滔"与"忽忽"，是以水流之势及太阳西坠匆匆的景象，形容流年的短暂；"无住处"与"西沉"写流水奔流永不停息，红日西坠何等快速！作者在对客观世界的体验中，骤生一种空虚的失落感，他反复用不同的景况显示着貌似平淡而内蕴却是复杂、激动的思绪，因此，发出"世间谁是百年人"的喟叹。这也是《古诗十九首》所谓"人生忽如寄，寿无金石固"之意，进而引出结拍"个中须著眼，认取自家身"。宋周必大《二老堂诗话》载："朱希真致仕居嘉禾，诗词独步一世。秦丞相欲令教秦伯阳作诗，遂除鸿胪少卿。或作诗云：'少室山人久挂冠，不知何事到长安。如今纵插梅花醉，未必王侯著眼看。'"这首诗是针对朱敦儒的《鹧鸪天》词中"几曾著眼向侯王"、"且插梅花醉洛阳"的话反讥的；这样的讥讽，能不使饱经沧桑的山林老人感到委屈和悲伤吗？还是宋高宗说得好："此人朕用橐荐以隐逸命官，置之馆阁，岂有始恬退而晚奔竞耶！"实际上，朱敦儒有其难言的心事，周必大说："其实希真老爱其子，而畏避窜逐，不敢不起，识者怜之。"（《二老堂诗话·朱希真出处》）由此，我们再回过头来读《临江仙》这首词的结语，"个中须著眼，认取自家身"句，就可以了解其中所蕴含的深意了。"个中"即"此中"、"这其间"之意，"须著眼"是指他所注意的事。这一句的意思指的是他一生的立言行事，他的旷达隐逸的胸襟，世事浮云，尘劳俗务，不须计较，所应注意的，仅在于自己立身处世的态度而已，即"认取自家身"就行了。结拍两句是以一种闲谈的笔触，抒写词人在饱经风霜之后所产生的思想反应。不管人世间的复杂与无情，不管世俗对他情感上的伤害，只要认取自身的立足点就行了，让思想得到解脱。他把自己的身世之感触融注入简朴的语言之中了。

　　汪叔耕说朱敦儒词"多尘外之想，虽杂以微尘，而其清气自不可没"（转引自朱彝尊《词综》）。这首《临江仙》中旷远冲淡的心境描绘，朴素无华的语言结构，流露出一股岩壑山林之士的清逸韵味，辞浅意深。我们从这些散逸心怀的自剖中，可以看到南宋文人负荷着时代的痛苦的灵魂，了解他们寻觅自我解脱的软弱无力的脚步。

　　　　　　　　　　　　　　　　　　　　　　　　　　　　　（唐玲玲）

临 江 仙　　　　　　　　　　朱敦儒

直自凤凰城破后，擘钗破镜分飞。天涯海角信音稀。梦回辽
海北，魂断玉关西。　　　　月解重圆星解聚，如何不见人归？今

春还听杜鹃啼。年年看塞雁，一十四番回。

　　一个作家，不管怎样着意地选择或开拓自己的创作道路，他总要自觉或不自觉地将自己纳入时代的轨道，伴着时代的脉搏而歌唱。生活在北宋南渡前后的朱敦儒，生活态度和艺术旨趣一向以超脱现实为宗旨，曾被后世诩之为"天资旷远"（杨慎《词品》卷四）。他的作品常给人以不食人间烟火的印象，所谓"相望尘世，梦想都销歇"（朱敦儒《念奴娇·垂虹亭》），正见出他那时时寄心物外的气度。然而，这位以一介布衣而誉满东都的名士，在金兵南下，汴京被占之后，面对着这样的悲惨现实，不得不从天上回到了人间，在时代的熔炉里重新铸造自己的诗心。于是，就像与他同时的许多词人一样，也深沉地唱出一曲曲时代的哀歌。

　　如本词所示，这首《临江仙》大约作于靖康之变后十四年。它开门见山，从金兵攻占汴京写起。"直自凤凰城破后"，指1127年北宋都城汴京被占。凤凰城，汉唐长安的美称，以汉长安城中有凤凰阙得名（见《三辅黄图》），这里借指宋都。"擘钗破镜分飞"，喻夫妻离散。"擘钗"，出自白居易《长恨歌》："钗留一股合一扇，钗擘黄金合分钿。"而"破镜"一事，则见孟棨《本事诗·情感》："陈太子舍人徐德言之妻，后主叔宝之妹，封乐昌公主，才色冠绝。时陈政方乱，德言知不相保，谓其妻曰：'以君之才容，国亡必入权豪之家，斯永绝矣。倘情缘未断，犹冀相见，宜有以信之。'乃破一镜，人执其半……"以"直自"句起，一上来就暗示汴京失守之前，主人公生活平静，家庭团聚，十分美满。但作者又把这一切都推到幕后，只从美好事物的消失写起，便极大地调动了每一位读者的想象力，使他们不能自已地去寻味那些没有写出来的、与现实形成强烈对照的往事。这就是前辈词论家所说的"扫处即生"之法，使全词从开头便抓住了读者。同时，就前后的关系而言，这首句词又明确交待了次句"擘钗破镜"的缘由。"擘"与"破"，都是使动词，这就是说，钗非自擘，镜也非自破。显然，作者已侧面点出了这场悲剧的导演者——女真贵族进犯者，而"分飞"二字，又递进一层，暗示着这场离散的程度，并为下文埋下伏笔。从用典上来看，唐玄宗与杨贵妃之"擘钗"，徐德言与乐昌公主之"破镜"，皆因战乱所致，作者用来反映主人公在靖康之难中的遭遇，也是非常确切的。

　　如果离散之后，很快就能重逢，那也算不了什么大悲剧了，可是，命运并不是这样安排的，于是就出现了"天涯海角信音稀"这一非常残酷的事实。这句对分飞作进一步的阐发。亲人离散，究在何处？天涯海角，无由寻觅。金兵攻下汴京后，许多人抛妻别子，流落江南，这位主人公也是如此。那一江之隔，竟在他心中引起天涯海角的感受,其中所包含的历史内容是很丰富的。正是金兵的进攻,才生生将亲人拆散,那么,这条江不是有着万水千山的分量么? 更何况南北交兵,形势险恶,就是插翅也飞不回去啊! 因此,"天涯海角"虽是极言之,却蕴涵着相当的历史真实。"信音稀",实际上是说音讯全无。的确,在当时那种形势下,怎么可能得到亲人的消息呢? 所以,主人公紧接着便对亲人之所在进行揣测。

"梦回辽海北,魂断玉关西。"辽海,泛指辽东滨海之地,亦即上句的海角。玉关,即玉门关,在今甘肃敦煌县西北,亦即上句的天涯。这两句虽都是借辽远的边关,表现主人公对亲人流落的焦虑,其中却又有宾主在。金兵攻宋是从辽海(海角)而来,他们常把所掳的宋朝臣民带回去为奴。因此,作者的重点是指辽海,玉关不过是陪衬而已。这种手法,使我们想起了薛道衡《昔昔盐》中"前年过代北,今岁往辽西"两句诗。隋时,在北方经常和突厥等族作战,在东北经常和高丽作战。薛诗描写了一位思妇对征战在外的行人的思念,虚写代北,实写辽西,显然对朱词有着直接的影响。但是比起薛诗,朱敦儒的这两句词是青出于蓝。他将乐府诗简质的交待性描写,转化为一种带有浓厚浪漫色彩的梦境,超越了时间与空间,超越了主体与客体,在一个更高的层次上,展现了主人公爱情的真挚和执着。同时,这两句也使作品的思想意蕴升华。因为,在现实生活中,主人公回不到北方,更找不到亲人的踪迹,而这一切,他都借助梦境加以实现,这是对现实的一种多么深沉的抗议! 再者,"魂断"的描写也有着很深的涵义。作为凝聚度很高的抒情词,作者不可能对主人公所牵挂的情事作详细的交待,但是,他却暗示了主人公对亲人处境的深深忧虑。这中间显然省略了一连串的心理活动,需要读者用想象加以补充。在话本《杨思温燕山逢故人》中,我们可以看到抒情诗难以表现的另外一些场景。故事叙述了杨思温流落燕山,巧遇嫂嫂郑意娘,听她哭诉道:"妾自靖康之冬,与兄赁舟下淮楚,将至盱眙,不幸箭穿驾手,刀中艄公,妾有乐昌破镜之忧,汝兄被缧绁缠身之苦。为虏所掠。其酋撒八太尉相逼,我义不受辱,为其执虏至燕山。撒八太尉恨妾不从,见妾骨瘦如柴,遂鬻妾身于祖氏之家,后知是娼户。自思是品官妻,命官女,生如苏小卿何荣? 死如孟姜女何辱? 暗抽裙带自缢梁间。……"郑意娘夫妻的悲惨遭遇,在那种形势下,是有一定的普遍性的。因此,这一段描写可以帮助我们想象词中主人公与其所思离散后流落辽海的一方的处境,而主人公的"魂断"就更能得到读者的深切同情了。

上片写离别的痛苦,下片则写对重逢的向往。相思,为的是盼望团聚,这是感情的自然发展。十四年了,多少次看到月缺月圆,星散星聚! 大自然的每一次富有象征的变化,都深深牵动着他敏感的心灵。因此,他询问道:"月解重圆星解聚,如何不见人归?"这里的星,显然是指牵牛和织女。那传说中的牛郎、织女的一年一度的天河会,虽然算不得美满,可比起自己,却是强过百倍。对比之下,主人公当然会更加体会到这漫长的十四年,是多么坚固,多么难以消磨。盼来盼去,望穿双眼,仍是"不见人归"。那么,"人归"二字,究竟属谁?是指亲人来到自己身边呢,还是指自己归回北方,与亲人团聚?显然是后者。因为主人公明白,大河有水,小河不干,只有收复了失地,彼此才能结束流离生活,回到故乡,重新团聚。而以"如何"领起的这一问句,浸透着他个人的失望,也浸透着一个民族的失望。这忧愤是深广的。

　　年年希望,年年失望,十三年了。那么,今年怎么样呢?对于这一问题,他是从侧面回答的。宋室南渡后,小朝廷一味偏安,不思恢复失地,这一切对他不会没有触动,因此,"今春还听杜鹃啼"一句饱含着他的无限辛酸。新的一年,笼罩在他心头的阴影仍是那样沉重。那凄切悲苦的杜鹃啼声,以其在中国古典诗词的传统意象中所特有的含义,宣告了主人公所遭受的又一次打击。那么,所谓杜鹃啼血,不就是他的自我形象吗?一个"还"字,贯穿了过去与现在,交织着年年期望中的等待和等待中的失望,又对以后的状况作了一定的暗示。这句词粗看似觉平常,实则出笔极为沉重,力透纸背。

　　作为全词的结尾,也作为对作品整体感情的概括,作者最后写下了"年年看塞雁,一十四番回"二句,"塞"字承上辽海和玉关。"塞雁"的意象,在这里有两层含义:第一,作为一种年年准时经过的候鸟,它能克服一切大自然的障碍,勇敢地向目的地进发,相形之下,主人公由衷地感到人不如雁。第二,中国古代传统上有着鱼雁传书的传说,因此,雁就又带有双关意味,暗承前"天涯海角信音稀"一句。十四年来,他一次次地关注着那边塞飞来的大雁,焦急地等待着亲人的消息,而时光不断地飞逝过去,结果仍是"信音稀"。大雁果真能传书吗?写到这里,连这美丽的幻想也不复存在了,现实对他是何等的残酷。在词人看来,人的重逢固然最好,即便能够"信音"相通也聊可慰藉,而现在,二者都成了泡影,那么,主人公的心情不得不较之过去任何时候更为沉重了。但是,虽然失望,却还没有完全绝望。在过去的十四年中,主人公曾以极大的热情在等待着,那么,今后的第十五年乃至永远,他是否还会一如既往地等待呢?从词中反映的感情看,答案是肯定的。因为,主人公对祖国的感情是真挚的,他热爱祖国,痛悼国家的沦亡,而对亲人的思念,又与这种感情息息相通。所以,他的心中将会永远闪烁着希望的火花,虽九死而不悔。

　　朱敦儒这首《临江仙》有着强烈的时代性。作者将这十四年间自身经历的漂泊流离略去,而集中描写那一巨大的事变对一个普通家庭的毁灭以及当事者在这种毁灭中所产生的心灵感受。这种表现手法,与杜甫的《佳人》一样,是对当时战乱中的大量事实的概括。由于作者所描写的,是在汴京失守后,每一个家庭都可能有,而且为无数家庭所已有的悲剧,因此,就富有典型性。由于作者在个人身世中寄托着亡国之悲,也就拓展了词的境界,使它突破对一己感情的抒发,反映了整个时代的大悲剧,从而赋予了它爱国主义意蕴。一百多年后,面对着南宋政权完全崩溃的悲剧现实,爱国词人刘辰翁写下了一首《夜飞鹊·七夕》:"何曾见飞渡?年又年痴。今古相望犹疑。朱颜一去似流水,断桥魂梦参差。何堪更嗟迟暮,听旁人说与,此夕佳期。深深代籍,盼悠悠,北地胭脂。谁寄扬州破镜?遍海角天涯,空待人归。自小秦楼望巧,吴机回锦,歌舞为谁?星萍耿耿,算欢娱、未省流离。但秋衾梦浅,云闲曲远,薄命同时。"这首词,无论在主题上,还是在意象、格调上,都与朱词相似,这两位词人,都以自己的悲惨经历,感受了亡国的痛苦。他们的词作,以小见大,写出了时代的悲哀。而在这个意义上,我们看到,朱敦儒的词是较早的以词这种形式来表现普通人的生活是如何在激烈的民族矛盾中发生变故的,他这首词也说明这样一个事实:一位真正的诗人,在时代的熔炉里能够重新铸造自己的诗心。

(程千帆　张宏生)

临 江 仙　　　　　　　　　朱敦儒

信取虚空无一物,个中著甚商量。风头紧后白云忙。风元无去住,云自没行藏。　　莫听古人闲话语,终归失马亡羊。自家肠肚自端详。一齐都打碎,放出大圆光。

这是一首具有佛家禅悦色彩的作品。谈空逃虚,内容相当消极。朱敦儒晚年被秦桧强拉出来当了几天鸿胪少卿,旋因桧卒而被废黜。这对于一个自乐闲旷、不以爵禄萦心的人来说,晚运如此,不能不说是白璧之玷。于是他"皈依"到释子的教义里去寻求解脱,以平息内心的矛盾。这就是此词的创作背景。

"信取"两句拈出了万缘皆空的话头叫破全章题旨。"信取",即相信上了的意思。"取"字助词,意近于"得"。"虚空",佛学名词,本指无任何质碍可以容纳一切色象的空间,这里有四大皆空的意味。既然大千世界不过是廓然无物的空幻之象,那么尘世上的是非功过又有什么值得计较(商量)的呢?"风头"三句紧承上意,以取类比象的手法对题旨加以形象的说明。风儿一阵猛吹,白云随风飘荡,看来好不热闹。殊不知这风和云并没有动和静、行和止(藏)的变化,人们眼中所见的不过是众生所妄见的幻象而已。这就是上片所包含的意蕴,是用曲子词的形式来阐释佛家教义。

　　过片以后,摆落形象描写,径直大发议论。文意一跌,别起波澜。"莫听"两句是对昔贤论述的批判与否定。这里用了两个典故:"失马"即塞翁失马焉知非福之意,典出《淮南子》;"亡羊"即亡羊补牢,语出《战国策》。在朱敦儒看来,不论你怎么说,羊毕竟丢了,马毕竟跑了,一切雄辩,无济于事。在作者心目中,这种得失祸福转化论,并没有超越个人利害,乃是一种执妄之见,因而只能是一种不足取的"闲话语"而已。那么,什么才是词人所认可的正确的态度呢?经过前面一番破立之后,由正而反而合。"自家"三句就是作者所开出的超度苦厄之方。自己的心腹事,应由自己来审度处置(端详),不要被古人的议论所桎梏,不要在圣贤的书籍中去寻求慰藉。只有打翻一切陈言与说教,跳出三界外,不在五行中,才能悟得真如,超凡成佛。"大圆光",指佛菩萨头上的祥光。大乘教义认为众生皆可成佛,一切觉行圆满者都是佛。试图从佛家的经义中求得精神的解脱,这就是作者此词所表述的意蕴。但它是不能根本解决问题的。朱敦儒在另一首词中吟道:"赤松认得虚空,便一向飞腾缥缈。直上蓬瀛,回看沧海,凄然长啸。"(《柳梢青》)这"凄然长啸"的哀吟,不正是他内心痛苦的写照吗?

　　朱敦儒晚年佞佛,好以禅语入词,而其中通篇说理,似以此词为最了。这等词不贵藻饰之华美,而贵理趣之通脱。此词首以虚空立意,一气旋折,直贯篇末,而与"放出大圆光"相绾合,如常山蛇阵,关合严密,弥见笔力。

(周笃文　王玉麟)

鹧　鸪　天 <small>西都作</small>　　　　　　　　　朱敦儒

　　我是清都山水郎,天教分付与疏狂。曾批给雨支风券,累上留云借月章。　　诗万首,酒千觞。几曾着眼看侯王?玉楼金阙慵归去,且插梅花醉洛阳。

　　朱敦儒一生横跨两宋。他是洛阳人。洛阳是北宋的西京,北依邙山,南对龙门,伊、洛、瀍、涧诸水蜿蜒其间,林壑幽美,名园星罗棋布。词人前半生就隐居在这里,侣渔樵,盟鸥鹭,闲饮酒,醉吟诗,以红尘为畏途,视富贵如敝屣,俨然是一位"蝉蜕嚣埃之中,自致寰区之外"(《后汉书·逸民列传》)的避世之士。据《宋史·文苑传》记载,他"志行高洁,虽为布衣而有朝野之望",靖康年间,钦宗召他至京师,欲授以学官,他固辞道:"麋鹿之性,自乐闲旷,爵禄非所愿也。"终究拂衣还山。这首《鹧鸪天》，可以说是他前期词的代表作，也是他前半生自我形象的生动写照。

全词之眼，在"疏狂"二字。"疏狂"者，放任不羁之谓也。词人之性格如此，生活态度如此，故尔充分显现其性格与生活态度的这首词，艺术风格亦复如此。你看他出口便"狂"——"我是清都山水郎！"那"清都"是甚么所在？《列子·周穆王》曰："清都紫微，钧天广乐，帝之所居。"即传说中天帝之宫阙者是。"山水郎"又是甚么官职？未见任何载籍，显系凭空想出来的。顾名思义，想是天帝身边主管名山大川的侍从官罢？以此自任，岂不云"狂"？不惟云"狂"，直须称"妄"！然而只消将这"妄"之一字转译成现今文艺理论中广泛使用着的一个术语，便可知道它之为人们所喜闻乐见——此即"浪漫主义"是也！以下云云，无往而非"妄"，一发"浪漫"不迭。按说词人既自封清都之山水郎官矣，少不得要筹划筹划罢？偏不然。其所用心者，但知自家"给雨支风""留云借月"，"山水光中，无事过这一夏"（辛弃疾《丑奴儿近·博山道中效李易安体》）而已！原来其所杜撰之"山水郎"一职，竟是个专业从事游山逛水的美差，天国中果真用此人主管山水，不啻是任命美猴王掌蟠桃园了。虽则"江上之清风，与山间之明月，耳得之而为声，目遇之而成色，取之不禁，用之不竭"（苏轼《前赤壁赋》），不比王母娘娘那些三千年一熟的仙桃来得值钱，却也有报批手续一应齐全，可以名正言顺地尽情受用，真个是"天教分付与疏狂"呢！（"累上……章"，即是打过申请报告了；"曾批……券"，岂非天帝御批之券乎？）上阕四句二十八字，原只是陶渊明之所谓"少无适俗韵，性本爱丘山"（《归田园居》五首其一）一意，若照直说来，便与古人雷同，"雷同则可以不有，可以不有，则虽欲存焉而不能"（明袁宏道《叙小修诗》）；今且以狂谲荒诞出之，便使人耳目一新，可谓"孤行则必不可无，必不可无，虽欲废焉而不能"（同上）了。陶渊明之后，隐逸诗人、山水诗人们各骋才力，讴歌自由、表达人类心灵与大自然之契合的名章隽语，即便不逾万数，也当以百千计，但大率以正笔、直笔写实，像朱敦儒这样浪漫、超现实的奇妙构思，曾不多觏，独特的艺术魅力和审美价值，永远体现在作品的个性之中呵！

论此词在艺术上的创造性，固然要数上半阕；可是一篇之作意和主题，还须向下半阕中探求。封建社会，等级森严，官爵之有无与高低，在世俗心目中成为判断人的价值大小的唯一尺度。因而，一切敢于发现和认识自我的价值、藐视封建秩序的人，人们或以为"狂"，他们也往往索性以"狂"自居。这"狂"在当时正是思想解放的一种标志，"李白一斗诗百篇，长安市上酒家眠，天子呼来不上船，自称臣是酒中仙"（杜甫《饮中八仙歌》）。读朱词下阕，我们仿佛看到了又一个"谪仙人"。他连天国的"玉楼金阙"都懒得归去呢,又怎肯拿正眼去看那尘世间的王侯权贵? 由此愈加清楚地见出,上阕云云,与其说是对神仙世界的向往,毋宁认作对玉皇大帝的狎弄。这倒也不难理解,感觉到人世的压抑、渴望到天国去寻求精神解脱的痴人固然所在多有;而意识到天国无非是人世在大气层外的翻版,不愿费偌大气力,换一种海拔高度来受束缚的智者亦不可谓无,词人就是一个。那么,他竟向何处去寄托身心呢? 山麓水湄而外,惟有诗境与醉乡了。于是乎乃有"诗万首,酒千觞",于是乎乃有"且插梅花醉洛阳"。洛花以牡丹为最,词人何不遽曰"且插牡丹醉洛阳"? 其中盖有深意焉。宋周敦颐《爱莲说》云:"牡丹,花之富贵者也。"词人"志意修则骄富贵,道义重则轻王公"(《荀子·修身》),他自然不肯垂青于"自李唐来,世人盛爱"(《爱莲说》)的牡丹,而宁取那"千林无伴,淡然独傲霜雪"(词人自撰《念奴娇》咏梅词)的梅花了。清人黄蓼园曰:"希真梅词最多,性之所近也。"(《蓼园词选》)是的,如果说以天地间至清之物——风、雨、云、月为日常生活必需品,正象征其志洁的话,那么引"香中别有韵,清极不知寒"(唐崔道融《梅花》诗)的梅花为同调,即适足以显现其格高。"高洁"与"疏狂",一体一用,一里一表,有机地统一在词人身上。惟其品性"高洁",不愿与世俗社会沆瀣,因此才有诗酒痼疾、泉石膏肓,种种的"疏狂"。这就是朱敦儒之所以为朱敦儒!

　　写到这里,拙文本可以结束了,但还有一两个至关重要的问题,尚须略作交代。

　　其一,关于此词的创作背景及思想评价,古典文学界曾有异议。或以为它作于靖康间词人应召入京、授官不受、固辞还山之后,且谓当时已是北宋沦亡的前夕,而词人只管"插梅花醉洛阳",不能不说是严重的逃避现实,云云(见胡云翼《宋词选》),这恐怕是误会和苛责了。本篇仅注"西都作",只能大体定为南渡前的作品,并无确切的系年可考。词人的青壮年时期是在徽宗朝度过的,而众所周知,钦宗靖康首尾不过两年,很显然,此词的思想内容主要应联系徽宗朝而不是钦宗朝的政治局势来加以考察。徽宗在位的二十六年,是北宋历史上最腐朽、最昏暗的时期,蔡京、王黼等奸相先后当道,兴花石纲,筑艮岳,穷奢极欲,民不聊生,京东、两浙,揭竿而起。当此之时,与其出山求仕,为虎作伥,还不如"且插梅花醉洛阳"来得干净! 至于靖康间授官不受之事,史称敦儒"有文武才"(《宋史》本传),若朝廷命其参赞抗金军务,固辞不就,自难免"逃避"之责;乃所授为不急之务的"学官",受与不受,又何足深咎呢? 真正应该批评的,倒是南渡之初避乱客南雄州(今广东南雄县一带)时,抗战派大臣张浚奏请他"赴军前计议"而"弗起"的举动。不过,后来他毕竟还是于高宗绍兴二年(1132)投身抗金事业,并最终因为与抗战派大臣李光等交结而被秦桧党人劾罢,以实际行动证明了自己的爱国热忱。

其二,朱敦儒晚年隐居嘉禾(今浙江嘉兴一带),以诗词独步一世。秦桧欲令敦儒教己子秦熺作诗,故先用敦儒之子为删定官,继而又除敦儒为鸿胪寺少卿。敦儒老爱其子,而畏避窜逐,不敢不起,致使晚节未终,有人遂拈出他早先所作的这首《鹧鸪天》,为诗讽刺道:"少室山人久挂冠,不知何事到长安?如今纵插梅花醉,未必王侯著眼看!"(宋周必大《二老堂诗话》)由前半生的"几曾著眼看侯王"到晚年的"未必王侯著眼看",扼腕之余,我们真正要嗔怪天公不该让他如此长寿了。

(钟振振)

鹧　鸪　天　　　　　　　　　　朱敦儒

唱得梨园绝代声。前朝惟数李夫人。自从惊破霓裳后,楚奏
吴歌扇里新。　　　秦嶂雁,越溪砧。西风北客两飘零。尊前
忽听当时曲,侧帽停杯泪满巾。

宋人周密说:"宣和中李师师以歌舞称。……朱希真诗云'解唱阳关别调声,前朝惟数李夫人',即其人也。"(《浩然斋雅谈》卷下)朱敦儒,北宋末年洛阳名士,以词著称。周密所引诗句实即此《鹧鸪天》词,字句有出入,当属传本不同,但词意基本一致。据这则记述,可确知此词是为李师师而作的。

李师师是北宋后期汴京著名的小唱艺人。她约生于北宋哲宗元祐元年(1086),徽宗崇宁、大观年间正值青春妙龄,遂以小唱在民间瓦市中显露艺术才华;政和年间她二十六、七岁,以色艺绝伦而红极一时,词人晁冲之与周邦彦都曾与之交游,宋徽宗也前后多次微服幸其家,至宣和时"声名溢于中国";靖康元年(1126)被籍没家财后逃难到江南;南宋高宗建炎元年(1127)她约四十一岁,流落南方,卖艺为生。朱敦儒也是经过了靖康之变流落南方的。他在湖湘时偶然有机会听到李师师的歌声,不胜感慨,写了这首小词。

词人对李师师的小唱艺术是衷心赞美的,并对她有着几分敬意。唐玄宗曾选乐工三百人及宫女数百人居宜春北苑练习歌舞,亦称梨园弟子。"唱得梨园绝代声,前朝惟数李夫人",意谓能得唐代梨园之遗声,歌艺绝妙,无可伦比的只有"前朝"的李师师了。"前朝",前任皇帝在位的时期,这里指宋徽宗时。师师本是汴京民间歌妓,由于与徽宗皇帝有一段不寻常的风流遗事,在人们看来她的身份有些尊贵了。甚至在民间还传说她曾被召入宫中,封为瀛国夫人,故人们都习惯

尊称为李夫人。南宋初年,人们谈到李师师总是与徽宗皇帝的昏庸荒淫致有灭亡的惨痛历史教训联系起来。师师是令人同情的。当靖康元年正月,北宋国势危急,以钦宗为首的统治集团接受了金人议和退兵的条件,为缴纳金人的巨额金帛在汴京城内大肆搜括,师师被抄家。第二年北宋灭亡了,徽宗和钦宗被俘北去。李师师同中原许多居民一样,历尽艰辛逃难到了江南。刘子翚《汴京纪事》诗云:"辇毂繁华事可伤,师师垂老过湖湘,缕衣檀板无人识,一曲当时动帝王。"可见南宋初年师师确实在湖湘一带,隐姓埋名,依旧卖艺为生。"自从惊破霓裳后,楚奏吴歌扇里新",词正面表述了师师在靖康之际的遭遇。"霓裳"指唐代宫廷的"霓裳羽衣舞"。白居易《长恨歌》的"渔阳鼙鼓动地来,惊破霓裳羽衣曲",即指唐玄宗与杨玉环的骄奢淫乐致有安史之乱。安史之乱和靖康之变,在历史教训方面有某种相似之处,所以词人借"惊破霓裳"以喻北宋灭亡。"自从惊破霓裳后",师师生活发生剧变,忽然失去皇帝的宠幸,再度流落民间卖艺。歌妓们演唱时以曲名书于歌扇,由听众点唱,所谓"歌尽桃花扇底风",即唱完扇上列出之歌曲。为适应南方听众的趣味,师师已经习唱南方流行的新曲了。改唱新曲也可能使南渡的士大夫们难以认识她,她似乎不愿让人们见到其晚年的不幸。词的上片以"前朝""惊破""扇里新"等词语表示师师生活变化的轨迹,概括了她一生的命运。师师的命运又暗与北宋灭亡的命运有着联系。如果将她与杨玉环相比较,人们是谅解和同情师师的,所以南宋时曾传说她被金兵所俘以身殉国的壮烈感人结局(见《李师师外传》)。

词的下片突出表达作者悲痛感慨之情,首先在过变处便以虚写而制造了悲伤凄凉的抒情氛围。"秦嶂雁、越溪砧"是指北方南飞的雁唳和南方妇女的捣衣声。这两种声音在寂寞的夜里都会给客寄他乡的人以悲伤凄凉之感,真是"雁已不堪闻,砧声何处村"。朱敦儒与李师师都同是流落南方的北客。当西风萧瑟的秋夜,词人不禁感到他与师师都像落叶飘零的身世了。这两位飘零的北客在异乡萍水相逢,流落的命运使他们产生相互的同情。所以当词人在酒席之前忽然听到熟悉的师师所唱的"当时曲",恍然确知这就是"唱得梨园绝代声"的李夫人时,对师师的同情,和自己国破家亡、仓皇避难的伤痛,一齐迸涌出来。"侧帽",冠帽歪斜,表示生活潦倒的颓放之状;"停杯"表示心情异常激动,痛苦情绪无法排解。这很形象地传达出了当时作者的心情。他激动感慨得"侧帽停杯",掩面痛哭。全词在词情达到高潮中立即结束。

靖康之变是宋代历史转折的关键,成为宋人的奇耻大辱,在文学上掀起了以抗金救国为主题的诗歌运动。朱敦儒这首小词没有中兴词人那种激昂慷慨的雄伟气魄,但却低回宛转深深感人。它以反映歌妓李师师的不幸遭遇并表示对她的同情,从侧面接触了靖康之变的重大历史题材,表达了士大夫深沉的悲痛和爱国的情感。这首小词十分精练,词意逐步发展,层层加深,表现出作者高度的艺术概括能力,使人读后联想起丰富的历史内容并思索着深刻的历史教训。

(谢桃坊)

<h2>感　皇　恩　　　　　　　　　朱敦儒</h2>

一个小园儿,两三亩地。花竹随宜旋装缀。槿篱茅舍,便有山家风味。等闲池上饮,林间醉。　　都为自家,胸中无事。风景争来趁游戏。称心如意,剩活人间几岁。洞天谁道在、尘寰外。

这首词像是信手勾画的一幅田居小景,疏笔淡墨;又像随口哼出的一支山歌小曲,萧闲自得。晚年的朱敦儒,辞别了一度浮沉其间的官场,归隐山林,心情也日趋淡泊,这在词中明白地表露出来。

“一个小园儿,两三亩地”,散文式的语言平易浅白。“一个”“两三亩”这些小数目,如话家常,十分亲切。同时,也透出主人公知足寡欲的人生态度。“花竹随宜旋装缀”一句承上。开辟了一个两三亩地的小园儿,马上(“旋”)随方位地势之所宜,随品种配搭之所宜,栽花种竹,点缀园子。花与竹是园林常景,也有代表性。苏轼《司马君实独乐园》诗:“中有五亩园,花竹秀而野”;黄庭坚《次韵文潜同游王舍人园》诗:“移竹淇园下,买花洛水阳;风烟二十年,花竹可迷藏”。朱敦儒另一首《感皇恩·游□□园感旧》也有“竹深花好”之句。花竹栽成,小园着以木槿疏篱,茅盖小舍。“便有山家风味”一句,既总结上文,又漾出作者的怡悦之情。在前面几句写景之后,画面上出现了词人的自我形象:“等闲池上饮,林间醉。”栽花艺竹之余,词人小具杯盘,徐图一醉。——这种徜徉山水,从容遣日的方式,正是自来遁迹山林者所乐的境界。词里突出地表现了这种闲适、超脱的襟怀。由景物入笔,至结句推出了主人公形象,以景写人,很好地表达了词人所谓的“麋鹿之性,自乐闲旷”的性格。以形象收住上片,结得十分浑融。

上面词人以轻松愉快的笔墨,描绘了山居生活的安适,下片遂转入议论,将词境拓深一步。“都为自家,胸中无事,风景争来趁游戏”,三句语极朴拙,意却自在,掉运口语,浅白有味。黄庭坚《次韵答斌老病起独游东园》诗所写的“主人心安乐,花竹有和气;时从物外赏,自益酒中味”,不啻为此词注脚。忘却世事营营,胸中没有半点挂虑,自然容易心与景浃,感受到外间景物欣然自得,好像都争先恐后来取悦于人似的。宋程颢诗"万物静观皆自得,四时佳兴与人同",朱敦儒即将此意度入词中,以曲子词写理趣语,显得亲切活泼,饶有兴味。"剩活人间几岁",点出余日无多的暮景,却并无衰飒悲惋色彩。"洞天"句即"谁道洞天在尘寰外"之倒装,这是为了协调平仄的原故。结句将上下片一并收束,表示要在这个人间洞天里度此余年,一派欣于所得的情致,可谓溢于言表了。《澄怀录》载:"陆放翁云:'朱希真居嘉禾,与朋侪诣之。闻笛声自烟波间起,顷之,棹小舟而至,则与俱归。室中悬琴、筑、阮咸之类,檐间有珍禽,皆目所未睹。室中蓝缶贮果实脯醢,客至,挑取以奉客。'"据此可见其襟抱之冲旷,居设之雅洁,俨如天际真人了。语浅而意深,节短而韵长,可说是这首小词的一个重要的特点。

(周笃文　王玉麟)

好　事　近　　　　　　　　　　　朱敦儒

春雨细如尘,楼外柳丝黄湿。风约绣帘斜去,透窗纱寒碧。　　美人慵剪上元灯,弹泪倚瑶瑟。却卜紫姑香火,问辽东消息。

　　这首秀婉的小词摹写元夜怀人的情景,别见韵致。画面中心是一位闺中美人的形象,而最先映入我们眼帘的是一片楼头景色。前两句楼外:春雨绵绵密密,像尘雾一般,灰蒙蒙的;刚刚泛出鹅黄色的柳梢给雨打湿,水淋淋的。说春雨"细如尘",新鲜而熨帖。春雨是细屑的,轻倩的,迷离漫漶,润物无声,似乎非"如尘"二字无以尽其态。用它来映衬怀人的愁思,便显得十分工致。"湿"承"雨"来。"黄"字体物入微,切合物候,又应"春"意,让人联想到稚柳在这迷蒙细雨的熏沐下所焕发的生机。接下来,"风约"逗引出后两句,视点拉回室内。上片状景,由远而近,由外而内,笔笔勾联,丝丝入扣,直要逼出视角的所在——楼中人那里。这几句看似景语,实乃情语,打上了闺人的主观色彩。"如尘"的雨,多少给人以凄迷低黯之感;柳色又新,牵惹着对远人的缕缕情思;阵阵轻寒,更使那碧色的窗纱涂上感伤的色调,寒气直浸入心底。"寒碧"是以景写情的重笔,女子心中的感受由此得到深刻的展示。作者借拟女主人的眼光,写出这样一个寂冷的环境。未见其人,那孤凄落寞的心绪已然隐现纸上。笔调秀雅疏淡,婉曲动人。

　　前面以景写情,渲染了一种特定的气氛,作好充分的铺垫,换头便直接突出了居于画面中心的美人形象:"美人慵剪上元灯,弹泪倚瑶瑟。"上元即农历正月十五日元宵节,在宋代是个盛大的节日,民间有吃圆子(汤圆,取阖家团圆之意)、观彩灯、祭紫姑等习俗。点明上元之时,背景就变得更其具体而典型,把人物感情衬托得愈加强烈。周密《武林旧事》卷二"灯品":"又有深闺巧娃,剪纸而成,尤为精妙。"陆游《十二月一日》诗:"儿书春日榜,女剪上元灯。"说明宋时剪纸做灯,乃闺人巧技,而且有早些日子就开始制作以备上元灯节玩赏的。如今"美人慵剪上元灯",这不是一般的身心慵懒,而是由于情绪恶劣之极。"弹泪倚瑶瑟"句加重分量,写她欲鼓瑟以舒怨怀也不可能,只有倚瑟弹泪而已。

从篇首至于此处,似乎无一句不关题旨,无一句不射映闺中佳人的情怀,然而词人对于她的衷曲却未曾正面道出,于是读者自然急切地注目于结束两句:"却卜紫姑香火,问辽东消息。"前一句承接上文,转进一层,写美人问卜的事。紫姑,相传为唐武则天时寿阳刺史李景之妾,为大妇所嫉,正月十五日夜被害死于厕间,上帝悯之,命为厕神。旧时民间每于元宵夜图画其形以祭,并扶乩卜问祸福。无心剪灯,有意问卜,写出少妇关注之所在。结句是全词经过层层推进之后达到的高潮,却仍以轻淡之笔出之。辽东,古郡名,故址在今辽宁省东南部。这个词在前代诗歌中习见,此处只是借指遥远的边地,以代亲人之所在。到这里,词的主旨已经明确、完整地表达出来,而字面上终归没有道破。淡语入情,含蓄不尽,确是妙结。此词为朱敦儒早期作品,未脱脂粉之色,至遭逢家国之难以后,词风便为之一变了。

(周笃文　王玉麟)

好事近 渔父词　　　　　　　　　　　　　朱敦儒

摇首出红尘,醒醉更无时节。活计绿蓑青笠,惯披霜冲雪。

晚来风定钓丝闲,上下是新月。千里水天一色,看孤鸿明灭。

朱敦儒于高宗绍兴十九年(1149)离开朝廷后,长期寓居嘉禾(今浙江嘉兴)。《宋诗纪事》引《澄怀录》:"陆放翁云:'朱希真居嘉禾,与朋侪诣之。闻笛声自烟波间起,顷之,棹小舟而至,则与俱归。室中悬琴、筑、阮咸之类。檐间有珍禽,皆目所未睹。室中篮缶贮果实脯醢,客至,挑取以奉客。'"可见作者当时全然过着一种世外桃源式的生活。他前后写了六首渔父词(均调寄《好事近》)来歌咏这种闲适生活的情趣。这是其中的一首。

开头一句表明自己放弃官场生活的坚决。"摇首"二字很形象,既对"红尘"(尘世,这里指官场)否定,又不置一辞,这是一种轻蔑不屑的态度,亦如杜甫《送孔巢父谢病归游江东》诗所云"巢父掉头不肯住,东将入海随烟雾"之意。何以如此,词人未说,只好让读者自去体味,紧接的一句只把原因推到自己的志趣与官场格格不入。晋时嵇康就数过官场之"七不堪":"卧喜晚起,而当关呼之不置,一不堪也;抱琴行吟,弋钓草野,而吏卒守之,不得妄动,二不堪也……"(《与山巨源绝交书》),总之,披红着紫,就必须严守官场制度,醒醉都要受节制的。对于"天姿旷远,有神仙风致"(《花庵词选》赞作者语)的人物是一种束缚!一旦"摇首出红尘",作了个烟波钓徒,才能"醒醉更无时节"。这两句语言明快质朴,同时又极传情,一种超脱尘世的轻快感溢于言表。

三、四句则进而写渔父生活,能使人想起两首著名的唐人诗词——张志和《渔父》词和柳宗元《江雪》诗。其实,渔父生涯既不全然像"青箬笠,绿蓑衣,斜风细雨不须归"写的那样浪漫,又不全像"孤舟蓑笠翁,独钓寒江雪"写的那样苦寒。"绿蓑青笠",白鹭桃花,固然可悦;"披霜冲雪",独钓寒江,也很习惯。总是恬淡自适。这样写来,实兼张词、柳诗的境界而有之,颇具概括之妙。

渔父的志趣和生活概貌有了一个总的交代,后片便切取一个断面,进一步表现闲适生活的可爱。江湖上也有风浪,"已佩水仙宫印,恶风波不怕"(同调词)等句,都表明这一点。但与官场风波比较,则"江头未是风波恶"(辛弃疾)。而到"晚来风定"时候,更有一番景致:新月当空,钓丝不动,水平如镜,上下天光,表里澄彻。作者用洗炼的笔墨勾勒出一幅清雅的图画。这境界是静的,所有的景物都表现着这一特点:"钓丝"是静的("闲");"上下是新月",可见水也是静的,静得连縠纹也没有……而在这幅静态的画面上,作者最后加上奇妙的一笔:一只缥缈的孤鸿,明灭于远空,那是静的背景上的一个动点,而它的动感不是来自位置的移动而是来自光线的变化。这小小一点便使如画的诗境更其安静、清丽、美妙。

仅说后片如画还不够,这画境还具有一种象征的意义。那风平浪静的江景,显然是词人"澄怀"的反映;那"缥缈孤鸿影",也是一个自由出没于江上的幽人的写照。

总之,全词用清丽晓畅的语言,由渔父生活的粗线勾勒,到一个生活断面的精妙描画;上片以抒情起,下片以写景结;写实与象征手法结合,意境完整高远,在艺术表现上颇有可资借鉴之处。

　　　　　　　　　　　　　　　　　　　　　　　　　　　　(周啸天)

西　江　月　　　　　　　　　　　　　　朱敦儒

世事短如春梦,人情薄似秋云。不须计较苦劳心,万事原来有

命。　　　幸遇三杯酒好,况逢一朵花新。片时欢笑且相亲,明
日阴晴未定。

这首小词从慨叹人生短暂入笔,表现了词人暮年对世情的一种"彻悟"。

回首平生,少年的欢情,壮年的襟抱早已成为遥远的过去,飞逝的岁月在这
位年迈的词人心中留下的只有世态炎凉、命途多舛的凄黯记忆。所以词的起首
二句"世事短如春梦,人情薄似秋云",是饱含辛酸的笔触。这两句属对工畅,集
中地、形象地表达了作者对人生的认识。"短如春梦""薄似秋云"的比喻熨帖而
自然。接下来,笔锋一转,把世事人情的种种变化与表现归结为"命"(命运)的力
量。"原来"二字,透露出一种无可如何的神情,又隐含几分激愤。在强大的命运
之神面前他感到无能为力,于是消极地放弃了抗争:"不须计较苦劳心",语气间
含有对自己早年追求的悔意和自嘲。"计较",算计之意。这两句倒装,不只是为
了照顾押韵,也有把意思的重点落在下句的因素。情调由沉重到轻松,也反映了
他从顿悟中得到解脱的心情。

似乎是从宿命的解释中真的得到了解脱,词人转而及时行乐,沉迷于美酒鲜
花之中。"幸遇三杯酒好,况逢一朵花新","幸遇""况逢"等字带来一种亲切感,
"酒好""花新"则是愉悦之情的写照。"三杯""一朵"对举,给人以鲜明的印象。上
下文都是议论,使得这属对工巧的两句尤其显得清新有趣。着墨不多,主人公那
种得乐且乐的生活情态活脱脱地展现出来。结语两句,虽以"片时欢笑且相亲"自
安自慰,然而至于"明日阴晴未定",则又是天道无常,陷入更深的叹息中了。"且"
是"姑且""聊且"的意思。"阴晴未定"是感叹世事的翻覆无定,或许还有政治上的寓
意。下片末句与上片"万事原来有命"句呼应,又回到"命"上去了。作者的生活态度
是强作达观而实则颓唐。宋人黄昇不顾这里表现出的忧愤与消沉,谓此词"可以警
世之役役于非望之福者"(《中兴以来绝妙词选》),则是只看到表面的闲逸了。

词人笔下是清雅隽朗的,是以流露出一种闲旷的风致。自然流转,若不经
意,全词如骏马注坡,一气直下。通体使用散文化语句,也是比较特别的。

　　　　　　　　　　　　　　　　　　　　　　　　　　(周笃文　王玉麟)

西江月　　　　　　　　　　　　　朱敦儒

日日深杯酒满,朝朝小圃花开。自歌自舞自开怀,且喜无拘无
碍。　　　青史几番春梦,黄泉多少奇才。不须计较与安排,领
取而今现在。

　　饮酒养花是朱敦儒晚年生活中的最大乐事,于是描述"幸遇三杯酒好,况逢一朵花新"(《西江月》)的喜悦心情,抒写"片时欢笑且相亲"(同上)的人生观念,便成为这时期词作的重要内容。面前这首词充满闲逸旷达的情调,很能表现词人的性格。

　　"日日深杯酒满,朝朝小圃花开",起首两句写出词人终日醉饮花前的生活。深杯酒满见得饮兴之酣畅,小圃花开点出居处之雅致。无一字及人,而人的精神风貌已隐然可见。这正是借物写人之法的妙用。"自歌自舞自开怀,且喜无拘无碍",抒情主人公的正面形象出现了。三个"自"隔字重叠,着力突出自由自在、自得其乐的神态,自然地带出"无拘无碍"一句。整个上片洋溢着轻松自适的情致,行文亦畅达流转,宛若一曲悦耳的牧歌。两句一转,由物及人,既敞露心怀,又避免给人以浅显平直之感。

　　然而轻松也罢,自适也罢,都无非是一种表象,词人心底实际上是无法平和的。剧变的时代,峻酷的现实,塞滞的人生,都令他感到忧愤和无能为力,于是归于消沉了。下片一上来文情陡变,两个对句表达了作者对世事人生的认识:所谓人类的历史不过是几场短暂春梦杂沓无序的联缀,无论怎样的奇士贤才都终究不免归于黄泉。这是历尽沧桑,饱经忧患之后的感喟,无疑含有消极的虚无意识。此词写作时代大致正在忠良屈死而奸佞当道之时,"黄泉"句也隐含着深深的悲愤之情。这时,朱敦儒那"莫作楚囚相泣,倾银汉,洗瑶池,看尽人间桃李拂衣归"(《沙塞子》)的壮怀远抱已被消蚀殆尽了。然字里行间仍存苦怀,有一种无可奈何的心绪在。他自以为看破了红尘,不复希冀有所作为,把一切都交付给那变幻莫测的命运去主宰,自己"不须计较与安排",只要"领取而今现在",求得片时欢乐也就心满意足了。末句不啻是对上片所描述的闲逸自得生活之底蕴的概括和揭示。可知那不过是"欲将沉醉换悲凉"(晏几道《阮郎归》)之意,适见出壮怀消尽的颓唐。所以,这句在结构上也是有力的收束。上片写景叙事,下片议论感叹,这是朱敦儒在这个时期常用的一种布局方式。如此结撰,便有情景相生、借景达情之妙。其他如善用对句、叠字而自然清新,富于天趣;措语明白浅近而不失韵味等特点在这首小词中都很突出。而旷达闲逸的风调恐怕是博得人们喜爱的主要原因吧?

(周笃文　王玉麟)

减字木兰花 　　　　　　　　朱敦儒

刘郎已老,不管桃花依旧笑。要听琵琶,重院莺啼觅谢家。　　曲终人醉,多似浔阳江上泪。万里东风,国破山河落照红。

　　朱敦儒词的特点是清新晓畅,不作绮艳语,一般少用典故。大家熟知的《鹧鸪天·西都作》《好事近·渔父词》等都是这样的作品。但是,像这首《减字木兰花》却不完全一样,一首短短八句四十四字的小令,一连用了三个典故。词的开头两句就是用两个典故组合起来的。首句用唐诗人刘禹锡《重游玄都观》诗中的"前度刘郎今又来"的"刘郎"自谓。当年刘禹锡写这首诗,是在两次被贬南方之后,已经步入老年,有许多感慨。而朱敦儒写这首词也是在南渡之后,也老了,同有刘郎已老、暗伤怀抱之意。次句是用唐诗人崔护《题都城南庄》诗中的"桃花依旧笑春风"。这个典故,在词里多次出现过,例如晏几道《御街行》:"落花犹在,香屏空掩,人面知何处?"这是改用。袁去华《瑞鹤仙》:"他年重到,人面桃花在否?"这是实用。而朱敦儒呢? 是活用,他截去崔护诗句末尾的"春风"两字,和词的前一句"刘郎已老"紧密相连,语意有如一气呵成。这两句是说,自己老了,"不管桃花依旧笑",当然更不管"人去楼空",大有"万事不关心"之概。接着两句说自己没有歌儿舞女,要听琵琶,就只有到歌妓家去。至此点题。下片开头一句"曲终人醉",接着上片的"听琵琶"而来,说琵琶弹奏完了,人也醉了。我们从上片表达的词人的思想感情来看,下面接着出现类似"醉向花间倒"(《点绛唇》)、"我自阊门睡,高枕笑浮生"(《水调歌头》)的内容,是顺理成章的。但是,词至此却笔锋急转,突然出现了又一个典故:"多似浔阳江上泪"。老词人哭了,而且是哭得那么伤心,和当年唐代诗人白居易在浔阳江上听琵琶后有感于天涯沦落而掉的泪一样多。当我们还来不及思考为什么时,词又以直下之势告诉我们:"万里东风,国破山河落照红。"词人面对东风万里,落日映照的河山,想到中原失地,恢复无望。这对于身遭国破家亡之难、辗转流离南方的朱敦儒来说,怎么能忘怀? 怎么能不关心? 又怎么能不悲痛落泪呢? 八百多年后的今天读着它,似乎还清晰地感受到词人心灵的颤动。

　　全词用典灵活、自然、贴切,词风明快,内容安排层次清楚。下片在静穆中突然迸发出爱国激情,如一股抑制不住的激流,激荡人心,久久不能平静。

（马兴荣）

采 桑 子 彭浪矶　　　　　　　　　　　　朱敦儒

扁舟去作江南客,旅雁孤云。万里烟尘,回首中原泪满巾。
碧山对晚汀洲冷,枫叶芦根。日落波平,愁损辞乡去国人。

这是作者在金兵南侵、离开故乡洛阳南下避难,辗转流离中写的一首怀念中原的小令。题为"彭浪矶",当是途经今江西彭泽县的彭浪矶而作,矶在长江边,与江中的大、小孤山相对。

首句叙事起,次句即景取譬,自寓身世经历。乘一叶扁舟,到江南去避难作客,仰望那长空中失群的旅雁和孤零飘荡的浮云,不禁深感自己的境遇正复相类。两句融叙事、写景、抒情为一体,亦赋亦比亦兴,起得浑括自然。"万里烟尘,回首中原泪满巾",两句写回首北望所见所感。中原失守,国士同悲。陈与义于南奔途中亦有诗云:"忧世力不逮,有泪盈衣襟。嵯峨西北云,想象折寸心。"(《次舞阳》)宋代诗词转出了慷慨悲歌的新境界,是从此时开始的。这两句直抒情怀,略无雕饰,取景阔大,声情悲壮。

"碧山对晚汀洲冷,枫叶芦根",过片两句,收回眼前现境。薄暮时分,泊舟矶畔,但见江中的碧山正为暮霭所笼罩,矶边的汀洲,芦根残存,枫叶飘零,满眼萧瑟冷落的景象。这里写矶边秋暮景色,带有浓厚的凄清黯淡色彩,这是词人在国家残破、颠沛流离中的情绪的反映。"日落波平,愁损辞乡去国人",两句总收,点明自己"辞乡去国"以来的心情。日落时分,往往是增加羁旅者乡愁的时刻,对于作者这样一位仓皇避难的旅人来说,他的寂寞感、凄凉感不用说是更为强烈了。渐趋平缓的江波,在这里恰恰反托出了词人不平静的心情。

上片着重抒情,而情中带景;下片侧重写景,而景中含情,全篇于清婉中含深沉的伤时感乱之情,故流丽而有沉郁之致。　　　　　　　　　　　(刘学锴)

采　桑　子　　　　　　　朱敦儒

一番海角凄凉梦,却到长安。翠帐犀帘,依旧屏斜十二山。

玉人为我调琴瑟,颦黛低鬟。云散香残,风雨蛮溪半夜寒。

朱敦儒在金兵攻汴后,曾辗转避兵行抵岭南。这首《采桑子》,是他客居南雄州(治所在今广东南雄县)时追怀汴京繁华、伤时感乱之作。

开头两句叙梦回汴京。"海角"指词人当时所在的岭南海隅之地。"长安"借指北宋都城汴京。南雄州一带,当时是荒凉的边远地区。词人避乱遐方,形单影只,举目无亲。在这里,即使做梦,也该是凄凉的。但今宵所做的梦,却把自己带回了往昔繁华的旧都。"海角"与"长安",不仅表明空间距离遥远,而且标志着丧乱与繁华、战争与承平两个不同的历史环境。"却"字正突出强调了这不同的历史环境所给予词人的心理感受,其中有意外的欣喜,更含无限的感怆。

"翠帐犀帘,依旧屏斜十二山。"两句紧承次句,展示梦境中京师繁华旧事的一角。在华美的居室里,翠帐低悬,犀帘垂地,床前的屏风,曲曲斜斜,依旧展开着十二扇屏山。这里只写"翠帐""犀帘""屏山",而它们所暗示的往昔汴京士大夫的繁华生活、温馨旧事不难想见。"依旧"二字,不但贯通上下两句,而且贯通上下两片。在梦中,这一切都是那样熟悉、亲切,似乎没有任何变化,实际上这一切已经成为不可回复的旧梦。梦中的"依旧"正暗示了梦外的荡然无存。

"玉人为我调琴瑟,颦黛低鬟。"过片紧承上片三四句,续写繁华旧梦。美丽的歌妓在宴席上为自己调琴理弦,弹奏乐曲,敛眉低首,若不胜情,说不尽的温馨旖旎,风流绮艳。上片三、四句侧重写环境,这两句侧重写人的活动。两方面合起来,就是一幅华堂夜宴图。从这里可以看出词人所怀恋的汴京繁华,实际上就是上层士大夫富贵风流的生活。

"云散香残,风雨蛮溪半夜寒。"云散,用宋玉《高唐赋》巫山神女旦为朝云的故实,暗示绮艳梦境的消逝;香残,是说梦境既逝,梦中的馨香亦不复存留。眼前面对的,是荒寒的海角凄凉之地;耳畔听到的,是夜半风雨交加中蛮溪流水的凄寒声响。消逝的梦境与凄寒的现境的对照,强化了词人的今昔盛衰之感、伤时感乱之痛和天涯羁旅之悲,结尾的"寒"字,不但是生理上感受到的,更是心理上的寂寞凄凉的反映。

这首词所抒写的是士大夫怀旧伤时之情,没有广泛的意义,情调也不免低沉感伤,与同时代一些慷慨激昂的强音显然有别。但它在艺术上却有些特色。词的首、尾分别以入梦起、梦醒结,中间四句,全写梦境,打破一般词作以上下片划分内容层次的结构章法。首二句以"海角"与"长安"对映,末两句以现境与梦境对照,首尾呼应,使全词成为一个浑然的整体,这在小令的结构艺术上也是一种创造。

(刘学锴)

卜 算 子　　　　　　　朱敦儒

旅雁向南飞,风雨群相失。饥渴辛勤两翅垂,独下寒汀立。

鸥鹭苦难亲,矰缴忧相逼。云海茫茫无处归,谁听哀鸣急!

象征是咏物诗词常用的一种手法。作者摄取与自己的遭遇、心境有着某种联系,或引起自己感情共鸣的客观物象,来为自己写照,抒发自己的心声。《文心雕龙·物色篇》所谓"写气图貌,既随物以宛转;属采附声,亦与心而徘徊",可以移用于品评这类作品。朱敦儒这首咏物词,就是以南飞失群的孤雁,来象征在靖康之变中包括自己在内的广大人民流离艰辛的景况。

靖康元年(1126)十一月,金兵渡过黄河,进逼洛阳。词人不得不离开故乡,加入逃难队伍,开始了入两湖,经江西,达两广的艰辛的流离生活。"旅雁向南飞",词的首句写冬天雁由北向南迁徙。巧合的是,词人由洛阳南逃也正是这个时候。也许是他在逃亡路上,见雁南飞,有所感发,"情沿物应",才发而为词,"道寄人知",借以表达因雁而兴起的伤感。"风雨群相失"的"风雨",表面是指自然的风雨,骨子里却是喻指人世社会的风雨,是骤然袭来的战祸。接下去便以雁之饥渴辛劳、无力续飞与孤宿寒汀的情景,来比喻人们在逃难途中忍饥受寒、疲惫不堪和孤苦无依的惨状。

词的下阕以雁之忧惧被人弋射和茫茫无处归宿,以及哀鸣而无人怜顾的孤危,象征他与广大人民当时类似的处境与心情。"鸥鹭苦难亲"一句,承上句"寒汀立"而有所深入。鸥、鹭与雁,都是栖宿于沙洲汀渚之间的鸟类,而说"难亲",便有地下亦难宁处之苦;"矰缴忧相逼",则天空中更怕有性命之忧。"矰"是射鸟的短箭,"缴"是系在短箭上的丝绳。《史记·留侯世家》载汉高祖歌曰:"鸿鹄高飞,一举千里。……虽有矰缴,尚安所施!"而这里的鸿雁苦于身心交瘁,无力高飞,便易被猎人所射杀。如此借旅雁的困厄以写人间的忧患,可谓入木三分。结尾续写旅雁之苦。"云海茫茫"亦即人海茫茫。流落安归? 哀鸿谁问? 一语双关,余悲不尽。

全词处处写雁,但又处处在写自身的处境与心绪,收到了言在此而意在彼的艺术效果。词人写的虽然是个人在逃难途中的遭遇与感受,但作品所反映的内容却具有较强的时代色彩和普遍的意义。因此,朱敦儒这首咏雁词,不论在内容上或艺术上都算得上是一篇好的作品。

(邱俊鹏)

相 见 欢　　　　　　　　朱敦儒

金陵城上西楼,倚清秋。万里夕阳垂地大江流。　　中原乱,簪缨散,几时收? 试倩悲风吹泪过扬州。

朱敦儒在南渡初期,曾做过秘书省正字(校正文字的官吏)等官,他忧虑国家前途,怀念中原故土。这首《相见欢》,即是他南渡后登金陵城上西楼眺远时,抒发爱国情怀的词作,感情激越,炽热动人。

上片写景,着意在借景抒情。开头两句,写词人登城楼眺远,触景生情,引起感慨。金陵城上的西门楼,居高临下,面向波涛滚滚的长江,是观览江面变化,远眺城外景色的胜地。李白曾在这里写下了《金陵城西楼月下吟》诗,抒发的是对南齐诗人谢朓的怀念。朱敦儒这首登楼抒怀之作,既不是发"思古之幽情",也不是为区区个人之事,而是感叹国家生死存亡的命运。

第二句"倚清秋",谓在秋色中倚西楼而眺望。"清秋"二字,容易引起人们产生凄凉的心情。宋玉《九辩》的开头就写道:"悲哉,秋之为气也! 萧瑟兮,草木摇落而变衰。"应当说,他是悲秋诗人之祖了。朱敦儒这句词的悲秋,含意较深,是暗示山河残破,充满萧条气象。

第三句描写"清秋"傍晚的景象。词人为什么捕捉"万里夕阳垂地大江流"的镜头呢? 他是用落日和逝水来反映悲凉抑郁的心情,和谢朓"大江流日夜,客心悲未央"(《暂使下都夜发新林至京邑赠西府同僚》)的诗意相近。

下片抒情,用直抒胸臆的方式,来表达词人的亡国之痛,及其渴望收复中原的心事。"簪缨"是贵族官僚的服饰,用来代人。"簪缨散",说他们在北宋灭亡之后纷纷南逃。"几时收",既是词人渴望早日恢复中原心事的表露,也是对南宋朝廷不图恢复的愤懑和斥责。

最后一个长句,紧接上面三句的词意而写,用拟人化的手法,寄托词人的亡国之痛和对中原人民的深切怀念。作者在另一首表达同样思想的《采桑子·彭浪矶》词中写道:"万里烟尘,回首中原泪满巾。"这种直陈其事的写法,显得太直,没有这两句含蓄、有意境、更感人。人在伤心地流泪,已经能说明他痛苦得难于忍受了,但词人又幻想请托"悲风吹泪过扬州",这就更加表现出他悲愤交集、痛苦欲绝。扬州是当时抗金的前线重镇,过了淮河就到了金人的占领区。风本来没有感情,风前冠一"悲"字,就给"风"注入了浓厚的感情色彩。不难看出,这两句是词人强烈的爱国思想和亡国之痛发展到最高潮而产生的警句,词作到此戛然而止,但词人的情意却悠然不尽。

（陆永品）

慕容岩卿妻

岩卿,姑苏(今江苏苏州)士人。其妻有《浣溪沙》词一首,见《竹坡老人诗话》。

【作者小传】

浣　溪　沙　　　　　　　　　　　　慕容岩卿妻

满目江山忆旧游，汀洲花草弄春柔。长亭舣住木兰舟。

好梦易随流水去，芳心犹逐晓云愁，行人莫上望京楼。

这是一首忆别怀人的词。宋人周紫芝的《竹坡诗话》说是慕容岩卿的亡妻生前所作、死后所吟者，因而增加了它的神秘色彩。这首词意极缠绵，语极妍丽，能以秾艳之笔，传凄怆之神。沉郁之感，怨慕之情，绸缪宛转之态，隐约凄迷之状，都在词中得到了充分的表现。

词的上片，由眼前的景物勾起主人公对往事的回忆。词中的情思，完全从一个"忆"字生发出来。它以明媚的春光作衬托，表达其缠绵悱恻的离愁别恨。"满目江山忆旧游"二句，言这江依旧如练，这山依旧似锦，这汀洲上的花花草草，依旧在沐浴春天的阳光，卖弄着妩媚的娇态。风景不殊，前尘似梦，怎么不引起词人的回忆和伤感呢？"汀洲花草"，即水边小洲上丛生的花草。语出《九歌·湘夫人》："搴汀洲兮杜若，将以遗兮远者。"这是词人目中所见的客观景物，也是词人在长亭送别时曾经领略过的，于是一幕当年送别的情景便在脑子里浮现出来。"长亭舣住木兰舟"，正是词人从"满目江山"中唤起一桩难忘的往事：那也是"岸花汀草共依依"（顾敻《河传》）的小洲，一只正要启程远航的兰舟，停泊在十里长亭的旁边，那种依依惜别之情是很难用言语形容的。骊歌已经唱了，兰舟就要启航了，却在长亭边停泊下来，通过这样的暗示和联想，把男女双方的依恋之情充分地表现了出来。不言留恋而留恋之情自见。这一结，形象地说明了"忆"的具体内容，完美地构成了词的艺术意境，在"长亭""兰舟"的点缀之下，"送君南浦，伤如之何"的情景，便在画面上再现了出来。

张炎告诉我们："过片不可断了曲意，须要承上接下。"（《词源·制曲》）就是说下片的起句要承上启下，似承似转。"好梦易随流水去"，正是承上片的"忆旧游"，并转出下文无限的"愁"来，意脉贯串，浑然天成，有着"水穷云起"之妙。这里所说的"好梦"，蕴藏着许多难忘的往事，像"小窗外，情话绸缪"（王莹卿《满庭芳》）那样的赏心乐事；"指月盟言，不是梦中语"（戴石屏妻《怜薄命》）那样的山盟海誓；"低随漫唱，笑语相供，道文书针线，今夜休攻"（康与之《满庭芳》）那样的闺房韵事；"华灯竞处，人月圆时"（李持正《人月圆》）那样的元宵灯会，也许都从词人的记忆深处，一齐浮现出来，然而那样的好景都已经成了"梦"，都已经像"流水"似地一去不复返了，这自然要引起人的今昔之感的。多情的词人并没有随着时间的推移,而忘记了自己的意中人。她的一颗"芳心"围绕着像"晓云"一样飘忽不定的"行人",一同欢乐,一同愁苦。词人在结句中,巧妙地运用唐代诗人李益"感恩知有地,不上望京楼"(《献刘济》)的诗意,委婉地讽谕"行人"不要上京去求官,怕的是得了官更无归期。不过李益的诗是对朝廷久不见调的怨怼语,是郁郁不得志的愤慨语(见新、旧《唐书·李益传》),而这种是对"行人"的期望语,叮咛语,蕴藉之至,亦忠厚之至,这是一颗多么美好的"芳心"。陈廷焯说得好:"哀怨无穷,都归忠厚,是词中最上乘"(《白雨斋词话》卷二),这首词的结句,正是"都归忠厚"的。陈廷焯还说:"《浣溪沙》结句,贵情余言外,含蓄不尽"(《白雨斋词话》卷一)。这首词的结句,正是"情余言外"的。正因为它达到了这样的艺术高度,所以它的幽情苦绪,味之弥永,收到了"情溢乎辞"、"意余于言"的艺术效果。

(羊春秋)

【作者小传】

周紫芝

(1082—?)　字少隐,号竹坡居士,又号蹇香老人、二妙老人。宣城(今属安徽)人。从李之仪、日本中游。绍兴进士,曾任枢密院编修。出知兴国军。晚年屡以诗文谀颂秦桧、秦熺父子。著有《太仓稊米集》及《竹坡诗话》。词学晏几道,晚年除其秾丽,自成一格。有《竹坡词》传世,存一百五十六首。

鹧　鸪　天　　　　　　　　　　周紫芝

一点残红欲尽时,乍凉秋气满屏帷。梧桐叶上三更雨,叶叶声声是别离。　　调宝瑟,拨金猊。那时同唱鹧鸪词。如今风雨西楼夜,不听清歌也泪垂。

周紫芝在他的《鹧鸪天》"楼上缃桃一尊红"一首题注中说:"予少时酷喜小晏词,故其所作,时有似其体制者,此三篇是也。"这首词不在他所指三篇之内,但所写情事和词的气格,也极似小晏集中之作。从末句"不听清歌也泪垂"一句可知,词中抒情主人公是男性,怀念的对象是一位歌女,因久别相思而为之"泪垂"。小山词中,记与相识歌女"悲欢合离之事","感光阴之易迁,叹境缘之无实"(《小山词自序》),正是一大主题。周紫芝此词学小晏,写得也极有境界,不是仅得皮毛者可比。

　　全词写秋夜怀人，环绕着这一主题点染生发。"一点残红欲尽时"，写夜静更阑，孤灯将灭的景象。不说孤灯残烛，而说"一点残红"，盖油将尽则焰色暗红，形象更为具体。写灯，则灯畔有人；写残，则灯欲尽而夜已深；注意到"残红欲尽"，则夜深而人尚无眠，都可想见。到下句"乍凉秋气满屏帏"，则从感觉凉气满屏帏这一点上进一步把"人"写出来了。"乍凉"是对"秋气"的修饰词，虽然是从人的感觉得出，但"乍凉秋气"四字还是对客观事物的描述，到了"满屏帏"，这才和人的主观感受结合起来，构成一种凉气满室而且凄凉满怀的境界。还要注意到上句末尾的"时"字。盖至夜静更深，室中凉气方盛。还要联系到下面所说的"三更雨"，盖秋雨添凉，无雨也不至于凉气如此之重。

　　以上两句是写室内的环境气氛。虽然笔墨简单，写景只有一盏欲尽的孤灯，写情也只有感受到凉满屏帏的一点苗子，但正如一顶箬帽、两撇胡子便画出了一个老渔翁一样，一个寂寞孤栖、满怀愁思的主人公形象至此也便出现了。下面将再作进一步的铺展——"梧桐叶上三更雨，叶叶声声是别离"。上句似乎是笔锋一转，由室内写到室外了。但如细加体味，这两句原是一个意，是透露出男主人公心中的离愁的。离愁本是存在、潜伏着的，由于听到了"声声"，而触发，而加浓了。这"声声"，是来自楼外的"梧桐叶上三更雨"。"梧桐"一句，犹如电影里的"空镜头"，是为了渲染男主人公心中的离愁别恨而设置的，所谓"因情造景"者是。这两句的落脚点仍是那听到了"声声"的人，即楼内人，写他的听雨心境，这还是写的"室内"。两句化用温庭筠《更漏子》词"梧桐树，三更雨，不道离情正苦。一叶叶，一声声，空阶滴到明"。作者把"滴到明"的意思先寄在"残红欲尽"处，又把"叶叶声声"同"别离"即离情画了等号，也是有点新意。上片由物及人，由景及情，情景交融；由内至外，由外复内，内外相化。视觉、感觉、听觉三者并用，在表现艺术上是富于变化的。

　　下片主要抒情。过变承接"别离"意脉，写出昔聚今离、昔乐今愁的强烈对比，主人公的感情波澜起伏更大。"调宝瑟"三句是对昔日欢聚的追忆，由"那时"二字体现。"调宝瑟"是奏乐，"拨金猊"是焚香，"同唱鹧鸪词"是欢歌，三件事构成一个和谐的生活场景，也是艺术场景。从中交代出男主人公所以为之产生离愁别苦的那人是歌女身份，两人有过恋爱关系。当时他们一个调弦抚瑟，使音调谐和；一个拨动炉香，使室中芳暖。在这无限温馨的情境中"同唱鹧鸪词"，此乐所以使他至今不忘。"金猊"是铜制的燃香器具，成狻猊形。陆游《老学庵笔记》卷四记："故都紫宸殿有二金狻猊，盖香兽也。故晏公（殊）冬宴诗云：'狻猊对立香烟度。'"鹧鸪词"当指歌唱男女爱情的曲子。"鹧鸪"在唐宋词中大都以成双欢爱的形象出现。温庭筠《菩萨蛮》中的"双双金鹧鸪",李珣《菩萨蛮》中的"双双飞鹧鸪",顾夐《河传》中的"鹧鸪相逐飞",都是作为男欢女爱的象征。本词用"鹧鸪词"作为"同唱"的内容,其用意也在于此。这个"同"字既揭示了主人公与"别离"者的关系,还追忆了温馨欢乐的昔聚之情,同时也就开启了今别孤单痛苦之门,盖言"那时同",则"如今"之不"同"可知矣。于是词笔转回到"如今风雨西楼夜"的情境,连贯上片。当此之际,许多追昔抚今的感叹都在不言之中了,只补一句,就是"不听清歌也泪垂"!本来因有离愁别苦而回忆过去相聚同歌之乐以求缓解,不料因这一温馨可念的旧情而反增如今孤栖寂寞的痛苦。这个"泪"是因感念昔日曾听清歌而流,如今已无"清歌"可听了,而感旧的痛泪更无可遏止。为什么?如今身处"风雨西楼夜",自感秋夜之凄凉,身心之孤独,"泪"是因此而"垂"的。"也泪垂"的"也",正是从上句派生出来的,当然离不开昔日欢娱而今冷落这个背景。"不听清歌"四字,正是概括地写出了这个背景。全词述事写情,环绕着"如今风雨西楼夜"而展开,也到此而止。而其绵绵不绝之情,犹如雨滴梧桐,回响不尽。词笔缓引急转,大起大落,对比鲜明,感情强烈。上片细密,下片疏宕,以抒情主人公感情的自然变化构结词章,作者的艺术匠心于此可见。

(陈长明　秦惠民)

醉　落　魄　　　　　　　　　周紫芝

江天云薄,江头雪似杨花落。寒灯不管人离索。照得人来,真个睡不著。　　归期已负梅花约,又还春动空飘泊。晓寒谁看伊梳掠。雪满西楼,人在阑干角。

这是一首游子怀人思归之词。词以写景发端,首两句写暮冬时节江天迷茫,大雪纷飞。薄,迫也;云薄,写出了彤云压江、天低云暗之势。"江头"句巧妙地化用东晋谢道韫咏雪名句"未若柳絮因风起",形象地刻画出大雪纷纷扬扬的情景。这里的"江天""江头",表明了这是一个漂泊江湖的特定环境;而"云薄""雪落",则又进一步造成了一种凄冷、黯淡的特定的艺术氛围。"寒灯"三句,写游子独宿江边客舍难以入眠的情景。"离索"乃"离群索居"之略语,指离开友朋亲人而独处散居。寒灯本是无生命的物体,本来就不参预人间之事,却说成灯不理会人有离群索居之苦,兀自照得人睡不着。这与一般写灯烛的"照人无寐"有明显的不同。那是人本睡不着,旁边有个灯照见而已。而这里说人之睡不着,是灯照得来的结果,出奇者一;灯之照得人睡不着,要承担"不管人离索"这样一桩"不是",出奇者二;"睡不著"又要加上"真个"二字以强调之,出奇者三。有奇想方有此奇句,出之以白话口语,益发传神,这种构思和韵味,是"镂玉雕琼"的语言表达不出来的。

下片写的都是游子的内心活动,明白地道出了辗转反侧"睡不着"的原因。"归期"两句写游子并没有忘记跟闺中女子先前所立的盟约——梅花盛开时如期归来。而眼下梅花早已开放,残冬欲尽,春意已动,自己却依旧漂泊在外,行止无定,归期杳然。失约的内疚和刻骨的相思交织在一起,使得游子更加思念远方的情侣。"晓寒"三句是游子的想象。身卧江边客舍,而心驰远方闺室。想象她仍依梅花旧约,日日企盼游子归来。早上起来即精心梳掠,然后不管飞雪满天,仍自独上西楼,在阑干一角相候。"谁看伊梳掠"者,是有梳掠之事,不过旁边无人看着而已。由此又可知,在良人远出期间,她定是如《诗经·伯兮》所写的"自伯之东,首如飞蓬。岂无膏沐,谁适为容"。及至梅开雪至,才又梳妆打扮,如期迎候远人归来。这一想象之笔,更觉闺人情意之深挚热切,又暗暗道出游子愆期之自愧自责之心。一笔映照双方,精力弥满。

这首词语言浅显平直,并不难理解,但表达的感情却曲折深婉,醇厚浓郁,给人以"挹之而源不穷,咀之而味愈长"之感。谋篇上也有特色,发端写景阔大,"江天云薄";接下去却层层收缩,由江天写到江头,进而写到江边客舍中的一个亮着灯光的房间。这样既将离索难眠的人的活动,放在风雪迷茫的浑阔背景上来写,以烘托和加强其孤寂;又使人的活动在一片空濛的广大背景映射下,显得更加集中、突出、鲜明、醒目。此外,上下片中各明出一个"寒"字:寒灯,晓寒。一是写自己寒,一是写对方寒;因为离别总是互为离别,所以离愁也是双方共有的。一是写暮寒,一是写晓寒,可见相思双方一天到晚整日整夜地处于一种寒冷的客观环境和寒冷的主观心境之中。两个"寒"字既加重了气氛,深化了意境,又是关联上下片的暗纽,颇须细细玩味,不可草草放过。

(程郁缀)

生　查　子　　　　　　　　　　　　周紫芝

春寒入翠帷,月淡云来去。院落半晴天,风撼梨花树。
人醉掩金铺,闲倚秋千柱。满眼是相思,无说相思处。

这首词从"翠帷""秋千"等名物来考察,抒情主人公当系女性。词中抒发的是春夜怀人的思想感情。又从"梨花""秋千",知道是正当寒食、清明时节。晏殊

《破阵子》云:"梨花落后清明";欧阳修《蝶恋花》云:"欲近禁烟微雨罢,绿阳深处秋千挂",可证。上阕从所写内容来看,室内是写的气氛,室外是写的景象。而"风"则是把室内的情和室外的景联结在一起的纽带。是"风"把室外的寒气吹进"翠帷";是"风"吹着"云来去"使月光乍明乍暗;是"风"在驱云掩月,使"院落半晴天";是"风撼梨花树"而使落英缤纷。从描写的顺序来看,是室外的"风"吹入"翠帷",使室内的人产生春寒的感受,因怜惜院落中的一树梨花,从而见到院落中的诸种景象。从抒情的重点来看:室内是被春寒所困的翠帷人,室外是被春风所撼的梨花树。当翠帷人怜惜梨花树被风摇撼落英缤纷的时候,何尝没有"一朝花落红颜老"的自伤之情呢? 春寒入帷是室内气氛的描写,也是翠帷人心理活动的描写。因春寒的袭入使翠帷人芳心自警,惹起了春愁。

　　这首词不是叙事,只是借几个形象的点染以抒写一种感情,所以上下阕词句间的跳跃性很大。由"风撼梨花树"到"人醉掩金铺",一是翠帷人活动的场所改变了,二是翠帷人的情态改变了,三是写景抒情的重点改变了。词句间的跳跃性虽大,但上下阕词意还是一脉相承的。上阕因"春寒入翠帷"而生的孤寂之感,因"风撼梨花树"所起的时节哀愁,无法排遣,只好以酒浇之,所以下阕第一句就有"人醉"的描写。"醉掩金铺"(金铺为门环的底座,代指门),而又去"闲倚秋千柱",一副坐卧行立皆无所可的情态,宛然可见。为什么这样,原来是因为"满眼是相思,无说相思处"也。当此寒食清明之夜,天色既不开朗,梨花又复飘零,人则深闺独醉,一任秋千闲挂,种种景象、行动,都表现出她的触处皆愁。愁因相思而起,相思又无处诉说,其愁愈甚。结处点明主题。

　　此词内容、题意,似曾相识。试对比晏几道同调之作:"金鞭美少年,去跃青骢马。牵系玉楼人,绣被春寒夜。　　消息未归来,寒食梨花谢。无处说相思,背面秋千下",可谓若合符节。作者自言:"予少时酷喜小晏词,故其所作,时有似其体制者。"(《鹧鸪天》"楼上缃桃一萼红"一首题下自注)这就无怪其然了。所不同者,是此词对"春寒夜"的景色描写较详,对"玉楼人"因感春而引发的行动也有较多的刻画,所以仍有它的审美价值。

(秦惠民)

踏　莎　行　　　　　　周紫芝

情似游丝,人如飞絮。泪珠阁定空相觑。一溪烟柳万丝垂,无因系得兰舟住。　　雁过斜阳,草迷烟渚。如今已是愁无数。明朝且做莫思量,如何过得今宵去?

　　此词叙别情,写离愁,发端没有采取一般"渐引"的方式,而是直写其"情"。"情似游丝",喻情之牵惹;"人如飞絮",喻人之漂泊也。两句写出与情人分别时的特定心境。游丝、飞絮,在古代诗词中是常常联用的,例如冯延巳的"满眼游丝兼落絮,红杏开时,一霎清明雨"(《蝶恋花》)。司马光的"青烟翠雾罩轻盈,飞絮游丝无定"(《西江月》)。不过像这首词中一以喻情,一以喻人,使之构成一对内涵相关的意象,并借以不露痕迹地点出了季节,交代了情事,其比喻之新颖,笔墨之经济,都显示了作者的想象和创造的才能。虽然如此,这两句毕竟还是属于总体上的概括、形容。所以接着便用一个特写镜头给予具体的细致的刻画——"泪珠阁定空相觑"。两双满含着泪珠的眼睛,一动不动地彼此相觑。句中的"空"字意味着两人的这种难舍、伤情,都是徒然无用的,无限惆怅、无限凄怆自然也就不言而喻了。"一溪烟柳万丝垂,无因系得兰舟住"两句把"空"字写足、写实。一溪烟柳,千万条垂丝,却无法系住要去的兰舟,所以前面才说"泪珠阁定空相觑"。一派天真,满腔痴情,把本不相涉的景与事勾联起来,传达出心底的怨艾之情和无可奈何之苦。借此,又将两人分别的地点巧妙地暗示出来了。至此可知词的上片原是采取由果而因、层层倒剥的方式,为我们描绘了一对恋人在绿柳垂丝、杨花飞舞的春光中水边伤别的情景。

　　下片开头描绘了满目夕阳西下、暮霭迷茫的景象。"雁过斜阳,草迷烟渚",这是"兰舟"去后所见之景,正是为了引出、烘托"如今已是愁无数"。这里景物所起的作用与上文又略不相同了。上片写伤别,下片写愁思,其间又能留下一些让人想象、咀嚼的空白,可谓不断不粘、意绪相贯。句中的"如今",联系下文来看,即指眼前日落黄昏的时刻。黄昏时刻已经被无穷无尽的离愁所苦,主人公便就担心,今晚将怎样度过。词人并不径把此意说出,而是先荡开说一句"明朝",然后再说"今宵":明朝如何过且莫思量,先思量如何过得今宵去。"思量如何过"这五个字的意思实为两句中的"明朝""今宵"所共有,词笔巧妙地分属上下句,各有部分省略。上句所"思量"者是"如何过",下句"如何过"即是所"思量"者,均可按寻而知。这种手法,诗论家谓之"互体"。由于"明朝"句的衬垫,把离愁无限而今晚如何过的主意,益发重重地烘托出来。刘熙载《艺概·词曲概》说:"空中荡漾,最是词家妙诀。上意本可接入下意,却偏不入,而于其间传神写照,乃愈使下意栩栩欲动。"此词结尾也有这样的妙处。

　　周紫芝的这首词,看似平平,然而细细吟咏,那写景、写情、写人、写事,所采取的灵活多变的笔法,以及缜密的思路,开阖自如的章法,都显示了它的成功之处。

(赵其钧)

临 江 仙

周紫芝

送光州曾使君

记得武陵相见日,六年往事堪惊。回头双鬓已星星。谁知江
上酒,还与故人倾。　　　铁马红旗寒日暮,使君犹寄边城。只
愁飞诏下青冥。不应霜塞晚,横槊看诗成。

光州(今河南潢川)地处淮河南侧,南宋时期,是接近金国的边防重镇。汉、唐以来,州郡的长官称为"使君"。曾使君是何许人,我们还无法搞清楚。细按词意,作者送他去光州赴任,是客中相遇旋而作别。像这样的聚而复散,在他们的交往中,已不是第一次了。词人由这次遽别,回想起上次分别以后,两人天各一方,辛苦劳顿的种种情景。"记得武陵相见日,六年往事堪惊。""记得"二字将词带入对往事的回忆之中。武陵,今湖南常德市。"相见日"三字,虽极平常,但却包含着那次相聚中种种快乐的情事,极为明白而又十分含蓄。从那以后,他们阔别六年之久,两人都尝尽了天涯作客的况味。这一切,作者只用"往事堪惊"四字一笔抹过,简括地表现出辛酸沉痛、不堪回首的情绪。"回头双鬓已星星",现在见面,两人鬓发已经花白了。这句在上片是关合前后的过渡句。正因为词人对他们的武陵相会有着美好的记忆,而对分别以来的生活感到很哀伤,所以,他非常希望刚刚重新见面的朋友能长期在一起,以慰寂寞无聊之思,以尽友朋相得之欢。"谁知江上酒,还与故人倾。"哪知道又要这样匆匆作别呢?"谁知""还与"的搭配,表达了作者对这次分别事出意料,与愿望乖违,但又不得不送友人登程的伤离情绪。虽说词只写江上杯酒相倾的一个细节,实际上,他们尽情倾诉六年阔别的衷肠,以及眼前依依惜别的情怀,都涵括在里面了。

下片,紧扣着光州当时是一个边地的背景,展开对曾使君到任后的生活和思想情绪的想象。"铁马红旗寒日暮,使君犹寄边城",上句有情有景,境界雄阔悲壮。寒日的傍晚,在一派萧瑟的边塞上,铁马奔驰,红旗飘扬,士气高昂,真是令人激奋的场面。使君不仅身在其中,而且还是长官和塞主。在一般诗人的笔下,久守边城,则不免要流露出思归的凄怆之情。而这首词则一反常调,别出新意。作者想象曾使君为豪壮的军队生活所激发,根本不想离开边地,反而担心皇帝下诏书,命令他回京,"只愁飞诏下青冥",使他不能继续呆在那里。他何以要留恋边地呢?词的最后两句作了剖露:"不应霜塞晚,横槊看诗成。""不应",不顾。"霜塞晚",呼应上文"寒日暮"。张相《诗词曲语辞汇释》串解这几句云:"言只恐

诏宣入朝,不顾使君在边塞,正有横槊之诗兴也。"横槊赋诗,语出元稹《唐故工部员外郎杜君墓系铭并序》,云"曹氏父子鞍马间为文,往往横槊赋诗"。后来引用它赞扬人的文才武略。词从友人的角度想象,说他热爱雄壮的边塞生活,并有写诗赞美的豪兴。作为一首送别词,它的真正用意是勉励友人在边塞上施展文武才干,为国立功。

这首词上片写惜别之情,但作者却反转过来,花费较多笔墨回忆六年阔别的情景。因为这六年中有许多使人不堪回首,黯然神伤的往事,先对它进行回忆,就很自然地将眼前的伤离意绪反跌出来了。正由于这一回忆作了充分的铺垫,蓄势很足,所以后两句词哀情苦,具有强烈的感染力。下片,运用想象手法,拟写友人在边地的生活情怀,委婉曲折地表达了鼓励他在边塞建功立业的情意,十分熨帖动人。这在表现手法上相当独特,为他人作品所少见,看似寻常,而实际上颇有艺术创获。

　　　　　　　　　　　　　　　　　　　　　　　　　　　　　　(王锡九)

【作者小传】

赵　佶

(1082—1135)　　即宋徽宗。公元 1100—1125 年在位。靖康二年(1127),为金人所俘,死于五国城(今黑龙江依兰)。书、画、词皆善。有曹元忠辑本《宋徽宗词》,存十二首。

眼　儿　媚　　　　　　　　　　　　赵　佶

玉京曾忆昔繁华。万里帝王家。琼林玉殿,朝喧弦管,暮列笙琶。　　　花城人去今萧索,春梦绕胡沙。家山何处,忍听羌笛,吹彻梅花。

本词为赵佶被俘北上后所作。其艺术特点是能以概括性很强的手法将北宋覆亡的史事、当时的社会风貌,以及亡国之君内心复杂的感情活动浓缩在短短四十八个字中,从而艺术地反映了特定历史事件中人物遭际变化和所引起的思想变化。

上片先以"曾忆"两字,点明往昔玉京(汴京)的繁华已成为回忆中的历史陈迹。孟元老《东京梦华录》从各方面描绘了崇宁(徽宗年号)至北宋末年的汴京盛况,并在序中作了概括介绍,如"金翠耀目,罗绮飘香;新声巧笑于柳陌花街,按管调弦于茶坊酒肆。八荒争凑,万国咸通。""花光满路,何限春游;箫鼓喧空,几家夜宴。"这是文人眼中的京师景象。而"万里帝王家"则点出作者在这繁华京师中的帝王身份。李煜《破阵子》云:"四十年来家国,三千里地山河",口气与之相似,但南唐疆域只三十五州,立国近四十年,仅为五代时的一个小朝廷,比较之下,北宋王朝可称得上是"万里帝王家"了。但由于帝王荒淫,导致了它的覆亡,使生灵涂炭,城郭残破,赵佶父子和宗室宫眷都成为俘虏,从此揭开了作者生命史上悲惨的一页。所以"玉京"两句,是以回忆的方式简括而艺术地再现了北宋由盛而衰的历史过程以及作者由帝王而降为臣虏的个人悲剧。

　　"琼林"两句,专写皇家豪华。"琼林玉殿",不仅指大内(皇城)之中各种宫殿,特别是那模仿杭州凤凰山形势的艮岳,此是赵佶宠用蔡京、朱勔等奸佞,搜括财货、竭尽民力兴建而成,其间"山林岩壑日益高深,亭榭楼观不可胜记,四方花竹奇石咸萃于斯,珍禽异兽无不毕有"(《枫窗小牍》)。"朝喧"、"暮列"则是以弦管笙琶等乐器表示宫中游乐无度,不分昼夜,试以此两句与李煜《玉楼春》上片"晚妆初了明肌雪,春殿嫔娥鱼贯列。笙箫吹断水云间,重按霓裳歌遍彻"对看,一为概写,一为细叙,都反映了帝王沉湎声色和骄奢豪侈。

　　下片写囚居北地的愁苦之情,主要是故国之思。靖康乱起,百姓流离,汴京成为残破空城,文物财宝已荡然无存。多少人在诗词中表达了痛惜和思念之情,如"依依宫柳拂宫墙,楼殿无人春昼长。燕子归来依旧忙。忆君王。月破黄昏人断肠"(谢克家《忆君王》),前三句想象汴京宫中已是人去楼空。后二句则是借忆君王来说明不能忘情于故国,这是当时士大夫的心情。而作为王朝象征的君王赵佶,在自身荒淫佚乐致使王朝覆亡、自己也被俘以后,他的心情又是如何呢?在下片中是通过想象、梦幻和现实来表现的。

　　"花城"指靖康之变以前的汴京春色,"大抵都城左近,皆是园圃",春日"万花争出粉墙,细柳斜笼绮陌。香轮暖辗,芳草如茵;骏骑骄嘶,杏花如绣。莺啼芳树,燕舞晴空"(《东京梦华录》卷六)。自从被金兵攻占以后,这座万花丛中的名城残败不堪。这里只以"萧索"两字来形容那想象之中面目全非的汴京;然而,虽然如今身处尘沙漫天的荒漠,那繁花似锦的汴京仍然经常萦绕在梦中,万般愁苦也只能在梦中得到安慰。

　　羌笛,是边地乐器,李白诗云:"羌笛梅花引,吴溪陇水情。寒山秋浦月,肠断玉关声。"(《青溪半夜闻笛》)最后几句,是说梦醒以后,忽然传来阵阵羌笛声,闻之不禁悲从中来,使他从梦幻回到现实,如今父子拘系于北地土墙木栅之中,身受各种侮辱,南望汴京,渺不可见,真是"此中日夕只以眼泪洗面"(《默记》载李煜

语），怎么还忍受得住那《梅花落》的乐声来加深心灵的痛楚呢！　　　　　　（潘君昭）

燕　山　亭　北行见杏花　　　　　　　　　赵　佶

裁剪冰绡，轻叠数重，淡著胭脂匀注。新样靓妆，艳溢香融，羞
杀蕊珠宫女。易得凋零，更多少无情风雨。愁苦。问院落凄
凉，几番春暮。　　　　　凭寄离恨重重，这双燕，何曾会人言语。
天遥地远，万水千山，知他故宫何处。怎不思量，除梦里有时
曾去。无据。和梦也新来不做。

宋徽宗赵佶因荒淫失国，在公元1127年与其子钦宗赵桓被金兵掳往北方五
国城，囚禁至死。在北行途中，忽见如火的杏花，不禁万感交集，写下了这首词。
这是他生活遭遇最悲惨的实录，也可以说是一篇血书。他不仅工书善画，而且知
乐能词，足以与南唐李后主媲美。

这首词上片描绘杏花，运笔极其细腻，好似在作工笔画，由杏花的外形到它
的神态，勾勒出一幅绚烂的画面，接着突然一转，描写杏花遭到风雨摧残以后的
黯淡场景，从它的极盛到衰败暗示作者自身的境遇，不仅是写花，也在写人，从中
表达出内心的无限苦痛，这也就是他在流徙途中见到艳丽无比的杏花时的感触，
由此过渡到下片对自身遭遇沉痛的哀诉。

首三句近写、细写杏花，是对一朵朵杏花的形态、色泽的具体形容。杏花的
瓣儿好似一叠叠冰清玉洁的缣绡，经过巧手裁剪出重重花瓣，又逐步匀称地晕染
上浅淡的胭脂。朵朵花儿都是那样精美绝伦地呈现在人们眼前。"新样"三句，
先以杏花比拟为装束入时而匀施粉黛的美人，她容颜光艳照人，散发出阵阵暖
香，胜过天上蕊珠宫里的仙女。"羞杀"两字，是说连天上仙女看见她都要自愧不
如，由此进一步衬托出杏花的形态、色泽和芳香都是不同于凡俗之花，也充分表
现了杏花盛放时的动人景象。

"易得飘零"以下词意陡转，极写杏花由盛而衰。春日绚丽非常，正如柳永
《木兰花慢》中所云："正艳杏烧林，缃桃绣野，芳景如屏。"但为时不久就逐渐凋
谢，又经受不住料峭春寒和无情风雨的摧残，终于花落枝空；更可叹的是暮春之
时，庭院无人，美景已随春光逝去，显得那样凄凉冷寂。这里不仅是在怜惜杏花，
而且也兼以自怜。试想作者以帝王之尊，降为阶下之囚，流徙至千里之外，其心
情之愁苦非笔墨所能形容，杏花的烂漫和易得凋零，引起他的种种感慨和联想，
往事和现实交杂在一起，使他感到杏花凋零，犹有人怜，而自身沦落，却只空有

"故国不堪回首月明中"的无穷慨恨。"愁苦"之下接一"问"字,其含义与李后主的"问君能有几多愁,恰似一江春水向东流"亦相仿佛。

　　换头从上片杏花的凋零转到自己的哀感离恨,层层深入,愈转愈深,愈深愈痛。第一层写一路行来,忽见燕儿双双,从南方飞回寻觅旧巢,不禁有所触发,本想托付燕儿寄去重重离恨,再一想它们又怎么能够领会和传达自己的千言万语?但除此以外又将凭谁传递音讯呢?冯延巳《鹊踏枝》亦说:"泪眼倚楼频独语。双燕飞来,陌上相逢否?"由于问燕而燕儿不会作答,因此也就难解相思之意:"撩乱春愁如柳絮,悠悠梦里无寻处。"两位作者都是借着问燕表露出音讯断绝以后的思念之情。

　　第二层叹息自己父子降为臣虏,与宗室臣僚三千余人被驱赶着向北行去,路途是那样的遥远,艰辛地跋涉了无数山山水水,"天遥地远,万水千山"这八个字,概括出他在被押解途中所受的种种折磨。回首南望,再也见不到汴京故宫,真可以说是"别时容易见时难"了。

　　第三层紧接上句,以反诘说明怀念故国之情,然而,"故宫何处"点出连望见都不可能,只能求之于梦寐之间了。梦中几度重临旧地,带来了片刻的安慰。第四层用层深之法,写绝望之情。晏几道《阮郎归》末两句"梦魂纵有也成虚,那堪和梦无",秦观《阮郎归》结尾"衡阳犹有雁传书,郴阳和雁无",都是同样意思。梦中的一切,本来是虚无空幻的,但近来连梦都不做,真是一点希望也没有了,反映出内心百折千回,可说是哀痛已极,肝肠断绝之音。

　　况蕙风云:"'真'字是词骨,若此词及后主之作,皆以'真'胜者。"下片借燕与梦道出从期望到失望、由失望而绝望的内心活动。先是写因思念而企盼能通音问,再写由期望之不可能达到而转为失望,而几度"故国梦重归"又使沉重的思念和失望得到片刻慰安;但近来连梦也没有,使自己的心情终于由失望而陷入绝望,这样的心理刻画,在且问且叹、如泣如诉的低调下流露真情。也就是这一"真"字,使本词产生较大的艺术效果。

　　　　　　　　　　　　　　　　　　　　　　　　　　　　　　　　(唐圭璋)

【作者小传】

李 纲

(1083—1140) 字伯纪,邵武(今属福建)人。徽宗政和二年(1112)进士,历官太常少卿。钦宗时,授兵部侍郎、尚书右丞。南渡初,拜相,凡七十五日而罢。以观文殿大学士知潭州兼荆湖南路安抚使。著有《梁溪集》、《梁溪词》(或作《李忠定公长短句》)。词多咏史寄慨之作,存五十四首。

喜 迁 莺 晋师胜淝上　　　　　　　李 纲

长江千里,限南北,雪浪云涛无际。天险难逾,人谋克壮,索虏岂能吞噬! 阿坚百万南牧,倏忽长驱吾地。破强敌,在谢公处画,从容颐指。　　　　奇伟! 淝水上,八千戈甲,结阵当蛇豕。鞭弭周旋,旌旗麾动,坐却北军风靡。夜闻数声鸣鹤,尽道王师将至。延晋祚,庇烝民,周雅何曾专美。

　　这是李纲咏史词之一。东晋孝武帝太元八年(383),东晋以数万军队在淝水击败前秦苻坚的九十万大军,取得大胜。此词就是以历史上著名的淝水之战,借古喻今,激励南宋当局抗击金兵。

　　本词上片着重写东晋取得胜利的条件。长江雪浪滔滔,奔腾千里,成为限隔南北的天然界线,古称天险。相传曹丕观望长江时,曾有“此天之所以限南北”的感叹,开篇极写长江“天险难逾”,加之“人谋克壮”(指人的谋略宏伟远大),使北方强敌无奈我何。接着便用淝水之战的史实为证。《晋书·谢安传》记载,苻坚军队南下时,谢安领导抗击,非常镇定,处理规画很得当。前方谢玄等击败苻坚军队后,“有驿书至。安方对客围棋,看书既竟,便摄放床上,了无喜色,棋如故。客问之,徐答云:小儿辈遂已破贼。”谢安面对投鞭可以断流的百万雄师,而能沉着镇定,运整个战局于股掌之间,从而取得“破强敌”的伟大胜利,这简直是历史上的奇迹!

　　过片“奇伟”两字,承上启下,表达了作者惊喜、赞叹之情。下片着重写淝水战役中的“奇伟”场面。《晋书·谢玄传》记载:谢玄与谢琰、谢伊等率精兵八千涉淝水,与秦军决战淝水南,杀秦军大将苻融(苻坚弟),苻坚也中流矢,秦军溃败,死者不可胜数。余众弃甲宵遁,听到风声鹤唳,认为是晋的追兵到来,惊惶万状。下片内容,大致就是根据这段历史记载写成的。“八千戈甲,结阵当蛇豕”,谢玄以八千兵勇渡淝水,冲杀数十倍于己的大敌,此“奇伟”之一也;“鞭弭周旋”三句,指晋军与强敌周旋,“旌旗麾动”,便使北军望风披靡,指挥何等英明,将士多么善战,大有“谈笑间,樯橹灰飞烟灭”之势,此“奇伟”之二也;“夜闻数声鸣鹤,尽道王师将至”,生动描绘了敌军风声鹤唳、草木皆兵的丧胆情景,反衬了晋军出奇制胜,取得历史罕见的以少胜多的辉煌战果,此“奇伟”之三也。最后三句赞美淝水战役的胜利,使晋朝延长国祚,广大民众得到庇护,这一辉煌的功业,即使《诗经·小雅》所歌颂的周宣王中兴之功,也不能专美于前。(《小雅》中的《六月》

《采芑》等诗篇,描写了周宣王派遣大臣尹吉甫、方叔率军讨伐猃狁、蛮荆,取得胜利,因而使西周王室中兴。)

这首词按照战争的顺序逐层深入,写东晋,由长江天险到人谋克敌,由运筹指挥到战地交锋;写前秦,由长驱直入到仓皇溃败。两条线索,一主一次,一明一暗,有条不紊地概括了淝水之战的全过程,章法谨严,语言劲健,形象鲜明,风格沉雄,体现了李纲咏史词的特色。

此词作于南宋初年,为李纲咏史词之一。这组词除残缺者外,尚存七首。另外的六首,内容也颇足注意。其中有的咏汉武帝击败匈奴,唐太宗击退突厥,宋真宗幸澶渊挡住辽兵,寓意是希望赵构效法汉帝、唐宗以至宋真宗,用武力抵御和打击金人。有的咏汉光武帝中兴、唐宪宗中兴,寓意是希望赵构能中兴宋室。在《喜迁莺·真宗幸澶渊》中,李纲赞美宰臣寇準力排众议,奉真宗"亲行天讨"。可以想见,作者是多么渴望能像寇準那样帮助赵构完成保国安民的大业!把这些篇章与本篇共读,就能更深入理解作者高尚的理想和宏伟的抱负。这几首咏史词的主题是规谏赵构要以武力抵抗金兵,作中兴皇帝,可以说是一组讽谕词,其性质和作用有些像唐代白居易、元稹的讽谕诗。　　　　(王运熙　施绍文　王中华)

六 幺 令　　　　　　　　　　李 纲

次韵和贺方回金陵怀古,鄱阳席上作

长江千里,烟淡水云阔。歌沉玉树,古寺空有疏钟发。六代兴亡如梦,苒苒惊时月。兵戈凌灭。豪华销尽,几见银蟾自圆缺。　　　潮落潮生波渺,江树森如发。谁念迁客归来,老大伤名节。纵使岁寒途远,此志应难夺。高楼谁设。倚阑凝望,独立渔翁满江雪。

作为一个政治家和军事家,李纲的抗金立场从未动摇过,是最坚定的主战派代表之一。唯其如此,他随着朝中战与和两种气氛、两种势力的消与长,而在宦海中升沉起落,变化无常。曾位至宰相,更屡为迁客,历尽荣辱,饱经忧患。发之为诗文,自然多感慨身世、怀古伤今和即物明志之作,磊落光明,雄深雅健,非一般文士可及。此词大约作于南渡初期的被贬途中,借金陵怀古之题,抒抗战报国之志。和贺铸韵。贺词今不存。

上片集中笔墨写金陵怀古,从曾为六朝都城的金陵的变化,看历史的严正和无情。起二句点出金陵的地势特点:长江千里奔来,浩浩荡荡,江面宽阔,有"天堑"之称。也许是这一特有的地理条件，使金陵成为佳丽地、帝王州，然而长江犹如历史，也是最无情的，它不舍昼夜，奔腾到海不复回，带走了它所能带走的一切，"六代繁华，暗逐逝波声"，就是其中最重要的一宗。以下即从不同的侧面写六朝的销声灭迹。"歌沉玉树，古寺空有疏钟发"，记下了这座古城的历史的足音，风靡一时的淫哇低唱已不复闻，只有疏缓的古寺钟声还在，感慨深沉。"玉树"，指《玉树后庭花》曲，为南朝最末一个帝王陈后主为其爱妃张丽华所制，一向被当作六朝荒淫的一个标志。如今这些亡国之音再也听不到了，自然意味着六朝的消失。"六代兴亡如梦，苒苒惊时月"，接着从时间上慨叹六朝兴亡变化之速，至此又已过去了数百年。岁月流逝得如此之快，能不令人吃惊吗？"兵戈凌灭。豪华销尽，几见银蟾自圆缺"，是从金陵的形迹上看六朝的无影无踪的。兵戈，指战争；改朝换代时进行的战争把六朝帝王的淫侈奢华一扫而光，但见天边的月亮仍自管圆了缺，缺了圆。这与刘禹锡写的"淮水东边旧时月，夜深还过女墙来"用意相同，都是用日月山川的古今共存，仿佛有情，反衬出历史与时间的无情，分外令人感慨。

　　下片在吊古的基础上，抒怀明志。"潮落潮生波渺，江树森如发"，从眼前景物落笔。鄱阳（今名波阳）临鄱阳湖，湖水通长江，从湖水的涨落联想到江潮的起伏，并与首句"长江千里"相应。因波而及江，因江而及树。这两句体现了他对景神驰，心潮起伏的情状。于是发出深深的感慨："谁念迁客归来，老大伤名节。"意即谁能体谅到我是被朝中奸邪排挤打击，贬斥到此的一个迁客呢？人已老大，而声名节操尚未确立，能不悲伤吗？以下五句即缘此生发，表明坚贞不屈的立场。"纵使岁寒途远，此志应难夺"，直抒胸臆。"岁寒"指的是困境、逆境；"途远"，指达到目的所费的时日。此二句说不管环境如何恶劣，道路多么遥远，我的为挽救民族的危亡而抗战到底的意志决不改变。结三句却变换一种方式，用一个寒江独钓的渔翁形象表明自己独立不移、坚韧不拔的斗争精神。由于柳宗元《江雪》一诗所塑造的渔翁形象已深入人心，以此作结，不仅将作者的磊落之气、坚贞之节表露无遗，而且神思旷远，颇有余味。

　　就金陵怀古这一题意说，这首词当然远不如王安石的《桂枝香》和周邦彦的《西河》等名家词，然而它却具有着其他写金陵怀古的诗词所不具备的特点，那就是借怀古来直接表明自己的政治主张和不妥协态度，有着强烈的现实意义。

　　此词上片的金陵怀古，调子较为低沉，下片的抒情明志，调子又趋高昂。这并无扞格之处，倒是联系紧密，水乳交融的。因为六朝的兴亡从来就被当作历史的悲剧和反面的镜子看待，人们从中得到的只有教训，调子当然高不起来。从刘禹锡的"而今四海为家日,故垒萧萧芦荻秋",到王安石的"六朝旧事随流水,但寒烟衰草凝绿"都如此。何况作者怀的是金陵之古,抒发的却是鄱阳席上之情。怀古只是一个陪衬,一个引发,调子低一些更能够激发自己的爱国心和责任感。因此可以说,正是有前片的低沉,才有后片的高昂,有顿挫才有慷慨,有悱恻才有果敢,这是艺术中的辩证的统一。

另外,此词的诗化倾向比较明显。一是它化用了自己和前人的诗句。作者曾有《金陵怀古》诗四首,其中就有"玉树歌沉月自圆""兵戈凌灭故城荒""豪华散灭城池古"等句,这都可以在这首词中找到它们的影子。柳宗元的《江雪》被作者用来装点结尾,更是显而易见。二是不避用典,讲究用字有来历。"玉树"一典已见前述;"岁寒"出于《论语》"岁寒然后知松柏之后凋也";"此志应难夺",出于《论语》"匹夫不可夺志也"。如此,此作距离词的本色较远,却有浓厚的宋诗气息,可视为从苏轼到辛弃疾之间的过渡作品。

(谢楚发)

作者小传

李 祁
字萧远,雍丘(今河南杞县)人。登进士,官至尚书郎。宣和间,责监汉阳酒税。词存《乐府雅词》中,凡十四首。

点 绛 唇   李 祁

楼下清歌,水流歌断春风暮。梦云烟树,依约江南路。
碧水黄沙,梦到寻梅处。花无数。问花无语。明月随人去。

此词写怀人念远之情。由闻歌而至入梦,由梦中寻觅而转入对月怀人。词体虽小,却能于辗转往复之中,佳境迭现,曲尽其意。

起句从闻歌入手。"清歌",为全词在感情上定下了幽清的基调,细读全词,便知曲终无违于一个"清"字。"水流歌断春风暮",断,终了,这句是说那流水般的一曲清歌,在春风吹拂的暮霭中结束了。"春风暮",景语,一字一景,词中以下诸景,皆缘此三字而来;这里也同时点出了这首词的特定节候,这正是一个怀人的季节,怀人的天气,怀人的时刻。"水流",字面上自然是写"清歌"的缠绵婉转,实际上,这里"水流"即流水,暗寓知音,典出《列子·汤问》。因而,"水流歌断"又寓有知音离别的意思。由此,作者的笔触转入怀人。作者写怀人,非用泛泛之笔,而是借助于一个梦境,把怀人念远的思想情绪写得深刻入微。"梦云烟树,依约江南路"以及下片的"碧水黄沙"云云,皆是梦境,在用笔上又极见层次。"梦云""依约"两句,是入梦之境。"云"是"梦云","树"是"烟树","江南路"是"依约"(隐约)朦胧的,极是迷离惝恍的梦境。由"云"而"树"而"路",由飘忽而实在,梦中寻找知音的足迹甚明。

　　下片仍是梦境。"碧水黄沙",紧承上片结句之意,进一步写对知音的寻觅。如果说上片"依约江南路"是在朦胧中辨认知音去路的话,那么,"碧水黄沙"所表现的则是到处寻觅,水中陆上,无所不至,大有"上穷碧落下黄泉"的工夫了,且四字属对工稳,色彩鲜明,为本词的唯一亮色,这正是作者用笔变幻处。"梦到寻梅处"是穷尽"碧水黄沙"辗转寻找的结果,笔法由面到点,然后由"寻梅处"引出"花无数",再由花而人,向花打听知音之所在。这几句,用笔如剥茭,一步一层,层层转深,转愈深而情愈切,及至问花无语,寻觅无着,顿挫之下,不禁怅然若失,愁绪茫茫,不知所之,转见明月,也好像已随那人远去,而失去了它那固有的光辉。"明月随人去"一句所展示的空间既大且空,读之令人如置身于一个广漠而暗淡的世界,进而想到作者于此所寄寓的感情必然是悲凉而空虚的。此时的作者,是醒是梦,已在难分难辨之际,这真是以景传情的神来之笔。不过,作者的情调显然是过于低沉了,同样是写对月怀人,却不如苏轼"千里共婵娟"来得旷达。

　　这首词是颇受后世读者重视的,况蕙风直把这首词看作是浙西词派的"初祖"(《蕙风词话》卷二)。现在看来,把它看作是浙西词派的"初祖"似乎没有这个必要,但这首词句琢字炼,清空醇雅,与后来浙西词派的词学理论和创作实践却有相通之处。全词无热烈语,无浓笔重彩,它所写的"清歌""水流""梦云""烟树",以及虽写花而无语,虽写月而不皎,写"春风"则缀以"暮",写春天的"江南路"则限以"依约",如此等等,虽画面迭出,但都不招摇,都具有一种素淡的朦胧的美。"碧水黄沙"算是全词唯一的色彩鲜明处,但鲜而不浓,清空而不质实,反而给全词增加了空灵感。再者,《点绛唇》这个调子,用韵较密,几乎逐句押韵,且一韵到底,在词体较小的情况下,很容易增加行云流水的韵致。这些艺术上的特点,总括起来,就形成了这首词素雅轻倩的风格。李祁的词,靠《乐府雅词》保存下来了十四首,大都具有这样的艺术风格。他喜写梦,喜写烟雨和月,如"小舟谁在落梅村,正梦绕、清溪烟雨"(《鹊桥仙》)、"佳人何处,江南梦远,……隔江烟雨楼台"(《朝中措》)等,皆清丽可传。应该说,李祁在宣和间,是一位以清丽素雅见长的词人。

(邱鸣皋)

【作者小传】

何 籀

字子初,信安(今浙江衢州)人。存词一首。

宴 清 都　　　　　　　　　　何 籀

细草沿阶软。迟日薄,惠风轻霭微暖。春工靳惜,桃英尚小,柳芽犹短。罗帏绣幕高卷,早已是歌慵笑懒。凭画楼,那更天远,山远,水远,人远！　　堪怨:傅粉疏狂,窃香俊雅,无计拘管;青丝绊马,红巾寄羽,甚处迷恋！无言泪珠零乱,翠袖尽重重渍遍;故要得别后思量,归时觑见。

这首词写一女子思念情人。时节是早春。“迟日”出于《诗经·豳风·七月》“春日迟迟”,指日行迟缓,说明春天白昼稍见延长了,因而也暖和些了。这季节,通过惠风微暖,细草还柔,桃刚缀蕾,柳始吐芽等等物候表现出来。“春工”三句,把桃花所以尚小,柳芽所以还短,归于生长植物的春之神还吝惜地不肯施大法力,文字间添了一些姿致。说来也是有趣,对于《诗经》“春日迟迟”这几句,郑玄的《笺》说:“春,女感阳气而思男。……感时物之变化,皆伤悲,思男有欲嫁之志。”词人在写下“迟日”这两个字时,似乎也隐寓这一微妙含意。我们读词的,看了《郑笺》再来理解词意,正有探骊得珠之乐。不妨再设想,词中正以小桃稚柳,象征不可遏止地滋长着的情苗。有情而远别,便起相思,以下就看他加力描写。

晏殊《蝶恋花》词:“独上高楼,望尽天涯路。”此情此意,宋词多有之,但何籀这一首的表现方法又自有其特色。罗帏、绣幕,歌与笑,点明了女子的身份——一个歌伎。“罗帏”两句是倒装:因为相思,早已懒于歌笑了,便高卷起罗帏绣幕,凭倚楼窗远望,却怎禁得起望中是天远山远水远人远！“那更”的“更”字是点睛之笔,与柳永《雨霖铃》的“多情自古伤离别,更那堪冷落清秋节”的“更那堪”意同。——本来是望情人的,怎料到所见的竟是一片长天无际,远水遥岑,而所念之人更不知在何处所,活写出个“情何以堪”来。

“四远”安排得甚有层次。“天远”,天是眼中可见的,虽是遥遥无际,但由近在眼前的天看起,也还有迹可循;“山远”和“水远”,纵然眼前,从楼上望去,或可见及某山某水,但远处的山水便已非此山此水,仅能联想及之了;而“远人”,则纯然存在心目之中,不知在天的哪边,在何山之侧,何水之涯。“四远”逐个由实写到虚悬，由可见到逐渐地不可见，最后着眼还在"人远"。天也，山也，水也，若无我所念之人在彼方，则它的远近便与我何干？正因为心中有远人在念，于是，他所在之处之"远"的实际，才认真地感觉出来了。欧阳修说"别后不知君远近"（《木兰花》词），它仍是写的"人远"，但是故作朦胧，如幽咽流泉，有吞声饮泣之象；此首则是大声疾呼，一连下四个"远"字，大书特书，于是思念之殷，便情现乎辞了。

　　上片写景，下片写情，宋词惯例。这下片的写情又写得特别，一上来不说思，不说念，竟从"怨"字写起。说特别又不特别。《西厢记》第四本第三折有名的《长亭送别》，莺莺与张生还未分手哩，便叮咛道："我只怕你停妻再娶妻，……若见了那异乡花草，再休似此处栖迟！"年少郎君，一经远出，便拘管不住了，"青丝绊马，红巾寄羽，甚处迷恋"，这是闺中妇女所最担忧害怕的。词中对于情人远别，好像真的就有这种事儿发生。但又希望它不至于发生，有朝一日远人游倦归来，能听我诉说相思之苦。词意到这里结束了，但作者之笔偏不肯落于凡庸。看他一个"泪"字便有如许装点：写一时泪下曰"无言"，曰"零乱"，见中心之凄苦；写泪痕渍袖则曰"尽遍"，曰"重重"，意从"冰冻三尺非一日之寒"化来，可见是无日不思，无思不泪。末两句忽然跃出"故要得别后思量，归时觑见"，真是非凡之笔，含蓄着欣喜，伤心，作嗔，使娇，种种复杂感情。说是"故要得"，这个"别后思量"的表证——双袖的啼痕，是有意留给他看的了，而又不是送到眼前指给他看，而是让他走近前来时自己"觑见"，连一句话儿也不给他多说，真把一个楼头思妇写活了。倘在男性，那便须絮絮叨叨，说自己在外头怎样怎样想你，否则不足以平她的怨气。此所以柳永笔下的"愿低帏昵枕，轻轻细说与，江乡夜夜，数寒更思忆"（《浪淘沙慢》），平直浅豁，而亦不失为好文字，为什么？以能体会人情，写出来确是这么一回事之故。

（陈长明）

【作者小传】

廖世美

生平无考。词存二首。

烛影摇红　　　　　　廖世美
题安陆浮云楼

　　霭霭春空，画楼森耸凌云渚。紫薇登览最关情，绝妙夸能赋。

惆怅相思迟暮。记当日、朱阑共语。塞鸿难问，岸柳何穷，别
愁纷絮。　　催促年光，旧来流水知何处？断肠何必更残阳，
极目伤平楚。晚霁波声带雨。悄无人、舟横野渡。数峰江上，
芳草天涯，参差烟树。

这是一首登楼怀远之词。首二句写时地。"霭霭"，云气密积貌。陶渊明《停
云》诗云："霭霭停云，蒙蒙时雨。"云层低垂，春雨迷蒙，词人登临安陆（今属湖北）
浮云楼。"画楼森耸凌云渚"，画栋雕栏，凌耸入云，一写楼美，二写楼高。据杜牧
《题安州（即安陆）浮云寺楼寄湖州张郎中》诗，"浮云楼"即"浮云寺楼"。因此，
"耸"字前著一"森"字，以突出寺楼的庄严；同时也刻画出云气笼罩时的氛围。次
二句写登楼赋诗。"紫薇"，指杜牧。唐代称中书省为紫薇省，杜牧官至中书舍
人，故又称杜紫薇。"登览最关情"，登高临远最能牵动情感，这一句为"惆怅相
思"以下抒情张目。唐方干《经周处士故居》云："愁吟与独行，何事不关情。"施肩
吾《寄王少府》云："人间诗酒最关情。""关情"，即牵情之意。"绝妙夸能赋"，既称
赞杜牧题安州浮云寺楼之诗写得绝妙，又隐约道出自己登高能赋的才情。"惆怅
相思迟暮"，此句上承"关情"，下逗追忆之语，过渡自然。时值日暮，登楼伤情，引
起相思："记当日、朱阑共语"；而如今，"塞鸿难问，岸柳何穷，别愁纷絮"，括用杜
牧诗语，表达一种离别惆怅之情。"塞鸿难问"，即人似冥鸿，一去无踪；"岸柳何
穷"，即空余岸柳，别愁无限。"长安陌上无穷树，唯有垂杨管别离"（刘禹锡《杨柳
枝》），杨柳最易牵惹人们的离愁别绪；而人的别愁，又如同无穷数的岸柳之无穷
数的柳絮那样多，那样纷起乱攒，"别愁纷絮"之句，直抒胸臆。如此隐括杜句，表
示对之十分欣赏，也在上文称其"绝妙夸能赋"的波澜之内。

下片，多层次、多角度地抒写别愁的纷乱与无穷。过片"催促"二句，岁月如
流，年光易失，旧时倚栏共语处的楼下水，谁知今日又流到何处了呢？含有无限
感慨之意。此日登楼极目远望，只见连天芳草，平野苍然（谢朓《郡内登望》："寒
城一以眺，平楚正苍然"），不知何处是归路，已使人神伤下泪，又何必再增此"残
阳"一景乎？杜牧《池州春送前进士蒯希逸》："芳草复芳草，断肠还断肠。自然堪
下泪，何必更残阳"，是此两句所本。翻进一层用笔，倍加凄怆入神。"晚霁"以下
具体写极目伤情。"晚霁"二句，向晚破晴，波声似乎还夹杂着雨声。韦应物《滁
州西涧》诗云："春潮带雨晚来急，野渡无人舟自横。"廖于"无人舟横野渡"前更著
一"悄"字，索寞、孤寂的心境全出。结三句"数峰江上，芳草天涯，参差烟树"，画
面开阔，落笔淡雅，细玩词意，情味极佳。钱起《省试湘灵鼓瑟》云："曲终人不见，

江上数峰青。"苏轼《蝶恋花》云："枝上柳绵吹又少,天涯何处无芳草。"杜牧《题宣州开元寺水阁阁下宛溪夹溪居人》云："惆怅无因见范蠡,参差烟树五湖东。"廖词袭用并糅合以上三家诗词的语意,别出意境。雨后,江上数峰青青,芳草更在天涯之外,烟树参差凄迷;如此境界,反映了无尽怅惘之情。

此词因题安陆浮云楼,又称道杜牧为此楼赋诗之绝妙,因此运用杜句之处亦特多。杜牧诗云："去夏疏雨余,同倚朱栏语。当时楼下水,今日到何处?恨如春草多,事与孤鸿去。楚岸柳何穷,别愁纷若絮。"词隐括杜诗,熨帖自然,灭尽痕迹。除杜牧诗外,此词还融合或化用多家诗词,语如己出。王国维在评论周邦彦《齐天乐》借用贾岛"秋风吹渭水,落叶满长安"句时说："此借古人之境界为我之境界者也。然非自有境界,古人亦不为我用。"(《人间词话》)廖词熔裁前人诗词,又自出境界,有不尽之意,故妙。此词的另一特色是语淡情深,优雅别致。况周颐评"塞鸿"三句,以为"神来之笔,即已佳矣";而"催促年光"以下六句,"语淡而情深"。他说："此等词一再吟诵,辄沁入心脾,毕生不能忘。《花庵绝妙词选》中,真能不愧'绝妙'二字,如世美之作,殊不多觏。"(《蕙风词话》卷二)　　　(陈庆元)

李清照

(1084—1155?)　号易安居士,济南章丘(今山东济南市章丘区西北)人。李格非之女,赵明诚妻。与夫共事金石研究。建炎三年(1129),夫卒。清照流寓越州、杭州,晚居金华。其词以南渡为界,分前后两期,前期多写离别相思之情,后期于身世悲慨中寄寓亡国之恸。词风婉约,偶有豪放之致,多用白描手法,语言清丽浅近。论词崇尚典雅、情致、协律,有《词论》一篇,提倡"词别是一家"之说。代表作有《如梦令》《凤凰台上忆吹箫》《声声慢》《永遇乐》《武陵春》等。亦能诗文,感时咏史,与词风迥异。著有《易安居士文集》《易安词》,不传。后人辑有《漱玉词》,真伪杂陈。今人有《李清照集校注》,其中所录四十三首最可靠。

【作者小传】

点　绛　唇　　　　　　　　　李清照

蹴罢秋千,起来慵整纤纤手。露浓花瘦,薄汗轻衣透。
见客入来,袜刬金钗溜。和羞走。倚门回首,却把青梅嗅。

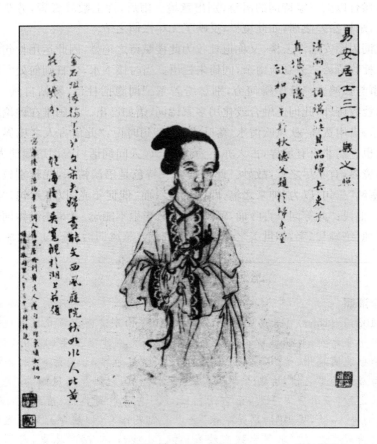

易安居士三十一岁写真　　　蕙风簃藏本

此词写少女初次萌动的爱情,真实而生动,当为清照早年作品。

词的上片写荡完秋千的精神状态,妙在静中见动。词人没有写她荡秋千时的矫健身影和欢乐心情,而是剪取了"蹴罢秋千"以后一刹那间的镜头。此刻全部动作虽已停止,但仍可以想象得出她在荡秋千时的情景,罗衣轻飏,像燕子一样地在空中飞来飞去。"起来慵整纤纤手","慵整"二字用得非常恰切,令人想到她下秋千后已经极度疲劳,两手有些麻木,也懒得稍微活动一下。"纤纤手"语出《古诗十九首》:"娥娥红粉妆,纤纤出素手。"最早的出处则是《诗·魏风·葛屦》的"掺掺女手",借以形容双手的细嫩柔美,同时也借以点出人物的年华和身份。"薄汗轻衣透",她身穿"轻衣",也就是罗裳初试,由于荡秋千时用力,出了一身薄汗,额上还渗有晶莹的汗珠。"露浓花瘦"一语表明时间是在春天的早晨,地点是在花园。整个上片都是写人的神态,唯此一语写景;然而同时也烘托了人物娇美的风貌。在娇而瘦的花枝上含有颗颗露珠,不正是象征着年少词人"薄汗轻衣透"的形象吗?

下片写词人乍见来客的种种情态。她荡完秋千,正累得不愿动弹,突然花园里闯进来一个陌生人。她感到惊诧,来不及整理衣装,急忙回避。"袜刬",是说来不及穿鞋子,仅仅穿着袜子走路。"金钗溜",是说头发松散,金钗下滑坠地;二语似出秦观《河传》词"鬓云松,罗袜刬"。但秦词是写百无聊赖时的女子外貌,这里则是写匆忙惶遽时的表情。词中虽未正面描写这位突然来到的客人是谁,但从词人的反应中可以印证,他定是一位举止不凡、风度潇洒的翩翩少年。"和羞走"三字,把她此时此刻的内心感情和外部动作作了精确的描绘。"和羞"者,含羞也;"走"者,疾走也。然而更妙的是"倚门回首,却把青梅嗅"二句。它以极精湛的笔墨描绘了这位少女怕见又想见、想见又不敢大明大白地去见的微妙而又细致的心理。然而最后她还是利用"嗅青梅"这一细节掩饰一下自己,以便偷偷地看他几眼。整个下片都是写"动",与上片正好成了对比。由此可见上片的"静",不仅是静中见动,而且也是为了衬托下片的"动"。

下片的几个动作层次分明,曲折多变,把一个少女惊诧、惶遽、含羞、好奇以及爱恋的心理活动,栩栩如生地刻画出来。明人钱允治说这样的笔法是"曲尽情悰"(《续选草堂诗余》卷上)。沈际飞也称赞说:"片时意态,淫夷万变,美人则然,纸上何遽能尔?"(《草堂诗余续集》卷上)李清照这样描写也是有所本的。唐人韩偓《香奁集》中写过这样的诗句:"见客入来和笑走,手搓梅子映中门。"但相比之下,"和笑走"轻薄,"和羞走"则深挚;"手搓梅子"只能表现不安,"却把青梅嗅"则可描画矫饰;"映中门"似旁若无人,而"倚门"则有所期待,加以"回首"一笔,则少女窥人之态可掬了。较之韩偓诗,有出蓝之胜。

这首词风格明快,节奏轻松,寥寥四十一字,刻画了一个天真纯洁、感情丰富却又带有几分矜持的少女形象,显出词人的才华。　　　　　　（徐培均）

孤　雁　儿　　　　　　　李清照

藤床纸帐朝眠起,说不尽、无佳思。沉香断续玉炉寒,伴我情怀如水。笛声三弄,梅心惊破,多少游春意。　　小风疏雨萧萧地,又催下、千行泪。吹箫人去玉楼空,肠断与谁同倚? 一枝折得,人间天上,没个人堪寄。

此词调下原有小序云:"世人作梅词,下笔便俗。予试作一篇,乃知前言不妄耳。"从这小序看,词人似乎在咏梅;然细玩词意,却是一首悼亡之作。词调本名《御街行》,《古今词话》载有变格一首,云:"霜风渐紧寒侵被。听孤雁,声嘹唳。一声声送一声悲,云淡碧天如水……"遂又名《孤雁儿》。词人不取前者而取后者,盖亦以自况;词的情调也深受后者影响。

建炎初年,李清照的丈夫赵明诚起复,知江宁府(今江苏南京),李清照从青州来会。在局势相对稳定的情况下,"每值大雪,即顶笠披蓑,循城远览以寻诗,得句必邀其夫赓和"(见周煇《清波杂志》卷八)。可是不久赵明诚病逝,把她一个人抛在人地生疏的江南,心情异常凄苦。大概在建炎某一年的春天,梅蕊初绽,作者睹物思人,写下了这首词。

上半阕起二句云:"藤床纸帐朝眠起,说不尽,无佳思。"开门见山,倾诉寡居之苦。藤床,乃今之藤躺椅。据明高濂《遵生八笺》记载,藤制,上有倚圈靠背,后有活动撑脚,便于调节高低。纸帐,亦名梅花纸帐。据宋林洪《山家清供》云,其上作大方形帐顶,四周用细白布制成帐罩,中置布单、楮衾、菊枕、蒲褥。在宋人词作中,这种陈设大都表现凄凉慵怠情景。如无名氏《春光好》云:"小藤床,随意横。"朱敦儒《念奴娇》云:"照我藤床凉似水。"此词意境与之相似:一榻横陈,日高方起,正是孤寂无聊的写照。以下二句,承"无佳思"句意,进一步描写词人凄苦情怀。"沉香断续玉炉寒",使人想起她《醉花阴》中的"瑞脑销金兽"。然而着一"寒"字,更突出了环境的凄冷与心境之痛苦。此时室内再别无人,唯有时断时续的香烟以及香烟灭了的玉炉陪着她。益以"伴我情怀如水"一句,则悲苦之情愈益变成具体可感的形象。

　　正当词人凄清寂寞之际,窗外传来一阵阵悠扬的乐曲,词人情绪似为之一扬。"笛声三弄,梅心惊破,多少游春意。"这里不仅以汉代横吹曲中的《梅花落》照应咏梅的命题,同时还联想到园中的梅花,好像一声笛曲,催绽万树梅花,带来春天的消息。用意颇似李白《与史郎中钦听黄鹤楼上吹笛》:"黄鹤楼中吹玉笛,江城五月落梅花。"然"梅心惊破"一语,似更为奇警,不仅说明词人在语言的运用上有所发展,而且显示出她在感情上曾被激起一刹那的波澜,这就是对赵明诚的忆念,然而意思很含蓄。但若找一旁证,其意自明。词人《永遇乐》云:"落日熔金,暮云合璧,人在何处? 染柳烟浓,吹梅笛怨,春意知几许?"可见闻笛怀人,因梅思春,在她词中是不止一次用过的。正因有了这一歇拍,词就自然地过渡到下阕。

　　下阕正面抒写悼念亡夫之情,词境虽由晴而雨,然而跌宕之中意脉不断。"小风"二句,将外境与内心融为一体。门外细雨潇潇,下个不停;门内词人枯坐,泪下千行。以雨催泪,亦是以雨衬泪,恍似词人在《声声慢》中所写:"梧桐更兼细雨,到黄昏、点点滴滴。这次第,怎一个愁字了得?"词从开头写到这里,均写感情的变化,层次鲜明,步步开掘,愈写愈深刻;但为什么无佳思,为什么情怀如水和泪如雨下,却没有言明。直至"吹箫人去玉楼空,肠断与谁同倚",才点明主旨:她是在怀念丈夫。"吹箫人去"用的是秦穆公女弄玉与其夫萧史的典故,见《列仙传》。这里的"吹箫人"是说萧史,比拟赵明诚。明诚既逝,人去楼空,纵有梅花好景,又有谁与她倚阑同赏呢? 词人回想当年循城远览,踏雪寻诗的情景,能不为之怆然! 于是词中就迸出结尾三句。

　　结尾三句化用陆凯赠梅与范晔的故事,表达了深重的哀思。陆凯当年思念远在长安的友人范晔,曾折下梅花赋诗以赠。可是词人今天折下梅花,找遍人间天上,四处茫茫,没有一人可供寄赠。其中"人间天上"一语,写尽了寻寻觅觅之情;"没个人堪寄",写尽了怅然若失之感。全词至此,戛然而止,而一曲哀音,犹自盘旋在人们的心上。

　　这首词的艺术特点归纳起来大致有四:一是活用典故,以故为新。如将"笛声三弄"、"吹箫人去"以及折梅赠远等组织在词中,浑化无迹,犹如己出;二是将咏梅与悼亡冶于一炉,恰到好处地寄托了悼念亡夫的哀思;三是环境描写与心理刻画达到和谐的统一,特别表现在两片起首之中;四是语言通俗,音调凄惋,像"说不尽,无佳思""一枝折得,人间天上,没个人堪寄",全系口语,以之入词,又能以俗为雅,符合音律。词人通过这种种艺术手法,塑造了一个有血有肉、内心充满无限痛苦的孀妇形象,在宋代词坛上,可算是独特的。　　　　　　　　　　　　　　　（徐培均）

满　庭　芳　　　　　　　　　　李清照

小阁藏春，闲窗锁昼，画堂无限深幽。篆香烧尽，日影下帘钩。
手种江梅渐好，又何必、临水登楼。无人到，寂寥浑似，何逊在
扬州。　　　　从来知韵胜，难堪雨藉，不耐风揉。更谁家横笛，
吹动浓愁。莫恨香消雪减，须信道、扫迹情留。难言处，良宵
淡月，疏影尚风流。

　　李清照词里咏花卉的将近十首。她咏的是菊、梅、桂、芍药。前三种都是淡
雅的花卉，仅芍药才是艳态丰韵的，而词人却取它的"容华淡伫，绰约俱见天真；
待群芳过后，一番风露晓妆新"（《庆清朝慢》）。对这些淡雅花卉的喜爱，虽是属
于清照个人审美趣味，也反映了宋人与唐人审美观念的异趣。如果说唐人特别
喜爱富贵雍容的牡丹，宋人则尤为崇尚清瘦高雅的梅花。南宋初年蜀人黄大舆
便辑了咏梅之词为《梅苑》十卷，可见宋人咏梅之盛了。清照的咏物词以咏梅的
最多。这首《满庭芳》后人补词题为"残梅"，是她咏物词中的佳作，较能体现其基
本的艺术特色。

　　词的起笔好似与咏梅本旨无关，但却描述了一个特殊的抒情环境。前人称
这种写法为"先盘远势"。作者首先写出了她住处的寂寞无聊。"小阁"即小小的
闺阁，这是妇女的内寝；"闲窗"即表示内外都是闲静的。"藏"与"锁"互文见义。
美好的春光和充满生气的白昼，恰恰被藏锁在这狭小而闲静的圈子里。词语之
间流露出妇女被压抑的情绪。唐宋时富贵之家的内寝往往有厅堂相连结，小阁
是在画堂里侧。春光和白昼俱藏锁住了，暗示这里并未感到它们的存在，因而画
堂显得特别深幽。"深幽"极言其堂之狭长、暗淡、静阒。作者已习惯这种环境，
似乎还满意于它的深幽。古人爱尚雅洁者都喜焚香。篆香是一种中古时期的高
级盘香。它的烧尽，表示整日的时光已经流逝，而日影移上帘箔即说明黄昏将
近。从描述的小阁、闲窗、画堂、篆香、帘箔等来看，抒情女主人公是生活在上层
社会中的妇女，富贵安闲，但环境的异样冷清寂静也透露生活中不幸的消息。
"手种江梅渐好"是词意的转折，开始进入咏物的本题。当女主人公黄昏临近之
时，于室外见到亲手种植的江梅，忽然产生一种自我欣慰的心理。它的"渐好"能
给种树人以安慰；欣赏"手种江梅"，可能会有许多往事的联想，因而没有必要再
临水登楼赏玩风月了。除了对梅花的特殊情感之外，似乎心情慵倦，于应赏玩的
景物都失去了兴致。词上阕的结尾，由赏梅联想到南朝诗人何逊迷恋梅花之事，

使词意的发展开始向借物抒情方面过渡,渐渐接近作者所要表达的主旨。何逊是南朝梁代著名的文学家,他的诗情辞宛转,诗意隽美,深为后来的诗人杜甫和黄庭坚等赏识。梁代天监间,他曾为建安王萧伟的水曹行参军兼记室,有咏梅的佳篇《扬州法曹梅花盛开》诗(亦作《咏早梅》)。清人江昉刻本《何水部集》于此诗下有注云:"逊为建安王水曹,王刺扬州,逊廨舍有梅花一株,日吟咏其下,赋诗云云。后居洛思之,再请其任,抵扬州,花方盛开,逊对花徬徨,终日不能去。"何逊对梅花的一片痴情是其寂寞苦闷的心情附着所致。杜诗有"东阁官梅动诗兴,还如何逊在扬州"(《和裴迪登蜀州东亭送客逢早梅相忆见寄》)。清照用何逊之事兼用杜诗句意,按她的理解,何逊在扬州是寂寥的。她在寂寥环境里面对梅花,遂有与何逊心情某种共鸣之感。

　　词人善于摆脱一般咏物之作胶着物态、敷衍故实的俗套,而是联系个人身世之感抒发对残梅命运的深深同情。"从来知韵胜",是她给予梅花整体的赞语。"韵"是风韵、神韵,是形态与品格美的结合。说梅花"韵胜",它是当得起的,而且"从来"赢得一致的称赞。她肯定了这一点之后,却不再多说,转过笔来写它的不幸,注意发现它零落后所显示的格调意趣。"藉"与"揉"也是互文见义,有践踏摧损之意。梅虽不畏寒冷霜雪,但它毕竟是花,仍具花之娇弱特性,因而也难以禁受风雨的践踏摧损。这是花的一般的必然的命运。由落梅的命运,作者产生各种联想,于是词意的发展呈现很曲折的状态。汉代横吹曲有笛曲《梅花落》,南朝时又作为乐府古题为诗人们吟咏,曲调和词情均十分哀怨悲伤。由落梅而联想到古曲《梅花落》,这属于虚写,以此表现落梅引起作者个人的感伤情绪,造成一团"浓愁"而难以排解。但作者又试图进行自我排解,于是词情又一转变。宋初诗人林逋《山园小梅》有"疏影横斜水清浅,暗香浮动月黄昏"的名句,刻画梅花的形象得其神态。梅花的暗香消失、落花似雪,说明其飘谢凋零,丰韵不存。这本应使人产生春恨,迁恨于春日风雨的无情。但词人以为最好还是"莫恨","须信道、扫迹情留。""扫迹"即踪迹扫尽,难以寻觅。虽然踪迹难寻而情意长留。结尾的"难言处,良宵淡月,疏影尚风流"是补足"情留"之意。"难言处"是对下阕所表达的复杂情感的概括,似乎还有与作者身世的双关的含意。想象在一个美好的夜晚,淡淡的月光,投下梅枝横斜优美的姿影。从这姿影里还显示出梅的俊俏风流,应是它扫迹后留下的一点情意。也许明年它又会重开,并带来春的信息。"良宵淡月,疏影尚风流"是精警的句子,突出了梅花格调意趣的高雅,远非徒以韵胜者之可比拟了。这样的结句使全词的思想达到了一个新的高度,它赞美了一种饱经苦难折磨之后,仍孤高自傲,对人生存在信心的高尚的精神品格。

关于这首词的写作时间，因缺乏必要的线索而无法详考，但从词中所描述的冷清寂寞的环境和凋残迟暮的感伤情绪来看，它应是清照后期的作品。这位女词人经历了靖康之难的国破家亡、流离失所的痛苦，承受了丈夫死后精神和生活的惨重打击，后期生活的不幸，使清照作品中具有特别凄凉悲咽的情调，因而在咏残梅的词里，不难发现作者暗寓身世之感。其主观抒情色彩十分浓厚，达到了意与境谐，情景交融，故难辨是作者的自我写照，还是咏物了。这首词和清照那些抒写离别相思和悲苦情绪的作品一样，语言轻巧尖新，词意深婉曲折，音调低沉谐美，富于女性美的特征，最能体现其基本的艺术特色。

（谢桃坊）

玉　楼　春　　　　　　　李清照

红酥肯放琼苞碎，探著南枝开遍未。不知酝藉几多香，但见包藏无限意。　　道人憔悴春窗底，闷损阑干愁不倚。要来小酌便来休，未必明朝风不起。

独俏寒枝、异香沁人的梅花，曾经吸引了多少诗人词客的题咏。可也正如朱彝尊在《静志居诗话》中所说："咏物诗最难工，而梅尤不易。"而受到他肯定的几首佳作中，就有李清照的这阕《玉楼春》。他说："朱希真词'横枝清瘦只如无，但空里、疏花几点'，李易安词'要来小酌便来休，未必明朝风不起'，皆得此花之神。"

能得梅花之神自属上乘之作，这是不言而喻的，可此词的传神之句却又决不仅仅是"要来"两句。实际上，作者出手便不俗。首句以"红酥"比拟梅花花瓣的宛如红色凝脂，以"琼苞"形容梅花花苞的美好，都是抓住了梅花特征的准确用语，"肯放琼苞碎"者，是对"含苞未放"的巧妙说法。上片皆从此句生发。"探著南枝开遍未"，便是宛转说出梅花未尽开放。初唐时李峤《梅》诗云："大庾敛寒光，南枝独早芳。"张方注："大庾岭上梅，南枝落，北枝开。"如今对南枝之花还须问"开遍未"，则梅枝上多尚含苞，宛然可知。三、四两句"不知酝藉几多香，但见包藏无限意"，用对偶句，仍写未放之花，"酝藉""包藏"，点明此意。而"几多香""无限意"，又将梅花盛开后所发的幽香、所呈的意态摄纳其中，精神饱满，亦可见词人的灵心慧思。

下片由咏梅转入赏梅。"道人"是作者的自称，意为学道之人。"憔悴"和"闷"、"愁"，讲李清照的外貌与内心情状，"春窗"和"阑干"交代客观环境，表明她当时困顿在窗下，愁闷煞人，连阑干都懒得去倚。这是一幅名门闺妇的春愁图。

写赏梅先写自己憔悴的形容和愁闷的心绪,又不写梅花的盛开,却由含苞直跳到将败,都是奇特之笔。这是反映了她自己"挼尽梅花无好意,赢得满衣清泪"(《清平乐》)的心态,因而略过去的。这反常的写法,在她当时来说却是正常的,此词盖作于晚年流落江南之后。虽然心境不佳,但梅花还是要赏的,所以有结末的"要来小酌便来休,未必明朝风不起"之句。"休"字在这里是语助词,含罢、了的意思。这是作者心中的话:想要来饮酒赏梅的话便来罢,等到明天说不定要起风了呢! 含有且遣愁怀,莫错过大好时机的意味。

　　任何咏物诗都离不开抒情,否则,便成了仅仅是状物,而状物诗是不会形成真文学的。李清照的这阕《玉楼春》之所以成为名篇,至今仍受到人们的喜爱,就在于它不但写活了、写美了梅花,而且进一步表达了赏梅者那种独特的心态,那种虽然愁闷却仍禁不住要及时赏梅的矛盾情怀。就这样,李清照这位词人的个性也便跃然纸上。

　　　　　　　　　　　　　　　　　　　　　　　　　　　　　　(魏同贤)

清　平　乐　　　　　　　　　　　　　　　李清照

　　年年雪里,常插梅花醉。挼尽梅花无好意,赢得满衣清
泪。　　　今年海角天涯,萧萧两鬓生华。看取晚来风势,故应
难看梅花。

　　这首词处处跳动着词人生活的脉搏。她早年的欢乐,中年的幽怨,晚年的沦落,在词中都约略可见。饱经沧桑之后,内中许多难言之苦,通过抒写赏梅的不同感受倾诉了出来。词意含蓄蕴藉,感情悲切哀婉。

　　词的上阕是对往昔赏梅生活的回忆,又分为两层。"年年雪里,常插梅花醉。"这两句抓住富有特征的生活细节生动地再现了词人早年赏梅的情景和兴致,表现出她的少女的纯真和当时生活的欢乐、闲适。她早年写下的咏梅词《渔家傲》中有句云:"雪里已知春信至,寒梅点缀琼枝腻……共赏金尊沉绿蚁,莫辞醉,此花不与群花比。"这是"花开处且须行乐"(《二色宫桃》)的思想,正可作为"年年雪里,常插梅花醉"的注脚。接下来"挼尽梅花无好意,赢得满衣清泪"两句,流露出同前面显然不同的心绪,虽然梅枝在手,却无好心情去赏玩,只是漫不经心地揉搓着。赏梅原本为的是排遣心头的忧伤,可是本来心情就不好,到头来不仅忧伤没有消除,反倒触景生情,激起无限的伤感,只落得"满衣清泪"。词人也许在面对梅花追忆往日的欢乐,也许在面对梅花思念远方的亲人。花还是昔日的花,然而花相似,人不同,物是人非,怎不使人伤心落泪呢? 这两句所描写的

景象可能是词人从婚后到南渡前这段生活的写照。李清照婚后,夫妇志同道合、伉俪相得,生活美满幸福。但是,时常发生的短暂离别使她识尽离愁别苦。在婚后六七年的时间里,李赵两家相继罹祸,紧接着就开始了长期的"屏居乡里"的生活。生活的坎坷使她屡处忧患,饱尝人世的艰辛。因此,当年那种赏梅的雅兴自然要大减。她在这个时期写下的《诉衷情》中有"更挼残蕊,更捻余香,更得些时"的句子,表现的也是这种百无聊赖、忧伤怨恨的情绪。

词的下阕以"今年"两字领起,同上阕的"年年"明显相对。上阕四句回忆两个生活阶段赏梅的情景和心情。往年是"常插梅花醉";即使是"挼尽梅花无好意"的时候,也多半为的是离别相思。眼前却截然不同了,"今年海角天涯,萧萧两鬓生华",这里面包含着许多的辛酸和哀愁。词人南渡后背井离乡,四处奔波,特别是丈夫去世后更是颠沛流离,沦落飘零。生活的折磨使词人很快变得憔悴苍老,头发稀疏,两鬓花白。虽然赏梅季节又到,可是哪里还有心思去插梅呢?而且看来晚上要刮大风,将难以晴夜赏梅了。言下之意是也许经过一夜风霜的摧残,明朝梅花就要凋零败落,即使想看也难以看得成了。

最后的"看取晚来风势,故应难看梅花",可能还寄托着词人对国事的忧怀。古人常用比兴,以自然现象的风雨、风云,比政治形势。这里的"风势"既是自然的"风势",也是政治的"风势",即"国势"。稍后于清照的辛弃疾的《摸鱼儿》"更能消几番风雨,匆匆春又归去",与此寓意相似,都是为国势衰颓而担忧。清照所说"风势",似乎是暗喻当时极不利的民族斗争形势;"梅花"以比美好事物,"难看梅花",则是指国家的遭难,而且颇有经受不住之势。在这种情况下,她哪里还有赏梅的闲情逸致呢!身世之苦、国家之难糅合在一起,使词的思想境界为之升华。

这首词篇幅虽小,却运用了多种艺术手法。从依次描写赏梅的不同感受看,运用的是对比手法,赏梅而醉、对梅落泪和无心赏梅,三个生活阶段,三种不同感受,形成鲜明的对比,在对比中表现词人生活的巨大变化。从上下两阕的安排看,运用的是衬托的手法,上阕写过去,下阕写现在,但又不是今昔并重,而是以昔衬今,表现出当时作者飘零沦落、衰老孤苦的处境和饱经磨难的忧郁心情。以赏梅寄寓自己的今昔之感和家国之忧,但不是如咏物词之以描写物态双关人事。词语平实而感慨自深,较之《永遇乐"落日熔金"》一首虽有所不及,亦足动人。

(王延梯 聂在富)

南 歌 子 李清照

天上星河转,人间帘幕垂。凉生枕簟泪痕滋。起解罗衣聊问夜何其。　　翠贴莲蓬小，金销藕叶稀。旧时天气旧时衣，只有情怀不似旧家时！

李清照自丈夫赵明诚病卒，避金兵之难，流落江南，所作词皆愁苦之音。此词未详年月地点，属此一类则无可疑。

首两句"天上星河转，人间帘幕垂"，以对句作景语起，但非寻常景象，而有深情熔铸其中。"星河转"谓银河转动，一"转"字说明时间流动，而且是颇长的一个跨度；人能关心至此，则其中夜无眠可知。"帘幕垂"言闺房中密帘遮护。帘幕"垂"而已，此中人情事如何，尚未可知。"星河转"而冠以"天上"，还是寻常言语，不觉得有什么；到"帘幕垂"而表说是"人间"的，那就不同寻常。带上句成为"天上、人间"对举，就有"人天远隔"的含意，分量顿时就沉重起来，似乎其中有沉哀欲诉，词一起笔就先声夺人。曹丕《燕歌行》云："明月皎皎照我床，星汉西流夜未央"，词意与之相近。《燕歌行》是写妇人秋夜思念在远方作客的丈夫，而此词直是述夫妻死别之悲怆。字面上虽似平静无波，内中则是暗流汹涌的。

接下来"凉生枕簟泪痕滋"一句，由于前两句蓄势，至此直泻无余。枕簟生凉，不单是说秋夜天气，更是以孤寂凄苦之情移于物象。"泪痕滋"，到此欲不流泪而不可得矣！所谓"悲从中来，不可断绝"者是。孤居嫠妇，如此者殆非一夕；此夕也不仅是这一次流泪，此可想象而知。悲哀暂歇，人亦劳瘁。"起解罗衣聊问夜何其"，原本是和衣而卧，到此解衣欲睡。但要睡的时间已经是很晚了，开首的"星河转"已有暗示，这里"聊问夜何其"更明言之。"夜何其"，语出《诗·小雅·庭燎》："夜如何其？夜未央""夜如何其？夜未艾""夜如何其？夜乡（向）晨"，总之已是夜深光景，甚至已近清晨。"聊问"是自己心下估量，不必实有此问，不可拘泥。至此词人情状已经写出，心事也已透露，还要看下片如何深入。

"翠贴莲蓬小，金销藕叶稀"，接应上片结句"罗衣"，描绘衣上的花绣。因解衣欲睡，看到衣上花绣，又生出一番思绪来，这是"过片不断曲意"的一例。"翠贴"、"金销"皆倒装，是贴翠和销金的两种工艺，即以翠羽贴成莲蓬样，以金线嵌绣莲叶纹。这是贵妇人的衣裳，词人一直带着，穿着。而今重见，在夜深寂寞之际，不由想起悠悠往事。"旧时天气旧时衣"，这是一句极寻常的口语，唯有身历沧桑之变者才能领会其中所包含的许多内容，许多感情。"只有情怀不似旧家时"句的"旧家时"也就是"旧时"。秋凉天气如旧，金翠罗衣如旧，穿这罗衣的人也是由从前生活过来的旧人，只有人的"情怀"不似旧时了！读到这里，我们似乎可以听见词人长长的叹息声。末两句连用三个"旧时"，正如前人评刘辰翁《宝鼎现》词所谓的"反反覆覆,字字悲咽",言其"不似旧家时"之处,确乎感人至深。

宋张端义《贵耳集》卷上举清照《永遇乐》为例,谓"皆以寻常语度入音律,炼句精巧则易,平淡入调者难"。以寻常言语入词,是易安词一大特点,一大长处。即如此篇,有锻炼精巧之句,如上下片开首的对句;而其最感动人处,还在于此外的"寻常言语",试反复诵读,其深挚岂在"如今憔悴,风鬟雾鬓,怕见夜间出去"等语之下?

(陈长明)

渔 家 傲　　　　　　　　　　李清照

天接云涛连晓雾,星河欲转千帆舞。仿佛梦魂归帝所。闻天语,殷勤问我归何处?　　我报路长嗟日暮,学诗谩有惊人句。九万里风鹏正举。风休住,蓬舟吹取三山去!

在词史上,李清照继柳永、秦观、周邦彦之后,被称为婉约之宗。她的词清丽婉转、幽怨凄恻,极富于抒情性。但是这首词却表现出不同的风格,它气势磅礴,音调豪迈,是李词中仅见的浪漫主义名篇。

词写梦境。但是梦境也是现实生活在作家头脑中的折射,诚如夏承焘所说:"这决不是没有真实生活感情而故作豪语的人所能写得出的。"(《唐宋词欣赏》)南渡以前,李清照足迹不出闺门;南渡以后,"飘流遂与流人伍",视野开始开阔起来。据《金石录后序》记载,她在建炎中,为了辨明"馈璧北朝"之诬,曾追随宋高宗行踪,"从御舟海道之温(今浙江温州),又之越(今绍兴)"。建炎四年(1130)春间,她曾在海上航行,历尽风涛之险。词中写到大海、乘船,人物有天帝及词人自己,都与这段真实的生活所得到的感受有关。

词一开头,便展现一幅辽阔、壮美的海天相接的图画。这样的境界,在唐五代以及两宋词中,很少见到。首二句写了天、云涛、晓雾、星河、千帆,景象已极壮丽,其中又准确地嵌入了几个动词,则绘景如活,动态俨然。"接""连"二字把四垂的天幕、汹涌的波涛、弥漫的云雾,自然地组合在一起,形成一种浑茫无际的境界。而"转""舞"两字,则将词人在风浪颠簸中的感受,逼真地传递给读者。所谓"星河欲转",是写词人从颠簸的船舱中仰望天空,天上的银河似乎在转动一般。所谓"千帆舞",是写海上刮起了大风,无数的舟船(以帆代指)在风浪中飞舞前进。这里的"舞"与"转",有着因果关系,也就是说,由于船在舞,所以觉得星河在转。船摇帆舞,星河欲转,既富于生活的真实感,也具有梦境的虚幻性,虚虚实实,为全篇的奇情壮采奠定了基调。

　　"仿佛"以下三句,写词人在梦中见到天帝。"梦魂"二字,是全词的关键。词人经过海上航行,一缕梦魂仿佛升入天国,遇见慈祥的上帝。在现实生活中,词人看到的是置人民于水火,畏强敌如虎狼,只顾一路逃窜的宋高宗;在幻想的境界中,她却塑造了一个态度温和、关心民瘼的天帝。"殷勤问我归何处",虽然只是一句异常简洁的问话,却饱含着深厚的感情,寄寓着美好的理想。

　　在一般双叠词作中,通常是上片写景,下片抒情,并自成起结。过片处,或宕开一笔,或径承上片意脉,笔断而意不断,然而又有相对的独立性。此词则不同:上下两片之间,一气呵成,联系紧密。上片末二句是写天帝的问话,过片二句是写词人的对答。问答之间,语气衔接,毫不停顿。可称之为"跨片格"。"我报路长嗟日暮"句中的"报"字与上片的"问"字,便是跨越两片的桥梁。"路长日暮",反映了词人晚年孤独无依的痛苦经历,然亦有所本。《史记·伍子胥列传》有"吾日暮途远"之语。屈原《离骚》云:"朝发轫于苍梧兮,夕余至乎县圃。欲少留此灵琐兮,日忽忽其将暮。吾令羲和弭节兮,望崦嵫而勿迫。路漫漫其修远兮,吾将上下而求索。"屈原用神话语言,表达他不惮长途远征,寻觅天帝所在的渴望;日将至暮,则勒其缓行,不使马上天黑,以便他上下求索。词人结合自己身世,把它隐括入律,只用"路长""日暮"四字,便概括了"上下求索"的意念与过程,语言简净自然,浑化无迹。其意与"学诗谩有惊人句"相连,是词人在天帝面前倾诉自己空有才华而遭逢不幸,奋力挣扎的苦闷。李清照是一位杰出的文学家,王灼《碧鸡漫志》说她"自少年便有诗名,才力华赡,逼近前辈";《宋史·李格非传》也说她"诗文尤有称于时"。然而在封建社会里,女子的聪明才智都被扼杀,一般不可能在政治上有所作为。她一生只能用写诗词来表现她的才能,但她又感到"谩有惊人句",着一"谩"字,流露出对现实的强烈不满。词人在现实中知音难遇,欲诉无门,唯有通过这种幻想的形式,才能尽情地抒发胸中的愤懑。

　　"九万里风鹏正举",从方才的对话中略一宕开,然仍不离主线。因为词中的贯串动作是渡海乘船,四周景象是海天相接,由此而联想到《庄子·逍遥游》的"鹏之徙于南冥也,水击三千里,抟扶摇而上者九万里"。说"鹏正举",是进一步对大风的烘托,由实到虚,形象愈益壮伟,境界愈益恢宏。在大鹏正在高举的时刻,词人忽又大喝一声:"风休住,蓬舟吹取三山去!"可谓尽情抒写,一往无前。"蓬舟",谓轻如蓬草的小舟,极言所乘之舟的轻快。"三山",指渤海中蓬莱、方丈、瀛洲三座仙山,相传为仙人所居,可望而见,但乘船前去,临近时即被风引开,终于无人能到。(见《史记·封禅书》)词人一翻旧案,敢借鹏抟九天的风力,吹到三山,胆气之豪,境界之高,宋词中亦罕见。上片写天帝询问词人归于何处,此处交代海中仙山为词人的归宿。针门一线,前呼后应,在疏快放诞中仍保持结构的缜密,确实可贵。

总起来说,这首词把真实的生活感受融入梦境,把屈原《离骚》、庄子《逍遥游》以至神话传说谱入宫商,使梦幻与生活、历史与现实融为一体,构成气度恢宏、格调雄奇的意境。近人梁启超评曰:"此绝似苏辛派,不类《漱玉集》中语。"(见《艺蘅馆词选》乙卷)真是一语破的,指出了此词豪放的特色。 　　　　　(徐培均)

如 梦 令　　　　　　　　　　**李清照**

常记溪亭日暮,沉醉不知归路。兴尽晚回舟,误入藕花深处。争渡,争渡,惊起一滩鸥鹭。

现存李清照《如梦令》词有两阕,一是广为传诵的"昨夜雨疏风骤",一即此篇。两相对照,颇多相似之处:都是记游赏之作,都写了酒醉、花美,都是那样的清新别致。后者虽然没有出现"绿肥红瘦"那样清奇的名句,但它同样以李清照特有的方式表达了她早期生活的情趣和心境,把读者带进了一个同样美好的文学天地。

"常记"两句起得仿佛平了些,然而却又自然、和谐,似乎面对着一位知己娓娓地叙述,让人觉得作者完全忘记了是在填词,而不过是日常的述事,可正是在似乎无意填词中,作者早已把读者引到了她所创造的词境。"常记"明确表示追述,地点在"溪亭",时间是"日暮",作者饮宴以后,已经醉得连回去的路径都辨识不出了。是同情人的缱绻?还是与亲朋的同游?作者没有交代,读者倒也无意深究,可"沉醉"二字却透露了作者心底的欢愉,"不知归路"也曲折传出作者流连忘返的情致,看起来,这是一次给作者留下了深刻印象的十分愉快的游赏。果然,接写的"兴尽"两句,就把这种意兴递进了一层,兴尽方才回舟,那么,兴未尽呢?恰恰表明兴致之高,不想回舟。而"误入"一句,从行文上看,流畅自然,毫无斧凿痕迹;从结构看,正同前面的"不知归路"相呼应,而且更加显示了主人公的忘情心态;从艺术造景看,盛放的荷花丛中正有一叶扁舟摇荡的美景,早已呈现到了读者的面前。一连两个"争渡",自然不含竞赛的意思,它固然是词格的需要,可也同时表达了主人公急于从迷途中找到正确路径的焦灼心情。正是由于"争渡"的快捷,所以又"惊起一滩鸥鹭",把停栖在洲渚上的水鸟都吓飞了。

此后呢?作者没有说,也似乎不想说。她只是择要叙述了这次游赏活动的几个片断,侧重在写景,融情于景,让读者去分享她对自然美的感受!

诚然,这阕小词的容量不大,它不过写了几幅移动着的风景和作者的一种心情,向它索取更多的内容不但是不现实的也是过分苛刻的。尺幅不一定非有千里之势不可,只要它能给予读者以健康的美的享受,那就够了。   (魏同贤)

如 梦 令   李清照

昨夜雨疏风骤。浓睡不消残酒。试问卷帘人,——却道"海棠依旧"。知否,知否? 应是绿肥红瘦!

一篇小令,才共六句,好似一幅图画,并且还有对话,并且还交待了事情的来龙去脉,——这可能是现代的电影艺术才能胜任的一种"镜头"表现法,然而它却实实在在是九百年前的一位女词人自"编"自"演"的作品,不谓之奇迹,又将谓之何哉?

她上来先交待原委,或者叫"背景",说是昨宵雨狂风猛。疏,正写疏放疏狂,而非通常的稀疏义。当此芳春,名花正好,偏那风雨就来逼迫了,心绪如潮,不得入睡,只有借酒消忧一法,赖以排遣。酒吃得多了,觉也睡得浓了。——一觉醒来,天已大亮。但昨夜之心情,未为梦隔,拥衾未起,便要询问意中悬悬之事。这时,她已听得外间的侍女收拾房屋,启户卷帘,一日之计已在开始。便急忙问她:海棠花怎么样了? 侍女看了一看,笑回道:"还好还好,一夜又是风又是雨,可海棠一点儿没动!"女主人听了,叹道:"傻瓜孩子,你可知道什么! 你再细看——难道看不出那红的见少,绿的见多了吗!?"

以上我先作了"今译"。今译的目的只为看清词人用了多少字,写了多少句,说了多少事,而我为说清同样的内容,又是用了多少字,写了多少句!

《蓼园词选》对易安此篇下过几句评语,他说:"短幅中藏无数曲折,自是圣于词者。"这话极是。所谓曲折,我则叫它做层次。一首六句的小令,竟有如许多的层次,句句折,笔笔换,如游名园,一步一境,叹为奇绝! 说是如图如画,而神情口吻,又画所难到,——不得已,我仍然只好将它来与电影比喻。

她写自夜及晓,没有一个字呆写"经历",只用浓睡残酒以为搭桥渡水之妙着。然后一个"卷帘",即便点破日曙天明,何等巧妙? 然而,问她卷帘之人,所问何事? 一字不言,却于答话中"透露"出海棠的"问题"。我不禁联想到,晚唐杜牧之,写到"借问酒家何处有? 牧童遥指杏花村",他一不说问道于何人,二不言答者有何语,却只于下句才"透露"出被问者是牧童小友,而答话的内容是以"遥指"的姿式来表达的! 两者异曲而同工,何其巧妙神似乃尔?

如梦令（昨夜雨疏风骤）　　　　李清照

——明刊本《诗馀画谱》

　　末后，还须体会：词人如此惜花，为花悲喜，为花醒醉，为花憎风恨雨，所以者何？风雨葬花，如葬美人，如葬芳春，凡一切美的事物年华，都在此一痛惜情怀之内。倘不如此，又何以识得古代闺秀文学家李易安？又何以识得中华民族的诗词文学乎？

（周汝昌）

菩　萨　蛮　　　　　　　李清照

　　风柔日薄春犹早，夹衫乍著心情好。睡起觉微寒，梅花鬓上残。　　故乡何处是，忘了除非醉。沉水卧时烧，香消酒未消。

　　此词写对故乡的深沉怀念，是作者晚年流寓越中的作品。

　　当人们度过严冬，迎来温暖的春天，骤然脱去笨重的冬装，穿上轻便的夹衫，会觉得浑身轻快，心情也是愉悦的。此词开头两句，就描写这种心情。"春犹早"是说春天刚到，虽然阳光还较微弱，但风已变得柔和，不像冬天那样刚猛，天气已渐渐暖和起来。所写为南方；若在北方，早春的风仍然相当强劲，天气仍然相当寒冷。正因为在南方早春就可换著夹衫，这才特别使人欣喜。这一感觉，无形中对南北气候有所比较，已暗逗乡思。三、四两句接写昼寝醒后。"觉微寒"是因为刚刚"睡起"，仍扣早春。鬓发上插戴的梅花已经残落。闲闲叙写，笔致闲适恬静，境界极美。

　　然而，早春带给作者的欢欣，却是瞬间即逝的。下片另起一意，转写思乡，情调突变。清照丈夫赵明诚在宋室南渡初时即已逝世，她孤身流寓浙江绍兴、金华等处，形单影只，东西漂泊，乡关之思，无日无之。"故乡何处是"不仅是言故乡邈远难归，而且还含着"望乡"的动作，也就是说，白天黑夜，作者不知多少次引领北向，遥望故乡。"忘了除非醉"，语极深刻沉痛。借酒浇愁，"醉"本身就是乡愁的表现。只有在醉乡中才能把故乡忘掉，可见清醒时无时无刻不在思念故乡。"忘"正好表明不能忘。如果直说不能忘，便显得率直无味，这里采用反说，加一层转折，就能把此意表现得更加强烈：正因为思乡之情把作者折磨得无法忍受，所以只有借醉酒把它暂时忘却，可见它已强烈到何种程度。而作者之所以会有"忘"的念头和举动，不仅是为了暂时摆脱思乡之苦，还同回乡几乎无望有关：如果回归有期，那就存有希望，不会想到把它忘掉；惟其回乡无望，念之徒增痛苦，才觉得不如忘却。真能忘却吗？自然不可能。这真是不敢想却又不能不想，想忘偏又不能忘。这种思想矛盾和精神痛苦，循环往复，作者有生之年，都不会完结。结尾二句具体描写此句的"醉"字。"沉水"即沉香的别称,是一种名贵的熏香。睡卧时所烧的熏香已经燃尽,香气已经消散,说明已过了长长一段时间,但作者的酒还未醒,可见醉得深沉;醉深说明愁重,愁重表明思乡之强烈。末句重用"消"字,句调圆转轻灵,而词意却极沉痛。不直接说愁,说思乡,而说酒,说熏香,词意含蓄隽永。前人称这两句"亦宕开,亦束住,何等酝藉"(清况周颐《漱玉词笺》引俞仲茅语),所论极是。清照生当宋金对峙之际,她主张抗战,切望收复失地,所作《乌江》诗"生当作人杰,死亦为鬼雄。至今思项羽,不肯过江东",《失题》断句"南渡衣冠少王导,北来消息欠刘琨",就是这种思想的集中表现。对故乡的刻骨怀念,即包含着对占领故乡的金国统治者的愤恨,对因循苟且、不思恢复的南宋统治者的谴责,渗透着强烈的爱国主义感情。

　　此词上片写喜,下片写悲,表面看去意似不连,实际关系非常紧密。春风送暖,本来应该欢乐地尽情领略这大好春光,然而节候的变化,往往特别容易触动人的思乡怀人之情,想到山河破碎,有家难归,这美好的春色,反而成了生愁酿恨之物。所以上片之喜,更反衬出下片之悲;写喜是宾,抒恨是主;悲喜对照,把主题表现得更加突出。

(王思宇)

<h2 align="center">菩 萨 蛮　　　　　　　　李清照</h2>

　　归鸿声断残云碧。背窗雪落炉烟直。烛底凤钗明,钗头人胜轻。　　角声催晓漏,曙色回牛斗。春意看花难,西风留旧寒。

　　这首词中写到"人胜",可见是作于旧历人日(正月初七)。《荆楚岁时记》云:"人日剪彩为人,或镂箔为人,亦戴之头鬓;又造华胜以相遗。"人胜与花胜都是古代妇女于人日所戴的饰物。那么是作于哪一年呢?依词中所写的乡思推断,很可能是南渡以后的最初几年。彼时词人从中原流落江南,曾住过建康(今江苏南京)和临安(今浙江杭州)。

　　词的起首二句寓有飘零异地之感。听归鸿,望碧云,在唐宋词中往往寄托着旅愁。冯延巳《酒泉子》云:"归鸿飞,行人去,碧山边。"以居人看行人,如鸿雁飞去。柳永《夜半乐》云:"凝泪眼,杳杳神京路,断鸿声里长天暮。"写行人对京师的怀念。在李清照词里,也有这类句子:"征鸿过也,万千心事难寄。"(《声声慢》)"落日熔金,暮云合璧,人在何处?"(《永遇乐》)望归鸿而思故里,见碧云而起乡愁,几乎成了唐宋词的一条共同规律。然而随着词人处境、心情的不同,也能写出不同的特色。如此词云"归鸿声断残云碧,背窗雪落炉烟直",一写外景,一写内景,外景辽阔高远,在我们面前展示了广袤无垠的空间;内景狭小偏窄,在我们面前呈现了静谧岑寂的境界。不仅与冯词的径直、柳词的深沉大异其趣,即与词人自己的作品相比,也有含蓄与显豁之别。"归鸿声断",是写听觉;"残云碧"是写视觉,短短一句以声音与颜色渲染了一个凄清冷落的环境气氛。那嘹嘹亮亮的雁声渐渐消失了,词人想寻觅它的踪影,可是天空中只有几朵碧云。此刻的情绪自然是怅然若失。少顷,窗外飘下了纷纷扬扬的雪花,室内升起了一缕炉烟。雪花与香烟内外映衬,给人以静而美的印象。"炉烟"下着一"直"字,形象更为鲜明,似乎室内空气完全静止了,香烟垂直上升,纹丝不动。王维《使至塞上》诗云"大漠孤烟直",以壮阔的大漠烘托孤烟,其直似在目前。温庭筠《菩萨蛮》云"深处麝烟长",则以幽深的内室映衬麝烟,其长亦可想见。此处则以窗外的雪花作室内香烟的背景,益见词心之细。虽然三者各不相同,但就其描写气氛之静而言,则是异曲而同工。

如果说首二句仅是铺叙环境,人物的情绪仅是从景物的形态和色调上反映出来,那么到了三、四两句,人物便直接出场了。我们并未看到词人愁苦的面容,只是在烛光的映照下看到她头上插戴的凤钗,以及凤钗上所装饰的用彩绸或金箔剪成的人胜或花胜。而词人的一腔哀怨,却通过它们传递给读者。这里值得注意的是一个"明"字和一个"轻"字,从字面上看似乎很愉快,可是它为什么会给人以哀愁的感觉呢?其主要原因在于前面所铺叙的环境气氛和这两个字的限制词。在雁断云残、雪落烟升的凄清气氛中,人物的情绪自然不会欢畅;而烛底的凤钗即使明,也只能是闪烁着微光;凤钗上的人胜即使轻,也只能是颤巍巍的晃动。这样的意象自然是令人不欢的。从小小的凤钗和人胜上透露出心灵的信息,给人以丰富的联想,这是填词家的高妙之处。

这首词的时间和空间都有一个转移的过程,但这一切都是通过景物的变换和情绪的发展在不知不觉中完成的。从"残云碧"到"凤钗明"到"曙色回牛斗",既表明空间从寥廓的天宇到狭小的居室以至枕边,也说明时间从薄暮到深夜,以至天明。过片二句中的角声是指军中的号角,漏是指古代的计时器铜壶滴漏,引申为时刻、时间;着一"催"字,似乎是一夜角声把晓色催来,反映了词人彻夜不眠的苦况。周邦彦《蝶恋花·早行》词云:"月皎惊乌栖不定,更漏将残,辘轳牵金井。"细节虽不同,手法正相似,它们都是通过客观景物的色彩、声响和动态,表现主人翁通宵不寐的神态。所不同的是周词乃写男女临别之夜的辗转不安,李词则写客居外地的惆怅情怀。周词风格较为妍艳,李词风格较为沉郁。

　　结尾二句欲吐还吞,一波三折,含思宛转。此刻已到了白天,阳光明丽,春意盎然,报春的梅花想是开放了。词人不禁产生一股游兴。然而此念方生,即已缩回。"看花难哪,还是不去吧。"何以难呢?因为时在早春,西风还留有余威,外出看花,仍然受到料峭春寒的威胁。其实词人出外看花并不畏寒,周辉《清波杂志》就曾说她在建康时曾于寒雪日踏雪寻诗。之所以如此说,则是情境已大不相同之故。在建康踏雪寻诗,雅兴甚浓,只为其时有明诚在。而今人既憔悴,心亦凄凉,不欲看花,其原因何止畏寒一端乎?既想赏花,又怕春寒,这种曲折的笔法,易安在其他词中也常使用。如《武陵春》云:"闻说双溪春正好,也拟泛轻舟。只恐双溪舴艋舟,载不动许多愁。"又《念奴娇》云:"清露晨流,新桐初引,多少游春意!日高烟敛,更看今日晴未?"它们的感情都是弯弯曲曲,吞吞吐吐,表现了婉约词的特有情致。

　　此词给人最突出的印象是淡永。宋人张端义谓易安词"皆以寻常语度入音律,炼句精巧则易,平淡入调者难"(《贵耳集》卷上)。构成淡永的因素大约有三:一是格调轻灵而感情深挚;二是语言浅淡而意味隽永;三是细节丰富而不痴肥。仔细玩索,当能得其崖略。

　　　　　　　　　　　　　　　　　　　　　　　　　　　　　　　　(徐培均)

<h2 style="text-align:center">浣　溪　沙　　　　　　　　　　李清照</h2>

淡荡春光寒食天,玉炉沉水袅残烟,梦回山枕隐花钿。
海燕未来人斗草,江梅已过柳生绵。黄昏疏雨湿秋千。

　　此词通过寒食时节景物形象探寻一位少女的感春情思,从而表达作者爱春惜春的心情,当是清照早年的作品。

　　上片写闺中春睡初醒情景,用的是倒叙,头两句是第三句睡醒后的所见所感。"淡荡"犹荡漾,形容春光融和遍满。寒食节当夏历三月初,正是春光极盛之时。熏炉中燃点着沉水香,轻烟袅绕,暗写闺室的幽静温馨。这两句先写出春光的宜人,春闺的美好,第三句才写闺中之人。词中没有去写她的容貌、言语、动作,只从花钿写她睡醒时的姿态。"山枕"谓枕形如山。温庭筠《菩萨蛮》:"山枕隐浓妆,绿檀金凤凰。"清照词即取此义。"梦回山枕隐花钿"是少女自己察觉到的,不是别人看出来的。暮春三月,春困逼人,她和衣而卧,不觉沉沉入睡,一觉醒来,才觉察自己凝妆睡去,自己也觉诧异。熏香已残,说明入睡时间已久,见出她睡得那样沉酣香甜。这几句淡淡叙来,不作丝毫修饰,却极旖旎有致。她梦回犹倚山枕,出神地谛看室外的荡漾春光,室内的沉香烟袅,一种潜藏的春思隐约如见。

下片通过几样春物春事来逗动少女的心曲。"海燕未来人斗草,江海已过柳生绵"。古人以为燕子产于南方,春末夏初渡海飞来,故称海燕。"斗草"是用花草赌赛胜负的一种游戏。《荆楚岁时记》:"五月五日,四民并蹋百草,又有斗草之戏。"宋代此俗则在春天。宋吴自牧《梦粱录》卷一:"二月朔谓之中和节,……禁中宫女以百草斗戏。"宋词中描写此戏的亦均在春天,与清照此词所写之时间正合。时节已到寒食,为什么不见燕子飞来呢?女伴们斗草嬉戏,情怀是多么欢畅。江梅花期已过了,杨柳又正在飞花。这些情景,纷至沓来,看起来同这位少女的活动没有什么联系,却正是大有关系。原来这里写的是她的眼中所见、心中所感,是《文心雕龙》所谓的"物色之动,心亦摇焉"(《物色篇》)。如此种种,说明了春事已经过半,正是"一年春事都来几,早过了三之二"(《青玉案》,传为清照词,或为无名氏作),当此时少女的春闺寂寞、情怀撩乱,通过种种"物色"衬托出来,也含有作者的惜春心情。这两句对仗工整,读来却极流利自然,既有动态,更有细微的思想活动,如果把它看作泛泛叙述,就把诗意丧失了。

末尾的"黄昏疏雨湿秋千",写的是一种境界。秋千本是少女喜欢的游戏,尤其是当寒食时节更是无此不欢。诗词中写到的很多,如王维《寒食城东即事》诗的"秋千竞出垂杨里",欧阳修《蝶恋花》词的"欲近禁烟微雨罢,绿杨深处秋千挂",等等。这里出现的情景是黄昏时忽然飘起细雨,把秋千洒湿了。这说明什么呢?同上文又有什么关系呢?这应该也是一种"无可奈何"的情绪的外现,同上两句所写的有精神上的契合,都是少女春日心情的写照。王国维论词,拈出一种"无我之境",谓"无我之境,以物观物,故不知何者为我,何者为物"。结尾"黄昏疏雨湿秋千"一句,颇合此论否?黄了翁《蓼园词选》称此句之"湿"可与"细雨湿流光""波底夕阳红湿"的"湿"字争胜,只赏其一字之工,犹嫌未达。

本篇全用白描。作者抓住熏香、花钿、斗草、秋千这些细小然而富有生活特征的事物,略一点染,就把人物的姿态和内心世界,写得神情活现。　　　(王思宇)

凤凰台上忆吹箫　　　　　　　　　　　　李清照

香冷金猊,被翻红浪,起来慵自梳头。任宝奁尘满,日上帘钩。生怕离怀别苦,多少事、欲说还休。新来瘦,非干病酒,不是悲秋。　　休休!这回去也,千万遍《阳关》,也则难留。念武陵人远,烟锁秦楼。惟有楼前流水,应念我、终日凝眸。凝眸处,

凤凰台上忆吹箫（香冷金猊）　　　　李清照

——明刊本《诗馀画谱》

从今又添，一段新愁。

一般写离情，总是着重写别时如何难分难舍，此首则不然。它略去了别时，只是截取了别前与别后两个横断面，加以深入地开掘。开头一个对句"香冷金猊，被翻红浪"，便给人以冷漠凄清的感觉。金猊，指狻猊（狮子）形铜香炉。"被翻红浪"，语本柳永《凤栖梧》："鸳鸯绣被翻红浪。"说的是锦被胡乱地摊在床上，在晨曦的映照下，波纹起伏，恍似卷起层层红色的波浪。金炉香冷，反映了词人在特定心情下的感受；锦被乱陈，是她无心折叠所致。"起来慵自梳头"，则全写人物的情绪和神态了。这三句读起来工炼沉稳，在舒徐的音节中可以感染到词中人物低沉掩抑的情绪。到了"任宝奁尘满，日上帘钩"，则又微微振起，恰到好处地反映了词人情绪流程中的波澜。然而她内心深处的离愁还未显露，给人的印象只是慵怠或娇慵。慵者，懒也。须知此一慵字乃是"词眼"。炉中香消烟冷，无心再焚，一慵也；床上锦被乱陈，无心折叠，二慵也；鬓鬟蓬松，无心梳理，三慵也；宝镜尘满，无心拂拭，四慵也；而日上三竿，犹然未觉光阴催人；五慵也。慵而一"任"，则其慵态已达极点。词人为何大写"慵"字，目的仍在写愁。使读者从人物的慵态中感到她内心深处有个愁在。

"生怕离怀别苦"，这才接触到题旨。可是词人刚一接触思想实质，便又退缩回去。"多少事，欲说还休"，她有万种愁情，一腔哀怨，本待在丈夫面前尽情倾吐，可是话到嘴边，又吞咽下去。这就使词情多了一层波折，也使她的愁苦加重了一层。前人评此句云："'欲说还休'，与'怕伤郎，又还休道'同意。"（杨慎批点本《草堂诗余》卷四）这种分析通过字面挖掘到词人心灵深处了。因为许多令人不快的事儿，告诉丈夫只有给他带来烦恼。因此她宁可把痛苦埋藏心底，自己折磨自己，这就出现了前面所写的慵怠无力和后面所交代的容颜消瘦。读词至此，我们仿佛窥见词人一颗深情的心。

歇拍三句是上片的警策。本来就是因为伤离惜别才使自己容颜瘦损，偏偏不直截说出。"新来瘦，非干病酒，不是悲秋。"她先从人生的广义概括致瘦的原因：有的人是"日日花前常病酒，不辞镜里朱颜瘦"（冯延巳《鹊踏枝》），有的人是"万里悲秋常作客，百年多病独登台"（杜甫《登高》）。这一些，她都不是，那么她为什么会瘦呢？这就留给读者去想象。

从上片歇拍"悲秋"到下片起句"休休"，是大幅度的跳跃。词人怎样和丈夫分别，怎样饯行，她都省略了，一下子从别前跳到别后，笔法极为精练。"休休！这回去也，千万遍《阳关》，也则难留。"多么深情的语言！《阳关》，即《阳关曲》。

离歌唱了千千遍,终是难留,惜别之情,跃然纸上。"念武陵人远,烟锁秦楼",把双方别后相思的感情作了极其精确的概括。武陵人,用刘晨、阮肇典故,借指心爱之人,如唐人王之涣《惆怅诗》云:"晨肇重来事已迷,碧桃花谢武陵溪。"《北词广正谱》卷三云:"有缘千里能相会,刘晨曾入武陵溪。"而北宋韩琦在《点绛唇》中所写的:"武陵回睇,人远波空翠",意境更与清照此词相仿佛。秦楼,一称凤楼、凤台。相传春秋时有个萧史,善吹箫,作凤鸣,秦穆公以女弄玉妻之,筑凤台以居,一夕吹箫引凤,夫妇乘之而去。李清照化用这两个仙凡相爱的典故,既写她对丈夫赵明诚的思念,也写赵明诚对其妆楼的凝望,意思比一般的辞汇更为丰富和深刻。同时这后一个典故,也暗合调名,照应题意。

　　下片后半段用了顶真格,使各句之间衔接紧凑,而语言节奏也相应地加快,感情的激烈程度也随之增强,词中所写的"离怀别苦"达到了高潮。"惟有楼前流水"句中的"楼前",是衔接上句的"秦楼","凝眸处"是紧接上句的"凝眸"。把它们连起来吟诵,便有一种自然的旋律推动吟诵的速度,而哀音促节便在不知不觉中搏动人们的心弦。《古今词论》引张祖望云:"词虽小道,第一要辨雅俗,结构天成,而中有艳语、隽语、奇语、豪语、苦语、痴语、没要紧语,如巧匠运斤,毫无痕迹,方为妙手。"并举清照此词"惟有楼前流水,应念我终日凝眸"二句,说这是痴语。这个评价可谓揭示了个中真谛。古代写倚楼怀人的不乏佳作,却没有如李清照写得这样痴情的。她心中的"武陵人"越去越远了,人影消失在迷濛的雾霭之中,她一个人被留在"秦楼",呆呆地倚楼凝望。她那盼望的心情,无可与语;她那凝望的眼神,无人理解。唯有楼前流水,映出她终日倚楼的身影,印下她钟情凝望的眼神。流水本是无知之物,怎么会记住她终日凝眸呢? 这不是痴语吗? 情深而至于痴,是由慵而瘦的进一步发展。词笔至此,主题似已完成了,而结尾三句又使情思荡漾无边,留有不尽意味。人们不禁要问:凝眸处,怎么会又添一段新愁呢? 此盖痴痴凝眸之必然结果。自从得知赵明诚出游的信息,她就产生了"新愁",此为一段;明诚走后,"清风朗月,陡化为楚雨巫云;阿阁洞房,立变为离亭别墅"(沈际飞《草堂诗余》正集卷三),此又"新愁"一段也。而今而后,路远天长,其愁将与日俱增矣。

　　这首词写离愁,步步深入,层次井然。前片用"慵"来点染,用"瘦"来形容;后片用"念"来深化,用"痴"来烘托,由物到人,由表及里,层层开掘,揭示到人物灵魂的深处。而后片的"新愁"与前片的"新瘦"遥相激射,也十分准确地表现了"离怀别苦"的有增无已。在结构上,特别要注意"任宝奁尘满"中的"任"字,"念武陵人远"中的"念"字。这是两个去声领格字,承上启下,在词中起着关键性的转捩作用。从语言上看,除了后片用了两个典故外,基本上是从生活语言中提炼出来的,自然中节,一片宫商,富有凄婉哀怨的音乐色彩。前人所谓"以浅俗之语,发清新之思"(邹祗谟《远志斋词衷》),信不虚也!　　　　　　　　　　　　　　(徐培均)

<h2>一　剪　梅　　　　　　　　　李清照</h2>

红藕香残玉簟秋。轻解罗裳,独上兰舟。云中谁寄锦书来?雁字回时,月满西楼。　　　　花自飘零水自流。一种相思,两处闲愁。此情无计可消除,才下眉头,却上心头。

这首词,据题名为元人伊世珍作的《琅嬛记》引《外传》云:"易安结缡未久,明诚即负笈远游。易安殊不忍别,觅锦帕书《一剪梅》词以送之。"但如王学初在《李清照集校注》中所指出:"清照适赵明诚时,两家俱在东京,明诚正为太学生,无负笈远游事。此则所云,显非事实。"何况《琅嬛记》本是伪书,所引《外传》更不知为何书,是不足为据的。玩味词意,这首词决不是作者与赵明诚分别时所写,而是作于远离后。

词的起句"红藕香残玉簟秋",领起全篇。一些词评家,或称此句"有吞梅嚼雪、不食人间烟火气象"(梁绍壬《两般秋雨庵随笔》),或赞赏其"精秀特绝"(陈廷焯《白雨斋词话》)。它的上半句"红藕香残"写户外之景,下半句"玉簟秋"写室内之物,对清秋季节起了点染作用,说明这是"已凉天气未寒时"(韩偓《已凉》诗)。全句设色清丽,意象蕴藉,不仅刻画出四周景色,而且烘托出词人情怀。花开花落,既是自然界现象,也是悲欢离合的人事象征;枕席生凉,既是肌肤间触觉,也是凄凉独处的内心感受。这一兼写户内外景物而景物中又暗寓情意的起句,一开头就显示了这首词的环境气氛和它的感情色彩。

上阕共六句,接下来的五句顺序写词人从昼到夜一天内所做之事、所触之景、所生之情。前两句"轻解罗裳,独上兰舟",写的是白昼在水面泛舟之事,以"独上"二字暗示处境,暗逗离情。下面"云中谁寄锦书来"一句,则明写别后的悬念。接以"雁字回时,月满西楼"两句,构成一种目断神迷的意境。按顺序,应是月满时,上西楼,望云中,见回雁,而思及谁寄锦书来。"谁"字自然是暗指赵明诚。但是明月自满,人却未圆;雁字空回,锦书无有,所以有"谁寄"之叹。说"谁寄",又可知是无人寄也。回文织锦、雁足传书,诗词中滥熟故典。易安在这里无意于用典,不过拈取现成词藻写入句中,习用故不觉耳。可以想见,词人因惦念游子行踪,盼望锦书到达,遂从遥望云空引出雁足传书的遐想。而这一望断天涯、神驰象外的情思和遐想,不分白日或月夜,也无论在舟上或楼中,都是萦绕于词人心头的。

词的换头"花自飘零水自流"一句,承上启下,词意不断。它既是即景,又兼比兴。其所展示的花落水流之景,是遥遥与上阕"红藕香残""独上兰舟"两句相拍合的;而其所象喻的人生、年华、爱情、离别,则给人以"无可奈何花落去"(晏殊《浣溪沙》)之感,以及"水流无限似侬愁"(刘禹锡《竹枝词》)之恨。词的下阕就从这一句自然过渡到后面的五句,转为纯抒情怀、直吐胸臆的独白。

"一种相思,两处闲愁"二句,在写自己的相思之苦、闲愁之深的同时,由己身推想到对方,深知这种相思与闲愁不是单方面的,而是双方面的,以见两心之相印。这两句也是上阕"云中"句的补充和引申,说明尽管天长水远,锦书未来,而两地相思之情初无二致,足证双方情爱之笃与彼此信任之深。前人作品中也时有写两地相思的句子,如罗邺的《雁二首》之二"江南江北多离别,忍报年年两地愁",韩偓的《青春》诗"樱桃花谢梨花发,肠断青春两处愁"。这两句词可能即自这些诗句化出,而一经熔铸、裁剪为两个句式整齐、词意鲜明的四字句,就取得脱胎换骨、点铁成金的效果。这两句既是分列的,又是合一的。合起来看,从"一种相思"到"两处闲愁",是两情的分合与深化。其分合,表明此情是一而二、二而一的;其深化,则诉说此情已由"思"而化为"愁"。下句"此情无计可消除",紧接这两句。正因人已分在两处,心已笼罩深愁,此情就当然难以排遣,而是"才下眉头,却上心头"了。

这首词的结拍三句,是历来为人所称道的名句。王士禛在《花草蒙拾》中指出,这三句从范仲淹《御街行》"都来此事,眉间心上,无计相回避"脱胎而来,而明人俞彦《长相思》"轮到相思没处辞,眉间露一丝"两句,又是善于盗用李清照的词句。这说明,诗词创作虽忌模拟,但可以点化前人语句,使之呈现新貌,融入自己的作品之中。成功的点化总是青出于蓝而胜于蓝,不仅变化原句,而且高过原句。李清照的这一点化,就是一个成功的例子。王士禛也认为范句虽为李句所自出,而李句"特工"。两相对比,范句比较平实板直,不能收醒人眼目的艺术效果;李句则别出巧思,以"才下眉头,却上心头"这样两句来代替"眉间心上,无计相回避"的平铺直叙,给人以耳目一新之感。这里,"眉头"与"心头"相对应,"才下"与"却上"成起伏,语句结构既十分工整,表现手法也十分巧妙,因而就在艺术上有更大的吸引力。当然,句离不开篇,这两个四字句只是整首词的一个有机组成部分,并非一枝独秀。它有赖于全篇的烘托,特别因与前面另两个同样工巧的四字句"一种相思,两处闲愁"前后衬映,而相得益彰。同时,篇也离不开句,全篇正因这些醒人眼目的句子而振起。李廷机的《草堂诗余评林》称此词"语意飘逸，令人省目"，读者之所以特别易于为它的艺术魅力所吸引，其原因在此。

（陈邦炎）

蝶 恋 花 离情　　　　　　　　　　李清照

暖雨晴风初破冻。柳眼梅腮，已觉春心动。酒意诗情谁与共？泪融残粉花钿重。 乍试夹衫金缕缝。山枕斜攲，枕损钗头凤。独抱浓愁无好梦，夜阑犹剪灯花弄。

这首词有选本题作《离情》，又题《春怀》，显系思妇之词。

真挚大胆而又曲折委婉地表达自己的情思，是李清照的擅场。这首词是作者所谓词"别是一家"（《词论》）理论主张的较完美体现，也就是过去评论者所说的："她不向词的广处开拓，却向词的高处求精；她不必从词的传统范围以外去寻新原料，却只把词的范围以内的原料醇化起来，使成更精制的产物。"（傅东华著《李清照》，商务印书馆 1934 年版）的确，这首词的原料是婉约词家常用的良辰美景和离怀别苦，然而经过作者的一番浓缩醇化，却酿出了新意。紧承破题的"柳眼梅腮"，与"绿肥红瘦"（《如梦令》）、"宠柳娇花"（《念奴娇》）相埒，也可以称得上"易安奇句"（沈际飞《草堂诗馀正集》卷四评）。此句之奇在于意蕴丰富，一语双关，既补充起句的景语，又极为简练地刻画出了一个思妇的形象。正是这个姣好的形象，被离愁折磨得坐卧不安，如痴如迷。到底是谁，值得作者如此思念？词中巧妙的构思和设问，收到了如同戏剧悬念般的艺术效果。

明人郎瑛《七修类稿》卷十七说李清照"诸书皆曰与夫同志，故相亲相爱之极"。从词中所表达的那种骰子安红豆般的入骨相思之情上推断，所思之人，必定是其丈夫了。王昌龄的《闺怨》诗，是说"夫婿觅封侯"辜负了春光，而李清照的这首词是说，即使柳萌梅绽，景色诱人，作者也无心观赏，面对大好春光，没有亲人陪伴，只得独自伤心流泪。宜人的美景、华贵的服饰，她全然不顾，在"暖雨晴风"的天气里，竟无情无绪地斜靠在枕头上，任凭首饰枕损。这首词的感情真挚而细腻，形象鲜明而生动，恰似"蛱蝶穿花，深深款款"（《越缦堂读书记》卷八），贴切地表达了作者的"'一别怀万恨，起坐为不宁''忧来如循环，匪席不可卷'"（《柳亭诗话》卷二十七）的对亲人深切眷念的情愫。

词的结句"独抱浓愁无好梦，夜阑犹剪灯花弄"，被称为"入神之句"（《皱水轩词笺》）。此句虽不像"人比黄花瘦"（《醉花阴》）和"怎一个愁字了得"（《声声慢》）

那样被人传诵,然而,就词意的含蓄传神,以及思妇形象的清晰肖妙而言,此句亦颇有意趣。杜甫有"灯花何太喜,酒绿正相亲"(《独酌成诗》)的诗句。相传灯花为喜事的预兆。思妇手弄灯花,比她矢口诉说思念亲人的心事,更耐人寻味,更富感染力。况且,此句的含意尚不止于此。已故女词人沈祖棻先生曾有词云:"风卷罗幕,凉逼灯花如菽。夜深共谁剪烛?"(《涉江词·大酺·春雨和清真》)盼人不归,主人公自然会感到失望和凄苦,这又可以加深上片的"酒意诗情谁与共"的反诘语意,使主题的表达更深沉含蓄。总之,这首词写得蕴藉而不绮靡,妍婉而不纤巧;流畅不失于浅易,怨抑不陷于颓唐:正是一首正宗的婉约词。

清代著名词评家陈廷焯说:"宋闺秀词自以易安为冠。"(《白雨斋词话》卷六)但又说:"葛长庚(道士)词脱尽方外气,李易安词却未能脱尽闺阁气。"(同上)如果这是一种微辞,那末,这首《蝶恋花》恰好证明这一隐约的批评是说中了的。这首词确实使人感到闺阁气太重,诸如"泪融残粉花钿重""乍试夹衫金缕缝,山枕斜敧,枕损钗头凤",这当然是与李清照的身世与生活有关的。但话又说回来,要一个封建时代的妇女填词脱掉闺阁气而且要"脱尽",岂不是也太难了一些?

(陈祖美)

鹧 鸪 天　　　　　　　　　　　　李清照

寒日萧萧上琐窗,梧桐应恨夜来霜。酒阑更喜团茶苦,梦断偏宜瑞脑香。　　秋已尽,日犹长。仲宣怀远更凄凉。不如随分尊前醉,莫负东篱菊蕊黄。

此词写秋日乡愁,为清照晚年流寓越中所作。这首同《菩萨蛮》"风柔日薄春犹早"主题相同,但一写春,一写秋,具体内容和表现手法都有不同。

"皇天平分四时兮,窃独悲此凛秋。白露既下百草兮,奄离披此梧楸。"(宋玉《九辩》)对于心情愁苦的人来说,肃杀的秋天,真是触目成悲。此词开头两句的寒日梧桐,就透出无限凄凉。"萧萧"这里是萧条、寂寞之意。"琐窗"是雕有连琐图案的窗棂。"上"字写出寒日渐渐升高,光线慢慢爬上窗棂,含着一个时间的过程,表明作者在久久地观看着日影,见出她的百无聊赖。梧桐早凋,入秋即落叶,"恨霜"即恨霜落其叶。草木本来无知,梧桐之恨,即人之恨。两句在写景中,绘出了作者的孤独身影和寂寥心情。

因为心情不好,只好借酒排遣,饮多而醉,不禁沉睡,醒来唯觉瑞脑熏香,沁人心脾。三、四两句分别着一"喜"字"宜"字,似乎在写欢乐,实际它不是写喜而是写悲。"酒阑"谓饮酒结束的时候。"团茶"即茶饼,宋代有为进贡而特制的龙团、凤团,印有龙凤纹,最为名贵。欧阳修《归田录》卷二:"茶之品,莫贵于龙、凤,谓之团茶,凡八饼重一斤。"茶能解酒;特喜苦茶,说明酒饮得特别多;酒饮得多,表明愁重。"瑞脑",熏香名,又名龙脑,以龙脑木蒸馏而成。"宜"表面似乎是说香气宜人,实则同首句的寒日一样,是借香写环境之清寂,因为只有在清冷寂静的环境中,熏香的香气才更易散发,因而变得更深更浓,更能使人明显感觉到。

上片是叙事,下片转为抒情,写所以饮酒之故。王粲,字仲宣,山阳高平(今山东邹县)人,十七岁时因避战乱,南至荆州依刘表,不受重视,曾登湖北当阳县城楼,写了著名的《登楼赋》,抒发壮志未酬、怀乡思归的抑郁心情,中有"平原远而极目兮,蔽荆山之高岑……悲旧乡之雍(阻塞)隔兮,涕横坠而弗禁"之句。清照此时心境与王粲怀念故乡的心情相同,故引以自况。秋分以后,即昼短夜长,"秋已尽"时,白天更短,作者由于心情愁苦,因而觉得时光过得太慢,所以仍然感到"日犹长",透露出词人孤身漂泊,思归不得的幽怨之情。深秋本来使人感到凄清,加以思乡之苦,心情自然更加凄凉。"犹""更"这两个虚词,一写主观错觉,一写内心实感,都是在加重描写乡愁。

结尾忽又宕开,故作超脱语。时当深秋,篱外丛菊盛开,那金色的花瓣光彩夺目,使她不禁想起晋代诗人陶潜《饮酒》第五首"采菊东篱下,悠然见南山"的诗句,自我宽解起来:归家既是空想,不如对着尊中美酒,随意痛饮,莫辜负了这篱菊笑傲的秋光。"随分"犹云随便、随意。这两句同作者《菩萨蛮》"故乡何处是,忘了除非醉"意思一样,不过表现方式不同。此片两层意思,都是对上片醉酒的说明:本来是以酒浇愁,却又故作达观之想;表面似乎很达观,实际隐含着无限乡愁。李清照的故乡已被金人占领,所以思乡同怀念故国是紧密结合着的。

此词通篇都从醉酒写乡愁,上片以景物烘托气氛,下片引历史人物抒写悲慨,词意变化有致,凄惋情深。

　　　　　　　　　　　　　　　　　　　　　　　　　　　　　　　　(王思宇)

小　重　山　　　　　　　　　　　　　李清照

春到长门春草青。江梅些子破,未开匀。碧云笼碾玉成尘。留晓梦,惊破一瓯春。　　　　花影压重门。疏帘铺淡月,好黄昏。二年三度负东君。归来也,著意过今春。

此词为清照早年在汴京所作,写初春之景和作者的闲适恬静生活,表现了她喜爱和珍惜春天的心情。

　　从上片结尾看,词的开头是写作者晨起所见。"长门",汉代长安离宫名,汉武帝陈皇后失宠,曾居此。薛昭蕴《小重山》词有"春到长门春草青"句,此词即用其成句,不过薛词是借史事写宫怨,清照写的却是自己。"江梅",遗核所生,非经人工栽培,又名直脚梅,也称野梅,初春开红白色花。陈谢燮《早梅》诗:"迎春故早发,独自不疑寒。"梅可以说是早春的标志。"些子"犹言一些,即少量之意。"未开匀"谓还未普遍开放,此与唐代诗人杨巨源《城东早春》"绿柳才黄半未匀"意趣相同。惟其"未开匀",所以特别新鲜可爱,使人感觉到春天已经来临。这三句既是写景,也是在写作者的惊喜、赞美之情。

　　下面接写饮茶。宋人将茶制成茶饼,饮用时须用茶碾碾成细末,然后煮饮。"碧云笼碾"即讲碾茶。"碧云"指茶叶之色。"笼"指茶笼,贮茶之具。宋庞元英《文昌杂录》云:"(韩魏公)不甚喜茶,无精粗,共置一笼,每尽,即取碾。"秦观《秋月》诗"月团(茶饼名)新碾瀹花瓷",讲的就是碾茶。"玉成尘"既指将茶碾细,且谓茶叶名贵。明冯时可《茶录》云:"蔡君谟谓范文正公,《采茶歌》'黄金碾畔绿尘飞,碧玉瓯中翠涛起',今茶绝品,色甚白,翠绿乃下者,请改为'玉尘飞'、'素涛起',何如?"所论即为此事。唐郑谷《宜春再访芳公、言公幽斋,写怀叙事,因赋长言》诗云"顾渚①一瓯春有味",此词"一瓯春"取义同此,意即一瓯春茶。晓梦初醒,梦境犹萦绕脑际,喝下一杯春茶,才把它驱除。春草江梅,是可喜之景,小瓯品茗,是可乐之事,春天给作者带来无限欢乐。

　　下片并没按照时间顺序接写日间,而是一下过到黄昏。上片重点写花,下片重点写月。"重门"即多层之门。天刚黄昏,月儿即来与人作伴,淡淡的月光,照在稀疏的门帘上,花影掩映,飘散出缕缕幽香,春日的黄昏,是这样恬静,这样香甜,难怪作者止不住要热烈赞叹:"好黄昏!"这是写景,但景中却有一个人——作者。正是她,此刻正在花前月下徘徊流连,沐浴着月之清辉,呼吸着花之清香。末尾三句点明题旨,是一篇结穴。"东君"原为日神,后来演变为春神。南唐成彦雄《柳枝词》:"东君爱惜与先春。"词中即指春天。农历遇闰年,一年中首尾常有两个立春日的情况。"二年三度"是在加重表现下面痛惜之情。"负东君",这里特就汴京之春而言。京师的春光是这样迷人,即使一年一度辜负了它,也非常可惜,何况两年中竟有三度把它辜负,这该令人何等痛惜呢!正因为如此,所以此次归来,一定要用心地好好度过汴京今年这个无比美好的春天。

　　词中只写晨、昏,其日间之"著意"领略春光情景,可以想象得之。据载清照"能画"②,此词即全用画笔。"疏帘"两句历来为人传颂。《问蘧庐随笔》云:"荆公《桂枝香》作名世,张东泽用易安'疏帘淡月'语填一阕,即改《桂枝香》为《疏帘

淡月》。"(见况周颐《漱玉词笺》引)可见它的影响。   （王思宇）

〔注〕 ① 顾渚：山名。宋乐史《太平寰宇记》："长兴县：顾渚，在县西北三十里。昔吴王夫概，顾其渚次，原隰平衍，为都邑之所。今崖谷林薄之中，多产茶茗，以充岁贡。"其茶即名"顾渚"。 ② 明张丑《清河书画舫》申集，谓古来闺秀工丹青者，有李易安、管道昇之竹石云云。

怨 王 孙   李清照

湖上风来波浩渺，秋已暮、红稀香少。水光山色与人亲，说不
尽、无穷好。   莲子已成荷叶老，清露洗、蘋花汀草。眠沙
鸥鹭不回头，似也恨、人归早。

李清照本是描写离情别绪的高手，她能够以女性那种特有的方式、体味和情
怀，把人们内心世界中所具有的抽象的愁思依恋，细腻地、温婉地然而又十分深
刻地具体化、形象化，以至凡属情感领域的任何波澜，只要经过她的手形诸笔端，
便呈现了具有鲜明特色的阴柔之美。不过，这并不是说她的描写其他事物的词
作就不值一顾，恰恰相反，她的一些写景词也达到了很高的成就，本词就是一阕
成功之作。

本词写的是特定的深秋景色。开头用"湖上风来"句就令人感到不俗，避开
了常见的老套。作者是从湖面水波上先看到了深秋的。秋高气爽，便常见风平
波静，而一旦朔风初起，便会吹起悠远的水波，它宣告着深秋到了。所以，接写的
"秋已暮"便自然合榫、水到渠成了。而一句"红稀香少"，更通过自然界色彩和气
味的变化，进一步点染了深秋的景观。大自然总是宜人的，深秋季节却别有滋
味，在这里，作者不说人们如何的喜爱山水，倒说"水光山色与人亲"，将大自然人
情化、感情化了，这就使行文生动。正是这"与人亲"，方换得人与景亲，也才能真
的领略到大自然的水光山色中的景物美，所以，作者所说的"说不尽、无穷好"才
显得言之有根，才显得是肺腑之言，是从心田深处发出的真诚的赞颂之语。

下片虽然仍是对深秋景色的继续描绘，但却不是简单的重复，作者摄入词作
的镜头不但由远及近、从宏观到微观、从笼统到具体，而且表现的方式也有了变
换。不过，这些又是在上片词作的前提下去叙写的。莲实叶老、露洗蘋草，都标
示着深秋的时令，人所共见，却易于忽略，一经作者点染，便觉秋意袭人。而在沙
滩上勾头缩颈睡眠的鸥鹭等水鸟，对于早早归去的人们头也不回，似乎以此表示
了它们的不满。在这里，鸥鹭也人格化了，与上片的山水的感情化是同样手
法，但却一反上片的山水"与人亲"，而为鸥鹭对人恨，这一亲一恨之间就带给读
者以清新多样之感，且通过人们在郊外的不能久留，更深一层地透露出深秋的

到来。

人们常说，诗人骚客多愁善感，我以为"多愁"未必，"善感"却诚然，作家对社会和自然不能不特别敏感，不能不引起思考并积极反映。这本是文学艺术家的职业特点，无须奇怪，倒是这种思考和反映往往各具特征，呈现出鲜明的个性，这才值得人们的特别注意。李清照的文学个性是什么，仅仅用一、二阕词当然是说不清楚的，然而这阕《怨王孙》却也有所显露，比如，造景的清新，描写的细密，真是心细如发；拟人化手法的巧妙运用，达到了物我两接，融情于景的文学境界；而口语、俗语的锻炼，更显得洒脱不凡。不过，这也都是需要细心体味的。

（魏同贤）

临 江 仙①　　　　　　　　　李清照

庭院深深深几许？云窗雾阁常扃②。柳梢梅萼渐分明。春归秣陵③树，人老建康④城。　　　感月吟风多少事，如今老去无成。谁怜憔悴更雕零。试灯⑤无意思，踏雪没心情。

〔注〕 ①一、此词本曾慥辑录之《乐府雅词》，该书成于绍兴十六年，时清照尚健在。别本有异文："人老"，《历代诗馀》作"人客"；"建康城"，《花草粹编》作"建安城"；下片煞拍二句《花草粹编》《历代诗馀》并作"灯花共结蕊，离别共伤情"，均不可从。二、此词后人所辑《漱玉词》引易安居士序：欧阳公作《蝶恋花》有"深深深几许"之句，予酷爱之，用其语作"庭院深深"数阕，其声则旧《临江仙》也。按：《乐府雅词》所收此词无序，王半塘辑《漱玉词》亦无序。《草堂诗馀》所引序文中有"其声则旧《临江仙》也"之语，似事后追述，非原有序文。兹从《乐府雅词》不补序。②扃(jiōng)：关也。 ③秣陵：古地名，即今南京。 ④建康：古地名，即今南京。 ⑤试灯：正月十五为元宵灯节，节前预赏，谓之试灯。

此词作于建炎三年（1129）初春，是胡马饮河、宋室南渡的第三个年头。词上片结拍"春归秣陵树，人老建康城"十个字，沉痛地写她流离迁徙，岁月蹉跎的悲叹。建炎元年，赵构初即帝位于南京（河南商丘），起用李纲为相。时四方勤王之师都向行在结集，士气振旺，如能誓师北伐，中原恢复，计日可待。但当时昏庸自私的小朝廷，罢力主抗金的宰相李纲，任用奸邪黄潜善、汪伯彦之辈。他们已经在南京建造宫室，预备巡幸游乐，早把中原抛在脑后。建炎三年，岳飞曾上书斥黄潜善、汪伯彦奉驾益南，奏请恢复中原。朝廷还责他越职上书，罢他的官。清照《临江仙》词中的"人老建康城"，不单是她个人的悲叹，而且道出了成千上万想望恢复中原的人之心情。

这首《临江仙》词的内容，不是闺情，而是史诗。起韵首句用欧阳文忠公《蝶恋花》词首韵"庭院深深深几许"全句，连叠三个"深"字，乃比兴之作。其时，主和、逃窜、投降,是高宗的三个步骤。权奸当道,天罗地网,无人敢言兵,爱国志士,只有忍气吞声,深藏不出。词人借用欧阳文忠公三个"深"字,是隐喻,是史笔;首韵第二句:"云窗雾阁常扃"是用韩文公《华山仙女诗》"云窗雾阁事恍惚,重重翠幕深金屏",再加强"深"的意境,"常扃"与陶靖节《归去来辞》"门虽设而常关",同一机杼,孤寂之心,忧愤之情,跃然纸上。词境静穆,不言愁苦,而使人更难为怀。次韵"柳梢梅萼渐分明",写景如画,不设色,淡墨勾线,着一"渐"字,为下文结拍点睛之笔"春归秣陵树,人老建康城"铺叙,合时、地而成境界。"春归",时间概念;"秣陵树"空间概念,意谓南宋偏安建康又一度春光来临了;"人老","老"字,时间概念,"建康城"空间概念,痛北人将老死南陲,合时与地创造出悲恸欲绝的境界,大有"人生到此,天道宁论"之慨。上片纯用"引古""比兴"诸法度,全词结构如此严密,转换排奡,波澜起伏,非大手笔莫办。

上片以"境界"胜,下片则直抒胸臆,以言情胜。首韵"感月吟风多少事,如今老去无成",今昔对比,无限感喟。周煇《清波杂志》云:"顷见易安族人言,明诚在建康日,易安每值大雪,即顶笠披蓑,循城远览以寻诗。"周煇此条中未载其诗,而庄绰《鸡肋编》却道出此中消息。其卷中云:"……其后胡人连年以深秋弓劲马肥入寇,薄暑乃归。远至湖湘、二浙,兵戈扰攘,所在未尝有乐土也。自是越人至秋亦隐山间,逾春乃出。人又以《千字文》为戏曰:'彼则寒来暑往,我乃秋收冬藏。'时赵明诚妻李氏清照,亦作诗以诋士大夫云:'南渡衣冠欠王导,北来消息少刘琨。'又云:'南游尚觉吴江冷,北狩应悲易水寒。'后世皆当为口实矣。"我以为周煇、庄绰这两段记述,可作《临江仙》下片首韵的注脚。建炎之初,清照抒写了许多语悲意明的政治诗,希望朝廷能以社稷苍生为重,谁知中原恢复大业竟至蹉跎。词人面对着南渡偏安的悲剧,既伤北宋之亡,又痛平生所业尽付东流,百感交集。次韵"谁怜憔悴更雕零"。此时宗泽已忧愤而卒,李纲亦被挤罢去,谁来收拾这破碎的山河呢?全词煞拍"试灯无意思,踏雪没心情",以写实结。元宵在北宋是万民同乐的灯节,试灯,乃北宋官民预赏灯节之俗,今则"试灯无意思";清照初到建康,踏雪登石头城,北望中原,今则大势已去,恢复无望,而金兵日炽,结拍写的是惨酷的现实,令人掩卷唏嘘。

南渡以后,清照的词风,从清新俊逸、排奡神骏,变为苍凉沉郁,这首《临江仙》是她南渡以后遗留下来的第一首能准确编年的词作。南宋奸人横暴,文网极密,文士阽塞当途,其身危,其心苦,不得不用比兴深微、曲折含蓄的笔法,来寄托故国之思,这种险恶的政治环境,使清照词的风格趋向曲折深隐。南宋辛弃疾、陆游、刘辰翁等爱国词人都同其词风。

(黄墨谷)

醉　花　阴　　　　　　　　　李清照

薄雾浓云愁永昼,瑞脑消金兽。佳节又重阳,玉枕纱厨,半夜
凉初透。　　　东篱把酒黄昏后,有暗香盈袖。莫道不消魂,帘
卷西风,人比黄花瘦。

旧题元代伊世珍撰的《瑯嬛记》记载:"易安以重阳《醉花阴》词函致赵明诚。
明诚叹赏,自愧弗逮,务欲胜之。一切谢客,忘食忘寝者三日夜,得五十阕,杂易
安作以示友人陆德夫。德夫玩之再三,曰:'只三句绝佳。'明诚诘之,答曰:'莫道
不消魂,帘卷西风,人比黄花瘦。'正易安作也。"这个故事未必可靠,但说明《醉花
阴》颇有艺术特色,特别"莫道"三句妙绝,非他人所能及。

这首词表面上写词人深秋时节的孤独寂寞之感,实际上,她所表现的,是词
人在重阳佳节思念丈夫的心情。先从天气写起。"薄雾浓云愁永昼",这一天从
早到晚,天空都是布满着"薄雾浓云",这种阴沉沉的天气最使人感到愁闷难捱。
外面天气不佳,只好待在屋里。"瑞脑消金兽"一句,便是转写室内情景:她独自
个儿看着香炉里瑞脑香的袅袅青烟出神,真是百无聊赖啊! 又是重阳佳节了,天
气骤凉,睡到半夜,凉意透入帐中枕上,对比夫妇团聚时闺房的温馨,真是不可同
日而语。上片寥寥数句,把一个闺中少妇心事重重的愁态描摹出来。她走出室
外,天气不好;待在室内又闷得慌;白天不好过,黑夜更难捱;坐不住,睡不宁,真
是最难将息。究竟有什么心事呢? 词人没有明白说出,读者能猜着几分。"佳节
又重阳"这句不可轻轻放过。古人对重阳节(九月九日)是十分重视的。这天亲
友团聚,相携登高,佩茱萸,饮菊酒。王维《九月九日忆山东兄弟》诗曰:"独在异
乡为异客,每逢佳节倍思亲。遥知兄弟登高处,遍插茱萸少一人。"李清照写出
"瑞脑消金兽"的孤独感后,马上接以一句"佳节又重阳",显然有弦外之音,暗示
当此佳节良辰,丈夫不在身边。"遍插茱萸少一人",怎叫她不"每逢佳节倍思亲"
呢! "佳节又重阳",一个"又"字,是有很浓的感情色彩的,突出地表达了她的伤
感情绪。紧接着两句:"玉枕纱厨,半夜凉初透。"丈夫不在家,玉枕孤眠,纱厨(即
纱帐)独寝,又会有什么感触! "半夜凉初透",看来不只是时令转凉,更是别有一
番凄凉滋味在心头呢!

词的下片回过头来写重九这天赏菊饮酒的一幕。把酒赏菊本是重阳佳节的
一个主要节目,大概为了应景吧,李清照在屋里闷坐了一天,直到傍晚,才强打精
神"东篱把酒"来了。可是,她哪有陶渊明"采菊东篱下"的雅兴呢,"三杯两盏淡

酒”，并未能宽解一下自己的愁怀，反而在她的心中掀起了更大的感情波澜。重阳是菊花节，菊花开得极盛极美，她一边饮酒，一边赏菊，染得满身花香。然而，她又不禁触景伤情，菊花再美，再香，也无法送给那劳燕分飞的远人。所以她实在写不出那“东篱把酒”的节日气氛，只写了一句“有暗香盈袖”，与其说这是写赏菊，毋宁说仍是写愁情。这句词化用了《古诗十九首》“馨香盈怀袖，路远莫致之”句意，暗写她无法排遣的对丈夫的思念。俗话说，借酒浇愁愁更愁，此时她心中愁情万斛，“黯然销魂者，唯别而已矣！”(江淹《别赋》)她实在情不自禁，哪还有饮酒赏菊的意绪，于是匆匆离开东篱，回到闺房。晚来风急，瑟瑟西风把帘子掀起了，人感到一阵寒意。联想到刚才把酒相对的菊花，菊瓣纤长，菊枝瘦细，而斗风傲霜，人则悲秋伤别，消愁无计，此时顿生人不如菊之感。“人比黄花瘦”之句，取譬多端，含蕴丰富，以此结穴，情思无尽。

　　此词艺术上一个特点是“物皆著我之色彩”，从天气到瑞脑金兽、玉枕纱厨、帘外菊花，词人用她愁苦的心情来看这一切，无不涂上一层愁苦的感情色彩。在结构上，自起句至“有暗香盈袖”，都是铺叙笔法，而把节日离索的刻挚深情留在结拍，使它如高峰突起。“莫道不消魂，帘卷西风，人比黄花瘦”，成为全篇最精彩之笔。

　　以花木之“瘦”，比人之瘦，诗词中不乏类似的句子，如：“依旧，依旧，人与绿杨俱瘦”(秦观《如梦令》)；“人瘦也，比梅花，瘦几分”(程垓《摊破江城子》)，然而它们都远不及“人比黄花瘦”精彩，何也？《瑯嬛记》提到赵明诚那位友人陆德夫，在谈到这首《醉花阴》词时说：“三句绝佳。”他不是单拈出一句“人比黄花瘦”来，这是很有道理的。这是因为正是“莫道不消魂，帘卷西风，人比黄花瘦”这三句，才共同创造出一个凄清寂寥的深秋怀人的境界。“莫道不消魂”，是直接对“东篱把酒”说的，使“人似黄花”的比喻，与全词的整体形象结合得十分紧密，而且极有情思。“帘卷西风”一句，更直接为“人比黄花瘦”句作环境气氛的渲染，使人想象到一幅西风瘦菊、佳节冷落、佳人对花兴叹、怜花自怜的图画。如果没有时令与环境气氛的烘托，孤零零地说一句“人比黄花瘦”，就与说“人与绿杨俱瘦”“人比梅花瘦几分”一样，是简单的类比，没有多少深厚的意境了。　　　　　　　　　　　　(高　原)

行　香　子　　　　　　　　　　　　　　李清照

草际鸣蛩，惊落梧桐。正人间天上愁浓。云阶月地，关锁千重。纵浮槎来，浮槎去，不相逢。　　星桥鹊驾，经年才见，想离情别恨难穷。牵牛织女，莫是离中。甚霎儿晴，霎儿雨，霎儿风。

此词《历代诗馀》题作"七夕",借咏牵牛织女事抒写人间离恨,可能是清照同丈夫赵明诚离居时所作,具体年代则难以确定。

每年七月七日夜里,人们看见银河两岸的织女星和牵牛星,想起关于他们的美丽传说,想到他们长年离别的不幸遭遇,无不欷歔感叹。对于此时正亲尝别离之苦的作者说来,当此之夕,她的心自然更加不能平静。此词一开头,我们就听到她的叹息之声。"鸣蛩",又名吟蛩,即蟋蟀,写它与梧桐,都是在写静夜:夜是那么静,草丛中蟋蟀的叫声是那么清晰,连梧桐的叶子掉在地上也能听到。这两句全写听觉,梧叶落不是看见而是听到的。寒蛩哀鸣,梧叶凋落,这凄清之景,不仅增强了下句的感伤情调,而且给全词笼罩上一层凄凉的气氛。"正人间天上愁浓"是作者仰望牵牛、织女发出的悲叹。"天上"暗点出牵牛、织女。七夕虽为牵牛、织女相会之期,然而相会之时即为离别之日,"怅怅一宵促,迟迟别日长"(晋苏彦《七月七日咏织女》),倾诉一年来的别离之苦,想到今夜之后又要分别一年,心情自然痛苦。"人间"包括作者和一切别离中的男女。想到牵牛、织女今夜尚能相见,自己却无此机会,而且,他们之中,有的可能已两年、三年甚至更长时间处在别离之中,内心的悲愁,可以想见。"愁浓"二字,包含着无限辛酸。

望着银河,望着银河边的云、月,作者陷入更深的沉思,在幻觉中进入了想象中的天上世界。"槎"是用竹木编成的筏子,可以渡水。晋张华《博物志》记载了一个传说:据说天河(银河)同海相通,从前有人做了个大木筏,上面建造了房子,乘着它从海上出发,航行十余天,到了天上,见有城郭房舍,非常壮丽,望见织女在宫中织布,牵牛在天河岸边饮牛。作者也想去到天上,既是为了去劝慰牵牛、织女,也以自慰,但转念又想,天宫以月为地,以云为阶,重重关锁,即使她像昔人那样乘槎去到天上,又乘槎回来,也不能同织女、牵牛相逢。杜牧《七夕》诗云:"云阶月地一相过(此字读阴平),未抵经年别恨多。最恨明朝洗车雨,不教回脚渡天河。"词意本此。这几句字面虽写天上,用意则在人间。"关锁"而至"千重",极言阻隔之深,致使有情男女不得会合团聚。

下片引神话传说写牵牛织女事,仍是作者仰望银河双星时浮现出来的想象中的天上世界。传说夏历七月七日夜群鹊在银河衔接为桥渡牵牛织女相会,称为"鹊桥",也称"星桥"。唐李商隐《七夕》诗"星桥横过鹊飞回",所咏即此。"驾",这里意同架。分别一年,只得一夕相会,离情别恨,自然年年月月日日,永无穷尽。"想"字包含着对牵牛织女的痛惜、体贴和慰藉意,还起着逗出下文的作用。正当人们悲慨牵牛织女常年别离时,刚刚相会的他们,又在别离了。"莫是离中"的"莫"为猜疑之词,即大概,大约之意。结尾三字用一"甚"字总领,与上片末三句句式相同,为此词定格。"甚"这里是时间副词,作"正当""正值"的"正"解释。"霎儿"是口语,指短暂的时间,犹言一会儿。几句意谓,天这么一会儿晴,一会儿雨,一会儿又刮风,大约织女、牵牛已在分离了吧? 这几句语意双关,构思新颖:用天气的阴晴变化,隐喻人的悲喜交集,由喜而悲;而风起云飞,双星隐没,又自然使人想到牵牛、织女的含恨别去。叠用三个"霎儿",逼肖烦闷难耐声口,写得幽怨不尽。昔人指出辛弃疾《行香子·三山作》"放霎时阴,霎时雨,霎时晴"即脱胎易安(清况周颐《漱玉词笺》引《问蘧庐随笔》),可见人们对它的赏识。牵牛、织女正是人间别离男女的化身,对他们不幸遭遇的叹恨,正是对人间离愁别情的叹恨。

　　此词除首两句外,全用神话传说写成。神话传说本来富于想象,作者引用时又加以变化发挥,使境界更加奇丽。词中将天上的别恨同人间的离情融为一体,"以寻常语度入音律"(宋张端义《贵耳集》),"能曲折尽人意"(宋王灼《碧鸡漫志》),读来凄恻动人。　　　　　　　　　　　　　　　　　　　　(王思宇)

鹧　鸪　天　　　　　　　　　　　　　李清照

　　暗淡轻黄体性柔,情疏迹远只香留。何须浅碧深红色,自是花中第一流。　　　梅定妒,菊应羞。画栏开处冠中秋。骚人可煞无情思,何事当年不见收。

　　咏物诗词一般以咏物抒情为主,绝少议论。李清照的这首咏桂词一反传统,以议论入词,又托物抒怀。咏物既不乏形象,议论也能充满诗意,堪称别开生面。

　　"暗淡轻黄体性柔,情疏迹远只香留。"短短十四字却形神兼备,写出了桂花的独特风韵。上句重在赋"色",兼及体性;下句重在咏怀,突出"香"字。据有关记载,桂树花白者名银桂,黄者名金桂,红者为丹桂。它常生于高山之上,冬夏常青,以同类为林,间无杂树。又秋天开花者为多,其花香味浓郁。色黄而冠之以"轻",再加上"暗淡"二字,说明她不以明亮炫目的光泽和秾艳娇媚的颜色取悦于人。虽色淡光暗,却秉性温雅柔和,像一位恬静的淑女,自有其独特的动人风韵,令人爱慕不已。她又情怀疏淡,远迹深山,唯将浓郁的芳香常飘人间,犹如一位隐居的君子,以其高尚的德行情操,赢得了世人的敬佩。

　　首二句咏物,以下转入议论。"何须浅碧深红色,自是花中第一流。"花自以红为美,而碧牡丹、绿萼梅尤名贵,这是一般人的审美观点。在李清照看来,品格的美、内在的美尤为重要。"何须"二字,把仅以"色"美取胜的群花一笔荡开,而推出色淡香浓、迹远品高的桂花,大书特书,许为"自是花中第一流",这是第一层议论。

"梅定妒,菊应羞,画栏开处冠中秋。"为第二层议论。李清照一生酷爱梅花,咏梅词达五首之多。"香脸半开娇旖旎,当庭际,玉人浴出新妆洗"(《渔家傲》),这是写其柔媚洁丽之娇态;"红酥肯放琼苞碎"(《玉楼春》),这是写其苞蕾红润晶莹,如琼玉缀枝。但她在"暗淡轻黄体性柔"的桂花面前,却不能不油然而生忌妒之意。菊花在清照的笔下,"清芬酝藉","雪清玉瘦"(《多丽》),然而,面对"情疏迹远只香留"的桂花,也只有掩面含羞,自叹弗如了。接着又从节令上着眼,称桂花为中秋时节的花中之冠。"画栏开处",暗用李贺《金铜仙人辞汉歌》中的诗句"画栏桂树悬秋香"。

"骚人可煞无情思,何事当年不见收",为第三层议论。这里,词人推开一步,不再就花论花,而是从评说古人下笔。屈原当年作《离骚》,遍收名花珍卉,以喻君子修身美德,唯独桂花不在其列。清照很为桂花抱屈,因而毫不客气地批评了这位先贤,说他情思不足,竟把香冠中秋的桂花给遗漏了,岂非一大遗恨。与清照同时的陈与义,在《清平乐·木犀》词中也说:"楚人未识孤妍,《离骚》遗恨千年。"可谓不谋而合。

李清照的这首咏物词咏物而不滞于物。其间或以群花作比,或以梅菊陪衬,或评骘古人,从多层次的议论中,形象地展现了她那超尘脱俗的美学观点和对桂花由衷的赞美和崇敬。

那么,李清照何以对貌不出众、色不诱人的桂花如此推崇备至呢?言为心声,其中自有特定的情怀寓焉。由于北宋末年党争的牵累,李清照的公公赵挺之死后,她曾随丈夫赵明诚屏居乡里约十年之久。摆脱了官场上的钩心斗角,离开了都市的喧嚣纷扰,归来堂上悉心研玩金石书画,易安室中畅怀对饮、唱和嬉戏,给他们的隐退生活带来了蓬勃的生机和无穷的乐趣。他们攻读而忘名,自乐而远利,双双沉醉于美好、和谐的艺术天地中。此情此境,和桂花那种"暗淡轻黄""情疏迹远"、但求馥香自芳的韵致是何等的相似啊!

(朱德才)

念 奴 娇　　　　　　李清照

萧条庭院,又斜风细雨,重门须闭。宠柳娇花寒食近,种种恼人天气。险韵诗成,扶头酒醒,别是闲滋味。征鸿过尽,万千心事难寄。　　　楼上几日春寒，帘垂四面，玉阑干慵倚。被冷香销新梦觉，不许愁人不起。清露晨流，新桐初引，多少游春意。日高烟敛，更看今日晴未？

此词一本调名作《壶中天慢》，选本题作"春情"或"春日闺情"。根据词意，当作于南渡之前。词人十八岁时与赵明诚结婚，夫妇间志同道合，伉俪情深。明诚出仕在外，词人独处深闺，每当春秋暇日，一种离情别绪便油然而生。这首词便是写春日离情的。前人对它曾有所訾议，清人许昂霄评曰："此词造语固为奇俊，然未免有句无章。"（《词综偶评》）此论并不公允。从章法上讲，此词从上片的天阴写到下片的天晴，从前面的愁绪萦回到后面的情怀轩朗，写来条贯雅饬，层次井然；而感情的起伏始终与天气的变化相适应，融情入景，自然邃密，堪称浑成之作。

起首二句，写词人所处的环境，给人以寂寞幽深的感觉。庭院深深，寂寥无人，已令人伤感；兼以细雨斜风，则景象之萧条，心境之凄苦，尤足感怆。一句"重门须闭"，写词人要把门儿关上，实际上她是想关闭心灵的窗户，省却无端的烦恼。歇拍"万千心事"，也在这里设下了伏笔。

"宠柳娇花寒食近，种种恼人天气"，这两句既宕开，又联系。由斜风细雨，而想到宠柳娇花，正像《如梦令》中在雨疏风骤之后想到海棠一样，这里既倾注了对美好事物的关心，也透露出惆怅自怜的感慨。花耶人耶，几不可辨。在遣辞造句上，也显示了词人独创的才能。明人王世贞云："'宠柳娇花'，新丽之甚。"（《弇州山人词评》）宋人黄昇云："前辈尝称易安'绿肥红瘦'为佳句，余谓此篇'宠柳娇花'之句，亦甚奇俊，前此未有能道之者。"（《花庵词选》）此四字所以如此得人称赞，盖以其字少而意深，事熟而句生，足见锤炼功夫。其中可以引申出这么一些意思：春近寒食时节，化工造就了垂柳繁花，可见大自然对花柳的宠爱；人来柳阴花下流连玩赏，花与柳便也如宠儿娇女，成为备受人们爱怜的角色。其中又以人之宠爱为主体，从下句"恼人天气"四字自然映出：奈何临近寒食清明这种多雨季节，游赏不成，只好深闭重门，故曰"种种恼人天气"，而花受风雨摧残，也在"恼人"之列。这句话对上面"又斜风细雨"一句，也是一个带有强烈感情色彩的补充。

"险韵诗成，扶头酒醒，别是闲滋味"，由天气、花柳，渐次写到人物。"险韵诗"，指用冷僻难押的字押韵作诗。"扶头酒"是饮后易醉的一种酒。风雨之夕，词人饮酒赋诗，借以排遣愁绪，然而诗成酒醒之后，无端愁绪重又袭上心头，"别是闲滋味"。一"闲"字,将伤春念远情怀,暗暗逗出,耐人寻味。歇拍二句,为整个上阕点睛之笔。相传鸿雁于春分时北归,时近寒食,故征鸿业已过尽。这里仅是虚写,实际上是用鸿雁传书的典故,暗寓赵明诚走后,词人欲寄相思,而信使难逢。由于胸中藏有"万千心事",故词人怕听雨声,欲将重门紧闭,对三春花柳不能赏玩,故产生恼怨之情,饮酒浇愁,赋诗遣兴……然而"万千心事",关它不住,遣它不成,寄也无方,最后还是把它深深地埋藏心底。这样的描写,可谓入木三分,刻挚无比了。

换头从眼前风雨拓开一层,写"几日春寒",然仍承"万千心事"意脉。连日阴霾,春寒料峭,词人楼头深坐,帘垂四面。"帘垂四面",是上阕"重门须闭"的进一步发展,既关上重门,又垂下帘幕,则小楼之幽暗可知;楼中人情怀之索寞,亦不言而喻了。"玉阑干慵倚",刻画词人无聊意绪,而隐隐离情亦在其中。征鸿过尽,音信无凭,纵使阑干倚遍,亦复何用!此语虽淡,而情实深。阑干慵倚,楼内寒深,枯坐更加愁闷,于是词人唯有恹恹入睡了。可是又感罗衾不耐春寒,渐渐从梦中惊醒。明人李攀龙评此句云:"心事托之新梦,言有寄而情无方,玩之自有意味。"(《草堂诗余隽》卷一引)可见上片"万千心事",为下片致梦之由。心事无人可告,唯有托诸梦境;而梦乡新到,又被寒冷唤回。其辗转难眠之意,凄然溢于言表。"不许愁人不起",多少无可奈何的情绪,都包含在这六字之中,因此明人陆云龙评曰:"苦境,亦实境。"(《词菁》卷二)所谓苦境者,谓词人为离情所折磨而痛苦不堪;所谓实境者,谓词人因明诚外出而实有此情,并非虚构。从语言上看,此句"用浅俗之语,发清新之思",可谓"词意并工,闺情绝调"(《金粟词话》)。谱入音律,字字工稳,音韵谐婉,令人玩味不尽。

从"清露晨流"到篇终,词境为之一变。在此以前,词清调苦,婉曲深挚;在此以后,清空疏朗,低徊蕴藉。"清露晨流,新桐初引"(引,长也),用《世说新语·赏誉》篇中成句,写晨起时庭院中景色。从"重门须闭"、"帘垂四面",至此帘卷门开,顿然令人感到一股盎然生意。这在词的作法上叫做"宕开",曲折变化,盘旋尽致。如果只是紧承前意,照直写去,便显得沾滞、板直,情味索然。清人毛先舒说:"尝论词贵开宕,不欲沾滞,忽悲忽喜,乍远乍近,斯为妙耳。如游乐词须微著愁思,方不痴肥。李《春情》词本闺怨,结云'多少游春意','更看今日晴未',忽尔拓开,不但不为题束,并不为本意所苦,直如行云舒卷自如,人不觉耳。"(《诗辨坻》)此段确是方家之论。凡词无非言情,而情总不外乎喜怒哀乐。写游乐而著以微愁,写悲哀而衬以喜悦,使词情起伏跌宕,复杂多变而不致单一,此乃词家三昧。这首词正是如此。此词结句还有一个妙处:日既高,烟既收,本是大好晴天，但词人还要"更看今日晴未"，说明春寒日久，阴晴不定，即便天已放晴，她还放心不下；暗中与前面所写的风雨春寒相呼应，词心之细，脉络之清，令人叹服。而以问句作结，则尤饶有余不尽的意味，读后颇感情波荡漾，沁人心脾。

（徐培均）

永 遇 乐　　　　　　　　　　　　李清照

落日熔金，暮云合璧，人在何处？染柳烟浓，吹梅笛怨，春意知
几许！元宵佳节，融和天气，次第岂无风雨？来相召，香车宝
马，谢他酒朋诗侣。　　　　中州盛日，闺门多暇，记得偏重三五。
铺翠冠儿，撚金雪柳，簇带争济楚。如今憔悴，风鬟霜鬓，怕见
夜间出去。不如向、帘儿底下，听人笑语。

在诗词中，以元宵灯节为题材的优秀作品不少，大多是铺陈渲染元夕的热闹景象，即使像有所托寓的辛弃疾词《青玉案·元夕》也不例外。李清照这首元夕词，却一反常调，以今昔元宵的不同情景作对比，抒发了深沉的盛衰之感和身世之悲。宋张端义《贵耳集》说："易安……南渡以来，常怀京洛旧事。晚年赋元宵《永遇乐》词。"可见本篇当是词人晚年流寓南宋都城临安期间所作。

上片写今年元宵节的情景。起手两句着力描绘元夕绚丽的暮景：落日的光辉，像熔解的金子，一片赤红璀璨；傍晚的云彩，围合着璧玉一样的圆月。两句对仗工整，辞采鲜丽，形象飞动。晴明的暮景预示今年元宵将有一番热闹景象。但紧接着一句"人在何处"，却是一声充满迷惘与痛苦的长叹。这里包含着词人由今而昔、又由昔而今的意念活动。置身表面上依然热闹繁华的临安，恍惚又回到"中州盛日"，但旋即又意识到这只不过是一时的幻觉，因而不由自主地发出"人在何处"的叹息。这是一个饱经丧乱的人在似曾相识的情景面前产生的迷惘和痛苦的心声。它接得突兀，正由于是一时的感情活动，而不是理智的思索和沉静的回忆。这中间有许多省略，读来感到含蕴丰富，耐人咀嚼。

"染柳烟浓，吹梅笛怨，春意知几许！"接下来三句，又转笔写初春之景：在浓浓的烟霭的熏染下，柳色似乎深了一些；笛子吹奏出哀怨的《梅花落》曲调，原来先春而开的梅花已经凋谢了。这眼前的春意究竟有多少呢？"几许"是不定之词，具体运用时，意常侧重于少。"春意知几许"，实际上是说春意尚浅。这既符合元宵节正当初春的季节特点，也切合词人此时的心情。词人不直说梅花已谢而说"吹梅笛怨"，显然是暗用李白"一为迁客去长沙，西望长安不见家。黄鹤楼

中吹玉笛,江城五月落梅花"诗意,借以抒写自己怀念旧都的哀思。正因为这样,虽有"染柳烟浓"的春色,也只觉"春意知几许"了。

"元宵佳节,融和天气,次第岂无风雨?""元宵"二句承上描写作一收束。佳节良辰,应该畅快地游乐了,却又突作转折,说转眼间难道就没有风雨吗?(次第,当时口语,很快的意思。)这仿佛有些无端忧虑。但正是这种突然而起的"忧愁风雨"的心理状态,深刻地反映了词人多年来颠沛流离的境遇和深重的国难家愁所形成的特殊心境,因此,当前的良辰美景自然引不起她的兴趣,下文的辞谢酒朋诗侣也显得顺理成章了。

"来相召,香车宝马,谢他酒朋诗侣。"词人的晚景虽然凄凉,但由于她的才名家世,临安城中还是有一些贵家妇女乘着香车宝马邀她去参加元宵的诗酒盛会。只因心绪落寞,她都婉言推辞了。这几句出语平淡,仿佛漫不经意,正透露出饱经忧患后近乎漠然的心理状态。

换头由上片的写今转为忆昔:"中州盛日,闺门多暇,记得偏重三五。"中州,本指今河南之地,这里专指汴京;三五,指正月十五元宵节。遥想当年汴京繁盛的时代,自己有的是闲暇游乐的时间,而在四时八节的良辰盛会中,人们最重视元宵佳节。"铺翠冠儿,撚金雪柳,簇带争济楚。"这天晚上,同闺中女伴们戴上嵌插着翠鸟羽毛的时兴帽子,和金线撚丝所制的雪柳(妇女的一种头饰),插戴得齐齐整整,前去游乐。这几句集中写当年的着意穿戴打扮,既切合青春少女的特点,充分体现那时候无忧无虑的游赏兴致,同时汴京繁华热闹的景象透过这个侧面也可约略想见。以上六句忆昔,语调轻松欢快,多用当时俗语,宛然少女声口。但是,昔日的繁华欢乐早已成为不可追寻的幻梦,故由忆昔又转为伤今:"如今憔悴,风鬟霜鬓,怕见夜间出去。"历尽国破家倾、夫亡亲逝之痛,词人不但由簇带济楚的少女变为形容憔悴、蓬头霜鬓的老妇,而且心灵也衰老了,对外面的热闹繁华提不起兴致,懒得夜间出去。"盛日"与"如今"两种迥然不同的心境,从侧面反映了金兵南下前后两个截然不同的时代和词人相隔霄壤的生活境遇,以及它们在词人心灵上投下的巨大阴影。

词写到这里,似乎无话可说了。因为既无心游赏,也就不必再涉及元宵这个话题。但作者于下边却再生波澜,作为全篇的收束:"不如向、帘儿底下,听人笑语。"这一结愈见悲凉。词人一方面担心面对元宵胜景会触动今昔盛衰之慨,加深内心的痛苦;另一方面却又怀恋着往昔的元宵盛况,想在观赏今夕的繁华中重温旧梦,给沉重的心灵一点慰藉。这种矛盾心理,看来似乎透露出她对生活还有所追恋和向往,但骨子里却蕴含着无限的孤寂悲凉。历史的巨变、人事的沧桑,已经使她再也不敢面对现实的繁华热闹,只能在隔帘笑语声中聊温旧梦。帘外的那个世界,似乎很近,却又离得很远,因为它已经不再属于自己了。

南宋末年著名爱国词人刘辰翁《永遇乐》词序云:"余自乙亥上元诵李易安《永遇乐》,为之涕下。今三年矣,每闻此词,辄不自堪。"可见李清照这首词感染力之强。刘辰翁是在南宋面临危亡的风雨飘摇年代写这首词序的,因此对李词中浓厚的今昔盛衰之感、个人身世之悲深有感会。

这首词在艺术上除了运用今昔对照与丽景哀情相映的手法外,还有意识地将浅显平易而富表现力的口语与锤炼工致的书面语交错融合,造成一种雅俗相济、俗中见雅、雅不避俗的特殊语言风格。　　　　　　　　　　　　(刘学锴)

武　陵　春　　　　　　　　　李清照

风住尘香花已尽,日晚倦梳头。物是人非事事休,欲语泪先流。　　　闻说双溪春尚好,也拟泛轻舟。只恐双溪舴艋舟,载不动许多愁。

读着这首小词,我们仿佛坐在剧场里,观赏着一出古老的昆剧。抬眼望去,远处是一幅暮春的景色:红日高悬,东风骀荡,园林内的花枝上已谢残红,一片片绿叶正缀满树梢。再看近处,则是一所古色古香的兼作书斋的闺房,案头上堆着书史,妆台上放着镜奁,旁边也可看到一只宝鸭香炉,它正袅袅不绝地吐着沉香的氤氲。少顷,一位衣着淡雅、才到中年的媚妇走出来望了望窗外,然后踱进妆台,想对镜梳妆,但又慵怠无力。于是她舒展歌喉(或展开花笺),歌唱(或抒写)了一首回肠荡气的歌曲。

此《武陵春》词之所以像戏曲,主要在于它是代言体,类似戏曲中一段唱词。戏曲尚未诞生以前,词史上一些描写闺情闺怨的曲子词,往往是由歌妓在歌台舞榭、酒边花前演唱的,演唱时她们可以充当其中的角色。我们从唐五代词中,即可探知个中消息。像《敦煌曲子词》中的《菩萨蛮》(枕前发尽千般愿)、温庭筠的《菩萨蛮》(小山重叠金明灭)即是如此。李清照的这首《武陵春》继承了传统的手法,表现出明显的代言体的特色。我们大都有看戏的经验,不妨拿戏曲中旦角的抒情独唱相比较。像汤显祖《紫钗记》第二十出中霍小玉唱的《傍妆台》:"傍妆楼,日高花谢懒梳头。咱不曾经春透,早则是被春愁。晕的个脸儿烘,哈的个眉儿皱。"《牡丹亭》中杜丽娘唱的《步步娇》:"袅晴丝吹来闲庭院,摇漾春如线。停半晌,整花钿,没揣菱花,偷人半面,迤逗的彩云偏。"虽然所写的人物性格、感情有所不同,但其表现手段却颇为相似:始写春景,次写梳妆,再写心情。在《武陵春》词中,李清照正是采用这种类似后来戏曲中的代言体,以第一人称的口吻,用深沉忧郁的旋律,抒发了内心深处的苦闷和忧愁,从而塑造了处于"流荡无依"孤苦凄凉环境中的自我形象。

所不同的是:戏曲比较铺张,这首词却非常简炼;戏曲比较显豁,这首词却非常含蓄。我国古代词人很讲究炼字炼句,不但要做到"句中无余字,篇中无长语",而且要做到"句中有余味,篇中有余意"(姜夔《白石道人诗说》)。李清照在这方面是颇见工力的。"风住尘香花已尽"一句即达到如此境界。"风住"二字,既通俗又凝练,极富于暗示性,它告诉我们在此以前曾是风吹雨打、落红成阵的日子。在此期间,词人肯定被这无情的风雨锁在家中,其心情之苦闷是可想而知的。"尘香"即后来陆游《卜算子》词中"零落成泥碾作尘"的意思,它不仅说明天已晴朗多时,落花已化为尘土,而且寓有对美好事物遭受摧残的惋惜之情和对自身"流荡无依"的深沉感慨。语言优美,意境深远,含有无穷之味,不尽之意,令人一唱三叹。

这首词在艺术形象的刻画上,是由表及里,从外到内,步步深入,层层开掘,这种手法我们从一些表演艺术家所塑造的古代妇女形象上也可看出某种相似之处。如果勉强分开来说,这首词的上半阕则是侧重于外形,下半阕多偏重于内心。"日晚倦梳头""欲语泪先流"是描摹人物的外部动作和神态。从头发梳妆方面摹写意绪的诗句,易安词中不止一处,如:"夜来沉醉卸妆迟,梅萼插残枝"(《诉衷情》),"睡起觉微寒,梅花鬓上残"(《菩萨蛮》),"起来慵自梳头"(《凤凰台上忆吹箫》),"髻子伤春懒更梳"(《浣溪沙》)……或是抒发伤春怀抱,或是表现离情别绪,或是刻画娇慵神态:没有一处是相同的。这里所写的"日晚倦梳头",则是另外一种心境。这时她因金人南下,几经丧乱,和她志同道合的丈夫赵明诚早已逝世,自己只身流落金华,眼前所见的是一年一度的春景,以及赵明诚的遗著《金石录》和别的一些文物。睹物思人,物是人非,不禁悲从中来,感到万事皆休,无穷索寞。因此她日高("日晚"即"日高"之意)方起,懒于梳理。"欲语泪先流",写得鲜明而又深刻。眼泪是传达感情的最好工具之一。人们在激动的时刻,常常借眼泪来宣泄内心的痛苦。古往今来有很多词人创造了描写眼泪的名句,像"泪眼高楼频独倚"(冯延巳《蝶恋花》),"泪眼问花花不语"(欧阳修《蝶恋花》),"停梭垂泪忆征人"(温庭筠《杨柳枝》),"故国梦重归,觉来双泪垂"(李煜《菩萨蛮》),"相顾无言,唯有泪千行"(苏轼《江城子》),"泪洗残妆无一半"(朱淑真《减字木兰花》),"执手相看泪眼,竟无语凝咽"(柳永《雨霖铃》),有的是写泪水含在眼里,有的是写泪水挂满两腮：表现了各种各样的感情。这里李清照写泪，先以"欲语"作为铺垫，然后让泪夺眶而出，简单五个字，下语看似平易，用意却无比精深，把那种难以控制的满腹忧愁一下子倾泻出来，具有一股感人心弦的艺术魅力。

词的下半阕在挖掘内心感情方面更加细腻，更加深邃。李清照是填词的圣手，她的作品起伏跌宕，曲折多变。哪怕是只有三四十字的难于变化的小令，也能于"短幅中藏无数曲折"（黄了翁《蓼园词选》）。这首《武陵春》也表现了这样的特色。张炎在《词源》中说："词与诗不同，合用虚字呼唤。"李清照深得个中秘诀，她在《武陵春》的下半阕中一连用了"闻说""也拟""只恐"三组虚字，作为起伏转折的契机，一波三折，感人至深。第一句"闻说双溪春正好"是陡然一扬，词人刚刚还在流泪，可是一听说金华郊外的双溪正是春光明媚、游人如织的时刻，她这个平日喜爱游览的人遂起出游之兴，"也拟泛轻舟"了。"春尚好""泛轻舟"，措词轻松，节奏明快，恰到好处地表现了词人一刹那间的喜悦心情。而在"泛轻舟"之前着"也拟"二字，更显得婉曲低回，说明词人出游之兴并不十分强烈。"轻舟"一词为下文的愁重作了很好的铺垫和烘托，至"只恐"以下二句，则是在铺足之后来一个猛烈的跌宕，使感情显得无比深沉，收到了有余不尽的艺术效果。在这里，上半阕所说的"日晚倦梳头""欲语泪先流"的原因，也得到了深刻的揭示。刘熙载论词说："一转一深，一深一妙，此骚人之三昧。倚声家得之，便自超出常境。"（《艺概·词曲概》）用这句话来评价李清照的《武陵春》，无疑是很恰当的。像这样婉曲幽深的手法，后来戏曲中常常采用，一些人物的静场唱里，往往有"欲要"怎样，"唯恐"怎样，反复咏唱，一转一深，从而将细微的心理活动，维妙维肖地勾画出来。

值得注意的是这首词在比喻方面的巧妙运用。诗歌中用比喻，是常见的现象；然而要用得新颖，却非常不易。就以形容"愁"和"恨"来说，词史上有不少名句，像："问君能有几多愁？恰似一江春水向东流。"（李煜《虞美人》）"试问闲愁都几许？一川烟草，满城风絮，梅子黄时雨。"（贺铸《横塘路》）"便做春江都是泪，流不尽许多愁。"（秦观《江城子》）这些优美的诗句将精神化为物质，将抽象的感情化为具体的形象，都饶有新意，各具特色。在这首词里，李清照说："只恐双溪舴艋舟，载不动许多愁。"同样是用夸张的比喻形容"愁"，但她自铸新辞，而且用得非常自然妥帖，不着痕迹。我们说它自然妥帖，是因为它承上句"轻舟"而来，而"轻舟"又是承"双溪"而来，寓情于景，浑然天成，构成了完整的意境。沈祖棻《宋词赏析》说，李煜将愁变成水，秦观将愁变成随水而流的东西，李清照又进一步把愁搬上了船,到了董解元《西厢记诸宫调》:"休问离愁轻重,向个马儿上驼也驼不动",则把愁从船上卸下,驮在马背上,王实甫《西厢记》说:"遍人间烦恼填胸臆,量这些大小车儿如何载得起",更把愁从马背上卸下来,装在车子上。这样的评述,确是总结了一条艺术经验,很值得借鉴。 　　　　　　　　　　(徐培均)

蝶 恋 花　上巳召亲族　　　　　　　　　　李清照

永夜恹恹欢意少。空梦长安,认取长安道。为报今年春色好。花光月影宜相照。　　随意杯盘虽草草。酒美梅酸,恰称人怀抱。醉里插花花莫笑。可怜春似人将老。

此词建炎三年上巳作于建康(今江苏南京)①。上片首韵"永夜恹恹欢意少",采用一起入情、开门见山的手法。南渡以后,政局动荡,金兵不断攻迫,忧国伤时的激越情绪,使清照隽永含蓄的风格,一变而为沉郁苍凉。上巳虽是传统的水边修禊节日,词人此时心情不愉,入手即表明此意。次韵"空梦长安,认取长安道","长安"代指汴京。长夜辗转反侧,梦见汴京,看到汴京的宫阙城池,然而实不可到,故说"空",抒写对汴京被占的哀思,和屈原在《哀郢》中惊呼:"曾不知夏之为丘兮,孰两东门之可芜""曼余目以流观兮,冀壹返之何时",同样沉痛。结拍"为报今年春色好,花光月影宜相照",和刘禹锡的《金陵五题·石头城》诗:"淮水东边旧时月,夜深还过女墙来",一样沉郁苍凉,感慨万端。今年的自然春色和往年一样好,而今年的政局远远不如从前了。"为报"二字,点明这春天的消息是从他人处听来的,并非词人游春所见。实际上是说,今年建康城毫无春意,虽是朝花夜月如故,而有等于无。"宜相照"的"宜"字,作"本来应该"解。"相照"前著一"宜"字,其意似说它们没有相照,更确切一点,是词人对此漫不经心,反映出她的忧闷。建康是当时"行在",皇帝临时驻跸之地,又是军事重镇,可是高宗却不接纳宗泽、李纲、岳飞的誓师北伐主张,不但不能收复失土,连建康也危在旦夕了。

过片点题:"随意杯盘虽草草。酒美梅酸,恰称人怀抱",透露了女主人公并无心过好这个上巳节日,酸梅酿成的酒,和自己辛酸的怀抱是相称的。这两韵,貌似率直,其实极婉转,极沉痛,所以煞拍着意勾勒:"醉里插花花莫笑,可怜春似人将老",这里把"花"拟人化。两句有几层的意思。清照有一首《菩萨蛮》云:"故乡何处是,忘了除非醉",词意与"醉里插花"同。"花莫笑",就是不要笑我老大,这一层词意,与末句"可怜春似人将老"紧接,意思是说最需要怜念的是春天也像人一样快要衰老了,"春"暗喻"国家社稷","春将老",国将沦亡。《蝶恋花》是一首六十字的令词,这一首词题是"上巳召亲族",带含丰富的思想内容,深厚的感伤情绪,写得委婉曲折,层层深入而笔意浑成,具有长调铺叙的气势。

清照是南北宋之交的词人,她寓南渡之恨的词作,对南宋一些词人,如辛稼轩、姜白石等,影响都很大。辛稼轩有一首寓南渡之痛最深切的《摸鱼儿》,结尾"闲愁最苦,休去倚危阑,斜阳正在烟柳断肠处",和清照这首的"可怜春似人将老"一样,都是将"斜阳""春暮"暗喻国家社稷现状的。　　　　　　(黄墨谷)

〔注〕 ① 据李清照《金石录后序》所述,赵明诚建炎三年己酉春三月罢建康守,具舟上芜湖,入姑孰(当涂),五月至池阳(贵池),又被旨知湖州,遂驻家池阳。六月,独驰马赴建康陛辞,冒大暑感疾,七月于建康病危,八月卒。辛前,李清照急返建康看视,已不可救。葬毕明诚,金兵已迫建康,清照携带图书逃出,终生未再至建康,亦不可能在他处召亲族。故此词作于建炎三年上巳无疑。

声 声 慢　　　　　　　　李清照

寻寻觅觅,冷冷清清,凄凄惨惨戚戚。乍暖还寒时候,最难将息。三杯两盏淡酒,怎敌他晓来风急? 雁过也,正伤心,却是旧时相识。　　　满地黄花堆积,憔悴损,如今有谁堪摘? 守著窗儿独自,怎生得黑! 梧桐更兼细雨,到黄昏、点点滴滴。这次第,怎一个愁字了得!

唐宋古文家以散文为赋,而倚声家实以慢词为赋。慢词具有赋的铺叙特点,且蕴藉流利,匀整而富变化,堪称"赋之余"。李清照这首《声声慢》,脍炙人口数百年,就其内容而言,简直是一篇悲秋赋。亦惟有以赋体读之,乃得其旨。李清照的这首词在作法上是有创造性的。原来的《声声慢》的曲调,韵脚押平声字,调子相应地也比较徐缓。而这首词却改押入声韵,并屡用叠字和双声字,这就变舒缓为急促,变哀惋为凄厉。此词以豪放纵恣之笔写激动悲怆之怀,既不委婉,也不隐约,不能列入婉约体。

前人评此词,多以开端三句用一连串叠字为其特色。但只注意这一层,不免失之皮相。词中写主人公一整天的愁苦心情,却从"寻寻觅觅"开始,可见她从一起床便百无聊赖,如有所失,于是东张西望,仿佛漂流在海洋中的人要抓到点什么才能得救似的,希望找到点什么来寄托自己的空虚寂寞。下文"冷冷清清",是"寻寻觅觅"的结果,不但无所获,反被一种孤寂清冷的气氛袭来,使自己感到凄惨忧戚。于是紧接着再写了一句"凄凄惨惨戚戚"。仅此三句,一种由愁惨而凄厉的氛围已笼罩全篇，使读者不禁为之屏息凝神。这乃是百感迸发于中，不得不吐之为快，所谓"欲罢不能"的结果。

"乍暖还寒时候"这一句也是此词的难点之一。此词作于秋天，但秋天的气候应该说"乍寒还暖"，只有早春天气才能用得上"乍暖还寒"。我以为，这是写一日之晨，而非写一季之候。秋日清晨，朝阳初出，故言"乍暖"；但晓寒犹重，秋风砭骨，故言"还寒"。至于"时候"二字，有人以为在古汉语中应解为"节候"；但柳永《永遇乐》云："薰风解愠，昼景清和，新霁时候。"由阴雨而新霁，自属较短暂的时间，可见"时候"一词在宋时已与现代汉语无殊了。"最难将息"句则与上文"寻寻觅觅"句相呼应，说明从一清早自己就不知如何是好。

下面的"三杯两盏淡酒，怎敌他晓来风急"，"晓"，通行本作"晚"。这又是一个可争论的焦点。俞平伯《唐宋词选释》注云：

　　"晓来"，各本多作"晚来"，殆因下文"黄昏"云云。其实词写一整天，非一晚的事，若云"晚来风急"，则反而重复。上文"三杯两盏淡酒"是早酒，即《念奴娇》词所谓"扶头酒醒"；下文"雁过也"，即彼词"征鸿过尽"。今从《草堂诗余别集》、《词综》、张氏《词选》等各本，作"晓来"。

这个说法是对的。说"晓来风急"，正与上文"乍暖还寒"相合。古人晨起于卯时饮酒，又称"扶头卯酒"。这里说用酒消愁是不抵事的。至于下文"雁过也"的"雁"，是南来秋雁，正是往昔在北方见到的，所以说"正伤心，却是旧时相识"了。《唐宋词选释》说："雁未必相识，却云'旧时相识'者，寄怀乡之意。赵嘏《寒塘》：'乡心正无限，一雁度南楼。'词意近之。"其说是也。

上片从一个人寻觅无着，写到酒难浇愁；风送雁声，反而增加了思乡的惆怅。于是下片由秋日高空转入自家庭院。园中开满了菊花，秋意正浓。这里"满地黄花堆积"是指菊花盛开，而非残英满地。"憔悴损"是指自己因忧伤而憔悴瘦损，也不是指菊花枯萎凋谢。正由于自己无心看花，虽值菊堆满地，却不想去摘它赏它，这才是"如今有谁堪摘"的确解。然而人不摘花，花当自萎；及花已损，则欲摘已不堪摘了。这里既写出了自己无心摘花的郁闷，又透露了惜花将谢的情怀，笔意比唐人杜秋娘所唱的"有花堪折直须折，莫待无花空折枝"要深远多了。

从"守著窗儿"以下，写独坐无聊，内心苦闷之状，比"寻寻觅觅"三句又进一层。"守著"句依张惠言《词选》断句，以"独自"连上文。秦观（一作无名氏）《鹧鸪天》下片："无一语，对芳樽，安排肠断到黄昏。甫能炙得灯儿了，雨打梨花深闭门"，与此词意境相近。但秦词从人对黄昏有思想准备方面着笔，李则从反面说，好像天有意不肯黑下来而使人尤为难过。"梧桐"两句不仅脱胎淮海，而且兼用温庭筠《更漏子》下片"梧桐树,三更雨,不道离情正苦;一叶叶,一声声,空阶滴到明"词意,把两种内容融而为一,笔更直而情更切。最后以"怎一个愁字了得"句作收,也是蹊径独辟之笔。自庾信以来,或言愁有千斛万斛,或言愁如江如海(分别见李煜、秦观词),总之是极言其多。这里却化多为少,只说自己思绪纷茫复杂,仅用一个"愁"字如何包括得尽。妙在又不说明于一个"愁"字之外更有什么心情,即戛然而止,仿佛不了了之。表面上有"欲说还休"之势,实际上已倾泻无遗,淋漓尽致了。

这首词大气包举,别无枝蔓,逐件事一一说来,却始终紧扣悲秋之意,真得六朝抒情小赋之神髓。而以接近口语的朴素清新的语言谱入新声,又确体现了倚声家的不假雕饰的本色,诚属难能可贵之作了。

(吴小如)

点 绛 唇   李清照

寂寞深闺,柔肠一寸愁千缕。惜春春去,几点催花雨。

倚遍阑干,祗是无情绪。人何处,连天芳草,望断归来路。

这是一首闺怨词。上片抒伤春之情,下片叙伤别之情。伤春、伤别,融为揉断寸肠的千缕浓愁。故明代陆云龙在《词菁》中称道此词"泪尽箇中"。

开篇处词人即将一腔愁情尽行倾出,将"一寸"柔肠与"千缕"愁思相提并论,这种不成比例的并列使人产生了一种强烈的压抑感,仿佛看到了驱不散、扯不断的沉重愁情压在那深闺中孤独寂寞的弱女子心头,使她愁肠欲断,再也承受不住的凄绝景象。"惜春"以下两句,虽不复直言其愁,却在"惜春春去"的矛盾中展现女子的心理活动。淅沥的雨声催逼着落红,也催逼着春天归去的脚步。唯一能给深闺女子一点慰藉的春花也凋落了,那催花的雨滴只能在女子心中留下几响空洞的回音。人的青春不就是这样悄悄地逝去的吗?惜春,惜花,也正是惜青春、惜年华的写照,因此,在"惜春春去"的尖锐矛盾中,不是正在酝酿着更为沉郁凄怆的哀愁吗?

下片写凭阑远望。在中国古典诗词中,常用"倚阑"表示人物心情悒郁无聊。如温庭筠《更漏子》词"虚阁上,倚阑望,还似去年惆怅"就是如此。这里词人在"倚"这个动词后面缀以"遍"字,就把深闺女子百无聊赖的烦闷苦恼鲜明地点染了出来;下句中又以"只是"与"倚遍"相呼应,托出了因愁苦而造成的"无情绪",这就有力地表现了愁情之深,之重,之无法排解。结尾处,遥问"人何处",这一方面点明了女子凭阑远望的目的,同时也暗示了"柔肠一寸愁千缕""祗是无情绪"

的根本原因是思念远出的良人。在这里,词人巧妙地安排了一个有问无答的布局,却转笔追随着女子的视线去描绘那望不到尽头的萋萋芳草,正顺着良人归来时所必经的道路蔓延开去,一直延伸到遥远的天边。然而望到尽头,唯见"连天芳草",不见良人踪影,这凄凉的画面不就是对望眼欲穿的女子的无情回答吗?寂寞、伤春,已使她寸肠生出千缕愁思;望夫不归,女子的愁情又将会是何许深,何许重,何许浓呢? 这自然就意在言外了。

　　全词由写寂寞之愁,到写伤春之愁,到写伤别之愁,到写盼归之愁,全面地,层层深入地表现了女子心中愁情沉淀积累的过程。到煞尾处,感情已积聚达到最高峰,全词也随之达到了高潮。《云韶集》盛赞此作"情词并胜,神韵悠然",实非过誉之词。

(侯　健　吕智敏)

减字木兰花　　　　　　　　　李清照

卖花担上,买得一枝春欲放。泪染轻匀,犹带彤霞晓露痕。　　　怕郎猜道,奴面不如花面好。云鬓斜簪,徒要教郎比并看。

　　这一首词曾有争议。近人赵万里辑《漱玉集》云:"案汲古阁未刻本《漱玉词》收之,'染'作'点'。词意浅显,亦不似他作。"王学初《李清照集注》则云:"按以词意判断真伪,恐不甚妥,兹仍作清照词,不列入存疑词内。"其实赵万里否定李清照其他作品,都以词意浅薄或儇薄不似清照其他词作为理由,似难服人。李清照词中大胆描写爱情,宋人早已看到,如王灼《碧鸡漫志》卷二云:"作长短句,能曲折尽人意,轻巧尖新,姿态百出,闾巷荒淫之语,肆意落笔。"本篇描写了新婚生活的一个侧面,表现了作者放纵恣肆的性格,与王灼所讥评的颇为一致,当系建中靖国年间(1101)嫁给赵明诚时所作。

　　上片写买花。宋朝都市常有卖花担子,一肩春色,串街走巷,把盎然生趣送进千家万户。蒋捷曾有《昭君怨》一词写卖花人云:"担子挑春虽小,白白红红都好。卖过巷东家,巷西家。　　帘外一声声叫,窗里鸦鬓入报。问道买梅花,买杏花。"与此词上阕对读,我们即可得出全面印象:似乎在小丫环入报以后,作为女主人的李清照随即作了吩咐,买下一枝最满意的鲜花。整个上片便是截取了买花过程中最后一个画面,所写的便是女主人公手执鲜花,作满怀深情的欣赏。"春欲放"三字,表达了她对花儿的由衷喜爱:"啊,春天到了,花儿含苞欲放了!"这"春"字用得特别好,既可以指春色、春光、春意和春天,也可以借指花儿本身。

为什么不用花字而用春字,因为花字境小,春字境大。同蒋捷《昭君怨》中"担子挑春"的"春"字一样,都能给人以无穷的美感和联想。下面"泪染轻匀"二句,写花的容态。这花儿被人折下,似乎在为自己命运的不幸而哭泣,直到此时还泪痕点点,愁容满面。着一"泪"字,就把花拟人化了,再缀以"轻匀"二字,便显得哀而不伤,娇而不艳,其中似乎渗透着女主人对它的同情与爱抚。这二句中前一句较虚,出自词人的想象;后一句较实,摹写了花上的露珠。这叫做融情入景,以景拟人。"犹带彤霞晓露痕",花朵上披着彤红的朝霞,带着晶莹的露珠,不仅显出了花之色彩、花之新鲜,而且点明时间是在清晨,整个背景写得清新绚丽,恰到好处地烘托了新婚的欢乐与甜蜜。

下片写戴花。唐五代有一首无名氏词《菩萨蛮》可供比照:"牡丹含露真珠颗,美人折向庭前过。含笑问檀郎:花强妾貌强?　　檀郎故相恼,须道花枝好。一向发娇嗔,碎挼花打人。"此词可能受到它的影响,但却未像无名氏词那样写出对方的反应,而是仅从自己一方说起。无名氏词侧重于外部动作,此词则侧重于内心刻画。"怕郎猜道,奴面不如花面好",活活画出一位新嫁娘自矜、好胜甚至带有几分嫉忌的心理。她在青年妇女中,本已感到美貌超群,但同"犹带彤霞晓露痕"的鲜花相比,似乎还不够娇美,因此怀疑新郎是否爱她。这里表面上是说郎在猜疑,实际上是她在揣度郎心,婉曲写来,笔致轻灵。同上片相比,前面是以花拟人,这里是以人比花,角度虽不同,但所描写的焦点都是新娘自己。接着二句,是从人物的思想写到人物的行动。为了争取新郎的欢爱,她就把花儿簪在鬓发上,让新郎看看:人美还是花美?"比并看",意即无名氏词中的"花强妾貌强"。然却终未说出谁强,含蓄蕴藉,留有余味。"云鬓斜簪",丰神如画,几可与温庭筠《菩萨蛮》"双鬓隔香红,玉钗头上风"媲美。赵万里认为"词意浅薄",或许指此二句。然而李清照在丈夫面前以花自比,已非一次。既然在函致明诚《醉花阴》时能说"人比黄花瘦",为什么新婚伊始不能说"人比鲜花美"呢?既然后来在归来堂上夫妇之间犹猜书斗茶,乐不可支,为什么在此年轻时刻反而不能有一点闺房的乐趣呢?

总的来讲,此词乐而不淫,轻而不俗,与李清照的思想性格颇为相符。全篇通过买花、赏花、戴花、比花,生动地表现了年轻词人天真的态度、爱美的心情和好胜的脾性。读后颇觉生动活泼,富有浓郁的生活气息。　　　　　　　　(徐培均)

摊破浣溪沙　　　　　　　　　　　李清照

病起萧萧两鬓华,卧看残月上窗纱。豆蔻连梢煎熟水,莫分茶。　　　枕上诗书闲处好，门前风景雨来佳。终日向人多酝藉，木犀花。

此词写病后的生活和心境，是作者晚年流寓越中所作。

久病初起的人，总想照照镜子，看看自己有了什么变化。此词亦即由此起笔。"病起"，说明曾经长期卧床不起，此刻已能下床活动了。"萧萧"是头发花白稀疏的样子。词中系相对病前而言，因为大病，头发白了许多，而且掉了不少。对镜端详，情况是不妙的，按说接下去应是再写病容或感慨，然而词中即刻打住，下句另起一意。这个处理极妙，意思似乎是说，头发已经那样，何必再去管它，还是料理今后罢。这不仅表现了作者的乐观态度，行文也甚简洁，因为只须写出头发一项，就可概括其余，如果下面再写同类内容，反而成为赘疣。

下面接写了另外两事：看月，煎药。因为还没有全好，又在夜里，作者做不了什么事，只好休息，卧着看月；既是为了欣赏美丽的月光，也是为了消磨长夜的时光。"卧看"，是因为大病初起，身子乏力，同时也说明作者心情闲散，漫不经心，两字极为传神。"上"字说明此乃初升之月，则此残月当为下弦月，此时入夜还浅。病中的人当然不能睡得太晚，写得极为逼真。上句写的是衰象，此句却是乐事，表明作者确实不太以发白为念。"豆蔻"为植物名，种子有香气，可入药，性辛温，能去寒湿。"熟水"是宋人常用饮料。《事林广记》别集卷七《造熟水法》云："夏月，凡造熟水，先倾百煎衮（同滚）汤在瓶器内，然后将所用之物投入，密封瓶口，则香倍矣。若以汤泡之，则不香矣。"又有《豆蔻熟水》云："白豆蔻壳拣净，投入沸汤瓶中，密封片时用之，极妙。每次用七个足矣，不可多用，多则香浊。"分茶是宋人以沸水冲茶而饮的一种方法，颇为讲究，故杨万里于澹庵坐上观显上人分茶，作诗云"分茶何似煎茶好，煎茶不似分茶巧"，以下并描述了这种分茶法。"莫分茶"即不饮茶，茶性凉，与豆蔻性正相反，故忌之。以豆蔻熟水为饮，即含有以药代茶之意。这又与首句呼应。人儿斜卧，缺月初上，室中飘散缕缕清香，一派闲静气氛，确实是适合病后调养的境界。

下片写白日消闲情事。作者倚在枕上看一会儿书，又去门前随便蹓蹓，观赏一会儿景致，这是大病初起的人消磨时光的最好办法。这里写的是看书，观赏字画就不行：那不仅要站着看，还要远近左右来回走动，从不同角度、不同距离仔细端详，大病初起的人，怎么禁受得起？正襟危坐看书也受不了，所以只能在枕上观览。"闲处好"有两层意思：一是说这样看书只能闲暇无事才能如此；一是说闲时也只能看点闲书，例如自己喜爱的诗文之类，看时也很随便，消遣而已。

下雨一般使人心烦,但对一个成天闲散在家、经常在门前观赏的人说来,偶然下一次雨,那雨中的景致,却也较平时别有一种情趣。这同久雨望晴,久旱望雨,正是一样的心理。俞平伯说这两句"写病后光景恰好。说月又说雨,总非一日的事情"(《唐宋词选释》),所见极是。末句将木犀拟人化,结得隽永有致。"木犀"即桂花,点出时间。本来是自己终日看花,却说花终日"向人",把木犀写得非常多情,仿佛它知道作者病中寂寞,有意来陪伴一般;同时也表达了作者对木犀的喜爱,见出她终日都在把它观赏。"酝藉",写桂花温雅清淡的风度。木犀花小淡黄,芬芳徐吐,不像牡丹夭桃那样只以秾艳媚人,用"酝藉"形容,亦极得神。"酝藉"又可指含蓄香气而言。作者《玉楼春》咏梅词云"不知酝藉几多香",也可作为此处"多酝藉"的注脚。

　　清照当宋室南渡之后,丈夫病死,孤身漂泊于杭州、越州(今浙江绍兴市)、台州(今浙江临海县)、金华等处,所作多危苦之词。或许由于久病初愈,使人欣慰吧,此词格调轻快,心境怡然自得,与同时其他作品很不相同。通篇全用白描,语言朴素自然,读来情味深长,有如词中赞美的木犀一样酝藉有致。 　　(王思宇)

浣　溪　沙　　　　　　　　　　　　李清照

　　髻子伤春懒更梳,晚风庭院落梅初。淡云来往月疏疏。

　　玉鸭熏炉闲瑞脑,朱樱斗帐掩流苏。通犀还解辟寒无?

　　此词见于《花草粹编》卷二,无撰人姓氏,其前为李清照《浣溪沙》"淡荡春光寒食天"一首,或可能以后选辑者连及亦作李清照词,故王学初《李清照集校注》列为存疑之作。《全宋词》据《草堂诗余续集》卷上属之李清照,今从之。

　　谭献《复堂词话》评云:"易安居士独此篇有唐调,选家炉冶,遂标此奇。"这一评价是相当高的。自宋以来评词,常常标举"唐风"、"唐调"。如东坡评柳永《八声甘州》中"渐霜风凄紧,关河冷落,残照当楼"三句云:"此语于诗句不减唐人高处。"明人沈际飞评秦观《生查子》(眉黛远山长)时也说有"唐风"。所谓"唐风"、"唐调",当指格高韵胜,富有诗的意境。此词风格清丽,其笔墨多描写景物,而深情远致,流于言外。同唐诗中一些脍炙人口的绝句相比,确有某些相似之处。如唐人顾况《宿昭应》诗云:"独闭空山月影寒。"《听角思归》云:"起行残月影徘徊。"在伤心不语这样的风致上,它们是非常接近的。

　　词的起句,开门见山,点明伤春的题旨,隐然有《国风》骚雅之致。《诗经·伯兮》云:"自伯之东,首如飞蓬。岂无膏沐,谁适为容?"同这里的"髻子伤春懒更梳"说的是一个意思。其时词人盖结褵未久,丈夫赵明诚负笈出游,丢下她空房独守,寂寞无聊,以至连头发也懒得梳理。这种情绪,她在另一首《浣溪沙》中也写过,就连过片"瑞脑香消魂梦断,辟寒金小髻鬟松"二句,也与此词大同小异。

　　这首词中除了第一句写情较为明显之外,大部分是将伤春之情隐藏在景物描写之中。按照中国传统的审美习惯,写景之词宜于显,抒情之词所凭借的景物也宜于显,而所寓之情则宜于隐。欧阳修《六一诗话》引梅圣俞言诗家造语之工者云:"必能状难写之景如在目前,含不尽之意见于言外,然后为至矣。"就是在阐述写景宜显、写情宜隐的道理。写景不宜隐,隐则晦而不明;写情不宜显,显则浅而无味。此词自第二句起至结句止,基本上遵循了这一创作原则。"晚风庭院落梅初",是从近处落笔,点时间,写环境,寓感情。"落梅初",即梅花开始飘落。深沉庭院,晚风料峭,梅残花落,境极凄凉,一种伤春情绪,已在环境的渲染中流露出来。"淡云"一句,则将词笔引向远方,写词人仰视天空,只见月亮从云缝中时出时没,洒下稀疏的月色。"来往"二字,状云气之飘浮,极为真切。"疏疏"二字为叠字,富于音韵之美,用以表现云缝中忽隐忽显的月光,也恰到好处。因此清人陈廷焯称赞此句为"清丽之句"(见《云韶集》)。

　　过片以工整的一联,写室内之景。词人也许在庭院中立了多时,愁绪无法排遣,只得回到室内,而眼中所见,仍是凄清之境。"玉鸭熏炉闲瑞脑",瑞脑香在宝鸭熏炉内燃尽而消歇了,故曰"闲"。词人在《醉花阴》中也写过:"瑞脑消金兽。"这个"闲"字比"消"字用得好,因为它表现了室内的闲静气氛。此字看似寻常,却是从追琢中得来。词人冷漠的心情,本是隐藏在景物中,然而通过"闲"字这个小小窗口,便悄悄透露出来。"朱樱斗帐",是指绣有樱桃花或樱桃果串的方顶小帐。红樱斗帐为流苏所掩,其境亦十分静谧。以上四句,通过庭院、天空和闺中种种景物的描写,把周围环境渲染得一片宁静,写景可谓显矣;而词人伤春无语的神情,都寄寓在景物描写之中,写情亦可谓隐矣。这样便造成了含蓄深永的意境,令人涵咏不尽。

　　词的结句"通犀还解辟寒无",辞意极为婉转,怨而不怒,表现了李清照这位受到良好教养的大家闺秀的独特个性。"通犀",即通天犀,是一种名贵的犀牛角,远方列为贡品。据《开元天宝遗事》卷上说,开元二年冬至日,交趾国进贡犀牛角一只,色黄似金,置于殿中,有暖气袭人,名曰辟寒犀。然据词意,此乃指一种首饰,当是犀梳或犀簪,尤以犀梳为近。此词首言髻子慵梳,结句如神龙掉尾,回应首句。词人因梳头而想到犀梳,因犀梳而想到辟寒。所谓"辟寒",当指消除心境之凄冷。词人由于在晚风庭院中立了许久,回到室内又见香断床空,不免感到身心寒怯。通过"通犀还解辟寒无"一句,反映了她对精神温暖的追求,也就是对正常爱情生活的追求。然而意蕴言中,音流弦外,需要我们仔细地体味。

(徐培均)

【作者小传】

吕本中

(1084—1145)　字居仁,世称东莱先生,开封(今属河南)人,祖籍寿州(治今安徽寿县)。绍兴六年(1136),赐进士出身。历官中书舍人、权直学士院,以忤秦桧罢职。诗属江西诗派。南渡后,亦有悲慨时事之作。有《东莱集》《紫薇诗话》《江西诗社宗派图》《紫薇词》。存词二十七首。

采 桑 子　　　　　　　　　　　　吕本中

恨君不似江楼月,南北东西。南北东西,只有相随无别离。　　恨君却似江楼月,暂满还亏。暂满还亏,待得团圆是几时?

这首词是写别情。上片写他在宦海浮沉,行踪不定,南北东西漂泊,经常在月下怀念君(指他的妻子),只有月亮来陪伴她。表面上说"恨君",实际上是思君。表面上说只有月亮相随无别离,实际上是说跟君经常在别离。下片借月的暂满还亏,比跟君的暂聚又别,难得团圆。这首词的特色,是文人词而富有民歌风味。民歌是自然流露,不用典故,是白描。这首词也是真情的自然流露,也是白描,很亲切。民歌往往采取重复歌唱的形式,这首词也一样。不仅由于《采桑子》这个词调的特点,像"南北东西","暂满还亏"两句是重复的;就是上下两片,也有重复而加以变化的,如"恨君不似江楼月"与"恨君却似江楼月",只有一字之差,民歌中的复叠也往往是这样的。还有,民歌也往往用比喻,这首词的"江楼月",正是比喻,这个比喻亲切而贴切。

这个"江楼月"的比喻,在艺术上具有特色。钱钟书讲到"喻之二柄""喻之多边"。所谓二柄:"同此事物,援为比喻,或以褒,或以贬,或示喜,或示恶,词气迥异;修词之学,亟宜拈示。"像韦处厚《大义禅师碑铭》:'佛犹水中月,可见不可取',超妙而不可即也,犹云'高山仰止,虽不能至,心向往之',是为心服之赞词。黄庭坚《沁园春》:'镜里拈花,水中捉月,觑着无由得近伊',犹云'甜糖抹在鼻子上,只教他舐不着',是为心痒之恨词。"同样用水中之月作比喻,一个寄以敬仰之意,一个表示不满之情,感情不同,称为二柄。"比喻有两柄而复具多边。盖事物一而已,然非止一性一能,遂不限于一功一效。取譬者用心或别,着眼因殊,指同而旨则异;故一事物之象可以子立应多,守常处变。譬夫月,形圆而体明,圆若(与也)明之在月,犹《墨经》言坚若白之在石,不相外而相盈。镜喻于月,如庾信《咏镜》:'月生无有桂',取明之相似,而亦可兼取圆之相似。王禹偁《龙凤茶》:'圆似三秋皓月轮',仅取圆之相似,不及于明。'月眼''月面'均为常言,而眼取月之明,面取月之圆,各傍月性之一边也。"(节引《管锥编·周易正义·归妹》)同用月做比喻,可以比圆,比明亮,这是比喻的多边。

钱先生在这里讲的二柄或多边,指不同的作品说的,同样用月作比喻,在这篇作品里是褒赞,在那篇作品里是不满;在这篇作品里比圆,在那篇作品里比明亮。有没有在一篇作品里用的比喻,既具二柄,复有多边呢?这首词就是。

这首词用"江楼月"作比,在上片里赞美"江楼月","南北东西,只有相随无别离",人虽到处漂泊,而明月随人,永不分离,是赞词。下片里写"江楼月","暂满还亏,待得团圆是几时",月圆时少,缺时多,难得团圆,是恨词。同样用"江楼月"作比,一赞一恨,是在一篇中用同一个比喻而具有二柄。还有,上片的"江楼月",比"只有相随无别离";下片的"江楼月",比"待得团圆是几时",所比不同。同用一个比喻,在一首词里,所比不同,构成多边。像这样,同一个比喻,在一首词里,既有二柄,复具多边,这是很难找的,因此,这首词里用的比喻,在修辞学上是非常突出的。这样的比喻,又自然流露,不是有意造作,用得又非常贴切,这是更为难能可贵的。

这词的设想跟后汉徐淑《答夫秦嘉书》颇有相似处。徐淑说:"身非形影,何能动而辄俱;体非比目,何能同而不离。"除了用了两个不同的比喻外,"何能动而辄俱","何能同而不离",设想一致,也可以说千载同心了。　　　　　(周振甫)

南　歌　子　　　　　　　　　　吕本中

驿路侵斜月,溪桥度晓霜。短篱残菊一枝黄,正是乱山深处过重阳。　　　旅枕元无梦,寒更每自长。只言江左好风光,不道中原归思转凄凉。

这是一首抒写旅途风物与感受的小令。它不但有一个特定的时令背景(重阳佳节),而且有一个特定的历史背景(北宋灭亡后词人南渡,流寓江左)。这两个方面的特殊背景,使这首词具有和一般的羁旅行役之作不同的特点。

上片为旅途即景。开头两句,写早行情景。天还没有亮,词人就动身上路了。驿路上照映着斜月的光辉,溪桥上凝结着一层晓霜。两句中写抒情主体动作的词只一"度"字,但上句写斜月映路,实际上已经暗包人的行役。两句意境接近温庭筠诗句"鸡声茅店月,人迹板桥霜",但温诗前面直接点出"客行悲故乡",吕词则情含景中,只于"驿路""晓霜"中稍透行役之意。"晓霜"兼点时令,下面提出"残菊"便不突然。

"短篱残菊一枝黄,正是乱山深处过重阳。"在路旁农舍外,矮篱围成的小园中,一枝残菊正寂寞地开着黄花。词人想起今天是应该把酒赏菊的重阳佳节,今年这节日,竟在乱山深处的旅途中度过了。上句是旅途即目所见,下句是由此触发的联想与感慨。佳节思亲怀乡,是人之常情,对于有家难归(吕本中是寿州人)的词人来说,由此引起的家国沦亡之痛便更为深沉了。但词人在这里并未点破,只是用"乱山深处过重阳"一语轻轻带过,把集中抒写感慨的任务留给了下片。两句由残菊联想到重阳,又由重阳联想到眼前的处境和沦亡的故乡,思绪曲折,而出语却自然爽利。

"旅枕元无梦,寒更每自长。"过片两句,由早行所见所感回溯夜间旅宿情景。在旅途中住宿,因为心事重重,老是睡不着觉,所以说"元无梦";正因为夜不能寐,就倍感秋夜的漫长,所以说"寒更每自长"。着一"每"字,见出这种情形已非一日,而是羁旅中常有的况味。"元""每"二字,着意而不着力,言外凄然。

一般的羁旅行役,特别是佳节独处,固然也会有这种无眠的寂寞和忧伤,但词人之所以如此,却是伤心人别有怀抱。

"只言江左好风光,不道中原归思转凄凉。"江左,即江东,这里泛指南宋统治下的东南半壁河山。江东风光,历来为生长在北方的人所向往。如今身在江东了,却并未感到喜悦。因为中原被占、故乡难归,在寂寞的旅途中,词人对故乡的思念不禁更加强烈,故土沦丧所引起的凄凉情绪也更加深沉了。两句用"只言"虚提,以"不道"与"转"反接,抑扬顿挫之间,正寓有无穷忧时伤乱的感慨。词写到这里,感情的发展达到高潮,主题也就得到了集中的体现,它和一般羁旅行役之作不同的特点也自然显示出来了。

这首词表现词人的中原归思,有一个由隐至显的过程。由于词人结合特定的景物、时令、旅况,层层转进,如剥茧抽丝般地来抒情,最后归结到凄然归思,便显得很自然。词的情感虽比较凄清伤感,但格调却清新流利。这种矛盾的统一,构成了一种特殊的风调美,使人读来虽觉凄伤却无压抑之感。   (刘学锴)

踏 莎 行　　　　　　　　　　　　　吕本中

雪似梅花，梅花似雪。似和不似都奇绝。恼人风味阿谁知？请君问取南楼月。　　记得去年，探梅时节。老来旧事无人说。为谁醉倒为谁醒？到今犹恨轻离别。

吕本中这首借梅怀人词，写得迷离恍惚，含蓄隽永。

吕本中的诗词以构思精巧见长，大多写得词浅意深，别有风味。胡仔说："吕居仁诗清驶可爱。如'树移午影重帘静，门闭春风十日闲'，'往事高低半枕梦，故人南北数行书'。"(《苕溪渔隐丛话前集》卷五十三)而在词中则尤为明显。像《采桑子(恨君不似江楼月)》、《减字木兰花(去年今夜)》、《菩萨蛮(高楼只在斜阳里)》等，都鲜明地表现了这种艺术风格。

词的上片以"似"与"不似"写梅与雪相映的奇绝之景。梅花与飞雪同时，因而写梅往往说到雪，以雪作背景。唐代齐己《早梅》："前村深雪里，昨夜一枝开。"宋代陆游《梅花》绝句："闻道梅花坼晓风，雪堆遍满四山中。"正因为梅与雪同时，加之梅花与雪花形似，诗人便将它们联系起来写，唐代张谓《早梅》诗说它们相似难辨："一树寒梅白玉条，迥临村路傍溪桥。不知近水花先发，疑是经冬雪未销。"宋代王安石则表现其不似，《梅花》诗云："墙角数枝梅，凌寒独自开。遥知不是雪，为有暗香来。"梅花和雪花形相似、色相近，而质相异，神相别，因而词人在写了"雪似梅花，梅花似雪"之后，拔起一笔："似和不似都奇绝"。"似"是言色，"不似"则言香。在朦胧月色之中，雪白梅洁，暗香浮动，确实是种奇妙的境界。

月下奇景，本来是令人赏心悦目的，可是词人认为是"恼人"的。"恼人"即"撩人"，此解诗词中屡见。为什么会撩拨起人的心事？词人没有径直回答，而却颇为含糊地说："恼人风味阿谁知？请君问取南楼月。"设下了悬念，令人揣想。江淹《恨赋》中名句："春草碧色，春水渌波。送君南浦，伤如之何？"李白《渌水曲》："渌水明秋日，南湖采白蘋。荷花娇欲语，愁杀荡舟人。"送行时看到春草如茵，绿水如染，反而增加了惆怅。姑娘在湖上采蘋，秋日明丽、荷花红艳，不使人欢，反叫人愁，正是心中本有事，见了这乐景则扞格不入，反而触景添愁。

词的下片则点明这些心事的由来："记得去年，探梅时节。老来旧事无人说。"原来去年梅花开放时节，曾同情人共赏，南楼之月可作见证，而今离别了，风物依旧，人事已非，怎得不触景生情！词到结句时才点明为什么别来频醉频醒，是为了"轻离别"的"恨"。先设下重重雾障，层层云翳，然后驱雾排云，露出了本意,使读者从深深的困惑中明白过来,得到了感情上的满足。

"言情之词,必藉景色映托,乃具深婉流美之致。"(吴衡照《莲子居词话》卷二)吕本中这首《踏莎行》见雪兴怀,睹梅生情,登楼抒感,对月寄慨,把悔恨离别之情委婉道出,有着一种朦胧美。朦胧美不同于明快,但也不是晦涩。如果叫人读了不知所云,百思不解,那就失却了意义。朦胧美如雾中之花,纱后之女,初看不明晰,细辨可见形,这种境界同样给人以美的享受。这首词的题旨全靠最后一句"到今犹恨轻离别"点出。这确如画龙,在云彩翻卷之中,东现一鳞,西露一爪,最后见首点睛,因而既显得体态夭矫,又透出十分神韵。 (徐应佩 周溶泉)

【作者小传】

胡世将

(1085—1142) 字承公,晋陵(今江苏武进)人。崇宁五年(1106)进士。高宗时,历监察御史、尚书右司员外郎、中书舍人等职,绍兴八年(1138),任四川安抚制置使,次年,以宝文阁学士宣抚川陕,迁端明殿学士。词存一首。

醉 江 月 胡世将

秋夕兴元使院作,用东坡赤壁韵

神州沉陆,问谁是、一范一韩人物。北望长安应不见,抛却关西半壁。塞马晨嘶,胡笳夕引,赢得头如雪。三秦往事,只数汉家三杰。 试看百二山河,奈君门万里,六师不发。阃外何人,回首处、铁骑千群都灭。拜将台欹,怀贤阁杳,空指冲冠发。阑干拍遍,独对中天明月。

胡世将这首《醉江月》有两点值得一提。第一,南宋词大都作于东南半壁,出于西北川陕前线的绝少。乾道八年(1172)陆游从军南郑,秋日登高望长安南山赋《秋波媚》诸词,为南宋词传来了西北边塞的鼓角之声。胡世将此词,《全宋词》从《陕西通志》录出,比陆游诸词要早三十余年。绍兴九年(1139)七月,在陕西与金对垒七年的南宋名将、川陕宣抚使吴玠卒后,胡世将代领其职,统率陕西诸军,保卫川蜀门户。词题云"秋夕兴元使院作",当作于胡世将自成都初至兴元时。兴元,秦时名南郑,为汉中郡治所在,今为陕西汉中市。建炎二年(1129)张浚首任川陕宣抚使，即治兵于兴元，上疏言："汉中实形势之地，前控六路之帅，后据两川之粟，左通荆襄之财，右出秦陇之马，号令中原，必基于此。"此后历任川陕宣抚使，就常以兴元为驻地（吴玠则移治于河池，今甘肃徽县）。第二，绍兴八年，赵构、秦桧与金和议，反对和议的丞相赵鼎、参知政事刘大中等俱遭罢黜，上书请斩秦桧之头以谢天下的胡铨还远谪岭外。当时这场重大的和战之争见之于大量的奏疏，反映在词中可惜不多。借词以表达主战反和的，自然应首推岳飞的《小重山》。胡世将此词痛惜"奈君门万里，六师不发"，亦以鲜明的态度反对屈辱的和议，足为岳词的后继，与东南的爱国词桴鼓相应，声气相通。而且，胡世将以方面之任主战反和，并非徒为空言。绍兴十年五月，金人破坏和议，分兵二路南下西进。西进的一路直趋陕西，所至州县迎降，远近大震。诸将中有建议放弃河池以避金人兵锋的。胡世将愤然指所居帐曰："世将誓死于此！"决不后退半步。他依靠吴玠之弟吴璘，屡挫金兵，使金人由是不敢度陇。对于保卫西北战线，胡世将是立了一功的。他以实际行动实践了此词所表示的反对和议力主恢复的志向。由于上述这两点，在南宋初年的爱国词中，这首《醉江月》就值得一提，不应让它湮没无闻。

此词为感时而发，指斥和议之非，期待真有抱负才能的报国之士实现恢复大业。它用东坡赤壁怀古韵，此词亦可称"兴元怀古"。不过东坡赤壁词主要追怀周瑜，此词则追怀与当地有关的好几个历史人物。一、"三秦往事，只数汉家三杰。"项羽入关后分秦地为三，后因称关中为三秦。汉家三杰，就是辅助刘邦夺取天下的张良、萧何与韩信。刘邦于秦亡后封为汉王，都于南郑。他听从萧何建议，在南郑为韩信筑坛拜将。刘邦后来出关东向，最终战胜项羽，主要就是依靠了张良、萧何、韩信这"汉家三杰"。二、"拜将台欹，怀贤阁杳。"怀贤阁是纪念三国时北伐至此的诸葛亮。诸葛亮几度北伐，即驻兵汉中以出斜谷，死后葬于汉中的定军山。陆游《感旧》诗记南郑两个胜迹，就是拜将坛与武侯庙："惨淡遗坛侧，萧条古庙壖。"自注："拜韩信坛至今犹存。沔阳有蜀后主所立武侯庙。"怀贤阁建于斜谷口，北宋时犹存。《苏轼诗集》卷四有诗题曰："是日至下马碛，憩于北山僧舍，有阁曰怀贤，南直斜谷，西临五丈原，诸葛孔明所从出师也。"三、"问谁是，一范一韩人物。"一范一韩，就是北宋时驻守西北边境的范仲淹与韩琦。仁宗康定元年（1040），范仲淹与韩琦并为陕西经略安抚副使，对抗击西夏、巩固西北边防起了重要作用。朱熹《五朝名臣言行录》卷七："（范）仲淹与韩琦协谋，必欲收复灵夏横山之地，边上谣曰：'军中有一韩，西贼闻之心胆寒；军中有一范，西贼闻之惊破胆。'"这些历史人物，有的成就大业，有的北伐中原，有的威震边陲。在"神州沉陆"、北宋沦亡之后,面对"北望长安应不见,抛却关西半壁"的山河残破的形势,不能不令人临风怀想古来于此为国立功的上述先贤。这也是作为边帅初到兴元的胡世将通过怀古以咏怀见志,表示他希钦和追慕的目标。但在首句"神州沉陆"之后,紧接着"问谁是、一范一韩人物",实是在深慨当代没有这样的人物。下面说"汉家三杰"已成"往事",拜将台与怀贤阁则一"欹"一"杳",都是暗寓"时无英雄"之慨。当时张浚是个名望很高的主战派领袖,主张"中兴当自关、陕始",自请宣抚川陕。可惜他志大才疏,轻师失律。建炎四年九月,他所指挥的五路之兵四十万人与金兵接战后溃于富平(今属陕西),从此关、陕丧失不可复。胡世将上痛和议之非,近伤富平之败,和则非计,战则非能,抚今怀古之余,内心更加感到自己责任重大,既愤且忧,"赢得头如雪"了。以功业论,胡世将还算不上什么"中兴名臣",但此词忧怀国事,着眼大局,不失阃外边帅的气度。"塞马晨嘶,胡笳夕引"两句,有西北战场特有的边塞气氛。篇末写怒发上指,阑干拍遍,情怀激烈,显示内心忧愤之既巨且深,再也无法平复了。

(吴熊和)

赵 鼎

(1085—1147) 字元镇,解州闻喜(今属山西)人。自号得全居士。中兴名臣之一。崇宁五年(1106)进士。官开封士曹。高宗朝擢右司谏,历官至尚书左仆射、同中书门下平章事。为秦桧所忌,出为奉国军节度使,徙知泉州,安置潮州,移吉阳军,不食而卒。著有《忠正德文集》《得全居士词》。存词四十五首。

作者小传

蝶 恋 花 河中作 赵 鼎

尽日东风吹绿树。向晚轻寒,数点催花雨。年少凄凉天付与,更堪春思萦离绪! 临水高楼携酒处。曾倚哀弦,歌断黄金缕。楼下水流何处去,凭栏目送苍烟暮。

赵鼎是解州闻喜人。宋时解州隶于河中府(治蒲州,今山西永济)。这首词自注"河中作",词中又自称"年少",当作于崇宁五年(1106)赵鼎中进士前后。此后他就离开家乡在汴京等地任职了。

这是一首故地重游的怀人词,怀念往昔曾于临水高楼一曲赋别的一个女子。

上片记时,下片记地,时地依然,而斯人已杳,通篇贯串着伤离念远之情。开头三句点明时令,又以春尽花落、孤独索寞的时空环境暗寓"重来崔护"之感。"催花雨"在宋词中有用于春初催花开的,如晏几道《泛清波摘遍》:"催花雨小,著柳风柔,都似去年时候好。"易祓《喜迁莺》:"一霎儿晴,一霎儿雨,正是催花时候。"也有用于春末催花落的,如李清照《点绛唇》:"惜春春去,几点催花雨。"赵鼎词意则是后者。"年少凄凉"四字包含无限伤感。"年少"本是青春和欢乐的时节,和"凄凉"连在一起,完全是为"春思"和"离绪"所困,而主因则在于一己之多情。但把"年少凄凉"说成是"天付与",则又有自我解嘲的味道,意思是情之所钟,无可摆脱,这"年少凄凉"的况味,不能不甘心忍受了。"临水高楼"三句,紧接上片的"离绪"而转向怀人。这三句是追叙旧事,在"临水高楼"这昔游之地回忆当年送别时的情景。"曾倚哀弦",指以丝竹伴唱。词在唐宋时是合乐歌唱的,有琵琶等弦乐器伴奏。"倚"就是以声合曲。黄金缕本来形容初春鹅黄色的柳条,古时有折杨柳赠别的风俗,"歌断黄金缕"在这里也有作为离别之曲的含义,与上句"哀弦"相应。"楼下水流何处去"一句乃用唐杜牧诗。杜牧《题安州浮云寺楼寄湖州张郎中》诗:"去夏疏雨余,同倚朱栏语。当时楼下水,今日到何处。恨如春草多,事与孤鸿去。楚岸柳何穷,别愁纷若絮。"宋时将杜牧此诗谱作歌曲,一时传唱。晏几道有《玉楼春》词:"吴姬十五语如弦,能唱'当时楼下水'",可以为证。赵鼎这首词就从"临水高楼"的眼前实景出发,借杜牧诗意以"水流"方喻"人去",自然熨帖,不露针线,密合无缝。而且,"相随流水到天涯",对方漂泊流落的生涯和命运,以及一去不返、此恨绵绵的情意,也都包含在"楼下水流何处去"这个深表关切的存问之中了。结句"凭栏目送苍烟暮",凭高极目,远望水流人去的天际,寄托遥思,不觉暮烟四合。一片伤离念旧之情,就寓于这流连不去的久久痴望中,有着悠悠不尽的余味。

赵鼎是南宋初的中兴名臣,屹然重望,与宗泽、李纲相鼎足。他因反对秦桧和议而被罢相,流放到吉阳军(今海南岛崖县),有谢上表曰:"白首何归,怅馀生之无几;丹心未泯,誓九死以不移。"秦桧读后说:"此老倔强犹昔。"他知道秦桧必欲杀之,遂绝食而死,死前自书旌铭:"身骑箕尾归天上,气作山河壮本朝。"英风壮概,气节凛然。但他早年所作的这首《蝶恋花》,却吐属芳菲,情致缠绵,含思哀婉。况周颐《蕙风词话》卷二说此词"年少凄凉"二句,"闲情绮思,安在为盛德之累耶?"本来这两者并不相妨。唐宋璟为相,耿介有大节,但却写出了风流妩媚的《梅花赋》(原赋已佚,《全唐文》卷二〇七所录宋璟《梅花赋》乃伪作)。皮日休《桃花赋》序说宋璟"贞姿劲质,刚态毅状,疑其铁肠石心,不能吐婉媚辞。"赵鼎另一首《蝶恋花》说:"漫道广平(宋璟封广平郡公)心似铁,词赋风流,不尽愁千结。"无疑是借宋璟以夫子自道。"铁肠石心"何尝不可以有"词赋风流"的一面,尤其是抒写他们的少年风怀?

(吴熊和)

点 绛 唇 春愁   赵 鼎

香冷金炉,梦回鸳帐馀香嫩。更无人问,一枕江南恨。

消瘦休文,顿觉春衫褪。清明近,杏花吹尽,薄暮东风紧。

婉约词着力表现的往往是一种深婉的意绪,心灵的潜流,虽深却窄,虽窄却深。高度的物质文明陶冶了细腻的感受,时代的阴影又使得有宋一代文学带上了哀怨的色彩,而词这种文体自身积淀的审美趣味也影响了词作者的命题立意。所以,作为一代中兴名相的赵鼎,这首"春愁"词也写得婉媚低回,"不减花间"(黄昇语),就是可以理解的了。

词的上片写春梦醒来独自愁。"香冷金炉,梦回鸳帐馀香嫩。"金炉中,香已冷,绣着鸳鸯的帐帷低垂着,一切都是那么闲雅,那么安静,那么温馨。一个"嫩"字以通感的手法写出了馀香之幽微,暗香浮动,若有若无。但这种华美而寂静的环境又似乎处处散发出一种无可排解的孤独和感时伤怀的愁绪,犹如那缕缕馀香,捉摸不到,又排遣不去。"更无人问,一枕江南恨。"午梦醒来,愁绪不散,欲说梦境,又无人相慰相问。"恨"以"一枕"修饰,犹如用"一江""一舟"来修饰"愁",化抽象为具象,组接无理而化合巧妙。"枕上片时春梦中,行尽江南数千里"(岑参《春梦》)。梦中的追寻越是迫切,醒来的失望就越发浓重。至于这情、这恨,所指到底是什么,作者没有讲明,也无须讲明,这是一种无所不在的闲愁闲恨,是一种泛化了的苦闷,既有时代的忧郁,也有个人的感情,伤春愁春只是它的表层含义,人生的叹喟,世事的忧虑,才是它的深层含义。

过片以"消瘦休文"自比。"顿觉春衫褪",以夸张的手法突出"消瘦"的程度。"休文"即梁沈约,这是一个多愁多病的才子,据载,沈约病中日益消瘦,以至"百日数旬,革带常应移孔,以手握臂,率计月小半分"。后人常以"沈腰"来比喻消瘦。"春衫褪"即春衫宽,衣服觉宽,人儿憔悴、苦涩之中有着执着。"顿"字以时间之短与衣衫之宽的对比突出消瘦之快,"顿"还有惊奇,感叹,无奈等多种感情。"清明近,杏花吹尽,薄暮东风紧。"这三句以景作结,含不尽之意。清明已近,春色将老,那闹春杏花已吹落殆尽,"一片飞花减却春,风飘万点正愁人。"在这种清寒的境界里,作者无语独立,不觉又是黄昏,只觉得东风阵阵,寒意阵阵。清明时节多风雨,若再有夜来风雨过园林,无多春色还能留几分呢？东风带来春雨,催开百花,东风又吹老园林,送走春色,所以宋人常有"东风恶"之语,"薄暮东风紧"写的是眼前之景,传达的却是担忧明日春色之情。一个"紧"字通俗而生动,表现力很强,既写出了东风紧吹的力度,又写出了作者"一任罗衣贴体寒",守住春色不放的深情。

这首词自然属于婉约之作,但婉而不弱,约而不晦。如词的结尾,写的是日暮花飞之景,虽无可奈何又依依不舍,词人愁春惜花,守至日暮,依然不去,惋叹之中又有着坚韧,婉约之中不失筋骨。词的语言含蓄有味而通俗易懂,到口即消却耐人寻思。

（史双元）

满 江 红
赵 鼎

丁未九月南渡,泊舟仪真江口作

惨结秋阴,西风送、霏霏雨湿。凄望眼,征鸿几字,暮投沙碛。试问乡关何处是,水云浩荡迷南北。但一抹寒青有无中,遥山色。　　天涯路,江上客。肠欲断,头应白。空搔首兴叹,暮年离拆。须信道消忧除是酒,奈酒行有尽情无极。便挽取长江入尊罍,浇胸臆。

赵鼎这首《满江红》注明作于"丁未九月"。丁未是建炎元年（1127）,上一年就是靖康元年,金兵攻占汴京。靖康二年四月,金人掳徽、钦二帝北去。五月,赵构即帝位于南京（今河南商丘）,改元建炎。九月,以金人进犯,退驻淮甸,并下诏缮修建康城池,准备南渡。赵鼎渡江至建康,就是为赵构下一步定都江南作先行的。因此他泊舟仪真（今江苏仪征）江口写的这首词,是此后南宋爱国词的先声。建炎元年十一月,赵构至扬州。三年二月,渡江至临安、建康,都是赵鼎此词以后的事。仪真在长江北岸,宋时为真州,是江淮南下至建康与两浙的军事要冲与转运中心。泊舟仪真正是赵鼎渡江的前夕。赵鼎还写了一部《建炎笔录》,三卷,记赵构渡江后立朝经过,起自建炎三年正月,"丁未九月南渡"这一段可惜没有写入。

这首词所写是宋室南渡前夕的形势和心情。词以"惨"字发调,正混合着作者风雨渡江中对时局前途的观感和忧虑。开头三句,不是通常的悲秋情调,它借当前的时令景色表现了北宋沦亡、中原丧乱的时代气氛。"惨结秋阴",这惨淡的秋阴四布于低沉的寒空,也笼罩了作者悲凉的心头。"凄望眼,征鸿几字,暮投沙碛。"既是深秋时分的江头即景,也是借雁自喻,以北雁南飞暗喻自己此时的去国离乡,仓皇南渡。"沙碛"二字,见出满眼荒寒。"试问乡关何处是,水云浩荡迷南北",用唐崔颢《黄鹤楼》诗:"日暮乡关何处是,烟波江上使人愁。"但"迷"字点出心境,目断心迷,南北莫辨,有茫然无适之感。上片末两句化自王维《汉江临泛》诗"山色有无中",和秦观《泗州东城晚望》诗"林梢一抹青如画,应是淮流转处山"。但词中"遥山"之"青"冠以"寒"字,变成了"寒青",这也是望眼凄迷所然吧。回望淮流诸山,告别中原,无限依恋的情意,溢于言外。

　　此词上片写景,极写行色凄惨。下片抒情,就以"放笔为直干"的写法,抒发国难当头的内心深忧。"天涯路,江上客。肠欲断,头应白。空搔首兴叹,暮年离拆。"建炎元年,赵鼎不过四十三岁,正将膺受重任。但去年汴京失守,二帝蒙尘;当前家室分携,南北暌隔,再加上时局艰危,前途未卜,这些不能不使他肠断而头白了。"须信道"两句有衬字,按照词律,这两句是七字句,则"须"字(或"道"字)和"奈"字是衬字。此词下片极言家国之恨无穷,根本不是借酒消愁所能消除得了,除非挽取万里长江的滚滚洪流入酒杯,满怀积郁或许可以借此冲洗一番。结句把郁结心头的国家民族之深忧,同眼前滔滔不绝的长江打成一片,令人感到这种忧愁直如长江一样浩荡无涯,无可止遏。作者的爱国热情和满腔激郁不平之气,也于此尽情表露出来了。

　　陈廷焯《白雨斋词话》卷六论南渡后词,首先举到赵鼎这首《满江红》,认为"此类皆慷慨激烈,发欲上指,词境虽不高,然足以使懦夫有立志"。　　　(吴熊和)

鹧　鸪　天　建康上元作　　　　　　　　　　赵　鼎

客路那知岁序移,忽惊春到小桃枝。天涯海角悲凉地,记得当年全盛时。　　花弄影,月流辉,水精宫殿五云飞。分明一觉华胥梦,回首东风泪满衣。

　　赵鼎是宋代中兴名臣,这首词系南渡之后作于建康(今江苏南京)。上元即元宵。词人值此佳节,抚今忆昔,表现了沉痛的爱国感情。

　　起首二句,以顿入之笔点明身在客地,不觉时序推移之速。词人原籍解州闻喜(今属山西),徽宗崇宁五年进士,擢为开封士曹。靖康事变后,高宗仓皇渡江,驻跸建康,词人填此词时,当系随驾至此。"客路"一句,直点题面,说明在金兵南侵之际,自己转徙异乡,不知不觉又到了一年的春天。出语自然通俗,然于平淡中蕴深情,且为下句作好铺垫。"忽惊春到小桃枝",以小桃点出上元。小桃,上元前后即著花,见《老学庵笔记》卷四。词句流畅秀丽,于轻灵中寄重慨,是上句的自然归宿。其中"那知""忽惊"两个短语,紧相呼应,有兔起鹘落之势,把词人此时的特定心情,非常准确地表现了出来。

"天涯海角悲凉地"一语,补足起句"客路"二字。建康距离北宋首都开封,实际上并不甚远,然而对一个战乱中流离在外的人来说,却有如天涯海角。和词人同时的李清照流落到江南之后,也写过这样的词句:"今年海角天涯,萧萧两鬓生华。"(《清平乐》)词人此处一则曰"海角天涯",二则曰"悲凉地",连连加重语气,以见客愁之重、羁恨之深,这就具体表现了"忽惊"以后的情绪。当此之际,作为江防要塞的建康,一方面驻有南宋重兵,准备抵抗南下的金人;一方面是北方逃难来的人民,流离失所,凄凄惨惨。面对此情此景,词人自然而然想起北宋时欢度元宵的盛况,于是"记得当年全盛时"一句冲口而出。这句是词中一大转折。按照一般填词规律,词至此句为上阕歇拍,应如战马收缰,告一段落。可是它的词意却直贯过片三句,有蝉联而下之妙。这样的结构好似辛稼轩《贺新郎·别茂嘉十二弟》。辛词上阕歇拍云:"马上琵琶关塞黑,更长门翠辇辞金阙。看燕燕,送归妾。"过片云:"将军百战身名裂。向河梁,回头万里,故人长绝。"词意跨过两片,奔腾而下,歇拍处毫不停顿,一气呵成。因而王国维称之为"章法绝妙"(《人间词话》)。此词也是采用同样章法,两片之间,不可割裂。它在上阕歇拍刚说"记得当年",换头接着就写"全盛时"情景。但它并未以实笔具体描写元宵之夜"歌舞百戏,鳞鳞相切,乐声嘈杂十余里";也未写"灯山上彩,金碧相射,锦绣交辉"(俱见《东京梦华录》卷六),而是避实就虚,写花枝如何袅娜,月光如何皎洁,宫殿如何晶莹,云彩如何绚丽。从虚处着笔,就避免了一般化,读后令人有新颖之感,并能唤起美好的联想。

结尾二句又一转折,写词人从对往事的回忆回到悲凉的现实。华胥梦,语出《列子·黄帝》,故事谓黄帝昼寝而梦,游于华胥氏之国。其国无帅长,一切崇尚自然,没有利害冲突。此处喻北宋全盛时景象,随着金人的入攻,霎时灰飞烟灭,恍如一梦。在"华胥梦"上着以"分明一觉"四字,更加重感情色彩。词人如梦方醒,仔细辨认,春光依旧,景物全非,两眶热泪,不禁潸然而下,读之令人怆然。词一般以景结情为好,但以情煞尾,也有佳篇。此词尾句纯用情语,且以"东风"二字与上阕"春到小桃枝"相呼应,丝丝入扣,却有泉流归海,悠悠不尽的意味。

此词结构极其严密。"分明一觉华胥梦"是词中关键句子,也就是通常所说的"词眼"。词的上下二阕,全赖这个"词眼"的眼光照映。如起首二句中的"那知""忽惊"写从不知不觉到陡然发现,即带有如梦初醒的意思;过片三句则系梦境的显现;结句则系梦醒后的悲哀,在在关合"华胥梦"一语,于是通体浑融,构成一首意境深沉的歌曲。从全词来看,感情写得有起有伏,曲折多变。如果说前三句写悲凉,过拍则转写欢乐;如果说过片是写欢乐的高潮,结尾二句则又跌入悲怆的深渊。悲喜相生,跌宕有致,因而能攫住读者的心灵。词中还运用了回忆对比的手法:以今日之悲凉,对比昔日之全盛;以梦中之欢乐,对比现实之悲哀,冲破时间、空间的限制,一任感情之所至,恣意挥写,哀而不伤,刚健深挚,与一般婉约词、豪放词均有不同。因此清人况周颐评曰:"清刚沈至,卓然名家,故君故国之思,流溢行间句里。"(《蕙风词话》卷二)这个评价是非常符合此词的特点,也是非常符合词人作为中兴名臣的身份的。

(徐培均)

洞　仙　歌

赵　鼎

　　空山雨过,月色浮新酿。把盏无人共心赏。漫悲吟,独自拈断霜须。还就寝,秋入孤衾渐爽。　　可怜窗外竹,不怕西风,一夜潇潇弄疏响。奈此九回肠,万斛清愁,人何处、邈如天样。纵陇水秦云阻归音,便不许时闲,梦中寻访?

　　作为一个南渡名臣,赵鼎在朝中与秦桧进行过激烈的较量,由于高宗赵构偏袒秦桧,致使赵鼎被罢谪岭南。但是他的兴复之志从未泯灭,秦桧的一切加害从未使他屈服。当他为使全家不遭秦桧的诛杀,而决定绝食自杀时,还在预制的铭旌(柩前灵幡)上写上两句话:"身骑箕尾归天上,气作山河壮本朝。"其报国之雄心可谓苍天可鉴。这首词就是他在岭南贬所写的。河山之恋,故土之思,溢于言表;然而孤寂、凄楚和愤慨之情也难以掩抑。

　　全词写了作者在一个秋夜的全部行动和情思。上片集中写了三个生活细节——独酌、悲吟、孤卧。起三句写月下独酌:新雨初过,山月朗照,新酒飘着香气,杯中浮着月影,那正是敞怀痛饮的时刻,可一拿起酒杯,就想起当此良辰美景竟无人共赏,只是一人独饮,实在败味得很。这自然要引起对自己被贬谪、被软禁的愤慨,于是有月下悲吟一举。"漫悲吟,独自拈断霜须",是说受此屈辱,无处申诉,只好独自长歌悲吟以减轻胸中的郁闷了。由于这悲吟有深度,有力度,是内心深处的颤抖与呐喊,不自觉地连花白的胡须都拈断了数根。"还就寝"二句写孤衾独卧,意思是说独酌无味,悲吟伤情,还不如回房就寝,可是由于秋凉天气,孤衾独卧,以及余恨未消等多种原因,又久久不能入睡,心绪茫然。以上三个连续性的细节,共同表明作者处境的艰难、愁怀的激烈,以及日子的难以打发。

下片集中写他独卧孤衾中的所闻和所感,向更深的心理层次开掘。"可怜窗外竹"三句,既是景语,更是情语,而且是整片意脉的枢纽。窗外的竹子整夜被西风吹得飒飒作响,撩人愁思,于是有下面"奈此九回肠"的披露;然从"可怜""不怕""弄"等用语看来,又暗暗地赞颂了竹子的抗风斗寒的品质,于是有结处梦寻故土的决心。"九回肠",出于司马迁的《报任安书》:"是以肠一日而九回",言愁怨极多。此处亦言心中装着万斛苦恨,致使愁肠百结,其中最主要的就是自己梦寐所求的人远在天那边,同时也是诉说自己被远抛闲置在遥远的天这边。前面总冠以一个"奈"字,言面对这些打击与迫害无可奈何,明显地流露出一种苦闷与不平。"人何处"的"人",联系上下文看,当不只是说家中的亲人、朝中的故旧,主要的还是指九重之上的高宗皇帝。封建时代的臣子,一旦得罪远谪,总是寄希望于皇帝能够回心转意把他召回。赵鼎尝两任宰相,高宗曾对他言听计从,称为"真宰相"。他为国专以固本为先,根本固而后敌可图,仇可复,对南宋的中兴事业有所建树。虽被远贬而此志不衰,因此翘首企望回朝续展长才。"解铃还是系铃人",寄希望于皇帝自在情理之中。故词的结处又从悲怆的叹息,一转而为热烈而执着的追求:"纵陇水秦云阻归音,便不许时闲,梦中寻访?"陇水,即陇头之水;秦云,即秦岭之云。这都是环绕在故都长安的山川风云,进出长安必须通过这些障碍物,这里用以指秦桧一类的朝中权奸。数句言纵然有奸邪当道阻挡我回到朝廷,总不能不许我闲时到梦中去寻求归路。这里所表现的正如他从潮州移吉阳军(今广东崖县)给高宗的谢表中所表示的:"白首何归,怅馀生之无几;丹心未泯,誓九死以不移。"

此词不以剪裁工巧取胜,而以描写深刻细腻见长。它基本上采用了赋的写法,叙述与描写的成分很重。首先是按时间顺序从空山雨过,独饮无绪,悲吟断须,孤衾独卧,一直写到夜阑不寐,闻风吹竹,愁肠难伸,梦寻旧乡,写出了一个凄凉人难度凄凉夜的全过程,真实感人。其次是描写颇有层次,上片全属行动描写,下片先是景物描写,后是心理描写,层层深入,而且每一种描写都作了精细的刻画和渲染。如以月色、杯影反衬无人共赏,以拈断霜须表明悲吟的深度与力度,以"万斛清愁"形容愁恨之多,以"邈如天样"以形容朝廷之远,以"陇水秦云"暗指秦桧一类政敌等等。正因为有这些精细的描绘,才避免了一般用铺叙法写成的作品容易犯的平铺直叙、板重厚拙的毛病,它同样是那样鲜明、轻巧,含吐不露。

(谢楚发)

向子諲

【作者小传】

(1085—1152)　字伯恭,开封(今属河南)人,卜居清江(今江西樟树)。号芗林居士。元符时,以恩荫补官。南渡初,统兵勤王。高宗朝,官至徽猷阁待制、户部侍郎。晚知平江府,因反对和议忤秦桧,致仕。闲居十五年。有《酒边词》,以南渡为界,分江南新词和江北旧词。存词一百七十六首。

鹧　鸪　天　　　　　　　　　　向子諲

有怀京师上元,与韩叔夏司谏、王夏卿侍郎、曹仲谷少卿同赋

紫禁烟花一万重,鳌山宫阙倚晴空。玉皇端拱彤云上,人物嬉游陆海中。　　　星转斗,驾回龙。五侯池馆醉春风。而今白发三千丈,愁对寒灯数点红。

　　向子諲是一位生活在南北宋之交的词人。他将自己所作编为《酒边词》,分成"江南新词"和"江北旧词"前后两卷。这样的编排,用意很深,南宋胡寅认为他"退江北所作于后,而进江南所作于前,以枯木之心,幻出葩华;酌玄酒之尊,弃置醇味"(《题酒边词》),大致正确。向子諲前半生亲睹北宋之盛,金兵进犯、宋室南渡后,他力主抗金,因得罪秦桧,于是挂冠还乡,卜居江西临江。晚年词作,多抒写淡于名利的闲适生活情趣,但也常常萦念北宋徽宗时代的繁盛。这类感旧伤时之作,隐寓着深沉的身世家国之恨。

　　这首《鹧鸪天》,词题是"有怀京师上元",未标明作年。作者集中另有《清平乐·岩桂盛开戏呈韩叔夏司谏》云:"而今老我芗林,世间百不关心。独喜爱香韩寿,能来同醉花阴。"其与韩叔夏唱和往来在绍兴九年己未(1139)归隐以后,词亦当为此后数年间所作。

　　这首词在结构上打破了词调分片的定格,从文义看,前七句和后两句,是两个意境迥异、对比鲜明的画面。

　　前七句,从怀旧入手,以流利轻快的笔触,描绘了汴京紫禁城内外欢度上元佳节的景象。正月十五之夜,华灯宝炬与月色烟光交辉,彩灯叠成的鳌山与华丽的宫阙高耸云天,至尊的帝王端坐于彩楼之上,万民百姓则嬉游于街衢之间。斗转星移,龙驾回宫,万众狂欢更趋高潮。这幅上元节情景,完全是记实。据南宋孟元老《东京梦华录》回忆,上元的汴京"灯山上彩,金碧相射,锦绣交辉。……宣

德楼上,皆垂黄缘帘,中一位乃御座。……万姓皆在露台下观看,乐人时引万姓山呼。"至于该书所记载的:"别有深坊小巷,绣额珠帘,巧制新妆,竞夸华丽,春情荡飏,酒兴融怡,雅会幽欢,寸阴可惜,景色浩闹,不觉更阑。宝骑骎骎,香轮辘辘,五陵年少,满路行歌,万户千门,笙簧未彻。"民间如此,豪贵之家此夕宴乐之盛更可知,但如其自序所云"未尝经从",故从阙略罢了。"五侯",因汉代外戚、宦官有五人同时封侯之事,故以后泛称权贵之家为五侯家。

如此良辰美景,是何等繁盛、欢乐,但在最后两句,词意陡转,一落千丈,在我们面前突现了一个萧疏凄清的境界:"而今白发三千丈,愁对寒灯数点红。""而今"二字,把上元狂欢的画面推向了遥远的过去,成了一个幻境,这是化实为虚的有力一笔;同时,又把词人面对的现实场景一下子推到读者眼前。词人抚今思昔,真有恍若隔世的感觉:当年身为贵胄子弟(向子諲是宋神宗钦圣宪肃皇后的再从侄),曾出入宫闱,备受恩荣,如今却是一个皤然老翁;当年目睹京城繁华,亲历北宋之盛,如今僻居乡里,只能与数点寒灯晤对。王夫之《薑斋诗话》说:"以乐景写哀,以哀景写乐,一倍增其哀乐。"的确,这首词将今昔两个画面加以对比,这种盛与衰、乐与哀相互映衬的手法,确实收到了强烈的艺术效果。"白发三千丈"借用李白名句,表现愁绪满怀的词人自我形象;"愁对寒灯数点红",凝聚着词人多少深沉的感慨:是对昔日繁华生活的眷恋?是往事若梦的人生喟叹?还是因国破家亡而产生的怅恨?抑或是"流水落花春去也,天上人间"的失落感?……这一切,词人用一个"愁"字点醒了。"白发""寒灯"二句中,两个描写色彩的字"白"与"红"又互相映射,渲染了一种凄清的境界。结响凝重,含蕴深闳,以少总多,发人遐思,是全篇传神之笔。

(方智范)

秦　楼　月

向子諲

芳菲歇,故园目断伤心切。伤心切,无边烟水,无穷山色。　　可堪更近乾龙节,眼中泪尽空啼血。空啼血,子规声外,晓风残月。

公元1127年"靖康之变",徽、钦二帝被掳北去,中原尽失,朝野志士无不拔剑斫地,切齿扼腕,于是词坛上产生了一批慷慨悲凉、数百年后尚见其抑塞磊落之气的作品。向子諲这一首《秦楼月》,题旨相同,篇幅虽短,感情的容量却并不小,在表现上也自有特色。

上下两阕,词意可分三层。

　　起首"芳菲歇"三字，写春光消歇景象，似实而虚。因为词人并非吟咏节序，抒写一般的伤春伤别情怀，所以下面不再因此而展开对景色的描绘。当此春末夏初时节，词人萦回于心的是什么呢？是"故园目断伤心切"。按"故园"可作家乡解，但向子諲家在江西临江，并未沦于敌手，这里显然是指失去的国土。词人登高遥望北方故国，而故国不可见，对于一个胸怀爱国之情的南渡词人来说，怎能不悲伤痛切呢？这一句，是对内心感情的直捷表露。但如果任凭感情的驱使，沿此思路写下去，就未免有一泻无余之病了。词是吟咏性情的，但最好是诉诸具体的形象。至此，词人笔锋一转，由直而曲，欲吐又吞，不言情而转写景："无边烟水，无穷山色。"词人眼中所见，唯有迷离的烟水，朦胧的山色，这一景象，既是"故园目断"含义的丰富和延伸，又使"伤心切"这一心理活动具象化；同时，自然界山水的无边无际，又恰到好处地隐隐传达出词人此时此地情感的惆怅和悠远。所以，读至此，我们简直分不清词人是在写景呢，还是在抒情。景与情合，情以景生，"悲喜亦于物显"（王夫之语），正是此八字的妙处。

　　下阕"可堪"二字，是不能堪的意思。此乃词人着意用力之笔，把上阕"故园目断伤心切"的感情又推进、深化了一层。词人为何在春末夏初时节要遥念故国呢？因为是"更近乾龙节"。《易·乾》："九五，飞龙在天。"乾卦以龙取象，所以古人往往以"乾龙"喻帝王。乾龙节，是北宋钦宗赵桓的生日。据《宋史·礼志》记载："靖康元年四月十三日，太宰徐处仁等表请为乾龙节。"当年此日，朝廷中群臣上寿，钦宗赐宴，好一派热烈庆贺的盛况！而今又是四月，圣节将临，却是神州板荡，山河易主，词人抚今追昔，怎能忍受得了如此沧桑巨变呢？于是万千怅触，化为使人不忍卒读的词句："眼中泪尽空啼血。"这一句，哀怨悲凉，撼人心魄。向子諲是一位力主抗金的将领，高宗建炎四年（1130）金兵大举南下，一路直指江西、湖南，向子諲正在潭州（今长沙）知州任上，有人建议暂避敌锋，他大呼曰："是何言之不忠也！使向之诸郡有一二能为国家守，敌其至此耶？""朝廷使我守此藩也，委而去之，非义矣！"（见汪应辰《向公墓志铭》、胡宏《向侍郎行状》）他亲率军民血战数日，终因力不足而城破。事后，他的好友陈与义赠诗，有"柱天勋业须君了"的赞辞（《题向伯恭过峡图》），然而词人于今想到家亡国破，君辱臣耻，却又回天无力，胸中不禁充塞着极度的愤恨和悲哀。这样深沉难遣的感情积聚，实在非"眼中泪尽空啼血"一句不能尽之了。以上为词意的第二层。

　　下面，由人的"空啼血"联想到自然界的子规，感情又进一层。按《秦楼月》词调的要求，"空啼血"是承上句而来，却不是语句的简单重复，而用以带起以下句意。词人缘情而布景，以"子规声外，晓风残月"这样凄厉衰飒的意境结束全词。

子规即杜鹃鸟。子规啼血是古代诗词中屡见的意象,如白居易《琵琶行》:"其间旦暮闻何物? 杜鹃啼血猿哀鸣。"李山甫《闻子规》:"断肠思故国,啼血溅芳枝。""晓风残月",是柳永《雨霖铃》词中的名句,这里虽系移用,但显然词人对原来的意象内涵进行了改造,它表现的已不是离别的苦况,而是因国破家亡而生的故国之思了。"子规声外,晓风残月",是因情而设景,亦即王国维所谓"以我观物,故物皆着我之色彩"的"有我之境"。它以丰富的内蕴,传达出词人心中的无限哀怨,撞击着读者的心扉。

全词感情真挚,情景谐合,在《酒边词》中,是一首成功的小令。但终因其忠愤有余而少豪宕之气,且词中意境少独创性,缺乏新鲜感,不免影响了它的艺术感染力量,在宋词中未臻上乘。

(方智范)

阮 郎 归

向子諲

绍兴乙卯大雪行鄱阳道中

江南江北雪漫漫。遥知易水寒。同云深处望三关。断肠山又山。 天可老,海能翻。消除此恨难。频闻遣使问平安。几时鸾辂还。

向子諲是南宋初年主战派大臣。靖康之难,他曾请康王率诸将渡河,出敌不意以救徽钦二帝。建炎三年(1129),金兵进湖南围长沙,他率军民与金兵血战八昼夜。陈与义《伤春》诗云:"稍喜长沙向延阁,疲兵敢犯犬羊锋。"即谓此事。绍兴九年(1139),子諲以忤秦桧致仕,从此归隐林下十五年以终。其词多写山林逸趣,但也不乏忧国伤时之作,此词即其中之一。词题"绍兴乙卯大雪行鄱阳道中",乙卯为绍兴五年(1135),鄱阳即今江西波阳县,位于鄱阳湖东岸。

"江南江北雪漫漫。"起笔极写江南江北,大雪漫天,寒气逼人。大雪天征途上,词人何所思耶? 是温暖的家,抑或前村之酒舍? 都不是。"遥知易水寒。"易水(在今河北),当时正是金人的后方。原来,词人是在怀想被掳北去的徽钦二帝呵。此句写怀想,句中知字是眼。加一遥字,写出其怀念之深。落一寒字,见得其体贴之切。寒字与起笔之雪漫漫照应,其意可玩。江南江北已大雪漫漫,燕山雪花大如席,其寒彻骨,可想而知。寒字亦暗示出二帝在漠北苦寒之地,备受金人之种种虐待。此句字面,取自战国末荆轲之悲歌"风萧萧兮易水寒",又倍增一份悲愤之感。"同云深处望三关。"上句写内心之悬想,此句更推进一步,写出举目以北望。三关者,淤口关、益津关(均在今河北霸县)、瓦桥关(在今河北雄县)。

　　五代周显德六年(959)，世宗北取瀛、莫等州，以三关与契丹分界。词人以易水、三关，泛言北地。遥望天北，但见彤云沉沉，二帝蒙尘之处，上有沉沉之彤云，下有重重之关山。"断肠山又山。"那重重之山，遮断了词人之望眼，更遮断了二帝之归路。望断重山，怎能不令人肝肠寸断！词情至此，似已至极。然而词人之悲痛曷有其极。"天可老，海能翻。消除此恨难。"换头三句翻出奇语，然痛入骨髓矣。唐人之诗云："天若有情天亦老。"犹为虚拟之辞，此则直谓天可老。汉人之诗云："山无陵，江水为竭，⋯⋯乃敢与君绝。"想象犹未及海，此则至于海矣。天荒地老，痛巨恨深，见于言外。下句更道"消除此恨难"。此恨正指靖康之耻、二帝北狩。难字，与上二句之可字能字呈为强烈对比，天可老、海能翻之可能，倍加反衬出消除此恨之不可能。实则天难老，海亦难翻，而消除此恨之难，更难于此二事，直是绝望之语。结笔二句奇外出奇，从绝望之中竟又翻出一片痴望来。"频闻遣使问平安。几时銮辂还。"銮者马铃，其形制为"銮口衔铃"(《古今注・舆服》)。辂者车上横木，銮辂即指二帝车驾。《宋史・高宗纪》载："绍兴四年(1134)春正月，"遣章谊等为金国通问使"。五年五月，又"遣何藓等奉使金国，通问二帝"。故结笔上句言"频闻遣使问平安"。此词作于绍兴五年隆冬，实则徽宗已于"绍兴五年四月甲子，崩于五国城(今黑龙江依兰)"。直至"七年九月甲子，凶问(始)至江南"(《宋史・徽宗纪》)。词人此时当然不可能"预卜"此一凶问。但二帝之在金国备受磨难，词人是明白的。问平安之语，字面堂皇得体，内里实何限酸楚。上言天可老、海能翻，消除此恨难，固已绝望；结句反谓几时銮辂还，则又翻出无可遏止之希望。此希望虽不合事理，却见出一片痴情。以痴情语作结，愈朴愈厚愈无尽。

　　此词伤悼徽钦二帝之北狩，实融家国之悲为一体(词人是神宗向后之再从侄)。徽钦二帝，皆亡国之昏君，本无可深惜。但在"国、君一体"(《春秋公羊传》庄公四年)之时代，二帝之蒙尘，实与祖国山河之破碎、北宋文明之毁弃为一事。故从历史之角度看，子諲此词既呈露出南渡之初爱国志士之悲愤心态，便仍有其一定的历史认识意义。从艺术之角度看，则此词抒情之曲折深刻，及语言之含婉工致，造诣颇有独到之处。上片由江南江北之雪联想到易水之寒，又由此一联想而遥望三关，已是层层翻进。下片凌空设譬，以天可老、海能翻反衬此恨难消，情至绝望之境，便若无以复加。然而最后又翻出绝望中之一片痴望，抒写故国故君之思，至此终至其极。只因词人精诚郁结悲愤深沉，倾诉出来才有如此层层叠叠之致。词虽是小令，而其抒情却曲折深刻如此，可谓之独诣。全词虽极写二帝北狩不还之悲怀，但终篇亦并无一语道破，语言含婉工致，正不失词体本色。比较南宋前期一般爱国词之粗犷,南宋后期一般爱国词之晦涩,便又可谓之独诣。

(邓小军)

西 江 月

向子諲

政和间,余卜筑宛丘,手植众芰,自号芗林居士。建炎初,解六路漕事,中原俶扰,故庐不得返,卜居清江之五柳坊。绍兴癸丑,罢帅南海,即弃官不仕。乙卯起,以九江郡复转漕江东,入为户部侍郎。辞荣避谤,出守姑苏。到郡少日,请又力焉,诏可,且赐舟曰泛宅,送之以归。己未暮春,复还旧隐。时仲舅李公休亦辞舂陵郡守致仕,喜赋是词。

五柳坊中烟绿,百花洲上云红。萧萧白发两衰翁,不与时人同梦。　　抛掷麟符虎节,徜徉江月林风。世间万事转头空,个里如如不动。

从词序可知,这首词是作者第二次辞官重归清江五柳坊之后的作品。向子諲是南宋初年主战派大臣,曾写下不少直接抨击投降派的爱国文章。绍兴九年,以忤秦桧致仕,从此归隐林下。这首写隐逸情趣的词,从一个侧面透露了作者对南宋政治现实的不满。

开头两句中的五柳坊、百花洲皆在清江附近。先写居处所见:柳绿如烟,葱茏翠碧,景物朗润。此写地面。苍穹红云,绚丽而璀璨。此写天上。一幅夕阳村景的画面,展现眼前。这也是仅举一端,美景当不止此。地名中有柳有花,柳以绿濡,愈显其深邃;花以红染,益见其娇艳。词人匠心独运,令人陶醉。

三、四句,“萧萧”意犹萧疏,指头发花白。此时子諲自叹垂垂老矣,岁月蹉跎,世事乖戾,是以白发萧萧。两衰翁:子諲其一也;另一位便是序中所说辞舂陵郡守致仕的仲舅李公休了。前三句写景叙事,舒缓有致。第四句“不与时人同梦”,情词转向激昂,时人,盖指当时的专权误国的权贵,包括秦桧之流的投降派。

五、六句中的麟符、虎节,为君王调兵遣将之信物,受者有殊荣。而子諲言抛言掷,何等坚决!绍兴初年,子諲知鄂州,主管荆湖东路安抚司,寻知江州,改江东转运使,进秘阁修撰,徽猷阁待制,徙两浙路都转运使,除户部侍郎,可谓品高位显。当宋金议和时,秦桧一力主和,金使将入境,而子諲坚决不肯拜金诏,忤秦桧意,乃致仕,退隐清江,第五句当言此事。子諲忠节,不取悦于世,又不苟合于世,凛然正气,直冲霄汉。第六句“徜徉江月林风”,和第一、二句暗合。一、二句写清江暮色,此写晚景。插叙往事后,写此时此境的心情。月朗风清,林中闲适徘徊。初读似写闲情逸致,实则词人的心潮并不平静。屈原《涉江》云"被明月兮珮宝璐,世溷浊而莫余知兮,吾方高驰而不顾。"屈原所言"明月",珠名,实借"明"字之音,喻己行为之光明磊落,借"月"高洁之义,喻己情操之高尚纯洁。子谭林中踏月,徘徊慨叹,和屈原诗句所言,可谓世同,情同,意同。

最后两句"世间万事转头空",指宦海浮沉,犹过眼云烟,表明词人视显位厚禄如草芥的心境。"个里如如不动","个里"犹言此中,即心中。"如如不动",佛家语,指真如常住,圆融而不凝滞的境界。《金刚经》"不取于相,如如不动",是此句所本,用以表达词人结庐人境,不闻车喧,远污离秽,洁身自持的心境。淡泊明志、宁静致远之意,深蕴其中。

全词似隐逸闲适之作,实为明志抒愤之什。反映了子谭居浊世而守洁,远奸佞而忠节的美德。就其艺术性而言,写景,毫染春色,柳绿花红,月朗风清;叙事,笔挟风雷,激情慷慨。这种晴空布雷的手法,自出机杼,独标高格。另外,明开暗合,照应缜密,亦见匠心。第一、二句柳烟云红,当为暮霭之时,第六句月下林风,是晚间写照。时间之推移,如丝相贯,不见断隙。是一首耐人寻味的好词。

(连弘辉)

【作者小传】

李持正
字季秉,莆田(今属福建)人。政和五年(1115)进士。历知德庆、南剑、潮阳三郡,终朝请大夫。存词二首。

明 月 逐 人 来 李持正

星河明淡,春来深浅。红莲正、满城开遍。禁街行乐,暗尘香拂面。皓月随人近远。 天半鳌山,光动凤楼两观。东风静、珠帘不卷。玉辇将归,云外闻弦管。认得宫花影转。

李持正是南北宋之交的人,此词吴曾《能改斋漫录》卷十六录存,云得苏东坡叹赏,则当作于徽宗朝以前。

词写的是汴京上元之夜灯节的情况。北宋时代,"太平日久,人物繁阜","时节相次,各有观赏",元宵就成为隆重的节日之一,尤其是在京师汴梁。孟元老的《东京梦华录》对此有详细的记载,北宋的著名词人柳永、欧阳修、周邦彦等都写过词来加以歌咏。

　　词采取由远而近的写法,从天空景象和季节入手。"星河明淡"二句,上句写夜空,下句写季节感。上元之夜,明月正圆,故"星河"(银河)显得明而淡。此时春虽已至,但余寒犹厉,时有反复,故春意忽深忽浅。这二句写出了元夕的自然季候特征。

　　"红莲"句转入写灯。"红莲"即扎成莲花状的灯。陈元靓《岁时广记》引《岁时杂记》说:"上元灯槊之制,以竹一本,其上破之为二十条,或十六条;每二条以麻合系其梢,而弯屈其中,以纸糊之,则成莲花一叶;每二叶相压,则成莲花盛开之状。爇灯其中,旁插蒲捧荷剪刀草于花之下。"这就是它的形状和制作方法。说"红莲满城开遍","开"字又从莲花本身生出,花与灯两意相关,给人以欢快的美感。

　　"禁街行乐"二句,写京城观灯者之众,场面之热闹。"禁街"指京城街道,元宵夜,老百姓几乎倾城出动,涌到街上去行乐看热闹,弄得到处灰尘滚滚;而仕女们的兰麝细香,却不时扑入鼻中,使人欲醉。"暗尘香拂面"句,兼从苏味道诗与周邦彦词化出。苏味道《正月十五夜》诗云:"暗尘随马去,明月逐人来。"周邦彦《解语花·上元》词云:"人影参差,满路飘香麝。"作者把苏诗上句与周词意思糅为一句,加大了句子的容量,但词意的酣畅则有所逊色。"皓月随人近远"句,即苏诗的"明月逐人来"。此时作者把视线移向天上,只见一轮皓月,似多情的伴侣,"随人近远"。这种现象,常人亦有所感觉,但经作者灌入主观感情,出以新巧之笔,便见不凡。苏东坡读到这句时曾说:"好个'皓月随人近远'!"大概就是欣赏它笔意之妙。它与上句"暗尘香拂面"结合起来,写出兼有人间天上之美的元夕之夜的丰富色彩。上片用此一句结束,使词境有所开拓、对比,确是成功的一笔。

　　下片又转回写灯节的热闹。而笔墨集中于君王的游赏。"天半鳌山"三句,写皇帝坐在御楼上看灯。"鳌山"是元宵灯景的一种,把成千上万的灯彩,堆叠成一座像传说中的巨鳌那样的大山("天半"形容其高),也叫"山棚""彩山"。《东京梦华录》载:"大内前自岁前冬至后,开封府绞缚山棚,立木正对宣德楼。"皇帝就在楼上观看。"凤楼两观"即指宣德楼建筑,那是大内(皇宫)的正门楼。《东京梦华录》"大内"一节云:"大内正门宣德楼列五门,门皆金钉朱漆,壁皆砖石间甃,镌镂龙凤飞云之状,莫非雕甍画栋,峻桷层榱,覆以琉璃瓦,曲尺朵楼,朱栏彩槛,下列两阙亭相对,悉用朱红杈子。"因此,"凤楼"就是宣德楼,"两观"就是它的东西两"阙亭"。皇帝坐在楼上观看,鳌山上千万盏熠熠发光的彩灯,璀璨辉煌,使他感到十分悦目赏心，故曰"光动风楼两观"。皇帝是垂下帘子来观灯的，《东京梦华录》又云："宣德楼上，皆垂黄缘帘，中一位乃御座。用黄罗设一彩棚，御龙直执黄盖掌扇，列于帘外。""东风静、朱帘不卷"句，就是说的这种情况。而有了"东风静"三字，则自然与人事相融洽的境界全出。

"玉辇将归"三句，写皇帝回宫。《东京梦华录》又云："至三鼓，楼上以小红纱灯球缘索而至半空，都人皆知车驾返内矣。"这时候，楼上乐队高奏管弦，乐声鼎沸，仿佛从云外传来。这就是"玉辇将归，云外闻弦管"的意思。"认得宫花影转"，是说臣僚跟着皇帝回去。《东京梦华录》"驾回仪卫"节说："驾回则御裹小帽，簪花乘马，前后从驾臣僚，百司仪卫，悉赐花。"蔡絛《铁围山丛谈》卷一也说："国朝宴集，赐臣僚花有三品：……凡大礼后恭谢，上元节游春，或幸金明池、琼林苑，从臣皆扈跸而随车驾，有小宴谓之对御（赐群臣宴），凡对御则用滴粉缕金花，极其珍巧矣。"因此皇帝回宫时，臣僚们帽上簪着宫花，在彩灯映照下，花影也就跟着转动了。这样写臣僚跟着归去，是很生动的。此风至南宋犹存。《武林旧事》卷一"恭谢"节："御筵毕，百官侍卫吏卒等并赐簪花从驾，缕翠滴金，各竞华丽，望之如锦绣。……姜白石有诗云：'万数簪花满御街，圣人先自景灵回；不知后面花多少，但见红云冉冉来。'"可与此词互证。

这是一首写节序风物的词。这类词比较难写，南宋的张炎已慨叹："昔人咏节序，不唯不多，付之歌喉者，类是率俗。"（《词源》）这首词也难说有很高的艺术成就，因为它留有苏味道诗和周邦彦词较多的影响痕迹。但它提供了北宋都城汴京的元宵风俗画面，特别是皇帝观灯的画面，可以与史籍相印证，富于认识价值。继承前人处亦能有所变化，描写也比较生动。还应该指出，用此调填词是作者的首创（见《能改斋漫录》），平仄声韵，都很顺溜妥帖，创调之功，不应埋没。

（洪柏昭）

人月圆　　　　　　　　　　　李持正

小桃枝上春风早，初试薄罗衣。年年乐事，华灯竞处，人月圆时。　　禁街箫鼓，寒轻夜永，纤手重携。更阑人散，千门笑语，声在帘帏。

汴京元宵，宋人极为之心醉。元宵，春节之后、一年之中第一个十五的月夜，充满着欢乐、希望与团圆的意味。汴京的元宵，还意味着北宋那个高度繁荣的盛世。无怪乎周邦彦在荆州时所作的《解语花》中深情地写道："因念都城放夜，望千门如昼,嬉笑游冶。"李清照南渡后,晚年在《永遇乐》中更追怀遥深:"中州盛日,闺门多暇,记得偏重三五。"不过,这些词都是出以回忆之笔。李持正的这首《人月圆》,则是当时汴京元宵的直接写照。

"小桃枝上春风早",起笔便以花期确点节令。陆游《老学庵笔记》卷四云小桃上元前后即著花,状如垂丝海棠;韩元吉《六州歌头》也有"东风著意,先上小桃枝"之句。下句就写自己对早春的切身感受。"初试薄罗衣。"脱却冬装,新著春衫,浑身的轻快,满心的喜悦,尽在言外。此刻,词人所喜悦的何止于此,下边纵笔直出本意。"年年乐事,华灯竞处,人月圆时",寥寥几笔,不但华灯似海、夜明如昼、游人如云、皓月当空,境界全出,而且极高妙地表现了自己喜悦之满怀。词人盛满喜悦的心怀,也只有这盛大的境界可以充分表现。"人月圆时",完整地描写出人间天上的美满景象,其中也包含着词人自己与所爱之人欢会的一份莫大喜悦。虽然"年年乐事"透露出自己此乐只是一年一度,但将它融入了全人间的欢乐,词境便阔大,意趣也高远。

"禁街箫鼓,寒轻夜永,纤手重携。"上片华灯似海极写元宵视觉感受之盛,此处箫鼓沸腾则突出元宵听觉感受之盛,皆能抓住汴京元宵的特征加以描写。热烈的气氛,融化了正月料峭的春寒。欢闹的人群,沉浸于金吾不禁的良宵。词人笔调,几乎带有点浪漫色彩了。在这样美好的光景里,自己与所爱念的美人重逢,手携手遨游在欢乐的海洋里。从满街箫鼓写到纤手重携,词人仍然是把一己的欢乐融入人间的欢乐来写的。"更阑人散",夜色将尽,游人渐散,似乎元宵欢乐也到了尽头。然而不然。"千门笑语,声在帘帏",最后再度把元宵之欢乐推向新境。结笔三句用的是"扫处即生"的手法。扫处即生法,一般是用在词的开端,如欧阳修《采桑子》"群芳过后西湖好",即是显例。此词用之于结笔,更见别致。别致的艺术是因表现的需要而生的。这三句一收一纵、一阖一开,格外有力地表现了人们包括词人自己此夕欢乐之无极。欢声笑语流溢的千门万户,其中也有词人与情人欢会的那一处。所以,结笔仍然是把一己之欢乐融入了人间之欢乐。

以小融大,即把一己之幸福融入人间之欢乐打成一片的写法,是此词最显著的艺术特色。词人表现自己经年所盼的元宵欢会,虽然著墨无多,可是,在全词所写的人间欢乐之中,显然又写出了自己的一份欢乐。唯其能将一己之幸福与人间之欢乐打成一片,故能意境高迈。从另一方面说,唯其在人间欢乐中又不忘写出自己之幸福,故此词又具有个性。若比较词人另一首同写汴京元宵的《明月逐人来》,全写人间欢乐,几乎不及自己,则此词更见充实,更有特色。宋代吴曾《能改斋漫录》卷十六云:"乐府有《明月逐人来》词,李太师撰谱,李持正制词云:

'星河明淡,春来深浅。红莲正、满城开遍。禁街行乐,暗尘香拂面。皓月随人近远。　　天半鳌山,光动凤楼两观。东风静、珠帘不卷。玉辇将归,云外闻弦管。认得宫花影转。'东坡曰:'好个皓月随人近远!'持正又作《人月圆令》,尤脍炙人口。"此词之更为人们所喜爱、流传,确非偶然。

　　此词描写汴京元宵,生动地反映了历史上一度存在的北宋盛世。诵读此词,不妨也读上文所引述过的李清照《永遇乐》:"元宵佳节,融和天气,次第岂无风雨","如今憔悴,风鬟霜鬓,怕见夜间出去"。对照之下,可以更加真切地体会到南渡前后盛衰之异,在宋代历史和宋人心态上所产生的深刻影响。这,也应是此词在形象之外所给予我们的一点认识。

(邓小军)

【作者小传】

幼　卿

生卒年和姓氏不详。徽宗宣和年间在世。《能改斋漫录》卷十六录其词一首。

浪　淘　沙　　　　　　　　　幼　卿

目送楚云空,前事无踪。漫留遗恨锁眉峰。自是荷花开较晚,孤负东风。　　客馆叹飘蓬,聚散匆匆。扬鞭那忍骤花骢。望断斜阳人不见,满袖啼红。

　　据《能改斋漫录》记载,宋徽宗宣和年间,有题于陕府驿壁者云:"幼卿少与表兄同砚席,雅有文字之好。未笄,兄欲缔姻。父母以兄未禄,难其请,遂适武弁公。明年,兄登甲科,职教洮房(今甘肃临潭),而良人统兵陕右,相与邂逅于此。兄鞭马,略不相顾,岂前憾未平耶?因作《浪淘沙》以寄情云。"这说明上面这首词包含着一幕婚姻悲剧故事,它出自封建社会一位不幸女子之手笔,使人如闻其内心的泣诉,深感旧时礼教对人的命运的主宰,在今天仍有认识意义。

　　这首词上片写"目送楚云",下片又曰"望断斜阳",显然全篇笔墨集中在写两个有情人驿馆不期而遇又倏然而别的动人一幕。"目送楚云空,前事无踪",经年不见的表兄,突然出现在眼前,勾引起自己多少相思恨。可是人在眼前,却不能对他面诉衷情;顷刻间情人鞭马而去,又只好忍看他匆匆离去,徒然远远地"目送楚云",心中有多少凄楚难言之情啊!"楚云",似说漂泊的行人如浮云般远去,又何尝不是暗示往昔的一段恋情,云雨巫山枉断肠！一个"空"字,多少怅惘,大有往事不堪回首之慨。

紧接"目送楚云空"一句,抒情女主人公仿佛发出一声轻轻叹息:"前事无踪!""前事",自是指她"少与表兄同砚席,雅有文字之好"那段美好的时光,然而,往事已如云烟般地永远消失了！当然,如果真的彻底消失得渺无踪迹,倒也干净;可是,却又偏在自己心灵深处,留下了不可磨灭的终身遗恨。"漫留遗恨锁眉峰",空有遗恨,不能明言,又难以排遣,于是她转而自怨自艾,归咎于命运:"自是荷花开较晚,孤负东风！"可怜的荷花,你为什么不在春天开放,要迟迟等到夏季呢？你辜负了东风的深情,现在只好独自默默地吞咽下这人生的苦果了！荷花的比喻,当是指自己年尚未笄、兄欲缔姻这件事了。实际上真正的原因是:"父母以兄未禄,难其请",这一点幼卿当然是很清楚,然而,作为封建时代的妇女,不便责怪父母,所以,她吞吞吐吐隐约其辞,这也就是诗教的温柔敦厚之旨吧！

上片由"目送楚云"引出对往事的回忆,下片便着重写这次重逢的悲恸。"客馆叹飘蓬,聚散匆匆",这两句充满了多少人生的感喟。在幼卿看来,人生就像随风飘的蓬草,谁想到两个离别经年的恋人,会突然在这他乡驿馆见面？相见却又立刻相别,人生的离合、聚散,又何以匆匆如此！

于是词人便推出这短暂的扣人心弦的一幕:"扬鞭那忍骤花骢。"这一幕也就是《能改斋漫录》记述的情景:二人"相与邂逅于此,兄鞭马,略不相顾,岂前憾未平耶?"可以想见,此情此景,从悲剧主人公眼里望去,更是心如刀剜。她怪他给马儿狠狠的那一鞭,太无情了,忽地拉开了两人的距离,他骑着的花骢马飞奔而去,他怎么忍心匆匆离开,也不多看自己一眼啊！然而,她心里又何尝不明白:在这一刹那间,他内心翻腾何等剧烈的痛苦,正因为他前时欲缔姻未成,对她有误解,有怨气,所谓"前憾未平",才给马儿狠狠一鞭,这狠狠一鞭,看似无情却有情啊！

的确,这一鞭,在悲剧女主人公心里是永远难忘的,它象征着心爱的人永远地离去;它象征着美好的恋情如昙花一现,永远幻灭;它象征着无可弥补的千古遗恨！"扬鞭"这一句写出了特定情境中一个具有典型意义的动作,刻画出悲剧主人公内心感情的剧烈矛盾和痛苦,是十分难得的传神妙笔。而这种传神之笔来源于生活本身,因而更为真切动人。

表兄远远去了,她还痴痴望着,看他远去的身影,越来越远,越来越小,终于消失,而她还在痴痴地望着,直到"望断斜阳"。显然,少女时期最初的恋情未遂将使她抱恨终身,在今后的岁月中,她将有多少朝朝暮暮凭栏"目送楚云""望断斜阳"啊！而这种痛苦又只能永远埋藏在心灵的最深层，于无人处偷偷饮泣，以至于"满袖啼红"，此恨绵绵无尽期也！

　　这首词不同于一般文人词，它是闺阁女子自抒衷曲，感情真挚，不事雕琢，它的哀婉而低沉的倾诉，唱出了封建时代多少不幸妇女的心声！　　　　（高　原）

【作者小传】

蒋兴祖女

蒋兴祖，靖康间阳武令。金人入侵时死难。其女被金兵掳去，北行途中作词题雄州驿，事见韦居安《梅磵诗话》。

减字木兰花　题雄州驿　　　　　　　　　蒋兴祖女

朝云横度，辘辘车声如水去。白草黄沙，月照孤村三两家。　　飞鸿过也，万结愁肠无昼夜。渐近燕山，回首乡关归路难。

　　陈寅恪论明末女爱国者柳如是尝谓：披寻其篇什，"往往窥见其孤怀遗恨，有可以令人感泣不能自已者焉。夫三户亡秦之志，《九章》哀郢之辞，即发自当日之士大夫，犹应珍惜引申，以表彰我民族独立之精神，自由之思想，何况出于婉娈倚门之少女，绸缪鼓瑟之小妇"（《柳如是别传·缘起》）。早在宋代，当靖康之变及南宋灭亡时，便曾涌现出一系列爱国女词人，如李清照、蒋兴祖女、淮上女、徐君宝妻、王清惠、金德淑等。她们的词作，虽未必高唱三户亡秦之志，却无愧列为《九章》哀郢之辞，自有其令人感泣并可珍惜引申之思想情感价值。这是宋代历史上所出现之一重要文化现象。

　　《宋史》卷四五二《忠义传》载：蒋兴祖，常州宜兴（今属江苏）人，知开封阳武县（今河南原阳）。靖康初，金兵犯京师，道过县，或劝使走避，兴祖曰："吾世受国恩，当死于是。"与妻子留不去。金数百骑来攻，不胜，去。明日师益至，力不敌，死焉。年四十二。妻及长子相继以死。元韦居安《梅磵诗话》卷下云："靖康间，金人犯阙，阳武蒋令兴祖死之。其女为贼虏去，题字于雄州（今河北雄县）驿中，叙其本末，乃作《减字木兰花》词云云。蒋令，浙西人，其女方笄，美颜色，能诗词，乡人皆能道之。"蒋兴祖女此词所写回首乡关之悲痛，实为爱国精神之体现。

　　"朝云横度，辘辘车声如水去。"长空中，寒风翻卷朝云滚滚而过。大地上，金兵驱载妇女迢迢北去。辘辘车声,喻之为水声,足见灵心锐感。车马北驰,无休无止,正如水流无有住时。一路车声,如幽如咽,如泣如诉,水声耶? 抑行人之悲声耶? 恍莫能辨。起笔二句,呈现出女主人公俯仰天地哀哀无告之形象,亦暗示出"马边悬男头,马后载妇女"(蔡琰《悲愤诗》),尘埃干云,一路悲声之惨景。多少被掳掠之妇女,"或有骨肉俱,欲言不敢语,失意机微间,辄言毙降虏"(《悲愤诗》)之种种情状,可以想见。"白草黄沙,月照孤村三两家",此二句,女词人之关注,从被掳妇女之惨景,转向沿途北国之惨象。雄州一带,业已入金。上言朝云横度,此言月照孤村,则朝行暮宿,千里途程,至此唯见莽莽黄沙,一片白草。在昔黍麻蔽野之地,今为女真牧马之区。月子弯弯,苍苍凉凉。大平原上,残存三两人家之孤村,愈见荒寂。意境开廓悲沉如此,已写出女词人命运与共之家国悲剧,而用笔仍含婉之至。

上片既写被掳北去及北方惨象,下片遂转为内向,写其一己之悲怆心灵,机杼井然。

"飞鸿过也,万结愁肠无昼夜。"上句犹写空中。大雁南飞,寄书不能,倍加女主人公失去自由并失去家国之创痛。下句,词境即呈为内向。愁肠万结,何可解脱。女词人之全部心态,凝摄于此四字。"境界非独谓景物也,喜怒哀乐亦人心中之一境界。"(《人间词话》)加之以无日无夜即日日夜夜之时间绵延,此一内心境界遂更其深沉。有多少话该倾诉呵。然而,女词人下边所写,只是:"渐近燕山,回首乡关归路难。"结笔二句,语极朴素,情极真挚,境界实高。燕山,即燕山府(今北京)。徽宗宣和七年十二月,同知燕山府郭药师叛降金,遂引金兵南下至汴京,燕山成为金之后方重镇。一至燕山,永为其奴矣。乡关,乃亲人祖国之所在,亦为一己生命之所系。国破家亡,自身遭劫,回首乡关,归路甚难! 难字结穴,意蕴深重。家亡国破,可得复乎? 难。自由之身,可得复乎? 亦难。读之凄然。然而此一弱女子,在绝境下步步回首乡国,读之更令人肃然。

《梅涧诗话》著录此词后并载:"近丁丑岁,有过军挟一妇人经从长兴和平酒库前,题一词云:'我生不辰,逢此百罹,况乎乱离。奈恶因缘到,不夫不主;被擒捉去,为妾为妻。父母公姑,弟兄姨妹,流落不知东与西。心中事,把家书写下,分付伊谁? 越人北向燕支。回首望、雁峰天一涯。奈翠鬟云软,笠儿怎戴;柳腰春细,马迅难骑。缺月疏桐,淡烟衰草,对此如何不泪垂! 君知否,我生于何处,死亦魂归。'词名《沁园春》,后书雁峰刘氏题。语意凄惋,见者为之伤心,可与蒋氏词并传。"刘氏当是南宋末被元兵所掳之妇女,其词亦感人深至,并可发明蒋词中之隐痛深哀。不夫不主、为妾为妻之痛,当亦万结愁肠之一愁。笠儿怎戴、马迅难骑之苦,实写出他方殊俗之悬异,而为一切被掳女子皆所不堪忍受。尤其"我生于何处,死亦魂归",正与"回首乡关"同一精神。两位女词人对于祖国之深情,实为其精神之生命。

(邓小军)

【作者小传】

洪 皓

(1088—1155)　字光弼,鄱阳(今江西波阳)人。政和五年(1115)进士。建炎三年(1129),以徽猷阁待制、假礼部尚书使金,不屈,被留十五年始还。除徽猷阁直学士,提举万寿观,兼权直学士院。忤秦桧,谪濠州团练副使,寻谪英州,徙袁州。有《鄱阳集》、今辑本《鄱阳词》。存词二十一首。

江　梅　引 忆江梅   洪　皓

天涯除馆忆江梅。几枝开? 使南来,还带余杭春信到燕台①?准拟寒英聊慰远,隔山水,应销落,赴愬谁!　　空恁遐想笑摘蕊②,断回肠,思故里③。漫弹绿绮,引《三弄》,不觉魂飞。更听胡笳,哀怨泪沾衣④。乱插繁花须异日,待孤讽⑤,怕东风,一夜吹。

〔注〕　① 余杭:即杭州,南宋临时都城,也名临安。作者自注:"白乐天(唐白居易)有忆杭州梅花诗:'三年闲闷在余杭,曾为梅花醉几场。'车驾(皇帝代称)时在临安。"表示那里是宋方政治中心。燕台:相传战国时燕昭王筑,置千金其上,延请天下贤士,故址在今河北易县。这里借指作者客居的北地。《荆州记》载,南朝宋陆凯自江南寄梅花一枝给在长安的范晔,并赠诗云:"折花逢驿使,寄与陇头人。江南无别信,聊赠一枝春。"本句用其意。　② 此句化用南朝陈江总《梅花落》诗"桃李佳人欲相照,摘蕊牵花来并笑。"恁(rèn),这样。　③ 两句化用唐高适《人日寄杜二拾遗》诗"遥怜故人思故乡""梅花满枝空断肠"句。　④ 两句化用杜甫流寓四川时所作《独坐》诗句:"胡笳在楼上,哀怨不堪听。"　⑤ 孤讽:苏轼《次韵李公择梅花》诗:"忽见早梅花,不饮但孤讽。"

　　傲霜雪、报春信的梅花,曾经为多少骚人词客所反复吟咏;洪皓《江梅引》的一唱三叹,又以其独特情韵,远播清芬。

　　他于南宋政权建立之初的建炎三年(1129)被任为"通问使"出使到侵占中原的金朝,随被扣留十余年,经历了砍头的威胁、富贵的引诱、流徙的折磨,始终坚贞不屈,并寻找机会向南宋递送"复故疆,报世仇"的情报,无愧于挺立北国风雪中的红梅。由于宋方爱国将领与广大军民的英勇抗争,金朝改变其军事攻掠政策而取招降手段,这与南宋统治集团的投降心理一拍即合,于是抗金的力量受到排斥,英雄志士或死或贬。1142 年"和议"告成,宋高宗对金称臣,岁贡银绢,明确放弃淮水以北地区;金朝同意送回宋徽宗棺木和高宗母韦后。该年夏至,洪皓听歌者唱《江梅引》有"念此情,家万里"(按即宋王观《江城梅花引》)之句(词序),又闻南宋派遣迎护韦后等的使者将至,不禁百感交集,连夜和作了四首。该调也称《江城梅花引》,调名本李白"江城五月落梅花"(《与史郎中钦听黄鹤楼上吹笛》)诗句。洪词前三首又分别取其首句末三字为题,即《忆江梅》《访寒梅》《怜落梅》,第四首缺题名,依例当作《雪欺梅》。(其余二、三、四首原文是:"春还消息访寒梅。赏初开,梦吟来。映雪衔霜,清绝绕风台。可怕长洲桃李妒,度香远,惊愁眼,欲媚谁? 曾动诗兴笑冷蕊,效少陵,惭《下里》。万株连绮,叹金谷,人坠莺飞。引领罗浮,翠羽幻青衣。月下花神言极丽,且同醉,休先愁,玉笛吹。""重闺佳丽最怜梅。牖春开,学妆来。争粉翻光,何遽落梳台。笑坐雕鞍歌古曲,催玉柱,金卮满,劝阿谁? 贪为结子藏暗蕊,敛蛾眉,隔千里。旧时罗绮,已零散,沈谢双飞。不见娇姿,真悔著单衣。若作和羹休讶晚,堕烟雨,任春风,片片吹。""去年湖上雪欺梅。片云开,月飞来。雪月光中,无处认楼台。今岁梅开依旧雪,人如月,对花笑,还有谁? 一枝两枝三四蕊。想西湖,今帝里,彩笺烂绮。孤山外,目断云飞。坐久花寒,香露湿人衣。谁作叫云横短玉,《三弄》彻,对东风,和泪吹?")

　　上列为其第一首,表达对南方及爱国力量的深切怀念与关注。上片云:流迁在北方天涯海角的羁臣,正无限深情地向往着江南的梅花,遥问它现在有几枝开花怒放? 听说南方将有使者前来,多么盼望他们能把杭州象征春天信息的梅花捎到北国来啊。也许准备将它安慰远方之人,可是间隔千山万水,花朵想必也要零落,满腔衷情还能向谁诉说! 唐代柳宗元《早梅》诗:"欲为万里赠,杳杳山水隔。寒英坐销落,何用慰远客!"寄寓改革家被打击的怨愤。此处借用其句表示对山河分裂、忠良凋谢的悲慨。

　　作者长期希望与想象着有一天能南归故国,投身抗金事业。可是面对严酷的现实,不禁忧心忡忡。金朝对北方疆土的占领已得到确认,南宋当局正疯狂迫害忠臣义士,使恢复之功隳于一旦,自己耿耿孤忠又怎能如愿以偿? 下片云:徒然憧憬着家里的佳人笑摘梅花的欢乐情景,思念故乡而不能回去,真是肝肠寸断。聊且抚着绿绮琴弹一曲《梅花三弄》,神魂仿佛飞向遥远的南方。突然耳边传来胡笛声,警觉自己正处在金朝统治之下,触动满腔哀怨,泪水沾湿衣襟。插满梅花的胜事只能期待于将来了,打算独自吟诗讽诵,只怕一夜风吹,花枝飘零,理想成为泡影。本词自序中说过,四首中"各有一'笑'字,聊以自宽","卒押'吹'字,非风即笛,不可易也"(每首最后都押"吹"字韵,一定是风吹或笛吹)。反映他于沉重悲哀中保持一点乐观精神,对时代风暴的强烈感受与情不自已的壮怀激烈。"笑""吹"两字,堪称句眼,相互辉映,交织着典型环境中典型性格的矛盾冲突。杜甫《苏端薛复筵简薛华醉歌》:"安得健步移远梅,乱插繁花向晴昊。"苏轼《梅花》:"一夜东风吹石裂,半随飞雪度关山。"下片中化用杜、苏诗意,琴音歌声中展现了一派旖旎风光,曲终又回荡着无限悲壮馀响。

本词巧妙地运用大量有关梅花的成语典故,既有丰富的历史内容又赋予时代新意,意境绵邈而形象优美,跌宕多姿。据自序,作者是有意识"多用古人诗赋",并因"此方无梅花,士人罕有知梅事者",故自注出处。前三首自注今存洪迈《容斋五笔》中。按这种表现手法,或许与其创作环境有关。幽恨填膺,倾吐为快;而格于形势,未许明言。因此借前人杯酒以浇胸中垒块,寄豪情于婉约,却产生了特殊的艺术魅力。《容斋五笔》说它:"每首有一'笑'字,北人谓之《四笑江梅引》,争传写焉。"在当时是起了传播爱国思想作用的。

　　　　　　　　　　　　　　　　　　　　　　　　　　　　　(顾易生)

【作者小传】

蔡　伸

(1088—1156)　字伸道,自号友古居士,仙游(今属福建)人。蔡襄之孙。政和五年(1115)进士。官至左中大夫。有《友古居士词》,存一百七十五首。

苏　武　慢　　　　　　　　　　　　　　　蔡　伸

雁落平沙,烟笼寒水,古垒鸣笳声断。青山隐隐,败叶萧萧,天际暝鸦零乱。楼上黄昏,片帆千里归程,年华将晚。望碧云空暮,佳人何处?梦魂俱远。　　忆旧游,邃馆朱扉,小园香径,尚想桃花人面。书盈锦轴,恨满金徽,难写寸心幽怨。两地离愁,一尊芳酒,凄凉危栏倚遍。尽迟留,凭仗西风,吹干泪眼。

词写羁旅伤别,而从荒秋暮景说起。雁阵掠过,飞落沙滩;秋水生寒,烟霭濛濛。古垒上,胡笳悲鸣,渐渐地,连这鸣咽之声也沉寂了。不说"鸣笳声起",而说"鸣笳声断",更显得冷寂荒凉。开端数句,为全词定下了凄凉的基调。从"古垒鸣筇"中,可以嗅出动乱时代的气息(作者是北宋末南宋初人);这种气息,为下文所写的伤离怨别提供了特殊背景,增添了悲怆意味。

　　接着,在对萧疏山水的描写中,进一步增添感情的成分。山色有无,暗示着归途迢递,化用杜牧"青山隐隐水迢迢"诗意;黄叶萧萧,顿觉秋思难排,与末句"凭仗西风,吹干泪眼"遥遥呼应。天边的夕阳余晖,映照着寒鸦点点,或明或灭,纷纷乱乱,归飞投林。以上数句,从萧瑟的秋景中隐逗出客况凄凉、乡思暗生之意,已觉其中有人,呼之欲出了。至"楼上黄昏"四字,才点出残照当楼之时楼上凝眺之人,这表明上边所写整个秋日暮景都是映在这人眼中的景象,染上了人的感情色彩。"黄昏"二字,有黯然神伤的意味,所谓"断送一生憔悴,只消几个黄昏!"(赵令畤《清平乐》)而这时收入眼底的,偏偏又是"片帆千里归程"。从落雁、昏鸦,写到归舟,思归的主旨更加明显了。时届深秋,"年华将晚",人们都离开这荒凉的去处,驾舟归去;而自己呢,至今欲归未得。"年华将晚",还含有悲老大、伤迟暮之意。前有"青山隐隐",这里又加上"片帆千里归程",境界寥阔,把人的思绪引向远方。而"片帆"之小与"千里"之遥互衬,更显示出此地的荒远和思归的急切。"年华将晚",则加深了思归的紧迫感。

　　"望碧云空暮,佳人何处,梦魂俱远"三句,化用江淹诗"日暮碧云合,佳人殊未来",融合无间,灭去针线痕迹,有妙手偶得之趣。《楚辞》:"与佳期兮夕张",傍晚,应该是有情人相会之时,然而,暮云已合,伊人何在?"梦魂俱远",更透过一层,不仅人不可见,关山阻隔,云水迢迢,连梦中也难相会,这就把思归的主题进一步具体化了。

　　后片转入对"旧游"的回忆。"邃馆朱扉""小园香径""桃花人面",这是心中浮现的几个难忘的特写镜头,其中弥漫着温馨的气氛,也透露了对方的身份和词人生活的往事。春光旖旎,桃花灼灼,人面生辉,那美好时光,与眼前的秋风败叶、古垒哀筇的处境,成了鲜明的对比。失去的,常常愈觉可贵,尤其是在孤苦之时。在自己已觉难耐,更何况对方——久别后的弱女子呢。下文紧接"尚想桃花人面",句断意不断,从对面着笔,写女方对自己的思念。"锦轴""金徽""寸心幽怨",笔触纤细,皆从女方着笔。锦轴,暗用苏蕙回文诗典故。金徽,以琴面标志音位的徽代指琴。这锦中字,琴中音,总道不出别恨于万一。而"寸心"之小,其中幽怨竟非盈轴之书与满琴之恨所能表达,相思之苦可知。

　　下文拉回到眼前,并归结到双方合写。书、琴皆难排忧,这"两地离愁",只有用"一尊芳酒"去解。离愁何其重,尊酒何其轻,岂能解得?二者对举,造成反衬的效果,更显出离愁之深。在消愁愁更浓之时,词人只有丢下酒杯,无限凄凉地独倚危栏,徘徊楼头。归也未能归,住又如何住?愁肠百转,不禁潸然泪下。"凭仗西风,吹干泪眼"八字,酸楚之极。"吹干泪眼",足见独立之久;"凭仗西风",更可见无人慰藉,只有西风为之拭泪。辛弃疾词云:"倩何人唤取、红巾翠袖,揾英雄泪?"(《水龙吟》)而他则是自家流泪自家揩,甚至连自己也不想去揩,一直等到被清冷的西风吹干,亦可哀矣!

此词述情真切,铺叙委婉,颇有柳七风味。如开头就与柳词"登孤垒荒凉,危亭旷望,静临烟渚"(《竹马子》)相似。全词由凄凉转为缠绵、悲婉,更转入悲怆,以变徵之音收结,留下了那个乱离时代的痕迹,这一点又与柳词有异。一结未经人道,独辟蹊径,所谓"伤心人别有怀抱",顿使全词生色。唯朱敦儒句"试倩悲风吹泪过扬州"(《相见欢》),仿佛似之。

(孙映逵)

苍　梧　谣　　　　　　　　　　　蔡　伸

天! 休使圆蟾照客眠。人何在? 桂影自婵娟。

夜空中的一轮明月,惯会助人哀乐。你高兴时,它便洒下了皎洁的柔辉,为你助兴、凑趣,——"我歌月徘徊,我舞影零乱"(李白《月下独酌》);你忧伤时,那月色也顿时变得冷幽幽的,照得人倍感凄清,令人难耐,——"明月,明月,照得离人愁绝"(冯延巳词)。

《苍梧谣》里的这位"离人",叫明月照得失眠了,他苦恼极了,呼天而叹:"天! 休使圆蟾照客眠!"(圆蟾,即圆月;传说月中有蟾蜍。)老天啊,不要再让这圆月照得我这离家的人睡不着觉了! 这位客子本来就满怀离愁别绪;月下独立,又怎能不思念"隔千里兮共明月"的那一位呢? 再说,月光如水,也容易使人睡意全消,"明月皎皎照我床","牵牛织女遥相望"(曹丕《燕歌行》),这怎么能睡得着呢? 而那月光,又偏爱找失眠的人,这真是:"明月不谙离恨苦,斜光到晓穿朱户!"(晏殊《蝶恋花》)月圆之夜,本是亲人团聚之时。可是现在呢? 却是月圆人未圆。难怪这位离人终于受不住,由不得仰天长叹了。可见,这句"天! 休使圆蟾照客眠",是经过一番千回百折的苦恼之后百般无奈的叹息!

月华如练,人隔千里,这边是客里仰望,那边是闺中独看,这位痴情人不禁异想天开了:月亮啊,据说你是一面宝镜,你能照出她的芳姿倩影吗?"人何在? 桂影自婵娟!"他凝视着月轮,那嫦娥般的美丽身影何在呢? 只有桂影扶疏,空自婆娑罢了。

此时此地,他可能情不自禁地回忆他俩携手步月的美好时光。现在呢? 人却远隔千里,这多么令人难堪啊!

这首小词通过对圆月的所见所感,写出沉挚的思念之情。寥寥十六个字,曲折有致,这种"含不尽之意见于言外"(梅尧臣语)的高妙手法,真可谓以少胜多了。

汉乐府里有《上邪》一曲,意思就是"天哪!"这首小词也采用此种"咏叹调",且全以口语出之,富有民谣色彩,在婉约词中,显得十分清新别致。　　　(孙映逵)

【作者小传】

李重元
生平不详。《花庵词选》录其词四首。

忆　王　孙 春词　　　　　　　　　　　李重元

萋萋芳草忆王孙。柳外高楼空断魂。杜宇声声不忍闻。欲黄昏。雨打梨花深闭门。

李重元,传世词作仅《忆王孙》四首(春词、夏词、秋词、冬词),此为其一。

这首词写的是一个古老的主题:春愁闺怨。就其所用字面看,也无非是宋词中惯用的语汇,如柳外高楼、芳草斜阳、梨花带雨、黄昏杜鹃。但是正像有才情的作曲家凭借七个音符的不同组合就能构成无数美妙的乐章一样,这首词也以其富有感发力的意象组合和不露痕迹而精巧浑成的构思,完成了一个独立自足、不可替代的艺术形象。

我们先看一看这首词的结构。这首词主要是写景,通过写景传达出一种伤春怀人的意绪,那一份杳眇深微的情思是通过景色的转换而逐步加深加浓,逐步显示的。在场景的转换上,词作又呈为一种由大到小,逐步收敛,终而趋于封闭性心态的特征。开头展示的是一种开阔的伤心碧色:粘天芳草,千里萋萋,极目所望,古道晴翠,而思念的人更在天涯芳草外,闺中人的心也轻飏到天尽头了。这一句,情与景都呈现出一种深远渺邈的特征。接下来,场景收缩为陌头杨柳、柳外高楼。继而,在杜鹃声声中,消魂黄昏时,随着时间的推移,空间再次收缩为小院梨花带春雨的景观。最后,暝色入庭院,场景收缩为一个无言深闭门的近镜头。可以想见,闭门人游荡在千里外的芳心也将最后回到常日紧闭的心扉内。词作结构由大而小,由外而内,由景而情,总体上表现为收敛的特征,这一特征又确切地表现了古代妇女那种收敛型内向型的心态。

　　这首词的另一个特点是,不以锤炼奇字警句为能,词中选用的都是一些最常见的意象。这些意象大多在前人诗词中反复出现过,积淀了丰富的内涵和民族文化的情感,意象本身就有很强的美的"张力",足以调动人们的生活文化积累,从而帮助读者构筑起美的境界。比如,词中写到的芳草、杨柳、高楼、杜宇、梨花,无一不是中国雅文学中的基本意象,经过千百年来诗人们的传唱,已具有一触即发、闻声响应的高度感发能力。即以"柳"而论,从《诗经》中的"杨柳依依"到韦庄的"无情最是台城柳",从李白的"春风知别苦,不遣柳条青"到柳永的"杨柳岸、晓风残月",那一缕柳丝维系了多少中国文人的愁绪啊! 人们读到这个字面,就会随着各自的文化积累或深或浅地感受到那种荡漾在心头的忧怨的美感。再如"芳草":"王孙游兮不归,春草生兮萋萋"(淮南小山《招隐士》);"记得绿罗裙,处处怜芳草"(牛希济《生查子》);"离恨却如春草,更行更远还生"(李煜《清平乐》);"芳草无情,更在斜阳外"(范仲淹《苏幕遮》)……那在在处处的芳草,负荷了游子思妇的无穷相思。这首词中的其他物象也大多具有这种美的联想性。因此,当作者把这些物象巧妙组合到一起时,就构成了一种具有更丰富的启发性的境界,人们在熟悉中发现了陌生,有限中找到了无限。

　　读这样的词,应当是回味大于思索,联想重于分析,这样可以得到比几句词的字面意义更多的东西。

(史双元)

【作者小传】

李　玉

生平不详。《花庵词选》录其词一首。

贺　新　郎　春情　　　　　　　　　李　玉

篆缕销金鼎。醉沉沉、庭阴转午,画堂人静。芳草王孙知何处? 惟有杨花糁径。渐玉枕、腾腾春醒。帘外残红春已透,镇无聊、殢酒厌厌病。云鬓乱,未忺整。　　江南旧事休重省。遍天涯寻消问息,断鸿难倩。月满西楼凭阑久,依旧归期未定。又只恐、瓶沉金井。嘶骑不来银烛暗,枉教人、立尽梧桐影。谁伴我,对鸾镜!

李玉词留下来的只有这一首,黄昇云:"风流蕴藉,尽此篇矣。"(《花庵词选》)

铜炉里的香烟,袅袅上升,盘旋缭绕似篆文,这时候已经消散;庭院里树木的阴影转过了正午所在位置,也就是刘禹锡《池亭》诗所写的"日午树阴正",而稍稍往东偏斜了。这是深锁闺房"醉沉沉"的人之所见、所感。开头三句已充分写出了"画堂人静"。因为如果不是这样宁静,人不会对炉香那么注视,看出它升起后的形态变化以至于散灭;对庭阴的"转午",也不会感觉得出来。身在如此寂静的环境中,在想些什么呢?下句才透出一些消息:"芳草王孙知何处?"这里是用"王孙游兮不归,春草生兮萋萋"(《楚辞·招隐士》)的语意,表明"她"是在怀念远人。"惟有杨花糁径",点明此刻是杨花飘飞的暮春天气。她的情,如山涧小溪,轻缓潺湲,与那静悄悄的环境,很是合拍。不过从"杨花糁径"看,这春光已是"二分尘土,一分流水"(苏轼《水龙吟》)了。"惟有"二字又表明路上只有杨花,并无他所盼望的归人。人的愁从中轻轻地流漾出来。

"渐玉枕、腾腾春醒。"从方才的"醉沉沉"而仍有所感觉来看,她依枕而睡并不久。"腾腾春醒",是指醒后懒散的情态,与"醉沉沉"上下照应,彼时即有"芳草王孙知何处"之感,梦回春醒,这种感觉岂不更深?感情的潮水将掀起更大波澜,也许还是"醉沉沉"的好。"帘外残红春已透",加上前面的"杨花糁径",为什么接连不断地重复春天的归去呢?春老花残,闺中人敏感到自己的青春易逝,红颜将老。从这些看似写景的反复描述中,可见正渗透着人的感情。"情景名为二,而实不可离。神于诗者,妙合无垠。巧者则有情中景,景中情。"(王夫之《姜斋诗话》)这几句的"景中情"完全达到了"妙合无垠"的地步。

"镇无聊、殢酒厌厌病。"前面的景物描绘无不寓有一个"情"字,到此刻便写出女主人公残春时节的心情。"镇"是"长"的意思。长日情思无聊,故缠绵于酒,借以消愁。刘过《贺新郎》"人道愁来须殢酒",就是这种状态了。结果是愁未能消,反而因酒致病,精神不振。"云鬓乱,未忺整",没有好心情去梳理零乱的鬓发,病是一个原因,更有"岂无膏沐,谁适为容"(《诗·卫风·伯兮》)之意。因"无聊"而"殢酒",因酒而"厌厌病",因病而懒妆梳,总因春去而人不归引起。词写到这里,已由外部的状态约略透露人物的内心。

转入下阕,则完全是女主人公自我抒情了。"江南旧事休重省",这句劈空而来,一下启开了女主人公的心扉。那"江南旧事",也许是一段旖旎温馨的令人难忘的岁月吧,如今却是"休重省"了。是真的不愿"重省"么,还是"省"也无用,故作决绝语呢?正是这一个"休"字蕴含着多少说不尽的情意。接着直率地道出了底蕴:"遍天涯、寻消问息,断鸿难倩",到处探听而信音杳然。"月满西楼凭阑久"，她悄悄登上西楼，独自望着银白的月光洒满大地，痴痴地想着，"依旧归期未定"——他现在大概正想着回来，只是日子还没有确定，所以鸿雁没有传来书信吧。这只是她的想象，情况是否如此，并没有十分把握，这样她又陷入了揣想中："又只恐瓶沉金井。"白居易《井底引银瓶》诗有云："井底引银瓶，银瓶欲上丝绳绝；石上磨玉簪，玉簪欲成中央折。瓶沉簪折知奈何，似妾今朝与君别。"词据此以"绳断瓶沉"作比，慨叹爱情破裂已无法挽救。"又"字意味深长，它恰与上句联系着。本来是希望他能回来，只是"归期未定"；转而再想，愈感到没有把握，故有此"又"字。万转千回，心绪翻腾，柔肠寸断。

　　"嘶骑不来银烛暗，枉教人立尽梧桐影。"从"篆缕销金鼎"到"庭阴转午"，到"月满西楼"，到"银烛暗"，时间的脚步在静寂中前进着。她沉醉，入梦，醒来，倚阑望月，最后寄希望于万一，盼着听到马嘶声，所思念的人也许会骑着马归来吧。但直到"银烛暗"了，"梧桐影"尽了，月落了，她一直在痴痴地望着，听着，仍不见人归。这里用吕岩《梧桐影》词"今夜故人来不来，教人立尽梧桐影"成句，而添一"枉"字领起，语更痛切。

　　"谁伴我，对鸾镜"，这是一声痛彻肺腑的哀鸣。"鸾镜"，是用来梳妆的。昔日鸾镜前，倩影双双，也许还有过张敞画眉那样的风流韵事，今日独对鸾镜，岂不令人断肠！这位女主人公自始至终，没有一言一语埋怨对方，直到最后，也只是婉转倾诉，连一点愠怒的颜色都没有。和婉淳雅，在思妇的形象中，独标一帜。"李君止一词，风情耿耿"（沈际飞《草堂诗馀正集》评），词中女主人公是一个多么善良温厚而又多情的女性啊。

　　　　　　　　　　　　　　　　　　　　　　　　　　　　　　（艾治平）

【作者小传】

吴淑姬

北宋人，生平不详。黄昇《唐宋诸贤绝妙词选》卷十录其词三首。《全宋词》补断句一。《永乐大典》卷808"诗"字韵引张侃《拙轩初稿》载吴淑姬诗，用陆龟蒙诗"丈夫非无泪，不洒别离间"句，疑即此人。

小　重　山　　　　　　　　吴淑姬

谢了荼蘼春事休。无多花片子，缀枝头。庭槐影碎被风揉。莺虽老，声尚带娇羞。　　　独自倚妆楼。一川烟草浪，衬云浮。不如归去下帘钩。心儿小，难着许多愁。

吴淑姬，生平不详。《唐宋诸贤绝妙词选》收录其词三首。这一首《小重山》写的是一个独守空房的女子对远方情人的思念。这类题材，这种离愁别恨，曾被历代多少诗人词客吟诵过，其中也不乏名篇佳作。例如温庭筠的《梦江南》："梳洗罢，独倚望江楼。过尽千帆皆不是，斜晖脉脉水悠悠，肠断白蘋洲。"这两首词，题材完全相同。然有温庭筠这样的妙语在前，后人再作，就非易事。吴淑姬却能别出心裁，花样翻新，谋篇构思，绝无雷同。温词着重写此女子倚楼所见，立足点在楼上；吴词却从庭院写起，再登楼远望，立足点是移动的。温词单写此女子等候远人不归的惆怅失望的情绪，表现出一种淡淡的哀怨；而吴词则将此女子青春将逝，与远人归来无望，两相对比，反映了一种深深的愁苦。

从具体描写看，其笔墨也非泛泛。上片写暮春之景，她不写满地落红，而写枝上残花；不写风雨摧花，而写风拂槐影；不写杜鹃啼血，而写莺声犹娇。不惟显得清丽尖新，而且都与此女子的特定身份和思想感情紧密结合，是从她独特的眼中看到的独特的景物，带有浓厚的感情色彩。你看，她写荼蘼，"谢了荼蘼春事休"，荼蘼花谢，春天可算彻底结束了。可现在犹有"无多花片子，缀枝头"，说明荼蘼将谢未谢，春事将休未休。"花片子"是词人自铸新词，既通俗，又贴切。"缀枝头"，给人的感觉，虽是残花，但仍有凄清之美。同样，写"莺虽老"，但"声尚带娇羞"，也是将老未老。这些不但是时序节物的准确素描，也正是这位思妇青春将逝未逝，尚有美丽的面容，尚带娇羞的神态的真实写照。"庭槐影碎被风揉"，槐影被风揉碎，春天被风吹走，自己的青春呢？也将一起消逝。因此，在她看来，这风揉碎了槐影，也揉碎了她的芳心。我们从这缭绕唇吻的音节中，从这欲吐还吞、委婉曲折的笔法中，体味到词人在这里寄托了一种青春难再的深长的感慨。

过片"独自倚妆楼"，承上启下。上片写此女子庭院所见，触景生情，苦不忍睹；既不忍睹，遂回妆楼；既回妆楼，益思远人；既思远人，则倚楼凝望。那么，她望到的又是什么呢？温庭筠写道："过尽千帆皆不是。"柳永写道："想佳人妆楼颙望，误几回，天际识归舟。"（《八声甘州》）女主人公们都看到了舟，但皆不是所思远人的归舟，结果是从希望到失望。而吴淑姬笔下的这位思妇，望到的却不是舟，而是"一川烟草浪，衬云浮"，连天烟草，衬着浮动的白云，犹如浪涛滚滚，铺天盖地而来，哪里有归舟可见，简直一丁点的希望都没有，其愁苦可想而知。用"一川烟草"来形容愁之大,愁之多,这在贺铸的《横塘路》词中已先见之。但在烟草后着一"浪"字,实属吴淑姬独创。《古今词统》眉批云:"竹浪、柳浪、麦浪与草浪而四",即指吴淑姬自铸新词"草浪",直可与前人所创"竹浪、柳浪、麦浪"相媲美。"一川烟草"是静景,"一川烟草浪"则是动景。这里用来比喻愁思恰如连天草浪,滚滚袭来,极为生动贴切,也为下句"不如归去下帘钩"张本。放下帘钩,意欲隔断草浪,挡住愁潮,然而这愁思是隔不断,挡不住的,"不如"两字,写出了主人公明知不能而强为之的痛苦心态。"心儿小,难着许多愁",自是警句。"愁"字最后点出,使通篇皆有精神,有画龙点睛之妙。李清照写愁的名句"只恐双溪舴艋舟,载不动许多愁",不正面写愁,从舟着眼,反衬愁之大;吴淑姬这里先把愁比作"一川烟草浪",极言愁之大之多,再将它与"心儿小"作强烈对比,落到不能容受上。两人写法不同,而各有千秋。所以南宋黄昇评论说:"淑姬女流中黠慧者,有词五卷,佳处不减李易安。"这是很有见地的。

(唐葆祥)

【作者小传】

乐　婉
生平不详。《花草粹编》卷二自《古今词话》录其词《卜算子》一首。

卜　算　子　答施　　　　　　　　　乐　婉

相思似海深,旧事如天远。泪滴千千万万行,更使人、愁肠断。　　　要见无因见,拚了终难拚。若是前生未有缘,待重结、来生愿。

明陈耀文《花草粹编》卷二,引宋杨湜《古今词话》(原书已佚)云:杭妓乐婉与施酒监善,施尝赠以词云:"相逢情便深,恨不相逢早。识尽千千万万人,终不似、伊家好。　　　别你登长道,转更添烦恼。楼外朱楼独倚栏,满目围芳草。"于是,乐婉答以本词。

这是情侣临别之际互相赠答之词。体味词情,则此一别,似乎不仅是远别,而且可能是诀别。显然不同于寻常别离之作。明梅鼎祚《青泥莲花记》(卷十二)、赵世杰《古今女史》(卷十二)、清周铭《林下词选》(卷五)及徐釚《词苑丛谈》(卷七)等书,也都著录了此词,可见历来受到人们的注意。

赠、答皆用《卜算子》调。上下片两结句（赠词下结除外），较通常句式增加了一个字，化五言为六言句，于第三字顿，遂使这个词调一气流转的声情，增添了顿宕波峭之致。

乐婉此词直抒胸臆，明白如话，正是以我手写我心，也许，干脆就是直接唱出口的。

"相思似海深，旧事如天远。"临别之前，却从别后况味说起，起句便奇。灵心善感的女词人早已充分预感到，一别之后，痛苦的相思将如沧海一样深而无际，美好的往事则将像云天一样杳不可即。唯其善感如此，便不能不紧紧把握住这将别而未别的时刻不放。"泪滴千千万万行，更使人、愁肠断。"流尽了千千万万行的泪，留不住从此远逝的你，反使我、愁肠寸断！上一句势若江河，一泻无馀，下二句一断一续，正如哽咽。诀别的时刻最终还是来临了。女词人既道尽别后的痛苦，临别的伤心，似乎已无可再言。殊不知，下片是奇外出奇，奇之又奇。

"要见无因见，拚了终难拚。"要重见，无法重见。与其仍抱无指望的爱，真不如死了这条心。可是，真要死了这条心又哪能死得了！人生到此，道路已断，直是绝望矣。"若是前生未有缘，待重结、来生愿。"有情人而成不了眷属，莫非果真是前生无缘？果真是前生无缘，则今生休矣。可是，今生虽休，更有来生，待我俩来生来世再结为夫妻吧！绝望之中，发一大愿，生出一线希望。此一线希望，真是希望耶？抑直是绝望耶？诚难分辨。唯此一大愿，竟长留天壤。

全词戋戋短幅，然而，一位至性真情、豪爽果决的女性形象，却活脱跃然纸上。以泪滴千千万万行之人，以绝不可能拚了之情，而直道出拚了之一念，转念更直说出终是难舍，如此种种念头，皆在情理之中。但在别人则未必能言，而她却能直言不讳。此非性格豪爽果决而何？至于思旧事如天远，要重见无因见，待重结、来生愿，若非至性真情之人，又岂能道得出耶？

全词一滚说尽，但其意蕴仍觉有馀不尽。以一位风尘中女子，而能留得此一段奇情异采，历来受到人们的喜爱，其奥秘正在于词中道出了古往今来爱情之真谛：生死而不渝。此是词中之高致。中国古人之贤者，小而对于个人爱情，大而对于民族文化，皆能抱一种忠实之态度，即使当其不幸而处于绝望之境地，生死之难关，也能体现出一种生死不渝之精神。唯其有此一种精神，小而至于个人爱情，才能够心心相印，肝胆相照；大而至于民族文化，才能够绵延不绝，生生不已。两者事有大小之别，实则具一共通之义。乐婉此词虽为言情小令，然其可喻之旨则又大矣。

（邓小军）

【作者小传】

聂胜琼

原为汴京歌妓,后归李之问。存词一首,断句一。

鹧　鸪　天 寄李之问　　　　　　　聂胜琼

玉惨花愁出凤城①。莲花楼下柳青青。尊前一唱《阳关》后,别
个人人第五程。　　　寻好梦,梦难成。况谁知我此时情。枕
前泪共帘前雨,隔个窗儿滴到明。

〔注〕　① 凤城:国都。春秋时,秦穆公女弄玉吹箫,凤降其城,因号丹凤城。后称京城曰
凤城,这里指宋国都开封。

　　这是一首伤别词。《青泥莲花记》载:"李之问仪曹解长安幕,诣京师改秩。
都下聂胜琼,名倡也,质性慧黠,公见而喜之。李将行,胜琼送别,饯饮于莲花楼,
唱一词,末句曰:'无计留春住,奈何无计随君去。'李复留经月,为细君督归甚切,
遂饮别。不旬日,聂作一词以寄李云云,盖寓调《鹧鸪天》也。之问在中路得之,
藏于箧间,抵家为其妻所得。因问之,具以实告。妻喜其语句清健,遂出妆奁资
夫取归。琼至,即弃冠栉,损其妆饰,委曲以事主母,终身和悦,无少间焉。"这一
段记载,详尽地叙述了聂胜琼创作这首词的全过程。聂胜琼虽然是京师名妓,阅
人多矣,但词意何等真诚和专一。词的上阕写离别,下阕记述别后,既写临别之
情,也写别后情思,实写与虚写结合,现实与想象融合为一。

　　起句以送别入题,"玉惨花愁出凤城","玉"与"花"喻自己,"惨"与"愁"表现
送别的愁苦,显示她凄恻的内心世界。凤城指京都,她送别李之问,情意绵绵,愁
思满怀。莲花楼是送别地点,楼下青青的柳色,正与离别宴会上回荡的《阳关》曲
相应:"渭城朝雨浥轻尘,客舍青青柳色新。劝君更尽一杯酒,西出阳关无故人。"
眼前青柳依依之景与耳旁离曲哀哀之声一起颤动着离人的心弦。何况"一唱《阳
关》后",心中的人马上就要起程了。"别个人人"意谓送别那人,"人人"指李之
问,"第五程"极言路程之远。在唱完一曲《阳关》之后,就一程又一程地远远离开
她了。离别是痛苦的,但别后更苦;词的下阕,叙写别后思念的情意。相见为难,
所以寻梦甚切,更令人悲哀的,是难以成梦。"寻好梦,梦难成"句,极写相恋之
深,思念之切。词人把客观环境和主观感情相结合,以大自然的夜雨衬托离人的
凄苦,"况谁知我此时情"一句,道出了词人在长夜之中那种强烈的孤独感与愁痛

的相思之情。接下去，"枕前泪共帘前雨,隔个窗儿滴到明"两句,画面感人而意境凄清深沉,显示了词人独特的个性,也突现了词的独特的美。"帘前雨"与"枕前泪"相衬,以无情的雨声烘染悲愁的泪滴,窗内窗外,共同滴到天明。前此,温庭筠《更漏子》一词的下阕,曾描写过雨声:"梧桐树,三更雨,不道离情正苦。一叶叶,一声声,空阶滴到明。"而万俟咏的《长相思·雨》也写到过:"一声声,一更更。窗外芭蕉窗里灯,此时无限情。　　　梦难成,恨难平。不道愁人不喜听,空阶滴到明。"跟温庭筠词相类似,都写雨声对内心感情的触动。然相比之下,聂胜琼这首词对夜雨中情景交融的描绘,更显得深细。它把人的主体活动与雨夜的客体环境紧密结合在一起,以"枕前泪"与"帘前雨"这两幅画面相联相叠,而"隔个窗儿"更见新颖,也更深化了离别之苦,因为这里所刻画的"滴到明",不仅是"帘前雨",而且也是"枕前泪"。难怪李之问妻读到这首词时,"喜其语句清健"。她欣赏作者的艺术才华,被作品中的真挚感情所感染,因而作了毅然的决定,"出妆奁资夫取归",让聂胜琼能遂所愿。宋时的歌妓得以从良而为士人妾,已是相当美满的归宿了。能得到这样结果的人也是不多的。聂胜琼这位"名倡"善于选择自己的前途。这首词和它的故事,与乐婉同施酒监唱和的《卜算子》词所反映的情事合看,结局的喜剧和悲剧性质虽然不同,对于理解当时歌妓的命运和她们的心理,具有同样的认识价值。

　　　　　　　　　　　　　　　　　　　　　　　　　　　　　　　（唐玲玲）

王以宁

【作者小传】

（1090?—1146后）　字周士,湘潭（今属湖南）人。宣和三年（1121）,以成忠郎换文资为从事郎。建炎初,以枢密院编修官出守鼎州。四年（1130）,为京西制置使,升直显谟阁,寻落职降三官,责监台州酒税。绍兴二年（1132）,责永州别驾,潮州安置。五年（1135）,特许自便。十年（1140）,复右朝奉郎、知全州。有《王周士词》一卷,存三十二首。

水 调 歌 头 　呈汉阳使君　　　　　　　王以宁

大别我知友,突兀起西州。十年重见,依旧秀色照清眸。常记鲒碕狂客,邀我登楼雪霁,杖策拥羊裘。山吐月千仞,残夜水明楼。　　　黄粱梦,未觉枕,几经秋。与君邂逅,相逐飞步碧山头。举酒一觞今古,叹息英雄骨冷,清泪不能收。鹦鹉更谁赋,遗恨满芳洲。

王以宁是北宋南宋之际的爱国词人。他曾为国奔波,靖康初征天下兵,以宁走鼎州乞师入援,解太原围。建炎中以宣抚司参谋兼襄邓制置使,升直显谟阁。后因事被贬台州、潮州。至绍兴十年(1140)复右朝奉郎,知全州。这首词是为献给知汉阳军事而写,"使君"是对州郡长官的敬称。这位汉阳军的长官,是王以宁志同道合的老友,阔别十年,又相会了,面对大别青山(在汉阳县东北),感慨万端,因此写下这首慷慨的词章。

全篇情绪豪逸激荡,作者再现了大别山纵横辽阔、莽莽苍苍的雄浑境界,体现了一种浓郁的感情色彩。起句"大别我知友",用拟人手法,赋予大自然以情感意志。大别山成了词人的"知友","突兀起西州"句,突然笔势跃动,呈现大别山的挺拔耸立;这里"西州"指方位在西的军州,即汉阳军。在突兀而起的大别山前,激起心灵深处的感情波涛:"十年重见,依旧秀色照清眸。"阔别了十年的山色,入眼依然清秀如故。由十年前曾游之山,连及当年邀陪游山之人:"常记鲒碕狂客,邀我登楼雪霁,杖策拥羊裘。"寥寥几笔,朋友的豪放性格又鲜明地呈现在读者面前。鲒碕,又称鲒埼,山名,在今浙江奉化县东南。此"鲒碕狂客"即指"汉阳使君",点出其籍贯。"狂客"二字,从唐贺知章自号的"四明狂客"而来。四明宋称明州,治所在今浙江宁波,鲒碕山即在其境内,故称"鲒碕狂客",亦隐然以贺知章为比拟,写出这位汉阳使君的豪逸狂放;"杖策拥羊裘",通过拄杖披裘的艺术形象,表达十年前朋友相逢时偕同雪后游山的豪兴。衬之以大别山迷人的雪后凌晨景色:"山吐月千仞,残夜水明楼。"千仞群山,露出残月,明月照水,水光又反映入楼台,一派空灵飞动的山光月色。"残夜水明楼"出自杜甫的《月》诗:"四更山吐月,残夜水明楼。"王以宁袭用诗语,再现了与故友同游的美好回忆:雪天月夜的大别山,景色清秀明澈,两位挚友登山,逸兴与山月水色一般充满宇宙。

词的下片,作者以飞动的笔调,把久别相逢的激荡情绪又推向一个新的高峰。十年的漫长岁月,个人的宦海浮沉,好像黄粱一梦。"黄粱梦,未觉枕,几经秋",过片承上启下,与上阕的"常记鲒碕狂客"一起登楼望月相衔接,这次重游大别山,岁月蹉跎,人事沧桑,并没有使词人颓丧消极,思想感情的发展比十年前更加成熟深沉。这里的"与君邂逅,相逐飞步碧山头"句,与上片"邀我登楼雪霁"遥相呼应,过去是雪后"杖策拥羊裘"登上山头,这次老友之间因偶然的机会相逢,"相逐飞步碧山头",彼此豪兴不减当年。"碧山头"指大别山巅。巍峨的大别山,又一次迎接这两位老朋友,他们在"碧山头"举杯痛饮,畅谈今古,两人都壮志未遂,悲愤填膺。"举酒一觞今古,叹息英雄骨冷,清泪不能收",这一韵写重游大别山的种种感慨,叹息过去"英雄骨冷",现在想来清泪难收。古代如此,当今又如何呢?紧接着从汉阳鹦鹉洲的眼前景联想到祢衡作《鹦鹉赋》的故事,以"鹦鹉更谁赋,遗恨满芳洲"结束全词。东汉祢衡不为曹操所容,后来终被黄祖杀害。他曾在汉阳鹦鹉洲写下《鹦鹉赋》,抒发怀才不遇的愤慨。这里,王以宁感叹有谁作《鹦鹉赋》呢?在这芳草萋萋的鹦鹉洲上,只有满腔遗恨!他借《鹦鹉赋》为喻,道出了胸中的郁积;"飞步碧山头"的激烈情怀,在面对鹦鹉洲的怀古幽思中,又逐渐地趋于低潮,陷入沉思之中了。

　　词意是"呈汉阳使君",记叙作者与老朋友汉阳使君的深厚情谊。王以宁对两游大别山的描写,文情飞动:第一次逸兴遄飞,壮志满怀,还没有经受过压抑的痛苦;第二次"飞步碧山头",是在仕途险阻、人世变迁之后,感情转入苍凉深邃。词篇所展现的,是跃动豪迈的情感体验,是壮阔宏大的突兀山峰,是千仞丛山中的月色和令人深思的"残夜水明楼",是芳草萋萋的鹦鹉洲的怀古幽怨。词人在动荡强烈的思想情绪中,运用动静相济的艺术手段,将大自然的环境与作者感情的波澜和谐地统一起来,"相逐飞步碧山头",即是写朋友邂逅相逢的万千感慨,极其激动,在翠碧的山峰上飞步相逐,情绪达到了忘情忘我的地步;本来是静悄悄的大别山的秀色,大别山头的月夜群峰,亦为词家一阵阵飘动的情绪狂澜所掀动。动静互相映衬,相得益彰。词篇音调激越,顿挫有力,笔飞墨动,纵横豪宕,独具异彩。

　　　　　　　　　　　　　　　　　　　　　　　　　　　　　(唐玲玲)

【作者小传】

陈与义

(1090—1139)　字去非,自号简斋,洛阳(今属河南)人。政和三年(1113),登上舍甲科。绍兴中,历官至参知政事。江西诗派代表作家之一。南渡后,诗词均有感喟国事之作。有《简斋集》《无住词》。存词十八首。

临 江 仙
　　　　　　　　　　　　　　　　　　　　　　　　　　　　陈与义

高咏楚词酬午日①,天涯节序匆匆。榴花不似舞裙红②。无人知此意,歌罢满帘风。　　　万事一身伤老矣,戎葵③凝笑墙东。酒杯深浅去年同。试浇桥下水,今夕到湘中④。

〔注〕①午日:阴历五月初五日。《荆楚岁时记》:"俗谓五月五日是屈原死汨罗日,伤其死所,并命将舟楫以拯之,至今为俗。"　②"榴花"句:指舞裙比榴花更红更美。《乐府黄门歌》:"点黛方初月,缝裙学石榴。"白乐天《卢侍御小妓乞诗座上留赠》:"山石榴花染舞裙。"③戎葵:即蜀葵,夏日开花,有向阳特性。　④湘中:指屈原死处。《续齐谐记》:"屈原五月五日,自投汨罗而死,楚人哀之,每至此日,以竹筒贮米投水而祭之。"

此词是陈与义在建炎三年(1129)所作,这一年,陈与义流寓在湖南、湖北一带;据《简斋先生年谱》:建炎三年己酉春在岳阳,四月,差知郢州;五月,避贵仲正寇,入洞庭。六月,贵仲正降,复从华容还岳阳。又《宋史·陈与义传》载:"及金人入汴,高宗南迁,遂避乱襄汉,转湖湘,踚岭峤。"这首《临江仙》,是国家遭受兵乱时节,在端午节日凭吊屈原,伤时怀旧,抒发自己的爱国情思的。

词一开头,吐语挺拔。"高咏楚词",透露了在节日中的感时心绪和壮烈胸襟,屈原的高洁品格给词人以激励,他高昂地吟诵楚辞,深感天涯流落,节序匆匆,备言"时光之速"。陈与义在两湖间流离之际,踽踽东南,产生无穷的感触,他以互相比衬的笔法,抒写"榴花不似舞裙红",用鲜艳灿烂的榴花比鲜红的舞裙,回忆过去春风得意、声名籍籍时的情景。宣和四年(1122),陈与义因《墨梅》诗为徽宗所赏识,名震一时,诸贵要人争相往来,酒宴高会、观舞听歌的频繁,可想而知。而现在流落江湖,"兵甲无归日,江湖送老身"(《晚晴野望》),难怪五月的榴花会如此触动他对旧日的追忆了。但是,"无人知此意,歌罢满帘风",有谁能理解他此刻的心情呢?长歌《楚辞》之后,满帘生风,其慷慨悲壮之情,是可以想象的。从"高咏"到"歌罢"一曲楚词的时空之中,词人以一"酬"字,交代了时间的过渡。酬即对付、打发,这里有度过之意(杜牧《九日齐山登高》诗:"但将酩酊酬佳节")。在这值得纪念的节日里,词人心灵上的意识在歌声中起伏流动。"节序匆匆"的感触,"榴花不似舞裙红"的怀旧,"无人知此意"的感喟,都托诸于昂扬悲壮的歌声里,而"满帘风"一笔,更显出情绪的激荡,融情入景,令人体味到一种豪旷的气质和神态。

词的下阕,基调更为深沉。"万事一身伤老矣",一声长叹,包含了对家国离乱、个人身世的多少怆恨!人老了,一切欢娱都成过去。正如他在诗中所咏的,"老矣身安用,飘然计本疏"(《初至邵阳逢入桂林使作书问其地之安危》),"孤臣霜发三千丈,每岁烟花一万重"(《伤春》),其感时伤老的慨叹,与词同调。"戎葵凝笑墙东"句,是借蜀葵向太阳的属性来喻自己始终如一的爱国思想。墙边五月的葵花，迎着东边的太阳开颜。"戎葵"与"榴花"，都是五月的象征，词人用以映衬自己旷达豪宕的情怀。"戎葵"为无情之物，而"凝笑"二字，则赋予葵花以感情，从而更深刻地表达作者的性情人格。虽然年老流落他乡，但一股劲气却始终不渝。这"凝笑"二字，正是词人自己的心灵写照，具有强烈的艺术感染力。最后三句写此时此刻的心绪。满腔豪情，倾注于对诗人屈原的怀念之中。"酒杯深浅"是以今年之酒与去年之酒比较，特写时间的流逝。酒杯深浅相同，而时事日非，不可同日而语，感喟遥深。用酒杯托意而意在言外，在时间的更换中，深化了"万事一身伤老矣"的慨叹。情绪的激荡，驱使词人对诗人屈原的高风亮节的深情怀念，"试浇桥下水，今夕到湘中。"向湘江上祭酒的虔诚，加上这水中之酒今夜会流到屈原殉难地汨罗江的联想，使滔滔江水，融合了词人心灵深处的潜流。从高歌其辞赋到酹酒江水，深深地表示词人对屈原的凭吊，其强烈的怀旧之思和爱国之情，已付托于这"试浇"的动作及"桥下水，今夕到湘中"的遐想之中。

　　元好问在《自题乐府引》中说："世所传乐府多矣，如……陈去非《怀旧》云：'忆昔午桥桥下（应作上）饮……'又云'高咏楚辞酬午日……'如此等类，诗家谓之言外句，含咀之久，不传之妙，隐然眉睫间，惟具眼者乃能赏之。"以此词而论，吐言天拔，豪情壮志，意在言外，确如遗山所说"含咀之久，不传之妙，隐然眉睫间"。我们从"天涯节序匆匆"的惋惜声中，在"万事一身伤老矣"的浩叹中，在"酒杯深浅去年同"的追忆里，可以领略到词人"隐然眉睫间"的旷达悲壮的情韵。黄昇说《无住词》"语意超绝，识者谓其可摩坡仙之垒也"（《中兴以来绝句妙词选》卷一），指的也是这种悲壮激烈的深隐清切的风调。　　　　　　　　　　（唐玲玲）

虞　美　人　　　　　　陈与义
大光祖席，醉中赋长短句

　　张帆欲去仍搔首，更醉君家酒。吟诗日日待春风，及至桃花开后却匆匆。　　歌声频为行人咽，记著樽前雪。明朝酒醒大江流，满载一船离恨向衡州。

　　这首词是在席益饯别宴上所作。席益字大光，洛阳人，陈与义同乡。从《简斋集》可知，与义宣和六年（1124）在汴京任符宝郎时即与他结交，不久遭贬别去，别后屡有诗札往还。建炎三年（1129）席益离郢州知州任，流寓衡山县（今属湖南），与义避金兵至湖南。同年腊月，两人相遇于衡山。次年元旦后数日，与义即离衡山赴邵阳，有《别大光》诗，别筵上并作此词。

　　这首词的写法是："紧扣别筵,思前想后。"他把离情别绪融贯到对逝日的回忆和对前途的推想中去,别有一番风味。

　　词的上片由别筵写起,进而追忆相聚的时日。一开篇就说船帆都张挂起来了,人却踟蹰流连,不忍离去,只是一杯杯地饮着君家送别的酒。这就把不得不去又不忍即去的矛盾心理很贴切地表现出来了。为什么"张帆欲去"? 因为"携家作客真无策","长乘舴艋竟安归?"(《元日》)战乱之中,携家南奔,旅次寄居,终非长策,自然是非走不可的。为什么"仍搔首"? 因为与义和大光友情诚笃,岂忍猝别,所以搔首踟蹰。词人很自然地便追忆起了在腊月间相聚的日夜,朋友们饮酒赋诗;同时,更盼望着春天的到来,以与友人更好地流连吟咏,然而春天到了,桃花才一吐蕊,而自己却要与友人告别了!"匆匆"之中,包含了无限惜别之意。"吟诗"两句,清刘熙载《艺概·词曲概》赞为"好在句中",就是说其本身即为佳句,不待上下文映发关照,自见妙处。

　　词的下片仍写别筵。写过了酒,另从歌上落笔。古人送别例唱"骊歌",如苏轼《江城子·孤山竹阁送述古》所写"且尽一樽,收泪听《阳关》"即是。又,宋代州郡长官设宴,例有官妓陪侍,歌舞侑酒,此"歌声"就是歌妓所唱。"歌声频为行人咽",临别之际,歌妓亦为动情,几度呜咽不能成声。因此感动了词人:"记着樽前雪。""雪"为"雪儿"之省,而"雪儿"又是代指歌妓的。雪儿为隋末李密歌姬,善歌舞,得文辞叶音律而歌,称"雪儿歌",后用以泛指。词人因歌而记着歌者,即记着此别,记着饯别的主人,一语而三得之。酒醉人,而歌声亦足醉人。"明朝酒醒大江流",一笔推想到明朝酒醒之后,此身已随行舟载入湘江。此行何去? 相距一百二十里的衡州(今衡阳)是第一站。"满载一船离恨向衡州":载人而曰"载离恨","离恨"而曰"一船","一船"而且"满载",浓墨大书,表足惜别之意,与首句"张帆欲去仍搔首"紧密关连,也同《别大光》诗的"滔滔江受风,耿耿客孤发"之意相补衬。这最后两句,化用苏轼在扬州别秦观的《虞美人》词"无情汴水自东流,只载一船离恨向西州",而意感更为丰富。运用前人成句切忌字句含意全同,又不可距原句原意过远。与义此处构句可谓自然切合己事,变化处又别出心裁,较之上片之结,艺术上亦不相上下。

(陈振寰)

虞　美　人　　　　　　　　　陈与义

　　余甲寅岁自春官出守湖州,秋杪,道中荷花无复存者。乙卯岁,自琐闼以病得请奉祠,卜居青墩镇。立秋后三日行,舟之前后如朝霞相映,望之不断也。以长短句记之。

扁舟三日秋塘路,平度荷花去。病夫因病得来游,更值满川微雨洗新秋。　　去年长恨拏舟晚,空见残荷满。今年何以报君恩? 一路繁花相送到青墩。

小序说"甲寅岁自春官出守湖州",甲寅岁为宋高宗绍兴四年(1134)。这年八月,词人自礼部侍郎(即春官)出知湖州,九月二十一日到任。乙卯岁为绍兴五年。这年二月,召入朝为给事中。六月,词人托病辞职,以显谟阁直学士提举江州太平观,实则领祠禄闲居,卜居青墩,立秋后三日成行。"琐闼",指宫殿门上镂刻的连琐图,这里代指宫门,因给事中供职处在殿中,故云。青墩是一小镇,在湖州之南,据《一统志》云:"在桐乡县北二十五里,与湖州之乌镇止隔一水。"把小序中的事实考察清楚,这首词就较容易理解了。

此词的特点是采用赋体。赋、比、兴是中国古典诗词的优秀传统,但在词中每每多用比兴,很少用赋。在一些长调慢词中因为要讲究铺叙,有时也用赋,但必须与比兴结合起来,单纯用赋的极为少见。词的上阕所写的便是词人于乙卯岁从南宋首都临安回到青墩时沿途所见所感,内容与小序后段完全一致。从临安到青墩,一路上水光山色,使人应接不暇。词人不写两岸低垂的绿柳,不写长满田畴的桑麻禾稼,偏偏抓住池塘里的荷花尽情描绘,这除了出于自己的爱好以外,还因为时间是在"立秋后三日"。荷花最富于季节的特征。此刻词人辞掉官职,从临安出来,船行水上,只见池塘里荷花盛开,心胸为之一畅,大有"无官一身轻"之感。"三日"是写实,从临安到青墩,水路约需三日行程。"秋塘"点季节兼点时间,用语精练而又准确。"平度"二字,写出了舟行的平稳,反映了心情的恬适。小船从荷塘水面悠悠滑行,这境界有多美! 词人在临安住了多时,都市的烦嚣,政务的冗忙,人事的倾轧,使他厌倦、烦闷。这一次来到大自然中,一腔烦闷,顿时烟消云散。因此他不禁吟道:"病夫因病得来游,更值满川风雨洗新秋。""病夫因病",连用二病字,颇耐吟味。据李心传《建炎以来系年要录》卷十九云:"绍兴五年六月丁巳,给事中陈与义充显谟阁直学士提举江州太平观。与义与赵鼎论事不合,故引疾求去。"所论何事,宋史无考。然赵鼎时为尚书左仆射、同平章事兼知枢密院、都督诸路军马,集军政大权于一身。陈与义与他论事不合,当是出于政见上的分歧。词中自称"病夫",其实不过是"引疾",不是真正有病。所谓"因病得来游",也是一种因祸得福的遁词。表面上像是暗自庆幸,实际上是聊以自嘲,内心当藏有难言的痛苦。语言直而能纡,质而见巧,从而刻画了词人内心痛苦而外貌旷达的自我形象。

　　词的下阕离开眼前,描写过去。假使按照赋体的方法,紧承上阕,照直写去,便觉平铺直叙,意味索然。可是这里词笔略一宕开,回忆去年出知湖州路过此处的光景,便觉峰回路转,出现另一番境界。"去年",即小序中所说的甲寅岁也。因系九月二十一日到任,时值"秋杪",故词人长恨拏舟已晚,拏舟,谓牵舟,这里指乘船。因为秋末登舟,故途中所见,唯有败叶残荷。一个"空"字与前面的"长恨"相呼应,表达了无限怅憾的心情。从词情发展上来说,是一跌。"今年"二句,词笔又拉回来写乙卯岁奔赴青墩的情景,径承上阕意脉,抒发此时感慨。从词情来说是一扬。在这一跌一扬之中,词人的喜与恨种种感情变化,内心矛盾,便曲曲传出,沁人心脾。"今年"一句与上阕"病夫"一句遥相呼应。一是"感谢"皇帝准他病假,让他奉祠(领受祠禄)卜居青墩。二是反映了词人受到"一路繁花"的感染,情不自禁地倾吐了对美好景色的一腔热爱。然而联系上阕"病夫"一句来看,其中当有所寄托。白敦仁《陈与义年谱》引此二句按曰:"盖有怨于赵鼎也。"怨赵鼎是一方面,而支持赵鼎的是高宗赵构,词人表面上是感恩,实质上不可能不怀有对高宗的不满。古诗常常讲究美刺,词中虽不多见,然结合词人当时遭遇来看,此词似乎暗暗含有一种讽喻,不过比诗更为"微而婉"罢了。

　　昔人谓陈与义诗,常常是"两句景即两句情,两句丽即两句淡","又有一句景对一句情者,妙不可言"(见方回《桐江集》卷五)。说明他在艺术结构上很讲究匀整、对称,讲究情景搭配,浓淡相宜。细审此词,也很富有这种特色。它的上阕,前二句着重写景(或事),后二句着重抒情。即以后二句而言,前一句是着重抒情,后一句着重写景。当然,"一切景语,皆情语也"(王国维《人间词话》),似难截然分开,但大体上也应有所区别。例如"更值满川微雨洗新秋",这句主要是写濛濛细雨洒向大河的水面,当然也洒向秋塘上的荷花,洒向词人的船篷。这景色确实带有朦胧诗意。句前加上"更值"二字,就把词人的感情贯注进去,仿佛这细雨也洒向词人的心田,带来阵阵清凉。词的下阕,也是一句情,一句景,而结尾"一路繁花相送到青墩"一句,也是把情与景融合到一起,表现了舟行的快感。盛开的荷花,本为无情之物,此刻却把词人一路相送到青墩,这是用拟人化的方法形容荷花的连绵不绝。它给读者的感觉,宛如李白《早发白帝城》诗所写的"两岸猿声啼不住,轻舟已过万重山"。所不同的是一个是写"一路繁花",一个是写"两岸猿声"而已。

　　此词节奏明快,格调轻松,并在疏放中微蕴沉郁之旨。黄昇《花庵词选》评陈与义词云:"词虽不多,语意超绝,识者谓其可摩坡仙之垒也。"也就说他的词风非常像苏轼,若以此词和东坡同调之作(波声拍枕长淮晓)相比,我们便更加深信不

疑了。 （徐培均）

临 江 仙　　　　　　陈与义
夜登小阁，忆洛中旧游

　　忆昔午桥桥上饮，坐中多是豪英。长沟流月去无声。杏花疏影里，吹笛到天明。　　　二十餘年如一梦，此身虽在堪惊。闲登小阁看新晴。古今多少事，渔唱起三更。

　　陈与义字去非(1090—1138)，是北宋末南宋初的著名诗人，也善于填词。他生平致力于诗，所作甚多，约六百余首，而其词作则仅有《无住词》十八首，不及其诗的二十分之一，可见他是以餘事填词的。他的《无住词》十八首，其中绝大部分都是在他晚年奉祠退居湖州青墩镇寿圣院僧舍时所作，青墩僧舍有"无住庵"，陈与义曾在这里住过，故遂以"无住"名词。

　　这首《临江仙》词大概是在高宗绍兴五年(1135)或六年陈与义退居青墩镇僧舍时所作，时年四十六或四十七岁。陈与义是洛阳人，他追忆二十多年前的洛中旧游，那时是徽宗政和年间，天下还承平无事，可以有游赏之乐。其后金兵南下，北宋灭亡，陈与义流离逃难，艰苦备尝，而南宋朝廷在播迁之后，仅能自立，回忆二十多年的往事，真是百感交集。但是当他作词以发抒此种悲慨之时，并不直写事实，而是用空灵的笔法以唱叹出之(这正是作词的要诀)。上片是追忆洛中旧游。午桥在洛阳南，唐裴度有别墅在此。"杏花疏影里，吹笛到天明"二句，的确是造语"奇丽"(胡仔评语，见《苕溪渔隐丛话后集》卷三十四)，一种良辰美景，赏心乐事，宛然出现于心目中。但是这并非当前实境，而是二十多年前渺如云烟的往事在回忆中的再现。刘熙载说得好，"陈去非……《临江仙》：'杏花疏影里，吹笛到天明'，此因仰承'忆昔'，俯注'一梦'，故此二句不觉豪酣转成怅悒，所谓好在句外者也。"(《艺概》卷四)下片起句"二十餘年如一梦，此身虽在堪惊"，一下子说到当前，两句中包含了南北宋之间二十年中无限的国事沧桑、知交零落之感，内容极充实，而用笔极空灵。"闲登小阁"三句，不再接上文之意进一步发抒悲叹，而是宕开去写，想到盛衰兴亡，古今同慨，于是看新晴，听渔唱，将沉挚的悲感化为旷达。这首词疏快明亮，浑成自然，如水到渠成，不见矜心作意之迹。张炎称此词"真是自然而然"(《词源》卷下)。然"自然"并不等于粗率浅露，这就要求作者有更高的文学素养。彭孙遹说得好，"词以自然为宗，但自然不从追琢中来，亦率易无味。如所云绚烂之极仍归于平淡。……若《无住词》之'杏花疏影里，吹

笛到天明',自然而然者也。"(《金粟词话》)

　　陈与义作词虽少,但很受后世推重,而且认为其特点很像苏东坡。南宋黄昇说,陈与义"词虽不多,语意超绝,识者谓其可摩坡仙之垒也。"(《中兴以来绝妙词选》卷一)清陈廷焯也说,陈词如《临江仙》,"笔意超旷,逼近大苏。"(《白雨斋词话》卷一)陈与义填词是否有意要学苏东坡呢?不见得。陈与义作诗,近法黄(庭坚)、陈(师道),远宗杜甫,不受苏诗影响。至于填词,乃是他晚岁退居时的遣兴之作,他以前既非一向专业作词,所以不很留心当时的词坛风气,也未受其影响。譬如,自从柳永、周邦彦以来,慢词盛行,而陈与义独未作过一首慢词;词至北宋末年,趋于雕饰,周邦彦是以"富艳精工"见称,贺铸亦复如是,而陈与义的词独是疏快自然,不假雕饰;可见陈与义填词是独往独来,自行其是,自然也不会有意学苏的。不过,他既然擅长作诗,晚岁填词,运以诗法,自然也就会不谋而合,与苏相近了。以诗法入词,固然可以开拓内容,创新风格,但是仍必须保持词体特质之美,而不可以流于质直粗疏,失去词意。苏东坡是最先"以诗为词"的,但是苏词的佳作,如《卜算子》(缺月挂疏桐)、《水调歌头》(明月几时有)、《永遇乐》(明月如霜)、《洞仙歌》(冰肌玉骨)、《八声甘州》(有情风万里卷潮来)、《贺新郎》(乳燕飞华屋)诸作,都是"如春花散空,不著迹象,使柳枝歌之,正如天风海涛之曲,中多幽咽怨断之音"(夏敬观手批《东坡词》,转引自龙榆生《唐宋名家词选》)。论词者不可不知此意也。

　　　　　　　　　　　　　　　　　　　　　　　　　　　　(缪　钺)

【作者小传】张元幹

(1091—约1170)　字仲宗,长乐(今福建福州市长乐区)人。自号芦川居士、真隐山人。向子諲之甥。靖康元年(1126),曾任李纲行营属官。官至将作少监。绍兴元年(1131),因不满奸佞当权,致仕。后坐送胡铨《贺新郎》词得罪除名。早年词风婉媚,南渡后,多写时事,感怀国事,词风豪放,为辛派词人之先驱。有《芦川词》《芦川归来集》。存词一百八十五首。

贺　新　郎　　　　　　张元幹
寄李伯纪丞相

曳杖危楼去。斗垂天,沧波万顷,月流烟渚。扫尽浮云风不

定，未放扁舟夜渡。宿雁落、寒芦深处。怅望关河空吊影，正
人间鼻息鸣鼍鼓。谁伴我，醉中舞。　　十年一梦扬州路，倚
高寒、愁生故国，气吞骄虏。要斩楼兰三尺剑，遗恨琵琶旧语。
谩暗涩铜华尘土。唤取谪仙平章看，过苕溪尚许垂纶否？风
浩荡，欲飞举。

李纲（字伯纪）是著名的爱国重臣，他在钦宗靖康元年（1126）金兵围攻京城
的危急时刻，力主抗战，固守开封，被钦宗任命为亲征行营使。张元幹当时是他
的僚属，后来李纲被罢免，元幹也连带获罪，离京南下。高宗绍兴七年（1137），张
浚罢相，以赵鼎为相。八年二月，秦桧第二次入相，罢免赵鼎，四月，宋派王伦使
金，定和议；十二月，李纲在洪州（州治在今江西南昌）上书反对议和，被罢归福建
长乐。作者为此写了这首词，对李纲坚决主战、反对议和的行动表示无限的敬仰
并予以积极支持。

上片写登高眺望江上夜景，并引发孤单无侣、众醉独醒的感慨。

起首四句写自己携着手杖步上高楼，但见夜空星斗下垂，江面宽广无边，波
涛万顷，月光流泻在蒙着烟雾的洲渚之上。“扫尽”三句，是说江风极大，将天上
浮云吹散，江上亦因风大而无人乘舟夜渡。沉思间又见雁儿飞落在芦苇深处夜
宿，并由此引起无限感触。“怅望”两句，先是怅望祖国山河形胜，徒然吊影自伤；
这时正值深夜，“鼻息鸣鼍鼓”，是指人们熟睡、鼾声有如击着猪婆龙（水中动物
名）的皮做成的鼓，也即鼾声如雷之意。这里以之喻苟安求和之辈，隐有众人皆
醉我独醒之慨。“谁伴我”两句，承上“月流烟渚”“怅望关河空吊影”，用李白《月
下独酌》“我歌月徘徊，我舞影零乱”诗意，自伤孤独（辛弃疾《贺新郎·别茂嘉十
二弟》结句之“谁共我，醉明月”，与此意同）。谓李纲与己志同道合，而天各一方，
不能于此月下同舞。同舞当亦包括同商恢复中原之事，至此一笔转入寄李纲
本题。

下片运用典故以暗示手法表明对朝廷屈膝议和的深刻不满，并对李纲备致
钦仰之忱。

“十年”句，是作者想到十年以前，高宗即位于应天府（今河南商丘），这是建
炎元年（1127）。不久就南下，以淮南东路的扬州为行都；次年秋金兵进犯，南宋
小朝廷又匆匆南逃，扬州被金人攻占，成为一片废墟，昔年繁华犹如一梦，此处化
用杜牧“十年一觉扬州梦”（《遣怀》）诗句。如今只余残破空城，使人怀想之余，不
胜慨恨。“倚高寒”两句，继续写作者夜倚高楼，但觉寒气逼人，远望满目疮痍的

中原大地，不由愁思满腔，但又自觉壮心犹在，豪气如潮，足以吞灭敌人。骄虏是指金人。《汉书·匈奴传》说匈奴是"天之骄子"，这里是借指。"要斩"两句，运用两个典故反映出对宋金和议的看法。前一句是期望朝廷振作图强，能如汉代使臣傅介子提剑斩楼兰（西域国名）王那样地对付金人。《汉书·傅介子传》说楼兰王曾杀汉使者，傅介子奉命"至楼兰。……王贪汉物，来见使者。……王起随介子入帐中，屏语，壮士二人从后刺之，刃交胸，立死。"词中以楼兰影射金国，以傅介子比喻李纲等主战之士。后一句是借汉嫁王昭君与匈奴和亲事，影射和议之不可行。杜甫《咏怀古迹》诗云："千载琵琶作胡语，分明怨恨曲中论。"作者在此用杜甫诗意，说在琵琶曲中流露出对屈辱求和的无穷遗恨，以此暗示南宋与金人议和亦将遗恨千古。"谩暗涩"句，是叹息如今和议已成定局，虽有宝剑而不能用来杀敌，徒然使它生铜花（即铜锈），委弃于尘土之中。暗涩，是形容宝剑上布满铜锈，逐渐失去光彩。这里运用比喻，以宝剑被弃比喻李纲等主战人物的受到罢斥压制。"唤取"两句，先以"谪仙"李白来比李纲，兼切李姓，这是对李纲的推崇。李纲自己也曾在《水调歌头》中说："太白乃吾祖，逸气薄青云。"作者请他评论，也即发表意见，面对和议已成定局的形势，爱国之士能否就此退隐苕溪（浙江吴兴一带），垂钓自遣而不问国事呢？结尾振起，指出要凭浩荡长风，飞上九天，由此表示自己决不逍遥林下，而是怀着气冲云霄的壮志雄心，对李纲始终主战、反对和议的主张表示最大的支持，这也就是他写作本词的旨意所在。　　　　　　　（潘君昭）

贺　新　郎　　　　　　　　　张元幹
送胡邦衡待制

梦绕神州路。怅秋风，连营画角，故宫离黍。底事昆仑倾砥
柱①，九地黄流乱注？聚万落千村狐兔。天意从来高难问，况
人情，老易悲难诉！更南浦，送君去。　　　凉生岸柳催残暑。
耿斜河、疏星淡月，断云微度。万里江山知何处？回首对床夜
语。雁不到、书成谁与？目尽青天怀今古，肯儿曹恩怨相尔
汝？举大白，听《金缕》。

〔注〕　① 昆仑倾砥柱：古人相信黄河源出昆仑山，书证甚多，如《淮南子·地形训》即言"河水出昆仑东北陬"。昆仑山有铜柱，其高入天，称为天柱，见《艺文类聚》卷七引《神异经》。又黄河中流有砥柱山。此以昆仑天柱、黄河砥柱，连类并书。

当北宋覆亡，士夫南渡的这个时期，悲愤慷慨的忧国爱国的词家们，名篇叠

出；张芦川则有《贺新郎》之作，先以"曳杖危楼去"寄怀李纲，后以"梦绕神州路"送别胡铨，两词尤为忠愤悲慨，感人肺腑。高宗绍兴十二年(1142)，已先因反对"和议"、请斩秦桧等三人头而贬为福州签判的胡铨，再获重谴，除名编管新州(今广东新兴)，芦川作此词相送。

"梦绕神州路"，言我辈魂梦皆不离那未复的中原故土。"怅秋风"三句，写值此素秋，金风声里，一方面听此处吹角连营，似乎武备军容，十分雄武，而一方面想那故都汴州，已是禾黍离离，一片荒残。此一起即将南宋局势，缩摄于尺幅之中。以下便由此严词质问，绝似屈子《天问》之体格。

首问：为何一似昆仑天柱般的黄河中流砥柱，竟然倾毁，以致浊流泛滥，使九州之土全归沉陆？又因何而使衣冠礼乐的文明乐土，一旦变成狐兔盘踞横行的惨境！须知狐兔者，既实指人民流析，村落空虚，唯馀野兽，又虚指每当国家不幸陷于敌手之时，必然"狐兔"横行，古今无异。郑所南所谓"地走人形兽，春开鬼面花"，自国亡家破之人而视之，真有此情此景，笔者亲历抗战时期华北沦陷之境，故而深领之。

下用杜少陵句"天意高难问，人情老易悲"，言天高难问，人间又无可共语者，只得如胡公者一人同在福州，而今公又遽别，悲可知矣！——上片一气写来，全为逼出"更南浦，送君去"两句，其笔力盘旋飞动，字字沉实，作掷地金石之响。

过片便预想别后情怀，盖饯别在水畔，征帆既远，犹不忍离去，伫立以至岸柳凉生，夜空星见。"耿斜河"三句，亦如孟襄阳、苏东坡，写"微云渡河汉"，写"疏星渡河汉""金波淡，玉绳低转"，何其神理之相似！而在芦川，悲愤激昂之怀，忽着此一二句，益见其感情之深挚，伫立之久。如以"闲笔"视之，即如只知大嚼为食，而不晓细品为饮者，浅人难得深味矣。

下言此别之后，不知胡公流落之地，竟在何所，想象也觉难及，其荒远之状毕竟何似，相去万里，更欲对床夜话，如朋友、兄弟之故事，岂复可得！语云雁之南飞，不逾衡阳，而今新州更去衡阳几许？宾鸿不至，书信将凭谁寄付？不但问天之意直连前片，而且痛别之情古今所罕。以此方接极目乾坤，纵怀今古，沉思宇宙人生；所关切者绝非个人命运得失穷达，岂肯效儿女子琐琐道个人私事哉。韩愈《听颖师弹琴》诗"昵昵儿女语，恩怨相尔汝"，是此句所本。

情怀若此，何以为词？所谓辞意俱尽，遂尔引杯长吸，且听笙歌。——此姑以豪迈之言，聊遣摧心之痛，总是笔致夭矫如龙，切莫以陈言落套为比。

凡填《贺新郎》，上下片有两个仄起七字句，不得误为与律句全同，"高难问""怀今古"，难、今二字，皆须平声(与上三字连成四平声)，方为协律。又两歇拍

"送君去""听金缕",头一字必须去声,此为定格。然至明清后世,解此者已少,合律者百无一二。故拈举于此,以示学人。

(周汝昌)

满　江　红
张元幹

自豫章阻风吴城山作

春水迷天,桃花浪、几番风恶。云乍起、远山遮尽,晚风还作。绿卷芳洲生杜若,数帆带雨烟中落。傍向来沙嘴共停桡,伤飘泊。　　寒犹在,衾偏薄。肠欲断,愁难著。倚篷窗无寐,引杯孤酌。寒食清明都过却,最怜轻负年时约。想小楼、终日望归舟,人如削。

张元幹《芦川归来集》卷九《跋楚甸落帆》云:"往年自豫章下白沙,尝作《满江红》词,有所谓'绿卷芳洲生杜若,数帆带雨烟中落'之句。此画颇与吾眼界熟,要是胸次不凡者为之,宁无感慨?"然而跋文年代不详,据同书卷十《芦川豫章观音观书》云:"元幹以宣和元年三月出京师,六月至乡里。"所述与词中时地相吻合,可能作于是年返乡途中。

题中"豫章",今江西南昌市。"吴城山",地名。据《太平寰宇记》:"南昌县……吴城山在治东一百八十里,临大江。"船行至此常为风浪所阻。张孝祥《吴城阻风》诗中云:"吴城山头三日风,白浪如屋云埋空。"形象地展示了风恶浪涌的险景。这首词作就是抒写旅途中阻风吴城山的情景与急切思归的心态。明吴从先《草堂诗徐隽》谓此词"上言风帆漂泊之象,下言归舟在家之思"。

词的开头"春水迷天"两句,点出天气骤变,风浪连天。作者紧扣住词题"阻风"下笔,而写得气势雄阔。在旧历三月,春暖雪化,水位暴涨,此时正值鲜艳的桃花盛开,故称"桃花浪"。杜甫《春水》诗:"三月桃花浪,江流复旧痕。"词里连缀着"风恶"二字,便使烟水迷茫的景象中显现出一股汹涌的气势。"云乍起"二句承上实写舟行所遇。一个"还"字,既写出江面恶劣气象的延续,又暗示了时间的推移。这样开头几句就把行舟为风雨所阻的意象充分揭示出来。"绿卷芳洲生杜若"二句,由远及近,写景如画。"杜若",香草名。屈原《九歌·湘君》:"采芳洲兮杜若。"在长满一片嫩绿芳草的水洲边上,舟泊烟渚,雨中落帆,寥寥几笔,勾勒出一幅笔墨苍润的烟雨落帆图。

"傍向来沙嘴共停桡"二句,写停泊的情景。"向来",即适来,"沙嘴",即沙洲。晏几道《玉楼春》:"停桡共说江头路。"词人由遇风浪而漂泊的情怀,正是为下片的抒情作铺垫。

换头"寒犹在"以下四句，承上转下，由景及情，抒写寒夜停泊的愁绪。而"倚篷窗无寐"二句，更推进一层，倚窗独酌，借酒浇愁，这既表现出人物的孤独感，又是上文"愁肠"的深化。"寒食清明都过却"二句，笔墨宕开，但与愁绪相连结。词人想起寒食清明节都已过去，自己早就耽误了归期，辜负了佳人相约的一片深情，心中充满了焦虑和懊恨。

结末"想小楼终日望归舟，人如削"，这是化用柳永《八声甘州》"想佳人妆楼颙望，误几回天际识归舟"的词意。如果说柳永词中的"误几回"更觉灵动，那么这里的"人如削"也能传神。唐代元稹《三月二十四日宿曾峰馆夜对桐花寄乐天》诗："是夕远思君，思君瘦如削。"不过，词中不是写自身，而是从对方着笔。本来是自己思归心切，却说佳人在小楼终日痴望。这是出于自己的想象，是一种虚写的手法，但运用了"终日望归舟，人如削"这样具体细致的情节，不仅显得真实，化虚为实，而且把埋藏内心的思归意蕴充分宣泄出来。

这首思归怀人的词作，以景起，以情结，全词情景交练。而抒写羁旅愁思，感情起伏动荡，尤工于勾勒铺叙。这与柳永擅长表现羁旅行役的题材而又尽情铺展的格调是一脉相承的。

（曹济平）

兰　陵　王　春恨　　　　　张元幹

卷珠箔。朝雨轻阴乍阁。阑干外、烟柳弄晴，芳草侵阶映红药。东风妒花恶。吹落梢头嫩萼。屏山掩、沉水倦熏，中酒心情怕杯勺。　　寻思旧京洛。正年少疏狂，歌笑迷著。障泥油壁催梳掠。曾驰道同载，上林携手，灯夜初过早共约。又争信飘泊？　　寂寞。念行乐。甚粉淡衣襟，音断弦索。琼枝璧月春如昨。怅别后华表，那回双鹤。相思除是，向醉里、暂忘却。

词题"春恨"，在宋黄昇《花庵词选》中作"春游"，实际上是作者身经中原丧乱之痛，借以寄托国事的愁恨。全词分为三片，而意脉贯通。明吴从先《草堂诗馀隽》引李攀龙云："上是酒后见春光，中是约后误佳期，下是相思如梦中。"从词作结构来说，这样理解是可以的，但还是属于表层的。如果透过含蓄曲折的笔墨，深入探测其内涵，就会发现词人在南渡以后所寓寄的黍离之悲，故不能拘泥于泛泛的"春恨"。

　　词的开头"卷珠箔"二句,点出了环境与天气。"乍阁",即初停。这是化用王维《书事》"轻阴阁小雨"句意。在一个春日的清晨,词人登楼卷起了珠帘,绵绵的阴雨刚刚停止,和煦的阳光已照楼台。全词的情与景即由此生发铺展。"阑干外"以下写楼上眺望的种种景象:如烟的柳条,在晴光中摇动;阶下绿油油的青草,映衬着芍药,呈现出一派盎然的春意。"烟柳弄晴",并非专门咏柳,而是从此引起词人的悠扬情思。折柳送别,在汉唐以来已形成了一种社会风俗。周邦彦的著名词篇《兰陵王》:"柳阴直,烟里丝丝弄碧",就是借咏柳而赋别情。眼前的柳丝依依有情,似乎又是送别之态。紧接着"东风"二句陡转,出现另一种物景。强劲的东风把刚长出来的花吹落了,烘托出一种凄然伤神的气氛。"屏山掩"三句,与上文目中所见回应,由景生情,实写词人的心境。"屏山"即屏风。"沉水",即沉香。"中酒"即著酒。这里写出词人怕饮酒的心理状态,含蕴着复杂的思想感情。

　　第二片追思昔日游乐。换头"寻思旧京洛",承上转下,从当前的伤春伤别,很自然地回想起过去在汴京的游乐情景。"京洛",洛阳,东周、后汉两朝皆建都洛阳,故称"京洛",兼京师与洛阳两义。这里是借指汴京。作者在《次友人寒食书怀韵二首》中写过:"往昔升平客大梁,新烟燃烛九衢香。车声驰道内家出,春色禁沟宫柳黄。陵邑只今称虏地,衣冠谁复问唐装。伤心寒食当时事,梦想流莺下苑墙。"诗中所写思念故国的深沉感情,与词作主旨是一致的。不过词的写法比较含蓄婉转。一个"旧"字,蕴含着多么深刻的时代意念。宋翔凤在《乐府余论》中说:"南宋词人系心旧京,凡言归路,言家山,言故国,皆恨中原隔绝。"这里系念"旧京洛",正是从中原隔绝的遗恨引起下文"往昔升平客大梁"的游乐情景,更增添黍离之悲。"正年少疏狂"三句,词人想起当年在汴京狂放不羁的生活。白居易诗:"疏狂属年少。"少年时征歌选色,外出游春的车马已准备好,只是催促着梳妆。油壁车,女子所乘;"催梳掠",其中即有女子在。"曾驰道同载"三句,杂写游赏,不专主一时一事。驰道,即御道,皇帝车驾经过的道路。上林,秦汉时期为皇帝的花园,这里借指汴京的园林。"收灯毕,都人争先出城探春"(《东京梦华录》卷六),这是"灯夜初过早共约"的注脚。同载、携手、共约,情事如见,都是"年少疏狂"的事。至此,一笔写来,都是热闹欢快的气氛。可是,紧接着"又争信漂泊"!突然结束了上面的回忆,似断又续,极尽顿挫之妙。这使人仿佛从梦幻意识中回到清醒的现实,感情起伏,跌宕流美。"争"同"怎"。词人怎么能料想到往昔歌舞升平的汴京,如今已落在金兵的手中,而自己又过着逃难的漂泊生活呢?这种哀感从上面的欢快和畅的景象中转来,以欢愉的情调映衬离别后的孤寂,更显得凄楚难禁。

　　第三片从回忆转写别后相思，主要抒写离恨。"寂寞，念行乐"以下，紧承上文的"疏狂"到"漂泊"而来，注入对旧人的深切思念。"甚粉淡衣襟"三句，是悬想她已摆脱了歌笑生涯，而容色依然如旧日之美好。"琼枝璧月春如昨"一句，本于南朝陈宫中狎客为赞美张丽华、孔贵嫔等容色的诗句"璧月夜夜满，琼树朝朝新"，见《陈书·张贵妃传》。这三句，怀念旧人，同时也是怀念故都，写得迷离惝恍，而寓意亦约略可寻。以下过入别恨与相思。"怅别后华表"二句，借用典故，抒发人间沧桑之变，好景不长的深慨。传为陶潜作的《搜神后记》载，辽东人丁令威，学道于灵虚山，后化鹤归辽，止于城门华表柱上，言曰："有鸟有鸟丁令威，去家千年今始归；城郭如故人民非，何不学仙冢累累?"此二句用"怅"字领起，寄慨更深，语意明了而又委婉含蓄。结末"相思除是"二句，用口语写情，深婉真挚。"除是"，除非是的省略。这里词人把多少不易直接说出的别恨，统统倾注在酒杯里，痛饮尽醉方休。"向醉里、暂忘却"，犹如众流归海，不仅感情深厚，而且"辞尽意不尽"，言外含有眷念故国的无穷隐痛。这与李清照《菩萨蛮》"故乡何处是?忘了除非醉"的情意相近，有异曲同工之妙。

　　这首抒发爱国意念的词作，写得情韵兼胜，深婉流美，代表了作者的另一种词风——即婉约的风貌。在艺术技巧上充分显示出组织结构的严密。全词上、中、下三片，从眼前伤春到追忆往昔，再转入现实相思，有铺排，有转折，环环相扣，逐层深入，并用"别恨"一气贯串。尤其是过片处意脉连贯，情致婉转曲折。其次是寓别恨之情于清旷的境界之中，使蕴藉的词境显得既沉郁又婉丽。

（曹济平）

石 州 慢　　　　　　　　　　张元幹

寒水依痕，春意渐回，沙际烟阔。溪梅晴照生香，冷蕊数枝争发。天涯旧恨，试看几许消魂? 长亭门外山重叠。不尽眼中青，是愁来时节。　　情切。画楼深闭，想见东风，暗消肌雪。孤负枕前云雨，尊前花月。心期切处，更有多少凄凉，殷勤留与归时说。到得再相逢，恰经年离别。

　　本词是作者晚年离乡思归之作。在冬去春来，大地复苏的景象中，寓寄着词人内心的深沉意念。

　　"寒水依痕"之句，点出了初春的时节，但这是运用杜甫的成句。杜甫《冬

石州慢(寒水依痕)　　　　　　张元幹

——明刊本《诗馀画谱》

深》："花叶惟天意，江溪共石根，早霞随类影，寒水各依痕"。后二句化用杜甫《阆水歌》"正怜日破浪花出，更复春从沙际归"的诗意。这里融诗景入词境，另有一番气象，而着一"渐"字，更使溪水下落的痕迹增添一股新的活力。词人从沙际迷茫开阔的景象中，感受到蓬勃生机的和暖的春意。"溪梅"二句用特写手法刻画报春的信息——梅花的开放。在和煦的阳光下，溪边梅树疏落的枝条上绽开出朵朵花苞，散发出诱人的清香。这是冬去春来的美好象征，然而这并不能引起词人心灵的欢悦，相反地萌生出离愁与苦恨。

"天涯"以下数句，由写景转入抒情。"旧恨"二字，揭示出词人心中郁积着无限的离愁别恨。"消魂"是用江淹《别赋》："黯然消魂者，唯别而已矣！"这里用设问的句式领起下文。"长亭"以下三句，进一层铺写消魂的景色。在那长亭门外，词人极目所见，映入眼帘的唯有望不到尽头的重重叠叠的青山。连绵起伏的山峦，犹如心中无穷的愁绪，正是"吴山点点愁"，春日的景象，成了犯愁的时节。

下片换头"情切"二字，承上转下。词人宕开笔力，由景物描写转而回忆昔日夫妇之情。如今虽然离别远行，但绵绵情思却是割舍不断的。"画楼"以下三句，虚景实写，设想闺人独居深楼，因日夜思念丈夫，久盼不归，形体渐渐地消瘦下去。紧接着"枕前云雨"，借用典故以写夫妇情意。宋玉《高唐赋》序中说，楚王梦中与神女相会高唐，神女自谓："旦为朝云，暮为行雨，朝朝暮暮，阳台之下。"后指男女欢合。这与下句"尊前花月"，都是写夫妇间甜蜜的共同生活。但因为离别在外，枕畔之欢，尊前之乐，都亏负了。词人内心所殷切盼望的，是回来与亲人相见，诉说在外边思家时心底的无限凄凉情味。"心期切处"三句所写，是自己那边的离愁，与上"画楼"三句写家里人的别恨作成对照。彼此愁恨的产生，同是由于"孤负"两句所说的事实而引起。这样虽是分写双方，却浑成一体，词笔前后回环呼应，十分谨严细致。歇拍"到得再相逢，恰经年离别"，紧承上句"归时"。言到得归来重见，已是"离别经年"了。言下对于此别，抱憾甚深，重逢之喜，犹似不能抵消者。写别恨如此强调，宋词中亦少见，当非无故。

这首词作由景入情，脉络分明，从表象上看，似乎抒写夫妇间离愁别恨，但词中运用比兴寄托，确实寓寄着深一层的时代意念。《蓼园词选》中说："仲宗于绍兴中，坐送胡铨及李纲词除名。起三句是望天意之回。'寒枝竞发'，是望谪者复用也。'天涯旧恨'至'时节'，是目断中原又恐不明也。'想见东风消肌雪'，是远念同心者应亦瘦损也。'负枕前云雨'，是借夫妇以喻朋友也。因送友而除名，不得已而托于思家，意亦苦矣。"

自常州词派论词强调寄托以来，后世评词者往往求其有无寄托。从张元幹后期压抑不平的身世来看,在南宋朝廷屈辱求和,权奸当道而主战有罪的险恶的社会环境里,他的内心有着难以明言的苦衷,故词中"借物言志",寄意象外,黄蓼园所云并非纯为主观臆断,但如此分解而落到实处,恐怕就难免有穿凿之嫌了。

(曹济平)

石 州 慢   张元幹

己酉秋,吴兴舟中作

雨急云飞,惊散暮鸦,微弄凉月。谁家疏柳低迷,几点流萤明灭。夜帆风驶,满湖烟水苍茫,菰蒲零乱秋声咽。梦断酒醒时,倚危樯清绝。　　心折。长庚光怒,群盗纵横,逆胡猖獗。欲挽天河,一洗中原膏血。两宫何处?塞垣只隔长江,唾壶空击悲歌缺。万里想龙沙,泣孤臣吴越。

宋高宗建炎三年(1129),岁在"己酉"。这年春上,金兵大举南下,直扑扬州。高宗从扬州渡江,狼狈南逃,江北地区完全失守。作者当时避乱南行,秋天在吴兴(今浙江湖州)乘舟夜泛,抚事生哀,写下了这首悲壮的词作。"泣孤臣吴越"即全词结穴之句,通篇都写孤愤。

上片写景,亦即愤激之情的郁积过程。它用色彩黯淡的笔调画出舟中所见之夜色:雨霁凉月,疏柳低迷,流萤明灭,菰蒲零乱,烟水苍茫,秋声呜咽,……一切都阴冷而凄迷。其意味深厚,又非画图可以比拟。首先,"雨急云飞"的开篇就暗示读者,这是一阵狂风骤雨后的宁静,是昏鸦乱噪后的沉寂,这里,风云莫测、沉闷难堪的秋来气候,与危急的政局是有一致之处的。其次,这里展现的是一片江湖大泽,类乎放逐的骚人的处境,于中流露出被迫为"寓公"的作者无限孤独彷徨之感。的确,在写景的同时显现着景中活动着的人物形象。他在苦闷中沉饮之后,乘着一叶扁舟,从湿萤低飞、疏柳低垂的水路穿过,驶向空阔的湖中,冷风拂面,梦断酒醒,独倚危樯,……此情此景,不正和他"怅望关河空吊影,正人间鼻息鸣鼍鼓"(《贺新郎》)所写的一致么?只言"清绝",不过意更含蓄罢了。于是,一个独醒者、一个梦断后找不到出路的爱国志士形象逐渐鲜明起来。这就为下片尽情直抒胸臆作好了准备。

过片的"心折"(心惊)二字一韵。这短促的句子,成为全部乐章的变徵之声。据《史记·天官书》载,金星(夜见于西方称"长庚")主兵戈之事。"长庚光怒"上承夜景,下转时事的感慨和书愤,就像水到渠成般自然。时局可谓内外交困。建炎二年济南知府刘豫叛变降金；翌年，苗傅、刘正彦作乱，迫高宗传位太子，后被平服。"群盗纵横"句该是痛斥这些奸贼的。不过据《宋史·宗泽传》载，当时南方各地涌现了很多义勇组织，争先勤王，而"大臣无远识大略，不能抚而用之，使之饥饿困穷，弱者填沟壑，强者为盗贼。此非勤王者之罪，乃一时措置乖谬所致耳"，则此句作为对这种不幸情况的痛惜语亦可讲得通。要之，这一句是写内忧。下句"逆胡猖獗"则写外患。中原人民，生灵涂炭，故词人痛切之极。这里化用了杜诗"安得壮士挽天河，尽洗甲兵长不用"（《洗兵马》）的名句，抒发自己强烈愿望："欲挽天河，一洗中原膏血！"然而愿望归愿望，现实是无情的。词人进而指出三重不堪的事实：一是国耻未雪，徽钦二帝尚被囚于金。"两宫何处"的痛切究问，对统治者来说无异于严正的斥责。二是国土丧失局面严重——"塞垣只隔长江"。三是朝廷上主战的志士横遭迫害，"唾壶空击悲歌缺"。《世说新语·豪爽》："王处仲（敦）每酒后辄咏'老骥伏枥，志在千里。烈士暮年，壮心不已'。以如意打唾壶，壶口尽缺。"王敦所咏曹操《龟虽寿》中的句子本含志士惜日短之意，这里暗用以抒发爱国主张横遭摧抑，志不获伸的愤慨，一"空"字感喟良深。由于这一系列现实障碍，词人的宏愿是无从实现了。这恰与上片那个独醒失路的形象吻合。末二句挽合全词："万里想龙沙，泣孤臣吴越。""龙沙"本指白龙堆沙漠，亦泛指沙塞，这里则借指二帝被掳囚居处。"孤臣"乃不得于君者，即词人自指，措语带愤激的感情色彩。"泣孤臣吴越"的画面与"倚危樯清绝"遥接。

张元幹本能为清丽婉转之词，与周、秦肩随，而他又是将政治斗争内容纳入词作，为南宋豪放词导夫先路的人物。此词就是豪放之作，它上下片分别属写景抒情，然而能将秋夜泛舟的感受与现实政局形势密切结合，词境浑然一体。语言流畅，绝去雕饰，然而又多用倒押韵及颠倒词序的特殊句法，如"唾壶空击悲歌缺"（即"悲歌空击唾壶缺"）、"万里想龙沙"（"想龙沙万里"）、"泣孤臣吴越"（"吴越孤臣泣"）等，皆造语劲健，耐人咀嚼。

（周啸天）

水 调 歌 头 追和　　　　　　　　张元幹

举手钓鳌客，削迹种瓜侯。重来吴会，三伏行见五湖秋。耳畔风波摇荡，身外功名飘忽，何路射旄头？孤负男儿志，怅望故园愁。　　　梦中原，挥老泪，遍南州。元龙湖海豪气，百尺卧高楼。短发霜粘两鬓，清夜盆倾一雨，喜听瓦鸣沟。犹有壮心在，付与百川流。

　　作者壮年曾从李纲抗金，秦桧当国后致仕南归，绍兴中坐送胡铨及寄李纲词除名。此词标题作"追和"，即若干年后和他人词或自己旧作。查集中《水调歌头·同徐师川泛太湖舟中作》一篇，其中有"底事中原尘涨，丧乱几时休"、"想元龙，犹高卧，百尺楼"及"莫道三伏热，便是五湖秋"等句，与此词句意相近，或即是本词所和之篇。张元幹曾从徐俯（师川）学诗，徐亦应有同题的词，惜已佚。徐俯因参与元符党人上书反对绍述，被列入邪等，名上党人碑；高宗绍兴二年被召入都，赐进士出身。张元幹绍兴元年休官回福建，因此"同徐师川泛太湖舟中"作词之事当在建炎年间。而此"追和"之词，从"重来吴会"两句看，应是辞官南归后约二十年某一夏日，重游吴地时作。集中《登垂虹亭》诗有云："一别三吴地，重来二十年"，可证。

　　上片即自写心境，自画出一个浪迹江湖的奇士形象，著意写其豪放不羁的生活和心中的不平。首二句就奠定了全词格调。"举手钓鳌客，削迹种瓜侯"，皆以古人自譬。钓鳌种瓜，本隐逸者事，而皆有出典。《史记·萧相国世家》载秦时人召平为东陵侯，秦亡后隐居长安东种瓜，世传"东陵瓜"。这里用指作者匿迹销声，学故侯归隐。而"钓鳌客"的意味就更多一些。赵德麟《侯鲭录》："李白开元中谒宰相，封一版，上题曰'海上钓鳌客李白'。相问曰：'先生临沧海钓巨鳌，以何物为钓线？'白曰：'以风浪逸其情，乾坤纵其志。以虹霓为丝，明月为钩。'又曰：'何物为饵？'曰：'以天下无义丈夫为饵'，时相悚然。"作者借用此典，则不单纯寄意于隐逸，其恨不得"以天下无义丈夫为饵"之意亦隐然句下，锋芒所指似在"时相"。"重来吴会"两句，吴会即吴县，地近太湖，是重游故地；"三伏""五湖秋"，拈用前词"莫道三伏热，便是五湖秋"字面，以说时令，也不无仍承前词上文"惟与渔樵为伴，回首得无忧"的那种在炙手可热的势焰下暂得解脱的寓意。以下三句愤言国事关心，而功名未立，请缨无路。"耳畔风波摇荡"，谓所闻时局消息如彼；"身外功名飘忽"，谓自己所处地位如此。"耳畔""身外"，皆切合不任事、无职司人的情境。南宋爱国人士追求的功名就是恢复中原，如岳飞《小重山》词说的"白首为功名"。"旄头"为胡星（见《史记·天官书》），古人以为旄头跳跃主胡兵大起。"何路射旄头"即言抗金报国之无门，这就逼出后文："孤负男儿志，怅望故园愁。"这里的"故园"，乃指失地；"男儿志"即"射旄头"之志。虽起首以放逸归隐为言，结句则全属壮心犹在之意。下片全从这里予以申发。

　　过片写想望故国百端交集的心情："梦中原，挥老泪，遍南州。""梦中原"是由"怅望故园愁"所导致。"挥老泪"，沾襟可也，何能"遍南州"？这是夸张，也是风雨入梦的影响。几句大有后来陆游"胡未灭，鬓先秋，泪空流"之慨。因在睡中，故又得"高卧"二字,联及平生意气,遂写出"元龙湖海豪气,百尺卧高楼"的壮语。借三国陈登事,以喻作者自己"豪气未除"(《三国志》许汜议陈登语)。可见作者湖海闲游,实非心甘情愿。以下"短发霜粘两鬓"从"老"字来,"清夜盆倾一雨"应"泪"字来,正写中宵闻雨惊梦事。何以会"喜听瓦鸣沟"? 这恰似陆游所谓"夜阑卧听风吹雨,铁马冰河入梦来"(《十一月四日风雨大作》)。滂沱大雨倾泻于瓦沟,轰响有如戈鸣马嘶,可为"一洗中原膏血"的象征,此时僵卧而尚思报国的人听了怎能不喜? 是的,自己"犹有壮心在"呢! 壮心同雨水汇入百川,而归大海,是人心所向,故云"付与百川流"。——末韵结以豪情,也是顺流而下。

全词就这样交织着壮志难酬而壮心犹在的复杂情绪,故悲愤而激昂,相应地,词笔亦极驰骋。从行迹写到内心,从现实写到梦境。又一意贯串,从"钓鳌客""五湖秋""风波摇荡""湖海豪气""盆倾一雨""瓦鸣沟"到"百川流",所有意象都汇合成一股汹涌的狂流,使人感到作者心潮澎湃,起伏万千,具有极强的艺术感染力。词中屡借古人酒杯浇自己块垒,言有尽而意无穷,故能豪放而不粗疏。词写风雨大作有感,笔下亦交响着急风骤雨的旋律。"芦川词,人称其长于悲愤"(毛晋《芦川词》跋),评说甚当。

(周啸天)

鱼 游 春 水 张元幹

芳洲生蘋芷,宿雨收晴浮暖翠。烟光如洗,几片花飞点泪。清镜空余白发添,新恨谁传红绫寄①。溪涨岸痕,浪吞沙尾。　　老去情怀易醉。十二阑干慵遍倚。双凫②人惯风流,功名万里。梦想浓妆碧云边,目断孤帆夕阳里。何时送客,更临春水。

〔注〕 ① 红绫寄:以软红绢聚泪相寄。宋张君房《丽情集·寄泪》条说:"灼灼锦城官中奴,御史裴质善之。裴召还,灼灼每遣人以软红绢聚红泪为寄。" ② 双凫:《后汉书·王乔传》云:乔有神术,明帝时为尚书郎,后出为叶县令。每月朔望,常自县诣台朝帝。帝怪其来速而不见车骑,乃令太史伺望之。太史言其临至,辄有双凫从东南来。于是候凫至,举网捕之,但得一舄,原来是王乔为尚书郎时皇帝赐给他的一只鞋子。双凫,原来代指地方官员,这里喻作者的友人。

毛晋《芦川词跋》说:"人称其长于悲愤,及读《花庵》《草堂》所选,又极妩秀之致。"这首送别词,始于触景生情,后复缘情布景,节节转换,秾丽周密,委婉曲折地表达了作者悲愤之情与送别之意,在写作上自有特色,为其妩秀佳作之一。

大凡送别之作,多托离杯以将意,写时景以抒怀,这首词也是如此。词的开

头四句,描写送别时所见的春江景色以及由此所引起的凄苦感情。"芳洲"二句
是说,一场夜雨过后,碧空如洗,长满蘋芷的小洲上,乳白色的晨雾在翠绿的芳草
上面轻轻浮动。在这里,作者不仅描绘出送别时展现在眼前的春光晨色,点出了
送别的时间,还化用白居易"又送王孙去,萋萋满别情"(《赋得古原草送别》)诗
意,暗示这无边无际、给人带来暖意的芳草,逗起了作者无限惜别之意。"暖翠"
二字尤其精妙,它从感觉方面把夜雨过后春江两岸景色所富有的诗情画意,生动
而形象地描写出来了。而"烟光如洗"二句,承上启下,进一步描写出江天晓景。
其中前一句写"烟",着一"洗"字,见出天空无比净洁的境界,缴足了"宿雨收晴"
之意;后一句写花,写一场春雨过后,鲜花盛开,时而有几片花瓣随风飞舞,犹如
那点点泪珠,洒落地上。"点泪"二字用拟人手法,寓主观于客观,融别情于春色,
不仅烘托出送别的凄清气氛,也为下面的抒情做好了铺垫。"清镜"二句,紧承
"飞花点泪",即景抒情,折入对年华虚度、功业无成的忧伤心情的抒写。"老冉冉
其将至兮,恐修名之不立。"(《离骚》)和屈原一样,作者有感于日月如梭,时不我
与,明镜新添白发,容颜日渐衰老,然而抗金报国的宏愿却无法实现,内心充满忧
伤。一个"空"字,就把作者壮志难酬、老而无成的悲愤淋漓尽致地表现出来了。
词人本来是把恢复中原故土的希望寄托在皇帝身上的,但"天意从来高难问"
(《贺新郎·送胡邦衡待制赴新州》),皇帝高高在上,出尔反尔,其意图令人难以
捉摸。更使人难以理解的是他竟重用主和派,排斥抗金志士。"新恨"句化用锦
城官妓灼灼寄泪的典故,说明近来生活越来越寂寞,甚至于连一掬同情眼泪也无
人相寄,使人"新恨"无穷,更倾诉了世无知己的悲哀。"溪涨"二句复缘情布景,
进一步写雨后江天景色。"溪涨岸痕",写春水之大;"浪吞沙尾",写波浪之高。
一"涨"一"吞",不仅生动地再现了雨后春江波涛汹涌的情景,同时又借物遣怀,
暗寓了自己同此高涨的自伤与伤别的心情。在这里,情与景合而为一,水乳交
融,已经达到了浑然莫辨的境地。

　　过片再次即景抒情。"老去情怀"二句,暗点送别的地点——江楼,以回应开
头,同时又形象地刻画出词人内心无限的悲苦。一个"易醉",一个"慵遍倚",里
面该包含着作者多少难以言说也无处言说的辛酸!"双凫人惯风流"二句,词人
以高度的热情赞美了友人胸怀"功名万里"的报国壮志,同时也把抗金恢复的希
望寄托在友人身上。这位友人或许应召入朝,词人为其送行,故化用王乔的典
故,称颂他一贯风流倜傥,素有报国立功之志。在这里,慰勉之意与送别之情是
融为一体的。最后四句写送别。"梦想浓妆碧云边,目断孤帆夕阳里。"词人在此
展开了丰富而奇妙的想象。他告诉友人,此别之后,今日送别的场面将会在他的

梦中重现,他设想那时,自己将在那碧云深处与浓妆丽人相伴,过清闲的隐居生活,而友人却应召入朝,自己依依难舍,因而在夕阳西下的时候,伫立江边,凝望着友人的"孤帆"渐渐地消失在苍茫的暮色之中,久久不忍离去。这两句词,巧妙地化用了李白《黄鹤楼送孟浩然之广陵》诗中"孤帆远影碧空尽,惟见长江天际流"的诗句,而又有所创新,它再次缘情布景,托物写怀,通过梦境的描写,进一步写自己惜别之情,寄实于虚,虚实相映,更加真切地表达了词人对友人的一片深情。煞拍"何时送客,更临春水",由今日送别想到来日送别,再由来日送别翻出来日相逢,这种深一层的写法,更加含蓄委婉地写出词人无比深厚的惜别之情。这种写法,确实"如泉流归海,回环通首源流,有尽而不尽之意"(江顺诒《词学集成·法》)。

(薛祥生)

浣 溪 沙　　　　　张元幹

山绕平湖波撼城,湖光倒影浸山青,水晶楼下欲三更。

雾柳暗时云度月,露荷翻处水流萤,萧萧散发到天明。

这首词的具体作年不详。词中云:"水晶楼下欲三更"。据南宋胡仔《苕溪渔隐丛话前集》卷五十三"水晶宫"条云:"吴兴谓之水晶宫,不载之于《图经》,但《吴兴集》刺史杨汉公《九月十五夜绝句》云:'江南地暖少严风,九月炎凉正得中。溪上玉楼楼上月,清光合作水晶宫。'因此诗也。"可知此词为作者晚年漫游江浙一带时所作。

"一别三吴地,重来二十年。"这是元幹在《登垂虹亭二首》中所抒写旧地重游的心境,而诗中描写"山暗松江雨,波吞震泽天"的山水景象则与词中的自然景物相接近。首句"山绕平湖波撼城",真实地展现了雄阔壮美的山水气势。"波撼城"是化用唐孟浩然《临洞庭》诗"八月湖水平,涵虚混太清。气蒸云梦泽,波撼岳阳城"的句意。但他的词情却不是从浪涛汹涌的"波撼城"中激发,而是在广阔的水面上,特写湖光荡漾,青山倒影的优美景色。"水晶楼下欲三更",承上进一层写湖光月色相映,皎洁美好,仿佛如杜牧《悲吴王城》诗中所描写的那样"水精波动碎楼台"。这里的"欲三更",既点出月夜登楼眺望流连之久,又宛转地表达出作者浸沉于清旷秀丽的自然物景中的意趣。

下片承上写景。"雾柳暗时云度月"二对句,写词人登楼所见月光映照的夏夜景物。当天上飘动的浮云遮住月亮时,夜雾中的柳树顿时显得暗淡难辨,而水中含露的荷叶,随风轻轻摇晃,水珠闪烁,就好像无数的流萤在不断闪光。如果说作者在《登垂虹亭二首》诗中所描写的夜景"熠熠流萤火，垂垂饮倒虹。行云吞皎月，飞电扫长空"，显现出一种江上风雨欲来的壮观，那么，这里所勾勒的是一幅天空浮云遮月，湖光水色清丽而宁静的画面。

最后"萧萧散发到天明"一句，写散发独坐，沉吟至旦的情景。"萧萧"为头发稀疏貌，如陆游《杂赋》："觉来忽见天窗日，短发萧萧起自梳。"

这首词既写了湖光山色之美，又写了沉浸在山水自然风光中的流连神态，流露出一种闲适、潇洒的超脱情怀。全词情景相生，密切相关。词人不仅把几件自然物景——有飞云度月，有湖光倒影，有青山，还有岸柳和露荷，这一切巧妙地组合成一幅和谐统一的画面，而且更突出景中人领略自然美景的特有的神情。

（曹济平）

点　绛　唇　　　　　　　　　　　张元幹
呈洛滨、筼溪二老

清夜沉沉，暗蛩啼处檐花落。乍凉帘幕，香绕屏山角。

堪恨归鸿，情似秋云薄。书难托，尽交寂寞，忘了前时约。

本词作年不详。据张元幹《精严寺化钟疏》文："岁在戊辰（即绍兴十八年），僧结制日，洛滨、最乐、普现（即筼溪）三居士，拉芦川老隐过其所而宿焉"，此词大约作于这个时期。

洛滨，即富直柔，字季申，北宋宰相富弼之孙。靖康初赐进士出身。高宗建炎四年官至端明殿学士签书枢密院事。后因主战为秦桧所忌，不久落职。晚年徜徉山泽，与苏迟、叶梦得、张元幹等交游唱和。绍兴二十六年（1156）卒。

筼溪，即李弥逊，字似之，自号筼溪翁。徽宗大观三年进士。南渡后以起居郎迁中书舍人。因反对秦桧议和，不久被落职。绍兴十年（1140）归隐福建连江西山，与张元幹、富直柔等交游唱和。绍兴二十三年卒。

这首词的上片着重写景，寓情于景；下片主要抒情，曲折地表达出仕途的险恶与中原未复的怅惘意绪。起二句刻画出一幅幽静的秋夜景色，而着一"啼"字和"落"字，又显示出静中有动，动中见静的意趣。在一个美好的深秋之夜，雨檐滴水，蟋蟀正鸣叫，令人读来宛然在目，如闻其声。这种宁静的境界与梁代王籍《入若耶溪》诗"蝉噪林逾静，鸟鸣山更幽"有异曲同工之妙。词中这二句是化用杜甫《醉时歌》："清夜沉沉动春酌，灯前细雨檐花落"的诗句。清王嗣奭《杜臆》解"檐花落"云："檐水落，而灯光映之如银花。"可谓切于事实。

"乍凉"二句承上,从户外幽静之境转到写室内景象。秋雨深沉,靠近帘幕就感到一股寒气逼人,屋内香炉里散发着轻盈的烟缕,袅袅直上,萦绕在屏风的上端。词人由远及近,刻画具体入微,把听觉、感觉、视觉组合在一起,竭力渲染秋夜清冷的气氛和孤独寂静的境界。

下片抒情,倾吐蕴藏心灵深处难以直言的思绪。"堪恨"二句,以"归鸿"作比喻,说明心事难寄。古代有鸿雁传书的说法,但这里是写征鸿的情意犹如秋云那样淡薄,不肯传书,所以显得可恨。这与李清照《念奴娇》:"征鸿过尽,万千心事难寄"的意境相接近,而着一"恨"字,感情色彩更为浓烈。"秋云薄"是用杜甫《秋霁》:"天际秋云薄,从西万里风"的诗句。朱敦儒《西江月》亦写过:"世事短如春梦,人情薄如秋云。"因此,这里词人埋怨征鸿情薄,蕴含着纷繁的人情世态的深层意绪。

"书难托"三句,从上"堪恨"而来。正由于征鸿不传书信,而中原阻隔,难以寄言,又有谁能理解其中的万千心事呢?作者在《兰陵王》词中说:"塞鸿难托,谁问潜宽旧带眼。"在这恼人的岁月里,既无法寄声传语,那就让人忘掉过去的约会,任凭自己的寂寞无聊吧。

这首小令虽寥寥四十一字,但写得概括、凝练、疏隽。全词缘情设景,笔力委婉曲折,而抒发恨不见中原收复的失望意蕴,更觉沉郁深厚。　　　　(曹济平)

渔 家 傲 题玄真子图　　　　张元幹

钓笠披云青嶂绕,绿蓑细雨春江渺。白鸟飞来风满棹。收纶了,渔童拍手樵青笑。　　明月太虚同一照,浮家泛宅忘昏晓。醉眼冷看城市闹。烟波老,谁能惹得闲烦恼。

词题中"玄真子",即张志和,唐代诗人。据唐颜真卿《浪迹先生玄真子张志和碑铭》:"献策肃宗,深蒙赏重,令翰林待诏,授左金吾卫录事参军,乃改名志和,字子同。寻复贬南浦尉,经量移不愿之任,得还本贯。既而亲丧,无复宦情,遂扁舟垂纶,逐三江,泛五湖,自谓烟波钓徒。"他著书十二卷,号《玄真子》,后亦以此相称。"玄真子图",即玄真子像。张志和写有《渔父》五首,其中"西塞山前白鹭飞"一首最为人称道。入宋后以此为题材作词者甚多,而直接提到玄真子像的,以黄庭坚词为最早。他在《鹧鸪天》词序中说:"宪宗时,画玄真子像,访之江湖不可得,因令集其诗歌上之。"不过,黄庭坚的词作采用张志和《渔父》成句添补,别无新的意趣。张元幹这首词的艺术构思新颖,自辟蹊径,描绘一位不求功名利禄、流连山水自然的渔翁形象,给人以一种艺术美的享受。

　　词的上片主要写景,由景入情;下片着重抒情,融情入景。开头二句,勾勒出一幅远山环绕,春江烟雨迷茫而渔翁独钓的优美画面。"绿蓑",一作"橛头"。南宋胡仔《苕溪渔隐丛话后集》卷三十九:"张仲宗有《渔家傲》词,余往岁在钱塘,与仲宗从游甚久,仲宗手写此词相示,云旧所作也。……余谓仲宗曰,橛头虽是船名,今以雨衬之,语晦而病,因为改作'绿蓑细雨',仲宗笑以为然。""白鸟飞来"二句,生动地描述了渔家生活的无穷乐趣。在濛濛细雨中,一群白鹭从远处飞来,满船吹刮着斜风细雨,而稳坐小船上的渔翁,慢慢地把钓鱼的丝线收拢,猛地用力一提,一条泼刺跳动的大鱼被钓上来了,站在旁边的渔童和樵青都高兴得拍手欢笑。如果说张志和《渔父》词是一幅斜风细雨垂钓图,表现了作者浸沉在江南春色的自然美景的欣快心情,那么,张元幹这首词所写则是静中有动,如闻喧闹之声,是一幅细雨迷濛的春江垂钓的有声画,表现了词人对充满诗情画意的江南景色的喜爱以及对自由自在的渔家生活的热情讴歌。"渔童"和"樵青"都是张志和的奴婢。《张志和碑铭》中说:"肃宗尝赐奴婢各一,玄真配为夫妻,名夫曰渔童,妻曰樵青。人问其故,曰:渔童使捧钓收纶,芦中鼓枻;樵青使苏兰薪桂,竹里煎茶。"

　　下片"明月"二句,承上写渔翁以舟为家的生涯。天光月色,映照小船,境界由动入静,清幽淡远,反映了作者不愿与世俗同流的高逸情致。"浮家泛宅",指舟居。《新唐书·张志和传》云:"颜真卿为湖州刺史,志和来谒,真卿以舟敝漏,请更之。志和曰:'愿为浮家泛宅,往来苕、霅间。'"这里进一层揭示了作者安于舟居漂泊的孤傲、清高的性格。"醉眼"三句,直抒词人不慕功名利禄、摆脱世俗烦恼的超然物外的旷达情怀。"闲烦恼",指一种没有多大关系的烦恼。南宋沈瀛《水调歌头》:"枉了闲烦闲恼,莫管闲非闲是,说甚古和今。"这里用来表露自己终身浪迹江湖的飘逸情致,而用"烟波老"三字,不仅泄露出蔑视"城市闹"的繁华表象的深层意念,又是忘却一切世俗烦恼的落脚点。词以情作结,真切自然,与句首的垂钓景象相呼应,构成一种情景交融的意境。南宋罗大经《鹤林玉露》卷二谓此词"语意尤飘逸。仲宗年逾四十即挂冠,后因作词送胡澹庵(铨)贬新州,忤秦桧,亦得罪。其标致如此,宜其能道玄真子心事"。明沈际飞《草堂诗馀正集》赞同此说,并认为语意尤"洒然出尘"。可见这首词作艺术构思的成功,不在于外部形貌的相似,而在于内部气质的相投。也就是说,词中既能道出张志和垂钓的心事,又能借以抒写自己的真性情,故具潇洒出尘的飘逸情致,含义丰富,耐人寻味。

(曹济平)

瑞鹧鸪　　　　　　　　　张元幹

彭德器出示胡邦衡新句次韵

白衣苍狗变浮云，千古功名一聚尘。好是悲歌将进酒，不妨同
赋惜馀春。　　　风光全似中原日，臭味要须我辈人。雨后飞
花知底数？醉来赢取自由身。

此词小序极重要，它点出了复杂的政治背景。胡铨（字邦衡）贬谪新州以后，仍然写了一些寄慨国事的词作。这些新句通过彭德器传到了张元幹手中。他读后感慨万千，情不自禁地写下这首和韵词。

词题中的彭德器，生平事迹不详。据胡铨《澹庵先生文集》卷十二《与彭德器书》中称"德器学士"，又云"吾友平生磊落"，知其为胡铨好友。彭德器又与张元幹交游唱和，元幹《芦川归来集》中有《病中示彭德器》、《彭德器画赞》等。在《画赞》称其"气节劲而论议公，心术正而识度远"。足见他们都是志同道合的有胆有识之士，故能冒风险为胡铨传递新句。可惜的是胡词今已散失，无从窥其面貌。

这首抒写世事变迁的感愤之作，开头一句，借用杜甫《可叹》诗："天上浮云似白衣，斯须改变如苍狗"的名句，直写世事的变幻莫测。起句不仅用语峻峭，而且蕴含着极为深广的社会内容，引起人们无限的联想。"千古功名"一句，承上泛言"变"字之意，转入切身的政治理想幻灭的感喟。这里的"一聚尘"，看寒山子诗"谁家长不死，死事旧来均；始忆八尺汉，俄成一聚尘"，黄庭坚诗"意气都成一聚尘"（《出城送客过故人东平侯赵景珍墓》），可知是化为一堆尘土的意思。千古功名化为一堆尘土，这种激愤的语言，是志士失路的悲叹。他们的官职革的革了，辞的辞了，欲为国家建功立业而无可凭借，真是令人扼腕的事。

"好是"二句进一步借用古诗文来抒发政治上横遭迫害的愤慨。李白写过《将进酒》，人们不仅想起诗中"君不见黄河之水天上来"的豪迈气概，而且诗里"与君歌一曲，请君为我倾耳听"的境界，也使人感到一种抑郁不得志的满腹怨愤。"惜馀春"是指李白的《惜馀春赋》。李白在《赋》中说："试登高而望远，极云海之微茫。魂一去兮欲断，泪流颊兮成行。"又说："惜馀春之将阑，每为恨兮不浅。……春不留兮时已失，老衰飒兮情逾疾。"词中"不妨同赋惜馀春"，正是暗用此赋以倾注作者对胡铨远贬的深切怀念和同情。

下片"风光全似中原日"一句，承上转下，一个"似"字，透露出词人对昔日中原风光的思念。如今景物依旧，而时势却发生了巨大的变化。"臭味"一句，抒发

情意,感慨不尽。臭,通嗅。臭味,即气味,此指气味相同,志趣相投。"雨后飞花"一句,化用杜甫《曲江》:"一片花飞减却春,风飘万点正愁人"的诗意,抒写暮春时节落花无数的惋惜之情,也寓寄着对南宋小朝廷前途暗淡的忧虑。末句以情收束,含意深远。"自由身"是指不受拘管之意。李珣《定风波》:"此时方认自由身。"当时胡铨已遭编管,失去人身自由。这里的"自由身"虽然是从酒醉可逃世网中赢来,但也可以说是对胡铨的一种宽慰。

这首词的构思新巧,融世事于风景之中,以景衬情,境界凄清,含意深邃。令人读来感触到南宋时代的悲剧,词人心灵压抑的激愤。　　　　　　　　　(曹济平)

菩　萨　蛮　　　　　　　　　张元幹
三月晦,送春有集,坐中偶书

春来春去催人老,老夫争肯输年少。醉后少年狂,白髭殊未妨。　　插花还起舞,管领风光处。把酒共留春,莫教花笑人。

在唐宋时期,以送春感怀为题材的词作相当普遍。但是从这些数量可观的词篇里所窥见的构思立意,大都是抒写男女情思,春去撩人,离愁别恨,或者惜春冶游等。比如刘禹锡《忆江南》:"春去也,多谢洛阳人。"这首春词是以少女眼光中的暮春景象来展现她蹙眉惜春的心态。而欧阳炯的《三字令》"春欲尽,日迟迟"一首,从春尽人不归的艺术视角,运笔随意而着重于刻画佳人的无限相思。至于抒发青春难驻,临老伤春的感受,张先的《天仙子》是有代表性的。上片云:"水调数声持酒听,午醉醒来愁未醒。送春春去几时回?临晚镜,伤流景,往事后期空记省。"这种时光易逝的送春感触,虽然写得神韵高妙,但词人流泻出心底的愁绪是那样深沉,有着无穷的伤感。张元幹这首词的艺术构思不同,情调旷达洒脱,可谓别具一格。

首先从词的组织结构来看,词人不采用上景下情的框架,而是紧扣住送春留春的主旨,直抒情怀,一气呵成。起句"春来春去催人老",即写出了春去的内心感应。春来春去,时光匆匆流逝。这对于垂老之人,最容易引起心情的翻腾。张先词的"临晚镜,伤流景,往事后期空记省",所流露的是一种人事纷繁、朱颜易改的感伤情调。这首词中所承接的是"老夫争肯输年少"。词人虽然有了白髭须,但是心中没有产生悲感,还希望像年轻人那样具有一股活力。由于这种不服老的放任洒脱的襟怀,所以才能生发出插花起舞、把酒留春的势态,使上下片一气贯注。

　　其次是真性情的自然流露。张元幹晚年虽遭厄运,心中留下难以磨灭的伤痕,暮年常寄情于山水之间,但是他的一颗壮心并未与人俱老。作者投闲二十余年,一直没有忘掉中原遗恨,但又是抱着"心存自在天,脚踏安乐地"的旷达情怀。词中所写"坐中偶书"的感受,不过是信手拈来,却自是胸襟中流出。值得提出的是"醉后少年狂"一句,是借用苏轼《江城子》词"老夫聊发少年狂"的意趣。而"管领风光处"则是化用白居易《早春晚归》"金谷风光依旧在,无人管领石家春"的诗意。词中与"插花还起舞"相连接,充分体现出作者的真情实感,旷达乐观的风貌。况周颐《蕙风词话》卷一说:"真字是词骨。"这首词中性灵的流露,具有一种真实、自然之美。

　　这首自抒情怀的词作,语言质朴自然,明白晓畅。"醉后少年狂,白髭殊未妨""把酒共留春,莫教花笑人",语意显露,造句自然,毫无矫揉造作之态,又不落前人窠臼。这种个性化语言的倾吐,既是时光与生命相撞击的火花,又是凝聚着词人"坐中"瞬间的真实感受,而富有自然的风韵。　　　　　　　　　　（曹济平）

【作者小传】

吕渭老
一作滨老。字圣求,嘉兴(今属浙江)人。宣和间,以诗名。词风婉媚深窈。有《圣求词》,存一百三十四首。

薄　幸

吕渭老

　　青楼春晚。昼寂寂、梳匀又懒。乍听得、鸦啼莺弄,惹起新愁无限。记年时、偷掷春心,花间隔雾遥相见。便角枕①题诗,宝钗贳酒②,共醉青苔深院。　　　怎忘得、回廊下,携手处、花明月满。如今但暮雨,蜂愁蝶恨,小窗闲对芭蕉展。却谁拘管。尽无言、闲品秦筝,泪满参差雁。腰支渐小,心与杨花共远。

　　〔注〕　① 角枕:用兽角装饰的枕头。《诗经·唐风·葛生》:"角枕粲兮,锦衾烂兮。"用角枕题诗相赠,表示感情深厚。　② 贳(shì)酒:即赊酒。这里是指用金钗换酒。

　　这是一首恋情词,写一个"偷掷春心"的少女对远在他乡的恋人的怀念与忧思。这位少女的身份,虽词中有"青楼"字样,但据曹植《美女篇》"借问女何居,乃在城南端,青楼临大路,高门结重关",也可以是府第中女子的闺阁;从词中所写她的恋爱过程看,她不是妓女,而是良家女儿。她对恋人的感情是纯真无瑕的。

写由爱情的波折而引起的忧愁,是唐宋词中常见的主题。但吕渭老的这首词,却能鲜明地表现出疏秀明丽、自然清新的艺术风格。

这首词的中心是写"愁"。作者在起调处就开始捕捉这位少女的"愁"的形象。以"春晚"点出节候,暗寓伤感。在古典诗词中,晚春往往是以百花零落的"残红"面貌出现的,是"愁"的象征。"昼寂寂、梳匀又懒",承"春晚"而来。昼长人静,寂寞与"懒",都是晚春季节给人的感受,这里同时又是这位少女孤单无伴、百无聊赖的心理状态的外露。她虽然梳头、匀面,但却只有独坐"青楼"(这里可解释为"闺房"),独消永昼。"乍听得"两句,转写动景,亦承"春晚"而来。鸦啼莺弄,本当赏心悦耳,可在她,却引起了相反的效果:"惹起新愁无限"!用反跌之笔,比较深刻地写出了这位少女心灵深处的"愁"。至此,始露一个"愁"字,而又借莺声而引出,是作者用笔婉转生姿处。这是全词的第一个层次,写少女的愁态、愁情,一片愁云,笼罩全词。"记年时"以至上片结句,是全词的第二个层次,以回忆的笔调,从刻画形象、剪裁画面入手,写这位少女由初恋以至热恋的全过程。这是插入的一段叙事。"记年时"的"记",是个"领字",一字领起下文五句,在语法结构上,这五句都是"记"的宾语,是少女所"记"的内容。这五句,层次分明,连珠而下,气脉一贯,从中似乎可以觉察到这位少女在恋爱过程中紧张、愉快的心情节奏。这五句所表达的内容层次是:先写初恋的时间:"年时",即那年。"偷掷"两句,则是写与恋人初次相见时的情态。作者在"相见"前连用"花间""隔雾""遥"三个修饰语,把这次相见写得极富情致。"遥",是说"相见"时的距离较远;不仅远,而且是在花丛之中,借着花枝作掩护;尤其是还隔着那轻纱般的雾。这就活画出这位少女在恋情("春心")萌动、决心一试时的羞涩与紧张,与"偷掷"的"偷"字配搭极当。自然,作者把这次相见置于如此美妙的环境之中,也不无象征爱情美好的用意。然后写恋情的发展:"角枕题诗——宝钗贳酒——共醉青苔深院"。这里的"便",也是"领字",有"于是,就……"的意思。在"记"字领辖范围中,再用一领字,意在加强下三句的句间关系,三句层层递进,不容稍懈,从而表现了双方恋情的迅速发展。同时,用"便"字把"记"字所领起的五句,在感情节奏上分为上二下三,使下三句成为上二句的自然发展,上二下三之间,"便"字成了联系的纽带。领字之中有领字,使结构疏密有致,节奏鲜明,于此,足见作者驾驭语言的深厚功力。

下片换头处以"怎忘得、回廊下,携手处、花明月满",紧承上片,并为上片的美好回忆作绾结。紧接着,用"如今但……"作有力地转折,开拓出全词的第三个层次,转回眼前幅幅凄凉画面。这一层,与上片所写对爱情的美好回忆,正好互为反衬,从而更加有力地表现这位少女心灵深处的凄凉,同时也揭示了这位少女"愁"的根源所在。这正是作者的曲折用笔,巧妙安排。"但"("只是"的意思)在这里也是个"领字",领起"暮雨""蜂愁蝶恨""小窗闲对芭蕉展"三句。这三句,一句一个画面,景中寓情,是景语,也是情语。"暮雨"纷纷萧萧,如丝如麻,景象暗淡凄清而纷乱,从而进一步表现了少女心情的纷烦与凄苦;"蜂愁蝶恨"一景,承"暮雨"而来,明写蜂蝶,暗写少女,"小窗"云云,则是明写少女了。三句内容的胪列,由物而人,由晦而显,然后再以"却谁拘管"直抒幽怨,同时也暗示出她那美好的爱恋,已如流水落花,不堪收拾了,为最后一层意思预作安排。最后一个层次,是词的歇拍:"尽无言、闲品秦筝,泪满参差雁。腰支渐小,心与杨花共远。"这是全词抒情达意的结穴,几句写尽少女愁极而悲、悲极而转忧恨的复杂情态。筝,《隋书·乐志》说始于秦,故称秦筝;筝声哀,故称哀筝。李峤咏筝诗有"莫听西秦奏,筝筝有剩哀",岑参《秦筝歌》有"汝不闻秦筝声最苦""闻之酒醒泪如雨"等句。筝十三弦(朱骏声《说文通训定声》说古筝五弦,秦蒙恬改为十二弦。颜师古《急就篇注》说,筝本十二弦,今则十三。是筝十三弦始于唐也。),承弦的柱参差列阵如雁行,故刘禹锡称其"玫瑰宝柱秋雁行"(《伤秦姝行》)。这位少女"闲品秦筝"以写其哀,声情相应,不禁悲从中来,以致"泪满参差雁"。意深而语新,一句写尽少女相思之苦。"腰支渐小",说人消瘦,是长期愁苦悲痛的明证。"心与杨花共远",借杨花飘逝以写少女愁绪的悠远、渺茫,心犹杨花,杨花似心,寸心千里,情深而句秀,有"有余不尽之意"(张炎《词源》),深得词家结句之法。且杨花亦晚春之物,用以结句,遂使全词首尾照应,回环往复,浑然一体,亦作者匠心独运之处。

　　这首词抒情叙事,层次分明,且层层皆从刻画形象入手,用这些形象的画面,组织成文,构思巧妙,情致婉转。前人称吕渭老的词婉媚深窈,与美成、耆卿相伯仲。从这首《薄幸》词看来,并非过誉。

　　　　　　　　　　　　　　　　　　　　　　　　　　　　　　　(邱鸣皋)

【作者小传】

王之道

(1093—1169)　字彦猷,濡须(今安徽合肥)人。宣和六年(1124)进士。历知开州、通判安丰军、提举荆湖北路常平茶盐公事、湖南转运判官。有《相山居士词》,存一百八十六首。

如 梦 令　　　　　　　　王之道

一饷凝情无语,手撚梅花何处。倚竹不胜愁,暗想江头归路。
东去,东去,短艇淡烟疏雨。

　　这首闺情词,写的是一位女子盼望心爱的人从远方归来的殷切情怀。词中对人物外貌举止著墨甚少,对其内心活动的刻画却极为深细。读时须注意其措语、用典及结构上的意匠经营。

　　"一饷凝情无语",显然不是终日无言、终日销凝;而是忽然间因触景牵情而产生的不快。从次句看,很可能是因攀折梅花所致。这情形有类于《西洲曲》"忆梅下西洲,折梅寄江北",从忆梅到折梅,对远人的怀思有一个由无意识转入有意识的过程。折梅与怀人有关,所来自远,刘宋时陆凯赠范晔诗云:"折梅逢驿使,寄与陇头人。江南无所有,聊赠一枝春。"故次句言"手撚梅花何处",其归趋乃在怀远。"何处"二字则有欲寄无由寄的苦恼,故"手撚"梅枝,彷徨不已。

　　女子所怀何人,下句更有暗示。"倚竹不胜愁",系用杜诗《佳人》"天寒翠袖薄,日暮倚修竹"句意,杜诗所写,乃一位为丈夫离弃的佳人贞洁自保的操行。这里用以暗示词中女主人公同心而离居的忧伤,和对丈夫一往情深的盼望。同时又沿袭杜诗,有以翠竹之高节拟人之意。"暗想江头归路",则进一步点出郎行之踪迹。想当初,他定是从"江头"扬帆远去的,而今也该从去路归来了吧!这句"暗想"联上"凝情无语"云云,又进一步通过状态表情,表现出女子的思念之深沉,那是难于用言语表达的。而"江头归路"联上"何处"云云,又使人联想到唐诗"妾梦不离江水上,人传郎在凤凰山"(张潮)的意境,使人体会到她的内心之痴迷。

　　从"暗想江头归路"到末二句"东去,东去,短艇淡烟疏雨",在意象上有一个跳跃。注意两个"去"字,可知不是丈夫归途的情景,倒恰恰是他当初出发的状况。那时,他就乘着一叶行舟在烟雨迷蒙的江头离她东去,那景象是如此凄迷,又是如此记忆犹新,令人难以忘怀。这样回忆形成倒叙的结构,不仅使读者领略到更多的情事,丰富了词的内蕴;而且造成一种类乎汉诗"步出城东门,遥望江南路。前日风雪中,故人从此去"的意境,既显示出女主人公心境的悲凉,企盼的失望,又增加了其性格的温润。

　　"词之难于令曲,如诗之难于绝句,不过十数句,一句一字闲不得。末句最当留意,有有余不尽之意始佳。"(张炎《词源》卷下)这首词的作者,注意措语用意的深婉,做到了句无闲字而有余意;结尾处所造想象中境界,亦饶悠悠不尽之韵味,

故称合作。　　　　　　　　　　　　　　　　　　　　（周啸天）

【作者小传】

董 颖

字仲达，德兴（今属江西）人。宣和六年（1124）进士。曾为学正，知瑞安县。绍兴初，从汪藻、徐俯游。有《霜杰集》。词存十二首。

薄 媚（排遍第九）　　　　　　　董 颖
西 子 词

自笑平生，英气凌云，凛然万里宣威。那知此际，熊虎途穷，来伴麋鹿卑栖！既甘臣妾，犹不许，何为计。争若都燔宝器。尽诛吾妻子。径将死战决雄雌。天意恐怜之。　　偶闻太宰，正擅权，贪赂市恩私。因将宝玩献诚，虽脱霜戈，石室囚系。忧嗟又经时。恨不如巢燕自由归。残月朦胧，寒雨萧萧，有血都成泪。备尝险厄返邦畿。冤愤刻肝脾。

《薄媚》是大曲的一种。所谓"大曲"，就是指唐宋时的大型歌舞曲，由同一宫调的若干支曲子组成。宋人王灼《碧鸡漫志》说："凡大曲，有散序、靸、排遍、攧、正攧、入破、虚催、实催、衮遍、歇拍、杀衮，始成一曲，谓之大遍（按即大曲）。"这是指一般大曲的结构而言。董颖的《薄媚》大曲，是由排遍第八、排遍第九、第十攧、入破第一、第二虚催、第三衮遍、第四催拍、第五衮遍、第六歇拍、第七煞衮等共十曲组成，题为《西子词》，歌咏的是我国春秋晚期吴越战争中越王勾践利用美人西施复仇灭吴的历史故事。《排遍第九》只是其中的一支曲子，写越王勾践由臣事吴王夫差到返国的全过程，表现了勾践在穷途末路之际的痛苦挣扎与悲愤心情。

公元前496年，吴王阖庐（庐或作闾）兴师伐越，越王勾践大败吴师，射伤阖庐。不久，阖庐死去①。由是，勾践威震遐迩。前492年，阖庐子夫差伐越，勾践大败，栖于会稽山上，乃使大夫文种向吴求和，"勾践请为臣，妻为妾"，吴王不许。于是，"勾践欲杀妻子，燔宝器，触战以死"，被文种劝止，并接受了文种的建议，以美女宝器，买通了吴国擅权贪赂的太宰嚭，求和成功。于是勾践入事吴王，为夫差"驾车养马"，在吴首尾三年，至前490年获释返国②。《排遍第九》反映了上述历史内容。词当作于作者南渡之后。

勾践战败以至复国的过程，无疑是悲壮的。作者准确地把握了这个基本点，所以在词中，叙事抒情无不抑郁悲摧，壮怀激烈，从而构成了这首词的基调。上片首六句，用有力的反跌笔法，将词中主人公平生高可凌云的理想抱负与眼前穷愁卑下的处境构成强烈对比，从而表达其悲愤情怀。起调三句，气势雄阔，有睥睨万里之概。平生英气凌云，且曾万里宣威，何其壮也！但此意却以"自笑"出之，"自笑"实为自叹，如"长歌当哭"之意，造成反跌之势。接着以"那知"一句转折，反跌出与平生志气有云泥之别的悲惨现实，主人公的悲愤感情从中迸发而出。值得注意的是，词中写眼前现实的悲惨，但气概不衰。写主人公"途穷"，而以"熊虎"比拟，虽是"途穷"而不减其威；是"熊虎"，却"来伴麋鹿卑栖"，其拗怒之气亦隐然可见。这样就深化了主人公的形象，并使全词的旋律由起调的高昂转入沉雄悲壮。"既甘臣妾，犹不许，何为计"三句，节奏短促有力，句句紧逼，不容喘息。其前两句已写出了形势的严重，"何为计"一句，提出问题，尖锐有力，如惊雷骤至，必须立即作出反应，迅速抉择国计。在句间结构上，"何为计"一句又具有转出下文的作用。"争若"四句，承上而来，回答问题。这几句，辞锋犀利，沉着痛快，声情悲壮，是血泪语，也是决绝语，表现了主人公决心死战的英雄气概。"天意恐怜之"，则词婉而意坚，流露了对于决战必胜的期望。词至歇拍，尤觉声情悲怆，"残月朦胧，寒雨萧萧"，是这首词中唯一的写景处。"月"是"残月"，而且"朦胧"；"雨"是"寒雨"，而且"萧萧"。"残月"与"寒雨"非同时之景，而是勾践事吴三年，"备尝险厄返邦畿"过程中诸般景物的择要概括，且景物之中寓有山河破碎、家国风雨飘摇之意。显然，这里的写景，是为了进一步抒情，为"有血都成泪"作烘托。"有血都成泪""冤愤刻肝脾"，皆是刻肌入骨、深沁肝脾的悲愤语，是本词叙事抒情的最高点，成为全词基调中最沉重最强烈的音符。

这首词写的是历史故事，但与作者所处的南宋的现实却极其相似；词中的主人公勾践是作者刻意塑造出来的人物，中间倾注着词人强烈的思想感情。词人这样淋漓尽致的描叙勾践，显然是借古讽今，指陈时事，抒发政见，锋芒直指南宋的最高统治集团。做敌国的"臣妾"，在勾践来说，只是其反攻以至灭吴的一个准备，勾践的屈节事吴，正是为了灭吴；而南宋王朝对金国的纳币称臣，则是为了乞求苟安。在这里，可以体会出作者强烈的爱国感情，而那"有血都成泪""冤愤刻肝脾"，也正是作者有志难展、报国无路的忠愤。

这首词是大曲的一遍。王国维《宋元戏曲史》第四章《宋之乐曲》说："此种大曲，遍数既多，自于叙事为便。"并举此董颖《薄媚》为例。这一首将叙事抒情浑为一体(上片抒情兼叙事,下片叙事又抒情,互为作用,相辅而行),而以抒情为主体。抒情又是代作品中人物抒情,则仍是叙事诗作法。所抒发的人物感情如万斛涌泉,随地而出,汩汩滔滔,蔚为大观。《薄媚》全组十首,用韵皆同部平上去声通押,平仄间杂,或厉而举,或清而远,或明快而嘹亮,相配使用,抑扬有致,有效地配合了感情的表达,付之歌喉,一定是谐美动人的。

(邱鸣皋)

〔注〕 ① 事见《左传·定公十四年》,《史记》卷四十一《越王勾践世家》。 ② 参见《国语》的《吴语》《越语下》,《史记》的《越王勾践世家》《吴世家》,以及《吴越春秋》《越绝书》等。

【作者小传】

朱 翌

(1097—1167) 字新仲,舒州(今安徽潜山)人。号灊山居士,又号省事老人。政和八年(1118)同上舍出身。南渡后,为秘书少监、中书舍人。绍兴十一年(1141),因触忤秦桧,责授将作少监,韶州安置。桧死,充秘阁修撰,知宣州,移平江府,授敷文阁待制。有《灊山集》《猗觉寮杂记》。词存三首。

点 绛 唇

朱 翌

流水泠泠,断桥横路梅枝亚。雪花飞下,浑似江南画。

白璧青钱,欲买春无价。归来也,风吹平野,一点香随马。

这首词一题为"雪中看西湖梅花作"。作者冒雪游湖观梅,雅兴不浅。他看到了一段画意,又看到了几分春意,信手拈来似的作成此词,"不为雕琢,自然大雅"(《词林纪事》卷九引《词苑》)。据说朱敦儒造访作者之父不遇,于几案间见此词,遂书于扇而去。(陈鹄《耆旧续闻》)可见它之为人爱赏了。

上片写作者看到的画意,其中也透露出春意。虽然"春"字出得很晚,但第一句"流水泠泠",如鸣佩环的描写,已全无冰泉冷涩之感,从而逗漏出春的消息。由闻水声过渡到看梅花,是渐入佳境的写法。"断桥横路梅枝亚",断桥又名段家桥,在孤山路上,而孤山梅花极盛。梅枝横伸路上,相倚相交。这里的"横""亚"二字,俱重空间显现,已具画意。而梅之异于百花,唯在其傲干奇枝,迎霜斗雪之姿态,故卢梅坡诗云"有梅无雪不精神"(《雪梅》)。可见三句"雪花飞下"绝非凑句,而是烘托突出梅花神韵的笔墨。"飞下"二字写出江南雪的特点,是静谧无声的瑞雪。它成为词中盛开的梅花的极其生动的背景。至此,读者已大有"人在画图中"之感,"浑似江南画"一句恰如其分地点出这种感受。

"日暮诗成天又雪,与梅并作十分春"。下片即写作者感受的春意,和观梅归来其乐融融的心情。刚刚经历过隆冬的人,会特别觉得春日可爱,那真是有钱难买的。"白璧"乃贵重玉器,"青钱"乃通用货币。青钱不用说了,即使价值连城之璧,毕竟是有"价"的,而春天却是"无价"的。"白璧青钱"二句,还有一层较隐微的含意,须读者善会。那就是"春无价"又意味着"清风明月不用一钱买"(李白),欲买不来,不买却会来。下句"归来也"三字大有意味。如果用"归去也"三字,那就只能理解为赏梅者兴尽而返。但"归来也",既可作词人游过归来讲,连上句也可作"春"已归来讲,这一点很关紧要。能体会到这一层,则末二句"风吹平野,一点香随马",便全是"春风得意马蹄疾"之感了。"一点香随马",造句清新俊逸,它既使人联想到"更无一点尘随马",又使人联想到"踏花归去马蹄香"。然而"马蹄香"只能是春深之境,而"一点香随马"确是早春之意。那暗香追随的情况,非梅莫属。人的心情如何,这里已不言自明。

通过分析可知,仅看到此词"自然""不事雕琢"是不够的,还应看到作者在驱遣语言的分寸感上所具备的功力。虽然用意十分,在措语时,他只肯说到三四分;由于造句考究而富于启发性,读者领略到的意趣却是很丰富的。词的上片主景语,下片纯属情语。不管是写景抒情,都用疏淡笔墨,空白较多,耐人寻味,有如一幅写意的水墨画,也与咏梅题材相称。　　　　　　　　　　　　　　　　(周啸天)

【作者小传】

鲁逸仲 孔夷的隐名,字方平,汝州龙兴(今河南宝丰)人。孔旼之子。元祐间,隐居滍阳,与李廌为诗酒侣,自号滍皋渔父。词存三首。

南　浦　　　　　　　　　　　鲁逸仲

风悲画角,听单于三弄落谯门。投宿骎骎征骑,飞雪满孤村。酒市渐阑灯火,正敲窗乱叶舞纷纷。送数声惊雁,乍离烟水,嘹唳度寒云。　　好在半胧淡月,到如今、无处不销魂。故国梅花归梦,愁损绿罗裙。为问暗香闲艳,也相思万点付啼痕。

算翠屏应是，两眉余恨倚黄昏。

本词写旅夜乡思。

上片通过听觉和视觉构成四幅各具特色的画面，即"画角谯门""飞雪孤村""冷落酒市"和"寒夜惊雁"。首句"风悲"两字刻画风声。风中带来阵阵角声，那是谯门上有人在吹《小单于》乐曲吧。画角是涂有彩绘的军中乐器，其声凄厉；画角飞声，散入风中，又曾经触动过无数旅人的愁思，"风悲"两字极为灵动传神。秦观《满庭芳》中对角声之哀也曾有描写："画角声断谯门，暂停征棹，聊共引离尊。"一"落"字见得谯楼之高，风力之劲，并且还表达出旅人心头的沉重之感。此角声当是暮角。柳永《迷神引》云："孤城暮角，引胡笳怨。"柳词接楚江晚泊而言，此词则于孤村投宿前表述，引出后文夜景。

"投宿"两句写途中飞雪。"骎骎"形容马在奔驰，又上承"投宿"，使旅人急于歇脚的心情跃然纸上；下启"飞雪"，点出急于投宿是因为风雪交加。"飞"字形容漫天雪花飘舞之状，而"满"字又着力画出村子之小而且孤。"酒市"三句是入村以后的景象。灯火阑珊，人迹稀少，可见雪大且深，也衬托出夜间旅舍独处之冷清，所闻者唯有乱叶扑窗之声。"舞纷纷"写落叶之多和风力之急。"骎骎""飞""满""舞"都是动字；"骎骎"在句中不仅状客观之物，而且还能传主观之情；由此可见作者对字、词、句的推敲斟酌。《白雨斋词话》极为赞赏这点："此词遣词琢句，工绝警绝，最令人爱"。

"送数声"三句是客舍夜坐所闻。雪夜风急，忽闻雁声。雁群入夜歇宿在沙渚芦丛之中，遇到外物袭击，由守卫的雁儿报警，便迅速飞向长空。"乍离"句即是写这种情况。"嘹唳"句说的是雁群受警后穿过密布的冻云飞向高空，鸣声高亢曼长。雁儿多在高空飞行，白天远望可见，夜间则从鸣声得知。杜牧《早雁》诗有云："金河秋半虏弦开，云外惊飞四散哀。"云外，言其飞得高也。而卢纶《塞下曲》写的就是雁儿夜惊："月黑雁飞高，单于夜遁逃。欲将轻骑逐，大雪满弓刀。"单于战败后想趁黑夜逃遁，途中惊动了雁群，雁儿惊飞云外时的鸣声使追逐者得知单于的去向。本词所写的是南归途中的雁儿，在夜间受惊高飞时的鸣声，叩动着旅人的心弦，无限乡思，黯然而生，词意至此由写景转入下片的抒情。

下片另开境界，由雪夜闻雁转为月夜思乡，委婉地铺写相思情意。"好在"句是说风雪已止，云雾未散，朦胧中透现半痕淡月。"好在"指月色依旧。"无处不消魂"，描绘客居夜思，月色依稀当年，望月生情，不禁黯然魂消。"故国"两句，诉说由于故园之梅以及穿着绿罗裙之人，使他眷恋难忘，因此频频入梦。"故国"，

即"故园",周邦彦《兰陵王》中就有"登临望故国"之句。"愁损"两字,怜念梦中伊
人亦为相思所苦,语意曲折。

　　"为问"两句上承"故园"句,是以设问将梅拟人化,将枝上蓓蕾比拟为泪珠。
试问那暗香浮动的花枝,是否也是为了相思而泪痕点点? 末两句又上承"愁损"
句,设想对方,由己及人。自己在客中归梦梅花,愁绪满怀,想伊人在故园赏梅忆
人,泪滴枝头,正如牛峤《菩萨蛮》中所云:"愁匀红粉泪,眉剪春山翠。何处是辽
阳,锦屏春昼长。"薄暮时分,她斜倚屏风想起远方旅人;他遥忆故园,应亦是余恨
绵绵,难以消除吧!

(潘君昭)

【作者小传】

刘子翚

(1101—1147)　字彦冲,号屏山,一号病翁,建州崇安(今福建武夷山市)
人。父韐死于靖康之难,以荫补承务郎,通判兴化军。辞归武夷山,专事
讲学。学者称为屏山先生。有《屏山集》。词存四首。

蓦　山　溪　寄宝学　　　　　　　　　刘子翚

浮烟冷雨,今日还重九。秋去又秋来,但黄花、年年如旧。平
台戏马,无处问英雄;茅舍底,竹篱东,伫立时搔首。　　客来
何有? 草草三杯酒。一醉万缘空,莫贪伊、金印如斗。病翁老
矣,谁共赋归来? 芟垅麦,网溪鱼,未落他人后。

　　这首词的上下两片各有一个中心。上片的中心是"无处问英雄"。"平台戏
马",用项羽故事。"戏马台"在彭城(今江苏徐州市)南郊云龙山下,当年项羽曾在
此指挥操演兵马。后来,刘裕也于重九在此大会宾客。项羽、刘裕,皆一时英雄,
但时过境迁,英雄俱逝。"无处问英雄",既是作者感叹往昔英雄的永逝,也是对当
世英雄的寻觅,但理想的英雄又在何处呢! 由于作者为没有英雄人物可报祖国而
焦虑,所以他才感到重九时节"浮烟冷雨"的压迫,才觉得"年年如旧"的只有黄花,
也才"伫立时搔首"。下片的中心是"一醉万缘空"。正因为作者要在昏醉中寻求
解脱与安慰,所以客来后才只有"草草三杯酒",所以才劝宝学"莫贪伊、金印如
斗",最好是与作者一道"赋归来",去过"芟垅麦,网溪鱼"的隐居生活。把上下两片
联系起来,那么全篇的主旨应该是:有感于救国无人,国事无望,作者遂欲断绝万

缘。——从以上分析可以看出,中心突出,组织紧凑,是这首词的一个重要特色。

刘子翚生活在北宋末、南宋初,正是国家面临覆亡危险、急需济世之才的时候。当时善于带兵的大将并不少,但他们不相团结,彼此掣肘、猜忌,成为宋军节节失利的原因之一。这阕词中"无处问英雄"一语包含着极深沉的时事之叹,不可当成吊古诗词中的惯用语去看待。

这是一阕重九寄人之作。词中全用与重九有关的物事,而在加工处理上,作者有意识地改变了它们的情貌,使其更好地为抒情达意服务。比如,词篇一开始用"浮烟冷雨"形容重九,就跟秋高气爽的通常天气不同。作者勾画这样一幅天色,大约是要为全篇笼罩一层寒冷阴霾的气氛。至于三、四句提点黄花,不仅没有欣赏的意思,甚至连起码的描写也没有,只说是"但黄花、年年如旧"。说只有黄花"年年如旧",等于说此外的一切都不"如旧",这当然就深化了"无处问英雄"的句意。"茅舍底,竹篱东"是重阳赏菊的地方,陶渊明有"采菊东篱下,悠然见南山。山气日夕佳,飞鸟相与还"的诗句,李清照也有"东篱把酒黄昏后,有暗香盈袖"的吟咏。不过,本篇的主人公当此之际,却不把酒,也不采菊,而是"伫立时搔首"。这里,词篇凭借再现人物形象的办法,把作者忧国的情绪推到了最高峰。自然,词人过重九也不是完全无酒,比方说客来之后就有"草草三杯酒"。只是这里的饮酒,并非是为赏菊助兴,也不是为登高催诗,而是要自己"一醉万缘空",要宝学"莫贪伊、金印如斗"。——以上写黄花、写竹篱、写饮酒,都直接联系着深刻的社会内容,同单纯的赏菊品酒、慕求清高是大相径庭的。接下去,"病翁"是子翚自号。"赋归来",用陶渊明《归去来辞》,以示归隐之志。陶渊明以爱菊闻名,所以这事本身也就和重九有关。不过刘子翚的"赋归来"乃是要"芟垅麦,网溪鱼",绝不是有意恋菊。总之,因为作者的心绪不佳,所以在他眼里的重九美景全都改变了颜色;而出现于作者笔下的、改变了颜色的风物又反过来衬托和强化了作者的思想感情。这种情景交融的创作方法的使用,是这阕词存在艺术魅力的根本原因。

(李济阻)

胡　铨

【作者小传】

(1102—1180)　字邦衡,号澹庵,庐陵(今江西吉安)人。建炎二年(1128)进士。绍兴五年(1135),除枢密院编修官。因反对绍兴八年和议上封事,请斩秦桧等,贬为福州金判。绍兴十二年(1142)除名,编管新州,移吉阳军。桧死,移衡州。孝宗时,历官至兵部侍郎。有《澹庵文集》《澹庵词》。词存十六首。

好　事　近　　　　　　　　　　胡　铨

富贵本无心，何事故乡轻别？空使猿惊鹤怨，误薜萝秋
月。　　　　囊锥刚要出头来，不道甚时节！欲驾巾车归去，有豺
狼当辙！

　　这首词很是有名，它联系着南渡初一场斗争，或者说一件大案。绍兴八年
秦桧再次入相，力主和议，派王伦往金议和。这事激起了朝野一片抗议，当时
身为枢密院编修官的胡铨尤为愤慨，上书高宗说："臣备员枢属，义不与桧等共
戴天。区区之心，愿斩三人头（指秦桧、王伦、孙近），竿之藁街。……不然，臣
有赴东海而死，宁能处小朝廷求活耶！"（《戊午上高宗封事》）此书一上，秦桧
等人十分恐惧、恼怒，以"狂妄凶悖，鼓众劫持"的罪名，将胡铨"除名，编管昭
州（今广西平乐）"，四年后又押配新州（今广东新兴）。胡铨在逆境中不改操
守，十年后在新州赋本词，"郡守张棣缴上之，以谓讥讪，秦愈怒，移送吉阳军
（今海南岛崖县）编管"。十年间，秦桧对胡铨的迫害愈演愈烈，直欲置之死
地而后快；同时对支持胡铨的朝臣名士也进行残酷的迫害，著名的诗人、词
人王庭珪、张元幹就被流放、削籍，"一时士大夫畏罪箝口"，"忠正之士多避
山林间"。（参见《宋史·胡铨传》、《挥麈后录》卷十等）这首词就是在这样背
景下写作的。

　　上片是说自己本无心于富贵，可是却出来谋官，感到很后悔。"富贵本无
心，何事故乡轻别？""轻"，轻率，鬼使神差似的，这是对自己的责备；由现在想
到当初的轻率，正表示眼下的悔恨。"空使猿惊鹤怨，误薜萝秋月。""猿惊鹤
怨"用《北山移文》文意。南齐周颙本隐北山（即钟山），后应诏出仕，孔稚珪假
托山灵及草木禽兽对他进行责备，中有这样的句子："蕙帐空兮夜鹤怨，山人去
兮晓猿惊。""薜萝"，幽隐之处，"薜萝秋月"借指隐者徜徉自适的生活，唐张乔
《宿齐山僧舍》"晓随山月出烟萝"类此。这里是借猿鹤以自责其弃隐而仕，轻
弃了山中佳景。做官而未能遂愿，连用"空"字、"误"字，把自己的悔恨表现得
更为强烈。

　　作者为什么对做官这般后悔呢？从上片看，见出他对"薜萝秋月"生活的怀
念，对故乡的怀念。身窜南荒，这些去国离乡愁绪的产生是十分自然的。同时他
写了一首《如梦令》，云："谁念新州人老，几度斜阳芳草。眼雨欲晴时，梅雨故来
相恼。休恼，休恼，今岁荔枝能好。"就是写这种愁绪及其自我开解。但是，这首

词恐怕又不只是表现这种情绪，他写悔恨写得那么痛切，当还另有所指。我们再看下片怎么写。

"囊锥刚要出头来，不道甚时节！""囊锥出头"就是"脱颖而出"的意思，用的是毛遂自荐典故。要确切理解这两句的意味，得弄清"刚""不道"这两个语辞的意思。据张相《诗词曲语辞汇释》，"刚"即"硬"，"不道"有"不想"之意。这两句是说：你硬是要出头、逞能，你也不想想这是什么时节、什么世道！很明显，"出头"事是指十年前反对和议、抨击秦桧那场斗争。这用的是埋怨、自责的口吻，还是"悔"。既然悔恨了，"悟已往之不谏，知来者之可追"（《归去来兮辞》），于是他便学陶渊明"或命巾车，或棹孤舟"，归隐田里了："欲驾巾车归去，有豺狼当辙！"可是，路上有豺狼当道，想回也回不去了！词就是这样一气呵成写来（上下片连成一气），写出来当官的悔恨，想归而不得归的苦闷，这对处于特定境遇中的作者来说，是真实的。但是若只是如此理解，又未免皮相了。只要联系一下写作背景，这首词强烈的讽刺意义就看出来了。

"豺狼当辙"即"豺狼当道"，语出《东观汉记·张纲传》："豺狼当道，安问狐狸！""豺狼"与"狐狸"对言，是指权奸、首恶，张纲所谓豺狼，是指当时的独擅朝政的大将军梁冀，这里用以指把持朝政的秦桧是清楚不过的。张棣说是"讥讪"，秦桧那样恼怒，大概首先是看出"豺狼当辙"用语的含义。其实所谓"讥讪"，不独这一句，细心读去，全词无不暗含着对秦桧等人的抨击。"囊锥刚要出头来，不道甚时节！"自责、悔恨是表面文章，实际上是在骂那些主和误国、陷害忠良的家伙，朝廷里尽是那般家伙，忠正之士想出头也出不了头。上片悔恨"故乡轻别"，"富贵本无心"是暗用了孔子一句话："不义而富且贵，于我如浮云！"（《论语·述而》）他是不愿出来谋求这种不义的富贵，在丧权辱国的朝廷里当那种不义的官。他那般痛心地忏悔，与十年前上书所说："臣有赴东海而死，宁能处小朝廷求活耶！"其心情是一致的。上面这些意思都是借写去国怀乡的形式表现的，不是那么直遂，叫人咀含而悟，其讽刺显得更为犀利。

这首词是作为"罪人"在那险恶的政治气候下写作的，表现了作者无畏的斗争精神和对国事的深切忧愤，它与《戊午上高宗封事》同为反和议斗争的名篇，为作者赢得了很高声誉。朱熹就热烈赞扬胡铨是"好人才"，说："如胡邦衡（邦衡，胡铨字）之类，是甚么样有气魄！做出那文字是甚豪壮！"（《朱子语类》卷一百〇九）胡铨大概属于鲁迅所说的中国历史上"拼命硬干的人""为民请命的人"（《中国人失掉自信力了吗》）那一类。

（汤华泉）

【作者小传】

岳 飞

（1103—1142） 字鹏举，相州汤阴（今属河南）人。抗金名将。官至枢密副使，封武昌郡开国公。以不附和议，为秦桧害死。孝宗时复官，谥武穆，宁宗时追封鄂王，理宗时改谥忠武。有《岳武穆集》。词存三首。

小 重 山　　　　　　　岳 飞

昨夜寒蛩不住鸣。惊回千里梦，已三更。起来独自绕阶行。人悄悄，帘外月胧明。　　　白首为功名。旧山松竹老，阻归程。欲将心事付瑶琴①。知音少，弦断有谁听？

〔注〕 ①"欲将"句：《历代诗馀》卷一一七引陈郁《藏一话腴》载岳飞此词，作"欲将心事付瑶筝"。

    岳飞的《满江红》（怒发冲冠）词，壮怀激烈，是脍炙人口的佳作。这首《小重山》词，是用另一种艺术手法表达他抗金报国的壮怀。岳飞抗金的志业，不但受到赵构、秦桧君臣的忌恨迫害，而同时其他的人，如大臣张浚，诸将张俊、杨沂中、刘光世等，亦进行阻挠，故岳飞有曲高和寡、知音难遇之叹。《小重山》词就是抒写这种心情的。此词上半阕写出忧深思远之情，与阮籍《咏怀》诗第一首"夜中不能寐，起坐弹鸣琴"意境相近。下半阕"白首"二句，表面看来，似乎有些消极情绪，但实际上正是壮志难酬的孤愤。"欲将"三句，用比兴含蓄的笔法点出"知音"难遇的一种凄怆情怀，甚为沉郁。

    近些年来，有人评论古典诗词，以情调的高昂与低沉区分高下，于是或认为，岳飞这首《小重山》情调低沉，不如他的《满江红》词情调高昂激壮。我认为，评论事物，应当对具体问题做具体分析，而不可以表面上的一刀切。情调高昂的作品固然好，但是粗犷叫嚣绝不能算是高昂，而情调低沉的作品也不见得就是消极。岳飞的《满江红》与《小重山》词所要表达的都是他的抗金以收复中原的雄心壮志，不过因为作词的时间与心境不同，因此在作法上遂不免有所差异，实际上是异曲同工，又焉可用情调的高昂与低沉区分其高下呢？况且作词与作散文的方法不同，作词常是要用比兴浑融、含蓄蕴藉的方法以表达作者的幽情远旨，使读者吟诵体会，余味无穷。岳飞因为壮志难酬，胸中抑塞，所以作这首《小重山》词，以沉郁蕴藉的艺术手法表达之，这也正是运用词体之特长，正如张惠言论词时所谓"道贤人君子幽约怨悱不能自言之情，低徊要眇以喻其致"（《词选·序》）者。评赏词者应当懂得这个道理。我所撰《灵谿词说》论岳飞词的绝句说："将军佳作世争传，三十功名路八千。一种壮怀能蕴藉，诸君细读《小重山》。"即此意也。

（缪　钺）

满 江 红　　　　　　　　　　岳 飞

怒发冲冠，凭栏处、潇潇雨歇。抬望眼，仰天长啸，壮怀激烈。三十功名尘与土，八千里路云和月。莫等闲、白了少年头，空悲切。　　靖康耻，犹未雪。臣子恨，何时灭！驾长车，踏破贺兰山缺。壮志饥餐胡虏肉，笑谈渴饮匈奴血。待从头收拾旧山河，朝天阙。

岳将军此词，激励着千古中华民族的爱国心。抗日战争时期，这首词曲低沉而雄壮的歌音，更使人们领受到它的伟大的感染力量。

上来一句四个字，即用太史公写蔺相如"怒发上冲冠"的奇语，表明这是不共戴天的深仇大恨。此仇此恨，因何愈思愈不可忍？正缘高楼独上，栏杆自倚，纵目乾坤，俯仰六合，不禁满怀热血、激荡沸腾。——而当此之时，愁霖乍止，风烟澄净，光景自佳，翻助郁勃之怀，于是仰天长啸，以抒此万斛英雄壮气。着"潇潇雨歇"四字，笔致不肯一拓直下，方见气度渊静，便知有异于狂夫叫嚣之浮词矣。

开头凌云壮志，气盖山河，写来已尽其势。且看他下面如何接得去。倘是庸手，有意耸听，必定搜索剑拔弩张之文辞，以引动浮光掠影之耳目。——而乃于是，却道出"三十功名尘与土，八千里路云和月"十四个字，真个令人迥出意表，怎不为之拍案叫绝！此十四字，微微唱叹，如见将军抚膺自理半生悲绪，九曲刚肠，英雄正是多情人物，可为见证。功名是我所期，岂与尘土同埋；驰驱何足言苦，堪随云月共赏。（此功名即勋业义，因音律而用，宋词屡见。）试看此是何等胸襟，何等识见！今之考证家，动辄敢断此词不见宋人称引，至明始出于世，则伪作何疑，云云。不思作伪者大抵浅薄妄人，笔下能有如许高怀远致乎？

词到过片，一片壮怀，喷薄倾吐：靖康之耻，实指徽钦被掳，犹不得还；故下联接言臣子抱恨无穷，此是古代君臣观念之必然反映，莫以今日之国家概念解释千年往事。此恨何时得解？功名已委于尘土，三十已过，至此，将军自将上片歇拍处"莫等闲、白了少年头，空悲切"之痛语，说与天下人体会。沉痛之笔，字字掷地有声！

以下出奇语,寄壮怀,英雄忠愤之气概,凛凛犹若神明。盖金人入据中原,止畏岳爷爷,不啻闻风丧胆,故自将军而言,"匈奴"实不足灭,踏破"贺兰",黄龙直捣,并非夸饰自欺之大言也。"饥餐""渴饮"一联,微嫌合掌;然不如此亦不足以畅其情、尽其势。未至有复沓之感者,以其中有真气在。

论者又设:贺兰山在西北,与东北之黄龙府,千里万里,有何交涉? 即此亦足证明词乃伪作云。然而,那克敌制胜的抗金名臣老赵鼎,他作《花心动》词,就说:"西北欃枪未灭,千万乡关,梦遥吴越";那忠义慷慨寄敬胡铨的张元幹,他作《贺新郎》词,也说:"要斩楼兰三尺剑,遗恨琵琶旧语"! 这都是南宋初期的爱国词人,他们说到金兵时,能用"西北"、"楼兰"(汉之西域鄯善国,傅介子计斩楼兰王,典出《汉书·西域传》),怎么一到岳飞,就用不得"贺兰山"(一称"阿拉善山",在今宁夏西北部与内蒙古接界处),用不得"匈奴"了呢? 我自然不敢"保证"此词必定真是岳将军手笔,但用那样的逻辑去断言此词必伪,怎敢欣然而同意呢?

"待从头,收拾旧山河,朝天阙!"一腔忠愤,碧血丹心,肺腑倾出。即以文章家眼光论之,收拾全篇,神完气足,无复豪发遗憾,诵之令人神旺,令人起舞。

然而岳将军头未及白,金人已陷困境之时,出以奸计,使宋室自坏长城,"莫须有"千古冤狱,闻者发指,岂复可望眼见他率领十万貔貅,与中原父老,齐来朝拜天阙哉? 悲夫。

此种词原不应以文字论短长,然即以文字论,亦当击赏其笔力之沉雄,脉络之条畅,情致之深婉,皆不同于凡响,倚声而歌之,亦振兴中华之必修音乐文学课也。

(周汝昌)

满 江 红

岳 飞

登黄鹤楼有感

遥望中原,荒烟外、许多城郭。想当年,花遮柳护,凤楼龙阁。万岁山前珠翠绕,蓬壶殿里笙歌作。到而今、铁骑满郊畿,风尘恶。　　兵安在? 膏锋锷。民安在? 填沟壑。叹江山如故,千村寥落。何日请缨提锐旅,一鞭直渡清河洛。却归来、再续汉阳游,骑黄鹤。

这首词较同调"怒发冲冠"之作时代略早,当作于绍兴四年(1134)作者收复襄阳六州驻节鄂州(今湖北武昌)时。

绍兴三年(1133)十月,金人傀儡刘豫军队占领襄阳、唐、邓、随、郢诸州府及

满江红（遥望中原）　　岳飞手迹（拓片）

信阳军,切断了南宋朝廷通向川陕的交通,也直接威胁到湖南、湖北百姓的安全。岳飞即接连上书奏请进兵中原,收复襄阳等六州。次年五月朝廷任命岳飞兼黄、复二州、汉阳军(湖北汉阳)、德安府(湖北安陆)制置使,领兵出征。由于军纪严明、士气很高,加之部署运筹得当,岳家军在三个月内,迅速收复了襄、邓六州,有力地保卫了长江中游,打开了川陕通向朝廷进纳财赋和纲马的道路。就在这本可乘胜长驱直入收复更多失地之际,朝廷却以"三省、枢密院同奉圣旨"的名义指示岳飞只准收复六州,然后班师。于是岳飞率部回到鄂州。

　　尽管襄、邓大捷使得岳飞以三十二岁年龄持节封侯(武昌郡开国侯),但他并非热衷功名利禄的庸俗之辈,他念念不忘的是北伐大业。因此他仍继续上奏请示,要求选派精兵二十万人直捣中原,收复失地,以免坐失戎机。在鄂州,岳飞登临黄鹤楼,北望中原,写下了这样一首抒怀词。

　　这首壮词在写法上是散文化的,可分四段,层次极清。

　　从篇首到"蓬壶殿里笙歌作"为第一段。写登黄鹤楼遥望北方失地,引起对故国往昔"繁华"的追忆。"想当年"三字点目。"花遮柳护"四句极其简洁地写出北宋汴京宫苑之风月繁华。万岁山亦名艮岳。据《宋史·地理志·京城》记载,徽宗政和七年始筑。积土为假山,山周十余里,堂馆池亭极多,建制精巧(蓬壶是其中一堂名),四方花竹奇石,悉聚于此,专供皇帝游玩。"珠翠绕""笙歌作",极写歌舞升平景象。

　　第二段以"到而今"三字提起(回应"想当年"),直到下片"千村寥落"句止。写北方金人占领区内铁蹄遍布,人民处于水深火热中的惨痛情景。与上段歌舞升平的景象适成对比。"铁骑满郊畿,风尘恶"二句,一扫花柳楼阁、珠歌翠舞而空,有惊心动魄之致。过片处是两组自为问答的短句。"兵安在?膏锋锷","民安在,填沟壑"。战士浴血奋战,伤于锋刃,百姓饥寒交迫,无辜被戮,死无葬身之地。言念及此,作者恨不得立即北上,解民倒悬。"叹江山如故,千村寥落",这决不是"风景不殊,正自有山河之异"的新亭之泣,而言下正有王导"当共戮力王室,克复神州"之猛志。

　　所以紧接二句就写到作者心头宿愿——率领劲旅,直渡黄河,肃清敌人,恢复疆土。这两句用《汉书》终军请缨故事,浑成无迹。"何日"云云,正见出一种迫不及待的心情。

　　最后三句,作者以乐观主义态度设想了胜利后的欢乐。眼前他虽然登黄鹤楼,作"汉阳游",但心情是不安宁的。或许他会暗诵"昔人已乘黄鹤去"的名篇而无限感慨。不过,待到胜利归来,"再续汉阳游"时,一切都会不同,那种快乐,恐怕只有骑鹤的神仙才可比拟呢！词的末句"骑黄鹤"三字兼切眼前事,关锁题面。

　　词在南北宋之交确有一次风格的变化,明快豪放代替了婉约深曲,这种艺术上的变迁根源却在于内容,在于爱国主义的主题成为词的时代性主题。当时写作豪放词的作家,多是主战派人士,包括若干抗金将领,其中也有岳飞,这种现象不是偶然的。这首《满江红》即以文法入词,从"想当年""到而今""何日"说到"待归来",严格遵循时间顺序,结构层次分明,语言洗炼明快,已具豪放词的一般特点。

(周啸天)

【作者小传】

孙道绚

号冲虚居士,黄铢之母。今有赵万里辑本《冲虚居士词》,存八首。

滴　滴　金 _梅　　　　　　　孙道绚

月光飞入林前屋。风策策,度庭竹。夜半江城击柝声,动寒梢栖宿。　　等闲老去年华促,只有江梅伴幽独。梦绕夷门旧家山,恨惊回难续。

　　孙道绚,号冲虚居士,黄铢之母。厉鹗《宋诗纪事》卷五十二云:"铢字子厚,号毂城翁,建安人,少师事刘屏山,与朱子为同门友,有《毂城集》。其母孙夫人道绚,号冲虚居士,能文有词。"据此道绚当与李清照同时。作为历史转折点的"靖康之变",她该是亲身经历的,这首词便反映了她在乱离年代的思想感情。

　　此词写羁迟南方的苦难生活。道绚是中原人,盛年居孀(见王逢《梧溪集》卷二)。在金兵南下之际,她可能与李清照一样,"漂零遂与流人伍",流徙江南,只身寄居一室。根据词中所写,她所居住的地方是一座临江的城市,屋前有树林,庭中有绿竹。环境是清幽的,如在平时,这位女词人的心情一定很宁静;可是此刻她却梦绕夷门,中心忉怛。什么原因呢? 当然是战争气氛的影响。

　　这首词在轻细的词风中注入了动荡年代的时代精神,轻细在笔,深沉在情。夜已深了,孤栖一室的词人犹未阖眼。透过窗棂,只见月光飞过林梢,穿入小屋。晏殊《蝶恋花》云:"明月不谙离恨苦,斜光到晓穿朱户。"与此词差相近。晏词的"穿"字,孙词的"飞"字,俱从不眠者眼中反映出月光的动态,境界极美。这是从视觉方面着笔,以下几句则从听觉方面进行描写。"策策",象声词,韩愈《秋怀》诗:"秋风一披拂,策策鸣不已。"白居易《冬雪》诗:"策策窗户前,又闻新雪下。"从音感上写出漂零异地之情,南宋词时或有之,如李清照《添字丑奴儿》:"窗前谁种芭蕉树,……点滴霖淫,点滴霖淫,愁损北人不惯起来听。"此处写风吹绿竹声,自有其特色。这风吹绿竹发出来的策策响声,对作为嫁给建安人的孙道绚来说,像是熟悉;而对刚从中原南来的词人来说,又像有些陌生。可见心理描写之工细。竹声未已,继之以柝声,更使词人心情不安。柝,俗称梆子,巡夜打更时所用。也许因为处于战争年代的缘故,巡夜击柝以报平安之声,更加牵动人心。迢迢长夜,月光入户,柝声盈耳,离人当此,情何以堪!但她不具体写心情如何难受,只是用象征手法,通过环境描写反映出来。"动寒梢栖宿"一句,写得极妙。"梢"谓树梢,"栖宿",以动词代名词,借指鸟类。也许是栖鸦,也许是栖鹊,半夜听到柝声,它们都躁动起来。从这样的描写中,我们似乎看到一个流离失所者惶惧战栗的影子。

如果说上片是以纤细的笔触勾画出词人所处的环境,以客观景物象征词人的心理状态;那么下片便深入到刻画词人的内心世界,抒发出怀念旧京的思想了。"等闲老去年华促",说明词人已感衰老。据其子黄铢绍兴三年跋其词云:"年三十,先君捐弃,即抱贞节以自终。"(张世南《游宦纪闻》卷八)此词当作于其前,盖建炎年间(1127—1130)。如三十丧夫,则作此词时恐亦四十余岁,按当时习惯,可以称老了。这里词人不是嗟叹老大无为,而是感慨人生短促,词情掩抑深沉。零落江城,老年守寡,唯有幽独的江梅与之作伴,此境极为凄惨。姜夔《疏影》云:"但暗忆江南江北。想佩环月夜归来,化作此花幽独。"是以幽然独处的梅花比喻王昭君的魂魄;此处则以幽然独处的梅花比喻词人自己,可谓异曲而同工,俱达到出神入化的妙境。

结尾二句运用了新乐府诗"卒章显志"的传统手法,点明题旨之所在。不管月光如何照人无寐,也不管竹声柝声如何干人清睡,词人终于入梦了。在梦中,她回到日夜思念的"夷门旧家山",总算在精神上得到片刻的安慰。按夷门原为战国时大梁东门。《史记·魏公子传赞》云:"吾过大梁之墟,求问其所谓夷门。夷门者,城之东门也。"宋时大梁称汴京。汴京东门为词人之"旧家山",可见曾在那里住过。此句至关重要,可称全篇之"词眼"。有此一句,则光照前后,通体皆明;否则将不知所云了。词人梦中回到夷门,瞬间又被惊醒,欲想重续旧梦又不可能,于是她陷入深沉的悲哀。词中爱旧居、爱旧国的主题,至此也完成了。

值得指出的是,此词前结写栖鸟惊躁,后结写好梦惊回,一虚一实,前后映衬，对于突出离乱中词人的形象是极为有力的。掩卷思之，当知个中意味。魏庆之《诗人玉屑》卷二十称其"使易安尚在，且有愧容矣"。抑扬之间容或太过，然可证她的词确有较高水平。

（徐培均）

【作者小传】

李 石

（1108—1182?） 字知几，号方舟，资州（治今四川资中）人。绍兴二十一年（1151）进士，为成都户掾。历官都官员外郎、成都路转运判官。淳熙二年（1175）放罢。有《方舟集》《方舟诗馀》。词存三十九首。

临 江 仙 佳人　　　　　　　　　　李 石

烟柳疏疏人悄悄，画楼风外吹笙。倚栏闻唤小红声。熏香临欲睡，玉漏已三更。　　坐待不来来又去，一方明月中庭。粉墙东畔小桥横。起来花影下，扇子扑飞萤。

　　这首《临江仙》词，题目作《佳人》，是描写一位少妇在月明之夜的情态的。词一开头就写出特定环境中的特定的人："烟柳疏疏人悄悄，画楼风外吹笙。"疏疏落落的柳树掩映中，有一座画楼，楼上住着一位佳人，周围静悄悄地，只闻有人在吹笙，——当然是这位佳人。这是从一定距离的角度来观察的，所以笙声也就好像从"风外"传来的了。"笙"是一种簧管乐器，可奏出哀怨的音调。南唐中主李璟的《山花子》词，写一位思念远出丈夫的妇女，午夜梦回，独自吹笙，不胜凄凉，中有句云："细雨梦回鸡塞远，小楼吹彻玉笙寒；多少泪珠何限恨，倚阑干。"这首词中的"佳人"，身份可能与李璟笔下的这位妇女并不相同，但是那种因思念所爱而"小楼吹彻玉笙寒"、以抒发心中哀怨的做法，是有相似之处的。"倚栏闻唤小红声"句的"倚栏"，与李璟词中的"倚阑干"，大概也出于类似的心境。——虽然不一定流着簌簌的泪珠。她吹罢了笙，倦倚栏杆；一会儿，只听到她低声呼唤侍儿小红。叫小红干什么呢？"熏香临欲睡，玉漏已三更。"是叫小红去为她熏香，因为夜已三更，她要睡觉了。古代富贵人家妇女多用香料熏被子，犹如今日的洒上一点香水，以使嗅觉舒适而容易入睡。《西厢记》写莺莺因思念张生而睡不着觉，对红娘唱道："翠被生寒压绣裀，休将兰麝熏。便将兰麝熏尽，则索自温存"，就从反面说明了这一点。这上片，按照时间顺序，写了画楼上佳人的吹笙、倚栏、唤侍儿熏被,纯粹是外部动作,丝毫没有作心理描写;但是主人公那种凄凉哀怨的情怀,不是透纸背而出吗?

　　尽管上片对佳人活动的过程有了清晰的描写,但是,她与所怀念的人的关系,还是模模糊糊,不易捉摸。这有待于下片的进一步描写。过片以后,我们看到,女主人公并没有沿着上片结句提出的要去睡觉的动作线发展,而是向另一方向动作了。"坐待不来来又去"二句,写她的心理活动,她看到的夜色。本来,分付了侍儿准备衾枕睡觉,就应该走向卧房;但是却不,她蓦然涌起了心事:自己等待的人儿,怎么也不来;来了却又走了。这当然不是此一瞬间的事,而是指一段时间以来的事。那么,这位男子不是她的丈夫,而是她的情人,就比较清楚了。想到了所爱不来的懊恼事以后,她再也睡不着觉了,她的注意力移到了庭院中来。只见一庭月色,把周围景物照得清清楚楚。"一方明月中庭",沿用刘禹锡《生公讲堂》诗句"一方明月可中庭"。"粉墙东畔小桥横",就是月色下所见景物的一角。她按捺不住了,"起来花影下,扇子扑飞萤。"在花下扑流萤以分散思绪,排遣苦闷。这种情景,我们在杜牧的诗中是看到过的:"银烛秋光冷画屏,轻罗小扇扑流萤。天阶夜色凉如水,坐看牵牛织女星。"(《秋夕》)杜牧写的是一位宫女,她排遣苦闷的方式,不也是以扇子扑流萤吗?因为彼时彼地,除此以外,实在也没有更多的排遣方法了——要不就是呆呆地坐着。这下片,心理描写仍然是不多的,还是以写景和外部动作为主;但是主人公内心痛苦的情怀,却表现得更加清楚。

　　读完了这首词,女主人公"佳人"的形象,就浮凸在我们的眼前:一个月明之夜,她怀念恋人,吹笙抒怨,三更过后还不睡眠;看到一庭月色,就起来用扇子扑打飞萤,以排遣胸中苦闷。整首词的描写,富于动作性。主人公的动作是有序列的,都能找到心理的依据。因此这首词写人的特点,就是通过动作表现思想感情。几个镜头,特别是花影下扑飞萤的镜头,形象鲜明优美。作者为佳人的活动安排了富于诗意的月夜环境,人物与景物交融、契合,相得益彰。语言以白描见长,流畅中显隽快,切合《临江仙》曲牌的调性特点。　　　　　　　(洪柏昭)

【作者小传】

康与之

字伯可,号顺庵,洛阳(今属河南)人。建炎初,上《中兴十策》,有名于时。后附秦桧,擢军器监丞,为福建安抚司主管机宜文字。桧死,贬岭外。词学柳永,风格婉丽。有《顺庵乐府》五卷,不传。今有赵万里辑本,词存四十三首。

望 江 南 重九遇雨 康与之

重阳日,阴雨四郊垂。戏马台前泥拍肚,龙山会上水平脐。直
浸到东篱。　　茱萸胖,菊蕊湿滋滋。落帽孟嘉寻箬笠,休官
陶令觅蓑衣。都道不如归。①

〔注〕 ①《二老堂诗话》载此词多异文,录如下:"重阳日,四面雨垂垂。戏马台前泥拍肚,
龙山路上水平脐。淹浸到东篱。　　茱萸胖,黄菊湿蘁蘁。落帽孟嘉寻箬笠,漉巾陶令买蓑
衣。都道不如归。"

这是一首有名的谐谑词。据说是作者在"重九遇雨,奉敕口占"(见清徐釚
《词苑丛谈》卷十一)。词中充满了滑稽调侃的情趣,收到了"俗不伤雅,谑不为
虐"的艺术效果。

词的上片写雨势的猖獗,下片写登高遇雨的狼狈相,皆以夸张调侃出之。上
片的发端,纯用口语,点明时间是重阳,气候是阴雨,朴拙而平淡之极,不仅"老妪
能解",抑且"老妪能道",忽然扣紧重阳登高的现实,连用两个富有韵致的典故,
就收到了"以巧补拙,以灵济朴"的艺术效果。戏马台即项羽的掠马台。在今江
苏徐州市南,宋武帝尝于重阳登高其上,置酒赋诗,后遂成为重九登高的胜地,见
于《水经注·泗水》。龙山会,指晋征西大将军桓温于重九日游龙山,宾客咸集,
互相调弄的韵事,见于《世说新语·识鉴》注。这两个有名的历史掌故,既切合题
旨,又符合现实,随手拈来,浑化无痕,不愧为用典的妙手。尤其是用典之后,分
别续之以"泥拍肚"和"水平脐",冶雅俗于一炉,合事意于一体,"文而不文,俗而
不俗",成为一个雅俗互补的有机的统一体。"直浸到东篱",是承接"阴雨"而来,
也是为下片的"菊蕊"和"陶令"作伏线,使之顺理成章地过渡到下片去。东篱,是
赏菊之地。典出陶潜的"采菊东篱下,悠然见南山"(《饮酒》)。古人每逢重九,就
要赏菊饮酒的。在这里,词人夸张调侃,征典用事,始终紧紧地把握题旨,围绕重
阳遇雨来写,故能宕而不野,疏而不放。

过片处"须词意断而仍续,合而复分"(沈祥龙《论词随笔》)。这首词过片的
"茱萸胖,菊蕊湿滋滋",是用"胖"和"湿"照应上片的"阴雨",用"茱萸"和"菊蕊"
照应上片的"戏马台""龙山会"和"东篱"等重阳事物,便是"词意断而仍续"。上
片写雨势之大,写人之所见,下片写遇雨之状,写人之所历,都是写重阳遇雨,而
各有侧重,便是"合而复分"。在这断续分合之间,充分体现了这首词的"吞吐之
妙"。古人重九登高要插茱萸并饮菊花酒,以避灾(见梁吴均《续齐谐记》),王维
有诗云"遥知兄弟登高处,遍插茱萸少一人"(《九月九日忆山东兄弟》)。可是而

今呢？雨垂水漫，"寻篛笠""觅蓑衣"还来不及，哪还能插茱萸、赏菊花呀！即使
是孟嘉那样的诙谐潇洒，陶潜那样的天真自然，在那样的倾盆大雨下，恐怕也要
面对现实，让自己从"落汤鸡"的厄运中解脱出来吧。"落帽孟嘉"与上片的"龙山
会上"相呼应。《晋书·孟嘉传》说：孟嘉陪同桓温登龙山，帽子被风吹落，却没
有发觉。温使孙盛为文嘲之，嘉援笔立答，文采甚美，四座叹服，后遂成为九日登
高的韵事。"休官陶令"与上片的"东篱"相呼应。《宋书·隐逸传》说：陶潜为彭
泽令，"郡遣督邮至，县吏白应束带见之。潜叹曰：'我不能为五斗米折腰向乡里
小人'。即日解印绶去职，赋《归去来》以见志"。像这样两个潇洒、高洁的人，词
人却用漫画的手法，涂抹出他们的狼狈相，加以调侃和嘲弄，令人捧腹喷饭。最
后，词以"都道不如归"作结。曾有人把这句词改了，据周必大《二老堂诗话》记
载："与之自语人云，末句或传'两个一身泥'，非也。"其所以为非，是因为这样便
成浅俗而无余韵，使前两句对古人的雅谑得不到意趣相应的衬补与收结。"不如
归"者，本是诗词中雅言，多用于久客思家或久宦思隐的场合。这里却因承上雅
人遇雨，体会他们的心意说：与其"寻篛笠""觅蓑衣"，倒不如赶快回家去，在屋
下安稳坐地，便淋不着矣。翻雅言为俗意，以妙语结词情，用笔既摇曳生姿，下语
又冷隽可喜，不离全词谑而仍雅的风调，又收余味不尽的效果，所以为高。元人
小令中颇多这类隽语。如卢疏斋《朱履曲》赋雪天饮酒听歌之乐，末云："这其间
听鹤唳，再索甚趁鸥盟。不强如孟襄阳干受冷！"结句突出奇兵，借孟浩然踏雪寻
梅故事而别有意会，耐人咀嚼，与此词结尾可谓异曲而同工。

（羊春秋）

菩 萨 蛮 令 金陵怀古　　　　　　　　　　　　　　康与之

龙蟠虎踞金陵郡，古来六代豪华盛。缥凤不来游，台空江自
流。　　下临全楚地，包举中原势。可惜草连天，晴郊狐
兔眠。

高宗南渡之初，围绕定都问题，小朝廷内有过一段时期的争论。建炎三年
(1129)二月，帝在镇江。当时金军正拟渡江南下，帝召从臣问去留，王渊以杭州
有重江之险，建言逃往杭州。高宗畏敌如虎，此话正中其下怀。张邵上疏曰："今
纵未能遽争中原，宜进都金陵，因江、淮、蜀、汉、闽、广之资，以图恢复。"帝不听，
终于还是去了杭州。绍兴六年(1136)七月，张浚又奏曰："东南形胜莫重于建康
(即金陵)，实为中兴根本，且使人主居此，北望中原，常怀愤惕，不敢暇逸。而临
安(即杭州)僻在一隅，内则易生玩肆，外则不足以号召远近，系中原之心。请临

建康,抚三军,以图恢复。"这一回高宗总算还像话,即于次年移跸金陵。但八年
又议还杭州。张守谏曰:"建康自六朝为帝王都,气象雄伟,且据都会以经理中
原,依险阻以捍御强敌。陛下席未及暖,今又巡幸,百司六军有勤动之苦,民力邦
用有烦费之忧。愿少安于此,以系中原民心。"然而高宗正一心与金人议和,殊不
以北方失地为念,执意返杭。同年,宋金签订了"绍兴和议",自此南宋竟定都于
临安了。(见《宋史纪事本末》卷六十三《南迁定都》)康与之此词,似即作于这一
历史时期。名曰"怀古",实是"伤今",是针对当时最高统治集团奉行逃跑和妥协
政策而发的扼腕之叹。

　　上阕思接千载,写历史长河中的金陵。金陵群山屏障,大江横陈,是东南形
胜之地,自三国吴大帝孙权建都于此,历东晋、宋、齐、梁、陈,先后六朝凡三百数
十年为帝王之宅,豪华竞逐,盛极一时。起二句,即概述那一段灿烂辉煌的往事,
以先声夺人。"龙蟠虎踞"四字用典,汉末诸葛亮出使东吴,睹金陵(时称秣陵)山
阜,有"钟山龙蟠,石头虎踞"之叹,见《太平御览·州郡部·叙京都》引晋张勃《吴
录》。如此雄伟之山川,复有如许繁荣之人事,可谓珠联璧合,相得益彰。然而,
宇宙无穷,山川长在;盈虚有数,人事不居。三百余年在永恒的历史面前只是弹
指一瞬。六朝之后,四海一统,汉民族的政治中心又回归到黄河流域,金陵丧失
了她所一度拥有过的显赫地位。"缥凤"二句,情绪陡落千丈,与后蜀欧阳炯《江
城子》(晚日金陵岸草平)之所谓"六代繁华,暗逐逝波声"、北宋王安石《桂枝香·
金陵怀古》之所谓"六朝旧事随流水"同一感慨。若究其字面,则显系化用李白
《登金陵凤凰台》诗:"凤凰台上凤凰游,凤去台空江自流。"缥凤,淡青色的凤鸟。
凤凰台,故址在今南京花盝冈。南朝宋文帝元嘉十六年(439),有三鸟翔集于此,
状如孔雀,五色文采,鸣声谐和,众鸟群至,遂筑此台以纪其瑞。见宋乐史《太平
寰宇记·江南东道·昇州·江宁县》。由于李白诗为人们所熟知,虽只用其片
断,而读者不难联想而及同诗中"吴宫花草埋幽径,晋代衣冠成古丘"等名句,这
就好似"全息摄影",局部返观为整体,十个字带出了一连串意境,当年"豪华"之
"盛",今日萧瑟之衰,种种画面遂一一闪过读者眼前。且"龙蟠虎踞"云云以"山"
起,"台空江流"云云以"水"结,针缕亦极周到。

　　题面"金陵怀古"之意,上阕四句已足。然词人之用心原不在"发思古之幽
情",为"怀古"而"怀古","怀古"的目的是为了"伤今",故下阕即转入此旨。"下
临"二句,视通万里,复将今日之金陵放在战略地理的大棋枰上来掂量。"全楚
地",语见唐刘长卿《长沙馆中与郭夏对雨》诗"云横全楚地",泛指长江中游地区。
春秋战国时,此系楚国的腹地,故云。"包举",包抄而攻取。二句谓金陵为长江

下游的战略要地,与长江中游诸重镇共同构成包抄中原的态势。按当时军事方略,南宋如欲北伐收复中原失地,可于长江中、下游两路出兵,一路自鄂州(今武汉市一带)出荆襄,直趋河洛;一路自金陵等地出淮南,迂回山东。倘若更置一军自汉中出,攻取关陕,三路进击,则尤佳。词人能够高度评价金陵在北伐事业中所占据的重要战略地位,诚为有识之见。前引张邵、张浚、张守之奏议,与康与之此词,或为政治家之言论,或为文学家之笔墨,都代表着当时的军心、民心。南宋爱国词,好就好在她与民族、人民的愿望息息相通。行文至此,词情再度振起。可是,"事无两样人心别"(辛弃疾《贺新郎·同父见和再用前韵》),以高宗为首的南宋统治集团只知向金人屈膝求和,根本不相信人民的力量。他们龟缩在远离前线的浙东一隅,视长江天险为第二道院墙,听任金陵这座理想的北伐大本营徒自荒芜,无从发挥她所应有的历史作用。面对这一冷酷的现实,词人的激情不禁再一次跌到冰点。"可惜草连天,晴郊狐兔眠!"一声长吁,包含着多么沉重的失望与痛苦啊。作为封建时代的知识分子,词人不可能直言不讳地去批揭那龙喉下的逆鳞,然而他已经形象地告诉了千载以后的读者,南宋统治者的胆识,甚至还在六朝之下!东晋以迄梁陈,文治武功虽不甚景气,毕竟尚有勇气定都金陵,与北方抗衡,未至于躲得那么远呢。

此词最显著的特点是,上下八句,两两相形,共分为四个层次,呈现为"扬——抑——扬——抑"的大起大落,犹如心电图上的脉冲一上一下作大幅度跳动,这种章法与词人怀古伤今时起伏的心潮吻合无间。由起句的"龙蟠虎踞"到收句的"狐卧兔眠",两组意象遥遥相对,亦是匠心所在。其意盖从北周庾信《哀江南赋》"昔之虎踞龙盘,加以黄旗紫气,莫不随狐兔而窟穴,与风尘而殄瘁"云云化出,而较为简洁。龙虎地而无有龙腾虎掷,却成为狐兔之极乐世界,此情此景,本身即是莫大的讽刺,不必更着一字,读者已随词人作喟然之浩叹矣。

(钟振振)

长 相 思 游西湖   康与之

南高峰,北高峰,一片湖光烟霭中。春来愁杀侬。

郎意浓,妾意浓。油壁车轻郎马骢,相逢九里松。

康与之现存三十八首词中,颇有些情韵深长的作品;他尤擅于写少妇离情。这首《长相思》,就是比较突出的一首。

此词《花庵词选》题作《游西湖》,但重点不在游乐写景,而在触景怀人。

　　上片从西湖景物写起。"南高峰,北高峰"二句写山。南北两高峰是西湖诸山中两个最高的风景点。南高峰旧称"高一千六百丈"(今实测为海拔256.9米),风景葱倩,登临眺望,可以把西湖和钱塘江景物尽收眼底。北高峰在南高峰西北,遥遥相对,海拔314米,比南高峰更高。景观与南高峰不相上下。因为两峰有着这样好的景致,故作者特别拈出,以概括西湖诸山之胜。——这样措词,当然还有词调格式的原因。

　　"一片湖光烟霭中"句写湖。西湖水面约五平方多公里,虽不像洞庭湖、太湖那样浩淼微茫,但水光潋滟,碧波荡漾,也是颇为开阔的。而且,湖上并非空荡荡的水光一片,白堤和苏堤像绿色的裙带,孤山像一块翡翠玉石;还有那亭台寺阁,桃柳梅荷;点缀得湖光如翠,四季宜人。在春天烟霭迷蒙中,就更显得绰约多姿了。("烟霭"就是薄薄的云气,春天气候湿润,故空中常似有烟霭笼罩。)

　　"春来愁杀侬"句,由景入情。点出"春",也点出"愁"。"春"是所写景物的时令,"愁"是景物触发的思想感情。联系前面三句,意思是说:春天来了,西湖的水光山色,美丽动人,但这却只能引起我的愁思而已。这是一个关键的句子,着此句而以上三句的意思始有着落,着此句而上片的感情意绪始全托出。结拍如此,可谓善于收勒,善于结束上段了。

　　过片转入回忆,以交待其愁思之故。"郎意浓,妾意浓"者,郎情妾意都一样地深厚浓郁也;在短促的句子中,连用两个"意"字,两个"浓"字,其给人印象的深刻,迥非一般语句所能企及。词中叠句所具有的积极功能,在此得到了高度的发挥。

　　"油壁车轻"二句,是对面面两句的具体叙述,写他们的初次相见。"油壁车轻郎马骢"这一句中有个典故:《苏小小歌》云:"妾乘油壁车,郎骑青骢马;何处结同心? 西陵松柏下。"据说,苏小小是南齐钱塘名妓,她常乘着油壁车(四周垂帷幕、用油涂饰车壁的香车)出游,一日,遇到一位骑青骢马(青白色的马)而来的少年阮郁,两人一见倾心,苏小小就吟了这首诗,约他到西泠(即西陵)桥畔松柏郁葱处(即她的家)来找她,结为夫妇。这里借用这个故事,来比词中男女主人公的浓情蜜意,以加深浪漫的色彩。"九里松"是他们初次相逢的地点,那地方是"钱塘八景"之一,为葛岭至灵隐、天竺间的一段路;唐刺史袁仁敬守杭时,植松于左右各三行,凡九里,因此松阴浓密,苍翠夹道,是男女邂逅的好地点。当然,文学作品是允许虚构的艺术,它可以虚构富于诗意的情景来描写;故我们对男女主人公的首次相遇,是否郎骑骢马妾乘车,是否在九里松,都不必过分拘泥。总之,下片词意，是女主人公回忆其与所爱的欢会而已。

这首词，以西湖景物为背景，上片现实，下片回忆，通过回忆中的欢乐以反衬现实中的离愁，思妇情怀，宛然如见。据词谱，《长相思》为双调三十六字，前后段各四句，三平韵，一叠韵，是最短的词牌之一，要写好并不容易。必须意味隽永，给读者提供充分的想象余地，才属佳作。但它的每句押韵和前后各重叠一个三字句的特点，也容易带来声韵悠扬、流走如珠的效果。特别是重叠的三字句，写得好了，给人的印象就特别深刻；白居易的"汴水流，泗水流"首，林和靖的"吴山青，越山青"首，就是如此。这首词在这方面工力也不弱，已详上文。词的风格自然朴素，毫无斧凿痕迹，似民歌的天籁，如西子的淡妆，的是佳作。　　　　（洪柏昭）

满　庭　芳 寒夜　　　　　　　　康与之

霜幕风帘，闲斋小户，素蟾初上雕笼。玉杯醽醁，还与可人同。古鼎沉烟篆细，玉笋破、橙橘香浓。梳妆懒，脂轻粉薄，约略淡眉峰。　　　清新歌几许，低随慢唱，语笑相供。道文书针线，今夜休攻。莫厌兰膏更继，明朝又、纷冗匆匆。酩酊也，冠儿未卸，先把被儿烘。

自宋代都市繁荣、歌妓激增之后，词中歌咏士子与妓女绸缪宛转之态的，数量颇多。柳永、秦观、周邦彦等著名词人，都有不少这一类作品。康与之的这一首，也是此类艳情词的俦亚。词中所写，是歌妓冬夜留宴书生的欢昵场面，极软媚艳冶之致。

"霜幕风帘"三句，写节序及丽人所居环境：屋外风寒霜冷，但有帘遮幕隔，室内仍是一派暖意。"素蟾"即皎洁的月亮之意。"雕笼"的"笼"字应作"栊"，"雕栊"就是雕花的窗棂。"素蟾初上雕栊"，月华初上，窥人窗户，多么恬静的时刻，多么富于诗意的夜晚！短短三句，而节序、地点、时间俱出，用笔可谓经济。

节序景物描写结束之后，即转入对室内人物活动的描写。"玉杯醽醁，还与可人同。"写丽人与书生在一块儿喝酒。"醽醁"是美酒的名字；"可人"即称人心意的人，这里是词人对歌妓的昵称。"古鼎沉烟篆细"句，插写室内陈设。古鼎中点燃着用沉香制成的盘香，散发出细细的轻烟。有了这一句，就显得室内陈设的不俗，增加了室内的香暖感。"玉笋破、橙橘香浓"句，写丽人以指擘破香甜的橙橘。"玉笋"喻女子洁白纤细的手；橙橘为醒酒之物；剥橙之举，备见其殷勤款待之意。前此周邦彦《少年游》中也有"纤指破新橙"之句，可合观。"梳妆懒"三句，写其薄施脂粉，淡淡梳妆。这是妇女会见自己的心上人时常有的表现，因为彼此已经熟悉，用不着那么浓妆艳抹，来吸引对方；淡扫蛾眉，保持本色，反而会取得更好的效果。从"玉杯醽醁"至此，作品主要写了丽人的劝酒、擘橙及其装扮，一位美丽而多情的女性形象，已浮现于读者的眼前。

下片继续写丽人的活动。"清新歌几许"三句，写其歌唱、笑语。"清新"二字，主要指她演唱的艺术风格；"歌几许"，说明她为心上人唱了又唱，已经唱了很多；一边唱，一边低声款语温存。她说些什么呢？"道文书针线"至"纷冗匆匆"数句，记述了她说话的内容。她说："你的文书，我的针线，今夜都不要做了。往灯里再添些油，咱们尽情地喝酒、歌唱、谈话吧，到明天，你又要去忙碌了。"（"兰膏"是用泽兰炼成的油脂，用来点灯，有香气。）这是多么大胆、多么纵情的言语！这几句，写歌妓的声口，绘声传情，细腻逼真，正如清人贺裳在《皱水轩词筌》中指出的那样："宛然慧心女子小窗中喁喁口角。"

"酩酊也"三句，写酒后丽人为书生整理被褥，冠儿还没卸下，她就先去把被儿烘暖了。多么主动，多么温存！这里写得非常含蓄，留下了无穷艳意，供读者去玩味，可谓极尽结句"以迷离称隽"之能事。

这首词艺术上的特点是长于铺叙。打通上下片，一气呵成，都围绕着女主人公的举止言笑做文章，有层次地、多角度地描写了她的手的颜色、口角技艺，以及献酒擘橙、清歌笑语、烘被铺床等动作，使此色艺双绝而放纵多情的歌妓形象，表现得十分鲜明生动。人物描写与环境描写和谐调协，醽醁、篆香、橙橘、兰膏、绣被的出现，增强了绣房的陈设气氛，衬托得人物更富于青楼特点。开头三句的节序景物描写，说明了这是一个寒夜；而室内的光景却如此温馨，两相对比，使人有加倍的感受。整首词所描写的场面，充满了香艳感和旖旎感，但没有流于秽亵。宋人以康与之比柳耆卿（见罗大经《鹤林玉露》），从这首词来看，与《乐章集》中大量描写妓女的词，的确十分相似。

　　　　　　　　　　　　　　　　　　　　　　　　　　　　　　（洪柏昭）

【作者小传】

曾觌

（1109—1180）　字纯甫，号海野老农，汴京（今河南开封）人。绍兴三十年（1160），为建王（即孝宗）内知客。孝宗即位，除权知阁门事。淳熙初，除开府仪同三司，加少保、醴泉观使。有《海野词》，存一百零四首。

<h1>金人捧露盘　　　　曾　觌</h1>

庚寅岁春，奉使过京师，感怀作

记神京，繁华地，旧游踪。正御沟、春水溶溶。平康巷陌，绣鞍金勒跃青骢。解衣沽酒醉弦管，柳绿花红。　　到如今、馀霜鬓，嗟前事、梦魂中。但寒烟、满目飞蓬。雕栏玉砌，空锁三十六离宫。塞笳惊起暮天雁，寂寞东风。

曾觌，字纯甫，北宋汴梁人。生于大观三年(1109)，到靖康二年(1127)高宗南迁时，他已经十八九岁了。北宋后期徽宗在位时，正当京城之地"太平日久，人物繁阜；垂髫之童，但习鼓舞，班白之老，不识干戈"，"举目则青楼画阁，绣户珠帘；雕车竞驻于天街，宝马争驰于御路，金翠耀目，罗绮飘香。新声巧笑于柳陌花衢，按管调弦于茶坊酒肆"；"花光满路，何限春游；箫鼓喧空，几家夜宴"(《东京梦华录》序)。这一南宋文人称颂的"中州盛日"，"宣政风流"，是曾觌亲身经历过的。

靖康二年，汴京失守，徽、钦二帝被掳，宋室南迁，曾觌大约也在这一历史转变之期，流落到了江南，不久就作了南宋王朝的官员。孝宗登基后，他逐渐受到重用。此词自注云："庚寅岁春，奉使过京师，感怀作"，"庚寅"为南宋孝宗乾道六年(1170)。据《续资治通鉴》卷一百四十一载："汪大猷为贺金正旦使，俾觌副之。"他们于这年二月完成使命，回到了临安。看来，这首词是曾觌在归途中"过京师"所作。

此时的汴梁城在金人统治下已经四十余年，成了宋金多次战争的边缘地带，其破败不堪是可以想见的。而词人自己也已经六十多岁，当年离开它时，还是青年，而今路过，却是白发萧萧，垂垂老矣。举目所见，那昔日的歌舞之地，宴游之处，已成今日的断井颓垣；那昔日的天街，今日如同地狱一般。睹物伤情，词人既悲去国，又悲流年，于是，便将这万千感慨，一齐注入词中。

词的上片以"记"字领起，统贯始终。"神京"二字点明感怀对象。"繁华地，旧游踪"二句，前句是对京都所作的概括性介绍，后句便把词人自己引入作品之中，表明了他与京都的密切关系。这三个短句构成上片的第一段落，为后面的描绘和抒情作好准备。

"正御沟、春水溶溶"以下，作者紧扣"春"字进行描绘。这一句是就自然景物所作的摹写。其中，"御沟"标志宫廷之所在，它是承接前面的"神京"而来。明净的春水在御沟中缓缓流淌。由此可以想到原野上那生机勃勃的草木,而这一切都引发了京师人士无限的游春意。

从"平康巷陌"到歇拍的"柳绿花红",是上片的第三段落。"平康巷陌",本来用指妓女聚居之所,这里还应当包括秦楼楚馆、酒肆茶坊、勾栏瓦市等游乐场所。"绣鞍金勒"句说的是那些"章台走马"的男子,"解衣沽酒"句概写他们的游乐活动。"柳绿花红"应当是指代封建社会中那些在城市中献伎的女子。她们穿红着绿,正是所谓"柳绿花红"。而"平康巷陌"则是以这些人为主体的。在宴饮场中,文娱之所,她们是免不了要应景的。因此,此词在"醉弦管"之后,立即补上"柳绿花红"一句,也就是指那些女子正在献艺。这一段落重在写京都市人游冶及宴饮等方面的情景,通过这寥寥数笔,我们便可以想见当时国家承平,民康物阜的情况。

词的下片陡然一转,情调随之而变。起首的"到如今"三字,与上片中的"记"字相呼应,它把词人的神思从记忆中拉回到现实。"嗟往事、梦魂中"六字,把上面蕴蓄着的势态直接引发出来,于是,今日的衰败与昔日的繁华便在这里得以缩合。这是六个沉重的字眼,那些令人沉醉的"前事"只有在"梦魂"之中得以出现,这当然是极令人伤痛的事情,所以词人在"前事"上更着一"嗟"字,把痛楚之情表现得很充分。"馀霜鬓"三字,承接前事已成空而来。这里虽然只作客观的陈述,但它的内中却饱含着词人的万般无奈与无限的悲哀。这几句是下片的第一个段落,在这里,词人运用了实事虚写的方法,使其情感更为浓厚。由此,全词从平面转向深入,同时,全词的中心也因此而自然推出,即作者过京师之所谓"感怀"。

"但寒烟"至全词的结末,为下片的第二个段落。它重在写词人所见,以景物渲染气氛,为抒情服务。"但"字一直贯穿到底,引出今日实实在在的所有:映入眼帘的唯有漠漠的寒烟和瑟瑟凉风中飘飞的蓬草;昔日的殿宇徒然仁立,而那当年百官朝拜之所,天子议论政事之庭,却早已渺无人迹;苍茫的暮色中,唯独见声声悲吟的寒笛中惊飞的塞雁;依然是昔日拂面的东风,可是,它们今日送来的却只有那说不出、道不尽的凄寂与酸楚。

这首词在写作上是颇具特色的,它主要是以多方面的对比来抒发词人的情感。从整首词上片与下片的不同写法上,我们可以清楚地看到这一点。

首先,上片以"记神京"引起,下片则以"到如今"发端,它们分别贯穿了上片和下片的始终,从而形成了鲜明地、大幅度地对比。就全词所展示的景象来看,是昔日京师的太平宴乐与今日寒笛凄厉、哀鸿长鸣的边塞形成的对比。在这种强烈的大起大落中,作者的黍离之感、伤痛之情得以充分地表现。

其次,从用笔上看,全词写得比较徐缓。但由于作者注入上下片中感情的不同以及所摄取景物的各异,这种徐缓所起的作用也有差异。就上片来看,它用于较为平实的铺写中,从而表现出一种欢乐惬意的情绪。而当它用于下片的以虚写为主、且更加深刻的描写中时,这种徐缓便将词人的痛楚之情增浓变厚了。

最后,就全词的着色来看,虽然同是写春天的景象,但词的上片要明丽柔和得多,而下片就更偏重于凄迷冷寂。由于它们与词人所欲表现的情感恰相吻合,因而起到了一个衬托和渲染的作用。

(林昭德　陈　忻)

阮　郎　归

曾　觌

柳阴庭院占风光,呢喃清昼长。碧波新涨小池塘,双双蹴水忙。　　萍散漫,絮飘飏,轻盈体态狂。为怜流去落红香,衔将归画梁。

据周密《武林旧事》卷七记载,乾道三年(1167)三月初十日,宋孝宗陪太上皇宋高宗,同至后苑看花,“回至清妍亭看荼蘼,就登御舟,绕堤闲游。太上(皇)倚阑闲看,适有双燕掠水飞过,传旨令曾觌赋之,遂进《阮郎归》。”可见这是真正的奉旨填词。

邹祗谟《远志斋词衷》说:“咏物固不可不似,尤忌刻意太似。取形不如取神,用事不若用意。”此词深得个中三昧。它处处说燕,而终篇不出一个燕字。说它写得不像,却很像;说它像,却又不太像,妙在似与不似之间,取其神而不袭其貌。词人主要通过烘托、陪衬等方法,迂回曲折地描写燕子所处的环境,燕子的声音、动作和体态;同时还借助了明喻和暗喻等手段。词的起首二句先写环境,后写声音。庭院深深,杨柳阴浓,这就把庭院的深邃寂静点染了出来。在这寂静的环境中,唯有双双紫燕,终日呢喃,独占风光,这就突出了词中的主体。不径说出燕子,而仅以“呢喃”二字,从声音上勾画出它的特点,接着后面两句,也以同样的结构,先写环境,后写动作,然而词人已把笔触从庭院移向池塘。一池春水,雨后新涨,碧波荡漾,境极美矣。此时忽有双双燕子,掠水而过。这是以环境之静,烘托燕子之动,动静相宜,便产生优美的情趣。“蹴水忙”三字,可谓得燕子之神。蹴者,踏也。你看一只燕子刚从水面上点了一下,飞了过去;紧接着又一只燕子从水面上点了一下,飞了过去……飞燕踏水,前后相续,活活画出了一幅飞燕闹春图。虽不言燕,而生动的燕子形象已入读者眼帘了。

　　过片二句,从环境的渲染、烘托,进一步运用明喻或暗喻摹拟燕子的形象。用比喻亦不易,"体认稍真,则拘而不畅;摹写差远,则晦而不明"(见张炎《词源》论咏物),其妙亦在似与不似之间。"萍散漫",承上片"池塘"而来。池塘上浮萍点点,逐水漂流,正与空中飞燕相互映衬。"絮飘飏"承起句"柳阴"而来。既云有阴阴杨柳,自有柳絮飘飏,于中也自然地点出时当絮飞花落的暮春,与《武林旧事》所说的"三月初十日"恰相符合。柳絮在风中飘来飘去,正好烘托出燕子在天空飞翔的姿态。其体态轻盈,情韵杳眇,悠然可想。而着一"狂"字,更加令人回味不尽。

　　结尾二句,是全篇的警策,犹如画龙点睛,最后添上精彩的一笔,全篇为之警动。暮春时节,落红阵阵,有的飘在岸上,有的落入水中,殊为惹人怜惜。词人说:"为怜流去落红香,衔将归画梁。"写燕子惜花,同时也将人所共有的怜惜美好事物的心情反映出来。明人沈际飞评曰:"怜香惜艳,燕大不俗。'落花都上燕巢泥',根出在此。"(《草堂诗馀正集》卷一)"落花都上燕巢泥",是李清照(一作周邦彦)《浣溪沙》中的句子。李清照早于曾觌,曾词之根当出于李词。然李词所写的只是燕子衔泥筑巢的结果,而曾词则刻画出其过程,形象更为生动,感情也较浓郁。同时,下句的"归"字与上句的"去"字,相互呼应,结构至为严谨。落花逐水而流,而多情的燕子却把它一口一口衔回画梁,营成芳巢。这就赋予燕子以大雅不俗的性格,实际上也映射出词人自己的"心影"。这词的艺术表现手法是相当成功的。

(徐培均)

<h2 align="center">忆　秦　娥　　　　　　　　曾　觌</h2>

邯郸道上望丛台^①有感

　　风萧瑟,邯郸古道伤行客。伤行客。繁华一瞬,不堪思忆。　　丛台歌舞无消息,金樽玉管空陈迹。空陈迹,连天衰草,暮云凝碧。

〔注〕　① 丛台:在邯郸城北门外。《汉书·高后纪》颜师古注:"连聚非一,故名丛台。盖本六国时赵王故台也。"

　　萧瑟的风声。茫茫的原野。邯郸,这昔日多慷慨悲歌之士的北国,繁华一时的赵国古都,如今已是寒烟衰草,光沉响绝了。唯有那在疾风欲裂的古道上行进着的一队人马,面对这历史陈迹,怎能不翻涌起沉痛却又无可奈何的反思。

　　这,就是曾觌一行人的基本心境。

　　当时正是南宋孝宗乾道五年(1169)的隆冬,身为贺金正旦副使的曾觌,同正使汪大猷一道,奉命出使金国,行进在邯郸古道上(《续资治通鉴》卷一四一)。据《宋史》记载,宋高宗赵构在奸相秦桧等投降派的怂恿下,于绍兴十年在向金帝所进表中,卑躬屈膝地答应:"世世子孙,谨守臣节。每年皇帝生辰并正旦,遣使称贺不绝,岁贡银、绢各二十五万两、匹。""绍兴和议"是一个卖国投降的条约,遭到了南宋军民的激烈反对。绍兴三十一年金兵又将南侵,高宗进退两难,只好将皇位让给养子赵眘,即孝宗。赵眘在太子时代就主张抗金,即位后在主战派陈康伯、胡铨、张浚、虞允文等的支持下积极备战,兴师北伐。由于暂时失利,再加上以太上皇赵构为首的主和派极力阻挠,本来就对抗金缺乏信心的孝宗只好同意议和,在公元1164年冬天,与金签订了妥协的"隆兴和约"。从此南宋皇帝对金虽不再称臣,却改君臣关系为叔侄关系,疆界仍维持完颜亮南侵前状况,岁贡由原来的银、绢各二十五万两、匹,减少为各二十万两、匹。这无疑又是一个屈辱的条约,所以对于到金国去贺正旦,原本是东都故老有着国亡家破之悲的曾觌来说,当然是十分屈辱的。然而屈辱和惨痛又无法逃避。这首词所抒写的,正是词人内心世界的这种痛苦。

　　词的上片讲行客之"伤"。眼前邯郸古道的连天衰草固足令人神伤,当年此间一瞬即逝的繁华,也因现实的政治情况和疆界的分划形势等而成为"不堪思忆"的东西了。下片承"古"字、承"伤"字,结穴于"空"这个观念。词人在嗟叹前人业绩,往昔繁盛不复再现的同时,也把失地未能收复的感伤之情,糅和于其中,一并抒发了出来了。至于"伤行客"与"空陈迹"两个叠句的使用,不但符合音律上的要求,而且使这和失落感进一步加深,感情的浓度更推进了一层。"丛台歌舞无消息"云云,就明显地透露出了这种渴望却又失望,进而感伤悲凉的情绪。邯郸丛台,本战国时赵武灵王所筑。李白《明堂赋》说:"秦、赵、吴、楚,争高竞奢,结阿房与丛台,建姑苏及章华。"可见丛台也同阿房宫等都曾经是"朝歌夜弦"的宴乐之所。而目前的情况又如何呢? 于是曾觌将他在邯郸古道、丛台陈迹上所涌起的种种黍离之悲,兴亡之感,通通淡化在"空"之一字里。所谓"空"实际是希望它"不空"而成了"空"。如此深曲委婉的心思,竟被他表现得这么充分,这么蕴藉,正如张炎所要求的,不但造语"平妥精粹",而且用事又"紧着题、融化不涩","不为所使"(《乐府指迷》),确实是具有相当功力。词的末尾两句:"连天衰草,暮云凝碧",描绘出一幅十分衰飒的景象,这是词人内心感情的外化;情景交融,达到了巧妙的程度。对于这首小令,黄叔旸当时就指出它"凄然有黍离之感"(《中兴以来绝妙词选》)。其实它的价值还不仅仅限于这一点。像曾觌这样的上层文人,不管他把自己的命运同最高统治者联系得何等紧密,残破的家园、积贫积弱的国运总会要不断地叩击他的心,在光荣的历史与屈辱的现实的夹击下,又怎能不流泄出那只能属于自己的反省和呻吟呢? 所以我们认为在这首词中,所谓繁华一瞬,所谓歌舞陈迹等都寄寓着对北宋灭亡的感叹,以及失地未能收复的悲伤于其中。正是作者从这种反思的角度启示着人们:分裂和偏安是不得人心的。

(林昭德 李达武)

【作者小传】

黄公度

(1109—1156) 字师宪,号知稼翁,莆田(今属福建)人。绍兴八年(1138)进士第一。签书平海军节度判官。秦桧诬以事罢归。桧死,复起,仕至尚书考功员外郎。有《知稼翁集》《知稼翁词》。存词十五首。

青 玉 案 黄公度

邻鸡不管离怀苦,又还是、催人去。回首高城音信阻。霜桥月馆,水村烟市,总是思君处。 襄残别袖燕支雨,谩留得、愁千缕。欲倩归鸿分付与。鸿飞不住,倚阑无语,独立长天暮。

黄公度词,陈廷焯推崇备至,称之曰:"气和音雅,得味外味,人品既高,词理亦胜。《宋六十一家词选》中载其小令数篇,洵风雅之正声,温、韦之真脉也。"(《白雨斋词话》卷一)

所谓"风雅正声",主要是指有比兴,有寄托;所谓"温、韦真脉",主要是指词情婉约,格调闲雅。细玩此词,确实具有这两方面的特色。汲古阁本《知稼翁词》载有公度之子黄沃案语云:"公之初登第也,赵丞相鼎延见款密,别后以书来往。秦益公(桧)闻而憾之。及泉幕任满,始以故事召赴行在,公虽知非当路意,而迫于君命,不敢俟驾,故寓意此词。"说明这首词是在召赴临安、离开泉州幕府时所作。在主战派赵鼎与主和派秦桧的斗争中,词人是站在赵鼎一边的,因此受到秦桧的忌恨。他本不愿在这夹缝中讨生活,但因"迫于君命,不敢俟驾",只好硬着头皮到临安这个是非之地去。可是内心仍然充满了矛盾,因此在词的一开头就写道:"邻鸡不管离怀苦,又还是、催人去。"词人此日赴京,一大早雄鸡就不住地啼明,似乎在赶他上路。他感到万分讨厌,心里在咒诅着:"鸡啊,你太不理解我心中的痛苦了!"表面是怨鸡,可鸡是畜生,又有什么值得他怨呢?分明是指鸡骂狗,骨子里是对"君命"或秦桧发出一种委婉的怨恨。也就是说,这是用的比兴之义,即所谓"风雅正声"也。

"回首"以下三句,仍是用比兴手法,通过对城中人的怀念,抒发不忍离开泉州、不愿奔赴临安的矛盾心情。"回首高城音信阻",语本唐人欧阳詹《初发太原途中寄太原所思》诗句:"高城已不见,况复城中人。"秦观在《满庭芳》(山抹微云)中也写过:"伤情处、高城望断,灯火已黄昏。"由此可见,表面所指者乃泉州城中他所恋的那个人,实际当指泉州那个地方。词人不仅刚离泉州时,一步一回首,留恋城中那个人,而且一路之上,不管经过什么地方,总是在想着她。"霜桥月馆,水村烟市",以排比的手法写时间的转换和地点的转移,极言思念之深,且极富于形象性。词人处于如此进退维谷之地,其感情尤为痛苦了。北宋舒亶有一首《菩萨蛮》词,云:"画船拽鼓催君去,高楼把酒留君住。去住若为情,江头潮欲平。"也写一方催他出发,一方劝他留下,在强烈的矛盾冲突中刻画内心的痛苦。但此词写得较为细腻舒展,婉约缠绵,颇得温韦之真脉。

过片径承上阕意脉,进一步写别情。"燕支雨"即带有脂粉的泪水,可以证实"高城"中人乃为女性。"裛残别袖燕支雨",语意高度浓缩,"别袖"谓分别之时;"裛残"指既别之后,仅仅七个字,便把依依不舍的别情及别后思量无时或释的怀抱非常集中地概括出来。后加"谩留得、愁千缕"一句,则于喟叹之中抒发一腔剪不断、理还乱的离愁。由此可见,词人对入京以后的前途,感到何等的担忧!然而从字面上看,这几句又很艳丽,同韦庄《小重山》的"罗衣湿,红袂有啼痕",词境多么相似。若不知词人遭遇,我们尽可以把它当作艳词看;可是并不,其中有深意存焉。"欲倩"二句与上阕"回首高城"相应,高城人隔,音信不通,红泪裛残,愁绪难排,那末怎么办呢?他并不死心,还要取得联系。于是,"欲倩归鸿分付与",托鸿雁以传消息。可是"归鸿"偏偏又像"邻鸡"一样无情,连停也不肯停一下。这完全是痴语,无理语,然却表现了无比的深情。鸿雁无情,此情难寄,词人真正处于无奈之中了。他只好独自倚危阑,失神地凝望,又只见暮霭沉沉,长天万里。这意境多么深远,把词人一腔难言之隐,入骨之痛,都寄寓在不言之中。所谓"气和音雅,得味外味"者,即此也。

清人张惠言在《词选》的序中说,词是"缘情造端,兴于微言,以相感动,极命风谣里巷、男女哀乐,以道贤人君子幽约怨悱不能自言之情,低徊要眇以喻其致。盖诗之比兴,变风之义,骚人之歌,则近之矣"。读了这首《青玉案》,不是正可得出这样的印象吗?

(徐培均)

葛立方

【作者小传】

(1092？—1164)　字常之,江阴(今属江苏)人,晚年居吴兴。绍兴八年(1138)进士。历官秘书省正字、校书郎、中书舍人、吏部侍郎,出知袁州、宣州。著有《西畴笔耕》《韵语阳秋》《归愚集》。词学晏殊,有《归愚词》,存三十九首。

卜　算　子　　　　　　　　　　　葛立方

袅袅水芝红,脉脉蒹葭浦。淅淅西风淡淡烟,几点疏疏雨。

草草展杯筯,对此盈盈女。叶叶红衣当酒船,细细流霞举。

对荷花而饮美酒,是古人的一种雅兴。如南朝陈孙德琏(玚)镇郢州时,泛船饮酒赏荷,宾僚并集,时称胜赏;宋代欧阳修在扬州时,也曾邀集宾客,围荷花而坐,传诗饮酒,成为佳话。葛立方也有这样的雅兴,他的这首词便是在赏荷席间所作。

此词篇幅虽小,但写荷花却颇具特色。作者对荷花多方面、多角度地进行描绘与烘托,把荷花的形象写活了;尤其是善用叠字,利用叠字所特有的艺术表现力,摹景状物,把荷花的精神状态也写活了。词的上片首句点出所咏之物。“水芝”是荷花异名,见晋崔豹《古今注》。“红”既写其颜色之美,同时也是写其开放之盛;“袅袅”则兼写外貌与精神,准确地写出了荷花的柔丽妩媚、婉转多姿的生动形象。次句转写荷花的生长地。“蒹葭”是常见的价值低微的水草,以喻微贱。《韩诗外传》:“闵子曰:‘吾出蒹葭之中,入夫子之门。’”其中的“蒹葭”,便是这种用法。“蒹葭浦”即指一般的、寻常的水滨。荷不择地而生,天池可,蒹葭之泽与蒲荻杂处,亦可。《毛诗·陈风·泽陂》便有“彼泽之陂,有蒲与荷”的诗句。“脉脉”,本是写人的“含情不语貌”,《古诗十九首》有“盈盈一水间,脉脉不得语”句。这里以写荷花,是说荷花脉脉含情地生长在这蒹葭之浦。这一个叠词,写出了荷花的甘于微薄、不攀不附的品格,同时也寄托了词人的志趣。“西风”、“疏雨”两句,点染秋景,以衬荷花。荷花开于夏秋之间,梁昭明太子《芙蓉赋》云:“初荣夏芬,晚花秋曜。”李白诗“涉江弄秋水,爱此荷花鲜”(《拟古十二首》之十一),李绅诗“自含秋露贞姿洁,不竞春妖冶态浓”(《重台莲》),皆是写秋荷。这两句,表面上看是点染秋景,写荷花所处的秀美的自然环境,而作者的真正意图却是写荷,通过写与荷有关的事物来达到写荷的目的。这是一种“借笔”。晋孙楚《莲花赋》“仰曜朝霞,俯照绿水”,固然是写荷,这里写风,写烟,写雨,也同样是写荷,而且写来不是那么质直,而是飘逸、空灵,同样把荷的形象写活了。以风写荷,周邦彦有"水面清园,一一风荷举"(《苏幕遮》)的名句,翠盖临风,则飘然起舞,精神倍生;唐郑谷"倚槛风摇柄柄香"(《莲叶》),是借风以写荷香的名句。无风荷不香,荷便是死荷。自然,这里的风不能是狂风,而是"淅淅"的风。同样,荷与雨也关系至密至切。晏殊《渔家傲》词:"荷叶荷花相间斗,红娇绿嫩新妆就。昨日小池疏雨后,铺锦绣,行人过去频回首。"陆游也有"白菡萏香初过雨"(《六月二十四日……》)之句,因"雨"而荷花才益增姿媚,惹客流连。自然,这里的"雨"也应是"疏疏"的雨。至于这种雨后的荷花,则更有美人出浴之妙,所以宋杜衍用"似画真妃出浴时"的诗句来形容它。"真妃出浴",再配上那轻纱般的"淡淡烟",于是"烟雾蒙玉质"、"绰约如仙子"的形象便活现在眼前了。这两句中的三个叠词用得实在有分寸。"淅淅",轻微的风声,以写金风初动,摇荷传香;以"淡淡"状"烟",以"疏疏"限"雨"。这样配搭起来,就能尽善尽美地托出荷花的"袅袅"、"盈盈"的生动情态。值得注意的是,作者在交代了所咏之物及其生长处所之后,正是要着力写其形象的时候,却不去作质直的、忠诚的正面描绘,即不作主观的"说破",而是只从几个有关方面作点染烘托,写了"淅淅西风淡淡烟,几点疏疏雨"便结束了上片。这正是不落窠臼、自出心裁的地方。这种写法,能给读者留下无限广阔的想象余地,使读者神明顿发,由此及彼,产生美的联想,而造入三昧之域。

如果说词的上片是专力写荷花的话,那么,到了词的下片则把写荷与饮酒赏荷的具体场景结合起来了,笔调也一变而为质朴明快。"盈盈女"是对上片所写荷花形象——"袅袅""脉脉"及其在微风淡烟疏雨中的风姿神态的概括,其前着一"对"字,作者赏荷的雅兴则掬之可出。"叶叶红衣",即片片荷花瓣儿。以"红衣"喻荷花,承"盈盈女"而来,也与首句"袅袅水芝红"照应。以"船"喻酒器之大者,诗词中如金船、玉船、觥船之类屡见。这里把红衣般的荷花瓣儿作为"酒船",写出了荷花瓣之鲜艳硕大,又与前句的"展杯觞"和结句的"流霞举"相照应。("流霞",本神话中的仙酒,见《论衡·道虚篇》,此处指美酒。)这样,就把写荷、饮宴与赏荷结合起来了。

这首词使用叠字多而且好。全词共四十四字,其中叠字竟占了十八个,句句有叠字,联绵而下,相互映衬,无不自然妥帖。用来写荷花形象的,有"袅袅""脉脉""盈盈",以至于"叶叶"(红衣);写自然景象的,有"淅淅"(的风)、"淡淡"(的烟)、"疏疏"(的雨);写词人动作情态的,有"草草""细细"。这些叠字在意境、气韵、情调等方面,都极为协调,确如周密所说的"妙手无痕"。这些叠字不仅生动传神地塑造了荷花的形象,表现了词人疏神达思、怡然自乐的生活情趣,而且形成了一种轻灵、和谐、安谧而又洒落的情调；形成了行云流水般的声韵美。这种情调和声韵美，与写"盈盈女"般的"袅袅"荷花，与写文人雅士品酒赏荷的特定场景，都极为合拍，形式与内容达到了比较完美的统一。这种频繁而有规律地使用叠字，在诗中有《古诗十九首》为例，而在词中则略无俦匹，这不能不说是葛立方的创造。

（邱鸣皋）

【作者小传】

吴淑姬

南宋湖州（今属浙江）人。王十朋守湖州时，因事犯案。存词一首。

长 相 思 令

吴淑姬

烟霏霏，雪霏霏。雪向梅花枝上堆，春从何处回！

醉眼开，睡眼开，疏影横斜安在哉？从教塞管催。

宋代有两个吴淑姬，皆能词。一是北宋人，词见黄昇《唐宋诸贤绝妙词选》。这首词的作者是南宋人。据洪迈《夷坚支志庚集》卷十记载，她是湖州秀才之女，聪慧而能诗词。貌美家贫，为富民之子所霸占。被人向州衙告发她有"奸情"，逮捕审判，已定罪，判徒刑。衙中僚吏观审后，置酒席，命她脱枷侍饮，"谕之曰：'知汝能长短句，宜以一章自咏，当宛转白待制（知州王十朋）为汝解脱，不然危矣。'女即请题。时冬末雪消，春日且至，命道此景作《长相思令》。捉笔立成。"即此词。

要解通此词，须抓住两点，就是故事中所交代的：一是"自咏"，——她此时的处境是被捕判了徒刑，正待执行；一是"道此景"，——眼前之"景"是"冬末雪消，春日且至"。且看女词人是如何结合"自咏"而"道此景"的。

开首两句是"烟霏霏，雪霏霏"。"烟霏霏"是云雾迷蒙，为"雪霏霏"作前奏。《诗·小雅·采薇》："今我来思，雨雪霏霏。"霏霏，纷飞的样子。明明已经是"雪消"了，却偏要说雪"霏霏"，已是一奇。下句还要加重渲染："雪向梅花枝上堆"！眼前公庭院子里，当还有几株梅树，但说它枝上"堆"着雪，显然又是凿空乱道。词人这样当着知州衙门诸公之面，"制造"出这样一幅雪压梅枝的现"景"来，自然有她的原因，为的是逼出下句"春从何处回"，就是说眼前还没有"春回大地"；结合"自咏"，是喻指她在此案中蒙冤受屈，未曾审理明白，有如被雪压着的梅枝，抬不起头来。"春从何处回!"用反诘的语气,加重感叹呼号的分量。咏"春日且至"而写出这样的句子,在座诸公是品词的行家,既然出了这"自咏"的题目,当然懂得她这弦外之音。

下片"醉眼开,睡眼开,疏影横斜安在哉?"承上梅花,"道此景"而结合自己的观感。这里的"醉"和"睡",不是实指生活中的醉酒和睡眠,而是说自己正如唐人诗中所说的,处在"终日昏昏醉梦间"(李涉《题鹤林寺僧舍》句)的境地,被一场官司打击得晕头转向。到此际睁开了"醉眼""睡眼",要找寻那"疏影横斜"的梅花美景却已是"如今安在哉"! 没有了,过去了。这句与"春从何处回"是意同而笔不同的又一种写法,总是说好景不属于她:不是没有来,就是来了又去了,而她是在醉梦中未曾领略到。这又是一个比喻。这一句借用了林和靖咏梅诗名句"疏影横斜水清浅",不止使词语增加了文采,也使失却美好事物的意思得到了形象的体现。结句"从教塞管催"。"从教",任使也。"塞管",羌笛。刘禹锡《杨柳枝》:"塞北梅花羌笛吹。"因古笛曲有《梅花落》,诗人想象其声可以感物,遂认为笛怨惊梅,而使之落。如戎昱《闻笛》诗:"平明独惆怅,飞尽一庭梅。"张先《醉落魄》词:"横管孤吹,……声入霜林,簌簌惊梅落。"本词也承此意,说"疏影横斜"的一树梅花,任凭羌笛声把它"催"落了,补出了"安在哉"的缘故。词至此结束了,完成了"道此景"而"自咏"的任务。委婉之情,巧妙之笔,构成了一首篇幅虽短而很有包孕的小词。于是"诸客赏叹,为之尽欢。明日以告王公,言其冤,亟使释放",词的手稿居然还由"治此狱"者收藏起来。说是"佳话"也可以,但它毕竟是封建社会妇女生活的一幕悲剧。女主人公先是被俗人玩弄,然后又被雅人玩弄。读此词及其故事,不禁感慨系之!

(陈长明)

洪　适

(1117—1184)　字景伯,乐平(今属江西)人,洪皓长子。绍兴十二年(1142)举博学宏词科。历官至尚书右仆射、同中书门下平章事,兼枢密使。罢为观文殿大学士。乞休归居,以著述吟咏自娱。卒谥文惠。词境清逸,风度潇洒。有《盘洲集》《盘洲乐章》。存词一百三十四首。

渔　家　傲　引　　　　　　洪　适

子月水寒风又烈。巨鱼漏网成虚设。围围从它归丙穴。谋自拙。空归不管旁人说。 昨夜醉眠西浦月。今宵独钓南溪雪。妻子一船衣百结。长欢悦。不知人世多离别。

《渔家傲引》是宋代歌舞曲之一，是一种专咏体，以多首合咏一事，即王国维所说的"合数曲而成一曲"（《唐宋大曲考》）。洪适的《渔家傲引》，共有词十二首。词前有骈文"致语"，词后有"破子""遣队"。十二首词分咏渔家一年十二个月的生活情景，从"正月东风初解冻"起，到"腊月行舟冰凿矿"止，词体与《渔家傲》无异。

"子月水寒风又烈"这一首，是写在"子月"（即农历十一月）的特定环境下，渔家的生活状况与思想情趣。词的上片，写渔人顶烈风，涉寒水，捕鱼落空。"水寒风又烈"，是"子月"的气候特征。但这里并非泛写气候，而是下文诸多内容的张本，渔人的劳动、生活、思想，皆与这种特定气候相关联。尽管水寒风烈，渔人仍须下水捕鱼，可叹的是"巨鱼漏网"，圉圉而去，渔家生活，便无着落，生活的窘迫，连暂时缓解的希望也成为"虚设"了。"圉圉"一句，写巨鱼的逃跑，形象逼真。"圉圉"，困而未舒貌，语出《孟子·万章上》："昔者有馈生鱼于郑子产，子产使校人（管理池沼的小吏）畜之池。校人烹之，反命曰：'始舍之，圉圉焉；少则洋洋焉，攸然而逝。'""丙穴"，本来是地名，在今陕西省略阳县东南，其地有鱼穴。左思《蜀都赋》有"嘉鱼出于丙穴"句。这里是借指巨鱼所生活的深渊，活用典故，如同己出。"从"，"任从"的意思，任从那巨鱼摇头摆尾地回到深渊。一个"从"字，把渔人的那种无可奈何的怅惘之情表现了出来。上片结句进一步写渔人的心理活动："谋自拙"是对"巨鱼漏网"的反省，自认谋拙，自认晦气，至于别人怎样说，那就由他去吧！渔人毕竟是旷达的。在这一片中，作者对渔人所流露的感情，是同情的，甚至是怜悯的。词的下片，变换了笔调，多方面、多角度地描写渔人的生活。"昨夜""今宵"两句，是全词仅有的一组对句，描绘了渔人另一面的闲适生活图景。"醉眠""独钓"是写渔人自己的有代表性的生活内容，以少总多，以少见多；"昨夜""今宵"和"西浦月""南溪雪"，是通过时间与场景的迅速变换来表现渔人生活的旷放无拘。"妻子一船衣百结"则转写渔人全家的经济生活状况。这一句，字字用力，既有其具体性，又有其概括力，"衣百结"三字尤其着力，渔家的窘迫困顿，种种艰辛，都浓缩在这三字之中。这也是当时渔民生活的真实写照，具有一定的社会意义。如此一家，偎依在"子月"的寒水烈风之中，不言而喻，在这种形象画面里，凝聚着作者的同情。结句则再转一笔，写渔人家庭生活中"贫也乐"的精神：虽贫穷而团聚，自有其天伦之乐，而没有、也不知有人世间的那种离别之苦。"不知"一句，脱鞲而出，由对渔人一家生活的描写，猛宕一笔，转向对当时社会现实的揭示,且藏辞锋于宛转之中:明明是慨叹"人世多离别",却又加"不知"二字,其实这里渔人的"不知",正是作者所"深知",唯其深知,才能这样由此及彼,顺手捎带,不失时机,予以指斥,慨乎言之。这种结尾,如豹尾回顾,相当有力。

这首词最突出的好处是作者把渔人写成了劳动者,真渔人。前此词中出现的渔人形象,主要是杂有政治色彩的隐士,他们或者是"蓑笠不收船不系"的懒散,或者是"一壶清酒一竿风"(均见《敦煌曲子词》)的安逸,或者是坐在钓船而"梦疑身在三山岛"(周紫芝《渔家傲》)的幻想升仙出世。他们"不是从前为钓者",而是在政治失意之后才"卷却诗书上钓船"(均见《敦煌曲子词》)别寻出路的,总之是"轻爵禄,慕玄虚,莫道渔人只为鱼"(五代李珣《渔父》)。洪适这首词笔下的渔人却是"为鱼"的,他靠撒网为生,不同于垂钓不设饵、志不在鱼的隐士。他也有"醉眠"的时候,但那酒,是"长把鱼钱寻酒瓮"(见"正月"首),是自己劳动换来的。在这首词中,"西浦月""南溪雪"两句,点缀意境是很美的,再加上"醉眠"与"独钓",似乎渔人也有点儿隐士风度了,不,词的下句便是"妻子一船衣百结",直写其全家经济生活的艰辛,这是最能表现渔人身份的一笔,也正是前此词人笔下的"渔人"形象所独缺的。至于"西浦月""南溪雪",那是大自然的美,是造物主赋予全人类的,而渔人在天地间能够享受到的,还不就只有这一点点儿吗?

(邱鸣皋)

韩元吉

【作者小传】

(1118—1187) 字无咎,号南涧,开封雍丘(今河南杞县)人,居信州上饶(今属江西)。韩维四世孙。吕祖谦之外舅。官至吏部尚书。曾与张元幹、张孝祥、范成大、陆游、辛弃疾等以词唱和,风调亦近辛派。著有《南涧甲乙稿》《南涧诗馀》。存词八十二首。

霜 天 晓 角

韩元吉

题采石蛾眉亭

倚天绝壁,直下江千尺。天际两蛾凝黛,愁与恨,几时极! 暮潮风正急,酒阑闻塞笛。试问谪仙何处?青山外,远烟碧。

据陆游《京口唱和序》云："隆兴二年闰十一月壬申,许昌韩无咎以新番阳(今江西波阳)守来省太夫人于润(润州,镇江)。方是时,予为通判郡事,与无咎别盖逾年矣。相与道旧故,问朋俦,览观江山,举酒相属甚乐。"此词可能是元吉在赴镇江途中经采石时作。(他在镇江留六十日,次年正月即以考功郎征赴临安,故离镇江后不便再有采石之行。)《宋史·孝宗本纪》载,隆兴二年十月,金人分道渡淮,十一月,入楚州、濠州、滁州,宋朝震动,酝酿向金求和。这就是作此词的时事背景。

此词虽名为题咏山水之作,但显然寓有作者对时局的感慨,流露出他对祖国河山和历史的无限热爱。向来被认作是咏采石矶的名篇。

采石矶,在今安徽马鞍山市区西南七公里的翠螺山麓。原名牛渚矶,因相传古时有金牛出渚而得名;又因盛产采石,东吴时遂改今名。它与南京的燕子矶和岳阳的城陵矶合称为"三矶",历来都是防守长江的要地。

词的上片,采用于动态中描写的手法。作者边走边看,随步换形。起句"倚天绝壁,直下江千尺",气势就不凡。先是见采石矶矗立身前,作者抬头仰视,只觉峭壁插云,好似倚天挺立一般。实际上,采石矶最高处海拔才一百三十一米,只因横空而来和截江而立,方显得格外奇峻。待作者登上峰顶的蛾眉亭后,低头俯瞰,便又是另一幅图景。只觉悬崖千尺,直逼江渚。这开头两句,一仰一俯,一上一下,雄伟壮丽,极富立体感。

"天际两蛾凝黛,愁与恨,几时极!"作者骋目四望,由近及远,又见东、西梁山(亦名天门山)似两弯蛾眉,横亘西南天际。《安徽通志》载:"蛾眉亭在当涂县北二十里,据牛渚绝壁。前直二梁山,夹江对峙,如蛾眉然。"由此引出作者联想:黛眉不展,宛似凝愁含恨。其实,这都是作者的情感外射,把人的主观感受加于客观物体上。

作者究竟愁恨什么呢?

韩元吉一贯赞成抗金,主张恢复中原,但反对轻举冒进。他愁的应该是金兵进逼,南宋当局抵抗不力,东南不保;恨的是北宋覆亡,中原故土至今未能收回。"几时极"三字,把这愁恨之情扩大加深,用时间的无穷不尽,状心事的浩茫广漠。

如果说,上片是由景生情,那么,下片则又融情入景。"暮潮风正急,酒阑闻塞笛。"暮,点明时间;兼渲染心情的暗淡。又正值风起潮涌,急骤非常;风鼓潮势,潮助风威。作者虽未明言这些景象所喻为何,但人们从中完全可以感受到作者爱憎的强烈。酒阑,表示人已清醒;塞笛,即羌笛,军中乐器。当此边声四起之时,作者在沉思什么呢?

　　"试问谪仙何处? 青山外,远烟碧。"很自然地,作者想起了李白。这不仅因为李白在历史上跟采石矶发生过密切关系,在创作上为它写下过著名诗篇,在人民口头还流传着许多浪漫以至神奇的故事,如捉月、骑鲸等;而且李白一生怀着"济苍生"和"安社稷"的政治抱负,希望能像东晋谢安那样"为君谈笑静胡沙"(《永王东巡歌·其二》)。但他壮志不酬,最后病死在当涂,葬于青山之上,至此已数百年;而今但见青山之外,远空烟岚缥碧而已。韩元吉虽然身任官职,在当时投降派得势掌权的情况下,也无法实现自己的理想。读者从缥碧的远烟中,已能充分领悟到他此刻的激愤心情了。

　　此词含意深长。它以景语发端,又以景语结尾;中间频用情语作穿插。但无论是景语或情语,都饶有兴致。怪不得元代吴师道认为:在题咏采石蛾眉亭的词作中,没有一篇能赶得上这首词。(参阅唐圭璋《词话丛编·吴礼部词话》)

　　此词收在韩元吉的词集中。黄昇《中兴以来绝妙词选》录此篇,署为刘仙伦作,不知何据。但就风格而言,此词确与韩元吉他词近似;而不像是以学辛词著称的刘仙伦的作品。

(蔡厚示)

薄　　幸 送安伯弟　　　　　韩元吉

　　送君南浦。对烟柳、青青万缕。更满眼、残红吹尽,叶底黄鹂自语。甚动人、多少离情,楼头水阔山无数。记竹里题诗,花边载酒,魂断江干春暮。　　　都莫问功名事,白发渐、星星如许。任鸡鸣起舞,乡关何在,凭高目尽孤鸿去。漫留君住。趁酴醾香暖,持杯且醉瑶台露。相思记取,愁绝西窗夜雨。

　　这是一首送别词。但"安伯弟"的生平却不易查考,好在这对理解词意并没有多大影响,也就姑置不论吧。

　　词一开头就直叙送别事。"送君南浦"是江淹《别赋》里著名的句子:"春草碧色,春水渌波,送君南浦,伤如之何。"这段话一直成为人们借用来抒发惜别感情的意念载体。只要一提到"送君南浦",或者竟只提出"南浦"两字,就会使那整段话的意境全出,令读者感受到一股感伤的意味。文学名句所造成的感人定势,有时真不可思议。这首词也借用了这个句子,开门见山,迅速入题,这在行文上是颇为经济的。

　　"对烟柳"至"叶底黄鹂自语"数句,铺叙当时景物。这里有"青青万缕"的柳条,有满眼的绿树,有藏在树叶深处鸣啭的黄鹂。这样的景观,不是很寻常的吗?
然而文学的描写,却往往会产生超出客观景象以外的魅力,其秘密,就在于它的
结构组合。首先是它在全词系统中的序列位置,其次是它的遣词造句方式。寻
常的景观,有了好的结构组合,就会产生出超客观的效果。让我们再回过头来看
看这几句吧,它们的出现,是在"送君南浦"这一表示送别的句子之后的。"折柳
赠别"是我国的古老传统,因而烟柳万缕就会使人产生分别的感伤的联想。而满
眼绿树这一意思的表达,却是用"更满眼、残红吹尽"这样的句子,它调动人们的
思维能力,去想象那残花在枝头片片被吹落的景象,以增添感伤的气氛。文学描
写的得天独厚之处,就在于它不但能描写现时存在的实景,而且能描写这一实景
在此之前的情况的虚景,以虚景来表达实景的意思;故"残红吹尽"就是绿叶成阴
之意。而树叶深处的"黄鹂自语",则是反衬别离人的愁绪的。此句当从杜甫的
"隔叶黄鹂空好音"(《蜀相》)化出,黄鹂自乐而离人自苦,颇具弦外之音。一"更"
字联上串下,使离愁别绪程度递增,表现得很有层次。

　　"甚动人、多少离情,楼头水阔山无数。""甚动人"即"正动人"或"真动人",点
出"离情"之"动人"——使人伤感;点出送别之地是"楼头";由楼头极目远望,只
见水天空阔,乱山无数;那么,对方此去之远,其觌面之难再,已不言自见了。行
文至此,在内容上已自成一大段落,——写出了送别时的情景了。

　　"记竹里题诗"三句,回忆两人最近的过从之乐。"春暮"点出时令,显然是在
此别之前的一段时间;"载酒""题诗",那是文人过从中最常见的活动,以"竹里"
"花边"作背景,更增加它的韵致。他们的活动有时也在江边,那也是挺有诗意
的。"魂断"二字,是痛快之极的意思,不指悲哀;这两字不但指"江干春暮"的行
乐,也兼指"竹里题诗"和"花边载酒";三句联成一片,描写出一段欢乐的生活。
以"记"字领起,说明它是保存在记忆中的已经失去的欢乐,以反衬今日别离的难
堪。这样,在抒写别恨方面,又深入一层了。

　　下片开头换了个角度,联系身世和时局生发感叹。从"都莫问"到"任鸡鸣起
舞",是慨叹空有壮志而白发渐生,功名未立。这几句必须稍加解释,才能领会作
者的深意。韩元吉《宋史》无传,其行实多不可考。据《南涧甲乙稿》,知道他曾做
过信州幕僚、南剑州主簿、江东转运判官等职;乾道末年为吏部尚书,曾出使金
国;淳熙元年(1174)以后,两知婺州,一宰建安,晚年归隐信州。从"都莫问功名
事,白发渐、星星如许"来看,此词可能作于入为吏部尚书之前,那时他四十多岁,
故作此语。但他的慨叹功名未立,并不完全是为了一己之私,这跟中原的恢复是
有关系的。"鸡鸣起舞"用的是祖逖的典,《晋书·祖逖传》说他作司州主簿时,半

夜听到鸡鸣,就和刘琨一道起舞,后来北伐中原,收复了黄河以南的失地。南宋的处境和东晋极为相似,故韩元吉用这个典故来策励自己。韩是河南许昌人,中原失守,"乡关何在,凭高目尽孤鸿去"。感叹乡关渺邈,有家难归,但目送归鸿而去,感情是十分深沉的,充满了建功立业、爱国怀乡的感情。

"漫留君住"三句,又回到惜别,劝安伯姑且再留片刻,持杯痛饮,这是舍不得立刻分别的表现。"趁酴醾香暖"句的"酴醾",是酒名。黄庭坚《见诸人唱和酴醾诗辄次韵戏咏》"名字因壶酒"句任渊注引《王立之诗话》云:"酴醾本酒名也。世所开花本以其颜色似之,故取其名。"这里的"香暖"正是说酒。若说花,则"暖"字无着落,且前文已说过"更满眼残红吹尽"了也。此言趁酒之香而温,当持杯且醉;"瑶台露"是给美酒加工高级的赞辞。最后两句,是说不知何时才能重会,相约永远思念对方。"西窗夜雨"是取李商隐"何当共剪西窗烛,却话巴山夜雨时"(《夜雨寄北》)的诗意,冠以"愁绝"二字,就是说西窗下共话别后情况的机会难得了。这样的结尾,感情十分深厚,给人留下了无限的惆怅。

韩元吉是南宋初期主战派人物之一,他和张孝祥、陆游、辛弃疾、陈亮等人都有交往,词作亦具有辛派豪放悲壮之气,即使在这首送别词中,也不例外。此词气酣意足,感情深挚;叙述层次有变化,有开合;既不松散,也不单调。最后值得一提的,是《薄幸》这个词牌很少人填写,这一首却写得十分工整,平仄、韵脚、句读都中格律,堪为典范。虚字"对""更""甚""记""任"等使用得十分妥帖,处在领起的位置,又都是去声字,声律上造成一种苦涩的韵味,与词的内容情调很相称。

(洪柏昭)

好　事　近

韩元吉

汴京赐宴闻教坊乐有感

凝碧旧池头,一听管弦凄切。多少梨园声在,总不堪华发。

杏花无处避春愁,也傍野烟发。惟有御沟声断,似知人呜咽。

宋孝宗乾道八年(1172)十二月,派遣试礼部尚书韩元吉为正使、利州观察使郑兴裔为副使,到金朝去祝贺次年三月初一的万春节(金主完颜雍生辰)。行至汴梁(时为金人的南京),金人设宴招待。席间词人触景生情,万感交集,随后赋下这首小词。小词寄给陆游以后,陆游又写下《得韩无咎书寄使虏时宴东都驿中所作小阕》一诗,可作了解此词的参考。诗云:"大梁二月杏花开,锦衣公子乘传来。桐阴满第归不得,金辔玲珑上源驿。上源驿中捶画鼓,汉使作客胡作主。舞

女不记宣和妆,庐儿(侍从)尽能女真语。书来寄我宴时词,归鬓知添几缕丝。有
志未须深感慨,筑城会据拂云祠。"(见《剑南诗稿》卷四)可见金人的宴席是设在
上源驿。宋王明清《玉照新志》卷四云:"陈桥驿,在京师陈桥、封丘二门之间,唐
为上元驿。……后来以驿为班荆馆,为虏使迎钱之所。"上元驿,盖即上源驿,北
宋时既为"虏使迎钱之所"(犹今之宾馆或招待所),入金后当亦于此接待宋使。
陆游诗不仅反映了设宴的地点,也大体说明了时间及歌舞伴饮的情况,对于我们
分析此词,是极有帮助的。

　　这首小词可谓字字哀婉,句句凄切,充满了一个南宋使臣的爱国情思。汴京
原是宋朝的故都,那里有北宋的宫殿、苑囿和宗庙;特别是上源驿这地方,原是宋
太祖赵匡胤举行陈桥兵变、夺取后周政权、奠定宋朝基业的发祥地。可是经过
"靖康之变",这儿竟成了金人的天下。如今韩元吉来到这宋朝的故都,宋朝的发
祥之地,江山依旧,人物全非,怎能不凄然饮泣?

　　词的上片运用了一个情境与它相似的典实,抒写此时此际的痛苦。据《明皇
杂录》记载,天宝末年,安禄山叛军攻陷东都洛阳,大会凝碧池,令梨园子弟演奏
乐曲,他们皆歔欷泣下,乐工雷海青则掷乐器于地,西向大恸。诗人王维在被囚
禁中听到这一消息,暗地里写了一首诗:"万户伤心生野烟,百官何日再朝天?秋
槐叶落深宫里,凝碧池头奏管弦。"诗中描写了战后深宫的荒凉景象,表达了自己
的哀苦心境。韩元吉此词,在措词与构思上,无疑是受到这首诗的影响。但它所
写的矛盾更加尖锐,感情更加沉痛。因为作者是直接置身于矛盾冲突之中,对心
灵的震动更加激烈。"凝碧池"虽是以古喻今,属于虚指,而着一"旧"字,则有深
沉的含义。偏偏就在这宋朝旧时"虏使迎钱之所",听到宋朝旧时的教坊音乐,
"汉使作客胡作主",整个历史来了一个颠倒。这对于一个忠于宋朝的使者来说,
该是多么强烈的刺激!上源驿的一草一木,教坊乐中的一字一腔,无不啮噬着他
的心灵。于是词人不禁发出一声浩叹:"多少梨园声在,总不堪华发!"这是一个
从声音到外貌的转化,其中蕴含着复杂的心理矛盾,包藏着无比深沉的隐痛。因
为这音乐能触发人的悲愁,而悲愁又易催人衰老,所以说"总不堪华发"。词人以
精练的形象的语言,概括了自己在特定环境下的特定心理过程,手法是极其
高明的。

　　词的下片,构思尤为巧妙。换头二句,既点时间,亦写环境,并用杏花以自
况:"杏花无处避春愁,也傍野烟发。"以虚带实,兴寄遥深,其中含有深刻的感慨。
所谓写实,是指杏花在二月间开花,而汴京赐宴恰在其时,时令正相合。金人的
万春节在其中都燕山(今北京市)举行庆典,韩元吉此行的目的地为燕山;其到汴

京时间，当如前引陆游诗所云在二月中间。杏花无法避开料峭的寒风、连绵的春雨，终于在战后荒凉的土地上开放了；词人也像杏花一样，虽欲避开曾经和他敌对的金人，但因身负使命，不得不参与宴会，不得不聆听令人兴感生悲的教坊音乐。词人以杏花自喻，形象美丽而高洁；以野烟象征战后荒凉景象，亦极富于意境。而"无处避春愁"五字，则是"词眼"所在。有此五字，则使杏花人格化，并通过读者的想象，使杏花与词人产生形象上的联系。此之谓美学上的移情作用。"野烟"二字，虽从王维诗中来；"杏花"的意念，也可能受到王维诗中"秋槐"句的启迪，但词人把它紧密地联系实境，加以发展与熔铸，已浑然一体，构成一个具有独特个性的艺术品了。

结尾二句仍以拟人化的手法，抒发了心中的悲哀。北宋汴京御沟里的水，本是长年流淌的。可是经过战争的破坏，它已经阻塞了，干涸了，再也听不到潺潺流淌的声音。这一寻常现象，在寻常人看来，倒没有什么感觉，可是对韩元吉这位宋朝的使臣来说，却引起他无穷的感怆。因为他胸中怀有黍离之悲，故国之思，想要发泄出来，却有碍于当时的处境。满腔泪水，只得强行抑制，让它咽入腹中。但这种感情又不得不抒发，于是赋予御沟流水以人的灵性，说它之所以不流，乃是由于理解到词人内心蕴有无限痛苦，怕听到呜咽的水声会引起抽泣。这样的描写是非常准确而又深刻的。人们读到这里，不禁在感情上也会引起共鸣。

（徐培均）

六 州 歌 头 桃花　　　　　　韩元吉

东风着意，先上小桃枝。红粉腻，娇如醉，倚朱扉。记年时。隐映新妆面，临水岸，春将半，云日暖，斜桥转，夹城西。草软莎平，跋马垂杨渡，玉勒争嘶。认蛾眉凝笑，脸薄拂燕脂。绣户曾窥，恨依依。　　共携手处，香如雾，红随步，怨春迟。消瘦损，凭谁问？只花知，泪空垂。旧日堂前燕，和烟雨，又双飞。人自老，春长好，梦佳期。前度刘郎，几许风流地，花也应悲。但茫茫暮霭，目断武陵溪①。往事难追。

〔注〕　① 武陵：典出《桃花源记》。谓有武陵渔人误入桃花源，出境之后已无法重觅。

一谈到《六州歌头》，人们往往就会联想到李冠（一作刘潜）那首"秦亡草昧"，贺铸那首"少年侠气"，以及张孝祥那首"长淮望断"。……这个词调大多是与悲壮激越的声情联系在一起的。宋人程大昌早就说过：《六州歌头》本是鼓吹曲，音调悲壮,不与艳词同科(《演繁露》)。但是,韩元吉的这首《六州歌头》,恰与常情相反,偏偏就是一首不折不扣的艳词!这就像古时布阵打仗那样,虽有"常法",然而"运用之妙,存乎一心"(岳飞语),只要用兵者别具"运用变化"之良才,是能收到"出奇制胜"的妙效的。试读韩词,那缠绵悱恻、低回往复之情,不就借助此调之短声促节、繁句密韵,表达得十分熨帖、十分酣畅吗?

词题是"桃花",但实际内容却是借桃花以诉说一段香艳而哀怨的爱情故事。唐人崔护诗云:"去年今日此门中,人面桃花相映红。人面不知何处去,桃花依旧笑春风。"(《题都城南庄》)再加上其他一些有关桃花的典故、成句,它们就构成了这首词的"骨架"。作者在这个骨架上加以渲染、变化、展衍、引申,添上了茂枝繁花,使它形成了现在这样娉娉袅袅的特有风姿。

开头先以春风骀荡、红桃初绽起兴。"东风着意,先上小桃枝",意可两解。一说,桃花中有一种"小桃"的特殊品种,它在正月即行开放(见陆游《老学庵笔记》),因此这里就可释为春天刚刚来临,小桃就独得东风之惠而先行开放。另一说则作一般性的理解,"先上"云云意在突出桃花形象之鲜妍,谓其占尽一时之春光。二说可以并存,并不妨碍对于词意的理解。"红粉腻,娇如醉,倚朱扉"三句则进一步佳人比花,且渐从花而引向人。李白《清平调词》云"云想衣裳花想容",那是以花来比人;这儿却是以人比花,——你看这朵朵桃花,岂非活像那浓施红粉、娇痴似醉、斜倚朱扉的佳人?这样的写法,不仅使静物富有了人的丽质和生气,更为下文的由花及人作了铺垫。于是乃引出了"去年今日此门中,人面桃花相映红"式的回忆:"记年时,隐映新妆面"两句,就是前两句唐诗的"翻版"。不过作者在此之后又作了大段的渲染:"临水岸,春将半,云日暖,斜桥转,夹城西。草软莎平,跋马垂杨渡,玉勒争嘶。认蛾眉凝笑,脸薄拂燕脂。"这里就交代了会面的时间、地点、所见佳人之面容,但比前面两句唐诗更显得具体和细腻;而这后一点正就体现了宋词(长调)"铺叙展衍"的特长,以及《六州歌头》短句促节的"优越性"。读到此处,我们似乎见到了这样一幅画面:在那风和日丽、草软莎平的天气里,作者骑马赏花,忽于斜桥路转的垂杨渡口,遇到了"她"!她嫣然一笑,脸上顿时泛出了一阵艳如桃花的红晕。这或许就是他俩第一次的邂逅,这次"惊艳"给作者留下了难以忘怀的"终生印象"。所以尽管事已过去,作者现在一见"娇如醉"的红桃,当年的种种情景(乃至细节!)就都一一展现在眼前。这就难怪作者在描绘这一段情节时,要花费那么详细的笔墨,——而从这么细致委婉的笔触中,我们也就不难感到作者的钟情之深了。但是,就在这个时候,词情忽生转折:"绣户曾窥,恨依依"。这两句中所包含的内容,或许比上面一大段所写还要来得丰富。它实际上概括了两人之间的爱情曲折（或波折）："绣户曾窥"写他寻访、追求佳人的过程；"恨依依"则写他寻人不遇或未能如愿的惆怅失意。作者在此一笔带过，不去为它多花笔墨。这是因为，这一段情节不是本词的重点，它只在上文的"初遇惊艳"和下文的"别后相思"中占着一个"过渡"的地位。所以下片就转入第二次详细的描写——对于今日此地睹花而不见伊人之懊恼情绪的尽情描绘。

　　下片以一"共"字转接后文。仍在当年"共携手处"（这就暗示他在"窥户不遇"之后终于与她会面、结合了。这中间省去许多情节，细心的读者自不难体会出来）徘徊，可现今所见之桃花却已非往日的艳桃娇花可比，它早变得落红随步、香薄似雾，因而作者不由得要埋怨起春光的迟暮了。接下去四句则继言自身面对落花而垂泪的相思苦痛："消瘦损，凭谁问？只花知，泪空垂"。由于伊人已不复可见，所以自己因别离的折磨所致的消瘦、憔悴，只有桃花可以作证，而她则或不知闻，这就更添了一层愁闷。这上面六句，又是从花写到人，以落花的凋谢来映衬自身的伤逝心情。行文至此，心绪益发紊乱，故下文就错杂写来，越见其触物伤情、哀绪纷呈："旧日堂前燕，和烟雨，又双飞"，这是由"旧日堂前"的双燕所对照引起的"孤栖"心绪（其中暗用了刘禹锡《乌衣巷》诗句）；"人自老，春长好，梦佳期"，则从上文的"人不如燕"再次引出"春好人老"的悲感，且又以"梦佳期"三字绾合、呼应前面的"共携手"；"前度刘郎，几许风流地，花也应悲"，又一次扣住桃花，抒发了自己"刘郎重到"（暗用刘禹锡"桃花尽净菜花开""前度刘郎今又来"的诗意，又兼用刘晨、阮肇于天台逢仙女的典故）的伤逝心情。经过这一番缠绵往复的咏叹，最后结以"但茫茫暮霭，目断武陵溪，往事难追"，点明了感伤往事、旧梦难续的主题。因为"武陵"一语中暗藏着"桃花源"典故，所以仍与题面"桃花"关合。

　　总体来看，此词借着"桃花"这条咏物的线索，或明或暗地叙述了一段恋爱的故事：先在桃花似锦的良辰相遇，后在桃花陌上携手同游，再后来则旧地重来，只见桃花飘零而不见如花人的踪影，于是只能踯躅徘徊于花径，唏嘘生悲。而在诉说这段爱情的故事时，作者又始终紧扣着"桃花"这个题面，曲折尽致地抒发了自己的愁绪。所以确切说来，这首词是"咏物"与"咏怀"的集合体，它是借物以抒情，借物以怀人。比之崔护那首结构较简单的七绝诗来，别有一种委婉的风情和绮丽的文采。而这，又是与作者活用《六州歌头》长调的特有声情分不开的。

（杨海明）

【作者小传】

朱淑真

号幽栖居士,钱塘(今浙江杭州)人,世居桃村。所适非偶,郁郁而殁。工诗词,词意凄厉悲凉。有《断肠集》《断肠词》。存词二十五首。

谒 金 门 春半 　　　　　　朱淑真

春已半,触目此情无限。十二阑干闲倚遍,愁来天不管。

好是风和日暖,输与莺莺燕燕。满院落花帘不卷,断肠芳草远。

这首词应是抒写作者婚后思念意中人的痛苦。开端两句:"春已半,触目此情无限",通过女主人公的视觉,对暮春景象的感受,写出她的无限感慨。"此情",究竟是什么?这里并未明说,从词的下文及作者婚事不遂意来看,是思佳偶不得,感精神孤独苦闷;是惜春伤怀,叹年华消逝。"无限"二字,有两层意思:一是说明作者此时忧郁心情的浓重,大好春色处处都触发她的忧思;二是表明作者的隐忧永无消除之日,有如"一江春水向东流"之势。

接着,作者用行动形象地表现了她的愁绪:"十二阑干闲倚遍,愁来天不管。"古词曾有"倚遍阑干十二楼"之句。此句写女主人公愁怀难遣、百无聊赖、无所栖息的情态。"遍"字,写出呆留时间之长。"闲"字,看来显得轻松,实则用得深重,这正表现了作者终日无事、时时被愁情困锁不得稍脱的心境。她因无法排遣愁绪,只得发出"愁来天不管"的怨恨。此句写得新颖奇特,天,本无知觉,无感情,不管人事。而她却怪责天不管她的忧愁,这是因忧伤至极而发出的怨恨,是自哀自怜的绝望心声。剥削阶级社会的女子不能自主自己的婚事,常常怨天尤人。《诗·鄘风·柏舟》的"母也天只!不谅人只!"写的是一个女子爱上一个青年,她的母亲却强迫她嫁给另一个人,她誓死不肯,呼娘唤天,希望能谅察她的心。朱淑真心中虽也有恋人,但她却不能违背"父母之命,媒妁之言",不得不嫁给一个庸俗之徒,故她痛苦的感情比《柏舟》中那个女子更强烈、更深沉。

过片,具体写对自然景物的感喟:"好是风和日暖,输与莺莺燕燕。"大好春光,风和日暖,本应为人享受,可是自己因孤寂忧伤而无心赏玩,它都白白地送给了莺燕。这既是对莺燕的羡妒,又深感现实的残酷无情,说得何等凄苦!莺莺、燕燕,双字叠用,并非是为了指出多数,而是暗示它们成双成对,以反衬自己单身只影，人不如鸟，委婉曲折地表现孤栖之情，含蓄而深邃。作者在诗集《恨春五首》之二里写道："莺莺燕燕休相笑，试与单栖各自知！"造语虽异，立意则同。

末两句进一步表现作者的情思："满院落花帘不卷，断肠芳草远。"它不但与开头两句相照应，在艺术上达到和谐统一，而且隐曲地透露了她愁怨的根源。她在诗中说："故人何处草空碧，撩乱寸心天一涯。"（《暮春有感》）"断肠芳草连天碧，春不归来梦不通。"（《晚春有感》）可知，她所思念的人在漫天芳草的远方，相思而又不得相聚，故为之"断肠"。全词至此结束，言有尽而意无穷，读来情思缱绻，荡气回肠，在我们脑海里留下一个凝眸远方、忧伤不能自已的思妇形象。这与晏殊的"当时轻别意中人，山长水远知何处"（《踏莎行》）、李清照的"人何处，连天芳草，望断归来路"（《点绛唇》），词意相同，但朱淑真写得隐晦，而晏、李说得明朗，敢直言"意中人""人何处"，这是因为晏殊不受封建礼教的束缚，李清照思念丈夫为人情所不能非议，故他们没有顾忌。而朱淑真婚后思念情人则被视为非法，故有难以明言的苦衷。

《白雨斋词话》评曰："'春已半'等篇殊不让和凝、李珣辈，惟骨韵不高，可称小品。"朱淑真作为一个深闺女子，其作品能比得上晚唐五代的进士和凝、秀才李珣，就很不错了。说其骨韵不高，这是由于历史条件的局限，她不能涉足社会，闯荡江湖，生活天地狭窄，故不应对她苛责。

（苏者聪）

减字木兰花　春怨　　　　　　　　　　　朱淑真

独行独坐，独倡独酬还独卧。伫立伤神，无奈轻寒著摸人。　　此情谁见，泪洗残妆无一半。愁病相仍，剔尽寒灯梦不成。

朱淑真是一位才貌出众、善绘画、通音律、工诗词的佳人，但她的婚姻很不美满，婚后抑郁寡欢，故诗词中"多忧愁怨恨之语"。相传她出身贵族之家，她的丈夫是什么样的人，其说不一。有的说她"嫁为市井民家妻"，有的说是她的丈夫曾应礼部试，后又官江南，但朱与他感情不合。不管何种说法可信，有一点是相同的：即她认为所嫁非偶，婚后没得到什么幸福。这首词从所反映的内容看，与她对婚姻的不满很有关系。

"独行独坐，独倡独酬还独卧"两句，连用五个"独"字，充分表现出她的孤独与寂寞，似乎"独"字贯穿在她的一切活动中。"伫立伤神"两句，紧承上句，不仅写她的孤独，而且描绘出她的伤心失神。特别是"无奈轻寒著摸人"一句，写出了女词人对季节的敏感。"轻寒"二字,正扣题目"春怨"二字的"春"字,全词无一语及春,惟从"轻寒"二字,透露出春天的信息。"著摸"一词,宋人诗词中屡见,有撩拨、沾惹之意。如孔平仲《怀蓬莱阁》诗:"深林鸟语流连客,野径花香着莫人。"杨万里《和王司法雨中惠诗》诗:"无那春愁着莫人,风颠雨急更黄昏"。"著摸"即"着莫",朱淑真词与杨万里诗用法完全相同。轻寒为什么撩惹春愁,失去爱情幸福的女词人深有体会;寡居的李清照感到"乍暖还寒时候,最难将息"(《声声慢》)。对自己的婚姻深感不满的朱淑真在"伫立伤神"之际,不禁发出"无奈轻寒著摸人"的吟咏,足见两位女词人在"轻寒"季节,有着共同的感受。

下片进一步抒写女词人的愁怨。"此情谁见"四字,承上启下,一语双兼,"此情",既指上片的孤独伤情,又兼指下文的"泪洗残妆无一半",写出了女词人以泪洗面的愁苦。结穴处的两句,描绘自己因愁而病,因病添愁,愁病相因,以至夜不成眠的痛苦。

这首词语言自然婉转,通俗流丽,篇幅虽短,波澜颇多。上片以五个"独"字,写出了女词人因内心孤闷难遣而导致行动的焦灼不宁、百无一可的情状,全是动态的描写。"伫立伤神"两句,转向写静态的感觉,但意脉是相连的。下片用特写镜头摄取了两幅生动而逼真的图画:一幅是泪流满面的少妇,眼泪洗去了脸上大半的脂粉;另一幅是她面对寒夜孤灯,耿耿不寐。"剔尽寒灯"的落脚点不在"剔"字(剪剔灯芯的动作),而在"尽"字。"尽"字是体现时间的。所谓"梦又不成灯又烬"(欧阳修《玉楼春》),显然是彻夜无眠。对于孤凄愁病的闺中人,只写这一泪、这一夜的悲苦,其他日子里也可以想象而知。又何况是"此情谁见",无人见,无人知,无人慰藉,无可解脱! 自写苦情,情长词短,其体会之深,含蕴之厚,有非男性作家拟闺情之词所能及者。

(刘文忠)

眼 儿 媚   朱淑真

迟迟春日弄轻柔,花径暗香流。清明过了,不堪回首,云锁朱楼。   午窗睡起莺声巧,何处唤春愁? 绿杨影里,海棠亭畔,红杏梢头。

朱淑真是一位多愁善感的女词人,这首词写一位闺中女子(实际上是作者自己)在明媚的春光中,回首往事而感到愁绪万端。

上片"迟迟春日弄轻柔,花径暗香流"两句,描绘出一幅风和日丽,花香袭人的春日美景。"迟迟春日"语出《诗经·七月》"春日迟迟","迟迟"指日长而暖。

"弄轻柔"三字,言和煦的阳光在抚弄着杨柳的柔枝嫩条。秦观《江城子》词:"西城杨柳弄春柔。""弄"字下得很妙,形象生动鲜明。对此良辰美景,抒情主人公信步走在花间小径上,一股暗香扑鼻而来,令人心醉,春天多么美好啊! 但是好景不长,清明过后,却遇上阴霾的天气,云雾笼罩着朱阁绣户,这给女主人公的内心犹如罩上了一层愁雾,因此想起了一段不堪回首的伤心往事。看来开头所写的春光明媚,并不是眼前之景,而是已经逝去的美好时光。不然和煦的阳光与云雾是很难统一在一个画面上,也很难发生在同一时间内。"云锁朱楼"的"锁"字,是一句之眼,它除了给我们云雾压楼的阴霾感觉以外,还具有锁在深闺的女子不得自由的象喻性。"锁"字蕴含丰富,将阴云四布的天气、深闺女子的被禁锢和心头的郁闷,尽括其中。

下片着重表现的是女主人公的春愁。这种春愁是通过黄莺的啼叫唤起的。大凡心绪不佳的女子,最易闻鸟啼而惊心,故唐诗有"打起黄莺儿,莫教枝上啼"之句。试想一个愁绪万端的女子,在百无聊赖之时,只好在午睡中消磨时光,午睡醒来,听到窗外莺声巧啭。黄莺的啼叫,唤起了她的春愁。黄莺在何处啼叫呢? 是在绿杨影里,还是在海棠亭畔,抑或是在红杏梢头呢? 自问自答,颇耐人玩味。

这首词笔触轻柔细腻,语言婉丽自然。她用鸟语花香来衬托自己的惆怅,这是以乐景写哀的手法。作者在写景上不断变换画面,从明媚的春日,到阴霾的天气。时间上从清明之前,写到清明之后,有眼前的感受,也有往事的回忆。既有感到的暖意,嗅到的馨香,也有听到的莺啼,看到的色彩。通过它们表现了女主人公细腻的感情波澜。下片词的自问自答,更是妙趣横生。词人将静态的"绿杨影里,海棠亭畔,红杏梢头",引入黄莺的巧啭,静中有动、寂中有声,化静态美为动态美,使读者仿佛听到莺啼之声不断地从一个地方流动到另一个地方,使鸟鸣之声有立体感和流动感。这是非常美的意境创造。以听觉写鸟声的流动,使人辨别不出鸟鸣何处,词人的春愁,也像飞鸣的流莺,忽儿在东,忽儿在西,说不清准确的位置。这莫可名状的愁怨,词人并不说破,留给读者去想象,去补充。

(刘文忠)

清 平 乐 朱淑真

风光紧急,三月俄三十。拟欲留连计无及,绿野烟愁露泣。 倩谁寄语春宵? 城头画鼓轻敲。缱绻临歧嘱付,来年早到梅梢。

　　唐贾岛《三月晦赠刘评事》诗云："三月正当三十日,风光别我若吟身。共君今夜不须睡,未到晓钟犹是春。"命意新奇,女词人朱淑真因其意而用之于词,构思更奇。

　　词的起句便奇突。"风光"通常只能说秀丽、迷人等等,与"紧急"搭配,就很奇特。留春之意已引而未发。紧补一句"三月俄三十",此意则跃然纸上。这两句属于倒置,比贾诗从月日说起,尤觉用笔跳脱。一般写春暮,止到三月,点出"三十(日)",更见暮春之"暮"。日子写得如此具体,读来却不板滞,盖一句之中,已具加倍之法。而一个"俄"字渲染紧急气氛,比贾句用"正当"二字,尤觉生色。在三月三十日这个临界的日子里,春天就要消逝了。说"拟欲流连计无及",一方面把春天设想为远行者,一方面俨有送行者在焉。这"拟欲流连"者究竟是谁?似是作者自谓,观下句则又似是"绿野"了。暮春时节,红瘦绿肥,树木含烟,花草滴露,都似为无计留春而感伤呢。写景的同时,又把自然景物人格化了。上两句与下两句,一催一留,大有"方留恋处,兰舟催发"的意趣,而先写紧催,后写苦留,尤觉词情荡漾。上片结句方倒插一句写景。如置诸篇首,就显得平衍。

　　上片已构成一个"送别"的格局。催的催得"紧急",留的"流连无计",只好抓紧时机临别赠言罢。故过片即云"倩谁寄语春宵"。上片写惜春未露一个"春"字,此处以"春宵"出之,乃是因为这才是春光的最后一霎,点睛点得恰是地方。春宵渐行渐远,需要一个称职而殷勤的使者追及传语的。"倩谁"? ——"城头画鼓轻敲",此句似写春宵之境,同时也就是一个使者在自告奋勇。读来饶有意味,隐含比兴手法。唐宋时城楼定时击鼓,为城坊门启闭之节,日击二次:五更三筹击后,听人行;昼漏尽击后,禁人行。叫做"咚咚鼓"。鼓声为时光之友伴,请它传语,着想甚妙。"敲"上着一"轻"字,便带有微妙的感情色彩,恰是"缱绻"软语的态度。"临歧"二字把"送别"的构思表现得更加明显。最末一句即"临歧嘱咐"的"缱绻"情话:"来年早到梅梢。"不道眼前惜别之情,而说来年请早,言轻意重,耐人寻味。"早到梅梢"尤为妙笔生花之语。盖百花迎春,以凌寒独放的梅花为最早,谓"早到梅梢",似嫌梅花开的还不够早,盼归急切,更见惜春感情的强烈。把春回的概念,具象化为早梅之开放,又创出极美的诗歌意象,使全词意境大大生色。整个下片和贾岛诗相比,已属别开生面,更有异彩。

　　贾岛原作只是诗人自己寄语朋友,明表惜春之意。而此词却通篇不见有人,全用比兴手法创造了一个童话般的送别场面:时间是三月三十日,行者是春天,送行愁泣者是"绿野",催发者为"风光",寄语之信使为"画鼓",……俨然是大自然导演的一出戏剧。而作者本人惜春之意,即充溢于字里行间,读之尤觉奇趣横生。

（周啸天）

蝶　恋　花 送春　　　　　　朱淑真

楼外垂杨千万缕，欲系青春，少住春还去。犹自风前飘柳絮，
随春且看归何处？　　　　绿满山川闻杜宇，便做无情，莫也愁人
苦。把酒送春春不语，黄昏却下潇潇雨。

宋代有不少"惜春"词。它的内容，不外是一片暮春景色引起了作者的惋惜
之情。这些暮春景色也不外是纷飞的柳絮、哀鸣的杜鹃和淅沥的暮雨。然而，这
一切在女词人朱淑真笔触下，却通过丰富的想象力和贴切的拟人手法，表现得委
婉多姿、细腻动人，在宋代诸多惜春之作中，显出它自己的艺术特色。

词中首先出现的是垂杨。"楼外垂杨千万缕，欲系青春，少住春还去"三句，
描绘了垂杨的繁茂。这种"万条垂下绿丝绦"（贺知章《咏柳》）的景色，对于阴历
二月（即仲春时节），是最为典型的。上引贺诗中即有"不知细叶谁裁出，二月春
风似剪刀"之句。它不同于"浓如烟草淡如金"的新柳（明人杨基《咏新柳》），也有
别于"风吹无一叶"的衰柳（宋人翁灵舒《咏衰柳》）。为什么借它来表现惜春之情
呢？主要利用它那柔细有如丝缕的形象，造成它似乎可以系住事物的联想。"少
住春还去"，在作者的想象中，那打算系住春天的柳条结果没有达到目的，它只把
春天从二月拖到三月末，春天经过短暂的逗留，还是决然离去了。

"犹自风前飘柳絮，随春且看归何处"两句，对景物作了进一层的描写。柳絮
是暮春最鲜明的特征之一，所以诗人们说："飞絮著人春共老"（范成大《暮春上塘
道中》）、"飞絮送春归"（蔡伸《朝中措》）。他们都把飞絮同春残联系在一起。朱
淑真按照她自己的想象，把空中随风飘舞的柳絮，描写为似乎要尾随春天归去，
去探看春的去处，把它找回来，像黄庭坚在词中透露的："若有人知春去处，唤取
归来同住"（《清平乐》）。比起简单写成"飞絮""送春归"或"著人春意老"来，朱淑
真这种"随春"的写法，就显得更有迂曲之趣。句中用"犹自"把"系春"同"随春"
联系起来，造成了似乎是垂杨为了留春，"一计不成，又生一计"的艺术效果。

像飞絮一样，杜鹃鸟（杜宇）的哀鸣也是春残的标志。"绿满山川闻杜宇，便
做无情，莫也愁人苦"。春残时节，花落草长，山野一片碧绿。远望着这暮春的山
野，听到传来的杜鹃鸟的凄厉叫声，词人在想：杜鹃即使（便做）无情，莫非也在
担忧人们为"春去"而愁苦，因而发出同情的哀鸣吗？词人通过这摇曳生姿的一
笔，借杜宇点出人意的愁苦，这就把上片中处于"幕后"的主人公引向台前。在上

片,仅仅从"楼外"两个字,感觉到她在楼内张望;从"系春""随春",意识到是她在驰骋想象,主人公的惜春之情完全是靠垂杨和柳絮表现出来的。现在则从写景转入对主人公的正面抒写。

"把酒送春春不语"。系春既不可能,随春又无结果,主人公看到的只是暮春的碧野,听到的又是宣告春去的鸟鸣,于是她只好无可奈何地"送春"了。阴历三月末是春天最后离去的日子,古人常常在这时把酒浇愁,以示送春。唐末诗人韩偓《春尽日》诗有"把酒送春惆怅在,年年三月病恹恹"之句。朱淑真按照旧俗依依不舍地"送春",而春却没有回答。她看到的只是在黄昏中,忽然下起了潇潇的细雨。作者用一个"却"字,把"雨"变成了"春"对送行的反应。这写法同王灼的"试来把酒留春住,问春无语,帘卷西山雨"(《点绛唇》)相似,不过把暮雨同送春紧密相连,更耐人寻味:这雨是春漠然而去的步履声呢,还是春不得不去而洒下的惜别之泪呢?

这首词同黄庭坚的《清平乐》都将春拟人,抒惜春情怀,但写法上各有千秋。黄词从追访消逝的春光着笔,朱词从借垂柳系春、飞絮随春到主人公送春,通过有层次的心理变化揭示主题。相比之下,黄词更加空灵、爽丽,朱词则较多寄情于残春的景色,带有凄惋的情味,这大概和她的身世有关。 (范之麟)

清 平 乐　　　　　　　　　　朱淑真

恼烟撩露,留我须臾住。携手藕花湖上路,一霎黄梅细雨。　　娇痴不怕人猜,和衣睡倒人怀。最是分携时候,归来懒傍妆台。

此词或题"夏日游湖"(西湖),乃是作者描写或追忆一次爱情生活体验的小词。

上片写一对男女游湖遇雨,为之小驻。语序倒装是词中常见现象,明白这一点对理解这里的词意有帮助。女主人公与男友相约游湖,先是"携手藕花湖上路",这大约是西湖之白堤吧,那里的藕花当已开了,"接天莲叶无穷碧,映日荷花别样红"呢。也许这对情侣最初就是相约赏花而来。不料遇上"一霎黄梅细雨"。正是这场梅雨及撩拨着人的"烟"呀"露"呀,留他们停步了。总得找个避雨的处所吧。"留我须臾住"的"我",乃是复数,相当于"我们"。游湖赏花而遇雨,却给他们造成了一个幽清的环境和难得亲近的机会。所以是事若有憾,实深喜之的。

下片写女主人公大胆的举动及归来后异常的心理。"一霎黄梅细雨"使西湖谢绝游众,在他们小住的地方,应当没有第三者在场。否则,当人面就搂搂抱抱,未免轻狂。须知这里"娇痴不怕人猜"之"人",与"和衣睡倒人怀"之"人"实际上只是一个,都是就男友而言。当时情景应是这样的:由于女主人公难得与男友单独亲近,一旦相会于幽静场所,遂难自持,"娇痴"就指此而言。其结果就是"感郎不羞郎,回身就郎抱"(《碧玉歌》)。"睡倒人怀"即拥抱伏枕于恋人肩上,李后主所谓"一向偎人颤""教君恣意怜"也。这样的热情,这样的主动,休说外人,即使自己的男友也不免一时失措或诧异。但女主人公不管许多,"不怕人猜",打破了"授受不亲"一类清规戒律,遂有了相恋以来身体上第一次甜蜜的体验。

正因为是第一次,感觉也就特别强烈而持久。"最是分携时候",多么依依不舍;"归来懒傍妆台",何等心荡神迷!两笔就把一个初欢中的女子情态写活了。

全词多情而不亵,贵在写出少女真实的人生体验。本来南朝乐府中已有类似描写,但那是民歌。如今出现在宋时女词人之手,该是何等的有勇气。道学家们虽不免诋之为"淫娃佚女""有失妇德"。然而词论家仍不吝予以高度的赞扬:"易安'眼波才动被人猜',矜持得妙;淑真'娇痴不怕人猜',放诞得妙。均善于言情。"(《莲子居词话》卷二)

(周啸天)

菩　萨　蛮　　　　　　　　　　　　　　　　　　朱淑真

山亭水榭秋方半,凤帏寂寞无人伴。愁闷一番新,双蛾只旧颦。　　起来临绣户,时有疏萤度。多谢月相怜,今宵不忍圆。

这是一首闺怨词,词中应有女词人自己的影子。从"秋方半"而月未圆的描写可知,所写乃中秋节前(或后)若干日的情景。

"春秋多佳日",而"山亭水榭"的风光当分外迷人,但词中却以极冷漠客观的笔调写出。因为"良辰美景奈何天",消除不了"凤帏"中之"寂寞"。——独处无郎,还有什么赏心乐事可言呢?"凤帏"句使人联想到李商隐《无题》诗中的名句:"重帏深下莫愁堂,卧后清宵细细长"。如此情状,叫人怎不颦眉,怎不愁闷?有意味的是,词人使"愁闷"与"颦眉"分属于"新""旧"二字。"旧"字以见女主人公愁情之持久,"新"字则表现其愁情之与日俱增。一愁未去,一愁又生,这是"新";而所有的愁都与相思有关,这又是"旧"。"新""旧"二字相映成趣,更觉情深。

辗转反侧,失眠多时,于是乃有"起来"之事。"起来"而"临绣户"者,似乎是在期待心上人的到来。然而户外所见,只不过"时有疏萤度"而已,其人望来终不来。此时,女主人公空虚的情怀,是难以排遣的。在这关键处,词人给她一点安慰,写出一轮缺月,高挂中天,并赋予它人情味,说它因怜悯闺中人的孤栖,不忍独圆。"多谢"二字,痴极妙极。同是写孤独情怀,苏东坡在圆月上做文章:"不应有恨,何事长向别时圆";朱淑真则在缺月上做文章:"多谢月相怜,今宵不忍圆。"移情于物,怨谢由我,真有异曲同工之妙。此词最有兴味之所在正是结尾两句。

朱淑真本人的爱情生活极为不幸,作为一位女词人,她多情而敏感。词中写女主人公从缺月得到同情,不啻是一种含泪的笑颜。无怪魏仲恭在《朱淑真断肠诗词序》中评价其词为"清新婉丽,蓄思含情,能道人意中事,岂泛泛者所能及"。

(周啸天)

【作者小传】

侯 寘

字彦周,东武(今山东诸城)人,居长沙。晁谦之之甥。曾官耒阳令。卒于乾道、淳熙间。有《懒窟词》,词风婉约娴雅。词存九十六首。

四 犯 令 侯 寘

月破轻云天淡注,夜悄花无语。莫听《阳关》牵离绪。拚酩酊花深处。 明日江郊芳草路,春逐行人去。不似荼蘼开独步,能着意留春住。

这首词写离别,却与一般离歌写法不同。作者并不正面渲染离愁别绪的深重,而是独出心裁地借助于新鲜丰富的联想,通过对人物心理感受的细致描绘,曲折委婉地写出离人沉挚的感情,可谓含蓄空灵,别开生面。

上片写临别情景。一起先用写意手法疏笔勾勒别夜景色:"月破轻云天淡注。"微风吹拂云朵,月儿穿过云层,天淡如水,月光似银,呈现出一片朦胧恬淡的意境。这一句,显然从张先的名句"云破月来花弄影"中得到启发,写入夜后凄清景象极为传神。同时,虽是写景,却又不止于写景,人物的情思已寓于其中。接着,"夜悄花无语",进一步将景与情交织在一起,"悄",点明夜深人静,"花无语",以花指人,实写人无语,即柳永《雨霖铃》"执手相看泪眼,竟无语凝咽"之意,均以"无语"极尽惆怅心情之形容,不过这里化实为虚,手法更婉曲罢了。"莫听《阳关》牵离绪",紧承上句,点出"无语"的原因,原来是分别在即,离绪牵人愁肠。《阳关》，指名曲《阳关三叠》，是流传最广、传唱最久的送别曲，这里却说"莫听"，不忍听也。盖因其辞情、声情皆悲凄，此刻反增离人痛苦，故尔不忍听，离愁的深重难遣自不言而喻。无可奈何，只有借酒来麻醉自己的心灵，于是"拚酩酊花深处。""酩酊"，已是大醉不已，更着一"拚"字，这就十分形象而又入木三分地刻画出人物因无法摆脱离愁而独对花丛拼命痛饮的狂态，透露出他内心无法慰藉的痛苦和无可告语的悲哀。这样的描写，比柳永词中"都门帐饮无绪"效果更强烈，更能震撼读者。以上所写，不过是未别之情景，已使人凄然欲绝。

　　过片宕开一笔，推想别后情景："明日江郊芳草路，春逐行人去。"用芳草写离情，是古典诗词中常见的手法，如李煜《清平乐》"离恨恰如春草，更行更远还生"，便是以芳草的无尽比喻离恨的绵长。这句却能用常得奇，自铸新词，使蕴意更加深厚。你看，明明是行人踏着芳草路远行，却想象是芳草追逐行人的脚步远去；明明是人已远行而芳草依旧，却想象是人走春尽。这样，由芳草和离愁引申出来的春天和行人的内在联系，便使他忽发奇想：如果能够阻止春天的脚步，不就可以留住远行的人了吗？那么什么能够留住春天呢？作者想到了荼蘼，这是花期最迟、暮春才开的一种花朵，有诗为证，苏轼《杜沂游武昌以荼蘼花菩萨泉见饷》说："荼蘼不争春，寂寞开最晚。"又有诗说："开到荼蘼花事了。"待花事将尽再来开放，延长了花期，不就等于留住了春天？人要能像荼蘼这样把春光、也把行人留到最后一刻该多好呢！可惜，人世间每每事与愿违，"不似荼蘼开独步，能着意留春住。""独步"是"独一无二"的意思。春花到此时已剩荼蘼，故云"独步"。但纵使似荼蘼开晚，能"着意留春"，又能留得几时？何况"不似"乎！两句是宛转地说"强欲留春春不住"（欧阳修《渔家傲》）。留春无计，暗指留人无计，词到此戛然而止。下片写的是人物心中的一段痴想，虽不可能实现，却动人而又沉挚地表达了因无计留人而产生的深沉惆怅和叹惋，与上片的不忍分别相呼应，真实细腻地刻画出离人分别前的情绪和微妙的心理活动，读之使人回味无尽。

　　　　　　　　　　　　　　　　　　　　　　　　　　　　　（张明非）

【作者小传】

赵彦端

(1121—1175)　字德庄，号介庵，鄱阳（今江西波阳）人。魏王廷美七世孙。绍兴八年(1138)进士。曾知建宁府，终左司郎官。著有《介庵集》，不传，今有《介庵词》，存一百五十七首。

点　绛　唇 途中逢管倅　　　　　　　　　　　　　　　赵彦端

憔悴天涯，故人相遇情如故。别离何遽，忍唱《阳关》句！

我是行人，更送行人去。愁无据。寒蝉鸣处，回首斜阳暮。

此词不知作于何时何地；管倅是谁，也不详（倅，称州郡副贰之官，如通判）。从词中所叙的情况可以知道：管倅与作者是老朋友，他们在途中相逢，不久又分手。作者客中送别，格外感到凄怆，便写了这首词。

"憔悴天涯，故人相遇情如故。"憔悴，困苦貌；天涯，这里指他乡。俗话说："久旱逢甘雨，他乡遇故知。"特别是当双方都处在困苦的境遇中，久别重逢，深情似旧，其乐可知。作者极言相遇之乐，目的正在于更深地跌出下文所写的别离之苦。这叫做"欲抑故扬"，乃一种为文跌宕的妙法。

"别离何遽，忍唱《阳关》句！"乍见又匆匆别离之苦，是人们都能体会到的。唐代诗人李益《喜见外弟又言别》云："别来沧海事，语罢暮天钟。明日巴陵道，秋山又几重？"司空曙《云阳馆与韩绅宿别》云："乍见翻疑梦，相悲各问年。……更有明朝恨，离杯惜共传。"都细致地表达出那种因乍见时大喜过望而反使别离时加倍悲苦的心情。赵彦端也不例外。他联想起王维《送元二使安西》中"西出阳关无故人"的著名诗句。后来以此诗谱入乐府，名《阳关曲》，为送别之歌。但作者此时连唱《阳关》的心情也没了，为什么呢？因为他是客中送别，比王维居长安送友人西行时还更多了一层愁苦。因此，这两句很自然地过渡到下片，引出"我是行人，更送行人去"的喟叹了。

"愁无据。寒蝉鸣处，回首斜阳暮。"无据，即无端，有无边无际的意思。这无边无际的愁苦，该怎样形容呢？词人不借重于比喻，而是巧妙地将它融入于景物描写之中，用凄切的寒蝉声和暗淡的夕阳光将它轻轻托出。"寒蝉鸣"为声，"斜阳暮"为色；前者作用于听觉，后者作用于视觉。这样通过声色交互而引起读者诸种感觉的移借，便派生出无穷无尽的韵味来。清人吴衡照说得好："言情之词，必借景色映托，乃具深沉流美之致。"（《莲子居词话》卷二）否则，若一味直溜溜地说"愁呀！愁呀"不休，就难免有粗俗浅露之弊了。

纪昀评赵彦端《介庵词》说："多婉约纤秾，不愧作者。"（《四库全书总目提要》卷一九八）但此词婉约而不"纤秾"，通篇未用一纤秾词语，仅用的"阳关"一典也为一般读者所熟知；不失为一首风格淡雅而兼委曲的佳构。　　　　　　　　（蔡厚示）

【作者小传】

王千秋

字锡老，号审斋，东平（今属山东）人。有《审斋词》，存七十三首。

醉 落 魄　　　王千秋

惊鸥扑蔽。萧萧卧听鸣幽屋。窗明怪得鸡啼速。墙角烂斑①，一半露松绿。　　歌楼管竹谁翻曲？丹唇冰面喷馀馥。遗珠满地无人掬。归著红靴，踏碎一街玉。

〔注〕　① 烂斑："烂"字下有注云"平声"。烂斑即斓斑，色彩错杂貌。

王千秋的《审斋词》，造语工丽，用意生新，在结构上尤多巧思。这首《醉落魄》词，抓住清晨时个人对外界物象的一些感受来细致刻画，用以暗示内心的微妙世界。上片描写词人刚睡醒时独卧室中的所闻所见，下片想象外面歌楼夜宴归来的情景，两相对比、烘托，表现了自己闲适的心境。这首小词并没有特别深刻的含义，它只巧妙地把一个个镜头剪接起来，构成奇特的意象，颇似现代电影艺术中的蒙太奇手法。上片跟下片所描绘的两组画面是截然不同的，读者必须去理清它们之间的联系，并用自己的想象去补足它。

冬日的清晨。词人拥衾高卧。听，外边传来阵阵扑翅之声，是谁把眠鸥惊起？寒风蓦地吹过，幽屋中顿时回荡着萧萧的馀响。一起二语，先从听觉落笔，那是人刚醒来时的第一感受。"卧听"两字，带起全篇。"窗明"句，兼写听觉和视觉。"怪得"，惊诧语。把鸡啼与天亮联系起来，人已经开始思想活动了。埋怨鸡啼之"速"，可想见一夜睡眠的安适。"墙角"二句，已是推窗所见。墙角上色彩斓斑，露出半截子松树的苍绿。的确是一幅笔墨洗炼的图画，使人想象到墙外充满生活气息的一切……

"歌楼管竹谁翻曲"，换头首句，突作转折。画面在跳跃，变换，似乎与上片全无干系，其实仍是紧接"卧听"写来。歌楼中通宵达旦地宴乐，还依稀听到歌女们在一遍又一遍地唱着新曲。"翻曲"，按照旧曲谱制作新词。"丹唇"二句，是在幽屋中的词人进一步发挥想象。"丹唇冰面"，形容歌女唇红肤白。"喷馀馥"，即所谓"吐气若兰"。"遗珠"句，极写宴乐时的情景。歌女头上的珠翠洒满一地，也没有人去捧起，可想见主人的放纵与豪奢。"归著红靴，踏碎一街玉。"写宴罢归去。"玉"，喻月色。苏轼《西江月》："可惜一溪风月，莫教踏碎琼瑶。"行人的红靴与街上的白月互相辉映,色彩鲜明,与上片的"烂斑""松绿"恰成对照。一静一动,一淡一浓,分别表现了各异的情趣。

　　此词在写作手法上是颇具特色的。上片写惊鸥,写鸡啼,写松绿,写风声日影,都是眼前景物;下片写歌楼,写歌女,写遗珠,写红靴白月,都从想象得之。词人是通过个人主观感受去表现这些事物的,把读者带到他的意识屏幕中去。其实,词中所强调表现的,是作者的内心生活、心理的真实。这跟西方现代派诗歌的艺术特征有某些相似之处。词人欲以巧胜人,着意造境设色,移步换形,给人以新异不凡的感受,而词的意旨却变得晦涩难明了。这种特殊的艺术技巧,在宋词中似不常见,也可以算是词人的独创吧!

　　　　　　　　　　　　　　　　　　　　　　　　　　　　　　　　　(陈永正)

作者小传

李 吕

(1122—1198)　字滨老,一字东老。邵武军光泽(今属福建)人。四十岁时弃科举归乡里。著有《澹轩集》,词一卷,存十八首。

鹧 鸪 天 寄情　　　　　　　　　　　李 吕

　　脸上残霞酒半消,晚妆匀罢却无聊。金泥帐小教谁共? 银字笙寒懒更调。　　　人悄悄,漏迢迢。琐窗虚度可怜宵。一从恨满丁香结,几度春深豆蔻梢。

　　李吕《澹轩词》明艳妩媚,颇有晏几道的风姿。此词写幽闺春夜的情思,以妍丽之笔出之,尤觉动人。

　　起二句,写入夜后的情景。酒意初解,闺中人脸上的晕红渐褪;她晚妆匀罢,又感到百无聊赖了。"脸上"句,犹小晏《木兰花》词"脸边霞散酒初醒"意。"霞",指脸颊两侧因酒力而泛出的红晕。由于"无聊",才要喝酒,而午醉醒来,更觉无聊。纵使重理残妆,又有何意绪? 幽怨怀人之旨,于此轻点一笔。"金泥"二句,补足"无聊"之意。"金泥帐",用金粉涂饰的床帐;"银字笙",笙上以银字标明音色的高低,故称。白居易《南园试小乐》诗:"高调管色吹银字,慢拽歌词唱《渭城》。""金泥"句,写闺人独处无侣之恨。一"小"字,入木三分。帐小而无人与共,自怨自艾,实为下片"琐窗"句作铺垫。"笙寒",笙为簧管类乐器,簧片须烘暖后发音方能圆正。簧片既冷,又懒得去烤热它,重新吹奏,盖因赏音之人不在也。

两句极写女子索居寥落的情态。

过片两句，运笔入虚。全仿小晏《鹧鸪天》词"春悄悄，夜迢迢"句式。黑夜，总是那么漫长，静听着迢迢的漏声，孤独的人儿被闭置在琐窗之内，悄无言语，又辜负了一个美好的春宵！"琐窗"句，用唐诗"徘徊花上月，虚度可怜宵"（见《太平广记》），为全词主旨所在。下片三句，顺笔写来，毫不着力。末二句忽作转折，点出题面"寄情"之意。"一从恨满丁香结，几度春深豆蔻梢"，情酣意满，馀韵不尽。"丁香结"，指丁香缄结未开的花蕾。李商隐《代赠二首》之一："芭蕉不展丁香结，同向春风各自愁。"以丁香之"结"，喻心情郁结不开，满含愁恨。"豆蔻梢"，语本杜牧《赠别二首》之一："豆蔻梢头二月初。"豆蔻生于岭南，其苗如芦，其叶如姜，花作穗，嫩叶卷之而生，微带红色，叶展而花开。南人摘其含苞待放者，美称为"含胎花"。杜牧诗中用以比喻"娉娉袅袅"的美女。本词中亦以"丁香""豆蔻"设喻。上句谓女子自与情人别后，终日默默含愁，无法解脱。下句谓一别数年，虚度了多少个春宵，也辜负了美好的年华，比"琐窗"句更深一层，对别后之"恨"作了整体性的描述。"丁香结"与"豆蔻梢"，均唐人诗语，词人信手拈来，合用在一起，浑如己出，十分精妙，留给读者完整、鲜明生动的形象。末句意境尤美，含蕴无尽。

（陈永正）

【作者小传】

姚　宽

（1105—1162）　字令威，号西溪，嵊（今属浙江）人。以荫补官，权尚书户部员外郎、枢密院编修官。存词五首，周泳先辑为《西溪乐府》一卷。

生　查　子　情景　　　　　　姚　宽

郎如陌上尘，妾似堤边絮。相见两悠扬，踪迹无寻处。
酒面扑春风，泪眼零秋雨。过了别离时，还解相思否？

这是一个多情女子对于别时情绪的泣诉。从她和情郎"相见两悠扬"，以及分手后便"踪迹无寻处"的情况看，他们似乎只是萍水相逢式的结合。联系到宋代的社会现实，词中的女主人公可能是歌妓一流人物。在封建社会里，两性关系以男子为中心，像这首词所反映的结合方式，只会给痴心的女子留下永无止境的思念与痛苦。因而，女主人公在别时所感到的凄惶，以及设想中的别后"相思"，当比一般的送别词包含更多的疑惧与痛楚。

这首词由八句组成,其中有六句使用了比喻。比喻,"是天才的标识"(亚里士多德《诗学》),它可以使事物的特点更突出,使抽象的事物具体化,使作品具有更强烈的艺术魅力。

比喻的形式是多种多样的。《文心雕龙·比兴》就有"夫比之为义,取类不常"的话。不同形式的比喻手法交换使用,还可以使文势变幻,形成错综美。这首词首句"郎如陌上尘",次句"妾似堤边絮",并非各以一物为喻,而是互文见意,言妾亦如陌上尘,郎亦如堤边絮。尘与絮悠扬飘荡,无辙可循。尘与尘相遇,絮与絮相逢,聚乃偶然,散亦无可踪迹。把这样两个人遇合方式的特点,通过尘与絮的"相见两悠扬,踪迹无寻处"体现出来,喻义明确,词篇的表现力因此就能加强,引人入胜。

下半阕的"酒面扑春风,泪眼零秋雨",也是用比喻,不过不再用"如"、"似"这一类字眼。以雨喻泪,宋词屡见。稍别致者,如胡铨《如梦令》"眼雨欲晴时,梅雨又来相恼",出"雨"字而不见"泪"字,以"眼"字点出;吴城小龙女《清平乐》"泪眼不曾晴"则出"泪"字而于"晴"字对面见"雨"字。本词此句"泪""雨"并见,用秋雨的不断洒落比说泪珠的不断洒落,取喻显明,亦足动人。至于"酒面扑春风",字面本于杜甫《咏怀古迹》诗"画图省识春风面",而谓女子酒后,脸上绯红而温热,有似春风扑人。像"酒面扑春风"这类比喻,本来喻体和本体的相似点就不甚显著,一入句面,作者不仅不把相似点说出,反而用上叙述式的句子,似乎只在实写两种相关的事物。在这种情况下,读者要想接近作者的真正意图,就非得下一番推敲的功夫不可。这种比喻,修辞学上称为"曲喻",古人称之为"不似之似"或"象外句"。《冷斋夜话》说:"唐僧多佳句,其琢句法比物以意,而不指言一物,谓之象外句。如无可上人诗曰'听雨寒更尽,开门落叶深',是落叶比雨声也。"无可的两句诗,好像是一写寒雨一写落叶,实际上是一个不用比喻词、不写相似点、以雨声比落叶声的曲喻。同样,"酒面扑春风"似乎在写酒又写风,其实是借春风比酒之上脸后情态。曲喻虽不及一般比喻之易于理解,可是正因为其"曲",所以含义更隽永,更耐人寻味,用之于诗词,情趣也就更浓。

在结构安排上,这阕词既表现为一个严密的有机体,同时其中的层次又十分清晰、显明。词篇写别时情景,自然以描写告别场面的"酒面扑春风,泪眼零秋雨"两句为中心,可是上半阕为别时的感慨,末二句设想别后的情事,篇幅虽不长,却容下了别情离绪的各个方面。在上半阕中,一、二句各自设比,三、四句补叙所比的内容,作为比喻,四句词是一个不可分割的整体,但从措意的过程分析,其间的条理又是显而易见的。此外,最后两句向对方提出"过了别离时,还解相思否"的疑问,这又同上半阕的别时情绪遥相呼应。通过这种呼应,一方面表达了女主人公对情郎的无限忠贞,另一方面又对男方的爱情表示了担心和疑虑。这种"救首救尾"手法的运用,不仅使词篇结构更加谨严,而且在揭示主题方面,显然起到了非常重要的作用。

　　　　　　　　　　　　　　　　　　　　　　　　　　　　　　　（李济阻）

【作者小传】

洪　迈

（1123—1202）　字景卢,号容斋,乐平(今属江西)人。洪皓季子。绍兴十五年(1145),中博学宏词科。孝宗朝,累迁中书舍人、兼侍读,直学士院,拜翰林学士。进焕章阁学士、知绍兴府。以端明殿学士致仕。有《野处类稿》《容斋随笔》《夷坚志》《万首唐人绝句》行于世。词存六首。

踏　莎　行　　　　　　　　　　　　　　　洪　迈

院落深沉,池塘寂静。帘钩卷上梨花影。宝筝拈得雁难寻,篆香消尽山空冷。　　钗凤斜敧,鬓蝉不整。残红立褪慵看镜。杜鹃啼月一声声,等闲又是三春尽。

　　艺术之妙,在于曲中达意。即使那些被人们推崇为最善于"直抒胸臆"的作品,也总不能全如日常口语那么直接、质朴。这叫"文似看山不喜平"。清人袁枚《与韩绍真书》云:"贵直者人也,贵曲者文也。天上有文曲星,无文直星。木之直者无文,木之拳曲盘纡者有文;水之静者无文,水之被风挠激者有文。"黑格尔《美学》也说:"艺术的显现却有这样一个优点:艺术的显现通过它本身而指引到它本身以外(朱光潜注:即'意在言外'),指引到它所要表现的某种心灵的东西。"因而,司空图的"不着一字,尽得风流"(《诗品》)便被公认为文学作品最高境界之一种。

　　洪迈这阕《踏莎行》写思妇怀人,通篇就没有一个字点破本题。作者的本意,完全是通过环境、气氛,以及主人公的动作、情态显现出来的,因此算得上一首善达言外之意的好作品。

　　开头两句用"院落""池塘"写女主人的生活环境,而这环境的特点是"深沉"

与"寂静",一上来就透露了境中人的孤单与寂寞。第三句由"院落""池塘"写到"帘钩",这正如电影镜头的推移,且的是让读者亲自巡视一下主人公的生活天地,从而加深空阔、冷清的感受。一般人喜欢用"帘幕低垂"写孤寂,这固然不错,但往往需要上下文的配合,否则,美满的家庭何尝就不能庭院深深、帘幕沉沉呢?也许洪迈也意识到了这一点,而他又不愿意在上下文中点明主人公的哀乐,于是别出心裁,炼出"帘钩卷上梨花影"一句。试想:帘钩卷上也只有"梨花影"前来作伴的生活,是多么的空虚和寂寞?以上三句着力渲染环境。那么人在何处呢?她在弹筝:"宝筝拈得雁难寻",她在出神地望着烧尽的篆香:"篆香消尽山空冷"。"雁"字连"筝"字说,是指筝面上承弦的柱,参差斜列如雁行,称"雁柱"。柱可左右移动,以调节音高。吕渭老《薄幸》词:"尽无言、闲品秦筝,泪满参差雁。"而这里的女主人公却是"宝筝拈得"而"雁难寻",连音调也调试不准,有相思而无法于弦上诉说,这就加倍的不堪。眼看着"篆香消尽"而懒得去添,以致帷冷屏寒,其难以入睡也可知矣。"山"是画屏上的山,如牛峤《菩萨蛮》所说的"画屏山几重"。这一句所写的情境,《花间集》中颇多见,如欧阳炯《凤楼春》"罗幌香冷粉屏空",毛熙震《木兰花》"金带冷,画屏幽,宝帐慵熏兰麝薄",张泌《河传》"锦屏香冷无睡,被头多少泪",都可作为理解此句的参考。女主人公这一整夜都是在凄凉中度过,那么未来的一天,又将"守着窗儿独自,怎生得黑"呢?

过片的"钗凤"三句写主人公形貌。在痛苦中熬着日子,"钗凤斜敧""鬓蝉不整""慵看镜",便是相思成疾之状的形象反映。这使我们想起了《诗经·伯兮》中的句子:"自伯之东,首如飞蓬。岂无膏沐,谁适为容。"以及徐幹《室思》里的话:"自君之出矣,明镜暗不治。思君如流水,无有穷已时。"这三句正是要表现其无穷的思念。"杜鹃啼月一声声",表面上只写环境,只是在进一步创造冷清的气氛,因为"杜鹃啼血猿哀鸣"是自然界最凄厉的声音么!实际上这里还用催归的杜鹃声表现思妇对行人的期待。前面已经说过,上半阕的结句是在暗示一夜将尽,到下半阕的结句则说"等闲又是三春尽"。读者试想:词中所着力描写的一夜,已经令人俯首欲泣,那么一月、一年、数年的光阴将如何熬得下去呢?讲到这里,我们不得不佩服句中那个极平凡的"又"字用得是何等神奇!

艺术的效果是作者与读者共同劳动的结晶。我国旧诗词篇幅短小,所以高明的作家更注意启发读者参与活动。洪迈的《踏莎行》正是如此。我们刚一接触到它,只能感知到一片空寂的环境和一个慵倦的主人;等到鉴赏进一步深入,我们才发现这是一个思妇对丈夫的深切怀念;如果你有兴趣再追下去,那么还可以想到关于爱情、离别等更多的东西。正如梁启超所说:"向来写情感的,多半是以含蓄蕴藉为原则,像那弹琴的弦外之音,像吃橄榄的那点回甘味儿,是我们中国文学家所最乐道的。"洪迈此词就是具有"弦外之音"的好作品。 （李济阻）

南 乡 子 绍兴太学生

洪迈被拘留,稽首①垂哀告敌仇②。一日忍饥犹不耐,堪羞！苏武争禁十九秋？ 厥父既无谋,厥子安能解国忧？万里归来夸舌辩,村牛！好摆头时便摆头。

〔注〕 ① 稽首:古时的一种跪拜礼,长时间地叩头到地,为九拜中礼最恭者。 ② 敌仇:一作"彼茜"。

这是一首颇具民歌风味的讽刺小词。作者用犀利的笔,活画出洪迈出使金国丧志辱节的丑态,宛然一幅绝妙的讽刺漫画。

宋高宗三十二年(1162)春,金主雍登位。三月,宋高宗拟遣使赴金,洪迈慨然请行。此次奉使金国,洪迈原想坚持南渡之前宋朝对待金国的礼节,所以他在给金主所上的国书中决不自称为"陪臣"。(诸侯见天子自称"臣",其随行大臣自称"陪臣"。)到金都之后,金人说他所上的国书"不如式",让他将国书中的自称改为"陪臣",并让他按南宋以来宋金之间屈辱之礼来朝见金主。"迈初执不可,既而金锁使馆,自旦至暮,水浆不进,三日乃得见。……七月,迈回朝,则孝宗已即位矣。殿中侍御史张震以迈使金辱命,论罢之"(见《宋史·洪迈传》)。宋罗大经《鹤林玉露》曰:"景卢(洪迈字景卢)素有风疾,头常微掉,时人为之语曰:'一日之饥禁不得,苏武当时十九秋。传与天朝洪奉使,好掉头时不掉头。'"这首词似从此诗演化而来。

词的上片写洪迈使金辱命。开篇二句,寥寥十二个字,便将洪迈在金主面前"稽首垂哀"的可怜相勾画出来,形神兼备。接着又以汉朝出使匈奴被拘留十九年的苏武与之作一鲜明的对比。苏武曾被匈奴单于逼降,"单于愈益欲降之,乃幽武置大窖中,绝不饮食。天雨雪,武卧啮雪,与旃毛并咽之,数日不死"(《汉书·李广苏建传》)。苏武后被徙北海牧羊,杖节不屈,始终坚持民族气节。而洪迈呢,却是"一日忍饥犹不耐"！无怪乎作者对他嗤之以鼻曰:"堪羞！"

下片写洪迈南归夸舌。首二句用类推法,"厥父既无谋,厥子安能解国忧？"这两句由洪迈使金受辱而联想到洪迈的父亲洪皓使金被扣之事。但应该说明的是:洪皓使金被扣留十数年,忠贞不屈,曾向南宋密送情报,还作有爱国词章。可惜,洪迈就没有乃父的骨气了。"万里归来夸舌辩",洪迈万里归来,不为自己的丑行感到"堪羞"自愧,反而竟在南宋吏民面前摇头晃脑,趾高气扬,夸说自己在金国如何能言善辩。真是不知人间有羞耻事。自作聪明的人,其实是最愚蠢的。作者斥之为"村牛",意即蠢货,是再恰当不过的了。

文学中运用讽刺手法,往往突出其讽刺对象的矛盾所在或可笑之处,使其无可隐蔽。这首词正是如此。词的上片,洪迈是一副"稽首垂哀告敌仇"的可怜相,下片却又是一副"归来夸舌辩""好摆头时便摆头"的趾高气扬的样子。一个洪迈,两副面孔,自相矛盾,丑态毕露。洪迈素有风疾,头常微掉。作者抓住他"好摆头"的毛病予以讽刺。本来,在"敌仇"面前,应该"摆头",而洪迈却不"摆头",而是"稽首";出使归来,洪迈本应低头认罪,但他却"摆"起"头"来。实乃可笑之至!再与其"夸舌辩"巧相配合,更使之欲盖弥彰,反成自我讽刺,进一步增强了作品的讽刺效果。 　　　　　　　　　　　　　　　　　　　　　　　　（王元明）

【作者小传】

袁去华

字宣卿,奉新(今属江西)人。绍兴十五年(1145)进士。善化知县,又知石首县。著有《适斋类稿》《袁宣卿词》。存词八十九首。

水 调 歌 头 定王台　　　　　　　　　　　袁去华

雄跨洞庭野,楚望古湘州。何王台殿,危基百尺自西刘。尚想霓旌千骑,依约入云歌吹,屈指几经秋。叹息繁华地,兴废两悠悠。　　登临处,乔木老,大江流。书生报国无地,空白九分头。一夜寒生关塞,万里云埋陵阙,耿耿恨难休。徙倚霜风里,落日伴人愁。

定王台,在今湖南省长沙市东,相传为汉景帝之子定王刘发为望其母唐姬墓而建,故名。袁去华这首怀古词大约作于他任善化(县治在今长沙市内)县令期间。深秋时节,他登台览胜,怃然生感,写下了这首雄铄今古的爱国主义词章。

"雄跨洞庭野,楚望古湘州。"楚望:唐宋时按形势、人口及经济状况,将州郡、县划分为若干等级,有畿、赤、望、紧、上、中、下等名目。"楚望"就是指湘州(东晋永嘉初置,唐初改潭州,这里指长沙)为楚地的望郡。"楚望"与"古湘州"是同位语。词起笔写定王台所处地理形势,说它雄踞于洞庭湖之滨,古湘州界地,得江山之助,阅千载岁月,声势自是不凡。这个开头,时空综览,大气包举,为下面写定王台昔日繁华预伏了辽阔的背景,也给全词布下了苍莽的氛围。"何王台殿,危基百尺自西刘。"词继以问答作势,点黥题意,唤起对古台旧事的追忆。定王台湮废已久,但那残存的台基,犹自嵯峨百尺,巍然耸立,当年台上雕梁画栋,彩壁飞檐,更不待言。词人进而推想到台的主人"西刘"——西汉时坐镇一方的刘发,昔日的赫赫雄风。"尚想霓旌千骑,依约入云歌吹,屈指几经秋。"定王来此游冶,旌旗招展如虹霓当空,千乘万骑前呼后拥,浩浩荡荡;那响遏行云的急管高歌,依稀仍在耳边回响。然而,繁华消歇,已几度春秋。"屈指"一句,将当年盛会一笔化为过眼云烟,转折陡峭而有力。词思至此,为一顿挫,于是翻出无穷感慨:"叹息繁华地,兴废两悠悠。""兴废"二字,结上启下,意蓄双层。其一,指出从来繁华难久,盛衰无常,定王台的变迁就是历史的见证,收束了上片的怀古。再者,从人世沧桑的轮回更替,触发了反观现实的深沉思绪,从而引出下片的伤今。而这,正是作者缅怀历史的真实命意之所在。

换头仍就定王台落笔,但思路却从"衰"处生发。"登临处,乔木老,大江流。"登台望远,但见老树枯枝在秋风中瑟缩,浩浩大江默默地向东奔流。"木犹如此,人何以堪。""大江流日夜,客心悲未央",写景之中透出悲凉之意。这三句借苍凉冷落的深秋景色,从侧面渲染出定王台的残破衰败,成为南宋王朝满目疮痍、国势日颓的形象写照。其间年华水逝的咏叹,自然引出了对自身遭际的感喟。"书生报国无地,空白九分头。"后句化用陈与义《巴丘书事》"腐儒空白九分头"的诗句。这两句直抒胸臆,是全词结穴之所在。袁去华早年即志在恢复,"记当年,携长剑,觅封侯。"(《水调歌头》)但由于南宋朝廷苟安东南,权奸当道,使他有心报国,无路请缨,以致老大无成,徒然白首。这是他个人的不幸,更是时代的悲剧。"一夜寒生关塞,万里云埋陵阙,耿耿恨难休。"这几句,象征性地勾画出金瓯破碎的悲惨画面:金兵猝然南下,破关绝塞,有如一夜北风生寒,以致万里河山彤云密布,皇家陵阙黯然无光。古人以帝王陵寝作为国家命脉所在,北宋君王陵墓均在北方,如今悉沦敌手,意味着国家的败亡。对此作者耿耿于怀,悲愤难休。"徒倚霜风里,落日伴人愁。"山河残破,请缨无路,他徘徊在萧瑟秋风里,暮霭斜晖,一片惨淡,不禁倍添哀愁。词结尾仍收回到定王台上,结构十分紧凑,并以景寓情,饶有余韵。最后点出的一个"愁"字,并不表示消沉、绝望,而是英雄洒泪,慷慨生哀,与全词悲壮的格调是完全统一的。

这首词画面壮阔雄浑,音调苍凉激楚,充溢着强烈的爱国情感,具有鲜明的时代特色,比之《宣卿词》中其他众多的吟赏风光之作,思想与艺术均属上乘。爱国词人张孝祥读了这首词后,大为称赏,并"为书之"(见陈振孙《直斋书录解题》卷十八),引为同调,是颇有见地的。 　　　　　　　　　　　　　　　　（蔡　毅）

瑞　鹤　仙　　　　　　　　　袁去华

郊原初过雨。见败叶零乱,风定犹舞。斜阳挂深树。映浓愁浅黛,遥山媚妩。来时旧路,尚岩花、娇黄半吐。到而今唯有,溪边流水,见人如故。　　无语。邮亭深静,下马还寻,旧曾题处。无聊倦旅。伤离恨,最愁苦。纵收香藏镜,他年重到,人面桃花在否?念沉沉、小阁幽窗,有时梦去。

在南宋初期的词坛中,袁去华是个不太显眼的人物。正史里没有留下他的传记,连他的生卒年代也不可考。只知道他字宣卿,江西奉新人,是绍兴十五年(1145)的进士,曾做过善化(今湖南长沙)和石首(今属湖北)的知县,留下了《宣卿词》一卷,共九十八首,数量不算太少。

这一首《瑞鹤仙》,其主题可以用词中的两句话概括,就是"伤离恨,最愁苦"。词从写景入手。"郊原"三句,写郊外雨后之状。在一望无际的荒郊原野上,一阵骤雨过去了,风也停了下来;但坠落的枯叶,却还飘舞空中。这是秋日郊原常见的景象,然而对一个离人来说,却格外觉得触目。这几句乍看是纯粹的写景,但只要稍加体味,就会发现它已融入了作者凄凉的情绪。景是各人眼中所见之景,是各人观照景物那一刹那思想感情的返照。透过这几句词所写景物的外观,我们可以窥见作者心绪的衰颓、凌乱,而且还隐隐感到其中含有某种暗示:那"风定犹舞"的"败叶",不就像作者自己的身世、处境吗?这样,词一开头,就把人引到了怅惘的境界。

"斜阳"三句,继续描写郊原景物。作者的视线移向了远方,只见夕阳已斜挂在丛密的小树林顶上,它那金色的光线,把妩媚的远山照映得十分清楚。这几句的感情色彩,比前面三句显然要浓厚得多,它透过字面呈现给读者的意象,是饱蘸着愁恨色彩的。本来,夕阳斜照,"遥山媚妩",这也是一种悦目的景致。然而作者见到的,却是一副"浓愁浅黛"的状貌,这完全是移情作用的结果。黛青色的重叠的山峰,还可以使人联想到伊人紧蹙的双眉。北宋人王观有一首《卜算子》,开头两句就是"水是眼波横,山是眉峰聚",可参。

"来时旧路"至上片结束,仍是写郊原风光。这里半是实景,半是虚景。"溪边流水"是实在的,是眼前见到的;"娇黄半吐"的"岩花"(生长在岩石旁的花)是脑海中保存的印象,是来时见到的。当日迎人的有岩花与流水,今日则惟有流水"见人如故"而已,可见岩花已经谢去,不存在于现实之中了。这一实一虚,造成了生机蓬勃与萧条肃杀的对比,昔与今的对比。走在来时的旧路上,早已愁绪满怀,更那堪景物萧飒!"多情自古伤离别,更那堪冷落清秋节!"(柳永《雨霖铃》)千古人情略同。词写至此,一位离人眼中的秋日郊原景物,已蘸透了感伤的情绪,展现于读者的眼前了。

　　过片另换场景,由郊原转入邮亭——古时设在官道上供过往行人歇宿的馆舍。"无语"四句,勾画出作者来到邮亭前面、下马投宿的动作画面;他那"无语"的外在表现,揭示出他正在咀嚼凄凉况味的心灵活动。所谓"旧曾题处",倒不一定胶柱鼓瑟地理解为他曾经在这里留下过翰墨(诗词之类),无非是说他曾经在这里歇宿过而已。这种重临旧地而境况已非的情景,是最容易勾起人们的伤心怀抱的,故他的默默无言,也就是可以理解的了。

　　"无聊倦旅"三句,由写景叙事转入抒情,直接点出了"伤离恨,最愁苦"的主题,这是在"深静"的旧日邮亭中安顿下来之后必然会有的思想情感。这"离恨"的具体内容是什么?从"纵相逢"三句,可知是不得已离别了绣阁佳丽,深恐今生相逢难再。"收香藏镜"是指自己对爱情的忠贞不二。("收香"用的是晋代贾充之女贾午窃其父所藏奇香赠给韩寿、因而结成夫妇的故事,见《晋书·贾充传》。"藏镜"是南朝陈亡后,驸马徐德言与妻子乐昌公主因各执半镜而得以重圆的故事,见孟棨《本事诗·情感》。)"人面桃花在否"是担心女方的不可再见。(用崔护在长安城南遇一女子,明年再来而"人面不知何处去,桃花依旧笑春风"的故事,亦见孟棨《本事诗·情感》。)爱情的遇合决定于双方的主客观因素,即使自己能够忠贞不二,又安知对方的情况如何呢!惆怅之情,溢于言表。既然现实已不一定能够相见,那就只好寄希望于梦中吧。"念沉沉"三句,具体展示出这一想象中的梦寻之状。深沉的"小阁幽窗",是佳人居所;"有时梦去",本来是够虚无飘渺的,但慰情聊胜于无,总比连梦中也不得一见要好。宋徽宗被掳北行时想念故宫,不是叹息"和梦也新来不做"(《燕山亭》)吗?晏几道说得好:"梦魂惯得无拘检,又踏杨花过谢桥。"(《鹧鸪天》)梦中寻欢,也是够浪漫够写意的;然而以"念"字领起,又见出多少无奈之情!

　　这首词当是作者分别意中人以后抒写离恨之作。宋代都市繁华,歌妓众多,无论是官妓、私妓还是家妓,偶然的遇合,就往往以她们的色相、伎艺,赢得了为科举功名而奔走道路的士子们的垂盼,这是当日普遍的现象。其《荔枝香近》《卓牌子近》《长相思》《宴清都》等,都是他和歌妓们聚时欢会或别后相思的记录。此词大约也是为此而作。这一类词要说有很大的社会意义，那也不一定；不过两性关系总容易触动到感情深处，往往使人荡气回肠就是了。　　　　　　　（洪柏昭）

剑　器　近　　　　　　　　袁去华

夜来雨。赖倩得、东风吹住。海棠正妖娆处。且留取。悄庭户。试细听、莺啼燕语。分明共人愁绪。怕春去。佳树。翠阴初转午。重帘未卷，乍睡起、寂寞看风絮。偷弹清泪寄烟波，见江头故人，为言憔悴如许。彩笺无数。去却寒暄，到了浑无定据。断肠落日千山暮。

本词以柔笔抒离情，共分三段，前面两段是双曳头，即句式、声韵全都相同。周邦彦《瑞龙吟》前两段亦是双曳头，其内容先是走马访旧，其二是触景忆旧。在本词，前两段虽然都是写景，但第一段写眼前所见，第二段写耳际所闻；不仅有变化，且能以怀人深情融入景中。

第一段首二句写夜来风雨。前人都说众芳飘零，是风雨肆虐所致，"满地残红宫锦污，昨夜南园风雨。"（王安国《清平乐》）"雨横风狂三月暮，……乱红飞过秋千去。"（欧阳修《蝶恋花》）而词人却说是夜间春雨连绵，全仗东风劲吹，终于云收雨歇，亦是别出心裁。"海棠"两句，以"留取"两字，点出眼前景象，正如李清照所云："昨夜雨疏风骤。浓睡不消残酒。试问卷帘人，却道海棠依旧。"（《如梦令》）两词都并不落入为花落而伤心的常套，而着重赞赏雨后的海棠依旧妖娆，对此王雱在《倦寻芳》词中有细致的描绘："翠径莺来，惊下乱红铺绣。倚危栏，登高榭，海棠著雨胭脂透。"正是这雨后分外妩媚娇艳的海棠，能暂且把春光留住。

第二段"悄庭户"两句，写庭院寂寂，了无人声，"细听"两字，接"悄"字而来，形容"莺啼燕语"之细碎轻微。"分明"两句，借莺声燕语托出惜春之心。文人伤春，以各种方式诉述衷肠，有的是无可奈何，如"杏园憔悴杜鹃啼，无奈春归"（秦观《画堂春》）。也有嗟叹无计留春，如"一簪华发，少欢饶恨，无计留春且住"（晁补之《金凤钩》）。而贺铸则愿春将相思之情带去："半黄梅子，向晚一帘疏雨。断魂分付与，春将去。"（《感皇恩》）在本词，是以莺啼宛转、燕语呢喃，似都也在愁留春不住，这不仅与前面"且留取"呼应，从而又引出自己的惜春之情。

第三段开头"翠阴初转午"，以树影位置表述时间，诗词中屡见。如说正午则有刘禹锡的"日午树阴正"（《昼居池上亭独吟》）、周邦彦的"午阴嘉树清圆"（《满庭芳》）；说过午则有苏轼和李玉的《贺新郎》，都用"庭阴转午"。"转午"即树影转过正午位置,而稍向东偏,示日行渐西。此句言"初转午",则午昼正长。昼长人倦,于是有昼眠之事。下径接"乍睡起、寂寞看风絮",无论睡时、起后,都透露孤独无聊之感,"重帘未卷",亦见慵倦之意,同时将上面的"愁绪"和以下的怀人之情联系起来。

"偷弹"三句极写相思之深,词人在另一首《安公子》中亦有"独立东风弹泪眼,寄烟波东去"之句,都是借助东流江水,请其将自己一片深衷,满怀幽恨,带给伊人。这种构思,似又从周邦彦《还京乐》词句化出①。"彩笺"三句,承以上怀人情意而来,久别而盼重逢,所以切望来书告知归期;苦恨信中除掉寒暄别无他语,到头来归期仍是难卜。晏几道词"欲尽此情书尺素。浮雁沉鱼,终了无凭据"(《蝶恋花》),也是说书信难达,相会之期难卜。这里面有盼望,也有笔墨难以形容的幽怨。

末句以景语作结,词意从柳永《夜半乐》结句"惨离怀、空恨岁晚归期阻。凝泪眼、杳杳神京路。断鸿声远长天暮"化出。柳永作客异乡,轻抛伊人,何日赋归,了无凭据;怅望长天,暮色苍然,那声声远去的雁叫,使人倍增思念之意。本词末句刻画暮色中的落日和千山,似乎也在为词人献愁供恨,更觉相思之情,不能自已。

(潘君昭)

〔注〕　① 周邦彦《还京乐》:"望箭波无际,迎风漾日黄云委。任去远,中有万点相思清泪。到长淮底。过当时楼下,殷勤为说,春来羁旅况味。"

安　公　子　　　　　　　　袁去华

　　弱柳丝千缕。嫩黄匀遍鸦啼处。寒入罗衣春尚浅,过一番风雨。问燕子来时,绿水桥边路。曾画楼、见个人人否。料静掩云窗,尘满哀弦危柱。　　庾信愁如许。为谁都著眉端聚。独立东风弹泪眼,寄烟波东去。念永昼春闲,人倦如何度。闲傍枕、百啭黄鹂语。唤觉来厌厌,残照依然花坞。

　　怀人之作,在古诗词中是多得数不清的,要不和别人雷同实在不容易。袁去华这首《安公子》就以其构思别致、章法新颖而别开生面。这首词从写初春景象入手:那嫩黄色的新柳带来万物苏生的消息,同时也使词人胸中思家的种子急剧萌芽、生长。看见新柳,自然地想到当日别时爱人折柳赠别的情景。柳者,留也。作者不但没有被留在家里,如今反而在外地羁留,这怎不教人睹物伤怀呢?再说春浅衣寒,又过风雨,谁又能不想到家中的温暖? 所以前四句貌似写景,其实已笼得全篇之意。《蕙风词话》卷三说:“作慢词,起处必须笼罩全阕。近人辄作景语徐引,乃至意浅笔弱,非法甚矣。”这首词虽用景语开头,但景中含有浓烈的感情,庶几可免“意浅笔弱”之讥。“燕子来时”是由春天的到来自然引出来的;而燕子来自南方,又自然把作者的思绪牵向在那里的家乡,并产生人归落“燕”后的感情。不过,作者没有正面说出这些意思,而是问燕子在来时的路上是否看见了他的爱人。这一问安排得轻灵新巧,极有韵味,也极情深。况且问语中又设想爱人是在“绿水桥边路”旁的“画楼”上,这又在暗示对方在思念自己。“料静掩云窗,尘满哀弦危柱”则直写对方情绪。作者的本意是要写自己怀人,但这里却构思出一个人怀自己的场面,乃是很有意思的。刘永济以为这种方法来自《诗经》,他说:“《陟岵》之诗不写我怀父母及兄之情,而反写父母及兄思我之情,而我之离思之深,自在言外。后世词人,神明用之,其变乃多。……先写行者念居者,复想居者思行者,两地之情,一时俱极:皆此法也。”(《词论》)

下片放下对方,复从自己方面生说。庾信作有《愁赋》,全文今已不传,尚留有“谁知一寸心,乃有万斛愁”等句①。词中说像庾信那么多的愁为什么都聚在我的眉端?这是自己向自己发问,问得颇有感慨。庾信的愁,作者是从文章里看到的,这里设想聚在了自己眉端,这种想象也十分新鲜。那么多愁都在眉端,如何受得了?因而总得排遣,“独立东风弹泪眼”就是设想出来的遣愁法之一。只是这一句写抛泪者形象,孤零零来看,并没有多少特别的好处,但是由于作者是在水边,而他的意中人也在“绿水桥边路”,所以他顿生寄泪的念头。这一想法新鲜、大胆,设想的意境又十分美丽、浑厚。假如真能寄得眼泪回去,那将比任何书信都能证明他诚挚的思念。而且因为有了这一句,“独立东风弹泪眼”才脱俗超尘,放射出奇光异彩。可是语虽新奇,寄泪终究是办不到的。痴想过后,眼前仍旧是“永昼”,是“春”,是“闲”,排愁无计的主人没奈何又向自己发出“人倦如何度”的问题。这连续的发问可以使我们想到词人举措茫然的神态和无处寄托的心情,愁思之深也因此更突出了。同样,“人倦如何度”的满意答案是没有的,“闲傍枕”就说明了并无度时良法,于是百无聊赖,主人公只好去听“黄鹂语”。黄鹂鸣声悦耳,是否它能稍解苦闷呢?“唤觉来厌厌”,作者在黄鹂声中恍惚入睡,又被同样的声音唤醒,醒来后“厌厌”地精神不振,因此我们知道黄鹂语不但没有消忧,反而空添一段惆怅。“残照依然花坞”,仍用景语结尾。同开头呼应。“念永昼”以下数句,似从贺铸《薄幸》词翻出。贺词云:“正春浓酒暖,人闲昼永无聊赖。厌厌睡起,犹有花梢日在。”总言愁闷无聊、日长难度之意。而此意,晏殊《踏莎行》“一场愁梦酒醒时,斜阳却照深深院”已先说破。像午睡醒时、斜阳犹照之事,人人所曾经历,但构成意境,写入词章,则非有心人不能。正如王国维所云"常人皆能感之而唯诗人能写之,故其入于人者至深"(《清真先生遗事·尚论》),因之能作此等语者也就不止一二人。说是承袭也好,说是暗合也好,写来能大略有所变化增益,便都可传。总的说来这首词的想象和构思能不落俗套,结构又十分婉曲。《古今词论》曾说:"填词,长调不下于诗之歌行长篇。歌行犹可使气,长调使气,便非本色。高手当以情致见佳。盖歌行如骏马蓦坡,可以一往称快;长调如娇女步春,旁去扶持,独行芳径,徙倚而前,一步一态,一态一变,虽有强力健足,无所用之。"袁去华的《安公子》足以当此。

　　此外,这首词下字准确、生动。比如:"嫩黄匀遍鸦啼处"一句不仅声色俱全,而且用"匀"写颜色,一方面使人觉得处处都有春色,另一方面又仿佛是从一处匀向别处,因而色彩还极淡。这种著色法既符合初春情调,也使色彩空灵透明。再如:写对方用"静掩云窗","掩"而且"静",则怀人已久、已深矣。又,"尘满哀弦危柱"说尘已覆琴,当然是久已不理了;但对久不发声的弦、柱仍然用"哀""危"修饰,那么女主人内心的痛楚就是可想而知的。再如:"为谁都著眉端聚"用"都""著""聚"写愁,既显示了愁思之甚,又形象鲜明,似乎此愁可见、可触。还有:"独立东风弹泪眼"中的"弹"字能使抛泪有声,并且正因为有了它,"寄烟波东去"才有根据。　　　　　　　　　　　　　　　　　　　　　　　　(李济阻)

　　〔注〕　① 钱钟书《管锥编》第四册第1531页云:"庾信有《愁赋》一首,惟见之叶廷珪《海录碎事》卷九《圣贤人事部》下,有'谁知一寸心,乃有万斛愁'云云十数句,似非全文。"又第二册第562页引有另外八句。

【作者小传】

陆　淞

(1109—1182)　字子逸,号云溪,山阴(今浙江绍兴)人。陆佃之孙,陆游长兄。曾知辰州。晚以疾废,卜筑于秀野,放傲世间。存词二首。

瑞　鹤　仙　　　　　　　　　　陆　淞

脸霞红印枕。睡觉来、冠儿还是不整。屏间麝煤冷。但眉峰压翠,泪珠弹粉。堂深昼永。燕交飞、风帘露井。恨无人与说相思,近日带围宽尽。　　　　重省。残灯朱幌,淡月纱窗,那时

风景。阳台路迥。云雨梦，便无准。待归来，先指花梢教看，

却把心期细问。问因循过了青春，怎生意稳。

　　这首词据传是陆淞为歌姬盼盼而作。"南渡初，南班宗子寓居会稽，为近属，士子最盛，园亭甲于浙东，一时座客皆骚人墨士，陆子逸尝与焉。士有侍姬盼盼者，色艺殊绝，公每属意焉。一日宴客，偶睡，不预捧觞之列。陆因问之，士即呼至，其枕痕犹在脸。公为赋《瑞鹤仙》，有'脸霞红印枕'之句，一时盛传，逮今为雅唱。后盼盼亦归陆氏。"（见宋陈鹄《耆旧续闻》卷十）

　　事情本很简单，盼盼睡起"枕痕犹在脸"，可是经陆淞丰富的想象与出色的描绘，在《瑞鹤仙》这首词里却成功地塑造了一个为珍惜青春而苦闷的少女形象。

　　话从"枕痕犹在脸"起，词也就以"脸霞红印枕"开端，一笔深一笔地勾画这个害相思病的少女神态。"睡觉来，冠儿还是不整。"把前句"脸霞红印枕"现象加以补充说明："冠儿不整"说明她不是因劳累贪睡，而是心事重重，精神不振。句中加上"还是"，说明不是偶尔如此，其病久矣。"屏间麝煤冷。""麝煤"，本指墨，此指屏上之画。"冷"，是少女的感觉赋之于物。那画屏上若画的是秀丽的山水，使她难忘曾一起在清风明月下游山玩水的情景；若画的是艳美的花卉，使她产生花开花落青春易逝的感慨；若画的是对鸳鸯或双鹧鸪，更使她感到孤寂难堪。……这里不需要详写，而概括成"屏间麝煤冷"。点出一个"冷"字，任凭读者去想象，去体会相思的少女的凄凉况味，痛苦感情。这要比实写能产生更大的艺术效果。"但眉峰压翠，泪珠弹粉。"动词"压"与"弹"，表现出一种按捺不住的感情，以致双眉紧锁、泪珠扑簌簌直滚。这两句进一步写少女的脸上神情，有暗示出她内心痛苦之强烈。

　　"堂深昼永。燕交飞、风帘露井。"更进一层写周围的一切使她由冷漠而产生怅恨的感情。"深"与"永"是从空间与时间上表现出她空虚的感触。她在百无聊赖时所见到的却是双双乳燕交飞，风吹帘动，桃李依露井等等情景，这一切都刺激她产生孤寂失望情绪，而"恨无人与说相思"。作者运用这种反衬手法加深对少女内心痛苦的描写后，又进而从形体的变化写她相思之深。"带围宽尽"四个字不仅发挥夸张的效果，加深对少女被病折磨的印象，而且将抽象思维具体化，让读者能从衣带宽大去想象她曾经是体态丰满、柳眉桃腮、笑容可掬的模样，对比现在的瘦削形象，更觉她病恹恹弱不禁风的样子可怜可叹！

　　词的上片从人物形态与具体环境的实写中，描写少女的慵懒、凄冷、孤寂，勾画出一个怀春的少女形象。下片则是就"恨无人与说相思"展开对少女内心活动

的描写,逐层深入描写她的回忆、悔恨、追求。

　　"残灯朱幌,淡月纱窗",那离别时的情景反复出现在眼前。"残"与"淡"给"灯"与"月"抹上一层伤别的色彩,景中有情,表现了少女对这难忘的时刻的回忆是痛苦的。如梦往事的浮现,使她感到虚无缥缈。"阳台路迥,云雨梦,便无准。"阳台、云雨,指男女欢会情事,而今远隔,旧欢难续。可是,少女终究还是痴望着:"待归来,先指花梢教看,却把心期细问。问因循过了青春,怎生意稳。"她痴望着情人归来,先以花的盛开与凋谢,向他喻说的青春易老,在激起惜花之情的基础上再细问他蹉跎了大好青春,怎能忍心?"细"字用得深刻。女子有满怀的疑怨,等待着问个清楚,倾吐个够! 结尾笔势振起,从少女的幽怨成疾转写出了她的痴心、不甘心。唯其如此,全词才深刻逼真地刻画出少女的性格。她也有对正常之爱的要求,不光是自己对人执着不舍的爱着,而且也是被人同样的爱着。词中少女的形象,无疑有一定的积极意义。

　　这首小词运用了反衬、夸张、比喻等多种艺术表现手法,但其中最主要的是抽丝剥茧的方法。"脸霞红印枕"像一根长丝的头,作者拽着它一把一把地抽,层层深入揭示少女怀春的积愫,全部思想感情。因而在结构上紧密完整,一气呵成。

(宛新彬)

【作者小传】

向　滈
字丰之,曾任县令。有《乐斋词》,存四十三首。

如　梦　令
向　滈

　　谁伴明窗独坐,和我影儿两个。灯烬欲眠时,影也把人抛躲。无那,无那,好个恓惶的我。

　　《全宋词》录存向滈作品四十三首。这些词作除个别篇章之外,全都是叙写别情和孤独处境的。由此可见作者长期为离愁所苦的生活与心理,因此我们也就可以知道,这首《如梦令》中的情绪绝非无病呻吟或故作多情者可比。

　　羁旅当然是愁苦、寂寥的。不过向滈的孤独似乎在离家别亲之外,还有更深刻的社会原因。向滈生当南宋初期,正是民族矛盾、阶级矛盾都十分尖锐的时候。小朝廷妥协退让犹恐不及；广大人民民族自尊心因受到创伤而更为强烈，因而，要求驱逐金人、收复失地的呼声正高。为了给投降路线扫平障碍，统治阶级便大规模地镇压抗战活动。在这种情况下，那时的有识之士一方面眼看国力日衰，痛感空有报国之志而无能为力，另一方面又为个人渺茫的前途所苦，因此多半处在矛盾与伤感之中。向滈在一首《临江仙》中说："治国无谋归去好，衡门犹可栖迟"，透露的正是爱国心被冷落后的凄凉。据此，我们以为这阕《如梦令》抒写的恓惶情绪中也包含有时代苦闷的色彩。

　　李白《月下独酌》中有一首也写作者的孤独，全诗是："花间一壶酒，独酌无相亲。举杯邀明月，对影成三人。月既不解饮，影徒随我身。暂伴月将影，行乐须及春。我歌月徘徊，我舞影零乱。醒时相交欢，醉后各分散。永结无情游，相期邈云汉。"作者、影子、月亮在一起，又歌、又舞、又饮，颇有一点热闹气氛。向滈此词写灯、影、人相伴，大约受了李诗的影响，但两者的情调是很不一样的。李白遇上的是唐帝国最强盛的时候，他的个性又旷达不羁、积极向上，因而他的诗总是进取的，活泼的。向滈则不然，生活在那个令人气闷的时代里，自己又长年同亲人隔绝，所以他不可能像李白那样即使在孤独之中也充满着希望与活力。比如在这首词中就只有"灯""我"和"影儿"，无月，无酒，自然也无歌，无舞。同样是写孤独，但向滈笔下却处处是绝望的影子。

　　这首词构思新颖，作者把"影儿"写入作品，用以反衬自己的孤寂，这既避免了纯说愁苦的单调，也使词篇更具形象性，大大增强了艺术效果。词篇用"谁伴"二字开头，一上来就突出了作者在窗前灯下为孤独而久久苦恼的情态，由"谁"字发问，便把读者引向对形象的搜求。果然在问了千万声"谁伴"之后，作者终于发现了只有"影儿"相伴。可是，就是这无言的、难以发现的影儿，也并不能"伴"得持久："灯烬欲眠时，影也把人抛躲。"找到影儿作伴，为的是给自己寻求安慰，谁料灯灭后连"影儿"也不再存在，加倍衬出了自己的孤单，于是便喊出："无那，无那，好个恓惶的我"（无那，即无奈）。影儿的被运用，使抽象的愁思更具体，行文也更生动。与晏几道《阮郎归》词中"梦魂纵有也成虚，那堪和梦无"之句，可以先后媲美。

　　自然，这阕词的新巧构思，还可以从结构的安排上看出来。词作从独坐开始，用唯影相伴表现孤单，这已属诗文中的佳境。接着说"影也把人抛躲"，则将旧境翻新，感情也被深化到了顶点。

　　向滈词以通俗、自然取胜。这首《如梦令》语言平易，即使今天的读者读来，也很少有难解的词句。从构思方面讲，它虽然有新巧的一面，但同时又不存在做作的痕迹。自个儿静静地坐在窗下，相伴的当然只有影儿。到了"灯烬欲眠时"，当然影儿也就不见了。至于结尾处，实际上是照直说出了问题的原委。新巧与自然本是两种难以调和的风格，向滈把它们统一在一首小词中，这是不容易的。

（李济阻）

【作者小传】

曹　冠

字宗臣，号双溪居士，东阳（今属浙江）人。秦桧门下十客之一，教其孙秦埙。绍兴二十四年与埙同登甲科。二十五年（1155）自平江府教授擢国子录。除太常博士兼权中书门下检正诸房公事。桧死，放罢。乾道中再应举中第。绍熙初，知郴州。有《燕喜词》，存六十三首。

凤　栖　梧　兰溪　　　　曹　冠

桂棹悠悠分浪稳。烟幂层峦，绿水连天远。赢得锦囊诗句满，兴来豪饮挥金碗。　　　飞絮撩人花照眼。天阔风微，燕外晴丝卷。翠竹谁家门可款？舣舟闲上斜阳岸。

南宋词人曹冠写了一卷《燕喜词》，有六十多首。可是，历来的词论家却很少谈及它，各种选本也很少采录其中词作。直到清末况周颐《蕙风词话》中才有这么一段评述："宋曹冠《燕喜词》《凤栖梧》云：'飞絮撩人花照眼。天阔风微，燕外晴丝卷。'状春晴景色绝佳。每值香南研北，展卷微吟，便觉日丽风暄，淑气扑人眉宇。全帙中似此佳句，竟不可再得。"的确如此，崔信明的"枫落吴江冷"和潘大临的"满城风雨近重阳"，仅存一句，已足千古，何况曹冠这首较为完美的好词，词中还有不可多得的佳句呢！况氏发现了此词，也可以说是曹冠的文章知己了。

词题的"兰溪"，在词人的故乡东阳（今浙江金华）。曹冠曾于溪畔建园筑阁，自号双溪居士。本词写泛舟兰溪的闲情逸兴，表现了作者对故乡山川风物的热爱。

首句点泛舟。悠然地划着船桨，分浪稳稳前行。"悠悠"与"稳"字，已见游赏时闲适的心情。二、三句，写望中的山川景色。轻烟笼罩着两岸重重叠叠的山峦，绿水一直伸展向遥远的天边。"赢得锦囊诗句满，兴来豪饮挥金碗"，两句写词人的豪情胜概。"锦囊"，用李贺事。李商隐《李贺小传》载，李贺出游时，携一古破锦囊。当想到好诗句时，马上写下来投入囊中。"挥金碗"，语见杜甫《崔驸马山亭宴集》诗:"客醉挥金碗,诗成得绣袍。"写出豪饮的狂态。"赢得"二句,语意平庸,貌似豪放,其实虚器,且与上下文情调不称。

过片三句,确是精美绝伦之笔。濛濛飞絮,扑向游人身上。两岸繁花,在丽日的映照下,更是光艳夺目。晴朗的天空无限宽广,微风吹过,燕子贴水争飞,悠飏的游丝轻盈舒卷。写景之佳,并不在于词句字面,而在于它的气象。所用的都是极普通的词语,但作者一把它们组织起来,便形成了一种美妙的氛围,使读者感受到春晴景色特具的美。然而,如王国维所说的:"一切景语,皆情语也。"(《人间词话》删稿)词人在这里不仅显示了深入把捉物象的本领,而且还巧妙地运用景语来抒发感情。三句一片神行,见几见微,生意盎然,真能得象外之趣。春游时旷朗的胸怀和欣悦的情绪,都自然地表露出来了。

收二句意亦稳妥,与首句呼应。沿溪缓行,看到岸上翠竹丛中有户人家,便停舟上岸,叩门相访,又是斜阳时候了。"款",这里有叩敲意。"舣舟",泊舟,附船上岸。"翠竹"两句,用《世说新语·任诞》王徽之爱竹,造门不问主人事,王维《春日与裴迪过新昌里访吕逸人不遇》诗因有"看竹何须问主人"句。这两句所表现的豪情逸兴,要比"挥金碗"之类高雅多了。

　　　　　　　　　　　　　　　　　　　　　　　　　　　(陈永正)

念奴娇　　　　　　　　曹　冠

宋玉《高唐赋》述楚怀王遇神女事,后世信之。愚①独以为不然,因赋《念奴娇》,洗千载之诬蔑,以祛流俗②之惑。

蜀川三峡,有高唐奇观③,神仙幽处④。巨石巉岩临积水,波浪轰天声怒。十二灵峰⑤,云阶月地⑥,中有巫山女。须臾变化⑦,阳台朝暮云雨。　　堪笑楚国怀襄,分⑧当严父子,胡然无度⑨?幻梦俱迷,应感逢魑魅⑩,虚言冥遇⑪。女耻求媒,况神清直,岂可轻诬污?逢⑫君之恶,鄙哉宋玉词赋!

〔注〕①愚:我。文言谦称。②祛:消除。流俗:世俗之人。③高唐奇观:高唐观,即神女庙。在巫峡十二峰对岸小冈上。庙额题曰"凝真观",内有妙用真人祠。真人即传说中的巫山神女。见范成大《吴船录》、陆游《入蜀记》。④幽处:僻静、幽深之处。⑤十二灵峰:即巫峡十二峰,在今四川巫山县东,长江北岸。《入蜀记》称其中神女峰最为纤丽奇峭。⑥云阶月地:唐韦瓘《周秦行纪》自撰诗:"香风引到大罗天,月地云阶拜洞仙。"⑦须臾变化:《高唐赋》载楚襄王与宋玉游云梦台,望高唐观,见其上独有云气,"须臾之间,变化无穷"。王问此为何气,玉答即巫山神女。⑧分(fèn):名分。⑨胡然:何以。无度:没有限度。⑩感:相感应。魑魅:此用本义,特指山林异气幻化而成的鬼怪。⑪冥遇:与幽冥之中鬼神相交的经历。⑫逢:迎合。

梁昭明太子萧统编《文选》收有旧题宋玉所撰的《高唐》《神女》二赋。《高唐赋·序》载楚怀王游高唐，"怠而昼寝，梦见一妇人曰：'妾巫山之女也，为高唐之客，闻君游高唐，愿荐枕席。'王因幸之。去而辞曰：'妾在巫山之阳，高丘之阻。旦为朝云，暮为行雨。朝朝暮暮，阳台之下。'"《神女赋·序》又记怀王之子襄王游云梦之浦，使宋玉赋高唐神女之事，"其夜王寝，果梦与神女遇"。由于宋赋词笔华美，再加上神女故事本身所具有的幽艳色彩，这两篇赋对于后世文学影响甚巨，尤其是前篇，在诗词中，它已成为使用频率最高的典故。真如李商隐《有感》诗之所云，"一自《高唐赋》成后，楚天云雨尽堪疑"！

当着绝大多数读者陶醉在这人神恋爱故事的谲幻温馨之中时，有人开始从伦理道德的角度来找碴儿了。唐代元稹《楚歌》十首其四（惧盈因邓曼）曰："襄王忽妖梦，宋玉复淫辞。万事捐宫馆，空山云雨期。"北宋吴简言《题巫山神女庙》诗亦云："惆怅巫娥事不平，当时一梦是虚成。只因宋玉闲唇吻，流尽巴江洗不清。"皆为其例。然而上述都还不过是诗人一时的感叹，真正郑重其事，公然宣称要肃清宋赋"流毒"，为神女"洗千载之诬蔑"的议论，舍曹冠此词，恐怕莫之为甚了。

全篇的"高论"尽在下阕，我们讲析时不妨打破常规，先从后半段说起。

"堪笑楚国怀襄，分当严父子，胡然无度？"——可笑楚怀王、楚襄王，理当严守父子名分，何以竟越轨乱伦，同与一位神女暧昧不清呢？怀王熊槐（一名"相"）、襄王熊横是史有定论的荒淫昏聩之君，骂骂本亦无妨，但神女却不可亵渎，必须替她开脱，于是乃有下文："幻梦俱迷，应感逢魑魅，虚言冥遇。"——怀、襄二王梦中所交接的，哪是什么神女！他们大概都睡昏了头，让山林异气幻化而成的鬼怪迷惑了。如此判断，可有根据么？当然有！且看词人怎样推理演绎："女耻求媒，况神清直，岂可轻诬污？"——神的伦理道德水准当然远在人类之上，人间女子尚且以求媒自请嫁人为羞耻，必待男家聘之而后可，何况神女清白正直，断然不会有什么"自荐枕席"的苟且之事，岂可轻易地往她身上泼脏水？然而，竟有人这样泼了。谁？首先是自诩梦交神女的怀王、襄王父子，其次是将二王艳遇形诸文字的弄臣宋玉。口舌之夸，传播的辐射面毕竟有限，倒也罢了；惟笔墨宣淫，能量忒大，波及万人，毒流千载，实不可不大加挞伐，故词人即以狠批宋玉作结："逢君之恶，鄙哉宋玉词赋！"——迎合君王的丑恶情欲，对其津津乐道的风流韵事大事铺陈藻绘，《高唐》、《神女》二赋真是卑劣之极！

看到这里，不仅读者诸君几欲捧腹解颐，就连笔者也忍俊不禁：好个头巾气十足的道学家！好个酸馅味满口的老夫子！跟古代的文学家较真，为神话中的人物辩诬，而且态度又是那样地一本正经。——迂哉，迂得可爱！不过且慢，倘若我们于喷饭之余三复其言,便可发现此词之荒唐中仍有值得正视的严肃的内容。自从春秋时卫宣公将儿子的新娘占为己有,《诗经·邶风》中留下了一首题为《新台》的讽刺诗后,直至唐高宗李治以其父太宗之姜武媚娘为皇后,唐玄宗李隆基夺其子寿王妃杨玉环为贵妃,诸如此类"胡然无度"的秽行在封建帝王的宫闺中颇不乏其例,诚所谓"中冓之言,不可道也"(《诗·鄘风·墙有茨》)。曹冠之词,能说它没有一点批判的精神吗?若按封建社会通行的伦理道德标准来考察宋玉二赋,神女既与怀王有私,即成为襄王之庶母,故襄王之梦神女,无所逃其"乱伦"的罪名;惟怀王之梦神女时,神女尚未有"婆家",又何悖于情理呢?而词人却偏要说"堪笑楚国怀襄",将老子儿子搅作一锅粥,这分明是"醉翁之意不在酒","指着和尚骂贼秃"了。所鞭笞的对象岂止怀王、襄王而已!

平心而论,词人所谓"鄙哉宋玉词赋"云云,仅仅是以其内容为不足道,而对于宋赋的艺术成就,却并不抹煞。这从上阕的写景文字中可以清楚地看出。如"巨石巉岩临积水"七字,即是化用《高唐赋》之"登巉岩而下望兮,临大阺之稸(义同'积')水"。"波浪轰天声怒"六字,亦据该赋"长风至而波起兮""崒中怒而特高兮""砾磥磥而相摩兮,嶻震天之磕磕"等句意而以简易浅显之辞出之。至如"须臾变化,阳台朝暮云雨"二句,化用得就更明显了。下阕批宋,得上阕之学宋而愈增其趣;下阕议论,得上阕之写景而摇曳生姿。——以树为喻,通篇说理则有枝干而无繁叶,不免枯寂,今以景语渐次引出议论,是浓荫下见盘根错节,丰腴、瘦劲相得益彰,其益然生机为如何耶!　　　　　　　　　(钟振振)

【作者小传】

管 鉴

字明仲,龙泉(今属浙江)人,随父宦,始居临川。官至广东提刑、权知广州经略安抚使。享年六十三。有《养拙堂词》一卷,存六十八首。

醉落魄　　　　　　　　管 鉴

正月二十日张园赏海棠作

春阴漠漠,海棠花底东风恶。人情不似春情薄,守定花枝,不放花零落。　　绿尊细细供春酌,酒醒无奈愁如昨。殷勤待与东风约:莫苦吹花,何似吹愁却。

　　管鉴《养拙堂词》里另有一首《虞美人》,序中说:"与客赏海棠,忆去岁临川所赋,怅然有远宦之叹。""去岁临川所赋"的,就是这首《醉落魄》。管鉴本为龙泉(今浙江省县名)人,靠父亲的功绩荫授提举江南西路常平茶盐司干办官,任所在抚州,于是移家临川(郡名,治所在今江西抚州市西)。根据这些材料,我们估计这首词中"酒醒无奈愁如昨"的"愁",除了因落花而产生的伤春情绪以外,还当包括离乡"远宦"之愁。

　　从词篇描写看,作者的远宦之愁,是由赏海棠未能尽兴引起的,而未能尽兴的原因,则是由于天阴、风恶。海棠花开得早,败得也早。所以刚是"正月二十日",便有零落的厄运。这不能不勾起词人的惜花之情。《古今词论》引张砥中的话说:"凡词前后两结最为紧要。前结如奔马收缰,须勒得住,尚存后面地步,有住而不住之势。后结如众流归海,要收得尽,回环通首源流,有尽而不尽之意。"这首词写"张园赏海棠",但开头两句一从大的范围讲"春阴漠漠",一从眼前的注意中心讲"海棠花底东风恶",于是在"人情"(要赏花)与"春情"(催花落)之间自然形成了矛盾。如何解决这个矛盾呢? 作者别出心裁地吟出:"守定花枝,不放花零落"两句。这个前结,构思新巧,想象奇特,在炼意铸句上已先胜人一筹。何况细玩词意,则赏海棠的初衷,惜花落的情绪,诅咒"春情"的心境,全包含在这两句九个字中,不仅内涵丰富,而且作为"赏海棠作"的一篇小词似乎已全部说尽,这是它"勒得住"的地方。可是,"守定花枝"到底能起什么作用? 人"不放"花零落,花就真的不零落吗? 在下半片里,作者说他们"绿尊细细供春酌",乃是塌下心来,要"守"到底了。然而,"酒醒无奈愁如昨"! 愁也没减,风也在继续"苦吹花"。由此观之,那么上半片的"勒得住"实在是没有全住,而是"尚存后面地步"的。"守定"之法告败,看来一段公案该了结了。谁料"一波刚平,一波又起",作者那里另有高招:"殷勤待与东风约:莫苦吹花,何似吹愁却。"这简直是在异想天开地希望换个东西给风吹! 诚如此,那么愁情吹尽,艳丽的海棠常开,人情花意,还有比这更美好的理想境界吗? 这个后结,想象之奇,情绪之真,造语之痴,更出于前结之上。作为一首小词,作者连生两段痴想,惜花与写愁的目的都已达到。所以这个后结,算得上是"众流归海",算得上是"收得尽"。只是,谁也看得出来:"与东风约"是办不到的,"莫苦吹花"和"吹愁却"也是不可能的。因之读毕掩卷,人们想到的仍是作者更深重的苦闷,这又是这个后结"有尽而不尽之意"的证明。

　　最后,这首词在炼字、选词方面,也很有一些值得注意的地方。比如,第二句说:"海棠花底东风恶。"论理只要"风恶",就不仅仅是"恶"在"花底"。但作者这么写,由于强调了"花底",当然也就带过了花上,其结果是加深了花受东风包围的程度;另一方面,用上"花底",还可以暗示人在花下,因之又有惜花情绪的寄托。再如,"定"与"住"同为去声,依词律可以互换。可是词中偏说"守定花枝",这是要更加突出死守不放的意思。还有,"绿尊细细供春酌",其中的"细细"二字可当"守定花枝,不放花零落"的注脚看:因为这里的"细细"不只是一般的品酒,而是要借细斟慢饮,来从容守定将落的海棠。此外,如"莫苦吹花"的"苦","何似吹愁却"的"却",都是极平常的字,但用在作者笔下,却能表达出十分准确而又十分丰富的内容来。

(李济阻)

【作者小传】

陆 游

(1125—1210) 字务观,号放翁,越州山阴(今浙江绍兴)人。绍兴中,应礼部试,为秦桧所黜。孝宗时,赐进士出身。曾任镇江、隆兴、夔州通判。乾道八年(1172),为四川宣抚使王炎干办公事,投身军旅生活。后官至宝章阁待制。晚年居山阴。为杰出诗人,诗存九千余首。亦工词,杨慎谓其纤丽处似秦观,雄慨处似苏轼。著有《剑南诗稿》《渭南文集》《南唐书》《老学庵笔记》《放翁词》。存词一百四十五首。

水 调 歌 头 多景楼 **陆 游**

江左占形胜,最数古徐州①。连山如画,佳处缥缈著危楼。鼓角临风悲壮,烽火连空明灭,往事忆孙刘。千里曜戈甲,万灶宿貔貅。 露沾草,风落木,岁方秋。使君宏放,谈笑洗尽古今愁。不见襄阳登览,磨灭游人无数,遗恨黯难收。叔子独千载,名与汉江流。

〔注〕 ① 古徐州:指镇江。东晋侨置徐州于此,称南徐州。

孝宗隆兴元年(1163)陆游三十九岁,以枢密院编修官兼编类圣政所检讨官出为镇江府通判,次年二月到任所。时金兵方踞淮北,镇江为江防前线。多景楼在镇江北固山上甘露寺内。北固山下滨大江,三面环水,登楼遥望,淮南草木,历历可数。这年十月初,陆游陪同知镇江府事方滋登楼游宴,感而赋此。

陸待制（游）像

古聖賢像傳略

　　词的上片追忆历史人物,下片写今日登临所怀,全词感慨古今,表现了作者强烈的爱国感情。

　　发端从多景楼形势写起。自"江左"而"古徐州",而"连山",而"危楼",镜头由大到小,由远到近,由鸟瞰到局部,最后推出大特写点题。这原是写景习见手法,陆游写来另有佳胜。他选择滚滚长江、莽莽群山入画,衬出烟云缥缈、似有若无之间矗立着的一座高楼,摄山川之魂,为斯楼之骨,就使这"危楼"有了气象,有了精神。姜夔《扬州慢》以"淮左名都,竹西佳处"开篇,同样步步推近,但情韵气象完全不同。陆词起则苍莽横空,气象森严;姜则指点名胜,用笔从容平缓。当然,这是由两位词人各自不同的思想感情决定的。姜词一味低徊,纯乎黍离之悲,故发端纾缓;陆则寄意恢复,于悲壮中蓄雄健之气。他勾勒眼前江山,意在引出历史风流人物,故起则昂扬,承则慷慨,带起"鼓角"一层五句,追忆三国时代孙、刘合兵共破强曹往事。烽火明灭,戈甲耀眼,军幕星罗,而以"连空""万灶"皴染,骤视之如在耳目之前,画面雄浑辽阔。加上鼓角随风,悲凉肃杀,更为这辽阔画面配音刷色,与上一层的滚滚长江、莽莽群山互相呼应衬托,江山人物,相得益彰。这样,给人的感受就绝不是低徊历史的风雨,而是激起图强自振的勇气,横戈跃马的豪情。上片情景浑然一体,过拍处一派豪壮。

　　然而,孙刘已杳,天地悠悠,登台浩歌,难禁怆然泣下,故换头处以九字为三顿,节奏峻急,露草风枝,绘出秋容惨淡,情绪稍转低沉。接下去"使君"两句又重新振起,展开今日俊彦登楼、宾主谈笑挥斥的场面,敷色再变明丽。"古今愁"启下结上。"古愁"启"襄阳登览"下意,"今愁"慨言当前。当前可愁之事实在太多了。前一年张浚北伐,兵溃符离,宋廷从此不敢言兵,是事之可愁者一。孝宗佯谈恢复,实则输币乞和,觍颜事金。"日者虽尝诏以缟素出师,而玉帛之使未尝不蹑其后"②,是事之可愁者二。眼下自己又被逐出临安,通判镇江,去君愈远,一片谋国之忠,永无以自达于庙堂之上,是事之可愁者三。君国身世之愁,纷至沓来,故重言之曰"古今愁"。但志士的心,并未成灰。事实上,山东、淮北来归者道路相望;金兵犯淮,淮之民渡江归宋者无虑数十万,可见民心足恃,国事可为。因此,虽烽烟未息,知府方滋携群僚登楼而谈笑风生。他的这种乐观情绪,洗尽了词人心中万千忧愁。这一层包孕的感情非常复杂,色彩声情,错综而富于层次,于苍凉中见明快,在飞扬处寄深沉。最后一层,用西晋大将羊祜(字叔子)镇守襄阳,登临兴悲故事,以古况今。前三句抒自己壮志难酬、抑压不平之情。所云"襄阳遗恨"③,即指羊祜志在灭吴而生时终不克亲手成此大业的遗恨。词意在这里略作一顿,然后以高唱转入歇拍,借羊祜劝勉方滋,希望他能像羊祜那样,为渡江

北伐作好部署,建万世之奇勋,垂令名于千载,结出一片希望。羊祜是晋人,与
"古徐州"之为晋代地望回环相接,收足全篇。

这首词记一时兴会,寓千古兴亡,容量特大,寄慨遥深。后来,张孝祥书而刻
之崖石,题记中有"慨然太息"之语;毛开次韵和歌,下片有"登临无尽,须信诗眼
不供愁"之句。"诗眼不供愁"五字可谓独会放翁有所期待、并未绝望的深心。二
十五年之后,另一位豪放词人陈亮也曾以《念奴娇》赋多景楼,有"危楼还望,叹此
意、今古几人曾会"的感慨万千之语。陈亮此阕,较之陆词更为横肆痛快。词人
只眼,凝注大江,意者此江不应视为南北天限,当长驱北伐,收复中原。与放翁之
感慨抑郁者,意境大别。陈亮平生经济之怀,一寄于词,惯以词写政治见解。他
这一阕《多景楼》,纯然议论战守,纵谈攻防,自六朝王谢到今之庙堂,特别是对那
些倡言"南北有定势,吴楚之脆弱不足以争衡中原"的失败论者,明指直斥,略无
顾忌,其精神自足千古。但作为文学作品讽诵玩味,终觉一泻无余,略输蕴藉风
致,不如陆作之情景相生,万感横集,意境沉绵,三复不厌。借用近人陈匪石《声
执》中两句话说,陈之词"气舒",故"劲气直达,大开大阖";陆之词"气敛",故"潜
气内转,百折千回"。陈如满引劲放,陆则引而不发。陆较陈多积蓄,多义蕴,因
此更显得沉著凝重,悲慨苍凉。

                                                          （赖汉屏）

〔注〕 ② 语见张栻《南轩学案》。转引自于北山《陆游年谱》四十岁条。 ③ 襄阳遗恨:西晋羊
祜镇守襄阳十余年,广储军粮,为晋朝灭吴作准备。他死后二年而东吴果灭。祜生时常登襄阳
岘山,感慨历来贤士登此山者皆湮没无闻。这里借来写自己受压抑、壮志莫酬的不平之情。

南 乡 子   陆 游

归梦寄吴樯,水驿江程去路长。想见芳洲初系缆,斜阳,烟树
参差认武昌。   愁鬓点新霜,曾是朝衣染御香。重到故乡
交旧少,凄凉,却恐他乡胜故乡。

淳熙五年(1178)春二月,陆游自蜀东归,秋初抵武昌。这首词是靠近武昌时
舟中所作。

上片写行程及景色。"归梦寄吴樯,水驿江程去路长。"写身乘归吴的船只,
虽经过许多水陆途程,但前路尚远。陆游在蜀的《秋思》诗,已有"吴樯楚柁动归
思,陇月巴云空复情"之句;动身离蜀的《叙州》诗,又有"楚柁吴樯又远游,浣花行
乐梦西州"之句。屡言"吴樯",无非指归吴船只。愁前程的遥远,寄归梦于吴樯,
也无非是表归心之急,希望船行顺利、迅速而已。妙在"寄梦"一事,措语新奇,富
有想象力,有如李白诗之写"我寄愁心与明月"。"想见芳洲初系缆,斜阳,烟树参

差认武昌。""想见",是临近武昌时的设想。武昌有江山草树之胜,崔颢《黄鹤楼》诗,有"晴川历历汉阳树,芳草萋萋鹦鹉洲"之句。作者设想在傍晚夕阳中船抵武昌,系缆洲边,必然能看见山上山下,一片烟树参差起伏的胜景。着一"认"字,便见是归途重游,已有前游印象,可以对照辨认。这三句,写景既美,又切武昌情况;用笔贴实凝练,而又灵活有情韵。

下片抒情。"愁鬓点新霜,曾是朝衣染御香。"上句自叹年老,是年五十四岁;下句追思曾为朝官,去朝已久。这次东归,是奉孝宗的召命,念旧思今,一样是前程难卜,感想复杂,滋味未必好受。"朝衣"事,从贾至《早朝大明宫呈两省僚友》"剑珮声随玉墀步,衣冠身惹御炉香"、岑参《寄左省杜拾遗》"晓随天仗入,暮惹御香归"演化而出。下面三句,与上片结尾相同,也是设想之辞。作客思乡,本是诗人描写常情,晋王赞诗:"人情怀旧乡,客鸟思故林。"唐李商隐诗:"人生岂得长无谓,怀古思乡共白头。"陆游在蜀,也有思乡之句,如"久客天涯忆故园"、"故山空有梦魂归"等。这时还乡途中,忽然想起:"重到故乡交旧少,凄凉,却恐他乡胜故乡。"意境新奇。这个意境,似源于杜甫《得舍弟消息》诗:"乱后谁归得?他乡胜故乡。"但杜甫说的是故乡遭乱,欲归不得,不如他乡暂得安身,是对已然之事的比较;陆游说的是久别回乡,交旧多死亡离散的变化,怕比客地还会引起更大的寂寞和伤感,是对未来之事的顾虑。语句相同,旨趣不同,着了"却恐"二字,更觉得不是简单的沿袭。这未必等于黄庭坚所说的"脱胎换骨",而更可能是来自生活感受的不谋而合。这种想归怕归的感情,本是矛盾复杂的,所以陆游到家之后,有时真有"孤鹤归飞,再过辽天,换尽旧人""又岂料如今余此身"(《沁园春》)之叹;有时又有"营营端为谁""不归真个痴"之喜。

这首词,精练贴实之中,情景交至,设想新奇,虽属短章,却富远韵。

(陈祥耀)

感　皇　恩　　　　　　　　　　陆　游

小阁倚秋空,下临江渚。漠漠孤云未成雨。数声新雁,回首杜陵何处。壮心空万里,人谁许!　　黄阁紫枢,筑坛开府。莫怕功名欠人做。如今熟计,只有故乡归路。石帆山脚下,菱三亩。

这首词,当是作者离蜀东归以前,感叹壮志无成、思念家乡之作。上片以写景起而以抒情终;下片以抒情起而以情景结合终。

　　在一个新秋的阴天,作者登上江边的一个小阁,上望秋空,迷濛的云气还没有浓结到要化成雨点的样子,下面可以看到江水和沙渚,境界是开阔中带着静漠、冷清。他轻轻地把它写成"小阁倚秋空,下临江渚,漠漠孤云未成雨",概括登高之事和周围环境,并写视觉中景物,运化周邦彦《感皇恩》"小阁倚晴空"的词句,王勃《滕王阁》"滕王高阁临江渚"的诗句。"数声新雁,回首杜陵何处。"接写听觉,引出联想。雁是"新雁",知秋是"新秋";云是"孤"云,雁只"数"声,数字中也反映主客观的孤独意象的两相契合。杜陵,在长安城东南,秦时为杜县地,汉时为宣帝陵所在,故称,这里用杜陵指代长安。长安这个汉唐故都,是华夏强盛的象征,也是西北的政治、军事中心之地。陆游热烈地盼望南宋统治者能从金人手里收复长安;他从军南郑,时时遥望长安,寄托其收复故国山河之思。他向宣抚使王炎建议:"经略中原,必自长安始。"诗文中写到想念长安的也很多,如《闻虏乱有感》的"有时登高望鄠杜,悲歌仰天泪如雨",《东楼集序》的"北游山南,凭高望鄠、万年诸山,思一醉曲江、渼陂之间,其势无由,往往悲歌流涕",如此者不一,可见其感触之深且痛,故不觉屡屡言之。古人写闻雁和长安联系的,如杜牧《秋浦道中》的"为问寒沙新雁到,来时为下杜陵无",于邺《秋夕闻雁》的"忽闻凉雁至,为报杜陵秋",只是一般的去国怀都之感。作者写的,如《秋晚登城北门》的"一点烽传散关信,两行雁带杜陵秋",则和关心收复长安的信息有关;词中写闻新雁而回头看不到长安,也是感叹这种收复长安的好消息的不能来。"壮心空万里,人谁许!"空有从军万里的壮怀,而无人相许(即无人赏识、信任),申明"回首"句的含义,从含蓄的寄慨到激昂的抒情。从作者的诗词风格看,他是比较习惯于采用后一种写法的;在这一首词中,他极力抑制激情,却较多地采用前一种写法。

　　换头,"黄阁紫枢,筑坛开府,莫怕功名欠人做。"黄阁、紫枢,指代宰相和枢密使,是宋代最高文武官吏。黄阁,宰相官署,卫宏《汉官旧仪》:"丞相听事阁曰黄阁";宋代戎服用紫色,故以紫枢指枢密院。筑坛,用汉高祖设坛场拜韩信为大将的典故;开府是开幕府,置僚属,在宋代,高级行政区的军政长官有此权限。第一、二句指为将相,第三句说不怕这种职位无人可当,意即用不着自己怀抱壮志与准备担当大任。陆游并不热心当高官,但却始终抱着为效忠国家而建立功名的壮志。他曾向往于这种功名,他的《金错刀行》诗说:"千年史策耻无名,一片丹心报天子。"《书怀》诗说:"老死已无日,功名犹自期。清笳太行路,何日出王师?"他这三句词,说得平淡,说得坦然,他真的能够这样轻易放弃自己的壮志,真的相信一般将相能够担负恢复重任吗? 不! 他的热情性格和当时冷酷的现实使他不可能做到这些。他的自慰之辞,实际上是愤激的反语,是一种更为曲折、更为深沉的感慨。是从"封侯事在,功名不信由天"(《汉宫春》)的乐观,到"元知造物心肠别,老却英雄似等闲"(《鹧鸪天》)的绝望过程中的感慨。"如今熟计,只有故乡归路。石帆山脚下,菱三亩。"说现在再三计算,只有辞官东归,回到故乡山阴的石帆山下,去种三亩菱为生。这是积极的理想找不到出路,被迫要作消极的归隐之计,经过一番思考,连归隐后的生活都作具体设想,所以最后出现一个江南水乡的图景。痛苦的心情融化于优美的自然景物,表面上是景美而情淡,实际上是闲淡中抑制着愤激,深藏着痛苦。

　　这是陆游的一首要用归隐解决理想与现实的矛盾的词作,情景结合,看似矛盾解决得比较圆满,作者的心情表现得比较闲淡。深入体会,仍然透露理想对现实的尖锐冲突和强烈抗议,所以意境是曲折的,感慨是深沉的。　　　　　　(陈祥耀)

好　事　近　　　　　　　陆　游

　　秋晓上莲峰,高蹑倚天青壁。谁与放翁为伴?有天坛轻策。　　　铿然忽变赤龙飞,雷雨四山黑。谈笑做成丰岁,笑禅龛榔栗。

　　想象或梦游华山的诗,陆游写了不少,大多是借来表达收复河山的思想。这首词,也是写神游华山,但主题在于抒写为人民造福的人生态度。

　　上片,作者奇想破空地持着天台藤杖(词中的天坛,即天台山,产藤杖著名。见叶梦得《避暑录话》,该书也写作天坛。策即是杖。),乘着清爽的秋晨,登上莲花峰顶,踏在倚天峭立的悬崖上。只"谁与放翁为伴"一句,不仅给华山,而且给自己写下了一个俯视人间的形象。又从可以为伴的"天坛轻策",很自然地过渡到下片。

　　在下片里,可以看到作者的化身——龙杖在雷雨纵横的太空里飞翔(杖化为龙,用《后汉书·费长房传》事。韩愈《赤藤杖歌》有"赤龙拔须血淋漓"语),铿地一声,天坛杖化成赤龙腾起,雷声大作,四边山峰黑成一片。可是他一点也没有忘怀人间,他要降及时之雨为人们造福,田禾得到好收成,让人们过丰衣足食的日子。而这种出力为人的事业,在自己看来,是完全可以办得到的,不经意的谈笑之间,人们得到的好处已经不小了。对照一下那些禅房里拖着禅杖,只顾自己不关心别人生活的僧徒——隐指一般逃避现实的人,同持一杖,作用大有不同。(词中的禅龛,原指供设佛像的小阁子,泛指禅房。榔栗,印度语"刺竭节"的异译,僧徒用的杖。)作者哑尔一笑,体现了他的"所慕在经世"(《喜谭德称归》诗)的积极思想。

这首词的艺术风格,是雄奇豪迈的,它强烈地放射了积极浪漫主义的光芒。陆游词派的继承者刘克庄,在《清平乐》里,幻想骑在银蟾背上畅游月宫,"醉里偶摇桂树,人间道是凉风",分明是陆游这首词精神的再现。　　　　　　　　(钱仲联)

鹧　鸪　天　　　　　　　　　　陆　游

家住苍烟落照间,丝毫尘事不相关。斟残玉瀣行穿竹,卷罢黄庭卧看山。　　贪啸傲,任衰残,不妨随处一开颜。元知造物心肠别,老却英雄似等闲!

刘克庄《后村诗话续集》把陆游的词分为三类:"其激昂慷慨者,稼轩不能过;飘逸高妙者,与陈简斋、朱希真相颉颃;流丽绵密者,欲出晏叔原、贺方回之上。"这首《鹧鸪天》就是其飘逸高妙一类作品中的代表作。

上阕首二句:"家住苍烟落照间,丝毫尘事不相关。"把自己居住的环境写得何等优美而又纯净。"苍烟落照"四字,让人联想起陶渊明《归园田居》其一"蔼蔼远人村,依依墟里烟"的意境,一经讽诵便难忘怀。"苍烟"犹青烟,字面已包含着色彩。"落照"这个词里虽然没有表示颜色的字,但也有色彩暗含其中,引起人多种的联想。词人以"苍烟落照"四字点缀自己居处的环境,意在对比仕途之龌龊。所以第二句就直接点明住在这里与尘事毫不相关,可以一尘不染,安心过隐居的生活。这也正是《归园田居》里"户庭无尘杂,虚室有余闲"的意思。

三、四句对仗工稳:"斟残玉瀣行穿竹,卷罢黄庭卧看山。""玉瀣"是一种美酒名,明冯时化《酒史》卷上:"隋炀帝造玉瀣酒,十年不败。"陆游在诗中也不止一次写到过这种酒。"黄庭"是道经名,《云笈七籤》有《黄庭内景经》《黄庭外景经》《黄庭遁甲缘身经》,盖道家言养生之书。这两句大意是说:喝完了玉瀣就散步穿过竹林;看完了《黄庭》就躺下来观赏山景。一、二句写居处环境之优美,三、四句写自己生活的闲适,动静行止无不惬意。陆游读的《黄庭经》是卷轴装,边读边卷,"卷罢黄庭"就是看完了一卷的意思。

下阕:"贪啸傲,任衰残,不妨随处一开颜。""啸傲",歌咏自得,形容旷放而不受拘束。郭璞《游仙诗》:"啸傲遗世罗,纵情在独往。"陶渊明《饮酒》其七:"啸傲东轩下,聊复得此生。"词人说自己贪恋这种旷达的生活情趣,任凭终老田园;随处都有使自己高兴的事物,何妨随遇而安呢? 这几句可以说是旷达到极点也消沉到极点了,可是末尾陡然一转:"元知造物心肠别,老却英雄似等闲。"这两句似乎是对以上所写的自己的处境作出了解释。词人说原先就已知道造物者之无情(他的心肠与常人不同),白白地让英雄衰老死去却等闲视之。这是在怨天吗? 是怨天。但也是在抱怨南宋统治者无心恢复中原,以致英雄无用武之地。

据夏承焘、吴熊和《放翁词编年笺注》,乾道二年(1166)陆游四十二岁,以言官弹劾谓其"交结台谏,鼓唱是非,力说张浚用兵",免隆兴通判,始卜居镜湖之三山。这首词和其他两首《鹧鸪天》(插脚红尘已是颠、懒向青门学种瓜),都是此时所作。词中虽极写隐居之闲适,但那股抑郁不平之气仍然按捺不住,在篇末流露出来。也正因为有那番超脱尘世的表白,所以篇末的两句就尤其显得冷隽。

(袁行霈)

鹧 鸪 天　　　　陆 游

懒向青门学种瓜,只将渔钓送年华。双双新燕飞春岸,片片轻鸥落晚沙。　　歌缥缈,橹呕哑,酒如清露鲊如花。逢人问道归何处,笑指船儿此是家。

宋孝宗隆兴元年(1163),张浚以枢密使都督江淮东西路军马,主持抗金军事,陆游作有贺启。二年,陆游任镇江通判,张浚以右丞相、江淮东西路宣抚使,仍都督江淮军马,视师驻节,颇受知遇;张浚旋卒,年底宋金和议告成。乾道元年(1165)夏,陆游调任隆兴(治所在今江西南昌)通判;二年春,以"交结台谏,鼓唱是非,力说张浚用兵"的罪名,被免职归家。这首词就是这一年归家初期写的。另有两首词意相近,当亦是同时所作。

陆游自枢密院编修官通判镇江,又调隆兴并被免职,已一再受到主和派的打击,心情抑郁,故乾道二年免职前的《烧香》诗,有"千里一身凫泛泛,十年万事海茫茫"之慨。罢官后如《寄别李德远》诗的"中原乱后儒风替,党禁兴来士气屏",另一首《鹧鸪天》词的"元知造物心肠别,老却英雄似等闲",既愤慨抗金志士的遭受迫害;而又一首《鹧鸪天》词的"插脚红尘已是颠","三山老子真堪笑,见事迟来四十年",又自嘲对仕途进退认识的浅薄。在这种心境支配下,词的上片"懒向青门学种瓜,只将渔钓送年华"二句,表示不愿靠近都城学汉初的邵平在长安青门外种瓜,只愿回家过渔钓生活。但隐身渔钓,并非作者的生活理想,这样做只是无可奈何之中的一种自我排遣,读"送年华"三字,感喟之情,依稀可见。这时候,作者迁居山阴县南的镜湖之北、三山之下，湖光山色，兼擅其美。在作者的诗人气质中，本来富有热爱自然的感情，当他面对这种自然美景，人事上的种种失望和伤痛，也自会暂时得到冲淡以至忘却，所以接着二句："双双新燕飞春岸，片片轻鸥落晚沙"，即就镜湖旁飞鸟出没的情况，写出那里的风景之美。句法上既紧承"渔钓"，又针对镜湖特点；情调上既表景色的可爱，又表心境的愉悦：脉络不变，意境潜移。它用笔清新，对偶自然，轻描淡写，情景具足，以景移情，不留痕迹，是全词形象最妍美、用笔最微妙的地方，此中韵味，耐人寻思。

　　下片从湖边写到泛舟湖中的情况。起二句，"歌"声与"榔"声并作，"缥缈"与"呕哑"相映成趣；第三句："酒如清露鲊如花"，细写酒菜的清美。这三句，进一步描写"渔钓"生活的自在和快乐；"鲊如花"三字着色最美，染情尤浓。结二句："逢人问道归何处，笑指船儿此是家。"表示不但安于"渔钓"，而且愿意以船为家；不但自在、快乐，且有傲世自豪之感。但我们联系作者的志趣，可以知道这些自在、快乐和自豪，是迫于环境而自我排遣的结果，是热爱自然的一个侧面和强作旷达的一种表面姿态，并非他的深层心境。"笑指"二字和上片的"送年华"三字，一样透露此中消息。表面上是"笑"得那样自然，那样自豪；实际上是"笑"得多么勉强，多么伤心。上片结尾的妙处是以景移情；下片结尾的妙处是情景复杂，并不单一。这时候作者景慕张志和的"浮家泛宅，往来苕霅间"的行径，自号"渔隐"。词中的以船为家，以及这一年所写的词，如《鹧鸪天》的"沽酒市，采菱船，醉听风雨拥蓑眠"，《采桑子》的"小醉闲眠，风引飞花落钓船"，都是"渔隐"生活的具体描写，但我们一样得从深层心境中去体会作者的"渔隐"实质。上片的"送"字告诉我们这种实质比较明显，本片的"笑"字告诉我们这种实质却很隐微。

　　陆游作词，本来如大手笔写小品，有厚积薄发、举重若轻的长处。这首词，随手描写眼前生活和情景，毫不费力，而清妍自然之中，又自觉正反兼包，涵蕴深厚，举重若轻之妙，表现得很明显。

　　　　　　　　　　　　　　　　　　　　　　　　　　　　　（陈祥耀）

木 兰 花　立春日作　　　　　　　　　　　　　　陆　游

　　三年流落巴山道，破尽青衫尘满帽。身如西瀼渡头云，愁抵瞿塘关上草。　　春盘春酒年年好，试戴银旛判醉倒。今朝一岁大家添，不是人间偏我老。

　　这词是陆游四十七岁通判夔州时所作。他到夔州至此时不过一年多，却连上岁尾年头，开口便虚称"三年"，且云"流落"，观其入笔已有波澜。次句以形象申足"流落"二字。"青衫"言官位之低,"破尽"见穷乏之厄,"尘满帽"状道途仆仆、行戍未定的栖遑之态;七字活画出一个沦落天涯的诗人形象,与"细雨骑驴入剑门"异曲同工。三、四句仍承一、二句生发。身似浮云,漂流不定;愁如春草,划去还生。以"西瀼渡头""瞿塘关上"①为言者,不过取眼前地理景色,切"巴山道"三字。这上片四句,把抑郁潦倒的情怀写得如此深沉痛切,不了解陆游近年遭际,是很难掂出这些句子中所涵蕴的感情分量来的。

陆游自三十九岁被贬出临安,通判镇江,旋移隆兴(府治今江西南昌);四十二岁复因"力说张浚用兵",削官归山阴故里;到四十五岁才又得到起用通判夔州的新命。他的朋友韩元吉《送陆务观序》把陆游心中要说的话说了一个痛快:"朝与一官,夕畀一职,曾未足伤朝廷之大;且而引之东隅,暮而置之西陲,亦无害幅员之广也。……务观之于丹阳(镇江),则既为贰矣,迩而迁之远,辅郡而易之藩方,其官称小大无改于旧,则又使之冒六月之暑,抗风涛之险(途中舟坏,陆游几乎溺死),病妻弱子,左馈右药……"(《南涧甲乙稿》卷十四)。这段话是送陆游从镇江移官隆兴时写的,说得激昂愤慨。从近处愈调愈远,既不是明明白白的贬职,也不是由于升迁,为什么要这样折腾他呢?韩元吉故作不解,其实他是最了解个中消息的。孝宗赵眘即位后,表面上志存恢复,实则首鼠两端。陆游坚主抗金,孝宗对之貌似奖掖而实则畏恶。陆游在内政上主张加强中央集权,以培养国力,也开罪了权力集团。前此之由京官而出判镇江,对他是一个挫折;进而罢黜归里,更是一个挫折;此刻虽起用而远判巴蜀,又是一个挫折。这一次又一次的打击,显然并非加之于一人,而是意在摧折整个主战派的心志,浇灭抗金复国的火种,则其不幸者岂只是陆游个人而已。于此可见,三年流落之哀,不仅是一己之哀,实在是国家民族的大哀。创痛巨深,安得不言之如此深沉痛切?

上片正面写心底抑郁潦倒之情,抒报国无门之愤,这是陆游诗词的主旋律,在写法上未见特殊佳胜。下片忽然换意,紧扣"立春"二字,以醉狂之态写沉痛之怀,设色陡变,奇峰突起。立春这一天士大夫戴旛胜于头上,本宋时习俗,取吉庆之意②。但戴银旛而曰"试",节日痛饮而曰"抨"("判"即"抨"之意),就显然有"浊酒一杯家万里"的不平常的意味了。所谓借酒浇愁,逢场作戏,伤心人别是一番滋味在心头。结处更飏开一笔,明言非我一人偏老,其实正是深感流光虚掷,美人迟暮。这就在上片抑郁潦倒的情怀上,又添一段新愁。词人强自宽解,故作旷达,正是推开一层、透过一层的写法。哭泣本人间痛事,欢笑乃人间快事。今有人焉,不得不抹干老泪,强颜随俗,把哭脸装成笑脸,让酒红遮住泪痕,这种笑,岂不比哭还要凄惨吗?东坡《赤壁赋》物我变与不变之论,辛弃疾《丑奴儿》"如今识尽愁滋味,欲说还休。欲说还休,却道'天凉好个秋'"之句,都是用强为解脱的违心之言,写出更深一层的悲哀,那手法近乎反衬,那境界是人所至为难堪的。

纵观全词,上下片都是写心底抑郁之情,但乍看竟似两幅图画,两种情怀。沈谦论词作云:"立意贵新,设色贵雅,构局贵变,言情贵含蓄。"(《填词杂说》)但作词之道,条贯、错综,两不可失,此意刘永济《词论·结构篇》曾深言之。读陆游此词,抑郁之情固条贯始终,上下片表现手法截然相异,构局又极错综变化之致。读上片,看到的是一个忧国伤时、穷愁潦倒的悲剧人物的形象;读下片,看到的是一个头戴银旛、醉态可掬的喜剧人物的形象。粗看似迥然不同,但仔细看看他脸上的笑全是装出来的苦笑,终于了悟到这喜剧其实是更深沉的悲剧。

(赖汉屏)

〔注〕　① 东西瀼水,流经夔州;瞿塘关也在夔州东南。　② 见孟元老《东京梦华录》卷六"立春"条:"春日,宰执亲王百官皆赐金银旛胜,入贺讫,戴归私第。"

临　江　仙 离果州作　　　　　　　　　陆　游

鸠雨催成新绿,燕泥收尽残红。春光还与美人同:论心空眷眷,分袂却匆匆。　　只道真情易写,那知怨句难工。水流云散各西东。半廊花院月,一帽柳桥风。

乾道八年(1772)陆游四十八岁时,离夔州通判任,赴四川宣抚使王炎幕下任干办公事兼检法官。那年正月,从夔州赴宣抚使司所在地兴元(今陕西汉中),二月途经果州(今四川南充)而作此词。

陆游到果州,已是"池馆莺花春渐老"(《果州驿》)的时刻。中间有《留樊亭三日王觉民检详日携酒来饮海棠花下比去花亦衰矣》二诗,结句云:"醉到花残呼马去,聊将侠气压春风。"樊亭为园馆名,亦在果州。故这首词的开头二句亦云:"鸠雨催成新绿,燕泥收尽残红。"虽是二月,已有晚春景色。陆游《秋阴》诗:"雨来鸠有语";又三国吴时陆玑《毛诗草木鸟兽虫鱼疏》卷下载鸠鸟:"阴则屏逐其匹,晴则呼之。语曰'天将雨,鸠逐妇'是也。"陆游祖父陆佃所作《埤雅》亦引之。鸠雨一词,即指此。鸠鸟呼唤声中的雨水,把芳草、树林,催成一片新绿;燕子在雨后,把满地落英的残红花瓣都和泥衔尽。绿肥红褪,正是作者离果州时所见实景;组成对偶句子,意象结集丰富,颜色对照鲜明,机调自然,对仗工整,是上片词形象浓缩的焦点,与王维《田园乐》诗的"桃红复含宿雨,柳绿更带春烟",着色用对,有异曲同工之妙。下面三句,都从这二句生发。"春光还与美人同:论心空眷眷,分袂却匆匆"，谓春光与美人一样，在相聚的时候，彼此间无限眷恋，但说分手就匆匆分手了。这个比喻极为精当，深挚地体现出作者恋春又惜春的感情。"空眷眷"的"空"，是惜别时追叹之语，正是在"分袂却匆匆"的时刻感觉前些时的"眷眷"已如梦幻成空。这里说春光，说美人，言外之意，还可能包括果州时相与宴游的朋友，以美人喻君子亦属常见。这三句由写景转为抒情，化浓密为清疏；疏而不薄，因有开头二句为基础，能够取得浓淡相济的效果。有浓丽句，但很少一味浓丽到底；是抒情，但情中又往往带着议论：这正是陆游词的特点。上片即可窥见这种特点。

上片歇拍，犹是情中带议；下片换头，即已情为议掩。"只道真情易写"，从惜别的常情着想，是原来的预计。"那知怨句难工"，从表情的甘苦言，是实践后的体验。韩愈《荆潭唱和诗序》说："欢愉之辞难工，而穷苦之言易好也。"作者相信此理，而结果不然，意翻空一层，即是递进一层，极言惜别之情的难以表达。"水流云散各西东。"申明春光不易挽留，兼写客中与果州告别，与果州的朋友告别，天时人事，融合一起，有李煜《浪淘沙》词的"流水落花春去也，天上人间"句的笔意；当然，写词时两人处境不同，一轻松，一哀痛，内在感情又迥然有别。陆游写词时，正要走上他渴望已久的从戎前线的军幕生活，惜春惜别，虽未免带有"怨"意；而对于仕宦前程，则是满意的，故"怨"中实带轻快之情。结尾两句："半廊花院月，一帽柳桥风。"前句写离开果州前的夜色之美，后句写离开后旅途的昼景之美。花院明月，半廊可爱；柳桥轻风，一帽无嫌。作者陶醉在这样的美景中，虽不言情，而轻快之情毕见。这两句也是形象美而对仗工的对偶句，浓密不如上片的起联，而清丽中又似含蓄有加。用这两句收束全词，更觉美景扑人，余味不尽。

这首词上片以写景起而以抒情结，下片以抒情起而以写景结。全词只插两句单句，其余全用对偶。单句转接灵活，又都意含两面；对偶句有疏有密，起处浓密，中间清疏，结尾优美含蓄。情景相配，疏密相间，明快而不淡薄，轻松而见精美，可以看出陆游词的特色和工巧。

(陈祥耀)

蝶 恋 花 陆 游

桐叶晨飘蛩夜语。旅思秋光，黯黯长安路。忽记横戈盘马处，散关清渭应如故。 江海轻舟今已具。一卷兵书，叹息无人付。早信此生终不遇，当年悔草《长杨赋》。

这首词是陆游离开南郑入蜀以后所作。上片写对南郑戎马生活的怀念,下片抒发壮志难酬的感慨。

开头一句"桐叶晨飘蛩夜语",词人托物起兴,桐叶飘零,寒蛩夜鸣,都是引发悲秋之景。"晨飘"与"夜语"对举,表明了由朝至夕,终日触目盈耳的,无往而非凄清萧瑟的景象,这就充分渲染了时代气氛和词人的心境。第二句"旅思秋光",承前启后,"秋光"点明了时序,叶落、虫语,勾起了旅思:"黯黯长安路。"这一句有两重含意,一为写实,一为暗喻。从写实来说,当日西北军事重镇长安已为金人占领,词人在南郑王炎宣抚使幕中时,他们的主要进取目标就是收复长安,而一当朝廷下诏调走王炎,这一希望便成泡影,长安收复,渺茫无期,道路黯黯,不禁凄然神伤! 从暗喻方面说,"长安"是周、秦、汉、唐的古都,这里是借指南宋京城临安。通向京城的道路黯淡无光,隐寓着词人对南宋小朝廷改变抗金决策的失望。"忽记横戈盘马处,散关清渭应如故。"词人北望长安,东望临安,都使他深为不安,而最使他关切的还是抗金前线的情况,那大散关头和清澈的渭水之旁,曾是他"横戈盘马"之处,也曾是他图谋恢复实现理想的所在,而今的情况怎样呢?"忽记",乃油然想起,猛上心头,"应"字是悬想,但愿"如故",更担心能否"如故",也就是说,随着王炎内调以后形势的变化,金人是不是会乘虚南下,表明词人对国事忧虑的深重。这两句不是旁斜横逸的转折,而是所感情事的变化,词人联想起自己那一段不平凡的战斗经历,说明他的旅思的内涵,不是个人得失,不是旅途的风霜之苦,而是爱国忧时的情怀。

下边转到个人的前途方面,"江海轻舟今已具"。承上片"旅思"而来,其意本于苏轼《临江仙》"小舟从此逝,江海寄余生"。含有想隐归江湖的意思。词人对个人的进退是无所萦怀的,难以忘情的是"一卷兵书,叹息无人付"。"一卷兵书",既可实指为他曾向王炎提出过的"经略中原,必自长安始"的一整套进军策略,也可虚指为抗敌兴国的重任,"无人"不是一般所说的没有人,而是春秋时期秦国随会对晋国使臣所说的"子无谓秦无人"的"无人",也就是慨叹朝廷抗金志士零落无存,国家前途,实堪忧虑。歇拍两句从慨叹转为激愤:"早信此生终不遇,当年悔草《长杨赋》。"《长杨赋》是西汉辞赋家扬雄的名作,他是为了讽谏汉成帝游幸长杨宫,纵胡客大校猎才献这篇赋的。词里是活用这个典故,表明自己如果早知不被知遇,就不会陈述什么恢复方略了。这"悔"的后面是"恨",透露出词人的愤愤不平之气,不过只用"悔"字表现得婉转一些。

全词四个层次,第一层抚今,第二层思昔,第三层再回到现实,第四层又回顾以往,今昔交织,回环往复,写得神完气足。　　　　　　　　　　　　（李廷先　刘立人）

钗 头 凤　　　　　　　陆 游

红酥手,黄滕酒。满城春色宫墙柳。东风恶,欢情薄。一怀愁绪,几年离索。错,错,错。　　春如旧,人空瘦。泪痕红浥鲛绡透。桃花落,闲池阁。山盟虽在,锦书难托。莫,莫,莫!

这首词写的是陆游自己的爱情悲剧。

陆游的原配夫人是同郡唐氏士族的一个大家闺秀,结缡以后,他们"伉俪相得","琴瑟甚和",是一对情意相投的恩爱夫妻。不料,作为婚姻包办人之一的陆母却对儿媳产生了恶感,逼令陆游休弃唐氏。在陆游百般劝谏、哀求而无效的情势下,二人终于被迫仳离,唐氏改适"同郡宗子"赵士程,彼此音息也就隔绝无闻了。几年以后的一个春日,陆游在家乡山阴(今绍兴市)城南禹迹寺附近的沈园,与偕夫同游的唐氏邂逅相遇。唐氏遣致酒肴,聊表对陆游的抚慰之情。陆游见人感事,百虑翻腾,遂乘醉吟赋是词,信笔题于园壁之上。词中记述了词人与唐氏的这次相遇,表达了他们眷恋之深和相思之切,也抒发了词人怨恨愁苦而又难以言状的凄楚心情。

词的上片通过追忆往昔美满的爱情生活,感叹被迫离异的痛苦,分两层。

起首三句为上片第一层,回忆往昔与唐氏偕游沈园的美好情景:"红酥手,黄滕酒。满城春色宫墙柳。"虽说是回忆,但因为是填词,而不是写散文或回忆录之类,不可能全写,所以只选取了一个场面来写,而这个场面,又只选取了一两个最富代表性和特征性的情事细节。"红酥手",不仅写出了唐氏为词人殷勤把盏时的美丽姿致,同时还有概括唐氏全人之美(包括她的内心美)的作用。然而,更重要的是,它具体而形象地表现出这对恩爱夫妻之间的柔情蜜意以及他们婚后生活的美满和幸福。第三句又为这幅春园夫妻把酒图勾勒出一个广阔而深远的背景,点明了他们是在共赏春色。而唐氏手臂的红润、酒的黄封以及柳色的碧绿,又使这幅图画有了明丽而和谐的色彩感。

"东风恶"数句为第二层,写词人被迫与唐氏离异后的痛苦。上一层写春景春情,无限美好,至此突然一转,激愤的感情潮水突地冲破词人心灵的闸门,无可遏止地宣泄下来。"东风恶"三字,一语双关,含蕴很丰富,是全词的关键所在,也是造成词人爱情悲剧的症结所在。本来,东风可以使大地复苏,给万物带来勃勃的生机,但是,如果它狂吹乱扫,也会破坏春容春态,下片所云"桃花落,闲池阁",就正是它狂吹乱扫所带来的一种严重后果,故说它"恶"。然而,它主要是一种象喻,象喻造成词人爱情悲剧的"恶"势力。至于陆母是否也在其列,答案应该是肯定的,只是由于不便明言,而又不能不言,才不得不以这种含蓄的表达方式出之。下面一连三句,又进一步把词人怨恨"东风"的心理抒写出来,并补足一个"恶"字:"欢情薄。一怀愁绪,几年离索。"美满姻缘被拆散,恩爱夫妻被迫分离,使他们感情上蒙受巨大的折磨,几年来生活带给他们的只是满怀愁怨。这不正如烂漫的春花被无情的东风所摧残,而凋谢飘零吗?接下来,"错,错,错",一连三个"错"字,奔迸而出,感情极为沉痛。但是,到底谁错了?是对自己当初"不敢逆尊者意"而终"与妇诀"的否定吗?是对"尊者"的压迫行为的否定吗?是对不合理的婚姻制度的否定吗?词人没有明说,也不便于明说,这枚"千斤重的橄榄"(《红楼梦》语)留给了我们读者来嚼,来品味。这一层虽直抒胸臆,激愤的感情如江河奔泻,一气贯注;但又不是一泻无余,其中"东风恶"和"错,错,错"云云,就很有味外之味。

　　词的下片,由感慨往事回到现实,进一步抒写夫妻被迫离异的深哀巨痛,也分两层。

　　换头三句为第一层,写沈园重逢时唐氏的表现。"春如旧"承上片"满城春色"句而来,这又是此番相逢的背景。依然是从前那样的春日,但是,人却今非昔比了。以前的唐氏,肌肤是那样的红润,焕发着青春的活力;如今,经过"东风"的无情摧残,她憔悴了,消瘦了。"人空瘦"句,虽说写的只是唐氏容颜方面的变化,但分明表现出"几年离索"给她带来的巨大痛苦。像词人一样,她也为"一怀愁绪"折磨着;像词人一样,她也是旧情不断,相思不舍啊!不然,何至于瘦呢?写容颜形貌的变化以表现内心世界的变化,原是文学作品中的一种常用手法,但瘦则瘦矣,句间何以著一"空"字?"使君自有妇,罗敷自有夫。"(《古诗·陌上桑》)从婚姻关系说,两人早已各不相干了,事已至此,不是白白为相思而折磨自己吗?著此一字,就把词人那种怜惜之情、抚慰之意、痛伤之感等等,全都表现出来。"泪痕"句通过刻画唐氏的表情动作,进一步表现出此次相逢时她的心情状态。旧园重逢,念及往事,她能不哭、能不泪流满面吗?但词人没直接写泪流满面,而是用白描的手法,写她"泪痕红浥鲛绡透",显得更委婉,更沉着,也更形象可感。而一个"透"字,不仅见其流泪之多,亦且见她伤心之甚。上片第二层写词人自己,用了直抒胸臆的手法;这里写唐氏却改变了手法,只写了她容颜体态的变化和她的痛苦情状。由于这一层所写都从词人眼里看出,所以又具有了"一时双情俱至"的艺术效果。可见词人,不仅深于情,亦且深于言情。

　　词的最后几句,是下片第二层,写词人与唐氏相遇以后的痛苦心情。"桃花落"两句与上片的"东风恶"句遥相照应,又突入景语。虽系景语,但也是一笔管二的词句。不是么?桃花凋谢,园林冷落,这只是物事的变化,而人事的变化却更甚于斯。像桃花一样美丽姣好的唐氏,不是也被无情的"东风"摧残折磨得憔悴消瘦了么?从词人自己的心境来说,不也像"闲池阁"一样凄寂冷落么?一笔而兼有二意,却又不着痕迹,很巧妙,也很自然。下面又转入直接赋情:"山盟虽在,锦书难托。"这两句虽只寥寥八字,却实从千回万转中来。虽说自己情如山石,永永如斯,但是,这样一片赤诚的心意,又如何表达呢?明明在爱,却又不能去爱;明明不能去爱,却又割不断这爱缕情丝。刹那间,有爱,有恨,有痛,有怨,再加上看到唐氏的憔悴容颜和悲戚情状所产生的怜惜之情、抚慰之意,真是百感交集,万箭簇心,一种难以名状的悲哀,再一次冲胸破喉而出:"莫,莫,莫!"事已至此,再也无可补救、难以挽回了,这万千感慨还想它做什么,说它做什么?于是快刀斩乱麻:罢了,罢了,罢了!明明言犹未尽,意犹未了,情犹未终,却偏偏这么不了了之,而全词也就在这极其沉痛的喟叹声中结束了。

这首词始终围绕着沈园这个特定的空间来安排自己的笔墨,上片由追昔到抚今,而以"东风恶"转捩;过片回到现实,以"春如旧"与上片"满城春色"句相呼应,以"桃花落,闲池阁"与上片"东风恶"句相照应,把同一空间不同时间的情事和场景历历如绘地"叠映"出来。全词多用对比手法,如上片,越是把往昔夫妻共同生活时的美好情景写得逼切如见,就越使得他们被迫离异后的凄楚心境深切可感,也就越显出"东风"的无情和可憎,从而形成强烈的感情对比。再如上片写"红酥手",下片写"人空瘦",在鲜明的形象对比中,充分地展示出"几年离索"给唐氏带来的巨大的精神折磨和痛苦。全词节奏急促,声情凄紧,再加上"错,错,错"和"莫,莫,莫"先后两次感叹,荡气回肠,大有怆不忍言、怆不能言的情致。总之,这首词达到了内容和形式的完美统一,是一首别开生面、催人泪下的作品。

(杨钟贤　张燕瑾)

〔附记〕 千百年来,前哲时贤多以为陆游和他的原配夫人唐氏是姑表关系,事实并非如此。最早记述《钗头凤》词本事的是南宋陈鹄的《耆旧续闻》,之后,有刘克庄的《后村诗话》,但陈、刘二氏在其著录中均未言及陆、唐是姑表关系。直到宋元之际的周密才在其《齐东野语》中说:"陆务观初娶唐氏,闳之女也,于其母为姑侄。"此后,"姑表说"遂被视为"恒言"。其实综考有关历史文献和资料,陆游的外家乃江陵唐氏,其曾外祖父是历仕仁宗、英宗、神宗三朝的北宋名臣唐介,唐介诸孙男皆以下半从"心"之字命名,即懋、愿、恕、意、愚、憑,而无以从"门"之字命名的唐阆其人,也就是说,在陆游的舅父行中并无唐阆其人(据陆游《渭南文集·跋唐修撰手简》、《宋史·唐介传》、王珪《华阳集·唐质肃公介墓志铭》考定);而陆游原配夫人的母家乃山阴唐氏,其父唐阆是宣和年间有政绩政声的鸿胪少卿唐翊之子,唐阆之昆仲亦皆以"门"字框字命名,即阅、阅(据《嘉泰会稽志》、《宝庆续会稽志》、阮元《两浙金石录·宋绍兴府进士题名碑》考定)。由此可知,陆游和他的原配夫人唐氏根本不存在什么姑表关系。那么,周密的"姑表说"就毫无来由,完全出于他的杜撰吗?不。刘克庄在其《后村诗话》中虽然未曾言及陆、唐是姑表关系,但却说过这样的话:"某氏改适某官,与陆氏有中外。"某氏,即指唐氏;某官,即指"同郡宗子"赵士程。刘克庄这两句话的意思是说:唐氏改嫁给赵士程,赵士程与陆氏有姻娅关系。事实正是如此,陆游的姨母瀛国夫人唐氏乃吴越王钱俶的后人钱忱的嫡妻、宋仁宗第十女秦鲁国大长公主的儿媳,而陆游原配夫人唐氏的后夫赵士程乃秦鲁国大长公主的侄孙,亦即陆游的姨父钱忱的表侄行,恰与陆游为同一辈人(据陆游《渭南文集·跋唐昭宗赐钱武肃王铁券文》,王明清《挥麈后录》及《宋史·宗室世系、宗室列传、公主列传》等考定)。作为刘克庄的晚辈词人的周密很可能看到过刘克庄的记述或听到过这样的传闻,但他错会了刘克庄的意思,以致造成了千古讹传。本文不可能将所据考证材料详列备举,只把近年来有关学者、专家和我们考证的结果附识于此,聊供参考。

清 商 怨　葭萌驿作　　　　　　　　陆 游

江头日暮痛饮,乍雪晴犹凛。山驿凄凉,灯昏人独寝。

鸳机新寄断锦,叹往事、不堪重省。梦破南楼,绿云堆一枕。

　　葭萌驿,位于四川剑阁附近,西傍嘉陵江(流经葭萌附近又名桔柏江),是蜀道上著名的古驿之一,作者有诗云:"乱山落日葭萌驿,古渡悲风桔柏江"(《有怀梁益旧游》)。乾道八年(1172)陆游在四川宣抚使司(治所南郑,今陕西汉中)任职时,曾数次经过此地。按陆游是本年三月到任、十一月离任赴成都的,据词中所写情景当为十一月间赴成都过此而作。

　　上片写过此留宿情况。"江头日暮痛饮",直赋其事,亦见出心中的不快。"痛饮",排遣愁绪也。"乍雪晴犹凛",衬写其景。斜光照积雪,愈见其寒,由此雪后清寒正映出心境之寒。"山驿凄凉,灯昏人独寝。"由日暮写到夜宿,"凄凉"二字挑出了独宿况味,"灯昏"益见其凄凉、寂寞。古驿孤灯,是旅中孤栖的典型氛围,不少诗人词客都曾描写过。白居易写过:"邯郸驿里逢冬至,抱膝灯前影伴身"(《邯郸冬至夜思家》);秦观写过:"……风紧驿亭深闭。梦破鼠窥灯"(《如梦令》)。此词亦复如此,而且此处"灯昏"与前面日暮霁色映照,更带有一层悲哀的色调。上片四句似信手写来,其实在层次、情景的组织上,颇有功夫。

过片由"独寝"作相反联想。"鸳机新寄断锦,叹往事、不堪重省。""鸳机",织具,此句用前秦苏蕙织锦为回文诗寄赠其夫窦滔事,意谓自己心爱的人新近又寄来了书信。"往事",当初绸缪欢洽之事也。"不堪重省"者,一是山长水阔难以重聚,二是此时凄清想起往日的温暖,更是难耐。后一种意味更切此时的"不堪"。虽则不堪,心偏向往,回避不了:"梦破南楼,绿云堆一枕。"这就是"往事"中的一事,当年同卧南楼,梦醒时见身边的她"绿云堆一枕"。"绿云",女子秀美的鬓发,"堆",见其蓬松、茂密之状。这使人想起"鬓云欲度香腮雪""绿窗残梦迷"(温庭筠《菩萨蛮》)的句子,这是多么动人的情态。独宿的凄凉,使他想起往事;想起这件往事,可能加重了他的凄凉感,也可能使他的凄凉感在往事的玩味中消减,这就是人情的微妙处。"梦破"自是当年情事,我们也不妨将之与今日连缀起来,当年情事之于今,亦是温馨一梦也。今梦、昔梦连成一片,词家恍惚之笔,最是难得。赵翼云:放翁诗"结处必有兴会,有意味"(《瓯北诗话》),此词也是这样。

此词当写羁旅愁思,将艳情打并进去,正显出愁思的深切温厚,宋词中如此表现不在少数。下片所思人事,当有所本。同年春末由夔州调往南郑时经此地,他写有《蝶恋花·离小益作》:

> 陌上箫声寒食近。雨过园林,花气浮芳润。千里斜阳钟欲暝,凭高望断南楼信。　　海角天涯行略尽。三十年间,无处无遗恨。天若有情终欲问,忍教霜点相思鬓?

"南楼信"云云亦是思念"南楼"女子,此女子是谁,已难确考了。

有人认为此词是比兴之作,"'梦破'是说的幻梦(按指由陇右进军长安,收复失地)的破灭,从表面看来,这里全写的男女之情,当日的欢爱,……可是现在恩情断了,'鸳机新寄断锦',更没有挽回的余地。陆游在这个境界里,感到无限的凄凉。"(《中国历代著名文学家评传》第三卷《陆游》,参见《词学研究论文集·陆游的词》)这样的解说恐未合词的本意。如果说,陆游由于从军南郑的失意,加深了心头的悒郁,使得他"在这个境界里",更"感到无限的凄凉",羁愁中渗进了政治失意的意绪,那是可以的,也是自然的;若字牵句合以求比兴,那就显得简单生硬了。至于以陆游此次是携眷同行为据,证实此词是"假托闺情写他自己政治心情",那恐怕与文学创作规律及古人感情生活方式都相距甚远了。　　(汤华泉)

秋　波　媚　　　　　　　　　　陆　游

七月十六晚登高兴亭望长安南山

秋到边城角声哀，烽火照高台。悲歌击筑，凭高酹酒，此兴悠
哉！　　多情谁似南山月，特地暮云开。灞桥烟柳，曲江池
馆，应待人来。

陆游一生，怀着抗金救国的壮志。四十五岁以前，长期被执行投降路线的当
权派所排挤压抑。孝宗乾道八年(1172)，陆游四十八岁。这年春天，他接受四川
宣抚使王炎邀请，来到南郑，担任四川宣抚使公署干办公事兼检法官，参加了九
个月的从军生活。南郑是当时抗金的前线，王炎是抗金的重要人物，主宾意气十
分相投。高兴亭，在南郑内城的西北，正对南山。长安当时在金占领区内，南山
即秦岭，横亘在陕西省南部，长安城南的南山是它的主峰。陆游在凭高远望长安
诸山的时候，收复关中的热情更加奔腾激荡，不可遏止。集中有不少表现这样主
题的诗，但多属于离开南郑以后的追忆之作。而这首《秋波媚》词，却是在南郑即
目抒感的一篇，情调特别昂扬，充分显示了词人的乐观主义精神。

上片从角声烽火写起，烽火指平安火，高台指高兴亭。《唐六典》说："镇戍每
日初夜，放烟一炬，谓之平安火。"陆游《辛丑正月三日雪》诗自注："予从戎日，尝
大雪中登兴元城上高兴亭，待平安火至。"又《感旧》自注："平安火并南山来，至山
南城下。"又《频夜梦至南郑小益之间慨然感怀》："客枕梦游何处所，梁州西北上
危台。暮云不隔平安火，一点遥从骆谷来。"都可以和这首词句互证。高歌击筑，
凭高洒酒，引起收复关中成功在望的无限高兴，从而让读者体会到上面所写的角
声之哀歌声之悲，不是什么忧郁哀愁的低调，而是慷慨悲壮的旋律。"此兴"的
"兴"，兼切亭名。

下片从上片的"凭高"和"此兴悠哉"过渡，全面表达了"高兴"的"兴"。作者
把无情的自然物色的南山之月，赋予人的感情，并加倍地写成为谁也不及它的多
情。多情就在于它和作者热爱祖国河山之情一脉相通，它为了让作者清楚地看
到长安南山的面目，把层层云幕都推开了。这里，也点明了七月十六日夜晚，在
南郑以东的长安南山头，皎洁的月轮正在升起光华。然后进一步联想到灞桥烟
柳、曲江池台那些美丽的长安风景区，肯定会多情地等待收复关中的宋朝军队的
到来。应，应该。这里用"应"字，特别强调肯定语气。人，指宋军，也包括作者。
词中没有直接说到收复失地的战争，而是以大胆的想象，拟人化的手法，描绘上

至"明月"、"暮云",下至"烟柳"、"池馆",都在期待宋军收复失地、胜利归来的情景,来暗示作者所主张的抗金战争的前景。这种想象是在上片豪情壮志抒发的基础上,自然引发而出,具有明显的浪漫主义情调。全词充满着乐观气氛和胜利在望的情绪,这在南宋爱国词作中是很少见的。　　　　　　　　　　(钱仲联)

卜 算 子 咏梅　　　　　　　　陆 游

驿外断桥边,寂寞开无主。已是黄昏独自愁,更著风和雨。　　　无意苦争春,一任群芳妒。零落成泥碾作尘,只有香如故。

这首《卜算子》,作者自注"咏梅",可是,它意在言外,像"独爱莲之出淤泥而不染,濯清涟而不妖"的濂溪先生(周敦颐)以莲花自喻一样,作者正是以梅花自喻的。

陆游曾经称赞梅花"雪虐风饕愈凛然,花中气节最高坚"(《落梅》)。梅花如此清幽绝俗,出于众花之上,可是如今竟开在郊野的驿站外面,紧临着破败不堪的"断桥",自然是人迹绝少、寂寥荒寒、倍受冷落了。从这一句可知它既不是官府中的梅,也不是名园中的梅,而是一株生长在荒僻郊外的"野梅"。它既得不到应有的护理,也无人来欣赏。随着四季代谢,它默默地开了,又默默地凋落了。它孑然一身,四望茫然,——有谁肯一顾呢,它是无主的梅呵。"寂寞开无主"这一句,词人将自己的感情倾注在客观景物之中,首句是景语,这句已是情语了。

日落黄昏,暮色朦胧,这孑然一身、无人过问的梅花,何以承受这凄凉呢?它只有"愁"——而且是"独自愁",这几个字与上句的"寂寞"相呼应。而且,偏偏在这个时候,又刮起了风,下起了雨。"更著"这两个字力重千钧,写出了梅花的艰困处境,然而尽管环境是如此冷峻,它还是"开"了!它,"万树寒无色,南枝独有花"(道源);它,"万花敢向雪中出,一树独先天下春"(杨维桢)。总之,从上面四句看,对这梅花的压力,天上地下,四面八方,无所不至,但是这一切终究被它冲破了,因为它还是"开"了!谁是胜利者?应该说,是梅花!

上阕集中写了梅花的困难处境,它也的确还有"愁"。从艺术手法说,写愁时作者没有用诗人、词人们那套惯用的比喻手法,把愁写得像这像那,而是用环境、时光和自然现象来烘托。况周颐说:"词有淡远取神,只描取景物,而神致自在言外,此为高手。"(《蕙风词话》)就是说,词人描写这么多"景物",是为了获得梅花的"神致";"深于言情者,正在善于写景"(田同之《西圃词说》)。上片四句可说是

"情景双绘"。

下阕，托梅寄志。

梅花，它开得最早。"万木冻欲折，孤根暖独回"（齐己）；"不知近水花先发，疑是经冬雪未消"（张谓）。是它迎来了春天。但它却"无意苦争春"。春天，百花怒放，争丽斗妍，而梅花却不去"苦争春"，凌寒先发，只是一点迎春报春的赤诚。"苦"者，抵死、拼命、尽力也。从侧面讽刺了群芳。梅花并非有意相争，"群芳"如果有"妒心"，那是它们自己的事情，就"一任"它们去嫉妒吧。这里把写物与写人，完全交织在一起了。草木无情，花开花落，是自然现象，说"争春"，是暗喻人事。"妒"，则非草木所能有。这两句表现出陆游标格孤高，决不与争宠邀媚、阿谀逢迎之徒为伍的品格和不畏谗毁、坚贞自守的崚嶒傲骨。

最后几句，把梅花的"独标高格"，再推进一层："零落成泥碾作尘，只有香如故"。前句承上阕的寂寞无主、黄昏日落、风雨交侵等凄惨境遇。这句七个字四次顿挫："零落"，不堪雨骤风狂的摧残，梅花纷纷凋落了，这是一层。落花委地，与泥水混杂，不辨何者是花，何者是泥了，这是第二层。从"碾"字，显示出摧残者的无情，被摧残者承受的压力之大，这是第三层。结果呢，梅花被摧残、被践踏而化作灰尘了。这是第四层。看，梅花的命运有多么悲惨，简直令人不忍卒读。但作者的目的决不是单为写梅花的悲惨遭遇，引起人们的同情；从写作手法说，仍是铺垫，是蓄势，是为了把下句的词意推上最高峰。虽说梅花凋落了，被践踏成泥土了，被碾成尘灰了，请看，"只有香如故"，它那"别有韵"的香味，却永远"如故"，一丝一毫也改变不了呵。

末句具有扛鼎之力，它振起全篇，把前面梅花的不幸处境，风雨侵凌，凋残零落，成泥作尘的凄凉、衰飒、悲戚，一股脑儿抛到九霄云外去了。正是"末句想见劲节"（卓人月《词统》）。而这"劲节"的得以"想见"，正是由于此词运用比兴手法，十分成功，托物言志，给我们留下了十分深刻的印象，成为一首咏梅的杰作。

（艾治平）

汉　宫　春　　　　　　　　　　陆　游
初自南郑来成都作

羽箭雕弓，忆呼鹰古垒，截虎平川。吹笳暮归野帐，雪压青毡。淋漓醉墨，看龙蛇飞落蛮笺。人误许、诗情将略，一时才气超然。　　　何事又作南来，看重阳药市，元夕灯山？花时万人乐处，欹帽垂鞭。闻歌感旧，尚时时流涕尊前。君记取、封侯事在，功名不信由天。

这首词是作者于孝宗乾道九年(1173)春在成都所作，时年四十九岁。八年冬，四川宣抚使王炎从南郑被召回临安，陆游被改命为成都府路安抚司参议官，从南郑行抵成都，已经是年底。题目说是初来，词中写到元夕观灯、花时游乐等等，应该已是九年春。词中又说到看重阳药市，那是预先设想的话，因为九年秋直到年底，陆游代理知嘉州，不在成都。陆游活动在南郑前线时，对抗金的前途怀着胜利的希望。调到后方，挈云心事，不得舒展，极为苦闷，而要收复河山的信念，仍然是坚定不移。在不少诗篇和词作里，往往激发着慷慨昂扬的声音。这首《汉宫春》，是有代表性的。

词的上片，表明作者对在南郑时期的一段从军生活，是这样的珍视而回味着。他想到在那辽阔的河滩上，峥嵘的古垒边，手缚猛虎，臂挥健鹰，是多么惊人的场景！这不是大言空话，而是活生生的事实。在陆游的诗作里，时常提到，《书事》诗说："云埋废苑呼鹰处。"《忽忽》诗："呼鹰汉庙秋。"《怀昔》诗："昔者戍梁益，寝饭鞍马间，……挺剑刺乳虎，血溅貂裘殷。"《三山杜门作歌》诗："南沮水边秋射虎。"写的都是南郑从军时的生活。他又想到晚归野帐，悲笳声里，雪花乱舞，兴酣落笔，草下了龙蛇飞动的字幅和气壮河山的诗篇，又多么值得自豪！当然，这更是书生本色而不是虚话了。可是卷地狂飙，突然吹破了词人壮美的梦境。成都之行，意味着抗金愿望暂时不能实现。自己的文才武略，何补时艰？"人误许"三字，不是谦词，而是对当时朝廷压抑主战派、埋没人才的愤怒控诉。

下片跟上片作鲜明的对照。在繁华的成都，药市灯山，百花如锦，是有人在那里沉醉的。可是，在民族灾难深重的年代里，在词人的心眼里，锦城歌管，只能换来尊前的流涕了。"何事又作南来"一问，蕴藏着多少悲愤在内！词人最后的回答是：破敌功名的取得，要靠人的力量，不是由天决定。陆游大量诗篇里反复强调的人定胜天思想，在词作里再一次得到了表现。这里，说明了词人的意志，并没有因为环境的变化而消沉，而是更坚定了。

这词的艺术特色，总的是用对比的手法，以南郑的过去对比成都的现在，以才气超然对比流涕尊前，表面是现在为主过去是宾，精神上却是过去是主现在是宾。中间又善于用反笔钩锁等写法，"人误许""功名不信由天"两个反笔分别作上下片的收束，显得有千钧之力。"诗情将略"分别钩住前七句的两个内容，"闻歌"钩住药市、灯山四句，"感旧"钩住上片。在渲染气氛，运用语言方面，上片选择最惊人的场面，出之以淋漓沈雄的大笔，下片选择成都地方典型的事物，出之以婉约的风调,最后又一笔振起,仍然是高调而不是低调。词笔刚柔相济,结构波澜起伏,情调高下抑扬,从而使通篇迸发出爱国主义精神的火花,并给读者以美的享受。

　　　　　　　　　　　　　　　　　　　　　　　　　　　　　　　　（钱仲联）

乌　夜　啼　　　　　　　　陆　游

　　金鸭馀香尚暖,绿窗斜日偏明。兰膏香染云鬟腻,钗坠滑无声。　　冷落秋千伴侣,阑珊打马心情。绣屏惊断潇湘梦,花外一声莺。

　　陆游中年以后,是反对写艳词的。他的《跋〈花间集〉》说:"《花间集》皆唐末五代时人作。方斯时,天下岌岌,生民救死不暇,士大夫乃流宕如此,可叹也哉!"《长短句序》说:"风雅颂之后为骚,为赋,……千余年后,乃有倚声制辞起于唐之季世,则其变愈薄,可胜叹哉! 予少时汩于世俗,颇有所为,晚而悔之。"这首词绮艳颇近《花间》,当是少年时的作品。

　　词是摹写一个上层妇女在春天中的孤独、寂寞的生活的。写她午后无聊,只好捱在床上消磨时光。上片起二句:"金鸭馀香尚暖,绿窗斜日偏明。"后句用晚唐方棫诗"午醉醒来晚,无人梦自惊。夕阳如有意,长傍小窗明"句意,以窗外斜日点明时间,一"绿"字渲染环境,"偏"字即方诗的"如有意";前句写金鸭形的香炉中馀香袅袅,点明身份,近于戴叔伦《春怨》诗"金鸭香消欲断魂,梨花春雨掩重门",李清照《醉花阴》词"薄雾浓云愁永昼,瑞脑消金兽"所写的情景。这情景,看似幽雅,实则透露孤独无聊。"兰膏香染云鬟腻,钗坠滑无声。"由闺房写到房中人,即女主人公,装束华贵,但孤独无聊的情绪也透露得更分明。这两句写美丽的头发染了香气很浓的"兰膏",午后睡在床上,玉钗下坠,也滑润无声。这使人想起温庭筠《菩萨蛮》词:"鬓云欲度香腮雪",李贺《美人梳头歌》:"一编香丝云撒地,玉钗落处无声腻";更令人想起欧阳修《临江仙》词:"凉波不动簟纹平。水晶双枕,旁有堕钗横。"事物相似,情景的绮美相似;所不同的,这里人物的活动,不是团圆的"双枕",而是冷清的"单枕"。"双枕"可以引人艳羡,"单枕"则只能使人同情。

　　下片开头两句:"冷落秋千伴侣,阑珊打马心情。"正面写主人公的寂寞。她不但离别了心上人,深闺独处,而且连同耍秋千的女伴也很少过从。女伴"冷落",自然自己的心情也更为"冷落",说前者正好反衬了后者。"打马"之戏,是宋代妇女闺房中的一种游戏,女词人李清照即精于此道,作了《打马图经》,讲究这种玩艺。词中主人公的心上人不在,女伴"冷落","打马"心情的"阑珊",自可想见。这句写出了在孤独中连玩耍的兴趣都消退了。无聊之极,只好仍在"绣屏"旁边的床上捱着,朦胧之中,做起了白日梦。梦说"潇湘",暗用岑参《春梦》诗:"洞房昨夜春风起,遥忆美人(这是指所爱的男性)湘江水。枕上片时春梦中,行尽江南数千里。"作为典故,即写在梦中远涉异地,去寻找心上人。这种梦本来不容易做,做了,好景不长,偏被春莺的啼声"惊断"。金昌绪《春怨》诗:"打起黄莺儿,莫教枝上啼。啼时惊妾梦,不得到辽西。"冯延巳《鹊踏枝》词:"浓睡觉来莺乱语,惊残好梦无寻处。"同样写莺声虽美,但啼醒人的好梦,那就颇杀风景,颇为恼人了。陆词把惊梦放在莺啼之前写,使两者的关系,似即似离,又不写出怨意,显得比较婉转含蓄,情调避免了悲凉。

这是陆游少数的艳词之一,写得旖旎细腻。然只写"艳",不写"怨","怨"在"艳"中。虽透露了一些"怨"意,又能怨而不悲;虽写得较"艳",又能艳而不亵。读起来,不带色情气味,也不会引人过分伤感。这说明陆游后来虽反对《花间》,而早年词却也能得《花间》胜处而去其猥下与低沉。

(陈祥耀)

乌 夜 啼　　　　　　陆 游

纨扇婵娟素月,纱巾缥缈轻烟。高槐叶长阴初合,清润雨余天。　　弄笔斜行小草,钩帘浅醉闲眠。更无一点尘埃到,枕上听新蝉。

陆游在孝宗乾道元年(1165)四十一岁时,买宅于山阴(今绍兴)镜湖之滨、三山之下的西村,次年罢隆兴通判时,入居于此。西村居宅,依山临水,风景优美。他受了山光水色的陶冶,心情比较宽舒,自号渔隐。在家住了四年,到乾道六年离家入蜀。四年中写了几首描写村居生活的《鹧鸪天》词。这首《乌夜啼》词,也写村居生活,但与上述《鹧鸪天》词不同期;是他从蜀中归来,罢提举江南西路常平茶盐公事再归山阴时写的。他这次归山阴,从淳熙八年(1181)五十七岁起到十二年六十一岁止,又住了五年。他在淳熙十六年写的《长短句序》,说他"绝笔"停止写词已有数年,则词作于这几年中当可确定。词境之美,与山阴居宅的环境有关。

陆游是个爱国志士,不甘过闲散生活,他的诗词写闲适意境的,往往带有悲慨。这首词有些不同,整首都写闲适意境,看不到任何悲愤之情。只有结合陆游的身世和思想,从词外去理解他并不是真正耽于词中的生活,但那已是读者知人论世之事了，词中内容并不如此。词写于初夏季节。上片起二句："纨扇婵娟素月，纱巾缥缈轻烟。"从两种生活用品，表现季节。第一句写美如圆月的团扇，第二句写薄如轻烟的头巾，这都是夏天所适用的。以圆月形容团扇，来自古乐府《怨歌行》："新裂齐纨素，鲜洁如霜雪。裁为合欢扇，团圆似明月。"以轻烟形容头巾，则是作者的写实。扇美巾轻，可以驱暑减热，事情显得轻快。"高槐叶长阴初合，清润雨余天。"这二句写景，也贴切季节。夏天树阴浓合，最为可喜；梅雨季节，放晴时余凉余润尚在，这也使人感到宽舒。这二句使人想到王安石《初夏即事》"绿阴幽草胜花时"的诗句，想到周邦彦《满庭芳》"午阴嘉树清圆。地卑山近，衣润费炉烟"的词句。景物相近，意境同样很美；但王诗、周词，笔调幽细，陆词则出以清疏。

　　下片起二句："弄笔斜行小草，钩帘浅醉闲眠。"由上片的物、景写到人，由静写到动。陆游善书，以草书自负，但他有关写字的诗，如《草书歌》、《题醉中所作草书卷后》、《醉中作行草数纸》等，都是表现报国壮志被压抑，兴酣落笔，藉以发泄愤激感情的，正如第二题的诗中所说的："胸中磊落藏五兵，欲试无路空峥嵘。酒为旗鼓笔刀槊，势从天落银河倾。"以写字表现闲适之情的，淳熙十三年作于都城的《临安春雨初霁》中的"矮纸斜行闲作草"一句，正和这里的词句、语意都接近。醒时弄笔写细草，表示闲适；醉眠时挂起帘钩，为了迎凉，享受陶渊明《与子俨等疏》所说的："五六月中北窗下卧，遇凉风暂至，自谓是羲皇上人"那样的乐趣。"更无一点尘埃到，枕上听新蝉"，正是濒湖住宅的清凉、洁净的境界。

　　这首词只写事和景，不写情，情寓于事与景中。上下片复叠，句式完全相同，故两片起句都用对偶。情景轻快优美，笔调清疏自然，是陆游少见的闲适词。作者淳熙八年初归山阴的夏天，写了一首《北窗》诗："九陌黄尘早暮忙，幽人自爱北窗凉。清吟微变旧诗律，细字闲抄新酒方。草木扶疏春已去，琴书萧散日初长。《破羌》临罢搘颐久，又破铜匜半篆香。"意境和这词颇相近，可以同参作者这时期的心态。《破羌》是王羲之传世的字帖之一，临《破羌》也即近于"弄笔斜行小草"。"清吟微变旧诗律"，更可探求这词风格形成的一些信息。

（陈祥耀）

夜　游　宫　　　　　　　陆　游
记梦寄师伯浑

　　雪晓清笳乱起，梦游处、不知何地。铁骑无声望似水。想关河：雁门西，青海际。　　　睡觉寒灯里，漏声断、月斜窗纸。自许封侯在万里。有谁知，鬓虽残，心未死！

陆游有大量抒发爱国主义激情的记梦诗,在词作里也有。这首《夜游宫》,主题就是这样。师伯浑是陆游认为很有本事的人,是在四川交上的新朋友,够得上说是同心同调,所以把这首记梦词寄给他看。

上片写的是梦境。一开头就渲染了一幅有声有色的关塞风光画面,雪、笳、铁骑等特定的北方事物,放在秋声乱起和如水奔泻的动态中写,有力地把读者吸引到作者的词境里来。中间突出一句点明这是梦游所在。先说是迷离恍恍的梦,不知是什么地方;然后进一步引出联想——是在梦中的联想,这样的关河,必然是雁门、青海一带了。这里,是单举两个地方以代表广阔的西北领土。这样莽苍雄伟的关河如今落在谁的手里呢?那就不忍说了。作者深厚的爱国感情,凝聚在短短的九个字中,给人以非恢复河山不可的激励,从而过渡到下片。

下片写梦醒后的感想。一灯荧荧,斜月在窗,漏声滴断,周围一片死寂。冷落的环境,反衬出作者报国雄心的火焰却在熊熊燃烧。自许封侯万里之外的信心,是何等执着。人老而心不死,自己虽然离开南郑前线回到后方,可是始终不忘要继续参加抗战工作。"有谁知"三字,表现了作者对朝廷排斥爱国者的行径的愤怒谴责。梦境和实感,上下片呵成一气,有机地联系着,使五十七字的中调,具有壮阔的境界和教育人们为国献身的思想内涵。

（钱仲联）

渔 家 傲 寄仲高　　　　　　　　　　　　　陆 游

东望山阴何处是?往来一万三千里。写得家书空满纸。流清泪,书回已是明年事。　　寄语红桥桥下水,扁舟何日寻兄弟?行遍天涯真老矣。愁无寐,鬓丝几缕茶烟里。

陆升之,字仲高,山阴人,与陆游同曾祖,长于游十二岁,有"词翰俱妙"的才名,和陆游感情本好。陆游十六岁时赴临安应试,他也同行。绍兴二十年(1150),任诸王宫大小学教授,阿附秦桧,以告发秦桧政敌李光作私史事(升之为李光侄婿),擢大宗正丞。韦居安《梅磵诗话》记载,陆游有《送仲高兄宫学秩满赴行在》诗以讽之,诗云:"兄去游东阁,才堪直北扉。莫忧持橐晚,姑记乞身归。道义无今古,功名有是非。临分出苦语,不敢计从违。"指责他行为有悖于道义,取得功名富贵,不应不择手段,致为舆论所非议,劝他及早抽身。仲高见诗不悦。其后陆游入朝,仲高亦照抄此诗送行,只改"兄"字为"弟"字。两人的思想分歧,是因对秦桧态度不同而起。绍兴二十五年秦桧死后,其党羽遭受贬逐,仲高也远徙雷州达七年。孝宗隆兴元年(1163),陆游罢枢密院编修官,还家待缺,仲高已自雷州贬所归山阴,两人相遇,对床夜话。由于时间的推移和情势的改变,彼此之间的隔阂也已消除。陆游应仲高之请作《复斋记》,历述其生平出处本末,提到擢升大宗正丞那一段,说在他人可以称得上是个美差,仲高得此则是不幸。对大节所关仍不苟且,口气却委婉多了;还称道仲高经此波折,能"落其浮华,以返本根",要向仲高学习。陆游入蜀后,乾道八年在阆中曾得仲高信,有诗记其事。据《山阴陆氏族谱》,仲高死于淳熙元年(1174)六月,次年春陆游在成都始得讯,有《闻仲高从兄讣》诗。这一首《寄仲高》的词,当是淳熙二年以前在蜀所作,只述兄弟久别之情,不再提及往事,已感无须再说了。

　　上片起二句:"东望山阴何处是?往来一万三千里。"写蜀中与故乡山阴距离之远,为后文写思家和思念仲高之情发端。"写得家书空满纸"和"流清泪"二句,接着申写思家之情的深切。"空满纸",情难尽;"流清泪",情难抑,这已够伤感的了。"书回已是明年事"句,紧接写信的事,自叹徒劳;又呼应起二句,更加伤感。地既远,情难尽,一封家信的回复,要等待到来年,这种情境极为难堪,而表达却极新颖。前人诗词,少见这样写。这一句是全词意境最佳的创新之句。这种句,不可多得,也不能强求,须从实境实感中自然得来。陆游高手,兴会所及,得来全不费力。

　　下片起二句,从思家转到思念仲高。"寄语红桥桥下水,扁舟何日寻兄弟?"巧妙地借"寄语"流水表达怀人之情。红桥,在山阴县西七里迎恩门外,当是两人时共出入之地,陆游在夔州所作《初夏怀故山》诗:"镜湖四月正清和,白塔红桥小艇过",即指此。词由桥写到水,又由水引出扁舟;事实上是倒过来想乘扁舟沿流水而到红桥。词题是寄仲高,不是怀仲高,故不专写怀念仲高的事;专写怀念仲高,只这二句,而"兄弟"一呼,情见乎辞。况寄言只凭设想,相寻了无定期,用笔不多,取象亦丽,而酸楚之情却深。陆游离开南郑宣抚使司幕府后,经三泉、益昌、剑门、武连、绵州、罗江、广汉等地至成都;又以成都为中心,辗转往来于蜀州、嘉州、荣州等地,年届五十,故接下去有"行遍天涯真老矣"之句。这一句从归乡未得,转到万里漂泊、年华老大之慨。再接下去二句:"愁无寐,鬓丝几缕茶烟里。"典故用自杜牧《题禅院》诗:"觥船一棹百分空,十岁青春不负公。今日鬓丝禅榻畔,茶烟轻飏落花风。"陆游早岁即以经济自负,又以纵饮自豪,都同于杜牧;如今老大无成,几丝白发,坐对茶烟,也同于杜牧。身世之感相同,自然容易引起共鸣,信手拈用其诗,如同己出,不见用典痕迹。这三句,是向仲高告诉自己的生活现状,看似消沉,实际又是不然。因为对消沉而有感慨,便是不安于消沉、不甘于消沉的一种表现。

这首词从寄语亲人表达思乡、怀人及自身作客飘零的情状,语有新意,情亦缠绵,在陆词中是笔调较为凄婉之作。它的结尾看似有些消沉,而实际并不消沉,化愤激不平与热烈为闲适与凄婉,又是陆诗与陆词的常见意境。　　(陈祥耀)

双 头 莲　　　　　　陆 游
呈范至能待制

华鬓星星,惊壮志成虚,此身如寄。萧条病骥。向暗里、消尽当年豪气。梦断故国山川,隔重重烟水。身万里,旧社凋零,青门俊游谁记?　　　尽道锦里繁华,叹官闲昼永,柴荆添睡。清愁自醉。念此际、付与何人心事。纵有楚柂吴樯,知何时东逝? 空怅望,鲙美菰香,秋风又起。

范至能,即南宋著名诗人范成大,小陆游一岁。绍兴三十二年(1162)九月,孝宗已即位,两人同在临安编类圣政所任检讨官,同事相知。淳熙二年(1175)六月,范成大入蜀知成都府、权四川制置使,辟陆游为成都府路安抚司参议官兼四川制置使司参议官,居成都。范成大有一首诗,题目上说:“余与陆务观自圣政所分袂,每别辄五年,离合又常以六月,似有数者。”《宋史·陆游传》说:“范成大帅蜀,游为参议官,以文字交,不拘礼法,人讥其颓放,因自号放翁。”自号放翁,是淳熙三年的事。这年春,陆游因病休居城西笮桥一带;范成大也以病乞罢使职,四年六月,离蜀还朝。范、陆在蜀,颇多酬答唱和之作,这首词即其一,当作于淳熙三年秋陆游病后休官时。

淳熙三年,陆游五十二岁,既已离开南郑军幕,在成都制置使司任官,又因病和被“讥劾”而休官,有年老志不酬之感,故上片开头三句:“华鬓星星,惊壮志成虚,此身如寄”,即写此感。这种感情,即是他《病中戏书》说的“五十忽过二,流年消壮心”,《感事》说的“年光迟暮壮心违”。“壮心”的“消”与“违”,主要出于环境所迫和抱病,故接下去即针对“病”字,说:“萧条病骥。向暗里、消尽当年豪气。”这一年的诗,也屡以“病骥”自喻,如《书怀》“摧颓已作骥伏枥”,《松骥行》“骥行千里亦何得,垂首伏枥终自伤”,《百岁》“壮心空似骥伏枥”,《和范待制秋兴》“身如病骥惟思卧”。病后休官,还以千里老骥自许,“豪气”即是“壮志”,可见两者都并未真正“消尽”。这一年的《书叹》诗:“浮沉不是忘经世,后有仁人知此心”,《夏夜大醉醒后有感》诗:“欲倾天上银河水,净洗关中胡房尘。那知一旦事大谬,骑驴剑阁霜毛新。却将覆毡草檄手,小诗点缀西州春。鸡鸣酒解不成寐,起坐肝胆空轮困。"浮沉不忘经世,忧国即肝胆轮困,可见所谓消沉,只是一时的兴叹而已。"梦断故国山川,隔重重烟水。"由在蜀转入对故都的怀念,为下文"身万里,旧社凋零,青门俊游谁记"作一过脉。"旧社"义同故里,这里紧属下句,似泛指旧友,不一定有结社之事,苏轼《次韵刘景文送钱蒙仲》:"寄语竹林社友,同书桂籍天伦",亦属泛指。"青门",汉长安城门,借指南宋都城临安。这三句表示此身远客,旧友星散,但以前同游交往的情兴难忘。陆游在圣政所时,与范成大、周必大等人同官,皆一时清流俊侣,旧游之念,即包括范成大在内,此词之呈,自不徒然。况作者它词,念及临安初年的旧友,亦每引以自豪。《诉衷情》说:"青衫初入九重城,结友尽豪英。"《南乡子》说:"早岁入皇州,樽酒相逢尽胜流。"

　　换头"尽道锦里繁华,叹官闲昼永,柴荆添睡",又自回忆临安转到在蜀处境。锦城虽好,柴荆独处;投闲无俚,以睡了时,哪得不"叹"?"清愁自醉。念此际、付与何人心事。"这两句是倒文,即此时心事,无人可以交谈,只得以自醉对付清愁之意。心事无人可付,依然是壮志未消、苦衷难言的婉转倾诉。陆游诗词中,本来常有借酒浇愁的描写,这一年有一首《春愁》诗,却说得很特别:"醉自醉倒愁自愁,愁与酒如风马牛。"愁不能为酒所消,那就是愁得更大更深;也许词中的"清愁自醉",表的就是酒不能消愁、愁反能成醉的曲折意思,不尽如上面所解的"以自醉对付清愁"。"纵有楚柁吴樯,知何时东逝?"无计消愁,无人可托心事,转而动了归乡之念,也属自然。因"东归"而想望"楚柁吴樯",正如他前二年《秋思》诗说的:"吴樯楚柁动归思",指乘船沿江而下。"东逝"无时,秋风又动,宦况萧条,又不禁要想起晋人张翰的故事:"见秋风起,乃思吴中菰菜、蓴羹、鲈鱼脍",遂"命驾而归",而写下结尾三句:"空怅望,鲙美菰香,秋风又起。"更难堪的,是要学张翰还有不能,暂时只得"空怅望"而已。值得提出的,作者的心情,如果仅仅限于想慕张翰,还是平淡无奇;他的"思鲈",还有其不得已的苦衷,诗集中《和范待制秋日书怀二首》,作于同时,不是说过"欲与众生共安稳,秋来梦不到鲈乡"吗?陆游是志士而非隐士,他的说"隐",常宜从反面看。

　　这首词在困难环境中,反复陈述壮志消沉、怀旧思乡之情,看似消极,仍含悲愤,陆游其人与其诗词的积极本色,细按未尝不存。　　　　　　　　(陈祥耀)

鹊　桥　仙　　　　　　　　　　陆　游

　　华灯纵博,雕鞍驰射,谁记当年豪举?酒徒一半取封侯,独去作江边渔父。　　轻舟八尺,低篷三扇,占断蘋洲烟雨。镜湖元自属闲人,又何必官家赐与!

这是陆游闲居故乡山阴时所作。山阴地近镜湖,因此他此期词作类多"渔歌菱唱"。山容水态之咏,棹舞舟横之什,貌似清旷淡远,翛然物外,其实,此翁身寄湖山,心存河岳。他写"身老沧洲"生涯,正是"心在天山"的痛苦曲折的反映。这首《鹊桥仙》即其一例。

词从南郑幕府生活写起。发端两句,对他一生中最难忘的这段戎马生涯作了一往情深的追忆。在华丽的明灯下与同僚纵情赌博,骑上骏马猎射驰驱,这是多么豪迈的生活!他四十八岁那一年入四川宣抚使王炎南郑幕。当时南郑地处西北边防,为恢复中原的战略据点。王炎入川时,宋孝宗曾面谕布置北伐工作;陆游也曾为王炎规划进取之策,说"经略中原必自长安始,取长安必自陇右始"(见《宋史·陆游传》)。他初抵南郑时满怀信心地唱道:"国家四纪失中原,师出江淮未易吞。会看金鼓从天下,却用关中作本根。"(《山南行》)因此,他在军中心情极为舒畅,公务之暇,"华灯纵博""雕鞍驰射",词以对句发端,激昂整炼,写尽"当年豪举"。骑射无论,赌博也是豪举,陆游诗词中颇多说到,如《鹧鸪天·送叶梦锡》所称"平生豪举少年场"者,就有"十千沽酒青楼上,百万呼卢锦瑟傍"之事。绍熙五年(1194)所作《自咏》诗且云:"常记当年入洛初,华灯百万掷樗蒲。"但第三句折入现实,紧承以"谁记"二字,顿时引出一片寂寞凄凉。朝廷的国策起了变化,大有可为的时机白白丧失了。不到一年,王炎被召还朝,陆游转官成都,风流云散,伟略成空。那分豪情壮志,当年曾有几人珍视?如今更有谁还记得?词人运千钧之力于毫端,用"谁记"一笔兜转,于转折中为进层。后两句描绘出两类人物,两条道路:终日酣饮耽乐的酒徒,反倒受赏封侯;志存恢复的儒生如己者,却被迫投闲置散,作了江边渔父,事之不平,孰逾于此?这四、五两句,以"独"字为转折,从转折中再进一层。经过两次转折进层,昔日马上草檄、短衣射虎的英雄,已经变成孤舟蓑笠翁了。那个"独"字以入声直促之音,高亢特起,凝铸了深沉的孤愤和掉头不顾的傲岸之情,声情悉称,妙合无垠。

下片承"江边渔父"生发,以"轻舟""低篷"之渺小与"蘋洲烟雨"之浩荡对举,复缀"占断"一语于其间,再作转折进层。"占断"即占尽之意。纵一苇之所如,凌万顷之茫然,无拘无束,独往独来,是谓"占断烟雨"。三句写湖上生涯,词境浩渺苍凉,极烟水迷离之致,含疏旷要眇之情。词至此声情转为纡徐萧散,节奏轻缓。但由于"占断"一词撑拄其间,又显得骨力开张,于纡徐中蓄拗怒之气,萧散而不失遒劲昂扬。前此既蓄深沉的孤愤和掉头不顾的傲岸之情,复于此处得"占断"二字一挑,于是,"镜湖元自属闲人,又何必官家赐与"这更为昂扬兀傲的一结乃肆口而成,语随调出,唱出了全阕的最高音。唐代诗人贺知章老去还乡,玄宗曾诏赐镜湖一曲以示矜恤。陆游借用这一故实而翻出一层新意——官家(皇帝)既置我于闲散,这镜湖风月本来就只属闲人,还用得着你官家赐与吗?再说,天地之大,江湖之迥,何处不可置我昂藏八尺之躯,谁又稀罕你"官家"的赐与?这个结句,表现出夷然不屑之态,愤慨不平之情,笔锋指到最高统治者,它把通首迭经转折进层蓄积起来的激昂不平之意,挟其大力盘旋之势,千回百转而后出,故一出即振动全词,声情激越,逸响悠然,浩歌不绝。

这首抒情小唱很能代表陆游放归后词作的特色。他在描写湖山胜景、闲情逸趣的同时,总含着壮志未酬、壮心不已的幽愤。即以这首《鹊桥仙》而论,雕鞍驰射,蘋洲烟雨,景色何等广漠浩荡! 而"谁记""独去""占断"这类词语层层转折,步步蓄势,隐曲幽微,情意又何等怨慕深远! 这种景与情,广与深的纵横交织,构成了独特深沉的意境。明代杨慎《词品》说:"放翁词,纤丽处似淮海,雄快处似东坡。其感旧《鹊桥仙》一首(即此词),英气可掬,流落亦可惜矣。"他看到了这首词中的"英气",可惜却没有看到其中的不平之气,是其一失。清代陈廷焯编《词则》,将此词选入《别调集》,在"酒徒"两句上加密点以示激赏,眉批云:"悲壮语,亦是安分语。"谓为"悲壮"近是,谓为"安分"则远失之。这首词看似超脱、"安分",实则于啸傲烟水中深寓忠愤抑郁之气,内心是极不平静,极不安分的。不窥其隐曲幽微的深衷,说他随缘、安分,未免昧于骚人之旨,委屈了志士之心。

(赖汉屏)

鹊 桥 仙　　　　　　　陆 游

一竿风月,一蓑烟雨,家在钓台西住。卖鱼生怕近城门,况肯到红尘深处?　　潮生理棹,潮平系缆,潮落浩歌归去。时人错把比严光,我自是无名渔父。

陆游这首词虽然是写渔父,其实是作者自己咏怀之作。他写渔父的生活与心情,正是写自己的生活与心情。

首两句,"一竿风月,一蓑烟雨",是渔父的生活环境。"家在钓台西住",是说渔父的心情近似严光。严光不应汉光武的征召,独自披羊裘钓于浙江的富春江上。上片结句说,渔父虽以卖鱼为生,但是他远远地避开争利的市场。卖鱼还生怕走近城门,更不肯向红尘深处追逐名利了。

下片三句写渔父潮生时出去打鱼,潮平时系缆,潮落时归家。生活规律和自然规律相适应,无分外之求。不像世俗中人那样沽名钓誉,利令智昏。最后两句承上片"钓台"两句来,说严光还不免有求名之心,这从他披羊裘垂钓上表现出来。宋人有一首咏严光的诗说:"一着羊裘便有心,虚名留得到如今。当时若着蓑衣去,烟水茫茫何处寻。"也是说严光虽辞光武征召,但还有名心。陆游因此觉得:"无名"的"渔父"比严光还要清高。

这词上下片的章法相同,每片头三句都是写生活,后两句都是写心情,但深浅不同。上片结尾说自己心情近似严光,下片结尾却把严光也否定了。

文人词中写渔父最早、最著名的是张志和的《渔父》,后人仿作的很多,李煜诸家都有这类作品。但是文人的渔父词,有些用自己的思想感情代替劳动人民的思想感情,很不真实。陆游这首词,论思想内容,可以说是在张志和诸首之上。很明显,这词是讽刺当时那些被名牵利绊的俗人的。我们不可错会他的作意,简单地认为它是消极的、逃避现实的作品。

陆游另有一首《鹊桥仙》词:"华灯纵博,雕鞍驰射,谁记当年豪举?酒徒一半取封侯,独去作江边渔父。　　轻舟八尺,低篷三扇,占断蘋洲烟雨。镜湖元自属闲人,又何必官家赐与!"也是写渔父的。它上片所写的大概是他四十八岁那一年在汉中的军旅生活。而这首词可能是作者在王炎幕府经略中原事业失望以后,回到山阴故乡时之作。两首词同调、同韵,若是同时之作,那是写他自己晚年英雄失路的感慨,决不是张志和《渔父》那种恬淡、闲适的隐士心情。读这首词时,应该注意他这个创作背景和创作心情。

　　　　　　　　　　　　　　　　　　　　　　　　　　　　（夏承焘）

鹊　桥　仙 夜闻杜鹃　　　　　　　陆　游

茅檐人静,蓬窗灯暗,春晚连江风雨。林莺巢燕总无声,但月夜、常啼杜宇。　　催成清泪,惊残孤梦,又拣深枝飞去。故山犹自不堪听,况半世、飘然羁旅!

乾道八年(1172)冬陆游离南郑,第二年春天在成都任职,之后在西川淹留了六年。据夏承焘《放翁词编年笺注》,此词就写于这段时间。杜鹃,蜀地很多,暮春而鸣。它又名杜宇、子规、鹈鴂,古人曾赋予它很多意义,蜀人更把它编成了一个哀凄动人的故事。(《成都记》:"望帝死,其魂化为鸟,名曰杜鹃。")因此,这种鸟的啼鸣常引起人们的许多联想,寓蜀文士关于杜鹃的吟咏似乎更多,杜甫入蜀这样的作品就有不少。陆游寓蜀心境本来就不大好,当他"夜闻杜鹃",自然会惊动敏感的心弦而思绪万千了。

"茅檐人静,蓬窗灯暗,春晚连江风雨。""茅檐""蓬窗"对文,指其简陋的寓所。当然,陆游住所未必如此,这样写无非是形容客居的萧条,不必拘执。在这样的寓所里,"掩掩黄昏后,寂寂人定初",当他坐在昏黄的灯下,该是多么寂寥;而且又是"连江风雨""萧萧暗雨打窗声",会逗引他多少愁绪。"连江",形容风雨其来之远,这当然不是所见,而是想象,他想象风雨连江,也表明他愁绪的浩茫无边。"林莺巢燕总无声,但月夜、常啼杜宇。"这时他听到了鹃啼,但又不直接写,先反衬一笔:莺燕无声。莺燕无声使得鹃啼显得分外清晰、刺耳;莺燕在早春显得特别活跃,一到晚春便"燕懒莺残"、悄然无声了,对这"无声"的怨悱,就是对"有声"的厌烦。"总"字传达出了那种怨责、无奈的情味。再泛写一笔:"但月夜、常啼杜宇。""月夜"自然不是这个风雨之夜,月夜的鹃啼是很凄楚的——"又闻子规啼夜月,愁空山"(李白《蜀道难》)——何况这个风雨之夜呢!"常啼"显出这刺激不是一日几日,这样写是为了加强此夜闻鹃的感受。

上片是写闻鹃的环境,着重于气氛的渲染。杜鹃本来就是一种"悲鸟",在这种环境气氛里啼鸣,更加使人感到愁苦不堪。下片就写愁苦情状及内心痛楚。

"催成清泪,惊残孤梦,又拣深枝飞去"。"孤梦"点明客中。客中无聊,寄之于梦,偏被"惊残"。"催成清泪",见出啼声一声紧似一声,故曰"催"。就这样还不停息,"又拣深枝飞去",继续它的哀鸣。"又",又是一个无可奈何。杜甫《子规》写道:"客愁那听此,故作傍人低!"——客中愁闷时那能听这啼声,可是那杜鹃却似故意追着人飞!这里写的也是这种情况。鹃啼除了在总体上给人一种悲凄之感、一种心理重负之外,还由于它的象征意义引人种种联想。比如它在暮春啼鸣,使人觉得春天似乎是被它送走的,它的啼鸣常引起人们时序倏忽之感,《离骚》就有"恐鹈鴃之先鸣兮,使夫百草为之不芳"。又,这种鸟的鸣声好似说"不如归去",因此又常引起人们的羁愁。所以作者在下面写道:"故山犹自不堪听,况半世、飘然羁旅!""故山",故乡。"半世",陆游至成都已是四十九岁,故云。这结尾的两句就把他此时闻鹃内心深层的意念揭示出来了。故山听鹃当然引不起羁愁,之所以"不堪听",就是因为打动了岁月如流、志业未遂的心绪,而今在蜀,更增加了一重羁愁,这里的"犹自……况"就是表示这种递进。《词林纪事》卷十一引《词统》云:"去国离乡之感,触绪纷来,读之令人於邑"(於邑,通呜咽)。解说还算切当,但是这里忽略了更重要的岁月蹉跎的感慨,这是需要加以注意的。如果联系一下作者此时一段经历,我们可以把这些意念揭示得更明白些。

陆游是四十六岁来夔州任通判的,途中曾作诗道:"四方男子事,不敢恨飘零"(《夜思》),情绪还是不错的。两年后到南郑的王炎幕府里赞襄军事,使他得以亲临前线,心情十分振奋。他曾身着戎装,参加过大散关的卫戍。这时他觉得王师北定中原有日,自己乘时立功的机会到了。可是只半年多,王炎幕府解散,自己被调往成都,离开了如火如荼的前线生活,其挫折的巨大可以想见。以后他播迁于西川各地,无路请缨,沉沦下僚,直到离蜀东归。由此看来,他的岁月蹉跎之感是融合了对功名的失意、对时局的忧念;"况半世、飘然羁旅!"从这痛切的语气里,可以体会出他对朝廷如此对待自己的严重不满。

陈廷焯比较推重这首词。《白雨斋词话》云:"放翁词,惟《鹊桥仙·夜闻杜鹃》一章,借物寓言,较他作为合乎古。"陈廷焯论词重视比兴、委曲、沉郁,这首词由闻鹃感兴,由表及里、由浅入深,曲曲传达了作者内心的苦闷,在构思上、表达上是比陆游其他一些作品讲究些。但这仅是论词的一个方面的标准。放翁词大抵步武苏辛,虽有些作品如陈氏所言"粗而不精",但还是有不少激昂感慨、敷腴俊逸者,扬此抑彼就失之偏颇了。

　　　　　　　　　　　　　　　　　　　　　　　　　　　　　(汤华泉)

诉　衷　情　　　　　　　　　陆　游

当年万里觅封侯,匹马戍梁州①。关河梦断何处,尘暗旧貂裘。　　胡未灭,鬓先秋,泪空流。此身谁料,心在天山,身老沧洲。

〔注〕　① 梁州:《宋史·地理志》:"兴元府,梁州汉中郡,山南西道节度。"治所在南郑。陆游著作中,称其参加王炎幕府所在地,常杂用以上地名。

积贫积弱、日见窘迫的南宋是一个需要英雄的时代,但这又是一个英雄"过剩"的时代。陆游的一生以抗金复国为己任,但请缨无路,屡遭贬黜,晚年退居山阴,有志难申。"壮士凄凉闲处老,名花零落雨中看。"历史的秋意,时代的风雨,英雄的本色,艰难的现实,共同酿成了这一首悲壮沉郁的《诉衷情》。作这首词时,词人已年近七十,身处江湖,未忘国忧,烈士暮年,雄心不已,这种高亢的政治热情,永不衰竭的爱国精神形成了词作风骨凛然的崇高美。但壮志不得实现,雄心无人理解,虽然"男儿到死心如铁",无奈"报国欲死无战场",这种深沉的压抑感又形成了词作中百折千回的悲剧情调。词作说尽忠愤,回肠荡气。

"当年万里觅封侯,匹马戍梁州",开头两句,词人再现了往日壮志凌云、奔赴抗敌前线的勃勃英姿。"当年",指乾道八年(1172),时陆游来到南郑(今陕西汉中),投身到四川宣抚使王炎幕下襄理军务。在前线,他曾亲自参加过对金兵的遭遇战。"觅封侯"用班超投笔从戎、立功异域"以取封侯"的典故,写自己报效祖国,收拾旧河山的壮志。"自许封侯在万里"(《夜游宫》),一个"觅"字显出词人当年的自许、自负、自信的神情和坚定执着的追求精神。"万里"与"匹马"形成空间形象上的强烈对比,匹马征万里,一派卓荦不凡之气。"壮岁从戎,曾是气吞残虏"(《谢池春》)。当时词人四十八岁,从军戍边,"悲歌击筑,凭高酹酒"(《秋波媚》),"呼鹰古垒,截虎平川"(《汉宫春》),那豪雄飞纵、激动人心的军旅生活至今历历在目,时时入梦。梦是愿望的达成,陆游诗词中记梦之作很多,这是因为强烈的愿望受到太多的压抑,积郁的情感只有在梦里才能得到宣泄。"关河梦断何处,尘暗旧貂裘",在南郑前线仅半年,陆游就被调离,从此关塞河防,只有时时在梦中出现,而梦醒不知身何处,只有旧时貂裘戎装,已是尘封色暗。一个"暗"字将岁月的流逝,人事的消磨,化作灰尘堆积之暗淡画面,心情饱含惆怅。

　　上片开头以"当年"二字楔入往日豪放军旅生活的回忆,声调高亢,"梦断"一转,形成一个强烈的情感落差,慷慨化为悲凉,至下片则进一步抒写理想与现实的矛盾,跌入更深沉的浩叹,悲凉化为沉郁。"胡未灭,鬓先秋,泪空流"。这三句步步紧逼,声调短促,说尽平生不得志。放眼西北,神州陆沉,妖氛未扫;回首人生,流年暗度,两鬓已苍;沉思往事,雄心虽在,壮志难酬。"未""先""空"三字在承接比照中,流露出沉痛的感情,越转越深:人生自古谁不老?但逆胡尚未灭,功业尚未成,岁月已无多,这才迫切感到人"先"老之惊心。"一事无成霜鬓侵",对镜理发,一股悲凉的意绪渗透心头,人生老大矣!然而,即使天假数年,双鬓再青,又岂能实现"攘除奸凶,兴复汉室"的事业?"朱门沉沉按歌舞,厩马肥死弓断弦","云外华山千仞,依旧无人问"。所以说,这忧国之泪只是"空"流,一个"空"字既写了内心的失望和痛苦,也写了对君臣尽醉的小朝廷的不满和愤慨。"此生谁料,心在天山,身老沧洲"。最后三句总结一生,反省现实。"天山"代指抗敌前线,"沧洲"指闲居之地,"此生谁料"即"谁料此生"。词人没料到,自己的一生会不断地处在"心"与"身"的冲突中,他的心神驰于疆场,他的身却僵卧孤村,他看到了"铁马冰河",但这只是在梦中,他的心灵高高扬起,飞到了"天山",他的身体却沉重地坠落在"沧洲"。"谁料"二字写出了往日的天真与今日的失望,"早岁那知世事艰","而今识尽愁滋味",理想与现实是如此格格不入,无怪乎词人要声声浩叹。"心在天山,身老沧洲"两句作结,先扬后抑,形成一个大转折,词人犹如一心要搏击长空的苍鹰,却被折断羽翮,落到地上,在痛苦中呻吟。

　　陆游这首词,确实饱含着人生的秋意,但由于词人"身老沧洲"的感叹中包含了更多的历史内容,他的阑干老泪中融汇了对祖国炽热的感情,所以,词的情调体现出幽咽而不失开阔深沉的特色,比一般仅仅抒写个人苦闷的作品显得更有力量,更为动人。

　　　　　　　　　　　　　　　　　　　　　　　　　　　　　　　(史双元)

诉　衷　情　　　　　　　　　　　　陆　游

青衫初入九重城，结友尽豪英。蜡封夜半传檄，驰骑谕幽
并。　　　时易失，志难成，鬓丝生。平章风月，弹压江山，别是
功名。

陆游有《诉衷情》词二首，其一的首句是"当年万里觅封侯"，其二即此词。宋
光宗绍熙元年(1190)，陆游六十六岁，闲居山阴(浙江绍兴)，有一首诗，题目是：
《予十年间两坐斥，罪虽擢发莫数，而诗为首，谓之'嘲咏风月'。既还山，遂以'风
月'名小轩，且作绝句》，这首词中有"平章风月，别是功名"之句，或是同一时期的
作品。

词的上片是忆旧。起首两句写早年的政治生活。在淳熙十六年(1189)写的
题为《马上作》的诗里，也有"三十年前客帝城，城南结骑尽豪英"之句。高宗绍兴
三十年(1160)，陆游由福州决曹掾被荐到临安，以右从事郎为枢密院敕令所删定
官，由九品升为八品，这是他入朝为官的开始。唐宋时九品官服色青，陆游以九
品官入京改职，言"青衫"十分贴切。绍兴三十二年九月，任枢密院编修兼编类圣
政所检讨官。这两任都是史官职事。这期间交识的同辈人士，有周必大、范成
大、郑樵、李浩、王十朋、杜起莘、林栗、曾逢、王质等，都是一时俊彦。下两句词反
映出当时的政治形势是很鼓舞人的。"蜡封夜半传檄，驰骑谕幽并。"写任圣政所
检讨官时的活动。这时宋孝宗刚即位，锐意恢复，起用主战派的著名人物张浚，
筹划进取方略。陆游曾奉中书省、枢密院(当时称为"二府")之命作《与夏国主
书》，提出申固欢好，永为善邻，以便全力对金。又作《蜡弹省札》，晓谕中原人士：
"有据北州郡归命者，即以其所得州郡，裂土封建。"实际上是作敌后的分化瓦解
工作。"蜡封"是用蜡封固，便于保密的文书。"幽并"，幽州和并州，主要是河北
北部及山西北部地方，这里统指北方入于金国的地区。"夜半传檄"和"驰谕幽
并"表明主战派在朝廷占上风，图谋恢复的种种措施得以进行，陆游不分昼夜地
投入抗金工作，透露出他的无比振奋的心情。

词的下片是抒愤。换头三句既是词意的转折，也反映了他的政治经历的转
折。接连三个三字句如走丸而下，表现出他激动的心情。"时易失"，先就大局而
言，就是说，好景不长，本来满有希望收复中原的大好机会竟被轻易地断送了！
宋孝宗操之过急，张浚志大才疏，北进结果遭到符离之败，又结成了屈服于金人
的隆兴和议。这些史实概括在这一短语之中，没有、也不必要明显地表现出来。

"志难成,鬓丝生"就个人方面说,正因为整个政治形势起了变化,自己的壮志未酬,而白发早生,才造成了终身大恨。六字之中,感慨百端。歇拍三句写晚年家居的闲散生活和愤懑情绪。"平章风月,弹压江山"相对上片结交豪英,夜半草檄而言。那时候终日所对的是英雄豪杰,所作的是羽书檄文;今天终日所对的则是江山风月,所作的则是品评风月的文字,成了管领山川的散人。苏轼曾说过:"江山风月,本无常主,闲者便是主人。"(《东坡志林·临皋闲题》)风月的品评,山川的管领,原是"闲者"的事,与"功名"二字沾不上边,而结句却说"别是功名",这是幽默语,是自我解嘲;也是激愤语,是对那些加给他"嘲咏风月"的罪名的人们,予以有力的反击,套用孟子的一句话就是:"予岂好嘲咏风月哉;予不得已也!"

全篇率意而写,不假雕琢,语明而情真,通过上下片的强烈对比,反映出陆游晚年的不平静心情。

(李廷先　刘立人)

点　绛　唇　　　　　　陆　游

采药归来,独寻茅店沽新酿。暮烟千嶂,处处闻渔唱。

醉弄扁舟,不怕黏天浪。江湖上,遮回疏放,作个闲人样。

这首词作于宋孝宗淳熙年间,陆游闲居山阴时。淳熙七年(1180),江西水灾,陆游于常平提举任上,"奏拨义仓赈济,檄诸郡发粟以予民"(《宋史·陆游传》)。事后,却以"擅权"获罪,遭给事中赵汝愚借故弹劾,罢职还乡。

词取材于村居日常生活中的一个片断,以采药、饮酒、荡舟为线索,展示出作者多侧面的生活风貌。上片写采药归来独沽酒,下片写醉后弄舟江湖间。词人罢职归乡后,闲居山阴,"壮士凄凉闲处老","幽谷云萝朝采药",词人治国之志难以实现,就采药治民,买醉茅店。"独寻"二字写出了罢官后的寂寞、幽闲。村店对新酿,独酌无相亲,但见暮山千叠,长烟落日,听得渔舟唱晚,声声在耳。这几句,写千嶂笼烟,可见江南青山之秀润,处处渔唱,可想象江上渔舟之悠闲,加上新酒初熟,香溢茅店,声香嗅味,皆助酒兴,词人不由得颓然醉乎其间,由此引出下片醉弄扁舟的豪兴。耳听渔歌而心羡江上,清风白云,取之不竭,词人不禁生起散发扁舟之志,况醉后疏阔纵放,更不怕连天波浪。这一回,定要放浪山水,无拘无束,友渔樵、钓明月,真正享受一回清闲人滋味。

陆游一生以抗金救国为己任,放浪山水,做一个潇洒送日月的"闲人",并非他的意愿。即便被迫闲居乡间,他也是闲不住的,采药、治病、救人,于书剑报国的政治理想落空之后,力求在日常生活中实践其平生关怀民瘼的素志。但是,词人毕竟是一位以"塞上长城"自许、对驰骋疆场无限向往的热血男儿,他执着追求的是充满战斗快意的人生。村居生活终究难以消释他心中郁勃不平的英雄豪气。因此,放浪山水的闲情逸致,借酒后豪兴以挥斥,正是他深感英雄无用武之地,壮志难酬的悲愤心情的表现。词人对"闲人"生活的似正实反的肯定与咏唱,婉曲地表达了郁积在他心头的隐痛,是对自己报国欲死无战场的悲剧命运的自我解嘲。这种似正实反的笔法,给这首词的风格带来了洒脱中寓抑郁的特色。明人杨慎评陆游词曰:"纤丽处似淮海,雄慨处似东坡。"毛晋又云:"超爽处更似稼轩耳。"(毛刊《放翁词》跋)从《点绛唇》看,则是超爽中蕴沉郁。　　　　(林家英)

谢 池 春　　　　　　　陆　游

　　壮岁从戎,曾是气吞残虏。阵云高、狼烟夜举。朱颜青鬓,拥雕戈西戍。笑儒冠自来多误。　　功名梦断,却泛扁舟吴楚。漫悲歌、伤怀吊古。烟波无际,望秦关何处?叹流年又成虚度。

　　乾道八年(1172),陆游四十八岁,那年二月,由夔州(治今四川奉节)通判转任四川宣抚使王炎幕下的干办公事兼检法官。同年十月,因王炎召还,幕府解散,陆游于十一月赴成都新任。宣抚司治所在南郑(今陕西汉中),是当时西北前线的军事要地。陆游在这里任职,有机会到前线参加一些军事活动,符合他的想效力于恢复事业的心愿。所以短短不到一年的南郑生活,成为他一生最适意、最爱回忆的经历。

　　这首词是陆游老年家居,回忆南郑幕府生活而作。陆游在南郑,虽然主管的是文书、参议一类工作,但他也曾戎装骑马,随军外出宿营,并曾亲自在野外雪地上射虎,所以他认为过的是从军生活。这时候,他意气风发,抱着"莫作世间儿女态,明年万里驻安西"(《和高子长参议道中二绝》)的一举收复西北失地的愿望。词的上片开头几句:"壮岁从戎,曾是气吞残虏。阵云高、狼烟夜举。朱颜青鬓,拥雕戈西戍",都可以从他的诗中得到印证:如《书事》的"云埋废苑呼鹰处,雪暗荒郊射虎天",《蒸暑思梁州述怀》的"柳阴夜卧千驷马,沙上露宿连营兵。胡笳吹堕漾水月,烽燧传到山南城",《独酌有怀南郑》的"忆从嶓冢涉南沮,笳鼓声酣醉胆粗。投笔书生古来有,从军乐事世间无",《秋怀》的"朝看十万阅武罢,暮驰三百巡边行。马蹄度陇雹声急,士甲照日波光明",等等。上面几句词写得极为豪

壮,使人奋发。但全词盛概,也仅止于此。接下去一句:"笑儒冠自来多误",突然
转为对这种生活消失的感慨,其一反前文的情况,有如辛弃疾《破阵子》词结尾的
"可怜白发生"一句。杜甫《奉赠韦左丞丈二十二韵》的"纨袴不饿死,儒冠多误
身",为本句词语的出处;作者《观大散关图有感》的"上马击狂胡,下马草军书。
二十抱此志,五十犹癯儒。……丈夫毕此愿,死与蝼蚁殊。志大浩无期,醉胆空
满躯",则可为本句内容的注脚。

　　承上片的歇拍,下片写老年家居江南水乡的生活和感慨。"功名梦断,却泛
扁舟吴楚。"愿望落空,被迫隐居家乡,泛舟镜湖等地,以自我排遣。与他的《鹊桥
仙》词写的"华灯纵博,雕鞍驰射,谁记当年豪举? 酒徒一半取封侯,独去作江边
渔父",《渔父》词写的:"石帆山下雨空濛,三扇香新翠箬篷。苹叶绿,蓼花红,回
首功名一梦中",意境相同,只是说得更为简淡而已。"漫悲歌、伤怀吊古",以自
我宽解作转笔。"烟波无际,望秦关何处? 叹流年又成虚度。"宽解无效,又回到
感慨作结。为什么无际的江南烟波的美景,还不能消除对秦关的想望? 老年的
隐居,还要怕什么流年虚度? 这就是因为爱国感情强烈、壮志不甘断送的缘故。
这种矛盾,是作者心灵上终生无法弥补的创痛。他对秦关、汉苑的关怀,其原因,
其情绪,正如他的《洞庭春色》词写的:"洛水秦关千古后,尚棘暗铜驼空怆神。"
《闻雁》诗写的:"秦关汉苑无消息,又在江南送雁归。"一句话,就因为这些河山长
久无法收复。

　　这首词上片念旧,以慷慨之情起;下片写当今,以沉痛之情结。思想上贯穿
的是报效国家的红线,笔调上则尽力化慷慨与沉痛为闲淡,在作者的词作中,是
情调比较宁静、含蓄的。

　　　　　　　　　　　　　　　　　　　　　　　　　　　　　　　　　　　　(陈祥耀)

【作者小传】

唐　琬

陆游妻,为陆母所逼离异,改适赵士程,怏怏而卒。存词一首(一说词为
后人伪托)。

钗　头　凤　　　　　　　　　　　　唐　琬

世情薄,人情恶,雨送黄昏花易落。晓风干,泪痕残。欲笺心
事,独语斜阑①。难,难,难!　　人成各,今非昨,病魂常似秋

千索②。角声寒,夜阑珊③。怕人寻问,咽泪装欢。瞒,瞒,瞒!

〔注〕 ①阑:同栏。斜阑即斜倚栏干。　②秋千索:秋千架上飘荡的绳索。　③阑珊:
将尽。

　　唐琬是我国历史上常被人们提起的美丽多情的才女之一。她与大诗人陆游喜结良缘,夫妇之间伉俪相得,琴瑟甚和。这实为人间美事。遗憾的是身为婆婆的陆游母亲对这位有才华的儿媳总是看不顺眼,硬是逼着陆游把她休了。陆游对母亲的干预采取了敷衍的态度:把唐琬置于别馆,时时暗暗相会。不久,陆母发现了这个秘密,并采取了断然措施,终于把这对有情人拆散了。唐琬后来改嫁同郡宗人赵士程,但内心思念陆游不已。在一次春游之中,恰巧与陆游相遇于沈园。唐琬征得赵某同意后,派人给陆游送去了酒肴。陆游感念旧情,怅恨不已,写了著名的《钗头凤》词以致意。唐琬则以此词相答。

　　词的上片交织着十分复杂的感情内容。"世情薄,人情恶"两句,抒写了对于封建礼教支配下的世道人心的愤恨之情。"世情"所以"薄","人情"所以"恶",盖由于受到封建礼教的腐蚀。《礼记·内则》云:"子甚宜其妻,父母不悦,出。"陆母就是根据这一条礼法,把一对好端端的恩爱夫妻拆散的。用"恶""薄"两字来抨击封建礼教的害人本质,极为准确有力,作者对于封建礼教的深恨痛绝之情,也借此两字得到了充分的宣泄。"雨送黄昏花易落",采用象征的手法,暗喻自己备受摧残的悲惨处境。阴雨黄昏时的花,原是陆游词中爱用的意象。其《卜算子·咏梅》云:"已是黄昏独自愁,更著风和雨。"陆游曾借以自况。唐琬把这一意象吸入己作,不仅有自悲自悼之意,而且还说明了她与陆游的心心相印,息息相通。"晓风干,泪痕残",写内心的痛苦,极为深切动人。被黄昏时分的雨水打湿了的花花草草,经晓风一吹,已经干了,而自己流淌了一夜的泪水,至天明时分,犹擦而未干,致使残痕仍在。以雨水喻泪水,在古代诗词中不乏其例,但以晓风吹得干雨水来反衬手帕擦不干泪水,借以表达出内心的永无休止的悲痛,这无疑是唐琬的独创。"欲笺心事,独语斜阑"两句是说,她想把自己内心的别离相思之情用信笺写下来寄给对方,要不要这样做呢?她在倚栏沉思独语。"难、难、难!"均为独语之词。由此可见,她终于没有这样做。这一叠声的"难"字,由千种愁恨,万种委屈合并而成,因此似简实繁,以少总多,既上承开篇两句而来,以见出处此衰薄之世做人之难,做女人之更难;又开启下文,以见做一个被休以后再嫁的女人之尤其难。

　　过片"人成各,今非昨,病魂常似秋千索",这三句艺术概括力极强。"人成

各"是就空间角度而言的。作者从陆游与自己两方面设想：自己在横遭离异之
后固然感到孤独，而深深爱着自己的陆游不也感到形单影只吗？"今非昨"是就
时间角度而言的。其间包含着多重不幸。从昨日的美满婚姻到今天的两地相
思，从昨日的被迫离异到今天的被迫改嫁，这是多么不幸！但不幸的事儿还在继
续："病魂常似秋千索。"说"病魂"而不说"梦魂"，显然是经过考虑的。梦魂夜驰，
积劳成疾，终于成了"病魂"。昨日方有梦魂，至今日已只剩"病魂"。这也是"今
非昨"的不幸。更为不幸的是，改嫁以后，竟连悲哀和流泪的自由也丧失殆尽，只
能在晚上暗自伤心。"角声寒，夜阑珊，怕人寻问，咽泪装欢"四句，具体写出了这
种苦境。"寒"字状角声之凄凉怨慕，"阑珊"状长夜之将尽。此皆需无眠之人方
能感受如此之真切。大凡长夜失眠，愈近天明，心情愈感烦躁，而本词中的女主
人公不仅无暇烦躁，反而要咽下泪水，强颜欢笑。其心境之苦痛可想而知。结句
以三个"瞒"字作结，再次与开头相呼应。既然可恶的封建礼教不允许纯洁高尚
的爱情存在，那就把它珍藏在心底吧！因此愈瞒，愈能见出她对陆游的一往情深
和矢志不渝的忠诚。

　　与陆游的原词比较而言，陆游把眼前景、见在事融为一体，又灌之以悔恨交
加的心情，着力描绘出一幅凄怆酸楚的感情画面，故颇能以特有的声情见称于后
世。唐琬则不同，她的处境比陆游更悲苦。自古"愁思之声要妙"，而"穷苦之言
易好也"（韩愈《荆潭唱和诗序》）。她只要把自己所受的愁苦真切地写出来，就是
一首好词。因此，本词纯属自怨自泣、独言独语的感情倾诉，主要以缠绵执着的
感情和悲惨的身世感动古今。两词所采用的艺术手段虽然不同，但都切合各自
的性格、遭遇和身份。可谓各造其极，俱臻至境。合而读之，颇有珠联璧合、相映
生辉之妙。

　　最后附带指出，世传唐琬的这首词，在宋人的记载中只有"世情薄，人情恶"
两句，并说当时已"惜不得其全阕"（详陈鹄《耆旧续闻》卷十）。本词最早见于明
代卓人月所编《古今词统》卷十及清代沈辰垣奉敕编之《历代诗余》卷一一八引夸
娥斋主人说。由于时代略晚，故俞平伯疑为后人依残句补拟。但明人毕竟去宋
未远，故本文仍据明人所见，将此词介绍给读者。　　　　　　　　　　（吴汝煜）

【作者小传】陆游妾

姓字不详。驿卒女，能诗。陆游纳之，半载后为陆妻所逐。存词一首。

生 查 子　　　　　　　　　传陆游妾

只知眉上愁，不识愁来路。窗外有芭蕉，阵阵黄昏雨。

晓起理残妆，整顿教愁去。不合画春山，依旧留愁住。

宋末陈世崇《随隐漫录》卷五说："陆放翁宿驿中，见题壁云：'玉阶蟋蟀闹清夜，金井梧桐辞故枝。一枕凄凉眠不得，挑灯起作感秋诗。'放翁询之，驿卒女也，遂纳为妾。方半载馀，夫人逐之，妾赋《卜算子》云：'只知眉上愁……'"这一记载是否可信，已不得而知。但所谓"玉阶蟋蟀"之诗，实乃陆游在蜀时所作《感秋》诗的后半首（见《剑南诗稿》卷八）；又此词词牌不是《卜算子》，应为《生查子》(《阳春白雪》卷三正作《生查子》)，这就不免使人怀疑它的真实性。

就词论词，突出地写了一个"愁"字，写了一位闺中女子的哀愁。上片写黄昏，下片写次晨。开头"只知"两句写她揽镜自照，只见双眉紧蹙，眉上生愁，但不知愁从何来。此词用语平易，但抒情并非直露。她诉说有愁，但又不说愁的原由，欲说还休，耐人寻味。紧接"窗外"两句，字面上宕开一笔，写芭蕉滴雨，似与愁无关，实际上是衬托愁苦之甚。芭蕉滴雨的意象，正如梧桐滴雨、水滴漏声一样，在我国古典诗词中常见不鲜。经过历史的积淀，芭蕉滴雨已带有传统的喻义，成为渲染愁情的一种特定景象。如唐杜牧《八六子》："听夜雨冷滴芭蕉"，五代后蜀人顾敻《杨柳枝》："正忆玉郎游荡去，无寻处。更闻帘外雨潇潇，滴芭蕉"，主角也是女性。而吴文英的《唐多令》说："何处合成愁？离人心上秋，纵芭蕉不雨也飕飕"，则从"芭蕉不雨"写愁，前提当然是"芭蕉滴雨"为愁，手法上转深一层，都可与此词参读。"阵阵黄昏雨"一句，点明时间在傍晚，一也；处此暮色正浓的风雨之时，其愁情更苦，二也；从过片"晓起"句来看，又暗示女主角从晚到晓，彻夜难眠，三也。宋人有句云："枕前泪共阶前雨，隔个窗儿滴到明"，此词中女主角殆亦如此，但未直接说破。

下片写晓起梳妆打扮。残妆，指残乱之妆，色褪香消。"晓起"两句是说经过一夜的愁思，希望从打扮中高兴起来。但"不合"两句，文情陡转，谓在画眉时愁又复现。画眉是古时妇女理妆必有的内容，说"不合画"，即不该画，见出不愿愁而又无法排遣的无可奈何的心情。春山，指眉，因春天之山，其色黛青，故以取喻，即五代蜀牛峤《酒泉子》"眉学春山样"之意。"不合"两句这一结尾，又呼应开头的"眉上愁"，至此，读者才知道上片乃是女主角理晚妆时照镜自怜的情景。古时妇女一日理妆两次，除晓妆外，傍晚还作晚妆，或称晚饰，庾信《七夕赋》"嫌朝妆之半故，怜晚饰之全新"即是。

此词的特点是语浅情深。四个"愁"字,复叠而出,口吻自然真率,颇有乐府民歌的风格。前两个愁字,一是讲此词主旨为抒愁,这是明说,一是讲愁之原因,却不明说;后两个愁字,一是希望愁去,一是愁却不去。从晚妆到晓妆,围绕画眉而写出对愁的不同感受,平易的语言使之流畅亲切,曲折的结构又表示时间的递进,把满腔的莫名愁怨和盘托出。

顺便说明,重复用字应是发挥主题的艺术需要,而不是文字游戏。如五代欧阳炯《清平乐》云:"春来阶砌,春雨如丝细。春地满飘红杏蒂,春燕舞随风势。 春幡细缕春缯。春闺一点春灯,自是春心缭乱,非干春梦无凭",每句用"春"(有两句甚至连用两个春字),就显得故意造作,稍有堆砌之嫌了。而苏轼的《减字木兰花·己卯儋耳春词》:"春牛春杖,无限春风来海上。便丐春工,染得桃红似肉红。 春幡春胜,一阵春风吹酒醒。不似天涯,卷起杨花似雪花",突现了当时地处荒远的海南岛的一片春光,连用七个"春"字(又一句用两个"红"字,一句用两个"花"字;两句各用"春风"),却使全词节奏轻快,起了加强主题的良好效果。

(王水照)

【作者小传】

蜀妓

姓氏及生平不详。陆游客自蜀携归。存词一首。

鹊 桥 仙 蜀 妓

说盟说誓,说情说意,动便春愁满纸。多应念得脱空经,是那个先生教底? 不茶不饭,不言不语,一味供他憔悴。相思已是不曾闲,又那得功夫咒你。

陆游的一位门客,从蜀地带回一妓,将她安置在外室居住,每隔数日去看望一次。客偶然因患病而少去,引起了蜀妓的疑心,客作词解释,妓和韵填了这首词作答。见周密《齐东野语》卷十一。

蜀妓疑团虽已得释,但怨气犹在,故开端三句写道:"说盟说誓,说情说意,动便春愁满纸。"这是针对客词的内容而发的,故意以恼怒的口吻,讽刺其甜言蜜语、虚情假意、满纸谎言。连用四个"说"字,是为了加强语气,再加上"动便"二字,指明他说这些花言巧语已是惯技,不可轻信。其实她此时心头怒火已熄,对其心爱之人并非真恨真怨,只不过是要用犀词利语来戳戳他,以泄心头因相思疑心而产生的郁闷,而这也是对他深爱和怕真正失去他的一种曲折心理的表现。

对对方情急的盟誓和辩说,这位聪明灵巧、心地善良的女子终以半气半戏之笔加以怪责:"多应念得脱空经,是那个先生教底?"脱空,是指说话不老实、弄虚作假。宋代吕本中《东莱紫微师友杂记》说:"刘器之(安世)尝论至诚之道,凡事据实而言,才涉诈伪,后来忘了前话,便是脱空。""脱空"当是宋人俗语,她借此讽其殷殷的盟誓之言是念的一本扯谎经,不过是骗人而已。多应,多半是,肯定是如此而又稍作圆转;再补上一句"是那个先生教底?"以俏皮的口吻出之,至此,蜀妓伴嗔带笑之态活现在读者眼前了。

下阕蜀妓回过口气来,申说自己相思之苦:"不茶不饭,不言不语,一味供他憔悴。"连用四个"不"字,"不茶,不饭,不言,不语",以表现其忧郁痛苦的深重,而"一味供他(为他)憔悴",更见其痴爱之专。这不禁使我们想起了柳永《蝶恋花》中"衣带渐宽终不悔,为伊消得人憔悴"的那个坚贞专一于爱情的形象。尽管她精神上遭到难以忍受的痛苦和折磨,而情意仍诚挚不变:"相思已是不曾闲,又那得功夫咒你。"连爱都来不及,哪还有时间去咒你,这表现得何等真切入微! 这是舍不得咒,不忍心咒呵! 从这至爱的深情,可知其上阕对客的责怨,是因爱之过甚而产生的。一个生活在社会下层的妓女,被人轻视,求偶极难。"易求无价宝,难得有情郎",就是多少烟花女子切身痛苦的体验。而一旦得一知心人,又是多么害怕其失去。故蜀妓此时所表现的又气又恼、又爱又痴的情态是极真实而又具有典型意义的。

全词感情发自肺腑,出之自然。语言通俗,几乎全用口语,不假雕饰,不但使人物性格更加鲜明、更加个性化,且使全词生动活泼,富有生活气息。张耒在《贺方回乐府序》中说:"文章之于人,有满心而发,肆口而成,不待思虑而工,不待雕琢而丽者,皆天理之自然,性情之至道也。"蜀妓词之至妙,恰是如此。　　(苏者聪)

范成大

【作者小传】 (1126—1193) 字致能,号石湖居士,苏州吴县(今江苏苏州)人。绍兴二十四年(1154)进士。历知处州、静江府兼广南西路安抚使,权礼部尚书,参知政事等职。曾使金,坚强不屈。晚退居故里石湖。是南宋四大诗人之一,多关心国事和民瘼之作,尤以田园诗著称。词风似诗,清逸淡远。著有《石湖居士诗集》《石湖词》等。存词一百零五首。

蝶 恋 花　　　　　　　　　　　范成大

春涨一篙添水面。芳草鹅儿,绿满微风岸。画舫夷犹湾百转,
横塘塔近依前远。　　江国多寒农事晚。村北村南,谷雨才
耕遍。秀麦连冈桑叶贱,看看尝面收新茧。

此词当是作者退居石湖期间作,写的是苏州附近田园风光。

"春涨一篙添水面。芳草鹅儿,绿满微风岸。""一篙",形容水深程度,温庭筠
《洞户二十二韵》:"池涨一篙深。""添水面",有两重意思,一是水深了,二是水满
后面积也大了。"鹅儿",小鹅,黄中透绿,与嫩草色相似。"绿",就是"绿柳才黄
半未匀"那样的色调。景色写得真美。春水涨了,满了,一直浸润到岸边的芳草;
芳草、鹅儿在微风中活泼泼地抖动、游动,那嫩嫩、和谐的色调,透出了生命的活
力;微风轻轻地吹,吹绿了河岸,吹绿了河水。……"画舫夷犹湾百转,横塘塔近
依前远。""画舫",彩船。"夷犹",犹豫迟疑,这里是指船行缓慢。"横塘",在苏州
西南,是个大塘。江南水乡河渠纵横,湾道也多。作者乘彩船往横塘方向游去,
船行很慢,河道回曲,看着前方的塔近了,其实还远。这就像俗语所说"望山走倒
马",又像《诗经·蒹葭》所写:"溯洄从之,道阻且长;溯游从之,宛在水中央。"惟
其如此,才有吸引力。其实,他也并不急于一下子到达目的地,芳草微风岸,这一
路景致多好,那水面上的小鹅,多叫人疼爱,叫人为之流连。杜甫当年春游就遇
到这样的小鹅,他是这样描写"舟前小鹅儿":"鹅儿黄似酒,对酒爱新鹅。引颈嗔
船逼,无行乱眼多。"(《舟前小鹅儿》)多活泼,多可爱! 成大所遇,当亦如此。这
两句写船行,也带出了沿途风光,更带出了自己盎然的兴趣。

词的下片写到农事,视野也开阔了。如此写,既与上片紧相联系,又避免了
重复。"江国多寒农事晚。村北村南,谷雨才耕遍。""江国",水乡。"寒"指水冷。
旱地早已种植或翻耕了,水田要晚些,江南农谚曰:"清明浸种(稻种),谷雨下
秧。"所以现在"耕遍"正是时候。着一"才"字,这不紧不慢的节奏见出农家的轻
松,农作的井然有序。"村北村南"耕过的水田,一片连着一片,真是"村南村北皆
春水""绿遍山原白满川",多好的水乡春光啊。"秀麦连冈桑叶贱,看看尝面收新
茧。""秀麦",出穗扬花的麦子。"面"当为炒面,将已熟未割的麦穗摘取下来,揉
下麦粒炒干研碎,取以尝新,苏轼所谓"捋青捣䴵软饥肠"(《浣溪沙》),目前农村
仍有此俗。这两句是写高地上景象,漫冈遍野的麦子拔穗了,蚕眠,桑叶也便宜
了,"雉雏麦苗秀,蚕眠桑叶稀"(王维《渭川田家》),农桑丰收在望。所以下面写

道:"看看尝面收新茧。""看看",即将之意,传出津津乐道、喜迎丰收的神情。下片写田园,写农事,见出对农家生活的认同感、满足感。

这是一首田园词,描绘出一幅清新、明净的水乡春景,传出了浓郁而恬美的农家生活气息,读了令人心醉神移。田园词在两宋很少,苏轼、辛弃疾各写了几首,范成大写了三两首,这些作品可以说是宋词里的珍品,尤可宝贵。范成大是田园诗名家,其《四时田园杂兴》六十首最有名。他以田园诗笔法来写田园词,只可惜太少了。

　　　　　　　　　　　　　　　　　　　　　　　　　　　　　　(汤华泉)

<h1 style="text-align:center">南　柯　子　　　　　　范成大</h1>

怅望梅花驿,凝情杜若洲。香云低处有高楼,可惜高楼不近木兰舟。　　　缄素双鱼远,题红片叶秋。欲凭江水寄离愁,江已东流那肯更西流。

这是一首抒发离愁别绪的作品。

上阕从男主人公这边写起,下阕的笔墨则落在女主人公身上,两阕遥相呼应,如叹如诉。

描绘男主人公的惆怅是从描摹情态入手的,"怅望梅花驿",用陆凯赠范晔诗"折梅逢驿使,寄与陇头人"之典,说欲得伊人所寄之梅(代指信息)而久盼不至,满怀惆怅;"凝情杜若洲",取《楚辞·九歌·湘君》"采芳洲兮杜若,将以遗兮下女"之意,欲采杜若(香草,也指信息)以寄伊人,也无从寄去,徒然凝情而望。来鸿不见,去雁也难,终于,他从深思中回到了现实面前:无限的空间距离阻隔了一对情人,难以聚首。四个长短不一的句子,如同一组渐渐推近的镜头,在令人失望的结局上定了格。

如果说男主人公的思绪是悠长而缠绵的,那么,女主人公的感情则显得炽热急切,字里行间,勾勒出一位坐卧不安、百般无奈的思妇形象。"缄素""题红"两句用的都是书信往来的典故,"远""秋"二字,却巧妙地点出了她与情人之间断绝信讯的困境。最后,焦虑而痛苦的姑娘把唯一的希望寄托于伴着情人远行的江水,但愿它能带去她的思念,然而,那不肯回头的流水和姑娘的失望、抱怨,终于使这段爱情以悲剧的形式作结。不过留在读者记忆中的,不是悲悲切切的叙事,而是一首优美动人的恋歌。

刘熙载《艺概·词曲概》认为:"词之妙莫妙于以不言言之,非不言也,寄言也。"无论是表述两人不能相见的痛苦,还是诉说那无边的思念,作者都写得含蓄蕴藉,尽量避免直说。如"香云低处有高楼,可惜高楼不近木兰舟":"高楼"指女子居处,木兰舟代喻男子出游;"高楼"与"木兰舟"的距离点出了他们无法相见的客观现实,"不近"一词用在这里,给人一种语尽意不尽的感觉。全词没有一处用过"思"字,但字字句句充满了思念之情,这表明作者遣词铸句时的艺术功力十分深厚,既恰如其分表达了主旨,又保持了词的特点——清远空灵。

作者十分注意运用虚实结合的写法,使作品避免过于质实。如"梅花驿""杜若洲"都是虚指,但又与双方远隔,托物寄情有关,写女主人公无人传递书信所选用的"双鱼远""片叶秋"以及"江已东流"也都属虚拟,但却和她盼望与情人通信息的现实十分吻合,这些虚实的统一,不仅有助于表达男女双方的真切情意,而且开拓了作品的意境,令人回味无穷。作者使事用典也有创新,词中所用大多为常见的典故,但在石湖笔下,别有一番情趣。如"双鱼""题红"两典的原意都形容书信传情,平安抵达对方手中,而石湖却以"远""秋"二字添加了悲剧的韵味,颇有新意。

词中虽有用典,但却明白如话,"欲凭江水寄离愁,江已东流那肯更西流"两句,借鉴了白居易"欲寄两行迎尔泪,长江不肯向西流"和李后主的"问君能有几多愁,恰似一江春水向东流",而如同己出,毫无硬生牵附之感,很恰当地体现了主人公的性格和情绪。

(朱金城 朱易安)

水 调 歌 头 范成大

细数十年事,十处过中秋。今年新梦,忽到黄鹤旧山头。老子个中不浅,此会天教重见,今古一南楼。星汉淡无色,玉镜独空浮。 敛秦烟,收楚雾,熨江流。关河离合,南北依旧照清愁。想见姮娥冷眼,应笑归来霜鬓,空敝黑貂裘。酾酒问蟾兔,肯去伴沧洲?

据作者《吴船录》,此词作于淳熙四年(1177)中秋。这年五月作者因病离四川制置使任,乘舟东归。八月十四日至鄂州(今湖北武昌),十五日晚赴知州刘邦翰设于黄鹤山上南楼的赏月宴会。《吴船录》有记,云:"天无纤云,月色甚奇,江面如练,空水吞吐,平生所遇中秋佳月,似此夕亦有数。况复修南楼故事,老子于此兴复不浅也。……作乐府一篇,俾鄂人传之。"

词云:"细数十年事,十处过中秋。"其实他是"十二年间十处见中秋",在《吴船录》中他确是"细数"十处过中秋的地点。想到以往十处中秋情景,就为今夕提供了一个参照。今夕如何？"今年新梦，忽到黄鹤旧山头。""新梦"，未曾料到，下以"忽到"照应，并传达出惊喜之情。"黄鹤旧山头"指黄鹤山，传说仙人王子安曾乘黄鹤过此，因以为名。中间嵌以一个"旧"字，似有这样意味：昔人已乘黄鹤去，今日我来仙地游，是则我也是仙矣，我之"新梦""忽到"，不也像乘黄鹤飘然而来吗？同时他写的《鄂州南楼》诗道："谁将玉笛弄中秋，黄鹤飞来识旧游。"也隐然有此意味。"老子个中不浅，此会天教重见，今古一南楼。"此地不仅是仙地，还留有历史胜迹。东晋庾亮镇守武昌时，曾在秋夜登上此处的南楼，与僚属吟咏谈笑，高兴地说："老子于此处兴复不浅。"（《世说新语·容止》）成大这里以庾亮自况，今日又是重演九百年前的南楼会啊。"江山留胜迹，我辈复登临。"后人登临前人的旧地，于历史沧桑感外还会由仰慕而生自豪感，古人做的事我也做到了，何况作者此时地位亦复与庾亮相埒，所以他也说："老子于此兴复不浅也！""星汉淡无色，玉镜独空浮。"因为"天无纤云"，月明星稀，星星、银河几乎淡得看不到了，只是那轮明月（玉镜）那么明亮，那么突出，它的光波掩住了一切背景，使得它就像悬浮于空际一样。这两句是对月色的描写，不仅写出了"月色甚奇"，同时也写出了自己的神情。"玉镜独空浮"，他的神思全然贯注到这轮明月上了，"独"，既表示了月在天际的存在，也表示了月在他心中的存在，他也要跟月一道"浮"了。大凡如此月夜，人们凭高望月，每每会生超脱感，何况在这仙迹胜地呢。写到这里，可以回答："今夕如何"，真是平生少遇啊！

　　过片仍写月色。"敛秦烟，收楚雾，熨江流。"视野更开阔了。"秦"，泛指江北以远的地方，"楚"，江汉一带。江北江南，长烟一空，皓月千里，月下的江流就像一匹熨平的白练，这景象又是多么壮观。"熨"字下得神奇，又十分生动，使人想见那种平滑之状，与苏轼"惟有一江明月碧琉璃"（《虞美人·有美堂赠述古》）的比喻有异曲同工之妙。正当他神思飙举、优游汗漫时，忽然清醒过来，面对现实："关河离合，南北依旧照清愁。""离合"，这里用作偏义复词，指分裂。眼下情况仍然是：南北山河分裂，月光仿佛笼罩着无边的"清愁"。这"清愁"，既可以看作是作者的，也可以看作是今夜南北许多像作者这样望月的人的。这两句是情绪的陡转，但也是有来路的。前面的"秦烟""楚雾"已暗示作者在放眼南北，就有可能产生河山之异的感触；起拍的"细数十年事"也有这样的内蕴，"十处过中秋"就有一处是在使金途次睢阳时过的，自在此时联想之中。注意句中的"依旧"，既可指靖康之后，也可指自使金以后的八年。下面又联想到自己的身世："想见姮娥冷眼，应笑归来霜鬓，空敝黑貂裘。""姮娥"，即嫦娥。"空敝黑貂裘"，用苏秦事。苏秦游说秦王，"书十上而不行，黑貂之裘敝，终无成而归"（见《战国策·秦策》）。

貂裘敝,形容奔走连年,潦倒郎当。作者此时五十二岁,想起十多年间迁徙不定,
"不胜漂泊之叹"(《吴船录》)。"归来",指此次东归。这里借嫦娥嘲笑,抒发了自
己年华老大、功业无就的抑塞,也流露了倦于风尘游宦的颓放情绪,这与苏轼的
"多情应笑我、早生华发"(《念奴娇•大江东去》)同,而与辛弃疾的"把酒问姮娥,
被白发欺人奈何"(《太常引•建康中秋》)异。辛词是主动问姮娥,向白发挑战,
反映了作者强烈的进取精神。辛词作于淳熙元年,当为成大所知,只是因经历、
心境不同,面对中秋明月而产生了不同的反应。"酾酒问蟾兔,肯去伴沧洲?""蟾
兔"指月亮。"沧洲",退隐之地,此指故乡。《吴船录》谓:"余以病丐骸骨,傥恩旨
垂允,自此归田园,带月荷锄,得遂此生矣。"此次东归他是打算退休的。四年前
他在桂林写的《中秋赋》有这样的话:"月亦随予而四方兮,不择地而婵娟。……
知明年之何处兮,荒一笑而无眠。"那时心情是很不平静的,现在乘舟东下,鲈乡
在望,心情自是不同。举酒邀月,结伴沧洲,写出了他的向往,写出了他的天真,
前面时事、身世引起的忧虑不安消泯了,他又可以快乐地赏月了。

这首词的下片也表现了作者对国家分裂的忧念,对岁月虚度的惋惜,总观全
词,看来主要还是抒写自己赏月时的淋漓兴致和暂释官务的快慰。所以起笔便
以过去"十处过中秋"反形,又从神话、历史故事生发出丰富的想象,神气超迈,心
胸高旷,以致后幅万里归来的衰惫也未影响它的情调。这首词的意境是豪放、阔
大的,风格飘逸潇洒,语言流畅自如,可以看出它受到苏轼那首中秋同调词的
影响。

(汤华泉)

鹊 桥 仙 七夕 范成大

双星良夜,耕慵织懒,应被群仙相妒。娟娟月姊满眉颦,更无
奈、风姨吹雨。　　相逢草草,争如休见,重搅别离心绪。新
欢不抵旧愁多,倒添了、新愁归去。

两千多年来,牛郎织女的故事,不知陶冶过多少中国人的心灵。在吟咏牛郎
织女的宋词中,范成大的这首《鹊桥仙》,是一具有特殊意义的佳作。

"双星良夜,耕慵织懒,应被群仙相妒。"起笔三句点明七夕,并以侧笔渲染
之。"织女七夕当渡河,使鹊为桥"(《岁华纪丽》卷三"七夕"引《风俗通》),与牛郎
相会,故又称双星节。当银河两岸,牛郎已无心思耕种,织女亦无心思纺绩,则佳
期将至。就连天上的众仙女也为之激动了。起笔透过对主角与配角心情之渲
染,烘托出一年只一度的七夕氛围,真是扣人心弦。下韵三句,承群仙之相妒写

出,笔墨从牛女宕开,笔意更不简单。"娟娟月姊满眉颦,更无奈、风姨吹雨。"体貌娟秀的嫦娥蹙紧了蛾眉,风姨竟至兴风吹雨骚骚然(风姨为青年女性风神,见《博异志》)。这些仙女,都妒忌着织女呢。织女一年才得一会,有何可妒? 而竟为之妒。则嫦娥悔恨偷灵药、碧海青天夜夜心可知,风姨之风流善妒亦可知,仙界女性之凡心难耐寂寞又可知,而牛女爱情之难能可贵更可知。还不仅仅如此。有众仙女之妒这一喜剧式情节,更反衬出下片主写的牛女之悲剧性爱情。词情营造,匠心在此。

"相逢草草,争如休见,重搅别离心绪。"过片,将"柔情似水,佳期如梦"的相会情景一笔带过,更不写"忍顾鹊桥归路"的既别场面,而是翻进一层,着力刻画牛女心态。七夕相会,匆匆而已,如此一面,怎如不见! 见了,只是重新撩乱万千离愁别绪罢了。词人命笔处处不凡,但其所写,却是将神话性质进一步人间化。显然,只有深味人间别久之悲的人,才能对牛女之心态,作如此同情之了解。"新欢不抵旧愁多,倒添了、新愁归去。"结笔三句紧承上句意脉,再进一层刻画托出之。三百六十五个日日夜夜之别离,相逢仅只七夕之一刻,旧愁何其深重,新欢又何其有限。不仅如此。旧愁未销,反载了难以担荷的新恨归去。年年岁岁,七夕似乎相同。可谁知道,岁岁年年,其情实在不同。在人们心目中,牛郎织女似乎总是"盈盈一水间,脉脉不得语"那样而已。然而从词人心灵之体认,则牛郎织女的悲愤,乃是无限生长的,牛郎织女之悲剧,乃是一部生生不已的悲剧,不仅是一部亘古不改的悲剧而已。牛郎织女悲剧的这一深刻层面,这一可怕性质,终于在词中被告诉人们。显然,词中牛郎织女之悲剧,有其真实的人间生活依据,即恩爱夫妻被迫长期分居。此可断言。天也,你不识好歹何为天? 天也,你天道不公枉做天!

此词在艺术造诣上很有特色。词中托出牛女爱情悲剧之生生不已,实为匪夷所思。以嫦娥风姨之相妒此一喜剧式情节,反衬、凸出、深化牛郎织女之爱情悲剧,则是匠心独运。(现代黑色幽默庶几近之。)而全词辞无丽藻,语不惊人,乃所谓绚烂归于平淡。范成大之诗,如其著名的田园诗,颇具泥土气息,可以印证之。最后,应略说此词在同一题材的宋词发展中之特殊意义。宋词描写牛女故事,多用《鹊桥仙》之词牌,不失"唐词多缘题"(《花庵词选》)之古意。其中佼佼者,前有欧阳修,中有秦少游,后有范成大。欧词主旨在"多应天意不教长",秦词旨在"两情若是久长时,又岂在、朝朝暮暮",成大此词则旨在"新欢不抵旧愁多,倒添了、新愁归去"。可见,欧词所写,本是人之常情。秦词所写,乃"破格之谈"(《草堂诗馀隽》),是对欧词的翻案、异化,亦可说是指出向上一路。而成大此词则是对欧词的复归、深化。牛女爱情,纵然有不在朝暮之高致,但人心总得是人心,无限漫长之别离,生生无已之悲剧,决非人心所应堪受,亦比高致来得更为广大。故成大此词,也是对秦词的补充与发展。从揭橥悲剧深层的美学意义上说,并且是对秦词之一提升。欧、秦、范三家《鹊桥仙》词,呈一否定之否定路向,显示了宋代词人对传统对人生之深切体知,亦体现出宋代词人艺术创造上不甘逐队随人之真精神,当称作宋代词史上富于启示性之一佳话。 （邓小军）

秦 楼 月　　　　范成大

楼阴缺,栏干影卧东厢月。东厢月,一天风露,杏花如雪。　　隔烟催漏金虬①咽,罗帏暗淡灯花结。灯花结,片时春梦,江南天阔。

〔注〕 ① 金虬:即铜龙。古代用漏壶计时,置铜龙于漏壶下端,水自龙口缓慢滴出,看壶内水面刻度即知时间。

　　范成大集中共有五首《秦楼月》,都是写春闺少妇怀人念远之情的。前四首分写一天中朝、昼、暮、夜四时的心绪,后一首写惊蛰日的情思,为前四首的补充和发展。看来这五首词是经过周密构思的一个整体,既非文字游戏,亦非实写闺情,而是别有寄托的作品。所谓寄托,即托词中少妇的怀人之情寄作者自己的爱君之意。这在宋词中是屡见不鲜的。据周必大撰《范公成大神道碑》记载,成大于淳熙三年(1176)春在四川制置使任上辞官回家养病(四年五月成行),病中还为国远虑,上书言兵民十五事,使宋孝宗赵眘深受感动。所以这组词可能有此寄托,并可能即作于此次居家养病时。这里提到寄托,只是为了说明作者的原意。至于这组词的价值,则主要在于表现情景的艺术,因此尽可以把它们当作真实的闺情词来欣赏。

　　这里选的是上述组词的第四首。此词描写闺中少妇春夜怀人的情景十分真切,是组词中艺术价值最高的一篇。词的结构是上片摹绘园林景色,下片表现人物心情。初拍写环境的幽静。楼阴之间,素月悬空,栏干的疏影静卧于东厢之下。一派清幽之景,微露寂寞之情。次拍写环境的清雅。先重叠"东厢月"一语,强调月光的皎洁,然后展示新的景观:天清如水,风淡露浓,一片盛开的杏花,在月光照映下明洁如同白雪。满园素淡之色,隐寓空虚之感。以上纯用白描,不事华采,但一座花月楼台交相辉映的幽雅园林已清晰可见。写景是为了写人。下片要写到的那位怀人念远的闺中少妇,深藏在这座幽雅的园林之中,其风姿的秀美、心性的柔静和情怀的惆怅,也就可想而知了。所以,上下片之间看似互不相属,实际上还是贯融一气的。

换头写少妇的愁思。她独卧罗帏之中,心怀远人,久不能寐。此时燃膏将尽,灯芯结花,室内光线越来越暗淡,室外则夜雾迷茫,一切都这么沉寂,只有漏壶上的铜龙透过烟雾送来点点滴滴的漏声。在愁人听来,竟似声声哽咽。这里并不直接写人的神态,却透过一层,借暗淡的灯光和哽咽的漏声造成一种幽怨的意境,把人心的愁苦表现得十分真切。"隔烟催漏金虬咽"一句,尤见移情想象的奇思。歇拍写少妇的幽梦。又重叠前句末三字,突出灯光的昏暗,然后化用岑参《春梦》诗"枕上片时春梦中,行尽江南数千里"二语,表现少妇的迷离惝恍之情。人倦灯昏,始得暂眠片刻,梦魂忽到江南,境界顿觉开阔。然而所怀之人竟在何处?梦中得相见否?作者却不写出来,任读者自去想象。这样写,比韦庄《木兰花》歇拍直说"千山万水不曾行,魂梦欲教何处觅"意思更含蓄,更耐人寻味。

春闺怀远是词的传统题材,前人写作极多,但往往"采滥忽真"(《文心雕龙·情采》),过于秾华而缺少新意。此词却"纯任自然,不假锤炼"(《蕙风词话》),显得淡朴清雅,没有陈腐的富贵气和脂粉气。写环境不事镂金错采的雕绘,只把花月楼台的清淡景色朴素地写出来;写人物不事愁红惨绿的夸饰,只把长夜难眠的凄苦心情真实地写出来。一切都"不隔,不做作"(张伯驹《丛碧词话》),从而创造出一种本色天然的美。在情感的表现上,词人亦能脱落故常,独辟蹊径,既不作"斜倚银屏无语,闲愁上翠眉"(韦庄《定西番》)一类的正面描写,也不作"为君憔悴尽,百花时"(温庭筠《南歌子》)一类的直接抒情,更不作"月分明,花淡薄,惹相思"(欧阳炯《三字令》)一类的肤浅解说,却借月幽花素的园林景色暗示她情怀的寂寞空虚,借漏咽灯昏的环境气氛烘托她心绪的凄凉愁苦,"侧出其言,旁通其情,触类以感,充类以尽"(谭献《复堂词录叙》),既新颖,又厚重。 (罗忠族)

鹧 鸪 天 范成大

休舞银貂小契丹,满堂宾客尽关山。从今娬娬盈盈处,谁复端端正正看。 模泪易,写愁难。潇湘江上竹枝斑。碧云日暮无书寄,寥落烟中一雁寒。

此词乃别筵所作,当作于淳熙二年(1175)正月离桂林赴成都任时(据《范成大年谱》,成大任职各地离任时能见"寒""雁"只徽州、桂林二处。徽州为司户参军,难当"满堂宾客"盛筵,联系"潇湘",当以桂林为是。)。两年前,范成大以广西经略安抚使来此兼任知府,与僚属、幕士关系甚洽,离别时,他们一再为之饯行,一直送到湖南地界。《鹧鸪天》就是在这种情况下写的。

筵席前歌舞正欢,此时又奏起了"番乐",跳起了"番舞"。"小契丹"是少数民族的歌舞。作者另有《次韵宗伟阅番乐》诗是这样描写的:"绣靴画鼓留花住,剩舞春风小契丹。"跳这种舞大概是着胡装的,"银貂",白色的貂裘,与"绣靴"当皆为异族装束。应当说,如此歌舞是很能助兴的,但是,对于别意缠绵的人又往往会起相反的刺激,所以此词起句即是:"休舞银貂小契丹"。如此起笔,我们可以想见:宴会上的歌舞已进行较长时间了,作者一直在克制自己,此时实在忍耐不住了,央求"休舞"。不仅自己,大家都忍受不了:"满堂宾客尽关山"。"宾客",指送别的僚属、幕士们。"尽关山",即为"尽是他乡之客"的意思(《滕王阁序》:"关山难越,谁悲失路之人;萍水相逢,尽是他乡之客")。据孔凡礼《范成大年谱》考证,这些幕士、官佐基本上都不是本地人,不少又是江浙一带的。他们之间的离愁别绪会是相互加强的,这个别筵真是太叫人惆怅了啊。"从今嫋嫋盈盈处,谁复端端正正看。""嫋嫋盈盈",形容舞姿、舞容的摇曳美好。这两句意思是:从今以后,谁还能认真欣赏这美妙的歌舞呢。这进一步写出了他们的惆怅,也写出了他们之间深厚的友情,朋友分别,也大有柳七郎那种"应是良辰好景虚设"的感喟。细味这两句,还可以体会出作者对歌女也是怀着深深惜别之意的:目前的轻歌曼舞,以后谁还能看到呢。这样的情意在下片表现得更明显。

"模泪易,写愁难,潇湘江上竹枝斑。""模""写"互文义同。这里意思是:表现流泪是容易的,把愁充分地表现出来就不容易了;潇湘江上的斑竹枝,人们容易看到上面斑斑泪痕,这泪痕所表示的内心无比痛苦,就不是那么容易了解的。刘禹锡的《潇湘神》写道:"斑竹枝,斑竹枝,泪痕点点寄相思。"这里用湘妃泪洒斑竹典故,表现了离别时难以言说的痛苦。用这个典故,也切合将来的行程,预示舟行潇湘时也会有这样的相思之苦。"碧云日暮无书寄,寥落烟中一雁寒。"这还是写别后的相思。"碧云日暮"化用江淹《拟休上人怨别》:"日暮碧云合,佳人殊未来。"这两句是说,日后我在寂寞的旅途中想念你们而得不到你们的书信,大概只能空对那横空的孤雁了。最后一句亦兴亦比,很有意境:途中景况的苍茫、清寒,正映见心境的迷惘、冷寂;"一雁",既表示来书的渺茫,又比喻自己的形单影只。真是"模泪易,写愁难",作者下片写愁并不直写愁的情状如何如何,而是通过典故、景象去暗示、去渲染,调动读者的想象力,这个"愁"就变得具体可感了。这不是避难从易,而是因难见巧。

词写别情,从歌舞场面的感触和旅途景况的拟想中见出,很耐涵咏。与"宾客"分袂的怅惘中又糅和了对歌女的柔情,文字精美,音节谐婉,体现了这首词的婉约风格。这些,大抵是读此词时应注意的地方。　　　　　　　　　　　(汤华泉)

鹧　鸪　天　　　　　　　　　　　　范成大

　　嫩绿重重看得成,曲阑幽槛小红英。醽醁架上蜂儿闹,杨柳行间燕子轻。　　春婉娩,客飘零,残花残酒片时清。一杯且买明朝事,送了斜阳月又生。

　　这是一首歌咏春天的词篇,但它不是一般的春天的赞歌,词人在歌咏阳春烟景的同时,还抒写了作客他乡的飘零之感,在较深层次上,还包含有青春老去的喟叹。

　　上片四句七言,很像是一首仄起首句入韵的七言绝句,不仅平仄尽合,后两句的对仗亦极工整。范成大是南宋著名的诗人,他写的绝句《四时田园杂兴》六十首,"也算得中国古代田园诗的集大成"(见钱钟书《宋诗选》中范成大简介)。这首《鹧鸪天》的上片,就很像是《田园杂兴》中的绝句,也带有意境鲜明,不重词采,自然活泼,清新明快的特点。不同的是,这首词的上片舍弃了作者在《田园杂兴》中融风景画与风俗画于一炉的手法,而侧重于描绘庭园中的自然风光,成为独具特色的风景画。

　　既然是画,就必然要敷色构图。起句"嫩绿重重看得成",就以"嫩绿"为全词敷下了基本色调。它可以增强春天的意象,唤醒读者对春天的情感。"重重",指枝上的嫩叶重重叠叠,已有绿渐成阴的气象。"看得成"("得"一作"渐"),即指此而言。当然光有这第一句,还不成其为画面,因为它只不过涂了底色而已。当第二句"曲阑幽槛小红英"出现时,情形就完全不同了。这一句,至少有以下几方面的作用:一是构成了整个风景画的框架;二是有了色彩的鲜明对比;三是有了一定的景深和层次感。"曲阑幽槛",把画面展开,打破"嫩绿"的单调平庸,增添了曲折回环、花木幽深的立体感。"小红英"三字极端重要。这三个字,不仅增强色彩的对比和反差,重要的是,它照亮了全篇,照亮了画面的各个角落。画面,变活了;春天的气氛,变浓了。正可谓"一字妥帖,使全篇增色"。"小"字在全词中有"大"的作用。"浓绿万枝红一点,动人春色不须多。"(王安石《咏石榴花》)范成大此句可与王诗媲美。

　　"醽醁架上蜂儿闹,杨柳行间燕子轻",是对仗工整的词句,它把读者的注意力从"嫩绿""红英"之中引开，要读者注意蜂闹燕忙的热闹情景。如果说，一、二两句是静止的画面，那么，有了三、四两句，整个画面便被写活了。"酴醾"，又作"荼蘼"，俗称"佛儿草"，落叶灌木。"蜂儿闹"，说明酴醾已临开花季节，春色将尽，蜜蜂儿争抢着来采新蜜。"杨柳行间燕子轻"极富动感。"蜂儿闹"，是点上的特写；"燕子轻"，是线上的追踪。说明燕子在成行的杨柳间飞来飞去，忙于捕食，哺育乳燕。上片四句，有画面，有构图，有色彩，是蜂忙燕舞的活泼泼的风景画。毫无疑问，词人对这一画面注入很深的情感，也反映了他的审美情趣与创作意识。但是，盛时不再，好景不长。春天已经结束，词人又怎能不由此引起伤春自伤之情呢？

　　下片，笔锋一转，开始抒写伤春自伤之情。换头用了两个短句，充分传达出感情的变化。"春婉娩"，春日天气温和然而也近春暮，这是从春天本身讲起的；而"客飘零"，是从词人主体上讲的。由于频年作客在外，融和的春日固然可以怡情散闷，而花事渐阑、萍踪无定，则又欢娱少而愁恨多了。为了消除伤春自伤之情，词人面对"残花"，借酒消愁，时间已经很久，故曰"残酒"。醉中或可忘记作客他乡，但醉意过后，忧愁还是无法排遣。"一杯且买明朝事，送了斜阳月又生。"面对此时此景，词人感到无可奈何，于是又继续饮酒，企盼着在醉梦之中，混过这恼人的花月良宵，迎接新的一天，以忘却伤春之情与飘零之感。"送了斜阳月又生"，结尾以日落月升、写时间流逝，伤春色难留，将写景、叙事、抒情融为一体。

　　本篇虽写伤春自伤之情，抒发客居飘零之感，但有情景相副的画面，有沉着爽豁的性情，读起来仍使人感到清新明快，与一般伤春之作不同。陈廷焯在《白雨斋词话》中说："石湖词音节最婉转，读稼轩词后读石湖词，令人心平气和。"这首词，也体现了这一特点。

　　　　　　　　　　　　　　　　　　　　　　　　　　　　（陶尔夫）

霜 天 晓 角 梅　　　　　　　　范成大

晚晴风歇，一夜春威折。脉脉花疏天淡，云来去，数枝雪。　　胜绝，愁亦绝。此情谁共说。惟有两行低雁，知人倚、画楼月。

　　这首词以"梅"为题，写出了怅惘孤寂的哀愁。上片写景之胜，下片写愁之绝。

　　起首二句先写天气转变之佳：傍晚，天晴了，风歇了，春寒料峭的威力，已经受到了很大挫折。用一"折"字，益见原来春寒之厉，现在春晴之和。紧接"晚晴风歇"，展示了一幅用淡墨素彩勾画的绝妙图画。脉脉，是含情的样子；"花疏"，点出梅花之开。以"脉脉"加诸"花疏天淡"之上，就使人感到不仅那梅花脉脉含情，就连安详淡远的天空也仿佛向人致意呢。"天淡"是静态，接着用"云来去"渲染成为动态，更见"晚晴风歇"之后，天宇气清云闲之美。"花疏"与"天淡"相称，既描写了"天"之"淡"，所以末一句"数枝雪"，又形象地勾画了"梅"之"疏"。如此精心点染，便生动地把景物写出韵致来。"脉脉"二字，也就不是泛泛而说了。显然，词人缀字的针线是十分细密的；然而其妙处在天然浑成，能够运密入疏。

　　过片"胜绝"是对上片的概括。景物美极了，而"愁亦绝"。"绝"字重叠，更突出了景物愈美而人却更愁这层意思。如果说原来春风料峭，余寒犹厉，景象的凄冷萧疏，与人物心情之暗淡愁苦是情景一致的话，那么，景物之极美，与人之极愁，情景就似乎很不一了。其实这种"不一致"，正是词人匠心独运之所在。"写景与言情，非二事也"，以景色之优美，反衬人之孤寂，不一致中就有了一致，两个所指情事相反的"绝"字，在这里却表现了矛盾的统一。词中的主人到底为什么景愈美而愁愈甚呢？"此情谁共说"。无处诉说，这就更加深了悲愁的深度。结尾三句，又通过景物的映衬写出了景中之情。雁有两行，反衬人之寂寞孤独；雁行之低，写鸿雁将要归宿，而所怀之人此时飘零异乡，至今未归。唯有低飞之雁才能看见春夜倚楼之人。鸿雁可以传书，则此情可以托其诉者，也只有这两行低雁而已。下片所写之景，有雁，有楼，有月，从时间上来说，比上片已经是迟晚了；但是，从境界上来说，与上片淡淡的云，疏疏的梅，却构成了一幅完整的调和的画面，与画楼中之人以及其孤寂幽独的心情正复融为一体，从而把怀人的感情形象化了。越是写得含蓄委婉，就越使人感到其感情的深沉和执着。以淡景写浓愁，以良宵反衬孤寂无侣的惆怅，运密入疏，寓浓于淡，这种艺术手法是颇耐人寻味的。

　　　　　　　　　　　　　　　　　　　　　　　　　　　　　　（宋 廓）

眼 儿 媚　　　　　　　　范成大

萍乡道中乍晴，卧舆中困甚，小憩柳塘

　　酣酣日脚紫烟浮，妍暖破轻裘。困人天色，醉人花气，午梦扶头。　　春慵恰似春塘水，一片縠纹愁。溶溶泄泄，东风无力，欲皱还休。

　　此词作于调知静江府、广西经略安抚使任赴桂林途中。据作者《骖鸾录》,乾道九年(1173)闰正月末过萍乡(今江西萍乡市),时雨方晴,乘轿困乏,歇息于柳塘畔。柳条新抽,春塘水满,这样的环境既便小憩,又易引发诗情。

　　"酣酣日脚紫烟浮,妍暖破轻裘。""日脚",云缝斜射到地面的日光。"紫烟",映照日光的地表上升腾的水气。"酣酣",状其色调之深。这一句是写初春"乍晴"景象,抓住了特征:云彩、地气都显得特别活跃,云脚低垂,地气浮腾;日光也显得强了,"日脚"给人夺目的光亮;天气也暖了,"酣酣""紫"的色调就给人以暖感。"妍暖",和暖、轻暖。"轻裘",薄袄。这时的温度也不是一下子升得很高,并不给人热的感觉,这种暖意首先是包裹在"轻裘"里的躯体感觉到了,它一阵阵地透了过来。这一句是写感觉。总之,这天气给人的是暖乎乎的感觉。"困人天色,醉人花气,午梦扶头。""天色"即天气。这天气叫人感到舒服,因而容易使人困乏,加上暖乎乎的花香沁人心脾,更使人精神恍惚了。暖香与"冷香"对人的刺激确乎不同。"扶头",本指一种易使人醉的酒,也状醉态。"午梦扶头"就是午梦昏昏沉沉的。

　　上片是写乘舆道中的困乏,下片写"小憩柳塘"。"春慵恰似春塘水,一片縠纹愁。"过片"春慵"紧接"困"字、"醉"字来,意脉很细。这里即景作比。"縠纹",绉纱的细纹,比喻水的波纹。这两句说:春慵就像春塘中那细小的波纹一样,叫人感到那么微妙,只觉得那丝丝的麻麻痒痒、阵阵的软软搭搭。这个"愁"字的味道似乎只可意会,难以言传。下面又进一步进行描写:"溶溶泄泄(yì yì),东风无力,欲皱还休。""溶溶泄泄",水缓缓晃动。"风乍起,吹皱一池春水"(冯延巳《谒金门》),塘水皱了;可你认真去看,又"风静縠纹平"(苏轼《临江仙》)了。这里写水波就是这种情形。这是比喻春慵的不可捉摸,恍恍惚惚,浮浮沉沉的状态。这几句都是用比喻写春慵,把难以比况的困乏形容得如此具体、形象,作者的技巧令人叹服。同时还要注意,这春水形象的本身又给人以美感。它那么温柔熨帖,它那么充溢、富于生命力,它那么细腻、明净,真叫人喜爱。春慵就是它,享受春慵真是人生的快乐。

　　春慵,是一种生理现象,也是一种感觉,虽然在前人诗词里经常出现这字面,但具体描写少见,苏轼《水龙吟·杨花词》借杨花写了女子的慵态,但没有这首词写得生动、细腻、充分。此词用了许多贴切的词语写天气给人的困乏感觉,又用了一系列比拟写感觉中的春慵形态,使人如临其境:感觉到了春天的温暖,闻到了醉人的花气,感受到了柳塘小憩的恬美。沈际飞评道:"字字软温,着其气息即醉。"(《草堂诗馀别集》引)一点不错。如此写生理现象,写感觉,应当说是文学描

写的进步。 （汤华泉）

【作者小传】

游次公

字子明，号西池，建安（今福建建瓯）人。范成大帅桂林，以文章见知，参内幕。淳熙十四年（1187）通判汀州。存词五首。

卜 算 子 游次公

风雨送人来，风雨留人住。草草杯桦话别离，风雨催人去。 泪眼不曾晴，眉黛愁还聚。明日相思莫上楼，楼上多风雨。

这是一首描写男女离别的词。上片写一对有情人刚刚重逢又要分离的情景，下片写离别时女方的痛苦和行人对女方的叮咛。朝思暮想的人在风雨中归来，使望眼欲穿的女子欣喜万分。实指望风雨之日，天留人住，哪里想到他竟然又要在这风雨中离去！女主人公还没有来得及为他接风洗尘，却要忙着为他饯行了。这"草草杯桦"（"桦"同"盘"），匆匆小饮，喝的竟是"话别离"的饯行苦酒。刚刚得到的转眼间又要失去，使得女主人公十分伤心。"泪眼不曾晴，眉黛愁还聚。"眉黛，指眉，古代女子以黛画眉。李商隐《代赠》诗云："总把春山扫眉黛，不知共得几多愁。"眼中泪就像室外雨一样，一直未曾停息；愁聚眉头就像天上的阴云一样，一直未曾散开。这里作者将人的感情外露的样子，同大自然的风雨巧妙地联系在一起，生动形象。见到如此情景，行人欲留不能，欲行不忍，于是驻足深情地叮嘱道："明日相思莫上楼，楼上多风雨。"这两句意蕴十分丰富。一层意思是：你要多多保重身体，避开楼头风雨。其实要说风雨，行人在旅途中遇到的风雨更多。但不写居者叮嘱行人风雨中要多加珍重，反而写行人叮嘱居者，这正如《红楼梦》中宝玉挨打之后，林黛玉去探伤时，黛玉还没有开口询问伤势，安慰对方，而受伤的宝玉反而心疼地说："你又做什么来了？太阳才落，那地上还是怪热的，倘或又受了暑，怎么好呢?！……"这两者都是把笔锋直入人物感情深处，用最平白浅显的语言，表达了最深厚的情感。这是一种理解。这两句词还可以这样理解：日后思念我时，不要上楼，因为楼头多风雨，它会使你联想起今日我们风雨中重逢又风雨中离别的情景。在那种见到风雨而引起的希望和失望的煎熬中,你会更加痛苦的。

　　这首词有四处写到风雨,以风雨起,以风雨结,首尾呼应,结构井然。所写的事,所抒的情,都跟自然界中的风雨紧密连在一起,意境浑然,情感深厚。

(程郁缀)

【作者小传】

王　质

(1135—1189)　字景文,号雪山,郓州(今山东东平)人,寓居兴国军(今湖北阳新)。绍兴三十年(1160)进士。孝宗朝,为枢密院编修官,出通判荆南府,奉祠山居。有《雪山集》《雪山词》。存词七十六首。

八声甘州　　　　　　　　　王　质

读诸葛武侯①传

　　过隆中。桑柘②倚斜阳,禾黍战悲风。世若无徐庶③,更无庞统④,沉了英雄。本计东荆西益⑤,观变取奇功。转尽青天粟⑥,无路能通。　　他日杂耕渭上,忽一星飞堕⑦,万事成空。使一曹三马,云雨动蛟龙⑧。看璀璨⑨、出师一表,照乾坤、牛斗气常冲。千年后,锦城⑩相吊,遇草堂翁。

〔注〕①诸葛武侯:诸葛亮于蜀后主刘禅时封武乡侯,死后谥忠武侯,故世称"诸葛武侯"。　②柘:桑树之属,叶可饲蚕。　③徐庶:本名福,少时好任侠击剑,后折节读书。东汉末客居荆州,与诸葛亮特相善。刘备屯兵新野(今属河南),庶见备,甚得器重,因谓备曰:"诸葛孔明者,卧龙也,将军岂愿见之乎?"备请庶与亮俱来,庶曰:"此人可就见,不可屈致也。将军宜枉驾顾之。"于是备遂亲往访亮,凡三往,乃见。事见《三国志·诸葛亮传》及裴《注》引《魏略》。　④庞统:字士元,襄阳人。曾与诸葛亮并为刘备所部军师中郎将。后从备入蜀取西川,中流矢身亡。见《三国志》本传。按诸葛亮之见用于刘备,与庞统无关;相反,庞统之为刘备所器重,还是由于诸葛亮的说项。除徐庶外,举荐诸葛亮的另一人是司马徽。亮传裴注引《襄阳记》:刘备访世事于徽,徽曰:"儒生俗士,岂识时务?识时务者在乎俊杰。此间自有伏龙、凤雏。"备问为谁,曰:"诸葛孔明、庞士元也。"词人举庞统而不举司马徽,当是误记。　⑤东荆西益:东据荆州,西取益州。荆、益二州,皆汉代十三刺史部之一,前者辖境主要为今湖北、湖南,后者辖境主要为今四川。　⑥转尽青天粟:转,转运。粟,泛指粮食。　⑦忽一星飞堕:传说诸葛亮之死,夜有星赤色而芒角,自东北流向西南,投入其所居之营帐。见本传裴注引《晋阳秋》。　⑧云雨动蛟龙:古人以蛟龙为君主或王霸之象征。蛟龙必待云雨而后动。　⑨璀璨:玉石光彩鲜明貌。　⑩锦城:蜀地以织锦驰名天下,汉时于成都设锦官管理织锦业,后世因号成都为

"锦官城",简称"锦城"。

　　王质其人博通经史,曾著《朴论》五十篇,言历代君臣治乱之事。此词是他读《三国志·蜀书·诸葛亮传》的感受,不妨看作以文学作品形式写成的一篇《朴论》。

　　《八声甘州》起处通常为八言、五言两句,至五言句末字叶韵。本篇有所新变,破为"三、五、五"三句,且于三言句添叶一韵。"隆中",在襄阳(今湖北襄樊市)城西二十里,诸葛亮曾寓居于此。见《三国志》本传南朝宋裴松之《注》引《汉晋春秋》。词人家在兴国(今湖北阳新一带),可能实曾有过过隆中而造访诸葛亮故里的经历。"桑柘"二句对仗,写哲人已萎,但见桑柘偎倚在斜阳里,禾黍颤抖于秋风中。夕阳西下是一日之暮,秋风悲鸣是一岁之暮。由于本篇所歌颂的乃是一位赍志以殁的英雄,故开局便以这日暮、岁暮之时的萧瑟景象入词,渲染悲剧气氛。

　　过英雄故里,人虽不可得而见,其事迹则班班然彪炳于史册。故以下即转入正题,追寻斯人一生之出处大节。

　　"世若"三句,先叙诸葛亮得以登上历史舞台的契机,言当世若无徐庶辈相为汲引,诸葛亮遂不免被埋没。"本计"四句,则高度概括诸葛亮一生的政治、军事活动,自"隆中对策"一直写到"六出祁山"。传载刘备亲访诸葛亮,请其出山时,曾询以天下大计,亮对曰:今曹操已拥百万之众,挟天子而令诸侯,不可与其争锋。孙权据有江东,已历三世,国险民附,贤能为用,可以之为援而不可图。惟有夺取荆、益二州,西和诸戎、南抚夷越等少数民族,外结好于孙权,内修政治。如天下有变,则命一上将率荆州之军直指宛(今河南南阳)、洛(今洛阳),将军(谓刘备)亲率益州之众出于秦川,庶几霸业可成,汉室可兴。"东荆西益,观变取奇功",这便是诸葛亮本来的战略计划。"赤壁大战"后,刘备得到了荆州;继而又挥师入川,从刘璋手里夺取了益州之地,实现了诸葛亮战略设想的前半部分,形势一度对于蜀汉十分有利。可惜由于荆州方面军的统帅关羽在外交和军事上一系列的失误,荆州被孙权袭取,致使北伐的通道只剩下川、陕一路;而"蜀道之难,难于上青天"(李白《蜀道难》),军粮转运不及,故刘备死后,诸葛亮屡出祁山伐魏,都劳而无功。"转尽青天粟,无路能通",这种局面实为诸葛亮始料之所不及。此二句是对上二句的转折,行文中省略了"孰知"二字,亦属我们在赏析贺铸《伴云来》一词时所介绍过的"关照省略",应对照上文"本计"二字自行补出。

　　换头三句,写诸葛亮之死。此处打破了传统的过片成法,文义紧接上片,使前后阕粘合为一。因"转粟难通",于是乃有"杂耕渭上"之举。蜀汉后主建兴十二年(234)春,诸葛亮最后一次北伐,据武功五丈原(今陕西岐山县南)与魏将司马懿对垒。魏军坚壁不出,亮即分兵屯田于渭水之滨,和当地居民杂处而耕,为久驻之计。鉴于他在军事实践中摸索出了这一切实可行的做法,北伐开始有了成功的希望。遗憾的是,"将军一去,大树飘零"(庾信《哀江南赋》),同年秋,诸葛亮不幸病死于军中,一切希望都化作了泡影。

　　以下二句,继而叙述诸葛亮之死所直接造成的历史后果。"一曹三马","曹"当作"槽"。《晋书·宣帝纪》载曹操曾梦三马同食一槽。自魏齐王曹芳正始以还,司马懿与二子司马师、司马昭相继执掌魏国军政大权,诛杀异己,孤立曹氏。至昭子司马炎时,竟篡魏自立,改国号为"晋"。曹操之梦,果然应验了。此事虽荒诞不经,但后世屡用为故实。二句谓诸葛亮一死,再也无人能够扫平曹魏,复兴汉室,坐使司马氏集团如蛟龙之逢云雨,顺顺当当地发展壮大,灭蜀、篡魏、平吴,建立了统一的晋王朝。

　　然而尽管斯人"出师未捷身先死"(杜甫《蜀相》诗),英雄却未可以成败论。建兴五年,诸葛亮率诸军北驻汉中,将出师北伐,临行曾上疏刘禅,反复劝勉他继承先主遗志,亲贤臣,远小人,并陈述自己对于蜀汉的忠诚及北取中原、复兴汉室的坚定意志。这就是气冲牛斗、光照乾坤的《出师表》写得忠爱刿切,历来为爱国的志士仁人所推重。斯人也,有斯文在,可以不朽矣!"看璀璨"二句,命意在此。最后,即于千百万敬仰诸葛亮的志士仁人中拈出一位杰出的代表——杜甫,结束全篇。"安史之乱"爆发后,杜甫曾于唐肃宗上元元年(760)避难入蜀,在成都西郊的浣花溪畔营构草堂,前后居住达三年之久,故以"草堂翁"称之。他游成都武侯庙时,饱蘸浓墨,满怀激情地写下了吊诸葛亮的著名诗篇《蜀相》。千古名相,又得千古诗圣为作此千古绝唱,九泉之下,亦当含笑瞑目了。

　　本篇在宋词中虽然算不得上乘之作,且将诸葛亮与刘备的风云际会归结为纯粹的历史偶然性(全靠徐庶等推荐),并过分夸大其"一身系天下安危"的历史作用(设想如天假斯人以永年,司马氏集团便不得崛起),犹未能摆脱那一切封建时代知识分子所无法摆脱的历史唯心主义的"英雄史观";但词笔一丝不懈,叙事井井有序,剪裁史料能做到披沙简金,提纲挈领,要言不烦,理性的思考与感情的挥发互为表里,抽象的议论与形象的描绘交相辉映,仍不失为一篇杰构。尤其值得称道者,以自己秋日过隆中造访卧龙故里起兴,以杜甫春日在成都凭吊武侯祠堂作结,时代一宋一唐,季节或秋或春,地点在襄在蜀,人物为己为杜,不无差异,而缅怀诸葛亮其人其事则一也,缅怀其人其事时之心情则一也,首尾呼应,一脉相通。古人传说,江南茅山有洞穴潜行地下,可直达岭南罗浮山,借用来比喻王质此词,不是很生动么?

南宋人吟诗赋词,屡咏及诸葛亮事。如陆游《书愤》诗:"《出师》一表真名世,千载谁堪伯仲间!"程珌《水调歌头·登甘露寺多景楼望淮有感》:"三拊当时顽石,唤醒隆中一老,细与酌芳尊。"皆是。盖因当时小朝廷苟且偏安,不思北伐以收复为金人所占领的中原失地,遂使爱国的诗人词人们常常怀念这位历史上的北伐英雄。对诸葛亮的歌颂本身就是对那些"忘了中原"的南宋统治集团中人的一种鞭挞。

(钟振振)

【作者小传】

杨万里

(1127—1206) 字廷秀,号诚斋,吉州吉水(今属江西)人。绍兴二十四年(1154)进士。历太常博士、太子侍读。光宗朝,召为秘书监,又出为江东转运副使,改知赣州。绍熙中,致仕。诗与陆游、范成大、尤袤齐名,称"中兴四大家",亦作"南宋四大家";而又自成一家,称"诚斋体"。有《诚斋集》,词八首,附集中。

好 事 近 　　　　杨万里

月未到诚斋,先到万花川谷。不是诚斋无月,隔一庭修竹。

如今才是十三夜,月色已如玉。未是秋光奇艳,看十五十六。

这首词咏月,不过直接写月的只"月色已如玉"一句。月的形和神,是用衬托法表现出来的。

衬托月亮,最简单的办法是去写云彩,常语说:"烘云托月。"杨万里抛开这一陈腐的路子不走,采用了纯新的方式。上片以谷、斋、竹作陪衬。诚斋是作者的书斋名,万花川谷是作者的花园名。"月未到诚斋",自然不无遗憾;但"先到万花川谷",倒也令人欣喜,因为这同样是词人的天下。况且,也不必为诚斋惋惜,因为"不是诚斋无月,隔一庭修竹",月照幽篁,应该又是一种韵味。这半阕中,同是月光,在万花川谷的当是朗照,在"一庭修竹"的当是疏淡,在诚斋的又当是浓阴下的幽明。——同样月色竟有这许多情态,明暗层次又是这样分明,难怪上片无一字直接写月,却叫人处处感得到月的媚态。上片是以物托月,下片则以月自托。词中说:今天才是十三,月色已如美玉,若到秋光奇艳的十五十六,它定然更不寻常!这里明显地在用十三之月衬托十五、十六之月,然而由于本篇的作意